國家出版基金資助項目

国家出版基金项目
NATIONAL PUBLICATION FOUNDATION

教育部人文社會科學重點研究基地
復旦大學中國古代文學研究中心
叢刊

蘇軾詩文彙評

黄霖 陳維昭 周興陸 主編
樊慶彦 輯著

壹

鳳凰出版社

圖書在版編目（CIP）數據

蘇軾詩文彙評 / 樊慶彦輯著. -- 南京 : 鳳凰出版社, 2022.12
（古代文學名著彙評叢刊 / 黄霖，陳維昭，周興陸主編）
ISBN 978-7-5506-3860-0

Ⅰ. ①蘇… Ⅱ. ①樊… Ⅲ. ①蘇軾（1036-1101）－古典文學研究 Ⅳ. ①I206.2

中國版本圖書館CIP數據核字(2022)第241134號

書　　名　蘇軾詩文彙評
輯　　著　樊慶彦
責任編輯　李相東
特約編輯　王晨韻　張淑婧
裝幀設計　陳貴子
責任監製　程明嬌
出版發行　鳳凰出版社(原江蘇古籍出版社)
　　　　　發行部電話025-83223462
出版社地址　江蘇省南京市中央路165號，郵編:210009
照　　排　江蘇鳳凰製版有限公司
印　　刷　蘇州市越洋印刷有限公司
　　　　　江蘇省蘇州市吴中區南官渡路20號，郵編:215104
開　　本　880毫米×1230毫米　1/32
印　　張　120.25
字　　數　2702千字
版　　次　2022年12月第1版
印　　次　2022年12月第1次印刷
標準書號　ISBN 978-7-5506-3860-0
定　　價　880.00圓(全六册)

目録

第一册

第二册

第三册

第四册

第五册

評史四十六首

内制敕書三十三首

第六册

内制青詞十首

内制朱表三首

内制疏文一首

内制齋文十七首

內制祝文三十三首

總　序

黄　霖

一

評點是一種富有中國特色的文學批評樣式，其主要特徵是在正文邊或天頭上有評語或點圈。其評之源可上溯到秦漢的經史之學。如《易》之有繫辭、説卦，《詩》之有《毛傳》《鄭箋》，乃至司馬遷的“太史公曰”，《楚辭章句》每篇前的小序，等等，均可視爲其濫觴。後加上看書時隨手“點煩”“點抹”“鈎識”“朱墨别異”等，就形成了一套有圈點、有批語、有總論的評點模式，並逐步完善。宋中葉以後，始有刻本①。宋元間曾産生過吕祖謙、真德秀、方回、劉辰翁等著名的文學評點家。至明代，刊刻評點之風大盛，整個清代也久盛不衰，以至到當代，一些評本的出版還絡繹不斷，致使若干小説作家也按捺不住，紛紛伸紙弄筆，批點起一些古典文學名著來了。

文學評點的走紅，恐怕與宋代吕祖謙《古文關鍵》的一炮打響頗有關係。俞樾曾評此書曰：“先生論文極細，凡文中精神、命脉，悉用

① 葉德輝：“刻本書之有圈點，始於宋中葉以後。”耿素麗點校《書林清話》卷二，國家圖書館出版社 2009 年版，第 23 頁。

筆抹出；其用字得力處，則或以點識之；而段落所在，則鈎乙其旁，以醒讀者之目。學者循是以求，古文關鍵可坐而得矣。"[①]《古文關鍵》的評點，不僅使一些經典選文精神全出，而且其卷首的"總論"也十分精闢，如《論作文法》云：

文字一篇之中須有數行齊整處，須有數行不齊整處。

或緩，或急，或顯，或晦。緩急顯晦相間，使人不知其爲緩急顯晦。

常使經緯相通，有一脉過接乎其間，然後可。蓋有形者綱目，無形者血脉也。

有用文字，議論文字是也。爲文之妙，在叙事狀情。

筆健而不粗，意深而不晦，句新而不怪，語新而不狂。

常中有變，正中有奇。

題常則意新，意常則語新。

辭源浩渺而不失之冗，意思新轉處多則不緩。[②]

諸如此類，都是創作經驗的總結，具有高度的概括意義。

其後，樓昉《崇古文訣》、謝枋得《文章軌範》、周應龍《文髓》、真德秀《文章正宗》等相繼致力於選文評點，揭示"文法"，"抽其關鍵，以惠後學"[③]，捲起了第一陣文學評點的旋風。這一代評家，多深得文章奥秘，下筆淵雅得體，故其書能風行，其人亦足傳世。明人隨其後，文學的評點擴而大之，推向詩詞稗曲各體，乃至對儒家的經典也敢用文學的眼光、評點的手法去重新解讀，真可謂是百花競放。到

① 俞樾《東萊先生古文關鍵後跋》，清光緒廿四年江蘇書局本《東萊先生古文關鍵》卷末。

② 吕祖謙《論作文法》，清光緒廿四年江蘇書局印本《東萊先生古文關鍵》卷上，第 3 頁。

③ 樓昉《崇古文訣》卷首，景印文淵閣《四庫全書》本，臺北商務印書館 1986 年版，第 1354 册，第 2 頁。

明末清初，終於出現了如金聖歎這樣天才的評點大家，將文學評點推向了高峰，爲中國古代的文學理論特别是叙事文學理論做出了不可磨滅的貢獻。然而，凡事如一窩蜂式地争上之時，必然是泥沙俱下，並招致一些嗜利之徒蠅營蟻附而拼命跟風炮製，幾使部部名著有評點，家家書肆出評本，其粗劣、惡俗、拼凑、抄襲之作也就層見疊出，這就必然使評點遭致一片詬病，乃至詈駡之聲。

當然，假如對於評點的否定僅僅是針對一些粗劣惡俗之作而發，當天經地義，無可厚非。然在歷史上蔑視與否定評點的緣由並非這麽簡單，主要還是有相當一批有影響的文人學士在思想認識上並不認可這種批評樣式。

第一類是封建社會中的儒學衛道者。他們將儒家經典奉爲神明，就將用非傳統的儒家觀點與方法來評點《詩經》《尚書》之類視爲旁門左道，甚至是洪水猛獸。如錢謙益、顧炎武等看到孫鑛、鍾惺等評點《詩》《書》而被世人"奉爲金科玉律，遞相師述"，"天下之士，靡然從之"之時，就起而痛批，甚至上綱到"非聖無法"的地步，説：

> 古之學者，九經以爲經，三史以爲緯……敬之如神明，尊之如師保……越僭而加評騭焉，其誰敢？……妄而肆論議焉，其誰敢？評騭之滋多也，論議之繁興也，自近代始也。而尤莫甚於越之孫氏，楚之鍾氏。孫之評《書》也，於《大禹謨》則譏其"漸排矣"；其評《詩》也，於《車攻》則譏其"選徒囂囂"，背於有聞無聲矣。尼父之删述，彼將操金椎以榖之，又何怪乎孟堅之《史》、昭明之《選》，詆訶如蒙僮，而揮斥如徒隸乎！……是之謂非聖無法，是之謂侮聖人之言。……學術日頗，而人心日壞，其禍有不可勝言者！①

① 錢謙益《葛端調編次諸家文集序》，《牧齋初學集》卷二十九，《四部叢刊初編》本，第269册，第6頁。

後來，顧炎武在《日知録》中談及鍾惺時，照抄了錢謙益的話，在指責鍾氏評點"好行小慧，自立新説"的同時，更説他是"文人無行"，甚至是"病狂喪心"①。

第二類是將評點同"八股"簡單等同者。評點流行過程中，確與時文八股關係密切。八股文本身也是古代的文章之一，其"文法"自然與"古文之法"息息相通，所以，《古文關鍵》一類書所揭示的"作文之法"，對於應試者來説也是枕中秘寶。而評點這些"作文之法"者也往往是爲了給應試學子提供方便。比如《文章軌範》一書，王陽明在爲其作序時就指出，謝枋得的選評是"有資於場屋者"，他所標揭的"篇章句字之法"，"獨爲舉業者設耳"②。萬青銓在《文章軌範跋》中進一步引申説，編選者"蓋欲學者由舉業以達於伊、傅、周、召，不能不教之，用韓、柳、歐、蘇之筆，發周、程、張、朱之理，以期有當於孔、曾、思、孟之心，有當於千百世上下人之心"③。事實上，大量的評點之作爲當時的應試學子提供了仕途進取的實用門徑。所以，明清兩代，特别是科舉廢除之後，學界往往給評點戴上"八股"的帽子而加以否定。如胡適、魯迅等在否定金聖歎的評點時，都用上了這頂帽子。胡適在《水滸傳考證》中説金聖歎評《水滸》曰："這種機械的文評正是八股選家的流毒，讀了不但没有益處，並且養成一種八股式的文學觀念，是很有害的。"④魯迅在《談金聖歎》一文中全面否定

① 顧炎武《日知録》"鍾惺"條注，《日知録集釋(外七種)》影印本中册卷十八，上海古籍出版社 1985 年版，第 1428 頁。

② 王守仁《文章軌範序》，謝枋得《文章軌範》卷首，景印文淵閣《四庫全書》本，第 1359 册，第 543 頁。

③ 萬青銓《文章軌範跋》，謝枋得《文章軌範》卷首，清光緒二十一年冬湖北官書處重刻本，第 1 頁。

④ 胡適《〈水滸傳〉考證》，《胡適古典文學研究論集》，上海古籍出版社 1988 年版，第 745 頁。

金聖歎時也説《水滸》經他一批,"布局行文,也都被硬拖到八股的作法上"①。胡適、魯迅等人的看法在二十世紀三十年代到七十年代影響很大。

第三類是將評點視爲"純藝術論"而加以拋棄者。在相當長的一段時間内,我們的文學理論的指導思想是重内容而輕形式,甚至簡單地將注重形式美判定爲"形式主義""純藝術論"。在這樣的潮流中,評點也就被看作是表現"形式主義""純藝術論"的糟粕。郭紹虞在1979年版的《中國文學批評史》之"六二"《評點之學的理論》中就説:"明代文壇也可説是熱鬧喧天了。然而結果怎樣呢?最後的結穴却成爲評點之學。我們從這一個歷史的教訓看來,也就可以知道唯心的觀點和純藝術的論調之爲害於文學與文學批評是没法估計的。"他説"評點之學"的"眼光只局限於形式技巧,那就所得有限。然而他們沉溺其中,迷不知返,還自以爲走的是正路呢"②。

從明代以來的這些蔑視、否定文學評點的看法實際上都是不能成立的。古代的文學評點不是壞在"非聖無法",恰恰相反,好的評點作品往往就在於能離經叛道,特立獨行,有創新意識。凡是不成功的評點之作,大都壞在不能衝破一套封建教條與僵化的批評方法,只知一味順應封建統治者所好,而背離了百姓,背離了時代。不要説像《詩經》那樣本身是屬於"經"的作品要擺脱"尊聖""宗經"的觀念十分困難,就是小説、戲曲類的作品,大量枯燥無味的評點就是用一套封建的標準來臧否人物,評價是非,而對作品的藝術性則置若罔聞。這樣的評點作品,理所當然地要被讀者所拋棄,被歷史所淘汰。只有像金聖歎那樣有膽有識,用獨特的思想、文學的觀點和

① 魯迅《談金聖歎》,《文學》第一卷第一號,1933年7月1日。

② 郭紹虞《中國文學批評史》,上海古籍出版社1979年版,第446、452頁。

精美的語言來評點的,纔是真正有價值的文學批評,值得我們去發掘與研究。至於評點受八股的影響,並不全是壞事,甚至可以説在總體上看是好事。因爲八股恰恰是引導中國文學批評走進追求文學形式美大門的重要使者。八股作爲一種考試形式,要求代聖人立言,束縛人們的思想,當然要拋棄,但八股是建築在中國文字特點上的一種形式美的總結。應該承認它作爲一種表現形式,確實是美的。壞的不在於八股這一形式的本身,壞是壞在將這一種、僅僅是一種美的形式僵化,一元化,逼着文人們都去走這華山一條路。正像肉是美味的,但假如要你天天吃、頓頓吃,那就味不美了。金聖歎等總結的種種"文法",即明顯地帶有八股味,但正是在這裏他們很好地總結了一些小説、戲曲、詩文表現的藝術特點與表現技巧,對中國古代文學理論與創作的發展是大有貢獻的。實際上,好的評點,就是當時的"新批評",就是將文學當作文學來讀。它們既講藝術,也有思想,如金聖歎評《水滸》,既將《水滸》的藝術奥秘條分縷析,也充分地暴露了貪官污吏的醜惡嘴臉,揭示了《水滸》英雄的人性之美。他的評點根本就不是"純藝術"或"形式主義"的。因此,如今要將評點的研究引向康莊大道,首先要徹底拋棄以上所説的三道"緊箍咒",特别是後兩道,因爲這已經深深地印在現當代一些人的頭腦中,恐怕不時還會有人拿出來念念有詞。

解放了思想,纔能正確地去認識評點的價值。我曾經將包括評點在内的中國古代文學批評的特點概括成"即目散評"四個字。所謂"即目",即寫於閱讀直覺的當下;所謂"散評",即顯得並不完整與條貫。這實際上與中國文論的思維特點着重於直覺體悟密切相關,可以説是直覺體悟思維的必然結果與外在表現。在中國古代,曾經有過一些經年累月寫成的較有條理、略成體統的文論之作,如《文心雕龍》《詩藪》《原詩》等等,但這樣的作品實在不多,大量的是在感性直覺的主導下,將即目或即時體悟所得,信手揮灑而成,因而多爲散體的點評。像詩格、詩話(包括詞話、曲話、文話等),乃至以詩論詩及詞、文、曲、稗等都是,評點即是其中的一種。它們大都是由評論者即目所悟,直抒己見,隨手作評,點到爲止,往往給人以一種零散而雜亂的錯覺。但實際上,一個成熟的評家往往在心底裏潛藏着一把理性的標尺,其直覺的批評從根本上是並未脱離他的理性思維,所以多數著作是表現爲形散而神完,外雜而内整,有一個核心的見解或理論包容在裏面,或重格調,或標性靈,或倡神韻,一絲不亂。一部《第五才子書水滸傳》,金聖歎就小説中的人物、敘事、寫景,乃至一句一字的點評,看似信手拈來,隨意點到,却都圍繞着他的"性格論""因緣説""動心説""結構論""文法論"等,井井有條。其中不少評點本不但有評議,而且有圈點。一些圈點記號,十分醒目,不繁言而使人一目瞭然。當然這裏也留下了一定的空白,讓讀者自己去想象,去思考。這些評點就是用了最爲經濟的符號與文字,引導讀者用最爲節省的時間去理解詩歌的要義與文法的美妙,這就是中國古代文論的一個明顯的表現特點。

這種特點,現在還常常被一些人否定。説得不客氣一點,這些人中相當一部分實際上根本不懂文學批評的本質特點。文學批評就要從文學的角度來作批評。評點的長處,就在於憑着切身的感受、真實的體味,用自己的心貼近着作者的心去作出批評,而不是編造懸空的理論,或者是搬用别人的所謂理論來硬套。現在西方的有些理論,越來越離開文本,弄得那麽玄乎,甚至爲了理論而理論。然後有一些人跟在屁股後面,戴着某種理論的眼鏡,將文本作爲没有生命的標本放在手術臺上,去作冷漠的解剖,這樣的批評早已離開了鮮活的生命體驗,往往就會給人一種"隔"的感覺。可惜的是,我們現在的文學批評大都是這樣的批評。而評點就與此相反,能呈現出一種"不隔"的特點。這種"不隔"的特點,往往能在讀者與評者、再與作者的兩個層次上達到心靈融合的境地:第一個層次是評者與作者的心靈融合,第二個層次是讀者與評者、作者的心靈融合。評點家在評點每一部作品時,絶不能走馬看花、浮光掠影地將文本一翻而過,而是必須細讀文本,身入其境,通過對每一個字、詞、句的細細咀嚼,與作者心心相印,真正達到"知人論世"的地步,纔能一言中的。而當讀者在閱讀時,由於正文與評點是緊密地結合在一起的,所以往往能通過評點而深入地瞭解作者的匠心,引發更廣闊的想象空間,或者通過正文而體味到評者的眼光,從而更細緻、更全面地理解作品的旨意與妙處。評點就是溝通讀者與作者之間的一座橋梁,就是一種鮮活而不僵硬、靈動而不冷漠的文學批評。它有鮮明的民族特點,有豐富的理論資源,是我們的祖宗留給我們的一份寶貴遺産。正因此,它雖幾經風刀與霜劍,但仍明媚鮮豔,直到今天。

二

對於評點這樣一份寶貴而豐富的遺産,今天我們有責任將它整理、研究並發揚光大。彙評,就是一種很好的整理方式。

文學名著評點的彙輯工作,原盛於明代。當時,由於社會經濟的發展,版刻事業的進步,作者、讀者、出版商從各自的立場上分别認識到了評點的價值,同時又受到了解經之作"集解""集説""義海""纂言""輯説""義叢""會説"之類的直接影響,於是在歷史與文學的名著作品中陸續出現了"評林""合評"等彙評式編著。較早且形成影響的有凌稚隆輯《史記評林》《漢書評林》等。之後,明清兩代各種文集乃至小説的集評層出不窮,諸如楊慎選《合諸名家評注三蘇文選》、周珽輯《唐詩選脉會通評林》、李廷機選《新刻注釋草堂詩餘評林》、于光華編《文選集評》等等。這些彙評本多數是用心彙輯、認真出版的，充分顯示了它們特有的文獻價值、理論價值與傳播價值。

彙評本的文獻價值顯而易見。在網羅一時有關名著評點的目標下，必然保存了大量或罕見或珍貴的材料。一部《史記評林》，彙集了自漢晉至明代嘉、隆年間百餘家論評《史記》的文字，保存了十分豐富的資料。茅坤爲此書作《序》稱："猶之採南山之藥，而牛溲、馬渤、敗龜、破鼓，君無不以貯之篋而入之肆，以需異日倉公、扁鵲者之按而求也。……噫，玆編也，殆亦渡海之筏矣。"[①]它確實爲後來研究《史記》者鋪設了一條堅實的道路。而且，在其引用的百餘家書目中，至今不少已經亡佚，就賴此書以存其吉光片羽，這就顯示了它的文獻價值。這也誠如《四庫全書總目》評《古文集成》的彙評所云：此書"所録自春秋以逮南宋，計文五百二十二首。其中宋文居十之八。雖多習見之作，而當日名流，其集不傳於今者，如馬存、程大昌、陳謙、方恬、鄭景望諸人，亦頗賴以存。所引諸評，如槐城、松齋、敎齋、郎學士、《戴溪筆議》、《東塾燕談》之類，今亦罕見其書，且有未知其名者。宋人選本，傳世者稀，録而存之，亦足以資循覽也"[②]。

爲了保證我們的彙輯也具較高的文獻價值，故在主觀上也是力求窮盡當下所存的評本。比如《西厢記》一劇版本繁多，現存明刊本（包括重刻本）有 110 餘種，清刊本也有 70 種左右。自日本學者傳田章作《明刊元雜劇西厢記目録》以來，已有多種專論、專著著録或考論其各種版本的異同優劣。粗看起來，人們對其版本的搜求與著録已經網羅殆盡。其實不然，如現存的少山堂本《新刻考正古本大字出像釋義北西厢》，刊於萬曆七年，是弘治本後萬曆年間最早的《西

① 凌稚隆輯校、李光縉增補、于亦時整理《史記評林》第一册，天津古籍出版社 1998 年版，第 21—22 頁。

②《四庫全書總目》，中華書局 1965 年影印本，第 1703 頁。

廂》刊本①,比人稱"《西廂記》評點史上的發軔之作"②的徐士範本《重刻元本題評音釋西廂記》早一年。然而由於此本藏於一個比較特殊的圖書館,致使長期"藏在深閨人不識"。這個圖書館是日本東京的御茶之水圖書館。這是一個"婦人專用"的圖書館,一般只爲18歲以上的女性提供閲讀服務,所以連當年在不遠的東京大學工作的傳田章教授編寫《明刊元雜劇西廂記目録》時也著録爲"未見",東京大學名教授田仲一成所撰《關於十五、六世紀爲中心的江南地方劇的變質》一書中詳論明代"《西廂記》諸本"時也未論列,至於他國學者更未置一詞③,故往往被研究者所忽略。其實,這是一部很有價值的評點本。筆者就設法將此本的評點抄出,輯進我們的彙評本。與此情况相近,新近發現的劉應襲評點的《李卓吾批評合像北西廂記》,也是一部稀見的孤本,藏於美國加州大學伯克萊東亞圖書館,也輯進了我們的彙評本。這些都增强了我們彙評本的文獻價值。可以説,本叢書各彙評本都輯進了數量不等的珍本,特别是杜詩的彙評本,收羅了大量稀見的稿抄本、孤本,一旦問世,都可給學者提供不少有用的文獻資料。我們在整理彙評的過程中,還發現了不少評本本身就輯録了一些後來亡佚的評點文字,十分珍貴。例如在金批系統的《西廂記》中,有一種《朱景昭批評西廂記》,係抄本,其書中録有王思任批語數則,十分罕見。本來,王思任有關《西廂》的評論文字僅見兩篇,一爲《三先生合評本北西廂》的序言,一爲《王季重十種》中的

① 美國加州大學伯克萊東亞圖書館藏劉應襲刊本《李卓吾先生批評西廂記》有牌記云梓於"萬曆新歲"。此"新歲"是指新的一年,而並非是"元年"。據李贄批點《西廂記》的具體情况及文本批評文字,此書當刊於萬曆後期。

② 譚帆《論〈西廂記〉的評點系統》,《戲劇藝術》1988年第3期。

③ 蔣星煜《論徐士範本〈西廂記〉》:"而萬曆七年(1579)金陵胡氏少山堂刊本……過去我國戲曲家也從未有過評述。"(《〈西廂記〉的文獻學研究》,上海古籍出版社1997年版,第53頁)後也未見有人評述。

《王實甫〈西廂記〉序》。至於是否有過"王思任《西廂》評本",却早已成爲一桩學術公案。傅惜華先生《元代雜劇全目》等重要書目都將它列出,但也都無法提供文獻證據。蔣星煜先生因而認爲它"並不存在,王思任嘗爲《三先生合評本北西厢》作過一篇短序,因此書流傳不廣,後人以訛傳訛,王思任'作序'本竟成爲王思任'評本'了"①。但是,我們在整理彙評本的過程中,發現就在王氏身後不久的同鄉朱璐批本中録有幾條罕見的王氏批語,這就不能不使人相信確實有王氏評本的存在,並進一步瞭解王思任的戲曲觀點②。與此同時,也更使我們明確彙輯文學名著的評點本,將會使我們發現更多的文獻資料,推動文學研究的進展。

彙評本的文獻價值不僅僅表現在文論方面,而且對於鑒别各本的先後、優劣與真僞等也具有實用的意義。特别是在明代,評點盛行,書商見有利可圖,往往用抄襲、托名的辦法紛紛炮製,搞得同一種名著、同一個評家的名下不斷冒出不同的版本,各本間良莠不齊,魚龍混雜,真假難辨。但假如將它們彙輯在一起,冒牌的狐狸尾巴馬上會顯露出來。這種現象,在《西厢記》出版過程中表現得特别突出。或許是由於《西厢記》故事特别能打動人心,篇幅又比之《三國》《水滸》之類較小,刊刻的成本不大,出版迅速,因此,其不同的版本包括評本恐怕比任何一部小説、戲曲更多。據目前所知,《西厢記》的評點本尚存20餘種,其中顯然有一些是抄襲前人、臨時拼凑的急就章。我們且看《西厢記》"楔子"中老夫人説"因此俺就這西厢下一座宅子安下"一句後的評語就可略見一二:

① 詳見蔣星煜《王思任評本〈西厢記〉疑案》,載《華東師範大學學報》(哲社版)1998年第2期。

② 參見韋樂《清代〈西厢記〉評點研究》,復旦大學2010年博士學位論文,第26—27頁。

容與堂本李卓吾眉批:老夫人原大膽,和尚房裏可是住的?

孫鑛本眉批:老夫人原大膽,和尚房裏可是住的?

三先生合評本眉批:和尚房豈可內家住?老夫人甚欠明白。

魏仲雪本眉批:老夫人原大膽,和尚房裏可是住的?

徐筆峒本眉批:老夫人原大膽,和尚房裏可是住的?

從中可見,這句批語自容本之後,孫鑛本、魏仲雪本、徐筆峒本都是一字不差在照抄的。三先生本的文字雖然不同,但語意也是一樣的。再看"楔子"中張生嘆曰"暗想小生螢窗雪案,刮垢磨光,學成滿腹文章,尚在湖海飄零,何日得遂大志也呵"之後,容與堂本旁批:"不獨你一個。"後三先生合評本、魏仲雪本眉批、徐筆峒本眉批也都照樣批曰:"不獨你一個。"諸如此類相同的批語極多。在當時,孫、魏、徐等都頗有名氣,似不會這樣張狂抄襲。合理的推測,當爲書商借用他們的聲名來炮製贋品。彙輯本將不同評本的批語彙輯在一起相互比較,猶如葱拌豆腐一样,其評本的真僞優劣就一清二楚了。

彙評的理論價值,就在於它能集各家之説於一處,"可以融會群言"①,在客觀上形成了對批評對象的一種個案批評鏈,方便人們在縱横比較中認知歷史,認知真諦,認知方向。這種比較的優勢,是由於就某一篇文章、某一種觀點、某一類表達不同的批評鱗次櫛比地集中在一起,給人以一種短兵相接、針鋒相對、一針見血、痛快淋漓的衝擊。例如劉濬的《杜詩集評》在彙評《八哀詩·故右僕射相國張公九齡》處共引録了朱鶴齡、李因篤、吴農祥、王士禛等人批語多條。在這些人的衆多批評中,一般多作贊揚語,而王士禛則發表了與衆

① 《四庫全書總目》關於張鳳翼《文選纂注》的提要,中華書局 1965 年影印本,第 1773 頁。

不同的意見,説:

《八哀詩》本非集中高作,世多稱之,不敢議者,皆揣骨聽聲者耳。○《八哀詩》最冗雜,不成章,亦多囈語,而古今稱之,不可解也。

後來有人進一步批評《八哀詩》"拉拉雜雜,紛乘龐集"的缺陷。這類批評十分尖鋭,讀後足能增進人的見識。

同時,彙評將前後不同時代具有不同思想品格、藝術趣味的批評家的觀點彙集在一起,它實際上成了有關名著、有關作家、有關問題的一部接受史、闡釋史,從中可以看出不同時代的哲學觀念、學術思想、文學觀念之異同與演進。在這裏,可以看到後人的批點不僅僅在於發表不同的批評意見,也有補充、完善、發展性的。如對杜甫《發同谷縣》一詩,吴農祥稱該詩"一氣讀,一筆寫,相見尋常事却説得駭異不同,此人人胸臆所有,人不道耳"。對此,吴廣霈補充説:"非人不道,實人人道不出耳。"從"人不道",到"人道不出",就進一步突出了杜詩的超妙和難以企及,是一種發展。有些問題也將會沿着同一個大方向論述得越來越深入。這在關於論定《西厢記》之類歌頌青年男女愛情的作品中表現得比較突出。當時抒寫的青年男女違反封建禮教而自主戀愛,就容易在社會上引起争議。在這漫長的争議過程中,評點都從不同的角度來肯定《西厢記》的愛情描寫,充分地展示了闡釋、接受《西厢記》的歷史過程。

評點與彙評工作的文學價值,還表現在各抒己見的過程中,在理論上豐富與發展了中國古代的文學批評的内涵。首先看我國古代的寫人論。在宋明以前,以詩文批評爲基點的文論,雖然也偶爾涉及人物批評,但很不充分。元明以後,隨着小説、戲曲創作的繁榮,中國的寫人論也得以迅猛發展,特别是在傳統哲學與畫論的影響下所形成的"形神論",在小説與戲曲的評點本中得到前所未有的豐富與完善。作爲形神論的補充與發展,在中國古代文論中,特别是在小説、戲曲的評點中,又引人注目地提出了一個富有創意的理論範疇"態"。"態"超越了描寫對象的形與神,而又相容了人物形象的神與形。正因爲"態"具有形神相容而又超越形神的特點,它似無形而有形,説有形而實無形。可見,"態"就是傳統寫人論中超越形神的一種特殊的審美境界,具有相對獨立的品格。它又與現代的所謂"體語""態語""體態語""態勢語""人體語言""肢體語言"等方面的理論具有相通之處,故值得我們重視①。

評點也豐富、發展了傳統的範疇論。如戴問善在《西厢引墨》中提出的"恰",指的是《西厢記》作者寫出了一般人不能道出的讀者對作品的接受期待。换一個角度看,也就是劇中人物的一言一行都最恰當地表現了當時的心理狀態、性格特徵與身份處境等等。這個"恰"與"真""自然"等範疇的意思有點接近,但也略有差别。"真"是側重在作品所反映的客觀世界作爲標準來加以衡量,"自然"也關係到主體表現的角度上加以考慮,而"恰"是側重在從主體表現的角度來批評,又融入了讀者接受時的感受,所謂"蓋人人心頭口頭所恰有"者也②。又如方拱乾批點《杜詩論文》時以"緒"論詩,也值得注意。"緒"字本義是絲綫的端頭,由此而衍生爲清理頭緒之意,就有思路、綫索、條理的意思,再有餘留、遺下之意,所謂"餘緒"等。此"緒"字自劉勰在《文心雕龍》中引進論文,説"章句在篇,如繭之抽緒"之後,至宋明以下用"緒"論文者漸多,到清代使用者更爲普遍。正是在這樣的背景中,方拱乾在卷首的題識和序言中提綱挈領地申述了有關"緒"的理論,又輔以大量的批點,將"緒"這個範疇突出了

① 參見李桂奎、黄霖《中國古代寫人論中的"態"範疇及其現代意義》,《學術月刊》2007年第11期。

② 參見韋樂《清代〈西厢記〉評點研究》,復旦大學2010年博士學位論文,第145頁。

出來，不但成爲他論文的一大特色，同時也豐富了中國古代文論的寶庫①。

在明清兩代的評點中，"文法論"的蓬勃發展也特别引人注目。"文法論"，就是在《古文關鍵》卷首《總論看文字法》所總結的多種"作文法"之後，加以發揚光大的。《新刻繡像批評金瓶梅》就在評點中提出了諸如"躲閃法"（第 21 回）、"捷收法"（第 57 回）等文法，雖然比較零碎，但明確概括了一些"文法"。到金聖歎在批評《水滸傳》時就比較系統化了。他在《讀第五才子書法》中就集中總結了"倒插法""夾叙法""草蛇灰綫法""大落墨法"等近二十種法。後來的毛綸毛宗崗父子、張竹坡、脂硯齋等又有所發展，名目更多，如"回風舞雪、倒峽逆波法""由遠及近、由小至大法""横雲斷嶺法""偷度金針法"等等。這些叙事"文法"，雖然有的含義比較模糊，但它畢竟形象地總結了不少叙事文學的表現手法和形式美，不但推動了以後的創作，而且對今天也還是有一定借鑒作用的。

文學名著的彙評本還有巨大的傳播能力，這是由於評點這種批評形式是隨文下筆，即興感言；有批有點，點到爲止；文筆靈動，餘意不盡。所以不論男女老少，讀來明白好懂，饒有興味，常常會愛不釋手，容易接受與傳播。如今將它們彙集在一起，猶見千岩競秀，萬壑争流，更能引人入勝，"興起其嗜學好古之念"②，很能引發讀者的閲讀欲、想象欲。更何況大量的評點之作是面向廣大青少年學子的。它們作爲古代教學的實用教材，如今又將有關評點彙輯在一起，省去了许多查覓翻檢之勞，這正如王世貞《史記評林序》所言："蓋一發

① 參見曾紹皇《杜詩未刊評點的整理與研究》，復旦大學 2010 年博士學位論文，第 194 頁。

② 黄汝亨《批點前漢書序》，《寓林集》卷一，明天啓四年刻本。

簡而瞭然若指掌，又林然若列瓌寶於肆而探之也。”①這就自然會得到廣大家長與學子的普遍歡迎，擁有了巨大的市場，從而使一部部文學名著經彙評的新包裝後，以一種新的面貌，又一次得以傳播。

三

彙評在保存有關文獻、總結理論批評、傳播文學名著等方面有如此重要的作用，這就是引起我們重視這一工作的根本原因。再看當前古籍保存的實際情況，國内外各大圖書館還塵封着相當數量的評點本，由於長期以來對評點的忽視，致使這些多爲孤本、罕見本的評點本不少已在存亡之間，亟待搶救、整理和研究。這就更使我們下定决心，對尚存的文學評點本進行一次廣泛的調查、輯録、考辨、整理與研究。

當然，在我們的前輩與同行中，早有一些有識之士在這方面作了努力，特别是在一些小説名著的彙評方面，已經取得了可喜的成績。早在20世紀50年代，俞平伯就開始對《紅樓夢》的脂評進行整理，60年代有《聊齋志異》彙評，至80年代以後，《三國演義》《水滸傳》《金瓶梅》《儒林外史》《紅樓夢》等都陸續有了彙評本。近年來，一些唐宋詩、詞、散文等也有若干彙評之作。但是，總的説來，除小説文體的彙評之外，多數工作顯得比較零碎，不成系統，疏漏與闕略也多。有鑒於此，我們這次的彙評工作，除小説之外，準備將歷代文學名著的評點有系統地進行收輯與整理。從《詩經》《楚辭》《文選》一類文學經典，到陶淵明、杜甫、韓愈、柳宗元、蘇軾、歸有光等名家

① 王世貞《史記評林序》，凌稚隆輯校、李光縉增補、于亦時整理《史記評林》第一册，天津古籍出版社1998年版，第13頁。

詩文别集，再到《西厢記》《琵琶記》《牡丹亭》等戲曲名著，開放性地逐步擴大範圍。這一工作實際起步於 2006 年，屈指算來，已有十多年，但由於這一工程規模浩大，困難多多，非親歷其事者，恐難知其中之甘苦。令人欣慰的是，這項工作同時也得到了各方專家的關注與支持，故還是一步一步地在按計劃前進。我們將成熟一部先出版一部，希望在不久的將來，當全部告竣付印之時，再集中推出一套比較完整的中國古代文學名著彙評的叢書，以饗讀者。

前言

評點是我國古代獨具特色的文化現象，它集圈點、鑒賞、批注和評改於一身，隨文而行，三言兩語，即興會意，形式不拘一格，較爲自由靈活。故而能在唐宋以降尤其是明清時期廣泛流行，成爲切合中華民族審美心理、符合國人閱讀習慣的批評方式。蘇軾作爲中國文學史上最具有藝術生命力和影響力的文學家之一，“唐而來學士大夫，其聲名飫人耳目，大抵以先生爲最”①。無論是他的人格魅力，還是他的文學創作乃至文化創造，都影響着一代又一代的學人，因而，幾乎從蘇軾生活的時代開始，就自然形成了一部以其爲對象的研究史。其作品無疑也成爲評點的重點對象，受到學者和讀者們的廣泛關注。

一般來説，一種文學體裁或文學現象都有其發展演變過程，而對它的理論批評亦是如此。蘇軾的詩文評點，集中於南宋至清末這個時間段，先後出現蘇軾詩文評點本 130 餘種，涉及評者 100 餘人，其中不乏名家，見仁見智。而這個時段也正是文學評點正式形成並日漸成熟的階段，因而蘇軾詩文評點也便較爲典型地反映出評點的發展狀況。依據評點者的生活年代以及部分署有刊刻年份的評本，

---

① (清)何仁鏡《東坡事類序》，(清)梁廷枏輯《東坡事類》卷首，清光緒五年順德馮氏刻本。

我們可以大致勾勒出其發展概況，進而總結各個階段蘇軾詩文評點的基本特徵及其形成原因。

一、南宋至明初

——蘇軾詩文評點的肇始與緩慢發展期

蘇軾才高學博，思想通達，文章道德，皆稱楷模。他爲人坦蕩，忠言讜論，經世濟民，力有所爲，政績卓著，遭引“一時宵人共出力排之”①，幾經沉浮，但他沉定堅毅，樂觀曠達，始終未失其本色。朝臣野老，無不稱賞之，堪稱“德尊一代，名滿五朝”②。他還喜歡奬掖後進，自其繼歐陽修主盟北宋文壇，雲蒸霞蔚，人才輩出。劉興祖稱贊曰：“古今以文名家者多矣。其有兼作者之妙，爲百代之師者，文忠蘇公而已。”③即使在他貶官黄州、惠州、儋州期間，許多學子也不遠千里去向他求學。且“子瞻雖才行高世，而遇人温厚，有片善可取者，輒與人傾盡城府，論辯唱酬，間以談謔，以是尤爲士大夫所愛”④。故而“東坡詩文，落筆輒爲人傳誦。……士大夫不能誦坡詩者，便覺氣索，而人或謂之不韻”⑤。其門人爲他編過多種集子，亦被人們争

① (明)焦竑《焦氏筆乘續集》卷四《子瞻》，四川大學中文系唐宋文學研究室編《蘇軾資料彙編》，中華書局 1994 年版，第 1019 頁。

② (宋)李廌《追薦東坡先生疏》，(宋)魏齊賢、葉棻輯《五百家播芳大全文粹》卷八十二，清文淵閣《四庫全書》本，第 1353 册，臺北商務印書館 1986 年版，第 453 頁。

③ (宋)劉興祖《摛文堂集序》，(宋)慕容彦逢《摛文堂集》卷首，清文淵閣《四庫全書》本，第 1123 册，臺北商務印書館 1986 年版，第 299 頁。

④ (宋)王闢之《澠水燕談録》卷四，四川大學中文系唐宋文學研究室編《蘇軾資料彙編》，中華書局 1994 年版，第 21 頁。

⑤ (宋)朱弁《曲洧舊聞》卷八，歷代史料筆記叢刊本，孔凡禮點校，中華書局 2002 年版，第 205 頁。

相珍藏。即使元祐黨禁之時，朝廷公開詔毀蘇軾詩文集印版，也有人甘冒犯罪的危險暗中傳閱蘇軾文集①。且"禁愈嚴而傳愈多，往往以多相夸"②，因而"傳於人者甚衆"③。至南宋朝元祐黨禁已開，蘇軾的集子更以多種版本廣爲流傳，翻刻不絶。宋孝宗還曾親自爲其《東坡集》作序，稱其"雄視百代，自作一家"，"可謂一代文章之宗"④。故而"建炎以來，尚蘇氏文章，學者翕然從之"⑤。一時之間"人傳元祐之學，家有眉山之書"⑥。對他文章的評論也隨之展開，這也促發了蘇軾詩文評點的誕生。

對於蘇軾作品的評點最早開始出現在南宋吕祖謙、樓昉、謝枋得等人的蘇文評點著作中。吴承學先生認爲："作爲一種自覺的批評方式，評點到了宋代纔真正形成。它之所以興盛於宋，除了宋代文學批評發達的原因外，還與宋人讀書認真的風氣有關。宋人讀書，講究虚心涵泳，熟讀精思，喜歡獨立思考，倡自得悟入之説。所以讀書有心得處，多有題跋或筆記，一旦把這種心得批在所讀的作

① (清)趙翼《甌北詩話》卷五亦曾記載有人將蘇集"藏於衣褐，間道出京，爲邏人所獲"，其事當與之相類同。

② (宋)朱弁《曲洧舊聞》卷八，歷代史料筆記叢刊本，孔凡禮點校，中華書局 2002 年版，第 205 頁。

③ (宋)朋九萬《烏臺詩案·監察御史裏行何大正劄子》，四川大學中文系唐宋文學研究室編《蘇軾資料彙編》，中華書局 1994 年版，第 580 頁。

④ (宋)趙眘《御製文集序》，(宋)郎曄注《經進東坡文集事略》卷首，四川大學中文系唐宋文學研究室編《蘇軾資料彙編》，中華書局 1994 年版，第 611 頁。

⑤ (宋)陸游《老學庵筆記》卷八，四川大學中文系唐宋文學研究室編《蘇軾資料彙編》，中華書局 1994 年版，第 537 頁。

⑥ (宋)趙構《蘇文忠公贈太師制》，(宋)郎曄注《經進東坡文集事略》卷首，四川大學中文系唐宋文學研究室編《蘇軾資料彙編》，中華書局 1994 年版，第610 頁。

品中,這就是評點了。"[①]這些批點也同樣利於他人閱讀,因而詩文評點的最初動機就是爲了便於讀者理解作品。而祝尚書先生則認爲,科舉時文的全面程式化,纔是評點興起的歷史契機:"古文評點在南宋孝宗這個特定的時期産生,有一個重要的歷史契機,那就是科舉考試的現實需要。"[②]吕祖謙《古文關鍵》、樓昉《崇古文訣》、真德秀《文章正宗》、王霆震《古文集成》、謝枋得《文章軌範》等真正意義上的評點書,其目的就是爲配合科考,提供閱讀方便,指導考生掌握應試之法,以提高初學者的寫作能力。如《古文關鍵》是"各標舉其命意布局之處,示學者以門徑,故謂之關鍵"[③]。張雲章曰:"觀其標抹評釋,亦偶以是教學者,乃舉一反三之意。且後卷論策爲多,又取便於科舉。"[④]陳振孫亦謂此書"標抹注釋,以教初學"[⑤]。又如《崇古文訣》是"抽其關鍵,以惠後學"[⑥],"學者其亦以是觀之,則得所以爲文之法也"[⑦]。而《文章軌範》表達得更爲明確:"取古文之有資於場屋者……標揭其篇章句字之法……是獨爲舉業者設耳。"[⑧]謝枋得在評

---

① 吴承學《評點之興——文學評點的形成和南宋的詩文評點》,《文學評論》1995年第1期。

② 祝尚書《南宋古文評點緣起發覆——兼論古文評點的文章學意義》,《四川大學學報》2005年第4期。

③ (清)永瑢、紀昀等編纂《四庫全書總目提要》卷一百八十七集部四十《古文關鍵》,清乾隆武英殿刻本。

④ (清)張雲章《古文關鍵序》,(宋)吕祖謙《古文關鍵》卷首,中華書局1985年版,第3頁。

⑤ (宋)陳振孫《直齋書録解題》卷十五,上海古籍出版社1987年版,第451頁。

⑥ (宋)姚珤《崇古文訣跋》,(清)陸心源《皕宋樓藏書志》卷一百十四《集部·總集類·三》,中華書局1990年版,第1288頁。

⑦ (宋)陳振孫《直齋書録解題》附録三,上海古籍出版社1987年版,第711頁。

⑧ (明)王守仁《重刻文章軌範序》,《陽明先生道學鈔》"雜著書"卷二,明萬曆琥林繼錦堂刻本。

論中亦屢屢提及，如“王”字卷：“初學熟此，必雄於文。千萬人場屋中，有司亦當刮目。”“將”字卷：“場屋程文論，當用此樣文法。”“相”字卷：“學者熟之，作經義、作策，必擅大名於天下。”“有”字卷：“論、策結尾略用此法度，主司亦必以異人待之。”這類輔助當時讀書人科舉考試的入門書，帶有强烈的實用色彩。而在人們眼中，蘇文無疑就是這種程墨類範文：“以文爲論，自蘇氏始，而科舉希世之學，爛漫放逸，無復實理，不可收拾矣。”①因而，蘇軾詩文成爲了當時評點者的必然選擇。

吕祖謙《古文關鍵》共分上下兩卷，所選皆爲唐宋名家散文，不僅有對每一作家的總體評議，還已涉及直接對作品的評議。吕祖謙在卷下選蘇軾散文 14 篇，有 9 篇作了評點。除篇首有“看蘇文法”外，基本上都是用的旁批，極少數爲尾評。“看蘇文法”是吕東萊評點蘇軾散文的重要依據。其曰：“波瀾，出於《戰國策》《史記》，亦得關鍵法。當學他好處，當戒他不純處。”他注意到前人在散文寫作中往往借助於曲筆，先抑後揚或先揚後抑，突起波瀾，而漸入佳境。指出了蘇文的風格特色，亦點出其不足之處。語雖簡潔，却頗精到。卷下蘇軾《范增論》是個典型的範例，吕祖謙進行了專門的分析，他説：“這一篇要看抑揚處，漸次引入‘難’一段之曲折，若無‘陳涉之得民’一段，便接‘羽殺卿子冠軍’一段去，則文字直了；無‘且義帝之立’一段，又直了。惟有此二段，然後見曲折處。吾嘗論，前一段平平説來，忽换起放開説，見得語新意相屬，又見一伏一起處。”通篇既辯駁凌厲，又曲折詳整，爲讀者提供了閲讀之方法。

吕祖謙的弟子樓昉所撰《崇古文訣》選文二百餘篇，體例與《古文關鍵》相仿，但評點體例却甚有不同，《崇文古訣》共選蘇文 15 篇，

① (宋)葉適《吕氏文鑑》，《習學記言》卷五十，清文淵閣《四庫全書》本。

並無總評、旁批，均在文章之前加一段評語，從文本的角度加以總括，且評語極輕鬆自然，通俗淺顯，精闢老到。謝枋得《文章軌范》選文“自漢迄宋，凡六十有九篇，標揭其篇章句字之法”[①]。他認爲：“凡學文，初要膽大，終要心小。由粗入細，由雅入俗，由繁入簡，由豪蕩入純粹。”還將所選文章分爲“放膽文”兩卷與“小心文”五卷[②]，可見“小心文”在他看來應該是學習的最終規範。其中選蘇軾文十二篇，均列爲“小心文”，並評之曰：“後生只熟讀暗記此一篇，義理融明，音律諧和，下筆作文論必驚世絶俗。”(《范增論》評語)謝氏評點文字一般是採用眉批和尾評的方法，亦有夾批，罕用旁批，文字或短或長，多爲心得之言。但在文章的關鍵之處，却也常用筆抹劃出來，以示其重要性。對於有些文章，如蘇軾的《晁錯論》，他則是精心加批，分段評析其結構章法。對於《范增論》《秦始皇扶蘇論》等，則在尾評上洋洋灑灑，不厭其煩地寫下許多批語。其中除了對《留侯論》等個別文章評點模式有如史評外，大多數還都是集中在文章藝術風格方面，有些還相當精彩而有生氣。但偶爾也涉及對作家的評説，從中可以看出他對各家散文的不同態度和評價。

對於蘇軾詩歌的評點當以宋末元初文壇大家劉辰翁爲先導，如明刻本《劉須溪批評九種》内有《蘇東坡詩》二十五卷，又有汪氏誠意齋集書堂影刊本，王十朋集注、劉辰翁評點《增刊校正王狀元集注分類東坡先生詩》二十二卷。羅根澤先生認爲：“宋末元初的劉辰翁，

① (明)王守仁《陽明先生道學鈔》卷二《重刊文章軌範序》，顧廷龍主編《續修四庫全書》(集部)，第 937 册，上海古籍出版社 2002 年版，第 460 頁。

② (清)永瑢、紀昀等編纂《四庫全書總目提要》卷一百八十七集部四十《文章軌範》中云：“舊本以‘王侯將相有種乎’七字分標七卷，近刻以‘九重春色醉仙桃’七字易之。”

以全幅精神,從事評點,則逐漸擺脱科舉,專以文學論工拙。”[1]劉辰翁全力作詩歌評點,似仍與科舉有關。即有人謂“宋末須溪劉會孟出於廬陵(即歐陽修),適科目廢,士子專意學詩,會孟點校諸家甚精,而自作多奇崛,衆翕然宗之,於是詩又一變矣”[2]。劉氏評點以夾批和尾批最爲常見,所批内容豐富,範圍廣泛,或多或少,十分自由。但他“論詩評文,往往意取尖新,太傷佻巧”,所批蘇詩“大率破碎纖仄”[3],多喜摘句欣賞,三言兩語,點到即止,未成理論系統。且又前詳後略,多平庸之論,偶有發明詩旨可資參考者。

這一階段還有一個值得注意的現象。南宋時期,理學興盛。作爲一種哲學思潮,理學也曾對文學産生過潛移默化的影響。大多數理學家重道輕文,往往以理學的性情觀去解釋、評價詩文。其中以宋代理學的集大成者朱熹最爲典型,他論蘇文便表現出衛道者的立場:

> 道者,文之根本;文者,道之枝葉。惟其根本乎道,所以發之於文者,皆道也。三代聖賢文章,皆從此心寫出,文便是道。今東坡之言曰:“吾所謂文,必與道俱。”則是文自文而道自道,待作文時,旋去討個道來入放裏面,此是它大病處。只是它每常文字華妙,包籠將去,到此不覺漏逗。説出他本根病痛所以然處,緣他都是因作文,却漸漸説上道理來;不是先理會得道理

① 羅根澤《中國文學批評史》第十一章“詩文評點”條,中華書局上海編輯所 1961 年版,第 263 頁。

② (元)歐陽玄《圭齋文集》卷八《羅舜美詩序》,清文淵閣《四庫全書》本,第 1210 册,臺北商務印書館 1986 年版,第 64 頁。

③ (清)永瑢、紀昀等編纂《四庫全書總目提要》卷一百六十五集部十八《須溪集》,清乾隆武英殿刻本。

了，方作文，所以大本都差。[①]

朱熹論蘇詩同樣如此，他將詩歌視爲表達性理的工具："詩者，人心之感物而形於言之餘也。""心之所感有邪正，故言之所形有是非。"[②]即不重在世人對現實生活的美刺，而重在涵養人的性情，尤其是涵養人的德性。對於蘇軾晚年描寫其身處逆境而曠達自適的詩作，朱熹評云："東坡晚年詩固好。只文字也多是信筆胡説，全不看道理。"[③]他雖然承認蘇詩藝術的精湛，却對於蘇軾"心之所感"不正，故其詩缺乏理學家所謂詩歌的題中之義——性理，不符合理學家的詩教而表現出不滿。

南宋的蘇文評點家吕祖謙、樓昉、謝枋得等也是深諳文章之道。朱熹的再傳弟子真德秀即云："文章以明義理、切世用爲主。"[④]必須"發揮義理，有補世教"[⑤]。故而他們所評詩文乃是爲了指導他人如何閲讀和寫作文章，同時更是加上了"正心誠意"的尺規。如"趙章泉、韓澗泉所選《唐人絶句》，唯取中正温厚，閑雅平易"[⑥]。謝枋得認爲："其微言緒論，關世道、繫天運者甚衆。""熟於此，杜詩可漸近矣。"[⑦]他在《文章軌範》"放膽文"題目下加總評道："此集皆粗枝大葉

① (宋)黎靖德輯，王星賢點校《朱子語類》卷一百三十九，中華書局 1994 年版，第 3319 頁。

② (宋)朱熹集注《詩集傳》"序"，上海古籍出版社 1958 年版，第 1 頁。

③ (宋)黎靖德輯，王星賢點校《朱子語類》卷一百四十，中華書局 1994 年版，第 3326 頁。

④ (宋)真德秀《文章正宗・綱目》，明正德馬卿山西刊本《西山先生真文忠公文章正宗》卷首。

⑤ (宋)真德秀《西山先生真文忠公文集》卷三十六《跋彭肅忠文集》，商務印書館 1937 年版，第 656 頁。

⑥ (明)謝榛《四溟詩話》卷二，中華書局 1985 年版，第 24 頁。

⑦ (宋)謝枋得《唐詩序》，(宋)趙蕃、韓淲合選，(宋)謝枋得注《章泉澗泉二先生選唐詩》卷首，清嘉慶《宛委别藏》本。

之文，本於義理，老於世事，合於人情。初學熟之，開廣其胸襟，發舒其志氣，但見文之易，不見文之難，必能放言高論，筆端不窘束矣。”謝氏雖然認爲詩文要“合於人情”，强調詩文對人性情的陶冶作用，但前提仍須“本於禮義”，恪守儒家詩教。故而有人稱之曰：“疊翁所注，博洽正大，真足以淑人心，扶世教。”①

金元時期，“北方之士，惟崇眉山有蘇氏之學”②，如金朝文學家趙秉文便視其爲文化之集大成者：

> 東坡先生，人中麟鳳也。其文似《戰國策》，間之以談道如莊周；其詩似李太白，而補之以極名理似樂天；其書如顔魯公，而飛揚韻勝，出新意於法度之中，寄妙理於豪放之外，竊嘗以爲書仙。屹然贔屭、巨鰲之欲前；軒然飛動，大鵬之孤騫。狠石當道，長松臨淵。其嚴勁之象，雄渾之狀，大臣正色，抑不可屈，凛然如見其叱希烈而誚禄山也。……觀其胸中空洞無物，亦如此齋，廓焉四達，獨有忠義數百年之氣象，引筆著紙，與心俱化，不自知其所以然而然，其有得於此而形之於彼，豈非得古人之大全也耶！③

但金元兩朝享年不永，文人地位低下，文學頗不受重視，此際評點文學並無太大的發展，在整個評點文學發展史中只是屬於一種過渡狀態。不過，這一時期出現的方回編選《瀛奎律髓》堪稱我國古代著名的唐宋詩合選本，所選皆唐宋人五七言律詩，共三百八十五家、

① (宋)胡次焱《梅岩文集》卷三《贅箋唐詩絶句序》，清文淵閣《四庫全書》本，第1188册，臺北商務印書館1986年版，第552頁。

② (明)馮從吾《元儒考略》卷一，清光緒《知服齋叢書》本。

③ (金)趙秉文《跋東坡〈四達齋銘〉》，《閑閑老人滏水文集》卷二十，四川大學中文系唐宋文學研究室編《蘇軾資料彙編》，中華書局1994年版，第803頁。

三千餘首,編排體例是按作品題材分爲四十九類,每類下先五言後七言,内部又按時代先後排列。方氏在許多詩後都加評語,在詩中加圈加點,不只偏重形式技巧,對内容也多所涉及,且議論較爲細緻。共選蘇軾五律一首,七律四十首。方氏推重江西詩派,因而對蘇詩創新求變的一面也給予了很高的肯定,如評《岐亭道上見梅花戲贈季常》云:"坡,天人也,做詩不拘法度,而自有深意。"評《首夏官舍即事》云:"此詩變體,他人殆難繼也。"他對蘇詩的用典也頗有好評。如評《次韻子由五月一日同轉對》曰:"兄弟一門,用温大雅事,唐高祖語,極切。"評《正月二十日往岐亭郡人潘古郭三人送余於女王城東禪莊院》曰:"坡詩不可以律縛,善用事者無不妙,他語意天然者,如此盡十分好。"有關蘇詩的用韻,方回也很欣賞,如評《雪後書北臺壁》曰:"偶然用韻甚險,而再和尤佳。或謂坡詩律不及古人,然才高氣雄,下筆前無古人也。觀此雪詩,亦冠絶古今矣。雖王荆公亦心服,屢和不已,終不能壓倒。"評《再用韻》曰:"'叉''尖'二字,和得全不吃力,非坡公天才萬卷書胸,未易至此。"在方回看來,是因爲蘇詩的才學高瞻,故能别開生面,不同尋常。他還擅長運用比較手法,如對蘇黄、大小蘇的優劣評價,均有其獨到見解。這也反映出方回所受江西詩派的深刻影響。

朱明王朝建立後,統治者强化中央集權,嚴加對思想文化的控制,提倡程朱理學,制定科舉考試的一系列措施,頒布標準用書,壟斷經籍的解釋權,以功名利禄的誘惑剥奪士子文人自由思想的權力,甚至直接干預文人的寫作,大興文字獄,使之符合其教化政策。文人們不敢"激揚文字",有所議論,整個文壇一片沉寂。評點文學亦難形成風氣,繁榮發達。明初僅出現了高啓的蘇文選評(明萬曆四十八年凌啓康刻三色套印本《蘇長公合作》八卷補二卷,中有高啓與李贄等人的批點)。稍後則有劉弘選評的《蘇詩摘律》六卷(明天順五年刻本)。

概而言之,宋元明初時期的蘇軾詩文評點多爲與他人合集選評,即使劉辰翁的蘇詩評點,也是選取其中的部分詩作進行評論,其目的主要是便於爲科舉考試提供指導。而且,評語較爲簡單,多集中在文章藝術風格方面,缺乏系統性、理論性。因之,這一階段可以看作蘇軾詩文評點的肇始與緩慢發展期。

二、明代中後期
——蘇軾散文評點的繁榮期

與明初大興理學、文學窒息的寂寥局面迥然不同,明代中後期無論在政治、經濟、社會生活,還是在思想、哲學和文學方面,都發生了非常顯著的變化,也影響着人們的行爲規範、思想觀念和價值取向。朝綱的廢弛及士林講學之風尚激發了文人們立言的熱情。而陽明心學尤其是泰州學派的風行,爲性靈的高揚奠定了哲學基礎。傳統的封建倫理道德受到衝擊,曾被宋明理學視爲邪惡並長期壓制、否定的人的主體意識得以覺醒,"聞者霍然如披雲霧而睹青天也"①,人性得到了恢復。作爲社會精英的明代知識分子的心態也發生了重大變化,他們吸收了佛學中的狂禪思想及道家中的清流之風,掃除傳統道德對精神的禁錮,追求思想與感受的開放,也讓文學功能拋棄了宗經致用的嚴肅使命而成爲一種雅趣和娛樂。隨着李贄在文壇的崛起及其影響的擴大,文壇呈現一種破舊革新的景象,社團林立,流派紛呈,各樹新説。許多著名的作家或者當時有聲望

① (明)焦竑《國朝理學名公祠記》,《焦氏澹園續集》卷四,明萬曆三十九年朱汝鰲刻本。

的文人名士，都喜歡通過評點、批選前人或時人的文學作品，表達自己的文學主張，或者將别人的論點進行彙集整理。作爲私人閲讀方式的評點亦得到了文人的認可而於此時興盛起來。

蘇軾能够深入於儒、道、釋三家典籍，並靈活運用於人生，面對種種坎坷而能應付裕如，他的人品氣節得到了明人幾乎衆口一詞的頌贊。李卓吾曰："蘇長公何如人！故其文章自然驚天動地。世人不知，只以文章稱之，不知文章直彼餘事耳。世未有其人不能卓立而能文章垂不朽者。"①王直指責李定之流詆毁蘇軾，致使其貶謫黄州，然後評云："先生雖爲所困，然胸次悠然，無適而非樂，其清忠直節，自足以照映千古，不特文章之美也。"②陳于廷則曰："今海内學士家所人尸户祝、北面恐後者，無若蘇長公。"③蘇軾的絶世才華也深受衆人青睞。如王世貞謂："蘇公才甚高，蓄甚博，而出之甚達而又甚易。"④李東陽曰："蘇子瞻才甚高，子由稱之曰：'自有文章，未有如子瞻者。'其辭雖誇，然論其才氣，實未有過之者。"⑤茅坤曰："予謂蘇子瞻之於文、李白之於詩、韓信之於兵，天各縱之以神仙佚世之才，而非世之學問所及者。"⑥袁宏道則云："蘇軾超過李杜，蓋其才既高，而

① (明)李贄《復焦弱侯》，張建業主編《李贄文集》第一卷《焚書》卷二，社會科學文獻出版社 2000 年版，第 43 頁。

② (明)王直《題赤壁圖後》，(明)程敏政輯《明文衡》卷四十八，四川大學中文系唐宋文學研究室編《蘇軾資料彙編》，中華書局 1994 年版，第 941 頁。

③ (明)陳于廷《蘇長公文腴序》，《蘇長公文腴》卷首，明萬曆四十五年刻本。

④ (明)王世貞《蘇長公外紀序》，《弇州山人四部續稿》卷四十二《文部》，明萬曆燕石齋刻本。

⑤ (明)李東陽《懷麓堂詩話》，四川大學中文系唐宋文學研究室編《蘇軾資料彙編》，中華書局 1994 年版，第 951 頁。

⑥ (明)茅坤《蘇文忠公文鈔引》，《唐宋八大家文鈔・蘇文忠公文鈔》卷首，四川大學中文系唐宋文學研究室編《蘇軾資料彙編》，中華書局 1994 年版，第976 頁。

學問識見，又迥出二公之上，故宜卓絶千古。”[①]蘇軾由此成爲了文人士大夫的行爲典範，如袁宗道不僅在創作上學習白居易、蘇軾，還將其書房取名“白蘇齋”，文集取名《白蘇齋集》《白蘇齋類稿》。袁宏道也是“邸中無事，日與坡公作對”[②]，並以“東坡後身”自詡[③]。因而，這一時期，蘇文頗受推崇。焦竑贊之曰：“古今之文，至東坡先生無餘能矣。引物連類，千轉萬變，而不可方物。即不可摹之狀，與甚難顯之情，無不隨形立肖，躍然現前者，此千古一快也。”[④]張溥甚至稱頌蘇軾爲“宇宙第一人物”，蘇文爲“宇宙第一文字”[⑤]。

而且，明代中後期商品經濟的活躍促進了出版業的高速發展，套版印刷大受歡迎，隨之産生了一批刻印精良的蘇軾散文選集，深受讀者喜愛。宋元以來舊有的某些蘇文選本，也被明人改頭換面，廣爲傳刻。這爲蘇文評點提供了充足的底本，由此也造成了蘇文論評的高漲。有些評本如李贄評點《坡仙集》等甚爲暢銷，還被不同書商加以刊刻。這一時期蘇文評者主要有李贄、袁宏道、王納諫、鍾惺、譚元春、陳仁錫、陳繼儒、馮夢楨、鄭之惠、焦竑、閻士選、陸夢龍、孫鑛、湯賓尹、李廷機、錢文登、李維楨、董應舉、黄嘉惠等人，他們藉評點發表自己的文學觀念和思想感情。書商還利用著名評點家對讀者的吸引力，將他們的評語彙集起來，並採用多色套印，刻成彙評

①② (明)袁宏道著，錢伯城箋校《袁宏道集箋校》卷二十一《答梅客生開府》，上海古籍出版社 1981 年版，第 734 頁。

③ (明)袁宏道著，錢伯城箋校《袁宏道集箋校》卷四十一《識雪照澄卷末》，袁宏道題下自注曰：“卷中小修有夢中遇老僧，謂余爲坡公後身，故末段云云。”上海古籍出版社 1981 年版，第 1219 頁。

④ (明)焦竑《刻坡仙集抄引》，《坡仙集》卷首，四川大學中文系唐宋文學研究室編《蘇軾資料彙編》，中華書局 1994 年版，第 1021 頁。

⑤ (明)張溥《叙蘇長公文集》，《蘇長公文集》卷首，四川大學中文系唐宋文學研究室編《蘇軾資料彙編》，中華書局 1994 年版，第 1080 頁。

本或集評本招攬讀者。這一時期的蘇文彙評、集評本，如鄭之惠、凌啓康輯、高啓等評《蘇長公合作》八卷、補二卷，凌濛初輯、馮夢禎等評《東坡禪喜集》十四卷，錢櫝輯、李卓吾等評《蘇長公表啓》五卷，李贄評輯《坡仙集》十六卷，李一公選、吴京輯評《蘇長公密語》十六卷等。這些彙評、集評本雖是書商因牟利而爲，但客觀上却起到了啓蒙人們理解蘇軾作品的作用，也利於研究者較爲清楚地發現各家各派對於蘇軾作品的不同看法。這一時期也有大量的蘇文評點合刻本出現，一般是將三蘇或唐宋八大家散文評點放在一起合刻成套出版。如陳仁錫評選《蘇集選》九卷，徐肅賡輯、陳繼儒評《新刻徐陳二先生評選三蘇文則》八卷，李廷機評選《鐫李相國九我先生評選蘇文彙精》六卷，詹奎光輯《選輯諸名家評注批點蘇文》八卷，楊慎輯、李維楨評注《合諸名家評注三蘇文選》十八卷，陸夢龍評、顧懋樊參訂《陸君啓先生評選唐宋四大家》四十四卷（含《蘇子瞻集選》二十卷），茅坤輯評《唐宋八大家文鈔》一百六十六卷（含《宋大家蘇文忠公文鈔》二十八卷），李贄輯評《三蘇文抄》二十卷（含《東坡文抄》十二卷），孫鑛評選《四大家文選四種》八卷（含《蘇文忠公集選》二卷），王世元輯、湯賓尹評《蘇雋》五卷（含《東坡先生集》三卷），茅坤、錢穀、鍾惺等評《三蘇文彙》六十卷（含《東坡文彙》四十卷），董應舉輯並評《眉山蘇氏三大家文選》四卷（含《宋大家蘇東坡先生文選》二卷），黄嘉惠輯評《蘇黄風流小品》十六卷（含《東坡題跋尺牘小詞》八卷）等。不僅可以吸引廣大讀者，也同時利於把握評點者的總體面貌或整體態度。

但追求利益是商品經濟社會亘古不變的通則，明中葉以後，資本主義經濟的滋生引起了商業化氣息的日漸濃厚，一些書商爲了盈利，也陸續出版了一些挂名蘇軾的僞作。而且，書坊主借機聚合一些下層文人，包括書坊主本人，特意署上一些名人批點或編輯的字樣，假托社會文化名流，如李贄、鍾惺、焦竑等人，以製造影響，吸引讀者，致使後人真假難辨。不過這類評點由於以作品的傳播爲目的，以招攬讀者的購買爲歸趨，故在具體的評點中，不吝贊美之辭，但有價值的思想藝術賞評則相對貧乏，思想較爲平庸。一般而言，這類評點形式比較簡單，評論成分頗爲單薄。眉批大多三言兩語，隨手點評，夾批以注釋居多，而尾評則是對詩文的整體簡要評述。有的評語純屬無謂，更有的趣味低下。用錢鍾書先生的話來説便是所謂"作場或工房中批評"①。如明天啓間徐氏曼山館刊本《蘇長公二妙集》二十二卷，其中包括《東坡先生尺牘》二十卷與《東坡先生詩餘》二卷。舊題明焦竑批點、夜郎楊文驄閱、錢塘徐象橒梓。卷前有萬曆四十六年(1618)焦竑自序及天啓元年(1621)辛酉西安方應祥、廬陵楊師孔二序。焦竑自序稱："余得密閣藏本，獨綴書、詞二種，揭其妙處，以示同志，見坡公之妙，不盡於論、策、序、記。"然而所謂的"密閣藏本"乃是編者故弄玄虚，此本實取材於明萬曆三十四年(1606)吴興茅維刊七十五卷本的《東坡全集》，而略有增删。因焦竑自序不見於其文集，其評語又頗爲淺陋，故有人疑爲坊賈依托。又尺牘各卷所署校閲者姓氏也不盡相同，應是得力於衆多學者的共同努力，並非一人之功，但因此也留下坊刻之迹②。又如《三蘇文範》十八卷，《四庫全書總目提要》云："舊本題明楊慎編。然所取皆近於科

---

① 錢鍾書先生在其《管錐編》中論陸雲《愚兄平原書》時嘗云："按無意爲文，家常白直，費解處不下二王諸《帖》。什九論文事，著眼不大，著語無多，詞氣殊肖後世之評點或批改，所謂'作場或工房中批評'也。"見《管錐編》第四册，中華書局 1986 年版，第 1215 頁。

② 參見劉尚榮《明代蘇軾文集選本考述》，《蘇軾著作版本論叢》，巴蜀書社 1988 年版，第 139—140 頁。

舉之文,亦不類慎之所爲。殆與《翰苑瓊琚》均出依托也。”[1]但這些疑似僞作畢竟屬於少數,並没有影響評點家的聲譽,也没有影響評點這一文學批評形式的聲譽。這雖然不是一個正常的文學現象,而是文學藝術沾染商業氣息的一個突出表現,但在客觀上也促進了蘇軾作品的傳播。

明人對於蘇文評點的貢獻主要有兩個方面。首先是對蘇軾及其文學成就和地位之認同。不但表達了對蘇軾的崇敬之情,或稱蘇軾爲“文人之豪”(《司馬温公神道碑》唐荆川評語),或目之爲“大家”(《喜雨亭記》林次崖評語),或呼其爲“射雕手”(《王者不治夷狄論》茅鹿門評語),或名其曰“縛虎手”(《乞詔邊吏無進取及論鬼章事宜劄子》茅鹿門評語);而且對蘇文也是贊賞有加,而予之以“大手筆”(《王元之畫像贊》錢文登評語),甚或“絶世之文”(《東坡頌》茅鹿門總評語)之譽。評者認爲蘇文主要起到兩方面的社會作用。第一是爲治國提供對策,“悉切時弊”(《御試制科策》茅坤評語),“先名後實,亦救時之策”(《策别十五·蓄材用》鄭之惠評語),堪稱“經國之言”(《策别十四·定軍制》茅坤評語)。第二是爲學生提供範文。在明人看來,蘇軾“所撰論策之類,於時爲最近”[2],“鎔古爲今,周於時用,故特標一家爲文字司南”[3]。“人尤熟爛,亦尤易視也”,“爲舉子業,雖日試十目,一目作千餘字,咸綽如也”[4]。據明萬曆三十年鄭之

① (清)永瑢、紀昀等編纂《四庫全書總目提要》卷一百九十二集部四十五《三蘇文範》,清乾隆武英殿刻本。

② (明)王世貞《蘇長公外紀序》,《弇州山人四部續稿》卷四十二《文部》,明萬曆燕石齋刻本。

③ (明)張煥如《三蘇文彙彙例》,(明)楊慎輯,(明)李維楨評注《三蘇文彙》卷首,明末緝柳齋刻本。

④ (明)胡直《衡廬精舍藏稿·續稿》卷十一《三才子傳》,清文淵閣《四庫全書》本,第1287册,臺北商務印書館1986年版,第793頁。

惠所撰《蘇長公合作内外篇叙》,該書編選目的是以“長公之文爲今業舉子者《訓》《誥》”,“初學讀之,下筆自滂沛無窒塞之病”(《省試刑賞忠厚之至論》錢文登評語);“後生熟讀此等文章,下筆便有氣力光彩”(《潮州韓文公廟碑》錢文登評語);“舉子輩得此法,可以横四海矣”(《物不可以苟合論》茅鹿門評語);“舉子業到此便是脱凡胎矣”(《王者不治夷狄論》茅坤評語)。故而,“舉業者宜佩之衣帶間”(《韓非論》錢文登評語),“於今場屋中極利者也”(《省試刑賞忠厚之至論》茅坤評語)。此類評語對讀者具有指導作用,也可見出蘇文評點的傳播價值。

其次,蘇軾寬廣而獨到的審美眼光在題材内容和表現手法方面也爲後人提供了富有啓迪意義的創作範式。明人對蘇軾文風也予以高度評價。如茅坤於《與謝民師推官書》中“大略如行雲流水,初無定質,但常行於所當行,常止於不可不止,文理自然,姿態横生”處批曰:“此却是長公文章本色。”王聖俞亦批此篇:“東坡論文,的的如此。”鄭之惠則認爲是“坡翁自評其文”。又如唐荊川評《司馬温公神道碑》曰:“文勢如波湧而川動,誠然萬斛原泉也;長江一瀉萬里而波瀾曲折,自有妍姿。”林次崖評《喜雨亭記》曰:“通徹流動,如珠走盤而不離乎盤,他人雖有此意思,未必有此筆力。”肯定了蘇文文思開闊、筆力奔放、形態變化多姿、行文收縱自如的總體藝術特色。不過蘇文體式多樣,各具千秋,而儒釋道思想對其人生影響亦不同,因而在各體散文中發揮出不同的作用,所呈現出的風格亦自不同。明人在評點蘇文過程中,通過對其藝術特色的總結和把握,爲我們展現出蘇文豐富的審美意藴。例如,晚明思想以懷疑人倫秩序現狀、歸心自然、向慕本真爲趨向,其文學風尚亦是“獨抒性靈,不拘格套,非從自己胸臆流出,不肯下筆”;抨擊“文必秦漢,詩必盛唐”的擬古論調,以爲“代有升降,法不相沿”,文學創作應當“各極其變，各窮其趣”①，故而明末小品文盛行一時。袁中道認爲：“今東坡之可愛者，多其小文小説；其高文大册，人固不深愛也。使盡去之，而獨存其高文大册，豈復有坡公哉！”②在公安三袁等人的影響下，蘇文中的小品文受到讀者特别的喜愛，亦爲評點家所青睞，他們比較關注蘇文的“真”“趣”之處。如李卓吾評點《坡仙集》中，《石恪畫維摩頌》《魚枕冠頌》《蘇程庵銘》等題下均批曰“趣甚”。李贄的批評非常簡潔，直抒所感，隨心而言，順口而發，但却是真情流露。又如《怪石供》評點中，馮夢禎云：“供石既趣，供石而作文復趣，而文更趣。”王聖俞云：“議論勝，自是宋文，而旨趣則清雅。”陶石簣云：“戲笑説法，怪石亦應點頭。”俱是從蘇文之“趣”處著眼。不過，鍾惺對於李贄、三袁等人以“趣”來概括蘇文特點的簡單化傾向則持批評態度：“今之選東坡文者多矣，不察其本末，漫然以‘趣’之一字盡之，故讀其序記、論策、奏議，則勉卒業而恐卧。及其小牘小文，則捐寢食徇之。以李温陵心眼，未免此累，況其下此者乎？夫文之於趣，無之而無之者也。譬之人，趣其所以生也，趣死則死。人之能知覺運動以生者，趣所以爲也。能知覺運動以生，而爲聖賢、爲豪傑者，非盡趣所爲也。故趣者，止於其足以生而已。今取其止於足以生者，以盡東坡之文，可乎哉？”在他看來，“趣”只能視爲蘇文的一個特點而已，而真正的蘇文之妙在於表現了“真學問、真文章”，其表現形態是“理義足乎中而氣達乎外，膽與識栩栩然、謖謖然、蓬蓬然於筆墨之下”③。而

① (明)袁宏道著，錢伯城箋校《袁宏道集箋校》卷四《叙小修詩》，上海古籍出版社1981年版，第188頁。

② (明)袁中道著，錢伯城點校《珂雪齋集》卷二十四《答蔡觀察元履》，上海古籍出版社1989年版，第1045頁。

③ (明)鍾惺《東坡文選序》，《隱秀軒集》卷一八《隱秀軒文昃集・序一一》，明天啓二年沈春澤刻本。

這正是蘇軾思想融合三教纔形成的自身獨特的藝術風貌。

與之形成鮮明對比的是，受時代風氣的感染，明人在文學觀念上尊唐黜宋，論則“文必秦漢，詩必盛唐”①，對於宋詩大加詆毁。世人認爲蘇文優於蘇詩，如王世貞在比較蘇軾各體作品時就説其“文勝詩”②，譚元春亦嘗轉述他人言曰：“東坡詩不如文。”③雖然明末公安、竟陵兩派大力褒揚蘇詩，如袁宏道曰：“宋初承晚（唐）習，諸公多尚昆體，靡弱不足觀。至歐公始變而雅正，子瞻集其大成，前掩陶、謝，中凌李、杜，晚跨白、柳，詩道至此極盛。此後遂無復詩矣。”④但仍難掩其備受冷落之局面，這一時期的蘇詩評點僅有袁宏道選評、譚元春增删的《東坡詩選》十二卷（明天啓文盛堂刻本），沈白輯、陳鑾評《東坡詩選》二卷（明刻本），張自烈評《和陶詩》一卷（明崇禎刻本），張岱評《和陶集》一卷，陳仁錫評《東坡先生詩集》三十二卷（明崇禎陳仁錫刻本）等。總體來看，此際蘇詩評點多爲重複宋人老調，鮮有細緻的藝術分析。

綜而觀之，蘇軾散文評點於明代最爲突出，尤其是至晚明時期趨於繁盛，湧現出衆多蘇文評本與評家。明人主要對蘇軾散文的藝術特色從理論上作了總結和把握，並藉此闡明蘇文的成就及蘇軾對散文的貢獻，雖無開拓創新之舉，却也有發揚光大之功，從而進一步確立了蘇軾的文學史地位。這一時期堪稱蘇文評點的繁榮期。由此也説明了另外一個問題，即明代並不是蘇軾研究的“中熄期”：“明

① （清）永瑢、紀昀等編纂《四庫全書總目提要》卷一百七十集部二十三《懷麓堂集》，清乾隆武英殿刻本。

② （明）王世貞《弇州山人詞評》，四川大學中文系唐宋文學研究室編《蘇軾資料彙編》，中華書局1994年版，第1015頁。

③ （明）譚元春《東坡詩選序》，《東坡詩選》卷首，四川大學中文系唐宋文學研究室編《蘇軾資料彙編》，中華書局1994年版，第1067頁。

④ （明）袁宏道《東坡詩選・識語》，《東坡詩選》卷首，明天啓元年文盛堂刻本。

人對蘇軾的研究既落後於前之南宋,更不能與後之清代媲美。"[1]至少由蘇文評點觀之,並非如此[2]。

三、清　代

——蘇軾詩歌評點的高峰期

清代是學術文化全面繁榮的時期,不僅對中國歷代典籍進行了大規模的整理,先後編纂了《古今圖書集成》《四庫全書》《全唐詩》《全唐文》等大型類書和總集,也湧現出神韻、格調、肌理、性靈等諸家學説。清代初期,詩壇即一反明人尊唐黜宋的陋習,大力倡言宋詩,一時蔚爲風氣:"當我朝開國之初,人皆厭明代王、李之膚廓,鍾、譚之纖仄,於是談詩者競尚宋元。"[3]而且,清人對於蘇軾也是一片褒揚之聲,如汪師韓評曰:"軾之器識學問,見於政事,發於文章;史稱言足以達其有猷,行足以遂其有爲,節義足以固其有守,皆志與氣爲之也。"[4]達三則云:"有宋蘇文忠公,文章氣節,照耀千古,雖婦人孺子,莫不知有東坡先生也。"[5]因而,"國朝詩人厭薄明代,摹仿唐賢風氣,力矯其失,一以清快透脱爲宗,而蘇詩於是乎盛行。二百年來,

① 曾棗莊《蘇軾研究史》,江蘇教育出版社 2001 年版,第 206 頁。

② 參見付瓊《蘇文選本在明清時期的刊刻和流行——兼評明代蘇軾研究"中熄"説》(《蘭州學刊》2009 年第 7 期)、樊慶彦《明代蘇軾研究"中熄説"獻疑——兼論明代蘇文評點的學術價值》(《復旦學報》2010 年第 3 期)等。

③ (清)永瑢、紀昀等編纂《四庫全書總目提要》卷一百七十三集部二十六《精華録》,清乾隆武英殿刻本。

④ (清)汪師韓《蘇詩選評箋釋叙》,《蘇詩選評箋釋》卷首,四川大學中文系唐宋文學研究室編《蘇軾資料彙編》,中華書局 1994 年版,第 1811 頁。

⑤ (清)達三《蘇文忠公詩編注集成序》,《蘇文忠公詩編注集成》卷首,四川大學中文系唐宋文學研究室編《蘇軾資料彙編》,中華書局 1994 年版,第 1462 頁。

家置一編，五尺童子，皆能上口矣"[①]。清末民初的宋詩派詩人、文論家陳衍同樣認爲："長公之詩，自南宋風行……二百餘年中，大人先生殆無不濡染及之者。"[②]而汪師韓亦從唐宋詩的演變進行申論，肯定了蘇軾在詩歌史上的地位：

> 詩自杜、韓以後，唐季五代，纖佻薄弱，日即淪胥。宋初楊億、劉筠、錢惟演之徒，崇尚西昆體，只是温、李後塵。嗣是蘇舜欽以豪放自異，梅堯臣以高澹爲宗。雖志於古矣，而神明變化之功少未有。能驂駕杜、韓，卓然自成一家，而雄視百代者，必也其蘇軾乎！

其後，他又將蘇軾人品氣節、治學方法與其詩歌創作結合起來具體評說：

> 惟詩亦然，地負海涵，不名一體。而核其旨要之所在，如云"我詩雖云拙，心平聲韻和"，此軾自評其詩者也。"作詩熟讀《毛詩》《國風》《離騷》，曲折盡在是"，此軾自以其所得教人者也。且夫"精深華妙"，則蘇轍稱之矣；"公如大國楚，吞五湖三江"，黄庭堅稱之矣；"天才横放，宜與日月争光"，則蔡絛稱之矣；"屈注天潢，倒連滄海，變眩百怪，終歸渾雅"，則敖陶孫稱之矣。前之曹、劉、陶、謝，後之李、杜、韓、白，無所不學，亦無所不工，同時歐陽、王、黄，猶俱遜謝焉。洵乎獨立千古，非一代一人之詩也。[③]

① (清)張崇蘭《角山樓蘇詩評注彙鈔序》，(清)趙克宜《角山樓蘇詩評注彙鈔》卷首，清咸豐壬子丹徒趙氏鏤板本。

② (清)陳衍《知稼軒詩叙》，《石遺室文集》卷九，四川大學中文系唐宋文學研究室編《蘇軾資料彙編》，中華書局 1994 年版，第 1612 頁。

③ (清)汪師韓《蘇詩選評箋釋叙》，《蘇詩選評箋釋》卷首，四川大學中文系唐宋文學研究室編《蘇軾資料彙編》，中華書局 1994 年版，第 1811 頁。

儘管"明自嘉(靖)隆(慶)以還,稱詩家皆諱言宋,至舉以相訾謷;故宋人詩集,庋閣不行"①,但從汪氏對蘇軾及蘇轍、黄庭堅、蔡絛、敖陶孫之語的引述中,不難看到學者們對於蘇詩的激賞及其成就的肯定。所以,"世之訾宋詩者,獨於子瞻不敢輕議"②,有些人甚至對於蘇詩表示出由衷的喜愛,如李調元就曾説:

> 余雅不好宋詩,而獨愛東坡。以其詩聲如鐘吕,氣若江河,不失於腐,亦不流於郛。由其天分高,學力厚,故縱筆所之,無不精警動人。不特在宋無此一家手筆,即置之唐人中,亦無此一家手筆也。③

由此清代不僅興起了注釋蘇詩熱潮,亦湧現出了衆多的蘇詩評點本,其中不乏名家,且各有特色。就評點方法來説,有的沿襲元明舊習,喜摘句評賞,如紀昀嘗評點《蘇文忠公詩集》五十卷,詩中夾評、旁批即是,足見其對蘇詩的推崇。有的則側重於詩端眉批或詩末總評,除了選評以外,還將注釋融於其中,使評與注相互印證,相輔相成,如汪師韓《蘇詩選評箋釋》、趙克宜《角山樓蘇詩評注彙鈔》、張廷濟批校《蘇文忠公詩編注集成》等,王文誥的《蘇文忠公詩編注集成》在彙注蘇詩時,也夾雜有紀評及他自己的評語。就所評内容來説,大多數著作各體皆評,而方東樹《昭昧詹言》注重蘇軾七古、七律,温汝能《東坡和陶合箋》四卷則專評蘇軾"和陶詩",蔣熏評《東坡和陶詩》一卷亦多有圈點。而評點形式亦是多樣。查慎行既補注蘇

① (清)宋犖《漫堂説詩》,丁福保編《清詩話》,中華書局上海編輯所1963年版,第416頁。

② (清)吴之振、吕留良、吴自牧選《宋詩鈔・東坡詩鈔》,中華書局1986年版,第628頁。

③ (清)李調元《雨村詩話》卷下,四川大學中文系唐宋文學研究室編《蘇軾資料彙編》,中華書局1994年版,第1396頁。

詩，又首開清人評點蘇詩之風，其《初白庵詩評》選評蘇詩四百三十餘首，數量爲所評歷代大詩人之冠。有的則彙録諸家評語，如趙克宜《角山樓蘇詩評注彙鈔》二十卷，附録三卷，以載紀評爲主，間附己評並選録查慎行及王文誥評注，《東坡和陶合箋》除附録温汝能自己的評語外，還彙輯胡仔、朱熹、劉克莊、樊潛庵、張自立、查慎行等人評釋之語。有的精選一家評語，如趙古農《紀批蘇詩擇粹》十八卷精選紀昀的評語彙爲一集。馮應榴《蘇文忠公詩合注》五十卷，彙録何焯的蘇詩評語七十餘條。陳句山的《評注蘇詩》，翁道鷹謂其"與諸家互有同異，而論特精確"①。除專門評選蘇詩的著作外，尚有大量宋詩選集、詩話、筆記中載有對蘇軾具體詩作的評點。《昭昧詹言》融詩評與詩論於一體，其卷一二、二〇評點蘇詩一百餘首，陳衍的《宋詩精華録》卷二選録蘇詩九十二首，其中多數載有他的評語與圈點，典型地反映了同光體詩人對蘇詩的一般看法。敕撰《唐宋詩醇》、戴第元《唐宋詩本》、王文濡《宋元明詩評注讀本》及曾國藩《讀書録》等書中都載有蘇詩的評語。另外，馮舒、馮班、錢湘靈、陸貽典、查慎行、何焯、紀昀、許印芳等人評點《瀛奎律髓》時也包含了對所選蘇詩的評點。沈德潛編批《宋金元三家詩選》中專輯《蘇東坡詩選》，内有趙翼的蘇詩評批。張景星、姚培謙與王永祺三人合編的《宋詩别裁》選録蘇詩六十三首，其中多有編選者的圈點。

雖然清代湧現出了衆多的蘇詩選評著作，但多爲選録或摘抄查慎行、紀昀兩人的批語。查慎行對蘇詩評注兼具，其評點主要集中於《初白庵詩評》，最可取者當是對蘇詩語言的探討，尤其是論其平淡與凝練兩點極爲精闢。查慎行不但注重對某些藝術手法與技巧的分析，還能對其中一些詩的政治思想内涵進行挖掘、闡發，並給予

① (清)楊鍾義《雪橋詩話三集》卷六，民國求恕齋叢書本。

較高的評價,這也是查評蘇詩的可取之處。查慎行評注蘇詩的成就,使得他的版本廣爲後人遵循,汪師韓、紀昀評點蘇詩就接受過查氏的一些合理意見,尤其是汪師韓,甚至將查評中的一些批語用於自己的點評中,而又能進一步做詳緻的闡發,寓含己意,内容較爲翔實。當然,在蘇詩諸評中,紀昀因其地位、學識而使得其評點《蘇文忠公詩集》最爲著名。紀評蘇詩雖然固守"温柔敦厚"的傳統詩教,但能以文學因革正變的眼光看待蘇詩,對其承繼唐詩而又力争創新求變的創作傾向給予客觀公正的評價;亦能敏鋭地認識到蘇軾不同階段的詩風變化,並對蘇詩的藝術風格作以精妙的分析,頗能發明一家之旨,昭示後學門徑。因而,在諸家蘇詩評本中,查慎行與紀昀所評蘇詩無疑具有極大的影響,二者評語先後被不少評點者加以過録或轉録。

值得注意的是,清人評點蘇詩中有許多未刊的手批本,如蕭奇中、彭子嘉、翁同龢、顧蒪、郭嵩燾、周貞亮、林琴南、黄紹昌、鄭珍、杭世駿、張廷濟、錢陸燦、何紹基、錢廷錦、嚴虞惇、王芑孫等人批點皆是,另有管庭芬、蔣生、劉明、□璜、易忠籙、鮑倚雲、莊縉度、張穆、陳廷表、陳景雲、□哲等以及不少佚名評點者過録或轉録查慎行、紀昀批語。但其中也有彭元瑞、李鴻裔、孫原湘、翁同書、潘奕雋、丁菊泉等署名手批本實爲選録或摘抄他人批語。有的基本上全同紀評,如孫原湘、丁菊泉手批蘇詩即是如此。有的節録其中一部分,如紀評蘇詩五十卷,彭元瑞只過録前二十七卷。有的則是選録,如李鴻裔、潘奕雋等手批蘇詩,選録查慎行、紀昀、汪師韓等人評語。還有的是通過變换位置、删節等形式進行了某些修改,如翁同書手批蘇詩即是如此。還有一種情況是對他人評點蘇詩進行再評點。如紀昀曾對查評蘇詩進行評點,譚元春在其所編《東坡詩選》中,曾對袁宏道所評蘇詩加以評點。而李鴻裔則在評點蘇詩的同時,對紀評蘇詩也發表了自己的不同看法。

這一時期之所以産生較多的未刊手批本,原因主要有四點。一、在此之前的各個時期,一般批點者所批的本子都是常見的本子,藏書家不重視,所以就没有流傳下來。二、這一時期更加注重文本保存,比如許多書目中都著録未刊本,而之前的相關書目中就少有提及,這使得許多未刊評本得以保留。三、與明清易代有關,許多文人對於清朝持反對甚至仇視態度,在批語中多有抵觸,更易於遭到朝廷的查禁,因此這些評本書商不敢拿出來刊刻,有些已刊刻本也遭到了查禁。四、這些評點並不是爲傳播而作,他們大多是爲了個人的秘玩自賞,甚至是借蘇軾作品抒發個人感慨。這種評點嚴格説來都是文人自賞型的,文人化和私人化色彩很濃,極爲符合文人個性,所以隨筆塗抹、肆意揮灑個人性情也就不難理解了。而且,這種自賞性的文人化評點,對於提升評點的整體品位發揮着重要作用。他們脱離商業化影響,能够全身心地表達真正的自我,可讀性和藝術品味都很突出。如蕭奇中、杭世駿、何紹基、錢廷錦、李鴻裔等人的評點,其鑒賞力和藝術趣味都很與衆不同。他們評點的動機都是源自對於蘇軾及其作品的熱愛,爲其藝術魅力所折服。何紹基、鄭珍還曾批點過兩個版本,查慎行、錢廷錦也是批閲多次。評點在這裏首先成爲一種個體消閑甚至是宣泄情感的需要,其次纔是表達個人對作品内容的理解。這些未刊評點大多有一個共同的特徵,就是他們評點的時間都比較長,由於是出於自賞,所以並不追求一蹴而就,而是反復研讀,長時間批點,他們傾注大量甚至畢生精力只是爲了在評點過程中獲得一種情感上的滿足。

總的來看,清人更多地保留了前代評點的一般特點。如評語較爲簡略,多直覺式的感悟,雖有時也閃爍出一些思想火花,但缺乏邏輯方法所具有的嚴謹周密性,只有經過一番披沙揀金、爬梳剔抉的工作,方能得出論者之要旨;理論闡述又側重於藝術分析,對詩歌的遣詞造句、修辭手法、結構層次等方面的剖析能够細緻入微,深中腠理,但亦時有瑣屑破碎之處;而對詩人的寫作背景、意圖及詩歌的思想内涵亦有所關注,這是與元明文人的蘇詩評點相一致的地方。鑒於時代學術風氣的轉變及所評對象的獨特性,清人的蘇詩評點較之前人又形成了一些新特色。如大都長於比較研究,既有蘇軾自身同類型詩作的比較,又有與前此一切給予蘇詩某些影響的作家作品的比較。與此相聯繫的是多喜歡探索蘇詩的藝術淵源,雖各自側重的對象並不一致,但正好反映了蘇詩博雜、不主一家的特點。又喜歡將詩藝的探討與經驗實證的研究相結合,立論更穩妥、可信。但有些評點者存在着穿鑿、求深之弊。詩人創作往往即景生情,興來辭發,寓目輒書,並非完全紀實,也未必字字比興、言言寓諷,評者不可泥迹而求,呆求死看,處處坐實,亦不可違背詩歌"興象風神,無方可執"①的特徵,牽强附會,探究其中深意,而應具有活脱玲瓏的鑒賞心理,纔能真正領略其中韻味②。

因此,與明代蘇文評點的繁盛境况相比照,清代則可被視爲蘇詩評點的高峰期。

四、餘 論

通過對蘇軾詩文評點予以歷時性的綜合考察,我們可對其成就、特點與不足作如下概述。

評點作爲我國一種具有民族特色的傳統批評形式,有其産生、

① (明)胡應麟《詩藪·内編》卷五,中華書局1962年版,第100頁。

② 參見王友勝《蘇詩研究史稿》,岳麓書社2000年版,第287—288頁。

發展、存在的歷史必然性。對於蘇軾詩文評點來説,蘇軾的人格魅力以及人們對其作品的激賞,是影響評價尺度的重要因素。蘇軾詩文評點自南宋肇始,綿延不絶,至明清且復愈發興盛,湧現出了許多未刊評本和佚名評本。無論是蘇軾所處的宋朝,還是後來的金元明清,極少有對其批評者。這既説明蘇軾對於後人所具有的强大的影響力,也説明了評點這種批評形式本身所具有的旺盛生命力,同時有助於我們對蘇軾進行客觀準確地評價和定位。但是在不同時期,蘇軾詩文評點的側重點也不相同。南宋時期重文,金元時期重詩,明代又重文,清代又重詩,呈現出交相輝映的階段性景象。這當然與時代的社會背景以及文化思潮有着密切關聯,一方面容易造成評點者對作品的評價産生分歧,如唐宋詩之争、蘇黄論衡等,往往支配着人們對於作品的態度,另一方面也易於促成評點者借題發揮,實現它的社會—文化批評價值。

評點者在品鑒文本時,憑藉着切身的感受、真實的體味,記述下讀書心得,而予人以門徑。與戴着某種理論的眼鏡,將文本作爲没有生命的標本,放在手術臺上作冷漠的解剖相比,這是評點者與讀者的心靈融合,具有一種特别的親和力,利於讀者的理解和文本的傳播。但評點者又往往就事論事,隨閲隨批,具體而微,批評觀念上易於表現出主觀性、隨意性與印象化的傾向。如前所述,蘇軾詩文評點的文獻價值和理論價值已無需贅言。這裏需要特别指出的是,評點者的主要目的是教導人們閲讀文章,或抒發個人感慨,故而多側重於藝術技巧的剖析,歷史淵源的探討以及字句、作法的解讀,却相對忽略對作品思想内涵的挖掘與闡釋。而在評點過程中,評者經常採用比較分析、形象説明等方法,所評既有一語中的的妙解,也有老生常談的庸論,亦有穿鑿附會的臆測,還有千人一面的轉摘。只有經過排沙簡金,方能見寶。雖然有些對具體作品的評點較爲精妙，但少有以理性思維與宏通視野加以總説，而對其歷史價值與意義進行闡論者則更爲罕見。大多數評點者取境不寬，格局偏狹，過分强調通過作品内部意象結構的解析來尋繹文中之意或詩外之味，而相對忽略結合作者的時代環境、生平思想等外部因素去知人論世，故時有將蘇軾詩文内涵平面化、膚淺化、簡單化的發展趨勢。

蘇軾詩文評點者對於蘇軾及其作品的推崇，也容易造成另一誤區，即評點的過度闡釋。以明代爲例，如張溥稱頌蘇軾爲“宇宙第一人物”，蘇文爲“宇宙第一文字”(《叙蘇長公文集》)。茅坤稱贊蘇文爲“絶世之文”(《東坡頌》總評語)。袁宏道認爲“蘇公詩無一字不佳者”(《答梅客生開府》)，“前掩陶、謝，中凌李、杜，晚跨白、柳，詩道至此極盛。此後遂無復詩矣”(《東坡詩選・識語》)。亦有人將其文章奉爲應試圭臬，甚至認爲“有唯讀此一論終身用不盡者”(《屈到嗜芰論》鄭之惠評語)，“舉子輩得此法，可以横四海矣”(《物不可以苟合論》茅鹿門評語)，“舉子業到此便是脱凡胎矣”(《王者不治夷狄論》茅鹿門評語)。蘇軾作爲我國文學史上的詩文大家，其文學成就無可置疑屬於一流水準。不過，將其置於衆人之上，確實言過其當。當然，也存在另外一種情況，一些評點者批評蘇軾作品好發議論、直露率易、意味淺薄等，甚或否定其詩文。如蕭奇中指責蘇詩“不雅”“信口在通”“未免沾沾”等，李贄則時或認爲蘇文“好説道理”，錢文登也指出了“東坡平生作詩文不經意，意淺而味短”(《潮州韓文公廟碑》批語)的受病之處。平心而論，蘇軾的一些作品的確存在這些缺陷或不足，究其原因，既與宋人尚議論的風習有關，也與蘇軾詼諧風趣、戲謔調侃的性格有關，而與蘇軾公務繁忙或交遊廣、應酬多而消耗才思，致使作品不够精明也不無關係。但這些粗率之作畢竟在蘇軾詩文中所占比重很小。評點者發此議論，是其個人主觀意識與當時的具體客觀環境所致。因而，這些評論既有其合理性，也有其偏頗性,並非主流觀點,我們不能因言廢人,因人廢文。但不可否認,蘇軾詩文評點無論是在文本方面,還是在理論層面,抑或是傳播角度,都有其無法磨滅的重要作用,對於我們理解蘇軾及其作品乃至認識中國古代文學批評史都有一定的幫助。所以,黄霖先生認爲:"以闡發批評家主體意識爲主的評點,與旨在還原歷史的本來面貌而作冷静客觀的評價一樣,都有其存在的合理性,都爲社會所需要,都能推動文學的進步。"①

不僅蘇軾詩文評點研究如此,進一步講,事實上,我們進行人文社會科學研究,只要談到某作家作品,某種文學流派、文學現象,就會涉及對其評價的問題。但值得令人深思的是,由於時代、社會、個人好惡等多種因素的制約,被許多僵化的觀念所捆綁,往往導致我們進行評價時受着太多的局限,因襲着歷史包袱,不可避免地摻雜進主觀感情色彩,難以進行客觀公正的評價(我們在做評論時,容易産生對評論對象誇大拔高的傾向,以便顯示出研究對象的重要性以及課題研究的價值和意義,這也是過度闡釋的一種)。又如,人們常説"文如其人",但歷史上的多位權奸佞臣以及變節貳臣,雖然飽有才學,且聞名於文壇,只不過因爲品行低劣,或人格有污點,而爲人所不齒,他們的文學成就也少有人研究,即使論及也往往是因人廢文,評價過低。因此,怎樣纔能做到儘量客觀準確地分析評論作家作品、文學流派及文學現象,的確是一項不易完成却又無法避免而仍需努力的任務。

綜而觀之,評點作爲文學批評的一種重要形式,其功過得失,在蘇軾的作品中得到了充分體現,同時也留給了我們更多的深層思考

① 黄霖《近百年來的金聖歎研究——以〈水滸〉評點爲中心》,章培恒、[美]王靖宇主編《中國文學評點研究論集》,上海古籍出版社 2002 年版,第 346 頁。

空間。尤其是新時期以來我國對於傳統文化遺產的重視和發掘，評點也因其獨具的特色而呈現出中興的發展趨勢，故而蘇軾詩文評點也在新形勢下衍生出了新的特點和新的價值，這有待於我們作進一步的開拓研究。①

① 本文原題爲《蘇軾詩文評點的演進歷程》，刊載於《文史哲》2013 年第 5 期，修訂後收入本書。

凡　例

一、本書以清蔡士英刊本《東坡全集》一百十五卷本作爲蘇軾詩文評點的底本，並依據“東坡七集”、《蘇文忠公集》、《蘇文忠公全集》、《重編東坡先生外集》等進行補遺。

二、所謂蘇軾詩文的評點，本有評批，有圈點。考慮到彙輯、排印技術上的困難與實際的參考價值，今只録批語，不收圈點。

三、關於評語的形式，有題下評、眉批、夾批、旁批、尾評之分。凡眉批簡稱爲“眉”，夾批簡稱爲“夾”，旁批簡稱爲“旁”，篇題下簡稱爲“評”，篇末的批語均簡稱爲“彙評”。

四、過録評本除與原本相異之處外，一般不再收録。有的評本被多家過録，因未見原本，其在有關本子上的位置多不一致，或作眉批，或作夾批，或在題前，或在篇末，很難把握，故在不一致或不明確處一律略稱“評”。亦有過録他家評語再加以評點者，文字與原評語或有小異，則保留原貌，不强求一致。

五、有關評家的校注語，一般不録。但有的校注語與評點語很難分清，故個别的也酌情録入。

六、個别文字漫漶不清，又無他本可校，則一般保留原貌，不敢妄改。

七、有的評本可能屬於僞作，有的評家可能是他人托名，在今未曾考明之前，一律沿用舊名。

八、有些評語難以確定評點者,則以評本名稱代之。如《御選唐宋詩醇》中評語簡稱爲"《唐宋詩醇》評";《角山樓蘇詩評注彙鈔》中評語皆簡稱爲"《角山樓》評",其附録中趙克宜按語稱爲"趙克宜評"。

九、爲區别《蘇文忠公詩集》五十卷紀昀批語,《瀛奎律髓》中紀昀刊誤評語稱爲"紀昀評"。

十、有的評家評點多種蘇軾詩文版本,或多次評點同一版本,則輔以"甲""乙"等區别之。簡附如下:

1.《初白庵詩評》中的蘇詩評語稱爲"查慎行評",而清康熙三十七年朱從延蔚文堂刻本"蘇東坡詩集注三十二卷"查氏評語稱爲"查慎行甲評",清康熙三十八年宋犖刻本"施注蘇詩四十二卷"查氏評語稱爲"查慎行乙評",清乾隆二十六年查氏香雨齋刻本"東坡先生編年詩"五十卷查氏評語爲"查慎行丙評"。

2. 清康熙三十八年宋犖刻本"施注蘇詩四十二卷"(上海圖書館藏)何紹基評語稱爲"何紹基甲評",而清抄本"施注蘇詩四十二卷"(中國國家圖書館藏)何紹基評語稱爲"何紹基乙評"。

3. 清稿本李鴻裔批"蘇詩便讀二卷"稱爲"李鴻裔甲評",而李鴻裔手批"紀評蘇詩"稱爲"李鴻裔乙評"。

4. 清錢廷錦評點並跋,翁同龢跋並臨嚴虞惇批點題識,明王永積刻本"東坡先生詩集注三十二卷"(中國國家圖書館藏),其中錢廷錦曾先後兩次評點,分别以朱、黄兩色區分之,兹將朱筆評語稱爲"錢廷錦甲評",黄筆評語稱爲"錢廷錦乙評"。

5. 清莫友芝用朱紅、雌黄、墨黑三色筆點斷、評批十册《施注蘇詩》。爲區分之,兹將其朱筆批語稱爲"莫友芝甲評",黄筆批語稱爲"莫友芝乙評",墨筆批語稱爲"莫友芝評"。

6.《蘇長公文燧》不分卷,明陳紹英輯,明崇禎四年刻本,清弘曉批校，方功惠跋（山東省圖書館藏），其中弘曉分别以朱、墨兩色批點，爲區分之，兹將其朱筆批語稱爲“弘曉甲評”，墨筆批語稱爲“弘曉乙評”。

卷　一

詩四十七首

辛丑十一月十九日既與子由别於鄭州西門之外馬上賦詩一篇寄之

（**潘奕雋眉**）沉鬱頓挫，得杜之神。（**何紹基甲眉**）開章篇，大有古意，詩集公所自訂，與子由相終始耳。（**嚴虞惇眉**）真情苦語，令我心惻。〇唐人五言詩多用古韻，七言詩專用本韻，讀韓、杜集可見也，至宋人則七言亦用古韻矣。古韻有可通，有不可通。如此詩，“兀”“發”“没”“忽”，月韻也；“寞”，藥韻也；“惻”，職韻也；“瑟”，質韻也。古韻惟“質”“月”通用，餘皆不可通。蓋用韻之錯亂，自坡公始矣。（**何焯眉**）中年作虧能老氣。（**賴山陽評**）别時之日月不可忘，人之常情，故今具記之，此亦可法者，此篇不押韻，“念庭闈”與“不可忘”，纔兩處耳。此法，老杜往往有之，彼每句用韻者，以語意促迫耳。此篇覂過，故置此二句，以緩節奏也。（**毛西原眉**）辛丑，仁宗嘉祐六年，時公赴鳳翔任，合明年壬寅作。

不飲胡爲醉兀兀，此心已逐歸鞍發。（**沈德潛夾**）神來。（**蕭奇中眉**）起手恍惚可見。（**紀昀眉**）起得飄忽。（**方東樹評**）起突兀。（**何紹基乙眉**）起得突。（**毛西原眉**）斗起逆入。歸人猶自念庭闈，（**翁同書眉**）歸人指子由。（**何紹基乙眉**）“歸人”“居人”，皆目前所見也。今我何以慰寂寞。（**紀昀夾**）加一倍法。（**沈德潛夾**）襯得深至。

登高回首坡壟隔,惟見烏帽出復没。(**賴山陽評**)作樹間見烏帽,乃不振。(**紀昀眉**)寫難狀之景。(**查慎行乙眉**)《陵陽室中語》:東坡詩長於譬喻,如《和子由》"人生到處知何似"。(**方東樹評**)"惟見"句寫景。(**毛西原眉**)"但見"句寫神。苦寒念爾衣裳薄,(**張廷濟夾**)使人友愛之心油然而生。獨騎瘦馬踏殘月。(**翁同書夾**)此樂天句。(**賴山陽評**)騎馬所以得見烏帽。路人行歌居人樂,僮僕怪我苦凄惻。(**沈德潛夾**)接得不洽。(**蕭奇中眉**)歷過怨知。亦知人生要有别,(**賴山陽評**)"亦"字,我亦知之意。但恐歲月去飄忽。(**蕭奇中夾**)傷絶。(**紀昀眉**)作一頓挫,便不直瀉;直瀉是七古第一病。(**毛西原眉**)紀云"作一頓挫,便不直瀉"。(**翁同書夾**)轉進一層,曲折遒宕。(**吴汝綸評**)頓挫。筆筆突兀而起,此奇氣也。寒燈相對記疇昔,夜雨何時聽蕭瑟。君知此意不可忘,慎勿苦愛高官職。(**嘗有夜雨對床之言,故云爾。**)(**紀昀眉**)收筆處又繞一波,高手總不使直筆。(**陳仁錫眉**)公志如此,猶棲仕宦,非其志也。(**翁同書旁**)子由除商州推官,以策訐直忤時政,告未即下,故留京侍老蘇。(**何紹基乙眉**)時坡公甫出仕,已作此語,而一生爲官職所羈,何耶?

【彙評】

劉辰翁:悲哉!

汪師韓:軾與其弟轍友愛特至,時轍以父洵被命修禮書,旁無侍子,因奏乞留養親,軾赴鳳翔簽判之任,既别而作此詩。起句突兀,有意味。前叙既别之深情,後憶昔年之舊約,亦知人生要有别,轉進一層,曲折遒宕。軾是時年甫二十六,而詩格老成如是。

陳衍:可當"陟岵陟岡"詩讀。

賴山陽:《别子由》諸作,皆真勸人。要看謔浪笑傲其貌,鐵石心腸其神也。後人捨神,襲其貌,非好學者。蘇詩雖戲,猶士大夫之善謔也,如明清二袁乃幫閑牽頭耳。

和子由澠池懷舊

（**查慎行乙夾**）子由詩。（**何紹基乙眉**）作律詩如此經營，足見其難□此律公不以冠□律之首也。

人生到處知何似，應似飛鴻踏雪泥。泥上偶然留指爪，鴻飛那復計東西。（**蕭奇中眉**）作一絶，參悟大千。（**紀昀眉**）前四句單行入律，唐人舊格；而意境恣逸，則東坡本色。渾灝不及崔司勛《黄鶴樓》詩，而撒手游行之妙，則不減義山《杜司勛》一首。（**何焯眉**）鬆快。（**王文誥夾**）查注引《傳燈録》義懷語，謂此四句本諸義懷，誣罔已極。凡此類詩，皆性靈所發，實以禪語，則詩爲糟粕。句非語録，况公是時並未聞語録乎？（**毛西原眉**）單行入律，撒手游行，東坡本色。老僧已死成新塔，壞壁無由見舊題。往日崎嶇還記否，路長人困蹇驢嘶。（**往歲，馬死於二陵，騎驢至澠池。**）（**袁宏道評**）後四句傷韻。

【彙評】

劉弘：詩首與前聯形容人生聚散無定，終則叙澠池實事，真懷舊之語也。

方東樹：此詩人所共賞，然余不甚喜，以其流易。

吴汝綸：起超拔，後半率。

次韻和劉京兆石林亭之作石本唐苑中物散流民間劉購得之

都城日荒廢，往事不可還。惟餘故苑石，漂散向人間。（**向一作尚。**）（**彭元瑞夾**）“尚”字是。公來始購蓄，不憚道里艱。盡從塵埃中，來對冰雪顔。瘦骨拔凛凛，蒼根漱潺潺。唐人惟奇章，好石古莫攀。盡令屬牛氏，刻鑿紛班班。（**何紹基甲眉**）此波太大否？嗟此本何常，聚散實循環。（**王文誥夾**）自此以下四折，皆文情所必有，非用樂天語也。人失亦人得，要不出區寰。君看劉李末，（**翁同書夾**）謂漢唐。（**何紹基乙眉**）“劉李”謂漢唐也。不能保河關。（**蕭奇中眉**）□感徐仲和印章中有“河山易主矧球鏞”，同一慨。況此百株石，鴻毛於泰山。但當對石飲，萬事付等閑。（**杭世駿眉**）落句膚淺。（**紀昀眉**）意境開拓，而理趣亦極融澈。（《**角山樓**》**評**）持論通達。

壬寅二月有詔令郡吏分往屬縣減決囚禁十三日受命出府至寶雞虢郿盩厔四縣既畢事因朝謁太平宫而宿於南溪溪堂遂並南山而西至樓觀大秦寺延生觀仙游潭十九日乃歸作詩五百言以記凡所經歷者寄子由

（**紀昀眉**）大段似香山《東南行》，不免小小疵累。而五百字一氣相生，不見窘束，亦不見紛雜，筆力殊不可及。（**錢陸燦眉**）大篇無一字牽扯散懈。（**錢廷錦甲眉**）二月無兩便恤刑，古之仁主，其恤民也如是。（**嚴虞惇眉**）此詩仿潘岳《西征賦》體也。○對仗未甚工，叙事詳略亦未妥，蓋非公詩之佳者。（**王文誥旁**）純以氣勝，如流水曲折，任其所之，自成蹊徑。題云五百字，而不云五十韻者，蓋其意不欲爲長律所囿。（**何紹基乙眉**）關鍵醒。

遠人罹水旱，王命釋俘囚。（**紀昀夾**）“俘”字不妥。分縣傳明詔，循山得勝游。（**紀昀夾**）二句領起一篇。（**潘奕雋眉**）渾括。蕭條初出郭，曠蕩實消憂。（錢廷錦乙眉）"曠蕩"是郭外景，若言王恩則於上句難接。薄暮來孤鎮，登臨憶武侯。峥嶸依絶壁，蒼茫瞰奔流。（彭元瑞夾）"蒼茫"上聲。（李鴻裔乙評）"蒼茫"仄用。見《莊子·逍遥游》。先寫火，次入寶雞，情景逼真。半夜人呼急，横空火氣浮。天遥殊不辨，風急已難收。曉入陳倉縣，猶餘賣酒樓。煙煤已狼藉，吏卒尚呀咻。（十三日宿武城鎮，即俗所謂石鼻寨也，云孔明所築。是夜二鼓，寶雞火作，相去三十里，而見於武城。）雞嶺雲霞古，龍宫殿宇幽。（縣有雞爪峰、龍宫寺。）南山連大散，歸路走吾州。欲往安能遂，將還爲少留。（李鴻裔乙評）頓挫不可少，長篇無頓挫之筆，尤嫌直瀉。回趨西號道，却渡小河洲。聞道磻溪石，猶存渭水頭。蒼崖雖有迹，大釣本無鈎。（十四日，自寶雞行至號。聞太公磻溪石在縣東南十八里，猶有投竿跪餌兩膝所著之處。）東去過郿塢，孤城象漢劉。（紀昀眉）"漢劉"字倒押不妥。誰言董公健，竟復伍孚讎。白刃俄生肘，黄金漫似丘。（十五日至郿縣，縣有董卓城，其城象長安，俗謂之小長安。）（孫顥元校録）天下健者，何必董公，語在袁紹傳，非卓傳也。平生聞太白，一見駐行騶。鼓角誰能試，風雷果致不。岩崖已奇絶，冰雪更琱鎪。（李鴻裔乙評）"岩崖"連用，不知何所本。春旱憂無麥，（錢廷錦甲夾）二月。山靈喜有湫。蛟龍懶方睡，瓶罐小容偷。（是日晚，自郿起至清秋鎮宿。道過太白山，相傳云，軍行鳴鼓角過山下，輒致雷雨。山上有湫甚靈，以今歲旱，方議取之。）（蕭奇中眉）"蛟龍懶"二句與"岩崖"二句，總謂之中襯，唐人未有。二曲林泉勝，三川氣象侔。近山麰麥早，臨水竹篁修。（十六日至盩厔，以近山地美，氣候殊早。縣有官竹園，十數里不絶。）（紀昀眉）"竹篁"二字不宜疊。先帝膺符命，行宫畫冕旒。侍臣簪武弁，女樂抱箜篌。秘殿開金鎖，神人控玉虬。黑衣横巨劍，被髮凛雙眸。（十七日，寒食。自盩厔東南行二十餘里，朝謁太平宫二聖御容。此宫乃太宗皇帝時,有神降於道士張守真,以告受命之符所爲立也。神封翊聖將軍,有殿。)(何焯眉)從《玄元皇帝廟》詩中來。邂逅逢佳士,相將弄彩舟。投篙披緑荇,濯足亂清溝。晚宿南溪上,森如水國秋。繞湖栽翠密,終夜響颼颼。(是日與監宫張杲之泛舟南溪,遂留宿於溪堂。)冒曉窮幽邃,操戈畏炳彪。(十八日,循終南而西,縣尉以甲卒見送。或云近官竹園往往有虎。)(蕭奇中眉)"炳彪"二字,是坡公用字法。(紀昀眉)强押不妥。尹生猶有宅,老氏舊停輈。問道遺蹤在,登仙往事悠。(紀昀眉)"悠"字懸脚。馭風歸汗漫,閲世似蜉蝣。羽客知人意,瑶琴繫馬鞦。不辭山寺遠,來作鹿鳴呦。(蕭奇中眉)"羽客"等句,與前"半夜人呼急"等,總書當日事,不注不解。帝子傳聞李,岩堂仿像緱。輕風幃幔卷,落日髻鬟愁。入谷(音浴。)驚蒙密,登坡費挽摟。亂峰巉似槊,一水淡如油。中使何年到,(錢廷錦乙夾)此望朝廷祈禱。金龍自古投。千重横翠石,百丈見游鯈。最愛泉鳴洞,初嘗雪入喉。滿瓶雖可致,洗耳嘆無由。(是日游崇聖觀,俗所謂樓觀也,乃尹喜舊宅,山脚有授經臺尚在。遂與張杲之同至大秦寺蚤食而别。有太平宫道士趙宗有,抱琴見送至寺,作《鹿鳴》之引乃去。又西至延生觀,觀後上小山,有唐玉真公主修道之遺迹。下山而西行十數里,南入黑水谷,谷中有潭名仙游潭。潭上有寺三,倚峻峰,面清溪,樹林深翠,怪石不可勝數。潭水以繩縋石數百尺,不得其底,以瓦礫投之,翔揚徐下,食頃乃不見,其清澈如此。遂宿於中興寺,寺中有玉女洞,洞中有飛泉甚甘,明日以泉二瓶歸至郿,又明日乃至府。)忽憶尋蟆培,方冬脱鹿裘。山川良甚似,水石亦堪儔。惟有泉旁飲,無人自獻酬。(昔與子由游蝦蟆培,方冬,洞中温温如二三月。)(紀昀眉)一路雜述風土,如何挽到子由,如此趁勢打合,借作總收,真心靈手敏。(錢廷錦甲眉)起結叙致,不衫不履,自是宋體。○寄子由結。

【彙評】

劉辰翁：一筆轉换，不復一屬對，蓋杜體而甚之。

莫友芝乙：真是一篇游記，同化俳偶之迹矣。晴雲舒卷，似其變化。

趙克宜：逐節鋪叙，言盡而止，篇中無勝可尋。長律當宗杜陵，不應以元、白自畫。

太白山下早行至横渠鎮書崇壽院壁

（**紀昀眉**）此昌黎所謂"何好何惡"之詩。

馬上續殘夢，（**蕭奇中夾**）唐人句。（**紀昀眉**）首句直寫劉方平語，當由偶合，東坡非盗句者也。（**翁同書眉**）首句用唐劉駕語。（**趙克宜評**）［劉］駕次句云"馬嘶時復驚"，與首句相足傳神，勝此多矣。（**高步瀛評**）超妙。"馬上續殘夢"乃劉駕《早行》詩，未知子瞻偶用之耶，抑造句相同耶？（**莫友芝甲評**）"馬上續殘夢"，乃唐劉駕《早行》起句，公用之。不知朝日開。（**沈德潛夾**）連上句讀，方覺其妙。（**毛西原眉**）首句是劉方平詩，詩目清穩。亂山横翠幛，落月淡孤燈。（**查慎行評**）"翠幛""孤燈"從首句"殘夢"二字生出。（**何紹基甲眉**）漸出神通。（**錢廷錦甲眉**）范石湖"山根炬火忽人家"本此。（**汪師韓評**）次聯是早行景色，妙。從首句"殘夢"二字生出，故佳。（**翁同書眉**）次聯寫曉行，景色逼真。奔走煩郵吏，安閑愧老僧。再游應眷眷，聊亦記吾曾。

【彙評】

王文濡：從"殘夢"説起，生出"亂山"一聯，是曉行景象。末聯結到重來，是書壁本意。

留題延生觀後山上小堂

(蕭奇中眉)深邃杳峭,别有天界。

溪山愈好意無厭,**(錢廷錦乙夾)**是後山上。上到巉巉第幾尖。**(紀昀眉)**取其生造。**(何紹基乙眉)**起得突遠。深谷野禽毛羽怪,上方仙子鬢眉纖。**(蕭奇中夾)**妙。不慚弄玉騎丹鳳,**(蕭奇中夾)**總妙。應逐嫦娥駕老蟾。**(蕭奇中眉)**三十年前山海關上角山寺,風景有此,予有詩在《北游草》中。澗草岩花自無主,晚來蝴蝶入疏簾。**(蕭奇中夾)**亦復堪傷。**(翁同書眉)**後四句與義山《碧城》詩相近。

【彙評】

汪師韓:三句觀後之景,四句小堂之景。唐時,文安、潯陽、平恩、邵陽、永嘉、永安、義昌、安陽諸主,皆先後丐爲道士,築觀在外,玉真師事道士史崇元。腹聯較之李義山"不逢蕭史休回首,莫見洪崖又拍肩"之句,更爲語隱而意微。

留題仙游潭中興寺寺東有玉女洞洞南有馬融讀書石室過潭而南山石益奇潭上有橋畏其險不敢渡

清潭百尺皎無泥,山木陰陰谷鳥啼。蜀客曾游明月峽,秦人今在武陵溪。獨攀書室窺岩竇,還訪仙姝款石閨。猶有愛山心未至,不將雙脚踏飛梯。**(錢廷錦甲夾)**橋險不渡。

【彙評】

劉弘:"不將雙脚踏飛梯",乃題中所謂"畏橋險不敢渡"之意。

石鼻城

（**何紹基甲眉**）此種詩平淺渾浩，筆游天外，少陵却未開此境。

平時戰國今無在，陌上征夫自不閑。（**何紹基乙眉**）起語道破，使行人一慨。北客初來試新險，蜀人從此送殘山。（**紀昀眉**）三、四天然清切。（**王文誥夾**）此聯畫出川陜山疆水界，妙在關合蜀事。（**毛西原眉**）三、四確切，非身經此處者不知。獨穿暗月朦朧裏，愁渡奔河蒼茫間。（**翁同書旁**）"蒼茫"二字俱讀從上聲，自東坡創用。（**何焯眉**）五、六雄健。（**毛西原眉**）"蒼茫"，東坡每讀上聲，如"峥嶸依絶壁，蒼茫瞰奔流"。漸入西南風景變，（**翁同書夾**）自此地前往寶雞爲入西南。道邊修竹水潺潺。（**李鴻裔乙評**）結筆直而寡味。

【彙評】

汪師韓：揮霍如意，五、六一聯，深沉雄健，景中有情。"蒼茫"二字俱讀上聲，前人所未有，此自軾詩創用。唐人如韓詩讀"張王"爲去聲，白詩讀"曨聰"爲上聲，後人不審所出，遂謂前賢自我作古，恐不盡然耳。

磻溪石

墨突不暇黔，孔席未嘗暖。安知渭上叟，跪石留雙骭。（**何紹基乙眉**）豈料渭叟亦同孔墨。一朝嬰世故，（**蕭奇中眉**）"嬰世故"三字，輕得妙，糶干戈、取天下，不過嬰世故耳。"嬰"字，猿鶴堪羞。辛苦平多難。（**蕭奇中夾**）備吕公一生。亦欲就安眠，旅人譏客懶。（**蕭奇中夾**）吕亦失笑。（**紀昀眉**）借寫仕宦之勞，渾然無迹。

郿塢

(**紀昀眉**)太涉輕薄,便入晚唐五代惡趣中。(**潘奕雋夾**)可删。

衣中甲厚行何懼,塢裹金多退足憑。畢竟英雄誰得似,臍脂自照不須燈。(**蕭奇中眉**)笑倒老卓矣,萬古英雄,誰不被此。(**潘奕雋夾**)無意無味,率筆也。

樓　觀(秦始皇立老子廟於觀南,晉惠始修此觀)

(**潘奕雋夾**)可删。

門前古碣卧斜陽,閲世如流事可傷。(**蕭奇中眉**)荒荒黯黯。(**潘奕雋夾**)亦是牽强。長有游人悲晉惠,强修遺廟學秦皇。(**彭元瑞夾**)"游人"又作"幽人",凑泊。(**紀昀眉**)次聯凑泊。(**何焯眉**)"倒穿""輕省"二事爲一。丹砂久窖井水赤,白术誰燒厨竈香。聞道神仙亦相過,只疑田叟是庚桑。(**蕭奇中夾**)妙。

【彙評】

劉弘:先生自注:"秦始皇立老子廟於觀南,晉惠始修此觀。"故詩中"悲晉惠""學秦皇"之語,正道其實。

九月二十日微雪懷子由弟二首

(**錢陸燦眉**)辛卯年,予客長安,九月雪日,與禹九比部弟和此二詩。(**查慎行乙眉**)《客位假寐》一首,應編入此。《壬寅重九不預會獨游普門寺僧閣有懷子由》一首，亦應編此。(《**角山樓**》**評**)此首氣體雅潔。

岐陽九月天微雪，已作蕭條歲暮心。(**何紹基乙眉**)“九月”已雪，何殊“歲暮”。短日送寒砧杵急，冷官無事屋廬深。(**紀昀夾**)“屋廬深”三字入神。(**毛西原眉**)第四句實能狀出“冷官”廣文署，乃神似也。愁腸别後能消酒，白髮秋來已上簪。近買貂裘堪出塞，忽思乘傳問西琛。(**李鴻裔乙評**)必西夏有事而發此慨耳。(**紀昀眉**)居下僚而不得志，憤激而爲立功邊外之思，鬱鬱時實有此想，驟看若不相屬也。

【彙評】

劉弘：次公曰：“貂裘，蘇李子之裘也。乘傳，所以爲使也。”時景蕭條，官廬冷落，情思頗傷，因服貂裘曰‘堪出使塞’，則英邁之氣自若矣。

江上同舟詩滿篋，(**翁同書夾**)言昔與子由泛舟而往也。鄭西分馬涕垂膺。未成報國慚書劍，豈不懷歸畏友朋。(**何焯眉**)“懷歸”句終未妥。官舍度秋驚歲晚，寺樓見雪與誰登。(**蕭奇中眉**)雄而雅。(**李鴻裔甲評**)寺樓，子由所居。遥知讀《易》東窗下，車馬敲門定不應。

病中聞子由得告不赴商州三首

(**杭世駿眉**)坡與子由諸作，意思緜邈，情生於文，味之亹亹不盡，未嘗求工於字句，即此三詩，可以隅反。(**王文誥旁**)讀此三詩，真乃可歌可泣。(**趙克宜評**)三詩評[編者按：指紀評]皆未當。

病中聞汝免來商，旅雁何時更著行。遠別不知官爵好，思歸苦覺歲年長。(**何紹基乙眉**)突兀如寫家書。著書多暇真良計，從宦無功謾去鄉。惟有王城最堪隱，(**何紹基甲眉**)"王城最堪隱"語亦新。萬人如海一身藏。(**紀昀眉**)忽觸《客位假寐》之感，却説得和平無迹。(**王文誥夾**)凡從無賴中尋出好處，必要完出證據，於虚中占實步。此其天性生成，落筆處所在皆是也。(**毛西原眉**)末二句，人口所熟，故録之。

【彙評】

劉弘：次公曰："羈旅之雁不著行。"又曰："'王城堪隱'，則言子由尚在京師也。"〇商州在鳳翔之東南，先生時在鳳翔，子由不來商，則弟兄不見，正猶"旅雁何時更著行"也。詩意多感嘆。

《**角山樓**》：意藴藉而語氣却快，此東坡本色也。

毛西原：東坡七律，鮮通首警拔者，或得一二句耳。

近從章子聞渠説，(**章子，惇也。**)(**翁同書夾**)時子厚爲商洛令。苦道商人望汝來。説客有靈慚直道，逋翁久没厭凡才。(**查慎行評**)頸聯俱用商州故事。"説客"句指張儀詐楚。州北有智亭山，相傳四皓所隱。夷音僅可通名姓，瘿俗無由辨頸腮。答策不堪宜落此，上書求免亦何哉。(**紀昀眉**)一結殊不成語。(《**角山樓**》**評**)結二句以"上書求免"爲言，用意沉痛，觀第三首起二句便知，非真求免也。

辭官不出意誰知，敢向清時怨位卑。萬事悠悠付杯酒，流年冉冉入霜髭。(**王文誥夾**)凡此等句，皆説得傷筋動骨，但看去不覺耳。策曾忤世人嫌汝，《易》可忘憂家有師。此外知心更誰是，夢魂相覓苦參差。(**紀昀眉**)此首亦太平直。(**何紹基乙眉**)生澀有山谷味，然山谷不能爲結二語。

【彙評】

劉辰翁：語雖詭特，極欠自注。

劉弘：詩意言商人皆欲子由來官，下則述商地之人物，末復言以"直道""答策"除此，"求免"不任，亦何悲哉！自有落落之意。〇辭意感慨，友愛之情亦可掬。

病中大雪數日未嘗起觀虢令趙薦以詩相屬戲用其韻答之

（**毛西原眉**）"虢"，古虢國，在鳳翔府南四十里。"薦"，字賓卿，臨邛人，皇祐三年登第。（**張廷濟旁**）通體對。（**何紹基乙眉**）次韻無奇致。（**毛西原眉**）多排對。

經旬卧齋閣，終日親劑和。（**張廷濟眉**）此專用"個"字韻。（**《角山樓》評**）切卧病叙起。不知雪已深，但覺寒無奈。（**奈一作那。**）（**紀昀眉**）語自峭拔。（**彭元瑞夾**）"那"字協。飄蕭窗紙鳴，堆壓檐板墮。（**關中皆以板爲檐。**）風飆助凝冽，幃幔困軒簸。惟思近醇醲，未敢窺瑳瑳。何時反炎赫，（**查慎行乙眉**）昌黎詩："皇天何時反炎燠。"却欲躬臼磨。（**蕭奇中夾**）奇極。（**紀昀眉**）"却欲"句未佳，意謂操勞則汗出身暖耳，是有此理，然成何語。（**《角山樓》評**）謂當待暄暖時躬親勞苦，語本無弊，紀誤會矣。（**毛西原眉**）紀云"'却欲'句未佳，意謂操勞則汗出身暖耳，是有此理，然成何語"。誰云坐無氈，尚有裘充貨。西鄰歌吹發，促席寒威挫。崩騰踏成徑，繚繞飛入座。人歡瓦先融，（**蕭奇中夾**）微。飲儁瓶屢卧。（**紀昀眉**）"西鄰"下生出一波，便筆有起伏，不至直瀉，此於無頓挫處生頓挫，不必真有其事。（**《角山樓》評**）妙語。（**毛西原眉**）紀云"'西鄰'下生一波"。"人歡"二句警拔。嗟余獨愁寂，空室自困坷。欲爲後日賞，恐被游塵涴。寒更報新霽，皎月（或作“日”）懸半破。（錢廷錦乙眉）日如何“半破”？若謂是“日出雪消”語，亦生澀不醒。施注作“皎月”爲是。有客獨苦吟，（《角山樓》評）入趙薦寄詩。清夜默自課。詩人例窮蹇，秀句出寒餓。（李鴻裔乙評）語特遒峭。（查慎行乙眉）杜詩原句五言無“寒餓”二字。（毛西原眉）“詩人”二句新。何當暴雪霜，庶以躡郊賀。

【彙評】

《唐宋詩醇》：和韻詩峻拔瀏利，如彈丸脱手，是大蘇所長。

李鴻裔乙：通篇句句屬對，句句轉换，斯爲大筆。紀公好言“生波”，猶是八股試帖家當。“西鄰”一段蓋紀當時所見耳。

歲晚相與饋問爲饋歲酒食相邀呼爲别歲至除夜達旦不眠爲守歲蜀之風俗如是余官岐下歲暮思歸而不可得故爲此三詩寄子由

（紀昀眉）三首俱謹嚴有格。（查慎行甲眉）數語見周處《風土記》，謂蜀人風俗然也。（毛西原眉）三首各十六句。

饋 歲

（何紹基乙眉）淡永。（毛西原眉）此首平穩。

農功各已收，歲事得相佐。爲歡恐無具，假物不論貨。山川隨出産，貧富稱小大。寘盤巨鯉横，發籠雙兔卧。（張廷濟夾）承“山川”句。（潘奕雋夾）四韻“饋”字正面。（賴山陽評）一篇采色，在此二句。（毛西原眉）只排對四句。富人事華靡，彩繡光翻座。貧者愧不能，微摯出舂磨。（**張廷濟夾**）二對承"貧富"句。（**查慎行評**）"摯"與"贄"同，《曲禮》作"摯"。（**張問陶評**）鄉閭每以米粉爲饋。（**毛西原眉**）"摯"與"贄"同，《曲禮》作"摯"。官居故人少，里巷佳節過。亦欲舉鄉風，獨倡無人和。（**紀昀眉**）歸思在言外。（**查慎行評**）入情。

【**彙評**】

劉辰翁：老年作詩無此發越。

別歲

（**紀昀眉**）此首氣息特古。（**賴山陽評**）其所言者陳腐，而自"故人"下筆却爲奇。（**毛西原眉**）排散兼行，而運以氣，老坡本色。

故人適千里，臨別尚遲遲。人行猶可復，歲行那可追。（**李鴻裔甲夾**）墊一句再轉，勢足而力亦省。（**潘奕雋夾**）比起，頓挫得妙。問歲安所之，遠在天一涯。已逐東流水，赴海歸無時。（**李鴻裔甲夾**）句法。（**查慎行甲眉**）言妙能達。東鄰酒初熟，西舍彘亦肥。且爲一日歡，慰此窮年悲。（**何焯眉**）曲折。勿嗟舊歲別，行與新歲辭。（**蕭奇中夾**）恍。去去勿回顧，還君老與衰。（**蕭奇中夾**）不堪讀。（**紀昀眉**）逼入一步更沉著。（**潘奕雋夾**）透後一層寫，"別"字沉摯。（**何焯眉**）令人茫茫回首。（**查慎行評**）一層深一層，字字警動。（**《角山樓》評**）沉痛語，以警快之筆出之，遂成絶調。（**賴山陽評**）用詼戲筆。（**毛西原眉**）紀云"逼入一步更沉著"。

【**彙評**】

《唐宋詩醇》：即古詩"所遇無故物，焉得不速老"意，而暢言之，頓挫淋漓，有對此茫茫，百端交集之慨。

守歲

（**翁同書眉**）前六句比，中六句賦。（**何紹基乙眉**）是守歲元景。（**紀昀眉**）用古韻。（**王文誥旁**）全幅矯健，此爲三詩之冠。

欲知垂盡歲，有似赴壑蛇。（**翁同書眉**）設喻甚奇。（**賴山陽評**）譬喻出意表而却切。修鱗半已没，去意誰能遮。（**潘奕雋夾**）跌“守”字。（**賴山陽評**）韻脚，“蛇”押韻宜如此。况欲繫其尾，雖勤知奈何。兒童强不睡，相守夜讙（**一作喧**）嘩。晨雞且勿唱，更鼓畏添撾。坐久燈燼落，起看北斗斜。（**紀昀眉**）“坐久”十字真景。（**潘奕雋夾**）二句“守”字正面。明年豈無年，（**蕭奇中夾**）無奈。心事恐蹉跎。（**莫友芝評**）《晉書·周處傳》：“入吴，尋二陸，見雲，具以情告曰：‘欲自修而年已蹉跎。’”《説文》：“蹉跎，失時也。”努力盡今夕，少年猶可誇。（《**角山樓**》**評**）一結“守”字，精神迸出，非徒作無聊自慰語也。

【彙評】

汪師韓：前六句比，中六句賦，結句“猶可誇”者，非幸詞，正以見“去日之苦多”而“盛年之不再”也。此與《别歲》一首，佳處不減魏武《短歌》。

賴山陽：《饋歲》《守歲》《泛潁》《眼醫》等，韓集亦無此妙語也。

和子由踏青

（**紀昀眉**）首尾兩截，渺不相屬，不喻其故。（**王文誥旁**）《欒城集》題作《記歲首鄉俗二首》，故詩從歲首起。此意並該後篇也。詩和歲首鄉俗，故有“歲華新”“禳新春”二句。曉嵐謂“首尾兩截，渺不相屬，不喻其故”,即又不知看到何處去矣。(**張問陶評**)此篇結構大奇。

春風陌上驚微塵,游人初樂歲華新。人閑正好路旁飲,麥短未怕游車輪。(**何焯眉**)學昌黎氣味頗似。城中居人厭城郭,喧闐曉出空四鄰。歌鼓驚山草木動,簞瓢散野烏鳶馴。何人聚衆稱道人,遮道賣符色怒瞋。宜蠶使汝繭如甕,宜畜使汝羊如麇。路人未必信此語,强爲買服禳新春。道人得錢徑沽酒,醉倒自謂吾符神。(**錢廷錦甲眉**)後半似無收煞。(**何紹基乙眉**)閑寫此段,記鄉俗薄邪習也。(**何焯眉**)叙實事却游戲入妙。

【彙評】

劉辰翁:妙處不類和韻。

曾國藩:前八句叙“踏青”,後八句就“道人賣符”生波。

陳衍:不甚高妙景物,大名家能寫得恰如分際,小名家則非雅事不肯落筆矣。

和子由蠶市

蜀人衣食常苦艱,蜀人游樂不知還。千人耕種萬人食,一年辛苦一春閑。閑時尚以蠶爲市,(**潘奕雋夾**)入題。共(**一作恐**)忘辛苦逐欣歡。(**紀昀夾**)句未自然。去年霜降斫秋荻,今年箔積如連山。破瓢爲輪土爲釜,争買不翅金與紈。憶昔與子皆童丱,年年廢書走市觀。市人争誇鬥巧智,野人喑啞遭欺謾。(**紀昀眉**)二句有所托,而文意頗覺突兀。詩來使我感舊事,不悲去國悲流年。(**何紹基乙眉**)流年之悲,乃甚於去國。(**王文誥夾**)“悲流年”句結到歲首,與前篇起句相合。當如《欒城集》於前列總題云“和子由記歲首二題”,則此意自見。

和子由苦寒見寄

(潘奕雋眉)公詩多沉痛,高出放翁一層。**(查慎行乙眉)**此首應編入第二卷《華陰寄子由》一首前。

人生不滿百,一别費三年。**(何紹基甲眉)**“費”字鍊。三年吾有幾,棄擲理無還。**(紀昀夾)**真至語。長恐别離中,摧我鬢與顔。念昔喜著書,别來不成篇。細思平時樂,乃謂憂所緣。**(何焯眉)**情話自别。吾從天下士,莫如與子歡。**(蕭奇中眉)**兄弟之樂獨全。**(嚴虞惇眉)**千古兄弟之樂,無過二蘇矣。萬鍾之富、三公之貴,豈足易此哉!**(何紹基乙眉)**此兩語,吾於子毅同之,今已矣。羨子久不出,讀書蝨生氈。丈夫重出處,不退要當前。**(蕭奇中夾)**所以重。**(蕭奇中眉)**捨此則無以爲出處,浮沉世界已耳。**(紀昀夾)**語自嶄然。西羌解仇隙,猛士憂塞壖。廟謀雖不戰,虜意久欺天。**(何紹基乙眉)**“廟謀”二語乃道著今日嘆夷情事,亦奇。山西良家子,錦緣貂裘鮮。千金買戰馬,百寶妝刀環。何時逐汝去,與虜試周旋。**(紀昀眉)**此即前“乘傳問西琛”意,皆不得志之憤詞,不必實有此想也。

和子由論書

(蕭奇中旁)讀此詩,學道爲人,無所不妙。**(杭世駿眉)**於晉唐人外,另出議論,然亦仍是前賢神髓,千古書評,要當以此爲的論。**(紀昀眉)**峭而不剽。**(查慎行乙眉)**《韻語陽秋》云東坡《與子由論書》首四句云云,故其子叔黨跋公書云:“吾先君子豈以書自名哉?特以其至大至剛之氣,發於胸中而應之以手,不見其有刻畫嫵媚之態,而端乎章甫,若有不可犯之色。少年喜二王，晚乃喜顔平原，故時有二家風氣。俗子不知，妄謂學徐浩，陋矣！”觀此則知初未嘗規出於翰墨積習也。（**毛西原眉**）嘉祐八年癸卯，在鳳翔任作。

吾雖不善書，曉書莫如我。苟能通其意，常謂不學可。（**查慎行評**）直是以文爲詩，何意不達。（**沈德潛夾**）趣甚。（**錢廷錦甲眉**）“不學可”語太輕脱。（**蕭奇中夾**）爲上根説。（**蕭奇中眉**）萬事只一通，意不通，法與理皆左。公孫舞劍，旭得之草書，此通言也。（**何紹基甲眉**）“常謂不學可”，此語公果自道。然亦因有偏師制勝處，故敢爲此語。公書實出老泉也。（**何紹基乙眉**）是真書家，所見大抵如此，非妄言也。（**毛西原眉**）查云“直是以文爲詩，何意不達”。貌妍容有矉，璧美何妨橢。（**沈德潛夾**）凡事如此，不第書也。（**蕭奇中夾**）博喻。端莊雜流麗，剛健含婀娜。（**蕭奇中夾**）書法。（**何紹基乙眉**）“端莊”二語，吾見不純，要“端正”也。（**何焯眉**）不學作好高語，須看反面一層，謂不能通其意，即學亦無益也。（**查慎行評**）讀此十字，知少陵瘦硬未是定評。（**《角山樓》評**）拈出二語大旨已盡，所謂“通其意”也。（**毛西原眉**）只六句排對。好之每自譏，不謂子亦頗。書成輒棄去，謬被旁人裹。（**查慎行評**）“裹”字叶未穩。（**沈德潛旁**）險韻偏穩。體勢本闊略，結束入細麽。子詩亦見推，語重未敢荷。（**何焯眉**）四語恰合坡翁書法。（**王文誥夾**）下入“學射”，却特意抹倒，以足上意。邇來又學射，力薄愁官笴。（**官箭十二把，吾能十一把箭耳。**）（**沈德潛夾**）波瀾。（**蕭奇中夾**）生致。（**紀昀眉**）插入一波便意境生動。（**查慎行評**）奇峰忽插。（**毛西原眉**）紀云“插入一波便意境生動”。多好竟無成，（**《角山樓》評**）頓束極精。不精安用夥。（**沈德潛夾**）唤醒好博者不少。（**蕭奇中夾**）至言，至言。（**查慎行評**）先生尚云爾，學者可不自省？何當盡屏去，萬事付懶惰。吾聞古書法，守駿莫如跛。（**何焯眉**）忽起一波。世俗筆苦驕，（**《角山樓》評**）以俗書反托。衆中强嵬騀。(**查慎行乙眉**)此下少一韻。(**彭元瑞眉**)此當是定稿時,入集自删一韻,文意完足,殊無脱落痕也。(**查慎行評**)所謂寧拙毋巧。鍾張忽已遠,此語與時左。(**何紹基乙眉**)忽發高論,忍俊不禁矣。(《**角山樓**》**評**)結醒論字。

【彙評】

劉辰翁:"守駿",守拙故也,最是妙意。

汪師韓:論書實自道其所得。"端莊""剛健"一聯,及"體勢""結束"一聯,宛然見軾書法也。"通其意"三字最精,不通其意,雖學何益,固知不學匪直爲大言耳。忽插入"學射"一段,軒然波起,凌厲無前。

趙翼:書中三昧,非深於此道者不能言。

毛西原:此詩穩而流暢,非坡詩之絶佳者。

記所見開元寺吴道子畫佛滅度以答子由

(**紀昀眉**)題不了了,當云"子由以《畫文殊普賢》詩見寄,因記所見開元寺吴道子畫佛滅度答之",不然末二句不知爲何語。(**王文誥旁**)原題至"答子由"止,王、施本皆然,與詩意不合。今以《欒城集》原題補。若如紀説,則此題拖沓之甚,且此詩應從子由入手,當别作一篇矣。

西方真人誰所見,衣被七寶從雙狻。當時修道頗辛苦,柏生兩肘烏巢肩。(**何紹基乙眉**)起便調侃。初如濛濛隱山玉,漸如濯濯出水蓮。道成一旦就空滅,奔會四海悲人天。(**蕭奇中夾**)深重。翔禽哀響動林谷,獸鬼躑躅淚迸泉。(**杭世駿眉**)"悲人天"一語已足,"翔禽"二句另出一意,更見力量。(**何焯眉**)刻劃處出之,却極輕便,所以不可及。龐眉深目彼誰子,繞床彈指性自圓。隱如寒月墮清晝,空有孤光留故躔。(**李鴻裔乙評**)東坡此時已深入佛海,所謂去則實不去也。春游古寺拂塵壁,遺像久此霾香煙。畫師不復寫名姓,皆云道子口所傳。(**何紹基甲眉**)妙語。縱橫固已蔑孫鄧,有如巨鰐吞小鮮。來詩所誇孰與此,安得攜挂其旁觀。(**紀昀眉**)筆筆圓勁,大抵東坡詩自是氣格方成就。

和子由寒食

(**紀昀眉**)此種七律,選一代之詩則可删,選一家之詩則可存。

寒食今年二月晦,樹林深翠已生煙。繞城駿馬誰能借,到處名園意盡便。(**蕭奇中夾**)亦佳。但挂酒壺那計盞,偶題詩句不須編。忽聞啼鴂驚羈旅,(**蕭奇中夾**)意厚。江上何人治廢田。(**何紹基乙眉**)遠意。

【彙評】

劉辰翁:自是杜詩樣,寫得快活。

劉弘:此詩,先生謂今年寒食當二月晦,樹林深翠生煙,已見春色濃矣。非無馬也,假説繞城誰借得好馬來,則名園到處可以盤桓,意甚快活。次聯只平説“忽聞啼鴂”,而曰“何人治廢田”,乃又不忘農事云。

和劉長安題薛周逸老亭周最善飲酒未七十而致仕

(**潘奕雋眉**)薛周,高逸士也。

近聞薛公子,早退驚常流。買園招野鶴,鑿井動潛虬。自言酒中趣，一斗勝凉州。翻然拂衣去，親愛挽不留。隱居亦何樂，素志庶可求。所亡嗟無幾，所得不啻酬。青春爲君好，白日爲君悠。**（紀昀夾）**"悠"字懸脚。山鳥奏琴筑，野花弄閑幽。雖辭功與名，其樂實素侯。至今清夜夢，尚驚冠壓頭。**（蕭奇中夾）**摹出。**（紀昀夾）**"冠壓"二字未雅。**（何焯眉）**突兀。誰能載美酒，往以大白浮。之子雖不識，因公可與游。**（蕭奇中夾）**足題意。**（查慎行評）**先生未嘗識薛，與起句"近聞"二字相應。

中隱堂詩（並叙）

（翁同書旁）陸游《老學庵筆記》："東坡祖名序，故爲人作序，皆用'叙'字。"**（紀昀眉）**亦是摹杜《何氏山林》諸作，句句謹嚴，不失風格。**（嚴虞惇眉）**此五篇擬杜《何將軍山林》詩也。**（蕭奇中眉）**五首全摹少陵《過何將軍園》詩，氣與語俱風敦。

岐山宰王君紳，其祖故蜀人也，避亂來長安，而遂家焉。其居第園圃有名長安城中，號中隱堂者是也。**（潘奕雋眉）**"岐山宰"，可思。予之長安，王君以書戒其子弟邀予游，且乞詩甚勤，因爲作此五篇。**（李鴻裔甲眉）**其二、三首，"君"字與"政事豈汝諳""汝"字，皆作者自謂也。

去蜀初逃難，游秦遂不歸。園荒喬木老，堂在昔人非。**（紀昀眉）**"昔人"承起二句，指王之祖。**（《角山樓》評）**言王君之祖去蜀游秦，遂得昔人之故園也。"昔人"指歸登，查説爲是。鑿石清泉激，開門野鶴飛。退居吾久念，長恐此心違。

徑轉如修蟒，坡垂似伏鰲。樹從何代有，人與此堂高。**（《角山樓》評）**此乃指王君之祖耳。**（紀昀眉）**高渾。**（何紹基乙眉）**健筆。**（王文誥夾）**有杜神韻，非尋常襲杜面目者比。好古嗟生晚，偷閑厭久勞。王孫早歸隱，塵土污君袍。(**蕭奇中眉**)清風蕭蕭。

二月驚梅晚，幽香此地無。依依慰遠客，皎皎似吴姝。(**紀昀眉**)對法生動。不恨故園隔，空嗟芳歲徂。春深桃杏亂，笑汝益羈孤。(**紀昀眉**)結寓意。(**潘奕雋夾**)言外有意。(**何焯眉**)幽獨如許。

翠石如鸚鵡，何年别海堧。貢隨南使遠，載壓渭舟偏。已伴喬松老，那知故國遷。金人解辭漢，汝獨不潸然。(**紀昀眉**)分明是"萬里戎王子"一首。

都城更幾姓，到處有殘碑。(**王文誥夾**)此二句故作開筆，實乃挽到王氏得園也。古隧埋蝌蚪，崩崖露伏龜。安排壯亭榭，收拾費金貲。(**王文誥夾**)此二句歸結中隱堂，已在首聯安根，詩乃雙管並下，非專詠碑也。故其下以韓公作總收，謂韓如至此，則可悲可詠者尚多，蓋以韓自況也。曉嵐謂"'安排''收拾'俱指石刻"，"於法尚須總束一首"。此乃作者手法太高，未能稍卑以就後人繩墨。且其作意收拾無餘，亦無貂可續也。岣嶁何須到，韓公浪自悲。(**紀昀夾**)結稍弩末。(**紀昀眉**)此首詠中隱堂所聚古石刻，"安排""收拾"俱指石刻言也，於法尚須總束一首，東坡詩偶有疏於律處。

鳳翔八觀(並叙)

《鳳翔八觀》詩，記可觀者八也。昔司馬子長登會稽，探禹穴，不遠千里；而李太白亦以七澤之觀至荆州。二子蓋悲世悼俗，自傷不見古人，而欲一觀其遺迹，故其勤如此。鳳翔當秦、蜀之交，士大夫之所朝夕往來。(**蕭奇中夾**)比之。此八觀者，又皆跬步可至，而好事者有不能遍觀焉，故作詩以告欲觀而不知者。(**蕭奇中眉**)數筆耳，備豪情俠義，令人猛躍欲起，真咫尺有萬里之勢也。(**毛西原眉**)《詛楚文》《維摩像唐楊惠之塑在天柱寺》《東湖》《秦穆公墓》四首不録。

石鼓

(**杭世駿眉**)不如韓作。(**袁宏道評**)道古不減昌黎。(**蕭奇中夾**)精力聚於筆墨,挽萬石、成千鈞,莫過也。(**紀昀眉**)精悍之氣殆駕昌黎而上之。(**何紹基甲眉**)翔實處意欲勝昌黎,然仍苦蹈虛也。(**張廷濟眉**)上段六韻,賦鼓之文。中段八韻,賦鼓之事。下段九韻,援秦以頌周。後二韻結。(**何焯眉**)韋與韓皆以籀文爲主,韓兼從詩作,然不多也。此作後半只圖議論,雄放於詩太費墨,便是題外武斷語,多是亦唐宋分歧處。(**方東樹評**)渾轉溜亮,酣恣淋漓。(**《角山樓》評**)通篇無一筆與昌黎相犯,凡題有古人傳作在前,必須别尋出路,此可例推。(**毛西原眉**)如此大題,又韓詩在前,非東坡不能爲此。韓、蘇各有佳處,未易優劣也。《欒城集》亦有和作,視乃兄遜爲倍矣。○韓詩蒼勁中復多警句,較此詩勝些。紀云"駕昌黎而上",語未公。

冬十二月歲辛丑,(**蕭奇中眉**)紀事法,唐惟少陵能用。(**《角山樓》評**)直叙起。我初從政見魯叟。(**彭元瑞夾**)按《集古録》,石鼓在鳳翔孔子廟,此云"魯叟"者,蓋初任謁廟之時。陶詩曰:"汲汲魯中叟,彌縫使其淳。"謂孔子也。舊聞石鼓今見之,文字鬱律蛟蛇走。(**蕭奇中夾**)一句讀。細觀初以指畫肚,(**蕭奇中夾**)真狀。(**紀昀夾**)摹寫入微。欲讀嗟如箝在口。(**何紹基乙眉**)坡老不甚識古籀文,此語甚樸。(**趙翼評**)形容沉著有力。(**《角山樓》評**)形容字體難識光景,造句最爲奇警。韓公好古生已遲,(**《角山樓》評**)借韓公墊一筆。極力寫出有"一二"可識,正見其餘之難識也。我今況又百年後。强尋偏旁推點畫,時得一二遺八九。(**張廷濟眉**)所謂得一二也。(**陳仁錫眉**)説盡讀書鹵□。我車既攻馬亦同,其魚維鱮貫之柳。(**何焯眉**)其詞云:我車既攻,我馬既同。又云:其魚維何,維鱮維鯉。何以貫之，維楊與柳。惟此六句可讀，餘多不可通。(《**角山樓**》**評**)"我車"一聯即所謂"一二"可識者，下文"猶識鼎""僅名斗"，亦爲此聯作比例。古器縱横猶識鼎，衆星錯落僅名斗。(**蕭奇中眉**)形容高贍。(**何焯眉**)余所藏《東方像贊》剥落，中時有鋒芒四射，乃知此二句之妙。模糊半已似瘢胝，詰曲猶能辨跟肘。娟娟缺月隱雲霧，濯濯嘉禾秀稂莠。(《**角山樓**》**評**)刻畫剥蝕之狀又妙。漂流百戰偶然存，獨立千載誰與友。(**張廷濟眉**)"誰與友"，起上追下，楫句意。上追軒頡相唯諾，下揖冰斯同鷇彀。(**錢廷錦乙夾**)以上石鼓文。(**翁同書眉**)"細觀"以下十八句，鋪叙《石鼓》之文詞字迹，是第一段。(**曾國藩評**)以上推尋字體。(**王文誥夾**)自起至此爲第一段，叙所見之石鼓，乃撫摩其傍之詞也。(《**角山樓**》**評**)極贊其古，頓束有力。憶昔周宣歌《鴻雁》，(**錢廷錦乙夾**)以下叙文之由。(《**角山樓**》**評**)追叙題原。(**何焯眉**)鋪叙典重。(**毛西原夾**)原題作開勢。當時籀史變蝌蚪。(**蕭奇中夾**)對法之妙。(**蕭奇中眉**)原所以立鼓之意。(**紀昀眉**)"歌《鴻雁》"與石鼓無涉，只徒與"蝌蚪"作對句耳，未免凑泊。(**毛西原眉**)紀云"'歌《鴻雁》'與石鼓無涉，未免凑泊"。(**李鴻裔乙評**)[紀昀]此論太苛，吾不謂然。(**王文誥夾**)[紀昀]所論非是，此句特出周宣，乃提筆也。使他人爲之，必要將當時勞來還定無不得之意承明，此則得過便過，其捷如風。公此類大篇，大率用單行法，讀者惟當以氣勝求之。如或截出一句，求其一二字疵累，此非知詩者也。李太白不怕疵累，而杜子美最忌疵累，此天工人巧，勢不能合一者。朱彝尊七古以杜法行李筆，前人未嘗無此志，而始終不能者，正以逐句撮出似杜，而一串讀下，不似李也。公詩未嘗無李、杜，而妙在下筆不必似李、杜。厭亂人方思聖賢，(《**角山樓**》**評**)卓煉語。此指"中興"可見之一端，語固無窮。中興天爲生耆耇。東征徐虜闞虓虎，北伏犬戎隨指嗾。象胥雜沓貢狼鹿，方召聯翩賜圭卣。(**杭世駿眉**)以方叔爲"賜圭卣"，亦翁所謂想當然耳。遂因鼓鼙思將帥，(**彭元瑞夾**)詮"鼓"字好。(**趙翼評)拍到"鼓"字。豈爲考擊煩蒙瞍。(**劉辰翁夾**)畢竟是鼓合賦。(**蕭奇中眉**)意出。(**翁同書夾**)比附巧合。(**何焯夾**)"石"字醒。何人作頌比《嵩高》,萬古斯文齊岣嶁。(**何紹基乙眉**)"遂因"二句頌宣王。"何人"二句褒其臣也。(**《角山樓》評**)折入本題,語意精渾。爲石刻之文尋襯筆,其前惟有禹碑耳。勳勞至大不矜伐,文武未遠猶忠厚。(**蕭奇中眉**)詞理亦碩且敦。(**《角山樓》評**)檃栝石鼓文大意。欲尋年歲無甲乙,豈有名字記誰某。(**張廷濟眉**)惟宋矜伐,所以不書年歲、人名也,下言秦人刻石頌功,便非忠厚之意。(**紀昀眉**)看似順次寫下,却是隨手生出波瀾,展開境界,文情如風水之相遭。(**毛西原眉**)紀云"看似順次寫下,却是隨手生波"。(**翁同書眉**)"憶昔"以下十六句推原溯委,鋪叙典重,是第二段。(**何焯眉**)此段波瀾老成,純乎少陵。(**曾國藩評**)以上叙石鼓爲周宣王時作。以下至末,論鼓不爲秦所掊擊。(**王文誥夾**)此二句收到見鼓,作一頓。自"憶昔周宣歌《鴻雁》"句至此,爲第二段,叙鼓之出於周宣也。(**《角山樓》評**)又束住,總是極言其古。自從周衰更七國,竟使秦人有九有。(**《角山樓》評**)借"秦"作波。掃除詩書誦法律,投棄俎豆陳鞭杻。(**紀昀眉**)妙以刻石與石鼓相關照,不是强生事端,泛作感慨。(**毛西原眉**)紀云"妙以刻石與石鼓相關照,不是强生事端,泛作感慨"。當年何人佐祖龍,上蔡公子牽黄狗。(**蕭奇中夾**)對法與上同。(**何焯夾**)趁韻。登山刻石頌功烈,後者無繼前無偶。(**紀昀夾**)針對"勳勞"四句。(**何焯夾**)與"不矜伐"對。皆云皇帝巡四國,(**蕭奇中夾**)妙。烹滅强暴救黔首。(**蕭奇中眉**)慨蕩之餘,自生擊節。六經既已委灰塵,此鼓亦當遭擊剖。(**紀昀眉**)陡合捷便。(**何紹基乙眉**)能罵作小篆之丞相斯,真解人也,波瀾闊極。(**《角山樓》評**)二語是篇中波瀾,前文叙秦君臣不道,皆爲此二句起議也。傳聞九鼎淪泗上,欲使萬夫沉水取。暴君縱欲窮人力,神物義不污秦垢。(**蕭奇中眉**)"義不"二字説出神物有品有識。(**翁同書眉**)"自從"以下十六句,憑弔古今,却以"六經""九鼎"作陪,瀾翻無竭,是第三段。(**趙翼評**)鋪叙秦皇一段,雖以其刻石頌德爲襯,但太冗長,氣便不捷。是時石鼓何處避,無乃天公令鬼守。(**蕭奇中夾**)實理。(**紀昀眉**)"傳聞"數語又起一波,更爲滿足深厚,前路犀利之極。真有千尺建瓴之勢,非如此層層起伏瀠洄,則收束不住矣。(**翁同書夾**)二句筆力千鈞。(《**角山樓**》**評**)"傳聞"以下不用轉筆,借"九鼎"襯出石鼓,語脈自轉。以"九鼎"之亡襯石之存是反襯,同於"不受秦垢",又是正襯也。紀氏其説未盡。(**王文誥夾**)自"自從周衰更七國"至此,爲第三段,叙鼓之至今猶存也。興亡百變物自閑,富貴一朝名不朽。(**何紹基甲眉**)因"百變"探出"一朝"。細思物理坐嘆息,人生安得如汝壽。(《**角山樓**》**評**)結有别趣。(**何焯眉**)有冗句,後半亦少味。(**沈德潛旁**)不逮昌黎之句奇語重,然意各有别,彼欲置《石鼓》於太學,此本神物之久存,波瀾跌宕,正復異曲同工。(**趙翼評**)氣竭。(**王文誥夾**)雖四句煞尾,而"興亡"分結中二段。"物閑"收起一段,只七字了當,故其餘意無窮。詩完而氣猶未盡,此其才局天成,不可以力争也。

【彙評】

朱彝尊:楊用修謂從李賓之所得唐人拓本,多至七百有二字;又言及見東坡之本。人多惑焉。考賓之《石鼓歌》中云:"家藏舊本出梨棗,楮墨輕虚不盈握。拾殘補缺能幾何,以一涓埃裨海嶽。"夫以歐陽、薛、胡諸家所見,止四百餘字,若賓之本有七百餘字,拾殘補缺,亦已多矣。賓之不應爲是言也。子瞻之詩曰:"韓公好古生已遲,我今况又百年後。强尋偏旁推點畫,時得一二遺八九。"子由和之有云:"形骸偃蹇任苔蘚,文字皴剥因風雨。字形漫汗隨石缺,蒼蛇生角龍折股。"夫用修之本既得自賓之,傳自子瞻,是子瞻克見其全,子由亦得縱觀,子瞻、子由又不應爲是言也。

戴第元:按董氏逌曰:"世傳岐山周篆,昔謂'獵碣',以形制考之,鼓也。三代之制，文德書於彝鼎，武事刻於鉦鼓，征伐之勳表於兵鉞，其制度可考。後世不知先王之典禮猶有存者，鑿山刻石，自是昭一時功績。唐世諸儒以石鼓爲無所據，至謂田獵之碣，蓋未知古自有制也。”據此，則東坡先生“遂因鼓鼙思將帥”等語，至爲典切。

汪師韓：雄文健筆，句奇語重，氣魄與韓退之作相埒，而研煉過之。細玩通篇，以“冬十二月”四句起，以“興亡百變”四句結。起仿《北征》，詩體莊重有法，結亦悠然不盡。若韓詩起四句，未免平率，結云“嗚呼吾意其蹉跎”，又何衰颯也。中間分三大段，第一段自“細觀初似指畫肚”至“下揖冰斯同鷇鷇”，鋪叙石鼓之文詞字迹，實景實事，所與韓公不同者在此，故詳述於前，且正是初見時情狀也。“古器縱橫”六句，其贊嘆鼓與文處，文詞秀麗而詳盡。石鼓之奇古，固非“文字鬱律蛟蛇走”一句所能盡。“缺月”“嘉禾”，視韓詩“鸞翔鳳翥”“珊瑚碧樹”之詞，又出一奇也。“漂流百戰”四句作轉軸，起下二段。“憶昔周宣歌《鴻雁》”至“豈有名字記誰某”，推原泝委，鋪述典重。“自從周衰更七國”至“無乃天公令鬼守”，憑弔古今，却以“六經”“九鼎”作陪襯，瀾翻無竭，筆力馳驟，而章法乃極謹嚴，自是少陵嗣響。

方東樹：坡此首暨《王維吴道子畫》《龍興寺》《武昌劍》《虢國夜游》《雪浪石》，杜《李潮八分》，韓《贈簟》《赤藤杖》，李《韓碑》，歐《古瓦》《麥溪》，黄《摩崖碑》，皆可爲典制之式。〇起三句叙，四句寫，“細觀”句棱，以下夾叙夾議。“古器”六句起棱，“漂流”二句伏收處，“上追”二句束，以上實叙。“憶昔”以下，追叙本事原委。“何人”四句大筆，“欲尋”二句入妙，起棱，事外遠致。“六經”句又一襯，“傳聞”句起棱，“是時”句收轉。

吴汝綸：此蘇詩之極整煉者，句句排偶，而俊逸之氣自不可掩，所以爲難。

毛西原：此詩凡六十句，上句用仄聲，拗起者二十句。通首整對，筆力蒼堅。中間起伏開合，後路收束亦圓足。

詛楚文

碑獲於開元寺土下，今在太守便廳。秦穆公葬於雍櫜泉祈年觀下，今墓在開元寺之東南數十步，則寺豈祈年之故基耶？淮南王遷於蜀，至雍，道病卒，則雍非長安，此乃古雍也。

峥嶸開元寺，仿佛祈年觀。舊築掃成空，古碑埋不爛。詛書雖可讀，字法嗟久換。（**張廷濟夾**）文忠所見應尚是原刻。此云"久換"，盡言秦時字法與今不同也。詞云秦嗣王，（**蕭奇中夾**）述法。敢使祝用瓚。先君穆公世，與楚約相捍。質之於巫咸，萬葉期不叛。今其後嗣王，乃敢構多難。刳胎殺無罪，親族遭圉絆。計其所稱訴，（**蕭奇中夾**）一句撇。何啻桀紂亂。（**查慎行乙眉**）一本"何啻桀紂亂"下公自注云："秦嗣王"至此，皆《詛楚文》中語。（**何焯眉**）述詛文簡古。吾聞古秦俗，面詐背不汗。豈惟公子卭，（**蕭奇中夾**）傷哉。社鬼亦遭謾。（**紀昀眉**）秦之無道何須謾駡，借一小事作點綴，筆墨脩然。遼哉千載後，發我一笑粲。（**《角山樓》評**）純用輕筆判斷，絶不費力。

王維吴道子畫

（**紀昀眉**）奇氣縱横，而句句渾成深穩。（**何紹基甲眉**）公是否知畫，殊無可據，謂王勝吴，亦不敢執。（**翁同書眉**）將言吴不如王，乃先於道子極意形容，正見尊題處也。（**何紹基乙眉**）公此詩抑道子而揚右丞，此兩人畫今不可得見，無以言之。（**何焯眉**）句句寫出雄放清厚精神。

何處訪吴畫，普門與開元。（**毛西原眉**）開元寺在鳳翔府北，開元寺有道子畫佛在雙林下入涅槃像，摩詰畫兩叢竹。開元有東塔，摩詰留手痕。吾觀畫品中，莫如二子尊。（**趙翼批**）雙起。（**高步

瀛評)以上敘吴、王二子畫。道子實雄放,浩如海波翻。當其下手風雨快,筆所未到氣已吞。(**蕭奇中眉**)畫時神情全出,如老杜《曹霸丹青引》。(**趙翼評**)筆力與杜少陵"一洗萬古凡馬空"同一軒挺。(**翁方綱評**)必合讀全篇,而後"筆所未到氣已吞"一句之妙乃見也。若但舉此一句,似尚非知言者。亭亭雙林間,彩暈扶桑暾。中有至人談寂滅,悟者悲涕迷者手自捫。(**杭世駿眉**)造句工。(**蕭奇中眉**)畫勝於講,詩勝於畫矣。蠻君鬼伯千萬萬,相排競進頭如黿。(**彭元瑞夾**)宛如見畫。(**高步瀛評**)以上論吴畫。摩詰本詩老,佩芷襲芳蓀。今觀此壁畫,亦若其詩清且敦。(**譚元春評**)摩詰詩字字清,却字字厚,我輩評詩如此。今先生稱右丞畫"亦若其詩清且敦",敦即厚之説也。仰證左契,我心灑然。(**紀昀眉**)"敦"字義非不通,而終有嵌押之痕。凡詩有義可通而語不佳者,落筆時不得自恕。(**毛西原眉**)紀云"'敦'字義非不通,而究有嵌押之痕"。西原曰:余向有竟陵譚友夏蘇詩,斥本則特美"敦"字,謂"清且敦"三字,狀得摩詰詩出鐘。譚之論往往如此。紀必斥之,譚必圈之,皆不必也。祇園弟子盡鶴骨,心如死灰不復温。(**趙翼評**)刻畫入微。門前兩叢竹,雪節貫霜根。交柯亂葉動無數,一一皆可尋其源。(**蕭奇中眉**)此豈草草觀畫者。(**紀昀眉**)"交柯"二句妙契微茫,凡古人文字,皆如是觀。(**潘奕雋眉**)二句畫竹訣即是詩訣。(**王文誥夾**)本集獨不傳畫法,以上四句即公之畫法也。(**高步瀛評**)以上論王畫。(**毛西原眉**)紀云"'交柯'二句妙契微茫,凡古人文字,皆如是觀"。吴生雖妙絶,猶以畫工論。(**何焯眉**)杜詩"妙絶動宫墻"。摩詰得之於象外,(**蕭奇中眉**)評定,見眼力,見學力。有如仙翮謝籠樊。吾觀二子皆神俊,又於維也斂衽無間言。(**趙翼評**)雙結。(**錢廷錦乙眉**)重王詩,故獨進王畫。(**杭世駿眉**)八觀中此作最奇、最横。(**蕭奇中眉**)豐昌志滿,文章之能事畢矣。(**紀昀夾**)摩詰、道子畫品亦未易低昂,作詩若不如此,則節節板對,不見變化之妙耳。(**紀昀眉**)雙收側注,寓整齊於變化中。(**翁同書旁）以史遷合傳論贊之體作詩，音節疏古。有"羅浮兩山，風雨離合"之妙。（**潘奕雋夾**）學工部《李潮八分歌》體，而無其筆力。（**查慎行評**）子由詩云："誰言王摩詰，乃過吴道子？"與東坡結意正相反。（**高步瀛評**）以上品第二家之畫。

【**彙評**】

汪師韓：以史遷合傳論贊之體作詩，開合離奇，音節疏古。道子下筆入神，篇中摹寫亦不遺餘力，將言吴不如王，乃先於道子極意形容，正是尊題法也。後稱王維只云畫如其詩，而所以譽其畫筆者甚淡，顧其妙在筆墨之外者，自能使人於言下領悟，更不必如《畫斷》鑿鑿指爲神品、妙品矣。若將"吴生雖妙絶，猶以畫工論"二句置之於"道子實雄放"一段之前，則語無分寸，並後幅之精采亦不復有。詩惟下筆鄭重，乃有此變化跌宕。至末始以數語劃明等次，雖意言已盡，而流韻正復無窮。

方東樹：古人得意語，皆是自道所得處，所以衝口即妙，千古不磨。今人但學人説話，所以不動人，此誠之不可掩也。以此觀大家無不然，而陶、杜、韓、蘇、黄尤妙。〇神品妙品，筆勢奇縱。神變氣變，渾脱瀏亮。一氣奔赴中，又頓挫沉鬱。所謂"海波翻""氣已吞""一一可尋源""仙翮謝樊籠"等語，皆可狀此詩，真無閑言。

陳衍：大凡名大家古詩，每篇必有一二驚人名句，全篇方鎮壓得住。其鱗爪之間，亦不處處用全力也。

吴汝綸：詩格亦超妙不群。

毛西原：此詩用長短句格，雙起雙收。寫道子、摩詰，各有警句。紀於後六句密密圈之，謂摩詰、道子未易低昂，作詩若不如此，則節節板對，不見變化之妙，立論固是。然此詩結處不見變化跌宕，文勢至此，不得不如是耳。密圈無味也。

維摩像唐楊惠之塑在天柱寺

（紀昀眉）直寫自老，他人如此便單弱，此由筆力不同，純用一掀一落之法，故單行而不直不板。

昔者子輿病且死，其友子祀往問之。**（《角山樓》評）**借端引入。中四韻起伏控縱，筆力堅勁，蘇詩之極遒煉者。跰躚鑒井自嘆息，**（張廷濟旁）**“跰躚”，《莊子音義》云：“病不能行，故跰躚也。”造物將安以我爲。**（張廷濟眉）**純從示疾結撰。**（蕭奇中眉）**意後言前，亦揮灑殆盡，如此起法，惟少陵有。今觀古塑維摩像，病骨磊嵬如枯龜。**（查慎行評）**維摩像必示疾者，故詩云然。乃知至人外生死，此身變化浮雲隨。世人豈不碩且好，身雖未病心已疲。**（蕭奇中眉）**古今人俱此，可悲，可憐。此叟神完中有恃，**（《角山樓》評）**此五字誰人能下？**（蕭奇中眉）**中無恃，神不完，神不完，心生疲矣。要問何恃，人豈可無恃而生，無恃而死者耶？談笑可却千熊羆。**（何紹基乙眉）**醒世語。當其在時或問法，**（蕭奇中夾）**頓挫盡致。俯首無言心自知。至今遺像兀不語，與昔未死無增虧。田翁里婦那肯顧，時有野鼠銜其髭。**（紀昀夾）**又作一襯，總不肯使一直筆。**（王文誥夾）**凡似此隨手找截填補之句，奇情異想，如有證據者然。在本集不可勝計，此其當行家風也。見之使人每自失，誰能與結無言師。**（何焯眉）**寫出蒼凉。

東　湖

（紀昀眉）純寓牢騷。

吾家蜀江上，江水緑如藍。**（紀昀眉）**才力極爲富健，一二强押之字，不足以累之。爾來走塵土，意思殊不堪。况當岐山下，風物尤可慚。(**紀昀眉**)"慚"字趁韻不妥。有山秃如赭,有水濁如泔。不謂郡城東,數步見湖潭。入門便清奥,恍如夢西南。泉源從高來,隨流走涵涵。東去觸重阜,盡爲湖所貪。(**何紹基乙眉**)"涵""貪"兩韻甚健。(**杭世駿眉**)押"貪"字,奇。長韻、平韻,必須有此等爲一篇之首,詩乃磊落不群。(**何焯眉**)"貪"字妙。但見蒼石螭,開口吐清甘。借汝腹中過,胡爲目眈眈。(**蕭奇中夾**)可笑。(**何焯夾**)似指太守陳公弼,即後半意也。新荷弄晚凉,輕棹極幽探。飄摇忘遠近,(《**角山樓**》**評**)意有所諷,何焯以爲指太守陳公弼,或然。偃息遺佩篸。深有龜與魚,淺有螺與蚶。曝晴復戲雨,戢戢多於蠶。(**何紹基乙眉**)"雨露之所濡,甘苦齊結實",亦同此意否?浮沉無停餌,倏忽遽滿籃。(**紀昀眉**)閑情好,板叙之中有此閑情方生動。絲緡雖强致,瑣細安足戡。(**紀昀夾**)趁韻不妥。(**王文誥夾**)鋪叙似香山。聞昔周道興,翠鳳棲孤嵐。飛鳴飲此水,照影弄毿毿。(**此古飲鳳池也**。)至今多梧桐,合抱如彭聃。彩羽無復見,上有鷙搏鶴。(**紀昀眉**)忽起一波,寓不得志之感,得此乃不一瀉無餘。(**王文誥夾**)自"聞昔周道興"句至此一節,乃完題之正面,且公已自注明矣。曉嵐誤以爲"忽起一波",是並忘此詩爲鳳翔題也。嗟予生雖晚,考古意所妉。圖書已漫漶,猶復訪僑郯。《卷阿》詩可繼,(**王文誥夾**)映帶飲鳳。此意久已含。扶風古三輔,政事豈汝諳。聊爲湖上飲,一縱醉後談。(**查慎行評**)得《簡兮》詩人之意。(**紀昀夾**)此處可住。(**何焯眉**)得此意,詩便深厚。門前遠行客,劫劫無留驂。(**翁同書夾**)盧仝詩:"日車劫劫西向没。"問胡不回首,毋乃趁朝參。予今正疏懶,官長幸見函。(**王文誥夾**)此二句指太守宋選之厚遇也,後有《和子由除日》詩之"兄今雖小官,幸忝佐方伯"句可證。義門、曉嵐强拉作與陳公弼不合之詩,而以此二句爲牢騷之反説,不止毫釐千里之差也。鳳翔通流汧水,甚濁,獨此湖則清,此作詩之本意,並無寓憤之詞也。不辭日游再,行恐歲滿三。暮歸還倒載,鐘鼓已諳諳(音諳)。(**翁同書眉**)是時陳希亮爲府帥,以屬禮待先生,故云"予今正疏懶,官長幸見函"。無聊不平時一發露,當與《客位假寐》詩參看。

【**彙評**】

汪師韓:前幅寫東湖之勝而曰"湖所貪",曰"目眈眈",匪直摹景而已。入後自寫閑游,而實有懷抱古今之意。"扶風古三輔,政事豈汝諳"二句,意最深厚,得《簡兮》詩人之旨。沉屈下僚,勾檢簿書,無由得盡其才,不得已而爲湖上之游,詎與鑿山開道者比?考是時軾爲鳳翔判官,陳希亮爲府帥,以屬禮待之,或謁入不得見。軾壯年氣盛不相下,其《客位假寐》作有云:"同僚不解事,愠色見髯鬚。雖無性命憂,且復忍須臾。"此詩末復云:"予今正疏懶,官長幸見函。"無聊不平時一發露於辭氣,故必知其人、論其世,而後可與言詩。後人注詩者,俱未見及此《客位》之作,編入通守錢塘時,並其年譜中次序亦錯謬矣。

真興寺閣

(**蕭奇中眉**)元氣磅礴,如鼓風橐,如升暘輪,幾難思議。(**紀昀眉**)奇恣縱橫,不可控制。(**王文誥旁**)通幅一派蠢氣,是此題本旨,俗諺所謂"扣頭作帽子"也。(**《角山樓》評**)一氣坌湧而出,順逆往來,筆筆英毅,真絶作也。(**陳衍評**)此坡公五古之以健勝者。(**毛西原眉**)紀云"一起奇恣縱横,不可控制。他手即有此摹寫,亦必數句裝頭"。説得極是。

山川與城郭,漠漠同一形。(**蕭奇中夾**)妙。(**何紹基甲眉**)此當是雪後。市人與鴉鵲,浩浩同一聲。(**袁宏道評**)意外意,象外象,子美不能道也。(**沈德潛夾**)形盛如繪。(**蕭奇中夾**)更奇。(**潘奕

雋夾)造形得《登高》神理出。(**紀昀眉**)他手即有此摹寫,亦必數句裝頭。(**王文誥夾**)紀昀所謂與《懷賢閣》詩"南望斜谷口"四句同一起法,則謬。此四句爲一節,彼八句爲一節也。且此四句有魄無魂,所謂王中令者,不足稱道。故詩意但言廛市中一傑閣而已。若《懷賢》起四句,則展開斜谷之路,下四句乃孔明從此路出師。此則有不敷般演之患,彼則有約繁就簡之難。二詩各有斟酌,未可輕議也。(**何焯眉**)談高標,跨蒼穹,謂登塔者。(**吴汝綸評**)起四語奇創。此閣幾何高,(**《角山樓》評**)倒點。何人之所營。(**沈德潛夾**)太率。(**蕭奇中夾**)妙。(**錢廷錦乙眉**)太露而許。側身送落日,引手攀飛星。(**袁宏道評**)二語反平。(**何焯夾**)二句終遜"七星在北户"矣。(**毛西原眉**)只排對六句,餘俱散。當年王中令,(**《角山樓》評**)追叙。斫木南山赬。寫真留閣下,鐵面眼有棱。身强八九尺,與閣兩峥嶸。(**《角山樓》評**)綰合極峭。古人雖暴恣,作事今世驚。登者尚呀喘,作者何以勝。(**何焯眉**)有景道不得矣,豈意後有此蒼茫。(**蕭奇中眉**)快哉言,今人不爾,作事亦頗庸常萬萬矣。曷不觀此閣,其人勇且英。(**李鴻裔甲眉**)此非豎儒所得知也。(**紀昀眉**)勢須此奇論作收,否則不稱。(**何紹基乙眉**)一氣持滿,坡集中亦屬僅見。(**何焯眉**)"古人"二句發"觀"字妙。尹山橋有張士信廳事,閱三百年未壞,直有此嘆,難壞即其所以無成,以詩論亦非佳句。

【彙評】

譚元春:子美"閑見同一聲""齊魯青未了""萬古青濛濛"等語,是此詩所自出。

汪師韓:蒼蒼莽莽,意到筆隨。中間"側身送落日,引手攀飛星"十字,奇警奪目,可與老杜"七星在北户,河漢聲西流"相匹敵。

趙堯卿:此詩用古人意而不取其字。杜子美《登慈恩寺塔》詩云:"泰山忽破碎,涇渭不可求。俯視但一氣,焉能辨皇州。"

毛西原：此詩起手真奇恣，入後不過趁筆寫去，與起句殊不相配。紀乃從首至尾，無一字不圈者，其評末二句云“勢須此奇論作收，否則不稱”，以余觀之，平常之至，何奇之有？

李氏園(李茂貞園也，今爲王氏所有)

(**蕭奇中眉**)賦體詩情，或如絲竹，或如笳鼓，油然而歡，蹴然而戚，是大家之章。(**紀昀眉**)竟以記序體行之，樸老無敵，而波瀾又極壯闊，不是印板文字。以東西南北作界畫，便不是一屋散錢。此法本之漢人都邑諸賦。(**查慎行甲眉**)通體秀而曲，亦不見冗散。(**袁宏道評**)此龍眠居士山莊圖也。(**毛西原眉**)紀云“竟以記序體行之，樸老無敵，波瀾又極壯闊，不是印板文字”；又云“以東西南北分界，便不是一屋散錢。此法本之漢人都邑諸賦”；又云“倒點李氏，運筆奇變”；又云“掃倒‘貞茂’，乃並‘園’字一齊掃倒，結歸虛空，超妙之筆”。

朝游北城東，回首見修竹。下有朱門家，破墻圍古屋。(**李鴻裔甲夾**)十字便含結意。舉鞭叩其户，幽響答空谷。入門所見夥，十步九移目。異花兼四方，野鳥喧百族。(**李鴻裔甲眉**)必須先總數語，以下乃可分敘。(**《角山樓》評**)虛寫總寫，必須先有此數語，以下乃可分敘。其西引溪水，活活轉墻曲。東注入深林，林深窗户緑。水光兼竹净，時有獨立鵠。(**蕭奇中夾**)清迥。(**查慎行甲眉**)絶好柳州記。林中百尺松，歲久蒼鱗蹙。(**蕭奇中夾**)贊松。(**李鴻裔甲眉**)松從林中抽出，以特筆寫之。豈惟此地少，意恐關中獨。小橋過南浦，夾道多喬木。隱如城百雉，挺若舟千斛。陰陰日光淡，黯黯秋氣蓄。(**何焯眉**)韓之膏腴。盡東爲方池，野雁雜家鶩。紅梨驚合抱，映島孤雲馥。春光水溶漾，雪陣風翻撲。其北臨長溪，波聲卷平陸。北山卧可見，蒼翠間磽禿。(**蕭奇中眉**)聲光不暇，心肺爲翠。我時來周覽，問此誰所築。云昔李將軍，負險乘衰叔。(**紀昀眉**)倒點李氏,運筆奇變。抽錢算間口,但未榷羹粥。(**蕭奇中夾**)危哉。(**蕭奇中眉**)痛矣。當時奪民田,失業安敢哭。(**蕭奇中眉**)何透暢至此,勢豪富横,喪良恣暴,曾一省及多。誰家美園圃,籍没不容贖。此亭破千家,(**蕭奇中眉**)一語抵《阿房賦》百語。鬱鬱城之麓。將軍竟何事,蟣蝨生刀韣。何嘗載美酒,來此駐車轂。(**蕭奇中夾**)笑倒。空使後世人,聞名頸猶縮。(**俗猶呼皇后園,蓋茂貞謂其妻也。**)(**蕭奇中夾**)肖,肖。(**蕭奇中眉**)今百萬家,樹亭植沼,黼樓黻閣,有未成而身殞者矣,有成而足不一至、目不一瞵者矣,有至而算租庸、呵吏役者矣。美酒乎哉?笙歌婦妓乎哉?(**何紹基乙眉**)止此一波。(**《角山樓》評**)痛惜李氏,使聞者足戒,斯固詩人之旨也。我今官正閑,屢至因休沐。人生營居止,竟爲何人卜。何當力一身,永與清景逐。(**蕭奇中夾**)非知之艱,行之惟艱。(**李鴻裔甲眉**)至理以妙筆出之。(**紀昀眉**)不惟掃倒"茂貞",乃並"園"字一齊掃倒,一篇累贅文字,忽然結歸虛空,真爲超妙之筆。(**何焯眉**)達人之言。

【彙評】

查慎行丙:《江鄰幾雜志》謂"茂貞幽昭宗於紅泥院,自據使宅。民獻善田,薄租以佃之,稱'秦王户'。後子孫以券收田,府西土腴各百餘頃,不十年蕩盡",與先生詩吻合。意其奪田開園,乃唐末事。其後既爲世土,則市小惠以結民心,亦奸雄之故智。東坡身至鳳翔,所見必真,故詩云云,可補史傳之缺。

汪師韓:叙園中景物,委折詳盡,自西而南、而東、而北,一一點睛,有刻斫而無冗散,宛如柳州小記。後以感慨之情,寓通曠之見,歛放正爾相當。

毛西原:詩凡三十韻,亦東坡五古之長者。叙述詳盡,東西南北分鋪。余嫌其累贅,非佳詩也。此作起手則奇聳非常,倘用當中,則尋常筆也。

秦穆公墓

(紀昀眉)純寓與上官不合之感,所謂借他人酒杯,澆自己壘塊。查氏謂"事出六經,恐難翻案",未詳立言之意耳。**(何焯眉)**翻案好。**(袁宏道評)**似論矣,此理學之始也。**(譚元春評)**袁此語甚有益。**(莫友芝乙眉)**古拙之至矣,却復異常排宕,秦漢人亦不過爾。

槖泉在城東,墓在城中無百步。乃知昔未有此城,秦人以泉識公墓。昔公生不誅孟明,**(蕭奇中夾)**是譏。豈有死之日而忍用其良。**(杭世駿眉)**確論。**(蕭奇中夾)**九原氣吐。**(潘奕雋夾)**快論。**(何焯眉)**《詩·黄鳥》鄭箋云:"從死,自殺以從死。"此公詩所本也。疏家謂穆公命從己死,此臣自殺從之,則頗非鄭之本意。故公詩復舉"不誅孟明"以證明其不然。乃知三子徇公意,亦如齊之二子從田横。**(查慎行評)**議論自開闢,但事出六經,恐難翻案。**(沈德潛眉)**情事未必如此,只是解説得好。觀《黄鳥》詩"臨穴惴惴",知"三子"非甘於從死者矣。**(蕭奇中夾)**妙案。**(蕭奇中眉)**真讀書、真吊古者。讀書而不知其人,吊古而不原其志,世間何光,山川何色。是史,是論,是詩。**(何焯眉)**意有所感,泛手而成,非好爲異論與故作變調也。**(《角山樓》評)**不必果中事理,而語特透快。古人感一飯,**(蕭奇中夾)**申明來。尚能殺其身。**(錢廷錦乙眉)**聖階云:"臨穴惴惴,恐非感恩之比。"今人不復見此等,**(何焯夾)**發觀字。乃以所見疑古人。古人不可望,今人益可傷。**(沈德潛旁)**結泛而率。**(蕭奇中眉)**益見今人之可笑,今人何人,讀書吊古之人也。**(潘奕雋眉)**論自辟而未確。**(錢廷錦甲旁)**此種是公長技。**(何紹基乙眉)**通首似論矣,賴有結語便有神。**(查慎行甲眉)**論必創獲,方許吊古。

【彙評】

方東樹:有叙有議,筆勢奇縱。如收六句,三層,是層層奇縱也。

和子由聞子瞻將如終南太平宫溪堂讀書

（**蕭奇中眉**）真言真事，不浮不襲。（**紀昀眉**）一氣湧出，而曲折深致，無一直率之筆。（**《角山樓》評**）清空如話，不知有和韻之苦，此本領過人處。

役名則已勤，徇身則已媮。（**蕭奇中夾**）千古惡人。我誠愚且拙，身名兩無謀。始者學書判，近亦知問囚。（**查慎行評**）先生官鳳翔時，往屬縣决囚，故云。但知今當爲，敢問向所由。（**紀昀夾**）此一段純是陶詩氣脈，但面目不同耳。世人學陶乃專以面目求之，所謂形骸之外，去之愈遠。士方其未得，唯以不得憂。既得又憂失，此心浩難收。（**《角山樓》評**）上四語，議論中波瀾。譬如倦行客，中路逢清流。（**王文誥夾**）真乃吉祥文字，看他要放下就放下，故不可以憤詞論也。塵埃雖未脱，暫憩得一漱。（**紀昀夾**）一路皆以文句入詩，忽插入此喻，甚妙。不然便樸直少致。（**王文誥夾**）直以憂得失爲戲事，可謂以清流身而得渡者矣。曉嵐謂“忽插此喻”，皆毫無根蒂之談。（**《角山樓》評**）上四語，挽轉注下。我欲走南澗，（**《角山樓》評**）立言也。子由原作，本以南山下溪流爲言。春禽始嚶呦。（**彭元瑞夾**）按《白虎通》，禽，鳥獸總名，明爲人禽制也。又按《韻會》，鳥獸未孕曰禽。（**紀昀眉**）“呦”非禽聲。鞅掌久不决，爾來已徂秋。（**蕭奇中夾**）往往。橋山日月迫，（**查慎行評**）此詩當作於癸卯、甲辰間，仁宗初崩，故有“橋山”之句。（**《角山樓》評**）以下實叙鞅掌之苦。府縣煩差抽。王事誰敢愬，民勞吏宜羞。中間罹旱暵，欲學喚雨鳩。（**蕭奇中夾**）輕妙。（**翁同書眉**）以下叙挽木，乃公專職，故云“對之食不飽”也。千夫挽一木，十步八九休。渭水涸無泥，菑堰旋插修。對之食不飽，餘事更遑求。（**何紹基乙眉**）懇樸非空詩。近日秋雨足，公餘試新篘。劬勞幸已過，朽鈍不任鏤。（**翁同書眉**）嘉祐八年三月，仁宗升遐，十月，葬永昭陵，方秋時，府縣應付山陵事所需也。秋風迫吹帽，西阜可縱游。聊爲一日樂，慰此百日愁。

將往終南和子由見寄

（**紀昀眉**）意不必新，而語特遒健。（**查慎行乙眉**）《讀道藏》一首應編此處。（**何紹基乙眉**）前篇是未得去，此篇是將去。

人生百年寄鬢鬚，（**蕭奇中眉**）"寄"字可憐。富貴何啻葭中莩。惟將翰墨留染濡，絶勝醉倒蛾眉扶。我今廢學如寒竽，久不吹之澀欲無。（**蕭奇中夾**）真學人有此。歲云暮矣嗟幾餘，欲往南溪侶禽魚。（**查慎行乙眉**）"南溪"當在終南山下，地志無可考。秋風吹雨涼生膚，（**蕭奇中夾**）句潔甚。夜長耿耿添漏壺。窮年弄筆衫袖烏，古人有之我願如。終朝危坐學僧趺，閉門不出閒履鳧。下視官爵如泥淤，嗟我何爲久踟躕。歲月豈肯爲汝居，僕夫起餐秣吾駒。

【彙評】

《**角山樓**》**評**：音節清脆，無粗率語，即是好詩。

七月二十四日以久不雨出禱磻溪是日宿虢縣二十五日晚自虢縣渡渭宿於僧舍曾閣閣故曾氏所建也夜久不寐見壁有前縣令趙薦留名有懷其人

（**查慎行乙眉**）以子由《真興寺閣賦序》考之，"七月"當作"六月"。

(**翁同書旁**)本卷有《答虢令趙薦》詩,當是調去。玩第五句,故人漸遠,語意可見。(**王文誥旁**)曉嵐不讀全集,故有"疏於律法"之譏。

龕燈明滅欲三更,(**查慎行甲眉**)"龕燈"便是指宿僧舍光景,六句不脱僧舍。攲枕無人夢自驚。深谷留風終夜響,亂山銜月半床明。(**蕭奇中夾**)好。(**何紹基乙眉**)夜景特别。(**王文誥夾**)寫景入神,皆隨手觸發而毫不費力,獨此集爲擅場。故魯直每謂是不食煙火人語也。故人漸遠無消息,古寺空來有姓名。欲向磻溪問姜叟,僕夫屢報斗杓傾。(**紀昀眉**)後四句自不相貫,問姜叟雖切磻溪,却與禱雨無涉,東坡詩往往有疏於律處,不得一概效之。(**王文誥夾**)末二句道盡當官行役之況。蓋祭禱必在黎明,又必以五更前往,故夜久而不能寐也。不寐則起而閑行,始見題壁作詩。既而猶未五更,因以屢問僕夫,而山中並無更漏可聽,故惟以斗杓爲驗也。

【彙評】

汪師韓:夜色蒼涼,撫景懷人,想見竟夕,徘徊之致。

劉弘:詩言宿虢不寐之候,因懷題壁前輩趙薦,所謂"故人"正指其人,末則歸於"禱磻溪"之意。

二十六日五更起行至磻溪未明

夜入磻溪如入峽,照山炬火落驚猿。山頭孤月耿猶在,石上寒波曉更喧。(**何焯眉**)起聯險,三、四静。至人舊隱白雲合,神物已化遺蹤蜿。(**紀昀眉**)"蜿"字懸脚。安得夢隨霹靂駕,馬上傾倒天瓢翻。

是日自磻溪將往陽平憩於麻田青峰寺之下院翠麓亭

（紀昀眉）一氣相生，化盡堆排之迹。

不到峰前寺，空來渭上村。此亭聊可喜，修徑豈辭捫。谷映朱欄秀，山含古木尊。路窮驚石斷，林缺見河奔。**（何焯眉）**煉句似杜。馬困嘶青草，僧留薦晚飱。我來秋日午，旱久石床温。安得雲如蓋，能令雨瀉盆。共看山下稻，涼葉晚翻翻。**（查慎行評）**後六句與前首結處同一意，俱是禱雨之作。

二十七日自陽平至斜谷宿於南山中蟠龍寺

（翁同書眉）自首至尾皆用對語。**（何焯眉）**自起至結，無一語不屬對，章法獨創。

横槎晚渡碧澗口，騎馬夜入南山谷。**（音浴。）**谷中暗水響瀧瀧，嶺上疏星明煜煜。寺藏岩底千萬仞，路轉山腰三百曲。風生飢虎嘯空林，月黑驚麏竄修竹。入門突兀見深殿，照佛青熒有殘燭。**（何焯眉）**語暗景便使人可怖。愧無酒食待游人，**（王文誥夾）**此句述寺僧致詞。旋斫杉松煮溪蔌。**（王文誥夾）**此句述寺僧供客。板閣獨眠驚旅枕，木魚曉動隨僧粥。**（王文誥夾）**以上自日暮寫至黎明，與《夜投竹林寺》詩同一章法。**（何焯眉）**如讀張騫、唐蒙諸傳。起觀萬瓦鬱參差，目亂千岩散紅緑。**（王文誥夾）**“千岩”“緑”是南山，“紅”是蟠龍寺，“目亂”“散”是曉色也。深黑到寺，都無所見，至是一切皆見，而時方早起，故目爲之炫也。觀前半著“入門突兀”二句，截清夜境，知其必欲寫至此矣。自首句“晚渡”起至此，爲一大段，記夜宿事已畢，此是叙傳體。其後"門前"四句作結，是論斷體。章法井然，讀者不得牽混。門前商賈負椒荈，山後咫尺連巴蜀。（**紀昀眉**）"門前"二句，縈拂有情，過接無迹，故結雖有習徑，而不見其套。（**何焯眉**）"山後"句轉得快。何時歸耕江上田，一夜心逐南飛鵠。（**李鴻裔乙評**）褒谷、斜谷，毗連蜀境，蜀人到此，思鄉情所必至，不得以尋常習徑目之。（**王文誥夾**）仍挽到夜作結，落筆有千鈞之力。但公似此者多矣，其筆鋒便捷之甚，故收縱並不難也。

【彙評】

汪師韓：顔、謝以後，古詩多有對偶終篇者。入唐，遂以有聲病者爲律，無聲病者爲古。至於七言古體，亦時一有之。若少陵之"霜皮溜雨四十圍，黛色參天二千尺""子規夜啼山竹裂，王母晝下雲旗翻"，昌黎之"大蛇中斷喪前王，群馬南渡開新主""何人有酒身無事，誰家種竹門可款"，硬語排奡，視唐初四子及元、白諸家之宛然律調者，不可同日語也。若其自首至尾，無句不對，無對不瑰偉絶特，則惟軾集中有之，實爲創格，此作亦其一也。其中寫景處，語刻畫而句渾成，讀之可怖、可喜，筆力奇絶。

是日至下馬磧憩於北山僧舍有閣曰懷賢南直斜谷西臨五丈原諸葛孔明所從出師也

（**王文誥旁**）公詩法神變，不可測識，誥讀老而後知難。如懷賢閣是作此詩本旨，而詩中不露懷賢閣，讀者須看清此題，方許讀詩。否則，未有不似次公之注、曉嵐之評，而欲窺其堂奥，難矣。（**《角山樓》評**）磊落大筆，舉重若輕，起落皆自然無迹。南望斜谷口，三山如犬牙。（**王文誥夾**）"南望"與下之"西觀"，不是輳用閑字，乃預爲著落所從出之根。西觀五丈原，郁屈如長蛇。（**紀昀眉**）起勢鬱律，不説閣中,而是閣中所見,與《真興寺》起法同。(**毛西原眉**)紀謂"起勢鬱律,不説閣中,而是閣中所見,與《真興寺》起法同"。余謂非也,《真興寺》起法勝此,讀者自能辨之。(**王文誥夾**)起四句,拓開山川形勝,皆漢、賊之舊,獨其事闃寂久耳,忽地成圖,風雲爲之變色。有懷諸葛公,萬騎出漢巴。吏士寂如水,蕭蕭聞馬檛。(**紀昀眉**)"聞馬檛"生造無出典,妙以想像寫之,遂不覺其添造。(**翁同書眉**)王注"寫出節制之師"。(**毛西原眉**)紀云"'聞馬檛'生造無出典,妙以想像寫之"。西原曰:諸葛軍令,二語寫盡。公才與曹丕,豈止十倍加。(**王文誥夾**)乃孔明到五丈原地位,如一直叙下,墮入詠史窠臼,便歇手不得。故就昭烈語作提筆,即下斷語,了當孔明身分。顧瞻三輔間,勢若風卷沙。(**王文誥夾**)此因出師四句,氣勢太盛,收束不住,故爲此跌宕語也。雖字面將氣勢儘量送足,而其運筆之巧,已暗中歇下矣。一朝長星墜,竟使蜀婦髽。山僧豈知此,一室老煙霞。往事逐雲散,故山依渭斜。(**何紹基甲眉**)"故山"五字超。(**王文誥夾**)清出古戰場及找足五丈原地位,故云。其前半有意躐過,即此可證。如不解明,即當輳手閑句讀過矣。客來空吊古,清淚落悲笳。(**紀昀眉**)"山僧"勒轉無痕,趁勢繳出末二句又極便,否則是讀《三國志》詩,不是《懷賢閣》詩矣。(**何紹基乙眉**)灑落。(**何焯眉**)淡而悲。

【彙評】

《**唐宋詩醇**》:不著議論,而鬱拔縱横之氣自寓。語淡味長,最是高格。

毛西原:紀評此詩"山僧"六句,勒轉無痕,趁勢繳結,否則是讀《三國志》詩,不是《懷賢閣》矣。評語極是。然唐人已有如此,不爲出奇也。中間"髽"字,亦趁韻之弊。

卷　二

詩八十三首

和子由記園中草木十一首

（**查慎行評**）按子由原唱十首，先生所和止九首，後二首乃《紀夢》，非和詩也。題中“十一”兩字誤。子由又有《和紀夢》二首。（**查慎行乙眉**）按《欒城集》記園中所有止十首，此云十一首，蓋訛入《記夢》一首耳。（**李鴻裔甲夾**）仍以王見大之論爲是，删去《記夢》二字題，而於此題下改作十一首。（**紀昀眉**）首首寓慨而不露怒張，句句涉理而不入迂腐。音節意境皆逼真古人，亦無刻畫之迹。（**翁同書眉**）子由原作，一萱草、二竹、三蘆、四石榴、五蒲萄、六叢篲、七果蠃、八牽牛、九柏、十葵。

煌煌帝王都，赫赫走群彦。（**紀昀夾**）此首總起。嗟汝獨何爲，閉門觀物變。微物豈足觀，汝獨觀不倦。（**蕭奇中夾**）味長。（**何紹基乙眉**）澹折生致。牽牛與葵蓼，採摘入詩卷。吾聞東山傅，置酒攜燕婉。富貴未能忘，聲色聊自遣。（**紀昀眉**）又作一層襯托，非惟文筆頓挫，亦覺烘染生姿。（**何紹基甲眉**）不倫少味。汝今又不然，時節看瓜蔓。懷寶自足珍，藝蘭那計畹。吾歸於汝處，慎勿嗟歲晚。（**毛西原眉**）紀云“此首總起”，“首首寓慨而不露怒張，句句涉理而不入迂腐。音節意境皆逼真古人，亦無刻畫之迹”，又云“作一層襯托，非惟文筆頓挫，亦覺烘染生姿”。

【彙評】

毛西原:十首皆借物感遇之意,後數首頗嫌清淺,老重不佻,惟此首。

荒園無數畝,草木動成林。(**蕭奇中夾**)好。春陽一已敷,妍醜各自矜。(**《角山樓》評**)句意煉。蒲萄雖滿架,困倒不能任。可憐病石榴,花如破紅襟。葵花雖粲粲,蒂淺不勝簪。叢蓼晚可喜,輕紅隨秋深。(**紀昀眉**)拉雜鋪叙,而句句變動,不作板排,故能不落香山門徑。(**何焯眉**)似雜沓又似排比,是大才無所不可。物生感時節,此理等廢興。飄零不自由,盛亦非汝能。(**蕭奇中眉**)悟語。(**紀昀眉**)上文零零碎碎,須此四句鎔化一片方收得住。(**何焯眉**)大似昌黎。(**《角山樓》評**)一結即盛衰由天意,而下筆曲折,語意便深。(**毛西原眉**)紀云"上文零零碎碎,須此四句鎔化一片方收得住"。

【彙評】

毛西原評:此首見飄茵落溷,皆有定數。

種柏待其成,柏成人亦老。不如種叢篲,春種秋可倒。(**紀昀夾**)"篲"有所激而反言之。陰陽不擇物,美惡隨意造。柏生何苦艱,似亦費天巧。天工巧有幾,肯盡爲汝耗。(**查慎行評**)化工在抱,轉换不窮。(**杭世駿眉**)曲折以盡其致,生拗可喜。(**何紹基乙眉**)托喻感慨。君看藜與藿,生意常草草。(**蕭奇中夾**)後二字不雅。(**錢陸燦眉**)此等詩俱仿樂天閑適諸作。(**紀昀眉**)純乎正面説理,而不入膚廓,以仍是詩人意境,非道學意境也。理喻之米,詩則釀之爲酒,道學則炊之爲飯。(**李鴻裔甲眉**)"柏"明點,"篲"暗結,兼雙收側注之意。(**何焯眉**)結句於慕篲外另生頭緒,與全首不合。(**《角山樓》評**)末四語寓大器晚成之意。(**毛西原眉**)紀云"純乎正面説理,而不膚廓,以仍是詩人意境，非道學意境也。夫理喻之米，詩則釀之而爲酒，道學則炊之而爲飯”。

【彙評】

毛西原：此大材不如小草之意。

萱草雖微花，孤秀自能拔。(**李鴻裔甲夾**)比君子。亭亭亂葉中，一一芳心插。(**何焯夾**)“插”字神妙。牽牛獨何畏，詰曲自牙蘖。(**李鴻裔甲夾**)比小人。(**何焯夾**)與上“拔”字相應尤緊。走尋荆與榛，如有宿昔約。(**《角山樓》評**)形容入妙。南齋讀書處，亂翠曉如潑。(**《角山樓》評**)句意煉。偏工貯秋雨，歲歲壞籬落。(**紀昀眉**)此首只以對照見意，竟不説破。(**彭元瑞夾**)萱草以比君子，牽牛以比小人。(**翁同書眉**)此首只以對照見意，竟不説破。萱草以比君子，牽牛以比小人。(**何焯眉**)山谷所謂“好罵亦是一病”。(**王文誥夾**)此詩但就原唱致意，且此時尚無小人，即陳公弼亦非小人，公未嘗以小人待之也，其説誣。

蘆筍初似竹，稍開葉如蒲。方春節抱甲，漸老根生鬚。(**紀昀眉**)創語展出别境。不愛當夏緑，愛此及秋枯。黄葉倒風雨，白花摇江湖。(**查慎行評**)衰颯處偏説得軒昂。(**何紹基乙眉**)看蘆花。(**李鴻裔甲眉**)前四句體物微妙，中四句蕭瑟峥嶸。江湖不可到，移植苦勤劬。安得雙野鴨，飛來成畫圖。(**紀昀眉**)結語拓開，仍是兜轉。(**何紹基甲眉**)此首妙。(**《角山樓》評**)結固常徑，在此十首中則爲别致。(**毛西原眉**)紀云“創語展出别境”。又云“結語拓開，仍是兜轉”。

【彙評】

毛西原：此見晚景可愛，歸老江湖，不慕廟堂。

行樂惜芳晨，秋風常苦早。誰知念離别，喜見秋瓜老。（**王文誥夾**）詩意似欲答果贏，其下忽從秋瓜追問，而意緒横生，詩爲一變，遂不復終果贏之意矣。秋瓜感霜霰，莖葉颯已槁。宦游歸無時，（**王文誥夾**）從秋瓜生出，自此作法全變矣。身若馬縶早。悲鳴念千里，耿耿志空抱。（**李鴻裔甲眉**）"悲鳴"句又接喻馬言，筆之行止，若有化工，非人所能爲也。多憂竟何爲，使汝玄髮縞。（**紀昀眉**）此首忽跳出題外，取興在即離之間。（**毛西原眉**）紀云"此首忽跳出題外，取興在即離之間"。

【彙評】

毛西原評：此首明説。

官舍有叢竹，結根問囚廳。下爲人所徑，上密不容釘。殷勤戒吏卒，插棘護中庭。遠砌忽墳裂，走鞭瘦竛竮。我常攜枕簟，來此蔭寒青。（**何焯眉**）"寒青"二字可作竹下小亭子名，前已有《寒碧軒》詩。日暮不能去，卧聽窗風泠。（**孫原湘眉**）"泠"字懸脚。（**紀昀眉**）此首直作賦體，不著一語，又别一格。

芎藭生蜀道，白芷來江南。漂流到關輔，猶不失芳甘。濯濯翠徑滿，愔愔清露涵。及其未花實，可以資筐籃。（**紀昀夾**）忽寓食貧之感。秋節忽已老，苦寒非所堪。劚根取其實，對此微物慚。（**紀昀眉**）與前首同一賦體，而前首賦物，此首賦情，用筆又自不同。（**《角山樓》評**）此即古詩"過時而不采，將隨秋草萎"之意。（**毛西原眉**）紀云"與前首同一賦體，而前首賦物，此首賦情，用筆又自不同"。

【彙評】

毛西原：暗寓"致身苦不早"之意，與前首同。

自我來關輔,南山得再游。山中亦何有,草木媚深幽。菖蒲人不識,生此亂石溝。山高霜雪苦,苗葉不得抽。下有千歲根,蹙縮如蟠虬。長爲鬼神守,德薄安敢偷。(**紀昀眉**)此首索性一字不著題[面],而意中句外,却隱然是園中草木,運意至此,真有神無迹矣。(《**角山樓**》**評**)此首用壓題法,命意絶高。(**毛西原眉**)紀云"此首率性一字不著題,而意中句外,却隱然是園中草木,運意至此,真有神無迹矣"。

【彙評】

毛西原評:自寓生雖貧賤,却是奇才,宜自保守之。

我歸自南山,山翠猶在目。心隨白雲去,夢繞山之麓。汝從何方來,笑齒粲如玉。探懷出新詩,秀語奪山緑。(**錢廷錦甲眉**)昔聖階贈予詩云:"烹茶誦君文,秀奪南山緑。"蓋用公句也。覺來已茫昧,但記説秋菊。有如采樵子,入洞聽琴筑。歸來寫遺聲,猶勝人間曲。(**八月十一日夜宿府學,方和此詩,夢與弟游南山,出詩數十篇,夢中甚愛之。乃覺唯記一句云"蟋蟀悲秋菊"。**)(**何焯眉**)每於子由推許深至,想見無兄弟之間。(**翁同書旁**)同書案,觀公自注,蓋和至第九首,忽得此夢,故添入此首,而末首遂衍"蟋蟀悲秋菊"五字之意爲之,非誤入也。(**紀昀眉**)頗嫌清淺,無意故也。"蟋蟀悲秋菊"盡有妙義可衍,不應草草如此。(**李鴻裔甲眉**)查氏以此首歸之《記夢》,言子由《和〈記夢〉詩》乃二首可證也。以"蟋蟀悲秋菊"言之,則此首歸《記夢》未嘗不可。以子由《園中草木十首》言之,則和詩必無獨和九首之理,此首又未可歸入《記夢》也。(**孫原湘眉**)題係《紀夢》,誤編於此。

野菊生秋澗,芳心空自知。無人驚歲晚,唯有暗蛩悲。(**蕭奇中夾**)凄。花開澗水上,花落澗水湄。(**袁宏道評**)學陶。(**錢陸燦

眉)袁云"學陶"則未也。菊衰蛩亦蟄,與汝歲相期。(《**角山樓**》**評**)寓同病相憐之意。楚客方多感,秋風詠江籬。落英不滿掬,何以慰朝飢。(**蕭奇中眉**)學究向泥,菊落互慰不已,作詩人興與境會,隨筆風掃,豈能揀出吃飯?(**紀昀眉**)收得感慨,於文爲結到題外,於意爲結到題中,雖就"菊"説,已隱隱收盡前九首。(《**角山樓**》**評**)結歸人情,了酬和本意,妙在虚活。(**毛西原眉**)紀云"收得感慨,於文爲結到題外,於意則結到題中,雖就'菊'説,已隱隱收盡前九首"。

【彙評】

毛西原:此以"菊"自况,意自了了。合觀數首,格老意新。詩有兩層意者必佳,固然,然須筆健也。

汪師韓:前四首俱是雜寫花木,隨處拈出妙諦,觀物發情,非見道忘山者不能獲此圓通也。末首則别爲一調,"秀語奪山緑"一句,情味備至,每於稱許轍處,想見其友于式好,有怡怡之樂。此數詩格調,柴桑淡遠,修武倔奇,殆兼擅其勝。

《**角山樓**》:十詩不盡與原作相應,蓋藉以寫懷,非詠物也。

周公廟廟在岐山西北八九里廟後百許步有泉依山湧冽異常國史所謂潤德泉世亂則竭者也

(**紀昀眉**)周公廟如何著語?此種題目正以不作爲是耳。

吾今那復夢周公,(**蕭奇中夾**)趣。(**紀昀夾**)此典却不許人人夢。尚喜秋來過故宫。翠鳳舊依山硉兀,清泉長與世窮通。(**王文誥夾**)"窮通"二字,押得精細,非此二字,則一、三聯皆貫不得。至今游客傷離黍,故國諸生詠雨蒙。(**王文誥夾**)此聯用《毛詩·詩序》閔宗周及東征事，曲折而切當。牛酒不來烏鳥散，白楊無數暮號風。

南溪之南竹林中新構一茅堂予以其所處最爲深邃故名之曰避世堂

猶恨溪堂淺，更穿修竹林。高人不畏虎，避世已無心。（**紀昀夾**）下句注上句。（**蕭奇中夾**）爽。隱几頽如病，忘言兀以喑。茅茨追上古，冠蓋謝當今。曉夢猿呼覺，秋懷鳥伴吟。（**紀昀夾**）二句似九僧一派。暫來聊解帶，屢去欲攜衾。（**紀昀夾**）"衾"字押得倒。湖上行人絶，階前暮雪深。（**紀昀夾**）下句烘染上句。（**《角山樓》評**）"暮雪"句似右丞。應逢緑毛叟，扣户夜抽簪。（**紀昀夾**）"抽簪"趁韻。（**李鴻裔乙評**）"當今"未妥。"抽簪""扣户"何爲趁韻？（**《角山樓》評**）"抽簪"用《長恨歌傳》，非解官之抽簪也，紀誤矣。

自清平鎮游樓觀五郡大秦延生仙游往返四日得十一詩寄舍弟子由同作

（**查慎行乙眉**）原題得詩十一首，合仙游潭、南寺、北寺、馬融石室、玉女洞在内。

樓　觀

鳥噪猿呼晝閉門，寂寥誰識古皇尊。（**紀昀眉**）起得有力有神，肅肅穆穆，仿佛見之。（**何焯眉**）應是用明皇事。青牛久已辭轅軛，白鶴時來訪子孫。（**毛西原眉**）紀云"起得有力有神"。不圈第四句不可解。山近朔風吹積雪，天寒落日淡孤村。（**紀昀夾**）句好。

道人應怪游人衆，汲盡階前井水渾。（**紀昀眉**）反托出起處之意，措語沉著。

【彙評】

劉弘：老聃乘青牛薄板車，丁令威化鶴歸集遼東華表柱上。

毛西原：東坡律詩，難得通首皆佳如此。

五　郡

（**何焯旁**）此等詩身到必知其極工絶。

古觀正依林麓斷，居民來説水泉甘。亂溪赴渭争趨北，飛鳥迎山不復南。（**紀昀夾**）拙。（**王文誥夾**）此乃習於山川形勢之言，前《石鼻城》詩"北客初來試新險，蜀人從此送殘山"，已講明矣。曉嵐疑此句拙者，正以其識力淺薄，不能貫串諸詩故也。羽客衣冠朝上象，野人香火祝春蠶。（**王文誥夾**）必襯托此句，意乃沉著。汝師豈解言符命，山鬼何知托老聃。（**觀有明皇碑，言夢老子告以享國長久之意**）。（**蕭奇中夾**）一笑。

【彙評】

李鴻裔乙：三、四寫景闊遠，七、八有識。

授經臺（乃南山一峰耳，非復有築處）

（**蕭奇中眉**）信口在通。（**紀昀眉**）前二句太吃力，後二句又太率易。（**何紹基乙眉**）翻題。

劍舞有神通草聖，海山無事化琴工。此臺一覽秦川小，不待傳經意已空。

【彙評】

劉辰翁:甚有嘉趣不可忘。

李鴻裔乙:曉嵐不學道,烏能解此?

大秦寺

(**《角山樓》評**)通體寫景逼真,意態雄傑。

晃蕩平川盡,坡陀翠麓横。忽逢孤塔迥,獨向亂山明。(**紀昀眉**)格力遒緊。(**毛西原眉**)紀云"格力遒緊"。信足幽尋遠,臨風却立驚。(**《角山樓》評**)"驚"字含結二句意。原田浩如海,衮衮盡東傾。(**紀昀眉**)收得闊遠。(**何紹基乙眉**)"臨風"五字奇,結句亦宕甚。

仙游潭五首

(潭上有寺三。二在潭北,循黑水而上爲東路,至南寺。渡黑水西里餘,從馬北上爲西路,至北寺。東路險,不可騎馬,而西路隔潭,潭水深不可測,上以一木爲橋,不敢過。故南寺有塔,望之可愛而終不能到。)

潭

翠壁下無路,何年雷雨穿。光摇岩上寺,深到影中天。(**紀昀夾**)五字極平而極幻。(**何焯眉**)陡然。我欲然犀看,龍應抱寶眠。(**彭元瑞夾**)接法挺拔。(**紀昀眉**)五、六接得挺拔。(**李鴻裔乙評**)接筆誠健,而造語未雅。誰能孤石上,危坐試僧禪。(**紀昀眉**)

言禪定則臨深不懼。

南寺

東去愁攀石，西來怯渡橋。碧潭如見試，白塔苦相招。野饋慚微薄，(**紀昀夾**)“慚”字何指？村沽慰寂寥。路窮斤斧絶，松桂得干霄。(**蕭奇中眉**)豈獨松柏哉？幸也窮也，惜也亦窮也。(**紀昀眉**)有寓意，然亦常意。

北寺

唐初傳有此，亂後不留碑。畏虎關門早，無村得米遲。(**杭世駿眉**)奪胎於杜，而鋒棱獨出。山泉自入甕，野桂不勝炊。(**何紹基乙眉**)樸率有致。信美那能久，應先學忍飢。(**紀昀夾**)“信美”二字指上二句。

馬融石室

未應將軍聘，初從季直游。絳紗生不識，蒼石尚能留。豈害依梁冀，(**紀昀眉**)第五句乃放活一筆，以鬆爲緊，以逼下句。何須困李侯。(**何紹基乙眉**)圓論。吾詩慎勿刻，猿鶴爲君羞。(**陳仁錫眉**)公亦畏，刻手想刻集者多。(**蕭奇中夾**)詩史矣。(**蕭奇中眉**)先輩評人，雖道學節氣，不許一絲漏過，誰能千載下使馬融首肯哉？(**紀昀眉**)結太直太盡。(**王文誥夾**)清出“豈害”“何須”四字，必當如是完結。曉嵐謂“結句太直太露”者，非也。

玉女洞

洞裏吹簫子，終年守獨幽。石泉爲曉鏡，山月當簾鈎。(**紀昀眉**)“石泉”二句俗格，所宜懸之戒律者。(**李鴻裔乙評**)知“石泉”二句之爲俗格，方可與言正始之音。(**趙克宜評**)三、四亦原本唐人，以沿襲久而成俗格，中無意義故也。歲晚杉楓盡，人歸霧雨愁。送迎應鄙陋，誰繼楚臣謳。（**紀昀眉**）結二句自負。

愛玉女洞中水既致兩瓶恐後復取而爲使者見紿因破竹爲契使寺僧藏其一以爲往來之信（蕭奇中夾）珍重乃爾。戲謂之調水符

（**紀昀眉**）運意頗深而措語苦淺。（**趙克宜評**）此題已成爛熟之典，詩則淺率不佳。

欺謾久成俗，關市有契繻。誰知南山下，（**查慎行評**）南山，終南山也。取水亦置符。古人辨淄澠，皎若鶴與鳧。吾今既謝此，但視符有無。常恐汲水人，智出符之餘。（**蕭奇中眉**）昔有校人，今誰與世，路多如此。（**潘奕雋眉**）又進一層始妙。多防竟無及，棄置爲長吁。（**譚元春評**）忽發此深想密義，老氏五千言也。（**查慎行評**）此舉原近逆詐，故須補正，意以救其病，非進一層語，亦非寬一層語也。（**何紹基乙眉**）知其有此，便可用符。

自仙游回至黑水見居民姚氏山亭高絶可愛復憩其上

（**蕭奇中眉**）多情高興人語。

山鴉曉辭谷，似報游人起。出門猶屢顧，慘若去吾里。（**蕭奇中夾**）真絶，亦子美所云"入舟翻不樂"也。（**李鴻裔乙評**）"慘"字過火。道途險且迂，繼此復能幾。（**蕭奇中夾**）可傷。溪邊有危構，歸駕聊復柅。（**潘奕雋夾**）入題。愛此山中人，縹緲如仙子。（**錢廷錦乙眉**）也要還他山亭可愛處。平生慕獨往，官爵同一屣。胡爲此溪邊，眷眷若有俟。國恩久未報，念此慚且泚。（**蕭奇中夾**）忽

開。臨風浩悲吒,萬世同一軌。(《**角山樓**》**評**)真語自在流出。何年謝簪紱,丹砂留迅晷。(**紀昀眉**)後半語自沉著。删末二句更佳。

南溪有會景亭處衆亭之間無所見甚不稱其名予欲遷之少西臨斷岸西向可以遠望而力未暇特爲製名曰招隱仍爲詩以告來者庶幾遷之

(**蕭奇中夾**)多興。(**何焯眉**)題絶佳,詩似未稱。

飛檐臨古道,高榜觀游人。未即令公隱,(**蕭奇中夾**)妙。聊須濯路塵。茆茨分聚落,煙火傍城闉。林缺湖光漏,(**紀昀夾**)小巧。窗明野意新。居民惟白帽,(**孫顥元校録**)寧常皂帽,非白帽,又寧浮海還郡,黄初、青龍之間,屢被征命,寧皆堅辭不起,非州縣辟舉。附見王十朋集注本次公、堯卿注。過客漫朱輪。山好留歸屐,風回落醉巾。他年誰改築,舊制不須因。再到吾雖老,猶堪作坐賓。

【彙評】

劉辰翁評:皆是雅典不淺。

凌虚臺

(**杭世駿眉**)似鮑明遠。

才高多感激,道直無往還。(**何紹基乙眉**)"才高""道直",謂陳希亮耶?不如此臺上,舉酒邀青山。青山雖雲遠,似亦識公顔。(**王文誥夾**)謂陳公弼也。據此詩,兩意釋然久矣。崩騰赴幽賞,披豁露天慳。落日銜翠壁，暮雲點煙鬟。浩歌清興發，放意末禮刪。是時歲雲暮，微雪灑袍斑。吏退迹如掃，賓來勇躋攀。臺前飛雁過，臺上雕弓彎。聯翩向空墜，一笑驚塵寰。（**紀昀眉**）收處是故意作態，以戛然竟住爲勝。然“是時”二字一氣趕下，究竟至此氣未滿足。勒奔馬式，非此之謂也。

【彙評】

劉辰翁：詩意殊不平。

竹 鼦

（**紀昀眉**）寓意而不甚露，由於措語和平。

野人獻竹鼦，腰腹大如盎。（**毛西原眉**）“盎”在上聲卷韻，去聲漾韻亦同此，皆上聲韻。自言道旁得，采不費罝網。鴟夷讓圓滑，（**孫顥元校録**）按，《酒箴》乃“鴟夷滑稽，腹大如壺”，非圓滑也，注因詩附會。附見王十朋集注本。混沌慚瘦爽。兩牙雖有餘，四足僅能仿。逢人自驚蹶，（**《角山樓》評**）狀物如睹。悶若兒脱襁。念兹微陋質，刀幾安足枉。（**蕭奇中夾**）大用。（**何焯眉**）仁人之言藹如。就禽太倉卒，（**蕭奇中夾**）食旨。羞愧不能饗。（**查慎行評**）小中見大。（**蕭奇中夾**）具品。南山有孤熊，（**蕭奇中夾**）傑意。擇獸行舐掌。（**紀昀眉**）有安問狐狸之慨。（**《角山樓》評**）結語乍觀之下不解所謂，惟紀氏能得其用意，此名家之詩，所貴明眼人爲之標舉匠心也。（**毛西原眉**）紀云“有安問狐狸之慨”。

【彙評】

毛西原：句老健而結亦宕。

渼陂魚(陂在鄠縣)

(**紀昀眉**)窄韻巧押,神鋒駿利,東坡本色。

霜�細破爲雙掩,中有長魚如卧劍。紫荇穿腮氣慘淒,紅鱗照坐光磨閃。(**紀昀夾**)十四字居然杜意。攜來雖遠鬣尚動,烹不待熟指先染。(**蕭奇中夾**)可想。坐客相看爲解顔,香粳飽送如填塹。(**蕭奇中眉**)味津頰矣,名"老饕"然乎? 早歲嘗爲荆渚客,(**紀昀夾**)勢須一拓。黄魚屢食沙頭店。濱江易采不復珍,盈尺輒棄無乃僭。(**何焯眉**)物多輒賤,人情往往不免。自從西征復何有,欲致南烹嗟久欠。游鯈瑣細空自腥,亂骨縱横動遭砭。故人遠饋何以報,客俎久空驚忽贍。東道無辭信使頻,西鄰幸有庖齏釅。

讀道藏

(**紀昀眉**)作僧家詩不可有偈頌氣,作道家詩不可有章咒氣,此固未免於章咒。(**李鴻裔乙評**)此論誠然,然以評此詩則不當。

嗟予亦何幸,偶此琳宫居。宫中復何有,戢戢千函書。盛以丹錦囊,冒以青霞裾。王喬掌關鑰,蚩尤守其廬。乘閑竊掀攬,涉獵豈暇徐。至人悟一言,道集由中虚。心閑反自照,皎皎如芙蕖。千歲厭世去,此言乃籧篨。人皆忽其身,治之用土苴。何暇及天下,幽憂吾未除。(**查慎行評**)《南華》純是禪理入《道藏》,反如隔膜一層。(**何焯旁**)一部《道藏》不出老莊數語。

十二月十四日夜微雪明日早往南溪小酌至晚

南溪得雪真無價，走馬來看及未消。獨自披榛尋履迹，最先犯曉過朱橋。(**袁宏道評**)説得好。誰憐破屋眠無處，坐覺村飢語不囂。(**紀昀眉**)句太拙。(**毛西原眉**)“坐覺”句真寫得飢村之景出。紀反斥未爲知味。譚友夏亦密圈之也。惟有暮鴉知客意，驚飛千片落寒條。

九月中曾題二小詩於南溪竹上既而忘之昨日再游見而録之

湖上蕭蕭疏雨過，山頭靄靄暮雲横。陂塘水落荷將盡，城市人歸虎欲行。

誰謂江湖居，而爲虎豹宅。(**何紹基乙眉**)南溪真有虎豹耶？抑寄喻耶？焚山豈不能，愛此千竿碧。(**紀昀眉**)投鼠忌器之意。(**何焯眉**)即官竹園，見《壬寅二月》詩注。

司竹監燒葦園因召都巡檢柴貽勖左藏以其徒會獵園下

(**查慎行乙眉**)《次韻子由聞予善射》應編此處，本集竟遺去此詩，今爲補入。(**紀昀眉**)通體遒緊，無一懈筆。(**何紹基甲眉**)題新詩亦鮮。(**毛西原眉**)紀云“通首遒緊，無一懈筆”。又云“引入不驟”。又云“一路如駿馬下坂，須如此排蕩盤旋，方收得住”。

官園刈葦歲留槎。(**毛西原眉**)查本作“留枯槎”。深冬放火如紅霞。枯槎燒盡有根在,春雨一洗皆萌芽。(**查慎行評**)閑處設色。(**王文誥夾**)起四句燒葦,乃官司年例也。(**《角山樓》評**)從"燒葦"叙起。黄狐老兔最狡捷,(**錢廷錦甲夾**)入"會獵"。(**王文誥夾**)入"狐兔",先作悼嘆之文,爲之絶倒。賣侮百獸常矜誇。年年此厄竟不悟,(**蕭奇中眉**)誰悟者?但愛蒙密争來家。(**查慎行評**)韓昌黎《燕喜亭記》"猿狖所家"。風回焰卷毛尾熱,欲出已被蒼鷹遮。(**杭世駿眉**)勒句工。(**何焯眉**)此變先寫二句是燒園,後是會獵,否則"遮鷹""避犬",未免犯複。(**曾國藩評**)以上言狐兔歲藏葦中,叙獵之地。以下正賦獵事。末言獵罷置酒。野人來言此最樂,徒手曉出歸滿車。(**紀昀眉**)引入不驟。(**王文誥夾**)點"獵"字,前分三層,如溪流曲折,而至是爲首一段。(**《角山樓》評**)以下入"會獵"。巡邊將軍在近邑,呼來颯颯從矛叉。(**何焯眉**)從巡檢發論。戍兵久閑可小試,戰鼓雖凍猶堪撾。雄心欲搏南澗虎,陣勢頗學常山蛇。(**查慎行評**)從題中正意説入。霜乾火烈聲爆野,飛走無路號且呀。(**何焯眉**)拉雜有聲。迎人截來砉逢箭,避犬逸去窮投罝。(**查慎行評**)二語隱盡《羽獵賦》。(**杭世駿眉**)二語從長卿、子雲奪胎。(**蕭奇中夾**)景肖。(**何焯眉**)《羽獵賦》遜其精煉。(**王文誥夾**)會獵正面,只此十四字了當,可見其通篇魄力之大。擊鮮走馬殊未厭,但恐落日催棲鴉。弊旗仆鼓坐數獲,鞍挂雉兔肩分麚。(**翁同書眉**)"巡邊"以下十四句,以議論叙事。主人置酒聚狂客,紛紛醉語晚更嘩。燎毛燔肉不暇割,(**何焯夾**)信手。飲啖直欲追羲媧。(**王文誥夾**)自"巡邊"句起,至此"燒葦""會獵"皆畢,是爲中一大段。青丘雲夢古所咤,(**《角山樓》評**)以下入議論,筆勢一出一入,操縱自如。與此何啻百倍加。苦遭諫疏説夷羿,又被賦客嘲淫奢。豈如閑官走山邑,放曠不與趨朝衙。農工已畢歲雲暮,車騎雖少賓殊佳。酒酣上馬去不告,獵獵霜風吹帽斜。(**蕭奇中夾**)妙。(**杭世駿眉**)落韻啞。(**紀昀眉)一路如駿馬之下坂,須如此跳蕩盤旋,方收得住。(**何紹基乙眉**)波瀾遒陗。(**王文誥夾**)自"青丘"句起至終,爲結一段,以餘波作收煞也。

【彙評】

汪師韓:從燒園指出物性愚迷,語直而曲。"巡邊將軍"以下十四句,以議論叙事,颯颯獵獵,紙上具有聲色。此段既極奇横,故"主人置酒"以下更爲紆徐,以暢其氣。結用獨孤側帽事,恰合會獵情景,而役使無痕,但覺有餘韻逸趣。其才真能吞若雲夢者八九,其於胸中曾不芥蒂也。

和子由木山引水二首

蜀江久不見滄浪,江上枯槎遠可將。去國尚能三犢載,汲泉何愛一夫忙。(**蕭奇中夾**)帶諷。崎嶇好事人應笑,(**蕭奇中眉**)"崎嶇"二字應一笑。冷淡爲歡意自長。(**蕭奇中夾**)賴此。(**何紹基乙眉**)寫出閑趣。遥想納凉清夜永,窗前微月照汪汪。(**翁同書旁**)歐公《菱溪石》"曳以三犢載兩輪"。

千年古木卧無梢,浪卷沙翻去似瓢。(**紀昀夾**)太俚。幾度過秋生蘚暈,至今流潤應江潮。泫然疑有蛟龍吐,斷處人言霹靂焦。(**蕭奇中夾**)好對法。材大古來無適用,不須鬱鬱慕山苗。

【彙評】

劉辰翁:只要氣骨似。

劉弘:全篇固難形容題意,先生傷己悼世之情,不自掩焉。

譚元春:如此詩,生熟兩字俱説不得矣,妙,妙!

寄題興州晁太守新開古東池

(**翁同書旁**)温公集有《寄題晁仲約東沼》詩。

百畝新(**一作清**)池傍郭斜,居人行樂路人誇。自言官長如靈運,能使江山似永嘉。縱飲坐中遺白帢,幽尋盡處見桃花。不堪山鳥號歸去,長遣王孫苦憶家。

華陰寄子由

三年無日不思歸,夢裏還家旋覺非。臘酒送寒催去國,東風吹雪滿征衣。三峰已過天浮翠,四扇行看日照扉。(**王文誥夾**)韓退之詩:"荆山已去華山來,日出潼關四扇開。"○貽上"高秋曉日"一聯,不但襲韓,兼襲此聯。但其"曉"字换得辛苦,後勝於前也。後人有此機巧,亦許襲用舊句。里堠消磨不禁盡,速攜家餉勞驂騑。

【彙評】

劉弘評:先生直道此時遠謫於外放,辭語悲愴如此,而憂世之心,終亦不忘。

和董傳留别

(**查慎行乙眉**)《和子由種菜久旱不生》一首應編此處。(**紀昀眉**)句句老健。

粗繒大布裹生涯，腹有詩書氣自華。（**譚元春評**）“腹有詩書氣自華”，使人不敢空慕清華之氣，語亦大妙。（**蕭奇中眉**）至言。（**何焯眉**）句雖腐却厚。（**高步瀛評**）飄然而來，有昂頭天外之概。厭伴老儒烹瓠葉，（**孫顥元校録**）“素木”訛作“素米”。附見王十朋集注本。强隨舉子踏槐花。（**何紹基乙眉**）寫出老儒。囊空不辦尋春馬，眼亂行看擇婿車。得意猶堪誇世俗，詔黄新濕字如鴉。（**紀昀眉**）結二句乃期許之詞，言外有炎凉之感，非有所不足於董傳也。（**翁同書眉**）董時未娶，故有第六句。（**《角山樓》評**）塗鴉之典如此用，亦未確。

【彙評】

劉辰翁：未娶未第，能亂人意。

劉弘：詩意甚憐而慰之，然知而不舉，亦未免後世公議。

查慎行：按先生《與韓魏公書》述董事甚悉，傳蓋未嘗得官，亦未嘗娶婦，故公詩云然。“詔黄新濕”，謂董已成進士，故云“得意猶堪誇世俗”也。

次韻柳子玉見寄

薄雷輕雨曉晴初，陌上春泥未濺裾。（**蕭奇中夾**）一往天趣。行樂及時雖有酒，出門無侶漫看書。（**蕭奇中夾**）亦爽境。遥知寒食催歸騎，定把鴟夷載後車。他日見邀須强起，不應辭病似相如。

【彙評】

劉弘：觀此可見先生風度灑然，行止不泥。

王頤赴建州錢監求詩及草書

（紀昀眉）亦是應酬之筆，而筆意疏爽可誦。**（查慎行乙眉）**第二卷止此，《送曾子固倅越》另起。

我昔識子自武功，寒廳夜語樽酒同。酒闌燭盡語不盡，**（蕭奇中夾）**興酣。倦僕立寐僵屏風。**（紀昀夾）**對面烘托。**（毛西原眉）**“倦僕”句寫生手。丁寧勸學不死訣，**（查慎行評）**通首不脱此意。自言親受方瞳翁。**（王文誥夾）**以上一節，皆追叙岐下詩也。嗟余聞道不早悟，醉夢顛倒隨盲聾。邇來憂患苦摧剥，意思蕭索如霜蓬。羨君顔色愈少壯，外慕漸少由中充。**（蕭奇中眉）**可想德盛。**（《角山樓》評）**句有力量。河車挽水灌腦黑，丹砂伏火入頰紅。大梁相逢又東去，但道何日辭樊籠。未能便乞勾漏令，**（《角山樓》評）**縈帶學仙。官曹似是錫與銅。**（《角山樓》評）**切錢監。留詩河上慰離别，草書未暇緣匆匆。**（查慎行評）**借題作結。**（紀昀夾）**一帶便足。**（錢廷錦乙眉）**雙結得好。**（毛西原眉）**綰“錢監”語趣，綰“草書”用成語恰合。

送曾子固倅越得燕字

（查慎行乙眉）先生於治平二年秋鳳翔任還朝，明年四月，丁老蘇憂，歸蜀。熙寧二年，免喪，再入朝，《送曾子固》詩，按《烏臺詩案》乃熙寧三年所作，似不應編入《鳳翔還朝卷》中，□□以下六首當改編第三卷。**（紀昀眉）**憤激太甚，宜其招尤。即以詩品論，亦殊乖温厚之旨。

醉翁門下士，雜沓難爲賢。**（何紹基乙眉）**言賢者之多也，語淡意激。曾子獨超軼,孤芳陋群妍。昔從南方來,與翁兩聯翩。翁今自憔悴,子去亦宜然。(**查慎行評**)入題飄忽,結意獨遠,三百篇所謂"賦而比"也。賈誼窮適楚,樂生老思燕。那因江鱠美,遽厭天庖膻。但苦世論隘,聒耳如蜩蟬。(**蕭奇中眉**)與李白"下士大笑,如蒼蠅聲"同旨。安得萬頃池,養此橫海鱣。

秀州僧本瑩静照堂

(**紀昀眉**)名理。劉須溪謂,譏其未必能静。觀子由所題七律,其説良信。(**翁同書眉**)劉須溪云,蓋譏其未必能静。

鳥囚不忘飛,馬繫常念馳。静中不自勝,不若聽所之。君看厭事人,無事乃更悲。(**何紹基乙眉**)"無事乃更悲",道盡人情。(**紀昀夾**)本之香山"病人多夢醫"一章,而以下機調不同,故非剿襲。(**潘奕雋眉**)至言。(**李鴻裔乙評**)名理。(**毛西原眉**)"君看"二句,透理入情,非個中人不能作此語。後路太弱,亦太奚落。貧賤苦形勞,富貴嗟神疲。(**查慎行評**)發論必透徹中邊。作堂名静照,此語子謂誰。(**紀昀眉**)此句太奚落,尚可渾融其詞。江湖隱淪士,豈無適時資。(**紀昀夾**)頓挫,好。老死不自惜,扁舟自娱嬉。從之恐莫見,况肯從我爲。(**紀昀眉**)亦太奚落。(《**角山樓**》**評**)結與静照無關會,未免離題。

【彙評】

劉辰翁:此詩譏其未必能静。

汪師韓:厭事人無事更悲,説來絶倒。即就起動相以證真諦之寂然,何必坐斷千崖,乃得慧眼無見。

石蒼舒醉墨堂

(紀昀眉)罵題格。**(何紹基甲眉)**每論書必有生趣,詩肖其書也。

人生識字憂患始,**(蕭奇中眉)**千言萬言不及此七字真理真銘。姓名粗記可以休。**(袁宏道評)**老杜之上。**(張廷濟眉)**塗抹牢騷,亦是使讀者覺悟,何嘗"冀其自新見"大貶之,亦太過。**(毛西原眉)**牢騷,粗。**(王文誥夾)**一起兀突,自是熙寧二年詩。公自謂錢塘詩皆縱筆,誥謂實發端於此詩也。但無此一路詩,即非公之所以爲人,而亦不成此集。故史家以"詩人托諷,庶幾有補於國"予之,未嘗稍詆之也。何用草書誇神速,開卷惝怳令人愁。我嘗好之每自笑,君有此病何年瘳。自言其中有至樂,適意無異逍遥游。近者作堂名醉墨,如飲美酒銷百憂。**(何紹基乙眉)**堂名本佳,故詩態亦逸縱自喜。乃知柳子語不妄,病嗜土炭如珍羞。**(蕭奇中夾)**妙喻。君於此藝亦云至,**(蕭奇中夾)**止三字。堆墻敗筆如山丘。興來一揮百紙盡,駿馬倏忽踏九州。**(王文誥夾)**狀草書之神速也。我書意造本無法,**(蕭奇中夾)**妙,妙。點畫信手煩推求。**(蕭奇中眉)**豈獨書哉!匠心特妙者何人也?無法非無法,是名大法。胡爲議論獨見假,隻字片紙皆藏收。不減鍾張君自足,**(蕭奇中夾)**並舉。下方羅趙我亦優。**(蕭奇中夾)**又自揚。不須臨池更苦學,完取絹素充衾裯。**(蕭奇中夾)**寓規。

【彙評】

李鴻裔乙:與《謝蘇自之惠酒》同。結有詼諧意。

《**角山樓**》:絶無工句可摘,而氣格老健,不餘不欠,作家本領在此。

送安惇秀才失解西歸

（**紀昀眉**）意好而語不精彩。（**查慎行乙眉**）此首應存第二卷。（**何焯眉**）安惇末路，竟與元祐諸公爲仇，負公此詩矣。（**毛西原眉**）音節朗鬯。

舊書不厭百回讀，熟讀深思子自知。（**趙克宜評**）一起理足而語庸，昔人謂"詩有别趣，非關理也"，正爲此等人下針砭。然而此語遂能深入人意中者，亦由其理足耳。他年名宦恐不免，今日棲遲那可追。（**何紹基乙眉**）"今日棲遲那可追"，真有味之言。吾嘗謂，落第是好事，又好多讀兩年矣，與公此言合。我昔家居斷還往，著書不復窺園葵。朅來東游慕人爵，棄去舊學從兒嬉。狂謀謬算百不遂，惟有霜鬢來如期。（**杭世駿眉**）此詩宜書座右，爲狂謀謬算者痛下針砭，只是敷衍沈攸之兩言，而清勁之氣，今人言下猛省。（**莫友芝乙評**）三復此二語，真不禁沾膺。故山松柏皆手種，行且拱矣歸何時。（**潘奕雋眉**）時先生年僅卅許，未應有"霜鬢"及"松柏""拱矣"語，恐是中年以後之作。萬事早知皆有命，十年浪走寧非癡。與君未可較得失，臨别惟有長嗟咨。（**毛西原眉**）只二句排對。

【彙評】

劉辰翁：送人失解，以此用意厚甚。

汪師韓：送其失解歸而乃勉以讀書，朋友切偲之義，莫過於此。董遇百遍見義，熟讀之謂也。王筠重覽興深，深思之謂也。讀書之法，亦莫過於此。安惇初從軾游，末流乃與元祐諸賢爲難，當時至有童謡曰："大惇小惇，殃及子孫。"蓋"大惇"謂章惇，"小惇"謂安惇也。然則安惇乃正世之"狂謀謬算"者，此詩知其"他年名宦恐不免"，而始終以熟讀舊書爲箴規,固早有以窺其微矣。

李鴻裔乙:自訟乃所以對箴安惇也,措語甚婉。

陳衍:一片忠告,豈已略知安之爲人乎?

送任伋通判黄州兼寄其兄孜

(**紀昀眉**)邊幅頗狹,少波瀾頓挫之致。而吐屬爽朗,無一冗贅,字句亦自可觀。

吾州之豪任公子,少年盛壯日千里。(**張廷濟夾**)騏驎,良馬也。無媒自進誰識之,有才不用今老矣。(**蕭奇中眉**)傷甚。别來十年學不厭,讀破萬卷詩愈美。黄州小郡隔溪谷,茅屋數家依竹葦。(**蕭奇中夾**)盡。知命無憂子何病,見賢不薦誰當耻。(**查慎行評**)委婉和平,言者無罪。結句於義未洽,然當時引用,必有所據。(**蕭奇中眉**)往見思篤。平泉(**一作原**)老令更可悲,(**查慎行乙眉**)詩中云"平原令",注中作"平泉",恐有一訛。(**翁同書夾**)指任孜。六十青衫貧欲死。桐鄉遺老至今泣,潁川大姓誰能棰。因君寄聲問消息,莫對黄鷂矜爪觜。(**丁菊泉夾**)結句於義未洽,然當日引用,必有所指。(**何焯眉**)結句用昌黎詩,不解何意。

和子由初到陳州見寄二首次韻

(**紀昀眉**)不失古格,亦不脱古格。(**查慎行乙眉**)按子由原作二首詩中無"寄子瞻"語,今從《欒城集》删去"見寄"二字,增"次韻"二字。(**翁同書眉**)子由忤安石,除河南推官,會張安道知陳州,辟爲教授。[見《潁州初别子由》詩施注。](**嚴虞惇眉**)東坡五律,詩□極似老杜。

道喪雖云久，吾猶及老成。如今各衰晚，那更治刑名。（**翁同書眉**）時張方平服除辭判都省，遂知陳州。（**王文誥夾**）此詩次首有“舊隱三年別”句爲證，作於[熙寧]四年六月倅杭命下之後，故云。懶惰便樗散，疏狂托聖明。（**蕭奇中夾**）逼杜。阿奴須碌碌，門户要全生。（**張廷濟旁**）爲子由原詩“上官容碌碌”作一轉語。（**紀昀眉**）末二句用事甚切，而著語太露，東坡時有此病。（**李鴻裔乙評**）蜀人皆病淺露，自坡公已然。

舊隱三年別，（**王文誥夾**）公以熙寧己酉還朝，至是四年辛亥爲三年，故云。必看清此句，扣出年限，二詩之旨方出。杉松好在不？我今尚眷眷，此意恐悠悠。閉户時尋夢，（**紀昀眉**）昌谷詩“楚人尋夢風颯然”，二字本此。無人可説愁。（**蕭奇中夾**）妙入雅思，上句已盡。還來送別處，雙淚寄南州。

次韻子由緑筠堂

愛竹能延客，求詩剩挂墻。風梢千纛亂，月影萬夫長。（**紀昀眉**）“千纛”“萬夫”，雖有出典，然竹豈可著此種語？谷鳥驚棋響，（**紀昀夾**）武功一派。山蜂識酒香。（**何焯眉**）腹連味在鹽酸之外，都不覺其事。只應陶靖節，會聽北窗凉。（**何焯旁**）李白詩：“何處聞秋風，翛翛北窗竹。”

送劉攽倅海陵

（**紀昀眉**）摹寫古調，然不如自運本色。語少含蓄，便覺淺直。（**何紹基乙眉**）此詩豈可令介甫見耶？

君不見阮嗣宗,臧否不挂口。莫誇舌在牙齒牢,是中惟可飲醇酒。讀書不用多,作詩不須工。(**蕭奇中眉**)至論。海邊無事日日醉,夢魂不到蓬萊宫。(**翁同書眉**)貢父被斥,題館壁云:"明日扁舟滄海去,却從雲氣望蓬萊。"秋風昨夜入庭樹,蓴絲未老君先去。君先去,幾時回。劉郎應白髮,桃花開不開。(**蕭奇中眉**)窅然入人間。(**杭世駿眉**)收頗索莫無味,翁詩少腴,煉者大概十有六七。(**翁同書旁**)貢父由館閣校勘外任。(**錢廷錦乙眉**)公詩五七言古,其短章多佳,惟縱筆使才者,未經淘煉。

【彙評】

劉辰翁:此詩與貢父悵悵往復,必有所不樂者。

送錢藻出守婺州得英字

老手便劇郡,高懷厭承明。(**何紹基甲眉**)"高懷厭承明",古人適意,乃有此語寄,如何如何? 聯紆東陽綬,一濯滄浪纓。東陽佳山水,未到意已清。過家父老喜,出郭壺漿迎。子行得所願,愴恨居者情。吾君方急賢,日旰坐邇英。(**邇英,閣名。**)黄金招樂毅,白璧賜虞卿。子不少自貶,陳義空峥嶸。(**查慎行評**)出守之故,蓋由此觀,末句可見。古稱爲郡樂,漸恐煩敲搒。(**何紹基乙眉**)"漸恐煩敲搒"者,言新法也。(**何焯眉**)如此刺進人之速即有味。臨分敢不盡,醉語醒還驚。(**紀昀眉**)後幅亦太露骨。

送吕希道知和州

(**紀昀眉**)大段似《送任汲》詩,佳處、不佳俱似。

去年送君守解梁，今年送君守歷陽。年年送人作太守，坐受塵土堆胸腸。君家聯翩三將相，**（翁同書眉）**蒙正、夷簡、公弼。富貴未已今方將。**（杭世駿眉）**如此造句，所謂繞指柔。鳳雛驥子生有種，毛骨往往傳諸郎。觀君崛鬱負奇表，便合劍佩趨明光。胡爲小郡屢奔走，征馬未解風帆張。我生本自便江海，忍恥未去猶彷徨。**（紀昀夾）**較《送錢藻》詩稍含蓄。只"忍恥"二字露骨耳。無言贈君有長嘆，美哉河水空洋洋。**（蕭奇中夾）**大雅之歌。

次韻王誨夜坐

（查慎行評）王誨，王晉卿詵之弟也。先生與晉卿交好在熙寧初，時方監官告院，故云"閑官不計員"。

愛君東閣能延客，顧我閑官不計員。策杖頻過如未厭，卜居相近豈辭遷。莫將詩句驚摇落，漸喜樽罍省撲緣。**（查慎行評）**"撲"意當即"樸"字。待約月明池上宿，夜深同看水中天。

【彙評】

劉弘：其全意蓋言當世接物逆順之際，不可不慎。詩曰"休驚摇落，喜省僕緣"，可謂深達時機者矣。末句乃寓其静以自觀之意。

送文與可出守陵州

壁上墨君不解語，**（蕭奇中夾）**風上。見之尚可消百憂。而况我友似君者，素節凜凜欺霜秋。**（紀昀眉）**縈拂有情，宕往不盡。**（毛西原眉）**紀云"縈拂有情，宕往不盡"。**（何紹基乙眉）**對竹寫人，詩所以稱題也。清詩健筆何足數,逍遥齊物追莊周。(**李鴻裔乙評**)"清詩"二句,文人不可無此襟懷。奪官遣去不自沉,曉梳脱髮誰能收。江邊亂山赤如赭,(**何紹基甲眉**)"江邊"句縱。陵陽正在千山頭。君知遠别懷抱惡,時遣墨君消我愁。(《**角山樓**》**評**)回應起句,結構自然。(**毛西原眉**)十二句不排對。

送劉道原歸覲南康

(**蕭奇中眉**)胸中一段不可磨滅之氣,借詩見之,尤借編史者見之。我無刃與箠,寧無舌與掌?(**紀昀眉**)風力自健,波瀾亦闊。惟激訐處太多,非詩品耳。(**何紹基甲眉**)健遠韻足。(**毛西原眉**)紀云"風力自健,波瀾亦闊。惟激訐處太多,非詩品耳"。

晏嬰不滿六尺長,高節萬仞陵首陽。(**何焯眉**)道原爲人短小,故起句云。(**施元之評**)此詩端爲介甫而發。青衫白髮不自嘆,富貴在天那得忙。十年閉户樂幽獨,百金購書收散亡。朅來東觀弄丹墨,聊借舊史誅奸强。(**何紹基乙眉**)"聊借舊史誅奸强"語,得無過激乎?(**杭世駿眉**)道原與温公同修《通鑒》,又著《十國紀年》《通鑒外紀》。(**蕭奇中夾**)快。孔融不肯下曹操,(**蕭奇中夾**)凛凛。汲黯本自輕張湯。(**施元之評**)蓋以孔融、汲黯比道原,曹操、張湯況介甫。雖無尺棰與寸刃,口吻排擊含風霜。(**施元之評**)蓋著其面折之實也。(**王文誥夾**)明借修史事,以詆介甫。詩必如是作,方可謂之史筆,亦爲維持綱常名教之文。曉嵐所見卑陋,故凡遇此類詩輒詆之,殊不知文忠二字,皆由此一片忠憤中來,而古人之足當此二字者,爲卒鮮也。自言静中閲世俗,有似不飲觀酒狂。(**蕭奇中夾**)妙似。衣巾狼藉又屢舞,旁人大笑供千場。交朋翩翩去略盡,惟我與子猶彷徨。世人共棄君獨厚,(**蕭奇中夾**)知己之感。豈敢自愛恐子傷。(**查慎行評**)三復公詩,始知朋友之誼。(**李鴻裔乙評**)"世人"二句删去,大覺爽净。朝來告别驚何速,歸意已逐征鴻翔。匡廬先生(**道原父也,致仕二十餘年矣。**)古君子,(**趙克宜評**)以下脱灑。挂冠兩紀鬢未蒼。定將文度置膝上,喜動鄰里烹猪羊。君歸爲我道姓字(**一本作名姓**),幅巾他日容登堂。(**蕭奇中眉**)義古。

【彙評】

汪師韓:謂恕借舊史以誅奸强,即是軾借舊史以刺執政。恕乃剛直者,詩故不嫌明目張膽而道之。至於恕歸而匡廬色喜,言外有直道難容之嘆,匪直幸其無恙遄歸也。

出都來陳所乘船上有題小詩八首不知何人作有感余心者聊爲和之

(**查慎行乙眉**)此八首應編在本卷《送張安道赴南都留臺》後。

蛙鳴青草泊,(**何焯夾**)新過雨。蟬噪垂楊浦。吾行亦偶然,(**紀昀夾**)"亦"字承上二句。及此新過雨。(**蕭奇中夾**)好。(**紀昀眉**)有與物俱適之意,以下七首則怒張之氣太露,殊無所謂心平韻和者。

烏樂忘罝罦,魚樂忘鈎餌。何必擇所安,滔滔天下是。

煙火動村落,晨光尚熹微。田園處處好,淵明胡不歸。(**蕭夾**)古。

我行無疾徐,輕楫信溶漾。船留村市鬧,閘發寒波漲。(**潘

奕雋眉）頗盡舟行之景。（**何紹基甲眉**）真景。

舟人苦炎熱，宿此喬木灣。清月未及上，黑雲如頹山。

萬竅號地籟，衝風散天池。喧豗瞬息間，還挂斗與箕。（**潘奕雋夾**）言諷無窮。

潁水非漢水，亦作蒲萄緑。恨無襄陽兒，令唱銅鞮曲。（**蕭奇中夾**）興高。

我詩雖云拙，心平聲韻和。（**何焯眉**）"心平聲韻和"。（**《唐宋詩醇》評**）地負海涵，不名一體，而核其旨要之所在，如云"我詩雖云拙，心平聲韻和"，此軾自評其詩者也。年來煩惱盡，古井無由波。（**蕭奇中眉**）禪心。（**何紹基乙眉**）未必。

次韻張安道讀杜詩

（**李鴻裔乙評**）此篇殊不類公筆，然風力極道。（**紀昀眉**）字字深穩，句句飛動，如此作和韻詩，固不嫌於和韻。句句似杜。○難韻巧押，騰挪處全在用比。（**潘奕雋眉**）此等詩，公皆學韓。（**何焯旁**）詩亦擬杜。（**《角山樓》評**）通篇語意沉著，氣息逼杜。（**毛西原眉**）紀云"字字深穩，句句飛動，如此作和韻詩，固不嫌於和韻"，又云"句句似杜"，又云"難韻巧押，騰挪處全在用比"。

大雅初微缺，流風困暴豪。張爲詞客賦，變作楚臣騷。（**何焯眉**）先著四句，方知少陵起衰之功，以下俱借青蓮作陪。輾轉更崩壞，紛綸閲俊髦。地偏蕃怪産，源失亂狂濤。粉黛迷真色，魚蝦易豢牢。（**查慎行評**）文運之厄若此，不有作手，誰爲驅除？誰知杜陵傑，名與謫仙高。掃地收千軌，争標看兩艘。詩人例窮苦，天意遣奔逃。塵暗人亡鹿，溟翻帝斬鰲。艱危思李牧，述作謝王褒。失意各千里，哀鳴聞九皋。騎鯨遁滄海，捋虎得綈袍。（**翁同書夾**）少陵事。（**何焯夾**）“捋虎鬚”，《雲溪友議》所載嚴武語，《新書》取之。巨筆屠龍手，微官似馬曹。（**杭世駿眉**）拾遺清職，“馬曹”句不切。迂疏無事業，醉飽死游遨。（**何紹基乙眉**）未免應酬。簡牘儀刑在，兒童篆刻勞。（**何焯夾**）千古同嘆。今誰主文字，公合把旌旄。開卷遥相憶，知音兩不遭。（**查慎行評**）古今同慨。般斤思郢質，鯤化陋儵濠。恨我無佳句，時蒙致白醪。殷勤理黄菊，未遣没蓬蒿。（**紀昀眉**）結意藴藉，此爲詩人之筆。（**何焯旁**）結句比體，與“地偏”四句照映。（**《角山樓》評**）末四語清出和詩意。

【彙評】

汪師韓：初讀之但覺鋪叙排比，詞氣不減少陵耳。詳味其詞，乃見下筆謹慎之至。蓋題是次張安道韻，則先有張詩在，意中非泛然爲少陵作贊頌也。“地偏”四句，但將從來詩道之敝，廣譬曲喻，轉入杜陵，只用“傑”字，一言之褒，而其起衰式靡、立極千古者，已意無不盡。此下只是慨其遭際，更不論詩。即軾平日所云“發於情，止於忠孝”者，亦不一及。又俱借謫仙爲陪，以與下“開卷”“知音”一聯情事相映合。結仍用比喻以應前文，大含元氣，細入無間，其一一次韻天然，又不過汗漫之餘技矣。

王文誥：詩家以五排爲長城，而欲以難韻和讀杜，又欲全幅似杜，已屬棘手。此詩以太白《古風》提唱，即以太白對做，是難中之難也。却又主賓判然，疏密相間，於排比之中，寓流走之法。面目是杜，氣骨是蘇，非杜不能步步爲營，非蘇不能句句直下，其驅遣難韻，若無其事焉者，不知何以輳泊至是，而杜排無此難作詩也。

送張安道赴南都留臺

我公古仙伯，超然羨門姿。偶懷濟物志，遂爲世所縻。黄龍游帝郊，簫韶鳳來儀。終然反溟極，豈復安籠池。出入四十年，憂患未嘗辭。一言有歸意，闔府諫莫移。吾君信英睿，搜士及茅茨。無人長者側，何以安子思。(**紀昀夾**)語殊非體。歸來掃一室，虚白以自怡。游於物之初，世俗安得知。我亦世味薄，因循鬢生絲。出處良細事，(**蕭奇中眉**)卓。從公當有時。

傅堯俞濟源草堂

(**何紹基乙眉**)説盡情事。(**潘奕雋眉**)此等則神似少陵，寫意隨筆，揮灑之作，他人無之。(**查慎行乙眉**)《和子由到陳州見寄》二律應編此處。

微官共有田園興，老罷方尋隱退廬。栽種成陰十年事，倉黄求買萬金無。先生卜築臨清濟，喬木如今似畫圖。(**查慎行評**)直到第五、六方説明詩旨，章法奇絶。鄰里亦知偏愛竹，春來相與護龍雛。

【彙評】

汪師韓：堯俞本鄆州須城人，徙居孟州濟源。嘗有《讀書詩》云："吾屋雖諠卑，頗不甚蕪穢。置席屋中間，坐臥群書内。"觀此則知詩稱"畫圖"，良非虚譽。

陸龍圖詵挽詞

挺然直節庇峨岷,謀道從來不計身。屬纊家無十金産,(**蕭奇中夾**)合二句可想其人。過車巷哭六州民。塵埃輦寺三年別,樽俎岐陽一夢新。(**紀昀眉**)中四句切脚。他日思賢見遺像,不論宿草更沾巾。(**成都有思賢閣,畫諸公像。**)(**蕭奇中夾**)情深。

胡完夫母周夫人挽詞

(**何焯眉**)夫人非嫡,故題係以子。(**王文誥旁**)此詩用周顗伯仁事,義門之説尚可通,若《潘推官母李氏挽詞》,則大謬不然矣。此説究非是,不可以該此集也。

柏舟高節冠鄉鄰,絳帳清風聳搢紳。豈似凡人但慈母,能令孝子作忠臣。(**蕭奇中眉**)此挽婦人中之最勝者。當年織屨隨方進,晚節稱觴見伯仁。(**莫友芝乙評**)運用流轉,能縮無窮意,議於四句之中。回首悲凉便陳迹,凱風吹盡棘成薪。(**紀昀眉**)“凱風”用古説。

和柳子玉過陳絶糧二首

風雨蕭蕭夜晦迷,不須鳴叫强知時。多才久被天公怪,闕食惟應爨婦知。(**錢廷錦甲夾**)絶糧。杵叟挽衣那及脛,顔翁食粥敢言炊。詩人情味真嘗遍,試問於君底事虧。

【彙評】

劉弘:此詩雖“次韻絶糧”,其不平世事之意皦皦。

如我自觀猶可厭，非君誰復肯相尋。圖書跌宕悲年老，燈火青熒語夜深。(**紀昀眉**)淡語傳神。(**潘奕雋夾**)沉鬱頓挫，得之於律，乃更難。早歲便懷齊物意，(**毛西原眉**)"意"，查本作"志"。微官敢有濟時心。(**蕭奇中夾**)剴慷。南行千里成何事，一聽秋濤萬鼓音。(**紀昀眉**)憤懣而出和平，故但覺沉著，而不露怒張。(**毛西原眉**)末句謂錢塘潮聲也。

【**彙評**】

毛西原：通體沉著。

劉弘：詩甚傷嘆，時事可知矣。

潁州初別子由二首

(**譚元春評**)二首全不傷氣，尚是真漢人詩。(**紀昀眉**)二詩悱惻深至。(**方東樹評**)真摯。(**《角山樓》評**)不煩文飾，自足感人，所謂真詩也。(**毛西原眉**)紀云"二詩悱惻深至"。

征帆挂西風，別淚滴清潁。留連知無益，惜此須臾景。(**何紹基乙眉**)真摯。(**蕭奇中夾**)真，真。(**紀昀眉**)用李陵"且復立斯須"意。而上句作一頓挫，意境便別。(**翁同書眉**)即李陵"長當從此別，且復立斯須"之意。(**毛西原眉**)紀云"用李陵'且復立斯須'意。而上句作一頓挫，意境便別"。我生三度別，此別尤酸冷。念子似先君，木訥剛且静。寡詞真吉人，介石乃機警。至今天下士，去莫如子猛。嗟我久病狂，意行無坎井。(**蕭奇中眉**)達士類同。有如醉且墜，幸未傷輒醒。從今得閑暇，默坐消日永。作詩解子憂，持用日三省。(**查慎行乙眉**)《烏臺詩案》：熙寧四年十一月，軾赴杭州，時弟轍至潁州，作別後，十一月到杭州本任，作《潁州初別子由》詩云："至今天下士，去莫如子猛。"爲弟轍曾作《制置條例充檢詳文字爭議新法不合乞罷》，説弟轍去之勇決，意亦譏諷新法不便也。

近別不改容，遠別涕沾胸。(**杭世駿眉**)二語如古謠諺。咫尺不相見，實與千里同。人生無離別，誰知恩愛重。(**紀昀夾**)意本蘇武"惟念當乖離，恩情日以新"語。(**錢廷錦乙眉**)徐云"絶似太白"。(**毛西原眉**)紀云"意本蘇武'惟念當乖離，恩情日以新'語"。余謂翻轉用之，意更沉痛。始我來宛丘，牽衣舞兒童。便知有此恨，留我過秋風。秋風亦已過，別恨終無窮。(**查慎行評**)骨肉情話，自應有此曲折。(**紀昀眉**)曲折之至，而爽朗如話，蓋情真而筆又足以達之，遂成絶調。問我何年歸，我言歲在東。離合既循环，憂喜迭相攻。悟此長太息，(**查慎行評**)"語"意當作"悟"。我生如飛蓬。多憂髮早白，不見六一翁。(**翁同書眉**)本是直抒胸臆，讀之乃覺中心菀結之至者，此漢魏人絶調也。(**何焯眉**)一意轉折，不知其佳，但見其悲耳。(**王文誥夾**)一結本地風光。如二詩在杭補作，公未必遽及此也，可爲施注潁編之證。

【彙評】

毛西原：曲折往復，語摯情真。

《**角山樓**》：第賦斯時惜別，語便無奇。追溯初來早知有此，又因離別，愈形恩愛，節節相生，自在流出，讀之無不心肯，此境正不易到。

汪師韓：前首"留連知無益，惜此須臾景"，即李陵"長當從此別，且復立斯須"之意。用作發端語，覺悲愴切至，更爲過之。後首本是直抒胸臆，讀之乃覺中心菀結之至者，此漢魏人絶調也。

歐陽少師令賦所蓄石屏

(**何焯旁**)僅自工妙,但尚似費力。

何人遺公石屏風,上有水墨希微蹤。(**蕭奇中夾**)妙。不畫長林與巨植,獨畫峨嵋山西雪嶺上萬歲不老之孤松。(**蕭奇中夾**)亦好。(**翁同書眉**)長句磊砢,筆力具有虬松屈盤之勢,真可匹敵杜陵。(**查慎行甲眉**)十六字一句,古人所無。崖崩澗絶可望不可到,孤煙落日相溟蒙。含風偃蹇得真態,刻畫始信天有工。(**蕭奇中夾**)"天""工"二字開。我恐畢宏韋偃死葬虢山下,骨可朽爛心難窮。(**蕭奇中夾**)寧獨畫家。神機巧思無所發,化爲煙霏淪石中。(**紀昀眉**)借事生波,忽成奇弄。妙在純以意運,不是纖巧字句關合,故不失大方。(**毛西原眉**)紀云"借事生波,忽成奇弄"。(**何紹基甲眉**)少味。(**何紹基乙眉**)語涉率。古來畫師非俗士,摹寫物像略與詩人同。願公作詩慰不遇,(**蕭奇中眉**)知此可以相天下士。無使二子含憤泣幽宫。(**何焯旁**)歐梅體。(**紀昀眉**)有上四句之將無作有,須有此句方結束得住。(**毛西原眉**)紀云"有上四句之將無作有,須有此句方收得住"。(**毛西原評**)後四句不過趁筆作詩。

【彙評】

汪師韓:長句磊砢,筆力具有虬松屈盤之勢。○詩自一言至九言,皆原於三百篇。此詩"獨畫峨嵋山西雪嶺上萬歲不老之孤松"一句十六言,從古詩人所無有也。

趙翼:石理自成松樹,故須如此刻入摹寫。

陪歐陽公燕西湖

（**何焯眉**）《會老堂》亦應續入此處。

謂公方壯鬚似雪，謂公已老光浮頰。朅來湖上飲美酒，醉後劇談猶激烈。（**蕭奇中夾**）好。（**王文誥夾**）著此一句，已該攻法諸事。湖邊草木新著霜，芙蓉晚菊争煌煌。插花起舞爲公壽，公言百歲如風狂。（**李鴻裔乙評**）"公言"貫下四句，從《西銘》得來。曉嵐不閲道，故不解此詩之妙。赤松共游也不惡，誰能忍飢啖仙藥。已將壽夭付天公，彼徒辛苦吾差樂。（**張廷濟眉**）"赤松"四句是歐公意中也言。接上句公言。（**何焯眉**）達人之言快然。（**王文誥夾**）"彼徒辛苦"，指王安石也。其前已有"激烈"二字安根，故後以"桓伊"事作結也。義門指爲英宗朝事，不但時局不類，而此句亦落空。城上烏棲暮靄生，銀釭畫燭照湖明。（**紀昀夾**）插此二句便有情致，似從老杜《越王樓歌》化來。（**毛西原眉**）紀云"插此二句便有情致，似從老杜《越王樓歌》化來。末四句有樂往哀來之感，'桓伊'事亦用得蘊藉"。不辭歌詩勸公飲，坐無桓伊能撫箏。（**何焯眉**）歐公以濮議，爲臺諫所攻，故云。（**紀昀眉**）末四句有樂往哀來之感，"桓伊"事亦用得蘊藉。（**王文誥夾**）曉嵐專取末四句，故有"樂往哀來"之誤。誥立治平案，無片言及永叔者，以公親見濮議，而終身不置一詞也。（《**角山樓**》**評**）妙於略逗，更不徑露。

【彙評】

劉辰翁：豈非辯謗後歸潁之集邪？不然末意爲不相入矣。

毛西原：結勝此種可摹。

十月一(一本作二)日將至渦口五里所遇風留宿

(**杭世駿眉**)字字清快,坡公五言之最佳者。(**紀昀眉**)意亦猶人,取其波峭。

長淮久無風,放意弄清快。今朝雪浪滿,始覺平野隘。兩山控吾前,(**查慎行評**)荆、塗二山對峙,在懷遠縣南。吞吐久不噦。孤舟繫桑本,終夜舞澎湃。舟人更傳呼,弱纜恃菅蒯。平生傲憂患,久已恬百怪。(**毛西原眉**)"怪"韻新健。鬼神欺吾窮,戲我聊一噫。瓶中尚有酒,信命誰能戒。(**陳仁錫眉**)將此數語,嚇風耶,抑嚇鬼耶?(**嚴虞惇眉**)余自成都入舟,至今已四十餘日,至今未嘗遇一順風也。此行垂索而歸意者,鬼神欺我窮乎?其亦戲我乎?吾願鬼神之勿爲害也。辛卯仲冬二十四日草。(**毛西原眉**)全用十卦韻,不雜入泰隊。

【彙評】

劉辰翁:坡詩好讀,所過成誦,亦足自解,由其一片灑落,非他人可比也。

汪師韓:刻畫山水如謝公,而去其棘澀。

出潁口初見淮山是日至壽州

(**紀昀眉**)吴體之佳者。吴體無粗曠之氣即佳。(**何紹基甲眉**)神來之筆。(**毛西原眉**)紀云"吴體之佳者。吴體無粗曠之氣即佳"。此詩蒼老,紀以爲吴體,不解所謂。

我行日夜向江海,(**王文誥夾**)此極沉痛語,淺人自不知耳。楓葉蘆花秋興長。平淮忽迷天遠近,青山久與船低昂。(**何紹基乙眉)引筆甚健。壽州已見白石塔,短棹未轉黄茅岡。波平風軟望不到,故人久立煙蒼茫。

【彙評】

劉辰翁:太白佳處。

汪師韓:宛是拗體律詩,有古趣兼有逸趣。

方東樹:短篇極則。奇氣一片。

吴汝綸:公有《古風》一首,與此略同,蓋自喜之甚,復約之以爲近體。

壽州李定少卿出餞城東龍潭上

山鴉噪處古靈湫,(**蕭奇中夾**)蒼穆。亂沫浮涎繞客舟。未暇燃犀照奇鬼,欲將燒燕出潛虯。使君惜别催歌管,村巷驚呼聚玃猴。此地他年頌遺愛,觀魚並記老莊周。

濠州七絶

(**紀昀眉**)七詩不脱宋人窠臼。

塗　山(下有鯀廟,山前有禹會村)

川鎖支祁水尚渾,地埋汪罔骨應存。樵蘇已入黄熊廟,烏鵲猶朝禹會村。

彭祖廟(有雲母山,云彭祖所采服也)

(**杭世駿眉**)此詩語含譏諷。

跨歷商周看盛衰，欲將齒髮鬥蛇龜。空餐雲母連山盡，不見蟠桃著子時。(**蕭奇中眉**)可省，遣童男童女海外者何人哉？

逍遥臺(莊子祠堂在開元寺，即墓爲堂)

(**蕭奇中夾**)胸中曠爾。

常怪劉伶死便埋，豈伊忘死未忘骸。烏鳶奪得與螻蟻，誰信先生無此懷。

【彙評】

劉辰翁：莊叟墓又用劉伶托己意甚超。

觀魚臺

(**蕭奇中眉**)義廣盡矣，可以頌莊，可以喻物。(**李鴻裔乙評**)創格。

欲將同異較錙銖，肝膽猶能楚越如。若信萬殊歸一理，子今知我我知魚。(**蕭奇中夾**)妙。(**何焯眉**)即用《莊子》語作開合。

虞姬墓

(**蕭奇中眉**)不負在蒼皇，故妙，後平暇何奇，添出一鄭君來，虞姬有匹矣。(**紀昀眉**)此首較可。

帳下佳人拭淚痕，門前壯士氣如雲。倉黄不負君王意，獨有虞姬與鄭君。(**何焯眉**)餘波動蕩。

【彙評】

劉辰翁評：事外事映徹，觸手可學。

四望亭（太和中刺史劉嗣之立，李紳以太子賓客分司東都，過濠，爲作記。記今存而亭廢者數年矣）

頹垣破礎没柴荆，故老猶言短李亭。敢請使君重起廢，落霞孤鶩换新銘。

浮山洞（洞在淮上，夏潦不能及而冬不加高，故人疑其浮也）

人言洞府是鰲宫，升降隨波與海通。共坐船中那得見，乾坤浮水水浮空。

卷 三

詩七十六首

泗州僧伽塔

(**紀昀眉**)極力作擺脱語,純是涉理路,而仍清空如話。(**查慎行乙眉**)玩詩中"我昔""我今"二語,及下《龜山》一首"再過龜山歲五周"之句,此二詩明非初赴杭時所作,當是自徐移湖州時。方與"今昔"二字及"歲五周"相合,蓋先生於甲寅秋杪離杭州通判任,至己未夏自徐移湖,是爲"歲五周"矣。當爲駁正,編入第十七卷《過淮三首》之前。○此首與《龜山》一首俱應編入第十七卷中。(**賴山陽評**)放翁《夜聞松風有感》詩,學坡此詩,並看其氣格。

我昔南行舟繫汴,(**賴山陽評**)以下六句質樸如不練磨者,七古之體宜如此。逆風三日沙吹面。舟人共勸禱靈塔,香火未收旗脚轉。回頭頃刻失長橋,(**賴山陽評**)實際如此。却到龜山未朝飯。至人無心何厚薄,我自懷私欣所便。(**蕭奇中夾**)可笑。(**紀昀夾**)確是僧伽塔,不可移之别水神。(**何焯眉**)至理只在淺語中。耕田欲雨刈欲晴,去得順風來者怨。(**蕭奇中夾**)仁恕可風。(**王文誥夾**)公以攻新法被出,反去爲奉行新法之官,是此官無可做也。此句通篇主腦,却不道破。若使人人禱輒遂,告物應須日千變。(**錢陸燦眉**)雜議論,所以爲宋詩。(**何焯眉**)説理透快,使人黑昧頓豁。我今身世兩悠悠,(**紀昀眉**)又就自己伸一層,愈加滿足。去無所逐來無戀。得行固願留不惡,每到有求神亦倦。(**查慎行評**)説透至理,覺昌黎《衡山》一章,尚帶腐氣。(**蕭奇中夾**)妙。(**陳衍評**)中數句從"樵風涇"翻出,遂成名言。退之舊云三百尺,澄觀所營今已换。(**毛西原眉**)"澄觀",唐中葉名僧。不嫌俗士污丹梯,(**賴山陽評**)神理自"至人無心"句來。一看雲山繞淮甸。(**紀昀眉**)層層波瀾一齊捲盡,只就"塔"字作結,簡便之至。(**賴山陽評**)此句所以"留不惡"。(**毛西原眉**)紀云"極力作擺脱語,純是涉理路,而仍清空如話","確是僧伽塔,移不到别水神","又就自己伸一層,愈加滿足"。又云"層層波瀾一齊卷盡,只就'塔'作結,簡便之至"。

【彙評】

劉辰翁:神倦語警。

汪師韓:至理奇文,只是眼前景物口頭語,透闢無礙,是廣長舌。

譚元春:不獨評議古人及議天下大事,忌涉議論,即往還晴雨入神,許與之間,如此流便説去。一涉議頭,失詩人之旨矣。

范大士:坦懷任遇,且驚造化,亦難應酬,正與不信神佛者有别。

毛西原:"耕田"二句,妙喻;"至人"二句,蕩得開。

龜 山

(**紀昀眉**)霸業雄圖,尚有今昔之感,而况一人之身乎?前四句與後四句映發有情,便不是吊古套語。(**毛西原眉**)紀云"霸業雄圖,尚有今昔之感,而况一人之身乎?前四句與後四句映發有情,便不是吊古套語"。

我生飄蕩去何求,(**王文誥夾**)通篇主腦,領起全章。再過龜山歲五周。(**蕭奇中眉**)言外。身行萬里半天下,僧卧一庵初白頭。(**查慎行評**)似擬中晚而骨力勝之。地隔中原勞北望,潮連滄海欲東游。元嘉舊事無人記,故壘摧頹今在不。(**宋文帝遣將拒魏太武,築城此山。**)

【**彙評**】

劉辰翁:大人相。

劉弘:意甚豁達,識破世事。

汪師韓:"萬里"句闊遠,"一庵"句静閑,妙作對偶。熙寧甲寅,軾自杭倅移至密州,至元豐己未,移知湖州,故云"再過龜山歲五周"。結寓感嘆,以見兵戎事往,並故壘亦不復存,不獨無人記憶已也。

發洪澤中途遇大風復還

(**劉辰翁旁**)洪澤,合注何處?(**何紹基乙眉**)我泊銅陵,凡三解纜,俱因頂風吹回,最後至順風倒回二十里還。讀此詩爲一哂也。

風浪忽如此,吾行欲安歸。(**蕭奇中夾**)十字徘回。(**王文誥夾**)謂逆風不可前,故順風而還也。挂帆却西邁,此計未爲非。洪澤三十里,安流去如飛。居民見我還,勞問亦依依。攜酒就船賣,此意厚莫違。醒來夜已半,岸木聲向微。明日淮陰市,(**蕭奇中夾**)忽及。白魚能許肥。我行無南北,適意乃所祈。何勞弄澎湃,終夜摇窗扉。妻孥莫憂色,更有篋中衣。(**紀昀眉**)與《渦口》詩同刺小人之排抑,然俱不露,所以爲佳。(**毛西原眉**)紀云"與《渦口》詩同刺小人之排抑"。不過即景成詩,有何譏刺?紀迂矣。

十月十六日記所見

(**查慎行乙眉**)一本作"十月六日",無"十"字。

風高月暗水雲黄,淮陰夜發朝山陽。山陽曉霧如細雨,炯炯初日寒無光。雲收霧捲已亭午,有風北來寒欲僵。忽驚飛雹穿户牖,迅駛不復容遮防。市人顛沛百賈亂,疾雷一聲如頽墻。使君來呼晚置酒,(**王文誥夾**)謂楚州守也。坐定已復日照廊。恍疑所見皆夢寐,百種變怪旋消亡。共言蛟龍厭舊穴,魚鱉隨徙空陂塘。愚儒無知守章句,論説黑白推何祥。(**蕭奇中眉**)可笑。惟有主人言可用,(**蕭奇中夾**)趣。天寒欲雪飲此觴。(**紀昀眉**)憤語無痕。(**翁同書眉**)一筆掃去,絶妙收束。(**毛西原眉**)紀評末二云"憤語無痕"。末二有"那知此事,且食蛤蜊"之意。

廣陵會三同舍各以其字爲韻仍邀同賦

(**翁同書眉**)三君子皆以忤荆公被斥,公之同志也。(**杭世駿眉**)坡用此韻,五七言首首皆佳,此篇視後二作較飛動,全得押韻之力。

劉貢父

去年送劉郎,醉語已驚衆。(**王文誥夾**)即前《送倅海陵》一篇也。如今各漂泊,筆硯誰能弄。我命不在天,羿彀未必中。作詩聊遣意,老大慵譏諷。夫子少年時,雄辯輕子貢。爾來再傷弓,戢翼念前痛。廣陵三日飲,相對恍如夢。况逢賢主人,白酒潑春甕。(**王文誥夾**)指錢公輔也。竹西已揮手,灣口猶屢送。羡子去安閑,吾邦正喧哄。(**紀昀眉**)結太露。(《**角山樓**》**評**)强壓韻,峭而能穩。

孫巨源

三年客京輦,憔悴難具論。揮汗紅塵中,但隨馬蹄翻。人情貴往返,(《角山樓》評)此言京師酬酢之煩,無暇更過故交也,真寫得透。不報生禍根。(**蕭奇中夾**)可惕。坐令平生友,終歲不及門。(**翁同書眉**)介甫柄政,同舍禁相往來。南來實清曠,但恨無與言。不謂廣陵城,得逢劉與孫。(**蕭奇中夾**)詩。異趣不兩立,(《角山樓》評)異趣謂與世異趣也。施注因"終歲不及門"四句,謂與孫異趣,則上下文義難通矣。(**翁同書眉**)同書案:施注非也。"異趣不兩立",正指介甫一輩人耳。廣陵幸得相遇,又恐用此排根,正是交情極摯語,豈有微詞於其間哉? 查氏已辨之矣。譬如王孫猿。(**劉辰翁夾**)孰爲"王孫"? 吾儕久相聚,恐見疑排根。我褊類中散,(**王文誥夾**)既有此句,可見通篇皆責詞也。子通真巨源。絶交固未敢,且復東南奔。(**紀昀眉**)此首尤露骨。(**何紹基乙眉**)作詩不必如此直遂。

劉莘老

江陵昔相遇,幕府稱上賓。再見明光宫,峨冠挹搢紳。如(**一本作而**)今三見子,坎坷爲逐臣。朝游雲霄間,欲分丞相茵。暮落江湖上,遂與屈子鄰。了不見喜愠,子豈真可人。邂逅成一歡,醉語出天真。士方在田里,自比渭與莘。出試乃大謬,芻狗難重陳。(**蕭奇中眉**)吾斯未信真賢聖。歲晚多霜露,歸耕當及辰。(**紀昀眉**)三詩意旨相同,惟此詩收束有體,此争用筆之曲直。(**潘奕雋夾**)數語切中安石,雖安石亦當心領了。(**何紹基乙眉**)披露盡矣。

游金山寺

(**紀昀眉**)首尾謹嚴,筆筆矯健,節短而波瀾甚闊。(**方東樹評**)奇妙。(**何紹基乙眉**)前半奇宕之至,後半乃弱,何也?(**賴山陽評**)此公不用意而成者,然諸作家無及此者。(**毛西原眉**)紀云"首尾謹嚴,筆筆矯健,節短而波瀾甚闊"。(**查慎行評**)起結奇横。

我家江水初發源,宦游直送江入海。(**蕭奇中眉**)綿邈宦程,與江首尾。(**紀昀夾**)入手即伏結意。(**王文誥夾**)一語破的,已具傳《禹貢三江考》本領。(**《角山樓》評**)起勢雄健。(**翁同書眉**)以長江源委爲通篇綫索。(**毛西原眉**)紀云"入手即伏結意"。(**何焯眉**)萬里半生,一口吸盡。聞道潮頭一丈高,(**賴山陽評**)暗伏末段江神。天寒尚有沙痕在。中泠南畔石盤陀,古來出没隨濤波。試登絶頂望鄉國,江南江北青山多。(**張廷濟旁**)就江心所見,見世路之變幻,與杜《渼陂行》同。(**方東樹評**)望鄉不見,以江南北之山隔也,非泛寫景。(**《角山樓》評**)篇中盤節,與起結貫注。(**蕭奇中夾**)茫茫逼真。(**紀昀夾**)又一縈拂。羈愁畏晚尋歸楫,(**賴山陽評**)"尋"下得誠佳,意與"促"字同。山僧苦留看落日。(**查慎行評**)二語作轉捩。(**賴山陽評**)"落日"字雅高,作"暮色""晚景"等字不健。(**蕭奇中眉**)妙。微風萬頃靴文細,斷霞半空魚尾赤。(**何焯眉**)縹緲無迹,並非青蓮所及。是時江月初生魄,二更月落天深黑。江心似有炬火明,飛焰照山棲鳥驚。(**蕭奇中眉**)《楞嚴》所云"大海火輪光起",亦風金相蕩而成。悵然歸卧心莫識,非鬼非人竟何物。(**是夜所見如此。**)(**蕭奇中夾**)坡亦爾爾。(**何焯眉**)予嘗登韜光絶頂觀日初升,見湖中紅燈二盞出水面,徙轉無定。此境非身歷者不知也。江山如此不歸山,(**袁宏道評**)畢竟無田可歸,後來者當戒。江神見怪驚我頑。(**紀昀夾**)此句即指"炬火"事。我謝江神豈得已,有田不歸如江水。(**是夜所見如此**。)(**何焯眉**)後又云"無田不歸,寧非貪進乎?道矣"。(**紀昀眉**)結處將無作有,兩層搭爲一片,歸結完密之極,亦巧便之極。設非如此挽合,中一段如何消納?(**翁同書旁**)一往縹緲之音,收處不但結構天然,音節亦復妙絶。(**何紹基甲眉**)公不歸蜀,於此劝之。(**毛西原眉**)紀云"結處將無作有,兩層搭爲一片,歸結完密之極,亦巧便之極。設非如此挽合,中一段如何消納"。

【彙評】

汪師韓:一往作縹緲之音,覺自來賦金山者,極意著題,正無從得此遠韻。起二句將萬里程、半生事一筆道盡,恰好由岷山導江至此處海門歸宿爲入題之語。中間"望鄉國"句故作羈望語,以環應首尾。"微風萬頃"二句寫出空曠幽静之致,忽接入"是時江月"一段,此不過記一時陰火潛燃景象耳。思及"江神見怪",而終之以歸田。矜奇之語,見道之言,想見登眺徘徊俯視一切。

賴山陽:起結皆佳。

吴汝綸:機軸與《後赤壁賦》同,而意境勝彼。公詩佳處,全在興象超妙,此首尤爲顯著者。

陳衍:一起高屋建瓴,爲蜀人獨足誇口處。通篇遂全就望鄉歸山落想,可作《莊子·秋水篇》讀。

王文濡:因貧而仕,有懷鄉去國之思。

毛西原:此詩凡六轉韻。

自金山放船至焦山

(**紀昀眉**)前半以金山縈繞,後半借鄉僧生情。布局極有波折,語亦灑脱。(**潘奕雋眉**)二詩[注:指此詩與上首詩。]曲折頓挫,揮灑樸至，乃是公詩之至者，他人學者不能若此之自然。（**方東樹評**）此正鋒，可以爲作詩之法。（《**角山樓**》**評**）以金山之壯麗，形出焦山之荒僻。（**翁同書眉**）兩詩當作一首讀。

金山樓觀何耽耽，撞鐘擊鼓聞淮南。焦山何有有修竹，采薪汲水僧兩三。（**毛西原眉**）金焦並起，中從金山遞到焦山。雲霾浪打人迹絶，時有沙户祈春蠶。（**吴人謂水中可田者爲沙。**）我來金山更留宿，而此不到心懷慚。（**蕭奇中夾**）是。同游盡返决獨往，（**蕭奇中眉**）虧一"决"，是大智人，是大勇人。賦命窮薄輕江潭。（**何紹基甲眉**）四句拗健。（**何紹基乙眉**）足見自來焦山不易游也，然遂欲"留茅庵"，何乃太亟促。清晨無風浪自湧，中流歌嘯倚半酣。老僧下山驚客至，迎笑喜作巴人談。（**焦山長老，中江人也。**）（**紀昀眉**）觸手起波，生下半幅。（**毛西原眉**）紀云"後半借鄉僧生情，極有波瀾，語亦脱灑"。又云"觸手起波，生下半幅"。自言久客忘鄉井，只有彌勒爲同龕。困眠得就紙帳暖，飽食未厭山蔬甘。（**蕭奇中夾**）樂矣。山林飢卧古亦有，無田不退寧非貪。（**查慎行評**）《金山》詩結句云："有田不歸如江水。"故此處更深一層。合觀兩首，其妙乃見。（**翁同書旁**）"無田不退寧非貪"爲前篇"有田不歸如江水"進一解。（《**角山樓**》**評**）翻轉前篇之意，是進一步法。（**蕭奇中夾**）自責，是。展禽雖未三見黜，叔夜自知七不堪。行當投劾謝簪組，爲我佳處留茅庵。（**吴人謂水中可田者爲沙。焦山長老，中江人也。**）（**紀昀夾**）仍結到本題。（**翁同書眉**）無田不歸，可也。無田不退，可乎？到處堪居，何必歸蜀？故曰"爲我佳處留茅庵"。（**毛西原眉**）結好中排對四句。

【彙評】

汪師韓：金山作已極登高望遠之勝，故焦山只寫山中之景。彼以雄放稱奇,此以閑寂入妙。“鐘鼓”“修竹”,未到之見聞也;“風浪”“歌嘯”,將到之情事也。至於“老僧迎客”,一時絮談詳叙。曲盡結出“無田不退寧非貪”,則又爲前篇“有田不歸如江水”之句進一解矣。

范大士:前言“無田”,所以不歸。此言“無田不退寧非貪”,兩意相承遞進,非各自爲章者也。

陳衍:後半用意平常。

甘露寺

(**杭世駿眉**)叙次得太史之潔,俯仰興懷,情景雙到。(**紀昀眉**)以記序體行之,與《李氏園》詩同法,首尾完整,可爲長篇之式。(**王文誥旁**)紀昀曰“以叙記體行之,首尾完整,可爲長篇之式”,其説是。至謂“與《李氏園》詩同法”者,誤。(**翁同書眉**)以記序體行之。

江山豈不好,獨游情易闌。(**蕭奇中夾**)真。但有相攜人,何必素所歡。(**蕭奇中夾**)是。(**何焯夾**)此之謂清新。(**《角山樓》評**)冒起曲折入情。我欲訪甘露,(**《角山樓》評**)入題。當途無閑官。二子舊不識,欣然肯聯鞍。(**蕭奇中夾**)可見二字。古郡山爲城,層梯轉朱欄。樓臺斷崖上,地窄天水寬。(**《角山樓》評**)煉極。一覽吞數州,山長江漫漫。(**查慎行評**)收得盡,放得開,是爲才人之筆。却望大明寺,(**蕭奇中夾**)畫。惟見煙中竿。(**何焯夾**)寫景已盡,此數語好,皆應事波瀾。狠石卧庭下,穹窿如伏羱。(**寺有石如羊,相傳謂之“狠石”,云“諸葛孔明坐其上,與孫仲謀論曹公也”。**)緬懷卧龍公,挾策事琱鑽。(**彭元瑞眉**)“鑽”字本《漢書》“商鞅挾三策以鑽孝公”語。一談收猘子,(**王文誥夾**)以“策”比“權”也。再説走老瞞。名高有餘想,(**蕭奇中夾**)只二字。事往無留觀。(**蕭奇中眉**)每寓二句見詠，筆力、篇法俱整宕。蕭翁古鐵鑊，相對空團團。陂陀受百斛，積雨生微瀾。（**大鐵鑊二，按銘，梁武帝所鑄。**）（**何焯夾**）謂梁亡而鐵鑊存，雙關，使事波瀾。泗水逸周鼎，渭城辭漢盤。（**紀昀眉**）是"漢盤辭渭城"，貪用昌谷語，倒轉遂成語病。（**李鴻裔乙評**）[紀昀]此論太苛，唐人倒裝句如此類者甚多。山川失故態，（**蕭奇中夾**）傷哉理數。怪此能獨完。（**何紹基乙眉**）頗嫌太散漫。（**錢廷錦乙夾**）徐云：若甘露寺所有，序何以不載？此特起下文陸生畫如周鼎漢盤之意耳。[王十朋]注屬附會。僧繇六化人，霓衣挂冰紈。隱見十二疊，觀者疑誇謾。破板陸生畫，青猊戲盤跚。上有二天人，揮手如翔鸞。筆墨雖欲盡，典刑垂不刊。（**畫獅子一，菩薩二，陸探微筆。**）赫赫贊皇公，英姿凛以寒。古柏親手種，挺然誰敢干。（**蕭奇中夾**）猶然生氣。（**王文誥夾**）柏葉松身爲檜，是檜亦似柏也。枝撑雲峰裂，根入石窟蟠。（**衛公所留祠堂在寺，手植柏合抱矣。**）（**查慎行評**）每段用二句作束。薙草得斷碑，斬崖出金棺。瘞藏豈不牢，見伏理可嘆。（**近寺僧發古殿基，得舍利七粒並石記，乃衛公爲穆宗皇帝造福所葬者。**）（**蕭奇中眉**）經數也，而理存乎中。（**錢廷錦乙眉**）遺陸生一段。四雄皆龍虎，遺迹儼未刓。（**錢廷錦甲眉**）詩中孫仲謀甚略，何以云"四雄"？（**紀昀眉**）"四雄"應指孔明、仲謀、梁武、贊皇。張、陸皆梁人，因鐵鑊連類及之，併入梁武之下，不在此數。（**翁同書夾**）以上發論。（**翁同書眉**）《志林》"余游甘露寺，有孔明、孫權、梁武、李德裕之遺迹，余感之賦詩"，是四雄正如紀説。（**何紹基乙眉**）"四雄"豈謂葛、蕭、李、陸乎？（**《角山樓》評**）總上，發論曲折透露。方其盛壯時，（**蕭奇中夾**）逼杜。争奪肯少安。廢興屬造物，遷逝誰控搏。况彼妄庸子，而欲事所難。古今共一軌，後世徒辛酸。聊興廣武嘆，不待雍門彈。（**劉辰翁旁**）十字開合悲壯。（**蕭奇中眉**）傲甚。（**紀昀夾**）收得滿足，凡大篇須有此結束，凡細碎之文，亦須有結束。（**翁同書眉**）此先生"廣武嘆"也，語詳《志林》，特於篇末醒出作意。

【彙評】

汪師韓:就寺中所見器物撫時懷古,每事各爲段落,而感慨深情别有規連矩泄之妙。通篇寫景,只"古郡"以下六句,刻酷該暢,餘但言情,而景自寓其源,蓋出於《東征》《西征》諸賦。

次韻子由柳湖感物

(**紀昀眉**)與子由詩一意,特有激而反言之,其詞未免失之尖薄。與原詩相俞,乃唱和正格,唐人此種處頗不苟,後人乃自説自話,不過依次用韻耳。

憶昔子美在東屯,數間茅屋蒼山根。嘲吟草木調蠻獠,欲與猿鳥争啾喧。子今憔悴衆所棄,驅馬獨出無往還。惟有柳湖萬株柳,清陰與子供朝昏。(**蕭奇中夾**)頗佳。胡爲譏評不少借,生意凌挫難爲繁。(**紀昀眉**)按子由詩意,謂柳花入水爲浮萍。松性堅耐,其露墮地爲仙茅,功力十倍於鐘乳,故東坡有"胡爲譏評"句。柳雖無言不解愠,(**蕭奇中夾**)物猶如此,人何以堪。世俗乍見應憮然。嬌姿共愛春濯濯,豈問空腹修蛇蟠。朝看濃翠傲炎赫,夜愛疏影摇清圓。風翻雪陣春絮亂,蠹響啄木秋聲堅。四時盛衰各有態,摇落悽愴驚寒温。南山孤松積雪底,抱凍不死誰復賢。(**翁同書眉**)爲"柳"解嘲,爲"松"寄慨,總是不平之鳴。(**翁同書旁**)子由原作,先説柳,後説松,末以"物生禀受久已異,世俗何始分愚賢"結之。故先生詩有譏評,不少借語。(**何紹基乙眉**)是足爲柳解嘲矣。

【彙評】

李鴻裔乙:此篇必觀子由原唱,方得其旨,蓋原詩過訐,此作意在箴規之耳。

送蔡冠卿知饒州

(**紀昀眉**)語自俊爽,病亦在太俊太爽,遂無復餘地。

吾觀蔡子與人游,掀髯笑語無不可。平時倜儻不驚俗,臨事迂闊乃過我。(**查慎行評**)似嘲實譽。横前坑阱衆所畏,布路金珠誰不裹。爾來變化驚何速,昔號剛强今亦頗。鄰君獨守廷尉法,(**查慎行評**)蔡時必以廷尉外調。晚歲却理鄱陽柁。莫嗟天驥逐羸牛,欲試良玉須猛火。(**蕭奇中眉**)望之非幸之。世事徐觀真夢寐,人生不信長轗軻。知君决獄有陰功,(**翁同書眉**)冠卿與安石議婦人阿雲傷夫獄不合,故詩云云。他日老人酬魏顆。(**翁同書旁**)《烏臺詩案》:"爾來變化"二句,以譏士大夫爲利所誘,變化從之,雖舊號剛强,今亦然也。又進用不才比羸牛。

次韻楊褒早春

窮巷淒涼苦未和,君家庭院得春多。不辭瘦馬騎衝雪,來聽佳人暗踏莎。破恨徑須煩麴蘖,增年誰復怨羲娥。良辰樂事古難並,白髮青衫我亦歌。細雨郊園聊種菜,冷官門户可張羅。放朝三日君恩重,睡美不知身在何。(**紀昀眉**)末三字不妥。

初到杭州寄子由二絶

(**紀昀眉**)兩詩並太露太盡。

眼看時事力難勝,貪戀君恩退未能。(**蕭奇中夾**)未免沾沾。遲鈍終須投劾去,使君何日换聾丞。

聖明寛大許全身,衰病摧頽自畏人。莫上岡頭苦相望,吾方祭竈請比鄰。

【彙評】

劉辰翁:自是靄然。

次韻柳子玉二首

地 爐

細聲蚯蚓發銀瓶,擁褐横眠天未明。衰鬢鑷殘欹雪領,壯心降盡倒風旌。(**蕭奇中夾**)道人語。(**紀昀眉**)"倒"字不雅。自稱丹竈錙銖火,倦聽山城長短更。聞道床頭惟竹几,夫人應不解卿卿。(**自謂竹几爲竹夫人。**)(**杭世駿眉**)近諧即佻,大家無是也。(**嚴虞惇眉**)今世所稱"竹夫人"非竹几也。

【彙評】

劉弘:凄凉感悼之意,托此而發。

紙 帳

亂文龜殼細相連,(**王文誥夾**)此句言"紙"也,故云"亂文龜殼"。

下三句全恃此句領起，若如[合注]以“錦綺匹緞”實之，則“慣卧”“潔似”“暖於”三句，皆不可通矣。慣卧青綾恐未便。潔似僧巾白氎布，暖於蠻帳紫茸氈。錦衾速卷持還客，破屋那愁仰見天。但恐嬌兒還惡睡，夜深踏裂不成眠。(**蕭奇中夾**)一結妙甚。(**王文誥夾**)題是“紙帳”，故云“嬌兒”“踏裂”，與杜無涉，引注其下，則本義晦矣。按[施注]杜子美《茅屋爲秋風所破歌》：“布衾多年冷似鐵，嬌兒惡卧踏裏裂。”

臘日游孤山訪惠勤惠思二僧

(**紀昀眉**)忽疊韻，忽隔句韻，音節之妙，動合天然，不可湊泊，其源出於古樂府。(**何焯眉**)四詩雖無奇絶處，而掉臂獨行，了無拘束，方見次韻之妙。(**方東樹評**)神妙。(**賴山陽評**)此等天然七言，讀者須要看他下句，無一字可動摇處。(**毛西原眉**)孤山在西湖中，稍西一嶼聳立，旁無聯附，爲湖山勝絶處。○紀云“忽疊韻，忽隔句韻，音節之妙，動合天然，其源出於古樂府”。西原曰：此亦山谷派，坡偶效之。起二句及“出山”二句佳，中間妥帖，無甚佳處。

天欲雪，雲滿湖，樓臺明滅山有無。水清石出魚可數，林深無人鳥相呼。(**《角山樓》評**)從未入山以至入山，寫景逼真。(**高步瀛評**)清景如繪。臘日不歸對妻孥，名尋道人實自娱。(**蕭奇中夾**)妙。(**蕭奇中眉**)真興致，真道理。(**賴山陽評**)自是坡翁語。道人之居在何許，寶雲山前路盤紆。(**《角山樓》評**)四語點題。孤山孤絶誰肯廬，道人有道山不孤。(**蕭奇中眉**)十字多少俊折。(**《角山樓》評**)接法入妙絶，二語自爲開合，亦以字面錯綜複出生姿。紙窗竹屋深自暖，擁褐坐睡依團蒲。天寒路遠愁僕夫，整駕催歸及未晡。(**蕭奇中夾**)疊聲可絃。出山回望雲木合，(**《角山樓》

評)轉到出山。但見野鶻盤浮圖。(**紀昀眉**)與"但見烏帽出復没"同一寫法。(**毛西原眉**)紀云"與'但見烏帽出復没'同一寫法"。慈游淡泊歡有餘,(**賴山陽評**)作此詩根本全在下四句。到家怳如夢蘧蘧。(**毛西原眉**)"蘧"韻不甚妥。作詩火急追亡逋,清景一失後難摹。(**蕭奇中眉**)千真萬真,得意處自知。(**錢廷錦甲眉**)此公詩之所以獨絶,不可以常格議也。(**何紹基乙眉**)此語不錯,往往佳景欲後來補,詩不可復得矣。(《**角山樓**》**評**)結醒"作詩"。(**賴山陽評**)一篇所成,先得此二句乎?

【彙評】

汪師韓:結句"清景"二字,一篇之大旨。"雲雪""樓臺",遠望之景;"水清""林深",近接之景。未至其居,見盤紆之山路;既造其屋,有坐睡之蒲團。至於僕夫整駕、回望雲山、寒日將晡,宛焉入畫。"野鶻"句,於分明處寫出迷離,正與起五句相對照。又以"歡有餘"應前"實自娱",語語清景,亦語語自娱。而"道人有道"之處,已於言外得之栩栩欲仙,何必潞筆於水甌雪碗。

王文濡:子瞻謫居杭州,惠愛及民。又以其暇,疏浚西湖,後世實利賴之,正不僅以模山範水,提倡風雅已也。

毛西原:其二十一句十六韻,通首轉换音節,山谷派有此格,東坡偶效之耳。至於用字,亦有不妥帖處。

李杞寺丞見和前篇復用元韻答之

(**紀昀眉**)有牽掣韻脚之迹。

獸在藪,魚在湖,一入池檻歸期無。(**蕭奇中眉**)"無"字押得新。誤隨弓旌落塵土,坐使鞭箠環呻呼。(**錢廷錦乙眉**)此首起用比。追胥連保罪及孥，（近屢獲鹽賊，皆坐同保，徙其家。）百日愁嘆一日娱。白雲舊有終老約，朱綬豈合山人紆。人生何者非蘧廬，（蕭奇中夾）宕。故山鶴怨秋猿孤。何時自駕鹿車去，掃除白髮煩菖蒲。麻鞋短後隨獵夫，射弋狐兔供朝晡。陶潛自作五柳傳，潘閬畫入三峰圖。吾年凜凜今幾餘，知非不去慚衛蘧。歲荒無術歸亡逋，鵠則易畫虎難摹。

再　和

東望海，西望湖，山平水遠細欲無。野人疏狂逐漁釣，刺史寬大容歌呼。（莫友芝乙眉）如此四詩，世俗所共賞，而鄙趣雅有未合，亦心自知之。無煩訟説耳。君恩飽暖及爾孥，（王文誥夾）此王禹偁也。按［王注劉子翬曰］王黄州《謝上表》云："全家飽暖，盡荷君恩。"才者不閑拙者娱。穿岩度嶺脚力健，未厭山水相縈紆。三百六十古精廬，出游無伴籃輿孤。作詩雖未造藩閾，破悶豈不賢樗蒲。（杭世駿眉）押"蒲"字爲諸首之冠。君才敏贍兼百夫，朝作千篇日未晡。竭來湖上得佳句，從此不看營丘圖。（何紹基乙眉）想是真欲得營邱畫也。知君篋櫝富有餘，莫惜錦繡償菅蘧。窮多門險誰先逋，賭取名畫不用摹。（紀昀眉）數句不免强押。

游靈隱寺得來詩復用前韻

（紀昀眉）更押得牽强。

君不見，錢塘湖，錢王壯觀今已無。（劉辰翁夾）和韻故奇。

屋堆黄金斗量珠，運盡不勞折簡呼。四方宦游散其孥，宫闕留與閑人娱。（**蕭奇中夾**）傷。盛衰哀樂兩須臾，何用多憂心鬱紆。溪山處處皆可廬，（**蕭奇中夾**）宕往。最愛靈隱飛來孤。喬松百丈蒼髯鬚，擾擾下笑柳與蒲。高堂會食羅千夫，撞鐘擊鼓喧朝晡。凝香方丈眠氍毹，絶勝絮被縫海圖。（**查慎行評**）"圖"字未免湊韻。清風時來驚睡餘，遂超羲皇傲几蘧。歸時棲鴉正畢逋，孤煙落日不可摹。（**紀昀眉**）結句却有致，押韻亦妥。（**王文誥夾**）此四詩，乃公初至西湖之作，特意就湖摹寫景物，確是西湖神氣，非此湖不足以當之。若置之他處，氣體皆不類，其前後集中亦少此一派也，久讀當自知之。

戲子由

（**翁同書眉**）先將子由與自己分作兩段對寫，末用四句總結，章法老潔。

宛丘先生長如丘，（**翁同書夾**）謂子由。宛丘學舍小如舟。（**翁同書夾**）王注：子由時爲學官。常時低頭誦經史，忽然欠伸屋打頭。（**蕭奇中夾**）可發一笑。斜風吹帷雨注面，先生不愧旁人羞。任從飽死笑方朔，肯爲雨立求秦優。（**蕭奇中眉**）大才小受，從來壺缺。眼前勃蹊何足道，處置六鑿須天游。讀書萬卷不讀律，致君堯舜知無術。（**趙翼評**）時新法盛行，故憤激爲此語。（**高步瀛評**）心所痛疾，而反言出之，語雖戲謔而意甚憤懣。（**杭世駿眉**）二語本含刺諷，今人輒引爲口實，是不善讀蘇者也，律意豈在六籍之外乎？（**蕭奇中眉**）格言垂世。（**錢廷錦甲眉**）以識時重刑名法律耳，非教人必讀律也。勸農冠蓋鬧如雲，送老齏鹽甘似蜜。門前萬事不挂眼，頭雖長低氣不屈。(**翁同書眉**)宛丘頭低而志不屈。(**趙翼評**)舉世盡行新法，而子由漠然自守也。餘杭别駕無功勞，(**翁同書夾**)自叙。(**趙翼評**)東坡自叙。畫堂五丈容旗旐。重樓跨空雨聲遠，屋多人少風騷騷。(**趙克宜評**)寫景最真。平生所慚今不耻，(**蕭奇中夾**)非忍也。坐對疲氓更鞭箠。(**蕭奇中夾**)申上意。道逢陽虎呼與言，心知其非口諾唯。(**趙翼批**)謂己不得已，亦奉行新法也。(**譚元春評**)只是無可奈何，强行厚道而已。(**蕭奇中夾**)不得已。(**紀昀夾**)何至以孔子自居，即以詩論，亦無此理，無論賈禍也。(**高步瀛評**)形容刻苦。居高忘下真何益，氣節消縮今無幾。(**翁同書眉**)别駕居高而志反下。文章小技安足程，先生别駕舊齊名。(**何紹基乙眉**)先生别駕，乃合而爲一。如今衰老俱無用，(**張廷濟眉**)公是年三十六，乃言“衰老”。付與時人分重輕。(**翁同書眉**)四句總收。

【彙評】

汪師韓：前後平列兩段，末以四句作結。宛丘低頭讀書，而有昂藏磊落之氣。别駕畫堂高坐，而有氣節消縮之嫌。其所齊名並驅者，獨文章耳，而文章固無用也。中間以“畫堂五丈容旗旐”對“宛丘學舍小如舟”，以“重樓跨空雨聲遠”對“斜風吹帷雨注面”，以“平生所慚今不耻”對“先生不愧旁人羞”，以“坐對疲氓更鞭箠”對“門前萬事不挂眼”，以“居高忘下真何益”對“頭雖長低氣不屈”，故作喧寂相反之勢。不獨氣節消縮者，雖云自適；即安坐誦讀者，豈云得時！文則跌宕昭彰，情則欷歔悒鬱。

趙克宜：雖戲筆，亦不宜過俚。

越州張中舍壽樂堂

(**紀昀眉**)了無深意,而説來通體精彩,此真善於蹈虚。(**蕭奇中眉**)讀此詩,不獨書法意造,句亦意造矣。(**毛西原眉**)紀云"了無深意,而説來通體精彩,此真善於蹈虚"。西原曰:祇起四大佳,餘皆平妥。(**賴山陽評**)此寄體詩,自樂山構思,遂撇開題。此詩一韻到底,而變化無數,與老杜《哀王孫》《哀江頭》殆同一手段。

青山偃蹇如高人,(**蕭奇中夾**)奇。(**賴山陽評**)如文破題。常時不肯入官府。高人自與山有素,(**蕭奇中夾**)即轉。(**賴山陽評**)如承題。不待招邀滿庭户。(**查慎行評**)入手奇崛,一轉合題。(**紀昀夾**)查初白批"入手奇崛,一轉合題"。(**毛西原眉**)查云"入手奇崛,一轉合題"。(**何焯眉**)想路别。卧龍蟠屈半東州,萬室鱗鱗枕其股。背之不見與無同,(**蕭奇中夾**)句峭。(**賴山陽評**)此句多虚字,與上景句相稱。狐裘反衣無乃魯。張君眼力覷天奥,(**蕭奇中眉**)"覷"作"窺"。(**紀昀夾**)"眼力"二字未雅。(**毛西原眉**)紀以"'眼力'二字不雅",不解所謂。能遣荆棘化堂宇。持頤宴坐不出門,收攬奇秀得十五。(**蕭奇中夾**)句亦奇秀。(**賴山陽評**)拍合起首。才多事少厭閑寂,卧看雲煙變風雨。(**查慎行評**)徑路絶而風雲通。(**蕭奇中夾**)妙。(**賴山陽評**)當時不入官府的人。筍如玉箸椹如簪,强飲且爲山作主。不憂兒輩知此樂,但恐造物怪多取。(**賴山陽評**)二句東坡本色。○注射篇首。春濃睡足午窗明,想見新茶如潑乳。(**賴山陽評**)青山妍明處。

【彙評】

汪師韓:句句奇辟。軾每以人事喻景物,筆端出奇無窮,真乃仁智之性,其山水效深矣。

《**角山樓**》:落筆奇絶,旋折自如。
陳衍:公七古多似昌黎,而收處常不逮。

姚屯田挽詞

京口年來耆舊衰,高人淪喪路人悲。(**蕭奇中夾**)一句盡。空聞韋叟一經在,不見恬侯萬石時。(**蕭奇中夾**)最傷。貧病只知爲善樂,逍遥却恨棄官遲。七年一别真如夢,猶記蕭然瘦鶴姿。

送岑著作

(**紀昀眉**)以文爲詩,始元次山。或以爲宋調,非也。(**毛西原眉**)紀云"以文爲詩,始元次山。或以爲宋調,非也"。余謂此亦老坡本來詩筆。

懶者常似静,静豈懶者徒。(**蕭奇中夾**)静。拙則近於直,而直豈拙歟。(**蕭奇中夾**)妙論。夫子静且直,雍容時卷舒。嗟我復何爲,相得歡有餘。我本不違世,而世與我殊。(**紀昀夾**)即後山"老懷吾自異,不是故違人"意。(**毛西原眉**)"我本"二句,紀昀云"即'老懷吾自異,不是故違人'意"。拙於林間鳩,懶於冰底魚。人皆笑其狂,子獨憐其愚。直者有時信,静者不終居。而我懶拙病,不受砭藥除。(**查慎行評**)一意縈拂,轉换不窮。(**毛西原眉**)查云"一意縈拂,轉换不窮"。臨行怪酒薄,已與别淚俱。(**紀昀夾**)十字似郊、島語。(**翁同書眉**)"臨行"十字似郊、島。(《**角山樓**》**評**)以下刻意婉篤,後路得此,足救篇中率筆。(**毛西原夾**)紀云"曲折深至"。又云"似郊、島"。後會豈無時,遂恐出處疏。(**紀昀夾**)曲折深致。惟應故山夢,隨子到吾廬。(**何紹基甲眉**)不思蜀矣,此語老實。

【**彙評**】

毛西原:此等詩慎學之,恐入東坡惡道。

吉祥寺賞牡丹

(**何紹基乙眉**)豪嬉有致。

人老簪花不自羞,花應羞上老人頭。(**錢廷錦甲夾**)本劉禹錫詩。醉歸扶路人應笑,十里珠簾半上鈎。(**何紹基甲眉**)古人喜戴花,今無矣。

【**彙評**】

毛西原:"上鈎"猶可,若"下鈎"則無味。

吉祥寺僧求閣名

過眼榮枯電與風,久長那得似花紅。上人宴坐觀空閣,觀色觀空色即空。

和劉道原見寄

(**翁同書眉**)施注:道源既與王介甫異論絶交,力請歸養,前詩既以汲黯比之,此復用汲黯事。(**錢廷錦乙旁**)有氣力。(**王文誥旁**)公此時真無可語者,故與道原三首獨佳。

敢向清時怨不容，(**蕭奇中夾**)骯髒。直嗟吾道與君東。坐談足使淮南懼，歸去方知冀北空。(**蕭奇中眉**)氣理浩旺。獨鶴不須驚夜旦，群烏未可辨雌雄。廬山自古不到處，(**查慎行評**)道原之父渙，棄官隱居廬山。得與幽人子細窮。

【彙評】

劉辰翁：後村送巽翁，用淮南、冀北，雖切一時，安得似此雄渾？

劉弘：詩意傷時悼俗，義切辭宛，豈徒和道原之韻而已乎？

和劉道原詠史

(**毛西原眉**)意有寄托。

仲尼憂世接輿狂，臧穀雖殊竟兩亡(**作忘**)。(**蕭奇中眉**)不獨爲仲尼、接輿言之也，可以悟身，可以悟世。(《**角山樓**》**評**)句穩。(**吴汝綸評**)無端而來，至爲奇妙。吴客漫陳豪士賦，桓侯初笑越人方。(**紀昀眉**)三、四警刻而不甚露。名高不朽終安用，日飲無何計亦良。(**蕭奇中眉**)磊落名談。獨掩陳編吊興廢，窗前山雨夜浪浪。(**紀昀眉**)收得生動，著此七字便有遠神。(**王文誥夾**)著此二句，匡廬五老呼之欲出。

和劉道原寄張師民

(**紀昀眉**)此直叫囂唾罵，不止怨以怒矣。(**翁同書眉**)直刺當路，宜其貫禍。

仁義大捷徑，詩書一旅亭。（**杭世駿眉**）"詩書旅亭"，義尚可通，"仁義捷徑"，大有語病。子瞻非醇儒，於此可證。相誇綬若若，猶誦麥青青。腐鼠何勞嚇，高鴻本自冥。顛狂不用喚，酒盡漸須醒。（**潘奕雋眉**）安石借《周禮》"結主知"，此等作譏切時事，自寫胸臆，非詩正格也。

送張職方吉甫赴閩漕六和寺中作

（**紀昀眉**）了無深意，而風調勝人。小詩如此亦自佳。但偶一爲之則可，不得倚爲安身立命處。

羡君超然鸞鶴姿，江湖欲下還飛去。空使吴兒怨不留，（**翁眉**）玩起三句似吉甫。青山漫漫七閩路。門前江水去掀天，寺後清池碧玉環。君如大江日千里，我如此水千山底。（**何焯旁**）變調。（**紀昀夾**）此即陳思"清路塵""濁水泥"二句化出，而切合實境生情，故不露窠臼。（**毛西原眉**）紀云"即陳思'清路塵''濁水泥'二句化出，而切合實境生情，故不落其窠臼"。

雨中游天竺靈感觀音院

（**紀昀眉**）刺當事之不恤民也，妙於不盡其詞。（**《角山樓》評**）此是苦雨對神陳訴之詞，紀以爲刺時，非也。（**翁同書眉**）如古謡諺。

蠶欲老，麥半黄，前山后山雨浪浪。（**紀昀眉**）似諺似謡，盎然古趣。農夫輟耒女廢筐，白衣仙人在高堂。（**何紹基甲眉**）哭觀音也。（**錢廷錦甲旁**）以譏廢業而事虛無也。（**何紹基乙眉**）杭州求雨、求晴,惟觀音是恃。“白衣”句因有喻意,却亦紀實也。(**何焯眉**)杭俗祈晴雨,西禱大士下天竺,豈宋時即有?此風即坡翁篤信佛氏,下語亦會嘲諷。(**張問陶評**)末句托諷以見人民辛苦,而上不知也。竊意如此。(**毛西原眉**)紀云“刺當事之不恤民也,妙於不盡其詞”,“似諺似謡,盎然古趣”。紀評得之。

【彙評】

汪師韓:如古謡諺,精悍遒古,刺當時不恤民也。

《**唐宋詩醇**》:考天竺觀音祈禱求雨見於史者,始自高宗紹興,然張去華禱雨之事,已始自咸平初,靈感之額則賜於治平。此詩“輟耒”“廢筐”之詞似含嘲諷。集中有《杭州禱觀音祈晴》祝文,蓋自熙寧間習俗盛行矣。

和蔡準郎中見邀游西湖三首

(**杭世駿眉**)直似道情禪偈,風人旨趣,相去遠矣。

夏潦漲湖深更幽,西風落木芙蓉秋。飛雪暗天雲拂地,新蒲出水柳映洲。(**紀昀眉**)平排四時四句,奇崛;前不裝頭,尤奇崛。(**毛西原眉**)紀云“平排四句,奇崛;前不裝頭,更奇崛”。(**王文誥夾**)起四句從“春水滿四澤”奪胎,妙在化板實爲虚靈也。湖上四時看不足,惟有人生飄若浮。解顔一笑豈易得,主人有酒君應留。君不見錢塘宦游客,朝推囚,暮決獄,不因人喚何時休。(《**角山樓**》**評**)結處語意調法皆不佳。

城市不識江湖幽,如與蟪蛄語春秋。試令江湖處城市,却似麋鹿游汀洲。(**紀昀眉**)一意圓轉,快而不薄。(**毛西原眉**)紀云

"一意圓轉,快而不薄"。高人無心無不可,得坎且止乘流浮。公卿故舊留不得,遇所得意終年留。君不見拋官彭澤令,琴無弦,巾有酒,醉欲眠時遣客休。

田間决水鳴幽幽,插秧未遍麥已秋。相攜燒筍苦竹寺,却下踏藕荷花洲。船頭斫鮮細縷縷,船尾炊玉香浮浮。臨風飽食得甘寢,肯使細故胸中留。君不見壯士憔悴時,飢謀食,渴謀飲,功名有時無甘休。

和子由柳湖久涸忽有水開元寺山茶舊無花今歲盛開二首

太昊祠東鐵墓西,一樽曾與子同攜。回瞻郡閣遥飛檻,北望檣竿半隱堤。飯豆羹藜思兩鵠,飲河噀水賴長霓。如今勝事無人共,花下壺盧鳥勸提。(**蕭奇中眉**)兩結,和意全出。(**錢廷錦甲眉**)湖涸有水。

長明燈下石欄干,長共杉松鬥歲寒。葉厚有棱犀甲健,花深少態鶴頭丹。(**方回評**)此詩三、四爲楊誠齋拈出,亦真佳句。(**紀昀評**)三、四刻畫拙笨,乃坡公敗筆,殊不見佳。(**紀昀夾**)比擬處愈似愈拙。(**何焯夾**)刻畫盡致。久陪方丈曼陀雨,羞對先生苜蓿盤。(**查慎行評**)子由時爲學官。雪裏盛開知有意,明年開後更誰看。(**蕭奇中夾**)隨筆揮灑,健氣飄迴。(**錢廷錦甲眉**)山茶有花。(**何焯旁**)無次句則腰聯無力。

【彙評】

劉辰翁:賦物之妙。

六月二十七日望湖樓醉書五首

（**紀昀眉**）五首皆不失風調。

黑雲翻墨未遮山，白雨跳珠亂入船。卷地風來忽吹散，望湖樓下水如天。（**彭元瑞眉**）陰陽變化開闔於俄頃之間，氣雄語壯，人不能及也。（**毛西原眉**）此首四句，四景變幻，頃刻調亦圓。紀評云"五首皆不失風調"，只單圈之，殆未識此。

放生魚鱉逐人來，無主荷花到處開。水枕能令山俯仰，風船解與月徘徊。

烏菱白芡不論錢，亂繫青菰裹綠盤。忽憶嘗新會靈觀，滯留江海得加餐。

獻花游女木蘭橈，細雨斜風濕翠翹。無限芳洲生杜若，吴兒不識楚辭招。（**紀昀眉**）此首更饒情致。（**毛西原眉**）紀云"此首更饒情致"，通首密點之。（**翁同書眉**）上首寓戀[外門内邦]之忱，此亦寫遷客之感，若但以風致賞之，恐非作者本旨。

未成小隱聊中隱，可得長閑勝暫閑。我本無家更安往，故鄉無此好湖山。

【彙評】

王文誥：以上八詩（按，指此五首與《和蔡準郎中見邀》三首），隨手拈出，皆得西湖之神，可謂天才。

毛西原：東坡絶句，多硬而少味。

七月一日出城舟中苦熱

凉飆呼不來,流汗方被體。稀星乍明滅,暗水光瀰瀰。香風過蓮芡,驚枕裂魴鯉。(**翁同書眉**)"驚枕"五字警絶,筆端有風冷然。(**何焯眉**)句中頗有凉氣襲人。欠伸宿酒餘,起坐濯清泚。火雲勢方壯,未受月露洗。身微欲安適,坐待東方啓。(**蕭奇中夾**)"啓"字押得妙。

【彙評】

汪師韓:"驚枕裂魴鯉"五字警絶,筆端有風冷然。

宿餘杭法喜寺寺後緑野亭望吴興諸山懷孫莘老學士

(**紀昀眉**)不必精深,而自然華妙,此由氣韻不同。(**毛西原眉**)吴興即湖州府,隋始改今名。

徙倚秋原上,凄凉晚照中。水流天不盡,人遠思何窮。問諜知秦過,看山識禹功。(**餘杭,始皇所捨舟也。西北舟杭山,堯時洪水,繫舟山上。**)稻凉初吠蛤,(**張問陶評**)想是紛蛤否?柳老半書蟲。(**《角山樓》評**)寫時序親切。荷背風翻白,(**紀昀夾**)五字寫難狀之景。蓮腮雨退紅。追游慰遲暮,覓句效兒童。(**劉辰翁夾**)"兒童"自哂中兩句耳。北望苕溪轉,遥憐震澤通。(**錢廷錦甲夾**)懷孫。烹魚得尺素,好在紫髯翁。(**張問陶評**)好在,猶言無恙也。(**毛西原眉**)紀云"不必精深,而自然華妙,此由氣韻不同"。

【彙評】

劉辰翁:"吠蛤""書蟲"皆奇,蛤即蛙也。

毛西原:末用向見紫髯將軍事。

宿臨安净土寺

(**紀昀眉**)直起直收,逐節挨叙,章法甚别。(**何焯旁**)句句妙。(**何焯眉**)不經意所成。

雞鳴發餘杭,(**賴山陽評**)"雞鳴"二字尤佳。到寺已亭午。參禪固未暇,飽食良先務。(**蕭奇中夾**)實事實理。平生睡不足,(**賴山陽評**)坡翁慣家語。急掃清風宇。閉門群動息,香篆起煙縷。(**蕭奇中夾**)好。覺來烹石泉,紫筍發輕乳。(**賴山陽評**)細膩。晚凉沐浴罷,衰髮稀可數。浩歌出門去,暮色入村塢。微月半隱山,圓荷争瀉露。(**蕭奇中眉**)清境欲滴。(**何焯眉**)無意求工,幽光自然。(**何焯夾**)暗渡下連。(**賴山陽評**)只寫一物,其餘景况,不言而可想,妙。相攜石橋上,夜與故人語。(**賴山陽評**)就此一物即收筆,不必憂不管到前面。覺悟入此法,令人刮目。明朝入山房,石鏡炯當路。昔照熊虎姿,(**翁同書眉**)"熊虎姿"謂錢鏐。今爲猿鳥顧。廢興何足吊,萬世一仰俯。(**紀昀眉**)得力在收處縈帶一波,有此一虚,前路五實皆活。

【彙評】

汪師韓:别有一種清腴幽異之趣,無心刻琢,自造元微。

毛西原:紀云"直起直收,逐節挨叙,章法甚别"。又云"得力在收處縈帶一波,有此一虚,前路五實皆活"。平妥之作。

自净土步至功臣寺

落日岸葛巾，晚風吹羽扇。松間野步穩，竹外飛橋轉。（**蕭奇中夾**）五字□□路折。神功鑿横嶺，岩石得巨片。直渡千人溝，下有微流泫。岡巒蔚回合，金碧爛明絢。緬懷異姓王，負擔此鄉縣。長逢跨下辱，屢乞桑間飯。誰謂山石頑，（**蕭奇中夾**）石鏡。識此希世彦。凛然英氣逼，屹起猶聳戰。（**紀昀眉**）入一事便有波瀾，亦不廓落。（**毛西原眉**）紀云"入一事便有波瀾，亦不廓落"。他年萬騎歸，文老恣歡宴。錦繡被原野，金珠散貧賤。竇融既入朝，吴芮空記面。（**紀昀眉**）"竇融"二句用事的當，叙得簡净，他人須四五句方了。（**毛西原眉**）紀云"用事的當，叙得簡净，他人須五六句方了"。（**翁同書眉**）此謂錢氏子孫在臨安者尚多也。（**《角山樓》評**）以運典代叙事，故簡而能透，詩之所以貴有學也。榮華坐銷歇，閲世如郵傳。惟有長明燈，依然照深殿。

【彙評】

汪師韓：寫步至之景，琢句具六朝人風骨，後幅即事寄慨，正以不横使議論爲古。

《角山樓》：起結叙游歷所見，中數韻綜括錢氏興廢，亦净亦遒。

毛西原：此詩亦平妥，不爲傑作。

游徑山

衆峰來自天目山，勢若駿馬奔平川。中途勒破千里足，金鞭玉鐙相迴旋。（**查慎行評**）工於比擬。（**紀昀眉**）入手便以喻起，耳目一新，東坡慣用此法。（**紀昀夾**）與"船上看山如走馬"二句設譬略同，而工拙相去遠矣。(**毛西原眉**)紀云"入手便以喻起，耳目一新，東坡慣用此法"。又云"與'船上看花如走馬'設譬略同，而工拙相去遠矣"。(**錢廷錦乙眉**)絶好。人言山住水亦住，(**蕭奇中夾**)悟。(**翁同書夾**)王[十朋]云此用形家言。下有萬古蛟龍淵。(**方東樹評**)起六句寫"道人"。道人天眼識王氣，結茅宴坐荒山巔。(**何紹基乙眉**)遒勁跌宕，有駿馬奔川之勢。(**方東樹評**)八句敘。精誠貫山石爲裂，天女下試顔如蓮。寒窗暖足來朴朔，夜鉢咒水降蜿蜒。(**翁同書夾**)王[十朋]注此以上皆徑山實事。雪眉老人朝叩門，願爲弟子長參禪。爾來廢興三百載，奔走吴會輸金錢。飛樓湧殿壓山谷，朝鐘暮鼓驚龍眠。晴空偶見浮海蜃，落日下數投林鳶。(**彭元瑞夾**)"朴朔"字出《木蘭詩》。"投林"，作"村"非。有生共處覆載内，擾擾膏火同烹煎。近來愈覺世路隘，每到寬處差安便。(**蕭奇中夾**)亦自然一法。(**紀昀眉**)縮合不泛。(**查慎行甲眉**)《烏臺詩案》:"熙寧六年内赴徑山留題。'近來'二句以譏諷朝廷之用人，多是刻薄狹隘之人，不少言人過失，見山中寬閑之處爲樂也。"嗟余老矣百事廢，却尋舊學心茫然。問龍乞水歸洗眼，欲看細字銷殘年。(**龍井水洗病眼有效。**)(**紀昀眉**)縮合不泛。(**毛西原眉**)紀云"縮合不泛"。

【彙評】

汪師韓:只是叙述徑山事，奇文崛起紙上，如有金碧照耀，躡杜陵之高蹤，導渭南之先路。

趙翼:筆力奔放迴旋，亦與山勢相似。

毛西原:音節閑然，起結周意不泛。

自徑山回得吕察推詩用其韻招之宿湖上

多君貴公子，愛山如愛色。(**蕭奇中夾**)好。心隨葉舟去，夢繞千山碧。新詩到中路,令我喜折屐。古來軒冕徒,操捨兩悲栗。數朝辭簪笏,兩脚得暫赤。歸來不入府,却走湖上宅。寵辱吾久忘,寧畏官長詰。飄然便欲去,誰在子思側。(**紀昀夾**)用事不的。君能從我游,出郭及未黑。

宿望湖樓再和

(**紀昀眉**)寫景自好。

新月如佳人,出海初弄色。娟娟到湖上,瀲瀲摇空碧。夜凉人未寢,山静聞響屐。騷人故多感,悲秋更憀栗。君胡不相就,朱墨紛黝赤。(**紀昀眉**)"朱墨"句指案牘也,然語不分明。我行得所嗜,(**蕭奇中眉**)難在一得。十日忘家宅。但恨無友生,詩病莫訶詰。君來試吟詠,定作鶴頭側。(**蕭奇中夾**)新會。改罷心愈疑,滿紙蛟蛇黑。(**蕭奇中眉**)不獨善談詩,抑且解體物矣。(**紀昀眉**)後半不甚自然。

夜泛西湖五絶

(**紀昀旁**)以拗取姿,然無甚佳處。中二首差有致耳。(**翁同書眉**)用蟬聯格。(**查慎行評**)五首章法,聯絡不斷。前人所未有,亦先生集中變格也。(**紀昀眉**)蟬聯語本陳思王《贈白馬王彪》詩,初白先生以爲創自東坡,非也。然終是小樣,雅不喜之。(**何紹基甲眉**)數絶古妙。

新月生魄迹未安,纔破五六漸盤桓。今夜吐豔如半璧,游人得向三更看。(**杭世駿眉**)古氣盡溢,想見詩骨之蒼。

三更向闌月漸垂，欲落未落景特奇。明朝人事誰料得，看到蒼龍西没時。（**何紹基乙眉**）奇景異趣，乃有好詩。（**紀昀眉**）中二首差有致耳。

蒼龍已没牛斗横，東方芒角升長庚。漁人收筒及未曉，船過惟有菰蒲聲。（**湖上禁漁，皆盜釣者也。**）（**查慎行評**）瀟灑渾脱，筆墨俱化。此種境界，淺人不易解。（《**角山樓**》**評**）雅有唐人氣息。

菰蒲無邊水茫茫，荷花夜開風露香。（**蕭奇中眉**）“香”字“風露”上看。漸見燈明出遠寺，更待月黑看湖光。（**譚元春評**）月黑看湖光，纔是看西湖法眼。頃來深扃船窗，歌吹相喧，客生了一故事，未暮趨歸，求一看月中西湖者少矣，況知黑中光乎？夫黑中光事，真湖光也。（**蕭奇中夾**）工於看矣，誰知之？誰得之？（**紀昀眉**）五首蟬聯而下，前首已是將曉，何以此首又待月黑，未喻其故。（**何焯眉**）絶句有此種風味，方脱盡凡蹊。（**李鴻裔乙評**）在七絶却是創格，陳思《贈白馬王彪》詩，誰不知之，何況初白。（**陳衍評**）末句未有人説過。

湖光非鬼亦非仙，風恬浪静光滿川。須臾兩兩入寺去，就視不見空茫然。（**查慎行評**）末章紀一時所見如此，《金山》詩亦然。（**翁同書旁**）謝康樂《登臨海嶠》四章，《文選》直合爲一首，注亦更不分其一其二。若此詩亦必作一首讀，乃見其妙耳。

【彙評】

劉辰翁："兩兩"不必有此造作奇怪，好語天然。

汪師韓：五絶蟬聯而下，體制從三百篇出，清蒼突兀。三、四兩作寫景之妙，尤爲脱盡恒蹊。昔陳思《贈白馬王彪》詩，《藝苑卮言》謂其體全仿《大雅·文王之什》。至謝康樂《登臨海嶠》四章，《文選》直合爲一首，注亦更不分其一其二。若此詩亦必作一首讀，乃見其妙耳。

焦千之求惠山泉詩

(查慎行評)伯强,六安人,六一門下客。**(杭世駿眉)**寫泉既極烘托,言茶處復有"赤泥紫餅"之句,前後乃相稱。**(紀昀眉)**意新語創,得此一起,並下四個"或"字,習調亦覺生趣盎然,不爲耳目之厭。**(何焯眉)**以文爲詩,此等亦是隨手所成,不甚經意。**(毛西原眉)**紀云"意新語創,得此一起,並下四'或'字,習調亦覺生趣盎然,不爲耳目之厭"。

兹山定空中,乳水滿其腹。**(查慎行評)**奇想天開。遇隙則發見,臭味實一族。**(蕭奇中夾)**善於相山。淺深各有值,方圓隨所蓄。**(《角山樓》評)**"淺深"一聯渾寫,所以領起下三聯。或爲雲洶湧,或作綫斷續。或鳴空洞中,雜佩間琴筑。或流蒼石縫,宛轉龍鸞蹙。瓶罌走四海,真僞半相瀆。**(查慎行評)**能悉用調水符乎?請更下一轉語。**(蕭奇中夾)**精工。**(《角山樓》評)**以真僞相雜作波。貴人高宴罷,醉眼亂紅緑。**(毛西原眉)**語雖趁筆而頗新。赤泥開方印,紫餅截圓玉。傾甌共嘆賞,竊語笑僮僕。**(蕭奇中夾)**何以笑?**(《角山樓》評)**情態曲盡。豈如泉上僧,盥灑自挹掬。**(何焯眉)**强作解事,何止啜爾。**(《角山樓》評)**一層本屬牽入,非此則無以挽轉作頓束。故人憐我病,蒻籠寄新馥。欠伸北窗下,晝睡美方熟。精品厭凡泉,願子致一斛。

答任師中次韻(來詩勸以詩酒自娱)

(紀昀眉)語亦清健,或以爲盛唐極則,作家老境,則非也。此種極易效,庸淺者多假以售欺,宜細辨之,方不墮入五里霧中。

閑裏有深趣，常憂兒輩知。已成歸蜀計，誰惜買山貲。世事久已謝，故人猶見思。平生不飲酒，對子敢論詩。（**翁同書夾**）答來詩意。

沈諫議召游湖不赴明日得雙蓮於北山下作一絶持獻沈既見和又别作一首因用其韻

（**紀昀眉**）既涉世故，那能不作應酬詩，但存之集中，則轉爲盛名之累，此非作者之過，而編詩者之過也。

湖上棠陰手自栽，問公更得幾回來。水仙亦恐公歸去，故遣雙蓮一夜開。

詔書行捧縷金箋，樂府應歌相府蓮。莫忘今年花發處，西湖西畔北山前。

和歐陽少師會老堂次韻

（**何焯旁**）切“會老”，却含無限不平。

一時冠蓋盡嚴終，舊德年來豈易逢。聞道堂中延蓋叟，定應床下拜梁松。（**何焯眉**）一時國論是非、人才消長，包括蘊藉。蠹魚自曬閑箱篋，科斗長收古鼎鐘。（**翁同書夾**）謂《集古録》。我欲棄官重問道，寸莛何以得舂容。

和歐陽少師寄趙少師次韻

（**紀昀眉**）謹嚴而不局促，清利而不淺薄，自是用意之作。

朱門有遺啄，千里來燕雀。公家冷如冰，百呼無一諾。平生親友半遷逝，公雖不怪旁人愕。世事如今臘酒濃，交情自古春雲薄。（**紀昀夾**）二句足得有聲有情，所謂"言之不足而長言之，長言之不足而詠嘆之"。（**王文誥夾**）通幅出色，全恃此二句撑得結實。二公凛凛和非同，疇昔心親豈貌從。（**何紹基乙眉**）何太率易。白頭相映松間鶴，清句更酬雪裏鴻。何日揚雄一廛足，却追范蠡五湖中。

監試呈諸試官

（**劉辰翁旁**）三墨水皆可觀。（**陳仁錫眉**）宋家文體略盡此詩。（**杭世駿眉**）韻奇而穩，坡公老境。（**何紹基乙眉**）亦是作論起結，激昂生態。（《**角山樓**》**評**）通體道煉，叙平生起。

我本山中人，寒苦盜寸廪。文辭雖少作，勉强非天禀。（**蕭奇中夾**）學人之言。既得旋廢忘，懶惰今十稔。（**蕭奇中夾**）與我心有戚戚焉。麻衣如再著，墨水真可飲。（**何焯夾**）此老猶爲此語耶？（**紀昀眉**）"麻衣"二句真語，非通人不肯道，然是用晉李懌意。（**何焯眉**）亦用李事。此痛士子盡從王氏，不能爲公等之學，故先自謙以發端。（**毛西原眉**）紀云"'麻衣'二句真語，非通人不肯道，然是用晉李懌意"。（《**角山樓**》**評**）頓句沉著。每聞科詔下，白汗如流瀋。此邦東南會，多士敢題品。（《**角山樓**》**評**）入題。芻蕘盡蘭蓀，香不數葵荏。（**蕭奇中夾**）妙句。（《**角山樓**》**評**）入議論。貧家見珠貝，眩晃自難審。（**何焯夾**）言不知其作何語也。緬懷嘉祐初，文格變已甚。（**蕭奇中夾**）一變。（**蕭奇中眉**）文運往往如此，清真變奇繪，奇繪返清真。國運繫之,才運繫之。嗚呼,可勝嘆!(**紀昀眉**)中一段大開大合,波瀾起伏,極爲壯闊。(**毛西原眉**)紀云"中一段大開大合,波瀾起伏,極爲壯闊"。千金碎全璧,百衲收寸錦。調和椒桂釅,咀嚼沙礫磣。廣眉成半額,學步歸踔踸。(**《角山樓》評**)比例精切。維時老宗伯,(**毛西原眉**)"老宗伯"謂歐陽公,時以禮部知貢舉。氣壓群兒凜。(**《角山樓》評**)警切。蛟龍不世出,魚鮪初驚淰。至音久乃信,知味猶食椹。至今天下士,微管幾左衽。(**蕭奇中夾**)好。(**錢陸燦夾**)用事雜亂。謂當千載後,(**翁同書夾**)反跌。(**《角山樓》評**)極力頓足,則新學之非不煩言可見。石室祠高朕。(**紀昀夾**)頓挫有力。(**毛西原眉**)紀云"頓挫有力"。爾來又一變,(**蕭奇中夾**)又一變。此學初誰諗。(**何焯眉**)時王荆公初變科舉之法。權衡破舊法,芻豢笑凡飪。(**紀昀眉**)雖痛詆新學,而以嬉笑出之,尚未至於怒駡。(**毛西原眉**)紀云"雖痛詆新學,而以嬉笑出之,尚未至於怒駡"。高言追衛樂,篆刻鄙曹沈。(**何焯夾**)此指王氏之學。(**錢廷錦乙眉**)自以爲過於曹沈,非不用也。先生周孔出,弟子淵騫寢。(**《角山樓》評**)此《辨奸論》所云私立名字也。却顧老鈍軀,頑樸謝鐫鋟。諸君况才傑,容我懶且噤。聊欲廢書眠,秋濤喧午枕。(**蕭奇中夾**)妙。(**蕭奇中眉**)可以免冬烘矣。(**紀昀眉**)只得如此收場,再一著語,便難措手。(**翁同書眉**)慨新學行而文格變也,至欲廢書,其感深矣。(**毛西原眉**)紀云"只得如此收場,再一著語,便難著手"。(**《角山樓》評**)收到呈諸試官,仍挽轉自己生平,與起處相應。不更説斯時取士得失,最爲圓净。

【彙評】

汪師韓:熙寧五年,軾在杭州通判任,是年科場監試,故有呈試官及試院諸詩。此其第一作也,以自述起,以自述終,中間極論文章之變,嘉祐茁軋之習。文變而弊,得歐陽爲之力返於古,此老宗伯之功不可忘也。逮王安石一變科舉之法,是又變而之衰之候矣。括以二言曰:“先生周孔出,弟子淵騫寢。”而自傷老鈍,無與回瀾,豈惟論文,實以慨世。

毛西原:老坡極用意之作。

望海樓晚景五絶

海上濤頭一綫來,樓前相顧雪成堆。從今潮上君須上,更看銀山二十回。

橫風吹雨入樓斜,壯觀應須好句誇。雨過潮平江海碧,(**王文誥夾**)七字極有斟酌,確是逐日閑坐樓上看潮人語。電光時掣紫金蛇。(**紀昀眉**)“紫金蛇”究非佳句。

青山斷處塔層層,隔岸人家喚欲應。江上秋風晚來急,爲傳鐘鼓到西興。

樓下誰家燒夜香,玉笙哀怨弄初凉。臨風有客吟秋扇,拜月無人見晚妝。(**紀昀眉**)此首格力較卑靡。

沙河燈火照山紅,歌鼓喧喧笑語中。爲問少年心在否,角巾欹側鬢如蓬。

試院煎茶

(**蕭奇中夾**)“活火發新泉”,煎茶之法,法之理,理之妙,妙不逾此。若夫宜盞宜瓶,則當視茶爲用捨,有芥葉而泛盞者乎?(**何紹基乙眉**)古人烹茶,皆磨碾細瑣,再一煎煮,豈復好味?覽蔡公《茶録》及公此詩,今人難解其所以然。(**賴山陽評**)題署“試院”字,是爲著眼。

蟹眼已過魚眼生，(**蕭奇中夾**)驗候。颼颼欲作松風鳴。(**紀昀眉**)發端超妙，惜以下多入濫調耳。(**翁同書眉**)發端超妙。(**賴山陽評**)單刀直入，語法秀麗，全是近體格調。用數虛字便活動。蒙茸出磨細珠落，眩轉繞甌飛雪輕。(**蕭奇中眉**)不知古人運磨運碾，作團爲試，其理何居。茶試末，茶病甚矣。作團，患無温變否？何以能緑雲飛也？且香經末，何以能香？予謂今世試茶，誠得茶性、茶趣，此今人之勝古人處。(**《角山樓》評**)古煮茶法，以茶磨細，入水同煮，故次聯云然。銀瓶瀉湯誇第二，未識古人煎水意。(**古語云煎水不煎茶。**)(**蕭奇中夾**)細求。(**何紹基甲眉**)古法少味。(**賴山陽評**)起二句便是"古人煎水意"。君不見昔時李生好客手自煎，(**蕭奇中夾**)宜。(**紀昀眉**)"君不見"三字引句，原是古調，然後人用濫，實有一種可厭處。(**《角山樓》評**)既是古調，何遽可厭？當論詩之佳否耳。(**賴山陽評**)李生、潞公兩層。貴從活火發新泉。(**蕭奇中夾**)精於茶飲矣。又不見今時潞公煎茶學西蜀，定州花瓷琢紅玉。(**蕭奇中夾**)今之壺茶也須以茶爲宜否？(**何焯眉**)"李生"二句承上"未識古人煎水意"來，"潞公"二句却又轉一意去，自是詩律不細處。坡公古文亦往往若此感，非也，自是二事用筆一順一逆求變化耳。我今貧病長苦飢，分無玉碗捧蛾眉。(**紀昀眉**)當曰"蛾眉捧玉碗"。倒裝不妥。(**《角山樓》評**)言玉碗捧於蛾眉耳，此種句法極多。且學公家作茗飲，磚爐石銚行相隨。不用撑腸拄腹文字五千卷，(**蕭奇中夾**)竟似虚。(**賴山陽評**)沉著痛快。但願一甌常及睡足日高時。(**紀昀眉**)結亦太滑。(**翁同書眉**)翁覃溪曰，是時甫用王安石，議改取士之法，罷詩賦帖、經墨義，專以策限定千言，故先生《呈諸試官》詩末二句正與此首末二句意同。又末識古人煎水意，及"且學公家作茗飲"，亦皆此意。(**《角山樓》評**)切茶運用，寄慨深微。翁方綱持論較紀[昀]爲細。(**賴山陽評**)"一"字與"五千"相反映。

【彙評】

汪師韓：獨寫煎茶妙處，於集中諸詠茶詩別出一奇語，不必深而精采自露。此與《汲江》一篇，在古近體中各推絶唱。

孫莘老求墨妙亭詩

(**紀昀眉**)句句警健，東坡極加意之作。(**毛西原眉**)紀云“句句警健，東坡極加意之作”。(**《角山樓》評**)公深於書，故評書有獨到語。

蘭亭繭紙入昭陵，世間遺迹猶龍騰。顔公變法出新意，細筋入骨如秋鷹。(**何紹基甲眉**)兩語道破。(**何紹基乙眉**)顔公變王氏法，得古法。(**《角山樓》評**)亭中兼有唐人石刻，故亦敘及之。徐家父子亦秀絶，字外出力中藏稜。(**查慎行評**)書評的確，兩不可移。(**毛西原眉**)查云“書評的確，兩不可移”。(**杭世駿眉**)坡於字學有天授，又從顔入，故評顔、徐兩家，獨得甘苦。(**王文誥夾**)鍾、王之法，七字道盡。嶧山傳刻典刑在，千載筆法留陽冰。杜陵評書貴瘦硬，此論未公吾不憑。短長肥瘠各有態，玉環飛燕誰敢憎。(**趙翼批**)論古須自出新意。(**蕭奇中眉**)通論。(**何紹基乙眉**)坡肥谷瘦，固宜有此平允之論。(**嚴虞惇眉**)公書頗多肉，故其論如此。(**紀昀眉**)此真通人之論，詩文皆然，不獨書也。江淹《雜擬詩序》已明，此旨東坡移以論書耳。(**毛西原眉**)紀云“此真通人之論，詩文皆然，不獨書也。江淹《雜擬詩序》已明，此旨東坡移以論書耳”。(**《角山樓》評**)一喻醒快，遂爲千古平情之論。吴興太守真好古，(**《角山樓》評**)至今方入題。購買斷缺揮縑繒。龜趺入座螭隱壁，空齋晝静聞登登。奇蹤散出走吴越，勝事傳説誇友朋。書來乞詩要自寫，(**王文誥夾**)收到墨妙句，似率易，而手法細密之甚。爲把栗尾書溪藤。後來視今猶視昔，(**何焯夾**)收應蘭亭遺迹。過眼百世如風燈。(**《角山樓》評**)起結句。他年劉郎憶賀監，還道同是須服膺。（**何焯夾**）苹老。（**趙翼批**）結弱。

【彙評】

劉辰翁：甚高自許。

汪師韓：論書大旨不外前《和子由作》所云“端莊雜流麗，剛健含婀娜”二語，故每不取少陵“瘦硬通神”之説。此詩就亭中所列李、顏、二徐諸刻加之評論。軾之書，其源出於顏、徐，詩中“細筋入骨如秋鷹”及“字外出力中藏棱”二句，非惟道古，乃其自道，蓋直以金針度與人矣。

范大士：坡公書法稱宋朝第一人，今觀《墨妙亭詩》，知其得心應手者固有在也。

陳衍：此詩僅有一二名句。

賴山陽：世服蘇之廣長舌，不知其收舌不盡展者更好。……《墨妙亭》……皆豐約合度，姿態可觀。

毛西原：無剽滑調者。

李公擇求黄鶴樓詩因記舊所聞於馮當世者

（**蕭奇中夾**）題異篇亦異。（**紀昀眉**）音節璆然。○遁入別徑，避崔灝也。此狡獪處，亦寸心自知處。（**何焯眉**）創格。（**王文誥夾**）曉嵐所謂“遁入别徑”，論寄題則是，論遜顥則非。

黄鶴樓前月滿川，抱關老卒飢不眠。夜聞三人笑語言，羽衣著屐響空山。非鬼非人意其仙，石扉三叩聲清圓。洞中鏗鋐落門關，縹緲入石如飛煙。雞鳴月落風馭還，迎拜稽首願執鞭。汝非其人骨腥膻，黄金乞得重莫肩。（**紀昀眉**）此三句他人數行不能了。持歸包裹敝席氈，夜穿茅屋光射天。里閭來觀已變遷，似石非石鉛非鉛。(**蕭奇中眉**)記事大怪。(**王文誥夾**)隨手填寫,亦如斷磚碎瓦,皆成黄金。或取而有衆忿喧,訟歸有司今幾年。(**錢廷錦甲夾**)列子。無功暴得喜欲顛,神人戲汝真可憐。(**潘奕雋眉**)名語,發人深省。(**何焯眉**)"無功暴得"之戒,乃作詩之本旨也。願君爲考然不然,此語可信馮公傳。(**紀昀眉**)得此二語方非小説、傳奇,不然則游騎無歸,收束不住。

八月十日夜看月有懷子由並崔度賢良

(**紀昀眉**)清而不淺。

宛丘先生自不飽,更笑老崔窮百巧。一更相過三更歸,古柏陰中看參昴。(**杭世駿眉**)即景叙時句,便玲瓏可誦。去年舉君苜蓿盤,夜傾閩酒赤如丹。今年還看去年月,露冷遥知范叔寒。典衣自種一頃豆,那知積雨生科斗。歸來四壁草蟲鳴,不如王江長飲酒。(**王江,陳州道人。**)

催試官考較戲作

(**紀昀眉**)此何等大典,乃以竣事游眺促之,立言殊不得體,雖題有"戲"字,其實"戲"字已先錯。(**翁同書眉**)寫月高朗,寫潮雄奇。

八月十五夜,月色隨處好。不擇茅檐與市樓,况我官居似蓬島。(**蕭奇中夾**)凑不上。鳳咮堂前野橘香,劍潭橋畔秋荷老。(**王文誥夾**)杭州無此名,指蜀中也。"月色隨處好"句,不專指杭州,"况我官居"本意,直貫下"劍潭"也。其下别起頭腦,而前半是總論,故不礙。八月十八潮，壯觀天下無。鯤鵬水擊三千里，組練長驅十萬夫。（**翁同書眉**）二語可括枚乘《觀濤》全篇。紅旗青蓋互明滅，黑沙白浪相吞屠。人生會合古難必，（**蕭奇中夾**）催意。此景此行那兩得。願君聞此添蠟燭，門外白袍如立鵠。（**查慎行評**）"白袍"謂候榜諸生。洪邁《鎖宿貢院》詩云："一閑十日真天錫，慚愧紛紛白袍子。"則爾時舉子應試候榜，皆衣白袍耶？（**蕭奇中眉**）同一夢耳，較文與觀濤何異。（**何紹基乙眉**）以看月、看潮催試官，亦心不耐煩耳。

【彙評】

汪師韓：寫月高朗，寫潮雄奇，"鯤鵬""組練"二語，可括枚乘《七發・觀濤》一篇。

八月十七復登望海樓自和前篇是日榜出余與試官兩人復留五首

（**何紹基甲眉**）試官何人，可想可想。

樓上煙雲怪不來，樓前飛紙落成堆。非關文字須重看，却被江山未收回。（**紀昀眉**）本色得好。

眼昏燭暗細行斜，（**王文誥夾**）與後句"秋花不見"同意。考閱精强外已誇。（**紀昀夾**）句太鄙。明日失懷君莫怪，早知安足不成蛇。（**蕭奇中眉**）大悟矣，考官皆畫蛇者也。

亂山遮曉擁千層，睡美初涼撼不應。昨夜酒行君屢嘆，定知歸夢到吴興。（**查慎行評**）時試官中必有吴興職官與吴興人。（**紀昀眉**）此戲言，却不嫌佻，所謂言各有當。（**何紹基乙眉**）好詩，可惜不著嘆者何人。

天台桂子爲誰香,倦聽空階夜點涼。賴有明朝看潮在,萬人空巷鬥新妝。(**蕭奇中夾**)興自佳。

秋花不見眼花紅,身在孤舟兀兀中。細雨作寒知有意,未教金菊出蒿蓬。(**紀昀眉**)寓意。(**紀昀夾**)爾時新學盛行,去取必不如東坡意,故有"金菊蒿蓬"之感,觀《呈監試官》詩可見。

卷　四

詩八十八首

秋懷二首

（**何焯旁**）此等極學晉宋人語，但無遠旨。（**紀昀眉**）斂才以效古人，音節意旨，遂皆去之不遠。

苦熱念西風，常恐來無時。及兹遂凄凜，又作徂年悲。（**蕭奇中夾**）傷。（**蕭奇中眉**）廿字中多少起伏，情深慨重。（**何紹基乙眉**）真情境。（**何焯眉**）似陶。蟋蟀鳴我床，黄葉投我帷。窗前有棲鵬，夜嘯如狐狸。露冷梧葉脱，孤眠無安枝。熠耀亦求偶，（**錢廷錦乙夾**）徐云："不是蟲名。"（**錢廷錦甲眉**）《本草》云："螢火，一名夜光，一名熠耀。"《古今注》亦云："螢火一名耀夜，一名熠耀。"董氏云："熠耀自是一種蟲，非螢也。"據此，則熠耀亦可謂蟲，朱注《詩經》多未當處。高屋飛相追。定知無幾見，迫此清霜期。物化逝不留，我興爲嗟咨。便當勤秉燭，爲樂戒暮遲。（**蕭奇中夾**）有力。（**紀昀眉**）流年遲暮之感，妙不正寫，只以物化烘托而出。（**何焯眉**）隨手寫述，觸眼感嘆。（《**角山樓**》**評**）語極平近，足以令人心肯氣息，直逼陶、韋。

海風東南來，吹盡三日雨。（**蕭奇中夾**）古。（**賴山陽評**）"盡"字有味。空階有餘滴，似與幽人語。（**何焯眉**）細静。（**紀昀夾**）三、四平語，却極奇幻。（《**角山樓**》**評**）三、四東坡本色。（**賴山陽評**）奇，奇,前人所未言。(**毛西原眉**)高秀清妙,雖盛唐好手,亦未多見。坡乃以無意得之,與太白"五月天山雪"筆境不同,而同一妙趣。紀以爲"三、四語平却極奇幻",余曰:非平亦非奇幻,善領略者自知之。念我平生歡,(**賴山陽評**)"念我"云云恐非即夜之事。交歡之"歡",蓋指朋友也。寂寞守環堵。壺漿慰作勞,(**蕭奇中夾**)仁心仁事。裹飯救寒苦。今年秋應熟,過從飽雞黍。嗟我獨何求,萬里涉江浦。居貧豈無食,自不安畎畝。(**蕭奇中眉**)度身救世,盡此五字。(**紀昀眉**)"居貧"二句亦人不肯道語。(**翁同書眉**)"居貧"二句作自責語,亦所以警世,他人不肯道也。(《**角山樓**》**評**)二語亦似陶。(**賴山陽評**)復歸景物,佳。結亦是有餘韻。念此坐達晨,殘燈翳復吐。

【彙評】

賴山陽:公詩,起處每佳,以景起,以景結。

汪師韓:前作感愴,後作乃導以冲和,起乎悲,止乎樂,蓋猶是優游卒歲之旨。

哭歐公孤山僧惠思示小詩次韻

故人已爲土,衰鬢亦驚秋。猶喜孤山下,相逢説舊游。

梵天寺見僧守詮小詩清婉可愛次韻

(**杭世駿眉**)較原作似遜其清婉。(**紀昀眉**)"莊老告退,山水方滋。晉宋以還,清音遂暢。"揆以風雅之本旨,正如六經而外,别出玄談,亦自一種不可磨滅文字。後人轉相神聖,遂欲截斷衆流,專標此種爲正法眼藏。然則三百以下,漢魏以前,豈盡俗格哉!東坡之喜此詩,蓋亦偶思蛤蜊之意,談彼法者,勿以藉口。

但聞煙外鐘，不見煙中寺。（**毛西原眉**）一起超忽。幽人行未已，草露濕芒屨。（**王文誥夾**）此種小調，猶之盤筵中，間以小食，雖亦適口，然終非一飽物也。惟應山頭月，夜夜照來去。（**毛西原眉**）附録原作：“落日寒蟬鳴，獨歸林下寺。松扉夜未掩，片月隨行屨。惟聞犬吠聲，又入青蘿去。”詩亦清甚。

【**彙評**】

汪師韓：峭蒨高潔，韋柳遺音。

趙翼：王、韋一派，在公集中却是别調。

李鴻裔乙：[紀昀]此論極有關係，今之效王、孟者，宜各書一通於座右以作針砭。

《**角山樓**》：自漁洋教人以王、韋爲宗，海内翕然從之。紀氏生於其後，欲力翻成説以自異，故遇此等處，苦費斡旋，亦門户之見勝也。原作及和詩，境象雖清，意味却薄，無唐賢之醞釀故耳。次公謂此三韻詩，杜子美已有此格。

和陳述古拒霜花

（**紀昀眉**）用意頗爲深曲，初白以淺譏之，似未喻其旨。

千林掃作一番黄，只有芙蓉獨自芳。喚作拒霜知未稱，細思却是最宜霜。（**查慎行評**）淺。（**紀昀夾**）原唱末二句“容易便開三百朵，此心應不畏秋霜”，此則更進一層，以比述古之見斥而名愈重耳。

【彙評】

劉辰翁:宛膩有情。

和沈立之留别二首

而今父老千行淚,一似當時初去時。(**彭元瑞夾**)沈本自越移杭,則作"去越"爲是。不用鐫碑頌遺愛,丈人清德畏人知。(**紀昀眉**)此首清老。

卧聞鐃鼓送歸艎,夢裏匆匆共一觴。試問别來愁幾許,春江萬斛若爲量。(**去時,予在江陵。**)(**紀昀眉**)此首不免濫套。

【彙評】

趙克宜:皆唐人氣息,紀[昀]以爲"濫套"與"窠臼",亦是言其流弊耳。凡學皆有流弊,所宜預防。

次韻孔文仲推官見贈

(**紀昀眉**)大段疏暢,而牽於韻脚,不免疵累。(**王文誥旁**)公與文仲同爲范景仁所薦,是作此詩本意也。

我本麋鹿性,諒非伏轅姿。君如汗血馬,作駒已權奇。齊驅大道中,並帶鑾鑣馳。聞聲自決驟,那復受縶維。(**翁同書眉**)起八句以我與君對説作雙提之勢。謂君朝發燕,(**翁同書眉**)"謂君"以下説文仲。秣楚日未攲。云何中道止,連蹇驢騾隨。金鞍冒翠錦,玉勒垂青絲。旁觀信美矣,自揣良厭之。(**蕭奇中眉**)吴美子《西湖春游》詩有云:"身逢或抱恨,人見似登仙。"各盡才思。(**紀昀

夾)二句太落宋調。均爲人所勢,何必陋鹽輜。(**紀昀眉**)十字警。君看立仗馬,不敢鳴且窺。(**紀昀夾**)"窺"字添出。調習困鞭箠,僅存骨與皮。(**紀昀夾**)"仗馬"不應如此説,雖是托喻,亦不可太不比附。(**何焯眉**)今日讀之,乃彌有味。人生各有志,此論我久持。他人聞定笑,聊與吾子期。(**翁同書眉**)"人生"四句聯絡上下,繆帶有情,是一篇關鍵處。空階卧積雨,(**翁同書眉**)"空階"以下説到自己。病骨煩撑支。秋草上垣墻,霜葉鳴堦墀。門前自無客,敢作揚雄麾。候吏報君來,(**翁同書眉**)"候吏"以下方叙述贈答之由。弭節江之湄。一對高人談,稍忘俗吏卑。今朝枉詩句,粲如鳳來儀。上山絶梯磴,(**紀昀眉**)以下牽於韻脚,夾雜無緒。墜海迷津涯。憐我枯槁質,借潤生華滋。肯效世俗人,洗刮求瘢痍。賢明日登用,清廟歌緝熙。胡不學長卿,預作封禪詞。(**翁同書眉**)末四句爲文仲直言罷歸作感。

【彙評】

汪師韓:起處八句以"我"與"君"並説爲雙提之勢,"謂君朝發燕"以下言孔也,"空齋[階]卧積雨"以下自言也,而中以"人生各有志"四句作關鍵,遂覺説人處有我,自説處有人,無非齊驅並馳情景。至於"候吏報君來"以下,不過叙述贈答之因,然必有此一段,體勢乃寬舒而不迫。

湯村開運鹽河雨中督役

(**翁同書眉**)職役之勞與夫妨農病民之實歷歷如繪,所以指陳得失有《國風》《小雅》之遺。

居官不任事,蕭散羡長卿。胡不歸去來,滯留愧淵明。(**蕭

奇中眉)無限不平。鹽事星火急,誰能恤農耕。(**蕭奇中眉**)"誰能"句似杜。薨薨曉鼓動,萬指羅溝坑。天雨助官政,泫然淋衣纓。人如鴨與猪,(**紀昀眉**)"天雨"句拙滯,"人如"句太俚。投泥相濺驚。(**王文誥夾**)與下四句分兩層,上四句役,下四句督役,皆雨中實事。其文如經,其筆如史。下馬荒堤上,四顧但湖泓。綫路不容足,又與牛羊争。(**王文誥夾**)一路叙雨中督役固妙矣,其下一轉入結,可稱絶倒。歸田雖賤辱,豈識泥中行。(**紀昀夾**)十字却真。(**翁同書眉**)"歸田"二句即《秋懷》詩"居貧雖無食,自不安畎畝"意。(**何紹基甲眉**)何苦説"歸田"。(**何焯眉**)時事可知。寄語故山友,慎毋厭藜羹。(**何紹基乙眉**)憤憤語。(**何焯眉**)駡世固不能堪。

【**彙評**】

汪師韓:職役之勞與夫妨農病民之實歷歷如繪,所以指陳得失有《國風》《小雅》之遺。其云"羡長卿"而"愧淵明",特托言耳。或指"與牛馬争"句爲駡世,豈有當乎?

是日宿水陸寺寄北山清順僧二首

(**錢廷錦乙旁**)此種乃放翁所宗仰。

草没河堤雨暗村,寺藏修竹不知門。(**蕭奇中夾**)好。(**錢廷錦甲眉**)即合夜宿。拾薪煮藥憐僧病,掃地焚香净客魂。(**蕭奇中夾**)後三字警。農事未休侵小雪,佛燈初上報黄昏。年來漸識幽居味,思與高人對榻論。(**王文誥夾**)前六句公自道,後二句結,入清順。下首同此作法。(**毛西原眉**)"寺藏"句、"佛燈"句皆佳。紀只單點,又將"净客魂"三字予以紅勒,不知何意?

長嫌鐘鼓聒湖山，此境蕭條却自然。乞食繞村真爲飽，(**蕭奇中夾**)實地語。無言對客本非禪。(**蕭奇中夾**)妙，妙。(**紀昀眉**)三、四放平，愈有身分。(**毛西原眉**)紀云"三、四放平，愈見身分"。披榛覓路衝泥入，洗足關門聽雨眠。(**錢廷錦甲眉**)寄清順。(**王文誥夾**)題曰"是日"，必當有此二句，方是真境。即"乞食""無言"一聯，語中有骨，並不平也。遥想後身窮賈島，夜寒應聳作詩肩。(**蕭奇中眉**)可作島小像。

【彙評】

劉弘："乞食爲飽""無言對客"，蓋取用禪意。"後身賈島""應聳詩肩"，指清順也。

汪師韓：杳窱回合，如坐虚白而閉重元。

方東樹：起叙題，而其景如畫。三、四水陸寺，五、六宿時情景。收"宿"字及寄清順。

客位假寐(因謁鳳翔府守陳公弼)

(**王文誥旁**)此詩僅係解嘲之作，蓋同僚有愠色者，故以是爲戲耳。(**何紹基甲眉**)或謂此詩在鳳翔作。(**何紹基甲眉**)或謂此詩在鳳翔作。(**趙克宜評**)此首非傳誦之作。(**翁同書眉**)查注此首謁載杭州卷中，今以時地考之，其爲鳳翔作，無可疑者。

謁入不得去，兀坐如枯株。(**譚元春評**)"謁入不得去"真可笑，頑皮如此。豈惟主忘客，今我亦忘吾。(**錢陸燦夾**)妙語自然。同僚不解事，(**錢廷錦乙夾**)粗淺。愠色見髯鬚。雖無性命憂，且復忍須臾。(**蕭奇中眉**)"耐"字大用。(**紀昀眉**)太露便非詩品。(**何紹基乙眉**)想是在官廳中。

鹽官部役戲呈同事兼寄述古

新月照水水欲冰,夜霜穿屋衣生稜。野廬半與牛羊共,曉鼓却隨鵶鵲興。(**王文誥夾**)極煉,的是開河官語。夜來履破裘穿縫,紅頰曲眉應入夢。(**王文誥夾**)接得挺拔,一結妙甚。千夫在野口如麻,豈不懷歸畏嘲弄。我州賢將知人勞,已釀白酒買豚羔。耐寒努力歸不遠,兩脚凍硬公須軟。(**紀昀眉**)題有"戲"字,不嫌滑稽,然不應如此之鄙。(《**角山樓**》**評**)有典則,不甚鄙。

【彙評】

《**角山樓**》:此指開運監河督役時事。起四語,情事景況,一一在目。中四語,戲呈同事。後四語,兼寄述古。

朱壽昌郎中少不知母所在刺血寫經求之五十年去歲得之蜀中以詩賀之

(**蕭奇中眉**)倏用"嗟",倏用"憐",倏用"羡",倏用"愛",倏用"感",相驚相喜,非痛非哭,情深性摯矣,至篇法之妙,疊引古人後,絶不足一語,可絃可歌,可志可述。(**錢陸燦眉**)孝子。(**翁同書眉**)歷陳古事,不復再加論斷,截然而止,此格尤爲創見,然正是漢魏人遺意。(**莫友芝乙眉**)同首音節,亦有喜極而欲泣之,致結處旁引數人,戛然而止,三復回環,其妙愈出。

嗟君七歲知念母,憐君壯大心愈苦。羡君臨老得相逢,(**查慎行評**)他人數百言不能了者,先生只以三語了之,能使人墮淚。以古人事作反結,章法極變。(**紀昀眉**)格意俱鄙。初白先生極賞之,非末學所知。喜極無言淚如雨。不羡白衣作三公,不愛白日升青天。

愛君五十著綵服，兒啼却得償當年。烹龍爲炙玉爲酒，鶴髮初生千萬壽。金花詔書錦作囊，白藤肩輿簾蹙繡。（**王文誥夾**）壽昌事至此畢，以下入公本意。感君離合我酸辛，此事今無古或聞。長陵朅來見大姊，仲孺豈意逢將軍。（**紀昀夾**）此事不佳。（**何紹基甲眉**）不倫。（**何紹基乙眉**）未免比附少味。開皇苦桃空記面，建中天子終不見。西河郡守誰復譏，潁谷封人羞自薦。（**杭世駿眉**）似此竟住，詩格老横。（**蕭奇中眉**）遂止。將上“嗟”“憐”“羡”“愛”“感”意齊出。（**何焯眉**）連述古人，竟結亦變體。（**曾國藩評**）末引六事作收，别是一種章法。（**查慎行甲眉**）結二句，諷刺之意凛然可見。

【彙評】

劉辰翁：頓挫悲喜，妙。

汪師韓：前十二句稱述本事，於離合情狀曲折無不盡矣。然讀之但覺情餘於詞者，以有“嗟君”“憐君”“羡君”“愛君”等字爲之點睛，則俱是作詩之旨，固與傳記體裁迥别也。“感君離合”二句忽念及今無古有，作一轉軸，以下遂歷陳古事，既不拘於時代，亦不復再加論斷，悉數既終文亦截然而止，此格尤爲創格，然正是漢魏人遺意，低手不能爲，亦不敢爲也。七言轉韻。古詩凡轉韻之首句，未有不用韻者。七言音節，自不可與五言一例。嘗考杜陵《全集》，其中亦有三四首出韻者，若《醉時歌》之“先生有道出羲皇”，《哀江頭》之“憶昔霓旌下南苑”等句是也。此詩“不羡白衣作三公”句無韻，蓋亦如少陵之偶一有之，而自來詩人從無論及於此者，何耶？

將之湖州戲贈莘老

餘杭自是山水窟，仄聞吴興更清絶。湖中橘林新著霜，溪上苕花正浮雪。（**譚元春評**）予愛其“湖中橘林”兩句，故選之。公更有"雲水夜更明",皆是湖州苕霅寫照。顧渚茶牙白於齒,梅溪木瓜紅勝頰。(**蕭奇中眉**)清芳沁脾。吴兒鱠縷薄欲飛,未去先説饞涎垂。(**紀昀夾**)太鄙拙。亦知謝公到郡久,應怪杜牧尋春遲。(**翁同書眉**)"謝公"喻莘老,"杜牧"先生自謂。鬢絲只好封禪榻,湖亭不用張水嬉。(**潘奕雋夾**)"戲"字之意。

鴉種麥行

(**潘奕雋夾**)此種自是有感寓意之作,惜能解之者無矣。(**譚元春評**)題奇甚,詩似張文昌諸作。(**毛西原眉**)十二句五轉韻,促節可聽。

霜林老鴉閑無用,畦東拾麥畦西種。(**蕭奇中夾**)亦勞而罔功之流。畦西種得青猗猗,畦東已作牛毛稀。(**王文誥夾**)起四句純乎古意,有此一起,則後幅觸手都成奇語。(**何紹基乙眉**)此必有寄喻。明年麥熟芒攢槊,農夫未食鴉先啄。徐行俯仰若自矜,(**《角山樓》評**)如睹。鼓翅跳踉上牛角。(**何焯眉**)"上牛角"三字真而哀。憶昔舜耕歷山鳥爲耘,如今老鴉種麥更辛勤。(**《角山樓》評**)與柳州《捕蛇者説》同旨,却不説破,所以爲佳。農夫羅拜鴉飛起,勸農使者來行水。(**《角山樓》評**)結二語妙用倒裝,若順説則無味。

鹽官絶句四首

南寺千佛閣

(**譚元春評**)不如後二首。

古邑居民半海濤,師來構築便能高。千金用盡身無事,坐看香煙繞白毫。

北寺悟空禪師塔(名齊安,宣宗微時,師知其非凡人)

已將世界等微塵,空裏浮花夢裏身。豈爲龍顏更分別,只應天眼識天人。

塔前古檜

(**紀昀眉**)此意入之歌行,未爲不可。《松石屏》詩不妨以無作有也,此竟無起無收,作一絶句,非莊非戲,非幻非真,却不爲佳。第二句尤腐。(**李鴻裔乙評**)[紀昀]此評未可與論詩。

當年雙檜是雙童,相對無言老更恭。(**蕭奇中夾**)檜品。庭雪到腰埋不死,如今化作雨蒼龍。(**查慎行評**)第二句有病,與末句稍礙。(**彭元瑞夾**)初白先生謂"二句與末句稍礙,當以'老'字預占下意也"。然末句有"如今"字,另作一層,尚不甚害。

僧爽白雞(養二十餘年,常立坐側聽經)

斷尾雄雞本畏烹,年來聽法伴修行。還須却置蓮花漏,老怯風霜恐不鳴。(**紀昀眉**)結寓意。(**何紹基乙眉**)罵人太甚。(**蕭奇中眉**)不鳴者烹,宜漏之置也,意深哉!

送張軒民寺丞赴省試

龍飛甲子盡豪英,嘗喜吾猶及老成。(**蕭奇中夾**)好。人競春蘭笑秋菊,天教明月伴長庚。傳家各自聞詩禮,與子相逢亦弟兄。洗眼上林看躍馬,(**莫友芝乙評**)《史記》何得有"躍馬"字?(**莫

友芝評)《蔡澤傳》"躍馬疾驅",何得無"躍馬"字?"躍馬食肉",蓋承《文選·吴都賦注》之誤而誤也。賀詩先到古宣城。(**伯父與太平州張侍讀同年,此其子。**)(**何紹基乙眉**)有淵源,詩便有意興。

六和寺冲師閘山溪爲水軒

欲放清溪自在流,忍教冰雪落沙洲。出山定被江潮涴,(**蕭奇中夾**)然乎否?能爲山僧更少留。(**紀昀眉**)即在"山泉水清"之意。(**毛西原眉**)紀云"即在'山泉水清'意"。

和致仕張郎中春晝

(**紀昀眉**)七言長律最難,此却不失圓穩。

投紱歸來萬事輕,消磨未盡只風情。(**蕭奇中夾**)好。舊因蓴菜求長假,(**何焯夾**)頂"投紱"。新爲楊枝作短行。(**何焯夾**)頂"風情"。(**翁同書眉**)"楊枝"句與《元日次韻》結句"小蠻知在否"同意。○後有《張子野年八十五尚聞買妾》詩,"楊枝"蓋有所指。(**蕭奇中眉**)閑情逸致,輞川予畫,愚溪愜歌。不禱自安緣壽骨,苦藏難没是詩名。淺斟杯酒紅生頰,細琢歌詞穩稱聲。蝸殼卜居心自放,蠅頭寫字眼能明。盛衰閲過君應笑,寵辱年來我亦平。(**蕭奇中眉**)何等胸度。跪履數從圯下老,逸書閑問濟南生。(**翁同書眉**)"跪履"二句切張姓。東風屈指無多日,只恐先春鶗鴂鳴。(**翁同書眉**)結二句不脱春書。(**蕭奇中眉**)風情未盡,亦復爾爾。(**孫原湘夾**)"鶗鴂"音啼貴,即子規,楊雄《反騷》作"鷤䳏",音義並同。

【彙評】

汪師韓:集中七言長律甚少,此體在唐如杜、白諸公亦不多見,以其傷氣也。是作格度渾成,音調諧美。録此一首,以見才大無所不可耳。

冬至日獨游吉祥寺

井底微陽回未回,蕭蕭寒雨濕枯荄。何人更似蘇夫子,不是花時肯獨來。(**紀昀眉**)率筆而極有風致。(**何紹基乙眉**)語意甚遠。(**毛西原眉**)標緻。

後十餘日復至

(**譚元春評**)好題。

東君意淺著寒梅,千朵深紅未暇裁。安得道人殷七七,不論時節遣花開。(**紀昀眉**)此却無味。

戲　贈

(**蕭奇中旁**)可與崔祐《乞茶》詩同美。(**紀昀眉**)晚唐窠白。

惆悵沙河十里春,(**查慎行評**)沙河塘在杭州城外,先生詩有"燈火沙河夜夜春"之句。按舊志,沙河,唐刺史崔彦曾所開有外沙、中沙、裏沙三河。(**蕭奇中眉**)"惆悵"二字出[生]甚。一番花老一番新。小樓依舊斜陽裏,不見樓中垂手人。

和人求筆迹

麥光鋪几净無瑕，入夜青燈照眼花。從此剡藤真可吊，半紆春蚓綰秋蛇。（**查慎行評**）末二句俱從'眼花'生來。

再用前韻寄莘老

（**紀昀眉**）語太憤激。

君不見夷甫開三窟，不如長康號癡絶。癡人自得終天年，智士死智罪莫雪。困窮誰要卿料理，舉頭看山笏拄頰。野鳧翅重自不飛，（**蕭奇中夾**）似冥府。黄鶴何事兩翼垂。（**翁同書眉**）"野鳧"自喻，"黄鶴"指莘老。泥中相從豈得久，今我不往行恐遲。江夏無雙應未去，（**紀昀眉**）歇後未佳。恨無文字相娱嬉。（**黄庭堅，莘老婿，能文。**）

畫魚歌（湖州道中作）

（**孫顥元校録**）此首不應入書畫類。（**查慎行評**）短篇故作波瀾，一味蒼茫，初學何以窮其涯岸？（**翁同書眉**）《欒城集》自注云，吴人以長釘加杖頭，以杖畫水，謂之畫魚。注家不知引此，乃或編入書畫類中，大謬。（**紀昀眉**）語自清歷，初白先生以爲'波瀾蒼茫，無自窮其畔岸'，推之太過。（**毛西原眉**）紀云"語自清歷。初白先生以爲'波瀾壯闊，無自窮其畔岸'，推之太過"。一太過，一不及。（**翁同龢評**）此畫魚猶言叉魚也，安得以之入[王十朋《東坡先生詩集注》]《書畫》？（**譚元春評**）力入巧出，有血滴而無骨見，子美前、後《打魚》可三也。（**莫友芝眉**）竊意此詩或喻新法之害民也。後見《詩醇》評語，亦曰此意。

天寒水落魚在泥，短鈎畫水如耕犂。渚蒲拔折藻荇亂，此意豈復遺鰍鯢。（**紀昀夾**）本旨[意]在此。（《**角山樓**》**評**）二語辭氣似杜。（**趙彦林夾**）鯢有二，有鯨鯢之鯢，有魚子之鯢。"此意豈復遺鰍鯢"言魚子也。偶然信手皆虚擊，（**紀昀夾**）"偶然"與"皆"字不合。句亦未鍊，病在"本"字。本不辭勞幾萬一。一魚中刃百魚驚，蝦蟹奔忙誤跳擲。（**翁同書眉**）"此意豈復遺鰍鯢"與"一魚中刃百魚驚"，似皆指新法之病民。王、吕輩壞法亂制，豈異"拔渚蒲"而"亂藻荇"哉？本集《請罷條例司疏》有云："造端宏大，民實驚疑；創法新奇，吏皆惶惑。"正與詩意相同。（**何焯眉**）似亦指新法而言。漁人養魚如養雛，插竿冠笠驚鵜鶘。豈知白梃鬧如雨，攪水覓魚嗟已疏。（**紀昀眉**）喻誅求之殫民力也。（**毛西原眉**）紀云"喻誅求之殫民力也"。（**翁同書眉**）末諷當時刑罰之煩也。（**何紹基乙眉**）刺新法也。

【彙評】

汪師韓：時新法盛行，故即"短鈎畫水"以爲喻，所言"此意豈復遺鰍鯢"與"一魚中刃百魚驚"者，似皆指新法之病民。王、吕輩壞法亂制，豈異"拔渚蒲"而"亂藻荇"哉？其《請罷條例司疏》有云："造端宏大，民實驚疑；創法新奇，吏皆惶惑。"正與詩意相同。而其繪事如畫，筆端有神，雖寥峭短章，讀其詞如有千百言在腕下。

吴中田婦嘆（和賈收韻）

（**翁同書眉**）似香山而沉著過之。（**方東樹評**）小詩沉著。

今年粳稻熟苦遲，庶見霜風來幾時。（**紀昀眉**）拙滯。霜風來時雨如瀉,杷頭出菌鐮生衣。(**紀昀眉**)常景寫成奇句。(**方東樹評**)"杷頭"句言無用也。眼枯淚盡雨不盡,忍見黄穗卧青泥。茅苫一月壟上宿,天晴獲稻隨車歸。(**何焯眉**)前半篇不曾點明田婦。汗流肩頳載入市,價賤乞與如糠粃。賣牛納税拆屋炊,(**《角山樓》評**)透過一層,語極深至。慮淺不及明年饑。(**蕭奇中夾**)豈獨農。(**紀昀眉**)七字沉痛。官今要錢不要米,(**蕭奇中夾**)狠。西北萬里招羌兒。龔黄滿朝人更苦,(**蕭奇中夾**)掩面。不知却作河伯婦。(**紀昀眉**)惜一結淺露。(**潘奕雋夾**)言之可傷。(**方東樹評**)收言不如沉水死也。(**何紹基乙眉**)直切。(**《角山樓》評**)痛陳民隱,不嫌於盡。(**毛西原眉**)紀云"常景寫成奇句"。又云"七字沉痛","惜一結淺露"。

和邵同年戲贈賈收(一作牧)秀才三首

(**查慎行甲眉**)"牧"字訛,當作"收"。

傾蓋相歡一笑中,從來未省馬牛風。卜鄰尚可容三徑,投社終當作兩翁。古意已將蘭緝佩,招詞閑詠桂生叢。此身自斷天休問,白髮年來漸不公。

朝見新荑出舊槎,騷人孤憤苦思家。五噫處士太窮約,(**蕭奇中夾**)意在孟光。三賦先生多誕誇。(**蕭奇中夾**)意在文君。帳外鶴鳴奩有鏡,筒中錢盡案無鮭。玉川何日朝金闕,白晝關門守夜叉。(**時賈欲再娶。**)(**翁同書旁**)此用佛經"夜叉女"以爲戲也。

生涯到處似檣烏,科第無心摘頷鬚。黄帽刺船忘歲月,白衣擔酒慰鰥孤。狙公欺病來分栗,水伯知饞爲出鱸。莫向洞庭歌楚曲,煙波渺渺正愁予。(**翁同書眉**)查注:耘老有侍姬二人,名雙荷葉。本集《答耘老尺牘》云"齒落目昏,當是爲雙荷葉所困",此詩結句蓋作隱語,譏其目昏也。

游道場山何山

(**紀昀眉**)純用唐人轉韻格,亦殊宛轉多姿。(**毛西原眉**)紀云"純用唐人轉韻格,亦殊宛轉多姿"。(**王文誥旁**)此詩用唐人轉韻體,而讀去絶無轉韻之迹,此其筆力不同故也。

道場山頂何山麓,上徹雲峰下幽谷。(**錢廷錦乙夾**)總。我從山水窟中來,(**紀昀夾**)初白曰"尊題格"。(**何紹基乙眉**)頸句宕開,甚奇妙。尚愛此山看不足。(**杭世駿眉**)先寫道場。(**陳仁錫眉**)"雁蕩看不足",以爲元人語,非也。(**趙翼評**)銛利。陂湖行盡白漫漫,(**錢廷錦乙夾**)道場山。青山忽作龍蛇盤。山高無風松自響,(**蕭奇中夾**)静眼。誤認石齒號驚湍。山僧不放山泉出,屋底清池照瑶席。(**查慎行評**)今山中有瑶席池,後人取公詩名之。(**何紹基乙眉**)蓋道場山之下即何山也。階前合抱香入雲,月裏仙人親手植。(**查慎行評**)今山中無桂樹矣。出山回望翠雲鬟,碧瓦朱欄縹緲間。(**翁同書眉**)起總寫四句,以下詳於道場而略於何山。乃偏於詳寫處更作"出山""回望"二語,摇蕩入情。(**杭世駿眉**)次寫何山。白水田頭問行路,小溪深處是何山。(**紀昀夾**)若斷若連,有自在流行之妙。(**紀昀眉**)"何山"只似帶作點染,輕便之至。(**毛西原眉**)紀云"若斷若連,有自在流行之妙"。又云"'何山'只作帶筆點燃,輕便之至"。高人讀書夜達旦,至今山鶴鳴夜半。(**何焯眉**)異時當買山數畝作室,名曰"鶴鳴草堂"。我今廢學不歸山,山中對酒空三嘆。(**何焯夾**)應"山水窟中來"。

【彙評】

汪師韓:"道場山頂何山麓"總寫四句,此下詳於道場而略於何山。乃偏於詳處更作"出山""回望"二語,摇蕩入情。何山只緬懷高人之讀書,不復模山范水,意盡而至,無往不以自然爲工。

贈莘老七絶

(**劉辰翁旁**)七絶首尾情興,索意語别,掇皮皆真,前輩相見,如此可尚。

嗟余與子久離群,耳冷心灰百不聞。若對青山談世事,當須舉白便浮君。(**紀昀眉**)語太淺露。(**趙克宜評**)生硬已極,詩家意趣掃地盡矣。(**翁同書旁**)《詩案》:與知湖州孫覺相見,作詩與之,約孫覺及坐客,如有言及時事者,罰一大盞。意言時事不便,不得説也。(**何焯眉**)憤時語寫得駿快。

天目山前渌浸裾,碧瀾堂下看銜艫。作堤捍水非吾事,閑送苕溪入太湖。(**譚元春評**)意妙。(**查慎行評**)時莘老守湖州,故以下五首皆用湖州事。(**翁同書旁**)《詩案》:"天目山前"一首,某爲先言水利不便,却被轉運司差往相度堤岸。意言非興水利之人也。

【彙評】

劉辰翁:閑情恨意俱見。

夜來雨洗碧巑岏,浪湧雲屯繞郭寒。聞有弁山何處是,爲君四面竟求看。

【彙評】

劉辰翁:坡素有意,必莘老相與言之。

夜橋燈火照溪明,欲放扁舟取次行。暫借官奴遣吹笛,明朝新月到三更。

【彙評】

劉辰翁:曠情狎態。

三年京國厭藜蒿,長羡淮魚壓楚糟。今日駱駝橋下泊,(**劉辰翁夾**)偶然。恣看修網出銀刀。

烏程霜稻襲人香,釀作春風霅水光。時復中之徐邈聖,(**蕭奇中眉**)練句新,妙。無多酌我次公狂。(**紀昀眉**)後二首是道地江西派,古人無此格也。

去年臘日訪孤山,曾借僧窗半日閑。不爲思歸對妻子,道人有約徑須還。

【彙評】

汪師韓:前兩作憤懣之詞,以快利出之。後一首役使成語,如天造地設,前無古人。

莘老葺天慶觀小園有亭北向道士山宗説乞名與詩

(**紀昀眉**)風調自佳。(**翁同書眉**)《吴興掌故》:"孫莘老作亭,道士乞名,坡公以歸雁名之。"蓋自寫思歸之義。

春風欲動北風微，歸雁亭邊送雁歸。蜀客南游家最遠，吴山寒盡雪先晞。扁舟去後花絮亂，五馬來時賓從非。惟有道人應不忘，抱琴無語立斜暉。

【彙評】

劉弘：先生復宗説求亭子之名與詩，因亭北向，故起句説，“春風”將發、“北風”不動之候，乃雁去之時，遂以“歸雁”“送雁”句接，宛然亭名在矣，甚妙。

至秀州贈錢端公安道並寄其弟惠山山人

（**紀昀眉**）語特爽朗。

鴛鴦湖邊月如水，孤舟夜傍鴛鴦起。平明擊纜石橋亭，慚愧冒寒髯御史。結交最晚情獨厚，論心無數今有幾。寂寞抱關嘆蕭生，耆老執戟哀揚子。怪君顔采却秀發，無乃遷謫反便美。天公欲困無奈何，世人共抑真疏矣。（**查慎行評**）透快，無堅不破。毗陵高山錫爲骨，（**孫原湘眉**）“無”一作“爲”字。陸子遺味泉冰齒。（**錢陸燦眉**）惠泉故實。賢哉仲氏早拂衣，占斷此山長洗耳。山頭望湖光潑眼，山下濯足波生指。倘容逸少問金堂，記與嵇康留石髓。

秀州報本禪院鄉僧文長老方丈

（**毛西原眉**）流利。

萬里家山一夢中,吴音漸已變兒童。每逢蜀叟談終日,(**譚元春評**)妙極。便覺峨眉翠掃空。(**紀昀眉**)三、四常意,寫來警動。(**毛西原眉**)紀云"三、四常意,寫來驚動"。(**何紹基乙眉**)第四句健起。師已忘言真有道,我除搜句百無功。(**毛西原眉**)"我除"句似放翁。明年採藥天台去,更欲題詩滿浙東。(**何紹基乙眉**)"更欲題詩"者,爲方外人道也。

【彙評】

劉辰翁:情思氣概俱有。

方東樹:只著意鄉情,詞意真切,而造語倜儻奇警,令人吟詠不盡。三首用圓澤事,尤妙。

王復秀才所居雙檜二首

吴王池館遍重城,奇草幽花不記名。青蓋一歸無覓處,只留雙檜待升平。

凛然相對敢相欺,(**蕭奇中夾**)品峙。直幹凌空未要奇。根到九泉無曲處,世間惟有蟄龍知。

【彙評】

劉辰翁:其氣浩然,固宜俗子驚怪。

汪師韓:摛詞無懦,涉筆見其磊落光明。

《**唐宋詩醇**》:《石林詩話》曰:"元丰間,蘇子瞻繫御史獄。神宗本無意深罪之。時相進呈,忽言:'蘇軾於陛下有不臣之意。'神宗改容曰:'軾固有罪,然對朕不應至是,卿何以知之?'時相因舉軾檜詩云:'陛下飛龍在天,軾以爲不知己,而求地下之蟄龍,非不臣而何?'神宗曰:'詩人之詞安可如此論,彼自詠檜,何預朕事!'時相語塞。章子厚亦從旁解之,遂薄其罪。子厚嘗以語余,且以醜言詆時相曰:'人之害物,無所忌憚,有如是也'。"

宋叔達家聽琵琶

(**蕭奇中眉**)先生詩惟此等爲最佳,雄渾玄雅,今人不測所以。真鉅手,真上乘。(**何焯旁**)似義山體。

數弦已品龍香撥,半面猶遮鳳尾槽。新曲翻從玉連鎖,(**彭元瑞夾**)"從翻"是。舊聲終愛鬱輪袍。(**紀昀眉**)三、四寓意。(**何焯眉**)隸事穩貼。夢回只記歸舟字,賦罷雙垂紫錦條。(**杭世駿眉**)六句並脚,隱侯所譏八病,坡翁屢犯之。何異烏孫送公主,碧天無際雁行高。(**蕭奇中眉**)"聽"字神情出。(**紀昀眉**)結得無味亦無力。

【彙評】

紀昀:以東坡管領湖山,宜有高唱,而此卷警策之作却不甚多,豈吏事縈心之故耶?

元日次韻張先子野見和七夕寄莘老之作

得句牛女夕,轉頭參尾中。(**彭元瑞夾**)此"中"乃"日中""宵中"之"中"。青春先入睡,白髮不遺窮。(**紀昀眉**)四語意欲弄姿,而轉似荊公"一鳥不鳴"之句。酒社我爲敵,(**紀昀眉**)五句"爲敵"字不妥,如作"無敵"又與東坡不飲不合,未喻其故。詩壇子有功。縮頭先夏鱉,(**見《玉川子》。**)實腹鄙秋蟲。莫唱裙垂緑,無人臉斷紅。

（**彭元瑞夾**）不雅。舊交懷賀老，新進謝終童。袍鶻雙雙瑞，腰犀一一通。小蠻知在否，試問囁嚅翁。

正月九日有美堂飲醉歸徑睡五鼓方醒不復能眠（蕭奇中夾）好。起閱文書得鮮于子駿所寄古意作雜興一首答之

（**張廷濟眉**）確有古意。（**蕭奇中夾**）真興人所爲。

衆人事紛擾，志士獨悄悄。何異琵琶弦，常遭腰鼓鬧。（**王文誥夾**）起四句指有美堂飲，言雖處流俗，不爲所污。三杯忘萬慮，醒後還皎皎。有如轆轤索，已脱重縈繞。（**紀昀眉**）入手直插，兩喻筆力奇峭。（**毛西原眉**）紀云“入手直插，兩喻筆力奇矯”。家人自約敕，始慕陳婦孝。可憐原巨先，放蕩今誰吊。平生嗜羊炙，識味肯輕飽。（**蕭奇中夾**）讀書得道。烹蛇啖蛙蛤，頗訝能稍稍。（**紀昀眉**）“烹蛇”二句比勉强從時。（**張問陶評**）此四句與上四句，皆比體也。憂來自不寐，起視天漢渺。闌干玉繩低，耿耿太白曉。（**紀昀眉**）結處稍落窠臼。（**毛西原眉**）紀云“‘烹蛇’二句比勉强從時，結處稍落窠臼”，亦不爲窠臼也。（**李鴻裔乙評**）此類詩若有意作態，自是“窠臼”，此則收到五鼓不寐，何得以“窠臼”目之？

次韻答章傳道見贈

（**杭世駿眉**）浩氣包舉，無屑屑補綴之苦，故是傑作。（**紀昀眉**）鋒芒太露，而縱横之氣自爲可愛。

並生天地宇，同閲古今宙。(**蕭奇中眉**)宇宙折押得新。(**紀昀夾**)既曰“天地”又曰“宇”，既曰“古今”又曰“宙”，未爲妥協。視下則有高，無前孰爲後。達人千鈞弩，一弛難再彀。下士沐猴冠，(**蕭奇中夾**)亦遥對法。已繫猶跳驟。欲將駒過隙，坐待石穿溜。(**蕭奇中眉**)愚人坐此，智士亦坐此，可傷。君看漢唐主，宫殿悲麥秀。而况彼區區，何異一醉富。鵷鶵非所養，俯仰眩金奏。髑髏有餘樂，(**蕭奇中夾**)意亦遥對。不博南面后。嗟我昔少年，守道貧非疚。自從出求仕，役物恐見囿。馬融既依梁，班固亦事竇。效顰豈不欲，頑質謝鐫鏤。仄聞長者言，婞直非養壽。(**蕭奇中眉**)奈何？唾面慎勿拭，出胯當俯就。居然成懶廢，敢復齒豪右。子如照海珠，網目疏見漏。宏材乏近用，巧舞困短袖。坐令傾國容，臨老見邂逅。吾衰信久矣，書絶十年舊。門前可羅雀，感子煩屢叩。願言歌緇衣，子粲還予授。(**彭元瑞夾**)“予”當作“子”。

法惠寺横翠閣

(**紀昀眉**)短峭而雜以曼聲，使人愴然易感。(**毛西原眉**)紀云“短峭而雜以曼聲，使人愴然易感”。

朝見吴山横，暮見吴山縱。(**劉辰翁夾**)“從”“横”亦奇。(**毛西原眉**)起筆從“朝發黄牛，暮宿黄牛”得來。吴山故多態，轉側爲君容。(**紀昀夾**)起得峭拔。(**毛西原眉**)紀云“起得峭拔”。(**《角山樓》評**)一起，不泥定“横”字著筆，四語生動有力。幽人起朱閣，空洞更無物。惟有千步岡，東西作簾額。(**翁同書夾**)是“横翠”。(**《角山樓》評**)坐實“横翠”。(**高步瀛評**)以上寫景，以下寫情。春來故國歸無期，(**《角山樓》評**)入人情。人言悲秋春更悲。已泛平湖思濯錦,更看横翠憶峨眉。(**何紹基乙眉**)思家何太切。雕欄能得幾時好,(**《角山樓》評**)綰"閣"。不獨憑欄人易老。(**紀昀夾**)眼前真[境],而自來未經人道。百年興廢更堪哀,懸知草莽化池臺。(**《角山樓》評**)淺語甚真,調亦流便,在集中别是一色筆墨。游人尋我舊游處,但覓吴山横處來。(**《角山樓》評**)收"横翠"。

【彙評】

劉辰翁:映得徹,亦好。

汪師韓:作初唐體,清麗芊眠,神韻欲絶。

吴汝綸:奇氣横溢。

賴山陽:世服蘇之廣長舌,不知其收舌不盡展者更好。……《横翠閣》……皆豐約合度,姿態可觀。

毛西原:感忱纏綿,音節宛妙。

祥符寺九曲觀燈

紗籠擎燭迎門入,銀葉燒香見客邀。金鼎轉丹光吐夜,寶珠穿蟻鬧連宵。(**杭世駿眉**)四句平頭。(**紀昀夾**)三、四刻畫"九"字小樣。(**翁同書眉**)切"九"有巧思。(**錢廷錦甲夾**)"擎燭"九曲。波翻焰裏元相激,魚舞湯中不畏焦。(**紀昀夾**)何其陋鄙乃爾!(**錢廷錦甲眉**)不過是言魚燈耳。明日酒醒空想像,清吟半逐夢魂銷。

【彙評】

劉辰翁:兩九曲事兒戲。

上元過祥符僧可久房蕭然無燈火

門前歌鼓鬥分朋，一室清風冷欲冰。不把琉璃閑照佛，始知無盡本無燈。

正月二十一日病後述古邀往城外尋春

(紀昀眉)語意道上。**(毛西原眉)**紀云“語意道上”。

屋上山禽苦喚人，**(錢廷錦甲夾)**春。檻前冰沼忽生鱗。老來厭逐紅裙醉，病起空驚白髮新。**(毛西原眉)**清穩。卧聽使君鳴鼓角，**(錢廷錦甲夾)**述古。**(查慎行評)**述古時爲杭州太守，故詩中呼爲“使君”。試呼稚子整冠巾。曲欄幽榭終寒窘，**(錢廷錦甲夾)**城外尋春。一看郊原浩蕩春。**(劉辰翁夾)**終是氣魄。**(蕭奇中眉)**眼力胸量。**(紀昀眉)**結句寫出胸次。**(毛西原眉)**紀云“結句寫得胸次出”。

有以官法酒見餉者因用前韻求述古爲移厨飲湖上

喜逢門外白衣人，欲膾湖中赤玉鱗。游舫已妝吴榜穩，舞衫初試越羅新。**(蕭奇中眉)**興豪。**(何焯眉)**香山後身。欲將漁釣追黄帽，未要靴刀抹絳巾。芳意十分强半在，爲君先踏水邊春。

飲湖上初晴後雨二首

(紀昀眉)二詩本色却佳。**(毛西原眉)**紀云“二詩本色却佳”，此二首紀只單圈。

朝曦迎客豔重岡，晚雨留人入醉鄉。此意自佳君不會，一杯當屬水仙王。（**湖上有水仙王廟。**）

水光瀲灩晴方好，山色空濛雨亦奇。（**查慎行評**）多少西湖詩被二語掃盡，何處著一毫脂粉顔色。欲把西湖比西子，淡妝濃抹總相宜。（**王文誥夾**）此是名篇，可謂前無古人，後無來者。公凡西湖詩，皆加意出色，變盡方法。然皆在《錢塘集》中。其後帥杭，勞心災賑，已無復此種傑構，但云"不見跳珠十五年"而已。（**潘奕雋夾**）一時即景興到語，遂成西湖千古定評。（**陳衍評**）後二句遂成爲西湖定評。（**毛西原眉**）語意新。

【彙評】

王文濡：因西湖而憶及西子，比例殊妙！

往富陽新城李節推先行三日留風水洞見待

（**方東樹評**）小詩有韻。

春山磔磔鳴春禽，此間不可無我吟。路長漫漫傍江浦，此間不可無君語。（**劉辰翁夾**）活動。（**譚元春評**）上四句，初入口如鮑明遠《行路難》，不覺驚動。（**蕭奇中眉**）摇曳有情。（**紀昀眉**）磊磊落落，起法絶佳。（**毛西原眉**）紀云"磊磊落落，起法絶佳"。金魚池邊不見君，追君直過定山村。（**毛西原眉**）先生《詩話》："舊讀子美《六和塔詩》：'松橋待金鯽，竟日獨遲留。'翁初不喻此語，及錢塘，乃知寺後池中有此魚，如金色也。"路人皆言君未遠，騎馬少年清且婉。風岩水穴舊聞名，只隔山溪夜不行。溪橋曉溜浮梅萼，知君繫馬岩花落。(**劉辰翁夾**)好。(**杭世駿眉**)造語見致,下半篇始不憂平鈍。出城三日尚逶遲,妻孥怪罵歸何時。世上小兒誇疾走,如君相待今安有。(**袁宏道評**)結句入理便不佳。(**譚元春評**)[袁宏道]指此爲理路,别是一見,然自不妨耳。(**劉辰翁夾**)好。(**蕭奇中夾**)感慨繫之。(**陳仁錫眉**)道心生。(**紀昀眉**)一結索然。(**王文誥夾**)戛然便住,奇絶。(**潘奕雋夾**)音節絶佳。

【彙評】

陳衍:此種作法,最患平衍,節節轉韻,稍不直致。

毛西原:兩句一换韻,音節絶佳。

風水洞二首和李節推

風轉鳴空穴,泉幽瀉石門。虚心聞地籟,妄意覓桃源。(**蕭奇中夾**)對妙。過客詩難好,(**蕭奇中夾**)妙。居僧語不繁。(**杭世駿眉**)二語可爲山寺齋榜,惜無人拈出。(**蕭奇中夾**)佳。歸瓶得冰雪,清冷慰文園。

山前雨水隔塵凡,山上仙風舞檜杉。(**紀昀眉**)"風""水"二字分疏匀稱,但語皆不工耳。細細龍鱗生亂石,團團羊角轉空岩。(**劉辰翁夾**)却兒語。(**紀昀眉**)清風、仙風總不至此。(**嚴虞惇夾**)雙承。馮夷窟宅非梁棟,禦寇車輿謝轡銜。(**翁同書眉**)中二聯風水分寫。世事漸艱吾欲去,永隨二子脱讒讒。

【彙評】

汪師韓:好景宜得好詩,乃偏以詩之難好,見其景之絶奇,工於翻案。

莫友芝乙:逐句板板分開,而絶不見肥重之迹。於此可以參矣。

獨游富陽普照寺

(**紀昀眉**)此種詩,寺寺可題,何必普照;人人可題,何必東坡。秋谷"詩中有人"之説,真篤論也。

富春真古邑,此寺亦唐餘。(**查慎行丙評**)李白詩:"天台國清寺,天下爲四絶。今爲普照游,到來復何别?"據此,唐時已有此寺,與本詩第二句正合。鶴老依喬木,龍歸護賜書。連筒春水遠,出谷晚鐘疏。欲繼江潮韻,(**趙克宜評**)句晦。何人爲起予。

【彙評】

趙克宜:唐人題山寺詩,多言見前景色,此外更無切題之法,亦無王不可移之孟、岑不可移之高之作。紀評純是門户習氣,然防微杜漸,亦不可少。"詩中有人",乃吴修齡説,非秋谷也。

自普照游二庵

(**何焯眉**)幽光溢紙。

長松吟風晚雨細,東庵半掩西庵閉。(**查慎行評**)劈頭二句,全題已無餘景,以後都入議論。山行盡日不逢人,浥浥野梅香入袂。居僧笑我戀清景,自厭山深出無計。(**蕭奇中夾**)俗僧如是。我雖愛山亦自笑,獨往神傷後難繼。(**蕭奇中眉**)"神傷"二字,誰知之? 誰説之? 譚友夏有云"最高□□亦傷神"。(**彭元瑞眉**)"幽獨""神傷”，全用杜句。作“獨往”，非是。（**何焯眉**）每入山行聞松濤，愛其清絶，留連不能去，久住則又苦其百物皆難致，太冷淡枯槁也。（**王文誥夾**）今屢復此詩，必如“獨往”二字，始與下句緊接，若用“幽獨”，則前後脱氣矣。觀結句，“往”字是通篇詩眼，去此一字，其病尚不止“出無計”句承不清也。不如西湖飲美酒，紅杏碧桃香覆髻。作詩寄謝采薇翁，本不避人那避世。

【彙評】

汪師韓：清幽之趣，微妙之音，司空圖《詩品》中未曾道及。

富陽妙庭觀董雙成故宅發地得丹鼎覆以銅盤承以琉璃盆盆既破碎丹亦爲人争奪持去今獨盤鼎在耳二首

（**何紹基乙眉**）一路詩，殊無超作。

人去山空鶴不歸，丹亡鼎在世徒悲。可憐九轉功成後，却把飛升乞内芝。（**查慎行評**）“乞”字讀如“氣予”也。

琉璃擊碎走金丹，無復神光發舊壇。時有世人來舐鼎，欲隨雞犬事劉安。

新城道中二首

（**何焯旁**）初白庵蘇詩注：“此詩係晁令和答前作，非蘇詩也。”（**何焯夾**）二首皆有句而無章。

東風知我欲山行，吹斷檐間積雨聲。（**蕭奇中眉**）用事的似。（**錢陸燦夾**）此等句，宋人佳境，實惡道也。（**錢廷錦乙眉**）起佳。嶺上晴雲披絮帽，樹頭初日挂銅鉦。（**譚元春評**）"絮帽""銅鉦"，偏有此一幅酸料。（**紀昀眉**）起有神致，三、四自惡，不必曲爲之諱。（**紀昀評**）"絮帽""銅鉦"，究非佳字。（**陸次雲評**）起得最好，"絮帽""銅鉦"語，在長公不妨，不可爲法。（**趙克宜評**）取譬極拙，真是小兒語。俗人所賞偏在此等，詩道之所以不振也。（**王文濡評**）描寫雨後嶺、樹之景。（**毛西原眉**）紀云"起有神致，三、四自惡，不必曲爲之諱"。野桃含笑竹籬短，溪柳自摇沙水清。（**王文濡評**）寫道中所見。西崦人家應最樂，煮芹燒筍餉春耕。（**王文誥夾**）此詩上節，叙早發新城也。此詩下節，行及半道，時已"餉耕"也。

【彙評】

方回：東坡爲杭倅時詩。熙寧六年癸丑二月，循行屬縣，由富陽至新城，有此作。三、四乃是早行詩也，起句十四字妙，五、六亦佳，但三、四頗拙耳。所謂"武庫森然，不無利鈍"，學者當自細參而默會。雖山谷少年詩亦有不甚佳者，不可爲前輩隱諱也。坡是年三十八歲，晁無咎之父端友令新城，故和篇有云："小雨足時茶户喜，亂山深處長官清。"此乃佳句。

紀昀：此乃平心之論，無依附門墻之俗態。

汪師韓："絮帽""銅鉦"，未免著相矣。有"野桃""溪柳"一聯，鑄語神來。常人得之，便足以名世。

身世悠悠我此行，溪邊委轡聽溪聲。（**錢廷錦甲眉**）叠前韻起手便含下，妙。（**何焯眉**）起二句新。散材畏見搜林斧，（**蕭奇中夾**）亦以所見及之。疲馬思聞卷旆鉦。細雨足時茶户喜，亂山深處長官清。（**蕭奇中眉**）"長官清"，於亂山深處得之，可思，可感。（**翁同書

眉)時新城令爲晁無咎之父端友,字君誠,故有"長官清"之語。(**陳仁錫眉**)前句更佳,堪作《茶經》。(《**角山樓**》**評**)此聯清儁。(**陳衍評**)第六句有微詞。人間岐路知多少,(**錢廷錦甲夾**)挽起處。試向桑田問耦耕。(**何紹基乙眉**)清幽感慨。

【彙評】

查慎行:世俗刻本皆以後一首混入蘇集,據此可證其非。

查慎行丙:《新城道中》二首,諸刻本皆入先生集,宋雕本亦然。方回《瀛奎律髓》止載前一首,而評其下云:"東坡爲杭倅時詩。熙寧六年癸丑二月,循行屬縣,由富陽至新城,有此作。是年三十八歲,晁無咎之父端友令新城,故和篇有云:'小雨足時茶户喜,亂山深處長官清。'此乃佳句。"方回南宋人,其言必有所本,則第二首乃晁作也,向來無有辯證者。

李鴻裔乙:詩極佳,然與坡仙路徑迥别。

王文濡:前首寫道中所見,後首則傷感身世,殊有言外意。

山村五絶

(**紀昀眉**)五首語多露骨,不爲佳作。

竹籬茅屋趁溪斜,春入山村處處花。(**蕭奇中夾**)輕。無象太平還有象,(**錢廷錦乙夾**)不似詩。孤煙起處是人家。(**王文誥夾**)五絶並佳,而此篇第一。"還有象"亦帶諷意,却以下句瞞過上句。如著意寫炊煙,上句必不如是設想。曉嵐評此一路詩,皆非是。

煙雨濛濛雞犬聲,有生何處不安生。(**蕭奇中夾**)是,是。但教黄犢無人佩,布穀何勞也勸耕。(**蕭奇中眉**)可畫。

老翁七十自腰鐮，慚愧春山筍蕨甜。豈是聞韶解忘味，邇來三月食無鹽。（**翁同書旁**）《詩案》謂"譏鹽法太峻"。（**錢廷錦甲眉**）如鹽禁也。（**何紹基乙眉**）刺時之作，在絶句中殊少。（**查慎行評**）此詩亦似譏刺鹽法太嚴而作。（**王文誥夾**）據此文，則詩爲實録矣。（**毛西原眉**）意譏新法也，竟以賈罪，可畏哉！傳之，風味却佳。

杖藜裹飯去匆匆，過眼青錢轉手空。（**蕭奇中夾**）高興。贏得兒童語音好，一年强半在城中。（**翁同書旁**）《詩案》謂"譏新法青苗助役不便"。（**查慎行評**）《詩案》云："此詩以諷青苗助役不便也。"

竊禄忘歸我自羞，豐年底事汝憂愁。不須更待飛鳶墜，方念平生馬少游。（**蕭奇中眉**）亦可云知足知休者。（**江藩評**）此首因時政之弊，約子由解組歸田也。"我"，公自謂也。"汝"，謂子由也。故用馬少游事作結，與"阿奴碌碌"二句同意，特未注明子由耳。

湖上夜歸

（**紀昀眉**）句句摹神，真而不俚。（**毛西原眉**）紀云"句句摹神，真而不俚"。

我飲不盡器，半酣尤味長。籃輿湖上歸，春風吹面凉。（**潘奕雋夾**）在白、李之間。行到孤山西，夜色已蒼蒼。清吟雜夢寐，得句旋已忘。（**蕭奇中夾**）真境。（**紀昀眉**）"清吟"二句神來。（**毛西原眉**）紀云"'清吟'二句神來"。尚記梨花村，（**蕭奇中夾**）"尚記"妙。依依聞暗香。（**何焯眉**）形容半酣，非醒時所能道。入城定何時，

(**蕭奇中眉**)笙欲醉夢間。賓客半在亡。睡眼忽驚矍,繁燈鬧河塘。市人拍手笑,狀如失林獐。(《**角山樓**》**評**)形容看燈之人奔忙也。始悟山野姿,異趣難自强。人生安爲樂,(**查慎行評**)"安"疑當作"要"。(**毛西原眉**)查云"'安'當作'要'"。(《**角山樓**》**評**)言何以爲樂也。吾策殊未良。(**王文誥夾**)自謂山野之狀,本不合作官人,入城市,以其不類而笑也。全用此意作結,亦自慨之詞。(**范大士評**)結句應"半酣",真有津津餘味。

【彙評】

劉辰翁:醉翁滁州安得此。

《**角山樓**》:逐步細寫,情節絶不直致。

毛西原:此老坡本色詩。

寒食未明至湖上太守未來兩縣令先在

(**劉辰翁旁**)盛事可想。

城頭月落尚啼烏,烏榜紅舷早滿湖。鼓吹未容迎五馬,水雲先已颺雙鳧。映山黄帽螭頭舫,夾道青煙鵲尾爐。老病逢春只思睡,獨求僧榻寄須臾。(**何紹基甲眉**)好不耐煩,太守可知?(**何紹基乙眉**)好不耐煩。

次韻孫莘老見贈時莘老移廬州因以别之

爐錘一手賦形殊,造物無心敢忘渠。(**紀昀眉**)次句宋人野調。我本疏頑固當爾,子猶淪落况其餘。(**紀昀夾**)三、四江西句法。(**蕭奇中眉**)篤理,一父之子有舜、象。一君之臣有皋、驩。龔黄側畔難言政,羅趙前頭且眩書。(**莘老見稱政事與書,而莘老書至不工。**)(**查慎行評**)五、六皆公自謂。惟有陽關一杯酒,殷勤重唱贈離居。

【**彙評**】

劉弘:先生言莘老賢能,尚爾淹留補外,況我之疏頑乎?嘆惜之情溢於詞表。

贈　別

(**蕭奇中眉**)風弦雪管,可宫可商。

青鳥銜巾久欲飛,黄鶯别主更悲啼。殷勤莫忘分攜處,湖水東邊鳳嶺西。

次韻代留别

(**紀昀眉**)語有情韻。(**毛西原眉**)紀云"語有情致"。

絳蠟燒殘玉斝飛,(**蕭奇中眉**)仙。離歌唱徹萬行啼。他年一舸鴟夷去,應記儂家舊住西。

【**彙評**】

毛西原:姓西無理,而有韻致。

月兔茶

(**查慎行評**)涪州有廢都濡縣,即黄山谷所稱“都濡月兔茶”者。

(**紀昀眉**)東坡乃有此惡劄。

環非環,玦非玦,中有迷離玉兔兒。一似佳人裙上月,月圓還缺缺還圓,此月一缺圓何年。君不見鬥茶公子不忍鬥小團,上有雙銜綬帶雙飛鸞。(**杭世駿眉**)“中有”“上有”,調不避複耶?

【**彙評**】

劉辰翁:自爲此論。

李鴻裔乙:頗似小説中潑調,或編時誤收,必非東坡之作。

薄命佳人

(**紀昀眉**)題鄙甚,詩却不失古格。

雙頰凝酥髮抹漆,眼光入簾珠的皪。故將白練作仙衣,不許紅膏污天質。吴音嬌軟帶兒癡,無限閑愁總未知。自古佳人多命薄,閉門春盡楊花落。

吉祥寺花將落而述古不至

今歲東風巧剪裁,含情只待使君來。對花無信花應恨,直恐明年便不開。(**蕭奇中夾**)太直。

述古聞之明日即來坐上復用前韻同賦

(**蕭奇中夾**)亦佳。

仙衣不用剪刀裁,國色初酣卯酒來。太守問花花有語,爲君零落爲君開。(**查慎行丙評**)"盡日問花花不語,爲誰零落爲誰開?"全首載《松陵唱和集》,唐嚴惲《惜花》絶句也。

李鈐轄坐上分題戴花

(**杭世駿眉**)出題清老,正寫亦妙。(**紀昀眉**)氣味似玉溪生。

二八佳人細馬馱,十千美酒渭城歌。(**莫友芝乙評**)甚工細而不覺其刻畫,所以爲大家。簾前柳絮驚春晚,頭上花枝奈老何。露濕醉巾香掩冉,月明歸路影婆娑。緑珠吹笛何時見,欲把斜紅插皂羅。(**蕭奇中夾**)好看。

【彙評】

劉辰翁:慷慨巉巖,句句見題。

劉弘:此詩先生傷己感物之情隱然可見,劉辰翁所謂"慷慨巉巖,句句見題"是也。

《**角山樓**》:偶效楊、劉體格,真乃絶似。

於潛令刁同年野翁亭

(**紀昀眉**)野氣太重,似晚唐人七古下調。

山翁不出山,溪翁長在溪。(**前二令作二翁亭。**)不如野翁來往溪山間,上友麋鹿下鳧鷖。問翁何所樂,三年不去煩推擠。翁言此間亦有樂,非絲非竹非蛾眉。山人醉後鐵冠落,(**蕭奇中夾**)樂處。溪女笑時銀櫛低。我來觀政問風謡,皆云吠犬足生氂。但恐此翁一旦捨此去,長使山人索寞溪女啼。(**天目山唐道士常冠鐵冠,於潛婦女皆插大銀櫛,長尺許,謂之蓬沓。**)(**劉辰翁旁**)今人必以爲於潛病矣,賴此注有理。

於潛女

青裙縞袂於潛女,兩足如霜不穿屨。(**蕭奇中夾**)怪。鰌沙鬢髮絲穿杼,(**錢廷錦乙夾**)"鰌",竹加切。(**錢廷錦甲夾**)正言其"蓬沓"也。蓬沓障前走風雨。老濞宫妝傳父祖,至今遺民悲故主。(**紀昀夾**)二句横亘中間,殊無頭緒。苕溪楊柳初飛絮,照溪畫眉渡溪去。逢郎樵歸相媚嫵,不信姬姜有齊魯。(**何焯眉**)古意。

【彙評】

汪師韓:村莊野景,寫出翛然自得,練響選和,可入樂府。

自昌化雙溪館下步尋溪源至治平寺二首

(**查慎行評**)雙溪在縣南,范石湖詩"翠染南山擁縣門,一淵横絶兩溪分"即此。

亂山滴翠衣裘重,雙澗響空窗户摇。飽食不嫌溪筍瘦,穿林閑覓野芎苗。(**紀昀夾**)"苗"字如何對"瘦"字。却愁縣令知游寺，尚喜漁人争渡橋。（**紀昀眉**）六句用《莊子》“争席”意。正似醴泉山下路，桑枝刺眼麥齊腰。

每見田園輒自招，倦飛不擬控扶摇。共疑楊惲非鋤豆，誰信劉章解立苗。（**劉辰翁夾**）事强。老去尚餐彭澤米，夢歸時到錦江橋。宦游莫作無家客，舉族長懸似細腰。（**蕭奇中夾**）可笑。

於潛僧緑筠軒

（**杭世駿眉**）措語故妙，既是僧軒，則在題爲不稱。（**紀昀眉**）與《月兔茶》詩相埒。

可使食無肉，不可居無竹。（**孫顥元校録**）按《晉書》，“種竹”爲王徽之事，徽之字子猷，羲之子也，《世説》並同。附見王十朋集注本。無肉令人瘦，無竹令人俗。人瘦尚可肥，士俗不可醫。（**蕭奇中夾**）至言。（**錢廷錦甲眉**）宋本倒轉勝。旁人笑此言，似高還似癡。若對此君仍大嚼，世間那有揚州鶴。

【彙評】

趙克宜：此不成詩。而流傳衆人之口，須知其以語句淺俗便於援引而傳，非以詩之工而傳也。

陳衍：此詩從《史記·滑稽傳》化出。

與臨安令宗人同年劇飲

（**查慎行評**）按《欒城集》，“宗人”乃蘇世美。（**紀昀眉**）清而淺。

我雖不解飲,把盞歡意足。試呼白髮感秋人,令唱黄雞催曉曲。與君登科如隔晨,敝袍霜葉空殘緑。如今莫問老與少,兒子森森如立竹。(**杭世駿眉**)獨造。黄雞催曉不須愁,(**錢廷錦乙眉**)何復頂此句,無味。老盡世人非我獨。(**蕭奇中眉**)"獨"字佳。(**翁同書眉**)合注子由詩"聞道渠家八丈夫,他日歸耕免幽獨",即此詩第八句意。

【彙評】

劉辰翁:起結矯矯。

寶山晝睡

(**查慎行評**)先生自記詩後云:予昔在錢塘,一日晝寢寶山僧舍,起題壁云云。其後有數小子亦題名壁上,見者乃謂余誚之也。周伯仁所謂君者,乃王茂宏之流,豈此輩哉?(**紀昀眉**)粗獷。

七尺頑軀走世塵,(**蕭奇中眉**)惟"頑"故"走"。十圍便腹貯天真。此中空洞渾無物,何止容君數百人。

卷 五

詩一百三首

僧清順新作垂雲亭

(**孫顥元校録**)此詩及《陳述古垂雲亭》詩,俱作於熙寧中,則亭必非元豐時作。(**紀昀眉**)力摹昌黎,而氣機流走處,仍是本色耳。○摹古須見幾分本色,方不是雙鈎填廓。(**翁同書眉**)似柳州諸記。(**何紹基乙眉**)得議論詩亦自佳。(**蕭奇中眉**)工於構勝。(**毛西原眉**)紀云"力摹昌黎,而氣機流走,仍是本色"。又云"摹古須見幾分本色,方不是雙鈎填廓。'雄觀'二句,置之韓集中,不可復辨"。

江山雖有餘,亭榭苦(**一作著**)難穩。(**紀昀眉**)次句言從前亭榭不得地也。然究是趁韻。(《**角山樓**》**評**)翻起警策。"著難穩"言難於得地,本極圓醒,紀本"著"誤爲"苦",而譏其"趁韻",疏矣。登臨不得要,萬象各偃蹇。(**查慎行評**)有此二句,生出中間一段景色。分明一反一正,能令觀者目眩。(**何焯眉**)學韓便入妙。惜哉垂雲軒,此地得何晚。天功争向背,(《**角山樓**》**評**)扼要語,領起下文。詩眼巧增損。(**何焯眉**)少陵《渼陂西南臺》體格。路窮朱欄出,(《**角山樓**》**評**)四聯鋪叙。山破石壁狠。海門浸坤軸,湖尾抱雲巘。(**何焯夾**)雄觀。葱葱城郭麗,(**蕭奇中夾**)妙盡。淡淡煙村遠。(**蕭奇中夾**)好。紛紛烏鵲去,一一漁樵返。(**何焯夾**)微景。雄觀快新獲，(《**角山樓**》**評**)頓束道煉。微景收昔遁。(**蕭奇中夾**)後二字精。(**杭世駿眉**)□□雄渾，得□□真髓。(**紀昀夾**)置之韓集，不可復辨。(**何焯眉**)純乎昌黎。道人真古人，(《**角山樓**》**評**)入僧順清。嘯詠慕嵇阮。(**翁同書夾**)入清順。空齋卧蒲褐，芒屨每自捆。天憐詩人窮，乞與供詩本。我詩久不作，荒澀旋鋤墾。從君覓佳句，咀嚼廢朝飯。

【彙評】

汪師韓：鍛煉之工，字字創獲，至"天功争向背"以下十二句，忽作排對，而風骨益覺峻聳。詩有排對，自晉有之，二陸、顔、謝已層見疊出，至於王褒、庾信之篇，但略研聲病，即成唐律，而詩體日趨靡曼矣。此作刻削傲岸，具體昌黎，若僅謂體格如少陵《渼陂西南臺》等篇，則猶未盡其風力也。

五月十日與吕仲甫周邠僧惠勤惠思清順可久惟肅義詮同泛湖游北山

三吴雨連月，湖水日夜添。尋僧去無路，潋潋水拍檐。(**紀昀夾**)用義山"水齊檐"語。(**翁同書眉**)紀評義山有"水齊檐"語，四句所本。駕言徂北山，得與幽人兼。清風洗昏翳，晚景分濃纖。縹緲朱樓人，斜陽半疏簾。(**蕭奇中夾**)可想。(**蕭奇中眉**)與"秦川一半夕陽開"同妙。(**紀昀夾**)如畫。臨風一揮手，悵焉起遐瞻。世人騖朝市，獨向溪山廉。此樂得有命，輕薄神所殲。(**紀昀眉**)"殲"字太甚。

會客有美堂周邠長官與數僧同泛湖往北山湖中聞堂上歌笑聲以詩見寄因和二首時周有服

藹藹君詩似嶺雲,從來不許醉紅裙。不知野屐穿山翠,惟見輕橈破浪紋。頗憶呼盧袁彦道,難邀罵座灌將軍。(**皆取其有服也。**)(**杭世駿眉**)二語切"有服"。(**紀昀夾**)究非佳事。(**翁同書眉**)"袁彦道"一聯,用事切當。(**錢廷錦甲眉**)二句皆貼"有服"。(**毛西原眉**)紀云"五、六究非佳事"。晚風落日元無主,不惜清涼與子分。(**趙克宜評**)使事精切,是東坡本領。"罵座"雖非佳事,運用何嘗不佳。但題可寫處甚多,專從"有服"著想,則纖仄矣。題末四字亦似爲此聯添注也。

【彙評】

劉弘:"不許醉紅裙"及袁、灌故事,皆因周有服取用。

載酒無人過子雲,掩關晝卧客書裙。歌喉不共聽珠貫,醉面何因作纈紋。僧侶且陪香火社,(**錢廷錦甲夾**)切僧。詩壇欲斂鸛鵝軍。憑君遍繞湖邊寺,漲渌晴來已十分。

【彙評】

汪師韓:山水清音,氣韻自别。按周邠原作見《咸淳臨安志》,結云:"莫辭上馬玉山倒,已是遲留至夜分。"前詩結語蓋答其意。

《**角山樓**》:此詩全爲押韻起見,無他好處。

席上代人贈别三首

(**紀昀眉**)卑俗。

凄音怨亂不成歌,縱使重來奈老何。(**蕭奇中夾**)傷哉。淚眼無窮似梅雨,一番勻了一番多。(**杭世駿眉**)却是唐音,可爲知者道也。

天上麒麟豈混塵,籠中翡翠不由身。那知昨夜香閨裏,更有偷啼暗别人。

蓮子劈開須見臆,楸枰著盡更無期。破衫却有重逢處,一飯何曾忘却時。(**蕭奇中眉**)巧,詩也而吴歌矣。

【彙評】

趙克宜:此讀曲歌遺音,存之以備公之一體,論工處尚未及前人耳。

唐道人言天目山上俯視雷雨每大雷電但聞雲中如嬰兒聲殊不聞雷震也

(**蕭奇中夾**)奇。(**紀昀眉**)狂語近粗。

已外浮名更外身,(**蕭奇中夾**)起法。區區雷電若爲神。山頭只作嬰兒看,無限人間失箸人。(**趙翼批**)意含蓄不盡。(**蕭奇中眉**)何等平常如此。

追和子由去歲試舉人洛下所寄詩五首暴雨初晴樓上晚景

(**陳衍評**)是能字向紙上皆軒昂者。

秋後風光雨後山,滿城流水碧潺潺。煙雲好處無多子,及取昏鴉未到間。(**紀昀眉**)此首較有風致,次首亦可,餘皆平平。

洛邑從來天地中,嵩高蒼翠北邙紅。風流耆舊消磨盡,只有青山對病翁。(**謂富公也。**)(**紀昀眉**)末二句有世道之感。○"蒼翠""紅""青",未免太複。(**王文誥夾**)據詩,"蒼翠"指嵩高樹色,"紅"指北邙塵埃,分析甚明。曉嵐加入"青"字,自爲轇轕。又云"太複",與詩毫無干涉。

白汗翻漿午景前,雨餘風物便蕭然。應傾半熟鵝黄酒,照見新晴水碧天。(**譚元春評**)此順快詩耳,袁[宏道]賞之過甚。

疾雷破屋雨翻河,一掃清風未覺多。應似畫師吴道子,高堂巨壁寫降魔。(**紀昀眉**)此首趁韻。

客路三年不見山,上樓相對夢魂間。明朝却踏紅塵去,羞向清伊照病顔。

過廣愛寺見三學演師觀楊惠之塑寶山朱瑶畫文殊普賢三首

(**紀昀眉**)題脱"和子由"三字。(**潘奕雋眉**)公五言蒼老縱横,直接工部,而一種蕭散之致出自天分,故當自名一家。

寓世身如夢,安閑日似年。敗蒲翻覆卧,破衲再三連。勸客眠風竹,長齋飲石泉。回頭萬事錯,自笑覺師賢。

妙迹苦難尋,兹山見幾層。亂峰螺髻出,絶澗陣雲崩。(**蕭奇中夾**)卓掉。措意元同畫,觀空欲問僧。(**何焯夾**)用惠之學畫不成去學塑事。莫教林下意,終老嘆何曾。

朱瑶唐晚輩,(**杭世駿眉**)"瑶"應作"繇",後詩云"更稱朱繇爲道玄",《宣和畫譜》亦作"繇"。得法尚雄深。(**蕭奇中夾**)精神。滿寺空遺迹,何人識苦心。長廊欹雨脚,破壁撼鐘音。成敗無窮事,他年復吊今。(**蕭奇中眉**)前惟老杜,後老蘇。

韓子華石淙莊

(**蕭奇中眉**)爲子華發出治莊本意,真經濟語,不止游眺情源。(**紀昀眉**)此卷多率筆應酬之作,此詩特爲深警,故知有物之言,不同浮響。又見無所取義而作詩,雖東坡亦不能佳。〇此首與《廣愛寺》詩,同和子由洛下作也。(**何紹基甲眉**)非許昌。

絳侯百萬兵,尚畏書牘背。功名意不已,數與危機會。(《**角山樓**》**評**)通篇以勇退作骨,起用反跌,沉著有力。我公抱絶識,凛凛鎮横潰。欲收伊吕迹,遠與巢由對。(《**角山樓**》**評**)奇警。誓言雖未從,久已斷諸内。(**蕭奇中眉**)卓哉。區區爲懷祖,頗覺羲之隘。(**蕭奇中夾**)可以論人。此身隨造物,一葉舞澎湃。田園不早定,歸宿終安在。(**查慎行評**)説得切實。(《**角山樓**》**評**)跌起"石淙莊"。彼美石淙莊,每到百事廢。泉流知人意,(**蕭奇中夾**)好。屈折作濤瀨。寒光洗肝膈,清響跨竽籟。(《**角山樓**》**評**)"泉流"兩聯,洗發"石淙"。我舊門前客,(《**角山樓**》**評**)入自己作詩本旨。放言不自外。(**翁同書眉**)《合注》:子華爲先生舉主,於推重之中寓規勸之意,故曰"我舊門前客,放言不自外"也。園中亦何有,薈蔚可勝計。請公試回首,歲晚餘蒼檜。(**紀昀眉**)莊語妙無腐氣。(《**角山樓**》**評**)末四句惟次公得其用意,云草木雖薈蔚茂盛,而歲晚黄落,其不凋者惟蒼檜耳,所以重比韓公也。

【彙評】

汪師韓:此蓋嫉世之貪位冒禄者。軾通道藏,又嘗撰《廣成子解》,故有取乎老莊知足不辱之旨,非爲韓絳有手疏之詞,遂順其意而稱道之也。

查慎行丙:此詩施氏原注稱:"子華尊忠憲公之命,服闕誓墓。年五十,請謝事,上疏,引王羲之'去君不仕'云云。章屢上,不允。先生此詩'誓言雖未從'四句,乃用子華表語,其推重子華如此。"愚謂不然。按子華前後兩入相,皆在熙寧中。初創役法之議,安石倚以爲助。後與吕惠卿不合,請帝再用安石。計其歷仕三朝,出入内外,垂四十年,至元祐初,年七十六,始請老致仕。生平汲汲仕宦,不甘閑退,概可知矣。以史傳考之,熙寧三年自副樞密出爲陜西宣撫,以素不習兵,致慶卒作亂,罷知鄧州。此詩前四句用絳侯事,正指此。既而移許州,進文殿閣大學士,再相之際,駸駸已兆。而謂"迹同伊吕、心慕巢由",天下其誰信之!故一則曰"誓言雖未從",再則曰"田園不早定",此身碌碌,方以官爲家。彼石淙莊者洵美,而非吾土,其可謂"歸宿"之地乎?故終之以勸勉之詞曰:"請公試回首,歲晚餘蒼檜。"雖自托於"放言",實緣"賓舊"之故,而不敢"自外"。一篇之中,三致意焉,所謂"君子愛人以德"也。覽者不考生平,猥舉"誓墓"一節,謂子華爲恬退之流,失作者本旨矣。

立秋日禱雨宿靈隱寺同周徐二令

百重堆案掣身閑,(**紀昀眉**)爲民禱雨,不得謂之"掣身閑",立言少體。一葉秋聲對榻眠。(**潘奕雋夾**)從"宿"字起。(**彭元瑞夾**)點"二令"。(**翁同書夾**)立秋日。床下雪霜侵户月,(**錢廷錦乙眉**)床上安床。(**趙克宜評**)取譬甚拙。枕中琴筑落階泉。(**何焯旁**)次連關合無雨所以佳。崎嶇世味嘗應遍,寂寞山棲老漸便。(**張廷濟眉**)文忠是年三十八,已謂"老"。惟有憫農心尚在,起瞻雲漢更茫然。

（**蕭奇中眉**）是太守不愧金佛。（**彭元瑞夾**）轉找"禱雨"。（**紀昀眉**）倒挽"禱雨"。（**潘奕雋夾**）以"禱雨"結。（**翁同書眉**）結到"禱雨"，寫出心事。

【彙評】

劉弘：詩言撥冗宿此，而有月色泉聲之美。因言嘗過世位艱苦，不覺山棲清淡，老來相投。末則結著禱雨之意。

汪師韓：禱雨而曰"百重堆案掣身閑"，幾與嵇康書中言"性不耐煩而以游山澤、觀魚鳥爲樂"者無異矣。有末二句一證出心事，遂覺滿紙閑情俱成警色。用"雲漢"二字爲著題，正見與大雅詩人同其躑躅。

病中獨游净慈謁本長老周長官以詩見寄仍邀游靈隱因次韻答之

卧聞禪老入南山，净掃清風五百間。我與世疏宜獨往，君緣詩好不容攀。（**紀昀夾**）突入少緒。自知樂事年年減，難得高人日日閑。（**杭世駿眉**）押"閑"字遜元作。欲問雲公覓心地，要知何處是無還。（**《楞嚴經》云**）我今示汝無所還地。

病中游祖塔院

（**紀昀眉**）此種已居然劍南派，然劍南别有安身立命之地，細看全集自知。楊芝田專選此種，世人以易於摹仿而盛傳之，而劍南之真遂隱。（**毛西原眉**）紀於此詩不密圈，評云"此種已居然劍南派，然劍南别有安身立命處，細看全集自知。楊芝田專選此種，世人以易於摹仿而盛傳之，而劍南之真遂隱"。（**何焯眉**）此篇極爲竹垞所賞，似未盡先生之長。

紫李黄瓜村路香，烏紗白葛道衣凉。（**蕭奇中夾**）瀟灑。閉門野寺松陰轉，欹枕風軒客夢長。（**蕭奇中夾**）静極。因病得閑殊不惡，安心是藥更無方。（**錢廷錦甲眉**）病中。（**何焯眉**）自在。道人不惜階前水，借與匏樽自在嘗。（**何紹基乙眉**）季壽丈愛寫此詩。

【彙評】

劉弘：詩意切實自然。

汪師韓：不須矜才使氣，興會所到後，人自百摹不到，筆底定有神力護持。

方東樹：先寫游時景與情事，風味别勝，不比凡境。三、四寫院中景。五、六還題"病中"，兼切二祖。收將院僧自己綰合，亦自然本地風光，不是從外插入。

陳衍：寫景中要有興味，所謂有人存也。"亂山環合""十日春寒"各首皆是。

虎跑泉

亭亭石塔東峰上，此老初來百神仰。虎移泉眼趁行脚，龍作浪花供撫掌。（**蕭奇中夾**）妙。（**何紹基乙眉**）杭州龍井庵亭聯，即是"行脚"兩語。至今游人灑濯罷，卧聽空階環玦響。故知此老如此泉，莫作人間去來想。

佛日山榮長老方丈五絶

（**查慎行評**）《北史》：客問三教優劣，李士謙曰："佛，日也；道，月也；儒，五星也。""佛日"之義取此。（**紀昀眉**）五詩皆清灑，但無深味耳。

陶令思歸久未成，遠公不出但聞名。山中只有蒼髯叟，數里蕭蕭管送迎。

千株玉槊攙雲立，一穗珠旒落鏡寒。(**杭世駿眉**)不墮空寂，而以秀潤之筆寫之。(**翁同書眉**)"珠旒"謂瀑布或泉溜。何處霜眉碧眼客，結爲三友冷相看。

東麓雲根露角牙，細泉幽咽走金沙。不堪土肉埋山骨，未放蒼龍浴渥洼。(**翁同書旁**)王注：唐人多使"雲根"事爲石。

食罷茶甌未要深，清風一榻抵千金。腹摇鼻息庭花落，(**紀昀眉**)"腹摇鼻息"不雅。還盡平生未足心。

日射回廊午枕明，水沉銷盡碧煙横。山人睡覺無人見，只有飛蚊繞鬢鳴。

癸丑春分後雪

(**紀昀眉**)純寓牢騷，亦嫌其露。

雪入春分省見稀，半開桃李不勝威。(**紀昀夾**)"不勝威"字太腐。應慚落地梅花識，却作漫天柳絮飛。不分東君專節物，故將新巧發陰機。從今造物尤難料，更暖須留御臘衣。

【彙評】

劉弘：詩言春分後未嘗有雪，半開桃李不禁此寒威欺壓。次則形容春雪之意，不必逆解諷訕時事説。末言春深當暖，今復雪寒，造化難料如此,自後寒衣雖暖當備,深致"安不可忘危,寵不可忘辱"之意。

孤山二詠(並引)

孤山有陳時柏二株。其一爲人所薪,山下老人自爲兒已見其枯矣,(**張廷濟夾**)此又其一也。然堅悍如金石,愈於未枯者。僧志詮作堂於其側,名之曰柏堂。堂與白公居易竹閣相連。(**蕭奇中夾**)好。屬余作二詩以記之。

柏　堂

(**杭世駿眉**)□括不假,氣力何等老當,妙在意蘊蒼深,行所無事。

道人手種幾生前,鶴骨龍姿尚宛然。雙幹一先神物化,九朝三見太平年。(**紀昀眉**)三、四小巧。(**翁同書眉**)"九朝"句,對法不測之至。(**何紹基乙眉**)創語。(**何焯眉**)對句不測。忽驚華構依岩出,(**何焯夾**)名之曰"柏堂"。乞與佳名到處傳。此柏未枯君記取,灰心聊伴小乘禪。(**莫友芝乙評**)如此,則"乘"字本宜作去聲讀;不得謂去聲,用者爲非。

【彙評】

汪師韓:"雙幹"句,人所能道也。"九朝"句,對法不測之至。九朝,施注謂:自陳、隋、唐、五代至宋也。

方東樹:只如題叙去,而興象老氣自然,如秦漢法物,非近觀時玩,公之本色在此。嘗謂坡詩不可學,學則入於率直,無聲色留人處。所謂"學我者死"。

竹　閣

(**紀昀眉**)此首清妥。

海山兜率兩茫然，古寺無人竹滿軒。白鶴不留歸後語，蒼龍猶是種時孫。(**蕭奇中夾**)亦可感。兩叢却似蕭郎筆，千畝空懷渭上村。(**翁同書夾**)兩句切樂天。(**何焯眉**)樂天故居在渭上。欲把新詩問遺像，病維摩詰更無言。

【彙評】

方東樹：用本色叙題，三句一例，而用事尤入妙，如此豈他人所及！五、六還竹，仍切白。結句超妙入仙。

與述古自有美堂乘月夜歸

(**翁同書眉**)是與述古同歸，又見爲政風流，極一時之勝賞。(**何焯眉**)寫盡承平時節仕宦風流之樂，真如仙境。

娟娟雲月稍侵軒，瀲瀲星河半隱山。(**翁同書夾**)二句夜不脱月。魚鑰未收清夜永，鳳簫猶在翠微間。(**查慎行評**)想見承平作吏之樂。(**劉辰翁夾**)清麗。(**翁同書夾**)二句夜歸。○回顧有美堂。(**方東樹評**)前四句往復有味。凄風瑟縮經弦柱，香霧凄迷著髻鬟。(**翁同書夾**)二句乘月。共喜使君能鼓樂，萬人争看火城還。

【彙評】

汪師韓：起二句乃月夜恒有之景，寫來却自引人入勝。"魚鑰"二句，夜歸也；"凄風"二句，乘月也。讀之氣和音雅，令人神游於時世之昇平，覺詩中"魚鑰、鳳簫、弦柱、髻鬟"等都無一字泛設，而以萬人争看使君之歸作結，又見爲政風流，極一時之勝賞矣。

有美堂暴雨

（**查慎行評**）通首都是摹寫暴雨，章法亦奇。（**紀昀眉**）此首爲詩話所盛推，然獷氣太重。（**毛西原眉**）紀云“此首爲詩話所盛推，然獷氣太重”。（**翁同書眉**）寫暴雨非此傑句不稱。（**紀昀評**）純以氣勝。（**方東樹評**）奇氣。

游人脚底一聲雷，（**吴汝綸評**）奇景。滿座頑雲撥不開。（**何焯旁**）起句寫出雨勢之暴，不嫌其險。天外黑風吹海立，（**方回評**）老杜《朝獻太清宫賦》“九天之雲下垂，四海之水皆立”，本是奇語，摘“海立”二字用之，自東坡始。此聯壯哉！（**何焯眉**）“海立”二字用之自東坡始，此聯壯哉！（**張廷濟眉**）杜甫《朝獻太清宫賦》：“九天之雲下垂，四海之水皆立。”（**蕭奇中夾**）肖。浙東飛雨過江來。（**劉辰翁夾**）偉觀。（**翁同書旁**）有美堂正與海門相望，故有“浙東”句。（**何紹基乙眉**）“浙東”七字乃奇，然亦本之昌黎“白日洛陽”句也。（**馮班評**）大手。如此才力，何必唐詩？（**陳衍評**）三句尚是用杜陵語，四句的是自家語。（**莫友芝乙評**）“浙東飛雨過江來”，丹陽進士殷璠詩也。公同用其語，是何等氣魄！反覺殷詩通體寒儉，與此句殊不相稱。讀殷同詩，方知公詩之妙！十分瀲灩金樽凸，（**蕭奇中眉**）“凸”字盡興。千杖敲鏗羯鼓催。（**何焯眉**）二語氣象開闊，後難爲繼。唤起謫仙泉灑面，倒傾蛟室瀉瓊瑰。

【彙評】

劉辰翁：“瀲灩”重凸，“千杖”數多。

趙翼：七律中不可多得之境。

《**唐宋詩醇**》：寫暴雨，非此傑句不稱。但以用杜賦中字爲采藻鮮新，淺之乎，論詩矣。且亦必有“浙東”句作對，情景乃合。“有美堂”在郡城吴山，其地正與海門相望，故非率爾操觚者。唐賢名句中，惟駱賓王《靈隱寺》詩"樓觀滄海日，門對浙江潮"一聯，足相配敵。

趙克宜：有客氣而無精意。流俗談詩所見淺甚，過此則非所知，故盛推此種耳。試取柳子厚《登柳州城樓》詩對看，其所寫之景略同，而意味氣息迥别。

毛西原：此詩只"敲鏗"二字不妥。

八月十五日看潮五絶

（**譚元春評**）如此五詩，未免入口熟易，非佳作也。（**查慎行評**）杭城八月十五日傾城看潮，田藝蘅謂係南渡後風俗，以看演水軍而設，非十八之潮大於十五也。其説可取證公詩。（**紀昀眉**）題目既大，非大篇不足以寫之，只作五絶，未免草草。（《**角山樓**》**評**）若欲刻畫潮之聲勢，自須大篇，只寫看潮情思，淡淡著筆，亦復清灑。

定知玉兔十分圓，已作霜風九月寒。寄語重門休上鑰，夜潮留向月中看。

萬人鼓噪懾吴儂，猶似浮江老阿童。欲識潮頭高幾許，越山渾在浪花中。

江邊身世兩悠悠，久與滄波共白頭。造物亦知人易老，故教江水更西流。（**查慎行評**）江水本東流，海潮入龕、赭兩山，逆入江，勢不敵，隨潮西流也。（**何紹基乙眉**）無人道破。

吴兒生長狎濤淵，（**查慎行評**）杭人以八月十八傾城觀潮爲樂，有善泅者溯潮出没，謂之弄潮。冒利輕生不自憐。東海若知明主意，應教斥鹵變桑田。（**是時新有旨禁弄潮。**）（**譚元春評**）意俗。（**劉辰翁評**）語非佳兆。

江神河伯兩醯雞，海若東來氣吐霓。（**翁同書夾**）蠛蠓覆於甕中無所見。安得夫差水犀手，三千强弩射潮低。（**吴越王嘗以弓弩射潮頭，與海神戰，自爾水不近城。**）（**李鴻裔乙評**）此則壯而不獷。

東陽水樂亭（爲東陽令王都官概作）

（**紀昀眉**）看似縱横有氣，實則凑泊而成，非真正神力。（**李鴻裔乙評**）［紀昀］此爲具眼。

君不學白公引涇東注渭，五斗黄泥一鍾水。（**潘奕雋夾**）"水"。又不學哥舒横行西海頭，歸來羯鼓打涼州。（**潘奕雋夾**）"樂"。（**翁同書眉**）起亦從時事發端，寄其感慨。但向空山石壁下，愛此有聲無用之清流。流泉無弦石無竅，强名水樂人人笑。慣見山僧已厭聽，多情海月空留照。洞庭不復來軒轅，至今魚龍舞鈞天。聞道磬襄東入海，遺聲恐在海山間。鏘然澗谷含宫徵，節奏未成君獨喜。不須寫入熏風絃，縱有此聲無此耳。（**紀昀眉**）結亦太露。

與周長官李秀才游徑山二君先以詩見寄次其韻二首

少年飲紅裙，酒盡推不去。呼來徑山下，試與洗塵霧。瘦馬惜障泥，臨流不肯渡。（**紀昀夾**）太詈傷雅。獨有汝南君，從我無朝暮。肯將紅塵脚，暫著白雲屨。嗟我與世人，何異笑百步。功名一破甑，棄置何用顧。更憑陶靖節，往問征夫路。（**查慎行評**）此首答周。

龍亦戀故居，（**王文誥夾**）此句憑空插入"故居"二字，蓋其意後欲入孔明也，且屬五丈原之孔明，非草廬之孔明也。通篇寓當歸之意，讀者試看清此意，更論之未晚也。百年尚來去。(**蕭奇中夾**)有慨。至今雨雹夜，殿暗風纏霧。而我棄鄉國，大江忘北渡。便欲此山前，築室安遲暮。又恐太幽獨，歲晚霜入屨。(**紀昀眉**)"歲晚"句微嫌牽强。同游得李生，仄足隨蹇步。孔明不自愛，(**蕭奇中眉**)以"不自愛"三字責孔明，未經千古，孔明亦心服。臨老起三顧。(**查慎行評**)武侯從先主時，年未三十，何云臨老？(**紀昀夾**)孔明出時未老。(**何焯夾**)孔明始從昭烈，年二十七耳，何謂"臨老"？(**王文誥夾**)孔明討賊，正以受昭烈"三顧"之重，故"臨老"不能自已也。此"起"字從"不自愛"貫下，謂"臨老"猶起此念，與起卧龍之"起"字不同，且此詩非著意用孔明事，乃以孔明作龍使耳。意謂"龍知戀故居"，而卧龍不知戀故居，公蓋以龍自比，故其下緊接"吾歸"也。本集弄巧處，皆李、杜、韓諸集所無，讀者多爲所欺。曉嵐點論往往不透此關，義門何亦爾耶？吾歸便却掃，誰踏門前路？(**何紹基乙眉**)少味。(**何焯眉**)又一轉窈窕。(**查慎行評**)此首答李。

【彙評】

李鴻裔乙：前半無次韻之迹。

臨安三絶

(**何焯眉**)錢鏐乃以此自神耳。(**毛西原眉**)上二句用典恰切，下二意我亦云然。此詩紀只單點。

將軍樹

阿堅澤畔菰蒲節，(**李鴻裔乙評**)添入"菰"字，節外生枝，改做"菖蒲節"較穩。玄德墻頭羽葆桑。不會世間閑草木，與人何事管興亡？

錦　溪

（**何焯眉**）雄奇。

楚人休笑沐猴冠，越俗徒誇翁子賢。五百年間異人出，盡將錦繡裹山川。

石　鏡

（**何焯眉**）宋諱"鏡"作"照"是也。

山雞舞破半岩雲，菱葉開殘野水春。應笑武都山下土，枉教明月殉佳人。

登玲瓏山

何年僵立兩蒼龍，瘦脊盤盤尚倚空。（**紀昀夾**）古詩意格，入律奇矯。（**毛西原眉**）紀云"古詩意格，入律奇矯"。（**翁同書眉**）起便聳拔。翠浪舞翻紅罷亞，白雲穿破碧玲瓏。（**查慎行評**）以虛對實法。（**紀昀眉**）三、四不解。查云"以虛對實法"，益不能解，更詳之。（**王文誥夾**）通篇寓玲瓏意，而曉嵐不辨，初白又誤，謂"以虛對實法"，故曉嵐益不解矣。（**趙克宜評**）二句言碧山之玲瓏處爲"白雲穿破"。玲瓏雖係山名，此却是活用，故查氏云"以虛對實"耳，何故不解？但第三句是山上所見，起聯及第四句都是平處望山，未免欠融。三休亭上工延月，九折岩前巧貯風。脚力盡時山更好，莫將有限趁無窮。（**潘奕雋眉**）"生也有涯，而知也無涯"，古今達人當自領悟。（**何紹基乙眉**）"脚力"二句是真游山人語，惟不知何以著在此處。（**何焯眉**）每從閑處令人深省。

【彙評】

《**唐宋詩醇**》:用“紅罷亞”對“碧玲瓏”,集内律詩每用此體,遂爲後人開一門徑。“三休”“九折”即是山中岩亭之名,故緊接“玲瓏”句,爲題正面結處,别作唤醒語,流韻悠然。

宿九仙山(九仙謂左元放、許邁、王、謝之流)

(**何焯眉**)前半平衍,後半聳動。

風流王謝古仙真,一去空山五百春。玉室金堂餘漢士,桃花流水失秦人。困眠一榻香凝帳,夢繞千岩冷逼身。(**蕭奇中眉**)“宿”字透。夜半老僧呼客起,雲峰缺處湧冰輪。(**蕭奇中夾**)明壯。

【彙評】

《**唐宋詩醇**》:後四句磊砢妥帖,便入錢、劉集中,亦稱警策。

方東樹:起二句叙題本事。三四就本事點化,自然高妙。後半所謂大家作詩,自吐胸臆,兀傲奇横,不屑屑切貼裁製工巧,如西昆纖麗之體也。

范大士:九仙謂左元放、許邁、王、謝之流,恍似游仙詩。

陌上花三首(並引)

游九仙山,聞里中兒歌《陌上花》。父老云:吴越王妃每歲春必歸臨安，王以書遺妃曰："陌上花開，可緩緩歸矣。"（**嚴虞惇眉**）吴越王殊不俗。吴人用其語爲歌，含思宛轉，聽之凄然，而其詞鄙野，爲易之云。（**何焯眉**）凄婉。

陌上花開蝴蝶飛，江山猶是昔人非。遺民幾度垂垂老，游女長歌緩緩歸。（**紀昀眉**）真有含思宛轉之意。（**毛西原眉**）紀云"真有含思宛轉之意"。

陌上山花無數開，路人争看翠軿來。若爲留得堂堂去，且更從教緩緩回。

生前富貴草頭露，（**錢廷錦乙夾**）殺風景。身後風流陌上花。已作遲遲君去魯，（**紀昀夾**）指錢俶歸宋之事，用事殊不倫。（**錢廷錦乙夾**）不倫。猶歌緩緩妾回家。（**何紹基乙眉**）讀之生愴。

游東西岩（即謝安東山也）

（**紀昀眉**）似有寓意，然語殊汗漫，乏精采。（**錢廷錦乙旁**）一篇自況。（**何焯眉**）平叙少生色。

謝公含雅量，世運屬艱難。況復情所鍾，感慨萃中年。正賴絲與竹，陶寫有餘歡。嘗恐兒輩覺，坐令高趣闌。獨攜縹緲人，來上東西山。（**潘奕雋夾**）入"東西岩"。放懷事物外，徙倚弄雲泉。一旦功業成，管蔡復流言。（**蕭奇中眉**）似李。慷慨桓野王，哀歌和清彈。挽鬚起流涕，始知使君賢。意長日月促，（**蕭奇中夾**）傷哉！卧病已辛酸。慟哭西州門，往駕那復還。空餘行樂處，古木昏蒼煙。（**杭世駿眉**）通首述謝安事，末二句始入題，亦以自況也。

宿海會寺

(**翁同書眉**)自行路而宿,自宿而天明,直記敘一時事耳。

籃輿三日山中行,山中信美少曠平。下投黄泉上青冥,綫路每與猿猱争。(**蕭奇中夾**)真。(**趙克宜評**)七字刻露。重樓束縛遭凋坑,兩股酸辛飢腸鳴。(**紀昀眉、丁眉**)"重樓"句拙,下句俚。北度飛橋踏彭鏗,繚垣百步如古城。大鐘横撞千指迎,高堂延客夜不扃。杉槽漆斛江河傾,本來無垢洗更輕。(**紀昀夾**)"輕"字未穩。倒床鼻息四鄰驚,(**紀昀眉**)"倒床"字亦太粗。紞如五鼓天未明。木魚呼粥亮且清,不聞人聲聞履聲。(**紀昀夾**)從"蕭蕭馬鳴"意化出。(**翁同書旁**)王注次公曰"此禪家規矩也"。

【彙評】

《**唐宋詩醇**》:自行路而宿,自宿而天明,直記敘一時事耳。不聞人聲,聞履聲,寫幽寂之致,颯颯紙上。

海會寺清心堂

南郭子綦初喪我,西來達摩尚求心。此堂不説有清濁,游客自觀隨淺深。(**查慎行評**)領會在人,讀書亦然。(**紀昀眉**)句有意。兩歲頻爲山水役,一溪長照雪霜侵。(**紀昀眉**)"霜雪"指鬢髮也,然不説鬢髮,"侵"字何指? 紛紛無補竟何事,慚愧高人閉户吟。

徑山道中次韻答周長官兼贈蘇寺丞

(**紀昀眉**)長而不衍,押韻亦無勉强之病。(**毛西原眉**)紀云"長而不衍，押韻亦無勉强之病"。

年來戰紛華，漸覺夫子勝。(**何紹基乙眉**)"夫子勝"者，聞夫子之道而亦説也。(**毛西原眉**)起二便佳。欲求五畝宅，灑掃樂清净。學道恨日淺，問禪慚聽瑩(**一作熒**)。(**彭元瑞夾**)當作"熒"。聊爲山水行，遂此麋鹿性。獨游吾未果，覓伴誰復聽。(**杭世駿眉**)跌宕。吾宗古遺直，(**查慎行評**)"吾宗"指蘇寺丞。窮達付前定。餔糟醉方熟，灑面呼不醒。奈何效燕蝠，屢欲争晨暝。不如從我游，高論發犀柄。溪南渡横木，山寺稱小徑。(**太平寺，俗號小徑山。**)幽尋自兹始，歸路微月映。南望功臣山，雲外盤飛磴。三更渡錦水，再宿留石鏡。緬懷周與李，能作洛生詠。明朝二子至，詩律嚴號令。籃輿置紙筆，得句輕千乘。玲瓏苦奇秀，名實巧相稱。九仙更幽絶，笑語千山應。空岩側破甕，飛流灑浮磬。(**杭世駿眉**)少加刻鏤，結體不致直率。山前見虎迹，候吏鐃鼓競。我生本艱奇，塵土滿釜甑。山禽與野獸，知我久蹭蹬。笑謂候吏還，禦虎吾有命。(**查慎行評**)可謂達人知命。(**蕭奇中夾**)好。(**紀昀眉**)波瀾生動。(**毛西原眉**)紀云"波瀾生動"。(**何焯眉**)隨事發議論，一篇警策在此。(**《角山樓》評**)此亦於無情處生出議論，長篇所必不可少。徑山雖云遠，行李稍可併。頗訝王子猷，忽起山陰興。但報菊花開，吾當理歸榜。

【彙評】

劉辰翁：灑然。

《唐宋詩醇》：一往平叙，不復作沉鬱頓挫之勢，後忽從山前見虎迹，發出議論，奇文蔚起，匪夷所思。

毛西原：凡廿六韻，多整對。

汪覃秀才久留山中以詩見寄次其韻

季子應嗔不下機,(縯,次公、子仁三家注云云。(**張問陶評**)《戰國策》明有"妻不下帷"之句。棄家來伴碧雲師。中秋冷坐無因醉,半月長齋未肯辭。擲簡摇毫無怍色,(**汪善書,托寫諸人詩。**)投名入社有新詩。飛騰桂籍他年事,莫忘山中採藥時。

【彙評】

劉弘:"碧雲師",舊注謂江淹,誤,指惠休。樂天云:"不似休上人,空多碧雲暮。"而先生"碧雲師"亦幾於誤。予曰:"他誤有焉,而此乃借用,何必泥惠休之是否?況先生博學無誤耶!詩則形容汪留山中之意,而且致規勉之情。"

再游徑山

(**紀昀眉**)語自輕峭,但少沉鬱頓挫之致,覺神鋒太剽耳。

老人登山汗如濯,到山困卧呼不覺。覺來五鼓日三竿,始信孤雲天一握。(**古語云:孤雲兩角,去天一握。**)(**蕭奇中眉**)自然凌妙。平生未省出艱險,兩足慣曾行犖確。含暉亭上望東溟,凌霄峰頭挹南嶽。共愛絲杉翠絲亂,誰見玉芝紅玉琢。白雲何事自來往,明月長圓無晦朔。(**山有白雲峰、明月庵。**)冢上雞鳴猶憶欽,山前鳳舞遠徵璞。雪窗馴兔元不死,煙嶺孤猿苦難捉。(**紀昀夾**)此種押法究不佳。"捉"字趁韻。從來白足傲死生,不怕黄巾把刀槊。(**杭世駿眉**)"黄巾"亦借用,蓋指赫連勃勃。榻上雙痕凛然在,劍頭一吷何須角。(**以上皆山中故事。**)嗟我昏頑晚聞道,與世齟齬空多學。靈水先除眼界花,(**龍井水洗眼有效**。)清詩爲洗心源濁。騷人未要逃競病,禪老但喜聞剥啄。此生更得幾回來,從今有暇無辭數。

【彙評】

劉辰翁:兩徑山詩略備故實,此詩較劣。

洞霄宫

上帝高居愍世頑,(**蕭奇中夾**)鄭重。故留瓊館在凡間。青山九鎖不易到,作者七人相對閑。(**《論語》云作者七人矣,今監宫凡七人**。)庭下流泉翠蛟舞,洞中飛鼠白鴉翻。長松怪石宜霜鬢,不用金丹苦駐顔。

初自徑山歸述古召飲介亭以病先起

西風初作十分涼,喜見新橙透甲香。遲暮賞心驚節物,登臨病眼怯秋光。(**查慎行評**)公七律不講練字之法,似此反是變調。慣眠處士雲庵裏,倦醉佳人錦瑟旁。(**劉辰翁夾**)典刑。(**紀昀眉**)五句覺率,六句便不覺率,此故可思。猶有夢回清興在,(**嚴虞惇夾**)先起。卧聞歸路樂聲長。(**杭世駿眉**)後四語有複,"眠""夢""卧"三字連用。

【彙評】

劉弘:詩意叙時候節物,因病不得預宴,故良會之心雖如此尤不已。

明日重九亦以病不赴述古會再用前韻

月入秋帷病枕涼,霜飛夜簟故衾香。可憐吹帽狂司馬,空對親舂老孟光。不作雍容傾座上,翻成骯髒倚門旁。(**嚴虞惇眉**)句無謂。人間此會論今古,細看茱萸感嘆長。(**何紹基乙眉**)忽出健語。(**蕭奇中眉**)亦即子美意。(**紀昀眉**)結句用於登高則常語,用於不登高則兩層俱到。

【彙評】

劉辰翁:不用雕琢。

九日尋臻闍梨遂泛小舟至勤師院二首

(**紀昀眉**)二詩俱清圓。

白髮長嫌歲月侵,病眸兼怕酒杯深。南屏老宿閑相過,東閣郎君懶重尋。試碾露芽烹白雪,休拈霜蕊嚼黄金。扁舟又截平湖去,欲訪孤山支道林。(**紀昀眉**)過接清楚,不失古法。(**翁同書眉**)同書案,不赴述古會,似亦有意。○過接清楚,不失古法。(**劉弘評**)"露芽"謂茶,"霜蕊"謂菊。先生尋僧而詩及陶潛事,因"九日"也。

湖上青山翠作堆,(**陳衍評**)首句"青""翠"二字複,"青"字可改。葱葱鬱鬱氣佳哉。笙歌叢裏抽身出,雲水光中洗眼來。白足赤髭迎我笑,拒霜黄菊爲誰開。明年桑苧煎茶處,憶著衰翁首重回。(**皎然有《九日與陸羽煎茶》詩,羽自號桑苧翁。余來年九日去此久矣。**)(**翁同書旁**)此首乃已至勤師院而作,承前一首結二句説來。(**趙翼評**)律詩隨筆寫去,惟東坡能之,要是一病。

【彙評】

劉弘:"笙歌叢裏"乃鬧處,"雲水光中"是静方。鬧處抽身而來静方"洗眼",可謂有脱然塵外之趣矣。

《**唐宋詩醇**》:此篇乃已至勤師院而作,承前一首結句"扁舟又截平湖去,欲訪孤山支道林"説來。但前首"東閣郎君"之句,殊嫌無著,不似此篇之開拓頓宕也。"笙歌""雲水"一聯,尤爲卓立傑出。

九日舟中望見有美堂上魯少卿飲處以詩戲之

(**張廷濟眉**)"通判"稱"少卿"。(**紀昀眉**)游戲之筆,頗饒風韻。

指點雲間數點紅,笙歌正擁紫髯翁。誰知愛酒龍山客,却在漁舟一葉中。(**錢廷錦乙眉**)如畫。

西閣珠簾卷落暉,水沉煙斷佩聲微。遥知通德凄凉甚,擁髻無言怨未歸。(**張廷濟眉**)憐子乎?(**蕭奇中夾**)多情。

【彙評】

《**唐宋詩醇**》:《西湖志》曰:《咸淳臨安志》,有美堂,錢氏初建江亭於此。當在吴山最高處,左江右湖,故爲登臨之勝。東坡有《舟中望見有美堂上魯少卿飲處》詩,言舟中望見,則必西湖舟中也。《舊志》言:堂在郡城内,又可見古城介,在吴山外矣。此堂故址,當在吴山無疑。《西湖游覽志》載有美堂在鳳凰山者,誤也。

游諸佛舍一日飲釅茶七盞戲書勤師壁[①]

(**紀昀眉**)亦淺率。

---

① 編者按:詩題一作"六月六日以病在告獨游湖上諸寺晚謁損之戲留七絶"。

示病維摩元不病,(**翁同書眉**)維摩,先生自謂也。蓋托疾不赴述古會,豈有所不滿於述古歟?抑坐客有不相能者歟?在家靈運已忘家。何煩魏帝一丸藥,且盡盧仝七碗茶。

九日(一作月)湖上尋周李二君不見君亦見尋於湖上以詩見寄明日乃次其韻

(**查慎行甲眉**)"月"字訛,當作"日"。(**錢廷錦乙眉**)兼蘇州、太白之長。

湖上野芙蓉,含思愁脈脈。娟然如静女,(**蕭奇中夾**)似。(**錢廷錦甲夾**)似聖階。不肯傍阡陌。詩人杳未來,霜豔冷難宅。(**紀昀眉**)比興深微,殊有古意。(**毛西原眉**)紀云"比興深微,殊有古意"。"宅"韻究生。君行逐鷗鷺,出處浩莫測。葦間聞拏音,雲表已飛屐。使我終日尋,逢花不忍摘。人生如朝露,要作百年客。(**蕭奇中夾**)可笑。喟彼終歲勞,幸兹一日澤。願言竟不遂,人事多乖隔。悟此知有命,沉憂傷魂魄。

送杭州杜戚陳三掾罷官歸鄉

(**紀昀眉**)殊嫌太快。

秋風摵摵鳴枯蓼,船閣荒村夜悄悄。正當逐客斷腸時,君獨歌呼醉連曉。老夫平生齊得喪,(**蕭奇中眉**)惟坡能當此三字。尚戀微官失輕矯。(**蕭奇中夾**)真君子之言。(**紀昀眉**)"輕矯"二字趁韻。君今憔悴歸無食,五斗未可秋毫小。(**蕭奇中夾**)惜之甚。

君言失意能幾時，月啖蝦蟆行復皎。(**蕭奇中夾**)即説不終罷亦好。殺人無驗中不快(**一作决**)，(**查慎行評**)"快"字自應從"决"。(**蕭奇中眉**)後三字憤甚。此恨終身恐難了。(**何紹基乙眉**)直諒。(**王文誥夾**)十四字到地法家語。徇時所得無幾何，隨手已遭憂患繞。期君正似種宿麥，忍飢待食明年麨。(**蕭奇中夾**)亦挽"月啖"句意。

次韻周長官壽星院同餞魯少卿

(**翁同書眉**)卷十二《送魯元翰少卿知衛州》詩，施注：元翰倅杭，公時亦爲杭倅，與魯同官，魯先代去，故有壽星軒餞送之詩。

琉璃百頃水仙家，風静湖平響釣車。寂歷疏松欹晚照，(**紀昀夾**)查云"自成冷豔"。伶俜寒蝶抱秋花。(**查慎行評**)自成冷豔。(**杭世駿眉**)坡翁儁句，似此最爲細膩風光。(**蕭奇中眉**)"抱"字妙，花抱之也，先妙在"伶俜"二字。(**彭元瑞夾**)對句勝出句。(**紀昀眉**)對句更勝。(**何焯眉**)冷豔照人。困眠不覺依蒲褐，歸路相將踏桂華。更著綸巾披鶴氅，他年應作畫圖誇。(**紀昀眉**)不見餞意，何也?(**錢廷錦乙眉**)詩中無餞意。(**毛西原眉**)查云"自成冷豔"。紀云"對句更勝"，又云"不見餞意，何也"。

次韻述古過周長官夜飲

二更鐃鼓動諸鄰，百首新詩間八珍。已遣亂蛙成兩部，更邀明月作三人。雲煙湖寺家家境，(**紀昀夾**)"雲煙"句不自然。燈火沙河夜夜春。曷不勸公勤秉燭，(**蕭奇中夾**)字法。老來光景似奔輪。

【彙評】

劉辰翁:韻意愈見高遠。

趙翼:使事如自己出,跌宕有餘味。

【彙評】

方東樹:太快,無頓挫。

述古以詩見責屢不赴會復次前韻

我生孤癖本無鄰,老病年來益自珍。(**蕭奇中夾**)道人。肯對紅裙辭白酒,但愁新進笑陳人。(**紀昀夾**)就句對。北山怨鶴休驚夜,南畝巾車欲及春。多謝清詩屢推轂,豨膏那解轉方輪。(**來詩有"雲霄滿輪"之句。**)(**蕭奇中夾**)足上轂意。(**翁同書眉**)觀第四句,知坐客中必有坡所不喜者,末句益顯。

【彙評】

劉弘:大概詩意多感嘆。末句見先生直道事人,雖屈不改,亦照應首句"孤癖"二字。

金門寺中見李西臺與二錢(惟演、易)唱和四絶句戲用其韻跋之

(**紀昀眉**)四首俱風致。(**毛西原眉**)紀云"四詩俱風致"。

帝城春日帽檐斜，二陸初來尚憶家。未肯將鹽下蓴菜，已應知雪似楊花。（**蕭奇中夾**）風宕。

生平賀老慣乘舟，騎馬風前怕打頭。（**毛西原眉**）標緻。欲問君王乞符竹，但憂無蟹有監州。（**皆世所傳錢氏故事**。）（**蕭奇中旁**）前二首盡出戲意。（**毛西原眉**）雅事用來便韻。

西臺妙迹繼楊風（**凝式**），無限龍蛇洛寺中。一紙清詩吊興廢，塵埃零落梵王宫。

五季文章墮劫灰，升平格力未全回。故知前輩宗徐庾，數首風流似玉臺。（**錢廷錦甲眉**）於此見公文字之本領，並識作述之源流，讀韓文公廟碑，只一居士集序便是。（**何焯眉**）"繼楊風""宗徐庾"，錯綜順逆。（《**角山樓**》**評**）李、錢唱和之詩，意必風格卑靡，故末二句云云，蓋隱寓譏諷之義。

【彙評】

查慎行丙：詩至唐末，格調已極卑弱，降而五代，干戈擾攘，士生其際，救死扶傷之不暇，豈復知有文章？所以有"五季文章墮劫灰"之嘆也。宋興，轉禍亂爲升平，人才輩出，宜其有挽回風氣、力追正始者。而一時如楊大年、宋子京輩，務爲艱澀隱僻，以誇其能，其間風流自命者，不過俎豆徐、庾，學爲纖、豔之體而已。竊意李、錢唱和之什，猶染唐末之雲霧，故先生此詩云然。觀其命題，曰"戲用其韻跋之"，雖嘲謔爲文，隱寓譏諷之義也。

胡穆秀才遺古銅器似鼎而小上有兩柱可以覆而不蹶以爲鼎則不足疑其飲器也胡有詩答之

（**紀昀眉**）以形象考之，乃爵也。

隻耳獸齧環,長唇鵝擘喙。三趾下鋭春蒲短,兩柱高張秋菌細。(**翁同書眉**)狀物之工,得之昌黎《石鼎聯句》。君看翻覆俯仰間,覆成三角翻兩髻。(**蕭奇中夾**)盡致。(**紀昀眉**)寫貌新雋,惜後半弩末耳。(**翁同書夾**)妙語。(**何焯眉**)形容如畫。古書雖滿腹,(**有古篆五字不可識**)。(**蕭奇中夾**)喻得妙。(**彭元瑞夾**)此注宜在"古書"句下。(**杭世駿眉**)音節甚古,能稱題。(**何紹基乙眉**)惜哉,此古篆五字也! 坡公百事兼擅,惟不識篆籀,是一大欠事。苟有用我亦隨世。(**蕭奇中眉**)物取適用,可以同折,可以卮,可以士,可以將相。東坡亦有"隨世"語耶? 孔子所誚"繫匏"也。(**翁同書夾**)不説是爵,備極嘲弄。嗟君一見呼作鼎,纔注升合已漂逝。不如學鴟夷,盡日盛酒真良計。(**翁同書眉**)末乃自寓不平之感,非謂折足覆餗,譏刺當事也。

賀陳述古弟章生子

(**錢陸燦眉**)句句生子,故實。(**翁同書眉**)全篇用事。(**紀昀眉**)此種何以入集?

鬱蔥佳氣夜充閭,始見徐卿第二雛。甚欲去爲湯餅客,惟愁錯寫弄璋書。參軍新婦賢相敵,阿大中郎喜有餘。(**杭世駿眉**)切弟章。(**翁同書夾**)藉以指述古。我亦從來識英物,試教啼看定何如。(**譚元春評**)應酬詩。

【彙評】

趙克宜:作應酬俗體,亦自軒爽,不入雅音。

贈治易僧智周

（**杭世駿眉**）律中之最清婉者。

寒窗孤坐凍生瓶，尚把遺編照露螢。閣束九師新得妙，夢吞三畫舊通靈。（**孫原湘眉**）查批本抹“新得妙”“舊通靈”六字。（**紀昀眉**）查批本抹“新得妙”“舊通靈”六字。（**翁同書夾**）二句切治《易》。（**毛西原眉**）查批本抹“新得妙”“舊通靈”六字。斷弦挂壁知音喪，（**師與契嵩深相知，時已逝矣。**）揮麈空山亂石聽。（**紀昀夾**）用生公事無迹。齋罷何須更臨水，胸中自有洗心經。（**何紹基乙眉**）沉著。（**蕭奇中眉**）洗心退藏於山，文山曷也？（**紀昀眉**）結句綰合得妙，層層俱到。（**毛西原眉**）紀云“‘揮麈’句用生公事無迹。結句綰合得妙，層層俱到”。

張子野年八十五尚聞買妾述古令作詩

（**杭世駿眉**）通首皆用張姓事，惟江南刺史不知所出，愚意以爲張非希姓，終落纖巧。（**紀昀眉**）游戲之筆，不以詩論。詩話以其能切張姓盛推之，然則案有《萬姓統譜》一部，即人人爲作者矣。（**毛西原眉**）紀云“游戲之筆，不以詩論。詩話盛推以其能切張姓，然則案有《萬姓統譜》，即人人爲作者矣”。紀評是，然“詩人”一聯工秀宛轉。（**趙克宜評**）運用甚巧，故詩話推之，然紀[昀]評自是正論。（**何焯眉**）此詩頗工，然何其薄也。（**方東樹評**）無味。

錦里先生自笑狂，（**何焯眉**）自用“自笑狂”夫老更狂。莫欺九尺鬢眉蒼。詩人老去鶯鶯在，公子歸來燕燕忙。（**翁同書眉**）全用張氏故事，三、四句尤天造地設。○《石林詩話》：子野和云“愁似鰥魚知夜永,懶同蝴蝶爲春忙",極爲子瞻賞。(**錢廷錦乙眉**)杜牧之詩:"緑樹鶯鶯語,平江燕燕舍。"柱下相君猶有齒,江南刺史已無腸。(**蕭奇中夾**)工妙。(**何焯旁**)江南刺史似用張又新事,更以詩話考之。(**何焯眉**)杜是代宗以前人,按本事乃李愿也,劉[禹錫]詩正作"斷盡江南刺史腸"。時罷和州,入爲主客郎中集賢學士。平生謬作安昌客,略遣彭宣到後堂。(**何焯夾**)謂述古。

【彙評】

劉弘:杭州臨安縣,錢王時賜名"衣錦城",非杜詩之"錦里"。○詩意大概嘲諷子野甚風流灑落。

書雙竹湛師房二首

(**紀昀眉**)意自尋常,語頗輕脱。(**翁同書眉**)語意清脱。

我本江湖一釣舟,意嫌高屋冷颼颼。羡師此室纔方丈,一炷清香盡日留。

暮鼓朝鐘自擊撞,閉門孤枕對殘釭。白灰旋撥通紅火,卧聽蕭蕭雨打窗。(**紀昀眉**)查本改"釭"爲"缸",嫌與"朝鐘"字礙耳。然"暮鼓晨鐘",自是一日工課,"閉門孤枕",自是工課完後之事,原不相礙。

寶山新開徑

(**杭世駿眉**)全以神行,减去筆墨,畦徑太白仙才,此其殆庶。(**翁同書眉**)明雋清圓,得象外趣。(**何紹基乙眉**)别有生趣。(**何焯旁**)此等詩可玩不可學。

藤梢橘刺元無路，竹杖椶鞋不用扶。風自遠來聞笑語，水分流處見江湖。回觀佛骨青螺髻，踏遍仙人碧玉壺。野客歸時山月上，棠梨葉戰暝禽呼。

【彙評】

《唐宋詩醇》：明雋清圓，兼得像外之趣。

和述古冬日牡丹四首

一朵妖紅翠欲流，春光回照雪霜羞。化工只欲呈新巧，不放閑花得少休。（**翁同書眉**）《詩案》：以比化工，但欲出新意，擘畫令小民不得暫閑也。

花開時節雨連風，却向霜餘染爛紅。漏泄春光私一物，此心未信出天工。（**紀昀眉**）二首寓刺，却不甚露，好在比而不賦。（**翁同書旁**）《合注》：直述古詩，有"直疑天與凌霜色，不假東皇運化工"，故此云。然以言新法之害，由於時相，不盡出神宗之本意也。

當時只道鶴林仙，能遣秋花發杜鵑。誰信詩能回造化，直教霜卉放春妍。（**紀昀眉**）三首蛇足。

不分清霜入小園，故將詩律變寒暄。（**王文誥夾**）點染"和"字，情致灑然。使君欲見藍關詠，更倩韓郎爲染根。（**紀昀夾**）突稱"欲見藍關"，殊無取義，以後事論之，竟似南遷之讖矣。（**何焯眉**）押"根"字穩。

和錢安道寄惠建茶

（**杭世駿眉**）帖妥排奡，昌黎替人。（**何紹基乙眉**）一茶耳，褒“骨鯁”，抑“權幸”，借題發泄，自然生態。其實建茶有何佳處？（**賴山陽評**）一韻到底，無他奇崛處，故章段歷然。此詩自落字下筆，遂用其韻，故韻脚多不切者，獨如性、勇、猛、餅等字甚切。

我官於南今幾時，（**賴山陽評**）此詩非有他奇，所謂“肉膩骨清”者，故撰之也。落筆所謂骨清之處。嘗盡溪茶與山茗。胸中似記故人面，（**《角山樓》評**）一譬極醒快，便爲下文以古人爲比安根。口不能言心自省。（**何焯眉**）“故人”二字有意，即所謂“故人有故今有幾”也。山谷《嘗茶》詩餘豈本此耶？（**毛西原眉**）“胸中”二句有神，凡吾人思友别久，則其面目零星恍惚，不能成一整物事也。（**賴山陽評**）篇中説“君子”“小人”，故先點出“故人”字。形容妙，妙，非東坡不能言。爲君細説我未暇，（**蕭奇中夾**）掉甚。試評其略差可聽。（**王文誥夾**）公此詩雖和寄茶，特有意搭入錢顗並作，故於首節提清脈絡如此。建溪所産雖不同，一一天與君子性。（**蕭奇中夾**）瑣物不見本領。（**翁同書夾**）建茶以比君子。森然可愛不可慢，（**賴山陽評**）形容茶，妙，妙。骨清肉膩和且正。（**何紹基甲眉**）獨嗜建茶，何也？（**毛西原眉**）“聽”“性”“正”，皆去聲，在“放”“徑”二韻。今入上聲，誤。（**賴山陽評**）此句可以評此詩。雪花雨脚何足道，啜過始知真味永。（**賴山陽評**）肉膩之處。縱復苦硬終可録，（**蕭奇中眉**）後三字嚴。汲黯少戇寛饒猛。（**紀昀眉**）將人比物，脱盡用事之痕，開後人多少法門。○其源出於[范]蔚宗《和香方》，但彼是以物比人，此翻轉用之耳。然語雖翻轉，而意則仍是比人也。（**毛西原眉**）紀云“將人比物，脱盡用事之痕，開後人多少法門。其源出於蔚宗《和香方》，但彼是以物比人，此翻轉用之耳。然語雖翻，而意則仍是比人也”。（**嚴虞惇眉**）余《試蜀發策》極推坡公，立朝氣節正謂此也。草茶無賴空有名，(《**角山樓**》**評**)此層反襯。(**賴山陽評**)一篇儆策，在汲黯、寬饒、張禹之處。無此警策之處，一篇便蕭然。高者妖邪次頑懭。(**翁同書夾**)草茶以比小人。(**何焯眉**)比擬似乎不倫，妙有理趣。體輕雖復强浮泛，(**翁同書眉**)"泛"一作"沉"。性滯偏工嘔酸冷。其間絶品豈不佳，張禹縱賢非骨鯁。(**蕭奇中夾**)又一喻妙。(**錢廷錦乙眉**)此自有寓意，其實"餅茶"不如"草茶"之味爲全也。(**賴山陽評**)儆策之處。韻有"鯁"字，故如此倒用，亦法，拍合篇首。葵花玉銙不易致，(**紀昀夾**)接"建茶"一段。(**毛西原眉**)紀云"'葵花'句接'建茶'一段"。道路幽險隔雲嶺。誰知使者來自西，開緘磊落收百餅。(**賴山陽評**)形容妙。嗅香嚼味本非别，透紙自覺光炯炯。粃糠團鳳友小龍，(**蕭奇中眉**)用字法，均本《選》。(**賴山陽評**)用襯帖之筆。奴隸日注臣雙井。(**賴山陽評**)草茶名，草茶之所生。收藏愛惜待佳客，不敢包裹鑽權幸。(**譚元春評**)欠藴藉。(**張廷濟眉**)吾里有油車橋，可引此油車爲坡作詩料。(**蕭奇中眉**)茶爲神□。(**何焯眉**)"鑽"字用《商鞅傳》。(**賴山陽評**)當時多"鑽權幸"者，故云。此詩有味君勿傳，(**蕭奇中夾**)對茶説。(**紀昀夾**)暗結"草茶"一段。(**毛西原眉**)紀云末二句"暗接'草茶'一段"。空使時人怒生癭。(**紀昀眉**)通體警策，惟一結太露，雖東坡詩不甚忌露，然西子捧心，不得謂之非病。(**毛西原眉**)紀云"通體警策，惟一結太露，雖東坡詩不甚忌露，然西子捧心，不得謂之非病"。(**何焯眉**)此黄州以前詩，故不甚細膩。(**譚元春評**)"汲黯少戇寬饒猛""張禹縱賢非骨鯁"二句，每從詠物帶古人姓名事迹，攪不得清頭，真是一大病也。(**賴山陽評**)結自"癭"字來，是東坡長技。

【彙評】

《**唐宋詩醇**》："建茶"以比君子，"草茶"以比小人。君子，"和且正"者也，和故"可愛"，正故"不可慢"。小人，"體輕"而"性滯"，但有"妖邪"

"頑懶"而已。《記》曰:"其言明且清。"《易》曰:"其言曲而中。"詩兼有之。

毛西原:章法井然,造句新異。

和柳子玉喜雪次韻仍呈述古

(**何焯眉**)詩亦了無奇絶處,然信手轉折耳,非俗手所能到。

詩翁愛酒長如渴,(**蕭奇中夾**)是愛。瓶盡欲沽囊已竭。(**蕭奇中夾**)可笑。燈青火冷不成眠,一夜撚鬚吟喜雪。詩成就我覓歡處,我窮正與君仿佛。曷不走投陳孟公,(**翁同書夾**)謂述古。有酒醉君仍飽德。(**查慎行評**)波瀾動蕩,機趣横生。(**蕭奇中夾**)非徒飲矣。(**紀昀眉**)"飽德"趁韻。瓊瑶欲盡天應惜,更遣清光續殘月。(**蕭奇中眉**)天亦多情。安得佳人擢素手,笑捧玉碗兩奇絶。豔歌一曲回陽春,坐使高堂生暖熱。

吊天竺海月辯師三首

(**紀昀眉**)三首皆不脱宋格。

欲尋遺迹强沾裳,本自無生可得亡。今夜生公講堂月,(**張問陶評**)講堂今猶在虎丘。滿庭依舊冷如霜。此首尤落習徑。

生死猶如臂屈伸,(**蕭奇中夾**)佛喻。情鍾我輩一酸辛。樂天不是蓬萊客,憑仗西方作主人。(**蕭奇中夾**)妙。

欲訪浮雲起滅因,無緣却見夢中身。安心好住王文度,此理何須更問人。

李頎秀才善畫山以兩軸見寄仍有詩次韻答之

（**查慎行評**）先生不滿意於樂天、東野，然時一學其格。如此篇者，移置《長慶集》，正復難辨。

平生自是個中人，欲向漁舟便寫真。詩句對君難出手，雲泉勸我早抽身。（**蕭奇中夾**）好。年來白髮驚秋速，長恐青山與世新。（**錢廷錦乙眉**）更進一層。從此北歸休悵望，囊中收得武林春。

雪後至臨平與柳子玉同至僧舍見陳尉列

（**翁同書眉**）陳烈與述古友善。

落帆古戍下，積雪高如丘。强邀詩老出，疏髯散颼颼。僧房有宿火，手足漸和柔。静士素寡言，相對自忘憂。銅爐擢煙穗，石鼎浮霜漚。征夫念前路，急鼓催行舟。我行雖有程，坐穩且復留。大哉天地間，此生得浮游。（**錢廷錦乙夾**）套語。

夜至永樂文長老院文時卧病退院

（**杭世駿眉**）極澹極閑，是此翁老境。（**紀昀眉**）通體沉穩。

愁聞巴叟卧荒村，來打三更月下門。往事過年如昨日，此生未死得重論。（**蕭奇中眉**）膽悟。（**何紹基乙眉**）"此生未死得重論"，爲病人一快。老非懷土情相得，病不開堂道益尊。（**翁同書

夾)善説無生。惟有孤棲舊時鶴,舉頭見客似長言。(**蕭奇中眉**)讀過文三首,坡一生本領已入三摩,反復回咀,神光静照。

【彙評】

《**唐宋詩醇**》:善説無生,可知坐在立忘,未是西來大意。

柳氏二外甥求筆迹

(**查慎行評**)二甥長名閎,字展如;次名闢。(**何焯眉**)不在臨池,乃在讀書,書之道深矣。

退筆成山未足珍,讀書萬卷始通神。君家自有元和脚,(**蕭奇中夾**)恰合。莫厭家雞更問人。(**查慎行評**)用事恰好,不似歷下、弇州硬填姓名以爲故實也。(**蕭奇中夾**)妙。(**何焯旁**)柳寄劉連州云:"聞道近來子弟臨池,尋已厭家雞。"(**王文誥夾**)柳子玉善草書,故前有《觀子玉草聖》詩,所謂"柳侯運筆如閃電"者是也。二甥玉之孫,故有此聯。

一紙行書兩絶詩,遂良鬚鬢已如絲。何當火急傳家法,欲見誠懸筆諫時。(**蕭奇中眉**)亦筆諫矣。(**何焯夾**)第二首用公權事。(**王文誥夾**)次章之"何當"句,意與"電閃"意合,亦指子玉也。公本意用柳家事。

錢安道席上令歌者道服

(**毛西原眉**)飛走不見對仗之痕。

烏府先生鐵作肝,霜風卷地不知寒。猶嫌白髮年前少,故點紅燈雪裏看。他日卜鄰先有約,待君投紱我休官。(**陳仁錫眉**)此事豈可與人商量。如今且作華陽服,醉唱儂家七返丹。(**查慎行評**)流利。(**紀昀眉**)意中先有末二句,以前六句曲曲逼出,天然入拍。(**毛西原眉**)紀云"意中先有末二句,以前六句曲曲逼出,天然入拍"。

【彙評】

劉辰翁:非自注,安知"華陽服"爲歌者。

除夜野宿常州城外二首

(**查慎行評**)每當孤舟旅泊時,披讀一過,覺隴水巴猿,未是斷腸聲也。

行歌野哭兩堪悲,(**錢廷錦乙夾**)野。遠火低星漸向微。(**錢廷錦乙夾**)宿。病眼不眠非守歲,(**錢廷錦乙夾**)除夜。(**翁同書旁**)查注"病眼"句:白樂天《除夜》詩也,先生一時偶用其語也。鄉音無伴苦思歸。重衾脚冷知霜重,新沐頭輕感髮稀。多謝殘燈不嫌客,孤舟一夜許相依。(**蕭奇中眉**)亦凄清極。(**紀昀眉**)言人則見嫌矣。(**翁同書眉**)令節、羈情、孤燈、遥夜,情景逼真。(**何焯眉**)孤舟、遥夜,直是不堪多讀。(**何焯旁**)故是佳詩,然更無言外餘味。(**李鴻裔乙評**)結意沉痛。(**毛西原眉**)結有韻。紀云"言人則見嫌矣"。

南來三見歲雲徂,直恐終身走道塗。(**蕭奇中夾**)故可悲。老去怕看新曆日,退歸擬學舊桃符。(**紀昀眉**)三、四是到地宋格,在東坡不妨,學之便入惡趣。(**毛西原眉**)紀云"三、四是到地宋格,在東坡不妨，一學便入惡趣”。紀以三、四爲宋格，非如此語，唐人亦有之，不知何所見而謂之宋格。煙花已作青春意，霜雪偏尋病客鬚。（張廷濟眉）“尋”字好。（紀昀眉）五、六沉著。但把窮愁博長健，不辭醉後飲屠蘇。（何焯眉）聲希味淡，却極遥深温厚，七律之正的也。

【彙評】

劉弘：此二詩先生因除夜之事，以自寓感之意。守歲乃故鄉風俗。

《**唐宋詩醇**》：令節羈情，孤燈遥夜，所感愴者深。而以温柔敦厚出之，依依脈脈，味似淡而彌長。

《**角山樓**》：二詩亦皆宋調。

元日過丹陽明日立春寄魯元（一作曾）翰（一作魯之翰）

（**紀昀評**）此即本集所謂魯少卿也。作“曾”誤，作“魯之翰”亦誤。

堆盤紅縷細茵陳，巧與椒花兩鬥新。竹馬異時寧信老，土牛明日莫辭春。（**張廷濟眉**）“竹馬”“土牛”。（**紀昀眉**）三、四沉著。西湖弄水猶應早，北寺觀燈欲及辰。（**張廷濟眉**）“西湖弄水”“北寺觀燈”。（**方回評**）“西湖”“北寺”，皆指杭州事。元翰在杭，故於元日作此詩寄之也。白髮蒼顔誰肯記，曉來頻嚏爲何人。（**錢廷錦乙夾**）可笑。（**翁同書旁**）王注：“世傳爲人所思則嚏，又俗以人嚏爲人説。”（**紀昀眉**）“寄魯”意轉從對面寫出，用筆靈活。（**紀昀評**）結入“魯”有致，含蓄其人，又是一格。（**錢廷錦甲旁**）公詩好戲如此。（《**角山樓**》評）一結意趣自勝。（**毛西原眉**）結二意新。紀云“‘寄魯’意轉從對面寫出，用筆靈活”。

【彙評】

紀昀：東坡七律非勝場，然自有一種老健之氣。

古纏頭曲

（**紀昀眉**）亦自有致。

鵾弦鐵撥世無有，樂府舊工惟尚叟。一生喙硬眼無人，（**蕭奇中夾**）不獨樂工。坐此困窮今白首。（**蕭奇中眉**）"坐此"可憐可賞。（**毛西原眉**）三、四豪健。（**《角山樓》評**）襯入。翠鬟女子年十七，指法已似呼韓婦。（**何紹基甲眉**）"呼韓婦"謂明妃耳。（**何焯眉**）女子惜不傳名也。輕帆渡海風掣回，（**《角山樓》評**）以下皆係實敘。滿面塵沙和淚垢。青衫不逢湓浦客，紅袖漫插曹綱手。（**《角山樓》評**）有惜其所配非偶意。爾來一見哀駘佗，（**蕭奇中夾**）一笑。（**錢廷錦甲夾**）乏趣。便著臂韝躬井臼。我慚貧病百不足，强對黄花飲白酒。轉關護索動有神，雷輥空堂戰窗牖。四弦一抹擁袂立，再拜十分爲我壽。世人只解錦纏頭，與汝作詩傳不朽。（**李鴻裔乙評**）簡老。（**翁同書眉**）力避江州《琵琶行》舊調，是名家用意處。（**《角山樓》評**）結帶酸氣。

【彙評】

劉辰翁：戲笑發越，與《曹將軍引》相頡頏。○既嘉尚叟，復載其女奇事，殆是從良後，奏使伎。"輕帆渡海"似説昭君如夢。

《唐宋詩醇》：亦爲琵琶女子而作，却不規模江州《琵琶行》。古有名作，須變調以勝之。並題目亦隱其名曰《古纏頭曲》，特於結處表出作詩之意，以見實有其人與事，不是寓言十九也。白以排蕩宛轉入情，此以簡浄遒煉入古。

刁同年草堂

（**查慎行評**）出筆太易。（**《角山樓》評**）唐人句意，集中僅見。

不用長竿矯繡衣，南園北第兩參差。青山有約長當户，流水無情自入池。歲久酴醿渾欲合，春來楊柳不勝垂。主人不用匆匆去，正是紅梅著子時。（**紀昀眉**）兩“不用”，複。

【彙評】

劉弘：阮咸與叔父籍居道南，諸阮居道北。北阮富，七月七日盛曬錦繡衣服。咸貧，乃以竿故挂犢鼻褌於庭。此詩初句借此意來。

惠山謁錢道人烹小龍團登絶頂望太湖

（**紀昀眉**）逐層清出，亦頗細微，但乏警策耳。（**何紹基乙眉**）空闊自如。（**何焯眉**）仙風縹緲。（**毛西原眉**）紀云“逐層清出，亦頗細微，但乏警策耳”。

踏遍江南南岸山，逢山未免更留連。獨攜天上小團月，來試人間第二泉。（**毛西原眉**）三、四流麗。石路縈回九龍脊，（**查慎行評**）惠山一名九龍，陸羽謂山陽有九隴，若龍偃卧然。水光翻動五湖天。孫登無語空歸去，（**錢廷錦甲夾**）謁錢道人結。半嶺松聲萬壑傳。（**蕭奇中夾**）神足。

【彙評】

劉弘:惠山泉水甚清,煮茶則香而甜,九龍峰在山之左,太湖居山之南,登絶頂而望,風景極美,先生末借孫登故事,言乃托興寄意耳。

《**唐宋詩醇**》:有横絶太空之概,灑豁襟抱。亦如聽蘇門長嘯,響動林谷。

毛西原:此詩紀只單點,然三、四流麗。東坡七律太患流走於老杜、青蓮之間耳。

錢道人有詩云直須認取主人翁作兩絶戲之

(**紀昀眉**)此是禪偈,不以詩論。(**潘奕雋夾**)二詩是公禪語,非詩正格。(**蕭奇中眉**)自身自度不關人,人度元先失自身。欲度身時無度者,度身人度總非真。

首斷故應無斷者,冰銷那復有冰知。主人苦苦令儂認,認主人人竟是誰。

有主還須更有賓,不如無境自無塵。只從半夜安心後,失却當前覺痛人。

和蘇州太守王規甫侍太夫人觀燈之什余時以劉道原見訪滯留京口不及赴此會二首

不覺朱幡輾後塵,争看繡幰錦纏輪。洛濱侍從三人貴,京兆平反一笑春。但逐東山攜妓女,那知後閣走窮賓。滯留不見榮華事,空作賡詩第七人。(**劉辰翁評**)據目前第七便成故事。

【彙評】

劉弘:先生自言京口滯留,不得預此,空去賡吟繼六人之後,蓋惜之也。

翻翻緹騎走香塵,激激飛濤射火輪。(**劉辰翁夾**)兩句説燈。美酒留連三夜月,豐年傾倒五州春。(**時浙西皆以不熟罷燈,惟蘇獨盛。**)安排詩律追强對,蹭蹬歸期爲惡賓。(**張問陶評**)道原豈惡賓,只圖對偶親切耳。〇又次公注引《西京雜記》,脱粟飯,脱粟,乃粟之不舂者。墮珥遺簪想無限,華胥猶見夢回人。(**潘奕雋眉**)使事太雜。

【彙評】

劉辰翁:"惡賓"得無謂劉恕耶?

成都進士杜暹伯升出家名法通往來吴中

欲識當年杜伯升,飄然雲水一孤僧。若教俯首隨繮鎖,料得如今似我能。(**柳子玉云,通若及第,不過似我。**)

【彙評】

劉辰翁:脱灑。

卷　六

詩九十九首

虎丘寺

（**蕭奇中眉**）予壬辰春《暮登虎丘》有云“百點峰巒巉秀骨，四交林木漾青聲。虎山境小而致清，何如苕霅與武林”也。（**何焯眉**）相見爾時虎丘尚爾幽僻。（**紀昀眉**）通體精悍。

入門無平田，石路穿細嶺。陰風生澗壑，古木翳潭井。湛盧誰復見，秋水光耿耿。鐵花秀岩壁，殺氣噤蛙黽。（**紀昀夾**）十字精警。〇“秀”當作“綉”。（**毛西原眉**）起手便警。紀云“通體精悍”。又云“十字精警”。幽幽生公堂，左右立頑礦。當年或未信，異類服精猛。胡爲百歲後，仙鬼互馳騁。窈然留新詩，讀者爲悲哽。（**何焯眉**）不可無注。（**翁同書夾**）王注：以上並寺中事。東軒有佳致，雲水麗千頃。熙熙覽生物，春意頗凄冷。（**何紹基乙眉**）今日虎丘，殊無此致。我來屬無事，（《**角山樓**》**評**）至此方入己情。暖日相與永。喜鵲翻初旦，愁鳶蹲落景。坐見漁樵還，新月溪上影。（**查慎行評**）細静。（**毛西原眉**）查云“細静”。悟彼良自咍，歸田行可請。

【彙評】

《**唐宋詩醇**》：作虎丘詩者，多是緣情綺靡。若此詩，則但見其幽折閑静耳。是非時會不同,乃其命筆取材,别開生徑。觀前此白居易於東武丘有"怪石千僧坐,靈池一劍沉"之句,於西武丘有"摇曳雙紅旆,娉婷十翠娥"之句。烏鵲黄鸝,紅欄緑浪,唐時已極繁華豔冶矣。故知此詩是有意避喧,力求岑寂也。

《**角山樓**》:此詩逐節實叙,間作一二論斷,是爲游覽詩中一格。

毛西原:詩凡十四韻,間以排對,通首精警。

常潤道中有懷錢塘寄述古五首

(**何紹基乙眉**)止前兩首佳。(**張問陶評**)五首句句可歌可詠。

從來直道不辜身,得向西湖兩過春。(**翁同書夾**)謂述古。(**何紹基乙眉**)起有力。沂上已成曾點服,泮宫初采魯侯芹。(**譚元春評**)"沂上"一聯,不成話説。(**彭元瑞夾**)未詳所指。休驚歲歲年年貌,且對朝朝暮暮人。(**翁同書眉**)"朝朝暮暮"句,何義門云"當緣述古有家妓故也"。細雨晴時一百六,畫船鼉鼓莫違民。(**錢廷錦甲旁**)韻落不穩。

【彙評】

劉弘:語直道事人。寒食節,杭俗最競。

草長江南鶯亂飛,年來事事與心違。花開後院還空落。(**錢廷錦甲夾**)領。燕入華堂怪未歸。(**王文誥夾**)此聯從李太白《題東溪公幽居》"好鳥迎春歌後院,飛花送酒舞前檐"化出。世上功名何日是,樽前點檢幾人非。(**劉辰翁夾**)此是此非正好。(**紀昀夾**)二句太滑,遂令通篇削色。(《**角山樓**》**評**)七律全仗五、六轉關有力,紀嫌

"太滑",洵然。去年柳絮飛時節,記得金籠放雪衣。(**杭人以放鴿爲太守壽**。)(**錢廷錦乙眉**)感慨歷落,有唐人風致。(**錢廷錦甲旁**)似韓致堯。(**曾國藩夾**)按映雪堂刻東坡帖,有"開龍若放雪衣女,長念金剛般若經"一事,亦與此詩相合。(**翁同書眉**)末二句指放雪衣女事,而自注反托之放鴿,狡獪一至於此,若非翁氏究其原委,幾被先生瞞過。

【彙評】

《**唐宋詩醇**》:"慨當以慷,憂思難忘。"此詩結句有"放鴿爲壽"之自注。趙堯卿遂引唐《譚賓録》言:"天寶宮中呼白鸚鵡爲雪衣,此詩借呼鴿爲雪衣。"然考田汝成《西湖志》稱:東坡有真迹云,杭州營妓周韶能詩,子容過杭,述古飲之,韶泣求落籍。子容曰:可作一絶。韶援筆立成曰:"隴上巢空歲月驚,忍看回首自梳翎。開籠若放雪衣女,長念觀音般若經。"韶時有服衣白,一坐嗟嘆,遂落籍。此詩寄述古,蓋指此事。故曰"記得金籠放雪衣"。雪衣正用白鸚鵡事,不必借呼放鴿也。詩作如是解,與前後數詩亦正相類。然軾自注,故作隱語,豈其避謗歟?

浮玉山頭日日風,(**即金山也**。)湧金門外已春融。(**翁同書夾**)有懷錢塘。二年魚鳥渾相識,三月鶯花付與公。(**翁同書夾**)兼寄述古。剩看新翻眉倒暈,未應泣别臉消紅。(**紀昀眉**)此應是爲官妓而發,説事大雅。(**毛西原眉**)紀云"應當爲官妓而發,説事大雅"。(**翁同書夾**)應爲官妓而作。何人織得相思字,寄與江邊北向鴻。

國豔夭嬈酒半酣,去年同賞寄僧檐。(**查慎行評**)先生《牡丹記》叙熙寧五年三月觀於吉祥寺。但知撲撲晴香軟,誰見森森曉態嚴。穀雨共驚無幾日,蜜蜂未許輒先甜。應須火急回征棹,一片辭枝可得黏。(**蕭奇中旁**)幻想起語。(**紀昀眉**)多不成語。(**錢廷錦乙眉**)牡丹爲穀雨花。

【彙評】

劉弘:“國豔”謂牡丹,用“穀雨”節候對“蜜蜂”蟲名,甚巧妙。曰“但知香軟”“誰見態嚴”,曰“驚無幾日”“未許先甜”,豈尋常直語,蓋將托其意焉。

惠泉山下土如濡,陽羡溪頭米勝珠。(**翁同書眉**)公時買田陽羡之黄土邨,後因訟,仍歸原主。(**王文誥夾**)公是時初至荆溪,此詩之意,因舊與蔣之奇有卜居陽羡之約而發,非買田時也。賣劍買牛吾欲老,殺雞爲黍子來無。(**譚元春評**)“賣劍”二語,世所賞愛,不當留之。(**毛西原眉**)“殺雞”句不配。紀云“深穩”。地偏不信容高蓋,俗儉真堪著腐儒。(**孫顒元校録**)此乃高祖謂隨何語。(《**角山樓**》**評**)對句沉著,逼杜。莫怪江南苦留滯,經營身計一生迂。(**紀昀眉**)此首深穩。

【彙評】

劉弘:“濡”,沾濡,言土脈潤厚。“米勝珠”,言米粒甚好也。“惠泉”,無錫惠山泉。“陽羡”“宜興”,地名,皆常州所屬。“劍牛”,龔遂事,此以借用。“雞黍”,范張事,舊注引《論語》,未貼詩意。○此五詩,先生感懷惜别,情極宛轉,誦之令人灑然。

刁景純賞瑞香花憶先朝侍宴次韻

上宛夭桃自作行,劉郎去後幾回芳。厭從年少追新賞,閑對宫花識舊香。欲贈佳人非泛洧,好紉幽佩吊沉湘。鶴林神女無消息,爲問何年返帝鄉。(**紀昀眉**)後四句寓興深微,置之玉溪生集中,不可復辨。

【彙評】

劉弘:此詩以一物之微,而感慨戀闕之意兩存,先生鍾愛若是哉!

同柳子玉游鶴林招隱醉歸呈景純

花時臘酒照人光,歸路春風灑面凉。劉氏宅邊霜竹老,戴公山下野桃香。岩頭匹練兼天净,泉底真珠濺客忙。(**紀昀眉**)中四句複調。(**錢廷錦乙眉**)"濺"字尤勝。安得道人攜笛去,一聲吹裂翠崖岡。(**何焯眉**)自然真境,不加妝點。(**趙克宜評**)亦湊。

景純見和復次韻贈之二首

(**翁同書眉**)景純與歐陽永叔、富彦國齊名,長於東坡者四十三歲,相與爲忘年交。

解組歸來道益光,坐看百物自炎凉。卷簾堂上檀槽鬧,(**蕭奇中夾**)華。送客林間樺燭香。(**錢廷錦乙眉**)高華清貴,亦可以樂矣。淺量已愁當酒怯,非才尤覺和詩忙。何人貪佩黄金印,千柱耽耽鎖北岡。

【彙評】

劉弘:前四句美景純,後四句先生自言。

人間膏火正争光,每到藏春得暫凉。多事始知田舍好,凶年偏覺野蔬香。(**張廷濟旁**)有味。(**翁同書夾**)閱歷之言。(**蕭奇中夾**)可以□布,可以知分。(**錢廷錦甲眉**)阮白最賞此連。溪山勝畫徒能説,來往如梭爲底忙。老去此身無處著,爲翁載插萬松岡。

【彙評】

劉弘:詩意皆先生自謂。

譚元春:後太率易,"多事"二句却好,與"賣劍買牛""殺雞爲粟"有沉浮之别。

柳子玉亦見和因以送之兼寄其兄子璋道人

(**譚元春評**)亦難尋好處。

不羡腰金照地光,暫時假面弄西涼。晴窗咽日肝腸暖,(**翁同書夾**)指子璋道人。古殿朝真屨袖香。説静故知猶有動,(**紀昀夾**)此種直是禪偈。無閑底處更求忙。先生官罷乘風去,何用區區賦陟岡。(**翁同書夾**)兼寄其兄。

【彙評】

劉弘:有灑然世外之意,况辭理俱到。

子玉家宴用前韻見寄復答之

自酌金樽勸孟光,(**蕭奇中夾**)亦趣。更教長笛奏伊涼。(**子玉家有笛妓。**)牽衣男女繞太白,(**錢廷錦甲眉**)故是敗筆。扇枕郎君煩阿香。(**嚴虞惇眉**)"牽衣"二句未工。詩病逢春轉深痼,愁魔得酒暫奔忙。醒時情味吾能説,日在西南白草岡。

景純復以二篇一言其亡兄與伯父同年之契一言今者唱酬之意仍次其韻

（**杭世駿眉**）此首韻脚已如强弩之末。（**何紹基乙眉**）僅管次韻，有何意味，公於此浪費煙墨矣。

靈壽扶來似孔光，感時懷舊一悲涼。蟾枝不獨同攀桂，（**紀昀夾**）“蟾枝”字鄙。（**錢廷錦甲夾**）同年。雞舌還應共賜香。（**亦同爲郎**。）等是浮休無得喪，粗分憂樂有閑忙。年來世事如波浪，鬱鬱誰知柏在岡。

屢把鉛刀齒步光，（**翁同書眉**）查注：首句用曹子建《七啓》中“步光之劍”，華藻繁縟。更遭華衮照厖凉。（**翁同書夾**）皆自謙之詞。蘇門山上莫長嘯，薝蔔林中無別香。燭燼已殘中夜刻，槐花還似昔年忙。背城借一吾何敢，慎莫樽前替戾岡。（**翁同書夾**）借言不敢再出和篇之意。（**趙克宜評**）結句使事更湊。

金山寺與柳子玉飲大醉卧寶覺禪榻夜分方醒書其壁

（**紀昀眉**）語覺微快，然自奇崛。

惡酒如惡人，相攻劇刀箭。頹然一榻上，勝之以不戰。（**劉辰翁夾**）亦自意表。（**蕭奇中夾**）便妙。詩翁氣雄拔，禪老語清軟。（**翁同書夾**）寶覺。我醉都不知，但覺紅緑眩。（**蕭奇中夾**）肖。醒時江月墮，撼撼風響變。惟有一龕燈，二豪俱不見。（**查慎行評**）即此可入禪悟。（**紀昀眉**）結用“二豪”，太難爲子玉、寶覺。然一首兀傲詩，非如此兀傲作結便不配，所謂“箭在弦上”也。（**毛西原眉**）奇崛。

紀云"結用'二豪',太難爲子玉、寶覺。然一首兀傲詩,非如此兀傲作結便不配,所謂'箭在弦上,不得不發'也"。

【彙評】

劉辰翁:此詩宜用榴皮寫。

《唐宋詩醇》:豪放精悍,全是規仿《頌酒》之篇。

大風留金山兩日

(**紀昀眉**)筆力横恣。(**方東樹評**)道妙。(**賴山陽評**)詩題極簡潔,而金山之形勢如見,此等尤可法者。

塔上一鈴獨自語,(**蕭奇中夾**)妙。明日顛風當斷渡。(**查慎行評**)"明日"句乃鈴聲也。(**翁同書夾**)七字即鈴語。(**何焯眉**)即作鈴語,游戲神妙。第二句即鈴聲也。(**賴山陽評**)自大風將來著筆,極妙。(**毛西原眉**)斗起新奇。"明日"七字竟作"鈴語",尤爲奇絶。朝來白浪打蒼崖,(**賴山陽評**)"白浪"與"蒼崖",句中爲對。倒射軒窗作飛雨。(《**角山樓**》**評**)發端斗峭,死事活用,落想絶奇。龍驤萬斛不敢過,漁舟一葉從掀舞。(**查慎行甲眉**)《苕溪漁隱》曰:"對句法,人不過以事以意,出處備具謂之妙,不若東坡之奇特,如曰'見説騎鯨近汗漫,亦曾捫蝨話辛酸',又曰'龍驤萬斛不敢過,漁舟一葉從掀舞',以'鯨'爲'蝨'對,'龍驤'爲'漁舟'對,大小氣焰了不等,其意若玩世,而秀潔之氣終不少没。"(**賴山陽評**)六句中,叙大風之景,開合抑揚,波瀾頓挫,盡具此,以有"塔上"云云句耳。細思城市有底忙,却笑蛟龍爲誰怒。(**翁同書夾**)二句有味。(**何紹基乙眉**)以阻風爲快。(**賴山陽評**)嘲笑語調,古來今東坡一人耳。無事久留童僕怪,此風聊得妻孥懺。(**紀昀夾**)二句是金山阻風,中有景有人在。(**毛西原眉**)紀云"筆力橫恣。'無事'二句是金山阻風中有景有人在"。中六句用排對。(《角山樓》評)二語合寫入情。灊山道人獨何事,(翁同書夾)謂參寥。半夜不眠聽粥鼓。(何焯眉)結得無謂却妙。(查慎行評)先生守杭時,過高郵,與少游、參寥同行。(賴山陽評)如此結法,他人所無。五古猶可,七古必不可用。此等後來不可學者。(查慎行丙評)先生自徐移湖,過高郵,與少游、參寥同行。游金山時,兩公皆在焉。故前篇少游有和詩。此篇結句所云"灊山道人",即參寥也。

【彙評】

《唐宋詩醇》:"明日顛風當斷渡"七字,即鈐語也。奇思得自天外軒窗飛雨,寫風浪之景,真能狀丹青所莫能狀。末忽念及灊山道人不眠而聽粥鼓,想其濡墨揮毫,真有御風蓬萊、泛彼無垠之妙。

陳衍:一起突兀,似有佛圖澄在座,收無聊。

監洞霄宫俞康直郎中所居四詠

(紀昀眉)句句皆含退意,竟不説破,又是一格。(蕭奇中眉)句意沉密,與後三詩不同。

退　圃

百丈休牽上瀨船,一鈎歸釣縮頭鯿。園中草木春無數,只有黄楊厄閏年。(俗説黄楊歲長一寸,遇閏退三寸。)

逸　堂

新第誰來作並鄰,舊官寧復憶星辰。(彭元瑞夾)用夜見"星辰"隱"舊官"。請君置酒吾當賀,知向江湖拜散人。

遁　軒

（**紀昀眉**）此首太獷氣。

冠蓋相望起隱淪，先生那得老江村。古來真遁何曾遁，（**蕭奇中夾**）達人。笑殺逾垣與閉門。（**王文誥夾**）四首不脱下一字，此首以閉門扣住“軒”字，其用泄柳，非手滑也。然一氣讀下，却將此意瞞過，特指出之。

遠　樓

西山煙雨卷疏簾，北户星河落短檐。不獨江天解空闊，地偏心遠似陶潛。

游鶴林招隱二首

（**查慎行甲眉**）按《欒城集》有《次韻子瞻招隱寺五言古詩一首》，而本集失原作。

郊原雨初霽，春物有餘妍。古寺滿修竹，深林聞杜鵑。（**紀昀夾**）不減“曲徑通幽”之句。（**毛西原眉**）紀云“不減‘曲徑通幽’之句”。（**《角山樓》評**）“古寺”二句，語意天然，與“兩邊山木合，終日子規啼”同一境象。睡餘柳花墮，目眩山櫻然。西窗有病客，危坐看香煙。

行歌白雲嶺，坐詠修竹林。風輕花自落，日薄山半陰。澗草誰復識，聞香杳難尋。時見城市人，幽居惜未深。（**陳仁錫眉**）極似。（**紀昀眉**）此首亦直逼唐人。（**譚元春評**）蘇詩當選此類爲主，方以沉、快二種别，窮其才之所至與性之所近耳。（**毛西原眉**）紀云“此首亦直逼唐人”。

【彙評】

劉辰翁:好詩。後首又好,句句清。

《唐宋詩醇》:二作風格清腴,絶似韋柳。

毛西原:二首俱老格。

書普慈長老壁(志誠)

普慈寺後千竿竹,醉裏曾看碧玉緣。倦客再游行老矣,高僧一笑故依然。(**紀昀眉**)三、四用文句,極其自然,無宋人文句之野氣。(**《角山樓》評**)必如此自然,纔可闌入别調。久參白足知禪味,苦厭黄公(**鳥名。**)聒晝眠。惟有兩株紅杏葉,晚來猶得向人妍。

書焦山綸長老壁

(**杭世駿眉**)此種詩不可學,亦不必看,並念坡公亦不必作,作亦不可存。開堂説法之僧,胸中了無清氣,每借此種口頭禪以欺騙聾瞶,輾轉迷謬,長墮惡道。(**紀昀眉**)直作禪偈,而不以禪偈爲病,語妙故也。不討人厭處在揮灑自如,微不滿人意處在剽而不留。(**毛西原眉**)紀云“直作禪偈,而不以禪偈爲病,語妙故也。不討人厭在揮灑如意,微不滿人意處在剽而不留”。評極當。

法師住焦山,而實未嘗住。我來輒問法,法師了無語。(**蕭奇中夾**)好。法師非無語,不知所答故。(**蕭奇中夾**)申文,妙。(**紀昀夾**)節拍天然。君看頭與足,本自安冠屨。譬如長鬛人,(**蕭奇

中眉)善於説佛,善於參禪。不以長爲苦。一旦或人問,(**蕭奇中夾**)多此一問。每睡安所措?歸來被上下,一夜著無處。(**彭元瑞眉**)不討人厭處在揮灑如意,微不滿人意處在剽而不留。輾轉遂達晨,意欲盡鑷去。(**嚴虞惇夾**)以文爲戲。(**紀昀夾**)二句可删。(**何焯眉**)世人因老坡此論,遂僞造蔡君謨事以實之。(**毛西原眉**)紀云"'輾轉'二句可删"。亦不必。此言雖鄙淺,故自有深趣。持此問法師,法師一笑許。(**翁同書眉**)王注:此篇先生用小説中一段故事,裁以爲詩,而意最高妙。(**何焯旁**)以手爲口,深於旁行,四句之書。"四句"二字尚須一查。(**毛西原眉**)公即長鬣人也,被上下無著處,是謂本色風光。一笑。

【彙評】

劉辰翁:變化幻實,直是動悟得人。

《**角山樓**》:禪語爛熟,涉筆自成奇趣,是對長老語,是題壁詩,非可一概用此格也。

刁景純席上和謝生二首

誤入仙人碧玉壺,一歡那復間親疏。杯盤狼藉吾何敢,(**杭世駿眉**)後三字對下"子甚都",嫌其無出,便欠渾成。車騎雍容子甚都。(**錢廷錦甲夾**)謝生。此夜新聲聞北里,他年故事紀南徐。(**張廷濟眉**)北路魚,南路徐。欲窮風月三千界,願化人天百憶軀。(**蕭奇中眉**)豪暢如飛。(**翁同書眉**)李義山詩:"何當百億蓮華上,一一蓮華見化身。"(**嚴虞惇眉**)錢牧齋《有學集》中詩,造此境界。(**錢廷錦甲眉**)正言一人不能窮也。

縱飲誰能問挈壺,不知門外曉星疏。綺羅勝事齊三閣,賓主談鋒敵兩都。榻畔煙花嘗嘆杜，海中童丱尚追徐。毋多酌我公須聽，醉後粗狂膽滿軀。（**蕭奇中眉**）壯哉。

【**彙評**】

劉弘：二詩豪放寫具，引據不泥。

留別金山寶覺圓通二長老

沐罷巾冠快晚凉，睡餘齒頰帶茶香。艤舟北岸何時渡，晞髮東軒未肯忙。康濟此身殊有道，醫治外物本無方。（**紀昀眉**）此則宋調之取厭者。風流二老長還往，顧我歸期尚渺茫。

無錫道中賦水車

（**何焯眉**）每賦一首，當庸人難下手處，必刻其骨，直從古樂府得來。（**紀昀眉**）節短勢險，句句奇矯。（**王文誥旁**）此詩與《瓶笙》同一手法。

翻翻聯聯銜尾鴉，犖犖確確蜕骨蛇。（**蕭奇中夾**）二語肖甚。（**查慎行評**）二語略盡形制。分疇翠浪走雲陣，刺水緑針抽稻芽。洞庭五月欲飛沙，（**翁同書夾**）指太湖之洞庭。鼉鳴窟中如打衙。（**何紹基乙眉**）見水車之無濟也。天公不見老農泣，唤取阿香推雷車。（**紀昀眉**）結句四平未諧調，然義山《韓碑》已有此法。（**《角山樓》評**）言天公豈不見老農泣乎，宜雷雨以救其旱也。"雷車"字點染本題。（**翁同書旁**）言水車之利不及雷車所霑者廣也。（**毛西原眉**）紀云"節短勢險，句句奇矯"。又云"結句四平未諧調，然《韓碑》詩有此句法"。按此等句法甚多,不爲不諧也。

【彙評】

毛西原:一起即設兩喻,奇而諧。

《**唐宋詩醇**》:只是體物著題,觸處靈通,别成奇光異彩。想當施手時,巨刃摩天揚,此之謂也。賦物得此,神力罕匹。

杭州牡丹開時僕猶在常潤周令作詩見寄次其韻復次一首送赴闕

(**蕭奇中眉**)甚深情,人乃覺與物寡情,讀之情淚題下。

羞歸應爲負花期,已是成陰結子時。與物寡情憐我老,遺春無恨賴君詩。玉臺不見朝酣酒,金縷猶歌空折枝。從此年年定相見,欲師老圃問樊遲。(**紀昀眉**)此首賦牡丹。(**翁同書眉**)此首感牡丹。

莫負黄花九日期,人生窮達可無時。十年且就三都賦,(**錢廷錦甲夾**)赴闕。萬户終輕千首詩。(**蕭奇中夾**)可傷可感。天静傷鴻猶戢翼,(**蕭奇中眉**)黯然久之。月明驚鵲未安枝。(**紀昀眉**)用比,更覺深警。君看六月河無水,(**蕭奇中夾**)好絶,好絶。萬斛龍驤到自遲。(**蕭奇中夾**)不言舟也想之。(**紀昀眉**)此首送赴闕。

蘇州閭丘江君二家雨中飲酒二首

(**何紹基乙眉**)公此等詩竟無佳者,唱"大江東"本領然也。(**張問陶評**)前首詠座中歌妓之美,而言酒醒之寂寞。二首追昔日之風流,而嘆今時之不然也。

小圃陰陰遍灑塵，方塘瀲瀲欲生紋。已煩仙袂來行雨，莫遣歌聲便駐雲。(**劉辰翁夾**)來得便灑落。肯對綺羅辭白酒，試將文字惱紅裙。(**紀昀眉**)中四句平頭。今宵記取醒時節，點滴空階獨自聞。(**紀昀眉**)推過一步作結，便脱窠臼。(**劉辰翁評**)雨中樂意甚不凡俗。

五紀歸來鬢未霜，十眉環列坐生光。喚船渡口迎秋女，駐馬橋邊問泰娘。(**錢廷錦乙眉**)工。曾把四弦娱白傅，敢將百草鬥吴王。(**紀昀眉**)中四句切脚礙格，四古人名尤礙格。(**何焯夾**)句句切蘇州。從今却笑風流守，畫戟空凝宴寢香。(**何焯旁**)却覺工而短味，此唐宋所以相絶。

次韻沈長官三首

家山何在兩忘歸，杯酒相逢慎勿違。不獨飯山嘲我瘦，也應糠核怪君肥。

男婚已畢女將歸，累盡身輕志莫違。聞道山中食無肉，玉池清水自生肥。

造物知吾久念歸，似憐衰病不相違。風來震澤帆初飽，(**錢廷錦甲夾**)以"飽"字脱出"肥"字。雨入松江水漸肥。(**錢廷錦甲夾**)更妙。

戲書吴江三賢畫像三首(劉辰翁旁)三詩皆戲語。

(**紀昀眉**)詠古絶句之正格。(**毛西原眉**)紀云"詠古絶句之正格”。(**何焯眉**)此是兩句一對格。(**蕭奇中旁**)戲意全逗。

范蠡

誰將射御教吴兒,長笑申公爲夏姬。(**蕭奇中夾**)恰合。却遣姑蘇有麋鹿,更憐夫子得西施。(**蕭奇中旁**)言外。(**孫顥元校録**)□二語本《史記·淮南王傳》,《漢書》在《伍被傳》。“麋鹿”句乃伍被述子胥諫語,“宮中荆棘”句乃被自諫淮南語。故曰“今臣亦見宮中生荆棘”云。注既不書臺名,又删去虚字,兩意並作一語。(**嚴虞惇眉**)霸越亡吴事,偶然鴟誇,真是五湖仙,不須更説,知機早直爲西施也,自賢即用坡句爲戲。(**何焯夾**)脱却“賢”字。(**袁宏道評**)轉折費講,意愈妙,詩法愈已矣。(**毛西原眉**)《墨子》:“西施之沉,其美也。”若此詩,則西施歸范矣。

張翰

(**何紹基乙眉**)自藴藉。

浮世功勞食與眠,季鷹真得水中仙。不須更説知機早,直爲鱸魚也自賢。(**蕭奇中夾**)篤論。(**蕭奇中眉**)非學人不能爲是語,小人則曰爲一腹之供耳。(**何焯眉**)“賢”字在中一首,點出此三首章法也。凡題有事不相屬者,又别有意求。(**《角山樓》評**)淺説更妙,此殆即王贊詩意而反言之,身分愈高。(**毛西原眉**)透過一層新甚。

陸龜蒙

(**紀昀眉**)惜其未能逃名也,用本事點綴有致。(**毛西原眉**)紀云“惜其未能逃名也,用本事點綴有致”。(**翁同書眉**)貫穿之法,從七詩隅反可以。

千首文章二頃田，囊中未有一錢看。却因養得能言鴨，驚破王孫金彈丸。（**何焯夾**）脱却“賢”字。

【彙評】

毛西原：第一首不爲佳作。

和劉孝叔會虎丘時王規甫齋素祈雨不至二首

白簡威猶凜，青山興已穠。（**紀昀夾**）此“穠”字不可作“濃淡”之“濃”。鶴閑雲作氅，駝卧草埋峰。跪履若可教，卜鄰應見容。因公問回老，何處定相逢。（**翁同書眉**）此首贈孝叔。

太常齋未解，（**錢廷錦甲夾**）王齋不至。不肯對纖穠。（**蕭奇中夾**）率甚。只遣三千履，（**杭世駿眉**）累句。來游十二峰。林空答清唱，潭净寫衰容。歸去瑶臺路，還應月下逢。（**翁同書眉**）此首贈規父。

過永樂文長老已卒

（**蕭奇中眉**）可傷可感，可悟可醒。

初驚鶴瘦不可識，旋覺雲歸無處尋。三過門間老病死。（**王文誥夾**）謂初過而老，再過而病，三過而死。合下句讀之，正言其速。一彈指頃去來今。（**查慎行評**）天然絶對。（**紀昀眉**）查云“三四爲巧對”。然作對太巧是一病，特此尚未太礙格。（**毛西原眉**）查云“三四巧對”。紀云“做對太巧是一病，特此尚未礙格。後半曲折頓挫”。真亡句真到。存亡慣見渾無淚，（**蕭奇中夾**）達人之言。鄉井難忘尚有心。（**蕭奇中夾**）亦真。欲向錢塘訪圓澤，（**蕭奇中夾**）又寄思。葛洪川畔待秋深。(**紀昀眉**)後半曲折頓挫。

【彙評】

劉辰翁:語句自超。坡嘗有詩云:“每逢蜀客談終日,便覺蛾眉翠掃空。”又嘗一夜至其方丈,而時已三更。此詩末句尤感切先生於一鄉僧如此。

《**唐宋詩醇**》:寄感嘆於解脱,挽長老合作如是語。

范大士:吊出世人,自應在有意無意之間。

《**角山樓**》:意沉著而語流美,七律佳境。

贈張刁二老

(**紀昀眉**)疵累太重。

兩邦山水未凄涼,二老風流總健强。共成一百七十歲,各飲三萬六千觴。(**紀昀眉**)三、四乃香山野調。藏春塢裏鶯花鬧,仁壽橋邊日月長。惟有詩人被磨折,(**次公注**)詩人指言子野。(**張問陶評**)詩人似是先生自謂,贈兩公詩不應獨以子野作收,又不應言其磨折零落。)金釵零落不成行。(**翁同書旁**)查注:“詩人,先生自謂。”《補注》引王氏舊文,謁。(**張問陶評**)公前套《贈朝雲》詩序云:“余家有數妾,四五年相繼辭去,獨朝雲隨余南遷。”即所爲“零落不成行”也。

【彙評】

劉弘:寄張、刁,兩州人物,故曰“兩邦”。言其“山水未凄涼”者,因二老風流尚康健,可謂重其人也。時各八十五,則“共成一百七十歲”。“藏春塢”,乃刁公塢名。“仁壽橋”,子野所居。“金釵成行”,借僧孺故事。言先生蓋嘲戲子野寵姬之多。

去年秋偶游寶山上方入一小院闃然無人有僧隱几低頭讀書與之語漠然不甚對問其鄰之僧曰此雲闍黎也不出十五年矣今年六月自常潤還復至其室則死葬數月矣作詩題其壁

(蕭奇中夾)慨。**(紀昀眉)**出手頗率。

雲師來寶山,一住十五秋。讀書常閉户,客至不舉頭。**(蕭奇中夾)**有會。去年造其室,清坐忘百憂。我初無言説,師亦無對酬。**(蕭奇中夾)**兩見,妙。今來復扣門,空房但颼飀。雲已滅無餘,薪盡火不留。却疑此室中,常有斯人不。所遇孰非夢,事過吾何求。**(蕭奇中旁)**不獨生死,彼之乘高軒,席尊位者,今安在哉?

【彙評】

譚元春:詩有平平無大尋味,而其事其人可念,亦得久存者,此類是也。

聽僧昭素琴

(何焯眉)入微。**(紀昀眉)**絶似香山。

至和無攫醳,至平無按抑。**(劉辰翁夾)**如此指法,殆廢甚未喻也。不知微妙聲,究竟何從出。**(蕭奇中眉)**亦先生"琴上""指上"意。散我不平氣,洗我不和心。此心知有在,尚復此微吟。**(何焯眉)**養空而游。

【彙評】

《**唐宋詩醇**》:是真識琴中意者,朱弦疏越,可以釋躁平矜。

僧惠勤初罷僧職

(**查慎行評**)如今僧綱司也。

軒軒青田鶴,鬱鬱在樊籠。(**紀昀眉**)取喻精警,語亦高渾。(**毛西原眉**)紀云“取語精警”。清新。既爲物所縻,遂與吾輩同。今來始謝去,萬事一笑空。新詩如洗出,不受外垢蒙。清風入齒牙,出語如風松。(**蕭奇中夾**)亦新。霜髭茁病骨,饑坐聽午鐘。非詩能窮人,窮者詩乃工。此語信不妄,吾聞諸醉翁。

【彙評】

《**唐宋詩醇**》:能不爲外垢所蒙,不待罷職而詩乃工也。惠勤先爲歐陽所知,故又舉“詩窮益工”之語以諷之。與序惠勤詩集同意。

游靈隱高峰塔

(**何焯眉**)此等詩正所謂絢爛之極,非平淡也。(**紀昀眉**)直起直收,不著一語,而義蘊甚深。(**毛西原眉**)紀云“直起直收,不著一語,而義蘊甚深”。

言游高峰塔,蓐食治野裝。火雲秋未衰,及此初旦涼。(**蕭奇中夾**)游情。霧霏岩谷暗,日出草木香。嘉我同來人,久便雲水鄉。相勸小舉足,前路高且長。古松攀龍蛇,怪石坐牛羊。漸聞鐘磬音,飛鳥皆下翔。(**紀昀夾**)寫出大善知識境界。(**毛西原眉**)紀云"寫出大善知識境界"。(《**角山樓**》**評**)四語拈出真境,自然超妙。入門空有無,雲海浩茫茫。(**何焯眉**)高山古刹中,身歷乃見其妙。惟見聾道人,老病時絕糧。問年笑不答,但指穴藜床。心知不復來,欲歸更彷徨。(**蕭奇中夾**)真境。贈別留匹布,今歲天早霜。(**何焯眉**)結是紀事,却見飄忽之妙。(**蕭奇中旁**)結厚。(**譚元春評**)結語皆一層在上,所以有氣運。(**毛西原眉**)清景静思。

【彙評】

劉辰翁:寧歸又五十餘年即聾道人。

《**唐宋詩醇**》:"霧霏""日出",未舉足而景象既殊;"古松""怪石",及經行而應接不暇。"漸聞鐘磬音,飛鳥皆下翔"十字,畫出古寺清晨登高覽勝之妙。"入門"以後,但記一時與道人留連贈答,語盡便住,象外傳神,正復無際。

八月十七日天竺山送桂花分贈元素

(**翁同書夾**)查注"天竺桂花六出,此州所無"。

月缺霜濃細蕊乾,此花無屬桂堂仙。鷲峰子落驚前夜,蟾窟枝空記昔年。(**蕭奇中夾**)意亦工。(**翁同書夾**)謂元素中甲科。破裓山僧憐耿介,練裙溪女鬥清妍。願公採擷紉幽佩,莫遣孤芳老澗邊。

捕蝗至浮雲嶺山行疲苦有懷子由弟二首

西來煙障塞空虛,灑遍秋田雨不如。新法清平那有此,(**蕭

奇中夾)憤極。老身窮苦自招渠。(**何紹基乙眉**)直罵。無人可訴烏銜肉,憶弟難憑犬寄書。(**蕭奇中夾**)對法輕妙。(**錢廷錦乙眉**)工巧。自笑迂疏皆此類,區區猶欲理蝗餘。(**譚元春評**)初讀似累,再讀喜其意厚。(**紀昀眉**)亦嫌太露。

霜風漸欲作重陽,熠熠溪邊野菊黄。久廢山行疲犖確,尚能村醉舞淋浪。(**紀昀眉**)"村醉"二字生造。獨眠林下夢魂好,回首人間憂患長。(**杭世駿眉**)律對至坡而變,亦至坡而壞。如頸聯只是率意而道,鍛煉之功疏矣。殺馬毁車從此逝,(**嚴虞惇眉**)何必如此,亦太過。子來何處問行藏。(**譚元春評**)氣完矣,雖平常亦好。(**潘奕雋眉**)此等詩清蒼老横,洗盡中晚委靡習氣。所以上配少陵、昌黎而無愧色者,儷青妃白家無從望其肩背。(**何紹基乙眉**)非疲苦安得此佳語。

青牛嶺高絶處有小寺人迹罕到

(**紀昀眉**)語語脱灑,咫尺而有萬里之勢。(**毛西原眉**)紀云"語語脱灑,咫尺而有萬里之勢"。

暮歸走馬沙河塘,(**劉辰翁夾**)自續其詩云耳。爐煙裊裊十里香。朝行曳杖青牛嶺,崖泉咽咽千山静。(**蕭奇中夾**)先暮而朝,詩情之妙。君勿笑老僧,耳聾唤不聞,百年俱是可憐人。(**蕭奇中眉**)透頂語隨口來。明朝且復城中去,白雲却在題詩處。(**紀昀眉**)結得縹緲,然中有寓托,不同泛作杳杳冥冥語。(**毛西原眉**)紀云"結得縹緲,然中有寓意,不同泛作杳杳冥冥語"。(《**角山樓**》**評**)唐人結處多作指點不盡語,饒有餘味。紀因與漁洋立異,故遇此等詩,每多費辭。

【彙評】

毛西原：八句四轉韻，節短而味長。

新城陳氏園次晁補之韻

（紀昀眉）忽作王孟清音，亦復相似。偶一爲之，亦是一種文字。（翁同書眉）《宋史》：補之年十七，隨父任，樂錢塘山川風物之麗，著《七述》以謁通判蘇軾，由是知名。（何焯眉）王韋之間。（查慎行評）忽作韋、柳格調，才人何所不能。

荒凉廢圃秋，寂歷幽花晚。山城已窮僻，况與城相遠。（紀昀夾）二句自好，有意故也。（毛西原眉）紀云"忽作王孟清音，亦復相似。偶一爲之，亦是一種文字。'山城'二句自好，有意故也"。既知清音可人，何以梵天寺作如許語。我來亦何事，徙倚望雲巘。不見苦吟人，清樽爲誰滿？（何焯眉）似王又似韋，于集中爲變調，正見才人無所不能。

【彙評】

《唐宋詩醇》：淡而能腴，王、韋後絶無僅有。

《角山樓》：脱胎於"高城已不見，况復城中人"之句，意境自佳，不甚似王、孟，後四語尤不相類。

梅聖俞詩集中有毛長官者今於潛令國華也聖俞没十五年而君猶爲令捕蝗至其邑作詩戲之

詩翁憔悴老一官，厭見苜蓿堆青盤。歸來羞澀對妻子，自比鯰魚緣竹竿。今君滯留生二毛，（查慎行評）叶"矛"。飽聽衙鼓眠黄紬。(**何紹基甲眉**)毛、紬。更將嘲笑調朋友,人道彌猴騎土牛。願君恰似高常侍,暫爲小邑仍刺史。不願君爲孟浩然,却遭明主放還山。(**何焯眉**)有兩句隔對者矣,四句遥對,創自先生。(**紀昀眉**)晚唐五代之下調,東坡何以爲之。(**王文誥夾**)清出"猶爲"之意,題所謂"戲"者在是。宦游逢此歲年惡,飛蝗來時半天黑。羡君封境稻如雲,蝗自識人人不識。(**王文誥夾**)一結極予國華,是首提聖俞本旨,其轉關處,觸著便到。眼光稍鈍,即落後矣,故曉嵐不喜此詩。

與毛令方尉游西菩提寺二首

(**毛西原眉**)二詩皆清妥。

推擠不去已三年,魚鳥依然笑我頑。人未放歸江北路,天教看盡浙西山。(**蕭奇中夾**)亦暢。(**查慎行評**)樂天得意句。(**陳衍評**)三、四摹仿樂天。尚書清節衣冠後,(**錢廷錦甲夾**)毛。處士風流水石間。(**錢廷錦甲夾**)方。(**杭世駿眉**)二語近今人應酬。(**紀昀夾**)切姓便俗。工部之"杜酒""張梨",不可訓也。(**翁同書眉**)用古事貼人姓,此本古法,少陵集中多有之。(**毛西原眉**)查云"三、四香山得意句"。紀云"切姓便俗。工部之'杜酒''張梨',不可訓也"。不解紀何以不許人切姓,似此何礙?一笑相逢那易得,數詩狂語不須删。(**何紹基乙眉**)尚經營。

路轉山腰足未移,水清石瘦便能奇。白雲自占東西嶺,(**翁同書夾**)承"石瘦"。明月誰分上下池。(**翁同書夾**)承"水清"。(**陳衍評**)三四摹仿樂天。黑黍黄粱初熟後,朱柑緑橘半甜時。人生此樂須天付,莫遣兒曹取次知。(**紀昀眉**)已開劍南之派。(**毛西原眉**)紀云"已開劍南之派"。按亦不似劍南,讀者自知之。

【彙評】

劉辰翁：反東山語。

譚元春：前首結句尚非全璧，何不省此一首，留心末韻？

《**唐宋詩醇**》：首作不露刻斫經營之迹，自成高唱。五、六用毛玠、方干貼二人姓，此本古法，少陵集中多有之。僧祖可謂毛令是毛玠之後，或並疑方尉是方干後人，妄矣。次作"白雲"句承"石瘦"來，"明月"句承"水清"來，"黑黍黄粱"池旁之所見也，"朱柑緑橘"，嶺上之所植也。錯雜寫來，自然合拍。惟其才高而氣雄，故雖清、白、黑、黄等字疊見，不嫌其複。

范大士：氣雄詞勃，更復天機灑灑然。

王文濡：於一氣奔放之中，仍復細膩熨帖；子瞻詩紀律謹嚴，於此可見。

聽賢師琴

（**紀昀眉**）意境甚闊，不知其爲四韻詩。（**毛西原眉**）直頭突起不裝頭，是從韓詩《聽穎師琴》來著，通首不全效耳，亦八句四轉韻格。紀云"意境甚闊，不知其爲四韻詩"。

大弦春温和且平，小弦廉折亮以清。（**錢廷錦乙眉**）僧儀海曰："温和""廉折"，絲聲皆然，不獨琴也；"牛鳴盎""雉登木"，概言角宫，不獨絲也。平生未識宫與角，（**賴山陽評**）四字，一篇眼目。但聞牛鳴盎中雉登木。門前剥啄誰叩門，山僧未閑君勿嗔。（**譚元春評**）"山僧"忙得妙。（**劉辰翁旁**）然亦止是兩句，又皆見成語，頗未覺其妙。歸家且覓千斛水，（**賴山陽評**）非東坡不能言。净洗從前箏笛耳。（**杭世駿眉**）渾脱。（**賴山陽評**）結法輸《聽穎師琴》詩。

【彙評】

《**唐宋詩醇**》:《聽穎師琴》詩,曲中疾徐之節;《聽賢師琴》詩,别傳離合之神。兩詩足以並峙,義海俗工,譽韓毁蘇。《復齋漫録》直以不學斥之,最堪砭愚擊蒙。

《**角山樓**》:直起直落,大筆淋漓,亦因歐公議昌黎《聽琴》詩,故别開一徑。前半實賦,後半却於虚步掉弄,托高身分。

賴山陽:歐公問東坡:"琴詩何者爲佳?"東坡舉退之《聽穎師琴》詩,公云是琵琶詩。義海聞之曰:"公不精琴,故云爾耳。"如東坡此詩,反不如退之之切,所以不可不輸也。

贈寫真何充秀才

(**蕭奇中旁**)沉雄瀟宕,古之遺。(**紀昀眉**)意境甚淺。(**翁同書旁**)本集《與王定國尺牘》云:"蘇州何充畫真,雖不全似,而筆墨之精,已可奇也。"

君不見潞州别駕眼如電,左手挂弓横撚箭。又不見雪中騎驢孟浩然,皺眉吟詩肩聳山。饑寒富貴兩安在,空有遺像留人間。此身常擬同外物,浮雲變化無蹤迹。問君何苦寫我真,君言好之聊自適。(**杭世駿眉**)筆隨意轉,承蜩弄丸,無以過也。黄冠野服山家容,意欲置我山岩中。勳名將相今何限,往寫褒公與鄂公。(**蕭奇中眉**)感在此,恨在此。(**翁同書眉**)無限感慨。

【彙評】

賴山陽:世服蘇之廣長舌,不知其收舌不盡展者更好。……《贈寫真何充》皆豐約合度,姿態可觀。

回先生過湖州東林沈氏飲醉以石榴皮書其家東老庵之壁云西鄰已富憂不足東老雖貧樂有餘白酒釀來因好客黄金散盡爲收書西蜀和仲聞而次其韻三首東老沈氏之老自謂也湖人因以名之其子偕作詩有可觀者

世俗何知貧是病,神仙可學道之餘。但知白酒留佳客,不問黄公覓素書。(錢廷錦乙夾)蓋惜之也。(劉辰翁評)黄石公爲黄公,坡用選例。

符離道士晨興際,華岳先生尸解餘。忽見黄庭丹篆句,猶傳青紙小朱書。

凄凉雨露三年後,仿佛塵埃數字餘。至用榴皮緣底事,中書君豈不中書。(蕭奇中眉)可參。

李行中秀才醉眠亭三首

已向閑中作地仙,更於酒裏得天全。從教世路風波惡,賀監偏工水底眠。

君且歸休我欲眠,人言此語出天然。醉中對客眠何害,須信陶潛未若賢。(孫顥元校録)按李白詩"明朝有意抱琴來"。附見王十朋集注本

孝先風味也堪憐,肯爲周公晝日眠。枕麴先生猶笑汝,枉將空腹貯遺編。

潤州甘露寺彈筝

(**紀昀眉**)小詩賦瑣事,意境却空闊有餘。(**毛西原眉**)紀云"小詩賦瑣事,意境却空闊有餘"。八句三轉韻格。

多景樓上彈神曲,欲斷哀弦再三促。江妃出聽霧雨愁,白浪翻空動浮玉。(**金山名**。)唤取吾家雙鳳槽,遣作三峽孤猿號。(**翁同書眉**)合注:"雙鳳槽"見前《送宋叔達》詩注,以使蜀所得之木,故曰"吾家"。而下句並用"三峽猿號"也。與君合奏芳春調,啄木飛來霜樹杪。(**何紹基甲眉**)"杪"平聲。

單同年求德興俞氏聚遠樓詩三首

(**譚元春評**)袁[宏道]選此三首是矣,但"一時收拾與閑人""何啻人間萬户侯""不知門外有塵寰"三語終是浮。浮一二語雖若無害,然浮一語而使通首之沉心幽響頓然失去,豈不可惜!(**紀昀眉**)此亦應酬詩,但題目不俗,故説來灑脱耳,實按之則空空無味。(**何紹基乙眉**)毫不粘滯,自是樓上好詩。

雲山煙水苦難親,野草幽花各自春。(**王文誥夾**)山之有雲,水之有煙,遠則見之,近無有也。故下云"苦難親"也。此七字已將作"聚遠"之意拘到筆下。若别本作"雪山",並失"煙"字之意。"青山緑水"更屬夢囈,且何以便見華巧,而"雪山煙水"即是拙樸耶?二句是遠,在下句承明。賴有高樓能聚遠,(**何焯夾**)"聚"字刻劃。一時收拾與閑人。

無限青山散不收,雲奔浪卷入簾鈎。(**王文誥夾**)"青山"如此用，便與“青山緑水”不同。亦從“聚遠”入手，前者明點“樓”字，此首暗點，故用“簾鈎”二字也。直將眼力爲疆界，何啻人間萬户侯。

聞説樓居似地仙，不知門外有塵寰。幽人隱幾寂無語，心在飛鴻滅没間。（**何焯旁**）第二氣概雖豪，未若此之清穩。（**王文誥夾**）收到“聚遠”。（**《角山樓》評**）真解人語。

平山堂次王居卿祠部韻

（**查慎行評**）王字壽民，登州人。（**毛西原眉**）慶曆八年二月，歐陽公守揚州作。是堂於蜀岡之大明寺，江南諸山拱立檐下，故曰“平山”。沈括爲前記，洪邁爲後記。

高會日陪山簡醉，狂言屢發次公醒。酒如人面天然白，（**蕭奇中夾**）亦天然。山向吾曹分外青。（**蕭奇中夾**）陡然。（**紀昀夾**）狂語却蘊藉。（**毛西原夾**）紀云“狂語却蘊藉”。（**嚴虞惇眉**）吴震一《白桃花》詩：“膩如人面玉無痕”，亦佳句也。（**何焯眉**）“吾曹”二字嫌其腐。（**紀昀夾**）狂語却蘊藉。（**趙翼批**）新。（**何紹基乙眉**）語奇别有致。江上飛雲來北固，檻前修竹憶南屏。（**蕭奇中夾**）遠。六朝興廢餘丘壟，空使奸雄笑寧馨。（**紀昀眉**）“寧馨”猶言如是，非不佳之謂。唐人五律往往三平落脚，不得援爲仄聲之據。劉中山詩却是平聲的據。

次韻陳海州書懷

鬱鬱蒼梧海上山，（**東海鬱州山，雲自蒼梧浮來。**）蓬萊方丈有無間。舊聞草木皆仙藥，欲棄妻孥守市闤。雅志未成空自嘆，故人相對若爲顔。酒醒却憶兒童事,長恨雙鳧去莫攀。(**陳曾令鄉邑。**)

次韻陳海州乘槎亭

(**何紹基乙眉**)[施注]此注無用處。

人事無涯生有涯,逝將歸釣漢江槎。乘桴我欲從安石,遁世誰能識子嗟。日上紅波浮碧巘,潮來白浪卷青沙。清談美景雙奇絶,不覺歸鞍帶月華。

次韻孫職方蒼梧山

(**查慎行評**)孫名奕。五、六聯從無此流利。

蒼梧奇事豈虚傳,荒怪還須問子年。遠托鰲頭轉滄海,來依鵬背負青天。或云靈境歸賢者,又恐神功亦偶然。(**錢廷錦甲眉**)此等詩調,自公開之矣。(**紀昀眉**)查云"五、六聯從無此流利",然却是滑調,初白偶然喜之,不可爲訓。(**翁同書眉**)活脱。聞道新春恣游覽,羡君平地作飛仙。

次韻孫巨源寄漣水李盛二著作並以見寄五絶

(**查慎行評**)孫名洙,二公再和,亦再答之。

南嶽諸劉豈易逢,相望無復馬牛風。山公雖見無多子,社燕何由戀塞鴻。(**昔與巨源、劉貢父、劉莘老相遇於山陽,自爾契闊,惟巨源近者復相見於京口。**)

高才晚歲終難進,勇退當年正急流。(**張廷濟眉**)錢若水,陳摶,白閣道者。不獨二疏爲可慕,他時當有景孫樓。(**巨源近離東海,郡有景疏樓。**)(**蕭奇中眉**)意句俚新。

潄石先生難可意,(**謂巨源。**)罊毾校尉久無朋。(**自謂。**)應知客路愁無奈,故遣吟詩調李陵。(**謂李君也。**)(**紀昀眉**)切姓可厭,此格最俗,况"罊毾"尤爲不切情事。

雲雨休排神女車,忠州老病畏人誇。詩豪正值安仁在,空看河陽滿縣花。(**盛爲邑宰。**)

膠西未到吾能説,桑柘禾麻不見春。不羨京塵騎馬客,羨他淮月弄舟人。(**何紹基乙眉**)止此尚清折。

王　莽

(**毛西原眉**)此殆暗影荆公。下首詠董卓,"車中有布",則暗影曾布。

漢家殊未識經綸,(**蕭奇中夾**)妙謔。入手功名事事新。百尺穿成連夜井,千金購得解飛人。(**譚元春評**)他人詠莽,思路不得到此。(**蕭奇中眉**)意與《詠郿塢》同。(**何焯旁**)愚按此亦刺介甫也。第三句刺其求水利,第四句刺其開邊隙。(**潘奕雋眉**)公詩譏刺安石者甚夥,二首[按:指此首與下首]尤典切渾融。(**翁同書眉**)何義門云"此詩第三句刺介甫求水利,第四句刺開邊隙也"。(**毛西原眉**)此詩紀未入選,作此詩只唾駡王莽,何足一駡,只就他極蠢事,調侃他亦趣。

董卓

（何焯旁）周益公云："此詩暗刺介甫，末句兼指吕惠卿、曾布二人，其巧如此。"**（紀昀眉）**雖有寓意，詩殊不佳，以東坡之故，而曲爲之説，宋人多有此習氣。

公業平時勸用儒，諸公何事起相圖。只言天下無健者，豈信車中有布乎。**（蕭奇中夾）**可嘆可恍。

虎兒

（劉辰翁旁）此篇爲遠侄作，誤編入此。**（錢廷錦乙旁）**遠乃子由之子，小字虎兒。此詩不應編入《詠史》集中。按指王十朋《東坡先生詩集注》三十二卷。

舊聞老蚌生明珠，未省老兔生於菟。**（錢廷錦乙眉）**詩奇，然未詳何指，俟考。**（翁同書夾）**謂卯君。**（翁同書眉）**子由己卯生，遠甲寅生，小名虎兒。老兔自謂月中物，不騎快馬騎蟾蜍。蟾蜍爬沙不肯行，坐令青衫垂白鬚。於菟駿猛不類渠，指揮黄熊駕黑貙。丹砂紫麝不用塗，眼光百步走妖狐。妖狐莫誇智有餘，不勞摇牙咀爾徒。**（翁同書眉）**末二句亦怨嫉語。

除夜病中贈段屯田

（譚元春評）三首［按：指此首與後兩首］，袁極賞之，譚云只可備選。其實作詩偶然拈韻，不必和了又和也。此弊宋人彌甚，坡亦乃爾耶?(**紀昀眉**)語皆精煉。

龍鍾三十九,勞生已强半。(**翁同書夾**)切"三十九"。歲暮日斜時,還爲昔人嘆。(**樂天詩云:行年三十九,歲暮日斜時。**)(**蕭奇中眉**)白、蘇二公遂以三十九爲歲暮耶,則四十、五十而無聞者,當白晝而長夜也。嗚呼!(**《角山樓》評**)樸質有味。今年一綫在,那復堪把玩。欲起强持酒,故交雲雨散。(**蕭奇中夾**)淚。惟有病相尋,空齋爲老伴。蕭條燈火冷,寒夜何時旦。倦僕觸屏風,饑鼯嗅空案。數朝閉閣卧,霜髮秋蓬亂。傳聞使者來,(**《角山樓》評**)以上"除夜",以下"贈段屯田"。策杖就梳盥。書來苦安慰,不怪造請緩。大夫忠烈後,高義金石貫。要當擊權豪,未肯覷衰懦。(**紀昀眉**)借太尉生出波瀾,非他詩切姓之比。此生何所似,(**《角山樓》評**)縮合自己。暗盡灰中炭。(**翁同書眉**)除夜無聊,病中落寞,因得段書,遂一氣寫出,讀"暗盡灰中炭"五字,尤爲黯然神凄。歸田計已决,此邦聊假館。三徑粗成資,一枝有餘暖。願君留信宿,庶奉一笑粲。(**蕭奇中眉**)皆真情實話,讀之余嘆。

喬太博見和復次韻答之

(**紀昀眉**)諧語却奇確。

百年三萬日,老病常居半。其間互憂樂,歌笑雜悲嘆。顛倒不自知,直爲神所玩。(**蕭奇中眉**)何神乎?世亦有神耶?須臾便堪笑,萬事風雨散。(**《角山樓》評**)運用無迹,句意烹煉而極自然。自從識此理,久謝少年伴。逝將游無何,豈暇讀城旦。非才更多病,二事可並案。(**《角山樓》評**)"旦""案"兩韻押得新峭。愧煩賢使者,弭節整紛亂。(《**角山樓**》**評**)承前首《段屯田》説。喬侯瑚璉質,(《**角山樓**》**評**)此下方入喬太博。"瑚"字下一字"敔"避作"璉"字。清廟嘗薦盥。奮髯百吏走,坐變齊俗緩。未遭甘鷁退,(**蕭奇中夾**)知幾。並進恥魚貫。(**蕭奇中夾**)保節。每聞議論餘,凜凜激貪懦。(**蕭奇中眉**)彼風可欽。莫邪當自躍,豈復煩爐炭。(**紀昀眉**)二句譬劍,又忽二句譬馬,而"馬"字不出明文,竟承"莫邪"説下,殊不了了,此爲韻所牽耳。便慶朝秣越,未暮刷燕館。胡爲守故丘,眷戀桑榆暖。爲君叩牛角,一詠南山粲。

二公再和亦再答之

(**譚元春評**)此首反覺自然。(**翁同書旁**)二公謂段釋之、喬禹功也。

寒雞知將晨,饑鶴知夜半。亦知(**一作如**)老病客,(**查慎行評**)"知"當作"如"。遇節常感嘆。(**紀昀眉**)此首無和韻之迹,連作三比而頭緒秩然,非前首夾雜之比。光陰等敲石,過眼不容玩。(**蕭奇中眉**)篤論。親友如摶沙,放手還復散。(《**角山樓**》**評**)衝口而出,曲折淋漓,此公詩所獨也。羈孤每自笑,寂寞誰肯伴。(**張廷濟眉**)爲"肯相顧"生根。元達號神君,(**晉循吏喬智明,字元達。**)(**蕭奇中夾**)二公。高論森月旦。紀明本賢將,(**段釋之本將家。**)汨没事堆案。欣然肯相顧,夜閣燈火亂。盤空愧不飽,酒薄僅堪盥。雍容許著帽,不怪安石緩。雖無窈窕人,清唱弄珠貫。(**蕭奇中眉**)冷中生熱。幸有縱橫舌,説劍起慵懦。二豪沉下位,暗火埋濕炭。豈似草玄人,默默老儒館。行看富貴逼,炙手借餘暖。應念苦思歸,登樓賦王粲。(**譚元春評**)韻所必有,句不可無。"登樓王粲”只得還就苟且用之，此和韻之虐政也。（**何焯眉**）愈出愈奇，漸近自然。

雪後書北堂壁二首

（**查慎行甲眉**）“堂”字訛，當作“臺”。（**何焯眉**）坡知密州時作，偶然用韻極險，而再和尤佳。或謂坡詩律不及古人，然才高氣雄，下筆前無古人也。觀此《雪》詩，亦冠絶古今矣，雖王荆公亦心服，屢和不已，終不能壓倒。（**錢廷錦乙旁**）其用意之深，層次之細，不減李義山《雪》詩二首。（**紀昀眉**）二詩徒以窄韻得名，實非佳作。（**毛西原眉**）紀云“二詩徒以窄韻得名，實非佳作”。（**翁同書眉**）放翁云：蘇文忠公《雪》詩用尖叉韻，王文公有次韻詩，識者謂非二公莫能爲也。吕成叔乃頻和至百篇，字字工妙，無牽强湊泊之病。

黄昏猶作雨纖纖，夜静無風勢轉嚴。（**杭世駿眉**）“嚴”字妙。但覺衾裯如潑水，不知庭院已堆鹽。（**彭元瑞夾**）二句究竟太俚。（**何焯夾**）宜避矣。（**紀昀評**）“潑水”“堆鹽”，字皆不雅。（**吴汝綸評**）得雪之神。五更曉色來書幌，半夜（**一作月**）寒聲落畫檐。（**紀昀眉**）作“半夜”句則不似雪，作“半月”指晴後之檐溜，又與末二句不貫。（**紀昀評**）《詩話》因“五更”字礙“半夜”字，遂改爲“半月”，而以“雪”後檐溜爲之説，不知此“五更”“半夜”亦是互文，不必泥定。（**毛西原眉**）紀云“作‘半夜’則不似雪，作‘半月’指晴後之檐溜，又與末二句不貫”。紀拙矣。作“半夜”亦是名句，聲調亦好。試問如何不似雪？只惜複一“夜”字耳。（**趙克宜評**）凡雪堆積檐間樹杪，積多則成塊，墮落撲簌有聲。第六句最是静中體驗語。而昧者必謂化雪方有聲，甚矣，説詩之難矣。試掃北臺看馬耳，未隨埋没有雙尖。（**方回評**）“馬耳”，山名，與“臺”相對。（**翁同書旁**）七集本合注：“半夜”作“半月”，蓋言月影方半也。(**何焯旁**)次連無餘味,若賦雪,便無味,妙在是雪後耳。兩詩次第極工,馮[應榴]先生似未細看也。

城頭初日始翻鴉,陌上晴泥已没車。凍合玉樓寒起粟,光摇銀海眼生花。(**方回評**)"玉樓"爲肩,"銀海"爲眼,用道家語,然竟不知出道家何書。蓋《黄庭》一種書,相傳有此説。(**查慎行評**)乃二篇之警策。(**趙翼批**)玉樓,肩也,銀海,眼也,出道書。(**蕭奇中眉**)一聯只一工。(**杭世駿眉**)雖出道經,此二語只是呆寫,不爲妙語。荆公既知出道書,何以不還何經,終涉鶻突。(**紀昀評**)此因"玉樓""銀海"太涉體物,故造爲荆公此説,以周旋東坡,其實只是地如"銀海",屋似"玉樓"耳,不必曲爲之説也。"玉樓""銀海"之説,疑出《詩話》之附會,"銀海"爲目,義尚可通。"凍合"兩肩更成何語?且自宋迄今,亦無確指出何道書者,不如依文解之爲是。(**吴汝綸評**)清腴可愛。遺蝗入地應千尺,(**方回評**)雪宜麥而辟蝗,蝗生子入地,雪深一尺,蝗子入地一丈。宿麥連雲有幾(**一作萬**)家。(**紀昀評**)"幾"一作"萬","萬"字是。(**紀昀眉**)《瀛奎律髓》作"萬家"。(**翁同書眉**)"遺蝗"二句,方是守土者心事,世人但賞"玉樓""銀海",何也?作老病自嗟詩力退,空吟冰柱憶劉叉。(**紀昀眉**)此首較可。(**毛西原眉**)紀云"此首較可"。

【彙評】

劉辰翁:二詩俱好。

毛西原:此所謂"尖叉"詩也。查按,陸放翁云:蘇文忠《雪》詩用"尖""叉"二韻,王文公有次韻詩,議者謂非二公莫能爲也。吕成叔乃頓和至百篇,字字工妙,無牽强凑泊之病。據此則"尖""叉"二韻,介甫當時皆有和章,今集中所載只"叉"字韻六首耳,至吕成叔百篇,無一傳者。古人名作湮没,何可勝道,可發一嘆。

王文濡:句句切定"雪後"。"玉樓""銀海"一聯,頗見烹煉之功。

趙克宜:押窄韻乃詩人一端之長,無關大體。世人争標此種爲法,安得不入魔道？

李光垣："尖""叉"二律倒置，下同。

《**唐宋詩醇**》："尖""叉"韻詩，古今推爲絶唱。數百年來，和之者亦指不勝屈矣。然在當時，王安石六和其韻，用及諸"天夜叉、交戟叉頭"等字，支湊勉强，貽人口實。即軾《謝人見和因再用韻》二詩，亦未能如原作之精采。方回謂再和尤佳者，非也。至於"玉樓""銀海"，典故流傳，其説不一，蓋皆得自傳聞，而所稱作道書者，究無人知其出何道書。方回稱是《黄庭》一種，亦臆度語耳。軾嘗讀道藏千函，有詩紀其事，要之"玉樓爲肩，銀海爲目"，必作如是解，詩意乃通。若集中詩，尚有《雪中過淮謁客》詩云"萬頃穿銀海"，《次韻仲殊雪中游西湖》詩云"玉樓已峥嶸"，則又不當與此一例解也。

方回：坡知密州時作，年三十九歲。偶然用韻甚險，而再和尤佳。或謂坡詩律不及古人，然才高氣雄，下筆前無古人也。觀此《雪》詩，亦冠絶古今矣，雖王荆公亦心服，屢和不已，終不能壓倒。

謝人見和前篇二首

(**王文誥旁**)二詩語多托諷，與"閑花不偶栽"同意。

已分酒杯欺淺懦，敢將詩律鬥深嚴。漁蓑句好應須畫，柳絮才高不道鹽。(**紀昀評**)"柳絮"句何指？(**翁同書眉**)第四句用兩事，融化無痕。(**高步瀛評**)運用靈活。敗履尚存東郭足，飛花又舞謫仙檐。(**紀昀夾**)此句牽强。書生事業真堪笑，(**翁同書旁**)查注"真堪"二字，八句中凡再見，後見宋刻本第三句乃是"應須"二字，足證俗本之訛。忍凍孤吟筆退尖。(**何焯眉**)先生自和及不來原作，後人往往好用此韻作"雪"詩，何也？(**劉辰翁評**)和韻起得自在，下聯用得兩句活落。(**紀昀夾**)此句强。

九陌凄風戰齒牙,銀杯逐馬帶隨車。(**紀昀夾**)去一“縞”字,便不是雪。(**紀昀評**)馮抹“帶隨車”三字,以無原詩“縞”字,不是“雪”也。“戰齒牙”不雅。也知不作堅牢玉,(**孫顥元校録**)“鹽惡”訛作“鹽惡”。無奈能開頃刻花。(**紀昀評**)山谷“花”字韻詩,用“天巧能開傾刻花”句,却落俗格。此句只換二字,其語頓活,故詩家雅俗之别,只争用筆。得酒强歡愁底事,閉門高卧定誰家。臺前日暖君須愛,冰下寒魚漸可叉。(**劉辰翁旁**)末句若“冰解”便不成語。(**查慎行評**)子由欲改“下”字作“解”,謂冰下魚未易叉也。(**翁同書旁**)黄門云:“冰下”有魚,恐未易叉,莫若改爲“冰解”。東坡以爲知言。

【彙評】

方回:“漁蓑句好”。鄭谷“漁蓑”、道韞“柳絮”,賴此增光,而世無異論。“不道鹽”三字出《南史》,詳見詩話及本詩注。退之詩:“兔尖齊莫並。”若苦寒則退尖矣。李白詩:“好鳥吟春歌後院,飛花送酒舞前檐。”文字可謂縛虎手,“尖”“叉”二字和得全不吃力,非坡公天才萬卷書胸,未易至此。

查慎行:先生再和,已不如前。後人乃好用此二首韻作“雪”詩,何也?

紀昀:此二詩實非佳作。以韻險故驚俗耳。查初白排之甚是。虚谷所論,皆宋人標榜之説,不足據也。

李光垣:此二首亦應倒轉。

《**角山樓**》:押窄韻乃詩人一端之長,無關大體。世人争標此種爲法,安得不入魔道。

吴汝綸:半山和作,極盡艱難刻畫之苦,而公前後四章皆極天然妙趣,所謂天馬行空者也。此四篇皆率性漫作,特其才力偉大,故能特見精警。

鐵溝行贈喬太博

（**毛西原眉**）純用唐人轉韻格，老坡集中甚少此種。

城東坡隴何所似，風吹海濤低復起。城中病守無所爲，走馬來尋鐵溝水。鐵溝水淺不容輈，恰似當年韓與侯。有魚無魚何足道，駕言聊復寫我憂。荒村野店亦何有，欲發狂言須斗酒。山頭落日側金盆，倒著接䍦搔白首。忽憶從軍年少時，輕裘細馬百不知。臂弓腰箭南山下，追逐長楊射獵兒。老去同君兩憔悴，犯夜醉歸人不避。明年定起故將軍，（**翁同書眉**）禹功後換左藏，先生又有詩云"今年果起故將軍"，蓋謂此言驗也。未肯先誅霸陵尉。（**紀昀眉**）文境開拓，音節亦直逼唐人。（**翁同書眉**）意境開拓，直逼唐人。（**毛西原眉**）紀云"文境開拓，音節亦直逼唐人"。

【彙評】

《**角山樓**》：東坡與喬太博並無年少從軍事，唐人所無，然詩境却好。

出城送客不及步至溪上二首

（**紀昀眉**）二首皆老筆直寫，無根柢人強效之，便成淺率。（**何紹基乙眉**）小趣亦清。（**毛西原眉**）紀云"二首皆老筆直寫，無根柢人強效之，便成淺率"。

送客客已去，尋花花未開。未能城裏去，且復水邊來。父老借問我，使君安在哉。今年好風雪，會見麥千堆。（**紀昀夾**）如此寫"步"字，神妙。（**毛西原眉**）紀云"'父老'二字，如此寫'步'字，神妙”。紀評極是。(《**角山樓**》**評**)清空如話,此境正不易到。

春來六十日,笑口幾回開。會作堂堂去,何妨得得來。倦游行老矣,(**翁同書夾**)引起收筆。舊隱賦歸哉。東望峨眉小,盧山翠作堆。(**郡東盧山,絶類峨眉而小。**)(**紀昀夾**)綰合得不寂寞。(**毛西原眉**)紀云“綰合不寂寞”。

【彙評】

閻士選:參寥嘗與客評詩曰:世間故實小説有可以入詩者,有不可以入詩者,惟東坡不揀擇,入手便用,如街説巷談,一經此老神仙手段點礫爲金,自有妙處。

蘇州姚氏三瑞堂(姚氏世以孝稱)

(**紀昀眉**)凡鄙太甚。

君不見董邵南,隱居行義孝且慈。天公亦恐無人知,故令雞狗相哺兒,又令韓老爲作詩。爾來三百年,名與淮水東南馳。此人世不乏,此事亦時有。楓橋三瑞皆目見,天意宛在虞鰥後。(**杭世駿眉**)寫三瑞,無一實事,其意晦而不明視。嗟哉,董生行瞠乎後矣! 惟有此詩非昔人,君更往求無價手。(**錢廷錦乙旁**)應酬而已。

莫笑銀杯小答喬太博

(**蕭奇中夾**)暢亦妙。(**翁同書眉**)縱横馳驟之才,酣嬉淋漓之筆。

陶潛一縣令,獨飲仍獨醒。猶將公田二頃五十畝,種秫作酒不種秔。我今號爲二千石,歲釀百石何以醉賓客。請君莫笑銀杯小,爾來歲旱東海窄。會當拂衣歸故丘,作書貸粟監河侯。萬斛船中著美酒,與君一生長拍浮。

【彙評】

閻士選:此公憂旱而作也。

送段屯田分得于字

(**蕭奇中夾**)此詩可布愚教。(**紀昀眉**)通篇不見"送段"之意,恐題有脱訛,詩語却極矯健。(**毛西原眉**)紀云"通篇不見'送段'之意,恐題有脱訛,詩却極矯健"。

勸農使者古丈夫,(**翁同書夾**)謂釋之。不惜春衫踐泥塗。王事靡鹽君甚劬,(**蕭奇中夾**)贊一句,可主。奉常客卿虬兩鬚。(**蕭奇中夾**)贊[後]三字。(**錢陸燦眉**)不知是虬髯,是虬鬚?(**翁同書夾**)喬叙。東武縣令天馬駒,(**翁同書夾**)趙晦。泮宫先生非俗儒。(**翁夾**)非章傳即趙杲。相與野飲四子俱,樂哉此樂城中無。(**王文誥夾**)是日,公獨未出送,故有此句。溪邊策杖自攜壺,腰笏不煩何易于。(**紀昀夾**)用一事而兩面俱到,有此二句,方不是直頭布袋。(**毛西原眉**)紀云"用一事而兩面俱到,有此二句,方不是直頭布袋"。(《**角山樓**》**評**)古人押分韻之字最不苟且,觀此可見。膠西病守老且迂,(**蕭奇中夾**)自贊[後]三字。(**翁同書夾**)自謂。空齋愁坐紛墨朱。四十豈不知頭顱,畏人不出何其愚。(**毛西原眉**)查按,先生丙子生,至乙卯恰四十。

【彙評】

毛西原:用柏梁體,叙次蒼老。

和段屯田荆林館

南山有佳色,無人空自奇。清詩爲題品,草木變芬菲。謝女得秀句,留待中郎歸。便當勤鞭策,僕倦馬亦饑。(段有侄女在密州。)

贈上天竺辯才師

(紀昀眉)語殊凡鄙,不知東坡何以至此。(何紹基乙眉)不草草。

南北一山門,上下兩天竺。中有老法師,瘦長如鸛鵠。不知修何行,碧眼照山谷。見之自清凉,洗盡煩惱毒。坐令一都會,男女禮白足。我有長頭兒,角頰峙犀玉。(譚元春評)添入"長頭兒",甚有情事,尚不如東野《送淡公十首》中有"小女喈喈"數語。四歲不知行,抱負煩背腹。師來爲摩頂,起走趁奔鹿。乃知戒律中,妙用謝羈束。何必言《法華》,佯狂啖魚肉。

游盧山次韻章傳道

(查慎行評)公手書墨迹,此詩題云"軾謹次傳道先生游廬山韻",末云:"閱訖幸即付去人送公弼郎中、禹功太傅、明叔教授,各乞一首,軾上。"此段見《式古堂書畫彙考》。(查慎行甲眉)"廬"字訛,當作"盧"。(紀昀眉)前四句自佳,後半無聊塞白耳。

塵容已似服轅駒，野性猶同縱壑魚。（**蕭奇中眉**）本領句。出入岩巒千仞表，較量筋力十年初。（**閻士選評**）此公守登州，道出密州，復游盧山而作也。故其詩曰“出入岩巒千仞表，較量筋力十年初”，是時公去密已十年矣。（**何紹基乙眉**）真好游山人心事。雖無窈窕驅前馬，還有鴟夷挂後車。莫笑吟詩淡生活，當令阿買爲君書。（**翁同書眉**）盧山之所本。

盧山五詠

盧敖洞（《圖經》云：敖，秦博士，避難此山，遂得道）

（**閻士選評**）盧敖，秦博士，避難此山，山陽有洞，爲盧敖居，俗名休糧洞，其巔有巨石，可坐可憑，相傳謂敖常飲客於上，爲飲酒臺，臺之左掖有聖燈岩，爲敖得道之處。宋劉庭式亦隱於此。公好玄理，此《五詠》非有非無，點綴情景，蓋庶幾敖之一遇焉。（**毛西原眉**）紀云“不必定是《盧敖洞》詩，而藉以托意，語自可喜”。（**查慎行甲眉**）“盧”字訛，當作“盧”。（**紀昀眉**）不必定是《盧敖洞》詩，而藉以托意，語自可喜。（**翁同書眉**）寄托自佳。

上界足官府，飛升亦何益。還在此山中，（**蕭奇中夾**）是。相逢不相識。（**蕭奇中夾**）敖亦生矣。

飲酒臺

（**紀昀眉**）此首太直，反不如前首之不切。

博士雅好飲，空山誰與娱。莫向驪山去，君王不喜儒。

聖燈岩

(**紀昀眉**)有至人貴忘機之感。(**毛西原眉**)紀云"有至人貴忘機之感"。

石室有金丹,山神不知秘。何必露光芒,夜半驚童稚。

三　泉

皎皎岩下泉,無人還自潔。不用比三星,(**王文誥夾**)此即参中之三星也。清光同一月。

障日峰(其狀類峨眉,但小耳)

(**蕭奇中眉**)意新句達,詩人之流。(**紀昀眉**)坐煞反成死句,不如《步至溪上》詩多矣。詩家往往有同一意而工拙不同,只爭運筆耳。

長安自不遠,蜀客苦思歸。莫教名障日,唤作小峨眉。

卷 七

詩八十三首

次韻章傳道喜雨(禱常山而得)

(**嚴虞惇眉**)次韻如自己出,惟坡公能之,真是才大於海。(**紀昀眉**)通體老健。

去年夏旱秋不雨,(**張廷濟旁**)公古詩"上""去"往往通用。海畔居民飲鹹苦。今年春暖欲生蝝,地上戢戢多於土。預憂一旦開兩翅,口吻如風那肯吐。(**蕭奇中夾**)"那肯吐"三字不醒。前時渡江入吴越,布陣横空如項羽。(**去歲錢塘見飛蝗自西北來,極可畏。**)(**紀昀眉**)只説旱蝗相資之苦,而雨之可喜自見。此背面烘托之法。(**張廷濟眉**)此段言去歲事。農夫拱手但垂泣,人力區區固難禦。撲緣鬟毛(**一作尾**)困牛馬,啖齧衣服穿房户。坐觀不救亦何心,秉畀炎火傳自古。荷鋤散掘誰敢後,得米濟饑還小補。常山山神信英烈,撝駕雷公訶電母。(**張廷濟眉**)入題,今禱雨得雨。應憐郡守老且愚,欲把瘡痍手摩撫。(**蕭奇中眉**)山神慈哉。山中歸時風色變,中路已覺商羊舞。夜窗騷騷鬧松竹,朝畦泫泫流膏乳。(**蕭奇中夾**)二語已盡。從來蝗旱必相資,此事吾聞老農語。(**何焯夾**)一自鈐束。庶將積潤掃遺孽,收拾豐歲還明主。(**蕭奇中眉**)山神禮矣。縣前已窖八千斛,(**今春及今,得蝗子八千餘**

斛。)率以一升完一畝。(**張廷濟眉**)以蝗子算,可保田畝也。更看蠶婦過初眠,(**蠶一眠,則蝗不復生矣。**)未用賀客來旁午。(**何焯夾**)曲折。(**張廷濟夾**)點"喜"字。先生筆力吾所畏,(**紀昀夾**)入得稍突。蹙踏鮑謝跨徐庚。偶然談笑得佳篇,便恐流傳成樂府。陋邦一雨何足道,吾君盛德九州普。中和樂職幾時作,試向諸生選何武。(**翁同書眉**)歸美朝廷,立言有體。

【彙評】

閻士選:公捕蝗禱雨而友人皆爲詩以美之,公皆次韻答之,友朋之間儆戒相成,諄諄以民事爲急如此。

《唐宋詩醇》:古語時情,錯雜寫來,可謂博誕空類。至結穴,推本盛德,寓規於頌,盡遺奇詞奧旨,俱歸雅頌之音。

謝郡人田賀二生獻花

(**劉辰翁旁**)部民獻花,太守作詩謝之,首著二氏,末極蕩意,前輩風流安得,此亦子美詩中黄四娘矣。(**紀昀眉**)本色語[而]極雅健。此老境不易效,無其火候而效之,便入香山門户。

城裏田員外,城西賀秀才。不愁家四壁,自有錦千堆。珍重尤奇品,艱難最後開。芳心困落日,薄豔戰輕雷。(**昨日雷雨。**)(**蕭奇中夾**)妙。老守仍多病,壯懷先已灰。殷勤此粲者,(**賀獻魏花三朵。**)攀折爲誰哉。(**杭世駿眉**)坡於"十灰"韻詩好用"哉"字,獨此"哉"對上"者"字,饒有别裁。玉腕揎紅袖,金樽瀉白醅。何當鑷霜鬢,强插滿頭回。

惜　花

（**何焯眉**）雖無奇絶處，然一意俯仰，自成名家風格。（**紀昀眉**）信手寫出，有曲折自如之妙。

吉祥寺中錦千堆，（**錢塘花最盛處。**）前年賞花真盛哉。道人勸我清明來，腰鼓百面如春雷，打徹凉州花自開。沙河塘上插花回，醉倒不覺吴兒咍。（《**角山樓**》**評**）襯筆寫得興會。豈知如今雙鬢摧，城西古寺没蒿萊。有僧閉門手自栽，千枝萬葉巧剪裁。就中一叢何所似，馬瑙盤盛金縷杯。而我食菜方清齋，（**王文誥夾**）公時以旱蝗齋素。對花不飲花應猜。夜來雨雹如李梅，紅殘緑暗吁可哀。（**錢塘吉祥寺花爲第一。壬子清明賞會最盛，金盤彩籃以獻於座者五十三人，夜歸沙河塘上，觀者如山，爾後無復繼也。今年，諸家園圃花亦極盛，而龍興僧房一叢尤奇，但衰病牢落，自無以發興耳。昨日雨雹，知此花之存者有幾，可爲太息也。**）（**紀昀眉**）柏梁體，間一句用韻，體例俟考。

【彙評】

《**唐宋詩醇**》：語不斫削，似無意求工，而頹放處正復滔滔清絶。

《**角山樓**》：韓昌黎《岣嶁山》、李昌谷《高軒過》，體格皆如此。

和頓教授見寄用除夜韻

（**何焯眉**）又創一格，可爲疊韻法。（**紀昀眉**）入手恣逸之至，惜後幅有瑕耳。

我笑陶淵明,種秫二頃半。婦言既不用,還有責子嘆。(**蕭奇中夾**)亦情之癡。無弦則無琴,何必勞撫玩。(**蕭奇中夾**)種種可笑。我笑劉伯倫,醉髮蓬茅散。二豪苦不納,獨以鍤自伴。既死何用埋,此身同夜旦。(**蕭奇中夾**)同上。孰云二子賢,自結兩重案。(**杭世駿眉**)用禪語入詩,前人無此體,自翁作俑,詩道凌夷,喧譁不已,誰之過歟? 笑人還自笑,出口談治亂。(**紀昀夾**)出落輕捷。一生溷塵垢,晚以道自盥。(**張廷濟夾**)入題。(**蕭奇中眉**)所盥深矣。所無成空得懶,(**蕭奇中夾**)我病,人病。坐此百事緩。仄聞頓夫子,講道出新貫。豈無一尺書,恐不記庸儒。(**紀昀夾**)二句語意不醒豁。陋邦貧且病,數米銖稱炭。慚愧章先生,十日坐空館。袖中出子詩,貪讀酒屢暖。狂言各須慎,勿使輸薪粲。(**紀昀夾**)二句亦太露太直。

和子由四首

(**查慎行甲夾**)次韻子由和。(**紀昀眉**)全答子由末二句意。[按:子由原作《欒城集》題云《次韻韓宗弼太祝送游太山》末二句:"回首紅塵讀書處,煮茶留客小亭幽。"]

韓太祝送游太山

偶作郊原十日游,未應回首厭籠囚。但教塵土驅馳足,終把雲山爛漫酬。聞道逢春思濯錦,更須到處覓菟裘。恨君不上東封頂,夜看金輪出九幽。(**蕭奇中夾**)妙在夜看。(**蕭眉**)呼得看月,恨不看日,各極神舞之致。

送　春

（**何焯眉**）第三句，我也，情也；第四句，物也，景也；第五句，景也；第六句，情也。一輕一重，一來一往，所謂四實四虛，前後虛實又當何如？下手至屬對，必如此方稱作手。

夢裏青春可得追，（**錢廷錦甲夾**）送春。欲將詩句絆餘暉。酒闌病客惟思睡，蜜熟黄蜂亦懶飛。（**蕭奇中夾**）不獨蜂。（**查慎行評**）對句不測。（**紀昀眉**）四句對得奇變，此對面烘托之法。（**紀昀評**）三四二句是對面烘染法。好在“亦”字，上下熔成一片。（**《唐宋詩醇》評**）“酒闌”句是賦，“蜜熟”句是比，對句却從上句生出。作手大家，即一屬對，不易測識如是。芍藥櫻桃俱掃地，（**病過此二物。**）鬢絲禪榻兩忘機。（**方回評**）“酒闌病客惟思睡”，我也，情也；“蜜熟黄蜂亦懶飛”，物也，景也；“芍藥櫻桃俱掃地”，景也；“鬢絲禪榻兩忘機”，情也。一輕一重，一來一往，所謂四實四虛。前後虛實，又當何如下手？至此，則知繫風捕影，未易言矣。坡妙年詩律頗寬，至晚年乃神妙流動。（**《角山樓》評**）四句一氣揮斥，曲折排宕，惟東坡沛然有餘，是天才不可及。憑君借取法界觀，一洗人間萬事非。（**來書云，近看此書，余未嘗見也。**）（**紀昀眉**）上句五仄落脚，下句“萬”字宜用平聲。（**毛西原眉**）紀云“四句對得奇變，此對面烘托之法。末聯上句五仄落脚，‘萬’字宜用平聲”。（**何焯旁**）此則如繫風捕影，未易言矣。坡妙筆詩律頗寬，至晚年神妙流動。

【彙評】

劉辰翁：不瑣瑣。

劉弘：此詩謂青春過去如夢不可追得，因欲以詩句繫絆餘暉以留之也。春暮困人天氣，病客酒闌，只思睡去。黄蜂釀蜜已熟，亦懶飛采。“芍藥櫻桃掃地”，先生自注：“病中過此二物。”“鬢絲禪榻”，乃杜牧所謂

“今日鬢絲禪榻畔,茶煙輕揚落花風”句來。“法界觀”之説出《華嚴經》。“一洗萬事非”則又涵虚無數意思。

首夏官舍即事

(**查慎行甲眉**)次子由韻。(**何焯眉**)此詩變體,後人殆難繼也。首唱兩句自説榴花,下面如何著語?似乎甚難,却自想“吾廬”之好,而恨此身之未歸。第五、第六却又謂不是無酒,只是心事自不樂耳。至尾句却又擺脱,而歸宿於湖上之寺,蓋謂雖未可遽歸之,出游僧舍亦可也。變體如此難學,故書之,以見蘇公大手筆之異,如初夏《賀新郎》詞後一段,全説榴花,亦他人所不能也。老杜“即看燕子入山扉”以下四句説景,却將後四句説情,則甚易耳。善變者將四句説景括作一句,又將四句説情括作一句,以成一聯,斯謂之難。

安石榴花開最遲,絳裙深樹出幽菲。(**何焯夾**)首夏。(**錢廷錦甲夾**)首夏。吾廬想見無限好,(**何焯夾**)官舍。客子倦游胡不歸。(**何焯夾**)第三巧貼首夏,妙。(**紀昀眉**)三四宋調之清歷者。(**何紹基乙眉**)坡詩中此境亦殊少。坐上一樽雖得滿,古來四事巧相違。令人却憶湖邊寺,(**何焯夾**)官舍。垂柳陰陰晝掩扉。(**何焯夾**)首夏。(**何焯旁**)時新自杭倅遷密守,故有落句。(**紀昀夾**)結句複第三句。(**翁同書旁**)王注“蓋先生憶杭州西湖也”。

【彙評】

方回:此詩變體,他人殆難繼也。首唱兩句自説榴花,下面如何著語?似乎甚難,却自想“吾廬”之好,而恨此身之未歸。第五、第六却又謂不是無酒,只是心事自不樂耳。至尾句却又擺脱,而歸宿於湖上之寺。蓋謂雖未可遽歸,一出游僧舍亦可也。變體如此難學,故書之,以見蘇公大手筆之異。如初夏《賀新郎》詞後一段,全説榴花,亦他人所不能也。老杜"即看燕子入山扉"以下四句説景,却將後四句説情,則甚易耳。善變者將四句説景括作一句,又將四句説情括作一句,以成一聯,斯謂之難。

紀昀:説此詩意甚細確。

送李供備席上和李詩

(**查慎行評**)語含諷刺,起結一意。(**紀昀眉**)查云"語含諷刺,起結一意"。然此即《和劉景文》詩"烈士家風安用此"意。借寫牢騷則有之,無諷其不必作詩之意。

家聲赫奕蓋並凉,也解微吟錦瑟傍。擘水取魚湖起浪,引杯看劍坐生光。風流别後人人憶,才器歸來種種長。不用更貪窮事業,風騷分付與沉湘。(**蕭奇中夾**)章句可鄙之意。(**何焯旁**)武人好論者,讀此詩起結,當爲汗背。

西　齋

(**錢陸燦眉**)此等詩,頗涉陶事門墻。(**紀昀眉**)善寫夷曠之意,善用托染之筆,寫物處全是自寫,音節、字句亦皆一一入古。此東坡極經意之作。(**何焯眉**)得静觀之趣。

西齋深且明,中有六尺床。病夫朝睡足,危坐覺日長。昏昏既非醉,踽踽亦非狂。(**毛西原眉**)意學陶韋,"昏昏"二句不宜雜入破格。褰衣竹風下,穆然濯微凉。起行西園中,草木含幽香。榴花開一枝,桑棗沃以光。(**蕭奇中夾**)肖。鳴鳩得美蔭,困立忘飛翔。(**錢廷錦乙眉**)似韋。黄鳥亦自喜,新音變圓吭。(**蕭奇中眉**)與子美"草芽既青出,蜂聲亦暖游"同得性情。杖藜觀物化,(**何焯

夾)束止。亦以觀我生。(《**角山樓**》**評**)二語篇中樞紐。萬物各得時,我生日皇皇。(**蕭奇中夾**)悔耶? 嘆耶? (**何焯眉**)真得柴桑閑淡處。(**何紹基乙眉**)結語感慨。(**翁同書眉**)效陶神似。

【彙評】

《**唐宋詩醇**》:日見耳聞,具有萬物,各得其所氣象。昔人稱淵明爲古閑淡之宗,此則升堂入室矣。

《**角山樓**》:此亦有意效陶,但陶覺氣和,公覺氣勁耳。

小　兒

(**翁同書眉**)此種詩得一"真"字,故佳。

小兒不識愁,起坐牽我衣。我欲嗔小兒,老妻勸兒癡。兒癡君更甚,不樂愁何爲。還坐愧此言,洗盞當我前。大勝劉伶婦,區區爲酒錢。

寄劉孝叔

(**袁宏道評**)爲安石作也,那得不取禍。(**錢廷錦乙旁**)新法之弊,盡於此詩,是亦杜陵之詩史。(**紀昀眉**)浩氣旋轉,伸縮自如,托諷處亦不甚激。(**毛西原眉**)紀云"浩氣旋轉,伸縮自如,托諷處亦不甚激"。

君王有意誅驕虜,椎破銅山鑄銅虎。(**毛西原眉**)起筆雄健。聯翩三十七將軍,走馬西來各開府。南山伐木作車軸,東海取鼉漫戰鼓。(**杭世駿眉**)"漫"今作"鞔"。(**紀昀夾**)"漫"當作"鞔"。汗流奔走誰敢後，恐乏軍興汚質斧。（**毛西原眉**）“漫”當作“鞔”。“資”當作“質”。（**杭世駿眉**）“資斧”恐是“齋斧”，言懼諱也。（**翁同書眉**）《易》“旅得其資斧”，子夏《傳》及諸家並作“齋斧”，《漢書叙傳》中用“齋斧”。蔡邕《橋公碑》“爰將度遼，亦由齋斧”。陳琳檄“要領不足，以膏齋斧”。是“資”“齋”同字。張軌注《易》曰：“蓋黄鉞斧也。”邵改“資”爲“質”，乃由不知古義也。保甲連村團未遍，方田訟牒紛如雨。爾來手實降新書，抉剔根株窮脈縷。詔書惻怛信深厚，吏能淺薄空勞苦。（**蕭奇中夾**）折揭盡致。（**何焯眉**）立人本朝出辭體段應爾。（**紀昀夾**）二句詩人之筆。（**翁同書眉**）“詔書”二句，詩人之筆，立言有體。（**毛西原眉**）紀云“二句詩人之筆”。（**《角山樓》評**）一路實叙時事，筆勢浩瀚，得“詔書”一聯爲樞紐，便不直致，立言又復得體。平生學問止流俗，（**蕭奇中眉**）“止”字可嘆。衆裏笙竽誰比數。忽令獨奏鳳將雛，（**蕭奇中夾**）真話。（**王文誥夾**）謂“誤占久虚”之等也。倉卒欲吹那得譜。（**紀昀夾**）妙於用比，便不露激訐之痕。前人立比體，原爲一種難著語處開法門。（**何紹基乙眉**）前直言時事，忽著此淡勁語，足見此篇止借題發泄，非爲孝叔而作也。（**毛西原眉**）紀云“妙於用比，便不露激訐之痕。前人立比體，原爲一種難著語處開法門”。況復連年苦饑饉，剥齧草木啖泥土。（**蕭奇中眉**）留心經濟之言。今年雨雪頗應時，又報蝗蟲生翅股。憂來洗盞欲强醉，寂寞虚齋卧空甒。公厨十日不生煙，更望紅裙踏筵舞。故人屢寄山中信，（**《角山樓》評**）此是有意作曲折。只有當歸無别語。方將雀鼠偷太倉，（**蕭奇中夾**）亦真話。未肯衣冠挂神武。（**蕭奇中眉**）高人仕宦，亦有此鵜濡耶，瑣之者何罪。（**查慎行評**）葉夢得《玉澗雜書》云：“子瞻倅錢塘時，作詩用陶隱居挂冠神虎門事。後坐詔獄，舉詩問出處，子瞻倉卒誤記。本傳云：‘齋祚將衰，故云。’不敢以實對，即謬言：‘予往官鳳翔，見壁上王嗣宗詩“欲挂衣冠神虎門，先尋水竹渭南村”云云。’詩事本此，舒信道聞之，果大笑，謂蘇未嘗讀陶傳，因釋不問。”（**翁

同書夾）言已不如孝叔之高蹈。吴興丈人真得道，平日立朝非小補。自從四方冠蓋鬧，（**彭元瑞眉**）應從《詩案》。附查注：《詩案》作“四方冠蓋鬧如雲”。（**毛西原眉**）一作“四方冠蓋鬧如雲”，見《詩案》。（**王文誥夾**）曉嵐謂此句，當從《詩案》作“四方冠蓋鬧如雲”，誤。前有“紛如雨”，後必不作“鬧如雲”。然篇幅太長，曉嵐未能兼顧也。“污資斧”句，義本不協，故從“污質斧”爲可信。若本句極爲緊健，且叙吴興丈人本事，置四句，必要“自從”二字貫下，至“湖山主”句止，而後“高蹤”句蕩開，“大隱”句頓住。若從紀説，則“四方”句先已蕩開，至“湖山”而氣已住，下二句更蕩不得，必要删去以前四句，已直接“去年”讀下故也。久讀當自知之。（《**角山樓**》**評**）頓筆整煉。歸作二浙湖山主。（**蕭奇中夾**）高尊。（**翁同書眉**）《詩案》“自從”二句以近日提舉官所至生事，故述乞官觀歸湖也。高蹤已自雜漁釣，大隱何曾棄簪組。（**杭世駿眉**）工於語言。去年相從殊未足，問道已許談其粗。逝將棄官往卒業，俗緣未盡那得睹。公家只在霅溪上，上有白雲如白羽。應憐進退苦皇皇，更把安心教初祖。（**錢廷錦乙眉**）聖階云“倒了”。（**翁同書眉**）粗有平上二音，而以上聲爲本音。（**毛西原眉**）“粗”生五切音，但義同平聲。今《廣韻》不收之矣。按此詩全用也，《廣韻》只無别語，《字通》入語韻。

【彙評】

毛西原：詩凡四十句，亦大篇也。排宕兀傲，奇氣縱横。

《**唐宋詩醇**》：始陳政令之弊，繼悼饑饉之臻，而中以“詔書惻怛”“吏能淺薄”爲詞，可謂立言有體，後言已不能如孝叔之高蹈。蓋其志在救時，有未肯挂冠神武者，特詩中不可以顯言，乃以“雀鼠”“太倉”故作慚謝故人之語，温厚和平與詩人之旨宛合，一切譏誚躁妄之詞，其不可同年而語明矣。

方東樹：此詩推尊孝叔已至，蓋以同被王安石之斥，故言之親切也。

"更望紅裙"句，言不可得。收跟談道。

孔長源挽詞二首

少年才氣冠當時，晚節孤風益自奇。君勝宜爲夫子後，林宗不愧蔡邕碑。（**翁同書夾**）謂南豐志墓。南荒尚記誅元惡，（**翁同書夾**）指治方倪事。東越誰能事細兒。（**查慎行評**）須溪"細兒"注："似非細兒，猶纖兒也。必有所指。"（**紀昀夾**）太激便傷雅。（**翁同書夾**）指在越奏負鹽課坐罷。耆舊如今幾人在，爲君無憾爲時悲。（**蕭奇中旁**）後三字鄭重。

小堰門頭柳繫船，吳山堂上月侵筵。（**翁同書夾**）有美堂。潮聲夜半千岩響，詩句明朝萬口傳。（**長源自越過杭，夜飲有美堂上聯句。長源詩云"天目遠隨雙鳳落，海門遥蹙兩潮趨"，一坐稱善。**）（**蕭奇中夾**）一氣。（**何紹基乙眉**）長源句有何佳處？豈意日斜庚子後，忽驚歲在己辰年。（**蕭奇中夾**）工甚。（**紀昀眉**）"己辰"倒用，牽於生病耳。佳城一閉無窮事，南望題詩淚灑箋。（**蕭奇中眉**）萬緣此了，萬業此灰。

寄呂穆仲寺丞

（**翁同書眉**）先生倅杭時，吕爲節推，故道杭州舊游。

孤山寺下水侵門，每到先看醉墨痕。（**蕭奇中夾**）高興。楚相未亡談笑是，中郎不見典刑存。（**杭有伶人善學吕，舉措酷似。别後，常令作之爲笑。**）（**錢廷錦乙眉**）首連俱用死後事，不解。（**紀昀眉**）二句俱是殁後典故，用來欠親切。君先去踏塵埃陌，（**翁同書夾**）吕往京師。我亦來尋桑棗村。(**翁同書夾**)守密州。回首西湖真一夢,灰心霜鬢更休論。

余主簿母挽詞

閨庭蘭玉照鄉閭,自昔雖貧樂有餘。豈獨家人在中饋,却因《麟趾》識《關雎》。雲軿忽已歸仙府,喬木依然擁舊廬。忍把還鄉千斛淚,一時灑向老萊裾。(**翁同書旁**)結句主簿似是蜀人。

送趙寺丞寄陳海州

景疏樓上喚蛾眉,君到應先誦此詩。若見孟公投轄飲,莫忘冲雪送君時。

答陳述古二首

(**查慎行評**)公倅杭州,述古爲太守。公移守密州,述古未幾亦去。二詩交互看來,自爾分明。

漫説山東第二州,(**翁同書夾**)王注"先生自言密州也"。棗林桑泊負春游。城西亦有紅千葉,人老簪花却自羞。(**查慎行評**)結句集中再見。

小桃破萼未勝春,(**翁同書夾**)王注"小桃,妓名"。羅綺叢中第一人。聞道使君歸去後,舞衫歌扇總生塵。(**陳有小妓,述古稱之。**)(**紀昀夾**)注"陳有"疑當作"杭有"。(**《角山樓》評**)此首及次首"小桃"皆比也。

張安道樂全堂

（**翁同書眉**）安道自題《樂全堂》詩，有"樂全得意在莊書，静閲流光樂有餘。四句幻泡明般若，一篇力命信冲虚"之句，故先生亦以莊、列爲言。（**毛西原眉**）超脱清轉，亦本色詩。

列子御風殊不惡，猶被莊生譏數數。步兵飲酒中散琴，於此得全非至樂。樂全居士全於天，（**紀昀夾**）接法入化。（**毛西原眉**）紀云"接法入化"。維摩丈室空翛然。平生痛飲今不飲，無琴不獨琴無弦。我公天與英雄表，龍章鳳姿照魚鳥。但令端委坐廟堂，（**紀昀夾**）著一頓挫，方不直致。（**翁同書眉**）張文定不喜用兵生事，自元昊逆命，天下騷動，民力大困，國用一空，識者以不從公言爲恨，故有"但令端委"之句。（**毛西原眉**）紀云"作一頓挫，方不直致"。北狄西戎談笑了。如今老去苦思歸，小字親書寄我詩。試問樂全全底事，無全何處更相虧。（**紀昀眉**）結處稍嫌偈頌氣。（**毛西原眉**）紀云"結處稍嫌偈頌氣"。（**何紹基乙眉**）錘煉稱其身分。（**蕭奇中眉**）可參。

張文裕挽詞

高才本出朝廷右，（**何紹基乙眉**）首句用田叔事。能事空推德業餘。每見便聞曹植句，至今傳寶魏華書。濟南名士新凋喪，劍外生祠已潔除。欲寄西風兩行淚，依然喬木鄭公廬。

懷西湖寄晁美叔同年

西湖天下景，游者無愚賢。深淺隨所得，誰能識其全。

(**王文誥夾**)是西湖定評。而讀此集亦然,正當藉以評公集也。(**《角山樓》評**)游覽中閱歷語。嗟我本狂直,早爲世所捐。獨專山水樂,(**蕭奇中夾**)知享。付與寧非天。三百六十寺,幽尋遂窮年。所至得其妙,心知口難傳。(**蕭奇中夾**)真解人夙種。(**紀昀眉**)即次山"莫遣車馬來,使我鳥獸驚"意,説來太直致,便似尊己凌人。至今清夜夢,耳目餘芳鮮。君持使者節,風采爍雲煙。清流與碧巘,安肯爲君妍。胡不屏騎從,暫借僧榻眠。(**《角山樓》評**)此亦親昵之言,不嫌直致,世之輿蓋游山者讀之宜省。讀我壁間詩,清凉洗煩煎。(**蕭奇中夾**)地位。策杖無道路,直造意所便。(**何紹基乙眉**)教以游法,何同年之厚也。世之"張蓋游山"者,盍一誦此詩。(**翁同書眉**)蓋以"松下唱道,張蓋游山"爲戒。應逢古漁父,葦間自延緣。問道若有得,買魚勿論錢。(**查慎行評**)山水之間,俗吏原無置身處,示以幽尋之訣語,雖直而意良厚。

【彙評】

劉辰翁:當其時未必能爾,事後形容別是幽趣。

譚元春:游湖上真性情,懷湖上真念頭,一二語道破。中間一段,勸化富貴人假山水處,痛快難言。若勸化得轉,便是一大功德,莫作嘲譏看也。

《唐宋詩醇》:知其妙處難傳,便是能識其全者。妙處既不可傳,故令讀壁間詩,使自得之。又令"直造意所便",以庶幾所至有得耳。

和梅户曹會獵鐵溝

山西從古説三明,誰信儒冠也捍城。竿上鯨鯢猶未掩,(**近梟數盗。**)草中狐兔不須驚。東州趙叟飲無敵,(**彭元瑞夾**)字出《左傳》。南國梅仙詩有聲。不向如皋閑射雉，歸來何以得卿卿。(**蕭奇中眉**)善戲謔兮。(**是日惟梅、趙不射。**)

祭常山回小獵

青蓋前頭點皂旗，(**紀昀夾**)"旗"當作"旂"。(**毛西原眉**)紀云"'旗'當作'旂'"。黄茅岡下出長圍。弄風驕馬跑空立，(**蕭夾**)肖。(**《角山樓》評**)"跑"字不雅。趁兔蒼鷹掠地飛。(**杭世駿眉**)細玩始知其宅句之工。回望白雲生翠巘，歸來紅葉滿征衣。(**查慎行評**)豪健自喜。(**何焯眉**)頸聯自雄，才人本色。(**趙翼批**)閑筆好。(**紀昀夾**)寫得興致。(**方東樹評**)瑰瑋，五、六境象佳。(**毛西原眉**)中聯有韻致。聖明若用西凉簿，白羽猶能效一揮。(**紀昀夾**)"白"字複。(**何紹基乙眉**)有興會便佳。(**《角山樓》評**)後半極其縱宕。

【彙評】

《**唐宋詩醇**》：此似規橅右丞"風勁角弓鳴"一詩，馬立鷹飛，宛然"草枯鷹眼疾，雪盡馬蹄輕"之句也。"白雲""紅葉"，亦是"千里雲平"遺意。特其才大，不露青藍冰水之迹耳。結以謝艾自況，想見下筆時顧盼自雄，躊躇滿志。

和章七出守湖州二首

(**何紹基乙眉**)含糊酬應。(**翁同書眉**)施注"子厚好論出世間法"，故詩中多用學仙事。

方丈仙人出渺茫，(**翁同書夾**)王云"子厚自翰林出守"，故云。

高情猶愛水雲鄉。(**錢陸燦眉**)子厚初生不欲□,□之水中,家人救之得免。此起句调調也。功名誰使連三捷,身世何緣得兩忘。早歲歸休心共在,他年相見話偏長。(**查慎行評**)五、六淡語似樂天,亦似牧之。(**何焯夾**)五、六清切若此,而章因破題,二句疑刺其父之惡,遂至隙末,何也?只因未報君恩重,清夢時時到玉堂。(**袁宏道評**)章子厚初生,家人漬之水中,得救乃免,故首二句云云。然章見此詩,亦不樂。(**蕭奇中眉**)盛世臣子之音。

絳闕雲臺總有名,應須極貴又長生。(**查慎行評**)故作誇張,中含微諷。鼎中龍虎黄金賤,松下龜蛇緑骨輕。(**君好爐火而餌茯苓。**)雪水未渾纓可濯,弁峰初見眼應明。(**蕭奇中眉**)"眼"與"峰"俱青。兩卮春酒真堪羨,獨占人間分外榮。(**何焯眉**)語含譏諷。

【彙評】

劉弘:因章七好爐火之事,故有此作。

和張子野見寄三絕句

過舊游

前生我已到杭州,到處長如到舊游。更欲洞霄爲隱吏,一庵閑地且相留。

見題壁

狂吟跌宕無風雅,醉墨淋浪不整齊。應爲詩人一回顧,山僧未忍掃黄泥。

竹閣見憶

（**翁同書眉**）柏堂與竹閣，先生《孤山二詠》也。

柏堂南畔竹如雲，此閣何人是主人。（**蕭奇中眉**）爲主人者多矣，傷哉。但遣先生披鶴氅，不須更畫樂天真。

和蔣夔寄茶

（**蕭奇中夾**）合上作俱見手筆。（**紀昀眉**）開合變動，筆力不凡。（**毛西原眉**）紀云"開合變動，筆力不凡"。

我生百事常隨緣，（**何紹基乙眉**）首句通篇之旨。四方水陸無不便。扁舟渡江適吴越，三年飲食窮芳鮮。金齏玉膾飯炊雪，海螯江柱初脱泉。（**蕭奇中眉**）淵淵而來龍問碣石。臨風飽食甘寢罷，一甌花乳浮輕圓。（**毛西原眉**）一段在吴越吃茶。自從捨舟入東武，沃野便到桑麻川。剪毛胡羊大如馬，誰記鹿角腥盤筵。厨中蒸粟埋飯甕，大杓更取酸生涎。（**山東喜食粟飯，飲酸醬。**）柘羅銅碾棄不用，脂麻白土須盆研。（**毛西原眉**）一段在山東不吃茶。故人猶作舊眼看，（**錢廷錦甲夾**）寄茶。謂我好尚如當年。（**何紹基乙眉**）何乃抑揚若此。（**毛西原眉**）合入本題。沙溪北苑强分别，水脚一綫争誰先。清詩兩幅寄千里，紫金百餅費萬錢。吟哦烹嘗兩奇絶，只恐偷乞煩封纏。老妻稚子不知愛，一半已入薑鹽煎。（**譚元春評**）老頑皮戲筆，妙，妙。（**翁同書夾**）蜀人風俗。（**毛西原眉**）讀"老妻"兩句，如巴陵鄉中婦人，慣吃薑鹽茶也。人生所遇無不可，南北嗜好知誰賢。（**錢廷錦甲夾**）收挽。死生禍福久不擇，更論甘苦争蚩妍。知君窮旅不自釋，因詩寄謝聊相鐫。（**紀昀眉**）結處一齊翻盡，乃通篇盡化煙雲，筆墨灑脱之至。(**毛西原眉**)紀云“結處一齊翻盡，通篇俱化雲煙”。(**錢廷錦甲眉**)先生一生自得處也。

答李邦直

(**潘奕雋眉**)隨手揮灑，而音節自入古可愛。

美人如春風，著物物未知。(**陳仁錫眉**)妙語入神。(**蕭奇中夾**)元氣。羈愁似冰雪，見子先流澌。(《**角山樓**》**評**)取譬於極不倫處生情，最見筆妙。子從徐方來，吏民舉熙熙。扶病出見之，驚我一何衰。知我久慵倦，起我以新詩。詩詞如醇酒，盎然熏四支。(《**角山樓**》**評**)亦是佳語，惜調複耳。徑飲不覺醉，欲和先昏疲。西齋有蠻帳，風雨夜紛披。放懷語不擇，撫掌笑脱頤。别來今幾何，春物已含姿。柳色日夜暗，(**蕭奇中夾**)依。(《**角山樓**》**評**)摹寫入神。子來竟何時。徐方雖云樂，東山禁游嬉。又無狂太守，何以解憂思。聞子有賢婦，華堂詠《螽斯》。曷不倒囊橐，賣劍買蛾眉。不用教絲竹，唱我新歌詞。(**蕭奇中夾**)自佳。(**翁同書眉**)“賣劍買蛾眉”，白樂天《感故張僕射諸妓》詩句也。

【彙評】

劉辰翁：詩意甚狎。

譚元春：首四句太妙。“美人如春風”“羈愁似冰雪”，淡宕不可言。中又添一句“詩詞如醇酒”云云，不惟取喻三見，有累詩法，而“醇酒”“薰四支”，“徑飲”“先昏疲”，此豈可作佳喻也？恨不起坡公一談也。

《**角山樓**》：玩篇中詩意，乃是别後寄詩答之也。

和文與可洋川園池三十首

(**紀昀眉**)暗用堂堂策策事寫出閑逸。(**毛西原眉**)秀而新。紀云"暗用堂堂策策事寫出閑逸"。(**錢廷錦甲旁**)此三十首盡態極妍,無一草率語。知見坡公作意之筆。

湖　橋

朱欄畫柱照湖明,白葛烏紗曳履行。橋下龜魚晚無數,識君拄杖過橋聲。(**蕭奇中夾**)好。

横　湖

(**紀昀眉**)就原唱翻入一層。

貪看翠蓋擁紅妝,不覺湖邊一夜霜。卷却天機雲錦段,從教匹練寫秋光。

【彙評】

譚元春:袁[宏道]賞後二句,其實前二句有韻。

《**唐宋詩醇**》:荷盡而水益光明,寫得景色澄静,不似老杜"斫却月中桂,清光應更多",徒豪語耳。

《**角山樓**》:言霜落,荷花已盡,而湖光自佳耳。

書　軒

雨昏石硯寒雲色,風動牙籤亂葉聲。庭下已生書帶草,使君疑是鄭康成。

冰　池

不嫌冰雪繞池看，誰似詩人巧耐寒。記取羲之洗硯處，碧琉璃下黑蛟蟠。（**譚元春評**）雖有妙想，亦少風雅。

竹　塢

（**紀昀眉**）頗作意，然亦無味。

晚節先生道轉孤，歲寒惟有竹相娛。粗才杜牧真堪笑，唤作軍中十萬夫。

荻　蒲

（**譚元春評**）選後二首又不如存此一首。

雨折霜乾不耐秋，白花黄葉使人愁。月明小艇湖邊宿，便是江南鸚鵡洲。（**蕭奇中眉**）坡之愛江南，每每懞□觚江南誠妙。

蓼　嶼

秋歸南浦蟪蛄鳴，霜落横湖沙水清。卧雨幽花無限思，抱叢寒蝶不勝情。

望雲樓

（**紀昀眉**）純用宋格，然較勝唐裝而空調。

陰晴朝暮幾回新，已向虚空付此身。出本無心歸亦好，白雲還似望雲人。（**蕭奇中夾**）妙。

天漢臺

漾水東流舊見經，(**紀昀夾**)字腐。銀潢左界上通靈。此臺試向天文覓，閣道中間第幾星。

待月臺

(**紀昀眉**)寫"待"字好，惟嫌不似寄題耳。(**錢廷錦甲眉**)做"待"字妙。(**何焯眉**)"待"字義，有意味。

月與高人本有期，挂檐低户映蛾眉。只從昨夜十分滿，漸覺冰輪出海遲。

二樂榭

(**紀昀眉**)此則宋格之惡者。

此間真趣豈容談，二樂並君已是三。仁智更煩訶妄見，坐令魯叟作瞿曇。(**來詩云:二見因妄生。**)

灙泉亭

聞道池亭勝兩川，應須爛醉答雲煙。勸君多種長腰米，(**錢廷錦甲夾**)承"醉"字來。消破亭中萬斛泉。

吏隱亭

縱横憂患滿人間，頗怪先生日日閑。昨夜清風眠北牖，朝來爽氣在西山。

霜筠亭

解籜新篁不自持,嬋娟已有歲寒姿。要看凛凛霜前意,須待秋風粉落時。

無言亭

(**紀昀眉**)氣機一片。此宋格而不嫌宋格者,《無言亭》先是宋題,不得不作宋詩矣。

殷勤稽首維摩詰,敢問如何是法門。彈指未終千偈了,向人還道本無言。

露香亭

亭下佳人錦繡衣,滿身瓔珞綴明璣。晚香消歇無尋處,(**紀昀眉**)三句針對原唱末句。花已飄零露已晞。

涵虚亭

水軒花榭兩争妍,秋月春風各自偏。惟有此亭無一物,(**錢廷錦甲夾**)涵虚。坐觀萬景得天全。(**王文誥夾**)空即是色,莫不有是理也。如必謂之禪,則大可笑矣。

溪光亭

(**紀昀眉**)本色語,却極清楚。

决去湖波尚有情,却隨初日動檐楹。(**錢廷錦甲夾**)光。溪光自古無人畫,(**蕭奇中夾**)細。憑仗新詩與寫成。(**譚元春評**)袁[宏道]極賞之,何也?

過溪亭

身輕步隱去忘歸，四柱亭前野約微。忽悟過溪還一笑，（**錢廷錦甲夾**）天然。水禽驚落翠毛衣。（**紀昀眉**）末句渲染有神。（**王文誥夾**）詳玩此語，實從虎號奪胎，可謂變化無迹矣。

披錦亭

（**何焯眉**）此首除却第三句，便不似坡公，頗有俗氣。

煙紅露緑曉風香，燕舞鶯啼春日長。誰道使君貧且老，繡屏錦帳咽笙簧。

禊　亭

曲池流水細鱗鱗，高會傳觴似洛濱。紅粉翠蛾應不要，畫船來往勝於人。

菡萏亭

日日移床趁下風，清香不盡思何窮。若爲化作龜千歲，巢向田田亂葉中。（**蕭奇中夾**）香不盡。

【彙評】

劉辰翁：活動。

荼蘼洞

長憶故山（**一作"半雨半晴"**）寒食夜，（**彭元瑞眉**）寄題詩不便全著自己，作"半雨半晴"爲是。野荼蘼發暗香來。分無素手簪羅髻，且折霜蕤浸玉醅。

篔簹谷

（**紀昀眉**）粗獷。（**毛西原眉**）奇思趣語。紀評此詩爲“粗獷”，而“赦籜龍”“饞太守”六字，不知其佳。（**何焯眉**）雅謔。

漢川修竹賤如蓬，斤斧何曾赦籜龍。料得清貧饞太守，渭濱千畝在胸中。（**蕭奇中夾**）謔得妙。

【彙評】

《**唐宋詩醇**》：《文與可畫篔簹谷偃竹記》曰：“篔簹谷在洋川。與可嘗令予作洋川三十詠。《篔簹谷》其一也。予詩云……與可是日與其妻游谷中，燒筍晚食，發函得詩，失笑噴飯滿案。”

《**角山樓**》：句句太笨，有傷風雅。

陳衍：坡詩名句，多可作典故用，此類殆不勝數。

寒蘆港

（**紀昀眉**）寄題亦須一見。（**毛西原眉**）亦標緻。

溶溶晴港漾春暉，蘆筍生時柳絮飛。還有江南風物否，桃花流水鮆魚肥。

野人廬

（**紀昀眉**）淺語却真。

少年辛苦事犁鋤，剛厭青山繞故居。老覺華堂無意味，却須時到野人廬。

此君庵

寄語庵前抱節君，與君到處合相親。寫真雖是文夫子，我亦真堂作記人。（**蕭奇中夾**）直透。（**紀昀眉**）波峭多姿。（**翁同書旁**）王注“公詩老可能爲竹寫真”。（**毛西原眉**）此二詩不經選出，便不似老坡詩。紀云“波峭多姿”。

金橙徑

金橙縱復里人知，不見鱸魚價自低。須是松江煙雨裏，小船燒薤擣香齏。

【彙評】

劉辰翁：語自風味。

南　園

不種夭桃與緑楊，使君應欲候農桑。春畦（**一作桑疇**）雨過羅紈膩，夏壟風來餅餌香。（**杭世駿眉**）二語亦未見甚妙，只是偶弄膠膾耳。詩家末弄也。（《**角山樓**》**評**）“春畦”“夏壟”更晦於“桑疇”“麥壟”，然“麥壟”句尚有情思，“桑疇”句則牽强矣。（**陳衍評**）後二句，即“長江繞郭”一聯作法。

北　園

（**紀昀眉**）三十首各自爲意，然《湖橋》一首確是總起，此首確是總結，而又各自還本位，不著痕迹，此布局之妙。（**王文誥夾**）南園、北園非游覽地，知州勸農處也。每三月至園，散父老酒食，謂之開園。故二題獨殿后。曉嵐未通全部，而所論近是，已仁至義盡矣。

漢水巴山樂有餘，一麾從此首歸途。北園草木憑君問，許我他年作主無。

寄題刁景純藏春塢

（**蕭奇中眉**）大手段，可以補天，可以永日。

白首歸來種萬松，待看千尺舞霜風。年抛造物陶甄外，春在先生杖屨中。（**查慎行評**）詩意亦得游行自在之趣。（**蕭奇中夾**）妙。（**《角山樓》評**）出句有安排之迹，不及對句渾成。楊柳長齊低户暗，櫻桃爛熟滴階紅。何時却與徐元直，共訪襄陽龐德公。

【彙評】

《唐宋詩醇》：三、四一聯，句法獨創。後人效之，未免學步邯鄲。至五、六一聯，軾乃脱化張謂《春園家宴》詩“櫻桃解結垂檐子，楊柳能低入户枝”之句。今注詩者，乃引白居易《夢游春》五言云“門柳暗全低，檐櫻紅半熟”，而不引張詩，既爲未諳源委，且奈何捨盛唐而述中唐也？

玉盤盂二首（並叙）

東武舊俗，每歲四月大會于南禪、資福兩寺，以芍藥供佛。而今歲最盛，凡七千餘朶，（**蕭奇中夾**）暢哉。（**陳仁錫眉**）花至七千而又有高出七千朶之上者。皆重跗累萼，繁麗豐碩。中有白花正圓如覆盂，其下十餘葉稍大，承之如盤，姿格絶異，獨出於七千朶之上，云得之於城北蘇氏園中，周宰相莒公之别業也，而其名俚甚，乃爲易之。

雜花狼藉占春餘，芍藥開時掃地無。（**袁宏道評**）好起。（**錢陸燦眉**）袁中郎云“起好”。兩寺妝成寶纓絡，一枝争看玉盤盂。

佳名會作新翻曲，絶品難逢舊畫圖。從此定知年穀熟，姑山親見雪肌膚。（**彭元瑞夾**）二句雖是點綴小巧，然自是宰官分内語。（**何紹基乙眉**）不率爾。

花不能言意可知，令君痛飲更無疑。但持白酒勸嘉客，直待瓊舟覆玉彝。負郭相君初擇地，（**翁同書夾**）切莒公。看羊屬國首吟詩。（**查慎行評**）拈"蘇"字不化。（**翁同書夾**）自謂。吾家豈與花相厚，更問殘芳有幾枝。

和潞公超然臺次韻

（**杭世駿眉**）全篇皆頌潞公，于超然臺竟不著筆，落想稍畢。

我公厭富貴，常苦勳業尋。（**紀昀夾**）次句欠妥。相期赤松子，永望白雲岑。清風出談笑，萬竅爲號吟。吟成超然詩，洗我蓬之心。嗟我本何人，麋鹿强冠襟。身微空志大，交淺屢言深。囑公如得謝，呼我幸寄音。但恐酒錢盡，煩公揮橐金。

聞喬太博換左藏知欽州以詩招飲

今年果起故將軍，幽夢清詩信有神。馬革裹屍真細事，虎頭食肉更何人。（**蕭奇中眉**）自豪。（**紀昀夾**）古人不忌諱，今用此事則駭矣。陣雲冷壓黄茅瘴，羽扇斜揮白葛巾。痛飲從今有幾日，西軒月色夜來新。（**紀昀眉**）"招飲"説得真至。

【彙評】

劉辰翁：語氣清麗。

劉弘：欽州秋冬起“黄茆瘴”，曰“陣雲”；“冷壓”則氣概甚矣。

喬將行烹鵝鹿出刀劍以飲客以詩戲之

（**紀昀眉**）有不滿於喬之意，其語太直。

破匣哀鳴出素虬，倦看鶂鶂聽呦呦。（**紀昀夾**）“哀鳴”字不妥。次句湊。明朝只恐兼烹鶴，（**蕭奇中夾**）真妙謔。此去還須却佩牛。（**蕭奇中夾**）對亦工巧。（**何焯眉**）使事却如兒戲。便可先呼報恩子，不妨仍帶醉鄉侯。他年萬騎歸應好，奈有移文在故丘。

次韻劉貢父李公擇見寄二首

白髮相望兩故人，（**王文誥夾**）劉、李總起。眼看時事幾番新。（**翁同書旁**）“眼看”句，《詩案》謂“以譏朝廷更立新法”。曲無和者應思郢，論少卑之且借秦。（**紀昀夾**）三四宋調之不佳者。歲惡詩人無好語，（**公擇來詩，皆道吴中饑苦之事。**）夜長鰥守向誰親。（**貢父近喪偶。**）（**王文誥夾**）此聯劉、李並作，可見二詩必不可分編也。少思多睡無如我，（**蕭奇中眉**）“少思多睡”四字，可以學道，可以長生。鼻息雷鳴撼四鄰。（**何焯眉**）末句不成語。

何人勸我此間來，（**蕭奇中夾**）起每超忽。弦管生衣甑有埃。緑蟻濡唇無百斛，蝗蟲撲面已三回。（**紀昀眉**）四句太質。磨刀入谷追窮寇，灑涕循城拾棄孩。（**蕭奇中夾**）仁人仁政。爲郡鮮歡君莫嘆，猶勝塵土走章臺。（**翁同書旁**）何焯曰：“結句言勝作京兆推官也。”

寄黎眉州

（**何紹基乙眉**）好容易遇同鄉人。

膠西高處望西川，應在孤雲落照邊。（**紀昀眉**）懸空擲筆而下，起勢極爲超拔，瓦屋寒堆春後雪，峨眉翠掃雨餘天。（**蕭奇中眉**）"雨餘天"三字警正。三、四接得有力。治經方笑《春秋》學，（**毛西原眉**）施注"王介甫目《春秋》爲'斷爛朝報'，時介方得志，故云"。好士今無六一賢。（**君以《春秋》受知于歐陽文忠公，公自號六一居士。**）且待淵明賦歸去，共將詩酒趁流年。（**紀昀眉**）後半亦沉著。（**翁同書眉**）懸空擲筆而下，起勢極爲超拔，三、四接得有力。後半亦沉著。（**毛西原眉**）紀云"懸空擲筆而下，起勢超拔，三、四接得有力。後半亦沉著"。

【彙評】

劉弘：陶淵明賦《歸去來詞》，今先生藉以自况，大概愛重黎公，致其翹仰欲會之情，兼諷當時好士不若先輩之人，故公滯彼之久。

《**唐宋詩醇**》：施元之曰："王介甫素不善《春秋》，目爲斷爛朝報。時介甫方得志，故云：'治經方笑《春秋》學。'公爲眉人，黎方守眉，故有'淵明歸去'之句。"

《**角山樓**》：前四語爲"寄"字腦，後半方入本位。

和趙郎中捕蝗見寄次韻

（**紀昀眉**）不免有努力之狀。

麥穗人許長，穀苗牛可没。天公獨何意，忍使蝗蟲發。驅攘著令典，農事安可忽。我僕既胼胝，我馬亦款矻。飛騰漸云少，筋力亦已竭。苟無百篇詩，何以醒睡兀。初如疏畎澮，漸若決澥渤。往來供十吏，腕脱不容歇。平生輕妄庸，熟視笑魏勃。愛君有逸氣，詩壇專斬伐。(**紀昀夾**)"斬伐"趁韻。民病何時休，吏職不可越。慎無及世事，向空書咄咄。(**紀昀眉**)結亦露。

【彙評】

閻士選：觀公此詩，其捕蝗之勤、爲民之切，何懇至也。且憂時閔事而曰："民病何時休，吏職不可越。"則當日民病不愜公意者甚多。他日又有詩云："士方生田裏，自比謂與華。出試乃大繆，芻狗難重陳。"又曰："疲民尚作魚尾赤，數苦未除吾類泚。"似皆爲青苗、助疫擾民而發。

登常山絶頂廣麗亭

(**紀昀眉**)篇幅不長，而氣脉極闊。(**何紹基乙眉**)有模仿之迹。

西望穆陵關，東望琅邪臺。南望九仙山，北望空飛埃。(**紀昀夾**)一起從老杜"熊羆咆我東"四句化出，好在作起筆，若在中間則凡語矣。(**毛西原眉**)紀云"篇幅不長，而氣脉極闊。一起從老杜'熊羆咆我東'末四句化出，好在作起筆，若在中間則凡語矣"。紀評極是。觀此則《李氏園》詩，東西南北鋪排語耳。(**何焯眉**)從"魚戲蓮葉東"來，彼歷落此空闊。(**《角山樓》評**)起勢兀戛。相將叫虞舜，遂欲歸蓬萊。嗟我二三子，狂飲亦荒哉。紅裙欲先去，長笛有餘哀。清歌入雲霄，妙舞纖腰回。(**《角山樓》評**)觀中數語，此必當日燕於亭中，兼有歌舞也。自從有此山，白石封蒼苔。何嘗有此樂，將去復徘徊。人生如朝露，(**《角山樓》評**)入議論亦簡净。白髮日夜催。

棄置當何言,萬劫終飛灰。

【彙評】

閻士選:常山之巔,三峰並起,而東南最高者爲高峰巔,上有廣麗亭、望海樓。公此詩當日登眺留連意寫之殆盡。

薄薄酒二首(並叙)

(**杭世駿眉**)辭意並淺,屬筆玩跳,屬多事,而愛不能割存之,集中亦□一累。

膠西先生趙明叔,家貧,好飲,不擇酒而醉。常云:"薄薄酒,勝茶湯;醜醜婦,勝空房。"其言雖俚,而近乎達,故推而廣之以補東州之樂府;既又以爲未也,復自和一篇,聊以發覽者之一噱云耳。(**紀昀眉**)此種究是野調,以近俗易解,故傳誦者衆耳。

薄薄酒,勝茶湯;粗粗布,勝無裳。醜妻惡妾勝空房。五更待漏靴滿霜,不如三伏日高睡足北窗凉。珠襦玉柙萬人相送歸北邙,不如懸鶉百結獨坐負朝陽。生前富貴,死後文章,百年瞬息萬世忙。夷齊盜蹠俱亡羊,不如眼前一醉是非憂樂都兩忘。

薄薄酒,飲兩鍾;粗粗布,著兩重。美惡雖異醉暖同,醜妻惡妾壽乃公。隱居求志義之從,本不計較東華塵土北窗風。百年雖長要有終,富死未必輸生窮。但恐珠玉留君容,(**蕭奇中夾**)"但恐"接上。千載不朽遭樊崇。文章自足欺盲聾,誰使一朝富貴面發紅。(**蕭奇中眉**)巧宦豪家一時汗顔。達人自達酒何功,世間是非憂樂本來空。(**王文濡評**)借他人酒杯,澆自己塊壘。自號"達人",正恐未必能達耳。

【彙評】

劉辰翁:長韻應和,激越高曠。

同年王中甫挽詞

(**紀昀眉**)其言沉著,非他挽詩有文無情之比。(**何紹基乙眉**)題小詩大。

先帝親收十五人,(**仁宗朝賢良十五人,今惟富鄭公、張宣徽、錢純老及余與舍弟在耳。**)四方争看擊鵬鶚。如君才業真堪用,(**王文誥夾**)通篇惟此句挽中甫,餘皆於十五人悼嘆不已。其後更作挽詞,亦此意也。顧我衰遲不足論。出處升沉十年後,死生契闊幾人存。他時京口尋遺迹,宿草猶應有淚痕。(**蕭奇中夾**)再用再佳。(《**角山樓**》**評**)翻用《檀弓》語,更進一層。

【彙評】

《**角山樓**》:公七言律醖釀不及唐人,而筆勢排宕,别辟一種境界,故自不磨。

七月五日二首

(**紀昀眉**)不作古音,而自有古意。

避謗詩尋醫,(**杭世駿眉**)"詩尋醫",謂涉疑忌者,即加針砭,如"烏臺詩案"可證,非竟不作也。畏病酒入務。(**翁同書旁**)王注"詩尋醫",謂不作詩也;"酒入務",謂止酒也。蕭條北窗下,長日誰與度。

今年苦炎熱，草木困熏煮。况我早衰人，幽居氣如縷。秋來有佳興，秫稻已含露。還復此微吟，往和糟床注。

何處覓新秋，蕭然北臺上。秋來未云幾，風月已清亮。(**紀昀眉**)何不用“清曠”。(**蕭奇中夾**)好。雲間聳孤翠，林表浮遠漲。新棗漸堪剥，晚瓜猶可餉。西風送落日，萬竅含淒悵。(**紀昀眉**)警切。念當急行樂，白髮不汝放。(**蕭奇中眉**)真景真事。(**何紹基乙眉**)説盡自快。

【彙評】

閻士選：王君玉謂人曰：詩家不妨用俗語，東坡詩“避謗詩尋醫，畏病酒入務”，其“畏病”與“入務”皆俗語也。又云南人以飲酒爲“軟飽”，北人以晝寢爲“黑甜”，東坡云“三杯軟飽後，一枕黑甜餘”，亦係用俗語。

趙郎中見和戲復答之

(**紀昀眉**)亦是滑調。(**何焯眉**)其言沉著，非他挽詩有文無情可比。

趙子吟詩如潑水，一揮三百八十字。奈何效我欲尋醫，恰似西施藏白地。趙子飲酒如淋灰，一年十萬八千杯。若不令君早入務，飲竭東海生黄埃。我衰臨政多繆錯，羡君精采如秋鶚。頗哀老子今日飲，爲君坐嘯主畫諾。

次韻周邠寄雁蕩山圖二首

(**蕭奇中眉**)二首運筆題外，故自灑灑。(**杭世駿眉**)頸聯泛引，是一家詩，終於雁蕩，面目未曾道及。次篇又叙契闊，則此不可無一二警句也。

指點先憑采藥翁，丹青化出大槐宫。眼明小閣浮煙翠，齒冷新詩嚼雪風。（**紀昀夾**）句欠自然。二華行觀雄陜右，九仙今已壓京東。（**將赴河中，密邇太華，九仙在東武，奇秀不滅雁蕩也。**）此生的有尋山分，已覺温台落手中。（**翁同書眉**）先生在《密州與開祖尺牘》云："脱湖北之行，而得樂清，正如捨魚而取熊掌也。"又云："寄示山圖，欲求善本而不可得，新詩清絶，輒和二首。"

【彙評】

《**唐宋詩醇**》：雁蕩爲自古圖牒所不記。祥符中，因采官木始見之，此雖覽圖未歷其地故，但以"小閣浮煙翠"一語形容其妙，以所得見之二華、九仙作陪。

西湖三載與君同，馬入塵埃鶴入籠。東海獨來看出日，石橋先去踏長虹。遥知别後添華髮，時向樽前説病翁。所恨蜀山君未見，（**蕭奇中夾**）又宕一意。他年攜手醉郫筒。（**紀昀眉**）此詩却排宕，然二首相連，不能割取此首。凡詩有可删取者，有必不可删取者。竟陵笑選詩之惜群，非知詩之言也。（**何紹基乙眉**）蜀人此語乃對錢唐人説，所以妙。

【彙評】

《**唐宋詩醇**》：按周邠生於西湖，而官於雁蕩。軾生於蜀山，而官於西湖。次作稱西湖同游，蓋因其所見以致未見之思，結更以蜀山君未見爲恨。匪自矜以傲人，蓋其交誼反復纏綿，盎然言表。

送碧香酒與趙明叔教授

（**紀昀夾**）此首亦滑調。（**何焯眉**）總是信手而成，脱盡畦徑。

聞君有婦賢且廉，勸君慎勿爲楚相。不羨紫駝分御食，自遣赤脚沽村釀。嗟君老狂不知愧，更吟醜婦惡嘲謗。諸生聞語定失笑，冬暖號寒卧無帳。碧香近出帝子家，鵝兒破殼酥流盎。不學劉伶獨自飲，一壺往助齊眉餉。（**何紹基乙眉**）趣甚不謔。

趙既見和復次韻答之

（**何焯眉**）游戲無狀。（**紀昀眉**）此首差可，然亦不佳。

長安小吏天所放，日夜歌呼和丞相。豈知後世有阿瞞，（**曹公自言參之後。**）（**翁同書夾**）譏荆公也。北海樽前捉私釀。（**蕭奇中夾**）想俱曠。先生未出禁酒國，詩語孤高常近謗。幾回無酒欲沽君，却畏有司書簿帳。（**近制，公使酒過數，法甚重。**）酸寒可笑分一斗，日飲無何足袁盎。更將險語壓衰翁，只恐自是臺無餉。（**蕭奇中夾**）趣甚。

趙郎中往莒縣逾月而歸復以一壺遺之仍用元韻

（**何焯眉**）如春釀，形容絶妙，不可解而可解。

東鄰主人游不歸，悲歌夜夜聞舂相。（**蕭奇中夾**）怪。門前人鬧馬嘶急，一家喜氣如春釀。（**蕭奇中夾**）形得酣。王事何曾怨獨賢,室人豈忍交謫謗。大兒踉蹡越門限,小兒咿啞語繡帳。定教舞袖掣伊涼,更想夜庖鳴甕盎。題詩送酒君勿誚,免使退之嘲一餉。

蘇潛聖挽詞

(**蕭奇中眉**)典重不佻,氣渾全首。

妙齡馳譽百夫雄,晚節忘懷大隱中。悃愊無華真漢吏,文章爾雅稱吾宗。(**蕭奇中夾**)妙。趨時肯負平生志,有子還應不死同。(**蕭奇中夾**)老甚。惟我閑思十年事,數行老淚寄西風。(**何紹基乙眉**)淡而摯。

国家出版基金项目
NATIONAL PUBLICATION FOUNDATION

教育部人文社會科學重點研究基地
復旦大學中國古代文學研究中心
叢刊

蘇軾詩文彙評

黄霖 陳維昭 周興陸 主編
樊慶彦 輯著

貳

鳳凰出版社

卷 八

詩七十二首

和晁同年九日見寄

(**紀昀眉**)沉著排宕。(**何焯眉**)沉著排宕。查云“淡而彌旨,知此者鮮矣”。(**毛西原眉**)紀云“沉著排宕”。查云“淡而彌旨,知此者鮮矣”。

仰看鸞鵠刺天飛,(**王文濡評**)喻在朝之臣。富貴功名老不思。(**毛西原眉**)首句韻,孤雁出群。病馬已無千里志,(**王文濡評**)輒自喻。騷人長負一秋悲。(**蕭奇中夾**)真。(**錢廷錦乙眉**)好神情。古來重九皆如此,别後西湖付與誰。(**查慎行評**)淡而彌旨,知此者鮮矣。(**《唐宋詩醇》評**)以“西湖”對“重九”,一時湊泊,其妙不當於字句求之。(**《角山樓》評**)對法活潑。遣子窮愁天有意,吴中山水要清詩。(**何紹基乙眉**)不想宕開如許遠,妙。

【彙評】

譚元春:游止山水好景,每尋替人不得。況坡老開浚西湖,何等關情,决不忍交付與俗人矣。

王文誥:永叔謂公必名世,使美叔訂交,兩公亦頗自負,此在嘉祐極盛時也。詩前半皆寓此慨,後之本事,乃順流而下,合成一局者也。

王文濡：大好山水，必得詩人以表彰之，慰人正所以自慰也。

送喬施州

恨無負郭田二頃，空有載行書五車。江上青山橫絶壁，雲間細路躡飛蛇。（**蕭奇中夾**）即路。雞號黑暗通蠻貨，（**胡人謂犀爲黑暗。**）（**翁同書眉**）公自注"胡人謂犀爲黑暗"，合注杜詩"黑暗通蠻貢"，則先生正用杜句。蜂鬧黄連采蜜花。（**錢廷錦甲眉**）苦蜜清火，大妙。共怪河南門下客，不應萬里向長沙。（**喬受知於吴丞相，而施州風土大類長沙。**）（**蕭奇中夾**）慨之。（**查慎行丙評**）《賈誼傳》："河南守吴公聞其秀才，召置門下，後爲長沙王傅。"公詩用事親切如此。（**張問陶評**）中四句寫施州之風物，而末句始結出其地，乃倒裝法，長沙即推州之替身字也。

【彙評】

《**唐宋詩醇**》：善談風土，衮衮可喜，頗似宗元在柳州諸詩。

雪夜獨宿柏仙庵

（**紀昀眉**）絶勝"尖""叉"韻詩，而人多稱彼，故險韻爲欺人之巧策。（**毛西原眉**）紀云"絶勝'尖''叉'韻詩，而人多稱彼，故險韻爲欺人之巧策"。

晚雨纖纖變玉霙，小庵高卧有餘清。夢驚忽有穿窗片，夜静惟聞瀉竹聲。稍壓冬温聊得健，未濡秋旱若爲耕。（**毛西原眉**）"稍壓"二句似杜。天公用意真難會，又作春風爛漫晴。（**何紹基乙眉**）嫌雪少也，語特細密如杜。

【彙評】

劉弘：世傳有雪壓瘟疫。末二句乃言時事無定。

《**角山樓**》：一氣卷舒，無意不透。

和孔郎中荆林馬上見寄

秋禾不滿眼，宿麥種亦稀。永愧此邦人，芒刺在膚肌。平生五千卷，一字不救饑。（**何紹基乙眉**）“不救饑”者，不救民饑也。語意沉至。方將怨無襦，忽復歌緇衣。堂堂孔北海，直氣凛群兒。朱輪未及郊，清風已先馳。何以累君子，（**王文誥夾**）“君子”二字，下得扼要，不但能添宗翰身價，且通首神韻皆此句領起也。十萬貧與羸。（**蕭奇中眉**）四語淡古。（**王文誥夾**）自起句至此一節，所謂舊令尹之政，必以告新令尹者，言無數句，而和盤托出，明切曉暢。其仁愛惻怛之意，自然流露於齒頰，諷之而意味無窮，此非他集之所有也。滔滔滿四方，我行竟安之。（**王文誥夾**）二句别有寄托，自此入結，灑落之甚。何時劍關路，春山聞子規。（**蕭奇中夾**）好。（**何紹基乙眉**）歸意止事及，而語意深遠。

【彙評】

查慎行：孔郎中來交代，故詩中云云。

留别雩泉

舉酒屬雩泉，白髮日夜新。何時泉中天，復照泉上人。二年飲泉水，魚鳥亦相親。還將弄泉手，遮日向西秦。

留别釋迦院牡丹呈趙倅

(**錢陸燦眉**)率筆陋甚。(**紀昀眉**)前四句運意奇幻;後四句出以曼聲,亦情思惘然不盡。(**毛西原眉**)紀云"前四句運意奇幻;後四句出以曼聲,亦情思惘然不盡"。(**翁同書眉**)合注以石刻有"熙寧壬子芳春吉旦東坡題"十一字,疑係杭州詩,劉星房文謂,先生以元豐庚申謫黄州,安得熙寧壬子即有東坡之號,斷爲僞刻,予謂"芳春吉旦"亦不似先生語。

春風小院初來時,壁間惟見使君詩。應問使君何處去,憑花説與春風知。(**何紹基乙眉**)妙。年年歲歲何窮已,花似今年人老矣。去年崔護若重來,(**翁同書夾**)喻趙。前度劉郎在千里。(**何焯眉**)對仗無迹。(**翁同書夾**)自喻。(**毛西原眉**)小詩有韻節。

【彙評】

劉辰翁:世間情思語欲達但可如此。過此爲温李,雖穠實不盡達。

查慎行:此詩刻吴山紫陽庵石壁間,乃先生真迹,余三十年前猶及見之。

查慎行丙:……東坡此詩當是杭州作,訛入密州卷中者。但題中有"呈趙倅"三字,趙倅即成伯也。姑倚施氏原本,俟考。

《**角山樓**》:輕俏之筆,在集中最爲變調。

董儲郎中嘗知眉州與先人游過安丘訪其故居見其子希甫留詩屋壁

(**蕭奇中旁**)總重"與先人游"四字,情義敦懷,今之謀古誼不忘先好者誰歟?(**蕭奇中眉**)近世惡少,父老□在前,使酒駡坐,旁若無人,甚之笑譏加詬，非人子乎，何以處父之生面。（**何焯眉**）使古輕便之法，空前絶後。（**紀昀眉**）殊有情思，語亦清穩。（**何紹基乙眉**）情至之作，自然周匝。

白髪郎潛舊使君，（**翁同書夾**）知眉州。至今人道最能文。隻雞敢忘橋公語，下馬來尋董相墳。（**張廷濟眉**）使事須如此，方雅切。（**翁同書夾**）雅切。（**毛西原眉**）三四使典工切。冬月負薪雖得免，（**蕭奇中夾**）傷哉。（**翁同書夾**）見其子。鄰人吹笛不堪聞。死生契闊君休問，（《**唐宋詩醇**》**評**）“死生契闊”四字，括盡上六句意，無語不典核，而出以便利，情味灑然。灑淚西南向白雲。（**蕭奇中眉**）壬辰五月日，鹽陳梁與俞之泰，生平杯酒花月，無虚旦。泰死，以其幼子屬梁，未十年，泰子雲來科于鄉，梁忌之，梁僕嫚雲來，梁喝僕百人，登雲來門，極詬，且辱及泰棺。具予與吴萬爲，作詩傷之。嗚呼！一死一生，乃見交情。人慎交哉！（**紀昀夾**）補出“與先人游”意，好。（**翁同書旁**）題有“與先人游”字，故結用“白雲親舍”事。（**毛西原眉**）紀云“殊有情思，語亦清穩”。又云“補入‘與先人游’意，好”。

劉貢父見余歌詞數首以詩見戲聊次其韻

（**何紹基乙眉**）起結自作反折。

十載漂然未可期，那堪重作看花詩。門前惡語誰傳去，醉後狂歌自不知。（**查慎行評**）善於解嘲。刺舌君今猶未戒，炙眉我亦更何辭。（**查慎行評**）“炙眉”當是引昭君村以自喻耳，注非。（**劉辰翁評**）上句謂貢父，下句引昭君村以自喻，注引宗廞何爲？相從痛飲無餘事，正是春容最好時。

【彙評】

劉弘:此作固亦嘲戲,而悼時之情不掩。

除夜大雪留濰州元日早晴遂行中途雪復作

(**毛西原眉**)濰州,今山東萊州府濰縣。

除夜雪相留,元日晴相送。(**毛西原眉**)通首警拔,盡用"送"韻。只"種"字通入二宋。東風吹宿酒,瘦馬兀殘夢。(**劉辰翁評**)"東風吹宿酒"十字,情味俱至。(**張廷濟眉**)"兀"字精。蔥曨曉光開,旋轉餘花弄。下馬成野酌,佳哉誰與共。(**蕭奇中夾**)典。(《**角山樓**》**評**)入後辭意深厚。須臾晚雲合,亂灑無缺空。鵝毛垂馬騣,自怪騎白鳳。(**紀昀夾**)"鵝毛"字本俚語,得下五字便成奇采,於此悟點化之法。(**翁同書眉**)距密州未遠,於途中遇雪,致低徊之意,是之謂情文相生。(**毛西原眉**)"凰"韻奇警似太白。三年東方旱,逃户連欹棟。老農釋耒嘆,淚入饑腸痛。(**紀昀夾**)"淚入"五字慘。(**何紹基乙眉**)"痛"字押得淒穩。(**毛西原眉**)紀云"'淚入'五字慘"。春雪雖云晚,春麥猶可種。(**錢廷錦甲眉**)未聞種春麥也。敢怨行役勞,助爾歌飯甕。(**蕭奇中眉**)不忘。(**紀昀眉**)收處波瀾壯闊,立言亦極得體。(**趙翼批**)結有力。(**毛西原眉**)紀云"收處波瀾壯闊,立言亦極得體"。

【彙評】

《**唐宋詩醇**》:即雪霽以致重粟勤民之意。壯厲慷慨,不藉倖色揣稱,矜抽秘騁,妍之殊絶。

大雪青州道上有懷東武園亭寄交孔周翰

（**彭元瑞眉**）亦是野調。（**李鴻裔乙評**）隔四句押一韻，自是創格。

超然臺上雪，城郭山川兩奇絶。（**蕭奇中眉**）起法奇，更不涉青州道上，更奇。海風吹碎碧琉璃，時見三山白銀闕。蓋公堂前雪，緑窗朱户相明滅。堂中美人雪争妍，粲然一笑玉齒頰。就中山堂雪更奇，青松怪石亂瓊絲。惟有使君游不歸，五更上馬愁斂眉。君不見淮西李侍中，夜入蔡州縛取吴元濟。又不見襄陽孟浩然，長安道上騎驢吟雪詩。（**錢廷錦乙眉**）徐云："詩"字與"奇"字叶。此四句本蒙上使君不歸意來，然予意改作長安道上騎驢從吟肩膀侍濟然肩，各爲韻亦可。（**杭世駿眉**）二詩稍陳，與題不甚警策。（**彭元瑞夾**）兩"見"字俱當依施氏本，作"是"，文義乃順。何當閉門飲美酒，無人毁譽河東守。

至濟南李公擇以詩相迎次其韻二首

敝裘羸馬古河濱，野闊天低糝玉塵。自笑餐氈典屬國，（**紀昀夾**）此事屢用，皆不妥。來看换酒謫仙人。（**紀昀夾**）"金貂换酒"是賀監，非李白。宦游到處身如寄，農事何時手自親。（**蕭奇中夾**）真悟。剩作新詩與君和，莫因風雨廢鳴晨。

夜擁笙歌霅水濱，回頭樂事總成塵。今年送汝作太守，到處逢君是主人。聚散細思都是夢，（**紀昀夾**）五句語太率易。身名漸覺兩非親。（**何紹基乙眉**）淡而摯。相從繼燭何須問，蝙蝠飛時日正晨。（**錢廷錦乙旁**）無詩情。（**杭世駿眉**）聚散是夢，是坡翁率筆，大手人不肯下此等句。時人學蘇，不知鍛句鍛格，只辨得口頭語，以爲得蘇之疏快，而不知其謬種流傳也。（**翁同書旁**）合注末二句言鼠輩公行白晝，止宜痛飲無時而已。（**紀昀眉**）結亦輕薄。

【彙評】

劉弘：意甚凄凉悲感，不得志之言也。

和孔君亮郎中見贈

（**何紹基乙眉**）少致。

偶對先生盡一樽，醉看萬物洶崩奔。優游共我聊卒歲，（**翁同書夾**）切孔姓。骯髒如君合倚門。只恐掉頭難久住，（**翁同書夾**）切孔。應須傾蓋便深論。（**翁同書夾**）切孔。（**查慎行評**）使事無痕，可以爲法。（**紀昀眉**）此切姓氏却好，以句中有意故耳。初白但稱其"使事無痕"，淺矣。（**王文誥夾**）［紀昀］懂得切姓氏，亦非容易事。固知嚴勝風流在，（**翁同書夾**）切孔。又見長身十世孫。（**戣，字君嚴；戡，字君勝。退之誌其墓云：孔子世卅八，吾見其孫，白面長身。今君亮四十八世矣。**）

【彙評】

劉辰翁：此等了與人世不異。

送范景仁游洛中

（**何焯旁**）規模杜詩，非公本色。（**紀昀眉**）大段疏暢。

小人真闇事，閑退豈公難。（**查慎行評**）痛快。（**翁同書夾**）言其極論新法之害，落職翰林學士致仕。道大吾何病，言深聽者寒。（**紀昀夾**）起四句太激，初白以爲“痛快”，非也。（**何紹基乙眉**）錘煉。憂時雖早白，（**紀昀夾**）去“發”字則“白”者何物？住世有還丹。得酒相逢樂，無心所遇安。去年行萬里，蜀路走千盤。（**翁同書夾**）言其歸蜀，與親舊樂飲期年，而後還也。投老身彌健，登山意未闌。西游爲櫻筍，東道盡鵷鸞。（**翁同書夾**）言游洛中。杖屨攜兒去，園亭借客看。（**蕭奇中夾**）好。折花斑竹寺，弄水石樓灘。鬻馬衰憐白，驚雷怯笑韓。蘚書標洞府，（**歐陽永叔嘗游嵩山，日暮，於絶壁上見苔蘚成文，云神清之洞。明日復尋，不見。**）松蓋偃天壇。試與劉夫子，重尋靖長官。（**劉几云：曾見人嵩山幽絶處，眼光如猫，意其爲靖長官也。**）（**紀昀眉**）對結恰住。凡對結，患不似住語。

【彙評】

《**唐宋詩醇**》：景仁能累疏詆王安石，致安石持其疏而手顫，固是豪傑之士。而通篇乃盛稱洛中之勝，舉仙蹤神境以導之，語值玄微，然正是詩人温柔敦厚遺意。

次韻景仁留别

（**何焯眉**）交義鄭重，情辭兩到。

公老我亦衰，相見恨不數。（**蕭奇中夾**）老。臨行一杯酒，此意重山嶽。（**查慎行評**）沉著。（**何紹基乙眉**）“杯酒”“山嶽”語殊奇。歌詞白紵清，琴弄黄鐘濁。詩新眇難和，飲少僅可學。欲參兵部選，有力誰如犖。（**蕭奇中夾**）勁句。（**紀昀眉**）“欲參”二句太激，用"圉人犖"事亦凑韻。且作東諸侯,山城雄鼓角。南游許過我,不憚千里邈。會當聞公來,倒屣發一握。

書韓幹牧馬圖

(**紀昀眉**)通首旁襯,只結處一著本位,章法奇絶。放翁《嘉陵驛竹枝海棠》詩似從此得法。(**何焯旁**)一起來勢太重。不重也,牧字須如此發端耳。(**《角山樓》評**)句法本之《急就章》。(**賴山陽評**)馬詩,老杜至多,後來雖東坡不得不由之。

南山之下,汧渭之間,(**劉辰翁夾**)他人去"下"之字。(**紀昀眉**)若第二句去一"之"字作一句,神味便減。(**毛西原眉**)紀云"第二句去一'之'字作一句,神味便減"。想見開元天寶年。(**賴山陽評**)此詩起手,出自老杜"國初以來"之起,而喪其面目者。起手平直正大,自是大局面手法。"汧渭"下加"之"字,句便雄傑,是亦大局面手法。八坊分屯隘秦川,四十萬匹如雲煙。騅駓駰駱驪騮騵,白魚赤兔騂皇鶙。(**杭世駿眉**)柏梁體應有此句法,從韓《陸渾山火》來,後人遂轉相仿效。(**彭元瑞夾**)句法本柏梁詩。(**翁同書夾**)本昌黎《陸渾山火》詩"鴉鴟鵰鷹雉鵠鵾"句法,漁洋謂本《急就篇》。(**賴山陽評**)二句雄傑。"驪"字若作"與"字,"騂"字作"雜"等字,句便平弱。龍顱鳳頸獰且妍,(**賴山陽評**)雄傑,公本色。奇姿逸德隱駑頑。(**何紹基乙眉**)"隱駑頑"甚妙。見其中不妨有"駑頑",益見其盛也。(**賴山陽評**)是亦雄傑,而微露後案。(**毛西原眉**)"頑"韻未妥。碧眼胡兒手足鮮,(**紀昀夾**)"鮮"字趁韻。(**毛西原眉**)紀云"'鮮'字趁韻"。通首旁襯,只結處一著本位,章法奇絶。放翁《嘉陵驛折枝海棠》詩,似從此得法。歲時翦刷供帝閑。(**賴山陽評**)二句取姿。柘袍臨池侍三千,(**賴山陽評**)牧者之所衣。紅妝照日光流淵。(**賴山陽評**)御馬從幸之處。樓下玉螭吐清寒，往來蹙踏生飛湍。（**高步瀛評**）並寫宫人，才思横溢。别出一意作結，總不肯使一平筆。衆工舐筆和朱鉛，（**劉辰翁夾**）動意。（《**角山樓**》**評**）斡旋杜少陵詩語。先生曹霸弟子韓。（**劉辰翁夾**）動意。廄馬多肉尻脽圓，（**賴山陽評**）自老杜《丹青引》來，而變其面目者。肉中畫骨誇尤難，（**何紹基乙眉**）"肉中畫骨"真難者，杜云"幹惟畫肉不畫骨"，蓋非知者。金羈玉勒繡羅鞍。（**何焯夾**）三句將《牧馬圖》一紐。鞭棰刻烙傷天全，不如此圖近自然。平沙細草芒芊綿，驚鴻脱兔争後先。王良挾策飛上天，何必俯首服短轅。（**紀昀眉**）到末又拖一意，變化不測。（**何焯眉**）此詩到後却没收煞。竊意當云，衛文公唯能秉心塞淵，故致騋牝三千之盛，雖敗亡而興。明皇驕奢淫泆，故禄山作亂，群牧之馬皆爲所得，平日爲樂之舞馬亦散入藩鎮軍中，雖全盛而敗。此圖正科留作鑒戒，乃爲首尾相稱。○此論别作一詩可耳。（《**角山樓**》**評**）筆筆擒縱，題中"牧"字不略。（**賴山陽評**）學老杜《天育驃騎》詩，結得此二句，全篇飛動，非此，何足爲東坡。二句出題外，奇拔。（**毛西原眉**）紀云"到末又拖一意，變化不測"。柏梁體老重而旋轉。

【**彙評**】

《**唐宋詩醇**》：馬詩有杜甫諸作，後人無從著筆矣。千載獨有軾詩數篇，能别出一奇於浣花之外，骨幹氣象實相等埒。篇中"騅駓骃駱驪騮騵"，蓋本昌黎《陸渾山火》詩"鴉鴟雕鷹雉鵠鵾"之句。王士禎謂："並是學《急就篇》句法，由其氣大，故不見其累重之迹。"即如此詩，本是效少陵；而此二句，乃全似昌黎，亦不覺也。

方東樹：起跳躍而出，如生龍活虎。"先生"句逆出。"金羈"三句，提筆再入題。以真事襯；以"衆工"襯；以"先生"襯；以"厩馬"襯。"不如"一句入題，筆力奇横，渾雄遒切。放翁《折海棠》，從此得法。大約句法以下三字寫上四字，如"隘秦川"是也。諸家皆同。如下章"攢八蹄"

三字，寫上四字，不可勝言雄渾遒妙。大約坡勝太白。

賴山陽：世服蘇之廣長舌，不知其收舌不盡展者更好。……《韓幹牧馬》……皆豐約合度，姿態可觀。

送魯元翰少卿知衛州

（**翁同書眉**）始述近狀，中叙舊游，末段"見網驚奔"等語，本指新法言之，亦是元翰本事，然却隱而不言，以作贈行者勸勉之詞，氣味渾厚如此。

冗士無處著，寄身范公園。桃花忽成陰，薺麥秀已繁。閉門春晝永，惟有黄蜂喧。（**紀昀夾**）先作頓宕，便入得不突。（**毛西原眉**）紀云"先作頓宕，便入得不突"。二句能寫静意。誰人肯攜酒，共醉榆柳村。髯卿獨何者，一月三到門。我不往拜之，（**蕭奇中夾**）妙在此。髯來意彌敦。（**蕭奇中眉**）是介士。堂堂元老後，亹亹仁人言。（**翁同書夾**）有開從父宗道。憶在錢塘歲，（**翁同書夾**）叙同官杭州。情好均弟昆。（**蕭奇中眉**）情深而長。（**紀昀夾**）插一事便生動有情。（**翁同書眉**）生動有情。（**毛西原眉**）蕩開。時於冰雪中，笑語作春温。欲飲徑相覓，夜開叢竹軒。搜尋到篋笥，鮓醢無復存。（**蕭奇中夾**）高興人所爲。每愧煙火中，玉腕親炮燔。（**蕭奇中夾**）妙人，妙人。别來今幾何，（**紀昀夾**）轉得捷。（**毛西原眉**）合攏。相對如夢魂。告我當北渡，（**紀昀夾**）接得緊。新詩侑清樽。坡陀太行麓，洶湧黄河翻。仕宦非不遇，王畿西北垣。斯民如魚耳，（《**角山樓**》**評**）從《班超傳》化出此段議論，再以廉、范事證成之，曲折盡致。見網則驚奔。（**錢陸燦眉**）未聞有奔魚。皎皎千丈清，不如尺水渾。（**蕭奇中眉**）此真化人之言，此真元老之後。（**查慎行評**）仁人之言，藹然如春風被物。刑政雖首務，念當養其源。一聞襦袴音，盜賊安足論。（**紀昀眉**）一結立言得體，不以理路爲嫌。○觀此數語，知東坡得志必不爲荆公，晦翁所云“左袒洛黨”之故耳。（**毛西原眉**）紀云“一結立言得體，不以理路爲嫌。觀此數語，知東坡得志必不爲荆公，晦翁所云‘左袒洛黨’之故耳”。○暗指新法之害。（**何紹基乙眉**）意仍在新法之不佳耳。（**翁同書眉**）議論發舒，非尋常贈行語。

【彙評】

《**唐宋詩醇**》：始述近狀，中叙舊游，末段“見網驚奔”等語，本指新法言之，亦是元翰本事。然却隱而不言，以作贈行者勸勉之詞，氣味渾厚如此。而《龜山語録》乃謂坡詩只是譏誚怒罵，何耶？

次韻子由送蔣夔赴代州學官

（**杭世駿眉**）力去排比之習，在七律中是此翁獨創。（**紀昀眉**）語太激切。

功利爭先變法初，典型獨守老成餘。窮人未信詩能爾，倚市懸知繡不如。代北諸生漸狂簡，床頭雜説爲爬梳。歸來問雁吾何敢，（**翁同書夾**）切代州。疾世王符解著書。（**翁同書眉**）時以經義取士，一切傳注皆廢，故有概乎其言，而以道義相切劘也。

和李邦直沂山祈雨有應

（**紀昀眉**）憤語却極奇矯，以借比故不甚覺其訐。（**毛西原眉**）通首離奇夭矯，如行文然，轉折自如，無格格不吐之苦，老坡筆性，故自不凡。

高田生黄埃,下田生蒼耳。蒼耳亦已無,更問麥有幾。(**杭世駿眉**)屈折不假縋鑿,入後尤有隨手之變。蛟龍睡足亦解慚,(**蕭奇中眉**)君亦知慚否。二麥枯時雨如洗。不知雨從何處來,但聞吕梁百步聲如雷。試上城南望城北,際天菽粟青成堆。(**何紹基乙眉**)寓雨效有神。(**翁同書眉**)每於轉接處見筆力之奇矯,波詭雲屬,不可思議。饑火燒腸作牛吼,(**何焯眉**)"饑火"以下,無句不轉,如風水相遭,隨意瀾翻而下。(**翁同書旁**)白香山詩:"饑火燒其腸。"不知待得秋成否。半年不雨坐龍慵,共怨天公不怨龍。(**蕭奇中眉**)崇禎踐位來,日詔省刑減税,而有司壅暨,澤不下逮,民之怨之,毋及有司。嗚呼,傷哉!龍累天公,天公累龍耶?天下之不怨天公者希矣。今朝一雨聊自贖,龍神社鬼各言功。(**蕭奇中夾**)深詈之。(**何紹基乙眉**)"龍神社鬼"未知意指何人。(**翁同書眉**)《詩案》以"天公"比天子,以"龍神社鬼"比執政大臣及百執事。無功日盗太倉穀,嗟我與龍同此責。(**蕭奇中夾**)曲激。(**查慎行評**)一轉入題,筆力挺健。(**紀昀眉**)查云"一轉入題"。然結四句却是餘波作收,非本題正意也。勸農使者不汝容,因君作詩先自劾。(**毛西原眉**)五轉韻廿句。

【彙評】

《**唐宋詩醇**》:每於轉接處,見其筆力之奇矯,如"二麥枯時雨如洗"以下,忽接"不知雨從何處來";"際天菽粟"以下,忽接"饑火燒腸作牛吼";"神鬼言動"以下,忽接"無功日盗太倉穀"。波詭雲屬,殆是莫可思議。昌黎云:"不待彈劾還耕桑。"此詩云:"因君作詩先自劾。"賢者惟時深食禄之耻,所以政事多卓然可觀。

《**角山樓**》:堯卿謂此即韓退之"不待彈劾還耕桑"之意。

宿州次韻劉涇

（**蕭奇中眉**）自含警惜，讀者何知。（**潘奕雋眉**）玩詩意，涇之兄當是以法死者。

我欲歸休瑟漸希，舞雩何日著春衣。多情白髮三千丈，無用蒼皮四十圍。（**毛西原眉**）頸聯工對。晚覺文章真小技，早知富貴有危機。（**毛西原眉**）"晚覺"二句，少年時坡猶不肯做此語也。爲君垂涕君知否，千古華亭鶴自飛。（**涇之兄汴亦有文，死矣。**）（**紀昀眉**）沉著。

【彙評】

劉弘：詩意悽愴，時之任人可見矣。

和孔密州五絶

見邸家園留題

大旆傳聞載酒過，小詩未忍著碑磨。（**彭元瑞夾**）不雅。陽關三疊君須秘，除却膠西不解歌。（**來詩有渭城之句。**）

春步西園見寄

歲歲開園成故事，年年行樂不辜春。今年太守憂難繼，慈愛聰明惠利人。（**紀昀夾**）不成句法。

東欄梨花

（**何焯眉**）情深于文。（**紀昀眉**）此首較有情致。

梨花淡白柳深青，柳絮飛時花滿城。惆悵東欄二株雪，（**查慎行評**）“二”意當作“一”。人生看得幾清明。（**《唐宋詩醇》評**）濃至之情，偶於所見發露，絶句中幾於劉夢得争衡。（**何紹基乙眉**）好。（**翁同書旁**）《容齋隨筆》：張文潛好讀東坡梨花絶句，每吟一過，必擊節嘆賞不能已。文潛蓋有省於此云。（**《角山樓》評**）辭句雖與小杜略同，而筆意凄婉欲絶，張文潛愛之誠是。（**王文濡評**）人生如寄，莫要辜負韶光。（**毛西原眉**）入唐名手，絶句中亦稱佳作。末二句黯然魂消。紀只密點，評云“較有情致”，尚未深味此詩。

和流杯石上草書小詩

蜂腰鶴膝嘲希逸，春蚓秋蛇病子雲。醉裏自書醒自笑，如今二絶更逢君。

堂後白牡丹

城西千葉豈不好，笑舞春風醉臉丹。何似後堂冰玉潔，游蜂非意不相干。（**孔頗有聲伎，而客無見者。**）（**紀昀眉**）非自注，則此詩不可解，故解詩最難。

和趙郎中見戲二首

（趙以徐妓不如東武，詩中見戲云“只有當時燕子樓”）

燕子人亡三百秋，卷簾那復似揚州。西行未必能勝此，空唱崔徽上白樓。（**紀昀眉**）頗有風致。（**翁同書旁**）由密守就差，知河中府未赴，改知徐州，故末二句及之，以作解嘲。（**毛西原眉**）風韻竟似漁洋，坡真無所不有。

我擊藤床君唱歌，明年六十奈君何。醉顛只要裝風景，莫向人前自洗磨。(**趙每醉歌畢,輒曰明年六十矣。**)

和子由與顏長道同游百步洪相地築亭種柳

平明坐衙不暖席,歸來閉閤閑終日。(**蕭奇中夾**)静。卧聞客至倒屣迎,兩眼蒙籠餘睡色。(**蕭奇中夾**)亦肖。城東泗水步可到,路轉河洪翻雪白。安得青絲絡駿馬,蹙踏飛波柳陰下。奮身三丈兩蹄間,振鬣長鳴聲自乾。(**紀昀眉**)突插一波,便有生動之致,此避平避板之意。少年狂興久已謝,但憶嘉陵繞劍關。劍關大道車方軌,君自不去歸何難。山中故人應大笑,築室種柳何時還。(**何紹基乙眉**)此亦何必及歸思。(**紀昀眉**)言似爲久住計。(**翁同書旁**)上件詩意無譏諷。

【彙評】

劉辰翁:不類和詩。○語間有異。

次韻李邦直感舊

(**紀昀眉**)語自流利,無出色之處。

騶騎傳呼出跨坊,簿書填委入充堂。誰教按部如何武,(**翁同書旁**)查注"子由在徐,與邦直唱和,詩自注云'時邦直將出巡青州'",故有"按部"之句。只許清樽對孟光。婉娩有時來入夢,温柔何日聽還鄉。酸寒病守憂堪笑,千步空餘僕射場。

【彙評】

查慎行:李時爲京東提刑,將出巡青州。首六句皆説邦直,結句則先生自謂。

與梁先舒煥泛舟得臨釀字二首

彭城古戰國,孤客倦登臨。汴泗交流處,清潭百丈深。(**紀昀眉**)十字渾成。故人輕千里,(**查慎行評**)"故人"謂梁先。(**翁同書眉**)"故人輕千里"謂梁。足繭來相尋。何以娛嘉客,潭水洗君心。(**杭世駿眉**)後四語淺率。(**翁同書眉**)此首贈梁。(**毛西原眉**)稍嫌不古不律。

老守厭簿書,先生罷函丈。(**翁同書夾**)指舒。風流魏晉間,談笑羲皇上。河洪忽已過,水色緑可釀。君毋輕此樂,此樂清且放。(**紀昀眉**)出手太快,結二句尤率。(**翁同書眉**)此首贈舒。

次韻答邦直子由四首

簿書顛倒夢魂間,知我疏慵肯見原。閑作閉門僧舍冷,病聞吹枕海濤喧。忘懷杯酒逢人共,引睡文書信手翻。欲吐狂言喙三尺,怕君瞋我却須吞。(**邦直屢以此見戒。**)

【彙評】

劉辰翁:以我爲輕率。

劉弘:志甚鬱鬱,欲狂言而須吞之,豈時不能容邪? 聊爲邦直否?

譚元春:袁[宏道]甚賞之,亦可删。

城南短李好交游,箕踞狂歌總自由。尊主庇民君有道,(**王文誥夾**)邦直非"尊王庇民"者,觀下句似有諷意。樂天知命我無憂。

（**彭元瑞眉**）二句腐甚。醉呼妙舞留連夜，閑作清詩斷送秋。瀟灑使君殊不俗，樽前容我攬鬚不。（**邦直家中舞者甚多。**）

【彙評】

劉弘：詩意隱然自傷，而豪氣亦不除。

老弟東來殊寂寞，故人留飲慰酸寒。草荒城角開新徑，雨入河洪失舊灘。車馬追陪迹未掃，唱酬往復字應漫。此詩更欲憑君改，待與江南子布看。（**紀昀眉**）末句指李邦直。

【彙評】

劉弘：曰"開新徑"，曰"失舊灘"，豈徒云乎？

查慎行：子由來徐，有《李邦直見邀終日卧南城亭》詩，與邦直唱和共八首，故有留飲酬唱之句。

君雖爲我此遲留，别後凄涼我已憂。不見便同千里遠，退歸終作十年游。恨無揚子一區宅，懶卧元龍百尺樓。聞道鵷鴻滿臺閣，網羅應不到沙鷗。（**紀昀眉**）此却蘊藉。（**《唐宋詩醇》評**）自寫疏慵潦倒，令人意惻。（**何紹基乙眉**）回折跌宕。

【彙評】

譚元春：亦可删。但"不見便同千里遠"境事真全耳。

司馬君實獨樂園

（**紀昀眉**）直起灑脱。

青山在屋上，流水在屋下。中有五畝園，花竹秀而野。花香襲杖屨，竹色侵盞斝。樽酒樂餘春，棋局消長夏。洛陽古多士，風俗猶爾雅。先生卧不出，冠蓋傾洛社。(**蕭奇中夾**)真風流。雖云與衆樂，中有獨樂者。(《**角山樓**》**評**)頓清題目。才全德不形，(《**角山樓**》**評**)以下翻出議論。所貴知我寡。先生獨何事，四海望陶冶。兒童誦君實，走卒知司馬。(**紀昀眉**)“兒童”二句乃互文，非惠連用“相如”“長卿”，越石用“宣尼”“孔某”之比。(《**角山樓**》**評**)切文正生平。持此欲安歸，造物不我捨。名聲逐吾輩，此病天所赭。(**蕭奇中夾**)奇字。(**何紹基乙眉**)“赭”字奇。(**錢廷錦甲旁**)引赭山亦可見新法之害遍也。撫掌笑先生，年來效喑啞。(**紀昀眉**)末二句終是太露。(**王文誥夾**)詩無攻擊之意，其時僅能“喑啞”，無可再供。若更望之，是常夢不醒人語矣。此乃[舒]亶、[李]定欲陷君實於誅，特坐實之，其坐公不藉此詩也。(**翁同書旁**)《詩案》言光終當進用，意望依前攻擊也。(**劉辰翁評**)古刑衣赭衣，若《莊子》“天刑之”耳，用始皇“赭山”非是。

【彙評】

閻士選:公此詩望司馬公入相以匡時，意何殷勤，及司馬公盡變免疫等法，公又力言其不可，可見公之不黨。使當時諸公皆以公之心爲心，凡新法可更者更之，不可更者因之，賢愚各得其所，何致黨論復起，激而爲紹聖之禍也。

《**唐宋詩醇**》:言景如畫，言情如話，令人神游其地，想見其人。時錢公輔在鄞縣，建衆樂堂。司馬光贈以詩曰:“使君如獨樂，衆庶必深顰。”蓋獨樂之與衆樂道本同。然此詩云:“雖云與衆樂，中有獨樂者。”最得其意。“兒童誦君實，走卒知司馬”二句，以姓對字，唐賢所未有，然非無本也。劉越石詩云“宣尼悲獲麟，西狩泣孔某”，謝惠連詩云“雖好相如達，不學長卿慢”，正此詩所則效。其他史傳所載，如“萬事不理問伯始，天下中庸有胡公”,“甑中生塵范史雲,釜中生魚范萊蕪”之類,尤不勝指數矣。

《**角山樓**》:頗似香山語,雖平易,不傷淺率。

陳衍:東坡五七古,遇端莊題目,不能用禪語詼諧語者,則以對偶排奡出之。

王文濡:寫獨樂園寓有殷勤勸駕意,自與詠風景有別。

送顔復兼寄王鞏

(**紀昀眉**)順筆直走,以波瀾縈繞,故不覺其滑。(**何焯眉**)通首直叙,如澄溪一往,自成瀠洄,不作風波於世上也。

彭城官居冷如水,誰從我游顔氏子。我衰且病君亦窮,衰窮相守正其理。(**杭世駿眉**)粘合省力。(**蕭奇中眉**)字嚴。胡爲一朝捨我去,輕衫觸熱行千里。問君無乃求之與,答我不然聊爾耳。京師萬事日日新,故人如故今有幾。君知牛行相君宅,扣門但覓王居士。(**何紹基乙眉**)“事日新”,則“人難故”;“牛行相君宅”,真不改其故者也。清詩草聖俱入妙,別後寄我書連紙。苦恨相思不相見,約我重陽嗅霜蕊。君歸可喚與俱來,未應指目妨進擬。太一老仙閑不出,(**張安道爲太一宫使。**)(**翁同書夾**)時請老就第居南京。踵門問道今時矣。因行過我路幾何,願君推挽加鞭棰。(**紀昀夾**)句不醒豁。吾儕一醉豈易得,買羊釀酒從今始。(**翁同書旁**)施注“定國過南京,竟以事不至,有詩送梁交寄坡,坡和答有‘花枝不共秋欹帽’之句,後一年始赴重陽之約”。

蝎虎

（**紀昀眉**）寓刺之意與後山《蠅虎》詩略同。（**翁同書眉**）合注《長編》，熙寧十年三月，内出蜥蜴祈雨法，試之果驗。詔附宰鵝祈雨，兩法頒行之。此詩當是到徐後，奉到頒行法而作也。

黄雞啄蝎如啄黍，窗間守宫稱蝎虎。暗中繳尾伺飛蟲，巧捷功夫在腰膂。跂跂脈脈善緣壁，陋質從來誰比數。今年歲旱號蜥蜴，狂走兒童鬧歌舞。能銜渠水作冰雹，便向蛟龍覓雲雨。守宫努力搏蒼蠅，明年歲旱當求汝。（**蕭奇中夾**）好。

子由將赴南都與余會宿於逍遥堂作兩絶句讀之殆不可爲懷因和其詩以自解余觀子由自少曠達天資近道又得至人養生長年之訣而余亦竊聞其一二以爲今者宦游相别之日淺而異時退休相從之日長既以自解且以慰子由云

（**嚴虞惇眉**）真不可爲懷。（**杭世駿眉**）其綿邈不及子由，要是襯聲，非情到之語。（**何焯眉**）"少小離家老大回，鄉音無改鬢毛衰。兒童相見不相識，笑問客從何處來。"此老人句也。東坡《和子由赴南都》一首，亦從兹脱胎。

别期漸近不堪聞，風雨蕭蕭已斷魂。猶勝相逢不相識，形容變盡語音存。（**紀昀眉**）寬一步，更沉著。（**何紹基眉**）"形容變盡"，亦幾"不相識"矣。（《**角山樓**》**評**）慰語轉益凄惘。

【彙評】

譚元春：兄弟漂泊，風雨别離，讀之感人，非爲詩也。

但令朱雀長金花，此别還同一轉車。五百年間誰復在，會看銅狄兩咨嗟。（**紀昀眉**）此亦刺當日小人營營終歸於盡，而語意渾然不露。（**毛西原眉**）紀云"此亦刺當日小人營營終歸於盡，而語意渾然不露"。亦當及時行樂之意，不必刺小人亦可。（**翁同書眉**）此亦刺當日小人之營營，而以同歸於盡醒之，語仍含而不露。（《**角山樓**》**評**）此首本序中"養生長年"意立説。

【彙評】

《**唐宋詩醇**》：二詩惟語語解慰，乃益見别恨之深，低回欲絶。

留題石經院三首

（**杭世駿眉**）三首起句皆同。

蒽蒨門前路，行穿翠密中。却來堂上看，岩谷意無窮。

夭矯庭中檜，枯枝鵲踏消。（**彭奇中夾**）"消"字未詳，觀子由和韻，又非誤字。瘦皮纏鶴骨，高頂轉龍腰。

窈窕山頭井，潛通伏澗清。欲知深幾許，聽放轆轤聲。

【彙評】

劉辰翁：自在實趣。

過雲龍山人張天驥

郊原雨初足,風日清且好。病守亦欣然,肩輿白門道。(**紀昀眉**)灑然而來。荒田咽蛩蚓,村巷懸梨棗。下有幽人居,閉門空雀噪。(**何焯眉**)韋儲之間。西風高正厲,落葉紛可掃。孤僮卧斜日,(**蕭奇中夾**)肖。病馬放秋草。(**何焯眉**)絶妙元人園亭畫幅。墟里通有無,(**蕭奇中夾**)好里。垣墻任摧倒。(**紀昀眉**)言鄰里皆交契忘形,故可不設垣墻之限,然語不醒豁。(《**唐宋詩醇**》**評**)"垣墻任摧倒"以上,村落園林,摹繪如見。昔人謂詩中有畫,猶有所不能到,詩則無所不到也。然非具四通六明之力,亦豈能以達之?(**翁同書眉**)村落園林,摹繪如見。(《**角山樓**》**評**)語意高爽。君家本冠蓋,絲竹鬧鄰保。(**何紹基乙眉**)寫出山人。脱身聲利中,道德自濯澡。躬耕抱羸疾,奉養百歲老。詩書膏吻頰,菽水媚翁媪。(**查慎行評**)張父字希甫,母李氏。(《**角山樓**》**評**)此聯極洗練。饑寒天隨子,杞菊自擷芼。慈孝董邵南,雞狗相乳抱。(**蕭奇中夾**)連對。吾生如寄耳,歸計失不早。故山豈敢忘,但恐迫華皓。從君學種秫,斗酒時相勞。(**何焯眉**)東坡之懷,歸於少陵之自傷流落,無首不然,亦是隨意不檢前處。(**紀昀眉**)後幅稍嫌曼衍。

【彙評】

《**角山樓**》:先寫山人之居,次叙山人生平,合到自己作結。

贈王仲素寺丞(名景純)

(**何紹基乙眉**)少味。

養氣如養兒,棄官如棄泥。(**紀昀夾**)起二句不甚雅。人皆笑子拙,事定竟誰迷。歸耕獨患貧,問子何所齎。尺宅足自庇,寸田有餘畦。明珠照短褐,陋室生虹霓。雖無孔方兄,顧有法喜妻。(**紀昀夾**)對得工致,然古詩對偶太工則礙格。彈琴一長嘯,不答阮與嵇。曹南劉夫子,(**翁同書夾**)劉安世。名與子政齊。家有鴻寶書,不鑄金褭蹄。促膝問道要,遂蒙分刀圭。不忍獨不死,尺書肯見梯。(**翁同書夾**)取梯引之意。我生本强鄙,少以氣自擠。孤舟倒江河,赤手攬象犀。年來稍自笑,留氣下暖臍。(**紀昀夾**)太俚。苦恨聞道晚,意象颯已凄。空見孫思邈,區區賦病梨。

陽關詞三首

(**劉辰翁旁**)自愛其詩,與聲合目,曰三絶,無不可者。

贈張繼願

受降城下紫髯郎,戲馬臺南古戰場。恨君不取契丹首,金甲牙旗歸故鄉。(**毛西原眉**)此首拗"契""歸"二字。

答李公擇

濟南春好雪初晴,行到龍山馬足輕。使君莫忘霅溪女,時作陽關腸斷聲。(**毛西原眉**)此首拗"霅""腸"二字。

【彙評】

劉辰翁:詩意詞調皆可歌也。

中秋月

（**翁同書旁**）查注“紹聖元年，公自題此詩，後云‘予十八年前中秋與子由觀月彭城時作此詩，以陽關歌之’”，正與詩合。

暮雲收盡溢清寒，銀漢無聲轉玉盤。此生此夜不長好，明月明年何處看。（**毛西原眉**）此首拗“何”“不”二字。

【彙評】

趙克宜：三詩平仄皆如按譜填詞，論詩却乏深味。

毛西原：《古陽關詞》音節拗健，句法奇矯。《苕溪詩話》云：“唐初歌詞多是五言或七言，初無長短句。今時則盡作此體，存者只《瑞鷓鴣》《小秦王》二曲是七言詩。《瑞鷓鴣》猶依聲可歌，若《小秦王》必須雜以虛聲，乃可歌也。”

和孔周翰二絶

再觀邸園留題

小園香霧曉蒙籠，醉手狂詞未必工。（**何焯眉**）拓得開。魯叟録詩應有取，曲收彤管邶墉風。（**何焯眉**）又戲餘波，收得滿足。

觀净觀堂效韋蘇州詩

弱羽巢林在一枝，幽人蝸舍兩相宜。樂天長短三千首，却愛韋郎五字詩。（**何焯眉**）合得緊。

京師哭任遵聖

（**《角山樓》評**）通首情文相生，語語沉痛。（**翁同書眉**）先寫情懷，次入任遵聖,倍加凄惻。

十年不還鄉,兒女日夜長。豈惟催老大,漸復成凋喪。(**蕭奇中眉**)我輩人。每聞耆舊亡,涕泫聲輒放。(**蕭奇中夾**)真。(**紀昀夾**)先寫情懷,次入任遵聖,倍加凄惘。(**何紹基乙眉**)直是放聲哭。(**《角山樓》評**)虚虚引入。老任况奇逸,先子推輩行。(**蕭奇中夾**)古人。(**紀昀眉**)筆筆作起落之勢,無一率句。中有情致,故語語深至。文章小得譽,(**《角山樓》評**)叙任生平。詩語尤清壯。吏能復所長,談笑萬夫上。自喜作劇縣,(**蕭奇中夾**)能處。偏工破豪黨。(**蕭奇中夾**)長處。奮髯走猾吏,嚼齒對奸將。哀哉命不偶,每以才得謗。(**蕭奇中夾**)不獨任。(**紀昀眉**)一落千丈强。竟使落窮山,青衫就黄壤。(**蕭奇中夾**)傷。(**何紹基乙眉**)此足傳其人矣,何必再述"中散狀"乎?(**《角山樓》評**)四語叙遵聖之卒,隱括無窮,行間有淚。宦游久不樂,(**王文誥夾**)公自謂也。(**《角山樓》評**)追叙平時相憶,小作波瀾。江海永相望。(**紀昀夾**)拓得開。退耕本就君,時節相勞餉。此懷今不遂,歸見累累葬。(**蕭奇中眉**)老成慟懷,古人敦誼。(**紀昀夾**)合得緊。望哭國西門,(**《角山樓》評**)醒"哭"字。落日銜千嶂。(**蕭奇中夾**)益傷。平生惟一子,(**《角山樓》評**)後路有此一層,亦極痛時意想所必至,而語意洗練,秾紹事尤用得面面圓徹。抱負珠在掌。見之齠齔中,已有食牛量。(**蕭奇中夾**)好子。他年如入洛,生死一相訪。惟有王浚冲,(**蕭奇中夾**)自喻。心知中散狀。(**蕭奇中眉**)惓惓世好。(**紀昀眉**)又變餘波,收得滿足。(**張問陶評**)結沉鬱。(**毛西原眉**)紀云"先寫情懷,次入遵聖,倍加凄惻"。又云"中有真情致,語語深至"。又云"拓得開。合得緊"。又云"又變餘波,收得滿足"。

答任師中家漢公①

(**何焯眉**)此等語不過叙事述情,非必傳之作也。(**紀昀眉**)此體創自王無功,而盛於杜工部,以詩序事,而不散不冗,全由筆力不同。無大力以運之,即爲長慶潦倒語。(**毛西原眉**)紀云"此體創自王無功,而盛於杜工部,以詩叙事,不散不冗,全由筆力不同。無大力以運之,即爲長慶潦倒語"。

先君昔未仕,杜門皇祐初。道德無貧賤,風采照鄉閭。何嘗疏小人,小人自闊疏。出門無所詣,老史在郊墟。(**紀昀夾**)牽一人作波瀾,好。(**毛西原眉**)紀云"牽一人作波瀾,好"。查注"史經臣,字彦輔,眉山人"。門前萬竿竹,堂上四庫書。高樹紅消梨,小池白芙蕖。常呼赤脚婢,雨中擷園蔬。矯矯任夫子,罷官還舊廬。是時里中兒,始識長者車。烹雞酌白酒,相對歡有餘。(**杭世駿眉**)"園蔬""雞酒",不免相犯,再得渾化乃妙。有如龐德公,往還葛與徐。妻子走堂下,主人竟誰歟。我時年尚幼,作賦慕相如。(**杭世駿眉**)既慕相如,集中苦無沉博絶麗之作,意者得其主客問難,觀《赤壁》一賦可見。(**紀昀夾**)又插入自己,生波縈繞。(**毛西原眉**)紀云"插入自己,生波縈繞"。侍立看君談,精悍實起予。(**蕭奇中夾**)動。歲月曾幾何,耆老逝不居。(**紀昀眉**)轉落脉理秩然,筆力亦極沉鬱頓挫之致。史侯最先没,(**翁同書夾**)結老史。孤墳拱桑樗。我亦涉萬里,清血滿襟袪。(**紀昀夾**)"清血"二字不雅。(**翁同書夾**)謂老蘇没。(**毛西原眉**)紀云"'清血'二字不雅"。漂流二十年,始悟萬緣虚。獨喜任夫子,老佩刺史魚。威行烏白蠻,(**翁同書

① 編者按:一題"奉和師中丈漢公兄見寄詩一首"。

夾)任伋此時尚在瀘州。解辮請冠裾。方當入奏事,清廟陳璠璵。胡爲厭軒冕,歸意不少紓。上蔡有良田,(**翁同書夾**)任公有田在新息。黄沙走清渠。罷亞百頃稻,雍容十年儲。閑隨李丞相,(**援注**)李丞相斯也。(**張問陶評**)雖居蔡州,何胡引用李斯?注恐誤。附[援注]:李丞相斯也。搏射鹿與豬。蒼鷹十斤重,猛犬如黄驢。豈比陶淵明,窮苦自把鋤。我今四十二,衰髮不滿梳。彭城古名郡,乏人偶見除。頭顱已可知,幾何不樵漁。會當相從去,芒鞋老菑畬。念子瘴江邊,懷抱向誰攄。(**紀昀夾**)搭入家漢公,天然湊泊。(**毛西原眉**)紀云"搭入家漢公,天然湊泊。以下'清'出答意"。(《**角山樓**》**評**)篇中詳於叙任師中,家漢公只用輕帶,意分主從。賴我同年友,(**查慎行評**)"同年友"指家漢公。相歡出同輿。冰盤薦文鮪,(**鮪,鮥也。戎、瀘常有。**)玉斝傾浮蛆。醉中忽思我,清詩綴瓊琚。(**紀昀夾**)以下"清"出答意。知我少詼諧,(**毛西原眉**)"詼"一作"所"。教我時卷舒。世事日反復,翩如風中旟。雀羅吊廷尉,秋扇悲婕妤。升沉一何速,喜怒紛衆狙。作詩謝二子,我師寧與蘧。(**毛西原眉**)詩凡四十韻,排對不過六七聯,而章法緊湊。

【彙評】

譚元春:長詩無處處觸人痛癢語,此結構之疏也。意亦欲删去之。但前半序先友往還一段,甚有少壯存殁之感,談之戟耳。

初别子由

(**杭世駿眉**)次第鋪叙中有槎牙突兀之致,固由才高,亦關情勝。(**翁同書眉**)張方平知睢陽,辟子由爲學官,從之,三年,授齊州掌書記,後三年,改著作佐郎,復從方平簽書南京判官,時偕子瞻來徐,留百餘日,會宿於逍遥堂。因將赴南都,子由作兩絶句,先生和之,見上卷,此則别後詩也。

我少知子由,天資和而清。好學老益堅,表裏漸融明。(**紀昀眉**)"表裏"句腐。豈獨爲吾弟,要是賢友生。(**蕭奇中夾**)是。不見六七年,微言誰與賡。常恐坦率性,放縱不自程。會合亦何事,無言對空枰。使人之意消,不善無由萌。(**蕭奇中夾**)賢友生。(**紀昀眉**)"不善"句亦腐。(**《唐宋詩醇》評**)轍爲軾題像贊,則云:"人曰吾兄,我曰吾師。"軾此詩亦云:"豈獨爲吾弟,要是賢友生。"想見兄弟間自相師友,極天倫之樂事也。至於不見而恐"放縱不自程",既見而使"不善無由萌",讀之令人凛然。若無此數句,而但有後幅叙述家常之詞,即與凡俗何異。森然有六女,包裹布與荆。無憂賴賢婦,藜藿等大烹。(**蕭奇中夾**)真賢。使子得行意,青衫陋公卿。明日無晨炊,倒床作雷鳴。(**蕭奇中眉**)賢哉婦乎!吾誰與歸?秋眠我東閣,夜聽風雨聲。懸知不久别,妙理重細評。昨日忽出門,孤舟轉西城。歸來北堂上,(**翁同書夾**)此指徐郡之堂。古屋空峥嶸。退食誤相從,入門中自驚。(**何紹基乙眉**)此當是子由已行,"誤相從",入所居屋也。南都信繁會,(**翁同書夾**)宋歸德軍。人事水火争。念當閉閣坐,頹然寄聾盲。妻子亦細事,文章固虚名。(**蕭奇中眉**)達。(**查慎行評**)玩"亦"字、"固"字,文法自是倒句。會須掃白髮,不復用黄精。

次韻吕梁仲屯田

雨葉風花日夜稀,一杯相屬竟何時。空虚豈敢酬瓊玉,枯朽猶能出菌芝。門外吕梁從迅急,胸中雲夢自逶遲。待君筆力追靈運，莫負南臺九日期。

章質夫寄惠崔徽真

（**蕭奇中眉**）神膚清妙，坡公僅手。（**紀昀眉**）小題以清淺還之最合，一大作便不合格。

玉釵半脱雲垂耳，亭亭芙蓉在秋水，當時薄命一酸辛，千古華堂奉君子。（**蕭奇中夾**）妙。（**蕭奇中眉**）只如此已可，佳人已可盡矣。水邊何處無麗人，近前試看丞相嗔。（**錢廷錦乙眉**）殊無情味，“麗人”一段尤引得不倫。不如丹青不解語，世間言語元非真。（**劉辰翁夾**）語入玄。意得體。知君被惱更愁絶，卷贈老夫驚老拙。爲君援筆賦梅花，未害廣平心似鐵。（**蕭奇中夾**）風致特佳。（**紀昀眉**）仍占身分。（**趙翼批**）占身分處。（**《角山樓》評**）收處既不傷佻，又不近腐，分寸極得。（**翁同書眉**）結占身分。

王鞏屢約重九見訪既而不至以詩送將官梁交且見寄次韻答之交頗文雅不類武人家有侍者甚惠麗

知君月下見傾城，（**錢廷錦甲夾**）侍者。破恨懸知酒有兵。老守無何惟日飲，將軍競病自詩鳴。花枝不共秋欹帽，（**錢廷錦甲夾**）不至。筆陣空來夜斫營。（**查慎行評**）豪健。愛惜微官將底用，他年只好寫銘旌。（**錢廷錦甲眉**）結處何必如此敗興。（**蕭奇中夾**）潦倒矣。（**紀昀夾**）語意不倫。

臺頭寺雨中送李邦直赴史館分韻得憶字人字兼寄孫巨源二首

霜林日夜西風急，老送君歸百憂集。清歌窈眇入行雲，雲爲不行天爲泣。（**錢廷錦甲夾**）雨中。紅葉黄花秋正亂，白魚紫蟹君須憶。憑君説向髯將軍，（**錢廷錦甲夾**）寄孫。衰鬢相逢應不識。（**紀昀眉**）短章而邊幅不狹，尚有唐人格意。

珥筆西歸近紫宸，（**錢廷錦甲夾**）赴史館。太平典册不緣麟。（**紀昀夾**）句拙。付君此事寧論晉，（**彭元瑞眉**）"寧論晉""全書漢"，俱不成語。附查注：《烏臺詩案》作"全書漢"。載我當時舊過秦。門外想無千斛米，墓中知有百年人。（**王文誥夾**）活畫出一惟利是圖、不顧分義之小人。蓋他事不足以誡勉修史，故以鬼恐嚇之也。使公當國，雖一枝筆尚信不過，肯畀以國是乎？可見日後吕大防、劉摯輩務欲召之之愚。看君兩眼明如鏡，休把春秋坐素臣。（**何紹基乙眉**）史職之重。

代書答梁先

（**紀昀眉**）殊乏精采。

此身與世真悠悠，蒼顔華髮誰汝留。强名太守古徐州，忘歸不如楚沐猴。魯人豈獨不知丘，蹼藉夫子無罪尤。（**紀昀夾**）二句不倫。異哉梁子清而修，不遠千里從我游。（**翁同書眉**）前卷《與梁先舒焕泛舟》詩有"故人輕千里，足繭來相尋"之句。了然正色懸雙眸，世之所馳子獨不。（**蕭奇中夾**）可見其品。（**翁同書夾**）謂新學。一經通明傳節侯，（**翁同書夾**）韋賢。小楷精絶規摹歐。（**梁生

學歐陽公書。)我衰廢學懶且偷,畏見問事賈長頭。(**蕭奇中夾**)真。別來紅葉黄花秋,夜夢見之起坐愁。遺我駁石盆與甌,黑質白章聲琳球。謂言山石生澗溝。追琢尚可王公羞。感子佳意能無酬,反將木瓜報珍投。學如富賈在博收,仰取俯拾無遺籌。道大如天不可求,修其可見致其幽。願子篤實慎勿浮,(**蕭奇中夾**)知己。發憤忘食樂忘憂。(**紀昀眉**)結句尤腐。

九日邀仲屯田爲大水所隔以詩見寄次其韻

無復龍山對孟嘉,西來河伯意雄誇。霜風可使吹黄帽,(**舟人黄帽,土勝水也**。)樽酒那能泛浪花。漫遣鯉魚傳尺素,却將燕石報瓊華。何時得見悲秋老,醉裏題詩字半斜。

河 復(並叙)

熙寧十年秋,河决澶淵,注巨野,入淮泗。自澶、魏以北皆絶流,而濟、楚大被其害,彭門城下水二丈八尺,七十餘日不退,吏民疲於守禦。十月十三日,澶州大風終日,既止,而河流一枝已復故道,聞之喜甚,庶幾可塞乎。乃作《河復》詩,歌之道路,以致民願而迎神休,蓋守土者之志也。(**蕭奇中夾**)豈心是政。

君不見西漢元光元封間,河决瓠子二十年。巨野東傾淮泗滿,楚人恣食黄河鱣。(**翁同書眉**)用古事以作反襯。萬里沙回封禪罷,初遣越巫沉白馬。河公未許人力窮,(《**角山樓**》**評**)反襯頓得足。薪芻萬計隨流下。吾君仁聖如帝堯,百神受職河神驕。帝遣風師下約束,北流夜起澶州橋。東風吹凍收微渌,神功不用淇園竹。楚人種麥滿河淤,(**查慎行評**)彭城,項羽所都,故稱楚。

仰看浮槎棲古木。(**何焯眉**)未極此老能事,思河復之難用存此詩。(《**角山樓**》**評**)回應河決,古雅。(**翁同書眉**)氣骨沉雄。

【彙評】

《**唐宋詩醇**》:賦古事以證時事,不更加論斷,而於中間入題處提曰"吾君仁聖如帝堯",則知瓠子築宫有不足道矣。更挽一筆云"神功不用淇園竹",以與前文相叫應。其沉雄雅健,要與《瓠子》二歌不同其音調,而同其氣骨。

韓幹馬十四匹

(**蕭奇中旁**)簡掠。(**何焯眉**)此黄州以前詩,便已神妙到此。○叙次歷落。○從昌黎《畫記》得來,又似《齒落》詩。(**紀昀眉**)杜公《韋諷宅觀畫馬》詩獨創九馬分寫之格,此詩從彼處得法,更加變化耳。(**翁同書眉**)韓子畫記,只是記體,不可以入詩。杜子《觀畫馬圖》詩,只是詩體,不可以當記。杜、韓開其端,蘇乃盡其極,叙次歷落,妙言奇趣,觸緒横生,真堪獨立千載。(**賴山陽評**)韓幹所畫十四匹馬圖,當時人之所能知,故書題如此。此詩詼諧,不如前詩之嚴正可法,而今撰之者,徒取其本色耳。此詩無一句淵源古人之作者,是東坡自我作古之意。

二馬並驅攢八蹄,(**賴山陽評**)單刀直入。此詩比前詩,雖句數稍齊,自是小品局面,故起亦用單刀直入法。二馬宛頸鬃尾齊。一馬任前雙舉後,(**紀昀夾**)"任"當作"在"。(**賴山陽評**)韓非子云:"馬之能走者,任前舉後。"一馬却避長鳴嘶。(**紀昀夾**)直起老横,東坡慣用此法。(**毛西原眉**)紀云"直起老横,東坡慣用此法。杜公《韋諷宅觀畫馬》詩獨創九馬分寫之格,此從彼處得法,更加變化耳"。(《**角山樓**》**評**)起用分寫。老髯奚官騎且顧,(**賴山陽評**)"老髯"二字取姿。

前身作馬通馬語。(**蕭奇中夾**)妙。(**蕭奇中眉**)大乘。(**查慎行評**)中簇一波,前後叙致便错落。(**《角山樓》評**)分寫中横插此聯,所以避直致也。(**何焯夾**)波瀾頓挫。(**何焯眉**)頓挫處妙在暗藏第五匹作中間聯絡。(**毛西原眉**)查云"中蹙一波,前後叙列便错落"。後有八匹飲且行,(**查慎行評**)後半此句是總挈。(**《角山樓》評**)"八匹"先總後分,叙法變化。微流赴吻若有聲。(**蕭奇中夾**)略。(**紀昀眉**)"微流"句傳神。(**何紹基乙眉**)閑語、琢語,好在夾縫中有痕無痕。(**毛西原眉**)"微流"句傳神。(**賴山陽評**)東坡本色。是畫。前者既濟出林鶴,後者欲涉鶴俯啄。(**劉辰翁夾**)神駿。(**王文誥夾**)"前者""後者"貫下"最後",皆詳叙"飲且行"也。(**賴山陽評**)新奇。最後一匹馬中龍,(**紀昀眉**)"最後"句有寓托。(**毛西原眉**)紀云"'最後'句有寓托"。(**翁同書夾**)有寄托。不嘶不動尾摇風。(**查慎行評**)掉尾亦健。(**毛西原眉**)查云"掉尾亦健"。(**何焯夾**)"不撕"二字括盡前馬。(**錢廷錦甲眉**)亦只就八匹中提出,然仍是多餘。(**王文誥夾**)此"一匹"即"八匹"之一,非"十五匹"也。此用《飲中八仙》法,以其板滯,特下"最後一匹"句,變其法也。(**趙翼評**)馬十五匹错落叙來,何等簡净。(**《角山樓》評**)前無引端,後無議論,分寫既畢,詩亦竟住。自是有意避杜,然力量遜杜亦在此。韓生畫馬真是馬,(**錢廷錦乙夾**)結敗矣。蘇子作詩如見畫。世無伯樂亦無韓,此詩此畫誰當看。(**劉辰翁夾**)妙,妙。(**蕭奇中夾**)傷。(**何焯眉**)只兩字收束。(**何焯旁**)末二句又作無限擺宕。

【彙評】

閻士選:公既作此詩,又云:"論畫求形似,見與兒童鄰。賦詩必此詩,定非知詩人。"又云:"少陵翰墨無形畫,韓幹丹青不語詩。此畫此詩今(真)已矣,人間駑驥欲(漫)爭馳。"公之賞鑒韓幹爲何如也。

汪師韓:韓子畫記,只是記體,不可以入詩。杜子《觀畫馬圖》詩,只是詩體,不可以當記。杜韓開其端,蘇乃盡其極。叙次歷落,妙言奇趣,觸緒横生,嘹然一吟,獨立千載。

方東樹:叙十五馬如畫,尚不爲奇,至於章法之妙,非太史公與退之不能知之。故知不解古文,詩亦不妙。放翁所以不快人意者,正坐此也。○起四句分叙寫。"老髯"二句一束夾,此爲章法。"微流"句欲活。"前者"二句,總寫八匹。"最後"二句補遒足。"韓生"句,前叙後議。收,自道此詩。直叙起,一法也。序十五馬分合,二也。序夾寫如畫,三也。分合叙,參差入妙,四也。夾寫中忽入"老髯"二句議,閑情逸致,文外之文,弦外之音,五妙也。夾此二句,章法變化中又加變化,六妙也。後八匹,"前者"二句忽斷,七妙也。横雲斷山法,此以退之《畫記》入詩者也。後人能學其法,不能有其妙。○章法之説,山谷亦不能解,却勝他人。

毛西原:此詩十六句,凡六轉韻。

有言郡東北荆山下可以溝畎積水因與吴正字王户曹同往相視以地多亂石不果還游聖女山山有石室如墓而無棺槨或云宋司馬桓魋墓二子有詩次其韻二首

側手區區未易遮,奔流一瞬卷千家。共疑智伯初圍趙,(**紀昀眉**)"共疑"句拙。猶有張湯欲漕斜。(**翁同書眉**)押"斜"字新。已坐迂疏來此地,分將勞苦送生涯。使君下策真堪笑,隱隱驚雷響踏車。

茫茫清泗繞孤岑,歸路相將得暫臨。試著芒鞋穿犖確,更然松炬照幽深。(**王文誥夾**)此暗用温嶠燃犀事。謂察知水中有亂石也。故下有"鑱石"句,因現成石槨,就便過脈。縱令司馬能鑱石,奈有中郎解摸金。强寫蒼崖留歲月，他年誰識此時心。（**蕭奇中眉**）千秋萬歲後，亦復有人能揮涕及此乎？

贈寫御容妙善師

（**紀昀眉**）題目本大，詩亦極用意，然亦是借題寓慨，用意不在本位上。（**毛西原眉**）紀云"題目本大，詩亦極用意，然却是借題寓慨"。（**何紹基乙眉**）起結一氣。

憶昔射策干先皇，珠簾翠幄分兩厢。（**紀昀夾**）如此寫方切實，一篇之骨在此。（**毛西原眉**）紀云"如此寫方切實，一篇之骨在此"。紫衣中使下傳詔，跪捧冉冉聞天香。仰觀眩晃目生暈，但見曉色開扶桑。（**毛西原眉**）"仰觀"二句寫神，却極闊大壯麗。迎陽晚出步就坐，（**杭世駿眉**）"晚出"二字應避，意亦不明。絳紗玉斧光照廊。野人不識日月角，仿佛尚記重瞳光。（**劉辰翁夾**）氣焰適稱。三年歸來真一夢，（**翁同書眉**）嘉祐辛丑，東坡應制科，其冬赴鳳翔簽判任，及治平甲辰還朝，不得復見仁宗，故有"三年歸來真一夢"之語。橋山松檜凄風霜。天容玉色誰敢畫，老師古寺晝閉房。（**毛西原眉**）轉折便快。夢中神授心有得，覺來信手筆已忘。（**查慎行評**）隨手揭過，著意在前後際。（**毛西原眉**）查云"'夢中'二句隨手揭過，著意在前後際"。幅巾常服儼不動，（**蕭奇中夾**）帝度。孤臣入門涕自滂。（**何紹基乙眉**）此似當時隨意寫御容，非官事也，自當有摹本。而云"夢中神授"，亦敬謹之意。元老侑坐鬚眉古，虎臣立侍冠劍長。平生慣寫龍鳳質，肯顧草間猿與獐。（**錢廷錦乙夾**）太露。（**紀昀眉**）此句趁韻，且"猿""獐"太賤，亦襯不起。都人踏破鐵門限，黄金白璧空堆床。爾來摹寫亦到我，謂是先帝白髮郎。（**蕭奇中夾**）生情。(**查慎行評**)回"策"如縈。(**紀昀眉**)"謂是"句綰合得好。不須覽鏡坐自了,明年乞身歸故鄉。(**紀昀眉**)結句回映在起處"射策"句,多少感慨。(**何紹基乙眉**)先皇不作,早當"歸故鄉"矣。(**翁同書夾**)綰合自然。(**毛西原眉**)紀云"'謂是'句綰合得好。結句回映起處'射策'句,多少感慨"。"謂是"句一筆回射,筆力千鈞。

【彙評】

汪師韓:許顗論此詩似深實淺。詩以"射策干先皇"起,以"先帝白髮郎"結。考嘉祐辛丑,軾應制科,其冬赴鳳翔簽判任,及治平甲辰還朝,不得復見仁宗,故中有"三年歸來真一夢"之語。詩雖爲妙善而作,而意則眷戀先皇,無句不是惓惓忠愛之憂。此即軾所謂"發乎情、止乎忠孝",而不僅"止乎禮義"也。(附《許顗詩話》曰:此詩美甚美矣,然不若《丹青引》微而顯,得春秋之法。)

《角山樓》:前路先安頓御容,莊肅有禮。後村謂"仰觀炫晃"云云,光焰萬丈,視唐李遠所作,真小兒語,洵然。結得輕便有情。

賴山陽:《贈寫御容》者,最莊雅精煉。

哭刁景純

(**杭世駿眉**)以古穆之辭寫凄鬱之氣,一定吊挽時習景純當是非常人。(**蕭奇中旁**)"哭"字情深,全詩達出。(**紀昀眉**)寫出偉人氣象胸次。(**翁同書眉**)景純齒長於軾者四十二年,而相與爲忘年交。前有《寄題藏春塢》詩云"白首歸來種萬松",又和"岡"字韻云"爲翁栽插萬松岡",即在景純所居藏春塢前,是詩稱此老如松柏,而結之以"忍見萬松岡",非但不忘其居,亦緣其人實有卓爾貞松之操,故足悼也。(**何焯眉**)刁公長於公四十二年,而相與爲友。讀此詩見古人之交非泛也,兩人真忘年交。

讀書想前輩，每恨生不早。（**蕭奇中眉**）真學人，真我輩。（**《角山樓》評**）起得鬱勃。紛紛少年場，猶得見此老。（**蕭奇中夾**）欣態何如。（**查慎行評**）景純長東坡四十二歲，而相與爲友。此老如松柏，不受霜雪槁。直從毫末中，（**蕭奇中夾**）何等。自養到合抱。宏材乏近用，千歲自枯倒。（**蕭奇中眉**）中有亹亹欲涕處，只直寫已不勝矣。（**何紹基乙眉**）“直從毫末中”四句雋妙。文章餘正始，風節貫華皓。（**《角山樓》評**）四句多少曲折，多少包孕，此爲大筆。平生爲人爾，自爲薄如縞。（**蕭奇中夾**）義俠。是非雖難齊，（**蕭奇中夾**）可尚論。反復看愈好。（**蕭奇中夾**）得觀人法。（**紀昀眉**）相契之深，盡此十字。（**《角山樓》評**）二語逼杜。前年旅吴越，把酒慶壽考。扣門無晨夜，（**《角山樓》評**）寫出親情。百過迹未掃。但知從德公，未省厭丘嫂。（**蕭奇中眉**）筆筆道篤。别時公八十，後會知難保。（**蕭奇中夾**）可哭。昨日故人書，連年喪翁媪。（**景純妻先亡。**）傷心范橋水，漾漾舞寒藻。華堂不見人，瘦馬空戀皂。（**蕭奇中夾**）悲矣。我欲江東去，匏樽酌行潦。（**蕭奇中夾**）不羈。鏡湖無賀監，慟哭稽山道。（**蕭奇中眉**）真知己，自一番酣慟。忍見萬松岡，荒池没秋草。（**紀昀眉**）收得滿足。

【彙評】

汪師韓：老成凋謝爲世道之憂，不僅一人交情而已，故此詩言之最爲真切沉痛。然刁約齒長於軾者四十二年，而相與爲友，忘年之義不同流俗。前有《寄題景純藏春塢》詩云“白首歸來種萬松”，又《和岡字韻贈景純》詩有“爲翁栽插萬松岡”之句，萬松岡即在所居藏春塢前，是詩稱此老如松柏。而結之以“忍見萬松岡”，非但不忘其居，亦緣其人實有卓爾貞松之操，故足悼也。

《角山樓》：施謂東坡此詩將刁氏平生形容殆盡，信然。

答吕梁仲屯田

(**紀昀眉**)一氣縱横,筆筆老健。(**毛西原眉**)紀云"一氣縱横,筆力老健"。

亂山合沓圍彭門,官居獨在懸水村。(**吕梁地名。**)居民蕭條雜麋鹿,小市冷落無雞豚。(《**角山樓**》**評**)次聯便見慣經水患景况。黄河西來初不覺,(**何焯眉**)此段紀河决。(**翁同書夾**)以下紀河决。但訝清泗流奔渾。夜聞沙岸鳴甕盎,曉看雪浪浮鵬鯤。吕梁自古喉吻地,萬頃一抹何由吞。坐觀入市卷閭井,(《**角山樓**》**評**)稱美仲屯田句有力量。吏民走盡餘王尊。計窮路斷欲安適,吟詩破屋愁鳶蹲。歲寒霜重水歸壑,(**何焯眉**)此段紀河復。(**翁同書夾**)以下紀河復。但見屋瓦留沙痕。(**蕭奇中夾**)清豔。(**毛西原眉**)"但見"句寫水後景象逼肖。入城相對如夢寐,我亦僅免爲魚黿。(**方東樹評**)"歲寒"四句亦逆法。旋呼歌舞雜詼笑,不惜飲釂空瓶盆。(**何焯眉**)詩宜殷憂惻怛,一入歌舞行樂,便傷體裁。此才人失檢處。念君官舍冰雪冷,新詩美酒聊相温。(**毛西原眉**)中後以"詩酒"作綫。人生如寄何不樂,任使絳蠟燒黄昏。宜房未築淮泗滿,(**何焯眉**)以下紀伐石築堤事。(**翁同書夾**)以下言將伐石築城爲民捍禦。故道堙滅瘡痍存。明年勞苦應更甚,我當畚鍤先鯨髡。付君萬指伐頑石,千鍾雷動蒼山根。高城如鐵洪口决,談笑却掃看崩奔。(**查慎行評**)言伐石作堤以捍水也。農夫掉臂免狼顧,秋穀布野如雲屯。還須更置軟脚酒,爲君擊鼓行金樽。(**紀昀眉**)結一段淋漓滿足,論文不如此不振,論事不如此亦不合。若水來即吟詩破屋,水退即歌舞飲釂,成何政體。(**毛西原眉**)紀云"結一段淋漓滿足,論文不如此不振,論事不如此亦不合。若水來即吟詩破屋,水退即歌舞飲醽，成何政體”。結處仍管酒。（**何紹基乙眉**）預寫快筆，亦所以鼓其相煦□之氣也。（《**角山樓**》**評**）大篇最忌入後語竭，看此何等興會。

【**彙評**】

汪師韓：全詩分列三段，“黄河西來”以下紀河决也。“歲寒霜重”以下紀河復也。“宜房未築”以下則言將伐石築城爲民捍禦，尤爲淋漓盡致。或疑詩有“歌舞雜詼笑”之句，謂不于此時殷憂惻怛，而以行樂爲言，似爲失禮。然此語乃在河復之後，幸得免爲魚黿，因而“飲醽”固是人情所有，正見其率真，不作妄語，豈比後之矯情自飾者，對人作悽愴之詞，而實於民事漠不加意者耶？

方東樹：經濟成算，從旁裕如，故可飲樂。今人非荒宴，即震驚忙迫耳。此等可想其人之氣象，不獨詩美也。

毛西原：詩共三十六句，只五段，淋漓瀟灑，清晰蒼雄。

張寺丞益齋

（**蕭奇中旁**）詩可以銘。（**紀昀眉**）香山門徑，别自一格，自是佳處，而不可立制。若從此種入手，則性理諸詩矣。

張子作齋舍，而以益爲名。吾聞之夫子，求益非速成。（**蕭奇中夾**）用得妙。譬如遠游客，日夜事征行。今年適燕薊，明年走蠻荆。東觀盡滄海，西涉渭與涇。歸來閉户坐，八方在軒庭。（**蕭奇中眉**）筆鋒如竽。又如學醫人，識病由飽更。風雨晦明淫，跛躄瘖聾盲。虚實在其脈，静躁在其情。榮枯在其色，壽夭在其形。苟能閲千人，望見知死生。爲學務日益，此言當自程。爲道貴日損，此理在既盈。（**蕭奇中眉**）學人語。（**孫原湘眉**）查云

“《老子》本意謂‘學問愈多,去道愈遠’,與先生引用各自一解”。願君書此詩,以爲益齋銘。(**何焯眉**)筆鋒所向,只一味透快,不似道學家談理,增人晦悶也。

【彙評】

劉辰翁:説得“益”字親切,然似作論。

汪師韓:如記如銘,核其大旨,只是《老子》“爲學日益,爲道日損”二句而已,却先以“遠游”譬之,又以“學醫”譬之,此文章離合變化之法。

答孔周翰求書與詩

身閑曷不長閉口,天寒正好深藏手。(**蕭奇中眉**)至言。吟詩寫字有底忙,(**紀昀眉**)“吟詩”句太率。未脱多生宿塵垢。不蒙譏訶子厚疾,反更刻畫無鹽醜。征西自有家雞肥,太白應驚飯山瘦。(**何焯眉**)用古像意。(**錢廷錦甲眉**)添“肥”對“瘦”,亦公之病。與君相從知幾日,東風待得花開否。撥棄萬事勿復談,(**錢廷錦甲夾**)應閉口。百觚之後那辭酒。

送李公恕赴闕

(**紀昀眉**)一往英鋭,鋒不可當,賴骨力蒼健,故不覺其剽。(**方東樹評**)道轉奇縱。熟此,可得下筆之法。

君才有如切玉刀,見之凛凛寒生毛。願隨壯士斬蛟蜃,不願腰間纏錦條。用違其才志不展,(**蕭奇中夾**)二句連上句讀。(**方東樹評**)“用違”句倒入。坐與胥吏同疲勞。忽然眉上有黄氣,(**方

東樹評)"忽然"句奇。吾君漸欲收英髦。立談左右俱動色,一語徑破千言牢。(**吴汝綸評**)以上先叙公恕爲人。我頃分符在東武,脱略萬事惟嬉遨。盡壞屏障通内外,仍呼騎遭爲馬曹。(**何紹基乙眉**)"盡壞屏障",公才氣如此,然語亦有所對針□。君爲使者見不問,(**方東樹評**)"君爲"句倒入。反更對飲持雙螯。酒酣箕坐語驚衆,雜以嘲諷窮詩騷。世上小兒多忌諱,(**紀昀夾**)語太輕薄,便非詩品。獨能容我真賢豪。(**方東樹評**)"獨能"句倒入。(**吴汝綸評**)以上叙彼此交誼。爲我買田臨汶水,(**何紹基甲眉**)"買田汶水",蓋當時有此語。逝將歸去誅蓬蒿。安能終老塵土下,俯仰隨人如桔槔。(**吴汝綸評**)英俊之氣見於眉宇,此長公天資颯爽處也。

【彙評】

汪師韓:選詞琢句多出昌黎,激宕雄奇得骨得髓,不可皮相,亦無以目論。

《**角山樓**》:剸疾之中,須有此堅峭語。

方東樹:贈人寄人之詩,如此首暨《送郎中》《與梁左藏》《戲子由》《送劉道原》《寄劉孝叔》《送沈逵》《寄吴德仁》《次韻王定國南遷回見寄》篇,皆入妙。

卷　九

詩六十七首

春　菜

（紀昀眉）駿利無冗漫之氣。

蔓菁宿根已生葉，韭芽戴土拳如蕨。爛烝香薺白魚肥，碎點青蒿凉餅滑。宿酒初消春睡起，細履幽畦掇芳辣。茵陳甘菊不負渠，繪縷堆盤纖手抹。北方苦寒今未已，雪底波棱如鐵甲。豈如吾蜀富冬蔬，霜葉露牙寒更茁。久拋菘葛（**一作松菊**）猶細事，（**嚴虞惇眉**）前有“廿菊”，此“松菊”宜避。苦筍江豚那忍説。明年投劾徑須歸，莫待齒摇並髮脱。（**紀昀眉**）勢須生一波作結，不然即可不作。（**何紹基乙眉**）思歸殆成套語，就鄉蔬説來，尚自有味耳。

送鄭户曹

游遍錢塘湖上山，歸來文字帶芳鮮。羸僮瘦馬從吾飲，陋巷何人似子賢。（**紀昀眉**）三、四究竟不對，而又非平行，便兩不合格。公業有田常乏食，廣文好客竟無氊。（**翁同書夾**）二句切鄭姓。東歸不趁花時節，開盡春風誰與妍。

【彙評】

劉弘：詩意甚表户曹，而惜别悼時之意尤拳拳，必其賢者乎？

虔州八境圖八首

（**紀昀眉**）此八首起結與《洋川三十首》同法。

《南康八境圖》者，太守孔君之所作也，君既作石城，即其城上樓觀臺榭之所見而作是圖也。東望七閩，南望五嶺，覽群山之參差，俯章貢之奔流，雲煙出没，草木蕃麗，邑屋相望，雞犬之聲相聞。觀此圖也，可以茫然而思，粲然而笑，慨然而嘆矣。蘇子曰：此南康之一境也，何從而八乎？所自觀之者異也。且子不見夫日乎，其旦如盤，其中如珠，其夕如破璧，此豈三日也哉！苟知夫境之爲八也，則凡寒暑、朝夕、雨暘、晦冥之異，坐作、行立、哀樂、喜怒之變，接於吾目而感於吾心者，有不可勝數者矣，豈特八乎？如知夫八之出乎一也，則夫四海之外，詼詭譎怪，《禹貢》之所書，鄒衍之所談，相如之所賦，雖至千萬未有不一者也。後之君子，必將有感於斯焉。乃作詩八章，題之圖上。（**何綽基乙眉**）序既著意，故詩亦清脱有逸趣。

坐看奔湍繞石樓，使君高會百無憂。三犀竊鄙秦太守，八詠聊同沈隱侯。（**紀昀眉**）此首確是開端，而語則不工。

濤頭寂寞打城還，章貢臺前暮靄寒。倦客登臨無限思，孤雲落日是長安。（**紀昀眉**）此首純是唐音。（《**角山樓**》**評**）戀闕之思，自然流露。

白鵲樓前翠作堆，縈雲嶺路若爲開。故人應在千山外，不寄梅花遠信來。（**紀昀眉**）忽入情語，便覺生動。

朱樓深處日微明，皂蓋歸時酒半醒。薄暮漁樵人去盡，碧溪青嶂繞螺亭。（**紀昀眉**）從無人處著筆，蹊徑不俗。（《**角山樓**》**評**）指點實境，得上句托出便佳。

使君那暇日參禪，一望叢林一悵然。成佛莫教靈運後，著鞭從使祖生先。（**紀昀眉**）此則純是宋格，語亦少味。

却從塵外望塵中，無限樓臺煙雨蒙。山水照人迷向背，只尋孤塔認西東。（**紀昀眉**）實景說來如話。（《**角山樓**》**評**）直而不率，得訣在第三句開宕生姿。

煙雲縹緲鬱孤臺，積翠浮空雨半開。想見之罘觀海市，絳宫明滅是蓬萊。（**紀昀眉**）此首字句鮮華，而中無一物，所謂"金玉其外，敗絮其中"者。（《**角山樓**》**評**）"鬱孤臺"乃八境之一，若用實賦，易與"碧溪青嶂"一首犯復，故以此例出之，何至如紀氏所譏。

回峰亂嶂鬱參差，雲外高人世得知。誰向空山弄明月，山中木客解吟詩。（**紀昀眉**）此首確是末章。（《**角山樓**》**評**）拈一瑣事入詩，頗有餘味，確切南康，不同泛賦。

南康江水，歲歲壞城，孔君宗翰爲守，始作石城，至今賴之。軾爲膠西守，孔君實見代，臨行出《八境圖》求文與詩，以遺南康人，使刻諸石。其後十七年，軾南遷過郡，得遍覽所謂八境者，則前詩未能道其萬一也。南康士大夫相與請於軾曰："詩文昔嘗刻石，或持以去，今亡矣。願復書而刻之。"時孔君既没，不忍違其請。紹聖元年八月十九日眉山蘇軾書。

【彙評】

《**唐宋詩醇**》：《漫叟詩話》曰："東坡作《虔州八境詩》云：'山中木客解吟詩。'《十道四蕃志》記虔州上洛山有木客鬼，與人交，甚信，未嘗言能作詩也。後得《續法帖》記木客詩云:‘酒盡君莫沽,壺傾我當發。城市多囂塵,還山弄明月。’方知得句之因。徐鉉謂鄱陽山中有木客,自言秦時造阿房宫采木者。豈鉉未嘗見《十道四蕃志》耶?”

讀孟郊詩二首

(**蕭奇中夾**)予生平亦甚憎郊詩,不謂與先生同也,心至今在九原,其可作耶?戲之勖之。(**紀昀眉**)二首即作“東野體”,如昌黎、樊宗師諸例,意謂“東野體”我固能爲之,但不爲耳。然東坡以雄視百代之才,而往往傷率、傷慢、傷放、傷露者,正坐不肯爲郊、島一番苦吟工夫耳,讀者不可不知。(**毛西原眉**)紀云“二首即作‘東野體’,如昌黎、樊宗師諸例,意謂‘東野體’我固能爲之,但不爲耳。然東坡以雄視百代之才,而往往傷率、傷慢、傷露者,正坐不肯爲郊、島一番苦吟工夫耳,讀者不可不知”。東坡雖門户小,而自有極到處,不盡如老坡所云也。緣坡天才,高不愛彼,紀云即作“東野體”,亦不然,只“孤芳”二句,“飢腸”二句似之,餘皆清快,仍本色也。(**李鴻裔乙評**)東坡何嘗不苦吟。

夜讀孟郊詩,細字如牛毛。寒燈照昏花,佳處時一遭。孤芳擢荒穢,(**紀昀眉**)五字寫盡東野。苦語餘詩騷。(**何紹基乙眉**)“孤芳”二語是東野身分,坡公善尋快活,故宜云“憎孟郊詩”也。水清石鑿鑿,湍激不受篙。(**紀昀眉**)十字亦酷肖。(**查慎行評**)評騭足令東野低頭。(**何焯眉**)亦各有愛憎,恐未必服東野於九原也。“孤芳”四語盡東野詩境。(**翁同書眉**)郊詩佳處,惟此言之親切。“孤芳”“水清”四句,道其體格風調。繼乃比之“食小魚”“煮彭蠘”“聽寒蟲號”者,輒蓋直以“韓豪”自居也。初如食小魚,所得不償勞。又似煮彭蠘,竟日嚼空螯。(**蕭奇中眉**)評郊詩,千古無及,郊也生,當亦失箸。要當鬥僧清,未足當韓豪。(**潘奕雋眉**)自是至論。(**翁同書夾**)隱然以韓自居。人生如朝露,日夜火消膏。何苦將兩耳,聽此寒蟲號。不如且置之,飲我玉色醪。(**蕭奇中眉**)爲讀詩者拓胸,爲作詩者適志。(**錢廷錦甲眉**)公亦不喜孟浩然詩。(**《角山樓》評**)刻畫東野詩境,千載如睹,於此見作者本領。

我憎孟郊詩,復作孟郊語。(**蕭奇中夾**)輕薄爲文哂未休。(**王文誥夾**)著此二句,郊之地位固在,此詩筆之妙也。飢腸自鳴喚,空壁轉飢鼠。(**紀昀夾**)十字神似東野。詩從肺腑出,出輒愁肺腑。(**蕭奇中夾**)快論。(**查慎行評**)刻畫頗肖。(**王文誥夾**)十字絶倒,寫盡"郊寒"之狀。有如黄河魚,出膏以自煮。尚愛銅斗歌,鄙俚頗近古。(**翁同書眉**)自云"作孟郊語",讀之宛然郊詩。即如"詩從肺腑出,出輒愁肺腑"二語,非郊不能道,觀《銅斗歌》全用其語,愛之深矣。桃弓射鴨罷,獨速短蓑舞。(**蕭奇中夾**)錬於郊矣。不憂踏船翻,踏浪不踏土。吴姬霜雪白,赤脚浣白紵。嫁與踏浪兒,不識離别苦。歌君江湖曲,感我長羈旅。(**蕭奇中夾**)爲此一賞,我也非東西南北人也,無是耳。(**紀昀眉**)即借東野詩生情,綰合無迹。(**毛西原眉**)紀云"即借東野詩生情,綰合無迹"。(**《角山樓》評**)一路運用東野詩,如何收束?結句合拍,敏妙之甚。

【彙評】

譚元春:予嘗評東野詩,如鴻之唳雲,如峽之犯舟,如雨之吹鱗,如檐之滴溜。入其題,如入一崖壑;測其旨,如測一卦象。奇險高寒,生於命,長於性,成於故者也。頗自以爲孟公知己,讀此二詩,知坡老入得自深。

汪師韓:郊詩佳處惟此言之親切。前作"孤芳"二句,其體質也。"水清"二句,其格調也。繼乃比之"食小魚""煮彭蜞""聽寒蟲號"者,軾蓋直以"韓豪"自居也。後作自云"作孟郊語",讀之宛然郊詩。即如"詩從肺腑出,出輒愁肺腑"二語,非郊不能道,觀《銅斗歌》全用其語,愛之深矣。"郊寒島瘦",千古奉軾語爲定評,顧島豈得與郊抗衡哉?

訪張山人得山中字二首

(**紀昀眉**)章法從工部《尋張氏隱居二首》得來。二首篇章、字句都入古法,然却無十分生色之處,不善學之,便成空調。

魚龍隨水落,猿鶴喜君還。舊隱丘墟外,新堂紫翠間。野麇馴杖履,(**蕭奇中夾**)山人。幽桂出榛菅。灑掃門前路,(**紀昀夾**)收到"訪"字。山公亦愛山。(**張故居爲大水所壞,新卜此室故居之東。**)(**紀昀眉**)公自謂也。

萬木鎖雲龍,(**山名。**)天留與戴公。路迷山向背,人在瀼西東。(**蕭奇中夾**)恰好。(**翁同書眉**)楚俗謂水可涉者爲瀼。薺麥餘春雪,(**蕭奇中夾**)净。櫻桃落晚風。(**潘奕雋眉**)二語風致絶佳。(**紀昀眉**)五、六自是秀句,然專標此種,則終身不出九僧門户。入城都不記,(**紀昀夾**)收拾"訪"字。歸路醉眠中。(**《角山樓》評**)寫景亦何可廢,所謂言各有當也。

送孔郎中赴陝郊

(**方東樹評**)遒緊秀麗。

驚風擊面黄沙走,西出崤函脱塵垢。使君來自古徐州,聲振河潼殷關右。十里長亭聞鼓角,一川秀色明花柳。(**蕭奇中夾**)承上句讀來。(**紀昀眉**)二句寫景自好。北臨飛檻卷黄流,南望青山如峴首。(**劉辰翁夾**)好。(**紀昀夾**)一連對偶格,始于齊梁,而成于初唐,或專目爲"四傑體",非也。東風吹開錦纈谷,渌水翻動蒲萄酒。訟庭生草數開樽,過客如雲牢閉口。(**紀昀眉**)結句太露。(**何紹基乙眉**)亦箴亦諷。

與梁左藏會飲傅國博家

(**紀昀眉**)雖乏深厚,而自有秀傑之氣。(**方東樹評**)遒緊。

將軍破賊自草檄,(**翁同書夾**)謂梁左藏。論詩説劍俱第一。(**蕭奇中眉**)詩鋒劍律。彭城老守本虚名,(**翁同書夾**)自謂。識字劣能欺項籍。風流别駕貴公子,(**翁同書夾**)謂博。欲把笙歌暖鋒鏑。(**蕭奇中眉**)"暖"字濃妙。(**賴山陽評**)下"暖"字妙。似與上不相接,是詩品之所以高。紅旆朝開猛士噪,翠帷暮卷佳人出。(**查慎行評**)我非惡此而逃之。(**蕭奇中夾**)妙。(**紀昀夾**)二句仿佛燕公"書攜壯士"二句。(**翁同書眉**)二語似高、岑。東堂醉卧呼不起,啼鳥落花春寂寂。試教長笛傍耳根,一聲吹裂階前石。(**賴山陽評**)餘音悠然。

【彙評】

劉辰翁:雖實事適興語,終是和合不得。

汪師韓:"欲把笙歌暖鋒鏑",語奇而未亮。得"紅旆"二句以申言之,精彩焕發矣。後來作《邊城將》《少年行》等詩者,每仿佛其詞,總不逮是詩之豪岸逸蕩。

寒食日答李公擇三絶次韻

從來蘇李得名雙,只恐全齊笑陋邦。詩似懸河供不辦,故欺張籍隴頭瀧。

簿書鼙鼓不知春,佳句相呼賴故人。寒食德公方上冢,歸來誰主復誰賓。

巡城已困塵埃眯,執朴仍遭蟣蝨緣。欲脱布衫攜素手,試開病眼點黄連。(來詩謂僕布衫督役。)

約公擇飲是日大風

先生生長匡廬山,山中讀書三十年。舊聞飲水師顔淵,不知治劇乃所便。偷兒夜探赤白丸,奮髯忽逢朱子元。(**翁同書眉**)公擇在濟南以治盜著聲,詩中"赤白丸"云云,即謂是也。半年群盜誅七百,誰信家書藏九千。(**嚴虞惇眉**)"不知治劇""誰信家書",此兩轉句法似複。(**蕭奇中夾**)筆轉甚。(**翁同書旁**)《宋史·李常傳》:"齊多盜,半歲間誅七百人,奸無所匿。"春風無事秋月閑,紅妝執樂豪且妍。(**翁同書夾**)接筆跌宕。紫衫玉帶兩部全,琵琶一抹四十弦,客來留飲不計錢。(**紀昀眉**)邀飲而鋪叙政事,未免遠於事情,説來總覺迂緩,轉落處亦不自然。(**翁同書眉**)風流政事,兩不相妨,寫出才氣豪邁。齊人愛公如子産,兒啼卧路呼不還,(**查慎行評**)公擇曾爲濟南守,著此二句,方知太守不是荒于聲色者。我慚山郡空留連。牙兵部吏笑我寒,邀公飲酒公無難。約束官奴買花鈿,熏衣理鬢夜不眠。(**蕭奇中夾**)好事。曉來顛風塵暗天,(**翁同書夾**)是日大風。我思其由豈坐慳。作詩愧謝公笑歡,歸來瑟縮愈不安。(**王文誥夾**)自"我慚山郡"句起至此,皆自述在齊飲公擇事。要當啖公八百里,(**劉辰翁夾**)俊語。(**紀昀眉**)删去"駮"字,"八百里"是何物?(**杭世駿眉**)"八百里"非注,不明。語近歇後。豪氣一洗儒生酸。(**王文誥夾**)惟此二句是結,謂當日邀公擇爲兵吏所笑,今當作豪飲也。時有《宴提刑學士致語》,見排場之盛,所謂一洗酸氣者此耳。

【彙評】

譚元春:此詩暗中夢中亦知爲子瞻手矣,予欲以此故删之。實實無一深心語。

座上賦戴花得天字

(**張問陶評**)句句撇題。

清明初過酒闌珊,折得奇葩晚更妍。春色豈關吾輩事,老狂聊作座中先。(**紀昀眉**)不即不離,分際恰好。(**何紹基乙眉**)語甚妙,不粘不脱。醉吟不耐欹紗帽,(**翁同書旁**)杜句數語"欹紗帽"。起舞從教落酒船。結習漸消留不住,却須還與散花天。(**紀昀眉**)散花是此題熟典,妙與三、四相生,便非窠臼。

夜飲次韻畢推官

簿書叢裏過春風,酒聖時時且復中。紅燭照庭嘶騕褭,黄雞催曉唱玲瓏。老來漸減金釵興,醉後空驚玉筯工。(**畢善篆。**)月未上時應早散,免教壑谷問吾公。(**翁同書夾**)切夜飲。

續麗人行

李仲謀家有周昉畫背面欠伸内人,極精,戲作此詩。(**何焯眉**)以正面襯背面,兩層妙能變化。

深宫無人春日長,(**蕭奇中眉**)"長"字從"無人"出。沉香亭北百花香。美人睡起薄梳洗,燕舞鶯啼空斷腸。畫工欲畫無窮意,前立東風初破睡。(**蕭奇中夾**)妙。若教回首却嫣然,(**蕭奇中夾**)添出一層。陽城下蔡俱風靡。杜陵飢客眼長寒,(**蕭奇中夾**)取譃得妙。(**《角山樓》評**)杜陵有《麗人行》,故藉以立説。蹇驢破帽隨金鞍。隔花臨水時一見,只許腰肢背後看。(**蕭奇中眉**)美人態在此。(**彭元瑞夾**)小巧。(**《角山樓》評**)細意熨帖,雅與題稱。心醉歸來茅屋底,方信人間有西子。(**曾國藩夾**)二句拙。君不見孟光舉案與眉齊,何曾背面傷春啼。(**曾國藩夾**)二句腐。(**紀昀眉**)此則莊論而腐矣。(**《角山樓》評**)此用掉結法,言茅屋中無此人也。紀誤以爲正論,故譏其腐。(**何焯眉**)末句若非與背面激射,便是村公語。

【彙評】

劉辰翁:起得似沓拖,似春容,故極背面之態。

汪師韓:題是"背面欠伸",詩却以"回首嫣然",想見其情致,更不用珠壓腰衱字面,尤工於避俗。

聞李公擇飲傅國博家大醉二首

兒童拍手鬧黄昏,應笑山公醉習園。縱使先生能一石,主人未肯獨留髡。

不肯惺惺騎馬回,玉山知爲玉人頹。紫雲有語君知否,莫唤分司御史來。

起伏龍行(並敘)

(**蕭奇中夾**)起却伏龍也。(**翁同書眉**)首四句從虎説起,次點出久旱不雨，次言龍之神靈，而以"懷寶""貪眠"二句翻跌，下接"赤龍白虎戰明日"四句，結盡全篇，怪怪奇奇，不可方物。

徐州城東二十里，有石潭。父老云與泗水通，增損清濁，相應不差，時有河魚出焉。元豐元年春旱，或云置虎頭潭中可以致雷雨，用其説，作《起伏龍行》一首。（**何紹基乙眉**）似石潭本有虎迹者，引語殆有脱字句耶？

何年白竹千鈞弩，射殺南山雪毛虎。至今顱骨帶霜牙，尚作四海毛蟲祖。（**何紹基甲眉**）虎頭蓋故物。（**何焯眉**）不當反從虎頭説起，似乎賓主倒置。（**《角山樓》評**）先頓虎頭，語句豪横。（**毛西原眉**）從虎頭起，横健。東方久旱千里赤，三月行人口生土。（**毛西原眉**）三字新。碧潭近在古城東，神物所蟠誰敢侮。（**《角山樓》評**）次入潭龍。上欹蒼石擁岩竇，下應清河通水府。眼光作電走金蛇，鼻息爲雲擢煙縷。當年負圖傳帝命，（**何紹基乙夾**）龍也。左右羲軒詔神禹。爾來懷寶但貪眠，滿腹雷霆喑不吐。（**紀昀眉**）故作掀簸，非有諷刺，與《和李清臣》詩語相近而意别。（**毛西原眉**）紀云"故作軒簸，非有諷刺，與《和李清臣》詩語相近而意别"。題無甚做作處，中間就題生波亦活。赤龍白虎戰明日，（**是月丙辰，明日庚寅**。）倒卷黄河作飛雨。嗟吾豈樂鬥兩雄，有事徑須煩一怒。（**查慎行評**）句中有力，足以持虎擾龍也。（**蕭奇中眉**）是作用。

【彙評】

汪師韓：興雨是龍，致雨是虎，却從虎説起。首四句更不説及雷雨，次點出久旱，次言龍之神靈，而以"懷寶""貪眠"二句煞住，突接"赤龍白虎戰明日"四句，結盡全篇，怪怪奇奇。筆底具有"龍從火裏出，虎向水中生"之微指。

聞公擇過雲龍張山人輒往從之公擇有詩戲用其韻

我生固多憂，肉食常苦墨。軒然就一笑，猶得好飲力。聞君過雲龍，對酒兩靜默。急攜清歌女，山郭及未昃。一歡難力致，邂逅有勝特。喧蜂集晚花，亂雀啅叢棘。山人樂此耳，寂寞誰侍側。何當求好人，（**錢廷錦甲眉**）"好人"猶"大人"也。（**蕭奇中夾**）戲之也。聊使治要襋。使君自孤憤，此理誰相直。不如學養生，一氣服千息。

送李公擇

（**錢陸燦夾**）粗辣無味。（**翁同書眉**）本卷《次韻舒堯文寄李公擇》詩："年逾月方出晝，爲君劇飲幾濡首。今年過我雖少留，寂寞陶潛方止酒。"可爲比年兩見之作證。

嗟予寡兄弟，四海一子由。（**紀昀眉**）從子由説入，便親切。故人雖云多，出處不我謀。弓車無停招，逝去勢莫留。僅存今幾人，各在天一陬。有如長庚月，到曉爛不收。宜我與夫子，相好手足侔。（**紀昀眉**）應"子由"句。比年兩見之，賓主更獻酬。樂哉十日飲，衎衎和不流。論事到深夜，僵仆鈴與騶。（**紀昀眉**）此即"倦仆立寐僵屏風"意，而語不明了。頗嘗見使君，有客如此不。欲別不忍言，慘慘集百憂。念我野夫兄，知名三十秋。已得其爲人，不待風馬牛。他年林下見，傾蓋如白頭。（**紀昀眉**）由公擇而愛及其兄，則公擇之可念不言可知。此托襯之法，又與起處子由有意無意互相映發，用筆亦極縈拂之致。（**翁同書眉**）同書案，此詩以"相好手足侔"五字爲主腦，故前以弟子由作陪，後以公擇之兄野夫作應，此謀篇之法。

送筍芍藥與公擇二首

(**紀昀眉**)此種本是代柬,不以詩論,編次者失于沙汰,遂成瘢痏。

久客厭虜饌,(**蜀人謂東北人虜子。**)枵然思南烹。故人知我意,千里寄竹萌。騈頭玉嬰兒,一一脱錦繃。庖人應未識,旅人眼先明。我家拙厨膳,彘肉芼蕪菁。送與江南客,燒煮配香粳。(**錢廷錦甲眉**)筍。

今日忽不樂,折盡園中花。園中亦何有,芍藥嫋殘葩。久旱復遭雨,紛披亂泥沙。不折亦安用,折去還可嗟。(**蕭奇中夾**)曲折。棄擲亮未能,送與謫仙家。還將一枝春,插向兩髻丫。(**錢廷錦甲眉**)芍藥。

和孫莘老次韻

(**紀昀眉**)露骨太甚。

去國光陰春雪消,還家蹤迹野雲飄。功名正自妨行樂,迎送才堪博早朝。(**劉辰翁夾**)妙語。雖去友朋親吏卒,却辭讒謗得風謡。明年我亦江東去,不問繁華與寂寥。(**翁同書旁**)王注次公曰"孫莘老必在江東,故云爾"。○查云"先生倅杭時,莘老自湖移廬,有詩送之,今是詩之作當在莘老知蘇州時,故結句云云"。

【彙評】

劉弘:詩謂以讒外補之因,情甚落落。

游張山人園

（**紀昀眉**）似老而實率。

壁間一軸煙蘿子，（**劉辰翁夾**）偶然。盆裏千枝錦被堆。（**劉辰翁夾**）即以爲瑞香何不可。慣與先生爲酒伴，不嫌刺史亦顔開。纖纖入麥黄花亂，颯颯催詩白雨來。聞道君家好井水，歸軒乞得滿瓶回。

杜介熙熙堂

（**查慎行評**）杜字幾先，揚州人，居平山堂。

崎嶇世路最先回，窈窕華堂手自開。咄咄何曾書怪事，熙熙長覺似春臺。（**蕭奇中眉**）招來皆是。白砂碧玉味方永，黄紙紅旗心已灰。遥想閉門投轄飲，鵾弦鐵撥響如雷。

次韻答劉涇

（**紀昀眉**）發端奇逸，通體亦道緊。（**何焯眉**）似直寫，却無一句不經意者。（**毛西原眉**）紀云“發端奇逸，通體亦道緊”。自有此體以來，無人流麗至此。

吟詩莫作秋蟲聲，天公怪汝鉤物情，使汝未老華髮生。（**翁同書眉**）發端奇逸。芝蘭得雨蔚青青，何用自燔以出馨。細書千紙雜真行，新音百變口如鶯。異議蜂起弟子争，舌翻濤瀾卷齊城。萬卷堆胸兀相撑,以病爲樂子未驚。我有至味非煎烹,是中之樂吁難名。緑槐如山暗廣庭,飛蟲繞耳細而清。敗席輾轉卧看經,亦自不嫌翠織成。意行信足無溝坑,不識五郎呼作卿。(**蕭奇中眉**)摇曳。吏民哀我老不明,相戒毋復煩鞭刑。時臨泗水照星星,(《**角山樓**》**評**)以下游騎無歸,與前路絶無關照。而是篇特爲紀氏所取,未便刪却,聊附鄙見,俟來者折衷。微風不起鏡面平。安得一舟如葉輕,卧聞郵籤報水程。蓴羹羊酪不須評,一飽且救飢腸鳴。(**杭世駿眉**)後半意境稍平。(**翁同書旁**)王注次公曰,此篇所以裁抑劉涇之豪氣也,涇好爲險怪之文。(**毛西原眉**)雜用"庚青"韻。

【彙評】

汪師韓:固是源泉溢湧,然無字不經稱量而出。柏梁體詩最難如此精渾。黄河百里一小曲,千里一大曲,直有勁氣以貫乎其中。

《**唐宋詩醇**》:固是源泉溢湧,無字不經稱量而出。柏梁體詩最難似此精渾。

曾國藩:前嘲劉之苦,後叙己之樂。

攜妓樂游張山人園

(**紀昀眉**)短章而氣脈不促。(**毛西原眉**)紀云"短章而氣脈不促"。

大杏金黄小麥熟,墮巢乳鵲拳新竹。(**方東樹評**)起二句寫,時景如見。故將俗物惱幽人,(**紀昀眉**)綰合得自然。(**錢廷錦甲夾**)攜妓。細馬紅妝滿山谷。(**方東樹評**)叙題渾脱,不作死語。提壺勸酒意雖重，杜鵑催歸聲更速。（**方東樹評**）叙一大篇。酒闌人散却關門，寂歷斜陽挂疏木。（**紀昀眉**）結句緊對三、四句，非以空闊取姿也。（《**角山樓**》**評**）凡唐人指點景象作結，爲留下不盡之味耳。紀與漁洋立異，每斥爲空凋，豈有專倚虚字音節，遂足取姿者？立論之偏，恐滋流弊，不容不辨。（**方東樹評**）收有韻，不但寫後景，而兼寫山人高情遠韻。

【彙評】

方東樹：八句耳。而首尾叙事明劃，章法一絲不亂，而閑情遠致，寬博有餘如長幅。此非放翁諸人所及。神來之作，其氣遒緊，瀏亮頓挫。

種德亭（並叙）

（**紀昀眉**）殊乏超脱。

處士王復，家於錢塘，爲人多技能而醫尤精，期於活人而已，不志於利。築室候潮門外，治園圃，作亭榭，以與賢士大夫游，惟恐不及，然終無所求。人徒知其接花藝果之勤，而不知其所種者德也，乃以名其亭，而作詩以遺之。

小圃傍城郭，閉門芝术香。名隨市人隱，德與佳木長。元化善養性，倉公多禁方。所活不可數，相逢旋相忘。但喜賓客來，置酒花滿堂。（**蕭奇中夾**）好。我欲東南去，再觀雙檜蒼。山茶想出屋，湖橘應過墻。木老德亦熟，吾言豈荒唐。

文與可有詩見寄云待將一段鵝溪絹掃取寒梢萬尺長次韻答之

(**紀昀眉**)戲筆近諢。

爲愛鵝溪白繭光,掃殘雞距紫毫鋩。世間那有千尋竹,月落庭空影許長。(**譚元春評**)"月落庭空影許長",袁[宏道]亦直删之,妙,妙。

聞辯才法師復歸上天竺以詩戲問

(**紀昀眉**)題有"戲"字,戲語原不礙格,但苦似偈,非詩耳。

道人出山去,山色如死灰。白雲不解笑,青松有餘哀。(**蕭奇中夾**)似李。忽聞道人歸,鳥語山容開。(**何焯眉**)句有神。神光出寶髻,法雨洗浮埃。想見南北山,花發前後臺。寄聲問道人,借禪以爲詼。(**蕭奇中夾**)專有此。何所聞而去,何所見而回。道人笑不答,此意安在哉。昔年本不住,今者亦無來。此語竟非是,且食白楊梅。(**杭世駿眉**)結句又入野狐禪,與前半不稱。(**蕭奇中眉**)較趙州茶何如。

【彙評】

汪師韓:"昔本不住,今亦無來",説來真是無縛無脱,較"聞所聞而來,見所見而去"更上一層矣。"鳥語山容開"五字尤有神助。

和子由送將官梁左藏仲通

(**紀昀眉**)語自疏爽,然究竟是應酬之作,毫無意義。(《**角山樓**》**評**)情事境界寫來清切,即是佳詩,不必定著議論。

雨足誰言春麥短,(**蕭奇中夾**)似古謡。城堅不怕秋濤卷。(**張問陶評**)此二句乃以比養生有道,不怕老死之意,乍看似無著落。(**方東樹評**)起妙。日長惟有睡相宜,半脱紗巾落紈扇。芳草不鋤當户長,珍禽獨下無人見。(**蕭奇中夾**)妙境。覺來身世都是夢,坐久枕痕猶著面。(**何紹基乙眉**)睡味清甜,總是即景語耳。(**杭世駿眉**)故是涉筆成趣,有此則鋪次不嫌寂寞。(《**角山樓**》**評**)句滑。(**方東樹評**)閑逸。城西忽報故人來,(**翁同書夾**)入梁左藏。急掃風軒炊麥飯。(**徐州所出**。)伏波論兵初矍鑠,中散談仙更清遠。(**張問陶評**)此句爲全篇關鍵。南都從事亦學道,(**翁同書夾**)入子由。不恤腸空誇腦滿。問羊他日到金華,應許相將游閬苑。(**黄初平之兄,尋其弟于金華山**。)(**潘奕雋眉**)公蓋用兄弟事,非泛用修道事也。樂天、東坡、放翁皆篤信神仙,而放翁性情尤於養生爲近,故其享壽獨久歟?

【**彙評**】

翁方綱:此詩轉以前半消納後半,是千古未有之奇格。

曾國藩:前八句自叙閑適之趣,後八句叙梁來徐兼憶子由。

次韻秦觀秀才見贈秦與孫莘老李公擇甚熟將入京應舉

(**紀昀眉**)轉韻是七古初格,然東坡與此種不甚宜,以其主於宛轉流利，不便馳驟故也。（**翁同書眉**）先生一見少游傾倒，如此宜時人目爲坡黨，多方惎間，同遭擯斥也。

夜光明月非所投，逢年遇合百無憂。將軍百戰竟不侯，伯郎一斗得涼州。（**蕭奇中眉**）從來如此，得固欣然，失亦不損，人當可□此知命。翹關負重君無力，（**張問陶評**）次公注引《朝野僉載》云云，誤，疑爲勇力也。十年不入紛華域。故人坐上見君文，謂是古人吁莫測。（**彭元瑞夾**）句弱。新詩説盡萬物情，（**蕭奇中夾**）好詩。硬黄小字臨黄庭。故人已去君未到，空吟河畔草青青。誰謂他鄉各異縣，天遣君來破吾願。一聞君語識君心，（**蕭奇中夾**）傑眼。短李髯孫眼中見。江湖放浪久全真，忽然一鳴驚倒人。縱横所值無不可，知君不怕新書新。（**趙克宜評**）凡句中復字，須各有意義，不可改移。若無故復一字，則七字詩僅辦六字便足了事。此"新書新"句法，公偶然押韻省事，遂開後來惡習。千金敝帚那堪换，我亦淹留豈長算。山中既未決同歸，我聊爾耳君其漫。

僕曩于長安陳漢卿家見吴道子畫佛碎爛可惜其後十餘年復見之於鮮于子駿家則已裝背完好子駿以見遺（蕭奇中夾）亦好。作詩謝之

（**紀昀眉**）筆筆老重。（**毛西原眉**）紀云"筆筆老重"。

貴人金多身復閑，（**蕭奇中夾**）庶幾。争買書畫不計錢。（**方東樹評**）起二句，今世大夫皆寧見笑於公，亦可嘆。已將鐵石充逸少，（**殷鐵石，梁武帝時人。今法帖大王書中有鐵石字。**）更補朱繇爲道玄。（**世所收吴畫，多朱繇筆也。**）（**紀昀夾**）"朱繇"他本又作"朱

瑶”,待校。(**毛西原眉**)紀云“他本又作‘朱瑶’,再校”。煙熏屋漏裝玉軸,鹿皮蒼璧知誰賢。(**翁同書眉**)合注言以薰黑漏損之書畫,裝潢寶貴,不辨真僞也。吴生畫佛本神授,夢中化作飛空仙。(**紀昀夾**)寫出神化之境。(**毛西原眉**)紀云“寫出神化之境”。覺來落筆不經意,(《**角山樓**》**評**)形容絶藝,語最超脱。神妙獨到秋毫顛。我昔長安見此畫,嘆惜至寶空潸然。素絲斷續不忍看,已作蝴蝶飛聯翩。君能收拾爲補綴,體質散落嗟神全。(**蕭奇中眉**)神全則碎爛可略,莊生相馬,列子御風。志公仿佛見刀尺,(**蕭奇中夾**)畫中。(**方東樹評**)用事精切。修羅天女猶雄妍。如觀老杜飛鳥句,(《**角山樓**》**評**)此種比例,奇妙絶倫。脱字欲補知無緣。(**張問陶評**)注引歐陽公詩話云云。余掩後注,即意其爲“過”字也,偶中一笑。問君乞得良有意,欲將俗眼爲洗湔。(**王文誥夾**)以下四句,皆指“貴人”而言。貴人一見定羞怍,(**何紹基乙眉**)“貴人”何指,無乃王定國之屬耶? 錦囊千紙何足捐。(《**角山樓**》**評**)此句回應已足,再增二語,則喧客奪主矣。不須更用博麻縷,(**翁同書眉**)“麻縷”句似用《孟子》語,若云“不須更論價之輕重”耳。付與一炬隨飛煙。(**紀昀眉**)回繳“貴人”,似是完密。然以此起,仍以此結,似詆説貴人是此篇正意。不如就畫,或宕開作結。(**翁同書旁**)[查注]言貴人所蓄書畫多贋物,不值一錢,不足以“博麻縷”,止宜付之一炬而已。(**毛西原眉**)紀云“回繳‘貴人’,似是完密。然以此起,仍以此結,似詆説貴人是此篇正意。不如就畫,或宕開作結”。極是。

【彙評】

劉辰翁:“博麻縷”似祖語“麻三斤”之類,以佛畫尋超出故,然與作意遠矣。自謂其詩不足貴也。

查慎行:結處與起處呼應,言貴人若見此畫,應自悔收藏贋物,不值一錢，只宜付之一炬而已。注謬。

汪師韓：以殷鐵石爲王逸少，以朱繇爲吴道子，書畫鑒賞之難，今古同然，真不值一笑粲也。“覺來落筆不經意，神妙獨到秋毫顛”，惟以不經意得之，所以獨臻神妙。末云“不須更用博麻縷”，如用《孟子》“麻縷輕重同”之語，若云“不須更論價之輕重”耳。王注謂“博麻縷”似祖語“麻三斤”之類，未免曲解。

《唐宋詩醇》：寫吴生神授處，洞入玄微。

方東樹：坡此首暨《荔枝》、山谷《春菜》，皆可爲詠小物之式。

雨中過舒教授

疏疏簾外竹，瀏瀏竹間雨。窗扉静無塵，幾硯寒生霧。（**紀昀眉**）淡遠，有王、韋之意。（**毛西原眉**）紀云“淡遠，有王、韋之意”。（**錢廷錦甲眉**）似柳州。（**何焯眉**）愈煉愈淡，愈曲愈静。美人樂幽獨，有得緣無慕。（**蕭奇中夾**）至言。（**《角山樓》評**）句煉。（**何紹基乙眉**）“有得緣無慕”，真是。（**何紹基乙眉**）“有得緣無慕”，真是。（**蕭奇中眉**）無慕所以有得也，多慕多失矣。坐依蒲褐禪，起聽風甌語。客來淡無有，灑掃凉冠屨。（**蕭奇中夾**）竹雨。濃茗洗積昏，妙香净浮慮。（**袁宏道評**）似陶。（**譚元春評**）袁[宏道]尤賞“濃茗”二語。（**蕭奇中眉**）余亦有“香净三生佛共我”之句用“净”字之妙。（**《角山樓》評**）静中領會語，粗才不能爲，亦不能解。歸來北堂暗，一一微螢度。（**譚元春評**）甚有静思。此生憂患中，一餉安閑處。（**查慎行評**）詩境細静，耐人玩味。（**毛西原眉**）查云“詩境静細，耐人玩味”。飛鳶悔前笑，黄犬悲晚悟。自非陶靖節，誰識此閑趣。（**譚元春評**）爲何便如此結。

【彙評】

汪師韓：一種閑情逸趣，煅鍊出以淡雅。任拈一語，無不静氣迎人。

《**唐宋詩醇**》：一種逸趣閑情，鍛煉而出，自具無上妙諦。

次韻舒教授寄李公擇

草書妙絶吾所兄，（**杭世駿眉**）此首句真是彈丸脱手，學之者當著眼也。真書小低猶抗行。論文作詩俱不敵，看君談笑收降旌。去年逾月方出晝，（**予去年留齊月餘。**）（**紀昀夾**）"晝"音侯考。（**翁同書夾**）先生赴徐過濟南。爲君劇飲幾濡首。今年過我雖少留，（**查慎行評**）先生在徐州，公擇來訪。（**翁同書夾**）公擇過徐。寂寞陶潛方止酒。（**此行公擇病酒，多不飲。**）别時流涕攬君鬚，懸知此歡墜空虚。松下縱横餘屐齒，門前轣轆想君車。怪君一身都是德，（**翁同書夾**）真至之言，想見其人。近之清潤淪肌骨。細思還有可恨時，不許藍橋見傾國。（**公擇有婢名雲英，屢欲出，不果。**）（**蕭奇中夾**）真可恨。（**紀昀眉**）結不成語。（**何焯眉**）結太淺，且不雅。

送鄭户曹

（**蕭奇中夾**）雄觀慨寄。（**錢廷錦甲眉**）當合《徐州上皇帝書》讀之。（**毛西原眉**）散中有排。

水繞彭城樓，山圍戲馬臺。古來豪傑地，千歲有餘哀。（**李鴻裔乙評**）一起即含結意，非漫作懷古語。古人文字，無不一綫穿成者。隆準飛上天，重瞳亦成灰。白門下吕布，大星隕臨淮。尚想劉德輿，置酒此徘徊。（**蕭奇中眉**）風凄。爾來苦寂寞，廢圃多蒼苔。河從百步響，出到九里回。山水自相激，夜聲轉風雷。蕩蕩清河堧，黄樓我所開。（**蕭奇中夾**）閑遠。秋月墮城角，春風摇酒杯。（**何紹基乙眉**）接筆奇健。遲君爲坐客，新詩出瓊瑰。樓成君已去，（《**角山樓**》**評**）一意引伸不盡，即境生情，遂成妙語。人事固多乖。他年君倦游，白首賦歸來。（**蕭奇中夾**）申一意多致。登樓一長嘯，使君安在哉。（**紀昀眉**）曲折往復，極有情思。"遲君"四句，猶是人意所有，"他年"一轉，匪夷所思。（**毛西原眉**）紀云"曲折往復，極有情思。'遲君'四句，猶是人意所有，'他年'一轉，匪夷所思"。（**何紹基乙眉**）結語突遠。（**蕭奇中夾**）應君亦去。（**翁同書眉**）借黄樓作綫索，結四句是送部民口氣，而情致殊勝，綰合自然。（**錢廷錦甲眉**）結處何減出彭城？（**吴汝綸評**）收語豪邁。

次韻黄魯直見贈古風二首

（**紀昀眉**）二詩綽有古意。（**何紹基乙眉**）次韻果或難佳，此乃遜《雙井》矣。

佳穀卧風雨，稂莠登我場。陳前漫方丈，玉食慘無光。人哉天宇間，美惡更臭香。君看五六月，飛蚊殷回廊。（《**角山樓**》**評**）此詩用意甚隱，大概謂世之所云"美惡"者，亦甚無定，而群小氣焰之張，亦有時而息也。兹時不少暇，俯仰霜葉黄。期君蟠桃枝，千歲終一嘗。顧我如苦李，全生依路傍。（**翁同書眉**）答來詩之意，不欲以梅自居，而期黄爲蟠桃，自居于苦李。紛紛不足慍，悄悄徒自傷。

空山學仙子，妄意笙簫聲。（**翁同書眉**）"妄意"二字本《莊子》。千金得奇藥，開視皆豨苓。（**紀昀夾**）此四句亦言誤用小人。不知市人中，自有安期生。（**紀昀眉**）此指山谷。今君已度世，坐閲霜中蒂。摩挲古銅人，歲月不可計。閬風安在哉，要君相指似。

次韻答舒教授觀余所藏墨

（**方東樹評**）小詩亦道宕有情韻。

異時長笑王會稽，野鶩膻腥污刀几。（**方東樹評**）第二句不免湊韻。暮年却得庾安西，自厭家雞題六紙。（**方東樹評**）四句用事精切。（《**角山樓**》**評**）墨所以供作書之用，故從此叙入。藏墨，正面不多著墨，議論都透過一層。二子風流冠當代，顧與兒童争愠喜。秦王十八已龍飛，嗜好晚將蛇蚓比。我生百事不挂眼，時人謬説云工此。世間有癖念誰無，（**蕭奇中夾**）看得工。傾身障簏尤堪鄙。人生當著幾緉屐，定心肯爲微物起。此墨足支三十年，但恐風霜侵髪齒。非人磨墨墨磨人，（**蕭奇中眉**）千春至論，可參可悟。瓶應未罄罍先耻。（**翁同書眉**）處處作感觸唤醒語，便與尋常賦物不同。逝將振衣歸故國，數畝荒園自鋤理。作書寄君君莫笑，但覓來禽與青李。一螺點漆便有餘，（**杭世駿眉**）墨須略加點黯，則入後不至寂莫，俗手入題，先寫則意境凡近，無比灑落矣。萬竈燒松何處使。（**翁同書夾**）知足之言，士大夫所當三復。君不見永寧第中擣龍麝，列屋閑居清且美。倒暈連眉秀嶺浮，雙鴉畫鬢香雲委。（**蕭奇中夾**）點染之佳。時聞五斛賜蛾緑，不惜千金求獺髓。（《**角山樓**》**評**）言貴人蓄墨，其用有限，以作波瀾。（**紀昀眉**）波瀾跌宕，長篇須如此收。聞君此詩當大笑，寒窗冷硯冰生水。（**紀昀夾**）仍繳到本位，好；否則游騎無歸。（**毛西原眉**）紀云“波瀾跌宕，長篇當如此收”。又云“仍繳到本位，好；否則游騎無歸”。

【彙評】

汪師韓：脱然畦封，處處作感激唤醒之語。善談玄理，何必晉宋間人。

賴山陽：世服蘇之廣長舌，不知其收舌不盡展者更好。……《藏墨》……皆豐約合度，姿態可觀。

送鄭户曹賦席上果得榧子

彼美玉山果，粲爲金盤實。瘴霧脱蠻溪，清樽奉佳客。客行何以贈，一語當加璧。祝君如此果，德膏以自澤。驅攘三彭仇，已我心腹疾。願君如此木，凛凛傲霜雪。斫爲君倚几，滑净不容削。物微興不淺，此贈毋輕擲。(**紀昀眉**)關合送别，方不是泛泛詠物，若詠物如此作，則小樣極矣，言固各有當也。

送胡掾

亂葉和淒雨，投空如散絲。流年一如此，游子去何之。節義古所重，艱危方自兹。(**蕭奇中眉**)老杜。他時著清德，(**翁同書夾**)切胡姓。仍復畏人知。(**紀昀眉**)不失古格，所乏新意。結切姓，亦小樣。

答仲屯田次韻

秋來不見渼陂岑，千里詩盟忽重尋。大木百圍生遠籟，朱弦三嘆有遺音。(**蕭奇中眉**)二語亦贊其詩。清風卷地收殘暑,素月流天掃積陰。欲遣何人賡絶唱,滿階桐葉候蟲吟。

【彙評】

譚元春:可删。即"卷地""流天"二語,亦非至處。

汪師韓:寥亮清音,超心錬冶。

密州宋國博以詩見紀在郡雜詠次韻答之

(**紀昀眉**)亦應酬語。(**翁同書眉**)合注:"詩意似言今之典制誥者,未嘗學問蹈襲。故常如國博者,又爲巧匠旁觀,縮手袖間。蓋承上二宋文,而惜其後人也。"(**閻士選評**)此公去密州後而宋國博爲集其詩,又有詩寄公,乃次其韻答之。

吾觀二宋文,字字照縑素。淵源皆有考,奇險或難句。(**何焯夾**)如此論二宋諦當。後來邈無繼,嗣子其殆庶。胡爲尚流落,用捨真有數。當時苟悦可,慎勿笑杕杜。斫窗誰赴救,袖手良優裕。山城辱吾繼,(**翁同書夾**)言密州。缺短煩遮護。昔年謬陳詩,無人聊瓦注。於今賡絶唱,外重中已懼。何當附家集,(**錢廷錦甲夾**)挽結。擊壤追咸濩。(**劉辰翁旁**)擊壤如此,是戲也,疑未通。(**翁同書眉**)按此詩非惜國博,正是借二宋以抒其不平耳。

答范祖禹

(**紀昀眉**)意境自闊。(**翁同書眉**)東坡嘗稱淳父爲第一講官,交最深。(《**角山樓**》**評**)短篇跌宕自喜。(**方東樹評**)有趣。

吾州下邑生劉季,誰數區區張與李。(**來詩有張僕射、李臨淮之句。**)重瞳遺迹已塵埃,惟有黄樓臨泗水。(**郡有廳事,俗謂之霸王廳,相傳不可坐,僕拆之以蓋黄樓。**)(**李鴻裔乙評**)"重瞳"句隨叙隨轉,手揮目送,言止神行。結意惟王見大[文誥]看得深細。而今太守老且寒,俠氣不洗儒生酸。猶勝白門窮吕布,(**蕭奇中夾**)騁。欲將鞍馬事曹瞞。(**紀昀眉**)結言不肯俛首權貴,用吕布事,以徐州故也。(**翁同書旁**)末寓不肯依附門户之意,用吕布事,以在徐州故也。(**王文誥夾**)來詩以張、李爲譽,公謂但不至如吕布之低首下心而已。原唱皆使徐州事,故其答之如此,譏吕惠卿、曾布雖黨安石,終無成也。時淳甫在君實處,故打此隱謎,以博一笑。否則徐事無不可道,必不用吕布也。

次韻答王定國

每得君詩如得書,宣心寫妙書不如。(**劉辰翁夾**)真有此理。眼前百種無不有,知君一以詩驅除。傳聞都下十日雨,青泥没馬街生魚。舊雨來人今不來,油然獨酌卧清虚。(**堂名。**)我雖作郡古云樂,山川信美非吾廬。(**蕭奇中夾**)奈何。願君不廢重九約,念此衰冷勤呵嘘。

【彙評】

查慎行丙:此詩施氏原本編入彭城卷中。細觀詩語,極道山水之勝,當是先生守湖州,定國復來相訪,與《清虚堂》詩同時作也。若在彭城,不應有"白酒載烏程"之句。

芙蓉城(並叙)

(蕭奇中眉)即風即雅,君子之才。**(何紹基甲眉)**無味。**(何紹基乙眉)**不解作此詩是何意,且有何意味。**(何焯眉)**以彼法論曼卿,酒人應墮色界。

世傳王迥子高,與仙人周瑶英游芙蓉城。元豐元年三月,余始識子高,問之信然,乃作此詩。極其情而歸之正,亦變風止乎禮義之意也。

芙蓉城中花冥冥,**(蕭奇中眉)**“花冥冥”三字便妙,一篇窈窕玲瓏香雲彩霧,盡從此出。誰其主者石與丁。珠簾玉樓翡翠屏,雲舒霞卷千娉婷。**(王文誥夾)**以上四句,題清主腦,引入周事。中有一人長眉青,**(蕭奇中夾)**周也。**(毛西原眉)**《許彦周詩話》:“退之《華山女》詩‘白眼紅頰長眉青’,此定是女道士。《芙蓉城》詩‘中有一人’云云,便有神仙風度。”炯如微雲淡疏星。**(蕭奇中眉)**清絶。往來三世空煉形,**(錢廷錦甲夾)**終得女人身也。竟坐誤讀《黄庭經》。**(劉辰翁夾)**實語。**(錢廷錦甲眉)**鍊陽爲上。天門夜開飛爽靈,無復白日乘雲軿。俗緣千劫磨不盡,翠被冷落淒餘馨。因過緱山朝帝廷,**(王文誥夾)**此句入王子高。夜聞笙簫弭節聽。**(蕭奇中夾)**恍惚。**(翁同書眉)**叙仙蹤。飄然而來誰使令,**(蕭奇中夾)**妙。皎如明月入窗欞。**(蕭奇中夾)**又妙。**(錢廷錦甲夾)**暗用李夫人《帳中詞》。忽然而去不可執,**(蕭奇中夾)**妙。**(毛西原眉)**柏梁體中“忽然”一句不用韻,杜詩亦有。寒衾虚幌風泠泠。**(錢廷錦乙眉)**以子晉比迥。**(蕭奇中眉)**錯落畫摹,仙風欲起。**(翁同書夾)**王注自“天門開”至此,言周初至時事。**(何焯眉)**有仙骨,有夢境。**(王文誥夾)**自“中有一人”句至此,叙冥契事畢。仙宫洞房本不扃,**(蕭奇中夾)**雅甚。**(王文誥

夾)此句入夢之因。夢中同躡鳳凰翎。徑渡萬里如奔霆,玉樓浮空聳亭亭。天書雲篆誰所銘,(**蕭奇中夾**)妙。繞樓飛步高竛竮。仙風鏘然韻流鈴,蘧蘧形開如酒醒,(**王文誥夾**)此句夢醒。芳卿寄謝空丁寧。(**蕭奇中眉**)徘徊情深,挽戀欲止。(**翁同書眉**)叙夢境。一朝覆水不返瓶,羅巾別淚空熒熒。(**翁同書夾**)王注此言竟去而感嘆之也。(**王文誥夾**)自"仙宫洞房"句至此,叙同游及與周别,本傳事皆畢。春風花開秋葉零,世間羅綺紛膻腥。此生流浪隨滄溟,偶然相值兩浮萍。(**蕭奇中夾**)有此句,下可入矣。(**王文誥夾**)以上四句,爲子高作追憶之辭。願君收視觀三庭,(**王文誥夾**)"願"字入公意,"君"字子高也。勿與嘉穀生蝗螟。從渠一念三千齡,下作人間尹與邢。(**蕭奇中眉**)讀全詩如僧孺《周秦行記》"香風引到大羅天,不知今夕是何年"也。(**蕭奇中旁**)觀"從渠""下作"四字可見。按:須溪曰"正是[尹、邢]二夫人耳,謂彼自墮落,勿效尤也"。(**紀昀眉**)序所謂"極其情而歸之正",若無此一結,便是傳奇體矣。尤妙於莊論而非腐語,所以爲詩人之筆。(**毛西原眉**)紀云"序所謂'極其情而歸於正',若無此結,便是傳奇體矣。尤妙於莊論而非腐語,所以爲詩人之筆"。(**翁同書夾**)[王注]此所謂歸之正也,若無此一結,便是傳奇體。(**翁同書眉**)《漁隱叢話》:"東坡此詩最爲流麗,故秦太虚與東坡簡云'素紙一軸敢莫辭',後揮掃近文並《芙蓉城》詩,時得把玩,以慰馳思。"(**王文誥夾**)自"春風花開"句至終,皆斷語,就子高作歸結也。末二句,謂如不能歸之以正,則此念終在,必將牽周重會人間,而所謂極其情者,將終不可止矣。公往往以開筆作收,故其餘意無窮,而按之入細,則未有不一綫穿下者也。

【彙評】

劉辰翁:正是二夫人耳,謂彼自墮落,勿效尤也。

汪師韓:大指采摭傳略,而歸之於"收視三庭、保生嘉穀"。首言石與丁見福地之有宰持，終言尹與邢恐塵寰之多墮落。中間叙述有文有情，仙蹤縹緲，夢景迷離。“人不言兮出不辭，乘回風兮載雲旗”，未足喻其超詣。

查慎行：公手書此詩真迹後，有鮮于樞、倪瓚兩跋。

和鮮于子駿鄆州新堂月夜二首（前次韻，後不次）

（**翁同書眉**）《宋文鑒》載，鮮于侁《新堂夜坐》“月色皎然，由連理亭信步庭中，徘徊久之，因爲五言一首”。（**查慎行乙眉**）子駿，名侁，閬州人。

去歲游新堂，春風雪消後。（**蕭奇中夾**）便妙。池中半篙水，池上千尺柳。佳人如桃李，（**蕭奇中夾**）“如”得新。蝴蝶入衫袖。（**杭世駿眉**）未經人道。（**蕭奇中眉**）“入”字警妙，以上有“如桃李”故也，思之思之。（**紀昀眉**）二語秀韻天然。（**毛西原眉**）紀云“天然秀韻”。山川今何許，疆野已分宿。（**查慎行評**）言徐與鄆。歲月不可思，駛若船放溜。（**蕭奇中夾**）喻更奇。繁華真一夢，寂寞兩榮朽。惟有當時月，依然照杯酒。應憐船上人，坐穩不知漏。（**翁同書眉**）此首言春雪之消。

明月入華池，反照池上堂。堂中隱几人，心與水月涼。風螢已無迹，露草時有光。（**蕭奇中夾**）月也。起觀河漢流，步屧響長廊。（**紀昀眉**）起八句意境深微。名都信繁會，千指調絲簧。（**蕭奇中夾**）證上。先生病不飲，（**蕭奇中夾**）泰然。童子爲燒香。獨作五字詩，清卓如韋郎。（**毛西原眉**）坡自云“清絶如韋郎”，即以評此詩可也。詩成月漸側，皎皎兩相望。（**翁同書眉**）此言秋月之人。

【彙評】

汪師韓:新堂之勝在池,故兩首皆以池爲言。前言春雪之消,後言秋月之入。而以"惟有當時月"二句爲兩首通脈絡,池月返照之景一經點出,無限光明。

《唐宋詩醇》評:《宋文鑒》載有鮮于侁《新堂夜坐》詩云:"秋風動微凉,天雨新霽後。閑齋獨隱几,明月在高柳。"新堂景色與此所言略同。前一首即次《夜坐》韻也。

陳衍評:短篇五古,非坡公所長,清脆而已。

送將官梁左藏赴莫州

(**何焯眉**)通首筋節。(**紀昀眉**)從公孫瓚説入,毫無取義,只圖切莫州耳。(**方東樹評**)無甚意思。

燕南垂,趙北際,其間不合大如礪。至今父老哀公孫,蒸土爲城鐵作門。(**杭世駿眉**)公孫瓚無蒸土事,只是藉以足句耳,坡之遜于杜、韓在此。附見王十朋集注本。(**紀昀眉**)入題無味亦無力,無味故無力也。城中積穀三百萬,猛士如雲驕不戰。一朝鼓角鳴地中,帳下美人空掩面。豈如千騎平時來,笑談謦欬生風雷。葛巾羽扇紅塵静,投壺雅歌清燕開。東方健兒虓虎様,泣涕懷思廉耻將。彭城老守亦凄然,不見君家雪兒唱。(**蕭奇中夾**)妙。(**翁同書旁**)合注"先生前詩題《梁交家有侍者甚惠麗》,即此句所指也。"

次韻子由送趙屼歸覲錢塘遂赴永嘉

歸舟轉河曲,稍見楚山蒼。候吏來迎客,吴音已帶鄉。(**紀昀眉）"吴音"句欠妥。言從謝康樂，先獻魯靈光。（紀昀眉）切省覲，只此"魯靈光"一句。（翁同書夾）用王延壽父子事。已擊三千里，（紀昀眉）不出"水"字，擊者何物。何須四十强。風流半刺史，清絶校書郎。到郡詩成集，（紀昀眉）《到郡》謝康樂所選詩名，詩籍見《隋書·經籍志》，此切永嘉也。尋溪水濺裳。芒鞋隨采藥，繭紙記流觴。海静蛟鼉出，山空草木長。宦游無遠近，民事要更嘗。顧子傳家法，他年請尚方。（杭世駿眉）"請尚方"豈指新法乎？

中秋月（寄子由）三首

（紀昀夾）題當有"寄子由"三字；不然，則二首忽稱"君"者爲誰。（潘奕雋眉）公此等詩直有盛唐漢魏諸大家氣骨，安得以宋人少之。（《角山樓》評）三詩直抒胸臆，是疏爽一派，謂之深至則非。

殷勤去年月，瀲灩古城東。憔悴去年人，卧病破窗中。徘徊巧相覓，窈窕穿房櫳。（蕭奇中眉）余亦有"户淺敫動人"之句。月豈知我病，但見歌樓空。撫枕三嘆息，扶杖起相從。（何紹基乙眉）蓋病肺也。天風不相哀，吹我落瓊宫。白露入肝肺，（毛西原眉）"白露"句新警。夜吟如秋蟲。（翁同書夾）蓋以郊寒自況。坐令太白豪，化爲東野窮。餘年知幾何，佳月豈屢逢。寒魚亦不睡，（紀昀眉）"亦"字分明。竟夕相喚喁。（《角山樓》評）隨手觸發，一結有致。（紀昀眉）句句深至，似此不摹古而直逼古人。（毛西原眉）紀云"不摹古而直逼古人"。

六年逢此月，五年照離别。（何焯夾）頂"屢逢"句。（中秋有月凡六年矣，惟去歲與子由會於此。）（翁同書眉）此詩專爲懷子由而作。歌君别時曲，（翁同書夾）子由有《水調歌》。滿座爲凄咽。（何焯眉）

淒然而起。留都信繁麗,(**翁同書夾**)子由在南京。此會豈輕擲。鎔銀百頃湖,挂鏡千尋闕。(**譚元春評**)句太醜,不可謂李白輩多有之。(**紀昀眉**)只"鎔銀"二字用體物語,餘皆純以神思熔鑄,情景相融,妙絶言説。(**毛西原眉**)紀云"只'鎔銀'二字用體物語,餘皆純以神思熔鑄,情境相融,妙絶之説"。三更歌吹罷,人影亂清樾。歸來北堂下,寒光翻露葉。唤酒與歸飲,念我向兒説。(**《角山樓》評**)數聯皆從對面著筆。豈知衰病後,空盞對梨栗。但見古河東,蕎麥如鋪雪。欲和去年曲,復恐心斷絶。(**紀昀夾**)仍繳到子由,首尾一綫。(**毛西原眉**)紀云"仍繳到子由,首尾一綫"。

舒子在汶上,閉門相對清。(**舒焕試舉人鄆州。**)鄭子向河朔,(**鄭僅赴北京户曹。**)孤舟連夜行。頓子雖咫尺,兀如在牢扃。(**頓起來徐試舉人。**)趙子寄書來,水調有餘聲。(**今日得趙杲卿書,猶記余在東武中秋所作《水調歌頭》。**)(**何焯眉**)不避排沓,翻成錯落。悠哉四子心,共此千里明。(**杭世駿眉**)"千里明"似歇後,而意自圓成。(**紀昀夾**)一語合併,筆力千鈞。(**毛西原眉**)紀云"一語合併,筆力千鈞"。(**《角山樓》評**)勢須一總入題,否則散漫。明月不解老,良辰難合併。回顧坐上人,聚散如流萍。嘗聞此宵月,萬里同陰晴。(**紀昀眉**)插一波,又好。(**毛西原眉**)紀云"插一波,又好"。(**故人史生爲余言:嘗見海賈云,中秋有月,則是歲珠多而圓,賈人常以此候之,雖相去萬里,他日會合相問,陰晴無不同者。**)天公自著意,此會那可輕。明年各相望,俯仰今古情。(**何紹基乙眉**)結語好。

【彙評】

汪師韓:首作雖以郊寒自況,嘯歌裴回,其風流則頡頏乎太白矣。次篇專爲懷轍而作,直述往事,凄其動色。三作雜述所思,不避紛沓,翻成錯落。

毛西原：三首皆清老，第一首尤佳。

和子由中秋見月

（**紀昀眉**）竟用初唐體，亦自宛轉可思。（**翁同書旁**）子由自南京寄詩，有云"南都從事老更貧，羞見青天月照人"。此詩云"南都從事莫羞貧，對月題詩有幾人"。所以答其意。（**何紹基乙眉**）順手層疊寫去，自然清快。（**何焯眉**）逼近太白。

明月未出群山高，瑞光千丈生白毫。（**杭世駿眉**）寫月者，從未及此，而景象逼真，此坡之所以爲豪也。（**紀昀夾**）"瑞光"二字鄙。（**何焯眉**）月前有聲勢。一杯未盡銀闕湧，亂雲脱壞如崩濤。（**《角山樓》評**）刻畫警快。（**毛西原眉**）"亂雲"句新。誰爲天公洗眸子，應費明河千斛水。遂令冷看世間人，（**蕭奇中夾**）畢竟空亮。照我湛然心不起。西南火星如彈丸，角尾奕奕蒼龍蟠。今宵注眼看不見，更許螢火争清寒。（**紀昀夾**）就"月明星稀"語衍開，脱盡體物窠臼。（**何焯眉**）月傍用點綴。（**毛西原眉**）紀云"就'月明星稀'語衍開，脱盡體物窠臼"。何人艤舟臨古汴，千燈夜作魚龍變。曲折無心逐浪花，低昂赴節隨歌板。（**是夜，賈客舟中放水燈。**）青熒滅没轉前山，（**《角山樓》評**）插入一事點綴，以作波致。浪颭風回豈復堅。明月易低人易散，（**《角山樓》評**）挽轉本題。歸來呼酒更重看。（**蕭奇中眉**）盡致。（**紀昀夾**）變一波，對面寫照，此是加一倍法。（**毛西原眉**）紀云"變一波，對面寫照，此是加一倍寫法"。又云"方入本位"。堂前月色愈清好，（**紀昀夾**）方入本位。咽咽寒螿鳴露草。（**何焯眉**）越外有鋪襯。卷簾推户寂無人，窗下咿啞惟楚老。（**近有一孫，名楚老。**）南都從事莫羞貧，對月題詩有幾人。（**翁同書夾**）謂子由。

明朝人事隨日出，恍然一夢瑶臺客。（**紀昀夾**）結用武元衡語無迹。（**毛西原眉**）亦用唐人轉韻法，坡老詩此種絶少也。

【彙評】

汪師韓：起四句寫月未出、初出之景，聲勢奕奕，著紙生輝。次乃言"星"，次乃言"燈"，以至"寒螿""露草"，無非旁側鋪襯，一片澄明之境，與夫對景懷人之情，自令人諷誦流連而不能已。蓋月不可摹，摹其在月中者自見，即謝莊《月賦》，其佳處固在"木葉風篁"數韻，一切鏡光輪影之詞，反是滓穢太虚耳。

《**唐宋詩醇**》：此亦次韻和轍之詩。轍自南京寄詩有云："南都從事老更貧，羞見青天月照人。"此詩云："南都從事莫羞貧，對月題詩有幾人。"所以答其意。今集作寄子由者，誤。

范大士：不落中秋窠臼，而俊氣排空，别成勝致。

答王鞏（鞏將見過，有詩自謂惡客，戲之）

（**紀昀眉**）調亦近野，以爲豪放則大誤。汴泗繞吾城，城堅如削鐵。中有李臨淮，號令肝膽裂。（**紀昀眉**）第四句謂號令使人肝膽裂耳，語殊未穩。古來彭城守，未省怕惡客。（**蕭奇中夾**）妙。惡客云是誰，祥符相公孫。是家豪逸生有種，千金一擲頗黎盆。連車載酒來，不飲外酒嫌其村。子有千瓶酒，我有萬株菊。任子滿頭插，團團見花不見目。醉中插花歸，花重壓折軸。問客何所須，客言我愛山。（**李鴻裔乙評**）"問客"以下懈矣。青山自繞郭，不要買山錢。此外有黄樓，樓下一河水。美哉洋洋乎，可以療飢並洗耳。彭城之游樂復樂，客惡何如主人惡。

次韻王定國馬上見寄

昨夜霜風入夾衣,曉來病骨更支離。疏狂似我人誰顧,坎軻憐君志未移。但恨不攜桃葉女,尚能來趁菊花時。南臺二謝無人繼,直恐君詩勝義熙。(**二謝從宋武帝九日燕戲馬臺。**)

與頓起孫勉泛舟探韻得未字

(**紀昀眉**)窄韻巧押,東坡長技。昌黎亦能押窄韻,而自然則遜矣。(**何紹基乙眉**)押窄韻,字字穩,止是熟耳。(**何焯眉**)古冷。

窗前堆梧桐,床下鳴絡緯。佳人尺書到,客子中夜喟。(**翁同書眉**)先生詩工于發端,每以偶語標其峻整。朝來一樽酒,晤語聊自慰。秋蠅已無聲,霜蟹初有味。(**蕭奇中夾**)"味"字妙。當爲壯士飲,眥裂須磔蝟。(**蕭奇中眉**)慨當以慷。勿作兒女懷,(**翁同書夾**)對上"佳人"句。坐念蟰蛸畏。山城亦何有,一笑瀉肝胃。泛舟以娱君,魚鱉多可餽。縱爲十日飲,未遽主人費。(**蕭奇中眉**)淋漓滿志。吾儕俱老矣,耿耿知自貴。(**何焯眉**)昌黎"耿耿空自奇",未及"貴"字爲妙。寧能傍門户,啼笑雜猩狒。要將百篇詩,一吐千丈氣。蕭條歲行暮,迨此霜雪未。明朝出城南,遺迹觀楚魏。(**蕭奇中夾**)拓申來多致。西風迫吹帽,金菊亂如沸。願君勿言歸,輕别吾所諱。(**杭世駿眉**)韻險而穩,有弓燥手柔之樂。

【彙評】

汪師韓:潦倒多才,起四語尤清輝相映。軾詩工於發端,每以偶語標其峻整。

《**唐宋詩醇**》：潦倒多才，起四語尤淒其動色。軾詩工於發端，每以偶語標其峻整。

《**角山樓**》：清瀏之中，仍饒警策。

次韻答頓起二首

挽袖推腰踏破紳，舊聞攜手上天門。(**翁同書眉**)查注上天門言其與子由登嵩山事。馮注則云當指君門。相逢應覺聲容似，欲話先驚歲月奔。新學已皆從許子，(**紀昀眉**)"新學"句太露。(**翁同書夾**)指介甫。諸生猶自畏何蕃。殿廬直宿真如夢，猶記憂時策萬言。(**頓君及第時，余爲殿試編排官，見其答策語頗直。其後與子由試舉人西京，既罷，同登嵩山絶頂。嘗見其唱酬詩十餘首，頓詩中及之。**)

十二東秦比漢京，去年古寺共題名。(**去歲見之於青州。**)早衰怪我遽如許，苦學憐君太瘦生。茅屋擬歸田二頃，金丹終掃雪千莖。何人更似蘇司業，(**翁同書夾**)以比子由。和遍新詩滿洛城。

卷 十

詩四十七首

九日黄樓作

去年重陽不可説，南城夜半千漚發。水穿城下作雷鳴，泥滿城頭飛雨滑。(**紀昀眉**)筆筆作龍跳虎卧之勢。(**毛西原眉**)紀云"筆筆作龍跳虎卧之勢"。黄花白酒無人問，日暮歸來洗靴襪。豈知還復有今年，把盞對花容一呷。莫嫌酒薄紅粉陋，終勝泥中事鍬鍤。(**蕭奇中眉**)非坡老不能知分如爾。黄樓新成壁未乾，清河已落霜初殺。朝來白露如細雨，南山不見千尋刹。(**蕭奇中夾**)真境。樓前便作海茫茫，(**何紹基乙眉**)"海茫茫"者，霧甚也。樓下空聞櫓鴉軋。薄寒中人老可畏，熱酒澆腸氣先壓。(**杭世駿眉**)落韻如山，不可摇撼。(**蕭奇中夾**)勁。(**《角山樓》評**)前後寫景，横插此聯，有力。煙消日出見漁村，遠水鱗鱗山齾齾。(**蕭奇中眉**)可畫。(**查慎行評**)陰陽晦明，攝入毫端，作大開合，淺人但見寫景耳。吁！(**毛西原眉**)查云"陰陽晦明，攝向毫端，作大開合，淺人但見寫景耳"。(**何焯眉**)寫景作大開合，筆力入千鈞之弩，無堅不摧。(**《角山樓》評**)陰陽晦明，非景而何，景有不同，寫來自成開合。查氏徒爲大言以尊蘇，而絶少心得，深所不取。詩人猛士雜龍虎，(**坐客三十餘人，多知名之士。**)楚舞吴歌亂鵝鴨。(**陳衍評**)以"鵝鴨"對"龍虎"，所謂嬉笑成文章也。一杯相屬君勿辭,此境何殊泛清霅。(**蕭奇中夾**)不忘。

【彙評】

汪師韓:"去年""今年","雨夕""晴朝",各寫得淋漓盡致,驅濤湧雲,敻出千古。

太虚以黄樓賦見寄作詩爲謝

(**何紹基乙眉**)黄樓爲公最得意事,故篇篇道之。

我在黄樓上,(**錢廷錦乙夾**)太直話。欲作黄樓詩。忽得故人書,中有黄樓詞。黄樓高十丈,下建五丈旗。楚山以爲城,泗水以爲池。我詩無傑句,萬景驕莫隨。夫子獨何妙,雨雹散雷椎。雄辭雜今古,中有屈宋姿。南山多磬石,(**張廷濟眉**)言浮磬之石,用以鐫碑也。清滑如流脂。朱蠟爲摹刻,細妙分毫釐。佳處未易識,當有來者知。(**劉辰翁夾**)語極風味。

【彙評】

劉辰翁:真率雄跨,少游足以當之,但恨"椎"字韻强,坡于刻少游字用意於此。

九日次韻王鞏

我醉欲眠君罷休,已教從事到青州。鬢霜饒我三千丈,詩律輸君一百籌。聞道郎君閉東閣,且容老子上南樓。(**紀昀眉**)

此嫌有粗獷之氣。相逢不用忙歸去，明日黄花蝶也愁。

送頓起

客路相逢難，爲樂常不足。臨行挽衫袖，更賞折殘菊。（**蕭奇中夾**）憐。佳人亦何念，悽斷陽關曲。酒闌不忍去，共接一寸燭。留君終無窮，歸駕不免促。岱宗已在眼，一往繼前躅。天門四十里，（**《角山樓》評**）預計去程，猶屬恒徑，轉從頓之懷己寫出，思愈曲而情更深。夜看扶桑浴。回頭望彭城，大海浮一粟。故人在其下，塵土相囦蹴。（**紀昀眉**）從對面一邊落著筆，景中有情，情中有景，將兩地兩人，鎔成一片，筆力奇絶。惟有黄樓詩，千古配淇澳。（**頓有詩記黄樓本末。**）（**紀昀眉**）末二句收得少促，與上文亦不甚貫，遂爲白璧之瑕。（**王文誥夾**）自"岱宗"句至結尾，一直貫下，此謂頓。從岱宗頂回望彭城，塵土囦蹴，都無所見。惟黄樓詩，頓所自有，已足千古，獨非塵土所能埋没者耳。曉嵐謂"收句少促，又與上文不貫"，殊不知"囦蹴"韻下，無他語可夾入一層也。

送孫勉

昔年罷東武，曾過北海縣。白河翻雪浪，黄土如蒸麪。（**紀昀眉**）"黄土"句不雅。桑麻冠東方，一熟天下賤。（**蕭奇中夾**）好方區。是時累饑饉，常苦盜賊變。每憐追胥官，野宿風裂面。君爲淮南秀，文采照金殿。（**君嘗考中進士第一人。**）胡爲事奔走，投筆腰羽箭。更被髯將軍，豪篇來督戰。（**其兄莘老以詩寄之，皆言戰事。**）親程三郡士，玉石不能衒。欲知君得人，失者亦稱善。（**查慎行評**）工於遣詞。君才無不可，要欲經百煉。吾詩堪咀嚼，聊送别酒咽。(**彭元瑞夾**)"髯將軍"雖出《世説》,然東坡前已稱莘老爲"髯將軍"矣,此仍作"將軍"爲是。

李思訓畫長江絶島圖

(**蕭奇中眉**)頓挫抑揚。(**紀昀眉**)綽有興致。惟末二句佻而無味,遂似市井惡少語,殊非大雅所宜。(**何焯眉**)通體飄忽。

山蒼蒼,江茫茫,大孤小孤江中央。崖崩路絶猿鳥去,惟有喬木攙天長。客舟何處來,棹歌中流聲抑揚。沙平風軟望不到,(**蕭奇中夾**)好。(**何焯眉**)"望不到"方是"長"字、"絶"字精髓。(**《角山樓》評**)置身畫中,代爲設想,妙甚。孤山久與船低昂。(**查慎行評**)二句已見公潁口七律,然在此處較爲確切。(**何焯眉**)"沙平"二句重出古人,亦有隨意處。峨峨兩煙鬟,曉鏡開新妝。(**何焯夾**)就"絶島"結。舟中賈客莫漫狂,小姑前年嫁彭郎。(**蕭奇中夾**)謔得妙。

【**彙評**】

劉辰翁:豈不知《歸田録》欲爲此。

李鴻裔乙:音節體格均近古樂府,一結含蓄,尤妙,使讀者自得之也。

方東樹:神完氣足,遒轉空妙。

次韻答王鞏[①]

我有方外客,顔如瓊之英。十年塵土窟,一寸冰雪清。(**潘

① 編者按:一題作"次韻答參寥"。

奕雋夾)“清”作“情”。朅來從我游,坦率見真情。顧我無足戀,戀此山水清。(**蕭奇中眉**)“清”韻疊,何也?(**何焯眉**)“清”字韻重。新詩如彈丸,脱手不暫停。昨日放魚回,衣襟滿浮萍。今日扁舟去,白酒載烏程。山頭見月出,江路聞鼉鳴。莫作孺子歌,滄浪濯吾纓。吾詩自堪唱,相子棹歌聲。

張安道見示近詩

人物一衰謝,微言難重尋。殷勤永嘉末,復聞正始音。清談未足多,感時意殊深。少年有奇志,欲和南風琴。荒林蜩蚻亂,廢沼蛙蟈淫。遂欲掩兩耳,臨文但噫喑。(**彭元瑞眉**)太激處在“荒林”四句,古人雖不費諷刺,然皆心和氣平,乃不失風人之旨。(**紀昀眉**)“荒林”四句太激,古人雖不廢諷刺,然皆心和氣平,乃不失風人温厚之旨。蕭然王郎子,來自緱山陰。(**其婿王鞏攜來。**)云見浮丘伯,吹簫明月岑。遺聲落淮泗,蛟鼉爲悲吟。願公正王度,《祈招》繼愔愔。(**翁同書眉**)文定力言用兵之失,故以祭公謀父比之。

次韻王鞏顔復同泛舟

(**查慎行評**)此詩亦見《山谷集》,細觀語氣,確是先生家法,非黄作也。

沈郎清瘦不勝衣,邊老便便帶十圍。蹬蹀身輕山上走,(**紀昀眉**)第三句不雅。(**錢廷錦甲夾**)雙承。歡呼船重醉中歸。(**錢廷錦甲夾**)泛舟。舞腰似雪金釵落,談辯如雲玉麈揮。憶在錢塘正如此,回頭四十二年非。(**何紹基乙眉**)宕渺無際。

【彙評】

劉弘:先生平生灑落不羈,而錢塘前日游樂,不減此興。曰"回頭四十二年非",殆謂如一夢耳。與蘧公知非字不同。

次韻張十七九日贈子由

(**查慎行評**)張名恕,子由有《次韻張寺丞九日寄子瞻》詩。

千戈萬槊擁篦籬,九日清樽豈復持。(**是日南都敕使按兵。**)官事無窮何日了,菊花有信不吾欺。逍遥瓊館真堪羡,取次塵纓未可縻。迨此暇時須痛飲,他年長劍拄君頤。

次韻王鞏獨眠

(**李鴻裔乙評**)八句通用韻。

居士身心如槁木,(**賴山陽評**)自《莊子》來。旅館孤眠體生粟。(**賴山陽評**)《飛燕外傳》:體無軫粟。誰能相思琢白玉,服藥千朝償一宿。(**翁同書夾**)切語。(**賴山陽評**)服藥千朝,不如獨宿一宵。天寒日短銀燈續,欲往從之車脱軸。(**賴山陽評**)用虚字取流動之勢。何人吹斷參差竹,泗水茫茫鴨頭緑。(**蕭奇中夾**)似填詞。(**賴山陽評**)餘音悠然。

【彙評】

汪師韓:簡古而蔚,書家所謂多力豐筋者。

次韻王鞏留別

（**何紹基乙眉**）嬉謔少味。

去國已八年，故人今有誰。（**翁同書眉**）時王、吕相繼秉鈞軸，端人正士屏逐殆盡，其阿附求容者亦復不少。當時交游内，未數蔡克兒。（**紀昀眉**）“未數”句太激。豈無知我者，好爵半已縻。争爲東閣吏，不顧北山移。公子表獨立，與世頗異馳。不辭千里遠，成此一段奇。（**紀昀眉**）“成此”句太俚。蛾眉亦可憐，無奈思餅師。無人伴客寢，惟有支床龜。君歸與何人，文字相娱嬉。持此調張子，一笑當脱頤。（**查慎行評**）前有《次韻獨眠》詩，此段亦借此意以相調。（**翁同書眉**）[王注]子仁曰，韓退之有《調張籍》詩，定國乃安道之婿，此張子豈指安道耶？

登雲龍山

（**劉辰翁旁**）此張山人家也。（**何焯眉**）前詩所云“太白豪”，庶幾近之。（**杭世駿眉**）枯淺無味。（**紀昀眉**）偶成别調，不可無一，不可有二。

醉中走上黄茅岡，滿岡亂石如群羊。（**蕭奇中夾**）用得妙。岡頭醉倒石作床，仰看白雲天茫茫。歌聲落谷秋風長，路人舉首東南望，拍手大笑使君狂。（**李鴻裔乙評**）七句能用韻。

【彙評】

查慎行丙：此首先生手書刊石。詩後題云：“元豐元年九月十七日，張天驥、蘇軾、顔復、王鞏始登此山。”

次韻僧潛見贈

（**杭世駿眉**）迅筆揮灑，了無押韻之束縛，神仙之才，以清氣爲主，但須紬繹而出之。（**紀昀眉**）一氣湧出，毫無和韻之迹。（**毛西原眉**）紀云"一起卷舒，毫無和韻之迹"。（**翁同書眉**）東坡倅杭，見道潛《臨平道中》詩，大稱賞，已而相尋於西湖，一見如舊相識，及坡移守東徐，潛往訪之，館於逍遥堂，士大夫争識之。見《冷齋夜話》。（**何焯旁**）坡老黄州以前詩，如此曲折者絶少。

道人胸中水鏡清，萬象起滅無逃形。獨依古寺種秋菊，要伴騷人餐落英。人間底處有南北，紛紛鴻雁何曾冥。閉門坐穴一禪榻，頭上歲月空峥嶸。（**蕭奇中眉**）前四字可惜。（**何焯眉**）善狀深山習静，人然此曹虚生浪死，曾無益於宇宙，與禽獸奚擇哉！今年偶出爲求法，欲與慧劍加礱硎。雲衲新磨山水出，霜髭不翦兒童驚。公侯欲識不可得，故知倚市無傾城。（**蕭奇中夾**）至言。秋風吹夢過淮水，想見橘柚垂空庭。（**毛西原眉**）二句清超。故人各在天一角，相望落落如晨星。彭城老守何足顧，棗林桑野相邀迎。千山不憚荒店遠，兩脚欲趁飛猱輕。多生綺語磨不盡，尚有宛轉詩人情。（**何紹基乙眉**）比喻脱妙。（**毛西原眉**）紀云"詩家高境，'猿吟'二句寫盡，意境超妙之至。'空階'二句便不及其自然，此故可思"。猿吟鶴唳本無意，不知下有行人行。（**紀昀眉**）詩家高境，"猿吟"二句寫盡，意境超妙之至。（《**角山樓**》**評**）詩意謂猿鶴聲哀，足以感人，而在猿鶴本無意也。但次句欠圓醒，紀以爲善寫詩境，良所未喻。空階夜雨自清絶，誰使掩抑啼孤惸。（**紀昀夾**）"空階"二句便不及其自然，此故可思。（《**角山樓**》**評**）言詩家自成清絶之句，乃孤惸覽而生悲，初不期然也。與上聯相足，上用比，此用賦。我欲仙山掇瑶草，傾筐坐嘆何時盈。簿書鞭撲晝填委，煮茗燒栗宜宵征。

乞取摩尼照濁水，共看落月金盆傾。

【彙評】

查慎行：道潛，吴僧，有標致，效陶靖節爲詩。嘗自姑蘇歸西湖，經臨平，作詩云："風蒲獵獵弄輕柔，欲立蜻蜓不自由。五月臨平山下路，藕花無數滿汀洲。"蘇文忠赴官錢塘，得詩，大稱賞。蘇公移守東徐，潛訪之，館逍遥堂，士大夫争欲識面。饌客罷，俱來，紅妝争擁隨之。遣一妓前乞詩，援筆立成曰："寄語巫山窈窕娘，好將魂夢惱襄王。禪心已作沾泥絮，不逐春風上下狂。"一座大驚，由是知名。此段載《冷齋夜話》及范石湖《吴郡志》中。今觀詩中"彭城老守何足顧"，正公守徐州時。所云"多生綺語則紅妝"，乞詩事也。

汪師韓：潛雖詩僧而能明心寂守，故此詩不甚稱其工詩，特以次韻見贈之作宜及於詩，但比之猿吟鶴唳，想見其高致。至後有《送參寥師》一詩專與説詩，蓋已在數番唱和之後矣。軾嘗以書告文同，謂其詩句清絶，與林逋上下，而通了道義，見之令人肅然。《志林》又云："參寥子，予友二十餘年矣，世所知獨其詩文，所不知者蓋過於詩文也。"而陳師道稱爲"釋門之表、士林之秀、詩苑之英"，其《送參寥序》云："夜相語，及唐詩僧，參寥子曰：'貫休，齊己，世薄其語，然以曠蕩逸群之氣、高世之志、天下之譽、王侯將相之奉，而爲石霜老師之役，終其身不去，此豈用意於詩者？工拙不足病也。'"其言如此，此軾所爲樂與從游而酬答歟？

次韻潛師放魚

（**紀昀眉**）語意粘滯。

法師説法臨泗水，無數天花隨麈尾。勸將净業種西方，莫待夢中呼起起。（**紀昀眉**）語意粘滯。哀哉若魚竟坐口，（**紀昀夾**）

“竟坐口”三字不明了。遠愧知幾穆生醴。况逢孟簡對盧仝,不怕校人欺子美。(劉辰翁夾)和韻偶然甚佳。(何焯眉)子産一字子美,《左傳》“子美入數浮”,而韻脚工妙出。(蕭奇中眉)子産一字子美。(錢廷錦乙眉)“子美”,子産字,見《左傳》。疲民尚作魚尾赤,數罟未除吾穎泚。(蕭奇中夾)慈哉。法師自有衣中珠,不用辛苦沙泥底。(查慎行評)自作儒語,非闢佛也。

與舒教授張山人參寥師同游戲馬臺書西軒壁兼簡顏長道二首

(蕭奇中眉)二詩清音瀏泬,得古之風。

古寺長廊院院行,此軒偏慰旅人情。楚山西斷如迎客,汴水南來故繞城。路失玉鈎芳草合,林亡白鶴古泉清。淡游何以娱庠老,(翁同書夾)舒教授。坐聽郊原琢磬聲。竹杖芒鞋取次行,下臨官道見人情。(紀昀眉)次句有意而不醒。天寒菽粟猶棲畝,日暮牛羊自入城。(紀昀眉)四句荒凉如見。沽酒獨教陶令醉,(翁同書夾)張山人。(錢廷錦甲夾)簡禎。題詩誰似皎公清。(蕭奇中夾)妙。(翁同書夾)參寥。更尋陋巷顏夫子,(翁同書夾)長道。乞取微言繼此聲。(蕭奇中眉)工甚。

滕縣時同年西園

(紀昀眉)語既平衍,格韻尤爲凡近。

人皆種榆柳,坐待十畝陰。我獨種松柏,守此一寸心。(蕭

奇中夾)入理。君看閭里間,盛衰日駸駸。種木不種德,聚散如飛禽。(**蕭奇中眉**)言之儼。老時吾不識,用意一何深。知人得數士,重義忘千金。西園手所開,珍木來千岑。養此霜雪根,遲彼鸞鳳吟。池塘得流水,龜魚自浮沉。幽桂日夜長,白花亂青衿。豈獨蕃草木,子孫已成林。(**翁同書夾**)正意。拱把不知數,會當出千尋。樊侯種梓漆,壽張富華簪。(**李鴻裔乙評**)入樹合寫,筆妙。我作西園詩,以爲里人箴。

次韻王廷老和張十七九日見寄

霜葉投空雀啄籬,上樓筋力强扶持。對花把酒未甘老,膏面染鬚聊自欺。(**李鴻裔乙評**)四句指廷老。無事亦知君好飲,多才終恐世相縻。(**蕭奇中眉**)何感如是,可怕,可樂。請看平日銜杯口,會有金椎爲控頤。(**紀昀眉**)結語太甚。(**何紹基甲眉**)太難。(**翁同書眉**)爲熱中人作點醒語。

【彙評】

劉辰翁:是白骨語而甚。

劉弘:"金椎控頤"出《莊子》,先生引爲句太露,但前六句甚佳。

次韻參寥師寄秦太虛三絶句時秦君舉進士不得

秦郎文字固超然,漢武憑虛意欲仙。底事秋來不得解,定中試與問諸天。(**查慎行評**)時秦君舉進士不得。(**錢廷錦乙旁**)太粗淺。(**紀昀眉**)末句綰合甚巧。

一尾追風抹萬蹄,昆侖玄圃謂朝隮。回看世上無伯樂,却道鹽車勝月題。(**查慎行評**)先生與秦太虛尺牘云:“見解榜不見太虛名字,此不足爲太虛損益,但吊有司之不幸耳。”即此詩意。

得喪秋毫久已冥,不須聞此氣峥嶸。何妨却伴參寥子,無數新詩咳唾成。(**紀昀夾**)此却綰合得粗率。

與參寥師行園中得黄耳蕈

(**杭世駿眉**)入題只以一句了之,不多著模寫,異乎俗手之體物也。

遣化何時取衆香,法筵齋鉢久凄凉。(**蕭奇中夾**)妙。寒蔬病甲誰能采,落葉空畦半已荒。老楮忽生黄耳菌,故人兼致白芽薑。蕭然放箸東南去,(**曾國藩夾**)“東南去”者,公此時將離徐州,改官湖州矣。又入春山筍蕨鄉。(**蕭奇中夾**)樂。

【彙評】

劉弘:詩謂法筵久已凄凉,忽得此菌,又兼得此薑,誠可充一供。末云“放箸東南去”,入筍蕨之鄉,無往不樂,如此豈棲棲懷上者比乎?

百步洪二首(並叙)

(**何紹基乙眉**)寫景清妙,雖比喻層疊,而不覺煩複。

王定國訪余於彭城,一日棹小舟,與顔長道攜盼、英、卿三子游泗水,北上聖女山,南下百步洪,吹笛飲酒,乘月而歸。余時以事不得往,夜著羽衣,佇立於黄樓上,相視而笑,以爲李太白死,世間無此樂三百餘年矣。(**蕭奇中夾**)豪絶。定國既去逾月,復與參寥師放舟洪下,追懷曩游,以爲陳迹,喟然而嘆。(**蕭奇中眉**)南皮之游,可勝回撫。故作二詩,一以遺參寥,一以寄定國,且示顔長道、舒堯文邀同賦云。(**方東樹評**)余喜説理,談至道,然必於此等閑題出之,乃見入妙。若正題實説,乃爲學究傖氣俗子也。(《**角山樓**》**評**)序中先述王、顔之游,已不得與。及與參寥放舟,追懷昔游,感而成詠。詩則前一首實賦與參寥放舟,後一首追懷昔游也。

長洪斗落生跳波,輕舟南下如投梭。(**紀昀旁**)語皆奇逸,亦有灘起渦旋之勢。(**毛西原眉**)紀云"語皆奇逸,亦有灘起渦旋之勢"。水師絶叫鳧雁起,亂石一綫争磋磨。(《**角山樓**》**評**)此聯寫得有聲勢,方能振起下文。有如兔走鷹隼落,(**蕭奇中眉**)筆亦奔駛。(**紀昀夾**)只用一"有如"貫下,便脱去連比之調,一句兩比,尤爲創格。(**毛西原眉**)紀云"只用一'有如'貫下,便脱去連比之調,一句兩比,尤爲創格"。駿馬下注千丈坡。(**王文誥夾**)周益公嘗論此句"注"字之佳,與"駐"字不同。斷弦離柱箭脱手,飛電過隙珠翻荷。(**查慎行評**)連用比擬,局陣開拓,古未有此法,自先生創之。(**毛西原眉**)查云"連用比擬,古無此法,自先生創之"。(**賴山陽評**)下筆雄躍奮速,四句宜作一句讀之。四山眩轉風掠耳,但見流沫生千渦。(**趙翼批**)六七層譬喻,一氣噴出,而不覺其拉雜,豈非奇作?(《**角山樓**》**評**)頓得有力量。(**翁同書眉**)按此脱胎昌黎《送石處士序》。險中得樂雖一快,何異水伯誇秋河。(**蕭奇中眉**)一昂一俯,自嘯自欲。(**賴山陽評**)自《莊子》來。我生乘化日夜逝,(**賴山陽評**)是開,無此四句,便是小兒語耳。坐覺一念逾新羅。(**蕭奇中夾**)妙。(**賴山陽評**)本《傳燈録》。紛紛争奪醉夢裏,豈信荆棘埋銅駝。覺來俯仰失千劫,回視此水殊委蛇。(《**角山樓**》**評**)翻轉前文。(**賴山陽評**)是合。君看岸邊蒼石上,(**方東樹評**)"君看"句忽合,此爲神妙。古來篙眼如蜂窠。(**何紹基乙眉**)四語頓住得妙。(《**角山樓**》**評**)即序所云"陳迹"也,暗藏

"囊游"在内。(**賴山陽評**)百尺竿頭進一步,著此四句,詩亦委蛇。但應此心無所住,造物雖駛如余何。(**蕭奇中眉**)殆難爲擅□。回船上馬各歸去,多言譊譊師所呵。(**劉辰翁夾**)必和韻也。(**紀昀眉**)後半全對參寥下語,詩須如此運意,方不浮泛。(**毛西原眉**)紀云"後半全對參寥下語,詩須如此用意,方不浮泛"。(**王文誥夾**)此詩以題字爲詩,時與參寥同游,故結到參寥,須知後詩夾不進參寥也。叙云"一以遺參寥"者如此,讀者不可不知。(**翁同書眉**)此首遺參寥。(**錢廷錦乙眉**)遺參寥。(**吴汝綸評**)後半喜談名理。

【彙評】

汪師韓:用譬喻入文,是軾所長。此篇摹寫急浪輕舟,奇勢迭出,筆力破餘地,亦真是險中得樂也。後幅養其氣以安舒,猶時見警策,收煞得住。

趙翼:起處雄猛,結處欲與相稱,必至板笨矣。詩以一筆掃之,戛然而止,省多少筆墨。

《**角山樓**》:前一首實賦與參寥放舟。

方東樹:惜抱先生曰:"此詩之妙,詩人無及之者也,惟有《莊子》耳。"余謂此全從《華嚴》來。

陳衍:坡公喜以禪語作達,數見無味。此詩就眼前篙眼指點出,真非鈍根人所及矣。"兔走"四句,從六如來,從韓文"燭照""龜卜"來,此遺山所謂"百態妍"也。

賴山陽:此詩是東坡本色,詩本二首,其和韻之詩,雖世人所喜,畢竟不如此詩之妙,故特選之。

佳人未肯回秋波,幼輿欲語防飛梭。(**蕭奇中夾**)以有英卿□故也,亦奇俊。輕舟弄水買一笑,醉中蕩槳肩相磨。(**何焯眉**)疊韻輕便自在如許。不似長安閭里俠,貂裘夜走胭脂坡。獨將詩句擬鮑謝，涉江共采秋江荷。(**蕭奇中夾**)清正。不知詩中道何語，但覺兩頰生微渦。(**何焯眉**)光榮妙。(**毛西原眉**)"渦"韻寫神，新秀無匹，亦活現無匹。我時羽服黄樓上，(**蕭奇中夾**)頓挫。坐見織女初斜河。(**蕭奇中眉**)何減當年。歸來笛聲滿山谷，明月正照金叵羅。(**翁同書夾**)酒器。奈何舍我入塵土，擾擾毛群欺卧駝。不念空齋老病叟，退食誰與同委蛇。時來洪上看遺迹，(《**角山樓**》**評**)合到當下放舟。忍見屐齒青苔窠。(**蕭奇中夾**)句句生戚。詩成不覺雙淚下，悲吟相對惟羊何。(**蕭奇中眉**)自然情至。(**翁同書眉**)謂顔、舒二子。欲遣佳人寄錦字，夜寒手冷無人呵。(**錢廷錦乙眉**)寄定國。(**紀昀眉**)結句對照好。(**紀昀旁**)此首緊切王顔攜妓用意，亦句句雅健。(**王文誥夾**)此詩以詩序爲題，專詠定國游事，故序云"一以寄定國"也。公詩又有專以叙爲題者，皆不重題字。每見論者死看題字，不悟其用意所在，故論多掣肘。(**何紹基乙眉**)此首蛇足已甚。(**翁同書眉**)此首寄定國。(**李鴻裔乙評**)應起處。(**毛西原眉**)紀云"此首緊切王顔攜妓用意，亦句句雅健"。又云"結語對照好"。

【彙評】

汪師韓：疊韻愈出愈奇，百煉鋼化爲繞指柔，古今無敵手。此篇與前篇合看，益見其才大而奇。

《**角山樓**》：自疊前韻，辭意宛轉相副，毫無牽掣之迹，斯爲神技。

方東樹：此首暨《劉孝叔》"南山之下""二馬並驅""我昔在田間"五首熟讀之，可得奇縱之妙。

送參寥師

上人學苦空，百念已灰冷。劍頭惟一吷，焦穀無新穎。(**紀昀夾**)直涉理語，而有揮灑自如之妙，遂不復以理路病之，言各有當也，勿以王孟一派概盡天下古今之詩。胡爲逐吾輩,文字争蔚炳。新詩如玉雪,出語便清警。退之論草書,(《角山樓》評)根據昌黎之論以作波瀾,翻跌有力。萬事未嘗屏。(蕭奇中夾)翻破空字。憂愁不平氣,一寓筆所騁。頗怪浮屠人,視身如丘井。頹然寄淡泊,誰與發豪猛。細思乃不然,真巧非幻影。(蕭奇中夾)正題。欲令詩語妙,無厭空且静。静故了群動,空故納萬境。(查慎行評)禪理也,可悟詩境。(何紹基乙眉)"静""空"二字,論詩秘鑰。閲世走人間,觀身卧雲嶺。鹹酸雜衆好,中有至味永。(《角山樓》評)二語道煉。詩法不相妨,此語當更請。(紀昀眉)查云"公與潛以詩友善,譽潛以詩,潛止一詩僧耳,尋出'空''静'二字,便有主腦,便是結穴處。"予嘗謂潛本僧,而公之詩友善,專言詩則不見僧,專言禪則不見詩,故禪與詩並而爲一,演成妙諦,結處"詩法不相妨"五字,乃一篇之主宰,非專拈"空""静"也。(李鴻裔乙評)此評[指紀評]未得詩之要領。"退之"以下八句發難,"細思"六句是解,言禪不妨詩。"閲世"四句,言混俗和光,與衆同好,不但不妨詩,且不妨禪,請其更進一境。參寥喜駡世忤物,坡公恐其賈禍,故規之耳。(毛西原眉)查云"公與潛以詩相善,譽潛以詩,潛止一詩僧耳,尋出'空''静'二字,便有主腦,便是結穴處"。紀云"潛本僧,而公之詩友善,專言詩則不見僧,專言禪則不見詩,故禪與詩並而爲一,演成妙諦,結處'詩法不相妨'五字,乃一篇之主宰,非專拈'空''静'也"。

【彙評】

汪師韓:取韓愈論高閑上人草書之旨,而反其意以論詩,然正得詩法三昧者。其後嚴羽遂專以禪喻詩,至爲分别宗乘。此篇早已爲之點出光明,王士禎嘗謂"李杜,如來禪;蘇黄,祖師禪",不妄也。

毛西原:作詩與僧,自當禪詩並説。作詩者得其禪理,瀟灑自如耳,然亦東坡本色之清超者未及也。

夜過舒堯文戲作

先生堂前霜月苦，弟子讀書喧兩廡。推門入室書縱横，蠟紙燈籠晃雲母。先生骨清少眠卧，長夜默坐數更鼓。耐寒石硯欲生冰，得火銅瓶如過雨。（**何焯眉**）只叙真景，却與人絶遠。郎君欲出先自贊，坐客斂衽誰敢侮。（**蕭奇中夾**）重郎君也。（**查慎行評**）堯文當有譽兒癖，故二句云然。明朝阮籍過阿戎，應作羲之羡懷祖。

【彙評】

劉辰翁：此謂堯文譽兒耳，何注之謬邪！

汪師韓：寫教授情景逼肖逼真，然俗塵已去而千仞。

趙克宜：詩亦清麗，却無深意，緣戲筆故也。

十月十五日觀月黄樓席上次韻

中秋天氣未應殊，不用紅紗照座隅。山下白雲横匹素，水中明月卧浮圖。（**杭世駿眉**）以實對虚，隨手生發，不須更覓譬喻，是老手異人處。（**紀昀眉**）三、四小樣。未成短棹還三峽，已約輕舟泛五湖。爲問登臨好風景，明年還憶使君無。（**錢廷錦乙旁**）十月少點綴。

【彙評】

劉弘：言月色甚好，無異中秋。次則詠其所見之景及其所藴之情。末乃惜别而已。

答王定民

（**潘奕雋眉**）佐才必工於翰墨者，而傳者絶少，以此知一藝之傳亦有數存其間也。

開緘奕奕滿銀鈎，書尾題詩語更遒。八法舊聞宗長史，五言今復擬蘇州。筆蹤好在留臺寺，（**莫友芝乙眉**）公詩中“臺寺”之類甚多，如節“飯顆山”作“飯山”；改“秋娘”爲“秋女”。雖出自公手，終不可據依，若尤而效之，未有不成笑柄者矣。“臺寺”者，臺頭寺也。旗隊遥知到石溝。欲寄鼠鬚並繭紙，請君章草賦黄樓。（**何紹基乙眉**）拳拳黄樓，而《黄樓》詩之傳於今者，有幾何哉？公可以休矣。

次韻王廷老退居見寄

浪蕊浮花不辨春，歸來方識歲寒人。回頭自笑風波地，閉眼聊觀夢幻身。北牖已安陶令榻，西風還避庾公塵。（**紀昀眉**）六句太露。更搔短髮東南望，試問今誰裹舊巾。（**翁同書旁**）子由《代祭王虢州文》有“君以罪廢，還家宋都”之語。

接果移花看補籬，腰鐮手斧不妨持。上都新事長先到，老圃閑談未易欺。（**紀昀眉**）查初白最賞此二句。釀酒閉門開社甕，殺牛留客解耕縻。（**紀昀夾**）不近情事。何時得見纖纖玉，（**彭元瑞夾**）此似指其侍者。右手持杯左捧頤。（**查慎行評**）此首即張十七《九日詩》韻也。本集有《次韻王廷老和張十七九日見寄》詩，必同時作。（**翁同書眉**）意其人雖家居，而與朝貴往來，故微諷之。

次顏長道韻送傅倅

兩見黄花掃落英,南山山寺遍題名。宗成不獨依岑范,魯衛終當似弟兄。去歲雲濤浮汴泗,與君泥土滿衣纓。如今别酒休辭醉,試聽雙洪落後聲。(**紀昀眉**)後四句筆力雄大。(**毛西原眉**)紀云"後半筆力雄大"。

【彙評】

毛西原:從杜《寄北省舊閣老》詩得來。

雲龍山觀燒得雲字

(**紀昀眉**)力摹昌黎,居然似之。(**潘奕雋眉**)體本昌黎,終嫌拉雜,賴有古色,不同俗手耳。(**何紹基乙眉**)用意而不得波趣,何也?

丁女真水妃,(**潘奕雋眉**)"妃"讀"配"。寒山便火耘。隕霜知已殺,坯户聽初焚。束緼方熠燿,敲石俄氤氳。落點甘泉烽,横煙楚塞氛。(**杭世駿眉**)有陸渾山之奇古,則此段鋪寫皆落恒徑。窮蛇上喬木,潛蛟躡浮雲。驚飛墮傷雁,狂走迷癡麏。(**何焯夾**)湊。谷蟄起蜩燕,山妖竄夔羵。野竹爆哀聲,幽桂飄冤芬。(**何焯夾**)更湊。悲同秋照蟹,快若夏燎蚊。火牛入燕壘,燧象奔吴軍。(**錢廷錦乙眉**)工甚。崩騰井陘口,萬馬皆朱幩。摇曳驪山陰,諸姨爛紅裙。(**蕭奇中夾**)遥對。(**何焯夾**)湊。方隨長風卷,忽值絶澗分。(**何焯夾**)好界畫。(**錢廷錦乙眉**)勒住雲龍山觀。(**杭世駿眉**)刻露。(**趙克宜評**)二語入神,雖昌黎無以過之。(**莫友芝乙眉**)此二句不惟善言燒,亦善言文。以上累累數十語,得此一束,亦如風回澗斷也。我本山中人，(**紀昀眉**)“我本”以下忽又平易，未免首鼠兩端，不成體格。習見匪獨聞。偶從二三子，來訪張隱君。君家亦何有，物象移朝曛。把酒看飛爈，空庭落繽紛。行觀農事起，畦壟如纈紋。細雨發春穎，嚴霜倒秋蕡。始知一炬力，洗盡狐兔群。(**何焯夾**)結得健。(**錢廷錦乙夾**)結亦復中間。(**查慎行評**)較昌黎《陸渾山》一章，渾疉之氣，變爲疏快矣。

和田國博喜雪

疇昔月如晝，曉來雲暗天。玉花飛半夜，翠浪舞明年。螟螣無遺種，流亡稍占田。歲豐君不樂，鐘磬幾時編。(**田有服，不樂。**)(**翁同書旁**)[查注]田時以國子博士爲徐州通判，故先生贈詩文，又有“風流別乘多才思”之句。

祈雪霧猪泉出城馬上作贈舒堯文

三年走吴越，踏遍千重山。朝隨白雲去，暮與棲鴉還。翩如得木狖，飛步誰能攀。一爲符竹累，坐老敲榜間。此行亦何事，聊散腰脚頑。(**紀昀眉**)祈雪不應如此説，此與同二令祈雨詩同一語病，只因説得豪快，遂忘顧立言之體。浩蕩城西南，亂山如玦環。山下野人家，桑柘雜榛菅。歲晏風日暖，人牛相對閒(**一作閑**)。(**蕭奇中眉**)村畫妙在人牛相對，則“閑”字益真。(**翁同書眉**)東方朔《占書》：春與歲齊，人牛並立。(**丁菊泉夾**)如畫。薄雪不蓋土，(**錢廷錦甲夾**)祈雪。麥苗稀可删。願君發豪句，嘲詠破天慳。(**丁菊泉夾**)二句亦不貫上文。

【彙評】

汪師韓:遠景近村,歷歷在目,何啻置身圖畫中。

次韻舒堯文祈雪霧猪泉

(紀昀眉)多爲韻脚所牽,不甚自如。

長笑蛇醫一寸腹,銜冰吐雹何時足。蒼鵝無罪亦可憐,斬頸橫盤不敢哭。(蕭奇中夾)奇。豈知泉下有猪龍,卧枕雷車踏陰軸。前年太守爲旱請,雨點隨人如撒菽。(傅欽之曾禱此泉得雨。)太守歸國龍歸泉,至今人詠淇園緑。我今又復罹此旱,凛凛疲民在溝瀆。却尋舊迹叩神泉,坐客仍攜王子淵。(欽之時客惟舒在矣。)看草《中和》《樂職》頌,新聲妙語慰華顛。曉來泉上東風急,須上冰珠老蛟泣。(孫原湘夾)"蛟"當作"鮫"。怪詞欲逼龍飛起,險韻不量吾所及。(蕭奇中眉)"及"字工妙。行看積雪厚埋牛,誰與春工掀百蟄。此時還復借君詩,餘力汰輈仍貫笠。(蕭奇中眉)詩可以雪矣。揮毫落紙勿言疲,驚龍再起震失匙。

石　炭(並引)

彭城舊無石炭。元豐元年十二月,始遣人訪獲於州之西南白土鎮之北,冶鐵作兵,犀利勝常云。

君不見前年雨雪行人斷,城中居民風裂骭。濕薪半束抱衾裯,日暮敲門無處换。(紀昀眉)微嫌其剽而不留。豈料山中有遺寶,磊落如礐萬車炭。流膏迸液無人知,陣陣腥風自吹散。根苗一發浩無際,萬人鼓舞千人看。投泥潑水愈光明,爍玉流金見精悍。南山栗林漸可息,北山頑礦何勞鍛。爲君鑄作百鍊刀,(**錢廷錦甲夾**)作兵。要斬長鯨爲萬段。

人日獵城南會者十人以身輕一鳥過槍急萬人呼爲韻軾得鳥字

兒童笑使君,憂慍長悄悄。誰拈白接䍦,令跨金騕褭。東風吹濕雪,手冷怯清曉。忽發兩鳴髇,相趁飛毚小。放弓一長嘯,目送孤鴻矯。吟詩忘鞭轡,不語頭自掉。歸來仍脱粟,鹽豉煮芹蓼。何似雷將軍,兩眼霜鶻皎。(**紀昀眉**)借雷將軍對照作收,亦可以住,然未免近剽近薄。(**何紹基乙眉**)就雷將軍生此峭波。(**《角山樓》評**)玩題注,會獵雖十人,以雷爲主,故專及之。黑頭已爲將,百戰意未了。馬上倒銀瓶,得兔不暇燎。少年負奇志,蹭蹬百憂繞。(**翁同書夾**)挽轉自己,收得鬱勃。篇中全力注此一段。回首英雄人,老死已不少。青春還一夢,餘年真過鳥。(**翁同書眉**)杜句"餘生如過鳥"。莧上呼鷹臺,平生笑劉表。(**紀昀眉**)得此一收,乃如畫家山脚重重,氣脈更加深厚。(**紀昀眉**)淋漓頓挫,收束滿足。(**毛西原眉**)紀云"淋漓頓挫,收束滿足"。又云"借雷將軍對照作收,亦可以住,然未免近剽近薄,得此一收,乃如畫家山脚重重,氣脈更加深厚"。

【彙評】

趙翼:拉雜寫來,骯髒歷落,不可捉摸。

將官雷勝得過字代作

（**紀昀眉**）疏疏落落，殊有古樸之致，不如此則不似代雷將軍。

胡騎入雲中，急烽連夜過。短刀穿虜陣，濺血貂裘涴。一來輦轂下，愁悶惟欲卧。今朝從公獵，稍覺天宇大。一雙鐵絲箭，未發手先唾。射殺雪毛狐，腰間餘一個。（**蕭奇中夾**）妙。（**翁同書眉**）[查注]"餘一個"謂尚餘一矢也，《荀子》"負矢五十個"。

臺頭寺步月得人字

（**何焯眉**）有魂。

風吹河漢掃微雲，步屧中庭月趁人。浥浥爐香初泛夜，離離花影欲摇春。（《**角山樓**》**評**）詩中用疊字，能使其餘五字精神畢見，最佳。（**毛西原眉**）"浥浥"一聯清絶。遥知金闕同清景，想見氈車碾暗塵。（**紀昀眉**）五、六拓得開，才不順筆滑下，此處最忌順筆直寫，如人腰間無力，通身骨節都散緩。（**毛西原眉**）紀云"五、六拓得開，終不順筆滑下，此處最忌順筆直寫，如人腰間無力，通身骨節都散緩"。回首舊游真是夢，一簪華髮岸綸巾。（**彭元瑞夾**）初白云"不犯俗意"。"綸"音"關"。（**翁同書夾**）查云"不犯俗氣"。（**毛西原夾**）查云"不犯俗氣"。

【彙評】

劉弘："氈車"，以氈裹車，取其暖而不驟，無非形容月色之興。末二句則追嘆平生而已。

汪師韓:清輝娱人,穆然意遠。

《**唐宋詩醇**》:《石林詩話》曰:"詩下雙字極難,須使七言五言之間,除去五言、三字外,精神興致,全見於兩言,方爲工妙。唐人記'水田飛白鷺,夏木囀黄鸝'爲李嘉祐詩,摩詰竊之。非也。此兩句好處正在添'漠漠''陰陰'四字,嘉祐本句但是詠景耳。要之當令如老杜'無邊落木蕭蕭下,不盡長江滚滚來'與'江天漠漠鳥雙去,風雨時時龍一吟',乃爲超絶。近世蘇子瞻'浥浥爐香初泛夜,離離花影欲摇春',此可以追配前作也。"

臺頭寺送宋希元

相從傾蓋只今年,送别南臺便黯然。入夜更歌金縷曲,他時莫忘角弓篇。(**是日,與宋君同栽松寺中**。)(**蕭奇中夾**)恰好。三年不顧東鄰女,(**取宋玉**。)(**紀昀眉**)五句無著,切姓已是小樣,更加無著,愈成瘢痏。二頃方求負郭田。(**取季子**。)我欲歸休君未可,(**蕭奇中夾**)老。茂先方議斸龍泉。

種松得徠字(其四在懷古堂,其六在石經院)

(**何焯眉**)查云"不犯俗氣"。(**孫原湘眉**)查云"曲折中有深厚之氣"。

春風吹榆林,亂莢飛作堆。荒園一雨過,戢戢千萬栽。青松種不生,百株望一枚。一枚已有餘,氣壓千畝槐。野人易斗粟,云自魯徂徠。魯人不知貴,萬竈飛青煤。束縛同一車,胡爲乎來哉。泫然解其縛,(**蕭奇中夾**)松幸哉。清泉洗浮埃。枝傷葉尚困,生意未肯回。山僧老無子,養護如嬰孩。(**蕭奇中眉**)刷羽拂毛,千古知己之感,何茶松之能遇坡公也?(**錢陸燦眉**)妻梅子鶴,並爲佳話。(**毛西原眉**)"孩"韻新。坐待走龍蛇,清陰滿南臺。孤根裂山石,直幹排風雷。(**查慎行評**)曲折中具深厚之氣。(**毛西原眉**)查云"曲折中有深厚之氣"。(**翁同書眉**)《移根初種》詩實有此等情景,筆力足以達之。我今百日客,養此千歲材。(**時去替不百日。**)茯苓無消息,雙鬢日夜摧。古今一俯仰,作詩寄餘哀。(**蕭奇中夾**)古人。(**何焯眉**)元氣磅礴,造化在其筆端。(**紀昀眉**)詩中有人,便非空調。(**《角山樓》評**)數語入情。(**毛西原眉**)忽寓感慨,詠物詩正須如此。紀云"詩中有人,便非空調"。

【彙評】

汪師韓:青松本是難生,而魯人又不知貴,一枚之氣何時而伸。詩中始如嬰孩之養,終成千歲之材,隱然儲才、愛才,一段真摯,其所寓意者微矣。

作書(一作詩)寄王晉卿忽憶前年寒食北城之游走筆爲此詩

(**查慎行甲眉**)"詩"字訛,當作"書"。(**紀昀眉**)無深意,而風華特勝。(**毛西原眉**)小作穠豔之體。紀云"無深意,而風華特勝"。

北城寒食煙火微,落花蝴蝶作團飛。(**蕭奇中夾**)並寫,肖。(**紀昀夾**)秀句。王孫出游樂忘歸,門前驄馬紫金鞿。吹笙帳底煙霏霏,(**蕭奇中夾**)形容不出。(**蕭奇中眉**)"煙霏霏",極風華富貴之趣。行人舉頭誰敢睎。(**蕭奇中夾**)全首詩,只"睎"字韻失老成。扣門狂客君不麾,更遣傾城出翠幃。書生老眼省見稀,畫圖但覺周昉肥。(**蕭奇中夾**)妙。(**毛西原眉**)"肥"韻亦新。別來春物已再菲,西望不見紅日圍。何時東山歌采薇,把盞一聽金縷衣。

往在東武與人往反作粲字韻詩四首今黄魯直亦次韻見寄復和答之

(**何焯眉**)本集凡五疊韻,山谷亦五和,總不及先生原唱。古人争勝毫釐,各有才分,不能强也。

苻堅破荆州,止獲一人半。中郎老不遇,但喜識元嘆。我今獨何幸,文字厭奇玩。又得天下才,相從百憂散。陰求我輩人,規作林泉伴。(**何紹基乙眉**)"林泉伴"甚難覓,押"亂"字奇趣。寧當待垂老,倉卒收一旦。不見梁伯鸞,空對孟光案。(**杭世駿眉**)"伯鸞"二韻,莫測其端緒,想爲韻束,故致拙晦。才難不其然,婦女厠周亂。(**紀昀眉**)"不見"四句不免和韻牽掣之痕。世豈無作者,于我如既盥。(**蕭奇中眉**)用法新妙。(**錢廷錦甲夾**)蘇習亦好。獨喜誦君詩,咸韶音節緩。夜光一已多,矧獲累累貫。相思君欲瘦,不往我真懦。吾儕眷微禄,寒夜抱寸炭。何時定相過,徑就我乎館。飄然東南去,江水清且暖。相與訪名山,微言師忍粲。

【彙評】

譚元春:和了又和,終是多事。山谷一派人,真不宜在一處也。一笑。

雪　齋（杭僧法言，作雪山於齋中）

（紀昀眉）起結俱可，中四句少味亦少力。

君不見峨眉山西雪千里，北望成都如井底。春風百日吹不消，五月行人如凍蟻。紛紛市人争奪中，誰信言公似贊公。人間熱惱無處洗，故向西齋作雪峰。我夢扁舟適吴越，長廊静院燈如月。開門不見人與牛，（言有詩見寄，云：林下閑看水牯牛。）惟見空庭滿山雪。

以雙刀遺子由子由有詩次其韻

（紀昀眉）純是寓言。

寶刀匣不見，但見龍雀環。何曾斬蛟蛇，亦未切琅玕。胡爲穿窬輩，見之要領寒。吾刀不汝問，有愧在其肝。（紀昀眉）"吾刀"二字深警，惟"肝"字□□趁韻。少陵《義鶻行》用"激怒壯士肝"，注家以肝主怒解之，已屬附會。此以"愧"屬"肝"，更無意義可説。（翁同書旁）[《詩案》]"胡爲穿窬輩"四句，以詆當時邪佞之人耳。念此力自藏，包之虎皮斑。湛然如古井，終歲不復瀾。不憂無所用，憂在用者難。（蕭奇中眉）猶兵也，不殺人，將自殺。（何紹基乙眉）"憂在用者難"，包孕許多。（《角山樓》評）寄慨遥深。佩之非其人，匣中自長嘆。（何焯眉）出落如意。我老衆所易，屢遭非意干。（蕭奇中夾）傷心。惟有王玄通，階庭秀芝蘭。知子後必大，故擇刀所便。（翁同書眉）用王覽事切當。（《角山樓》評）恰好有此運用。屠狗非不用，一歲六七刓。（蕭奇中夾）申"用者難"。欲試百煉剛，要須更泥蟠。(**蕭奇中眉**)大才不試小,壯略稱鴻巨。作詩銘其背,以待知者看。(**蕭奇中旁**)知者與用者均幾乎難之。

【彙評】

汪師韓:用王覽事作骨,前路波翻雲騰,曲折如意,更無有一閑字蝨其間。

游桓山會者十人以春水滿四澤夏雲多奇峰爲韻得澤字

(**紀昀眉**)綽有陶、韋之意,而不襲其貌。此乃善學陶、韋者。(**毛西原眉**)紀云"綽有陶、韋之意,而不襲其貌。此乃善學陶、韋者"。

東郊欲尋春,未見鶯花迹。春風在流水,鳧雁先拍拍。(**蕭奇中夾**)性情。(**何焯夾**)清新。(**紀昀夾**)十字神來。(**《角山樓》評**)起四語天然入妙,雖專主議論者,亦不能不醉心此種。孤帆信溶漾,弄此半篙碧。(**蕭奇中夾**)輕甚。艤舟桓山下,長嘯理輕策。彈琴石室中,幽響清磔磔。吊彼泉下人,(**翁同書眉**)謂吊桓魋墓。野火失枯腊。悟此人間世,何者爲真宅。(**杭世駿眉**)吊泉下之人,已寓達觀,再著下二語,則語傷盡而意反平。坡翁於選理不熟,陶謝佳境,仍未窺見也。(**蕭奇中眉**)每入此,正是感懷,亦叙子登峴情也。暮回百步洪,散坐洪上石。愧我非王襄,子淵肯見客。臨流吹洞簫,水月照連璧。(**謂王氏兄弟也。**)此歡真不朽,回首歲月隔。想象斜川游,作詩繼彭澤。(**紀昀夾**)"寄"字乃寄慨之"寄"。(**孫原湘眉**)他本"繼"字作"寄"。紀評"乃'寄慨'之'寄'。"(**毛西原眉**)紀云"'寄'乃寄慨之'寄'"。(**毛西原評**)"野火"句不配色,惟前六句佳極。後亦不繼,"吊彼"四句比"欲"四句則緊。紀云"學陶、韋不襲其貌",非是。

戴道士得四字代作

(**紀昀眉**)遠想慨然,逌然高唱,代作乃勝於自作,要仍是自寫胸臆耳。(**翁同書眉**)紀云"代作仍是自寫胸臆"。

少小家江南,寄迹方外士。偶隨白雲出,賣藥彭城市。雪霜侵鬢髮,塵土污冠袂。賴此三尺桐,中有山水意。自從夷夏亂,七絲久已棄。心知鹿鳴三,不及胡琴四。(**紀昀夾**)語特和平。使君獨慕古,嗜好與衆異。共吊桓魋宫,一灑孟嘗淚。(**蕭奇中夾**)警。歸來鎖塵匣,獨對斷弦喟。挂名石壁間,寂寞千歲事。(**潘奕雋眉**)蓋公與諸君皆題名石壁也。

【彙評】

《**角山樓**》:戴道士是日鼓琴,篇中從此生情,不復旁及他事。

次韻田國博部夫南京見寄二絶

歲月翩翩下坂輪,歸來杏子已生仁。(**紀昀眉**)首句是宋句,次句是晚唐句。深紅落盡東風惡,柳絮榆錢不當春。(**紀昀夾**)寄慨殊深,行役之感,言外見之。

火冷餳稀杏粥稠,青裙縞袂餉田頭。(**紀昀眉**)"青裙"句對照好。大夫行役家人怨,(**蕭奇中夾**)風。應羡居鄉馬少游。(**翁同書旁**)[施注]《詩·黍離》篇言周大夫行役也。

月夜與客飲酒杏花下

(**紀昀眉**)有太白之意。(**翁同書眉**)先生謫黄州,有《對月獨飲》

詩云:“去年花落在徐州,對月酣飲美清夜。”(**何焯眉**)如龍。(**毛西原眉**)清超。紀云“有太白之意”。

杏花飛簾散餘春,明月入户尋幽人。(**杭世駿眉**)興到之語,妙手偶得之不關思索。(**蕭奇中眉**)花月多情。褰衣步月踏花影,炯如流水涵青蘋。(**蕭奇中夾**)承天寺。(**紀昀眉**)三、四寫景入微。(**何焯眉**)以水藻喻花影,坡公得意之筆,往往有此。花間置酒清香發,争挽長條落香雪。山城薄酒不堪飲,勸君且吸杯中月。洞簫聲斷月明中,惟憂月落酒杯空。明朝卷地春風惡,但見緑葉棲殘紅。(**紀昀眉**)結乃勸今日之飲,非傷春意也。(**翁同書旁**)[王注]此篇不使事,語亦新造,古所未有,殆涪翁所謂“不食煙火食人”之語也。(**何焯夾**)又挽杏花。(**毛西原眉**)紀云“結乃勸今日之飲,非傷春意也”。

【彙評】

劉辰翁:本是常意,宛轉點綴,斷送得□飄飄然,餘韻無惹絆。

汪師韓:清幽超遠,乃姜堯章所謂自然高妙者。方岳妄以杏花影下著此爲辱,真是囈語。觀其所作《感舊》詩改爲“蘋藻涵清流”,工拙之間何止百具廬舍。

送蜀人張師厚赴殿試二首

忘歸不覺鬢毛斑,好事鄉人尚往還。斷嶺不遮西望眼,送君直過楚王山。(**蕭奇中夾**)眼也。(**翁同書旁**)[查云]“楚王山”以楚元王交得名。

雲龍山下試春衣,放鶴亭前送落暉。一色杏花紅十里,新郎君去馬如飛。（**紀昀夾**）末二句近俗。

【彙評】

劉辰翁：不論實境，語自俊快，有少年意。

趙克宜：分別雅俗，是作詩第一關頭。

再次韻答田國博部夫還二首

西郊黄土没車輪，滿面風埃笑路人。已放役夫三萬指，從教積雨洗殘春。

枝上稀疏地上稠，忍看紅糁落墻頭。風流别乘多才思，歸趁西園秉燭游。

田國博見示石炭詩有鑄劍斬佞臣之句次韻答之

（**紀昀眉**）太激太盡。（**翁同書眉**）舌鋒咄咄逼人。（**何紹基乙眉**）何指耶？

楚山鐵炭皆奇物，知君欲斫奸邪窟。屬鏤無眼不識人，（**蕭奇中夾**）痛。楚國何曾斬無極。玉川狂直古遺民，救月裁詩語最真。千里妖蟆一寸鐵，地上空愁蟣蝨臣。

答郡中同僚賀雨

水旱行十年，饑疫遍九[illegible]窮所向惡，歲歲祈晴雨。雖非爲己求，重請終愧古。（《**角山樓**[illegible]語奇警。鬼神亦知我，老病入腰膂。何曾拜向人,此意難不許。(**紀昀眉**)雖兀傲,而立言有體。此處最難著筆,如曰偶然,則祈雨爲戲;如曰有應,又自以爲功。只可如此諧語轉過。(**毛西原眉**)紀云"雖兀傲,而立言有體。此處最難著筆,如曰偶然,則祈雨爲戲;如曰有應,又自以爲功。只可如此諧語轉過"。(**《角山樓》評**)運掉輕便有法,紀評最能得其匠心。重雲凄已合,微潤先流礎。蕭蕭止還作,坐聽及三鼓。天明將吏集,泥土滿靴屨。登城望麰麥,緑浪風掀舞。愧我賢友生,雄篇鬥新語。君看大熟歲,風雨占十五。天地本無功,(**蕭奇中夾**)大儒之言。祈禳何足數。(**杭世駿眉**)原本道德,不事禱禳,得爲政之要,以之立言,亦能不落此題熟徑。渡河不入境,豈若無蝗虎。(**查慎行評**)深入一層,地步絶高。而況刑白鵝,下策君勿取。(**何焯眉**)道理實實如此,然非其人不能爲此言。(**《角山樓》評**)筆筆轉動,道勁絶倫。

【彙評】

汪師韓:"天地本無功"四句,此議論絶正絶大,然非一切諉之於數可以坐觀成敗也。詩特論其大原,而以下策自居,志慚謝之意,於答賀者體固應爾。

《**唐宋詩醇**》:前段"老病入腰膂""何曾拜向人"十字,本是相連,皆承"知我"二字說下,而却以一句屬上,一句屬下,此如杜詩"不薄今人愛古人"乃是"今人愛古人"五字相連;韓詩"爲此座上客,及余各能文"乃是"爲此座上客及余"七字相連,皆極句法變化之妙。

罷徐州往南京馬上走筆寄子由五首

(**杭世駿眉**)五作清便流轉,但覺語言之工,忘其筆墨痕迹。(**毛西原眉**)詩五首,原一氣相貫,次序井然,茲擇其尤佳者。(**賴山陽評**)

此等詩，兵法所謂“辭險而節”者。

吏民莫扳援，歌管莫凄咽。(**賴山陽評**)用二“莫”字，是省語法。吾生如寄耳，寧獨爲此别。别離隨處有，悲惱緣愛結。(**蕭奇中夾**)禪本。而我本無恩，此涕誰爲設。紛紛等兒戲，鞭鐙遭割截。道邊雙石人，幾見太守發。(**蕭奇中夾**)宕得妙。(**紀昀夾**)此下亦難著筆，只得以曠語作收。有知當解笑，撫掌冠纓絶。(**紀昀眉**)極力擺脱。(**《角山樓》評**)“石人”何與“太守”事，胸次靈通，觸處皆成妙論，便不爲詩境所窘。(**毛西原眉**)紀云“極力擺脱”。又云“此下亦難著語，只得以曠語作收”。

父老何自來，花枝嫋長紅。(**賴山陽評**)徐州送太守以生華。洗盞拜馬前，請壽使君公。(**賴山陽評**)白居易詩中有“使君公”字，是非强押。前年無使君，魚鱉化兒童。(**紀昀夾**)倒裝不妥。(**王文誥夾**)代述父老語，乃父老請壽之辭也。曉嵐誤看，以爲倒裝者，謬甚。(**賴山陽評**)是倒語。舉鞭謝父老，(**王文誥夾**)自此至終，皆答父老語也。曉嵐並上二句，皆作公語，故又有“自表捍水之功，語意殊淺”之論。若如其説，不但語意殊淺，直是文理不通。自不了了，却任意亂打，後之讀此集者，當以是爲戒。正坐使君窮。窮人命分惡，所向招災凶。水來非吾過，(**何焯眉**)水來須引爲己過，乃與上意相合。去亦非吾功。(**蕭奇中眉**)□愁兩不任此之謂德。(**錢陸燦眉**)“水來非吾過”句，或以爲當作“水來是吾過”，如此方與上句相合，且更得體。然即不引爲己過，亦適見其樸誠。(**錢廷錦乙旁**)上云“正坐使君窮”，下云“水來非吾過”，未免矛盾。(**紀昀夾**)末二句與上不接，既曰“招災凶”，則已引爲己過矣。(**紀昀眉**)此從前首“而我本無恩”二句生出，然自表捍水之功，語意殊淺。(**翁同書眉**)使君問之，父老答之，使君復謝，謝畢便住，不增益一字，章法古直，非近時手筆所能。(**何紹基乙眉**)好在平平實實。

古汴從西來，迎我向南京。東流入淮泗，送我東南行。暫別還復見，依然有餘情。春雨漲微波，一夜到彭城。過我黄樓下，(**蕭奇中夾**)妙生情。朱欄照飛甍。可憐洪上石，誰聽月中聲。(**蕭奇中眉**)不堪絃索。(**紀昀眉**)此首氣局渾成，文情亦極宛轉。(**毛西原眉**)紀云“此首氣局渾成，文情亦極宛轉”。一筆揮灑，毫不用力，是謂大才。灑筆似太白，而又别是一種。(**何紹基乙眉**)黄樓難捨，甚於吏民。(**《角山樓》評**)於無情處生情，曲折盡致。(**翁同書眉**)所謂低徊留之，不忍去也。

前年過南京，麥老櫻桃熟。今來舊游處，櫻麥半黄緑。歲月如宿夕，人事幾反復。青衫老從事，坐穩生髀肉。聯翩閲三守，迎送如轉轂。歸耕何時決，田舍我已卜。

卜田向何許，石佛山南路。下有爾家川，千畦種秔稌。山泉宅龍蜃，平地走膏乳。異時畝一金，近欲爲逃户。(**蕭奇中夾**)可傷。(**紀昀夾**)言荒蕪不耕也。逝將解簪紱，賣劍買牛具。故山豈不懷，廢宅生蒿櫓。便恐桐鄉人，長祠仲卿墓。(**蕭奇中眉**)非誇。(**紀昀眉**)“故山”二句，轉折語氣稍覺格格，然尚不甚礙。○病在“豈不”二字與“便恐”二字相應，而“廢宅”句冗贅其間以趁韻，遂令機局不靈。(**紀昀夾**)仍收到本位。(**何紹基乙眉**)不言思歸，尚近徽實。(**《角山樓》評**)“豈不懷”與前文“誓將”句複疊，欠呼應耳。若論後四句，則流轉自如。

【彙評】

劉辰翁：詩意似欲老徐。

汪師韓：“截鐙”“留鞭”“扳援”“擁路”，去任作疑愧之語，不必賢者能道也。首作之奇正在“道邊雙石人”一轉，雜以詼諧，含蘊靡盡。次作使君問之，父老答之，使君復謝，謝畢便住，不增益一字，章法古直，千載下諳諳如見，凛凛如生。

次韻曹九章見贈

（查慎行評）曹字濱甫，彭城人。其子涣，子由婿也。

蘧瑗知非我所師，流年已似手中蓍。（蕭奇中夾）新句。正平獨肯從文舉，中散何曾靳孝尼。賣劍買牛真欲老，（紀昀夾）屢用此事，實不親切。得錢沽酒更無疑。雞豚異日爲同社，應有千篇唱和詩。

書泗州孫景山西軒

落日明孤塔，青山繞病身。（何焯眉）逆挽法。知君向西望，（蕭奇中夾）西來意。不愧塔中人。

過淮三首贈景山兼寄子由

好在長淮水，十年三往來。（紀昀夾）此首過淮。功名真已矣，歸計亦悠哉。今日風憐客，（蕭奇中眉）余途行亦有"客至風如待"之句。平時浪作堆。（紀昀夾）逆挽法。晚來洪澤口，捍索響如雷。（紀昀眉）一氣渾成，而又非貌襲之盛唐。

過淮山漸好，松檜亦蒼然。（蕭奇中夾）道氣。（紀昀夾）此首贈景山。藹藹藏孤寺，泠泠出細泉。故人真吏隱，（翁同書夾）指子由。小檻帶岩偏。却望臨淮市，東風語笑傳。（紀昀眉）此二首却不出色。

回首濰陽幕,(**翁同書夾**)指子由。簿書高没人。(**紀昀夾**)此首寄子由。何時桐柏水,(**翁同書夾**)不脱過淮。一洗庾公塵。(**紀昀夾**)句又太露。此去漸佳境,獨游長慘神。待君詩百首,來寫浙西春。(**紀昀眉**)前者從過淮説至景山,此首從子由説至過淮,章法不苟。

舟中夜起

(**《角山樓》評**)人人意中所有之境,拈出便精。

微風蕭蕭吹菰蒲,開門看雨月滿湖。(**蕭奇中夾**)不可爲象。(**紀昀眉**)初聽風聲,疑是雨,開門視之,月乃滿湖。此從"聽雨寒更盡,開門落葉深"化出。查云"極常極幻,極遠極近,境界俱從静中寫出"。(**翁同書眉**)[紀云]從"聽雨寒更盡,開門落葉深"化出。[查云]極常極幻,極遠極近,境界俱從静中寫出。(**毛西原眉**)查云"極常極幻,極遠極近,境界俱從静中寫出"。舟人水鳥兩同夢,(**紀昀夾**)妙境中有妙語。(**蕭奇中夾**)静極。大魚驚竄如奔狐。(**紀昀夾**)寫景却不是寫景。夜深人物不相管,(**錢陸燦夾**)淺而細。我獨形影相嬉娱。暗潮生渚吊寒蚓,落月挂柳看懸蛛。(**蕭奇中眉**)清絶誰與同。(**何紹基乙眉**)夜景寫得超妙。(**《角山樓》評**)寫出静境。此生忽忽憂患裏,清境過眼能須臾。(**蕭奇中夾**)自我。雞鳴鐘動百鳥散,船頭擊鼓還相呼。(**紀昀眉**)收處有日出事生之感,正反托一夜之清吟。(**毛西原眉**)紀云"'開門'句從'聽雨寒更盡,開門落葉深'化出。'舟人'二句妙境中有妙語,寫景却不是寫景"。

【彙評】

汪師韓:一片空明,通神入悟,性情所至,妙不自尋。

查慎行:極常極幻,極遠極近,境界俱從静中寫出。

方東樹:空曠奇逸,仙品也。

陳衍評:水宿風景如畫。

吴汝綸評:全不經意,妙合自然,《赤壁賦》亦如此。

余去金山五年而復至次舊詩韻贈寶覺長老

(**何紹基乙眉**)灑落。

誰能斗酒博西凉,但愛齋厨法豉香。(**蕭奇中眉**)每起多風。(**錢陸燦眉**)金山豆豉,由來舊矣。(**嚴虞惇眉**)今之金山豆豉蓋本於此。舊事真成一夢過,高談爲洗五年忙。清風偶與山阿曲,明月聊隨屋角方。(**蕭奇中夾**)"方"字奇。(**紀昀夾**)二句作寫景則纖,借寫到處隨緣之意則不妨。稽首願師憐久客,直將歸路指茫茫。(**嚴虞惇眉**)次韻奇妙。

大風留金山兩日①

塔上一鈴獨自語,明日顛風當斷渡。朝來白浪打蒼崖,倒射軒窗作飛雨。龍驤萬斛不敢過,漁艇一葉從掀舞。細思城市有底忙,却笑蛟龍爲誰怒。無事久留童僕怪,此風聊得妻孥許。灊山道人獨何事,夜半不眠聽粥鼓。

① 編者按:此詩與卷六重出。

游惠山（並叙）

余昔爲錢塘倅，往來無錫未嘗不至惠山。即去五年，復爲湖州，與高郵秦太虛、杭僧參寥同至，覽唐處士王武陵、竇群、朱宿所賦詩，**（錢陸燦夾）**惠山壁間不可得也。愛其語清簡，蕭然有出塵之姿，**（蕭奇中眉）**三人者亦幸矣哉。追用其韻，各賦三首。**（蕭奇中夾）**三詩氣絶，清簡可敵。

夢裏五年過，覺來雙鬢蒼。還將塵土足，一步漪瀾堂。俯窺松桂影，仰見鴻鶴翔。炯然肝肺間，已作冰玉光。**（紀昀眉）**中四句自在流出，肅肅穆穆，意境深微，不減原作。惟起結八句，未免作意耳。**（毛西原眉）**紀云“中四句自在流出，肅肅穆穆，不減原作。起結八語，不免作意耳”。起結自清妥，紀譏其作意，非是。虚明中有色，清净自生香。還從世俗去，永與世俗忘。

【彙評】

毛西原：王武陵原作中四云：“下有寒泉流，上有珍禽翔。石門吐明月，竹木涵清光。”東坡中四句頗仿其意。

薄雲不遮山，疏雨不濕人。蕭蕭松徑滑，策策芒鞋新。嘉我二三子，皎然無緇磷。勝游豈殊昔，清句仍絶塵。吊古泣舊史，疾讒歌小旻。哀哉扶風子，難與巢許鄰。**（謂竇群。）（錢陸燦夾）**吉甫此事未易。按王十朋集注［程縯］曰：竇群，扶風人，隱居毘陵，以節操聞，徵拜左拾遺，後爲御史中丞，探李吉甫陰事，帝辨其誣，將誅群，吉甫救之乃免。**（紀昀眉）**亦是古調。

敲火發山泉，**（劉辰翁夾）**“發”字難下。烹茶避林樾。明窗傾紫盞,色味兩奇絶。吾生眠食耳,一飽萬想滅。(**錢廷錦乙夾**)夾雜。頗笑玉川子,飢弄三百月。(**劉辰翁旁**)"三百月"奇。(**蕭奇中夾**)"月"字妙。豈如山中人,睡起山花發。(**蕭奇中夾**)天襟。一甌誰與共,門外無來轍。(**紀昀眉**)此則純用本色。

贈惠山僧惠表

行遍天涯意未闌,將心到處遣人安。山中老宿依然在,案上《楞嚴》已不看。(**蕭奇中眉**)大悟。欹枕落花餘幾片,閉門新竹自千竿。客來茶罷空無有,盧橘楊梅尚帶酸。

【彙評】

劉辰翁:律熟,氣魄渾渾。

劉弘:詩意謂惠表禪法已熟,淡泊如此。劉辰翁批"律熟,氣魄渾渾",誠然。

汪師韓:語經妙悟,所謂"羚羊挂角,無迹可求"者。

贈錢道人

書生苦信書,世事仍臆度。不量力所負,輕出千鈞諾。(**蕭奇中夾**)真書生。當時一快意,事過有餘怍。不知幾州鐵,鑄此一大錯。(**蕭奇中眉**)鑄時易,銷時難,晨鐘暮鼓,無此警發。(**陳仁錫眉**)决非少年作。(**紀昀眉**)純爲介甫輩發,全用宋格,然自是一種不可磨滅文字。(**毛西原眉**)紀云"純爲介甫輩發,全用宋格,然自是一種不可磨滅文字"。(**何紹基乙眉**)明明説著半山。我生涉憂患,常恐長罪惡。静觀殊可喜,脚淺猶容却。而况錢夫子,萬事初不作。

相逢更何言,無病亦無藥。

【彙評】

劉辰翁:老人更事,語出肺腑,自然別真,知道者之悔也,三讀此語而悲。

《**角山樓**》:勁氣直達,語特透快。

與秦太虛參寥會於松江而關彦長徐安中適至分韻得風字二首

(**杭世駿眉**)三首味淵然,而常學之者輒墮薄弱,其蘊蓄殊也。(**紀昀眉**)二首皆清老。

吴越溪山興未窮,又扶衰病過垂虹。浮天自古東南水,送客今朝西北風。(**蕭奇中眉**)筆興淋漓。(**查慎行評**)二句入許丁卯手,便成板對。其才氣短小,不能驅使動宕故也。(**方東樹評**)前半奇氣。絶境自忘千里遠,勝游難復五人同。舟師不會留連意,擬看斜陽萬頃紅。(**何紹基乙眉**)趁興句易健。

二子緣詩老更窮,人間無處吐長虹。平生睡足連江雨,盡日舟横擘岸風。人笑年來三黜慣,天教我輩一樽同。知君欲寫長想憶,更送銀盤尾鬣紅。(**翁同書旁**)末句即指下首送魚事。

次韻關令送魚

（**何焯眉**）關令即前詩彥長也。第二首結句即詠送魚事。

舉網驚呼得巨魚，饞涎不易忍流酥。更煩赤脚長鬚老，（**查慎行評**）關彥長。來趁西風十幅蒲。

卷十一

詩七十二首

次韻秦太虛見戲耳聾

(何焯旁)自是佳詩。

君不見詩人借車無可載,留得一錢何足賴。晚年更似杜陵翁,右臂雖存耳先聵。**(紀昀眉)**語特超雋。人將蟻動作牛鬥,**(《角山樓》評)**以上句襯出下句,便覺奇警。我覺風雷真一噫。**(紀昀夾)**善於解嘲。**(何焯眉)**最無意味。**(毛西原眉)**紀云"語特超雋。善於解嘲"。聞塵掃盡根性空,不須更枕清流派。**(紀昀夾)**"派"字添出趁韻。**(毛西原夾)**紀云"添出趁韻"。大朴初散失渾沌,六鑿相攘更勝敗。眼花亂墜酒生風,口業不停詩有債。君知五蘊皆是賊,**(《角山樓》評)**禪宗習見語,施之此題却宜。人生一病今先差。**(紀昀夾)**警策。但恐此心終未了,**(蕭奇中夾)**實地語。不見不聞還是礙。**(紀昀夾)**鞭入一層,更警策。**(毛西原夾)**紀云"鞭入一層,更警策"。今君疑我特佯聾,故作嘲詩窮險怪。須防額癢出三耳,**(錢廷錦甲眉)**聶隱娘稱"三耳兒曹"。莫放筆端風雨快。**(蕭奇中夾)**奇快。**(紀昀眉)**結還戲意,語雖佻薄,然題中原有"戲"字,故不礙格,且言外有戒其太聰意,亦非無關風旨,但弄筆鋒。**(毛西原眉)**紀云"結還戲意,語雖佻薄,然題中原有'戲'字不礙格,且言外有戒其太聰意,亦非無關風旨,但弄筆鋒"。

【彙評】

查慎行:此詩先生手書真迹行書於紙上,見張丑《書畫舫》。

《**角山樓**》:答秦之見戲,箭鋒相值。

端午遍游諸寺得禪字

(**何焯眉**)已得柳州深致。(**毛西原眉**)清佳。惜未帶一筆"端午"耳。(**賴山陽評**)清淡雋逸,五古最至者。

肩輿任所適,(**賴山陽評**)起手佳。遇勝輒留連。(《**角山樓**》**評**)一起便切遍游諸寺。焚香引幽步,酌茗開静筵。(**何焯夾**)深沉。(**賴山陽評**)不必點"寺"字,是寺内,妙。微雨止還作,小窗幽更妍。盆山不見日,(**賴山陽評**)景況如真。草木自蒼然。(**蕭奇中眉**)一幅大山矣,"盆山"之妙已盡。(**紀昀夾**)四句神來。(**翁同書眉**)"微雨止還作"四句,先生《詩話》自云"僕爲吴興守,有《游飛英寺》"云云。(**何焯眉**)《書·益稷篇》傳:"光天之下,至於海隅蒼蒼,然生草木。"公詩用字之深博,不在荆公下也。(**毛西原眉**)查按,先生自題詩後云:"僕爲吴興《游飛英寺》詩:'微雨止還作,小窗幽更妍。盆山不見日,草木自蒼然。'自非至吴越不見此景也。"(《**角山樓**》**評**)幽境寫絶。忽登最高塔,(**賴山陽評**)一轉,折出意表,令人駭絶。眼界窮大千。(**何焯夾**)曠蕩。下峰照城郭,震澤浮雲天。深沉既可喜,曠蕩亦所便。(**何紹基乙眉**)得鎖紐語更健足。(《**角山樓**》**評**)頓住。(**賴山陽評**)括前一案,起下一案。幽尋未雲畢,墟落生晚煙。(**賴山陽評**)是塔上所見也,一倒置乃不凡。歸來記所歷,耿耿清不眠。(**紀

昀夾)善於空際烘托。(《**角山樓**》**評**)亦寫得入情。道人亦未寢,(**蕭奇中夾**)妙。孤燈同夜禪。(**紀昀眉**)結有餘味。○入一層更有幽致。(**毛西原眉**)紀云"善於空際烘托。結有餘味。入一襯更有幽致"。(**賴山陽評**)結筆亦超然。

【**彙評**】

汪師韓:微雨小窗,深沉可喜也;下峰震澤,曠蕩所便也。寓目輒書,詳略各盡其致。

送劉寺丞赴餘姚

(**何焯眉**)《觀潮》詩:"樓上誰家燒夜香,玉笙哀怨弄斜陽。"即是此詩。

中和堂後石楠樹,與君對床聽夜雨。玉笙哀怨不逢人,(**翁同書眉**)先生倅杭時有"玉笙哀怨弄初凉"之句。但見香煙横碧縷。謳吟思歸出無計,坐想蟋蟀空房語。明朝開鎖放觀潮,豪氣正與潮争怒。銀山動地君不看,獨愛清香生雪霧。别來聚散如宿昔,城郭空存鶴飛去。我老人間萬事休,君亦洗心從佛祖。手香新寫法界觀,眼净不覷登伽女。餘姚古縣亦何有,龍井白泉甘勝乳。千金買斷顧渚春,似與越人降日注。(**紀昀夾**)收太草草。○末句未甚解,再詳之。(**錢廷錦甲眉**)赴餘姚則顧渚不可引用乎?

【**彙評**】

劉辰翁:後言顧渚春,豈劉寺丞乃湖州人邪?不然殆無謂矣。

李公擇過高郵見施大夫與孫莘老賞花詩憶與僕去歲會於彭門折花饋筍故事作詩二十四韻見戲依韻奉答亦以一戲公擇云爾

(**紀昀眉**)語自俊逸,惟起處十數句爲韻所牽,不免迂遠。(**何紹基乙眉**)止取押韻,實少真意。

汝陽真天人,絹帽著紅槿。纏頭三百萬,不買一微哂。共誇青山峰,曲盡花不隕。(**蕭奇中夾**)運筆化生。當時謫仙人,逸韻謝封畛。詩成天一笑,萬象解寒窘。(**杭世駿眉**)雖從杜出,而氣象較蒼。驚開小桃杏,不待雷發軫。餘波尚涓滴,乞與居易稹。爾來誰復見,前輩風流盡。寂寞兩詩人,(**翁同書夾**)謂莘老、施大夫。殘紅對櫻筍。飢腸得一醉,妙語傳不泯。君來恨不與,(**翁同書夾**)指公擇。(**查慎行評**)謂公擇。更復相牽引。(**蕭奇中眉**)當年施莘相賞,及彭門故事,必有舞裙歌扇,故兩戲之。我老心已灰,空煩扇餘燼。天游照六鑿,虛空掃充牣。懸知色竟空,那復嗜烏吻。蕭然一方丈,居士老龐蘊。散花從滿裓,不答天女問。故人猶故日,(**翁同書夾**)亦指公擇。怨句寫餘恨。疑我此心在,遮防費欄楯。應虞已斃蛇,折尾時一蠢。(**蕭奇中夾**)遮防及此。仄聞孟光賢,(**翁同書夾**)似指公擇。未學處仲忍。(**開閣放出,事見本傳。**)寄招應已足,左右侍雲鬢。何時花月夜,羊酒謝不敏。(**蕭奇中夾**)妙。(**翁同書眉**)韓詩"買羊沽酒謝不敏"。此生如幻耳,戲語君勿愠。應同亡是公,一對了虛聽。

王鞏清虛堂

(**紀昀眉**)微嫌多偈頌之氣。

清虚堂裏王居士，閉眼觀身如止水。水中照見萬象空，敢問堂中誰隱几。吴興太守老且病，堆案滿前長渴睡。願君勿笑反自觀，夢幻去來殊未已。長疑安石恐不免，未信犀首終無事。（**何焯眉**）用古對仗，後人惟錢虞山能爾。勿將一念住清虚，（**蕭奇中夾**）應無所住。居士與我蓋同耳。（**蕭奇中眉**）“住清虚”即名《清虚傳》矣。濁亦清，擾亦虚，故名清虚。

和孫同年卞山龍洞禱晴

吴興連月雨，釜甑生魚蛙。往問卞山龍，曷不安厥家。梯空上巉絶，俯視驚谽谺。神井湧雲蓋，陰崖垂蘚花。交流百道泉，赴谷走群蛇。不知落何處，隱隱如繅車。（**何焯眉**）點綴好。我來叩石户，飛鼠翻白鴉。寄語洞中龍，（**紀昀夾**）“寄語”句直貫到“龍亦”句。睡味豈不嘉。雨師少弭節，雷師亦停撾。積水得反壑，稻苗出泥沙。農夫免菜色，龍亦飽豚豭。（**蕭奇中眉**）誘龍，奇。看君擁黄紬，高卧放晚衙。（**紀昀夾**）“看君”二句接得少突，前路只有“我來”字，未出孫也。（**李厚夾**）“看君擁黄紬，高卧放晚衙”，文潞公爲榆次縣令，嘗題詩縣樓鼓云：“置向譙樓一任撾，撾多撾少不知他。如今幸有黄紬被，努出頭來放早衙。”蓋用本朝故事云。

【彙評】

汪師韓：水光山色，摇蕩筆端。通體作告龍之詞，而以安厥家詰之，以睡味勸之，以飽豚豭利之，語諧而肅。

乘舟過賈收水閣收不在見其子三首

愛酒陶元亮，能詩張志和。青山來水檻，白雨滿漁蓑。淚垢添丁面，貧低舉案蛾。（**紀昀眉**）句陋拙。不知何所樂，竟夕獨酣歌。（**何紹基乙眉**）耘老何人，乃得此樂。

嫋嫋風蒲亂，猗猗水荇長。小舟浮鴨緑，大杓瀉鵝黄。得意詩酒社，終身魚稻鄉。樂哉無一事，何處不清凉。

曳杖青苔岸，繫船枯柳根。德公方上冢，季路獨留言。已占蒲魚港，更開松菊園。從兹來往數，兒女自應門。

次韻孫秘丞見贈

感慨清哀似變風，老於詩句耳偏聰。迂疏自笑成何事，冷淡誰能用許功。不怕飛蚊如立豹，肯隨白鳥過垂虹。（**查慎行丙評**）詩中所云"白鳥"，乃鷗鷺之類。蓋上句既用"飛蚊"，本句"白鳥"[施氏補注引《金履子》云："白鳥，蚊也。"]吟哦相對忘三伏，擬泛冰溪入雪宫。（**湖州多蚊蚋，豹脚尤毒。垂虹，吴江亭名。**）

與客游道場何山得鳥字

（**何紹基乙眉**）通體稍零散。（**《角山樓》評**）狀難寫之不景如在目前，佳在簡静。（**翁同書眉**）竟體與前《游道場山何山》一詩，無一筆相犯。（**莫友芝眉**）《冷齋夜話》云：子瞻歸至道場山，遇大風雨，因憩耘老溪亭，命宫奴秉燭捧硯，寫風雨竹一枝，因題詩云。更得二聯。"正似"作"恰似"，《補遺》又作"絣此"。

清溪到山盡，飛路盤空小。紅亭與白塔，隱見喬木杪。（**紀昀眉**）起四句如畫，通首亦緊峭之中不乏波折。（**毛西原眉**）紀云"起四句如畫，通首亦緊峭之中不乏波瀾"。中休得小庵，孤絶寄雲表。

洞庭在北户,雲水天渺渺。庵僧俗緣盡,净業洗未了。十年畫鵲竹,益以詩自繞。(**查慎行評**)庵僧亦有工畫竹者,故云。(**《角山樓》評**)强押。高堂儼像設,禪室各深窈。奔泉何處來,華屋過溪沼。何山隔幽谷,去路清且悄。長松度翠蔓,絶壁挂啼鳥。(**蕭奇中夾**)"挂"字妙。(**毛西原眉**)只此一排。我友自杭來,尚嘆所歷少。歸途風雨作,一洗紅日燎。俄驚萬竅號,黑霧卷蓬蓼。舟人紛變色,坐羨輕鷗矯。我獨唤酒杯,醉死勝流殍。書生例强狠,(**蕭奇中夾**)"例"字奇。(**何紹基乙眉**)"强狠"二字太狠。(**《角山樓》評**)語太粗。造物空煩擾。(**蕭奇中眉**)篤論。更將掀舞勢,把燭畫風篠。(**紀昀眉**)又生一波,勢更滿足。(**毛西原眉**)紀云"又生一波,勢更滿足"。美人爲破顔,正似腰支嫋。(**查慎行評**)先生于歸舟畫竹,即以此四句題其上。(**何焯眉**)畫竹意畢竟犯重。(**杭世駿眉**)押韻皆强。(**翁同書眉**)先生歸自道場何山,因憩耘老溪亭,命官奴秉燭捧硯,寫風竹一枝。(**查慎行丙評**)"更將掀舞勢"四句,諸刻本另作五言絶句一首,明屬重出。今移原題["歸自道場何山,遇大風,因憩耘老溪亭,命官奴秉燭捧硯,寫風竹一枝"],作四句注脚,以正何來之僞。明朝更陳迹,清景墮空杳。作詩記餘歡,萬古一昏曉。(**紀昀眉**)勢須如此作收。(**毛西原眉**)紀云"勢須如此作收"。

【彙評】

劉辰翁:從上變態,至美人又別。

汪師韓:集中登臨諸作,無不名句紛披而意象各别。此與前《游道場山何山》一詩,既無一筆相犯,篇中兩言畫竹,文外曲致,情往興來。

僕去杭五年吴中仍歲大饑疫故人往往逝去聞湖上僧舍不復往日繁麗獨凈慈本長老學者益盛作此詩寄之

來往三吴一夢間,故人半作冢累然。獨依舊社傳真法,要與遺民度厄年。趙叟近聞還印綬,竺翁先已返林泉。何時杖策相隨去,任性逍遥不學禪。(**蕭奇中夾**)不學禪,禪之至矣,以任性故。

舶趠風(並引)

吴中梅雨既過,颯然清風彌旬,歲歲如此,湖人謂之舶趠風。是時海舶初回,云此風自海上與舶俱至云爾。

三旬已過梅黄雨,萬里初來舶趠風。(**查慎行丙評**)劉須溪曰:"先生詩格固豪放、老健,至對偶切處,如'黄耳蕈'對'白芽薑','牛尾狸'對'雞頭鶻'。"今以"舶趠風"對"梅黄雨",或者謂因事請客,然原其句意,每每相貫。幾處縈回度山曲,一時清駛滿江東。驚飄簌簌先秋葉,唤醒昏昏嗜睡翁。欲作蘭臺快哉賦,却嫌分别問雌雄。(**紀昀眉**)結亦太露不平。

丁公默送蝤蛑

溪邊石蟹小如錢,喜見輪囷赤玉盤。半殼含黄宜點酒,兩螯斫雪勸加餐。蠻珍海錯聞名久,怪雨腥風入座寒。堪笑吴興饞太守,一詩换得兩尖團。

【彙評】

趙克宜:賦物若如此質實,何取爲詩?

送孫著作赴考城兼寄錢醇老李邦直二君於孫處有書見及

(**紀昀眉**)起結甚别。(**毛西原眉**)紀云"起結甚别"。通首不排對。

使君閑如雲,(**劉辰翁夾**)"使君",自謂。欲出誰肯伴。清風獨無事,一嘯亦可喚。(**杭世駿眉**)觸手成趣,想見靈襟。(**何紹基乙眉**)生解不類。來從白蘋洲,吹我明月觀。門前遠行客,(**紀昀夾**)門入,奇絶。青衫流白汗。問子何匆匆,王事不可緩。故人錢與李,清廟兩圭瓚。蔚爲萬乘器,尚記溝中斷。子亦東南珍,價重不可算。别情何以慰,酒盡對空案。惟持一榻涼,勸子巾少岸。(**蕭奇中夾**)韻脚之勁。此風那復有,塵土飛灰炭。(**紀昀眉**)"塵土"句稍欠雅。欲寄二大夫,發發不可絆。(**何紹基乙眉**)奇風未之前聞。(**毛西原眉**)此詩全用去聲"翰"韻,忽雜"緩""瓚"兩韻。在上聲"旱"韻内,"瓚"猶可通,"緩"則不可。

泛舟城南會者五人分韻賦詩得人皆苦炎字四首

城中樓閣似魚鱗,不見清風起白蘋。(**紀昀夾**)入手恣逸,妙不單弱。試選苕溪最深處,仍呼我輩不羈人。窺船野鶴何曾下,見燭飛蟲空自馴。繞郭荷花一千頃,誰知六月下塘春。(**何紹基乙眉**)有此一首自足,後不必。

【彙評】

劉弘:"野鶴曾下""飛蟲自馴",有所爲矣。

苦熱誠知處處皆,何當危坐學心齋。海鰲要共詩人把,溪月行遭霧雨霾。鄉國飄零斷書信,弟兄流落隔江淮。便應築室苕溪上,荷葉遮門水浸階。(**紀昀眉**)有疏宕之氣。

紫蟹鱸魚賤如土,得錢相付何曾數。碧筩時作象鼻彎,白酒微帶荷心苦。(**蕭奇中夾**)似。運肘風生看斫膾,隨刀雪落驚飛縷。不將醉語作新詩,飽食應慚腹如鼓。(**紀昀眉**)仄韻作五律已不可,况於七律。

橋上游人夜未厭,共依水檻立風檐。樓中煮酒初嘗芡,月下新妝半出簾。(**劉辰翁夾**)真風味。南郭清游繼顔謝,北窗歸卧等羲炎。(**蕭奇中眉**)帶寒來,大手筆。人間寒熱無窮事,自笑疏頑不受痁。(**紀昀眉**)别無佳處,惟末句押韻甚巧。

【彙評】

劉弘:世事有寒熱,痁疾亦寒熱,曰"不受痁",則不爲寒熱之事動心矣。

《唐宋詩醇》:境本平近,賦出閑情。四詩思如湧泉,趣昭而理舉。

次韻李公擇梅花

(**杭世駿眉**)通體古健。(**紀昀眉**)借題抒意,梅花只借作點綴穿插,方是和人詩。若句句實寫此花,便同自詠。(**毛西原眉**)通首不過一、二排對。紀云"借題抒意,梅花只借作點綴穿插,方是和人詩。若句句實寫此花,便同自詠"。(**《角山樓》評**)押窄韻寬然有餘,自坡公長計。

詩人固長貧，日午飢未動。偶然得一飽，萬象困嘲弄。（**紀昀夾**）一起口説公擇，却句句藏自己在内，早爲篇末結胎。（**毛西原眉**）紀云“一起口説公擇，却句句藏自己在内，早爲篇末結胎”。（**《角山樓》評**）虚渾語却能籠題。尋花不論命，愛雪長忍凍。天公非不憐，聽飽即喧哄。（**何焯眉**）集中最多此種語，亦是坡公習氣。君爲三郡守，（**《角山樓》評**）叙李生平。所至滿賓從。江湖常在眼，詩酒事豪縱。（**蕭奇中夾**）快人。奉使今折磨，清比于陵仲。永懷茶山下，攜妓修春貢。更憶檻泉亭，插花雲髻重。蕭然卧灊麓，（**查慎行評**）先生《東坡》詩云“我有同舍郎，官居在灊嶽”，自注云李公擇也。愁聽春禽哢。忽見早梅花，不飲但孤諷。（**錢廷錦乙眉**）入題太寬，似公早年不經意文。（**紀昀夾**）入得擺脱。（**《角山樓》評**）方入本題。詩成獨寄我，字字愈頭痛。（**錢廷錦乙夾**）不倫。嗟君本侍臣，筆橐從上雍。（**蕭奇中夾**）不粘“花”，高手。（**《角山樓》評**）再用縱筆。脱靴吟芍藥，給劄賦雲夢。何人慰流落，嘉花天爲種。（**紀昀夾**）又一縈拂，不粘不脱。（**毛西原眉**）紀云“又一縈繞，不粘不脱”。杯傾笛中吟，帽拂果下鞚。（**張廷濟眉**）注“鞍”字疑當作“鞚”。感時念羈旅，此意吾儕共。（**紀昀夾**）插入自己，便有綰合。（**毛西原夾**）紀云“插入自己，便有綰合”。（**《角山樓》評**）至此一擒。故山亦何有，桐花集幺鳳。（**王文誥夾**）此公幼時家内事也，特與下匡廬並用，作雙收法。（**《角山樓》評**）以下結清和意。（**張廷濟眉**）“幺”正？“么”俗？君亦憶匡廬，歸掃藏書洞。何當種此花，各抱漢陰甕。（**紀昀眉**）末二句一齊綰結，滴水不漏。（**毛西原夾**）紀云“一齊綰結，滴水不漏”。

【彙評】

汪師韓:胸次鬱勃,隨處激發,其言感飢貧、念羈旅,似無當於梅花,觸緒濡毫,忽深感慨,固知文必本於情也。

毛西原:此詩通首皆去聲韻,首韻忽雜以上聲"動"字,豈不"宋"韻上、去未分耶? 又"輕重"之"重"字,上聲"腫"韻;"慎重"之"重"字,去聲"宋"韻,在當時或未分也。

送淵師歸徑山

(**紀昀眉**)不免淺率。

我昔嘗爲徑山客,至今詩筆餘山色。(**蕭奇中夾**)妙。師住此山三十年,妙語應須得山骨。溪城六月水雲蒸,飛蚊猛捷如花鷹。羨師方丈冰雪冷,蘭膏不動長明燈。山中故人知我至,争來問訊今何似。爲言百事不如人,兩眼猶能書細字。(**徑山夏無蚊。余舊詩云:問龍乞水歸洗眼,欲看細字銷殘年。**)

送表忠觀錢道士歸杭

(**錢廷錦甲眉**)杜先生諸詩文,其於我錢氏最惓惓也。(**紀昀眉**)如此大題,何詩語凡近乃爾! 豈美盡於《碑》,此不妨草草耶?

熙寧十年,詔以龍山廢佛祠爲表忠觀。元豐二年,通教自杭來,見予於吴興。問:"觀亦卒工乎?"曰:"未也,杭人比歲不登,莫有助我者。"余曰:"異哉,杭人重施輕財,是不獨爲福田也,將自托於不朽,今歲成矣,子其行乎?"及還,作詩送之。

先王舊德在民心，著令稱忠上意深。（**錢陸燦眉**）典則。墮淚行看會祠下，挂名争欲刻碑陰。凄凉破屋塵凝座，憔悴雲孫雪滿簪。未信諸豪容郭解，却從他縣施千金。

次韻周開祖長官見寄

（**紀昀眉**）七言長律，少陵亦不能工，不作可也。

俯仰東西閲數州，老於岐路豈伶優。初聞父老推謝令，旋見兒童迎細侯。政拙年年祈水旱，民勞處處避嘲謳。河吞巨野那容塞，（**翁同書夾**）公在徐州事。盗入蒙山不易搜。（**翁同書夾**）公在密州事。仕道固應慚孔孟，扶顛未可責由求。（**蕭奇中夾**）亦用得妙。漸謀田舍猶懷禄，未脱風濤且傍洲。罔罔可憐真喪狗，時時相觸是虚舟。（**紀昀眉**）喪家之狗原有平、去二讀，如作平，則不協律；如作去，則刪去“家”字，殊不妥。竭來震澤都如夢，只有苕溪可倚樓。齋釀酸甜如蜜水，樂工零落似風甌。（**紀昀夾**）“甌”當作“漚”。遠思顔柳並諸謝，近憶張（**子野**）陳（**令舉**）與老劉（**孝叔**）。（**紀昀夾**）句法太率。（**查慎行評**）先生《雜記》云：“吾昔自杭移高密，與楊元素同舟，而陳令舉、張子野皆從吾過李公擇於湖州，遂與劉孝叔俱至松江。”憶昔三聯，公倅杭時與周邠同游徑山西湖事，詩散見集中。風定軒窗飛豹脚，雨餘欄檻上蝸牛。舊游到處皆蒼蘚，同甲惟君尚黑頭。憶昔湖山共尋勝，相逢杯酒兩忘憂。醉看梅雪清香過，夜棹風船駭汗流。百首共成山上集，三人俱作月中游。海南未起垂天翼，澗底仍依徑寸麻。（**紀昀夾**）“澗底”句未詳。（**翁同書夾**）謂周赴闕，仍出宰樂清。已許秋風歸過我，預憂詩筆老難酬。此生歲月行飄忽，晚節功名亦繆悠。犀首正緣無事飲，馮驩應爲有魚留。從今便踏青州麴,薄酒知君笑督郵。(**翁同書夾**)雙關語。

林子中以詩寄文與可及余與可既殁追和其韻

(**蕭奇中眉**)此老亦復爾爾,信乎《緇衣》《巷伯》之美千古。

斯人所甚厭,投畀每不受。欲其少須臾,奪去惟恐後。(**杭世駿眉**)予嘗有此疑,而造物每顛倒其用。(**蕭奇中夾**)真。(**紀昀眉**)起不醒豁,不免吃力之痕。云誰尸此職,無乃亦假守。賦才有巨細,無異斛與斗。胡不安其分,但聽物所誘。時來各飛動,意合無妍醜。(**翁同書眉**)罵盡熱中人。坐令雞棲車,長載朱伯厚。平生無一旅,既死吒萬口。(**翁同書夾**)[次公]言生雖□徒,而死則共惜也。自聞與可亡,胸臆生堆阜。懸知臨絶意,要我一執手。相望五百里,安得自其牖。(**蕭奇中夾**)傷極,痛極。遺文付來哲,後事待諸友。(**蕭奇中眉**)交誼、交情,驚慟欲隕。伶俜嵇紹孤,老病孟光偶。世人賤目見,争笑千金帚。君詩與楚詞,識者當有取。(**何焯眉**)讀《丹綗集》,乃知先生非阿所好。但知愛墨竹,(**蕭奇中夾**)"但知"二字誚世人。此嘆吾已久。(**何紹基乙眉**)與可至今不折者,墨竹也,豈可輕視。故人多厚禄,能復哀君否。不見林與蘇,飢寒自奔走。(**紀昀眉**)後半自沉著。(**翁同書旁**)此詩似香山。(**翁同書眉**)[合注]此詩作於元豐二年正月中,林希時謫監杭州樓店務,旋通判秀州,故結句云然。

與王郎昆仲及兒子邁繞城觀荷花登峴山亭晚入飛英寺分韻得月明星稀四首

(**查慎行評**)適字子立,過字子敏,皆從先生受業於湖。(**王文誥旁**)和陶之先聲也。

昨夜雨鳴渠,曉來風襲月。蕭然欲秋意,溪水清可啜。(**何焯眉**)清真自成家數,不襲陶韋,各臻其妙。環城三十里,(**潘奕雋夾**)繞城。處處皆佳絶。蒲蓮浩如海,時見舟一葉。(**紀昀夾**)此暗用漁父事,非寫景也。此間真避世,青蒻低白髪。相逢欲相問,已逐驚鷗没。(**紀昀眉**)忽作清音,却仍用本色,不規規於王孟之形模。(**毛西原眉**)紀云"忽作清音,却仍用本色,不規規於王孟形模"。又云"此暗用漁父事,非寫景也"。(**何紹基乙眉**)興到作。

清風定何物,可愛不可名。(**潘奕雋夾**)觀荷。所至如君子,(《**角山樓**》**評**)從"君子之德風"化出。草木有嘉聲。(**查慎行評**)先生自道也。(**蕭奇中夾**)用書不腐。(**何焯眉**)不甚著意,却亦瀟灑可愛,由其胸次無一點塵滓也。(**毛西原眉**)"清風"四句,亦"可愛不可名"。(《**角山樓**》**評**)起四語清雋有味。(**賴山陽評**)此等詩極清高者,"定何物"三字,若作"如君子",便俗陋。四句妙喻,非東坡不能言。我行本無事,孤舟任斜横。中流自偃仰,適與風相迎。舉杯屬浩渺,樂此兩無情。歸來兩溪間,(**查慎行評**)"兩溪",苕、霅也。雲水夜自明。(**何紹基乙眉**)寫風已妙,"雲水夜自明",尤妙無涯也。(**賴山陽評**)此中隱然見以清風自比也。

苕水如漢水,(**潘奕雋夾**)峴山。鱗鱗鴨頭青。吴興勝襄陽,萬瓦浮青冥。我非羊叔子,愧此峴山亭。悲傷意則同,歲月如流星。從我兩王子,高鴻插修翎。湛輩何足道,當以德自銘。

（**紀昀眉**）二首又以樸至勝。（**錢廷錦甲夾**）湛公竟附叔子傳矣，可相輕乎哉？（**劉辰翁評**）亦不問是峴山，不是只據自家。

吏民憐我懶，鬥訟日已稀。能爲無事飲，可作不夜歸。（**劉辰翁夾**）謂明月歸。（**何焯眉**）似學杜，却無吞剥之習。復尋飛英游，（**潘奕雋夾**）入寺。盡此一寸暉。（**蕭奇中夾**）興酣。撞鐘履聲集，顛倒雲山衣。我來無時節，杖屨自推扉。莫作使君看，外似中已非。（**蕭奇中夾**）可悟。（**何焯旁**）四詩何減太白。

【彙評】

汪師韓：此與《人皆苦炎分韻詩》體制不同，而精爽入神、虚月獨照，並是杜詩所云"炯如一段清冰出萬壑，置在迎風含露之玉壺"者也。

范大士：懶爲吏民所憐，而峴山中人尚以使君目之，故末句自明。視松間喝道，何啻床上下之分。

城南縣尉水亭得長字

（**紀昀眉**）東坡五言長律皆氣機流動，由其一筆寫出，不由堆砌而成。

兩尉鬱相望，東南百步場。揮旗蒲柳市，伐鼓水雲鄉。已作觀魚檻，仍開射鴨堂。（**翁同書夾**）切縣尉。全家依畫舫，（**蕭奇中夾**）好。極目亂紅妝。（**紀昀夾**）"紅妝"比蓮也。（**嚴虞惇眉**）似小杜。瀲瀲波頭細，疏疏雨脚長。我來閑濯足，溪漲欲浮床。澤國山圍裏，孤城水影傍。欲知歸路處，葦外聽風檣。（**查慎行評**）後四句入畫。

與胡祠部游法華山

(**紀昀眉**)二詩俱道緊。

波湖欲盡山爲界,始見寒泉落高派。道人未放泉出山,(**錢廷錦甲夾**)套數。(**蕭奇中夾**)勝山僧多矣。曲折虚堂瀉清快。(**《角山樓》評**)刻畫處不假煩言,最見筆妙。使君年老尚兒戲,緑棹紅船舞澎湃。一笑翻杯水濺裙,餘歡濯足波生隘。(**蕭奇中眉**)故妙,若非曲折虚堂,則住,泉爲俗事矣。長松攙天龍起立,蒼藤倒谷雲崩壞。仰穿蒙密得清曠,一覽震澤吁可怪。(**蕭奇中夾**)游山真境。(**何焯眉**)俯仰開展,心目豁然。誰云四萬八千頃,渺渺東盡日所曬。(**蕭奇中夾**)浩以大。(**翁同書眉**)何義門曰"可怪用《海賦》"。歸途十里盡風荷,(**蕭奇中夾**)妙。清唱一聲聞露薤。(**是日,樂工有作此聲者**。)(**紀昀夾**)倒押欠妥。(**趙次公夾**)挽歌有《蒿里》《薤露》之曲,言薤頭露也。今先生却壓"露薤"字,蓋緣杜詩有"盈筐承露薤"句也。嗟余少小慕真隱,白髮青衫天所械。(**《角山樓》評**)篇中初無深意,惟恃此清峭之句見長。忽逢佳士與名山,何異枯楊便馬疥。君猶鸞鶴偶飄墮,六翮如雲豈長鍛。不將新句紀兹游,恐負山中清净債。

【彙評】

汪師韓:揚袂風山,舉袖陰澤,"曲折清快"四字即可移以評此詩。

范大士:句意俱極工秀,且無删削之痕。

又次前韻贈賈耘老

(**何紹基乙眉**)次韻少味。

具區吞滅三州界,浩浩湯湯納千派。從來不著萬斛船,一葦漁舟恣奔快。仙壇古洞不可到,空聽餘瀾鳴湃湃。今朝偶上法華嶺,縱觀始覺人寰隘。山頭卧碣吊孤冢,下有至人僵不壞。空余白棘網秋蟲,無復青蓮出幽怪。(**事見本院碑**。)我來徙倚長松下,欲掘茯苓親洗曬。聞道山中富奇藥,往往靈芝雜葵薤。詩人空腹待黄精,生事只看長柄械。(**杜子美詩云:長鑱長鑱白木柄,我生托子以爲命**。)今年大熟期一飽,食葉微蟲真癬疥。(**賈云:今歲有小蟲食葉,不甚爲害**。)白花半落紫毬香,攘臂欲助磨鐮鎩。安得山泉變春酒,與子一洗尋常債。(**杭世駿眉**)押韻比前篇稍遜。

趙閲道高齋

(**何焯眉**)實係開闢,總一高脱。(**蕭奇中眉**)老其本事,雄奇軼超,一無晦舉。

見公奔走謂公勞,聞公隱退云公高。(**劉辰翁夾**)滔滔直下。公心底處有高下,夢幻去來隨所遭。不知高齋竟何義,此名之設緣吾曹。(**錢廷錦乙夾**)膚淺。公年四十已得道,俗緣未盡余伊皋。(**何焯眉**)閲道學佛。(**蕭奇中眉**)言之剴慷。功名富貴俱逆旅,黄金知繫何人袍。超然已了一大事,持冠而去真秋毫。坐看猿猱落罝罔,(**紀昀夾**)太詈傷雅。兩手未肯置所操。(**杭士駿眉**)譬妙。乃知賢達與愚陋,豈直相去九牛毛。長松百尺不自覺,(**查慎行評**)寫得"高"字出。(**翁同書夾**)借比喻托出"高"字。企而羡者蓬與蒿。(**蕭奇中眉**)善於立論。我欲贏糧往問道,未應舉臂辭盧敖。

【彙評】

汪師韓:“奔走”“隱退”二語道盡庸耳俗目矣。“超然已了一大事”者,謂與佛慧爲友也。“長松百尺”二句,借比喻托出“高”字,與前“不知高齋竟何義”句相叫應。

送俞節推(汝尚之子,汝尚字退翁)

(**潘奕雋眉**)蓋慨道同而不獲見也。曰“多良士”,曰“喪初心”,想見一時介甫之氣焰,而士君子介如石者之難得也。噫,可慨已。

吴興有君子,淡如朱絲琴。一唱三太息,至今有遺音。嗟余與夫子,相避如辰參。(**退翁官於蜀,余在京師,余歸而退翁去。及余官於吴興,則退翁亡矣。**)猶喜見諸郎,窈然清且深。異時多良士,末路喪初心。(**蕭奇中眉**)今之仕者半此,且不待末路也。(**翁同書眉**)爲同時功名之士發慨。我生不有命,其肯枉尺尋。(**紀昀眉**)後四句不甚分明。

次韻答孫侔

(**蕭奇中旁**)可想見侔之爲人。(**紀昀眉**)極寫傾倒之意。(**毛西原眉**)紀云“極寫傾倒之意。五句言孫以吴興人而家於楊。六句指買田泗上之事”。

十年身不到朝廷,欲伴騷人賦落英。但得低頭拜東野,不辭中路候淵明。(**王文誥夾**)自道湖守,却切定孫侔是湖人説,雖以淵明比孫侔,實以王弘自居也。次聯作用皆在上五字,其下二字,但借作使唤用耳。艤舟苕霅人安在，(**紀昀夾**)五句言孫以吴興人而家於楊。卜築江淮計已成。(**紀昀夾**)六句指買田泗上之事。千里論交一言足，與君蓋亦不須傾。(**蕭奇中夾**)“傾蓋”折得爽。(**翁同書旁**)[查注]孫侔與東坡初不相識，以詩寄坡，和云“與君蓋亦不須傾”，蓋翻案法也。(**毛西原眉**)重用“人”字，三“不”字，太不撿。

重寄一首

(**紀昀眉**)連用五人名，礙格。

凛然高節照時人，不信微官解浼君。蔣濟謂能來阮籍，薛宣直欲吏朱雲。好詩冲口誰能擇，俗子疑人未遣聞。乞取千篇看俊逸，不將輕比鮑參軍。(**蕭奇中夾**)高一層。

【彙評】

劉辰翁：鮑詩未見似此，但清媚耳。

次韻和劉貢甫登黄樓見寄並寄子由二首

(**何焯眉**)在杜與白之間。

清派連淮上，黄樓冠海隅。此詩尤偉麗，夫子計魁梧。(**劉爲人短小。**)世俗輕瑚璉，巾箱襲武夫。(**蕭奇中夾**)走對。(**翁同書眉**)《國策》“武夫”類玉。(**錢廷錦乙夾**)“武夫”即“碔砆”。坐令乘傳遽，奔走爲儲須。邂逅我已失，登臨誰與俱。貧貪倉氏粟，身聽冶家槱。會合難前定，歸休試後圖。腴田未可買，(**本欲買田於泗上,近已不遂矣。)窮鬼却須呼。二水何年到,雙洪不受艫。(**翁同書眉**)公有"試聽雙洪落後聲"句。至今清夜夢,飛轡策天吴。(**此詩寄劉。**)

與子皆去國,十年天一隅。數奇逢惡歲,計拙集枯梧。好士餘劉表,窮交憶灌夫。不矜持漢節,(**翁同書夾**)言貢父不以爲使自矜。猶許攬桓鬚。清句金絲合,高樓雪月俱。吟哦出新意,指畫想前樵。(**子由初赴南京,送之出東門,登城上,覽山川之勝,云此地可作樓觀,於是始有改築之意。**)自寫千言賦,新裁六幅圖。(**近以絹自寫子由《黄樓賦》爲六幅圖,甚妙。**)(**何焯眉**)蘇公作書亦用絹。傳看一坐聳,勸著尺書呼。(**何焯旁**)"呼"下脱一韻,他本亦然。莫使騷人怨,東游不到吴。(**此詩寄子由。**)

陳州與文郎逸民飲别攜手河堤上作此詩

白酒無聲滑瀉油,(**紀昀夾**)"滑瀉油"三字不雅。醉行堤上散吾愁。(**蕭奇中夾**)後三字老。春風料峭羊角轉,(**紀昀眉**)羊角乃旋飆之狀,與"春風料峭"不合。河水渺綿瓜蔓流。(**紀昀眉**)"角"字、"渺"字皆應平而仄,以次句"瓜"字應仄而平,雙救之,此唐人定格也。(**翁同書眉**)"料峭"疊韻,"邈綿"雙聲。君已思歸夢巴峽,我能未到説黄州。(**查慎行評**)退之詩"潮州未到我能説",先生借用此語。(**翁同書眉**)韓詩"潮陽未到吾能説"。此身聚散何窮已,未忍悲歌學楚囚。

【彙評】

劉辰翁:"瓜蔓"雖有出處,但作者之意,以其曲屈大小似瓜蔓,更覺縈帶洲渚耳。

子由自南都來陳三日而别

夫子自逐客，尚能哀楚囚。(**紀昀眉**)起二句施于兄弟不合，用於朋友則可。(**王文誥夾**)二語破涕爲笑，若得之於不意中者，然真乃張惶失措，不辨頭路時語也。公既就逮，家累方寄食於子由，至是子由坐罪，亦欲就道，真乃城門失火，殃及池魚之時。詩却以此十字，一齊卷過，下便自説自話矣。曉嵐謂"起二句施於兄弟不合，用於朋友則可"，此等見解，去蘇甚遠。奔馳二百里，徑來寬我憂。(**王文誥夾**)上二節，凡波及子由事，皆於一"寬"字了之。相逢知有得，道眼清不流。(**紀昀夾眉**)"道眼"句拙。别來未一年，落盡驕氣浮。(**紀昀夾**)"落盡"句亦拙。嗟我晚聞道，款啓如孫休。至言雖久服，放心不自收。(**蕭奇中夾**)真有此病？悟彼善知識，妙藥應所投。納之憂患場，磨以百日愁。冥頑雖難化，鐫發亦已周。平時種種心，次第去莫留。但餘無所還，永與夫子游。(**王文誥夾**)自"相逢知有得"句至此，爲中一大節，因數由以自鑒，故重言夫子以申明之，即宫師命名軾、轍之意也。(**何紹基乙眉**)近裹著已往往爲子由作此語，他人罕與同也。此别何足道，(**王文誥夾**)末節自道别後之我，亦以寬子由也。通篇悉出兄弟至情，移作他人兄弟不得，然非淺人之所知也。大江東西州。畏蛇不下榻，睡足吾無求。便爲齊安民，何必歸故丘。

【彙評】

劉辰翁：出獄兄弟初相見，耿耿不衰如此。

李鴻裔乙：觀《子由自南都來陳三日而别》一首，自省至矣。

正月十八日蔡州道上遇雪子由韻二首

蘭菊有生意，微陽回寸根。方憂集暮雪，復喜迎朝暾。(紀

昀夾）是憂患後語。憶我故居室，浮光動南軒。松竹半傾瀉，未數葵與萱。三徑瑶草合，一瓶井花温。（**紀昀夾**）"井花"當作"井華"。至今行吟處，尚餘履舄痕。一朝出從仕，永愧李仲元。晚歲益可羞，犯雪方南奔。山城買廢圃，槁葉手自掀。長使齊安人，指説故侯園。

鉛膏染髭鬚，旋露霜雪根。不如閉目坐，丹府夜自暾。（**紀昀夾**）"暾"字押得牽强。誰知憂患中，方寸寓羲軒。大雪從壓屋，我非兒女萱。（**紀昀夾**）"兒女萱"亦生造。平生學踵息，坐覺兩鐙温。下馬作雪詩，滿地鞭棰痕。（**劉辰翁夾**）十字甚豪。（**何焯眉**）跌宕。佇立望原野，悲歌爲黎元。道逢射獵子，遥指狐兔奔。蹤迹尚可尋，窟穴何足掀。（**蕭奇中眉**）皆有寓。寄謝李丞相，吾將反丘園。（**劉辰翁旁**）此李丞相殊模糊。（**紀昀眉**）"大雪"二句、"蹤迹"二句皆寓言也。

過新息留示鄉人任師中（任時知瀘州，亦坐事對獄）

（**翁同書眉**）師中以獄事未歸，故云"留示"。

昔年嘗羡任夫子，卜居新息臨淮水。（**翁同書夾**）嘗爲新息令買田而居。怪君便爾忘故鄉，稻熟魚肥信清美。竹陂雁起天爲黑，（**小竹陂在縣北。**）桐柏煙横山半紫。（**桐柏廟在縣南。**）（**紀昀夾**）"竹陂"二句，寓言任之獄事，以"雁"與"煙"比小人也，然其意不甚警切。知君坐受兒女困，（**孫顒元校録**）引王式事，本不切，人誤以前漢作後漢。附見王十朋集注本。悔不先歸弄清泚。塵埃我亦失收身，此行蹭蹬尤可鄙。寄食方將依白足，附書未免煩黄耳。往雖不及來有年，詔恩倘許歸田里。却下關山入蔡州，爲買烏犍三百尾。(**黄州出水牛。**)(**紀昀眉**)此却得體。

【彙評】

劉辰翁:開口别致。

過 淮

(**翁同書眉**)遷謫之感,凄然言下。

朝離新息縣,初亂一水碧。暮宿淮南村,已渡千山赤。(**蕭奇中夾**)程行爽致。麏鼯號古戍,霧雨暗破驛。回頭梁楚郊,永與中原隔。(**紀昀夾**)沉痛語不在深。黄州在何許,想像雲夢澤。(**查慎行評**)杜牧之齊安郡詩"雲夢澤南州",蓋黄州在雲夢之南也。(**何紹基乙眉**)黄州何至於此,此處謫人心中語耳。吾生如寄耳,初不擇所適。但有魚與稻,生理已自畢。(**蕭奇中夾**)知命之言。獨喜小兒子,少小事安佚。(**紀昀眉**)"生理"句已可住,贅以"小兒子"一段,覺少味少力。相從艱難中,肝肺如鐵石。便應與晤語,何止寄衰疾。(**時家在子由處,獨與兒子邁南來。**)

【彙評】

劉辰翁:超然物外,自喻其適。

汪師韓:不必作坐愁行嘆語,但寫荒凉景色,而遷謫之感已是凄然言下矣。

書麐公詩後(並叙)

過加禄鎮南二十五里大許店,休焉於逆旅祁宗祥家。見壁上有幅紙題詩云:"滿院秋光濃欲滴,老僧倚杖青松側。只怪高聲問不應,瞋余踏破蒼苔色。"其後題云"滏水僧寶𪪭"。宗祥謂余,此光黄間狂僧也。年百三十,死於熙寧十年,既死,人有見之者。宗祥言其異事甚多。作是詩以識之。𪪭公本名清戒,俗謂之戒和尚云。

𪪭公昔未化,來往淮山曲。壽逾兩甲子,氣壓諸尊宿。但嗟濁惡世,不受龍象蹴。我來不及見,悵望空遺躅。霜顱隱白毫,鎖骨埋青玉。皆云似達摩,只履還天竺。壁間餘清詩,字勢頗拔俗。爲吟五字偈,一洗凡眼肉。

游净居寺(並敘)

(**何紹基乙眉**)詩真則免淺淺。

净居寺,在光山縣南四十里大蘇山之南、小蘇山之北。寺僧居仁爲余言:齊天保中,僧思惠過此,見父老問其姓,曰蘇氏,又得二山名。乃嘆曰:吾師告我,遇三蘇則住。遂留結庵,而父老竟無有,蓋山神也。其後僧智凱見思於此山而得法焉,則世所謂思大和尚、智者大師是也。唐神龍中,道岸禪師始建寺於其地,廣明庚子之亂,寺廢於兵火,至乾興中乃復,而賜名曰梵天云。(**何焯眉**)好爲神奇之説,才人本色。

十載游名山,自製山中衣。(**劉辰翁夾**)意好。願言畢婚嫁,攜手老翠微。不悟俗緣在,失身蹈危機。刑名非夙學,陷阱損積威。(**錢廷錦乙眉**)[王十朋注]今以"威約"連讀,非是。遂恐死生隔,永與雲山違。(**紀昀夾**)頓挫好。(**毛西原眉**)紀云"頓挫好"。今日復何日,芒鞋自輕飛。稽首兩足尊,舉頭雙涕揮。(**蕭奇中夾**)有感。(**紀昀眉**)是憂患後語。(**毛西原眉**)紀云"是憂患後語"。靈山會未散,八部猶光輝。願從二聖往,一洗千劫非。(**王文誥夾**)以上一節，乃憂患以後之我也。公自是進於德矣。徘徊竹溪月，空翠摇煙霏。鐘聲自送客，(**蕭奇中夾**)静極。出谷猶依依。(**蕭奇中夾**)妙。回首吾家山，歲晚將焉歸。(**紀昀眉**)結得綿邈。(**毛西原眉**)紀云“結得綿邈”。(**王文誥夾**)雖補游事，而終以回首之詞，蓋仍以起作歸結也。(**《角山樓》評**)情景相融，語意流動。

【彙評】

劉辰翁：此詩凄然，感蘇氏而作，如對父兄。

毛西原：五排對，有局法，亦清老。

梅花二首

(**紀昀眉**)以梅自比。

春來幽谷水潺潺，的皪梅花草棘間。(**紀昀夾**)“的皪”二字入絶句，不配色。一夜東風吹石裂，(**張廷濟眉**)二十一卷《正月二十日往岐亭》詩注，次公引此作“吹石裂”。附：或作“破石裂”。半隨飛雪渡關山。(**何焯眉**)清響。

何人把酒慰深幽，開自無聊落更愁。幸有清溪三百曲，(**紀昀眉**)從“落”字生情，奇幻。(**毛西原眉**)紀云“從‘落’字生情，奇幻”。不辭相送到黄州。(**蕭奇中夾**)花送。(**紀昀眉**)前首借喻，此首説明，章法不苟。(**翁同書旁**)紀評三、四從上“落”字，生情奇幻。

【彙評】

汪師韓：撫琴動操，衆山皆響，前作有焉；詞若未至，意已獨往，後作有焉。

戲作種松

(紀昀眉)緣是松詩,故不嫌于章咒氣,若作道家詩,用此種字句便可厭。

我昔少年日,種松滿東岡。初移一寸根,瑣細如插秧。二年黄茅下,一一攢麥芒。三年出蓬艾,滿山散牛羊。不見十餘年,想作龍蛇長。夜風破浪碎,朝露珠璣香。我欲食其膏,已伐百本桑。**(煮松脂法,用桑柴灰水。)**人事多乖迕,神藥竟渺茫。**(何紹基乙眉)**戲意。朅來齊安野,夾路鬚髯蒼。會開龜蛇窟,不惜斤斧瘡。**(孫原湘夾)**"瘡"當作"創"。縱未得茯苓,且當拾流肪。釜盎百出入,皎然散飛霜。**(查慎行評)**此言煮松脂法。**(翁同書夾)**此言煮松脂之法。槁死三彭仇,澡換五穀腸。青骨凝緑髓,丹田發幽光。白髮何足道,要使雙瞳方。却後五百年,騎鶴還故鄉。**(紀昀眉)**雙結完密。**(翁同書眉)**查云《雲笈七籤》"養生家有服脂法",此詩後半首本此。**(何紹基乙眉)**何相期之遠也,恐松不待公矣。

萬松亭(並叙)

麻城縣令張毅,植萬松于道周以芘行者,**(蕭奇中夾)**是令。且以名其亭。去未十年,而松之存者十不及三四。傷來者之不嗣其意也,故作是詩。

十年栽種百年規,好德無人助我儀。**(古語云)**一年之計,樹之以穀;十年之計,樹之以木;百年之計,樹之以德。**(紀昀眉)**腐氣太甚。縣令若同倉庾氏,亭松應長子孫枝。**(蕭奇中眉)**仁言可刓。**(何紹基乙眉)**句外之意。天公不救斧斤厄,野火解憐冰雪姿。**(何**

紹基乙眉）"解憐"言不解憐也。爲問幾株能合抱，殷勤記取角弓詩。（蕭奇中夾）自譽係之。（蕭奇中眉）非自譽也，欲來者知我作詩意也。

張先生（並叙）

先生不知其名，黄州故縣人，本姓盧，爲張氏所養。陽狂垢污，寒暑不能侵，常獨行市中，夜或不知其所止。往來者欲見之，多不能致，余試使人召之，欣然而來。既至，立而不言，與之言不應，使之坐不可，但俯仰熟視傳舍堂中，久之而去。（蕭奇中夾）奇。夫孰非傳舍者，是中竟何有乎？然余以有思惟心追躡其意，蓋未得也。

熟視空堂竟不言，（蕭奇中夾）妙。故應知我未天全。（蕭奇中眉）恍惚可求。肯來傳舍人皆説，能致先生子亦賢。（蕭奇中夾）妙。脱屣不妨眠糞屋，流澌争看浴冰川。（紀昀眉）五、六太俗。（紀昀評）五、六太鄙。士廉豈識桃椎妙，妄意稱量未必然。

陳季常所蓄朱陳村嫁娶圖

（紀昀眉）二首皆淺直。

何年顧陸丹青手，畫作《朱陳嫁娶圖》。聞道一村惟兩姓，不將門户買崔盧。

我是朱陳舊使君，（朱陳村，在徐州蕭縣。）勸耕曾入杏花村。而今風物那堪畫，縣吏催錢夜打門。（蕭奇中夾）傷哉。（趙翼評）反托一筆，無限神往。

少年時嘗過一村院見壁上有詩云夜凉疑有雨院静似無僧不知何人詩也宿黄州禪智寺寺僧皆不在夜半雨作偶記此詩故作一絶

佛燈漸暗飢鼠出，山雨忽來修竹鳴。知是何人舊詩句，（**紀昀眉**）第三句突出無根，若非題目分明，則上二句似是舊句矣。已應知我此時情。（**蕭奇中夾**）申得出。（**何紹基乙眉**）偏有致。

【彙評】

劉辰翁：具眼一見拈出又別。

查慎行：此詩全首載《宋文鑒》中，乃潘閬《夏日宿西禪寺》詩。

汪師韓：境真則情味自深，欷歔欲絶。

《**唐宋詩醇**》：壁上之詩，乃潘閬所作。潘閬《夏日宿西禪寺題》曰："此地絶炎蒸，深疑到不能。夜凉知有雨，院静若無僧。枕潤連雲榻，窗明照佛燈。浮生多賤骨，時日恐難勝。"詩見《宋文鑒》。今注蘇詩者，多未引及此。

初到黄州

（**何焯旁**）學白公而無其光焰。（**紀昀眉**）此却和平。（**毛西原眉**）紀云"此却和平"。（**紀昀評**）東坡詩多傷激切。此雖不免兀傲，而尚不甚礙和平之音。

自笑平生爲口忙，老來事業轉荒唐。長江繞郭知魚美，好竹連山覺筍香。（**譚元春評**）"魚美""筍香"俱未嘗實歷，所以二語好。（**毛西原眉**）"長江"聯，對句秀，"郎"韻亦新。逐客不妨員外置，詩人例作水曹郎。(**翁同書眉**)杜子美工曹,其餘何遜、張籍、孟賓于三人皆水部。(**何焯眉**)歐蘇皆如此。只慚無補絲毫事,(**何焯夾**)雙收。(**翁同書旁**)元豐二年冬,責授檢校尚書水部員外郎,黄州團練副使,本州安置,故有五、六、七句。尚費官家壓酒囊。(**檢校官例折支,多得退酒袋。**)(**查慎行乙眉**)結句元注自不可删語,有蘇集,觀者自考之。(**紀昀評**)末句本集自有注,不載則此句不明。

【彙評】

方回:東坡元豐二年冬,責授檢校水部員外郎黄州團練副使,本州安置,明年二月到郡。何遜、張籍、孟賓于三詩人皆水部。

劉弘:先生以詩貶酒官。

汪師韓:因江而知魚美,見竹而覺筍香,確是初到情景。員外水曹郎則新授頭銜也。末句承腹聯説下,亦是初任事之詞。

王文濡:軾以詩得罪,即吴充亦謂不能無觖望。今觀此詩,似不失素位而行之意。

定惠院寓居月夜偶出

(**紀昀眉**)句句對仗,於後世爲别調。然却是齊梁、唐人之舊格。

幽人無事不出門,偶逐東風轉良夜。參差玉宇飛木末,(**紀昀夾**)用翟天師事,則玉宇説飛亦可,然究未妥也。(**何紹基乙眉**)起便幽逸,"玉宇"蓋指寺樓高處。繚繞香煙來月下。江雲有態清自媚,竹露無聲浩如瀉。(《**角山樓**》**評**)寫景極煉極雅。已驚弱柳萬絲垂,尚有殘梅一枝亞。清詩獨吟還自和,白酒已盡誰能借。不辭青春忽忽過,但恐歡意年年謝。(**蕭奇中夾**)可傷。自知醉耳愛松風，會揀霜林結茅舍。浮浮大甑長炊玉，(《**角山樓**》**評**)此下皆是設想之辭。溜溜小槽如壓蔗。飲中真味老更濃，醉裏狂言醒可怕。(**蕭奇中眉**)深於閱世，深於刻己。(**何焯眉**)深於憂患，乃能作此種語。(**毛西原眉**)"怕"韻新警。但當謝客對妻子，倒冠落佩從嘲罵。(**紀昀眉**)查云"兩篇曲折清真，自作風格，與《定惠院海棠》詩各極其妙"，良是。至謂"不知有漢，無論六朝、三唐"，則未免太過。(**毛西原眉**)紀云"句句對仗，於後世爲别調。然却是齊梁、唐人之舊格。查云'兩篇曲折清真，自作風格，與《定惠院海棠》詩各極其妙'，良是。至謂'不知有漢，無論六朝、三唐'，則未免太過"。《定惠院海棠》詩勝此。

【彙評】

劉辰翁：真景真情。

查慎行：兩篇(按：指本首與下一首。)曲折清真，自作風格，不知漢魏，何論六朝、三唐。與《定惠院海棠》各極其妙，即在先生集中亦不易多得。後人不自揣量，乃有次韻追和者，無羞惡之良者也。

汪師韓：清游勝賞，一往作氣象澄鮮之語，忽念及歡意日謝，又説到"醉裏狂言醒可怕"，謫居中情緒若揭。

趙翼：聯偶只如單行，通首無一弱筆，是坡公獨擅處。

次韻前篇

(**蕭奇中旁**)前首清永，此首更爲俯仰。(**蕭奇中眉**)淒清孤緒，繾綣愁懷，句士杯人，不知一二。(**紀昀眉**)清峭不減前篇。(**毛西原眉**)兩押"怕"字，皆新，亦排對。

去年花落在徐州，對月酣歌美清夜。(**去年徐州花下對月，與**

張師厚、王子立兄弟飲酒，作蘋字韻詩。）（劉辰翁夾）必"流水涵青蘋"之句也，自喜故自注。（蕭奇中夾）起致離騷。今年黄州見花發，小院閉門風露下。萬事如花不可期，餘年似酒那禁瀉。（劉辰翁夾）只此兩句，便足筆力。（蕭奇中夾）俱妙。（錢廷錦乙眉）好句。憶昔還鄉溯巴峽，落帆樊口（在黄州南岸。）高桅亞。長江袞袞空自流，白髮紛紛寧少借。竟無五畝繼沮溺，空有千篇凌鮑謝。至今歸計負雲山，未免孤衾眠客舍。（毛西原眉）紀云"清峭不減前篇"。少年辛苦真食蓼，老景清閑如啖蔗。（錢廷錦乙眉）好。飢寒未至且安居，（蕭奇中眉）真極。憂患已空猶夢怕。（蕭奇中眉）二"怕"字押得真竦。（毛西原眉）兩押"怕"字，皆新，亦排對。穿花踏月飲村酒，免使醉歸官長罵。（何焯眉）次韻只如白話，曲折任意，却字字俱出爐鞲，覺長慶二公未免淺率爾。

【彙評】

汪師韓：字字熔煉而出，"食蓼""啖蔗"，尤爲見道之言。次韻較原作爲更創獲。長慶因繼松陵，倡和猶當遜謝，何況餘子。

安國寺浴

老來百事懶，身垢猶念浴。衰髮不到耳，尚煩月一沐。（查慎行評）故用閑筆鋪襯，從少陵"眼復及時暗"句得來。（蕭奇中夾）兼得，妙。山城足薪炭，煙霧蒙湯谷。塵垢能幾何，翛然脱羈梏。披衣坐小閣，散髮臨修竹。心困萬緣空，身安一床足。豈惟忘净穢，兼以洗榮辱。默歸毋多談，此理觀要熟。

安國寺尋春

卧聞百舌呼春風,起尋花柳村村同。城南古寺修竹合,小房曲檻欹深紅。(**紀昀眉**)起有神致。(**毛西原眉**)紀云"起有神致"。(**方東樹評**)起超妙。看花嘆老憶年少,對酒思家愁老翁。(**蕭奇中夾**)三折,妙。(**查慎行評**)每句作三折。(**何焯眉**)每句中有三折。病眼不羞雲母亂,鬢絲强理茶煙中。遥知二月王城外,(**方東樹評**)"遥知"數句妙,有情。玉仙洪福花如海。薄羅匀霧蓋新妝,快馬争風鳴雜佩。(**毛西原眉**)"薄羅"一聯亦麗。玉川先生真可憐,一生耽酒終無錢。病過春風九十日,獨抱添丁看花發。(**紀昀眉**)以後半篇文意推之,題下當有寄某人或懷某人字,東坡此時惟一子邁隨行,無所謂"抱添丁"也。(**毛西原眉**)紀云"以後半篇文意推之,題下當有寄某人或懷某人字,東坡此時惟一子邁隨行,無所謂'添丁'"。

【彙評】

汪師韓:《尋春》寫爛漫之景宜也,乃因看花而嘆老,因嘆老而憶年少,又因對酒而思家,因思家而愁老翁,一句三折筆,璀璨處正爾含毫邈然。

寓居定惠院之東雜花滿山有海棠一株土人不知貴也

(**蕭奇中旁**)惜哉。(**蕭奇中眉**)穠豔幽芬,簾前酒次,唱一而嘆三矣。(**杭世駿眉**)杜意學韓之作,勁氣不及。(**紀昀眉**)純以海棠自寓,風姿高秀,興象深微,後半尤煙波跌宕,此種真非東坡不能,東坡非一時興到亦不能。(**賴山陽評**)"不知貴"此三字,此詩之所以作。當時滿朝公卿,猶"雜花滿山"。偶有海棠一株,空使在山谷間,是此詩之寓意,而讀者在以意迎之耳。一韻到底,無一字强押,是作者極力者。後世於坡公真迹中，往往有書此詩，蓋屬其得意作。

江城地瘴蕃草木，只有名花苦幽獨。嫣然一笑竹籬間，(**蕭奇中夾**)天寒翠袖薄。桃李漫山總粗俗。(《**角山樓**》**評**)二語寫絶。也知造物有深意，故遣佳人在空谷。自然富貴出天姿，不待金盤薦華屋。朱唇得酒暈生臉，翠袖卷紗紅映肉。(**譚元春評**)中郎極賞"朱唇""翠袖"二語，以爲海棠寫真。予謂此詩可選，别有氣格，似不盡此二語。(**蕭奇中夾**)妙。(**蕭奇中眉**)形容盡態。(**何焯夾**)欠超脱。(《**角山樓**》**評**)比例恰切海棠，餘花移掇不去。(**賴山陽評**)極形容海棠。林深霧暗曉光遲，日暖風輕春睡足。(**蕭奇中夾**)妙。(**賴山陽評**)乃"雜花滿山"之意。雨中有淚亦悽愴，月下無人更清淑。(**蕭奇中夾**)妙。(**何焯眉**)已攝海棠魂魄矣，後人即竭數十百言，且罄十斛脂粉，不能形容萬一也。先生食飽無一事，(**蕭奇中夾**)一開得致。散步逍遥自捫腹。(**查慎行評**)讀前半竟似海棠曲矣，妙在"先生飽食"一轉。此種詩境，從少陵《樂游園歌》得來，遇其神理而化其畛畦，斯爲千古絶作。(**錢廷錦乙夾**)習氣來了。(《**角山樓**》**評**)先寫題面，後入議論，詩境之常，佳處自在善於生情，工於用筆。若《樂游園歌》格意，絶不相類，不知查氏何以云然。(**賴山陽評**)二句不關題，是大家手段。不問人家與僧舍，拄杖敲門看修竹。忽逢絶豔照衰朽，嘆息無言揩病目。陋邦何處得此花，無乃好事移西蜀。(**蕭奇中眉**)每于深山寂境，忽有所逢，神爲黯黯。(**趙翼批**)觸動所思。寸根千里不易到，銜子飛來定鴻鵠。(《**角山樓**》**評**)人與花綰結，發論極有情思。天涯流落俱可念，(**蕭奇中夾**)關情傷魄。(《**角山樓**》**評**)一語雙鎖。(**賴山陽評**)歸到自己身上。爲飲一樽歌此曲。明朝酒醒還獨來，雪落紛紛那忍觸。(**何紹基乙眉**)波瀾妙逸。(**翁同書眉**)[查注]《詩人玉屑》云"東坡《海棠》詩，辭格超逸，不復蹈襲前人，平生喜爲人寫人間刊名者，自有五六本，蓋先生生平得意詩也"。(**賴山

陽評)添此二句尤妙。

【彙評】

劉辰翁:賦物語不須多,妙在情思曲折隱映,海棠千年,不復有此,可以愧嘆。

汪師韓:"朱唇"二句繪其態,"林深"二句傳其神,"雨中"二句寫其韻,不染鉛粉,不涉描摹,乃得是追魂攝魄之筆。倘中無寫發而但一味作嘆息流落之詞,豈復有此猋絶焕炳。

次韻樂著作野步

老來幾不辨西東,秋後霜林且强紅。眼暈見花真是病,耳虚聞蟻定非聰。酒醒不覺春强半,睡起常驚日過中。(**蕭奇中夾**)老况。植杖偶逢爲黍客,披衣閑詠舞雩風。仰看落蕊收松粉,俯見新芽摘杞叢。楚雨還昏雲夢澤,吴潮不到武昌宫。(**黄州對岸武昌縣,有孫權故宫。**)廢興古郡詩無數,寂寞閑窗易粗通。解組歸來成二老,風流他日與君同。

【彙評】

劉辰翁:好詩。

二月二十六日雨中熟睡至晚强起出門

(**蕭奇中夾**)真有此。還作此詩意思殊昏昏也(**蕭奇中眉**)予生平最懼雨中熟睡,必痛飲大醉,神情今古無二。

卯酒困三杯，午餐便一肉。雨聲來不斷，睡味清且熟。昏昏覺還卧，輾轉無由足。强起出門行，孤夢猶可續。（**蕭奇中夾**）酣。泥深竹雞語，村暗鳩婦哭。明朝看此詩，睡語應難讀。

【**彙評**】

李鴻裔乙：極寫謫居之無聊，不涉怨怒，斯爲詩人之詩。

雨晴後步至四望亭下魚池上遂自乾明寺前東岡上歸二首

雨過浮萍合，蛙聲滿四鄰。（《**角山樓**》**評**）自在流出。海棠真一夢，梅子欲嘗新。拄杖閑挑菜，鞦韆不見人。殷勤木芍藥，獨自殿餘春。（**紀昀夾**）寓意遲暮。（**紀昀眉**）格在唐宋之間。

高亭廢已久，下有種魚塘。暮色千山入，春風百草香。市橋人寂寂，古寺竹蒼蒼。鸛鶴來何處，號鳴滿夕陽。（**紀昀夾**）亦是寓意羈旅。（**紀昀眉**）此首純乎杜意，結尤似。末聯寓意羈孤。

雨中看牡丹三首

（**何焯旁**）每首轉接妙。（**紀昀眉**）三首一氣相生。（**翁同書眉**）首作句句有雨在，次言明日，三首言後日，又從雨中想雨後之景。（**賴山陽評**）此等詩，東坡中一種出色極細膩清高者，所謂大家無不有者。

霧雨不成點，（**賴山陽評**）自“雨”下筆，便不凡。映空疑有無。時於花上見，的皪走明珠。（**紀昀夾**）“走”字似荷葉矣，作“落”字、“綴”字即得。秀色洗紅粉，暗香生雪膚。（**紀昀夾**）此句不似雨中。黄昏更蕭瑟，頭重欲相扶。（**蕭奇中夾**）肖。（**何焯眉**）“頭重”仍帶雨，故妙。(**紀昀夾**)景真而語不雅。(**賴山陽評**)絶妙形容。

明日雨當止，晨光在松枝。清寒入花骨，肅肅初自持。午景發穠麗，(**查慎行丙評**)施氏原注："'午景發秾豔'，集本作'秾麗'，今從墨迹。"一笑當及時。(**查慎行評**)兩句一轉，化板爲活。依然暮還斂，亦自惜幽姿。(**蕭奇中夾**)誰借花自惜也。(**賀裳夾**)《雨中看牡丹》詩，"依然暮還斂，亦自惜幽姿"二句，尤有雅人深致。(**何焯眉**)盡日看花，確有變態，然非静裏不能會心也。(**李鴻裔乙評**)"清寒"以下六句，從朝寫至暮，五、六非轉也。

幽姿不可惜，後日東風起。酒醒何所見，金粉抱青子。千花與百草，共盡無妍鄙。未忍污泥沙，牛酥煎落蕊。

【**彙評**】

劉辰翁：看牡丹法當在午前，過午則離披矣。

汪師韓：首作句句有雨在，次作言明日，三作言後日，又從雨中而想雨後之景，出奇無窮。

《**唐宋詩醇**》：層見疊出，章法如列眉。

次韻樂著作送酒

少年多病怯杯觴，老去方知此味長。萬斛羈愁都似雪，一壺春酒若爲湯。(**紀昀夾**)太凡鄙。

次韻樂著作天慶觀醮

(**紀昀眉**)有江湖魏闕之感，然語意淺薄。

濁世紛紛肯下臨，夢尋飛步五雲深。無因上到通明殿，只許微聞玉佩音。

王齊萬秀才寓居武昌縣劉郎洑正與伍洲相對伍子胥奔吴所從渡江也

（**何紹基乙眉**）寫出豪致。

君家稻田冠西蜀，擣玉揚珠三萬斛。塞江流柹起書樓，碧瓦朱欄照山谷。傾家取樂不論命，（**紀昀夾**）後三字太重。散盡黄金如轉燭。惟餘舊書一百車，方舟載入荆江曲。（**陳仁錫眉**）大言。江上青山亦何有，（**蕭奇中夾**）慣用此三字。伍洲遥望劉郎藪。明朝寒食當過君，請殺耕牛壓私酒。（**錢廷錦乙眉**）改湊不妥。（**紀昀夾**）"殺耕牛"語屢見，究非情事。與君飲酒細論文，酒酣訪古江之濆。仲謀公瑾不須吊，（**翁同書夾**）切劉郎洑。一酹波神英烈君。（**杭州伍子胥廟封英烈王。**）（**紀昀眉**）結句寓慨，徒取"忠而見謗"耳，其實無味。（**翁同書夾**）切伍洲。

【彙評】

劉辰翁：人事變態，江山俯仰，可歌可哭，而不囁嚅。

杜沂游武昌以酴醾花菩薩泉見餉二首

（**紀昀眉**）一首以幻語生波，一首以議論見意，章法不苟。

酴醾不争春，寂寞開最晚。（**紀昀眉**）移空作有，東坡慣法。

(**翁同書眉**)"酴醿"本酒名,以花顔色似之,故名。青蛟走玉骨,羽蓋蒙珠幰。不妝豔已絶,無風香自遠。淒凉吴宫闕,(**蕭奇中夾**)幻造。紅粉埋故苑。至今微月夜,笙簫來絶巘。(**蕭奇中眉**)詩人之想,詩人之筆。(**紀昀夾**)"至今"二句可删。餘妍入此花,(**蕭奇中夾**)緊接此句便奇妙。(《**角山樓**》**評**)入此生情,方不寂寞。千載尚清婉。怪君呼不歸,定爲花所挽。昨宵雷雨惡,花盡君應返。(**紀昀眉**)趁手生情,借作縮結,用筆靈便之至。

君言西山頂,自古流白泉。上爲千牛乳,下有萬石鉛。不愧惠山味,但無陸子賢。願君揚其名,庶托文字傳。寒泉比起士,(**蕭奇中夾**)佳。清濁在其源。不食我心惻,(《**角山樓**》**評**)語見身分。於泉非所患。(**蕭奇中夾**)説泉有品。(**何紹基乙眉**)語妙平淡。嗟我本何有,虚名空自纏。不見子柳子,餘愚污溪山。(**蕭奇中眉**)柳子何以爲情。(**李鴻裔乙評**)後八句對"願君揚其名"發論。

陳季常自岐亭見訪郡中及舊州諸豪争欲邀致之戲作陳孟公詩一首

(**紀昀眉**)太涉輕薄,便非詩品。

孟公好飲寧論斗,醉後關門防客走。不妨閑過左阿君,百謫終爲賢太守。老居閭里自浮沉,笑問伯松何苦心。忽然載酒從陋巷,爲愛揚雄作酒箴。長安富兒求一過,千金壽君君笑唾。汝家安得客孟公,從來只識陳驚座。

卷十二

詩四十九首

游武昌寒溪西山寺

（紀昀眉）平叙而自然清脱。

連山蟠武昌，翠木蔚樊口。我來已百日，欲濟空搔首。坐看鷗鳥没，夢逐麏麚走。今朝横江來，一葦寄衰朽。高談破巨浪，飛屨輕重阜。**（蕭奇中夾）**五字備一首。去人曾幾何，絶壁寒溪吼。風泉兩部樂，松竹三益友。徐行欣有得，芝术在蓬莠。西上九曲亭，衆山皆培塿。却看江北路，雲水渺何有。**（蕭奇中眉）**風茫。離離見吴宫，莽莽真楚藪。空傳孫郎石，無復陶公柳。**（何紹基乙眉）**夾入吴、楚、孫、陶，都有生趣。爾來風流人，惟有漫浪叟。買田吾已決，乳水况宜酒。所須修竹林，深處安井臼。**（蕭奇中夾）**不俗。相將踏勝絶，更裹三日糗。**（紀昀眉）**宕過一層作結，便不板滯。

武昌銅劍歌（並叙）

（紀昀眉）此與《醉道士石》詩同一運意，皆討巧省力之法，彼只成游戲小品,而此能不失詩格者,賴有一結耳。

供奉官鄭文,嘗官於武昌。江岸裂,出古銅劍,文得之以遺余。冶鑄精巧,非鍛冶所成者。(**何焯眉**)駕虚鑿空,神奇怪變,狀物之工極矣。使盧仝、馬異爲之,一味險艱,去題萬里,那得親切有味如此。

雨餘江清風卷沙,雷公躡雲捕黄蛇。(**杭世駿眉**)只似敷衍《廣異記》一事,後路稍薄語,當以爲坡有高才而不耐思,非肆爲詆呵也。(**《角山樓》評**)絶妙運用,確切"銅劍"。觀紀氏所評,或誤認爲憑空撰出耳。蛇行空中如枉矢,電光煜煜燒蛇尾。或投以塊鏗有聲,雷飛上天蛇入水。水上青山如削鐵,神物欲出山自裂。細看兩肋生碧花,猶是西江老蛟血。(**《角山樓》評**)語亦警策。蘇子得之何所爲,蒯緱彈鋏詠新詩。君不見凌煙功臣長九尺,腰間玉具高拄頤。

【彙評】

查慎行:一意盤旋,句句靈變。

汪師韓:文之奇偉怪譎,固由才思天成,然無根之談,作者弗尚。故世謂杜詩韓筆無一字無來歷也。即如此篇,全是《廣異記》來,加之熔煉,遂成奇光異彩,豈後人臆説者所能仿佛其萬一?

方東樹:奇妙不減昌谷。

李鴻裔乙:用《廣異記》敷佐成篇。

賴山陽:世服蘇之廣長舌,不知其收舌不盡展者更好。……《謝銅劍》……皆豐約合度,姿態可觀。

定惠顒師爲余竹下開嘯軒

(**紀昀眉**)奇姿超妙,一掃恒蹊。

啼鴂催天明,喧喧相詆譙。暗蛩泣夜永,唧唧自相吊。飲風蟬至潔,長吟不改調。食土蚓無腸,亦自終夕叫。鳶貪聲最鄙,鵲喜意可料。皆緣不平鳴,慟哭等嬉笑。(**《角山樓》評**)鋪排之後,須有此扼要語。阮生已粗率,孫子亦未妙。(**蕭奇中夾**)好。(**紀昀眉**)"阮生"二句亦可省。道人開此軒,清坐默自照。(**《角山樓》評**)爲"嘯"字略作點綴。衝風振河海,不能號無竅。累盡吾何言,風來竹自嘯。(**查慎行評**)一派悟境。(**何焯眉**)末句點"嘯"字。(**《角山樓》評**)翻轉作結,妙甚。末句亦天然關合。

【彙評】

李鴻裔乙:與韓退之《送孟郊序》同意。

石　芝(並叙)

元豐三年五月十一日癸酉,夜夢游何人家,開堂西門有小園古井,井上皆蒼石,石上生紫藤如龍蛇,枝葉如赤箭。主人言,此石芝也。余率爾折食一枝,衆皆驚笑,其味如雞蘇而甘,明日作此詩。

空堂明月清且新,幽人睡息來初勻。了然非夢亦非覺,有人夜呼祁孔賓。披衣相從到何許,朱欄碧井開瓊户。忽驚石上堆龍蛇,玉芝紫筍生無數。鏘然敲折青珊瑚,味如蜜藕和雞蘇。主人相顧一撫掌,滿堂坐客皆盧胡。亦知洞府嘲輕脱,終勝嵇康羨王烈。(**蕭奇中夾**)妙。神山一合五百年,風吹石髓堅如鐵。(**紀昀眉**)亦頗賴此一結。

今年正月十四日與子由别於陳州五月子由復至齊安未至以詩迎之

(蕭奇中夾)題亦愴甚。

驚塵急雪滿貂裘,**(蕭奇中夾)**淋淋漓漓。淚灑東風別宛丘。**(蕭奇中夾)**不復人間。又向邯鄲枕中見,却來雲夢澤南州。**(杭世駿眉)**第四句不對,貪用成語,而律終疏。**(紀昀夾)**"州"字不對"見"字。暌離動作三年計,**(翁同書眉)**"暌離"句言前在鳳翔、徐州,皆與子由三年隔别也。牽挽當爲十日留。早晚青山映黄髪,相看萬事一時休。**(柳子厚《别劉夢得》詩云:皇恩若許歸田去,黄鬟相看萬事休。)**〔此注二句詩,上句爲柳詩,下句爲劉詩,東坡誤記,合二爲一。〕**(蕭奇中眉)**一氣流出,悲絲急管,花謝宵闌,此豈僅作詩,觀者讀之,而其情其致,涕泗不禁。**(何紹基乙眉)**夜雨何時聽蕭瑟,今何至作此答語。

【彙評】

劉弘:詩意甚感傷,而喜迎子由之情可掬。且相期白頭致事,而憂世懷抱方可釋然也。

遷居臨皋亭

(紀昀眉)有兀傲之氣。**(翁同書旁)**[王注]先生始至黄,寓定慧院,後遷臨皋古回車院,故有"全家占江驛"之句。

我生天地間,一蟻寄大磨。**(杭世駿眉)**玩詩語,似有大不適者，存善作解脱，遂成達觀。區區欲右行，不救風輪左。雖云走仁義，未免違寒餓。劍米有危炊，針氈無穩坐。（**蕭奇中眉**）每出痛語，亦坡翁云："憂患已空猶夢怕。"（《**角山樓**》**評**）句意極煉，通篇賴此不傷剽滑。豈無佳山水，借眼風雨過。歸田不待老，勇决凡幾個。（**蕭奇中夾**）真我。幸兹廢棄餘，疲馬解鞍馱。全家占江驛，絶境天爲破。飢貧相乘除，未見可吊賀。（**蕭奇中夾**）達甚。澹然無憂樂，苦語不成些。

曉至巴河口迎子由

（**紀昀眉**）語皆真至。

去年御史府，舉動觸四壁。幽幽百尺井，仰天無一席。隔墻聞歌呼，自恨計之失。留詩不忍寫，苦淚漬紙筆。餘生復何幸，樂事有今日。（**蕭奇中眉**）天倫之樂，古今同撫。（**何焯眉**）一句入題便捷。（**翁同書夾**）二句上下關紐。江流鏡面净，煙雨輕冪冪。孤舟如鳧鷖，點破千頃碧。（《**角山樓**》**評**）景中有情，寫出暢適。聞君在磁湖，欲見隔咫尺。朝來好風色，旗尾西北擲。（**蕭奇中眉**）子美"江閣嫌津柳，風帆數驛亭"，情深哉兩公。我獨伊何，謂他人弟。行當中流見，笑臉清光溢。此邦疑可老，修竹帶泉石。欲買柯氏林，兹謀待君必。（**蕭奇中夾**）得力。

【彙評】

汪師韓：元豐庚申五月，轍來齊安，故有迎之之作。前半追憶在御史臺有詩授獄卒梁成以遺之之作，不勝其戚；後半則因其將至而預期會晤之樂，不勝其歡。却以"餘生復何幸，樂事有今日"二句於中作轉軸，敏妙絶倫。

與子由同游寒溪西山

(**紀昀眉**)語語圓健。(**何紹基乙眉**)恣健可喜。

散人出入無町畦,朝游湖北暮淮西。高安酒官雖未上,(**翁同書夾**)言未到任。兩脚垂欲穿塵泥。與君聚散若雲雨,共惜此日相提攜。(**方東樹評**)起有情。千摇萬兀到樊口,(**王文誥夾**)七字寫盡三楚剪江之狀。一箭放溜先鳧鷖。(**王文誥夾**)謂渡至對岸上游,其舟疾轉,順流而下,箭餘地即樊口也。七字寫盡舟工手忙脚亂之狀。(**《角山樓》評**)舟行順逆,二語寫盡。層層草木暗西嶺,瀏瀏霜雪鳴寒溪。空山古寺亦何有,歸路萬頃青玻璃。我今漂泊等鴻雁,(**《角山樓》評**)以下筆意灑落。江南江北無常棲。幅巾不擬過城市,欲踏徑路開新蹊。(**路有直入寒溪不過武昌者。**)却憂别後不忍到,見子行迹空餘凄。(**紀昀夾**)用筆每透過一層,最爲沉著。(**王文誥夾**)力透紙背。吾儕流落豈天意,自坐迂闊非人擠。(**蕭奇中夾**)是,是。(**方東樹評**)"吾儕"二句,作詩意旨。凡作詩,必有此等語,乃見意旨。(**蕭奇中眉**)可以安命,可以樂天。(**紀昀眉**)東坡難得此和平之音。(**翁同書夾**)詩人忠厚之旨。行逢山水輒羞嘆,此去未免勤鹽齏。何當一遇李八百,相哀白髮分刀圭。(**李八百宅在筠州。**)(**王文誥夾**)末三句以子由作結,並不重李八百也。

【彙評】

汪師韓:軾以詩獄謫黄州,轍亦謫筠州監鹽酒税,相見宜不勝感愴者。而詩云"吾儕流落豈天意,自坐迂闊非人擠",詩人忠厚之旨。

次韻答子由

(**蕭奇中眉**)筆筆見道。

平生弱羽寄衝風,此去歸飛識所從。好語似珠穿一一,妄心如膜退重重。(**何焯眉**)三、四一聯,未見其妙。(**紀昀眉**)三、四真宋格。(**杭世駿眉**)新穎。山僧有味寧知子,(**彭元瑞夾**)此用杜牧事。瀧吏無言只笑儂。尚有讀書清净業,未容春睡敵千鍾。(**何紹基乙眉**)還是讀書好。

【**彙評**】

劉辰翁:自然是個中語。

譚元春:袁[宏道]極賞,小有致耳。

和何長官六言次韻

(**紀昀眉**)六言最難工,即工亦非正體。

作邑君真伯厚,去官我豈曼容。一廛願托仁政,六字難賡變風。(**錢陸燦夾**)少味。

五噫已出東洛,三復願比南容。(**蕭奇中夾**)巧。學道未從潘盎,(**南海謂狂爲盎,潘近世得道者也。**)草書猶似楊風。(**楊凝式也。**)

石渠何須反顧,水驛幸足相容。(**蕭奇中夾**)對。長江大欲見庇,探支八月凉風。(**張問陶評**)想是今語"預支"之意。

清風初號地籟，明月自寫天容。貧家何以娛客，但知抹月批風。

青山自是絶色，無人誰與爲容。説向市朝公子，何殊馬耳東風。

觀張師正所蓄辰砂

(**紀昀眉**)意境開拓，不嫌小題大做，魏叔子謂"小題大做，俗人得意之筆"，自是洞見肺腑語。亦有不可一概論者，此類是矣。(**王文誥旁**)本集小題大做之作，如《雪浪石》云："太行西來萬馬屯，勢與岱嶽爭雄尊。"凡此類者，未易悉數，又豈止此詩乎？曉嵐主魏叔子之論，以小題大做作爲俗人得意之筆，又以魏爲洞見肺肝，宜其少所見而多所怪矣。

將軍結髮戰蠻溪，篋有殊珍勝象犀。漫説玉床分箭鏃，何曾金鼎識刀圭。近聞猛士收丹穴，欲助君王鑄裹蹄。(**蕭奇中夾**)幻思。多少空岩人不見，自隨初日吐虹蜺。(**何紹基乙眉**)見非隨手可得，亦有寄托。

【彙評】

《**角山樓**》：筆勢開拓，旋折如意。

五禽言(並叙)

(**紀昀眉**)此等題目，初作猶是樂府變體，歌謡遺意，再作則陳陳相因，轉入窠臼矣，何效之者至今不已也。

梅聖俞嘗作《四禽言》。余謫黄州，寓居定惠院，繞舍皆茂林修竹，荒池蒲葦。春夏之交，鳴鳥百族，土人多以其聲之似者名之，遂用聖俞體作《五禽言》。

使君向蘄州，更唱蘄州鬼。我不識使君，寧知使君死。人生作鬼會不免，使君已老知何晚。（**王元之自黄移蘄州，聞啼鳥，問其名。或對曰："此名蘄州鬼。"元之大惡之，果卒於蘄。**）（**蕭奇中夾**）大道。

南山昨夜雨，西溪不可渡。溪邊布穀兒，勸我脱破袴。不辭脱袴溪水寒，水中照見催租瘢。（**士人謂布穀爲脱却破袴。**）

去年麥不熟，挾彈規我肉。今年麥上場，處處有殘粟。豐年無象何處尋，聽取林間快活吟。（**此鳥聲云**）麥飯熟，即快活。

力作力作，蠶絲一百箔。壟上麥頭昂，（**杭世駿眉**）應是楊松玠《談藪》，注有訛字。附見王十朋集注本次公注。林間桑子落。願儂一箔千兩絲，繅絲得蛹飼爾雛。（**此鳥聲云**）蠶絲一百箔。（**何紹基甲眉**）絲雛。

姑惡姑惡，姑不惡，妾命薄。君不見東海孝婦死作三年乾，不如廣漢龐姑去却還。（**姑惡，水鳥也。俗云婦以姑虐死，故其聲云。**）（**查慎行評**）與退之《羑里操》同一忠孝至性。

【彙評】

劉辰翁：詩意固高，比聖俞則大差矣。

趙克宜：詩有工拙，不以樂府歌謡之體陳陳相因而可廢也。五七言古近體亦陳陳相因，豈可廢而不用乎？特此五詩實未爲工耳。

次韻子由病酒肺疾發

(**何焯眉**)辭意兩兩懇到,入人齒頰,回環無窮。叙致亦佳。

憶子少年時,肺喘疲坐卧。喊呀或終日,勢若風雨過。(**譚元春評**)只"勢若風雨過"一語甚妙,其餘入手未擇,便有遷就惡韻之苦。虚陽作浮漲,客冷仍下墮。妻孥恐悵望,膾炙不登坐。終年禁晚食,半夜發清餓。胃强鬲苦滿,肺斂腹輒破。三彭恣唊齧,二竪肯逋播。寸田可治生,誰勸耕黄糯。(**新法方田謂上腴爲黄糯。**)探懷得真藥,不待君臣佐。(**蕭奇中眉**)真藥只在寸田中。(**錢廷錦甲眉**)《本草》"養命之藥則多君,養性之藥則多臣,療病之藥則多佐。"初如雪花積,漸作櫻珠大。隔墻聞三咽,隱隱如轉磨。自兹失故疾,陽唱陰輒和。神仙多歷試,中路或坎坷。平生不盡器,痛飲知無奈。(**錢廷錦甲夾**)病酒。舊人眼看盡,老伴餘幾個。殘年一斗粟,待子同舂簸。云何不自珍,醉病又一挫。(**杭世駿眉**)此等句法,最宜著眼。真源結梨棗,世味等糠莝。耕耘當待穫,願子勤自課。相將賦遠游,仙語不用些。(**紀昀眉**)末句未免强押。

【彙評】

汪師韓:少時病狀,曲述情形,已乃幸其疾愈。計及"殘年""老伴""斗粟""同舂",意思無不盡矣。"醉病一挫"陡然入題,而以"不自珍重"一語歸咎之,切切入情。

正月二十日往岐亭郡人潘古郭
三人送余于女王城東禪莊院

(**紀昀眉**)一氣渾成。(**何紹基乙眉**)押韻俱活。

十日春寒不出門,不知江柳已摇村。稍聞决决流冰谷,盡放青青没燒痕。(**王文誥夾**)一片空靈,奔赴腕下。此因赴岐亭而念關山也,但本意於末句暗藏"路上行人"四字,結住道中,讀者徒知贊嘆,未見其奪胎之巧也。數畝荒園留我住,半瓶濁酒待君温。去年今日關山路,細雨梅花正斷魂。(**《角山樓》評**)前六句淺直,賴末二句細潤救之。

【彙評】

方回:坡詩不可以律縛,善用事者無不妙,他語意天然者,如此盡十分好。

譚元春:坡詩多有堆、率二失,如此亦可選。然"半瓶濁酒"亦無救于率易。

汪師韓:竟體兀傲,一結含蕴無窮,仿佛少陵"東閣官梅"之作。

紀昀:東坡七律,往往一筆寫出,不甚繩削。其高處在氣機生動,才力富健。其不及古人者,在少熔煉之工與渾厚之致。

趙翼:公以才氣勝,此以才情勝,係集中别調。

鐵拄杖(並叙)

(**何焯眉**)每篇必有一二句驚神。(**紀昀眉**)少揮灑自如之致。(**何紹基乙眉**)在公爲隨意之筆。

柳真齡字安期,閩人也。家寶一鐵拄杖,如椰栗木,牙節宛轉天成,中空有簧,行輒微響。柳云得之浙中,相傳王審知以遺錢鏐,鏐以賜一僧。柳偶得之以遺余,作此詩謝之。(**錢廷錦甲旁**)便似老杜,而一種奔軼之氣,自是公本色。

柳公手中黑蛇滑，千年老根生乳節。忽聞鏗然爪甲聲，四坐驚顧知是鐵。(**杭世駿眉**)人驚其用筆之突兀，不知其到題之帖妥。含簧腹中細泉語，迸火石上飛星裂。(**錢廷錦甲夾**)煉句。公言此物老有神，(**錢廷錦甲夾**)叙述還題面。自昔閩王餉吴越。不知流落幾人手，坐看變滅如春雪。忽然贈我意安在，兩脚未許甘衰歇。(**蕭奇中眉**)生出波瀾，贈意湧悦。便尋轍迹訪崆峒，徑渡洞庭探禹穴。披榛覓藥采芝菌，刺虎鏦蛟擉蛇蝎。(**錢廷錦甲眉**)奇警。會教化作兩錢錐，歸來見公未華髮。(**錢廷錦甲夾**)收轉柳公。問我鐵君無恙否，取出摩挲向公説。(**何焯眉**)山谷謂："此詩雄奇太白不過，然結語要爲不兢也。"

與潘三失解後飲酒

(**劉辰翁旁**)潘三非潘老耶？

千金敝帚人誰買，半額蛾眉世所妍。(**蕭奇中眉**)世情盡此。顧我自爲都眊矂，(**紀昀眉**)二句太几鄙。憐君欲鬥小嬋娟。青雲豈易量他日，黄菊猶應似去年。醉裏未知誰得喪，滿江風月不論錢。

【彙評】

劉辰翁："都"字、"小"字，下得有態味。

東坡八首(並叙)

(**錢陸燦眉**)擬陶。(**何焯眉**)八詩是柴桑真面目，愈淡愈永，愈淺愈厚。讀之百回不厭。(**杭世駿眉**)首首清樸,句句自然,真氣流行,奇趣盡溢,似此乃不爲杜、韓牢籠。(**紀昀眉**)八章皆出入陶、杜之間,而參以本色,不摹古而氣息自古。(**張問陶評**)八詩首首可愛,讀之令人口齒香脆。(**翁同書眉**)［趙次公曰］八篇皆《田中樂》易之,語如陶淵明。

余至黄州二年,日以困匱,故人馬正卿哀余乏食,爲於郡中請故營地數十畝,使得躬耕其中。地既久荒爲茨棘瓦礫之場,而歲又大旱,墾辟之勞,筋力殆盡。釋耒而嘆,乃作是詩,自愍其勤,庶幾來歲之入以忘其勞焉。(**何紹基乙眉**)題好詩自佳。(**賴山陽評**)叙引記事,因篇長短,各有詳略,此等細記,不遺一事,自與八首稱。

廢壘無人顧,頽垣滿蓬蒿。(**賴山陽評**)此等處使白居易作之,必用對語。誰能捐筋力,歲晚不償勞。(**潘奕雋夾**)作一反振。(**賴山陽評**)押匀宜如此切實。獨有孤旅人,天窮無所逃。端來拾瓦礫,(**賴山陽評**)"端","正"字意,云公正當拾瓦礫之時也。歲旱土不膏。(**查慎行評**)沉鬱懇到。崎嶇草棘中,(**賴山陽評**)云崎嶇於草棘中也。欲刮一寸毛,(**賴山陽評**)"刮"字自"毛"字生來。喟焉釋耒嘆,我廪何時高。(**紀昀夾**)四句逼真少陵。(**《角山樓》評**)一結筆意高簡,恰是首章地步。(**賴山陽評**)分用《詩經》"高廪"字,妙。

【彙評】

賴山陽:此詩源於淵明,而其面目不同。

荒田雖浪莽,高庳各有適。下隰種秔稌,東原蒔棗栗。江南有蜀士,桑果已許乞。好竹不難栽,(**賴山陽評**)異様,不俗。但恐鞭横逸。(**賴山陽評**)細膩。仍須卜佳處,規以安我室。家童燒枯草，走報暗井出。（**紀昀眉**）波瀾好。（《**角山樓**》**評**）摹寫實境入細，藉以生出結果意。一飽未敢期，瓢飲已可必。（**蕭奇中旁**）老。（**汪師韓評**）因耕田而及桑果竹木，以至築室穿井，各成幸願，想見隨遇而安。（**紀昀眉**）結得沉著。（**潘奕雋夾**）樂事。（**賴山陽評**）收結起意，妙句。

【彙評】

賴山陽：古調。此首，八首中之最者也。奇絶佳絶，此坡公本色。

自昔有微泉，來從遠嶺背。穿城過聚落，流惡壯蓬艾。（《**角山樓**》**評**）次聯體物精到。（**賴山陽評**）言惡水流，蓬艾長。去爲柯氏陂，十畝魚蝦會。歲旱泉亦竭，枯萍黏破塊。（**賴山陽評**）形容旱竭得妙，此一篇精彩處。昨夜南山雲，雨到一犁外。泫然尋故瀆，（**賴山陽評**）此公本色，非公不能言者。知我理荒薈。（**紀昀夾**）無理有情。滄浪所謂"詩有别趣"，蓋指此種，惟標爲宗旨則隘矣。泥芹有宿根，一寸嗟獨在。（**蕭奇中眉**）芳氣逼人。雪芽何時動，春鳩行可膾。（**蜀人貴芹芽膾，雜鳩肉作之。**）（**何焯眉**）一往無味，尋環往復，味乃無窮。（**賴山陽評**）"春"字有味，作"鳩肉"便不振。

種稻清明前，（**賴山陽評**）自是八首中起手。樂事我能數。（**賴山陽評**）一篇運轉句。毛空暗春澤，針水聞好語。（**蜀人以細雨爲雨毛。稻初生時，農夫相語稻針水矣。**）（**紀昀夾**）三、四微嫌生造。（**張問陶評**）播穀種畢，以得細雨爲佳，甚雨則秧針疏密不勻。（**賴山陽評**）蜀人，"細雨"云"雨毛"，"初生"云"針水"。分秧及初夏，漸喜風葉舉。（**蕭奇中夾**）性情。（**賴山陽評**）言稻葉漸長，舉揚於風也。月明看露上，一一珠垂縷。（**蕭奇中眉**）不減陶儲。（**潘奕雋眉**）神似柴桑。（**賴山陽評**）"舉""縷"，押韻俱佳。秋來霜穗重，顛倒相撐拄。

(**何焯眉**)王孟田家雜詩所未經道。但聞畦隴間,蚱蜢如風雨。(**蜀中稻熟時,蚱蜢群飛田間,如小蝗狀,而不害稻。**)(**賴山陽評**)群飛如風雨。新春便入甑,玉粒照筐筥。(**查慎行評**)王、儲田家詩遜其精細。我久食官倉,(**賴山陽評**)自"玉粒"句轉來,轉法可學。紅腐等泥土。行當知此味,口腹吾已許。(**錢陸燦眉**)楊慎極稱此詩,謂盡田家經濟時候物理。(**紀昀眉**)忽作得意語,正是無聊之極語也。(**何紹基乙眉**)農家圖畫所不到。(**翁同書旁**)悉數四時田事,王、孟田家諸詩所未經道。(**《角山樓》評**)通首説蜀中田務,皆是襯筆。"官倉"二語又墊起一層,只"行當知此味"一句,折醒本題,章法甚别。王、儲善寫田家情事,説不到此等語,不得反謂此駕出其上。

【彙評】

賴山陽:此詩,八詩中是爲中權,極用細膩之筆,看他坡公極力處。

良農惜地力,幸此十年荒。桑柘未及成,一麥庶可望。(**何焯眉**)前首稻,此首麥。投種未逾月,覆塊已蒼蒼。農夫告我言,勿使苗葉昌。君欲富餅餌,(**孫原湘眉**)"君"字或作"若"。要須縱牛羊。再拜謝苦言,得飽不敢忘。(**蕭奇中夾**)古氣。(**何焯眉**)余在臨沂見秋末種麥,後縱牛羊踐齧,立春乃止,讀此詩始喻其理。(**汪師韓評**)此首專言種麥,述農父問答,有情。(**紀昀眉**)此亦寓"憂戚玉成"之意,觀"苦言"字可見。(**《角山樓》評**)以荒爲幸,似於翻案,然田家實有此意,如此寫來,便切情事。

種棗期可剥,種松期可斫。事在十年外,吾計亦已慤。十年何足道,(**賴山陽評**)進一層轉來,此東坡本色。千載如風雹。(**何焯眉**)一本作"二",殆謂至黄二年也。作"千載"豈有味乎?舊聞李衡奴,此策疑可學。我有同舍郎,官居在灊嶽。(**李公擇也。**)遺我三寸甘,照座光卓犖。百栽倘可致,當及春冰渥。(**賴山陽評**)下字妙,妙。想見竹籬間,青黄垂屋角。(**汪師韓評**)豈誠願學李衡,亦因遺甘而懷李公擇耳。預想到屋角青黄,拙樸語亦徵高曠。(**《角山樓》評**)收法所謂篇終清省也。(**賴山陽評**)無此二句,全篇便索然。

【彙評】

賴山陽:古調。通篇極古調,結尾精采句,是宋詩之所以爲貴也。

潘子久不調,沽酒江南村。郭生本將種,賣藥西市垣。(**賴山陽評**)"沽酒"與"賣藥",同事變局面,如此是化板爲活法。古生亦好事,恐是押牙孫。(**錢廷錦甲眉**)唐人小説,東坡不忌用。(**賴山陽評**)富平縣俠客也。家有十畝竹,無時客叩門。我窮交舊絶,三子獨見存。從我於東坡,勞餉同一餐。可憐杜拾遺,事與朱阮論。(**賴山陽評**)"梅熟許同朱老吃,松高擬對阮生論"。吾師卜子夏,四海皆弟昆。

馬生本窮士,從我二十年。日夜望我貴,(**何焯夾**)戲耳。求分買山錢。(**蕭奇中夾**)可感。(**《角山樓》評**)情至語,寫出可感。我今反累生,(**蕭奇中夾**)聖賢。借耕輟兹田。刮毛龜背上,(**翁同書夾**)[王注]此諺語。何時得成氈。(**何焯眉**)惡道。(**紀昀夾**)"刮毛"二句微嫌其纖。可憐馬生癡,至今誇我賢。(**蕭奇中夾**)馬真佳士。衆笑終不悔,施一當獲千。(**查慎行評**)結句失體。(**紀昀眉**)結用陶公"冥報相貽"意,查云"立言失體",亦是。(**《角山樓》評**)結到馬生,恰是本章地步。

【彙評】

劉辰翁:大率皆田中樂易之語。

賴山陽:此篇歸到自己身上,畢篇。

題織錦圖上回文三首

(**杭世駿眉**)倒讀更妙。以蕙子之才而學壽陵之步,此坡之不合用短也。(**查慎行評**)據少游集引先生跋語,此三詩非先生詩也,當刪。(**查慎行甲眉**)先生所記江南本詩不知何人作,少游集中辨之。

春晚落花餘碧草,夜涼低月半枯桐。人隨遠雁邊城暮,雨映疏簾繡閣空。(**何焯眉**)倒句更佳。

紅手素絲千字錦,故人新曲九回腸。風吹絮雪愁縈骨,淚灑縑書恨見郎。(**紀昀眉**)東坡何以墮此惡趣。(**何焯眉**)先生忽作此? 正使先生作此亦復不得工,不如不作也。

羞看一首回文錦,錦似文君別恨深。頭白自吟悲賦客,斷腸愁是斷弦琴。

【彙評】

劉辰翁:大氣魄人作此游戲,惜亦如小兒學大人伎倆。

侄安節遠來夜坐三首

(**杭世駿眉**)數首止用一韻,坡集最夥。今人多效尤。一事至疊數十韻,剌剌不肯休,徒增喧聒,不可謂多才也。

南來不覺歲峥嶸,坐撥寒灰聽雨聲。遮眼文書元不讀,(**蕭奇中眉**)真語,通語。(**錢廷錦乙眉**)"遮眼"本佛書。伴人燈火亦多情。嗟予潦倒無歸日,今汝蹉跎已半生。(**何焯眉**)澹而怨。免使韓公悲世事,白頭還對短燈檠。(**查慎行評**)《西清詩話》云:"古詩'燈檠昏魚目','檠'字仄聲讀,《集韻》渠耿切。有四足,似几。"其作平聲讀者,非燈檠字,乃"榜"也。自東坡用之,後人遂不復辨别矣。

心衰面改瘦峥嶸,相見惟應識舊聲。(**譚元春評**)"瘦峥嶸"妙,勝於前首"歲峥嶸"矣。永夜思家在何處,殘年知汝遠來情。(**何紹基乙眉**)此時思家,恐亦套語耳。畏人默坐成癡鈍,問舊驚呼半死生。夢斷酒醒山雨絶,(**何焯夾**)顧前聽雨。笑看飢鼠上燈檠。(**紀昀夾**)"笑"字無著。

落第汝爲中酒味,吟詩我作忍飢聲。便思絶粒真無策,(**錢廷錦甲夾**)少味。苦説歸田似不情。(**查慎行評**)居官好作歸田語,皆不近人情者也。(**何紹基乙眉**)何苦次韻。(**翁同書眉**)寒宵絮語,彌樸彌真。腰下牛閑方解佩,(**紀昀夾**)此事用來不妥。洲中奴長足爲生。(**蕭奇中眉**)"牛閑""奴長"音妙。大弨一弛何緣彀,已覺翻翻不受檠。(**錢廷錦甲眉**)結有勉侄勤學之意,正應落第也。

【彙評】

汪師韓:家常語,愈淺愈真。安節以下第來黄州,《大全集·雜説》有"侄安節遠來,飲酒樂甚,以識一時盛事"之言。此三詩但作喟嘆,未見其樂也。然以謫居岑寂之中,有骨肉遠來聚首,秉燭寒宵,絮語不倦,悲之所發即其樂之所形,故此與《冬至日贈安節》詩所云"詩成却超然,老淚不成滴"者,情懷無弗同也。

冬至日贈安節

(**紀昀眉**)真至之語,樸而不俚。

我生幾冬至，少小如昨日。當時事父兄，上壽拜脱膝。十年閲凋謝，白髮催衰疾。瞻前惟兄三，顧後子由一。（**蕭奇中夾**）所謂不成滴。近者隔濤江，遠者天一壁。（**蕭奇中夾**）在此。今朝復何幸，見此萬里侄。（**蕭奇中眉**）與杜何分釐。憶汝總角時，啼笑爲梨栗。今來能慷慨，志氣堅鐵石。諸孫行復爾，世事何時畢。詩成却超然，老淚不成滴。

岐亭道上見梅花戲贈季常

（**翁同書眉**）陳慥喜蓄聲妓，此作體近香奩，如有所指者，故謂之戲贈。

蕙死蘭枯菊亦摧，返魂香入嶺頭梅。（**蕭奇中夾**）力盡。數枝殘緑風吹盡，一點芳心雀啅開。（**方回評**）"一點芳心雀啅開"，此句最佳。坡天人也，作詩不拘法度，而自有深意。雀之爲物，嘗凍啅梅開，本無情於梅，下此語，乃若不勝情者。（**紀昀眉**）似待雀啅而始開，寫出清高自貴，不肯輕開之意。非寫雀之有情，此評近是而未的。野店初嘗竹葉酒，江雲欲落豆秸灰。（**方回評**）"豆秸灰"出《文酒清話》。王勉《雪詩》："上天燒下豆秸灰，烏李從教作白梅。"亦俚語，世傳以爲戲者。（**紀昀眉**）"豆秸灰"究非雅語。（**紀昀評**）"豆秸灰"終是粗俚，或以東坡而曲爲之詞，則謬甚矣。行當更向釵頭見，病起烏雲正作堆。（**方回評**）尾句蓋謂季常侍兒病起新妝，行當於釵頭見此花，欲其出以侑樽也。（**何焯夾**）二句是戲贈。

【彙評】

汪師韓：陳慥喜蓄聲妓，此作體近香奩，似有所指者，故謂之"戲贈”。軾與慥交好，詩文無所拘忌，若河東君、秀英君之名，因而流布，非是輕薄爲文，正可見其忘形無間也。

方回：東坡作詩，初學劉夢得，頗涉譏刺。第以王荆公新法，天下不便，故勇於排之，而不能忘情於詩，間有所斥，非敢怨君。元豐中，李定、何正臣、舒亶彈劾之，下獄，欲置之死，至於今，此三人姓名，士君子望而惡之，亶有《和石尉早梅二首》曰“霜林盡處碧溪旁……”又“依然想見故山旁……”此兩詩亦頗可觀，但以少陵爲杜郎，則稱譽不當，亶眼不識東坡，而謂其能識梅花耶？兼亦格卑句巧，以手湊合而成。惟東坡詩語意天然，自出高妙，懸絶不同。其人品不堪與東坡作奴，故附其詩於東坡詩之下，不以入正選云。

紀昀：[方曰“間有所斥，非敢忘君”]八字定評，所謂“皇天后土”，表一生忠義之心。

樂全先生生日以鐵拄杖爲壽二首

(**杭世駿眉**)詩骨清堅，雅不負題。

先生真是地行仙，住世因循五百年。每向銅人話疇昔，故教鐵杖鬥清堅。(**錢廷錦乙眉**)三、四接上起下。入懷冰雪生秋思，倚壁蛟龍護晝眠。遥想人天會方丈，衆中驚倒野狐禪。(**錢廷錦甲眉**)公詩再見。(**紀昀眉**)“野狐禪”意有所斥，然語殊不雅。

三年相伴影隨身，(**張問陶評**)影喻言鐵杖。踏遍江湖草木春。擿石舊痕猶作眼，閉門高節欲生鱗。畏途自衛真無敵，捷徑争先却累人。(**紀昀眉**)五、六極用意而不佳。遠寄知公不嫌重，筆端猶自斡千鈞。

杭州故人信至齊安

(**紀昀眉**)剽而不留。(**何紹基甲眉**)"故人"是誰?(**何紹基乙眉**)"故人"是何人?

昨夜風月清,夢到西湖上。朝來聞好語,扣户得吴餉。輕圓白曬荔,脆釀紅螺醬。更將西庵茶,勸我洗江瘴。故人情義重,説我必西向。一年兩僕夫,千里問無恙。(**蕭奇中夾**)真故人。相期結書社,(**故人相約醵錢雇僕夫,一歲再至黄。**)未怕供詩帳。(**僕頃以詩得罪,有司移杭取境内所留詩,杭州供數百首,謂之詩帳。**)還將夢魂去,一夜到江漲。(**江漲,杭州橋名。**)

送牛尾狸與徐使君(時大雪中)

(**杭世駿眉**)雞頭、牛尾,亦是無聊撏撦,詩之工拙,總不在此。(**紀昀眉**)太俚太滑。

風卷飛花自入帷,一樽遥想破愁眉。泥深厭聽雞頭鶻,(**蜀人謂泥滑滑爲雞頭鶻。**)酒淺欣嘗牛尾狸。通印子魚猶帶骨,(**蕭奇中夾**)形容出來。披綿黄雀漫多脂。殷勤送去煩纖手,爲我磨刀削玉肌。

四時詞

(**何焯眉**)此種詩不及《金荃》遠矣。(**紀昀眉**)純是詩餘,似稗官中佳人才子語,不知何以出東坡手。(**趙克宜評**)語涉柔膩,詞氣便近詩餘,然句法不盡似也。詆以"稗官",未免太過。存此以見公詩之一體,仍賴紀評以防其流弊。

春雲陰陰雪欲落,東風和冷驚羅幕。漸看遠水緑生漪,未放小桃紅入萼。佳人瘦盡雪膚肌,眉斂春愁知爲誰。深院無人剪刀響,應將白紵作春衣。(**劉辰翁**)濃麗稱情,高勝太白。

垂柳陰陰日初永,蔗漿酪粉金盤冷。簾額低垂紫燕忙,蜜脾已滿黄蜂静。高樓睡起翠眉嚬,枕破斜紅未肯匀。(**蕭奇中眉**)"未肯"二字嬌甚。玉腕半揎雲碧袖,樓前知有斷腸人。

新愁舊恨眉生緑,粉汗餘香在蘄竹。(**劉辰翁夾**)起得又好。象床素手熨寒衣,爍爍風燈動華屋。夜香燒罷掩重扃,香霧空蒙月滿庭,抱琴轉軸無人見,門外空聞裂帛聲。(**何焯夾**)琴敢恐不乃爾凄戾。

霜葉蕭蕭鳴屋角,黄昏斗覺羅衾薄。(**杭世駿眉**)次句似秋。夜風摇動鎮帷犀,酒醒夢回聞雪落。起來呵手畫雙鴉,醉臉輕匀襯眼霞。真態香生誰畫得,玉如(**一作"奴"**)纖手嗅梅花。(**何紹基甲眉**)何必太真。附施注云:"牛僧孺《周秦行紀》:楊太真自爲玉奴。"

太守徐君猷通守孟亨之皆不飲酒以詩戲之云

(**紀昀眉**)小品自佳。○此種從姓起義,恰有孟、徐二酒事可佐之,又不以切姓爲嫌。(**何紹基乙眉**)詩格甚别致。

孟嘉嗜酒桓温笑,徐邈狂言孟德疑。公獨未知其趣爾,臣今時復一中之。風流自有高人識,通介寧隨薄俗移。(**查慎行評)中二聯兩兩分承,起句章法獨創。二子有靈應撫掌,吾孫還有獨醒時。(**何焯眉**)章法前人所未有。(**何焯旁**)正復自然,所以不惡,他人效至輒不也。

【彙評】

方回:全用徐、孟二人飲酒事,以其泉下有靈,却笑厥孫不飲善滑稽者。

汪師韓:因姓援古以爲著題,古人所未有也。只詠孟嘉、徐邈二人事,承説到底,章法獨創,後人亦未見有效之者。

紀昀:戲筆不以正論,存一種耳。就此而論,却點化得玲瓏璀璨。

雪後到乾明寺遂宿

(**錢廷錦甲旁**)脱雪後意。

門外山光馬亦驚,(**蕭奇中夾**)真。(**紀昀眉**)似用"白馬夜頻驚,三更灞陵雪"意,然不成語。(**陳衍評**)寫"山光"真寫得出。階前屐齒我先行。風花誤入長春苑,雲月長臨不夜城。未許牛羊傷至潔,(**錢廷錦甲夾**)雪後。(**紀昀眉**)三、四俗格。○五句拙。且看鴉鵲弄新晴。(**蕭奇中夾**)是雪後。更須攜被留僧榻,(**錢廷錦甲夾**)遂宿。待聽催檐瀉竹聲。(**錢廷錦甲夾**)雪後。

伯父送先人下第歸蜀詩云人稀野店休安枕路入靈關穩跨驢安節將去爲誦此句因以爲韻作小詩十四首送之

(**紀昀眉**)妙不作决絶語。(**張問陶評**)小詩首首可玩,其章法之次敘，韻脚之穩切，令人不可易。

索漠齊安郡，從來著放臣。(**翁同書眉**)［王注］“放臣”，唐如杜牧，宋如王元之。如何風雪裏，更送獨歸人。

瘦骨寒將斷，衰髯摘更稀。未甘爲死别，猶恐得生歸。

日上氣嗽江，雪晴光眩野。(**何焯眉**)“日上”一聯，雖老杜無以過。記取到家時，鋤耰吾正把。(**李鴻裔乙評**)二首［此首及下首］同一機軸，但用意各殊耳。

月明穿破裘，霜雪澀孤劍。歸來閉户坐，默數來時店。(**蕭奇中夾**)似。

諸兄無可寄，一語會須酬。晚歲俱黄髮，相看萬事休。

故人如念我，爲説瘦欒欒。尚有身爲患，已無心可安。(**蕭奇中夾**)得道語。

吾兄喜酒人，今汝亦能飲。一杯歸誦此，萬事邯鄲枕。

東阡在何許，寒食江頭路。哀哉魏城君，宿草荒新墓。

臨分亦泫然，不爲窮途泣。東阡時一到，莫遣牛羊入。

我夢隨汝去，東阡松柏青。却入西州門，(**錢陸燦眉**)“門”應作“路”。永愧北山靈。

乞播何足羡，負米可忘艱。莫爲無車馬，含羞入劍關。

我坐名過實，歡嘩自招損。汝幸無人知，莫厭家山穩。(**何紹基乙眉**)“穩”字好。

竹笥與練裙，隨時畢婚嫁。無事若相思，征鞍還一跨。

萬里却來日，一庵仍獨居。應笑謀生拙，團團如磨驢。

和王鞏六首並次韻

君談陽朔山，不作一錢直。岩藏兩頭虺，瘴落千仞翼。雅宜驢兜放，頗訝虞舜陟。（**紀昀眉**）“頗訝”句未甚解。暫來已可畏，覽鏡憂面黑。（**紀昀眉**）“覽鏡”句拙。況子三年囚，苦霧變飲食。吉人終不死，仰荷天地德。我來黄岡下，欹枕江流碧。（**蕭奇中夾**）妙。江南武昌山，向我如咫尺。春蔬黄土軟，（**蕭奇中夾**）佳勝。凍筍蒼崖拆。此行我累君，（**蕭奇中眉**）由東坡事貶賓州。乃反得安宅。（**蕭奇中夾**）知己之言。遥知丹穴近，爲劚勾漏石。他年分刀圭，名字挂仙籍。（**君許惠桂州丹砂。**）（**紀昀眉**）收得少力，然此處甚難措語，亦只得如此結束。（**何紹基乙眉**）意恐鞏不耐遷謫也。（**翁同書眉**）［王注］按先生《與定國書》云“賓州去桂不甚遠，朱砂差易致”。不可不留意也。

少年帶刀劍，但識從軍樂。老大服犁鋤，解佩付鎔鑠。雖無獻捷功，會賜力田爵。敲冰春擣紙，刈葦秋織箔。櫟林斬冬炭，竹塢收夏籜。四時俯有取，一飽天所酢。君生紈綺間，欲學非其脚。（**查慎行評**）不是“脚”，方言也。左右玉纖纖，束薪誰爲縛。勿令聞此語，翠黛顰將惡。（**蕭奇中眉**）帶謔。笑我一間茅，婦姑紛六鑿。（**紀昀眉**）不免牽綴。（**何紹基乙眉**）以下四首不必。

欲結千年實，先摧二月花。（**查慎行評**）“摧”當作“催”。故教窮到骨，要使壽無涯。久已逃天網，何須服日華。賓州在何處，爲子上棲霞。（**樓名。**）（**紀昀眉**）語意甚淺。

鄰里有異趣，何妨傾蓋新。殊方君莫厭，數面自成親。默坐無餘事,回光照此身。他年赤墀下,玉立看垂紳。

平生我亦輕餘子,晚歲人誰念此翁。巧語屢曾遭薏苡,瘦詞聊復托芎藭。子還可責同元亮,妻却差賢勝敬通。若問我貧天所賦,不因遷謫始囊空。(**蕭奇中眉**)灑然。(**紀昀眉**)起句太激,三句太露,四句無所取義。(**錢廷錦甲眉**)達生美談。

君家玉臂貫銅青,下客何時見目成。勤把鉛黄記宫樣,莫教弦管作蠻聲。(**紀昀眉**)三、四却有風調。熏衣漸嘆衙香少,(**翁同書旁**)"衙香",王注引《香譜》載,化度寺及雍文徹郎中二衙香法。查注亦引《香譜》作牙香,云"衙"與"牙"音義相通。擁髻遥憐夜語清。(**蕭奇中夾**)妙。(**蕭奇中眉**)此老多才多情,媚嫵乃爾。記取北歸攜過我,(**蕭奇中眉**)"攜",攜玉臂也。南江風浪雪山傾。(**君自南江赴任,不一過我。**)(**翁同書眉**)同書按,唐王建《宫詞》:"雖道君王不來宿,帳中長是炷牙香。"又趙德麟《侯鯖録》云:"東坡云:'諸葛氏筆,譬如内庫法酒北苑茶,他處縱有佳者,殆難得其仿佛。'余續之曰:'上閣衙香儀鸞司椽燭,京師婦人梳妝與脚,天下所不及。'公大笑。"此二條,諸家未引,馮注及王文誥注亦無之。

【彙評】

汪師韓:俯視一切,交集百端,起二句匪由作意所能得。

記夢回文二首(並叙)

(**查慎行甲眉**)記。按:原題爲《夢回文二首》。

十二月二十五日,大雪始晴,夢人以雪水烹小團茶,使美人歌以飲。(**蕭奇中夾**)清絶。(**錢陸燦夾**)韻事。余夢中爲作回文詩,覺而記其一句云"亂點餘花唾碧衫",意用飛燕唾花故事也,乃續之爲二絶句云。

酡顔玉碗捧纖纖,亂點餘花唾碧衫。歌咽水雲凝静院,夢驚松雪落空岩。

空花落盡酒傾缸,(**王文誥夾**)此"空花"字借作"雪"解,猶言自空而落也。日上山融雪漲江。紅焙淺甌新活火,龍團小碾鬥晴窗。

【彙評】

劉辰翁:引韻何不可。

三朵花(並叙)(馮班評)闊甚。

房州通判許安世,以書遺余言:"吾州有異人,常戴三朵花,莫知其姓名,郡人因以三朵花名之。能作詩,皆神仙意。又能自寫真,人有得之者。"許欲以一本見惠,乃爲作此詩。

學道無成鬢已華,不勞千劫漫烝砂。歸來且看一宿覺,未暇遠尋三朵花。(**何焯眉**)《輿地紀勝》所載子瞻詩三四聯云:"十年飽服長生藥,三朵長簪不老花。"兩手欲遮瓶裏雀,四條深怕井中蛇。(**方回評**)"瓶雀"事,出《楞嚴經·大智度論》,"四條蛇"事,賓頭盧尊者語。"一宿覺",永嘉人,有《證道歌》傳於世。(**蕭奇中眉**)云何得度,云何不得度。畫圖要識先生面,識問房陵好事家。

次韻陳四雪中賞梅

臘酒詩催熟,寒梅雪鬥新。杜陵休嘆老,韋曲已先春。獨秀驚凡目，遺英卧逸民。(**杭世駿眉**)可爲此題絶唱，政以秀勁見奇。高歌對三白，(**錢廷錦甲眉**)掃興。遲暮慰安仁。

正月二十日與潘郭二生出郊尋春忽記去年是日同至女王城作詩乃和前韻

(**蕭奇中夾**)情深之人。

東風未肯入東門，走馬還尋去歲村。人似秋鴻來有信，事如春夢了無痕。(**蕭奇中眉**)何解，所感所悟多矣。(**蕭奇中夾**)妙。(**查慎行評**)三、四用“似”“如”字，覺意味深長，滄浪《春睡》詩相去天淵矣。蓋意不猶人，辭復超妙，坡仙所以獨絶也。(**紀昀評**)通體沉穩，三、四尤好。(**紀昀眉**)三、四警策，前後亦稱。(**王文濡評**)“春夢”句已入化境，非後人所能效顰。江城白酒三杯釅，野老蒼顔一笑温。(**何焯眉**)輕鬆。(**杭世駿眉**)押“温”字較前作更勝。已約年年爲此會，故人不用賦招魂。

【彙評】

方回：東坡初貶黄州之年，即細雨梅花、關山斷魂之時也。次年正月二十日往岐亭見陳慥季常，是以爲《女王城》之詩。又次年正月二十日與潘邠老等尋春，是以有“事如春夢了無痕”之詩。又次年正月三日尚在黄州，復出東門，仍和此韻云：“亂山環合水侵門，身在淮南盡處村。五畝漸成終老計，九重新掃舊巢痕。”謂元豐官制行，罷廢祖宗館職，立秘書省，以正字、校書郎等爲差除資序，而儲士之意淺矣。觀此等語，豈惟可以考大賢之出處，抑亦可見時事之更張，仁廟之所以遺燕安於後世者何其盛，熙豐之政所以大有可恨者何其頓衰。坡下句云：“豈惟慣見沙鷗喜，已覺來多釣石温。”又可痛坡翁一謫數年，甘心於漁樵而忘返也。“新掃舊巢痕”事，陸放翁爲施宿注坡詩作序，記所對范至能語，學者可自檢觀。

劉弘：此詩感諷之意溢於言表，三復得之。

方東樹：此詩無奇，開凡庸滑調。

是日偶至野人汪氏之居有神降於其室自稱天人李全字德通善篆字用筆奇妙而字不可識云天篆也與予言有所會者復作一篇仍用前韻

酒渴思茶漫扣門，那知竹裏是仙村。已聞龜策通神語，更看龍蛇落筆痕。色瘁形枯應笑屈，道存目擊豈非温。（**紀昀眉**）温伯雪子，用一“温”字未妥。歸來獨掃空齋卧，猶恐微言入夢魂。（**蕭奇中夾**）往往見悟。

【彙評】

劉弘：微言必有實事。

浚井

古井没荒萊，不食誰爲惻。瓶罌下兩綆，蛙蚓飛百尺。（**查慎行評**）新警。腥風被泥滓，空響聞點滴。上除青青芹，下洗鑿鑿石。沾濡愧童僕，杯酒暖寒栗。白水漸泓渟，青天落寒碧。（**查慎行評**）二句中自有次第。云何失舊穢，底處來新潔。井在有無中，無來亦無失。（**蕭奇中眉**）與《楞嚴》“空清井出”同參。（**何焯眉**）層次各有妙義。（**紀昀眉**）入禪是東坡習徑，此却太似偈頌。

紅梅三首

怕愁貪睡獨開遲,自恐冰容不入時。(**蕭奇中夾**)梅亦有此恐耶?(**錢廷錦甲眉**)今紅梅早開,不知公所見何也?故作小紅桃杏色,尚餘孤瘦雪霜姿。寒心未肯隨春態,酒暈無端上玉肌。(**蕭奇中夾**)俱斟酌。(**王文誥夾**)以上逐句並切紅梅,至第六句能以"無端"二字扣住,緊密之甚。詩老不知梅格在,更看緑葉與青枝。(**石曼卿《紅梅》詩云:認桃無緑葉,辨杏有青枝。**)(**紀昀眉**)細意鈎剔,却不入纖巧。中有寓托,不同刻畫形似故也。(**王文誥夾**)本集論詠物詩,以曼卿此聯爲至陋語,乃村學堂中體。合觀此詩,乃自詡其前六句,謂非曼卿之所知也。然入結愈見窘步,似又特意討巧,取其四字作收也。

雪裹開花却是遲,何如獨占上春時。也知造物含深意,故與施朱發妙姿。細雨裛殘千顆淚,輕寒瘦損一分肌。不應便雜夭桃杏,半點微酸已著枝。(**何焯旁**)落句正效光調鼎,何曾到不才之意。(**紀昀眉**)後二首蛇足。

幽人自恨探春遲,不見檀心未吐時。(**蕭奇中眉**)亦工摹矣。丹鼎奪胎那是寶,(**朱砂紅銀,謂之不奪胎色。**)玉人頩頰更多姿。(**何焯眉**)他山有《牡丹》詩嬌姿怒發,結句意亦本此。抱叢暗蕊初含子,落盞穠香已透肌。(**杭世駿眉**)即首篇意,而運調别。乞與徐熙新畫樣,竹間璀璨出斜枝。

【彙評】

方回:石曼卿《紅梅》詩:"認桃無緑葉,辨杏有青枝。"坡嘗謂此兩語村學堂中體也。范石湖著《梅譜》,因"詩老"二字,誤以爲聖俞詩,非矣。第二首尾句云"不應便雜夭桃杏,半點微酸已著枝",第三首前聯云"丹鼎奪胎那是寶,玉人頩頰更多姿",俱佳。坡梅詩古句佳者有"江頭千樹春欲暗，竹外一枝斜更好”，及《惠州村字韻三首》，絶奇。如《次韻楊公濟二十絶》：“冰盤未薦含酸子，雪嶺先看耐凍枝。應笑春風木芍藥，豐肌弱骨要人醫。”“洗盡鉛華見雪肌，要將真色鬥生枝。檀心已作龍涎吐，玉頰何勞獺髓醫。”又如：“明日酒醒應滿地，空令飢鶴詠莓苔。憑仗幽人收艾納，國香和雨入蒼苔。”前“醫”字韻二首尤妙，後“苔”字韻亦苦思爲之矣。

劉弘：蓋先生此作正補外之時，意謂雖欲隨時以取容，道則不容隨時以苟合也。人謂廣平鐵石心腸，愚於坡老亦云。

汪師韓：不著意“紅”字則泛衍，然一落色相則又如塗塗附矣。石延年句豈不精切？而詩謂其“不知梅格”，知此者，可與言詩。

趙克宜：首聯拙，次聯淺，獨第六句佳耳。結更無聊，蓋曼卿原句稚極，不值與之辨，辨亦稚矣。

王文濡：寫“紅”字，以嚴重出之，方不失梅之標格。下字具見斟酌，讀者不可忽過。

和子由寄題孔平仲草庵次韻

逢人欲覓安心法，到處先爲問道庵。盧子不須從若士，蓋公當自過曹參。羡君美玉經三火，笑我枯桑困八蠶。猶喜大江同一味，故應千里共清甘。（**何焯眉**）時平仲知江州，故結句云。

二　蟲

（**杭世駿眉**）游戲之作，從《莊子》蜩與鷽鳩脱胎。（**紀昀眉**）小品寓意，却不小巧。

君不見水馬兒，步步逆流水。大江東流日千里，此蟲趯趯長在此。(**蕭奇中夾**)真可笑。君不見鶡濫堆,(**劉辰翁旁**)方言"阿如軋"亦名鶡濫堆。決起隨衝風。隨風一去宿何許,逆風還落蓬蒿中。二蟲愚智俱莫測,(**蕭奇中夾**)該盡。江邊一笑無人識。(**蕭奇中夾**)曠然無全。(**蕭奇中眉**)豈獨二蟲,望高守咫者皆是。

【彙評】

劉辰翁:此詩結意如道人玩世之辭,更勝縛雞耳。

陳季常見過三首

(**紀昀眉**)三詩殊寠弱。

仕宦常畏人,退居還喜客。(**蕭奇中夾**)好縉紳。君來輒館我,未覺雞黍窄。(**譚元春評**)"仕宦""退居"二語可選。"雞黍"下"窄"字最好。(**蕭奇中夾**)亦有蘇端、杜甫之懽。東坡有奇事,已種十畝麥。但得君眼青,不辭奴飯白。(**何紹基乙眉**)真奇事。

送君四十里,只使一帆風。江邊千樹柳,落我酒杯中。此行非遠别,此樂固無窮。但願長如此,來往一生同。

聞君開龜軒,東檻俯喬木。人言君畏事,欲作龜頭縮。我知君不然,朝飯仰暘谷。餘光幸分我,不死安可獨。

寒食雨二首

(**何焯旁**)魯直謂此二詩不減李太白。

自我來黄州,已過三寒食。年年欲惜春,春去不容惜。(**蕭

奇中夾)傷在此。今年又苦雨,兩月秋蕭瑟。卧聞海棠花,泥污胭脂雪。(**蕭奇中夾**)可惜在此。暗中偷負去,夜半真有力。(**何焯夾**)坡詩必雜此等語。(**紀昀眉**)"暗中"二句用事殊笨。何殊病少年,病起頭已白。(**何焯夾**)新異。(**紀昀夾**)末二句比擬亦淺。(**何紹基乙眉**)似是偷兒乘雨偷摘花盡也。(**高步瀛評**)詞清味腴。(**賴山陽評**)本集《寒食二首》,前詩起手雖可觀,至中段往往見病處,故今不取。

春江欲入户,(《**角山樓**》**評**)起五字有神。(**賴山陽評**)雅麗而新奇。"春江"試作"江水",便小兒語耳,此等可以悟奇凡之别。雨勢來不已。(**杭世駿眉**)突兀。小屋如漁舟,(**蕭奇中夾**)盡。濛濛水雲裏。(**賀裳評**)黄州詩尤多不羈,"小屋如漁舟,濛濛水雲裏"一篇最爲沉痛。(**何焯眉**)此詩却不從寵利興感。(**何焯夾**)倒裝句。令春苦雨,弊廬獨處,每詠此詩,轉嘆前四句爲工。(**紀昀眉**)"小屋"二句自好。(**高步瀛評**)固是極寫荒凉之境,以喻感慨。然但就春雨言,已畫所不及。(**賴山陽評**)凡筆,必以此起筆,一顛倒,乃見東坡。空庖煮寒菜,破竈燒濕葦。(**賴山陽評**)寫瑣事亦自無郊寒島瘦之態。那知是寒食,但見烏銜紙。(**賴山陽評**)寒食景象止此三字"烏銜紙"。君門深九重,(**賴山陽評**)一轉亦妙。○"感"作"見","九重深"作"深九重",是。墳墓在萬里。(**蕭奇中眉**)情至詞苦。也擬哭途窮,死灰吹不起。(**查慎行評**)此詩公手書真迹後有山谷跋,舊爲檇李項氏所藏,後歸成容若侍衛,竹垞曾爲題簽。(**何焯眉**)宦居如此,蒼凉可知,不知者以爲寫景,知者以爲言情。結四語覽者俱爲淚落。(**紀昀眉**)結太盡。(**高步瀛評**)結語雙關喻意。(**何紹基乙眉**)感愴溢紙。(**賴山陽評**)餘音悠然。"死灰""濕葦"等字,於有意無意間相映。

【彙評】

劉辰翁:年老作詩,無此發越,謾寄一笑。

汪師韓:二詩後作尤精絶。結四句固是長歌之悲,起四句乃先極荒凉之境,移村落小景以作官居,情况大可想矣。後人乃欲將此四句裁作絶句,以争勝王、韋,是乃見山忘道也。

陳衍:與《鄆州新堂二首》皆次首勝。

賴山陽:如此章實是完然傑作也。韓、蘇二公之詩並皆骨力過人,而其風韻之妙,韓亦輸蘇幾籌。如此篇雅健俊絶,自是這老獨擅處,非韓非杜,王、孟以下,宋之諸作家,夢想所不及。然近人選公詩,多收難題疊韻。難題疊韻,畢竟是公詩之病,而雋絶風韻以不用意得之爾,是最在人品上所不可及也。

徐使君分新火

(**紀昀眉**)工於簸弄,妙是實地風光,故不比油滑掉筆。

臨皋亭中一危坐,三見清明改新火。(**何焯眉**)"改火"之制,宋時猶用之,不知何時始廢。溝中枯木應笑人,鑽斫不然誰似我。(**蕭奇中夾**)有深理。(**蕭奇中眉**)亦象以齒焚、龜以靈灼之意。(**紀昀夾**)寄托兀傲。黄州使君憐久病,分我五更紅一朵。從來破釜躍江魚,只有清詩嘲飯顆。起攜蠟炬繞空屋,欲事烹煎無一可。(**何紹基乙眉**)二語妙甚。爲公分作無盡燈,照破十方昏暗鎖。

次韻答元素(並引)

(**錢廷錦乙眉**)無詩情。

余舊有贈元素[詞]云"天涯同是傷流落",元素以爲今日之先兆,且悲當時六客之存亡。六客蓋張子野、劉孝叔、陳令舉、李公擇及元素與余也。

不愁春盡絮隨風，但喜丹砂入頰紅。流落天涯先有讖，摩挲金狄會當同。蘧蘧未必都非夢，了了方知不落空。（**紀昀眉**）五、六太滑，落句尤粗獷。莫把存亡悲六客，已將地獄等天宫。

卷十三

詩八十一首

蜜酒歌(並叙)

(**紀昀眉**)平調直走,便嫌淺率。

西蜀道士楊世昌,善作蜜酒,絶醇釅。余既得其方,作此歌遺之。(**張問陶評**)看方全用米麵而非花也,不知詩何以云然。附:注引《志林》載蜜酒法。

真珠爲漿玉爲醴,六月田夫汗流泚。不如春甕自生香,蜂爲耕耘花作米。(**丁菊泉眉**)查云"'蜂爲'句妙語天成"。一日小沸魚吐沫,二日眩轉清光活。三日開甕香滿城,快瀉銀瓶不須撥。百錢一斗濃無聲,甘露微濁醍醐清。君不見南園採花蜂似雨,天教釀酒醉先生。(**何焯夾**)二句似可省。先生年來窮到骨,問人乞米何曾得。世間萬事真悠悠,蜜蜂大勝監河侯。(**紀昀眉**)結太淺露。(**何焯眉**)罵倒世人蟲蟻之不若。

又一首答二猶子與王郎見和

(**紀昀眉**)亦是滑調。

脯青苔，炙青蒲，爛蒸鵝鴨乃瓠壺。煮豆作乳脂爲酥，高燒油燭斟蜜酒，貧家百物初何有。古來百巧出窮人，**（蕭奇中夾）**真言。搜羅假合亂天真。**（蕭奇中眉）**後三字重。詩書與我爲麯糵，醖釀老夫成搢紳。**（蕭奇中夾）**“醖釀”二字下得新。**（查慎行評）**君房言語妙天下，從“蜂爲耕耘”句生出。**（查慎行甲眉）**奇想，奇句。**（何焯眉）**徐陵《與宗室書》：“詩書甘於酒醴。”**（何紹基乙眉）**雙井。質非文是終難久，脱冠還作扶犁叟。不如蜜酒無燠寒，冬不加甜夏不酸。老夫作詩殊少味，愛此三篇如酒美。**（蕭奇中夾）**有味矣。封胡羯末已可憐，不知更有王郎子。**（何焯眉）**正合用此兩事。

謝陳季常惠一揞巾

（紀昀眉）小品却不小樣。

夫子胸中萬斛寬，此巾何事小團團。半升僅漉淵明酒，二寸才容子夏冠。好帶黄金雙得勝，可憐白苧一生酸。臂弓腰箭何時去，直上陰山取可汗。**（嚴虞惇眉）**後二句説開。

贈黄山人

面頰照人元自赤，眉毛覆眼見來烏。**（紀昀眉）**俚甚。倦游不擬談玄牝，示病何妨出白鬚。絶學已生真定惠，説禪長笑老浮屠。東坡若肯三年仵，親與先生看藥爐。

問大冶長老乞桃花茶栽東坡

周詩記苦荼，茗飲出近世。**（蕭奇中夾）**茶經。初緣厭粱肉，假此雪昏滯。嗟我五畝園,桑麥苦蒙翳。不令寸地閑,更乞茶子蓺。(**蕭奇中眉**)勤於化育,此非大經濟而何。飢寒未知免,(**蕭奇中夾**)每見。已作太飽計。庶將通有無,農末不相戾。春來凍地裂,紫筍森已鋭。牛羊煩訶叱,筐筥未敢睨。江南老道人,齒髮日夜逝。他年雪堂品,空記桃花裔。(**紀昀眉**)結四句不甚醒快。

魚蠻子

(**紀昀眉**)香山一派,讀之宛然《秦中吟》也。(**潘奕雋眉**)此詩亦當爲介甫而作。(**吴汝綸評**)似昌黎。

江淮水爲田,舟楫爲室居。魚蝦以爲糧,不耕自有餘。(**《角山樓》評**)一氣注下,看其句法錯落。異哉魚蠻子,本非左衽徒。連排入江住,竹瓦三尺廬。于焉長子孫,戚施且侏儒。擘水取魴鯉,易如拾諸途。破釜不著鹽,雪鱗芼青蔬。(**蕭奇中夾**)頗佳。一飽便甘寢,何異獺與狙。(**蕭奇中夾**)亂世大幸?人間行路難,(**《角山樓》評**)以下入議論,連作數轉,使筆如風,略逗本意便住。踏地出賦租。(**蕭奇中夾**)安得不慨。不如魚蠻子,駕浪浮空虚。空虚未可知,(**蕭奇中夾**)傷哉。(**潘奕雋夾**)此轉更妙。會當算舟車。蠻子叩頭泣,勿語桑大夫。(**查慎行評**)主新法者聞之,當奈何!(**蕭奇中眉**)古在桑大夫矣,今何甚。(**翁同書眉**)《史記·平準書》述卜式之言曰:"烹弘羊,天乃雨。"不更益一字而意已顯。此詩結語胎息龍門峭絶。(**何紹基乙眉**)作詩之奇。(**何焯眉**)一轉□刻,何可令奉行新法者聞之。

【彙評】

汪師韓:分明指新法病民,出賦租者不如魚蠻之樂也。忽又念及

“算舟車”者,筆下風生凛凛。《史記·平準書》述卜式之言以結全篇曰:“烹弘羊,天乃雨。”不更益一字而意已顯。此詩結云“蠻子叩頭泣,勿語桑大夫”,亦不待明言其所以然,可稱詩史。

趙翼:范成大有“近來湖上亦收租”之句,可見南宋時魚蠻子亦出税矣。

《**角山樓**》:借端托諷,格意超絶。先括大意直起點題,後再與祥焉,是一意分兩層叙法。

吊李臺卿(並叙)

李臺卿,字明仲,廬州人。貌陋甚,性介不群,而博學强記,罕見其比。(**蕭奇中夾**)何論貌。好《左氏》,有《史學考正同異》,多所發明。知天文律曆,千載之日可坐數也。軾謫居黄州,臺卿爲麻城主簿,始識之。既罷居於廬,而曹光州演甫以書報其亡。臺卿,光州之妻党也。(**杭世駿眉**)要是以詩傳其人,嗟惜中隱,然以青雲之士自負,二篇同一機杼。(**何焯眉**)非此詩不足以傳此人。千載而下,讀者始而發嘆,繼而起敬,又繼之以太息。得一人知己,死後何恨耶!

我初未識君,人以君爲笑。垂頭若病鶴(**一作老鸛雀**),(《**角山樓**》**評**)比例奇妙。煙雨霾七竅。敝衣來過我,危坐若持釣。(**蕭奇中夾**)真可笑。(**紀昀夾**)寫照如生。褚裒半面新,(《**角山樓**》**評**)以運典代叙事,此詩之所以貴有學也。皵蔑一語妙。徐徐涉其瀾,極望不得徼。却觀元嫵媚,(《**角山樓**》**評**)與起處相應。士固難輕料。看書眼如月,罅隙靡不照。我老多遺忘,得君如再少。(《**角山樓**》**評**)妙語。纵横通雜藝,甚博且知要。(《**角山樓**》**評**)句道煉。所恨言無文,至老幽不耀。其生世莫識,已死誰復吊。(《**角山樓**》**評**)極推臺卿之學,而惜其“無文”“不耀”,“吊”字意寫得透。(**蕭奇中夾)東坡真九原知己。(紀昀夾)十字沉著。作詩遺故人,庶解俗子譙。(蕭奇中眉)誰復能於泥曳中識龍抱乎?(何紹基乙眉)言之無物,雖博而通者,不能傳世,儒往往有此,可嘆惜也。

【彙評】

查慎行:得公詩遂使明仲聲容笑貌千載如生。古人所云得一知己,死亦無恨者也。

汪師韓:"看書眼如月"數語,可謂心折膺服矣,却先從人所共笑處爲之,寫生傳神,可笑處實是可笑,可敬處實是可敬,俱是不遺餘力而寫之,世乃有臺卿其人哉!千載茫茫,一人知己。

譚元春:"危坐如持釣""得君如再少",太白失秀矣。

曹既見和復次其韻

(潘奕雋夾)曹光州也。(何焯旁)丙子十一月初,入夜,讀此詩,如聞言潔病篤,觸臆涕零。吾友固窮,自守凜然碩果,其可痛惜,又豈特臺卿之比而已。

造物本兒戲,風噫雷電笑。誰令妄驚怪,失匕號萬竅。人人走江湖,一一操網釣。偶然連六鰲,(蕭奇中夾)妙。便謂此手妙。(查慎行評)駿爽。(蕭奇中眉)從來如此。(何焯眉)世皆詭遇,才人短氣矣。空令任公子,三歲蹲海徼。長貧固不辭,一死實未料。難將蓍草算,除用佛眼照。何人嗣家學,恨子兒尚少。嗟我與曹君,(蕭奇中夾)是情是法。衰老世不要。(蕭奇中夾)"要"字奇。空言今無救,奇志後必耀。吟公五字詩,義重千金弔。收藏慎勿出,免使群兒譙。(紀昀夾)結句太激。

【彙評】

汪師韓:笑臺卿者多是偶然釣鰲之人,此詩要不專爲臺卿一人長太息。

次韻孔毅甫集古人句見贈五首

(**杭世駿眉**)五首用事有左旋右抽之樂,仍出天才,不假思索,所以不可及。(**蕭奇中眉**)五詩説法深廣,集者未必登奥,次者却已臻妙。(**紀昀眉**)五首皆語雜嘲弄,然頗有率句,不爲傑作。(**嚴虞惇眉**)今世集句盛行,當以此五詩醒之。(**何紹基乙眉**)此題何苦多做。(**翁同書旁**)《王直方詩話》曰:荆公始爲集句,多者至數十韻,往往對偶親於本詩,蓋以誦古今人詩多,或坐中率然而成,始可以爲貴也,後多效之。

羡君戲集他人詩,指呼市人如使兒。天邊鴻鵠不易得,便令作對隨家雞。退之驚笑子美泣,問君久假何時歸。世間好句世人共,明月自滿千家墀。(**翁同書旁**)《王直方詩話》曰:荆公始爲集句,多者至數十韻,往往對偶親於本詩,蓋以誦古今人詩多,或坐中率然而成,始可以爲貴也,後多效之。

紫駝之峰人莫識,雜以雞豚真可惜。今君坐致五侯鯖,盡是猩唇與熊白。(**蕭奇中夾**)贊集法之妙。路傍拾得半段槍,(**王文誥夾**)二比落想奇絶。何必開爐鑄矛戟。用之如何在我耳,(**蕭奇中夾**)大通。入手當令君喪魄。

天下幾人學杜甫,誰得其皮與其骨。(**王文誥夾**)此二句乃從古學杜者定讞。劃如太華當我前,跛牂欲上驚崷崒。(**王文誥夾**)此二句乃從古學杜者結局。名章俊語紛交衡,無人巧會當時情。(**王文誥夾**)詼諧得妙。前生子美只君是,信手拈得俱天成。(**蕭奇

中眉)"文章千古事,得失寸心知",此老杜句也。(**查慎行評**)毅父有《集杜》一首,故此章另提出。

詩人雕刻閑草木,搜抉肝腎神應哭。不如默誦千萬首,左抽右取談笑足。夜吟石鼎聲悲秋,可憐好事劉與侯。何當一醉百不問,我欲眠矣君歸休。

膏明蘭臭俱自焚,象牙翠羽戕其身。(**蕭奇中眉**)攻詩者自知之。多言自古爲數窮,微中有時堪解紛。癡人但數羊羔兒,不知何者是左慈。(**蕭奇中夾**)喻得妙。千章萬句卒非我,(**蕭奇中夾**)妙。急走捉君應已遲。(**蕭奇中眉**)有我相便多衆相,不立我故泯衆,能用衆故無我。(**錢陸燦眉**)似白樂天。(**錢廷錦甲旁**)言當直取自己性靈。

【彙評】

汪師韓:集句詩創自北宋,著于石延年而工於王安石,黄庭堅則目之爲百家衣,言如小兒文褓也,是匪富有胸中,豈能親切貫穿?然終非詩家所貴也。觀此數詩,所以譽之者至矣,言外正自有意在。

六年正月二十日復出東門仍用前韻

(**紀昀眉**)温雅可誦。(**王文誥旁**)解杜與解蘇不同,杜無考,故易;蘇事事有考,故難。

亂山環合水侵門,身在淮南盡處村。五畝漸成終老計,九重新掃舊巢痕。(**何焯眉**)"新掃舊巢痕"事,陸放翁已見注。(**何焯眉**)"舊巢痕"三字,本義山《越燕》詩,此老可謂之無一字無來處也。(**何紹基乙眉**)"新掃舊巢痕",蓋從此無復進用之望矣。(**錢廷錦乙眉**)陸放翁云:東坡嘗直史館,自謫爲散官,削去史館之職久矣。至是史館亦廢,故云"新掃舊巢痕"。李義山詩雲"鳳巢西隔九重門",(《角山樓評)語意和平,斯爲風人之旨。(莫友芝乙眉)釋道源云:義山詩"鳳巢西隔九重門"。東坡"九重新掃鳳巢痕"本此。豈惟見慣沙鷗熟,已覺來多釣石温。(杭世駿眉)"温"字妙勝前二作。(蕭奇中夾)"温"押得閑妙。(翁同書眉)坡翁一謫數年,甘心於漁樵而忘返,故有五、六句。長與東風約今日,暗香先返玉梅魂。(翁同書夾)望神宗之不忍絶棄也。

【彙評】

汪師韓:詞旨温厚,意味深長,在集内近體詩中更進一格。至於陸游之解、方回之評,俱以索解過高,然不可謂非解音知己也。

(附:陸游曰:昔祖宗以三館養士,儲將相材。及官制行,罷三館。而東坡蓋嘗直史館,然自謫爲散官,削去史館之職久矣。至於史館亦廢,故云"新掃舊巢痕",其用事之嚴如此。而"鳳巢西隔九重門",則又李義山詩也。)

方回:東坡初貶黄州之年,即細雨梅花、關山斷魂之時也。次年正月二十日往岐亭見陳慥季常,是以爲《女王城》之詩。又次年正月二十日與潘邠老等尋春,是以有"事如春夢了無痕"之詩。又次年正月三日尚在黄州,復出東門,仍和此韻。"亂山環合"四句,謂元豐官制行,罷廢祖宗館職,立秘書省,以正字、校書郎等爲差除資序,而儲士之意淺矣。觀此等語,豈惟可以考大賢之出處,亦可見時事之更張,仁廟之所以遺燕安於後世者何其盛,熙豐之政所以大有可恨者何其頓衰。坡下句云:"豈惟見慣沙鷗喜,已覺來多釣石温。"又可痛坡翁一謫數年,甘心於漁樵而忘返也。"新掃舊巢痕"事,陸放翁爲施宿注坡詩作序,記所對范致能語,學者可自檢觀。

劉弘:"盡處村"謂其地遠而僻。"老計"曰"漸成",蓋先生謫彼,始理生業。"九重舊巢"乃李建中所謂"鳳巢西隔九重門"句中來。先生官直史館,及謫去職時,亦罷三館,故云“新掃舊巢痕”。“沙鷗熟”“吊石温”,以見此地遨游之頻。“與東風約今日”者,考前卷,此月日嘗與潘、郭二生出郊尋春,故云。

食 柑

一雙羅帕未分珍,林下先嘗愧逐臣。(**何焯旁**)元豐故事,賜近臣黄柑,以黄羅帕包之。露葉霜枝剪寒碧,金盤玉指破芳辛。清泉蔌蔌先流齒,香霧霏霏欲噀人。(**查慎行評**)采之緑霧噀人,見六朝人《謝賜柑啓》中,非臆説也。(**杭世駿眉**)較上句更切。坐客殷勤爲收子,千奴一掬奈吾貧。(**紀昀夾**)“千奴一掬”四字,求新得拙。(**紀昀評**)結句不佳。

【彙評】

方回:讀此詩便覺齒舌津液,不啻如望梅林也。

大寒步至東坡贈巢三

(**紀昀眉**)沉痛之言,不傷忠厚。

春雨如暗塵,春風吹倒人。東坡數間屋,巢子與誰鄰。空床斂敗絮,破竈鬱生薪。(**彭元瑞夾**)不火故如新。(**紀昀夾**)本集“活火生薪聊一快”,即生柴之意。(**王文誥夾**)謂欲以火禦寒,而柴濕不可燒,徒有煙而無火也,下“鬱”字之意如此。曉嵐以“薪”爲新,謂不火如新,此與氣如霄相類,似當時相尚爲《字説》者之吐屬也。諸本無作“新”字,其説非是。相對不言寒,(**《角山樓》評**)透過一層,寫得深至。哀哉知我貧。我有一瓢酒,獨飲良不仁。(**蕭奇中眉**)天地之心,此酒勝萬間厦、千金裘矣。未能赬我頰,聊復濡子脣。故人千鍾禄,馭吏醉吐茵。那知我與子,坐作寒蛩呻。(**嚴虞惇眉**)東坡亦望故人分惠耶?何其不曠也。(**何紹基乙眉**)太潦倒。努力莫怨天,(**蕭奇中眉**)樂天俟命君子人與?我爾皆天民。行看花柳動,共享無邊春。(**紀昀夾**)推過一層作寬解,則當下難堪不言己見。(**潘奕雋眉**)破涕爲笑,想見當時兩公友誼之厚。

元修菜(並叙)

(**紀昀眉**)質而不俚,細而不瑣,此由筆力不同。(《**角山樓**》**評**)一路直如説話,而筆意自覺老健。

菜之美者,有吾鄉之巢,故人巢元修嗜之,余亦嗜之。元修云:使孔北海見,當復云吾家菜耶?因謂之元修菜。余去鄉十有五年,思而不可得。元修適自蜀來,見余於黄,乃作是詩,使歸致其子,而種之東坡之下云。(**孫顥元校録**)《世説》注並無"楊修也"三字,學齋占畢亦以君平距楊修之死近百年。次公注乃妄云。又《太平御覽》引《金樓子》作楊周,亦不言修也。附見王十朋集注本次公注。

彼美君家菜,鋪田緑茸茸。豆莢圓且小,槐芽細而豐。種之秋雨餘,擢秀繁霜中。(**蕭奇中夾**)一清莫敵。欲花而未萼,一一如青蟲。(**蕭奇中夾**)嫩纖可挹。是時青裙女,採擷何匆匆。烝之復湘之,香色蔚其饛。點酒下鹽豉,縷橙芼薑葱。那知雞與豚,但恐放箸空。(**何焯眉**)無用之用,餘波又是一層。春盡苗葉老,耕翻煙雨叢。(**蕭奇中夾**)盡致。潤隨甘澤化,暖作青泥融。始終不我負,力與糞壤同。我老忘家舍,楚音變兒童。此物獨嫵媚，終年繫余胸。君歸致其子，囊盛勿函封。張騫移苜蓿，適用如葵松。馬援載薏苡，羅生等蒿蓬。懸知東坡下，塉鹵化千鍾。長使齊安人，指此説兩翁。（**蕭奇中夾**）名心未化。（**紀昀眉**）有襯貼便不單窘，否則收不住一篇長詩。

二月三日點燈會客

（**翁同書眉**）此題王、施、查本皆作二月，合注作三月，王文誥改作正月。（**何紹基乙眉**）題須查。（**劉辰翁旁**）後上元半月於蠶市前後。

江上東風浪接天，苦寒無賴破春妍。試開雲夢羔兒酒，快瀉錢塘藥玉船。蠶市光陰非故國，（**蕭奇中夾**）自慨。馬行燈火記當年。冷煙濕雪梅花在，留得新春作上元。（**翁同書旁**）末韻通用僅見。（**潘奕雋眉**）"元"字誤用。（**嚴虞惇眉**）"元"字入"先"韻，何也？

【彙評】

劉弘：大概詩意多感慨。末二句雖即物以寓惜春之情，其悼世之意，可得於言表。

上巳日與二三子攜酒出游隨所見輒作數句明日集之爲詩故詞無倫次

（**蕭奇中眉**）妙全在不倫不次，晴晴雨雨，花花竹竹，酒酒談談，人人獨獨，極春游之散暢，豁羈情之俯仰。（**紀昀眉**）此永叔所謂"一林亂石，天然位置"者也，其法始自元白，而筆力則非元白所及也。（**何焯眉**）讀此篇知信就景直叙法。（**王文誥旁**）此題不作轉韻體，亦見其才之倔强矣。詩家天骨開張,真乃一生受用不盡。

薄雲霏霏不成雨,杖藜曉入千花塢。柯丘海棠吾有詩,獨笑深林誰敢侮。(**劉辰翁夾**)便有跌宕。三杯卯酒人徑醉,一枕春睡日亭午。(**蕭奇中夾**)好。竹間老人不讀書,(**蕭奇中夾**)故妙。留我閉門誰教汝。(**蕭奇中夾**)妙。出檐藁枳十圍大,寫真素壁千蛟舞。東坡作塘今幾尺,攜酒一勞農工苦。却尋流水出東門,(**蕭奇中夾**)"尋"得好。壞垣古塹花無主。卧開桃李爲誰妍,對立鵁鶄相媚嫵。開樽借草勸行路,(**蕭奇中夾**)君子。不惜春衫污泥土。褰裳共過春草亭,扣門却入韓家圃。轆轤繩斷井深碧,秋千索挂人何所。(**蕭奇中夾**)看得妙。映簾空復小桃枝,乞漿不見應門女。(**《角山樓》評**)寫荒園景色如見。南山古臺臨斷岸,雪陣翻空迷仰俯。故人饋我玉葉羹,水冷煙消誰爲煮。崎嶇東藴下荒徑,婭姹隔花聞好語。(**蕭奇中夾**)妙。更隨落景盡餘樽,却傍孤城得僧宇。(**蕭奇中夾**)又生一境。主人勸我洗足眠,倒床不復聞鐘鼓。明朝門外泥一尺,始悟三更雨如許。(**蕭奇中眉**)曠然無滓。平生所向無一遂,兹游何事天不阻。(**蕭奇中夾**)應感。(**查慎行評**)著此二語,全篇方有結束。(**翁同書眉**)[查云]得"平生"二語,全篇方有收束。(**潘奕雋眉**)瘦硬通神。固知我友不終窮,豈弟君子神所予。

日日出東門

(**蕭奇中夾**)逼古。(**紀昀眉**)渾渾有古致。

日日出東門,步尋東城游。城門抱關卒,笑我此何求。我亦無所求,(**翁同書夾**)接法入古。(**王文誥夾**)此種手法,公少作有之。駕言寫我憂。意適忽忘返,(**王文誥夾**)此種鈎勒,在處皆是,誥所謂本家筆也。路窮乃歸休。(**李鴻裔乙評**)平淡處妙造自然。懸知百歲後,父老説故侯。古來賢達人,此路誰不由。百年寓華屋,千載歸山丘。(**蕭奇中眉**)無何有。何事羊公子,不肯過西州。

南堂五首

(**杭世駿眉**)絶句中似此者最爲刻露清秀。

江上西山半隱堤,此邦臺館一時西。南堂獨有西南向,卧看千帆落淺溪。

暮年眼力嗟猶在,多病顛毛却未華。故作明窗書小字,更開幽室養丹砂。

他年雨夜困移床,坐厭愁聲點客腸。一聽南堂新瓦響,似聞東塢小荷香。(**劉辰翁評**)甚適。

山家爲割千房蜜,稚子新畦五畝蔬。更有南堂堪著客,不憂門外故人車。

掃地焚香閉閣眠,簟紋如水帳如煙。客來夢覺知何處,挂起西窗浪接天。(**查慎行評**)想見襟懷。(**紀昀眉**)此首興象自然,不似前四首有宋人椏杈之狀,然以爲夢得則未似,不知山谷何所見也。(**汪師韓夾**)境在耳目前,味出酸鹹外。(**邢居實夾**)東坡此詩,嘗題於余扇,山谷初讀,以爲是劉夢得所作。

【彙評】

王文濡:焚香閉閣,酣然高卧。羲皇上人,當不是過。

次韻子由種杉竹

吏散庭空雀噪檐,(蕭奇中夾)好。閉門獨宿夜厭厭。似聞梨棗同時種,(蕭奇中夾)要審。應與杉篁刻日添。糟曲有神熏不醉,雪霜誇健巧相沾。先生坐待清陰滿,空使人人嘆滯淹。

孔毅甫妻挽詞

結褵記初歡,同穴期晚歲。擇夫得温嶠,生子勝王濟。高風相賓友,古義仍兄弟。(蕭奇中眉)風典。從君吏隱中,窮達初不計。(蕭奇中夾)賢哉。云何抱沉疾,俯仰便一世。幽陰凄房櫳,芳澤在巾袂。百年縱得滿,此路行亦逝。那將有限身,長瀉無益涕。君文照今古,不比山石脆。當觀千字誄,寧用百金瘞。(杭世駿眉)潘岳工於述哀,此猶潘其剩馥。

次韻孔毅甫久旱已而甚雨三首

(杭世駿眉)三詩了無畦徑,獨往獨來,超絶、横絶。(紀昀眉)三詩皆排宕兀傲,奇氣縱横,妙俱從自己現境生情,不作應酬泛語。凡和詩最忌泛作,應酬人與己兩無涉也。

飢人忽夢飯甑溢,夢中一飽百憂失。(蕭奇中眉)掉弄罕博,言下可領。(《角山樓》評)起筆破空而來。只知夢飽本來空,未悟真飢定何物。(《角山樓》評)承筆又落習徑。我生無田食破硯,爾來硯枯磨不出。去年太歲空在酉,傍舍壺漿不容乞。今年旱勢復如此,歲晚何以黔吾突。青天蕩蕩呼不聞,況欲稽首號泥佛。

(**蕭奇中夾**)筊倒。(**何紹基乙眉**)此語非其人不敢出。甕中蜥蜴尤可笑,跂跂脈脈何等秩。(**何焯眉**)大底好罵。陰陽有時雨有數,民是天民天自恤。我雖窮苦不如人,要亦自是民之一。(**杭世駿眉**)錢牧齋《上李高陽》詩"田間我亦一蒼生",從此脱胎。(**查慎行評**)可稱辭達。(**何焯眉**)誰能痛快如此。(**《角山樓》評**)直如説話,而曲折有氣,不傷於率。形容雖似喪家狗,未肯弭耳争投骨。倒冠落幘謝朋友,獨與蚊雷共圭蓽。故人嗔我不開門,君視我門誰肯屈。可憐明月如潑水,夜半清光翻我室。風從南來非雨候,(**何焯眉**)從"風"字即帶出和孔。且爲疲人洗烝鬱。褰裳一和快哉謡,未暇飢寒念明日。(**翁同書眉**)此首久旱。(**汪師韓夾**)先將旱勢寫得淋漓極致,以待下二章轉關,反復詳盡,清絶滔滔,呼作"快哉謡"不虚也。(**何紹基乙眉**)情事真切。(**何焯眉**)首章説久旱。

【彙評】

查慎行:首章説久旱,從《雲漢》之什得來。

去年東坡拾瓦礫,自種黄桑三百尺。今年刈草蓋雪堂,日炙風吹面如墨。平生懶惰今始悔,老大勸農天所直。(**蕭奇中眉**)陸放翁詩"天不能窮力穡家"。沛然例賜三尺雨,造化無心怳難測。四方上下同一雲,甘霔不爲龍所隔。(**俗有分龍日。**)蓬蒿下濕迎曉來,(**《角山樓》評**)得雨正面,寫得正好。燈火新凉催夜織。老夫作罷得甘寢,卧聽墻東人響屐。(**蕭奇中眉**)細緻如印。奔流未已坑谷平,折葦枯荷恣漂溺。腐儒粗糲支百年,(**《角山樓》評**)鬥入議論,極精采。東坡詩後路每於虚境設想,一連數層,真有瀾翻不竭之妙。力耕不受衆目憐。(**紀昀夾**)忽特地跳出題外,却仍是題中,筆力恣肆之至,若順寫雨足景象一番,便是凡筆。破陂漏水不耐旱，人力未至求天全。會當作塘徑千步，橫斷西北遮山泉。（**蕭奇中夾**）奇極。四鄰相率助舉杵，人人知我囊無錢。明年共看決渠雨，飢飽在我寧關天。（**蕭奇中眉**）上求天全，下寧關天，欣幸之？可齚可頌。誰能伴我田間飲，醉倒惟有支頭磚。（**蕭奇中眉**）唐人亦有"爲農且用天"之句，更精妙復立。（**查慎行評**）操縱在我，筆力極透。與前篇"去年太歲空在酉"四句作大開合，末又補出築堤貯水，見人力既至，則天不能災。此意乃題中所未有。（**翁同書眉**）此首雨。（**汪師韓夾**）旱而得雨，因雨而籌，及於破陂之漏水，思作塘以遮泉。由去年、今年而並預算明年，絶不爲愁霖計者。三詩如各自成章，乃正其神明於斷續合離之法。（**何紹基乙眉**）不求人，止求天，倔强猶昔。明年渠成，並天亦不求矣。寫出骨力本領，而筆特侃恣自喜。（**何焯眉**）次章從久旱説到雨思，爲防旱之計。○下半叙景最妙。

【彙評】

譚元春：此首亦不可遺，惜無好結。看至尾處，敗興耳。若到"飢飽在我寧關天"住了，猶覺味完。此不可與好多人商也。

天公號令不再出，十日愁霖併爲一。（**劉辰翁夾**）奇甚。（**《角山樓》評**）寫甚雨簡盡。君家有田水冒田，我家無田憂入室。不如西州楊道士，萬里隨身惟兩膝。（**紀昀夾**）苦雨却借一不苦雨者托出，用筆巧妙。若説如何苦雨，便是凡筆。沿流不惡泝亦佳，一葉扁舟任漂突。山芎麥曲都不用，泥行露宿終無疾。夜來飢腸如轉雷，旅愁非酒不可開。（**《角山樓》評**）勢須掉結。楊生自言識音律，洞簫入手清且哀。不須更待秋井塌，（**蕭奇中夾**）翻。見人白骨方銜杯。（**紀昀眉**）苦雨偏以豪語收，是極力擺脱處。（**查慎行評**）末章方説甚雨。（**翁同書眉**）此首甚雨。（**汪師韓夾**）前兩章言旱、言雨，已各詞意周浹。此章言甚雨，若必更作已甚之詞，則詩體俳諧無復餘地矣。"君家有田水冒田,我家無田憂入室"二句,情狀已盡。下只就楊道士爲言,與雨旱都不相值,張弛無所不妙也。楊萬里獨賞結二句:"不須更待秋井塌,見人白骨方銜杯",謂其用杜詩得翻案法,抑亦末矣。(**翁同書旁**)楊萬里謂"結二句用杜詩,得翻案法"。(**何焯眉**)末章方説甚雨。

【彙評】

汪師韓:首作以"飢人忽夢"起,以"未暇飢寒念明日"結;次作云"飢飽在我寧關天";三作云"夜來飢腸如轉雷",微作呼應之語,映帶無痕。

曾國藩:第一首專詠久旱。第二首前半喜已得雨,後半將謀作塘。第三首詠甚雨而及楊道士。

初秋寄子由

(**錢廷錦乙旁**)清真。(**何焯眉**)翻借换韻爲轉折,自然凄斷。此等詩另是一格,不特他人不能爲,先生集中,亦惟與子由往復詩,時一見之耳。

百川日夜逝,物我相隨去。(**蕭奇中夾**)静照。(**何紹基乙眉**)"物我相隨去",凄苦語。惟有宿昔心,依然守故處。(**蕭奇中夾**)未免戀戀。(**查慎行評**)眼前語難得如許親切。(**紀昀夾**)發端深警。(《**角山樓**》**評**)落筆便極痛快,此公本色。(**賴山陽評**)何等起手,四句真是這老本色。憶在懷遠驛,(《**角山樓**》**評**)以下六韻皆追叙所謂"宿昔心"也。閉門秋暑中。藜羹對書史,揮汗與子同。西風忽凄厲,萬葉穿户牖。子起尋夾衣,感嘆執我手。朱顔不可恃,(**蕭奇中夾**)亦當時之言也。(**賴山陽評**)以下四句是子由言。此語君勿疑。别離恐不免,功名定難期。當時已凄斷,(《**角山樓**》**評**)折入本色,筆筆曲,句句警。况此兩衰老。失途既難追,學道恨不早。(**查慎行評**)情文婉摯,令人欲喚奈何。買田秋已議,築室春堂成。雪堂風雨夜,已作對床聲。(**何紹基乙眉**)質味不磨。(**何焯眉**)惓惓偕隱,其如三朝知遇未報何?(**紀昀眉**)音節似香山《桐花》詩,但收斂謹嚴耳。王摩詰《寄祖三》詩亦此格,而氣體各别。

【彙評】

汪師韓:五言轉韻能一氣旋折,筆愈轉而情愈深、味愈長。此等詩,他人不能爲,在集中亦惟與子由往復數章僅見之。

賴山陽:自情事起筆,全篇唯是言"宿昔"之事,而其言即時之景,止結末二語,是此詩之妙,後覺所可法。全詩四句一解,六解六韻,亦是五古變體。

和黄魯直食筍次韻

(**蕭奇中眉**)每於題前見意。

飽食有殘肉,飢食無餘菜。紛然生喜怒,似被狙公賣。爾來誰獨覺,凛凛白下宰。(**太和,古白下。**)一飯在家僧,至樂甘不壞。多生味蠹簡,食筍乃餘債。(**紀昀夾**)巧不傷雅。(**何紹基乙眉**)未必不欲吃筍,隨意曲折耳。(**何焯眉**)妙論解頤。蕭然映樽俎,未肯雜菘芥。君看霜雪姿,(**《角山樓》評**)寄托語,妙極自然。童稚已耿介。(**蕭奇中夾**)贊。胡爲遭暴横,三嗅不忍嘬。朝來忽解籜,勢迫風雷噫。(**《角山樓》評**)警策。尚可餉三閭,(**《角山樓》評**)跟"籜"字生出。飯筒纏五采。(**杭世駿眉**)末韻不切,亦是趁韻。(**紀昀眉**)忽然自寓,不粘不脱,信手無痕,而玲瓏四照。

聞子由爲郡僚所捃恐當去官

少學不爲身,宿志固有在。(**蕭奇中夾**)大儒之言。雖然敢自必,用舍置度外。天初若相我,發迹造弘大。豈敢負所付,捐軀欲投會。(**紀昀夾**)句拙。寧知事大謬,舉步得狼狽。我已無可言,墮甑難追悔。子雖僅自免,雞肋安足賴。低回畏罪罟,黽俛敢言退。(**蕭奇中眉**)憂讒畏譏,千古同感。若人疑或使,(**翁同書眉**)[合注]"若人"句似指爲子由辨理者。爲子得微罪。時哉歸去來,共抱東坡耒。(**翁同書眉**)"若人"正指郡僚言,倘因爲所捃,得以微罪行,而共耕東坡,疑若或使之者耳。馮注未得其解。

次韻王鞏南遷初歸二首

問君謫南賓,野葛食幾尺。逢人瘴髮黄,入市胡眼碧。三年不易過,坐睨倚天壁。歸來貌如故,妙語仍破鏑。(**杭世駿眉**)"破鏑"曰"破的"而誤。那能廢詩酒,亦未妨禪寂。(**蕭奇中夾**)妙人。願爲尚書郎,還賜上方舄。

江家舊池臺,(**紀昀夾**)江令乃亡國之餘,非謫宦也。修竹圍一尺。歸來萬事非,惟見秦淮碧。(**蕭奇中夾**)好,好。(**紀昀夾**)起四句用事欠親切。平生痛飲處,遺墨鴉棲壁。西來故父客,金印雜鳴鏑。三槐老更茂,花絮春寂寂。中微未可料,(**翁同書眉**)[施注]《史記·楚世家》"其後中微。"家廟藏赤舄。

孔毅甫以詩戒飲酒問買田且乞墨竹次其韻

(**蕭奇中眉**)全首運掉皆妙。(**紀昀眉**)隨事作答,自是倡和正格,而限於韻脚，收束處未能滿足。

酒中真復有何好，孟生雖賢未聞道。醉時萬慮一掃空，醒後紛紛如宿草。（**何紹基乙眉**）寫神。十年揩洗見真妄，石女無兒焦穀槁。此身何異貯酒瓶，滿輒予人空自倒。（**蕭奇中眉**）排難解紛，傾囊揮金，一旦風雨，誰予與汝。武昌痛飲豈吾意，性不違人遭客惱。君家長松十畝陰，借我一庵聊洗心。我田方寸耕不盡，何用百頃糜千金。枕書熟睡呼不起，好學憐君工雜擬。且將墨竹換新詩，潤色何須待東里。（**翁同書夾**）以上答乞墨竹。

任師中挽詞

（**紀昀眉**）亦是凡語。

大任剛烈世無有，疾惡如風朱伯厚。小任温毅老更文，聰明慈愛小馮君。兩任才行不須説，疇昔並友吾先人。（**蕭奇中夾**）古言。相看半作晨星没，可憐太白與殘月。大任先去冢未乾，小任相繼呼不還。强寄一樽生死别，樽中有淚酒應酸。貴賤賢愚同盡耳，君家不盡緣賢子。人間得喪了無憑，只有天公終可倚。（**蕭奇中眉**）明明達人苦不知。

子由作二頌頌石臺長老問公手寫蓮經字如黑蟻且誦萬遍脅不至席二十餘年予亦作二首

（**紀昀眉**）二首太偈頌氣。

眼前擾擾黑蚍蜉,口角霏霏白唾珠。要識吾師無礙處,試將燒却看嗔無。(**蕭奇中眉**)静定。

眼睛心地兩虛圓,脅不沾床二十年。誰信吾師非不睡,睡蛇已死得安眠。(**蕭奇中眉**)實際功,實際語。

鄧忠臣母周氏挽詞

微生真草木,無處謝天力。(**蕭奇中夾**)本言。慈顏如春風,不見桃李實。(**張問陶評**)黯然。古今抱此恨,有志俯仰失。公子豈先知,戰戰常惜日。吾君日月照,委曲到肝膈。哀哉人子心,吾何愛一邑。(**張問陶評**)必辭官就養。家庭拜前後,粲然發笑色。豈比黄壤下,焚瘞千金璧。若人道德人,(**張問陶評**)謂鄧母。視此亦戲劇。聊償曾閔意,遽與仙佛寂。孤累卧江渚,永望墳墓隔。作詩相楚挽,感慟淚再滴。(**翁同書旁**)[合注]先生先丁成國太夫人艱,此詩首尾皆因鄧母而感觸也。

徐君猷挽詞

一舸南游遂不歸,清江赤壁照人悲。請看行路無從涕,(**蕭奇中夾**)筆筆古厚。盡是當年不忍欺。(**紀昀夾**)三、四太拙。雪後獨來栽柳處,竹間行復採茶時。(**蕭奇中眉**)黯然喪懷。山城散盡樽前客,舊恨新愁只自知。(**何紹基乙眉**)宕開有致。(**莫友芝乙夾**)剛節不成文。

和蔡景繁海州石室

(**蕭奇中眉**)俯仰全詩生涯頗惜。(**紀昀眉**)情往興來,處處有宛轉關生之妙，東坡得意之筆。

芙蓉仙人（**石曼卿也**）舊游處，蒼藤翠壁初無路。（**《角山樓》評**）叙來歷。戲將桃核裹黄泥，石間散擲如風雨。坐令空山出錦繡，倚天照海花無數。（**查慎行評**）叙事生色。（**何焯眉**）直叙却似極力烘染。（**《角山樓》評**）寫景俊偉。花間石室可容車，流蘇寶蓋窺靈宇。何年霹靂起神物，玉棺飛出王喬墓。當時醉卧動千日，至今石縫餘糟醑。（**《角山樓》評**）曼卿嗜酒，故篇中多以"酒"字作映帶。仙人一去五十年，花老室空誰作主。手植數松今偃蓋，蒼髯白甲低瓊户。（**蕭奇中夾**）照桃花。（**翁同書夾**）［王注］自首句至此皆言石曼卿事。（**曾國藩評**）以上叙石曼卿種桃。我來取酒酹先生，（**翁同書夾**）自叙昔游。後車仍載胡琴女。一聲冰鐵散岩谷，海爲瀾翻松爲舞。（**紀昀眉**）只四語而淋漓酣足。（**曾國藩評**）上四句叙公嘗攜家一游，有婢彈胡琴。爾來心賞復何人，（**翁同書夾**）方入景繁。持節中郎醉無伍。（**翁同書眉**）"持節"句言景繁，爲使來海州，蓋時漕淮南也。獨臨斷岸呼出日，（**蕭奇中夾**）凌然。紅波碧巘相吞吐。（**《角山樓》評**）句亦俊偉。徑尋我語覓餘聲，拄杖彭鏗叩銅鼓。（**紀昀夾**）前後縈拂，有情致，亦有法度。長篇小字遠相寄，一唱三嘆神悽楚。江風海雨入牙頰，似聽石室胡琴語。（**紀昀夾**）鈎心鬥角，觸手玲瓏。（**翁同書眉**）綰合敏妙。（**曾國藩評**）上十句，因蔡寄詩，復念及胡琴婢。我今老病不出門，海山岩洞知何許。門外桃花自開落，（**蕭奇中夾**）結上。床頭酒甕生塵土。前年開閣放柳枝，今年洗心參佛祖。（**蕭奇中眉**）大悟語。夢中舊事時一笑，坐覺俯仰成今古。願君不用刻此詩，東海桑田真旦暮。（**紀昀眉**）收亦滿足。（**翁同書眉**）大海回瀾，恰好收束，所謂因公復起一念也。（**《角山樓》評**）一氣卷盡前文，清出和意，十分酣暢。

【彙評】

汪師韓:石延年通判海州,使人以泥裹桃核,彈擲山嶺之上,一二歲間,花發滿山,誠爲勝舉。詩援此説入,自首句至"蒼髯白甲低瓊户"以上,皆言石事,繼述舊游,而以和詩之意終焉,舒展春容,有大海回波生紫瀾之妙。

和秦太虚梅花

西湖處士骨應槁,(**翁同書夾**)指林逋。只有此詩君壓倒。東坡先生心已灰,爲愛君詩被花惱。多情立馬待黄昏,殘雪消遲月出早。江頭千樹春欲暗,(《**角山樓**》**評**)一點不著色相,所以爲高。竹外一枝斜更好。(**方回評**)坡梅詩古句佳者。(**查慎行評**)自成冷豔。(**杭世駿眉**)此句已爲此花絶唱。(**紀昀眉**)實是名句,在林和靖"疏影""暗香"一聯上,故無愧色。孤山山下醉眠處,點綴裙腰紛不掃。(**查慎行評**)二語不似先生口吻。萬里春隨逐客來,十年花送佳人老。(**蕭奇中夾**)好。(**紀昀夾**)悲壯似高、岑口吻。去年花開我已病,今年對花還草草。(**蕭奇中夾**)真境。不如風雨卷春歸,收拾餘香還畀昊。(**何紹基乙眉**)就抒懷抱志,却是梅花詩有。真是西湖梅花,坡公所作詩也。

【彙評】

范大士:不甚著意梅花,而蕭散之神已自無心透露,正所謂粗服亂頭都好也。

再和潛師

化工未議蘇群槁,先向寒梅一傾倒。江南無雪春瘴生,爲散冰花除熱惱。風清月落無人見,洗妝自趁霜鐘早。(**蕭奇中夾**)皎皎。惟有飛來雙白鷺,玉羽瓊林鬥清好。(**紀昀夾**)先著四語入參寥,便覺有情。吴山道人心似水,眼净塵空無可掃。故將妙語寄多情,横機欲試東坡老。東坡習氣除未盡,時復長篇書小草。且撼長條餐落英,忍飢未擬窮呼昊。

【彙評】

劉辰翁:甚似牽强。

橄 欖

(**劉辰翁旁**)嘗行三山即無此事。(**紀昀眉**)未免傖氣。

紛紛青子落紅鹽,正味森森苦且嚴。(**錢廷錦甲眉**)今人包橄欖,以鹽點吃,則苦澀俱消是也。待得微甘回齒頰,已輸崖蜜十分甜。(**錢陸燦眉**)粤中出橄欖、崖蜜二果,物類相似,但崖蜜不可食。

【彙評】

汪師韓:味美於回,故味不可味,非爲苦嚴扼惜也。曰“正味”,曰“十分甜”,筆法自寓。

顧禧:記得小説南人誇橄欖於河東人云:“此有回味。”東人云:“不若我棗,比至爾回味,我已甜久矣。”

海 棠

東風嫋嫋泛崇光,香霧霏霏月轉廊。只恐夜深花睡去,更燒高燭照紅妝。(**何紹基乙眉**)妙賞。

【彙評】

譚元春:袁中郎之力去此詩也。

查慎行:此詩極爲俗口所賞,然非先生老境。

趙克宜:凡俗口所傳,必無佳詩,同氣相求,其故易解。

東　坡

(**紀昀眉**)風致不凡。

雨洗東坡月色清,市人行盡野人行。莫嫌犖确坡頭路,自愛鏗然曳杖聲。(**蕭奇中眉**)清霄聲鶴,碧水吟蛟。(**王文誥夾**)此類句出自天成,人不可學。(**翁同書眉**)灑脱。(**何紹基乙眉**)寫"坡"字之神。(《**角山樓**》**評**)拈出小境,入神。

【彙評】

陳衍:東坡興趣佳.不論何題,必有一二佳句,此類是也。

生日王郎以詩見慶次其韻並寄茶二十一片

折楊新曲萬人趨,獨和先生于蔿于。但信櫝藏終自售,豈知碗脱本無櫨。朅從冰叟來游宦,(**翁同書夾**)指子由。肯伴臞仙亦號儒。棠棣並爲天下士,芙蓉曾到海邊郛。不嫌霧谷霾松柏,終恐虹梁荷棟桴。高論無窮如鋸屑,小詩有味似連珠。感君生日遥稱壽,(**翁同書夾**)答來詩。祝我餘年老不枯。未辦報君青玉案，建溪新餅截雲腴。(**翁同書夾**)寄茶。

别黄州

(**紀昀眉**)宛轉清切，薄而不弱。

病瘡老馬不任鞿，猶向君王得敝帷(**一作幃**)。(**杭世駿眉**)"帷""幃"可通。(**蕭奇中夾**)可傷。(**紀昀夾**)"敝帷埋馬"非"老馬"，微嫌不倫，然不大礙。桑下豈無三宿戀，(**錢廷錦甲夾**)句句是别。樽前聊與一身歸。(**劉辰翁夾**)悲哉。長腰尚載撑腸米，(**錢廷錦甲夾**)"别黄"。闊領先裁蓋癭衣。(**翁同書夾**)謂將赴汝。(**錢廷錦甲夾**)"移汝"。(**錢廷錦甲眉**)惟其"長腰"，所以"撑腸"，惟其"闊領"，所以"蓋癭衣"。東坡詩雖自稍放，尚與唐律合符，至放翁而失之矣。投老江湖終不失，(**紀昀夾**)已邀量移，似乎可以自遂，故有此句。來時莫遣故人非。(**紀昀夾**)"來時"作"將來"解；"非"字作"非議"解。

過江夜行武昌山聞黄州鼓角

清風弄水月銜山，幽人夜度吴王峴。(**紀昀夾**)屢以"幽人"自稱，其實假借，何不直曰"行人"。黄州鼓角亦多情，送我南來不辭遠。(**錢陸燦眉**)比"東風吹我欲山行"爲穩。(**方東樹評**)此可爲流連光景等法。(**陳衍評**)鼓角送行，未經人道過。江南又聞出塞曲，(**蕭奇中夾**)添出。半雜江聲作悲健。誰(**一作難**)言萬方聲一概，(**方東樹評**)"難言"句用杜精切。鼉憤龍愁爲余變。(**紀昀夾**)是量移時語。我記江邊枯柳樹，未死相逢真識面。(**紀昀夾**)縈拂有致。(**翁同書夾**)縈拂自然。他年一葉泝江來，還吹此曲相迎餞。(**紀昀夾**)

仍結本位，密。（**方東樹評**）收四句仙氣。

【彙評】

汪師韓：已去之地，鼓角多情；新至之處，曲聲悲健。妙是半雜江聲，通彼我之懷，覺行役宵中，有聲有色。

自興國往筠宿石田驛南二十五里野人舍

（**紀昀眉**）語自俊逸，不嫌其剽。

溪上青山三百疊，快馬輕衫來一抹。（**錢陸燦夾**）率筆公往往有之。倚山修竹有人家，橫道清泉知我渴。（**彭元瑞夾**）恰如人意謂之"知，可也"。與詩"知我理荒薈"同意。（**何焯眉**）淡然有光，闃然無迹。芒鞋竹杖自輕軟，蒲薦松床亦香滑。夜深風露滿中庭，惟見孤螢自開闔。（**紀昀眉**）結亦幽豔。（**何紹基乙眉**）"開闔"字妙。

【彙評】

汪師韓："孤螢開闔"之句較"暗飛螢自照"爲更冷然。

將至筠先寄遲適遠三猶子

露宿風餐六百里，明朝飲馬南江水。（**紀昀眉**）筆仗跳脱之至。（**方東樹評**）起，筆仗跳脱有韻。未見豐盈犀角兒，先逢玉雪王郎子。（**時道逢王郎於建昌，方北行也。**）（**紀昀夾**）借儭，非正文。對床欲作連夜語，（**紀昀夾**）隨手儭過，隨手隱入。念汝還須戴星起。（**紀昀夾**）此"汝"字不指王郎也。夜來夢見小於菟，（**遠小名虎兒。**）

猶是髧髦垂兩耳。憶過濟南春未動,三子出迎殘雪裏。我時移守古河東,酒肉淋漓渾舍喜。(**杭世駿眉**)"渾舍"即妻子,猶俗言"渾家""小舍",二律在坡集中最爲近人。(**王文誥夾**)公罷密,赴河中,過濰、青二州,大雪,有詩。至濟南,子由已委家而去,故惟三子出迎殘雪之中。此因追濰往事,而且有盛衰之感,是作詩本旨也。而今憔悴一羸馬,逆旅擔夫相汝爾。出城見我定驚嗟,身健窮愁不須耻。我爲乃翁留十日,掣電一歡何足恃。惟當火急作新詩,一醉兩翁勝酒美。(**何紹基乙眉**)仍捨不得此事,何也?

端午游真如遲適遠從子由在酒局

(**紀昀眉**)詩亦清老,苦不出色。

一與子由别,却數七端午。(**翁同書夾**)即從端午生情。(**《角山樓》評**)即從端午生情,此之謂切,語亦洗練。身隨彩絲繫,心與昌歜苦。今年匹馬來,佳節日夜數。兒童喜我至,典衣具雞黍。水餅既懷鄉,飯筒仍愍楚。謂言必一醉,快作西川語。寧知是官身,糟曲困熏者。(**翁同書夾**)言子由爲酒官,時在局,不得從游也。獨攜三子出,古刹訪禪祖。高談付梁羅,(**梁、羅,遲、適小名**)。詩律到阿虎。(**查慎行評**)先生詩有"夜來夢見小於菟"之句,阿虎乃遠小名。歸來一調笑,慰此長齟齬。

别子由三首(兼别遲)

(**紀昀眉**)三首語皆真至,雖短幅而情理曲鬯。(**何紹基乙眉**)真灑落。

知君念我欲别難,我今此别非他日。風裏楊花雖未定,雨中荷葉終不濕。(**劉辰翁夾**)兩語漸俗。(**查慎行評**)劉須溪云:"兩語漸俗。"(**蕭奇中眉**)參參。(**翁同書夾**)意言此身雖遂漂流,終不能沾溼滯也。三年磨我費百書,一見何止得雙璧。願君亦莫嘆留滯,六十小劫風雨疾。

先君昔愛洛城居,我今亦過嵩山麓。水南卜宅吾豈敢,試向伊川買修竹。又聞緱山好泉眼,傍市穿林瀉冰玉。遥想茅軒照水開,兩翁相對清如鵠。(**紀昀眉**)此二首别子由。

兩翁歸隱非難事,惟要傳家好兒子。憶昔汝翁如汝長,筆頭一落三千字。世人聞此皆大笑,慎勿生兒兩翁似。不知樗櫟薦明堂,(**翁同書旁**)"樗櫟"句言不材者進用也。何似鹽車壓千里。(**紀昀眉**)此首兼别遲。

【**彙評**】

查慎行丙:施氏原注:"康孟師石刻,'卜築'作'卜宅','遥想茅軒'作'想見茅檐',與集本互異。"

初别子由至奉新作

(**杭世駿眉**)押韻如彀强弩,字字跳躍而出。(**紀昀眉**)曲折深至,語皆警策。

雙鵲先我來,飛上東軒背。書隨好夢到,人與佳節會。一歡難把玩,回首了無在。(《**角山樓**》**評**)一起數語追叙,藹然情深。却渡來時溪,(《**角山樓**》**評**)"來時溪"三字寫得有情。斷橋號淺瀨。茫茫暑天闊,藹藹孤城背。(**何焯眉**)"背"韻重。(**查慎行評**)"背"字重叶。據《欒城集》和詩，音"倍"，固不重也。(**《角山樓》評**)情景相融，語極雅淡。青山旺暤中，落日凄涼外。(**王文誥夾**)有景有人，一幅絶妙畫圖。盛衰豈吾意，離合非所礙。何以解我憂，粗了一事大。(**王文誥夾**)凡此類詩，皆以詩無出路，借作歇手也。若認真當一事看，即爲所紿。凡言理者，指此類爲贓證，皆如癡兒爲所紿也。(**何紹基乙眉**)一事大。

同年程筠德林求先墳二詩

思成堂

宰樹連山谷，祠堂照路隅。養松無觸鹿，助祭有馴烏。(**紀昀夾**)拙句。歸夢先寒食，兒啼到白鬚。遥知鄰里化，醉叟道争扶。

歸真亭

舊笑桓司馬，今師鄭大夫。不知徂歲月，空覺老楸梧。祭禮傳家法，阡名載版圖。(**何紹基乙眉**)偏美渲染。會看千字誄，木杪見龜趺。(**何焯眉**)"木杪見龜趺"從杜詩"我僕猶木末"化出也。

過建昌李野夫公擇故居

彭蠡東北源，廬阜西南麓。(**王文誥夾**)拓出大勢，公之待野夫、公擇，可謂厚矣。何人修水上，種此一雙玉。思之不可見，破宅餘修竹。四鄰戒莫犯，(**蕭奇中夾**)儼。(**《角山樓》評**)全從旁面寫出，脱化愛屋及烏之意。十畝森似束。(**紀昀夾**)二李之爲人可知。若直作贊詞，便是凡筆。我來仲夏初，解籜呈新緑。幽鳥向我鳴，野人留我宿。徘徊不忍去，微月挂喬木。遥想他年歸，（《**角山樓**》**評**）空際設想，二李之人品，公及二李之交情，一一可見。解組巾一幅。對牀老兄弟，夜雨鳴竹屋。卧聽鄰寺鐘，書窗耿殘燭。（**查慎行評**）有此一段，方知野夫兄弟宦游未歸，不然竟似吊故宅矣。（**紀昀眉**）查云"有此一結，方知野夫兄弟宦游未歸，不然竟是吊故宅矣"。〇此批固是，然東坡之意，只爲補寫二李生平，以虚筆托出耳。前路説二李處，都是隱隱躍躍，未明言爲何如人也。（**何紹基乙眉**）想得幽逸。

初入廬山三首

（**紀昀眉**）隨意口占，無甚出色。（**何紹基乙眉**）"初入"者非他，爲他年計也，妙甚。

青山若無素，偃蹇不相親。要識廬山面，（**山南，山面也。**）他年是故人。

【彙評】

劉辰翁：謂匆匆結緣也。

自昔懷清賞，神游杳藹間。如今不是夢，真個在廬山。（**蕭奇中夾**）悟矣。（**蕭奇中眉**）先生"不識廬山真面目，只緣身在此山中"，跳出夢裏也。

芒鞋青竹杖，自挂百錢游。可怪深山裏，人人識故侯。

圓通禪院先君舊游也四月二十四日晚至宿焉明日先君忌日也乃手寫寶積獻蓋頌佛一偈以贈長老仙公仙撫掌笑曰昨夜夢寶蓋飛下著處輒出火豈此祥乎乃作是詩院有蜀僧宣逮事訥長老識先君云

(**何焯眉**)集中此種爲最工穩之詩,然終有飄然之致。

石耳峰頭路接天,梵音堂下月臨泉。此生初飲廬山水,他日徒參雪竇禪。袖裏寶書猶未出,夢中飛蓋已先傳。何人更識嵇中散,(**翁同書夾**)謂蜀僧識老泉。(**錢廷錦甲夾**)識先君。野鶴昂藏未是仙。(**蕭奇中夾**)用意妙。

【彙評】

汪師韓:詩簡於題,題中之意,詩無剩語;題外之意,詩有餘情。體贍律調,咀味無盡。

子由在筠作東軒記或戲之爲東軒長老其婿曹焕往筠余作一絶句送曹以戲子由曹過廬山出以示圓通慎長老慎欣然亦作一絶送客出門歸入室趺坐化去子由聞之乃作二絶一以答予一以答慎明年余過圓通始得其詩乃追次慎韻

(**紀昀眉**)此真偈子矣。

君到高安幾日回,一時斗藪舊塵埃。贈君一籠牢收取,盛取東軒長老來。(**余送曹詩。**)(**蕭奇中夾**)快妙。

大士何曾有生死，小儒底處覓窮通。偶留一吷千山上，散作人間萬竅風。（余和慎詩。）

余過温泉壁上有詩云直待衆生總無垢我方清冷混常流問人云長老可遵作遵已退居圓通亦作一絶

（**蕭奇中夾**）亦用維摩"衆生愈，我疾乃愈"。（**紀昀眉**）亦是偈子，此種偶作何妨，但入集則須斟酌矣。

石龍有口口無根，自在流泉誰吐吞。若信衆生本無垢，此泉何處覓寒温。（**蕭奇中夾**）好。

【彙評】

查慎行：此老踞地頗高，正恐願大難成佛，奈何！

世傳徐凝瀑布詩云一條界破青山色至爲塵陋又僞作樂天詩稱美此句有賽不得之語樂天雖涉淺易然豈至是哉乃戲作一絶

（**劉辰翁旁**）樂天正是戲之，故云最好是一條。（**紀昀眉**）樂天所稱，如章八元《慈恩浮圖》之類，多不可解，不但此詩，不必僞作也。

帝遣銀河一派垂，古來惟有謫仙詞。飛流濺沫知多少，不與徐凝洗惡詩。（**錢廷錦乙眉**）所謂准敕惡詩也。附見王十朋注。（**紀昀眉**）亦詆之太過，此自有意翻案，非持平之論也。（**趙克宜評**）徐凝句雖不超，亦不爲塵陋，此東坡客氣語也。太白"銀河"之句亦淺甚，不如"海風吹不斷,江月照還空"之聯爲佳。

書李公擇白石山房

(**紀昀眉**)本地風光,點染殊妙。(**何紹基乙眉**)健。

偶尋流水上崔嵬,五老蒼顔一笑開。(**蕭奇中夾**)妙。若見謫仙煩寄語,康(**一作匡。**)山頭白早歸來。(**彭元瑞夾**)在東坡詩中宜作"康山"。(**蕭奇中眉**)誕而逸。

贈東林總長老

溪聲便是廣長舌,山色豈非清净身。(**杭世駿眉**)《楞嚴》妙諦,《華嚴》法界。(**趙克宜評**)起二語作偈甚佳,入詩不稱。夜來八萬四千偈,他日如何舉似人。

題西林壁

(**蕭奇中眉**)道無道,法無法,高著眼睛手要快。(**紀昀眉**)亦是禪偈,而不甚露禪偈氣,尚不取厭,以爲高唱則未然。

横看成嶺側成峰,(**蕭奇中夾**)亦通自參。遠近高低無一同,不識廬山真面目,只緣身在此山中。(**蕭奇中旁**)"欲窮千里目,更上一層樓",均入悟。(**王文誥夾**)凡此種詩,皆一時性靈所發,若必胸有釋典,而後爐錘出之,則意味索然矣。《合注》、施注以《感通録》《華嚴經》坐實之,詩皆化爲糟粕,是謂顧注不顧詩。(**何紹基乙眉**)真游山人語，非禪機也。

【彙評】

劉辰翁：妙處不朽，度世無量。○大概謂處於物之外，方見物之真。

汪師韓：能作如是語，始是認取真面目者。妙高峰三日不見，而見之别峰，與此參看。

黄庭堅：此老人於般若，横説竪説，了無剩語，非其筆端有口，亦安能吐此不傳之妙。

趙翼：廬山詩名作如林，若再實做，斷難出色。坡公想落天外，巧於以偏師取勝。

陳衍：此詩有新思想，似未經人道過。

廬山二勝（並叙）

（**杭世駿眉**）二作清矯絶俗，廬山得此已足，在集中亦是有數之作。（**查慎行評**）二詩一擬青蓮，一擬少陵，各極其妙。（《**角山樓**》**評**）《漱玉亭》《三峽橋》二詩，能狀奇景，而語意俊傑廉悍，洵屬出色之作。

余游廬山，南北得十五六。奇勝殆不可勝紀，而懶不作詩。（**蕭奇中夾**）是。獨擇其尤佳者作二首。

開先漱玉亭

（**紀昀夾**）不必定有深意，直是氣象不同。

高岩下赤日，深谷來悲風。（**何焯夾**）有勢有聲。擘開青玉峽，飛出兩白龍。（**劉辰翁夾**）此豈“一條界破”之比哉！（**何焯夾**）句亦飛動。亂沫散霜雪，古潭摇清空。餘流滑無聲，快瀉雙石谼。

(**紀昀夾**)寫瀑布奇勢迭出,曲盡其妙。此巨靈開山手,徐凝惡詩,誠不足道。(**何紹基乙眉**)寫得像。我來不忍去,月出飛橋東。蕩蕩白銀闕,沉沉水精宫。(**王文誥夾**)此二句挺得闊大,故能折出後四句。願隨琴高生,脚踏赤鯶公。手持白芙蕖,跳下清泠中。(**紀昀眉**)與《三峽橋》詩俱奇警,此近太白,彼近昌黎。初白謂"《三峽橋》詩似杜",未然。(**王文誥夾**)此詩前亦易辨,後四句陡然便住,有非神工鬼斧所及。他人縱來得,亦了不得也。

【彙評】

查慎行:南唐中主年十五時,以萬金買野人所獻地爲書堂,及即位捨爲寺,以獻地爲有國之祥,故名開先。

汪師韓:"青峽""白龍",紙上聲光勃發;"高岩下赤日"以下寫瀑布,奇勢迭出,曲盡其妙。此巨靈開山手,徐凝惡詩诚不足道耳。

劉辰翁:寫得是此興味,不復可措。

棲賢三峽橋

(**查慎行乙眉**)《廬山紀事》:"七尖山東北有大谷爲棲賢谷,中有棲賢寺,本唐李渤讀書之地,後捨宅爲寺,故名棲賢。"(**紀昀眉**)奇景以精理通之,發爲高談,結爲香豔,絡繹間起,使人應接不暇。(**翁同書眉**)[查云]此首似少陵。(**何焯眉**)此首學少陵。

吾聞太山石,積日穿綫溜。况此百雷霆,(**蕭奇中夾**)勁。萬世與石鬥。(**王文誥夾**)總括,下乃分疏。深行九地底,險出三峽右。長輸不盡溪,欲滿無底竇。(**紀昀夾**)此種皆韓句。跳波翻潛魚,震響落飛狖。清寒入山骨,(**蕭奇中夾**)"入"字得力。(**王文誥夾**)五字瘦勁,確是三峽橋草木。草木盡堅瘦。(**紀昀夾**)"清寒"十字絶唱。(**何焯夾**)通神之句。空蒙煙靄間,澒洞金石奏。(《**角山樓**》

評)此東坡獨創語,其餘刻畫猶人力所可及,此則全從妙悟得來。彎彎飛橋出,瀲瀲半月彀。玉淵神龍近,雨雹亂晴晝。垂瓶得清甘,可咽不可漱。(蕭奇中眉)可與談水,可與觀山,可與格物矣。(何紹基乙眉)語語煉。(何焯旁)筆力透紙背。

【彙評】

汪師韓:奇景以精理通之,發爲高談,結爲幽讌,絡繹間起,使人應接不暇。

趙翼:筆如百石弩,作詩者當於此等處得其神理,自入大家徑路。

高步瀛:清新出奇。

陶驥子駿佚老堂二首

文舉與元禮,尚得稱世舊。(《角山樓》評)起得伉爽。淵明吾所師,夫子仍其後。(何紹基乙眉)真淵源。挂冠不待年,亦豈爲五斗。我歌歸來引,(余增損淵明《歸去來》以就聲律,謂之《歸來引》。)千載信尚友。相逢黄卷中,何似一杯酒。(張廷濟眉)奇想有理。君醉我且歸,明朝許來否。(紀昀眉)無情處生情,善於弄筆。

我從廬山來,目送孤飛雲。路逢陸道士,知是千歲人。試問當時友,虎溪已埃塵。似聞佚老堂,知是幾世孫。能爲五字詩,仍戴漉酒巾。人呼小靖節,自號葛天民。(紀昀眉)亦是無中生有。(何紹基乙眉)音韻殊飄逸,不嫌模仿,第無深意耳。(《角山樓》評)結亦雅潔。

和李太白(並叙)

(紀昀眉)非東坡不敢和太白,妙於各出手眼,絶不規摹。

李太白有《潯陽紫極宫感秋》詩,紫極宫,今天慶觀也。道士胡洞微以石本示余,蓋其師卓玘之所刻。玘有道術,節義過人,今亡矣。(蕭奇中夾)每能旌。太白詩云:"四十九年非,一往不可復。"今予亦四十九,感之,次其韻。玉芝一名瓊田草,洞微種之七八年矣,云更數年可食,許以遺余。故並記之。

寄卧虚寂堂,月明浸疏竹。泠然洗我心,欲飲不可掬。流光發永嘆,自昔非予獨。(蕭奇中夾)五字抵蘭亭後幅。行年四十九,還此北窗宿。緬懷卓道人,白首寓醫卜。謫仙固遠矣,此士亦難復。世道如弈棋,變化不容覆。惟應玉芝老,待得蟠桃熟。(紀昀眉)忽拉出卓道人,唱歎有神,映發有致,不然便是泛泛一首懷古詩。(王文誥夾)結到洞微,乃先入"卓道人"本意。

次韻道潛留别

爲聞廬嶽多真隱,故就高人斷宿攀。已喜禪心無别語,尚嫌剃髮有詩斑。(蕭奇中眉)兩語字煞句。異同更莫疑三語,物我終當付八還。(錢廷錦甲眉)八還、九還,總是一還。到後與君開北户,舉頭三十六青山。(蕭奇中眉)豁然。

【彙評】

劉弘評:後二句若與參禪。

卷十四

詩七十九首

岐亭五首(並叙)

(何紹基乙眉)詩味却淺淺。**(張問陶評)**首篇乃元豐三年正月所作。其二作于明年,所謂殺戒也。三、四作於七年之前。末首則送行時作也。**(莫友芝乙眉)**觀五詩用韻處,緣其才大之至,故卬取俯拾,縱之横之,無所不可。一落小家手,便飽飣牽率,無醜不備矣。

元豐三年正月,余始謫黄州。至岐亭北二十五里山上,有白馬青蓋來迎者,則余故人陳慥季常也,爲留五日,賦詩一篇而去。明年正月,復往見之,季常使人勞余於中途。余久不殺,恐季常之爲余殺也,則以前韻作詩,爲殺戒以遺季常。季常自爾不復殺,而岐亭之人多化之,有不食肉者。其後數往見之,往必作詩,詩必以前韻。凡余在黄四年,三往見季常,而季常七來見余,蓋相從百餘日也。七年四月,余量移汝州,自江淮徂洛,送者皆止慈湖,而季常獨至九江。乃復用前韻,通爲五篇以贈之。**(翁同書眉)**同書案,此五首非一時所作,查、馮諸注,均未見及,其實序中已明言之矣。○余評此時未見王文誥《編注集成》之刻也,今見文誥注,一如余説。

昨日雲陰重,東風融雪汁。遠林草木暗,近舍煙火濕。(《角山樓》評)寫得逼真。下有隱君子,嘯歌方自得。知我犯寒來,呼酒意頗急。撫掌動鄰里,繞村捉鵝鴨。房櫳鏘器聲,蔬果照巾冪。久聞蔞蒿美,初見新芽赤。洗盞酌鵝黄,磨刀削熊白。(查慎行評)"熊白"二字,黄山谷以對"蟹黄"。須臾我徑醉,坐睡落巾幘。醒時夜向闌,唧唧銅瓶泣。(紀昀夾)"泣"字押得生而穩。黄州豈云遠,但恐朋友缺。(蕭奇中夾)真能以朋友爲性命者。我當安所主,君亦無此客。(蕭奇中夾)妙。(《角山樓》評)綰結圓密。朝來静庵中,惟見峰巒集。(何焯眉)妙境隨手即得。(張廷濟眉)結句跟上四句一直説下,言意此主客五日之歡,則"來静庵中,惟見峰巒集"耳。此也恐朋友之缺也。(紀昀眉)結得超逸。(汪師韓夾)從"呼酒"説到"徑醉",醉而復醒,寫出嘯傲自適,頽然,兀然,真不知何者是主,何者是客。(翁同書眉)此首元豐三年正月所作。

我哀籃中蛤,閉口護殘汁。又哀網中魚,開口吐微濕。(袁宏道評)四句天然。(杭世駿眉)"汁""濕"二韻,此篇最勁。(紀昀眉)純是香山門徑。刳腸彼交病,過分我何得。(蕭奇中夾)達生。相逢未寒温,相勸此最急。不見盧懷慎,烝壺似烝鴨。坐客皆忍笑,髯然發其冪。不見王武子,每食刀几赤。琉璃載烝豚,中有人乳白。(蕭奇中眉)暴殄貪饕,可畏可鄙。盧公信寒陋,衰髮得滿幘。武子雖豪華,未死神已泣。(紀昀夾)五字警策。(何焯眉)盧王奢儉,其得失本自較然,若援此謂當戒殺放生,則已陋矣。(王文誥夾)公極自賞此句,嘗以告之王定國。先生萬金璧,護此一蟻缺。一年如一夢,百歲真過客。君無廢此篇,(蕭奇中夾)鄭重。嚴詩編杜集。(譚元春評)獨此"集"字押得不是。(蕭奇中眉)以示相戒之嚴也。(紀昀夾)結二句未免牽率。(汪師韓夾)通篇俱爲戒殺而作,"未死神已泣"一語尤惻惻動人。中用鄭餘慶事,誤作盧懷慎。《藝苑雌黄》指摘之,然未足爲此詩病也。(翁同書眉)此首元豐四年作,序中所云"以前韻作詩,爲殺戒以遺季常"也。(**翁同書旁**)[合注]東坡題跋曰"去年下獄得脱,自此不殺一物,有餉蟹蛤者皆放之江中",即此詩意也。(**《角山樓》評**)强韻,轉押轉勝。

君家蜂作窠,歲歲添漆汁。我身牛穿鼻,卷舌聊自濕。二年三過君,(**翁同書眉**)此首元豐五年作,故曰"二年三過君"。此行真得得。愛君似劇孟,扣門知緩急。家有紅頰兒,(**《角山樓》評**)寫自得光景,語頗瀏亮。能唱緑頭鴨。(**杭世駿眉**)觀此則柳氏不爲奇妬。行當隔簾見,花霧輕冪冪。爲我取黄封,親拆官泥赤。仍須煩素手,自點葉家白。樂哉無一事,十年不蓄幘。閉門弄添丁,哇笑雜呱泣。西方正苦戰,誰補將帥缺。披圖見八陣,合散更主客。不須親戎行,坐論教君集。(**紀昀眉**)此首有補凑之痕。(**《角山樓》評**)結亦就季常生情,觀《方山子傳》可見。"君集",自謂也。

酸酒如齏湯,甜酒如蜜汁。(**袁宏道評**)愈奇,至此入神矣。三年黄州城,飲酒但飲濕。(**譚元春評**)用韻不已,須令作者段段有精神,字字無勉强,如此無詩中押"濕"字,便妙絶矣。我如更揀擇,一醉豈易得。(**何焯眉**)奇創。幾思壓茅柴,禁網日夜急。西鄰推甕盎,醉倒猪與鴨。(**紀昀夾**)豈有此理,語亦不雅。(**何紹基乙眉**)"醉倒猪與鴨",極不相倫矣。君家大如掌,破屋無遮冪。何從得此酒,冷面妒君赤。定應好事人,千石供李白。爲君三日醉,蓬髮不暇幘。夜深欲逾垣,卧想春甕泣。君奴亦笑我,鬢齒行秃缺。三年已四至,(**張廷濟眉**)此首元豐五年壬戌作。(**翁同書眉**)此詩元豐六年作,故云"三年已四至",所謂至必有詩,詩必以前韻也。歲歲遭惡客。人生幾兩屐,莫厭頻來集。(**紀昀眉**)此首亦真樸。(**《角山樓》評**)此篇全從酒生情,少遜前首。

枯松强鑽膏,槁竹欲瀝汁。兩窮相值遇,(**張廷濟眉**)"兩窮相值遇”,韓昌黎《秋懷》詩句。相哀莫相濕。不知我與君,交游竟何得。(**蕭奇中眉**)何得所以有得也,不然何以有“頭然”之恐。子美云“遲暮身何得”,則言獨耳。心法幸相語,頭然未爲急。(**蕭奇中夾**)有得處。願爲穿雲鶻,莫作將雛鴨。我行及初夏,煮酒映疏冪。故鄉在何許,西望千山赤。兹游定安歸,東泛萬頃白。(**何焯眉**)四句爲對。一歡寧復再,起舞花墮幘。將行出苦語,不用兒女泣。(**《角山樓》評**)情至語,一往淋漓,曲折深透,不復知爲疊韻。吾非固多矣,君豈無一缺。(**蕭奇中眉**)真朋友。(**紀昀夾**)此古人臨别贈言之義,不似後人但以好語相媚。各念别時言,(**紀昀夾**)更歷憂患之言。閉户謝衆客。空堂净掃地,虚白道所集。(**紀昀眉**)此首最深至。(**汪師韓夾**)臨别互相勸勉,匡其所不及,不徒作依依戀戀之詞。同心之言,其誼古、其情深矣。(**翁同書眉**)第五首七年去黄時作。(**何焯眉**)竟與别子由詩相似,固知先生與季長常交深矣。

郭祥正家醉畫竹石壁上郭作詩爲謝且遺二古銅劍

(**紀昀眉**)奇氣縱横,不可控制。(**杭世駿眉**)是酒是墨,衝口而出,滅盡畦徑。(**翁同書眉**)坡公作此詩正功甫勒轉家居之時。(**賴山陽評**)此等詩,所謂寸鐵殺人者,短古絶調。書題簡潔,此等尤可法者。

空腸得酒芒角出,(**吴汝綸評**)突出。肝肺槎牙生竹石。(**蕭奇中夾**)用字奇拔。(**賴山陽評**)起得奇絶。得“芒角”“槎牙”等字,而詩劍如始相與者。森然欲作不可回,(**蕭奇中夾**)肖。吐向君家雪色壁。(**劉辰翁夾**)自得自道。(**何焯眉**)鋒芒四射。(**查慎行評**)棱角四射。(**汪師韓評**)畫從醉出,詩特爲醉筆,洗刷精神。讀起四句,森然動魄也,句句巉絶,在集中另闢一格。(**吴汝綸評**)倒落。(**賴山陽評**)自“空腸”“肺肝”等字來。平生好詩仍好畫,(**吴汝綸評**)逆接。書墻涴壁長遭罵。(**蕭奇中夾**)亦真。(**何焯夾**)穿入詩。不嗔不罵喜有餘,(**吴汝綸評**)逆接。世間誰復如君者。(**蕭奇中夾**)可見其人。(**何焯眉**)又另開一調,真無所不有。(**吴汝綸評**)倒落。一雙銅劍秋水光,(**賴山陽評**)言劍只是一句,是蜻蜓點水法。兩首新詩争劍鋩。(**蕭奇中夾**)好。(**何焯夾**)又將詩劍一綰。劍在床頭詩在手,不知誰作蛟龍吼。(**蕭奇中眉**)只如此自佳。(**賴山陽評**)何等結法。

【彙評】

劉辰翁:此起結方不可及。

趙翼:想落在天外,筆更爽極,如劍芒不可逼視。

《**角山樓**》:落想奇絶。

賴山陽:世服蘇之廣長舌,不知其收舌不盡展者更好。……《畫竹》……皆豐約合度,姿態可觀。

龍尾硯歌(並引)

(**紀昀眉**)語自清辨。(**蕭奇中眉**)句句堪領。

余舊作《鳳咮石硯銘》,其略云:蘇子一見名鳳咮,坐令龍尾羞牛後。已而求硯於歙,歙人云:子自有鳳咮,何以此爲?蓋不能平也。奉議郎方君彦德,有龍尾大硯奇甚,謂余若能作詩少解前語者,當奉餉,乃作此詩。(**劉辰翁旁**)此序如此,他人則有恚得之心,佞歙之不暇矣。觀序讀詩,乃得其妙。

黄琮白琥天不惜,(**王文誥夾**)"黄琮白琥",以比"鳳咮龍尾"也。題是"龍尾",詩乃雙起,蓋以引爲題也。顧恐貪夫死懷璧。君看龍尾豈石材,玉德金聲寓於石。(《**角山樓**》**評**)一語品題已定。與天作石來幾時,與人作硯初不辭。詩成鮑謝石何與,筆落鍾王硯不知。**(劉辰翁夾)**高。**(紀昀眉)**"與天"四語意好,而落筆太快,便入香山門徑。錦茵玉匣俱塵垢,擣練支床亦何有。況瞋蘇子鳳咮銘,戲語相嘲作牛後。**(紀昀眉)**查云"信手曲折,善於解嘲"。**(何焯眉)**直是善於解嘲。碧天照水風吹雲,**(何焯眉)**"碧天"句狀龍尾羅紋角浪最爲神似,世人不曉,只作"天朗氣清"解,則七句不贅設耶?明窗大几清無塵。**(杭世駿眉)**轉折皆有大力運之。我生天地一閑物,蘇子亦是支離人。**(劉辰翁夾)**寄情物外,愈覺超遠。**(查慎行評)**忽爲硯吐語,筆法開展,匪夷所思。粗言細語都不擇,春蚓秋蛇隨意畫。願從蘇子老東坡,仁者不用生分別。**(張廷濟眉)**"碧天"八句都作硯語,見文必欲更作一解,亦是習氣。**(何焯眉)**忽作名言,不可思議。

【彙評】

汪師韓:前用解嘲,後更諷以通人之論,雄姿逸態,奇矯無前。集中《鳳咮硯》三銘,各以遒鍊爲工,不可無此作蕩潏之氣。

張近幾仲有龍尾子石硯以銅劍易之

(紀昀眉)多用長句,而尚不失雅音,頗覺縱横有氣。○長句始於漢樂府,成於鮑明遠,而縱横變化于太白。不善學之,非萎弱冗沓,即生硬粗野。然冗弱之病易見,有筆力之人往往以生硬粗野爲豪,則不可救藥矣。**(《角山樓》評)**集中不多用長句,如《石屏風》詩長句絶佳,此亦不失其爲清穩。**(何紹基乙眉)**詩都嫌率意。

我家銅劍如赤蛇,君家石硯蒼璧橢而窪。君持我劍向何許,大明宫裏玉佩鳴衝牙。我得君硯亦安用,雪堂窗下爾雅箋蟲蝦。二物與人初不異，飄落高下隨風花。（**蕭奇中夾**）必拈及。（**紀昀夾**）即前詩之意。（**孫顯元校録**）范縝訛，作范績。附見王十朋集注本次公注。蒯緱玉具皆外物，視草草玄無等差。君不見秦趙城易璧，指圖睨柱相矜誇。又不見二生妾換馬，驕鳴啜泣思其家。不如無情兩相與，永以爲好譬之桃李與瓊華。

【**彙評**】

曾國藩：此等爲後世惡詩所藉口，最不宜學。

張作詩送硯反劍乃和其詩卒以劍歸之

（**紀昀眉**）清辨滔滔，曲折如意。

贈君長鋏君當歌，每食無魚嘆委蛇。一朝得見暴公子，檑具欲與冠爭峨。豈比杜陵貧病叟，終日長鑱隨短蓑。斬蛟刺虎老無力，帶牛佩犢吏所訶。故將換硯豈無意，恐君琱琢傷天和。（**查慎行評**）一語轉到，作詩矯健。作詩反劍亦何謂，知君欲以詩相磨。報章苦恨無好語，試向君硯求餘波。（**蕭奇中夾**）好。詩成劍往硯應笑，那將屋漏供懸河。（**張廷濟旁**）"屋漏"比"報章"，"懸河"比張詩。（**何紹基乙眉**）結有致。（**何焯眉**）題中本有之句，他人千思不得。

去歲九月二十七日在黄州生子名遁
小名幹兒（張問陶評）朝雲所生。頎然穎異
至今年七月二十八日病亡於金陵作二詩哭之

吾年四十九，羈旅失幼子。（**蕭奇中夾**）加"羈旅"二字益凄。

幼子真吾兒,眉角生已似。未期觀所好,蹁躚逐書史。摇頭却梨栗,似識非分恥。(**蕭奇中眉**)後未可量。(**何紹基乙眉**)過譽。吾老常鮮歡,賴此一笑喜。(**蕭奇中夾**)真言。忽然遭奪去,惡業我累爾。(**蕭奇中夾**)是。衣薪那免俗,變滅須臾耳。歸來懷抱空,老淚如瀉水。(**紀昀眉**)住得沉痛。

我淚猶可拭,日遠當日忘。母哭不可聞,欲與汝俱亡。(**蕭奇中夾**)真。(**錢廷錦乙眉**)真似樂天。故衣尚懸架,漲乳已流床。(**紀昀夾**)"漲乳"句情真而語太俚。(**何焯眉**)即微之"汝母匿情連夜哭,我身因事有時悲"之意也。無意相襲,各成其哀。感此欲忘生,一卧終日僵。中年忝聞道,夢幻講已詳。儲藥如丘山,臨病更求方。仍將恩愛刃,割此衰老腸。知迷欲自反,一慟送餘傷。(**紀昀眉**)此首不免窠臼,然亦别無出路,故此種是第一難題。(**何紹基乙眉**)坐此病者,處處皆是。

【彙評】

王文濡:平易近情,最易學步。

葉濤致遠見和二詩復次其韻(濤顛倒元韻)

(**紀昀眉**)二首習徑。

平生無一女,誰復嘆耳耳。滯留生此兒,足慰周南史。(**張問陶評**)耳、史二韻押得奇。那知非真實,造物聊戲爾。煩惱初無根,恩愛爲種子。煩公爲假説,反復相指似。欲除苦海浪,先乾愛河水。棄置一寸鱗,悠然笑侯喜。爲公寫餘習,瓶罍一時恥。

聞公少已悟,拄杖久倚床。笑我老而癡,負鼓欲求亡。庶幾東門子,柱史安敢望。嗜毒戲猛獸,(**張問陶評**)必葉詩以柱史老而多子祝公,故及之。慮患先不詳。囊破蛇已走,尚未省罌傷。妙哉兩篇詩,洗我千結腸。黠竄不作繭,未老輒自僵。(**張問陶評**)趣極。永謝湯火厄,泠然超無方。

次荆公韻四絶

(**紀昀眉**)東坡、半山,旗鼓對壘,似應別有佳處,方愜人意。

青李扶疏禽自來,清真逸少手親栽。深紅淺紫從争發,雪白鵝黄也鬥開。

斫竹穿花破緑苔,小詩端爲覓榿栽。細看造物初無物,(**紀昀夾**)太腐氣。春到江南花自開。(**蕭奇中眉**)何事不如此,人徒躁耳。(**錢陸燦眉**)入禪。(**何紹基乙眉**)偶然得句。

騎驢渺渺入荒陂,想見先生未病時。勸我試求三畝宅,從公已覺十年遲。

甲第非真有,閑花亦偶栽。聊爲清净供,却對道人開。(**公病後,捨宅作寺。**)

張庖民挽詞

(**杭世駿眉**)亦是尋常酬應。

東晉巾車令,西京執戟郎。甘心向山水,結髮事文章。故自輕千户,何曾羡一囊。(**紀昀夾**)不出"錢"字,則"一囊"何物?高鬼神惡,骨朽姓名芳。庾嶺銘旌暗,(**翁同書夾**)卒于曹溪。秦淮舊宅荒。吾詩不用刻,妙語有黄香。(**黄魯直爲庖民作哀詞。**)

次韻葉致遠見贈

欲求五畝寄樵蘇,所至遲留似賈胡。(**蕭奇中夾**)鍾情。信命不須歌去汝,逢人未免嘆猶吾。(**蕭奇中眉**)理至而句亦典。人皆勸我杯中物,(**錢廷錦甲眉**)杜詩"忍斷杯中物"用此。我獨憐君屋上烏。(**紀昀眉**)此格創自義山,殊非雅音。一技文章何足道,(**蕭奇中夾**)每見本領。要言摩詰是文殊。

次韻杭人裴維甫

(**紀昀眉**)清婉可誦。(**莫友芝乙眉**)一氣如話,又累累如貫珠,照應回環,略無痕迹。七言律必至此,方入化。然杜老之後,僅見文忠耳。蘇律如此類至多,此尤其極。明易者可以舉偶也。

餘杭門外葉飛秋,尚記居人挽去舟。(**翁同書眉**)[施注]坡公倅杭官滿,以九月離錢塘,故有首二句,在黄五年,至秣陵,始與維甫相遇。(**查慎行丙評**)施氏原注:"坡公倅杭官滿,以九月離錢塘,故云:'餘杭門外葉飛秋。'在黄五年,至是復與維甫邂逅於秣陵也。"一别臨平山上塔,五年云夢澤南州。凄凉楚些緣吾發,邂逅秦淮爲子留。寄謝西湖舊風月,故應時許夢中游。(**紀昀眉**)宋玉作《招魂》時,屈原猶無恙,故東坡用以比裴詩,後人不考本原,遂以爲諱。

【彙評】

劉弘:"挽舟"事,先生自謂,一篇皆然。

次韻段縫見贈

季子東周負郭田,須知力穡是家傳。(**蕭奇中夾**)厚。細思種薤五十本,大勝取禾三百廛。若得與君連北巷,故應終老忘西川。短衣匹馬非吾事,只擬關門不問天。(**何紹基乙眉**)一味蕭寂。

【彙評】

劉弘:"終老",先生自謂;"短衣匹馬",戎獵事。

題孫思邈真

(**紀昀眉**)自寓兀傲。

先生一去五百載,猶在峨眉西崦中。自爲天仙足官府,不應尸解坐虻蟲。

戲作鮰魚一絶

粉紅石首仍無骨,雪白河豚不藥人。(**紀昀眉**)俚甚。寄語天公與河伯,何妨乞與水精鱗。

【彙評】

劉辰翁:戲語可傳。

同王勝之游蔣山

(紀昀眉)風神秀峭。**(何焯旁)**此詩亦惟荆公所稱一聯爲佳,然足壓荆公和篇也。

到郡席不暖,居民空惘然。好山無十里,遺恨恐他年。**(《角山樓》評)**次聯言好山去郭"無十里",若不往游,恐他年尚有遺恨也。緊從"席不暖"句生出。欲款南朝寺,同登北郭船。朱門收畫戟,紺宇出青蓮。**(荆公宅已爲寺。)**夾路蒼髯古,迎人翠麓偏。龍腰蟠故國,鳥爪寄層巔。竹杪飛華屋,松根泫細泉。峰多巧障日,**(何紹基乙眉)**"峰多障日",殊於蔣山未似也。江遠欲浮天。**(《角山樓》評)**語不必深,景真更妙。略彴横秋水,浮圖插暮煙。歸來踏人影,雲細月娟娟。

【彙評】

劉辰翁:自寫其好事如此。

查慎行:勝之以龍圖學士守金陵,視事一日,移官南都,見先生《漁家傲》詞自注,故此云"到郡席不暖"。須溪批此詩,謂:"自寫其好事如此。"訛矣。

汪師韓:次第寫景,不必作崚嶒鬱屈之勢,而斫削精潔,神彩飛揚,自無一孱筆剩語,不獨"峰多""江遠"一聯差肩杜老。

至真州再和二首

老手王摩詰,窮交孟浩然。**(查慎行評)**摩詰指勝之,浩然公自謂。論詩曾伴直,話舊已忘年。北上難陪驥,東行且趁船。離亭花映肉,醉眼鷺窺蓮。柂轉三山没,風回五兩偏。荒祠過瓜步,古甃墮松巔。聞道清香閣,新篘白玉泉。莫教門掩夜,坐待月流天。小院檀槽鬧,空庭樺燭煙。(**錢廷錦乙眉**)時王官於蘇。公詩便堪唱,爲付小嬋娟。(**紀昀眉**)亦清整。

公顔如雪柏,千載故依然。笑我無根柳,空中不待年。肯留歸闕旆,坐待逆風船。特許門傳鑰,那知箭起蓮。相逢月上後,小語坐西偏。流落千帆側,(**錢廷錦乙夾**)自叙。追思百尺巔。躬耕懷谷口,水石羡平泉。(**錢廷錦乙夾**)不對。茅屋歸元亮,霓裳醉樂天。(**錢廷錦乙夾**)叙王。行聞宣室召,歸近御爐煙。未用歌池上,隨宜教李娟。(**紀昀眉**)此覺凑泊。

次韻答寶覺

芒鞋竹杖布行纏,遮莫千山更萬山。從來無脚不解滑,誰信石頭行路難。(**蕭奇中眉**)無脚、無手、無目、無鼻舌耳,無身、無識受想行色。

眉子石硯歌贈胡誾

君不見成都畫手開十眉,横雲却月争新奇。游人指點小顰處,中有漁陽胡馬嘶。(**蕭奇中夾**)趣。又不見王孫青瑣横雙碧,腸斷浮空遠山色。書生性命何足論,坐費千金買消渴。(**紀昀夾**)文君不曾費千金。(**錢廷錦甲眉**)正言其不顧身而悦色也。爾來喪亂愁天公,謫向君家書硯中。(**紀昀夾**)迂曲不醒豁。(**孫顥元校録**)"天公憒憒",此庾翼語,見《晉書·天文志》。小窗虚幌相嫵媚,令君曉夢生春紅。毗耶居士談空處,結習已空花不住。試教天女爲磨鉛，千偈瀾翻無一語。（**翁同書旁**）此詩似山谷。

【**彙評**】

劉辰翁：賦眉甚奇。

以玉帶施元長老元以衲裙相報次韻

（**杭世駿眉**）前作灑灑出塵，後作不稱。

病骨難堪玉帶圍，鈍根仍落箭鋒機。欲教乞食歌姬院，故與雲山舊衲衣。（**蕭奇中眉**）説裙衲有意。

此帶閲人如傳舍，流傳到我亦悠哉。錦袍錯落真相稱，乞與佯狂老萬回。

次韻滕元發許仲塗秦少游

二公詩格老彌新，醉後狂吟許野人。（**劉辰翁夾**）趙次公注云，"二公"指言滕元發、秦少游也。○"二公"言元發、仲塗。野人，先生自稱也。末言少游。次公注謬甚。（**查慎行甲眉**）先生時乞常州居住，故自稱"野人"。坐看青丘吞澤芥，（**紀昀夾**）割裂不妥。自慚黄潦薦溪蘋。（**嚴虞惇眉**）"野人"蓋公自謂也。四句"黄潦""溪蘋"承"許人"而言，王注恐誤。兩邦旌纛光相照，十畝鋤犂手自親。（**嚴虞惇眉**）中四句賓主相對也。（**杭世駿眉**）"許"作"與"字解，"野人"，東坡自謂，注誤。附見王十朋集注本次公注。（**錢廷錦乙眉**）許乃虚字，皆自言也。何似秦郎妙天下，明年獻頌請東巡。（**翁同書眉**）時滕甫知湖州，許遵知潤州，故有"兩邦"句，而以少游作結。（**翁同書旁**）

［查注］結句方説到少游，章法首尾開合如此。(**嚴虞惇旁**)［王注］次公“注語可笑”。

【彙評】

劉弘：“二公”“兩邦”，皆指滕、許；“野人”“鋤犁”，皆先生自謂。

查慎行丙：此詩起句“二公”屬滕、許，次句“野人”，先生自謂。以下四句，兩兩分説。時滕知湖州，許知潤州，故云“兩邦旌纛”。先生將乞常州居住，故有“十畝鋤犁”之句。結處方説到少游。章法首尾開合如此。王氏注訛，認次句中“許”字作姓，遂謂“許野人”指仲塗。一字失解，通篇節節皆礙矣。施氏補注亦未能確證其謬，今駁正。

送金山鄉僧歸蜀開堂

撞鐘浮玉山，迎我三千指。衆中聞謦欬，未語知鄉里。我非個中人，何以默識子。振衣忽歸去，只影千山裏。涪江與中泠，共此一味水。冰盤薦琥珀，何似糖霜美。(**蕭奇中眉**)説法。(**何焯眉**)結句不解。

【彙評】

劉辰翁：“糖霜”“琥珀”，可用故實，終未喻於此。

送沈逵赴廣南

(**紀昀眉**)雙縮到底，雖薄而清。(**李鴻裔乙評**)入格。

嗟我與君皆丙子，四十九年窮不死。(**方東樹評**)起筆突兀。

君隨幕府戰西羌，夜渡冰河斫雲壘。飛塵漲天箭灑甲，（**何焯眉**）“灑”字妙。歸對妻孥真夢耳。我謫黄岡四五年，孤舟出没煙波裏。（**方東樹評**）“君隨”六句分。故人不復通問訊，疾病飢寒疑死矣。相逢握手一大笑，白髮蒼顏略相似。（**何焯眉**）兩處形容，各極其妙。（**方東樹評**）“故人”四句合。“相逢”二句，神來氣來。我方北渡脱重江，君復南行輕萬里。功名如幻何足計，學道有涯真可喜。（**方東樹評**）“涯”當作“牙”，用劉禹錫詩。勾漏丹砂已付君，汝陽甕盎吾何耻。君歸趁我雞黍約，買田築室從今始。（**紀昀眉**）雙縮到底，雖薄而清。（**李鴻裔乙評**）入格。

【彙評】

劉辰翁：必汝州人也。

汪師韓：境遇本各不同，即就不同處形容盡致，而以“道有涯”作無聊解脱之詞，覺滿紙毫飛墨噴，一時怡然冰釋。

《**角山樓**》：純以直語勝，然質而不俚。

吴汝綸：奇趣横生。

高步瀛：極頓挫抑揚之致。

豆粥

（**張廷濟旁**）章法與《眉子石硯歌》同。（**賴山陽評**）韻脚皆牢。

君不見滹沱流澌車折軸，公孫倉皇奉豆粥。濕薪破竈自燎衣，飢寒頓解劉文叔。又不見金谷敲冰草木春，帳下烹煎皆美人。（**紀昀眉**）牽光武、石崇二事，瓊森意義，支綴成篇，殊無真實本領。（**李鴻裔乙評**）五、六極趣。坡公慣作寒乞語，如“卧聽雞鳴粥熟時"二句,與此皆一例。萍齏豆粥不傳法,咄嗟而辦石季倫。干戈未解身如寄,(**賴山陽評**)文叔。聲色相纏心已醉。(**賴山陽評**)季倫。身心顛倒自不知,更識人間有真味。豈如江頭千頃雪色蘆,(**賴山陽評**)"豈如"二字運動全篇。茅檐出没晨煙孤。地碓舂秔光似玉,沙瓶煮豆軟如酥。(**賴山陽評**)此句下不著一語,是詩品。我老此身無著處,(**賴山陽評**)轉得音節大妙。賣書來問東家住。(**賴山陽評**)自杜五律出來。卧聽雞鳴粥熟時,蓬頭曳履君家去。(**翁同書旁**)《苕溪漁隱叢話》:"東坡於飲食作詩賦以寫之,往往皆臻其妙,如《老饕賦》《豆粥》詩是也。"(**查慎行評**)按結四句,豆粥當有主人,而題中不及,何也?

【彙評】

查慎行:按結四句,豆粥當有主人,而題中不及。

汪師韓:波騰雷動,起伏開合,氣偉采奇,青蓮無以過。

范大士:兩拈舊事相比,反覺茅檐真味爲勝。古人貴不如賤,富不如貧,此意得之。

趙克宜:初無情思,僅從"豆粥"使事,故不免泛填。

秦少游夢發殯而葬之者云是劉發之柩是歲發首薦秦以詩賀之劉涇亦作因次其韻

(**杭世駿眉**)取材經籍,典而不誕。(**紀昀眉**)純入論宗矣,然此種題不入論宗,如何下語?既入論宗,不透快發泄,如何能暢達其旨?此皆勢之不得不然,不能復以含蓄不露繩之者。(**何焯眉**)看得徹,説得出,好詩,好詩!

君看三代士執雉,本以殺身爲小補。居官死職戰死綏,夢尸得官真古語。(**錢廷錦乙夾**)確當。五行勝已斯爲官,(**錢廷錦乙夾**)湊。官如草木吾如土。(**蕭奇中眉**)理亦新妙。(**王文誥夾**)下句自釋上句。仕而未禄猶賓客,待以純臣蓋非古。(《**角山樓**》**評**)謂純以臣禮待之也。饋焉曰獻稱寡君,豈比公卿相爾汝。(**查慎行評**)人皆讀《禮》,孰能闡發精義? 世衰道微士失已,得喪悲歡反其故。(**蕭奇中夾**)傷哉。草袍蘆箠相嫵媚,飲酒嬉游事群聚。曲江船舫月燈球,是謂舞殯而歌墓。(**查慎行評**)科目盛于唐,士氣亦從此不振,可爲浩嘆。(**何焯夾**)痛快,妙在顧題。(**蕭奇中眉**)題意醒極,不惟解夢,可以解官。(**何紹基乙眉**)忽作此反古之論,雖非本色,亦自有姿致。(《**角山樓**》**評**)語極奇快。看花走馬到東野,餘子紛紛何足數。(**何紹基乙眉**)東野貧可憐,走馬何足嘲。(**莫友芝乙眉**)東野尚被顛倒,方見科目有權。今日更不足一錢直矣。而未有能著眼細看者,何也? 二生年少兩豪逸,詩酒不知軒冕苦。故令將仕夢發棺,勸子勿爲官所腐。(**蕭奇中眉**)鄭重可激。(**王文誥夾**)卓哉名言,妙在從"棺"上生發,如戲語也。塗車芻靈皆假設,著眼細看君勿誤。(**蕭奇中夾**)足上意,妙。(**何焯夾**)不古。時來聊復一飛鳴,進隱不須煩伍舉。

【彙評】

汪師韓:説得通透,使人心融神釋。凡經史傳記、百家之言,信手拈來,無不貫穿協合,前後詩人未嘗有此,此所謂詩到蘇黄盡也。

《**角山樓**》:此篇純以思路勝,有運用以佐其議論,一往駿利,不復知題之纖仄,韻之束縛。

金山夢中作

(**紀昀眉**)此有感而托之夢中作耳。一氣渾成,自然神到。(《**角**

山樓》評)風調自佳。

江東賈客木綿裘,會散金山月滿樓。夜半潮來風又熟,(紀昀眉)今海舶有"風熟"之語,蓋風之初作,轉移不定,過一日不轉,則方向定,謂之"風熟"。臥吹簫管到揚州。(何紹基乙眉)諷誚語。

【彙評】

陳衍:公與蔡忠惠、歐陽文忠,皆有夢中作,詩境皆奇。

次韻周穜惠石銚

銅腥鐵澀不宜泉,(蕭奇中夾)立論。愛此蒼然深且寬。蟹眼翻波湯已作,(蕭奇中夾)銚之速於體。龍頭拒火柄猶寒。(蕭奇中夾)銚之厚於制。(蕭奇中眉)合讀之,見銚之爲用也利。薑新鹽少茶初熟,水漬雲蒸蘚未乾。(何焯眉)犯四尾。(嚴虞惇眉)"且""已""猶""未"俱語病。自古函牛多折足,要知無脚是輕安。(何紹基乙眉)語近箴諷。

次韻蔣穎叔

月明驚鵲未安枝,(翁同書夾)此句全同前杭州牡丹開時詩。一棹飄然影自隨。江上秋風無限浪,枕中春夢不多時。(紀昀眉)三、四好。(翁同書眉)"江上"一聯亦有寓意。瓊林花草聞前語,罨畫溪山指後期。(蔣詩記及第時瓊林宴坐中所言,且約同卜居陽羨。)豈敢便爲雞黍約,玉堂金殿要論思。

【彙評】

劉弘:"月明驚鵲""一棹自隨",先生言立位未久,而復改郡。"江上風浪",謂宦途之險。"枕中春夢",謂仕宦易過。"罨畫溪"在常州宜興,先生與穎叔早約卜居,今時則未可去。

龜山辯才師

(**紀昀眉**)應酬詩之不俗者。(**何紹基乙眉**)興會飄舉。

此生念念浮雲改,寄語長淮今好在。(**方東樹評**)起妙。故人宴坐虹梁南,新河巧出龜山背。木魚呼客振林莽,鐵鳳横空飛彩繪。忽驚堂宇變雄深,坐覺風雷生謦欬。(**紀昀眉**)寫出辯才。(《**角山樓**》**評**)語有力量,全從妙悟得來。若無此聯,此詩雖不作可也。羨師游戲浮漚間,笑我榮枯彈指内。嘗茶看畫亦不惡,問法求詩了無礙。千里孤帆又獨來,五年一夢誰相對。何當來世結香火,永與名山躬井碓。

贈潘谷

(**紀昀眉**)錯在借一姓潘人,轉成小樣,如以此意泛泛説入,却不失大方。

潘郎曉踏河陽春,明珠白璧驚市人。那知望拜馬蹄下,胸中一斛泥與塵。(**紀昀夾**)起四句與《豆粥》詩一種落想,皆無聊之牽引。何似墨潘穿破褐,琅琅翠餅敲玄笏。布衫漆黑手如龜,(**翁同書夾**)是墨工。未害冰壺貯秋月。(**紀昀夾**)二句却警。世人重耳輕目前，(**蕭奇中夾**)可勝浩扼。區區張李争媸妍。一朝入海尋李白，(**翁同書夾**)此詩讖也。空看人間畫墨仙。(**張廷濟眉**)葛洪《神仙傳》："班孟不知何許人也，嚼墨一噴，成字竟紙，各有意義。"温庭筠《題豐安里王相林亭》詩："星圻悲元老，雲歸送墨仙。"(**何紹基乙眉**)張李皆治墨者也，一朝尋李白，爲趺井讖矣，亦奇。

【彙評】

劉辰翁：尋李白本無謂，殆讖語耳。然得名墨仙，幸矣。《志林》豈又欲實此語邪？堯卿未見《志林》也。

李鴻裔乙：勝於《豆粥》《眉子石硯》矣，妙在以意遣詞耳。

徐大正閑軒

(**紀昀眉**)純用議論，亦殊揮斥自如，此種不易學，無其心思筆力而强爲之，便成偈頌。○與《静照堂》同一翻案，此較和平耳。(**錢廷錦甲夾**)太冗。(**蕭奇中眉**)議皆入妙。

冰蠶不知寒，火鼠不知暑。知閑見閑地，已覺非閑侣。(**查慎行評**)入手撇題。(**《角山樓》評**)一起難得此兩證，否則議論無根。君看東坡翁，(**《角山樓》評**)闌入自己作襯。懶散誰比數。形骸墮醉夢，生事委塵土。早眠不見燈，晚食或欺午。卧看氈取盜，坐視麥漂雨。語希舌頰强，行少腰脚僂。五年黄州城，不踏黄州鼓。人言我閑客，置此閑處所。問閑作何味，(**《角山樓》評**)頓筆，與起處相應。如眼不自睹。(**蕭奇中夾**)悟矣。(**查慎行評**)熟於佛經，方有如許境界。頗訝徐孝廉，(**翁同書夾**)方入徐。(**《角山樓》評**)至此方入徐。得閑能幾許。介子願奉使，翁歸備文武。(**杭世駿

眉)雖涉口頭禪,然能不落空滑,學坡者專賞此則,又謬以千里。應緣不耐閑,名字挂庭宇。(**蕭奇中眉**)勖之。我詩爲閑作,更得不閑語。(**查慎行評**)舌本青蓮,瀾翻不竭。君如汗血駒,轉盼略燕楚。莫嫌鑾輅重,終勝鹽車苦。(**趙翼評**)反結。

【彙評】

汪師韓:爲"閑"字轉語,轉轉無竭,是問是答兩無縛脱,以偈頌體入詩,自雪堂始也。

蒜山松林中可卜居余欲僦其地地屬金山故作此詩與金山元長老

(**紀昀眉**)極力做出,却不十分自如。(**趙克宜評**)爲"欲卜居"作詩,安得如此泛衍。

魏王大瓠無人識,種成何翅實五石。不辭破作兩大樽,只憂水淺江湖窄。我材濩落本無用,虚名驚世終何益。(**蕭奇中眉**)實地語。東方先生好自譽,伯夷子路並爲一。杜陵布衣老且愚,信口自比契與稷。暮年欲學柳下惠,嗜好酸鹹不相入。金山也是不羈人,(**陳仁錫眉**)沈石田云:"滿地莫論無座處,中流真見不羈人。"早歲聞名晚相得。(**蕭奇中夾**)聞金山名。(**趙克宜評**)比例不倫。我醉而嬉欲仙去,傍人笑倒山謂實。(**蕭奇中眉**)後三字罄相得之力。(**趙克宜評**)"山謂實"語更拙。問我此生何所歸,笑指浮休百年宅。蒜山幸有閑田地,招此無家一房客。

王中父哀詞(並叙)

(**紀昀眉**)純是宋格,而氣體渾闊,無江西生硬之痕。

仁宗朝以制策登科者十五人,(**何焯眉**)是即所謂先帝親收十五人耶?須考。軾忝冒時,尚有富彦國、張安道、錢子飛、吴長文、夏公酉、陳令舉、錢醇老、王中父並軾與家弟轍,九人存焉。其後十有五年,哭中父於密州,作詩吊之,則子飛、長文、令舉歿矣。又八年,軾自黄州量移汝海,與中父之子沇之相遇於京口,相持而泣,則十五人者獨三人存耳,蓋安道及軾與家弟而已,嗚呼悲夫。乃復次前韻,以遺沇之,時沇之亦以罪謫,家於錢塘云。

生芻不獨比前人,束藁端能廢謝鯤。(**翁同書夾**)指沇之謫官。子達想無身後念,(**翁同書夾**)謂其三子皆登第。吾衰不復夢中論。已知毅豹爲均死,未識荆凡定孰存。堪笑東坡癡鈍老,區區猶記刻舟痕。(《**角山樓**》**評**)末聯用意,蓋追憶罷制科取士而作此慨也。

蔡景繁官舍小閣(李鴻裔乙評)入格。

使君不獨東南美,典型長記先君子。戲嘲王叟短轅車,(**紀昀夾**)"王叟"杜撰,蓋避蔡家諱耳。肯爲徐郎書紙尾。三年弭節江湖上,千首放懷風月裏。手開東閣坐虚明,目净東溪照清泚。素琴濁酒容一榻,落霞孤鶩供千里。大舫何時繫門柳,小詩屢欲書窗紙。文昌新構滿鵷鸞,都邑正喧收杞梓。相逢一醉豈有命,南來寂寞君歸矣。(**何紹基乙眉**)好整齊,詩亦略有應酬也。

【彙評】

劉辰翁:長篇得此,風致自别。

高郵陳直躬處士畫雁二首

(**杭世駿眉**)胸有畫意,借題寫之。(**何焯眉**)思路總不由人。(**紀昀眉**)一片神行,化盡刻畫之迹。(**《角山樓》評**)落想超絶。

野雁見人時,未起意先改。(**蕭奇中夾**)細心。君從何處看,得此無人態。(**蕭奇中夾**)妙。(**吴汝綸評**)起四語,坡公獨到妙處,他人所無。無乃槁木形,人禽兩自在。北風振枯葦,(**賴山陽評**)下半篇不出一"雁"字,言景物而雁在其中。微雪落璀璀。慘澹雲水昏,晶熒沙礫碎。弋人悵何慕,一舉渺江海。(**賴山陽評**)暗説君人。

【彙評】

賴山陽:此詩於前五首中尤勝者,妙想妙語,非公不能道出。

衆禽事紛争,野雁獨閑潔。徐行意自得,俯仰苦有節。我衰寄江湖,(**蕭奇中夾**)如此。老伴雜鵝鴨。作書問陳子,曉景畫苕雪。依依聚圓沙,稍稍動斜月。(**蕭奇中夾**)神。先鳴獨鼓翅,吹亂蘆花雪。(**紀昀眉**)此首蛇足。(**李鴻裔乙評**)無此一首,則只詠雁,非題畫矣。

【彙評】

劉辰翁:猶嫌前詩作意,故復出此。

汪師韓:色斯舉矣,語隱而不發。前作更從未起時見其意之先改,竊疑處士雖善畫,未必能逮此詩。後作又於安翔徐徊處見意動,盡各得其微。詩中畫,畫中詩,二難並矣。

和王斿二首(斿,平父子)

(**杭世駿眉**)到題不假絲毫之力,所謂彈丸脱手也。二篇氣味清腴,的是老境。(**紀昀眉**)純以氣勝。(**錢廷錦乙旁**)風格高老,氣味渾成。

異時長怪謫仙人,舌有風雷筆有神。(**劉辰翁夾**)謂平父。聞道騎鯨游汗漫,憶嘗捫蝨話悲辛。(**蕭奇中眉**)豪雄眉舉。(**紀昀眉**)四句逆挽法。(**張問陶評**)晉顧和有捫蝨事。附記。氣吞餘子無全目,詩到諸郎尚絶倫。白髮故交空掩卷,淚河東注問蒼旻。

嫋嫋春風送渡關,娟娟霜月照生還。遲留歲暮江淮上,(**蕭奇中夾**)元氣。來往君家伯仲間。(**杭世駿眉**)此等對法,須留心知其自然。(**查慎行丙評**)施氏原注謂"東坡過金陵,與介甫相唱和,故詩云'來往君家伯仲間'"。予考平甫之殁在熙寧十年,王斿乃介甫猶子,豈得稱伯仲?詩中所云,只是説元鈞、元龍兄弟耳。施注一段雖經新刻本删去,而舊本所有,故爲辨正。未厭冰灘吼新洛,且看松雪媚南山。野梅官柳何時動,飛蓋長橋待子閑。(**查慎行評**)在泗州。

【彙評】

劉弘:"生還"謂道路無恙而還。

次韻張畹

新落霜餘兩岸隆，(**紀昀眉**)"隆"字腐甚。此等不是不通，只是不佳。如近代蓮洋山人用"柳花"作"柳葩"，"葩"何嘗非花，然是底語。塵埃舉袂識西風。臨淮自古多名士，樽酒相從樂寓公。半日偷閑歌嘯(**一作笑**)裏，百年暗盡往來中。(**何焯眉**)第六好。知君不向窮愁老，尚有清詩氣吐虹。

次韻王定國南遷回見寄

(**紀昀眉**)筆筆精鋭。(**何紹基乙眉**)真諧際人詩語，自然宛轉真至。(**何焯眉**)清峭之氣似昌黎。

土暈銅花蝕秋水，(**蕭奇中夾**)酷似長者。要須悍石相礱砥。(**蕭奇中夾**)勁。(**方東樹評**)奇起。十年冰蘗戰膏粱，萬里煙波濯紈綺。(**譚元春評**)袁(宏道)極賞首四語。(**錢廷錦甲眉**)他山之不可以攻玉也。歸來詩思轉清激，百丈空潭數魴鯉。(**查慎行評**)登少陵之堂，入昌黎之室。(**蕭奇中夾**)申贊清激。(**《角山樓》評**)四句快語，東坡本色，未見似韓。逝將桂浦擷蘭蓀，(**錢廷錦甲夾**)南回。不記槐堂收劍履。却思庾嶺今何在，更説彭城真夢耳。(**來詩述彭城舊游。**)君知先竭是甘井，我願得全如苦李。(**蕭奇中眉**)憂讒畏譏，保身安命，筆端自備。(**《角山樓》評**)此聯是篇中樞紐。(**方東樹評**)"却思"四句，神到氣到之作。妄心不復九回腸，至道終當三洗髓。廣陵陽羨何足較，(**余買田陽羨，來詩以爲不如廣陵。**)只有無何真我裏。樂全老子今禪伯，(**謂張安道也，定國其婿。**)掣電機鋒不容擬。心通豈復問云何，印可聊須答如是。(**蕭奇中夾**)作法兼至。相逢爲我話留滯,桃花春漲孤舟起。(**蕭奇中夾**)妙。

【彙評】

汪師韓:盤空硬語,具體昌黎。

贈梁道人

采藥壺公處處過,笑看金狄手摩挲。老人大父識君久,造物小兒如子何。(**翁同書眉**)"物"一作"化"。(**錢廷錦乙眉**)好對。寒盡山中無歷日,雨斜江上一漁蓑。神仙護短多官府,未厭人間醉踏歌。

題雍秀才畫草蟲八物

(**紀昀眉**)八首皆借物寓意,亦山谷演雅之類。

促　織

月叢號耿耿,露葉泣漙漙。夜長不自暖,那憂公子寒。(**蕭奇中夾**)有意。

蟬

蜕形濁污中,羽翼便翾好。秋來閑何闊,已抱寒莖槁。

蝦　蟆

(**何紹基乙眉**)數詩皆譏小人耳,殊嫌酷肖。

睅目知誰瞋，皤腹空自脹。(**紀昀眉**)"脹"字唐薛能詩嘗用之，然終非佳字，如"瞪目"字，唐人亦屢用之，究是近俚，不可訓也。慎勿困蜈蚣，飢蛇不汝放。

蜣　螂

洪鐘起暗室，飄瓦落空庭。誰言轉丸手，能作殷床聲。(**翁同書旁**)近於罵矣。

【彙評】

劉辰翁:狀物之妙。

天水牛

兩角徒自長，空飛不服箱。爲牛竟何事，利吻穴枯桑。

蝎　虎

跂跂有足蛇，脈脈無角龍。爲虎君勿笑，食盡蠆尾蟲。

蝸　牛

(**何焯旁**)鄧公壽謂每篇皆譏當時用事者一人，《蝸牛》指介甫，《鬼蝶》則章惇也。

腥涎不滿殼，聊足以自濡。(**錢廷錦乙眉**)可以知止足之分。(**杭世駿眉**)原句亦佳，改則首尾相應。升高不知回，竟作粘壁枯。(**翁同書眉**)醒世之言。

【彙評】

劉辰翁:注引王立之謂先生原詩"中弱不勝觸，外堅聊自郛"，今改者爲勝。○郛身強。

鬼　蝶

(**何焯旁**)詩不甚似。

雙眉卷鐵絲,兩翅暈金碧。初來花争妍,忽去鬼無迹。

泗州南山監倉蕭淵東軒二首

(**紀昀眉**)二詩俱清切。

偶隨樵父采都梁,(**南山名都梁山,山出都梁香故也。**)竹屋松扉試乞漿。但見東軒堪隱几,不知公子是監倉。溪中亂石墻垣古,山下寒蔬匕箸香。我是江南舊游客,挂冠知有老蕭郎。(**潘奕雋眉**)言外有相見恨晚意。(**《角山樓》評**)溯其先世作結,與"公子"字相應。

【彙評】

劉弘:先生言軒中清致可坐,却不知主人乃鹽倉之官,以見其不俗也。

北望飛塵苦晝霾,(**翁同書眉**)《苕溪漁隱叢話》:"淮北地平夷,自京師至汴口並無山,惟隔淮方有南山。米元章謂爲第一山。"坡公所以有"北望飛塵"之句。洗心聊復寄東齋。珍禽聲好猶思越,(**查慎行丙評**)施氏原注:"此詩猶存蕭氏,墨迹刻石成都。'珍禽聲好猶思越'作'懷越',未知即蕭氏所藏,或是别本也。"野橘香清未過淮。有信微泉來遠嶺，無心明月轉空階。(**蕭奇中眉**)常語堪嚼。一官倉庾真堪老，坐看松根絡斷崖。(**《角山樓》評**)托意在即離之間，語有雋味。

【**彙評**】

汪師韓：有幽邃之趣，蕭條高寄，盡得風流。前首結句用“老蕭郎”，亦本香山“能文好飲老蕭郎”之句，《容齋(隨筆)》引老元爲例，而不引此，疏矣。

劉弘：蓋有“元規塵污人”之意，故自去洗潔其心，聊且記東齋之景，如此云。

泗州除夜雪中黄師是送酥酒二首

暮雪紛紛投碎米，(**紀昀夾**)“投碎米”三字不雅。春流咽咽走黄沙。舊游似夢徒能説，逐客如僧豈有家。(**紀昀眉**)三、四自佳。冷硯欲書先自凍，孤燈何事獨成花。(**紀昀夾**)“孤燈”句呼起末二句。使君半夜分酥酒，驚起妻孥一笑嘩。(**紀昀眉**)點得輕便，恰引起第二首。

【**彙評**】

范大士：脈緊神完，渾然一氣。

關右土酥黄似酒，揚州雲液却如酥。欲從元放覓拄杖，(**嚴虞惇眉**)用元放事不切。忽有麴生來坐隅。對雪不堪令飽暖，隔船應已厭歌呼。明朝積玉深三尺，(**錢廷錦甲夾**)雪中起結。高枕床頭尚一壺。(**紀昀夾**)雙縮作收，好。(**紀昀眉**)此首未佳。

章錢二君見和復次韻答之

黄昏已作風翻絮,半夜猶驚月在沙。照汴玉峰明佛刹,隔淮雲海暗人家。來牟有信迎三白,薝蔔無香散六花。(**薝蔔,梔子花也,與雪花皆六出。**)(**蕭奇中夾**)化句。欲唤阿咸來守歲,(**翁同書夾**)切除夜。林烏櫪馬鬥喧嘩。

分無纖手裁春勝,況有新詩點蜀酥。醉裏冰髭失纓絡,(**翁同書夾**)切雪中。夢回布被起廉隅。(**何焯眉**)"廉隅"字腐而老。君應旅睫寒生暈,我亦飢腸夜自呼。(**紀昀眉**)"呼"字不妥。明日南山春色動,不知誰佩紫微壺。

正月一日雪中過淮謁客回作二首

十里清淮上,長堤轉雪龍。冰崖落屐齒,風葉亂裘茸。(**錢廷錦乙眉**)《詩》作"蒙戎",《左傳》作"尨茸",皆亂貌。摘對恐未妥。萬頃穿銀海,千尋渡玉峰。從來修月手,合在廣寒宫。(**紀昀眉**)通體凡近,五、六尤俗。(**何紹基乙眉**)刻畫非公所能,遜韓公遠矣。

攢眉有底恨,得句不妨清。霽霧開寒谷,飢鴉舞雪城。橋聲春市散,塔影暮淮平。不用殘燈火,船窗夜自明。(**何紹基乙眉**)此乃得妙以不刻劃也。

劉乙新作射堂(乙父嘗知眉州)①

蘭玉當年刺史家,雙鞬馳射笑穿花。而今白首閑驄馬,只

① 編者按:詩題一作"書劉君射堂"

有清樽照畫蛇。(**紀昀夾**)用事無謂,只趁韻耳。(**蕭奇中眉**)運化之妙。(**王文誥夾**)此句謂刺史已故,不復馳射,但遺弓在壁間耳。次聯押畫蛇甚富,而曉嵐以爲趁韻,彼乃忘却題是"射堂",故發此糊塗也。寂寂小軒蛛網遍,陰陰垂柳雁行斜。手柔弓燥春風後,置酒看君中戟牙。(**潘奕雋眉**)玩詩意,應是劉休官而抱病者,落句蓋祝其愈也。

【彙評】

劉辰翁:詩意感慨自然,詩貴如此。

孫莘老寄墨四首

(**紀昀眉**)四詩並老重深穩。

徂徠無老松,易水無良工。珍材取樂浪,妙手惟潘翁。(**潘谷作墨,雜用高麗煤。**)魚胞熟萬杵,(**張廷濟眉**)比"魚胞"爲膠也。犀角盤雙龍。墨成不敢用,(**蕭奇中夾**)珍重。進入蓬萊宫。蓬萊春晝永,玉殿明房櫳。金箋灑飛白,瑞霧縈長虹。遥憐醉常侍,一笑開天容。(**紀昀眉**)此首叙墨之來由,落到莘老,是第一章。(**何紹基乙眉**)坡公好筆墨,故宜得此遒麗之篇,讀之覺墨香盈几。

溪石琢馬肝,(**劉辰翁夾**)注謂漢武帝時外國貢馬肝石,此石半青半白,如馬肝,碎之以和九轉丹,吞之一粒則彌年不飢。○有九轉丹何必肝石,又但不飢耳。注謬。剡藤開玉版。嘘嘘雲霧出,奕奕龍蛇綰。此中有何好,秀色紛滿眼。(**何紹基乙眉**)"秀色紛滿眼"五字眼,包埽許多卷册評跋。故人歸天禄,古漆窺蠹簡。隃麋給尚方,老手擅編剗。分餘幸見及,流落一嘆赧。(**紀昀眉**)此首叙到莘老寄,是第二章。

我貧如飢鼠,長夜空咬齧。瓦池研竈煤,葦管書柿葉。近者唐夫子,遠致烏玉玦。(**唐林夫寄張遇墨半丸。**)先生又繼之,圭璧爛箱篋。(**彭元瑞夾**)無此一陪便直遂。晴窗洗硯坐,(**《角山樓》評**)語不必深,自然清峭。蛇蚓稍蟠結。便有好事人,敲門求醉帖。(**紀昀眉**)此首拉一陪客,蹙起波瀾,落到自己,是第三章。

吾窮本坐詩,久服朋友戒。五年江湖上,閉口洗殘債。今來復稍稍,快癢如爬疥。先生不譏訶,又復寄詩械。(**紀昀夾**)鬥合有力。幽光發奇思,點黮出荒怪。(**《角山樓》評**)"幽光"一聯沉著,足以鎮紙。得此乃不傷於剽。詩成一自笑,故疾逢蝦蟹。(**紀昀眉**)此首以自己作收,是第四章。○凡連章詩,須篇法井然,不可增減移置。(**何紹基乙眉**)詩機奇。(**譚元春評**)偶然戲筆,亦自快。然不可爲典要,學其落韻,便當誤後生。

留題蘭皋亭

雪後東風未肯和,扣門遷客夜經過。不知舊竹生新筍,但見清伊換濁河。無復往來乘下澤,聊同笑語説東坡。(**紀昀眉**)中四句虚字平頭。明年我亦開三徑,寂寂兼無雀可羅。

【彙評】

劉弘:"遷客",自謂也,先生借喻時變,後法令未解,故我夜叩門過此,蓋不敢遲日。"舊竹新筍",譬言權人已有黨類。"清伊換濁",譬言賢者退而不肖進矣。末則嘆風俗之益偷如此。

和人見贈

只寫東坡不著名,此身已是一長亭。(**蕭奇中夾**)僅悟。(**何紹基乙眉**)足見古人别號非是不可少的。壯心無復春流起,衰鬢從教病葉零。知有雪兒供筆硯,應嗤竈婦洗盆瓶。回來索酒公應厭,京口新傳作客經。

和田仲宣見贈

頭白江南醉司馬,寬心時復喚殷兄。寒潮不應淮無信,客路相隨月有情。未許低頭拜東野,徒言共飲勝公榮。好詩惡韻那容和,刻燭應須便置觥。(**紀昀眉**)結弩末。

和王勝之三首

城上湖光暖欲波,(**蕭奇中眉**)押字勝。美人唱我踏春歌。魯公賓客皆詩酒,誰是神仙張志和。(**紀昀眉**)隱然自負,風調殊佳。

齋釀如澠漲緑波,公詩句句可弦歌。流觴曲水無多日,更作新詩繼永和。(**紀昀眉**)此首便敷衍。

要知太守憐孤客,不惜陽春和俚歌。(**蕭奇中夾**)俚矣。坐睡樽前呼不應,爲公雕琢損天和。(**紀昀眉**)此首更湊泊。

記夢(並叙)

(**紀昀眉**)太似偈頌,便無復詩意。

樂全先生夢人以詩三篇示之，字皆旁行而不可識。傍有人道衣古貌，爲讀其中一篇云：人事且常在，留質悟圓間。凡四句，覺而忘其二，以告其客蘇軾。軾以私意廣之云。

圓間有物物間空，豈有圓空入井中。（**蕭奇中夾**）了了説出。不信天形真個樣，故應眼力自先窮。連環已解如神手，萬竅猶號未濟風。稽首問公公大笑，本來誰礙更求通。（**蕭奇中眉**）無礙即通無通礙者。

卷十五

詩七十二首

寄蘄簟與蒲傳正

（**杭世駿眉**）篇中時於昌黎《贈簟》詩中做賊，而無其豪邁。（**紀昀眉**）語自秀整，然無深致。

蘭溪美箭不成笛，離離玉箸排霜脊。（**蕭奇中夾**）一語摹畢。千溝萬縷自生風，（**蕭奇中夾**）妙。入手未開先慘栗。（**蕭奇中夾**）上句已備。公家列屋閑蛾眉，（**蕭奇中夾**）富貴。珠簾不動花陰移。（**蕭奇中夾**）恍遇。霧帳銀床初破睡，牙籤玉局坐彈棋。東坡病叟長羈旅，凍卧（**一作餓**）飢吟似飢鼠。（**蕭奇中眉**）餓飢疊用。倚賴春風洗破衾，（**蕭奇中夾**）無聊。一夜雪寒披故絮。（**李鴻裔乙評**）坡公慣作寒乞語，如"倚賴春風洗破衾"二句。火冷燈青誰復知，孤舟兒女自嚘咿。皇天何時反炎燠，愧此八尺黄琉璃。（**何焯眉**）健筆，在少陵、昌黎之間。願公净埽清香閣，（**何焯夾**）必傳正家有此閣。卧聽風漪聲滿榻。習習還從兩腋生，請公乘此朝閶闔。

【彙評】

汪師韓：蒲性奢靡，故因寄簟而特作飢寒之語以諷之，古人之誼也。

昔鄭群當暑濕之時，贈簟與昌黎，而韓詩有“倒身甘寢百疾愈，却願天日恒炎曦”之句，妙想獨造。此則當春寒之候，寄簟與傅正，乃云“皇天何時反炎燠，愧此八尺黄琉璃”，命筆略同。然一則美其適用，一則愧其無用，雖脱胎而仍是翻案也。

【彙評】

曾國藩：翻從寒冷時倒映出炎熱得簟之妙，亦自昌黎“却願天日長炎曦”句脱胎。

賴山陽：蘇古詩，有意與韓鬥……《贈簟》鬥於《謝琴》。

寄怪石石斛與魯元翰

（**查慎行評**）名有開。

山骨裁方斛，江珍拾淺灘。清池上几案，碎月落杯盤。老去懷三友，平生困一簞。堅姿聊自儆，秀色亦堪餐。好去髯卿舍，憑將道眼看。（**翁同書眉**）[《長編》]元豐七年八月，膳部郎中魯有開坐修條不當，與宫觀差遣。故此詩有“道眼看”之句。東坡最後供，霜雪照人寒。

漁父四首

（**紀昀眉**）四首語皆超妙，然此長短句不宜入之詩集。（**譚元春評**）可選，然是填詞矣。坡公填詞，如此清澆者亦少。

漁父飲，誰家去，魚蟹一時分付。酒無多少醉爲期，彼此不論錢數。

漁父醉，蓑衣舞，醉裏却尋歸路。輕舟短棹任斜横，醒後不知何處。

漁父醒，春江午，夢斷落花飛絮。酒醒還醉醉還醒，（**王文誥夾**）此句用白樂天《醉吟先生傳》，否則出之太易，即非公之所爲也。凡此等句，又當數典以實之，與得諸性靈之詩，不可以典注實者不同。一笑人間今古。

漁父笑，輕鷗舉，漠漠一江風雨。江邊騎馬是官人，借我孤舟南渡。

李憲仲哀詞（並叙）

（**紀昀眉**）代爲募疏，殊乏精采。

同年友李君諱惇，字憲仲。賢而有文，不幸早世，軾不及與之游也，而識其子廌有年矣。廌自陽翟見余于南京，泣曰：吾祖母邊、母馬、前母張與君之喪，皆未葬，貧不敢以飢寒爲戚，（**蕭奇中夾**）人後。顧四喪未舉，死不瞑目矣。適會故人梁先吉老聞余當歸耕陽羡，以絹十匹、絲百兩爲贐，辭之不可。乃以遺存，曰：此亦仁人之饋也。既又作詩，以告知君與廌者，庶幾皆有以助之。（**蕭奇中眉**）風義每見。廌年二十五，其文曄然，氣節不凡，此豈終窮者哉！（**蕭奇中夾**）勁賞。

大夢行當覺，百年特未滿。遑哀已逝人，長眠寄孤館。（**潘奕雋夾**）一跌。（**何紹基乙眉**）是同年友聲情。念我同年生，意長日月短。（**紀昀夾**）"意長"句自佳。（**王文誥夾**）《鶴林》之説，迂遠不類。鹽車困騏驥，烈火廢圭瓚。後生有奇骨，出語已精悍。蕭然野鶴姿，誰復識中散。有生寓大塊，死者誰不窾。嗟君獨久客，不識黄土暖。(**紀昀眉**)"不識"句亦警。推衣助孝子,一溉滋湯旱。(**蕭奇中眉**)句秀。誰能脱左驂,大事不可緩。

贈眼醫王生彦若

(**蕭奇中夾**)要自修悟中出。(**何焯眉**)有韻之文,汪洋恣肆,一至於此,千古一人,未見其匹。

針頭如麥芒,(**蕭奇中夾**)全首理裕。氣出如車軸。間關絡脈中,性命寄毛粟。而况清净眼,内景含天燭。琉璃貯沆瀣,(**蕭奇中夾**)指眼。(**《角山樓》評**)形容入妙。輕脆不任觸。而子於其間,來往施鋒鏃。笑談紛自若,觀者頸爲縮。運針如運斤,(**蕭奇中夾**)爽絶。去翳如拆屋。常疑子善幻,(**翁同書夾**)故作頓挫。他技雜符祝。子言吾有道,(**蕭奇中眉**)無道不可以作醫,矧眼乎?重外比之。此理君未矚。形骸一塵垢,貴賤兩草木。(**何焯眉**)故作險語。世人方重外,妄見瓦與玉。而我初不知,刺眼如刺肉。君看目與翳,是翳要非目。(**杭世駿眉**)爲眼醫指南,可以砭後世之妄爲醫者,安得謂小詩無關係也?(**蕭奇中夾**)楞嚴。(**何焯眉**)説得明白。目翳苟二物,易分如麥菽。寧聞老農夫,去草更傷穀。(**查慎行評**)游刃有餘,汪洋自恣,漆園之言也。不謂有韻之文,亦能馳騁至此!(**何紹基乙眉**)極靈智人,亦止是見事物不忽侖耳。鼻端有餘地,肝膽分楚蜀。(**蕭奇中夾**)左右寬閑,運筆亦運針矣。吾於五輪間,蕩蕩見空曲。如行九軌道,並驅無擊轂。空花誰開落,明月自朏朒。請問樂全堂,忘言老尊宿。(**彦若,樂全先生門下醫也。**)(**紀昀眉**)只得如此作收,再無更進一層之理可以闡發矣。(**《角山樓》評**)議論透闢,語勢亦足。

【彙評】

劉辰翁:詩固好亦是常理,經此老寫得出耳。

汪師韓:一意翻騰,發難送解,險語奇詞,絡繹奔會,令人可怖可喜,忘其爲有韻之文。李之儀所謂"極天地之變化"者,此種是也。

譚元春:胸中透邃,手底奇快,果然"無一字不妙"。但使老杜爲之,亦決各有妙理,不必定以一首詩長短二公也。

《**角山樓**》:以文爲詩,唐人亦有之,不過樸實叙述而已,未有於纖仄之境發揮詳盡者也。此則筆鋒所觸,無堅不破,無微不入,無隱不顯,全從《南華》《楞嚴》得來,其妙殆不容學。

賴山陽:《饋歲》《守歲》《泛潁》《眼醫》等,韓集亦無此妙語也。

袁宏道:决非子美所能道,無一字不妙。

與歐育等六人飲酒

忽驚春色二分空,且看樽前半丈紅。(**查慎行評**)"半丈紅"未詳。苦戰知君便白羽,倦游憐我憶黄封。年來齒髮老未老,此去江淮東復東。記取六人相會處,引杯看劍坐生風。

【彙評】

劉辰翁:自是落落。

劉弘:末云"六人會處,引杯看劍生風",□先生襟懷落落如此。

觀杭州鈐轄歐育刀劍戰袍

(**紀昀眉**)語意頗道,後半太露不平。(**何焯眉**)著色一語,抵人千百。〇疆場之事,爲文吏拘牽,真以國社爲兒戲,旁觀扼腕,古今一轍。

青綾衲衫暖襯甲，紅綫勒巾光繞肋。秃襟小袖雕鶻盤，大刀長劍龍蛇插。兩軍鼓噪屋瓦墜，紅塵白羽紛相戛。將軍恩重此身輕，笑履鋒鋩如一掐。書生只肯坐帷幄，談笑毫端弄生殺。**(蕭奇中夾)**笑殺。叫呼擊鼓催上竿，猛士應憐小兒黠。**(查慎行評)**李陵《答蘇武書》雖屬後人假托，中肯處正在刀筆弄文數語，真令壯士灰心。試問黄河夜偷渡，掠面驚沙寒霎霎。**(蕭奇中夾)**又翻上意。何如大艦日高眠，一枕清風過苕霅。**(紀昀眉)**頗寓厭兵之意，不但以閑忙相照。**(何焯旁)**結尾亦慰藉之詞耳。

【彙評】

劉辰翁:語近而怨激。

汪師韓:將軍輕履鋒鋩，而書生帷幄談笑，如爲文吏牽掣，深其扼腕者。黄河驚沙掠面，不如苕霅一枕清風。豈誠閑寂爲高，乃其嘆息痛恨之至也。筆力峭崒，殆如刃發於硎。

王伯敭所藏趙昌畫四首

(蕭奇中眉)四詩是題畫，題畫詩，少陵獨絶。句句花鳥山水，句句是畫。唐初慨從無人及，蘇東坡幾得之，余則全近耳。**(紀昀眉)**四詩皆清歷。

梅　花

南行渡關山，沙水清練練。行人已愁絶，日暮集微霰。**(王文誥夾)**從“去年此日關山路，細雨梅花欲斷魂”句化出，乃自以舊作爲典實也。**(何紹基眉)**尋梅光景。殷勤小梅花，仿佛吴姬面。暗香隨我去，回首驚千片。**(蕭奇中夾)**寓。**(何焯眉)**杜詩“岸花飛送客"。至今開畫圖,老眼凄欲泫。幽懷不可寫,歸夢君家倩。

黄葵

(**蕭奇中旁**)即今之秋葵也。(**查慎行評**)《本草》黄蜀葵,春生苗,葉頗似蜀葵,别是一種,夏末開花,淺黄色,葉以下有紫檀色,旦開午收,暮落,亦名側金盞花。

弱質困夏永,奇姿蘇曉涼。低昂黄金杯,照耀初日光。檀心自成暈,(**翁同書眉**)[查注]"自"當作"紫"。翠葉森有芒。古來寫生人,妙絶誰似昌。晨妝與午醉,真態含陰陽。(**蕭奇中眉**)不惟體畫,兼體花矣。君看此花枝,中有風露香。(**蕭奇中夾**)妙。(**查慎行甲眉**)口齒芳鮮。

【彙評】

汪師韓評:微加縟染,自饒遠神。

芙蓉

清飆已拂林,積水漸收潦。溪邊野芙蓉,花水相媚好。坐看池蓮盡,獨伴霜菊槁。幽姿强一笑,(**張問陶評**)"獨一笑",或作"强一笑"。暮景迫摧倒。凄涼似貧女,嫁晚驚衰早。(**查慎行評**)才人晚遇者,不堪多讀。(**蕭奇中夾**)鍊句。誰寫少年容,樵人劍南老。(**何焯眉**)宛宛可憐。

【彙評】

汪師韓:於衰落處寫其豐韻,"貧女"之喻,凄然感懷。

張問陶:此首猶可愛。

《**角山樓**》:隨手設譬,語近而味永,拍合寫生亦輕倩。

山 茶

(**何焯旁**)故是翻新,却似抑揚太甚。

蕭蕭南山松,黄葉隕勁風。誰憐兒女花,散火冰雪中。能傳歲寒姿,古來惟丘翁。趙叟得其妙,(**杭世駿眉**)趙昌,蜀人,以其鄉里前輩,故稱叟,二字本《左傳》。一洗膠粉空。掌中調丹砂,染此鶴頂紅。(**查慎行評**)偏能離俗。何須誇落墨,獨賞江南工。

寄吴德仁兼簡陳季常

(**查慎行評**)吴名瑛,蘄春人。(**紀昀眉**)蓬蓬勃勃,氣如湧出,真興到之作。

東坡先生無一錢,十年家火燒凡鉛。(**方東樹評**)起,妙品神到。黄金可成河可塞,(**方東樹評**)三句用事精切。只有霜鬢無由玄。龍丘居士亦可憐,談空説有夜不眠。忽聞河東獅子吼,拄杖落手心茫然。誰似濮陽公子賢,飲酒食肉自得仙。(**蕭奇中夾**)此真仙也。平生寓物不留物,在家學得忘家禪。(**蕭奇中眉**)能寓物不爲物寓,自得禪矣。門前罷亞十頃田,(《**角山樓**》**評**)叙事之中插入景語,有姿態。清溪繞屋花連天。溪堂醉卧呼不醒,落花如雪春風顛。(**蕭奇中夾**)快活絶世。(**紀昀眉**)得此四語,意境乃活,如畫山水者烘以雲氣。查云"筆有仙氣,自是太白後身"。(**潘奕雋眉**)神似青蓮。(**方東樹評**)"門前"四句,起棱象外。我游蘭溪訪清泉,已辦布襪青行纏。稽山不是無賀老,(**翁同書夾**)言欲訪德仁未果。

我自興盡回酒船。恨君不識顔平原，(**翁同書夾**)自謂。(《**角山樓**》**評**)援筆極有興會。用二古人並非有所取義，只爲起下文耳。恨我不識元魯山。(**翁同書夾**)謂德仁。(**查慎行評**)公與德仁初未相識，故云爾。(**方東樹評**)先生嘗至蘄州，欲訪吴未果，彼此兩不相識。銅駝陌上會相見，握手一笑三千年。(**蕭奇中眉**)不死有所指，不死無所寄，排風擺雲，自凌塵外。(**翁同書旁**)［查注］先生常欲訪德仁而未果，故結用薊子訓事，言終當相遇也。(**查慎行評**)挾仙氣，故是太白後身。(《**角山樓**》**評**)結語從《薊子訓傳》中化出，與前路"學仙"相應。

【彙評】

劉辰翁：必常訪德仁而不果，且未相識，二恨語豪縱萬物之表，令人遠想百端。○師子上著河東，非注何由解，亦是暗引杜詩"河東女兒身姓柳"爲戲耳。

汪師韓：以己之學仙引起陳慥之學禪，更由慥之學禪引起吴瑛之不學仙而得仙、不學禪而得禪。瑛見《宋史·隱逸傳》。"門前罷亞"以下言瑛歸蘄州，其勝情至致，有足令人企羨者。結處"恨君不識顔平原"句，如以顔比陳，蓋顔亦用心仙佛故也。若胡仔謂"東坡自謂"，則文義就吴瑛一直説下，於陳慥絶無照應。而前幅"龍丘居士"四句，但值詼嘲，豈簡之之意也。

譚元春：作詩中用不得文章中語。

吴汝綸：音節琅然，可歌可誦。機趣横生，而風采復極華妙。

題王逸少帖

(**紀昀眉**)短章而甚有筆力。(**何紹基乙眉**)此論殊不允。

顛張醉素兩秃翁，(**紀昀夾**)張何以亦稱秃翁？(**王文誥夾**)"顛張醉素”，書家魔道，貶之自是特識。追逐世好稱書工。何曾夢見王與鍾，妄自粉飾欺盲聾。（**蕭奇中夾**）狠罵。有如市倡抹青紅，妖歌嫚舞眩兒童。謝家夫人淡豐容，（**彭元瑞夾**）世説本作“王夫人”。蕭然自有林下風。天門蕩蕩驚跳龍，出林飛鳥一掃空。爲君草書續其終，待我他日不匆匆。（**王文誥夾**）入題作結，而仍收到帖，回斡疾甚，又若飏下者然，故其餘韻長也。（**蕭奇中夾**）妙。（**紀昀夾**）題此詩必作行楷，故末二句云然。（**《角山樓》評**）結小有致。

書林逋詩後

（**蕭奇中眉**）尊和靖之品至矣。（**翁同書眉**）先生論文，嘗謂“郊寒島瘦”。又嘗論西臺御史李建中書，以爲“雖可愛終可鄙，雖可鄙終不可棄”。此詩則謂其兼有孟、李之所長，而去所短。（**方東樹評**）妙。（**賴山陽評**）此詩用筆如題跋，又可當一篇後序。凡大家之作，皆健俊縱逸，而少清脆之氣，雖如老杜能兼之，而猶過豪奇。如東坡此詩，自出別調，而過清脆者，故今撰之。

吴儂生長湖山曲，呼吸湖光飲山渌。不論世外隱君子，傭兒販婦皆冰玉。（**紀昀眉**）起手如“未睹佛像，先現圓光”。（**蕭奇中夾**）太悟。（**何紹基乙基眉**）先生之愛西湖如此。（**《角山樓》評**）是加一倍寫法。（**何焯眉**）何至乃爾，公於杭州人確有異嗜矣。（**賴山陽評**）此句既逗林逋。先生可是絶俗人，神清骨冷無由俗。（**蕭奇中夾**）妙。（**賴山陽評**）銜接。我不識君曾夢見，瞳子了然光可燭。（**賴山陽評**）二句化凡爲奇，非東坡不能言。遺篇妙字處處有，步繞西湖看不足。詩如東野不言寒，書似西臺差少肉。（**何紹基乙眉**）今和靖詩存，而“妙字”不復可見，如公言，蓋亦深於書律者。平生高節已難繼，將死微言猶可録。自言不作封禪書，（**賴山陽評**）東坡之取林逋，不爲其愛梅、鶴特有此事耳，是不可不出者。更肯悲吟白頭曲。（**逋臨終詩云：茂陵異日求遺草，猶喜初無封禪書。**）（**蕭奇中眉**）和靖梅妻鶴子，故有白頭之句。（**杭世駿眉**）《封禪書》與《封禪文》美刺不同。相如之言，封禪是推美盛德，史公之書，則有隱諷存焉。在林詩已是語累，坡復踵稱，何爲哉？我笑吴人不好事，好作祠堂傍修竹。不然配食水仙王，（**賴山陽評**）黄州有水仙王廟。一盞寒泉薦秋菊。（**湖上有水仙王廟。**）（**蕭奇中眉**）可以俎林。（**紀昀眉**）結得夭矯。○"修竹""秋菊"皆取高潔相配，非圖趁韻。（**賴山陽評**）承篇首血脈來，結法是題跋筆法。

【彙評】

汪師韓：將以稱美林逋，乃至謂吴儂之傭販皆如冰玉。深一層説入，而林之神清骨冷，其爲高節難繼處，不待羅縷矣。軾論文章，嘗有"郊寒島瘦"之目，其《讀孟郊詩》有云："何苦將兩耳，聽此寒蟲號。"又嘗論西臺御史李建中之書，以爲"雖可愛終可鄙，雖可鄙終不可棄"。若此篇所言，則謂其詩如東野而能不至於寒，書如西臺而又不嫌於肉，是兼有孟、李之所長，盡去孟、李之所短也。後人多於"西臺"句誤會其意，此未深考耳。

賴山陽：世服蘇之廣長舌，不知其收舌不盡展者更好。……《林逋詩後》……皆豐約合度，姿態可觀。

和仲伯達

歸山歲月苦無多，尚有丹砂奈老何。（**蕭奇中夾**）可惜。繡谷只應花自染，鏡潭長與月相磨。（**蕭奇中眉**）"染""磨"二字警。（**查慎行評**）二句刻畫過巧，駸駸乎離晚唐而趨宋矣。君方傍海看初日，我已横江擊素波。人不我知斯我貴，（**紀昀眉**）太腐氣。不須雷雨起龍梭。

春　日

(**紀昀眉**)頗有情致,但格不高耳。

鳴鳩乳燕寂無聲,日射西窗潑眼明。午醉醒來無一事,只將春睡賞春晴。(**蕭奇中眉**)樂未央。

贈袁陟

(**紀昀眉**)味如醇酒之中微和以水,雖美而薄。(**王文誥旁**)詳玩此詩,皆逆旅過客之意,顯因寄寓而發。

是身如虛空,萬物皆我儲。胡爲强分别。百金買田廬。不見袁夫子,神馬載尻輿。游於無何有,一飯不願餘。官湖爲我池,學舍爲我居。(**王文誥夾**)公本挈家而行,漂泊無所,時袁陟以學舍假公,因留家於真,喘息稍定,此作詩之本旨也。連下二句讀,其義更明。若以爲歸常道中作,則大可笑矣。何以遺子孫,此身自蘧蒢。熏風暗楊柳,秋水净芙蕖。應觀我知子,不怪子知魚。

【彙評】

劉辰翁:件件説得熟。

蘇子容母陳夫人挽詞

蘇陳甥舅真冰玉,正始風流起頽俗。夫人高節稱其家,凛凛寒松映修竹。雞鳴爲善日日新，(**紀昀眉**)太凡鄙。八十三年如一晨。豈惟家室宜壽母，實與朝廷生異人。忘軀殉國乃吾子，三仕何曾知愠喜。不煩擁笏强垂魚，我視去來皆夢爾。(**杭世駿眉**)曠達之言，在此處則詞質。誦詩相挽真區區，墓碑千字多遺餘。他年太史取家傳，知有班昭續漢書。

歸宜興留題竹西寺

(**王文誥旁**)公流竄七年，至是喘息稍定，勢不能無欣喜之意。此三詩皆發於情之正也，故其意興灑落，倍於他詩。(**孫顥元校録**)考《九域志》，縣在常州西南二百二十里，非倚郭也。附見王十朋集注本次公注。○誰知竹西路斜陽，字訛。附見王十朋集注本堯卿注。(**張廷濟眉**)公自黄衫，汝也蹤蹟，此條最簡而明。(**翁同書眉**)查注引周益公《題楚頌帖》一段，於坡公離黄後事迹最詳。

十年歸夢寄西風，此去真爲田舍翁。剩覓蜀岡新井水，要攜鄉味過江東。(**紀昀眉**)點綴有致。

道人勸飲雞蘇水，童子能煎罌粟湯。暫借藤床與瓦枕，莫教辜負竹風凉。

此生已覺都無事，今歲仍逢大有年。山寺歸來聞好語，野花啼鳥亦欣然。(**何紹基乙眉**)“好語”即指“大有年”也。

與孟震同游常州僧舍

年來轉覺此生浮，又作三吴浪漫游。忽見東平孟君子，夢中相對説黄州。

湛湛清池五月寒,小山無數碧巑岏。稚杉戢戢三千本,且作凌雲合抱看。

知君此去便歸耕,笑指孤舟一葉輕。待向三茅乞靈雨,半篙流水贈君行。

贈常州報恩長老

碧玉碗盛紅瑪瑙,井花水養石菖蒲。也知法供無窮盡,試問禪師得飽無。薦福老懷真巧便,净慈兩本(**一作木**)更尖新。(**何紹基乙眉**)"老懷""兩本",皆僧也。(**張問陶評**)净慈當以林爲號,故云"兩木"。憑師爲作鐵門限,準備人間請話人。

【彙評】

查慎行:天衣禪師名義懷,嗣雪竇顯公法。圓照師名宗本,世稱大本,天衣之嗣。善本師號大通,圓照之嗣,後先住净慈。

次韻答賈耘老

(**紀昀眉**)直押孔子諱,太不檢點,不得以六朝唐人藉口。

五年一夢南司州,飢寒疾病爲子憂。東來六月井無水,仰看古堰横奔牛。平生管鮑我知子,今日陳蔡誰從丘。(**蕭奇中夾**)奇。夜航争渡泥水澀,牽挽直欲來瓜洲。自言嗜酒得風痹,故鄉不敢居温柔。(**蕭奇中夾**)妙論。空將泛愛救溝壑,衰病不復從前樂。今年太守真卧龍,笑語炎天出冰雹。時低九尺蒼鬚髯,過我三間小池閣。(**杭世駿眉**)以對爲轉,入少陵之室。(**翁同書

眉)［查注］元發因先生之言，必致禮於耘老。故中段述其詞如此。故人改觀争來賀，小兒不信猶疑錯。爲君置酒飲且哦，草間秋蟲亦能歌。可憐老驥真老矣，無心更秣天山禾。(**查慎行評**)"自言"以下直至末，皆述耘老語。耘老有侍姬二人，名雙荷葉。東坡答耘老尺牘云："齒落目昏，當是爲兩荷葉所困。"(**紀昀眉**)"自言"以下述賈語，後四句則喜其見禮于太守，而悲其無復仕進之意，徒爲太守所禮而已。初白謂"至末乃述賈語"，恐無此章法。

墨　花(並叙)

(**何紹基乙眉**)淡率自佳。

世多以墨畫山水竹石人物者，未有以畫花者也。汴人尹白能之，爲賦一首。

造物本無物，忽然非所難。(**劉辰翁夾**)不小相。(**何焯眉**)未有以畫花起。花心起墨暈，春色散毫端。縹緲形才具，扶疏態自完。(**何焯夾**)是墨花。蓮風盡傾倒，杏雨半披殘。(**蕭奇中夾**)近畫。獨有狂居士，求爲黑牡丹。兼書平子賦，歸向雪堂看。(**何焯旁**)亦對"墨"字，妙絶。

【彙評】

劉辰翁：此小説醉來墨漆屏風上草寫盧仝《月蝕》詩。

送竹几與謝秀才

平生長物擾天真，老去歸田只此身。留我同行木上坐，贈君無語竹夫人。(**嚴虞惇眉**)"竹几"何以謂之"竹夫人"。(**譚元春評**)木上坐,竹夫人,絶好打油詩料耳。如退之"木居士",便自鄭重。但隨秋扇年年在,莫門瓊枝夜夜新。堪笑荒唐玉川子,暮年家口若爲親。(**蕭奇中眉**)杖亦家口也。

溪陰堂

(**王文誥旁**)此類偶同合拍,作者多不自覺也。

白水滿時雙鷺下,緑槐高處一蟬吟。酒醒門外三竿日,(**查慎行評**)無意作聯,自爾合拍。卧看溪南十畝陰。(**何紹基乙眉**)"卧看溪陰",真一好景。

【彙評】

汪師韓:勝語不由補假,氣象澄鮮。

查慎行丙:《高齋詩話》云:"東坡過真州范氏溪堂詩云云,蓋用老杜'兩個黄鸝鳴翠柳'一首詩意也。"據此,則溪陰堂當在真州。但以語意考之,與先生過真州時景物不合。姑仍依施氏原本編此。

次韻許遵

蒜山渡口挽歸艎,朱雀橋邊看道裝。供帳已應煩百兩,擊鮮毋久溷諸郎。問禪時到長干寺,載酒閑過緑野堂。(**錢廷錦甲夾**)非也,公詩文擬借極多,不可拘泥。附見王十朋集注本次公注。此味只憂兒輩覺,逢人休道北窗凉。

【彙評】

查慎行:玩詩意,許必從潤州罷官而歸金陵者。既用諸郎,復云兒輩,未免重複。

王文誥:詩意乃送許遵罷潤州赴金陵任也,故有"挽艎""供帳"二句。如去後寄和,即無此二句矣。餘皆設想語。

贈章默(並敘)

(**杭世駿眉**)字字清妥,於杜、韓外又樹一格,此坡之所以爲坡也。(**紀昀眉**)較勝《李憲仲哀詞》,然亦非高作。(**《角山樓》評**)篇中多沉痛語。

章默居士,字志明。生公侯家,才性高爽,棄家求道,不蓄妻子,與世無累,而父母與兄之喪,貧不能舉,以是眷眷世間,不能無求於人。余深哀其志,既有以少助之,又取其言爲詩以贈其行,庶幾有哀之者。(**陳仁錫眉**)所謂東坡能緩急人。(**蕭奇中眉**)篤風義不一矣,千載下猶佩銘之。

章子親未葬,(**蕭奇中夾**)出手便敦。餘生抱羸疾。朝吟噎鄰里,夜淚腐茵席。前年黑花生,(**蕭奇中夾**)已複。今歲白髮出。(**蕭奇中夾**)可憐。身隨日月逝,恨與天地畢。願求不毛田,親築長夜室。難從王孫裸,(**蕭奇中夾**)曲寫。未忍夏后堲。五陵多豪士,百萬付一擲。(**《角山樓》評**)二語見身分。心知義財難,(**蕭奇中夾**)可傷。甘就貧友乞。(**查慎行評**)氣骨凛然,讀之起敬。(**蕭奇中夾**)可痛。(**何紹基乙眉**)千古同病。不辭毛髮施,行自丘山積。此志苟朝遂,夕死真不戚。(**蕭奇中夾**)激節。(**蕭奇中眉**)何數悲感,何數誠惻,章子父兄,九泉銜誼。誓求無生理,不踐有爲迹。棄身尸陀林,(**蕭奇中夾**)真不戚。烏鳶任狼籍。(**何焯夾**)以此反襯"葬親"語却精神。(**蕭奇中眉**)自非木石,誰毛粟之慳施乎!與其資摸捨於身後,何如種結草於生前。(**紀昀眉**)竟住得好,若再下語,便是香山門徑。(**何焯眉**)既能包括,復輕重得體,又剪捷超忽,無窮妙境。

送穆越州

江海相忘十五年,羨君松柏蔚蒼顔。四朝耆舊冰霜後,兩郡風流水石間。舊政猶傳蜀父老,先聲已振越溪山。樽前俱是蓬萊守,莫放高樓雪月閑。(**蕭奇中眉**)興復不減。

【彙評】

汪師韓:意象闊遠,詞調鏗鏘,七律正宗,足以上追王、杜。

贈葛葦

竹椽茅屋半摧傾,肯向蜂窠寄此生。(**翁同書夾**)言所居窄小而裸露也。長恐波頭卷室去,(**蕭奇中夾**)雅謔。欲將船尾載君行。(**劉辰翁夾**)狀其所居。小詩試擬孟東野,大草閑臨張伯英。消遣百年須底物,故應憐我不歸耕。(**何紹基乙眉**)葛君殆静者。

【彙評】

劉辰翁:"大草"謂張字比他帖字大,第詩前後各不相涉。

贈王寂

(**紀昀眉**)偶作嫵媚,亦自宜人。

與君暫别不須嗟，俯仰歸來鬢未華。記取江南煙雨裏，青山斷處是君家。

南都妙峰亭

（**查慎行甲眉**）“部”字訛，當作“都”。

千尋挂雲闕，十頃含風灣。開門弄清泚，照見雙銅鐶。池臺半禾黍，桃李餘榛菅。無人肯回首，日暮車斑斑。（**紀昀夾**）“斑”當作“班”。史君非世人，心與古佛閑。（**蕭奇中夾**）妙。（**蕭奇中眉**）吾詩云：“一尊古佛香合處，天亦輸我此刻閑。”時邀聲利客，來洗塵埃顔。（**蕭奇中夾**）亦妙。新亭在東阜，飛宇臨通闤。古甃磨翠壁，霜林散煙鬟。孤雲抱商丘，芳草連杏山。俯仰盡法界，逍遥寄人寰。亭亭妙高峰，了了蓬艾間。五老壓彭蠡，三峰照潼關。均爲拳石小，配此一掬慳。煩公爲標指，免使勤躋攀。（**紀昀眉**）結得少味。

神宗皇帝挽詞三首

（**何紹基乙眉**）美詞。

文武固天縱，欽明又日新。化民何止聖，妙物獨稱神。（**蕭奇中夾**）神渾。政已三王上，言皆六籍醇。巍巍本無象，刻畫愧孤臣。

未易名堯德，何須數舜功。小心仍致孝，餘事及平戎。（**蕭奇中眉**）平戎乃餘事，見才用，見本領。典禮從周舊，官儀與漢隆。

誰知本無作,千古自承風。(**查慎行評**)立言有體,反爲王荆公洗刷新法。(**何焯眉**)神宗元豐中嘗改定官制。

接統真千歲,膺期止一章。周南稍留滯,宣室遂淒涼。病馬空嘶櫪,枯葵已泫霜。餘生卧江海,歸夢泣嵩邙。(**杭世駿眉**)華實並茂,字字皆朱弦疏越之言,廟堂巨手,爲南宋汪、孫、洪、周諸人所不及。

金山妙高臺

(**紀昀眉**)雖不深厚,而頗恣逸。(**翁同書眉**)先生時將赴登,故從此入手。(**何紹基乙眉**)仙風超舉。(**何焯旁**)此等都是信手所成,苦心之極,乃造神化耳。

我欲乘飛車,東訪赤松子。(**紀昀夾**)伏了元。(**丁菊全眉**)"赤松"或作"赤城"。蓬萊不可到,弱水三萬里。不如金山去,清風半帆耳。中有妙高臺,(**潘奕雋夾**)入題。雲峰自孤起。仰觀初無路,誰信平如砥。(**何焯夾**)二謝之髓。臺中老比丘,碧眼照窗几。巉巉玉爲骨,凛凛霜入齒。機鋒不可觸,千偈如翻水。何須尋德雲,即此比丘是。(**王文誥夾**)此比了元。長生未暇學,請學長不死。(**蕭奇中夾**)結得清緊。(**紀昀眉**)"長生"句繳起四句。"請學"句繳了元一段。(**何紹基乙眉**)尚嫌比丘多事,虧得結語搬本耳。(**何焯眉**)只"長生"二字輕輕收轉前半篇,此化於法者也。如此收束,非老杜不能。

【彙評】

劉辰翁:其欽重佛印如此,"長不死"即長生,駭語雜禪。

查慎行:此詩及《煎茶》《聽賢師定惠琴》《過南華寺》共四篇,先生手書真迹,後有徐石樓、文信國諸跋,項墨林亦有跋,不知此卷今藏誰氏。

汪師韓:若先談妙高之勝而别稱赤松、蓬萊以作波瀾,便是人人意中所有。妙在於未入題之前作破空而來之勢,遠望參寥,若攢圖之托霄上。

贈杜介(並叙)

(**紀昀眉**)爲文造情,憑空布局,善於掉弄筆鋒。(**何紹基乙眉**)杜撰夢境,到底少味。

元豐八年七月二十五日,杜幾先自浙東還,與余相遇於金山,話天台之異,以詩贈之。

我夢游天台,横空石橋小。松風吹茵露,(**杭世駿眉**)天台聖境,用"茵露"不切。翠濕香嫋嫋。應真飛錫過,絶澗度雲鳥。舉意欲從之,倏然已松杪。微言粲珠玉,未説意先了。覺來如墮空,耿耿窗户曉。群生陷迷網,獨達從古少。杜叟子何人,長嘯萬物表。妻孥空四壁,振策念輕矯。遂爲赤城游,飛步凌縹緲。問禪不歸舍,屨爲瓠壺繞。何人識此志,佛眼自照了。我夢君見之,卓爾非魔嬈。仙葩發茗碗,翦刻分葵蓼。從今更不出,閉户閑騣褭。時從佛頂岩,馳下雙蓮沼。

【彙評】

劉辰翁:神游。

汪師韓:不述杜介之話而自述夢游,使實境皆從空明中出,筆端玲瓏縹緲,洵是驂鸞控鶴人也。

《**唐宋詩醇**》：不述杜介之話而自述夢游，使實境從空中出，筆端玲瓏縹緲，不落塵凡。

次韻孫莘老斗野亭寄子由在邵伯堰

(**何紹基乙眉**)景從情得，乃爾清深。

落帆謝公渚，(**錢廷錦乙夾**)邵伯堰。日脚東西平。孤亭得小憩，暮景含餘清。坐待斗與牛，錯落挂南甍。老僧如夙昔，一笑意已傾。新詩出故人，舊事疑前生。吾生七往來，送老海上城。逢人輒自哂，得魚不忍烹。似聞績溪老，復作東都行。小詩如秋菊，豔豔霜中明。過此感我言，長篇發春榮。(**紀昀眉**)結少促。

送楊傑(並叙)

(**紀昀眉**)筆墨横恣。(**何紹基乙眉**)頗錘煉。

無爲子嘗奉使登太山絶頂，(**蕭奇中夾**)曠矚。雞一鳴，見日出。又嘗以事過華山，重九日飲酒蓮花峰上。(**蕭奇中夾**)勝歡。今乃奉詔與高麗僧統游錢塘。皆以王事，而從方外之樂，善哉未曾有也，作是詩以送之。

天門夜上賓出日，萬里紅波半天赤。歸來平地看跳丸，一點黄金鑄秋橘。(**杭世駿眉**)工爲形似之言，前賢無有道及者。(《**角山樓**》**評**)奇句。(**蕭奇中夾**)肖絶。(**高步瀛評**)以上太白觀日。太華峰頭作重九，天風吹灩黄花酒。浩歌馳下腰帶鞓，(**何紹基甲眉**)斷非地名。附施注云"腰帶鞓"，華山地名。醉舞崩崖一揮手。(**蕭

奇中夾)爽。(**高步瀛評**)以上蓮華峰飲酒。神游八極萬緣虚,下視蚊雷隱汚渠。大千一息八十返,笑厲東海騎鯨魚。(**翁同書眉**)"神游"四句是中間"過峽東海"句引起下段,法密乃爾,非徒以筆墨横恣勝也。(**高步瀛評**)以上總寫其胸次高曠。三韓王子西求法,鑿齒彌天兩勍敵。過江風急浪如山,寄語舟人好看客。(**劉辰翁夾**)寫得焰又中絶。(**紀昀眉**)結亦波峭。(**錢廷錦乙夾**)結無味。(**高步瀛評**)以上與僧統游錢塘。

【**彙評**】

汪師韓:直叙三事,奔蕩之音奇突壯偉。昔李白登華山落雁峰,曰:"恨不攜謝朓驚人詩來,搔首問青天。"此詩奇勝亦真,足與泰、華争巍峨矣。

次韻送徐大正(嘗與余約,卜鄰于江淮間。將赴登州,同舟至山陽,以詩見送,留别)

別時酒盞照燈花,知我歸期漸有涯。去歲渡江萍似斗,今年並海棗如瓜。(**錢陸燦眉**)"並"字義作"步"。(**紀昀眉**)用事不切。(**翁同書夾**)謂登州。多情明月邀君共,(**翁同書夾**)謂同舟。無價青山爲我賒。(**翁同書夾**)約卜鄰。千首新詩一竿竹,不應空釣漢江槎。(**翁同書夾**)謂從游黄州。

【**彙評**】

汪師韓:因有卜鄰之約,故曰"無價青山爲我賒";因與同舟,故曰"多情明月邀君共"。運實於虚,鈎綿秀絶。

楊康功有石狀如醉道士爲賦此詩

(**杭世駿眉**)題無奥意,只以排諧了之。(**紀昀眉**)終是野調,不入正格,不得循聲贊嘆。(**何焯眉**)香山、昌黎之間。

楚山固多猿,青者黠而壽。化爲狂道士,山谷恣騰蹂。誤入華陽洞,竊飲茆君酒。君命囚岩間,岩石爲械杻。松根絡其足,藤蔓縛其肘。蒼苔眯其目,叢棘哽其口。三年化爲石,(**查慎行評**)出題確如木陷釘。堅瘦敵瓊玖。無復號雲聲,空餘舞杯手。樵夫見之笑,抱賣易升斗。楊公海中仙,世俗那得友。海邊逢姑射,一笑微俯首。胡不載之歸,用此頑且醜。求詩紀其異,本末得細剖。吾言豈妄云,得之亡是叟。(**蕭奇中夾**)笑。(**紀昀眉**)惟假説太多,所以反有傳奇氣。如以此語煉作數語,如公《石屏風》詩之用畢宏、韋偃,《崔白大幅》詩之用天女擲梭,原是奇語。(**何焯眉**)游戲得三昧,横説豎説,四通八達,了無障礙。齊諧之怪,漆園之傲,滑稽之雄。(**譚元春評**)無一好結,便不可選。

【彙評】

查慎行:發端落想,迥不猶人,筆亦不可捉摸。

汪師韓:猿化石,石化道士,都是課虚責有,此特偶爾以文爲戲,非《武昌銅劍歌》等可比也。故結出"吾言豈妄云,得之亡是叟",見所謂妄者乃不妄,不妄者乃妄耳。

韓駒:東坡作文如天花變現,初無根葉,不可揣測,如作《醉石道士》詩,共二十八句,却二十六句作假説,惟用兩句收拾。及作《鶴嘆》,則又替鶴分明。

趙克宜:落想有奇趣,失在未煉。

追作淮口遇見詩戲用其韻

我詩如病驥,悲鳴向衰草。有兒真驥子,(**嚴虞惇眉**)坡公有譽兒之癖。(**蕭奇中眉**)鳳雛龍種,世固有之,非譽兒癖也。一噴群馬倒。養氣勿吟哦,聲名忌太早。(**杭世駿眉**)晚年見道之言,不獨保富貴也。親修績學者當書此爲座右之銘。(**紀昀眉**)前後皆作譽詞,而以"養氣"二句横插規戒於其中,脈絡都不相貫,此亦牽於韻脚故也。風濤借筆力,勢逐孤雲掃。(**李鴻裔乙評**)"風濤"二句横鯁於中,便覺前後氣脈不貫。何如陶家兒,繞舍覓梨棗。君看押强韻,(**張廷濟眉**)用"君"字亦無礙。已勝郊與島。

次韻徐績

(**杭世駿眉**)徐仲車,名積。此徐績當另是一人。(**查慎行甲眉**)"績"字訛,當作"積"。

殺雞未肯邀季路,裹飯先須問子來。(**紀昀眉**)起二語東坡習徑,不必效之。(**翁同書夾**)二句言仲車忍飢高卧,不肯干人。但見中年隱槐市,豈知平日賦蘭臺。(**翁同書夾**)績登第以耳疾不仕。海山入夢方東去,(**翁同書夾**)謂赴登州。風雨留人得暫陪。若説峨眉眼前是,故鄉何處不堪回。

元豐七年有詔京東淮南築高麗亭館密海二州騷然有逃亡者明年軾過之嘆其壯麗留一絶云

(**紀昀眉**)太直致。

檐楹飛舞垣墻外，桑柘蕭條斤斧餘。盡賜昆耶作奴婢，不知償得此人無。(**蕭奇中眉**)築怨築愁，憤之何益。

過密州次韻趙明叔喬禹功

先生依舊廣文貧，老守時遭醉尉嗔。(**閻士選評**)趙明叔名杲卿，喬禹功名敘，皆密州人，任教職，與公游。後公去密十年，復知登州，過密與二公遇，故曰"吾儕相對復三人"。汝輩何曾堪一笑，(**紀昀夾**)太激。吾儕相對復三人。黄雞催曉淒凉曲，白髮驚秋見在身。(**查慎行評**)"且鬥尊前見在身"，乃劉禹錫句，非牛僧孺也。注訛。一别膠西舊朋友，扁舟歸釣五湖春。

再過常山和昔年留别詩

傴僂山前叟，(**查慎行甲眉**)"山前"一本作"灘前"。迎我如迎新。那知夢幻軀，念念非昔人。江湖久放浪，朝市誰相親。却尋泉源去，桃花逢避秦。(**紀昀眉**)用"避秦"事欠的。

再過超然臺贈太守霍翔

(**紀昀眉**)平叙中自饒老潔之致。

昔飲雩泉别常山，天寒歲在龍蛇間。山中兒童拍手笑，問我西去何當還。十年不赴竹馬約，扁舟獨與漁蓑閑。重來父老喜我在，扶挈老幼相遮攀。當時襁褓皆七尺，(**蕭奇中夾**)多慨。而我安得留朱顏。(**何焯眉**)所遇非故物，安得不速老。問今太守爲誰歟，護羌充國鬢未斑。（**翔自言在熙河作屯田有功。**）（**紀昀夾**）“護羌”句伏結四句之根。躬持牛酒勞行役，無復杞菊嘲寒慳。（**查慎行評**）公初至密，比歲不登，厨齋索然，日食杞菊，故云。然以見今非昔比也。（**何焯眉**）先生知密州日，以公厨蕭條作《杞菊賦》。超然置酒尋舊迹，尚有詩賦鑱堅頑。孤雲落日在馬耳，（**蕭奇中眉**）俯仰。照耀金碧開煙鬟。邦淇自古北流水，跳波下瀨鳴玦環。願公談笑作石埭，坐使城郭生溪灣。（**紀昀眉**）化出一意作結，是對屯田有功人語，是舊官對現在官語。（**何紹基乙眉**）此公未了之願，故欲以屬之霍君。

【彙評】

閻士選：是時公復知登州，取道密州，而父老迎之也。公是詩描寫當時山州生色、父老歡呼迎蘇之狀，若旅人歸見其家，無一不可喜者，公視郡如家，千載可想。

海市（並叙）①

（**蕭奇中眉**）至誠感神，寧拘時令。（**紀昀眉**）海市只是“重樓翠阜”，此正不盡形容也。從未見之前、既見之後與歲晚得見之實結撰成篇，煒煒精光，欲奪人目。（**何焯旁**）起伏萬態。（**方東樹評**）叙寫清妙。（**賴山陽評**）此詩與昌黎《謁衡嶽廟》詩欲相敵，故句亦與彼同。然彼極莊重，而此極流灑，帶嘲笑之氣。並皆其本領而已，然畢竟不如昌黎之莊重，爲得古詩之體也。

予聞登州海市舊矣，父老云常出於春夏，今歲晚不復見矣。予到

① 編者按：詩題一作“登州海市”。

官五日而去,以不見爲恨,禱於海神廣德王之廟,明日見焉,乃作此詩。**(王文誥旁)**此詩以叙爲題,只作"明日見焉"四字,《龍尾歌》即此法也。讀者但就題論詩,故多膜論。**(何紹基乙眉)**詩成却超然。

東方雲海空復空,**(蕭奇中夾)**便妙。**(賴山陽評)**自所聞起筆。群仙出没空明中。蕩摇浮世生萬象,豈有貝闕藏珠宫。**(錢廷錦乙眉)**詩亦有雲海空空之致。**(賴山陽評)**市已滅之迹,此二句極妙。心知所見皆幻影,**(蕭奇中夾)**達言。敢以耳目煩神工。歲寒水冷天地閉,爲我起蟄鞭魚龍。重樓翠阜出霜曉,異事驚倒百歲翁。**(何焯眉)**"重樓翠阜",只一句是説海市,前後皆憑空結撰。人間所得容力取,世外無物誰爲雄。率然有請不我拒,**(蕭奇中夾)**得力。信我人厄非天窮。**(譚元春評)**每每寓感慨意,然不覺其憤。**(《角山樓》評)**頓句道勁。潮陽太守南遷歸,**(何焯夾)**又轉。**(王文誥夾)**本意以謫歸自况,借作"非天窮"注脚。**(《角山樓》評)**拉一陪客,氣勢方厚。喜見石廪堆祝融。自言正直動山鬼,豈知造物哀龍鍾。**(杭世駿眉)**有隨手之變,而清勁之氣足以達之昌黎,而後亦一奇才。**(何焯眉)**"龍鍾"用裴公事。信眉一笑豈易得,神之報汝亦已豐。斜陽萬里孤鳥没,**(《角山樓》評)**以此句渲染下句,摹寫盡致。但見碧海磨青銅。**(查慎行評)**先生《蓬萊閣記所見》云:"閣上望海,如鏡面與天相際。"**(蕭奇中眉)**奇摹自警。**(賴山陽評)**言"海"。新詩綺語亦安用,相與變滅隨東風。**(蕭奇中眉)**尼父有言,山川其舍諸。**(紀昀眉)**是海市結語,不是觀海結語。**(王文誥夾)**此詩出之他人,則"斜陽"二句已可結矣。公必找截乾净而唱嘆無窮,此猶海市靈奇不可以端倪也。**(趙翼評)**結處亦如海市縹緲。**(賴山陽評)**歸宿起手"空復空"處。

【彙評】

查慎行:起便超脱,以下迎刃矣。只"重樓翠阜出霜晚"一句著題,此外全用議論,亦避實擊虚法也。若將幻影寫作真境,縱摹擬盡情,終屬拙手。

汪師韓:海市只是"重樓翠阜",此固不盡形容,亦正不能形容也。從未見之前、既見之後與歲晚得見之異結撰至思,煒煒精光,欲奪人目,是乃能使元氣剖判,成乎筆端。

賴山陽:蘇古詩,有意與韓鬥……《海市》鬥於《南嶽廟》。光聰諧《有不爲齋隨筆》卷壬:昌黎《衡嶽廟》詩"潛心默禱若有應,豈非正直能感通","正直"是謂嶽神。坡公《海市》詩引之曰:"自言正直動山鬼,豈知造物哀龍鍾。"則以"正直"爲昌黎自言,失其旨矣。殆欲成己之論,遂不恤改竄前人,詩文家多有此弊。

登州孫氏萬松堂

萬松誰種已摐摐,半嶺蒼雲映此邦。露重珠纓蒙翠蓋,風來石齒碎寒江。浮空兩竹横南閣,倒景扶桑射北窗。(**孫顥元校録**)"浴于咸池"誤作"入於湯池"。附見王十朋集注本趙次公注。坐待夕烽傳海嶠,重城歸去踏逢逢。(**紀昀眉**)言候鼓動而歸也,然"踏逢逢"復成何語。

【**彙評**】

劉辰翁:極其灑灑。

過萊州雪後望三山

(**紀昀眉**)不失古格,然是恒意。

東海如碧環，西北卷登萊。雲光與天色，直到三山回。（**紀昀夾**）寫得出。（**何焯眉**）舒卷在我，萬物隨之。我行適冬仲，（**查慎行評**）先生於元豐乙丑十月到登州，甫五日而召爲禮部員外郎，十一月還朝。此詩乃歸途所作，故云"我行適冬仲"。薄雪收浮埃。黄昏風絮定，半夜扶桑開。參差太華頂，出没雲濤堆。（**翁同書眉**）［馮注］"太華"句以華嶽三峰比三山也。安期與羨門，乘龍安在哉。茂陵秋風客，勸爾麾一杯。帝鄉不可期，楚些招歸來。

【彙評】

查慎行：先生於元豐乙丑十月到登州，甫五日而召爲禮部員外郎，十一月還朝。此詩乃歸途所作，故云"我行適冬仲"。

遺直坊（並叙）

富鄭公之客李君諱常，登人也。故太守李公諱師中，榜其間曰遺直。而其子大方，求詩於軾，爲賦一首。

使君不浪出，羔雁親扣門。先生但清坐，薤水已多言。當時邦人化，市無晨飲豚。（**紀昀夾**）何至比之孔子。（**潘奕雋眉**）以"飲羊"爲"飲豚"，凑韻，不可學。歲月曾幾何，客主皆九原。魯經有餘嘆，楚些無歸魂。我作遺直詩，過者式其藩。

【彙評】

劉辰翁："豚"與"羊"異，今人必貽笑矣。

次韻趙令鑠

東坡已報六年穰，惆悵紅塵白首郎。枕上溪山猶可見，門前冠蓋已相望。故人年少真瓊樹,落筆風生戰堵墻。端向甕間尋吏部,老來專以醉爲鄉。(**錢陸燦眉**)二語何嘗不雅?公又有"甕間畢卓防偷酒"之句。

次韻王定國得潁倅二首

仙風入骨已淩雲,秋水爲文不受塵。一噫固應號地籟,餘波猶足挂天紳。買牛但自捐三尺,射鼠何勞挽六鈞。(**劉辰翁夾**)如此用事是。(**紀昀夾**)中四句太雕琢。莫向百花潭上去,醉翁不見與誰春。(**查慎行評**)時歐陽公已下世,故云。(**翁同書眉**)此首説定國。

【彙評】

劉弘:詩謂定國之才,足可大用,非潁地得以居之,蓋重而惜之耳。

滔滔四海我知津,每愧先生植杖芸。自少多言晚聞道,從今閉口不論文。瀟翻白獸樽中酒,(**翁同書夾**)此句似自言爲起居舍人。歸煮青泥坊底芹。(**翁同書夾**)言歸蜀。(**錢廷錦乙眉**)徐云:用事須寓意,頓徹便不佳。要識老僧無盡處,床前牛蟻不曾聞。(**翁同書眉**)此首自云。

【彙評】

劉弘:先生深傷世道之衰,蓋欲閉其聰明,沉默以自處焉。

次韻趙令鑠惠酒

(**翁同書眉**)伯堅又有《再和一首》,起四句云:"登州與儀曹,到官如旅寓。螭陛鳳凰池,翱翔未云莫。”可知先生此詩作於除起居舍人時。

神山無石髓,生世悲暫寓。坐待玉膏流,千載真旦暮。(**紀昀眉**)起得迂遠。青州老從事,鬲上非所部。惠然肯見從,知我憎市酤。開瓶自洗盞,肴核誰與具。門前聽剥啄,烹魚得尺素。(**紀昀眉**)收得少味。

送范純粹守慶州

(**紀昀眉**)理足而失之太質直。

才大古難用,論高常近迂。君看趙魏老,乃爲滕大夫。浮雲無根蔕,黄潦能須臾。知經幾成敗,得見真賢愚。羽旄照城闕,談笑安邊隅。(**杭世駿眉**)蓋指當年經略陝西時。當年老使君,赤手降於菟。諸郎更何事,折棰鞭其雛。(**查慎行評**)他人遇此題,須多少鋪叙。老手只以數語了之,何等簡要。(**何焯眉**)不費鋪排,大意已足。吾知鄧平叔,不鬥月支胡。

【彙評】

汪師韓:舊德之思,良友之誼,勤勤懇懇,意餘於詞。

次韻王震

攜文過我治平間,霧豹當時始一斑。聞道吹嘘借餘論,(**蕭奇中夾**)亦不忘感。故教流落得生還。清篇帶月來霜夜,妙語先春發病顔。詩酒暮年猶足用，竹木高會許時攀。

【彙評】

劉辰翁：前輩真情。

次韻王定國謝韓子華過飲

楚有孫叔敖，長城隱千里。哀哉練裙子，（**杭世駿眉**）"練裙"句亦指叔敖之子，注引《南史》，不過還"練裙"來歷耳，不可泥，然坡亦難免牽湊之病。負薪躡破履。豈無故交親，逝去如覆水。不如老優孟，談笑托諧美。（**紀昀夾**）"美"字强押。世家不可恃，如倚折足几。（**劉辰翁夾**）和韻奇。（**蕭奇中眉**）今人誰知。祥符有賢相，手握天下砥。（**紀昀夾**）"砥"字强押。懿敏亦名公，三貴德爵齒。蓋棺今幾日，公子誰料理。（**蕭奇中夾**）傷哉。誰要卿料理，（**紀昀夾**）太率易。欲説且止止。（**劉辰翁夾**）轉得又奇。（**杭世駿眉**）"誰要"二語應珊。（**蕭奇中夾**）不忍意。（**錢陸燦眉**）此等自公濫觴，唐人之風雅盡矣。宅相開府公，久爲蒼生起。如何垂老别，冰盤饋蒼耳。親嫌妨鶚薦，相對發微泚。新詩如彈丸，脱手不移晷。我亦老賓客，苦語落紈綺。莫辭三上章，有道貧賤耻。

【彙評】

劉辰翁：似爲定國速子華薦口人情，有此亦惟坡公磊落所在見之。

查慎行丙：按《宋史》及《東都事略》，韓子華立朝秉政，一無可稱，甚至爲言路所劾，與章惇、曾布並提而論，生平概可知矣。定國爲名家之後，其人材門地，自堪大用。初因東坡先生廢斥。先生入爲侍從，定國亦宜膺顯擢。子華乃王之所自出，又當路，有汲引之力，反托親嫌，不爲表薦。遂使五年瘴癘,萬里生還。區區潁揚二倅,轉徙靡常,與流落何異?子華不得辭其責也。公此詩似爲定國痛惜,然所以諷刺子華者深矣。

惠崇春江曉(一作晚)景二首

(**蕭奇中眉**)絶妙好詩,惜不令曹郎一見。

竹外桃花三兩枝,(**蕭奇中夾**)畫。春江水暖鴨先知。(**蕭奇中夾**)静體。蔞蒿滿地蘆芽短,正是河豚欲上時。(**蕭奇中夾**)風味不盡。(**杭世駿眉**)字字清警,寫景獨絶,在坡公七絶中亦算精筆。(**紀昀眉**)此是名篇,興象實爲深妙。

【彙評】

劉辰翁:亦足當聖俞詩描本。

汪師韓:吹畦風聲,適然相值。

《**唐宋詩醇**》:《苕溪漁隱叢話》曰:"東坡題惠崇畫詩,此正是二月景致,是時河豚已盛矣。欲上之語,似乎未穩。"

《**角山樓**》:指點景象,饒有餘味,正以題畫佳耳。若實賦則味減。

陳衍:毛西河並此亦要批駁,豈真傖父至是哉?想亦口强耳。

王文濡:絶妙風景!老饕見之,讒涎欲滴。

兩兩歸鴻欲破群,依依還似北歸人。遥知朔漠多風雪,更待江南半月春。(**紀昀眉**)亦有情韻。

【彙評】

《**角山樓**》:二詩皆善於虚處設想,此首入想尤曲。

次韻周邠

南遷欲舉力田科,(**紀昀眉**)首句强押。三徑初成樂事多。豈意殘年踏朝市,有如疲馬畏陵坡。羨君同甲心方壯,笑我無聊鬢已皤。何日西湖尋舊賞,淡煙疏雨暗漁蓑。

【彙評】

劉弘:詩皆先生自謂,有不得志之情。

次韻胡完夫

青衫别淚尚斕斑,十載江湖困抱關。老去上書還北闕,朝來拄笏望西山。相從杯酒形骸外,笑説平生醉夢間。(**錢廷錦乙眉**)時與胡、錢同爲學士。萬事會須諮伯始,白頭容我占清閑。(**紀昀眉**)此却不嫌小巧,以其恰答來語也。

次韻錢穆父

(**紀昀眉**)以下數首皆詞館應酬之作,毫無佳興,昌黎謂"歡娱之詞難工",信矣。

老入明光踏舊班,(**查慎行評**)先生《和穆父景雲宫》詩云:"與君並直記初元,白首還同入禁門。"與起句同意。染須那復唱陽關。(**查慎行評**)本劉夢得語。故人飛上金鑾殿,遷客來從飯顆山。大筆推君西漢手,一言置我二劉間。便須置酒呼同舍,看賜飛龍出帝閑。(**查慎行評**)翰林學士初除,例賜名馬。(**紀昀眉**)"間""閑"

字别,不宜借押。

再次韻答完夫穆父(二公自言,先世同在西掖)

掖垣老吏識郎君,並轡天街兩絶塵。汗血固應生有種,夜光那復困無因。豈知西省深嚴地,(**查慎行乙眉**)宋中書舍人謂之“西省”,掌外制;翰林學士知制誥者,掌内制。也著東坡病瘦身。(**何焯眉**)竹垞先生云:“‘身’字韻極難叶,以其近彈詞也,坡公亦不免。”免使謫仙明月下,狂歌對影只三人。

【彙評】

劉弘:詩意不覺喜慰如此。

次韻答滿思復

(**何焯眉**)風調泠泠。

自甘茅屋老三間,豈意彤庭綴兩班。紙落雲煙供醉後,詩成珠玉看朝還。誰言載酒山無賀,記取啼烏巷有顏。但恐跛牂隨赤驥,青雲飛步不容攀。

【彙評】

劉弘:詩比謫時自不同。

卷十六

詩八十八首

送戴蒙赴成都玉局觀將老焉

(**查慎行評**)蒙舊名莊,吴興人。(**杭世駿眉**)輕便宛轉,在坡集中又是一格。(**紀昀眉**)亦是應酬之作,尚不失風調。(**方東樹評**)清韻。(**翁同書眉**)通首俱從"將老"二字生意,故用蜀中故實。(**何焯眉**)純用杜詩點化成篇,風調清綺可愛。

拾遺被酒行歌處,野梅官柳西郊路。(**劉辰翁夾**)將老於蜀,以子美況也。聞道華陽版籍中,至今尚有城南杜。(**蕭奇中眉**)起得古賞。(**何焯眉**)通體蕭灑,首節亦緊而不蔓。我欲歸尋萬里橋,水花風葉暮蕭蕭。(**蕭奇中夾**)飄凄。芋魁徑尺誰能盡,榿木三年已足燒。百歲風狂定何有,羡君今作峨眉叟。(**潘奕雋夾**)入"戴"。縱未家生執戟郎,也應世出埋輪守。莫欺老病未歸身,玉局他年第幾人。(**翁同書夾**)公後果以提舉玉局終。(**何焯眉**)"玉局"句似是詩讖,亦奇。會待子猷清興發,還須雪夜去尋君。(**翁同書夾**)切戴。(**潘奕雋夾**)此詩風調絶佳。

【彙評】

劉辰翁:送浙間人歸蜀,自應如此,下語各有風度。

送陳睦知潭州

(**蕭奇中眉**)追感雄豪,幾勝秉燭。(**紀昀眉**)窄韻巧押,綽有餘力。

華清縹緲浮高棟,上有纈林藏石甕。一杯此地初識君,千岩夜上同飛鞚。(**蕭奇中眉**)地勝人倅。君時年少面如玉,一飲百觚嫌未痛。(**蕭奇中夾**)快。(**方東樹評**)二句叙昔游。(《**角山樓**》**評**)峭句。白鹿泉頭山月出,寒光潑眼如流汞。朝元閣上酒醒時,卧聽風鸞鳴鐵鳳。舊游空在人何處,二十三年真一夢。(**蕭奇中夾**)可哭。我得生還雪髯滿,(《**角山樓**》**評**)以下筆情洋溢。君亦老嫌金帶重。有如社燕與秋鴻,相逢未穩還相送。(**紀昀夾**)以上從陳睦生情,末四句以潭州作結,章法清老。洞庭青草渺無際,(**蕭奇中夾**)情緲。天柱紫蓋森欲動。(《**角山樓**》**評**)潭州二語有力。湖南萬古一長嗟,付與騷人發嘲弄。(**紀昀眉**)淋漓飛動,曲折自如。(**方東樹評**)收四句忽合,妙。

用前韻答西掖諸公見和

(**杭世駿眉**)二詩[按指上首與本首]押韻生動。(**紀昀眉**)無所取義,却説得精采。此種純以筆力勝,不以性情勝。(**李鴻裔乙評**)通篇屬對。(**張問陶評**)此韻字字艱險,押之大難。

雙猊蟠礎龍纏棟,金井轆轤鳴曉甕。小殿垂簾白玉鈎,大宛立仗青絲鞚。(《**角山樓**》**評**)從禁夜叙起,必如此華貴,方稱。風馭賓天雲雨隔,(**查慎行評**)元祐元年作時,神宗晏駕未久,故有"風馭賓天”之句。孤臣忍淚肝腸痛。羨君意氣風生坐,落筆縱横盤走汞。(**紀昀眉**)中幅少露不合之意。(**張問陶評**)此“汞”字不自然矣,大難難,然所謂多見不知量也。上樽日日寫黄封,賜茗時時開小鳳。閉門憐我老太玄,給劄看君賦雲夢。金奏不知江海眩,(《**角山樓**》**評**)以下答人見和,詞氣謙抑入情。木瓜屢費瓊瑶重。豈惟蹇步困追攀,已覺侍史疲奔送。春還宫柳腰肢活,(**蕭奇中夾**)即下妙語。雨入御溝鱗甲動。(《**角山樓**》**評**)插此聯便生動。借君妙語發春容,顧我風琴不成弄。

次韻王覿正言喜雪

聖人與天通,有詔寬獄市。(**查慎行評**)此時必因冬旱而下寬恤之詔。好語夜喧街,濕雲朝覆砌。紛然退朝後,色映宫槐媚。欲誇剪刻工,故上朱藍袂。我方執筆待,未敢書上瑞。君猶伏閣争,高論亦少慰。(**查慎行評**)正色凛然,有元和諷喻體。(**紀昀夾**)“高論”句不醒豁。霏霏止還作,(**紀昀眉**)後半純寓時事,蓋其時局漸改而勢未定。盎盎風與氣。神龍久潛伏,一怒勢必倍。行當見三白,拜舞歡萬歲。(**杭世駿眉**)既不“書上瑞”,“拜舞”何爲哉?詩人口滑,不顧其矛盾也。歸來飲君家,酣詠追既醉。

和蔣發運

夜語翻千偈,書來又一言。此身真佛祖,何處不羲軒。船穩江吹坐,樓空月入樽。遥知思我處,醉墨在頹垣。

送表弟程六知楚州

(**李鴻裔乙評**)句句屬對,攙以隔句對之法,蓋以排律爲古詩也。

炯炯明珠照雙璧,(**劉辰翁夾**)起得别。當年三老蘇程石。(**曾國藩夾**)"三老",當謂東坡與程六德孺之祖爲二老,又加石氏一老也。里人下道避鳩杖,刺史迎門倒鳧舃。我時與子皆兒童,狂走從人覓梨栗。(**紀昀眉**)層次井然,有情文相生之樂。健如黄犢不可恃,隙過白駒那暇惜。(**蕭奇中夾**)可惜。醴泉寺古垂橘柚,石頭山高暗松櫟。(**曾國藩評**)前十句,叙少時故鄉聚處。後十句,叙暮年京師送别。(**查慎行丙評**)考志:眉州有石佛山,無"石頭山"。先生寄子由詩云:"買田向何許,石佛山前路。""頭"字疑當作"佛"字。諸孫相逢萬里外,(**曾國藩夾**)"諸孫",即指程六及坡自謂耳。一笑未解千憂積。子方得郡古山陽,老手風生謝刀筆。我正含毫紫微閣,病眼昏花困書檄。莫教印綬繫餘年,去掃墳墓當有日。功成頭白早歸來,共藉梨花作寒食。(**紀昀眉**)縈洄起處作結,章法完密。(**何紹基乙眉**)説到"寒食",令人悽楚。

和人假山

上黨攙天碧玉環,絶河千里抱商顔。試觀煙雨三峰外,都在靈仙一掌間。造物何如童子戲,寫真聊發使君閑。何當挈取征西去,畫作圍床六曲山。

送王伯揚守虢

(**何紹基乙眉**)虢州蓋在關内。

華山東麓秦遺民，當時依山來避秦。至今風俗含古意，柔桑渌水招行人。(**蕭奇中眉**)好風俗。行人掉臂不回首，(**蕭奇中夾**)可笑。争入崤函土囊口。(**曾國藩評**)謂行人争入函谷關而至長安，不肯久留虢州也。惟有使君千里來，欲飲三堂無事酒。三堂本來一事無，日長睡起聞投壺。床頭硯石開雲月，澗底松根劚雪腴。(**翁同書夾**)切虢州土産。山棚盜散人安寢，(**翁同書夾**)切虢州近事。勸買耕牛發陳廩。(**蕭奇中眉**)每見經濟。歸來只作水衡卿，(**翁同書夾**)切守。我欲攜壺就君飲。(**劉辰翁夾**)結得太速。(**翁同書夾**)是官京朝人送别語。

【彙評】

劉辰翁:不意出此，是謂俊思。

道者院池上作

下馬逢佳客，攜壺傍小池。清風亂荷葉，細雨出魚兒。(**彭元瑞夾**)太因襲。井好能冰齒，茶甘不上眉。歸途更蕭瑟，真個解催詩。(**紀昀夾**)"風""雨"二字，已隔一聯。"蕭瑟""催詩"，俱嫌無著。(**何紹基乙眉**)茶苦皺眉，甘則不爾，語特微妙。

次韻子由送千之侄

(**紀昀眉**)前四句一氣相承，純作比體，於古體爲常格，於近體爲新調。

江上松楠深復深，滿山風雨作龍吟。年來老幹都生菌，(**劉

辰翁夾)此三句別。下有孫枝欲出林。(**紀昀眉**)前四句一氣相承,純作比體,於古體爲常格,於近體爲新調。(**潘奕雋眉**)興起。白髮未成歸隱計,青衫倘有濟時心。(**杭世駿眉**)對句得回環反覆之妙。閉門試草三千牘,仄席求人少似今。(**王文誥夾**)本集《與李端伯書》:"小侄千之初官,得在麾下。"考端伯時知益州,是千之以官西歸也。

書文與可墨竹(並叙)

亡友文與可有四絶,詩一,楚詞二,草書三,畫四。與可嘗云:世無知我者,惟子瞻一見,識吾妙處。既没七年,睹其遺迹,而作是詩。

筆與子皆逝,詩今誰爲新。空遺運斤質,却吊斷弦人。(**何焯眉**)陸儼山云:"墨竹起于李夫人,其法具於老可。"

【彙評】

劉辰翁:句意良苦。

次韻錢舍人病起

床下龜寒且耐支,杯中蛇去(**一作氣**)未應衰。(**劉辰翁夾**)"氣"字惡。(**紀昀夾**)"杯中"句上下不貫。殿門明日逢王傅,欞具争先看不疑。坐覺香煙攜袖少,獨愁花影上廊遲。何妨一笑千痾散,絶勝倉公飲上池。

次韻和王鞏

謫仙竄夜郎,子美耕東屯。造物豈不惜,要令工語言。王郎年少日，文如瓶水翻。争鋒雖剽甚，聞鼓或驚奔。（**杭世駿眉**）玩詩意，則定國所作，初倚豪横，後乃入細也。天欲成就之，（**紀昀夾**）“天欲”句率。使觸羝羊藩。孤光照微陋，耿如月在盆。歸來千首詩，傾瀉五石樽。却疑彭澤在，頗覺蘇州煩。（**紀昀夾**）“却疑”二句太凡近。君看驧忌子，廉折配春温。知音必無人，壞壁挂桐孫。

用王鞏韻送其侄震知蔡州

九門插天開，萬馬先朝屯。舉鞭紅塵中，相見不得言。夜走清虚宿，扣門驚鵲翻。君家汾陽家，永巷車雷奔。夕郎方不夕，列戟以自藩。相逢開月閣，畫檐低金盆。至今夢中語，猶舉燈前樽。阿戎修玉牒，未憚筆削煩。君歸助獻納，坐繼岑與温。我客二子間，不復尋諸孫。（**子美詩云：權門多噂沓，且復尋諸孫。**）（**杭世駿眉**）詩意似不了，“知蔡州”何無一言。

虢國夫人夜游圖

（**錢廷錦乙旁**）夜游似少陵寫。

佳人自鞚玉花驄，翩如驚燕蹋飛龍。（**方東樹評**）起寫。金鞭争道寶釵落，何人先入明光宫。（**蕭奇中夾**）興彝。宫中羯鼓催花柳，玉奴弦索花奴手。坐中八姨真貴人，走馬來看不動塵。（**劉辰翁夾**）流浪中典刑語。明眸皓齒誰復見，只有丹青餘淚痕。（**蕭奇中眉**）感慨繫之。（**方東樹評**）收題。（**翁同書夾**）《清波雜志》載“此句云數目中八字最響”。人間俯仰成今古，（**方東樹評**）以下推開入議。吴公臺下雷塘路。當時亦笑張麗華，不知門外韓擒虎。（**杭世駿眉**）此事以比貴妃則切，以比虢姨則差一針。（**紀昀眉**）收得淡宕，妙于不粘唐事，彌覺千古一轍之慨。○直以莊語作收，而唱嘆有神，此爲詩人之言，異於道學之史論。

【彙評】

劉辰翁：先生詩言，明皇惑溺，以致淫亂，陳後主亡，而隋煬帝襲之，煬帝亡，而今又襲之，可以爲戒矣。

《**角山樓**》：絶不鋪張"夜游"，意主後半發慨。其慨嘆處，又全然脱離本事，在詩中另闢一格。

用舊韻送魯元翰知洺州

（**紀昀眉**）語頗雜沓，句法亦多未堅老。

我在東坡下，躬耕三畝園。君爲尚書郎，坐擁百吏繁。鳴蛙與鼓吹，等是俗物喧。永謝十年舊，老死三家村。惟君綈袍信，到我雀羅門。緬懷故人意，欲使薄夫敦。（**蕭奇中眉**）長者。新年對宣室，白首代堯言。相逢問前輩，所見多後昆。道館雖云樂，冷卿當復温。還持刺史節，却駕朱輪軒。黄髮方用事，白髮宜少存。嗣聖真生知，拯民如救燔。初囚羽淵魄，盡返湘江魂。（**蕭奇中眉**）不草草作送人詩。坐憂東郡决，老守思王尊。（**何焯眉**）逼真老杜。北流桑柘没，故道塵埃翻。知君一寸心，可敵千步垣。流亡自棲止，老幼忘崩奔。得閑閉閤坐，（**蕭奇中夾**）又勉之。勿使道眼渾。（**何焯眉**）"渾"字奇。聊乘應捨筏，直溯無生源。歸來成二老，夜榻當重論。

次韻朱光庭初夏

(**蕭奇中眉**)朗峭。(**何紹基乙眉**)工整。

朝罷人人識鄭崇,直聲如在履聲中。卧聞疏響梧桐雨,獨詠微涼殿閣風。(**紀昀眉**)前四句語脈不貫,牽於韻脚耳。(**王文誥夾**)此句用柳公權《與唐文宗聯句》"殿閣生微凉"語,特以"獨詠"畫清本界。公嘗謂公權有美無箴,故此句以雖詠不忘諫諍之意諷之。且上聯太實,此則急脈緩授,其意自到,非不貫也。曉嵐謂"前四句語脈不貫,牽於韻脚",此乃認作寫景之誤也。(**潘奕雋眉**)三、四不過用夏,故實耳,然語自超雋。(**李鴻裔乙評**)用柳誠懸"殿閣生微凉",語含規諷,與起二句一氣相生。紀公以爲語脈不貫,蓋認第四句爲泛泛寫景耳。諫苑君方續承業,醉鄉我欲訪無功。陶然一枕誰呼覺,牛蟻新除病後聰。

【彙評】

汪師韓:古賢傳誦之語,一經剪裁對仗,輒覺别調氛氲。

次韻朱光庭喜雨

久苦趙盾日,欣逢傳説霖。(**紀昀眉**)咄咄怪事。坐知千里足,初覺兩河深。破屋常持傘,(**錢廷錦乙夾**)曾遇此景。無薪欲爨琴。(**蕭奇中夾**)有此俚句。(**李鴻裔乙評**)五、六極趣。坡公慣作寒乞語,如"倚賴春風洗破衾"二句,"卧聽雞鳴粥熟時"二句,與此皆一例。清詩似庭燎,雖美未忘箴。(**蕭奇中夾**)結得雅。

奉敕祭西太一和韓川韻四首

聖主新除秘祝,侍臣來乞豐年。壽宫神君欲至,半夜靈風肅然。

玉璽親題御筆,金童來侍天香。禮罷祝融參乘,前驅已過衡湘。

解劍獨行殘月,披衣困卧清風。夢蝶猶飛旅枕,粥魚已響枯桐。

陂水初含曉淥,稻花半作秋香。皂蓋却迎朝日,紅雲正繞宫墻。

西太一見王荆公舊詩偶次其韻二首

(**蕭奇中眉**)前首自遣,後首則全諷王。(**紀昀眉**)六言難得如此流利。

秋早川原净麗,雨餘風日清酣。(**蕭奇中夾**)好。從此歸耕劍外,何人送我池南。

【彙評】

劉辰翁:遠不及。

但有樽中若下,何須墓上征西。(**蕭奇中夾**)"西"對"下",巧妙。聞道烏衣巷口,(**蕭奇中夾**)刺荆公也。而今煙草萋迷。(**陳衍評**)荆公居金陵,是時已卒,故云。

次韻子由送陳侗知陝州

誰能如鐵牛,横身負黄河。(**紀昀夾**)以"鐵牛"擬"人",未免不倫。滔天不能没,尺箠未易訶。(**劉辰翁夾**)奇傑。世俗自無常,徐公故逶迤。别來不可説,事與浮雲多。當時無限人,毁譽即墨阿。(**紀昀夾**)句法好。虚聲了無實,夜蟲鳴機梭。相逢一笑外,奈此白髮何。(**何紹基乙眉**)接落妙甚。天驥皆籋雲,長鳴飽芻禾。王庭旅百寶,大貝隨弓戈。君獨一麾去,欲賡五袴歌。(**紀昀眉**)亦未免太露牢騷。甘棠古樂國,白酒金叵羅。知君不久留,治行中新科。過客足嗔喜,東堂記分鵝。此外但坐嘯,後生工揣摩。

【彙評】

劉辰翁:首尾四韻絶妙。

送賈訥倅眉二首

當年入蜀嘆空回,未見峨眉肯再來。童子遥知頌襦袴,使君先已洗樽罍。(**李大夫,眉之賢守也。**)鹿頭北望應逢雁,人日東郊尚有梅。(**人日出東郊渡江,游蟆頤山,眉之故事也。**)(**蕭奇中眉**)對法。我老不堪歌樂職,後生試覓子淵才。(**紀昀眉**)深穩。

老翁山下玉淵回,手植青松三萬栽。(**錢廷錦甲眉**)香山詩,如知州、使君猶在。父老得書知我在,小軒臨水爲君開。(**查慎行評**)輕便,似絶不經意。試看一一龍蛇活,(**錢廷錦甲夾**)頂"青松"。更聽蕭蕭風雨哀。便與甘棠同不翦,蒼髯白甲待歸來。(**先君葬

於螟頤山之東二十餘里,地名老翁泉。君許爲一往,感嘆之深,故及之。)(**紀昀眉**)一氣渾成。(**何焯眉**)回合自然入情。

【彙評】

汪師韓:爲情造文,通篇獨就"青松",回環往復,語淺而思深。

送程建用

(**紀昀眉**)氣自遒緊,但乏深味。(**嚴虞惇眉**)詩中叙其父母,頗未清楚。

先生本舌耕,文字浩千頃。空倉付公子,坐待發茗穎。十年困新説,兒女争捕影。鑿垣種蒿蓬,嘉穀誰復省。空余南陔意,太息北堂冷。(**何焯眉**)先生謂建用之父時已殁故,故詩中專言奉母。織屨隨方進,采薪教韋逞。辛勤守一經,菽水賢五鼎。今年聞起廢,魯史復光景。(**紀昀夾**)"魯史"句未穩愜。公子亦改官,三就縶馬頸。歸來一笑粲,素髮颯垂領。會看金花詔,湯沐奉朝請。天公不吾欺,壽與龜鶴永。(**嚴虞惇眉**)結語"天公"亦指其父也,其父既在中間,何獨用"北堂冷",此處未解。

次韻李修孺留别二首

十年流落敢言歸,魚鳥江湖只自知。(**翁同書夾**)從自己説起。豈意青天掃雲霧,(**紀昀夾**)此種終是病痛。盡呼黄髮寄安危。風流吾子真前輩,人物他年記一時。我欲折繻留此老,緇衣誰作好賢詩。(**蕭奇中眉**)感慨不盡。

【彙評】

劉弘:"十年流落"與"魚鳥自知",先生言謫徙不一而傷悼之也。首聯則謂今朝廷清明,皆取舊人匡政,所以得預,蓋喜慰耳。"折繻"者,知李之賢,欲裂其繻而留之,奈相位未能若"緇衣好賢",爲其惜也。

此生别袖幾回麾,夢裏黄州空自疑。何處青山不堪老,當年明月巧相隨。窮通等是思家意,(**紀昀夾**)此句精警。衰病難堪送客悲。好去江魚煮江水,劍南歸路有姜詩。(**紀昀眉**)此種特多情致。(**翁同書旁**)[查注]李事迹失考,玩第二首結句,當是蜀人罷歸者。

【彙評】

劉弘:前四句先生自傷向時遷謫之情,後聯言人生窮通不同,而思家則同,惟老來送客之際,倍於悲辛,末蓋勉修孺也。

次韻黄魯直赤目

(**紀昀眉**)直效山谷體,却非山谷之佳者。(**潘奕雋夾**)絶似山谷。

誦詩得非子夏學,紬史正作丘明書。天公戲人亦薄相,略遣幻翳生明珠。(**何焯眉**)善謔。賴君年來屏鮮腴,百千燈光同一如。書成自寫蠅頭表,端就君王覓鏡湖。

和周正孺墜馬傷手

平生學道已神完,豈復兒童私自憐。醉墜何曾傷内守,(**蕭

奇中夾)手筆之大。色憂當爲念先傳。(**紀昀眉**)句腐。書空漸覺新詩健,把蟹行看樂事全。(**杭世駿眉**)“書空”“把蟹”,屬對雖疏,而意思自足。賣却老驄爲酒直,大呼鄉友作新年。(**蕭奇中夾**)美,美。(**紀昀眉**)結粗獷。(**何焯眉**)有興會聞之,可當《七發》。

【彙評】

劉弘:詩意蓋戲而慰之。

戲周正孺二絶

折臂三公未可知,會當千鎰訪權奇。勸君鬻駱猶閑事,腸斷閨中楊柳枝。(**紀昀眉**)折筆却有思致。(**何焯眉**)從上篇結處作轉語。

天廄新頒玉鼻騂,故人共敝亦常情。相如雖老猶能賦,换馬還應繼二生。

題文與可墨竹(並叙)

(**紀昀眉**)微覺局促,而語特沉著。

故人文與可爲道師王執中作墨竹,且謂執中勿使他人書字,待蘇子瞻來,令作詩其側。與可既没八年而軾始還朝,見之,乃賦一首。

斯人定何人,游戲得自在。詩鳴草聖餘,兼入竹三昧。(**蕭奇中夾**)妙。(**何焯夾**)二事作一句敘,巧變。時時出木石,荒怪軼象外。(**紀昀眉**)五字有神,寫盡高人筆墨。舉世知珍之,賞會獨予最。(**蕭奇中夾**)不忝待題。(**翁同書眉**)本集有《書文與可墨竹絶句序》，内云："與可嘗謂世無知我者，惟子瞻一見，識吾妙耳。"集中又有《墨君堂記》，故此詩有"賞會獨予最"語。知音古難合，奄忽不少待。誰云死生隔，相見如龔隗。（**何焯夾**）待蘇子瞻來。

【彙評】

汪師韓：由此文觀之，軾自謂"賞會獨予最"者，良非虚語。而文同"必待軾來，令作詩其側"，亦見知己惟此一人，豈特筆墨相推重已哉！

《**唐宋詩醇**》：集中有《書文與可墨竹絶句序》曰："文與可有四絶，詩一，楚詞二，草書三，畫四。與可嘗云：'世無知我者，惟子瞻一見，識吾妙處。'"而詩有"空遺運斤質，却吊斷弦人"之句，蓋作於爲王執中題畫之前一年。其作《墨君堂記》謂："與可能以墨象君之形容，作堂以居君，而屬余爲文，以頌君德。"又稱其畫竹之工，以爲"與可獨能得君之深，而知君之所以賢。雍容談笑，揮灑奮迅，而盡君之德。稚壯枯老之容，披折偃仰之勢。風雪凌厲，以觀其操，崖石犖确，以致其節。得志，遂茂而不驕；不得志，瘁瘠而不辱。群居不倚，獨立不懼。與可之於君，可謂得其情而盡其性矣。"

潘推官母李氏挽詞

（**潘奕雋眉**）叙次圓健，有脱手彈丸之樂。

南浦凄凉老逐臣，東坡還往盡幽人。杯盤慣作陶家客，弦誦常叨孟母鄰。尚有升堂他日約，豈知負土一阡新。今年我欲江湖去，暮雨連山宰樹春。

【彙評】

劉弘："陶家客"，陶侃母截髮故事。先生必與清交好，而知李氏之賢,故云爾。

玉堂栽花周正孺有詩次韻

故山桃李半荒榛,粗報君恩便乞身。竹簟暑風招我老,(**何焯夾**)即用歐公語。玉堂花蕊爲誰春。(**蕭奇中夾**)看對法之美。纖纖翠蔓詩催發,皎皎霜葩髪門新。只有來禽青李帖,他年留與學書人。

【彙評】

劉弘:此詩蓋先生嘆田園將蕪,髪已種種,故思欲歸老,且傷功業未著,而戀闕感時之心,亦自拳拳也。

杜介送魚

新年已賜黄封酒,(**查慎行評**)黄封御賜酒也。舊老仍分赬尾魚。陋巷關門負朝日,小園除雪得春蔬。病妻起斫銀絲膾,稚子歡尋尺素書。醉眼朦朧覓歸路,松江煙雨晚疏疏。

送杜介歸揚州

再入都門萬事空,閑看清洛漾東風。(**蕭奇中夾**)淡蕩。當年帷幄幾人在,回首觚棱一夢中。采藥會須逢蓟子,問禪何處識龐翁。歸來鄰里應迎笑,新長淮南舊桂叢。

【彙評】

劉弘:詩意感嘆宛轉,而送介之情不失。

秋詠石屏

(**孫顯元校録**)"狄詠"訛作"秋詠",按:狄詠,樞密使武襄公之子,與先生同館伴遼使事載年譜中。(**查慎行甲眉**)"秋"字訛,當作"狄"。

霏霏點輕素,渺渺開重陰。風花亂紫翠,雪外有煙林。雪近勢方壯,林遠意殊深。(**王文誥夾**)以上六句皆石質也。會有無事人,支頤識此心。

和黄魯直燒香二首

四句燒香偈子,隨香遍滿東南。不是聞思所及,且令鼻觀先參。

萬卷明窗小字,眼花只有斕斑。一炷煙消火冷,半生身老心閑。

再和二首(來詩言飲酒、畫竹石、草書)

(**杭世駿眉**)六言無對句,便失唐人家法,今世如此粗陋者甚多,皆自坡公作俑。

置酒未逢休沐,便同越北燕南。且復歌呼相和,隔墻知是曹參。

丹青已自前世,竹石時窺一斑。五字當還靖節,數行誰似高閑。

武昌西山(並叙)

(杭世駿眉)一往瀏利,如春流瀉響,白雲卷霄。**(紀昀眉)**筆筆老健。**(李鴻裔乙評)**句頭虚字太多,便覺單弱。

嘉祐中,翰林學士承旨鄧公聖求爲武昌令,常游寒溪西山,山中人至今能言之。軾謫居黄岡,與武昌相望,亦常往來溪山間。元祐元年十一月二十九日,考試館職,與聖求會宿玉堂,偶話舊事。聖求嘗作《元次山窪樽銘》刻之岩石,因爲此詩,請聖求同賦,當以遺邑人,使刻之銘側。**(劉辰翁旁)**玉堂賦《赤壁》,自有佳趣。

春江渌漲蒲萄醅,武昌官柳知誰栽。**(方東樹評)**正鋒起寫。**(《角山樓》評)**起有興會。憶從樊口載春酒,步上西山尋野梅。**(方東樹評)**二句追叙昔游,用逆,故有筆勢。西山一上十五里,**(方東樹評)**以下細述,夾寫帶棱。風駕兩腋飛崔嵬。同游困卧九曲嶺,褰衣獨到吴王臺。中原北望在何許,**(蕭奇中夾)**渺曠。但見落日低黄埃。歸來解劍亭前路,蒼崖半入雲濤堆。**(曾國藩評)**以上叙昔在黄州,往來西山。浪翁醉處今尚在,石臼杯飲無樽罍。爾來古意誰復嗣,**(錢廷錦甲夾)**爲元作銘。公有妙語留山隈。全今好事除草棘,常恐野火燒蒼苔。**(曾國藩評)**上六句,叙鄧曾作《窪尊銘》。當時相望不可見,**(方東樹評)**句束。玉堂正對金鑾開。**(翁同書夾)**謂聖求己貴,處北扉,見岑嚴起跋此詩真迹。豈知白首同夜直,卧看椽燭高花摧。江邊曉夢忽驚斷,**(錢廷錦乙夾)**收拾。銅環玉鎖鳴春雷。**(曾國藩評)**上六句,叙會宿玉堂。山人帳空猿鶴怨,江湖水生鴻雁來。**(方東樹評)**上四句,如水銀入地,筆不暇給,神流意極。請公作詩寄父老,往和萬壑松風哀。**(翁夾同書)**繳回本題作低徊往復語,所謂詩句妙一世也。**(何焯旁)**叙致工妙。**(方東樹評)**二句收,順逆棱汁。

【彙評】

查慎行:此詩公手書真迹在江陵岑象求嚴起家,岑跋云:“子瞻内翰昔竄謫黄岡,游武昌西山,觀聖求所題墨迹。時聖求已貴,處北扉;而子瞻方忤時遠放,流落窮困。不二年,遂與聖求對掌誥命,並驅朝門,同悠游笑語於清切之禁。在常人固足感嘆,有文而深於情者,宜何如哉!此前詩所以作也。元祐丁卯二月,因會飲子功侍郎宅,子瞻爲余筆此,遂記而藏之。”云云。後有四明樓鑰跋,明正德朝爲陸都憲全卿所得,李長沙爲跋尾。

汪師韓:述舊游,則中原迷於落日,叙會宿,則曉夢驚於江邊。互相鈎貫,情文相生,健筆圓機,開出劍南一派。

范大士:叙次縱横之妙,敏快難言。

再用前韻

(**查慎行乙眉**)西山詩和者三十餘人,用此爲謝。(**蕭奇中旁**)前不過叙寄意耳,此復就寒溪發追本來,以明己志,並欲與諸公同證進退,大佛子,大聖人。

朱顔髮過如春醅,(**劉辰翁夾**)七字率然。胸中梨棗初未栽。丹砂未易掃白髮,赤松却欲參黄梅。寒溪本自遠公社,白蓮翠竹依崔嵬。當時石泉照金像,神光夜發如五臺。飲泉鑒面得真意,(**蕭奇中夾**)有領。坐視萬物皆浮埃。欲收暮景返田里,(**蕭奇中夾**)意在此。遠泝江水窮離堆。還朝豈獨羞老病,自嘆才盡傾空罍。諸公渠渠若夏屋,吞吐風月清隅隈。我如廢井久不食,古甃缺落生陰苔。數詩往復相感發,汲新除舊寒光開。(**蕭奇中

夾)映廢井。遥知二月春江闊,雪浪倒卷雲峰摧。(**翁同書夾**)陡合見筆執,回顧見文情。石中無聲水亦静,云何解轉空山雷。(**蕭奇中夾**)轉出,妙。(**紀昀眉**)忽入議論,發出今昔升沉之感,波瀾壯闊之至。妙於本地風光,不是横生枝節。欲就諸公評此語,(**蕭奇中夾**)自度度他。要識憂喜何從來。(**蕭奇中眉**)參至寫成。願求南宗一勺水,往與屈賈湔餘哀。(**韋應物詩云:水性本云静,石中固無聲。如何兩相激,雷轉空山驚。**)(**杭世駿眉**)禪宗參悟之語,唐人不肯下,樂天偶一拈及,未若坡之濫觴也。後人專取此等,以爲超妙,不知其墮入魔外。紫衣僧刻集,偈頌膚庸,塞滿大地,可以勝翦薙耶!

送楊孟容

(**杭世駿眉**)謂之次韻,則可以爲效其體,則蘇自蘇,黄自黄,究不相肖也,其于和陶亦然。(**錢陸燦眉**)黄詩亦佳絶。附[王注]敬夫曰:黄魯直詩云:"我詩如曹鄶,淺陋不成邦。公如大國楚,吞五湖三江。……"(**紀昀眉**)以窄韻見長,别無佳處。(**何紹基乙眉**)押韻有生趣。(**《角山樓》評**)昌黎而後,此足嗣音,不煩苛議。(**何焯眉**)此詩先生自謂仿黄山谷體。

我家峨眉陰,與子同一邦。相望六十里,共飲玻璃江。江山不違人,遍滿千家窗。但苦窗中人,寸心不自降。子歸治小國,洪鐘噎微撞。我留侍玉坐,弱步欹豐扛。(**蕭奇中夾**)遥對生雄。後生多高才,名與黄童雙。不肯入州府,故人餘老龐。(**何紹基乙眉**)"老龐"當有所指,伊何人耶?殷勤與問訊,愛惜霜眉厖。何以待我歸,寒醅發春缸。

見子由與孔常父唱和詩輒次其韻余昔在館中同舍出入輒相聚飲酒賦詩近歲不復講故終篇及之庶幾諸公稍復其舊亦太平盛事也

(**杭世駿眉**)前半叙孔子過多,想爲韻縛,姿制亦樸率,不足動人。(**何紹基乙眉**)頗難著筆。(**何焯眉**)爾時亦然,聊一嘆。

君先魯東家,門户照千古。文章固應爾,鬚鬣餘似處。雖非蒙倛狀,尚有歷國苦。誦書口瀾翻,布穀雜杜宇。(**蕭奇中夾**)奇喻。十年困奔走,櫛沐飽風雨。吾道其非耶,野處豈兕虎。灞陵閑老將,柏直口尚乳。自君兄弟還,鼎立知有補。蓬山耆舊散,故事誰删去。來迎馮翊傳,出餞會稽組。吾猶及前輩,詩酒盛册府。願君唱此風,揚觶斯杜舉。

趙令晏崔白大圖幅徑三丈

(**方東樹評**)筆勢颯然。(**翁同書眉**)起結俱描寫"大圖幅"三字,便與尋常題畫不同。

扶桑大繭如甕盎,天女織綃雲漢上。(**紀昀眉**)起極奇偉。往來不遣鳳銜梭,誰能鼓臂投三丈。(**劉辰翁夾**)也是奇特。(**查慎行評**)刻畫近俚。(**紀昀眉**)斗然折入,節奏天然。○查云"'誰能'二句,刻畫近俚",亦防微杜漸之意,其實此二句不得以俚目之。(**翁同書眉**)《苕溪漁隱叢話》謂"三、四句善造語,能形容"。人間刀尺不敢裁,丹青付與濠梁崔。風蒲半折寒雁起,竹間的皪横江梅。(**查慎行評**)"寒"當作"横"。後幅大有神氣。畫堂粉壁翻雲幕,十里江天無處著。好卧元龍百尺樓,(**何焯眉**)"元龍百尺樓"五字本不連屬,從來皆錯用。笑看江水拍天流。(**何焯眉**)後人好爲大言,斷不能有此光焰。大景偏寫得細。

【彙評】

汪師韓:有蔚然之光,有蒼然之色,有鏗然之韻,不徒爲是大言炎炎。

次韻張昌言給事省宿

馮顛久已歃殘雪,戎眼何曾眩落暉。朔野按行猶雀躍,東臺瞑坐覺烏飛。(**道家有烏飛入兔宫之説。**)漫誇年少容吾在,(**樂天詩云:猶有誇張少年處,笑呼張丈唤殷兄。**)若鬥樽前舉世稀。待向嵩陽求水竹,一犁煙雨伴公歸。

和三舍人省上(三月二十九日作。明日駕幸景靈宫)

(**查慎行評**)此是次孔武仲韻。

紛紛榮瘁何能久,雲雨從來翻覆手。恍如一夢墮枕中,却見三賢起江右。(**曾子開、劉貢父、孔經父,皆江西人。**)嗟君妙質皆瑚璉,顧我虚名但箕斗。明朝冠蓋蔚相望,共扈翠輦朝宣光。武皇已老白雲鄉,正與群帝驂龍翔,獨留杞梓扶明堂。

送錢承制赴廣西路分都監

(**查慎行乙眉**)錢承制,吴越之裔。(**紀昀眉**)亦是應酬之作,而有點綴、有開合，便覺情致不同。

當年我作表忠碑，坐覺江山氣未衰。舞鳳尚從天目下，收駒時有渥窪姿。踞床到處堪吹笛，横槊何人解賦詩。（**劉辰翁夾**）渾容蘊藉。知是丹霞破佛手，（**杭世駿眉**）後三字杜撰，何不云“燒佛”？先聲應已慴群夷。（**廣西僧寺頃有佛動之異，錢君碎而投之江中。**）（**何焯眉**）亦暗用韓退之故事。（**翁同書眉**）何義門謂末二句“亦暗用韓退之故事”。

【彙評】

劉辰翁：也别。

次韻曾子開從駕二首

槐街緑暗雨初匀，瑞霧香風滿後塵。清廟幸同觀濟濟，豐年喜復接陳陳。雍容已饜天庖賜，俯伏初嘗貢茗新。輦路歸來聞好語，共驚堯顙類高辛。（**蕭奇中夾**）大臣語。（**紀昀眉**）此種非東坡所長。凡詩人亦多不長於此，而長於此者又往往非詩人。（**王文誥夾**）其説[紀評]非是。此曉嵐以今所作應制體繩前人也。今所用逐字堆砌，雕琢堂皇，華贍恭謹之派，詩賦相同，當日無此風也。

【彙評】

劉辰翁：牽强備出處。

譚元春：和“陳”“辛”二韻奇。

入仗魂驚愧草萊，一聲清蹕九門開。暉暉日傍金輿轉，習習風從玉宇來。流落生還真一芥,周章危立近三槐。(**學士班近執政。**)道傍倘有山中舊,問我收身早晚回。(**紀昀眉**)如此說來,又不合廊廟之體。(**王文誥夾**)[紀評]此又不然。公凡應制體,必要閣進曾經流落、老病當歸兩層,此其情性所發,亦當日風氣使然,並不以爲忌諱也。

再和二首

眼花錯莫鬢霜匀,病馬羸騶只自塵。奉引拾遺叨侍從,思歸少傅羡朱陳。衰年壯觀空驚目,險韻清詩苦鬥新。最後數篇君莫厭,擣殘椒桂有餘辛。(**蕭奇中眉**)"辛"字换得妙。

【彙評】

劉辰翁:朱陳事遠。

憶觀滄海過東萊,日照三山迤邐開。(**查慎行評**)先生自登州召還,故云。桂觀飛樓凌霧起,仙幢寶蓋拂天來。不聞宫漏催晨箭,但覺檐陰轉古槐。供奉清班非老處,會稽何日乞方回。(**時方闕會稽守。**)(**何綽基乙眉**)仍欲乞外,何也?

次韻劉貢父省上喜雨

密雲今日破郊西,疏雨蕭蕭未作泥。要及清閑同笑語,行看衰病費扶攜。花前白酒傾雲液,户外青驄響月題。不用臨風苦揮淚,君家自與竹林齊。(**貢父詩中有不及與其兄原父同時之嘆,然其兄子仲馮今爲起居舍人。**)

再　和

當年曹守我膠西，共厭餔糟與汩泥。自古赤丸成習俗，因公黄犢免提攜。生還各有青山興，病起猶能小字題。莫怪歌呼數相和，曾將獄市寄全齊。（**貢父爲曹州，盜賊皆奔鄰境，蓋嘗有詩云：從教譬盜稍奔秦。**）

送顧子敦奉使河朔

（**蕭奇中眉**）字句剽悍，通章不靡。（**翁同書眉**）此則近於惡謔，不可爲訓。

我友顧子敦，軀膽兩俊偉。（**蕭奇中夾**）"兩"便傑爾。便便十圍腹，不但貯書史。容君數百人，一笑萬事已。十年卧江海，了不見愠喜。磨刀向猪羊，釃酒會鄰里。（**蕭奇中夾**）可容君。（**錢陸燦眉**）合用古句，畫俗爲雅。歸來如一夢，豐頰愈茂美。平生批敕手，濃墨寫黄紙。會當勒燕然，廊廟登劍履。翻然向河朔，坐念東郡水。河來屹不去，如尊乃勇耳。

【彙評】

劉辰翁：不但貯書史，殆非人情所堪，子瞻豪氣敦盛德。

次韻子由送家退翁知懷安軍

（**紀昀眉**）應酬詩之清歷者。

吾州同年友，粲若琴上星。當時功名意，豈止拾紫青。事既喜違願，(**莫友芝夾**)"喜"字疑誤，應作"與"。(**莫友芝乙評**)若"喜"應作"與"，則"違願"二字疑倒。天或不假齡。今如圖中鶴，俯仰在一庭。(**吾州同年友十三人，今存者六人而已，故有琴上星、圖中鶴之語。**)(**蕭奇中眉**)是功名人語，是道德人語。退翁守清約，霜菊有餘馨。鼓笛方入破，朱弦微莫聽。西南正春旱，廢沼黏枯萍。翩然一麾去，想見靈雨零。我無謫仙句，待詔沉香亭。空騎内廄馬，天仗隨雲駢。(**何焯眉**)宋制翰林學士例賜馬。竟無絲毫補，眷焉誰汝令。永愧舊山叟，憑君寄丁寧。

諸公餞子敦軾以病不往復次前韻

(**翁同書眉**)先生奏議有乞留顧臨狀。

君爲江南英，面作河朔偉。人間一好漢，(**紀昀眉**)"一好漢"究竟不雅。誰似張長史。上書苦留君，言拙輒報已。(**蕭奇中眉**)知惠能薦，方稱公士。置之勿復道，出處俱可喜。攀輿共六尺，食肉飛萬里。誰言遠近殊，等是朝廷美。遥知送别處，醉墨争淋紙。我以病杜門，商頌空振履。後會知何日，一歡如覆水。善保千金軀，前言戲之耳。(**杭世駿眉**)《王立之詩話》恐是道聽塗説。坡請留顧，豈不知感？細玩兩詩，並無輕薄之語。"勒燕然""登劍履""共六尺""飛萬里"，其推崇之至矣，顧不喜而愠耶？"前言戲之"，蓋承前篇"如尊乃勇耳"來。

和張昌言喜雨

二聖憂勤忘寢食，百神奔走會風雲。禁林夜直鳴江瀨，清洛朝回起縠紋。(王文誥夾)“清洛朝回”,謂張昌言奉使往告西京原廟及歸途而雨已作也。三句“夜直”,乃公自謂,故五句又言“夢覺”而詩已至也。必如是觀,則昌言《喜雨》之作,不同泛泛,而起二句之意皆出。夢覺酒醒聞好句,帳空簟冷發餘熏。秋來定有豐年喜,剩作新詩準備君。

次韻劉貢父西省種竹

(何焯眉)風流跌宕,餘味不窮。

要知西掖承平事,記取劉郎種竹初。舊德終呼名字外,(紀昀眉)“舊德”句太費解,意謂文正是謚法謚,所以易名耳。後生誰續笑談餘。(昔李公擇種竹館中,戲語同舍,後人指此竹,必云李文正手植。貢父笑曰:文正不獨繫筆,亦知種竹耶?時有筆工李文正。)成陰障日行當見,取筍供庖計已疏。白首林間望天上,平安時報故人書。(李衛公北都童子寺竹,寺僧日報平安。)(紀昀眉)關合巧。

【彙評】

劉辰翁:風流謔浪便成故事,語極深厚可味。

偶與客飲孔常父見訪方設席延請忽上馬馳去已而有詩戲用其前韻答之

(嚴虞惇眉)用韻天然。

揚雄他文不皆奇,獨稱觀瓶居井眉。酒客法士兩小兒,陳遵張竦曾何知。主人有酒君獨醉,蟹螯何不左手持。(**方東樹評**)"蟹螯"句改"遣人追君君絶馳"後。豈復見吾横氣機,(**紀昀眉**)"豈復"句寫馳去雅切。遣人追君君絶馳,盡力去花君自癡。(**蕭奇中夾**)癡處。(**方東樹評**)"遣人"二句删。醍醐與酒同一巵,請君更問文殊師。(**紀昀眉**)結句正答來語,此亦不見原唱則不知所云者。

次韻子由書李伯時所藏韓幹馬

(**紀昀眉**)只就伯時生情,韓幹只於筆端縈繞,運意運筆,俱極奇變。(**方東樹評**)未妙。(《**角山樓**》**評**)紀云"用筆奇變",固然。但題是畫韓幹馬,亦似太脱。

潭潭古屋雲幕垂,省中文書如亂絲。忽見伯時畫天馬,朔風胡沙生落錐。天馬西來從西極,勢與落日爭分馳。(**何焯夾**)頂"西"字。龍膺豹股頭八尺,奮迅不受人間羈。元狩虎脊聊可友,開元玉花何足奇。伯時有道真吏隱,飲啄不羡山梁雌。丹青弄筆聊爾耳,意在萬里誰知之。幹惟畫肉不畫骨,(**紀昀眉**)至此纔入韓幹,入筆之妙,前無古人。而況失實空餘皮。煩君巧説腹中事,妙語欲遣黄泉知。君不見韓生自言無所學,廄馬萬匹皆吾師。(**蕭奇中眉**)寧獨馬。(**紀昀眉**)此"君"字指子由,此亦必見原唱乃知者。(**何焯旁**)亦牽於韻脚之病。

次韻劉貢父獨直省中

(**譚元春評**)可存無可賞也。

明窗畏日曉先暾，(**紀昀眉**)首句用杜預語，未佳。高柳鳴蜩午更喧。筆老新詩疑有物，心空客疾本無根。隔墻我亦眠風榻，上馬君先鎖月軒。共喜早歸三伏近，解衣盤礴亦君恩。(**查慎行乙眉**)本集有《謝三伏早出院表》。(**蕭奇中夾**)每飯不忘。(**蕭奇中眉**)觀人者于此見生平。

【彙評】

劉弘："有物"謂有神明助之。"心空""無根"出佛書。

軾以去歲春夏侍立邇英而秋冬之交子由相繼入侍次韻絶句四首各述所懷

曈曈日脚曉猶清，細細槐花暖自零。坐閲諸公半廊廟，時看黄色起天庭。(**僕射吕公、門下韓公、左丞劉公，皆自講席大用。**)(**何紹基乙眉**)如此好題，竟不得好詩，非窮困不足以發光，怪也。

【彙評】

劉辰翁：看人、自看皆可。

上尊初破早朝寒，茗碗仍沾講舌乾。(**何焯眉**)言看人騰化僅比衛士爲優耳。然其旨趣則陋矣。陛楯諸郎空雨立，故應慚悔不儒冠。(**蕭奇中眉**)今何如乎？應亦反慚而慕雨矣。(**何焯旁**)"上尊""茗碗"遂足畢"儒冠"事耶？

兩鶴催頽病不言，年來相繼亦乘軒。誤聞九奏聊飛舞，可得徘徊爲啄吞。

微生偶脱風波地，晚歲猶存鐵石心。(**蕭奇中眉**)東坡自寫照。定是香山老居士，世緣終淺道根深。(**樂天自江州司馬除忠州刺史，旋以主客郎中知制誥，遂拜中書舍人。軾雖不敢自比，然謫居黄州，起知文登，召爲儀曹，遂忝侍從，出處老少大略相似，庶幾復享此翁晚節閑適之樂焉。**)(**蕭奇中夾**)談何容易。(**何焯眉**)偶脱風波，皆國恩也，奈何不思起而徒自放乎？(**王文誥夾**)公此詩雖佳，終是語讖。

【彙評】

汪師韓：俯仰今昔，有激昂頽波之情。

送宋朝散知彭州迎侍二親

(**翁同書眉**)似山谷。(**何焯眉**)應酬詩如此便輕妙。

東來誰迎使君車，知是丈人屋上烏。丈人今年二毛初，登樓上馬不用扶。使君負弩爲前驅，蜀人不復談相如。老幼化服一事無，有鞭不施安用蒲。春波如天漲平湖，鞓紅照坐香生膚。(**錢陸燦眉**)歐詩《禁中見鞓紅牡丹》注云："洛中花之奇者也。"帣韝上壽白玉壺，(**錢廷錦甲夾**)迎侍。公堂登歌鳳將雛。諸孫歡笑争挽鬚，蜀人畫作西湖圖。(**蕭奇中眉**)樂哉天倫。

郭熙畫秋山平遠(潞公爲跋尾)

(**蕭奇中眉**)通首清遠高潔。(**紀昀眉**)用古格亦自宛轉。(**方東樹評**)亦未妙。(**《角山樓》評**)不甚著力，却自周匝。(**何焯眉**)半篇郭熙，半篇潞公。"玉堂晝掩春日閑"却是從自己説起，先伏"我從公游"一段。

玉堂晝掩春日閑，中有郭熙畫春山。（**蕭奇中夾**）先從大幅“春山”説起。（**何焯眉**）却是從自己説起，先伏“我從公游”一段。（**翁同書夾**）起用襯入。（**何紹基乙眉**）以玉堂所□畫陪出此幅。鳴鳩乳燕初睡起，白波青嶂非人間。離離短幅開平遠，（**蕭奇中眉**）“開”字妙。漠漠疏林寄秋晚。（**翁同書夾**）四句題面。恰似江南送客時，（**蕭奇中夾**）畫中畫。中流回頭望雲巘。伊川佚老鬢如霜，卧看秋山思洛陽。爲君紙尾作行草，烔如嵩洛浮秋光。（**蕭奇中夾**）妙。（**蕭奇中眉**）畫傳而字傳，字傳而潞公與嵩洛亦傳矣。我從公游如一日，不覺青山映黄髮。爲畫龍門八節灘，待向伊川買泉石。（**翁同書旁**）似山谷。

【彙評】

汪師韓：《秋山平遠》只是“離離短幅”四句，却先以玉堂之春江曉景爲秋山先導，復因文彦博跋尾，致其纏綿鄭重之情，而熙畫之入妙入神，已不待更加贊嘆矣。

次韻張昌言喜雨

千里黄流失故居，（**翁同書夾**）時有回河之議。年來赤地到青徐。遥聞争誦十行語，無異親巡六尺輿。（**翁同書旁**）《漢·袁盎傳》：“天子所與共六尺輿者，皆天下英豪。”精貫天人一言足，云興嶽瀆萬靈趨。愛君誰似元和老，（**翁同書夾**）白太傅。賀雨詩成即諫書。（**紀昀眉**）亦是應酬詩，而結語自有斤兩。（**何紹基乙眉**）以香山望昌言也。

【彙評】

汪師韓：寓諷於頌，又援古爲説，真能以三百篇諫者。

書晁補之所藏與可畫竹三首

（**蕭奇中眉**）截玉束花，娟娟影秀。

與可畫竹時，見竹不見人。（**蕭奇中夾**）目無全牛。豈獨不見人，嗒然遺其身。其身與竹化，（**汪師韓評**）讀“其身與竹化”一語，覺《墨君堂記》爲繁。（**王文濡評**）“身與竹化”，乃有此凝神之作，的是與可知己。無窮出清新。（**查慎行評**）入神。（**何焯眉**）入神。（**紀昀夾**）亦有手與筆化之妙。（《**角山樓**》**評**）二語超妙絶倫。莊周世無有，誰知此凝神。（**紀昀眉**）《莊子》“用志不紛，乃疑於神”，本作“疑”，後乃訛沿爲“凝”也。

若人今已無，此竹寧復有。（**蕭奇中夾**）是。那將春蚓筆，畫作風中柳。（《**角山樓**》**評**）“春蚓”“風柳”，謂拙工畫竹之弱也。君看斷崖上，瘦節蛟蛇走。保時此霜竿，復入江湖手。（**汪師韓評**）次作見畫而思其人，却言人亡而畫不復得，珍惜之至。（**紀昀眉**）忽爾宕開，正以不規規收繳爲妙。（《**角山樓**》**評**）結有遠致。（**翁同書旁**）此首見畫思人，却因人亡而嘆所畫不復得。

晁子拙生事，（**蕭奇中夾**）三作體已備。（《**角山樓**》**評**）收到晁補之，是連章作法。舉家聞食粥。朝來又絶倒，諛墓得霜竹。可憐先生盤，朝日照苜蓿。吾詩固云爾，可使食無肉。（**吾舊詩云：可使食無肉，不可居無竹。**）（**查慎行評**）山谷次韻詩有“此郎如竹瘦，十飯九不肉”之句，並可作此詩注脚。（**蕭奇中夾**）用自詩，謔得妙。（**紀昀眉**）先有末二句，乃有前六句。隨手牽綰，無不入妙。

【**彙評**】

汪師韓：讀“其身與竹化”一語，覺《墨君堂記》爲繁。次作見畫而思其人,却言人亡而畫不復得,珍惜之至。

戲用晁補之韻

昔我嘗陪醉翁醉,今君但吟詩老詩。(**紀昀眉**)此調終俗。清詩咀嚼那得飽,瘦竹瀟灑令人飢。試問鳳凰飢食竹,何如駑馬肥苜蓿。知君忍飢空誦詩,口頰瀾翻如布穀。

書皇親畫扇

(**紀昀眉**)不脱窠臼。

十年江海寄浮沉,夢繞江南黄葦林。誰謂風流貴公子,筆端還有五湖心。(**杭世駿眉**)"鳥詠"是"鳥啄"之訛。附見王十朋集注本次公注。

書李世南所畫秋景

(**蕭奇中眉**)自然好詩,風神獨立。

野水參差落漲痕,疏林欹倒出霜根。扁舟一棹歸何處,家在江南黄葉村。(**紀昀眉**)意境殊高。(**汪師韓夾**)其聲清越以長。(**何紹基乙眉**)不忘常、潤。

【彙評】

《**角山樓**》:天然妙語,佳在題畫,實賦便不及矣。

王文濡評：詩中有畫。

人間斤斧日創夷，誰見龍蛇百尺姿。不是溪山曾獨往，何有解作挂猿枝。（**何紹基乙眉**）畫家心師造化。（**張問陶評**）枝之倒挂而如猿之倒挂者，非謂猿也。今銀杏樹老則多有之。

【**彙評**】

查慎行乙：《畫繼》云："李世南字唐臣，安肅人。長於山水，嘗見其孫皓云：此圖本寒林障，分作兩軸。前三幅畫寒林，坡所以有'龍蛇姿'之句。後三幅畫平遠，坡所以有'黄葉村'之句。其實一景，而坡作兩意。又'浩歌'二字，雕本皆以爲'扁舟'，其實畫一舟子，張頤鼓枻，作浩歌之態，今作'扁舟'，甚無謂也。"

《**角山樓**》：亦有雋致。

書鄢陵王主簿所畫折枝二首

（**蕭奇中眉**）妙論層出。

論畫以形似，見與兒童鄰。賦詩必此詩，定非知詩人。（**何焯眉**）索解人反復不得。詩畫本一律，天工與清新。邊鸞雀寫生，趙昌花傳神。何如此兩幅，疏澹含精勻。誰言一點紅，解寄無邊春。（**紀昀眉**）識入深微，不嫌説理。（**趙翼評**）坡公生平詩俱超詣象外，此處自己説出。作詩者欲詩境超脱，必從此等處證入。然實處亦不可全落也。（《**角山樓**》**評**）信筆拈出，自足千古。

瘦竹如幽人，（**賴山陽評**）就所見起想。幽花如處女。（**查慎行評**）别有明秀之色。低昂枝上雀，（**賴山陽評**）借雀形容他物，妙。摇蕩花間雨。(**查慎行評**)二句分承。(**蕭奇中夾**)妙。(**紀昀眉**)生趣可掬。雙翎決將起,衆葉紛自舉。(**《角山樓》評**)十字清遒,宛如見畫。可憐採花蜂,清蜜寄兩股。若人富天巧,春色入毫楮。懸知君能詩,(**蕭奇中夾**)意外。寄聲求妙語。(**紀昀夾**)忽回應前首作章法,可謂投之所向,無不如意。(**何焯夾**)收轉第一首發端。

【彙評】

汪師韓:軾嘗言:"善畫者,畫意不畫形;善詩者,道意不道名。"語本歐陽"古畫畫意不畫形,作詩詠物無詠情"之句。若此詩言"詩畫一律",又與軾他詩所云"韓生畫馬真是馬,蘇子作詩如見畫",以及"少陵翰墨無形畫,韓幹丹青不語詩"等句互相印可。然彼猶曰"此詩此畫誰當看",又曰"此畫此詩今已矣",嘆索解人不得也,豈若此詩直以詩畫三昧舉示來哲乎?次首言竹、言花、言雀、言蜂,又言花之枝、花之葉、花間之雨、雀之翎、蜂之蜜,合之廣大,析之精微,濃淡淺深,得意必兼得格。

昨見韓丞相言王定國今日玉堂獨坐有懷其人

(**劉辰翁旁**)前輩風致甚真,尤可想見。(**紀昀眉**)入得別致,卻極自然。

晝卧玉堂上,微風舉輕紈。銅瓶下碧井,百尺鳴飛瀾。(**杭世駿眉**)井水不可言飛瀾,坡《浚井》詩云:"餅罌下兩綆,蛙蚓飛百尺。"又《白鶴山鑿井》詩云:"何時見飛瀾。"言井瀾因汲而飛也。俯仰清夢餘,愛此一掬寒。(**蕭奇中夾**)清甚。似予平生友,苦語凉肺肝。(**翁同書夾**)入定國有別致,卻極自然。秀眉玉兩頰,矯矯如翔鸞。置之江淮交,清詩洗江湍。紅鱗對白酒,信美非所安。丞相功業成,還家酒杯寬。人間有此客,折簡呼不難。相將扣東閣,起舞盡餘歡。(**何紹基乙眉**)欲丞相招致之也。

和張耒高麗松扇

(**紀昀眉**)短而不促,意境甚闊。

可憐堂堂十八公,老死不入明光宫。(**蕭奇中夾**)奇。(**紀昀夾**)起得奇倔。萬牛不來難自獻,裁作團團手中扇。(**紀昀夾**)入得緊凑。屈身蒙垢君一洗,挂名君家詩集裏。猶勝漢宫悲婕妤,網蟲不見乘鸞子。(**孫顥元校録**)《秋扇詩》不載《漢書》,注牽合。附見王十朋集注本次公注。

故李承誠之待制六丈挽詞

(**查慎行評**)李師中,楚邱人。(**紀昀眉**)香山門徑。

青青一寸松,中有梁棟姿。天驥墮地走,萬里端可期。世無阿房宫,可建五丈旗。(**紀昀夾**)承"松"。又無穆天子,西征燕瑶池。(**蕭奇中眉**)英雄無用武之地爾爾。(**紀昀夾**)承"驥"。才大古難用,老死亦其宜。(**蕭奇中眉**)"亦"字安分知命。丈夫恐不免,豈患莫己知。(**何焯夾**)有此二語力方足。公如松與驥,少小稱偉奇。俯仰自廊廟,笑談無羌夷。清朝竟不用,白首仍憂時。願斬横行將,請烹乾没兒。言雖不見省,坐折奸雄窺。嗟我去公久,江湖生白髭。歸來耆舊盡,零落存者誰。比公嵇中散,龍性不可羈。疑公李北海,慷慨多雄詞。凄凉《五君詠》,(**何焯眉**)"五君"

事用張燕公事，非也，頂上連還用顔詩耳。沉痛《八哀詩》。（**何焯眉**）詩亦含吐八哀。邪正久乃明，人今屬公思。九原不可傳，千古有餘悲。

【彙評】

汪師韓：比之於物，則松也、驥也；擬之於人，則嵇康也、李邕也。然而其身不見用，其言不見行，而死則其宜矣。明白道出，那得不千古餘悲！

次韻孔常父送張天覺河東提刑

送君應典鷫鸘裘，憑仗千鍾洗别愁。脱帽風流余長史，（**紀昀夾**）不接次句。（**君喜草書而不工，故以此爲戲。**）埋輪家世本留侯。（**張綱，子房七世孫也，犍爲武陽人。墓在今彭山，君豈其後耶？**）（**紀昀眉**）二句切姓俗格。（**翁同書夾**）二句切張姓。子河駿馬方争出，（**鱗府馬，出子河汊。**）（**錢廷錦甲夾**）河東。（**查慎行乙眉**）按麟州皆唐制，宋屬河東路，麟爲鎮西軍，府爲永安軍。《寰宇記》麟州榆林縣有紫河。《宋史·折御卿傳》："淳化五年敗契丹於紫河汊。"所注子河即紫河，恐"泌"字即"汊"字之訛也。昭義疲兵亦少休。（**唐稱昭義步兵，蓋澤潞弓箭手。**）定向秋山得嘉句，故關黄葉滿行輈。

【彙評】

劉辰翁：可以爲戒。

方回：諸家元注，麟府馬出子河汊，昭義步兵，澤路弓箭手。公自注謂，天覺好草書而不工，故以張旭事爲戲云。

劉弘：詩意深嘉天覺。

紀昀:氣象自是不同。

送張天覺得山字

(**杭世駿眉**)通首只言仙茅,更不及之官之事,但以"爲民已恫瘝"一語了之。前詩意已盡,不容多作寒暄也,是老手異人處。(**紀昀眉**)善於生情,然究是無聊應付。

西登太行嶺,北望清涼山。晴空浮五髻,晻靄卿雲間。餘光入岩石,神草出茅菅。何人相指似,稍稍落人寰。能令墜指兒,虬髯茁冰顔。(**何紹基乙眉**)蓋今黨參也。祝君如此草,爲民已恫瘝。我亦老且病,眼花腰脚頑。念當勤致此,莫作河東慳。

【**彙評**】

劉辰翁:命意如此亦自奇。

次韻王定國倅揚州

此身江海寄天游,一落紅塵不易收。未許相如還蜀道,空教何遜在揚州。(**錢陸燦眉**)此注誤,杜詩千家注爲之作俑。附王十朋集注[任居實]曰:何遜作揚州法曹,廨舍有梅花盛開,遜吟詠其下。後居洛思梅花,再請其任,從之。抵揚州,花方盛開,遜對花彷徨終日。(**紀昀眉**)三、四言因己未去而累王,憤語却不甚露。又驚白酒催黄菊,尚喜朱顔映黑頭。(**紀昀眉**)中四句虚字平頭。火急著書千古事,虞卿應未厭窮愁。(**何焯眉**)七、八"未"字終與三、四相重。

卷十七

詩八十八首

贈李道士（並叙）

駕部員外郎李君宗固，景祐中良吏也，守漢州。有道士尹可元，精練善畫，以遺火得罪，當死。君緩其獄，會赦，獲免，時可元年八十一，自誓且死必爲李氏子以報。可元既死二十餘年，而君子世昌之婦，夢可元入其室，生子曰得柔，小名蜀孫。幼而善畫，既長，讀莊、老，喜之，遂爲道士，賜號妙應，事母以孝謹聞。其寫真，蓋妙絶一時云。（**錢陸燦眉**）奇事。

世人只數曹將軍，誰知虎頭非癡人。腰間大羽何足道，頰上三毛自有神。（**嚴虞惇眉**）以寫真作主，串入道士。平生狎侮諸公子，戲著幼輿岩石裏。故教世世作黄冠，布襪青鞋弄雲水。千年鼻祖守關門，一念還爲李耳孫。（**杭世駿眉**）天然湊合。（**蕭奇中眉**）恰好。（**錢廷錦乙眉**）恰妙。香火舊緣何日盡，丹青餘習至今存。（**嚴虞惇眉**）四句括盡。（**何焯眉**）信筆揮灑，無不如意。五十之年初過二，衰顔記我今如此。他時要指集賢人，知是香山老居士。（**樂天爲翰林學士，奉詔寫真集賢院。**）

次韻張舜民自御史出倅虢州留别

玉堂給劄氣如雲，初喜湘累復佩銀。樊口淒涼已陳迹，（**昔與張同游武昌樊口，來詩中及之。**）班心突兀見長身。（**臺吏謂御史立處爲班心。**）（**紀昀夾**）“班心”句不雅。江湖前日真成夢，（**嚴虞惇眉**）“已陳迹”“真成夢”，犯重。（**翁同書夾**）承第三句，亦承首句“湘累”言。鄠杜他年恐卜鄰。此去若容陪坐嘯，故應客主盡詩人。（**何紹基乙眉**）謂虢州守也。

次韻米黻二王書跋尾二首

三館曝書防蠹毁，得見來禽與青李。秋蛇春蚓久相雜，野鶩家雞定誰美。玉函金鑰天上來，紫衣敕使親臨啓。紛綸過眼未易識，磊落挂壁空雲委。（**紀昀眉**）意注本題，先盤遠勢，東坡慣用此法。（**《角山樓》評**）切王書敘起，却從大處襯入。歸來妙意獨追求，坐想蓬山二十秋。（**何焯眉**）公于治平乙巳直史館，至元豐乙丑後還朝，故有“坐想蓬山二十秋”之句。（**紀昀眉**）入得飄瞥，得勢處却在“歸來”二句，過接無迹。（**《角山樓》評**）就襯意略作頓挫，一折便醒。怪君何處得此本，上有桓玄寒具油。（**劉辰翁夾**）若“油”字又得癩力。巧偷豪奪古來有，一笑誰似癡虎頭。（**蕭奇中夾**）見省。君不見長安永寧里，王家破垣誰復修。（**紀昀眉**）此非敗德，故不妨直諷。（**張廷濟眉**）起四句，言米所見二三書。中四句，是公自述所見二三書，是蓬山時事也。後六句，出以嬉笑。（**曾國藩評**）前六句，叙曾在三館見二王真迹。後八句，美米得此本。

元章作書日千紙，平生自苦誰與美。畫地爲餅未必似，要令癡兒出饞水。（**紀昀夾**）句太俚。錦囊玉軸來無趾，粲然奪真疑聖智。(**紀昀夾**)句又太做作。忍飢看書淚如洗,至今魯公餘乞米。(**紀昀眉**)直似山谷,非東坡本色。

【彙評】

劉辰翁:米癲驐詩更不可讀,坡和大難,第牽於其韻險澀,無復暢叙。

次韻宋肇惠澄心紙二首

詩老囊空一不留,百番曾作百金收。(**永叔以澄心百幅遺聖俞,聖俞有詩。**)知君也厭雕肝腎,分我江南數斛愁。

君家家學陋相如,宜與諸儒論石渠。古紙無多更分我,自應給劄奏新書。

郭熙秋山平遠二首

(**紀昀眉**)題畫習徑。

目盡孤鴻落照邊,遥知風雨不同川。此間有句無人見,送與襄陽孟浩然。

木落騷人已怨秋,不堪平遠發詩愁。要看萬壑爭流處,他日終煩顧虎頭。

送歐陽辯監澶州酒

(**查慎行乙眉**)文忠少子,字季默。(**蕭奇中眉**)長才短馭,世以嗟之，似“不才明主棄”，更復何言。(**紀昀眉**)出手太易。

汗血駕鼓車，何從致千里。紛紛糟麴間，(**蕭奇中夾**)可嘆。欲試賢公子。君家江南英，濯足滄浪水。却渡舊黄河，漲沙埋馬耳。由來付造物，倚伏何窮已。當念楚子文，三仕無愠喜。

九月十五日邇英講論語終篇賜執政講讀史官燕于東宫又遣中使就賜御書詩各一首臣軾得紫薇花絶句其詞云絲綸閣下文書静鐘鼓樓中刻漏長獨坐黄昏誰是伴紫薇花對紫薇郎翌日各以表謝又進詩一篇臣軾詩云

(**何焯眉**)通首無一輕縹句，莊重得體。(**杭世駿眉**)譬龍虎之文，振琳琅之響，鏘洋鼓舞，雅與題稱。入後鋪寫威棱，揄揚盛德，思報國恩，獨有文章得詞臣之體。(**紀昀眉**)查批本載《梁溪漫志》云：“東坡作《謝賜御書詩》，叙天下無事、四夷畢服、可以從容翰墨之意。篇末云云，蓋因事諷諫，三百之遺也。而或笑之曰：‘有甚道理説到陜西，而報捷中豈可論詩？’使渠爲之，定祇作寫字詩矣。”此段於詩極有發明，而《補注》乃未載入。昀謂：或者之笑固未識詩人立言之旨，所謂“作詩必此詩”者也。然竟就自己作結，一筆不回顧本題，亦究是疏於法處。此處縈繞御書一筆原不費力，何不趁勢一帶，綰合作結乎？(**何紹基乙眉**)莊雅之篇，難得有生趣，看此篇著意作波處。(**賴山陽評**)此詩極莊重，臺閣之體宜然者，與其平生變化活動之詞，所謂大家無不有者。每解爲一絶句。

繡裳畫衮雲垂地，(**賴山陽評**)起手如畫。不作成王剪桐戲。

(**劉辰翁夾**)起得不爲佳。(**蕭奇中夾**)得體。日高黄傘下西清,風動槐龍舞交翠。(**邇英閣前有雙槐,樛然屬地如龍形。**)壁中蠹簡今千年,(**賴山陽評**)是論語。漆書蝌蚪光射天。諸儒不復憂吻燥,東宫賜酒如流泉。(**丁菊泉夾**)二句太率易。(**何焯眉**)兒戲。(**紀昀夾**)二句太率易。(**賴山陽評**)轉處不費言。酒酣復拜千金賜,一紙驚鸞回鳳字。蒼顔白髮便生光,袖有驪珠三十四。(**臣所賜詩並題目及臣姓名,凡三十四字。**)(**賴山陽評**)押韻太切,乃知坡公先得此一解,而後構思,綴前後也。歸來車馬已喧闐,争看銀鈎墨色鮮。人間一日傳萬口,喜見雲章第一篇。(**上前此未嘗以御書賜群臣。**)(**何焯眉**)此下另拓一層,少陵佳處。(**翁同書眉**)以下切合時事,便非泛作紀恩詩,波瀾亦極壯闊。若無此一段,僅贊御書,所謂"作詩必此詩"者也。(**賴山陽評**)如此四句,是個好絶句。玉堂晝掩文書静,鈴索不摇鐘漏永。莫言弄筆數行書,(**何焯夾**)不稱。須信時平由主聖。(**《角山樓》評**)謝賜御書,不得專稱書法之美,生出此段議論,方爲得體。(**翁同書夾**)紀云四句上下轉關。犬羊散盡沙漠空,捷烽夜到甘泉宫。(**何焯夾**)"捷烽"未究所出。(**賴山陽評**)自"主聖"入當今時勢,無此乃徒作耳,何足爲東坡。似聞指麾築上郡,已覺談笑無西戎。(**時熙河新獲鬼章。是日,涇原復奏夏賊數十萬人皆遁去。**)(**賴山陽評**)此一解與下一解可合看。文思天子師文母,(**莫友芝乙評**)"文思"之"思"字作平用,終無不可。古人如此類甚多,必不可引爲口實而承其誤謬也。(**賴山陽評**)杜牧故事。終閉玉關辭馬武。(**何焯眉**)時議棄靈州。小臣願對紫薇花,(**《角山樓》評**)回映御書,不黏不脱。試草尺書招贊普。(**謹案唐制:翰林學士帶知制誥,許綴中書舍人班。今臣以知制誥待罪禁林,故得以紫薇爲故事。**)(**劉辰翁夾**)甚非得意。(**何焯眉**)一句兼述二聖,妙能輕便。(**趙翼評**)結處收到題,方不外散。(**翁同書夾**)回映御書詩句,綰合作結,不粘不脱。

【彙評】

譚元春:麗而不流,便亦失其爲麗。然流者,非止介面順勢之謂也。《雅》《頌》大篇,應制良師,當以簡奥爲古雅,以和平爲簡奥。故此等詩,亦不欲選之。

查慎行:白樂天詩也。“似聞”二句亦見集中《洮河報捷》詩。

汪師韓:叙紀恩私,切合時事,無不莊雅有體,爛漫之才又於此等詩見其誠敬之學。

趙翼:筆力回斡,唯獨見其大故也。

莫友芝乙:《十三經音義》至宋儒而後大定,注疏中尚有不可據依者,非賤古而貴今也。唐宋人所使字,盡有未的處,吾輩幸生經術大明之後,而必襲其小小誤謬,何也?夫古人之可學者多矣,捨其萬長,襲其一短,雖欲歸過古人,正恐古人不受耳。

賴山陽:《謝邇英賜御書》,最莊雅精煉。

和王晉卿(並叙)

(**蕭奇中眉**)高人自負,不苟如此,今之附聲竊意借公子以壯詩目者,更何如?(**紀昀眉**)觀序與詩,東坡於晉卿不甚傾倒,以其曲相攀附而與之交耳。

駙馬都尉王詵晉卿,功臣全彬之後也。元豐二年,予得罪貶黄岡,而晉卿亦坐累遠謫,不相聞者七年。予既召用,晉卿亦還朝,相見殿門外。感嘆之餘,作詩相屬,托物悲慨,阨窮而不怨,泰而不驕。憐其貴公子有志如此,故次其韻。欲使詵姓名附見予詩集中,然亦不以示詵也。(**劉辰翁旁**)和韻曲折員轉盡情,獨不以示晉卿,是嫌?是惜?欠一轉語。(**蕭奇中夾**)卷乎?

先生飲東坡,獨舞無所屬。當時挹明月,對形三人足。醉眠草棘間，蟲虺莫予毒。（《**角山樓**》**評**）寓刺。醒來送歸雁，一寄千里目。悵焉懷公子，旅食久不玉。欲書加餐字，遠托西飛鵠。謂言相濡沫，未足救溝瀆。吾生如寄耳，（《**角山樓**》**評**）此下五韻，皆叙書詞。何者爲禍福。不如兩相忘，昨夢那可逐。（**何紹基乙眉**）曲折寫似。上書得自便，歸老湖山曲。躬耕二頃田，自種十年木。豈知垂老眼，却對金蓮燭。公子亦生還，仍分刺史竹。賢愚有定分，樽俎守尸祝。文章何足云，執技等醫卜。朝廷方西顧，羌虜驕未伏。遥知重陽酒，白羽落黄菊。（**何紹基乙眉**）晉卿蓋分守近虜地也。羡君真將家，浮面氣可掬。（**袁天綱語竇軌：君語則赤氣浮面，爲將勿多殺人。**）何當請長纓，一戰河湟復。（**蕭奇中夾**）勖之哉，惜之。（**翁同書眉**）［馮注］晉卿時爲文州團練使，故此詩後半云然。（**查慎行丙評**）唐上元中，鄯州陷於吐蕃，所管州縣入河州。至宋時，西邊郡縣俱廢，故結句云爾。杜詩“每惜河湟棄”，先生蓋暗用此語也。

【彙評】

汪師韓：如不經意而出，然句如堅城而氣極和厚，蓋其老年詩境漸造平淡如此。

謝王澤州寄長松兼簡張天覺二首

莫道長松浪得名，能教覆額兩眉青。便將徑寸同十尺，知有奇功似茯苓。

憑君説與埋輪使，速寄長松作解嘲。（**送張天覺詩有埋輪及河東慳之語。**）無復青黏和漆葉，枉將鐘乳敵仙茅。

【彙評】

劉辰翁:詩意殊不可解。

次韻劉貢父所和韓康公憶持國二首

夢覺真同鹿覆蕉,相君脱屣自参寥。顔紅底事髪先白,室邇何妨人自遥。狂似次公應未怪,醉推東閣不須招。援毫欲作衣冠表,盛事終當繼八蕭。(**唐蕭氏自瑀及遘八宰相。**)(**錢廷錦乙眉**)此首言劉和韓。

閉户端居念獨深,小軒朱檻憶同臨。燎鬚誰識英公意,(**英公爲其姊作粥,燎鬚,曰:吾與姊皆老矣,能幾進粥?**)黄髪聊知子建心。(**子建與楚王彪别詩云:王其愛玉體,共用黄髪期。**)已托西風傳絶唱,且邀明月伴孤斟。他時内集應呼我,下客先判醉墮簪。(**錢廷錦乙眉**)此首言康公憶持國。

次韻劉貢父叔侄扈駕

玉堂孤坐不勝清,長羡枚鄒接長卿。只許隔墻聞置酒,時因議事得聯名。機雲似我多遺俗,(**翁同書夾**)蓋自喻及子由。廣受如君不治生。(**翁同書夾**)貢父叔侄。共托屬車塵土後,鈞天一餉夢中榮。

次韻韓康公置酒見留

庭下黄花一醉同,重來雪巘已穹窿。不應屢被譏安石,(**查慎行丙評**)《晉史》:"謝安石於土山營墅,每攜中外子侄往來游集,肴饌亦屢費百金。”詩中“不應屢費譏安石”，“被”字似當作“費”字，新舊刻本皆訛。但使無多酌次公。鐘乳金釵人似玉，鵾弦鐵撥坐生風。少卿尚有車茵在，頗覺寬容勝弱翁。

【彙評】

劉辰翁：其豪氣頗侵，但覺子華有富貴態，坡之落落，往往如此。

次韻王都尉偶得耳疾

（**紀昀眉**）宋氣太重。

君知六鑿皆爲贅，我有一言能决疣。病客巧聞床下蟻，癡人强覷棘端猴。聰明不在根塵裏，藥餌空爲婢僕憂。但試周郎看聾否，曲音小誤已回頭。（**潘奕雋眉**）王蓋精於音律者。

送喬仝寄賀君六首（並叙）

（**譚元春評**）因是寄他仙詩，事自幻妙，故存之。（**何焯眉**）叙事明快。

舊聞靖長官、賀水部，皆唐末五代人，得道不死。章聖皇帝東封，有謁於道左者，其謁云晉水部員外郎賀亢，再拜而去，上不知也。已而閱謁，見之，大驚，物色求之不可得。天聖初，又使其弟子喻澄者詣闕進佛道像，直數千萬。張公安道與澄游，具得其事。又有喬仝者，少得大風疾幾死，賀使學道，今年八十，益壯盛。人無復見賀者，而仝數見之。（**蕭奇中夾**）玄契。元祐二年十二月，仝來京師十許日，余留之不可，曰賀以上元期我于蒙山，又曰吾師嘗游密州，識君於常山道上，意若喜君者。（**蕭奇中夾**）妙。作是詩以送之，且作五絶句以寄賀。（**蕭

奇中夾)不可無詩,何可兼寄。(**何焯眉**)坡翁於此等頗似秦皇漢武文,亦似《封禪書》。

君年二十美且都,初得惡疾墮眉鬚。紅顔白髮驚妻孥,覽鏡自嫌欲棄軀。結茅窮山啖松腴,路逢逃秦博士盧。方瞳照野清而臞,再拜未起煩一呼。覺知此身了非吾,炯然蓮花出泥塗。(**錢廷錦乙夾**)甚爲體輕。隨師東游渡濰邦,(**濰、邦,密州二水名。**)山頭見我兩輪朱。豈知仙人混屠沽,爾來八十胸垂胡。上山如飛嗔人扶,(**蕭奇中夾**)何可及。東歸有約不敢渝。新年當參老仙儒,秋風西來下雙鳧,得棗如瓜分我無。

生長兵間早脱身,晚爲元祐太平人。不驚渤澥桑田變,來看龜蒙漏澤春。

曾謁東封玉輅塵,幅巾短褐亦逡巡。行宫夜奏空名姓,悵望雲霞縹緲人。

【彙評】

劉辰翁:豈當時獻佛像,有何附奏耶?

查慎行丙:真宗東封時尚未有嗣,劉修儀寵擅六宫。逾年,李氏生子,修儀攘爲己出。後立爲太子。賀之伏謁道左,疑有先幾之兆。故仁宗即位,復使弟子詣闕。公詩"微言一發重千鈞",又用商山四老事,必有所爲,非泛引也。

垂老區區豈爲身,微言一發重千鈞。始知不見高皇帝,正似商山四老人。

舊聞父老晉郎官,已作飛騰變化看。聞道東蒙有居處,願供薪水看燒丹。

千古風流賀季真，最憐嗜酒謫仙人。狂吟醉舞知無益，粟飯藜羹間養神。

送家安國教授歸成都

別君二十載，坐失兩鬢青。吾道雖艱難，斯文終典刑。（**蕭奇中夾**）莊厲。屢作退飛鷁，羞看乾死螢。一落戎馬間，五見霜葉零。夜談空説劍，春夢猶横經。（**蕭奇中眉**）恍惚氣盡。新科復舊貫，童子方乞靈。須煩凌雲手，去作入蜀星。蒼苔高朕室，古柏文翁庭。初聞編簡香，始覺鋒鏑腥。（**蕭奇中眉**）今近之。岷峨有雛鳳，梧竹養修翎。（**潘奕雋夾**）入"教授"。嗚呼應嶰律，飛舞集虞廷。吾儕便歸老，亦足慰餘齡。（**何焯眉**）結六句必有所指，所欠者公自注耳。（**李鴻裔乙評**）通體屬對。

【彙評】

查慎行乙：公此詩有墨迹册子傳世，小行書，白粉宋紙本。元至元辛巳，石澗陳有宗跋尾。

查慎行丙：此詩墨迹，小行書，白粉宋紙本。後有元至正辛巳石澗陳友宗跋尾。

《**角山樓**》：叙次簡净，無一長語。

和子由除夜元日省宿致齋三首

江淮流落豈關天，禁省相望亦偶然。等是新年未相見，此身應坐不歸田。（**紀昀眉**）意曲折而語自然。

白髮蒼顔五十三，家人强遣試春衫。朝回兩袖天香滿，頭上銀幡笑阿咸。(**錢廷錦乙眉**)引比子由,似非從子。(**翁同書旁**)似指子由諸郎。(**查慎行丙評**)又外集"蒼顔"作"龍鍾","遥遣"作"强遣","頭上"作"剩插","笑阿咸"作"愧阿咸",與諸刻本不同。

當年踏月走東風,坐看春闈鎖醉翁。白髪門生幾人在,却將新句調兒童。(**紀昀眉**)末句太輕薄。

次韻答張天覺二首

車輕馬穩轡銜堅,但有蚊蝨喜撲緣。截斷口前君莫怪,人間差樂勝巢仙。(**紀昀眉**)湊泊之痕不化。

馭風騎氣我何勞,且要長松作土毛。亦如訶佛丹霞老,却向清涼禮白毫。

次韻黄魯直畫馬試院中作

(**紀昀眉**)和黄即似黄體。

少年鞍馬勤遠行,卧聞齕草風雨聲,見此忽思短策横。十年髀肉磨欲透,那更陪君作詩瘦,不如芋魁歸飯豆。(**錢陸燦眉**)元祐戊辰,軾以翰林學士知貢舉,庭堅亦與校文,故有試院唱和之作。宋省試官出院,給假三日,故後有"詔恩三日休老翁"之語。門前欲嘶御史驄,詔恩三日休老翁,羨君懷中雙橘紅。(**黄有老母。**)(**紀昀眉**)此格本之嘉州《走馬川》詩,嘉州又本之《嶧山碑》,但《碑》是四言耳。(**何紹基乙眉**)此讓涪老也。(**翁同書旁**)《苕溪漁隱叢話》:"此格謂之'促句换韻',其法三句一换韻,三疊韻而止。本集《書試院》詩後記載甚詳。"

【彙評】

劉辰翁:亦牽於山谷音節,殊不暢達。

汪師韓:此格乃禁臠。所謂"促句換韻"者,唐詩惟岑參有之,後人遂以此詩爲岑嘉州體。要其源,固出於秦碑也。是須適然得之,不由作意,令轉換承接,一氣卷舒,不可增減,方稱入妙。若惟是三句一換韻,三疊而止,以此爲新,亦何難能之有?此篇次韻自然,又且奇氣勃窣,實較黄庭堅原唱爲更勝。○元祐戊辰,軾以翰林學士知貢舉,庭堅亦與校文,故有試院唱和之作。宋省試官出院,給假三日,故後有"詔恩三日休老翁"之語。

余與李廌方叔相知久矣領貢舉事而李不得第愧甚(**蕭奇中夾**)古人。作詩(**蕭奇中眉**)"作詩"二字鄭重。送之(**錢陸燦眉**)科場故實。

(**何焯眉**)何愧之有?惟先以試題私之,翻使黠者竊以倖進,乃可愧耳。

與君相從非一日,筆勢翩翩疑可識。平時謾説古戰場,(**紀昀夾**)三句代方叔語。(**翁同書夾**)紀云"三句代方叔語"。過眼終迷日五色。(**蕭奇中眉**)豈非天河?(**何焯眉**)今人目迷五色之語,昧其本義。(**紀昀眉**)善於解紛。(《**角山樓**》**評**)運用精切,情事俱透。紀氏每以切姓爲小樣,爲俗格。若徒然切姓,誠如所譏。至於此聯,既能盡題事曲折,復不可移贈他人,斯爲加倍精采。(**翁同書眉**)三、四句切李姓事。我慚不出君大笑,行止皆天子何責。(**查慎行評**)此有歉懷,彼無怨色,兩得之矣。青袍白紵五千人,知子無怨亦無德。(**蕭奇中夾**)亦無煩解嘲。(**紀昀夾**)三句代方叔語。買羊沽酒謝玉川,爲我醉倒春風前。歸家但草凌雲賦,我相夫子非癯仙。(**何紹基乙

眉)質厚。(**翁同書旁**)觀此詩,則《養痾漫筆》"緘封一簡,令叔黨持與方叔"之語不足取信,蓋好事者誣正人耳。

【彙評】

汪師韓:《養痾漫筆》之語似不足取信,觀詩中"筆勢翩翩疑可識"一句可證也。以軾正人,豈肯於糊名易書之時,暗通關節以示恩者乎? 委之於天,而勉之以無怨,且期之以"夫子非臞仙",切磋之誼,愛戀之忱,不當如是哉?

(附:《養痾漫筆》曰:元祐中,東坡知貢舉李方叔就試將鎖院,坡緘封一簡,令叔黨持與方叔。值方叔出,其僕受簡置几上。有頃,章子厚二子曰持、曰授者來,取簡竊觀,乃《揚雄優於劉向論》一篇,二章驚喜,攜之以去。方叔歸,求簡不得,知爲二章所竊,悵惋不敢言。已而,果出此題,二章皆模仿坡作,方叔幾於閣筆。及拆號,坡意魁必方叔也,乃章授;第十名文意與魁相似,乃章持。坡失色。二十名間一卷頗奇,坡謂同列曰:此必方叔。視之乃葛敏修,而方叔竟下第。坡出院,聞其故,大嘆恨,作詩送其歸,所謂"平生漫説古戰場,過眼空迷日五色"者也。)

和王晉卿送梅花次韻

(**紀昀眉**)自説自話,題目只借作映發,蹊徑甚別。

東坡先生未歸時,自種來禽與青李。五年不踏江頭路,夢逐東風泛蘋芷。江梅山杏爲誰容,獨笑依依臨野水。此間風物君未識,花浪翻天雪相激。明年我復在江湖,知君對花三嘆息。(**何紹基乙眉**)何所見得,無乃又想出京耶?

和宋肇游西池次韻

漢皇慈儉不開邊，尚教千艘下瀨船。貪看艨艟飛鬥艦，不知贔屭舞鈞天。（**蕭奇中眉**）鈞天，樂也。“贔屭舞鈞天”，則勞甚矣，喻當年昆明之煩民力也。故山西望三千里，往事回思二十年。自笑區區足官府，不如公子散神仙。（**譚元春評**）氣格太傷。

書艾宣畫四首

（**紀昀眉**）太著相。

竹　鶴

此君何處不相宜，况有能言老令威。誰識長身古君子，猶將緇布緣深衣。（**何紹基乙眉**）蓋灰鶴也。

黄精鹿

太華西南第幾峰，落花流水自重重。幽人只采黄精去，不見春山鹿養茸。（**紀昀眉**）跳出題外作烘染，用筆靈妙，畫意於言外見之。（《**角山樓**》**評**）純用側筆，殊有别致。

杏花白鷳

天工翦刻爲誰妍，抱蕊游蜂自作團。把酒惜春都是夢，不如閑客此閑看。（**紀昀眉**）綰合太雅。

蓮　龜

（**紀昀眉**）與《黄精鹿》詩同一用意，而此用直筆，其味减矣。

半脱蓮房露壓欹,緑荷深處有游龜。只應翡翠蘭苕上,獨見玄夫曝日時。

僕領貢舉未出錢穆父雪中作詩見及三月二十日同游金明池始見其詩次韻爲答

(杭世駿眉)在今日已落油滑一派,坡翁始倡,但覺清妙。**(紀昀眉)**清適。

雪知我出已全消,花待君來未敢飄。行避門生時小飲,忽逢騎吏有嘉招。魚龍絶技來千里,斑白遺民數四朝。知有黄公酒壚在,蒼顔華髮自相遥。

次韻子由五月一日同轉對

(錢廷錦甲眉)氣骨何其不凡。

跪奉新書笏在腰,談王正欲伴耕樵。晉陽豈爲一門事,**(唐高祖謂温大雅兄弟云:我起義晉陽,止爲卿一門耳。)(方回評)**兄弟一門,用温大雅事,唐高祖語,極切。**(蕭奇中夾)**二用恰合。**(嚴虞惇眉)**用晉陽事未解。**(何焯夾)**切子由同。宣政聊同五月朝。**(貞元中詔曰:自今後五月一日御宣政殿,與文武百僚相見。)(何焯夾)**五月轉對。憂患半生聯出處,歸休上策早招要。**(何焯夾)**此時恐未可信。後生可畏吾衰矣,刀筆從來錯料堯。**(方回評)**尾句又似不平執政者之驟進,此乃東坡平生口病也。**(蕭奇中夾)**俱新。**(何焯夾)**疏率無味。**(何焯眉)**尾句似不平執政者之驟進,此乃東坡平生口病也。**(紀

昀評)此[方回]評最確。

【彙評】

劉辰翁:“晉陽”語不佳。

韓康公挽詞三首

故國非喬木,興王有世臣。嗟余後死者,猶及老成人。德業經文武,風流表縉紳。空餘行樂地,處處泣遺民。

再世忠清德,三朝翼贊勳。功成不歸國,就訪敢忘君。舊學嚴詩律,餘威靖塞氛。(**蕭奇中夾**)肅穆。(**杭世駿眉**)是康公之詩,非凡工吟事者可比。何當繼韓奕,故吏總能文。

西第開東閤,初筵點後塵。笙歌邀白髮,燈火樂青春。(**蕭奇中夾**)逼杜。扶路三更罷,回頭一夢新。(**蕭奇中夾**)真傷。賦詩猶墨濕,把卷獨沾巾。

柏石圖詩(並叙)

(**何焯眉**)奇句似韓。(**紀昀眉**)極作意而語未工。

陳公弼家藏《柏石圖》,其子慥季常傳寶之。東坡居士作詩,以爲之銘。

柏生兩石間,天命本如此。雖云生之艱,與石相終始。(**蕭奇中夾**)貞。韓子俯仰人,但愛平地美。土膏雜糞壤,成壞幾何耳。君看此槎牙,豈有可移理。(**蕭奇中夾**)老。蒼龍轉玉骨,黑虎抱金棍。(**劉辰翁夾**)形容極似。(**何焯夾**)回環對。(**何焯眉**)詩亦學韓,"蒼龍"二句置韓詩中不能辨也。畫師亦可人,使我毛髮起。當年落筆意,(**何焯夾**)似無力。正欲譏韓子。(**何紹基乙眉**)詩乃自喻,非其哂韓。

【彙評】

劉辰翁:甚有理味。

慶源宣義王丈以累舉得官爲洪雅主簿雅州户掾遇吏民如家人人安樂之既謝事居眉之青神瑞草橋放懷自得有書來求紅帶既以遺之且作詩爲戲請黄魯直學士秦少游賢良各爲賦一首爲老人光華

(**紀昀眉**)數語寫出循吏,正如"邊將無功吏不能",只七字寫出神宗。(**賴山陽評**)七古,要學此質俚處,若過清麗便陷平弱。

青衫半作霜葉枯,遇民如兒吏如奴。(**賴山陽評**)單刀直入法,下伏"紅帶"。吏民莫作官長看,我是識字耕田夫。妻啼兒號刺史怒,(**蕭奇中眉**)耕田而識字者寡矣,識字而等耕田者亦有之,丈人告其倫乎?"妻啼兒號",貧也;"刺史怒",廉也。(**蕭奇中夾**)兩不相合,妙乎?時有野人來挽鬚。(**蕭奇中夾**)仁君。(**翁同書眉**)山谷云"最愛此數韻",謂起六句也。見《王直方詩話》。(**賴山陽評**)"啼"字、"號"字並起"怒"字,著"時有"一句,便見慶源之爲民所愛。拂衣自注下下考,芋魁飯豆吾豈無。(**何紹基乙眉**)畫出樸野好官。歸來瑞草橋邊路,獨游還佩平生壺。(**賴山陽評**)杜牧詩:"獨佩一壺游,秋亳泰山小。"慈姥岩前自唤渡，青衣江上人争扶。(**紀昀夾**)句外句。今年蠶市數州集，中有遺民懷袴襦。(**蕭奇中夾**)綴。(**翁同書夾**)謂雅州部民，若此便縈拂有情。邑中之黔相指似，白髯紅帶老不癯。(**何焯眉**)"紅帶"點化生動。(**翁同書夾**)不脱"紅帶"。我欲西歸卜鄰舍，(**賴山陽評**)至此方及己事。隔墻拊掌容歌呼。不學山王乘駟馬，回頭空指黄公壚。(**賴山陽評**)王，言王戎也；山，言山濤也。然恐嵇康之誤，山濤不嘗過黄公壚也。

【彙評】

汪師韓：分明表出陽城、何易于一輩人物，非此筆力莫能傳其人。

《**角山樓**》：全從淺近處摹寫，人品自出。詩有不必求深者，此類是也。

次許冲元韻送成都高士敦鈐轄

(**蕭奇中眉**)自然灝渾。

移中老監本虚名，懶作燕山萬里行。(**余與高君奉使契丹，辭免不行。**)坐看飛鴻迎使節，歸來駿馬换傾城。高才本不緣勳閥，(**蕭奇中夾**)人才。餘力還思治蜀兵。西望雪山烽火盡，不妨樽酒寄平生。

【彙評】

劉弘：先生以此送士敦，可知其爲人矣。

次前韻送程六表弟

君家兄弟真連璧,門十朱輪家萬石。竹使猶分刺史符,尚方行賜尚書舄。前年持節發倉廩,到處賣刀收繭栗。(**蕭奇中眉**)淳哉政。歸來閉口不論功,却走渡江誰復惜。君才不用如澗松,我老得全猶社櫟。(**紀昀眉**)出得突兀。青衫莫厭百僚底,白首上有千薪積。憶昔江湖一釣舟,無數雲山供點筆。(**李鴻裔乙評**)過接處排宕而省力。未應便障西風扇,只恐先移北山檄。(**潘奕雋眉**)先生與程爲至戚,故發此由中之言,非似世人僞作恬退論也。憑君寄謝江南叟,念我空見長安日。浮江泝蜀有成言,江水在此吾不食。(**何紹基乙眉**)可以不必。

和王晉卿題李伯時畫馬

(**何焯眉**)亦當是戲和。

督郵有良馬,不爲君所奇。顧收紙上影,駿骨何由歸。一朝見縶策,蟻封驚肉飛。(**紀昀眉**)“肉飛”二字雖出《吴越春秋》,然用來不雅。結尤不成語。豈惟馬不遇,人已半生癡。(**譚元春評**)如此用王家癡事,亦奇。

【彙評】

劉辰翁:一段意寫得頓挫可感,是和韻故奇。

送錢穆父出守越州絶句二首

簿書常苦百憂集,杯酒今應一笑開。京兆從教思廣漢,會稽聊喜得方回。

若耶溪水雲門寺，賀監荷花空自開。我恨今猶在泥滓，勸君莫棹酒船回。（**翁同書旁**）此首點竄太白詩，語無窮出清新。

【彙評】

汪師韓：史稱錢勰知開封，臨事益精。蘇軾乘其據案時遺之詩，勰掃筆立就以報。軾曰："電掃訟庭，響答詩筒，近所未見也。"其出守越州，因坐奏獄空不實，亦由與安石輩不相能，故前作以趙廣漢、郗愔爲比。此作點竄李詩，語無窮清新。

戲書李伯時畫御馬好頭赤

（**紀昀眉**）此亦不佳，然是東坡筆墨，益知前三詩之僞。（**方東樹評**）本題無可説，用此格。

山西戰馬飢無肉，夜嚼長秸如嚼竹。蹄間三丈是徐行，不信天山有坑谷。（**何焯眉**）太露。（**方東樹評**）前四句有筆勢。豈如厩馬好頭赤，立仗歸來卧斜日。莫教優孟卜葬地，厚衣薪槱入銅歷。（**紀昀眉**）寓刺太直，末二句尤爲激訐，均於詩品有乖。（**何紹基乙眉**）未免欠斟。

送程七表弟知泗州

江湖不在眼，塵土坐滿顔。繫舟清洛尾，初見淮南山。（**何紹基乙眉**）時想江湖賢者所同。淮山相媚好，曉鏡開煙鬟。持此娱使君，一笑簿領間。使君如天馬，朝燕暮荆蠻。時無王良手，空老十二閑。聊當出毫末,化服狡與頑。勿謂無人知,古佛臨濤灣。(**蕭奇中夾**)新想。赤子視萬類,流萍閱人寰。但使此可(一作可此)人,(**紀昀夾**)"可此人"猶云得當人之意。余事真茅菅。(**杭世駿眉**)居官佞佛,何異教猱開木。此老手滑意到即書,不自知其立言之失體也。(**紀昀眉**)忽從泗州生情,善於擣虛,然是借發實理,不比小巧弄筆。(《**角山樓**》**評**)隨手生發,自然圓足。

【彙評】

袁宏道:有趣,惟中謔且切。

譚元春:袁[宏道]此等著眼亦深在。

送曹輔赴閩漕

曹子本儒俠,筆勢翻濤瀾。往來戎馬間,邊風裂儒冠。詩成橫槊裏,楯墨何曾乾。一旦事遠游,紅塵隔岩灘。平生羊炙口,並海搜鹹酸。(**紀昀眉**)"並海"句費解,亦不成語。一從荔枝飲,豈念苜蓿盤。我亦江海人,市朝非所安。常恐青霞志,坐隨白髮闌。淵明賦歸去,談笑便解官。今我何爲者,索身良獨難。憑君問清淮,秋水今幾竿。我舟何時發,霜露日已寒。

次韻王郎子立風雨有感

(**紀昀眉**)有吃力之態。

百年一俯仰,寒暑相主客。稍增裘褐氣,已覺團扇厄。不煩計榮辱,此喪彼有獲。(**蕭奇中眉**)大通。我琴終不敗,無攫故無醳。後生不自牧，呻吟空挾策。揠苗不待長，買菜苦求益。此郎獨静退，門外無行迹。但恐陶淵明，每爲飢所迫。(**蕭奇中夾**)亦一念。淒風弄衣結，小雪穿門席。願君付一笑，造物亦戲劇。朝來賦雲夢，筆落風雨疾。爲君裁春衫，高會開桂籍。

次韻黄魯直嘲小德小德魯直子其母微故其詩云解著潛夫論不妨無外家

(**紀昀眉**)凡近。

進饌客争起，小兒那可涯。莫欺東方星，三五自横斜。名駒已汗血，老蚌空泥沙。但使伯仁長，還興絡秀家。

書林次中所得李伯時歸去來陽關二圖後二首

(**紀昀眉**)二詩皆有風韻，入之漁洋集中，殆不復别，乃知東坡非不能此種，特不以此種爲安身立命處耳。(**《角山樓》評**)漁洋集中極多雄深雅健之作，初不專恃此種。紀氏不足以知之，而每以此語相詆，蓋當時習氣也。

不見何戡唱渭城，舊人空數米嘉榮。龍眠獨識殷勤處，畫出《陽關》意外聲。(**查慎行評**)按劉賓客詩，本是"唱得《凉州》意外聲"，而先生乃改作"陽關"，雖□偶爾借用，然未免牽率之病。(**查慎行丙評**)按劉禹錫《贈米嘉榮》詩："唱得《凉州》意外聲。"本是"凉州"，非"陽關"也。東坡借用其語，自作"陽關"，彼此原不相妨。施氏、王氏因先生云云，遂改"凉州"爲"陽關"，以遷就本文，特爲摘出駁正。

兩本新圖寶墨香,樽前獨唱《小秦王》。爲君翻作《歸來引》,不學《陽關》空斷腸。(**翁同書旁**)同書案,第二首折入《歸去來》,靈心妙腕,殆無所匹。

送蹇道士歸廬山

(**錢廷錦甲眉**)注凡根生者無知,亦作恃息也,殷當也,息不由知,由知然後失當,失當而後不通。(**紀昀眉**)少自在流出之妙。

物之有知蓋恃息,孰居無事使出入。心無天游室不空,六鑿相攘婦爭席。(**錢廷錦甲夾**)湊。法師逃人入廬山,山中無人自往還。往者一空還者失,此身正在無還間。(**劉辰翁夾**)妙。(**查慎行評**)忽雜禪語,蒙莊之語,正與禪合。綿綿不絶微風裏,内外丹成一彈指。(**錢廷錦甲眉**)劉叉《修養》詩"嘗令體如微微風,綿綿不斷道自冲"。此公詩句所從出也。人間俯仰三千秋,騎鶴歸來與子游。

【彙評】

劉辰翁:此道士必嘗語及此,自記其功。

卧病逾月請郡不許復直玉堂十一月一日鎖院是日苦寒詔賜官燭法酒書呈同院

(**查慎行評**)通首氣味好。(**何焯眉**)此篇不減夢得。(**紀昀眉**)老手恃老,往往頹唐,工部晚年亦不免此。(《**角山樓**》**評**)此詩尚未爲頹唐。

微霰疏疏點玉堂,(**何焯夾**)苦寒。詞頭夜下攬衣忙。(**何焯夾**)鎖院。分光御燭星辰爛,拜賜宫壺雨露香。醉眼有花書字大,(**嚴虞惇夾**)分頂。(**何焯夾**)詞頭。(**錢廷錦乙眉**)"大"字粗淺。老人無睡漏聲長。(**方回夾**)中四句氣焰逼人。(**何焯夾**)玉堂。(**翁同書眉**)白香山《書寓直》詩:"病對詞頭慚彩筆。"何時却逐桑榆暖,(**何焯夾**)顧請郡。社酒寒燈樂未央。(**蕭奇中眉**)可謂身廊庙而心江湖者。(**錢陸燦夾**)"官燭法酒"不如"社酒寒燈"之樂也。(**嚴虞惇夾**)收結。(**查慎行評**)結句不脱"酒"與"燭",是何等法脈。(**何焯夾**)又收酒燭。(**紀昀評**)可惜結入習徑。閲其全集,方知此是東坡口病,所謂"好曲不禁三回唱"。

【彙評】

紀昀:七律亦非東坡長技,頗以氣格勝耳。古體自妙絶,一時獨有千古。

汪師韓:氣象峥嶸,音節宏亮。

李鴻裔乙:不解紀公所謂頽唐者安在。

送周朝議守漢州

(**蕭奇中眉**)坡贈人一詩,必溯其來歷,紀其勳賢,與今人動、輒一贊,山水風月爲筋,過矣。(**紀昀眉**)題有發揮,詩未精采。

茶爲西南病,岷俗記二李。(**杞與稷也。**)何人折其鋒,矯矯六君子。(**謂思道與侄正孺、張永徽、吴醇翁、吕元鈞、宋文輔也。**)君家尤出力,流落初坐此。謂當收桑榆,華髮看劍履。胡爲犯風雪,歲晚行未已。念歸誠得計,顧自爲謀耳。(**蕭奇中夾**)亦妙。吾聞江漢間,瘡痏有未起。(**蕭奇中夾**)真心爲國爲民者。莫輕龔遂老,君王付尺箠。召還當有詔,挽袖謝鄰里。猶堪作水衡,供張園林美。(**何紹基乙眉**)廿四卷《送王伯揚》亦云:"歸來只作水衡卿。"

木　山(並叙)

(**方東樹評**)可不選。

吾先君子嘗蓄木山三峰,且爲之記與詩。詩人梅二丈聖俞見而賦之,今三十年矣。而猶子千乘又得五峰,益奇,因次聖俞韻,使並刻之其側。(**紀昀眉**)疏疏落落,押韻亦極自然。(**劉辰翁旁**)梅詩亦欲演迤,而思致僅可如此而止,遂以爲不可復加爾。

木生不用回萬牛,(**劉辰翁夾**)便好。願終天年仆沙洲。時來幸逢河伯秋,掀然見怪推不流。蓬婆雪嶺巧雕鎪,蟄蟲行蟻爲豪酋。(**紀昀夾**)"酋"字押得倒。阿咸大膽忽持去,(**紀昀夾**)句粗。河伯好事不汝尤。城中古沼浸坤軸,一林瘦竹吾菟裘。(**蕭奇中夾**)新句。(**張問陶評**)友人顧俠君榜其讀書之室云:"千樹繁花百壺酒,一莊水竹數床書。"佳甚矣!竊以"繁花""水竹"對未極工,此書"瘦竹"可以易之,則盡善矣!偶志於此。二頃良田不難買,三年檟木行可檟。會將白髮對蒼巘,(**紀昀夾**)"蒼巘"即指假山。魯人不厭東家丘。○押孔子諱,究非體。

【彙評】

汪師韓:次梅詩韻,即效其體格,炯炯清立。

送千乘千能兩侄還鄉

(**賴山陽評**)此詩平叙無他奇,唯見作者識見耳。

治生不求富,讀書不求官。(**莫友芝眉**)德公事載《襄陽耆舊記》。注《耆舊》當引此。譬如飲不醉,陶然有餘歡。(**劉辰翁夾**)名言。(**查慎行評**)知足語,可爲庭誥。(**何焯眉**)見到語。(**王文誥夾**)起四句該通篇之意。(**賴山陽評**)其句其識見並絶,頂好譬喻,宋詩人夢想所不及,勝一篇經訓。君看龐德公,白首終泥蟠。豈無子孫念,顧獨遺以安。鹿門上冢回,床下拜龍鸞。躬耕竟不起,耆舊節獨完。(**紀昀眉**)"鹿門"四句冗贅,可删。念汝少多難,冰雪落綺紈。(**紀昀眉**)"冰雪"句費解。五子如一人,奉養真色難。(**紀昀眉**)"奉養"句不妥。烹雞獨饋母,自饗苜蓿盤。口腹恐累人,寧我食無肝。(**紀昀眉**)"烹雞"一段亦曼衍。西來四千里,敝袍不言寒。秀眉似我兄,(**賴山陽評**)至此初及侄。亦復心閑寬。忽然舍我去,歲晚留餘酸。(**何紹基乙眉**)真佳侄。我豈軒冕人,(**賴山陽評**)公時爲翰林學士。青雲意先闌。汝歸蒔松菊,環以青琅玕。檟陰三年成,可以挂我冠。清江入城郭,小圃生微瀾。相從結茅舍,曝背談金鑾。(**何焯眉**)韓偓有《金鑾密記》。(**賴山陽評**)見仕宦不終生也。"談金鑾",自歐公《外制集序》得來者。

【彙評】

汪師韓:一篇大旨,起四句道盡。預想歸田之樂,説到"曝背談金鑾",津津有味。

趙翼:詩以意理勝,明白如話,而趣愈永。

送周正孺知東川

（**何焯眉**）讀此知元祐朝局將變，先生亦不久去國矣。（**紀昀眉**）語自挺拔。（**何紹基乙眉**）前篇《周朝議守漢川》蓋西川也。

得郡書生榮，還家昔人重。而況東西川，千騎許上冢。里門下車入，父老自驚聳。端如何武賢，不事長卿寵。清時養材傑，杞梓方培擁。（**蕭奇中眉**）君之過歟？相之過歟？未應遺合抱，取用及把拱。（**蕭奇中夾**）可憐。（**何紹基乙眉**）譏諷嫌露。如君尚出麾，（**紀昀眉**）或曰"尚一麾"，或曰"尚出守"，皆妥，惟割裂爲"出麾"則不妥。顧我宜耕壟。（**查慎行評**）一篇正意在此。先歸謝先手，求去悔不勇。豈云慕廉退，實自知衰冗。爲君掃棠陰，畫像或相踵。（**蜀中太守無不畫像者。**）

題李伯時畫趙景仁琴鶴圖二首

清獻先生無一錢，（**錢廷錦甲眉**）清獻在珠宮。故應琴鶴是家傳。誰知默鼓無弦曲，時向珠宮舞幻仙。（**張問陶評**）胎仙，鶴也。變"胎"爲"幻"，取其押韻平妥耳。先生詩每有改易成語處。次公注：《黄庭内景》：琴心相疊舞胎仙，變胎爲幻。**未詳**。

醜石寒松未易親，聊將短曲調長人。乘軒故自非明眼，終日傲傲舞爨薪。

【彙評】

劉辰翁："短曲""長人""舞爨薪"，皆造奇，然無甚意。

次前韻再送周正孺

(紀昀眉)牽於韻脚,多不自然。**(何紹基乙眉)**止爲此韻押得好,坡復有是篇。

東川得望郎,坐與西争重。高風傾石室,舊學鄖文冢。蜀人安使君,所至野不聳。**(孫顥元校録)**邊"鄖""不聳"誤作"至野"。附見王十朋集注本次公注。竹馬迎細侯,大錢送劉寵。遥知句溪路,老稚相扶擁。看畫古叢祠,百怪朝幽拱。牛頭與兜率,雲木蔚堆壟。醉鄉追舊游,筆陣賈餘勇。聊將詩酒樂,一掃簿書冗。西風吹好句,珠玉本無踵。**(劉蜕《文冢銘》,在梓州。)(何焯眉)**趣。

書王定國所藏煙江疊嶂圖(王晉卿畫)

(紀昀眉)奇情幻景,筆足以達之。○竟是爲畫作記,然摹寫之妙,恐作記反不如也。**(趙翼評)**鋪寫畫景,錯落有致。**(賴山陽評)**老杜"五日一水""堂上楓樹"等詩,便題畫之淵源,而其後無次之者,如東坡此詩或可次誦。此詩一韻到底,自老杜《哀王孫》《哀江頭》詩來,而每章似换韻,是此詩之妙處。

江上愁心千疊山,浮空積翠如雲煙。**(劉辰翁夾)**接得妙。**(賴山陽評)**起手注題。二句如一篇冒頭,自是大局面筆法。山耶雲耶遠莫知,**(賴山陽評)**分説"雲""煙"二字。煙空雲散山依然。**(何焯夾)**頓挫。**(賴山陽評)**歸到"山"。但見兩崖蒼蒼暗絶谷,中有百道飛來泉。縈林絡石隱復見,下赴谷口爲奔川。川平山開林麓斷,小橋野店依山前。**(劉辰翁夾)**此極畫趣。**(蕭奇中夾)**妙。行人稍度喬木外，漁舟一葉江吞天。(**劉辰翁夾**)漸近自然。(**查慎行評**)讀公詩不必見畫矣。(**何焯眉**)畫中之景，摹寫無盡。(**方東樹評**)起段以寫爲叙，寫得入妙，而勢又高，氣又遒，神又旺。(**曾國藩評**)以上狀畫中勝境。(**莫友芝乙眉**)説畫家布置，而詩亦妙絶矣。豈惟詩畫同處一源？緣公於此事亦已到家也。蘇子作詩如見畫，公固已自言之。使君何從得此本，點綴毫末分清妍。(**劉辰翁夾**)此一句畫似詩、詩似畫，豪蕩暢達。不知人間何處有此境，(《**角山樓**》**評**)頓筆，生出下文。徑欲往買二頃田。(**查慎行評**)二句過脈。(**杭世駿眉**)萬中無一語及晋卿，只以畫上之境界想像其妙，而晋卿之能事自見。(**方東樹評**)上四句正鋒。(**翁同書夾**)切蘇姓。(**曾國藩評**)上四句點明題目。(**賴山陽評**)此處四句爲一章。具謂景來，至此忽入題，以後不謂畫，歸到自己身上，作者深意。君不見武昌樊口幽絶處，(**紀昀眉**)蹙起波瀾，文境乃闊。○節奏之妙，純乎化境。東坡先生留五年。(**吴汝綸評**)以下波瀾。(**賴山陽評**)二句爲一章。春風摇江天漠漠，暮雲卷雨山娟娟。丹楓翻鴉伴水宿，長松落雪驚醉眠。(**查慎行評**)又添一幅畫外畫矣。(**吴汝綸評**)四時之景。(**賴山陽評**)四句爲一章。桃花流水在人世，武陵豈必皆神仙。江山清空我塵土，雖有去路尋無緣。(**查慎行評**)隨手開闔，結構謹嚴。(**何焯眉**)畫外之景，點綴有情。還君此畫三嘆息，山中故人應有招我歸來篇。(**譚元春評**)坡結句之妙者，亦只是議論挽束得有味耳。含不盡於言外，息罪動於無聲，如弦歌之未停，瀑布之不收者未有也。至此等結則誦者便敗興而返，不但興盡矣。(**紀昀眉**)節奏之妙，純乎化境。(**何紹基乙眉**)一氣馳驟而出，清酣無比。

【彙評】

曾國藩："君不見"十二句，言樊口勝境亦不減於途中之景，但人自欠閑耳。

高步瀛:以實境比况,結出作意。

賴山陽:二句爲一章。○結法暗偷老杜"青鞋布襪"之意。

劉辰翁:實歷語自别。○點綴曲折收拾,字字神俊。

查慎行:此詩公手書真迹在太倉王長公家,見張丑《書畫舫》。

汪師韓:竟是爲畫作記,然摹寫之神妙,恐作記反不能如韻語之曲盡而有情也。"君不見"以下煙雲卷舒,與前相稱,無非以自然爲祖,以元氣爲根。

賴山陽:世服蘇之廣長舌,不知其收舌不盡展者更好。……《煙江疊嶂》,皆豐約合度,姿態可觀。

次韻王定國會飲清虚堂

何遜揚州又幾年,官梅詩興故依然。何人可復間季孟,與子不妨中聖賢。(**紀昀眉**)三、四江西派。卜築君方淮上郡,歸心我已劍南川。此身正似蠶將老,更盡春光一再眠。(**蕭奇中夾**)亦奇。

【彙評】

劉辰翁:韻意皆忿怨似有爲。

劉弘:先生蓋不特傷定國倅揚州之久,而悼己之情亦自不掩。

興龍節侍宴前一日微雪與子由同訪王定國小飲清虚堂定國出數詩皆佳而五言尤奇子由又言昔與孫巨源同過定國感念存没悲歡久之夜歸稍醒各賦一篇明日朝中以示定國也

(**嚴虞惇眉**)五言古體用排語,乃見整麗,杜、韓皆如此。(**方東樹**

評)未妙,而自然空圓轉宕,非老手剪裁不能。

天風淅淅飛玉沙,詔恩歸沐休早衙。遥知清虚堂裏雪,正似薝葡林中花。出門自笑無所詣,呼酒持勸惟君家。踏冰凌兢戰疲馬,(**蕭奇中夾**)肖。扣門剥啄驚寒鴉。羨君五字入詩律,欲與六出争天葩。頭風已倩檄手愈,背癢恰得仙爪爬。銀瓶瀉油浮蟻酒,紫碗鋪粟盤龍茶。幅巾起作鴝鵒舞,疊鼓誰摻漁陽撾。九衢燈火雜夢寐,十年聚散空諮嗟。(**翁同書夾**)概括題序中"感念存没"語。(**《角山樓》評**)檃栝題序中"感念存没"一層,語渾厚。明朝握手殿門外,共看銀闕暾朝霞。(**紀昀眉**)收頗草草。凡長篇,如十里來龍,非層層水抱山迴,不能結穴。(**《角山樓》評**)此非大篇,何用層層回抱。

王晉卿所藏著色山二首

縹緲營丘水墨仙,浮空出没有無間。邇來一變風流盡,誰見將軍著色山。(**紀昀眉**)依稀形似,可以僞托;金碧界畫,轉須真實本領。淺淺語寄慨殊深。(**何紹基乙眉**)水墨風行,而著色者少矣。

犖确何人似退之,(**紀昀眉**)用"山石犖确"句欠妥,讀之似退之犖确矣。意行無路欲從誰。宿雲解駁晨光漏,獨見山紅澗碧時。

次韻黄魯直效進士作歲寒知松柏詩

(**紀昀眉**)此格非東坡所長,故二詩皆不佳。邇來選長律者必録之,震於名耳。

龍蟄雖高卧，雞鳴不廢時。炎凉徒自變，茂悦兩相知。已負棟梁質，肯爲兒女姿。那憂霜貿貿，未喜日遲遲。難與夏蟲語，永無秋實悲。誰知此植物，亦解秉天彝。(**杭世駿眉**)結體枯率，特此應舉，擯斥何疑。

王晉卿作煙江疊嶂圖僕賦詩十四韻晉卿和之語特奇麗因復次韻不獨紀其詩畫之美亦爲道其出處契闊之故而終之以不忘在莒之戒亦朋友忠愛之義也

(**蕭奇中夾**)好。(**杭世駿眉**)晉卿失歡於長公主薨後，神宗御筆降責，故勉云"以不忘在莒"。見王十朋集注本卷二十七。(**紀昀眉**)與前詩[按：指《煙江疊嶂圖》]有仙凡之别。(**方東樹評**)凡作詩，皆宜如此。

山中舉頭望日邊，長安不見空雲煙。歸來長安望山上，時移事改應潸然。管弦去盡賓客散，惟有馬埒編金泉。(**紀昀眉**)"泉"者，錢也，然如此借替，勢必至"札闥洪休"。渥窪故自千里足，要飽風雪輕山川。屈居華屋啖棗脯，十年俯仰龍旗前。却因病瘦出奇骨，監車之厄寧非天。(**方東樹評**)上四句即"草長病牛羊""慧智疢疾""生於憂患""貧賤玉成"之意。風流文采磨不盡，(**《角山樓》評**)數語道煉有力。水墨自與詩争妍。(**方東樹評**)二句入畫，叙。畫山何必山中人，田歌自古非知田。(**方東樹評**)二句夾議。(**《角山樓》評**)絶妙比例。鄭虔三絶君有二，筆勢挽回三百年。(**方東樹評**)二句棱。欲將岩谷亂窈窕，(**蕭奇中夾**)妙。眉峰修嫮誇連娟。人間何有春一夢，此身將老蠶三眠。山中幽絶不可久，要作平地家居仙。(**方東樹評**)以"山中"收。能令水石長在眼，非君好我當誰緣。願君終不忘在莒，樂時更賦囚山篇。（**柳子厚有《囚山賦》。**）

【彙評】

汪師韓：王詵和詩有云："愛詩好畫本天性，輞川先生疑宿緣。會當别寫一匹煙霞境，更應消得玉堂醉筆揮長篇。"蓋亦自得意於詩畫之工也。及軾復和此詩，詵亦復有答謝之作有云："玉堂故人相與厚，意使嫫母齊聯娟。豈知憂患耗心力，讀書懶去但欲眠。"又云："更得新詩寫珠玉，勸我不作區中緣。佩服忠言匪論報，短章重次木瓜篇。"特以答其不忘在莒之戒焉。詵自遠謫還朝，詩故舉《囚山賦》以相戒勉，其云"鄭虔三絶君有二，筆勢挽回三百年"，則所以譽之者亦至矣。

夜直玉堂攜李之儀端叔詩百餘首讀至夜半書其後

玉堂清冷不成眠，伴直難呼孟浩然。（**方回夾**）李之儀詩得意趣頗深晦，非東坡不之察，故有是佳句，以孟浩然待之，非誇也。（**紀昀評**）浩然伴直，實有此事，非但比其詩也。暫借好詩消永夜，每逢佳處輒參禪。（**何焯眉**）玉堂豈可談禪耶？正言其詩晦耳。（**汪師韓評**）能使人愁，能使人喜，非好詩那得有此，故曰可以參禪。愁侵硯滴初含凍，喜入燈花欲鬥妍。（**紀昀眉**）氣機流暢，然非五、六句茁實撐得住，則太滑矣。五句言詩境之苦，六句言賞心之樂。（**紀昀評**）五句是沉思光景，六句是領悟光景，寫得有神。寄語君家小兒子，（**錢廷錦乙夾**）宋詩病處。他時此句一時編。（**蕭奇中夾**）憐才雅興。

【彙評】

劉弘：有所謂詩禪佳處參禪，乃其句之妙也。

陸貽典:東坡才學自是宋人中傑出,然無老杜深沉之韻,不耐咀味,此其病也。此數首皆然。

許印芳:曉嵐批《律髓》,此詩每句著圈,批本集五、六句集圈,今從本集。

景仁和賜酒燭詩復次韻謝之(時公方進新樂)

(**紀昀眉**)湊泊無真氣。

笙磬分均上下堂,(**舊説堂上之樂,皆受笙均;堂下之樂,皆受磬均。**)游魚舞獸自奔忙。朱弦初識孤桐韻,(**舊樂金石聲高而絲聲微,今樂金石與絲聲皆著。**)玉管猶聞秬黍香。(**舊法以尺生律,今以黍定律,以律生尺。**)萬事今方咨伯始,一斑我亦愧真長。此生會見三雍就,無復寥寥嘆未央。

次韻劉貢父春日賜幡勝

(**紀昀眉**)句句生湊。

寬詔隨春出内朝,三軍喜氣挾狐貂。鏤銀錯落翻斜月,剪綵繽紛舞慶霄。臘雪强飛纔到地,(**前一日微雪。**)曉風偷轉不驚條。(**張問陶評**)易"鳴"爲"驚",想以與"到"字虚實不稱故耳。脱冠徑醉應歸卧,便腹從人笑老韶。(**是日幕次賜酒。**)(**紀昀眉**)"老韶"亦生湊,不妥。

【彙評】

劉弘:"鏤銀""剪綵"指幡勝。

再　和

與君流落偶還朝，過眼紛綸七葉貂。莫笑華顛飄彩勝，幾人黄壤隔青霄。（**劉辰翁夾**）好。（**紀昀眉**）三、四真語。行吟未許窮騷雅，坐嘯猶能出教條。記取明年江上郡，五更春枕夢春韶。（**紀昀眉**）“春韶”亦不妥。

【彙評】

劉弘：詩意不覺喜慰。

葉公秉王仲至見和次韻答之

袗絺方暑亦堪朝，歲晚淒風憶皂貂。共喜鵷鸞歸禁御，心知日月在重霄。君如老驥初遭絡，我似枯桑不受條。（**蕭奇中夾**）佳。（**杭世駿眉**）“君”“我”對待，集中七律不一而足。讀坡詩須懲其滑。强鑷霜鬚簪彩勝，蒼顔得酒尚能韶。（**紀昀眉**）此“韶”字亦不妥。

再　和

衰遲何幸得同朝，温勁如君合珥貂。誰惜異材蒙徑寸，自慚枯枿借淩霄。光風泛泛初浮水，紅糝離離欲綴條。後日一樽何處共，奉常端冕作咸韶。

和王晉卿送梅花次韻

（**紀昀眉**）自説自話，題目只借作映發，蹊徑甚别。

東坡先生未歸時，自種來禽與青李。五年不踏江頭路，夢逐東風泛蘋芷。江梅山杏爲誰容，獨笑依依臨野水。此間風物君未識，花浪翻天雪相激。明年我復在江湖，知君對花三嘆息。

(何紹基乙眉)何所見得，無乃又想出京耶？

次韻王晉卿惠花栽栽所寓張退傅第中一首

坐來念念失前人，共向空中寓一塵。若問此花誰是主，天教閑客管青春。

次韻王晉卿上元侍燕端門

月上九門開，星河繞露臺。**(劉辰翁夾)**起得好。君方枕中夢，我亦化人來。光動仙毬縋，香餘步輦回。相從穿萬馬，衰病若爲陪。

王鄭州挽詞(克臣)

羡君華髮起琳宫，右輔初還鼓角雄。千里農桑歌子産，一時冠蓋慕蕭嵩。那知聚散春糧外，便有悲歡過隙中。京兆同僚幾人在，猶思對案筆生風。(予爲開封幕，與子難同廳。)

書王定國所藏王晉卿畫著色山二首

(紀昀眉)意境深微，氣亦渾厚。

白髪四老人，何曾在商顔。煩君紙上影，照我胸中山。山中亦何有，木老土石頑。正賴天日光，澗谷紛斕斑。我心空無物，斯文定何間。君看古井水，萬象自往還。

君歸嶺北初逢雪，我亦江南五見春。寄語風流王武子，三人俱是識山人。

送呂昌朝知嘉州

（**何紹基乙眉**）巧穩。

不羨三刀夢蜀都，聊將八詠繼東吴。卧看古佛凌雲閣，敕賜詩人明月湖。（**翁同書夾**）二句切嘉州。得句會應緣竹鶴，思歸寧復爲蓴鱸。横空好在修眉色，頭白猶堪乞左符。

次韻黄魯直寄題郭明父府推潁州西齋二首

樹頭啄木常疑客，客去而瞋定不然。（**紀昀眉**）不成語。脱轄已應生井沫，解衣聊復起庖煙。平生詩酒真相污，此去文書恐獨賢。早晚西湖映華髮，小舟翻動水中天。

寂寞東京月旦州，德星無復綴珠旒。莫嗟平輿（**輿音預。**）空神物，尚有西齋接勝流。春夢屢尋湖十頃，家書新報橘千頭。雪堂亦有思歸曲，爲謝平生馬少游。

卷十八

詩一百十八首

次韻秦少章和錢蒙仲

碧畦黄隴稻如京，(**紀昀夾**)用經"如京"字腐。歲美人和易得情。鑑裏移舟天外思，(**何焯眉**)有縹緲之致，終不及"春水船如天上坐"也。地中鳴角古來聲。(**何焯眉**)元稹《以州宅誇樂天》詩："鼓角驚從地底回。"(《**唐宋詩醇**》**評**)"鑒裏"句即是老杜"春水船如天上坐"之意，"地中"句即是元微之"鼓角聲從地底回"之意。爐錘在胸，森秀别出。山圍故國城空在，潮打西陵意未平。二子有如雙白鷺，隔江相照雪衣明。(**蕭奇中眉**)句纖。(**何焯旁**)結弱。

次韻錢越州

髯尹超然定逸群，南游端爲訪雲門。謫仙歸侍玉皇案，老鶴來乘刺史轓。(**查慎行評**)"謫仙"句謂錢老，"老鶴"自謂。時公知杭州。已覺簿書哀老子，故知籩豆有司存。(**錢廷錦乙旁**)可知"司存"二字連讀。年來齒頰生荆棘，習氣因君又一言。

同秦仲二子雨中游寶山

平明已報百吏散,半日來陪二子閑。立鵠低昂煙雨裏,行人出没樹林間。(**蕭奇中夾**)不謂□先生有此痛調。(**紀昀眉**)語意脱灑,然非經意之筆。

【彙評】

查慎行丙:施氏原注:"黄師是龍圖諸孫直孺,以其先世此詩石刻歸宿。後題云:'元祐四年八月二十六日,偶同仲天貺、秦少章來游寶山。'石刻雖已湮沕,而字極姿媚可愛也。"

去杭十五年復游西湖用歐陽察判韻

(**嚴虞惇眉**)句句是"復游"。(**何紹基乙眉**)不作游覽語。

我識南屏金鯽魚,重來拊檻散齋餘。還從舊社得心印,似省前生覓手書。(**張問陶評**)此言前此判杭,今復來,似前生也。葑合平湖久蕪漫,(**查慎行評**)時尚未開西湖,故云"葑合平湖"。人經豐歲尚凋疏。誰憐寂寞高常侍,老去狂歌憶孟諸。(**何焯眉**)眼前自成俯仰,感舊傷時,著筆都到。

【彙評】

汪師韓:蕪没凋疏,人地依然如故,而俯仰已成今昔,感愴何限。釋自再至杭,值水旱迭逢,饑疫並作,於是免上供、米糶常、平義倉、作饘粥、設病坊、浚二河、完六井、去葑田、築湖堤,凡所惠養杭民者,至周且備。而蕪没者使之通,凋疏者令之起,此其爲君子之用心,不徒寄之感慨者也。趙堯卿謂公《游壽星院入門便悟》有“前生我已到杭州”之句，引之以與此詩“似省前生覓手書”一語相印證，稱爲異人。抑思君子之所以異于人者，以其存心初不在此，即“似省前生”，詩人之語，豈必徵實！他日到惠州，亦有“仿佛曾游”之句，何獨無解耶？

與莫同年雨中飲湖上

（**紀昀眉**）窠臼語。

到處相逢是偶然，夢中相對各華顛。還來一醉西湖雨，不見跳珠十五年。

送子由使契丹

（**譚元春評**）雖不甚佳，自負太過。（**蕭奇中眉**）子由寄東坡詩云：“莫使新詩動蠻貊，恐妨談笑卧江湖。”其昆弟傲岸如此。

雲海相望寄此身，那因遠適更沾巾。不辭驛騎凌風雪，要使天驕識鳳麟。（**蕭奇中眉**）自負何等，洵中朝第一。沙漠回看清禁月，（**翁同書夾**）言其念禁省。湖山應夢武林春。（**紀昀眉**）子由本翰林，而東坡在杭州，二句清切。結用事亦好。（**翁同書夾**）言其念杭州。單于若問君家世，莫道中朝第一人。（**蕭奇中眉**）越誇越高，非坡公不能爲此言。（**汪師韓夾**）末用唐李揆事，非以第一人相矜誇，正是臨别而望其遄歸之意。

【彙評】

劉弘：時先生出任杭州，詩意灑落豪放，且非虚語。

次韻答劉景文左藏(有美堂燕集,景文有詩)

(**錢陸燦眉**)詩亦佳。

我老詩壇仆鼓旗,借君佳句發良時。但空賀監杯中物,莫示孫郎帳下兒。(**查慎行乙眉**)按宋時左藏庫使,武職也,故有"孫郎帳下"之句。夜燭催詩金燼落,秋芳壓帽露華滋。(**蕭奇中夾**)秀。(**杭世駿眉**)句似温飛卿。故應好語如爬癢,有味難名只自知。(**譚元春評**)"好語如爬癢",袁[宏道]亦賞之,自家未免稍稍受累矣。

座上復借韻送岢嵐軍通判葉朝奉

雲間踏白看纏旗,莫忘西湖把酒時。夢裹吴山連越嶠,樽前羌婦雜胡兒。夕烽過後人初醉,(**蕭奇中夾**)好。(**何焯夾**)頂"樽前"。春雁來時雪未滋。(**何焯夾**)起"書"。爲問從軍真樂否,書來粗遣故人知。

【彙評】

劉弘:"踏白纏旗""羌婦胡兒",言岢嵐事物。"夕烽人醉""春雪未滋",言岢嵐景候。若"夢裹吴越"之句,豈非形容朝奉因彼而思故地乎?

軾始于文登海上得白石數升如芡實可作枕聞梅丈嗜石故以遺其子子明學士子明有詩次其韻

(**張問陶評**)至今揚州富貴人搜求石子,以爲清玩,恐亦洽蘇之派耶?

海隅荒怪有誰珍,零落珊瑚泣季倫。法供坐令微物重,(**軾舊有怪石供。**)色難歸致孝心純。(**紀昀夾**)句腐。只疑薏苡來交趾,未信玭珠出泗濱。顧子聚爲江夏枕,不勞麾扇自寧親。

次韻錢越州見寄

莫將牛弩射羊群,卧治何妨晝掩門。稍喜使君無疾病,時因送客見車轓。搔頭白髮秋無數,閉眼丹田夜自存。欲息波瀾須引去,吾儕豈獨坐多言。(**紀昀夾**)結二句太激。

【彙評】

劉弘:"羊群"比衆民欲善牧之也,"波瀾"言宦途事。

文登蓬萊閣下石壁千丈爲海浪所戰時有碎裂淘灑歲久皆圜熟可愛土人謂此彈子渦也(蕭奇中眉)今登中云"珠璣子"。取數百枚以養石菖蒲且作詩遺垂慈堂老人

(**閻士選評**)此公知登州時所作。(**紀昀眉**)筆筆奇警,不覺題之瑣碎。(**《角山樓》評**)精煉語不可多得。

蓬萊海上峰,玉立色不改。孤根捍滔天,雲骨有破碎。陽侯殺廉角,(**紀昀眉**)精采焕發。陰火發光彩。累累彈丸間,瑣細成珠琲。閻浮一漚耳,真妄果安在。我持此石歸,袖中有東海。(**黄庭堅夾**)"我持此石歸,袖中有東海",此詩謂之句中眼,學者不知此,妙韻

終不勝。(**汪師韓夾**)"袖中有東海",語至奇而理至平,進于《易》則天在山中,通于禪則一毫端現寶王刹也。(**翁同書夾**)黄山谷謂"此句爲句中眼"。垂慈老人眼,俯仰了大塊。置之盆盎中,日與山海對。明年菖蒲根,連絡不可解。倘有蟠桃生,旦暮猶可待。(**蕭奇中夾**)結得厚。(**杭世駿眉**)末句不類,此題所有,坡骨已求,吾孰從而詰之。(**翁同書眉**)以小物遺人,却盡情説大了,方覺有興,此詩人鋪張之旨也。

次韻毛滂法曹感雨詩

(**紀昀眉**)爲韻所牽,不免支湊。

江南佳公子,遺我錦繡端。(**紀昀夾**)去其數,則"端"字無著。攬之温如春,公子焉得寒。興雨自有時,膚寸便蒙霿。斂藏以自潤,牛斗何足干。空庭月與影,强結三友歡。我豈不足歟,要此清團團。(**杭世駿眉**)有此波折,叙次便不傷徑直。所歡在一醉,常恐樽中乾。舍酒尚可樂,明珠如彈丸。但恐千仞雀,忽忽發虚彈。迨子閑暇時,種子田中丹。一朝涉世故,空腹容欺謾。我頃在東坡,秋菊爲夕餐。永愧坡間人,布褐爲我完。雪堂初覆瓦,上簟無下莞。時時亦設客,每醉筒輒殫。一笑便傾倒,五年得輕安。公子豈我徒,衣鉢傳一簞。定非郊與島,筆勢江河寬。(**譚元春評**)郊、島筆勢,正少一"寬"字,妙,妙。悲吟古寺中,穿帷雪漫漫。他年記此味,芋火對懶殘。(**蕭奇中夾**)期之也。

送鄧宗古還鄉

(**譚元春評**)此詩氣格甚古,不類諸作。(**紀昀眉**)牽扯成篇,殊勉强少味。(**何紹基乙眉**)結構闊落可喜。

廣漢有姜子,孝弟行里閭。赤眉雖豺虎,弛兵過其墟。至今空清泉,無復雙鯉魚。南鄭有李合,得妙甘公書。(**孫顥元校録**)考甘石皆秦以前人,作漢初,訛。夜坐指流星,驚倒兩使車。抱關不肯仕,布褐蒙璠璵。西南固多士,君得二子餘。凛凛忠文公,搜士及樵漁。澗溪有幽討,蘋芷真嘉蔬。歲晚終不食,心惻當何如。

參寥上人初得智果院會者十六人分韻賦詩軾得心字

漲水返舊壑,飛雲思故岑。(**紀昀夾**)起二句全襲左思,而意則迥别。念君忘家客,亦有懷歸心。(**蕭奇中眉**)歸何處? 三間得幽寂,數步藏清深。攢金盧橘塢,散火楊梅林。茶筍盡禪味,松杉真法音。雲崖有淺井,玉醴常半尋。遂名參寥泉,可濯幽人襟。相攜横嶺上,未覺衰年侵。一眼吞江湖,萬象涵古今。願君更小築,歲晚解我簪。

【彙評】

汪師韓:僧潛《臨平道中》詩,軾一見而刻諸石。其後謫黄,則潛自武陵訪之,軾館之東坡,至是又爲卜精舍居潛。及軾南遷,猶有專使往返,且有欲轉海相訪之詞。《墨莊漫録》云:吕温卿爲浙漕,屢起大獄,復欲網羅參寥。參寥本名曇潛,東坡改之曰道潛。吕索牒勘驗,竟坐刑還俗,編管兖州。蓋亦以《湖上懷軾》之詩,坐語含刺譏故也。建中靖國間,始因曾子開得還,初服歸老江湖。軾平生多方外交,而於潛尤有深契焉,故此詩有"歲晚解我簪"之言,而《惠州寄詩》猶云"未嘗一日忘湖山"也。

哭王子立次兒子迨韻三首

(紀昀眉)三詩趁韻而成,殊乏警策。

彭城初識子,照眼白而長。異夢成先兆,(**予爲密州,子立未嘗相識,忽告同舍生曰:"吾夢爲密州婿,何也?"已而果以子由之子妻之。**)清言得未嘗。(**蕭奇中夾**)句新。豈惟知禮意,遂欲補詩亡。(**子立能詩,而有禮學。**)咄咄真相逼,諸生敢雁行。

非無伯鸞志,獨有子雲悲。恨子非天合,猶能使我思。兒曹莫悽慟,老眼欲枯萎。(**紀昀眉**)"眼枯"字本杜詩,"萎"字却是湊韻。有淚方可言"枯",非花安得曰"萎"? 會哭皆豪傑,誰爲感舊詩。(**子立與黄魯直、張文潛、晁無咎、秦少游、陳無己皆友善。**)

龍困嘗魚服,羊償或虎蒙。匆匆成鬼録,憒憒到天公。偶落藩墻上,同游羿彀中。回看十年事,黄葉卷秋風。(**查慎行丙評**)子立於元祐四年十月歿於奉高官舍。其從先生於吴興,實元豐己未。先生守湖州時,有《與王郎兄弟繞城觀荷花》詩。故第三章結句"回看十年事"云云。

異　鵲(並叙)

(譚元春評)事甚妙,又不徑賦一事,更妙。(**何焯眉**)此詩質而實綺,綽有古風。(**紀昀眉**)香山一派。

熙寧中,柯侯仲常通守漳州,以救饑得民。有二鵲棲其廳事,訖侯之去,鵲亦送之,漳人異焉。爲賦此詩。

昔我先君子,仁孝行於家。家有五畝園,幺鳳集桐花。是時烏與鵲，巢鷇可俯拏。（孫顥元校録）《禮記》“鳥獸之卵胎，皆可俯而窺”，“鵲之巢”三字誤。憶我與諸兒，飼食觀群呀。里人驚瑞異，野老笑而嗟。云此方乳哺，甚畏鳶與蛇。手足之所及，二物不敢加。主人若可信，衆鳥不我遐。故知中孚化，可及魚與豭。柯侯古循吏，悃愊真無華。臨漳所全活，數等江干沙。仁心格異族，兩鵲棲其衙。但恨不能言，相對空楂楂。（蕭奇中夾）善駢。善惡以類應，古語良非誇。君看彼酷吏，所至號鬼車。（何焯眉）自然合拍，非有意引古。

次韻詹適宣德小飲巽亭

君方夢謫仙，（來詩記李白郎官湖事。）我亦吊文園。江上同三黜，天涯又一樽。濤雷殷白晝，梅雪耿黄昏。歸去多情雨，應隨御史軒。（詹爲御史主簿。）

東川清絲寄魯冀州戲贈

（紀昀眉）戲筆亦波峭，然終是小品，不以詩論。

鵝溪清絲清如冰，上有千歲交枝藤。藤生谷底飽風雪，歲晚忽作龍蛇升。嗟我雖爲老侍從，骨寒只愛布與繒。床頭錦衾未還客，坐覺芒刺在背膺。（譚元春評）“床頭錦衾未還客”，卷錦還客，正用子美詩中事。然如此命意，胸中可想其暇，非尋常應付。豈如髯卿晚乃貴，福禄正似川方增。醉中倒著紫綺裘，下有半臂出縹綾。封題不敢妄裁剪，刀尺自有佳人能。遥知千騎出清曉，積雪未放游塵興。白須紅帶柳絲下，老弱空巷人相登。（紀昀眉）言觀者衆多，至相踐踏耳，語殊欠妥貼。但放奇紋出領袖，吾髯雖老無人憎。

怡然以垂雲新茶見餉報以大龍團仍戲作小詩

（紀昀眉）賴先有一結，實先有一結，而後有前六句耳。（張問陶評）此詩雙關到底。

妙供來香積，（嚴虞惇夾）分。珍烹具大官。揀芽分雀舌，賜茗出龍團。（張問陶評）雀舌茶乃揀芽而爲之，恐非茶名也，不則如何對"賜茗"？曉日雲庵暖，春風浴殿寒。聊將試道眼，（嚴虞惇夾）合。莫作兩般看。（錢廷錦甲眉）占地步高詩自老。（翁同書眉）前六句兩兩相比，而以一結點醒。

次韻王忠玉游虎丘絶句三首

當年大白此相浮，老守娱賓得二丘。（郡人有閭丘公。太守王規父嘗云：不謁虎丘，即謁閭丘。規父，忠玉伯父也。）白髮重來故人盡，空餘叢桂小山幽。

【彙評】

劉辰翁：用得有情，閭丘何人，賴是得名甚珍！

青蓋紅旗映玉山，新詩小草落玄泉。風流使者人争看，知有真娘立道邊。（虎丘中路有真娘墓。）

舞衣歌扇轉頭空，只有青山杳靄中。莫共吴王鬥百草，使君未敢借驚鴻。

【彙評】

譚元春：二首（按，指第二、三首）淺甚，爲後代詞人便路。

寄蔡子華

（**紀昀眉**）風韻特佳，如出初唐人手。（《**角山樓**》**評**）純用婉約之筆，音節琅然。

故人送我東來時，手栽荔子待君歸。（**潘奕雋夾**）"君"應作"我"。荔子已丹吾髮白，猶作江南未歸客。江南春盡水如天，腸斷西湖春水船。想見青衣江畔路，白魚紫筍不論錢。霜髯三老如霜檜，舊交零落今誰在。莫從唐舉問封侯，但遣麻姑更爬背。（**翁同書夾**）二句切蔡姓。（《**角山樓**》**評**）結句乃用杜牧詩意也。

【彙評】

劉辰翁：用二蔡事，語有開合。

和錢四寄其弟龢

（**劉辰翁旁**）却是此詩勝。

再見濤頭湧玉輪，煩君久駐浙江春。年來總作維摩病，堪笑東西二老人。

來日月似車輪，此去知逢幾個春。昨夜冰花猶作柱，曉來梅子已生人。

臣病彌月聞垂雲花開順闍黎以詩見招次韻答之

（紀昀眉）無甚佳處，氣機好耳。東坡五言長律，皆流走有氣。**（何紹基乙眉）**未嫌蔬筍氣。

道人心似水，不礙照花妍。**（蕭奇中夾）**何礙。燕坐春强半，**（李鴻裔乙評）**"强半"平仄兩用。清陰月屢遷。平生無起滅，一念有塵鮮。**（杭世駿眉）**"塵鮮"二字新。嫋嫋風枝舉，離離日萼蔫。病吟終少味，老醉不成顛。何必邀頭出，湖中有散仙。

故周茂叔先生濂溪（溪在廬山下）

（紀昀眉）刻意作出，語語深警。

世俗眩名實，至人疑有無。怒移水中蟹，**（張問陶評）**蟹字從解，故推惡及之。附程演注引王倫收解系兄弟事。愛及屋上烏。**（蕭奇中眉）**人情往往如是，加膝墜淵，古已傳之矣。**（《角山樓》評）**信手舉例，自成强對。坐令此溪水，名與先生俱。**（張問陶評）**觀詩則此溪因先生而得名，前此不名濂溪也。先生本全德，**（《角山樓》評）**曲折自如，毫無吃力之態。廉退乃一隅。因抛彭澤米，偶似西山夫。遂即世所知，以爲溪之呼。先生豈我輩，**（《角山樓》評）**極力縱開，爲結句作地，此匠心也。造物乃其徒。應同柳州柳，聊使愚溪愚。**（蕭奇中眉）**結亦異。**（錢廷錦乙眉）**讀此知蘇、程不睦，乃學徒執滯之過激也。(**紀昀眉**)東坡傾倒於茂叔如是,而與伊川不免齟齬,則伊川有以激之也。(《**角山樓**》**評**)牽"愚溪"作襯結,却於句法弄筆生姿。

【彙評】

汪師韓:作詩以頌大儒,風格倍加峻潔。如曰"先生本全德,廉退乃一隅",不煩言而得其體要,前後布置鏗然韻流,無一毫道學詩習氣也。周子《自題濂溪書堂》詩曰:"吾樂蓋易足,名濂以自箴。"詩蓋本此爲説。

次韻子由使契丹至涿州見寄四首

老人癡鈍已逃寒,子復辭行理亦難。(**紀昀眉**)起二句太樸。要到盧龍看古塞,投文易水吊燕丹。(**余昔年辭免使北。**)

胡羊代馬得安眠,窮髮之南共一天。又見子卿持漢節,遥知遺老泣山前。(**紀昀眉**)虚字入絶,不合格;古體則可。

【彙評】

劉辰翁:今人送别,必以爲忌,况家弟耶!

氈毳年來亦甚都,時時鴂舌問三蘇。(**予與子由入京時,北使已問所在。後余館伴,北使屢誦三蘇文。**)那知老病渾無用,欲問君王乞鏡湖。

始憶庚寅降屈原,旋看蠟鳳戲僧虔。隨翁萬里心如鐵,此子何勞爲買田。(**時猶子遲侍行。**)

【彙評】

汪師韓:轍寄詩云:"誰將家集過燕都,每被行人問大蘇。莫把文章動蠻貊,恐時談笑卧江湖。"軾和之,語語相叫應。古人和詩有不次韻而但和其意者,未有雖次韻而各不相顧者,此詩亦其一證也。

雪後便欲與同僚尋春一病彌月雜花都盡(蕭奇中夾)傷。獨牡丹在爾劉景文左藏和順閣黎詩見贈次韻答之

殘花怨久病,剩雨泣餘妍。不見雙旌出,空令九陌遷。(開園時市井皆入。)(紀昀夾)"空令"句不妥。知君苦寂寞,妙語嚼芳鮮。淺紫從争發,深紅任蚤蔫。天葩尚青萼,國色待華顛。載酒邀詩將,臞儒不是仙。

次韻劉景文周次元寒食同游西湖

絮飛春減不成年,老境同乘下瀨船。藍尾忽驚新火後,(白樂天《寒食》詩云:三杯藍尾酒,一碟膠牙餳。)遨頭要及浣花前。(成都太守自正月二日出游,謂之遨頭,至四月十九日浣花乃止。)(劉辰翁旁)"浣花"事欠注。(蕭奇中眉)興高。(汪師韓評)"藍尾",古風也;"遨頭",俗稱也。引古對今,所謂"以法眼觀,無俗不真"者。山西老將詩無敵,洛下書生語更妍。共向北山尋二士,畫橈鼍鼓聒清眠。(紀昀眉)後四句平直。

連日與王忠玉張全翁游西湖訪北山清順道潛二詩僧登垂雲亭飲參寥泉最後過唐州陳使君夜飲忠玉有詩次韻答之

北山非自高,千仞付我足。西湖亦何有,萬象生我目。(蕭

奇中眉)起四句曠然俯仰。雲深人在塢,風静回應谷。與君皆無心,信步行看竹。竹間逢詩鳴,(**蕭奇中夾**)敏句。(**紀昀夾**)"詩鳴"不妥。眼色奪湖渌。百篇成俯仰,二老相追逐。故應千頃池,養此一雙鵠。(**杭世駿眉**)况二僧。山高路已斷,亭小膝屢促。夜尋三尺井,渴飲半甌玉。明朝鬧絲管,寒食雜歌哭。使君坐無聊,狂客來不速。(**錢廷錦甲夾**)遇陳。載酒有鴟夷,(**錢廷錦甲夾**)夜飲。扣門非啄木。浮蛆灩金碗,翠羽出華屋。須臾便陳迹,覺夢那可續。及君未渡江,過我勤秉燭。(**何紹基乙眉**)何不竟住。一笑换人爵,(**紀昀眉**)"换人爵"不妥。百年終鬼録。

【彙評】

譚元春:"筆不加點,倚馬萬言",此語極誤人。縱使真才,何妨稍一鑚研?而刺刺不休,取一時庸衆張目也。没讀坡公詩,恨不得同時以此言進之。

新茶送簽判程朝奉以饋其母有詩相謝次韻答之

縫衣付與溧陽尉,捨肉懷歸潁谷封。(**蕭奇中眉**)詩之雄渾,不必言諄諄母誼,是前輩風性。(**紀昀夾**)"潁谷封"去"人"字不妥。聞道平反供一笑,會須難老待千鍾。火燧試焙分新胯,雪裹頭綱輟賜龍。從此升堂是兄弟,(**蕭奇中眉**)"從此"二字鄭重。一甌林下記相逢。

次韻送張山人歸彭城

羡君飄蕩一虚舟,來作錢塘十日游。水洗禪心都眼净,山供詩筆總眉愁。(**錢廷錦乙眉**)直而無味。雪中乘興真聊爾,春盡思歸却甘休。何日五湖從范蠡,種魚萬尾橘千頭。

【彙評】

劉弘:聊者且略之辭,以其興盡而返也。人於春時思歸倍切,所謂"春來江上幾人還"是也。

次韻林子中王彦祖唱酬

(**紀昀眉**)尚老健。

早知身寄一漚中,晚節尤驚落木風。(**近聞莘老、公擇皆逝,故有此句。**)昨夢已論三世事,歲寒猶喜五人同。(**軾與子中、彦祖、子敦、完夫同試舉人景德寺,今皆健。**)雨餘北固山圍座,春盡西湖水映空。差勝四明狂監在,更將老眼犯塵紅。

【彙評】

汪師韓:軾帥杭,代林希。及去杭,希復來替。其去杭時,希蓋守潤也。北固在潤,西湖在杭,點綴無一泛設。

壽星院寒碧軒

(**查慎行乙眉**)李義山《錦瑟》詩適怨清和,即此格也。(**紀昀眉**)渾成脱灑。

清風肅肅摇窗扉,窗前修竹一尺圍。紛紛蒼雪落夏簟,冉冉緑霧沾人衣。日高山蟬抱葉響，人静翠羽穿林飛。（《**角山樓**》**評**）五、六静細。道人絶粒對寒碧，爲問鶴骨何緣肥。（**紀昀眉**）前六句有杜意，後二句是本色。（**翁同書旁**）句句切寒碧。

【彙評】

劉弘：此詩首言清風響動窗扉，以起第二句窗外有大竹之故。第三、四句承第二句，形容竹。第五句、六句以竹閣所見聞而言。末二句乃歸著院主説，甚是清快，誦之令人頓去俗慮。

汪師韓：賦詩言志，正不必如周必大所云而命意落筆，作者之用心要自有不苟然者，是亦不可舉其大而略其細也。

陸次雲：長公律詩，初讀之，似信手而成，無可圈者；再讀之，覺有可圈之句；細讀之，則無一字不可不圈，以其一氣貫注，才法俱奇也。

《**唐宋詩醇**》：語語兀傲自喜，拔俗千尋。

方東樹：奇氣一片。

書劉景文所藏王子敬帖絶句

家雞野鶩同登俎，春蚓秋蛇總入奩。（**紀昀夾**）"奩"字强押。
君家兩行十二字，氣壓鄴侯三萬籤。（**何紹基乙眉**）墨迹貴重至此。

【彙評】

劉辰翁：極主張。

書劉景文所藏宗少文一筆畫

宛轉回紋錦，縈盈連理花。何須郭忠恕，匹素畫繅車。

真覺院有洛花花時不暇往(蕭奇中夾)頻有此。四月十八日與劉景文同往賞枇杷

(紀昀眉)宕開作收,不結本題而恰結本題。

緑暗初迎夏,紅殘不及春。魏花非老伴,盧橘是鄉人。(杭世駿眉)"盧橘"非"枇杷",《冷齋夜話》曾辨之。井落依山盡,岩崖發興新。歲寒君記取,松雪看蒼鱗。

又和劉景文韻

(紀昀眉)言人愛繁華而忽高節,用以自寓耳。然意曲而措語却淺。

牡丹松檜一時栽,付與春風自在開。試問壁間題字客,幾人不爲看花來。

西湖壽星院此君軒

卧聽謖謖碎龍鱗,俯看蒼蒼立玉身。一舸鴟夷江海去,尚餘君子六千人。(蕭奇中夾)妙喻。(杭世駿眉)後二句不解。(何紹基乙眉)鮮雋。

仲天貺王元直自眉山來見余錢塘留半歲既行作絶句五首送之

仲君豈弟多學,王子清修寡言。病後空驚鶴瘦,時來或作

鵬騫。(**紀昀眉**)豈復成詩!

海角煩君遠訪,江源與我同來。剩作數詩相送,莫教萬里空回。

三人一旦同行,(**二子與秦少章同寓高齋,復同舟北行。**)留下高齋月明。遥想扁舟京口,尚餘孤枕潮聲。

更欲留君久住,念君去國彌年。空使犀顱玉頰,長懷髯舅凄然。

爲予遠致殷勤,瑞草橋邊老人。紅帶雅宜華髪,白醪光泛新春。(**老人,王慶源也。**)

贈善相程傑

心傳異學不謀身,自要清時閱搢紳。(**蕭奇中夾**)有品有識。火色上騰雖有數,急流勇退豈無人。(**紀昀評**)三、四借相寓意。書中苦覓元非訣,醉裏微言却近真。(**紀昀眉**)五、六是到骨宋詩,然是真語。我似樂天君記取,華顛賞遍洛陽春。

【彙評】

查慎行:閱過衆人詩,忽見蘇作,令我心開目明。

次韻林子中蒜山亭見寄

(**蕭奇中眉**)新卓。

奇逸多聞老敬通,何人慷慨解憐翁。十年簿領催衰白,一笑江山發醉紅。聞道賦詩臨北固,未應舉扇向西風。(**紀昀眉**)六句仍有不平之氣。叩頭莫喚無家客,(**紀昀夾**)"叩頭"二字未詳。歸掃岷峨一畝宮。

【彙評】

劉弘:"叩頭",猶點頭也。言不必點頭呼我無家之客,尚有"岷峨一畝"之宅可以"歸掃"矣。先生瀟灑不羈如此。

再和並答楊次公

昆盧海上妙高峰,二老遥知説此翁。聊復艤舟尋紫翠,不妨持節散陳紅。(**蕭奇中眉**)"散陳紅",勉其布施也。高懷却有雲門興,好句真傳雪竇風。唱我三人無譜曲,馮夷亦合舞幽宫。(**翁同書眉**)杜詩"與子成二老,來往亦風流。""若耶溪""雲門寺",見杜詩,蓋越州之勝。

次韻劉景文送錢蒙仲三首

誰識天閑老驥,不争日暮長途。送盡青雲九子,歸去扁舟五湖。

寄語竹林社友,同書桂籍天倫。王郎獨爲鬼録,世間無此玉人。

五字古原春草,千金漢殿長門。經緯尚餘三策,典刑留與諸孫。

菩提寺南漪堂杜鵑花

（**紀昀眉**）作古詩起四句即好，作絶句似老而局縮少致。

南漪杜鵑天下無，披香殿上紅氍毹。鶴林兵火真一夢，不歸閬苑歸西湖。

題楊次公春蘭

（**紀昀眉**）常意而寫來深遠。

春蘭如美人，不采羞自獻。時聞風露香，蓬艾深不見。（**《角山樓》評**）次聯入微。丹青寫真色，欲補離騷傳。對之如靈均，冠佩不敢燕。

【彙評】

汪師韓：態濃意遠，餘味曲包，故得騷經之流韻。

題楊次公蕙

（**紀昀眉**）此却平淺。

蕙本蘭之族，依然臭味同。曾爲水仙佩，相識楚詞中。幻色雖非實，真香亦竟空。（**蕭奇中夾**）是畫。云何起微馥，鼻觀已先通。

次韻曹輔寄壑源試焙新芽

（**杭世駿眉**）似新竹。

仙山靈雨濕行雲，洗遍香肌粉未勻。明月來投玉川子，清風吹破武林春。要知玉雪心腸好，不是膏油首面新。（**紀昀眉**）五、六凡近。戲作小詩君一笑，從來佳茗似佳人。（**查慎行評**）結句從"膏油首面"四字來。（**汪師韓評**）豔體作茶詩，似不相稱者，結句特爲點出。

【彙評】

方回：此謂壑源新茶，自如"玉雪"，不似餅茶、團茶，外若"膏油"之沃也。故云"佳茗似佳人"。

劉弘：此詩中，一聯與末句雖只言茶，其諷世之情自著。

查慎行丙：施氏原注："集本云'仙山靈雨濕行雲''試作小詩君一笑'。吴興向氏有畢良史舊藏墨迹，'靈雨'作'靈草'，'一笑'作'勿笑'，今從墨迹。後又題'曾坑壑源'四大字。輔時爲閩漕。"

次韻袁公濟謝芎椒詩

（**翁同書眉**）東坡有"别乘一來，風月平分破"之句，正爲公濟而作。

燥吻時時著酒濡，要令卧疾致文殊。河魚潰腹空號楚，汗水流骹始信吴。（《**吴真君服椒法**》云：**半年脚心汗如水**。）（**紀昀眉**）是何等語。自笑方求三歲艾，不如長作獨眠夫。（**蕭奇中夾**）粗語，句佳。羡君清瘦真仙骨,更助飄飄鶴背軀。

次韻楊次公惠徑山龍井水(龍井水洗病眼有效)

漏盡雞號厭夜行,年來小器溢瓶罌。棄官縱未歸東海,罷郡猶堪作水衡。幻色將空眼先暗,勝游無礙脚殊輕。空煩遠致龍淵水,寧復臨池似伯英。

次韻劉景文登介亭

(**錢陸燦眉**)佳唱。(**紀昀眉**)曼衍少味。

澤國梅雨餘,衰年困蒸溽。高堂磨新磚,頗覺利腰足。松根百尺井,兩綆飛净渌。流觴聚兒童,一笑爲捧腹。清風信可御,剛氣在岩麓。(**何焯眉**)"剛氣"二字奇。始知共此世,物外無三伏。長歌入雲去,不待弦管逐。西湖真西子,煙樹點眉目。(**蕭奇中眉**)"點"字鬆。濤沙少醖藉,高浪翻雪屋。俯仰拊四海,百世飛鳥速。遠追錢氏餘,近吊祖侯躅。吾生如寄耳,寸晷輕尺玉。誰似劉將軍,逸韻謝邊幅。千言一揮手,五車不再讀。春岩彩雞舞,月峽哀猿哭。朝先鶗鴂起,暮與寒螿續。我老廢吟哦,賴君時擊觸。從今事遠覽,(**蕭奇中夾**)五字力全。發軔此幽谷。清游得三昧,至樂謝五欲。(**潘奕雋夾**)兼杜、韓之妙。莫作狂道士,氣壓劉師服。

【彙評】

汪師韓:長篇次韻,觸批如志,中間題品江湖,復有此卓傑之詞,抑何秀氣磅礴。

袁公濟和劉景文登介亭詩復次韻答之

(**嚴虞惇眉**)袁詩遜於劉。(**紀昀眉**)氣脈滿足,復能變動開合,筆有餘地。

昏昏墮醉夢,奈此六月溽。君詩如清風,(**紀昀夾**)答字分明。吹我朝睡足。登臨得佳句,江白照湖渌。(**蕭奇中夾**)清絶。袖手獨不言,默稿已在腹。是時風雨過,藹藹雲歸麓。疏星帶微月,金火争見伏。惜哉此清景,變滅不可逐。(**查慎行評**)筆有化工。(**紀昀眉**)得此點綴,前後俱爲生動。〇贊來詩如此下筆,真乃超妙。若實寫一段,便是凡筆。歸來讀君詩,(**紀昀夾**)兜合緊。耿耿猶在目。却思少年日,(**蕭奇中夾**)情酣。(**紀昀夾**)又拓。(**《角山樓》評**)以下叙公濟生年。聲價争場屋。文如翻水成,賦作叉手速。(**陳仁錫眉**)病亦在此。秋風起鴻雁,我亦繼華躅。那知君蹭蹬,(**紀昀夾**)轉。獨泣荆山玉。相見南新道,青衫垂破幅。早知事大繆,恨不十年讀。(**蕭奇中夾**)慨然。莫嫌馮唐老,終勝賈誼哭。今年復爲僚,(**何焯眉**)袁疑當作楊時楊公濟,通判杭州,故詩中有"今年復爲僚"之句。(**紀昀夾**)合。舊好許重續。升沉何足道,等是蠻與觸。共爲湖山主,(**《角山樓》評**)挽轉本題。出入窮澗谷。衆馳君不争,(**蕭奇中夾**)静理。人棄我所欲。(**汪師韓評**)此作專就和詩上用意,與前作無一筆相犯,"衆馳君不争"二句,收得氣足神完。何時神武門,相約挂冠服。(**杭世駿眉**)末句因嘆老嗟卑,遂有陶隱居之想,然則讀書專爲榮仕耶？詩人手滑逞韻,而不知失立言之體。

【彙評】

《角山樓》:叙登介亭所見實景,却都納入公濟詩内,最見手法。

介亭餞楊傑次公

(何紹基乙眉)押“坤”字似涪老,通篇意味亦與近。

籃輿西出登山門,嘉與我友尋仙村。(錢陸燦眉)“嘉”疑作“喜”。丹青明滅風篁嶺,環佩空響桃花源。(郡人謂介亭山下爲桃源路。)前朝欲上已蠟屐,黑雲白雨如傾盆。(張問陶評)下白雨見《指月録》偈中。今晨積霧卷千里,豈畏觸熱生病根。(紀昀夾)“豈畏”句不雅。在家頭陀無爲子,久與青山爲弟昆。孤峰盡處亦何有,西湖鏡天江抹坤。(何焯眉)“抹坤”二字畢竟未穩,以下數韻皆然。(紀昀夾)“坤”字代西南字入詩不雅。臨高麾手謝好住,清風萬壑傳其言。(杭世駿眉)用韻以樸見妙。風迴響答君聽取,我亦到處隨君軒。(紀昀眉)結却淡宕。

次京師韻送表弟程懿叔赴夔州運判

(紀昀眉)押韻自然,通體俱老潔。

與子甥舅氏,摧頹各蒼顔。並爲東諸侯,長此佳江山。寒松無時花,安得插髻鬟。惟將老不死,一笑榮枯間。(紀昀眉)常意而寫來超脱。我甚似樂天,但無素與蠻。挂冠及未耄,當獲一紀閑。子亦拙進取,才高命堅頑。(蕭奇中眉)“堅頑”説“命”,可笑。譬如萬斛舟,行此九折灣。仲氏新得道,(紀昀眉)帶一人作波，好。一漚自塵寰。（**君之兄德孺，自言近於佛法有得。**）歲晚家鄉路，莫遣生榛菅。

葉教授和溽字韻詩復次韻爲戲記龍井之游

（**紀昀眉**）多爲韻脚所牽，支湊拉雜，不爲佳作。（**何紹基乙眉**）戲謔。

先生魯諸儒，飲食清不溽。空腸出秀句，吟嚼五味足。華堂鬧絲管，眸子漲春渌。（**譚元春評**）是袁（宏道）所極喜，鄙亦不悟其妙。（**錢陸燦眉**）袁中郎極喜二語。先生疾走避，面冷毒在腹。歸來煮瓠葉，弟子歌旱麓。聲淫及靈臺，中有麀鹿伏。（**紀昀眉**）“伏”字趁韻。功名一走兔，何用千人逐。故應容我輩，清坐時閉目。高亭石排衙，木杪挂飛屋。我來無時節，客亦不待速。（**蕭奇中夾**）好。似聞雪髯叟，西嶺訪遺躅。朝陽入潭洞，金碧涵水玉。泉扉夜不扃，雲袂本無幅。慈皇付寶偈，神侶得幽讀。訥庵有老人，宴坐天魔哭。（**紀昀眉**）“哭”字强押。時來獻纓絡，法供燈相續。吾儕詩酒污，欲往無乃觸。齋厨費晨炊，車騎滿山谷。願聞第一義，鉢飯非所欲。便投切雲冠，予幼好奇服。

次韻林子中見寄

飄零洛社數遺民，（**杭世駿眉**）遺民不專屬劉。附見王十朋集注本[趙次公注]：白蓮社中有劉遺民。詩酒當年困惡賓。元亮本無適俗韻，孝章要是有名人。蒜山小隱雖爲客，江水西來亦帶岷。卷却西湖千頃葑，笑看魚尾更莘莘。

安州老人食蜜歌（贈僧仲殊）

安州老人心似鐵，老人心肝小兒舌。（**紀昀眉**）純是晚唐下調，初白先生極賞之，殆非末學所知。不食五穀惟食蜜，笑指蜜蜂作檀越。（**蕭奇中夾**）妙。（**何焯眉**）游戲中却有機鋒。蜜中有詩人不知，（**蕭奇中夾**）悟語。千花百草爭含姿。老人咀嚼時一吐，還引世間癡小兒。小兒得詩如得蜜，蜜中有藥治百疾。正當狂走捉風時，一笑看詩百憂失。東坡先生取人廉，幾人相歡幾人嫌。恰似飲茶甘苦雜，不如食蜜中邊甜。（**佛云：吾言譬如食蜜，中邊皆甜。**）（**何紹基乙眉**）調侃。因君寄與雙龍餅，鏡空一照雙龍影。三吴六月水如湯，老人心似雙龍井。

【彙評】

汪師韓：游戲三昧，掣電機鋒，合之以成絶世奇作。昔軾嘗引佛言“譬如食蜜，中邊皆甜”之語，以論陶、柳詩，謂“‘人食五味，知其甘苦’，皆是能分别其中邊者，百無一二也”。如此篇，其亦詩之“中邊皆甜”者乎？

次韻錢穆父紫薇花二首

虚白堂前合抱花，秋風落日照横斜。閲人此地知多少，物化無涯生有涯。（**虚白堂前紫薇兩株，俗云樂天所種。**）（**紀昀眉**）“物化”句太腐。

折得芳蕤兩眼花，題詩相報字傾斜。箧中尚有絲綸句，坐覺天光照海涯。（**樂天詩云：絲綸閣下文章静，鐘鼓樓中刻漏長。獨坐黄昏誰是伴，紫薇花對紫薇郎。上嘗書此詩以賜軾。**）

送張嘉州

（**查慎行甲眉**）馮本無。（**何焯眉**）此體開自坡老，牧齋詩中"直用尹"二語蓋效之也。

少年不願萬户侯，亦不願識韓荊州。頗願身爲漢嘉守，載酒時作凌雲游。虚名無用今白首，夢中却到龍泓口。浮雲軒冕何足言，惟有江山難入手。峨眉山月半輪秋，影入平羌江水流。（**紀昀眉**）前半篇雖是空架，尚有筆力。（**翁同書夾**）二句全是太白詩。謫仙此語誰解道，請君見月時登樓。笑談萬事真何有，一時付與東岩酒。（**佛峽人家白酒舊有名。**）歸來還受一大錢，好意莫違黄髮叟。（**紀昀眉**）結不成語。

【**彙評**】

劉辰翁：自是佳致。

次韻蘇伯固主簿重九

雲間朱袖拂雲和，知是長松挂女蘿。（**紀昀眉**）次句未詳。髻重不嫌黄菊滿，手香新喜緑橙搓。（**劉辰翁夾**）"搓"韻不知伯固如何押。（**蕭奇中夾**）鮮。（**查慎行評**）"搓"字，定當壓到元唱。（**何焯眉**）原唱"搓"字不知如何押。墨翻衫袖吾方醉，紙落雲煙子患多。只有黄雞與白髮，玲瓏應識使君歌。

【**彙評**】

汪師韓：媚以芬蒨，遠則沅湘。

送李陶通直赴清溪

（**查慎行甲眉**）李陶爲徐州倅，有子等。詩見本集雜記。

忠文文正二大老，（**司馬温公、范蜀公，君之師友。**）蘇李廣平三舍人。（**蘇子容、宋次道與先公才元，熙寧中封還李定詞頭，天下謂之三舍人。**）（**紀昀眉**）起二句殊嫌野氣，下句尤湊。喜見通家賢子弟，自言得邑少風塵。（**袁宏道評**）接得妙。（**譚元春評**）袁［宏道］此語止爲全不知接法者言耳。從來勢利關心薄，此去溪山琢句新。肯向西湖留數月，錢塘初識小麒麟。

次韻楊公濟奉議梅花十首

（**何焯眉**）此老賦梅却未盡致。

梅梢春色弄微和，作意南枝剪刻多。月黑林間逢縞袂，霸陵醉尉誤誰何。（**杭世駿眉**）末句是稚子語。（**紀昀眉**）梅不宜剪刻，此花正以天然勝耳。

相逢月下是瑶臺，（**錢廷錦甲夾**）承上。藉草清樽連夜開。明日酒醒應滿地，空令飢鶴啄莓苔。（**紀昀眉**）末句少欠自然。

緑髮尋春湖畔回，萬松嶺上一枝開。而今縱老霜根在，得見劉郎又獨來。（**紀昀眉**）“劉郎”自是桃花事，而用來不覺其借。

月地雲階漫一樽，玉奴終不負東昏。臨春結綺荒荆棘，誰信幽香是返魂。（**譚元春評**）梅花何物，詠梅何事，乃如此唐突不已耶？直當盡删之，盡香魂耳。（**紀昀眉**）全不是梅花典故，而非梅花不足以當之。

日出冰湖散水花，(**查慎行丙評**)施氏原本作“冰湖”。周益公《省齋集》注中引此二句，作“冰澌”，當從之。别本作“冰壺”者，亦訛。野梅官柳漸欹斜。西郊欲就詩人飲，黄四娘東子美家。(**杭世駿眉**)此與上二首皆不佳。劉郎似桃，玉奴、黄四娘徒事撏撦，終掩真色。(**紀昀眉**)此却不見是梅。

君知早落坐先開，莫著新詩句句催。嶺北霜枝最多思，忍寒留待使君來。(**《角山樓》評**)淡語有味。

冰盤未薦含酸子，雪嶺先看耐凍枝。應笑春風木芍藥，豐肌弱骨要人醫。(**紀昀眉**)此首近傖。

寒雀喧喧凍不飛，繞林空啅未開枝。多情好與風流伴，不到雙雙燕語時。(**紀昀眉**)情思深婉。

鮫綃剪碎玉簪輕，檀暈妝成雪月明。肯伴老人春一醉，懸知欲落更多情。

縞裙練帨玉川家，肝膽清新冷不邪。穠李争春猶辦此，更教踏雪看梅花。(**紀昀眉**)次句不成語。

贈劉景文

(**何焯眉**)余家有孫雪居小畫，此詩正佳。

荷盡已無擎雨蓋，菊殘猶有傲霜枝。一年好景君須記，最是橙黄橘緑時。

【彙評】

汪師韓:淺語遥情。

王文濡:通首寫景不寫情,而深情自見。

高步瀛:或以此詩與韓退之《早春呈水部張員外》詩相似,徒以"最是一年春好處"句偶近耳。其意境各有勝處,殊不相同也。

謝關景仁送紅梅栽二首

年年芳信負紅梅,江畔垂垂又欲開。珍重多情關令尹,直和根撥送春來。

爲君栽向南堂下,**(查慎行評)**先生所居南堂有二:一在黄州,詩中所謂"南堂獨有西南向"者也;一在惠州,《白鶴峰新居》詩中所謂"南堂初絶斧斤音"者也。未知孰是。記取他年著子時。酸釅不堪調衆口,使君風味好攢眉。**(紀昀眉)**有作意而語不工。

辯才老師退居龍井不復出入軾往見之常出至風篁嶺左右驚曰遠公復過虎溪矣辯才笑曰杜子美不云乎與子成二老來往亦風流因作亭嶺上名之曰過溪亦曰二老謹次辯才韻賦詩一首

(紀昀眉)極用意而不自然。

日月轉雙轂,古今同一丘。惟此鶴骨老,凛然不知秋。去住兩無礙,人天争挽留。去如龍出山,雷雨卷潭湫。來如珠還浦,魚鱉争駢頭。此生暫寄寓,常恐名實浮。我比陶令愧,師爲遠公優。送我還過溪,溪水當逆流。**(錢陸燦夾)**此一行僧事,何以不注？聊使此山人，永記二老游。大千在掌握，寧有離別憂。(**錢廷錦乙眉**)去末二句何如？(**錢廷錦乙夾**)習氣。

送程之邵簽判赴闕

夜光不自獻，天驥良難知。從來一狐腋，或出五羖皮。賢哉江東守，(**查慎行評**)"江東守"謂熊伯通，自杭移守江寧，先生來代。收此幕中奇。無華豈易識，既得不自隨。留君望此府，(**杭世駿眉**)言爲此府之望。附見王十朋集注本子仁注。助我憐其衰。二年促膝語，一旦長揖辭。林深伏猛在，岸改潛珍移。(**杭世駿眉**)"潛珍"疑指珠。附見王十朋集注本次公注。去此當安從，失君徒自悲。念君瑚璉質，當今臺閣宜。去矣會有合，豈常懷其私。

寄題梅宣義園亭

仙人子真後，還隱吳市門。不惜十年力，治此五畝園。初期橘爲奴，漸見桐有孫。清池壓丘虎，異石來湖黿。敲門無貴賤，遂性各琴樽。(**蕭奇中夾**)亦衆樂矣。我本放浪人，家寄西南坤。敝廬雖尚在，小圃誰當樊。羨君欲歸去，奈此未報恩。愛子幸僚友，久要疑弟昆。明年過君西，飲我空瓶盆。

【彙評】

劉辰翁：令人無比。

熙寧中軾通守此郡除夜直都廳囚繫皆滿日暮不得返舍因題一詩於壁今二十年矣衰病之餘復忝郡寄再經除夜庭事蕭然三圄皆空蓋同僚之力(蕭奇中夾)古言。非拙朽所致因和前篇呈公濟子侔二通守前詩

(**譚元春評**)蓄意甚厚,有鮮朝服,泣罪人之風。(**陳仁錫眉**)精良之效。(**紀昀眉**)語語真至。(**翁同書眉**)仁人之言。

除日當早歸,官事乃見留。執筆對之泣,哀此繫中囚。(**蕭奇中眉**)仁哉維良。小人營餱糧,墮網不知羞。我亦戀薄禄,因循失歸休。不須論賢愚,均是爲食謀。誰能暫縱遣。閔默愧前修。

今　和

(**紀昀眉**)此首殊不佳。

山川不改舊,歲月逝肯留。百年一俯仰,五勝更王囚。同僚比岑范,德業前人羞。坐令老鈍守,嘯諾獲少休。却思二十年,出處非人謀。齒髮付天公,缺壞不可修。(**蕭奇中旁**)達命之言。

游寶雲寺得唐彥猷爲杭州日送客舟中手書一絶句云山雨霏微不滿空畫船來往疾輕鴻誰知獨卧朱簾裏一榻無塵四面風明日送彥猷之子坰赴鄂州舟中遇微雨感嘆前事因和其韻作兩首送之且歸其書唐氏

(紀昀眉)二詩俱清妥,但無警策處耳。

二妙凋零筆法空,忽驚雲海戲群鴻。清詩不敢私囊篋,**(錢廷錦甲夾)**歸其書。人道黄門有父風。**(黄門,衛恒也。)(錢廷錦甲夾)**子坰。

出處榮枯一笑空,十年社燕與秋鴻。誰知白首長河路,還卧當時送客風。

送江公著知吉州

(紀昀眉)了無深意,而筆力特爲跳脱。**(何紹基乙眉)**桐廬一帶,公蓋未曾到過。

三吴行盡千山水,猶道桐廬更清美。豈惟濁世隱狂奴,時平亦出佳公子。初冠惠文讀城旦,晚入奉常陪劍履。方將華省起彈冠,忽憶釣臺歸洗耳。未應良木棄大匠,要使名駒試千里。奉親官舍當有擇,得郡江南差可喜。**(查慎行評)**吉安在贛水之南,故云江南。白粲連檣一萬艘,紅妝執樂三千指。**(張問陶評)**友人談漢口繁華,倡家有二千餘户,則"三千指"未爲侈談也。簿書期會得餘閑，亦念人生行樂耳。（二"耳"義不同，故得重用。）（紀昀眉）古詩原不避重韻，自漢魏以至於唐人，往往言之，必曰義不同則得重押，却非篤論。〇此論起於香山《賀劉中山生子》詩用二"白"字，自注"義別"。然彼是句中，非韻脚也。

聞錢道士與越守穆父飲酒送二壺

（紀昀眉）起二句串和有情，三、四用事亦親切，後半率易。

龍根爲脯玉爲漿，下界寒醅亦漫嘗。一紙鵝經逸少醉，他年鵬賦謫仙狂。金丹自足留衰鬢，苦淚何須點别腸。吴越舊邦遺澤在，定應符竹付諸郎。

次韻劉景文路分上元

華燈閟艱歲，冷月挂空府。三吴重時節，九陌自歌舞。雲從月幾望，遂至一百五。嘉辰可屈指，樂事相繼武。今宵掃雲陣，極目凈天宇。嬉游各忘歸，闐咽頃未睹。飛毬互明滅，激水相吞吐。老去反兒童，（蕭奇中夾）真况。歸來尚鐃鼓。（杭世駿眉）兩人並無兵權，用"鐃鼓"亦是趁韻。新年消暗雪，舊歲添絲縷。何時九江城，相對兩漁父。（予舊欲卜居廬山，景文近買宅江州。）（紀昀眉）結意太泛。

再和楊公濟梅花十絶

一枝風物便清和，看盡千林未覺多。結習已空從著袂，不須天女問云何。

天教桃李作輿臺，故遣寒梅第一開。憑仗幽人收艾納，國香和雨入青苔。（**紀昀眉**）興象深微，説來濃至。（**何焯眉**）無味。（《**角山樓**》**評**）入想甚别，故非俗豔。

白髮思家萬里回，小軒臨水爲花開。故憑剩作詩千首，知是多情得得來。

人去殘英滿酒樽，不堪細雨濕黄昏。夜寒那得穿花蝶，知是風流楚客魂。（**蕭奇中夾**）同一想路。

春入西湖到處花，裙腰芳草抱山斜。盈盈解佩臨煙浦，脈脈當壚傍酒家。

【彙評】

劉辰翁：極是麗意。

莫向霜晨怨未開，白頭朝夕自相催。斬新一朵含風露，恰似西厢待月來。（**蕭奇中夾**）妙。（**何焯眉**）似梨花。（**紀昀眉**）格意凡鄙。

洗盡鉛華見雪肌，要將真色鬥生枝。檀心已作龍涎吐，玉頰何勞獺髓醫。（**杭世駿眉**）廿首中嫌其多著粉黛。

湖面初驚片片飛，樽前吹折最繁枝。何人會得春風意，怕見梅黄雨細時。

長恨漫天柳絮輕，只將飛舞占清明。（**王文誥夾**）著意求脱，猶繪茂樹中著枯枝，似是不可少者。寒梅似與春相避，未解無私造物情。（**紀昀眉**）末句腐甚。（**何焯旁**）休更放不下。

北客南來豈是家，醉看參月半横斜。他年欲識吴姬面，秉燭三更對此花。（**紀昀眉**）惘然不盡，情思殊深。

【彙評】

譚元春：（指第一、八、十，凡三首）亦未賞心，終當貽笑於嚴冷人也。

與葉淳老侯敦夫張秉道同相視新河秉道有詩次韻二首

（**紀昀眉**）二詩皆氣機駿利。

君不見元帥府前羅萬戟，濤頭未順千弩射。至今鳳凰山下路，長借一箭開兩翼。我鑿西湖還舊觀，一眼已盡西南碧。（**《角山樓》評**）錢王捍湖是遠一層襯筆，自己鑿湖是近一層襯筆。又將回奪浮山險，千艘夜下無南北。坐陳三策本人謀，（**《角山樓》評**）歸功於人，立言有體。惟留一諾待我畫。老病思歸真暫寓，功名如幻終何得。從來自笑畫蛇足，（**《角山樓》評**）承前鑿湖說。此事何殊食雞肋。憐君嗜好更迂闊，得我新詩喜折屐。江湖粗了我徑歸，餘事後來當潤色。一庵閑卧洞霄宫，井有丹砂水長赤。（**紀昀眉**）是同官語。

荆溪父老愁三害，下斬長蛟本無賴。平生倔强韓退之，文字猶爲鰐魚戒。（**翁同書眉**）此起全爲除水害意作襯。石門之役萬金耳，首鼠不爲吾已隘。（**蕭奇中眉**）誰能慷然於國計，動以萬金計者，官曹首鼠甚矣。一利永不害，何不聞焉？（**蕭奇中夾**）是。江湖開塞古有數，兩鵠飛來告成壞。勸農使者非常人，一言已破黎民駭。上饒使君更超逸，坐睨浮山如累塊。髯張乃我結襪生，詩酒淋漓出狂怪。我作水衡生作丞，他日歸朝同此拜。(**蕭奇中眉**)無誤也，"乃我結襪生"，則公□王生矣，"我作"句，戲筆之也，何□泥王乎？(**紀昀眉**)此首更恣逸。

棕　筍(並敘)

棕筍，狀如魚，剖之得魚子，味如苦筍而加甘芳。蜀人以饌佛，僧甚貴之，而南方不知也。筍生膚毳中，蓋花之方孕者，正二月間可剝取，過此苦澀不可食矣。取之無害於木，而宜於飲食，法當蒸熟，所施略與筍同，蜜煮酢浸，可致千里外。今以餉殊長老。(**錢廷錦甲眉**)今人皆認爲子耳，不知其可食也。

贈君木魚三百尾，中有鵝黄子魚子。夜叉剖癭欲分甘，(**紀昀夾**)"夜叉"不雅。籜龍藏頭敢言美。願隨蔬果得自用，勿使山林空老死。(**譚元春評**)袁[宏道]愛其前後數語，余獨謂"蔬果""山林"二句，森森然有物情在中。(**錢陸燦眉**)袁中郎愛其起結好。譚友夏則云"蔬果二語森森然，有物情在中"。問君何事食木魚，烹不能鳴固其理。(**何焯夾**)結不佳。(**紀昀眉**)結纖佻。

次韻曹子方龍山真覺院瑞香花

(**查慎行評**)《廬山志》：瑞香花産廬山中，南唐中主愛之，移植於含風殿，名曰麝囊花。(**何紹基乙眉**)偏刻書。(**翁同書眉**)先生有《寶雲真覺院賞瑞香·西江月》詞，又有《再用前韻戲曹子方》詞，末二句云："知君却是爲情穠，怕見此花撩動。"即此詩意也。

幽香結淺紫，來自孤雲岑。骨香不自知，色淺意殊深。移栽青蓮宇，遂冠薝卜林。紉爲楚臣佩，散落天女襟。君持風霜節，耳冷歌笑音。（**蕭奇中夾**）生情。一逢蘭蕙質，稍回鐵石心。置酒要妍暖，養花須晏陰。及此陰晴間，恐致慳啬霖。彩雲知易散，鶗鴂憂先吟。明朝便陳迹，試著丹青臨。（**紀昀眉**）綰合得好，用廣平事無迹。

次韻曹子方運判雪中同游西湖

（**紀昀眉**）此是詩餘，誤入詩集。

詞源灩灩波頭展，清唱一聲岩谷滿。未容雪積句先高，豈獨湖開心自遠。雲山已作歌眉淺，山下碧流清似眼。樽前侑酒祇新詩，何異書魚餐蠹簡。

次韻仲殊雪中游西湖二首

夜半幽夢覺，稍聞竹葦聲。起續凍折弦，爲鼓一再行。（**查慎行評**）忽作東野語。（**何焯眉**）忽作東野句。曲終天自明，玉樓已峥嶸。有懷二三子，落筆先飛霙。共爲竹林會，身與孤鴻輕。秀語出寒餓，身窮詩乃亨。禪老復何爲，笑指孤煙生。（**蕭奇中夾**）"指"得妙。我獨念粲者，誰與予目成。（**《角山樓》評**）結語無因，即欲戲殊，亦不應作爾語。（**翁同書夾**）必有所指。

寶雲樓閣鬧千門，林静初無一鳥喧。（**蕭奇中夾**）是雪中。（**紀昀眉**）全不著相。閉户莫教風掃地，卷簾疑有月臨軒。水光瀲灩猶浮碧，山色空蒙已斂昏。乞得湯休奇絶句，始知鹽絮（一作雪）是陳言。（**查慎行評**）"雪"當作"絮"。（**紀昀眉**）結出和意，是古法。(**王文誥夾**)紀昀曰:"結出和意,是古法。"但此詩與《北臺》同法,純是一首禁體。公既不自覺,而曉嵐亦不悟,輕易放過"林静"一句,故自始忽略至終也。

次韻參寥同前

(**紀昀眉**)此真張打油矣。

朝來處處白氈鋪,樓閣山川盡一如。總是爛銀並白玉,不知奇貨有誰居。(**蕭奇中眉**)可參。

送小本禪師赴法雲

(**紀昀眉**)意思甚擺脱,故不落窠臼。

寓形天宇間,出處會有役。澹然都無營,百年何由畢。(**蕭奇中夾**)至言。山林等憂患,軒冕亦戲劇。我來即歸休,(**查慎行評**)"來"似當作"未"。師寧便安逸。王城滿豪傑,議論紛黑白。聖諦第一義,對面誰不識。師來亦何事,孤月挂空碧。是身如浮雲,(**翁同書夾**)少陵《别贊上人》詩語。安可限南北。(**紀昀眉**)此引杜詩,以引下二句。初疑其全用舊句,非也。(**王文誥夾**)凡似此類句法,最易偶同。若作者必搜索有出而後用之,則其勞加於信筆而下者百倍,凡能詩者皆不爲也。注家固應注明,而詩話以此爲技能,最爲卑鄙。曉嵐謂"此引杜詩以引下二句",本集雖有此法,但此二句非是。(**翁同書眉**)用杜詩,以引起下句,非襲杜也。出岫本無心,既雨歸亦得。(**《角山樓》評**)四語極爲愜心,潤色杜句,義更圓熟。珠泉有舊約,何年挂瓶錫。

書渾令公燕魚朝恩圖

(**紀昀眉**)殊嫌直致。

咸寧英氣似汾陽,夜飲軍容出紅妝。不須纏頭萬匹錦,知卿未辦作吕强。

【彙評】

劉辰翁:真不可曉。

查慎行丙:按劉辰翁評先生此詩云"真不可曉",今以意解之曰:以令公而宴軍客,其豪華奢汰,想像可知。吕强當東漢時,曾上書極論外戚貴倖,奢麗過禮。即此一節,迥非宦寺所及。朝恩方目豔繁華,心營奢僭。世傳其就汾陽一宴,錦彩纏頭以數萬計,直欲與王公戚里誇多鬥靡,一時驕溢之氣,咄咄逼人。故詩中托爲咸寧嘲謔之語,謂汝之纏頭萬匹,吾無所用之,亦料汝不能作吕强上疏,指斥奢麗也。曰"不須",曰"知君",其視君容,如弄小兒於股掌之上,真與"咸寧英氣",千載如生,此圖便煞有關係。何得以讀者浮氣,没作者深心!吾嘗謂須溪一庸妄粗淺人耳,觀此益信。

息壤詩(並引)

(**嚴虞惇眉**)今荆州南門外有地隆起,每旱,則掘土數尺,即雨。雨後,仍以土蓋之。土人云:"此禹王廟故址也。"息壤之名,湮没久矣。

(**紀昀眉**)四言詩可以不作。

《淮南子》曰：鯀湮洪水，盗帝之息壤，帝使祝融殺之於羽淵。今荆州南門外，有狀若屋宇陷入地中，而猶見其脊者。旁有石記，云不可犯。畚鍤所及，輒復如故。又頗以致雷雨，歲大旱，屢發有應。予感之，乃爲作詩。其辭曰：

帝息此壤，以藩幽臺。有神司之，隨取而培。帝敕下民，無取或開。惟帝不言，以雷以雨。惟民知之，幸帝之恕。帝茫不知，誰敢以告。帝怒不常，下土是震。使民前知，是役於民。無是墳者，誰取誰予。惟其的之，是以射之。

新渠詩（並叙）

庚子正月，予過唐州。太守趙侯始復三陂，疏召渠，招懷遠人散耕於唐。予方爲旅人，不得親執壺漿簞食，以與侯勸逆四方之來者，獨爲《新渠》詩五章，以告于道路，致侯之意。其詞曰：

新渠之水，其來舒舒。溢流於野，至於通衢。渠成如神，民始不知。問誰爲之，邦君趙侯。

新渠之田，在渠左右。渠來奕奕，如赴如湊。如雲斯積，如屋斯溜。嗟唐之人，始識秔稌。

新渠之民，自淮及潭。挈其婦姑，或走而顛。王命趙侯，宥我新民。無與王事，以訖七年。

侯謂新民，爾既來止。其歸爾邑，告爾鄰里。良田千萬，爾擇爾取。爾耕爾食，遂爲爾有。

築室于唐，孔碩且堅。生爲唐民，飽粥與饘。死葬于唐，祭有雉豚。天子有命，我惟爾安。

顔樂亭詩(並叙)

顔子之故居所謂陋巷者,有井存焉,而不在顔氏久矣。膠西太守孔君宗翰始得其地,浚治其井,作亭於其上,命之曰顔樂。昔夫子以簞食瓢飲賢顔子,而韓子乃以爲哲人之細事,何哉?蘇子曰:古之觀人也,必於其小者觀之,其大者容有僞焉。人能碎千金之璧,不能無失聲於破釜;能搏猛虎,不能無變色於蜂蠆。孰知簞食瓢飲之爲哲人之大事乎?乃作《顔樂亭詩》以遺孔君,正韓子之説,且以自警云。(**紀昀眉**)語自脱灑。

天生烝民,爲之鼻口。美者可嚼,芬者可嗅。美必有惡,芬必有臭。我無天游,六鑿交鬭。騖而不返,跬步商受。偉哉先師,安此微陋。孟賁股栗,虎豹却走。眇然其身,中亦何有。我求至樂,千載無偶。執瓢從之,忽焉在後。(**蕭奇中夾**)妙。(**錢廷錦甲旁**)議論甚正,惜亦無精微,只是外道皮毛見識。

卷十九

詩六十四首

次韻劉景文西湖席上

二老長身屹兩峰,(**劉辰翁夾**)自謂與景文。常撞大吕應黄鐘。將辭鄴下劉公幹,却見雲間陸士龍。(**查慎行評**)指子由。白髮憐君略相似,青山許我定相從。吾今官已六百石,慚愧當年邴曼容。(**錢廷錦乙眉**)此體李集有之。

次前韻答馬忠玉

(**查慎行評**)名瑊。

坡陀巨麓起連峰,積累當年慶自鐘。靈運子孫俱得鳳,慈明兄弟孰非龍。(**紀昀眉**)竟似近人祝壽詩。河梁會作看雲别,詩社何妨載酒從。衹有西湖似西子,故應宛轉爲君容。(**蕭奇中夾**)"容"字押妙。

予去杭十六年而復來留二年而去平生自覺出處老少粗似樂天雖才名相遠而安分寡求亦庶幾焉三月六日來别南北山諸道人而下天竺惠净師以醜石贈行作三絶句

（**汪師韓評**）三詩宛轉關情，曲意密源，綿邈尺素。（**王文誥旁**）樂天去杭之什，與此三詩，皆非經意之作，而讀之自覺仁人之言，藹然可親，餘戀猶在，何也？使以此兩家作，易以他名姓，載入志乘，讀之了無餘味，抑又何也？凡爲詩而欲别杭州者，當以是而思。

當年衫鬢兩青青，（**蕭奇中眉**）恍惚夢中。强説重臨慰别情。衰髮祇今無可白，故應相對話來生。（**蕭奇中夾**）此等詩，真所謂世界終淺道獨深也。（**紀昀眉**）沉著語，又恰是對僧語。（**王文誥夾**）後二詩皆從"來生"句領起，題云"去杭"，而語不及杭，乃有意包入樂天之内，使人不覺也。其用"故應"二字，無限作用，皆此二字神氣。（**何紹基乙眉**）凄絶。（**《角山樓》評**）直與説盡，而味自長，情至故也。（**翁同書眉**）沉著，妙是對僧語。

出處依稀似樂天，敢將衰朽較前賢。便從洛社休官去，猶有閑居二十年。（**陳仁錫眉**）得意。（**何焯眉**）先生自海外歸居不及一月而殁，讀此詩亦爲浩嘆。

在郡依前六百日，山中不記幾回來。還將天竺一峰去，欲把雲根到處栽。（**汪師韓評**）軾以己巳七月至杭，以辛未三月去杭，却是六百日。其《贈唐垧》詩云："我在錢塘六百日，山中暫來不暖席。"意與此同，皆用白詩語意也。

次韻答黃安中兼簡林子中

老去心灰不復然，一麾江海意方堅。那堪黃散付子度，(**翁同書旁**)第三句切吏部尚書，時先生屢乞外郡而得內召。空羨蘇杭養樂天。病肺一春難白酒，别腸三夜繞朱弦。群仙正欲吾歸去，共把清風借玉川。

留别蹇道士拱辰

(**查慎行評**)字翊之。

黑月在濁水，何曾不清明。寸田滿荆棘，梨棗無從生。何時反吾真，歲月今崢嶸。(**蕭奇中夾**)真可傷。屢接方外士，早知俗緣輕。庚桑托雞鵠，未肯化南榮。晚識此道師，似有宿世情。笑指北山雲，訶我不歸耕。仙人漢陰馬，微服方地行。咫尺不往見，煩子通姓名。願持空手去，獨控橫江鯨。

次韻子由書王晉卿畫山水二首

老去君空見畫，夢中我亦曾游。桃花縱落誰見，水到人間伏流。

山人昔與雲俱出，俗駕今隨水不回。賴我胸中有佳處，一樽時對畫圖開。

又書王晉卿畫四首

(**紀昀眉**)四首皆刻意翻新，而皆乏天然之妙。

山陰陳迹

當年不識此清真，强把先生擬季倫。等是人間一陳迹，聚蚊金谷本何人。

雪溪乘興

溪山雪月兩佳哉，賓主談鋒夜轉雷。猶言不見戴安道，爲問適從何處來。

四明狂客

毫端偶集一微塵，何處溪山非此身。狂客思歸便歸去，更求敕賜枉天真。

西塞風雨

斜風細雨到來時，我本無家何處歸。（**蕭奇中夾**）總見意。仰看雲天真蒻笠，旋收江海入蓑衣。（**何焯眉**）第三句似當有鑾語，第四句復風流瀾大矣。

【彙評】

劉辰翁：三首第二句皆是死中復活，兼入禪故。

破琴詩（並引）

（**紀昀眉**）語多深至。

舊説，房琯開元中嘗宰盧氏，與道士邢和璞出游，過夏口村，入廢佛寺，坐古松下。和璞使人鑿地，得甕中所藏婁師德與永禪師書，笑謂瑄曰:“頗憶此耶?”瑄因悵然,悟前生之爲永師也。故人柳子玉寶此畫,云是唐本,宋復古所臨者。元祐六年三月十九日,予自杭州還朝,宿吴淞江,夢長老仲殊挾琴過予,彈之有異聲,就視,琴頗損,而有十三弦。予方嘆惜不已,殊曰:“雖損,尚可修。”曰:“奈十三弦何?”殊不答,誦詩云:“度數形名本偶然,破琴今有十三弦。此生若遇邢和璞,方信秦箏是響泉。”予夢中了然識其所謂,既覺而忘之。明日晝寢復夢,殊來理前語,(**蕭奇中夾**)奇感。再誦其詩,方驚覺而殊適至,意其非夢也。問之殊,蓋不知。是歲六月,見子玉之子子文京師,求得其畫,乃作詩並書所夢其上。子玉名瑾,善作詩及行草書。復古名迪,畫山水草木,蓋妙絶一時。仲殊本書生,棄家學佛,通脱無所著,皆奇士也。(**劉辰翁旁**)事不必相著語,不必可解,自爲一時佳趣,非東坡亦何足傳,古今小説有甚勝者。(**陳天定評**)荒黄忽忽,如鏡花水月。

破琴雖未修,中有琴意足。(**劉辰翁夾**)得之斲者乃未喻也。誰云十三弦,音節如佩玉。新琴空高張,弦聲不附木。宛然七弦箏,(**蕭奇中夾**)反意。動與世好逐。陋矣房次律,因循墮流俗。懸知董庭蘭,不識無弦曲。

【彙評】

劉辰翁:不過事切“房次律”,語無高處。

《**角山樓**》:純是筆尖上作用語,不必深令人首肯。

題王晉卿畫後

醜石半蹲山下虎,長松倒卧水中龍。(**紀昀眉**)粗獷。試君眼力看多少,數到雲峰第幾重。

聽武道士彈賀若

(**譚元春評**)意外意。

清風終日自開簾,凉月今宵肯挂檐。琴裏若能知賀若,詩中定合愛陶潛。(**蕭奇中夾**)通句。(**紀昀眉**)蘊藉得好。

【彙評】

汪師韓:以"不説破"解人之頤,耦句共逸韻俱發。

元祐六年六月自杭州召還汶公館我於東堂閲舊詩卷次諸公韻三首

(**譚元春評**)使事之妙如此。(**紀昀眉**)三首俱有情致。

半熟黄粱日未斜,玉堂陰合手栽花。(**蕭奇中眉**)黯然久之。却尋三十年前味,未飯鐘時已飯茶。

夢覺還驚屧響廊,故人來炷影前香。鬢髮白盡成何事,一帖空存老遂良。(**法貼中有褚遂良書云,即日遂良鬚髮盡白。**)(**何紹基乙眉**)感慨無盡。

尺一東來唤我歸,衰年已迫故山期。文章曹植今堪笑,却卷波瀾入小詩。

次韻子由書王晉卿畫山水一首而晉卿和二首

誤點故教同子敬,雜篇真欲擬湯休。隴雲寄我山中信,雪月追君溪上舟。會看飛仙虎頭篋,却來顛倒拾遺裘。(**子美詩云:天吴及紫鳳,顛倒在短褐。**)王孫辦作玄真子,細雨斜風不濕鷗。

此境眼前聊妄想,幾人林下是真休。我今心似一潭月,君已身如萬斛舟。(**錢廷錦乙眉**)其數太多。看畫題詩雙鶴鬢,歸田送老一羊裘。明年兼與士龍去,萬頃蒼波没兩鷗。

【彙評】

譚元春:"一潭月""萬斛舟""雙鶴鬢""一羊裘",又是"萬頃""兩鷗",太不照管。且亦非真妙難説,不照管者。

感舊詩(並引)

(**紀昀眉**)真至之言,自然渾厚。(**何紹基乙眉**)甚似山谷。

嘉祐中,予與子由同舉制策,寓居懷遠驛,時年二十六,而子由二十三耳。一日,秋風起,雨作,中夜翛然,始有感慨離合之意。自爾宦游四方,不相見者十常七八。每夏秋之交,風雨作,木落草衰,輒凄然有此感,蓋三十年矣。(**蕭奇中眉**)誰非王伯輿。元豐中,謫居黄岡,而子由亦貶筠州,嘗作詩以記其事。元祐六年,予自杭州召還,寓居子由東府,數月復出領汝陰,時予年五十六矣,乃作詩,留别子由而去。(**蕭奇中旁**)自多愴悵。

床頭枕馳道,雙闕夜未央。車轂鳴枕中,(**蕭奇中眉**)真,真。(**紀昀眉**)警語。客夢安得長。(**譚元春評**)前四語已勝一《帝京篇》矣。(**蕭奇中眉**)客况厲。(**紀昀眉**)警語。新秋入梧葉,風雨驚洞房。(**王文誥夾**)六句言地處侵迫,爲宰相所不容也。獨行慚月影,悵焉感初凉。(**《角山樓》評**)淡語能移人情。筮仕記懷遠,謫居念黄岡。一往三十年，此懷未始忘。（王文誥夾）此詩前節，公自道其出入進退之迹。扣門呼阿同，（子由，一字同叔。）安寢已太康。青山映華髮，歸計三月糧。我欲自汝陰，徑上潼江章。想見冰盤中，石密與柿霜。（予欲請東川而歸，二物皆東川所出。）憐子遇明主，憂患已再嘗。報國何時畢，我心久已降。（王文誥夾）末四句，乃與子由囑别之詞也。

西湖秋涸東池魚窘甚因會客呼網師遷之西池爲一笑之樂夜歸被酒不能寐戲作放魚一首

（蕭奇中夾）仁政。

東池浮萍半粘塊，裂碧跳青出魚背。西池秋水尚涵空，舞闊摇深吹荇帶。（紀昀眉）先提明二池，如弈者之先布勢子。吾僚有意爲遷居，（紀昀眉）入得分明。老守縱饞那忍膾。縱横争看銀刀出，瀺灂初驚玉花碎。但愁數罟損鱗鬣，（紀昀眉）補出網師。未信長堤隔濤瀨。濊濊發發須臾間，圉圉洋洋尋丈外。安知中無蛟龍種，尚恐或有風雲會。（蕭奇中夾）好。（蕭奇中眉）可似杜。（查慎行評）流動充满，意到筆隨。明年春水漲西湖，好去相忘渺淮海。（紀昀眉）結得闊重。（何紹基乙眉）想到那裏。（《角山樓》評）四語纔見作意，若無此，便不成詩。

【彙評】

汪師韓：忽想到蛟龍雲雨，覺通篇字鏤字琢，盡成澎湃之聲。

復次放魚前韻答趙承議陳教授

(**蕭奇中眉**)此詩較前渾淪脱卸,法輪我轉。(**何焯眉**)觀後山詩,益見其工。(**方東樹評**)無佳勝。

擾擾萬生同大塊,(**蕭奇中夾**)便含元化。搶榆不羡培風背。(**方東樹評**)起悟語。青丘已吞雲夢芥,黄河復繚天門帶。(**何焯夾**)對句奇。長譏韓子隘且陋,一飽鯨魚何足膾。(**蕭奇中眉**)先生服膺退之甚矣,亦復有此句,是高識介性。東坡也是可憐人,披抉泥沙收細碎。逝將歸修八節灘,又欲往釣七里瀨。正似此魚逃網中,(**紀昀眉**)明作綰合,又是一法。未與造物游數外。(**蕭奇中夾**)大参。(**查慎行評**)此意見得徹,方可語濠上之樂。且將新句調二子,(**紀昀眉**)清出陳、趙。湖上秋高風月會。(**蕭奇中夾**)高其會也。爲君更唤木腸兒,(**蕭奇中夾**)異人懷。却扣兩舷歌《小海》。(**蕭奇中眉**)正似先生自喻也,先生云"年抛造化陶甄外",則真游數外矣。至理至論,可敬可感。(**何焯旁**)能押此韻脚,真胸中有萬卷書。

【彙評】

汪師韓:現身説法,又一變,以游方之外爲高,是前篇"好去相忘渺淮海"一句轉韻也。

九月十五日觀月聽琴西湖一首示坐客

(**紀昀眉**)清思婉婉,静意可掬,不似俗手貌似惝怳語。(**何紹基乙眉**)雋極。

白露下衆草,碧空卷微雲。(**蕭奇中夾**)光絶。孤光爲誰來,似爲我與君。(**杭世駿眉**)此亦叙景之一法,不同呆寫觀月。(**紀昀眉**)衍常建語,不覺其襲。水天浮四坐,河漢落酒樽。使我冰雪腸,(**《角山樓》評**)刻至語,未經人道。不受麯糵醺。尚恨琴有弦,(**蕭奇中夾**)可參。(**紀昀眉**)如此入琴,有神無迹。入俗手非琴月對寫,即另寫琴聲一段矣。出魚亂湖紋。哀彈本舊曲,妙耳非昔聞。(**蕭奇中眉**)曲舊、耳妙,則聞性與異。良時失俯仰,此見寧朝昏。懸知一生中,道眼無由渾。(**何焯旁**)觀月聽琴,兩事一反一正。

【彙評】

汪師韓:月色之明,琴聲之清,誦詩以當卧游亦得。

復次前韻謝趙景貺陳履常見和兼簡歐陽叔弼兄弟

能詩李長吉,識字揚子雲。端能居此府,坐嘯獲兩君。逝將江湖去,浮我五石樽。眷焉復少留,尚爲世所醺。或勸莫作詩,兒輩工織紋。(**翁同書夾**)貝錦以喻讒言。朱弦寄三嘆,未害俗耳聞。共尋兩歐陽,伐薪照黄昏。是家有甘井,汲多終不渾。(**查慎行評**)結句不解。

送歐陽主簿赴官韋城四首

鳳雛驥子日相高,白鬓蒼顔笑我曹。讀遍牙籤三萬軸,却來小邑試牛刀。(**紀昀眉**)多從六一生情,便非泛泛之輩。

出處年來恨不齊,一樽臨水記分攜。江湖咫尺吾將老,汝潁東流子却西。(**紀昀眉**)此首夾於三首之中便好,若單此一首送行,即是窠臼語。(《角山樓》評)情韻俱足,筆意亦復曲折。

白馬津頭春水來,白魚猶喜似江淮。使君已復冰堂酒,更勸重新畫舫齋。(王文誥夾)永叔《東園記》"畫舫之舟",當日人已譏之。此又云"畫舫齋",不知何以有累句也。

道傍垂白定沾巾,正似當年緑髮新。故國依然喬木在,典刑復見老成人。

泛　潁

(紀昀眉)源出次山,而運以本色機軸,遂成奇調。(何紹基乙眉)刻畫窮究,更有生趣。

我性喜臨水,得潁意甚奇。到官十日來,九日河之湄。吏民笑相語,(《角山樓》評)絶妙頓挫。使君老而癡。使君實不癡,(紀昀夾)節奏好。流水有令姿。(蕭奇中夾)賞。(紀昀夾)"令姿"二字趁韻。(王文誥夾)此句有李太白"至人貴藏輝"本領在,曉嵐以爲"趁韻",非也。繞郡十餘里,不駛亦不遲。上流直而清,下流曲而漪。畫船俯明鏡,笑問汝爲誰。(《角山樓》評)情事極瑣,拈出却成妙語,此翁長技。忽然生鱗甲,亂我鬚與眉。散爲百東坡,頃刻復在玆。(蕭奇中眉)"對影成三人",痕矣。"願化天人百億軀",勞矣。參之。(何焯眉)從無人道。(杭世駿眉)"散爲百東坡"云云,直是小兒語,佞坡者反以爲超。此豈水薄相,與我相娱嬉。(蕭奇中夾)訶得妙。聲色與臭味,顛倒眩小兒。(蕭奇中夾)不説出更佳。等是兒戲物,水中少磷淄。(查慎行評)游戲成篇,理趣具足,深於禪悟,手敏心靈。(紀昀眉)眼前語寫成奇采,此爲自在神通。趙陳兩歐陽,同參天人師。(《唐宋詩醇》評)時趙令畤在軾幕府,陳師道教授潁州,歐陽棐、歐陽辯，則修之二子，皆適在潁也。觀妙各有得，共賦泛潁詩。（**何焯眉**）有慧業然後有文心，具此手眼，何嘗不成佛。（**紀昀眉**）結少率。（**何紹基乙眉**）妙絶。

【彙評】

劉辰翁：知之者得其哀怨，不知者以爲豁達。

汪師韓：《楞嚴》《圓覺》之理，栗里、香山之筆。昔沈敦謨引《傳燈録·良價禪師過水觀影偈》曰："我今獨自往，處處得逢渠。渠今正是我，我今不是渠。"以釋此詩，"散爲百東坡，頃刻復在兹"二語最爲得之。

賴山陽：《饋歲》《守歲》《泛潁》《眼醫》等，韓集亦無此妙語也。

六觀堂老人草書詩

物生有象象乃滋，夢幻無根成斯須。方其夢時了非無，泡影一失俯仰殊。（**紀昀眉**）起太吃力。清露未晞電已徂，此滅滅盡乃真吾。（**蕭奇中眉**）試問此滅何時盡，誰真誰假吾誰認？云如死灰實不枯，逢場作戲三昧俱。化身爲醫忘其軀，草書非學聊自娱。落筆已唤周越奴，蒼鼠奮髯飲松腴。剡藤玉版開雪膚，游龍天飛萬人呼，莫作羞澀羊氏姝。（**六觀，取《金剛經》夢、幻等六物也。老人，僧了性，精於醫而善草書，下筆有遠韻，而人莫知貴，故作此詩。**）（**紀昀眉**）後半頗似山谷。

次韻劉景文見寄

淮上東來雙鯉魚，巧將書信渡江湖。細看落墨皆松瘦，想見掀髯正鶴孤。烈士家風安用此，（**紀昀眉**）後半沉鬱。書生習氣未能無。(**紀昀評**)"書生習氣"乃指其慷慨悲歌,非謂其能詩也。下解誤。莫因老驥思千里,醉後哀歌缺唾壺。

【彙評】

方回:坡詩亦足以敵景文。三、四勁健,五、六言景文家世壯烈而能詩。氣象嵂屼,未易攀也。

紀昀:此論亦允。前半有致。後半極其沉著。五、六是開合句法。

次韻趙景貺督兩歐陽詩破陳酒戒

(**紀昀眉**)此種總以戲筆論。

商也哀未散,歲月忽已秋。祥琴雖未調,餘悲不敢留。矧此乃韻語,未入金石流。羲之生五子,(**蕭奇中夾**)每一開捭。總角出銀鈎。吾家有二許,下筆兩不休。君言不能詩,此語人信不。千鍾斯爲堯,(**蕭奇中夾**)筆下江海。百榼斯爲丘。陋矣陶士衡,當以大白浮。酒中那有失,醉則不驚鷗。明當罰二子,已洗兩玉舟。

叔弼云履常不飲故不作詩勸履常飲

我本畏酒人,臨觴未嘗訴。(**紀昀夾**)"未嘗訴"欠妥。平生坐詩窮,得句忍不吐。吐酒茹好詩,肝胃生滓污。用此較得喪,天豈不足付。(**紀昀眉**)不醒豁。吾儕非二物,歲月誰與度。悄焉得長愁,爲計已大誤。(**蕭奇中夾**)可慨。二歐非無詩,恨子不飲故。强爲酹一酌,將非作愁具。(**紀昀眉**)亦不醒。成言如皎日,援筆當自賦。他年五君詠,山王一時數。(**劉辰翁旁**)"山王"比二歐子弟故。

臂痛謁告作三絶句示四君子

(**紀昀眉**)三首到骨宋格,廢之則不能,效之則不必。(**翁同書旁**)趙、陳、兩歐陽也。

公退清閑如致仕,酒餘歡適似還鄉。不妨更有安心病,卧看縈簾一炷香。

心有何求遣病安,年來古井不生瀾。只愁戲瓦閑童子,却作泠泠一水看。(**譚元春評**)用《楞嚴》便覺是一偈語。(**王文誥夾**)此詩運意獨佳,妙在驅遣釋典,絶無障礙,故可喜也。

小閣低窗卧晏温,了然非默亦非言。維摩示病吾真病,誰識東坡不二門。

到潁未幾公帑已竭齋厨索然戲作數句

(**紀昀眉**)亦是率筆。

我昔在東武,吏方謹新書。齋空不知春,客至先愁予。采杞聊自誑,食菊不敢餘。歲月今幾何,齒髮日向疏。幸此一郡老,依然十年初。夢飲本來空,真飽竟亦虚。尚有赤脚婢,能烹赬尾魚。心知皆夢耳,慎勿歌歸歟。

景貺履常屢有詩督叔弼季默唱和已許諾矣復以此句挑之

君家文律冠西京,旋築詩壇按酒兵。(**蕭奇中眉**)亦以文忠公家學誇之,通首此意。袖手莫輕真將種,致師須得老門生。(**蕭奇中眉**)"真將種",則真承文忠也。公受知於文忠爲門生,則教叔季亦得門生之意。興會所成,山崩海沸。(**翁同書眉**)古者守戰,必以勇力之士先犯敵也。(**查慎行丙評**)《摭言》:"李義山師令狐文公,呼小趙公爲'郎君',於文公稱'門生'。"按東坡爲醉翁門下士,故云。明朝鄭伯降誰受,昨夜條侯壁已驚。從此醉翁天下樂,(**查慎行評**)時永叔方歸老潁上。還應一舉百觴傾。(**文忠公贈蘇、梅詩云:我亦願助勇,鼓旗噪其旁。快哉天下樂,一釂宜百觴。**)

贈月長老

(**紀昀眉**)純作禪語,却無偈頌之氣。

天形倚一笠,地水轉兩輪。五霸(**一作伯**)之所運,(**查慎行評**)"伯"疑當作"帝"。毫端棲一塵。功名半幅紙,兒女浪苦辛。子有折足鐺,中容五合陳。(**杭世駿眉**)東坡儒者,不宜爲此言。十年此中過,却是英特人。延我地爐坐,語軟意甚真。白灰如積雪,中有紅麒麟。勿觸紅麒麟,作灰維那瞋。拱手但默坐,墻壁方諄諄。(**紀昀眉**)波瀾閑逸,寫出月公戒律,妙於不是呆述。今宵恨客多,污子白氈巾。後夜當獨來,不煩主與賓。蒲團坐紙帳,自要觀我身。(**紀昀眉**)結得灑脱。

次韻答錢穆父以軾得汝陰用杭越唱酬韻作詩見寄

（紀昀眉）竟用時人作對偶，此格始自香山，然終非正格。

大耿疲勞已離群，小馮慈愛且當門。（軾本以舍弟親嫌請郡。）玉堂不著扶犂手，霜鬢偏宜畫鹿幡。豪傑雖無兩王繼，（子直、深父。）風流猶有二歐存。（叔弼、季默。）清詩已入新歌舞，要使邦人識雅言。（蕭奇中夾）古人重知己之作如此。

韓退之孟郊墓銘云以昌其詩舉此問王定國當昌其身耶抑昌其詩也來詩下語未契作此答之

（紀昀眉）此却腐氣，不可爲法。（李鴻裔乙評）此詩以文爲詩，不得以腐論。

昌身如飽腹，飽盡還復飢。昌詩如膏面，爲人作容姿。不如昌其氣，鬱鬱老不衰。雖云老不衰，劫壞安所之。（蕭奇中夾）是。不如昌其志，志一氣自隨。養之塞天地，孟軻不吾欺。人言魏勃勇，股栗向小兒。何如魯連子，談笑却秦師。謹勿怨謗讒，（杭世駿眉）元詩當作"慎勿"，後人避孝宗廟諱，刻本改作"謹"，王龜齡正當乾淳間。（翁同書眉）《困學紀聞》曰："慎勿怨謗讒"數句，此尹和靜所謂"困窮拂鬱，能堅人之志，而熟人之仁也"。乃我得道資。淤泥生連花，糞壤出菌芝。賴此善知識，使我枯生荑。吾言豈須多，冷暖子自知。

【彙評】

汪師韓："志一氣隨"，固是本諸《孟子》，而"謗讒""得道"則已。與

《西銘》"憂戚玉成"之旨協合矣，豈惟可與言詩？

送歐陽推官赴華州監酒

（錢廷錦乙眉）只結處略涉題目，餘皆叙仲純。

我觀文忠公，四子皆超越。仲也珠徑寸，照夜光如月。好詩真脱兔，下筆先落鶻。知音如周郎，議論亦英發。**（紀昀夾）**二句率易。文章乃餘事，學道探玄窟。**（紀昀夾）**二句笨。死爲長白主，名字書絳闕。**（熙寧之末，仲純父見僕于京城之東，曰："吾夢道士持告身授吾曰：'上帝命汝爲長白山主，此何祥也？'"明年，仲純父歿。）**傷心清潁尾，已伴白鷗没。喜見三少年，俱有千里骨。千里不難到，莫遣歷塊蹶。臨分出苦語，願子書之笏。**（杭世駿眉）**"歷塊"一語，意終未暢，何爲出苦語也？**（紀昀眉）**歐蘇之交，送其子自不應作世故語。

十月十四日以病在告獨酌

（紀昀眉）清灑之至。**（何紹基乙眉）**少味。**（《角山樓》評）**隨手觸發，真趣可掬。

翠柏不知秋，空庭失摇落。幽人得嘉蔭，露坐方獨酌。月華稍澄穆，霧氣尤清薄。小兒亦何知，相語翁正樂。**（紀昀眉）**旁寫好。銅爐燒柏子，石鼎煮山藥。一杯賞月露，萬象紛酬酢。此生獨何幸，風纜欣初泊。**（蕭奇中夾）**知得。逝逃顔蹠網，行赴松喬約。莫嫌風有待，漫欲戲寥廓。泠然心境空，仿佛來笙鶴。

獨酌試藥玉酒盞有懷諸君子明日望夜月庭佳景不可失作詩招之

（**紀昀眉**）此只代柬，不以詩論。

鎔鉛煮白石，作玉真自欺。琢削爲酒杯，規摹定州瓷。荷心雖淺狹，鏡面良渺彌。持此壽佳客，到手不容辭。曹侯天下平，定國豈其師。一飲至數石，温克頗似之。風流越王孫，詩酒屢出奇。喜我有此客，玉杯不徒施。請君詰歐陳，問疾來何遲。呼兒掃月榭，扶病及良時。

歐陽季默以油煙墨二丸見餉各長寸許戲作小詩

（**紀昀眉**）分明誚其輕鮮，而自以感慨出之，詩人之筆固應如是。（《**角山樓**》**評**）自作慨嘆，並無及歐陽意。

書窗拾輕煤，佛帳掃餘馥。辛勤破千夜，收此一寸玉。癡人畏老死，（**蕭奇中夾**）名心未化。腐朽同草木。（**翁同書夾**）十字爲一句。欲將東山松，涅盡南山竹。墨堅人苦脆，未用嘆不足。且當注蟲魚，莫草三千牘。

【彙評】

劉辰翁：善謔。

明日復以大魚爲饋重二十斤且求詩故復戲之

漢廷九尺人，誰似老方朔。（**查慎行評**）起意即從上章末句發端。那將一寸金,令足三冬學。(**查慎行丙評**)此詩上四句從前一首生來。合觀二章,乃見作者之意,所謂"以文滑稽"也。餉魚欲自洗,(**查慎行評**)先生上篇語意若存乎見少者,故歐復饋大魚,欲自洗餉墨之儉嗇,故此章復戲之云云,可稱善謔。(**何焯眉**)前篇餉墨,先生有見少意,故此云"餉魚欲自洗"。鱗尾光(**一作生**)卓犖。(**查慎行評**)"生"或當作"光"。我是騎鯨手,聊堪充鹿角。

和趙景貺栽檜

(**杭世駿眉**)斑斕古色,觸手紛披。(**何紹基乙眉**)細膩。

汝陰多老檜,處處屯蒼雲。地連丹砂井,物化青牛君。時有再生枝,(**潁之靈壇觀,亦有再生檜。**)還作左紐紋。王孫有古意,書室延清芬。應憐四孺子,不墮凡木群。體備松柏姿,氣含芝朮熏。初扶鶴立骨,未出龍纏筋。巢根白蟻亂,網葉秋蟲紛,乃知蔽芾初,甚要封植勤。他年皮三寸,狐鼠了不聞。(**紀昀夾**)結句太激。

葉待制求先墳永慕亭詩

(**紀昀眉**)何其淺近。

靈區有異産,化國無潛珍。承平百年間,簪纓半齊民。建溪富奇偉,葉氏初隱淪。森然見喬木,其下維德人。佳哉鬱蔥蔥,氣若鳳與麟。聯翩出儒將,豈惟十朱輪。新松無鹿觸,舊柏有烏馴。待公歸上冢,淚葉乃肯春。(**蕭奇中夾**)翻。(**錢陸燦眉**)

同上《思成堂》句。(**何紹基乙眉**)似勸其歸。

與趙陳同過歐陽叔弼新治小齋戲作

(**紀昀眉**)氣機疏暢,不覺其平衍。

江湖涉故國,風雨傾舊廬。東來三十年,愧此一束書。尺椽亦何有,而我常客居。羡君開此室,容膝真有餘。拊床琴動摇,弄筆窗明虚。後夜龍作雨,天明雪填渠。(**時方禱雨龍祠,作此句時星斗燦然,四更風雨大至,明日乃雪。**)夢回聞剥啄,誰呼趙陳予。(**蕭奇中夾**)句法。(**何焯眉**)"誰呼趙陳予",自爲問答,句雖新,亦是宋人習氣。添丁走沽酒,通德起挽蔬。主孟當啖我,玉鱗金尾魚。(**紀昀眉**)平常事寫得極飛動,此爲興到。一醉忘其家,此身自籧篨。(**蕭奇中眉**)此"籧篨"即敝帚之説也。(**嚴虞惇眉**)結句起照應。(**紀昀眉**)仍繳起意,密。(**何紹基乙眉**)客居人况味。

聚星堂雪(並叙)

(**何焯旁**)字字清新,妙處只在直書即目。(**紀昀眉**)句句恰是小雪,體物神妙,不愧名篇。(**方東樹評**)本色正鋒。

元祐六年十一月一日,禱雨張龍公,得小雪,與客會飲聚星堂。忽憶歐陽文忠作守時,(**蕭奇中夾**)往往生致。雪中約客賦詩,禁體物語,於艱難中特出奇麗,爾來四十餘年莫有繼者。(**方東樹評**)奇麗。公自云。僕以老門生繼公後,雖不足追配先生,而賓客之美殆不減當時,公之二子又適在郡,故輒舉前令,各賦一篇,以爲汝南故事云。

窗前暗響鳴枯葉，龍公試手行初雪。（**何焯眉**）句句是小雪。映空先集疑有無，作態斜飛正愁絶。（**何紹基乙眉**）刻寫處亦未嘗忘韓公也。衆賓起舞風竹亂，老守先醉霜松折。（**蕭奇中夾**）形容。（**查慎行評**）向非禁體物語，此等妙句，亦未必出。（**何焯夾**）將會飲與雪一鈕更工。恨無翠袖點横斜，只有微燈照明滅。（**方東樹評**）起八句檃寫細景如畫。歸來尚喜更鼓暗，（**查慎行評**）"暗"當作"永"。晨起不待鈴索掣。未嫌長夜作衣棱，却怕初陽生眼纈。（**方東樹評**）"歸來"四句，虚字語病。欲浮大白追餘賞，幸有回飆驚落屑。（**何焯夾**）會飲餘波。模糊檜頂獨多時，歷亂瓦溝裁一瞥。（**何焯夾**）緊收小雪。（**汪師韓評**）謝賦中無此倔奇。汝南先賢有故事，醉翁詩話誰續説。（**何焯夾**）留歐公事收。當時號令君聽取，白戰不計持寸鐵。（**陳衍評**）畫龍最後點睛，結不落套。

【彙評】

汪師韓：賦雪者多以悠揚飄蕩取其韻致，此獨用生劖之筆作硬盤之語，誓脱常態，匪徒以禁體物語標其潔清。

歐陽叔弼見訪誦陶淵明事嘆其絶識叔弼既去感慨不已而賦此詩

（**紀昀眉**）意言並盡。

淵明求縣令，本緣食不足。束帶向督郵，小屈未爲辱。翻然賦歸去，豈不念窮獨。重以五斗米，折腰營口腹。云何元相國，萬鍾不滿欲。胡椒銖兩多，安用八百斛。（**蕭奇中眉**）情性不同，壽□亦異。以此殺其身，何啻抵鵲玉。往者不可悔，吾其反自燭。

喜劉景文至

(《角山樓》評)落筆淋漓,深情滿紙。

天明小兒更傳呼,髯劉已到城南隅。尺書真是髯手迹,起坐熨眼知有無。(紀昀眉)起數語旁面寫出,愈加飛動,多少交情都在無字句處。今人不作古人事,今世有此古丈夫。我聞其來喜欲舞,病自能起不用扶。(何紹基乙眉)空寫情事,全賴此二句爲骨。江淮旱久塵土惡,朝來清雨濯鬢鬚。相看握手了無事,千里一笑毋乃迂。(何紹基乙眉)好頓挫。(曾國藩評)前十二句喜劉至。後八句念蘇杭舊游,以劉自杭來也。平生所樂在吴會,(翁同書夾)以下自謂因景文之來而思杭也。老死欲葬杭與蘇。(蕭奇中夾)真興。(紀昀眉)寫得十分滿足。至此更難下語,只好變起旁波。(翁同書眉)景文换文赴隰州任時自杭州來,故後半段從此生意。過江西來二百日,冷落山水愁吴姝。新堤舊井各無恙,參寥六一豈念吾。(蕭奇中夾)情深。别後新詩巧摹寫,袖中知有錢塘湖。(紀昀眉)一筆勒轉,輕妙之至。(何紹基乙眉)落韻亦逸致。

禱雨龍公既應劉景文有詩次韻

張公晚爲龍,抑自龍中來。伊昔風雲會,咄嗟潭洞開。(紀昀眉)起得奇矯。精誠苟可貫,賓主真相陪。洞簫振羽舞,白酒浮雲罍。言從關洲妃,遠去焦氏臺。倒傾瓶中雨,一洗麥上埃。破旱不論功,乘雲却空回。(蕭奇中眉)好張公,生時可知矣。嗟龍與我輩,用意豈遠哉。(蕭奇中夾)奇。(紀昀眉)忽入比意,警動異常。使君今子義,英風冠東萊。笑説龍爲友,幽明莫相猜。

【彙評】

《**角山樓**》評：寫“禱雨”“有應”，兩面俱到。

劉景文家藏樂天身心問答三首戲書一絶其後

淵明形神自我，樂天身心相物。而今月下三人，他日當成幾佛。（**蕭奇中眉**）非佛非吾非亦非，此中有故之遇希。直參佛我非之晝，花不曾開鳥不飛。

西湖戲作

（**查慎行評**）此是潁州西湖，詩中甚明。（**紀昀眉**）一時興到口占，編之集中殊不必。

一士千金未易償，我從陳趙兩歐陽。舉鞭拍手笑山簡，只有并兒一葛强。

送歐陽季默赴闕

先生豈止一懷祖，郎君不减王文度。膝上幾日今白鬚，令我眼中見此父。（**紀昀眉**）起太突。汝南相從三晦朔，君去苦早我來暮。霜風淒緊正脱木，潁水清淺可立鷺。（**查慎行評**）清峭。莫辭白酒瀉香泉，（**潘奕雋夾**）酒名。已覺扁舟掠新渡。（**潘奕雋夾**）寺名。坐看士衡執别手，更遣夢得出奇句。郎君可是筦庫人，乃使驥騄隨蹇步。置之行矣無足道，賢愚豈在遇不遇。（**紀昀眉**）結亦直率。

用前韻作雪詩留景文

(**查慎行評**)此聚星堂禁體韻也。(**紀昀眉**)通篇遒勁,無一懈筆。(**王文誥旁**)此用《聚星堂雪》韻也。

萬松嶺上黄千葉,(**查慎行評**)臘梅。載酒年年踏松雪。劉郎去後誰復來,花下有人心斷絶。東齋夜坐搜雪句,兩手龜坼霜須折。無情豈亦畏嘲弄,穿簾入户吹燈滅。紛紛兒女争所似,碧海長鯨君未掣。朝來雲漢接天流,顧我小詩如點纈。歐陽趙陳在户外,急掃中庭鋪木屑。交游雖似雪柏堅,聚散行作風花瞥。(**紀昀眉**)隨手綰合,入得無痕。(**王文誥夾**)扼要,頓住"雪"字,便落"留"字,然筆勢直下如風,驟讀之不見也。晴光融作一尺泥,歸有何事真無説。泥乾路穩放君去,莫倚馬蹄如踣鐵。(**翁同書眉**)是留行詩,仍不脱"雪"。

和劉景文見贈

(**蕭奇中夾**)全首雄穆,酷與杜争。

元龍本志陋曹吴,豪氣峥嶸老不除。失路今爲噲等伍,作詩猶似建安初。西來爲我風黧面,獨卧無人雪縞廬。留子非爲十日飲,要令安世誦亡書。(**蕭奇中眉**)子美能工選體字,所云"渠細""石沼""平川"等是也,先生有之,余亦有之。

和劉景文雪

占雨又得雪,龜寧欺我哉。(**丁菊泉眉**)次句不成語。似知吾輩喜,故及醉中來。童子愁冰硯,佳人苦膠杯。那堪李常侍,入蔡夜銜枚。

次前韻送劉景文

(**方東樹評**)六一、半山用此章法。

白雲在天不可呼,明月豈肯留庭隅。怪君西行八百里,(**翁同書眉**)按"西行八百里"似是指景文迂道來潁過訪時説,觀第五句公自注,及十二句"夫子駕復迂",並下句緊接"清坐十日"語,可見馮氏《合注》未得多説。清坐十日一事無。(**何紹基乙眉**)"清坐十日",千里一嘆,真不可易得。(**《角山樓》評**)突然而起,比興在有意無意之間。路人不識呼尚書,但見凜凜雄千夫。(**君一馬兩僕率然相訪,逆旅多呼尚書,意謂君都頭也。**)豈知入骨愛詩酒,醉倒正欲蛾眉扶。(**查慎行評**)跌宕可喜。一篇向人寫肝肺,四海知我霜鬢鬚。(**君前有詩見寄云:四海共知霜鬢滿,重陽曾插菊花無。**)歐陽趙陳皆我有,豈謂夫子駕復迂。邇來又見三黜柳,共此暖熱餐氊蘇。酒肴酸薄紅粉暗,(**杭世駿眉**)"暗"字對光豔而言,然此字澀晦,某不敢下,韓、杜二公又不肯下。只有潁水清而姝。一朝寂寞風雨散,對影誰念月與吾。(**郡中日與歐陽叔弼、趙景貺、陳履常相從,而景文復至,不數日柳戒之亦見過,賓客之盛,頃所未有。然不數日,叔弼、景文、戒之皆去矣。**)何時歸帆泝江水,春酒一變甘棠湖。(**景文近卜居九江,近甘棠湖。**)(**何焯眉**)他人作數十行鋪排,此獨數語簡净,而俯仰飛散,遥遥有百年萬里之悲。(**紀昀眉**)墨氣淋漓,一往酣暢。(**潘奕雋夾**)極曲折頓宕、抑揚爽朗之妙。(**何紹基乙眉**)公於景文傾倒至此,恨不得其集而誦之。

【彙評】

汪師韓:情事曲折裁約,以入有韻之言,徘徊俯仰,逸趣横生,一唱三嘆,聲坎坎於青雲矣。

方東樹:清妙。有筆勢起落。

以屏山贈歐陽叔弼

(**紀昀眉**)脱灑有致,不嫌清淺。

漫郎天骨清,生與世俗異。學道新有得,爲貧聊復仕。每于紅塵中,常起青霞志。屏山輟贈子,莫遣污簪珥。寓目紫翠間,安眠本非睡。夢中化爲鶴,飛入長松寺。(**蕭奇中眉**)長松寺,則屏山上所有也。(**何紹基乙眉**)奇想。

新渡寺席上次趙景貺陳履常韻送歐陽叔弼比來諸君唱和叔弼但袖手傍睨而已臨别忽出一篇頗有淵明風致坐皆驚嘆

神屠不目(**一作自**)全,(**紀昀夾**)"不自全"欠妥。妙額惟妝半。更刀乃族庖,(**錢廷錦甲夾**)雙頂。倚市必醜悍。(**蕭奇中眉**)今之詩家類是。平生魏公籌,忽斫郢人墁。詩書亦何用,適道須此館。(**紀昀夾**)"館"字趁韻。多言雖數窮,微中或排難。(**紀昀眉**)前半篇牽搦不自然。子詩如清風,翏翏發將旦。(**蕭奇中夾**)妙。胡爲久閉匿,綺語真自患。許時笑我癡,隔屋相詠嘆。竟識彦道否,絶叫呼百萬。(**丁菊泉夾**)借用好。(**杭世駿眉**)其意以爲叔弼初自閉匿,後乃出人不意也,不知袁耽素有藝名,叔弼本不工詩,未可相擬，況篇中比擬過多，不嫌喧雜耶？清朝固多士，人門子皆冠。莫言清潁水，從此隔河漢。異時我獨來，得魚楊柳貫。持歸不忍食，尺素解凄斷。中有清圓句，銅丸飛柘彈。春愁結淩澌，正待一笑泮。百篇倘寄我，呻吟鄭人緩。（**何焯眉**）轉調琢句，亦多清圓可誦。（**紀昀眉**）數語點綴生姿。

卷二十
詩六十二首

次韻趙景貺春思且懷吴越山水

歲華來無窮,老眼久已静。春風如繫馬,未動意先騁。西湖忽破碎,鳥落魚動鏡。縈城理枯瀆,放閘起膠艇。願君營此樂,官事何時竟。(清河西湖三閘,督君成之。)思吴信偶然,出處付前定。飄然不繫舟,乘此無盡興。醉翁行樂處,草木皆可敬。(蕭奇中夾)儼型。明朝游北渚,急掃黄葉徑。白酒真到齊,紅裙已放鄭。(酒尚有香泉一壺,爲樂全先生服,不作樂也。)(紀昀夾)可惜不成結語。

【彙評】

汪師韓:行樂處至於可敬,於此見賢者之澤長,是乃詩之有關名教者,前路紛披,名句尤是窮力追新。

次韻陳履常張公龍潭

(紀昀眉)遜後山原唱多矣。

經明宣城宰,家此百尺瀾。鄭翁不量力,(**蕭奇中夾**)可哂。敢以非意干。玄黄雜兩戰,絳青表雙蟠。(**事見《龍公碑》。**)烈氣斃强敵,仁心惻飢寒。精誠禱必赴,苟簡求亦難。(**陳仁錫眉**)求甫解嘲。蕭條麥蕤枯,浩蕩日月寬。念子無吏責,十日勤征鞍。春蔬得雨雪,少助先生盤。龍不憚往來,而我獨宴安。閉閤默自責,神交清夜闌。

竹間亭小酌懷歐陽叔弼季默呈趙景貺陳履常①

(**劉辰翁旁**)觀坡數詩,同時與兩歐亹亹,風流篤厚,何其長也,子由老潁濱客欲盡。(**蕭奇中夾**)全首神亮。(**杭世駿眉**)通首皆對,亦備一格。

歲暮自急景,我閑方緩觴。(**蕭奇中夾**)便得。醉飲西湖晚,步轉北渚長。地坐略少長,意行無澗岡。(**蕭奇中眉**)胸中玄化。(**紀昀夾**)十字寫出蕭散。久知薺麥青,稍喜榆柳黄。(**紀昀夾**)"榆"初不黄,或是"楊"字之訛。盎盎春欲動,瀲瀲夜未央。水天鷗鷺静,月霧松檜香。撫景方婉娩,懷人重凄凉。(**何紹基乙眉**)好静境。豈無一老兵,(**蕭奇中夾**)妙。坐念兩歐陽。(**紀昀夾**)太質,不稱出句。我意正麋鹿,君才亦圭璋。(**紀昀夾**)入趙、陳太草草,亦太突兀。此會恐難久,此歡不可忘。

【彙評】

汪師韓:寫景以駢語入情,劉勰所謂"儷采百字之偶"者,可移以評此。

---

① 編者按:詩題一作"小飲西湖懷歐陽叔弼兄弟贈趙景貺陳履常"。

蠟梅一首贈趙景貺

（紀昀眉）疵累太多。

天工點酥作梅花，此有蠟梅禪老家。（紀昀夾）次句不成語。蜜蜂採花作黄蠟，取蠟爲花亦其物。（紀昀夾）三、四迂遠不情，反成稚句。天工變化誰得知，我亦兒嬉作小詩。君不見萬松嶺上黄千葉，玉蕊檀心兩奇絶。醉中不覺度千山，夜聞梅香失醉眠。（譚元春評）"千山"二語甚妙，可惜前後欠雅。歸來却夢尋花去，夢裏花仙覓奇句。此間風物屬詩人，我老不飲當付君。君行適吴我適越，笑指西湖作衣鉢。

送王竦朝散赴闕

我家衡山公，清而畏人知。臧否不出口，默識如蓍龜。擢子拱把中，云有驥騄姿。胡爲三十載，尚作窮苦詞。丈夫不妄語，未效此何疑。竭來清潁上，淚濕中郎詩。怪我一年長，而作十年衰。同時幾人在，豈敢怨白髭。願言指松柏，永與霜雪期。（伯父爲衡州日，與君相知，有送行詩。）（紀昀眉）忽木忽馬，用事夾雜。

次韻致政張朝奉仍招晚飲

（查慎行甲眉）"食"一作"飲"。

掃白非黄精，輕身豈胡麻。怪君仁而壽，未覺生有涯。曾經丹化米，親授棗如瓜。（劉辰翁夾）句强而稱。雲蒸作霧楷，火滅嘿雨巴。(**蕭奇中眉**)奇造。(**紀昀眉**)牽强不成句法。自此養鉛鼎,無窮走河車。至今許玉斧,猶事萼緑華。(**君曾見永州何仙姑,得藥餌之,人疑其以此壽也,故有"丹化米""萼緑華"之句,皆女仙事。**)我本三生人,疇昔一念差。前生或草聖,習氣餘驚蛇。(**何紹基乙眉**)通體無致,此二語别。儒臞謝赤松,佛縛慚丹霞。時時一篇出,擾擾四座嘩。清詩得可驚,信美辭多誇。回車入官府,治具隨貧家。萍齏與豆粥,亦可成咄嗟。

閻立本職貢圖

(**杭世駿眉**)叙次尚嫌淡漠,入杜、韓手,當有怪偉絶特之觀。(**紀昀眉**)節短而奇氣勃發,有崚嶒千丈之勢。(**方東樹評**)小詩意義完足,凡四層。

貞觀之德來萬邦,浩如滄海吞河江,(**方東樹評**)起叙。音容傖獰服奇龐。横絶嶺海逾濤瀧,珍禽瑰産争牽扛,名王解辮却蓋幢。(**方東樹評**)"音容"四句寫。粉本遺墨開明窗,(**蕭奇中眉**)大儒之言。(**紀昀眉**)何其簡潔。(**方東樹評**)"粉本"句入畫,點。我嘗而作心未降,魏徵封倫恨不雙。(**蕭奇中夾**)似雅似頌。(**何焯夾**)只一句即收,妙。(**何焯眉**)稍入煬帝事何如?不溢於圖之外乃妙。(**方東樹評**)收入論。(**《角山樓》評**)只一語論斷,峭勁無匹。

次韻王滁州見寄

(**紀昀眉**)苦太平衍。

斯人何似似春雨,(**蕭奇中眉**)贊誦上語。歌舞農夫怨行路。(**紀昀夾**)倒裝句法。君看永叔與元之,坎軻一生遭口語。兩翁當年鬢未絲,玉堂揮翰手如飛。教得滁人解吟詠,至今里巷嘲輕肥。君家聯翩盡卿相,獨來坐嘯溪山上。笑捐浮利一雞肋,多取清名幾熊掌。(**錢廷錦乙眉**)湊。(**杭世駿眉**)清勁可誦。(**蕭奇中夾**)好對。丈夫自重貴難售,兩翁今與青山久。後來太守更風流,要伴前人作詩瘦。我倦承明苦求出,到處遺蹤尋六一。憑君試與問琅邪,許我來游莫難色。(**何紹基乙眉**)琅邪山也。(**翁同書眉**)上以永叔、元之兩人並説,至篇末側注六一,以醒賓主。

【彙評】

劉辰翁:風流亹亹,只爲醉翁。○亦不類和詩。

趙景貺以詩求東齋榜銘昨日聞都下寄酒來戲和其韻求分一壺作潤筆也

(**蕭奇中夾**)妙。

王孫天麒麟,眸子奥而澈。囊空學愈富,屋陋人更傑。(**蕭奇中夾**)挺。我老書益放,筆落座争制。欲求東齋銘,要飲西湖雪。(**蕭奇中夾**)一笑。長瓶分未到,小硯乾欲裂。不似淳于髡,一石要燭滅。

洞庭春色(並引)

(**何紹基甲眉**)賦自妙,可無詩。

安定郡王以黄柑釀酒，謂之洞庭春色，色香味三絶，以餉其猶子德麟。德麟以飲余，爲作此詩。醉後信筆，頗有沓拖風氣。**（查慎行評）**果然。**（紀昀夾）**此句指書不指詩，以子敬書自比耳。

二年洞庭秋，香霧長噀手。今年洞庭春，玉色疑非酒。**（蕭奇中夾）**妙。賢王文字飲，醉筆蛟蛇走。既醉念君醒，遠餉爲我壽。瓶開香浮座，盞凸光照牖。方傾安仁醽，**（潘岳《笙賦》云：披黄苞以授柑，傾綠瓷以酌醽。）**莫遣公遠嗅。**（明皇食柑，凡千餘枚，皆缺一瓣，問進柑使者，云中途嘗有道士嗅之。蓋羅公遠也。）**要當立名字，未可問升斗。應呼釣詩鈎，亦號掃愁帚。**（蕭奇中眉）**造語都異。**（何焯眉）**世俗盛稱此二語，余謂下句猶可，若"釣詩鈎"未免俚而淺。**（杭世駿眉）**已開楊誠齋派。**（紀昀眉）**纖而俚。君知蒲萄惡，止是嫫姆黝。**（蕭奇中夾）**承上句。須君灩海杯，澆我談天口。

送路都曹（並引）

乖崖公在蜀，有録曹參軍老病廢事，公責之曰："胡不歸？"明日，參軍求去，且以詩留别。其略曰：秋光都似宦情薄，山色不如歸意濃。公驚謝之，曰："吾過矣，同僚有詩人而吾不知。"因留而慰薦之。予幼時聞父老言，恨不問其姓名。今都曹路君以小疾求致仕，予誦此事留之，不可，乃采前人意作詩送之，並邀趙德麟、陳履常各賦一篇。**（陳天定評）**只"秋光"二句，便令人不忍捨。坡公善於用事以代己意，往往如是。

積雪困桃李，春心誰爲容。淮光釀山色，先作歸意濃。**（潘奕雋夾）**超妙。我亦倦游者，君恩繫疏慵。**（紀昀夾）**先插此句，結乃有根。**（《角山樓》評）**插入自己作反襯。欲留耿介士，伴我衰遲蹤。吏課升斗積，崎嶇等鉛舂。**（丁菊泉夾）**句未詳。那將露電身,坐待收千鍾。結髮空百戰,市人看先封。誰能搔白首,抱關望夕烽。(**紀昀眉**)"吏課"八句乃代路語也。語相問答而不標其人,法本宋子侯《董嬌嬈》及陳琳《飲馬長城窟》也。(**《角山樓》評**)四語亦是比例。子意諒已成,我言寧復從。恨無乖崖老,一洗芥蒂胸。我田荆溪上,伏臘亦粗供。(**《角山樓》評**)仍將自己伴説入結,語淡情深。(**翁同書夾**)仍將自己伴説,便有情致。懷哉江南路,會作林下逢。(**紀昀眉**)仍不脱路,密。

【彙評】

汪師韓:一片愛才求友之意,津津亹亹。序雖援張詠爲説,然詠特不知參軍爲詩人耳。既知,則能留而慰薦之。軾知都曹矣,而於其致仕,留之不可,故尤悁悵切情。

次韻陳履常雪中

可憐擾擾雪中人,(**蕭奇中夾**)嗔得妙。飢飽終同寓一塵。老檜作花真强項,凍鳶儲肉巧謀身。忍寒吟詠君堪笑,得暖歡呼我未貧。坐聽屐聲知有路,擁裘來看玉梅春。

二鮮于君以詩文見寄作詩爲謝

我懷元祐初,圭璋滿清班。維時南隆老,奉使獨未還。迂叟向我言,青齊歲方艱。斯人乃德星,遣出虚危間。(**司馬温公謂軾曰:子駿福星也,京東人困甚,且令往彼。**)召用既晚矣,天命良復慳。一朝失老驥,寂寞空帝閑。至今清夜夢,枕衾有餘潸。喜聞二三子,結髮師閔顔。高論已河漢,(**蕭奇中眉**)已,止也,論高而河漢遜甚。清詩鳴佩環。遥知三日雪,積玉埋崧山。誰念此幽桂,坐蒙榛與菅。故人在潁尾,投詩清泠灣。

次韻趙德麟雪中惜梅(蕭奇中夾)妙。且餉柑酒(蕭奇中夾)更妙。三首

千花未分出梅餘,遣雪摧殘計已疏。卧聞點滴如秋雨,知是東風爲掃除。

閬苑千葩映玉宸,人間只有此花新。飛霙要欲先桃李,散作千林火迫春。

蹀躞嬌黄不受鞿,東風暗與色香歸。偶逢白墮争春手,遣入王孫玉斝飛。

和陳傳道雪中觀燈

新年樂事嘆何曾,閉閣燒香一病僧。未忍便傾澆别酒,且來同看照愁燈。潁魚躍處新亭近,湖雪消時畫舫升。(蕭奇中夾)妙。(紀昀眉)意謂水長船高耳,然不妥。只恐樽前無此客,清詩還有士龍能。(翁同書旁)謂無己。

閲世亭詩贈任仲微

(杭世駿眉)叙次簡潔。(紀昀眉)謹嚴有法。

任公鎮西南,嘗贈繞朝策。當時若盡用,善陣無赫赫。淒

凉十年後，邪正久已白。却留封德彝，天意眇難測。（**何焯眉**）沉痛處似少陵。（**紀昀眉**）此托出任公之殁，意全不在譏運判。（**王文誥夾**）此乃忘却《過新息留示鄉人任師中》一篇，故不省前後因地也。讀編年詩，與讀史同，不能拆出串講，讀之何爲。象賢真驥種，號訴甘百謫。豈云報私仇，禍福指絡脈。（**紀昀眉**）得體。高才食舊德，（**《角山樓》評**）以上叙往事，入本位只四韻，簡净深至。但恐里門窄。傷心千騎歸，贈印黄壤隔。惟有亭前檜，閲世不改色。千年與井在，記此王粲宅。（**紀昀眉**）竟住，好。

新渡寺送任仲微

春陰欲落雪，野氣方升雲。（**蕭奇中夾**）質甚。我游清潁尾，想見翠被君。古來聚散地，與子復言分。倦游安税駕，瘦田失歸耘。獨宿古寺中，荒雞亂鳴群。送子以曉角，（**蕭奇中眉**）亦送得奇。幽幽醒時聞。（**蕭奇中夾**）可省。（**紀昀眉**）結得不盡。

【彙評】

劉辰翁：不凡，不凡。

送運判朱朝奉入蜀七首

（**何焯旁**）似太白。（**何焯眉**）换韻五言詩最爲近古，其縹緲閑淡處先生獨絶。（**賴山陽評**）五古每四句换韻，其法自六朝來。看此詩，要看其首尾相貫、神氣流通、常山蛇勢處，起手似自天外出。然此詩本意所命在“清江飲君馬”之句，故以所見之“雲”“月”起“夢”，以“夢”起“清江”也。

藹藹青城雲,娟娟峨嵋月。(**賴山陽評**)"雲""月"不必"青城""峨嵋"之物,而專言之,却有味。隨我西北來,照我光不滅。

我在塵土中,白雲呼我歸。(**賴山陽評**)上云"青城雲",故"呼"字有味。我游江湖上,明月濕我衣。(**賴山陽評**)"濕"字試作"照",便平凡。

岷峨天一方,(**賴山陽評**)起"清江"句。雲月在我側。謂是山中人,相望了不隔。(**查慎行評**)汪洋自恣。(**錢廷錦乙眉**)太白。(**紀昀眉**)通幅自寫己意,借朱生情耳。(**《角山樓》評**)即"隔千里兮共明月"意。

夢尋西南路,(**《角山樓》評**)節奏好。默數長短亭。似聞嘉陵江,跳破吹錦屏。(**查慎行評**)"破"當作"波"。

送君無一物,(**《角山樓》評**)入送朱語,甚樸至。(**賴山陽評**)言"送君"雖"無一物",此江吾時時所夢之處,君到此江,則幸想吾矣之意也。是此詩之主意,而不使讀者知之矣。清江飲君馬。(**蕭奇中夾**)好。(**紀昀眉**)説朱處也仍是説蜀。路穿慈竹林,父老拜馬下。

不用驚走藏,使者我友生。聽訟如家人,細説爲汝評。

若逢山中友,問我歸何日。爲話腰脚輕,猶堪踏泉石。(**紀昀眉**)妙以本意作結,而仍不冷落朱一邊。(**賴山陽評**)"泉石"與前"雲月",于有意無意間照應。

【彙評】

汪師韓:五言换韻體制最古而後人少效之者,以其氣易斷而情韻反減耳。此則累累然如貫珠,清妙之音讀之百回不厭也。

《角山樓》:五古轉韻體,蟬聯斷續,饒有古意。

病中夜讀朱博士詩

(**翁同書眉**)[次公注]以美人及音樂喻博士之詩,末又以茶譬之,言其詩得之辛苦,當愛惜勿出,蓋以無知音也。

病眼亂燈火,細書數塵沙。君詩如秋露,(**蕭奇中夾**)何等。净我空中花。古語多妙寄,可識不可誇。(《**角山樓**》**評**)品詩入微。巧笑在瓶頰,哀音如摻撾。(**蕭奇中眉**)以下喻詩耶?寄茗耶?訂之。曾坑一掬春,紫餅供千家。懸知貴公子,醉眼無真茶。崎嶇爛石上,得此一寸芽。緘封勿浪出,湯老客未嘉。(**紀昀眉**)忽入比意作收,常意化爲新語。

【彙評】

查慎行:"曾坑"一段乃是比體,以知味况知音。世無其人,勿輕示也。

《**角山樓**》:前後兩截,絶不相融,以此比體,亦是曲説,恐題有脱誤。

趙德麟餞飲湖上舟中對月

老守惜春意,主人留客情。官餘閑日月,(**蕭奇中夾**)好官。湖上好清明。(**潘奕雋夾**)俊妙,可與退之"園林窮勝事,鐘鼓樂清時"同。彼以富麗勝,此以疏逸勝也。新火發茶乳,温風散粥餳。酒闌紅杏暗,日落大堤平。清夜除燈坐,孤舟擘岸撑。(**蕭奇中夾**)在行。逮君幘未墮,對此月猶横。(**查慎行評**)閑趣别致,留戀之意自在言外,"日""月"二字,不嫌重複。

贈朱遜之(並引)

(**紀昀眉**)莊論妙於不腐。

元祐六年九月,與朱遜之會議於穎。或言洛人善接花,歲出新枝,而菊品尤多。(**錢陸燦眉**)菊亦可接耶? 遜之曰:"菊當以黄爲正,餘可鄙也。"(**蕭奇中夾**)是論。昔叔向聞鬷蔑一言,(**蕭奇中夾**)善鑒。知其爲人,予於遜之亦云。

黄花候秋節,遠自夏小正。坤裳有正色,鞠衣亦令名。(**何焯眉**)彈壓赬紫,須此大句。一從人僞勝,遂與天力争。易性寓非族,改顔隨所令。新奇既易售,粹駁宜相傾。疾惡逢伯厚,(**何焯夾**)朱遜之。識真似淵明。(**紀昀眉**)點綴巧合,非同切姓之陋格。勢須推開,方見作意。君言我所印,世論誰改評。願君爲霜風,一掃紫與赬。(**蕭奇中夾**)猛烈。(**何焯眉**)必有所托,微近裂風景耳。

和趙德麟送陳傳道

二陳既妙士,兩歐惟德人。王孫乃龍種,(**查慎行評**)"王孫"指德麟也。世有籋雲麟。五君從我游,傾寫出怪珍。俗物敗人意,玆游實清醇。那知有聚散,佳夢失欠伸。我舟下清淮,沙水吹玉塵。君行踏曉月,疏木挂寸銀。(**蕭奇中夾**)對法。尚寄别後詩,剪刻淮南春。(**蕭奇中夾**)工。

上巳日與二子迨過游塗山荆山記所見

(**紀昀眉**)題易作鋪張語,却直起直收,最爲古致。

此生終安歸,還軫天下半。朅來乘樏廟,復作微禹嘆。(昔自南河赴杭州過此,蓋二十二年矣。)從祠及彼呱,(有啓廟。)像設偶此粲。(謂塗山氏。)(杭世駿眉)"彼呱""此粲",造語古穆。(紀昀夾)"此粲"太佻。秦祖當侑坐,(廟有柏翳。)夏郊亦薦祼。(有鯀廟。)可憐淮海人,尚記弧矢旦。(淮南人謂禹以六日生,是日,數萬人會山上。雖傳記不載,然相傳如此。)荆山碧相照,楚水清可亂。刖人有餘坑,美石肖溫瓚。(荆山下有卞氏采玉坑,石色如玉,不受鑱刻。取出山下,輒變色不復溫瑩。)龜泉木杪出,牛乳石池漫。(龜泉在荆山下色白而甘,真陸羽所謂石池漫流者。有石記云:唐貞元中隨白龜流出。)小兒强好古,侍史笑流汗。歸時蝙蝠飛,炬火記遠岸。

淮上早發

(紀昀眉)語淺而意深。

澹月傾雲曉角哀,(錢廷錦甲夾)早發。小風吹水碧鱗開。此生定向江湖老,默數淮中十往來。

次韻徐仲車(仲車耳聾)

惡衣惡食詩愈好,恰似霜松囀春鳥。(何紹基乙眉)樸境寫神。蒼蠅莫亂遠雞聲,世上誰如公覺早。八年看我走三州,(元豐八年予赴登州,元祐四年赴杭州,今赴揚州,皆見仲車。)月白當空水自流。人間擾擾真螻蟻,應笑人呼作鬥牛。

次韻林子中春日新堤書事見寄

(紀昀眉)氣機疏暢,東坡七絶之本色,所乏沉實之致耳。

東都寄食似孤雲,襆被真成一宿賓。收得玉堂揮翰手,却爲淮月弄舟人。羨君湖上齋摇碧,**(查慎行評)**子中時守杭州,故有"湖上齋摇碧"之句。**(紀昀夾)**後三字生。笑我花時甑有塵。爲報年來殺風景,連江夢雨不知春。**(來詩有"芍藥春"之句。揚州近歲率爲此會,用花十餘萬枝,吏緣爲奸,民極病之,故罷此會。)**

送陳伯修察院赴闕

(紀昀眉)此又太板實。

裕陵固天縱,筆有雲漢姿。嘗重連山象,不數秋風辭。龍騰與虎變,狸豹復何施。我窮真有數,文字乃見知。聞君射策日,妙語發嚅咨。一日喧萬口,驚倒同舍兒。**(錢廷錦乙夾)**接得粗,"妙語"二字不出。豈知二十年,道路猶遲遲。苦言如藥石,瞑眩終見思。屈伸反復手,獨於君可疑。四門方穆穆,行矣及此時。**(蕭奇中夾)**不苟。

送張嘉父長官

(蕭奇中眉)氣極利。**(何焯眉)**疊敘亦公所時有,而意致脱换,不覺其重。**(紀昀眉)**終是應酬之作,説來有理而少情,有意而無致,局段亦覺太狹。

都城昔傾蓋，駿馬初服輈。再見江湖間，秋鷹已離韝。於今三會合，每進不少留。豫章既可惜，瑚璉誰當收。微官有民社，妙割無雞牛。歸來我益敬，器博用自周。百年子初筵，我已迫旅酬。(**蕭奇中夾**)新句。但當記苦語，高節貫白頭。

軾在潁州與趙德麟同治西湖未成改揚州三月十六日湖成德麟有詩見懷次韻

(**方東樹評**)清適。○叙事首尾。

太山秋毫兩無窮，巨細本出相形中。(**蕭奇中眉**)每於起手見學識。(**方東樹評**)起二句道語。大千起滅一塵裏，未覺杭潁誰雌雄。(**來詩云與杭争雄。**)(**紀昀眉**)入手奇偉。(**曾國藩評**)首四句辨杭、潁之雌雄。(**陳衍評**)二湖本有優劣，聊作平等觀而已。我在錢塘拓湖淥，大堤士女争昌豐。(**紀昀眉**)用經捏合。(**翁同書夾**)六句杭州西湖。六橋横絶天漢上，北山始與南屏通。忽驚二十五萬丈，老葑席卷蒼雲空。(**楊慎夾**)東坡先生在杭州、潁州、許州皆開西湖，而杭之西湖尤偉。其詩"我在錢塘拓湖淥"六句，此詩史也。(**查慎行評**)以快筆寫快事，是開闢手。(**曾國藩評**)上六句，叙在杭修堤。朅來潁尾弄秋色，一水縈帶昭靈宫。(**翁同書夾**)潁州西湖。坐思吴越不可到，(**翁同書夾**)縈回有致。借君月斧修朣朧。(**翁同書夾**)歸美德麟湖成。(**曾國藩評**)上四句，叙在潁治湖。二十四橋亦何有，(**《角山樓》評**)前路以杭陪潁，此下由潁入揚。再説在揚得詩，湖成次韻，勢易懈緩。看此三韻，收拾得何等簡老。换此十頃玻璃風。(**翁同書夾**)指潁州。雷塘水乾禾黍滿，(**《角山樓》評**)映帶有情。寶釵耕出餘鸞龍。(**翁同書夾**)接説揚州，仍不脱治湖意。明年詩客來吊古,伴我霜夜號秋蟲。(**德麟見約來揚寄居,亦有意求揚倅。**)(**何焯眉**)用六一詩,恰與揚、潁相關合。(**紀昀眉**)脱卸無迹。(**何紹基乙眉**)逸情坌出。(**曾國藩評**)末六句,叙見官揚州。

【彙評】

汪師韓:"六橋橫絶"四句都是事實,却寫來異樣驚動。前以杭之西湖陪説潁之西湖,後以歐陽之自揚移潁比己之自潁改揚,都有天然佐證,會成佳談,構成絶唱。

趙翼:公詩多禪悟。

次韻趙德麟西湖新成見懷絶句

壺中春色(**謂洞庭春色也。**)飲中仙,騎鶴東來獨惘然。猶有趙陳同李郭,(**查慎行評**)時陳無己亦官於潁,故以"趙陳"比"李郭"。不妨同泛過湖船。

再次韻趙德麟新開西湖

(**潘奕雋眉**)公之治西湖於兩地,皆非爲游觀,其視後世之不恤民瘼、自命風雅者,皆公之罪人也。

使君不用山鞠窮,飢民自逃泥水中。欲將百瀆起凶歲,免使甔石愁揚雄。西湖雖小亦西子,(**翁同書眉**)先生在杭有"欲把西湖比西子"之句,故此處下"亦"字。縈流作態清而丰。千夫餘力起三閘,焦陂下與長淮通。十年憔悴塵土窟,清瀾一洗啼痕空。王孫本自有仙骨,平生宿衛明光宫。一行作吏人不識,正似雲月初朦朧。時臨此水照冰雪,莫遣白髮生秋風。(**紀昀眉**)應酬語,却寫得濃至而警動。定須却致兩黄鵠,新與上帝開濯龍。湖成君歸侍帝側,燈花已綴釵頭蟲。(**予以潁人苦飢,奏乞留黄河夫萬人,修境内溝洫,詔許之。因以餘力浚治此湖。**)(**何紹基乙眉**)客氣殊不必。

到官病倦未嘗會客毛正仲惠茶乃以端午小集石塔戲作一詩爲謝

(**查慎行甲眉**)"毛"恐當作"王",再考。

我生亦何須,一飽萬想滅。胡爲設方丈,養此膚寸舌。爾來又衰病,過午食輒噎。繆爲淮海帥,每愧厨傳缺。(**翁同書眉**)本集有《申明揚州公使錢狀》云:"杭州公使錢七千貫,而本州只有五千貫,比之楚州少七百貫。"顯是支使不足。爨無欲清人,奉使免内熱。空煩赤泥印,遠致紫玉玦。爲君伐羔豚,歌舞菰黍節。禪窗麗午景,蜀井出冰雪。坐客皆可人,鼎器手自潔。金釵候湯眼,魚蟹亦應訣。遂令色香味,一日備三絶。報君不虚授,知我非輕啜。(**蕭奇中夾**)亦見古人珍重所盡之意。(**何紹基乙眉**)珍重如此。

雙　石(並引)

至揚州,獲二石,其一緑色,岡巒迤邐,有穴達於背;其一玉白可鑒。(**查慎行評**)"玉白"當是"正白"。漬以盆水,置几案間。忽憶在潁州日,夢人請住一官府,榜曰仇池。覺而誦杜子美詩曰:"萬古仇池穴,潛通小有天。"乃戲作小詩,爲僚友一笑。

夢時良是覺時非,汲水埋盆故自癡。但見玉峰橫太白,便從鳥道絶峨眉。(**紀昀夾**)"絶"字與《漢書》"絶馳道"絶字義同。秋風與作煙雲意,曉日令涵草木姿。一點空明是何處,老人真欲住仇池。(**何紹基乙眉**)爲一點空明道也。

【彙評】

汪師韓:猥並之氣盡除,筆垂琳琅,裁而不俗。

次韻和晁無咎學士相迎

(**紀昀眉**)語多凡近,調亦平衍。

少年獨識晁新城,閉門却掃卷旆旌。胸中自有談天口,坐却秦軍發墨守。有子不爲謀置錐,虹霓吞吐忘寒飢。端如太史牛馬走,嚴徐不敢連尻脽。(**紀昀夾**)"尻脽"强押。裴回未用疑相待,枉尺知君有家戒。(**蕭奇中夾**)莊士。避人聊復去瀛洲,伴我真能老淮海。夢中仇池千仞岩。便欲攬我青霞幨。且須還家與婦計,我本歸路連西南。老人飲酒無人佐,獨看紅藥傾白墮。(**王文誥夾**)杜詩《九日》"竹葉於人既無分",亦然。每到平山憶醉翁,懸知他日君思我。(**蕭奇中眉**)每多俯仰。(**何紹基乙眉**)三公果不虚此語。路傍小兒笑相逢,齊歌萬事轉頭空。賴有風流賢别駕,猶堪十里卷春風。

【彙評】

劉辰翁:謂揚州小兒歌和平山堂詞也。師友先後如畫圖,得於此詩,使人想見後無及者。

次韻范淳父送秦少章

(**查慎行甲夾**)爲《内翰集》□原詩。(**查慎行甲眉**)淳夫集中要查原作。(**紀昀眉**)有典重之氣,似乎非乎。

宿緣在江海,世網如予何。(**何紹基乙眉**)十字解嘲。西來庾公塵,已濯長淮波。十年淮海人,初見一麥禾。(**紀昀眉**)句未老。但欣争訟少,未覺舟車多。秦郎忽過我,賦詩如《卷阿》。句法本黄子,(**謂魯直也**。)二豪與揩磨。(**其兄少游與張文潛**。)嗟我久離群,逝將老西河。後生多名士,欲薦空悲歌。小范真可人,(**翁同書旁**)"可人"二字,本《小戴禮·雜記》。獨肯勤收羅。(**蕭奇中夾**)何等。瘦馬識騄耳,枯桐得雲和。(**蕭奇中眉**)知人良不易。(**紀昀眉**)清出和意,古法。近聞館李生,(**李廌方叔**。)病鶴借一柯。贈行苦説我,妙語慰蹉跎。西羌已解仇,烽火連朝那。坐籌付公等,吾將寄潛沱。

靈隱前一首贈唐林夫①

(**紀昀眉**)得太白之皮毛,然頗近野調。

靈隱前,天竺後,兩澗春淙一靈鷲。不知水從何處來,跳波

① 編者按:詩題一作"聞林夫當徙靈隱寺寓居戲作靈隱前一首"。

赴壑如奔雷。無情有意兩莫測，肯向冷泉亭下相縈回。我在錢塘六百日，山中暫來不暖席。今君欲作靈隱居，葛衣草履隨僧蔬。能與冷泉作主一百日，不用二十四考書中書。

滕達道挽詞二首

（**紀昀眉**）挽詩例多應酬，此獨言之有物。

先帝知公早，虛懷第一人。至今詩禮將，惟數武宣臣。（**查慎行丙評**）東坡謫黄州，與元發往還尺牘甚多，正元發落職，守池州時也。故起四句云然。材大雖難用，時來亦少信。高平風烈在，威敏典刑新。（**公少受知於范希文、孫元規。**）空試乘邊策，寧留相漢身。凄凉舊部曲，淚濕冢前麟。

雲夢連江雨，樊山落木秋。（**王文誥夾**）滕元發罷安州，赴闕，公與約會於岐亭。及往迎之，會連日風雨，阻於黄陂，而元發道出信陽，遂相失。"雲夢"句指元發罷安州之時，"樊山"句自謂在齊安謫籍，其意直下，而句法分起。故次聯分承，三聯總束，而四聯復分。公方占賈鵬，我正買龔牛。共有江湖樂，俱懷畎畝憂。荆溪欲歸老，（**王文誥夾**）"歸老"，指買田時重遇金山，元發嘗代籌乞常事也。浮玉偶同游。骯髒儀刑在，驚呼歲月遒。回頭雜歌哭，挽語不成謳。（**王文誥夾**）一路寫下，機神靈活之甚。

【彙評】

劉辰翁："龔牛"不佳。

《**角山樓**》：二詩風格俱老。

次韻蘇伯固游蜀岡送李孝博奉使嶺表

（**紀昀眉**）句皆琢煉，但乏深意。（**何紹基乙眉**）排比密緻，亦近應酬，墨迹近在許滇生處，已上石。

新苗未没鶴，老葉方翳蟬。緑渠浸麻水，白板燒松煙。笑窺有紅頰，醉卧皆華顛。家家機杼鳴，樹樹梨棗懸。野無佩犢子，府有騎鶴仙。觀風嶠南使，出相山東賢。渡江吊狠石，（**錢陸燦眉**）"如羊"，當是"狼"字。附王十朋集注［程縯］曰：狠石，在潤州甘露寺，有石如羊，相傳謂之狠石，云諸葛孔明坐其身與孫仲謀論曹公也。過嶺酌貪泉。（**翁同書眉**）前半游蜀岡，後半送李奉使嶺表。與君步徙倚，望彼修連娟。願及南枝謝，早隨北雁翩。歸來春酒熟，共看山櫻然。（**翁同書眉**）《苕溪漁隱叢話》："《游蜀岡》詩造語全效退之《城南》聯句，'新苗'八句，雖退之筆力，殆無以過之。"

【彙評】

汪師韓：雅雅蔚蔚，有囚鎖怪異之力，而導之亨衢。

《**唐宋詩醇**》：離離蔚蔚，雲霞澄鮮。

送晁美叔發運右司年兄赴闕

（**紀昀眉**）語特峭拔，惟收處微覺其促。

我年二十無朋儔，當時四海一子由。（**蕭奇中夾**）真兄弟，真朋友。（**嚴虞惇眉**）千古友朋兄弟之樂，讀此二語，爲之慨然。君來扣門如有求，頎然病鶴清而修。醉翁遣我從子游，（**何焯眉**）"醉翁"

以下四句述晁言如此。翁如退之蹈軻丘。尚欲放子出一頭,(**嘉祐初,軾與子由寓興國浴室,美叔忽見訪,云:吾從歐陽公游久矣,公令我來,與子定交,謂子必名世,老夫亦須放他出一頭地。**)酒醒夢斷四十秋。病鶴不病骨愈虬,(**蕭奇中夾**)應。(**杭世駿眉**)"虬"字生。惟有我顏老可羞。醉翁賓客散九州,幾人白髮還相收。(**何紹基乙眉**)想見氣義。我如懷祖拙自謀,正作尚書已過優。君求會稽實良籌,往看萬壑争交流。(**君近乞越州。**)(**方東樹評**)收四語見作詩心胸,其筆如天仙乘雲而游,御風而行,可望而不可到。(**翁同書眉**)疑公此時已聞兵部尚書之命。

【彙評】

查慎行:信手拈來,無不委曲暢達。

查慎行丙:按先生受知於歐陽,在嘉祐丁亥。晁美叔與公同年,定交即在此時。時先生年二十三,而詩云"我年二十無朋儔"者,乃大概約略之詞。傅藻《年譜》云:"至和二年乙未,先生年二十,游成都,謁張安道。有晁美叔者,求友於先生。"與本詩公自注一段相戾,特傅會起句而失之耳。今駁正。

王文玉挽詞

才名誰似廣文寒,月斧雲斤琢肺肝。玄晏一生都卧病,子雲三世不遷官。幽蘭空覺香風在,宿草何曾淚葉乾。猶喜諸郎有曹志,文章還復富波瀾。

送芝上人游廬山

二年閲三州,我老不自惜。(**蕭奇中夾**)一望生慨。團團如磨牛，步步踏陳迹。豈知世外人，長與魚鳥逸。老芝如雲月，炯炯時一出。比年三見之，常若有所適。逝將走廬阜，計闊道愈密。（**杭世駿眉**）善爲上人出脱，不然便與“踏陳迹”相犯。（**紀昀夾**）句未醒。吾生如寄耳，出處誰能必。江南千萬峰，何處訪子室。（**蕭奇中夾**）好，好。（**何紹基乙眉**）亦何須訪之。

送程德林赴真州

（**何紹基乙眉**）直叙如記文，自樸茂。

君爲縣令元豐中，（**蕭奇中夾**）起得樸。吏貪功利以病農。君欲言之路無從，移書諫臣以自通，（**諫臣，蹇受之也。**）元豐天子爲改容。（**蕭奇中夾**）好天子。我時匹馬江西東，問之逆旅言頗同。老人愛君如劉寵，（**查慎行評**）“寵”字作平聲讀乃合格。（**何紹基甲眉**）“寵”蓋平聲。小兒敬君如魯恭。爾來明目達四聰，收拾騏駿冀北空。君爲赤令有古風，政聲直入明光宫。天廄如海養群龍，並收其子豈不公，（**君之子祁舉制策，文學行義，爲時所稱。**）白沙何必煩此翁。（**劉辰翁夾**）結甚翩。（**何焯眉**）一句入題反結，章法奇。

谷林堂詩

（**蕭奇中眉**）清凉襲筆。（**紀昀眉**）無深意，而謹嚴厚重，自是老筆。

深谷下窈窕，高林合扶疏。美哉新堂成，及此秋風初。我來適過雨，物至如娱予。（**蕭奇中夾**）好。稚竹真可人，霜節已專車。老槐苦無賴,風花吹填渠。山鴉争呼號,溪蟬獨清虚。(**蕭奇中夾**)妙。寄懷勞生外,得句幽夢餘。古今正自同,歲月何必書。

予少年頗知種松手植數萬株皆中梁柱矣都梁山中見杜輿秀才求學其法戲贈二首

露宿泥行草棘中,十年春雨養鬒龍。如今尺五城南杜,欲問東坡學種松。

君方掃雪收松子,我已開榛得茯苓。爲問何如插楊柳,明年飛絮作浮萍。(**蕭奇中眉**)豈獨松哉,豈獨松哉,可偈可參。

行宿泗間見徐州張天驥次舊韻

(**紀昀眉**)東坡七律駿快者多,難得如此沉著。

二年三蹯過淮舟,款段還逢馬少游。(**錢廷錦甲夾**)見徐。無事不妨長好飲,(**翁同書夾**)用犀首事。著書自要目窮愁。(**蕭奇中夾**)得力。孤松早偃元非病,倦鳥雖還豈是休。更欲河邊幾來往,只今霜雪已蒙頭。

次韻劉景文贈傳曦秀才

窈眇文章宜和寡,峥嶸肝肺亦交難。(**蕭奇中眉**)交難,斯真交矣,交壞於肺易耳。未能飛瓦彈清角,肯便投泥戲潑寒。忽見秋風吹落水,遥知霜葉滿長安。(**紀昀眉**)中四句虚字平頭,東坡往往不忌。然是一病,能令詩薄而剽。詩成送與劉夫子,莫遣孫郎帳下看。

在彭城日與定國爲九日黄樓之會今復以是日相遇于宋凡十五年憂樂出處有不可勝言者而定國學道有得百念灰冷而顔益壯顧予衰病心形俱瘁感之作詩

菊盞茰囊自古傳,長房寧復是臞仙。應從漢武横汾日,數到劉公戲馬年。對玉山人雖老矣,(**紀昀眉**)句法不佳。見恒河性故依然。(**蕭奇中眉**)形神未瘁。王郎九日詩千首,今賦黄樓第二篇。

九日次定國韻

(**紀昀眉**)滚滚而來,却屈曲自如,無一沓語。

朝菌無晦朔,蟪蛄疑春秋。南柯已一世,我眠未轉頭。仙人視吾曹,何異蜂蟻稠。不知蠻觸氏,自有兩國憂。我觀去來今,未始一念留。奔馳竟何得,而起無窮羞。王郎誤涉世,屢獻久不酬。(**蕭奇中夾**)妙。黄金散行樂,清詩出窮愁。俯仰四十年,始知此生浮。(《**角山樓**》**評**)感慨深透。軒裳陳道路,往往兒童收。(**蕭奇中眉**)必有所感,必有所指。封侯起大第,或是君家騶。(**蕭奇中夾**)古今有此。似聞負販人,中有第一流。(**蕭奇中眉**)賣漿鼓□刀,夫獨非耶?炯然徑寸珠,藏此百結裘。意行無車馬,倏忽略九州。邂逅獨見之,天與非人謀。笑我方醉夢,衣冠戲沐猴。力盡病騏驥,伎窮老伶優。北山有雲根,寸田自可耰。會當無何鄉,同作逍遥游。歸來城郭是,空有纍纍丘。

【彙評】

查慎行：絶無一語及“九日”，直是自寫胸期，無暇檢點。

召還至都門先寄子由

老身倦馬河堤永，踏盡黄榆緑槐影。荒雞號月未三更，客夢還家得俄傾。（紀昀眉）起手警拔。歸老江湖無歲月，未填溝壑猶朝請。（蕭奇中夾）憤。（紀昀眉）轉便輕捷。（《角山樓》評）此聯沉著。黄門殿中奏事罷，詔許來迎先出省。已飛青蓋在河梁，定餉黄封兼賜茗。遠來無物可相贈，一味豐年説淮潁。（蕭奇中夾）好。（紀昀眉）結寓投老潁濱之意，非泛作頌美時事之詞。

次韻定國見寄

還朝如夢中，雙闕眩金碧。（紀昀眉）起十字神來，非閱歷人不能道。復穿鵷鷺行，强寄麋鹿迹。勞生苦晝短，輾轉不能夕。（蕭奇中夾）有此。（紀昀夾）“夕”字押得不妥。（翁同書夾）語本毛詩“不能晨夜”。默坐數更鼓，流水夜自逆。故人爲我謀，此志何由畢。越吟知聽否，誰念病莊舄。（時方請越。）

次韻蔣穎叔錢穆父從駕景靈宫二首

（方回評）此元祐七年壬申南郊時事。

歸來病鶴記城闉，舊踏松枝雨露新。半白不羞垂領髮，軟紅猶戀屬車塵。雨收九陌豐登後，日麗三元下降辰。粗識君王爲民意，不才何以助精禋。（**前輩戲語，有西湖風月不如東華軟紅香土。**）（**紀昀眉**）風格老重。

與君並直記初元，白首還同入禁門。玉殿齊班容小語，霜廷稽首泫微温。（**適與穆父並拜庭中，地皆流濕，相與小語道之。**）（**杭世駿眉**）叙次妥潔。（**紀昀夾**）四句終嫌湊泊。病貪賜茗浮銅葉，老怯香泉灩寶樽。回首鵷行有人傑，坐知羌虜是游魂。（**錢廷錦甲夾**）收歸蔣、錢，方見次韻。

【彙評】

紀昀：東坡館閣唱和諸七律皆不爲佳，此首固不失局度。

卷二十一

詩六十六首

軾近以月石硯屏獻子功中書公復以涵星硯獻純父侍講子功有詩純父未也復以月石風林屏贈之謹和子功詩並求純父數句

(劉辰翁旁)惜純父未見能詩,前輩風流不自放過。**(紀昀眉)**看似老横,究是滑調。**(何紹基乙眉)**此等詩不如尺牘。

紫潭出玄雲,翳我潭中星。獨有潭上月,倒挂紫翠屏。我老不看書,默坐養此昏花睛。時時一開眼,見此雲月眼自明。久知世界如泡影,大小真偽何足評。笑彼三子歐蘇梅,無事自作雪羽争。(**事見三人詩集。**)故將屏硯送兩范,要使珠璧棲窗欞。大范忽長謡,語出月脅令人驚。(**皇甫湜曰:穿天心,出月脅。意外驚人,語非尋常。**)小范當繼之,説破星心如雞鳴。(**孟郊《聞雞》詩云:似聞孤月口,能説落星心。**)床頭復一月,下有風林横。急送小范家,護此涵星泓。願從少陵博一句,山木盡與洪濤傾。

【彙評】

劉辰翁:"星心""月脅"清奇。

汪師韓:起八句連絡硯屏,瑰偉絶特。中間行以迤邐,舒而不迫。

却用少陵詩語一句結住，讀之更如有千百言在腕下，抑何高壁緬然。

張問陶：章法於變換處見整齊。

賴山陽：世服蘇之廣長舌，不知其收舌不盡展者更好。……《硯屏》……皆豐約合度，姿態可觀。

次韻范純父涵星硯月石風林屏詩

（**紀昀眉**）轉轉深至，純以意勝，而能曲折以達之。

月次於房歷三星，斗牛不神箕獨靈。簸摇桑榆盡西靡，影落蘇子硯與屏。（**何焯眉**）從"月"字穿出"星"，從"星"字穿出"風"，化兩爲一。天工與我兩厭事，（**何焯夾**）"厭"字帶起後半。孰居無事爲此形。（**紀昀夾**）"居"是"何居"之"居"。與君持橐侍帷幄，（**紀昀夾**）從此生意。同到温室觀堯蓂。自憐太史牛馬走，伎等卜祝均倡伶。（**蕭奇中眉**）申意。欲留衣冠挂神武，便擊雲水歸南溟。陶泓不稱管城沐，醉石可助平泉醒。故持二物與夫子，欲使妙質留天庭。但令滋液到枯槁，勿遣光景生晦冥。上書挂名豈待我，獨立自可當雷霆。（**翁同書夾**）有此一事，便覺情文切至，且移置他人不得。我時醉眠風林下，夜與漁火同青熒。撫物懷人應獨嘆，作詩寄子誰當聽。

【彙評】

劉辰翁：此實事，坡公磊落記之。

汪師韓：起局得勢，後乃舒緩其氣以副之，是亦不煩繩削而自合也。

《**角山樓**》：篇中亦是本色清快語，未見深至。

次韻錢穆父會飲

彈冠恨不早,挂冠常苦遲。(**錢廷錦乙眉**)磊落。盛服每假寐,角闕時伏思。東門未祖道,西山空拄頤。逝將江海去,安此麋鹿姿。要當謀三徑,何暇擇一枝。與君幾合散,得酒忘淳漓。君談似落屑,我飲如弈棋。(**世有作詩如弈棋,弈棋如飲酒,飲酒乃天戒之語。僕於棋、酒二事俱不能也。**)居官不任事,造物真見私。主人獨賢勞,金谷方流馳。(**紀昀夾**)句不佳。行人亦結束,杕杜乃歸期。公卿雖少安,河流正東釃。我得會稽去,方回良不癡。

次韻穆父尚書侍祠郊丘瞻望天光退而相慶引滿醉吟

千章杞梓陰雲天,樗散誰收老鄭虔。喜氣到君浮白裏,豐年及我挂冠前。令嚴鐘鼓三更月,野宿貔貅萬竈煙。(**查慎行評**)先生自舉平生傑句,以二語爲最。(**紀昀眉**)五、六詩話所稱,然三、四亦佳。(**方東樹評**)只五、六佳,三、四宋調,吾不取。(**《角山樓》評**)肅穆氣象在目。(**陳衍評**)其實此等句,初非難事,古今詩人皆有,舉不勝舉。太息何人知帝利。歸來金帛看赬肩。(**紀昀眉**)宋郊天必有賜賚,故末句云然。(**《角山樓》評**)"赬肩"字硬。

【彙評】

汪師韓:氣偉采奇,望之又蔚然深秀,厥由風力之遒。

趙翼:公律詩多清轉流麗,此獨雄鬱警煉。

郊祀慶成詩

(**杭世駿眉**)典重得體,見大手筆。(**錢陸燦眉**)典則風雅。(**紀昀眉)字字老重,不減唐人應制詩,而氣脈生動則過之,此東坡斂才就法之作。結得大臣之體。(《角山樓》評)莊肅,是初唐一派,於張燕公尤近。

帝出乘昌運,天心予太平。文章三代繼,(劉辰翁夾)自謂。制作七年成。大祀乾坤合,剛辰日月明。泰壇朝埽地,魄寶夜垂精。仰御圜蒼蓋,環觀海嶽城。北流吞朔易,西極落欃搶。升燎靈光答,回鑾瑞霧迎。需雲遍枯槁,解雨達勾萌。可頌非天德,因箴亦下情。(蕭奇中夾)妙手。民言知有酌,帝謂本無聲。(趙翼評)用經書語,如此堅秀。(《角山樓》評)此聯警策。富國由崇儉,祈年在好生。無心斯格物,克己自消兵。(蕭奇中眉)堂堂正正之論。化國安新政,孤臣返舊耕。還將清廟什,留與野人賡。(紀昀夾)結得大臣之體。(何紹基乙眉)此詩難得沉著。

【彙評】

劉辰翁:典重麗密,不多不少。

汪師韓:詩共十四韻,而自“可頌非天德”以下,俱作箴規之語,此所謂因事納規,不藉揚厲鋪張以矜其華藻。

趙翼:端重雅飭,收盡平生馳驟之氣。應制閑適,各有體裁故也。

《唐宋詩醇》:自元豐元年詳定郊祀禮文,至六年冬至親祀圜丘,以太祖配,始罷天地合祭之禮,不設皇地祇位。哲宗初立,未及親祀。元祐五年,廷臣集議,復定南郊並祀之儀。七年親郊,始行合祭。宋制三年 郊,軾以兵部尚書爲南郊鹵簿使,疏請嚴整儀仗,自皇后以下不復迎謁中道,一時稱盛。合祭之禮至紹聖元年仍議罷,而軾則主合祭之説者,然合祭亦僅行於是年耳。時宰執侍從進詩以賀,故有是詩。

張問陶評:此廊廟之文也。

次韻奉和錢穆父蔣潁叔王仲至詩四首

見和西湖月下聽琴

謖謖松下風，藹藹壟上雲。聊將竊比我，不堪持寄君。(**紀昀眉**)起得灑脱，不粘題而題意宛然。半生寓軒冕，一笑當琴尊。良辰飲文字，晤語無由醺。我有夙鳴枝，背作蛇蚹紋。月明委静照，心清得奇聞。(**杭世駿眉**)二語是琴德中絶妙之辭。當呼玉澗手，(**紀昀夾**)"手"字疑"子"字之訛。一洗羯鼓昏。請歌《南風》曲，猶作虞書渾。(**家有雷琴甚奇古，玉澗道人崔閑妙於雅聲，當呼使彈。**)(**杭世駿眉**)如此趁韻，自坡出，人不以爲怪。名譽未立者爲此，必遭訾駡矣。詩文一道，亦有勢利存焉。

見和仇池

上窮非想亦非非，下與風輪共一癡。翠羽若知牛有角，空瓶何必井之眉。(**蕭奇中眉**)渾然古汋，妙在不群。(**張問陶評**)君知動遭觸觸，何必身履危機，故下接"還朝"一聯。還朝暫接鵷鸞翼，謝病行收麋鹿姿。記取和詩三益友，他年弭節過仇池。

玉津園

承平苑囿雜耕桑，六聖勤民計慮長。(**蕭奇中夾**)爲上三字。碧水東流還舊派，(**玉津分蔡河上流，復合於下。**)紫壇南峙表連岡。(**杭世駿眉**)在坡集中最爲秀穩。不逢遲日鶯花亂，空想疏林雪月光。千畝何時躬帝藉，斜陽寂歷鎖雲莊。

藉　田

竊脂方紀瑞，布穀未催耕。魚沫依蘋渚，蝸涎上彩楹。江湖來夢寐,蓑笠負平生。琴裏思歸曲,因君一再行。

頃年楊康功使高麗還奏乞立海神廟於板橋僕嫌其地湫隘移書使遷之文登因古廟而新之楊竟不從不知(蕭奇中夾)筆法。定國何從見此書作詩稱道不已僕不復記其云何也次韻答之(錢廷錦乙旁)少意味。

(紀昀眉)此亦何關大計,而爭者爭,稱者稱,一時習氣如此,焉得不成黨禍?

退之仙人也,(紀昀夾)不成句法,亦不成起法。游戲於斯文。談笑出偉奇,鼓舞南海神。頃年三韓使,幾爲鮫鰐吞。(紀昀夾)句淺率。歸來築祠宇,要使百賈奔。(板橋,商賈所聚。)我欲遷其廟,下數浮空群。(謂登州海市。)移書竟不從,信非磊落人。(蕭奇中夾)斥得爽。(紀昀眉)太直便非詩品。公胡爲拳拳,繫此空中雲。作詩頌其美,何異刻劍痕。我今已括囊,(蕭奇中夾)妙。象在六四坤。(紀昀夾)可云"坤六四",不可云"六四坤"。

沐浴啓聖僧舍與趙德麟邂逅

南山北闕兩非真,東潁西湖迹已陳。季子來歸初可喜,老聃新沐定非人。酒清不醉休休暖,睡穩如禪息息匀。自笑塵勞餘一念,明年同泛越溪春。

次韻王仲至喜雪御筵

三軍喜氣鑠飛花,睡起空驚月在沙。未集驊騮金騣裹,故殘娥鵲玉横斜。偶還仗内身如寄，尚憶江南酒可賒。(**紀昀夾**)六句出人意表。宣勸不多心自醉，强扶衰白拜君嘉。

【彙評】

劉辰翁：極似製作。

劉弘：詩固詠雪，而復寓歸班之情。辰翁謂“極似製作”，是已。

僕所藏仇池石希代之寶也王晉卿以小詩借觀意在於奪僕不敢不借然以此詩先之

(**紀昀眉**)委曲而疏暢。(**何紹基乙眉**)“不敢不借”，何也？借作詩波耳。

海石來珠宫，秀色如蛾緑。坡陀尺寸間，宛轉陵巒足。連娟二華頂，空洞三茅腹。(**張廷濟眉**)“坡陀”“宛轉”“連娟”“空洞”，皆疊韻。初疑仇池化，又恐瀛洲蹙。殷勤嶠南使，饋餉揚州牧。(**僕在揚州，程德孺自嶺南解官，以此石見遺。**)(**《角山樓》評**)先狀石，次叙來歷。得之喜無寐，與汝交不瀆。盛以高麗盆，藉以文登玉。(**僕以高麗所餉大銅盆貯之，又以登州海石如碎玉者附其足。**)幽光先五夜，冷氣壓三伏。(**《角山樓》評**)警句。凡叙述中必須有此，方不平率。老人生如寄，茅舍久未卜。一夫幸可致，千里還相逐。風流貴公子，(**翁同書夾**)始入晉卿。竄謫武當谷。見山應已厭，(**翁同書夾**)小作頓跌。何事奪所欲。(**查慎行評**)豎此二義，仇池石屹若泰山，不可奪矣。欲留嗟趙弱，寧許負秦曲。傳觀慎勿許，間道歸應速。(**紀昀眉**)王多姬妾，故云。(**《角山樓》評**)隸事精妙，此等事若直説，必不能佳。

【彙評】

汪師韓：希代之竇，實是寫得出。末用歸璧事，低回往復，如見其依依不捨，戀戀有情。

《**唐宋詩醇**》：希代之竇，實是寫得出。末用秦歸趙璧，恰與情事比附。意隨筆轉，如脱彈丸。

次天字韻答岑岩起

一聲清蹕霧開天，百辟心莊豈貌虔。（**紀昀夾**）次句拙而腐。回顧驚君珠玉側，同升愧我粃糠前。裴回月色留壇影，縹緲松香泛蠟煙。（**近制，以椽燭松明易糝盆。**）莫嘆郎潛生白髮，聖朝求舊鄙鳶肩。（**紀昀夾**）末句亦牽强。

石塔寺（並引）

（**蕭奇中眉**）余有《精舍》詩云："鐘開四觀僧兼衆，香净三生佛其吾。"鐘是飯，飯即法，法即悟矣。（**杭世駿眉**）此亦小兒之論，以佛眼觀，但當普救大千，不必論報也。（**紀昀眉**）翻案却有至理。

世傳王播《飯後鐘》詩，蓋揚州石塔寺事也。（**劉辰翁夾**）即木蘭耶？相傳如此，戲作此詩。

飢眼眩東西，詩腸忘蚤晏。雖知燈是火，不悟鐘非飯。山僧異漂母，但可供一莞。何爲三百年，記憶作此訕。齋厨養若人，無益只遺患。（**蕭奇中夾**）犯罵。乃知飯後鐘，闍黎蓋具眼。（**何紹基乙眉**）挑斥亦太認真。

【彙評】

劉辰翁:坡意謂餓死王播更好。

次韻蔣穎叔二首

扈從景靈宮①

道人幽夢曉初還,已覺笙簫下月壇。風伯前驅清宿霧,祝融驂乘破朝寒。英姿連璧從多士,妙句鏘金和八鑾。已向詞臣得頗牧,(**時穎叔新除熙河帥。**)路人莫作老儒看。

凝祥池②

似知金馬客,時夢碧雞坊。冰雪消殘臘,煙波寫故鄉。(**查慎行評**)第四句從第二句生出,對凝祥之煙波,儼然故鄉在目,正與"時夢碧雞坊"相應。鳴鑾自容與,立馬久回翔。乞與三韓使,新圖到樂浪。(**時高麗使在都下,每至勝境,輒圖畫以歸。**)

和叔盎畫馬次韻

(**蕭奇中眉**)妙論。(**紀昀眉**)全不成語。

天驥德力備,馬外龍麟中。皇天不遺言,兀與圖畫同。駑駘飽官粟,未受一洗空。十駕均一至,何事籋雲風。

① 編者按:詩題一作"奉和穎叔萬壽觀"。
② 編者按:詩題一作"奉和凝祥池"。

王晉卿示詩欲奪海石錢穆父王仲至蔣穎叔皆次韻穆至二公以爲不可許獨穎叔不然今日穎叔見訪親睹此石之妙遂悔前語軾以謂晉卿豈可終閉不予者(蕭奇中夾)妙跌。若能以韓幹二散馬易之者蓋可許也復次前韻

相如有家山,縹緲在眉緑。(紀昀夾)"緑"字添出,不穩。誰云千里遠,寄此一矚足。平生錦繡腸,早歲藜莧腹。從教四壁空,未遣兩峰蹙。(張廷濟眉)"平生"四句作相如答語口氣也,遣去。(紀昀眉)自以"兩峰"稱眉,不妥;如指家人,又突出無著。吾今况衰病,義不忘樵牧。(蕭奇中夾)重。逝將仇池石,歸溯岷山瀆。守子不貪寶,完我無瑕玉。故人詩相戒,妙語予所伏。(翁同書眉)"伏"字本韓退之《石鼎聯句序》。一篇獨異論,三占從兩卜。(翁同書夾)謂錢、王可從而蔣可違。(翁眉)[趙次公曰]"故人詩相戒",指穆父、仲至之不欲予也。"一篇獨異論",指穎叔之欲予也。群家畫可數,天驥紛相逐。風鬃掠原野,電尾梢澗谷。君如許相易,是亦我所欲。今朝安西守,來聽陽關曲。勸我留此峰,他日來不速。(紀昀眉)後半叙次不甚清醒,牽於韻少而頭緒多耳。

【彙評】

汪師韓:丹經墨史,拈出盡歸妙諦,筆上生花。

軾欲以石易畫晉卿難之穆父欲兼取二物穎叔欲焚畫碎石(蕭奇中夾)皆狠。乃復次前韻並解二詩之意

(張廷濟眉)分二截,七韻一截。

春冰無真堅，霜葉失故緑。鶡疑鵬萬里，蚿笑夔一足。二豪爭攘袂，（**王文誥夾**）謂穆父、穎叔也。先生一捧腹。（**王文誥夾**）公自謂也。明鏡既無臺，净瓶何用蹙。（**古蹴、蹙通。**）（**紀昀夾**）"蹙"字押得未穩。（**杭世駿眉**）以禪語解嘲，是坡公長技，詩學支離，溺而不返，知我罪我，非深於此道者，不能覺其非也。盆山不可隱，畫馬無由牧。（**蕭奇中夾**）妙。（**王文誥夾**）十字通篇主腦，故末四句分承作結。無此關鎖，則一詩分作二首矣。公但爲詩立局，若必謂掃倒石畫，則又小兒解也。聊將置庭宇，何必棄溝瀆。焚寶真愛寶，碎玉未忘玉。（**王文誥夾**）此詩分二截，以上答穆父、穎叔。久知公子賢，（**王文誥夾**）謂晉卿也。以下皆與晉卿語。出語耆年伏。（**紀昀夾**）後三字趁韻。欲觀轉物妙，（**蕭奇中夾**）説出至理。故以求馬卜。（**蕭奇中夾**）妙。維摩既復捨，天女還相逐。授之無盡燈，照此久幽谷。定心無一物，法樂勝五欲。（**張廷濟眉**）此"法樂"當音樂之樂。三峨吾鄉里，（**翁同書夾**）真山。萬馬君部曲。（**翁同書夾**）真馬。卧雲行歸休，破賊見神速。（**晉卿將種，常有此志。**）（**翁同書夾**）分頂上兩句。（**蕭奇中夾**）宕。（**紀昀眉**）後半牽於韻脚，語亦夾雜。（**王文誥夾**）所解是，但必加此説，則凡卞和之玉、隋侯之珠、羲之之書、道玄之畫，皆得以"飢不可食""寒不可衣"之説廢之矣。公詩但解二説，以爲不必碎與焚也。入結又從前半生出，使三人合成一局，以是論詩，庶幾與作者所見爲近。

【彙評】

汪師韓：因有欲焚畫碎石者，乃别爲踢净瓶、燒木佛，添出一重公案。言下如有白毫大光，應念來感，煌煌翹翹，豈止次韻之能，怪變百出。

生日蒙劉景文以古畫松鶴爲壽且貺嘉篇次韻爲謝

問予一室間,寧有千里廓。塵心洗長松,遠意發孤鶴。生朝得此壽,死籍疑可落。(**何焯眉**)"可落"二語從空外落手。微言在參同,妙契藏九籥。故人有奇趣,逸想寄幽壑。霜枝謝寒暑,雲翮無前却。(**紀昀眉**)關合小樣。何須構明堂,未羨巢阿閣。緬懷别時語,復作數日惡。詩腴固堪餐,字瘦還可愕。高標忽在眼,清夢了如昨。君今噲等伍,志與湛輩各。豈待相顧言,方爲不朽托。(**查慎行評**)交誼深厚,本集有薦景文狀,須合刊。子雲老執戟,長孺終主爵。吾當追松喬,子亦鄙衛霍。(**何紹基乙眉**)何爲"不朽"之托"松喬"耶?復計此。

【彙評】

汪師韓:松鶴爲壽近於俗情,乃寫得古趣洋溢,其色蒼然,其味盎然。

《唐宋詩醇》:松鶴爲壽,近於俗情,乃寫得古趣洋溢,固知才人之筆,無所不可。

程德孺惠海中柏石兼辱佳篇輒復和謝

(**杭世駿眉**)通首只是寬寫,不粘定"柏石",亦是趣易。

嵐薰瘴染却敷腴,笑飲貪泉獨繼吴。未欲連車收薏苡,肯教沉網取珊瑚。不知庾嶺三年别,收得曹溪一滴無。但指庭前雙柏石,要予臨老識方壺。

【彙評】

汪師韓:程之元乃軾母成國太夫人之第六侄,軾於其知楚州有詩、生日有詩,極稱其惠績。時與軾同朝,因贈柏石而志鄭重之意,依然以清白許之也。

次秦少游韻贈姚安世

帝城如海欲尋難,肯捨漁舟到杏壇。剥啄扣君容膝户,巍峨笑我切雲冠。問羊獨怪初平在,牧豕應同德曜看。肯把參同較同異,(**張廷濟眉**)"參同"哉,去"異"字,亦是一倒。小窗相對爲研丹。

次丹元姚先生韻

(**查慎行評**)按《欒城集·次韻姚道人二首》,前首"論"字韻止,自"不學劉更生",以下另是一首起,向來諸本混而爲一,今爲改正,作二首。(**孫原湘眉**)紀批本題下有"二首"兩字。

浮生知幾何,僅熟一釜羹。那於俯仰間,用此委曲情。自憐無他腸,偶亦得此生。懸知當去客,中有不亡存。但恐宿緣重,每爲習氣昏。似聞梅子真,近在吴市門。未能肩拍洪,但欲目擊温。(**蕭奇中眉**)造句。(**紀昀夾**)二句不妥。不敢叩門呼,恐作逾垣奔。且令紹介先,徐以方便論。(**孫原湘眉**)紀本至"方便論"止,作一首。"不學"句起,另作一首。

不學劉更生,黄金鑄尚方。不學房次律,身事問潁陽。王烈亦何人,叔夜未可量。獨見神山開,遽餐石髓香。至道尚聽瑩,(**張廷濟眉**)"聽瑩"之"瑩"是"成"音。粗才終蹶張。先生喜而笑，幅巾登我堂。苦誓指黄壤，要言刻青琅。蓬萊在何許，弱水空相望。且當從嵇阮，聊復數山王。達人友四海，曲士守一疆。慎勿使形諜，兒童驚夜光。

次韻秦少游王仲至元日立春三首

省事天公厭兩回，（**紀昀眉**）起拙而突。新年春日並相催。殷勤更下山陰雪，要與梅花作伴來。

己卯嘉辰壽阿同，願渠無過亦無功。明年春日江湖上，回首觚棱一夢中。（**子由一字同叔，元日己卯渠本命也。**）（**錢廷錦甲眉**）公句再見。

詞鋒雖作楚騷寒，（**紀昀夾**）"寒"字强押。德意還同漢詔寬，好遣秦郎供貼子，盡驅春色入毫端。（**立春日，翰林學士供詩帖子。**）

【彙評】

劉辰翁：前輩風流。

上元侍飲樓上三首呈同列①

澹月疏星繞建章，仙風吹下御爐香。侍臣鵠立通明觀，一朵紅雲捧玉皇。（**紀昀眉**）此首被傳奇寫熟，遂覺俗不可耐，其實亦無好無惡之詩。

① 編者按：詩題一作"正月十四日夜扈從端門觀燈三絶"。

薄雪初消野未耕，賣薪買酒看升平。吾君勤儉倡優拙，自是豐年有笑聲。（**紀昀眉**）極用意而語太拙。

老病行穿萬馬群，九衢人散月紛紛。歸來一點殘燈在，猶有傳柑遺細君。（**侍飲樓上，則貴戚争以黄柑遺近臣，謂之傳柑，蓋尚矣。**）

送蔣穎叔帥熙河（並引）

（**錢廷錦乙眉**）淺露。（《**角山樓**》**評**）妙於語言，諷刺深矣。

穎叔出使臨洮，軾與穆父、仲至同餞之，各賦詩一篇，以"今我來思"爲韻，致遄歸之意，軾得我字。

西方猶宿師，論將不及我。苟無深入計，緩帶我亦可。（**查慎行評**）感憤之言，以滑稽出之。妙，妙。（**蕭奇中眉**）笑盡武夫。（**紀昀眉**）起即伏結意，筆極恣逸。承明正須君，文字粲藻火。（**何焯眉**）憤時語以詼諧出之，其駿爽處正其沉痛處。自薦雖云數，留行終不果。正坐喜論兵，臨老付邊瑣（**一作鎖**）。（**孫原湘眉**）"'邊鎖'即北門鎖鑰意"。新詩出談笑，僚友困掀簸。我欲歌《杕杜》，楊柳方婀娜。邊風事首虜，所得蓋幺麽。（**查慎行評**）公集中《代張方平諫用兵書》可爲此處注脚。願爲魯連書，一射聊城笴。陰功在不殺，結草酬魏顆。（**蕭奇中眉**）仁人之言，正人之論。（**紀昀眉**）有物之言，不嫌板實。

【**彙評**】

劉辰翁：玩世掌股，其氣浩然。

汪師韓：積以憤激，發以詼諧。起四句如謔如莊，其中有雷嘆頹息。

《唐宋詩醇》：積其憤激，發以詼諧。起四句似謔似莊，言語妙天下。

再送蔣穎叔帥熙河二首

使君九萬擊鵬鯤，肯爲陽關一斷魂。不用寬心九千里，安西都護國西門。

餘刃西屠横海鯤，應予詩讖是游魂。歸來趁别陶弘景，看挂衣冠神武門。(**紀昀眉**)一語而兩邊俱到。

次韻穎叔觀燈

(**紀昀眉**)是《和穎叔觀燈》。

安西老守是禪僧，到處應然無盡燈。(**何焯旁**)起聯與下不接。永夜出游從萬騎，(**何焯夾**)亦復兒戲。諸羌入看擁千層。(**何焯眉**)"萬騎"用薛能詩句，"入看"二字未老。便因行樂令投甲，不用防秋更打冰(**譚元春評**)前六句氣格甚妙，初勝以前。振旅歸來還侍燕，十分宣勸恐難勝。

次韻王晋卿奉詔押高麗燕射

北苑傳呼陛楯郎，東夷初識令君香。天山自可三箭取，海國何勞一葦航。宣勸不辭金碗側，醉歸争看玉鞭長。錦囊詩草勤收拾，莫遣雞林得夜光。(**紀昀眉**)點綴得好。(**翁同書夾**)點綴雅切。

次韻錢穆父王仲至同賞田曹梅花

(**紀昀眉**)不著"梅"字,而神意是梅。(**譚元春評**)不及古人詠物矣,然勝坡公自作二十絶句。

寒廳不知春,獨立耿玉雪。閉門愁永夜,置酒及明發。忽驚庭户曉,未受煙雨没。浮光風宛轉,照影水方折。(**何焯眉**)不火食人語,無論韻脚也。(**孫顥元校録**)考原書[《尸子》]無"石"字。附見王十朋集注本。鬢霜未易掃,眉斧真自伐。(**何焯眉**)殺風景。惟當此花前,醉卧黄昏月。(**翁同書夾**)結出同賞意。(《**角山樓**》**評**)收筆醒出同賞意,更不多著語,高絶。

送襄陽從事李友諒歸錢塘

居杭積五歲,自意本杭人。故山歸無家,欲卜西湖鄰。良田不難買,静士誰當親。(**紀昀眉**)入得緊凑。髯張既超然,老潛亦絶倫。李子冰玉姿,文行兩清淳。歸從二人游,便足了此身。(**蕭奇中眉**)文兼行論,惟行淳,故可從,故可了。公堤不改作,姥嶺行開新。幽夢隨子去,松花落衣巾。(**紀昀眉**)切實詩須以縹緲結之,方見生動。

次韻吴傳正枯木歌

(**紀昀眉**)吴詩不傳,不知原唱之意,亦遂不甚解和之之意。就文論文,筆力故爲超拔。(**何紹基乙眉**)起結空妙殊常。

天公水墨自奇絶，瘦竹枯松寫殘月。夢回疏影在東窗，驚怪霜枝連夜發。生成變壞一彈指，乃知造物初無物。（**蕭奇中眉**）非畫非非畫，拈來壁上挂。影從身照成，問影影不話。（**《角山樓》評**）發端高妙。古來畫師非俗士，妙想實與詩同出。（**翁同書夾**）著此一筆，以下便好詩畫串説。（**杭世駿眉**）得畫家三昧，今人不解風雅，而輒以繪事自擅，請以此語討之。（**蕭奇中夾**）畫理詩機，一指拈出。龍眠居士本詩人，能使龍池飛霹靂。君雖不作丹青手，詩眼亦自工識拔。（**查慎行評**）忽從一“詩”字生出兩層，曲折變幻，不可端倪。（**翁同書夾**）此方是和吴詩，不是專題李畫。（**蕭奇中眉**）“工識拔”，誠有眼矣，有眼誠能詩矣。龍眠胸中有千駟，不獨畫肉兼畫骨。但當與作少陵詩，或自與君拈禿筆。（**查慎行評**）從詩畫推開一層説。結處另是一意。東南山水相招呼，萬象入我摩尼珠。盡將書畫散朋友，獨與長鋏歸來乎。（**何紹基甲眉**）亦自快。

【彙評】

汪師韓：因吴詩而及李畫，因歌枯木而及畫馬，軒然而來，翩然而往，隨意所到，總入玄微。

送黄師是赴兩浙憲

世久無此士，我晚得王孫。寧非叔度家，豈出次公門。白首沉下吏，緑衣有公言。（**錢廷錦乙眉**）陸放翁謂戲言其上僭。哀哉吴越人，久爲江湖吞。官自倒帑廩，飽不及黎元。（**翁同書夾**）言雖賑濟，無救於饑。（**蕭奇中眉**）傷哉。（**潘奕雋眉**）千古同慨。近聞海上港，漸出水底村。願君五袴手，招此半菽魂。一見刺史天，稍忘獄吏尊。會稽入吾手，鏡湖小於盆。比我東來時，無復瘡痍存。

【彙評】

劉辰翁:自著吾意,豈論人知。

送范中濟經略侍郎分韻賦詩軾得先字且贈以魚枕杯四馬箠一以元戎十乘以先啓行爲韻

(**紀昀眉**)題末十一字當是夾注。

梁李久樂禍,自焚豈非天。兩鼠鬥穴中,一勝亦偶然。謀初要百慮,善後乃萬全。(**蕭奇中眉**)孔子所謂"臨事而懼,好謀而成"。廟堂選世將,范氏真多賢。仁風被宿麥,緑浪揺秦川。號令聳毛羽,先聲落虚弦。我家天一方,去路城西偏。投竿困障日,(**查慎行評**)唐人詩"惆悵江湖釣竿手,却遮西日向長安"。賣劍行歸田。贈君荆魚杯,副以蜀馬箠。一醉可以起,毋令祖生先。(**紀昀眉**)就物生情,收得有致,否則此詩太板直。(**嚴虞惇眉**)昌黎詩"酒行可以起"。

【彙評】

查慎行:先生留心兩事,段段皆見規劃。

汪師韓:"謀初""善後",有無限經濟在,中濟能不負此詩,又以見其言,必有中也。

書晁説之考牧圖後

(**蕭奇中眉**)意在論先,論在意外,摩詰詩,虎頭畫,真真禪禪。

(**紀昀眉**)自在流行,曲折無不如意,長短無不中節,殆無復筆墨之痕。(**錢廷錦甲眉**)此則宜入道書。

我昔在田間,但知羊與牛。(**方東樹評**)二句寫一牛一羊,各入妙,夾議也。川平牛背穩,如駕百斛舟。(《**角山樓**》**評**)牽舟作比,一比忽化兩層,甚妙。舟行無人岸自移,(**蕭奇中夾**)不知所措。我卧讀書牛不知。(**方東樹評**)仙語。前有百尾羊,聽我鞭聲如鼓鼙。我鞭不妄發,視其後者而鞭之。(**查慎行評**)磊落自喜。澤中草木長,(《**角山樓**》**評**)好節奏。草長病牛羊。尋山跨坑谷,騰趠筋骨强。(**何焯眉**)樂府轉折。(**方東樹評**)"澤中"一段,總説。煙蓑雨笠長林下,老去而今空見畫。(**查慎行評**)陡然入題,不嫌其突,上下神氣已足。(**方東樹評**)"老去"一句爲一段章法。收另入一段。世間馬耳射東風,悔不長作多牛翁。(**蕭奇中夾**)奇。(**紀昀夾**)"而今"句一點,"世間"二句仍宕開,收繳前文,通篇只一句著本位,筆力横絶。

【彙評】

汪師韓:《小雅·無羊》之詩,宣王考牧也。牛羊寢訛之狀,牧人蓑笠之容,俄焉而麾,忽然而夢,維魚維旟,變幻莫測,詩格之奇,無逾於此矣。不襲其詞而能得其意,遥遥千古,斯作之外,誰其嗣音!

方東樹:此詩具三十二相,分合章法,變化不測。一句入便住,所謂"將軍欲以巧服人,盤馬彎弓惜不發"。一路如長江大河,忽然一束,又忽然一放總分三段,一真、一畫、一議耳。細分之,則一真之中,起,次分,次議,凡四段,大宫包小宫。以真形之,題畫老法,坡入妙;半山章法杜公,入神。

《**角山樓**》:風雨合離,雲煙變滅,純乎化境。牛羊雙起,次二韻單説牛,又次二韻單説羊,然後一聯雙承,但見自然,不覺安排,其妙難言。"煙蓑"句總承上文方好,一筆拍題,纔拍題即以詠嘆作收,意味深長。

吴汝綸：公詩多超妙無匹，此首則天仙化人，非復人間所有蹊徑。

賴山陽：世服蘇之廣長舌，不知其收舌不盡展者更好。……《考牧圖》……皆豐約合度，姿態可觀。

吕與叔學士挽詞

言中謀猷行中經，關西人物數清英。（**紀昀眉**）起句腐甚。欲過叔度留終日，未識魯山空此生。（**蕭奇中眉**）何等抱恨。論議凋零三益友，功名分付二難兄。老來尚有憂時嘆，此涕無從何處傾。

丹元子示詩飄飄然有謫仙風氣吴傳正繼作復次其韻

飛仙亦偶然，脱命瞬息中。惟詩不可擬，如寫天日容。夢中哦七言，玉丹已入懷。一語遭綽虐，失身墮蓬萊。蓬萊至今空，護短不養才。上界足官府，謫仙應退休。可憐吴與蘇，骯髒雪滿頭。雪滿頭，終當却與丹元子，笑指東海乘桴浮。（**紀昀眉**）後幅拉雜。

【彙評】

劉辰翁：此等殆欲過古人遠。

次王定國韻書丹元子寧極齋

仙人與吾輩，寓迹同一塵。何曾五漿饋，但有争席人。寧極無常居，此齋自隨身。人那識郗鑒，天不留封倫。誤落世網中,俗物愁我神。先生忽扣户,夜呼祁孔賓。便欲隨子去,著書未絶麟。願挂神武冠,往卜飲馬鄰。王郎濯紈綺,意與陋巷親。南游苦不早,倘及蓴鱸新。

王仲至侍郎見惠稚栝種之禮曹北垣下今百餘日矣蔚然有生意喜而作詩

翠栝東南美,近生神嶽陰。惜哉不可致,霜根絡雲岑。(**紀昀眉**)起得鄭重。仙風振高標,香實隕平林。偶隨樗櫟生,(**蕭奇中夾**)稚。不爲樵牧侵。忽驚黄茅嶺,稍出青玉針。(**翁奇中夾**)入稚栝。好事雖力取,王城少知音。豈無换鵝手,但知覓來禽。高懷獨夫子,(**翁奇中夾**)入仲至。一見捐橐金。得之喜不寐,贈我意殊深。公堂開後閣,凡木愧華簪。栽培一寸根,寄子百年心。(《**角山樓**》**評**)二語深厚。常恐樊籠中,(**蕭奇中夾**)又一喻。摧我鸞鶴襟。誰知積雨後,寒芒曉森森。恨我迫歸老,(**蕭奇中夾**)傷哉。不見汝十尋。(**查慎行評**)不可少此意。(**紀昀眉**)查云"不可少此意"。余謂東坡詩中,此意太多,合觀之亦是一病,所謂"好曲不禁三遍唱"。(《**角山樓**》**評**)此題應有之意,寫來自覺不群。蒼皮護玉骨,旦暮視古今。(**蕭奇中夾**)五字備千春。何人風雨夜,卧聽飢龍吟。(**紀昀眉**)一結闊遠。(**何紹基乙眉**)結得健往。

次韻錢穆父馬上寄蔣穎叔二首

玉關不用一丸泥,自有長城鳥鼠西。剩與故人尋土物,臘糟紅麯寄駝蹄。(**紀昀眉**)後二句贊得脱灑。

多買黄封作洗泥,使君來自隴山西。高才得兔人人羡,争欲尋蹤覓舊蹄。(**紀昀眉**)此却不必。

表弟程德孺生日

(**紀昀眉**)雖是嘏詞,却不甚落窠臼。

仗下千官散紫庭,微聞小語説蘇程。長身自昔傳甥舅,壽骨遥知是弟兄。(**予與君皆壽骨貫耳,班列中多指予二人不問而知其爲中表也。**)(**何焯眉**)此自牧民常分,何乃沾沾自喜。曾活萬人寧望報,(**君在楚州,予在杭州,皆遇饑歲,活數萬人。**)(**蕭奇中夾**)好。只求五畝却歸耕。四朝遺老凋零盡,鶴髮他年幾個迎。

七年九月自廣陵召還復館於浴室東堂八年六月乞會稽將去汶公乞詩乃復用前韻三首

(**紀昀眉**)三詩皆清脱可喜。

乞郡三章字半斜,廟堂傳笑眼昏花。上人問我遲留意,待賜頭綱八餅茶。(**尚書學士得賜頭綱龍茶一斤,八餅,今年綱到最遲。**)

夢繞吴山却月廊,白梅盧橘覺猶香。(**杭州梵天寺有月廊數百間,寺中多白楊梅、盧橘。**)會稽且作須臾意,從此歸田策最良。

東南此去幾時歸,倦鳥孤飛豈有期。斷送一生消底物,三年光景六篇詩。

【彙評】

汪師韓:首作托言待賜,戀闕情深。三作只是把詩消歲月之意道破,便可發深省。

吴子野將出家贈以扇山枕屏

峨峨扇中山,絶壁信天剖。誰施大圓鏡,衡霍入户牖。得之老月師,畫者一醉叟。常疑若人胸,自有雲夢藪。千岩在掌握,用捨彈指久。低昂不自知,恨寄兒女手。短屏雖曲折,高枕謝奔走。(**紀昀眉**)隱映正意,不著痕迹。出家非今日,法水洗無垢。浮游雲釋嶠,宴坐柳生肘。(**紀昀眉**)“柳”乃瘍之别名,非楊柳也。誤從摩詰,東坡便爲有本。忘懷紫翠間,相與到白首。(**何紹基乙眉**)此畫扇耳,乃矜重若此。(**查慎行丙評**)諸刻本皆以“宴坐柳生肘”爲結句。惟施氏原本有“忘懷紫翠間”二語,末句止存“相□□□首”二字,中間“與到白”三字,好事者所補也。今仍闕疑以俟考。

東府雨中别子由

(**紀昀眉**)愈瑣屑,愈真至;愈曲折,愈爽朗。此爲興到之作。○清空如話,興味無窮,較前《初秋寄子由》一首尤爲神品。(**何紹基乙眉**)古漢有餘陵。(**何焯旁**)此將赴定州作,故詞尤凄惻。(**《角山樓》評**)詩之妙,紀評盡之。

庭下梧桐樹,三年三見汝。前年適汝陰,見汝鳴秋雨。去年秋雨時,我自廣陵歸。今年中山去,白首歸無期。客去莫嘆息,主人亦是客。(**翁同書夾**)已逆料子由不安於朝矣。對床定悠悠,(《**角山樓**》**評**)言"對床"之約無期也。夜雨空蕭瑟。起折梧桐枝,贈汝千里行。重來知健否,莫忘此時情。(**翁同書眉**)"客去莫嘆息"以下乃代子由口氣,故有"千里贈汝行"之語。

【彙評】

汪師韓:清空如話而情味無窮,此較前《初秋寄子由》一章,尤入神品。

謝仲適坐上送王敏仲北使

衝風振河朔,飛霧失太行。(**紀昀眉**)起得精神。相逢不相識,下馬鬚眉黄。(**蕭奇中夾**)真。(**紀昀眉**)非經行北方風沙中,不知四句"黄"字之妙。洗眼忽驚笑,見此玉節郎。喜有賢主人,共此殘燭光。聚散一夢中,人北雁南翔。吾生如寄耳,送老天一方。幸子遇明主,陳經入西厢。(**查慎行評**)"西厢"即"西掖"。歸期不可緩,倚相宜在傍。

書丹元子所示李太白真

(**杭世駿眉**)寫來與太白相稱,是其胸次筆力能窺見前人之故,他手只以一狂字了之。(**查慎行評**)案宋孫紹遠《聲畫集》第一卷載此,自"西望太白"以下另作一首,題目下亦有"二首"兩字。據此爲改。(**查慎行丙評**)按孫紹遠《聲畫集》載東坡此詩,自"西望太白空峨岷"以下,另是一首,向來刻本合而爲一者訛。僧洪覺範所著《禁臠》,謂"先生此詩,一韻七句方换韻",亦認以爲一首也。今據《聲畫集》改正。(**紀昀眉**)《聲畫集》載此詩,自"西來望太白"以下爲一首,而僧洪覺範《禁臠》謂此詩只一首,一韻七句方换韻,與舊本同。余按:確是一首,若作兩首，一則短促收不住，一則突兀無頭緒，兩不成詩矣。查注作兩首，誤。(**張廷濟眉**)七句爲一段。(**何紹基乙眉**)却少味，足見太白之難相與。

天人幾何同一漚，謫仙非謫乃其游，(**蕭奇中夾**)亦妙。麾斥八極隘九州。化爲兩鳥鳴相酬，一鳴一止三千秋。開元有道爲少留，縻之不可矧肯求。西望太白橫峨岷，眼高四海空無人。(**翁同書眉**)[賀裳曰]此亦公自寫其傲岸之趣，却令太白生面重開。大兒汾陽中令君，(**蕭奇中夾**)借用得妙。小兒天台坐忘真。(**劉辰翁夾**)本作"天台坐忘真"。是謂子微如季真，則皆同時。(**何焯夾**)先看此二句乃有致。(**方東樹評**)"小兒"司馬子微也。生年不知高將軍，手污吾足乃敢瞋。(**查慎行評**)四字無人能道。(**王文誥夾**)此題太白第一名句，公此詩亦頗自詡，可見其命意不凡矣。作詩一笑君應聞。(**蕭奇中旁**)一語點畫，妙手，妙手。(**紀昀眉**)筆歌墨舞，實有手弄白日、頂摩青雲之氣，是爲太白寫照矣。(**錢廷錦乙旁**)結句不稱全篇。(**何焯旁**)豪矣而味短。(**《角山樓》評**)語極豪快。(**陳衍評**)末以嘻笑爲怒罵，語妙。

【彙評】

劉辰翁：未有如此奇妙。

汪師韓：筆歌墨舞，實有手弄白日、頂摩青穹之氣概，足爲白寫照矣。趙葵《行營集録》云：神宗一日與近臣論人才，因曰軾方古人孰比，近臣曰頗似李白，上曰不然，白有軾之才，無軾之學。神宗之知軾者深，雖李定百方媒孽，而終得保全也。○後人刊詩，有將此作改爲兩首者，特以平韻承接之故，然分則意象不昌，豈惟不諳詩法，且並其佳處失之。觀集内《儋州夜夢》一詩猶用此體，可以爲證。

馮應榴：玩詩中起結，總括以一首爲是。

方東樹：丹元奇人，故公詩亦奇，有以發之也。

次韻曾仲錫承議食蜜漬生荔支

代北寒齏擣韭萍，奇苞零落似晨星。逢鹽久已成枯腊，得蜜猶應是薄刑。欲就左慈求拄杖，便隨李白跨滄溟。攀條與立新名字，兒女稱呼恐不經。（**俗有十八娘荔支。**）

【彙評】

查慎行：以險韻押難題，未免牽强著迹。

張問陶：此詩會言寒之地，少此奇苞，但得蜜煮，猶勝於鹽漬也。但安得凌飛跨空，一采新鮮之了味，如所稱十八娘者乎？

大行太皇太后挽詞二首

至矣吾三后，功高漢已還。復推元祐冠，蓋得永昭全。（**臣嘗於經筵論奏仁宗皇帝謚曰明孝。若明而不仁，則民畏而不愛；仁而不明，則民愛而不畏。今大行太皇太后亦兼此二德，故天下思慕，庶幾於仁宗也。**）有作猶非聖，無私乃是天。（**杭世駿眉**）括宣仁聖德，二語已該。侍臣談要道，家法信家傳。（**宰相以下，嘗於經筵論奏祖宗以來家法十餘事，書於記注。**）

却狄安諸夏，先王社稷臣。固應祠百世，何止活千人。定策天知我，忘家帝念親。萬方何以報，得疾爲勤民。

再和曾仲錫荔支

（**紀昀眉**）亦牽强。（**何焯旁**）爲韻所牽，了無意味。（**何焯眉**）押韻穩。

柳花著水萬浮萍，荔實周天兩歲星。（**柳至易成，飛絮落水中，經宿即爲浮萍。荔支至難長，二十四五年乃實。**）本自玉肌非鵠浴，至今丹殼似猩刑。侍郎賦詠窮三峽，妃子煙塵動四溟。莫遣詩人説功過，且隨香草附騷經。

次韻滕大夫三首

（**紀昀眉**）語語挺拔。（**張廷濟旁**）“石上存”應是“石尚存”，“山中酒”應是“中山酒”。附見《蘇文忠公詩編注集成》《墨莊漫録》。

雪浪石

太行西來萬馬屯，勢與岱嶽争雄尊。（**張廷濟眉**）洪鐘無細響。（**查慎行評**）從定州形勝説起，突兀撑空。（**吴汝綸評**）起勢雄偉。飛狐上黨天下脊，半掩落日先黄昏。（**紀昀眉**）晚行深山中，乃知第四句之工。削成山東二百郡，氣壓代北三家村。（**杭世駿眉**）“代北”以下不謂，以“三家村”足成之，直是隨手填湊。千峰右卷矗牙帳，崩崖鑿斷開土門。揭來城下作飛石，一炮驚落天驕魂。（**何紹基乙眉**）從那裏説起，正自一氣混茫，不嫌落闊。承平百年烽燧冷，（**《角山樓》評**）入題極其灑脱。此物僵卧枯榆根。（**何紹基甲眉**）借作波瀾，實非情理，見雪浪盆自知。畫師争摹雪浪勢，天工不見雷斧痕。（**查慎行評**）看他脱卸出落法，便捷如轉丸。離堆四面繞江水，（**《角山樓》評**）此從大處作比例，即爲結句蘊根。坐無蜀士誰與論。（**何紹基乙眉**）借“離堆”作餘波亦勁。（**方東樹評**）形容此似離堆耳，惜無蜀人，不及知，故末句云云。老翁兒戲作飛雨，（**方東樹評**）用退之。把酒坐看珠跳盆。此身自幻孰非夢，故園山水聊心存。（**紀昀眉**）勢須宕開作結。

【彙評】

汪師韓:勁氣不可斷,來則山嶺競舉,止則壁岸無階。

方東樹:此詩奇横,以較諸人和作,其大小平奇自有辨。蓋他人不能有此筆勢,故不能有此雄恣。

《**角山樓**》:通篇不寫石之正面,却詳叙來歷,大氣鼓蕩,語極奇怪。

同　前

(**紀昀眉**)前古詩已是絶唱,此首便爲蛇足。

我頃三章乞越州,欲尋萬壑看交流。且憑造物開山骨,已見天吴出浪頭。(**石中似有海獸形狀**。)履道鑿池雖可致,玉川卷地若爲收。洛陽泉石今誰主,莫學癡人李與牛。

沉香石

壁立孤峰倚硯長,共疑沉水得頑蒼。(**何焯夾**)句法拙。欲隨楚客紉蘭佩,誰信吴兒是木腸。山下曾逢化松石,玉中還有辟邪香。(**紀昀夾**)五、六用事細切。早知百和俱灰燼,未信人言弱勝强。(**何焯眉**)"未信"誰,信古人,子大可以不避,後人不宜法也。

【彙評】

劉辰翁:反覆賦盡。

石芝詩(並引)

予昔夢食石芝,作詩記之,今乃真得石芝於海上,子由和前詩見寄。予頃在京師,有鑿井得如小兒手以獻者,臂指皆具,膚理若生。予聞之隱者曰，此肉芝也，與子由烹而食之。追記其事，復次前韻。（**紀昀眉**）灑落無次韻之迹。

土中一掌嬰兒新，爪指良是肌骨匀。見之怖走誰敢食，（**錢廷錦乙夾**）太粗。天賜我爾不及賓。（**查慎行評**）健句。旌陽遠游同一許，長史玉斧皆門户。我家韋布三百年，只有陰功不知數。跪陳八簋加六瑚，化人視之真塊蘇。肉芝烹熟石芝老，笑唾熊掌嚬雕胡。老蠶作繭何時脱，夢想至人空激烈。古來大藥不可求，真契當如磁石鐵。（**翁同書旁**）《淮南子》："燧之取火，磁石之引鐵，蟹之敗漆，葵之向日，雖有明智不能然也。"

鶴　嘆

（**紀昀眉、丁眉**）純是自托。（**何紹基乙眉**）寄慨殊别。

園中有鶴馴可呼，我欲呼之立坐隅。鶴有難色側睨予，豈欲臆對如鵩乎。（**蕭奇中夾**）作意。（**翁同書眉**）代鶴作"臆對"語，奇絶。（**何焯眉**）此與昌黎"安能隨手巢神山"同一感嘆。我生如寄良畸孤，（**蕭奇中夾**）高。（**錢廷錦甲夾**）接"臆對"。三尺長脛閣瘦軀。俯啄少許便有餘，何至以身爲子娱。（**蕭奇中夾**）磊。（**張廷濟夾**）此四句作鶴語。（**紀昀夾**）四句皆承上"臆對"。（**何焯眉**）中四句"臆對"語。（**查慎行丙評**）按《唐子西語録》云："東坡作病鶴詩……"今題中無"病"字，疑有脱落也。又朱翌《猗覺寮雜記》云："《世説》有遺支道林雙鶴者，道林曰：'既有凌霄之姿，何肯爲人作耳目玩？'"詩中"何至以身爲子娱"，正用此。驅之上堂立斯須，投以餅餌視若無。戛然長鳴乃下趨，（**翁同書夾**）《赤壁賦》亦用此前四字。難進易退我不如。（**蕭奇中夾**）一語收力。（**蕭奇中眉**）藐大人、芥王公，近是。（**紀昀眉)竟住,妙。再贅衍便入香山門徑。(何焯眉)正意也,却作餘波。

【彙評】

汪師韓:"難進易退我不如",此《鶴嘆》所以作也,却只於結處一句收住。中云"豈欲臆對如鵬乎",乃疑而問鶴之詞。而"我生如寄"四句,便直代鶴作"臆對"語。章法奇絶,是方爲善學賈賦者。

譚元春:立意不愧古人,全首味之,却有一段風氣經其筆端,作者聽之而已。

《**角山樓**》:通體遒凈絶倫,中四語妙用代法,本旨極透。

送曾仲錫通判如京師

邊城歲暮多風雪,强壓春醪與君別。玉帳夜談霜月苦,鐵騎曉出冰河裂。斷蓬飛葉卷黄沙,只有千林鬖髿花。應爲王孫朝上國,(**紀昀眉**)太應酬。珠幢玉節與排衙。左援公孝右孟博,我居其間嘯且諾。僕夫爲我催歸來,(**紀昀眉**)語殊淺近。要與北海春水争先回。

和錢穆父送別並求頓遞酒(次韻)

聯鑣接武兩長身,鵷鷺行中語笑親。九子羨君門户壯,(**張廷濟眉**)"聯","羨"。八州憐我往來頻。(**查慎行丙評**)先生歷知密、徐、湖、登、杭、潁、揚、定八州。(**張廷濟夾**)密、徐、湖、登、杭、潁、揚、定。佇聞東府開賓閣,便乞西湖洗塞塵。更向青齊覓消息,要知從事是何人。(**張廷濟旁**)憶青州從事事。

卷二十二

詩六十九首

劉醜廝詩

（**錢陸燦夾**）事奇，叙次、筆力亦奇。（**紀昀眉**）純是香山。（**譚元春評**）事奇，不忍遺之。

劉生望都民，病羸寄空窑。有子曰醜廝，十二行操瓢。墦間得餘粒，雪中拾墮樵。飢飽共生死，水火同焚漂。病翁恃一褐，度此積雪宵。哀哉二暴客，掣去如飢鴞。翁既死於寒，客亦易此齠。崎嶇走亭長，不憚雪徑遥。我仇祝與苑，物色同遮邀。行路爲出涕，二客竟就梟。譊譊訴我庭，慷慨驚吾僚。曰此可名寄，追配郴之蕘。恨我非柳子，擊節爲爾謡。官賜二萬錢，無家可歸嬌。爲媾他日婦，婉然初垂髫。洗沐作小史，裹頭束其腰。筆硯耕學苑，戈矛戰天驕。壯大隨所好，忠孝福可徼。相國有折脅，封侯或吹簫。人事豈易料，勿輕此僬僥。

題毛女真

霧鬢風鬟木葉衣，山川良是昔人非。只應閑過商顔老，獨自吹簫月下歸。

【彙評】

劉辰翁:調笑等閑。

寄餾合刷瓶與子由

(**查慎行評**)題不解何物。

老人心事日摧頹,宿火通紅手自焙。(**何紹基乙眉**)好在麻利。小甑短瓶良具足,稚兒嬌女共燔煨。寄君東閣閑烝栗,知我空堂坐畫灰。約束家僮好收拾,故山梨棗待翁來。

【彙評】

劉弘:詩意甚宛曲,且説得到。然先生"心事"豈真"摧頹"而"空坐畫灰"乎?

次韻子由清汶老龍珠丹

(**何焯旁**)似未自然,然他人無有此綺麗也。(**何焯眉**)此是詠物,妙能雙關汶老。

天公不解防癡龍,玉函寶方出龍宫。雷霆下索無處避,逃入先生衣袂中。(**紀昀眉**)起得飄忽,以下平平。先生不作金椎袖,玩世徜徉隱屠酒。夜光明月空自投,一鍛何勞緯蕭手。黄門寡好心易足,荆棘不生梨棗熟。玄珠白璧兩無求,無脛金丹來入腹。區區分别笑樂天,那知空門不是仙。

【彙評】

劉辰翁：以“龍珠丹”名，變化得如此可愛。

次韻子由書清汶老所傳秦湘二女圖

春風消冰失瑶玉，我本無身安有觸。(**何焯眉**)繪風繪影，難在著筆時。羊生得婦如得風，(**紀昀夾**)後三字未佳。後握手一笑未爲辱。(**查慎行評**)清脱至此，不知從何處著筆。(**紀昀眉**)起四句有吃力之痕。初白先生以爲清脱，是所未喻。先生室中無天游，佩環何處鳴風甌。隨魔未必皆魔女，但與分燈遣歸去。胡爲寫真傳世人，更要維摩一轉語。(**蕭奇中夾**)求之。丹元茅茨只三間，太極老人時往還。點檢凡心早除拂，方平神鞭常使物。(**潘奕雋眉**)味詩意，是以物爲鞭，言方平見有凡心者，即用鞭鞭之，與《史記》李少君“使物却老”事不合，注謬。附施注云：“方平鞭”屢見《史記·封禪書》：李少君“能使物却老”。

紫團參寄王定國

(**張廷濟眉**)三韻一頓。(**杭世駿眉**)在集中是有氣力之詩。(**蕭奇中夾**)通首道古。

谽谺土門口，突兀太行頂。豈惟團紫雲，實自俯倒景。剛風被草木，真氣入苕穎。(**蕭奇中眉**)五字非，參不透目的。(**紀昀夾**)“剛風”十字警。舊聞人銜芝，生此羊腸嶺。纖攕虎豹鬣，蹙縮龍蛇瘦。(**蕭奇中夾**)總旨。蠶頭試小嚼，龜息變方騁。矧予明真子，(**紀昀夾**)“矧”字未妥。已造浮玉境。清宵月挂户，半夜珠落井。(**蕭奇中夾**)對法妙。(**蕭奇中眉**)筆無煙火。(**翁同書夾**)言咽納。灰心寧復然,汗喘久已静。東坡猶故目,北藥致遺秉。欲持三椏根,往侑九轉鼎。爲子置齒頰,豈不賢酒茗。(**張廷濟旁**)通幅作對,而不見對偶之迹。

次韻劉燾撫勾蜜漬荔支

時新滿座聞名字,别久何人記色香。葉似楊梅蒸霧雨,花如盧橘傲風霜。(**紀昀評**)三、四俗陋之甚,不復知爲坡公筆矣。每憐蓴菜下鹽豉,肯與葡萄壓酒漿。(**紀昀眉**)"楊梅"等四物並用於中二聯之腹,於法爲疏;句法一樣,尤爲不合。回首驚塵卷飛雪,詩情真合與君嘗。

【彙評】

方回:坡公《蜜荔枝》詩押"刑"字太險,惟此詩最穩。

紀昀:又太庸近。

立春日小集呈李端叔

白髮已十載,青春無一堪。(**何紹基乙眉**)"堪"字奇。不驚新歲换,聊與故人談。牛健民聲喜,(**劉辰翁旁**)"牛健"爲土牛耳。(**紀昀夾**)拙而俚。鴉嬌雪意酣。(**杭世駿眉**)絶似田家五行,鍛句之工不待言。(**蕭奇中夾**)二句意稱。霏微不到地,和暖要宜蠶。歲月斜川似,風流曲水慚。行吟老燕代,坐睡夢江潭。丞掾頗哀援,歌呼誰怕參。衰懷久灰槁,習氣尚饞貪。白啖本河朔,(**杭世駿眉**)河朔不應有荔枝,"白啖"恐别有解。造句相壯,不如"熊白"二語。附見王十朋集注本次公注。紅消真劍南。辛盤得青韭,臘酒是黄柑。(**紀昀夾**)四句四色,礙格。歸卧燈殘帳,醒聞葉打庵。須煩李居士,重説後三三。(**查慎行丙評**)施氏原注:顧禧云:"此詩方叙燕游,而遽用'後三三'語,讀者往往不知何謂。蓋端叔在武定幕中,特悦營妓董九者,故用九數以爲戲爾。聞其説於强行甫云。"按原題云"戲端叔",與結處正合,特採録之。

次韻曾仲錫元日見寄

蕭索東風兩鬢華,年年幡勝剪宫花。愁聞塞曲吹蘆管,喜見春盤得蓼芽。吾國舊供雲澤米,(**定武齋酒用蘇州米。**)君家新致雪坑茶。(**近得曾坑茶。**)燕南異事真堪記,三寸黄柑擘永嘉。

【彙評】

劉辰翁:謂傳柑遠寄也,注謬。

劉弘:建茶勝處,乃郝原曾坑。温州永嘉出柑,此處亦有柑,故以爲言。

子由生日以檀香觀音像及新合印香銀篆盤爲壽

(**錢陸燦眉**)家庭饋遺,何等風雅。(**何紹基乙眉**)寫得出。

旃檀婆律海外芬,西山老臍柏所薰。香螺脱黶來相群,能結縹緲風中雲。一燈如螢起微焚,何時度盡繆篆紋。(**紀昀眉**)如時文中之搭題,虧他連成片斷,不得復以捏合爲嫌。(《**角山樓**》**評**)此句帶寫銀篆盤。繚繞無窮合復分,綿綿浮空散氤氲,(**方東樹評**)

“綿綿”以上香。東坡持是壽卯君。(**方東樹評**)“東坡”句叙。子由己卯生。君少與我師皇墳,旁資老聃釋迦文。(**方東樹評**)“釋迦文”用十六國趙整事。共厄中年點蠅蚊,晚遇斯須何足云。君方論道承華勳,我亦旗鼓嚴中軍。國恩當報敢不勤,但願不爲世所醺。(**王文誥夾**)鈎勒得好,結意從此句跌出。爾來白髮不可耘,問君何時返鄉枌,收拾散亡理放紛。此心實與香俱焄,聞思大士應已聞。(**蕭奇中夾**)妙。(**紀昀眉**)掉尾收轉,方不是游騎無歸,尤妙在自然合拍。(**翁同書旁**)結句方點出觀音像,峭脱。

【彙評】

汪師韓:香難以形容,偏爲形容曲盡。平時好以禪語入詩,此詩偏只結句“大士已聞”一點,真有如天花變現不可測識者,在詩道中殆已從聞思修而入三摩地矣。

方東樹:坡每詠一小事,必原委詳備,此非儉陋小家所能。雖詩之妙不在此,而此亦要緊,不然,不典不彀用也。此可悟。

《**角山樓**》:前半多從印香著筆,結句方拍到觀音像。

張問陶:此作章法奇甚,仄韻叶來穩甚。

次韻李端叔送保倅翟安常赴闕兼寄子由

中山保塞兩窮邊,卧治雍容已百年。顧我迂愚分竹使,與君談笑用蒲鞭。(**杭世駿眉**)“君”“我”兩對,坡詩習徑。松荒三徑思元亮,草合平池憶惠連。白髮歸心憑説與,古來誰似兩疏賢。(**紀昀眉**)賴“憑説與”三字綰結,然和端叔一層竟不提起,總之頭緒太多,未免五十六字中照管不來。

【彙評】

劉弘：詩意渾雅，欲與子由歸老之意亦不淺。

中山松醪寄雄州守王引進

鬱鬱蒼髯千歲姿，肯來杯酒作兒嬉。流芳不待龜巢葉，（唐人以荷葉爲酒杯，謂之碧筒酒。）（紀昀夾）事出《酉陽雜俎》，雖唐人書而魏人事，自注誤。掃白聊煩鶴踏枝。醉裏便成欹雪舞，醒時與作嘯風辭。馬軍走送非無意，玉帳人閑合有詩。（紀昀夾）"閑"應作"閒"。

【彙評】

劉弘：歐公有"白戰體"，蓋欲憑此以掃却白戰。或謂以松枝圖掃白壁，亦通，但於松醪無意義。

次韻李端叔謝送牛戩鴛鴦竹石圖

（紀昀眉）借題論事，亦殊娓娓。

聞君談西戎，廢食忘早晚。王師本不陳，賊壘何足剗。守邊在得士，此語要而簡。（查慎行評）先生守定州時，李之儀爲幕客，故詩中有"守邊在得士"之句。（蕭奇中眉）妙論因人。（錢廷錦乙眉）何其繁多，與題豈稱。知君論將口，似我識畫眼。（查慎行評）不倫不類，寫得拉雜。（翁同書夾）入題敏妙。笑指塵壁間，（《角山樓》評）此下云云，必是對來詩發論，更不黏著畫説，至末只一挽，此酬和格也。此是老牛戩。平生師衛玠，非意常理遣。訴君定何人，（翁同書

夾)似指當時排擿之人。未用市朝顯。置之勿復道,世俗固多舛。歸去亦何須,單車渡殽澠。如蟲得羽化,已脱安用繭。家書空萬軸,涼曝困舒卷。念當掃長物,閉息默自暖。此畫聊付君,幽處得小展。(**紀昀眉**)一挽不可少。新詩勿縱筆,群吠驚邑犬。(**紀昀夾**)"群吠"句太露。時來未可知,妙斫待輪扁。(**翁同書旁**)宣仁既崩,紹述之論已興。○哲宗親政,改元紹聖,凡仕於元祐而貴顯者,例皆貶竄。坡公尤遭排詆,正此時也。(**何紹基乙眉**)雖得綰合,通篇究不得貫洽。

次韻聰上人見寄[①]

前身本同社,宿業獨臨邊。一悟鏡空老,始知圓澤賢。歸心忘犢佩,生術寄羊鞭。不似歐陽子,空留六一泉。

次韻王雄州還朝留别

(**何紹基乙眉**)勁作。

老李威名八十年,壁間精悍見遺顔。(**紀昀眉**)起得親切,語無泛設。自聞出守風流似,稍覺承平氣象還。但遣詩人歌《杕杜》,不妨侍女唱《陽關》。(**紀昀夾**)五、六渾厚。内朝接武知何日,白髮羞歸供奉班。(**陳仁錫眉**)使白髮儒官讀之竦然。(**紀昀眉**)五、六渾厚,收亦滿足。

---

① 編者按:詩題一作"次韻聞復上人"。

【彙評】

查慎行:公以端明學士出知定州,自此竄逐南荒,不復還朝矣。此詩結語,殆成詩讖。

三月二十日多葉杏盛開

零露泫月蕊,温風散晴葩。春工了不睡,連夜開此花。(**蕭奇中夾**)妙。芳心誰剪刻,天質自清華。惱客香有無,弄妝影横斜。中山古戰國,(**蕭奇中夾**)每出慨論。殺氣浮高牙。叢臺餘袨服,易水雄悲笳。(**《角山樓》評**)小題有此大波瀾,説來妙,不牽强。自從此花開,玉肌洗塵沙。坐令游俠窟,化作温柔家。(**蕭奇中夾**)妙。(**紀昀眉**)有此排宕,氣脈乃闊。(**何紹基乙眉**)獷語却有致。我老念江海,不飲空咨嗟。劉郎歸何日,紅桃爍殘霞。(**查慎行評**)一本"咨嗟"以下尚有"劉郎歸何日,紅桃爍殘霞"二句。明年花開時,舉酒望三巴。(**蓋欲請梓州而歸也。**)

三月二十日開園三首

雪髯霜鬢語傖獰,澹蕩園林取次行。要識將軍不凡意,從來只啜小人羹。(**是日散父老酒食。**)(**蕭奇中夾**)好。(**紀昀眉**)末句晦。

西園牡籥夜沉沉,尚有游人卧柳陰。鶴睡覺時風露下,落花飛絮滿衣襟。(**紀昀眉**)此首小有致。

鬱鬱蒼髯真道友,絲絲紅萼是鄉人。(**蒼髯,松也。紅萼,海棠也。**)何時翠竹江村路,送我柴門月色新。(**紀昀眉**)此則太滑。

次韻王雄州送侍其涇州

威聲又數中興年，(**錢陸燦眉**)中，竹仲切。二虜行當一矢聯。聞道名城得真將，故應驚羽落空弦。追鋒歸去雄三衛，授鉞重來定十連。別酒回頭便陳迹，號呶端合發初筵。

臨城道中作(並引)

(**蕭奇中眉**)與樂天潯陽悲幸各劇。

予初赴中山，連日風埃，未嘗了了見太行也。今將適嶺表，頗以是爲恨。過臨城、内丘，天氣忽清徹，西望太行，草木可數，岡巒北走，崖谷秀傑。忽悟嘆曰：吾南遷其速返乎？退之衡山之祥也。(**蕭奇中夾**)太行知已有此。書以付邁，使志之。(**何焯眉**)不返何傷，乃忽悟嘆。庚申。○固當以不憂不懼自處，然君子道消，豈國家之福，必以不返爲高乎？癸酉。

逐客何人著眼看，太行千里送征鞍。未應愚谷能留柳，可獨衡山解識韓。(**蕭奇中夾**)恰稱。

過湯陰市得豌豆大麥粥示三兒子

朔野方赤地，河堧但黄塵。秋霖暗豆漆，夏旱臞麥人。逆旅唱晨粥，行庖得時珍。青班照匕箸，脆響鳴牙齦。玉食謝故吏，風餐便逐臣。漂零竟何適，浩蕩寄此身。争勸加餐食，實無負吏民。何當萬里客，歸及三年新。(**紀昀眉**)和平。(**何紹基乙眉**)淒淡。

子由新修汝州龍興寺吴畫壁

（**杭世駿眉**）兀傲夷道，全以清氣折旋，在畫家亦算逸品。

丹青久衰工不藝，人物尤難到今世。（**方東樹評**）起二句凡語。每摹市井作公卿，畫手懸知是徒隸。吴生已與不傳死，那復典刑留近歲。（**方東樹評**）凡語。人間幾處變西方，（**翁同書夾**）言畫西方變相。盡作波濤翻海勢。（**翁同書夾**）與"浩如海波翻"同意。細觀手面分轉側，妙算毫釐得天契。始知真放本精微，不比狂花生客慧。（**查慎行評**）古人不輕作草書，正得此意。（**嚴虞惇眉**）精言可味，吾輩立身亦猶是矣。（**紀昀眉**）至言可佩，於此知詩家喜作迷離惝恍及豪横語者，皆"狂花客慧"耳。〇前詠王維竹詩曰"交柯亂葉動無數，一一皆可尋其源"，語可相參。（**何紹基乙眉**）"真放本精微"，度盡金針矣。似聞遺墨留汝海，古壁蝸涎可垂涕。力捐金帛扶棟宇，錯落浮雲卷新霽。使君坐嘯清夢餘，幾疊衣紋數襟袂。他年吊古知有人，姓名聊記東坡弟。（**蕭奇中旁**）亦近嗜名。（**嚴虞惇眉**）鄙意頗不喜此結句。

【彙評】

劉辰翁：中聯説得精。

《**角山樓**》：落筆便刻露。

過高郵寄孫君孚

（**紀昀眉**）喜其不露怨尤。

過淮風氣清，一洗塵埃容。水木漸幽茂，菰蒲雜游龍。可憐夜合花，青枝散紅茸。美人游不歸，一笑當誰供。（**何焯眉**）又另辟一徑。故園在何處，已偃手種松。我行忽失路，歸夢山千重。聞君有負郭，二頃收橫從。（**紀昀夾**）句不妥。卷野畢秋穫，殷床聞夜舂。樂哉何所憂，社酒粥面醲。宦游豈不好，毋令到千鍾。

【彙評】

汪師韓：極言景物清幽，留連不能去，而其人之足令人思者，已不待陳説而自見，感舊懷人，風格最古。

《**唐宋詩醇**》：此詩作於南遷之時，孫升亦遭貶謫。篇中絶不露牢騷抑鬱之意，彬彬乎其有遺味矣。

僕所至未嘗出游過長蘆聞復禪師病甚不可不一問既見則有間矣明日阻風復留見之作三絶句呈聞復並請轉呈參寥子各賦數首

亦知壺子不死，敢問老聃所游。瑟瑟寒松露骨，眈眈病虎垂頭。

莫言西蜀萬里，且到南華一游。扶病江邊送客，杖拏浦口回頭。

老去此生一訣，興來明日重游。卧聞三老白事，半夜南風打頭。

六月七日泊金陵阻風得鍾山泉公書寄詩爲謝[1]

今日江頭天色惡,炮車雲起風欲作。(**紀昀眉**)起勢離奇。獨望鍾山唤寶公,(《**角山樓**》**評**)須知第三句"唤寶公"三字,所以預爲安排轉落地也。林間白塔如孤鶴。(**蕭奇中夾**)妙。寶公骨冷唤不聞,却有老泉來唤人。(**杭世駿眉**)糾纏"唤"字,亦是此老胸臆間話。費解,費解。(**錢陸燦眉**)惡道。電眸虎齒霹靂舌,爲子吹散千峰雲。(**紀昀眉**)電過飆迴,筆力横絶。南行萬里亦何事,一酌曹溪知水味。他年若畫蔣山圖,爲作泉公唤居士。(**蕭奇中夾**)妙畫可懸。

贈清凉寺和長老

代北初辭没馬塵,江南來見卧雲人。問禪不契前三語,施佛空留丈六身。老去山林徒夢想,雨餘鐘鼓更清新。會須一洗黄茅瘴,未用深藏白氎巾。

予前後守倅餘杭凡五年夏秋之間蒸熱不可過獨中和堂東南頰下瞰海門洞視萬里三伏常蕭然也紹聖元年六月舟行赴嶺外熱甚忽憶此處而作是詩

(**紀昀眉**)太率。(**何紹基乙眉**)語質意濃。

忠孝王家千柱宫,東坡作吏五年中。中和堂上東南頰,獨

① 編者按:詩題一作"赴嶺表過金陵蔣山泉老召食阻雨不及往"。

有人間萬里風。

慈湖夾阻風五首

(**何紹基乙眉**)惜不全妙。

捍索桅竿立嘯空,篙師酣寢浪花中。故應菅蒯知心腹,弱纜能争萬里風。(**蕭奇中眉**)雄壯。

此生歸路愈茫然,無數青山水拍天。猶有小船來賣餅,喜聞墟落在山前。(**紀昀眉**)當前之寥落可知。(**何焯眉**)真。(**王文誥夾**)紀昀曰:"當前之寥落可知。"然此二句,乃遇風泊船,初不辨頭路人語,惟老於江湖者知之,非道眼前之寥落也。

我行都是退之詩,真有人家水半扉。千頃桑麻在船底,空餘石髮挂魚衣。(**紀昀眉**)亦有致。(**譚元春評**)二首[按指二、三首]亦無佳處。

日輪亭午汗珠融,誰識南訛長養功。(**紀昀夾**)次句腐。暴雨過雲聊一快,未妨明月却當空。(**紀昀夾**)末二句寓意。(**錢廷錦乙眉**)寓意好。(**錢廷錦乙旁**)聖階云"日也,雨雲也,月也,皆好景也"。

卧看落月横千丈,起唤清風得半帆。且並水村欹側過,人間何處不巉岩。(**紀昀夾**)末句太露。(**翁同書旁**)結句亦寄慨。

【彙評】

汪師韓:荒灣旅泊,却寫得即事皆可喜,讀此數詩,足以豁塵襟而通静照矣。

過廬山下(並引)

予過廬山下,雲物騰湧,默有禱焉。(**蕭奇中夾**)學問人經歷心事。未午,衆峰凜然,(**蕭奇中夾**)妙。故作是詩。(**何焯眉**)筆挾風雷,足以動摇山嶽,不到江湖不識廬山面目,不知語句之工。

亂雲欲霾山,勢與飄風南。群隮相應和,勇往争驂驔。可憐薈蔚中,時出紫翠嵐。(**紀昀夾**)從薈蔚之章化出,語意雖顯而不露,用比故也。雁没失東嶺,龍騰見西龕。一時供坐笑,百態變立談。暴雨破坱圠,清飆掃渾酣。廓然歸何處,陋矣安足戡。亭亭紫霄峰,窈窈白石庵。五老數松雪,雙溪落天潭。雖云默禱應,顧有移文慚。(**紀昀眉**)結處應再有數語,文意文氣方足。以不欲説破,難於著筆,故草草竟住。然須於難著筆處著筆,方見本領,故此詩不爲完美。(**何焯眉**)通首亦即暴雨過雲二句意,公豈能免耶?

【彙評】

汪師韓:雲巒新霽,氣象萬千,列秀青青,已見廬山真面目矣。

江　西

(**紀昀眉**)此格易得峭拔。

江西山水真吾邦,白沙翠竹石底江。舟行十里磨九瀧,篙聲犖確相舂撞。醉卧欲醒聞淙淙,真欲一口吸老龐。(**紀昀眉**)趁韻。何人得俊窺魚矼,舉叉絶叫尺鯉雙。

秧馬歌(並引)

(**杭世駿眉**)押句有噌吰之響,布局有隨手之變。(**紀昀眉**)奇器以奇語寫之,筆筆欲活。(**蕭奇中眉**)筆情酣適,纖離失俊,究難讓雄。

過廬陵,見宣德郎致仕曾君安止,出所作《禾譜》。文既温雅,事亦詳實,惜其有所缺,不譜農器也。予昔游武昌,見農夫皆騎秧馬。以榆棗爲腹欲其滑,以楸桐爲背欲其輕,腹如小舟,昂其首尾,背如覆瓦,以便兩髀,雀躍於泥中,繫束藁其首以縛秧。日行千畦,較之傴僂而作者,勞佚相絶矣。《史記》:禹乘四載,泥行乘橇。解者曰,橇形如箕,擿行泥上。豈秧馬之類乎?作《秧馬歌》一首,附於《禾譜》之末云。(**陳天定評**)形容瑣物,如飛如動。

春雲濛濛雨凄凄,春秧欲老翠剡齊。嗟我婦子行水泥,(**蕭奇中夾**)雅。朝分一壟暮千畦。腰如箜篌首啄雞,(**蕭奇中夾**)肖。筋煩骨殆聲酸嘶。我有桐馬手自提,(**錢廷錦甲夾**)入秧馬。頭尻軒昂腹脅低。背如覆瓦去角圭,以我兩足爲四蹄。(**蕭奇中夾**)趣。(**查慎行評**)醒豁。聳踴滑汰如鳧鷖,(**查慎行丙評**)施青臣《繼古叢編》:"東坡《秧馬詩》'滑汰','汰'字入聲,讀與'達'同。"纖纖束藁亦可齎。何用繁纓與月題,朅從畦東走畦西。(**孫原湘眉**)"却"紀本作"朅"。山城欲閉聞鼓鼙,(**錢廷錦甲夾**)謂入夜欲息也。忽作的盧躍檀溪。(**蕭奇中夾**)奇快之狀。歸來挂壁從高棲,了無芻秣飢不啼。(**蕭奇中夾**)志得。少壯騎汝逮老黧,何曾蹶軼防顛隮。錦韉公子朝金閨,笑我一生蹋牛犁,不知自有木駃騠。

【彙評】

查慎行:先生《自題秧馬歌後》云:"惠州博羅令林君抃勤民恤農,余出此歌示之。林躬率田署製作閲試,以謂背如覆瓦,然須起首;尾如馬鞍狀,使前却有力。今惠州民皆已施用,甚便之。”又云:“以榆棗爲腹患其重,當以梔木,則滑而輕矣。”又云:“近讀《唐書·回紇傳》云:其人以木馬行水上,以板薦之,以曲木支下,一蹴百步,殆此類歟。”

汪師韓:直以馬喻非馬,瑰偉連犿,其説解頤,其談清耳。

賴山陽:世服蘇之廣長舌,不知其收舌不盡展者更好。……《秧馬》……皆豐約合度,姿態可觀。

《**角山樓**》:通首爽健耳,語固未爲奇也。

八月七日初入贛過惶恐灘

(**潘奕雋眉**)神似退之。(**張問陶評**)曾問横山云:“坡公詩何者尤佳?”曰:“七律。”(**紀昀評**)此却和平。

七千里外二毛人,十八灘頭一葉身。(**王文濡評**)起勢飄忽不定。山憶喜歡勞遠夢,(**蜀道有錯喜歡鋪,在大散關上。**)(**蕭奇中夾**)生出。地名惶恐泣孤臣。(**查慎行甲評**)黄公灘,萬安縣前。自東坡改爲“惶恐”以對“喜歡”,其後文信國用之以對“零丁”,世遂沿襲不改,無復稱舊名矣。長風送客添帆腹,積雨扶舟減石鱗。(**蕭奇中眉**)穩穩風帆,飽勝千波。(**何紹基乙眉**)二語却細膩。便合與官充水手,(**馮班評**)“充水手”可用。此生何止略知津。(**紀昀眉**)真而不俚,怨而不怒。(**何焯夾**)結句收不上。(**紀昀評**)結太盡。

【彙評】

劉弘:按髮間白曰“二毛”。帆受風如“腹”。細水流石上,波如魚鱗,故曰“石鱗”。

查慎行:邢疏《坦齋通紀》云:“詩人好改易地名,以就句法。《廬陵志》：二十四灘，坡詩乃云十八灘，非也。自下而上第一灘在萬安縣，前名黄公灘，坡乃改爲'惶恐'，以對'喜歡'。"

汪師韓：起二句固是同調柳州書，作發端乃更警策。按十八灘自下而上，第一灘在萬安縣，前名黄公灘，東坡改作'惶恐'以對'喜歡'。其後文文山更以'惶恐'對'零丁'，遂成典故。結處云"充水手"者，應是暗用"何易於腰笏引舟"事也。

紀昀：東坡詩多傷激切，此雖不免兀傲，而尚不甚礙和平之旨。

方東樹：此亦宋調，吾不取。

鬱孤臺（以下四首，皆虔州）

（**紀昀眉**）不失古格，而時出新語，故佳。

八境見圖畫，鬱孤如舊游。山爲翠浪湧，水作玉虹流。日麗崆峒曉，風酣章貢秋。丹青未變葉，鱗甲欲生洲。（**紀昀眉**）奇而穩。（《**角山樓**》**評**）生造之句，狀木葉之動摇也。嵐氣昏城樹，灘聲入市樓。（**紀昀眉**）逼肖九僧。（《**角山樓**》**評**）"嵐氣"一聯，盛唐句法，不應屬之九僧。煙雲侵嶺路，草木半炎州。故國千峰外，高臺十日留。他年三宿處，（**潘奕雋眉**）"三宿"應用《孟子》語。蓋先生遷謫，未忌闕廷。若用"浮屠不三宿"，便無味。附施注云："三宿"用《内典》語。又"浮屠三不宿桑下"出《後漢書·襄楷傳》，詳見二十卷《别黄州》詩注。准擬繫歸舟。

【彙評】

汪師韓：落落參錯，矯矯變化，所謂不煩繩削而自合者。

廉泉

（**紀昀眉**）轉轉靈妙，妙於不剽。（**何焯眉**）觸手空靈。

水性故自清，不清或撓之。君看此廉泉，五色爛摩尼。廉者爲我廉，我以此名爲。有廉則有貪，有慧則有癡。誰爲柳宗元，孰是吴隱之。（**紀昀夾**）“之”字復一韻。（**王文誥夾**）二“之”字韻，義别。公前用二“耳”字韻，自注：“義别，故得重押。”而注家已引詩話，謂不必注，經誥删之。此無自注，而《合注》又謂“韻複”，紀昀亦曰“複一韻”，與前所論不符，何也？漁父足豈潔，許由耳何淄。（**紀昀夾**）“誰爲”四句可删。紛然立名字，此水了不知。毁譽有時盡，不知無盡時。朅來廉泉上，捋鬚看鬢眉。好在水中人，到處相娱嬉。（**紀昀眉**）結得兀傲。

【彙評】

劉辰翁：自喻其達。

汪師韓：有盡在人，無盡在我。《維摩經》有法門名無盡燈，此詩所本。

塵外亭

（**紀昀眉**）無可著語之題，只可筆端簸弄，若泛寫山光樹色，則一首詩可題遍天下名勝矣。盛談王、孟高渾者，往往成馬首之絡，偶見之似可喜，數見之便有多少不滿人意處。（**何焯眉**）少陵入蜀詩，佳處不過爾爾。

楚山澹無塵，贛水清可厲。散策塵外游，麾手謝此世。山高惜人力，(**蕭奇中夾**)學問。十步輒一憩。却立浮雲端，俯視萬井麗。(**何紹基乙眉**)"麗"字穩。幽人宴坐處，龍虎爲斬薙。馬駒獨何疑，豈墮山鬼計。夜垣非助我，謬敬欲其逝。戲留一轉語，千載起攘袂。(**趙次公夾**)"幽人宴坐處"以下八句，皆是馬祖事。馬祖始居此山，山鬼爲築垣，自謂修行不至，爲鬼所識，乃捨去。今先生詩語高馬祖一著也。

【彙評】

汪師韓：韓詩云："崎嶇上軒昂，始得觀覽富。"未及此之圓妙也。正諦既得，故後幅但就馬祖事言之，不更爲山水饒舌。

天竺寺(並引)

(**潘奕雋眉**)一氣轉折如話，是杜少陵正派。

予年十二，先君自虔州歸，爲予言："近城山中天竺寺，有樂天親書詩云：一山門作兩山門，兩寺原從一寺分。東澗水流西澗水，南山雲起北山雲。前臺花發後臺見，上界鐘清下界聞。遥想吾師行道處，天香桂子落紛紛。筆勢奇逸，墨迹如新。"今四十七年矣。予來訪之，則詩已亡，有刻石存耳，感涕不已，而作是詩。

香山居士留遺迹，天竺禪師有故家。空詠連珠吟疊壁，已亡飛鳥失驚蛇。林深野桂寒無子，雨浥山薑病有花。(**莫友芝乙眉**)句法奇創，不可使拙手爲之。四十七年真一夢，天涯流落涕横斜。

【彙評】

劉辰翁:連珠疊璧,謂此首尾重字,境與詩適可如此,故自佳。

汪師韓:點染處極其古秀,揭朗標華,較香山連珠體詩更進一格。

過大庾嶺

(**杭世駿眉**)庾、陽通韻。

一念失垢污,身心洞清浄。浩然天地間,惟我獨也正。今日嶺上行,身世永相忘。(**嚴虞惇眉**)"忘"字韻未詳。○"忘"與"生"古韻相通,用之小詩頗不甚叶耳。仙人拊我頂,結髮授長生。(**紀昀眉**)末聯忽用古韻。(**翁同書旁**)[王注引次公説]末二句乃李太白《流夜郎贈韋太守》詩全語,先生用之,蓋有所感也。(**查慎行丙評**)慎按"仙人撫我頂"二句,係太白詩,先生偶用之,不及檢點耳。

宿建封寺曉登盡善亭望韶石三首

(**蕭奇中眉**)三首"望"字意盡出,壯懷俯仰,今古在目。(**王文誥旁**)公度嶺作此三詩,與赴瓊儋二古一轍,其運意皆在繩墨之外,未易測識之也。

雙闕浮空照短亭,至今猿鳥嘯青熒。君王自此西巡狩,再使魚龍舞洞庭。

蜀人文賦楚人辭,(**蕭奇中眉**)手筆自出,嶽立淵飛。堯在崇山舜九疑。聖主若非真得道,南來萬里亦何爲。(**蕭奇中夾**)自寓。(**紀昀眉**)二首皆無聊寄傲之詞。

嶺海東南月窟西，功成天已錫玄圭。此方定是神仙宅，禹亦東來隱會稽。

月華寺（寺鄰岑水場，施者皆坑户也，百年間蓋三焚矣）

（紀昀眉）莊語不腐，此由筆意不同。

天公胡爲不自憐，結土融石爲銅山。萬人採斫富媪泣，只有金帛資豪奸。脱身獻佛意可料，一瓦坐待千金還。月華三火豈天意，至今茇舍依榛菅。僧言此地本龍象，興廢反掌曾何艱。高岩夜吐金碧氣，曉得異石青斕斑。坑流窟發錢湧地，暮施百鎰朝千鍰。**（查慎行丙評）**張端義《貴耳録》：“韶州嶺水場，以鹵水浸銅之地。”《名勝志》：“翁源縣有嶺水，一名銅水，可浸鐵爲銅。”按張氏、曹氏所載，與先生詩語相合。此山出寶以自賊，**（蕭奇中眉）**象以齒，犀以通，漆以漆，膏以膏，誰非自賊也。地脈已斷天應慳。**（查慎行評）**鋒芒所到，造化亦應避其鋭。我願銅山化南畝，爛漫黍麥蘇煢鰥。道人修道要底物，破鐺煮飯茅二間。

【彙評】

汪師韓：亦是《左傳》“象齒焚身”、《莊子》“山木自寇”之意，説來警策，倍覺氣象峥嶸。

南華寺

（紀昀眉）觸景寄慨，不同泛作禪語。

云何見祖師,要識本來面。亭亭塔中人,問我何所見。可憐明上座,萬法了一電。飲水既自知,指月無復眩。我本修行人,三世積精煉。中間一念失,受此百年譴。摳衣禮真相,感動淚雨霰。借師錫端泉,洗我綺語硯。(**蕭奇中眉**)余《痛相憐》曾有詩云"妻子本非人故物,山川曾識我當時"。(**何紹基甲眉**)此硯何由洗。(**紀昀眉**)此方是東坡游南華寺詩,不可移掇他人;是此時東坡游南華寺詩,不可移掇他時。此爲詩中有人。

【彙評】

劉辰翁:懺悔的實,非有意於爲詩。

《**角山樓**》:凡文人佞佛而受遷謫者皆可通用,論詩原不必如此苛刻,因紀氏專標此種爲法,不得不防其流弊。

碧落洞(在英州下十五里)

槎牙亂峰合,晃蕩絶壁横。遥知紫翠間,古來仙釋并。陽崖射朝日,高處連玉京。陰谷叩白月,夢中游化城。果然石門開,中有銀河傾。幽龕入窈窕,别户穿虚明。泉流下珠琲,乳蓋交縵纓。(**何焯眉**)不入崖洞,不知"蓋"字爲工。我行畏人知,恐爲仙者迎。(**紀昀眉**)隱寓名盛招尤之慨,其詞却隱而不露。(**翁同書夾**)是時群小凶焰方張,此數語寫得憂心悄悄意出。小語輒響答,空山白雲驚。(《**角山樓**》**評**)境真語雋。(**翁同書眉**)"自雷"一本作"白雲"。查評"《詩眼》云'小語'二句全類太白,合印本訛作'自雷驚',不但無意味,兼與上句重疊。"策杖歸去來,治具煩方平。

【彙評】

汪師韓評:氣交冲漠,與神爲徒。"小語響答"二句寫岩洞之景,未經人道。

峽山寺(傳奇所記孫恪袁氏事,即此寺,至今有人見白猿者)

(**杭世駿眉**)此詩刻石寺中,和者紛紛,莫有逾原唱者。(**何焯眉**)並白猿亦不可見,則空山無伴,"幽獨"之況可想,如此點化,所謂死事皆活也,但"忽憶"二句出唐人,當更敏妙也。

天開清遠峽,地轉凝碧灣。(**錢廷錦乙眉**)《和劉湜峽山寺見寄》詩有云"遥知清遠寺",則"清遠""凝碧"恐皆現成地名也。我行無遲速,攝衣步孱顔。山僧本幽獨,乞食況未還。雲碓水自舂,松門風爲關。石泉解娱客,琴筑鳴空山。佳人劍翁孫,游戲暫人間。忽憶嘯雲侣,賦詩留玉環。林空不可見,霧雨霾鬐鬟。(**紀昀眉**)忽寓羈絆之感。

【彙評】

汪師韓:空山無人,水流花開,良由妙造自然,匪關思索而致。

范大士:熀熀煜煜,如對金床玉几。

舟行至清遠縣見顧秀才極談惠州風物之美

(**錢廷錦甲眉**)生動無匹。

到處聚觀香案吏,此邦宜著玉堂仙。江雲漠漠桂花濕,海雨翛翛荔子然。聞道黄柑常抵鵲,(**錢陸燦夾**)鮮與本句念典。不容朱橘更論錢。(**錢廷錦甲眉**)中四句正是風物之美。恰從神武來弘景，便向羅浮覓稚川。

【彙評】

汪師韓：八句皆對，律詩正格，筆力積健爲雄，浣花遺範，頡頏杜老。

廣州蒲澗寺(地産菖蒲，十二節。相傳安期生之故居，始皇訪之於此)

(**何紹基乙眉**)生脆。

不用山僧導我前，自尋雲外出山泉。(**蕭奇中眉**)清絶。千章古木臨無地，百尺飛濤瀉漏天。(**杭世駿眉**)"飛濤"指濂泉之瀑布在澗盡頭。昔日菖蒲方士宅，後來薝蔔祖師禪。而今只有花含笑，笑道秦皇欲學仙。(**山中多含笑花。**)(**紀昀眉**)結語太佻。

【彙評】

劉辰翁："始皇至安期家"語，三日夜不得道，干羽時生已成仙。

劉弘："始皇造安期家"語，三日夜不得道。

查慎行：余嘗獨游廬山開先寺，前半首光景仿佛似之。

汪師韓：一氣融結，意象崔巍，元精炯炯。

贈蒲澗信長老

優鉢曇花豈有花，問師此曲唱誰家。已從子美得桃竹，(**此山有桃竹，可作杖，而土人不識。予始録子美詩遺之。**)不向安期覓棗瓜。燕坐林間時有虎，高眠粥後不聞鴉。勝游自古兼支許，爲采松肪寄一車。

發廣州

（**查慎行甲眉**）《西清詩話》載："王君玉云：'詩句不妨間用俗語，尤見功夫。'"東坡"避謗詩尋醫，畏病酒入務"，又"風來震澤帆初飽，雨入松江水漸肥"，亦俗語也。又"南人以飲爲軟飽，北人以晝寢爲黑甜"，故坡詩云云，此亦用俗語也。

朝市日已遠，此身良自如。三杯軟飽後，（**浙人謂飲酒爲軟飽。**）一枕黑甜餘。（**俗謂睡爲黑甜。**）（**紀昀夾**）三、四不佳，詩話稱之，非是。（**趙克宜評**）方言入詩，有古質、纖俗之辨。似此則纖俗。蒲澗疏鐘外，黄灣落木初。天涯未覺遠，處處各樵漁。（**紀昀眉**）結語自好。（**何紹基乙眉**）"處處各樵漁"，游人宜存此意。

【彙評】

劉辰翁：首尾二"遠"字何率也。

浴日亭（在南海廟前）

劍氣崢嶸夜插天，（**嚴虞惇眉**）首句似俗。瑞光明滅到黄灣（**王文誥夾**）日欲出時，當空先有紅氣一道，浮而不動者良久，其色不見，則東方漸白。此由日未出時，其光漏出海上，又自海激射於天也。此句正形容其狀。坐看暘谷浮金暈，（**王文誥夾**）以上三句，乃日出時一定次敘。遥想錢塘湧雪山。（**蕭奇中夾**）遠。（**嚴虞惇眉**）"錢塘"句湊入無謂。（**何焯眉**）第四轉出"浴"字，奇橫。已覺蒼涼蘇病骨，(**何焯夾**)“浴”字。更煩沆瀣洗衰顔。忽驚鳥動行人起，(**王文誥夾**)此句日始出。飛上千峰紫翠間。(**杭世駿眉**)海上之山甚少，“千封紫翠”亦詩人誇大之辭，身到黄木灣者自知。(**翁同書旁**)“忽驚鳥動”一轉，陡然而止，筆勢奇絶。

【彙評】

汪師韓：前六句猶是滄滄凉凉之勢，“忽驚鳥動”一轉，陡然而上，殆是雲間吐氣日五色，百鳥不敢言文章矣。

游羅浮山一首示兒子過

(**紀昀眉**)筆筆警拔，大題目自不敢草草。

人間有此白玉京，羅浮見日雞一鳴。南樓未必齊日觀，鬱儀自欲朝朱明。(**劉夢得有詩，記羅浮夜半見日事。山不甚高，而夜見日，此可異也。山有二石樓。今延祥寺在南樓下，朱明洞在冲虚觀後，云是蓬萊第七洞天。**)東坡之師抱朴老，真契早已交前生。玉堂金馬久流落，寸田尺宅今歸耕。(**潘奕雋眉**)公因遷謫而有出世之志，殆即屈子雲中湘君之遺意歟？筆勢亦翩翩有仙氣。道華亦嘗啖一棗，(**唐永樂道士侯道華，竊食鄧天師藥仙去。永樂有無核棗，人不可得，道華獨得之。予在岐下，亦嘗得食一枚。**)(**劉辰翁夾**)坡得永樂棗。契虚正欲仇三彭。(**唐僧契虚，遇人導游稚川仙府。真人問曰：汝絶三彭之仇乎？契虚不能答。**)鐵橋石柱連空横，(**山有鐵橋石柱，人罕至者。**)杖藜欲趁飛猱輕。雲溪夜逢喑虎伏，(**山有啞虎巡山。**)斗壇晝出銅龍獰。(**冲虚觀後有朱真人朝斗壇，近於壇上獲銅龍六、銅魚一。**)(**查慎行評**)“吟”當作“獰”。(**杭世駿眉**)通篇只此四語著題，餘只任意抒寫，此謂不羈。小兒少年有奇志，(**紀昀眉**)以下情文相生，興會飆舉。(**張廷濟眉**)入示兒。中宵起坐存《黄庭》。近者戲作凌雲賦，筆勢仿佛《離騷經》。負書從我盍歸去，群仙正草《新宫銘》。汝應奴隸蔡少霞，我亦季孟山玄卿。(**唐有夢書《新宫銘》者，云紫陽真人山玄卿撰，其略曰：良常西麓，原澤東泄，新宫宏宏，崇軒轗轗。又有蔡少霞者，夢人遣書碑，略曰：公昔乘魚車，今履瑞雲，躅空仰塗，綺輅輪囷。其末題云：五雲書閣吏蔡少霞書。**)還須略報老同叔，贏糧萬里尋初平。(**子由一字同叔。**)(**何紹基甲眉**)縱致。

【**彙評**】

汪師韓：森蔚璀偉，以御風凌雲之氣行之，是亦《新宫銘》所稱"天籟虚徐，鳳簫泠徹"者耶？

趙翼：遷謫中無侘傺不平之氣，汗漫九垓，是何等胸次，擺落一切。

十月二日初到惠州

仿佛曾游豈夢中，(**錢廷錦甲夾**)初到。欣然雞犬識新豐。(**蕭奇中夾**)妙。(**蕭奇中眉**)真有此，然非夙以山水往業風塵者道不及。吏民驚怪坐何事，父老相攜迎此翁。(**錢廷錦甲眉**)當合謝表讀之。(**莫友芝乙眉**)隨遇而安之意衝口信筆，無一毫勉强，其胸中故自浩然也。蘇武豈知還漠北，管寧自欲老遼東。(**紀昀眉**)二事俱不切。(**紀昀評**)五、六不切。嶺南萬户皆春色，(**嶺南萬户酒。**)(**蕭奇中夾**)鼓舞。會有幽人客寓公。(**紀昀評**)不得以東坡故爲之詞。

【**彙評**】

《**唐宋詩醇**》：貶謫之地，見如舊游，有終焉之志，賢者固隨寓而安。

寓居合江樓

(《角山樓》評)此篇彷彿近太白。

海上蔥曨氣佳哉,二江合處朱樓開。(**紀昀眉**)起勢超忽,以下亦音節諧雅,雖無深意而自佳。蓬萊方丈應不遠,肯爲蘇子浮江來。(**紀昀夾**)奇恣。江風初凉睡正美,樓上啼鴉呼我起。我今身世兩相違,西流白日東流水。(**王文誥夾**)接得陡健。樓中老人日清新,天上豈有癡仙人。三山咫尺不歸去,一杯付與羅浮春。(**予家釀酒名羅浮春。**)

白水山佛迹岩(羅浮之東麓也,在惠州東北二十里)

(**紀昀眉**)奇氣坌湧,無一語不警拔,而無一毫粗獷之氣。(**何紹基乙眉**)精密。(**何焯眉**)揮霍離合,極意揣摩,總爲"佛迹"二字布局。

何人守蓬萊,夜半失左股。浮山若鵬蹲,忽展垂天羽。根株互連絡,崖嶠争吞吐。神工自爐鞴,(**蕭奇中夾**)見元力。融液相綴補。(**王文誥夾**)以上八句,開拓羅浮數百里境界,其意以爲山靈如是作用,將於此結成白水山也。猶之陣雨未至,而雲興雷動,滿天布勢,皆題前之文,是爲第一節。至今餘隙罅,流出千斛乳。方其欲合時,天匠麾月斧。(**翁同書夾**)紀云此一層更寫得滿足,善於布勢上於設色。帝觴分餘瀝,山骨醉后土。(《**角山樓**》**評**)落想固妙,他人縱有此想,不能如此自暢其説。峰巒尚開闔,澗谷猶呼舞。(**王文誥夾**)以上八句點明白水山,然不肯直敘,却又回繞上文而下,反覆勾勒，以見造化結此奇境不易。此乃白水山正面，是爲第二節。海風吹未凝，古佛來布武。（**紀昀眉**）入得天然，純乎化境。當時汪罔氏，投足不盡拇。青蓮雖不見，千古落花雨。雙溪匯九折，萬馬騰一鼓。（**蕭奇中眉**）句猛肖。（**《角山樓》評**）十分道煉。奔雷濺玉雪，潭洞開水府。潛鱗有飢蛟，掉尾取渴虎。（**《角山樓》評**）神似少陵。（**王文誥夾**）佛迹乃岩上之一物，不可與白水分馳。若亦作一節，其格即走，或突然增出，亦屬凡筆，故於上二節，用“神工”“天匠”“帝觴”“后土”等字，作爲前導，於此引出佛迹，仍找出白水山也。此十二句爲第三節，其下“我來”“戲侮”二句，乃末節之提筆，“飢蛟”“渴虎”是叙白水之住處，界限甚明，但以“戲侮”二字作過脈，打成一片也。如謂“潛鱗”“我來”四句當連作一截，則前之格局皆亂，而後文亦脱，散漫不可收拾，讀者慎勿爲作者所欺。我來方醉後，濯足聊戲侮。回風卷飛雹，掠面過强弩。（**蕭奇中夾**）妙。山靈莫惡劇，微命安足賭。（**翁同書夾**）何義門曰“此亦以黨人也”。（**查慎行甲眉**）“睹”字訛，當作“賭”。（**王文誥夾**）此二句，全篇歇氣。公凡長篇氣脈太緊者，皆寓此法，但其餘力又能管顧蛟虎，所以爲奇。若以“潛鱗”句至此句作一段論，即誤。此山吾欲老，慎勿厭求取。溪流變春酒，與我相賓主。當連青竹竿，下灌黄精圃。（**紀昀眉**）上半如此奇恣，下半如何收束？非此兀傲之氣撑拄不起。（**《角山樓》評**）寫實境警動極矣，虚步收束，亦復酣足，得力在“回風卷雹”一聯跌起下文也。（**翁同書旁**）[合注]結二句用杜詩“連筒灌小园”意。（**何焯眉**）故入險艱，掉臂而出。（**王文誥夾**）自叙游事，仍用白水作結，以完章法，是爲第四節。此乃本意，將佛迹搭入，隨路帶過，不作一節之確據。但此四節，特用意處處連絡，光芒四射，不露四節之痕，使人讀下，在處不可歇氣，必讀至終篇而止。此則白水之本狀，而詩亦如之也。其中段落，本是難看，誥自親至其地而後有得。

【彙評】

查慎行：字字刻畫，句句變化，雲煙離合，不可端倪。

汪師韓：《山記》謂浮山即蓬萊別島，洪水浮至，依羅而止，二山合體，謂之羅浮，本是不根之談。前八韻據此翻騰而入，無非爲"佛迹"二字取勢，以跌落"古佛來布武"一句耳。後紀浴於湯池，從"飢蛟""渴虎""飛雹""强弩"數句之中，參以"醉後""濯足"二語，忽然動魄驚心，忽然掉臂徐步。羅浮以風雨爲合離，匪此神筆，莫傳其妙。

《**角山樓**》：奇情異采，一氣噴薄而出，此爲神來之筆，作者殆不自主。

詠湯泉(在白水山)

(**蕭奇中眉**)縱横皆奇。

積火焚大槐，蓄油災武庫。驚然丞相井，疑浣將軍布。自憐耳目隘，未測陰陽故。鬱攸火山烈，觱沸湯泉注。豈惟渴獸駭，坐使癡兒怖。安能長魚鱉，僅可燖狐兔。山中惟木客，户外時芒屨。雖無傾城浴，幸免亡國污。(**紀昀眉**)結却傖氣。

自　笑

子石如琢玉，(**蕭奇中夾**)硯。遠煙真削黛。(**蕭奇中夾**)墨。入我病風手，(**古語云，磨墨如病風手。**)玄雲滃凄凄。是中有何好，而我喜欲迷。既似蠟屐阮，又如鍛柳嵇。醉筆得天全，宛宛天投霓。多謝中書君，(**蕭奇中夾**)筆。伴我此幽棲。

朝雲詩(並引)

(**錢廷錦甲眉**)蘇公性地本來高是樂天。

世謂樂天有“粥駱馬放楊柳枝”詞,嘉其主老病不忍去也。然夢得有詩云:春盡絮飛留不得,隨風好去落誰家。樂天亦云:病與樂天相伴住,春隨樊子一時歸。則是樊素竟去也。予家有數妾,四五年相繼辭去,獨朝雲者隨予南遷。因讀樂天集,戲作此詩。朝雲姓王氏,錢唐人,嘗有子曰幹兒,未期而夭云。

不似楊枝別樂天,恰如通德伴伶玄。阿奴絡秀不同老,天女維摩總解禪。經卷藥爐新活計,舞衫歌扇舊因緣。(**蕭奇中夾**)可參。丹成逐我三山去,不作巫陽雲雨仙。

【彙評】

方東樹:無留人處。

《**角山樓**》:了無佳處。

寄虎兒

獨倚桄榔樹,閒挑蓽撥根。謀生看拙否,送老此蠻村。

十一月二十六日松風亭下梅花盛開

(**紀昀眉**)朱晦庵極惡東坡,獨此詩屬和不已,豈昔人所謂“我見獨憐”耶?(**王文誥旁**)其說過當。晦庵不敢惡劉元城,敢極惡東坡乎?當時朝政是朝政,公議是公議,雖敬夫、晦庵、華父、西山諸人,有不能概爲之左右袒者。但據一論，善於用巧而已。紀説乃朱所謂《書傳》《論語説》之一端，而非其全，亦未可盡誣之也。

春風嶺上淮南村，昔年梅花曾斷魂。（**予昔赴黄州，春風嶺上見梅花，有兩絶句。明年正月往岐亭，道中賦詩云：去年今日關山路，細雨梅花正斷魂。**）豈知流落復相見，蠻風蜑雨愁黄昏。長條半落荔支浦，卧樹獨秀桄榔園。豈惟幽光留夜色，直恐冷豔排冬温。松風亭下荆棘裏，兩株玉蕊明朝暾。（**查慎行丙評**）先生詩不過借此二字，以形容梅花之白耳。曹能始于惠州條下引先生此詩，乃云“松風亭下有玉蕊花”，所謂癡人前不可説夢也。海南仙雲嬌墮砌，月下縞衣來扣門。（**紀昀眉**）天人姿澤，非此筆不稱此花。酒醒夢覺起繞樹，妙意有在終無言。（**蕭奇中眉**）領略最矣。先生獨飲勿嘆息，幸有落月窺清樽。（**何紹基乙眉**）空韻妙遠。

【彙評】

汪師韓：秀色孤姿，涉筆如融風彩霱。集中梅花詩，有以清空入妙者，如《和秦觀梅花詩》云“竹外一枝斜更好”是也；有以使事傳神者，此詩“海南仙雲嬌墮砌，月下縞衣來扣門”是也。軾嘗稱秦觀詩有云“西湖處士骨應槁，只有此詩君壓倒”，觀詩豈能過之？毋亦自道其所得耳。此題尚有和韻兩篇，第二篇有“紛紛初疑月挂樹，耿耿獨與參横昏”二句，最爲洪邁所稱。胡仔亦云：“三首皆擺落陳言，古今人未嘗經道者，第二首尤奇。”然細玩全篇，究是不逮原唱也。

再用前韻

（**劉辰翁旁**）非再用韻，得意前詩草創而已。（**紀昀眉**）語亦奇麗，二詩極意鍛煉之作。

羅浮山下梅花村，玉雪爲骨冰爲魂。紛紛初疑月挂樹，耿耿獨與參横昏。（《角山樓》評）此句有妙理悟。（翁同書夾）二句最爲洪邁所稱。先生索居江海上，悄如病鶴棲荒園。天香國豔肯相顧，（蕭奇中夾）多情。知我酒熟詩清温。（蕭奇中夾）不怍。蓬萊宫中花鳥使，（紀昀眉）忽作幻語，善於擺脱。（王文誥夾）此則曉嵐所見，高於注家遠矣。緑衣倒挂扶桑暾。（嶺南珍禽有倒挂子，緑毛紅喙，如鸚䳇而小，自東海來，非塵埃中物也。）（蕭奇中夾）佳。抱叢窺我方醉卧，故遣啄木先敲門。麻姑過君急灑掃，鳥能歌舞花能言。酒醒人散山寂寂，惟有落蕊黏空樽。

新釀桂酒

擣香篩辣入瓶盆，（嚴虞惇眉）可見酒以辣爲妙也。盎盎春溪帶雨渾。收拾小山藏社甕，（蕭奇中夾）好。（翁同書夾）造語神奇，亦巧妙無匹。（莫友芝乙眉）領聯刻畫矣，然不落小家習氣。招呼明月到芳樽。（查慎行評）"桂"字有生發。酒材已遣門生致，菜把仍叨地主恩。爛煮葵羹斟桂醑，風流可惜在蠻村。

【彙評】

汪師韓：《桂酒頌》作於釀成之後，有云"釀爲我醪，淳而清甘，終不壞，醉不醒"。此詩乃作於方釀之時，故但以"擣香篩辣"爲言耳。"收拾小山藏社甕"，造句神奇。

惠守詹君見和復次韻

（錢廷錦乙旁）脱桂酒。

已破誰能惜甑盆，頽然醉裏得全渾。欲求公瑾一囷米，試滿莊生五石樽。三杯卯困忘家事，萬户春濃感國恩。（**查慎行評**）"萬户春"，嶺南酒名。刺史不須邀半道，籃輿未暇走山村。（**劉弘評**）得全渾乃頽然醉中，不喪其未鑿天性之氣象。"卯困"，諺云："三杯卯時酒，昏昏醉到酉。"

花落復次前韻

（**杭世駿眉**）思致較遜前二作。（**何焯眉**）句二是花落後。第三篇體應爾，非趁韻也。

玉妃謫墮煙雨村，（**王文誥夾**）凡梅花詩，用"玉奴""玉妃"，皆不得坐實其人。如此句，太真並無"謫墮煙雨村"事，作者務求超脱，而注者務使之拖泥帶水，何也？其下用"奔月"事，自爲玉妃注解，而形容花落已畢。凡此皆不可以迹象求之也。先生作詩與招魂。（**紀昀眉**）起得警拔。人間草木非我對，奔月偶桂成幽昏。（**紀昀眉**）亦自擺脱，不落蹊徑。（《**角山樓**》**評**）入想奇。暗香入户尋短夢，青子綴枝留小園。披衣連夜唤客飲，雪膚滿地聊相温。松明照坐愁不睡，井花入腹清而暾。（**紀昀夾**）後三字不妥。先生年來六十化，道眼已入不二門。多情好事餘習氣，（**蕭奇中夾**）專勝。惜花未忍終無言。（**蕭奇中眉**）鍾情正在我輩。留連一物吾過矣，（**蕭奇中夾**）知分。笑領百罰空罍樽。

【彙評】

劉辰翁：此篇亦牽强。

卷二十三

詩六十七首

江　郊（並引）

惠州歸善縣治之北數百步抵江，少西有磐石小潭，可以垂釣，作《江郊》詩云。（**陳天定評**）石萬程云："似柳州小記。"

江郊葱曨，雲水蒨絢。（**蕭奇中眉**）徐庾風神。碕岸斗入，洄潭輪轉。先生悦之，布席閑燕。初日下照，潛鱗俯見。意釣忘魚，樂此竿綫。優哉悠哉，玩物之變。

【彙評】

汪師韓：琢句全摹《水經注》，"碕岸"二句乃從"斗聳曲池"及"洄湍電轉，環濤轂轉"等句化出，"潛鱗俯見"亦從"新安江潭不掩鱗"一句得來。

詹守攜酒見過用前韻作詩聊復和之

箕踞狂歌老瓦盆，燎毛燔肉似羌渾。（**蕭奇中夾**）好。傳呼草市來攜客，灑掃漁磯共置樽。山下黄童争看舞，江干白骨已銜恩。（**時詹方議葬暴骨。**）（**紀昀夾**）"江干"句突出似無理，細玩乃寓收骨瘞江之感，故以歸鴉爲結耳。孤雲落日西南望，長羨歸鴉自識村。

寄鄧道士(並引)

(**紀昀眉**)絶唱詩不必和,昔人已嘗論之。此詩若不言和蘇州詩,固未嘗不佳。

羅浮山有野人,相傳葛稚川之隸也。鄧道士守安,山中有道者也,嘗於庵前見其足迹長二尺許。紹聖二年正月十日,予偶讀韋蘇州《寄全椒山中道士》詩云:"今朝郡齋冷,忽念山中客。澗底束荆薪,歸來煮白石。遥持一樽酒,遠慰風雨夕。落葉滿空山,何處尋行迹。"乃以酒一壺,仍依蘇州韻作詩寄之云。(**杭世駿眉**)詩遜元作不待言,既云"采薇客",又云"幽人",又云"庵中人",雜見錯出,安置殊率。

一杯羅浮春,遠餉采薇客。遥知獨酌罷,醉卧松下石。(**錢陸燦眉**)頗近高、岑。幽人不可見,清嘯聞月夕。(**查慎行丙評**)先生手書此詩石刻,"聞"字作"閑"字,今從施氏本。聊戲庵中人,空飛本無迹。(**錢廷錦乙眉**)末二句露出本色,韋自然,蘇作意。(**何焯夾**)却翻得好。

【彙評】

《**角山樓**》:頗作清語,而去韋詩遠甚,一自然,一安排也。唐宋人之身分,亦判於此。

上元夜(惠州作)

前年侍玉輦,端門萬枝燈。璧月挂罘罳,珠星綴觚棱。去年中山府，老病亦宵興。牙旗穿夜市，鐵馬響春冰。今年江海上，雲房寄山僧。亦復舉膏火，松間見層層。(**紀昀眉**)兩兩相形，不著一語，寄慨自深。散策桄榔林，林疏月鬅鬙。使君置酒罷，簫鼓轉松陵。狂生來索酒，(**賈道人也**。)一舉輒數升。浩歌出門去，(**劉辰翁夾**)無此幾不成。我亦歸瞢騰。(**紀昀眉**)委順之意，言外見之。

【彙評】

方回：此詩元符元年戊寅作，坡年六十三矣，在儋州亦半年餘，以去年紹聖丁丑六月渡海也。十年前事，當是元祐二年丁卯以翰林學士侍宴端門，戊辰知貢舉，皆在朝。至五十九歲時，紹聖元年甲戌，自中山謫惠州；乙亥年賦上元古詩有云："前年侍玉輦，端門萬枝燈。"即元祐八年癸酉正月也。"去年中山府，老病亦宵興"，即甲戌正月也。"今年江海上，雲房寄山僧"，即乙亥正月也。人生能幾何年，如上元一節物耳！出處去來，歲歲不同，當是時，又焉知渡海而逢上元耶？坡甲戌之貶，至元符三年徽廟立，乃得北歸，建中靖國元年辛巳，卒於常州。

正月二十四日與兒子過賴仙芝王原秀才僧曇穎行全道士何宗一同游羅浮道院及棲禪精舍過作詩和其韻寄邁迨

斷橋隔勝踐，脱屨欣小憩。(**紀昀眉**)平叙而不庸沓。瘴花已繁紅，官柳猶疏細。(**錢廷錦甲眉**)恰是正月。斜川二三子，悼嘆吾年逝。淒涼羅浮館，風壁頹雨砌，黄冠常苦飢，迎客羞破袂。仙山在何許，歸鶴時墮毳。(**翁同書眉**)安頓僧道，兩種人串説，絶不費手。崎嶇拾松黄，欲救齒髮弊。坐令禪客笑，一夢等千歲。

(**查慎行評**)貶道崇釋,却令羽士無處置辯。棲禪晚置酒,蠻果粲蕉荔。齋厨釜無羹,野餉籃有蕙。(**蕭奇中夾**)好。嬉游趁時節,俯仰了此世。猶當洗業障,更作臨水禊。寄書陽羨兒,並語長頭弟。門户各努力,先期畢租税。(**紀昀眉**)後四句乍讀似不貫,細玩語意,乃言在此甚適,不必更以爲念,惟應專力持門户、辦租税耳。

【彙評】

汪師韓:從荒寂處生情,韻動崖谷。

正月二十六日偶與數客野步嘉祐僧舍東南野人家雜花盛開扣門求觀主人林氏媪出應白髮青裙少寡獨居三十年矣(蕭奇中夾)風乎感嘆之餘作詩記之

縹帶緗枝出絳房,緑陰青子送春忙。(**蕭奇中夾**)起得妙。涓涓泣露紫含笑,焰焰燒空紅佛桑。(**紀昀夾**)三、四太質太易,以爲老境則失之。落日孤煙知客恨,短籬破屋爲誰香。主人白髮青裙袂,子美詩中黄四娘。(**杭世駿眉**)"黄四娘"雖無明文,然杜以之入詩,非有桑梓恭敬之意,以此相擬,不於其倫。

龍尾石硯寄猶子遠

(**紀昀眉**)疊用二比,不嫌其復。首、二比形,五、六比德也。(**何紹基乙眉**)硯纔矜重。(**王文誥旁**)此詩以叙爲題,只作"明月見焉"四字,《龍尾歌》即此法也。讀者但就題論詩,故多膜論。

皎皎穿雲月,青青出水荷。(**紀昀夾**)首、二比形。文章工點黼,忠義老研磨。偉節何須怒,寬饒要少和。(**紀昀夾**)十字寫盡歙硯。吾衰此無用,(**孫原湘夾**)安用此?寄與小東坡。(**遠爲人類予。**)(**紀昀眉**)竟不出"硯"字,古人詠物多如此。

【彙評】

劉辰翁:小東坡,過、遠也,皆東坡詩自稱子侄。

贈王子直秀才

(**蕭奇中夾**)倏然雲粲衫履風中。(**紀昀眉**)宛然劍南之先聲。王粲《七哀》既開少陵之派,鮑照《行路難》已導太白之前,文章與世變更,而機栝往往先露,如此之類,指不勝屈,作者亦莫知所以然也。

萬里雲山一破裘,杖端閑挂百錢游。五車書已留兒讀,二頃田應爲鶴謀。(**查慎行評**)公自注:"子直住鶴田山。"(**蕭奇中夾**)更高。水底笙歌蛙兩部,山中奴婢橘千頭。(**劉辰翁旁**)"笙歌"鼓吹,"奴婢"各異,數口復多。(**蕭奇中眉**)極樂境矣。(**趙翼批**)"笙歌"二字杜撰,便不典雅。幅巾我欲相隨去,海上何人識故侯。(**蕭奇中眉**)不凡。

【彙評】

劉辰翁:笙歌鼓吹,奴婢各異,數口復多。

汪師韓:用詞多以數目字大小相形,清豔兩絶。

次韻表兄程正輔江行見桃花

(**紀昀眉**)語意灑然,不同禪偈。

曲士賦懷沙,草木傷莽莽。德人無荆棘,坐失嶺嶠阻。我兄瑚璉姿,流落瘴江浦。净眼見桃花,(**蕭奇中夾**)新。紛紛墮紅雨。蕭然振衣裓,笑問散花女。(《**角山樓**》**評**)以下情絶滔滔。自此至"聊和鷗鴉櫓",皆代程正輔口氣。紀以"微吟"句屬東坡,非也。我觀解語花,粉色如黄土。(**蕭奇中夾**)憐哉。一言破千偈,况爾初不語。(**翁同書眉**)何義門云"不語"用桃李,"不言"及息夫人事。可憐一轉話,(**紀昀眉**)轉轉便利。他日如何舉。故復此微吟,(**紀昀眉**)清出和意。聊和鷗鴉櫓。(**翁同書夾**)紀云此句確[?]東坡説。江邊閑草木,(《**角山樓**》**評**)此下入論斷,是和詩語意。閑客當爲主。爾來子美瘦,正坐作詩苦。袖手焚筆硯,(**紀昀夾**)自謂。清篇真漫與。(**查慎行評**)據公詩可證杜集"漫與"之訛。少陵詩"老去詩篇渾漫與","與"字俗本訛作"興"。(**紀昀夾**)謂程詩。願兄理北轅,六轡去如組。上林桃花開,水暖鴻北翥。(**紀昀眉**)結稍落應酬。

追餞正輔表兄至博羅賦詩爲别

(**紀昀眉**)氣機自暢。

孤臣南游墮黄菅,君亦何事來牧蠻。(**方東樹評**)起二句叙,亦不平。艤舟蜑户龍岡窟,置酒椰葉桄榔間。(**方東樹評**)三、四寫,夾叙。高談已笑衰語陋,傑句尤覺清詩孱。博羅小縣僧舍古,我不忍去君忘還。君應回望秦與楚,夢涉漢水愁秦關。我亦坐念高安客,(**方東樹評**)“高安客”謂子由。神游黄蘗参洞山。何時曠蕩洗瑕垢,與君歸駕相追攀。梨花寒食隔江路,兩山遥對雙煙鬟。歸耕不用一錢物,惟要兩脚飛孱顔。玉床丹鏃記分我,助我金鼎光斕斑。

【彙評】

方東樹:尋常情事而真。

趙翼:議論新闢。

再用前韻賦

樂天霜鬢如霜菅,始知謝遣素與蠻。我兄緑髮蔚如故,已了夢幻齊人間。蛾眉勸酒聊爾耳,處仲太忍茂弘孱。(**紀昀眉**)起六句當有本事,大抵指程姬人耳。三杯徑醉便歸卧,海上知復幾往還。連娟六幺趁蹋鞠,杳眇三疊縈《陽關》。酒醒夢斷何所有,落花流水空青山。(**紀昀眉**)常情常語,寫來别有姿韻。忽驚鐃鼓發半夜,明月不許幽人攀。贈行無物惟一語,莫遣瘴霧侵雲鬟。(**杭世駿眉**)“雲鬟”,婦妝,不宜施之正輔。羅浮道人一傾蓋,欲繫白日留君顔。應知我是香案吏,他年許綴蓬萊班。(**查慎行甲眉**)結韻前作“斑”,此作“班”,義各不同,不應通用。(**王文誥夾**)當日和韻詩,凡此類通用不論,亦有换一韻删一韻者,今則絶無其事矣。查注乃以今律古也。

【彙評】

譚元春:此等詩則其酷似太白耳,然白幽微處不在此。

真一酒(並引)

米、麥、水三一而已,此東坡先生真一酒也。

撥雪披雲得乳泓,蜜蜂又欲醉先生。(**真一色味,頗類予在黄州日所醞蜜酒也。**)(**查慎行評**)跌宕。稻垂麥仰陰陽足,器潔泉新表裏清。曉日著顔紅有暈,春風入髓散無聲。(**劉辰翁評**)中一聯談意頗佳。(**蕭奇中夾**)神句。(**紀昀夾**)六句好。(**錢廷錦乙眉**)雖唐人何以過之。人間真一東坡老,與作青州從事名。

【彙評】

劉弘:詩意大概言酒,而中一聯妙。

游博羅香積寺(並引)

(**何紹基乙眉**)寫得足。(**何焯眉**)通首流逸,是坡公本色。

寺去縣七里,三山犬牙,夾道皆美田,麥禾甚茂。寺下溪水可作碓磨,若築塘百步閘而落之,可轉兩輪舉四杵也。以屬縣令林抃,使督成之。

二年流落蛙魚鄉,朝來喜見麥吐芒。東風摇波舞净緑,初日泫露酣嬌黄。汪汪春泥已没膝,剡剡秋穀初分秧。(**曾國藩評**)首六句叙麥禾之美。誰言萬里出無友,見此二美喜欲狂。(**蕭奇中夾**)即友矣。(**何紹基乙眉**)以此爲友,妙語,得未曾見。三山屏擁僧舍小,一溪雷轉松陰凉。要令水力供臼磨,與相地脈增堤防。(**紀昀眉**)水磨是利民正事,縣令督成,頗爲鄭重,不得以游戲了之。後半語雖工而意則未協。(**曾國藩評**)上六句,因見麥禾溪水而謀及白磨。霏霏落雪看收麵,(**曾國藩夾**)麥也。隱隱疊鼓聞舂糠。(**曾國藩夾**)禾也。散流一啜雲子白,(**曾國藩夾**)禾也。炊裂十字瓊肌香。(**曾國藩夾**)麥也。豈惟牢丸薦古味,(**束晳《餅賦》云:饅頭薄持,起搜牢丸。**)(**曾國藩夾**)麥也。要使真一流仙漿。(**查慎行評**)前云"要令",此云"要使",句調犯重。(**曾國藩夾**)禾也。詩成捧腹便絶倒,書生説食真膏肓。(**曾國藩評**)末八句,豔説飽食麥禾之味。

【彙評】

汪師韓:固是硬語排奡,須看其字字熔鑄而成,有回萬牛之力,有轉丸珠之巧。

次韻定慧欽長老見寄八首(並引)

(**紀昀眉**)此等總不以詩論。(**張問陶評**)定慧禪院,在蘇州東半城逼西街之東。

蘇州定慧長老守欽,使其徒卓契順來惠州,問予安否,且寄《擬寒山十頌》。語有璨、忍之通,而詩無島、可之寒,吾甚嘉之,爲和八首。

左角看破楚,南柯聞長滕。(**劉辰翁夾**)句法活動。(**杭世駿眉**)"南柯"出小説,湊合經語,意既支離,辭尤昧没。(**紀昀評**)所引杜、黄兩聯,與此句法俱不同,殊爲附會。○起二句究竟捏湊,爲韻所拘耳。(**馮班評**)首句是坡格,然畫斷我所不解。○自然大樣。鈎簾歸乳燕,穴紙出癡蠅。(**紀昀夾**)四事不貫。爲鼠常留飯,憐蛾不點燈。崎嶇真可笑,我是小乘僧。(**陸貽典評**)小乘禪,大乘禪,最上乘禪,見《傳燈録》。

【彙評】

方回："左角"以言争，故以"破楚"繫之；"南柯"以言榮，故以"長滕"繫之。此本山谷句法，亦即老杜句法"厲階董狐筆，禍首燧人氏"是也。［按"厲階"二句見杜甫《寫懷》詩。原詩"禍首"句在前，此方回誤倒。］至山谷，演而爲"管城子無食肉相，孔方兄有絶交書"，則其工極矣。此只論句法。○中四句"燕""蠅""鼠""蛾"皆憫世之迷，爲作方便之意。然區區如此，亦"小乘"所爲，非上乘也。守欽自蘇州遣其徒卓契順如惠州，寄《擬寒山八詩》，坡公和之。第一首似律，故取諸此。坡才大，於小詩餘事耳。

馮舒：説到山谷，便如蛆之戀糞，蜣之轉丸，嗜病逐臭，不足道也。○方［按：指方回。］批云："此本山谷句法。"山谷不通類此。方批云："亦老杜句法。"大不然。方批引"厲階董狐筆，禍首燧人氏"二句，文理直甚。方批云："至山谷，演而爲'管城子無食肉相，孔方兄有絶交書'，則其工極矣。"醜甚。

馮班：妄談。○方批云："'左角'以言争，故以'破楚'繫之；'南柯'以言榮，故以'長滕'繫之。"只言藤蟻鬥耳，何曾如此？

鐵橋本無柱，石樓豈有門。(**劉辰翁夾**)上句險如島，何也？舞空五色羽，吠云千歲根。松花釀仙酒，木客饋山飧。我醉君且去，陶云吾亦云。(**杭世駿眉**)餘皆古詩，二首則律，落句出韻，非五律體。(**錢廷錦乙眉**)率。

羅浮高萬仞，下看扶桑卑。默坐朱明洞，玉池自生肥。從來性坦率，醉語漏天機。相逢莫相問，我不記吾誰。

【彙評】

劉辰翁：曠而近。

幽人白骨觀，大士甘露滅。根塵各清净，心境兩奇絶。真源未純熟，習氣餘陋劣。譬如已放鷹，中夜時掣緤。

誰言窮巷士，乃竊造物權。所見皆我有，安居受其全。（**何焯眉**）靖節未道語，留以有待。戲作一篇書，千古發争端。儒墨起相殺，予初本無言。

【彙評】

劉辰翁："相殺"語可用。

閑居蓄百毒，救彼跛與盲。依山作陶穴，掩此暴骨横。區區效一溉，豈能濟含生。力惡不己出，時哉非汝争。

少壯欲及物，老閑餘此心。微生山海間，坐受瘴霧侵。可憐鄧道士，攝衣問呻吟。覆舟却私渡，斷橋費千金。

净名毗耶中，妙喜恒沙外。初無往來相，二土同一在。云何定慧師，尚欠行脚債。請判維摩憑，一到東坡界。

【彙評】

劉辰翁：無動佛。

二月十九日攜白酒鱸魚過詹使君食槐葉冷淘

枇杷已熟粲金珠，（**張問陶評**）此句是客。桑落初嘗灩玉蛆。暫借垂蓮十分盞，一澆空腹五車書。青浮卵碗槐芽餅，（**張問陶評**）卵碗或碗之形色如卵否？紅點冰盤藿葉魚。（**莫友芝乙眉**）以"藿葉"配"槐芽"，詩何等根柢，作如此驅使？信矣，大家無小詩也。

醉飽高眠真事業，此生有味在三餘。（**紀昀眉**）末句腐。

江漲用過韻

（**紀昀眉**）純寫人事之感。（《**角山樓**》**評**）筆力沉厚，直欲追配少陵。

草木生故墟，牛羊滿空瀆。春江圍草市，夜浪浮竹屋。已連漲海白，尚帶霍山緑。坎離更休王，魚鱉横陵陸。得非昆侖囚，欲報陸渾衈。行看北風競，來救南國蹙。（**何焯夾**）强韻無不自然。長驅連山燒，一掃含沙毒。孤吟慭造化，（**蕭奇中眉**）真可慭。何時停倚伏。當憐水旱氓，不作舟車蓄。江流倘席卷，社酒期茅縮。（**何焯眉**）學韓。

連雨江漲二首

越井岡頭雲出山，（**查慎行評**）《廣州志》：禺山之西有越井岡，其陽有井深百餘尺，其岡名蜀井岡，又名天井。牂牁江上水如天。床床避漏幽人屋，浦浦移家蜑子船。龍卷魚蝦並雨落，人隨雞犬上墻眠。只應樓下平階水，長記先生過嶺年。（**紀昀眉**）景真而語劣。（**何紹基乙眉**）亦自沉著。（**何焯眉**）只是辭達。

【彙評】

劉辰翁：寫得出。

急雨蕭蕭作晚凉，卧聞榕葉響長廊。微明燈火耿殘夢，（**杭世駿眉)"耿"字爲此句之眼。半濕簾帷浥舊香。高浪隱床吹甕盎，暗風驚樹擺琳琅。(劉辰翁夾)"暗風"語病。先生不出晴無用，留向空階滴夜長。(蕭奇中夾)意甚傷。(紀昀眉)骫髒語勝於愁嘆。

【彙評】

劉辰翁：雨過有情。

劉弘：先生，自稱也，曰"不出無用，留滴夜長"，蓋寓悼己之情。

四月十一日初食荔支

(陳仁錫眉)宜紀年。(賴山陽評)以此時食荔子，不至嶺南不得也。讀者先宜詳其題，而後窺古人也。

南村諸楊北村盧，(謂楊梅、盧橘也。)(翁同書夾)襯起。(賴山陽評)此詩起首與後林逋詩同一章法。起手如史傳叙論。白花青葉冬不枯。垂黄綴紫煙雨裏，特與荔支爲先驅。(方東樹評)尋常叙情景入妙。(賴山陽評)銜接。海山仙人絳羅襦，(賴山陽評)復一韻是换韻之意。老杜詩一篇復一韻者，往往有之，而不如此詩之每解相復。彼取踴躍變化，此取齊齊耳。紅紗中單白玉膚。(查慎行評)只二句描寫已盡。不須更待妃子笑，風骨自是傾城姝。(紀昀眉)生香真色，湧現毫端，非此筆不能寫此果。(方東樹評)二句仙氣，與《梅花》詩"仙雲"句同妙。(翁同書眉)《漁隱叢話》"詩人詠物形容之妙，近世東坡'海山仙人'四句爲最，誦此則知其詠荔枝也"。(何焯眉)一句說盡。不知天公有意無，(何焯夾)頓挫。遣此尤物生海隅。(高步瀛評)落想奇妙。雲山得伴松檜老，霜雪自困楂梨粗。(何焯夾)配前"楊梅""盧橘"。(方東樹評)二句不脱"食"字。(賴山陽評)不言荔子而言“松檜”“楂梨”，所謂粗枝大葉者，大家手段。先生洗盞酌桂醑，(**翁同書夾**)坡公有《新釀佳酒》詩。(**何焯夾**)以下又爲“食”字生波。(**賴山陽評**)以下以八句爲一解。冰盤薦此頳虬珠。(**杭世駿眉**)果用韓詩，則“頳虬珠”三字又出自撰。似聞江鰩斫玉柱，更洗河豚烹腹腴。(**予嘗謂荔支厚味高格兩絶，果中無比，惟江鰩柱、河豚魚近之耳。**)(**何焯眉**)前後兩層襯。我生涉世本爲口，(**蕭奇中眉**)後三字一笑，余有詩“形骸半敝責饕内”，亦一嘆。一官久已輕蓴鱸。(**何焯夾**)又虚襯一層。人間何者非夢幻，南來萬里真良圖。(**紀昀眉**)結乃無聊中自慰之語，宋人詩話以失之太豪少之，所謂以詞害意，食荔支何由攙入省愆悔過語耶？(**賴山陽評**)承上“先生”句神理來，不然突出。四句出意外，罵盡世人，無此句[按：指“一官久已輕蓴鱸”。]何足爲東坡！

【彙評】

汪師韓：“絳羅”“紅紗”語，不露刻鏤之迹而形容備至，可謂約而盡矣。“江鰩”“河豚”之比，特以其同爲異味，非有深意。陳敏政駁之固無謂，胡仔辨之亦强作解事耳。

方東樹：凡寫、議、托寄、叙四者，各有神韻妙語。

《**角山樓**》：形容譬况之妙，唐人所不能及。

高步瀛：情景音節皆極入妙，可爲詠物詩之軌則。

賴山陽：世服蘇之廣長舌，不知其收舌不盡展者更好。……《食荔枝》……皆豐約合度，姿態可觀。

桄榔杖寄張文潛一首時初聞黄魯直遷黔南范淳父九疑也

睡起風清酒在亡，身隨殘夢兩茫茫。江邊曳杖桄榔瘦，林下尋苗蕈撥香。獨步倘逢勾漏令，遠來莫恨曲江張。(**張問陶評**)昔日曲江曾有是言。(**蕭奇中夾**)如此押，開得人多少勉强。(**錢陸燦眉**)最不可爲法。遥知魯國真男子，獨憶平生盛孝章。(**蕭奇中眉**)慷慨。(**紀昀眉**)後半筆力健舉，極沉鬱頓挫之致。○寄杖意在隱躍之間，原非所重，故不以脱略爲嫌。

【彙評】

劉弘：詩意悠然，而放逐之情不直露。末句於文潛輩得無意耶？

查慎行丙：蘇季真云：《寄張文潛桄榔杖詩》，初本云"酒半消"，其下云"江邊獨曳桄榔杖，林下閑尋蕈撥苗"，"盛孝章"又誤爲"孝標"。已而悟，故盡易之。雖其家所傳，然去今所行亡字韻殊遠，恐傳之誤也。

答周循州

蔬飯藜床破衲衣，掃除習氣不吟詩。前生似是盧行者，後學過呼韓退之。(**蕭奇中眉**)"前生"二語想坡翁極得意句，每用之。未敢叩門求夜話，時叨送米續晨炊。知君清俸難多輟，且覓黄精與療飢。

【彙評】

劉辰翁：盧、韓語，再用自况，不輕豪氣未除。

次韻程正輔游碧落洞

空山不難到，絶境未易名。何時謫仙人，來作鈞天聲。(**翁同書眉**)翻用《到難篇》故事。胸中幾雲夢，餘地方恢宏。長庚與北斗，錯落綴冠纓。黄公獻紫芝，赤松饋青精。溪山久寂寞，請續《離騷經》。抱枝寒蜩咽，繞耳飛蚊清。（**蕭奇中夾**）静甚。謫仙撫掌笑，笑此羽皇銘。我頃嘗獨游，自適孤雲情。君今又繼往，霧雨愁青冥。（**翁同書夾**）玩此四句，其爲次韻無疑。感君兄弟意，尋羊問初平。玉床分箭鏃，不忍獨長生。（**蕭奇中眉**）所以感。詩成輒寄我，妙絶陶謝並。孤鴻方避弋，老驥猶在坰。鳥獸如可群，永寄槁木形。何山不堪隱，飲水自修齡。

六月十二日酒醒步月理髮而寢

（**紀昀眉**）鬱律之中，清氣吞吐，老手興到之作。（**何紹基乙眉**）真静快境。

羽蟲見月争翾翻，（**紀昀夾**）興也。我亦散髮虚明軒。千梳冷快肌骨醒，風露氣入霜蓬根。（**何焯眉**）明冷如水。（**《角山樓》評**）妙會。起舞三人漫相屬，停杯一問終無言。曲肱薤簟有佳處，夢覺瑶樓空斷魂。

【彙評】

汪師韓：語簡而静，紙上有凉氣撲人。

荔支嘆

（**紀昀眉**）貌不襲杜而神似之，出没開合，純乎杜法。（**何焯旁**）此詩因進鬥茶，有感於荔枝，而藉以發端，末復因進花果結，波瀾相推，林甫、丁、蔡、錢惟演，逐層照應，家數極密。

十里一置飛塵灰，五里一堠兵火催。（**方東樹評**）起二句寫，有筆勢。顛坑仆谷相枕藉，知是荔支龍眼來。（**方東樹評**）四句倒入叙。飛車跨山鶻横海，風枝露葉如新采。（**蕭奇中夾**）妙。宫中美人一破顔，驚塵濺血流千載。（**紀昀眉**）精神飛舞。永元荔支來交州，（**錢廷錦乙夾**）不説出更佳。（**方東樹評**）逆入叙。天寶歲貢取之涪。至今欲食林甫肉，無人舉觴酹伯游。（**漢永元中交州進荔支龍眼，十里一置，五里一堠，奔馳死亡，罹猛獸毒蟲之害者無數。唐羌字伯游，爲臨武長，上書言狀，和帝罷之。唐天寶中蓋取涪州荔支，自子午谷路進入。**）（**《角山樓》評**）用筆順逆，皆極自然。我願天公憐赤子，莫生尤物爲瘡痏。雨順風調百穀登，民不飢寒爲上瑞。（**何焯夾**）二連開宕得妙。（**蕭奇中眉**）正論。（**紀昀夾**）二句凡猥，宜從集本删之。（**《角山樓》評**）按古事直起，却未點明，留與下段作筋節。二句信凡猥，删之則語勢不足。（**何焯眉**）通首慨嘆，憂物病民，不涉五風十雨。"集本無此二句"極有見。君不見武夷溪邊粟粒芽，前丁後蔡相籠加。（**紀昀眉**）自此以下，百端交集，胸中鬱勃有不可以已者。不可以已而語，斯爲至言。（**何紹基乙眉**）再不想君謨佳士有此一沾。（**何焯夾**）一事之誤，至與丁謂正論。（**《角山樓》評**）此主意也，却似牽連及之，故妙。争新買寵各出意，今年鬥品充官茶。（**何焯眉**）題外波瀾層湧，不專爲荔枝發嘆。公詩亦北宋詩史也。（**紀昀眉**）波瀾壯闊，不嫌露骨。吾君所乏豈此物，致養口體何陋耶。洛陽相君忠孝家，可憐亦進姚黄花。（**洛陽貢花自錢惟演始。大小龍茶始于丁晉公，成于蔡君謨。歐陽永叔聞君謨進小龍團，驚嘆曰：君謨士人也，何至作此事！今年閩中監司乞進鬥茶，許之。**）（**蕭奇中夾**）點綴妙絶。（**紀昀眉**）結處又帶一波，更長言不足。（**查慎行評**）耳聞目見，無不可供我揮霍者，樂天諷喻諸作，不過就題還題，那得如許開拓。（**翁同書眉**）老杜《病橘》五古末四句云："憶昔南海使，奔騰獻荔枝。百馬死山谷，到今耆舊悲。"賦橘忽説到荔枝，此詩結句從此脱胎，自來評注家未及。(**方東樹評**)結上。(**何紹基乙眉**)錢氏進牡丹花不爲大疵,止借作詩波耳。(**何焯眉**)從荔枝説到貢茶,他人亦有之,忽又以牡丹作結,便未曾有矣。(**曾國藩評**)後八句因荔支而嘆貢茶、貢花之弊。

【彙評】

汪師韓:"君不見"一段,百端交集,一篇之奇横在此。詩本爲荔支發嘆,忽説到茶,又説到牡丹,[皆所以抒其鬱勃也。]其胸中鬱勃有不可以已者,惟不可以已而言,斯至言至文也。

方東樹:小物而原委詳備,所謂借題。章法變化,筆勢騰擲,波瀾壯闊,真太史公之文。《鰒魚》不及多矣。

《**角山樓**》:悼古諷今,賓主相形,細繹而出,極見筆妙。

江月五首(並引)

(**蕭奇中眉**)工於閲時,精於領趣。(**紀昀眉**)詩亦清歷。獨五更五首,未免小様耳。六朝人有《從軍五更轉》,亦非大方規格,不得藉口。(**譚元春評**)《江月五詠》,高人幽事,其佳不宜止此。袁能一首不選,自是卓然。吾故選之,以標袁識。(**趙克宜評**)紀評可玩。作詩體格最要大方,忌落小様。元白集中最多小様體格,亦不可從。

嶺南氣候不常。吾嘗云:菊花開時乃重陽,凉天佳月即中秋,不須以日月爲斷也。(**劉辰翁夾**)自愛其語。今歲九月,殘暑方退,既望之後,月出愈遲。予嘗夜起登合江樓,或與客游豐湖,入棲禪寺,叩羅浮道院,登逍遥堂,逮曉乃歸。(**劉辰翁夾**)是説數夜事。杜子美云:四更山吐月,殘夜水明樓。此殆古今絶唱也。因其句作五首，仍以"殘夜水明樓"爲韻。(**劉辰翁旁**)謂望後月遲，每夜或一更二更，愈遲愈佳，乃是實見如此，故看得杜詩别。

一更山吐月，玉塔卧微瀾。正似西湖上，湧金門外看。冰輪横海闊，香霧入樓寒。停鞭且莫上，照我一杯殘。(**何焯眉**)腹連點出嶺表氣候。

二更山吐月，幽人方獨夜。可憐人與月，夜夜江樓下。風枝夕未停，露草不可籍。歸來掩關卧，唧唧蟲夜話。(**何焯眉**)切九月。

三更山吐月，棲鳥亦驚起。起尋夢中游，清絶正如此。驅雲掃衆宿，俯仰迷空水。幸可飲我牛，不須違洗耳。(**何焯眉**)第三似用"夜半飯牛"事，藉以映發"江"字耳。

四更山吐月，皎皎爲誰明。幽人赴我約，坐待玉繩横。野橋多斷板，山寺有微行。今夕定何夕，夢中游化城。(**何焯眉**)近曉時，星月黯淡，惟見天光滔滔灩灩，第四真屬天工，第二、第五皆是襯出第四。

五更山吐月，窗迥室幽幽。玉鈎還挂户，江練却明樓。星河澹欲曉，鼓角冷知秋。(**何焯夾**)顧九月。不眠翻五詠，清切變蠻謳。

聞正輔表兄將至以詩迎之

(**蕭奇中夾**)句法工練，得之韓。

生逢堯舜仁，得作嶺海游。(**蕭奇中夾**)忠厚之音。雖懷翫然喜，豈免跕墮憂。(**紀昀眉**)二句斡旋，轉著迹象。暮雨侵重膇，曉煙騰鬱攸。朝盤見蜜唧,夜枕聞鵂鶹。(**蕭奇中眉**)疊用土風,亦子美之"顧鳥思頓黄魚頻"也。腐生則嚇。幾欲烹鬱屈,固嘗饌鈎輈。舌音漸獠變,(**蕭奇中夾**)又用法。面汗嘗騂羞。(**蕭奇中夾**)新。(**何紹基乙眉**)久客真況。賴我存《黄庭》,有時仍丹丘。目聽不任耳,踵息殆廢喉。(**杭世駿眉**)工對。稍欣素月夜,遂度黄茅秋。(**蕭奇中夾**)一結。我兄清廟器,持節瘴海頭。蕭然三家步,横此萬斛舟。人言得漢吏,天遣活楚囚。惠然再過我,樂哉十日留。但恨參語賢,(**蕭奇中夾**)即下注各亡室之意。忽潛九原幽。(**紀昀眉**)用楊敞事不親切。萬里倘同歸,兩鰥當對耰。(**軾喪婦已三年矣,正輔近有亡嫂之戚,故云。**)强歌非真達,何必師莊周。

正輔既見和復次前韻慰鼓盆勸學佛

(**紀昀眉**)不免牽搦之迹,用古人名亦太多。(**何焯眉**)此首任意雜沓,章法似亂,却如縈山逶迤,一峰未了,一峰又起。

稚川真長生,少從鄭公游。(**蕭奇中夾**)排對起。孝章偶不死,免爲文舉憂。餘齡會有適,獨往豈相攸。由來警露鶴,不羡攫蚤鷗。(**嚴虞惇眉**)此等和韻詩,真正才大如海。願加視後鞭,同駕躅空輈。寧餐墮齒堇,勿憶齊眉羞。何時遂縱壑,歸路同首丘。東岡松柏老,西嶺橘柚秋。著意尋彌明,長頸高結喉。(**張廷濟眉**)驅使亦實,字韻活變,如此可法。無心逐定遠,燕頷飛虎頭。(**蕭奇中夾**)又對法。君方卒功名,一泛茢蠡舟。我亦沾沛渥,漸解鍾儀囚。寧須張子房,萬户自擇留。猶勝嵇叔夜,孤憤甘長幽。(**嚴虞惇眉**)十二句連用六人,古無此體,惟公才大,無所不可。南窗可寄傲,北山早歸耰。此語君勿疑,老彭跨商周。(**翁

同書眉)[查注]此詩填寫故實多用隔句對法,兩兩相比,不覺其板重。

同正輔表兄游白水山

(**紀昀眉**)筆筆奇矯。

偉哉造物真豪縱,攫土摶沙爲此弄。(**方東樹評**)起憑空落入,句奇語縱,氣又奇縱,因隨句用筆,純是空縱。劈開翠峽走雲雷,截破奔流作潭洞。(**紀昀眉**)筆筆奇矯。(**王文誥夾**)此水潨流下注,約百數十丈,截爲三潭,句乃象其形也。若僅以潭名爲之,似未盡其狀,故云"潭洞"。非親到其地,不見其句之妙也。因隨化人履巨迹,得與仙兄躡飛鞚。曳杖不知岩谷深,穿雲但覺衣裘重。(**方東樹評**)仙句。(《**角山樓**》**評**)入微。坐看驚鳥投霜葉,(**杭世駿眉**)"欲墮鳥驚救",昌黎奇語,本是虛境,可一不可二也,坡公偷之,便成笨伯。(**蕭奇中眉**)"救"字出韓詩"欲墮鳥驚救"。附:"投霜葉"或作"救霜葉"。(**方東樹評**)奇縱,且敘且寫且入議。知有老蛟蟠石甕。金沙玉礫粲可數,古鏡寶奩寒不動。(《**角山樓**》**評**)善於狀物。念兄獨立與世疏,絶境難到惟我共。氷斛角上兩蠻觸,一洗胸中九雲夢。浮來山高回望失,武陵路絶無人送。筠籃擷翠爪甲香,素綆分碧銀瓶凍。歸路霏霏湯谷暗,野堂活活神泉湧。解衣浴此無垢人,身輕可試雲間鳳。(**方東樹評**)收二句神來氣來。

【彙評】

汪師韓:直從瀑布發處寫到波平水静,與《佛迹岩》詩別是一般景象,游迹不同而詩亦隨異,可知絶唱高蹤不由矯强而得。

方東樹:太白高境,而全變其面目。

與正輔游香積寺

(**紀昀眉**)頗有古意。

越山少松竹,常苦野火厄。此峰獨蒼然,(**蕭奇中夾**)一幅畫。感荷佛祖力。茯苓無人采,千歲化琥珀。幽光發中夜,見者惟木客。我豈無長鑱,真贋苦難識。(**錢廷錦乙眉**)徐云"删却前段,似一首古詩"。妙甚。靈苗與毒草,疑似在毫髮。(**查慎行評**)庸醫那解此。(**蕭奇中夾**)晰理之言。(**蕭奇中眉**)豈獨草木。把玩竟不食,棄置長太息。(**何紹基乙眉**)識真不易如此,言外有許多。山僧類有道,辛苦常谷汲。我慚作機舂,(**查慎行評**)當以前序作注脚。鑿破混沌穴。幽尋恐不繼,書板記歲月。(**紀昀眉**)末二句與上文不甚貫,遂覺草草收束不住。

【彙評】

汪師韓:"真贋""疑似"之難辨,偶借采藥以發長嘆,其感人者微矣。

次韻正輔同游白水山

(**杭世駿眉**)通首不言白水山,與題似無交涉,大約坐爲韻縛,韻畢即止,忘却寫題,是其疏處。不可隨聲附和,謂能擺脱凡徑,爲此老所欺。○或云小景前詩已盡,此首不必復述固然,然不一二語次序,則移之他日同游亦可。(**方東樹評**)此詩詞太繁,和韻詩不免牽率勉强。

只知楚越爲天涯,(**錢廷錦甲眉**)此本《莊子》。不知肝膽非一家。(**方東樹評**)起二句悟語。先以此起,令人迷惑。此章法變化。

此身如綫自縈繞,左旋右轉隨繅車。(**蕭奇中夾**)奇喻山朵。誤抛山林入朝市,平地咫尺千褒斜。欲從稚川隱羅浮,先與靈運開永嘉。(**曾國藩評**)首八句言被塵俗所纏縛,欲爲物外之游。首參虞舜款韶石,次謁六祖登南華。仙山一見五色羽,(**曾國藩夾**)此句謂有五色雀曾一至儋耳庭中。公後有《五色雀》詩。雪樹兩摘南枝花。赤魚白蟹箸屢下,黄柑緑橘籩常加。糖霜不待蜀客寄,荔支莫信閩人誇。恣傾白蜜收五棱,細劚黄土栽三椏。(**正輔分人參一苗,歸種韶陽。來詩本用殛字,惠州無書,不見此字所出,故且從木奉和。**)(**曾國藩評**)上十句,叙自到嶺南備歷諸勝。朱明洞裏得靈草,翩然放杖凌蒼霞。豈無軒車駕熟鹿,亦有鼓吹號寒蛙。仙人勸酒不用勺,石上自有樽罍窪。徑從此路朝玉闕,千里莫遣毫釐差。(**曾國藩評**)上八句,言自羅浮游白水。故人日夜望我歸,相迎欲到長風沙。豈知乘槎天女側,獨倚雲機看織紗。(**杭世駿眉**)著此二語,尤屬拇捧。(**何焯眉**)飄忽。世間誰似老兄弟,篤愛不復相疵瑕。(**紀昀眉**)此處入程,不甚自然,牽於韻脚之故。然此是吃緊轉落處,此處一不得勢,遂令全篇削色。相攜行到水窮處,庶幾一見留子嗟。千年枸杞常夜吠,無數草棘工藏遮。但令凡心一洗濯,神人仙藥不我遐。山中歸來萬想滅,豈復回顧雙雲鴉。(**曾國藩評**)"故人"至末句,有飄逸出世之想。

【彙評】

汪師韓:離却白水,别作虚空縹緲之想,層巒疊波,興會淋漓,逸思奔發,屈子《遠游》之遺。

和子由次月中梳頭韻

(**紀昀眉**)此便不佳,乙太著相故。

夏畦流膏白雨翻，北窗幽人卧羲軒。風輪曉入春筍節，露珠夜上秋禾根。（**或爲予言：草木之長常在昧明間，早作而伺之，乃見其枝起數寸，竹筍尤甚。又夏秋之交，稻方含秀，黄昏月出，露珠起於其根，累累然忽自騰上，若有推之者，或入於莖心，或垂於葉端，稻乃秀實，驗之信然。此二事與子由養生之説契，故以此爲寄。**）從來白髮有公道，始信丹經非妄言。此身法報本無二，他年妙絶兼形魂。（**《傳燈録》有形神俱妙者，乃不復有解化之事。**）（**錢陸燦夾**）慭公年亦止六十六，紛紛養生拔白，竟何用哉！

十一月九日夜夢與人論神仙道術因作一詩八句即覺頗記其語録呈子由弟後四句不甚明了今足成之耳

（**紀昀眉**）此只可入説部作談柄耳。

析塵妙質本來空，（**夢中於此句若了然有所得者。**）更積微陽一綫功。照夜一燈長耿耿，閉門千息自濛濛。（**蕭奇中夾**）元神，元氣。（**譚元春評**）"照夜"二語，夢中得此亦奇。養成丹竈無煙火，點盡人間有暈銅。（**錢廷錦乙眉**）第六費参，當是去盡虚浮之氣。寄語山神停伎倆，不聞不見我何窮。

章質夫送酒六壺書至而酒不達戲作小詩問之

（**何焯眉**）"青州""烏有"之聯，既切題，"左手""東籬"一聯下，"空煩""漫繞"四字見得酒不至也，善戲如此。

白衣送酒舞淵明，(**紀昀評**)“舞”字不妥。急掃風軒洗破觥。豈意青州六從事，化爲烏有一先生。(**何焯夾**)直似新巧而不佳，以其開出。(**蕭奇中眉**)縱横筆下。(**查慎行評**)次聯，承蜩、弄丸，不足喻其巧妙。(**紀昀眉**)纖而俚。(**翁同書旁**)此二句渾然一意，絶無斧鑿痕，更覺神妙。(**馮班評**)次聯“江西”句法。(**陸貽典評**)與前[按：指《太守徐君猷通守孟亨之皆不飲酒以詩戲之》]三、四句法同。“江西派”句法，却高曠可味。空煩左手持新蟹，漫繞東籬嗅落英。(**何焯夾**)五、六勝次聯。(**紀昀評**)亦是諧體。三、四太俳，不及五、六。南海使君今北海，(**紀昀眉**)亦太纖。定分百榼餉春耕。

【彙評】

方回：“青州”“烏有”之聯既切題，“左手”“東籬”一聯下“空煩”“漫繞”四字，見得“酒不至”也。善戲如此。

劉弘：此詩無非形容“書至而酒不達”，末句似有警意。

何焯：皮日休《醉中寄魯望一壺》絶句云：“醉中不得親相倚，故遣青州從事來。”第三正用此語，與韋相泛用“青州從事來偏熟”者又别。甚矣，公詩之不易讀也！

汪師韓：“青州”“烏有”，偶然拈出作對偶。集中尚有以“通印子魚”對“披錦黄雀”，以“日斜庚子”對“歲在己辰”，並爲宋詩人所稱。其實，軾詩卓絶處不盡在此。

《**角山樓**》：太游戲，俗偏盛傳此種。

小圃五詠

(**杭世駿眉**)讀此詩者，只知其托興草木，藉以送日，而已不知其讀破萬卷，借此以抒寫其蓄積，所謂遇物能名也，須觀其證佐，乃得作詩之意。(**紀昀眉**)五詩皆語質而味腴，東坡用意之作。(**何焯眉**)五詩不減香山，無一篇不切小圃。(**何焯眉**)句句自然流出。

人 參

上黨天下脊，遼東真井底。玄泉傾海腴，白露灑天醴。靈苗此孕毓，肩肢或具體。移根到羅浮，越水灌清泚。地殊風雨隔，臭味終祖禰。(**蕭奇中夾**)新句。青椏綴紫萼，圓實墮紅米。窮年生意足，黄土手自啓。上藥無炮炙，齕齧盡根柢。開心定魂魄，憂恚何足洗。糜身輔吾生，既食首重稽。

地 黄

(**何焯眉**)句句自然流出。○尋常炮製法乃點化出如此波瀾。

地黄飼老馬，可使光鑒人。吾聞樂天語，喻馬施之身。(**蕭奇中夾**)妙。我衰正伏櫪，垂耳氣不振。移栽附沃壤，蕃茂争新春。沉水得稚根，重湯養陳薪。投以東阿清，和以北海醇。(**蕭奇中眉**)制法亦備。崖蜜助甘冷，山薑發芳辛。融爲寒食餳，咽作瑞露珍。丹田自宿火，渴肺還生津。願餉内熱子，一洗胸中塵。

枸 杞

神藥不自閟，羅生滿山澤。日有牛羊憂，歲有野火厄。越俗不好事，過眼等茨棘。青荑春自長，絳珠爛莫摘。短籬護新植，紫筍生卧節。根莖與花實，收拾無棄物。(**蕭奇中眉**)精於投采。大將玄吾鬢，小則餉我客。(**查慎行評**)生新。似聞朱明洞，中有千歲質。(**紀昀眉**)忽然跳出題外，方有變化。若首首板結，便無章法。靈尨或夜吠，可見不可索。仙人倘許我，借杖扶衰疾。

甘菊

越山春始寒，霜菊晚愈好。朝來出細粟，稍覺芳歲老。孤根蔭長松，獨秀無衆草。晨光雖照耀，秋雨半摧倒。先生卧不出，黄葉紛可掃。無人送酒壺，空腹嚼珠寶。香風入牙頰，楚些發天藻。新荑蔚已滿，宿根寒不槁。揚揚弄芳蝶，生死何足道。頗訝昌黎翁，恨爾生不早。(**紀昀眉**)寓慨深至。(**張廷濟旁**)“新荑”“宿根”，菊之所以異於“弄芳”之蝶也。此六句爲一截。(**《角山樓》評**)推開作結，筆情灑脱。

薏苡

(**何焯眉**)“薏苡”都用旁襯。

伏波飯薏苡，禦瘴傳神良。能除五溪毒，不救讒言傷。讒言風雨過，瘴癘久亦亡。兩俱不足治，(**《角山樓》評**)脱卸入題，筆如飄風。但愛草木長。(**紀昀眉**)忽以議論裝頭，章法又别。草木各有宜，珍産駢南荒。絳囊懸荔支，雪粉剖桄榔。不謂蓬荻姿，中有藥與糧。舂爲芡珠圓，炊作菰米香。(**查慎行評**)筆筆開，句句轉。子美拾橡栗，黄精誑空腸。今吾獨何者，玉粒照座光。

雨後行菜圃

(**紀昀眉**)淳古中自作本色。(**《角山樓》評**)物色生態，描寫曲盡。(**賴山陽評**)此詩自公之别調，受淵明之神理，而構之以宋詩者。

夢回聞雨聲，(**賴山陽評**)五字品格不下王、孟。喜我菜甲長。(**蕭奇中夾**)逼常。(**賴山陽評**)“我”字試作“得”等字，便不振。平明江路濕，並岸飛兩槳。(**查慎行評**)“並”字讀作“傍”。(**嚴虞惇眉**)“平明”二句似夾雜。(**賴山陽評**)“並”猶“循”，孟子“循海至琅琊”。天公真富有，(**賴山陽評**)“天公”句，氣品不高，一篇中白璧微瑕。此等句稍寬，後人不可效。膏乳瀉黄壤。霜根一蕃滋，風葉漸俯仰。(**蕭奇中夾**)畫妙，妙。未任筐筥載，已作杯案想。(**紀昀夾**)四句寫得生動。(《**角山樓**》**評**)“杯盤”句融入人情尤妙。(**賴山陽評**)東坡本色。艱難生理窄，一味敢專饗。(**紀昀眉**)生出一波，方不淺直。小摘飯山僧，清安寄真賞。芥藍如菌蕈，(**賴山陽評**)以下極細膩。脆美牙頰響。白菘類羔豚，冒土出蹯掌。誰能視火候，小竈當自養。(**何紹基乙眉**)真脆。(**賴山陽評**)餘音。一結出意表，自東坡本色，而意歸到“小摘山僧”句，短篇宜有此轉環處。

【彙評】

汪師韓：質而實綺，癯而實腴，得陶公田園諸詩之神髓。

殘臘獨出二首

幽尋本無事，獨往意自長。釣魚豐樂橋，采杞逍遥堂。羅浮春欲動，雲日有清光。(**何紹基乙眉**)幽妙。處處野梅開，家家臘酒香。路逢眇道士，疑是左元放。(**何紹基甲眉**)“放”平。我欲從之語，恐復化爲羊。(**紀昀夾**)無味。

江邊偶微行，詰曲背城市。平湖春草合，步到棲禪寺。堂空不見人，(**蕭奇中夾**)妙。老稚掩關睡。(**蕭奇中眉**)山寺日高僧未起，始知名利不如閑。(**何焯眉**)安閑如許。所營在一食，食已寧復事。(**蕭奇中夾**)妙。客來豈無得，施子净掃地。風松獨不静，送我作鼓吹。(**何焯夾**)收不見人,蘊藉。(**杭世駿眉**)無中生有,詩境開拓。(**何紹基甲眉**)此尤妙絶。(**紀昀眉**)此首有自如之致。(**翁同書眉**)通首酷寫静境,結云"風松獨不静",此是反托之法。(**何焯眉**)孤韻獨往,取景幽異。

【彙評】

汪師韓:境象閑静安舒,故不是幺弦孤韻。

《**唐宋詩醇**》:通首酷寫静境。結云"松風獨不静",此是反托之法。玄微窅奥,妙處可尋。

新年五首

(**潘奕雋眉**)先生晚歲詩中有造化,非獨得于陶、杜,亦由其天分之超妙。(**何紹基乙眉**)直似少陵,何也?

曉雨暗人日,春愁連上元。水生挑菜渚,煙濕落梅村。小市人歸盡,孤舟鶴踏翻。(**杭世駿眉**)從杜來。(**紀昀眉**)似武功一派。猶堪慰寂寞,漁火亂黄昏。

北渚集群鷺,新年何所之。(**錢廷錦乙眉**)次連佳,但不必"新年"矣。盡歸喬木寺,分占結巢枝。生物會有役,(**蕭奇中夾**)古?枉。謀身各及時。(**錢廷錦乙夾**)四句更泛。何當禁結弋,看引雪衣兒。(**查慎行評**)格律純學少陵。(**譚元春評**)起語及"生物""謀生"二語正是老坡景大處。袁所賞似不爲此。

海國空自暖,春山無限清。冰溪結瘴雨,雪菌到江城。更待輕雷發,先催凍筍生。豐湖有藤菜,似可敵蓴羹。(**杭世駿眉**)一篇之中,"雪菌""凍筍""藤菜"互用,不見重複之迹。(**何紹基甲眉**)

藤菜實勝草。(**紀昀眉**)亦是杜語。

小邑浮橋外,青山石岸東。茶槍燒後有,麥浪水前空。(**紀昀夾**)二句稍拙。萬户不禁酒,三年真識翁。(**紀昀夾**)二句太易。(**紀昀眉**)"三年"句未詳,如自指則殊不妥。(**翁同書眉**)"三年"句未詳,必有所指,觀末二句自見。(《**角山樓**》**評**)"三年"句必有所指,脱公自注耳,觀末二句自見。結茅來此住,歲晚有誰同。

荔子幾時熟,花頭今已繁。探春先揀樹,買夏欲論園。居士常摧客,參軍許扣門。(**查慎行評**)公自注:"周參軍家多荔支。"明年更有味,懷抱帶諸孫。

二月八日與黄燾僧曇穎過逍遥堂何道士宗一問疾

安心守玄牝,閉眼覓《黄庭》。問疾來三士,澆愁有半瓶。風權時落蕊,病鶴不梳翎。樽空我歸去,山月照君醒。

【彙評】

劉辰翁:皆以游戲偶成。

次韻高要令劉湜峽山寺見寄

(**紀昀眉**)莽莽平沙,不見其佳處。(**翁同書眉**)竟體裁對,絶不見排比之迹,故由筆妙。

新聞妙無多,舊學閑可束。猶當隱季主,未遽逃梅福。空腸吐餘思,静似蠶綴簇。寸田結初果,秀若銅生緑。(**紀昀夾**)"秀"當作"繡"。荆棘掃誠盡,梨棗憂不熟。高人寧鑄金,下士乃服玉。君看嶺嶠隘，我欲巾笥蓄。（**蕭奇中夾**）妙。曾攀羅浮頂，亦到朱明谷。旋觀真歷塊，歸卧甘破屋。故人老猶仕，世味薄如縠。偶從越女笑，不怕蠻江浴。驚聞尺書到，喜有新詩辱。應憐五管客，（**杭世駿眉**）“五管”指桂、邕等，引《莊子》，誤。曾作八州督。骨銷讒口鑠，膽破獄吏酷。隴雲不易寄，江月乃可掬。遥知清遠寺，不稱空洞腹。蹇驢步武碎，短瑟弦柱促。仰看泉落佩，俯聽石響轂。千峰瀉清駛，一往無回躅。狂雷失晤語，過電不容目。（**查慎行評**）以快筆寫駛景，有稍縱則逝之□。先生《峽山寺題名》云“溪水太峻，當作一閘，若夏秋水暴，可爲啓閉之節。用陰陽家説，寺當少富”云云。“千峰”六句，即此意也。要知僧長飢，正坐山少肉。人間無南北，蝸角空出縮。仇池九十九，（**仇池有九十九泉，予嘗夢至，有詩。**）嵩少三十六。（**子由近買田陽翟，北望嵩山，甚近。**）天人同一夢，仙凡無兩録。（**何紹基乙眉**）語自快。陋邦真可老，生理亦粗足。便回爇天焰，長作照海燭。（**爇天焰見退之詩。近黄魯直寄詩云：蓮花合裏一寸燭，牝馬海中燒百川。魯直蓋近有得也。**）

【彙評】

汪師韓：雋語清談，引人入勝，而古茂之色，望之但覺岫壑冲深。“應憐五管客，曾作八州督”二句，宋援則引《莊子》上有“五管”之説，李厚則引韓詩“五管遍歷”之句，王注兼采而並録之，古人之虚衷如此。援説誠爲未當，李必恒補注是李厚而非宋援可也。其所作《王注正僞》直斥王注爲杜撰，是没其實矣。至“曾作八州督”句，李厚但引《晉書》，只能解釋字面，此則補注得之。然觀軾《賀子由生第四孫》詩，結云“早謀二頃田，莫待八州督”，有自注云“吾前後典八州”，此乃“八州督”三字之確注補注。但引“八州憐我往來頻”之句，猶未爲得也。

《**唐宋詩醇**》：竟體裁對，絶不見排比之迹，故由筆妙。

食荔支二首(並引)

惠州太守東堂,祠故相陳文惠公,(**潘奕雋眉**)"祠"應作"祀"。《漢書》皆作"祠"。堂下有公手植荔支一株,郡人謂將軍枝。今歲大熟,賞啖之餘,下逮吏卒,其高不可致者,縱猿取之。

丞相祠堂下,將軍大樹旁。炎雲駢火實,(**《角山樓》評**)如此措語便切。瑞露酎天漿。料紫垂先熟,高紅挂遠揚。(**蕭奇中眉**)用句典甚。分甘遍鈴下,也到黑衣郎。(**王文誥眉**)此句用《戰國策》"願令補黑衣之數,以衛王宫"事,亦兼用《宣室志》。觀安頓上五字句法"也到"二字,其意顯然。公往往弄此巧也。

羅浮山下四時春,盧橘楊梅次第新。日啖荔支三百顆,不辭長作嶺南人。(**蕭奇中旁**)快。(**紀昀眉**)此却蛇足。

和子由盆中石菖蒲忽生九花

春茰秋夾兩臾,神藥人間果有無。無鼻何由識薝蔔,有花今始信菖蒲。芳心未飽兩蛺蝶,寒意知鳴幾蟪蛄。記取明年十二節,小兒休更籥霜鬚。

遷　居(有引)

(**紀昀眉**)句句透脱。

吾紹聖元年十月二日至惠州,寓合江樓,是月十八日遷於嘉祐寺。二年三月十九日復遷於合江樓,三年四月二十日復歸於嘉祐寺。時方卜築白鶴峰之上,新居成,庶幾其少安乎!

前年家水東,回首夕陽麗。(**何焯眉**)"麗"字押得新穩。去年家水西,濕面春雨細。東西兩無擇,緣盡我輒逝。(**蕭奇中夾**)見到。今年復東徙,舊館聊一憩。已買白鶴峰,規作終老計。長江在北户,雪浪舞吾砌。青山滿墻頭,鬖髿幾雲髻。(**何紹基乙眉**)"舞吾砌","滿墻頭",真妙話。雖慚抱朴子,金鼎陋蟬蜕。猶賢柳柳州,廟俎薦丹荔。吾生本無待,俯仰了此世。念念自成劫,塵塵各有際。下觀生物息,相吹等蚊蚋。(**蕭奇中眉**)了然不著。(**紀昀眉**)結語太激,以通首不露此意,此又托之觀物,尚不甚顯然耳。(**王文誥夾**)"下觀"二句乃自爲"吾生"十字注脚,蓋謂俯仰了此世者,亦不過如此也。曉嵐疑其有玩世不恭之意,即大誤矣。

【彙評】

汪師韓:柳州貶謫詩多憂鬱悽楚之音,軾嘗評其《南澗中》詩引老杜云:"'王侯與螻蟻,同盡隨丘墟',儀曹何憂之深也。"若惠州諸作,無處不寬然有餘地,此其所得深矣。

兩橋詩(並引)

(**杭世駿眉**)氣象萬千。(**紀昀眉**)語多潦倒,二詩一轍,皆應酬詩之不必存者。(**嚴虞惇眉**)二詩同一韻,皆極自然,惟先生有此筆力。

惠州之東,江溪合流,有橋,多廢壞,以小舟渡。羅浮道士鄧守安始作浮橋,以四十舟爲二十舫,鐵鎖石矴,隨水漲落,榜曰東新橋。州西豐湖上有長橋,屢作屢壞,棲禪院僧希固築進兩岸,爲飛閣九間,盡用石鹽木,堅若鐵石,榜曰西新橋。皆以紹聖三年六月畢工,作二詩落之。

東新橋

（**何焯眉**）如畫。

群鯨貫鐵索，背負横空霓。首摇翻雪江，尾插崩雲溪。機牙任信縮，（**查慎行評**）“信”字讀作“伸”。漲落隨高低。（**何紹基乙眉**）樸寫妙。鞭轤卷巨索，青蛟挂長堤。奔舟免狂觸，脱筏防撞擠。（**紀昀夾**）二句太俚。（**何焯眉**）此二襯貼非頓挫處。一橋何足云，歡傳廣東西。父老有不識，喜笑争攀躋。魚龍亦驚逃，雷雹生馬蹄。嗟此病涉久，公私困留稽。奸民食此險，出没如鳧鷖。似賣失船壺，如去登樓梯。不知百年來，幾人隕沙泥。豈知濤瀾上，安若堂與閨。往來無晨夜，醉病休扶攜。使君飲我言，（**查慎行評**）“使君”，惠州守詹範也。妙割無牛雞。不云二子勞，嘆我捐腰犀。（**二士造橋，余嘗助施犀帶。**）我亦壽使君，一言聽扶藜。常當修未壞，勿使後噬臍。（**何焯旁**）結句亦是醒“新”字。

【彙評】

汪師韓：先寫浮橋之狀，次言橋成之利，而以常當修未壞終之，驚采絶豔，直是爲浮橋作贊頌，前賢詩中無此倔奇。

西新橋

（**何焯眉**）必欲用前韻，爲韻脚所束，所謂“可憐無補費精神”也。

昔橋本千柱，挂湖如斷霓。浮梁陷積淖，破板隨奔溪。笑看遠岸没，坐覺孤城低。聊因三農隙，稍進百步堤。炎州無堅植，潦水輕推擠。千年誰在者，鐵柱羅浮西。獨有石鹽木，白蟻不敢躋。似開銅駝峰，如鑿鐵馬蹄。岌岌類鞭石，山川非會稽。

嗟我久閣筆,(**蕭奇中夾**)何謂。不書紙尾鷖。蕭然無尺棰,欲構飛空梯。百夫下一杙,椓此百尺泥。(**橋柱石磉下,皆有堅木,椓入泥中丈餘,謂之頂桩。**)探囊賴故侯,寶錢出金閨。(**子由之婦史,頃入内,得賜黄金錢數千助施。**)父老喜雲集,簞壺無空攜。三日飲不散,殺盡西村雞。(**蕭奇中夾**)有趣。(**何焯夾**)趁韻。似聞百歲前,海近湖有犀。(**豐湖舊名鰐湖,蓋嘗有鮫鰐之類。**)那知陵谷變,枯瀆生茨藜。後來勿忘今,冬涉水過臍。(**何焯夾**)"新"字結。

【彙評】

汪師韓:序記事迹與東橋體格不同,而波瀾意度開闔盡致,意曲折而筆恣肆,獨以和韻顯其奇。

悼朝雲詩(並引)

(**《角山樓》評**)全篇皆率。

紹聖元年十一月,戲作《朝雲》詩。三年七月五日,朝雲病亡于惠州,葬之棲禪寺松林中東南,直大聖塔。(**蕭奇中夾**)好。予既銘其墓,且和前詩以自解。朝雲始不識字,晚忽學書,粗有楷法。蓋嘗從泗上比丘尼義冲學佛,亦略聞大義,且死,誦《金剛經》四句偈而絶。(**蕭奇中夾**)好。

苗而不秀豈其天,(**馮夢禎眉**)起不似詩。(**錢廷錦甲夾**)用楊子。不使童烏與我玄。(**杭世駿眉**)據後詩題《幹兒生十月而亡》,非百日也。(**紀昀眉**)起太突,句亦不佳。駐景恨無千歲藥,贈行惟有小乘禪。傷心一念償前債,彈指三生斷後緣。(**杭世駿眉**)凄斷之音,非學佛者所宜讀。歸卧竹根無遠近,夜燈勤禮塔中仙。

国家出版基金项目
NATIONAL PUBLICATION FOUNDATION

教育部人文社會科學重點研究基地
復旦大學中國古代文學研究中心
叢刊

蘇軾詩文彙評

黃霖 陳維昭 周興陸 主編
樊慶彦 輯著

叁

鳳凰出版社

卷二十四

詩六十八首

丙子重九二首

(**紀昀眉**)二詩鋒芒較斂,蓋坎坷之餘,客氣漸退矣。

三年瘴海上,越嶠真我家。登山作重九,蠻菊秋未花。唯有黄茅根,堆壟生坳窊。蜑酒蘗衆毒,酸甜如梨楂。何以侑一樽,鄰翁饋蛙蛇。(**蕭奇中眉**)期期可怕。亦復强取醉,歡謡雜悲嗟。(**查慎行乙眉**)以下八句專爲朝雲而發。今年吁惡歲,僵仆如亂麻。此會我雖健,狂風卷朝霞。(**查慎行乙眉**)"朝霞"藉以言"朝雲"也。使我如霜月,孤光挂天涯。(**查慎行評**)清絶處冷光逼人。(《**角山樓**》**評**)"霜月""孤光"之語,惻然動人。西湖不欲往,墓樹號寒鴉。(**潘奕雋夾**)悼朝雲也。(**何焯眉**)每一取譬,斷非人意想所及。

窮途不擇友,(**蕭奇中夾**)真。過眼如亂雲。餘子誰復數,坐閲兩使君。共飲去年堂,俯看秋水紋。此水與此人,相追兩沄沄。(《**角山樓**》**評**)前八句皆追往之詞。老去各休息,造物嗟長勤。佳哉此令節,不惜與子分。何以娱我客,游魚在清濆。水師三百指,鐵網欲掩群。獲多雖一快,買放尤可欣。(**蕭奇中夾**)慈溢。此樂真不朽,明年我歸耘。

白鶴峰新居欲成夜過西鄰翟秀才二首

(**何焯眉**)開出放翁。

林行婆家初閉户,翟夫子舍尚留關。連娟缺月黄昏後,縹緲新居紫翠間。繫悶豈無羅帶水,(**韓退之云:水作青羅帶,山如碧玉簪。**)割愁還有劍鋩山。(**柳子厚云:海上尖峰若劍鋩,秋來處處割愁腸。皆嶺南詩也。**)(**查慎行評**)屬對絶工,移唐音作宋調,使事天然。(**紀昀眉**)查云"五六屬對絶工,移唐音作宋調,使事天然"。余謂此種終是小樣,不可揭以爲式。中原北望無歸日,(**何焯眉**)開出放翁。鄰火村舂自往還。(**趙翼評**)絶不言愁,自令人腸斷。

甕間畢卓防偷酒,(**王文誥夾**)此句仍頂"林行婆"。壁後匡衡不點燈。(**紀昀眉**)起二句鄙俚太甚。(**王文誥夾**)此句仍頂"翟逢亨"。待鑿平江百尺井,要分清暑一壺冰。佐卿恐是歸來鶴,次律寧非過去僧。(**蕭奇中眉**)俱參乘之言,可感可悟。他日莫尋王粲宅,夢中來往本何曾。(**蕭奇中眉**)八十一遍。

【彙評】

汪師韓:首作兀傲鮮妍,揮毫卓犖。次作以意貫串,故役事繁而思不隔,不善學之則成點鬼簿,豈復有此峥嶸!

次韻子由所居六詠

堂前種山丹,錯落馬腦盤。堂後種秋菊,碎金收辟寒。草木如有情,慰此芳歲闌。幽人正獨樂,不知行路難。(**紀昀眉**)前半自運本色,後半純作古音。

詩人故多感，花發憶兩京。石榴有正色，玉樹真虚名。粲粲秋菊花，卓爲霜中英。萸盤照重九，纈蕊兩鮮明。（**紀昀眉**）此首不甚醒豁。

幽居有古意，義井分西墻。誰言三伏熱，止須一杯凉。先生坐忍渴，群嚚自披猖。（**紀昀眉**）太激傷雅。衆散徐酌飲，逡巡味尤長。

先生飯土塯，無物與劉叉。何以娱醉客，時嗅砌下花。井水分西鄰，竹陰借東家。蕭然行脚僧，一身寄天涯。（**紀昀眉**）此亦清歷。

東齋手種柏，今復幾尺長。知有桓司馬，榛茅爲遮藏。（**紀昀眉**）更激更露。近聞南臺松，新枝出餘僵。年來此懷抱，豈復驚凡亡。

新居已覆瓦，無復風雨憂。榿栽與籠竹，小詩亦可求。尚欲煩貳師，刺山出飛流。（**蕭奇中夾**）俊句。應須鑿百尺，兩綆載一牛。（**紀昀眉**）此亦樸雅。

【彙評】

《**角山樓**》：三詩（按：指第一、四、六首）皆無黏滑習見語。

吴子野絶粒不睡過作詩戲之芝上人陸道士皆和予亦次其韻

聊爲不死五通仙，終了無生一大緣。獨鶴有聲知半夜，老蠶不食已三眠。憐君解比人間夢，（**芝有夢齋，子由作銘。**）許我時逃醉後禪。會與江山成故事，不妨詩酒樂新年。

又次韻二守同訪新居二首

一數畝蓬蒿古縣陰，曉窗清快夜堂深。也知卜築非真宅，聊欲蹁跹看此心。（**蕭奇中眉**）明珠信手拈。聞道攜壺問奇字，更因登木助微音。（**查慎行評**）時先生侍妾朝雲歿于惠州，故有“登木”之句。（**杭世駿眉**）如用《檀弓》之語，則不祥莫大焉，與新居不切，似别有出。附見王十朋集注本趙次公注。（**錢廷錦乙眉**）用事奇。（**嚴虞惇眉**）用“登木”事未解。（**張問陶評**）“登木”句似不切。不知何故用此。（**邊壽民評**）或是用《管子》“雉登木”意。相娱北户江千頃，（**查慎行評**）公《遷居白鶴峰》詩：“長江在北户。”直下都無地可臨。（**蕭奇中眉**）古輩用事之奇。

此生真欲老墻陰，却掃都忘歲月深。拔薤已觀賢守政，折蔬聊慰故人心。風流賀監常吴語，憔悴鍾儀獨楚音。治狀兩邦俱第一，潁川歸去肯重臨。（**嚴虞惇眉**）有此結語，前“守政”句似礙。

循守臨行出小鬟復用前韻

學語雛鶯在柳陰，臨行呼出翠帷深。（**温汝能評**）起二句情致宛然。通家不隔同年面，（**二守同年家。**）得路方知異日心。趁著春衫游上苑，要求國手教新音。嶺梅不用催歸騎，截鐙須防舊所臨。（**循守近爲韶倅。**）

【彙評】

劉辰翁：見成對無奇，但取談笑切用。

王文誥：此四詩（按：指以上四首）乃心閑神適之作。在《惠州集》中，惟見於此時，然不可多得矣。

種　茶

(**紀昀眉**)委曲真樸,說得苦樂相關。

松間旅生茶,(**查慎行評**)"旅",寓也,與寄生解同。已與松俱瘦。茨棘尚未容,蒙翳争交構。天公所遺棄,百歲仍稚幼。(**蕭奇中夾**)誰不然。紫筍雖不長,孤根乃獨壽。(**翁同書夾**)查云"詩中有人,不同凡賦。"移栽白鶴嶺,土軟春雨後。(**蕭奇中夾**)茶幸矣。彌旬得連陰,似許晚遂茂。(**查慎行評**)或云,茶須下子,若移植則不生。以詩證之,恐非確論。能忘流轉苦,(**蕭奇中夾**)體念。戢戢出鳥咮。未任供臼磨,且可資摘嗅。千團輸大官,百餅衒私斗。何如此一啜,有味出吾囿。(**何紹基乙眉**)不材終天年,此意自好。"能忘流轉",則又一轉語。

【彙評】

汪師韓:茶根移種,經雨而生。謫居殆用自況,故曰"天公所遺棄",曰"能忘流轉苦",詞旨了然可見。

《**角山樓**》:詩中有人,不同泛賦。

白鶴山新居鑿井四十尺遇磐石石盡乃得泉

(**譚元春評**)有子美《修水筒》意。

海國困蒸溽,新居利高寒。以彼陟降勞,易此寢處乾。(**查慎行評**)柴桑神骨。但苦江路峻,常慚汲腰酸。(**紀昀夾**)句俚。矻矻煩四夫,磽磽斫層巒。彌旬得尋丈,下有青石盤。終日但迸火，(**紀昀夾**)句更俚。何時見飛瀾。豐我粲與醪，利汝椎與鑽。山石有時盡，(**紀昀夾**)用《列子》愚公意。我意殊未闌。今朝僮僕喜，黄土復可摶。晨瓶得雪乳，暮甕渟冰湍。我生類如此，何適不艱難。(**查慎行評**)達人亦復爲此語。正惟達人，不妨爲此語耳。(**翁同書旁**)"艱難"二字是通首點睛處。一勺亦天賜，曲肱有餘歡。(**譚元春評**)結二語敗盡風趣，不如去之。(**潘奕雋夾**)此用《論語》意。

【彙評】

汪師韓：清冽有味，曉人不當如是耶？

《唐宋詩醇》："艱難"二字，爲通首點睛處，借題抒寫，奥美難窮。

三月二十九日二首

南嶺過雲開紫翠，北江飛雨送凄涼。酒醒夢回春盡日，閉門隱几坐燒香。

門外橘花猶的皪，墻頭荔子已斕斑。樹暗草深人静處，卷簾欹枕卧看山。

【彙評】

汪師韓：净境入畫，窅然空蹤。

吾謫海南子由雷州被命即行了不相知至梧乃聞其尚在藤也旦夕當追及作此詩示之

(**潘奕雋眉**)一氣噴薄，沉著痛快，神似少陵。

九疑聯綿屬衡湘，蒼梧獨在天一方。孤城吹角煙樹裏，落月未落江蒼茫。（**紀昀眉**）有景有情。幽人拊枕坐嘆息，（**紀昀眉**）屢稱“幽人”，其實非謫宦之稱。我行忽至舜所藏。江邊父老能説子，（**紀昀眉**）入得飄忽，凡手定有數行轉折。（《**角山樓**》**評**）淺語寫得極真。白鬚紅頰如君長。（**方東樹評**）有韻。莫嫌瓊雷隔雲海，（**方東樹評**）頓束。聖恩尚許遥相望。（**紀昀眉**）東坡難得如此和平。平生學道真實意，（**蕭奇中夾**）見本領。豈與窮達俱存亡。天其以我爲箕子，（**紀昀眉**）比擬不倫。要使此意留要荒。他年誰作輿地志，海南萬里真吾鄉。（**潘奕雋夾**）哀感頑豔，有變徵之聲。（**王文誥夾**）此一路詩，所謂不見老人衰憊之氣者，諸門人已言之矣。（**何紹基乙眉**）忽而豪健，自恣亦奇。（**何焯眉**）倔强。

【彙評】

汪師韓：水天景色，離合情懷，一種纏綿悱惻之情，極排解乃極沉痛。

方東樹：有韻而豪，無頹喪意。失志時能如此，可法。

行瓊儋間肩輿坐睡夢中得句云千山動鱗甲萬谷酣笙鐘覺而遇清風急雨戲作此數句

（**紀昀眉**）以杳冥詭異之詞，抒雄闊奇偉之氣，而不露圭角，不使粗豪，故爲上乘。

四州環一島，（**杭世駿眉**）“一島”即今五指山。百洞蟠其中。（**蕭奇中眉**）畫。我行西北隅，如度月半弓。登高望中原，但見積水空。此生當安歸，（**蕭奇中眉**）慷慨見志。四顧真途窮。（**紀昀

眉)有此四句一頓挫,下半乃折宕有力。凡古詩長篇,第一要知頓挫之法。(**王文誥夾**)其説[按:指紀評。]似未確。今觀此詩,起四句如繪地圖,接四句如釋地理,乃合八句爲一節也。但此非曉嵐見不到,乃前注家皆不懂"月半弓"句,無處藉手之故。彼不了了,即不知此句是何牽前搭後因地,故捨上而論下,姑爲頓挫之説也。其圈此詩,自五句起,逐句疊圈,至終而獨遺。起四句者,乃致疑"月半弓"句飄空無著之故,情迹顯見,尚可逃乎? 眇觀大瀛海,坐詠談天翁。(**何焯夾**)太白句法。(**紀昀眉**)源出太白,而運以己法,不襲其貌,故能各有千秋。茫茫太倉中,一米誰雌雄。幽懷忽破散,永嘯來天風。千山動鱗甲,萬谷酣笙鐘。(**王文誥夾**)以上八句亦是一節,其前"四顧真途窮"句,已山窮水盡矣。却不肯别起頭腦,直從"途窮"拓出,故有"迷茫""一米"等句。然一路寫來,却是完"行瓊儋間"題面。安知非群仙,(**紀昀眉**)此一層又烘托得好。長篇須如此展拓,方不單薄。鈞天宴未終。(**何紹基乙眉**)真奇肆。喜我歸有期,(**蕭奇中夾**)不忘此。舉酒屬青童。(**王文誥夾**)[紀昀]所論非是。此乃失看"此生當安歸"句,故下無著落也。此節首轉出"安知非群仙"句,乃欲跌出下意之故,特於"真途窮"時,落"喜我歸有期"句,答還首節之"此生當安歸"也。若以頓挫烘托論,則全篇氣局皆散攤矣。《桄榔庵銘》"蝮蛇魑魅,出怒入娱"與"夢雲""笑電"同一爐錘,蓋非極困迫無聊中,亦不輕出也。自"安知"以下,至"笑電"八句,亦爲一節。且於中一節言風,此一節言雨,點清"夢"字及戲之之意,題境已完。其後直下作結,"妙聲"句雖爲找足"群仙"諸語,實乃自爲評賞,贊嘆欲絶也。急雨豈無意,催詩走群龍。夢雲忽變色,笑電亦改容。應怪東坡老,顔衰語徒工。久矣此妙聲,不聞蓬萊宫。(**紀昀眉**)結處兀傲得好。一路來勢既大,非此則收裹不住。

【彙評】

汪師韓:行荒遠僻陋之地,作騎龍弄鳳之思,一氣浩歌而出,天風浪浪,海山蒼蒼,足當司空圖"豪放"二字。

趙翼:想見獨立蒼茫景象。

《**角山樓**》:前路寫實境,極其沉鬱。後幅運幻想,極其酣暢。洵屬得意之筆。

次前韻寄子由

(**紀昀眉**)亦極奇恣。(**王文誥夾**)二詩本旨,以不歸爲歸,猶言此區區形迹之累,不足以囿我也。此篇亦照前首分節,熟讀自知。

我少即多難,邅回一生中。百年不易滿,寸寸彎强弓。(**杭世駿眉**)押兩"弓"字皆"强"。(**蕭奇中眉**)五字力盡。(**何紹基乙眉**)十字可箴。(《**角山樓**》**評**)語亦有挽强之力。老矣復何言,榮辱今兩空。泥丸尚一路,(**古語云:十方薄伽梵,一路涅槃門。**)所向餘皆窮。似聞崆峒西,仇池迎此翁。胡爲適南海,復駕垂天雄。下視九萬里,(**王文誥夾**)此句從上句"復駕"生出,全是"胡爲"一轉之勢,而"胡爲"又以"似聞"跌出也。自此以下,高唱入雲,有叫閽排闔之響,聲徹九天九地矣。杜陵入蜀諸古,摹寫道中景狀,神工鬼斧,離奇光怪,至爲雄險,然皆有迹象可尋,究屬人工。故凡才人陟歷險遠,呼喝景物,皆能貌其所爲。若此二篇,亦道中作,乃捨去應有蹊徑,自從空中發揮,純是一派工夫,使人著手不得,此則非杜集之所有也。浩浩皆積風。回望古合州,(《**角山樓**》**評**)全構虛詞,説得興會,所謂善自排遣也。屬此琉璃鐘。離别何足道,我生豈有終。渡海十年歸,方鏡照兩童。還鄉亦何有,暫假壺公龍。峨眉向我笑,錦水爲君容。天人巧相勝,不獨數子工。(《**角山樓**》**評**)"數子"似指當時譖公者。指點昔游處,蒿萊生故宫。

【彙評】

汪師韓:其胸次實爲天空海闊,非是無聊解勉之詞。

安期生(並引)

(**譚元春評**)從以策干項羽,想出行徑高寄項公,異人安期生非世法中避就人也。

安期生,世知其爲仙者也,(**閻士選評**)安期生,不知何許人,常賣藥東海上,人呼千歲翁。然太史公曰:蒯通善齊人安期生,生嘗以策干項羽,羽不能用,羽欲封此兩人,兩人終不肯受,亡去。予每讀此,未嘗不廢書而嘆。嗟乎,仙者非斯人而誰爲之!故意戰國之士,如魯連、虞卿,皆得道者歟?(**劉辰翁夾**)甚善。留書如此,教以得仙,其於羽也,教之亡奏。

安期本策士,平日交蒯通。嘗干重瞳子,不見隆準公。應如魯仲連,抵掌吐長虹。(**紀昀眉**)英詩偉論,雄跨千古。難堪踞床洗,寧挹扛鼎雄。事既兩大繆,飄然籥遺風。乃知經世士,出世或乘龍。(**劉辰翁夾**)偉哉。(**趙翼評**)議論新辟。豈比山澤臞,忍飢啖柏松。縱使偶不死,正堪爲僕僮。(**劉辰翁夾**)即郭景純詩,意更别。(**嚴虞惇眉**)亦湊句。茂陵秋風客,望祖猶蟻蜂。(**劉辰翁夾**)高祖。(**錢廷錦甲眉**)此等議論總坐輕脱。(《**角山樓**》**評**)字生而句亦欠穩。海上如瓜棗,可聞不可逢。(**潘奕雋眉**)快論。(**嚴虞惇旁**)漢武豈可忽哉?

【彙評】

查慎行丙:此詩前半以"不見隆準公"爲句眼。後云"望祖",正與前相應。施氏注謂"'望祖'訛,當作'望祀'",改此一字,全首索然無氣色矣。讀書無識,輒欲妄改古人名句,可發一笑。

夜　夢(並引)

(**紀昀眉**)前《題太白像》即此體。此體本之工部《大食刀歌》,觀此益知前分二首之非。

七月十三日,至儋州十餘日矣,澹然無一事。學道未至,静極生愁,(**蕭奇中夾**)學人語。夜夢如此,不免以書自怡。

夜夢嬉游童子如,父師檢責驚走書。(**翁同書眉**)韓退之《典貼男女狀》:檢責州界。計功當畢《春秋》餘,今乃始及桓莊初。(**張廷濟眉**)廷濟常有此種夢境,讀之淚下。怛然悸寤心不舒,(**蕭奇中夾**)真。起坐有如挂鉤魚。(**蕭奇中眉**)省念。(**何焯眉**)大約指時事,未知于意云何。我生紛紛嬰百緣,氣固多習獨此偏。棄書事君四十年,仕不顧留書繞纏。(**蕭奇中夾**)亦真。自視汝與丘孰賢,易韋三絶丘猶然,如我當以犀革編。

遷居之夕聞鄰舍兒誦書欣然而作

幽居亂蛙黽,生理半人禽。跫然已可喜,況聞弦誦音。兒聲自圓美,誰家兩青衿。且欣習齊咻,未敢笑越吟。九齡起韶石,姜子家日南。(**紀昀夾**)用古韻。吾道無南北,安知不生今。(**何紹基乙眉**)有此持重語,便不率爾。海闊尚挂斗,天高欲横參。

荆榛短墻缺,燈火破屋深。(《**角山樓**》**評**)起四用跌筆,極沉煉。四語傳神。上聯乃側足庭中,俯仰四顧光景;下聯則書聲所從出之處也。引書與相和,(**蕭奇中夾**)妙。置酒仍獨斟。(**蕭奇中夾**)更妙。可以侑我醉,琅然如玉琴。(**紀昀眉**)收得空闊。若但以勉學意結則腐矣。

【彙評】

汪師韓:居荒陋之地,聞誦讀而欣然,乃是恒情所同。"海闊"數句,獨寫出一時情景,此則其欣然之實,蓋欣然本非别有深意,似爾立言斯爲恰好。

《**唐宋詩醇**》:謫居荒陋,聞誦讀而欣然,乃是恒情所同。最愛"海闊"數句,寫出一詩情景。别具興會,文彩欲飛。

聞子由瘦(儋耳至難得肉食)

(**蕭奇中夾**)奇。(**蕭奇中眉**)不雅不俗,自見作手。(**紀昀眉**)太樸即近俚。

五日一見花猪肉,十日一遇黄雞粥。土人頓頓食藷芋,(**錢廷錦乙眉**)杜詩"頓頓食黄魚"。薦以熏鼠燒蝙蝠。舊聞蜜唧嘗嘔吐,稍近蝦蟆緣習俗。十年京國厭肥羜,日日烝花壓紅玉。從來此腹負將軍,今者固宜安脱粟。(**俗諺云:大將軍食飽捫腹而嘆曰:我不負汝。左右曰:將軍固不負此腹,此腹負將軍,未嘗出少智慮也。**)人言天下無正味,蝍蛆未遽賢麋鹿。海康别駕復何爲,帽寬頻落驚僮僕。相看會作兩臞仙,還鄉定可騎黄鵠。

【彙評】

譚元春:又有《聞子由瘦》一首,甚鄙。

客俎經旬無肉又子由勸不讀書蕭然清坐乃無一事(**蕭奇中夾**)妙。

(**蕭奇中夾**)何福至此應作詩。

病怯腥鹹不買魚,爾來心腹一時虚。使君不復憐烏攫,屬國方將掘鼠餘。老去獨收人所棄,(**紀昀夾**)"去"字當作"矣"。悠哉時到物之初。從今免被孫郎笑,絳帕蒙頭讀道書。

【彙評】

劉弘:"不憐烏攫""方將掘鼠",蓋形容無肉,人棄我取,爲時而言。"時到物初",其清坐自得之境也。

譚元春:此詩尚可存。又有《聞子由瘦》一首,甚鄙。予事解之,不欲指《猪肉頌》爲東坡佳語也。

宥老楮

(**紀昀眉**)題不佳,何不直以"老楮"爲題。(**《角山樓》評**)通體净健。

我墻東北隅,張王維老穀。樹先樗櫟大,(**《角山樓》評**)刻畫極切。葉等桑柘沃。流膏馬乳漲,墮子楊梅熟。(**何焯眉**)摹寫必能入骨。(**《角山樓》評**)"馬乳""楊梅"亦是借對法,詩之工不在此,然不可不知。胡爲尋丈地,養此不材木。(**蕭奇中眉**)才不才,亦各有所取也。人皆知有用之用,而不知無用之用。嗚呼,獨穀也哉!(**紀昀眉**)頗近香山,然筆力自别。斸之得輿薪,規以種松菊。静言求其用,略數得五六。膚爲蔡侯紙,子入桐君録。(**杭世駿眉**)博學無所發泄,借樹抒寫,其實未必我也。(**蕭奇中夾**)偏詳。黄繒練成素,黝面頮作玉。灌灑蒸生菌,腐餘光吐燭。雖無傲霜節,幸免狂酲毒。(**何紹基甲眉**)狂酲毒。孤根信微陋,生理有倚伏。投斧爲賦詩,德怨聊相贖。

觀　棋(並引)

(**紀昀眉**)純用本色,毫不依傍古人,而未嘗不佳。(**王文誥旁**)其《觀棋》一詩,則駕陶而上之。陶無此脱净之文,亦不能一筆單行到底也。

予素不解棋,(**蕭奇中夾**)與蕭大梁同。嘗獨游廬山白鶴觀,觀中人皆闔户晝寢,(**蕭奇中夾**)華胥之風。(**錢陸燦夾**)好懶道士。獨聞棋聲于古松流水之間,(**蕭奇中夾**)不可思議。意欣然喜之,(**蕭奇中夾**)慧種。自爾欲學,然終不解也。(**陳仁錫眉**)願學焉,不知爲不知,聖賢之别。兒子過乃粗能者,儋守張中日從之戲,予亦隅坐,竟日不以爲厭也。

五老峰前,白鶴遺址。長松蔭庭,風日清美。(**蕭奇中夾**)妙。我時獨游,(**蕭奇中夾**)惟獨故佳。不逢一士。(**蕭奇中眉**)桃源彷彿。誰歟棋者,(**翁同書旁**)《困學紀聞》"誰歟棋者"用《檀弓》文法。户外屨二。不聞人聲,時聞落子。(**蕭奇中夾**)妙。(**何焯眉**)典淺顯。紋枰坐對,誰究此味。(**蕭奇中眉**)王摩詰之長廊雨聲響也。空鈎意釣，豈在魴鯉。(**蕭奇中夾**)高妙人語。小兒近道，剥啄信指。(**蕭奇中夾**)"信"字爲近道之實。勝固欣然，敗亦可喜。(**蕭奇中夾**)大福利、大聰明、大作用。(**陳仁錫眉**)既已不知，欣喜何從？(**錢陸燦夾**)公爲千古低棋開一法門。優哉游哉，聊復爾耳。(**蕭奇中眉**)天下何事不宜爾，必勝敗之爲見，盈虚天道，禍福人事，遂有不可知者矣。(**何紹基乙眉**)止恐嗜弈人不服此語。(《**角山樓**》**評**)率吐胸臆，便成名語。

【彙評】

汪師韓：軾嘗論司空圖"棋聲花院閉，幡影石幢高"之句，以爲"吾嘗獨入白鶴觀，松陰滿地，不見一人，惟聞棋聲"，然後知此句之工。但恨其"寒儉有僧態"數語，可謂定評矣。此四言一章則甚似規撫二十四品之文者，清幽静妙，真得味外之味，然何嘗帶一毫寒儉氣耶？胡仔强作解事，乃謂"不如夢得之歌"。夢得直是棋賦，豈能於迹象之表别具神解乎？

趙翼：蒼寒寂寥之境，千載如見，斯爲寫景中神品。

陳天定：自成一四言古，不襲古而古。

糴　米

(《**角山樓**》**評**)樸直有味。

糴米買束薪，百物資之市。不緣耕樵得，飽食殊少味。(**何焯眉**)有道之言。再拜請邦君，願受一廛地。知非笑昨夢，食力免内愧。(**查慎行評**)可使素餐者汗背。春秧幾時花，夏稗忽已穟。悵焉撫耒耜，誰復識此意。(**紀昀眉**)托意深微。

【彙評】

汪師韓:此與陶潛詩云:"田家豈不苦,弗穫辭此難。四體誠乃疲,庶無異患干。"同爲學道有得之語。

入　寺

(**紀昀眉**)詞意殊淺。

曳杖入寺門,輯杖挹世尊。(**紀昀夾**)"輯"當作"揖"。我是玉堂仙,謫來海南村。多生宿業盡,一氣中夜存。旦隨老鴉起,(**紀昀夾**)字俚。飢食扶桑暾。光圓摩尼珠,照耀玻璃盆。來從佛印可,稍覺魔忙奔。閑看樹轉午,坐到鐘鳴昏。斂收平生心,耿耿聊自温。

次韻子由三首

東　亭

仙山佛國本同歸,世路玄關兩背馳。到處不妨閑卜築,流年自可數期頤。(**蕭奇中眉**)數音朔則辭方妙。遥知小檻臨廛市,定有新松長棘茨。誰道茅檐劣容膝,海天風雨看紛披。

東　樓

白髮蒼顏自照盆,董生端合是前身。獨棲高閣多辭客,爲著新書未絶麟。小醉易醒風力軟,安眠無夢雨聲新。長歌自誷真堪笑,底處人間是所欣。(**柳子厚詩云:長歌返故室,自誷非所欣。**)

椰子冠

天教日飲欲全絲，美酒生林不待儀。（**嚴虞惇眉**）“美酒”句亦似湊韻。並非湊韻，但通首前後不相照應耳，參之。自漉疏巾邀醉客，更將空殼付冠師。（**《前漢·高祖紀注》云：薛有作冠師。**）規摹簡古人争看，簪導輕安髮不知。（**蕭奇中夾**）妙。（**蕭奇中眉**）“髮不知”三字可參。更着短檐高屋帽，東坡何事不違時。

次韻子由月季花再生

幽芳本長春，暫瘁如蝕月。（**蕭奇中夾**）榮辱理。且當付造物，未易料枯枿。也知宿根深，便作紫筍茁。乘時出婉娩，爲我暖栗冽。先生蚤貴重，（**杭世駿眉**）亦稱子由先生，所謂又小兄弟自稱師友。廟論推英拔。（**蕭奇中夾**）豎出人品來。如今城東瓜，不記召南芟。陋居有遠寄，小圃無闊躡。（**《角山樓》評**）逼肖昌黎。還爲久處計，坐待行年匝。（**子由明年六十。**）（**查慎行評**）小景錘煉至此。臘果綴梅枝，春杯浮竹葉。誰言一萌動，已覺萬木活。（**查慎行評**）語含化工。聊將玉蕊新，（**世謂此玫瑰花。**）插向綸巾折。（**紀昀眉**）借事相寬，善於立言。

【彙評】

汪師韓評：“一萌動”而覺“萬木活”，春風太和，在其襟抱。

次韻子由浴罷

（**錢廷錦乙旁**）奇作。

理髮千梳净，風晞勝湯沐。閉息萬竅通，霧散名乾浴。頽然語默喪，静見天地復。時令具薪水，漫欲濯腰腹。陶匠不可求，盆斛何由足。（**海南無浴器，故常乾浴而已**。）老雞卧糞土，（**蕭奇中夾**）喻得奇爽。振羽雙瞑目。倦馬驟風沙，奮鬣一噴玉。（**蕭奇中眉**）此等想，不由人事。（《**角山樓**》**評**）取譬醒快，此翁慣技。垢净各殊性，快愜聊自沃。（**何紹基乙眉**）新波。（**查慎行評**）可與談齊物精理。雲母透蜀紗，琉璃瑩蕲竹。（**紀昀眉**）從《莊子》鵬鷃意化出，分明郭子玄注中語也。稍能夢中覺，漸使生處熟。《楞嚴》在床頭，妙偈時仰讀。返流歸照性，獨立遺所矚。未知仰山禪，已就季主卜。安心會自得，助長毋相督。（**紀昀眉**）此境東坡獨辟，前無古人。

【彙評】

汪師韓：緣合緣散，觸處圓通，遥源浚波，酌而不竭。

《**唐宋詩醇**》：觸處圓通，了無挂礙。

借前韻賀子由生第四孫斗老

（**張問陶評**）此等詩猶令人想見手足之好，似此方可稱弟兄。

今日散幽憂，彈冠及新沐。况聞萬里孫，已報三日浴。朋來四男子，大壯泰臨復。開書喜見面，未飲春生腹。無官一身輕，有子萬事足。（**蕭奇中眉**）久傳人口，至言至理。舉家傳吉夢，殊相驚凡目。爛爛開眼電，磽磽峙頭玉。（**李賀詩云：頭玉磽磽眉宇翠，杜郎生得真男子**。）但令强筋骨，可以耕衍沃。不須富文章，（**蕭奇中夾**）有激。（**何紹基乙眉**）“不須富文章”，却令讀者如何能够。

端解耗紙竹。(**杭世駿眉**)"耗紙竹"亦從大藤化出。(**蕭奇中眉**)却是真論。君歸定何日,我計久已熟。長留五車書,要使九子讀。(**吾與子由共九孫男矣。**)(**嚴虞惇眉**)既云"不須富文章",又欲"長留五車書",何也? 簞瓢有内樂,軒冕無流矚。人言適似我,(**翁同書旁**)[合注]斗老疑適所生,故詩中獨指適爲言。窮達已可卜。早謀二頃田,莫待八州督。(**吾前後典八州。**)

獨　覺

(**紀昀眉**)此却淺滑,開唐六如等一種惡派。

瘴霧三年恬不怪,反畏北風生體疥。(**何焯眉**)"反畏北風"用柳河東書中語。朝來縮頸似寒鴉,焰火生薪聊一快。紅波翻屋春風起,先生默坐春風裹。浮空眼纈散雲霞,無數心花發桃李。(**蕭奇中夾**)非花心也。悠然獨覺午窗明,欲覺猶聞醉鼾聲。回首向來蕭瑟處,也無風雨也無晴。

十二月十七日夜坐達曉寄子由

(**杭世駿眉**)語含冲澹,惟坡能道之。

燈燼不挑垂暗蕊,爐灰重撥尚餘熏。清風欲發鴉翻樹,缺月初升犬吠雲。(**何焯眉**)蓋有所托。閉眼此心新活計,隨身孤影舊知聞。雷州别駕應危坐,跨海幽光與子分。(**何紹基乙眉**)幽遠耐想。

【彙評】

劉弘:時子由謫雷,先生謫海南,詩詠夜坐達曉之景有趣。“新活計”“舊知聞”,乃其自得之妙。清光與子由之分,豈特爲謫所言乎? 舊注“吠云”不貼詩意。

汪師韓:凄寂之境,寫得雞犬皆仙,超然元箸。

謫居三適三首

(**紀昀夾**)題有綱目,開後人俗態。(**紀昀眉**)三詩並自在流出,妙不率易平衍,是爲老手。(**潘奕雋眉**)對面寫來,愈見其適。

旦起理髮

安眠海自運,浩浩潮黄宫。(**蕭奇中眉**)神全氣足,可見其養。日出露未晞,鬱鬱蒙霜松。老櫛從我久,齒疏含清風。一洗耳目明,習習萬竅通。少年苦嗜睡,朝謁常匆匆。爬搔未云足,已困冠巾重。(**蕭奇中夾**)可笑。何異服轅馬,沙塵滿風鬉。琱鞍響珂月,實與杻械同。解放不可期,枯柳豈易逢。(**翁同書眉**)正寫處頗略,全用反襯托足,正意自透。誰能書此樂,獻與腰金翁。(**查慎行乙眉**)末句“翁”字韻,據《欒城集》,當作“公”。(**王文誥夾**)紀昀曰“翁”字勝“公”字。後首東坡押“沐猴”字,子由和“封侯”,當日或不盡拘,不必以彼改此也。今考《欒城集》押“未肯易三公”句,故查注改“翁”以就“公”,而曉嵐因有此説。查注主異,專以彼所見爲是,而舊所有爲非,並不顧是非皂白也。本集所見和韻,如“須”“鬚”,“杭”“航”,“蒲”“蒱”,皆隨意押,亦有换一韻、少一韻者,後之人欲一一强爲齊之,得乎?(**翁同書眉**)正寫處頗略,全用反筆托足,正意自透。

午窗坐睡

(**潘奕雋眉**)真得坐睡之妙。

蒲團盤兩膝,竹几閣雙肘。此間道路熟,徑到無何有。(**蕭奇中夾**)神於睡矣。身心兩不見,(**蕭奇中夾**)悟出。息息安且久。(**何紹基乙眉**)十字睡禪。睡蛇本亦無,何用鈎與手。神凝疑夜禪,體適劇卯酒。(**蕭奇中眉**)"適"字透。我生有定數,禄盡空餘壽。(**蕭奇中夾**)真言。(**紀昀夾**)事出《太平廣記》。枯楊下飛花,膏澤回衰朽。謂我此爲覺,(**紀昀夾**)恰是坐睡。物至了不受。(**蕭奇中夾**)不妨作禪語。謂我今方夢,此心初不垢。非夢亦非覺,請問希夷叟。(**《角山樓》評**)未免落套。

夜卧濯足

長安大雪年,束薪抱衾裯。雲安市無井,斗水寬百憂。今我逃空谷,孤城嘯鵂鶹。得米如得珠,食菜不敢留。況有松風聲,釜鬲鳴颼飀。(**嚴虞惇眉**)此處似少一二句。瓦盎深及膝,時復冷暖投。明燈一爪剪,快若鷹辭韝。(**《角山樓》評**)取譬或繁或簡,皆見語妙。天低瘴雲重,地薄海氣浮。土無重腿藥,獨以薪水瘳。(**查慎行評**)妙。誰能更包裹,冠履裝沐猴。(**何紹基乙眉**)雖淺談語,却露出通醫本色。

子由生日

(**紀昀旁**)此太板腐。

上天不難知,好惡與我一。方其未定間,人力破陰騭。少忍待其定，報應真可必。（**翁同書眉**）此論已於《三槐堂銘》中發之。季氏生而仁，（**潘奕雋夾**）入“子由”。觀過見其實。端如柳下惠，焉往不三黜。天有時而定，壽考未易畢。兒孫七男子，（**三子四孫。**）次第皆逢吉。遥知設羅門，獨掩懸罄室。回思十年事，無愧篋中筆。但願白髮兄，年年作生日。（**蕭奇中夾**）質得妙。

【彙評】

汪師韓：是時子由年六十，祝頌之詞以樸實潔净爲合雅。

《**唐宋詩醇**》：語語樸摯，祝頌乃弟之體，故當如是。

以黄子木拄杖爲子由生日之壽

（**何紹基乙眉**）看是隨手，却都著意，故寫物儷事，萬偶不窮。

靈壽扶孔光，菊潭飲伯始。（**王文誥夾**）題已道盡，勿誤作對起。雖云閑草木，豈樂蒙此耻。（**蕭奇中眉**）得説草木有品之甚，下文“貴從老夫手，往配先生几”便無忝。一時偶收用，千載相瘢痏。（**紀昀眉**）起得極闊遠，又極緊切。海南無嘉植，野果名黄子。（**紀昀眉**）直入本位，更不作一轉折，只兩兩對照，各不相屬，筆墨高絶。（**潘奕雋夾**）入題。堅瘦多節目，天材任操倚。嗟我始剪裁，世用或緣此。（**蕭奇中夾**）五字盡力。貴從老夫手，往配先生几。（**張廷濟眉**）兄稱弟亦稱先生。（**紀昀夾**）“貴”字寫得有身分。“老夫”“先生”字俱極鄭重，與起處孔、胡箭鋒相值。（**張問陶評**）弟亦稱先生，僅見此。相從歸故山，不愧仙人杞。（《**本草**》：**枸杞一名仙人杖。**）（**蕭奇中眉**）蓋自尊位，並杖亦尊。

【彙評】

劉辰翁：雖是小題，亦屬創造，極是極是。

汪師韓："從老夫手""配先生几""嗟余寡兄弟，四海一子由"，此語老而益信。

過於海舶得邁寄書酒作詩遠和之皆粲然可觀子由有書相應也因用其韻賦篇並寄諸子侄

（**紀昀眉**）語語緊健。（**何紹基乙眉**）示兒侄固宜如此莊摯。

我似老牛鞭不動，雨滑泥深四蹄重。（**蕭奇中夾**）渾然真氣。汝如黄犢走却來，海闊山高百程送。庶幾門户有八慈，（**蕭奇中夾**）洵非誇言。（**潘奕雋眉**）後二字割湊。不恨居鄰無二仲。他年汝曹笏滿床，中夜起舞踏破甕。會當洗眼看騰躍，莫指癡腹笑空洞。譽兒雖是兩翁癖，積德已自三世種。（**蕭奇中夾**）亦真言。豈惟萬一許生還，尚恐九十煩珍從。六子晨耕簞瓢出，衆婦夜績燈火共。《春秋》《古史》乃家法，（**查慎行評**）《古史》，子由所著。詩筆《離騷》亦時用。但令文字還照世，糞土腐餘安足夢。（**蕭奇中眉**）而亦有"飢來一字不堪煮"之句，何耶？嘆之。

【彙評】

《**角山樓**》：虚境設想，語意充實，押强韻，絶不安排。

上元夜過赴儋守召獨坐有感（戊寅歲）

使君置酒莫相違，（**紀昀評**）"莫"字是囑詞，不宜用之去後。守舍何妨獨掩扉。静看月窗盤晰蜴，卧聞風幔落蛜蝛。(**何焯旁**)此處須學問始得。燈花結盡吾猶夢，香篆消時汝欲歸。(**何焯眉**)平時氣概安在？乃用爾許凄凄切切。搔首凄凉十年事，傳柑歸遺滿朝衣。(**何焯旁**)“傳柑”何足榮，惟君恩未報，不免戀戀耳。(**翁同書旁**)［馮注］末聯因時節而念同安君也。

【彙評】

方回：此詩元符元年戊寅作，坡年六十三矣。在儋州亦半年餘，以去年紹聖丁丑六月渡海也。十年前事，當是元祐二年丁卯，以翰林學士侍宴端門，戊辰知貢舉，皆在朝。至五十九歲時，紹聖元年甲戌，自中山謫惠州。乙亥年賦《上元》古詩有云：“前年侍玉輦，端門萬枝燈。”即元祐八年癸酉正月也。“去年中山府，老病亦宵興”，即甲戌正月也。“今年江海上，雲房寄山僧”，即乙亥正月也。人生能幾何年？如上元一節物耳。出處去來，歲歲不同。當是時，又焉知渡海而逢上元耶？坡甲戌之貶，至元符三年庚辰徽廟立，乃得北歸。建中靖國元年辛巳，卒於常州。學者睹此，則知身如浮雲外物，如雌風、如雄風，皆不足計較也。

劉弘：東方朔割肉懷歸，曰“歸遺”，細君又何仁也！

紀昀：藉以抒慨，語殊支蔓，不見警拔。

海南人不作寒食而以上巳上冢予攜一瓢酒尋諸生皆出矣(蕭奇中夾)與。獨老符秀才在因與飲至醉符蓋儋人之安貧守静者也

(**方回評**)昌黎不謫潮州，後世豈知有趙德？東坡不落海南，後世豈知有符林？(**紀昀評**)方君此語固是，然亦微露攀附之本懷。(**馮班

評)自然大樣。(**潘奕雋眉**)“安貧守静”,便可近道。今時鮮意。

老鴉銜肉紙飛灰,(**紀昀評**)起句不雅。(**馮舒評**)詩本隨人作,只要文理通耳,何嘗有情景硬局耶?(**吴汝綸評**)起句倒戟而入,奇肆票姚。萬里家山安在哉。(**紀昀評**)次句亦平易。(**馮舒評**)第二句亦不專景。蒼耳林中太白過,(**方回評**)《李太白集·尋城北范居士落蒼耳道中》,坡用此以譬符林也。鹿門山下德公回。(**方回評**)司馬德操詣龐德公,值其上冢。坡用此以譬所尋諸生皆已上冢,不值也。(**馮舒評**)第四句未妥。(**馮班評**)方君謂第三句“譬所尋諸生皆已上冢,不值也”,“回”字拍不上。管寧投老終歸去,王式當年本不來。(**方回評**)管寧避地遼東,後還中國,坡用此以譬已終當北歸也。王式爲博士,悔爲江公所辱,曰:“我本不欲來。”坡用此以譬已元祐進用,亦本無富貴心也。(**杭世駿眉**)兩聯皆用古事,“過”“回”“歸”“來”迭出,不犯複耶?(**紀昀眉**)用四人名礙格。(**錢廷錦甲眉**)疊用四古人。(**譚元春評**)太白、德公、管寧、王式連用,安得老坡此中空洞無物乎?(**馮班評**)東坡無所不可,如此便板煞。(**紀昀評**)四句古人名,礙格。(**吴汝綸評**)用典妙絶。記取城南上巳日,木棉花落刺桐開。

【彙評】

劉辰翁:語皆好,第人名故事多。

方回:坡詩間架宏大,不可步驟,豈許用晦四句裝景所可以歟?此詩首尾四句言景,中四句用事,又未若移易中間四句,兩用事、兩言景爲佳也。

紀昀:前後景而中言情,正是變化。此以板法律東坡,與前後所説自相矛盾。

新　居

(**紀昀眉**)查云"神似杜陵"。余謂正在韋、柳間耳。

朝陽入北林,竹樹散疏影。(**蕭奇中夾**)是朝陽。短籬尋丈間,寄我無窮境。(**查慎行評**)神似杜陵。(《**角山樓**》**評**)論氣息較近韋、柳,然三、四語意自别,純從悟境拈出。舊居無一席,逐客猶遭屏。結茅得兹地,翳翳村巷永。數朝風雨凉,畦菊發新穎。(**蕭奇中夾**)可愛。俯仰可卒歲,何必謀二頃。

【彙評】

汪師韓:境之無窮在心而不在境。當此居不遑安辛苦經營,幸得一廛以庇風雨,宜其於悒無聊者,而乃蕭條高寄,仁智所樂,不勝娱衷散賞,履之泰然,非夫澄懷觀道,曷克有此。

五色雀(並引)

海南有五色雀,常以兩絳者爲長,進止必隨焉,俗謂之鳳凰,云久旱而見輒雨,潦則反是。吾卜居儋耳城南,嘗一至庭下,今日又見之進士黎子雲及其弟威家。既去,吾舉酒祝之曰:若爲吾來者,當再集也。已而果然,乃爲賦詩。

粲粲五色羽,炎方鳳之徒。青黄縞玄服,翼衛兩紱朱。仁心知閔農,常告雨霽符。(**紀昀夾**)二句平鈍。我窮惟四壁,破屋無瞻烏。惠然此粲者,來集竹與梧。鏘鳴如玉佩,意欲相嬉娱。寂寞兩黎生,食菜真臞儒。小圃散春物,野桃陳雪膚。舉杯得一笑,見此紅鸞雛。高情如飛仙,未易握粟呼。胡爲去復來,眷眷豈屬吾。回翔天壤間，何必懷此都。（**蕭奇中夾**）寓。（**莫友芝乙眉**）怨極矣，而渾涵無迹！

倦夜

（**何焯眉**）逼真老杜，不知者以爲中晚。

倦枕厭長夜，小窗終未明。（**蕭奇中眉**）與老杜“客睡何曾著，秋天不肯明”同一真。孤村一犬吠，殘月幾人行。（**高步瀛評**）寫景如在目前，而絶不吃力，故佳。衰鬢久已白，旅懷空自清。荒園有絡緯，虚織竟何成。（**蕭奇中夾**）妙，妙。亦與老杜“斟酌姮娥寡，天寒奈九秋”同一妙。（**紀昀眉**）結有意致，遂令通體俱有歸宿，若非此結，則成空調。（**高步瀛評**）義兼比興。

【**彙評**】

查慎行：通首俱得少陵神味。

汪師韓：虚廓寂寥，具臻妙境。

譚元春：字字唐人。

《**角山樓**》：查評動引少陵，竟無毫髮之似。紀言“結有意致”是矣，謂“通體有歸宿”則非。

用過韻冬至與諸生飲酒

小酒生黎法，乾糟瓦盎中。（**劉辰翁夾**）惜不注酒法。芳辛知有毒，滴瀝取無窮。凍醴寒初泫，春醅暖更饛。（**潘奕雋眉**）“醅”不可曰“饛”，韻不穩。華夷兩樽合，醉笑一歡同。裏閈峨山北，田園震澤東。歸期那敢説，安訊不曾通。鶴鬢驚全白，犀圍尚半紅。愁顔解符老，壽耳鬥吴翁。得穀鵝初飽，亡猫鼠益豐。黄薑收土芋，蒼耳斫霜叢。兒瘦緣儲藥，奴肥爲種松。(**查慎行評**)"松"當作"菘"。頻頻非竊食，數數尚乘風。河伯方誇若，靈媧自舞馮。(**紀昀夾**)"馮夷"之"馮"，皮冰反，入東韻誤。歸途陷泥淖，炬火燎茅蓬。膝上王文度，家傳張長公。(**查慎行評**)時先生幼子過相隨海外，故用"王文度""張長公"爲比。和詩仍醉墨，戲海亂群鴻。(**符、吴皆坐客，其餘皆即事實録也。**)

縱筆三首

(**王文誥旁**)此三首平淡之極，却有無限作用在内，未易以情景論也。

寂寂東坡一病翁，白鬚蕭散滿霜風。(**查慎行評**)"白頭"句，集中再見。小兒誤喜朱顔在，一笑那知是酒紅。(**紀昀眉**)嘆老意如此出之，語妙天下。(**《角山樓》評**)衍唐人"衰顔借酒紅"五字爲一聯，語近穉拙，紀以爲妙，殊所未解。

父老争看烏角巾，應緣曾現宰官身。溪邊古路三叉口，(**王文誥夾**)此三首之第三句，皆於極平淡中陡然而出，而此句尤奇突，殊不知"争看"二字已安根矣，三首皆弄此手法。獨立斜陽數過人。(**何綽基乙眉**)奇閑獨至。(**杭世駿眉**)已開江西詩派，然是妙景。(**蕭奇中眉**)沈啓南大幅。(**紀昀眉**)含情不盡。(**翁同書旁**)憤語却寫成閑適。

北船不到米如珠，醉飽蕭條半月無。(**《角山樓》評**)次句未圓。明日東家知祀竈，隻雞斗酒定膰吾。(**蕭奇中夾**)趣甚。(**蕭奇

中眉)坡翁自稱老饕,洵哉,拘士何能發此?(**紀昀眉**)真得好。(**潘奕雋眉**)讀此詩,知東坡之窮與放翁同也。(**譚元春評**)"隻雞斗酒定膰吾",意淺。(《**角山樓**》**評**)《左傳》"天子有事膰焉","膰"字原可活用,但"膰吾"二字終硬。

【彙評】

汪師韓:摇曳生姿,含情不盡。

貧家净掃地

貧家净掃地,貧女好梳頭。(《**唐宋詩醇**》**評**)起二語瞥空而入,是詩家興體。下士晚聞道,聊以拙自修。(**蕭奇中夾**)接得妙。叩門有嘉客,一飯相邀留。春炊勿草草,此客未易偷。慎勿用勞薪,感我如薰蕕。德人抱衡石,銖黍安可瘦。

【彙評】

汪師韓評:兢兢自修是拙,一飯未嘗留俗客亦是拙。

次韻子由贈吴子野先生二絶句

馬迹車輪滿四方,若爲閉暑小茅堂。(**查慎行評**)"暑"當作"著"。仙心欲捉左元放,癡疾還同顧長康。

江令蒼苔圍故宅,謝家語燕集華堂。先生笑説江南事,只有青山繞建康。(**蕭奇中眉**)平與不平,總歸噴飯。(**紀昀眉**)亦是窠臼語。

被酒獨行遍至子雲威徽先覺四黎之舍三首

半醒半醉問諸黎,竹刺藤梢步步迷。但尋牛矢覓歸路,(**紀昀夾**)"牛矢"字俚甚。(**王文誥夾**)此儋州記事詩之絶佳者。要知公當此時,必無"令嚴鐘鼓三更月"之句也。曉嵐不取此詩,其意與不喜"鴨與雞""命如雞"等句相似,皆囿於偏見,不能自廣耳。《左傳·文公十八年》"埋之馬矢之中",《史記·廉頗傳》"一飯三遺矢",凡此類,古人皆據事直書,未嘗以"矢"字爲穢,代之以文言也。記事詩與史傳等,當據事直書處,正復以他字替代不得。家在牛欄西復西。

總角黎家三小童,口吹葱葉送迎翁。莫作天涯萬里意,溪邊自有舞雩風。(**紀昀眉**)末句亦腐氣。

符老風情奈老何,朱顏減盡鬢絲多。(**王文誥夾**)寫來全不是土著。投梭每困東鄰女,换扇惟逢春夢婆。(**是日復見符林秀才,言换扇之事。**)(**查慎行評**)"换扇"事不詳。

夜燒松明火

(**紀昀眉**)瑣屑題寫得大雅。

歲暮風雨交,客舍凄薄寒。夜燒松明火,照室紅龍鸞。(**蕭奇中夾**)松也。快焰初煌煌,碧煙稍團團。幽人忽富貴,繐帳芬椒蘭。珠煤綴屋梢,香渦(**音詣,松瀝也。出《本草》注。**)流銅盤。坐看十八公,俯仰灰燼殘。齊奴朝爨蠟,萊公夜長嘆。海康無此物,燭盡更未闌。

庚辰歲人日作時聞黄河已復北流老臣舊數論此今斯言乃驗二首

（**陳仁錫眉**）今謂故道必不可復者視此。（**紀昀眉**）“時聞”以下十九字應注在“三策”句下，若標於題中，則似爲此事而作，題與詩不相應矣。（**紀昀評**）題下之注，宜在“三策”句下，本集誤連爲題目，大書之，更誤。

老去仍棲隔海村，夢中時見作詩孫。（**劉辰翁夾**）“夢中時見作詩孫”此句，爲仲虎發也。（**錢廷錦甲眉**）此種放翁極似之。（**《角山樓》評**）“作詩孫”三字硬。天涯已慣逢人日，歸路猶欣過鬼門。（**方回夾**）前輩論詩文，謂子美夔州後詩、東坡嶺外文，老筆愈勝少作，而中年亦未若晚年也。此詩元符三年，東坡年六十五，謫居儋耳，所作“人日”“鬼門”之對極工。三策已應思賈讓，（**紀昀眉**）五句非自譽語，乃冀幸語也，故不失忠厚之旨。孤忠終未赦虞翻。（**蕭奇中夾**）上句連讀，可感可憤。典衣剩買河源米，屈指新篘上元。（**紀昀評**）雖非極筆，究是老將登壇，謦咳自别。（**王文誥夾**）此詩已形北歸之兆，氣機動矣。言者，心之所發，雖公有不自知其然也。（**何紹基乙眉**）一氣激摯。

【彙評】

劉辰翁：陸務觀云：“在蜀見蘇山藏公墨迹疊韻《竹》詩，後題云‘寄作詩孫符’。”符，字仲虎。

不用長愁挂月村，檳榔生子竹生孫。（**海南勒竹，每節生枝如竹竿大，蓋竹孫也。**）新巢語燕還窺硯，舊雨來人不到門。（**杭世駿眉**）蕭澹之語，滅盡畦徑。（**蕭奇中夾**）風雅。春水蘆根看鶴立，夕陽楓葉見鴉翻。（**譚元春評**）“春水”“夕陽”二語全仿唐句，不足稱也。

（**蕭奇中夾**）全脱唐句。（**錢陸燦夾**）二句本唐人陶峴詩。此生念念隨泡影，莫認家山作本元。（**言雖寄旅於海上，不必以家山方是本元也。**）（**譚元春評**）結語醜甚。（**蕭奇中眉**）二語冲穆，可想襟度。（**紀昀眉**）末亦無聊自寬之語，勿以禪悦視之。（**紀昀評**）此種詩只看其老健處，不以字字句句求之。

【彙評】

方回：前輩論詩文，謂子美夔州後詩、東坡嶺外文，老筆愈勝少作，而中年亦未若晚年也。此詩元符三年，東坡年六十五，謫居儋耳所作。“人日”“鬼門”之對固工。兩篇首尾雄渾，不敢删落，存此，則知選詩之意，不拘節序也。明年建中靖國元年辛巳七月，東坡北還，卒於常州云。○海南人日，燕已來巢，亦異事。

馮班：可用。

紀昀：未嘗“不拘節序”，此語無著且無謂。

汪師韓：渾雄沉著，可遏浮響而拯頽風。

庚辰歲正月十二日天門冬酒熟予自漉之且漉且嘗遂以大醉二首

自撥床頭一甕雲，幽人先已醉濃芬。天門冬熟新年喜，（**紀昀夾**）三句太質。麯米春香並舍聞。（**杜子美詩云，聞道雲安麯米春。蓋酒名也。**）（**蕭奇中夾**）對。菜圃漸疏花漠漠，竹扉斜掩雨紛紛。擁裘睡覺知何處，吹面東風散縠紋。

載酒無人過子雲，年來家醖有奇芬。醉鄉杳杳誰同夢，睡息齁齁得自聞。（**紀昀夾**）“齁齁”字不雅。口業向詩猶小小，眼花因酒尚紛紛。點燈更試淮南語，泛溢東風有縠紋。（**《淮南子》云：**

東風至而酒泛溢。許慎注云：酒泛，清酒也。）

【彙評】

劉弘："一甕雲"，形容酒色如雲之濃。"幽人"，先生自稱。"菜圃""竹扉"，雲陰雨掩之際，乃漉酒嘗醉之時，説出景甚佳。

汪師韓：花雨於醉中見之，别饒情趣。

追和戊寅歲上元

（**紀昀眉**）語亦愷至。

賓鴻社燕巧相違，白鶴峰頭白板扉。石建方欣洗牏厠，（**劉辰翁夾**）牏音頭，築墻短版也。（**潘奕雋夾**）謂子過也。姜龐不解嘆蠨蛸。（**潘奕雋夾**）謂過婦也。（**何焯眉**）"石建"二句謂叔黨夫婦。一龕京口嗟春夢，萬炬錢塘憶夜歸。（**杭世駿眉**）對句茫無頭緒，不知此翁何所指，及觀自跋，而辭旨瞭然，以知觀坡詩者，不可不熟其詩話也。（**蕭奇中眉**）不堪回首。合浦賣珠無復有，當年笑我泣牛衣。（**何焯眉**）結句怨同安君也。

【彙評】

劉弘："不解嘆蠨蛸"，其"蠨蛸"見《東山》詩，蓋婦人嘆其夫出而居處寂寞也。"京口春夢，錢塘夜歸"之句，予謂先生自詠其實。

查慎行：先生自跋云："戊寅上元在儋耳，過子夜出，余獨守舍，作'違'字韻詩。今庚辰上元，已再期矣。家在惠州白鶴峰下，過子不眷婦子，從余此來，其婦亦篤孝。悵然感之，故和前篇，有'石建、姜龐'之句。又復悼懷同安君，末章故復有"牛衣"之句，悲君亡而喜子存也。"

題過所畫枯木竹石三首

老可能爲竹寫真,小坡今與石傳神。山僧自覺菩提長,心境都將付卧輪。

散木支離得自全,交柯蚴蟉欲相纏。不須更説能鳴雁,要以空中得盡年。

倦看澀勒暗蠻村,亂棘孤藤束瘴根。惟有長身六君子,依依猶得似淇園。

真一酒歌(並引)

(**紀昀眉**)太章咒氣。(**潘奕雋眉**)道家以口中津液爲玉醴,真一酒殆即玉醴歟?詩亦仿《黄庭經》句法。(**蕭奇中眉**)了了可人。

布算以步五星,不如仰觀之捷;吹律以求中聲,不如耳齊之審。鉛汞以爲藥,策易以候火,不如天造之真也。是故神宅空,樂出虛,蹋蹴者以氣升,孰能推是理以求天造之藥乎?於此有物,其名曰真一,遠游先生方治此道,不飲不食,而飲此酒,食此藥,居此堂。予亦竊其一二,故作《真一》之歌。其詞曰:

空中細莖插天芒,不生沮澤生陵岡。涉閲四氣更六陽,森然不受螟與蝗。飛龍御月作秋凉,蒼波改色屯雲黄。天旋雷動玉塵香,起溲十裂照坐光。跏趺牛噍安且詳,動摇天關出瓊漿。壬公飛空丁女藏,三伏遇井了不嘗。釀爲真一和而莊,三杯儼如侍君王。湛然寂照非楚狂,終身不入無功鄉。

【彙評】

查慎行乙：此詩大意，取道家"三一還丹"之訣，借題以寓言。"空中細莖插天芒"以下六句，言麥得四時之氣以成，故性温和也。"天旋雷動玉塵香"二句，屑麥造麯法也。"跏趺牛噍安且詳"至末，雜記蒸米釀酒及釀成後品格香味，飲之可解渴而不可醉也。通篇大指如此，但前後錯落，如羚羊挂角，無迹可求耳。

卷二十五
詩八十六首

(**紀昀眉**)此一卷皆冗漫淺易之作,蓋至是而菁華盡矣。

汲江煎茶

(**紀昀眉**)細膩而出於灑脱。細膩詩易於粘滯,如此脱灑爲難。(**潘奕雋眉**)隨意用韻,當是海外未攜韻書耳。(**翁同書眉**)[馮云]此詩"湯""青"韻同用。(**翁同書旁**)[查注]楊誠齋極賞此詩,謂一篇之中,句句皆奇;一句之中,字字皆奇。見《詩人玉屑》。(**紀昀評**)此詩老潔。(**馮班評**)氣局自闊。(**莫友芝乙眉**)首句"煎"字同作去聲,今吴音謂湯之屢沸曰煎,正與此字去聲合。故第五句重出"煎"字也。不然,此字平聲不用韻,雖在東坡固無不可,然畢竟非體。

活水還須活火烹(**一作煎**),(**唐人云:茶須緩火炙,活火煎。**)(**查慎行評**)"煎"當作"烹"。(**莫友芝眉**)"煎"字,别本作"烹",此寫訛也。自臨釣石取深清。(**方回評**)楊誠齋大賞此詩,謂"自臨釣石取深清",深,清也,近石也,又非常石,乃釣石,不令僕取而自取之也。一句含數意。(**蕭奇中夾**)當行。(**紀昀評**)楊誠齋解首二句分爲七層,太瑣碎,詩不必如此説。○此説殊妄生支節,東坡本意不如此。(**馮班評**)次句似賈長江《斑竹杖》詩。大瓢貯月歸春甕,(**錢廷錦甲夾**)汲江。小杓分江入夜瓶。(**方回評**)三、四尤奇。(**查慎行評**)"貯月""分江”，小中見大。茶雨已翻煎處脚，(**錢廷錦甲夾**)煎茶。(**孫原湘眉**)“茶雨”紀本作“雪乳”。松風忽作瀉時聲。(**查慎行評**)第六句對法不測。(**《角山樓》評**)“松風”句傳神。枯腸未易禁三碗，坐數荒村長短更。(**何焯眉**)“大瓢”句反呼“三碗”，“分江”二字方見活水，“夜”字爲結句伏脈，五、六是形容活火。“三碗”便不能成寐，以足深情之意。長短則亦有活字餘韻，枕上時聞時不聞也。(**紀昀眉**)入情無迹。(**紀昀評**)《博物志》曰：“飲真茶令人少眠。”結二句即此意。

【彙評】

劉辰翁：此詩誠齋評已盡，吾評“大瓢”“小杓”似擔水。

汪師韓：舒促雅合，若風湧雲飛。楊萬里輩曲爲疏解，似反失其趣詣。

予來儋耳得吠狗曰烏觜甚猛而馴隨予遷合浦過澄邁泅而濟路人皆驚戲爲作此詩

(**紀昀眉**)小品亦佳。

烏喙本海獒，(**孫顥元校録**)《爾雅·六畜篇》誤作《釋蟲篇》。幸我爲之主。(**蕭奇中夾**)已得所主。食餘已瓠肥，終不憂鼎俎。晝馴識賓客，(**蕭奇中夾**)好。夜悍爲門户。知我當北還，掉尾喜欲舞。跳踉趁僮僕，吐舌喘汗雨。長橋不肯躡，徑度清深浦。拍浮似鵝鴨，登岸劇虓虎。(**何焯眉**)形容生色。盜肉亦小疵，(**紀昀眉**)閑情有致。鞭箠當貰汝。(**查慎行評**)沈酣於少陵，乃有跌宕雄深境界。再拜謝恩厚，天不遣言語。何當寄家書，黄耳定乃祖。

【彙評】

汪師韓：一時戲筆，摹繪入情。至"盗肉亦小疵，鞭箠當貫汝"二句，寓意甚深，即小可以喻大。

澄邁驛通潮閣二首

（**何紹基乙眉**）唐意。

倦客愁聞歸路遥，眼明飛閣俯長橋。貪看白鷺横秋浦，不覺青林没晚潮。

餘生欲老海南村，帝遣巫陽招我魂。杳杳天低鶻没處，青山一髪是中原。（**陳仁錫眉**）壯而不悲，故佳。（**紀昀眉**）神來之筆。（**何焯眉**）北歸作此語，便是感恩，非乞憐也。（**陳衍評**）虞伯生《題畫》詩云"青山一髮是江南"，全套此詩。

【彙評】

汪師韓：羈望深情，含藴無際。

《**角山樓**》：意極悲痛，佳在但作指點，不與説盡。

洞酌亭詩（並引）

瓊山郡東，衆泉觱發，然皆冽而不食。丁丑歲六月，軾南遷過瓊，始得雙泉之甘於城之東北隅，以告其人，自是汲者常滿。泉相去咫尺而異味。庚辰歲六月十七日，遷於合浦，復過之。太守承議郎陸公，求泉上之亭名與詩。名之曰洞酌，其詩曰：

洞酌彼兩泉，挹彼注兹。一瓶之中，有澠有淄。以瀹以烹，衆喊莫齊。自江徂海，浩然無私。豈弟君子，江海是儀。（**何紹基乙眉**）後二語可省。既味我泉，亦嚌我詩。

【彙評】

劉辰翁：妙，妙。

六（一作九）月二十日夜渡海

（**查慎行甲眉**）"九月"訛，當作"六"。

參横斗轉欲三更，苦雨終風也解晴。（**紀昀夾**）比也。雲散月明誰點綴，天容海色本澄清。（**何焯眉**）胸境空明，出語自然曠達。（**查慎行評**）前半四句俱用四字作疊而不覺其板滯，由於氣充力厚，足以陶鑄熔冶故也。（**紀昀評**）前半純是比體，如此措辭，自無痕迹。（**王文誥夾**）前句問章惇也，後句乃公自謂也。凡此種聯句，必不可傅會，典實注繁，則詩旨反爲所晦。空餘魯叟乘桴意，粗識軒轅奏樂聲。（**何焯眉**）非真有仙骨，那得此等語？（**查慎行甲眉**）"粗識"一本作"無復"。九死南荒吾不恨，（**蕭奇中夾**）壯。兹游奇絶冠平生。（**陳仁錫眉**）堪羡堪羡真堪羡。（**嚴虞惇眉**）每讀公詩至快心處，真令人有棄妻子如脱履之想。（**何焯旁**）此《北歸》詩落句，不嫌其諧。（**紀昀評**）此語分明。東坡南遷，乃時宰之意，非天子之意，故不妨如此説。（**馮班評**）落句可用。

【彙評】

方回：紹聖四年丁丑，東坡在惠州，年六十二矣。五月再謫瓊州，别駕昌化軍安置，即儋耳也。以六月二十日夜渡海，七月十三日至儋州。或謂尾句太過，無省愆之意，殊不然也。章子厚、蔡卞欲殺之，而處之怡然，當此老境無怨無怒，以爲兹游奇絶，真了生死、輕得喪，天人也，四時可一以此意觀。

查慎行丙：按方回《瀛奎律髓》謂"此詩紹聖四年責儋州時作。六月二十日渡海，七月十三日至儋"云云。以余考之，訛也。本集和淵明《移居》詩序云："丁丑，余謫海南，子由亦謫雷州，五月十一日相遇於藤，同行至雷。六月十一日與子由相别渡海。"則南遷時渡海，乃六月十一日，非二十日也。又按本集《到昌化軍謝表》，至儋州在七月二日，亦非十三日也。今從施氏原本，定爲北歸時作。

汪師韓：高闊空明，非實身有仙骨，莫能有其隻字。

《**角山樓**》：雖有比興，然語直而盡，却乏深味。

自雷適廉宿於興廉村净行院

荒凉海南北，佛舍如雞棲。忽此榕林中，跨空飛栱枅。當門洌碧井，洗我兩足泥。高堂磨新磚，（**紀昀夾**）二句皆俚。洞户分角圭。倒床便甘寢，鼻息如虹霓。僮僕不肯去，我爲半日稽。晨登一葉舟，醉兀十里溪。醒來知何處，歸路老更迷。（**陳仁錫眉**）苦。

廉州龍眼質味殊絶可敵荔支

龍眼與荔支，異出同父祖。端如甘與橘，未易相可否。（**查慎行丙評**）按"否"字，《廣韻》載"四紙"者，符鄙切，載"有"韻者，方久切。未有入"七虞"者。考之他人詩亦然，不知先生何據。異哉西海濱，琪樹羅玄圃。累累似桃李，一一流膏乳。坐疑星隕空，又恐珠還浦。（**紀昀夾**）二句可删。圖經未嘗説，玉食遠莫數。獨使皴皮生，弄色映琱俎。蠻荒非汝辱，幸免妃子污。（**蕭奇中夾**）有品。（**紀昀眉**）寓意作結。

合浦愈上人以詩名嶺外將訪道南嶽留詩壁上云閑伴孤雲自在飛東坡居士過其精舍戲和其韻

孤雲出岫豈求伴，錫杖凌空自要飛。爲問庭松尚西指，不知老壯幾年歸。

梅聖俞之客歐陽晦夫使工畫茅庵己居其中一琴横床而已曹子方作詩四韻僕和之云

寂寞王子猷，回船剡溪路。迢遥戴安道，雪夕誰與度。倒披王恭氅，半掩袁安户。應調折弦琴，自和撚鬚句。

歐陽晦夫惠琴枕

中郎不眠仰看屋，得此古椽圍尺竹。（**嚴虞惇眉**）琴枕蓋以竹爲之，故用中郎起意。輪囷濩落非笛材，剖作袖琴徽軫足。流傳幾處到淵明，臥枕綸巾酒新漉。孤鸞别鵠誰復聞，鼻息齁齁自成曲。（**錢廷錦甲眉**）一路脱卸，妙。

留别廉守

（**紀昀眉**）殊不成語。

編萑以苴猪，墐塗以塗之。小餅如嚼月，中有酥與飴。懸知合浦人，長誦東坡詩。好在真一酒，爲我醉宗資。

瓶笙詩(並引)

(**紀昀眉**)歷落有奇逸之氣。(**何紹基乙眉**)不率爾。(**王文誥夾**)此詩[按，指《無錫道中賦水車》。]與《瓶笙》同一手法。

庚辰八月二十八日，劉幾仲餞飲東坡。中觴聞笙簫聲，杳杳若在雲霄間，抑揚往返，粗中音節。徐而察之，則出於雙瓶，水火相得，自然吟嘯，(**蕭奇中夾**)造物之理。蓋食頃乃已。坐客驚嘆得未曾有，請作《瓶笙詩》記之。

孤松吟風細泠泠，獨繭長繅女媧笙。(《**角山樓**》**評**)起二語善於狀物。陋哉石鼎逢彌明，蚯蚓竅作蒼蠅聲。瓶中宮商自相賡，昭文無虧亦無成。東坡醉熟呼不醒，但云作勞吾耳鳴。

【彙評】

劉辰翁：好皆本色。

歐陽晦夫遺接䍦琴枕戲作此詩謝之

攜兒過嶺今七年，晚途更著黎衣冠。白頭穿林要藤帽，赤脚渡水須花縵。不愁故人驚絶倒，但使俚俗相恬安。(**曾國藩評**)首六句自叙至嶺南後冠服。見君合浦如夢寐，挽鬚握手俱汍瀾。妻縫接䍦霧縠細，兒送琴枕冰徽寒。無弦且寄陶令意，倒載猶作山公看。(**曾國藩評**)上六句叙送冠枕。我懷汝陰六一老，眉宇秀發如春巒。羽衣鶴氅古仙伯，岌岌兩柱扶霜紈。至今畫像作此服，凛如退之加渥丹。(**紀昀眉**)似有闕文。爾來前輩皆鬼録，我亦帶脱巾欹寬。作詩頗似六一語，往往亦帶梅公酸。(**嚴虞惇眉**)詩正似六一語。(**何紹基乙眉**)借波生瀾，自然無際。(**曾國藩評**)末十句有懷歐、梅。

次韻王鬱林

晚途流落不堪言，海上春泥手自翻。漢使節空餘皓首，(**紀昀眉**)此事屢用，俱不切。故侯瓜在有頹垣。平生多難非天意，此去殘年盡主恩。(**蕭奇中夾**)厚。(**錢陸燦眉**)引咎責躬。(**紀昀夾**)五、六詩人之言。誤辱使君相抆拭，寧聞老鶴更乘軒。

【彙評】

汪師韓：忠厚悱惻，方是大雅之音。

藤州江上夜起對月贈邵道士

(**紀昀眉**)清光朗澈，無復筆墨之痕，此爲神來之筆。

江月照我心，江水洗我肝。端如徑寸珠，墮此白玉盤。我心本如此，月滿江不湍。起舞者誰歟，莫作三人看。嶠南瘴毒地，有此江月寒。乃知天壤間，何人不清安。(**陳仁錫眉**)悟頭。床頭有白酒，盎若白露漙。獨醉還獨醒，夜氣清漫漫。仍呼邵道士，取琴月下彈。相將乘一葉，夜下蒼梧灘。(**何紹基乙眉**)住得異。

【彙評】

汪師韓:舒元輿序白一篇,只辦形容擬議,猶是日下、孤燈伎倆。此詩乃能證出妙明心,直是照天照地。

徐元用使君與其子端常邀僕與小兒過同游東山浮金堂戲作此詩

(**紀昀眉**)平直少興象。(**查慎行甲眉**)"金"字訛,當作"東"。

昔與徐使君,共賞錢塘春。愛此小天竺,時來中聖人。松如遷客老,(**蕭奇中夾**)好。酒似使君醇。繫舟藤城下,弄月鐔江濱。(**錢廷錦乙眉**)題言金山詩,又及天竺,又及藤城,未詳。宋本"金山"作"東山",此本題字誤也。江月夜夜好,雲山朝朝新。使君有令子,真是石麒麟。(**錢廷錦甲夾**)徐。(**紀昀夾**)率句。我子乃散材,有如木輪囷。二老白接䍦,兩郎烏角巾。醉卧松下石,扶歸江上津。浮橋半没水,揭此碧鱗鱗。

送鮮于都曹歸灌口舊居

籋盡霜鬚照碧銅,依然春雪在長松。(**蕭奇中眉**)雄甚。朝行犀浦催收芋,夜渡繩橋看伏龍。莫嘆倦游無駟馬,要將老健敵千鍾。子雲三世惟身在,爲向西南説病容。

【彙評】

劉弘:詩意甚慰此君,且道其實。

查慎行:相如、子雲皆蜀人,故後半用之,一以比都曹,一以自況。

送邵道士彦肅還都嶠

乞得紛紛擾擾身，結茅都嶠與仙鄰。少而寡欲顔常好，老不求名語益真。許邁有妻還學道，陶潛無酒亦從人。相隨十日還歸去，萬劫清游結此因。(**蕭奇中夾**)後三字有力。

【彙評】

劉弘：詩皆説邵，而首聯極有味。

書韓幹二馬

赤髯碧眼老鮮卑，回策如縈獨善騎。赭白紫騮俱絶世，馬中岳湛有妍姿。

將至廣州用過韻寄邁迨二子

(**紀昀眉**)刻意擺脱，真而不剽。

皇天遣出家，臨老乃學道。北歸爲兒子，破戒堪一笑。(**陳仁錫眉**)亦好。披雲見天眼，回首失海潦。蠻唱與黎歌，餘音猶杳杳。大兒牧衆稚，四歲守孤嶠。次子病學醫，三折乃粗曉。小兒耕且養，得暇爲書繞。(**查慎行評**)先生謫海南，邁與家屬留廉州，獨與過同行。我亦困詩酒，去道愈茫渺。紛紛何時定，所至皆可老。(**潘奕雋眉**)見道之言，老年乃悟，不可與少壯者談也。莫學柳儀曹，詩書教氓獠。亦莫事登陟，溪山有何好。安居與我游，閉户净灑掃。(**陳仁錫眉**)倦游語。(**潘奕雋夾**)真樂。

贈鄭清叟秀才

(**紀昀眉**)微有剽意,然語有頓宕,尚不甚滑。

風濤戰扶胥,海賊横泥子。胡爲犯二怖,博此一笑喜。問君奚所欲,欲談仁義耳。我才不逮人,所有聊足已。安能相付予,過聽君誤矣。(**何紹基乙眉**)閑樸便非腐。霜風掃瘴毒,冬日稍清美。年來萬事足,所欠惟一死。(**蕭奇中眉**)有此至言,盡可千歲。(**紀昀夾**)二句宋人詩話亦議之,然東坡特自言萬念皆空,故不立語言文字之意,非有所怨尤。論者未看上下文意耳。澹然兩無求,滑净空棐几。(**王文誥夾**)其説[按,指紀評。]清楚。清叟越海相見,尚何他求,亦惟仁與義而已矣。詩言我不逮人,僅足爲自了漢,如是而止,於清叟無所發明也。凡詩話截取數句以論詩,注家截數句以注詩,檢其所引出處,連上下文讀之,其時地情景多不合,原文並不如是解也。

和孫叔静兄弟李端叔唱和

(**紀昀眉**)題有脱誤處。(**嚴虞惇眉**)似杜。(**何紹基乙眉**)語淺而意餘。(**王文誥夾**)此題乃孫叔静出觀近年唱和諸什,公有所感,即自道一詩,就便以和。其唱和爲題,故詩中毫不管顧唱和一層,並不知何處唱和也。題字並無脱誤,紀氏疑題與詩不類,故云“題有脱誤處”。此是其周密處也。

病骨瘦欲折,霜髯籋更疏。喜聞新國政,兼得故人書。秉燭真如夢,傾杯不敢餘。天涯老兄弟,懷抱幾時攄。(**紀昀眉**)渾老有情,不同空調。

廣倅蕭大夫借前韻見贈復和答之

(**紀昀眉**)此便淺率。

生還粗勝虞,早退不如疏。垂死初聞道,平生誤信書。風濤驚夜半,疾病送災餘。賴有蕭夫子,幽懷得少攄。(**王文誥夾**)此首自謂。下首述贈答之意,皆指蕭。

心閑詩自放,筆老語翻疏。贈我皆强韻,知君得異書。滔滔沮叟是,綽綽孟生餘。(**杭世駿眉**)"餘"字倒韻。一笑滄溟側,應無憤可攄。

【彙評】

汪師韓:老幹疏枝,卓立傑出。

《**唐宋詩醇**》:軾詩好用古人姓押韻,前人有譏之者。若此詩起二句,亦是習氣未除,而格韻則高堅於晚節矣。

王晉叔所藏畫跋尾五首

(**紀昀眉**)五首各有寄托,風調亦復不乏,惟《山茶》一首怨而太怒。(**王文誥旁**)此五首,曉嵐謂"各寓托諷"。……是時三司常有燕集,既會,則出藏棄鑒别,因以求題。故公與叔静屢過進叔,其所題見於集者,尚有《王太尉峽中詩刻跋》《唐咸通判湖州刺史牒跋》《石延年詩筆跋》《書進叔所藏琴事》諸篇。凡此皆隨手酬應之作,未必專於此五詩寓諷刺也。

徐熙杏花

江左風流王謝家,盡攜書畫到天涯。却因梅雨丹青暗,洗出徐熙落墨花。(**紀昀眉**)此首自寓。

趙昌四季芍藥

(**紀昀眉**)此首以刺小人。

倚竹佳人翠袖長,天寒猶著薄羅裳。揚州近日紅千葉,自是風流時世妝。

躑 躅

(**紀昀眉**)此首獨用賦體,但寓鄉心,並無别意。(**錢廷錦甲旁**)韓致堯詩:"血染蜀羅山躑躅,肉紅宫錦海棠梨。"

楓林翠壁楚江邊,躑躅千層不忍看。開卷例知歸路近,(**紀昀夾**)"知"字疑"如"字之誤。劍南樵叟爲施丹。

寒 菊

(**紀昀眉**)此刺小人之乘時得進。

輕肌弱骨散幽葩,真是青裙兩髻丫。便有佳名配黄菊,應緣霜後苦無花。(**錢廷錦乙旁**)元稹詩:"不是花中偏愛菊,此花開後更無花。"

山 茶

游蜂掠盡粉絲黄,落蕊猶收蜜露香。待得春風幾枝在,年來殺菽有飛霜。(**紀昀眉**)此結太露,亦太激,以其時論之,亦不應作此語。(**王文誥夾**)馮應榴所論亦不確。附馮注:此乃寓言,因有殺菽之霜,故不能多枝留待春時,以比遷謫之人不能再被春和也。(**翁同書眉**)此言因有"殺菽之霜",故不能多枝留待春時,以比遷謫之人不能再被春和也。

和黄秀才鑒空閣

(**孫顥元校録**)按詳詩末二句,閣在嶺外甚明,注引《杭州圖經》,無謂。附見王十朋集注本邦衡注。(**紀昀眉**)靈空超妙,不減前《藤州江上作》。

明月本自明,無心孰爲境。挂空如水鑒,寫此山河影。我觀大瀛海,巨浸與天永。九州居其間,無異蛇盤鏡。空水兩無質,相照但耿耿。妄云桂兔蟆,俗説皆可屏。我游鑒空閣,缺月正淒冷。黄子寒無衣,對月句愈警。借君方諸淚,一沐管城穎。(《**角山樓**》**評**)"方諸"一聯,語意新峭。誰言小叢林,清絶冠五嶺。(《**角山樓**》**評**)結得欠融。

韋偃牧馬圖

(**紀昀眉**)語頗遒潔,後半純是寓言。

神工妙技帝所收,江都曹韓逝莫留。(**方東樹評**)起有勢。人間畫馬惟韋侯,當年爲誰掃驊騮。至今霜蹄踏長楸,圉人困卧沙壟頭。沙苑茫茫蒺藜秋,(**紀昀眉**)後半純是寓言。風鬃霧鬣寒颼颼。龍種尚與駑駘游，長秸短豆豈我羞。八鑾六轡非馬謀，古來西山與東丘。

【彙評】

戴第元：入後語意尤極沉快。○按《苕溪漁隱》曰："東坡《題伯時畫馬》云'龍眠胸中有千駟'，議者謂譏其無德而稱。余意不然，文與可善作墨竹，故《和篔簹谷》云：'料得清貧饞太守，渭川千畝在胸中。'豈亦是譏之耶？"今集中無《題伯時畫馬》詩。

題靈峰寺壁

（**杭世駿眉**）寺在廣州南海縣，俗名小金山，亦有妙高臺，此詩石刻在寺。

靈峰山上寶陀寺，白髮東坡又到來。前世德雲今我是，（**蕭奇中夾**）不愧。依稀猶記妙高臺。（**何紹基乙眉**）淡極自深。

衆妙堂（廣州何道士）

（**王文誥評**）先生有記云，眉山道士張簡易，教小學，常百人，予從之三年。謫居南海，一日夢至其處，其徒誦《老子》曰：玄之又玄，衆妙之門。余曰：妙一而已，容可衆乎？道士笑曰：一已陋矣，何妙之有？若審妙也，雖衆可也。（**張問陶評**）此是道士語？是東坡語？參之。

湛然無觀古真人，我獨觀此衆妙門。夫物芸芸各歸根，衆中得一道乃存。道人晨起開東軒，趺坐一醉扶桑暾。（**張問陶評)醉字不指酒。餘光照我玻璃盆,倒射窗儿清而温。欲收月魄餐日魂,我自日月誰使吞。

題馮通直明月湖詩後

(譚元春評)此等詩皆帶俗氣,坡文中亦有之。

老衍清篇墨未枯,小馮新作語尤殊。呼兒浄洗涵星硯,爲子賡歌墮月湖。聞道牂江空抱珥,年來合浦自還珠。請君多釀蓮花酒,准擬王喬下履鳧。(南詔有西珥河,即古牂牁江也,河形如月抱珥,故名之西珥云。)

次韻鄭介夫二首

一落泥途迹愈深,尺薪如桂米如金。長庚到曉空陪月,太歲今年合守心。相與齧氈持漢節,(紀昀眉)總用此事,不可解。二公雖遠謫,猶宋土也。何妨振履出商音。(翁同書眉)翁覃溪曰"六句兼用鄭尚書履聲事"。孤雲倦鳥空來往,自要閑飛不作霖。(張廷濟旁)雙頂上句,亦是一格。(紀昀夾)結二句自好。(錢廷錦乙夾)恐與作霖無涉。(何紹基乙眉)同心同病,非泛泛許合也。

一生憂患萃殘年,心似驚蠶未易眠。(蕭奇中夾)坡老亦此。海上偶來期汗漫,葉間猶得見延緣。(杭世駿眉)用成語天然。良醫自要經三折,老將何妨敗兩甄。收取桑榆種梨棗,祝君眉壽似增川。

昔在九江與蘇伯固唱和其略曰我夢扁舟浮震澤雪浪横江千頃白覺來滿眼是廬山(蕭奇中夾)妙。倚天無數開青壁蓋實夢也昨日又夢伯固手持乳香嬰兒示予(蕭奇中夾)奇。覺而思之蓋南華賜物也豈復與伯固相見於此耶今得來書已在南華相待數日矣感嘆不已故先寄此詩

扁舟震澤定何時,滿眼廬山覺又非。春草池塘惠連夢,上林鴻雁子卿歸。(**紀昀眉**)又用此事,真不可解。水香知是曹溪口,眼净同看古佛衣。不向南華結香火,此生何處是真依。(**蕭奇中夾**)夙夜具見。

次韻韶守狄大夫見贈二首

華髮蕭蕭老遂良,(**褚河南帖云:即日遂良,鬚髮盡白,蓋謫長沙時也。**)一身萍挂海中央。無錢種菜爲家業,有病安心是藥方。才疏正類孔文舉,癡絶還同顧長康。(**查慎行評**)"癡絶"句,集中再見。萬里歸來空泣血,(**翁同書旁**)[馮注]指哲宗晏駕,故用"泣血"字。七年供奉殿西廊。(**邇英閣,在延和殿西廊下。**)

森森畫戟擁朱輪,坐詠梁公覺有神。白傅閑游空誦句,(**事見白樂天《吴郡詩石記》。**)拾遺窮老敢論親。(**事見子美《贈狄明府詩》。**)(**翁同書夾**)切狄姓。東海莫懷疏受意,西風幸免庾公塵。爲公過嶺傳新唱,催發寒梅一信春。

次韻韶倅李通直二首

一篇瀧吏可書紳，莫向長沮更問津。老去常憂伴新鬼，歸來且喜是陳人。(《**角山樓**》**評**)“陳人”二字借一用。曾陪令尹蒼髯古，又見郎君白髮新。回首天涯一惆悵，却登梅嶺望楓宸。(**紀昀眉**)語淺意深，常語而不覺其舊。

青山只在古城隅，萬里歸來卜築初。會見四山朝鶴駕，更看二李控鯨魚。(**查慎行評**)李伯時與李亮功、李元中同登第，時號龍眠三李，皆舒人。(**翁同書眉**)元祐中舒州李亮工與伯時、元中號龍眠三李，同年登進士，俱以文鳴縉紳間。欲從抱朴傳家學，應怪中郎得異書。待我丹成馭風去，借君瓊佩與霞裾。(**僕昔爲開封幕，先公爲赤令，暇日相與論内外丹，且出其丹示僕。今三十年，而見君曲江，同游南華，行山水間數日，道舊感嘆，且勸我卜居於舒，故詩中皆及之。**)

【彙評】

汪師韓：險語釀成異采，骨格清玉，下筆崔嵬。

狄韶州煮蔓菁蘆菔羹

(**紀昀眉**)淺近。(**蕭奇中眉**)一團真趣。

我昔在田間，寒庖有珍烹。常支折脚鼎，自煮花蔓菁。中年失此味，想像如隔生。誰知南嶽老，解作東坡羹。中有蘆菔根，尚含曉露清。(**蕭奇中夾**)妙。勿語貴公子，從渠醉膻腥。

李伯時畫其弟亮功舊宅圖

樂天早退今安有，摩詰長閑古亦無。五畝自栽池上竹，十年空看輞川圖。(**查慎行評**)頸聯分承起二句。近聞陶令開三徑，(**翁同書夾**)比李。應許揚雄寄一區。晚歲與君同活計，如雲鵝鴨散平湖。(**蕭奇中夾**)樂。

【彙評】

劉弘：先生末二句自致歸隱之計，欲與亮功同其活計，乃養鵝鴨是已；曰如“散平湖”，則其趣味有難以語俗人者。

汪師韓：“池上”承樂天句，“輞川”承摩詰句，陶令比李，揚雄自喻，一意直下，舒展自如，而體質凝厚不佻，律詩神境。

贈龍光長老①

(**譚元春評**)全是宗語，不必作詩看。

斫得龍光竹兩竿，持歸嶺北萬人看。竹中一滴曹溪水，漲起西江十八灘。

贈嶺上老人

(**紀昀眉**)自幸之詞，然亦太淺。

---

① 編者按：詩題一作“東坡居士過龍光求大竹作肩輿得兩竿南華珪首座方受請爲此山長老乃留一偈院中須其至授之以爲他時語録中第一問”。

鶴骨霜髯心已灰,青松合抱手親栽。問翁大庾嶺頭住,曾見南遷幾個回。(**蕭奇中夾**)亦復傷情。

【彙評】

劉辰翁:不知是去時,是歸時?

查慎行:須溪評云:"不知是去時,是歸時?"按子由和詩,知是歸時作。

汪師韓:高朗得青蓮之一體。

贈嶺上梅

梅花開盡百花開,過盡行人君不來。不趁青梅嘗煮酒,要看細雨熟黄梅。

予昔過嶺而南題詩龍泉鐘上今復過而北次前韻

(**紀昀眉**)用古韻。

秋風卷黄落,朝雨洗緑净。人貪歸路好,節近中原正。下嶺獨徐行,艱險未敢忘。遥知叔孫子,已致魯諸生。(**何綽基甲眉**)"忘""生"韻。

【彙評】

汪師韓:此詩用古韻,刻意斫削,節短而味長。

過嶺二首

暫著南冠不到頭,(**紀昀評**)"不到頭"三字有病。却隨北雁與歸休。平生不作兔三窟,今古何殊貉一丘。當日無人送臨賀,至今有廟祀潮州。(**蕭奇中眉**)可傷可涕。(**紀昀夾**)五、六自好,然不宜自況。(**何焯眉**)五、六極切。(**紀昀評**)五、六極典切,然出之他人則可,東坡自道則不可。劍關西望七千里,乘輿真爲玉局游。

七年來往我何堪,又試曹溪一勺甘。(**錢廷錦甲眉**)曹溪在嶺南也。夢裏似曾遷海外,醉中不覺到江南。(**蕭奇中眉**)淋漓。(**查慎行評**)江西人以贛南爲南江。(**紀昀評**)三、四真境。(**王文誥夾**)真乃吉祥文字。波生濯足鳴空澗,霧繞征衣滴翠嵐。誰遣山雞忽驚起,半岩花雨落毿毿。(**紀昀眉**)結言機心已盡,不必相猜之意,非寫景也。(**紀昀評**)末句即"海鷗何事更相疑"意,非寫所見之景。(**翁同書眉**)視遷謫猶醉夢中知矣,胸中别有澄定者在。

【彙評】

方回:紹聖元年甲戌,貶惠州。四年丁丑,貶儋州。明年元符戊寅改元,三年庚辰,量移廉州、永州自便,凡七年。楊憑貶臨賀尉,惟徐晦送之,此事極切。"夢裏似曾遷海外",此聯甚佳,殊不以遷謫爲意也。是年坡公年六十五。明年建中靖國元年辛巳七月,卒於常州。

馮班:大筆自然不同。

汪師韓:視遷謫猶醉裏夢中,知其胸中别有澄定者在。

留題顯聖寺

渺渺疏林集晚鴉,孤村煙火梵王家。幽人自種千頭橘,遠客來尋百結花。浮石已乾霜後水，焦坑閑試雨前茶。只疑歸夢西南去，翠竹江村繞白沙。(**蕭奇中眉**)此景不惡。(**何紹基乙眉**)真想家耶？

予初謫嶺南過田氏水閣東南一峰豐下鋭上俚人謂雞籠山予更名獨秀峰今復過之戲留一絶

倚天巉絶玉浮屠，肯與彭郎作小姑。獨秀江南知有意，要三二别四三壺。(**紀昀眉**)此從"六五帝""四三王"語化來，然入詩不成句法。(**查慎行丙評**)按《燕丹子》云："高欲令四三王，下欲令六五伯。"《困學紀聞》云："四'三墳'，六'五典'，三'二曜'，六'五緯'。先生此詩結句，正同此解。""二别"謂大别、小别；"三壺"謂方壺、蓬壺、瀛壺也。

乞數珠一首贈南禪湜老

(**紀昀眉**)太剽。

從君覓數珠，老境仗消遣。未敢轉千佛，且從千佛轉。(**蕭奇中眉**)已"轉千佛"矣。儒生推變化，乾策數大衍。道士守玄牝，龍虎看舒卷。我老安能爲，萬劫付一喘。默坐閲塵界，往來八十反。區區我所寄，蹙縮蠶在繭。適從海上回，蓬萊又清淺。

【彙評】

劉辰翁：雖是舊語，用得語員。

鬱孤臺(再過虔州,和前韻)

(**杭世駿眉**)詩不一及"鬱孤臺",而前詩有"鬱孤如舊游"之語,則此詩之題當云"再題虔州和前韻",不當云"鬱孤臺"也。

吾生如寄耳,(**汪師韓夾**)"吾生如寄耳"一句,集中屢見,其才横溢,固不屑屑於此也。嶺外亦閑游。(**何紹基乙眉**)起語淒忽,疑時怛化。贛石三百里,寒江尺五流。楚山微有霰,越瘴久無秋。望斷横雲嶠,魂飛咤雪洲。曉鐘時出寺,暮鼓各鳴樓。歸路迷千嶂,勞生閲百州。不隨猿鶴化,甘作賈胡留。只有貂裘在,猶堪買釣舟。

【彙評】

汪師韓:落落參錯,矯矯變化,所謂不煩繩削而自合者。

《**唐宋詩醇**》:深穩之至,彌出清新。

虔守霍大夫監郡許朝奉見和此詩復次前韻

大邦安静治,小院得閑游。贛水雨已漲,廉泉春水流。同烹貢茗雪,一洗瘴茅秋。秋思生蓴鱠,寒衣待橘洲。揚雄未有宅,王粲且登樓。老景無多日,歸心夢幾州。敢因逃酒去,端爲和詩留。舊篋藏新語,清風自滿舟。

贈虔州術士謝君

(**杭世駿眉**)此詩重字太多,於本體無礙,如杜"江閣邀賓許馬迎”，亦重三“馬”字也。

屬國新從海外歸，君平且莫下簾帷。（**紀昀評**）東坡多以蘇武自比，殊爲不倫。前生恐是盧行者，後學過呼韓退之。（**查慎行評**）坡公從儋耳南歸作。坡公前身五祖，又生命與退之同，故詩云然。（**蕭奇中眉**）公于六祖宜無間，竊恐韓生不若公。（**紀昀夾**）“前生”二句重出。（**何焯眉**）三、四二句再見。死後人傳戒定慧，生時宿直斗牛箕。（**查慎行評**）五、六分承三、四。憑君爲算行年看，便數生時到死時。

【彙評】

劉辰翁：跌宕可傷。

紀昀：坡公七律，往往失之太快、太豪，此詩故亦不免此病。

方東樹：此首妙，有奇氣，章法亦往復。

查慎行丙：此詩五、六聯分承三、四兩句，末一句又總結五、六，章法遒緊。

虔州景德寺榮師湛然堂

（**杭世駿眉**）易落野狐禪，此等詩，某所不取。（**紀昀眉**）直是偈咒。

卓然精明念不起，兀然灰槁照不滅。方定之時慧在定，定慧寂照非兩法。妙湛總持不動尊，（**張問陶評**）句是《楞嚴》謁。默然真入不二門。語息則默非對語，此話要將《周易》論。（**查慎行評**）《易·復升》注云：凡動息則静，静非動者也；語息則默默，非對語者也。（**張問陶評**）對動則不謂之静，對語則不可以爲默。（**蕭奇中眉**）讀書參禪無不可。諸方人人把雷電,不容細看真頭面。欲知妙湛與總持,更問江東三語掾。

和陽行先(用《鬱孤臺》韻)

室空惟法喜,心定有天游。摩詰元無病,須洹不入流。苦嫌尋直枉,坐待寸田秋。雖未麒麟閣,已逃鸚鵡洲。酒醒風動竹,夢斷月窺樓。衆謂元德秀,自稱陽道州。(**查慎行丙評**)謂其無妻也。拔葵終相魯,辟穀會封留。用捨俱無礙,飄然不繫舟。

用數珠韻贈湜長老

(**紀昀眉**)亦剽。

嗣宗雖不言,叔寶猶理遣。東坡但熟睡,一夕一輾轉。南遷昔虞翻,却掃今馮衍。古佛既手提,諸方皆席卷。當年清隱老,鶴瘦龜不喘。和我彈丸詩,百發亦百反。耆年日凋喪,但有犢角繭。(**蕭奇中夾**)謂幼子也。時來窺方丈,共笑虎毛淺。

和猶子遲贈孫志舉

(**紀昀眉**)殊嫌冗漫。

軒裳大爐韝,陶冶一世人。從衡落模範,誰復甘飢貧。可憐方回癡,初不疑嘉賓。頗念懷祖黠,瞋兒與兵姻。失身墮浩渺,投老無涯垠。回看十年舊,誰似數子真。孫郎表獨立,霜戟交重闉。深居不汝覿,豈問親與鄰。連枝皆秀傑,英氣推伯仁。我從海外歸,喜及崆峒春。新年得異書,西郭有逸民。(**陽行先以《登真隱訣》見借。**)小孫又過我,歡若平生親。清詩五百言,句句皆絶倫。養火雖未伏,要是丹砂銀。我家六男子,朴學非時新。詩詞各璀璨,老語徒周諄。願言敦夙好,永與竹林均。六子豈可忘,從我屢厄陳。(**錢廷錦乙旁**)徐云"從漫"。

南禪長老和詩不已故作六蟲篇答之

(**杭世駿眉**)只五蟲。(**何紹基乙眉**)山谷演雅之流。(**查慎行丙評**)按本題云"六蟲篇",而詩中止及五種,豈以鳳凰爲二耶?殊不可解。

鳳凰覽德輝,遠引不待遣。鷦鷯戀庭宇,倏忽來千轉。那將坐井蛙,而比談天衍。蠹魚著文字,槁死猶遭卷。老牛疲耕作,見月亦妄喘。東坡方三問,南禪已五反。老人但目擊,侍者方足繭。最後《六蟲篇》,深寄恨語淺。

明日南禪和詩不到故重賦數珠篇以督之二首

未來不可招,已過那容遣。中間見在心,一一風輪轉。自從一生二,巧歷莫能衍。不如袖手坐,六用都懷卷。風雷生謦欬,萬竅自號喘。詩人思無邪,孟子内自反。大珠分一月,細綆合兩繭。纍然挂禪床,妙用夫豈淺。

朝來取飯化,乃是維摩遣。全鋒雖未露,半藏已曾轉。説有陋裴頠,談無笑王衍。看經聊爾耳,遮眼初不卷。三咤故自醒，一吷何由喘。(**蕭奇中夾**)可參。請歸視故櫝，静夜珠當反。(**蕭奇中夾**)妙。安居三十年，古衲磨山蘚。持珠尚默坐，豈是功用淺。

用前韻再和霍大夫

文字先生飲，(**謂劉執中。**)江山清獻游。(**張問陶評**)趙抃，蘭陵人，余親至其故居。典刑傳父老，樽俎繼風流。度嶺逢梅雨，還家指麥秋。自慚鴻雁侣，争集稻粱洲。野闊横雙練，城堅聳百樓。行看鳳尾詔，却下虎頭州。(**杭世駿眉**)虎頭州，以"虔"字有虎頭，故名。劉、趙二公皆知虔州。君意已吴越，我行無去留。歸途應食粥，乞米使君舟。

【彙評】

劉辰翁："虎頭"謂虔州，而注指常州，觀詩信注，豈不謬哉！

用前韻再和許朝奉

高門元世舊，客路晚追游。清絶聞詩語，疏通豈法流。傳家有衣鉢，斷獄盡春秋。邂逅陪車馬，尋芳謝朓洲。淒凉望鄉國，得句仲宣樓。(**蕭奇中眉**)排對不覺，才之妙。(**紀昀眉**)"邂逅"四句隔句對法，唐人有此格。(**莫友芝甲眉**)"邂逅"四句，扇對。(**杭世駿眉**)四句爲兩對，排律有此格，後世施於五律者甚多，不可枚舉。(**嚴虞惇眉**)扇對。(**何焯眉**)四句爲對。○於詩律極爲變化。恨賦投湘水，悲歌祀柳州。何如五字律，相與一樽留。更約登塵外，歸時月滿舟。

【彙評】

查慎行丙：趙彦村云："凡詩四句，以第一句對第三句，以第二句對第四句，謂之扇對。蓋始於《白氏金針》。"胡仔云："杜少陵《哭鄭少監》詩：'得罪台州去，時危棄碩儒。移官蓬閣後，穀貴没潛夫。'則前此已有之，不始於白氏矣。"篇中"邂逅"四句正用此格。

用前韻再和孫志舉

人衆者勝天，天定亦勝人。鄧通豈不富，郭解安得貧。驚飛賀夏燕，走散入幕賓。醉眠中山酒，夢結南柯姻。寵辱能幾何，悲歡浩無垠。回視人間世，了無一事真。灑掃古玉局，香火通帝閽。我室思無邪，我堂德有鄰。所至爲鄉里，事賢友其仁。之子富經術，蔚如井大春。蜿蟺楚南極，淑氣生此民。唱高和自寡，非我誰當親。譬彼嶰谷竹，剪裁待伶倫。俗學吁可鄙，紙繒配芻銀。聊將調癡鬼，亦復争華新。（**潘奕雋眉**）當時已有嘆，何況今日。願子事篤實，浮言掃譆諄。窮通付造物，得喪理本均。期子如太倉，會當發陳陳。

崔文學甲攜文見過蕭然有出塵之姿問之則孫介夫之甥也故復用前韻賦一篇示志舉

象服盛簪珥，豈是邢夫人。（**張問陶評**）此等韻脚，押之愈工，雖愈快，亦愈苦也。敝衣破冠履，可憐范叔貧。君看崔員外，晚就觀國賓。當年頗赫赫，翁媪争爲姻。（**事見退之《贈崔員外詩》**。）蹭蹬阻風水，横斜挂邊垠。青衫映白髮，今似梅子真。道存百無害，甘守吴市閽。自言總角歲，慈母爲擇鄰。邦人驚似舅，矯矯惡不仁。詩文非他師,家法乃富春。(**查慎行評**)三國孫吴富春人也,藉以指介夫。豈非空同秀,爲國産雋民。挺然齊魯生,近出姬姜親。爲文不在多,一頌了伯倫。清詩要鍛煉,乃得鉛中銀。(**蕭奇中夾**)造得透。自我遷嶺外,七見槐火新。(**蕭奇中夾**)古。著書已絶筆,一默含千諄。蕢桴和葦籥,天節非人均。時時自娱嬉,豈爲俗子陳。

畫車詩二首

(**王文誥夾**)此二詩乃畫車運水入城也。

何人畫此雙輪車,便是當年欹器圖。上易下難須審細,左提右契免疏虞。(**紀昀眉**)此首凡近。

九衢歌舞頌王明,(**劉辰翁夾**)"畫車"及此不可曉。(**查慎行評**)劉須溪云:"'畫車'及此不可解。"誰惻寒泉獨自清。(**蕭奇中夾**)意遠。賴有千車能散福,(**查慎行評**)"千車散福",未詳。化爲膏雨滿重城。(**蕭奇中眉**)此必汲水車也。(**紀昀眉**)此首未詳。

虔州吕倚承事年八十三讀書作詩不已好收古今帖貧甚至食不足[①]

揚雄老無子,馮衍終不遇。不識孔方兄,但有靈照女。家藏古今帖,墨色照箱筥。(**蕭奇中夾**)妙。飢來據空案,一字不堪

① 編者按:詩題一作"吕倚夢得承事借示古今書一軸作詩代跋尾倚年八十一"。

煮。(**蕭奇中眉**)傷矣至言。枯腸五千卷,磊落相撑拄。(**蕭奇中夾**)“磊落”二字奇。吟爲蜩蛩聲,時有島可句。爲語里長者,德齒敬已古。(**蕭奇中夾**)少年多輕薄矣。如翁有幾人,薄少可時助。(**蕭奇中眉**)仁人之心。

【彙評】

查慎行丙:石刻題云:“吕夢得承事年八十三,讀書和詩,手不釋卷,室如懸罄,但貯古今書帖而已。作詩以示慈雲老師。”

王子直去歲送子由北歸往反百舍今又相逢贛上戲用舊韻作詩留别

(**查慎行甲眉**)“立”字訛,當作“直”。

米盡無人典破裘,送行萬里一鄒游。解舟又欲攜君去,歸舍聊須與婦謀。聞道年來丹伏火,不愁老去雪盈頭。剩買山田添鶴口,廟堂新拜富民侯。

次韻江晦叔二首

人老家何在,龍眠雨未驚。酒船回太白,稚子候淵明。幸與登仙郭,同依坐嘯成。小樓看月上,劇飲到參横。

鐘鼓江南岸,歸來夢自驚。浮雲世事改,孤月此心明。(**何綽基乙眉**)閲世捫心,聊足自慰。雨已傾盆落,詩仍翻水成。二江争送客,木杪看橋横。

【彙評】

汪師韓:冲襟内盎,見於文詞,無不邃然入理。

次韻江晦叔兼呈器之

横空初不跨鵬鰲,位覺胡床步步高。(**器之言嘗夢飛,自覺身與所坐床皆起空中。**)一枕晝眠春有夢,扁舟夜渡海無濤。(**杭世駿眉**)頷聯即承上二句,而以夢疏剔之,通首一氣,只如白話。歸來又見顛茶陸,(**往在錢塘嘗語晦叔,陸羽茶顛,君亦然。**)多病仍逢止酒陶。(**陶淵明有《止酒》詩。器之少時飲量無敵,今不復飲矣。**)(**錢廷錦甲眉**)至言宜珮。笑説南荒底處所,只今榕葉下亭皋。

寒食與器之游南塔寺寂照堂

城南鐘鼓鬥清新,端爲投荒洗瘴塵。總是鏡空堂上客,誰爲寂照境中人。紅英掃地風驚曉,緑葉成陰雨洗春。記取明年作寒食,杏花曾與此翁鄰。(**查慎行評**)跌宕自喜。

【彙評】

汪師韓:花落木榮,不言人事,而人事之變遷自見,寄慨者深。

器之好談禪不喜游山山中筍出戲語器之可同參玉版長老作此詩

叢林真百丈,法嗣有横枝。(**玉版、横枝,竹筍也。**)不怕石頭路,來參玉版師。聊憑柏樹子,與問籜龍兒。瓦礫猶能説,此君那不知。

【彙評】

查慎行丙:此詩盡用禪家語形容,可謂善於游戲者也。山谷云:"此老於般若,横説豎説,百無剩語,非其筆端有舌乎?"

永和清都觀謝道士童顔鬢髪問其年生於丙子蓋與予同求此詩

鏡湖敕賜老江東,未似西歸玉局翁。羈枕未容春夢斷,清都宛在默存中。每逢佳境攜兒去,試問行年與我同。(劉辰翁評)"兒"與"行年"各不相涉。自笑餘生消底物,半篙清漲百灘空。(予與劉器之同發虔州,江水忽清漲丈餘,贛石三百里無一見者。至永和,器之解舟先去,予獨游清都,作此詩。)(錢廷錦甲夾)紀實。

贈詩僧道通

雄豪而妙苦而腴,(紀昀眉)是何言語!(趙翼評)究屬頭巾氣。只有琴聰與蜜殊。(錢塘僧思聰總角善琴,後捨琴而學詩,復棄詩而學道,其詩似皎然而加雄放。安州僧仲殊詩,敏捷立成,而工妙絶人遠甚。殊辟穀,常啖蜜。)語帶煙霞從古少,(李太白云:他人之文,如山無煙霞,春無草木。)氣含蔬筍到公無。(謂無酸餡氣也。)香林乍喜聞薝蔔,古井惟愁斷轆轤。(蕭奇中眉)象外。爲報韓公莫輕許,從今島可是詩奴。(杭世駿眉)坡不喜孟郊,又不許島,可屢屢言之,政坐不耐苦思耳。郊、島妙處,本不易領,韓公豈輕評哉!

【彙評】

劉辰翁:以蔬筍爲酸餡氣,謂寂寞説禪宗也。

劉弘:錢塘有僧思聰善琴,故曰"琴聰"。安州有僧仲殊辟穀,常啖蜜,故曰"蜜殊"。先生自注:"李太白云:'他人之文,如山無煙霞,春無草木。'""蔬筍",有酸餡氣。"古井""斷轆轤"乃難汲水。

汪師韓:"氣含蔬筍",只是以諧語入詩,遂成千古名論。可知兔園四六、敗簏時文,撮合補綴,不足以爲支那撰述而具正法眼藏者,即如"不搽紅粉也風流""只要檀郎認得聲"等句,皆爲解第一義也。

張競辰永康所居萬卷堂

(**紀昀眉**)亦殊淺易。

君家四壁如相如,卷藏天禄吞石渠。豈惟鄴侯三萬軸,家有世南行秘書。(**蕭奇中夾**)補出。兒童拍手笑何事,笑人空腹談經義。(**蕭奇中夾**)真一笑。(**翁同書夾**)謂新義學。未許中郎得異書,且共揚雄説奇字。(**何焯眉**)"空腹談經"謂新學。"説奇字"嗤《字説》也。清江縈山碧玉環,(**蕭奇中夾**)幻出。下有老龍千古閑。知君好事家有酒,化爲老人夜扣關。(**何焯眉**)有此波瀾,方不洩沓。留侯之孫書滿腹,玉函寶方何用讀。濠梁空復五車多,圯上從來一篇足。(**蕭奇中夾**)妙,妙。(**蕭奇中眉**)歷看題詠中多寓點化。(**查慎行評**)反結天然合拍。(**何焯旁**)似其人有書不讀者。

劉壯輿長官是是堂

(**紀昀眉**)太涉理路。

閑燕言仁義,是非安可無。非非義之屬,是是仁之徒。非非近乎訕,是是近乎諛。當爲感麟翁,善惡分錙銖。抑爲阮嗣宗,臧否兩含糊。劉君有家學,三世道益孤。陳古以刺今,紬史行天誅。皎如大明鏡,百陋逢一姝。鶚立時四顧,何由擾群狐。作堂名是是,自説行坦途。孜孜稱善人,不善自遠徂。願君置座右,此語禹所謨。(何紹基乙眉)厚論可佩。

予昔作壺中九華詩其後八年復過湖口則石已爲好事者取去乃和前韻以自解云

江邊陣馬走千峰,問訊方知冀北空。尤物已隨清夢斷,(劉夢得以九華爲造物一尤物。)真形猶在畫圖中。(道藏有《五嶽真形圖》。)歸來晚歲同元亮,却掃何人伴敬通。賴有銅盆修石供,仇池玉色自璁瓏。(家有銅盆,貯仇池石,正緑色,有洞水達背。予又嘗以怪石供佛印師,作《怪石供》一篇。)

次韻郭功甫觀予畫雪雀有感二首

早知臭腐即神奇,(查慎行評)"臭腐""神奇",語出《莊子》。(紀昀夾)起句粗。海北天南總是歸。九萬里風安稅駕,雲鵬今悔不卑飛。(何紹基乙眉)"鳥入青雲倦亦飛"即此意。

可憐倦鳥不知時,空羡騎鯨得所歸。玉局西南天一角,萬人沙苑看孤飛。

【彙評】

汪師韓:以謫宦爲搏扶,擬"卑飛"於厚禄,偶露不平之鳴,翻案驚絶。

次韻法芝舉舊詩

（張廷濟眉）來書《元祐六年辛未仲宣法芝米芾觀山樵書》。

春來何處不歸鴻，非復羸牛踏舊蹤。但願老師真似月，誰家甕裏不相逢。

次韻贈清凉長老

過淮入洛地多塵，舉扇西風欲污人。但怪雲山不改色，豈知江月解分身。安心有道年顔好，遇物無情句法新。（杭世駿眉）詩人妙處，政以到處有情見之，曹、王、陶、謝可，此云“遇物無情”而“句法”能“新”，恐是口頭語滑。送我長蘆舟一葉，笑看雪浪滿衣巾。

【彙評】

劉弘：導惡庾亮專權，舉扇障西風曰：“元規塵污人。”

睡起聞米元章冒熱到東園送麥門冬飲子

一枕清風直萬錢，無人肯買北窗眠。開心暖胃門冬飲，（紀昀夾）竟是藥店榜子。知是東坡手自煎。

夢中作寄朱行中

（紀昀眉）故隱其詞，如格格不吐者然；然有古意。○非《風月堂詩話》注明，此詩殆不可解。是以誦詩讀書，必知其人、論其事。（錢廷

錦乙眉）剖斗折衡之見。（**王文誥夾**）公後遇廣師朱行中於湞陽，且以民師爲托，有“班斤郢斫”之譽，亦甚愛重之矣。

舜不作六器，誰知貴璵璠。哀哉楚狂士，抱璞號空山。相如起睨柱，頭璧相與還。何如鄭子産，有禮國自閑。雖微韓宣子，鄙夫亦辭環。至今不貪寶，凛然照塵寰。（**錢陸燦眉**）此詩公絶筆，落句不朽矣。

【彙評】

譚元春：坡公臨終作此詩，高峻千仞之上，嚴冷百世之下矣。

答徑山琳長老

與君皆丙子，各已三萬日。一日一千偈，電往那容詰。大患緣有身，無身則無疾。平生笑羅什，神咒真浪出。（**蕭奇中眉**）爽决。

【彙評】

查慎行丙：《紀年録》：“七月，公疾頗革。徑山老惟琳來説偈，答云：‘平生笑摩什，神咒真浪出。’琳問‘神咒’事，索筆書：‘昔鳩摩羅什病，亟出西域神咒三番，令弟子誦以免難，不及事而終。’”

卷二十六

詩七十七首

雪上訪道人不遇

花光紅滿欄,草色緑無岸。不逢青眼人,長歌白石澗。

送淡公二首

(**錢陸燦眉**)二首孟東野集見,未辨誰作,譚友夏云"翰苑錢舍人"句,其爲東野無疑。(**紀昀眉**)東坡詩之極不佳者。(**查慎行評**)此孟東野詩。(**查慎行甲眉**)孟東野詩訛入,應删。(**翁同書旁**)此是東野詩,誤編入,見查注。

燕本冰雪骨,越淡蓮花風。五言雙寶刀,聯響高飛鴻。翰苑錢舍人,詩韻鏗雷公。識本不識淡,仰詠嗟無窮。清韻生物表,朗玉傾壺中。常于冷竹坐,相語道意冲。崧洛興不薄,稽江事難同。明日若不來,我作黄石翁。何以兀其心,爲君學虚空。(**莫友芝眉**)譚友夏云:"此東野集中所載十首之一,何以入公集中?然"翰苑錢舍人"句,則爲東野無疑。"

【**彙評**】

譚元春:此東野集中所載十首之一,何以入公集中?此詩甚妙,然是東野作。

坐重青草公，意合滄海濱。渺渺獨見水，悠悠不聞人。鏡浪洗手淥，剡花人心春。（**潘奕雋夾**）二語新妙。雖然防外觸，眼前繞衣新。行當譯文字，慰此吟殷勤。（**莫友芝眉**）此東野《送淡公》第二首。

上韓持（一作柱）國

（**紀昀眉**）詞意淺迫，未必出自東坡。（**查慎行甲眉**）"柱"字訛，當作"持"。

韓氏三虎秉樞極，中有一虎似偉節。端居隱几學無心，夙駕入朝常正色。犯時獨行太崌嵎，回天不忌真藥石。輦致歸來荷二聖，推排使至有衆力。吾儕小人但飽飯，（**蕭奇中夾**）中正之言。不有君子何能國。西湖醉卧春水船，如何爲人作豐年。

【彙評】

譚元春：典則而風趣，既不狹褻，又無諂氣，上前輩大老詩，正宜如此。

送　別

鴨頭春水濃如染，水面桃花弄春臉。衰翁送客水邊行，沙襯馬蹄烏帽點。（**紀昀眉**）前四句是詩餘。昂頭問客幾時歸，客道秋風落葉飛。繫馬綠楊開口笑，傍山依約見斜暉。（**杭世駿眉**）心手閑適。(**何紹基乙眉**)意境淡深。

琴　枕

清眸作金徽,素齒爲玉軫。響泉竟何用,金帶常苦窘。斕斑漬珠淚,宛轉堆雲鬟。君若安七弦,應彈卓氏引。

黄　州

(**查慎行評**)通首似韋左司。

南山一尺雪,雪盡山蒼然。(**蕭奇中夾**)立。(**錢廷錦甲眉**)詩亦"蒼然"。澗谷深自暖,梅花應已繁。使君厭騎從,車馬留山前。行歌招野叟,共步青林間。長松得高蔭,磐石堪醉眠。只樂聽山鳥,攜琴寫幽泉。愛之欲忘返,但苦世俗牽。歸來始覺遠,明月高峰顛。(**何紹基乙眉**)"歸來始覺遠",解此便令心事蕭索。

【彙評】

譚元春:漁郎捨船尋桃源,使君捨車馬游南山,有此高趣,方許問幽泉,妙,妙。

趙克宜:一起疏樸有致。

常山贈劉鎡

(**紀昀眉**)似非完篇。

劉侯年少日，駿馬拊便面。援弓雁自落，不待白羽貫。

古　風

（**查慎行甲眉**）此詩全用《抱朴子·祛惑篇》。（**翁同書旁**）此詩全用《抱朴子·祛惑篇》"項曼都學仙"事，亦見《淮海集》。

精神洞元化，白日升高旻。俯仰凌倒景，龍行逸如神。半道過紫府，弭節聊逡巡。金床設寶几，璀瑑明月珍。仙者二三子，眷然骨肉親。飲我霞石杯，放杯恍如春。遂朝玉虛上，冠劍班列真。無端拜失儀，放棄令自新。雲霄難遽返，下土多埃塵。淮南守天庖，嗟我復何人。

【彙評】

譚元春：絶似韓昌黎，即太白猶不善作此中語也。

游杭州山

（**查慎行評**）此子由詩。（**查慎行甲眉**）子由《和由净土寺步至功臣寺作》（按：《欒城集》題作《和子瞻自净土步至功臣寺》。）（**查慎行乙旁**）子由詩，詭入。（**查慎行甲夾**）子由詩，詭入。

山平村塢迷，（**查慎行甲眉**）"村塢迷"，《欒城集》作"村塢連"。野寺鐘相答。晚陰雲失莽（**一作杪**），落日猶在塔。行招兩社僧，共步青山月。送客渡石橋，迎客出林樾。幽尋本真性，往事聽徐説。錢王方壯年，此邦事輕俠。鄉人鄙貧賤，異類識英傑。

立石像興王，遺址今岌嶪。(**查慎行甲眉**)“遺址”，《欒城集》作“遺迹”。功勳三吴定，富貴四海甲。歸來父老藏，崇高畏傾壓。詩人工譏病，此欲恣挑抉。(**錢廷錦乙夾**)何語。(**查慎行甲眉**)“此欲”二字《欒城集》作“牛領”，所未詳。流傳後世人，談笑資口舌。是非今已矣，興廢何倉卒。持歸問禪翁，笑指浮漚没。

游三游洞游洞之日有亭吏乞詩既爲留三絶句於洞之石壁明日至峽州吏又至意若未足乃復以此詩授之

(**蕭奇中夾**)吏佳哉！(**紀昀眉**)一氣呵成，語特遒拔，但無深味耳。

一徑繞山翠，縈紆去似蛇。忽驚溪水急，争看洞門呀。(**紀昀夾**)“呀”字懸脚。(**翁同書眉**)《説文》：“呀”，“開口皃”，又《玉篇》“大空皃”。滑磴攀秋蔓，飛橋踏古槎。三扉迎北吹，一穴向西斜。(**翁同書夾**)[查注]引《入蜀記》釋此二句。嘆息煙雲去(**一作去**)，追思歲月遐。唐人昔未到，古俗此爲家。(**查慎行評**)以下王注分爲二首，今從施氏本，合而爲一。(**查慎行甲眉**)與上合爲一是。洞暖無風雪，山深富鹿豭。相逢衣盡草，環坐髻應髽。竈突依岩黑，樽罍就石窪。洪荒無傳記，想像在羲媧。(**紀昀眉**)二句即繳足“古俗”句，確是一首，王氏本誤也。此事今安有，遺蹤我獨嗟。山翁勸留句，强爲寫槎牙。(**莫友芝甲評**)此詩宜入下卷，當是編者之誤。

和穆父新凉

(**紀昀眉**)遒緊，無一剩語。

家居妻兒號,出仕猿鶴怨。未能逐什一,安敢搏九萬。常恐樗櫟身,坐纏冠蓋蔓。受恩如負債,粗報乃焚券。(**錢廷錦乙眉**)淺率。(**杭世駿眉**)今之不焚券者多矣,但知有淺深,券未易焚也。若以詩筆而論,有蓋棺之日,乃可酬知者。(**蕭奇中眉**)感知之言,發自赤血,遂爾痛創。(**紀昀眉**)奇語却真語。但知眠牛衣,寧免刺虎圈。清風來既雨,新稻香可飯。(**蕭奇中夾**)妙。(**《角山樓》評**)只此二句是"新涼"正面,餘皆自寫己意耳。紫螯應已肥,白酒誰能勸。君今崔蔡手,政比張趙健。三公行可致,一語先自獻。幸推江湖心,適我魚鳥願。

無　題

(**查慎行評**)白香山詩。

引手攀紅櫻,紅櫻落如綫。(**譚元春評**)起二語搖人,故選之,非謂役敬作達生語也。仰首看紅日,紅日走如箭。(**蕭奇中夾**)妙。年光與時景,頃刻互衰變。何當血肉身,安得常强健。人心苦執迷,富貴憂貧賤。(**蕭奇中眉**)當下棒喝。憂色常在眉,歡容不上面。吾今頭半白,把鏡非不見。惟應花下杯,更待他人勸。(**何紹基乙眉**)激楚。

十一月十三日與幾先自竹西來訪慶老不見獨與君卿供奉蟾知客東閣道話久之惠州追録

卷卷長廊走黄葉,席簾垂地香煙歇。主人待來終不來,火紅銷盡灰如雪。

古 意

(**查慎行甲眉**)此文潛作,題云“有感”。

兒童鞭笞學官府,翁憐兒癡旁笑侮。翁出坐曹鞭復呵,賢於群兒能幾何。兒曹鞭人以爲戲,(**蕭奇中夾**)直説出。公怒鞭人血流地。等爲戲劇誰能先,我笑謂翁兒更賢。(**蕭奇中眉**)大地何者非戲?帝皇王霸與生旦丑末何異耶?

用定國韻贈其(一作二十)侄震

(**杭世駿眉**)此詩頗費解。(**紀昀眉**)此非東坡詩,續補者誤采耳。(**查慎行評**)題中“二十”當是“其”字之訛。(**王文誥旁**)即爲公贈己侄蘇震之文,其義顯誤。此乃舊本“其”字脱却不全,如“廿”字狀,後遂認爲“二十”兩字。

衡門老苔蘚,行柏千兵屯。開樽邀落日,未對烏鳥言。清風舉吹籟,散亂書帙翻。傳呼一何急,人馬從車奔。貧居少賓客,鄰婦窺籬藩。墻頭過春酒,緑泛田家盆。比來伏青蒲,坐捉白獸樽。王猷修潤色,亦有簿領煩。朝廷貴二陸,屢聞天語温。猶能整筆陣,愧我非韓孫。

聞潮陽吴子野出家

(**紀昀眉**)詩自老健,而無甚出色之處。

子昔少年日，氣蓋里閭俠。自言似劇孟，叩門知緩急。千金已散盡，白首空四壁。烈士嘆暮年，老驥悲伏櫪。妻孥真敝屣，脱棄何足惜。四大猶幻座，衣冠矧外物。一朝發無上，願老靈山宅。世事子如何，禪心久空寂。世間出世間，此道無兩得。故應入枯槁，習氣要除拂。丈夫生豈易，趣捨志匪石。當爲師子吼，佛法無南北。

補唐文宗柳公權聯句（並引）

（**杭世駿眉**）唐宋人相去一二百年，氣味便已懸絶，以知貂固難續也。（**紀昀眉**）存此一段道理則可，詩則未佳。

宋玉對楚王："此獨大王之雄風也，庶人安得而共之?"譏楚王知己而不知人也。柳公權小子與文宗聯句，（**蕭奇中夾**）狠。有美而無箴，故爲足成其篇云。

人皆苦炎熱，我愛夏日長。薰風自南來，殿閣生微凉。一爲居所移，苦樂永相忘。願言均此施，（**蕭奇中夾**）仁言。清陰分四方。（**何紹基乙眉**）杜白同心。（**莫友芝甲眉**）神韻大似陶靖節。

【彙評】

查慎行丙：《吕氏家塾廣記》云："陳輔之以爲'殿桷生餘凉'，今世所傳只用公權舊語。故東坡《端午帖子詞》云'微凉生殿閣'，又'獨詠微凉殿閣風'；不聞有'殿桷餘凉'之説。"又按《藝苑雌黄》云："文宗與公權聯句，東坡以爲有美而無箴，因續四句。然洪駒父以爲公權已含箴規之意，雖不必續可也。"愚謂人臣忠愛其君，自當隨事納誨，以啓主心而達下情。凡作隱躍含糊之語，冀幸一悟者，皆諛諛之徒也。先生此詩，爲此一流發,偶借公權爲質的耳。嚴氏之説,不足取也。

食檳榔

(紀昀眉)有雋語,亦有累句,分别觀之。

月照無枝林,夜棟立萬礎。**(杭世駿眉)**奇。**(《角山樓》評)**狀物入神。眇眇雲間扇,蔭此九月暑。**(紀昀眉)**起四句如畫。上有垂房子,下繞絳刺禦。**(紀昀夾)**句不妥。風欺紫鳳卵,雨暗蒼龍乳。**(紀昀眉)**"上有"四句與"月照"四句同一寫狀,而語有仙凡之别。裂包一墮地,還以皮自煮。北客初未諳,勸食俗難阻。中虚畏泄氣,始嚼或半吐。吸津得微甘,著齒隨亦苦。面目太嚴冷,滋味絶媚嫵。**(蕭奇中眉)**可備藥性。**(紀昀眉)**寫照入微。誅彭勳可策,推轂勇宜賈。瘴風作堅頑,導利時有補。藥儲固可爾,果録詎用許。先生失膏粱,便腹委敗鼓。日啖過一粒,腸胃爲所侮。**(蕭奇中夾)**可笑。蟄雷殷臍腎,藜藿腐亭午。**(《角山樓》評)**檳榔消食損神,摹寫盡致。書燈看膏盡,鉦漏歷歷數。老眼怕少睡,竟使赤眥弩。**(紀昀夾)**"弩"當作"努"。渴思梅林咽,飢念黄獨舉。**(紀昀夾)**句不妥。奈何農經中,收此困羈旅。牛舌不餉人,一斛肯多與。乃知見本偏,但可酬惡語。

古别離送蘇伯固[①]

(杭世駿眉)去韋遠矣。**(紀昀眉)**音節似生。**(孫原湘眉)**音節似

① 編者按:詩題一作"送蘇伯固效韋蘇州"。

生。查子恐係誤收,再考。

三度別君來,此別真遲暮。白盡老髭鬚,明日淮南去。(**何紹基乙眉**)凄其。酒罷月隨人,淚濕花如霧。後夜逐君還,夢繞湖邊(一作江南)路。

【彙評】

劉辰翁:盡是好詩,第去蘇州尚遠。

次韻魯直書伯時畫王摩詰

前身陶彭澤,後身韋蘇州。欲覓王右丞,還向五字求。詩人與畫手,蘭菊芳春秋。又恐兩皆是,分身來入流。(**紀昀眉**)後二句不成語。

【彙評】

劉辰翁:謂伯時即摩詰。

雷州八首

(**蕭奇中夾**)上四首似結似竹,讀之長吊。(**蕭奇中眉**)下四首紀風。(**紀昀眉**)前四首佳。(**查慎行甲眉**)秦少游詩。(**翁同書眉**)查氏謂"此八首皆秦少游作"。考《淮海集》及《宋文鑒》,斷爲秦作無疑,且坡公並未謫居其地也。(**錢廷錦乙旁**)前四首自叙,後四首言雷州風俗。

白髮坐鉤黨，（**蕭奇中夾**）痛出。南遷瀕海州。灌園以糊口，（**蕭奇中夾**）真境。身自雜蒼頭。籬落秋暑中，碧花蔓牽牛。誰知把鋤人，舊日東陵侯。（**蕭奇中夾**）身世每爾。

荔子無幾何，黄柑遽如許。遷臣不惜日，恣意移寒暑。（**蕭奇中眉**）非不惜也，欲惜之而不能耳。（**陳仁錫眉**）君自此遠矣。（**趙克宜評**）三、四沉痛。層巢俯雲木，信美非吾土。（**蕭奇中夾**）傷在此。草芳自有時，（**蕭奇中夾**）知命。鵾鳩何關汝。（**蕭奇中夾**）慨慰交至。（**紀昀眉**）怨而不怒。（**何紹基乙眉**）寄慨。

下居近流水，小巢依嶺岑。終日數椽間，但聞鳥遺音。（**杭世駿眉**）飛鳥遺之音，用《易》語。爐香入幽夢，海月明孤斟。鷦鷯一枝足，所恨非故林。（**何紹基乙眉**）幽致。

培塿無松柏，駕言此焉游。讀書與意會，却掃可忘憂。尺蠖以時屈，其伸亦非求。（**蕭奇中眉**）既已時矣，求自亦非。得歸良不惡，未歸且淹留。（**趙克宜評**）任運之言，便有陶意。

粤嶺風俗殊，有疾時勿藥。束帶趨房祀，用史巫紛若。弦歌薦𥻗粟，奴至洽觴酌。呻吟殊未央，更把雞骨灼。

粤女市無常，所至輒成區。一日三四遷，處處售鰕魚。青裙脚不襪，（**蕭奇中夾**）一笑。臭味猿與狙。孰云風土惡，白洲生緑珠。（**翁同書旁**）結句用老杜《負薪行》語意。（**何焯眉**）蹊徑終似，安得有此昭君村？

海康臘己酉，不論冬孟仲。殺牛撾鼓祭，城郭爲傾動。雖非堯頒曆，自我先人用。苦笑荆楚人，嘉平臘雲夢。（**錢陸燦眉**）歲時紀。

舊時日南郡，野女出成群。此去尚應遠，東風已如雲。蚩氓托絲布,相就通殷勤。可憐秋胡子,(**錢陸燦夾**)難爲司馬相如。不遇卓文君。(**何焯眉**)可笑。

【彙評】

查慎行:八首皆秦少游作。按秦本傳:“紹聖初,觀坐黨籍,貶監處州酒税,旋削秩徙郴州,又徙雷州。”今觀詩中語,皆謫居處州自夏歷秋冬所作。子瞻謫儋耳時,與子由同至雷,留月餘而去,在五六月間,與詩中語多不合,斷其爲秦作無疑。削之。按《淮海集·雷陽書事三首》“粤嶺風俗殊”“舊時曰南都”乃其二也。《海康書事十首》“白髮”“荔子”“下居”“培塿”“粤女”“海康”乃其六也。此外尚有四首。

妒佳月

(**紀昀夾**)題目非法,若摘“狂雲妒佳月”五字爲題,却是古法。(**紀昀眉**)亦不合于上官之作,其詞太激,亦太露。(**莫友芝甲旁**)此詩蓋喻小人之蔽君子,而君子清白之質終不爲所掩也。玩詩意可見。

狂雲妒佳月,怒飛千里黑。佳月了不嗔,曾何污潔白。爰有謫仙人,舉酒爲三客。今夕偶不見,泛瀾念風伯。毋煩風伯來,彼也易滅没。支頤少待之,寒空净無迹。粲粲黄金盤,獨照一天碧。玉繩慘無輝,玉露洗秋色。浩瀚玻璃盞,和光入胸臆。使我能永延,約君爲莫逆。

追和沈遼贈南華詩

善哉彼上人,了知明鏡臺。歡然不我厭,肯致遠公材。莞爾無心雲，胡爲出岫來。一堂安寂滅，卒歲扃蒼苔。

夢　雪

殘杯失春温，破被生夜悄。(**杭世駿眉**)似孟郊，所謂“我憎孟郊詩，復作孟郊語”也。開門千山白，俯仰同一照。雖時出圭角，固自絶瑕竅。兒童勿驚怪，調汝得一笑。

雪林硯屏率魯直同賦

(**杭世駿眉**)此詩興寄亦淺，未足娱心，況邀不善五言之魯直同賦乎？(**紀昀夾**)即用《狄詠石屏》詩韻，似前首乃改定之本。(**何紹基乙眉**)有意斗涪老。

西山無時春，巉岩鎖頑陰。分明倚天壁，點綴無風林。物固爲人出，興誰於此深。窮奇真自蠹，詩句且娱心。

南屏謙師妙於茶事自云得之於心應之於手非可以言傳學到者十月二十七日聞軾游壽星寺遠來設茶作此詩贈之①

(**紀昀眉**)淺陋不似東坡語。

道人曉出南屏山，來試點茶三昧手。忽驚午盞兔毫斑，打

① 編者按：詩題一作“送南屏謙師”，而以現題爲引。

作春甕鵝兒酒。天台乳花世不見,玉川風腋今安有。東坡有意續《茶經》,會使老謙名不朽。

申王畫馬圖

(**蕭奇中旁**)詩雄雅兩擅,於"畫"字少裁。(**紀昀眉**)真有東坡之意。(**方東樹評**)《苕溪漁隱叢話》云:"此詩蔡天啓作。"按以《南山之下》一首持較此詩,有"龍象蹙踏,非驢所堪"之嘆。

天寶諸王愛名馬,千金争致華軒下。當時不獨玉花驄,飛電流雲絶瀟灑。兩坊岐薛寧與申,憑陵内廄多清新。(**何焯眉**)不穩。肉鬃汗血盡龍種,紫袍玉帶真天人。驪山射獵包原隰,御前急詔穿圍入。揚鞭一蹙破霜蹄,(**蕭奇中夾**)好馬。萬騎如風不能及。(**蕭奇中夾**)妙。(**杭世駿眉**)權奇倜儻,神似老杜《丹青引》諸作。(**何焯眉**)此等詩與少陵比較,終有古今厚薄之别。雁飛兔走驚弦開,(**趙克宜評**)"雁飛兔走"與"驚弦開"相呼應,自蜀實賦,何與馬事?舊注非是。翠華按轡從天回。五家錦繡變(**一作遍**)山谷,(**何焯眉**)"變"一作"遍",了無意趣矣。百里舃珥遺纖埃。青騾蜀棧兩超忽,高準濃娥散荆棘。回首追風趁日飛,(**一作苜茫連天鳥自飛,**)五陵佳氣春蕭瑟。(**蕭奇中眉**)《長恨》《連昌》,一時拍掌。(**潘奕雋眉**)神似少陵。(**趙克宜評**)感慨作結,語極遒煉,仍有餘味。

【彙評】

劉辰翁:極是本色。

方東樹:起言外無此二子奇肆之意,只勉强了題而已,此所以爲凡近。荆公只如此境界。

奉和成伯大雨中會客解嘲

樂事難並真實語,坐排用意多乖誤。興來取次或成歡,瓦鈎却勝黄金注。我生禍患久不擇,肯爲一時風雨阻。(**何紹基乙眉**)不嫌語重,恰作詩波。天公變化豈有常,明月行看照歸路。

【彙評】

袁宏道:率爾之言,有趣。

譚元春:後四語却非率爾,"久不擇"三字亦下得細。

和公濟飲湖上①

昨夜醉歸還獨寢,曉來宿雨鳴孤枕。扁舟小棹截湖來,正見青山駁雲錦。須知老人興不淺,莫學公榮不共飲。與君歌鼓樂豐年,唤取千夫食陳廪。

贈　僧

道人自嫌三世將,棄家十年今始壯。玉骨猶含富貴餘,漆瞳已照人天上。去年相見古長干,衆中矯矯如翔鸞。今年過我江西寺,病瘦已作霜松寒。朱顔不辦供歲月,風中蒿火湯中雪。如問君家面黄翁,乞得摩尼照生滅。莫學王郎與支遁,臂鷹走馬憐神駿。還君圖畫君自收,不如木人騎土牛。

① 編者按:詩題一作"袁公濟飲客湖上東坡來爲不速"。

周教授索枸杞因以詩贈録呈廣倅蕭大夫

鄴侯藏書手不觸，嗟我嗜書終日讀。短檠照字細如毛，怪底眼花懸兩目。扶衰賴有王母杖，名字於今挂仙録。荒城古塹草露寒，(**錢廷錦甲夾**)枸杞。碧葉叢低紅菽粟。(**蕭奇中夾**)肖。春根夏苗秋著子，盡付天隨眦充腹。蘭傷桂折緣有用，爾獨何損丹其族。贈君慎勿比薏苡，采之終日不盈掬。外澤中乾非爾儔，斂藏更借秋陽曝。雞壅桔梗一稱帝，堇也雖尊等臣僕。時復論功不汝遺，異時謹事東籬菊。(**紀昀眉**)結寓感慨。

次韻黄夷仲茶磨

(**杭世駿眉**)以文爲詩，昌黎之别子也，妙在直起直收，寓精悍於樸拙之中。(**何紹基乙眉**)止作《茶經》。

前人初用茗飲時，煮之無問葉與骨。浸窮厥味臼始用，復計其初碾方出。計盡功極至於磨，信哉智者能創物。(**蕭奇中眉**)茶付諸磨，茶已失天真矣，不知何人倆此。破槽折杵向墻角，亦其遭遇有伸屈。(**蕭奇中夾**)每見大意。歲久講求知處所，佳者出自衡山窟。巴蜀石工强鐫鑿，理疏性軟良可咄。予家江陵遠莫致，塵土何人爲拔拂。(**何焯眉**)通首不似東坡，"予家江陵"尤非此老語。(**何焯旁**)觀"江陵"句，則此亦他人詩。

送公爲游淮南

(**查慎行評**)此晁無咎詩。(**潘奕雋眉**)公爲是計然之徒，賈於淮南者。(**翁同書眉**)無咎於題下自注云:"陶靖節云'既耕亦已種,且還讀我書',即此意也。"

負米萬里緣其親,運甓無度憂其身。讀書莫學流麥士,挾策莫比亡羊人。(**潘奕雋夾**)規之也。乃翁辛苦到白首,汝今强勉當青春。昔時管鮑以君霸,此兩士買寧非貧。

謝蘇自之惠酒

(**紀昀眉**)旋律自如,止入口語,而不落淺易,格力高也。然此種殊不易學,無其格力,而以頽唐出之,風斯下矣。(**毛西原眉**)紀云"旋律自如,止入説話,而不落淺易,格力高也。此種殊不易學,無其格力,而以頽唐出之,風斯下矣"。

高士例須憐麯蘖,此語嘗聞退之説。我今有説殆不然,麯蘖未必高士憐。醉者墜車莊生言,全酒未若全於天。(**李鴻裔甲批**)"醉者"十四字作一句讀。達人本自不虧缺,何暇更求全處全。景山沉迷阮籍傲,畢卓盗竊劉伶顛。貪狂嗜怪無足取,世俗喜異矜其賢。杜陵詩客尤可笑,羅列八子參群仙。流涎露頂置不説,爲問底處能逃禪。我今不飲非不飲,心月皎皎長孤圓。有時客至亦爲酌,琴雖未去聊忘弦。吾宗先生有深意,百里雙罌遠將寄。且言不飲固亦高,舉世皆同吾獨異。不如同異兩俱冥,得鹿亡羊等嬉戲。(**蕭奇中夾**)便入此道。決須飲此勿復辭,何用區區較醒醉。(**杭世駿眉**)滑稽之雄。(**紀昀眉**)一路莊論,幾無轉身之地,化出此意作結,可謂辯才無疑。(**毛西原眉**)紀云"一路莊論,幾無轉身處,化出此意作結,可謂辯才無礙"。(**《角山樓》評**)語涉禪偈,東坡習徑。結法亦是東坡習徑。

西山戲題武昌王居士(並引)

(**查慎行評**)何苦爲此。(**杭世駿眉**)唐人酒令有雙聲疊[韻]成句者,坡戲學之。(**紀昀眉**)此種不宜入集,不得以王融藉口,王融詩先不應入集也。紛紛更屬,雅人所不道。(**潘奕雋眉**)戲筆,然不俗。

予往在武昌,西山九曲亭上有題一句云:玄鴻橫號黄槲峴。九曲亭即吴王峴山,一山皆槲葉,其旁即元結陂湖也,荷花極盛。因爲對云:皓鶴下浴紅荷湖。坐客皆笑,同請賦此詩。

江干高居堅關扃,犍耕躬稼角挂經。(**潘奕雋夾**)"扃"亦九青韻。附施注云:按"經"字係九青韻,豈先生偶失檢耶?篙竿繫舸菰茭隔,笳鼓過軍雞狗驚。解襟顧景各箕踞,擊劍賡歌幾舉觥。荆笄供膾愧攬聒,乾鍋更戛甘瓜羹。

【彙評】

袁宏道:存之備一體。

譚元春:世豈少故作艱奇者?欲湮其源,且恨莫由,奈何復導之,使其有二也?此等詩,昌黎、東野諸人,不得不任其過。

戲和正輔一字韻

(**莫友芝甲旁**)"官""菅""竿""冠""關",雖異字而皆同一音,故曰"一字韻"。

故居劍閣隔錦官,柑果薑蕨交荆菅。奇孤甘挂汲古綆,僥覬敢揭鈎金竿。已歸耕稼供藁秸,公貴幹蠱高巾冠。改更句格各蹇吃，姑因狡獪加間關。（**王方平謂麻姑云：姑固少年，吾老矣，不復作此狡獪變化也。**）

池上二首

（**翁同書眉**）二首見《無咎集》，字句兼有異同。

小池新鑿會天雨，一部鼓吹從何來。有蟾正碧亂草色，時泗出没東南隈。井幹跳梁亦足樂，洞庭魚龍何有哉。能歌德聲莫入月，清池與爾俱忘回。

不作太白夢日邊，還同樂天賦池上。池上新年有荷葉，細雨魚兒噞輕浪。男兒學易不應舉，幽人一友吾得尚。此池便可當長江，欲榜茅齋來蕩漾。（**何焯眉**）篤簌似山谷。

贈仲素寺丞致仕歸隱潛山

（**查慎行評**）此欒城詩。（**查慎行甲眉**）子由詩。

潛山隱君七十四，紺瞳緑髮方謝事。腹中靈腋變丹砂，江上幽居連福地。彭城爲我駐三日，明月滿舟同一醉。（**蕭奇中夾**）好。丹書細字口傳訣，顧我沉迷真棄耳。年來四十髮蒼蒼，始欲求方救憔悴。他年若訪潛山居，慎勿逃人改名字。

魯直以詩饋雙井茶次韻爲謝

（**紀昀眉**）亦效山谷體，却非山谷之佳者。

江夏無雙種奇茗，汝陰六一誇新書。磨成不敢付僮僕，自看湯雪生璣珠。列仙之儒瘠不腴，只有病渴同相如。明年我欲東南去，畫舫何妨宿太湖。(《歸田録》:草茶以雙井爲第一。畫舫宿太湖，顧渚貢茶故事。)

揚州以土物寄少游

(查慎行評)少游詩。(翁同書眉)秦，高郵人，篇中以土人致土貢，語意特親切，其爲秦作無疑。

鮮鯽經年秘醽醁，團臍紫蟹脂填腹。(蕭奇中夾)妙。後春蓴茁活如酥，先社薑芽肥勝肉。鳧子纍纍何足道，點綴盤餐亦時欲。淮南風俗事瓶罌，(蕭奇中眉)後三字江南風俗俱見。方法相傳竟留蓄。且同千里寄鵝毛，何用孜孜飲麋鹿。(翁同書旁)[馮注]山谷詩注引《復齋漫録》云:"'千里寄鵝毛，物輕情意重。'鄙語也。"

贈曇秀

白雲出山初無心，棲鳥何必戀山林。道人偶愛山水故，縱步不知湖嶺深。(紀昀眉)起四句可觀，以下語多凡近。空岩已禮百千相，曹溪更欲瞻遺像。要知水味孰冷暖，始信夢時非幻妄。袖中忽出貝葉書，中有璧月綴星珠。人間勝絶略已遍，匡廬南嶺並西湖。西湖北望三千里，大堤冉冉横秋水。誦師佳句説南屏，瘴雲應逐秋風靡。胡爲只作十日歡，杖策復尋歸路難。留師筍蕨不足道，悵望荔子何時丹。

【彙評】

劉辰翁:時境如此。

再過泗上二首

(**查慎行甲眉**)二首亦見張文潛《宛丘集》。

眼明初見淮南樹,(**賴山陽評**)"淮南樹","初"所見,"眼明"字甚切。十客相逢九吴語。(**賴山陽評**)此非舟中之人,即言所逢之舟或堤上行人也,言至淮南漸進也。旅程已付夜帆風,客睡不妨背船雨。黄柑紫蟹見江海(**一作梅**),(**查慎行評**)"梅"當作"海"。紅稻白魚飽兒女。殷勤買酒謝船師,千里勞君勤轉櫓。(**賴山陽評**)"櫓"字成結,乃古體然耳。○此詩與上詩並皆見其風韻,押韻之切如此者,皆見其詩之妙。

繫舟淮北雨折軸,繫舟淮南風斷橋。客行有期日月疾,歲事欲晚霜雪驕。(**趙克宜評**)次聯有雄直之氣。山根浪頭作雷吼,縮手敢試舟師篙。不用燃犀照幽怪,要須拔劍斬長蛟。

贈李兕彦威秀才

(**紀昀眉**)用唐人轉韻古格,亦自流暢,但非東坡佳處耳。

魏王大瓠實五石,種成濩落將安適。可憐公子持十牛,海上三年竟何得。先生少負不羈才,從車數到單于臺。天山直欲三箭取,白衣將軍何人哉。夜逢怪石曾飲羽,戲中戟枝何足數。誓將馬革裹屍還,肯學班超苦兒女。封侯衛霍知幾許,(**方東樹評)氣骨凡淺。"封侯"以下,皆庸語凡筆。老矣先生困羈旅。酒酣聊復説平生,結襪猶堪一再鼓。棄書捐劍學萬人,紈絝儒冠皆誤身。(蕭奇中夾)真。窮途政似不龜手,與世差爲西子顰。如今惟有談天口,雲夢胸中吞八九。世間萬事寄黄粱,且與先生説烏有。(丁菊泉眉)去"敵"字不妥。

次韻謝子高讀淵明傳

(查慎行評)山谷詩。(方東樹評)此詩以爲山谷作者,得之。

枯木嵌空微黯淡,(紀昀夾)"微"當作"徽"。古器雖在無古弦。袖中正有南風手,誰爲聽之誰爲傳。(趙克宜評)與"縱有此聲無此耳"同意,而語較奥。風流豈落正始後,甲子不數義熙前。一山黄菊平生事,無酒令人意缺然。(查慎行甲眉)慎按,此詩見《山谷外集》。又《中州集》蔡松年《銀州道中》詩云:"此時最憶涪翁語,無酒令人意缺然。"其爲山谷作無疑。今據此駁正。

龐　公

(紀昀眉)二首皆淺近。(翁同書眉)上、去二聲兼押。(錢廷錦乙旁)詩意皆公自寓,編入《詠史》,非也。

襄陽龐公少檢束,白髮不髡亦不俗。世所奔趨我獨棄,我已有餘彼不足。鹿門有月樹下行,虎溪無風舟上宿。不識當年捕魚客,但愛長康畫金粟。(錢廷錦乙夾)若作《詠史》,則龐公在長康前百年,何以云"愛"?杜口如今不復言,龐公爲人不曲局。東西有人問老翁，爲道明燈照華屋。(**丁菊泉眉**)“明燈”以下又一首，題係《戲書》。

五言七言正兒戲，三行五行亦偶爾。我性不飲只解醉，正如春風弄群卉。(**蕭奇中夾**)天真。四十年來同幻事，老去何須別愚智。古人不住亦不滅，我今不作亦不止。寄語悠悠世上人，浪生浪死一埃塵。洗墨無池筆無象，聊爾作戲悦我神。(**杭世駿眉**)集中此等語皆公下乘，不可輕化筆端。

【彙評】

查慎行："五言"以下與前詞意不屬，疑另一首。

查慎行丙：按《龐公》一篇，施氏原本不載，新刻載續補上卷。舊疑此詩當分兩章：自"襄陽龐公少檢束"至"爲道明燈照華屋"止，爲一首；自"五言七言正兒戲"至末，與前半語意判然，自應另作一首。而諸刻相承，未有辨之者。今閱外集第八卷，前一首題云"龐公"，後一首題云"戲書"，據此改正，移入守杭卷中，向來疑訛頓釋矣。

送吕行甫司門倅河陽

(**紀昀眉**)不失清妥，然非出色之作。(**何紹基乙眉**)樸。

結交不在久，傾蓋如平生。(**紀昀夾**)起自不套。識子今幾日，送别亦有情。(**查慎行評**)稱量而止，作家身分。子生公相家，高義久峥嶸。天才既超詣，世故亦屢更。譬如追風驥，豈免羈與纓。念我山中人，久與麋鹿並。誤出挂世網，(**蕭奇中眉**)未能免。舉動俗所驚。歸田雖未果，已覺去就輕。河陽豈云遠，出處恐異程。便當從此别，有酒無徒傾。

食雉

雄雉曳修尾,驚飛向日斜。空中紛格鬥,彩羽落如花。喧呼勇不顧,投網誰復嗟。百錢得一雙,新味時所佳。(**譚元春評**)甚古。(**紀昀夾**)"唐"韻"麻"部有"佳"字。烹煎雜雞鶩,爪距漫槎牙。誰知化爲蜃,海上落飛鴉。(**孫顥元校録**)考《禮記》作"入大水",鄭注:淮也。惟《搜神記》云"千歲之雉,入海爲蜃"。附見王十朋集注本子仁注。

雙鳧觀(在葉縣)

王喬古仙子,時出觀人寰。常爲漢郎吏,厭世去無還。雙鳧偶爲戲,聊以驚世頑。(**紀昀夾**)解脱得好。不然神仙迹,羅網安能攀。紛紛塵埃中,銅印紆青綸。安知無隱者,竊笑彼愚奸。(**紀昀眉**)結太淺直。

郭綸(綸本河西弓箭手,屢戰有功,不賞。自黎州都監官滿,貧不能歸。今權嘉州監税)

河西猛士無人識,日暮津亭閲過船。(**紀昀夾**)二句寫出英雄失路之概。路人但覺驄馬瘦,不知鐵槊大如椽。因言西方久不戰,(**紀昀眉**)頗作意態,而不免淺弱。病在五句接落少力,而五句之少力,則病在"因言"二字之板滯也。截髪願作萬騎先。我當憑軾與寓目,看君飛矢射蠻氈。(**翁方綱評**)此在漁洋先生以爲"羚羊挂角"之妙,而東坡少年時特以無意偶然得之。

初發嘉州

(**紀昀眉**)氣韻灑脱,格律謹嚴,此少年未縱筆時。

朝(**一作初**)發鼓闐闐,西風獵畫旃。故鄉飄已遠,往意浩無邊。錦水細不見,蠻江清可憐(**一本作更鮮**)。(**紀昀夾**)出句五仄,則對句第三字必平,唐人定格。奔騰過佛脚,曠蕩造平川。野市有禪客,釣臺尋暮煙。相期定先到,久立水潺潺。(**是日期鄉僧宗一,會别釣魚臺下。**)(**紀昀夾**)接得挺拔,仿佛孟公"問我今何適,天台訪石橋"二句筆意。(**莫友芝甲評**)此亦五排,當編入後卷近體中。

犍爲王氏書樓

(**紀昀眉**)亦頗淺弱,此時氣格尚未成就也。

樹林幽翠滿山谷,樓觀突兀起江濆。云是昔人藏書處,磊落萬卷今生塵。江邊日出紅霧散,綺窗畫閣青氛氲。山猿悲嘯谷泉響,野鳥嘐戛岩花春。借問主人今何在,被甲遠戍長苦辛。先登搏戰事斬級,區區何者爲三墳。書生古亦有戰陣,葛巾羽扇揮三軍。古人不見悲世俗,回首蒼山空白雲。

過宜賓見夷中亂山

(**查慎行甲眉**)"中"字訛,當作"牢"。(**紀昀眉**)清而未厚,峭而未堅,火候未足時,雖東坡天才,不能强造也。(**何焯眉**)此等詩雖不無摹擬古人之迹,然自歷歷如畫。

江寒晴不知,遠見山上日。(**蕭奇中夾**)有此。朦朧含高峰,晃蕩射峭壁。横雲忽飄散,翠樹紛歷歷。(**紀昀眉**)起六句寫景自好。行人挹孤光,(**何紹基乙眉**)"行人挹孤光"五字,真奇淡不可狀。飛鳥投遠碧。(**蕭奇中夾**)静思得之。蠻荒誰復愛,穠秀安可適。(**紀昀夾**)不成句法。豈無避世士,高隱煉精魄。(**潘奕雋夾**)收入習逕。誰能從之游,路有豺虎迹。

【彙評】

譚元春:"落葉滿空山,何處尋行迹",此首反可以和之。

汪師韓:孤冷戍削,具縋幽鑿險之能。

李鴻裔乙:純用唐法。

夜泊牛口

(**查慎行評**)以地度之,牛口當在叙州府真溪驛北。

日落紅霧生,繫舟宿牛口。居民偶相聚,三四依古柳。負薪出深谷,見客喜且售。(**紀昀夾**)後三字湊。煮蔬爲夜餐,安識肉與酒。(**紀昀夾**)句率。朔風吹茅屋,破壁見星斗。(**蕭奇中夾**)恍然。兒女自咿嚘,亦足樂且久。(**紀昀夾**)後三字趁韻。人生本無事,苦爲世味誘。富貴耀吾前,貧賤獨難守。(**袁宏道評**)是真實語,前人不曾説破疼根。誰知深山子,甘與麋鹿友。(**紀昀夾**)此處可住。置身落蠻荒,生意不自陋。(**蕭奇中眉**)"不自"二字矯。今予獨何者,汲汲强奔走。(**紀昀眉**)後半篇全是俗徑,凡游眺山水之作,此意摇筆便來,切宜避之。

【彙評】

汪師韓:不見可欲使心不亂,於此悟出艱難中骨力,孰謂陋室荒村不可以學道?

牛口見月

(**譚元春評**)氣格渾蒼,無咿嚘之病。且無故思及丙申河決事,便遠。

掩窗寂已睡,月脚垂孤光。(**蕭奇中夾**)静甚。披衣起周覽,飛露灑我裳。山川同一色,(**蕭奇中眉**)"山川同一色",唐人"雪"句有此,不如月妙。浩若涉大荒。(**何紹基乙眉**)夜景往往寫絶。幽懷耿不寐,四顧獨彷徨。(**紀昀眉**)起八句極佳,以下殊乏熔煉。忽憶丙申年,(**翁同書眉**)[查注]公于嘉祐元年丙申乙未進士,丁酉年,成國太夫人憂,歸蜀。己亥冬,侍老蘇公,再入京。此詩乃己亥作,故云"忽憶丙申年",通篇多是追溯語。京邑大雨雱。(**紀昀夾**)"雱"字懸脚。(**李鴻裔乙評**)"雱"韻句法從《春秋》得來,語有經典,不得目爲懸脚。蔡河中夜决,横浸國南方。車馬無復見,紛紛操栰郎。新秋忽已晴,九陌尚汪洋。龍津觀夜市,燈火亦煌煌。新月皎如晝,疏星弄寒芒。不知京國喧,是謂江湖鄉。(**王文誥夾**)自"忽憶丙申年"句至此,皆追憶京中事。(**李鴻裔乙評**)二句束上,逗起下意,針綫細密。今來牛口渚,見月重凄涼。却思舊游處,滿陌沙塵黄。(**李鴻裔乙評**)結四句殊乏陶冶。

舟中聽大人彈琴

（**紀昀眉**）通篇不脱唐人習徑，句法亦多淺弱，漁洋《古詩選》取之，是所未喻。（**譚元春評**）總是子聽父彈琴詩，古穆莊嚴，無一毫褻怠歡暢之氣。（**方東樹評**）高韻，意境可比陶公。

彈琴江浦夜漏水，斂衽竊聽獨激昂。（**紀昀夾**）"獨激昂"三字不似聽琴，且與下文不貫。（**王文誥夾**）紀曉嵐謂"獨激昂"三字不似聽琴，此不懂琴者之言也。曉嵐又謂此三字與下文不貫，彼何由知風松、玉佩諸曲必非激昂者乎？所論甚謬。風松瀑布已清絶，更愛玉佩聲琅璫。自從鄭衛亂雅樂，古器殘缺世已忘。千家寥落獨琴在，（**王文誥夾**）宋琴法去今不遠，可見古意猶存也。有如老仙不死閲興亡。（**蕭奇中眉**）奇至。世人不容獨反古，强以新曲求鏗鏘。微音淡弄忽變轉，數聲浮脆如笙簧。（**王文誥夾**）凡琴曲起結入慢，多用泛音，或爲緩急之變，或爲跌蕩之終，或因實以間虛，或以其流走不定，而夾入破之，所用至廣，即"數聲浮脆"是也。此二句專指泛音，而查注以"浮脆"作"浮泡"，引《翻譯名義》"受想行起似浮泡"作解，此與曉嵐所論正等，可發一粲。無情枯木今尚爾，何况古意墮渺茫。江空月出人響絶，夜闌更請彈《文王》。（**紀昀眉**）《文王操》無所取義，即師趁韻。（**何紹基乙眉**）議論確遠。

【彙評】

方東樹：詞意韻格，超詣入妙，而筆勢又奇縱恣肆。六一尚不能脱退之窠臼，此獨如飛天仙人，下視塵埃，俱凡骨矣。

泊南牛口期任遵聖長官到晚不及見復來

（**翁同書旁**）任孜曾爲平原令，故稱爲長官，先生詩有"平原老令更可悲”之句。

江上有微徑,深榛煙雨埋。崎嶇欲取別,不見又重來。下馬未及語,固已慰長懷。江湖涉浩渺,安得與之偕。

江上看山

(**紀昀眉**)起勢雄悍,後四句撑拄不起。

船上看山如走馬,倏忽過去數百群。(**趙克宜評**)查云:馬思贊曰:“起句用少陵‘隔河見胡騎,倏忽數百群’二語,杜是正,而此是譬喻,所謂‘奪胎换骨法’。”前山槎牙忽變態,後嶺雜沓如驚奔。(**何紹基乙眉**)寫順風船像。(**趙克宜評**)與起句意復。仰看微徑斜繚繞,上有行人高縹渺。舟中舉手欲與言,孤帆南去如飛鳥。(**李鴻裔乙評**)五、六接落全力,七、八跌宕自喜。

留題仙都觀

(**紀昀眉**)氣味道逸,但乏精意。

山前江水流浩浩,山上蒼蒼松柏老。舟中行客去紛紛,古今换易如秋草。空山樓觀何峥嶸,真人王遠陰長生。飛符御氣朝百靈,悟道不復誦《黄庭》。龍車虎駕來下迎,去如旋風摶紫清。真人厭世不回顧,世間生死如朝暮。學仙度世豈無人,餐霞絶粒長辛苦。(**何紹基乙眉**)真種閲絶,何獨真人。安得獨從逍遥君,泠然乘風駕浮雲,超世無有我獨行。(**何焯眉**)仙佛皆譽一身，豈能度世？（**紀昀夾**）“行”一作“存”字，是“行”字古韻，不通用。

屈原塔（在忠州，原不當有塔於此，意者後人追思，故爲作之）

楚人悲屈原，千歲意未歇。精魂飄何處，父老空哽咽。至今滄江上，投飯救飢渴。（**紀昀夾**）“渴”字添出趁韻。遺風成競渡，哀叫楚山裂。（**紀昀夾**）“遺風”二字亦不自然。屈原古壯士，就死意甚烈。世俗安得知，眷眷不忍决。南賓舊屬楚，（**莫友芝甲評**）“賓”，藏宗切。山上有遺塔。應是奉佛人，（**蕭奇中夾**）以意斷。恐子就淪滅。（**王文誥夾**）完出證據，若實有其事者然。公凡隨手起波，必於隨手抹到處敲進一層，此終其身用筆如一轍者，而其法初見於此。亦猶曲工必送足五六上而後回至四合，工中有天籟存焉，不可强也。此事雖無憑，此意固已切。古人誰不死，何必較考折。（**何紹基乙眉**）“考折”，猶壽夭也。名聲實無窮，富貴亦暫熱。（**李鴻裔乙評**）但易去“名聲”兩字，便是好詩，節去却不成章法。“至今”四句，亦不可節也。大夫知此理，所以持死節。（**蕭奇中眉**）寫出忠烈心事，然惟是，故千載下人心未死。○與今立遺愛去者别。（**紀昀眉**）結四句將屈原説作好名，語病不小。若節去“至今”四句及此四句，轉覺完美。

西山詩和者三十餘人再次前韻爲謝[①]

（**查慎行甲眉**）重出。

朱顔發過如春醅，胸中梨棗初未栽。丹砂未易掃白髮，赤

---

① 編者按：此詩卷十六已收，題爲“再用前韻”。

松却欲參黄梅。寒溪本自遠公社，白蓮翠竹依崔嵬。當時石泉照金瑞，神光夜發如五臺。飲泉鑒面得真意，坐視萬物皆浮埃。欲收暮景返田里，遠泝江水窮離堆。還朝豈獨羞老病，自嘆才盡傾空罍。諸公渠渠若夏屋，吞吐風月清隅隈。我如廢井久不食，古甃缺落生陰苔。數詩往復相感發，汲新除舊寒光開。遥知二月春江闊，雪浪倒卷雲峰摧。石中無聲水亦静，云何解轉空山雷。（**韋應物詩云：水性本云静，石中固無聲。如何兩相激，雷轉空山驚。**）欲就諸公評此語，要識憂喜何從來。願求南宗一勺水，往與屈賈湔餘哀。

新　灘

（**紀昀眉**）純是香山門徑。

扁舟轉山曲，未至已先驚。白浪横江起，槎牙似雪城。番番從高來，一一投澗坑。大魚不能上，暴鬛（**一作腮**）灘下横。小魚散復合，瀺灂如遭烹。鸕鷀不敢下，飛過兩翅輕。白鷺誇瘦捷，插脚還欹傾。（**紀昀眉**）以四層襯起舟人，未免太排，香山詩格不高，亦坐此等以爲奇姿者，非也。區區舟上人，薄技安敢呈。只應灘頭廟，賴此牛酒盈。（**紀昀眉**）結二句拙，“盈”字亦押得牽强。（**錢廷錦乙旁**）亦備一體。

【彙評】

劉辰翁：末語亦可誦。

新灘阻風

北風吹寒江,來自兩山口。初聞似摇扇,(**紀昀夾**)句欠精切。漸覺平沙走。飛雲滿岩谷,舞雪穿窗牖。灘下三日留,識盡灘(**一作山**)前叟。(**紀昀夾**)"叟"字趁韻。(**何紹基乙眉**)"識盡灘前叟",是阻風人情景。孤舟倦鴉軋,短纜困牽揉。嘗聞不終朝,今此何其久。只應留遠人,此意固亦厚。吾今幸無事,閉户爲飲酒。(**紀昀眉**)不作感憤,身分特高。

昭君村

(**紀昀眉**)不免凡近。

昭君本楚人,豔色照江水。楚人不敢娶,謂是漢妃(**一作家**)子。(**蕭奇中夾**)跌宕亦妙。誰知去鄉國,萬里爲胡鬼。(**何紹基乙眉**)杜。人言生女作門楣,昭君當時憂色衰。古來人事盡如此,反覆縱横安可知。

黄牛廟

(**紀昀眉**)比興太淺。(**潘奕雋夾**)二詩寄慨甚深。(按:指本首與上首。)

江邊石壁高無路,上有黄牛不服箱。(**蕭奇中夾**)用得妙。廟前行客拜且舞,擊鼓吹簫屠白羊。(**蕭奇中眉**)逼杜。(**紀昀夾**)"白"字太坐煞。山下耕牛苦磽確,兩角磨崖四蹄濕。青芻半束長苦飢,仰看黄牛安可及。(**蕭奇中夾**)時與命在其中。

蝦蟆碚(一作培)

(**紀昀眉**)率易。

蟆背似覆盂,蟆頤如偃月。謂是月中蟆,開口吐月液。根源來甚遠,百尺蒼崖裂。當時龍破山,此水隨龍出。入江江水濁,猶作深碧色。稟受苦潔清,獨與凡水隔。豈惟煮茶好,釀酒應無敵。(**蕭奇中夾**)説出作用。(**查慎行評**)結稍率。(**杭世駿眉**)平鋪直叙,了無可悦之趣。

留題峽州甘泉寺(姜詩故居)

(**紀昀眉**)糾纏姜詩,牽强無味。

輕舟横江來,吊古悲純孝。逶迤尋遠迹,婉孌見遺貌。清泉不可挹,涸盡空石窖。古人飄何之,惟有風竹鬧。(**杭世駿眉**)"鬧"字奇,從韓來。行行玩村落,户户懸網罩。民風坦和平,開户夜無鈔。(**紀昀夾**)趁韻不穩。叢林富筍茹,平野絶虎豹。嗟哉此樂鄉,毋乃姜子教。

寄題清溪寺(在峽州,鬼谷子之故居)

(**紀昀眉**)意好而語未工。

口舌安足恃，韓非死説難。（**蕭奇中夾**）可味。自知不可用，鬼谷乃真奸。（**紀昀夾**）句不雅。（**何焯眉**）猶王右丞云“古人非傲吏，自闕經世務”也。遺書今未亡，小數不足觀。秦儀固新學，見利不知患。嗟時無桓文，使彼二子顛。（**紀昀夾**）句亦不穩。死敗無足怪，夫子固使然。君看巧更窮，不若愚自安。遺宫若有神，頷首然吾言。

【**彙評**】

劉辰翁：寄言鬼谷，實言其謬，然儀、秦累之也。

荆門惠泉

（**何紹基乙眉**）寄意妙於爽快。

泉源從高來，走下隨石脈。紛紛白沫亂，隱隱蒼崖坼。縈回成曲沼，清澈見肝膈。衆瀉爲長溪，奔駛蕩蛙蟈。初開不容碗，漸去已如帛。（**紀昀眉**）“容碗”用濫觴意，“如帛”用飛練意，皆可通而語皆不工。傳聞此山中，神物懶遭謫。不能致雷雨，灩灩吐寒碧。遂令山前人，千古灌稻麥。（**蕭奇中夾**）亦實用。（**紀昀夾**）結亦少力。

卷二十七

詩六十六首

次韻答荆門張都官維見和惠泉詩

(紀昀眉)頗參理語,遂入論宗,由其明而未融,故未能縱横無礙。

楚人少井飲,地氣常不泄。蓄之爲惠泉,坌若有所折。泉源本無情,豈問濁與澈。貪愚彼二水,終古耻莫雪。只應所處然,遂使語異别。**(紀昀夾)**後三字未妥。泉傍地平衍,泉上山嵽嵲。君子慎所居,此義安可缺。古人貴言贈,敢用况高節。不爲冬霜乾,肯畏夏日裂。泠泠但不已,海遠要當徹。**(何紹基乙眉)**徹悟。

㴩陽早發

(翁同書眉)子由詩與先生同韻。

富貴本無定,**(查慎行甲眉)**"無定"一本作"先定"。世人自榮枯。囂囂好名心,嗟我豈獨無。不能便退縮,但使進少徐。**(紀昀眉)**真語轉高。我行念西國,已分田園蕪。南來竟何事,碌碌隨商車。自進苟無補,乃是懶且愚。人生重意氣,出處夫豈徒。

永懷江陽叟，種藕春滿湖。（**紀昀眉**）途中感懷，適在浰陽，遂以浰陽命篇，不爲浰陽作也，故不及山川地理。

夜行觀星

（**紀昀眉**）語特奇恣。

天高夜氣嚴，列宿森就位。（**蕭奇中夾**）"嚴"字出。（**翁同書眉**）"就位"謂星辰之各有位次也。大星光相射，小星鬧若沸。（**紀昀夾**）似流星矣。天人不相干，嗟彼本何事。世俗强指摘，一一立名字。（**杭世駿眉**）傳説王良皆在中古，已後未有人星，則亘古爲昭甘，後輩皆强爲附會。南箕與北斗，乃是家人器。天亦豈有之，（**蕭奇中夾**）妙論。無乃遂自謂。（**紀昀夾**）謂因人所名而名之。迫觀知何如，遠想偶有似。茫茫不可曉，使我長嘆喟。（**蕭奇中眉**）一涉分緯躔拍等諢話，便墮狐學。（**何紹基乙眉**）寄意。

【彙評】

劉辰翁：癡黠半。

汪師韓：搔首問天，通以玄解，是即道不可名，强名曰道之旨也。

《**角山樓**》：起語沉著，以下意之所觸，信筆寫出，達意而已，不以詩論。

漢　水

捨棹忽逾月，沙塵困遠行。襄陽逢漢水，偶似蜀江清。（**紀昀眉**）起四句全入律，究不合格。蜀江固浩蕩，中有蛟與鯨。漢水亦云廣,欲涉安敢輕。文王化南國,游女儼如卿。(**杭世駿眉**)"卿"指何人?(**紀昀夾**)句拙滯。(**翁同書眉**)"如卿"句言游女而有士大夫之行。(**嚴虞惇眉**)"儼如卿"未審出何書。洲中浣紗子,環佩鏘鏘鳴。古風隨世變,寒水空泠泠。過之不敢慢,佇立整冠纓。(**紀昀眉**)無所取義而支綴成篇,宜其語皆牽湊。

萬　山(時獨不游,問轍而作)

西行度連山,北出臨漢水。漢水蹙成潭,旋轉山之趾。禪房久已壞,古甃含清泚。下有仲宣欄,綆刻深容指。回頭望西北,隱隱龜背起。傳云古隆中,萬樹桑柘美。月炯轉山曲,山上見洲尾。緑水帶平沙,盤盤如抱珥。山川近且秀,不到懶成耻。(**紀昀夾**)"成"字未妥。問之安能詳,畫地費簪筆。(**劉辰翁旁**)"簪筆"亦牽强。

隆　中

(《**角山樓**》**評**)借"卧龍"二字生情。

諸葛來西國,千年愛未衰。今朝游故里,蜀客不勝悲。(**紀昀眉**)起四句全入律。誰言襄陽野,生此萬乘師。山中有遺貌,矯矯龍之姿。龍蟠山水秀,龍去淵潭移。(**紀昀夾**)意亦猶人,而寫來灑脱。空餘蜿蜒迹,使我寒涕垂。(《**角山樓**》**評**)數語澄淡有味。

竹葉酒

(**紀昀眉**)頗有風調,然是空腔,若以此種爲超妙,則終身在窠臼中矣。(**何紹基乙眉**)懷古逸致。

楚人汲漢水,釀酒古宜城。春風吹酒熟,猶似漢江清。(**蕭奇中夾**)似李。耆舊何人在,丘墳應已平。惟餘竹葉在,留此千古情。

鯿　魚

(**何焯旁**)此似早年詩,極擬杜而少意味。(**何焯眉**)破題極體物之工,下六句不作後人著題體正高,末句悲其貪餌也。

曉日照江水,游魚似玉瓶。誰言解縮項,貪餌每遭烹。(**紀昀夾**)點綴警切。杜老當年意,臨流憶孟生。吾今又悲子,輟箸涕縱横。

望夫臺(在忠州南數十里)

(**杭世駿眉**)通首枯淡,似不能詩者。

山頭孤石遠亭亭,江轉船回石似屏。可憐千古長如昨,船去船來自不停。浩浩長江赴滄海,紛紛過客似浮萍。誰能坐待山月出,照見寒影高伶俜。

永安宫(今夔之永安門,即宫之遺址也)

千古陵谷變,故宫安得存。徘徊問耆老,惟有永安門。游人雜楚蜀,車馬晚喧喧。不見重樓好,誰知昔日尊。吁嗟蜀先主,兵敗此亡魂。只應法正死,使公去遭燔。(**紀昀眉**)後四句凡鄙之至,殊不類東坡手筆。

【彙評】

李鴻裔乙:不刻劃望夫,只用落句烘染便了,此爲有識度。

八陣磧

平沙何茫茫,仿佛見石蕝。縱横滿江上,歲歲沙水齧。(**錢廷錦乙眉**)視老杜四句何如?孔明死已久,誰復辨行列。神兵非學到,自古不留訣。(**《角山樓》評**)先作斷語,語意簡要。至人已心悟,後世徒妄説。(**陳仁錫眉**)古今談兵皆犯此。(**蕭奇中眉**)豈獨兵哉!(**紀昀夾**)解以不解,用筆巧妙,善於擊虚。自從漢道衰,(**《角山樓》評**)以下入議論。蜂起盡奸傑。英雄不相下,禍難久連結。驅民市無煙,戰野江流血。萬人賭一擲,殺盡如沃雪。不爲久遠計,草草常無法。(**紀昀眉**)"自從"十句尚可以簡括其詞。(**《角山樓》評**)反頓語,勢足。孔明最後起,意欲掃群孽。崎嶇事節制,(**紀昀夾**)此即孔明論意,眉山父子持論如此。隱忍久不决。(**蕭奇中眉**)天下事壞於隱忍者豈少?志大遂成迂,(**錢廷錦乙眉**)豈以不從魏延計耶?(**何紹基乙眉**)"志大成迂",此語亦使武侯心折。歲月去如瞥。六師紛未整,一旦英氣折。惟餘八陣圖,千古壯夔峽。(**紀昀眉**)收得完密,住得簡潔。(**《角山樓》評**)括一篇大文於三韻中,結尾一筆醒題,純是神力。

【彙評】

汪師韓:後幅評論孔明數語,惜之至服之至也。八陣圖壘人所共知，其箕張翼舒之形無煩鋪叙。放懷今古，歷歷千年，氣成虹霓，詞出金石，意獨爲武侯嘆絶。

諸葛鹽井（井有十四，自山下至山上，其十三井常空，盛夏水漲，則鹽泉迤邐遷去，常去於江水之所不及）

五行水本咸，安擇江與井。如何不相入，此意復誰省。（**何紹基乙眉**）不作閑話。人心固難足，物理偶相逞。（**紀昀夾**）"逞"字不甚穩。猶嫌取未多，井上無閑綆。

潁大夫廟（潁考叔也，廟在汝州潁橋）

人情難强回，天性可微感。（**紀昀夾**）純用諫臣從諷之意，而語特明透。世人争曲直，苦語費摇撼。大夫言何柔，暴主意自慘。荒祠旁孤冢，古隧有殘坎。（**紀昀眉**）"荒祠"二句，上下文不甚融貫，雖意在照應"廟"字，終不免於硬插。千年惟茅焦，世亦貴其膽。不解此微言，脱衣徒勇敢。

許州西湖

西湖小雨晴，灩灩春渠長。來從古城角，夜半傳新響。使君欲春游，浚沼役千掌。（**蕭奇中夾**）新。紛紜具畚鍤，鬧若蟻運壤。夭桃弄春色，生意寒猶怏。惟有落殘梅，標格若矜爽。游人坌已集，挈榼三且兩。醉客卧道傍，扶起尚偃仰。（**蕭奇中夾**）可笑。池臺信宏麗，貴與民同賞。（**蕭奇中眉**）亦民力爲臺沼，與民偕樂意，從來文章經濟非兩人事。但恐城市歡，不知田野愴。潁川七不登，野氣長蒼莽。誰知萬里客，湖上獨長想。（**紀昀眉**）忽歸莊論，妙非迂詞，此從《觀打魚》詩化出。（《**角山樓**》**評**）前半俊語絡繹，入後詞旨愷惻，不愧風人之筆。（**何紹基乙眉**）懷抱自異。

江上值雪效歐陽體限不以鹽玉鶴鷺絮蝶飛舞之類爲比仍不使皓白潔素等字次子由韻

（**翁同書眉**）先生在潁州任，有《聚星堂雪》詩並引，亦效歐陽體也。（**潘奕雋眉**）語意淺率，恐是贋作。

縮頸夜眠如凍龜，（**張廷濟眉**）起七字便是仙筆。雪來惟有客先知。江邊曉起浩無際，樹杪風多寒更吹。青山有似少年子，一夕變盡滄浪髭。（**張廷濟眉**）"滄浪髭"三字妙在可解不可解。（**紀昀夾**）二句自佳。方知陽氣在流水，沙上盈尺江無澌。（**何紹基乙眉**）一路刻畫，妙有"陽氣"二語兜住。隨風顛倒紛不擇，（**張廷濟夾**）"沙上盈尺"。下滿坑谷高陵危。（**趙克宜評**）此聯寫雪勢渾括透徹。江空野闊落不見，（**張廷濟夾**）"江無澌"。入户但覺輕絲絲。沾掌細看若刻鏤，豈有一一天工爲。霍然一揮遍九野，吁此權柄誰執持。（**張廷濟夾**）起下段。世間苦樂知有幾，今我幸免沾膚肌。山夫只見壓樵擔，豈知帶酒飄歌兒。（**紀昀夾**）"豈知"句不妥。天王臨軒喜有麥，宰相獻壽嘉及時。凍吟書生筆欲折，夜織貧女寒無幃。高人著履踏冷冽，飄拂巾帽真仙姿。野僧斫路出門去，（**紀昀夾**）"斫路"二字不妥。寒液滿鼻清淋漓。（**紀昀夾**）"寒液滿鼻"太俚。灑袍入袖濕靴底，（**紀昀夾**）"濕靴底"亦俚。亦有執板趨階墀。舟中行客何所愛，願得獵騎當風披。草中咻咻有寒兔，孤隼下擊千夫馳。（**王文誥夾**）自"世間"至此一段，妙在拉雜而前後過脈。敲冰煮鹿最可樂，我雖不飲强倒卮。楚人自古好弋獵，誰能往者我欲隨。紛紜旋轉從滿面，馬上操筆爲賦之。（**紀昀夾**）結太率。（**陳衍評**）二《雪》詩結束皆能避熟。

【**彙評**】

汪師韓：岩壑高卑，人物錯雜，大處浩渺，細處纖微，無所不盡，可敵一幅王維《江干初雪圖》。

《**唐宋詩醇**》：《六一詩話》稱："有進士許洞，嘗會諸僧，分題出一紙約曰：不得犯此一字。其字乃山、水、風、雲、竹、石、花、草、霜、雪、星、日、禽鳥之類。諸僧皆閣筆。"《盧陵集》"潁州雪詩"其序則曰："玉、月、梨、梅、練、絮、白、舞、鵝、鶴等字，皆請勿用。"禁體物語，非是歐陽創之也。特以潁州賓主一時之盛，遂成佳話耳。

渚　宮

（**紀昀眉**）乏深湛之思，亦乏老健之氣。蓋七言本難於五言，故此時尚風骨未成。（**方東樹評**）此詩筆勢放縱，凄麗浩宕，猶不失東坡面目。若《驪山》則氣勢凡淺，真非蘇詩。

渚宮寂寞依古郢，楚地荒茫非故基。二王臺閣已鹵莽，（**湘東王、高氏**。）何況遠問縱横時。楚王獵罷擊靈鼓，猛士操舟張水嬉。釣魚不復數魚鱉，大鼎千石烹蛟螭。當時郢人架宫殿，意思絶妙般與倕。飛樓百尺照湖水，上有燕趙千峨眉。臨風揚揚意自得，長使宋玉作楚詞。秦兵西來取鐘虡，故宫禾黍秋離離。千年壯觀不可復，今之存者蓋已卑。池空野迥樓閣小，惟有深竹藏狐狸。臺中絳帳誰復見，臺下野水（**一作鴨**）浮清漪。緑窗朱户春晝閉,想見深屋彈朱絲。(**趙克宜評**)此聯吐屬佳妙,但絳帳臺非渚宫,正文安用多衍? 篇中叙次雜沓,故紀氏以爲“風骨未成”也。腐儒亦解愛聲色,何用白首談孔姬。沙泉半涸草堂在,破窗無紙風颸颸。陳公蹤迹最未遠,七瑞寥落今何之。(**方東樹評**)姜塢以爲陳所建,文義似是。百年人事知幾變,直恐荒廢成空陂。誰能爲我訪遺迹,草中應有湘東碑。

【彙評】

方東樹:重複,不妙。“故宫”“千年壯觀不可復”“池”“樓閣”“臺”“緑窗”“朱户”“草堂”“破窗”“百年人事”等字,俱擲。費力蹇頓,必非坡作。與《驪山》同。

出　峽

(**紀昀眉**)出峽詩却寫未出峽事,一到本題,戛然竟住,縈洄掩映,運意玲瓏。

入峽喜巉岩,出峽愛平曠。(**《角山樓》評**)以賓形主,雙起總頓。吾心淡無累,遇境即安暢。東西徑千里,勝處頗屢訪。(**蕭奇中夾**)快致。幽尋遠無厭,高絶每先上。(**蕭奇中夾**)高興人事。(**《角山樓》評**)四語虚領下文。前詩尚遺略,不録久恐忘。(**蕭奇中夾**)妙。(**蕭奇中眉**)妙文,補前未及,縱横盡興矣。憶從巫廟回,(**《角山樓》評**)以下追叙。中路寒泉漲。汲歸真可愛,翠碧光滿盎。忽驚巫峽尾,(**蕭奇中夾**)不測。岩腹有穿壙。仰見天蒼蒼,石室開南向。宣尼古廟宇,叢木作幃帳。鐵楯横半空,俯瞰不計丈。古人誰架構,(**蕭奇中夾**)妙頓。下有不測浪。石竇見天囷,瓦棺悲古葬。新灘阻風雪，村落去攜杖。（**蕭奇中夾**）參差生賞。亦到龍馬溪，（**蕭奇中夾**）妙。茅屋沽村釀。玉虚悔不至，（**翁同書旁**）“玉虚”以下，以未至之處反托已至，又以所不知名者多於所知，將前文一齊托空，兩重裹結，運掉自如。實爲舟人誑。（**陳仁錫眉**）游人多受誑，此真實語。聞道石最奇，寤寐見怪狀。（**蕭奇中眉**）如樂亂歌終，百音闃響。（**紀昀眉**）得此一虚，實處皆活，且前路逐一鋪叙，難免挂漏，得此一補方滿足無罅，凡不盡處皆到。峽山富奇偉，得一知幾喪。苦恨不知名，（**蕭夾**）真。歷歷但想像。今朝脱重險，（**翁同書夾**）到此方入題。篇幅已畢，格意绝奇。楚水渺平蕩。魚多客庖足，風順行意王。（**蕭奇中夾**）字字的當。追思偶成篇，聊助舟人唱。（**蕭奇中夾**）古。

【彙評】

汪師韓：險境發以雄詞，須看意思閑暇蕭散處。

范大士：寫奇怪有實有虚，方見不盡之妙。若一味實疏，則筆意反無出没也。

神女廟

（**紀昀眉**）神女詩不作豔詞，亦不作莊論，是本領過人處。（**錢廷錦乙旁**）此題意語皆易淺俗，詩獨奇峻。（**王文誥旁**）公詩别出手法，以治水作骨。

大江從西來，上有千仞山。江山自環擁，恢詭富神奸。（**王文誥夾**）起四句，從“江山”入手，領起治水。（《**角山樓**》**評**）次聯老重有力，領起下文。深淵黿鱉横（**去聲**），巨壑蛇龍頑。（**紀昀夾**）“横”字、

"頑"字俱煉得穩。旌陽斬長蛟,雷雨移蒼灣。蜀守降老蹇,至今帶連環。縱横若無主,蕩逸侵人寰。(**王文誥夾**)自"深淵"至此一節,以二比代本事,迹不露而神自到。上帝降瑶姬,(**王文誥夾**)五字棒喝,唤醒多少癡兒僎女。來處荆巫間。神仙豈在猛,(**王文誥夾**)此句明翻治水,以自蓋不叙本事之迹,實乃坐實前比一節,究竟是治水也,落筆高潔之至。玉座幽且閑。(**王文誥夾**)此句掃除凡穢,出落清楚。(**《角山樓》評**)扼要語,不在多。(**紀昀夾**)十字精警。飄蕭駕風馭,弭節朝天關。倏忽巡四方,不知道里艱。(**紀昀夾**)四句可删。(**《角山樓》評**)四語與"上帝"一聯相應,删不得。(**王文誥夾**)自"上帝"至此一節,叙神女在不即不離之間,意有所避就也。古妝具法服,邃殿羅煙鬟。(**王文誥夾**)此二句始叙入廟所見。曉嵐謂"飄蕭"四句可删,欲以"古妝"接"玉座"句,乃全不知作者意也。公乃特意下"幽閑"二字,又不欲著迹,故以"玉座"二字架空,乃叙事,非叙游也。"飄蕭"四句,全包助禹在内,特蓄此氣,納入前比一節,删去則格法亂矣。百神自奔走,雜沓來趨班。(**王文誥夾**)此二句結"神女"一節,完他治水本事。妙在下一"自"字,作想像之辭,收入眼界。雲興靈怪聚,雲散鬼神還。(**王文誥夾**)此二句結前比一節,妙在忽聚忽散,以有爲無,仍是公口吻中。茫茫夜潭静,皎皎秋月彎。還應摇玉佩,來聽水潺潺。(**紀昀眉**)結得恍惚杳冥,極爲灑脱,無所取義之題,只可如此取姿。(**王文誥夾**)以上自"古妝"至此一節,叙入游廟中。結有遠神,通篇藏"水"字不露,至末句出落"水"字,點明詩旨。

【彙評】

汪師韓:徐徊神境,仿像仙蹤,不襲用"玉色瓶顔"及"望帷褰幬"一切猥瑣漫褻之語。范成大《巫山圖》及《巫山高》二詩,亹亹力辨,何不緣軾詩《巫山》《神女》二作爲證耶?

巫　山

（**蕭奇中眉**）有來歷，有顧盼，有論授，有斷案，有閑有緊，有奇有正，以是非作手。（**紀昀眉**）波瀾壯闊，繁而不沓。

瞿塘迤邐盡，巫峽崢嶸起。連峰稍可怪，石色變蒼翠。（**蕭奇中夾**）漸入。天工運神巧，漸欲作奇偉。坱軋勢方深，結構意未遂。（**蕭奇中夾**）擬。（**何紹基乙眉**）觀公他詩，此語定非故作波折，恨我未到也。旁觀不暇瞬，步步造幽邃。蒼崖忽相逼，絶壁凜可悸。（**蕭奇中夾**）警峭。仰觀八九頂，俊爽凌顥氣。晃蕩天宇高，崩騰江水沸。（**蕭奇中夾**）排出見勢。孤超兀不讓，直拔勇無畏。（**蕭奇中夾**）妙理。（**蕭奇中眉**）與老杜"紫蓋獨不朝"同矣。（**何紹基乙眉**）惜以後平平，不爲佳篇矣。（《**角山樓**》**評**）昌黎句法。攀緣見神宇，憩坐就石位。巉巉隔江波，一一問廟吏。遥觀神女石，綽約誠有以。（**蕭奇中眉**）"誠有以"此三字爲下文喜神怪、傳虚賦本。俯首見斜鬟，拖霞弄修帔。人心隨物變，（**蕭奇中夾**）精格。遠覺含深意。（**紀昀夾**）寫景入神，即隨手帶出"野老"二句，天然無迹。野老笑吾旁，少年嘗屢至。（**蕭奇中夾**）閑閑寫宕。（**查慎行評**）以下皆述野老之言。去隨猿猱上，反以繩索試。石筍倚孤峰，突兀殊不類。世人喜神怪，論説驚幼稚。楚賦亦虚傳，神仙安有是。（**蕭奇中眉**）讀者明理之言。（**王文誥夾**）以上借野老口中述舊游，洗滌穢，賦爲後《神女廟》詩章本。其下入掃壇竹，至游歸，寫得在有意無意間，高貴之甚。（《**角山樓**》**評**）前後皆巫山實境，斷無逐節挨寫之理，借神女石小作頓挫。托之野老口中，遂有"次問"一層，生出後半篇來，實處皆虚，篇法不板。次問掃壇竹，云此今尚爾。翠葉紛下垂，婆娑緑鳳尾。風來自偃仰，若爲神物使。（**蕭奇中眉**）"若爲"二字破盡耳目之見。絶頂有三碑,詰曲古篆字。老人那解讀,偶見不能記。窮探到峰背,(**蕭奇中夾**)曲盡。(**蕭奇中眉**)如此觀山,山肺腑、山精神頓出。采斫黄楊子。黄楊生石上,堅瘦紋如綺。貪心去不顧,澗谷千尋縋。山高虎狼絶,深入坦無忌。(**蕭奇中夾**)"貪心"二字出。洪蒙草樹密,(**蕭奇中夾**)又一洞天。葱蒨雲霞膩。石竇有洪泉,甘滑如流髓。終朝自盥漱,冷冽清心胃。浣衣挂樹梢,磨斧就石鼻。徘徊雲日晚,(**蕭奇中夾**)自止。歸意念城市。不到今十年,衰老筋力憊。(**紀昀夾**)少年纔過十年,不應衰老,此亦偶不檢點,不以詞害意可也。當時伐殘木,牙蘖已如臂。(**蕭奇中眉**)無此十字,俯仰何情。(**紀昀夾**)"已"字作"應"字更穩。(**王文誥夾**)自"次問掃壇竹"至此,亦述老人相告之詞也。忽聞老人説,(**蕭奇中夾**)回睇多姿。終日爲嘆喟。神仙固有之,難在忘勢利。(**蕭奇中夾**)又説道。貧賤爾何愛,棄去如脱屣。嗟爾若無還,絶糧應不死。(**蕭奇中夾**)蘇詩患平直,如此篇與《出峽》等篇,惟讀之易盡。(**查慎行評**)結處又爲野老盡一解。(**紀昀眉**)一篇大文,如何收束?趁勢以野老作結,極完密,又極灑脱。查初白謂:"又爲野老進一辭。"淺矣。

【彙評】

劉辰翁:少年作也。

汪師韓:帶阜纓巒,屯雲積氣,析之則句煉字琢,合之則悠悠乎與灝氣以俱,而莫得其涯。

觀大水望朝陽岩作

(**紀昀眉**)效杜吴體,未爲高老,吴體拗折,非渾然天成不可。(**翁同書眉**)[合注]以爲此詩必非坡公作,"春泉"字時候亦不合。

朝陽岩前不結廬，下眺江水百步餘。春泉濺濺出乳竇，青莎白石半洿途。不到津頭二三日，誰知江水漲天墟。遥望横杯不敢濟，岩口正有人罾魚。

滄洲亭懷古

（**查慎行評**）此詩見《宋文鑒》，係沈遼作。（**查慎行甲眉**）見《宋文鑒》，沈遼作也，馮批無。

湘水悠悠天際來，夾江古木抱山回。城中人物若可數，日晏市散多蒼苔。九嶷巉天古雲埋，遥想帝子龍車回。心衰目極何可望，九歌寂寂令人哀。

柏家渡

（**紀昀眉**）輕淺自好，然非高作。（**方東樹評**）不必選。

柏家渡西日欲落，青山上下猿鳥樂。欲因新月望吴雲，遥看北斗挂南嶽。一夢愔愔四十秋，古人不死終未休。草舍蕭條誰與語，香風欲過白蘋州。

清遠舟中寄耘老

小寒初渡梅花嶺，萬壑千岩背人境。清遠聊爲泛宅行，一夢分明墮鄉井。覺來滿眼是湖山，鴨緑波揺鳳凰影。海陵居士無雲梯，歲晚結廬潁水湄。山腰自懸蒼玉佩，野馬不受黄金羈。

門前車蓋獵獵走,笑倚清流數鬢絲。汀洲相見春風起,白蘋吹花散煙水。(**蕭奇中眉**)畫。萬里飄蓬未得歸,目斷滄浪淚如洗。(**紀昀眉**)駘宕多姿。北雁南來遺素書,苦言大浸没我廬。清齋十日不燃鼎,曲突往往巢鼃魚。今年玉粒賤如水,青銅欲買囊已虚。人生百年如寄爾,七十朱顔能有幾。有子休論賢與愚,倪生枉却帶經鋤。(**錢廷錦乙夾**)兒寬。天南看取東坡叟,可是平生廢讀書。(**蕭奇中夾**)若得學如老坡,當啻萬事足,坡何論之正。(**紀昀眉**)不免太激,然收得滿足。

【彙評】

《**角山樓**》:過接處融景入情,此唐人習徑,亦漁洋集中常調。紀氏與漁洋立異,而遇此亦覺賞心,所謂是非之公也。

書堂嶼

(**紀昀眉**)輕率。

蒼山古木書堂嶼,北出湘水百餘步。誰爲往來虧世界,至今人指安禪處。豈無驚蛇與飛鳥,後來那復知其趣。不知我身今是否,空記名稱作堂住。

【彙評】

查慎行:"書堂嶼"一在韶州曲江縣,一在仁化縣。案湘瀧同源,出於陽翔山,南爲瀧水,北即湘水。今詩中有"北出湘水"句,當是韶州。

醉睡者

(**紀昀眉**)俚句。

有道難行不如醉,(**蕭奇中夾**)難以語人。有口難言不如睡。先生醉卧此石間,萬古無人知此意。(**蕭奇中眉**)却非題畫者,然不題畫,故高。(**潘奕雋夾**)可爲長太息。

戲詠子舟畫兩竹兩鴝鵒

(**查慎行評**)山谷亦有此詩。

風晴日暖摇雙竹,竹間對語雙鴝鵒。鴝鵒之肉不可食,(**蕭奇中夾**)題外。人生不才果爲福。子舟之筆利如錐,千變萬化皆天機。未知筆下鴝鵒語,何似夢中蝴蝶飛。(**蕭奇中夾**)好。(**蕭奇中眉**)透。

老翁井

井中老翁誤年華,白沙翠石公之家。公來無蹤去無迹,井面團圓水生花。翁今與世兩何與,無事紛紛驚牧豎。改顔易服與世同,無使世人知有翁。

贈山谷子

(**杭世駿眉**)三段起法,有疊床架屋之病。(**查慎行甲眉**)亦見《後山集》。(**查慎行評**)此詩亦見《後山集》,題云《贈黄氏子小德》。(**趙克宜評**)頗爲老健。

黄童三尺世無雙,筆頭衮衮懸秋江。不憂老子難爲父,平生崛强今心降。我來喜共阿戎語,應敵縱横如急雨。生子還如孫仲謀,豚犬謾多何足數。(**蕭奇中夾**)爽。黄家小兒名拾得,眉如長松眼如漆。只今數歲已動人,老人留眼看他日。笑君老蚌生明珠,自笑此物吾家無。君當置酒我當賀,有兒傳業更何須。

觀子玉郎中草聖

(**紀昀眉**)偶書戲語,豈可摭以入集。

柳侯運筆如電閃,子雲寒悴羊欣儉。百斛明珠便可扛,此書非我誰能雙。

鰒魚行

(**查慎行評**)明州人謂之九孔螺,其甲即石决明,一名千里光。(**紀昀眉**)步步努力,不見興會之妙。(**蕭奇中眉**)戊辰客山海,供鰒者最膳之,味頗甘腴。記劉生痂癖,河津之乃肅,然亦遜河鈍之鮮。讀此殊驚耳目。

漸臺人散長弓射,初啖鰒魚人未識。西陵衰老繐帳空,肯向北河親饋食。(**方東樹評**)"肯向",擲。兩雄一律盗漢家,嗜好亦若肩相差。(**莽、操皆嗜鰒魚。**)食每對之先太息,不因噎嘔緣瘡痂。(**紀昀眉**)此句費解。(**方東樹評**)"緣瘡痂",擲。中間霸據關梁隔,一枚何啻千金直。百年南北鮭菜通,往往殘餘飽臧獲。東隨海舶號倭螺,異方珍寶來更多。磨沙瀹瀋成大胾,剖蚌作脯分餘波。君不聞蓬萊閣下駝棋島,八月邊風備胡獠。舶船跋浪黿鼉震,長鑱鏟處崖谷倒。(**杭世駿眉**)以叙事爲起落,筆陣軒昂,豪情磊落。膳夫善治薦華堂,坐令雕俎生輝光。肉芝石耳不足數,醋芼魚皮真倚墻。中都貴人珍此味,糟浥油藏能遠致。割肥方厭萬錢厨,决眥可醒千日醉。(**蕭奇中夾**)鰒之用。三韓使者金鼎來,方奩饋送煩輿臺。遼東太守遠自獻,臨淄掾吏誰爲材。(**方東樹評**)"誰爲材",擲。吾生東歸收一斛,包苴未肯鑽華屋。分送羹材作眼明,(**蕭奇中夾**)鰒之用。却取細書防老讀。

【彙評】

方東樹:使事太多。以此炫俗人,乃近來作俗詩入魔,最下最凡俗,可厭。

趙克宜:一味鋪叙,初無精神團結處,故不爲工。

次韻水官詩(並引)

(**蕭奇中眉**)運筆空中,騰踔不已。(**杭世駿眉**)老泉摹寫已盡,著筆誠難。二詩相較,此作終恨淡薄。據《宣和畫譜》,《王會圖》乃立本兄立德所畫,内府所藏另有立本《職貢圖》。〇鋪寫王會,是閻立本兄弟畫事,與本題稍泛,終爲韻特。(**翁同書眉**)畫中形象怪奇已被老蘇寫盡,特借《王會圖》别開生面,筆勢展拓,遂覺絢爛,此避實擊虚之法。(**袁宏道評**)不及老泉。

净因大覺璉師，以閻立本畫水官遺編禮公。公既報之以詩，謂某：汝亦作。某頓首再拜次韻，仍録二詩爲一卷以獻。(**查慎行甲夾**)張安道《老泉墓誌》云："太常禮書成，未報，故稱編禮公。"

高人豈學畫，用筆乃其天。譬如善游人，一一能操船。(**蕭奇中夾**)妙。(**紀昀眉**)起四句灑脱之至，以下語多率易。閻子本逢掖，疇昔慕雲淵。丹青偶爲戲，染指初嘗黿。(**蕭奇中夾**)押得妙。愛之不自已，筆勢如風翻。傳聞貞觀中，(**蕭奇中夾**)生出來。左衽解椎鬟。南夷羞白雉，佛國貢青蓮。詔令擬王會，别殿寫戎蠻。(**蕭奇中眉**)借《王會圖》形容立本，無所不妙。又申出三官神奇變化，才之妙如此。熊冠金絡額，豹袖擁幡旃。傳入應門内，俯伏脱劍卷。天姿儼龍鳳，雜沓朝鵬鱣。神功與絶迹，後世兩莫扳。自從李氏亡，群盗竊山川。長安三日火，至寶隨飛煙。尚有脱身者，漂流出東關。三官豈容獨，得此今已編。(**蕭奇中夾**)是補手。(**紀昀夾**)句費解。吁嗟至神物，會合當有年。京城諸權貴，欲取百計難。贈以玉如意，豈能動高禪。信應一篇詩，皎若畫在前。

【彙評】

戴第元：二詩(按：指此詩與蘇洵《水官詩》)可想見水官筆墨之妙。坡詩較老泉作似遜，而語意穩愜，亦極和韻之能事。

吊徐德占(並引)

(**紀昀眉**)似乎快之，立言少體。(**翁同書旁**)[馮注]此詩通首傷德占之聰明自誤，小材大任以致此也。(**錢廷錦乙眉**)始進不正之嘆。

余初不識德占，但聞其初爲吕惠卿所薦，以處士用。元豐五年三月，偶以事至蘄水。德占聞余在傳舍，惠然見訪，與之語，有過人者。是歲十月，聞其遇禍，作詩吊之。

美人種松柏，欲使低映門。栽培雖易長，流惡病其根。哀哉歲寒姿，骯髒誰與倫。竟爲明所誤，不免刀斧痕。一遭兒女污，始覺山林尊。（**杭世駿眉**）志士所以不妄受人知豫讓，而後蔡邕同斯夫也。從來覓棟梁，未免傍籬藩。南山隔秦嶺，千樹龍蛇奔。大厦若果傾，萬牛何足言。不然老岩壑，合抱枝生孫。死者不可悔，吾將遺後昆。（**何綽基乙眉**）德占蓋小有才者，故發此慨。（**李鴻裔乙評**）先生本不滿於德占也。

【彙評】

查慎行丙：徐德占，黄山谷外兄也。山谷稱其"以才略出於深山窮谷，而揭日月於萬夫之上。年四十，大命殞傾，令人短氣"。而曾南豐《兵間》詩，至斥爲傾險小人，以萬人之生徼幸一身之利，其恃才寡謀亦大概可見矣。蓋宋自熙寧以來，用兵西陲，所得葭蘆、吴保、羲合、米脂、浮圖、寨門六砦而已；靈州、永樂之役，官軍、熟羌死者，前後約六十萬人。雖其後復通和好，而中國財力耗弊已極。追原禍首，皆自喜功好事諸臣致之。公於德占之没，不一及邊事，獨惜其以有用之身不知自愛，輕於授首，其喪師辱國之罪，固隱然言外矣。

題李伯時淵明東籬圖

（**紀昀眉**）二詩非惟不似東坡，並不似能詩者所爲。後人書畫，賈人僞作伯時之畫，因僞作東坡之詩，編詩者不能辨而誤收耳。

彼哉嵇阮曹,(**紀昀夾**)突。終以明自膏。(**紀昀夾**)此句不妥,况阮亦未嘗嬰疾。靖節固昭曠,歸來侶蓬蒿。新霜著疏柳,大風起江濤。東籬理黄華,意不在芳醪。(**蕭奇中夾**)便高遠。白衣挈壺至,徑醉還游遨。悠然見南山,意與秋氣高。

李白謫仙詩

我居青空裏,君隱黄埃中。聲形不相吊,心事難形容。欲乘明月光,訪君開素懷。天杯飲清露,展翼登蓬萊。佳人持玉尺,度君多少才。玉尺不可盡,君才無時休。對面一笑語,共躡金鰲頭。絳宫樓闕百千仞,霞衣誰與雲煙浮。

數日前夢一僧出二鏡求詩僧以鏡置日中其影甚異其一如芭蕉其一如蓮花夢中與作詩

(**紀昀眉**)此種可入説部,不可入詩集。

君家有二鏡,光景如湛盧。或長如芭蕉,或圓如芙蕖。飛電著子壁,明月入我廬。月下合三壁,日月跳明珠。問子是非我,我是非文殊。

飲酒四首

(**查慎行評**)亦見《淮海集》。

我觀人間世,無如醉中真。虚空爲鎖殞,况乃百憂身。惜哉知此晚,坐令華髮新。聖人驟難得,日且致賢人。

左手持蟹螯,舉觴矚雲漢。天生此神物,(蕭奇中夾)酒也。爲我洗憂患。山川同恍惚,魚鳥共蕭散。客至壺自傾,欲去不得閑。(紀昀眉)此首有致。

有客遠方來,酌我一甌茗。我醉方不啜,强啜忽復醒。既鑿渾沌氏,遂遠華胥境。操戈逐儒生,(蕭奇中夾)妙。舉觴還酩酊。(紀昀眉)此首粗野。

雷觴淡於水,經年不濡唇。爰有擾龍裔,爲造英靈春。英靈韻甚高,蒲萄難與鄰。他年血食汝,(蕭奇中夾)奇快。當配杜康神。(紀昀眉)此首淺拙。

大雪獨留尉氏

(袁宏道評)倉卒逢客,情景入畫。(譚元春評)尤是雪中生客情景。(孫原湘夾)紀本題下有此數句:有客入驛,呼與飲,至醉,詰旦客南去,竟不知其誰。

古驛無人雪滿庭,有客冒雪來自北。紛紛笠上已盈寸,下馬登堂面蒼黑。苦寒有酒不能飲,見之何必問相識。我酌徐徐不滿觥,看客倒盡不留濕。千門晝閉行路絶,相與笑語不知夕。醉中不復問姓名,上馬忽去横短策。

阮籍嘯臺(在尉氏)

阮生古狂達,遁世默無言。猶餘胸中氣,長嘯獨軒軒。高情遺萬物，不與世俗論。登臨偶自寫，激越蕩乾坤。醒爲嘯所發，飲爲醉所昏。誰能與之較，亂世足自存。

留别叔通元弼坦夫

田三昔同寮，向我每傾倒。當年或齟齬，反覆看愈好。（**蕭奇中夾**）真品。寇三我部民，孝悌化鄰保。有如袁伯業，苦學到衰老。石生吾邑子，勁立風中草。（**蕭奇中眉**）此豈隨人炎熱者。宦游甑生塵，菽水媚翁媪。我窮交舊絶，計拙集枯槁。三子尤見存，往復紛紵縞。迎我淮水北，送我睢陽道。（**翁同書眉**）先生初自密移徐，故云“迎我淮水北”；今自徐往南京，故云“送我睢陽道”。願存金石契，凛凛貫華皓。

余歸自道場何山遇大風因憇耘老溪亭命官奴秉燭捧硯寫風竹一枝題詩云

更將掀舞勢，把燭畫風筱。美人爲破顔，憐此腰肢褭。（**查慎行甲眉**）重出。（**莫友芝眉**）此詩已見十七卷《與客游道場何山得鳥字》，詩乃七十八二韻，非另一詩也。他書載此，説正可作本詩確注。宋氏收入《補遺》，未深察也。憐此，本詩作正似。

和寄天選長官

（**紀昀眉**）語雖平漫，然確是東坡風格。

寓形宇宙間，佚我方以老。流光安足恃，百歲同過鳥。頃子縈網羅，文采緣自表。（**蕭奇中夾**）傷哉。自古山林人，何曾識機巧。但記寒岩翁，論心秋月皎。黄香十年舊，禪學參衆妙。虚懷養天和，肯徇奔走鬧。（**紀昀夾**）句俚。官居職事理，晨起何用早。桐陰滿西齋，叱吏供灑掃。眷子東南來，（**查慎行評**）"子"當作"予"。野飯煮芹蓼。葆光既清尚，令尹亦高蹈。相將古寺行，軟語頹晚照。（**錢陸燦眉**）"軟語"，蓋禪機接引語也。（**紀昀眉**）謂至晚耳，然語不明瞭。公家有畸人，（**公有族人，隱嵩山。**）虚緣能自保。卜築嵩山陽，何（**一作行**）當從結好。中山饒勝景，一覽未易飽。何時命巾車，共陟雲外嶠。翻然（**一作思**）筋力疲，不復追踴跳。（**紀昀夾**）"踴跳"俗。公詩擬《南山》，雄拔千丈峭。形容逼天真，邂逅識其要。藩籬吾未窺，敢議窮閫奥。（**紀昀眉**）結得草草，收不住通篇。

昭陵六馬唐文皇戰馬也琢石象之立昭陵前客有持此石本示予爲賦之

天將剗隋亂，帝遣六龍來。森然風雲姿，颯爽毛骨開。飆馳不及視，山川儼莫回。長鳴視八表，擾擾萬駑駘。（**蕭奇中夾**）好馬。秦王龍鳳姿，魯烏不足摧。（**何紹基甲眉**）魯烏。腰間大白羽，中物如風雷。區區數豎子，搏取若提孩。手持掃天帚，六合如塵埃。（**杭世駿眉**）寫得雄邁，方與六馬相配。艱難濟大業，一一非常才。維時六驥足，績與英衛陪。功成鏘八鸞，玉輅行天街。荒凉昭陵闕，古石埋蒼苔。

顔　闔

（**紀昀眉**）語意凡近。

顔闔古有道，躬耕自衣食。區區魯小邦，不足隱明德。軺軒來我門，聘幣繼金璧。山門應使者，耕稼不謀國。但疑誤將命，非敢憚行役。使者反錫命，户庭空履迹。薄俗徇世榮，截趾履之適。（**蕭奇中夾**）傷哉。所重易所輕，隋珠彈飛翼。伊人畏照影，獨往就陰息。鼎俎薦忠賢，（**蕭奇中夾**）可怕。誰能死燔炙。念彼藏衣冠，安知獲堯客。（**紀昀夾**）"堯"當作"逃"。

送朱世昌使蜀七首[①]

靄靄青城雲，娟娟峨嵋月。隨我西北來，照我光不滅。

我在塵土中，白雲呼我歸。我游江湖上，明月濕我衣。

岷峨天一方，雲月在我側。謂是山中人，相望了不隔。

夢尋西南路，默數長短亭。似聞嘉陵江，跳波吹枕（一作錦）屏。

送君無一物，清江飲君馬。路穿慈竹林，父老拜馬下。

不用驚走藏，使者我友生。聽訟如家人，細説爲汝評。

若逢山中友，問我歸何日。爲話腰脚輕，猶堪踏泉石。

---

① 編者按：此詩卷二十已收，題作"送運判朱朝奉入蜀七首"。

贈狄崇班季子

狄生臂鷹來，見客不會揖。（**蕭奇中夾**）便妙。（**紀昀夾**）句亦太詈。踞床咤得雋，借箸數禽入。短後捲豹裘，猶濺猩血濕。指呼索酒嘗，快把長鯨吸。半酣論刀槊，怒髮欲起立。北方老猘子，狂突尚不縶。（**翁同書夾**）借時事立論。要須此慓悍，氣壓邊烽急。夜走追鋒車，生斬活離級。（**蕭奇中夾**）猛。持歸獻天王，封侯穩可拾。何爲走獵師，日使群毛泣。（**紀昀眉**）自是正論，若起結語再渾融，則更得風人之旨。

題盧鴻學士堂圖

（**查慎行評**）子由詩，見《聲畫集》。

昔爲太室花，盧岩在東麓。直上登封壇，一夜繭生足。徑歸不復往，鸞壑空在目。安知有千老，舒卷不盈軸。一處一盧生，裘褐蔭喬木。方爲世外人，行止何須録。百年入篋笥，犬馬同一束。嗟予縛世累，歸未有茆屋。江干百畝田，清泉映修竹。尚欲逃世名，豈須上圖軸。

寄周安孺茶

（**蕭奇中眉**）宋已有龍鳳團之貢茶，莫精於明矣。（**紀昀眉**）此東坡第一長篇，雖非佳作，然一氣滔滔，不冗不雜，自是難事。（**何紹基乙眉**）時得疏宕，乃不嫌煩。

大哉天宇内,植物知幾族。靈品獨標奇,迥超凡草木。名從姬旦始,漸播桐君録。賦詠誰最先,厥傳惟杜育。唐人未知好,論著始於陸。常李亦清流,當年慕高躅。遂使天下士,嗜此偶於俗。豈但中土珍,兼之異邦鬻。鹿門有佳士,博覽無不矚。邂逅天隨翁,篇章互賡續。開園頤山下,屏迹松江曲。有興即揮毫,燦然存簡牘。伊予素寡愛,嗜好本不篤。粤自少年時,低回客京轂。雖非曳裾者,庇蔭或華屋。頗見綺紈中,齒牙厭粱肉。小龍得屢試,糞土視珠玉。團鳳與葵花,碔砆雜魚目。貴人自矜惜,捧玩且緘櫝。未數日注卑,定知雙井辱。於兹自研討,至味識五六。自爾入江湖,尋僧訪幽獨。高人固多暇,探究亦頗熟。聞道早春時,攜籯赴初旭。(**蕭奇中夾**)得侯。驚雷未破蕾,采采不盈掬。旋洗玉泉蒸,芳馨豈停宿。(**蕭奇中夾**)今之成□茶也。須臾布輕縷,火候謹盈縮。不憚頃間勞,經時廢藏蓄。髹筒净無染,箬籠匀且復。苦畏梅潤侵,暖須人氣燠。有如剛耿性,不受纖芥觸。又若廉夫心,難將微穢瀆。(**蕭奇中眉**)似之。晴天敞虚府,石碾破輕緑。(**蕭奇中夾**)便遭累矣。永日遇閑賓,乳泉發新馥。香濃奪蘭露,色嫩期秋菊。(**查慎行評**)"期"當作"欺"。(**蕭奇中眉**)茶制之蠢莫如團,此古人不及今人處。(**查慎行評**)"期"當作"欺"。閩俗競傳誇,豐腴面如粥。自云葉家白,頗勝中山醁。好是一杯深,午窗春睡足。清風擊兩腋,去欲凌鴻鵠。嗟我樂何深,水經亦屢讀。陸子咤中泠,次乃康王谷。𧑅培頃曾嘗,瓶罌走僮僕。如今老且懶,細事百不欲。美惡兩俱忘,(**蕭奇中夾**)物外。誰能强追逐。薑鹽拌白土,(**蕭奇中夾**)有此俗。稍稍從吾蜀。沿欲外形體,安能徇心腹。由來薄滋味,日飯止脱粟。外慕既已矣,胡爲此羈束。昨日散幽步,偶上天峰麓。山圃正春風,(**蕭奇中夾**)好。蒙茸萬旗簇。呼兒爲佳客,採製聊亦復。地僻誰我從，包藏置厨簏。何嘗較優劣，但喜破睡速。况此夏日長，人間正炎毒。幽人無一事，午飯飽蔬菽。困卧北窗風，風微動窗竹。乳甌十分滿，人世真局促。意爽飄欲仙，頭輕快如沐。昔人固多癖，我癖良可贖。爲問劉伯倫，胡然枕糟麴。

余自城中還道中雲氣自山中來如群馬奔突以手掇開籠收其中歸家雲盈籠開而放之作攓雲篇

（**張廷濟旁**）從禱真興寺閣起。

物役會有時，星言從高駕。道逢南山雲，欻吸如電過。竟誰使令之，衮衮從空下。（**張廷濟夾**）空明二句，以展題境。龍移相排拶，風舞或頹亞。散爲東郊霧，凍作枯樹稼。（**蕭奇中眉**）"稼"即木稼也。或飛入吾車，逼仄人肘胯。搏取置笥中，提攜反茅舍。開緘乃放之，掣去仍變化。雲兮汝歸山，無使達官怕。（**杭世駿眉**）末句承"枯樹稼"來。（**紀昀眉**）結寓牢騷。

游山呈通判承議寫寄參寥師

（**查慎行評**）此詩亦見《參寥集》。（**查慎行甲眉**）參寥詩。

煌煌世胄餘，夫子非碌碌。由來有詩書，（**蕭奇中夾**）上下四字得力。所以能絶俗。得官本河朔，瓜期未易促。扁舟下南來，逸駕追鳴鵠。遇勝即徜徉，（**蕭奇中夾**）高致人。風餐兼露宿。嗟余偶傾蓋，一笑外羈束。杖策每過從，相攜訪山谷。東風披鮮雲，繡錯出林麓。（**蕭奇中夾**）一幅春光。松門有時盡，幽景無斷續。崖轉聞鐘聲,林疏見華屋。(**蕭奇中夾**)可想。銜山餘落景,歸迹猶躑躅。誰云鄴下歡,往事不可復。吾曹二三事,取樂亦云足。願公寄新詩,一一能見録。船頭行北歸,囊橐有美玉。塵埃京洛人,亦與洗心目。

和郭功父韻送芝道人游隱静

觀音妙智力,應感隨緣度。芝師訪東坡,寧辭萬里步。道義偶相契,十年同去住。行窮半世間,又欲浮杯渡。我願焚囊鉢,不作陳俗具。會取却歸時,只是而今路。

次韻魯直戲贈

(**翁同書旁**)山谷詩以豔體寓意,蓋爲著作郎時爲趙挺之所論也。(**丁菊泉眉**)齊梁體。

昨夜試微凉,汗衣初退紅。我願借秋風,隨身入房櫳。君王不好事,只作好驚鴻。細看卷蕙尾,我家真栗蓬。

夜坐與邁聯句

(**杭世駿眉**)聯句尚排,結處仍落散行,且重"詩"字。(**紀昀眉**)佳處便有三謝意。

清風來無邊,明月翳復吐。(自)松聲滿虚空,竹影侵半户。(邁)暗枝有驚鵲,壞壁鳴飢鼠。(自)露葉耿高梧,風螢落空廡。

(邁)微凉感團扇,古意歌白紵。(自)樂哉今夕游,復此陪杖屨。(邁)傳家詩律細,已自過宗武。短詩膝上成,聊以慰懷祖。(自)

寄傲軒

(**紀昀眉**)剽而不留。

先生英妙年,一掃千兔秃。仕進固有餘,不肯踐場屋。(**蕭奇中夾**)惟"有餘",故"不肯"。通闤何所傲,傲名非傲俗。(**蕭奇中夾**)高在此。(**蕭眉**)若"傲俗",豈戾氣也矣?定知軒冕中,享榮不償辱。(**蕭奇中夾**)句潔,妙。豈無自安計,得失猶轉轂。先生獨揚揚,憂患莫能瀆。得如虎挾乙,失若龜藏六。(**蕭奇中夾**)造句奇。茅檐聊寄寓,俯仰亦自足。東坡無邊春,方寸盡藏蓄。(**蕭奇中夾**)何等胸次。醉哦旁若無,獨侑一樽醁。床頭車馬道,殘月挂疏木。朝客紛擾時,先生睡方熟。(**蕭奇中夾**)樂哉。(**何紹基乙眉**)心遠地自偏。

榆

(**紀昀眉**)純用寫意,妙不怨怒。(**毛西原眉**)紀云"純用寫意,妙不怨怒"。

我行汴堤上,厭見榆陰緑。千株不盈畝,斬伐同一束。及居幽囚中,亦復見此木。蠹皮溜秋雨,病葉埋墻曲。誰言霜雪苦,生意殊未足。坐待春風至,飛英覆空屋。

槐

(**紀昀眉**)借題抒意,正不必句句切"槐"。(**毛西原眉**)紀云"借題抒寫,正不必句句切'槐'"。坡詩云:"作詩必此詩,定知非詩人。"儻句句切"槐",則結矣。

憶我初來時,草木向衰歇。高槐雖經秋,晚蟬猶抱葉。淹留未云幾,離離見疏莢。棲鴉寒不去,哀叫飽啄雪。破巢帶空枝,疏影挂殘月。豈無兩翅羽,伴我此愁絶。(**查慎行評**)通其解者,可以怨矣。

竹

(**賴山陽評**)此詩東坡本色,其清冷簡逸如淵明,其精悍如昌黎,其用筆周至如放翁,而翁無此氣格高絶處。

今日南風來,吹亂庭前竹。(**賴山陽評**)起,得東坡五古之起,宜有如此用力句。○"亂"字,字眼。低昂中音會,甲刃紛相觸。(**賴山陽評**)實際如此,寫得却新奇。蕭然風雪意,可折不可辱。(**賴山陽評**)百忙中插議論,敏妙。許大議論,説自己身上,而不見其痕迹,妙。(**蕭奇中夾**)自喻。風霽竹已(**一作亦**)回,猗猗散青玉。(**查慎行評**)骨節清剛,琅然可誦。(**毛西原眉**)查云"骨節清剛,琅然可誦"。(《**角山樓**》**評**)寄托在有意無意之間。(**賴山陽評**)如"霽怒"之"霽",言忽正也。故山今何有,秋雨荒籬菊。(**賴山陽評**)忽言"籬菊",似命意歧,古人之不拘如此。此君知健否,歸掃南軒緑。(**蕭奇中夾**)有餘竹。(**何紹基乙眉**)望思之意,見於楮墨。(**毛西原眉**)寫意亦寫得竹品出。(**賴山陽評**)餘音悠然。

柏

(紀昀眉)觸手生意。**(毛西原眉)**紀云“觸手生意”。

故園多珍木,翠柏如蒲葦。幽囚無與樂,百日看不已。時來拾流膠,未忍踐落子。當年誰所種,少長與我齒。仰視蒼蒼翰,**(查慎行評)**“翰”當作“幹”。所閱固多矣。**(蕭奇中夾)**慨係。應見李將軍,**(《角山樓》評)**“應見”二字跟“所閱”生出,趁勢繳醒御史臺,用筆敏妙。膽落温御史。**(何紹基乙眉)**著筆不可測。**(毛西原眉)**查云“‘温御史’指李定、舒亶輩”。

【彙評】

毛西原:四詩不呆,詠物是行家,亦切獄中所詠,移入平日不得。

卷二十八

詩一百十首

問淵明(或曰:東坡此詩與淵明反,此非知言也。蓋亦相引以造意言者,未始相非也。元祐五年十月十四日)

(**蕭奇中夾**)好。(**杭世駿眉**)引伸觸類旁推,交通縱筆,無有墨礙,亦滑稽之雄也。(**紀昀眉**)純用文句,而不弱不腐,此故當參。(**温汝能評**)題著一"問"字,煞有意義。蓋胸中有此一段議論,正欲藉此以發明之也。觀公自注所云"相引""未始相非",其意可見。且篇中多用淵明字句,千載相契之深,早相喻於無言。寄之一問,以抒其神,意若相反,其理實相足爾。

子知神非形,何復異人天。豈惟三才中,所在靡不然。我引而高之,則爲星斗懸。我散而卑之,寧非山與川。三皇雖云没,至今在我前。八百要有終,彭祖非永年。皇皇謀一醉,發此露槿妍。(**蕭奇中夾**)也罷了。有酒不辭醉,無酒斯飲泉。立善求我譽,飢人食饞涎。委運憂傷生,憂(一作運)去生亦還。縱浪大化中,正爲化所纏。應盡便須盡,寧復事此言。

題雲龍草堂石磬

(**杭世駿眉**)亦落纖巧。

折爲督郵腰，（**紀昀眉**）督郵何必折腰？無論語拙，典亦誤數矣。此必非東坡筆，乃後人依托也。懸作山人室。殊非濮上音，信是泗濱石。

朱亥墓（俗謂屠兒原）

（**紀昀眉**）東坡何忽鈍拙乃爾？（**翁同書旁**）朱亥爲信陵君椎殺晉鄙，律以《春秋》之義，當書"盜殺晉鄙"，此詩意也。

昔日朱公子，（**紀昀夾**）此稱未詳所云。雄豪不可追。今來游故國，大冢屈稱兒。（**張廷濟旁**）謂俗稱朱亥墓爲屠兒墓。平日輕公相，千金棄若遺。梁人不好事，名字寄當時。魯史盜齊豹，（**蕭奇中夾**）比。求名誰復知。慎無怨世俗，猶不遭仲尼。（**翁同書夾**）指俗呼屠兒。

嚴顔碑（在忠州。顔即巴郡太守，事見《蜀志·張飛傳》）

（**蕭奇中眉**）每能立論。（**紀昀眉**）率筆。（**何紹基甲眉**）惜今不見此碑。

先主反劉璋，兵意頗不義。孔明古豪傑，何乃爲此事。（**錢廷錦乙眉**）陳壽一種見識。劉璋固庸主，誰爲死不二。嚴子獨何賢，談笑傲碪幾。國亡君已執，嗟子死誰爲。何人刻山石，使我空涕淚。吁嗟斷頭將，千古爲病悸。

峴　山

(**蕭奇中夾**)此首又妙於涵蓄。

遠客來自南,游塵昏峴首。過關無百步,曠蕩吞楚藪。(**蕭奇中夾**)一幅畫景。登高忽惆悵,千載意有偶。(**蕭奇中夾**)不說出爲妙。所憂誰復知,嗟我生苦後。(**紀昀夾**)四句寫出遠懷,自是有心人語。團團山上檜,歲歲閱楡柳。(**蕭奇中夾**)自開自闔,手筆高邁。(**紀昀夾**)借喻更蘊藉。大才固已殊,安得同永久。可憐山前客,倏忽星過溜。賢愚未及分,來者當自剖。(**紀昀夾**)十字深警。

驪　山

(**蕭奇中眉**)可發一嘆。(**紀昀眉**)哀歌宛轉,亦殊可誦。(**錢廷錦甲旁**)此爲唐詠。(**方東樹評**)《宋文鑒》以爲李廌作。此詩用意似近沉著,而氣骨實輕,不足録也。

君門如天深幾重,君王如帝坐法宫。人生難處是安穩,何爲來此驪山中。(**錢廷錦乙夾**)兩句不佳,爲全篇之累。複道凌雲接金闕,樓觀隱煙横翠空。(**錢廷錦乙眉**)寫景物,故實處只二語了之,然自不漏。林深霧暗迷八駿,朝東暮西勞六龍。(**杭世駿眉**)"八駿""六龍",不但合掌,句亦頗淺率。六龍西幸峨眉棧,悲風便入華清院。霓裳蕭散羽衣空,麋鹿來游猿鶴怨。我上朝元春半老,滿地落花無人掃。羯鼓樓高挂夕陽,長生殿古生青草。可憐吴楚兩醯雞,築臺未就已堪悲。長楊五柞漢幸免,江都樓成隋自迷。由來留連多喪國,宴安鴆毒因奢惑。三風十愆古所戒,不必驪山可亡國。(**蕭奇中眉**)從"流連"二字看來,"忘"字亦妙。(注:"亡國"或作"忘國"。)(**紀昀眉**)此是宋人結法。(**方東樹評**)收四句如此淺近,豈成坡語。

和子由除日見寄

(**查慎行乙眉**)《和子由除日見寄》一首應編入壬寅以前。按子由原韻《辛丑除日寄子瞻》。

薄官驅我西,遠别不容惜。方愁後會遠,未暇憂歲夕。强歡雖有酒,冷酌不成席。秦烹惟羊羹,隴饌有熊腊。念爲兒童歲,屈指已成昔。往事今何追,忽若箭已釋。感時嗟事變,所得不償失。府卒來驅儺,(**紀昀夾**)小作點綴,却有致。矍鑠驚遠客。愁來豈有魔,煩汝爲攘磔。寒梅與凍杏,嫩萼初似麥。攀條爲惆悵,玉蕊何時折。不憂春豔晚,行見棄夏核。(**紀昀夾**)句太晦。人生行樂耳,安用聲名籍。胡爲獨多感,不見膏自炙。詩來苦相寬,子意遠可射。(**紀昀夾**)用射覆意押"射"字不妥。依依見其面,疑子在咫尺。兄今雖小官,幸忝佐方伯。北池近所鑿,中有汧水碧。臨池飲美酒,尚可消永日。但恐詩力弱,鬥健未免馘。(**紀昀眉**)强押不妥。詩成十日到,誰謂千里隔。一月寄一篇,憂愁何足擲。(**查慎行評**)時子由侍明允居京師。(**何紹基乙眉**)白話意深。

過巴東縣不泊聞頗有萊公遺迹

(**紀昀眉**)一往駿爽。(**何紹基乙眉**)不著一字,激昂故佳。

萊公昔未遇，寂寞在巴東。聞道山中樹，猶餘手種松。（**蕭奇中夾**）竟似李矣。（**紀昀眉**）五韻律詩唐人多有，此又不以二句爲聯、四句爲解律之。江山養豪俊，禮數困英雄。執版迎官長，趨塵拜下風。（**紀昀夾**）即承“禮數”句。當年誰刺史，應未識三公。（**紀昀夾**）一結隱然自負，非詠萊公也。

【彙評】

《**角山樓**》：頗似王右丞，“江山”一聯尤沉著。

白帝廟

（**紀昀眉**）通篇老健。

朔風催入峽，慘慘去何之。共指蒼山路，來朝白帝祠。荒城秋草滿，古樹野藤垂。浩蕩荆江遠，淒凉蜀客悲。（《**角山樓**》**評**）“蜀客”自謂也，領起下文。遲回問風俗，涕泗憫興衰。（**紀昀夾**）四句一篇眼目。故國依然在，遺民豈復知。（**紀昀夾**）對面烘托得好。一方稱警蹕，萬乘擁旌旗。遠略初吞漢，雄心豈在夔。崎嶇來野廟，（**杭世駿眉**）“來朝白帝祠”已經點題，又云“崎嶇來野廟”，不複出乎？閔默愧常時。（《**角山樓**》**評**）“閔默”句謂述當時用荆邯之言而爲之愧也。後三韻，筆筆轉動，結語自在眼前，而未經人道。破甑蒸山麥，長歌唱竹枝。荆邯真壯士，吴柱本經師。失計雖無及，圖王固已奇。猶餘帝王號，皎皎在門楣。（**紀昀眉**）結不作謾駡語，亦脱蹊徑。

戎　州

（紀昀眉）順筆寫出，有揮灑自如之意。

亂山圍古郡，市易帶群蠻。（蕭奇中夾）輿志。庾嶺春耕少，孤城夜漏閑。（蕭奇中夾）清警似唐。往時邊有警，征馬去無還。自頃方從化，年來亦款關。頗能貪漢布，但未脱金鐶。何足争强弱，吾民盡玉顔。（紀昀眉）對獠人之獰陋者言之，故曰"玉顔"，然二字究是强押。

【彙評】

李鴻裔乙：微嫌直瀉，凡是爲此等運氣之詩，須有頓挫乃佳。

《角山樓》：排律一氣流轉，頗爲可法。

孔周翰嘗令仙源中秋以事留東武時陳君榮右王君建中皆在郡後十七年中秋周翰持節過郡二君已亡感時懷舊留詩於壁又五年中秋軾與客飲超然臺聞周翰乞此郡客有誦其詩者乃次其韻二篇以爲他日一笑

（紀昀眉）二詩皆淺而有致。

壞壁題詩已五年，故人風物兩依然。定知來歲中秋月，又照先生枕麯眠。

更邀明月説明年，記取孤吟孟浩然。此去宦游如傳舍，揀枝驚鵲幾時眠。

【彙評】

莫友芝:孔周翰曾爲仙源令,中秋夜以事留於東武官舍。時陳君榮右、王君建中皆在郡。其後十七年中秋,周翰持節過郡,而二君已亡。感時懷舊,留詩於壁。又其後五年中秋,軾與客飲於超然臺,聞周翰乞此郡,客有……(下闕)。按:别本此二詩題目如此。

獲鬼章二十韻

(**杭世駿眉**)以西夏之驕横,韓、范經略而不能損其纖毫,獲鬼章爲第一次戰功,篇末轉有"奇功勿再要"之語,可知中國之耗損定多,如好水川之創可證也。觀范文正集中與元昊諸書,並無挑釁之語,老謀持重,所見略同。(**丁菊泉眉**)放筆直走雖排偶而似單行,氣格殊高。(**莫友芝甲評**)"二十",當作"二十二"。

青唐有逋寇,白首已窮妖。竊據臨洮郡,潛通講渚橋。廟謀周召虎,邊帥漢班超。堅壘千兵破,連航一炬燒。擒奸從窟穴,奏捷上煙霄。詭異人圖像,歡娱路載謡。千誅非一事,伐叛自先朝。取道經陵寢,前期告廟祧。(**何焯眉**)"告廟"矜張太過,如此帶出極有意。西來聞幾日,面縛見今朝。二聖臨雲陛,千官溢海潮。載囚車轆轆,失主馬蕭條。横拜如蹲犬,(**蕭奇中夾**)可看。胡裝尚衣貂。理卿辭具服,譯長舌初調。緩死恩殊厚,求生尾屢摇。(**蕭奇中夾**)肖。慈仁逢太母,寬厚戴唐堯。赤手真擒虎,和羹未賜梟。藁街虚授首,東市偶全腰。困獸何須殺,遺雛或可招。威聲西振夏,武節北通遼。帝道有强弱,天時或長消。

羌情防報復，軍勝忌矜驕。慎重關西將，奇功勿再要。（**蕭奇中眉**）得古諷之遺是老成。（**何紹基乙眉**）微詞。（**紀昀眉**）結處得諷喻之體，若再渾融其詞，使人詠嘆而得之則更佳耳。

【彙評】

查慎行：熙河之役，構難始於王韶，其後邊戰屢開，終成靖康之禍。此章結數句，有關北宋全域，讀者勿草草。

查慎行丙：按熙河之役，構禍始於王韶。厥後邊釁大開，終釀靖康之亂。後世以爲罪魁者，當時且以爲功之首。通章用意，在結處六句，慮患防微，隱然言外，深識遠見，與《代張方平諫用兵書》同，而風刺微矣！

汪師韓：鬼章之獲在元祐二年，本集内奏議有《論擒獲鬼章稱賀太速劄子》，又《因擒鬼章論西羌夏人事宜劄子》，又《乞詔邊吏無進取及論鬼章事宜劄子》，又《乞約鬼章討阿里骨劄子》，大旨欲使其部族與温溪心、斂氈等合以討阿里骨，而納趙純忠，然後許其請命自新，而深以"將驕卒惰後無以使"爲可慮。此詩先陳偏師獨克俘獲醜虜之功，繼述請命乞憐之狀，終稱放還不殺之德。至其歸宿，乃曰"羌情防報復"，則固後兩劄子意也；曰"軍勝忌矜驕"，則又前兩劄子意也。而又申言之曰"慎重關西將，奇功勿再要"，其所以爲緝治邊防、整肅驕慢計者，剴切周詳，誠一不二如此。

光禄庵二首

文章恨不見文園，禮樂方將訪石泉。何事庵中著光禄，枉教閑處筆如椽。

城中太守的何人，林下先生非我身。若向庵中覓光禄，雪中履迹鏡中真。

過木櫪觀

(紀昀眉)語多疵累。

石壁高千尺,微蹤遠欲無。飛檐如劍寺,(**出劍門東,望上寺宇仿佛可見。**)(**劉辰翁夾**)是非白日飛升也。古柏似仙都。許子嘗高遁,行舟悔不迂。斬蛟聞猛烈,提劍想崎嶇。寂寞棺猶在,修崇世已愚。隱居人不識,化去俗争吁。洞府煙霞遠,人間爪髮枯。飄飄乘倒景,誰復顧遺軀。(**杭世駿眉**)爲旌陽出脱,正以解世俗之疑。

觀開西湖次吴左丞韻

(**蕭奇中眉**)亦　慨,不然,築舍裝訟,寧有已時!(**查慎行評**)此詩亦見《参寥集》。(**查慎行甲眉**)参寥詩,題云"次韻吴承老推官觀開西湖"。

偉人謀議不求多,事定紛紛自唯阿。盡放龜魚還緑净,肯容蕭葦障前坡。一朝美事誰能紀,百尺蒼崖尚可磨。天上列星當亦喜,(**蕭奇中夾**)奇想。月明時下浴明波。(**何焯眉**)結句變化。

【彙評】

譚元春:亦只是"可與樂成,難與慮始"意,説得高尚如此。

荆州十首

(**紀昀眉**)篇章字句都合古法,此東坡摹杜之作,純是《秦州雜詩》。

游人出三峽,楚地盡平川。北客隨南賈,吴檣間蜀船。(**彭元瑞夾**)"簡"去聲。江侵平野斷,(**孫原湘夾**)複"平川"。風卷白沙旋。欲問興亡意,重城自古堅。(**紀昀眉**)此首總起。

南方舊戰國,慘澹意猶存。慷慨因劉表,凄凉爲屈原。廢城猶帶井,古姓聚成村。亦解觀形勝,升平不敢論。(**紀昀眉**)結即高常侍"豈無安邊策,諸將已承恩"意。(**何紹基乙眉**)椎煉。(**《角山樓》評**)抱負語,不傷粗露。

楚地闊無邊,蒼茫萬頃連。耕牛未嘗汗,投種去如捐。農事誰當勸,民愚亦可憐。平生事游惰,那得怨凶年。(**紀昀眉**)三、四太拙,後四句亦太直,十首中如明月之累。(**《角山樓》評**)第三句及後半首,尚是少陵門徑中語,獨第四句拙耳。

朱檻城東角,高王此望沙。(**《角山樓》評**)伏結句之脈。江山非一國,烽火畏三巴。戰骨淪秋草,危樓倚斷霞。(**《角山樓》評**)俊句。百年豪傑盡,擾擾見魚蝦。(**紀昀眉**)結即羅江東《甘露寺》詩後半篇意。(**《角山樓》評**)結有遠致。

沙頭煙漠漠,來往厭喧卑。野市分獐鬧,官帆過渡遲。游人多問卜,傖叟盡攜龜。日暮江天静,無人唱楚辭。(**紀昀眉**)譏古風之不存也。(**《角山樓》評**)結有遠致。

太守王夫子,山東老俊髦。壯年聞猛烈,白首見雄豪。食雁君應厭,驅車我正勞。中書有安石,(**紀昀夾**)縮結得好。慎勿賦離騷。(**紀昀眉**)夾此一首,章法生動,從杜公《游何氏山林》"萬里戎王子"一首化出。(**錢廷錦甲眉**)其即打觑荆公耶?是時王未執政也。

殘臘多風雪,荆人重歲時。客心何草草,里巷自嬉嬉。(**何紹基乙眉**)"客心"十字入情。爆竹驚鄰鬼,驅儺逐小兒。(**彭元瑞夾**)"逐"字當作"聚"字。故人應念我,相望各天涯。(**紀昀夾**)一結不脱自己,方不是泛陳風土。

江水深成窟,潛魚大似犀。赤鱗如琥珀,老枕勝玻璃。上客舉雕俎,佳人摇翠篦。(**紀昀夾**)雙拗格。登庖更作器,何以免屠刲。(**紀昀眉**)寓多材爲累之感。(**何紹基乙眉**)此種大魚,江鄉當有之。

北雁來南國,依依似旅人。(**紀昀夾**)有意無意,映帶生情。縱横遭折翼,感惻爲沾巾。平日誰能挹,高飛不可馴。(**紀昀眉**)接得好。故人持贈我,三嗅若爲珍。(**紀昀眉**)此首格意特高。

柳門京國道,驅馬及春陽。野火燒枯草,東風動緑芒。(**錢廷錦甲眉**)即"野火燒不盡,春風吹又生"意。北行連許鄧,南去極衡湘。楚境横天下,懷王信弱王。(**紀昀眉**)此首總收。結寓自負之意,此猶少年初出,氣方盛之時也。黄州後無復此種議論也。(**翁同書旁**)章章句句都合古法,此東坡摹杜之作,純是《秦州雜詩》。

【彙評】

汪師韓:俯仰陳迹,懷古者所同。悲壯慷慨,則唐賢得意筆也。

渝州寄王道矩

曾聞五月到渝州,水拍長亭砌下流。惟有夢魂長繚繞,共論唐史更綢繆。（**紀昀眉**）"唐史"太不對。（**蕭奇中夾**）不成句。舟經故國歲時改，霜落寒江波浪收。歸夢不成冬夜永，厭聞船上報更籌。

【彙評】

劉弘：詩言道矩到州，正水湧之時，嘗有夢魂繫絆，今則喜得綢繆，而共論唐史焉。時歲時將晚，長江波浪不險，固可行舟，但夜永歸夢不成，更籌不奈聞得。豈先生鄉思之惱耶？噫！

過安樂山聞山上木葉有文如道士篆符云此山乃張道陵所寓二首

天師化去知何在，玉印相傳世共珍。故國子孫今尚死，滿山秋葉豈能神。

真人已不死，外慕墮空虛。猶餘好名意，滿樹寫天書。

涪州得山胡（善鳴，出黔中）

（**紀昀眉**）純是古法。○强無爲有，亦自有味。

終日鎖筠籠，回頭惜翠茸。誰知聲嘒嘒，亦自意重重。夜宿煙生浦，朝鳴日上峰。故巢何足戀，鷹隼豈能容。（**紀昀眉**）結乃慰之之詞。東坡此時尚無世途之感，非有托也。

巫山廟上下數十里有烏鳶無數取食於行舟之上舟人神之，故亦不敢害

群飛來去噪行人，得食無憂便可馴。（**紀昀夾**）句不自然。江上飢烏無足怪，野鷹何事亦頻頻。

夷陵縣歐陽永叔至喜堂

（**紀昀眉**）純以氣機勝。

夷（**一作西**）陵雖小邑，自古控荆吴。形勝今無用，英雄久已無。（**劉辰翁夾**）好氣魄。誰知有文伯，遠謫自王都。人去年年改，堂傾歲歲扶。追思猶咎吕，感嘆亦憐朱。（**時朱太守爲公築此堂。**）（**紀昀夾**）用同時作對偶入律詩，長慶法也。舊種孤楠老，新霜一橘枯。清篇留峽洞，醉墨寫邦圖。（**三游洞有詩，《夷陵圖》後有留題處。**）故老問行客，長官今白鬚。著書多念慮，許國減歡娱。寄語公知否，還須數倒壺。（**何紹基乙眉**）清摯。

【彙評】

劉辰翁：此初年出蜀時作。

入　峽

（**紀昀眉**）刻意鍛煉，語皆警峭，氣局亦寬然有餘。（**嚴虞惇眉**）長律如散行文，子瞻獨創。

自昔懷幽賞，今兹得縱探。(**蕭奇中夾**)風人。(**翁同書夾**)首二句虚籠以作起局。長江連楚蜀，(**翁同書夾**)下六句作總挈。萬派瀉東南。合水來如電，黔波緑似藍。餘流細不數，遠勢競相參。(**蕭奇中眉**)得觀書大意之旨。(**紀昀夾**)總括得好，得二句乃不冗不漏。(**李鴻裔乙評**)起八句總寫形勢。(**《角山樓》評**)叙形勢起，次入本題，歷叙所見。入峽初無路，(**翁同書夾**)下十二句峽中景物。連山忽似龕。縈紆收浩渺，蹙縮作淵潭。風過如呼吸，雲生似吐含。墜崖鳴窣窣，(**孫原湘夾**)"崖"似"墜"也。(**紀昀夾**)"崖"似"墜"也。垂蔓緑毿毿。冷翠多崖竹，孤生有石楠。飛泉飄亂雪，怪石走驚驂。(**《角山樓》評**)精采。絶澗知深淺，(**翁同書夾**)以下十二句峽中人事。樵童忽兩三。人煙偶逢郭，沙岸可乘籃。野戍荒州縣，邦君古子男。放衙鳴晚鼓，留客薦霜柑。聞道黄精草，叢生緑玉篸。盡應充食飲，不見有彭聃。(**紀昀眉**)"聞道"四句，百忙中忽插一波，筆墨閑逸之至。氣候冬猶暖，(**翁同書夾**)下八句言人居峽之陋。星河夜半涵。遺民悲昶衍，(**孟昶從此入覲，王衍亦蜀主。**)(**查慎行甲眉**)一本公自注"入覲"下當有"王衍亦蜀主"五字，應補入。舊俗接魚蠶。(**《角山樓》評**)以下叙民俗。版屋漫無瓦，岩居窄似庵。伐薪常冒嶮，得米不盈甔。嘆息生何陋，(**翁同書夾**)下八句言己入峽之勞。劬勞不自慚。葉舟輕遠泝，大浪固嘗諳。(**紀昀夾**)"大浪"字不雅。矍鑠空相視，嘔啞莫與談。蠻荒安可駐，幽邃信難妉。獨愛孤棲鶻，(**翁同書夾**)以下十二句，前六句寫孤鶻横飛，自得之樂；後六句寫自己局束塵勞之態。高超百尺嵐。(**蕭奇中夾**)坡公專有此筆勢。横飛應自得，遠颺似無貪。振翮游霄漢，無心顧雀鶴。塵勞世方病，局促我何堪。盡解林泉好，多爲富貴酣。試看飛鳥樂，高遁此心甘。(**蕭奇中眉**)篇章之奇，即以飛鶻結亦暢然。(**紀昀眉**)結亦常意，而忽借一鳥生波，即覺淫佚詠嘆，意味深長，故詩家當争用筆。(**王文誥夾**)通幅整暇,自能入妙。(《**角山樓**》**評**)結尾一段及中幅數語,皆以用筆别致取勝。

【**彙評**】

汪師韓:用險韻作長律,盡如其意之所出,固稱體大,亦由思精。首二句虚籠以作起局。"長江"六句又作總挈。其"入峽"十二句,峽中之景物也;"絶澗"十二句,峽中之人事也;"氣候"八句,則言人居峽之陋;"嘆息"八句,則言已入峽之勞。至"獨愛孤棲鶻"以下十二句,前六句單就孤鶻寫其高超自得之樂;後六句以我之局促與鳥之飛揚兩相對照,作開合之勢,知高超之樂則知高遁之甘矣。章法明爐,如觀遠岫,列秀青青。

題贈田辨之琴姬

流水隨弦滑,清風入指寒。坐中有狂客,莫近繡簾彈。

【**彙評**】

劉辰翁:戲笑得道。

四十年前元夕與故人夜游得此句

午夜朧朧淡月黄,夢回猶有暗塵香。(**蕭奇中夾**)塵香故妙。縱横滿地霜槐影,寂寞蓮燈半在亡。

戲孫公素

投扇昔年笑温嶠,握刀晚歲戰劉郎。(**杭世駿眉**)"戰"字何解？不須戚戚如馮衍，便與時時説李陽。

【彙評】

查慎行：孫必懼内者，可發一笑。

南康望湖亭（一本云“過洞庭”）

（**錢廷錦乙旁**）似杜。（**錢廷錦甲旁**）在公詩似進一格。（**嚴虞惇眉**）此種五律是學杜。（**紀昀眉**）但存唐人聲貌，而無味可咀，此種最害事。而轉相神聖，自命曰高，或稍訾謷，輒嗤曰俗。蓋盛唐之説愈多而盛唐之真愈失矣。（**查慎行丙評**）此據南宋人周煇《清波雜志》所云，則“望湖亭”當作“重湖亭”。

八月渡長湖，蕭條萬象疏。（**一本云“瀟湘景物疏”**。）秋風片帆急，暮靄（**一本作雨**）一山孤。許國心猶在，康時術（**術，一作業**。）已虚。岷峨家萬里，投老得歸無。（**蕭奇中夾**）氣渾。

半山亭

（**紀昀眉**）不似東坡筆，何也？

登嶺勢巍巍，蓮峰太華齊。憑欄紅日早，回首白雲低。松柏月中老，猿猴物外啼。禪師吟絶後，千古指人迷。

儋耳山

（**紀昀眉**）未喻其意。

突兀隘空虚,他山總不如。君看道傍石,(**翁同書眉**)《墨莊漫録·叔黨》云:"'石'當作'者',傳寫之誤,一字不工,遂使全篇俱病。"盡是補天餘。(**翁同書旁**)[何義門云]末二句自謂,亦兼指器之諸人也。(附:劉安世字器之。)

次韻聞復上人①

前身本同社,宿業獨臨邊。一悟鏡空老,始知圓澤賢。歸心忘犢佩,生術寄羊鞭。不似歐陽子,空留六一泉。

宋復古畫瀟湘晚景圖三首

(**蕭奇中眉**)筆下灑灑。(**紀昀眉**)題畫作五律已難措手,五律疊至三首更難措手矣。(**《角山樓》評**)三詩純乎杜意。紀以題畫不應五律而忽之,所謂成見未化也。(**莫友芝甲眉**)細味三詩,深得畫意,亦深明畫理,復古見此詩,云:子亦善書也耶? 諒哉!

西征憶南國,堂上畫瀟湘。照眼雲山出,浮空野水長。舊游心自省,信手筆都忘。會有衡陽客,來看意渺茫。

【彙評】

劉辰翁:不辛苦而自造。

---

① 編者按:此詩卷二十二已收,題作"次韻聰上人見寄"。

落落君懷抱，山川自屈蟠。經營初有適，揮灑不應難。（**何焯眉**）上四句反起幽細。江市人家少，煙村古木攢。知君有幽意，細細爲尋看。

咫尺殊非少，陰晴自不齊。徑蟠趨後崦，（**莫友芝甲旁**）“蟠”，一作“遥”。水會赴前溪。（**李鴻裔乙評**）畫理精深。（**王文誥夾**）宋復古讀此二句，謂公亦精於畫者。（**《角山樓》評**）十字論畫精絶。少陵賦實境，有此句法，用以題畫，則更妙矣。自説非人意，（**紀昀眉**）“自説”句晦。曾經是馬蹄。他年宦游處，應話劍山西。（**何焯眉**）亦復舊游心自省。

【彙評】

汪師韓：首篇言畫之梗概，終篇言畫之曲折，中篇乃以前四句承上，後四句起下，結構森嚴，不但霞絢水瑩，獨標瓌穎。

儋州二首①

小邑浮橋外，青山石岸東。茶槍燒後出，麥浪水前空。萬户不禁酒，三年真識翁。結茅來此住，歲晚有誰同。

荔子幾時熟，花頭今已繁。探春先揀樹，買夏欲論園。居士常攜客，參軍許扣門。（**周參軍家多荔子。**）明年更有味，懷抱鬧諸孫（**一云帶諸孫**）。

① 編者按：此二詩卷二十二已收，爲《新年五首》之四、之五。

海上道人傳以神守氣訣

(錢陸燦眉)玄門諸書可廢。**(紀昀眉)**此不是詩,當時刻石而不入集,其意可知。

但向起時作,還於作處收。蛟龍莫放睡,雷雨直須休。要會無窮火,嘗觀未盡油。夜深人散後,惟有一燈留。

曹溪夜觀傳燈録燈花落一僧字上口占

(紀昀眉)此豈是詩?

山堂夜岑寂,燈下看傳燈。不覺燈花落,荼毗一個僧。

贈包安静先生茶三首

(杭世駿眉)壯極。

皓色生甌面,堪稱雪見羞。東坡調詩腹,今夜睡應休。(**偶謁大中精藍中,遇故人烹日注茶,果不虛示,故詩以記之。**)

建茶三十片,不審味如何。奉贈包居士,僧房戰睡魔。(**昨日點日注極佳,點此,復云罐中餘者,可示及舟中滌神耳。**)

野菜初出珍又珍,送與安静病酒人。便須起來和熱吃,不消洗面裹頭巾。

杭州次周燾韻游天竺觀激水[①]

(**紀昀眉**)此後人紀録之語,非引進。

道眼轉丹青,常於寂處鳴。早知雨是水,不作兩般聲。(**蕭奇中夾**)悟。

過海得子由書

(**紀昀眉**)"相求"與"得書"不合,"江關""江聲"與"過海"不合。筆路亦頗平淺,似非東坡之筆。

經過廢來久,有弟忽相求。門外三竿日,江關一葉秋。蕭疏悲白髮,漫浪散窮愁。世事江聲外,吾生幸且休。

去歲與子野游逍遥堂日欲没因並西山叩羅浮道院至已二鼓矣遂宿於西堂今歲索居儋耳子野復來相見作詩贈之

往歲追歡地,寒窗夢不成。笑談驚半夜,風雨暗長檠。(**查慎行評**)燈檠,"檠"字古人皆作上聲讀,平聲"檠"字作"傍"字解,非燈檠也。先生亦承此謬。雞唱山椒曉,鐘鳴霜外聲。只今那復見,仿佛似三生。

---

① 編者按:詩題一作"次周燾韻"。

元祐五年十二月十二日同景文義伯聖途次元伯固蒙仲游七寶寺題竹上

結根豈殊衆，修柯獨出林。孤高不可恃，歲晚霜風侵。（**紀昀眉**）即李衛公"孤石"詩意，而語較露骨，此唐人宋人之分。（**莫友芝甲旁**）引《禮記》誤。

泗州過倉中劉景文老兄戲贈一絶

即聚伏波米，還數魏舒籌。應笑蘇夫子，僥倖得湖州。

戲題巫山縣用杜子美韻

（**查慎行評**）山谷詩。

巴俗深留客，吴儂但憶歸。直知難共語，不是故相違。東縣聞銅臭，江陵换祫衣。丁寧巫峽雨，慎莫暗朝暉。

初貶英州過杞贈馬夢得

萬古仇池穴，歸心負雪堂。殷勤竹林詠，猶得比山王。（**紀昀眉**）語含兩意，詩人之筆。

答晁以道索書

（**查慎行評**）另本尚有後四句，全首見《後山集》。（**查慎行甲眉**）

陳後山五律前半首也。

閲世真難記,如公自不忘。其於書太簡,正以懶相妨。

大老寺竹間閣子

(**紀昀眉**)太不成語,恐非真本。編詩者搜輯以炫博,轉爲古人之累。(**李鴻裔乙評**)此語極是,以評此詩則未當。

殘花帶葉暗,新筍出林香。但見竹陰緑,不知汧水黄。樹高傾隴鳥,池浚落河魴。栽種良辛苦,孤僧瘦欲尪。(**錢廷錦甲眉**)宋人氣。

和廬山上人竹軒

洞外復空中,千千萬萬同。勞師向竹頌,清是阿誰風。

款塞來享

(**翁同書眉**)四字出《漢書·宣帝紀》。

蠢爾氐羌國,天誅亦久稽。既能知面内,不復議征西。斥堠銷烽火,邊城息鼓鼙。輸忠修貢職,棄過爲黔黎。雪滿流沙静,雲沉太白低。巍巍二聖治,盛德古難齊。

觀　臺

三界無所住，一臺聊自寧。塵勞付白骨，寂照起黄庭。殘磬風中嫋，孤燈雪後青。（**紀昀夾**）五、六九僧一派。須防童子戲，投瓦犯清泠。

吴江岸

曉色兼秋色，蟬聲雜鳥聲。壯懷銷鑠盡，回首尚心驚。

嘲子由

（**蕭奇中眉**）善讀書，善解物。（**紀昀眉**）理自明通，語則凡近。

堆几盡埃簡，攻之如蠹蟲。誰知聖人意，不在古書中。曲盡弦猶在，器成機見空。妙哉斫輪手，堂下笑桓公。

【彙評】

《**唐宋詩醇**》：正是讀書萬卷人語，不悦學者不能道。《通雅》稱馮開之云："讀書太樂則漫，太苦則澀。董遇之百遍，考亭之半日，淵明之不求甚解，東坡之每事一過，其各得於輪扁之甘苦者乎？"數語可爲此詩注脚。

無　題

（**紀昀眉**）太平鈍。

六秩行當啓,(**查慎行丙評**)按先生南遷時,年五十九,故此詩首句云。區中緣更疏。不貪爲我寶,安步當君車。故國多喬木,先人有敝廬。誓將閑散好,不著一行書。

元祐九年立春

熊白來北山,猪紅削劍南。春盤得青韭,臘酒寄黄柑。

扶風天和寺

遠望若可愛,朱欄碧瓦溝。(**紀昀夾**)真景以淡語寫出。聊爲一駐足,且慰百回頭。水落見山石,塵高昏市樓。臨風莫長嘯,遺涕浩難收。(**紀昀眉**)結得壯闊。

再贈常州報恩長老①

薦福老懷真巧便,净慈兩本更尖新。憑師爲作鐵門限,準備人間請話人。

聞洮西捷報

(**何紹基甲眉**)三、四重出。(**丁菊泉眉**)"露布"即"捷書",未免犯複。此詩本集不載,疑是王韶之黨獵取《賜御書》詩爲之,以東坡爲重耳。

① 編者按:此詩卷十五已收,爲《贈常州報恩長老二首》之二。

漢家將軍一丈佛,詔賜天池八尺龍。露布朝馳玉關塞,捷書夜到甘泉宮。似聞指揮築上郡,已覺談笑無西戎。牧臣不見天顔喜,但驚草木放(一作皆。)春容。(趙克宜評)運意深厚,筆力亦健。

三萼牡丹

(紀昀眉)太小巧。(譚元春評)小巧自佳。

風雨何年别,留真向此邦。至今遺恨在,巧過不成雙。

己未十月十五日獄中恭聞太皇太后不豫有赦作詩

(紀昀眉)亦和平。

庭柏陰陰晝掩門,烏知有赦鬧黄昏。漢宫自種三生福,楚客還招九死魂。縱有鋤犁及田畝,已無面目見丘園。(蕭奇中夾)亦覺煩惱。只應聖主如堯舜,猶許先生作正言。

題李景元畫

聞説神仙郭恕先,醉中狂筆勢瀾翻。百年寥落何人在,只有華亭李景元。(錢廷錦甲旁)將“人”字倒押韻,亦太戲。(張問陶評)顛倒其名字以取押韻,亦可一笑。

謝人惠雲巾方舃二首

（紀昀眉）純作皮陸格。

燕尾稱呼理未便，剪裁雲葉却天然。無心只是青山物，覆頂宜歸紫府仙。轉覺周家新樣俗，（頭巾起後周。）未容陶令舊名傳。鹿門佳士勤相贈，黑霧玄霜合比肩。（皮襲美《贈天隨子紗巾》詩云：掩斂乍疑裁黑霧，輕明渾似帶玄霜。）（翁同書眉）此首賦雲巾。（錢廷錦甲眉）雲巾。

胡靴短靿格粗疏，古雅無如此樣殊。妙手不勞盤作鳳，（晉永嘉中，有鳳頭鞋。）輕身只欲化爲鳧。（查慎行評）用舊如新。魏風褊儉堪羞葛，楚客豪華可笑珠。擬學梁家名解脱，（武帝作解脱履）。便於禪坐作跏趺。（翁同書眉）此首賦方舃。（錢廷錦甲眉）方舃。

謝宋漢傑惠李承晏墨

老松燒盡結輕花，妙法來從北李家。翠色冷光何所似，（蕭奇中夾）好墨。墻東鬟髪墮寒鵶。

被命南遷途中寄定武同僚

（紀昀眉）必非東坡之作。

人事千頭及萬頭，（錢廷錦甲眉）似幻。得時何喜失時憂。只知紫綬三公貴，不覺黄粱一夢游。適見恩綸臨定武，忽遭分職赴英州。南行若到江干側，休宿潯陽舊酒樓。

李委吹笛(並引)

元豐五年十二月十九日，東坡生日也。置酒赤壁磯下，踞高峰，俯鵲巢。酒酣，笛聲起於江上。客有郭、石二生，頗知音，謂坡曰："笛聲有新意，非俗工也。"使人問之，則進士李委，聞坡生日，作新曲曰《鶴南飛》以獻。呼之使前，則青巾紫裘，要笛而已。既奏新曲，又快作數弄，嘹然有穿雲裂石之聲。坐客皆引滿醉倒。委袖出嘉紙一幅，(**蕭奇中夾**)更好事。曰："吾無求於公，得一絶句足矣。"坡笑而從之。(**陳天定評**)清景清事，括前後二賦之勝。怪先生此時便無奇句耳。

山頭孤鶴向南飛，載我南游到九嶷。下界何人也吹笛，(**蕭奇中眉**)嘹然。可憐時復犯龜茲。(**何紹基甲眉**)詩不如行。

【彙評】

譚元春：事妙入韻，光景如仙。

《**角山樓**》：題事佳，詩亦風致。

書黄筌畫翎毛花蝶圖二首

短翎長喙喜喧卑，曳練雙翔亦自奇。賴有黄鸝鬥嬛好，獨依蘚石立多時。

緑陰青子已愁人，忍見中庭燕麥新。惆悵劉郎今白首，時來看卷覓餘春。(**蕭奇中眉**)風宕多情。(**紀昀眉**)此首特有情致。

【彙評】

《角山樓》:情思惘然。前一首切題寫,故此首不妨渾説。

次韻王定國得晉卿酒相留夜飲

(翁同書眉)一起灑然出塵。三、四用事,翻空出奇,總不落平。五、六轉是平常語。

短衫壓手氣横秋,更着仙人紫綺裘。使我有名全是酒,從他作病且忘憂。(紀昀夾)三、四太滑。詩無定律君應將,醉有真鄉我可侯。(紀昀夾)中四句太雕琢。且倒餘樽盡今夕,睡蛇已死不須鈎。(紀昀眉)查云"此非推轂定國,語氣自見"。結粗獷太甚。

偶於龍井辨才處得歙硯甚奇作小詩

羅細無紋角浪平,半丸犀璧浦雲泓。(紀昀夾)"泓"字懸脚。午窗睡起人初静,時聽西風拉瑟聲。(何紹基甲眉)"拉瑟聲"曾是走筆有聲耶?

秋晚客興

(紀昀眉)查云"此詩不類東坡手筆",細看之實不相似,亦是晚唐人語,然第四句自佳。

草滿池塘霜送梅,疏林野色近樓臺。天圍故越侵雲盡,潮上孤城帶月回。客夢冷隨楓葉斷,愁心低逐雁行來。流年又喜經重九,可意黄花是處開。

【彙評】

查慎行丙:此詩不似先生手筆。施氏本不載。因詩中有"天圍故越"二句,或是杭州作。

陳伯比和回字復次韻

(**杭世駿眉**)格調雖變以矯軟,熟則可鑽味,終欠清腴。(**查慎行評**)晁補之詩。(**查慎行甲眉**)晁無咎次《家池雨中》韻二首之一也。(注:即《雞肋集》卷十四《再用韻和陳伯比二首》之一。)

下里馮生寧屑去,湖海陳侯猶肯來。詩書好在家四壁,蒲柳蓊然城一隈。騎上下山亦疏矣,鯈從容出何爲哉。(**紀昀眉**)三、四江西派之工者,五、六江西派之野者。市橋十步即塵土,晚雨瀟瀟殊未回。

廣陵後園題申公扇子

(**紀昀眉**)亦是信手寫出,而無應酬俗態。

露葉風枝曉自匀,緑陰青子净無塵。(**蕭奇中夾**)好。閑吟繞屋扶疏句,須信淵明是可人。

山光寺回次芝上人韻[①]

鬧裏清游借隙光，醉時真境發天藏。夢回拾得吹來句，十里南風草木香。

與道源游西莊遇齊道人同往草堂爲齊書此

（查慎行甲眉）王荆公詩。

桑麻已零落，藻荇復銷沉。園宅在人境，歲時傷我心。强穿南埭路，遥望北山岑。欲與道人語，跨鞍聊一尋。

寒食夜

（查慎行評）似唐人宫詞。**（紀昀眉）**此不似東坡筆墨，有酣熟之氣故也。

漏聲透入碧窗紗，人静鞦韆影半斜。沉麝不燒金鴨冷，淡雲籠月照梨花。

答子勉三首

（查慎行評）山谷詩。

君不登郎省，還應上諫坡。才高殊未識，歲晚幸無他。櫪

① 編者按：詩題一作“揚州同晁無咎芝上人游山光寺和芝韻”。

馬羸難出,鄰雞凍不歌。寒爐餘幾火,灰裹撥陰何。

驚人得佳句,或以傲王公。處士還清節,滑稽安足雄。深沉似康樂,簡遠到安豐。一點無俗氣,相期林下風。

欲舞腰身柳一窠,小梅催拍大梅歌。舞餘片片梨花落,争奈當塗風物何。(錢陸燦夾)落處殊有乞氣。

送楊奉禮

譜牒推關右,風流出靖恭。時情任險陂,家法故雍容。南去河千頃,(大水中相別。)餘惟酒一鍾。更誰哀老子,令得放疏慵。

別東武流杯

莫笑官居如傳舍,故應人世等浮雲。百年父老知誰在,惟有雙松識使君。

走筆謝吕行甫惠子魚

(紀昀眉)此在當日只算代柬,原不以詩論。

卧沙細肋吾方厭,通印長魚誰肯分。好事東平貴公子,貴人不與與蘇君。

訪詹使君食槐芽(一作葉)冷淘[1]

枇杷已熟粲金珠,桑落初嘗灩玉蛆。暫借垂蓮十分盞,一澆空腹五車書。青浮卵碗槐芽餅,紅點冰盤藿葉魚。醉飽高眠真事業,此生有味在三餘。

贈虔州慈雲寺鑒老

(查慎行評)重見。

居士無塵堪洗沐,道人有句借宣揚。窗間但見蠅鑽紙,門外唯聞佛放光。(查慎行丙評)《冷齋夜話》載先生此篇,"窗間"二字作"舉頭","門外"二字作"拊背"。細觀詩中,自起至末八句中,多用浴事,與洪覺範語不合。覽者不識作家用意所在,往往信口讀過。特援據釋典詳注之。遍界難藏真薄相,一絲不挂且逢場。却須重説圓通偈,千眼熏籠是法王。

和方南圭寄迓周文之三首[2]

共惜相從一寸陰,酒杯雖淺意殊深。且同月下三人影,聊豁(一作莫作)天涯萬里心。東嶺舊(一作近)開松竹徑,南堂初絶斧斤音。(查慎行評)白鶴峰在惠州城東,故曰"東嶺"。公集中有《南堂五首》,時白鶴新居初成,故云"南堂初絶斧斤音"。知君善頌如張

① 編者按:此詩卷二十三已收,題作"二月十九日攜白酒鱸魚過詹使君食槐葉冷淘"。
② 編者按:後二首卷二十四已收,題作"又次韻二守同訪新居二首"。

老,猶望攜壺更一臨。

數畝蓬蒿古縣陰,小窗明快夜堂深。也知卜築非真宅,聊欲踟跌看此心。聞道攜壺問奇字,更宜登木助徽音(一云振履出商音)。相娱比户江千頃,直下都無地可臨。

此生真欲老墻陰,却掃都忘歲月深。拔薤已觀賢守政,摘蔬聊慰故人心。風流賀監常吴語,憔悴鍾儀獨楚音。治狀兩邦俱第一,潁川歸去肯重臨。

壺中九華詩(並引)

湖口人李正臣蓄異石九峰,玲瓏宛轉,若窗櫺然。余欲以百金買之,與仇池石爲偶,方南遷未暇也。名之曰壺中九華,且以詩識之。(何紹基乙眉)徒虚語耳。

我家岷蜀最高峰,(一作清溪電轉失雲峰。)夢裏猶驚翠掃空。五嶺莫愁千嶂外,(查慎行評)帶南遷意,不覺。九華今在一壺中。(范大士評)二聯雖詠小物,而氣魄正自高渾。天池水落層層見,(一作石泉影落涓涓滴。)玉女窗明處處通。念我仇池太孤絶,百金歸買小(一作碧)玲瓏。

【彙評】

汪師韓:崿流相承,孤標秀出。

劉弘:"仇池",先生先得之石也。"碧玲瓏",指九華石。詩蓋形容其奇秀,以致欲得之意。

《唐宋詩醇》:詩亦宛轉玲瓏,與題恰稱。

方東樹:一起奇氣,後半平易近人。

留别登州舉人

身世相忘久自知，此行閑看古黄腄。自非北海孔文舉，誰識東萊太史慈。落筆已吞雲夢客，抱琴欲訪水仙師。莫嫌五日匆匆守，歸去先傳樂職詩。

過　海①

參横斗落轉（**一作欲**）三更，苦雨終風也解晴。雲散月明誰點綴，天容海色本澄清。空餘魯叟乘桴意，無復（**一作粗識**）軒皇奏樂聲。九死南荒吾不恨，兹游奇絶冠平生。

過嶺寄子由三首

（**查慎行甲眉**）其一爲子由次韻過嶺作，向來諸本訛刻二首，今改正。

七年來往我何堪，又試曹溪一勺甘。（**錢廷錦甲眉**）曹溪在嶺南也。夢裏似曾遷海外，醉中不覺到江南。（**蕭奇中眉**）淋漓。波生濯足鳴空澗，霧繞征衣滴翠嵐。誰遣山雞忽驚起，半岩花雨落毿毿。（**紀昀眉**）結言機心已盡，不必相猜之意，非寫景也。（**方回夾**）紹聖元年甲戌，貶惠州。四年丁丑，貶儋州。明年元符戊寅改元，三年庚辰，量移廉州、永州自便，凡七年。楊憑貶臨賀尉，惟徐晦送之，此事極切。"夢裏似曾遷海外"，此聯甚佳，殊不以遷謫爲意也。（**翁同書眉**）視遷謫猶醉夢中知矣，胸中别有澄定者在。

---

① 編者按：又見卷二十五，題作"六月二十日夜渡海"。

投章獻策謾多談，能雪冤忠死亦甘。（錢陸燦夾）一意。一片丹心天日下，數行清淚嶺雲南。光榮歸佩呈佳瑞，瘴癘幽居弄晚嵐。從此西風庾梅謝，却迎誰與馬毿毿。

山林瘴霧老難堪，歸去中原荼亦甘。（錢陸燦夾）一意。有命誰憐終反北，無心却笑亦巢南。蠻音慣習疑傖語，脾病縈纏帶嶺嵐。賴有祖師清净水，塵埃一洗落毿毿。

歇白塔鋪

甘山廬阜鬱長望，林隙依稀（一作熹微）漏日光。（查慎行甲眉）"熹微"一本作"依稀"。吴國晚蠶初斷葉，占城早稻欲移秧。迢迢澗水隨人急，冉冉岩花撲馬香。望眼盡從（一作窮）飛鳥遠，（查慎行甲眉）"窮"一本作"從"。白雲深處是吾鄉。

西蜀楊耆二十年前見之甚貧今見之亦貧所異於昔者蒼顔華髮耳女無美惡富者妍士無賢不肖貧者鄙使其逢時遇合豈減當世之士哉頃宿長安驛舍聞泣者甚怨問之乃昔富而今貧者乃作一詩今以贈楊君①

（陳仁錫眉）"富者妍"一語未確。（錢陸燦眉）陳生豈知爲見成語

① 編者按：一題作"贈楊耆"，此題爲引，文字多有不同。附别本小引："西蜀楊耆，二十年前見之，甚貧。今復見之，益貧。所異於昔者，蒼顔華髮耳。女無美惡，富者妍；士無賢不肖，窮者鄙。使耆逢時遇合，豈必減當世之士哉？頃宿扶風驛舍，夜半逆旅有歌者，其聲悲甚，起問之，蓋昔富今貧者。余亦爲凄然，因飲之以酒，而作此詩。今日寒雨不止，忽憶其事，且念楊君之栖遲，與逆旅者何異？故出以與之。"

耶？(**查慎行評**)别本小引與此殊異，而筆致較曲折。(**蕭奇中眉**)每於頓挫激揚，見才見致。(**張問陶評**)此詩本爲逆旅歌者而作，今出以贈楊者耳，觀引自詳。(**陳天定評**)不以成敗論人。

孤村漸(**一作微**)雨逐秋凉，逆旅愁人怨夜長。(**蕭奇中夾**)自然潸下。不寐相看惟櫪馬，愁吟(**一作悲歌**)互答有寒蛩。(**劉辰翁夾**)驛中客。(**紀昀夾**)三、四自佳。天寒滯穗猶横畝，(**蕭奇中夾**)奈何。歲晚空機尚倚墻。(**趙克宜評**)中兩聯皆可。勸爾一杯聊復睡，人間貧富海茫茫。

【彙評】

劉弘：此詩寫出感慨之情，末則寓其安處之道，若人寧不釋然乎？

贈　人

(**翁同書眉**)[合注]玩詩句，其人由官荆楚而内召入汴都者。

别後休論信息疏，仙凡自古亦殊途。蓬山路遠人難到，霜柏威高道轉孤。(**蕭奇中眉**)高響。舊賞未應亡楚國，新詩聞已滿皇都。誰憐澤畔行吟者，目斷長安貌欲枯。

趙成伯家有麗人僕忝鄉人不肯開樽(蕭奇中夾)寄望。徒吟春雪謹依元韻以當一笑

(**查慎行評**)先生集中有《成伯席上贈所出妓川人楊姐絶色也》，

今題中所謂“麗人”，即楊姐也，故曰“鄉人”。

繡簾朱户未曾開，誰見梅花落鏡臺。試問高吟三十韻，（俗云檢驗死秀才衣帶上，有詩三十韻。）何如低唱兩三杯。（世傳陶穀學士買得党太尉家故妓，遇雪，陶取雪水烹團茶，謂妓曰：“党家應不識此。”妓曰：“彼粗人安有此景？但能於銷金暖帳下淺斟低唱，吃羊羔兒酒耳。”陶默然愧其言。）（錢陸燦眉）亦自不惡。莫嫌衰鬢聊相映，須得纖腰與共回。（紀昀夾）中四句虚字平頭。知道文君隔青瑣，梁園賦客敢言才。（聊答來句，義取婦人而已，罪過，罪過。）

卷二十九
詩一百十六首

觀湖二首

(**紀昀眉**)二詩殊不稱題,次首尤凡猥,亦不似東坡語。(**查慎行甲眉**)馮本未改,"湖"字疑作"海",或作"潮"。

乘槎遠引神仙客,萬里清風上海濤。回首不知沙界小,飄衣猶覺色塵高。須彌有頂低垂日,兜率無根下戴鼇。釋梵茫然齊劫火,飛雲不覺醉陶陶。

朝陽照水紅光開,玉濤銀浪相徘徊。山分宿霧儘寬遠,雲駕高風馳送來。升霞影色歛殘火,及物氣焰明纖埃。可憐極大不知已,浮生野馬悠悠哉。(**杭世駿眉**)律終不諧。

寄高令

(**紀昀眉**)亦不甚似東坡語。

滿地春風掃落花,幾番曾醉長官衙。詩成錦繡開胸臆,(**蕭奇中夾**)爽。(**錢廷錦乙夾**)俗。論極冰霜繞齒牙。别後與誰同把酒,客中無日不思家。(**錢廷錦乙夾**)自然。田園知有兒孫委,早晚扁舟到海涯。

獄中寄子由二首①

（紀昀眉）譏刺太多，自是東坡大病，然但多排詆權幸之言，而無一毫怨謗尹父之意，是其根本不壞處，所以能傳於後世也。**（趙克宜評）**數詩全非雅音。**（方東樹評）**此亦宋調，雖有警句，吾不取。

聖主如天萬物春，小臣愚暗自忘身。百年未滿先償債，十口無歸更累人。是處青山可埋骨，他年夜雨獨傷神。**（蕭奇中眉）**關情。**（查慎行評）**先生兄弟唱和詩屢舉"對床聽雨"之語，故云。與君世世爲兄弟，更結人間未了因。**（蕭奇中眉）**涉癡涉愛，總是血誠。**（紀昀眉）**情至語，不以工拙論也。**（何紹基乙眉）**友于何篤，乃至死不易耶。**（毛西原眉）**紀云"情至語，不以工拙論也"。不堪卒讀。

柏臺霜氣夜凄凄，風動琅璫月向低。夢繞雲山心似鹿，**（蕭奇中夾）**亦未免此。魂飛湯火命如雞。**（錢陸燦夾）**憂患恐懼，何妨説破，小儒不必曲爲公諱也。**（紀昀夾）**句太俚。眼中犀角真吾子，**（查慎行評）**公自注，"犀角，杜悰事。"身後牛衣愧老妻。百歲神游定何處，桐鄉知葬浙江西。**（蕭奇中夾）**恰好。**（獄中聞湖杭民爲余作解厄齋經月，所以有此句也。朱邑葬桐鄉。犀角，杜琮事。）（汪師韓評）**此時已無復生全之望，而詞不怨懟，立説有體，獨戀戀於兄弟之間，預結來生，極其痛切而深厚。

① 編者按：題目一作"予以事繫御史臺獄，獄吏稍見侵，自度不能堪，死獄中，不得一别子由，**（蕭奇中夾）**孝弟天性。故和二詩授獄卒梁成，以遺子由。二首。**（查慎行評）**兄弟有故者，當廢此詩。"

【彙評】

劉辰翁:杭湖民風之厚。

汪師韓:此時已無復生全之望,而詞不怨懟,立説有體,獨戀戀於兄弟之間,預結來生,極其痛切而深厚。軾有惠政於浙,末以朱邑奉嘗桐鄉自喻,固是信而不疑。

出獄次前韻二首①

(**何焯眉**)詩中有一活底蘇子瞻在。

百日歸期恰及春,殘生樂事最關身。出門便旋風吹面,走馬聯翩鵲啅人。却對酒杯渾是夢,試拈詩筆已如神。(**查慎行評**)錢牧齋出獄後用"試拈名集,惜末後行止無顏謝天下耳",爲之一嘆。(**何紹基乙眉**)寫出喜意。此災何必深追咎,竊禄從來豈有因。(**紀昀眉**)此却少自省之意,晦翁譏之,是。(**李鴻裔乙評**)觀《子由自南都來陳三日而别》一首,自省至矣。此時方出獄,有更生之樂,未遑及他也。

平生文字爲吾累,此去聲名不厭低。(**紀昀夾**)句太俚。塞上縱歸他日馬,城中不鬥少年雞。(**蕭奇中夾**)應悟。休官彭澤貧無酒,隱几維摩病有妻。(**翁同書眉**)"維摩詰示疾,法喜以爲妻"注謂:"見法而生喜也,世人以妻色爲悦,菩薩以法喜爲悦。"堪笑睢陽老從事,爲余投檄向江西。(**子由聞余下獄,乞以官爵贖余罪,貶筠州監酒。**)(**何焯眉**)落句言不惟累一身,又累其弟。

---

① 編者按:題目一作"十二月二十八日蒙恩責授檢校水部員外郎黄州團練副使復用前韻二首"。

【彙評】

劉弘:意甚喜慰。

汪師韓:詩獄甫解,又矜"詩筆如神",殆是豪氣未盡除。在次首特爲"詩筆如神"下一轉語,"城中不鬥少年雞"進乎道矣。

寄子由

厭暑多應一向慵,銀鈎秀句益疏通。也知堆案文書滿,未暇開軒硯墨中。湖面新荷空照水,城頭高柳漫摇風。吏曹不是尊賢事,誰把前言語化工。

徐州送交代仲達少卿

此身無用且東來,賴有江山慰不才。(**張問陶評**)此等作雖淺淺,不屬意求工而自工。舊尹未嫌衰廢久,清尊猶許再三開。滿城遺愛知誰繼,極目扁舟挽不回。歸去青雲還記否,交游勝絶古城隈。(**紀昀眉**)"古城隈"三字趁韻。

次韻馬元賓

流落江湖萬里歸,相逢自慰已差池。初聞好句驚人倒,(**紀昀夾**)粗。悔過東庭識面遲。握手寧知無賀監,結交誰復許袁絲。塞鴻正欲摩天去,(**紀昀夾**)用崔。垂老追攀豈可期。

喜王定國北歸第五橋

(**蕭奇中夾**)題妙,詩如常應物。(**查慎行乙眉**)《通志》:"韋曲之西有華嚴寺，寺西北有雁鶩陂，陂西北有第五橋，隋開皇三年築京城，引香積渠自赤欄橋經第五橋西北入城。”

白露凄風洗瘴煙，夢回相對兩凄然。雀羅廷尉非當日，（**蕭奇中夾**）可感。鳩杖先生愈少年。世事飽諳思縮手，主恩未報耻歸田。（**紀昀眉**）五、六和平，得第六句並第五句，亦只算頓挫語。（**《唐宋詩醇》評**）五、六一聯，詞意深厚。誰憐第五橋東水，獨照台州老鄭虔。（**蕭奇中眉**）學道明心之論，不欺世不欺己。（**《角山樓》評**）後半極其動宕，感今追昔，正有無窮之慨，縮以入律，最難。

【彙評】

汪師韓：其詞渾然，其意藹然，是亦周子論樂所謂“淡則欲心平，和則躁心釋”者也。

次韻完夫再贈之什某已卜居毗陵與完夫有廬里之約云

柳絮飛時筍籜斑，（**紀昀眉**）“班”“斑”字別，不宜借押。風流二老對開關。雪芽我爲求陽羡，乳水君應餉惠山。竹簟水風眠晝永，玉堂制草落人間。（**何紹基乙眉**）尚不忘“玉堂”耶？應容緩急煩閭里，（**蕭奇中夾**）談何容易。桑柘聊同十畝閑。

【彙評】

汪師韓：軾始因免汝州，居住而居宜興，其後海外北還，無以爲歸，復暫至常州，纔兩月而已。是詩應作於元豐乙丑放歸陽羡之時，其住常州亦止兩月餘。詩作於乙丑之春，故以柳絮飛時發興閭里之約，蓋終不遂其樂也。

和林子中待制

（翁同書眉）元祐六年二月，先生自杭州守内召，爲翰林承旨，而天章閣待制林希自潤州守移杭，實代先生。此詩之作，正交代時也。

兩翁留滯各皤然，人笑迂疏老更堅。共把鵝兒（一作鴟夷）一樽酒，相逢卵色五湖天。江邊遺愛啼斑白，海上先聲入管弦。（查慎行丙評）按《年譜》，先生守杭，實代子中；先生罷杭守，子中復來替。故本集與子中二啓，初云“既尋少壯之舊游，復繼老成之前躅”；後云“舊政已孚於千里，先聲坐振於七州”。與此詩五、六聯意正合。早晚淵明賦歸去，浩歌長笑老斜川。

九日袁公濟有詩次其韻

古來静治得清閑，我愧真常也一班。舉酒東榮挹江海，回樽落日勸湖山。（紀昀眉）“回樽”句，勝出句。平生傾蓋悲歡裏，早晚抽身簿領間。笑指西南是歸路，倦飛弱羽久知還。（紀昀眉）語有斤兩。

和吴安持使者迎駕

小雪疏煙雜瑞光，清波寒引御溝長。曈曈日色籠丹禁，杳杳鞭聲出建章。（蕭奇中夾）似。鵷鷺偶叨陪下列，天閽聊啓望中央。歸來喜氣傾新句，滿座疑聞錦繡香。

鹿鳴宴

（**紀昀眉**）何忽庸俗至此。

連騎匆匆畫鼓喧，喜君新奪錦標還。金罍浮菊催開宴，紅蕊將春待入關。他日曾陪探禹穴，白頭重見賦南山。何時共樂升平事，風月笙簫一夜間。

次韻張甥棠美晝眠

（**查慎行甲眉**）此一首見晁無咎《雞肋集》。

炎歊五月北窗凉，更覺甘如飯稻粱。（**蕭奇中眉**）"更覺"二字要善讀，"更"平聲，"覺"去聲，申言熟睡反復之美。宰我糞墻譏敢避，孝先經笥謔兼忘。（**紀昀眉**）前四句凡鄙之至。憂虞心謝知時雁，安穩身同挂角羊。要識熙熙不争競，華胥别是一仙鄉。

真興寺閣禱雨

太守親從千騎禱，神翁遠借一杯清。雲陰黯黯將噓遍，雨意昏昏欲醖成。（**錢陸燦眉**）似樂天。已覺微風吹袂冷，不堪殘日傍山明。（**王文誥夾**）謂湫水將至，雨未下而天色慘變也。今年秋熟君知否，應向江南飽食粳。（**杭世駿眉**）末句生硬。

惠州近城數小山類蜀道春與進士許毅野步會意處飲之且醉作詩以記適參寥專使欲歸使持此以示西湖之上諸友庶使知余未嘗一日忘湖山也

（**蕭奇中夾**）文妙。（**紀昀眉**）此又太做作。（**蕭奇中夾**）情鍾哉！

夕陽飛絮亂平蕪，萬里春前一酒壺。（**蕭奇中夾**）自好。鐵化雙魚沉遠素，（**何焯夾**）倒用范文事。劍分二嶺隔中區。花曾識面香仍好，鳥不知名聲自呼。夢想平生消未盡，滿林煙月到西湖。（**蕭奇中眉**）幾人消却夢想，緣乎？厄乎？

【彙評】

汪師韓：夢想之切洋溢於詞端，渥采流熹，觸物圓覽。

送蜀僧去塵

十年讀《易》費膏火，盡日吟詩愁肺肝。（**蕭奇中夾**）可笑。不解丹青追世好，欲將芹芷薦君盤。誰爲善相寧嫌瘦，復有知音可廢彈。（**紀昀眉**）五、六是到骨宋格，然用意甚深。拄杖挂經須倍道，故鄉春蕨已闌干。

同曾元恕游龍山吕穆仲不至

（**孫原湘眉**）題上當有"同"字。

青春不覺老朱顏，强半銷磨簿領間。愁客倦吟花以酒，（**錢廷錦甲夾)施注云"'以'字疑誤"。佳人休唱日銜山。(張問陶評)"青山欲銜半邊日",李白句也。共知寒食明朝過,且赴僧窗半日閑。命駕吕安邀不至,浴沂曾點暮方還。(紀昀眉)切姓轉成小樣。

黄 河

(翁同書眉)[馮氏曰]何義門曰:"此聯以喻黨人排笮,此必初貶英州時詩,落句排雲叫閽之思。"然何説亦無確據,故仍從查氏編。

活活何人見混茫,昆侖氣脈本來黄。濁流若解污清濟,驚浪應須動太行。(何焯眉)次聯以喻小人排笮。帝假一源神禹迹,世流三患梗堯鄉。(紀昀夾)二句極用意而不工。靈槎果有仙家事,試問青天路短長。(何焯眉)此必初貶英州時詩,落句排雲叩閽之思也。

【彙評】

汪師韓:黄河渾渾泡泡,從天而來,非此才筆,賦之不稱。

壬寅重九不預會獨游普門寺僧閣有懷子由

花開(一作門)酒美盍不歸(石刻作曷不醉),(查慎行評)"不歸"當作"言歸"。來看南山冷翠微。憶弟淚如雲不散,望鄉心與雁南飛。明年縱健人應老,(蕭奇中夾)翻得好。(翁同書夾)切九日無迹。昨日追歡意正(石刻作已)違。(紀昀眉)五、六深穩。不問秋風强吹帽,(查慎行評)"問"或當作"分"。秦人不笑楚人譏。

小飲公瑾舟中

青泥赤日午相烘，走訪(**一作和**)船窗柳影中。輟我東坡無限睡，賞君南浦不背風。(**查慎行評**)三字獨創。(**錢陸燦眉**)袁中郎賞此二句。(**譚元春評**)於"船窗柳影"至"不背風"皆連圈。如此看蘇詩極是，然止晚唐人中小有意耳，此反低看子瞻也。坐觀邸報談迂叟，閑説滁山憶醉翁。此去澄江三萬頃，只應明月照還空。(**鄭，滁人也。是日坐中觀邸報，云叟已押入門下省。**)

【彙評】

汪師韓：酒坐劇談，嘯傲之概可想。

和子由次王鞏韻如囊之句可爲一噱

(**查慎行甲眉**)子由詩。

平生未省爲人忙，貧賤安閑氣味長。粗免趨時頭似葆，稍能忍事腹如囊。簡書見迫身今老，樽酒聞呼首一昂。欲挹天河聊自洗，塵埃滿面鬢眉黄。

儋　耳

霹靂收威暮雨開，獨憑欄檻倚崔嵬。垂天雌霓雲端下，快意雄風海上來。(**方東樹評**)三、四奇警。(**翁同書眉**)三、四亦托諷語，而渾含不露。野老已歌豐歲語，除書欲放逐臣回。殘年飽飯東坡老，一壑能專萬事灰。

【彙評】

汪師韓：嶒崪雄姿，經挫折而不稍損抑，養浩然之氣，於此見其心聲。

吴汝綸：雄宕。

答李端叔

若人如馬亦如班，笑履壺頭出玉關。已入西羌度沙磧，又來東海看濤山。識君小異千人裏，慰我長思十載間。（**張問陶評**）擬用孟嘉事。西省憐君（**一作鄰居**）時邂逅，（**查慎行評**）宋時中書省在左掖門，故云"西省"。相逢有味是偷閑。

立春日病中邀安國仍請率禹功同來僕雖不能飲當請成伯主會某當杖策倚几於其間觀諸公醉笑以撥滯悶也

孤燈照影夜漫漫，拈得花枝不忍看。白髮欹簪羞彩勝，黄耆煮粥薦春盤。東方烹狗陽初動，（**紀昀夾**）句滯笨。（**潘奕雋眉**）"烹狗於東方，祖陽氣之發於東方也"，是用《鄉飲酒禮》，注誤引。附馮景注：《禮記·月令》：冬季之月，磔狗於四門，出土牛以送寒氣。南陌爭牛卧作團。（**紀昀夾**）句更鄙陋。老子從來興不淺，向隅誰有滿堂歡。

齋居卧病禁煙前，辜負名花已一年。此日使君不强喜，新春風物爲誰妍。青衫公子家千里，白首先生杖百錢。曷不相將來問病，已教呼取散花天。（**紀昀眉**）結句言有官妓耳，然截去"女"字，似不成文。

和參寥見寄[1]

（紀昀眉）去"戲"字未妥。中四句虛字平頭。末三字太俚。

黄樓南畔馬臺宫，雲月娟娟正點空。欲共幽人洗筆硯，要傳流水入絲桐。且隨侍者尋西谷，莫學山僧老祝融。待我西湖借君去，一杯湯餅潑油葱。

東　園

（查慎行甲眉）黄山谷詩。

岑寂東園可散愁，膠膠擾擾夢神州。萬竿苦竹旌旗卷，一部鳴蛙鼓吹收。雨後月前天欲冷，（蕭奇中眉）"後""前"二字妙於領□，鍾伯敬"好雨能先月"本此。身閑心遠地偏幽。杜門謝客恐生謗，且作人間鵬鷃游。

奉和陳賢良

（翁同書旁）查氏因玩結句，故編入登州卷中。

不學孫吴與六韜，敢將駑馬並英豪。望窮海表天還遠，傾盡葵心日愈高。身外浮名休瑣瑣，夢中歸思已滔滔。三山舊是神仙地，引手東來一釣鰲。

---

① 編者按：題目一作"奉和參寥離彭門至淮上見寄"。

秋興三首

（**紀昀眉**）此三首亦不似東坡筆墨，東坡不如此甜熟。

野鳥游魚信往還，此身同寄水雲間。誰家晚吹殘紅葉，一夜歸心滿舊山。可慰摧頹仍健食，此生通脱屢酡顔。年華豈是催人老，雙鬢無端只自斑。

故里依然一夢前，相攜重上釣魚船。嘗陪大幕今陳迹，謬忝承明愧昔年。報國無成空白首，退耕何處有名田。黄雞白酒雲山約，此計當時已浩然。

浴鳳池邊星斗光，宴餘香滿上書囊。樓前夜月低韋曲，雲裏車聲出未央。去國何年雙鬢雪，黄花重見一枝霜。傷心無限厭厭夢，長似秋宵一倍長。

夜直秘閣呈王敏甫

（**潘奕雋眉**）已開元人一派。

蓬瀛宫闕隔埃氛，帝樂天香似許聞。瓦弄寒蟾（**一作蟬**）鴛卧月，（**紀昀夾**）句太湊。樓生晴夜鳳盤雲。（**紀昀夾**）不似“夜”。共誰交臂論今古，只有閑心對此君。（**彭元瑞夾**）“此君”二字不對。大隱本來無境界，北山猿鶴謾移文。

題永叔會老堂

三朝出處共雍容，歲晚交情見二公。乘興不辭千里遠，放懷還喜一樽同。嘉謀定國垂青史,盛事傳家有素風。自顧纓塵猶未濯,九霄終日羨冥鴻。

次韻參寥寄少游

(**查慎行評**)按此詩乃辯才所作。(**查慎行甲眉**)據本集題詞及《咸淳臨安志》,此是辯才詩也,應删去。

岩棲木石已皤然,交舊何人慰眼前。素與晝公心印合,每思秦子意珠圓。當年步月來幽谷,拄杖穿雲冒夕煙。臺閣山林本無異,故應文字不離禪。

謝曹子方惠新茶

(**何焯眉**)篇中絶無謝茶語意,題有誤。(**丁菊泉眉**)題必有訛典,詩不應以《左傳》晉重耳、蔡甲午之例例之,陳王植稱陳植亦可,然終是太生。(**張問陶評**)此詩本謝惠茶,而無一句及茶,亦是一作。

陳植文華斗石高,景公詩句復稱豪。數奇不得封龍額,禄仕何妨有馬曹。囊間久藏科斗字,銛鋒新瑩鸊鵜膏。南州山水能爲助,更有英辭勝廣騷。

題潭州徐氏春暉亭

曈曈曉日上三竿,客向東風竟倚欄。穿竹鳥聲驚步武,(**紀昀夾**)"步武"字腐。入檐花影落杯盤。勿嫌步月臨玄圃,(**杭世駿

眉）重“步”字。冷笑乘槎向海灘。勝概直應吟不盡，憑君寄與畫圖看。

贈仲勉子文

（**查慎行評**）亦見《山谷集》。（**查慎行甲眉**）山谷詩。（**潘奕雋眉**）清道古淡，直逼少陵。

雨昏南浦曾相對，雪滿荆州喜再逢。有子才如不羈馬，知君心似後凋松。（《**角山樓**》**評**）次聯擺脱不羈。閑看書册應多味，老傍人門想更慵。何日晴軒觀筆硯，一杯相屬更從容。

講武臺南有感

（**查慎行甲眉**）亦見《山谷集》。

山城九月冒朝寒，講武臺南路屈盤。騶子雨中乘馬去，村童煙外倚墻看。鴉啼冢木秋風急，鷺立漁船夜水乾。（《**角山樓**》**評**）寫景是唐人句法。花似去年堪折贈，插花人去淚闌干。

題寶雞縣斯飛閣

西南歸路遠蕭條，倚檻魂飛不可招。野闊牛羊同雁鶩，天長草樹接雲霄。昏昏水氣浮山麓，泛泛春風弄麥苗。誰使愛官輕去國，此身無計老漁樵。（**紀昀眉**）三、四寫景自真，五、六亦殊淺弱。結二句更入習徑。（**王文誥夾**）此詩懷宋選之去也，至以“此身無計"爲言,其慨之也至矣。(**李鴻裔乙評**)若結二句佳,則五、六不覺其淺弱,此自可爲知者道。

【彙評】

方東樹:此思歸作也。起述作詩本意。中四寫閣下所望之景,奇警如見。收曲折,又應起處不得歸意。

《**角山樓**》:漁洋集中極多雄深雅健之作,初不專恃此種,紀氏不足以知之,而每以此語相議詆,蓋當時習氣也。

重游終南子由以詩見寄次韻

(**蕭奇中眉**)自然蕭凄。

去年新柳報春回,今日殘花覆緑苔。溪上有堂還獨宿,誰人無事肯重來。古琴彈罷風吹座,山閣醒時月照杯。懶不作詩君錯料,舊逋應許過時陪。(**王文誥夾**)甲辰春游終南,有詩十一首,惟癸卯無詩。

【彙評】

劉弘:詩意與子由道別來事。

次韻和子由欲得驪山澄(一作沉)泥硯

舉世争稱鄴瓦堅,一枚不换百金頒。(**紀昀夾**)"頒"字不妥。豈知好事王夫子,自采臨潼繡嶺山。經火尚含泉脈暖,吊秦應有淚痕潸。(**紀昀眉**)"潸"字懸脚。封題寄去吾無用,近日從戎擬學班。

【彙評】

劉弘:世人争以銅雀瓦作硯爲美,雖有金不换一枚,以其貴重也。豈知王夫子不同世好,却去采臨潼繡領山石爲此硯,蓋此硯必先生得於王氏者,求其名則鑿矣。然始皇葬於此山,嘗被兵燹,今因硯石温潤且有班色,故形容出"經火泉脈暖,吊秦淚痕漕"之句,先生筆意不俗如此。末則假言今且去從戎,學班超投棄筆硯而不用也,故封題寄汝。豈真從戎學班乎?乃作詩融化動蕩處。

次韻子由彈琴[1]

(**丁菊泉眉**)二詩皆不免捉襟見肘之態,故作詩和韻最害事,元白以前作者都不爲之。

琴上遺聲久不彈,琴中古意本長存。苦心欲記常迷舊,信指如歸自着痕。(**查慎行評**)"看"當作"着"。(**紀昀夾**)句小有意。應有仙人依樹聽,空教瘦鶴舞風騫。誰知千里溪堂夜,時引驚猿撼竹軒。(**過終南日,令道士趙宗有彈琴溪堂。**)

和晁美叔

反覷皆自直,相詆竟誰諛。事過始堪笑,夢中今了無。珍材尚空谷,疲馬正長途。未識造化意,茫然同一爐。

---

① 編者按:《外集》題作"次韻子由以詩見報編禮公借雷琴記舊曲"。

再次前韻(係織錦圖上回文)

(蕭奇中夾)大雅人亦復如此。**(查慎行甲眉)**亦見《淮海集》江南本,不知何人作也,訛入公集。

春機滿織回文錦,粉淚揮殘露井桐。人遠寄情書字小,柳絲低目晚庭空。

紅箋短寫空深恨,錦句新翻欲斷腸。風葉落殘驚夢蝶,戍邊回雁寄情郎。**(紀昀眉)**東坡何以墮此惡趣。

羞雲斂慘傷春暮,細縷詩成織意深。頭伴枕屏山掩恨,日昏塵暗玉窗琴。

和人回文五首

(查慎行甲眉)慎按,《淮海後集》載此五絶句,題云:蘇子瞻記《江南集》所題詩,本不全,余嘗見之,記其五絶,今以補子瞻之遺。考之《經籍志》,有《江南集》十卷,不載作者姓名,據此,則非東坡詩可知。

紅窗小泣低聲怨,永夕春寒斗帳空。中酒落花飛絮亂,曉鶯啼破夢匆匆。

同誰更倚閑窗繡,落日紅扉小院深。東復西流分水嶺,恨無愁續斷弦琴。

寒信風飄霜葉黄,冷燈殘月照空床。看君寄憶傳文錦,字字縈愁寫斷腸。

前堂畫燭夜凝淚,半夜清香荔惹衾。煙鎖竹枝寒宿鳥,水沉天色霽横參。

蛾翠斂時聞燕語,淚珠彈處見鴻歸。多情妾似風花亂,薄幸郎如露草晞。(**杭世駿眉**)小兒狡獪伎倆,殊爲大雅所不取。

次韻參寥詠雪①

朝來處處白氈鋪,樓閣山川盡一如。總是爛銀並白玉,不知奇貨有誰居。

嵇紹似康(並引)

王凌謂賈充曰:"汝非賈梁道之子耶?乃欲以國與人。"由此觀之,梁道之忠於魏也久矣。司馬景王既執凌而歸,過梁道廟,凌大呼曰:"我亦大魏之忠臣也。"及司馬景王病,見凌與梁道守而殺之。二人者,可謂忠義之至,精貫於幽明矣,然梁道之靈,獨不能已其子充之奸,至使首發成濟之事,此又理之不可曉者也。故予戲作小詩云。

嵇紹似康爲有子,郗超叛鑒是無孫。如今更恨賈梁道,不殺公閭殺子元。(**紀昀眉**)此必有爲而作,非詠古也。

移合浦郭功甫見寄

(**查慎行評**)此即郭功甫所作。(**查慎行甲眉**)郭詩,訛入公集。(**翁同書眉**)按題明云"移合浦郭功甫見寄",殆先生得功甫詩自書之,而編詩者因以爲先生作,誤入也。

---

① 編者按:此詩卷十八已收,題作"次韻參寥同前"。

君恩浩蕩似陽春，合浦何如在海濱。莫趁明珠弄明月，夜深無數采珠人。

過太行（自《過太行》至《聞潮陽吴子野出家》共十九篇）[1]

始余赴中山，連日風埃，未嘗了了見太行也，意頗以爲恨。今將適嶺表，過臨城道中。天氣肅然，西山草木皆可數，忽悟，笑曰：余南遷，其必返乎？此退之衡山之祥也。乃作小詩。

逐客何人著眼看，太行千里送征鞍。未應愚谷能留柳，可獨衡山解識韓。

惠州一絶[2]

羅浮山下四時春，盧橘楊梅次第新。日啖荔枝三百顆，不妨長作嶺南人

送佛面杖與羅浮長老

十方三界世尊面，都在東坡掌握中。送與羅浮德長老，攜歸萬竅總號風。

---

① 編者按：此詩卷二十二已收，題作"臨城道中作"。

② 編者按：此詩卷二十二已收，爲《食荔支二首》其二。

過子忽出新意以山芋作玉糝羹色香味皆奇絶天上酥陀則不可知人間决無此味也

（翁同書旁）查云“當是海外作”。

香似龍涎仍釅白，味如牛乳更全清。莫將北海金齏鱠，輕比東坡玉糝羹。

【彙評】

《角山樓》：此是口熟之典，却非佳詩。

次韻功父觀余畫雪鵲有感二首①

早知臭腐即神奇，海北天南總是歸。九萬里風安稅駕，雲鵬今悔不卑飛。

可憐倦鳥不知時，空羡騎鯨得所歸。玉局西南天一角，萬人沙苑看孤飛。

追憶郭功父觀余舊畫雪鵲復作二韻寄之時在惠州

平生才力信瑰奇，今在窮荒豈易歸。正似雪林枝上畫，羽翰雖好不能飛。

---

① 編者按：此詩卷二十五已收，題作“次韻郭功甫觀予畫雪雀有感二首”。

復官北歸再次前韻

秋霜春雨不同時,萬里今從海外歸。已出網羅毛羽在,却尋雲迹帖天飛。

蜀僧明操思歸龍丘子書壁

(**紀昀眉**)以題推之,乃季常詩也。亦嫌偈頌氣。

更厭勞生能幾日,莫將歸思擾衰年。片雲會得無心否,南北東西只一天。(**譚元春評**)"擾"字逼真衰境,後二語略類禪偈。

武昌酌菩薩泉送王子立

(**紀昀眉**)竟是偈頌。

送行無酒亦無錢,勸爾一杯菩薩泉。何處低頭不見我,四方同此水中天。

舉舊詩次今韻呈曇秀[①]

春來何處不歸鴻,非復羸牛踏舊蹤。但願老師真似月,誰家甕裏不相逢。

---

① 編者按:此詩卷二十五已收,題作"次韻法芝舉舊詩"。

答海上翁

山翁不復見新詩,疑是河南石壁巇。海水豈容鯨飲盡,然犀何處覓瓊枝。(**翁同書旁**)[合注]二句似喻不可窮盡之意。

占山亭二首①

(**查慎行甲眉**)"懷口"疑當作"懷仁",海州屬縣也。

尚父提封海岱間,南征惟到穆陵關。誰知海上詩狂客,占得膠西一半山。

我是膠西舊使君,此山仍占與君分。(**蕭奇中夾**)妙。故應竊比山中相,時作新詩寄白雲。

題懷素草帖

(**查慎行評**)唐詩誤入。(**查慎行甲眉**)唐人詩。

人人送酒不曾沽,終日松間挂一壺。草聖無成狂飲發,真堪畫作《醉僧圖》。(**蕭奇中旁**)今人寶素帖極矣,坡公獨詆之如是。

雨中明慶賞牡丹②

霏霏雨露作清妍,爍爍明燈照欲然。明日春陰花未老,故

① 編者按:一本題作"懷口令陳德任新作占山亭二絶"。
② 編者按:一本無"明慶"二字。

應未忍着酥煎。

與王郎夜飲井水

吴興六月水泉温,千頃荷花聚暗蚊。此井獨能深一丈,源龍如故亦如君。

贈僧思誼[①]

(**查慎行甲眉**)劉貢父作。

瀉湯舊得茶三昧,覓句近窺詩一斑。清夜漫漫困披覽,(**一作搜覽**),齋腸那得許慳頑。

子玉以詩見邀同刁丈游金山

君年甲子未相逢,難向君前説老翁。更有方瞳八十一,奮衣矍鑠走山中。(**蕭奇中夾**)好。

次韻致遠[②]

長笑右軍稱草聖,不如東野以詩鳴。樂天自欲吟淮月,懷祖無勞聽角聲。

① 編者按:詩題一作"又贈老謙"。
② 編者按:詩題一作"和葉濤"。

次韻景文山堂聽箏三首

忽憶韓公二妙姝，琵琶箏韻落空無。猶勝江左狂靈運，空門東昏百草鬚。

馬上胡琴塞上姝，鄭中丞後有人無。詩成畫燭飄金燼，八尺英公欲燎鬚。(**紀昀眉**)用"燎鬚"事未詳。

荻花楓葉憶秦姝，切切幺弦細欲無。莫把胡琴挑醉客，回看霜戟褚公鬚。(**杭世駿旁**)押三"鬚"字，只是一意。

成伯家宴造坐無由輒欲效顰而酒已盡入夜不欲煩擾戲作小詩求數酌而已

(**紀昀眉**)此二詩當日原不當詩做，後人炫博，收之集中，爲累不小。

道士令嚴難繼和，僧伽帽小却空回。隔籬不喚鄰翁飲，抱甕須防吏部來。(**道士令，悦神樂中所謂離而復合者。杜詩云"肯與鄰翁相對飲，隔籬呼取盡餘杯"。**)

成伯席上贈所出妓川人楊姐

坐來真個好相宜，深注唇兒淺畫眉。須信楊家佳麗種，洛川自有浴妃池。(**潘奕雋夾**)纖俗，頗近詞矣。

又答氈帳

卧病經旬減帶圍，清樽忘却故人期。莫嫌雪裏閑氈帳，作事猶來未合時。(**查慎行評**)"猶"當作"由"。

往年宿瓜步夢中得小詩録示民師

吴塞蒹葭空碧海,隋宫楊柳只金堤。(**王文誥夾**)比小人雖得志一時,而終必身敗名裂也。春風自恨無情水,吹得東流竟日西。(**紀昀眉**)後二句沉痛之至,便有玉溪生意味。(**王文誥夾**)公後遇廣帥朱行中於湞陽,且以民師爲托,有班斤郢斫之譽,亦甚愛重之矣。詳玩此詩,乃患民師年少,或恐才美而不進於德,故托爲舊夢以勉之,蓋欲引之爲清流也。公自後爲詩,多有意深晦,不容探討,不可不知。

【彙評】

《**角山樓**》:思路拗曲,而萬事東流之感愈深。

送范德孺[①]

(**錢陸燦眉**)詞調宋人多用入律詩,公亦不免也。予論詩最分别此等。(**紀昀眉**)太落送行窠臼,此真一首可贈遍天下者也。此詩恐是他人之作誤入,筆墨凡近,不類坡公。

漸覺東風料峭寒,青蒿黄韭試春盤。遥想慶州千嶂裏,暮雲衰草雪漫漫。

① 編者按:一本題作"過范縣訪德孫"。

陸蓮庵

何妨紅粉唱迎仙，來伴山僧到處禪。陸地生花安足怪，而今更有火中蓮。

僕年三十九在潤州道上過除夜作此詩又二十年在惠州追録之以付過

（**查慎行甲眉**）二首係關子容詩，何薳《春渚紀聞》載之甚詳。

寺官官小未朝參，（**翁同書旁**）先生以奉常博士倅杭，故云“寺官官小”。紅日半窗春睡酣。爲報鄰雞莫驚覺，更容殘夢到江南。（**沈德潛旁**）“啼時驚妾夢，不得到遼西”是反説，此正説。（**紀昀眉**）此首有餘致。

釣艇歸時菖葉雨，繰車鳴處楝花風。（**翁同書旁**）“釣艇”二句是春深景物，與除夕不合，然玩詩意，乃前此舟行情景，故下云“昔日經游地”也。長江昔日經游地，盡在如今夢寐中。（**紀昀眉**）此首蛇足。

壽陽岸下

街東街西翠幄成，池南池北緑錢生。幽人獨來帶殘酒（**一作雨**），（**查慎行甲眉**）“殘雨”一本“殘醉”。偶聽（**一作聞得**）（**查慎行甲眉**）“聞得”一本作“偶聽”。黄鸝第一聲。

戲答王都尉傳柑

侍史傳柑玉座傍，人間草木盡天漿。寄與維摩三十顆，不知薝蔔是餘香。(**舉輕明重,維摩猶三十枚。**)

【彙評】

劉辰翁:意圓語活。

萬州太守高公宿約游岑公洞而夜雨連明戲贈二小詩

(**查慎行評**)山谷詩。

肩輿欲到岑公洞,正怯銜泥傍險行。定是岑公閟清境,(**蕭奇中旁**)"閟"字有理妙。春江一夜雨連明。

蓬窗高枕雨如繩,(**蕭奇中夾**)新。恰似糟床壓酒聲。(**蕭奇中夾**)承住。今日岑公不能飲,(**蕭奇中夾**)是雨?是酒?吾儕猶健可頻傾。(**蕭奇中夾**)急須一倒。

游中峰杯泉

石眼杯泉舉世無,要知杯度是凡夫。可憐狡獪維摩老,戲取江湖入鉢盂。

憩寂圖

(**紀昀眉**)似老筆,實是率筆,老手頽唐往往有此,讀者勿爲重名所壓。(**莫友芝眉**)《百斛明珠》載此,乃山谷《次東坡題憩圖詩》。

東坡雖是湖州派，竹石風流各一時。前世畫師今姓李，不妨還作輞川詩。

送柳宜歸

折脚鐺邊煨淡粥，曲枝桑下飲離杯。書生不是南遷客，魑魅驚人須早回。

寒　具（乃捻頭，出劉禹錫《佳話》）

（**莫友芝甲評**）一本“捻頭”作“稔頭”。（**錢廷錦甲旁**）陸放翁詩“看盡客污寒具手”。

纖手搓來玉數尋，碧油輕蘸嫩黄深。夜來春睡濃於酒，（**蕭奇中夾**）善於形容。壓褊佳人纏臂金。（**錢廷錦乙眉**）妙絶。

【彙評】

趙克宜：思臻不惡，然已開後來俗調。

參寥惠楊梅

（**紀昀眉**）此真惡劄，摭一時打諢之作，編之集中，東坡之受累多矣。

新居未換一根椽，只有楊梅不值錢。莫共金家鬥甘苦，參寥不是老婆禪。

雨夜宿净行院

芒鞋不踏利名場，一葉輕（**一作虚**）舟寄渺茫。林下對床聽夜雨，静無燈火照凄凉。

送惠州監押

（**紀昀眉**）此陳陳相因之窠臼，以爲盛唐之高調則失之。

一聲鳴（**一作鴻**）雁破江雲，萬葉梧桐卷露銀。我自飄零是羈旅，更堪秋晚送行人。

過黎君郊居①

半園荒草没佳蔬，煮得占禾半是藷。萬事思量都是錯，不如還叩仲尼居。（**紀昀眉**）此更腐。

贈王覿

（**杭世駿眉**）皆用王姓故事。（**翁同書旁**）四句皆用王姓父子事。

何人生得寧馨子，今夜初逢掣筆郎。莫怪圍棋忘瓜葛，已能作賦繼靈光。

---

① 編者按：詩題一作"過黎子雲新居"。

太夫人以無咎生日置酒書壁一絶

壽樽餘瀝到朋簪，要與郎君夜語深。敢問阿婆開後閣，井中車轄任浮沉。

余舊在錢塘伯固開西湖今方請越戲謂伯固可復來開鏡湖伯固有詩因次韻

已分江湖送此生，會稽行復得岑成。鏡湖席卷八百里，坐嘯因君又得名。

邵伯梵行寺山茶

山茶相對阿(一作本)誰栽，細雨無人我獨來。説似與君君不會(一作見)，爛紅如火雪中開。(蕭奇中夾)可截。

奉和成伯兼戲禹功

金錢石竹道傍秋，翠帶紅裙馬上謳。無限小兒齊拍手，山公又作習池游。

洗兒戲作

(紀昀眉)此種豈可入集？(查慎行丙評)詩中有玩世嫉俗之意。(翁同書旁)查云"詩中有玩世疾俗之意"，當是在黄州生幹兒時所作。

人皆養子望聰明,我被聰明誤一生。(**蕭奇中夾**)大悟。惟願孩兒愚且魯,(**蕭奇中夾**)此願能滿大千稽首。無災無難到公卿。(**蕭奇中眉**)公道保身,享福之言,天地無憾矣。

病後醉中

病爲兀兀安身物,酒作蓬蓬入腦聲。堪笑錢塘十萬户,官家付與老書生。

劉監倉家煎米粉作餅子余云爲甚酥潘邠老家造逡巡酒余飲之云莫作醋錯著水來否後數日余攜家飲郊外因作小詩戲劉公求之二首

一杯連坐兩髯棋,數片深紅入座飛。十分瀲灩君休訴,且看桃花好面皮。(**唐詩云:未有桃花面皮,先作杏子眼孔。**)

野飲花間百物無,杖頭惟挂一葫蘆。已傾潘子錯著水,更覓君家爲甚酥。(**紀昀眉**)此亦後人炫博摭拾,轉爲古人所累者。

夢中絶句

(**紀昀眉**)亦不似東坡語。

楸樹高花欲插天,暖風遲日共茫然。落英滿地君方見,惆悵春光又一年。

元翰少卿寵惠谷簾水一器龍團二枚仍以新詩爲貺嘆味不已次韻奉和

（**紀昀眉**）淺率。

岩垂匹練千絲落，雷起雙龍萬物春。此水此茶俱第一，共成三絕景中人。

藏春塢三首

（**查慎行評**）亦見《淮海集》。（**翁同書眉**）第一首"退之"云云，第二首"莫尋"云云，即《留題徐氏花園二首》也。

退之身外無窮事，子美生前有盡花。（**譚元春評**）"生前有盡花"，豈獨子美哉！其妙可想。更有多情君未識，不隨柳絮落人家。

莫尋群玉峰頭路，莫看玄都觀裏花。但解閉門留我住，主人休問是誰家。

朱閣前頭露井多，碧桃枝下美人過。寒泉未必能如此，奈有銀床素綆何。

【彙評】

趙克宜：信是唐調，惟題"野井"，詩意乃顯。

卷三十

詩一百十首

謝都事惠米

(**查慎行評**)亦見《後山集》。(**查慎行甲眉**)陳後山詩。

平生忍欲今忍貧,(**錢陸燦眉**)二事極難忍。(**錢廷錦甲眉**)"忍貧"即以"忍欲"。閉口逢人不少陳。俸薄身輕趙都事,也能作意向詩人。

擷　菜(並引)

(**紀昀眉**)頗嫌近俗。(**譚元春評**)可觀。

吾借王參軍地種菜,不及半畝,而吾與過子終年飽菜,夜半飲醉,無以解酒,輒擷菜煮之。味含土膏,氣飽風露,雖粱肉不能及也。(**蕭奇中夾**)天致。人生須底物而更貪耶?乃作四句。

秋來霜露滿東園,蘆菔生兒芥有孫。我與何曾同一飽,不知何苦食雞豚。(**蕭奇中夾**)人生須底物而更貪耶?乃作四句。

【彙評】

汪師韓:見到之言,不嫌直遂。

《**角山樓**》:語足醒世,但非詩品。

別公擇

黍離不復閔宗周,(**彭元瑞夾**)"黍離"未詳。何暇雷塘吊一丘。若問西來祖師意,竹西歌吹是揚州。(**蕭奇中眉**)興亡生死,書於數字。

絶　句①

春來濯濯江邊柳,秋後離離湖上花。不羡千金買歌舞,一篇珠玉是生涯。(**蕭奇中夾**)有此俚句。(**何焯眉**)先生亦有此等句。

【彙評】

劉辰翁:坡翁亦有此俗語耶?

書寄韻

已將鏡鑷投諸地,喜見蒼頭白髮新。歷數三朝軒冕客,色聲誰是獨完人。

---

① 編者按:詩題一作"西湖絶句"。

游靈隱寺戲贈開軒李居士

（**紀昀眉**）禪偈氣。

推倒垣墻也不難，一軒復作兩軒看。若教從此成千里，巧歷如今也被謾。

常州太平寺薝蔔亭

六花薝蔔林間佛，九節菖蒲石上仙。何似東坡鐵拄杖，一時驚起野狐禪。

過文覺顯公房

（**紀昀眉**）頗有風致，不似前《春日》詩之甜熟。

斕斑碎玉養菖蒲，一勺清泉滿石盂。净几明窗書小楷，便同《爾雅》注蟲魚。

【彙評】

查慎行丙：此詩施氏原本不載，《補注》編續補下卷。以《外集》考之，載在第六卷，題云"過揚州壽寧文覺顯公房"。今據此移編。

惠州靈惠院壁間畫一仰面向天醉僧云是蜀僧隱巒所作題詩於其下

（**紀昀眉**）語帶粗豪，殊乖詩品。

直視無前氣吐虹，五湖三島在胸中。相逢莫怪不相揖，只見山僧不見公。

同狀元行老學士秉道先輩游太平寺净土院觀牡丹中有淡黄一朵特奇爲作

醉中眼纈自斕斑，天雨曼陀照玉盤。一朵淡（一作官）黄微拂掠，鞓紅魏紫不須看。

此君軒

雲幢煙節十洲（一作七洲）人，犀甲檀槍百萬軍。（紀昀眉）前二句不免粗材杜牧之誚。翳薈發生何足道（一作數），此君真是此君君。（紀昀眉）結尤不成語。（嚴虞惇眉）唤作軍中十萬夫，杜牧未是分鹿才也。（翁同書旁）［山谷注］末句言竹之發生，必有所以爲之主者，《莊子》云"其有真君存焉"，又云"可以爲衆父，而不可以爲衆父父"。"父"即"此君君"意也。

觀子美病中作嗟嘆不足次韻

百尺長松澗下摧，知君此意爲誰來。霜枝半折孤根出，尚有狂風急雨催。（紀昀眉）即香山"不知秋雨意，更遣欲何如"意。

謁敦詩先生因留一絶

凛凛人言君似雪，我言凛凛雪如君。時人盡怪蘇司業，不解將錢與廣文。

余將赴文登過廣陵而擇老移住石塔相送竹西亭下留詩爲别

（**紀昀曰**）殊淺。

竹西失却上方老，石塔還逢惠照師。我亦化身東海去，姓名莫遣世人知。

【彙評】

查慎行：《寶祐志》云："竹西寺，在禪智寺前官河北岸，取杜牧詩語'誰知竹西路，歌吹是揚州'之句以名。"

絶句三首

（**查慎行評**）前一首亦不似先生作，豈爲子由而作？或係至筠之作歟？（**紀昀眉**）三首氣韻俱佳。

松柏蕭森溪水南，道人只作兩團庵。市區收罷豚魚税，來與彌陀共一龕。（**蕭奇中夾**）可參。

此身分付一蒲團，静對蕭蕭竹數竿。偶爲老僧煎茗粥，自攜修綆汲清泉。

天風吹月入欄干，烏鵲無聲夜向闌。織女明星來枕上，乃知身不在人間。（**查慎行評**）此首係少游作。

呈定國

舊病應逢醫口藥,新妝漸畫入時眉。信知詩是窮人物,近覺王郎不作詩。

絶句二首

(**蕭奇中夾**)似題畫者,覆讀之自見。(**紀昀眉**)二首可觀,然不必定是東坡筆。

峨峨疊石立何孤,賴有蕭蕭翠竹俱。日暮無人鷗鳥散,空留遠水伴寒蘆。

漠漠秋高露氣清,新蒲倚石近溪生。夜來雨後西風急,静向窗前似有聲。

【彙評】

查慎行丙:以上二首,當是題畫詩。

破琴詩後(並引)

余作《破琴詩》,求得宋復古畫邢和璞於柳仲遠,仲遠以此本托王晉卿臨寫爲短軸,名爲《邢房悟前生圖》,作詩題其上。(**張問陶評**)蘇公談禪詩多矣,吾於此詩是之。

此身何處不堪爲,逆旅浮雲自不知。偶見一張閑故紙,便疑身是永禪師。(**蕭奇中眉**)莫錯認,認真認。

【彙評】

劉辰翁:此語有病,邢於前生自無與耳。

送柳子玉赴靈仙(一作山)

(**查慎行甲眉**)"山"字訛,當作"仙"。(**查慎行甲夾**)靈仙觀在舒州。

世事方艱便猛回,此心未老已先灰。何時夢入真君殿,也學傳呼觀主來。

次韻章子厚飛英留題

(**查慎行評**)"飛英",寺名,在湖州。(**紀昀眉**)語殊蘊藉。(**毛西原眉**)紀云"語殊蘊藉"。

款段曾陪馬少游,而今人在鳳麟洲。(**查慎行丙評**)《宋史》章惇本傳:"熙寧中,出知湖州,徙杭州,入爲翰林學士。元豐三年,拜參知政事。"先生來吴興,正子厚爲翰林學士時也。故云:"而今人在鳳麟洲。"黄公酒肆如重過,杳杳白蘋天盡頭。

贈江州景德長老

白足高僧解達觀,安排春事滿幽欄。不須天女來相試,總把空花眼裹看。

雜詩二首

（查慎行乙眉）别本作《韓康公座上侍兒求書扇上》。

窗摇細浪魚吹沫（一作日），手弄黄花蝶繞（一作透）衣。不覺春風吹酒醒，空教明月照人歸。（翁同書旁）韓子華召飲，有家妓曰："魯生當舞，爲游蜂所螫，持白團扇，從東坡乞詩。"上句記姓，下句書蜂事。

昔日雙鴉照淺眉，如今婀娜緑雲垂。蓬萊老守明朝去，腸斷簾間蟋蟀悲。

元祐癸酉八月二十七日於建隆章净館書贈王覿

海上東風犯雪來，臘前先折鏡湖梅。遥思禁苑青春夜，坐待宫人畫詔回。（蕭奇中夾）美觀也。

元祐元年二月八日朝退獨在起居院讀漢書儒林傳感申公故事作小詩一絶

寂寞申公謝客時，自言已見穆生幾。縮臧下吏明堂廢，又作龍鍾病免歸。（紀昀眉）借題抒意，東坡此時已有不安其位之勢矣。

聞　捷（並引）

元豐四年十月二十二日，謁王文父齊愈於江南。坐上得陳季常書報:是月四日,种諤領兵深入,破殺西夏六萬餘人,獲馬五千匹。衆喜忭,各飲一巨觥。

聞説將軍取乞誾,將軍旗鼓捷如神。故知無定河邊柳,得共中原雪絮春。

睡　起

(查慎行甲眉)此首亦見《山谷集》。

柿葉滿庭紅顆秋,熏爐沉水度春篝。松風夢與故人遇,自駕飛鴻跨九州。

秋思寄子由

(查慎行評)亦見《山谷集》。**(查慎行甲眉)**山谷詩。**(何紹基甲眉)**《山谷集》中有此。**(陳衍評)**此亦作東坡詩?然於山谷較似。**(莫友芝眉)**此詩見《山谷正集》,不知牧仲(宋犖)何以收入?

黄葉山川知晚秋,小蟲催女獻功裘。**(蕭奇中夾)**佳。**(蕭奇中眉)**一句勝《豳風》一章。老松閲世卧雲壑,挽著蒼江無萬牛。

碣石庵戲贈湛庵主(相國寺僧也)

保康橋上夜觀燈,碣石岩前夏飲冰。莫把山林笑朝市,老夫手裏有烏藤。**(蕭奇中夾)**不怕。

散郎亭

法花下有散郎亭，老樹蒼崖如有情。歡戚已隨時事去，壁間只有古人名。

侯　灘

（**查慎行甲眉**）此詩亦見沈遼《雲巢集》。“邊皎皎”沈集作“流激激”，“山腰”沈集作“山頭”，“老兒”沈集作“老人”，“憂患”沈集作“憂樂”。

江邊皎皎過侯灘，更上山腰看打盤。百歲老兒親擊鼓，城中憂患不相干。

春　夜

春宵一刻值千金，（**蕭奇中夾**）真。（**趙克宜評**）下三句都是爲起句作注脚，初無轉折，語亦淺甚。（**翁同書旁**）［合注］《詩人玉屑》云：“東坡‘春宵一刻值千金’云云，與王介甫‘金爐香盡漏聲殘’一首流麗相似。”花有清香月有陰。歌管樓臺聲細細，鞦韆院落夜沉沉。（**蕭奇中旁**）極春夜之娱，亦有蕭脂燈火者乎？

火星岩

（**查慎行甲眉**）此詩亦見沈遼《雲巢集》。

火星岩下石凌壁,(**查慎行甲眉**)"凌壁"沈集作"崚嶒"。閣上相忘止一僧。(**查慎行甲眉**)"閣上相忘"沈集作"殿閣相望"。莫問人間興廢事,門前流水几前燈。

讀開元天寶遺事三首

(**紀昀眉**)三首皆有姿致,詠史小詩宜如此作。(**毛西原眉**)紀云"三首皆有姿致,詠史小詩宜如此作"。三詩音節似玉溪,王阮亭派皆如此,不似坡詩也。紀只以爲有姿致,而不圈點,不知其味者也。

姚宋亡來事事興(**外集作生**),一官銖重萬人輕。朔方老將風流在,(**彭元瑞夾**)"風流"二字不切。不取西蕃石堡城。

潭裹舟(**外集作春,一本作車**)船百倍多,廣陵銅器越溪羅。三郎官爵如泥土,争唱弘農得寶(**一作体**)歌。(**查慎行丙評**)"得体","体"字,《舊唐書》注云"都董砌",此"体"字之本音也。補注者改"体"爲"體",謬以千里矣!讀書不識字,貽誤非細,特爲牽連駁正。

琵琶弦急衮梁州,羯鼓聲高舞臂韝。破費八姨三百萬,大唐天子要纏頭。

過泗上喜見張嘉父二首

眉間冰玉照淮明,筆下波瀾老欲平。直得全生如許妙,不知形諜已多名。

空翠娱人意自還,明窗一榻共秋閑。會知名利不到處,定把清觴屬此山。

謝惠猫兒頭筍

長沙一日煨籩筍，鸚鵡洲前人未知。走送煩公助湯餅，猫兒突兀鼠穿籬。**（翁同書旁）**馮姓第二句用黄祖事，山谷自切其姓也。

題净因壁

（查慎行評）山谷詩。

瞑倚蒲團卧鉢囊，半窗疏箔度微凉。蕉心不展待時雨，葵葉爲誰傾夕陽。

同景文詠蓮塘

（紀昀眉、丁眉）小巧而不入俗。**（查慎行甲眉）**山谷詩。

塘上鈎簾對晚香，不知斜日已侵床。江妃自借凌波襪，長在高荷扇影凉。

睡　起[1]

食罷茶甌未要深，清風一榻直千金。腹摇鼻息庭花落，還盡平生未足心。

① 編者按：此詩卷五已收，爲《佛日山榮長志方丈五絶》其四。

書望洪亭壁[1]

河漲平（一作西）來出（一作失）舊洪，山（一作孤）城都（一作渾）在水光中。（**蕭奇中夾**）是徐州吕梁真境。忽然歸壑無尋處，千里禾麻一半空。

子美召公擇飲偶以病不及往公擇有詩次韻

樊素阿蠻皆已出，使君應作玉箏歌。可憐病士西窗下，一夜丹田手自摩。（**紀昀眉**）合起句觀之，殊不雅。

和參寥

芥舟只合在坳堂，紙帳心期老孟光。不道山人今忽去，曉猿啼處月茫茫。

醉題信老方丈

鶴作精神松作筋，（**蕭奇中夾**）亦新。階庭蘭玉一時春。願君且住三千歲，長與東坡作主人。（**蕭奇中夾**）快。

常州太平寺觀牡丹

武林千葉照觀空，别後湖山幾信風。自笑眼花紅緑眩，還

① 編者按：詩題一作“登望洪亭”。

將白首看鞓紅。

竹枝詞

（**錢廷錦乙旁**）自述。

自過鬼門關外天，命同人鮓甕頭船。北人墮淚南人笑，青嶂無梯問杜鵑。（**蕭奇中夾**）妙。

寄歐陽叔弼

（**查慎行甲眉**）子由作《贈劉道士七律》後半首也。

昔葬衣冠今在否？近來消息不須疑。曾聞圯上逢黄石，久矣留侯不見欺。（**查慎行甲眉**）四句見《欒城後集》，題云《蔡州壺公觀劉道士（並引）》，大略稱道士劉道淵非凡人，與歐陽永叔善，自言與公有夙契，且齊年。公亦嘗自言，昔游嵩高，見薜書四大字於蒼岩絶澗之上，曰“神清之洞”，以此頗自疑本世外之人。今因道淵言“因作詩以示其子叔弼”，其詩乃七言律前半，云：“思頒求歸今幾時，布衣猶在老劉師。龍章舊友世人識，蟬蜕惟應野老知。”後半與此同，惟第七句“近來消息”作“近傳音問”。以《欒城集》詩序合之，此爲子由作無疑。

題净因院

（**查慎行評**）山谷詩。

門外黄塵不見山,個中草木亦常閑。履聲如渡薄冰過,催粥華鯨吼夜闌。

絶　句

(**紀昀眉**)小有情致,然不似東坡吐囑。(**蕭奇中夾**)是絶。

柴桑春晚思依依,屋角鳴鳩雨欲飛。昨日已收寒食火,吹花風起却添衣。

和黄龍清老三首

(**查慎行評**)山谷詩。(**查慎行甲眉**)三首亦見《山谷集》。

萬山不隔中秋月,一雁能傳寄遠書。深密伽陀枯戰筆,真誠相見問何如。

風前橄欖星宿落,月下桄榔羽扇開。静默堂中有相憶,清江或遣化人來。

騎驢覓驢真可笑,以馬喻馬亦成癡。一天月色爲誰好,二老風流各自知。(**錢陸燦眉**)此老於此事悟入矣。

過土山寨

南風日日縱篙撑,時喜北風將我行。湯餅一杯銀綫亂,蔞蒿如箸玉簪横。(**錢陸燦夾**)此等語吾極不喜,此老有之。

書辨才白雲堂壁

（**紀昀眉**）亦不是東坡筆墨。

不辭清曉叩松扉，却值支公久不歸。山鳥不鳴天欲雪，卷簾惟見白雲飛。

琴　詩[①]

（**杭世駿眉**）是口頭禪，不可學坡之不自愛重，全爲此筆。（**紀昀眉**）此本隨手寫四句，原不是詩，搜輯者强收入集。千古詩集有此種章法乎？（**蕭奇中旁**）奇參。不必説禪，不必説詩。

武昌主簿吴亮君采，攜其友人沈君十二琴之説，與高齋先生空同子之文太平之頌以示予。予不識沈君，而讀其書，乃得其羲趣，如見其人，如聞其十二琴之聲。予昔從高齋先生游，嘗見其寶一琴，無銘無識，不知其何代物也。請以告二子，使從先生求觀之。此十二琴者，待其琴而後和。元豐六年閏六月。

若言琴上有琴聲，放在匣中何不鳴。若言聲在指頭上，何不於君指上聽。

韓康公坐上侍兒求書扇

一一窗扉面水開，更於何處覓蓬萊。天香滿袖人知否，曾

---

① 編者按：詩題一作“題沈君琴”。

到旃檀小殿來。

驪山絶句三首

（**蕭奇中眉**）感懷何？（**紀昀眉**）此種却有史論之嫌。（**翁同書旁**）［合注］皆詠唐玄宗，首章言“華清”，次章言“上皇”，末章言“朝元”。

功成雖欲善持盈，（**查慎行甲夾**）首句“雖”字，疑訛，當作“惟”。可嘆前王恃太平。辛苦驪山山下土，（**蕭奇中夾**）“辛苦”二字妙，“土”亦飛雪。阿房纔廢又華清。（**錢陸燦夾**）阿房初起，其土俱用篩篩布於地築基。（**錢廷錦乙眉**）宫室之費。

幾變雕墻幾變灰，舉烽指鹿事悠哉。（**紀昀眉**）次句湊。（**錢廷錦乙夾**）褒氏喻貴妃，趙高喻林甫。上皇不念前車戒，却怨驪山是禍胎。（**錢廷錦乙眉**）臣妾之奸。

海中方士覓三山，萬古明知去不還。咫尺秦陵是商鑒，朝元何必苦躋攀。（**錢廷錦乙眉**）神仙之感。

【彙評】

劉辰翁：人固難得少年，少年之作不盡如人意。老枯見骨，是發越處，亦無幾耳。當發越時，或意分，或懶廢，故知好詩極不易得。

和子由岐下詩（並引）

（**紀昀眉**）五絶分章，模山範水，如畫家之有尺幅小景，其格倡自輞川。爾後輾轉相摹，漸成窠臼，流連光景，作似盡不盡之詞，似解不解之語，千人可共一詩，一詩可題千處。桃花作飯，轉歸塵劫，此非創始者之過，而依草附木者過也。東坡此廿一首，雖非佳作，要是我用我法，固知豪傑之士，必不依托門户以炫俗也。（**潘奕雋眉**）結構極佳。

予既至岐下逾月，於其廨宇之北，隙地爲亭。亭前爲横池，長三丈，池上爲短墻，屬之堂。分堂之北厦爲軒窗、曲檻，俯瞰池上。出堂而南爲過廊，以屬之廳。廊之兩旁各爲一小池，皆引汧水，種蓮養魚於其中，池邊有桃、李、杏、梨、棗、櫻桃、石榴、樗、槐、松、檜、柳三十餘株。又以斗酒易牡丹一叢於亭之北。子由以詩見寄，次韻和答凡二十一首。（**劉辰翁旁**）少作皆不甚得意。

北亭

誰人築短墻，横絶擁吾堂。不作新亭檻，幽花爲誰香。（**舊堂北有墻，予始去之爲亭。**）

横池

明月入我池，皎皎鋪紵縞。何日變成緇，《太玄》吾懶草。

短橋

誰能鋪白簟，永日卧朱橋。樹影欄邊轉，波光版底摇。

軒窗

東鄰多白楊，夜作雨聲急。窗下獨無眠，秋蟲見燈入。（**《角山樓》評**）此手純乎唐人氣息，而紀獨不取，可怪之甚。（**王文濡評**）一寫所聞，一寫所見，承上啓下，極連貫之能事。初學於此宜注意。

曲檻

流水照朱欄，青紅（**一作浮萍**）亂明鑒。（**王文誥夾**）題雖“曲檻”，兼詠浮萍，邵、查、合三注皆作“青紅亂明鑒”，上有“朱欄”句，此“青紅”之“紅”字，又是何物？今更正。其有題作“曲欄”者，亦非。誰見檻上人，無言觀物泛。（**王文誥夾**）此指浮萍，上改“青紅”，則句無著。

雙　池

汧流入城郭，亹亹渡千家。不見雙池水，長漂十里花。

荷　華

田田抗朝陽，節節卧春水。平鋪亂萍葉，屢動報魚子。（**紀昀夾**）“報”字未穩。

魚

（**紀昀眉**）托意好。

湖上移魚子，初生不畏人。（**王文誥夾**）此種極細微處，他人不留意，公必搜索出之，著花落地，自成妙文。自從識鈎餌，欲見更無因。（**紀昀夾**）從《列子》狎鷗事化出。

牡　丹

花好常患稀，花多信佳否。未有四十枝，枝枝大如斗。（**牡丹花有四十餘枝**。）

桃　花

争開不待葉，密綴欲無條。（**王文誥夾**）十字自是桃花，與梅花有别。傍沼人窺鑒，驚魚水濺橋。

李

不及梨英軟,應慚梅萼紅。(**王文誥夾**)此二句,與前《桃花》詩,同一手法。西園有千葉,淡伫更纖濃。(**城西有千葉李,若荼蘼。**)

杏

(**紀昀眉**)寄托兀傲。

開花送餘寒,結子及新火。關中幸無梅,(**關中地不生梅。**)汝強充鼎和。(**劉夾**)如有所戒。

梨

霜降紅梨熟,柔柯已不勝。未嘗蠲夏渴,長見助春冰。(**王文誥夾**)梨性冷利,陶弘景謂之"快果",此猶"助春冰"之意也。

棗

居人幾番老,棗樹未成槎。汝長纔堪軸,吾歸已及瓜。(**棗樹至難長。**)

櫻 桃

獨繞櫻桃樹,酒醒喉肺乾。(**紀昀眉**)"酒醒"句未雅。莫除枝上露,從向口中溥。

石 榴

風流意不盡,獨自送殘芳。色作裙腰染,名隨酒盞狂。(**酒名有石榴。**)(**紀昀夾**)"狂"字不穩。

樗

自昔爲神樹,空聞蜩鵙鳴。社公煩見輟,爲爾致羊羹。(**樗,舊爲土地廟所蔽,余始遷廟墻北。**)

槐

採擷殊未厭,忽然已成陰。蟬鳴看不見,鶴立赴還深。(**上有野鶴三四。**)

松

强致南山樹,來經渭水灘。(**王文誥夾**)此二句,謂檜自終南移至,非使檜事實也。各本以此詩爲松,查注以爲檜,究應以後詩詠松爲當。合觀二作,則查説爲可信矣。生成未有意,鴉鵲莫相干。(**王文誥夾**)柏葉松身爲檜。公《石徑院》詩:"夭矯庭中檜,枯枝鵲踏消。"與此詩意正同。

檜

依依古仙子,鬱鬱緑毛身。每長須成節,明年漸庇人。

柳

今年手自栽,問我何年去。他年我復來,摇落傷人思。(**紀昀眉**)用桓大司馬意。

跋姜君弼課册(姜君,瓊州人。己卯閏九月來從學於東坡,至儋耳。庚辰三月,方還瓊。四言)

雲興天際,欻若車蓋。凝矑未瞬,彌漫霮霸。驚雷出火,喬木麋碎。殷地爇空，萬夫皆廢。霤綆四墜（一作懸溜綆墜），（蕭奇中夾）古。日中見沫。移晷而收，野無完塊。（翁同書旁）此蘇子論文機括也。（錢廷錦乙旁）似《焦氏易林》中語。

憶江南寄純如五首（六言）

楚水別來十載，蜀山望斷千重。畢竟擬爲傖父，憑君説與吴儂。

湖目也堪供眼，木奴自足爲生。若話三吴勝事，不惟千里蓴羹。

人在畫屏中住，客依明月邊游。（譚元春評）真是江南光景。未卜柴桑舊宅，須乘五馬（一作湖）扁舟。

生計曾無聚沫，（翁同書旁）《列子·湯問篇》："詹何曰'魚見臣之鈎餌，猶塵埃聚沫，吞之不疑'。"孤蹤謾有清風。治産猶嫌范蠡，（錢廷錦甲夾）生計。攜孥頗笑梁鴻。（錢廷錦甲夾）孤蹤。

弱累已償俗盡，老身將伴僧居。未許季鷹高潔，秋風直爲鱸魚。

數日前夢人示余一卷文字大略若諭馬者用吃蹶兩字夢中甚賞之覺而忘其餘戲作數語足之（四言）

（譚元春評）古甚，感甚，自負甚，可敵朱穆《絶交》四言詩。

天驥雖老，舉鞭脱逸。交馳蟻封，步中衡石。旁睨駑駘，豐肉滅節。(**蕭奇中眉**)"節"字幾不可問矣,舉世皆豐肉者耳,矧喪亂際,尤未易易言。徐行方軌,動輒吃蹶。天資相絶,未易致詰。

惠崇蘆雁(六言)

(**紀昀眉**)意本王季友詩,而韻高語簡,青出於藍。(**查慎行評**)山谷詩,見《宋文鑒》。(**莫友芝眉**)此詩載《山谷内集》,乃《題鄭防畫夾五首》之一,不知何據,以爲東坡詩也。

惠崇煙雨蘆雁,坐我瀟湘洞庭。欲買扁舟歸去,故人云是丹青。

竹枝歌(並叙)

(**紀昀眉**)每段八句,過接處若斷若連,章法甚妙。

《竹枝歌》本楚聲,幽怨惻怛,若有所深悲者。豈亦往者之所見有足怨者歟?夫傷二妃而哀屈原,思懷王而憐項羽,此亦楚人之意相傳而然者。且其山川風俗鄙野勤苦之態,固已見於前人之作與今子由之詩。故特緣楚人疇昔之意,爲一篇九章,以補其所未道者。(**何焯眉**)從屈原轉入懷王,有俯仰,再接入項羽亡秦,便覺散漫。

蒼梧山高湘水深,中原北望度千岑。帝子南游飄不返,惟有蒼蒼楓桂林。楓葉蕭蕭桂葉碧,萬里遠來超莫及。乘龍上天去無蹤,草木無情空寄泣。(**蕭奇中眉**)惟"無情",故"空寄"。嗟乎,真無情也哉?以有情寄無情,未免以無情索有情耳。(**翁同書眉**)懷二妃。水濱擊鼓何喧闐,(《**角山樓**》**評**)依序中傷二妃、哀屈原、思懷王、憐項羽,平列四段,下三段事本相因,惟此處是突接。相將扣水求屈原。屈原已死今千載,滿船哀唱似當年。海濱長鯨徑千尺,食人爲糧安可入。招君不歸海水深,海魚豈解哀忠直。(**蕭奇中夾**)嗚呼,亦知哀者。(**翁同書眉**)吊屈原。吁嗟忠直死無人,可惜懷王西入秦。秦關已閉無歸日,章華不復見車輪。君王去時簫鼓咽,父老送君車軸折。千里逃歸迷故鄉,南公哀痛彈長鋏。(**翁同書眉**)哀懷王。三户亡秦信不虚,一朝兵起盡歡呼。當時項羽年最少,提劍本是耕田夫。横行天下竟何事,棄馬烏江自垂涕。項王已死無故人,首入漢庭身委地。富貴榮華豈足多,至今唯有冢嵯峨。故國淒凉人事改,楚鄉千古爲悲歌。(**何焯眉**)從屈原轉入懷王,有俯仰,再接入項羽亡秦,便覺散漫。(**翁同書眉**)憐項王。(**紀昀眉**)勢須有一總收。音節酷似《汾陰行》,其聲哀曼動人。(**王文誥夾**)第九章總結。(**翁同書眉**)憐項王。

山坡陀行

(**查慎行甲眉**)"出"字訛,當作"山"。

山坡陀兮下屬江,勢崖絶兮游波所蕩如頽墻。松茀律兮百尺旁,拔此驚葛藟之。上不見日兮下可依,吾曳杖兮吾僮亦吾之書隨。藐余望兮水中沚,頎然而長者黄冠而羽衣。幹頤坦腹磐石箕坐兮,山亦有趾安不危,四無人兮可忘飢。仙人偓佺自言其居瑶之圃,一日一夜飛相往來不可數。使其開口言兮,豈惟河漢無極驚余心。默不言兮,蹇昭氏之不鼓琴。憺將山河與日月長在。若有人兮,夢中仇池我歸路。此非小有兮,噫乎何以樂此而不去。昔余游於葛天兮,身非陶氏猶與偕。乘渺茫良未果兮,僕夫悲余馬懷。聊逍遥兮容與,晞余髮兮蘭之渚。余論世兮千載一人猶並時,余行詰曲兮欲知余者稀。峨峨洋洋余方樂兮,譬余繫舟於水,魚潛鳥舉亦不知。何必每念輒得,應余若響,坐有如此兮人子期。(**嚴虞惇旁**)奉節縣西南有武侯祠,八陣圖壘石已散落,不成行列。又三二里,爲灩澦堆石,即瞿塘峽也。其上爲白帝城,亂石犖確,勢不可上。城内有昭烈廟,旁列孔明,關、張東西坐。少陵詩所謂"一體君臣祭祀同",疑即此也。廟前有臺,道士云:"孔明祭風臺也。"奉節舊名魚湲,先主改奉節爲永安,今永安宫遺址已不可考矣。

鳴泉思思君子也君子抱道且殆而時弗與民咸思之鳴泉故基堙圮殆盡眉山蘇公搔首踟躕作鳴泉思以思之

(**杭世駿眉**)音節未能入古,較昌黎《琴操》似傷繁蕪。(**紀昀眉**)頗仿李白,然終是野調。

鳴泉鳴泉,經雲而潺湲。拔爲毛骨者修竹,蒸爲雲氣者霏煙。山夔莫能隱其怪,野翟詎敢藏其奸。茅廬肅肅昔有人焉。其高如山,其清如泉。其心金與玉,其道砥與弦。執德没世,落月入地。英名皎然,陽曦麗天。舊隱寂寂,新篁娟娟。思彼君子,我心若懸。谷鳥在上,岩花炫前。鳴泉鳴泉,能使我菀結而華顛。

轆轤歌

(**紀昀眉**)却映綴得好。(**查慎行評**)此集顧況詩。(**查慎行甲眉**)

唐人詩。(**翁同書旁**)查注、馮注俱云唐《顧况集》有《悲歌六首》,又或題作《遠思曲》,即此全篇也,其非東坡詩明甚。(**錢廷錦乙旁**)將顧况詩合湊。(**何紹基乙眉**)有古意。

新繫青絲百尺繩,心在君家轆轤上。我心皎潔君不知,轆轤一轉一惆悵。何處春風吹曉幕,江南緑水通珠閣。美人二八顏如花,泣向花前畏花落。臨春風,聽春鳥。别時多,見時少。愁人一夜不得眠,瑶井玉繩相對曉。(**紀昀眉**)韋縠《才調集》作《悲歌六首》,"新繫"四句是第五首,"何處"四句是第六首,"春風"六句是第一首。

【**彙評**】

趙克宜:六首删取三首,又聯合爲一首,自是别具爐錘,然畢竟無公一字。

美哉一首送韋城主簿歐陽君

美哉水,洋洋乎,我懷先生,送之子於城隅。洋洋乎,美哉水,送之子,至於新渡。念彼嵩雒,眷焉西顧。之子於邁,至於白馬。白馬舊邦,其構維新。邦人流涕,晝舫之孫。(**杭世駿眉**)"晝舫",齋名,竟以目歐公,亦專而不咸。相其口鬌,尚克似之。先生遺民,之子往字。

辨道歌

(**杭世駿眉**)妙處不如《内景》,是杜光庭、張君房一流。(**紀昀眉**)

題鄙甚,此種原不以詩論,不宜入集。

北方正氣名祛邪,東郊西應歸中華。離南爲室坎爲家,先凝白雪生黄芽。黄河流駕紫河車,水精池産紅蓮花。赤龍騰霄驚盤蛇,姹女含笑嬰兒呀。十二樓瞰靈泉霔,華池玉液陰交加。子馳午前無停差,三田聚寶真生涯。龜精鳳髓填谽谺,天地駭有鬼神嗟。一丹休別内外砂,長修久餌須升遐。腸中澄結無餘柤,俗骨變換顔如葩。哀哉世人争齒牙,指僞爲真正爲哇。輕肥甘美形驕奢,譎詭詐妄言矜誇。游魚在網兔在罝,一氣頓盡猶嘔啞。餘生所托誠棲槎,九原枯髀如亂麻。胡不割衆如鏌鎁,(**蕭奇中夾**)猛□。空與利名交撐拏。胡不騰踏如文騧,可惜貪愛相漫洿。真心道意非不嘉,餐金閑暇非虚嘩。何須横議相疵瑕,衆口並發鳴群鴉。安知聚散同魚蝦,自纏如繭居如蝸。日懷嗔喜甘籠笯,其去死地猶獵豭。(**蕭奇中夾**)慘。吾恨爾見有所遮,海波或至驚井蛙。烏輪即晚蟾影斜,吾時俱睹超雲霞。

【彙評】

查慎行丙:東坡晚年留心養生之術,於龍虎鉛汞之説,不但能言,而且能行。二詩闡抉道家内外丹,殆無餘藴。特爲參合衆説,詳加注釋,使覽者瞭然。

與葉淳老侯敦夫張秉道同相視新河秉道有詩次韻二首[①]

君不見元帥府前羅萬戟,濤頭未順千弩射。至今鳳凰山下

① 編者按:此詩卷十六已收,題同。

路，長借一箭開兩翼。我鑿西湖還舊觀，一眼已盡西南碧。又將回奪浮山險，千艘夜下無南北。坐陳三策本人謀，惟留一諾待我畫。老病思歸真暫寓，功名如幻終何得。從來自笑畫蛇足，此事何殊食雞肋。憐君嗜好更迂闊，得我新詩喜折屐。江湖粗了我徑歸，餘事後來當潤色。一庵閑卧洞霄宮，井有丹砂水長赤。

荆溪父老愁三害，下斬長蛟本無賴。平生倔强韓退之，文字猶爲鰐魚戒。石門之役萬金耳，首鼠不爲吾已隘。江湖開塞古有數，兩鵠飛來告成壞。勸農使者非常人，一言已破黎民駭。上饒使君更超逸，坐睨浮山如累塊。髯張乃我結襪生，詩酒淋漓出狂怪。我作水衡生作丞，他日歸朝同此拜。

陳守道

(杭世駿眉)墮入丹訣，失詩人面目矣，此是坡公之魔。**(紀昀眉)**竟是道經，無復詩格。

一氣混淪生復生，有形有心即有情。共見利欲飲食事，各有瓜牙頭角争。争時怒發霹靂火，險處直在嵌岩坑。人僞相加有餘怨，**(蕭奇中眉)**"人僞"二字，勝莊老一部。天真喪盡無純誠。徒自取先用極力，誰知所得皆空名。少微處士松柏寒，蓬萊真人冰玉清。山是心兮海爲腹，陽爲神兮陰爲精。渴飲靈泉水，飢食玉樹枝。白虎化坎青龍離，鎖禁奼女關嬰兒。樓臺十二紅玻璃，金公木母相東西。純鉛真汞星光輝，烏升兔降無年期。停顔却老只如此，哀哉世人迷不迷。

老人行

（**杭世駿眉**）已開葛長庚等道情一派，此是坡翁下劣之魔，不可爲法。（**紀昀眉**）此真惡劄。

有一老翁老無齒，處處無人問年紀。白髮如絲向下垂，一雙眸子碧如水。不裹頭，又無履，相識雖多少知己。問翁畢竟何所止，笑言只在紅塵裹。秋風獵獵行雲飛，老人此意無人會，目注雲歸心自知。（**莫友芝甲旁**）古樂府《東門行》，故下爲“黄口小兒”。黄口小兒莫相笑，老人舊日曾年少。浪迹常如不繫舟，地角天涯知自跳。亦曾樂半夜，傳籌醉朱閣。美人如花弄弦索，只恨樽前明月落。亦曾憂羈旅，他鄉迫暮秋。故國日邊無信息，斷鴻空逐水長流。或安貧，或安富，或爵通侯封萬户。一任秋霜换鬢毛，本來面目長如故。水有蘋兮山有芝，人意雖存事已非。有時却憶經游處，都似茫茫春夢歸。爾來尤解安貧賤，不爲公卿强陪面。皎如明月在秋潭，動著依前還不見。還不見，可奈何，空使遠人增眷戀。但只從他隨物轉，青樓黄閣長相見。若相見，莫殷勤，却是翁家舊主人。

襄陽樂府三篇

（**紀昀眉**）樂府音節失傳，不過摹其字句，不似何取乎？擬相似又何取乎？擬少陵純製新題，自是斬斷葛藤手。太白雖用古題，多是不敢明言而托之古，亦非以此體爲高。（《**角山樓**》**評**）樂府本無一定音節，觀李、杜、張、王所作可知。紀氏本從蘇詩入手，於此體未能潛心，乃遽欲廢之，何妄誕也？（**紀昀眉**）此首摹古有痕，故爲姿致，都非天然。(《**角山樓**》**評**)此亦未見其古,何爲有痕?一結氣骨,頗似少陵。

野鷹來

野鷹來,萬山下,荒山無食鷹苦飢,飛來爲爾繫彩絲。北原有兔老且白,年年養子秋食菽。我欲擊之不可得,年深兔老鷹力弱。野鷹來,城東有臺高崔巍。臺中公子著皮袖,東望萬里心悠哉。心悠哉,鷹何在。(**丁菊泉夾**)初白批王本"心悠哉"下又疊"心悠哉"三字。嗟爾公子歸無勞,使鷹可呼亦凡曹,天陰月黑狐夜嗥。(**蕭奇中眉**)寓得遠。

【**彙評**】

劉辰翁:語似失次。

上堵吟

(**紀昀眉**)此首有太白之意。

臺上有客吟秋風,悲聲蕭散飄入宫。(**丁菊泉夾**)"宫"字無着,疑當作"空"。臺邊游女來竊聽,欲學聲同意不同。君悲竟何事,千里金城兩稚子。白馬爲塞鳳爲關,山川無人空且閑。我悲亦何苦,江水冬更深,鯿魚冷難捕。(**蕭奇中夾**)妙。(**蕭奇中眉**)諧得趣。(《**角山樓**》**評**)絶妙,古樂府詞氣。悠悠江上聽歌人,不知我意徒悲辛。(**錢廷錦乙夾**)覆未竊聽。

【**彙評**】

劉辰翁:此詩能言孟嘉所不能言,觀傳可見。

襄陽樂

（**紀昀眉**）似張、王不著意作。（《**角山樓**》**評**）氣息遜前二首，以爲似張、王者，非也。

使君未來襄陽愁，提戈入市裹氈裘。自從氈裘南渡沔，襄陽無事多春游。襄陽春游樂何許，峴山之陽漢江浦。使君朱旆來翻翻，人道使君似羊杜。道邊逢人問洛陽，中原苦戰春田荒。北人聞道襄陽樂，目送飛鴻應斷腸。

仙都山鹿

（**杭世駿眉**）有出塵之想，借題以達之。（**紀昀眉**）詩亦清拔，但乏深警。

老泉詩序云：至酆都縣，將游仙都觀，見知縣李長官，云："固知君之將至也。此山有鹿，甚老，而猛獸、獵人終莫能害。將有客來游，鹿輒夜鳴，故常以此候之而未嘗失。"余聞而異之，乃爲作詩。

日月何促促，塵世苦局束。仙子去無蹤，故山遺白鹿。仙人已去鹿無家，孤棲悵望層城霞。至今聞有游洞客，夜來江市叫平沙。（**紀昀夾**）二句太率意。長松千樹風蕭瑟，仙宮去人無咫尺。夜鳴白鹿安在哉，滿山秋草無行迹。（**趙克宜評**）只末二句雅音，口無味。

白鶴吟留鍾山覺海

（**查慎行評**）王荆公詩。（**杭世駿眉**）不可解措語，亦少蘊藉。（**紀**

昀眉)此首野調。

白鶴聲可憐,紅鶴聲可惡。白鶴招不來,紅鶴揮不去。長松受穢死,乃以紅鶴故。北山道人曰:美者自美,吾何爲而喜?惡者自惡,吾何爲而怒?去自去耳,吾何駛而追?來自來耳,吾何妨而拒?吾豈厭喧而求静?吾豈好丹而非素?汝謂松死,吾無依焉,(**紀昀夾**)"焉"或作"耶"字。吾方捨陰而坐露。(**蕭奇中夾**)是。

虚飄飄三首

(**紀昀眉**)此種豈可入詩集?(**查慎行甲眉**)"三"字訛,改"一"首。

虚飄飄,畫檐蛛結網,銀漢鵲成橋。塵漬雨桐葉,霜飛風柳條。露凝殘點見紅日,星曳餘光横碧霄。虚飄飄,比浮名利猶堅牢。(**翁同書眉**)此首東坡次山谷韻。

【彙評】

查慎行:和山谷韻,誤將黄作及少游和章並列於後。

虚飄飄,花飛不到地,虹起謾成橋。入夢雲千疊,游空絲萬條。蜃樓百尺横蒼海,雁字一行書絳霄。虚飄飄,比人身世猶堅牢。(**翁同書眉**)此首黄山谷原唱。

虚飄飄,風寒吹絮浪,春水暖冰橋。勢緩鬘垂綫,聲乾葉下條。雨中漚點隨流水,風裏彩雲横碧霄。虚飄飄,比時富貴猶堅牢。(**翁同書眉**)此首秦少游次山谷韻。

次韻張甥棠美述志(名宗奭)

(**查慎行甲眉**)慎按,此一首,亦見晁無咎《雞肋集》,題中無"張甥"二字,今據此駁正。

仲子甘心織屨避萬鍾,淵明不肯折腰爲五斗。一年鴻雁識來往,終日沐猴誰去取。知甥詩意慕兩君,讀書要在存心久。平生所談性命奧,長棄不憂金石朽。我今已習鶖子定,猶復晨朝怖頭走。刳心先擬射穀名,(**查慎行評**)"射穀"當作"射聲"。(**孫原湘眉**)或作"射聲名"。不作羊鄒悲峴首。(**錢陸燦眉**)鄒事未考。雲梯雨矢集無方,我已中灰同墨守。恐甥自是禹門鱗,未可潛逃入吾藪。琢磨晚覺孟光賢,畏我放言時被肘。甥能鋤我青門瓜,正午時來休老手。

卷三十一

和陶詩七十八首

追和陶淵明詩引（子由作）

東坡先生謫居儋耳，置家羅浮之下，獨與幼子過負擔度海。葺茅竹而居之，日啖藷芋，而華屋玉食之念不存於胸中。平生無所嗜好，以圖史爲園囿，文章爲鼓吹，至是亦皆罷去。（**蕭奇中夾**）好。獨猶喜爲詩，精深華妙，（**蕭奇中夾**）似。不見老人衰憊之氣。是時，轍亦遷海康，書來告曰："古之詩人有擬古之作矣，未有追和古人者也。追和古人則始於吾。吾於詩人，無所甚好，獨好淵明之詩。淵明作詩不多，然其詩質而實綺，癯而實腴。自曹、劉、鮑、謝、李、杜，諸人皆莫及也。吾前後和其詩凡一百有九篇，至其得意，自謂不甚愧淵明。（**蕭奇中夾**）堪若。今將集而併録之，以遺後之君子。其爲我志之。然吾於淵明，豈獨好其詩也哉？（**蕭奇中夾**）又一波。如其爲人，（**蕭奇中夾**）工於看士。實有感焉。（**蕭奇中眉**）詩、畫、書法，易以一節掩生平。王右軍，豈徒書家？曹將軍，豈徒畫匠？陶彭澤，豈徒以詩稱宗者哉？淵明臨終，疏告儼等：'吾少而窮苦，每以家弊，東西游走。性剛才拙，與物多忤，（**蕭奇中夾**）高人每此。自量爲己必貽俗患，黽勉辭世，使汝等幼而飢寒。'（**蕭奇中夾**）可悲可感。淵明此語，蓋實録也。吾真有此病而不早自知，半生出仕，以犯世患，此所以深愧淵明，欲以晚節師範其萬一也。”(**蕭奇中夾**)爲人則愧,是坡老不愧實處。嗟乎!淵明不肯爲五斗米一束帶見鄉里小兒,而子瞻出仕三十餘年,爲獄吏所折困,終不能悛,以陷大難,乃欲以桑榆之末景,自托於淵明,其誰肯信之?(**蕭奇中眉**)淋漓。雖然,子瞻之仕,其出處進退,猶可考也。(**蕭奇中夾**)好。後之君子其必有以處之矣。(**蕭奇中眉**)吾師乎?(**何焯眉**)古澹絶高。孔子曰:“述而不作,信而好古,竊比于我老彭。”孟子曰:“曾子、子思同道。”區區之迹,蓋未足以論士也。轍少而無師,子瞻既冠而學成,先君命轍師焉。子瞻嘗稱轍詩有古人之風,自以爲不若也。(**蕭奇中夾**)坡之愧淵明。然自其斥居東坡,其學日進,沛然如川之方至。其詩比李太白、杜子美有餘,遂與淵明比。(**杭世駿眉**)亦阿私之論,坡豈能賢於李杜哉!轍雖馳驟從之,而常出其後。其和淵明,轍繼之者亦一二焉。丁丑十二月海康城南東齋引。

和時運四首(並引)

(**紀昀眉**)除次首“木固無脛”二句自露本色外,其餘皆居然似陶,猝不易别。(**樊濳庵評**)後村云:“四言尤難,以《三百五篇》在前故也。”觀公四詩,冲淡雋藴,大有風人遺意。

丁丑二月十四日,白鶴峰新居成,自嘉祐寺遷入。詠淵明《時運》詩云:斯晨斯夕,言息其廬。似爲余發也,乃次其韻。長子邁,與余别三年矣,挈攜諸孫,萬里遠至,老朽憂患之餘,不能無欣然。

我卜我居,居非一朝。龜不吾欺,食此江郊。廢井已塞,喬木干霄。昔人伊何,誰其裔苗。(**樊濳庵評**)結二句勿輕讀過,謂斯地昔人所有也,今易主而苗裔不可復識,我能長有此乎?感慨纏綿,溢之言外。

【彙評】

《角山樓》:是初得地語。

下有碧潭,可飲可濯。江山千里,供我遐矚。(查慎行評)萬象奔赴。木固無脛,瓦豈有足。陶匠自至,嘯歌相樂。(張岱評)自動斧鑿。(蕭奇中夾)幾乎文囿。

我視此邦,如洙如沂。邦人勸我,老矣安歸。自我幽獨,倚門或揮。豈無親友,雲散莫追。

【彙評】

查慎行:一團和氣,可以居夷。

《角山樓》:得陶意居多。

旦朝丁丁,誰款我廬。子孫遠至,笑語紛如。剪髮垂髫(一作剪綵垂髫),覆此瓠壺。三年一夢,乃復見余。

【彙評】

《角山樓》:如畫又如話。

查慎行丙:以上四章,施氏原本不載。新刻本載和陶卷中,合爲一首。今依陶詩分四章,每章八句,考據年月,分編於此。

和勸農六首(並引)

(杭世駿眉)語語古懋,似元次山、沈下賢一輩文字。(紀昀眉)語多板實，不爲高作。（**何紹基乙眉**）詩味俱樸厚。（**温汝能評**）篇内備言不耕之害，力農之樂，諄諄誠勉。公之爲瓊人計，誠深且切矣。然豈獨瓊人爲然？天下游手之徒，聞者應能爲股栗。而力田者有此樂境，何憚而不竭力爲之也？仁人之言，其利溥矣，信哉！

海南多荒田，俗以貿香爲業，所產粳稌不足於食，乃以藷芋雜米作粥糜以取飽。余既哀之，乃和淵明《勸農》詩，以告其有知者。（**蕭奇中夾**）經濟人作爲。

咨爾漢黎，均是一民。鄙夷不訓，夫豈其真。怨忿劫質，尋戈相因。欺謾莫訴，曲自我人。（**何紹基乙眉**）吾鄉民瑶交界處，瑶被民欺，往往滋事，此殆一轍。（**樊潛庵評**）瓊黎居五指，不薙髪，至今未附版圖。然黎何能反？漢人激之耳。公卓見深心，一唱三嘆。

天禍爾土，不麥不稷。民無用物，怪珍是殖。播厥熏木，腐餘是穡。貪夫污吏，鷹鷙狼食。（**蕭奇中夾**）動念在此。（**譚元春評**）深厚質至，意在陶前，始可以和陶，初有亦幾失其妙。（**樊潛庵評**）采香之禍，宋代爲尤烈，故公言及此。

豈無良田，膴膴平陸。獸蹤交締，鳥喙諧穆。驚麏朝射，猛狶夜逐。芋羹藷糜，（**查慎行評**）"糜"當作"縻"。以飽耆宿。（**潘奕雋夾**）《漢·項羽傳》："合縱締交，相與爲一。"（**樊潛庵評**）七十非肉不飽。飽耆宿以藷芋，真惰民矣！

聽我苦言，其福永久。利爾鉏耜，好爾鄰偶。斬艾蓬藋，南東其畝。父兄搢梃，以抶游手。（**譚元春評**）一段田家孝友樸實之意，不羡富貴處是《豳風》遺漏語。

天不假易，亦不汝匱。春無遺勤，秋有厚冀。（**查慎行評**）已到泉明佳處。（**蕭奇中夾**）典語。雲舉雨决，婦姑畢至。我良孝愛，祖跣何愧。(**蕭奇中夾**)真語。(**紀昀眉**)警切語。(**潘奕雋眉**)此一章好。(**樊潛庵評**)公於經筵爲講官第一。持兵柄則重任將,典大郡即首勸農。今萬里投荒,亦莫不爲瓊人鰓鰓過計。學術之正如此,豈僅以詩爲能事哉?(《**角山樓**》**評**)置之陶集,不可復辨。

逸諺戲侮,博弈頑鄙。投之生黎,俾勿冠履。霜降稻實,千箱一軌。大作爾社,一醉醇美。

和停雲四首

自立冬以來,風雨無虚日,海道斷絶,不得子由書。乃和淵明《停雲》詩以寄。

停雲在空,黯其將雨。嗟我懷人,道修且阻。眷此區區,俯仰再撫。良辰過鳥,逝不我佇。(**紀昀眉**)此章頗有陶意。(**張岱評**)通篇意味俱短。(**劉克莊評**)東坡方得意時,爲執政侍從。及其失意,至下獄,過嶺,晚更憂患,於是始有和陶之作,不知淵明印可否?(**樊潛庵評**)昔人謂四言詩,自曹氏父子、王仲宣、陸士衡後,惟陶公最高。愚謂公和陶詩,直可並駕。

颶作海渾,天水溟蒙。雲屯九河,雪立三江。我不出門,寤寐北窗。念彼海康,神馳往從。(**王文誥夾**)和陶不欲襲取皮毛,觀《停雲》自見。

凜然清癯,落其驕榮。(**蕭奇中眉**)"榮"曰"驕",甚可思,甚可畏。(**潘奕雋夾**)《韓非子》:"仲尼爲政於魯,齊景公患之。黎且曰:'君何不遺魯女樂,以驕榮其衰。'"饋奠化之,廓兮忘情。萬里遲子,晨興宵征。遠虎在側,以寧先生。(**王文誥夾**)此章更妙,如必皆似首章,始謂之有陶意,則和陶皆空腔矣。曉嵐見不到此。(**樊潛庵評**)憂患之語，讀之凄然。

對弈未終，摧然斧柯。再游蘭亭，默數永和。夢幻去來，誰少誰多。彈指太息，浮雲幾何。(**紀昀眉**)自用本色，却佳。(**温汝能評**)先生在儋，買地結茅，食芋飲水，著書以爲樂。作《書傳》以推明上古之絶學，且謙冲下士，日與諸黎游無間。觀其結語，胸懷曠達，舉世間榮悴得失之數，誠不足以動其中，蓋於淵明實有深契焉者。後村之論，殆非深知東坡者也。(**樊潛庵評**)後村斯語，似覺太過。觀公此結，何等豁達，何等了然。

和歸園田居六首(並引)

三月四日，游白水山佛迹岩，沐浴於湯泉，晞髮於懸瀑之下，浩歌而歸，肩輿却行，以與客言，不覺至水北荔枝浦上。晚日蔥曨，竹陰蕭然，時荔子纍纍如芡實矣。有父老年八十五，指以告余曰：及是可食，公能攜酒來游乎？意忻然許之。歸卧既覺，聞兒子過誦淵明《歸園田居》詩六首，乃悉次其韻。始余在廣陵和淵明《飲酒》二十首，今復爲此，要當盡和其詩乃已耳。今書以寄妙總大士參寥子。(**王文誥夾**)查注引韓駒、洪邁諸説，紛然辨陶《歸田居》六首之是非，所見甚陋。

環州多白水，際海皆蒼山。以彼無盡景，寓我有限年。(**蕭奇中眉**)噴口。東家著孔丘，西家著顔淵。市爲不二價，農爲不争田。周公與管蔡，恨不茅三間。(**蕭奇中夾**)快論。我飽一飯足，薇蕨補食前。(**杭世駿眉**)二語費解。(**翁同書旁**)先生有"破鐺煮飯茅三間"之句。門生饋薪米，救我厨無煙。斗酒與隻雞，酣歌餞華顛。禽魚豈知道，我適物自閑。(**查慎行評**)所見既澈，頭頭是道。(**蕭奇中眉**)物閑則亦知道矣。悠悠未必爾，聊樂我所然。(**紀昀眉**)愈平愈見高妙。(《**角山樓**》**評**)静中體驗語。

窮猿既投林，疲馬初解鞅。心空飽新得，（**蕭奇中眉**）以“空”故能“飽”，“新得”非得飽也。境熟夢餘想。（**潘奕雋夾**）二句似韓。（**紀昀眉**）二句乃似昌黎。（**何焯眉**）語似昌黎。（**《角山樓》評**）乃似昌黎。江鷗漸馴集，蜑叟已還往。南池緑錢生，北嶺紫筍長。提壺豈解飲，好語時見廣。春江有佳句，（**孫原湘眉**）“江”紀本作“光”。我醉墮渺莽。（**查慎行評**）句有神助。（**紀昀眉**）淡宕竟住，好。○此種是東坡獨造。（**何焯眉**）仙矣。（**《角山樓》評**）結有餘味。

新浴覺身輕，新沐感髮稀。風乎懸瀑下，却行詠而歸。仰觀江摇山，俯見月在衣。步從父老語，有約吾敢違。（**紀昀眉**）極平淺而有深味，神似陶公。（**何焯眉**）人影在地，仰見明月，變而愈奇。

老人八十餘，不識城市娱。造物偶遺漏，同儕盡丘墟。（**蕭奇中眉**）一“偶”一“盡”，可感云何。平生不渡江，水北有幽居。手插荔枝子，合抱三百株。（**何焯眉**）無句不妙。莫言陳家紫，甘冷恐不如。君來坐樹下，（**《角山樓》評**）以下數語是代老人口氣。飽食攜其餘。歸舍遺兒子，懷抱不可虚。有酒持飲我，不問錢有無。（**潘奕雋眉**）質樸入古。（**何焯眉**）以手爲口。（**張岱評**）意、景俱忙促。（**王文誥夾**）此首代老人語，曉嵐眼下不應漏過。（**《角山樓》評**）數語是代老人口氣。

坐倚朱藤杖，行歌紫芝曲。不逢商山翁，見此野老足。（**何紹基乙眉**）“商山翁”殆不如此“野老”矣。願同荔枝社，長作雞黍局。教我同光塵，月固不勝燭。（**蕭奇中眉**）坡固不勝老人也。霜飆散氛祲，廓然似朝旭。（《莊子》云：**月固不勝火。郭象曰：大而暗，不若小而明。陋哉斯言也！余爲更之曰：明於大者，必晦於小，月能燭天地而不能燭毫釐，此其所以不勝火也。然卒之火勝月勝耶?**）（**張岱評**）和韻詩最忌湊砌。

昔我在廣陵，悵望柴桑陌。長吟飲酒詩，頗獲一笑適。當時已放浪，朝坐夕不夕。矧今長閑人，一劫展過隙。江山互隱見，出没爲我役。（**蕭奇中眉**）“爲我役”，好大自在。斜川追淵明，（**翁同書眉**）淵明有《游斜川詩序》。東皋友王績。詩成竟何爲，六博本無益。（**紀昀眉**）是六首總結。（**王文誥夾**）此詩及原叙，乃公惠州和陶諸作始於《歸園田居》也。（《**角山樓**》**評**）攬勝語，寫得警動。

【彙評】

樊潛庵：公昔評淵明元唱云：“初視若散緩，熟視有奇趣。如云：‘曖曖遠人村，依依墟里煙。狗吠深巷中，雞鳴桑樹顛。’”又曰：“‘采菊東籬下，悠然見南山’，大率才高意遠，則所寓得其妙，遂能如此。如大匠運斤，無斧鑿痕。不知者則疲精力，至死不悟。”愚謂公和詩亦然。○韓子蒼評陶詩云：“《園田》六首，末篇乃叙行役，與前五首不類。今俗本乃取江淹‘種苗在東皋’爲末篇，東坡亦因而誤和之。陳述古本止有五首。”愚以爲皆非也。當如張相國本，題爲“雜詠六首”。江淹《雜擬》詩，亦頗似之。但“開徑望三益”，此一句不類，然亦未知孰是？附此，以質同志者考正焉。

温汝能：《歸園》六首，施本《和陶》卷，編次《飲酒》詩後。考紹聖二年乙亥，公在惠州，嶺南和陶詩如此。又按翁覃溪注：“陳士業《寒夜録》：陸務觀序梅聖俞别集云：‘蘇翰林多不可古人，惟次韻和陶淵明及先生二家詩而已。’”是東坡又有和梅之作，今已散逸，無可考據，亦未有知其事者。並爲附録於此，以俟後之博識君子。

五月旦日作和戴主簿

（**張岱評**）意味都盡。（**紀昀夾**）未喻其意。

海南無冬夏,安知歲將窮。時時小摇落,榮瘁俯仰中。上天信包荒,佳植無由豐。(**蕭奇中夾**)具大意。鉏耰代肅殺,有擇非霜風。(**蕭奇中夾**)主宰。手栽蘭與菊,侑我清宴終。擷芳眼已明,飲酒腹尚冲。草去土自隤,井深墻愈隆。勿笑一畝園,蟻垤齊衡嵩。

酬劉柴桑

紅薯與紫芋,遠插墻四周。且放幽蘭香,莫争霜菊秋。窮冬出甕盎,磊落勝農疇。淇上白玉延,(**淇上出山藥,一名玉延。**)能復過此不。一飽忘故山,不思馬少游。(**潘奕雋眉**)此稍意言俱盡,然尚不失古音。(**紀昀眉**)意言稍盡,然不失古雅。(**何紹基乙眉**)忘者不忘也。

【彙評】

樊潛庵:並前《和戴主簿》之作,於極凄慘中摇曳而出,無憤懣語,公真能處約者矣。唐詩"歌蟋蟀"亦是此意。

與殷晉安别(送昌化軍使張中罷官赴闕)

(**潘奕雋眉**)語未超拔。(**紀昀眉**)情真而語未超拔。

孤生知永棄,末路嗟長勤。久安儋耳陋,日與雕題親。海國此奇士,官居我東鄰。卯酒無虚日,(**張廷濟眉**)夘,丣,所謂開於卯也,丣是酉字,閉於酉也。夜棋有達晨。小甕多自釀,一瓢時見分。(**蕭奇中夾**)俱好。仍將對床夢,伴我五更春。暫聚水上萍,忽散風中雲。恐無再見日，笑談來生因。空吟清詩送，不救歸裝貧。（**蕭奇中夾**）一笑。（**温汝能評**）末數語別意拳拳，讀之真令人惻然淚下！

【彙評】

查慎行丙：此詩和陶《與殷晉安別》韻。張中生平不詳。特以先生故，罷官，甚至斥死，其人可知矣。宜送行詩至再至三，惓惓不釋也。

和王撫軍座送客（再送張中）

（**張岱評**）古來處困，獨彭澤一人，東坡記桄榔，子厚賦囚山，語雖曠達，終帶牢騷。（**紀昀夾**）此首真至。

胸中有佳處，海瘴不能腓。（**紀昀眉**）"腓"原作病字解，然以代病字則不可。三年無所愧，（**蕭奇中夾**）是官。十口今同歸。汝去莫相憐，我生本無依。（**蕭奇中夾**）因汝感我。相從大塊中，幾合幾分違。莫作往來相，而生愛見悲。（**蕭奇中夾**）佛矣。悠悠含山日，炯炯留清暉。懸知冬夜長，不恨晨光遲。夢中無與別，作詩記忘遺。

和答龐參軍（三送張中）

（**紀昀夾**）此首淺近。

留燈坐達曉，要與影晤言。（**蕭奇中夾**）妙。下帷對古人，何暇復窺園。使君本學武，少誦十三篇。頗能口擊賊，戈戟亦森然。才智誰不如，功名嘆無緣。獨來向我説，憤懣當奚宣。一見勝百聞，往鏖皋蘭山。白衣挾三矢，趁此征遼年。（**蕭奇中夾**）努力。

【彙評】

樊潛庵：軍使罷官，公亦放逐。三詩於憤懣中，忽作曠達語。張中蓋亦武人之不俗者乎？宜其於公之去，爲建祠勒碑，拳拳勿置也。

形贈影

（**紀昀夾**）此首多陶意。

天地有常運，日月無閑時。孰居無事中，作止推行之。細察我與汝，相因以成兹。（**杭世駿眉**）造語樸至。忽然乘物化，豈與生滅期。夢時我方寂，偃然無所思。胡爲有哀樂，輒復隨漣洏。（《**角山樓**》**評**）“漣洏”句承“哀”字説。我舞汝凌亂，相應不少疑。（《**角山樓**》**評**）“我舞”一聯承“樂”字説。還將醉時語，答我夢中辭。（**紀昀眉**）本是理題，不妨作理語，言固各有當也。（《**角山樓**》**評**）結聯言同在醉中，不妨我贈而汝答也。

影答形

（**潘奕雋夾**）此首本色居多。（**紀昀眉**）此首多本色。

丹青寫君容，常恐畫師拙。我依月燈出，相肖兩奇絶。妍媸本在君，我豈相媚悦。（**蕭奇中夾**）影有品。君如火上煙，火盡君乃别。我如鏡中像，鏡壞我不滅。（**蕭奇中夾**）妙矣。（**蕭奇中眉**）"不滅"當有真我，非影也。（**何紹基乙眉**）影乃得勝，理自如此。雖云附陰晴，了不受寒熱。無心但因物，萬變豈有竭。（**查慎行評**）理本漆園。醉醒皆夢爾，未用議優劣。

【彙評】

温汝能：紫陽朱氏云："作詩須從陶、柳門中來乃佳，不如是，無以發蕭散冲淡之趣，不免於局促塵埃，無由到古人佳處。"又曰："淵明詩平淡出於自然；後任學他平淡，相去遠矣！"公兩詩（按：指本詩和上首《形贈影》）脱盡塵埃，何等蕭散冲淡！何等自然！非深於學陶者，那得有如此氣味？

神　釋

（**張岱評**）語尚粘滯。（**紀昀眉**）此首不佳，嫌有頹唐之氣。（**何紹基乙眉**）平實乃爾。

二子本無我，其初因物著。豈惟老變衰，念念不如故。知君非金石，安足長托附。（**蕭奇中夾**）妙。莫從老君言，亦莫用佛語。仙山與佛國，終恐無是處。甚欲隨陶翁，移家酒中住。（**蕭奇中夾**）妙。（**蕭奇中眉**）趣而快。醉醒要有盡，未易逃諸數。平生逐兒戲，處處餘作具。（**蕭奇中夾**）自道。所至人聚觀，指目生毁譽。如今一弄火，（**紀昀眉**）太粗野。好惡都焚去。既無負載勞，又無寇攘懼。（**蕭奇中夾**）名言。仲尼晚乃覺，天下何思慮。

【彙評】

温汝能：三詩所作年月未確，樊本《海外集》不載。今據查氏編次，當是紹聖丙子合丁丑四月以前,作於惠州。

怨詩楚調示龐主簿鄧治中

當歡有餘樂,在戚亦頹然。(**潘奕雋眉**)晉《庾敳傳》:“頽然而醉。”(**何焯眉**)醉貌宛然。淵明得此理,安處故有年。嗟我與先生,所賦良奇偏。人間少宜適,惟有歸耘田。我昔墮軒冕,毫釐真市廛。困來卧重裀,憂愧自不眠。如今破茅屋,一夕或三遷。風雨睡不知,(**蕭奇中夾**)妙境。黄葉滿枕前。寧當出怨句,慘慘如孤煙。(**蕭奇中眉**)“如”得妙。但恨不早悟,猶推淵明賢。(**蕭奇中夾**)坡公自愧處。(**潘奕雋夾**)“韓詩每蒙怨”句刺棄遺。注:前五字似被點掉。不明待考。

【彙評】

樊潛庵:張爾公云:“二蘇晚更憂患,雅欲師範淵明,致有和陶之作。劉後村猶多不滿。後世以烏紗榮其白髮,到老不休,日夜爲妻子富貴計,置淵明先生敝簏中,不一晤對者,此其爲人賢不肖又何如哉! 若二蘇者,可謂曠然者矣。”愚謂爾公目空千載,從於古人中不少假貸,至此,氣爲之一平,公之賢寧以詩耶?

九日閑居(並引)

(**紀昀眉**)東坡慣押單字姓名,不宜效之。

明日重九,雨甚,展轉不能寐。起坐索酒,(**蕭奇中夾**)好。和淵明一篇,醉熟昏然,殆不能佳也。

九日獨何日,欣然愜平生。四時靡不佳,樂此古所名。(**蕭奇中夾**)名累。龍山憶孟子,栗里懷淵明。鮮鮮霜菊豔,溜溜糟床聲。閑居知令節,(**何紹基乙眉**)"閑居知令節",好體認。(**《角山樓》評**)静中體驗語。樂事滿餘齡。登高望雲海,(**查慎行丙評**)詩中有"登高望雲海"之句,故知此詩爲海外作。今從和陶卷中分編。醉覺玉山傾。長歌振履商,起舞帶索榮。坎軻識天意,淹留見人情。(**樊潛庵評**)"長歌振履商,起舞帶索榮",謂商瞿、榮啓期也。……公詩援此,直處常變於泡影夢幻,雖渡海下獄庸何傷?且曰:"坎軻識天意,淹留見人情。"純是達者語。其胸中浩浩落落,絶無一發牽强。患得患失者能之乎?但願飽秔稌,年年樂秋成。(**紀昀眉**)收得和平滿足。

【彙評】

《**角山樓**》:語絶淡,亦絶類陶。

和移居二首

(**譚元春評**)公謫居,乃亦好修作耶?快士性固然,不可改也。

余去歲三月,自水東嘉祐寺遷居合江樓,迨今一年,多病寡歡,頗懷水東之樂也。(**蕭奇中眉**)亦未免此。得歸善縣後隙地數畝,父老云古白鶴觀也,意欣然,欲居之,乃和此詩。

昔我初來時,水東有幽宅。晨與烏鵲朝,暮與牛羊夕。(**《角山樓》評**)語煉而净。誰令遷近市,日有造請役。歌呼雜閭巷,鼓角鳴枕席。出門無所詣,樂事非宿昔。病瘦獨彌年,束薪與誰析。

洄潭轉碕岸,我作江郊詩。今爲一廛氓,此地乃得之。葺爲無邪齋,思我無所思。古觀廢已久,白鶴歸何時。我豈丁令威,千歲復還兹。江山朝福地,古人不吾欺。(**紀昀眉**)綰合有致,此是東坡本色。

歲暮作和張常侍

十二月二十五日酒盡,取米欲釀,米亦竭。時吴遠游、陸道士客於余,因讀淵明《歲暮和張常侍》詩,亦以無酒爲嘆,乃用其韻贈二子。

我生有天禄,玄膺流玉泉。何事陶彭澤,乏酒每形言。(**紀昀夾**)句拙而稚。仙人與道士,自養豈在繁。但使荆棘除,不憂梨棗愆。(**蕭奇中夾**)養生訣。(**紀昀夾**)句不妥。我年六十一,頹景薄西山。歲暮似有得,稍覺散亡還。有如千丈松,常苦弱蔓纏。養我歲寒枝,會有解脱年。米盡初不知,(**何焯夾**)接得無力,蓋牽於韻脚故也。但怪飢鼠遷。(**蕭奇中夾**)静矣。二子真我客,不醉亦陶然。(**蕭奇中夾**)妙得陶情。(**紀昀眉**)後半自好。

【彙評】

樊潛庵:歲暮缺酒,事極可嘆,此淵明所以有"履運增慨然"之詠也。公兼有佳客,反不作悲楚語,豈愁極强爲歡者乎?

和郭主簿二首(並引)

(**杭世駿眉**)老泉編《嘉祐集》,詩不收拾,坡、潁游宦不歸,而有韻之言皆散失無傳。坡集中略見一二,皆精悍無懦響,雖言充片羽,亦足寶貴。

清明日聞過誦書，聲節閑美，感念少時，悵然追懷先君宫師之遺意，且念淮、德二幼孫。無以自遣，乃和淵明二篇，隨意所寓，無復倫次也。(**錢廷錦甲眉**)東坡之和陶，全是隨意寓興，非如文通之雜，擬一言必求其神似者也。(**蕭奇中眉**)予夜聞兒輩讀書，有詩云："燈花嘆我老無成，閉眼書圍坐幾更。試聽賞心非養耳，回思發憤已亡情。"只四語，感念殆止坡公乎？得其同。

今日復何日，高槐布初陰。良辰非虚名，清和盈我襟。孺子卷書坐，誦詩如鼓琴。却念四十年，玉顏如汝今。閉户未嘗出，出爲鄰里欽。家世事酌古，百史手自斟。當年二老人，喜我作此音。淮、德入我夢，角羈未勝簪。孺子笑問我，君何念之深。(**查慎行評**)"君"當作"若"。(**潘奕雋眉**)真之至乃詩之至。

雀鷇含淳音，竹萌抱静節。(**蕭奇中夾**)清勁。(**此兩句先君少時詩，失其全首。**)誦我先君詩，肝肺爲澄澈。猶爲鳴鶴和，未作獲麟絶。願因騎鯨李，追此御風列。丈夫貴出世，功名豈人傑。(**蕭奇中夾**)眼高千丈。家書三萬卷，獨取《服食訣》。地行即空飛，何必挾日月。(**張岱評**)味同嚼蠟，奈何奈何！(**蕭奇中夾**)可到。

【彙評】

查慎行丙：先生所用，正是修煉家語。施氏原注引《莊子》"昭昭乎如揭日月而行"，與詩意不合。

樊潛庵：二詩撫今追昔，似喜似憂，深有不即不離之致。較淵明《責子詩》，猶覺不能擺脱也。再按淵明集中，《命子》之後，復有《責子》；而公和陶，無此兩作，非遺之也。公幼子過，萬里侍行，顛沛流離中，猶不廢學，尚可責之乎？此天性之不忍作也。又公三子六孫，皆以能文章名於世。假公以師陶故，亦盡和之，是以賢子孫作詩料矣，公豈爲之哉？益以見古人作詩，必不虚設。世之讀詩、作詩，求多誇豔者，亦可以知返矣。

温汝能:先生三子,過尤有父風。儋耳爲極邊煙瘴之地。觀其負擔從行,艱難萬狀,而能曲體親心,力學不倦,非其中有定見,外物不移者,能若是乎?要惟以詩書世其家者,乃能不墜厥聲也。篇中"家世事酌古,百史手自斟"二句,更宜熟玩。人惟於古史酌之、斟之,則書味深醇,義理昭著,異日希聖希賢,皆基於此。視末篇出世服食,擬作飛仙,未免蹈空,反覺無着。

和示周掾祖謝(游城東學舍作)

聞有古學舍,竊懷淵明欣。攝衣造兩塾,窺户無一人。邦風方杞夷,廟貌猶殷因。先生饌已缺,弟子散莫臻。忍飢坐談道,嗟我亦晚聞。(**蕭奇中夾**)好先生。永言百世祀,未補平生勤。(**樊潛庵評**)"永言"二句,自負語也。蓋公當日清忠亮節,希聖希賢,煞有定見,乃能衝口道出,其得祀於海外,豈偶然哉?今此復何國,豈與陳蔡鄰。永愧虞仲翔,弦歌滄海濱。(**紀昀眉**)此題殊難作,收語如此結法,遂令諷刺化爲忠厚。

和答龐參軍六首

(**紀昀眉**)六章雖作四言,而皆有古意,不同他四言之不今不古,當有藍本在前之故。(**王文誥旁**)其説非是。此六章全用單行法,雖有陶之面目,却非陶之氣骨。陶命意雖極高遠,行筆無此受用,此蘇與陶之所以分也。(**樊潛庵評**)六詩情致纏綿,語語從血性中流出。公交誼之篤,淋漓滿紙,周循州得公詩而並傳矣。(**温汝能評**)尋常酬贈,那得如此篤摯!古交之不可及,其以此哉?

周循州彦質,在郡二年,書問無虚日,罷歸過惠,爲余留半月。既别,和此詩送之。

我見異人,且得異書。(**譚元春評**)“我見異人”二句,用此事不典。挾書從人,何適不娛。羅浮之趾,卜我新居。而非玄德,三顧我廬。(**張岱評**)俗境。(**樊潛庵評**)異人異書,勝地良友,真屬人生不可多得之事。

旨酒荔蕉,絶甘分珍。雖云晚接,數面自親。(**紀昀眉**)二句真語入情。(**王文誥夾**)此二句活畫出彦質是君子身分,或恐人不盡知,故下以“豈云無人”句叫醒也。(**樊潛庵評**)“雖云”二句,曲盡情致。海隅一笑,豈云無人。無酒酤我,或乞其鄰。(**蕭奇中夾**)敦。

【彙評】

《**角山樓**》:得陶之淡。

將行復止,(**王文誥夾**)此句接得高曠,他人筆力之所不到,故合上下句讀之,有“三嘆欲絶”之妙。眷言孜孜。苟有於中,傾倒出之。(**譚元春評**)“將行復止”四句,朋友真境快事,無心寫出。奕奕千言,粲焉陳詩。觴行筆落,了不容思。(**樊潛庵評**)“興酣落筆摇五嶽”,豈有意作詩者乎?“不容思”三字,寫得肯綮。惟解人可以語此。(**翁同書旁**)《禮記》“命酌”曰“請行觴”。

丱妙侍側,(**翁同書旁**)[查注]“丱妙”即指前章臨行所出小鬟也。兩髦丫分。(**翁同書眉**)《廣韻》“丫”象物開之形。歌舞壽我,永爲歡欣。曲終凄然,(**蕭奇中夾**)有此。仰視浮雲。此曲此聲,何時復聞。(**蕭奇中眉**)情之所鍾,正在我輩。(**温汝能評**)此章後四句,更覺勝事難再,感慨繫之。

【彙評】

《**角山樓**》:樂往哀來,悄焉傷懷,昔賢每有此境。

擊鼓其鏜,船開艫鳴。顧我而言,雨泣載零。子卿白首,當還西京。(**蕭奇中夾**)皆顧言也。遼東萬里,亦歸管寧。(**蕭奇中旁**)不勝涕泣。(**王文誥夾**)此首不辨是情是景,是歌是哭,須看他盡斂淋漓痛快之氣,於有意無意中,信筆而揮也。此亦單行到底,尤詩家所難。

感子至意,托辭西風。吾生一塵,寓形空中。(**王文誥夾**)純乎化境,忽一轉而終以至誠之道,又妙在以質直出之也。願言謙亨,君子有終。功名在子,何異我躬。(**蕭奇中眉**)真古人,真丈夫。(**紀昀眉**)末二句朋友之誼、君子之言。(《**角山樓**》**評**)情至語,百讀不厭。

和連雨獨飲二首

吾謫海南,盡賣酒器以供衣食,獨有一荷葉杯工制美妙,留以自娱。乃和淵明《連雨獨飲》。

平生我與我,(**何焯眉**)"我與我"三字直貫"顧影"句。舉意輒相然。豈止磁石針,雖合猶有間。此外一子由,(**蕭奇中夾**)妙。出處同偏仙。(**蕭奇中眉**)"杯外一子由",子由飲杯耶?李白之月影三人耶?(**潘奕雋眉**)插得極平而極奇。(**紀昀眉**)插入子由,極平而極奇。晚景最可惜,分飛海南天。糾纏(**一作蹥**)不吾欺,寧此憂患先。(**紀昀夾**)二句未詳。顧影一杯酒,誰謂無往還。寄語海北人,今日爲何年。醉裏有獨覺,夢中無雜言。(**温汝能評**)末二語意味深長,非素味而行,不能道也。

阿堵不解醉,誰歟此頹然。誤入無功鄉,掉臂嵇阮間。飲中八仙人,與我俱得仙。淵明豈知道,醉語忽談天。偶見此物真,(**蕭奇中夾**)酒也。遂超天地先。醉醒可還酒,(**蕭奇中眉**)"可還酒",亦幾九還矣,此等語迅筆疾,自成妙詮。此覺無所還。(**蕭奇中夾**)妙。清風洗徂暑,連雨催豐年。床頭伯雅君,此子可與言。(**蕭奇中旁**)子謂杯也。(**潘奕雋眉**)繳題完密。(**紀昀眉**)繳還本位,完密。

【彙評】

樊潛庵:二詩了不容思,蓋其落筆時心曠神怡,無半點塵埃故也。真可與五柳先生頡頏。

温汝能:查氏編次二詩,作於己卯。是歲正逐出官舍,無可容身之際,而安心之若素,了無罣礙。上觀千古,真惟有一淵明,還堪與語。

和贈羊長史(並引)

得鄭嘉會靖老書,欲於海舶載書千餘卷見借。因讀淵明《贈羊長史》詩云:"愚生三季後,慨然念黄虞。得知千載事,上賴古人書。"次其韻以謝鄭君。

我非皇甫謐,門人如摯虞。不持兩鴟酒,肯借一車書。(**紀昀眉**)三、四太易。欲令海外士,觀經似鴻都。結髮事文史,俯仰六十踰。老馬不耐放,長鳴思服輿。(**蕭奇中眉**)我亦云勝。故知根塵在,未免病藥俱。念君千里足,歷塊猶踟躕。好學真伯業,比肩可相如。此書久已熟,救我今荒蕪。(**蕭奇中眉**)"熟"字起"荒蕪",作詩細驗。顧慚桑榆迫,豈厭詩酒娱。奏賦病未能,草玄老更疏。猶當距楊墨,稍欲懲荆舒。(**嚴虞惇眉**)指荆公也。(**紀昀眉)結指半山。

【彙評】

樊潛庵:三聯及末聯,蓋欲海南人士靡然向學,而又必規規於正。不獨黎子雲、姜公弼輩得公獎進之益,其有功海外萬世,非淺鮮也!

和乞食

(**紀昀眉**)此無佳處。

莊周昔貸粟,猶欲舂脱之。魯公亦乞米,炊煮尚不辭。淵明端乞食,亦不避嗟來。(**蕭奇中夾**)大雅。嗚呼天下士,死生寄一杯。斗水何所直,遠汲苦姜詩。幸有餘薪米,養此老不才。至味久不壞,可爲子孫貽。

【彙評】

樊潛庵:考公昔評此詩云:"淵明得一食,至欲以冥謝主人,哀哉!哀哉! 此大類丐者口頰也。非獨余哀之,舉世莫不哀之也。飢寒常在身前,功名常在身後,二者不相待,此士之所以窮也。"○"孔子不取微生高,孟子不取於陵仲子,惡其不情也。陶淵明欲仕則仕,不以求之爲嫌;欲隱則隱,不以去之爲高。飢則扣門而乞食,飽則雞黍以迎賓。古今賢之,貴在其真也。"觀此,公蓋拳拳於五柳而和之,故其詩曰:"淵明端乞食,亦不避嗟來。"正與張爾公"黔婁不受嗟來,淵明却詠乞食:兩人高致,情同采薇"之意合。何爾公謂公讀書慧眼,至淵明《乞食》詩"冥報以相貽"句,亦云"大類丐者頰",是淺窺淵明矣。嗟嗟! 毋亦責之太甚乎?

温汝能:東坡謫居海南,盡賣酒器,以供衣食,酒盡米竭,時見於歌。

至僦官舍數掾，復遭迫逐，無地可居，偃息於桄榔林中，摘葉書銘，以記其處。此元符己卯間事也。是詩之作，應在此時。迹其遷謫景況，蓋比淵明窮困爲甚；而處之泰然，嘯詠自得，則又千載一轍。《論語》云："君子固窮。"於斯可見。

和胡西曹示顧賊曹

長春如稚女，**（何紹基甲眉）**"長春"蓋花名。**（莫友芝甲眉）**"長春"，一名月季，即俗所謂"月月紅"是也。飄颻倚輕颸。卯酒暈玉頰，紅綃卷生衣。低顔香自斂，含睇意頗微。**（蕭奇中夾）**不俗女。寧當娣黄菊，未肯姒戎葵。**（紀昀夾）**"娣""姒"字是東坡用字法也。**（莫友芝甲眉）**《爾雅篇》"戎葵"注：今"蜀葵"也。誰言此弱質，閲歲觀盛衰。頩然疑薄怒，沃盥未可揮。瘴雨吹蠻風，凋零豈容遲。老人不解飲，短句餘清悲。**（紀昀眉）**結得凄婉。

和游斜川正月五日與兒子過出游作

（張岱評）押韻而已，意味亦俗。**（紀昀眉）**有自然之樂，形神俱似陶公。

謫居澹無事，何異老且休。雖過靖節年，未失斜川游。**（紀昀夾）**綰合"正月五日"好。春江渌未波，人卧船自流。**（蕭奇中夾）**妙。**（《角山樓》評）**"春江"十字，天然妙語。我本無所適，泛泛隨鳴鷗。中流遇洑洄，捨舟步層丘。**（翁同書夾）**陶原作有"緬然睇曾丘"之句。有口可與飲，何必逢我儔。過子詩似翁，我唱兒輒酬。未知陶彭澤，頗有此樂不。**（紀昀夾）**回顧三、四句，密。問點爾何如，不與聖同憂。問翁何所笑，不爲由與求。(**蕭奇中夾**)妙論灑珠。

【彙評】

樊潛庵：有此令嗣，雖萬里投荒，終强人意。未知陶彭澤頗有此樂不？真喜極之語，不覺信手拈出，非有意問淵明也。

温汝能：查氏編次，此詩是元符元年戊寅在儋耳作。考《斜川集》有次韻詩，今不載。起語著一“澹”字，便覺高遠，氣味逼真淵明。以遷謫之況，而得澹然無事，可謂樂天知命，隨遇而安。東坡之胸次，過人遠矣！

和己酉歲九月九日(並引)(張岱評)意味索然。

十月初吉菊始開，乃與客作重九，(**蕭奇中夾**)高興。因次韻淵明《己酉歲九月九日》一首。胡廣飲菊潭水而壽，然《李固傳贊》云：其視胡廣趙戒，猶糞土也。

今日我重九，誰謂秋冬交。黄花與我期，草中實後凋。(**紀昀眉**)自負語。香餘白露乾，色映青松高。悵望南陽野，古潭霏慶霄。(**紀昀夾**)“霄”字押得稍强。伯始真糞土，平生夏畦勞。飲此亦何益，内熱中自焦。持我萬家春，一酬五柳陶。夕英幸可掇，繼此木蘭朝。(**蕭奇中旁**)“朝”字妙押。(**紀昀眉**)借題抒憤，然用古語詠古人，故無痕迹。

【彙評】

樊潛庵：《九日》詩不落窠臼，惟五柳先生。有公和詩，五柳似不得獨擅其長矣。

温汝能：先生此詩，想亦有爲而言。不然，因菊酒而痛罵伯始，何謂也？樊評"不落窠臼",似猶未窺深際。

和癸卯歲始春懷古田舍(並引)

儋人黎子雲兄弟,居城東南,躬農圃之勞。偶與軍使張中同訪之,居臨大池,水木幽茂,坐客欲爲醵錢作屋,余亦欣然許之。名其屋曰載酒堂,用淵明《始春懷古田舍》韻,作二首。(**樊潛庵評**)黎子雲兄弟,公至,爲醵錢作屋,且欲結鄰,其賢可知。一結,深有老死遐荒之嘆。公破涕成笑,人多不覺讀過耳。

退居有成言,垂老竟未踐。(**蕭奇中夾**)往往。何曾淵明歸,屢作敬通免。休閑等一味,妄想生愧靦。(**淵明本用緬字,今聊取其同音字。**)聊將自知明,稍積在家善。城東兩黎子,室邇人自遠。呼我釣其池,人魚兩忘返。(**蕭奇中夾**)兩得妙。使君亦命駕,恨子林塘淺。(**蕭奇中夾**)止得永。

茅茨破不補,嗟子乃爾貧。菜肥人愈瘦,宅閑井常勤。(**蕭奇中夾**)清絶。(**何紹基乙眉**)妙語。我欲致薄少,解衣勸坐人。臨池作虚堂,雨急瓦聲新。(**蕭奇中夾**)妙狀。客來有美載,果熟多幽欣。丹荔破玉膚,黄柑溢芳津。借我三畝地,結茅爲子鄰。鴂舌倘可學,化爲黎母民。(**潘奕雋夾**)《九域志》:"儋州有黎母山水。"

和飲酒二十首

(**紀昀眉**)斂才就陶,而時時亦自露本色,正如褚摹《蘭亭》,頗參己法,正是其善摹處。明七子之摹古,不過雙鈎填廓耳。

吾飲酒至少,常以把杯爲樂。(**蕭奇中夾**)愜陶。往往頹然坐睡,人見其醉,而吾中了然,蓋莫能名其爲醉爲醒也。(**蕭奇中夾**)可見其得。在揚州時,飲酒過午輒罷,客去,解衣盤礴,終日歡不足而適有餘。因和淵明《飲酒》二十首,庶以仿佛其不可名者,示舍弟子由、晁無咎學士。(**陳天定評**)是醉?是醒?

我生不如陶,(**蕭奇中眉**)呼之曰"生"。(**潘奕雋眉**)從小字下聯,"生"字方有根。附施注云:"作'我不如陶生'。"世事纏綿之。(**潘奕雋夾**)反振。(**何紹基乙眉**)此語吾不信。云何得一適,亦有如生時。(**潘奕雋夾**)入題。(**紀昀眉**)首句於義應作"我生不如陶",然四句乃有"生"字,則固稱爲陶生矣,未免生造。寸田無荆棘,佳處正在兹。(**錢廷錦甲眉**)難。縱心與事往,所遇無復疑。(**《角山樓》評**)二語似陶。偶得酒中趣,空杯亦常持。(**張岱評**)是效顰《五弦琴》。(**紀昀眉**)此首純乎陶意。(**紀昀評**)一拍便住,恰是第一首。(**樊潛庵評**)淵明詩借題寫意,非真飲酒也。公結云此,深得原唱本意。(**温汝能評**)末二語深得酒中之趣,非淵明不能道;東坡却能道出,此其所以爲千載神交乎?

二豪詆醉客,氣湧胸中山。(**王文誥夾**)五字兀突之甚。灌然忽冰釋,亦復在一言。啬氣實其腹,云當享長年。少飲得徑醉,此秘君勿傳。(**紀昀眉**)此不似陶,亦不見本色,殊無可取。

道喪士失己,出語輒不情。江左風流人,醉中亦求名。(**何紹基乙眉**)真可慨。(**何焯眉**)仍是此老本色。淵明獨清真,(**潘奕雋眉**)"清真"二字,定評。談笑得此生。(**蕭奇中眉**)未易得。身如受風竹,掩冉衆葉驚。俯仰各有態,得酒詩自成。(**紀昀眉**)参以本色,未嘗不佳。(**温汝能評**)得酒詩成,古今豪曠者多解此趣,但不如淵明之解脱,不爲物累,尤得其真耳。末六句冲淡自然,酷似陶作。非公詩固不能爲淵明寫出真面目也。

蠢蠕食葉蟲,仰空慕高飛。一朝傳兩翅,乃得粘網悲。(**蕭奇中夾**)翅之黑止矣,慕之病成矣。啁啾厭巢雀,沮澤疑可依。赴水生兩殼,遭閉何時歸。(**蕭奇中夾**)一笑。二蟲竟誰是,一笑百念衰。幸此未化間,有酒君莫違。(**錢廷錦乙眉**)妙甚。(**紀昀眉**)結二句形神俱似。○托興深妙,而氣息亦復近古。(**蕭奇中眉**)談至此志口之空空。(**譚元春評**)奇放,而細説二蟲,不可忽人。"有酒君莫違",意在此興之外。(《**角山樓**》**評**)愜心語,得陶之髓。

小舟真一葉,下有暗浪喧。夜棹醉中發,不知枕几偏。天明問前路,已度千重山。(**王文誥夾**)以上六句比也。下四句清出本意。(**温汝能評**)"夜棹"四語,恰是醒後自然流出,所謂真得醉中趣者。嗟我亦何爲,此道常往還。未來寧早計,既往復何言。(**紀昀眉**)委心任運之意。

百年六十化,念念竟非是。(**王文誥夾**)此即推明今是昨非之意。是身如虚空,誰受譽與毁。得酒未舉杯,喪我固忘爾。倒床自甘寢,不擇菅與綺。(**紀昀眉**)亦是本色居多。

頃者大雪年,海波翻玉英。(**張岱評**)五字雪詩,最惡道。(**紀昀夾**)次句不佳。有士常痛飲,飢寒見真情。床頭有敗榼,孤坐時一傾。未能平體粟,(**紀昀夾**)句太不似。且復澆腸鳴。脱衣裹凍酒,每醉念此生。(**譚元春評**)"脱衣裹凍酒"二句,與酒真是有情,如故人解衣。(**樊潛庵評**)公論此篇云:"靖節以無事爲得此生,則見役於物者,非失此生耶?"觀公此結,其不見役於物,審矣。

我坐華堂上,不改麋鹿姿。(**王文誥夾**)陶句無此華,亦無此野。妙甚。時來蜀岡頭,喜見霜松枝。心知百尺底,已結千歲奇。煌煌凌霄花,纏繞復何爲。(**王文誥夾**)公倅杭時,已有"市人拍手笑,狀如失林麞"之句。此章詩旨,謂不久還山,决意不復更入,群小無須相猜也。曉嵐謂"比吏事之煩"者,誤。舉觴酹其根,無事莫相羈。(**蕭奇中眉**)安得無事時。(**紀昀眉**)比吏事之煩也。(**紀昀眉**)氣骨渾成,意思則森森芒角。(**錢廷錦甲眉**)予性最惡藤纏。(**何紹基乙眉**)"無事"者,何事也?(**張岱評**)喻言最妙。(《**角山樓**》**評**)辭近旨遠,得陶氣息。

芙蓉在秋水,時節自闔開。清風亦何意,入我芝蘭懷。(**紀昀夾**)"芝蘭"二字夾雜。一隨采折去,永與江湖乖。斷絲不復續,斗水何足棲。(**紀昀夾**)瓶中水也。不如玉井蓮,結根天池泥。感此每自慰,吾事幸不諧。醉中有歸路,(**蕭奇中眉**)認得歸路者,吾許與見來語。了了初不迷。(**温汝能評**)酒中自有歸路,特人自迷耳。二語蘊蓄不盡,真有無限深意。然非悟道人,不能"知歸",不能"了了",不能"不迷"。惟淵明與先生能解此意,亦惟淵明與先生能道此語。乘流且復逝,抵曲吾當回。(**紀昀眉**)刻意效古,而結處仍露本色。

籃輿兀醉守,路轉古城隅。酒力如過雨,清風消半途。(**蕭奇中夾**)妙。前山正可數,(**蕭奇中夾**)耐。後騎且勿驅。(**蕭奇中夾**)看。(**查慎行評**)《庚溪詩話》:"韓退之《和裴晉公》詩云:'秋臺風日迥,正好看前山。'東坡《和陶》云:'前山正可數,後騎且勿驅。'語雖不同,而寄情物外,夷曠悠游之意則一也。"(**温汝能評**)"前山"二句固佳,然無上二句不足以寫斯景之妙。四語置陶集中,真無以辨。我緣在東南,往寄白髮餘。遥知萬松嶺,下有三畝居。(**紀昀眉**)此頗枯淺。(**王文誥夾**)此與"小舟真一葉"一首同意。

民勞吏無德,(**蕭奇中夾**)駡得直。歲美天有道。(**蕭奇中夾**)贊得正。(**潘奕雋夾**)此聯精妙,得之三百篇,陶生所不能到。暑雨避麥秋,温風送蠶老。(**紀昀夾**)五字警。三咽初有聞,(**紀昀夾**)句未詳其義。一溉未濡槁。詔書寬積欠,父老顏色好。(**蕭奇中夾**)仁人言。再拜賀吾君，獲此不貪寶。頹然笑阮籍，醉几書謝表。（**蕭奇中夾**）生出來。（**譚元春評**）"頹然笑阮籍"二句，忽然從飲酒中看出步兵破綻，實作阮籍詩，便不能如此。（**温汝能評**）觀其忠君愛民之心，藹然溢出於言表，雖古之大臣，亦無以過也。

我夢入小學，自謂總角時。不謂有白髮，猶誦《論語》辭。人間本兒戲，顛倒略似兹。惟有醉時真，空洞了無疑。墜車終無傷，莊叟不吾欺。呼兒具紙筆，醉語輒録之。（**蕭奇中眉**）亦復爲醉縛。（**紀昀眉**）此全是本色。（**王文誥夾**）一結入化，並忘其爲作詩矣。

醉中雖可樂，猶是生滅境。云何得此身，不醉亦不醒。癡如景升牛，莫保尻與領。點如東郭㕙，束縛作毛穎。乃知嵇叔夜，非坐虎文炳。（**紀昀眉**）參以禪悦，全然本色，興之所至，忽合忽離，非有意於似，亦非有意於不似。（**樊潛庵評**）即淵明"擺落悠悠談，請從余所之"之意。靖節高風千古，惟公能嗣響耳。

我家小馮君，天性頗純至。清坐不飲酒，而能容我醉。（**蕭奇中夾**）子由乃高許。歸休要相依，謝病當以次。豈知山林士，骯髒乃爾貴。乞身當念早，過是恐少味。（**張岱評**）凡説子由，津津不置，古今友愛至誼，自以眉山第一。（**蕭奇中旁**）於醉中得之。（**紀昀眉**）陶意多於本色。（《**角山樓**》**評**）真率語，却自長。

去鄉三十年，風雨荒舊宅。惟存一束書，寄食無定迹。每用愧淵明，尚取禾三百。頎然六男子，（**翁同書旁**）子瞻三子：邁、迨、過；子由三子：遲、适、遠。粗可傳清白。於吾豈不多，何事復嘆息。（**蕭奇中夾**）知分。（**紀昀眉**）亦陶意居多。（**翁同書眉**）淵明原詩末句"素抱深"，可惜此押"息"字，似誤。

嘵嘵六男子，弦誦各一經。復生五丈夫，戢戢丁欲成。歸田了門户，與國充踐更。普兒初學語，玉骨開天庭。淮老如鶴雛，破殼已能鳴。舉酒屬千里，一歡愧凡情。（**紀昀眉**）亦似陶。

淮海雖故楚，無復輕揚風。齋厨聖賢雜，無事時一中。（**蕭奇中夾**）亦渴醪，有妙理之意。誰言大道遠，正賴三杯通。使君不夕坐，（**蕭奇中夾**）妙。衙門散刀弓。（**紀昀眉**）此殊不佳。（**翁同書旁**）"夕坐"猶言"晚衙"。

何人築東臺，一郡坐可得。亭亭古浮圖，獨立表衆惑。（**蕭奇中眉**）恐以酒惑，雖然，惑者惑，不惑者不惑。（**何焯眉**）"惑"字妙。蕪城閲興廢，雷塘幾開塞。明年起華堂，置酒吊亡國。（**蕭奇中夾**）快。無令竹西路，歌吹久寂默。（**紀昀眉**）亦少味。（**錢廷錦乙旁**）在揚州時。（**譚元春評**）今日浴佛禮塔，長於報恩，燈光炯炯，如千萬天眼向人，正無一語贊嘆之，得"獨立表衆惑"，不覺寂然神氣。

晁子天麒麟，結交及未仕。高才固難及，雅志或類己。各懷伯業能，共有丘明耻。歌呼時就君，指我醉鄉裏。吴公門下客，賈誼獨見紀。請作《鵩鳥賦》，我亦得坎止。行樂當及時，緑髮不可恃。（**紀昀眉**）陶意居多。

蓋公偶談道，齊相獨適真。頽然不事事，客至先飲醇。當時劉項罷，四海創痍新。三杯洗戰國，一斗銷强秦。（**紀昀夾**）二句殊傷大雅。寂寥千載後，陽公嗣前塵。醉卧客懷中，言笑徒多勤。（**紀昀夾**）句亦不自然。（**何紹基乙眉**）直論飲酒耳，乃綱羅妙諦乃爾。我時閲舊史，獨與三人親。未暇餐脱粟，苦心學平津。草書亦何用，醉墨淋衣巾。一揮三十幅，持去聽坐人。（**張岱評**）意味都盡。

【彙評】

查慎行：按元裕之《跋東坡飲酒詩後》云："東坡《和陶》，氣象只是東坡,如云:'三杯洗戰國,一斗銷强秦。'淵明决不能辦此。獨恨'空杯亦嘗持'之句,與論無弦琴者自相矛盾。別一詩云:'二子真我客,不醉亦陶然。'此爲佳耳。"

樊潛庵:昔張爾公有云:"先生之以《飲酒》命名也,欲以掩千萬世後人眼目。所幸英慧男子,得契意表,不死章句下爾。惜乎東坡知其趣,不會其理,和陶有作,止知自寓高致,而先生傳道傳心之旨,漸以剥蝕。"其尊崇五柳是矣,然於公詩,亦未盡體貼,如"酒中有歸路,了了初不迷","三杯洗戰國,一斗消强秦"諸句,謂公不會其理,可乎?愚非左袒於公也,獨怪操觚家往往一時筆致,輒盈廷聚訟,直將古人一概抹煞,故特挈而出之。

和止酒(並引)

丁丑歲,余謫海南,子由亦貶雷州。五月十一日相遇於藤,同行至雷。六月十一日相別,渡海。余時病痔呻吟,子由亦終夕不寐。因誦淵明詩,勸余止酒。乃和原韻,因以贈别,庶幾真止矣。

時來與物逝,路窮非我止。與子各意行,同落百蠻裏。(**紀昀眉**)説得和平。(**何紹基乙眉**)説得好不要緊。蕭然兩别駕,各攜一稚子。子室有孟光,(**蕭奇中夾**)占地步。我室惟法喜。相逢山谷間,一月同卧起。茫茫海南北,粗亦足生理。勸我師淵明,力薄且爲己。(**紀昀眉**)句中有多少事在。(**何焯眉**)有味其言。微痾坐杯酌,止酒則瘳矣。望道雖未濟,隱約見津涘。從今東坡室,不立杜康祀。(**蕭奇中夾**)妙。

和還舊居(夢歸惠州白鶴山居作)

痿人常念起,夫我豈忘歸。不敢夢故山,恐興墳墓悲。(張岱評)泫然此語,便勝彭澤。(蕭奇中夾)仁人君子。(張廷濟眉)沉痛。(紀昀眉)入手沉摯。(何紹基乙眉)凄然。(《角山樓》評)四語無限曲折,寫來只是一真。生世本暫寓,此身念念非。鵝城亦何有,偶拾鶴毳遺。窮魚守故沼,聚沫猶相依。大兒當門户,時節供丁推。夢與鄰翁言,憫然憐我衰。往來付造物,未用相招麾。

和始經曲阿

(紀昀眉)此未渾圓。

虞人非其招,欲往畏簡書。穆生責醴酒,先見我不如。江左古弱國,强臣擅天衢。淵明墮詩酒,(蕭奇中眉)"墮"字可怕。遂與功名疏。我生值良時,朱金義當紆。天命適如此,幸收廢棄餘。獨有愧此翁,(蕭奇中夾)又呼之曰"翁"。大名難久居。不思犧牛龜,兼取熊掌魚。北郊有大赉,南冠解囚拘。(翁同書眉)"北郊"句意謂新君即位,例當有郊祀恩赦耳。眷言羅浮下,白鶴返故廬。(杭世駿眉)此詩應是儋州量移時作。

【彙評】

樊潛庵:靖節高風逸致,空古今無兩人。公憂患中,心醉久矣。故和陶諸作,多自悔自責語。

和庚戌歲九月中於西田穫早稻

(何紹基乙眉)老圃語。(何焯眉)見道語。

小圃栽植漸成，取淵明詩有及草木蔬穀者五篇，次其韻。

蓬頭三獠奴，誰謂願且端。（**查慎行丙評**）杜甫有《示獠奴》詩，又有《課隸人伯夷、辛秀、信行等入山斬陰木》詩。又《信行遠修水筒》詩云：“於斯答恭敬，足以殊殿最。”此詩起二語正用此。晨興灑掃罷，飽食不自安。（**蕭奇中夾**）是佳人、忠臣、孝子之亞。願治此圃畦，少資主游觀。晝功不自覺，（**蕭奇中夾**）論恁。夜氣乃潛還。早韭欲争春，晚菘先破寒。人間無正味，美好出艱難。（**蕭眉**）豈獨圃之乎？吾不如。（**樊潛庵評**）十字體貼無限人情物理，真得道語也！公《和勸農》六章，純用此意。（**紀昀眉**）常語却極深至。早知農圃樂，豈有非意干。尚恨不持鉏，未免騂我顔。（**蕭奇中夾**）用字。此心苟未降，何適不間關。休去復歇去，菜食何所嘆。

【彙評】

張岱：東坡豪氣未除，何得便言稼穡，雖費揣摩，終屬勉强。

《**角山樓**》：以東坡之透快，效陶之平淡，相濟而成温厚之音。

和丙辰歲八月中於下潠田舍穫

聚糞西垣下，鑿泉東垣隈。勞辱何時休，宴安不可懷。（**蕭奇中夾**）句句治人、自治道理。天公豈相喜，雨霽與意諧。（**樊潛庵評**）三句相接，益見力耕人天亦相之。不以濠梁易楚相，此莊子有犧牲之喻也。公之念此，豈待居儋之日？亦勢有所不能耳。黄菘養土羔，老楮生樹雞。未忍便烹煮，繞觀日百回。跨海得遠信，冰盤鳴玉哀。茵蔯點膾縷，照坐如花開。一與蜑叟辭，蒼顔兩摧頽。齒根日浮動，自與粱肉乖。（**蕭奇中夾**）質。食菜豈不足（**一作好**），呼兒拆雞栖。

和乙酉歲三月爲建威參軍使都經錢溪(游城北謝氏廢園作)

喬木卷蒼藤,浩浩崩雲積。謝家堂前燕,對語悲宿昔。(**潘奕雋眉**)起得警動。(**紀昀眉**)起得緊切。(**《角山樓》評**)起勢極厚,廢園精神湧出。仰看桄榔樹,玄鶴舞長翮。新年結荔子,主人黄壤隔。(**蕭奇中夾**)傷哉。溪陰宜館我,稍省薪水役。相如賣車騎,五畝亦可易。但恐鵬鳥來,此生還蕩析。誰能插籬槿,護此殘竹柏。

【彙評】

樊濳庵:悼古傷今,不堪回首;復嘆己之老竄,歌泣怨慕,淋漓滿紙。惟淵明"前途當幾許?未知止泊處",足以敵此詩之妙。

和辛丑七月赴假還江陵夜行途中作口號(郊行步月作)

缺月不早出,長林踏青冥。犬吠主人怒,愧此閭里情。(**紀昀夾**)十字真至。(**何紹基乙眉**)寫景像。(**樊濳庵評**)寫出田家桑梓許多厚道。儲光羲《田舍》詩無此警策。怪我夜不歸,茜袂窺柴荆。雲間與地上,待我兩友生。驚鵲再三起,樹端已微明。白露净原野,始覺丘陵平。暗蛩方夜績,孤螢亦宵征。(**《角山樓》評**)"暗蛩"一聯,義兼比興。歸來閉户坐,寸田且默耕。莫赴花月期,免爲詩酒縈。詩人如布穀,聒聒常自名。(**紀昀眉**)激語,妙於竟住,遂不甚露。

卷三十二

和陶詩五十七首

和詠二疏

（**紀昀眉**）寓自悔之意。（《**角山樓**》**評**）起結語意高簡。

二疏事漢時，迹寓心已去。許侯何足道，寧識此高趣。可憐魏丞相，免冠謝陋舉。中興多名臣，有道獨兩傅。世途方轂擊，誰肯行此路。是身如委蜕，未蜕何所顧。已蜕則兩忘，身後誰毁譽。所以遺子孫，買田豈先務。我嘗游東海，所歷若有素。（**翁同書眉**）先生自杭移密，道出海州，二疏故里在焉。神交久從君，屢夢今乃悟。淵明作詩意，妙想非俗慮。庶幾二大夫，見微而知著。

【彙評】

温汝能：古人之仕，去不去各從其時。二疏時可以去，故當時賢之。先生時不能去，故後世諒之。觀其事迹，始終一忠愛之心，至誠惻怛，雖老死遐荒，寧有悔乎？若謂先生因遷謫途窮，不無悔心，而有是作，恐非所以論先生之詩，尤非所以論先生之心。

樊潛庵：二疏歸老，當時賢之，後世善之。史載廣謂兄子受曰："仕宦至兩千石，名立如此，不去，懼有後悔。"真"知足不辱，知止不殆"者矣。然以宣帝之明，漢公卿徒充位禄，無所建白，故廣見及此耳。二蘇公德位才名不減二疏，方宋室多故，小人擅恣，仁宗得公兄弟，謂"爲子孫得兩賢相"。使契丹、寄顧命及諸廷議，莫不賴以持籌。忠君之謂，何可半途去乎？然公辭尚書，辭史館，章至三四上。且乞休不可，轉而乞郡，又未嘗一日不有此舉也。迨晚年竄逐，章惇輩實媒孽之，不足爲公累。觀其《量移謝表》云："奉聖母之慈訓，擇正人而與居。報期碎首，言豈逾心。"可以察公之志矣。謂公處憂患中悔不竭身早退，而有是作可也，謂公平日景行二疏，惟孜孜求去可以鳴高，則不可也，識者辨之。

和詠三良

（**紀昀眉**）與《鳳翔八觀詩》又别。詩人自寫胸臆，托之論古，不妨各出意見。此獨恨其運筆太板實耳。（**王文誥旁**）此乃有意自爲翻案，若與前論一轍，則此詩不可作矣。（**翁同書眉**）《苕溪漁隱》云："先生《秦穆公墓》詩全與《和三良》詩意相反，蓋少年議論如此，晚年所見益高也。"（**何紹基乙眉**）與《穆公墓》篇故爲相反。

此生太山重，忽作鴻毛遺。三子死一言，所死良已微。賢哉晏平仲，事君不以私。我豈犬馬哉，（**紀昀夾**）不成句法。從君求蓋帷。（**蕭奇中夾**）烈甚。殺身固有道，大節要不虧。君爲社稷死，我則同其歸。顧命有治亂，臣子得從違。魏顆真孝愛，三良安足希。（**翁夾**）本柳子厚詩意。仕宦豈不榮，有時纏憂悲。所以靖節翁，服此黔婁衣。（**紀昀眉**）結四句又化一意。

【彙評】

温汝能：試細按三良殉葬之事，穆公之命固非；三良死不得所，亦非；康公從亂命而陷父於不義，則尤非。當日穆公原無必死三良之心，三良亦無必殉穆公之意，得康公一言，三良可以不死，而《黄鳥》之詩何自而作？王（仲宣）、李（德裕）諸人之論，亦無由而興。乃康公見不及此，輕從亂命，故蘇、柳（子厚）之詩，均以魏顆律康公，而康公陷父之罪，直難逃於後世，其論豈不偉哉！

樊潛庵：穆公没，康公從亂命以三子爲殉。士今議之者，人各異見。有罪秦穆之亂命者矣，有咎康公之從亂命者矣，甚謂三良之賢知，不宜以有用之身等於鴻毛。而陶元亮則反是。至公和詩，又與陶左。然公心折五柳，師其高蹈絶俗，其詩正不必與合。……古人持論卓有定見，不以私廢公。和陶而必求合與陶，是小人附會之見耳。以公讀史深心，目空一世，固不爲此也。

和詠荆軻

（**紀昀眉**）此首語尤牽綴。

秦如馬後牛，吕氏非復嬴。天欲厚其毒，假手李客卿。功成志自滿，積惡如陵京。滅身會有時，徐觀可安行。沙丘一狼狽，笑落冠與纓。（**紀昀夾**）湊韻。太子不少忍，（**王文誥夾**）以上如千尋峭壁，破空而來，初不知其用意所在，至此忽入本位，下筆有千鈞之力。顧非萬人英。魏韓裂智伯，肘足本無聲。胡爲棄成謀，托國此狂生。荆軻不足説，田子老可驚。（**蕭奇中夾**）是。（**紀昀夾**）不妥。燕趙多奇士，惜哉亦虚名。（**紀昀眉**）七國之末，惟燕僅存，與三家勢均者不同，此比不倫。荆軻之謬，乃在欲生劫秦王耳。如竟殺之，則秦内亂，而六國之燼可趁勢而起，不得盡以爲非也。殺父囚其母，此豈容天庭。亡秦只三户，况我數十城。（**紀昀眉**）三户亡秦，乃始皇崩後趙高亂政之餘，時勢不同。漸離雖不傷，陛戟加周營。至今天下人,愍燕欲其成。廢書一太息,可見千古情。(**何紹基乙眉**)止此四語著意。

【彙評】

温汝能:秦滅六國,燕最後亡。當是時,始皇併吞天下,混一海宇之勢已成。天方肆其欲而厚其亡,是故荆軻刺之不中,漸離撲之亦不中,張良擊之又不中。區區太子丹安能藉一壯士,而遂可違天哉?待客不至,功遂不成,毋亦爲荆卿解免耳,非篤論也。

樊潛庵:淵明詩:"惜哉劍術疏,奇功遂不成。"蓋傷其志之不遂,與太史公《贊》云"此其義或成或不成,然其立意較然,不欺其志"意合。公詩直責之,謂其棄鞠武之謀而輕於一試,又一意耳。然愚考荆臨行曰:"僕所以留者,待吾客與俱。"已逆知秦舞陽不足與共事。其所待客,固不知爲誰。設使與俱,事或不可料也。然公經而陶權,兩意不妨互發。

和讀山海經十三首(並引)

(**紀昀眉**)十三首音節頗古,而意境局促,少悠然自得之致。蓋東坡善於用多,不善於用少;善於弄奇,不善於平實。

陶淵明《讀〈山海經〉》十三首,其七首皆仙語。余讀《抱朴子》有所感,用其韻賦之。(**杭世駿眉**)詩以言道,道苟明,何詩不工?淵明見道,□言不期工,以工已莫敵。坡語雖妙,猶朕峻而二之。

今日天始霜,衆木斂以疏。幽人掩關卧,明景翻空廬。(**蕭奇中夾**)静極。(**潘奕雋眉**)《周易》:"幽人貞吉。"顔延之詩:"側同幽人居,郊扉常晝閉。"開心無良友,寓眼得奇書。(**蕭奇中眉**)"奇書"即"良友","開心"爲良甚矣,良之罕也。建德有遺民,道遠我無車。

無糧食自足，豈謂穀與蔬。（**蕭奇中夾**）指示。愧此稚川翁，千載與我俱。（**潘奕雋眉**）《晉·葛洪傳》："字稚川，止羅浮山煉丹，自號抱朴子。"畫我與淵明，可作三士圖。學道雖恨晚，賦詩豈不如。（**張岱評**）人謂東坡窺禪學之藩籬，余謂東坡得玄門之糟粕，力如縛蛋，語雖騎墻，孰若淵明不言仙佛，菽粟、布素，皆證好果。（**紀昀眉**）此首口吻似陶。

稚川雖獨善，愛物均孔顔。（**蕭奇中夾**）特眼。欲使蟪蛄流，知有龜鶴年。（**蕭奇中夾**）勤勤敷教。（**潘奕雋眉**）《孟子》"窮則獨善其身"。辛勤破封蟄，苦語劇移山。博哉無窮利，千載食此言。

淵明雖中壽，雅志仍丹丘。遠矣無懷民，超然邈無儔。奇文出纊息，豈復生死流。我欲作九原，異世爲三游。（**潘奕雋眉**）《後漢書·班固傳》："超然遂覽，淵然源識。"

子政信奇逸，妙算窮陰陽。淮南枕中訣，養煉歲月長。豈伊臭濁中，（**紀昀夾**）句有典而不雅。争此頃刻光。安知青藜火，丈人非中黄。

亂離棄弱女，破冢割恩憐。寧知效龜息，三歲號窮山。長生定可學，當信仲弓言。支床竟不死，抱一無窮年。（**潘奕雋眉**）《史記·龜策傳》：南方老人用龜支床足二十餘年，老人死，移床，龜尚不死。《定命録》：李嶠寢息自耳中起，袁天綱曰：是龜息也。龜息者，貴壽爲不富。

二山在咫尺，靈藥非草木。玄芝生太元，黄精出長谷。（**潘奕雋夾**）《老子》：載營魄抱一，能無離乎？仙都浩如海，豈不供一浴。何當從山火，束緼分寸燭。

蜀士李八百，穴居吴山陰。默從但形語，從者紛如林。其後有李寬，雞鵠非同音。口耳固多僞，識真要在心。（**潘奕雋眉**）

《莊子·庚桑楚》篇：南榮趎曰：趎勉聞道達耳矣。庚桑子曰：奔蜂不能化藿蠋，越雞不能伏鵠卵。其德非不同也，其材固有巨小也。

黄華冒甘谷，靈根固深長。廖井窖丹砂，紅泉湧尋常。二女戲口耳（一作鼻），松膏以爲糧。聞此不能寐，起坐夜未央。

談道鄙俗儒，遠自太史走。（紀昀夾）不妥。仲尼實不死，於聖亦何負。紫文出吴宫，丹雀本無有。遼哉廣桑君，獨顯三季後。

金丹不可成，安期渺雲海。誰謂黄門妻，至道乃近在。尸解竟不傳，化去空餘悔。丹成亦安用，御氣本無待。

鄭君故多方，玄翁所親指。奇文二百篇，了未出生死。素書在黄石，豈敢辭跪履。萬法等成壞，金丹差可恃。

古强本妄庸，蔡誕亦誇士。曼都斥仙人，謁帝輕舉止。學道未有得，自欺誰不爾。稚川亦隘人，疏録此庸子。（蕭奇中夾）駡得快。

東坡信畸人，涉世真散材。仇池有歸路，羅浮豈徒來。踐蛇及茹蠱，心空了無猜。攜手葛與陶，歸哉復歸哉。（錢廷錦乙眉）毁人譽己，豪氣未除。（王文誥夾）《和陶讀山海經》諸作，公因讀《抱朴子》而發，此二句結到本旨。

【彙評】

樊潛庵：《和讀山海經》十三首，托意幽渺，語語入仙。首慕彭澤高風，及抱朴著書利物；次傷劉更生以論黄白失侯，而惜其學；中寫仲弓、李八百、廖道士、廣桑君、安期生、元翁、古强、蔡誕輩，或得旁門，或窺元奥，似褒似貶，終戀臭皮囊，未若吾儒不朽之爲得；末歸於己，以陶、葛爲依皈，以仇池爲栗里、羅浮，要皆有會而作，極有章法，極有準繩。蓋公無書不讀,偶借養生家寓興耳。若認作在釋道上做工夫,吾知公必不印可。

和雜詩十一首

(紀昀眉)十一首俱渾圓深厚,逼近陶公。字句偶露本色,所謂形骸之外。**(《角山樓》評)**諸作俱東坡本色議論,謂之逼近陶公,未確。**(王文誥旁)**今觀諸詩,以海南作起結,中托述古以自寓,皆形骸之内也。讀此集,不容躐等而進,更讀十年求之,未爲晚也。

斜日照孤隙,始知空有塵。**(杭世駿眉)**神似南村,非形似也。微風動衆竅,誰信我忘身。一笑問兒子,與汝定何親。**(蕭奇中夾)**可矣。**(王文誥夾)**此意從"相與有瓜葛"翻出,彼則近戲,而此則真至,故公詩無所不備矣。從我來海南,幽絶無四鄰。耿耿如缺月,獨與長庚晨。**(蕭奇中眉)**"晨"字警。此道固應爾,不當怨尤人。**(何焯眉)**此景久在目中却不能道,亦不知是中有理也。

故山不可到,飛夢隔五嶺。真游有《黄庭》,閉目寓兩《景》。室空無可照,火滅膏自冷。披衣起視夜,海闊河漢永。西窗半明月,散亂梧楸影。**(張岱評)**好光景。**(紀昀眉)**情在景中。**(《角山樓》評)**四語寫景渾成。良辰不可繫,逝水無由騁。我苗期後枯,持此一念静。**(錢廷錦甲眉)**養生論。**(蕭奇中旁)**十字勝唐子西《研銘》。**(王文誥夾)**題曰"雜詩",詩不雜也。十一首,以"我"字作骨,一綫穿成。上首從"我忘身"句領起海南,此首道其海南之我,更深一層,進德有叙。

真人有妙觀,俗子多妄量。區區勸粒食,此豈知子房。我非徒跣相,終老懷未央。兔死縛淮陰,狗功指平陽。哀哉亦可羞，世路皆羊腸。(**王文誥夾**)自此以下六首，以古方今，逐首皆落"我"字。人多以詠古囫圇讀過。

相如偶一官，嗤鄙蜀父老。不記犢鼻時，滌器混傭保。著書曾幾許，渴肺灰土燥。(《**角山樓**》**評**)太粗。琴臺有遺魄，笑我歸不早。作書遺故人，皎皎我懷抱。餘生幸無愧，可與君平道。(**紀昀眉**)如此落下，奇絶之筆。(**王文誥夾**)此首以蜀人喻我。曉嵐前後茫如，故以此首落"我"字爲奇絶，乃自具實未了了親供也。

孟德黠老狐，奸言嗾鴻豫。哀哉喪亂世，梟鸞各騰翥。逝者知幾人，文舉獨不去。(**潘奕雋眉**)以孔融自比。(**何焯眉**)此詩公蓋以北海自況，爲忌者所中也。(**王文誥夾**)以孔融自慨，乃十一首之正面詩，有次敘。天方斫漢室，豈計一郗慮。(**錢廷錦甲眉**)説得文舉倒。昆蟲正相齧，乃比藺相如。我知公所坐，大名難久住。細德方險微，豈有容公處。既往不可悔，庶爲來者懼。(**紀昀眉**)結出主意。

博大古真人，老聃關尹喜。獨立萬物表，長生乃餘事。(**蕭奇中夾**)具眼。稚川差可近，倘有接物意。我頃登羅浮，物色恐相值。徘徊朱明洞，沙水自清駛。滿把菖蒲根，嘆息復棄置。(**何焯眉**)似太白。

藍橋近得道，常苦世褊迫。西游王屋山，不踐長安陌。爾來寧復見，鳥道度太白。昔與吴遠游，同藏一瓢窄。潮陽隔雲海，晚歲倘見客。伐薪供養火，看作棲鳳宅。(**王文誥夾**)十首皆著落"我"字，獨此首以"見客"暗落，特化實爲虚也。本集多抛花假不度金針著手，本非易事。

南榮晚聞道，未肯化庚桑。陶頑鑄强獷，枉費塵與糠。越子古成之，韓生教休糧。參同得靈鑰，九鎖啓伯陽。鵝城見諸孫,貧苦我爲傷。空餘焦先室,不傳元化方。遺像似李白,一奠臨江觴。

餘齡難把玩,(**温汝能評**)柳子厚文:"前過三十年,與瞬息無異;後所得者,其不足把玩,亦已審矣。""把玩"二字却令人尋思咀味,無限意趣。妙解寄筆端。常恐抱永嘆,不及丘明遷。親友復勸我,放心餞華顛。虚名非我有,至味知誰餐。思我無所思,安能觀諸緣。已矣復何嘆,舊説《易》兩篇。(**王文誥夾**)此首道傳經之志,下首任傳經之責,相爲表裏。割一首刺介甫,則可笑。如謂與介甫争經義,尤屬卑見。詩以大道自任,不屑與此曹較得失也。

申韓本自聖,陋古不復稽。巨君縱獨欲,借經作岩崖。遂令青衿子,珠璧人人懷。鑿齒井蛙耳,信謂天可彌。(**蕭奇中夾**)罵得快。(**紀昀眉**)此刺荆公也。大道久分裂,破碎日愈離。我如終不言,誰悟角與羈。(**潘奕雋夾**)《禮記》:"剪髮爲鬌,男角女羈。"注:夾囟曰角,午達曰羈。吾琴豈得已,昭氏有成虧。(**錢廷錦乙眉**)罵性不改。

我昔登朐山,出日觀滄凉。欲濟東海縣,恨無石橋梁。今兹黎母國,何異于公鄉。蠔浦既黏山,暑路亦飛霜。所欣非自罔,不怨道里長。(**王文誥夾**)收到海南作結,是公本意,故云此十一詩,皆形骸之内也。

【彙評】

樊潛庵:按陶《雜詩》十二首,公不和末篇,未審何意。然亦讀史而發。其中如薄相如,悲文舉,憤申、韓之亂道,淮陰、平陽之就烹,南榮、陶頑、越子褊隘不化,終不若伯陽、關尹喜、焦先、留侯諸公,先機高蹈,爲不可及,故曰"博大古真人"也。至公以桑榆晚景,父子投荒,常恐不能如左丘明、司馬子長及時著書,表見後世。讀"餘齡難把玩"句,令人欲歌欲泣！又“此道固應爾，不當怨尤人”，“大名難久住，細德方險微”，真達觀語！君子見危授命，知止不辱，蓋云此耳。惟識此意，方於公之詩不徒虛讀。

和擬古九首

（**戴第元評**）此東坡在儋耳和陶之什。題雖云“擬古”，皆言嶺南風土，謫居實事，與從前多作寓言不同。而性情温厚，氣味冲淡，則固與陶爲一。必如此，方可學陶。

有客叩我門，繫馬門前柳。庭空鳥雀散，門閉客立久。（**王文誥夾**）公在海南，真有此種情狀，隨手拈來，皆古人所不道。主人枕書卧，夢我平生友。忽聞剥啄聲，驚散一杯酒。（**紀昀夾**）句俚。倒裳起謝客，夢覺兩愧負。坐談雜今古，不答顔愈厚。（**紀昀夾**）强押。問我何處來，我來無何有。（**紀昀眉**）結二句調用劉隨州，然劉語覺峭拔，此覺近佻，非古人淳厚氣象，由全篇體格不同也。

酒盡君可起，我歌已三終。由來竹林人，不數濤與戎。有酒從孟公，慎勿從揚雄。（**蕭奇中夾**）劃然。崎嶇頌沙麓，塵埃污西風。昔我未嘗達，今者亦安窮。窮達不到處，我在阿堵中。（**紀昀夾**）亦佻。（**張岱評**）元亮語短情長，子瞻詞繁意簡，是其二人優劣。

客去室幽幽，鵩鳥來座隅。引吭伸兩翮，太息意不舒。吾生如寄耳，何者爲我廬。去此復何之，少安與汝居。夜中聞長嘯，月露荒榛蕪。無問亦無答，吉凶兩何如。（**紀昀眉**）用得變化，便覺超妙。

少年好遠游，蕩志隘八荒。九夷爲藩籬，四海環我堂。盧生與若士,何足期渺茫。稍喜海南州,自古無戰場。奇峰望黎母,何異嵩與邙。飛泉瀉萬仞,舞鶴雙低昂。分流未入海,膏澤彌此方。芋魁倘可飽,無肉亦奚傷。(**紀昀眉**)此亦樸老。(**王文誥旁**)自此以上四篇,在《文選》諸賦奪胎,脱净《客嘲》《賓戲》之迹。

馮冼古烈婦,翁媪國於兹。策勳梁武後,開府隋文時。三世更險易,一心無磷緇。錦傘平積亂,犀渠破餘疑。廟貌空復存,碑板漫無辭。我欲作銘誌,慰此父老思。遺民不可問,僂句莫余欺。犪牲菌雞卜,我當一訪之。銅鼓壺盧笙,歌此迎送詩。(**潘奕雋夾**)《唐文粹》于公異《破朱泚露布》"鐘簴不移,廟貌如故"。(**紀昀眉**)此則平鈍。

沉香作庭燎,甲煎紛相和。豈若炷微火,縈煙嫋清歌。貪人無飢飽,胡椒亦求多。(**蕭奇中夾**)嘆盡愚貪。朱劉兩狂子,隕隊如風荷。本欲竭澤漁,奈此明年何。(**朱初平、劉誼欲冠帶黎人,以取水沉耳。**)(**温汝能評**)宋代采香,其禍最烈。先生目擊當時之弊,故結語及此。馮氏所引《續通鑒》云云,安知非史氏之誣乎? 自當以自注爲正。

雞窠養鶴髮,及與唐人游。來孫亦垂白,頗識李崖州。再逢盧與丁,閲世真東流。斯人今在亡,未遽掩一丘。我師吴季子,守節到晚周。一見春秋末,渺焉不可求。(**紀昀眉**)後四句未詳。(**王文誥旁**)自此以上三篇,雜述舊聞。"再逢"四句,從"頗識"句帶串而下,此乃在"來孫"口吻中,只應如是完結也。

城南有荒池,瑣細誰復采。幽姿小芙蕖,香色獨未改。欲爲中州信,浩蕩絶雲海。遥知玉井蓮,落蕊不相待。攀躋及少壯,已矣(**矣,一作失。**)那容悔。(**張岱評**)徒具他人面目,不露自己精神,雖説得亂墮天花,終同嚼蠟。(**紀昀眉**)此首純乎古音,絶無本色，置之曲江、正字之間，不可復辨。（《**角山樓**》**評**）語太快，與曲江、正字氣息不同。

黎山有幽子，形槁神獨完。負薪入城市，笑我儒衣冠。生不聞詩書，豈知有孔顏。翛然獨往來，榮辱未易關。日暮鳥獸散，家在孤雲端。問答了不通，嘆息指屨彈。似言君貴人，草莽棲龍鸞。遺我吉貝布，海風今歲寒。（**紀昀眉**）以對照見意，感慨於言外寓之。（**王文誥旁**）自此以上二篇，因出游而記近事也。凡此類和陶，公所謂"借韻者"也，如必逐首似陶，雖陶有所不能也，讀者當以此意參之。（《**角山樓**》**評**）寫野人行徑，巧於相形，寓慨深渾。

【彙評】

樊潛庵：《擬古》首章，從夢至覺，信手拈來，極渾樸簡秀，正不必有其事。覺《古詩十九首》反多設色。次言山濤、王戎，不及二阮諸子之高。揚子雲《美新》，未若陳遵縱酒，猶得自放。三首言賈誼見鵩而悲，殊非達者。我則直以生爲寄，何吉凶之可疑。四言雖老死遐荒，亦無足憾。即"日啖荔枝三百顆，不妨長作嶺南人"意。五章慨馮冼夫人廟食不振。六援元載、朱初平、劉誼事，以見古今人莫不以奢喪元。七首謂李德裕、盧多遜、丁謂諸人，猶及見雞窠小兒；今我蹤迹莫覯，豈其人尚在，如吴季札之高隱乎？八傷己之不獲生還。九藉黎幽子以自況。淵明詩全指革運；公則寓物説情，事雖殊而感則一也。

和東方有一士

瓶居木近危，甑墜知不完。夢求亡楚弓，笑解適越冠。忽然反自照，識我本來顏。歸路在脚底，（**紀昀夾**）句俚。殽潼失重關。屨從淵明游，雲山出毫端。借君無弦物，寓我非指彈。豈惟舞獨鶴，便可躡飛鸞。還將嶺茅瘴，一洗月闕寒。（**此東方一士，正淵明也，不知從之游者誰乎？若了得此一段，我即淵明，淵明即我也。**）

集歸去來詩十首（並引）

（**張岱評**）集本字詩成句而已，無甚佳境。（**杭世駿眉**）漫漶不清，難於辨認。（**紀昀眉**）此亦借事消閑，不得謂之詩；然亦不惡。○十首皆代淵明語。（**何紹基乙眉**）幽致自舉。

予喜讀淵明《歸去來辭》，因集其字爲十詩，令兒曹誦之，號《歸去來集字》云。（**何焯眉**）自然流出。（**查慎行乙眉**）東坡和陶詩，起於揚州，終於儋州。在惠州作者，不過十分之三四。而山谷云："飽吃惠州飯，細和淵明詩。"蓋未加詳考耳。

命駕欲何向，欣欣春木榮。世人無往復，鄉老有逢迎。（**王文誥夾**）方集字時，本借淵明以自道。及詩成，皆如代淵明語，公亦不自覺其然也。雲外流泉遠，風前飛鳥輕。相攜就衡宇，酌酒話交情。（**王文誥夾**）氣味醇茂之甚，所謂外枯而中腴者是矣。

涉世恨形役，告休成老夫。良欣就歸路，不復向迷途。（**王文誥夾**）渾然無迹，深得《歸去來》意。去去徑有（**一作猶**）菊，行行田欲蕪。（**蕭奇中夾**）妙矣。情親有還往，清酒引樽壺。

與世不相入，膝琴聊自（**一作盡**）歡。風光歸笑傲，雲物寄游觀。言話審無倦，心懷良獨安。東皋清有趣，植杖日盤桓。（**王文誥夾**）公謂朱康叔云："舊好誦陶《歸去來》，近輒微加增損，作《般涉調哨遍》。雖微改其詞，而不改其意，請以《文選》及本傳考之。方知字字非創入也。"此六首亦同時在齊安作，可見其致力於斯文者久矣。

世事非吾事，駕言歸路尋。向時迷有命，今日悟無心。庭内菊歸酒，窗前風入琴。(**王文誥夾**)以上五句，究竟是集字之作。寓形知已老，猶未倦登臨。

雲岫不知遠，巾車行復前。僕夫尋老木，童子引清泉。矯首獨傲世，委心還樂天。農夫告春事，扶老向良田。

富貴良非願，鄉關歸去休。攜琴已尋壑，載酒復經丘。翳翳景將入，涓涓泉欲流。農夫人不樂，我獨與之游。

觴酒命童僕，言歸無復留。(**王文誥夾**)李太白《潯陽紫極宫感秋作》詩："陶令歸去來，田家酒應熟。"真有此種風味。輕車尋絶壑，孤棹入清流。乘化欲(**一作亦**)安命，息交還絶游。琴書樂三徑，老矣亦何求。

歸去復歸去，帝鄉安可期。(**王文誥夾**)信筆出之，純是淵明本色。鳥還知已倦，雲出欲何之。(**王文誥夾**)通幅皆佳，而此二句尤勝，置陶集中，不可辨矣，豈尚有刻劃之迹哉？入室還攜幼，臨流亦賦詩。春風吹獨立，不是傲親知。

役役倦人事，來歸車載奔。征夫問前路，稚子候衡門。(**蕭奇中夾**)一幅《歸去來》畫。(**王文誥夾**)元遺山集陶諸作，讀之如新脱口，然究是用陶成句，遺山能充之以氣耳。如此詩，亦若陶之成句，所以爲難。入息亦詩策，出游常酒樽。交親書已絶，雲壑自相存。

寄傲疑今是，求榮感昨非。聊欣樽有酒，不恨室無衣。丘壑世情遠，田園生事微。(**王文誥夾**)字字輳泊，斷非集字。柯庭還獨盼，時有鳥歸飛。

【彙評】

樊潛庵：自七才子集唐，而後有集李、杜，集陶者矣，未聞有集字以成詩者;創之,蓋自公始。且十律中,格調嚴整,語意流麗,欲尋一毫斧鑿痕,不可得也。

温汝能:集字爲詩,實屬創體。然以文人錦心繡口,組織成章,固無所不可,况公之才大如海乎?

和貧士七首(並引)

(**何焯眉**)數首平淡,氣味與陶爲近。

余遷惠州一年,衣食漸窘,重九將近,樽俎蕭然。乃和淵明《貧士》詩七首,以寄許下、高安、宜興諸子侄,並令過同作。(**紀昀眉**)序亦似陶語。

長庚與殘月,耿耿如相依。以我旦暮心,惜此須臾暉。(**蕭奇中夾**)高人多感慨。(《**角山樓**》**評**)十字深警。青天無今古,誰知織鳥飛。我欲作九原,獨與淵明歸。俗子不自悼,顧憂斯人飢。堂堂誰有此,千駟良可悲。(**紀昀夾**)後四句覺過亢,以借淵明説出,尚不甚露。(**紀昀眉**)意深至而氣渾成。(**何紹基乙眉**)亦何壯激。

夷齊耻周粟,高歌誦虞軒。産禄彼何人,能致綺與園。古來避世士,死灰或餘煙。末路益可羞,朱墨手自研。淵明初亦仕,弦歌本誠言。不樂乃徑歸,視世羞獨賢。(**紀昀眉**)借淵明以自托,愈説得平易,愈見身分之高。(**何紹基乙眉**)淡語超絶。

誰謂淵明貧,尚有一素琴。心閑手自適,寄此無窮音。佳辰愛重九,芳菊起自尋。(**蕭奇中夾**)珍惜之極。疏巾歡虚漉,塵爵笑空斟。忽餉二萬錢,顔生良足欽。急送酒家保,勿違故人心。(**紀昀眉**)翻用其事,寄朋友莫助之慨耳。

人皆有耳目,夫子曠與婁。弱毫寫萬象,水鏡無停酬。閑居惜重九,感此歲月周。端如孔北海,只有尊空憂。(**紀昀眉**)忽拉一陪賓並説,恣逸之至。二子不並世,高風兩無儔。我後五百年,清夢未易求。

芙蓉雜金菊,枝葉長闌干。遥憐退朝人,糕酒出太官。豈知江海上,落英亦可餐。(**紀昀眉**)"落英"句是以餐花爲苦況,非以餐花爲高致,觀下六句自見。典衣作重陽,徂歲慘將寒。無衣粟(**一作寒**)我膚,無酒顰我顔。貧居真可嘆,二事長相關。(**張岱評**)意既不純,語復夾雜。(**紀昀眉**)置之陶集中,幾不可辨。(**《角山樓》評**)平易真率,不爲高論,所以似陶。

老詹亦白髮,(**惠州太守詹範,字器之。**)相對垂霜蓬。賦詩殊有味,涉世非所工。(**蕭奇中夾**)好品。杖藜山谷間,狀類渤海龔。半道要我飲,意與王弘同。有酒我自至,不須遣龐通。門生與兒子,杖屨聊相從。(**紀昀眉**)隨手綰合,一一入妙。

我家六兒子,流落三四州。辛苦更不識,今與農圃儔。買田帶修竹,築室依清流。未能遣一力,分汝薪水憂。坐念北歸日,此勞未易酬。我獨遺以安,鹿門有前修。(**蕭奇中夾**)足訓。(**紀昀眉**)亦純乎古音。(**《角山樓》評**)即翻用淵明事,清真有味。

和桃花源詩

(**潘奕雋眉**)超超元箸,讀之可以遺世。(**蕭奇中眉**)心閑亦即是桃源,何況仇池小有天。我與坡仙仙不可,高樓净几枕書眠。時癸巳四月七日新齋披記。

世傳桃源事多過其實,考淵明所記,止言先世避秦亂來此,則漁人所見似是其子孫,非秦人不死者也。又云殺雞作食,豈有仙而殺者乎?舊説南陽有菊水,水甘而芳,民居三十餘家,飲其水皆壽,或至百二三十歲。蜀青城山老人村,有見五世孫者,道極險遠,生不識鹽醯,而溪中多枸杞,根如龍蛇,飲其水故壽。近歲道稍通,漸能致五味,而壽亦益衰。桃源蓋此比也歟?使武陵太守得而至焉,則已化爲争奪之場久矣。嘗思天壤之間若此者甚衆,不獨桃源。(**蕭奇中夾**)明理。余在潁州,夢至一官府,人物與俗間無異,而山川清遠,有足樂者,(**蕭奇中夾**)我亦頻此。顧視堂上,榜曰仇池。覺而念之,仇池,武都氐故地,楊難當所保,余何爲居之?明日以問客,客有趙令時德麟者曰:公何爲問此?此乃福地小有洞天之附庸也。杜子美蓋云:"萬古仇池穴,潛通小有天。神魚人不見,福地語真傳。近接西南境,長懷十九泉。何時一茅屋,送老白雲邊。"他日工部侍郎王欽臣仲至謂余曰:吾嘗奉使過仇池,有九十九泉,萬山環之,可以避世,如桃源也。

凡聖無異居,(**紀昀夾**)一篇主意。清濁共此世。心閑偶自見,念起忽已逝。欲知真一處,要使六用廢。(**《角山樓》評**)陶用實叙,此則架空,難在發端得力。桃源信不遠,藜杖可小憩。躬耕任地力,(**潘奕雋夾**)《周禮》:"以任地力。"絶學抱天藝。臂雞有時鳴,尻駕無可税。苓龜亦晨吸,杞狗或夜吠。耘樵得甘芳,齕齧謝炮製。子驥雖形隔,淵明已心詣。(**蕭奇中夾**)妙。(**《角山樓》評**)四語轉關。高山不難越,淺水何足厲。(**紀昀眉**)翻入一層,渾意超妙,筆力亦曲折自如。不知我仇池,高舉復幾歲。從來一生死,近又等癡慧。蒲澗安期境,(**在廣川。**)羅浮稚川界。夢往從之游,神交發吾蔽。桃花滿庭下,流水在户外。(**紀昀眉**)此所謂心閑仙見也。(**王文誥夾**)十字仙筆。却笑逃秦人,有畏非真契。(**蕭奇中眉**)無畏見力。(**《角山樓》評**)指點幻化,縮結極緊。

【彙評】

張爾公：東坡不悟《桃源記》，却從南陽、青城覓蹊徑，真是夢中説夢。至所云"豈有仙而殺者乎"，此又兒女子癡語。淵明聞此，必大笑東坡不是解人。

樊潛庵：公序中"豈有仙而殺之"一語，蓋證"非秦人不死"句，謂天壤間若有此者甚衆，正不欲以幽渺事惑世人也。何張先生（張爾公）竟置《搜神後記》於不問，執定是淵明幻"五柳"爲"桃花"，幻"三徑"作"漁人"，直將一個陶靖節生擒活縛到自己意中，復將一個蘇文忠極力詆諆，謂其不悟真。固哉，高叟之爲詩也。

温汝能：神仙之説，雖屬渺茫，然天地間何所不有，惟不見耳。而况桃源之事，理有可信者耶？即或古人寓意托辭，亦游戲三昧之一端，不足以爲古人病。徒執一説以律古人，恐古詩文之可議者多矣，豈獨《桃源記》哉！樊氏以張評爲固，誠哉是言也！

和歸去來兮辭（並引）

（**杭世駿眉**）陶作如白話，質而彌文，淡而彌旨。坡作益以文采，便落第二義。（**紀昀眉**）此亦桃源詩意，然詞究不宜入之詩集，陶詞亦與諸文同編。

子瞻謫居昌化，追和淵明《歸去來辭》，蓋以無何有之鄉爲家，雖在海外，未嘗不歸云爾。

歸去來兮，吾方南遷安得歸。卧江海之澒洞，吊鼓角之凄悲。迹泥蟠而愈深，時電往而莫追。懷西南之歸路，夢良是而覺非。悟此生之何常，猶寒暑之異衣。豈襲裘而念葛，蓋得粗而喪微。我歸甚易，匪馳匪奔。俯仰還家，下車闔門。藩垣雖闞,堂室故存。挹我天醴,注之窪樽。飲月露以洗心,餐朝霞而眩顔。混客主以爲一,俾婦姑之相安。(**錢廷錦甲夾**)皆本《莊》。知盗竊之何有,乃掊門而折關。廓圜鏡以外照,納萬象而中觀。治廢井以晨汲,濤百泉之夜還。守静極以自作,時爵躍而鯢桓。(**錢廷錦甲眉**)激言。歸去來兮,請終老於斯游。我先人之敝廬,復舍此而焉求。均海南與漠北,挈往來而無憂。畸人告余以一言,非八卦與九疇。方飢須糧,已濟無舟。忽人牛之皆喪,但喬木與高丘。驚六用之無成,自一根之反流。望故家而求息,曷中道之三休。已矣乎,吾生有命歸有時,我初無行亦無留。駕言隨子聽所之,豈以師南華而廢從安期。謂湯稼之終枯,遂不溉而不耔。師淵明之雅放,和百篇之新詩。賦《歸來》之清引,我其後身蓋無疑。(**蕭奇中旁**)陶辭風上,蘇辭語豁。

【彙評】

樊潛庵:公昔評淵明此篇云:"俗傳書生入官庫,見錢不識,或怪而問之,生曰:'固知其爲錢,但怪其不在紙裹中耳。'偶讀淵明《歸去來辭》云:'幼稚盈室,瓶無儲粟。'乃知俗傳信而有徵。使瓶有儲粟,亦甚微矣。此翁平生只於瓶中見粟也耶?"公至是和此,其序先云"以無何有之鄉爲家"。回憶淵明不屈腰督郵,解印綬去,浩浩落落,真古今第一流人品,倘守瓶中儲粟,奚至垂老海外哉?

温汝能:先生以垂老之年遷謫海外,其不晝夜思歸者非人情也。故其欲歸不得之懷,時露於言外。此篇情意尤復淒惻。

和劉柴桑

(**紀昀眉**)真朴似陶。

萬劫互起滅,百年一踟躇。(**蕭奇中夾**)好。漂流四十年,今乃言卜居。且喜天壤間,一席亦吾廬。(**蕭奇中夾**)足甚,安甚。稍理蘭桂叢,盡平狐兔墟。黄橼出舊枿,紫茗抽新畬。我本早衰人,不謂老更劬。邦君助畚鍤,鄰里通有無。(**蕭奇中夾**)化國。竹屋從低深,山窗自明疏。一飽便終日,高眠忘百須。自笑四壁空,無妻老相如。

詞九首

太白詞五首(並叙)

岐下頻年大旱,禱於太白山輒應,故作迎送神詞一篇五章。

雷闐闐,山晝晦。風振野,神將駕。載雲罕,從玉虬。旱既甚,蹶往救,道阻修兮。

旌旗翻,疑有無。日慘變,神在塗。飛赤篆,訴閶闔。走陰符,行羽檄,萬靈集兮。

風爲幄,雲爲蓋。滿堂爛,神既至。紛醉飽,錫以雨。百川溢,施溝渠,歌且舞兮。

騎裔裔,車班班。鼓簫悲,神欲還。轟振凱,隱林谷。執妖厲,歸獻馘,千里肅兮。

神之來,悵何晚。山重複,路幽遠。神之去,飄莫追。德未報,民之思,永萬祀兮。

上清辭(以宫名名篇)

南山之幽,雲冥冥兮。孰居此者,帝側之神君。君胡爲兮山之幽,顧宫殿兮久淹留。又曷爲一朝去此而不顧兮,悲此空山之人也。來不可得而知兮,去固不可得而訊也。君之來兮天門空,從千騎兮駕飛龍。隸辰星兮役太歲,儼畫降兮雷隆隆。朝發軫兮帝庭,夕弭節兮山宫。懭有妖兮虐下土,精爲星兮氣爲虹。愛流血之滂沛兮,又嗜瘧癘與螟蟲。嘯盲風而涕淫雨兮,時又吐旱火之爞融。銜帝命以下討兮,建千仞之修鋒。乘飛霆而追逸景兮,歘砉掃滅而無蹤。忽崩播其來會兮,走海嶽之神公。龍車獸鬼不知其數兮,旗纛晻靄而冥蒙。漸俯傴以旅進兮,鏘劍佩之相礱。司殺生之必信兮,知上帝之不汝容。既約束以反職兮,退戰慄而愈恭。澤充塞于四海兮,獨澹然其無功。君之職兮天門開,款閶闔兮朝玉臺。群仙迎兮塞雲漢,儼前導兮紛後陪。歷玉階兮帝迎勞,君良苦兮馬虺頹。閔人世兮迫隘,陳下土兮帝所哀。返瓊宫之嵯峨兮,役萬靈之喧豗。默清静以無爲兮,時節狩於斗魁。詣通明而獻黜陟兮,軼蕩蕩其無回。忽表裏之焕霍兮,光下燭於九陔。時游目以下覽兮,五嶽爲豆,四溟爲杯。俯故宫之千柱兮,若毫端之集埃。來非以爲樂兮,去非以爲悲。謂神君之既返兮,曾顔咫尺之不違。升秘殿以内悸兮,魂凛凛而上馳。忽寤寐以有得兮,敢沐浴而獻辭。是耶非耶,臣不可得而知也。

歸來引(送王子立歸筠州)

歸去來兮,世不汝求胡不歸。洶北望之横流兮,渺西顧之塵霏。紛野馬之決驟兮，幸余首之未鞿。出彭城而南騖兮，眷丘壟而增欷。亂清淮而俯鑒兮，驚昔容之是非。念東坡之遺老兮，輕千里而款余扉。共雪堂之清夜兮，攬明月之餘輝。曾雞黍之未熟兮，嘆空室之蛜蝛。我挽袖而莫留兮，僕夫在門歌《式微》。歸去來兮，路渺渺其何極。將税駕於何許兮，北江之南，南江之北。於此有人兮，儼峨峨其豐碩。孰居約而爾肥兮，非糠核其何食。久抱一而不試兮，愈温温而自克。吾居世之荒浪兮，視昏昏而聽默默。非之子莫振吾過兮，久不見恐自賊。吾欲往而道無由兮，子何畏而不即。將以彼爲玉人兮，以子爲之璞也。

黄泥坂辭

出臨皋而東騖兮，並叢祠而北轉。走雪堂之陂陀兮，歷黄泥之長坂。大江洶以左繚兮，渺雲濤之舒卷。草木層累而右附兮，蔚柯丘之蔥茜。余旦往而夕還兮，步徙倚而盤桓。雖信美而不可居兮，苟娱余於一盼。余幼好此奇服兮，襲前人之詭幻。老更變而自哂兮，悟驚俗之來患。釋寶璐而被繒絮兮，雜市人而無辨。路悠悠其莫往來兮，守一席而窮年。時游步而遠覽兮，路窮盡而旋反。朝嬉黄泥之白雲兮，暮宿雪堂之青煙。喜魚鳥之莫余驚兮，幸樵蘇之我嫚。初被酒以行歌兮，忽放杖而醉偃。草爲茵而塊爲枕兮，穆華堂之清晏。紛墜露之濕衣兮，升素月之團團。感父老之呼覺兮，恐牛羊之予踐。於是蹶然而起，起而歌曰：

月明兮星稀，迎余往兮餞余歸。歲既晏兮草木腓，歸來歸來兮，黄泥不可以久嬉。

清溪辭

(高啓旁)子美詩"竹送清溪月"。

大江南兮九華西,泛秋浦兮亂清溪。水渺渺兮山無蹊,路重複兮居者迷。爛青紅兮粲高低,松十里兮稻千畦。山無人兮雲朝挂,藹濛濛兮滃凄凄。嘯林谷兮號水泥,走鼪鼯兮下鼪鷖。忽孤壘兮隱重堤,杳冥茫兮聞犬雞。鬱萬瓦兮鳥翼齊,浮軒楹兮飛棋枅。雁南歸兮寒蜩嘶,弄秋水兮挹玻璃。朝市合兮雜髦齯,挾單瓢兮佩鋤犁。鳥獸散兮相扶攜,隱驚雷兮鶩長霓。望翠微兮古招提,躋木杪兮翔雲梯。若有人兮悵幽棲,石爲門兮雲爲閨。塊虛堂兮法喜妻,呼猿狙兮子鹿麛。我欲往兮奉杖藜,獨長嘯兮謝阮嵇。

【彙評】

沈晴峰:似一幅《清溪圖》。

鄭之惠:寧學屈子未至,必不作宋玉淒靡之詞。

琴操一首

醉翁引(並引)

琅邪幽谷,山水奇麗,泉鳴空澗,若中音會。醉翁喜之,把酒臨聽,輒欣然忘歸。既去十餘年,而好奇之士沈遵聞之,往游焉。以琴寫其聲，曰《醉翁操》，節奏疏宕而音指華暢，知琴者以爲絶倫。然有其聲而無其辭，翁雖爲作歌，而與琴聲不合。又依楚辭作《醉翁引》，好事者亦倚其辭以製曲，雖粗合均度，而琴聲爲辭所繩約，非天成也。後三十餘年，翁既捐館舍，而遵亦没久矣。有廬山玉澗道人崔閑，特妙於琴，恨此曲之無辭，乃譜其聲，而請于東坡居士以補之云。

琅然，清圜。誰彈，響空山。無言，惟翁醉中知其天。月明風露娟娟，人未眠。荷蕢過山前，曰有心也哉此賢。醉翁嘯詠，聲和流泉。醉翁去後，空有朝吟夜怨。山有時而童巔，水有時而回川。思翁無歲年，翁今爲飛仙。此意在人間，試聽徽外三兩弦。

卷三十三

賦二十三首

延和殿奏新樂賦(成德之老來奏新樂)

皇帝踐祚之三載也,治道旁達,王功告成。御延和之高拱,奏元祐之新聲。翕然便坐之前,初觀擊拊;允也德音之作,皆效和平。自昔鐘律不調,工師失職。鄭衛之聲既盛,雅頌之音殆息。時有作者,僅存遺則,於魏則大樂令夔,在漢則河間王德。俾後世之有考,賴斯人之用力。時移事改,嗟制作之各殊;昔是今非,知高下之孰得?爰有耆德,適丁盛時。以謂樂之作也,臣嘗學之。顧近世之所用,校古人而失宜。峴下朴律,猶有大高之弊;瑗改照尺,不知同失於斯。是用稽《周官》之舊法而均其分寸,驗太府之見尺而審其毫釐。鑄器而成,庶幾改數以正度;具書以獻,孰謂體知而無師。

時惟帝俞,眷兹元老。雖退身而安逸,未忘心於論討。鏗然鐘磬之調適,燦然虡業之華好。聊即便安之所,奏黄鐘而歌大成;行詠文明之章,薦英祖而享神考。爾乃停法部之役,而衆工莫與;肆太常之業,而邇臣必陪。天聽聰明而下就,時風和協以徐回。歌工既登,將嘆貫珠之美;韶音可合,庶觀儀鳳之來。斯蓋世格文明,俗躋仁壽。天地之和既應,金石之樂可奏。延英旁矚,念故老之不來;講武前臨,消群慝之交構。然則律制既立,治功日新。號令皆發而中節,磬管無聞於奪倫。上以導和氣於宫掖,下以胥悦豫於臣鄰。以清濁任意而相譏,何憂工玉;謂宫商各諧而自遂,無愧音臣。嗚呼,趙鐸固中於宫商,周尺仍分於清濁。道欲詳解,事資學博。儻非夔、曠之徒,孰能正一代之樂?

明君可與爲忠言賦(明則知遠,能順忠告)

臣不難諫,君先自明。智既審乎情僞,言可竭其忠誠。虚己以求,覽群言於止水;昌言而告,恃至信於平衡。君子道大而不回,言出而爲則。事父能孝,故可以事君;謀身必忠,而況於謀國。然而言之雖易,聽之實難,論者雖切,聞者多惑。苟非開懷用善,若轉丸之易從;則投人以言,有按劍之莫測。國有大議,人方異詞。佞者莫能自直,昧者有所不知。雖有智者,孰令聽之?皎如日月之照臨,罔有遁形之蔽;雖復藥石之瞑眩,曾何苦口之疑。蓋疑言不聽,故確論必行;大功可成,故衆患自遠。上之人聞危言而不忌,下之士推赤心而無損。豈微忠之能致,有至明而爲本。是以伊尹醜有夏而歸亳,大賢固擇所從;百里愚於虞而智秦,一身非故相反。噫,言悦於目前者,不見跬步之外;論難於耳順者,有以百年而興。苟其聰明蔽於嗜好,智慮溺於愛憎,因其所喜而爲善,雖有願忠而孰能?心苟無邪,既坐瞻於百里,人思其效,將或錫之十朋。彼非謂之賢而欲違,知其忠而莫受。目有眯則視白爲黑,心有蔽則以薄爲厚。遂使諛臣乘隙以彙進,智士知微而出走。仲尼不諫,懼將困於婦言;叔孫詭辭,畏不免於虎口。故明主審遜志之非道,知拂心之謂忠。不求耳目之便,每要社稷之功。有漢宣之賢,充國得盡破羌之計;

有魏明之察，許允獲伸選吏之公。大哉事君之難，非忠何報。雖曰伸於知己，而無自辱於善道。《詩》不云乎，哲人順德之行，可以受話言之告。

秋陽賦

（**高啓旁**）此東坡爲趙令畤作。

越王之孫，有賢公子，宅於不土之里，而詠無言之詩。以告東坡居士曰："吾心皎然，如秋陽之明；吾氣肅然，如秋陽之清；吾好善而欲成之，如秋陽之堅百穀；吾惡惡而欲刑之，如秋陽之隕群木。夫是以樂而賦之。子以爲何如？"（**邵二泉眉**）亹亹而來。（**吕雅山眉**）配合恰當。

居士笑曰："公子何自知秋陽哉？生於華屋之下，而長游於朝廷之上，出擁大蓋，入侍幃幄，暑至於温，寒至於凉而已矣。何自知秋陽哉？若予者，乃真知之。方夏潦之淫也，雲蒸雨泄，雷電發越，江湖爲一，后土冒没，舟行城郭，魚龍入室。菌衣生於用器，蛙蚓行於几席。夜違濕而五遷，晝燎衣而三易。（**邵二泉眉**）極盡愁雲怨雨之狀。是猶未足病也。畊於三吴，有田一廛。禾已實而生耳，稻方秀而泥蟠。溝塍交通，墻壁頽穿。面垢落塈之塗，目泫濕薪之煙。釜甑其空，四鄰悄然。鸛鶴鳴於户庭，婦宵興而永嘆。計有食其幾何，矧無衣於窮年。忽釜星之雜出，又燈花之雙懸。清風西來，鼓鐘其鏜。奴婢喜而告余，此雨止之祥也。（**沈晴峰眉**）怨雨得晴，此謂真知。早作而占之，則長庚澹其不芒矣。浴於暘谷，升於扶桑。曾未轉盼，而倒景飛於屋梁矣。方是時也，如醉而醒，如瘖而鳴，如痿而起行，如還故鄉初見父兄。(**陸少石眉**)切喻。公子亦有此樂乎?”

公子曰:“善哉!吾雖不身履,而可以意知也。”居士曰:(**李卓吾夾**)又説道理。“日行於天,南北異宜。赫然而炎非其虐,穆然而温非其慈。且今之温者,昔之炎者也。云何以夏爲盾而以冬爲衰乎?吾儕小人,輕愠易喜。彼冬夏之畏愛,乃群狙之三四。自今知之,可以無惑。居不墐户,出不仰笠,暑不言病,以無忘秋陽之德。”公子拊掌,一笑而作。

【彙評】

王元美:《卜居》《漁夫》,便是《赤壁》《秋陽》諸賦作俑。

王復之:説夏潦處愴然,靡樂便令人拊手秋陽。

鄭之惠:此賦學畫者宜熟讀,中有如許幅畫意。

李塗:文章有反類尊題者,子瞻《秋陽賦》,先説夏潦之可擾,欲説秋陽之可喜,絶妙。若出《文選》諸人手,則通篇説秋陽,斬無餘味矣。

快哉此風賦(並引)

時與吴彦律、舒堯文、鄭彦能各賦兩韻,子瞻作第一第五韻,占“風”字爲韻。餘皆不録。

賢者之樂,快哉此風。雖庶民之不共,眷佳客以攸同。穆如其來,既偃小人之德;颯然而至,豈獨大王之雄。若夫鷁退宋都之上,雲飛泗水之湄。寥寥南郭,怒號於萬竅;颯颯東海,鼓舞於四維。(**吕涇野眉**)寥寥數語,具見駢儷。固以陋晉人一吷之小,笑玉川兩腋之卑。野馬相吹,搏羽毛於汗漫;應龍作處,作鱗甲以參差。

【彙評】

虞紹庵:以視宋玉《風賦》,稍遜淒靡。然而下語灑脱,無纖些俗氣,天才故自勝人。

灩澦堆賦(並叙)

(**林次崖眉**)突生一論,有膽有識。

世以瞿唐峽口灩澦堆爲天下之至險,凡覆舟者,皆歸咎於此石。以余觀之,蓋有功於斯人者。夫蜀江會百水而至於夔,瀰漫浩汗,横放於大野,而峽之大小,曾不及其十一。(**王浚川眉**)峽之小作句。○非得此闡析,安見灩澦有功於人?苟先無以齟齬於其間,則江之遠來,奔騰迅快,盡鋭於瞿唐之口,則其險悍可畏,當不啻於今耳。因爲之賦,以待好事者試觀而思之。

天下之至信者,唯水而已。江河之大與海之深,而可以意揣,唯其不自爲形,而因物以賦形,是故千變萬化而有必然之理。掀騰勃怒,萬夫不敢前兮,宛然聽命,惟聖人之所使。予泊舟乎瞿唐之口,而觀乎灩澦之崔嵬,然後知其所以開峽而不去者,固有以也。蜀江遠來兮,浩漫漫之平沙。行千里而未嘗齟齬兮,其意驕逞而不可摧。忽峽口之逼窄兮,納萬頃於一杯。(**黄宗一眉**)納萬頃於一杯,句法壯偉。○曲盡砥水之形容。方其未知有峽也,而戰乎灩澦之下,喧豗震掉,盡力以與石鬥,勃乎若萬騎之西來。忽孤城之當道,鈎援臨衝,畢至於其下兮,城堅而不可取。矢盡劍折兮,迤邐循城而東去。於是滔滔汩汩,相與入峽,安行而不敢怒。嗟夫,物固有以安而生變兮,亦有以用危而求安。(**高啓夾**)名言。得吾説而推之兮,亦足以知物理之固然。(**弘曉甲評眉**)大鬍子擅長是此一喻。

【彙評】

胡思泉:習見中獨能尋出至理。

鄭之惠:勢亦澎湃。

屈原廟賦

(**朱晦庵眉**)公與歐陽文忠、曾南豐相繼迭起,各以其文擅名當世,然皆傑然自爲一代之作,於楚人之賦有未數數然者。獨自蜀而東,道屈原祠下,嘗爲之賦,以詆揚雄而申原志,然亦不專用楚語。

浮扁舟以適楚兮,過屈原之遺宫。覽江上之重山兮,曰惟子之故鄉。伊昔放逐兮,渡江濤而南遷。去家千里兮,生無所歸而死無以爲墳。悲夫!人固有一死兮,處死之爲難。(**高啓夾**)是賦原張本。徘徊江上欲去而未决兮,俯千仞之驚湍。賦《懷沙》以自傷兮,嗟子獨何以爲心。忽終章之慘烈兮,逝將去此而沉吟。吾豈不能高舉而遠游兮,又豈不能退默而深居?獨噭噭其怨慕兮,恐君臣之愈疏。生既不能力争而强諫兮,死猶冀其感發而改行。苟宗國之顛覆兮,吾亦獨何愛於久生。(**李卓吾眉**)曲折深至,描盡忠臣心事。托江神以告冤兮,馮夷教之以上訴。歷九關而見帝兮,帝悲傷而不能救。懷瑾佩蘭而無所歸兮,獨煢煢乎中浦。峽山高兮崔嵬,故居廢兮行人哀。子孫散兮安在,况復見兮高臺。(**凌孟昭眉**)寓有無限感慨。自子之逝今千載兮,世愈狹而難存。賢者畏譏而改度兮,隨俗變化斫方以爲圓。(**黄宗一眉**)想長公有此慨世意,故借屈原以發之。黽勉於亂世而不能去兮，又或爲之臣佐。變丹青於玉瑩兮，彼乃謂子爲非智。惟高節之不可以企及兮，宜夫人之不吾與。違國去俗死而不顧兮，豈不足以免於後世。嗚呼！君子之道，豈必全兮。全身遠害，亦或然兮。嗟子區區，獨爲其難兮。（**高啓夾**）應前處死句。雖不適中，（**李卓吾夾**）胡説。要以爲賢兮。夫我何悲，子所安兮。

【彙評】

朱晦庵：坡公賦屈原，雖不專用楚語，然至末亂辭"君子之道，岂必全兮"數語，是爲有發於原之心而其詞氣亦若有冥會者矣。

儲欣：品陟靈均，絶確。

王芑孫：湛鬱之思，出以疏暢，善爲不似之似。癸亥十月㮨園。

《**東坡先生全集録**》：品隲靈鈞，絶確。

昆陽城賦

淡平野之靄靄，忽孤城之如塊。風吹沙以蒼莽，悵樓櫓之安在。横門豁以四達，故道宛其未改。彼野人之何知，方傴僂而畦菜。嗟夫，昆陽之戰，屠百萬於斯須，曠千古而一快。想尋邑之來陣，兀若驅雲而擁海。猛士扶輪以蒙茸，虎豹雜沓而横潰。罄天下於一戰，謂此舉之不再。方其乞降而未獲，固已變色而驚悔。忽千騎之獨出，犯初鋒於未艾。始憑軾而大笑，旋棄鼓而投械。紛紛籍籍死於溝壑者，不知其幾何人，或金章而玉佩。彼狂童之僭竊，蓋已旋踵而將敗。豈豪傑之能得，盡市井之無賴。貢符獻瑞一朝而成群兮，紛就死之何怪。獨悲傷於嚴生，懷長才而自浼。豈不知其必喪，獨徘徊其安待。過故城而一吊，增志士之永慨。

後杞菊賦(並叙)

天隨生自言常食杞菊。及夏五月,枝葉老硬,氣味苦澀,猶食不已。因作賦以自廣。始余嘗疑之,以爲士不遇,窮約可也,至於飢餓嚼齧草木,則過矣。而余仕宦十有九年,家日益貧,衣食之奉,殆不如昔者。及移守膠西,意且一飽,而齋厨索然,不堪其憂。日與通守劉君廷式,循古城廢圃,求杞菊食之,捫腹而笑。然後知天隨之言,可信不繆。作《後杞菊賦》以自嘲,且解之云。

"吁嗟先生,誰使汝坐堂上稱太守?前賓客之造請,後掾屬之趨走。朝衙達午,夕坐過酉。曾杯酒之不設,攬草木以誑口。對案顰蹙,舉箸噎嘔。昔陰將軍設麥飯與葱葉,井丹推去而不嗅。怪先生之眷眷,豈故山之無有?"先生听然而笑曰:"人生一世,如屈伸肘。(**李卓吾夾**)可惜説道理去了。何者爲富?何者爲美?何者爲陋?或糠核而瓠肥,或粱肉而墨瘦。何侯方丈,庾郎三九。較豐約於夢寐,卒同歸於一朽。吾方以杞爲糧,以菊爲糗。春食苗,夏食葉,秋食花實而冬食根,庶幾乎西河、南陽之壽。"

【彙評】

李塗:班固賦設問答最弱,如西都責東都主人之類。至子瞻《後枸菊賦》起句云"吁嗟先生,誰使汝坐堂上稱太守",便自風采百倍。

服胡麻賦(並叙)

始余嘗服茯苓,久之良有益也。夢道士謂余:"茯苓燥,當雜胡麻食之。"夢中問道士:"何者爲胡麻?"道士言:"脂麻是也。"既而讀《本草》,云:"胡麻,一名狗蝨,一名方莖,黑者爲巨勝。其油正可作食。"則胡麻之爲脂麻,信矣。又云:"性與茯苓相宜。"於是始異斯夢,方將以其説食之,而子由賦茯苓以示余。乃作《服胡麻賦》以答之。世間人聞服脂麻以致神仙,必大笑。求胡麻而不可得,則取山苗野草之實以當之,此古所謂"道在邇而求諸遠"者歟?其詞曰:

我夢羽人,頎而長兮。惠而告我,藥之良兮。喬松千尺,老不僵兮。流膏入土,龜蛇藏兮。得而食之,壽莫量兮。於此有草,衆所嘗兮。狀如狗蝨,其莖方兮。夜炊晝曝,久乃藏兮。茯苓爲君,此其相兮。我興發書,若合符兮。乃瀹乃蒸,甘且腴兮。補填骨髓,流髪膚兮。是身如雲,我何居兮。長生不死,道之餘兮。神藥如蓬,生爾廬兮。世人不信,空自劬兮。搜抉異物,出怪迂兮。槁死空山,固其所兮。至陽赫赫,發自坤兮。至險肅肅,躋於乾兮。寂然反照,珠在淵兮。沃之不滅,又不燔兮。長虹流電,光燭天兮。嗟此區區,何與於其間兮。譬之膏油,火之所傳而已耶?

赤壁賦

(**李九我眉**)此賦效莊騷,其天然之才,淵然之識,具見之矣。

壬戌之秋,七月既望,(**余誠評**)從游之年月日起,確是"敷陳其事而直言之"之語。蘇子與客泛舟游於赤壁之下。(**余誠評**)夫客,夫舟,夫游赤壁。以上四語,題面點清,下面全皆從此生出。清風徐來,水波不興。(**余誠評**)點出風,(**高啓夾**)真樂。舉酒屬客,誦明月之詩,歌窈窕之章。(**邵二泉眉**)"風月"二字,是一篇張本。(**高啓夾**)情景逼真。少焉,(**余誠評**)點出月。"風月"二字,一篇張本。署

“少焉”二字妙，恰是既望之月。月出於東山之上，徘徊於斗牛之間。（**余誠評**）“徘徊”句亦妙，見月之遲遲而出也。

白露横江，水光接天。（**余誠評**）恰是秋夜之景。讀此等處，當悟篇首著年月之妙。縱一葦之所如，凌萬頃之茫然。（**高啓夾**）二語豪壯。浩浩乎如馮虚御風，而不知其所止，飄飄乎如遺世獨立，羽化而登仙。（**陳眉公眉**）述樂景，斐斐疊疊，令人心豁。於是飲酒樂甚，扣舷而歌之。（**余誠評**）緊接上來。前“屬客”句以點飲酒，此又藉以生出樂字，伏後悲字。歌曰：“桂棹兮蘭槳，擊空明兮泝流光。渺渺兮予懷，望美人兮天一方。”（**謝疊山夾**）學楚騷。（**余誠評**）從《楚詞》脱化來。客有吹洞簫者，倚歌而和之，其聲嗚嗚然，如怨如慕，如泣如訴。餘音嫋嫋，不絶如縷。舞幽壑之潛蛟，泣孤舟之嫠婦。（**陸少石眉**）恍若荆卿歌漸離擊筑燕市之態。（**余誠評**）極摹其聲之悲，以起下“愀然”之問。當知此是借客作波是實，□是妙文，會心人自能得知。

蘇子愀然，正襟危坐，而問客曰：“何爲其然也？”客曰：“‘月明星稀，烏鵲南飛。’此非曹孟德之詩乎？西望夏口，東望武昌。山川相繆，鬱乎蒼蒼。此非孟德之困于周郎者乎？方其破荆州，下江陵，順流而東也，舳艫千里，旌旗蔽空，釃酒臨江，横槊賦詩，固一世之雄也，而今安在哉？（**茅鹿門眉**）長公於赤壁有此一段，纔作此賦。（**錢文登眉**）曹氏父子，聲勢一時，今惟空江夕流而已，所以思昔而悲今也。况吾與子漁樵於江渚之上，侣魚蝦而友麋鹿。駕一葉之扁舟，舉匏尊以相屬。寄蜉蝣於天地，渺滄海之一粟。哀吾生之須臾，羨長江之無窮。挾飛仙以遨游，抱明月而長終。知不可乎驟得，托遺響於悲風。”（**余誠評**）“月明”一段觸景生情，却借客發出，是立言最妙處。（**儲欣評**）就客口中感慨榮謝，得體，未免難爲孟德耳。

蘇子曰："客亦知夫水與月乎？逝者如斯，而未嘗往也。盈虚者如彼，而卒莫消長也。(**余誠評**)"逝者"句説水，"盈虚"句説月。蓋將自其變者而觀之，(**李卓吾夾**)正好發揮，可惜説道理了。則天地曾不能以一瞬；自其不變者而觀之，(**李卓吾夾**)俗氣甚。則物與我皆無盡也，而又何羡乎？(**茅鹿門眉**)長公有此一段見解，纔借周瑜事相感發。(**謝疊山夾**)全學莊子情思。且夫天地之間，物各有主，苟非吾之所有，雖一毫而莫取。惟江上之清風，與山間之明月，(**高啓夾**)應前"清風徐來，月出東山"句。耳得之而爲聲，目遇之而成色，取之無禁，用之不竭，是造物者之無盡藏也，而吾與子之所共適。"(**錢文登眉**)即水月天地以自解，胸中自有灑脱境界。(**儲欣眉**)出入仙佛，賦一變矣。

客喜而笑，洗盞更酌。(**余誠評**)收前悲樂二層。肴核既盡，杯盤狼藉。相與枕藉乎舟中，不知東方之既白。(**沈晴峰眉**)束得瀟灑脱凡。

【彙評】

謝疊山：此賦學莊騷文法，無一句與莊騷相似，非超然之才，絶倫之識，不能爲也。瀟灑神奇，出塵絶俗，如乘虚御風而立乎九霄之上，俯視六合，何物茫茫，非惟不挂之齒牙，亦不足入其靈臺丹府也。

錢文登：按子由《墓誌》云，謫居黄，杜門深居，馳騁翰墨，其文一變如川之方至，此二賦正先生文機流溢時所作也。故其豪思逸氣，激壯雄飛，超絶古今如此。

鄭之惠：騷賦祖于屈宋，窮工極肆若長卿者，可爲兼之子雲，宏麗益于《高唐》《長門》，凄婉不下《九章》，又有賦事物如《蕪城》。《赤壁》、《恨别》兩賦，亦皆原本屈宋，第語稍浮露，若文通高華，子瞻飄灑，各自擅場。世之耳食者，聞宋無賦，詆兩《赤壁》不直一錢，則屈三閭不應有《卜居》《漁父》，且文何定體，即三閭又從何處得來？

儲欣：行歌笑傲，憤世嫉邪。

沈欽韓：所見無絶殊者，而文境邈不可攀，良由身閑地曠，胸無雜物，觸處流露，斟酌飽滿，不知其所以然而然。豈惟他人不能摹仿，即使子瞻更爲之，亦不能如此調適而暢遂也。

茅鹿門：予嘗謂東坡文章，仙也。讀此二賦，令人有遺世之想。

余誠：起首一段就風月上寫游赤壁情景，原自含共適之意。入後從渺渺予懷引出客簫，復從客簫借吊古意發出物我皆無盡的大道理。説到這個地位，自然可以共適，而平日一肚皮不合時宜都消歸烏有，那復有人世興衰成敗在其意中。尤妙在"江上"數語，回應起首，始終總是一個意思。游覽一小事耳，發出這等大道理，遂堪不朽。若不是此篇妙賦，千載下誰知赤壁曾爲蘇子游？篇中韻凡十三易。〇東坡年四十七謫居黄州，寓居臨臯亭，游赤壁而作。是賦曰前賦，别於後也。江漢之間名赤壁者三焉：一在漢水側竟陵東，即復州；一在齊安郡步下即黄州；一在江夏西南一百里許，屬漢陽縣。破曹赤壁乃江夏西南者，東坡赤壁則係黄州，與復州赤壁皆是天生赤石之壁，非猶江夏西南緣火攻而赤者也。東坡特借景以吊古耳。

高嵣：有摹景處，有寄情處，有感慨處，有灑脱處，此賦仙也。

儲欣：行歌笑傲，憤世嫉邪。

吴汝綸：全不經意，妙合自然，《赤壁賦》亦如此。

後赤壁賦

（**茅鹿門旁**）蕭瑟。

是歲十月之望，步自雪堂，將歸於臨臯。（**余誠評**）"是歲"遥接前篇"壬戌"二字來。此篇亦從年月日直起，總之，賦體斷無不賦起者。二客從予,過黄泥之坂。霜露既降,木葉盡脱。人影在地,仰見明月。(**儲欣評**)"人影在地"數句,天然景。(**高啓夾**)形容景物趣甚。(**儲欣眉**)天然景。顧而樂之,行歌相答。(**余誠評**)未游先樂先歌,與前篇游而後樂後歌亦异。已而嘆曰:(**余誠評**)"已而"二字妙,方漸轉得到游上。"有客無酒,有酒無肴,月白風清,如此良夜何?"(**余誠評**)"有客"二句,酒肴從客、主出,不似前篇點在游後,是其變换之巧。"所止"二句仍從風月上坐清。客曰:"今者薄暮,舉網得魚,巨口細鱗,狀似松江之鱸,顧安所得酒乎?"(**楚客眉**)《後赤壁賦》尺幅不多,巨口細鱗一段,反覺閑語寬句。歸而謀諸婦。婦曰:"我有斗酒,藏之久矣,以待子不時之須。"於是攜酒與魚,復游於赤壁之下。(**余誠評**)"於是"句便結過酒,故以後勿復再提,不似前篇三點"欲酒",亦是變换之巧。(**錢文登眉**)狀景寫情,字字如畫。江流有聲,斷岸千尺。山高月小,水落石出。曾日月之幾何,而江山不可復識矣。(**高啓夾**)纔是再游。(**余誠評**)"江流"十六句是七月江山之景。予乃攝衣而上,(**余誠評**)"予乃"句爲捨舟上岸,□開一游法,視前篇終始在舟亦變换矣。履巉岩,(**余誠評**)"履巉岩"八句,字句奇甚,披蒙茸,踞虎豹,登虬龍,攀棲鶻之危巢,俯馮夷之幽宫。蓋二客不能從焉。(**余誠評**)"蓋二客"句借二客以起下文孤往不能久留之意。回視前番與客共游,到底又變换矣。劃然長嘯,草木震動,山鳴谷應,風起水涌。(**吕雅山眉**)寫景處,胸中瀟灑,筆下龍蛇。予亦悄然而悲,肅然而恐,凛乎其不可留也。反而登舟,放乎中流,聽其所止而休焉。(**儲欣夾**)此下興趣反減。(**弘曉甲眉**)借鶴與道士之夢以發胸中曠達今古之思。時夜將半,四顧寂寥,適有孤鶴,横江東來,翅如車輪,玄裳縞衣,戛然長鳴,掠予舟而西也。(**高啓夾**)李[卓吾]云:無中生有,極幻極奇。

須臾客去,予亦就睡,(**余誠評**)又不復前番相與枕藉舟中矣。

夢一道士羽衣翩躚,過臨皋之下,揖予而言曰:"赤壁之游樂乎?"(**余誠評**)如此了結,猶出人意表。問其姓名,(**余誠評**)問得奇。俯而不答。(**余誠評**)不名更奇,俱是夢中幻境。嗚呼噫嘻,我知之矣!"疇昔之夜,飛鳴而過我者,非子也耶?"道士顧笑,(**余誠評**)仍是不答意,欲又復前篇"笑"字,但道士與客有異耳。予亦驚悟。開户視之,不見其處。(**余誠評**)結得入化。(**李卓吾夾**)收亦奇。(**茅鹿門眉**)借鶴與道士之夢以發胸中曠達古今之旨。(**邵二泉眉**)兩賦只看他收煞處,文字奇過人萬萬。

【彙評】

王芑孫:清迴尤勝前篇。

錢文登:讀此作與《石鐘山記》,乃知坡公有山水之癖者,其于文也,馳驟吞吐,怪怪奇奇,殆得之山水間者乎?

李九我:誦《前赤壁賦》,已盡其妙。後賦尤精於體物,玩"山高"二句,語自天巧。末設夢與道士數句,尤見於無中生有。

羅大詮:太史公《伯夷傳》、東坡《赤壁賦》,古今絶唱。

袁中郎:《前赤壁賦》爲禪法道理所障,如老學究着深衣,遍體是板。《後賦》平叙中有無限光景,至末一段,即子瞻亦不知其所以妙。

凌啓康:東坡在儋耳,與客論食品書紙,末云:既飽以卧,使人誦東坡先生前、後《赤壁賦》,亦足以一笑也。觀此,有謂曹大家輩,諸賦尚得争衡,獨此二賦,一洗萬古,不能仿佛其一語,良然。

茅鹿門:予嘗謂:"東坡,文章仙也。"讀赤壁二賦,令人有遺世之想。

李卓吾:前賦説道理,時有頭巾氣。此則靈空奇幻,筆筆欲仙。

華淑:赤壁後賦直平叙,却有無限光景。只似人家小集,偶爾飣餖,歡笑自發,比特地排當者,其樂十倍。

鄭之惠:子雲所云不從人間來者,眼前景徑一道破,便似宇宙今日始開,只"山高月小,水落石出""山鳴谷應,風起水涌"十六字,試讀之,占幾許風景。

弘曉乙：文章孤峭，宛然十月光景，末一段奇絶。

弘曉甲：前此有事來游，却未登山，此則無事復至，而備領登臨之趣，"孤鶴"一段尤屬非非然。

余誠：前篇無從照管後篇，後篇必要照管前篇，此人所知也。然此賦與前賦有同處，有异處，有同而异處，有异而同處，尤不可不知。何謂同？兩篇皆以客作波，風月生情，酒肴點綴，□爲歸結，此同處也。前賦確切前游情景，後賦則又確切後游情景，種種各别，豈不迥異？至前賦各用渾言，此明指二客，前賦風月，首尾照應，此只一二處點染，前賦三及飲酒，此一入題便止，前賦與客枕藉舟中，此賦客去就睡屋内，筆法隨處變换，故曰同而异也。究之兩賦情景與兩賦筆法雖皆异，而著思之奇同，措詞之工同，見地之高同，結構之妙同，語語之皆仙，筆筆之入化，亦無一不同。人能詳兩賦同异而熟讀之，何患不增長許多學問，開悟無限法門。此篇詩十一换韻。

茅鹿門：蕭瑟。借鶴與道士之夢，以發胸中曠達今古之思。

天慶觀乳泉賦

陰陽之相化，天一爲水。六者其壯，而一者其稚也，夫物老死於坤，而萌芽於復。故水者，物之終始也。意水之在人寰也，如山川之蓄雲，草木之含滋，漠然無形而爲往來之氣也。爲氣者水之生，而有形者其死也。死者鹹而生者甘，甘者能往能來，而鹹者一出而不復返，此陰陽之理也。吾何以知之？（**鍾惺夾**）鬆。蓋嘗求之於身而得其説。（**鍾惺夾**）緊。凡水之在人者，爲汗、爲涕、爲洟、爲血、爲溲、爲矢、爲涎、爲沫，此數者，皆水之去人而外騖，然後肇形於有物，皆鹹而不能返。故鹹者九而甘者一。一者何也？唯華池之真液，下涌於舌底，而上流於牙頰，甘而不壞，白而不濁，宜古之仙者以是爲金丹之祖，長生不死之藥也。（**鍾惺眉**）“氣”字後補一“理”字，“理”字後補一“藥”字，奇妙淹通。今夫水之在天地之間者，下則爲江湖井泉，上則爲雨露霜雪，皆同一味之甘，是以變化往來，有逝而無竭。（**鍾惺夾**）又就人身上推開説到天地。

故海洲之泉必甘，而海雲之雨不鹹者，如涇渭之不相亂，河濟之不相涉也。若夫四海之水，與凡出鹽之泉，皆天地之死氣也。故能殺而不能生，能槁而不能浹也。豈不然哉？吾謫居儋耳，卜築城南，鄰于司命之宫，百井皆鹹，而醪醴湩乳，獨發於宫中，給吾飲食酒茗之用，蓋沛然而無窮。吾嘗中夜而起，挈瓶而東。有落月之相隨，無一人而我同。汲者未動，夜氣方歸。鏘瓊佩之落谷，灩玉池之生肥。吾三咽而遄返，惟守神之訶譏。却五味以謝六塵，悟一真而失百非。信飛仙之有藥，中無主而何依。渺松喬之安在，猶想像於庶幾。（**某在海南作此賦，未嘗示人，既渡海，親寫二本，一以示秦少游，一以示劉元忠。建中靖國元年三月二十一日。**）

【彙評】

鍾惺：赤壁二賦皆賦之變也，此又變中之至理奇趣，故取此可以該彼。○前無此説，一説後便覺有此理，凡詩文奇妙處皆然。

李塗：《天慶觀乳泉賦》理到。

洞庭春色賦（並引）

安定郡王以黄柑釀酒，名之曰洞庭春色，其猶子德麟得之以餉

余,戲作賦曰:

吾聞橘中之樂,不減商山。豈霜餘之不食,而四老人者游戲於其間?悟此世之泡幻,藏千里於一斑。舉棗葉之有餘,納芥子其何艱。宜賢王之達觀,寄逸想于人寰。嫋嫋兮春風,泛天宇兮清閑。吹洞庭之白浪,漲北渚之蒼灣。攜佳人而往游,勒霧鬢與風鬟。命黄頭之千奴,卷震澤而與俱還。糅以二米之禾,藉以三脊之菅。忽雲蒸而冰解,旋珠零而涕潸。翠勺銀罌,紫絡青綸。隨屬車之鴟夷,款木門之銅鐶。分帝觴之餘瀝,幸公子之破慳。我洗盞而起嘗,散腰足之痹頑。盡三江於一吸,吞魚龍之神奸。醉夢紛紜,始如髦蠻。鼓巴山之桂楫,扣林屋之瓊關。卧松風之瑟縮,揭春溜之淙潺。追范蠡於渺茫,吊夫差之煢鰥。屬此觴於西子,洗亡國之愁顔。驚羅襪之塵飛,失舞袖之弓彎。覺而賦之,以授公子曰:"烏乎噫嘻,吾言誇矣,公子其爲我删之。"

中山松醪賦

(錢東湖眉)文致裴亹,真仙子也。**(高啓旁)**子美詩有云,松醪酒熟旁看醉。

始余宵濟於衡漳,車徒涉而夜號。燧松明而識淺,散星宿於亭皋。鬱風中之香霧,若訴予以不遭。豈千歲之妙質,而死斤斧於鴻毛。效區區之寸明,曾何異於束蒿。爛文章之糾纏,驚節解而流膏。嗟構厦其已遠,尚藥石之可曹。收薄用於桑榆,製中山之松醪。救爾灰燼之中,免爾螢爝之勞。取通明於盤錯,出肪澤於烹熬。與黍麥而皆熟,沸春聲之嘈嘈。味甘餘而小苦,嘆幽姿之獨高。知甘酸之易壞,笑凉州之蒲萄。似玉池之生肥,非内府之蒸羔。酌以癭藤之紋樽,薦以石蟹之霜螯。曾日飲之幾何,覺天刑之可逃。投拄杖而起行,罷兒童之抑搔。望西山之咫尺,欲褰裳以游遨。跨超峰之奔鹿,接挂壁之飛猱。遂從此而入海,渺翻天之雲濤。使夫嵇、阮之倫,與八仙之群豪。或騎麟而翳風,争榼挈而瓢操。顛倒白綸巾,淋漓宫錦袍。追東坡而不可及,歸餔歠其醨糟。漱松風於齒牙,猶足以賦《遠游》而續《離騷》也。(**吕雅山眉**)東處勢如駿馬,下坂超忽絶塵。

【**彙評**】

高啓:作語鮮麗,有江鮑之致,是長公變格。

鄭之惠:長公自言後生讀此文可長才思。

沉香山子賦(子由生日作)

古者以芸爲香,以蘭爲芬,以鬱鬯爲祼,以脂蕭爲焚,以椒爲塗,以蕙爲薰。杜衡帶屈,菖蒲薦文。麝多忌而本羶,蘇合若薌而實葷。嗟吾知之幾何,爲六入之所分。方根塵之起滅,常顛倒其天君。每求似於仿佛,或鼻勞而妄聞。獨沉水爲近正,可以配薝蔔而並云。矧儋崖之異産,實超然而不群。既金堅而玉潤,亦鶴骨而龍筋。惟膏液之内足,故把握而兼斤。顧占城之枯朽,宜爨釜而燎蚊。宛彼小山,巉然可欣。如太華之倚天,象小孤之插雲。往壽子之生朝,以寫我之老勤。子方面壁以終日,豈亦歸田而自耘。幸置此於几席,養幽芳於帨帉。無一往之發烈,有無窮之氤氲。蓋非獨以飲東坡之壽,亦所以食黎人之芹也。

稚酒賦（一作《酒子賦》。並引）

南方釀酒，未大熟，取其膏液，謂之酒子，率得十一。既熟，則反之醅中。而潮人王介石，泉人許珏，乃以是餉余，寧其醅之漓，以蘄予一醉。此意豈可忘哉？乃爲賦之。

米爲母，麴其父。蒸羔豚，出髓乳。憐二子，自節口。餉滑甘，輔衰朽。先生醉，二子舞。歸瀹其糟飲其友。先生既醉而醒，醒而歌之曰：吾觀稚酒之初泫兮，若嬰兒之未孩。及其溢流而走空兮，又若時女之方笄。割玉脾於蜂室兮，氄雛鵝之毰毸。味盎盎其春融兮，氣凜冽而秋淒。自我皤腹之瓜罌兮，入我凹中之荷杯。暾朝霞於霜（一作暘。）谷兮，蒙夜稻於露（一作霜。）畦。吾飲少而輒醉兮，與百榼其均齊。游物初而神凝兮，反實際而形開。顧無以酢二子之勤兮，出妙語爲瓊瑰。歸懷璧且握珠兮。挾所有以傲厥妻。遂諷誦以忘食兮，殷空腸之轉雷。

濁醪有妙理賦（神聖功用無捷於酒）

酒勿嫌濁，人當取醇。失憂心於昨夢，信妙理之疑神。渾盎盎以無聲，始從味入；杳冥冥其似道，徑得天真。伊人之生，以酒爲命。常因既醉之適，方識此心之正。稻米無知，豈解窮理；麴蘖有毒，安能發性。（**高啓夾**）有此一轉，文氣便覺悠揚。（**沈晴峰眉**）説無知有毒，仍是不溺酒者。乃知神物之自然，蓋與天工而相並。得時行道，我則師齊相之飲醇；遠害全身，我則學徐公之中聖。湛若秋露，穆如春風。疑宿雲之解駁，漏朝日之暾紅。初體粟之失去，旋眼花之掃空。酷愛孟生，知其中之有趣；猶嫌白老，不頌德而言功。兀爾坐忘，浩然天縱。如如不動而體無礙，了了常知而心不用。坐中客滿，惟憂百榼之空；身後名輕，但覺一杯之重；今夫明月之珠，不可以襦；夜光之璧，不可以餔。芻豢飽我而不我覺，布帛燠我而不我娱。（**吕雅山眉**）以此形彼，長公每得此法。惟此君獨游萬物之表，蓋天下不可一日而無。在醉常醒，孰是狂人之藥；得意忘味，始知至道之腴。又何必一石亦醉，罔間州閭；五斗解酲，不問妻妾。結襪庭中，觀廷尉之度量；脱靴殿上，誇謫仙之敏捷。陽醉逷地，常陋王式之褊；嗚歌仰天，每譏楊惲之狹。我欲眠而君且去，有客何嫌；人皆勸而我不聞，其誰敢接。殊不知人之齊聖，匪昏之如。古者晤語，必旅之於獨醒者，汨羅之道也；屢舞者，高陽之徒歟？惡蔣濟而射木人，又何狷淺；殺王敦而取金印，亦自狂疏。（**王浚川眉**）單説飲酒更不一斥溺酒者，便覺索然無味。長公逐一道破，非惟文章得法，説理亦勝。故我内全其天，外寓於酒。濁者以飲吾僕，清者以酌吾友。（**陸少石眉**）内全其天，外寓於酒，是飲酒法。○清濁分别從滄浪歌得來。吾方耕於渺莽之野，而汲於清泠之淵，以釀此醪，然後舉窪樽而屬吾口。

【彙評】

鄭之惠：用制舉體，且法且諧，使人喜看。

老饕賦

庖丁鼓刀，易牙烹熬。水欲新而釜欲潔，火惡陳（**江右久不改火，火色皆青。**）而薪惡勞。（**王聖俞夾**）入底裏語。九蒸暴而日燥，百上下而湯鏖。嘗項上之一臠，嚼霜前之兩螯。爛櫻珠之煎蜜，滃杏酪之蒸羔。蛤半熟而含酒，蟹微生而帶糟。蓋聚物之夭美，以養吾之老饕。婉彼姬姜，顔如李桃。彈湘妃之玉瑟，鼓帝子之雲璈。命仙人之萼緑華，舞古曲之《鬱輪袍》。引南海之玻黎，酌凉州之蒲萄。願先生之耆壽，分餘瀝於兩髦。候紅潮於玉頰，驚暖響於檀槽。忽累珠之妙唱，抽獨蠒之長繰。閔手倦而少休，疑吻燥而當膏。倒一缸之雪乳，列百梔之瓊艘。各眼灩於秋水，咸骨醉於春醪。美人告去已而雲散，先生方兀然而禪逃。響松風於蟹眼，浮雪花於兔毫。先生一笑而起，渺海闊而天高。

【彙評】

王聖俞：夭美老饕，設語甚新，雖標豔賞，意不屑屑。

陳天定：流麗清曠，如春帆映日，浮於雲渚。

菜羹賦(並叙)

東坡先生卜居南山之下，服食器用，稱家之有無。水陸之味，貧不能致，煮蔓菁、蘆菔、苦薺而食之。其法不用醯醬，而有自然之味，蓋易而可常享。乃爲之賦，辭曰：

嗟余生之褊迫，如脱兔其何因。殷詩腸之轉雷，聊禦餓而食陳。無芻豢以適口，荷鄰蔬之見分。汲幽泉以揉濯，搏露葉與瓊根。爨鉶錡以膏油，泫融液而流津。適湯蒙如松風，投糝豆而諧匀。覆陶甌之穹崇，罷攪觸之煩勤。屏醯醬之厚味，却椒桂之芳辛。水耗初而釜治，火增壯而力均。滃嘈雜而廉清，信净美而甘分。登盤盂而薦之，具匕筴而晨飧。助生肥於玉池，與吾鼎其齊珍。鄙易牙之效技，超傅説而策勳。沮彭尸之爽惑，調竈鬼之嫌嗔。嗟丘嫂其自隘，陋樂羊而匪人。先生心平而氣和，故雖老而體胖。忘口腹之爲累，似不殺而成仁。竊比余於誰歟？葛天氏之遺民。

颶風賦(並叙)

《南越志》：熙安間多颶風。颶者，具四方之氣也，嘗以五六月發。未至時，雞犬爲之不鳴。又《嶺表録》云：秋夏間有暈如虹者，謂之颶母，必有飄風。

仲秋之夕，客有叩門指雲物而告余曰："海氛甚惡，非祲非祥。斷霓飲海而北指，赤雲夾日而南翔。此颶之漸也，子盍備之？"語未卒，庭户肅然，槁葉蔌蔌。驚鳥疾呼，怖獸辟易。忽野馬之決驟，矯退飛之六鷁，襲土囊而暴怒，掠衆竅之叱吸。余乃入室而坐，斂袵變容。客曰："未也，此颶風之先驅爾。"少焉，排户破牖，隕瓦擗屋。礌擊巨石，揉拔喬木。勢翻渤澥，響振坤軸。疑屏翳之赫怒，執陽侯而將戰。鼓千尺之清瀾，翻百仞之陵谷，吞泥沙於一卷，落崩崖於再觸。列萬馬而並騖，潰千車而争逐。虎豹讋駭，鯨鯢奔蹙。類鉅鹿之戰，殷聲呼之動地；似昆陽之役，舉百萬於一覆。余亦爲之股栗毛聳，索氣側足。夜拊榻而九徙，晝命龜而三卜。蓋三日而後息也。父老來唁，酒漿羅列，勞來僮僕，懼定而説。理草木之既偃，輯軒檻之已折。補茅屋之罅漏，塞墻垣之隤缺。已而山林寂然，海波不興，動者知止，鳴者自停。湛天宇之蒼蒼，流孤月之熒熒。忽悟且嘆，莫知所營。嗚呼，小大出於相形，憂喜出於相遇。昔之飄然者，若爲巨耶？吹萬不同，果足怖耶？蟻之緣也吹則墜，蚋之集也呵則舉。夫嘘呵曾不能以振物，而施之二蟲則甚懼。鵬水擊而三千，摶扶摇而九萬。彼視吾之惴栗，亦爾汝之相莞。均大塊之噫氣,奚巨細之足辯? 陋耳目之不廣,爲外物之所變。且夫萬象起滅,衆怪耀眩,求仿佛於過耳,視空中之飛電。則向之所謂可懼者,實耶虚耶,惜吾知之晚也。

黠鼠賦

蘇子夜坐,有鼠方齧。拊床而止之,既止復作。使童子燭之,有橐中空。嘐嘐聱聱,聲在橐中。曰:"噫,此鼠之見閉而不得去者也。"發而視之,寂無所有。(**高啓夾**)譎甚怪甚。舉燭而索,中有死鼠。童子驚曰:"是方齧也,而遽死耶? 向爲何聲,豈其鬼耶?"(**高啓夾**)好摹寫。覆而出之,墮地乃走,雖有敏者,莫措其手。(**高啓夾**)更譎更怪。蘇子嘆曰:"異哉,是鼠之黠也! 閉於橐中,橐堅而不可穴也。故不齧而齧,以聲致人;不死而死,以形求脱也。(**高啓眉**)陡接發論。吾聞有生,莫智於人。擾龍、伐蛟、登龜、狩麟,役萬物而君之,(**高啓夾**)甚偉。卒見使於一鼠,墮此蟲之計中,驚脱兔於處女。烏在其爲智也?"坐而假寐,私念其故。若有告余者曰:"汝爲多學而識之,望道而未見也。(**李卓吾夾**)可惜説道理了。不一於汝,而二於物,故一鼠之齧而爲之變也。(**王聖俞夾**)精奇。人能碎千金之璧而不能無失聲於破釜;能搏猛虎,不能無變色於蜂蠆,此不一之患也。(**高啓眉**)"千金之璧"數語勘破千古人。言出於汝,而忘之耶?"余俯而笑,仰而覺。使童子執筆,記余之作。

【彙評】

王聖俞:莊生之文,以小物逗玄理,如解牛、承蜩之類。是作可與驂駕。

鄭之惠：陸平原云"賦體物而瀏亮"，如此賦則誠物矣。

林西仲：一篇小小題目文字耳。直叙處，寫景難得如此之真；品題處，煉句難得如此之雅；翻駁處，説到人之智，引"擾龍"四事爲證，落想難得如此之奇；推原處，説到人之心，用"碎璧"四句爲喻，詮理難得如此之切。總之，他人胸中喀喀不能吐者，却能數筆寫得出；他人百千言不能盡者，却能數句寫得了。讀坡翁文，俱當在此處著眼，便得個中三昧，不必論題目之大小也。

凌啓康：東坡十來歲作《夏侯太初論》，用碎璧四語，爲老蘇所極愛。故曰"言出於汝，而忘之矣"。

陳天定：許大名理，説來如此透脱，前後點染，歷歷落落。

復改科賦

新天子兮，繼體承乾。老相國兮，更張孰先？憫科場之積弊，復詩賦以求賢。探經義之淵源，是非紛若；考辭章之聲律，去取昭然。原夫詩之作也，始于虞舜之朝；賦之興也，本自兩京之世。迤邐陳、齊之代，綿邈隋、唐之裔。故遒人徇路，爲察治之本；歷代用之，爲取士之制。追古不易，高風未替。祖宗百年而用此，號曰得人；朝廷一旦而革之，不勝其弊。謂專門足以造聖域，謂變古足以爲大儒，事吟哦者爲童子，爲雕篆者非壯夫。殊不知采摭英華也簇之如錦繡，較量輕重也等之如錙銖。韻韻合璧，聯聯貫珠。稽諸古其來尚矣，考諸舊不亦宜乎？特令可畏之後生，心潛六義；佇見大成之君子，名振三都。莫不吟詠五字之章，鋪陳八韻之旨。字應周天之日兮，運而無積；句合一歲之月兮，終而復始。過之者成疣贅之患，不及者貽缺折之毀。曲盡古人之意，乃全天下之美。遭逢日月，忻歡者諸子百家；抖擻歷圖，快活者九經三史。議夫賦曷可已，義何足非。彼文辭氾濫也，無所統紀；此聲律切當也，有所指歸。巧拙由一字之可見，美惡混千人而莫違。正方圓者必借於繩墨，定𣑭括者必在於樞機。所以不用孔門，惜揚雄之未達；其逢漢帝，嘉司馬之知微。噫！昔元豐之《新經》未頒，臨川之《字説》不作。止戈爲武兮，曾試於京國；通天爲王兮，必舒於禁籥。孰不能成始成終，誰不道或詳或略。秋闈較藝，終期李廣之雙雕；紫殿唱名，果中禰衡之一鶚。大凡法既久而必弊，士貽患而益深。謂罷於開封，則遠方之隘者，空自韞玉；取諸太學，則不肖之富者，私於懷金。雖負凌雲之志，未酬題柱之心。三舍既興，賄賂公行於庠序；一年爲限，孤寒半老於山林。自是憤愧者莫不顰眉，公正者爲之切齒。思罷者而未免，欲改之而未止。羽翼成商山之父，謳歌歸吾君之子。諫必行言必聽焉，此道飄飄而後起。

思子臺賦（並引）

余先君宫師之友史君，諱經臣，字彦輔，眉山人。與其弟沆子凝皆奇士，博學能文，慕李文饒之爲人，而舉其議論。彦輔舉賢良，不中第。子凝以進士得官，止著作佐郎。皆早死，且無子。有文數百篇，皆亡之。余少時常見彦輔所作《思子臺賦》，上援秦皇，下逮晉惠，復哀切，有補於世。蓋記其意而亡其辭。乃命過作補亡之篇，庶幾君子猶得見斯人胸懷之仿佛也。

客有自蜀游梁，傃關而東。覽河華之形勝兮，訪秦漢之遺宫。得歸然之頹基兮，並湖城之西墉。吊漢武之暴怒兮，悼戾園之憫凶。聞父老之哀嘆兮，猶有歸來望思之遺恫。吁大臺之讒頰兮，實咀毒而銜鋒。敗趙國於俯仰兮，又將覆劉氏之宗。

間漢武之多忌兮，謂左右之皆戎。殺陽石而未厭兮，又瘗禍於宫中。忸君王之好殺兮，視人命猶昆蟲。死者幾何人兮，豈問骨肉與王公。惑狂傅之淺謀兮，不忍忿忿而殺充。上曾不鑒余之無聊兮，實有豕心。負此名而欲亡兮，天下其孰吾容？

苟追死於泉鳩兮，冀稍久而自理。遘大患於倉猝兮，懷孤憤於永已。念君老而孰圖兮，嗟肉食其多鄙。獨三老與千秋兮，懷愛君之眷眷。犯雷霆之方怒兮，消積禍於一言。既沉冤之無告兮，戮讒人其已晚。幸曾孫之無恙兮，或慰夫九原。雖築臺其何救兮，固知已矣之不諫。魂煢煢乎其歸來兮，蓋庶幾於復見也。

昔秦之亡也，禍始於扶蘇。眇斯、高之羸豕兮。視其君猶乳虎。曾纊息之未定兮，乃敢探其穴而啖其雛。在晉四世，有君不惠。孽婦晨雊，强王定制。惟愍、懷之遭離兮，實追蹤於漢戾。顧孱後之何知兮，亦號呼於既逝。寫余哀於江陵兮，發故臣之幽契。仍築臺以望思兮，蓋援武以自例。

嗚呼噫嘻，可吊而不可哂兮，亦各言其子也。彼茂陵之雄傑兮，繫九戎而鞭百蠻。笑堯禹而陋湯武兮，蓋將與黄帝俱仙。及其失道於幾微兮，狐鬼生於左臂。如嬰兒之未孩兮，易耳目而不知。甘泉咫尺而不通兮，與式乾其何異。既上配於秦皇兮，又下比於晉惠。君子是以知狂聖之本同，而聰明之不可恃也。

覽觀古初，孰哲孰愚？皆知指笑乎前人，而莫知後之視余。方漢武之盛也，肯自比於驪山之朽骨，而况於金墉之獨夫乎？自今觀之，三后一律，皆以信讒而殺子，昵奸而敗國。吾築臺以寄哀，信同名而齊實。彼昏庸者固不足告也，吾將以爲明王之龜策。自建元以來，張湯、主父偃之流，與兩丞相、三長史之徒，皆以無罪而夷滅,一言以就誅。曾無興衰於既往,一洗其無幸。獨於據也悲歌慷慨,泣涕躊躇。嗚呼哀哉!莫有以楚靈王之言告者曰:“人之愛其子也,亦如余乎?”天道好還,以德爲符。惟孟德之鷙忍兮,亦嗜殺以爲娱。彼楊公之愛修兮,豈滅吾之蒼舒?恨元化之不可作兮,然後知鼠輩之果無。同舐犢於晚歲兮,又何怨於老臞。吾將以嗜殺爲戒也,故於末而並書。

卷三十四

叙二十五首

南行前集叙

夫昔之爲文者，非能爲之爲工，乃不能不爲之爲工也。山川之有雲霧，草木之有華實，充滿勃鬱，而見於外，夫雖欲無有，其可得耶！自少聞家君之論文。以爲古之聖人有所不能自已而作者。故軾與弟轍爲文至多，而未嘗敢有作文之意。己亥之歲，侍行適楚，舟中無事，博弈飲酒，非所以爲閨門之歡，而山川之秀美，風俗之樸陋，賢人君子之遺迹，與凡耳目之所接者，雜然有觸於中，而發於詠嘆。蓋家君之作與弟轍之文皆在，凡一百篇，謂之《南行集》。將以識一時之事，爲他日之所尋繹，且以爲得於談笑之間，而非勉强所爲之文也。時十二月八日，江陵驛書。

送章子平詩叙

觀《進士登科録》，自天聖初訖於嘉祐之末，凡四千五百一十有七人。其貴且賢，以名聞於世者，蓋不可勝數。數其上之三人，凡三十有九，而不至於公卿者，五人而已。可謂盛矣。《詩》曰："誕后稷之穡，有相之道。"我仁祖之於士也亦然。較之以聲律,取之以糊名,而異人出焉。是何術哉!目之所閱,手之所歷,口之所及,其人未有不碩大光明秀傑者也。此豈人力乎?天相之也。天之相人君,莫大於以人遺之。其在位之三十五年,進士蓋十舉矣,而得吾子平以爲首。子平以文章之美,經術之富,政事之敏,守之以正,行之以謙,此功名富貴之所迫逐而不赦者也。雖微舉首,其孰能加之。然且困躓而不信,十年於此矣。意者任重道遠,必老而後大成歟?不然,我仁祖之明,而天相之,遺之人以任其事,而豈徒然哉!熙寧三年冬,子平自右司諫直集賢院,出牧鄭州。士大夫知其將用也,十月丁未,會於觀音之佛舍,相與賦詩以餞之。余於子平爲同年友,衆以爲宜爲此文也,故不得辭。

牡丹記叙

熙寧五年三月二十三日,余從太守沈公觀花於吉祥寺僧守璘之圃。圃中花千本,其品以百數,酒酣樂作,州人大集,金盤彩籃以獻於坐者,五十有三人。飲酒樂甚,素不飲者皆醉。自輿臺皂隸皆插花以從,觀者數萬人。明日,公出所集《牡丹記》十卷以示客,凡牡丹之見於傳記與栽植培養剥治之方,古今詠歌詩賦,下至怪奇小説皆在。余既觀花之極盛,與州人共游之樂,又得觀此書之精究博備,以爲三者皆可紀,而公又求余文以冠於篇。

蓋此花見重於世三百餘年,窮妖極麗,以擅天下之觀美,而近歲尤復變態百出,務爲新奇以追逐時好者,不可勝紀。此草木之智巧便佞者也。今公自耆老重德,而余又愚蠢迂闊,舉世莫與爲比,則其於此書,無乃皆非其人乎?然鹿門子常怪宋廣平之爲人，意其鐵心石腸，而爲《梅花賦》，則清便豔發，得南朝徐庾體。(李卓吾夾)妙。今以余觀之，凡托於椎陋以眩世者，又豈足信哉！余雖非其人，强爲公紀之。公家書三萬卷，博覽强記，遇事成書，非獨牡丹也。

送杭州進士詩叙

右《登彼公堂》四章，章四句，太守陳公之詞也。蘇子曰：士之求仕也，志於得也，仕而不志於得者，僞也。苟志於得而不以其道，視時上下而變其學，曰：吾期得而已矣。則凡可以得者，無不爲也，而可乎？昔者齊景公田，招虞人以旌，不至。孔子善之，曰："招虞人以皮冠。"夫旌與皮冠，於義未有損益也，然且不可，而况使之棄其所學，而學非其道歟？熙寧五年，錢塘之士貢於禮部者九人，十月乙酉，燕于中和堂，公作是詩以勉之曰：流而不返者，水也，不以時遷者，松柏也；言水而及松柏，於其動者，欲其難進也。萬世不移者，山也，時飛時止者，鴻雁也；言山而及鴻雁，於其静者，欲其及時也。公之於士也，可謂周矣。《詩》曰："無言不酬，無德不報。"二三子何以報公乎？

邵茂誠詩集叙

貴、賤、壽、夭，天也。賢者必貴，仁者必壽，人之所欲也。人之所欲，適與天相值實難，譬如匠慶之山而得成虡，豈可常也哉！因其適相值，而責之以常然，此人之所以多怨而不通也。至於文人，其窮也固宜。勞心以耗神，盛氣以忤物，未老而衰病，無惡而得罪，鮮不以文者。天人之相值既難，而人又自賊如此,雖欲不困,得乎?茂誠諱迎,姓邵氏,與余同年登進士第。十有五年,而見之於吴興孫莘老之座上,出其詩數百篇,余讀之彌月不厭。其文清和妙麗如晉、宋間人。而詩尤可愛,咀嚼有味,雜以江左唐人之風。其爲人篤學强記,恭儉孝友,而貫穿法律,敏於吏事。其狀若不勝衣,語言氣息僅屬。余固哀其任衆難以瘁其身,且疑其將病也。逾年而茂誠卒。又明年,余過高郵,則其喪在焉。入哭之,敗幃瓦燈,塵埃蕭然,爲之出涕太息。夫原憲之貧,顔回之短命,揚雄之無子,馮衍之不遇,皇甫士安之篤疾,彼遇其一,而人哀之至今。而茂誠兼之,豈非命也哉?余是以録其文,哀而不怨,亦茂誠之意也。

錢塘勤上人詩集叙

(茅鹿門旁)勤上人之詩必不足傳,而長公却於歐公之交上作一煙波議論。

昔翟公罷延尉,賓客無一人至者。其後復用,賓客欲往,翟公大書其門曰:"一死一生,乃知交情。一貧一富,乃知交態。一貴一賤,交情乃見。"世以爲口實。然余嘗薄其爲人,以爲客則陋矣,而公之所以待客者獨不爲小哉?故太子少師歐陽公好士,爲天下第一。士有一言中於道,不遠千里而求之,甚於士之求公。以故盡致天下豪俊,自庸衆人以顯於世者固多矣。然士之負公者亦時有。蓋嘗慨然太息,以人之難知,爲好士者之戒。意公之於士,自是少倦。而其退老於潁水之上,余往見之,則猶論士之賢者,唯恐其不聞於世也。至於負己者,則曰是罪在我,非其過。翟公之客負之於死生貴賤之間,(茅鹿門夾)結。而公之士叛公於瞬息俄頃之際。(**茅鹿門夾**)蔣之奇輩。翟公罪客,而公罪己,與士益厚,賢於古人遠矣。

公不喜佛老,其徒有治詩書學仁義之説者,必引而進之。佛者惠勤,從公游三十餘年,公常稱之爲聰明才智有學問者,尤長於詩。公薨於汝陰,余哭之於其室。(**李卓吾夾**)此處欠針綫。其後見之,語及於公,未嘗不涕泣也。勤固無求於世,而公又非有德於勤者,其所以涕泣不忘,豈爲利也哉！余然後益知勤之賢。(**茅鹿門夾**)將無作有。使其得列於士大夫之間,而從事於功名,其不負公也審矣。熙寧七年,余自錢塘將赴高密,勤出其詩若干篇,求余文以傳於世。余以爲詩非待文而傳者也,若其爲人之大略,則非斯文莫之傳也。

晁君成詩集叙

達賢者有後,張湯是也。張湯宜無後者也。(**鍾惺夾**)公穀章法整而變。無其實而竊其名者無後,揚雄是也。(**鍾惺夾**)狠甚。揚雄宜有後者也。達賢者有後,吾是以知蔽賢者之無後也。(**鍾惺夾**)又一變。無其實而竊其名者無後,吾是以知有其實而辭其名者之有後也。(**鍾惺眉**)説出天人至理,怵人名根,斷人妄想。賢者,民之所以生也,而蔽之,是絶民也。(**鍾惺夾**)下字字重而妙。名者,古今之達尊也,重于富貴,而竊之,是欺天也。絶民欺天,其無後不亦宜乎！故曰達賢者與有其實而辭其名者皆有後。吾常誦之云爾。(**鍾惺夾**)冷然感深。乃者官于杭,杭之新城令晁君君成諱端友者,君子人也。吾與之游三年,知其爲君子,而不知其能文與詩,而君亦未嘗有一語及此者。其後君既殁於京師,其子補之出君之詩三百六十篇。讀之而驚曰:嗟夫,詩之指雖微,然其美惡高下,猶有可以言傳而指見者。至於人之賢不肖,其深遠茫昧難知,蓋甚於詩。今吾尚不能知君之能詩,則其所謂知君爲君子者,果能盡知之乎?(**鍾惺夾**)立言不苟。君以進士得官,所至民安樂之,惟恐其去。然未嘗以一言求於人。凡從仕二十有三年,而後改官以没。由此觀之,非獨吾不知,舉世莫之知也。

君之詩清厚静深,如其爲人,而每篇輒出新意奇語,宜爲人所共愛,其勢非君深自覆匿,人必知之。而其子補之,于文無所不能,博辯俊偉,絶人遠甚,將必顯於世。吾是以益知有其實而辭其名者之必有後也。昔李郃爲漢中候吏,和帝遣二使者微服入蜀,館於郃。郃以星知之。後三年,使者爲漢中守,而郃猶爲候吏,人莫知之者,其博學隱德之報,在其子固。《詩》曰:"豈弟君子,神所勞矣。"(**鍾惺夾**)結澹而遠。

【彙評】

鍾惺:頓挫變化。

鳧繹先生詩集叙

(**茅鹿門旁**)非公著意文,却亦澹宕而有深思云。

孔子曰:"吾猶及史之闕文也。有馬者借人乘之,今亡矣夫。"史之不闕文,與馬之不借人也,豈有損益於世也哉?然且識之,以爲世之君子長者,日以遠矣,後生不復見其流風遺俗,是以日趨於智巧便佞而莫之止。是二者雖不足以損益,而君子長者之澤在焉,則孔子識之,而況其足以損益於世者乎!(**茅鹿門夾)引到文集上。

昔吾先君適京師,與卿士大夫游,歸以語軾曰:"自今以往,文章其日工,而道將散矣。士慕遠而忽近,貴華而賤實,吾已見其兆矣。"以魯人鳧繹先生之詩文十餘篇示軾曰:"小子識之。後數十年,天下無復爲斯文者也。"先生之詩文,皆有爲而作,精悍確苦,言必中當世之過,鑿鑿乎如五穀必可以療飢,斷斷乎如藥石必可以伐病。其游談以爲高,枝詞以爲觀美者,先生無一言焉。其後二十餘年,先君既没,而其言存。士之爲文者,莫不超然出於形器之表,微言高論,既已鄙陋漢、唐,而其反復論難,正言不諱,如先生之文者,世莫之貴矣。軾是以悲於孔子之言,而懷先君之遺訓,益求先生之文,而得之於其子復,乃録而藏之。先生諱太初,字醇之,姓顔氏,先師兖公之四十七世孫云。

徐州鹿鳴燕賦詩叙

余聞之,德行興賢,太高而不可考,射御選士,已卑而不足行。永惟三代以來,莫如吾宋之盛。始於鄉舉,率用韋平之一經;終於廷策,庶幾晁董之三道。眷此房心之野,實惟孝秀之淵。元豐元年,三郡之士皆舉於徐。九月辛丑晦,會於黄樓,修舊事也。庭實旅百,貢先前列之龜;工歌拜三,義取食蘋之鹿。是日也,天高氣清,水落石出,仰觀四山之晻曖,俯聽二洪之怒號,眷焉顧之,有足樂者。於是講廢禮,放鄭聲,部刺史勸駕,鄉先生在位,群賢畢集,逸民來會。以謂古者於旅也語,而君子會友以文,爰賦筆劄,以侑樽俎。載色載笑,有同於泮水;一觴一詠,無愧於山陰。真禮義之遺風,而太平之盛節也。大夫庶士,不鄙謂余,屬爲斯文,以舉是禮。余以嘉祐之末,以進士入宫,偶儷之文，疇昔所上。揚雄雖悔於少作，鍾儀敢廢于南音。貽諸故人，必不我誚也。

王定國詩集叙

(茅鹿門旁)蘇長公文不著意結構者多。

太史公論《詩》，以爲"《國風》好色而不淫，《小雅》怨誹而不亂"。(茅鹿門夾)一篇生情處。以余觀之，是特識變風、變雅耳，烏睹《詩》之正乎？昔先王之澤衰，然後變風發乎情，雖衰而未竭，是以猶止於禮義，以爲賢於無所止者而已。若夫發於情止於忠孝者，其詩豈可同日而語哉！古今詩人衆矣，而杜子美爲首，豈非以其流落飢寒，終身不用，而一飯未嘗忘君也歟。

今定國以余故得罪，貶海上三年，一子死貶所，一子死於家，定國亦病幾死。余意其怨我甚，不敢以書相聞。而定國歸至江西，以其嶺外所作詩數百首寄余，皆清平豐融，藹然有治世之音，其言與志得道行者無異。幽憂憤嘆之作，蓋亦有之矣，特恐死嶺外，而天子之恩不及報，以忝其父祖耳。(茅鹿門夾)回護好。孔子曰："不怨天，不尤人。"定國且不我怨，而肯怨天乎！余然後廢卷而嘆，自恨其人之淺也。

又念昔日定國遇余於彭城，留十日，往返作詩幾百餘篇，余苦其多，畏其敏，而服其工也。一日，定國與顔復長道游泗水，登桓山，吹笛飲酒，乘月而歸。余亦置酒黄樓上以待之，曰："李太白死，世無此樂三百年矣。"(茅鹿門夾)曠。

今余老，不復作詩，又以病止酒，閉門不出。門外數步即大江，經月不至江上，眊眊焉真一老農夫也。而定國詩益工，飲酒不衰，所至窮山水之勝，不以厄窮衰老改其度。（**茅鹿門夾**）却從不怨中來。今而後，余之所畏服於定國者，不獨其詩也。

聖散子叙

昔嘗覽《千金方·三建散》云："風冷痰飲，癥癖痎瘧，無所不治。"而孫思邈特爲著論，以謂此方用藥節度不近人情，至於救急，其驗特異。乃知神物效靈，不拘常制，至理開惑，智不能知。今僕所蓄《聖散子》，殆此類耶？自古論病，惟傷寒最爲危急，其表裏虛實，日數證候，應汗應下之類。差之毫釐，輒至不救，而用《聖散子》者，一切不問。凡陰陽二毒，男女相易，狀至危急者，連飲數劑，即汗出氣通，飲食稍進，神宇完復，更不用諸藥連服取差，其餘輕者，心額微汗，止爾無恙。藥性微熱，而陽毒發狂之類，服之即覺清凉，此殆不可以常理詰也。若時疫流行，平旦於大釜中煮之，不問老少良賤，各服一大盞，即時氣不入其門。平居無疾，能空腹一服，則飲食倍常，百疾不生。真濟世之具，家之寶也。

其方不知所從出，得之於眉山人巢君穀，穀多學好方，秘惜此方，不傳其子。余苦求得之。謫居黄州，比年時疫，合此藥散之，所活不可勝數，巢初授余，約不傳人，指江水爲盟。余竊隘之，乃以傳蘄水人龐君安時，安時以善醫聞於世。又善著書，欲以傳後，故以授之，亦使巢君之名，與此方同不朽也。

田表聖奏議叙

（**茅鹿門旁**）不爲巉刻之言，而文自遠。

故諫議大夫贈司徒田公表聖奏議十篇。嗚呼田公！古之遺直也。其盡言不諱，蓋自敵以下受之，有不能堪者，而況於人主乎！吾是以知二宗之聖也。自太平興國以來，至於咸平，可謂天下大治，千載一時矣。而田公之言，常若有不測之憂，近在朝夕者，何哉？

古之君子，必憂治世而危明主。明主有絶人之資，而治世無可畏之防。夫有絶人之資，必輕其臣。無可畏之防，必易其民。此君子之所甚懼也。方漢文時，刑措不用，兵革不試，而賈誼之言曰："天下有可長太息者，有可流涕者，有可痛哭者。"後世不以是少漢文，亦不以是甚賈誼。由此觀之，君子之遇，治世而事明主，法當如是也。

誼雖不遇，而其所言略已施行，不幸早世，功烈不著於時。然誼嘗建言，使諸侯王子孫各以次受分地，文帝未及用，歷孝景至武帝，而主父偃舉行之，漢室以安。今公之言，十未用五六也，安知來世不有若偃者舉而行之歟？願廣其書於世，必有與公合者，此亦忠臣孝子之志也。

樂全先生文集叙

(**茅鹿門旁**)公與張方平最相知，故序其文亦相知之，深中種種當理。

孔北海志大而論高，功烈不見於世，然英偉豪傑之氣，自爲一時所宗。其論盛孝章、郗鴻豫書，慨然有烈丈夫之風。諸葛孔明不以文章自名，而開物成務之姿，綜練名實之意，自見於言語。至《出師表》簡而盡，直而不肆，大哉言乎，與《伊訓》《説命》

相表裏，非秦漢以來以事君爲悦者所能至也。常恨二人之文，不見其全，今吾樂全先生張公安道，其庶幾乎！

嗚呼！士不以天下之重自任，久矣。言語非不工也，政事文學非不敏且博也。然至於臨大事，鮮不忘其故、失其守者，其器小也。公爲布衣，則頎然已有公輔之望。自少出仕，至老而歸，未嘗以言徇物，以色假人。（**茅鹿門夾**）何等文字！雖對人主，必同而後言。毁譽不動，得喪若一，真孔子所謂大臣以道事君者。世遠道散，雖志士仁人，或少貶以求用，公獨以邁往之氣，行正大之言，曰："用之則行，捨之則藏。"上不求合於人主，故雖貴而不用，用而不盡。下不求合於士大夫，故悦公者寡，不悦者衆。然至言天下偉人，則必以公爲首。公盡性知命，體乎自然，而行乎不得已，非蕲以文字名世者也。然自慶曆以來訖元豐四十餘年，所與人主論天下事，見於章疏者多矣，或用或不用，而皆本於禮義，合於人情，是非有考於前，而成敗有驗於後。及其它詩文，皆清遠雄麗，讀者可以想見其爲人。信乎其有似於孔北海、諸葛孔明也。

軾年二十，以諸生見公成都，公一見，待以國士。今三十餘年，所以開發成就之者至矣，而軾終無所效尺寸於公者，獨求其文集，手校而家藏之，且論其大略，以待後世之君子。昔曾魯公嘗爲軾言，公在人主前論大事，他人終日反復不能盡者，公必數言而決，粲然成文，皆可書而誦也。言雖不盡用，然慶曆以來名臣爲人主所敬，莫如公者。公今年八十一，杜門却掃，終日危坐，將與造物者游於無何有之鄉，言且不可得聞，而况其文乎！（**茅鹿門夾**）澹宕。凡爲文若干卷，若干首。

范文正公文集叙

（**茅鹿門旁**）此作本以率意而書者，而於中識度自遠。（**錢文登眉**）前叙情，中贊美，後述意。（**邵二泉眉**）推尊文正公，全在萬言書上起意。○時子瞻八歲便有大志，豈非人傑。

慶曆三年，軾始總角入鄉校，士有自京師來者，以魯人石守道所作《慶曆聖德詩》示鄉先生。軾從旁竊觀，則能誦習其詞，問先生以所頌十一人者何人也？先生曰："童子何用知之？"軾曰："此天人也耶，則不敢知；若亦人耳，何爲其不可！"先生奇軾言，盡以告之，且曰："韓、范、富、歐陽，此四人者，人傑也。"（**高啓夾**）埋根。時雖未盡了，則已私識之矣。嘉祐二年，始舉進士至京師，則范公殁。既葬，而墓碑出，讀之至流涕，曰："吾得其爲人。"蓋十有五年而不一見其面，豈非命也歟！是歲登第，始見知於歐陽公，因公以識韓、富，皆以國士待軾，曰："恨子不識范文正公。"（**高啓夾**）露機。其後三年，過許，始識公之仲子，今丞相堯夫。又六年，始見其叔彝叟京師。又十一年，遂與其季德孺同僚於徐。皆一見如舊。且以公遺稿見屬爲叙。又十三年，乃克爲之。（**鍾惺夾**）古人慎重如此。（**吕東萊眉**）作文字不難於敷文，而難於叙事。蓋叙事在嚴整，難也。看東坡自叙述處大類司馬公，而整齊嚴肅又不比司馬之汗漫。

嗚呼！（**高啓夾**）駕馭。公之功德，（**王元美眉**）"公之功德"一截，何等駕馭，一一收拾上截意思，以起議論，關鍵有力。蓋不待文而顯，其文亦不待叙而傳。（**高啓夾**）大意。然不敢辭者，自以八歲知敬愛公，今四十七年矣。彼三傑者，皆得從之游，（**高啓夾**）收上始見數句。而公獨不識，以爲平生之恨，若獲挂名其文字中，以自托於門下士之末，豈非疇昔之願也哉！（**鍾惺夾**）至誠語不是名根。（**唐荊川眉**）“疇昔之願”四字，包含上面許多意思。古之君子，（**高啓夾**）拓開。如伊尹、太公、管仲、樂毅之流，其王霸之略，皆定於畎畝中，非仕而後學者也。淮陰侯見高帝於漢中，論劉、項短長，畫取三秦如指諸掌，及佐帝定天下，漢中之言，無一不酬者。諸葛孔明臥草廬中，與先主策曹操、孫權，規取劉璋，因蜀之資，以爭天下，終身不易其言。此豈口傳耳受嘗試爲之而僥倖其或成者哉！（**姜寶眉**）淮陰論劉、項，孔明論孫、曹，不上數百言，今約以數語，真妙絶古今之文也。（**錢東湖眉**）以文正公配淮陰侯、諸葛武侯，言其平生經略素定，非偶得抄取者，見此集爲有用之書。

公在天聖中，居太夫人憂，則已有憂天下、致太平之意，故爲萬言書以遺宰相，天下傳誦。至用爲將，擢爲執政，考其平生所爲，無出此書者，今其集二十卷，爲詩賦二百六十八，爲文一百六十五。其於仁義禮樂，忠信孝弟，蓋如飢渴之於飲食，欲須臾忘而不可得，如火之熱，如水之濕，蓋其天性有不得不然者，雖弄翰戲語，率然而作，必歸於此。（**鍾惺眉**）此段影一“誠”字在内，似公自道其文。（**高啓眉**）叙文正之禮義忠孝，根於天性，觀此數喻，絶似范公人品。故天下信其誠，爭師尊之。（**《妙絶古今》眉**）斷句似文甫字説。孔子曰：“有德者必有言。”非有言也，德之發於口者也。（**高啓夾**）進一步。又曰：“我戰則克，祭則受福。”非能戰也，德之見於怒者也。元祐四年四月十一日。（**鍾惺眉**）雙結有膽力。

【彙評】

鍾惺：天下信其誠，“誠”字是一篇主意，此看大人品、大文章有歸著處。

姜鳳阿:范文正公,百代殊絶人物,而東坡叙其文,只就公萬言書發,蓋公終身事業,盡在是矣。故東澗先生選此篇入《妙絶古今》云。

鄭之惠:漢人氣格。至其議論雄辯處,漢人不能。末段如爲文正公寫照。

儲欣:歷叙因緣慕望處,情文並妙,雙收謹嚴,尤與范公切合。

六一居士集叙

(**茅鹿門旁**)蘇長公乃歐文忠公極得意門生,此序却亦不負歐公。(**吕東萊眉**)此篇曲折最多,破頭説大,故下面應亦大。今人文字,上面言大,下面未必言大;上面言遠,下面未必言遠。如以文章配天,以孔孟配禹,果然言大非誇。(**錢文登眉**)宛轉發難。

夫言有大而非誇,(**高啓夾**)起妙一篇主意。達者信之,(**高啓夾**)承得妙。衆人疑焉。孔子曰:"天之將喪斯文也。後死者不得與於斯文也。"孟子曰:"禹抑洪水。孔子作《春秋》。而予距楊、墨。"蓋以是配禹也。文章之得喪,何與於天,而禹之功與天地並,孔子、孟子以空言配之。(**茅鹿門夾**)反復痛快。不已誇乎?自《春秋》作而亂臣賊子懼。孟子之言行而楊、墨之道廢。天下以爲是固然,而不知其功。(**鍾惺夾**)大聖賢功德在人從來如此。孟子既没,有申、商、韓非之學,(**高啓夾**)以申韓形楊墨最巧。(**林希元眉**)説申韓以誦孟子之功,此等議論實關世教,又不當以文論也。韓歐雖不可班於孟子,然濂洛關閩未作之先亦自少他不得,未爲過也。(**高啓眉**)痛切。違道而趨利,殘民以厚主,其説至陋也,而士以是罔其上。(**鍾惺夾**)膽大眼高,乃敢爲此語。上之人僥倖一切之功。靡然從之,而世無大人先生如孔子、孟子者,推其本末,權其禍福之輕重，以救其惑，故其學遂行。(**鍾惺眉**)申韓之説，後人以資經濟，子瞻亦談經濟，直以申韓爲陋者，親見荆公行之而敗也。秦以是喪天下，陵夷至於勝、廣、劉、項之禍，死者十八九，天下蕭然。洪水之患，蓋不至此也。(**錢文登夾**)復説一番，文氣更足。(**茅鹿門夾**)蘇長公往往空中生情。方秦之未得志也，使復有一孟子，(**鍾惺夾**)此段翻跌錯綜最妙。則申、韓爲空言，作於其心，害於其事，作於其事，害於其政者，必不至若是烈也。使楊、墨得志於天下，其禍豈減於申、韓哉！由此言之，雖以孟子配禹可也。(**錢文登夾**)警策有力。(**高啓眉**)既言孟子辟揚墨足以配禹，因言韓愈足以配孟子，正以叫起歐陽子。

太史公曰："蓋公言黄、老，賈誼、晁錯明申、韓。"錯不足道也，而誼亦爲之，余以是知邪説之移人。(**茅鹿門夾**)歐陽公却出賈誼上。雖豪傑之士有不免者，况衆人乎！自漢以來，道術不出於孔氏，而亂天下者多矣。晉以老莊亡，梁以佛亡，莫或正之，五百餘年而後得韓愈，(**茅鹿門夾**)引下。學者以愈配孟子，蓋庶幾焉。(**高啓夾**)語有斟酌。愈之後三百有餘年而後得歐陽子，其學推韓愈、孟子以達於孔氏，著禮樂仁義之實，以合於大道。(**茅鹿門夾**)連上。其言簡而明，信而通，引物連類，折之於至理，以服之人心，故天下翕然師尊之。(**高啓眉**)誦歐子凡三段，看其層疊處，又看其貫穿處，始得。自歐陽子之存，世之不説者。嘩而功之，能折困其身，而不能屈其言。(**茅鹿門夾**)須從此處感慨。士無賢不肖不謀而同曰："歐陽子，今之韓愈也。"宋興七十餘年，民不知兵，富而教之，至天聖、景祐極矣，而斯文終有愧於古。士亦因陋守舊，論卑氣弱。(**茅鹿門夾**)確論。(**高啓眉**)歐陽子身任斯文，有功於世甚大，信乎！能配韓愈而上接孔孟，所謂言大非誇者也。自歐陽子出，天下争自濯磨，以通經學古爲高，以救時行道爲賢,以犯顔納諫爲忠。長育成就,至嘉祐末,號稱多士。歐陽子之功爲多。嗚呼,此豈人力也哉?非天其孰能使之!(**高啓眉**)非天孰能使句應前"天之將喪斯文"意。

歐陽子没十有餘年,士始爲新學,(**高啓夾**)引介甫。以佛老之似,亂周孔之真識者憂之。賴天子明聖,(**高啓夾**)哲宗初年。詔修取士法,風厲學者專治孔氏,黜異端,然後風俗一變。(**唐荆川眉**)此數語足爲歐陽公生色。考論師友淵源所自,復知誦習歐陽子之書。(**高啓夾**)引到作序。予得其詩文七百六十六篇於其子棐,乃次而論之,曰:"歐陽子論大道似韓愈,論事似陸贄,記事似司馬遷,詩賦似李白。此非余言也,天下之言也。"(**高啓眉**)前只論次其從正學,合大道,而序文之意未備,得此數語,意方盡。兩"言"字應篇首"言"字,證實其大非誇意。歐陽子諱修,字永叔。既老,自謂六一居士云。

【彙評】

鍾惺:有地步之文。

錢文登:東坡作《韓文公廟碑》,作《六一居士集叙》,皆構精深思之文。東坡得二公之深,故其於二公之文大不肯苟作。

唐子西:凡爲文,上句重,下句輕,則或爲上句壓倒。《書錦堂記》"仕宦而至將相,富貴而歸故鄉"下云"此人情之所榮,而今昔所同也",非此兩句,莫能承上句。《六一集序》云"言有大而非誇",此雖一句而體勢甚重,下乃云"達者信之,衆人疑焉",非用此二句載上句不起,此爲文之法。

儲欣:此序亦可弁冕歐陽子之書。

唐荆川:體大而思精,議論如走盤之珠,文之絶佳者也。

八境圖後序

南康江水，歲歲壞城。孔君宗翰爲守，始作石城，至今賴之。某爲膠西守。孔君實見代，臨行出《八境圖》求文與詩，以遺南康人，使刻諸石。其後十七年，某南遷過郡，得遍覽所謂八境者，則前詩未能道其萬一也。南康士大夫相與請於某曰："詩文昔嘗刻石，或持以去，今亡矣。願復書而刻之。"時孔君既没，不忍違其請。紹聖元年八月十九日。

聖散子後叙

《聖散子》主疾，功效非一。去年春，杭之民病，得此藥全活者，不可勝數。所用皆中下品藥，略計每千錢即得千服，所濟已及千人。由此積之，其利甚博。凡人欲施惠而力能自辦者，猶有所止，若合衆力，則人有善利，其行可久，今募信士就楞嚴院修製，自立春後起施，直至來年春夏之交，有入名者，徑以施送本院。昔薄拘羅尊者，以訶梨勒施一病比丘，故獲報身，身常無衆疾，施無多寡，隨力助緣。疾病必相扶持。功德豈有限量，仁者惻隱，當崇善因。吴郡陸廣秀才，施此方並藥，得之于智藏主禪月大師寶澤，乃鄉僧也。其陸廣見在京施方並藥，在麥麯巷居住。

送人叙

士之不能自成，其患在於俗學。俗學之患，枉人之材，（**鍾惺夾**）四字透。窒人之耳目，誦其師傳造字之語，從俗之文，纔數萬言,其爲士之業盡此矣。夫學以明禮,文以述志,思以通其學,氣以達其文。古之人道其聰明,廣其聞見,所以學也,正志完氣,所以言也。王氏之學,正如脱槧,案其形模而出之,不待修飾而成器耳,求爲桓璧彝器,其可乎?

【彙評】

鍾惺:似一段,却是一篇。

送水丘秀才叙

(**茅鹿門旁**)所思遠而文亦遒俊。

水丘仙夫治六經百家説爲歌詩,與揚州豪俊交游,頭骨磽然,有古丈夫風。其出詞吐氣,亦往往驚世俗。予知其必有用也,仙夫其自惜哉!今之讀書取官者,皆屈折拳曲,以合規繩,曾不得自伸其喙。仙夫耻不得爲,將歷琅琊,之會稽,浮沅湘,溯瞿塘,登高以望遠,摇槳以泳深,以自適其適也。過予而語行。予謂古之君子,有絶俗而高,有擇地而泰者,顧其心常足而已。坐於廟堂,君臣賡歌,與夫據槁梧擊朽枝而聲犁然,不知其心之樂奚以異也。其在窮也,能知捨。其在通也,能知用。予以是卜仙夫之還也,仙夫勉矣哉!若夫習而不試,往即而獨後,則仙夫之屐可以南矣。

獵會詩叙

雷勝,隴西人。以勇敢應募得官,爲京東第二將。武力絶人,騎射敏妙。按閲于徐,徐人欲觀其能,爲小獵城西。又有殿直鄭亮、借職繆進者,皆騎而從,弓矢刀槊,無不精習。而駐泊黄宗閔,舉止如諸生,戎裝輕騎,出馳絶衆。客皆驚笑樂甚。是日小雨甫晴,土潤風和,觀者數千人。曹子桓云:建安十年始定冀州,濊貊貢良弓,燕代獻名馬。時歲之春,勾芒司節,和風扇物,弓燥手柔,草茂獸肥,與兄子丹獵於鄴西,手獲獐鹿九,狐兔三十。馳騁之樂,邊人武吏,日以爲常。如曹氏父子,横槊賦詩以傳於世,乃可喜耳。衆客既各自寫其詩,因書其末,以爲異日一笑。

【彙評】

王聖俞:借曹子桓語,代己叙意,不復自措一語,遂覺趣足。此法惟東坡得之。

陳天定:王納諫云:"借曹子桓語,代己叙意,不復自措一語,遂覺趣足。此法惟東坡得之。"

講田友直字叙

韓城田益字遷之,黄庭堅以謂不足以配名,更之曰友直。或曰:益者三友,何獨取諸此?某曰:夫直者,剛者之長也。千夫諾諾,不如一士之諤諤。誠得直士與居,彼不資吾子之過,切磋琢磨,成子金玉,使子日知不足。雖然,取直友,猶有四物,有直而修於直者,有直而陷於曲者,有曲而盗名直者,有曲而遂其直者。邦有道無道如矢,此直而修於直者。其父攘羊而證之,此直而陷於曲者也。或乞醯焉,乞諸其鄰,此曲而盗名直者也。子爲父隱,此曲而遂其直者也。其二端可願,其二端不可願,爲吾子擇益友也,嘗以是觀之。

送張道士叙

古者贈人以言,彼雖不吾乞,猶將發藥也。蓋未有不吾乞,而亦有待發藥者。以吾友之賢,兹又奚乞?雖然,我反乞之曰:與吾友心肺之識,幾三年矣,非同頃暫也。今乃别去,遂默默而已乎?抑不足教乎?豈無事於教乎?將周旋終始籠絡蓋遮有所惜乎?嗟僕之才,陋甚也,而吾友每過愛,豈信然乎?止於此可乎?抑容有未至當勉乎?自念明於處己,暗於接物,其不可,至死以不喜,故譏駡隨之,抑足恤乎?將從從然與之合乎?身且老矣,家且窮矣,與物日忤,而取途且遠矣,將明滅如草上之螢乎?浮沉如水中之魚乎?陶者能圓而不能方,矢者能直而不能曲,將爲陶乎?將爲矢乎?山有蕨薇可羹也,野有麋鹿可脯也,一絲可衣也,一瓦可居也,詩書可樂也,父子兄弟妻孥可游衍也,將謝世路而適吾所自適乎?抑富貴聲名以偷夢幻之快乎?行乎止乎?遲乎速乎?吾友其可教也,默默而已,非所望吾友也。

江子静字叙

友人江君,以其名存之求字於予,予字之曰子静。夫人之動,以静爲主。神以静舍,心以静充,志以静寧,慮以静明。其静有道,得己則静,逐物則動。以一人之身,晝夜之氣,呼吸出入,未嘗異也。然而或存或亡者,是其動静殊也。後之學者,始學也既累於仕,其仕也又累於進。得之則樂,失之則憂,是憂樂係於進矣。平旦而起，日與事交，合我則喜，忤我則怒，是喜怒係於事矣。耳悦五聲，目悦五色，口悦五味，鼻悦芬臭，是愛欲係於物矣。以眇然之身，而所係如此，行流轉徙，日遷月化，則平日之所養，尚能存耶？喪其所存，尚安明在己之是非與夫在物之真僞哉？故君子學以辨道，道以求性，正則静，静則定，定則虚，虚則明。物之來也，吾無所增，物之去也，吾無所虧，豈復爲之欣喜愛惡而累其直歟？君齒少才鋭，學以待仕，方且出而應物，所謂静以存性，不可不念也。能得吾性不失其在己，則何往而不適哉！

送錢塘僧思聰歸孤山叙

（**李卓吾旁**）好。

天以一生水，地以六成之，一六合而水可見。雖有神禹，不能知其孰爲一、孰爲六也。（**陶石簣眉、鄭之惠尾**）一、六，誠明定慧，諸解都不從。"人間來"至"得道淺深之候"一語，真聖諦也。長公造語近諧，却有至理。（**李卓吾眉**）好。子思子曰："自誠明謂之性。自明誠謂之教。誠則明矣，明則誠矣。"誠明合而道可見。雖有黄帝、孔丘，不能知其孰爲誠、孰爲明也。佛者曰："戒生定，定生慧。"慧獨不生定乎？伶玄有言："慧則通，通則流。"是烏知真慧哉？醉而狂，醒而止，慧之生定，通之不流也審矣。（**馮夢禎眉**）妙手快筆，聽其轉翻，不必入理不入理也。故夫有目而自行，則褰裳疾走，常得大道。無目而隨人，則扶輪曳踵，常仆坑阱。慧之生定，速於定之生慧也。（**王聖俞夾**）至理。（**高啓眉**）得此喻慧生定，意愈豁。妙理與《中庸》"明則誠矣"相合。錢塘僧思聰，七歲善彈琴。十二捨琴而學書,書既工。十五捨書而學詩,詩有奇語。雲煙蔥朧,珠璣的皪,識者以爲畫師之流。聰又不已,遂讀《華嚴》諸經,入法界海慧。今年二十有九,老師宿儒,皆敬愛之。秦少游取《楞嚴》文殊語,字之曰聞復。使聰日進不止,自聞思修以至於道,則《華嚴》法界海慧,盡爲蓬廬,而况書、詩與琴乎!雖然,古之學道,無自虛空入者。輪扁斫輪,傴僂承蜩,苟可以發其巧智,物無陋者。聰若得道,琴與書皆與有力,詩其尤也。(**馮夢禎眉**)似此僧書與詩當佳,而與道猶隔。聰能如水鏡以一含萬,則書與詩當益奇。(**王聖俞夾**)更深。吾將觀焉,以爲聰得道淺深之候。

【彙評】

王聖俞:坡公倅杭州時,曾令聰和參寥"昏字詩",聰挾琴游梁,曰"登中貴門"。久之,遂還俗爲御前使臣,則聰之得道淺耶?深耶?

觀宋復古畫叙①

舊説,房琯開元中嘗宰盧氏,與道士邢和璞出游,過夏口村,入廢佛寺,坐古松下。和璞使人鑿地,得甕中所藏婁師德與永禪師書,笑謂琯曰:"頗憶此耶?"琯因悵然,悟前生之爲永師也。故人柳子玉寶此畫,云是唐本,宋復古所臨者。元祐六年三月十九日,予自杭州還朝,宿吴淞江,夢長老仲殊挾琴過予,彈之有異聲,就視,琴頗損,而有十三弦。予方嘆惜不已,殊曰:"雖損,尚可修。"曰:"奈十三弦何?"殊不答,誦詩云:"度數形名

① 編者按:此文即卷十九《破琴詩》引。

本偶然，破琴今有十三弦。此生若遇邢和璞，方信秦箏是響泉。”予夢中了然識其所謂，既覺而忘之。明日晝寢復夢，殊來理前語，再誦其詩，方驚覺而殊適至，意其非夢也。問之殊，蓋不知。是歲六月，見子玉之子子文京師，求得其畫，乃作詩並書所夢其上。子玉名瑾，善作詩及行草書。復古名迪，畫山水草木，蓋妙絶一時。仲殊本書生，棄家學佛，通脱無所著，皆奇士也。

卷三十五
記十三首

清風閣記

（**茅鹿門旁**）奇曠。

文慧大師應符，居成都玉溪上，爲閣曰清風，以書來求文爲記。（**高啓夾**）劈頭點題，又是一體。五返而益勤，余不能已，戲爲浮屠語以問之曰：符，而所謂身者，汝之所寄也。而所謂閣者，汝之所以寄所寄也。身與閣，汝不得有，而名烏乎施？名將無所施，而安用記乎？（**馮夢禎眉**）自以爲浮屠語，然實是漆園一派文章耳。雖然，吾爲汝放心遺形而强言之，汝亦放心遺形而强聽之。木生於山，水流於淵，山與淵且不得有，而人以爲己有，不亦惑歟？天地之相磨，虚空與有物之相推，而風於是焉生。（**高啓眉**）蕩漾。執之而不可得也，逐之而不可及也，汝爲居室而以名之，吾又爲汝記之，不亦大惑歟？（**洪容齋眉**）横直説來，頭頭是道。（**馮夢禎眉**）一篇主意在此，得力亦在此。雖然，世之所謂己有而不惑者，其與是奚辨？若是而可以爲有邪？（**李卓吾夾**）此後欠婉轉，正在此處著力乃妙。則雖汝之有是風可也，雖爲居室而以名之，吾又爲汝記之可也，非惑也。風起於蒼茫之間，彷徨乎山澤，激越乎城郭道路，虚徐演漾，以泛汝之軒窗欄楯幔帷而不去也。(**高啓眉**)纔入本題。汝隱几而觀之,其亦有得乎?力生於所激,而不自爲力,故不勞。形生於所遇,而不自爲形,故不窮。嘗試以是觀之。

【彙評】

錢東湖:此與《思堂記》同法。

鄭之惠:凄微宛轉,驚驟變幻,方之莊生,如欲伯仲。

喜雨亭記

(**茅鹿門旁**)公之文好爲滑稽。(**錢東湖眉**)熟讀此文,可新筆意。(**李卓吾旁**)亦通。

亭以雨名,志喜也。(**茅鹿門夾**)一句揭,就見筆力。古者有喜,則以名物,示不忘也。(**林次崖眉**)把名亭名字作光景,以下凡八九個名字。周公得禾,以名其書;漢武得鼎,以名其年;叔孫勝狄,以名其子。(**高啓夾**)叔孫在漢武之前,古人文字,不拘如此。喜之大小不齊,其示不忘一也。余至扶風之明年,始治官舍,爲亭於堂之北,而鑿池其南,引流種樹,以爲休息之所。是歲之春,雨麥於岐山之陽,其占爲有年。既而彌月不雨,民方以爲憂。越三月乙卯,乃雨;甲子又雨,民以爲未足;丁卯,大雨,三日乃止。(**高啓夾**)似春秋書法。官吏相與慶於庭,商賈相與歌於市,農夫相與抃於野,憂者以樂,病者以愈,而吾亭適成。(**高啓夾**)句法可愛。(**高啓眉**)只一句幹上作亭接得甚有法。於是舉酒於亭上,以屬客而告之,曰:“五日不雨,可乎?”曰:“五日不雨,則無麥。”“十日不雨,可乎?”曰:“十日不雨,則無禾。”(**高啓眉**)五日、十日不雨,未必無麥禾,此其極言之耳。無麥無禾,歲且薦饑,獄訟繁興,而盜益滋熾,則吾與二三子,雖欲優游以樂於此亭,其可得耶!今天不遺斯民,始旱而賜之以雨,使吾與二三子,得相與優游而樂於此亭者,皆雨之賜也。其又可忘耶!(**茅鹿門眉**)文章中倒景生情。(**錢文登眉**)一反一正,説盡喜雨之情。○筆下飛灑,可薄雲氣,妙哉!既以名亭,又從而歌之,曰:"使天而雨珠,寒者不得以爲襦。使天而雨玉,飢者不得以爲粟。(**茅鹿門夾**)仙肌道骨不著相。一雨三日,繄誰之力?民曰太守,太守不有。歸之天子,天子曰不然。歸之造物,造物不自以爲功。歸之太空,太空冥冥,不可得而名,吾以名吾亭。"(**茅鹿門眉**)得之《莊子副墨》洛涌之説。(**茅鹿門夾**)樂終餘音。

【彙評】

樓迂齋:蟬蜕污濁之中,浮游塵埃之外,所謂以文爲戲者。

林次崖:説喜雨處,切當人情。末雖似戲,然自太守而歸功天子,造化亦是實理,非虚美也。○通徹流動,如珠走盤而不離乎盤,他人雖有此意思,未必有此筆力,真大家也。

李性學:子瞻《喜雨亭記》結語是化無爲有,《凌虚臺記》結語是化有爲無。

張子韶:予聞陳伯修云,《喜雨亭記》非自具眼目者未易知也。

姜鳳阿:此篇題小而語大,議論國政民生大節,無一塵俗氣。

茅鹿門:凡人作文字,須是筆頭上擧得數百斤起,此篇與范文正公《岳陽樓記》看來筆力有千鈞重。

王鳳洲:看東坡此篇文字,胸次灑落,真是半點塵埃不到。

儲欣:淺制耳,然數百年家弦户誦文字,不可不存。

王芑孫:淺水不漪,然正如東坡《凌虚臺記》,隨筆而成,姿態彌出。

鳳鳴驛記

(**高啓眉**)在題外生發,不近不遠,是作枯澀題法。

始余丙申歲舉進士,過扶風,求舍於館人,既入,不可居而出,次於逆旅。其後六年,爲府從事。至數日,謁客於館,視客之所居,與其凡所資用,如官府,如廟觀,如數世富人之宅,四方之至者,如歸其家,皆樂而忘去。將去,既駕,雖馬亦顧其皂而嘶。(**李卓吾眉**)好摹寫。余召館吏而問焉。吏曰:"今太守宋公之所新也。自辛丑八月而公始至,既至逾月而興功,五十有五日而成。用夫三萬六千,木以根計,竹以竿計,瓦甓、坯、釘各以枚計,秸以石計者,二十一萬四千七百二十有八。而民未始有知者。"余聞而心善之。其明年,縣令胡允文具石請書其事。余以爲有足書者,乃書曰:

古之君子不擇居而安,安則樂,樂則喜從事,使人而皆喜從事,則天下何足治歟?後之君子,常有所不屑,使之居其所不屑,則躁,否則惰。躁則妄,惰則廢,既妄且廢,則天下之所以不治者,常出於此,而不足怪。(**高啓眉**)此是治天下實理,非獨爲宋太守言也。今夫宋公計其所歷而累其勤,使無齟齬於世,則今且何爲矣,而猶爲此官哉!然而未嘗有不屑之心。其治扶風也,視其卼臲者而安植之,求其蒙茸者而疏理之,非特傳舍而已,事復有小於傳舍者,公未嘗不盡心也。(**高啓眉**)又進一步講。嘗食芻豢者難於食菜,嘗衣錦者難於衣布,嘗爲其大者不屑爲其小,此天下之通患也。《詩》曰:"豈弟君子,民之父母。"所貴乎豈弟者,豈非以其不擇居而安,安而樂,樂而喜從事歟?夫修傳舍,誠無足書者,以傳舍之修,而見公之不擇居而安,安而樂,樂而喜從事者，則是真足書也。(高啓眉)繳出前意，作結法甚周密。

凌虚臺記

(茅鹿門旁)蘇公往往有此一段曠達處，却於陳太守少回護。(高啓眉)臺方成而所言皆頹廢之景，别是世味外一種文字。(李卓吾旁)太難爲太守矣，一篇駡太守文字耳，亦好，亦好。

臺因於南山之下，宜若起居飲食與山接也。(鍾惺夾)陡甚在此二字。四方之山，莫高於終南，而都邑之麗山者，莫近於扶風。以至近求最高，其勢必得。(鍾惺夾)拏得住。而太守之居，未嘗知有山焉。雖非事之所以損益，(鍾惺夾)語有斟酌。而物理有不當然者，此凌虚之所爲築也。(茅鹿門夾)叙事處奇。方其未築也，太守陳公杖屨逍遥於其下，見山之出於林木之上者，累累如人之旅行於墻外而見其髻也，曰："是必有異。"(鍾惺夾)此語入後人口，不知如何刻削。(李卓吾夾)太欺人。使工鑿其前爲方池，以其土築臺，出於屋之檐而止。然後人之至於其上者，怳然不知臺之高，而以爲山之踊躍奮迅而出也。(鍾惺夾)不説透不已。公曰："是宜名凌虚。"以告其從事蘇軾，而求文以爲記。

軾復於公曰：(茅鹿門夾)立論亦奇。"物之廢興成毁，不可得而知也。昔者荒草野田，霜露之所蒙翳，狐虺之所竄伏，方是時，豈知有凌虚臺耶？廢興成毁相尋於無窮，則臺之復爲荒草野田，皆不可知也。(高啓眉)此段發意峻嶒，指點處足破千古愚昧。嘗試與公登臺而望，其東則秦穆之祈年、橐泉也，其南則漢武之長楊、五柞，而其北則隋之仁壽、唐之九成也。計其一時之盛，宏傑詭麗，堅固而不可動者，豈特百倍於臺而已哉！然而數世之後，欲求其仿佛，而破瓦頹垣無復存者，既已化爲禾黍荆棘丘墟隴畝矣，而况於此臺歟？夫臺猶不足恃以長久，而况於人事之得喪，忽往而忽來者歟？而或者欲以誇世而自足，則過矣。**（茅鹿門夾）**此處似少回護。蓋世有足恃者，而不在乎臺之存亡也。”**（李卓吾夾）**有味。**（陳元直眉）**登高感慨，寫出傑士風氣，卓老謂罵，非也。既已言於公，退而爲之記。**（李卓吾旁）**亦可感。

【彙評】

鍾惺：後段説理反不精神。

中和勝相院記

佛之道難成，言之使人悲酸愁苦。其始學之，皆入山林，踐荆棘蛇虺，袒裸雪霜。或刲割屠膾，燔燒烹煮，以肉飼虎豹鳥烏蚊蚋，無所不至。茹苦含辛，更百千萬億年而後成。其不能此者，猶棄絶骨肉，衣麻布，食草木之實，晝日力作，以給薪水糞除，暮夜持膏火熏香，事其師如生。務苦瘠其身，自身口意莫不有禁，其略十，其詳無數。終身念之，寢食見之，如是，僅可以稱沙門比丘。雖名爲不耕而食，然其勞苦卑辱，則過於農工遠矣。計其利害，非僥倖小民之所樂，今何其棄家毁服壞毛髮者之多也！意亦有所便歟？

寒耕暑耘，官又召而役作之，凡民之所患苦者，我皆免焉。吾師之所謂戒者，爲愚夫未達者設也，若我何用是爲。剟其患，專取其利，不如是而已，又愛其名。治其荒唐之説，攝衣升坐，問答自若，謂之長老。吾嘗究其語矣，大抵務爲不可知，設械以應敵，匿形以備敗，窘則推墮滉漾中，不可捕捉，如是而已矣。

吾游四方,見輒反復折困之,度其所從遁,而逆閉其塗。往往面頸發赤,然業已爲是道,勢不得以惡聲相反,則笑曰:"是外道魔人也。"吾之於僧,慢侮不信如此。今寶月大師惟簡,乃以其所居院之本末,求吾文爲記,豈不謬哉!然吾昔者始游成都,見文雅大師惟度,器宇落落可愛,渾厚人也。能言唐末、五代事傳記所不載者,因是與之游,甚熟。惟簡則其同門友也。其爲人,精敏過人,事佛齊衆,謹嚴如官府。二僧皆吾之所愛,而此院又有唐僖宗皇帝像,及其從官文武七十五人。其奔走失國與其所以將亡而不遂滅者,既足以感慨太息,而畫又皆精妙冠世,有足稱者,故强爲記之。始居此者,京兆人廣寂大師希讓,傳六世至度與簡。簡姓蘇氏,眉山人,吾遠宗子也,今主是院,而度亡矣。

四菩薩閣記

(**茅鹿門旁**)長公愛道子畫爲障,而對惟簡語甚達。(**李卓吾旁**)趣。(**馮夢禎眉**)此記事語俱奇,至後段板誓,山谷遂引之爲禪門佳話,而舊集《禪喜》者不録之,不可解。

始吾先君於物無所好,燕居如齊,言笑有時。(**鍾惺夾**)寫出至性人。顧嘗嗜畫,弟子門人無以悦之,則争致其所嗜,庶幾一解其顔。故雖爲布衣,而致畫與公卿等。(**鍾惺夾**)奇。長安有故藏經龕,唐明皇帝所建,其門四達,八版皆吴道子畫,陽爲菩薩,陰爲天王,凡十有六軀。廣明之亂,爲賊所焚。有僧忘其名,於兵火中拔其四板以逃,既重不可負,又迫於賊,恐不能全,遂竅其兩板以受荷,西奔於岐,而寄死於烏牙之僧舍,板留於是百八十年矣。(**鍾惺眉**)苦行人所爲。客有以錢十萬得之以示軾者,軾歸其直，而取之以獻諸先君。先君之所嗜，百有餘品，一旦以是四板爲甲。

治平四年，先君没於京師。軾自汴入淮，泝於江，載是四板以歸。既免喪，所嘗與往來浮屠人惟簡，誦其師之言，教軾爲先君捨施必所甚愛與所不忍捨者。軾用其説，思先君之所甚愛、軾之所不忍捨者，莫若是板，故遂以與之。且告之曰："此明皇帝之所不能守，而焚於賊者也，而况於余乎！（**鍾惺眉**）説成毁處心寒。余視天下之蓄此者多矣，有能及三世者乎？其始求之若不及，既得，惟恐失之，而其子孫不以易衣食者，鮮矣。余惟自度不能長守此也，是以與子。子將何以守之？"簡曰："吾以身守之。吾眼可霍，吾足可斮，吾畫不可奪。若是，足以守之歟？"軾曰："未也。足以終子之世而已。"簡曰："又盟於佛，而以鬼守之。凡取是者與凡以是予人者，其罪如律。若是，足以守之歟？"軾曰："未也。世有無佛而蔑鬼者。"（**李卓吾眉**）議論正大。"然則何以守之？"曰："軾之以是予子者，凡以爲先君捨也。天下豈有無父之人歟？其誰忍取之！（**鍾惺眉**）如此言守，可以免癡。（**李卓吾夾**）妙。若其聞是而不悛，不惟一觀而已，將必取之然後爲快。（**李卓吾夾**）妙。則其人之賢愚，與廣明之焚此者一也。（**鍾惺夾**）駡得快甚。（**李卓吾夾**）趣。（**馮夢禎眉**）駡極矣！豈貪夫俗子猶燒琴煮鶴耶？全其子孫難矣，而况能久有此乎！且夫不可取者存乎子，取不取者存人。子勉之矣，爲子之不可取者而已，又何知焉！"（**馮夢禎眉**）語更有深解，非僅謂守畫板耳。既以予簡，簡以錢百萬度爲大閣以藏之，（**鍾惺夾**）此人亦不凡。且畫先君像其上。軾助錢二十之一，期以明年冬閣成。（**高啓眉**）結語帶記事，法簡儁。熙寧元年十月二十六日記。

【彙評】

鍾惺:明皇所不能守,而僧守之。子瞻之父以布衣得之,子瞻又爲其父捨之,而教僧守之。機緣節目,步步不可思議。○"天下豈有無父之人"一語,用世法説佛法,此善護佛法者也。末段駡人,亦復唤醒人。

鄭之惠:可以破慳。

墨君堂記

(**茅鹿門旁**)東坡滑稽之文,篇終却少歸之於正。(**虞邵庵眉**)從"君"字立論,轉著變幻,匪夷所思。

凡人相與號呼者,貴之則曰公,賢之則曰君,(**高啓夾**)"賢"字是一篇主意。自其下則爾、汝之。雖公卿之貴,天下貌畏而心不服,則進而君、公,退而爾、汝者多矣。獨王子猷謂竹君,天下從而君之無異辭。今與可又能以墨象君之形容,作堂以居君,而屬余爲文,以頌君德,則與可之於君,信厚矣!與可之爲人也,端静而文,明哲而忠,士之修潔博習,朝夕磨治洗濯,以求交於與可者,非一人也。而獨厚君如此。(**李卓吾眉**)此段甚好。君又疏簡抗勁,無聲色臭味可以娱悦人之耳目鼻口,則與可之厚君也,其必有以賢君矣。(**茅鹿門夾**)却好。(**宗方城眉**)此下段段綰"賢"字。

世之能寒燠人者,其氣焰亦未至若雪霜風雨之切於肌膚也,而士鮮不以爲欣戚喪其所守。自植物而言之,四時之變亦大矣,而君獨不顧。雖微與可,天下其孰不賢之。然與可獨能得君之深,而知君之所以賢。雍容談笑,揮灑奮迅而盡君之德。稚壯枯老之容,披折偃仰之勢。風雪凌厲以觀其操,崖石犖確以致其節。得志，遂茂而不驕；不得志，瘁瘠而不辱。群居不倚，獨立不懼。與可之於君，可謂得其情而盡其性矣。余雖不足以知君，願從與可求君之昆弟子孫族屬朋友之象，而藏於吾室，以爲君之别館云。（**茅鹿門夾**）滑稽到底。（**高啓眉**）坡老文每出之於諧謔，誠然。

净因院畫記

余嘗論畫，以爲人禽宫室器用皆有常形。至於山石竹木，水波煙雲，雖無常形，而有常理。常形之失，人皆知之。常理之不當，雖曉畫者有不知。故凡可以欺世而取名者，必托於無常形者也。雖然，常形之失，止於所失，而不能病其全，若常理之不當，則舉廢之矣。以其形之無常，是以其理不可不謹也。世之工人，或能曲盡其形，而至於其理，非高人逸才不能辨。與可之於竹石枯木，真可謂得其理者矣。如是而生，如是而死，如是而攣拳瘠蹙，如是而條達遂茂，根莖節葉，牙角脈縷，千變萬化，未始相襲，而各當其處。合於天造，厭於人意。蓋達士之所寓也歟！

昔歲嘗畫兩叢竹於净因之方丈，其後出守陵陽而西也，余與之偕别長老道臻師，又畫兩竹梢一枯木於其東齋。臻方治四壁於法堂，而請於與可，與可既許之矣，故余並爲記之。必有明於理而深觀之者，然後知余言之不妄。

墨妙亭記

（**茅鹿門旁**）却有一種風雅。

熙寧四年十一月,高郵孫莘老自廣德移守吴興。其明年二月,作墨妙亭於府第之北,逍遥堂之東,取凡境内自漢以來古文遺刻以實之。

吴興自東晉爲善地,號爲山水清遠。其民足於魚稻蒲蓮之利,寡求而不争。賓客非特有事於其地者不至焉。故凡守郡者,率以風流嘯詠投壺飲酒爲事。自莘老之至,而歲適大水,上田皆不登,湖人大饑,將相率亡去。莘老大振廪勸分,躬自撫循勞來,出於至誠。富有餘者,皆争出穀以佐官,所活至不可勝計。當是時,朝廷方更化立法,使者旁午,以爲莘老當日治文書,赴期會,不能復雍容自得如故事。而莘老益喜賓客,賦詩飲酒爲樂,又以其餘暇,網羅遺逸,得前人賦詠數百篇爲《吴興新集》,其刻書尚存而僵仆斷缺於荒陂野草之間者,又皆集於此亭。(**李卓吾眉**)莘老自是不凡。是歲十二月,余以事至湖,周覽嘆息,而莘老求文爲記。

或以謂余:凡有物必歸於盡,而恃形以爲固者,尤不可長。雖金石之堅,俄而變壞,至於功名文章,其傳世垂後,猶爲差久。今乃以此托於彼,是久存者反求助於速壞。(**李卓吾夾**)好。(**茅鹿門眉**)東坡於古今興廢處,往往感慨如此。此既昔人之惑,而莘老又將深檐大屋以錮留之,推是意也,其無乃幾於不知命也夫?余以爲知命者,必盡人事,然後理足而無憾。物之有成必有壞,譬如人之有生必有死,而國之有興必有亡也。雖知其然,而君子之養身也,凡可以久生而緩死者無不用,其治國也,凡可以存存而救亡者無不爲,至於不可奈何而後已。(**李卓吾夾**)好。此之謂知命。(**陳眉公眉**)小題目逗出大議論,可作《知命章》一篇注疏。是亭之作否,無足争者,而其理則不可以不辨。(**李卓吾夾**)好。故具載其説,而列其名物于左云。

【彙評】

鄭之惠:寓致高遠。

墨寶堂記①

(**李卓吾旁**)前半截甚爲蒙莊所苦。

世人之所共嗜者,美飲食,華衣服,好聲色而已。(**茅鹿門夾**)客。暗照。有人焉,自以爲高而笑之,彈琴弈棋,蓄古法書圖畫,(**茅鹿門夾**)主。客至,出而誇觀之,自以爲至矣。則又有笑之者曰:古之人所以自表見於後世者,以有言語文章也,是惡足好?(**茅鹿門夾**)客。而豪傑之士,又相與笑之。以爲士當以功名聞於世,(**茅鹿門夾**)主。若乃施之空言,而不見於行事,此不得已者之所爲也。(**錢文登眉**)五轉甚妙,皆從空創建。而其所謂功名者,自知效一官,等而上之,至於伊、吕、稷、契之所營,劉、頁、湯、武之所争,極矣。而或者猶未免乎笑,曰:是區區者曾何足言,而許由辭之以爲難,孔丘知之以爲博。由此言之,世之相笑,豈有既乎?(**茅鹿門夾**)轉妙。士方志於其所欲得,雖小物,有棄軀忘親而馳之者。故有好書而不得其法,則拊心嘔血幾死而僅存,至於剖冢斫棺而求之。是豈有聲色臭味足以移人哉?(**李卓吾夾**)好。(**李九我眉**)點鍾繇好書一段,爲下文立案。鍾繇求蔡邕筆法於韋誕,韋誕不傳,繇輒搥胸嘔血。誕死,遂發其冢得邕法。方其樂之也,雖其口不能自言,而况他人乎!人特以己之不好,笑人之好,則過矣。(**高啓眉**)此段吾想坡公胸次何等活潑。

---

① 編者按:或題作“張君墨寶堂記”。

毗陵人張君希元，家世好書，所蓄古今人遺迹至多，盡刻諸石，築室而藏之，屬余爲記。余蜀人也。蜀之諺曰："學書者紙費，學醫者人費。"此言雖小，可以喻大。(**高啓眉**)書功名兩項變縮。世有好功名者，以其未試之學，而驟出之於政，其費人豈特醫者之比乎？(**李卓吾夾**)好。今張君以兼人之能，而位不稱其才，優游終歲，無所役其心智，則以書自娱。然以余觀之，君豈久閑者，蓄極而通，必將大發之於政。君知政之費人也甚於醫，則願以余之所言者爲鑒。(**陳眉公眉**)末重在功名上，寓警醒意。

【彙評】

邵二泉：真是文章中奪胎换骨，皆從《莊子》變化來。

唐荆川：此文前後各自爲議論，暗相照應甚密。

李九我：記墨寶却引鍾繇溺於書箴，與韓文公序閑上人稱張旭善書相似。

鄭之惠：把"笑"字破題内"寶"字，一段生一段，一節深一節，使人讀之唯恐前段之易盡，又不測後段之何措，文勢變幻迂回，一至於此。

錢塘六井記

潮水避錢塘而東擊西陵，所從來遠矣。沮洳斥鹵，化爲桑麻之區，而久乃爲城邑聚落，凡今州之平陸，皆江之故地。其水苦惡，惟負山鑿井，乃得甘泉，而所及不廣。唐宰相李公長源始作六井，引西湖水以足民用。其後刺史白公樂天治湖浚井，刻石湖上，至於今賴之。始長源六井，其最大者，在清湖中，爲相國井，其西爲西井，少西而北爲金牛池，又北而西、附城爲方井，爲白龜池，又北而東至錢塘縣治之南爲小方井。而金牛之廢久矣。嘉祐中，太守沈公文通又於六井之南，絶河而東至美俗坊爲南井。出涌金門，並湖而北，有水閘三，注以石溝貫城而東者，南井、相國、方井之所從出也。若西井，則相國之派別者也。而白龜池、小方井，皆爲匿溝湖底，無所用閘。此六井之大略也。

熙寧五年秋，太守陳公述古始至，問民之所病。皆曰："六井不治，民不給於水。南井溝庳而井高，水行地中，率常不應。"公曰："嘻，甚矣，吾在此，可使民求水而不得乎！"乃命僧仲文、子圭辦其事。仲文、子圭又引其徒如正、思坦以自助，凡出力以官者二十餘人。於是發溝易甃，完緝罅漏，而相國之水大至，坎滿溢流，南注於河，千艘更載，瞬息百斛。以方井爲近於濁惡而遷之少西，不能五步，而得其故基。父老驚曰："此古方井也。民李甲遷之於此，六十年矣。"疏涌金池爲上中下，使浣衣浴馬不及於上池。而列二閘於門外，其一赴池而决之河，其一納之石檻，比竹爲五管以出之，並河而東，絶三橋以入於石溝，注於南井。水之所從來高，則南井常厭水矣。凡爲水閘四，皆垣墻扃鐍以護之。

明年春，六井畢修，而歲適大旱，自江淮至浙右井皆竭，民至以罌缶貯水相餉如酒醴。而錢塘之民肩足所任，舟楫所及，南出龍山，北至長河鹽官海上，皆以飲牛馬，給沐浴。方是時，汲者皆誦佛以祝公。余以爲水者，人之所甚急，而旱至於井竭，非歲之所常有也。以其不常有，而忽其所甚急，此天下之通患也，豈獨水哉！故詳其語以告後之人，使雖至於久遠廢壞而猶有考也。

仁宗皇帝飛白御書記

（茅鹿門旁）澹宕不收之音。

問世之治亂，必觀其人。問人之賢不肖，必以世考之。《孟子》曰："誦其詩，讀其書，不知其人，可乎？是以論其世也。"合抱之木，不生於步仞之丘；千金之子，不出於二家之市。（**茅鹿門夾**）注意仁廟上却太疏。

臣嘗逮事仁宗皇帝，其愚不足以測知聖德之所至。（**茅鹿門夾**）最圓轉。獨私竊覽觀四十餘年之間，左右前後之人，其大者固已光明儁偉，深厚雄傑，不可窺較。而其小者，猶能敦樸愷悌，靖恭持重，號稱長者。當是之時，天人和同，上下歡心。才智不用而道德有餘，功業難名而福禄無窮。升遐以來，十有二年，若臣若子，罔有内外，下至深山窮谷老婦稚子，外薄四海裔夷君長，見當時之人，聞當時之事，未有不流涕稽首者也。此豈獨上之澤歟？凡在廷者，與有力焉。（**李卓吾夾**）主意。

太子少傅安簡王公，諱舉正，臣不及見其人矣，而識其爲人。其流風遺俗可得而稱者，以世考之也。熙寧六年冬，以事至姑蘇，其子誨出慶曆中所賜公端敏字二、飛白筆一以示臣，且謂臣記之，將刻石而傳諸世。

臣官在太常，職在太史，於法得書。且以爲抱烏號之弓，不若藏此筆；寶曲阜之履，不若傳此書；考追蠡以論音聲，不若推點畫以究觀其所用之意；存昌歜以追嗜好，不若因褒貶以想見其所與之人。（**鍾惺夾**）此一語尤有意。或藏於名山，或流於四方，凡見此者，皆當聳然而作，如望旄頭之塵，而聽屬車之音，相與勉爲忠厚而耻爲浮薄，或由此也夫！（**李卓吾夾**）妙。

【彙評】

鍾惺：有本末之文，才人文士自然僥倖不來。○開口似不切題，説來字字情理相關。

王復之:昔真宗與王元之論文,元之謂“雕織之言,王者弗貴”。此記只誦其風化之美,而於飛毫錦繡、拂素龍魚者,似有所不及。然體自應如是,非文章變格也。

唐荆川:小題大處起議論。

鄭之惠:從“仁”字上立論,飛白且置。

大悲閣記

(**茅鹿門旁**)無論學禪、學聖賢,俱從篤行上立脚。

羊豕以爲羞,五味以爲和,秫稻以爲酒,麴糵以作之,天下之所同也。(**鄭之惠眉**)事理雙顯。(**馮夢禎眉**)此發明有爲之法亦甚辨,而舊本不録,當因成都一記,其名同而誤删之耳。其材同,其水火之齊均,其寒暖燥濕之候一也,而二人爲之,則美惡不齊。豈其所以美者,不可以數取歟?然古之爲方者,未嘗遺數也。能者即數以得妙,不能者循數以得其略。其出一也,有能有不能,而精粗見焉。人見其二也,則求精於數外,而棄迹以遂妙,曰:我知酒食之所以美也。而略其分齊,捨其度數,以爲不在是也,而一以意造,則其不爲人之所嘔棄者寡矣。(**高啓眉**)妙喻。

今吾學者之病亦然。天文、地理、音樂、律曆、宫廟、服器、冠昏、喪紀之法,《春秋》之所去取,禮之所可,刑之所禁,歷代之所以廢興,與其人之賢不肖,此學者之所宜盡力也。曰:是皆不足學,學其不可載於書而傳於口者。子夏曰:“日知其所亡,月無忘其所能,可謂好學也已。”古之學者,其所亡與其所能,皆可以一二數而日月見也。(**馮夢禎眉**)未免宋人習氣在。如今世之學,其所亡者果何物,而所能者果何事歟?孔子曰:“吾嘗終日不食，終夜不寢，以思無益，不如學也。”由是觀之，廢學而徒思者，孔子之所禁，而今世之所尚也。豈惟吾學者，至於爲佛者亦然。（**王浚川眉**）坡老作佛記，多以儒理曉喻，此是占地步處究之，至理原不相悖。世有佞佛者，至於抑儒而伸佛，其謂之何？齋戒持律，講誦其書，而崇飾塔廟，此佛之所以日夜教人者也。而其徒或者以爲齋戒持律不如無心，講誦其書不如無言，崇飾塔廟不如無爲。其中無心，其口無言，其身無爲，則飽食而嬉而已，是爲大以欺佛者也。（**茅鹿門眉**）以上議論凡三層。（**李卓吾眉**）欺佛欺人，此輩不少，讀此當爲愧汗。（**馮夢禎眉**）摻此等解以自誤誤人，儒釋皆然。不知者且謂此上乘解，人即彼亦自高爲標目，謂難與俗人言也，却被坡公一語喝破。

杭州鹽官安國寺僧居則，自九歲出家，十年而得惡疾且死，自誓於佛，願持律終身，且造千手眼觀世音像，而誦其名千萬遍。已而力不給，則縮衣節口三十餘年，銖積寸累，以迄於成。其高九仞，爲大屋四重以居之。而求文以爲記。余嘗以斯言告東南之士矣，蓋僅有從者。獨喜則之勤苦從事於有爲，篤志守節，老而不衰，異夫爲大以欺佛者。（**高啓夾**）應前作結。故爲記之，且以風吾黨之士云。

卷三十六

記十四首

超然臺記

（**唐荆川眉**）前發超然意，後段叙事解意，兼叙事格。（**茅鹿門旁**）子瞻本色，與《凌虚臺記》並本之莊生。

凡物皆有可觀。苟有可觀，皆有可樂，非必怪奇瑋麗者也。餔糟啜漓皆可以醉，果蔬草木皆可以飽。（**高啓夾**）真見道之語。推此類也，吾安往而不樂？夫所爲求福而辭禍者，以福可喜而禍可悲也。人之所欲無窮，而物之可以足吾欲者有盡。美惡之辨戰乎中，而去取之擇交乎前，則可樂者常少，而可悲者常多。是謂求禍而辭福。（**錢文登眉**）説超然之意甚透。夫求禍而辭福，豈人之情也哉？物有以蓋之矣。（**高啓夾**）看他過渡處。彼游於物之内，而不游於物之外。物非有大小也，自其内而觀之，未有不高且大者也。彼挾其高大以臨我，則我常眩亂反復，如隙中之觀鬥，又烏知勝負之所在？是以美惡横生，而憂樂出焉。可不大哀乎！

余自錢塘移守膠西，釋舟楫之安，而服車馬之勞；去雕墻之美，而庇采椽之居；背湖山之觀，而行桑麻之野。始至之日，歲比不登，盜賊滿野，獄訟充斥，而齋厨索然，日食杞菊，人固疑余之不樂也。處之期年,而貌加豐,髮之白者,日以反黑。**(茅鹿門夾)**却好。余既樂其風俗之淳,而其吏民亦安予之拙也,於是治其園圃,潔其庭宇,伐安丘、高密之木以修補破敗,爲苟完之計。而園之北,因城以爲臺者舊矣,稍葺而新之。時相與登覽,放意肆志焉。**(高啓眉)**章法佳甚。南望馬耳、常山,出没隱見,若近若遠,庶幾有隱君子乎?而其東則盧山,秦人盧敖之所從遁也。**(茅鹿門夾)**行文好。西望穆陵,隱然如城郭,師尚父、齊桓公之遺烈猶有存者。北俯濰水,慨然太息,思淮陰之功,而吊其不終。**(黄宗一眉)**四望遼闊,胸次豁然,所謂達人大觀者。○此等格調,是學太史公八書體。臺高而安,深而明,夏凉而冬温。**(高啓夾)**叙四時景象只十字。**(高啓眉)**叙山川景象甚長,叙四時景象甚短,蓋東坡才氣豪邁,故操縱伸縮,無不如意。雨雪之朝,風月之夕,余未嘗不在,客未嘗不從。擷園蔬,取池魚,釀秫酒,瀹脱粟而食之,曰:樂哉游乎!**(高啓眉)**情態優游,關鎖甚密。

方是時,余弟子由適在濟南,聞而賦之,且名其臺曰超然。以見余之無所往而不樂者,蓋游於物之外也。**(高啓夾)**結句見超然之意。

【彙評】

吕雅山:此篇不惟文思温潤有餘,而説安分養性之理極爲透徹,此坡翁平生實際也。故其謫居海外,窮愁顛越,無不自得,真能超然物外者矣。

雩泉記

(李卓吾旁)好。

常山在東武郡治之南二十里，不甚高大，而下臨城中，如在山下，雉堞樓觀，仿佛可數。自城中望之，如在城上，起居寢食，無往而不見山者。其神食於斯民，固宜也。東武濱海多風，而溝瀆不留，故率常苦旱。禱於兹山，未嘗不應。民以其可信而恃，蓋有常德者，故謂之常山。熙寧八年春夏旱，軾再禱焉，皆應如響。乃新其廟。廟門之西南十五步，有泉汪洋折旋如車輪，清凉滑甘，冬夏若一，餘流溢去，達於山下。兹山之所以能常其德，出雲爲雨，以信於斯民者，意其在此。而號稱不立，除治不嚴，農民易之。乃琢石爲井，其深七尺，廣三之二。作亭於其上，而名之曰雩泉。古者謂吁嗟而求雨曰雩。今民吁嗟其所不獲，而呻吟其所疾痛，亦多矣。吏有能聞而哀之，荅其所求，如常山雩泉之可信而恃者乎！軾以是愧於神，乃作《吁嗟》之詩，以遺東武之民，使歌以祀神而勉吏云。

吁嗟常山，東武之望。匪石岩岩，惟德之常。吁嗟雩泉，維山之滋。維水作聰，我民所噫。我歌雲漢，於泉之側。誰其尸之？涌溢赴節。堂堂在位，有號不聞。我愧於中，何以吁神。神尸其昧，我職其著。各率爾職，神不汝棄。酌山之泉，言采其蔬。跪以薦神，神其吐之。

醉白堂記

（**茅鹿門旁**）魏公勳名本勝樂天，故文不譽而思特遠。（**高啓旁**）比擬格。（**虞邵庵眉**）韓公雖以樂天自處，而樂天功業實不及韓公。此記妙處，雖提起韓公，亦不放倒樂天，最得體。

故魏國忠獻韓公作堂於私第之池上，名之曰醉白。取樂天

《池上》之詩，以爲醉白堂之歌。意若有羨於樂天而不及者。（**吕留良夾**）虚話。天下之士，聞而疑之，以爲公既已無愧於伊、周矣，而猶有羨於樂天，何哉？

軾聞而笑曰：公豈獨有羨於樂天而已乎？方且願爲尋常無聞之人而不可得者。（**高啓夾**）駕馭馳驟處。（**王元美眉**）推出願爲常人不可得，意正闡明其所以羨樂天處，是化無爲有手段。（**吕留良夾**）干進一句，機鋒恰對。天之生是人也，將使任天下之重，則寒者求衣，飢者求食，凡不獲者求得。苟有以與之，將不勝其求。（**茅鹿門夾**）好。是以終身處乎憂患之域，而行乎利害之塗，豈其所欲哉！夫忠獻公既已相三帝安天下矣，浩然將歸老於家，而天下共挽而留之，莫釋也。當是時，其有羨於樂天，無足怪者。（**高啓夾**）議論絶妙。（**吕留良夾**）立身得體。然以樂天之平生而求之於公，較其所得之厚薄淺深，孰有孰無，則後世之論，有不可欺者矣。（**茅鹿門眉**）敘得魏公有分曉。文致太平，武定亂略，謀安宗廟，而不自以爲功。急賢才，輕爵禄，而士不知其恩。殺伐果敢，而六軍安之。四夷八蠻想聞其風采，而天下以其身爲安危。此公之所有，而樂天之所無也。（**吕留良夾**）所有大。乞身於强健之時，退居十有五年，日與其朋友賦詩飲酒，盡山水園池之樂。府有餘帛，廪有餘粟，而家有聲伎之奉。此樂天之所有，而公之所無也。（**吕留良夾**）所無小。忠言嘉謀，效於當時，而文采表於後世。死生窮達，不易其操，而道德高於古人。此公與樂天之所同也。（**錢文登眉**）説白不如韓，韓不如白，又説韓白之相同，如此三段，筆力識見，自是不凡。（**高啓夾**）警策。（**吕留良夾**）樂天地位自高，擬之本不容易。公既不以其所有自多，亦不以其所無自少，將推其同者而自托焉。方其寓形於一醉也，齊得喪，忘禍福，混貴賤，等賢愚，同乎萬物，而與造物者游，非獨自比於樂天而已。

(**吕留良夾**)點出"醉"字,人進一解。(**錢穀眉**)此下又高出一意,分明韓優於白,而意自渾深。(**高啓夾**)拓開。

古之君子,其處己也厚,其取名也廉。是以實浮於名,而世誦其美不厭。(**吕留良夾**)以竊比之意作收,又見魏公謙光之美。(**茅鹿門夾**)又一轉。(**姜寶眉**)名實二字結束,上去有力。引自比事來證,看他連下數個"自"字,文機甚活動。以孔子之聖,而自比於老彭,自同於丘明,自以爲不如顔淵。後之君子,實則不至,而皆有侈心焉。臧武仲自以爲聖,白圭自以爲禹,司馬長卿自以爲相如,揚雄自以爲孟軻,崔浩自以爲子房,然世終莫之許也。由此觀之,忠獻公之賢於人也遠矣。昔公嘗告其子忠彦,將求文於軾以爲記而未果。既葬,忠彦以告,軾以爲義不得辭也,乃泣而書之。

【彙評】

李性學:此文一段是魏公之所有,樂天之所無,一段是樂天魏公之所同,方纔見是爲作《醉白堂記》。王介甫乃謂韓白優劣論,不亦謬乎!

吕留良:順題不得,反題不得,此處當玩其立言之妙,然唯魏公庶足當之無愧色。

蓋公堂記

(**茅鹿門旁**)以醫爲喻起盡議論,却將正意一證。

始吾居鄉,有病寒而欬者,問諸醫,醫以爲蠱,不治且殺人。取其百金而治之,飲以蠱藥,攻伐其腎腸,燒灼其體膚,禁切其飲食之美者。期月而百疾作,内熱惡寒,而欬不已,纍然真蠱者也。又求於醫，醫以爲熱，授之以寒藥，旦朝吐之，暮夜下之，於是始不能食。懼而反之，則鐘乳、烏喙雜然並進，而瘭疽癰疥眩瞀之狀，無所不至。三易醫而疾愈甚。里老父教之曰："是醫之罪，藥之過也。子何疾之有！人之生也，以氣爲主，食爲輔。今子終日藥不釋口，臭味亂於外，而百毒戰於内，勞其主，隔其輔，是以病也。子退而休之，謝醫却藥而進所嗜，氣完而食美矣，則夫藥之良者，可以一飲而效。"從之，期月而病良已。昔之爲國者亦然。吾觀夫秦自孝公以來，至於始皇，立法更制，以鐫磨鍛煉其民，可謂極矣。蕭何、曹參親見其斫喪之禍，而收其民於百戰之餘，知其厭苦憔悴無聊，而不可與有爲也，是以一切與之休息，而天下安。始參爲齊相，召長老諸先生問所以安集百姓，而齊故諸儒以百數，言人人殊，參未知所定。聞膠西有蓋公，善治黄老言，使人請之。蓋公爲言治道貴清静而民自定，(**茅鹿門夾**)主意。(**錢文登眉**)"清静"二字，一篇筋骨。推此類具言之，參於是避正堂以舍蓋公，用其言而齊大治。其後以其所以治齊者治天下，天下至今稱賢焉。

吾爲膠西守，知公之爲邦人也，求其墳墓、子孫而不可得，慨然懷之。師其言，想見其爲人，庶幾復見如公者。治新寢於黄堂之北，易其弊陋，達其壅蔽，重門洞開，盡城之南北，相望如引繩，名之曰蓋公堂。時從賓客僚吏游息其間，而不敢居，以待如公者焉。(**李卓吾夾**)太謙。夫曹參爲漢宗臣，(**茅鹿門夾**)更不粘前。而蓋公爲之師，可謂盛矣。而史不記其所終，豈非古之至人得道而不死者歟？膠西東並海，南放於九仙，北屬之牢山，其中多隱君子，可聞而不可見，可見而不可致，安知蓋公不往來其間乎？吾何足以見之！(**李卓吾旁**)趣。

【彙評】

錢東湖:記者,紀事之文也。此篇先譬喻後紀事,亦記之變體。

《室中語》:東坡作文如天花變現,初無根葉,不可揣測,如作《蓋公堂記》,共六百餘字,却三百餘字説醫;《醉道士石》詩共二十八句,却二十六句作假説,惟用兩句收拾作鶴嘆,則贊鶴分明。

李氏山房藏書記

(**茅鹿門旁**)題本小而文旨特放而遠之,才不鮮腆。(**高啓眉**)一篇勸學文。

象犀珠玉怪珍之物,有悦於人之耳目,而不適於用。金石草木絲麻五穀六材,有適於用,而用之則弊,取之則竭。(**李卓吾夾**)妙。(**吕留良夾**)提起吸盡通篇之意。悦於人之耳目而適於用,用之而不弊,取之而不竭,賢不肖之所得,各因其才,仁智之所見,各隨其分,才分不同,而求無不獲者,惟書乎!(**鍾惺眉**)以上十數句只如一句。(**唐荆川夾**)五十字一句。

自孔子聖人,其學必始於觀書。當是時,惟周之柱下史聃爲多書。韓宣子適魯,然後見《易象》與《魯春秋》。季札聘於上國,然後得聞《詩》之風、雅、頌。而楚獨有左史倚相,能讀《三墳》《五典》《八索》《九丘》。士之生於是時,得見《六經》者蓋無幾,其學可謂難矣。而皆習於禮樂,深於道德,非後世君子所及。自秦、漢以來,作者益衆,紙與字畫日趨於簡便,而書益多,世莫不有,然學者益以苟簡,何哉?(**吕留良夾**)此段"何哉"慨嘆意多。余猶及見老儒先生,自言其少時,欲求《史記》《漢書》而不可得,幸而得之,皆手自書,日夜誦讀,惟恐不及。(**吕留良夾**)作兩層擱束,前段遠説,此以己所"及見"是近説。近歲市人轉相摹刻諸子百家之書,日傳萬紙,學者之於書,多且易致如此,其文詞學術,當倍蓰於昔人,而後生科舉之士,皆束書不觀,游談無根,此又何也?(**高啓夾**)陡接。(**吕留良夾**)此段"何也"詰問意多。

余友李公擇,(**吕留良夾**)名常,建昌人。少時讀書於廬山五老峰下白石庵之僧舍。公擇既去,而山中之人思之,指其所居爲李氏山房。(**吕留良夾**)實僧舍。藏書凡九千餘卷。公擇既已涉其流,探其源,采剥其華實,而咀嚼其膏味,以爲己有,發於文詞,見於行事,以聞名於當世矣。而書固自如也,未嘗少損。(**吕留良夾**)照前,用之不弊,取之不竭。(**吕雅山眉**)"而書固自如也,未嘗少損",語諧極趣極。將以遺來者,供其無窮之求,而各足其才分之所當得。(**鍾惺夾**)妙。(**吕留良夾**)照前,才分不同,求無不獲。是以不藏於家,而藏於其所故居之僧舍,此仁者之心也。(**吕留良夾**)只用一句贊美。(**鍾惺夾**)此一語動人。(**茅鹿門眉**)收拾前發議來。余既衰且病,無所用於世,惟得數年之間盡讀其所未見之書,而廬山固所願游而不得者,蓋將老焉。盡發公擇之藏,拾其餘棄以自補,庶有益乎?(**吕留良夾**)亦見取之不竭而隨分有獲之意。

而公擇求余文以爲記,乃爲一言,使來者知昔之君子見書之難,而今之學者有書而不讀爲可惜也。(**袁石公眉**)一片婆心。

【彙評】

鍾惺:藏書僧舍,仁者之心,作此記,仁者之言,從良心上聳動人,讀書蓋亦苦矣。

鄭之惠:無書求書,有書不肯讀,此萬世通弊。

吕留良:只是有書要讀之意,然若老實説,便是腐頭巾氣。妙在"何哉”“何也”兩段,作疑怪醒問之辭,令人自警悟鞭策。後邊言此書公擇賴之,學者賴之,即予亦且將賴之,收拾包裹甚密。

寶繪堂記

(**茅鹿門旁**)有一種達人風旨,然地位不如荆公多矣。

君子可以寓意於物,而不可以留意於物。(**李卓吾夾**)俗物。寓意於物,雖微物足以爲樂,雖尤物不足以爲病。留意於物,雖微物足以爲病,雖尤物不足以爲樂。(**錢文登眉**)反題立説。老子曰:“五色令人目盲,五音令人耳聾,五味令人口爽,馳騁田獵令人心發狂。”然聖人未嘗廢此四者,亦聊以寓意焉耳。劉備之雄才也,而好結髦。嵇康之達也,而好鍛煉。阮孚之放也,而好蠟屐。此豈有聲色臭味也哉?而樂之終身不厭。(**吕留良夾**)寓意者如是。

凡物之可喜,足以悦人而不足以移人者,莫若書與畫。(**錢東湖眉**)一轉甚便有氣力。然至其留意而不釋,則其禍有不可勝言者。鍾繇至以此嘔血發冢,宋孝武、王僧虔至以此相忌,桓玄之走舸,王涯之複壁,皆以兒戲害其國,凶其身。此留意之禍也。(**吕留良夾**)留意者如此。始吾少時,嘗好此二者,家之所有,惟恐其失之,人之所有,惟恐其不吾予也。(**吕留良夾**)凡規諷人借己身爲言,則語切而情易曉。既而自笑曰:吾薄富貴而厚於書,輕死生而重畫,豈不顛倒錯繆失其本心也哉?自是不復好。見可喜者雖時復蓄之,然爲人取去,亦不復惜也。(**吕留良夾**)留意。譬之煙雲之過眼,百鳥之感耳,豈不欣然接之,去而不復念也。(**高啓眉**)寓意。(**吕留良夾**)寓意。於是乎二物者常爲吾樂而不能爲吾病。(**王元美眉**)點掇出“樂”字、“病”字,稍稍回顧便精神百倍。

駙馬都尉王君晉卿,雖在戚里,而其被服禮義,學問詩書,常與寒士角。平居攘去膏粱,屏遠聲色,而從事於書畫,作寶繪堂於私第之東,以蓄其所有,而求文以爲記。恐其不幸而類吾少時之所好,故以是告之,庶幾全其樂而遠其病也。熙寧十年七月二十二日記。

【彙評】

鄭之惠:可當收藏書畫者一劑藥。

錢文登:題目做得圓活,不爲題目所使,録之以破俗調。

錢牧齋:雙起雙結。

唐荆川:《墨寶堂》與此二篇,皆小題從大處起議論,有箴規之意焉。

吕留良:要處全在“始吾少時”一段,曉悟甚切,亦頗自占地步。○王詵,字晉卿,能詩善畫,尚蜀國長公主。此記用桓玄、王涯二事,晉卿以其不祥,求易之。坡公云:“不使即已,使即不可易也。”

蟠洲:書畫本微物也,寓意足以爲樂,留意足以爲病,不值。謂王君當鑒往事,且就自家身上説去,文字有反復回互處。

眉山遠景樓記

(**茅鹿門旁**)遷客思故鄉,風景宛然。(**高啓眉**)是眉州風俗記。

吾州之俗,有近古者三。其士大夫貴經術而重氏族,其民尊吏而畏法,其農夫合耦以相助。蓋有三代、漢、唐之遺風,而他郡之所莫及也。

始朝廷以聲律取士,而天聖以前,學者猶襲五代之弊,獨吾州之士，通經學古，以西漢文詞爲宗師。方是時，四方指以爲迂闊。至於郡縣胥史，皆挾經載筆，應對進退，有足觀者。（**茅鹿門夾**）冷語。而大家顯人，以門族相上，推次甲乙，皆有定品，謂之江鄉。非此族也，雖貴且富，不通婚姻。其民事太守縣令，如古君臣，既去，輒畫像事之，而其賢者，則記録其行事以爲口實，至四五十年不忘。富商小民，常儲善物而别異之，以待官吏之求。家藏律令，往往通念而不以爲非，雖薄刑小罪，終身有不敢犯者。

歲二月，農事始作。四月初吉，穀稚而草壯，耘者畢出。數十百人爲曹，立表下漏，鳴鼓以致衆。擇其徒爲衆所畏信者二人，一人掌鼓，一人掌漏，進退作止，惟二人之聽。鼓之而不至，至而不力，皆有罰。量田計功，終事而會之，田多而丁少，則出錢以償衆。七月既望，谷艾而草衰，則仆鼓決漏，取罰金與償衆之錢，買羊豕酒醴，以祀田祖，作樂飲食，醉飽而去，歲以爲常。（**茅鹿門眉**）序得爛漫。其風俗蓋如此。

故其民皆聰明才智，務本而力作，易治而難服。守令始至，視其言語動作，輒了其爲人。其明且能者，不復以事試，終日寂然。苟不以其道，則陳義秉法以譏切之，故不知者以爲難治。今太守黎侯希聲，軾先君子之友人也。簡而文，剛而仁，明而不苟，衆以爲易事。既滿將代，不忍其去，相率而留之，上不奪其請。既留三年，民益信，遂以無事。因守居之北墉而增築之，作遠景樓，日與賓客僚吏游處其上。（**茅鹿門夾**）纔入樓。軾方爲徐州，吾州之人以書相往來，未嘗不道黎侯之善，而求文以爲記。

嗟夫，軾之去鄉久矣！所謂遠景樓者，雖想見其處，而不能道其詳矣。然州人之所以樂斯樓之成而欲記焉者，（**茅鹿門夾**）纔有收拾。豈非上有易事之長，而下有易治之俗也哉！（**王湥川眉**、

茅鹿門夾)此二句,是一篇精神所注處。孔子曰:"吾猶及史之闕文也。有馬者借人乘之。今亡矣夫。"是二者,於道未有大損益也,然且録之。今吾州近古之俗,獨能累世而不遷,蓋耆老昔人豈弟之澤,而賢守令撫循教誨不倦之力也,可不録乎!若夫登臨覽觀之樂,山川風物之美,軾將歸老於故丘,布衣幅巾,從邦君於其上,酒酣樂作,援筆而賦之,以頌黎侯之遺愛,尚未晚也。(**唐荆川眉**)尾聲絶好。(**茅鹿門夾**)又有尾聲。元豐元年七月十五日記。

【彙評】

唐荆川:此文造意亦奇,更不在作遠景上説。

滕縣公堂記

君子之仕也,以其才易天下之養也。(**鍾惺夾**)只此一語,先破拘儒所諱,後便滔滔然。才有大小,故養有厚薄。苟有益於人,雖厲民以自養不爲泰。是故飲食必豐,車服必安,宫室必壯,使令之人必給,則人輕去其家而重去其國。如使衣食菲惡不如吾私,宫室弊陋不如吾廬,使令之人樸野不足不如吾僮奴,雖君子安之無不可者,(**鍾惺夾**)語有地步有斟酌。然人之情所以去父母捐墳墓而遠游者,豈厭安逸而思勞苦也哉!至於宫室,蓋有所從受,而傳之無窮,非獨以自養也。(**鍾惺夾**)透。今日不治,後日之費必倍。而比年以來,所在務爲儉陋,(**鍾惺夾**)一語説盡俗吏病痛,只是胸中曠然。尤諱土木營造之功,欹仄腐壞,轉以相付,不敢擅易一椽,(**鍾惺夾**)天下事盡壞於此一語。此何義也?

滕,古邑也。在宋、魯之間,號爲難治。庭宇陋甚,莫有葺者。非惟不敢，亦不暇。自天聖元年，縣令太常博士張君太素，實始改作。凡五十有二年，而贊善大夫范君純粹，自公府掾謫爲令，復一新之。公堂吏舍凡百一十有六間，高明碩大，稱子男邦君之居。而寢室未治，范君非嫌於奉己也，曰："吾力有所未暇而已。"（**鍾惺夾**）引得妙。昔毛孝先、崔季珪用事，士皆變易車服以求名，而徐公不改其常，故天下以爲泰。其後世俗日以奢靡，而徐公固自若也，故天下以爲嗇。君子之度一也，時自二耳。元豐元年七月二十二日，尚書祠部員外郎直史館權知徐州軍事蘇軾記。

【彙評】

鍾惺：先王作法，從庸衆人立想，不從聖賢立想，期於實用可久，而不務名與迹之美。務名與迹之美則不必近情，近情者未有能久者也。此非俗儒俗吏所知，故借此一事發之。

莊子祠堂記

（**茅鹿門旁**）長公好讀《莊子》而得其髓，故能設爲奇瑰之論如此。

莊子，蒙人也。嘗爲蒙漆園吏。没千餘歲，而蒙未有祀之者。縣令秘書丞王兢始作祠堂，求文以爲記。

謹按《史記》，莊子與梁惠王、齊宣王同時，其學無所不窺，然要本歸於老子之言。故其著書十餘萬言，大抵率寓言也。作《漁父》《盗跖》《胠篋》，以詆訾孔子之徒，以明老子之術。此知莊子之粗者。余以爲莊子蓋助孔子者，要不可以爲法耳。（**茅鹿門夾**）最善爲莊生解脱。楚公子微服出亡，而門者難之。其僕操棰而駡曰:"隸也不力。"門者出之。事固有倒行而逆施者。以僕爲不愛公子,則不可;以爲事公子之法,亦不可。故莊子之言,皆實予而文不予,陽擠而陰助之,其正言蓋無幾。至於詆訾孔子,未嘗不微見其意。其論天下道術,自墨翟、禽滑釐、彭蒙、愼到、田駢、關尹、老聃之徒,以至於其身,皆以爲一家,而孔子不與,其尊之也至矣。

然余嘗疑《盜蹠》《漁父》,則若真詆孔子者。至於《讓王》《説劍》,皆淺陋不入於道。反復觀之,得其《寓言》之意,終曰:"陽子居西游于秦,遇老子。老子曰:'而睢睢,而盱盱,而誰與居。太白若辱,盛德若不足。'陽子居蹴然變容。其往也,舍者將迎其家,公執席,妻執巾櫛,舍者避席,煬者避竈。其反也,舍者與之争席矣。"去其《讓王》《説劍》《漁父》《盜跖》四篇,以合於《列禦寇》之篇,曰:"列禦寇之齊,中道而反,曰:'吾驚焉,吾食於十漿,而五漿先饋。'"然後悟而笑曰:"是固一章也。"莊子之言未終,而昧者勦之以入其言。余不可以不辨。凡分章名篇,皆出於世俗,非莊子本意。元豐元年十一月十九日記。

放鶴亭記

(**茅鹿門旁**)疏曠爽然,特少沉深之思。(**蟠洲眉**)他人記此亭,拘於題目,必極其所以,模寫隱士之好放鶴,有何意思?公乃於題外酒上説入,好鶴隱然爲天下第一快活,固在言外矣。(**姜鳳阿眉**)東坡自海外移守彭城,而此記皆自赤壁後文字,疊山謂坡公自《莊子》覺悟來,良是。

熙寧十年秋,彭城大水,雲龍山人張君之草堂,水及其半扉。明年春，水落，遷於故居之東，東山之麓。升高而望，得異境焉，作亭於其上。彭城之山，岡嶺四合，隱然如大環，（**高啓夾**）叙事空闊不俗。獨缺其西一面，（**鍾惺夾**）妙於觀物。而山人之亭適當其缺。（**儲欣夾**）先及亭。春夏之交，草木際天。秋冬雪月，千里一色。風雨晦明之間，俯仰百變。山人有二鶴，甚馴而善飛。（**儲欣夾**）次及鶴。旦則望西山之缺而放焉，縱其所如，或立於陂田，或翔於雲表，暮則傃東山而歸。故名之曰放鶴亭。（**弘曉乙評**）前面叙題。

郡守蘇軾，時從賓客僚吏往見山人，飲酒於斯亭而樂之，（**高啓夾**）藏飲酒字作後案。揖山人而告之曰："子知隱居之樂乎？（**高啓眉**）大奇。雖南面之君，未可與易也。（**李卓吾夾**）好。（**茅鹿門夾**）論得超脱。《易》曰：'鳴鶴在陰，其子和之。'《詩》曰：'鶴鳴於九皋，聲聞於天。'蓋其爲物，清遠閑放，超然於塵垢之外，故《易》、詩人以比賢人君子。隱德之士，狎而玩之，宜若有益而無損者。然衛懿公好鶴則亡其國。周公作《酒誥》，衛武公作《抑戒》，（**高啓夾**）空中插入，此意甚妙。（**弘曉乙眉**）忽然入"酒"。以爲荒惑敗亂無若酒者，（**鍾惺夾**）又推一步。而劉伶、阮籍之徒以此全其真而名後世。嗟夫，（**高啓夾**）結束上二意，何等筆力。南面之君，雖清遠閑放如鶴者猶不得好，好之則亡其國，而山林遁世之士，雖荒惑敗亂如酒者猶不能爲害，而況於鶴乎？（**唐荆川眉**）非坡翁胸襟不能爲此言。（**鍾惺眉**）從《戰國策》"生王之頭，不如死士之墓"二語變來，然説得不殺風景。由此觀之，其爲樂未可以同日而語也。"（**高啓眉**）"未可與易"句專爲言此，鶴乃國君所不得好者，而山人得專有其樂，是一篇綱領。山人忻然而笑曰："有是哉。"乃作放鶴招鶴之歌曰：

鶴飛去兮西山之缺，高翔而下覽兮擇所適。翻然斂翼，婉將集兮,忽何所見,矯然而復擊。獨終日於澗谷之間兮,啄蒼苔而履白石。鶴歸來兮,東山之陰。其下有人兮,黄冠草履葛衣而鼓琴。躬耕而食兮,其餘以汝飽。歸來歸來兮,西山不可以久留。(**余有丁眉**)此歌神于寫景,當與黄東發跋《暮雨歸十圖》同看。元豐元年十一月初八日記。

【彙評】

宗方城:東坡胸中本無軒冕,故其風神筆墨皆自瀟灑。

李性學:文字請客對主極難,獨子瞻《放鶴亭記》以酒對鶴,然須前面陷飲酒二字後方入得有味。

錢文登:好文字得心應手處全在文機發動,此文最能發文機取之。

鄭之惠:小題目出一段大議論,生發宛轉,使人欲舞。

儲欣:清音幽韻,序亦不煩。

王芑孫:東方滑稽之遺。

弘曉乙:筆端飛舞,似鶴在空中。

思堂記

建安章質夫,築室於公堂之西,名之曰思。曰:"吾將朝夕於是,凡吾之所爲,必思而後行,子爲我記之。"(**王聖俞眉**)翻案立意甚奇。嗟夫,余天下之無思慮者也。遇事則發,不暇思也。未發而思之,則未至。已發而思之,則無及。以此終身,不知所思。言發於心而衝於口,吐之則逆人,茹之則逆余。以爲寧逆人也,故卒吐之。(**鍾惺夾**)寫出好人。君子之於善也,如好好色;其於不善也,如惡惡臭。豈復臨事而後思,計議其美惡,而避就之哉!是故臨義而思利,則義必不果;臨戰而思生,則戰必不力。若夫窮達得喪，死生禍福，則吾有命矣。少時遇隱者曰：(**鍾惺夾**)入得突然，接縫甚妙。"孺子近道，少思寡欲。"曰："思與欲，若是均乎？"(**鍾惺夾**)問得有悟頭。曰："甚於欲。"庭有二盎以畜水，隱者指之曰："是有蟻漏。""是日取一升而棄之，孰先竭？"曰："必蟻漏者。"思慮之賊人也，微而無間。隱者之言，有會于余心，余行之。且夫不思之樂，不可名也。虚而明，一而通，安而不懈，不處而静，不飲酒而醉，不閉目而睡。(**鍾惺夾**)説"樂"字始透。(**錢文登眉**)真是吸露餐霞不食煙火者。將以是記思堂，不亦繆乎。(**王聖俞夾**)陡轉。雖然，言各有當也。萬物並育而不相害，道並行而不相悖。以質夫之賢，其所謂思者，豈世俗之營營於思慮者乎？(**鍾惺夾**)補此二語，其言始無病。(**高啓夾**)救護。《易》曰無思也，無爲也。我願學焉。《詩》曰"思無邪"。質夫以之。(**鍾惺眉**)雙救得好。(**王復之眉**)惟無思者能思無邪，《詩》《易》所言一理。元豐元年正月二十四日記。

【彙評】

吕雅山：前面言不思處凡六段，中引隱者言奇絶，結尾數語卒歸之思堂本旨，更見變幻。

姜鳳阿：記思堂而專説無思之妙，辭若相繆而意實相通。所謂無中生有，以死作活，真射雕手也。

鄭之惠：以不思記思堂，自然奇絶。思甚於欲，獨造之論，顧下知思便甚欲。

鍾惺：先師雷何思太史云：此等學力，非子瞻不能有；此等議論，非子瞻不能作。蓋先生嘗以《告子》"不得於言，勿求於心；不得於心，勿求於氣"爲學問，真受用於此，可思而得之。今人將告子作一倔强人看耳。

游桓山記

(茅鹿門旁)曠達。**(李卓吾旁)**好。

元豐二年正月己亥晦,春服既成,從二三子游於泗之上。登桓山,入石室,使道士戴日祥鼓雷氏之琴,操《履霜》之遺音,曰:“噫嘻悲夫,此宋司馬桓魋之墓也。”或曰:“鼓琴於墓,禮歟?”曰:“禮也。季武子之喪,曾點倚其門而歌。仲尼,日月也,而魋以爲可得而害也。且死爲石槨,三年不成,古之愚人也。余將吊其藏,而其骨毛爪齒,既已化爲飛塵,蕩爲冷風矣,而況於槨乎?況於從死之臣妾、飯含之貝玉乎?使魋而無知也,余雖鼓琴而歌可也。使魋而有知也,聞余鼓琴而歌知哀樂之不可常、物化之無日也,其愚豈不少瘳乎?”二三子喟然而嘆,乃歌曰:“桓山之上,維石嵯峨兮。司馬之惡,與石不磨兮。桓山之下,維水瀰瀰兮。司馬之藏,與水皆逝兮。”歌闋而去。

從游者八人:畢仲孫、舒煥、寇昌朝、王適、王遹、王肆、軾之子邁、煥之子彦舉。

【彙評】

鄭之惠:駡詈之語,使人感慨。

靈壁張氏園亭記

(茅鹿門旁)無他,超遠卓犖之識,而風神亦自典刑。**(姜鳳阿眉)**坡公記一園亭,而備君子出處之大節,古之立言不朽者如是也。

道京師而東，水浮濁流，陸走黄塵，陂田蒼莽，行者倦厭。凡八百里，始得靈壁張氏之園於汴之陽。其外修竹森然以高，喬木蓊然以深。其中因汴之餘浸，以爲陂池，取山之怪石，以爲岩阜。蒲葦蓮芡，有江湖之思。椅桐檜柏，有山林之氣。奇花美草，有京洛之態。華堂厦屋，有吴蜀之巧。其深可以隱，其富可以養。果蔬可以飽鄰里，魚鱉筍茹可以饋四方之賓客。（**茅鹿門眉**）連用數個有字句，又數個可字句，文法層疊，有萬流赴海之勢。余自彭城移守吴興，由宋登舟，三宿而至其下。肩輿叩門，見張氏之子碩。碩求余文以記之。（**胡時化眉**）已含下可仕可隱意。

維張氏世有顯人，自其伯父殿中君，與其先人通判府君，始家靈壁，而爲此園，作蘭皋之亭以養其親。其後出仕於朝，名聞一時，推其餘力，日增治之，於今五十餘年矣。其木皆十圍，岸谷隱然。凡園之百物，無一不可人意者，信其用力之多且久也。（**高啓眉**）立議論。

古之君子，不必仕，不必不仕。必仕則忘其身，必不仕則忘其君。譬之飲食，適於飢飽而已。然士罕能蹈其義、赴其節。處者安於故而難出，出者狃於利而忘返。於是有違親絶俗之譏，懷禄苟安之弊。今張氏之先君，所以爲其子孫之計慮者遠且周，是故築室藝園於汴、泗之間，舟車冠蓋之衝，凡朝夕之奉，燕游之樂，不求而足。使其子孫開門而出仕，則跬步市朝之上；閉門而歸隱，則俯仰山林之下。於以養生治性，行義求志，無適而不可。故其子孫仕者皆有循吏良能之稱，處者皆有節士廉退之行。蓋其先君子之澤也。（**唐荆川眉**）士豈能長守山林，長親蓑笠？但居市朝軒冕時，要使山林蓑笠之念不忘，乃爲勝耳。故此記云"不必仕，不必不仕"，又云"開門而出仕，閉門而歸隱"云云。似此等胸襟，方不爲外榮所點染。山谷云"佩玉而心若槁木，立朝而意在東山"，亦此意也。(**姜寶眉**)記園亭,君子非以隱爲高,亦非以仕爲通,此出處之大節。

余爲彭城二年,樂其土風。將去不忍,而彭城之父老亦莫余厭也,將買田於泗水之上而老焉。南望靈壁,雞犬之聲相聞,(**高啓夾**)敘議有風趣。幅巾杖屨,歲時往來於張氏之園,以與其子孫游,將必有日矣。元豐二年三月二十七日記。

【彙評】

高啓:《朱子語録》云,如歐公文字好者,只是靠實而有條理,如張承業及宦者等傳自然好。東坡《靈壁張氏園亭記》最好,亦是靠實。

鄭之惠:從園居説出仕隱一段,張氏風尚略可見矣。長公之無曲筆如此至辟,如飲食適於飢飽,大是達言而千古無有會者,人莫不飲食也,鮮能知味也。

文與可畫篔簹谷偃竹記

(**茅鹿門旁**)中多詼諧之言,而論畫竹入解。(**李卓吾旁**)甚趣。

竹之始生,一寸之萌耳,而節葉具焉。自蜩腹蛇蚹以至於劍拔十尋者,生而有之也。(**高啓夾**)玄詣。(**王聖俞眉**)入手數語,得畫家之深者,是後疏疏莽莽,直似不作文字型大小,而讀之曰文字耳。今畫者乃節節而爲之,葉葉而累之,豈復有竹乎!故畫竹必先得成竹於胸中,執筆熟視,乃見其所欲畫者,急起從之,振筆直遂,以追其所見,如兔起鶻落,少縱則逝矣。(**儲欣夾**)技進乎道矣。(**李卓吾夾**)畫家不可不知。(**茅鹿門夾**)入解文亦如此。與可之教予如此。予不能然也,而心識其所以然。夫既心識其所以然而不能然者，内外不一，心手不相應，不學之過也。（**鍾惺眉**）許多解幻歸之於“學”，使人有下手處。（**高啓眉**）郭若虚論畫法，一忌板，謂腕弱筆癡；二忌刻，謂運筆中疑；三忌結，謂似物凝礙，正子瞻心手不相應之謂也。故凡有見於中而操之不熟者，平居自視了然，而臨事忽焉喪之，豈獨竹乎！（**茅鹿門夾**）苦心之言。子由爲《墨竹賦》以遺與可曰：（**鍾惺夾**）無端。“庖丁，解牛者也，而養生者取之。輪扁，斫輪者也，而讀書者與之。今夫夫子之托於斯竹也，而予以爲有道者，則非耶？”子由未嘗畫也，故得其意而已。若予者，豈獨得其意，並得其法。（**高啓眉**）坡老畫竹，自言得意得法。乃評之曰妙而不真，何也。

與可畫竹，初不自貴重，四方之人持縑素而請者，足相躡於其門。與可厭之，投諸地而罵曰：“吾將以爲襪。”（**鍾惺夾**）罵得妙。（**高啓夾**）趣。士大夫傳之以爲口實。（**高啓眉**）夏文彦言畫絹，唐及五代粗厚，宋輕細，然則爲襪之罵，諧謔不下子瞻。及與可自洋州還，而余爲徐州。與可以書遺余曰：“近語士大夫，吾墨竹一派，近在彭城，可往求之。襪材當萃於子矣。”（**鍾惺夾**）妙謔。書尾復寫一詩，其略曰：“擬將一段鵝溪絹，掃取寒梢萬尺長。”（**鍾惺夾**）誕得妙。予謂與可，竹長萬尺，當用絹二百五十匹，知公倦於筆硯，願得此絹而已。與可無以答，則曰：“吾言妄矣，世豈有萬尺竹也哉！”余因而實之，答其詩曰：“世間亦有千尋竹，月落庭空影許長。”與可笑曰：“蘇子辯則辯矣。然二百五十匹，吾將買田而歸老焉。”因以所畫篔簹谷偃竹遺予，曰：“此竹數尺耳，而有萬尺之勢。”（**儲欣夾**）此句剪裁，勇過孟賁。篔簹谷在洋州，與可嘗令予作《洋州三十詠》，篔簹谷其一也。予詩云：“漢川修竹賤如蓬，斤斧何曾赦籜龍。料得清貧饞太守，渭濱千畝在胸中。”（**高啓眉**）述三詩内在，語俱雋永堪味。與可是日與其妻游谷中，燒筍晚食，發函得詩，失笑噴飯滿案。(**高啓眉**)有此失笑，那得不哭失聲！

元豐二年正月二十日，與可没於陳州。是歲七月七日，予在湖州曝書畫，見此竹，廢卷而哭失聲。(**高啓眉**)拾得此證。昔曹孟德《祭橋公文》，有“車過”“腹痛”之語，而予亦載與可疇昔戲笑之言者，以見與可於予親厚無間如此也。

【彙評】

鍾惺：前段便是《莊子·庖丁解牛》全文，因後段添許多妙論，所以隔一層。

儲欣：詼嘲游戲，皆可書而誦之。此記其一班也。須知此出天才，尤不易學，學之輒俚俗村鄙，令人欲嘔矣。明袁中郎諸人製作何如，不若且放，讓坡老獨步。

王芑孫：此原是笑語，非有意爲文者。

鄭之惠：戲笑成文。

凌啓康：王元美言，文與可畫竹，是竹之左氏也。子瞻却類莊子。觀此記，則兩者畫法故自相合。

弘曉乙：與可已矣！記中反覆疇昔，語多戲詼，與他記賣精神泛在末段。文章欲要求奇，只敘事生動，便是絶倫。

卷三十七

記十三首

勝相院經藏記

(**王聖俞眉**)佛教惟寂,至於思議,不參而反借莊嚴色相以顯其趣。此篇學彼法,中語全似。○敘致璀璨而玄理自呈,此所謂象教者也。

元豐三年,歲在庚申,有大比丘惟簡,號曰寶月,修行如幻,三摩鉢提,在蜀成都,大聖慈寺,故中和院,賜名勝相,以無量寶、黄金丹砂、琉璃真珠、旃檀衆香,莊嚴佛語及菩薩語,作大寶藏。涌起於海,有大天龍,背負而出,及諸小龍,糾結環繞。諸化菩薩,及護法神,鎮守其門。天魔鬼神,各執其物,以禦不祥。是諸衆寶,及諸佛子,光色聲香,自相磨激,璀璨芳鬱,玲瓏宛轉,生出諸相,變化無窮。不假言語,自然顯見,苦空無我,無量妙義。凡見聞者,隨其根性,各有所得。如衆飢人,入於大倉,雖未得食,已有飽意。又如病人,游於藥市,聞衆藥香,病自衰減。更能取米,作無礙飯,恣食取飽,自然不飢。又能取藥,以療衆病,衆病有盡,而藥無窮,須臾之間,無病可療。以是因緣,度無量衆,時見聞者,皆争捨施,富者出財,壯者出力,巧者出技,皆捨所愛,及諸結習,而作佛事,求脱煩惱,濁惡苦海。

有一居士，其先蜀人，與是比丘，有大因緣。去國流浪，在江淮間，聞是比丘，作是佛事，即欲隨衆，舍所愛習。周視其身，及其室廬，求可捨者，了無一物。如焦穀芽，如石女兒，乃至無有，毫髮可捨。私自念言，我今惟有，無始已來，結習口業，妄言綺語，論説古今，是非成敗。以是業故，所出言語，猶如鐘磬，黼黻文章，悦可耳目。(**馮夢禎眉**)誇哉！如人善博，日勝日負，自云是巧，不知是業。(**王聖俞夾**)精語。(**馮夢禎眉**)按：王荆公居鍾山，一日於客處得此記，展誦於風檐之下，喜見鬚眉。曰：子瞻，人中龍也。然有一字未要。客請聞之，公曰："日勝日貧"不若"日勝日負"。坡公聞之，撫掌大笑，以爲知己。今捨此業，作寶藏偈。願我今世，作是偈已，盡未來世，永斷諸業，客塵妄想，及諸理障。一切世間，無取無捨，無憎無愛，無可無不可。時此居士，稽首西望，而説偈言：(**高啓眉**)大衆以捨施作福，子瞻以偈言消業，等無有二。○坡老論説有功千古，安謂口業，此是其信禪處，亦自其得罪後有戒而言之者。

我游多寶山，見山不見寶。岩谷及草木，虎豹諸龍蛇。雖知寶所在，欲取不可得。復有求寶者，自言已得寶。見寶不見山，亦未得寶故。譬如夢中人，未嘗知是夢。既知是夢已，所夢即變滅。見我不見夢，因以我爲覺。不知真覺者，覺夢兩無有。我觀大寶藏，如以蜜説甜。衆生未諭故，復以甜説蜜。甜蜜更相説，千劫無窮盡。自蜜及甘蔗，查梨與橘柚。説甜而得酸，以及鹹辛苦。忽然反自味，舌根有甜相。我爾默自知，不煩更相説。(**高啓眉**)語語參悟。(**馮夢禎眉**)如魚飲水，冷暖自知也。我今説此偈，於道亦云遠。如眼根自見，是眼非我有。當有無耳人，聽此非舌言。於一彈指頃，洗我千劫罪。

【彙評】

葛立方：蘇叔黨云："昔公爲《經藏記》，初傳於世，或以爲非。在惠州作《梅花詩》，至有以爲笑。"此皆士大夫以文鳴者，其説使人必信，乃謬妄如此，信知識《古戰場文》者鮮矣。

虔州崇慶禪院新經藏記

如來得阿耨多羅三藐三菩提，曰："以無所得故而得。"舍利弗得阿羅漢道，亦曰："以無所得故而得。"如來與舍利弗若是同乎？曰：何獨舍利弗，至於百工賤技，承蜩意鉤，履犬希畫墁，未有不同者也。夫道之大小，雖至於大菩薩，其視如來，猶若天淵然，及其以無所得故而得，則承蜩意鉤，履犬希畫墁，未有不與如來同者也。以吾之所知，推至其所不知，嬰兒生而導之言，稍長而教之書，口必至於忘聲而後能言，手必至於忘筆而後能書，此吾之所知也。（**馮夢禎眉**）譬喻無不切當明快，心口了然。口不能忘聲，則語言難於屬文，手不能忘筆，則字畫難於刻琱。及其相忘之至也，則形容心術，酬酢萬物之變，忽然而不自知也。自不能者而觀之，其神智妙達，不既超然與如來同乎！（**高啓眉**）恰得《金剛經》來證。故《金剛經》曰：一切賢聖，皆以無爲法，而有差别。以是爲技，則技疑神，以是爲道，則道疑聖。古之人與人皆學，而獨至於是，其必有道矣。

吾非學佛者，不知其所自來，獨聞之孔子曰："《詩》三百，一言以蔽之，曰：思無邪。"夫有思皆邪也，善惡同而無思，則土木也，云何能便有思而無邪，無思而非土木乎！（**高啓眉**）以佛合儒，以儒參佛，理非强合，機由悟入。嗚呼！吾老矣，安得數年之暇，托於佛僧之宇，盡發其書，以無所思心會如來意，庶幾於無所得故而得者。謫居惠州,終歲無事,宜若得行其志。而州之僧舍無所謂經藏者,獨榜其所居室曰思無邪齋,而銘之致其志焉。

始吾南遷,過虔州,與通守承議郎俞君括游。一日,訪廉泉,入崇慶院,觀寶輪藏。君曰:"是於江南壯麗爲第一,其費二千餘萬,前長老曇秀始作之,幾於成而寂。今長老惟湜嗣成之。奔走二老之間,勸導經營,銖積寸累十有六年而成者,僧知錫也。子能愍此三士之勞,爲一言記之乎?"蓋吾心許之。俞君博學能文,敏於從政,而恬於進取。數與吾書,欲棄官相從學道。自虔罷歸,道病卒於廬陵。虔之士民,有巷哭者,吾亦爲出涕。故作此文以遺湜、錫,並論孔子思無邪之意,與吾有志無書之嘆,使刻于石,且與俞君結未來之因乎? 紹聖二年五月二十七日記。

【彙評】

吕雅山:人言坡老之於禪,襲取也;似此記參會故,多實際語。

密州通判廳題名記

(**李卓吾旁**)可感。

始,尚書郎趙君成伯爲眉之丹棱令,邑人至今稱之。余其鄰邑人也,故知之爲詳。君既罷丹棱,而余適還眉,於是始識君。其後余出官於杭,而君亦通守臨淮,同日上謁辭,相見於殿門外,握手相與語。已而見君於臨淮,劇飲大醉於先春亭上而别。及移守膠西,未一年,而君來倅是邦。

余性不慎語言,與人無親疏,輒輸寫腑臟,有所不盡,如茹物不下,必吐出乃已。而人或記疏以爲怨咎,以此尤不可與深中而多數者處。君既故人，而簡易疏達，表裏洞然，余固甚樂之。而君又勤於吏職，視官事如家事，余得少休焉。君曰："吾廳事未有壁記。"乃集前人之姓名以屬於余。余未暇作也。及爲彭城，君每書來，輒以爲言，且曰："吾將托子以不朽。"昔羊叔子登峴山，謂從事鄒湛曰："自有宇宙而有此山，登此遠望，如我與卿者多矣，皆堙滅無聞，使人悲傷。"湛曰："公之名，當與此山俱傳，若湛輩，乃當如公言耳。"夫使天下至今有鄒湛者，羊叔子之賢也。今余頑鄙自放，而且老矣，然無以自表見於後世，自計且不足，而况能及於子乎！雖然，不可以不一言，使數百年之後，得此文於頹垣廢井之間者，茫然長思而一嘆也。

秦太虛題名記

元豐二年中秋後一日，余自吴興道杭，東還會稽。龍井有辯才大師，以書邀余入山。比出郭，日夕已。航湖至普寧，遇道人參寥，問龍井所遣籃輿，則曰，以不時至去矣。是夕天宇開霽，林間月明，可數毫髮，遂棄舟從參廖杖策並湖而行，出雷峰，度南屏，濯足於惠因澗，入靈石塢，得支徑，上風篁領，憩於龍井亭，酌泉據石而飲之。自普寧凡經佛寺十五，皆寂不聞人聲，道傍廬舍，或燈火隱顯，草木深鬱，流水止激悲鳴，殆非人間之境。行二鼓矣，始至壽聖院，謁辯才於潮音堂，明日乃還。高郵秦觀題。

覽太虛題名，皆予昔時游行處。閉目想之，了然可數。始予與辯才别五年，乃自徐州遷於湖。至高郵，見太虛、參廖，遂載與俱。辯才聞予至，欲扁舟相過，以結夏未果。太虛、參廖又相與適越，云秋盡當還。而予倉卒去郡，遂不復見。

明年予謫居黄州,辯才、參廖遣人致問,且以題名相示。時去中秋不十日,秋潦方漲,水面千里,月出房、心間,風露浩然。所居去江無十步,獨與兒子邁棹小舟至赤壁,西望武昌山谷,喬木蒼然,雲濤際天,因録以寄參廖。使以示辯才,有便至高郵,亦可録以寄太虚也。

獎諭敕記

敕蘇某。省京東東路安撫使司轉運司奏,昨黄河水至徐州城下,汝親率官吏,驅督兵夫,救護城壁,一城生齒並倉庫廬舍,得免漂没之害,遂得完固事。河之爲中國患久矣,乃者堤潰東注,衍及徐方,而民人保居,城郭增固,徒得汝以安也。使者屢以言,朕甚嘉之。

熙寧十年七月十七日,河決澶州曹村埽。八月二十一日,水及徐州城下。至九月二十一日,凡二丈八尺九寸,東西北觸山而上,皆清水無復濁流。水高於城中平地有至一丈九寸者,而外小城東南隅不沉者三版。父老云:“天禧中,嘗築二堤。一自小市門外,絶壕而南,少西以屬於戲馬臺之麓;一自新墻門外,絶壕而西,折以屬於城下南京門之北。”遂起急夫五千人,與武衛奉化牢城之士,晝夜雜作堤。堤成之明日,水自東南隅入,遇堤而止。水窗六,先水未至,以薪芻爲囊自城外塞之。水至而後,自城中塞者皆不足恃。城中有故取土大坑十五,皆與外水相應,井有溢者。三方皆積水,無所取土,取於州之南亞父冢之東。自城中附城爲長堤,壯其址,長九百八十四丈,高一丈,闊倍之。公私船數百,以風浪不敢行,分纜城下,以殺河之怒。至十月五日,水漸退,城以全。

明年二月，有旨賜錢二千四百一十萬，起夫四千二十三人，又以發常平錢六百三十四萬，米一千八百餘斛，募夫三千二十人，改築外小城。創木岸四，一在天王堂之西，一在彭城樓之下，一在上洪門之西北，一在大城之東南隅。大坑十五皆塞。已而澶州靈平埽成，水不復至。臣某以謂黄河率常五六十年一决，而徐州最處汴泗下流，上下二百餘里皆阻山，水尤深悍難落，不與他郡等，恐久遠倉卒吏民不復究知，故因上之所賜詔書而記其大略，並刻諸石。若其詳，則藏於有司，謂之《熙寧防河録》云。

石氏畫苑記

（**茅鹿門旁**）中多以文爲戲，然亦自是佳品。

石康伯，字幼安，眉之眉山人，故紫微舍人昌言之幼子也。（**高啓夾**）得後點出"子夷庚"句，此句便有精神。舉進士不第，即棄去，當以廕得官，亦不就，讀書作詩以自娱而已，不求人知。獨好法書、名畫、古器、異物，遇有所見，脱衣輟食求之，不問有無。（**高啓夾**）奇士。居京師四十年，出入閭巷，未嘗騎馬。在稠人中，耳目謖謖然，專求其所好。長七尺，髯而黑，如世所畫道人劍客，而徒步塵埃中，若有所營，不知者以爲異人也。又善滑稽，巧發微中，旁人抵掌絶倒，而幼安淡然不變色。與人游，知其急難，甚於爲己。有客於京師而病者，輒舁置其家，親飲食之，死則棺斂之，無難色。凡識幼安者，皆知其如此。而余獨深知之。幼安識慮甚遠，獨口不言耳。今年六十二，狀貌如四十許人，鬚三尺，鬱然無一莖白者，此豈徒然者哉！爲亳州職官與富鄭公俱得罪者，其子夷庚也。（**茅鹿門夾**）附鄭公以見非其罪處。（**高啓

眉)前紀幼安之父,此紀幼安之子。忙中抽閑,非凡筆所能。

其家書畫數百軸,取其毫末雜碎者,以册編之,謂之“石氏畫苑”。幼安與文與可游,如兄弟,故得其畫爲多。(**高啓夾**)突入。(**高啓眉**)叙法簡而詳,獨舉文與可並已言,見得與可在當時最重。而余亦善畫古木叢竹,因以遺之,使置之苑中。子由嘗言:“所貴於畫者,爲其似也。似猶可貴,况其真者。吾行都邑田野所見人物,皆吾畫笥也。所不見者,獨鬼神耳,當賴畫而識,然人亦何用見鬼。”(**茅鹿門夾**)子由却賤畫,妙。(**高啓眉**)想有鬼神名畫在苑中,故此及之。此言真有理。今幼安好畫,乃其一病,無足録者,獨著其爲人之大略云爾。元豐三年十二月二十日。

【彙評】

鄭之惠:脱胎。

王芑孫:得翻題法。

凌啓康:按《外紀》曰:元祐二年二月八日,平叔借觀君厚《畫苑》,子瞻跋書云:“處不允篋笥,出不汗牛馬。明窗净几,有坐卧之安;高堂索壁,無舒卷之勞。而人物禽魚之變態,山川草木之奇姿,粲然陳前,亦好事之一適也。”與此末段意大略相同。

黄州安國寺記

元豐二年十二月,余自吴興守得罪,上不忍誅,以爲黄州團練副使,使思過而自新焉。(**鍾惺夾**)“思過”二字是一篇主意。其明年二月,至黄。舍館粗定,衣食稍給,閉門却掃,收召魂魄,退伏思念,求所以自新之方,反觀從來舉意動作,皆不中道,非獨今之所以得罪者也。欲新其一,恐失其二。觸類而求之,有不可勝悔者。(**鍾惺夾**)真學道人語。於是,喟然嘆曰:“道不足以御氣,性不足以勝習。不鋤其本,而耘其末,今雖改之,後必復作。盍歸誠佛僧,求一洗之?”(**鍾惺眉**)每妙於講學。得城南精舍曰安國寺,有茂林修竹,陂池亭榭。間一二日輒往,焚香默坐,深自省察,則物我相忘,身心皆空,求罪垢所從生而不可得。(**鍾惺夾**)正是懺悔得手處。(**馮夢禎眉**)仍是無罪。一念清净,染污自落,表裏翛然,無所附麗。(**鍾惺夾**)妙。私竊樂之。旦往而暮還者,五年於此矣。(**馮夢禎眉**)名曰思過,却得禪味,固知焚香嘿坐大有功。

寺僧曰繼連,爲僧首七年,得賜衣。又七年,當賜號,欲謝去,其徒與父老相率留之。連笑曰:“知足不辱,知止不殆。”卒謝去。余是以愧其人。七年,余將有臨汝之行。連曰:“寺未有記。”具石請記之。余不得辭。寺立於僞唐保大二年,始名護國,嘉祐八年,賜今名。堂宇齋合,連皆易新之,嚴麗深穩,悦可人意,至者忘歸。歲正月,男女萬人會庭中,飲食作樂,且祠瘟神,江淮舊俗也。四月六日,汝州團練副使眉山蘇軾記。

石鐘山記

(**李卓吾旁**)一篇絶好文字。(**茅鹿門旁**)風旨亦自《水經》來,然多奇峭之興。

《水經》云:“彭蠡之口,有石鐘山焉。”酈元以爲下臨深潭,微風鼓浪,水石相搏,聲如洪鐘。是説也,人常疑之。今以鐘磬置水中,雖大風浪,不能鳴也,而況石乎!(**吕留良夾**)此駁虚。至唐李渤始訪其遺蹤,得雙石於潭上,扣而聆之,南聲函胡,北音清越,桴止響騰,餘韻徐歇,自以爲得之矣。(**高啓眉**)列隊整伍。

（**鍾惺夾**）從來淺人如此。然是説也，余尤疑之。石之鏗然有聲者，所在皆是也，而此獨以鐘鳴，何哉？（**吕留良夾**）此駁實。

元豐七年六月丁丑，余自齊安舟行適臨汝，而長子邁將赴饒之德興尉，送之至湖口，因得觀所謂石鐘者。寺僧使小童持斧，于亂石間擇其一二扣之，硿硿焉，余固笑而不信也。（**高啓夾**）了却李渤説。（**吕留良夾**）先了李渤之陋。至其夜，（**茅鹿門夾**）奇氣。月明，（**高啓夾**）以下只講酈元説，足信。（**吕留良夾**）以下皆補酈元之簡。獨與邁乘小舟至絶壁下，大石側立千仞，如猛獸奇鬼，森然欲搏人。（**吕留良夾**）奇絶。而山上棲鶻，聞人聲亦驚起，磔磔雲霄間。又有若老人欬且笑於山谷中者，或曰："此鸛鶴也。"（**弘曉乙評**）此景波張畫出字字精神。余方心動欲還，而大聲發于水上，噌吰如鐘鼓不絶，舟人大恐。徐而察之，則山下皆石穴罅，不知其淺深，微波入焉，涵澹澎湃而爲此也。舟回至兩山間，將入港口，有大石當中流，可坐百人，空中而多竅，與風水相吞吐，有窾坎鏜鞳之聲，與向之噌吰者相應，如樂作焉。（**虞邵庵眉**）尋真核僞，情趣逼真，非長公心口了了，雖日臨石鐘山際，未能道此隻字。

因笑謂邁曰："汝識之乎？噌吰者，周景王之無射也。窾坎鏜鞳者，魏莊獻子之歌鐘也。（**吕留良夾**）點"鐘"字。古之人不余欺也。"（**高啓眉**）得此陪説好。（**吕留良夾**）始判斷。事不目見耳聞，而臆斷其有無，可乎？酈元之所見聞，殆與余同，而言之不詳。士大夫終不肯以小舟夜泊絶壁之下，故莫能知。（**茅鹿門夾**）洗發。而漁工水師，雖知而不能言，此世所以不傳也。（**鍾惺夾**）妙，妙。（**吕留良夾**）解剥前一疑，且有自矜所得之意。而陋者乃以斧斤考擊而求之，自以爲得其實。（**高啓眉**）結得佳。（**吕留良夾**）陋。余是以記之，蓋嘆酈元之簡，而笑李渤之陋也。（**高啓夾**）總收。

【彙評】

錢牧齋:中段欲言水石之聲,先將三項描寫起,此文情也。昔嘗與鄧左之論也,今知之者鮮矣。

鍾惺:真窮理之言,所謂身到處,不肯放過也。〇可見窮山水之情者,不是好事,直是虛心細心。

王聖俞:山水怕經好事者一過便討出幽勝。

鄭之惠:平鋪直叙却自波折,可喜。此是性靈上帶來文字,今古所希。千古文人惟南華老仙、太史公、蘇長公字字挾飛鳴之勢。

儲欣:彭蠡有靈致,公夜泊絶壁,爲名山吐氣。〇碑記非公所長,公辭碑版,而集中載記至於兩卷之多,此非公意,亦收拾公文者求多不求精也,余所録共六首。

沈欽韓:瀟灑自得,諸記中傑出者。

王芑孫:寫得出此,終是得力詞賦,不從古文來。

呂留良:此翻案也,李翻酈,蘇又翻李,而以己之所獨得,詳前之所未備,則道元亦遭簡點矣。文最奇致,古今絶調。

弘曉乙:畫景模神,長公最得言外之筆。

李太白碑陰記

(**茅鹿門旁**)此文英豪似李白。

李太白,狂士也,又嘗失節於永王璘,此豈濟世之人哉!而畢文簡公以王佐期之,不亦過乎!曰:士固有大言而無實,虛名不適於用者,然不可以此料天下士。士以氣爲主。(**王聖俞夾**)有理。方高力士用事,公卿大夫争事之,而太白使脱靴殿上,固已氣蓋天下矣。使之得志,必不肯附權幸以取容,其肯從君於昏乎!夏侯湛贊東方生云:"開濟明豁,包含宏大。陵轢卿相,嘲哂豪傑。籠罩靡前,跆籍貴勢。出不休顯,賤不憂戚。戲萬乘若僚友,視儔列如草芥。雄節邁倫,高氣蓋世。可謂拔乎其萃,游方之外者也。"(**王聖俞眉**)懶自修辭,只借古人文字代我筆舍,夏侯孝若贊真可移以狀太白也。吾亦惡計出於子夏,不出於子瞻也。千古一心,正堪灑然。吾于太白亦云。太白之從永王璘,當由迫脅。(**蔡寬夫眉**)白之從永王璘,世頗疑之。《唐書》載其事甚略,獨白有《贈江夏韋太守》詩甚詳,云:"半夜水軍來,迫脅上樓船。辭官不受賞,翻謫夜郎天。"東坡此論蓋本之此。不然,璘之狂肆寢陋,雖庸人知其必敗也。(**高啓夾批**)辨得倒。太白識郭子儀之爲人傑,而不能知璘之無成,此理之必不然者也。(**高啓夾批**)又辨得倒。吾不可以不辯。

【彙評】

鍾惺:"太白,狂士也"五字拈得著。忽尋出一"氣"字,見狂者之用,狂者之氣即狂者之才也;又尋出一"識"字,見狂者之品,狂者之識即狂者之守也。看得深説得透。

茅鹿門:古來豪俊所被横口之污蔑者多,長公此一番洗刷極是。

鄭之惠:仿太史論斷體。

儲欣:辯得是。

王芑孫:昨年竇東皋先生過吴,爲予言自宋儒未出以前,無有壞"氣"字者,此東坡論"氣"字,正是至大至剛之謂。

凌啓康:白開元中謁宰相,自稱海上釣鰲客,以無義人爲餌。由此言之,從璘之誣,信不可以不辨。

薦誠禪院五百羅漢記

熙寧十年,余方守徐州,聞河决澶淵,入巨野,首灌東平。

吏民恂懼,不知所爲。有僧應言建策,(**鍾惺夾**)"有僧"奇。鑿清冷口,道積水北入於古廢河,又北東入於海。吏方持其議,言强力辯口,慨然論河決狀甚明。吏不能奪,卒以其言決之,水所入如其言,東平以安,言有力焉。衆欲爲請賞,言笑謝去。(**鍾惺眉**)天生此僧,愧殺千古士大夫中經濟人。余固異其人。

後二年,移守湖州,而言自鄆來,見余於宋,曰:"吾鄆人也,少爲僧,以講爲事。始錢公子飛使吾創精舍於鄆之東阿北新橋鎮,且造鐵浮屠十有三級,高百二十尺。既成,而趙公叔平請諸朝,名吾院曰薦誠,歲度僧以守之。今將造五百羅漢像於錢塘,而載以歸,度用錢五百萬,自丞相潞公以降,皆吾檀越也。"(**馮夢禎眉**)是個能幹辨者。余於是益知言真有過人者。

又六年,余自黄州遷於汝,過宋,而言適在焉。曰:"像已成,請爲我記之。"嗚呼,士以功名爲貴,然論事易,作事難,作事易,成事難。使天下士皆如言,論必作,作必成者,其功名豈少哉!其可不爲一言。(**鍾惺眉**)後段亦少精神。(**馮夢禎眉**)其意全不爲言而發。

方丈記

年月日,住持傳法沙門惟謹,重建方丈,上祝天子萬壽,永作神主,斂時五福,敷錫庶民。地獄天宫,同爲净土,有性無性,齊成佛道。

野吏亭記

故相陳文惠公建立此亭,榜曰野吏,蓋孔子所謂先進於禮樂者。公在政府,獨眷眷此邦,然庭宇日就圮缺。凡九十七年,太守朝奉郎方侯子容南圭,復完新之。

紹聖三年十一月二十一日記

南安軍學記

(**茅鹿門旁**)此等文□多澹宕,不可爲法,考年譜,乃安置儋州時所作。

古之爲國者四,井田也,肉刑也,封建也,學校也。今亡矣,獨學校僅存耳。古之爲學者四,其大者則取士論政,而其小者則弦誦也。今亡矣,直誦而已。(**茅鹿門夾**)見得到。舜之言曰:"庶頑讒説,若不在時。侯以明之,撻以記之。書用識哉,欲並生哉。工以納言,時而颺之。格則承之庸之,否則威之。"格之言改也。《論語》曰:"有恥且格。"承之言薦也。《春秋傳》曰:"奉承齊犧。"庶頑讒説不率是教者,舜皆有以待之。(**茅鹿門夾**)説文體。夫化惡莫若進善,故擇其可進者,以射侯之禮舉之。(**茅鹿門夾**)取士。其不率教甚者,則撻之,小則書其罪以記之,非疾之也,欲與之並生而同憂樂也。此士之有罪而未可終棄者,故使樂工采其謳謡諷議之言而颺之,以觀其心。其改過者,則薦之,且用之。其不悛者,則威之、屏之、僰之、寄之之類是也。此舜之學政也。

射之中否,何與於善惡,而曰"侯以明之",何也?曰:射所以致衆而論士也。衆一而後論定。孔子射於矍相之圃,蓋觀者如堵,使弟子揚觶而叙黜者三,則僅有存者。由此觀之,以射致衆,衆集而後論士,蓋所從來遠矣。《詩》曰:"在泮獻囚。"又曰:"在泮獻馘。"《禮》曰:"受成於學。"

鄭人游鄉校，以議執政，或謂子産："毁鄉校何如？"子産曰："不可。善者吾行之，不善者吾改之，是吾師也。"孔子聞之，謂子産仁。（**茅鹿門夾**）論政。古之取士論政者，必於學。有學而不取士、不論政，猶無學也。學莫盛於東漢，士數萬人，嘘枯吹生。自三公九卿，皆折節下之，三府辟召，常出其口。其取士議政，可謂近古，然卒爲黨錮之禍，何也？曰：此王政也。（**茅鹿門夾**）接得漫。王者不作，而士自以私意行之於下，其禍敗固宜。

朝廷自慶曆、熙寧、紹聖以來，三致意於學矣。雖荒服郡縣必有學，况南安江西之南境，儒術之富，與閩、蜀等，而太守朝奉郎曹侯登，以治郡顯，所至必建學，故南安之學，甲於江西。侯仁人也，而勇於義。其建是學也，以身任其責，不擇劇易，期於必成。士以此感奮，不勸而力。費於官者，爲錢九萬三千，而助者不貲。爲屋百二十間，禮殿講堂，視大邦君之居。凡學之用，莫不嚴具。又以其餘增置廪給食數百人。始於紹聖二年之冬，而成於四年之春。學成而侯去，今爲潮州。

軾自海南還，過南安，見聞其事爲詳。士既德侯不已，乃具列本末，贏糧而從軾者三百餘里，願紀其實。夫學，王者事也。故首以舜之學政告之。然舜遠矣，不可以庶幾。有賢太守，猶可以爲鄭子産也。學者勉之，無愧於古人而已。（**茅鹿門眉**）非此一結，則不成文矣。建中靖國元年三月四日，眉山蘇軾書。

【彙評】

唐荆川：蘇文本尚馳騁，而此作尤涣散，不肯受約束，然惟長公可耳，歐、曾集内無此也。

卷三十八
記十九首

衆妙堂記

（**茅鹿門旁**）公非由南海後亦不能爲此文。（**王聖俞眉**）無限妙解，歸之一夢，見此夢又不可執也。

眉山道士張易簡，教小學，常百人，予幼時亦與焉。居天慶觀北極院，予蓋從之三年。謫居海南，一日夢至其處，見張道士如平昔，汛治庭宇，若有所待者，曰："老先生且至。"其徒有誦《老子》者曰："玄之又玄，衆妙之門。"予曰："妙一而已，容有衆乎？"道士笑曰："一已陋矣，（**高啓眉**）陋字有膽。何妙之有？若審妙也，雖衆可也。"（**高啓夾**）妙。因指灑水薙草者曰："是各一妙也。"（**高啓眉**）數轉語，妙中至妙，玄中又玄。予復視之，則二人者手若風雨，而步中規矩，蓋焕然霧除，霍然雲消。予驚嘆曰："妙蓋至此乎！庖丁之理解，郢人之鼻斫，信矣！"二人者釋技而上，曰："子未睹真妙，庖、郢非其人也。是技與道相半，習與空相會，非無挾而徑造者也。子亦見夫蜩與雞乎？夫蜩登木而號，不知止也。夫雞俯首而啄，不知仰也。其固也如此。然至蜕與伏也，則無視無聽，無飢無渴，默化於荒忽之中，候伺於毫髮之間，雖聖知不及也。是豈技與習之助乎？"（**高啓眉**）參悟。二人者出。道士曰："子少安，須老先生至而問焉。"（**高啓眉**）老先生徑不指出。二人者顧曰："老先生未必知也。子往見蜩與雞而問之，可以養生，可以長年。"

廣州道士崇道大師何德順，學道而至於妙者也。故榜其堂曰"衆妙"。書來海南，求文以記之，（**予不暇作也，獨書夢中語以示之。**）（**高啓眉**）聞此解者，如夢得醒。因以夢中語爲記。紹聖六年三月十五日，蜀人蘇軾書。

【彙評】

弘曉乙：全學《南華》，未免落套。

遺愛亭記（代巢元修）

何武所至，無赫赫名，去而人思之，此之謂遺愛。夫君子循理而動，理窮而止，應物而作，物去而復，夫何赫赫名之有哉！東海徐君猷，以朝散郎爲黄州，未嘗怒也，而民不犯，未嘗察也，而吏不欺，終日無事，嘯詠而已。每歲之春，與眉陽子瞻游于安國寺，飲酒於竹間亭，擷亭下之茶，烹而食之。公既去郡，寺僧繼連請名。子瞻名之曰遺愛。時穀自蜀來，客於子瞻，因數瞻以見公。公命穀記之。穀愚樸，羈旅人也，何足以知公。采道路之言，質之於子瞻，以爲之記。

南華長老題名記

學者以成佛爲難乎？累土畫沙，童子戲也，皆足以成佛。以爲易乎？受記得道，如菩薩大弟子，皆不任問疾。是義安在？

方其迷亂顛倒流浪苦海之中，一念正真，萬法皆具。及其勤苦功用，爲山九仞之後，毫釐差失，千劫不復。嗚呼，道固如是也，豈獨佛乎！子思子曰："夫婦之不肖，可以能行焉，及其至也，雖聖人亦有所不能焉。"孟子則以爲聖人之道，始於不爲穿窬，而穿窬之惡，成於言不言。人未有欲爲穿窬者，雖穿窬亦不欲也。自其不欲爲之心而求之，則穿窬足以爲聖人。可以言而不言，不可以言而言，雖賢人君子有不能免也。（**馮夢禎眉**）舌根顛倒，良知僞學皆不能飾。因其不能免之過而遂之，則賢人君子有時而爲盗。是二法者，相反而相爲用。儒與釋皆然。（**邵二泉眉**）以儒參佛，非直萬法無二，亦得引釋歸儒之法。

南華長老明公，其始蓋學於子思、孟子者，其後棄家爲浮屠氏。不知者以爲逃儒歸佛，不知其猶儒也。南華自六祖大鑒示滅，其傳法得眼者，散而之四方。故南華爲律寺。至吾宋天僖三年，始有詔以智度禪師普遂住持，至今明公蓋十一世矣。（**邵二泉眉**）南華長老，自儒歸佛者也，以儒理喻之尤當。

明公告東坡居士曰："宰官行世間法，沙門行出世間法，世間即出世間，等無有二。今宰官傳授，皆有題名壁記，而沙門獨無有。矧吾道場，實補佛祖處，其可不嚴其傳，子爲我記之。"居士曰："諾。"乃爲論儒釋不謀而同者以爲記。（**王浚川眉**）結得一篇大頭腦出。建中靖國元年正月一日記。

【彙評】

鄭之惠：從"題名"兩字成文。

瓊州惠通井記

《禹貢》："濟水入於河，溢爲滎河。"南曰滎陽河，北曰滎澤。

沱、潛本梁州二水，亦見於荆州。水行地中，出没數千里外，雖河海不能絶也。唐相李文饒，好飲惠山泉，置驛以取水。有僧言長安昊天觀井水，與惠山泉通。雜以他水十餘缶試之，僧獨指其一曰："此惠山泉也。"文饒爲罷水驛。瓊州之東五十里曰三山庵，庵下有泉，味類惠山。東坡居士過瓊，庵僧惟德以水餉焉，而求爲之名，名之曰惠通。元符三年六月十七日記。

傳神記

（**茅鹿門旁**）得此解，並可入文章矣。（**李卓吾旁**）好。

傳神之難在目。顧虎頭云："傳形寫影，都在阿堵中。"（**鄭之惠眉**）此法從顧長康來，無人道。其次在顴頰。吾嘗於燈下顧自見頰影，使人就壁模之，不作眉目，見者皆失笑，知其爲吾也。目與顴頰似，餘無不似者。眉與鼻口，可以增減取似也。傳神與相一道，欲得其人之天，法當於衆中陰察之。今乃使人具衣冠坐，注視一物，彼方斂容自持，豈復見其天乎！（**李卓吾夾**）妙。凡人意思各有所在，或在眉目，或在鼻口。虎頭云："頰上加三毛，覺精采殊勝。"則此人意思蓋在鬚頰間也。（**鍾惺眉**）又從"天"字襯出"意思"二字。優孟學孫叔敖抵掌談笑，至使人謂死者復生。此豈舉體皆似？亦得其意思所在而已。使畫者悟此理，則人人可以爲顧、陸。

吾嘗見僧惟真畫曾魯公，初不甚似。一日，往見公，歸而喜甚，曰："吾得之矣。"乃於眉後加三紋，隱約可見，作俯首仰視眉揚而頞蹙者，遂大似。南都程懷立，衆稱其能。於傳吾神，大得其全。懷立舉止如諸生，蕭然有意於筆墨之外者也。故以吾所聞助發云。

【彙評】

高啓:傳真在目人知之,在顴頰意思人鮮知之,故坡公特爲拈出段段引證、段段將目伴説。文雖散體,頭緒自整。

鍾惺:特識名言,觀人用人之道,俱不外此。

凌啓康:按畫家推顧、陸、張、吴,張懷瓘曰:象人之美,張得其肉,陸得其骨,顧得其神。神妙無方,以顧爲最。○典刑當首虎頭,精神故推道子。坡言引虎頭遺言作《傳神記》,千古有定論矣。

順濟王廟新獲石砮記

建中靖國元年四月甲午,軾自儋耳北歸,艤舟吴城山順濟龍王祠下。既進竭而還,逍遥江上,得古箭鏃,槊鋒而劍脊,其廉可劌,而其質則石也。曰:異哉,此孔子所謂楛矢、石砮,肅慎氏之物也。何爲而至此哉!傳觀左右,失手墜於江中。乃禱於神,願復得之,當藏之廟中,爲往來者駭心動目詭異之觀。既禱,則使没人求之,一探而獲。

謹按《禹貢》:荆州貢礪、砥、砮、丹惟箘、簵、楛,梁州貢璆、鐵、銀、鏤、砮、磬。則楛矢、石砮,自禹以來貢之矣。然至春秋時,只集於陳廷,楛矢貫之,石砮長尺有咫,時人莫能知,而問於孔子。孔子不近取之荆梁,而遠取之肅慎,則荆梁之不貢此久矣。顔師古曰:"楛木堪爲笴,今豳以北皆用之。"以此考之,用楛爲矢,至唐猶然。而用石爲砮,則自春秋以來莫識矣。可不謂異物乎!兑之戈,和之弓,垂之竹矢,陳於路寢。孔子履藏於武庫。皆以古見寳。此矢獨非寳乎!順濟王之威靈,南放於洞庭,北被於淮泗,乃特爲出此寶。軾不敢私有,而留之廟中,與好古博雅君子共之,以昭示王之神聖英烈不可不敬者如此。

熙寧手詔記

楊繪累奏,罷諫職,兼求外補,及乞明加黜責。蓋繪未深究朕意。繪疏迹遠人,立朝寡識,不畏强禦,知無不爲。始一見之,便知其忠直可信,故翌日即擢置言職,知任亦其篤矣。今日降命,蓋謂難與曾公亮兩立於輕重之間,故當且避之。卿可諭朕此意,令早承命,或示朕此劄亦不妨。

熙寧元年,故翰林學士楊繪以知制誥知諫院上疏論故相曾公亮事,先帝直其言,然未欲遽行也,故除公兼侍讀。公力辭不已,乃以手詔賜今龍圖閣學士滕公元發,使以手詔賜公。公卒不受命,而詔遂藏於家。是歲四月,復除公知諫院,以母憂去官。其後二十年,公没於杭州,喪過京師,其子久中以手詔相示,且請記之。謹按先帝臨御之初,公與滕公,皆蒙國士之知。凡所以開心見誠相期於度外者,類皆如此。未究其用,爲小人所誣,故困於外十有餘年。先帝謹於用法,故未即起公,然知之未少衰也。使先帝尚在,公豈流落而不用終身者哉?悲夫!

應夢羅漢記

元豐四年正月二十一日,予將往岐亭。宿于團封,夢一僧破面流血,若有所訴。明日至岐亭,過一廟,中有阿羅漢像,左龍右虎,儀制甚古,而面爲人所壞,顧之惘然,庶幾疇昔所見乎!(**馮夢禎眉**)非相戒後身,焉得時有感應乃爾!遂載以歸,完新而龕之,設於安國寺。四月八日,先妣武陽君忌日,飯僧於寺,乃記之。責授黄州團練副使眉山蘇軾記。

觀妙堂記

不憂道人謂歡喜子曰:"來,我所居室,汝知之乎?沉寂湛然,無有喧争,嗒然其中,死灰槁木,以異而同,我既名爲觀妙矣,汝其爲我記之。"

歡喜子曰:"是室云何而求我?况乎妙事了無可觀,既無可觀,亦無可説。欲求少分可以觀者,如石女兒,世終無有。欲求多分可以説者,如虚空花,究竟非實。不説不觀,了達無礙,超出三界,入智慧門。雖然如是置之,不可執偏,强生分别,以一味語,斷之無疑。譬用筌蹄,以得魚兔,及施燈燭,以照丘坑。獲魚兔矣,筌蹄了忘,知丘坑處,燈燭何施。今此居室,孰爲妙與!蕭然是非,行住坐卧,飲食語默,具足衆妙,無不現前。覽之不有,都之不無,倏知覺知,要妙如此。當持是言,普示來者。入此室時,作如是觀。"

法雲寺禮拜石記

夫供養之具,最爲佛事先,其法不一。他山之石,平不容垢,横展如席,願爲一座具之用。晨夕禮佛,以此皈依。當敬禮無所觀時,運心廣博,無所不在,天上人間以至地下,悉觸智光。聞我佛修道時,芻尼巢頂,沾佛氣分,後皆受報。則禮佛也,其心實重。有德者至,是禮也,願一拜一起,無過父母。乘此願力,不墮三塗。佛力不可盡,石不可盡,願力不可盡。三者既不可盡,二親獲福,生生世世,亦不可盡。今對佛宣白,惟佛實臨之。元祐八年七月中旬,内殿崇班馬惟寬舍。

醉鄉記

醉鄉去中國,不知其幾千里也。其土曠然,無岸,無丘陵坂險;其氣和平一揆,無晦明寒暑;其俗大同,無邑居聚落;其人甚精,無愛憎喜怒。吸風飲露,不食五穀。其寢于于,其行徐徐,鳥獸魚鱉雜居,不知有舟車器械之用。

昔有黄帝氏嘗獲游其都,歸而窅然喪其天下,以爲結繩之政已薄矣。降及堯、舜,作爲千鍾百榼之獻,因姑射神人以假道,蓋至其邊鄙,終身太平。禹、湯立法,禮繁樂雜,數十代與醉鄉隔。其臣羲和,棄甲子而逃,冀臻其鄉,失路而道夭,故天下遂不寧。至乎末孫桀、紂,怒而升其糟丘,階級迂伊,南向而望,不見醉鄉。武王氏得志於世,乃命周公旦立酒人氏之職,典司三齊,拓土五千里,僅與醉鄉達焉。三十年刑措不用。下逮幽、厲,迄於秦、漢,中國喪亂,遂與醉鄉絶,而臣下之受道者,往往而至焉。阮嗣宗、陶淵明等數十人並游醉鄉,没身不返,死葬其壤,中國以爲酒仙。

嗟乎,醉鄉氏之俗,豈古華胥氏之國乎?何其淳寂也。如是,余將游焉,故爲之記。

睡鄉記

(**劉越石眉**)牛鬼蛇神不可方物。〇文摹《醉鄉記》而字字挾飛鳴之勢。

睡鄉之境，蓋與齊州接，而齊州之民無知者。其政甚淳，其俗甚均，其土平夷廣大，無東西南北，其人安恬舒適，無疾痛札癘。昏然不生七情，茫然不交萬事，蕩然不知天地日月。不絲不穀，佚臥而自足，不舟不車，極意而遠游。冬而絺，夏而纊，不知其有寒暑。得而悲，失而喜，不知其有利害。以謂凡其所目見者皆妄也。

昔黄帝聞而樂之，閑居齋，心服形，三月弗獲其治。疲而睡，蓋至其鄉。既寢，厭其國之多事也，召二臣而告之。凡二十有八年，而天下大治，似睡鄉焉。降及堯舜無爲，世以爲睡鄉之俗也。禹、湯股無胈，脛無毛，剪爪爲牲，以救天災，不暇與睡鄉往來。武王克商還周，日夜不寢，曰吾未定大業。周公夜以繼日，坐以待旦，爲王作禮樂，伐鼓扣鐘，雞人號於右，則睡鄉之邊徼屢警矣。其孫穆王慕黄帝之事，因西方化人而神游焉。騰虚空，乘雲霧，卒莫睹所謂睡鄉也。至孔子時，有宰予者，亦棄其學而游焉，不得其塗，大迷謬而返。戰國秦漢之君，悲愁傷生，内窮於長夜之飲，外累於攻戰之具，於是睡鄉始丘墟矣。（**高啓眉**）靈怪萬狀。而蒙漆園吏莊周者，知過之化爲蝴蝶，翩翩其間，蒙人弗覺也。其後山人處士之慕道者，猶往往而至，至則囂然樂而忘歸，從以爲之徒云。

嗟夫，予也幼而勤行，長而競時，卒不能至，豈不迂哉？因夫斯人之問津也，故記。

【彙評】

鄭之惠：余嘗仿《醉鄉記》作《睡鄉記》，及得公記，乃悔余所記夢鄉耳，得公記便不復作。

静常齋記

虚而一,直而正,萬物之生芸芸,此獨漠然而自定,吾其命之曰静。泛而出,渺而藏,萬物之逝滔滔,此獨介然而不忘,吾其命之曰常。無古無今,無生無死,無終無始,無後無先,無我無人,無能無否,無離無著,無證無修。即是以觀,非愚則癡。捨是以求,非病則狂。昏昏默默,了不可得。混混沌沌,茫不可論。雖有至人,亦不可聞,聞爲真聞,亦不可知,知爲真知。是猶在聞知之域,而不足以仿佛。况緣迹逐響以希其至,不亦難哉!既以是爲吾號,又以是爲吾室,則有名之累,吾何所逃。然亦趨寂之指南,而求道之鞭影乎?

【彙評】

鄭之惠:注疏體。

凌啓康:《朱子語類》云:或言東坡雖説佛家語,亦説得好。先生曰:他甚次第見識,甚次第才智,見得那一道明,亦曾下工夫,是以説得那一邊透。

趙先生舍利記

趙先生棠本蜀人,孟氏節度使廷隱之後,今爲南海人。仕至幕職,官南海。有潘冕者,陽狂不測,人謂之潘盎。南海俚人謂心風爲盎。盎嘗與京師言法華偈頌往來。言云:"盎,日光佛也。"先生棄官從盎游,盎以謂盡得我道。盎既隱去,不知其所終,而先生亦坐化。焚其衣,得舍利數升。我與先生之子昶游,故得此舍利四十八粒。盎與先生異迹極多,張安道作先生墓誌,具載其事。昶今爲大理寺丞,知藤州。元豐三年十一月十五日,以舍利授寶月大師之孫悟清,使持歸本院供養。巴郡蘇軾記。

北海十二石記

登州下臨大海。目力所及,沙門、鼉磯、車牛、大竹、小竹凡五島。惟沙門最近,兀然焦枯。其餘皆紫翠巉絶,出没濤中,真神仙所宅也。上生石芝,草木皆奇瑋,多不識名者。又名美石,五采斑斕,或作金色。熙寧己酉歲,李天章爲登守,吴子野往從之游。時解貳卿致政,退居於登,使人入諸島取石,得十二株,皆秀色粲然。適有舶在岸下,將轉海至潮。子野請于解公,盡得十二石以歸,置所居歲寒堂下。近世好事能致石者多矣,未有取北海而置南海者也。元祐八年八月十五日,東坡居士蘇軾記。

子姑神記

元豐三年正月朔日,予始去京師來黄州。二月朔至郡。至之明年,進士潘丙謂予曰:"異哉,公之始受命,黄人未知也。有神降於州之僑人郭氏之第,與人言如響,且善賦詩,曰:蘇公將至,而吾不及見也。已而,公以是日至,而神以是日去。"

其明年正月,丙又曰:"神復降于郭氏。"予往觀之,則衣草木爲婦人,而寘箸手中,二小童子扶焉,以箸畫字曰:"妾,壽陽人也,姓何氏,名媚,字麗卿。自幼知讀書屬文,爲伶人婦。唐垂拱中,壽陽刺史害妾夫,納妾爲侍妾,而其妻妒悍甚,見殺於厕。妾雖死不敢訴也,而天使見之,爲直其冤,且使有所職於人間。蓋世所謂子姑神者,其類甚衆,然未有如妾之卓然者也。公少留而爲賦詩,且舞以娱公。”詩數十篇,敏捷立成,皆有妙思,雜以嘲笑。問神仙鬼佛變化之理,其答皆出於人意外。坐客撫掌,作《道調梁州》,神起舞中節,曲終再拜以請曰:“公文名于天下,何惜方寸之紙,不使世人知有妾乎?”

余觀何氏之生,見掠于酷吏,而遇害于悍妻,其怨深矣。而終不指言刺史之姓名,似有禮者。客至逆知其平生,而終不言人之陰私與休咎,可謂知矣。又知好文字而耻無聞於世,皆可賢者。粗爲録之,答其意焉。

天篆記

江淮間俗尚鬼。歲正月,必衣服箕帚爲子姑神,或能數數畫字,黄州郭氏神最異。予去歲作何氏録以記之。今年黄人汪若穀家,神尤奇。以箸爲口,置筆口中,與人問答如響。曰:“吾天人也。名全,字德通,姓李氏。以若穀再世爲人,吾是以降焉。”著篆字,筆勢奇妙,而字不可識。曰:“此天篆也。”與予篆三十字,云是天蓬咒。使以隸字釋之,不可。見黄之進士張炳,曰:“久闊無恙。”炳問安所識。答曰:“子獨不記劉苞乎?吾即苞也。”因道炳昔與苞起居語言狀甚詳。炳大驚,告予曰:“昔嘗識苞京師,青巾布裘,文身而嗜酒,自言齊州人。今不知其所在。豈真天人乎?”或曰:“天人豈肯附箕帚爲子姑神從汪若穀游哉?”

予亦以爲不然。全爲鬼爲仙,固不可知,然未可以其所托之陋疑之也。彼誠有道,視王宫豕牢一也。其字雖不可識,而意趣簡古,非墟落間竊食愚鬼所能爲者。昔長陵女子以乳死,見神于先後宛若,民多往祠。其後漢武帝亦祠之,謂之神君,震動天下。若疑其所托,又陋于全矣。世人所見常少,所不見常多,奚必於區區耳目之所及,度量世外事乎? 姑藏其書,以待知者。

大悲閣記(成都府)

(**茅鹿門旁**)釋旨,彼所謂信手拈來,頭頭是道矣。(**樓迂齋眉**)看拈起一種甚麽話頭,便被他對付了,觀此文如生蛇活虎,不惟義理通徹,亦是佛事精熟。所謂信手拈來物又真者。(**王聖俞眉**)脱去陳骸,自標形神。(**陶石簣旁**)是《楞嚴》"入流之所"一段注疏,亦是《易》"無思也"一段注疏。長公勘破此意,便爾玩世。

大悲者,觀世音之變也。觀世音由聞而覺。始於聞而能無所聞,始於無所聞而能無所不聞。能無所聞,雖無身可也,能無所不聞,雖千萬億身可也,而况於手與目乎! 雖然,非無身無以舉千萬億身之衆,非千萬億身無以示無身之至。故散而爲千萬億身,聚而爲八萬四千母陀羅臂、八萬四千清净寶目,其道一爾。(**唐荆川眉**)脱棄陳骸,自摽形神。○記佛通用佛書中語。(**王聖俞夾**)自佛引入人事。昔吾嘗觀於此,吾頭髮不可勝數,而身毛孔亦不可勝數。牽一髮而頭爲之動,拔一毛而身爲之變,然則髮皆吾頭,而毛孔皆吾身也。(**馮夢禎眉**)頭與身豈又復二? 彼皆吾頭而不能爲頭之用,彼皆吾身而不能具身之智,則物有以亂之矣。(**王聖俞眉**)參玄如參獄案,參得透時,翻覆如意。吾將使世人左手運斤,而右手執削,目數飛雁而耳節鳴鼓,首肯傍人而足識梯級，雖有智者，有所不暇矣，而况千手異執而千目各視乎？及吾燕坐寂然，心念凝默，湛然如大明鏡。人鬼鳥獸，雜陳乎吾前，色聲香味，交逅遘乎吾體。心雖不起，而物無不接，接必有道。即千手之出，千目之運，雖未可得見，而理則具矣。（**王聖俞夾**）自人身復歸於佛。彼佛菩薩亦然。雖一身不成二佛，而一佛能遍河沙諸國。非有他也。觸而不亂，至而能應，理有必至，而何獨疑於大悲乎？（**錢東湖眉**）此文皆吾儒大公順應道理，非徒爲佛作記者。（**樓迂齋眉**）自起頭至此，宛轉發明，變態百出，更不曾有刺語。

成都，西南大都會也。佛事最勝，而大悲之像，未睹其傑。有法師敏行者，能讀内外教，博通其義，欲以如幻三昧爲一方首，乃以大旃檀作菩薩像，莊嚴妙麗，具慈愍性。手臂錯出，開合捧執，指彈摩拊，千態具備。手各有目，無妄舉者。復作大閣以覆菩薩，雄偉壯峙，工與像稱。都人作禮，因敬生悟。（**何其□眉**）只一段叙佛事盡亦瀟灑，"因敬生悟"一句尤傑然。余游于四方二十餘年矣，雖未得歸，而想見其處。敏行使其徒法震乞文，爲道其所以然者。且頌之曰：

吾觀世間人，兩目兩手臂。物至不能應，狂惑失所措。其有欲應者，顛倒作思慮。思慮非真實，無異無手目。菩薩千手目，與一手目同。物至心亦至，曾不作思慮。隨其所當應，無不得其當。（**馮夢禎眉**）筆如塑工。引弓挾白羽，劍盾諸械器。經卷及香花，盂水青楊枝。珊瑚大寶炬，白拂朱藤杖。所遇無不執，所執無有疑。緣何得無疑，以我無心故。若猶有心者，千手當千心。一人而千心，内自相攫攘，何暇能應物。（**馮夢禎眉**）一心可貫萬事，二心不能應一事，理自爾爾。千手無一心，手手得其處。（**高啓眉**）有心者説出憧憬往來害來，則無心能應意自明。（**錢文登眉**）言言是佛。稽首大悲尊，願度一切衆。皆證無心法，皆具千手目。

【彙評】

鍾惺：道理爛熟，拈著即是，不知其爲佛爲儒也。○其文所以妙者，不在引用佛典，而其辯鋒圓熟直捷，層疊變化，不可謂不從《楞嚴》《維摩》諸經中出，他人一學之便醜矣。故拈此一篇，可以示人。

唐荆川：此翁素精於佛家之言。

茅鹿門：蘇長公於禪家本屬妙悟，而其爲記銘頌偈種種出世人，予故録而存之。

吕雅山：東坡作諸記皆自立議論，意不帖帖，情事躍如。

茅鹿門：此等文字，韓歐所不欲爲；此等見解，韓歐所不及。由長公少悟禪宗，心性超朗，故其文獨得其至。

王聖俞：參玄正如參獄案，參得透時，翻覆如意。

廣州東莞縣資福禪寺羅漢閣記

（**茅鹿門旁**）長公作禪林悟景，千年以來絶調。

衆生以愛，故入生死。由於愛境，有逆有順。而生喜怒，造種種業。輾轉六趣，至千萬劫。本所從來，唯有一愛，更無餘病。佛大醫王，對病爲藥。唯有一捨，更無餘藥。（**馮夢禎眉**）此論施捨真中，不捨人心事，求捨人病根，至當至快。常以此藥，而治此病。如水救火，應手當滅。云何衆生，不滅此病。是導師過，非衆生咎。（**高啓夾**）突喝破。何以故？衆生所愛，無過身體。父母有疾，割肉刺血，初無難色。若復鄰人，從其求乞，一爪一髮，終不可得。有二導師，其一清凈，不入諸相，能知衆生，生死之本,能使衆生,了然見知。不生不滅,出輪回處。是處安樂,堪永依怙,無異父母。支體可捨,而況財物。其一導師,以有爲心,行有爲法。縱不求利,即自求名。譬如鄰人,求乞爪髮,終不可得,而况肌肉。以此觀之,愛吝不捨,是導師過。(**高啓夾**)收明。設如有人,無故取米,投坑阱中,見者皆恨。若以此米,施諸鳥雀,見者皆喜。鳥雀無知,受我此施,何異坑阱。而人自然,有喜有愠。如使導師,有心有爲,則此施者,與棄無異。以此觀之,愛吝不捨,非衆生咎。(**高啓夾**)又一番收明。

四方之民,皆以勤苦,而得衣食,所得毫末,其苦無量。(**高啓夾**)接上文,起下祖堂,渾融無迹,妙絶。獨此南越,嶺海之民,貿遷重寶,坐獲富樂。得之也易,享之也愧。是故其人,以愧故捨。(**吕雅山眉**)越人以愧懼心自爲施捨,此與祖堂師"未嘗求也,而人自施"句正相叫應。海道幽險,死生之間,曾不容髮。而況飄墮,羅刹鬼國,呼號神天,佛菩薩僧,以脱須臾。當此之時,身非己有,而況財物,實同糞土。是故其人,以懼故捨。愧懼二法,助發善心,是故越人,輕施樂捨,甲于四方。

東莞古邑,資福禪寺,有老比丘,祖堂其名,未嘗戒也,而律自嚴,未嘗求也,而人自施。人之施堂,如物在衡,損益銖黍,了然覺知。堂之受施,如水涵影,雖千萬過,無一留者。(**馮夢禎眉**)是個能受施者。堂以是故,創作五百,大阿羅漢,嚴净寶閣,涌地千柱,浮空三成。壯麗之極,實冠南越。東坡居士,見聞隨喜,而説偈言:

五百大士棲此城,南珠大貝皆東傾。衆心回春柏再榮,鐵林東來閣乃成。寶骨未到先通靈,赤蛇白璧珠夜明。三十襲吉誰敢争,層檐飛空俯日星。海波不摇颶無聲,天風徐來韻流鈴。一洗瘴霧冰雪清,人無南北壽且寧。

卷三十九

傳十首

陳公弼傳

（**茅鹿門旁**）子瞻嘗自謂平生不爲行狀墓碑，大較叙事文其所短也。此傳亦摹史漢而得其什之二三者。

公諱希亮，字公弼，姓陳氏，眉之青神人。其先京兆人也，唐廣明中始遷於眉。曾祖延禄，祖瓊，父顯忠，皆不仕。公幼孤，好學。年十六，將從師。其兄難之，使治息錢三十餘萬。公悉召取錢者，焚其券而去。（**茅鹿門夾**）氣魄便雄。學成，乃召其兄之子庸、諭使學，遂與俱中天聖八年進士第。里人表其閭曰三雋坊。

始爲長沙縣。浮屠有海印國師者，交通權貴人，肆爲奸利，人莫敢正視。（**茅鹿門夾**）嚴。公捕寘諸法，一縣大聳。去爲雩都。老吏曾腆侮法粥獄，以公少年易之。公視事之日，首得其重罪，腆扣頭出血，願自新。公戒而捨之。（**茅鹿門夾**）不殘。會公築縣學，腆以家財助官，悉遣子弟入學，卒爲善吏，而子弟有登進士第者。巫覡歲斂民財祭鬼，謂之春齋，否則有火災。民訛言有緋衣三老人行火，（**茅鹿門夾**）類西門豹。公禁之，民不敢犯，火亦不作。（**茅鹿門夾**）嚴。毁淫祠數百區，勒巫爲農者七十餘家。及罷去,父老送之出境,遣去,不可,皆泣曰:"公捨我去,緋衣老人復出矣。"

以母老,乞歸蜀。得劍州臨津。以母憂去官。服除,爲開封府司録。福勝塔火,官欲更造,度用錢三萬萬。公言陝西方用兵,願以此餽軍,詔罷之。(**茅鹿門夾**)有略。

先趙元昊未反,青州民趙禹上書論事,且言元昊必反。宰相以禹爲狂言,徙建州,而元昊果反。禹自建州逃還京師,上書自理。宰相怒,下禹開封府獄。公言禹可賞,不可罪。與宰相争不已,上卒用公言。以禹爲徐州推官。(**茅鹿門夾**)有略。且欲以公爲御史。會外戚沈氏子以奸盗殺人事下獄,未服。公一問得其情,驚仆立死,沈氏訴之。詔御史劾公及諸掾史。公曰:"殺此賊者,獨我耳。"遂自引罪坐廢。

期年,盗起京西,殺守令,富丞相薦公可用。起知房州。州素無兵備,民凛凛欲亡去。公以牢城卒雜山河户得數百人,日夜部勒,聲振山南。(**茅鹿門夾**)兵之虚聲。民恃以安,盗不敢入境。而殿侍雷甲以兵百餘人,逐盗致竹山,甲不能戢士,所至爲暴。或告有大盗入境且及門,公自勒兵阻水拒之。身居前行,命士持滿無得發。士皆植立如偶人,甲射之不動,(**茅鹿門夾**)兵威之嚴。乃下馬拜,請死,曰:"初不知公官軍也。"吏士請斬甲以徇。公不可,(**茅鹿門夾**)嚴而不殘。獨治爲暴者十餘人,勞其餘而遣之,使甲以捕盗自贖。(**茅鹿門夾**)奇。

時劇賊党軍子方張,轉運使使供奉官崔德贇捕之。德贇既失党軍子,則以兵圍竹山民賊所嘗舍者曰向氏,殺其父子三人,梟首南陽市,曰:"此党軍子也。"公察其冤,下德贇獄。未服,而党軍子獲于商州。詔賜向氏帛,復其家,流德贇通州。

或言華陰人張元走夏州,爲元昊謀臣,詔徙其族百餘口於房,譏察出入,飢寒且死。公曰:“元事虛實不可知。使誠有之,爲國者終不顧家,徒堅其爲賊耳。此又皆其疏屬,無罪。”乃密以聞,詔釋之。(茅鹿門夾)有略。老幼哭庭下,曰:“今當還故鄉,然奈何去父母乎?”至今,張氏畫像祠焉。

代還,執政欲以爲大理少卿。公曰:“法吏守文非所願,願得一郡以自效。”乃以爲宿州。州跨汴爲橋,水與橋爭,率常壞舟。公始作飛橋,無柱,至今沿汴皆飛橋。

移滑州,奏事殿上,仁宗皇帝勞之曰:“知卿疾惡,無懲沈氏子事。”未行,詔提舉河北便糴。都轉運使魏瓘劾奏公擅增損物價。已而瓘除龍圖閣學士、知開封府,公乞廷辯。既對,上直公,奪瓘職知越州。且欲用公。公言臣與轉運使不和,不得爲無罪。力請還滑。會河溢魚池埽,且決。公發禁兵捍之,廬於所當决。吏民涕泣更諫,公堅卧不動,水亦漸去。人比之王尊。(茅鹿門夾)有略。是歲盜起宛句,執濮州通判井淵。上以爲憂,問執政可用者。未及對。上曰:“吾得之矣。”乃以公爲曹州。不逾月,悉禽其黨。(茅鹿門夾)有略。

淮南饑,安撫、轉運使皆言壽春守王正民不任職,正民坐免。詔公乘傳往代之。轉運使調裹胥米而蠲其役,凡十三萬石,謂之折役米。米翔貴,民益饑。公至則除之,且表其事。(茅鹿門夾)有略。旁郡皆得除。又言正民無罪。職事辦治。詔復以正民爲鄂州,徙知廬州。(茅鹿門夾)與前直趙禹事同。

虎翼軍士屯壽春者以謀反誅,而遷其餘不反者數百人於廬。士方自疑不安。一日,有竊入府舍將爲不利者。公笑曰:“此必醉耳。”貸而流之,盡以其餘給左右使令,且以守倉庫。人爲公懼,公益親信之。士皆指心,誓爲公死。(茅鹿門夾)有略。提點刑獄江東,又移河北,入爲開封府判官,改判三司户部勾院,又兼開拆司。榮州煮鹽凡十八井,歲久漸竭,而有司責課如初。民破産籍没者三百一十五家。公爲言,還其所籍,歲蠲三十餘萬斤。(茅鹿門夾)有略。

三司簿書不治,其滯留者,自天禧以來,朱帳六百有四,明道以來,生事二百一十二萬。公日夜課吏,凡九月而去其三之二。會接伴契丹使還,自請補外。乃以爲京西轉運使。石塘河役兵叛,其首周元,自稱大王,震動汝、洛間。公聞之,即日輕騎出按。吏請以兵從,公不許。賊見公輕出,意色閑和,不能測,則相與列訴道周。公徐問其所苦,命一老兵押之,曰:"以是付葉縣,聽吾命。"既至,令曰:"汝已自首,皆無罪。然必有首謀者。"衆不敢隱,乃斬元以徇,而流軍校一人,其餘悉遣赴役如初。(茅鹿門夾)有略。

遷京東轉運使。維州參軍王康赴官,道博平。博平大猾有號截道虎者,毆康及其女幾死,吏不敢問。博平隸河北。公移捕甚急,卒流之海島,而劾吏故縱,坐免者數人。(茅鹿門夾)嚴。山東群盜,爲之屏息。徐州守陳昭素以酷聞,民不堪命,他使者不敢按。公發其事,徐人至今德之。(茅鹿門夾)嚴。

移知鳳翔。倉粟支十二年,主者以腐敗爲憂。歲饑,公發十二萬石以貸。有司憂恐,公以身任之。是歲大熟,以新易陳,官民皆便之。(茅鹿門夾)有略。

于闐使者入朝,過秦州,經略使以客禮享之。使者驕甚,留月餘,壞傳舍什物無數,其徒入市掠飲食,人户晝閉。公聞之,謂其僚曰:"吾嘗主契丹使,得其情,虜人初不敢暴横,皆譯者教之。吾痛繩以法,譯者懼,則虜不敢動矣,况此小國乎!"乃使教練使持符告譯者曰:"入吾境,有秋毫不如法,吾且斬若。取軍令狀以還。"使者亦素聞公威名,至則羅拜庭下,公命坐兩廊飲食之,護出諸境,無一人嘩者。(茅鹿門夾)有略。

始,州郡以酒相餉,例皆私有之,而法不可。公以遺游士之貧者,既而曰:"此亦私也。"以家財償之。且上書自劾,求去不已。坐是分司西京。

未幾,致仕卒,享年六十四,仕至太常少卿,贈工部侍郎。娶程氏。子四人:忱,今爲度支郎中;恪,卒於滑州推官;恂,今爲大理寺丞;慥,未仕。(茅鹿門夾)即方山子。公善著書,尤長於《易》,有集十卷,《制器尚象論》十二篇,《辨鈎隱圖》五十四篇。

爲人清勁寡欲。長不逾中人,面瘦黑。目光如冰,平生不假人以色,自王公貴人,皆嚴憚之。見義勇發,不計禍福,必極其志而後已。所至奸民猾吏,易心改行,不改者必誅,然實出於仁恕,故嚴而不殘。以教學養士爲急,輕財好施,篤於恩義。少與蜀人宋輔游,輔卒於京師,母老子少,公養其母終身,而以女妻其孤端平,使與諸子游學,卒與忱同登進士第。當蔭補子弟,輒先其族人,卒不及其子慥。

公於軾之先君子,爲丈人行。而軾官於鳳翔,實從公二年。方是時,年少氣盛,愚不更事,屢與公争議,至形於言色,已而悔之。竊嘗以爲古之遺直,而恨其不甚用,無大功名,獨當時士大夫能言其所爲。公没十有四年,故人長老日以衰少,恐遂就湮没,欲私記其行事,而恨不能詳,得范景仁所爲公墓誌,又以所聞見補之,爲公傳。軾平生不爲行狀墓碑,而獨爲此文,後有君子得以考覽焉。

贊曰:聞之諸公長者,陳公弼面目嚴冷,語言確訒,好面折人。士大夫相與燕游,聞公弼至,則語笑寡味,飲酒不樂,坐人稍稍引去。其天資如此。然所立有絶人者。諫大夫鄭昌有言:"山有猛獸,藜藿爲之不采。"淮南王謀反,論公孫丞相若發蒙耳，所憚獨汲黯。使公弼端委立於朝，其威折衝於千里之外矣。

方山子傳

（**茅鹿門旁**）奇，頗跌宕，似司馬子長。（**王聖俞眉**）季常小有俠氣耳，因數瞻用筆隱見出没，形容遂似大俠。

方山子，光、黄間隱人也。（**王聖俞夾**）隱下姓名。少時慕朱家、郭解爲人，閭里之俠皆宗之。（**茅鹿門夾**）一篇領袖。稍壯，折節讀書，欲以此馳騁當世。然終不遇。晚乃遁於光、黄間，曰岐亭。庵居蔬食，不與世相聞。棄車馬，毁冠服，徒步往來山中，人莫識也。見其所著帽，方聳而高，曰："此豈古方山冠之遺像乎？"因謂之方山子。（**茅鹿門夾**）俠氣未除。余謫居於黄，過岐亭，適見焉。曰："嗚呼，此吾故人陳慥季常也，何爲而在此？"（**吕留良夾**）奇。（**王聖俞夾**）方説姓名。（**茅鹿門夾**）纔説姓名。方山子亦矍然問余所以至此者。余告之故，俯而不答，仰而笑，呼余宿其家。（**吕留良夾**）不答而笑有含蓄。環堵蕭然，而妻子奴婢皆有自得之意。（**儲欣夾**）最難。（**吕留良夾**）寫得妙。余既聳然異之。

獨念方山子少時使酒好劍，用財如糞土。（**吕留良夾**）此段從俠處翻。（**茅鹿門夾**）宕。前十有九年，余在岐下，見方山子從兩騎，挾二矢，游西山。鵲起於前，使騎逐而射之，不獲。方山子怒馬獨出，一發得之。（**吕留良夾**）細事點染生色。（**茅鹿門眉**）本没要緊事，却叙得澹宕有神。因與余馬上論用兵及古今成敗，（**茅鹿門夾**）有此一轉好。自謂一世豪士。（**茅鹿門夾**）何等悲壯。今幾時耳，精悍之色，猶見於眉間，而豈山中之人哉！（**儲欣夾**）隱人，一抑。

然方山子世有勳閥,當得官,使從事於其間,今已顯聞。而其家在洛陽,園宅壯麗與公侯等。河北有田,歲得帛千匹,亦足以富樂。皆棄不取,獨來窮山中,此豈無得而然哉?(**吕留良夾**)此段向隱處結。(**儲欣夾**)一揚。余聞光、黄間多異人,往往陽狂垢污,不可得而見,方山子儻見之歟?(**吕留良夾**)窅然不窮。(**茅鹿門夾**)不了之語。

【彙評】

李卓吾:變傳之體得其景趣,可驚可喜。

茅鹿門:此篇《三蘇文粹》不載。余特愛其煙波生色處往往能令人涕洟,故録入之。

鄭之惠:效伯夷、屈原傳,亦叙事,亦描寫,亦議論,若隱若見,若見其人於楮墨外。

儲欣:模韓。

王苣孫:此公有意爲文,學司馬子長者。

吕留良:陳季常非真隱者,其隱亦俠之變相耳。坡公於此意能傳之而不露。

率子廉傳

(**李卓吾旁**)事奇。

率子廉,衡山農夫也。愚樸不遜,衆謂之率牛。晚隸南嶽觀爲道士。觀西南七里,有紫虚閣,故魏夫人壇也。道士以荒寂,莫肯居者,惟子廉樂居之,端默而已。人莫見其所爲。然頗嗜酒,往往醉卧山林間,雖大風雨至不知,虎狼過其前,亦莫害也。

故禮部侍郎王公祜出守長沙,奉詔禱南嶽,訪魏夫人壇。子廉方醉不能起,直視公曰:"村道士愛酒,不能常得,得輒徑醉,官人恕之。"公察其異,載與俱歸。居月餘,落漠無所言,復送還山,曰:"尊師韜光内映,老夫所不測也,當以詩奉贈。"既而忘之。一日晝寢,夢子廉來索詩,乃作二絶句,書板置閣上。衆道士驚曰:"率牛何以得此?"太平興國五年六月十七日,忽使謂觀中人曰:"吾將有所適,閣不可無人,當速遣繼我者。"衆道士自得王公詩,稍異之矣。及是,驚曰:"天暑如此,率牛安往?"狼狽往視,則死矣。衆始大異之,曰:"率牛乃知死日耶?"葬之嶽下。

未幾,有南臺寺僧守澄自京師還,見子廉南熏門外,神氣清逸。守澄問何故出山? 笑曰:"閑游耳。"寄書與山中人,澄歸,乃知其死。驗其書,則死日也。發其冢,杖屨而已。

東坡居士曰:"士中有所挾,雖小技,不輕出也,況至人乎! 至人固不可得,識至人者,豈易得哉! 王公非得道,不能知率牛之異也。"居士嘗作《三槐堂記》,意謂公非獨慶流其子孫,庶幾身得道者。及見率子廉事,益信其然。公詩不見全篇,書以遺其曾孫鞏,使求之家集而補之,或刻石置紫虚閣上云。

僧圓澤傳

(李卓吾旁)事奇。

洛師惠林寺,故光禄卿李憕居第。禄山陷東都,憕以居守死之。子源,少時以貴游子豪侈善歌,聞於時。及憕死,悲憤自誓,不仕不娶不食肉,(鍾惺夾)偏是豪侈人有至性。居寺中五十餘年。(鍾惺夾)至性在此四字。

寺有僧圓澤,富而知音,源與之游,甚密,促膝交語竟日,人莫能測。一日,相約游蜀青城峨眉山。源欲自荆州泝峽,澤欲取長安斜谷路。(鍾惺夾)看異人行徑。源不可,曰:"吾已絶世事,豈可復道京師哉!"澤默然久之,曰:"行止固不由人。"(馮夢禎眉)一不可、一默然,各見其品其識。遂自荆州路,舟次南浦,見婦人錦襠負罌而汲者,澤望而泣曰:"吾不欲由此者,爲是也。"(馮夢禎眉)多此一泣,未免粘帶住。源驚問之。澤曰:"婦人姓王氏,吾當爲之子。孕三歲矣,吾不來,故不得乳。今既見,無可逃者。公當以符咒助我速生。三日浴兒時,願公臨我,以笑爲信。後十三年中秋月夜,杭州天竺寺外,當與公相見。"源悲悔而爲具沐浴易服,(鍾惺夾)此一悲悔少不得。至暮,澤亡而婦乳。(馮夢禎眉)多此一悲,未免粘帶住。三日,往視之,兒見源果笑。具以語王氏,出家財葬澤山下。源遂不果行,(鍾惺夾)"行止不由人"該此一語在内。反寺中,問其徒,則既有治命矣。

後十三年,自洛適吴,赴其約。至所約,聞葛洪川畔有牧童扣牛角而歌之。曰:"三生石上舊精魂,賞月吟風不要論。慚愧情人遠相訪,(鍾惺夾)成佛人何嘗不深情。此身雖異性長存。"(馮夢禎眉)多此一慚,未免粘帶住。呼問:"澤公健否?"答曰:"李公真信士。然俗緣未盡,慎勿相近。惟勤修不墮,乃復相見。"又歌曰:"身前身後事茫茫,欲話因緣恐斷腸。吴越山川尋已遍,却回煙棹上瞿塘。"(鍾惺眉)二詩當收入唐人集。(馮夢禎眉)多此一恐,未免粘帶住。遂去,不知所之。

後二年,李德裕奏源忠臣子,篤孝,拜諫議大夫,不就,(鍾惺夾)高在此。竟死寺中,年八十。(此出袁郊所作《甘澤謡》,以其天竺故事,故書以遺寺僧。舊文煩冗,頗爲删改。)

【彙評】

鍾惺:畢竟澤公爲李源忠孝至性所感,以源父死節不仕絶世事,不肯復道京師,寧墮輪回,而不忍負源,此一念便是活佛。

杜處士傳

杜仲,郁里人也。天資厚樸,而有遠志,聞黄環名,從之游。因陳曰:"願輔子半夏,幸仁憫焉,使得旋復自古揚榷。"環曰:"子言匪實,宜蚤休,少從容,將訶子矣。"仲曰:"人之相仁,雖不百合,亦自然同,况吐新意以前乎?吾聞夫子雌黄冠衆,故求決明於子,今子微銜吾,爲其非儕乎?"曰:"吾如貧者,食無餘糧,獨活久矣。子今屑就,何以充蔚子乎!苟迹子之素狂,若所請亦大激矣。試聞子之志也。"曰:"敢問士何以益智?行何以非廉?先王不留行者何事也?"曰:"此匪子解也。夫得所托者,猶之射千臨於層城也。居非地者,猶之困於蒺藜也。今子宛如《易》之所謂'井渫不食'也。非揚淘之而欲其中空清,是坐恒山而望扶桑耳,勢不可及已。使投垢熟艾以求别當世,則與之無名異矣。某蒙甚,願子白之。"曰:"吾自通微,預知子高良,故謾矜子以短而欲亂子言,子能詳微意,知所激刺,亦無患子矣。雖然,澤蘭必馨,今王明苟起子爲赤車使者,且將封子,子甘從之乎?"曰:"吾大則欲伏神以安息,小者吾殊於衆而已矣。雖登文石摩螭頭不願也。古人有三聘而起松蘿者,迫實用也。余將杜衡門以居之,爲一白頭翁,雖五加皮幣於我,如水萍耳,豈當歸之哉!"環曰:"然。世有陰險以求石斛之禄者,五味子之言可也,雖吾亦續隨子矣。"

或斥之曰:"船破須筎,酒成於麴,猶君之録英才也。彼貪禄角進者,可誚之也。若夫躑躅而還鄉,甘遂意於丁沉,則吾之所謂獨行之民,可使君子懷寶,烏久居此爲哉!"

余愛仲善依人,而嘉環能發其心,故録之爲傳。

萬石君羅文傳

羅文,歙人也。其上世常隱龍尾山,未嘗出爲世用。自秦棄詩書,不用儒學,漢興,蕭何輩又以刀筆吏取將相,天下靡然效之,争以刀筆進,雖有奇產,不暇推擇也。以故羅氏未有顯人。及文,資質温潤,縝密可喜,隱居自晦,有終焉之意。

里人石工獵龍尾山,因窟入見,文塊然居其間,熟視之,笑曰:"此所謂邦之彦也,豈得自棄於岩穴耶?"乃相與定交,磨礲成就之,使從諸生學,因得與士大夫游,見者咸愛重焉。

武帝方向學,喜文翰,得毛穎之後毛純爲中書舍人。純一日奏曰:"臣幸得收録以備任使。然以臣之愚,不能獨大用。今臣同事,皆小器頑滑,不足以置左右,願得召臣友人羅文以相助。"詔使隨計吏入貢。蒙召見文德殿,上望見,異焉。因玩弄之曰:"卿久居荒土,得被漏泉之澤,涵濡浸漬久矣,不自枯槁也。"上復叩擊之,其音鏗鏗可聽。上喜曰:"古所謂玉質而金聲者,子真是也。"使待詔中書。久之拜舍人。

是時墨卿、楮先生,皆以能文得幸,而四人同心,相得歡甚。時人以爲文苑四貴。每有詔命典策,皆四人謀之。其大約雖出於上意,必使文潤色之,然後琢磨以墨卿,謀畫以毛純,成,以受楮先生,使行之四方遠夷,無不達焉。上嘗嘆曰:"是四人者,皆國寶也。”然重厚堅貞，行無瑕玷，自二千石至百石吏，皆無如文者。命尚方以金作室，以蜀文錦的薦褥賜之。其後于闐進美玉，上使以玉作小屏風賜之，並賜高麗所獻銅瓶爲飲器，親愛日厚，如純輩不敢望也。

上得群才用之，遂内更制度，修律曆，講郊祀，治刑獄，外征伐四夷，詔書符檄禮文之事，皆文等預焉。上思其功，制詔丞相御史曰：“蓋聞議法者常失於太深，論功者常失于太薄，有功而賞不及，雖唐虞不能以相勸。中書舍人羅文，久典書籍，助成文治，厥功茂焉。其以歙之祁門三百户封文，號萬石君。

文爲人有廉隅，不可犯，然搏擊非其任，喜與老成知書者游。常曰：“吾與兒輩處，每慮有玷缺之患。”其自愛如此。以是小人多輕疾之。或讒於上曰：“文性貪墨，無潔白稱。”上曰：“吾用文掌書翰，取其便事耳。雖貪墨，吾固知，不如是亦何以見其才。”自是左右不敢復言。

文體有寒疾，每冬月侍書，輒面冰不可運筆，上時賜之酒，然後能書。

元狩中，詔舉賢良方正。淮南王安舉端紫，以對策高第，待詔翰林，超拜尚書僕射，與文並用事。紫雖乏文采，而令色尤可喜，以故常在左右，文浸不用。上幸甘泉，祠河東，巡朔方，紫常扈從，而文留守長安禁中。上還，見文塵垢面目，頗憐之。文因進曰：“陛下用人，誠如汲黯之言，後來者居上耳。”上曰：“吾非不念爾，以爾年老，不能無少圓缺故也。”左右聞之，以爲上意不悦，因不復顧省。文乞骸骨伏地，上詔使駙馬都尉金日磾翼起之。日磾，胡人，初不知書，素惡文所爲，因是擠之殿下，顛仆而卒。上憫之，令宦者瘞于南山下。

子堅嗣。堅資性温潤，文采縝密，不減文，而器局差小，起家爲文林郎,侍書東宫。昭帝立,以舊恩見寵。帝春秋益壯,喜寬大博厚者,顧堅器小,斥不用。堅亦以落落難合於世,自視與瓦礫同。昭帝崩,大將軍霍光以帝平生玩好器用後宫美人置之平陵。堅自以有舊恩,乞守陵,拜陵寢郎。後死葬平陵。

自文生時,宗族分散四方,高才奇特者,王公貴人以金帛聘取爲從事舍人,其下亦與巫醫書算之人游,皆有益於其業,或因以致富焉。

贊曰:羅氏之先無所見,豈左氏所稱羅國哉?考其國邑,在江漢之間,爲楚所滅,子孫疑有散居黟、歙間者。嗚呼,國既破亡,而後世猶以知書見用,至今不絶,人豈可以無學術哉!

江瑶柱傳

生姓江,名瑶柱,字子美,其先南海人。十四代祖媚川,避合浦之亂,徙家閩越。閩越素多士人,聞媚川之來,甚喜,朝夕相與探討,又從而鐫琢之。媚川深自晦匿,嘗喟然謂其孫子曰:"匹夫懷寶,吾知其罪矣。尚子平何人哉!"遂棄其孥,浪迹泥塗中,潛德不耀,人莫知其所終。媚川生二子,長曰添丁,次曰馬頰。始來鄞江,今爲明州奉化人,瑶柱世孫也。性温平,外慤而内淳。稍長,去褦襶,頎長而白皙,圓直如柱,無絲髮附麗態。父友庖公異之,且曰:"吾閲人多矣。昔人夢資質之美有如玉川者,是兒亦可謂瑶柱矣。"因以名之。生寡欲,然極好滋味合口,不論人是非,人亦甘心焉。獨與峨嵋洞車公、清溪遐丘子、望湖門章舉先生善,出處大略相似,所至一坐盡傾。然三人者,亦自下之,以謂不可及也。生亦自養,名聲動天下,鄉閭尤愛重之。凡歲時節序,冠婚慶賀,合親戚,燕朋友,必延爲上客,一不至,則慊然皆云無江生不樂。生頗厭苦之,間或逃避於寂寞之濱,好事者雖解衣求之不憚也。至於中朝達官名人游宦東南者,往往指四明爲善地,亦屢屬意于江生。

惟扶風馬太守,不甚禮之。生浸不悦,跳身武林,道感温風,得中乾疾。爲親友强起,置酒高會。座中有合氏子,亦江淮間名士也,輒坐生上。衆口嘆美之曰:“聞客名舊矣。蓋鄉曲之譽,不可盡信,韓子所謂面目可憎語言無味者,非客耶?客第歸,人且不愛而棄之海上,遇逐臭之夫,則客歸矣,尚何與合氏子争乎!”生不能對,大慚而歸,語其友人曰:“吾棄先祖之戒,不能深藏海上,而薄游樽俎間,又無馨德,發聞惟腥,宜見擯於合氏子,而府公貶我,固當從吾子游於水下。苟不得志,雖粉身亦何憾。吾去子矣。”已而果然。其後族人復盛於四明,然聲譽稍減云。

太史公曰:里諺有云:“果蓏失地則不榮,魚龍失水則不神。”物固且然,人亦有之。嗟乎瑶柱,誠美士乎!方其爲席上之珍,風味藹然,雖龍肝鳳髓,有不及者。一旦出非其時而喪其真,衆人且掩鼻而過之,士大夫有識者,亦爲品藻而置之下。士之出處不可不慎也,悲夫!

黄甘陸吉傳

黄甘、陸吉者,楚之二高士也。黄隱於泥山,陸隱於蕭山。楚王聞其名,遣使召之。陸吉先至,賜爵左庶長,封洞庭君,尊寵在群臣右。久之,黄甘始來,一見拜温尹平陽侯,班視令尹。吉起隱士,與甘齊名,入朝久,尊貴用事。一旦甘位居上,吉心銜之,群臣皆疑之。會秦遣蘇軫、鍾離意使楚,楚召燕章華臺。

群臣皆與甘坐上坐。吉咈然謂之曰:"請與子論事。"甘曰:"唯唯。"吉曰:"齊、楚約西擊秦,吾引兵逾關,身犯霜露,與枳棘最下者同甘苦,率家奴千人,戰季洲之上,拓地至漢南而歸。子功孰與?"甘曰:"不如也。"曰:"神農氏之有天下也,吾剥膚剖肝,怡顔下氣,以固蔕之術獻上,上喜之,命注記官陶弘景狀其方略,以付國史,出爲九江守,宣上德澤,命童兒亦懷之。子才孰與?"甘曰:"不如也。"吉曰:"是二者皆出吾下,而位吾上,何也?"甘徐應之曰:"君何見之晚也。每歲太守勸駕乘傳,入金門,上玉堂,與虞荔、申梠、梅福、棗嵩之徒列侍上前,使數子者口呿舌縮,不復上齒牙間。當此之時,屬之於子乎,屬之於我乎?"吉默然良久曰:"屬之於子矣。"甘曰:"此吾之所以居子之上也。"於是群臣皆服。歲終,吉以疾免。更封甘子爲穰侯,吉之子爲下邳侯。穰侯遂廢不顯,下邳以美湯藥,官至陳州治平。

太史公曰:田文論相吴起説,相如回車廉頗屈,侄欲弊衣尹姬悔。甘、吉亦然。傳曰:"女無好醜,入宫見妒;士無賢不肖,入朝見嫉。"此之謂也。雖美惡之相遼,嗜好之不齊,亦焉可勝道哉!

葉嘉傳

葉嘉,閩人也。其先處上谷。曾祖茂先,養高不仕,好游名山,至武夷,悦之,遂家焉。嘗曰:"吾植功種德,不爲時采,然遺香後世,吾子孫必盛於中土,當飲其惠矣。"茂先葬郝源,子孫遂爲郝源民。

至嘉,少植節操。或勸之業武。曰:"吾當爲天下英武之精,一槍一旗,豈吾事哉!"因而游見陸先生,先生奇之,爲著其行録，傳於時。方漢帝嗜閲經史時，建安人爲謁者侍上，上讀其行録而善之，曰："吾獨不得與此人同時哉！"曰："臣邑人葉嘉，風味恬淡，清白可愛，頗負其名，有濟世之才，雖羽知猶未詳也。"上驚，敕建安太守召嘉，給傳遣詣京師。

郡守始令採訪嘉所在，命賫書示之。嘉未就，遣使臣督促。郡守曰："葉先生方閉門製作，研味經史，志圖挺立，必不屑進，未可促之。"親至山中，爲之勸駕，始行登車。遇相者揖之，曰："先生容質異常，矯然有龍鳳之姿，後當大貴。"

嘉以皂囊上封事。天子見之，曰："吾久飫卿名，但未知其實爾，我其試哉！"因顧謂侍臣曰："視嘉容貌如鐵，資質剛勁，難以遽用，必槌提頓挫之乃可。"遂以言恐嘉曰："砧斧在前，鼎鑊在後，將以烹子，子視之如何？"嘉勃然吐氣，曰："臣山藪猥士，幸惟陛下采擇至此，可以利生，雖粉身碎骨，臣不辭也。"上笑，命以名曹處之，又加樞要之務焉。因誡小黄門監之。有頃，報曰："嘉之所爲，猶若粗疏然。"上曰："吾知其才，第以獨學未經師耳。嘉爲之，屑屑就師，頃刻就事，已精熟矣。"

上乃敕御史歐陽高、金紫光禄大夫鄭當時、甘泉侯陳平三人與之同事。歐陽疾嘉初進有寵，曰："吾屬且爲之下矣。"計欲傾之。會天子御延英促召四人，歐但熱中而已，當時以足擊嘉，而平亦以口侵陵之。嘉雖見侮，爲之起立，顏色不變。歐陽悔曰："陛下以葉嘉見托，吾輩亦不可忽之也。"因同見帝，陽稱嘉美而陰以輕浮詆之。嘉亦訴於上。上爲責歐陽，憐嘉，視其顏色，久之，曰："葉嘉真清白之士也。其氣飄然，若浮雲矣。"遂引而宴之。

少選間，上鼓舌欣然，曰："始吾見嘉未甚好也，久味其言，令人愛之，朕之精魄，不覺灑然而醒。《書》曰：'啓乃心，沃朕心。'嘉之謂也。"於是封嘉巨合侯,位尚書,曰:"尚書,朕喉舌之任也。"由是寵愛日加。朝廷賓客遇會宴享,未始不推於嘉,上日引對,至於再三。

後因侍宴苑中,上飲逾度,嘉輒苦諫。上不悦,曰:"卿司朕喉舌,而以苦辭逆我,余豈堪哉!"遂唾之,命左右仆於地。嘉正色曰:"陛下必欲甘辭利口然後愛耶!臣雖言苦,久則有效。陛下亦嘗試之,豈不知乎!"上顧左右曰:"始吾言嘉剛勁難用,今果見矣。"因含容之,然亦以是疏嘉。

嘉既不得志,退去閩中,既而曰:"吾未如之何也,已矣。"上以不見嘉月餘,勞於萬機,神茶思困,頗思嘉。因命召至,喜甚,以手撫嘉曰:"吾渴見卿久矣。"遂恩遇如故。上方欲南誅兩越,東擊朝鮮,北逐匈奴,西伐大宛,以兵革爲事。而大司農奏計國用不足,上深患之,以問嘉。嘉爲進三策,其一曰:榷天下之利,山海之資,一切籍於縣官。行之一年,財用豐贍,上大悦。兵興有功而還。上利其財,故榷法不罷,管山海之利,自嘉始也。

居一年,嘉告老,上曰:"巨合侯,其忠可謂盡矣。"遂得爵其子。又令郡守擇其宗支之良者,每歲貢焉。嘉子二人,長曰摶,有父風,故以襲爵。次子挺,抱黄白之術,比於摶,其志尤淡泊也。嘗散其資,拯鄉閭之困,人皆德之。故鄉人以春伐鼓,大會山中,求之以爲常。

贊曰:今葉氏散居天下,皆不喜城邑,惟樂山居。氏於閩中者,蓋嘉之苗裔也。天下葉氏雖夥,然風味德馨爲世所貴,皆不及閩。閩之居者又多,而郝源之族爲甲。嘉以布衣遇天子,爵徹侯,位八座,可謂榮矣。然其正色苦諫,竭力許國,不爲身計,蓋有以取之。夫先王用於國有節,取於民有制,至於山林川澤之利,一切與民,嘉爲策以榷之,雖救一時之急,非先王之舉也,君子譏之。或云管山海之利，始於鹽鐵丞孔僅、桑弘羊之謀也，嘉之策未行於時，至唐趙贊，始舉而用之。

温陶君傳

石中美，字信美，中牟人也。本姓麥氏，既破，隨母羅氏去其夫而適石氏，因冒其姓。始中美之生也，其父太卜氏以連山筮之，遇師䷆之爻，是謂師之革䷰，曰：生乎土，成乎水，而變乎火，坎以鞣之，坤以布之，釜以熟之，口以内之，腹以藏之，美在其中，而暢于四支。能者樂之以爲大腹，不能者傷之以爲心病，衆所説也，善孰大焉。故因以名字之。

中美幼輕躁疏散，與物不合，得其鄉人儲子之意，因使從湰水湯先生游。既熟，遂陶而成之。爲人白皙而長，温厚柔忍，在諸石中最有名。

儲子因秦故，司馬錯、李斯子由、趙高、閻樂，並薦于秦王，得與圃田蔡甲、肥鄉羊奭、内黄韓音子俱召見。是時王方省覽文書，日昃未食，見之甚喜，曰："卿等向者安在，何相見之晚也。未見君子，惄如調飢。卿等之謂也。"由是皆得進見，充上心腹。賜爵土，更上食，典御旦夕召對，所獻納時或粗疏，上未嘗不盡善也。秦王以嫪毐事出文信侯而遷太后，怒恚，數日不食。中美賜爵徹侯，食温、定陶二縣，號温陶君。

中美既被任用，凡有造作，自丞相以下莫不是之。其爲人柔和，有以塞讒人之口故也。

他日秦王坐朝，日旰，意有所思，亟召中美，將虚以納之。中美不熟計以進，其説頗剛鯁，志不快之者累日。有博士單軫説上曰："爲其所傷矣，宜有以下之，即無患。"因進其弟子巳升、元華於上，上意稍平，然自是遂疏中美，不得爲尚食矣。中美曰："吾爲尚食，日夕自謂不素餐兮者，今吾與羊生輩皆不得進，縱復有用者，將誅辱乎？昔也得充心腹，而今也遽不信，是有不善我之心，雖使時或思我，彼將不盡矣。"遂稱疾，以侯就第。

其後子孫生郡郭者，散居四方，自號渾氏、扈氏、索氏、石氏，爲四族云。

卷四十

論十二首

省試刑賞忠厚之至論

（**茅鹿門旁**）東坡試論文字，悠揚宛宕，於今場屋中極利者也。

論曰：堯、舜、禹、湯、文、武、成、康之際，何其愛民之深，憂民之切，而待天下以君子長者之道也。有一善，從而賞之，又從而詠歌嗟嘆之，所以樂其始而勉其終。有一不善，從而罰之，又從而哀矜懲創之，所以棄其舊而開其新。故其吁俞之聲，歡休慘戚，見於虞、夏、商、周之書。成、康既没，穆王立，而周道始衰。然猶命其臣吕侯，而告之以祥刑。其言憂而不傷，威而不怒，慈愛而能斷，惻然有哀憐無辜之心，故孔子猶有取焉。

《傳》曰："賞疑從與，所以廣恩也。罰疑從去，所以慎刑也。"當堯之時，皋陶爲士，將殺人，皋陶曰"殺之三"，堯曰"宥之三"，故天下畏皋陶執法之堅，而樂堯用刑之寬。四岳曰"鯀可用"，堯曰"不可，鯀方命圮族"，既而曰"試之"。何堯之不聽皋陶之殺人，而從四岳之用鯀也？然則聖人之意，蓋亦可見矣。（**茅鹿門夾**）將虛情作實案。（**儲欣眉**）以想當然語對經典明文，鈎連頓挫，妙絶。

《書》曰："罪疑惟輕，功疑惟重，與其殺不辜，寧失不經。"嗚呼,盡之矣!(**茅鹿門夾**)盡而不盡,住而不住。可以賞,可以無賞,賞之過乎仁。可以罰,可以無罰,罰之過乎義。過乎仁,不失爲君子;過乎義,則流而入於忍人。故仁可過也,義不可過也。(**茅鹿門夾**)才入本末話頭。古者賞不以爵禄,刑不以刀鋸。賞以爵禄,是賞之道,行於爵禄之所加,而不行於爵禄之所不加也。刑之以刀鋸,是刑之威,施於刀鋸之所及,而不施於刀鋸之所不及也。(**茅鹿門夾**)又振起。先王知天下之善不勝賞,而爵禄不足以勸也,知天下之惡不勝刑,而刀鋸不足以裁也,是故疑則舉而歸之於仁,以君子長者之道待天下,使天下相率而歸於君子長者之道,故曰忠厚之至也。(**茅鹿門夾**)又轉一層。

《詩》曰:"君子如祉,亂庶遄已。君子如怒,亂庶遄沮。"(**茅鹿門夾**)引經語概包上,纔有情有波瀾。夫君子之已亂,豈有異術哉?時其喜怒,而無失乎仁而已矣。《春秋》之義,立法貴嚴,而責人貴寬。(**茅鹿門夾**)百尺竿頭,又進一步。因其褒貶之義以制賞罰,亦忠厚之至也。(**茅鹿門夾**)冷語收。謹論。

【彙評】

唐荆川:此文一意翻作數段。

儲欣:風氣將開,拔此大才,以奏掃蕩廓清之烈,歐陽公力也。

王芑孫:仁可過,義不可過,是治世大權。介甫之誤,皆義之過焉者也。

御試重巽申命論

論曰:昔聖人之始畫卦也,皆有以配乎物者也。巽之配於風者,以其發而有所動也。配於木者,以其仁且順也。夫發而有所動者，不仁則不可以久，不順則不可以行，故發而仁，動而順，而巽之道備矣。聖人以爲不重，則不可以變，故因而重之，使之動而能變，變而不窮，故曰“重巽以申命”。言天子之號令如此而後可也。

天地之化育，有可以指而言者，有不可以求而得者。今夫日，皆知其所以爲暖；雨，皆知其所以爲潤；雷霆，皆知其所以爲震；雪霜，皆知其所以爲殺。至於風，悠然布於天地之間，來不知其所自，去不知其所入，噓而炎，吹而冷，大而鼓乎大山喬嶽之上，細而入乎竅空蔀屋之下，發達萬物，而天下不以爲德，摧敗草木，而天下不以爲怒，故曰天地之化育，有不可求而得者。此聖人之所法，以令天下之術也。

聖人在上，天下之民，各得其職。士者皆曰“吾學而仕”，農者皆曰“吾耕而食”，工者皆曰“吾作而用”，賈者皆曰“吾負而販”，不知聖人之制命令以鼓舞、通變其道，而使之安乎此也。聖人之在上也，天下可由而不可知，可言而不可議，蓋得乎巽之道也。易者，聖人之動，而卦者，動之時也。《蠱》之彖曰：“先甲三日，後甲三日。”而《巽》之九五亦曰：“先庚三日，後庚三日。”而説者謂甲庚皆所以申命，而先後者，慎之至也。聖人憫斯民之愚，而不忍使之遽陷於罪戾也，故先三日而令之，後三日而申之，不從而後誅，蓋其用心之慎也。以至神之化令天下，使天下不測其端；以至詳之法曉天下，使天下明知其所避。天下不測其端，而明知其所避，故靡然相率而不敢議也。上令而下不議，下從而上不誅，順之至也。故重巽之道，上下順也。謹論。

學士院試孔子從先進論

(茅鹿門旁)時論中妙手，其體格與今無相遠。

論曰：君子之欲有爲於天下，莫重乎其始進也。始進以正，猶且以不正繼之，况以不正進者乎！古之人有欲以其君王者也，有欲以其君霸者也，有欲强其國者也，是三者其志不同，故其術有淺深，而其成功有巨細。雖其終身之所爲，不可逆知，而其大節必見於其始進之日。何者？其中素定也。未有進以强國而能霸者也，未有進以霸而能王者也。（**茅鹿門夾**）頭。伊尹之耕於有莘之野也，其心固曰使吾君爲堯舜之君，而吾民爲堯舜之民也。（**茅鹿門夾**）王。以伊尹爲以滋味説湯者，此戰國之策士，以己度伊尹也，君子疾之。

管仲見桓公於累囚之中，其所言者，固欲合諸侯攘夷狄也。（**茅鹿門夾**）伯。管仲度桓公足以霸，度其身足以爲霸者之佐，是故上無侈説，下無卑論。古之人其自知明也如此。商鞅之見孝公也，三説而後合。（**茅鹿門夾**）强。甚矣，鞅之懷詐挾術以欺其君也。彼豈不自知其不足以帝且王哉？顧其刑名慘刻之學，恐孝公之不能從，是故設爲高論以衒之。君既不能是矣，則舉其國惟吾之所欲爲。不然，豈其負帝王之略，而每見輒變以徇人乎？商鞅之不終於秦也，是其進之不正也。聖人則不然，其志愈大，故其道愈高，其道愈高，故其合愈難。聖人視天下之不治，如赤子之在水火也。其欲得君以行道，可謂急矣。然未嘗以難合之故而少貶焉者，知其始於少貶，而其漸必至陵遲而大壞也。故曰："先進於禮樂，野人也；後進於禮樂，君子也。如用之，則吾從先進。"孔子之世，其諸侯卿大夫，視先王之禮樂，猶方圓冰炭之不相入也。進而先之以禮樂，其不合必矣。是人也，以道言之則聖人，以世言之則野人也。

若夫君子之急於有功者則不然，其未合也，先之以世俗之所好，而其既合也，則繼以先王之禮樂。（**茅鹿門夾**）反。其心則然,然其進不正,未有能繼以正者也。故孔子不從。而孟子亦曰:"枉尺直尋者,以利言也。如以利,則枉尋直尺而利,亦可爲歟?"君子之得其君也,既度其君,又度其身。君能之而我不能,不敢進也;我能之而君不能,不可爲也。不敢進而進,是易其君;不可爲而爲,是輕其身。是二人者,皆有罪焉。故君子之始進也,曰:"君苟用我矣,我且爲是,君曰能之,則安受而不辭,君曰不能,天下其獨無人乎!"至於人君亦然,將用是人也,則告之以己所欲爲,要其能否而責成焉。其曰"姑用之而試觀之者",皆過也。

後之君子,其進也無所不至,惟恐其不合也,曰:"我將權以濟道。"既而道卒不行焉,則曰:"吾君不足以盡我也。"始不正其身,終以謗其君。是人也,自以爲君子,而孟子所謂賊其君者也。(茅鹿門夾)尾。謹論。

學士院試春秋定天下之邪正論

(茅鹿門旁)以"禮"字爲案。

論曰:爲《穀梁》者曰:"成天下之事業,定天下之邪正,莫善於《春秋》。"請因其説而極言之。夫《春秋》者,禮之見於事業者也。孔子論三代之盛,必歸於禮之大成,而其衰,必本於禮之漸廢。群臣、父子、上下,莫不由禮而定其位。至以爲有禮則生,無禮則死。故孔子自少至老,未嘗一日不學禮而不治其他。以之出入周旋,亂臣强君莫能加焉。知天下莫之能用也,退而治其紀綱條目,以遺後世之君子。則又以爲不得親見於行事,有其具而無其施設措置之方,於是因魯史記爲《春秋》,一斷於禮。

（茅鹿門夾）一篇案。凡《春秋》之所褒者，禮之所與也，其所貶者，禮之所否也。《記》曰："禮者，所以别嫌、明疑、定猶豫也。"而《春秋》一取斷焉。（茅鹿門夾）却好。故凡天下之邪正，君子之所疑而不能决者，皆至於《春秋》而定。非定於《春秋》，定於禮也。故太史公曰："《春秋》者，禮義之大宗也。（茅鹿門夾）引證好。爲人君父而不知《春秋》者，前有讒而不見，後有賊而不知。爲人臣子而不知《春秋》者，守經事而不知其宜，遭變事而不知其權。夫禮義之失，至於君不君，臣不臣，父不父，子不子，其意皆以善爲之，而不知其義，是以被之空言而不敢辭。"

夫邪正之不同也，不啻若黑白。使天下凡爲君子者皆如顔淵，凡爲小人者皆如桀跖，雖微《春秋》，天下其孰疑之？天下之所疑者，邪正之間也。（茅鹿門夾）入髓。其情則邪，而其迹若正者有之矣。其情以爲正，而不知其義以陷於邪者有之矣。（茅鹿門夾）虚。此《春秋》之所以丁寧反復於其間也。

宋襄公，疑於仁者也。晉荀息，疑於忠者也。（茅鹿門夾）實。襄公不修德，而疲弊其民以求諸侯，此其心豈湯武之心也哉？獨至於戰，則曰"不禽二毛，不鼓不成列"。非有仁者之素，而欲一旦竊取其名以欺後世，苟《春秋》不爲正之，則世之爲仁者，相率而爲僞也。故其書曰："冬十一月乙巳朔，宋公及楚人戰于泓，宋師敗績。"《春秋》之書戰，未有若此其詳也。君子以爲其敗固宜，而無有隱諱不忍之辭焉。荀息之事君也，君存不能正其違，没又成其邪志而死焉。荀息而爲忠，則凡忠於盗賊、死於私昵者皆忠也，而可乎？故其書曰："及其大夫荀息。"不然，則荀息、孔父之徒也，而可名哉！（茅鹿門夾）就一轉作掉尾。謹論。

儒者可與守成論

(茅鹿門旁)論歸於正,而文更翩翻。

聖人之於天下也,無意於取也。譬之江海,百谷赴焉;譬之麟鳳,鳥獸萃焉。雖欲辭之,豈可得哉?禹治洪水,排萬世之患,使溝壑之地,疏爲桑麻,魚鱉之民,化爲衣冠。契爲司徒,而五教行,棄爲后稷,而烝民粒,世濟其德。至於湯武拯塗炭之民,而置之於仁壽之域,故天下相率而朝之。此三聖人者,蓋推之而不可去,逃之而不能免者也。於是益修其政,明其教,因其民不易其俗。以是得之,以是守之,傳數十世,而民不叛。豈有二道哉?

周室既衰,諸侯並起力征爭奪者,天下皆是也。(茅鹿門夾)入題。德既無以相過,則智勝而已矣;智既無以相傾,則力奪而已矣。至秦之亂,則天下蕩然,無復知有仁義矣。漢高帝以三尺劍,起布衣,五年而併天下。雖稍輔以仁義,然所用之人,常先於智勇,所行之策,常主於權謀。是以戰必勝,攻必取。天下既平,思所以享其成功,而安於無事,以爲子孫無窮之計,而武夫謀臣,舉非其人,莫與爲者。故陸賈譏之曰:"陛下以馬上得之,豈可以馬上治之!"叔孫通亦曰:"儒者難以進取,可與守成。"於是酌古今之宜與禮樂之中,取其簡而易知,近而易行者,以爲朝覲會同冠昏喪祭一代之法。雖足以傳數百年,上下相安,然終不若三代聖人取守一道源深而流長也。

夫武夫謀臣,譬之藥石,可以伐病,而不可以養生。儒者譬之五穀,可以養生,而不可以伐病。宋襄公爭諸侯,不禽二毛,不鼓不成列,以敗於泓,身夷而國蹙。此以五穀伐病者也。秦始皇焚詩書，殺豪傑，東城臨洮，北築遼水，民不得休息，傳之二世，宗廟蕪滅。此以藥石養生者也。善夫，賈生之論曰："仁義不施，而攻守之勢異也。"夫世俗不察，直以攻守爲二道。故具論三代以來所以取守之術，使知文武禹湯之威德，亦儒者之極功。而陸賈、叔孫通之流，蓋儒術之粗也。（**茅鹿門夾**）主意全在收末處。

物不可以苟合論

（**茅鹿門旁**）時論之冠。○中間君臣等四比填入格眼，本屬時論，却能按經傳事情化腐爲新，舉子輩得此法，可以横四海矣。

論曰：昔者聖人之將欲有爲也，其始必先有所甚難，而其終也至於久遠而不廢。（**茅鹿門夾**）冒。其成之也難，故其敗之也不易。其得之也重，故其失之也不輕。其合之也遲，故其散之也不速。（**茅鹿門夾**）空處波瀾。夫聖人之所爲詳於其始者，（**茅鹿門夾**）承。非爲其始之不足以成，而憂其終之易敗也。非爲其始之不足以得，而憂其終之易失也。非爲其始之不足以合，而憂其終之易散也。天下之事，如是足以成矣，如是足以得矣，如是足以合矣，而必曰未也，又從而節文之，綢繆委曲而爲之表飾，是以至於今不廢。（**茅鹿門眉**）看他俱是空中行，全無著脚處。及其後世，求速成之功，而倦於遲久，故其欲成也止於其足以成，欲得也止於其足以得，欲合也止於其足以合。（**鍾惺夾**）深。而其甚者，又不能待其足。其始不詳，其終將不勝弊。（**鍾惺夾**）尤深。嗚呼，此天下治亂、享國長短之所從出歟？

聖人之始制爲君臣、父子、夫婦、朋友也，坐而治政，奔走而執事，此足以爲君臣矣。（茅鹿門夾）填。不苟合處。聖人懼其相易而至於相陵也，於是爲之車服采章以別之，朝覲位著以嚴之。名非不相聞也，而見必以贄。心非不相信也，而出入必以籍。此所以久而不相易也。杖屨以爲安，飲食以爲養，此足以爲父子矣。聖人懼其相褻而至於相怨也，於是制爲朝夕問省之禮，左右佩服之飾。族居之爲歡，而異宫以爲別。合食之爲樂，而異膳以爲尊。此所以久而不相褻也。生以居於室，死以葬於野，此足以爲夫婦矣。聖人懼其相狎而至於相離也，於是先之以幣帛，重之以媒妁。不告於廟，而終身以爲妾。晝居於内，而君子問其疾。此所以久而不相狎也。安居以爲黨，急難以相救，此足以爲朋友矣。聖人懼其相瀆而至於相侮也，於是戒其群居嬉游之樂，而嚴其射享飲食之節。足非不能行也，而待擯相之詔禮。口非不能言也，而待紹介之傳命。此所以久而不相瀆也。

天下之禍，莫大於苟可以爲而止。（茅鹿門夾）反一跌。夫苟可以爲而止，則君臣之相陵，父子之相怨，夫婦之相離，朋友之相侮久矣。聖人憂焉，是故多爲之飾。《易》曰：“藉用白茅，無咎。苟錯諸地而可矣，藉之用茅，何咎之有。”此古之聖人所以長有天下，而後世之所謂迂闊也。又曰：“嗑者，合也。物不可以苟合，故受之以賁。”盡矣。

【彙評】

鍾惺：“苟可以爲而止”一語，商韓一輩人，自禍禍人，其學問作用全在此，每爲老蘇看破，説得索然。○文氣多從《潛夫》《論衡》中來。

王者不治夷狄論

（茅鹿門旁）奔逸絶塵，是時論中一射雕手也，舉子業到此便是脱凡胎矣。(**儲欣眉**)子瞻調福昌主簿,歐陽永叔以才識兼優,薦之試秘閣,六論舊不起草,子瞻始具草,文義粲然。今録四首①。

論曰:夷狄不可以中國之治治也。譬若禽獸然,求其大治,必至於大亂。先王知其然,是故以不治治之。治之以不治者,乃所以深治之也。《春秋》書"公會戎於潛"。何休曰:"王者不治夷狄。録戎來者不拒,去者不追也。"夫天下之至嚴,而用法之至詳者,莫過於《春秋》。(**茅鹿門眉**)以下一大段止是爲發難張本。

凡《春秋》之書公、書侯,書字、書名,其君得爲諸侯,其臣得爲大夫者,舉皆齊、晉也。不然,則齊、晉之與國也。其書州、書國、書氏、書人,其君不得爲諸侯,其臣不得爲大夫者,舉皆秦、楚也。不然,則秦、楚之與國也。夫齊、晉之君所以治其國家擁衛天子而愛養百姓者,豈能盡如古法哉?蓋亦出於詐力,而參之以仁義,是亦未能純爲中國也。(**茅鹿門夾**)又翻出一層。秦、楚者,亦非獨貪冒無耻肆行而不顧也,蓋亦有秉道行義之君焉。是秦、楚亦未至於純爲夷狄也。齊、晉之君不能純爲中國,而《春秋》之所予者常向焉,有善則汲汲而書之,惟恐其不得聞於後世;有過則多方而開赦之,惟恐其不得爲君子。秦、楚之君,未至於純爲夷狄,而《春秋》之所不予者常在焉,有善則累而後進,有惡則略而不録,以爲不足録也。是非獨私於齊、晉,而偏疾於秦、楚也。以見中國之不可以一日背,而夷狄之不可以一日向也。(**茅鹿門夾**)主意。其不純者,足以寄其褒貶,則其純者

① 編者按:指《王者不治夷狄論》《形勢不如德論》《禮以養人爲本論》《既醉備五福論》。

可知矣。(**茅鹿門夾**)又摳入一步。故曰:天下之至嚴,而用法之至詳者,莫如《春秋》。

夫戎者,豈特如秦、楚之流入於戎狄而已哉!(**茅鹿門夾**)纔入題。然而《春秋》書之曰"公會戎於潛",公無所貶而戎爲可會,是獨何歟?夫戎之不能以會禮會公亦明矣,此學者之所以深疑而求其説也。故曰:王者不治夷狄,録戎來者不拒,去者不追也。夫以戎之不可以化誨懷服也,彼其不悍然執兵,以與我從事於邊鄙,則已幸矣,又況乎知有所謂會者,而欲行之,是豈不足以深嘉其意乎?(**茅鹿門夾**)發題。不然,將深責其禮,彼將有所不堪,而發其憤怒,則其禍大矣。仲尼深憂之,故因其來而書之以"會",曰,若是足矣。是將以不治深治之也。(**茅鹿門夾**)應前。由是觀之,《春秋》之疾戎狄者,(**茅鹿門夾**)結。非疾純戎狄者,疾夫以中國而流入於戎狄者也。(**茅鹿門夾**)掉尾。(**儲欣眉**)收束煙波,翻客作主。謹論。

劉愷丁鴻孰賢論

(**茅鹿門旁**)行文勝小蘇。

論曰:君子之爲善,非特以適己自便而已。其取於人也,必度其人之可以與我也。其予人也,必度其人之可以受於我也。我可以取之,而其人不可以與我,君子不取。我可以予之,而其人不可受,君子不予。既爲己慮之,又爲人謀之,取之必可予,予之必可受。若己爲君子,而使人爲小人,是亦去小人無幾耳。(**茅鹿門眉**)以上文如空中之雲。

東漢劉愷讓其弟荆而詔聽之。丁鴻亦以陽狂讓其弟,而其友人鮑駿責之以義，鴻乃就封。其始，自以爲義而行之，其終也，知其不義而復之。以其能復之，知其始之所行非詐也，此范氏之所以賢鴻而下愷也。其論稱太伯、伯夷未始有其讓也。故太伯稱至德，伯夷稱賢人。及後世徇其名而昧其致，於是詭激之行興矣。若劉愷之徒讓其弟，使弟受非服，而己受其名，不已過乎？丁鴻之心，主於忠愛，何其終悟而從義也。范氏之所賢者，固已得之矣，而其未盡者，請得畢其説。

夫先王之制，立長所以明宗，明宗所以防亂，非有意私其長而沮其少也。（茅鹿門夾）正論。天子與諸侯皆有太祖，其有天下、有一國，皆受之太祖，而非己之所得專有也。天子不敢以其太祖之天下與人，諸侯不敢以其太祖之國與人，天下之通義也。夫劉愷、丁鴻之國，不知二子所自致耶，將亦受之其先祖耶？受之其先祖，而傳之於所不當立之人，雖其弟之親，與塗人均耳。（茅鹿門夾）酷吏斷案。夫吴太伯、伯夷，非所以爲法也，太伯將以成周之王業，而伯夷將以訓天下之讓，而爲是詭時特異之行，皆非所以爲法也。今劉愷舉國而讓其弟，非獨使弟受非服之爲過也，將以壞先王防亂之法，輕其先祖之國，而獨爲是非常之行，考之以禮，繩之以法，而愷之罪大矣。

然漢世士大夫多以此爲名者，安、順、桓、靈之世，士皆反道矯情，以盜一時之名。蓋其弊始於西漢之世。（茅鹿門夾）牽連。韋玄成以侯讓其兄，而爲世主所賢，天下高之，故漸以成俗。履常而蹈易者，世以爲無能而擯之。則丁鴻之復於中道，尤可以深嘉而屢嘆也。謹論。

禮義信足以成德論

論曰：有大人之事，有小人之事。愈大則身愈逸而責愈重，愈小則身愈勞而責愈輕。綦大而至天子,綦小而至農夫,各有其分,不可亂也。責重者不可以不逸,不逸,則無以任天下之重。責輕者不可以不勞,不勞,則無以逸夫責重者。二者譬如心之思慮於内,而手足之動作步趨於外也。是故不耕而食,不蠶而衣,君子不以爲愧者,所職大也。自堯舜以來,未之有改。

後世學衰而道弛,諸子之智,不足以見其大,而竊見其小者之一偏,以爲有國者,皆當惡衣糲食,與農夫並耕而治,一人之身,而自爲百工。蓋孔子之時則有是説矣。夫樊遲親受業於聖人,而猶惑於是説,是以區區焉欲學稼於孔子。孔子知是説之將蔓延於天下也,故極言其大,而深折其詞。以爲:"上好禮,則民莫敢不敬;上好義,則民莫敢不服;上好信,則民莫敢不用情。夫如是,則四方之民繦負其子而至矣,安用稼?"而解者以爲禮義與信足以成德。

夫樊遲之所爲汲汲於學稼者,何也?是非以穀食不足,而民有苟且之心以慢其上爲憂乎?是非以人君獨享其安榮而使民勞若獨賢爲憂乎?是非以人君不身親之則空言不足勸課百姓爲憂乎?是三憂者,皆世俗之私憂過計也。

君子以禮治天下之分,使尊者習爲尊,卑者安爲卑,則夫民之慢上者,非所憂也。君子以義處天下之宜,使禄之一國者,不自以爲多,抱關擊柝者,不自以爲寡,則夫民之勞苦獨賢者,又非所憂也。君子以信一天下之惑,使作於中者,必形於外,循其名者,必得其實,則夫空言不足以勸課者,又非所憂也。此三者足以成德矣。故曰三憂者,皆世俗之私憂過計也。謹論。

形勢不如德論

(**茅鹿門旁**)當時應試論合如此。

論曰:《傳》有之:"天時不如地利,地利不如人和。"此言形勢之不如德也。而吴起亦云:"在德不在險。"太史公以爲形勢雖强,要以仁義爲本。儒者之言兵,未嘗不以藉其口矣。請拾其遺説而備論之。

凡形勢之説有二,有以人爲形勢者,三代之封諸侯是也。天子之所以繫于天下者,至微且危也。歡然而合,合而不去,則爲君臣,其善可得而賞,其惡可得而罰,其穀米可得而食,其功力可得而役使。當此之時,君臣之勢甚固。及其一旦潰然而去,去而不返,則爲寇仇。强者起而見攻,智者起而見謀,彷徨四顧,而不知其所恃。當是時,君臣之勢甚危。先王知其固之不足恃,而危之不可以忽也,故大封諸侯,錯置親賢,以示天下形勢。(**茅鹿門夾**)總接上來。劉頌所謂"善爲國者,任勢而不任人。郡縣之察,小政理而大勢危;諸侯爲邦,近多違而遠慮固"。此以人爲形勢者也。然周之衰也,諸侯肆行而莫之禁,自平王以下,其去亡無幾也,是則德衰而人之形勢不足以救也。

以地爲形勢者,秦、漢之建都是也。秦之取天下,非天下心服而臣之也。較之以富,搏之以力,而猶不服,又以詐囚其君,虜其將,然後僅得之。今之臣服而朝貢,皆昔之暴骨于原野之子孫也。則吾安得泰然而長有之! 漢之取天下,雖不若秦之暴,然要皆不本於仁義也。當此之時,不大封諸侯,則無以答功臣之望,諸侯大而京師不安,則其勢不得不以關中之固而臨之,此雖堯、舜、湯、武,亦不能使其德一日而信于天下,荀卿所謂合其參者。此以地爲形勢者也。然及其衰也,皆以大臣專命,危自内起,而關中之形勢,曾不及施,此亦德衰而地之形勢不能救也。

夫三代、秦、漢之君,慮其後世而爲之備患者,不可謂不至矣,然至其亡也,常出於其所不慮。(**茅鹿門夾**)總收。此豈形勢不如德之明效歟?《易》曰:"神而明之,存乎其人。"人存則德存,德存則無諸侯而安、無障塞而固矣。謹論。

【**彙評**】

儲欣:兩扇直似今所謂時文者,然安得此等筆材移而措之時文哉!明三百年獨一王文恪近之。

王芑孫:大氣,舉之排偶,而不嫌其累重。

禮以養人爲本論

(**李卓吾旁**)至論。(**茅鹿門旁**)論正。

論曰:三代之衰,至於今且數千歲,豪傑有意之主,博學多識之臣,不可以勝數矣,然而禮廢樂墜,則相與諮嗟發憤而卒于無成者,何也?是非其才之不逮,學之不至,過於論之太詳,畏之太甚也?夫禮之初,始諸人情,因其所安者,而爲之節文,凡人情之所安而有節者,舉皆禮也,則是禮未始有定論也。然而不可以出於人情之所不安,則亦未始無定論也。(**王芑孫眉**)宋儒論古不甚詳,存其大意,而無畏之之心,今考訂家出,可謂論之詳矣,而直無所用之矣。執其無定以爲定論,則途之人皆可以爲禮。

今儒者之論則不然,以爲禮者,聖人之所獨尊,而天下之事最難成者也。牽於繁文,而拘於小説,有毫毛之差,則終身以爲不可。(**李卓吾夾**)傷哉。論明堂者,惑於《考工》《吕令》之説;議郊廟者,泥於鄭氏、王肅之學。紛紛交錯者,累歲而不決。或因而遂罷,未嘗有一人果斷而決行之。此皆論之太詳而畏之太甚之過也。

夫禮之大意，存乎明天下之分，嚴君臣、篤父子、形孝弟而顯仁義也。(**茅鹿門夾**)禮之原。今不幸去聖人遠，有如毫毛不合於三代之法，固未害其爲明天下之分也，所以嚴君臣、篤父子、形孝弟而顯仁義者猶在也。今使禮廢而不修，則君臣不嚴，父子不篤，孝弟不形，義不顯，反不足重乎？(**儲欣眉**)百折不屈。

昔者西漢之書，始於仲舒，而至於劉向，悼禮樂之不興，故其言曰："禮以養人爲本。如有過差，是過而養人也。刑罰之過，或至殺傷。今吏議法，筆則筆，削則削，而至禮樂則不敢。是敢於殺人，而不敢於養人也。"而范曄以爲"樂非夔、襄而新音代作，律謝皋、蘇而法令亟易"。而至於禮，獨何難歟？

夫法者，末也。又加以慘毒繁難，而天下常以爲急。禮者，本也。又加以和平簡易，而天下常以爲緩。(**茅鹿門夾**)又洗發出來。如此而不治，則又從而尤之曰，是法未至也，則因而急之。甚矣，人之惑也。平居治氣養生，宣故而納新，其行之甚易，其過也無大患，然皆難之而不爲。悍藥毒石，以搏去其疾，則皆爲之。(**茅鹿門夾**)證切。此天下之公患也。嗚呼，王者得斯説而通之，禮樂之興，庶乎有日矣。謹論。

【彙評】

王芑孫：快論。○毫毛未合終頁不可説盡，考訂家病痛韓歐程朱，不爲此學，自其所見之大。

既醉備五福論

(**李卓吾旁**)好。

論曰：君子之所以大過人者，非以其智慧知之，强能行之也。（**儲欣眉**）冒出題上一層。以其功興而民勞，與之同勞，功成而民樂，與之同樂，如是而已矣。富貴安逸者，天下之所同好也，然而君子獨享焉。享之而安，天下以爲當然者，何也？天下知其所以富貴安逸者，凡以庇覆我也。貧賤勞苦者，天下之所同惡也，而小人獨居焉。居之而安，天下以爲當然者，何也？天下知其所以貧賤勞苦者，凡以生全我也。夫然，故獨享天下之大利而不憂，使天下爲己勞苦而不怍，耳聽天下之備聲，目視天下之備色，而民猶以爲未也，相與禱祠而祈祝曰：使吾君長有吾國也。又相與詠歌而稱頌之，被於金石，溢於竹帛，使其萬世而不忘也。

嗚呼！彼君子者，獨何修而得此於民哉？豈非始之以至誠，中之以不欲速，而終之以不懈歟？視民如視其身，待其至愚者如其至賢者，是謂至誠。至誠無近效，要在於自信而不惑，是謂不欲速。不欲速則能久，久則功成，功成則易懈，君子濟之以恭，是謂不懈。行此三者，所以得之於民也。三代之盛，不能加毫末於此矣。

《既醉》者，成王之詩也。其序曰：《既醉》，太平也，醉酒飽德，人有士君子之行焉。而説者以爲是詩也，實具五福。其詩曰“君子萬年”，壽也；“介爾景福”，富也；“室家之壼”，康寧也；“高明有融”，攸好德也；“高朗令終”，考終命也。凡言此者，非美其有是五福也，美其全享是福，兼有是樂，而天下安之，以爲當然也。

夫詩者，不可以言語求而得，必將深觀其意焉。故其譏刺是人也，不言其所爲之惡，而言其爵位之尊、車服之美而民疾之，以見其不堪也。“君子偕老，副笄六珈”“赫赫師尹，民具爾瞻"是也。其頌美是人也,不言其所爲之善,而言其冠佩之華、容貌之盛而民安之,以見其無愧也。(**儲欣眉**)引伸觸長,坡公擅場。"緇衣之宜兮,敝,予又改爲兮""服其命服,朱芾斯皇"是也。故《既醉》者,非徒享是五福而已,必將有以致之。不然,民將盻盻焉疾視而不能平,又安能獨樂乎?是以孟子言王道不言其他,而獨言民之聞其作樂見其田獵而欣欣者,此可謂知本矣。謹論。

【彙評】

儲欣:公應制文字如火如潮,如花際春,如霞散綺,使人目眩神移,吟詠流連,而不知止也。驚才絶豔,一至於此。

王芑孫:此試場中昌明博大之文。

卷四十一

論十九首

易　論

《易》者，卜筮之書也。挾策布卦，以分陰陽而明吉凶，此日者之事，而非聖人之道也。聖人之道，存乎其爻之辭，而不在其數。數非聖人之所盡心也，然《易》始於八卦，至於六十四，此其爲書，未離乎用數也。而世之人皆恥其言《易》之數，或者言而不得其要，紛紜迂闊而不可解，此高論之士所以不言歟？

夫《易》本於卜筮，而聖人開言於其間，以盡天下之人情。使其爲數紛亂而不可考，則聖人豈肯以其有用之言而托之無用之數哉！

今夫《易》之所謂九六者，老陰、老陽之數也。九爲老陽而七爲少陽，六爲老陰而八爲少陰。此四數者，天下莫知其所爲如此者也。或者以爲陽之數極於九，而其次極於七，故七爲少而九爲老。至於老陰，苟以爲以極者而言也，則老陰當十，而少陰當八。今少陰八而老陰反當其下之六，則又爲之說曰，陰不可以有加於陽，故抑而處之於下，使陰果不可以有加於陽也，而曷不曰老陰八而少陰六。

且夫陰陽之數，此天地之所爲也，而聖人豈得與於其間而制其予奪哉！此其尤不可者也。（**鍾惺眉**）透處往往不勞。夫陰陽之有老少,此未嘗見於他書也,而見於《易》。易之所以或爲老或爲少者,爲夫揲蓍之故也。

故夫説者宜於其揲蓍焉而求之。揲蓍之法,曰,挂一歸奇。三揲之餘而以四數之,得九而以爲老陽,得八而以爲少陰,得七而以爲少陽,得六而以爲老陰。然而陰陽之所以爲老少者,不在乎七八九六也,七八九六徒以爲識焉耳。老者,陰陽之純也。少者,陰陽之雜而不純者也。陽數皆奇而陰數皆偶,故乾以一爲之爻,而坤以二天下之物,以少爲主。故乾之子皆二陰,而坤之女皆二陽。老陽老陰者,乾坤是也。少陰少陽者,乾坤之子是也。揲蓍者,其一揲也。少者五而多者九,其二其三少者四而多者八。多少者,奇偶之象也,一爻而三揲蓍,譬如一卦而三爻也。陰陽之老少,於卦見之於爻,而於爻見之於揲。使其果有取於七八九六,則夫此三揲者,區區焉分其多少而各爲處,果何以爲也?今夫三揲而皆少此,無以異於乾之三爻而皆奇也。三揲而皆多此,無以異於坤之三爻而皆偶也。三揲而少者一,此無以異於震坎艮之一奇而二偶也。三揲而多者一,此無以異於巽離兑之一偶而二奇也。若夫七八九六,此乃取以爲識,而非其義之所在,不可以强爲之説也。

【彙評】

鍾惺:予嘗謂:叙事理幽憒處,能使不甚解者讀之了然,此文筆之妙。

書 論

(**茅鹿門旁**)挈出一事作議論,三四層跌入,極有法度。

愚讀《史記·商君列傳》，觀其改法易令，變更秦國之風俗，誅秦民之議令者以數千人，黥太子之師，殺太子之傅，而後法令大行，蓋未嘗不壯其勇而有決也。（**茅鹿門夾**）反跌起。曰："嗟夫！世俗之人，不可以慮始而可樂成也。使天下之人，各陳其所知而守其所學，以議天子之事，則事將有格而不得成者。"

然及觀三代之書，（**茅鹿門夾**）第一層暗入。至其將有以矯拂世俗之際，則其所以告諭天下者常丁寧激切，亹亹而不倦，務使天下盡知其君之心，而又從而折其不服之意，使天下皆信以爲如此而後從事。其言回曲宛轉，譬如平人自相議論而詰其是非。愚始讀而疑之，以爲近於濡滯迂遠而無決，然其使天下樂從而無黽勉不得已之意，其事既發而無紛紜異同之論，此則王者之意也。故常以爲當堯舜之時，其君臣相得之心，歡然樂而無間，相與吁俞嗟嘆唯諾於朝廷之中，不啻若朋友之親。雖其有所相是非論辨以求曲直之際，當亦無足怪者。及至湯武征伐之際，周旋反復，自述其用兵之意，以明曉天下，此又其勢然也。

惟其天下既安，（**茅鹿門夾**）第二層暗説。君民之勢闊遠而不同，天下有所欲爲，而其匹夫匹婦私有異論於天下，以齟齬其上之晝策，令之而不肯聽。當此之時，刑驅而勢脅之，天下夫誰敢不聽從。而上之人，優游而徐譬之，使之信之而後從。此非王者之心，誰能處而待之而不倦歟？

蓋盤庚之遷，天下皆諮嗟而不悦，（**茅鹿門夾**）入題。盤庚爲之稱其先王盛德明聖，而猶五遷以至於今，今不承於古，恐天之斷棄汝命，不救汝死。既又恐其不從也，則又曰，汝罔暨余同心，我先后將降爾罪，暨乃祖，先父亦將告我高后曰，作大戮於朕孫。蓋其所以開其不悟之心，而諭之以其所以當然者，如此其詳也。

若夫商君則不然，(**茅鹿門夾**)反應。以爲要使汝獲其利，而何恤乎吾之所爲，故無所求於衆人之論，而亦無以告諭天下。然其事亦終於有成。(**茅鹿門夾**)反跌。是以後世之論，以爲三代之治柔懦不決。然此乃王霸之所以爲異也。(**茅鹿門夾**)急轉。

夫三代之君，惟不忍鄙其民而欺之，(**茅鹿門夾**)前段轉折既緊，此下却放悠揚一步。故天下有故，而其議及于百姓，以觀其意之所向，及其不可聽也，則又反復而諭之，以窮極其説，而服其不然之心，是以其民親而愛之。嗚呼，此王霸之所爲不同也哉！(**茅鹿門夾**)冷收。

【彙評】

茅鹿門：長公有感於商君變法之驟，故于商周之書所以告戒其民處，反復爲論，要之王道，以得民爲本。故《易》曰："先甲三日，後甲三日。"又曰："巳日乃孚。"而《魯論》亦曰："君子信，而後勞其民。"先王之使民原如此。此篇紆徐曲折，然亦稍開衰宋之門户矣。

詩　論

自仲尼之亡，六經之道，遂散而不可解。蓋其患在於責其義之太深，而求其法之太切。夫六經之道，惟其近於人情，是以久傳而不廢。而世之迂學，乃皆曲爲之説，雖其義之不至於此者，必强牽合以爲如此，故其論委曲而莫通也。(**鍾惺夾**)透。

夫聖人之爲經，惟其《禮》與《春秋》合，然後無一言之虚而莫不可考，然猶未嘗不近於人情。至於《書》出於一時言語之間，而《易》之文爲卜筮而作，故時亦有所不可前定之説，此其於法度已不如《春秋》之嚴矣。而况《詩》者，天下之人，匹夫匹婦羈臣賤隸悲憂愉佚之所爲作也。(**鍾惺眉**)此一段文勢曲折之妙,多誦之始見。夫天下之人,自傷其貧賤困苦之憂,而自述其豐美盛大之樂,上及於君臣、父子,天下興亡、治亂之迹,而下及於飲食、床笫、昆蟲、草木之類,蓋其中無所不具,而尚何以繩墨法度區區而求諸其間哉!此亦足以見其志之無不通矣。夫聖人之於《詩》,以爲其終要入於仁義,而不責其一言之無當,是以其意可觀,而其言可通也。

今之《詩傳》曰"殷其雷,在南山之陽","出自北門,憂心殷殷","揚之水,白石鑿鑿","終朝采緑,不盈一掬","瞻彼洛矣,維水泱泱",若此者,皆興也。而至於"關關雎鳩,在河之洲","南有樛木,葛藟累之","南有喬木,不可休息","維鵲有巢,維鳩居之","喓喓草蟲,趯趯阜螽",若此者,又皆興也。其意以爲興者,有所象乎天下之物,以自見其事。(**鍾惺眉**)急於求透,而詞不欲盡説,《詩》自應如此。故凡《詩》之爲此事而作,其言有及於是物者,則必强爲是物之説,以求合其事,蓋其爲學亦已勞矣。(**鍾惺夾**)漢儒説《詩》亦有此病。且彼不知夫《詩》之體固有比矣,而皆合之以爲興。夫興之爲言,猶曰其意云爾。意有所觸乎當時,時已去而不可知,故其類可以意推,而不可以言解也。(**鍾惺夾**)透。"殷其雷,在南山之陽",此非有所取乎雷也,蓋必其當時之所見而有動乎其意,

故後之人不可以求得其説,此其所以爲興也。嗟夫!天下之人,欲觀於《詩》,其必先知比、興。若夫"關關雎鳩,在河之洲",是誠有取於其摯而有別,是以謂之比而非興也。

嗟夫!天下之人,欲觀於《詩》,其必先知夫興之不可與比同,而無强爲之説,以求合其當時之事。則夫《詩》之意,庶乎可以意曉而無勞矣。

【彙評】

鍾惺：讀此始知漢儒、宋儒皆不必能説《詩》，而皆可以説《詩》。

儲欣：如漢唐注疏云云，是古序所謂"詩有六義"者，早缺其一矣。前後相沿不悟，得明眼人拈出，然後六義具而詩教明。其有功經籍如此，徒竊蘇張之緒，餘者能乎哉？亦好詆之過矣。

王芑孫：論興之説，與比兼得之。

禮論

（茅鹿門旁）文特紆徐曲折可誦，然言禮而於器之異，宜何關於禮之大者。

昔者商、周之際，何其爲禮之易也。其在宗廟朝廷之中，籩豆、簠簋、牛羊、酒醴之薦，交於堂上，而天子、諸侯、大夫、卿、士周旋揖讓，獻酬百拜，樂作於下，禮行於上，雍容和穆，終日而不亂。夫古之人何其知禮而行之不勞也？當此之時，天下之人，惟其習慣而無疑，衣服、器皿、冠冕、佩玉，皆其所常用也，是以其人入於其間，耳目聰明，而手足無所忤，其身安於禮之曲折，而其心不亂，以能深思禮樂之意，（鍾惺夾）重在此句。故其廉耻退讓之節，睟然見於面而盎然發於其躬。夫是以能使天下觀其行事，而忘其暴戾鄙野之氣。

至於後世風俗變易，更數千年以至於今，天下之事已大異矣。（茅鹿門夾）敝。然天下之人，尚皆記録三代禮樂之名，詳其節目，而習其俯仰，冠古之冠，服古之服，而御古之器皿，傴僂拳曲勞苦於宗廟朝廷之中，（儲欣夾）與"行之不勞"對照。區區而莫得其紀，交錯紛亂而不中節，此無足怪也。其所用者，非其素所習也，而强使焉。甚矣夫，後世之好古也！（鍾惺夾）妙於譏世，在此二字。（儲欣夾）上頓下引。

昔者上古之世，蓋嘗有巢居穴處，污樽抔飲，燔黍捭豚，蕢桴土鼓，而以爲是足以養生送死，而無以加之者矣。及其後世，聖人以爲不足以大利於天下，是故易之以宫室，新之以籩豆鼎俎之器，以濟天下之所不足，而盡去太古之法。惟其祭祀以交於鬼神，乃始薦其血毛，豚解而腥之，體解而爓之，以爲是不忘本，而非以爲後世之禮不足用也。是以退而體其犬豕牛羊，實其簠簋籩豆鉶羹，以極今世之美，未聞其牽於上古之説，選愞而不決也。且方今之人，佩玉服黻冕而垂旒拱手而不知所爲，（儲欣夾）畫出傀儡。而天下之人，亦且見笑之，是何所復望於其有以感發天下之心哉！（茅鹿門夾）敝。且又有所大不安者，宗廟之祭，聖人所以追求先祖之神靈，庶幾得而享之，以安恤孝子之志者也。是以思其平生起居飲食之際，而設其器用，薦其酒食，皆從其生，以冀其來而安之。而後世宗廟之際，皆用三代之器，則是先祖終莫得而安也。蓋三代之時，席地而食，是以其器用，各因其所便，而爲之高下大小之制。今世之禮，坐於床，而食於床上，是以其器不得不有所變。（儲欣夾）破的。雖正使三代之聖人生於今而用之，亦將以爲便安。

故夫三代之視上古，猶今之視三代也。（茅鹿門夾）結。（儲欣夾）束。三代之器，不可復用矣，而其制禮之意，尚可依仿以爲法也。宗廟之祭，薦之以血毛，重之以體薦，有以存古之遺風矣。而其餘者，可以易三代之器，而用今世之所便，以從鬼神之所安。惟其春秋社稷釋奠釋菜，凡所以享古之鬼神者，則皆從其器，蓋周人之祭蜡與田祖也。吹葦龠，擊土鼓，此亦各從其所安耳。

嗟夫！天下之禮宏闊而難言，自非聖人而何以處此。故夫推之而不明，講之而不詳，則愚實有罪焉。唯其近於正而易行，庶幾天下安而從之，是則有取焉耳。

【彙評】

鍾惺：只是胸中洞然。〇禮，板物也。制禮、用禮、言禮者，胸中只是一"活"字，惟其不活，所以覺禮之板耳。覺禮之板，此禮之所以廢也。

儲欣：不刊之論，指出"席地而坐"一節，雖矇而明。

王芑孫：此去禮制而得禮意者也。

春秋論

（**茅鹿門旁**）文甚裊娜，而見似未透。

事有以拂乎吾心，則吾言忿然而不平，有以順適乎吾意，則吾言優柔而不怒。天下之人，其喜哀樂之情，可以一言而知也。喜之言，豈可以爲怒之言耶？此天下之人，皆能辨之。而至於聖人，其言丁寧反復，布于方册者甚多，而其喜怒好惡之所在者，又甚明而易知也。然天下之人，常患求而得其意之所主，此其故何也？天下之人，以爲聖人之文章，非復天下之言也，而求之太過。（**鍾惺夾**）妙。是以聖人之言，更爲深遠而不可曉。且天下何不以己推之也？將以喜夫其人，而加之以怒之之言，則天下且以爲病狂，而聖人豈有以異乎人哉？不知其好惡之情，而不求其言之喜怒，是所謂大惑也。

昔者仲尼删《詩》于衰周之末，上自商、周之盛王，至於幽、厲失道之際，而下訖於陳靈。自詩人以來，至於仲尼之世，蓋已數百餘年矣。愚嘗怪《大雅》《小雅》之詩，當幽、厲之時，而稱道文、武、成、康之盛德，及其終篇，又不見幽、厲之暴虐，此誰知其爲幽、厲之詩而非文、武、成、康之詩者！蓋察其辭氣，有幽憂不樂之意，是以系之幽、厲而無疑也。

若夫春秋二百四十二年之間，(茅鹿門夾)入題。天下之是非，雜然而觸乎其心，見惡而怒，見善而喜，則求其是非之際，又可以求諸其言之喜怒之間矣。(茅鹿門夾)以下總論讀《春秋》不必過求聖人之旨。今夫人之于事，有喜而言之者，有怒而言之者，有怨而言之者。喜而言之，則其言和而無傷。怒而言之，則其言厲而不温。怨而言之，則其言深而不泄。此其大凡也。《春秋》之于仲孫湫之來，曰“齊仲孫來”。于季友之歸，曰“季子來歸”。此所謂喜之之言也。于魯、鄭之易田，曰“鄭伯以璧假許田”。于晉文之召王，曰“天王狩于河陽”。此所謂怒之之言也。于叔牙之殺，曰“公子牙卒”。于慶父之奔，曰“公子慶父如齊”。此所謂怨之之言也。夫喜之而和，怒之而厲，怨之而深。此三者，無以加矣。

至於《公羊》《穀梁》之傳則不然，日月土地，皆所以爲訓也。夫日月之不知，土地之不詳，何足以爲喜，而何足以爲怒，此喜怒之所不在也。《春秋》書曰“戎伐凡伯于楚丘”，而以爲“衛伐凡伯”，《春秋》書曰“齊仲孫來”，而以爲“吴仲孫”，甚而至於變人之國。此又喜怒之所不及也。愚故曰《春秋》者，亦人之言而已，而人之言，亦觀其辭氣之所向而已矣。

中庸論上

(茅鹿門旁)此等文非子瞻之佳者，以其是蘇家説理文字，故録而存之。

甚矣,道之難明也!論其著者,鄙滯而不通;論其微者,汗漫不可考。其弊始於昔之儒者,求爲聖人之道而無所得,於是務爲不可知之文,庶幾乎後世之以我爲深知之也。後之儒者,見其難知,而不知其空虛無有,以爲將有所深造乎道者,而自耻其不能,則從而和之曰然。相欺以爲高,相習以爲深,而聖人之道,日以遠矣。

自子思作《中庸》,儒者皆祖之以爲性命之説。嗟夫,子思者,豈亦斯人之徒歟?(**茅鹿門夾**)斷的。蓋嘗試論之。夫《中庸》者,孔氏之遺書而不完者也。其要有三而已矣。三者是周公、孔子之所從以爲聖人,而其虛詞蔓延,是儒者之所以爲文也。是故去其虛詞,而取其三。其始論誠明之所入,其次論聖人之道所從始,推而至於其所終極,而其卒乃始内之於《中庸》。蓋以爲聖人之道,略見於此矣。

《記》曰:"自誠明謂之性,自明誠謂之教。誠則明矣,明則誠矣。"夫誠者,何也?樂之之謂也。樂之則自信,故曰誠。夫明者,何也?知之之謂也。知之則達,故曰明。夫惟聖人,知之者未至,而樂之者先入,先入者爲主,而待其餘,則是樂之者爲主也。若夫賢人,樂之者未至,而知之者先入,先入者爲主,而待其餘,則是知之者爲主也。樂之者爲主,是故有所不知,知之未嘗不行。知之者爲主,是故雖無所不知,而有所不能行。子曰:"知之者,不如好之者,好之者,不如樂之者。"知之者與樂之者,是賢人、聖人之辨也。好之者,是賢人之所由以求誠者也。君子之爲學,慎乎其始。何則?其所先入者,重也。知之多而未能樂焉,則是不如不知之愈也。人之好惡,莫如好色而惡臭,是人之性也。好善如好色,惡惡如惡臭,是聖人之誠也。故曰"自誠明謂之性"。

孔子蓋長而好學，適周觀禮，問於老聃、師襄之徒，而後明於禮樂。五十而後讀《易》，蓋亦有晚而後知者。然其所先得於聖人者，是樂之而已。孔子厄于陳、蔡之間，問于子路、子貢，二子不悦，而子貢又欲少貶焉。是二子者，非不知也，其所以樂之者未至也。且夫子路能死于衛，而不能不愠于陳、蔡，是豈其知之罪耶？故夫弟子之所爲從孔子游者，非專以求聞其所未聞，蓋將以求樂其所有也。明而不誠，雖挾其所有，倀倀乎不知所以安之，苟不知所以安之，則是可與居安，而未可與居憂患也。夫惟憂患之至，而後誠明之辨，乃可以見。由此觀之，君子安可以不誠哉！

中庸論中

君子之欲誠也，莫若以明。夫聖人之道，自本而觀之，則皆出於人情。不循其本，而逆觀之於其末，則以爲聖人有所勉强力行，而非人情之所樂者。夫如是，則雖欲誠之，其道無由。故曰“莫若以明”。使吾心曉然，知其當然，而求其樂。

今夫五常之教，惟禮爲若强人者。（茅鹿門夾）只提一字論破。何則？人情莫不好逸豫而惡勞苦，今吾必也使之不敢箕踞，而磬折百拜以爲禮；人情莫不樂富貴而羞貧賤，今吾必也使之不敢自尊，而揖讓退抑以爲禮；用器之爲便，而祭器之爲貴；褻衣之爲便，而衮冕之爲貴；哀欲其速已，而伸之三年；樂欲其不已，而不得終日；此禮之所以爲强人而觀之於其末者之過也。盍亦反其本而思之？今吾以爲磬折不如立之安也，而將惟安之求，則立不如坐，坐不如箕踞，箕踞不如偃仆，偃仆而不已，則將裸袒而不顧，苟爲裸袒而不顧，則吾無乃亦將病之！夫豈獨吾病之，天下之匹夫匹婦，莫不病之也，苟爲病之，則是其勢將必至於磬折而百拜。由此言之，則是磬折而百拜者，生於不欲裸袒之間而已也。夫豈惟磬折百拜，將天下之所謂强人者，其皆必有所從生也。辨其所從生，而推之至於其所終極，是之謂明。故《記》曰："君子之道，費而隱。夫婦之愚，可以與知焉。及其至也，雖聖人有所不知焉。夫婦之不肖，可以能行焉。及其至也，雖聖人有所不能焉。"

君子之道，推其所從生而言之，則其言約，約則明。推其逆而觀之，故其言費，費則隱。君子欲其不隱，是故起於夫婦之有餘，而推之至於聖人之所不及，舉天下之至易，而通之於至難，使天下之安其至難者，與其至易，無以異也。

孟子曰："簞食豆羹，得之則生，不得則死。呼爾而與之，行道之人弗受；蹴爾而與之，乞人不屑也。萬鍾則不辨禮義而受之，萬鍾于我何加焉？向爲身死而不受，今爲朋友妻妾之奉而爲之，此之謂失其本心。"且萬鍾之不受，是王公大人之所難，而以行道乞人之所不屑，而較其輕重，是何以異於匹夫匹婦之所能行，通而至於聖人之所不及？故凡爲此説者，皆以求安其至難，而務欲誠之者也。天下之人，莫不欲誠，而不得其説，故凡此者，誠之説也。

【彙評】

儲欣：直作《禮論》讀可。

中庸論下

（**唐荆川眉**）段段以《記》作底，如《孝經》引詩體。

夫君子雖能樂之，而不知中庸，則其道必窮。《記》曰："君子遵道而行，半途而廢，吾弗能已矣。"君子非其信道之不篤也，非其力行之不至也，得其偏而忘其中，不得終日安行乎通途，夫雖欲不廢，其可得耶？《記》曰："道之不行也，我知之矣，賢者過之，不肖者不及也。"以爲過者之難歟，復之中者之難歟？宜若過者之難也。然天下有能過而未有能中，則是復之中者之難也。

《記》曰："天下國家可均也，爵禄可辭也，白刃可蹈也，中庸不可能也。"既不可過，又不可不及，如斯而已乎？曰：未也。孟子曰："執中爲近。執中無權，猶執一也。"《書》曰："不協於極，不罹於咎，皇則受之。"又曰："會其有極，歸其有極。"而《記》曰："君子之中庸也，君子而時中。"皇極者，有所不極，而會於極；時中者，有所不中，而歸於中。吾見中庸之至於此而尤難也，是有小人之中庸焉。有所不中，而歸於中，是道也，君子之所以爲時中，而小人之所以爲無忌憚。

《記》曰："小人之中庸也，小人而無忌憚也。"嗟夫！道之難言也，有小人焉，因其近似而竊其名，聖人憂思恐懼，是故反復而言之不厭。何則？是道也，固小人之所竊以自便者也。君子見危則能死，勉而不死，以求合於中庸。見利則能辭，勉而不辭，以求合於中庸。小人貪而苟免，而亦欲以中庸之名私自便也。此孔子、孟子之所爲惡鄉原也。一鄉皆稱原人焉，無所往而不爲原人，同乎流俗，合乎污世，曰："古之人，行何爲踽踽涼涼，生斯世也，善期可矣。"以古之人爲迂，而以今世之所善爲足以已矣，則是不亦近似於中庸耶？

故曰："惡紫，恐其亂朱也，惡莠，恐其亂苗也。"何則？惡其似也。信矣！中庸之難言也。君子之欲從事乎此，無循其迹而求其味，則幾矣。《記》曰："人莫不飲食也，鮮能知味也。"

【彙評】

唐荆川：數段貫穿作一篇。

論好德錫之福

昔聖人既陳五常之道，而病天下不能萬世而常行也，故爲之大中之教曰："賢者無所過，愚者無所不及。"是之謂皇極。極之於人也，猶方之有矩也，猶圓之有規也，皆有以繩乎物者也。聖人安焉而入乎其中，賢者俯而就之，愚者跂而及之。聖人以爲俯與跂者，皆非其自然，而猶有以强之者。故於皇極之中，又爲之言曰："苟有過與不及，而要其終可以歸皇極之道者，是皇極而已矣。"故《洪範》曰："凡厥庶民，有猷有爲有守，汝則念之，不協於極，不罹於咎，皇則受之。"

又悲天下有爲善之心而不得爲善之利也，有求中之志而不知求中之道也，故又爲之言曰："而康而色，曰予攸好德，汝則錫之福，時人斯其惟皇之極。"聖人之待天下如此其廣也，其誘天下之人，不忍使之至於罪戾，如此其勤且備也。天下未有好德之實，而自言曰"予攸好德"，聖人以爲是亦有好德之心矣，故受而爵禄之。天下之爲善而未協於中也，則受而教誨之。

又恐夫民之愚而不我從也，故遜其言卑其色以下之。如是而不從，然後知其終不可以教誨矣。故又爲之言曰："凡厥正人，既富方穀，汝弗能使有好於而家，時人斯其辜，於其無好德，汝雖錫之福，其作汝用咎。"且夫其始也，恐天下之人有可以至於皇極之道，而上之人不誘而教誨之也。故曰"予攸好德，汝則錫之福”。其終也,恐天下之以虛言而取其爵禄也。故曰“於其無好德,汝雖錫之福,其作汝用咎”。蓋聖人之用心,憂其始之不幸,而懼其終之至於僥倖也。故其言如此之詳備。

夫君子小人,不可以一道待也。故皇極之中,有待小人之道,不協於極,而猶受之。至於待君子之道,何其責之深也。曰:“無偏無黨,無反無側,無有作好,無有作惡,而後可以合於皇極。”然則先王御天下之術,蓋用此歟?

論鄭伯克段于鄢(隱元年)

(茅鹿門旁)曲而卺。

《春秋》之所深譏、聖人之所哀傷而不忍言者三:晉趙鞅帥師納衛世子蒯聵于戚,齊國夏、衛石曼姑帥師圍戚,而父子之恩絶;公與夫人姜氏遂如齊,而夫婦之道喪;鄭伯克段于鄢,而兄弟之義亡。

此三者,天下之大戚也。夫子傷之,而思其所以至此之由,故其言尤爲深且遠也。且夫蒯聵之得罪於靈公,逐之可也,逐之而立其子,是召亂之道也。使輒上之不得從王父之言,下之不得從父之令者,靈公也。故書曰:“晉趙鞅帥師納衛世子蒯聵于戚。”蒯聵之不去世子者,是靈公不得乎逐之之道。靈公何以不得乎逐之之道?逐之而立其子也。魯桓公千乘之君,而陷於一婦人之手,夫子以爲文姜之不足譏,而傷乎桓公制之不以漸也,故書曰“公與夫人姜氏遂如齊”,言其禍自公作也。

段之禍生於愛。鄭莊公之愛其弟也,足以殺之耳。孟子曰:“舜封象於有庳,使之源源而來,不及以政。”孰知夫舜之受其弟之深，而鄭莊公賊之也。當太叔之據京城，取廩延以爲己邑，雖舜復生，不能全兄弟之好，故書曰“鄭伯克段于鄢”，而不曰“鄭伯殺其弟段”。以爲當斯時，雖聖人亦殺之而已矣。夫婦、父子、兄弟之親，天下之至情也，而相殘之禍至如此，夫豈一日之故哉！《穀梁》曰：“克，能也，能殺也。不言殺，見段之有徒衆也。段不稱弟，不稱公子，賤段而甚鄭伯也。于鄢，遠也。猶曰取之其母之懷中而殺之云爾。甚之也。然則爲鄭伯宜奈何，緩追逸賊，親親之道也。”嗚呼！以兄弟之親，至交兵而戰，固親親之道絶已久矣。雖緩追逸賊，而其存者幾何，故曰於斯時也，雖聖人亦殺之而已矣。然而聖人固不使至此也。

《公羊傳》曰：“母欲立之，己殺之，如勿與而已矣。”而又區區於當國内外之言，是何思之不遠也。《左氏》以爲段不弟，故不稱弟，如二君故曰克，稱鄭伯譏失教，求聖人之意，若《左氏》可以有取焉。

論鄭伯以璧假許田（桓元年）

鄭伯以璧假許田，先儒之論多矣，而未得其正也。先儒皆知夫《春秋》立法之嚴，而不知其甚寬且恕也；皆知其譏不義，而不知其譏不義之所由起也。

鄭伯以璧假許田者，譏隱而不譏桓也。始其謀以周公之許田而易泰山之祊者，誰也？受泰山之祊而入之者，誰也？隱既已與人謀而易之，又受泰山之祊而入之，然則爲桓公者，不亦難乎！夫子知桓公之無以辭於鄭也，故譏隱而不譏桓。何以言之？《隱・八年》書曰“鄭伯使宛來歸祊”；又曰“庚寅，我入祊”。入祊云者，見魯之果入泰山之祊也。則是隱公之罪既成而不可變矣，故《桓・元年》書曰“鄭伯以璧假許田”而已。夫許田之入鄭，猶祊之入魯也。書魯之入祊，而不書鄭之入許田，是不可以不求其説也。“鄭伯使宛來歸祊”“庚寅我入祊”，是鄭之業歸，而魯之入之也。“鄭伯以璧假許田”者，見鄭之來請，不見魯之與之也。見鄭之來請而不見魯之與之者，見桓公之無以辭於鄭也。嗚呼！作而不義，使後世無以辭焉，則夫子之罪隱深矣。

夫善觀《春秋》者，觀其意之所向而得之，故雖夫子之復生，而無以易之也。《公羊》曰：“曷爲繫之許？近許也，諱取周田也。”《穀梁》曰：“假不言以，以，非假也。非假而曰假，諱易地也。”《春秋》之所爲諱者三，爲尊者諱故，爲親者諱敗，爲賢者諱過。魯，親者也，非敗之爲諱，而取易之爲諱，是夫子之私魯也。

論取郜大鼎于宋（桓二年）

孔子何爲而作《春秋》哉？舉三代全盛之法，以治僥倖苟且之風，而歸之於至正而已矣。三代之盛時，天子秉至公之義，而制諸侯之予奪，故勇者無所加乎怯，弱者無所畏乎强，匹夫懷璧而千乘之君莫之最取焉。此王道之所由興也。周衰，諸侯相鬬，而强有力者制其予奪，邾、莒、滕、薛之君，惴惴焉保其首領不暇，而齊、晉、秦、楚有吞諸侯之心。孔子慨然嘆曰：“久矣，諸侯之恣行也，後世將有王者作而不遇焉，命也。”故《春秋》之法，皆所以待後世王者之作而舉行之也。鐘鼎龜玉，夫子之所以分諸侯，使諸侯相傳而世守也。

《桓・二年》：“取郜大鼎于宋。戊申，納于太廟。”且夫鼎也，不幸使齊挈而有之，是齊鼎也，是百傳而不易，未可知也。仲尼曰不然。是鼎也，何爲而在魯之太廟？曰，取之宋。宋安得之？曰，取之郜，故書曰郜鼎。郜之得是鼎也，得之天子。宋以不義取之，而又以與魯也。後世有王者作，舉《春秋》之法而行之，魯將歸之宋，宋將歸之郜，而後已也。昔者子路問孔子所以爲政之先？子曰："必也正名乎！"故《春秋》之法，尤謹于正名，至於一鼎之微而不敢忽焉，聖人之用意蓋深如此。

夫以區區之魯無故而得器，是召天下之争也。楚王求鼎于周，王曰："周不愛鼎，恐天下以器仇楚也。"鼎入宋而爲宋，入魯而爲魯，安知夫秦、晉、齊、楚之不動其心哉！故書曰郜鼎，明魯之不得有以塞天下之争也。《穀梁傳》曰："納者，内弗受也。"以爲周公不受也。又曰："號從中國，名從主人。"而《左氏》記臧哀伯之諫。愚於《公羊》有取焉，曰："器從名，地從主人。宋始以不義取之，故謂之郜鼎。至於地之與人則不然，俄而可以爲其有矣。"善乎斯言，吾有取之。

論齊侯衛侯胥命于蒲(桓三年)

荀卿有言曰："《春秋》善胥命。《詩》非屢盟，其心一也。"敢試論之。

謹按《桓・三年》書"齊侯、衛侯胥命于蒲"，説《春秋》者均曰近正。所謂近正者，以其近古之正也。古者相命而信，約言而退，未嘗有歃血之盟也。今二國之君，誠信協同，約言而會，可謂近古之正者已。

何以言之？《春秋》之時，諸侯競騖，争奪日尋，拂違王命，糜爛生聚，前日之和好，後日之戰攻，曾何正之尚也。觀二國之君胥命于蒲，自時厥後，不相侵伐，豈與夫前日之和好、後日之戰攻者班也，故聖人於《春秋》止一書胥命而已。荀卿謂之善者,取諸此也。

然則齊也,衛也,聖人果善之乎?曰,非善也,直譏爾。曷譏爾?譏其非正也。《周禮》大宗伯掌六禮以諸侯見王爲文,乃有春朝、夏宗、秋覲、冬遇、時會、衆同之法,言諸侯非此六禮,罔得逾境而出矣。不識齊、衛之君,以春朝相命而出耶?以夏宗相命而出耶?或以秋覲相命而出耶?以冬遇相命而出耶?或以時會相命而出耶?衆同相命而出耶?非春朝、夏宗、秋覲、冬遇、時會、衆同而出,則私相爲會耳。私相爲會,匹夫之舉也。以匹夫之舉,而謂之正,其可得乎?宜乎聖人大一王之法而誅之也。然而聖人之意,豈獨誅齊、衛之君而已哉,所以正萬世也。荀卿不原聖人書經之法,而徒信傳者之説,以謂"《春秋》善胥命",失之遠矣,且《春秋》二百四十二年間,諸侯之賢者,固亦鮮矣,奚待於齊、衛之君而善其胥命耶?信斯言也,則奸人得以勸也,未嘗聞聖人作《春秋》而勸奸人也。

論禘于太廟用致夫人(僖八年)

甚哉!去聖之久遠,三《傳》紛紛之不同,而莫或折之也。禘於太廟用致夫人。《左氏》曰:"禘而致哀姜,非禮出。凡夫人不薨于寢,不殯于廟,不赴于同,不祔于姑,則弗致也。"《公羊》曰:"夫人何以不氏,則以妾爲妻也。蓋聘于楚而協於齊,媵女之先至者也。"《穀梁》曰:"成風也。言夫人而不言氏姓,非夫人也,立妾之詞,非正也。"

夫人之,我可以不夫人乎?夫人卒葬之,我可以不卒葬之乎?一則以宗廟臨之而後貶焉,一則以外之弗夫人而見正焉。三家之説,《左氏》疏矣。夫人與公,一體也。有曰公曰夫人既葬,公以謚配公,夫人以謚配氏,此其不易之例也。蓋有既葬稱謚,而不稱夫人者矣。天王使宰咺來歸惠公仲子之賵,秦人來歸僖公成風之禭,而未有不稱謚而稱夫人也。《公羊》之説,又非人情,無以信於後世。以齊楚之强,齊能脅魯使以其媵女爲夫人,而楚乃肯安然使其女降爲妾哉?此甚可怪也。且夫成風之爲夫人,非正也。《春秋》以爲非正而不可以廢焉,故與之不足之文而已矣。方其存也,不可以不稱夫人而去其氏,及其没也,不可以不稱謚而去其夫人。皆所以未不足于成風也。況乎禘周公而"周致"焉,則其罪固已不容於貶矣。故《公羊》曰:"用者不宜用者也,致者不宜致者也。禘用致夫人,非禮也。"

論閏月不告朔猶朝于廟(文六年)

《春秋》之文同,其所以爲文異者,君子觀其意之所在而已矣。先儒之"論閏月不告朔"者,牽乎"猶朝於廟"之説而莫能以自解也。《春秋》之所以書"猶"者二:曰如此而猶如此者,甚之之詞也。"辛巳有事于太廟,仲遂卒于垂,壬午猶繹"是也。曰不如此而猶如此者,幸之之詞也。"不郊猶三望閏月""不告朔猶朝於廟"是也。

夫子傷周道之殘缺,而禮樂文章之壞也。故區區焉掇拾其遺亡,以爲其全不可得而見矣,得見一二斯可矣。故書曰"猶朝于廟"者,傷其不告朔而幸其猶朝于廟也。夫子之時,告朔之禮亡矣,而有餼羊者存焉。夫子猶不忍去,以志周公之典,則其朝於廟者,乃不如餼羊之足存歟!《公羊傳》曰:"曷爲不言告朔?天無是月也。"《穀梁傳》曰:"閏月者,附月之餘日也,天子不以告朔而喪事不數也。"而皆曰:"猶者,可以已也。"是以其幸之之詞而甚之之詞，宜其爲此異端之説也。且夫天子諸侯之所爲告朔聽政者，以爲天歟爲民歟？天無是月而民無是月歟？彼其孝子之心，不欲因閏月以廢喪紀，而人君乃欲假此以廢政事歟？

夫周禮樂之衰，豈一日之故？有人焉開其端而莫之禁，故其漸逐至於掃地而不可救。《文・十六年》："夏六月，公四不視朔。"《公羊傳》曰："公有疾也。何言乎公有疾不視朔？自是公無疾不視朔也。"故夫有疾而不視朔者，無疾而不視朔之原也。閏月而不告朔者，常月而不告朔之端也。聖人憂焉，故謹而書之，所以記禮之所由廢也。

《左氏傳》曰："閏以正時，是以作事，事以厚生，生民之道於是乎在。不告閏朔，棄時政也，何以爲民？"而杜預以爲雖朝於廟，則如勿朝，以釋經之所書"猶"之意，是亦曲而不通矣。

【彙評】

王芑孫：閏月闔門掩扉，立於門中，斷無不告朔之禮，《公羊》《穀梁》曲説，駁去極是。

論用郊(成十七年)

先儒之論，或曰魯郊僭也，《春秋》譏焉，非也。魯郊僭也，而《春秋》之所譏者，當其罪也。賜魯以天子之禮樂者，成王也。受天子之禮樂者，伯禽也。《春秋》之譏魯郊也，上則譏成王，次則譏伯禽。成王、伯禽不見於《春秋》，而夫子無所致其譏也。無所致其譏而不譏焉，《春秋》之所以求信天下也。夫以魯而僭天子之郊，其罪惡如此之著也。夫子以爲無所致其譏而不譏焉，則其譏之者，固天下之所用而信之也。

郊之書於《春秋》者，其類有三。書卜郊不從乃免牲者，譏卜常祀而不譏郊也。鼷鼠食郊牛角，郊牛之口傷改卜牛者，譏養牲之不謹而不譏郊也。書四月、五月、九月郊者，譏郊之不時而不譏郊也。非卜常祀、非養牲之不謹、非郊之不時則不書，不書則不譏也。禘於太廟者，爲致夫人而書也。有事於太廟者，爲仲遂卒而書也。《春秋》之書郊者，猶此而已。故曰不譏郊也。

郊祀者，先王之大典，而夫子不得見之于周也。故因魯之所有天子之禮樂，而記郊之變焉耳。《成・十七年》："九月辛丑，用郊。"《公羊傳》曰："用者，不宜用者也，九月非所用郊也。"《穀梁傳》曰："夏之始，猶可以承春。以秋之末，承春之始，蓋不可矣。"且夫郊未有至九月者也。曰"用"者，著其不時之甚也。杜預以爲用郊從史文，或説用然後郊者，皆無取焉。

論會于澶淵宋災故(襄三十年)

春秋之時，忠信之道缺，大國無厭而小國屢叛，朝戰而夕會，夫子蓋厭之矣。觀周之盛時，大宗伯所制朝覲、會同之禮，各有遠近之差，遠不至於疏而相忘，近不至於數而相瀆。春秋之際，何其亂也，故曰春秋之盟，無信盟也，春秋之會，無義會也。雖然，紛紛者，天下皆是也。夫子將譏之，而以爲不可以勝譏之也，故擇其甚者而譏焉。桓二年會于稷，以成宋亂。襄三十年會于澶淵，宋災故。皆以深譏而切責之也。

《春秋》之書會多矣，書其所會而不書其所以會。書其所以會，桓之稷、襄之澶淵而已矣。宋督之亂，諸侯將討之，桓公平之，不義孰甚焉？宋之災，諸侯之大夫會，以謀歸其財，既而無歸，不信孰甚焉？非不義不信之甚，《春秋》之譏不至於此也。

《左氏》之論,得其正矣。

皆諸侯之大夫,而書曰某人某人會于澶淵,宋災故,尤之也。不書魯大夫,諱之也。且夫見鄰國之災,匍匐而救之者,仁人君子之心也。既言而忘之,既約而背之,委巷小人之事也。故書其始之爲君子仁人之心,而後可以見後之爲委巷小人之事。《春秋》之意,蓋明白如此。而《公羊傳》曰:"會未有言其所爲者,此言其所爲何?録伯姬也。"且《春秋》爲女子之不得其所而死,區區焉爲人之死録之,是何夫子之志不廣也!《穀梁》曰:"不言災故,則無以見其爲善;澶淵之會,中國不侵夷狄,夷狄不入中國,無侵伐八年,善之也,晉趙武、楚建之力也。"如《穀梁》之説,宋之盟可謂善矣,其不曰息兵故,何也?嗚呼!《左氏》得其正矣。

論黑肱以濫來奔(昭三十一年)

諸侯之義,守先君之封土,而不敢有失也,守天子之疆界,而不敢有過也。故夫以力而相守,以兵而相侵者,《春秋》之所謂暴君也。侵之雖不以兵,奪之雖不以力,而得之不義者,《春秋》之所謂污君也,鄭伯以璧假許田,晉侯使韓穿來言汶陽之田歸之於齊,此諸侯之以不義而取魯田者也。邾庶其以漆閭丘來奔,莒牟夷以防兹來奔,黑肱以濫來奔,此魯之以不義而取諸侯之田者也。諸侯以不義而取魯田,魯以不義而取侯之田,皆不容於《春秋》者也。

夫子之於庶其、牟夷、黑肱也責之薄,而於魯也罪之深。彼其竊邑叛君爲穿窬之事,市人屠沽且羞言之,而安足以重辱君子之譏哉?夫魯,周公之後,守天子之東藩,招聚小國叛亡之臣，與之爲盗竊之事，孔子非傷而悼痛之，故於三叛之人，具文直書而無隱諱之詞，蓋其罪魯之深也。(**茅鹿門夾**)正論。先儒之説，區區於叛人之過惡，其論固已狹矣。且夫《春秋》豈爲穿窬竊盗之人而作哉？使天下之諸侯，皆莫肯容夫如此之人，而穿窬盗竊之事，將不禁而自絶，此《春秋》之所以用意於其本也。《左氏》曰："或求名而不得，或欲蓋而名彰。書齊豹盗，三叛人名。"而《公羊》之説，最爲疏謬，以爲叔術之後而通濫於天下，故不繫黑肱於邾。嗚呼，誰謂孔子而賢叔術耶？

蓋嘗論之。黑肱之不繫邾也，意其若欒盈於之不繫於晉歟？欒盈既奔齊，而還入曲沃以叛，故書曰"欒盈入於晉"。黑肱或者既絶於邾，而歸竊其邑以叛歟？當時之簡牘既亡，其詳不可得而聞矣。然以類而求之，或亦然歟？《穀梁》曰："不言邾，别乎邾也；不言濫子，非天子之所封也。"此尤迂闊而不可用矣。

論春秋變周之文(何休解)

三家之傳，迂誕奇怪之説，《公羊》爲多，而何休又從而附成之。後之言《春秋》者，黜周王魯之學與夫讖緯之書者，皆祖《公羊》。《公羊》無明文，何休因其近似而附成之。愚以爲何休，《公羊》之罪人也。凡所謂《春秋》變周之文從商之質者，皆出於何氏，愚未嘗觀焉。

滕侯、薛侯來朝，齊侯使其弟年來聘。何休曰：質家親親。故先滕侯而加録齊侯之母弟。且夫親親者，周道也。先宗盟而後異姓者，周制也。鄭忽出奔衛。《公羊傳》曰："忽何以名？春秋伯、子、男一也。詞無所貶。"何休曰："商爵三等，春秋變周五等之爵而從焉。"《記》:"諸侯失地名。"而文十二年郕伯來奔,《公羊》亦曰:"何以不名?兄弟詞也。"忽之出奔,其爲失國,豈不甚明,而《春秋》獨無貶焉。雖然,《公羊》何爲而爲此説也?《春秋》未逾年之君皆稱子,而忽獨不然,此《公羊》之所以爲此説也。且《春秋》之書,夫豈一概。衛宣未葬,而嗣子稱侯以出會,書曰"及宋公衛侯燕人戰"。鄭忽外之撫援,内之無黨,一夫作難,奔走無告,鄭人賤之,故赴以名,書曰"顧忽出奔衛"。衛侯未逾年之君也,鄭忽亦未逾年之君也,因其自侯之而侯之,因其自名而名之,皆所以變常而示譏也。且夫以例而求《春秋》者,乃愚儒之事也。孔子行夏之時,乘殷之輅,服周之冕,又曰"郁郁乎文哉,吾從周"。

由此觀之,夫子皆有取於三代,而周居多焉。况乎采周公之集以作《春秋》,而曰變周之文者,吾不信也。

卷四十二

論十首

宋襄公論

（茅鹿門旁）千古隻眼之論，自正當。

魯僖公二十二年冬十一月一日，己巳，朔，宋公及楚人戰于泓，宋師敗績。

蘇子曰：《春秋》書戰，未有若此之嚴而盡也。宋公，天子之上公。宋，先代之後，于周爲客，天子有事膰焉，有喪拜焉，非列國諸侯之所敢敵也。而曰"及楚人戰于泓"，楚，夷狄之國，人微者之稱。以天子之上公，而當夷狄之微者，至於敗績，宋公之罪，蓋可見矣。而《公羊傳》以爲文王之戰不過此，學者疑焉。故不可以不辯。

宋襄公非獨行仁義而不終者也。以不仁之資，盜仁者之名爾。齊宣有牽牛而過堂下者，曰："牛何之？"曰："將以釁鐘。"王曰："舍之，吾不忍其觳觫，若無罪而就死地。"夫舍一牛，於德未有所損益者，而孟子與之以王。所謂以不忍人之心，行不忍人之政，三代之所共也。而宋襄公執鄫子用於次睢之社，君子殺一牛猶不忍，而宋公戕一國君若犬豕然，（茅鹿門夾）應不仁之意。此而忍爲之，天下孰有不忍者耶！泓之役，身敗國衄，乃欲以不重傷、不禽二毛欺諸侯。（**茅鹿門夾**）應盜仁者之名。人能紾其兄之臂以取食，而能忍飢於壺餐者，天下知其不情也。襄公能忍於鄫子，而不忍於重傷二毛，此豈可謂其情也哉？桓文之師，存亡繼絶，猶不齒于仲尼之門，況用人於夷鬼以求霸，而謂王者之師可乎？（**茅鹿門夾**）應文王之戰不過是。使鄫子有罪而討之，雖聲于諸侯而戮於社，天下不以爲過。若以喜怒興師，則秦穆公獲晉侯，且猶釋之，而況敢用諸淫昏之鬼乎？

以愚觀之，宋襄公、王莽之流，（**茅鹿門夾**）入得好。襄公以諸侯爲可以名得，王莽以天下爲可以文取也。其得喪小大不同，其不能欺天下則同也。其不鼓不成列，不能損襄公之虐。其抱孺子而泣，不能蓋王莽之篡。使莽無成則宋襄公。使襄公之得志，亦一莽也。

古人有言："圖王不成，其弊猶足以霸。"襄公行王者之師，猶足以當桓公之師，一戰之餘，救死扶傷不暇。此獨妄庸耳。齊桓、晉文得管仲、子犯而興，襄公有一子魚不能用，豈可同日而語哉？自古失道之君，如是者多矣，死而論定。未有如宋襄公之欺於後世者也。

【彙評】

儲欣：宋襄舉動煩擾，雖得天下，不能一朝居也，的與王莽一轍。然吾謂五霸列宋襄，此相傳之謬説，其實非也。五霸若並前世言之，周止有二焉，齊桓、晉文而已。若據《孟子》書，專指春秋，亦二百四十年間，自有五霸，與襄無與也。蓋自同盟幽，而齊霸戰城濮，而晉伯封殽尸，而秦霸殺陳夏徵舒，而楚霸三駕。楚九合諸侯，而曽復霸。然則所謂五霸者，齊桓晉文也，秦穆楚莊也，晉悼也，宋襄何有哉？坡公謂其盜仁者之名，吾謂其盜伯者之名，不可以不辨矣。

王芑孫:東坡諸論,筆力極强,初不害理,遠勝子厚少年之作。子厚筆力更强,而害理特甚。

秦始皇帝論

(**李卓吾旁**)亦通。(**茅鹿門旁**)賈誼"過秦",在於失攻守之勢;子瞻"過秦",在於破壞先王之法。

昔者生民之初,不知所以養生之具,擊搏挽裂與禽獸争一旦之命,惴惴焉朝不謀夕,憂死之不給,是故巧詐不生,而民無知。然聖人惡其無别,而憂其無以生也,是以作爲器用、耒耜、弓矢、舟車、網罟之類,莫不備至,使民樂生便利,役御萬物而適其情,而民始有以極其口腹耳目之欲。(**吕留良夾**)一層。器利用便而巧詐生,求得欲從而心志廣,聖人又憂其桀猾變詐而難治也,是故制禮以反其初。(**吕留良夾**)兩層。此意尤重。禮者,所以反大復始也。

聖人非不知箕踞而坐,不揖而食便於人情,而適於四體之安也。(**吕留良夾**)跌宕。將必使之習爲迂闊難行之節,寬衣博帶,佩玉履舄,所以回翔容與而不可以馳驟。(**茅鹿門眉**)序得錯綜而古。上自朝廷,而下至於民,其所以視聽其耳目者,莫不近於迂闊。其衣以黼黻文章,其食以籩豆簠簋,其耕以井田,其進取選舉以學校,其治民以諸侯,嫁娶死喪莫不有法,嚴之以鬼神,而重之以四時,所以使民自尊而不輕爲奸。(**吕留良夾**)"尊"字好。故曰:禮之近於人情者,非其至也。周公、孔子所以區區於升降揖讓之間,丁寧反復而不敢失墜者,世俗之所謂迂闊,而不知夫聖人之權固在於此也。

自五帝三代相承而不敢破，（**吕留良夾**）不敢好□，秦則敢矣。至秦有天下，始皇帝以詐力而併諸侯，自以爲智術之有餘，而禹、湯、文、武之不知出此也。於是廢諸侯、破井田，凡所以治天下者，一切出於便利，（**茅鹿門眉**）“便利”二字，不盡罪案。而不恥於無禮，決壞聖人之藩墻，而以利器明示天下。（**吕留良夾**）罪案。故自秦以來，天下惟知所以救生避死之具，而以禮者爲無用贅疣之物。何者？其意以爲生之無事乎禮也。苟生之無事乎禮，則凡可以得生者無所不爲矣。嗚呼！此秦之禍，所以至今而未息歟！（**茅鹿門夾**）千古隻眼之論。

昔者始有書契，以科斗爲文，而其後始有規矩摹畫之迹，蓋今所謂大小篆者。（**唐荆川眉**）取一小事作證。至秦而更以隸，其後日以變革，貴於速成，而從其易。又創爲紙以易簡策。是以天下簿書符檄，繁多委壓，而吏不能究，奸人有以措其手足。如使今世而尚用古之篆書簡策，則雖欲繁多，其勢無由。由此觀之，則凡所以便利天下者，是開詐僞之端也。（**吕留良夾**）警策。嗟乎！秦既不可及矣。苟後之君子欲治天下，而惟便利之求，則是引民而日趨於詐也，悲夫！

【彙評】

錢牧齋：此等文皆從經術來，人但知子固之深於經術，而不知子瞻之經術尤渾化而無迹也。

吕留良：篇中指出“禮”字，而以禮爲聖人之權，禮字顯權字隱，此是蘇氏父子見識，其文實雄健而暢。

儲欣：迂闊，非所以爲訓也。前代聖人因時制宜，本不迂闊也，必以迂闊爲訓，則彼不近人情者，適足開詐僞之端耳，安在一切便易，然後引天下而日趍於詐乎？觀安石亂天下自見。

沈欽韓:約選取一不取此。

王芑孫:有識之言,後來有驗。

漢高帝論

(**茅鹿門旁**)議論正勝老泉。

有進説於君者,因其君之資而爲之説,則用力寡矣。(**茅鹿門夾**)冒子。人唯好善而求名,是故仁義可以誘而進,不義可以劫而退。若漢高帝起於草莽之中,徒手奮呼而得天下,彼知天下之利害與兵之勝負而已,安知所謂仁義者哉!觀其天資,固亦有合於仁義者,而不喜仁義之説,此如小人終日爲不義,而至以不義説之,則亦怫然而怒。(**茅鹿門夾**)透。故當時之善説者,未嘗敢言仁義與三代禮樂之教,亦惟曰如此而爲利,如此而爲害,如此而可,如此而不可,然後高帝擇其利與可者而從之,蓋亦未嘗遲疑。(**茅鹿門夾**)貼骨深入。

天下既平,以愛故欲易太子,大臣叔孫通、周昌之徒力争之,不能得,用留侯計僅得之。(**茅鹿門眉**)前已立柱子,後分斷。蓋讀其書至此,未嘗不太息以爲高帝最易曉者,苟有以當其心,彼無所不從,盍亦告之?以吕后太子從帝起於布衣,以至於定天下,天下望以爲君,雖不肖,而大臣心欲之,如百歲後,誰肯北面事戚姬子乎?所謂愛之者,只以禍之。(**茅鹿門夾**)藏。嗟夫!無有以奚齊、卓子之所以死爲高帝言者歟?(**茅鹿門眉**)此段真當時廷臣之所少。叔孫通之徒,不足以知天下之大計,獨有廢嫡立庶之説,而欲持此以劫之,此固高帝之所輕爲也。(**茅鹿門夾**)結叔孫通、周昌。人固有所不平,使如意爲天子,惠帝爲臣,絳灌之徒，圜視而起，如意安得而有之，孰與其全安而不失爲王之利也？（**茅鹿門夾**）露。如意之爲王，而不免於死，則亦高帝之過矣。（**茅鹿門夾**）説倒。不少抑遠之，以泄吕后不平之氣，而又厚封焉，其爲計不已疏乎？

或曰：吕后强悍，高帝恐其爲變，故欲立趙王。此又不然。（**茅鹿門夾**）陡然出此一段。自高帝之時而言之，計吕后之年，當死於惠帝之手。吕后雖悍，亦不忍奪之其子以與侄。惠帝既死，而吕后始有邪謀，此出於無聊耳，而高帝安得逆知之！（**茅鹿門夾**）洞見肺肝。

且夫事君者，不能使其心知其所以然而樂從吾説，而欲以勢奪之，亦已危矣。（**茅鹿門夾**）不覺又提前話。如留侯之計，高帝顧戚姬悲歌而不忍，特以其勢不得不從，是以猶欲區區爲趙王計，使周昌相之，此其心猶未悟，以爲一强項之周昌，足以抗吕氏而捍趙王，不知周昌激其怒，而速之死耳。（**茅鹿門眉**）結留侯，見留侯之計，僅得而未善也。古之善原人情而深識天下之勢者，無如高帝，然至此而惑，亦無有以告之者。悲夫！

【彙評】

茅鹿門：以高帝之英雄，而群臣不能争其如意之欲立；以武帝之奇氣，而廷臣不能明其太子之被讒。威爽之過也。○老泉論高帝，與其能用平、勃。子瞻論高帝，病其易太子而不能保趙王如意。皆非所以論帝王王天下之大端也。高帝起布衣，以五年而定天下，可謂雄矣。特其大封同姓，而病於疏；誅戮群臣，而病於猜；寵嬖後宫，而病於無制。當其在位之時，反者吹蝟毛而起，而身没未幾，漢業幾殆。而陵夷至於文、景，天下猶鞅掌而不安，由其不能講求先王經制之法故也。

魏武帝論

（茅鹿門旁）行文似從《戰國策》來，浸淫之以自家本色，故多嫋娜綽約處。

世之所謂智者，知天下之利害，而審乎計之得失，如斯而已矣。此其爲智猶有所窮。唯見天下之利而爲之，唯其害而不爲，則是有時而窮焉，亦不能盡天下之利。古之所謂大智者，知天下利害得失之計，而權之以人。是故有所犯天下之至危，而卒以成大功者，此以其人權之，輕敵者敗，重敵者無成功。何者？天下未嘗有百全之利也，舉事而待其百全，則必有所格，是故知吾之所以勝人，而人不知其所以勝我者，天下莫能敵之。

昔者晉荀息知虢公必不能用宫之奇，齊鮑叔知魯君必不能用施伯，薛公知黥布必不出於上策，此三者，皆危道也，而直犯之，彼不知用其所長，又不知出吾之所忌，是故可以冒害而就利。（茅鹿門眉）善料人商鞅知衛侯之不用，而亦知衛侯之不殺亦此類。自三代之亡，天下以詐力相併，其道術政教無以相過，而能者得之。（茅鹿門夾）入題。當漢氏之衰，豪傑並起而圖天下，二袁、董、吕，争爲强暴，而孫權、劉備，又已區區於一隅，其用兵制勝，固不足以敵曹氏，然天下終於分裂，訖魏之世，而不能一。蓋嘗試論之。

魏武長於料事，而不長於料人。（茅鹿門夾）提。是故有所重發而喪其功，有所輕爲而至於敗。（茅鹿門眉）論魏武事，首尾甚整。劉備有蓋世之才，而無應卒之機。（茅鹿門夾）分應。方其新破劉璋，蜀人未附，一日而四五驚，斬之不能禁。釋此時不取，而其後遂至於不敢加兵者終其身。孫權勇而有謀，此不可以聲勢恐喝取也。魏武不用中原之長,而與之争於舟楫之間,一日一夜,行三百里以争利。犯此二敗以攻孫權,是以喪師於赤壁,以成吴之强。且夫劉備可以急取,而不可以緩圖。(**茅鹿門夾**)翻。(**儲欣夾**)申説。方其危疑之間,卷甲而趨之,雖兵法之所忌,可以得志。孫權者,可以計取,而不可以勢破也,而欲以荆州新附之卒,乘勝而取之。彼非不知其難,特欲僥倖於權之不敢抗也。此用之於新造之蜀,乃可以逞。故夫魏武重發於劉備而喪其功,輕爲於孫權而至於敗。此不亦長於料事而不長於料人之過歟?(**茅鹿門夾**)結盡。

嗟夫!事之利害,計之得失,天下之能者舉知之,知之而不能權之以人,則亦紛紛焉或勝或負,争爲雄强,而未見其能一也。

【彙評】

茅鹿門:古之起自匹夫行伍而取天下者,蓋必其身有定天下之略,而非沾沾以割據四方爲謀者,漢、唐、宋是也。魏武帝雖稱奸雄,其始也,輒以傾漢室而代之爲謀,故其劫天子、誅强國,並創業割據,而二袁、吕布非其敵者,爲其所屏耳。宗之雄如備,藩之傑起如權,其能爲之下乎?使魏武力奬王室,以身下備與權,則漢之桓、靈之業未必不復振,而魏武且爲元勳也。其去三分天下,僅三世而亡,相去豈特尺寸哉?

儲欣:長江天險,仲謀賢主,諸賢輔之,雖有中原之長,亦窮於無所用,奈何咎其不用哉?論蜀事則當矣。

伊尹論

(**吕雅山眉**)通篇過度處圓活流轉,真是角宣徵應,不期然而然。

(錢文登眉)轉折處筆力高。(茅鹿門旁)讀此而後可以身自信於天下,而成不躓之功,而行文斷續不羈。

辨天下之大事者,有天下之大節者也。(高啓夾)冒頭。立天下之大節者,狹天下者也。夫以天下之大而不足以動其心,則天下之大節有不足立,而大事有不足辨者矣。(茅鹿門夾)議論柱子。(吕留良夾)此下發明"狹天下"意,乃借"匹夫匹婦"之至小者以形之,自此至"所居之卑",只是一意,而層疊萬變。

今夫匹夫匹婦皆知潔廉忠信之爲美也,使其果潔廉而忠信,則其智慮未始不如王公大人之能也。惟其所争者,止於簞食豆羹,而簞食豆羹足以動其心,則宜其智慮之不出乎此也。(唐荆川眉)將小形大,便自特然。(王翰夾)即小以推大。簞食豆羹,非其道不取,則一鄉之人,莫敢以不正犯之矣。(吕留良夾)照立大節。一鄉之人,莫敢以不正犯之,而不能辨一鄉之事者,未之有也。(吕留良夾)照辨大事。(陳眉公眉)文勢有建瓴之勢,有貫珠之法。推此而上,其不取者愈大,則其所辨者愈遠矣。(吕留良夾)轉關處。讓天下與讓簞食豆羹,無以異也。治天下與治一鄉,亦無以異也。(王翰夾)此又將大例小。然而不能者,有所蔽也。(吕留良夾)以下"所居之卑"意且未言盡,先將"蔽"字作一影下邊,更是一段洗發,文勢便深厚曲折。(李九我眉)"有所蔽"三字下得警醒。天下之富,是簞食豆羹之積也。天下之大,是一鄉之推也。非千金之子,不能運千金之資。販夫販婦得一金而不知其所措,非智不若,所居之卑也。(高啓夾)議論根子。(錢東湖眉)是正意説而不盡,留在後重發。

孟子曰:"伊尹耕於有莘之野,非其道也,非其義也,雖禄之天下,弗受也。"(高啓夾)狹天下。夫天下不能動其心,是故其才全。以其全才而制天下，是故臨大事而不亂。（**吕留良夾**）數句是一篇斷案之正面。（**高啓夾**）辨大事。古之君子，（**唐荆川夾**）拓開。必有高世之行，非苟求爲異而已。（**唐荆川夾**）斷。卿相之位，千金之富，有所不屑，將以自廣其心，使窮達利害不能爲之芥蒂，以全其才，而欲有所爲耳。（**吕留良夾**）伏下"素"字意。後之君子，蓋亦嘗有其志矣。（**高啓眉**）點一"志"字生波瀾。得失亂其中，而榮辱奪其外，是以役役至於老死而不暇，亦足悲矣。（**錢文登眉**）以古今人一正一反來照伊尹，議論不凡。（**儲欣眉**）忽作寬論，非寬也，正一篇吃緊處。孔子叙書至於舜、禹、皋陶相讓之際，蓋未嘗不太息也。（**高啓夾**）波瀾。（**陳眉公眉**）引"舜、禹、皋陶相讓"來形容大節，何等醒露。（**吕留良夾**）此正是伊尹此例，又開一層。夫以朝廷之尊，而行匹夫之讓，孔子安取哉？取其不汲汲于富貴，有以大服天下之心焉耳。

夫太甲之廢，天下未嘗有是，而伊尹始行之，天下不以爲驚。（**茅鹿門夾**）忽收入題。以臣放君，天下不以爲僭。既放而復立，太甲不以爲專。（**唐荆川夾**）續。（**茅鹿門夾**）到此纔入伊尹。（**茅鹿門眉**）荆川批"斷、續"兩字，是文家血脈三昧處，非荆川不能道。何則？其素所不屑者，足以取信於天下也。（**儲欣夾**）歸宿。（**吕留良夾**）通篇意一句收盡。彼其視天下眇然不足以動其心，而豈忍以廢放其君求利也哉？（**吕留良夾**）就上意一反跌更醒豁。（**茅鹿門夾**）千古確論。後之君子，蹈常而習故，惴惴焉懼不免於天下，一爲希闊之行，則天下群起而誚之。（**錢文登眉**）重發正意，前統有守，然後有爲。此説有爲者，惟其有守，是一順一倒文法。不知求其素，而以爲古今之變時有所不可者，亦已過矣夫。（**高啓夾**）詠嘆結之。

【彙評】

邵二泉:自《孟子》議論變化來,根蒂之所以胎伏,波瀾之所以神馳者,極有獨得之妙。

李九我:一篇主意在辨事,原於立節,立節原於廉,盡有原委。○論伊尹者,當以"節"字概其品。

吕留良:"斷""續"二字,文家妙訣。荆川但就此指點耳。是論體最正,勢最變。初學熟復於此,行文自能曲折盡意。○非其道,非其義,禄之以天下弗受,《孟子》所重在"道義"兩字。東坡但云"狹天下",伊尹之弗受也。只是道義當如此,東坡却云"將以全其才,而欲有所爲",皆其學術駁雜所在。

儲欣:闡發《孟子》意,一縱一横。

王芑孫:此即東坡自家一生得力處,以此得無量苦惱,亦以是得無量自在。

周公論

(**茅鹿門旁**)辨。

論周公者多異説,何也?周公居禮之變,而處聖人之不幸,宜乎説者之異也。凡周公之所爲,亦不得已而已矣。若得已而不已,則周公安得而爲之?成王幼不能爲政,周公執其權,以王命賞罰天下,是周公不得已者,如此而已。

今儒者曰:周公踐天子之位,稱王而朝諸侯。(**茅鹿門夾**)主。(**唐荆川眉**)周公不稱王之證。則是豈不可以已耶?《書》曰:"周公位冢宰,正百工。群叔流言。"又曰:"召公爲保,周公爲師,相成王,爲左右。召公不説。"又曰"周公曰""王若曰",則是周公未嘗踐天子之位而稱王也。周公稱王，則成王宜何稱？將亦稱王耶？將不稱耶？不稱，則是廢也。稱王，則是二王也。而周公將何以安之？孔子曰："必也正名乎！"儒者之患，患在於名實之不正。故亦有以文王爲稱王者，是以聖人爲後世之僭君急於爲王者也。（**茅鹿門夾**）客。天下雖亂，有王者在，而己自王，雖聖人不能以服天下。昔高帝擊滅項籍，統一四海，諸侯大臣，相率而帝之，然且辭以不德。惟陳勝、吴廣，乃囂囂乎急於自王。而謂文王亦爲之耶？武王伐商，師渡孟津，會於牧野，其所以稱先君之命命於諸侯者，蓋猶曰文考而已。至於武成，既以柴望告天，百工奔走，受命於周，而後其稱曰"我文考文王，克成厥勳"。由此觀之，則是武王不敢一日妄尊其先君，而況于文王之自王乎？《詩》曰："虞芮質厥成，文王蹶厥生。"是亦追稱而已矣。（**茅鹿門眉**）武王追稱之，文王不自稱也。（**唐荆川眉**）文王不稱王之證。《史記》曰："姬乎采芑，歸乎田成子。"夫田常之時，安知其爲成子而稱之！故凡以文王、周公爲稱王者，皆過也。（**茅鹿門夾**）忽然而合。是資後世之簒君而爲藉之也。

陳賈問於孟子曰："周公使管叔監商，管叔以商叛。知而使之，是不仁，不知是不智。"孟子曰："周公，弟也；管叔，兄也。周公之過，不亦宜乎！"從孟子之説，則是周公未免於有過也。（**茅鹿門夾**）兩截。夫管、蔡之叛，非逆也，是其智不足以深知周公而已矣。周公之誅，非疾之也，其勢不得不誅也。故管、蔡非所謂大惡也。兄弟之親，而非有大惡，則其道不得不封。管、蔡之封，武王之世也。武王之世，未知有周公、成王之事。苟無周公、成王之事，則管、蔡何從而叛？周公何從而誅之？故曰：周公居禮之變，而處聖人之不幸也。（**唐荆川眉**）暗連前事，藕中一絲。

管仲論

(**茅鹿門旁**)蘇公以繁而曲爲守,以簡而直爲决勝,未盡兵之情。

嘗讀《周官》《司馬法》,得軍旅什伍之數。其後讀管夷吾書,又得《管子》所以變周之制。蓋王者之兵,出於不得已,而非以求勝敵也。故其爲法,要以不可敗而已。至於桓文,非决勝無以定霸,故其法在必勝。繁而曲者,所以爲不可敗也;簡而直者,所以爲必勝也。(**鍾惺眉**)不獨用兵,處事之道皆然。(**茅鹿門夾**)提。

周之制,萬二千五百人而爲軍。萬之有二千,二千之有五百,其數奇而不齊,唯其奇而不齊,是以知其所以爲繁且曲也。今夫天度三百六十,均之十二辰,辰得三十者,此其正也。五日四分之一者,此其奇也。使天度而無奇,則千載之日,雖婦人孺子,皆可以坐而計。唯其奇而不齊,是故巧曆有所不能盡也。聖人知其然,故爲之章、會、統、元以盡其數,以極其變。

《司馬法》曰:"五人爲伍,五伍爲兩,萬二千五百人而爲隊,二百五十,十取三焉而爲奇,其餘七以爲正,四奇四正,而八陣生焉。"夫以萬二千五百人而均之八陣之中,宜其有奇而不齊者,是以多爲之曲折,以盡其數,以極其變。鈎聯蟠踞,各有條理。故三代之興,治其兵農軍賦,皆數十百年而後得志於天下。自周之亡,秦、漢陣法不復三代。其後諸葛孔明,獨識其遺制,以爲可用以取天下,然相持數歲,魏人不敢决戰,而孔明亦卒無尺寸之功。豈八陣者,先王所以爲不可敗,而非以逐利争勝者耶!(**鍾惺夾**)透悟。(**茅鹿門夾**)證佐。

若夫管仲之制其兵,可謂截然而易曉矣。(**鍾惺夾**)又轉入管仲,是古文接法。三分其國,以爲三軍。五人爲軌,軌有長。十軌爲里,里有司。四里爲連,連有長。十連爲鄉,鄉有鄉良人。三鄉一帥,萬人而爲一軍。公將其一,高子、國子將其二。三軍三萬人。如貫繩,如畫棋局,疏暢洞達,雖有智者無所施其巧。故其法令簡一,而民有餘力以致其死。

昔者嘗讀《左氏春秋》,以爲丘明最好兵法。(**茅鹿門夾**)無中生有。蓋三代之制,至於列國猶有存者,以區區之鄭,而魚麗鵝鸛之陣,見於其書。及至管仲相桓公,南伐楚,北伐孤竹,九合諸侯,威震天下,而其軍壘陣法,不少概見者,何哉?蓋管仲欲以歲月服天下,故變古司馬法而爲是簡略速勝之兵,是以莫得而見其法也。(**鍾惺眉**)李廣不擊刁斗,士卒樂用,或亦暗合管子之意。其後吴、晉争長於黄池,王孫雒教夫差以三萬人壓晉壘而陣,百人爲行,百行爲陣,陣皆徹行,無有隱蔽,援枹而鼓之,勇怯盡應,三軍皆嘩,晉師大駭,卒以得志。

由此觀之,不簡而直,不可以決勝。深惟後世不達繁簡之宜,以取敗亡。而三代什伍之數,與管子所以治齊之兵者,雖不可盡用;而其近於繁而曲者,以之固守,近於簡而直者,以之決戰,則庶乎其不可敗,而有所必勝矣。

【彙評】

鍾惺:作經製文,看得要領透,則下筆自然省力省辭,拈定不可敗與必勝二義寫來,不患不滔滔。〇雷何思先生云:子瞻善讀書,自“作内政寄軍令”中看來,武侯將略,非其所長,豈太公望亦其繁而曲者邪?繁而曲者,周所載以守天下者也。〇立法爲萬世計者,先王之心也。必不能萬世無敝者,法也,法不能萬世無敝,故常留其餘,以待後人之變。事事皆然,而兵制尤甚。彼謂唐府兵之必不爲彍騎,彍騎之必不爲藩鎮者,拘儒不知變之過也，顧用之何如耳？

士燮論

（**茅鹿門旁**）論用兵之勝而敗之處，反復痛快。長公蓋亦鑒於當時熙河之役，故云。

料敵勢强弱，而知師之勝負，此將帥之能也。不求一時之功，愛君以德，而全其宗嗣，此社稷之臣也。

鄢陵之役，楚晨壓晉師而陳。諸將請從之，范文子獨不欲戰，晉卒敗楚，楚子傷目，子反殞命。范文子疑若懦而無謀者矣。然不及一年，三郤誅，厲公弒，胥童死，欒書、中行偃幾不免於禍，晉國大亂。鄢陵之功，實使之然也。

有非常之人，然後有非常之功。非常之功，聖人所甚懼也。夜光之珠，明月之璧，無因而至前，匹夫猶或按劍，而况非常之功乎！故聖人必自反曰：此天之所以厚於我乎，抑天之禍余也？故雖有大功，而不忘戒懼。中常之主，鋭於立事，忽於天戒，日尋干戈而殘民以逞，天欲全之，則必折其萌芽，挫其鋒芒，使其知所悔。天欲亡之，以美利誘之以得志，使之有功以驕士，玩於寇讎，而侮其民人，至於亡國殺身而不悟者，天絶之也。（**茅鹿門夾**）隻眼之論。嗚呼！小民之家，一朝而獲千金，非有大福，必有大咎。何則？彼之所獲者，終日勤勞，不過數金耳。所得者微，故所用者狹。（**茅鹿門夾**）曲而透。無故而得千金，豈不驕其志而喪其所守哉？

由是言之，有天下者，得之艱難，則失之不易。得之既易，則失之亦然。（**茅鹿門夾**）總一斷。漢高皇帝之得天下，親冒矢石與秦、楚争，轉戰五年，未嘗得志。既定天下，復有平城之圍。故終其身不事遠略，民亦不勞。繼之文、景不言兵。唐太宗舉晉陽之師，破竇建德，虜王世充，所過者下，易於破竹。然天下始定，外攘四夷，伐高昌，破突厥，終其身師旅不解，幾至於亂者，以其親見取天下之易也。

故兵之勝負，不足以爲國之强弱，而足以爲治亂之兆。蓋有戰勝而亡，有敗而興者矣。（**茅鹿門夾**）又拓開説。會稽之棲，而勾踐以霸。黄池之會，而夫差以亡。有以使之也夫。昔虢公敗戎於桑田，晉卜偃知其必亡，曰：“是天奪之鑒而益其疾也。”晉果滅虢。此范文子所以不得不諫。（**茅鹿門夾**）又接入范文子，無痕。諫而不納，而又有功，敢逃其死哉！使其不死，則厲公逞志，必先圖於范氏，趙盾之事可見矣。趙盾雖免於死，而不免於惡名，則范文子之智，過於趙宣子也遠矣。（**茅鹿門夾**）就一轉作結。

孫武論上

（**茅鹿門旁**）行文好，而未中孫武之病。

古之善言兵者，無出於孫子矣。利害之相權，奇正之相生，戰守攻圍之法，蓋以百數，雖欲加之而不知所以加之矣。然其所短者，智有餘而未知其所以有智，此豈非其所大闕歟？（**吕東萊眉**）先説用智之難。智一用則三患皆至，惟出於三患之外方可用。即聖人之事可見，而或者之言不足信。（**高啓眉**）按東萊批詞即是一篇段落。

夫兵無常形，而逆爲之形，勝無常處，而多爲之地。是以其説屢變而不同,縱横委曲,期於避害而就利,雜然舉之,而聽用者之自擇也。(**鍾惺夾**)透。(**王淩川眉**)無常形、無常處,正是兵家示人以難測處。是故不難於用,而難於擇。擇之爲難者,何也?鋭於西而忘於東,見其利而不見其所窮,得其一説,而不知其又有一説也。(**鍾惺夾**)快甚。此豈非用智之難歟?

夫智本非所以教人,以智而教人者,是君子之急於有功也。(**鍾惺夾**)名言。(**高啓夾**)此下極可觀,而於責備孫武未當。(**錢文登眉**)隱下"詐"字,古文不拘泥如此。變詐汩其外,而無守於其中,則是五尺童子皆欲爲之,使人勇而不自知,貪而不顧,以陷於難,則有之矣。深山大澤,有天地之寶,無意於寶者得之。操舟於河,舟之逆順,與水之曲折,忘於水者見之。(**鍾惺眉**)杜工部詩所謂"不貪夜識金銀氣",正此二句意。(**高啓夾**)不覺轉過。(**茅鹿門眉**)近禪機。是故惟天下之至廉爲能貪,惟天下之至静爲能勇,惟天下之至信爲能詐。何者?不役於利也。夫不役於利,則其見之也明。見之也明,則其發之也果。(**吕雅山眉**)不役於利乃可以用智,此議論甚高,善駕馭孫子。(**高啓夾**)似有道之言。

古之善用兵者,見其害而後見其利,見其敗而後見其成。其心閑而無事,是以若此明也。(**李卓吾眉**)利害倚伏,成敗相生,惟不用智,所以有成。不然,兵未交而先志於得,則將臨事而惑,雖有大利,尚安得而見之!若夫聖人則不然。(**高啓夾**)"不然"兩字,只承上四句來。居天下於貪,而自居於廉,故天下之貪者,皆可得而用。居天下於勇,而自居於静,故天下之勇者,皆可得而役。居天下於詐,而自居於信,故天下之詐者,皆可得而使。天下之人欲有功於此,而即以此自居,則功不可得而成。是故君子居晦以御明,則明者畢見;居陰以御陽,則陽者畢赴。夫然後孫子之智,可得而用也。(**高啓眉**)應轉前段"不役於利",甚有原委。

《易》曰:"介於石,不終日。貞吉。"君子方其未發也,介然如石之堅,若將終身焉者;及其發也,不終日而作。故曰:不役於利,則其見之也明。見之也明,則其發之也果。今夫世俗之論則不然,曰:"兵者,詭道也。非貪無以取,非勇無以得,非詐無以成。廉静而信者,無用於兵者也。"嗟夫,世俗之説行,則天下紛紛乎如鳥獸之相搏,嬰兒之相擊,强者傷,弱者廢,而天下之亂何從而已乎!(**高啓眉**)結語説世俗之論,未足憑,灑脱可愛。

【彙評】

錢文登:孫武之書,教人貪、勇、詐者也,此不過智術之私耳。智有餘而未知所以用其智,則其智必有時而窮。善用智者,其惟天下之至廉、至信、至静如聖人者乎?立意高且筆極流利。

鍾惺:論一人必身處一人之前,論一事必眼出一事之外,如子瞻此等文是也。

孫武論下

(**茅鹿門旁**)此篇是借題説自家議論。(**唐荆川眉**)借題説自家意思。(**錢文登眉**)兩扇平説,意自錯綜。

夫武,戰國之將也,知爲吴慮而已矣。是故以將用之則可,以君用之則不可。(**茅鹿門夾**)意奇。今其書十三篇,小至部曲營壘、芻糧器械之間,而大不過於攻城拔國用間之際,蓋亦盡於此矣。天子之兵,大下之勢,武未及也。

其書曰:"將能而君不御者勝。"爲君而言者,有此而已。(**茅鹿門眉**)總提後分解。竊以爲天子之兵,莫大於御將。天下之勢,莫大於使天下樂戰而不好戰。夫天下之患，不在於寇賊，亦不在於敵國，患在於將帥之不力，而以寇賊敵國之勢内邀其君。是故將帥多，而敵國愈强，兵加，而寇賊愈堅。敵國愈强，而寇賊愈堅，則將帥之權愈重。將帥之權愈重，則爵賞不得不加。（**唐荆川夾**）唐之藩鎮似此。夫如此，則是盜賊爲君之患，而將帥利之；敵國爲君之仇，而將帥幸之。舉百倍之勢，而立毫芒之功，以藉其口，而邀利於其上，如此而天下不亡者，特有所待耳。（**高啓眉**）天子之兵，莫大於御將。

昔唐之亂，始於明皇。自肅宗復兩京，而不能乘勝並力盡取河北之盜。德宗收潞博，幾定魏地，而不能斬田悅於孤窮之中。至於憲宗，天下略平矣，而其餘孽之存者，終不能盡去。夫唐之所以屢興而終莫之振者，何者？將帥之臣，養寇以自封也。故曰：天子之兵，莫大於御將。（**高啓夾**）先説後收。御將之術，開之以其所利，而授之以其所忌。如良醫之用藥，烏喙蝮蝎，皆得自效於前，而不敢肆其毒。何者？授之以其所畏也。憲宗將討劉辟，以爲非高崇文則莫可用，而劉澭者崇文之所忌也，故告之曰："辟之不克，將澭實汝代。"是以崇文决戰，不旋踵擒劉辟，此天子御將之法也。（**茅鹿門眉**）此御將之術處。

夫使天下樂戰而不好戰者，何也？（**鍾惺夾**）雷何思云，觀此過語大悟，作文之法從《韓非子》來。（**高啓夾**）先提後説。（**高啓眉**）天下之勢，莫大使天下樂戰而不好戰。天下不樂戰，則不可與從事於危；好戰，則不可與從事於安。昔秦人之法，使吏士自爲戰，戰勝而利歸於民，所得於敵者，即以有之。使民之所以養生送死者，非殺敵無由取也。（**茅鹿門夾**）今之土兵亦有似此者。故其民以好戰併天下，而亦以亡。（**鍾惺眉**）雷何思云，古人藉題目以發議論，讀之可聽。其實秦之亡不關於民之好戰也。子瞻諸論多是如此。

夫始皇雖已墮名城,殺豪傑,銷鋒鏑,而民之好戰之心,囂然其未已也,是故不可與休息而至於亡。

若夫王者之兵,要在於使之知愛其上而仇其敵,使之知其上之所以驅之於戰者,凡皆以爲我也。是以樂其戰而甘其死。(**茅鹿門眉**)此是湯武之兵,即桓文不及矣。至於其戰也,務勝敵而不務得財。其賞也,發公室而行之於廟,使其利不在於殺人。是故其民不志於好戰。夫然後可以作之於安居之中,而休之於争奪之際。可與安,可與危,而不可與亂。此天下之勢也。(**高啓眉**)無結束,别是一體。

【彙評】

儲欣:養寇自封,古今通患,然御將之道尤在擇人,非區區之術所能濟也。

茅鹿門:論孫武而發武之兵書所不及,蓋亦鑒宋御將之無法,而其卒狃於弱而不能戰之故也。

子思論

(**茅鹿門旁**)雖非知思孟之學者,而其文自圓。

昔者夫子之文章,非有意於爲文,是以未嘗立論也。所可得而言者,唯其歸於至當,斯以爲聖人而已矣。夫子之道,可由而不可知,可言而不可議。此其不争爲區區之論,以開是非之端,是以獨得不廢,以與天下後世爲仁義禮樂之主。

夫子既没,諸子之欲爲書以傳於後世者,其意皆存乎爲文,汲汲乎惟恐其汩没而莫吾知也,是故皆喜立論。論立而争起。

自孟子之後，至於荀卿、揚雄，皆務爲相攻之説，其餘不足數者紛紜於天下。

嗟夫！夫子之道，不幸而有老聃、莊周、楊朱、墨翟、田駢、慎到、申不害、韓非之徒，各持其私説以攻乎其外，天下方將惑之，而未知其所適從。奈何其弟子門人，又内自相攻而不決。千載之後，學者愈衆，而夫子之道益晦而不明者，由此之故歟？

昔三子之争，起於孟子。孟子曰："人之性善。"是以荀子曰："人之性惡。"而揚子又曰："人之性，善惡混。"孟子既已據其善，是故荀子不得不出於惡。人之性有善惡而已，二子既已據之，是以揚子亦不得不出於善惡混也。爲論不求其精，而務以爲異於人，則紛紛之説，未可以知其所止。

且夫夫子未嘗言性也，蓋亦嘗言之矣，而未有必然之論也。孟子之所謂性善者，皆出於其師子思之書。子思之書，皆聖人之微言篤論，孟子得之而不善用之，能言其道而不知其所以爲言之名。舉天下之大，而必之以性善之論，昭昭乎自以爲的於天下，使天下之過者，莫不欲援弓射之。故夫二子之爲異論者，皆孟子之過也。

若夫子思之論則不然，曰："夫婦之愚，可以與知焉。及其至也，雖聖人亦有所不知焉。夫婦之不肖，可以能行焉。及其至也，雖聖人亦有所不能焉。"聖人之道，造端乎夫婦之所能行，而極乎聖人之所不能知。造端乎夫婦之所能行，是以天下無不可學。而極乎聖人之所不能知，是以學者不知其所窮。夫如是，則惻隱足以爲仁，而仁不止於惻隱。羞惡足以爲義，而義不止於羞惡。此不亦孟子之所以爲性善之論歟！子思論聖人之道出於天下之所能行，而孟子論天下之人皆可以行聖人之道。此無以異者。而子思取必於聖人之道，孟子取必於天下之人。

(**茅鹿門夾**)發難顯之意。故夫後世之異議皆出於孟子。而子思之論,天下同是而莫或非焉。然後知子思之善爲論也。

【彙評】

唐荆川:借客形主,轉丸於千仞之上。

卷四十三
論十一首

孟軻論

(**茅鹿門旁**)此作似未盡長公平生。

昔者仲尼自衛反魯,網羅三代之舊聞,蓋經禮三百,曲禮三千,終年不能究其説。夫子謂子貢曰:“賜,爾以吾爲多學而識之者歟?非也,予一以貫之。”天下苦其難而莫之能用也,不知夫子之有以貫之也。是故堯、舜、禹、湯、文、武、周公之法度禮樂刑政,與當世之賢人君子百氏之書,百工之技藝,九州之内,四海之外,九夷八蠻之事,荒忽誕謾而不可考者,雜然皆列乎胸中,而有卓然不可亂者,此固有以一之也。(**茅鹿門夾**)兩段。是以博學而不亂,深思而不惑,非天下之至精,其孰能與於此?(**茅鹿門夾**)用此一段全不拘。

蓋嘗求之於六經,至於《詩》與《春秋》之際,而後知聖人之道,始終本末,各有條理。(**茅鹿門夾**)暗接前意。夫王化之本,始於天下之易行。天下固知有父子也,父子不相賊,而足以爲孝矣。天下固知有兄弟也,兄弟不相奪,而足以爲悌矣。孝悌足而王道備,此固非有深遠而難見,勤苦而難行者也。故《詩》之爲教也,使人歌舞佚樂,無所不至,要在於不失正焉而已矣。雖然，聖人固有所甚畏也。一失容者，禮之所由廢也。一失言者，義之所由亡也。君臣之相攘，上下之相殘，天下大亂，未嘗不始於此道。是故《春秋》力争於毫釐之間，而深明乎疑似之際，截然其有所必不可爲也。不觀於《詩》，無以見王道之易。不觀於《春秋》，無以知王政之難。（**茅鹿門夾**）總。自孔子没，諸子各以所聞著書，而皆不得其源流，故其言無有統要，（**茅鹿門夾**）省力。

若孟子，可謂深於《詩》而長於《春秋》者矣。其道始於至粗，而極於至精。充乎天地，放乎四海，而毫釐有所必計。（**茅鹿門夾**）聯前。至寬而不可犯，至密而可樂者，此其中必有所守，而後世或未之見也。且孟子嘗有言矣："人能充其無欲害人之心，而仁不可勝用也。人能充其無欲爲穿窬之心，而義不可勝用也。士未可以言而言，是以言餂之也。可以言而不言。是以不言餂之也。是皆穿窬之類也。"唯其不爲穿窬也，而義至於不可勝用。唯其未可以言而言、可以言而不言也，而其罪遂至於穿窬。（**茅鹿門夾**）一轉便精神。

故曰：其道始於至粗，而極於至精。充乎天地，放乎四海，而毫釐有所必計。嗚呼，此其所以爲孟子歟！後之觀孟子者，無觀之他，亦觀諸此而已矣。

【彙評】

茅鹿門：蘇氏父子於聖學及老氏之學並未能達，故其議論多渺茫，然而行文處特圓矣。

唐荆川：此篇縱恣不羈。

樂毅論

（**茅鹿門旁**）霸者之論，自是刺骨。

自知其可以王而王者，三王也。自知其不可以王而霸者，五霸也。（**茅鹿門夾**）商鞅似之。或者之論曰："圖王不成，其弊猶可以霸。"嗚呼！使齊桓、晉文而行湯、武之事，將求亡之不暇，雖欲霸，可得乎？（**儲欣夾**）過當。（**茅鹿門夾**）入骨之見。

夫王道者，不可以小用也。大用則王，小用則亡。昔者徐偃王、宋襄公嘗行仁義矣，然終以亡其身、喪其國者，何哉？其所施者，未足以充其所求也。（**茅鹿門夾**）以宋襄、徐偃譬樂毅，破的之論。故夫有可以得天下之道，而無取天下之心，乃可與言王矣。范蠡、留侯，雖非湯、武之佐，然亦可謂剛毅果敢，卓然不惑，而能有所必爲者也。（**茅鹿門夾**）以范、張二人作案。觀吴王困於姑蘇之上，而求哀請命於勾踐，勾踐欲赦之，彼范蠡者獨以爲不可，援桴進兵，卒刎其頸。項籍之解而東，高帝亦欲罷兵歸國，留侯諫曰："此天亡也，急擊勿失。"（**茅鹿門夾**）范蠡、留侯，本霸者佐。此二人者，以爲區區之仁義，不足以易吾之大計也。（**茅鹿門夾**）刻骨。

嗟夫！樂毅戰國之雄，未知大道，而竊嘗聞之，則足以亡其身而已矣。論者以爲燕惠王不肖，用反間，以騎劫代將，卒走樂生。此其所以無成者，出於不幸，而非用兵之罪。然當時使昭王尚在，反間不得行，樂毅終亦必敗。（**茅鹿門夾**）道前人所不到。何者？燕之並齊，非秦、楚、三晉之利。（**茅鹿門夾**）斷獄。今以百萬之師，攻兩城之殘寇，而數歲不決，師老於外，此必有乘其虚者矣。（**茅鹿門夾**）洞悉事情。諸侯乘之於内，齊擊之於外。當此時，雖太公、穰苴不能無敗。

然樂毅以百倍之衆，（**茅鹿門夾**）挨轉。數歲而不能下兩城者，非其智力不足，蓋欲以仁義服齊之民，故不忍急攻而至於此也。（**儲欣眉**）兩城不下，守者力也。謂欲以仁義服齊者，夏侯太初之説，而公因之。（**茅鹿門夾**）結案。夫以齊人苦湣王之强暴，樂毅苟退而休兵，治其政令，寬其賦役，反其田里，安其老幼，使齊人無復鬥志，則田單者獨誰與戰哉！（**茅鹿門夾**）王道則然。奈何以百萬之師，相持而不決，此固所以使齊人得徐而爲之謀也。當戰國時，兵强相吞者，豈獨在我？以燕、齊之衆壓其城，而急攻之，可滅此而後食，其誰曰不可？（**茅鹿門夾**）霸道則然。嗚呼！欲王則王，不王則審所處，無使兩失焉而爲天下笑也。（**儲欣夾**）宕。（**茅鹿門夾**）總結。

【**彙評**】

茅鹿門：樂毅去趙後，累數十年，其子與孫功名不减。而漢高帝之興，猶嚮往之，大略毅之風度亦似可傾動天下者，故其餘風不衰。

荀卿論

（**茅鹿門旁**）以其所傳攻其所蔽，荀卿當深服。（**林次崖眉**）此論説李斯焚書坑儒出於荀卿，最是，實前人所未發。此等文字，人間不可無。（**錢文登眉**）以孔子作案入荀卿罪，好識見。

嘗讀《孔子世家》，（**儲欣夾**）案。（**王翰夾**）立言之宗。觀其言語文章，循循莫不有規矩，不敢放言高論，言必稱先王，然後知聖人憂天下之深也。（**吕東萊夾**）一篇綱目。（**王翰夾**）與高談異論緊對。茫乎不知其畔岸，而非遠也；浩乎不知其津涯，而非深也。其所言者，匹夫匹婦之所共知；而所行者，聖人有所不能盡也。嗚呼！是亦足矣。（**鍾惺夾**）氣閑。使後世有能盡吾説者，雖爲聖人無難，而不能者，不失爲寡過而已矣。（**王翰夾**）映李斯。

子路之勇,子貢之辯,冉有之智,此三者,皆天下之所謂難能而可貴者也。(**茅鹿門夾**)拓去。(**陳眉公眉**)過接處好不費力。(**吕留良夾**)將説荀卿、李斯,故以孔門弟子爲言。然三子者,每不爲夫子之所悦。顔淵默然不見其所能,若無以異於衆人者,而夫子亟稱之。且夫學聖人者,豈必其言之云爾哉? 亦觀其意之所向而已。(**高啓夾**)應不敢言。(**李九我眉**)"學聖人"二句,東坡特執此以責荀卿。夫子以爲後世必有不能行其説者矣,必有竊其説而爲不義者矣。(**王翰夾**)暢發憂天下之深。是故其言平易正直,而不敢爲非常可喜之論,要在於不可易也。(**高啓夾**)露機。(**王翰夾**)照勘以其學能亂天下。

昔者常怪李斯事荀卿,既而焚滅其書,大變古先聖王之法,於其師之道,不啻若寇讎。(**吕留良夾**)立案處便具出入擒縱之法。及今觀荀卿之書,然後知李斯之所以事秦者皆出於荀卿,而不足怪也。(**吕留良夾**)擒住。(**吕雅山眉**)本李斯論荀卿,老吏斷獄手,絶高。(**儲欣夾**)虚。荀卿者,喜爲異説而不讓,敢爲高論而不顧者也。(**唐荆川夾**)提破。其言愚人之所驚,小人之所喜也。子思、孟軻,世之所謂賢人君子也。(**儲欣夾**)實。荀卿獨曰:"亂天下者,子思、孟軻也。"(**吕雅山眉**)"世""獨"二字下得好。(**儲欣夾**)荀卿爰書。天下之人,如此其衆也;仁人義士,如此其多也。荀卿獨曰:"人性惡。桀、紂,性也。堯、舜,僞也。"(**吕留良夾**)兩"獨曰"即是異論。由是觀之,意其爲人必也剛復不遜,而自許太過。(**吕留良夾**)此篇定罪本是空中結撰,"意其"二字落得最圓活。(**茅鹿門夾**)却説得透。彼李斯者,又特甚者耳。(**高啓夾**)又接到李斯。(**儲欣夾**)從荀卿搭入李斯。(**吕留良夾**)却到李斯。今夫小人之爲不善,猶必有所顧忌。(**茅鹿門夾**)空中色相,此是長公平生得手處。是以夏、商之亡,桀、紂之殘暴,而先王之法度、禮樂、刑政,猶未至於絶滅而不可考者，是桀、紂猶有所存而不敢盡廢也。（**吕留良夾**）極言之。彼李斯者，獨能奮而不顧，焚燒夫子之六經，烹滅三代之諸侯，破壞周公之井田，此亦必有所恃者矣。（**吕東萊夾**）應前"獨"字。（**吕留良夾**）精彩。（**鍾惺夾**）一篇主意。（**儲欣夾**）李斯爰書。（**高啓夾**）應前"獨"字。又接到荀卿。（**錢文登眉**）歸過荀卿，其文中的，一字不可易。彼見其師歷詆天下之賢人，（**吕留良夾**）打轉荀卿。以自是其愚，以爲古先聖王皆無足法者。（**儲欣夾**）從李斯蔽罪荀卿。不知荀卿特以快一時之論，而荀卿亦不知其禍之至於此也。（**吕留良夾**）警策。

其父殺人報仇，其子必且行劫。（**茅鹿門夾**）一譬切。荀卿明王道，述禮樂，而李斯以其學亂天下，其高談異論有以激之也。（**吕留良夾**）結處具有擒縱出入。（**儲欣眉**）不無失人，然鍛煉周内，非張湯、趙禹不能辦。孔、孟之論，未嘗異也，而天下卒無有及者。（**吕雅山眉**）頭使孔子起，後仍舊使孔子結。苟天下果無有及者，則尚安以求異爲哉！（**鍾惺眉**）結法似韓非。（**茅鹿門夾**）掉尾。（**王芑孫旁**）論荀李雖未必是，而却中今日儒者之病。

【彙評】

王遵岩：以"異説高論"四字立案，煞是。荀卿頂門一針，而謂李斯焚書破壞先王之法，皆出於荀卿，此尤長公深文手段。

錢文登：言孔子立言平易，後世無有能變其説者，荀卿喜爲異説，敢爲高論，遂激成李斯之禍。説李斯正是甚荀卿之罪，當與《韓非論》參看。

李九我：前面説荀卿不好了，後面略一步與他言荀卿亦是個賢者，大抵作文體式要如此，頭用孔子起，仍用孔子結之，益見文字叫應有情。

儲欣：論人有正有偏，韓子曰：荀與楊也，大醇而小疵。此正論也。若蘇子之責荀卿，偏論也。荀誠勍敵，蘇子唯恐不勝，而借其門弟子，以周内之,此與明永樂十族之誅,何異濫刑甚矣。劉子政乃心王室,而其子歆乃爲王莽佐命之臣,父子不相爲謀,况師弟子乎?讀者但取其才鋒横厲則可矣。因蘇子之説,廢荀氏之書,甚至聞其名如見怪物焉,何其陋也!

吕留良:以李斯定荀卿之罪,一篇議論,俱要在兩人相著處,只緣兩人本不相類,却從相類中指出其弊病之相因,此處鈎結之奇,過却之妙,殊足玩味。

王翰:太史公作孟荀合傳,而韓文公上下,千古亦以荀卿爲聖人之徒,與孟並稱,是長公以前,荀氏業有定論,相沿數千百年。忽欲翻案,豈易措手,却得李斯亂天下一節壓倒他,分勘合勘,總之蔽罪于荀,當是長公極得意文字。後人無公之識,而妄思翻案,訶駡古人,是即公所云"歷詆天下之賢人以自是其愚也,其不爲世道患歟有幾?"

沈欽韓:破壞井田,商鞅事也,以罪李斯,亦失之。○摧抑學者好名求異之心,甚有補於世教,但荀氏之學,以法先王、守禮度爲宗,而以謂古先聖王皆無足法,蔽其罪則誤矣。

鍾惺:寫出千古來一執拗乖戾之人,皆爲荆公而發。

韓非論

(**茅鹿門旁**)韓非於老氏若不相及,而太史遷獨以爲申、韓並,原於道德之意。東坡亦識得此意。(**錢文登眉**)運筆構思明爽嚴切,業舉業者宜佩之衣帶間。

聖人之所爲惡夫異端盡力而排之者,非異端之能亂天下,而天下之亂所由出也。(**茅鹿門夾**)摇頭。(**余同麓眉**)起有含蓄,"所由出"三字便見原道德之意。(**王翰夾**)時文小溝,虚籠大意,不寬不盡之妙於此可悟。(**吕留良夾**)起勢高聳罩得住。昔周之衰,有老聃、莊周、列禦寇之徒，更爲虚無淡泊之言，而治其倡狂浮游之説，紛紜顛倒，而卒歸於無有。由其道者，蕩然莫得其當，是以忘乎富貴之樂，而齊乎死生之分，此不得志於天下，高世遠舉之人，所以放心而無憂。雖非聖人之道，而其用意，固亦無惡於天下。（**茅鹿門夾**）先放寬一著。（**謝疊山眉**）凡作文須放寬一著，緊打轉一著。（**吕留良夾**）欲擒先縱。自老聃之死百餘年，有商鞅、韓非著書，言治天下無若刑名之賢。及秦用之，終於勝、廣之亂，教化不足，而法有餘，秦以不祀，而天下被其毒。（**吕留良夾**）叙述源流，且先兩開説。後世之學者，知申、韓之罪，而不知老聃、莊周之使然。（**吕留良夾**）一句紐合。（**王翰夾**）先分忽合是時文入題處。（**茅鹿門夾**）緊入。

何者？仁義之道，起於夫婦、父子、兄弟相愛之間；而禮法刑政之原，出於君臣上下相忌之際。相愛則有所不忍，相忌則有所不敢。（**沈欽韓眉**）句調太近時文。夫不敢與不忍之心合，而後聖人之道得存乎其中。今老聃、莊周論君臣、父子之間，泛泛乎若萍浮於江湖而適相值也。（**吕留良夾**）從此説入。（**錢文登眉**）入老、莊之罪，爲下段張本。夫是以父不足愛，而君不足忌。（**高啓夾**）此意從《孟子》論楊墨“無父無君”説來。不忌其君，不愛其父，則仁不足以懷，義不足以勸，禮樂不足以化。（**錢東湖眉**）文詞爍然，而極之又見真澹。此四者皆不足用，而欲置天下於無有。（**高啓夾**）無爲也。夫無有，豈誠足以治天下哉！（**王翰夾**）交關過接處，有神力以行之。商鞅、韓非求爲其説而不得，得其所以輕天下而齊萬物之術，是以敢爲殘忍而無疑。（**吕留良夾**）從此轉出，似奇兵之出捷徑。（**鍾惺眉**）申、韓“原于道德之意”，得此論始透。（**王翰夾**）奇險奇確。（**高啓夾**）接到申、韓，絶妙。（**茅鹿門眉**）窺見韓非受病之原，故説得徜徉如此。

今夫不忍殺人而不足以爲仁，而仁亦不足以治民；（**呂留良夾**）此承上"不忍"説。則是殺人不足以爲不仁，而不仁亦不足以亂天下。（**王翰夾**）此才透其所以然。（**高啓夾**）説入骨髓。（**唐荆川眉**）借此一翻，便是深文手段。（**儲欣眉**）辭足以發難顯之情，尤妙在一刀兩段。（**鍾惺眉**）纏綿連轉，反得快透。如此，則舉天下唯吾之所爲，刀鋸斧鉞，何施而不可？昔者夫子未嘗一日敢易其言。（**高啓夾**）意更完。雖天下之小物，亦莫不有所畏。（**呂留良夾**）此承上"不敢"説。今其視天下眇然若不足爲者，此其所以輕殺人歟！（**王翰夾**）宕逸。

太史遷曰："申子卑卑，施於名實。韓子引繩墨，切事情，明是非，其極慘核少恩，皆原於道德之意。"（**王翰夾**）點題。（**王浚川眉**）自説破了根子。嘗讀而思之，事固有不相謀而相感者，莊、老之後，其禍爲申、韓。（**茅鹿門夾**）總前。由三代之衰至於今，凡所以亂聖人之道者，其弊固已多矣，而未知其所終，奈何其不爲之所也。（**茅鹿門夾**）掉尾。（**王浚川眉**）推廣以結之，含不盡意。（**呂東萊夾**）結意不盡。（**呂留良夾**）又推開一步。

【彙評】

姜鳳阿：此論韓非之禍原於老、莊，即是論李斯之禍出於荀卿。坡公衛道之文。

李九我：申、韓原於道德，竊以仁義生於恩，恩生於人情，老、莊遣去情累，無情之至，必然少恩，此刑名之所以用也。

高啓：按東坡《荀卿論》云"其父殺人報仇，其子必且行劫"。此云"事固有不可相謀而相感者，莊、老之後，其禍爲申、韓"，道理自是如此。

鍾惺：讀《荀卿》《韓非論》，知《中庸》所謂"小人而無忌憚"，正指此一輩人。微獨荀韓，即老莊亦在其中。

鄭之惠:爲太史作注脚。

儲欣:老子與申韓同傳,太史公特筆也。微辭眇旨,讀此豁然,真神明於訓詁者。

王芑孫:此可爲史遷注脚,非創論。

吕留良:與《荀卿論》同一蹊徑,此更名理。

王翰:直乙太史公爲題目也。冒頭原題及發揮題目處,八股頭巧法悉具,其中三百年大家文字,多從此脱化,最宜深思熟讀。

留侯論

(**茅鹿門旁**)此文只是一意滚滚議論,然子瞻胸中見解,亦本黄老來也。(**錢文登眉**)一意反復到底,中間生枝生葉,愈出愈奇。

古之所謂豪傑之士者,必有過人之節,人情有所不能忍者。匹夫見辱,拔劍而起,挺身而鬥,此不足爲勇也。天下有大勇者,卒然臨之而不驚,無故加之而不怒,此其所挾持者甚大,而其志甚遠也。(**王翰夾**)虚籠。(**茅鹿門夾**)正論。(**謝疊山眉**)能忍與不能忍是一篇主意。夫子房受書於圯上之老人也,其事甚怪,然亦安知其非秦之世有隱君子者出而試之?(**茅鹿門夾**)微露。將無作有。觀其所以微見其意者,皆聖賢相與警戒之義。(**吕留良夾**)虚點。而世不察,以爲鬼物,亦已過矣。且其意不在書。(**謝疊山眉**)此一段俱是將無作有處,當取其法以爲時論,國手意見高,筆力亦高。(**吕留良夾**)句奇。

當韓之亡,秦之方盛也,(**茅鹿門夾**)空中一拳。以刀鋸鼎鑊待天下之士,其平居無罪夷滅者,不可勝數,雖有賁、育,無所復施。(**王翰夾**)就秦事推論當忍。夫持法太急者,其鋒不可犯,而其勢未可乘。子房不忍忿忿之心,以匹夫之力,而逞於一擊之間。(**王翰夾**)不能忍。當此之時,子房之不死者,其間不能容髮,蓋亦已危矣。(**茅鹿門夾**)抑。千金之子,不死於盗賊。何者?其身之可愛,而盗賊之不足以死也。(**王翰夾**)就子房身亡□立論當忍。子房以蓋世之才,不爲伊尹、太公之謀,而特出於荆軻、聶政之計,以僥倖於不死,此圯上之老人所爲深惜者也。(**吕留良夾**)二句引合。是故倨傲鮮腆而深折之。彼其能有所忍也,然後可以就大事。故曰:孺子可教也。(**王翰夾**)略説。(**唐荆川眉**)使子房見之,亦當心服。(**錢文登眉**)翩翩筆興,何人能到得此中。(**儲欣眉**)警戒之義始透。

楚莊王伐鄭,鄭伯肉袒牽羊以逆。(**儲欣夾**)緩受。莊王曰:"其君能下人,必能信用其民矣。"遂捨之。勾踐之困於會稽而歸,臣妾於吴者,三年而不倦。且夫有報人之志,(**吕留良夾**)應前"拔劍挺身"意。而不能下人者,是匹夫之剛也。夫老人者,以爲子房才有餘,而憂其度量之不足,故深折其少年剛鋭之氣,使之忍小忿而就大謀。(**茅鹿門眉**)又提前話重發明之。(**王翰夾**)暢説。何則?非有平生之素,卒然相遇於草野之間,而命以僕妾之役,油然而不怪者,此固秦皇之所不能驚,而項籍之所不能怒也。(**吕留良夾**)此等語,人必在前説盡,東坡只於掉尾處一筆點出,巧拙便自天壤。(**王翰夾**)結上,引下。(**茅鹿門夾**)把意思説得如此透徹。又空中一拳。(**茅鹿門眉**)纔露正意,極精神極蕩漾。

觀夫高祖之所以勝,而項籍之所以敗者,(**吕留良夾**)旁證。在能忍與不能忍之間而已矣。(**茅鹿門夾**)衆派飛流,注在一壑。(**唐荆川夾**)巨眼。(**陳眉公眉**)萬派飛流,注在一壑。(**儲欣夾**)推闡"忍"字,滔滔不窮。項籍唯不能忍,是以百戰百勝而輕用其鋒。高祖忍之,養其全鋒而待其斃。此子房教之也。(**茅鹿門夾**)見子房用處。(**謝疊山眉**)子房能忍又教得高帝能忍,所以此一段議論尤高。(**吕留良夾**)妝勒甚緊。當淮陰破齊而欲自王,高祖發怒,見於詞色。(**吕留良夾**)證教之。(**茅鹿門夾**)結奇。由此觀之,猶有剛强不忍之氣,非子房其誰全之?(**陳眉公眉**)曰子房教之,曰非子房其孰全之,可見子房得圯上老人點化,一生受用。太史公疑子房以爲魁梧奇偉,而其狀貌乃如婦人女子,不稱其志氣。(**王翰夾**)餘波妙。(**吕留良夾**)餘波點綴。嗚呼,此其所以爲子房歟!(**王聞修夾**)結極奇而冷。(**茅鹿門夾**)又空中一拳。結極奇而冷。

【彙評】

王遵岩:此文若斷若續,變幻不羈,曲盡文家操縱之妙。

謝疊山:主意謂子房本大勇之人,惟少年氣剛,不能涵養忍耐以就大功名,如用力士提鐵鎚擊秦始皇之類,皆不能忍。老父之圯下始命取履、納履,與之期五更相會,數怒駡之,正以折其不能忍之氣,教之方能忍也。

李九我:熟讀《漢書·張良傳》,方有此等雄偉議論。

鄭之惠:發得圯上老人意思徹,亦是磨礲千古英雄型範。

儲欣:博浪沙擊秦一事也,圯橋進履又一事也,於絶不相蒙處連而合之,可以開拓萬古之心胸。

吕留良:此篇善於用虚,都是將無作有,空中結撰,文情縹緲,千丈游絲。至其引合著實處,亦如雄搏鷙擊。

王翰:擊秦、納履,串兩事如貫珠。子房不能忍,老人教之能忍,子房又教高祖能忍,文至此,真如獨繭抽絲。

王芑孫:此未遽是圯上真情,要是人間一段好議論。

賈誼論

(**茅鹿門旁**)細説此文,子瞻高於賈生一格。(**錢文登眉**)通篇只是兩意,不能深交,絳、灌以有爲;不能隱忍,濡、徐以自愛。乃至抱奇而不用。末節歸過於君,更有不盡之意。

非才之難,所以自用者實難。(**茅鹿門夾**)冒。是古今名言。惜乎賈生王者之佐,而不能自用其才也。夫君子之所取者遠,則必有所待;所就者大,則必有所忍。古之賢人,皆有可致之才,而卒不能行其萬一者,未必皆其時君之罪,或者其自取也。

愚觀賈生之論,如其所言,雖三代何以遠過?得君如漢文,猶且以不用死。然則是天下無堯舜,終不可以有所爲耶?(**茅鹿門夾**)冷語。(**王芑孫夾**)謬甚。仲尼聖人,歷試于天下,苟非大無道之國,皆欲勉强扶持,庶幾一日得行其道。將之荆,先之以子夏,申之以冉有,君子之欲得其君,如此其勤也。孟子去齊,三宿而後出晝,猶曰"王其庶幾召我"。君子之不忍棄其君,如此其厚也。公孫丑問曰:"夫子何爲不豫?"孟子曰:"方今天下,舍我其誰哉,而吾何爲不豫?"君子之愛其身,如此其至也。(**高啓眉**)欲得其君與不忍棄其君作一段看;愛身又作一段看。夫如此而不用,然後知天下之果不足與有爲,而可以無憾矣。若賈生者,非漢文之不用生,生之不能用漢文也。(**王芑孫夾**)大非。(**高啓夾**)服人。(**王復之眉**)不能用漢文即不能自用。

夫絳侯親握天子璽,而授之文帝,灌嬰連兵數十萬,以決劉、吕之雄雌。又皆高帝之舊將。此其君臣相得之分,豈特父子骨肉手足哉!賈生,洛陽之少年,欲使其一朝之間,盡棄其舊而謀其新,亦已難矣。爲賈生者,上得其君,(**茅鹿門夾**)應"欲得其君"。下得其大臣,如絳、灌之屬,優游浸漬而深交之,使天子不疑,大臣不忌,然後舉天下而唯吾之所欲爲,不過十年,可以得志。(**高啓夾**)應"得君"。安有立談之間,而遽爲人痛哭哉?

(**儲欣夾**)責得是,即此便與"欲得君"相反。觀其過湘,爲賦以吊屈原,紆鬱憤悶,趯然有遠舉之志。(**茅鹿門眉**)過下無痕,悲慨而切中。其後卒以自傷哭泣,至於夭絶。是亦不善處窮者也。(**茅鹿門夾**)應"愛其身"。夫謀之一不見用,安知終不復用也?不知默默以待其變,而自殘至此。嗚呼,賈生志大而量小,才有餘而識不足也。(**茅鹿門夾**)總。(**陳眉公眉**)"志大"二語足盡賈生品格。(**唐荆川眉**)忽歸過於君,一轉最妙。

古之人有高世之才,必有遺俗之累,是故非聰明睿哲不惑之主,則不能全其用。(**茅鹿門夾**)忽又歸過於君。古今稱苻堅得王猛于草茅之中,一朝盡斥去其舊臣,而與之謀。彼其匹夫略有天下之半,其以此哉!(**茅鹿門眉**)戲場中插科打諢。

愚深悲賈生之志,故備論之。亦使人君得如賈誼之臣,則知其有狷介之操,一不見用,則憂傷病沮,不能復振;而爲賈生者,亦慎其所發哉!(**高啓夾**)不遺正意。

【彙評】

王遵岩:謂賈生不能用漢文,直是説得賈生倒。而文字反覆變幻,無限煙波。

唐荆川:不能深交絳、灌,不知默默自持,先是兩柱子。而文字渾融,不見蹤迹。

陳眉公:議論委婉,曲盡人情,使賈生而讀此論,不至憂傷悲沮矣。

儲欣:子瞻於韓、富、歐陽周旋,無失得漸漬深交之道矣。紹聖以後,竄謫萬里,僅僅一子自隨,而讀者養性不棄其身,殆亦鑒前車而免於覆者。

沈欽韓:亦自有見,但賈子陳治安之策,乃召自長沙,獨對宣室,傳梁王之後,乃云"安有立談之間,爲人痛哭",未免鹵莽耳。

王芑孫:賈生年少,自喜多易,及不勝摧折,誠自有之。然欲其上容朝廷,深交大臣,苟且以就功名,則此事非徒不可爲訓,而勢亦不能。東坡當時何不深交介甫、惠卿,固結韓維、李定之流,而必欲與司馬温公争事耶?

鼂錯論

(**茅鹿門旁**)於錯之不自將而爲居守處尋一破綻作議論却好。(**唐荆川眉**)此是一氣説下。(**吕東萊眉**)此篇體制好,大概作文要漸漸引來。(**謝疊山眉**)此篇先立冒頭,然後入事又是一格,老於世故,明於人情,有憂深思遠之智,有排難解紛之勇,不特文章之工也。

天下之患,最不可爲者,名爲治平無事,而其實有不測之憂。(**茅鹿門夾**)一氣説下。坐觀其變,而不爲之所,則恐至於不可救。起而强爲之,則天下狃於治平之安,而不吾信。唯仁人君子豪傑之士,爲能出身爲天下犯大難,以求成大功。此固非勉强期月之間,而苟以求名者之所能也。天下治平,無故而發大難之端,吾發之,吾能收之,然後能免難於天下。(**茅鹿門夾**)句句暗伏攻擊鼂錯之病。事至而循循焉欲去之,使他人任其責,則天下之禍,必集於我。(**儲欣眉**)虚冒全篇,了無遺漏,是一法。

昔者鼂錯盡忠爲漢,謀弱山東之諸侯。山東諸侯並起,以誅錯爲名。而天子不察,以錯爲説。天下悲錯之以忠而受禍,而不知錯之有以取之也。(**高啓夾**)議論發端。(**錢文登眉**)前一段把後一段意俱虚引起,最好。古之立大事者,不唯有超世之才,亦必有堅忍不拔之志。昔禹之治水,鑿龍門,决大河而放之海。方其功之未成也,蓋亦有潰冒衝突可畏之患,唯能前知其當然,事至不懼，而徐爲之所，是以得至於成功。（**高啓夾**）引事好，有此一段，文氣舒徐。（**謝疊山眉**）大禹治水一段，乃俱學司馬相如《難蜀父老》文。

夫以七國之强而驟削之，其爲變豈足怪哉！錯不於此時捐其身，爲天下當大難之衝，而制吴楚之命，乃爲自全之計，欲使天子自將，而己居守。（**高啓夾**）主意。（**謝疊山眉**）景帝之怒錯，錯之受禍，果是因此，非假説之詞。且夫發七國之難者，誰乎？己欲求其名，安所逃其患？以自將之至危，與居守之至安，己爲難首，擇其至安，而遺天子以其至危，此忠臣義士所以憤惋而不平者也。（**吕雅山眉**）此數句發得好，如平波静瀾中忽跳起一浪。當此之時，雖無袁盎，錯亦不免於禍。何者？己欲居守，而使人主自將，以情而言，天子固已難之矣。而重違其議，是以袁盎之説，得行於其間。使吴、楚反，錯以身任其危，日夜淬礪，東向而待之，使不至於累其君，則天子將恃之以爲無恐，雖有百袁盎，可得而間哉？（**茅鹿門夾**）文章須有此一段做手方好。（**謝疊山眉**）判斷錯罪至公至平，錯聞之亦當心服。○"使吴、楚反"一段最好。乃是無中生有，死中求活，方成議論。况作史評判古今之功罪，須要思量我生此人之時，居此人之位，處此人之事，當如何處置。必有一長策。

嗟夫！世之君子，欲求非常之功，則無務爲自全之計。（**高啓夾**）詠嘆作結。（**茅鹿門夾**）又唤一醒。使錯自將而擊吴楚，未必無功。唯其欲自固其身，而天子不悦，奸臣得以乘其隙。（**高啓夾**）"嗟夫"以下此句似緩，惟前"淬勵"句有力。雖緩，以前後相應。做文字要知此法。錯之所以自全者，乃其所以自禍歟！（**陳眉公眉**）"自全""自禍"二語，括盡鼂錯一生心事，是發前人所未發處。（**茅鹿門夾**）結穵。

【彙評】

茅鹿門:錯之誤在夙有怨於盎而欲借吴之反以誅之,此殺機也,鬼瞰其室矣。何者?以錯之學本刑名故也。○老泉曰:錯之謀猶有遺憾,知七國必反而不爲備反計。東坡此論蓋本之乃翁。

儲欣:錯雖數言兵,然未實試之行陣也。吴楚反關東,盡爲敵國,景帝往來兩宫間,天下寒心。此論云"晁錯自將,未必無功",愚以爲書生事後之見,非萬全策。萬全之策,惟在任人,當是時,朝廷之上有一持重善用兵之周亞夫,不能薦難乎?其爲智囊矣?!

王芑孫:事後據成敗而論之,未見有切中時會處,而文筆曲至,有屈鐵之能。

霍光論

(**茅鹿門旁**)光總只是一個凝重,故幹了大事。

古之人,惟漢武帝號知人。蓋其平生所用文武將帥、郡國邊鄙之臣,左右侍從、陰陽律曆博學之士,以至錢穀小吏、治刑獄、使絶域者,莫不獲盡其才,而各當其處。然此猶有所試,其功效著見,天下之所共知而信者。至於霍光,先無尺寸之功,而才氣術數,又非有以大過於群臣。而武帝擢之於稠人之中,付以天下後世之事。而霍光又有忘身一心,以輔幼主。處於廢立之際,其舉措甚閑而不亂。此其故何也?

夫欲有所立於天下,擊搏進取以求非常之功者,則必有卓然可見之才,而後可以有望於其成。至於捍社稷、托幼子,此其難者不在乎才,而在乎節,不在乎節,而在乎氣。(**茅鹿門夾**)名言。天下固有能辦其事者矣,然才高而位重,則有僥倖之心,以一時之功,而易萬世之患,故曰“不在乎才,而在乎節”。古之人有失之者,司馬仲達是也。天下亦有忠義之士,可托以死生之間,而不忍負者矣。然狷介廉潔,不爲不義,則輕死而無謀,能殺其身,而不能全其國,故曰“不在乎節,而在乎氣”。古之人有失之者,晉荀息是也。(**茅鹿門眉**)按古今傳記,尋此兩人影得恰好。夫霍光者,才不足而氣節有餘,此武帝之所爲取也。

《書》曰:“如有一介臣,斷斷兮,無他技。其心休休焉,其如有容。人之有技,若己有之。人之彦聖,其心好之,不啻若自其口出,是能容之。以保我子孫黎民。”嗟夫,此霍光之謂歟!使霍光而有他技,則其心安能休休焉容天下之才,而樂天下之彦聖,不忌不克,若自己出哉!

才者,争之端也。(**鍾惺夾**)亦是深一層之言。夫惟聖人在上,驅天下之人各走其職,而争用其所長。苟以人臣之勢,而居於廊廟之上,以捍衛幼冲之君,而以其區區之才,與天下争能,則奸臣小人有以乘其隙而奪其權矣。霍光以匹夫之微而操生殺之柄,威蓋人主,而貴震於天下。其所以歷事三主而終其身天下莫與争者,以其無他技,而武帝亦以此取之歟?

【彙評】

鍾惺:雷何思先生云:霍光得大臣之道,武帝偏識得,豈不是千古大聖,不可矮人觀場。此論甚透。

揚雄論

(**茅鹿門旁**)性道自宋儒濂洛以後,纔説得分明。而蘇家論性道處,不免癡人説夢矣。然通篇因主論客,因客見主,自是文家一法門。

昔之爲性論者多矣,而不能定於一。始孟子以爲善,而荀子以爲惡,揚子以爲善惡混。而韓愈者又取夫三子之説,而折之以孔子之論,離性以爲三品,曰:"中人可以上下,而上智與下愚不移。"以爲三子者,皆出乎其中,而遺其上下。而天下之所是者,於愈之説爲多焉。

嗟夫,是未知乎所謂性者,而以夫才者言之。夫性與才相近而不同,其别不啻若白黑之異也。聖人之所與小人共之,而皆不能逃焉,是真所謂性也。而其才固將有所不同。今夫木,得土而後生,雨露風氣之所養,暢然而遂茂者,是木之所同也,性也。而至於堅者爲轂,柔者爲輪,大者爲楹,小者爲桷。桷之不可以爲楹,輪之不可以爲轂,是豈其性之罪耶?天下之言性者,皆雜乎才而言之,是以紛紛而不能一也。

孔子所謂中人可以上下,而上智與下愚不移者,是論其才也。而至於言性,則未嘗斷其善惡,曰"性相近也,習相遠也"而已。韓愈之説,則又有甚者,離性以爲情,而合才以爲性。是故其論終莫能通。彼以爲性者,果泊然而無爲耶?則不當復有善惡之説。苟性而有善惡也,則夫所謂情者,乃吾所謂性也。人生而莫不有飢寒之患,牝牡之欲,今告乎人曰:飢而食,渴而飲,男女之欲,不出於人之性也,可乎?是天下知其不可也。聖人無是,無由以爲聖;而小人無是,無由以爲惡。聖人以其喜怒哀懼愛惡欲七者御之,而之乎善;小人以是七者御之,而之乎惡。由此觀之,則夫善惡者,性之所能之,而非性之所能有也。且夫言性者,安以其善惡爲哉!雖然,揚雄之論,則固已近之。曰:"人之性善惡混。修其善則爲善人,修其惡則爲惡人。"此其所以爲異者，唯其不知性之不能以有夫善惡，而以爲善惡之皆出乎性也而已。

夫太古之初，本非有善惡之論，唯天下之所同安者，聖人指以爲善，而一人之所獨樂者，則名以爲惡。天下之人，固將即其所樂而行之，孰知夫聖人唯其一人之獨樂不能勝天下之所同安，是以有善惡之辨。而諸子之意將以善惡爲聖人之私説，不已疏乎！而韓愈又欲以書傳之所聞昔人之事迹，而折夫三子之論，區區乎以后稷之岐嶷，文王之不勤，瞽、鯀、管、蔡之迹而明之！聖人之論性也，將以盡萬物之天理，與衆人之所共知者，以折天下之疑。而韓愈欲以一人之才，定天下之性，且其言曰："今之言性者，皆雜乎佛、老。"愈之説，以爲性之無與乎情，而喜怒哀樂皆非性者，是愈流入於佛、老而不自知也。

【彙評】

唐荆川：題是揚雄，而事辨韓愈，亦一體也。

諸葛亮論

（**茅鹿門旁**）行文好，而以間疏丕、植爲謀，終似畫餅。

取之以仁義，守之以仁義者，周也。取之以詐力，守之以詐力者，秦也。以秦之所以取取之，以周之所以守守之者，漢也。仁義詐力雜用以取天下者，此孔明之所以失也。

曹操因衰乘危，得逞其奸，孔明恥之，欲信大義於天下。（**茅鹿門夾**）揚。當此時，曹公威震四海，東據許、兖，南牧荆、豫，孔明之恃以勝之者，獨以其區區之忠信，有以激天下之心耳。夫天下廉隅節概慷慨死義之士,固非心服曹氏也,特以威劫而强臣之,聞孔明之風,宜其千里之外有響應者,如此則雖無措足之地而天下固爲之用矣。且夫殺一不辜而得天下,有所不爲,而後天下忠臣義士樂爲之死。(**茅鹿門夾**)抑。劉表之喪,先主在荆州,孔明欲襲殺其孤,先主不忍也。(**儲欣夾**)已一誤矣,豈容再誤。其後劉璋以好逆之至蜀,不數月,扼其吭,拊其背,而奪之國。此其與曹操異者幾希矣。(**茅鹿門夾**)孔明心服。曹、劉之不敵,天下之所共知也。言兵不若曹操之多,言地不若曹操之廣,言戰不若曹操之能,而有以一勝之者,區區之忠信也。孔明遷劉璋,既已失天下義士之望,乃始治兵振旅,爲仁義之師,東嚮長驅,而欲天下響應,蓋亦難矣。

曹操既死,子丕代立,當此之時,可以計破也。何者? 操之臨終,召丕而屬之植,未嘗不以譚、尚爲戒也。(**茅鹿門眉**)此一著雖似有本末,但植公是時特以詩文沉酣耳,原無與丕争立之志。而丕與植,終於相殘如此。此其父子兄弟且爲寇仇,而况能以得天下英雄之心哉! 此有可間之勢,不過捐數十萬金,使其大臣骨肉内自相殘,然後舉兵而伐之,此高祖所以滅項籍也。(**儲欣眉**)魏文梟雄,陳思文士,詎是敵手。

孔明既不能全其信義,以服天下之心,又不能奮其智謀,以絶曹氏之手足,宜其屢戰而屢却哉! 故夫敵有可間之勢而不間者,湯、武行之爲大義,非湯、武而行之爲失機。此仁人君子之大患也。(**茅鹿門夾**)總。

吕温以爲孔明承桓、靈之後,不可强民以思漢,欲其播告天下之民,且曰"曹氏利汝吾事之,害汝吾誅之。"不知蜀之與魏,果有以大過之乎! 苟無以大過之,而又决不能事魏,則天下安肯以空言竦動哉? 嗚呼! 此書生之論,可言而不可用也。(**茅鹿

門夾）餘波。

【彙評】

茅鹿門：蘇長公所罪孔明之取劉璋，與其不能行間丕、植一節，愚未敢信。但其將略一節，愚竊謂其可以守國，而非所以取天下者。大略先主之顧草廬，數言之間已了一生功案矣。何則？孔明節制之謀勝，而揮攉之氣寡，即其生平用兵之失有三。當關公之鎮夏口也，何以不虞吴人之議？其後而關之既没，先主流涕出師，所謂憤兵矣，甚且連營七百餘里，已犯兵家大忌，何以默無一言從中止之？至於頻年出軍祁山，而於魏延所請，提勁卒五千，間道襲破關中，出與孔明相合，此亦屠龍搏虎手也，孔明又何以紆徐不用？嗚呼！以禪之孱弱，原無能恢復大漢者，即如孔明所云："鞠躬盡瘁，死而後已。"其志雖勤，而其略豈足以定天下者哉？

儲欣：孔明隆中數語，足概生平。曹操不可與争，孫權可與爲援不可與敵。天下之大，所餘幾何？惟跨有荆益，保其岩阻，撫和戎越，修好江東，則伯業可就。夫孔明豈不欲按天下之輿圖，復高光之文軌哉？亦限於勢而已矣。坡公千古通儒，而責備孔明處似乎迂闊。〇（**王芑孫夾**）此後爲誤入。思治亦從來名論，然畢竟無下手處，惟所謂士大夫不篤信朝廷而好議論深切時病。又曰從衆者非從其口，而從衆之所不言而同，然尤精。

韓愈論

（**茅鹿門旁**）前後數段各自爲説，而綱目整然。

聖人之道，有趨其名而好之者，有安其實而樂之者。珠璣犀象，天下莫不好。奔走悉力，争鬥奪取，其好之不可謂不至也。然不知其所以好之之實。至於粟米蔬肉,桑麻布帛,天下之人内之於口,而知其所以爲美,被之於身,而知其所以爲安,此非有所役乎其名也。

韓愈之於聖人之道,蓋亦知好其名矣,而未能樂其實。何者?其爲論甚高,其待孔子、孟軻甚尊,而拒楊、墨、佛、老甚嚴。(茅鹿門夾)總綱。此其用力,亦不可謂不至也。然其論至於理而不精,支離蕩佚,往往自叛其説而不知。

昔者宰我、子貢、有若更稱其師,以爲生民以來未有如夫子之盛,雖堯舜之賢,亦所不及。(茅鹿門夾)待孔子甚尊。其尊道好學,亦已至矣。然而君子不以爲貴,曰:宰我、子貢、有若,智足以知聖人之污而已矣。若夫顔淵,豈亦云爾哉!蓋亦曰"夫子循循焉善誘人"。由此觀之,聖人之道,果不在於張而大之也。韓愈者,知好其名,而未能樂其實者也。(茅鹿門眉)管上管下,有此一句,則文氣錯綜。

愈之《原人》曰:"天者,日月星辰之主也。地者,山川草木之主也。人者,夷狄禽獸之主也。主而暴之,不得其爲主之道矣。是故聖人一視而同仁,篤近而舉遠。"(茅鹿門夾)論理不精。夫聖人之所爲異乎墨者,以其有别焉耳。今愈之言曰"一視而同仁",則是以待人之道待夷狄,待夷狄之道待禽獸也,而可乎?教之使有能,化之使有知,是待人之仁也。不薄其禮而致其情,不責其去而厚其來,是待夷狄之仁也。殺之以時,而用之有節,是待禽獸之仁也。(茅鹿門夾)餘波。若之何其一之!儒墨之相戾,不啻若胡越。而其疑似之間,相去不能以髮。宜乎愈之以爲一也。孔子曰:"泛愛衆,而親仁。"仁者之爲親,則是孔子不兼愛也。"祭如在,祭神如神在。"(茅鹿門夾)《原鬼》一段。神不可知,而祭者之心,以爲如其存焉,則是孔子不明鬼也。(茅鹿門

夾)借他棓打他。

儒者之患,患在於論性,以爲喜怒哀樂皆出於情,而非性之所有。夫有喜有怒,而後有仁義;有哀有樂,而後有禮樂。(**茅鹿門夾**)《原性》一段。以爲仁義禮樂皆出於情而非性,則是相率而叛聖人之教也。老子曰:"能嬰兒乎?"喜怒哀樂,苟不出乎性而出乎情,則是相率而爲老子之"嬰兒"也。

儒者或曰老、《易》,夫《易》,豈老子之徒歟?而儒者至有以老子説《易》,則是離性以爲情者,其弊固至此也。嗟夫,君子之爲學,知其人之所長而不知其蔽,豈可謂善學耶?(**茅鹿門夾**)生意不死。(**茅鹿門眉**)一段辨韓子三段説話,藏形匿影,令人讀去只如一條。

【彙評】

唐荆川:此文截然四段,而綱整目亂,細觀此文體,乃絶是模擬《原道》爲之,坡翁之滑稽若此。

茅鹿門:予竊以愈之闢佛老也,特其門户之間。而東坡所論,亦猶不得乎其門而爲之言。

卷四十四
論十一首

思治論(嘉祐八年作)

(錢文登眉)此文牽搭意思處,藏鋒斂機,極有妙手。(茅鹿門眉)首尾字五百言,如一串念佛珠,其深入人情處,如川雲嶺月。

方今天下何病哉!其始不立,其卒不成,惟其不成,是以厭之而愈不立也。(茅鹿門夾)敝。(高啓夾)"立"字内含規模意。凡人之情,一舉而無功則疑,再則倦,三則去之矣。今世之士,所以相顧而莫肯爲者,非其無有忠義慷慨之志也,又非其才術謀慮不若人也,患在苦其難成而不復立。不知其所以不成者,罪在於不立也。苟立而成矣。(茅鹿門夾)深透人情。

今世有三患而終莫能去,其所從起者,則五六十年矣。自宫室禱祠之役興,錢幣茶鹽之法壞,加之以師旅,而天下常患無財。(高啓夾)古今通患。(王浚川眉)三柱子是舉業利刃。五六十年之間,下之所以游談聚議,而上之所以變政易令以求豐財者,不可勝數矣,而財終不可豐。自澶淵之役,北虜雖求和,而終不得其要領,其後重之以西羌之變,而邊陲不寧,二國益驕。以戰則不勝,以守則不固,而天下常患無兵。五六十年之間,下之所以游談聚議,而上之所以變政易令以求强兵者,不可勝數矣,而兵終不可强。自選舉之格嚴,而吏拘於法,不志於功名;考功課吏之法壞,而賢者無所勸,不肖者無所懼,而天下常患無吏。五六十年之間,下之所以游談聚議,而上之所以變政易令以求擇吏者,不可勝數矣,而吏終不可擇。財之不可豐,兵之不可强,吏之不可擇,是豈真不可耶?故曰:"其始不立,其卒不成,惟其不成,是以厭之而愈不立也。"

夫所貴於立者,以其規摹先定也。古之君子,先定其規摹,而後從事,故其應也有候,而其成也有形。(**錢文登眉**)先定規模是一篇主意。衆人以爲是汗漫不可知,而君子以爲理之必然,如炊之無不熟,種之無不生也。是故其用力省而成功速。(**錢文登眉**)使事一段、譬喻一段俱言規模當先定。

昔者子太叔問政於子産。子産曰:"政如農功,日夜以思之,思其始而圖其終,朝夕而行之,行無越思,如農之有畔。"(**茅鹿門夾**)規模。子産以爲不思而行,與凡行而出於思之外者,如農之無畔也,其始雖勤,而終必棄之。(**茅鹿門眉**)引古人之言,而又翻案,繹而出之,纔痛快。今夫富人之營宫室也,必先料其貲財之豐約,以制宫室之大小,既内决於心,然後擇工之良者而用一人焉,必告之曰:"吾將爲屋若干,度用材幾何?役夫幾人?幾日而成?土石材葦,吾於何取之?"其工之良者必告之曰:"某所有木,某所有石,用材役夫若干,某日而成。"主人率以聽焉。及期而成,既成而不失當,則規摹之先定也。(**鍾惺夾**)妙。

今治天下則不然。(**高啓眉**)言當時不先定規模。(**茅鹿門夾**)敝。百官有司,不知上之所欲爲也,而人各有心。好大者欲王,好權者欲霸,而偷者欲休息。(**茅鹿門夾**)透。文吏之所至,則治刑獄,而聚斂之臣,則以貨財爲急。民不知其所適從也。及其發一政,則曰姑試行之而已,其濟與否,固未可知也。(**茅鹿門

夾）曲盡。前之政未見其利害，而後之政復發矣。凡今之所謂新政者，聽其始之議論，豈不甚美而可樂哉。然而布出於天下，而卒不知其所終。何則？其規摹不先定也。用捨繫於好惡，而廢興決於衆寡。故萬全之利，以小不便而廢者有之矣；百世之患，以小利而不顧者有之矣。（**茅鹿門眉**）名言，切中古今情弊。今之舉子能爲此言，以擘畫當世之務，則善矣。（**李卓吾眉**）此弊古今皆然。所用之人無常責，而所發之政無成效。此猶適千里不齎糧而假丐於塗人；治病不知其所當用之藥，而百藥皆試，以僥倖於一物之中。欲三患之去，不可得也。（**茅鹿門夾**）譬。

昔者太公治齊，周公治魯，至於數十世之後，子孫之强弱，風俗之好惡，皆可得而逆知之。（**茅鹿門眉**）專一。何者？其所施專一，則其勢固有以使之也。管仲相桓公，自始爲政而至於霸，其所施設，皆有方法。及其成功，皆知其所以然，至今可覆也。咎犯之在晉，范蠡之在越，文公、勾踐嘗欲用其民，而二臣皆以爲未可，及其以爲可用也，則破楚滅吴，如寄諸其鄰而取之。此無他，見之明而策之熟也。

夫今之世，亦與明者熟策之而已。士争言曰：如是而財可豐，如是而兵可强，如是而吏可擇。吾從其可行者而規摹之，發之以勇，守之以專，達之以强，日夜以求合於其所規摹之内，而無務出於其所規摹之外。其人專，其政一，然而不成者，未之有也。財之不豐，兵之不强，吏之不擇，此三者，存亡之所從出，而天下之大事也。（**高啓夾**）更曲折。夫以天下之大事，而有一人焉，獨擅而兼言之，則其所以治此三者之術，其得失固未可知也。雖不可知，而此三者決不可不治者可知也。（**鍾惺夾**）數語是一篇主意。（**茅鹿門夾**）必有暗指。

是故不可以無術。其術非難知而難聽，非難聽而難行，非難行而難收。(**高啓眉**)能收。孔子曰:"好謀而成。"使好謀而不成,不如無謀。(**茅鹿門夾**)轉上一"收"字尤有見。(**李卓吾眉**)不切。蓋世有好劍者,聚天下之良金,鑄之三年而成,以爲吾劍天下莫敵也,劍成而狼戾缺折不可用。何者?是知鑄而不知收也。(**茅鹿門夾**)譬。今世之舉事者,雖其甚小,而欲成之者常不過數人,欲壞之者常不可勝數。(**茅鹿門夾**)譬。可成之功常難形,若不可成之狀常先見。上之人方且眩瞀而不自信,又何暇及於收哉!(**茅鹿門眉**)名言。切中今古情弊。以此建功立業,甚難。

古之人,有犯其至難而圖其至遠者,彼獨何術也?且非特聖人而已。(**茅鹿門眉**)"古之人"一段又提一議論,以儆當世君臣,分明是國手。(**高啓眉**)歷言古之人能收者。商君之變秦法也,攖萬人之怒,排舉國之説,勢如此其逆也。蘇秦之爲從也,合天下之異以爲同,聯六姓之疏以爲親,計如此其迂也。淮陰侯請于高帝,求三萬人,願以北舉燕趙,東擊齊,南絶楚之糧道,而西會於滎陽。耿弇亦言於世祖,欲先定漁陽,取涿郡,還收富平而東下齊,世祖以爲落落難合。此皆越人之都邑而謀人國,功如此其疏也。然而四子者行之若易然。出於其口,成於其手,以爲既已許吾君,則親挈而還之。(**茅鹿門眉**)古今豪俊如此。今吾以自有之天下,而行吾所得爲之事,其事又非有所拂逆於天下之意也,非有所待於人而後具也,如有財而自用之,有子而自教之耳。(**茅鹿門夾**)又翻入一步。然而政出於天下,有出而無成者,五六十年於此矣。(**茅鹿門夾**)應前。是何也?意者知出而不知收歟?非不知收,意者汗漫而無所收歟?故爲之説曰:先定其規摹而後從事。(**錢文登眉**)轉到規模上,極有下落。先定者,可以謀人。不先定者,自謀常不給,而况於謀人乎!(**茅鹿門夾**)《傳》曰:君志定而天下之治成。

且今之世俗，則有所可患者，(**茅鹿門夾**)又提世情來破之。士大夫所以信服于朝廷者不篤，而皆好議論以務非其上，使眩於是非，而不知其所從。(**高啓夾**)名言，切中古今情弊。(**茅鹿門眉**)宋人議論多而成功少，正坐此病。從之，則事舉無可爲者，不從，則其所行者常多故而易敗。夫所以多故而易敗者，人各持其私意以賊之，議論勝於下，而幸其無功者衆也。富人之謀利也常獲，世以爲福，非也。(**茅鹿門夾**)譬。彼富人者，信於人素深，而服於人素厚，所爲而莫或害之，所欲而莫或非之，事未成而衆已先成之矣。(**鍾惺夾**)是。夫事之行也有勢，其成也有氣。富人者，乘其勢而襲其氣也。欲事之易成，則先治其所以信服天下者。(**高啓眉**)從衆則泛議可忍。

天下之事，不可以力勝。力不可勝，則莫若從衆。(**茅鹿門夾**)又進一步深入人情。從衆者，非從衆多之口，而從其所不言而同然者，是真從衆也。(**鍾惺夾**)透。衆多之口非果衆也，特聞於吾耳而接於吾前，未有非其私説者也。於吾爲衆，於天下爲寡。(**鍾惺夾**)透。彼衆之所不言而同然者，衆多之口，舉不樂也。以衆多之口所不樂，而棄衆之所不言而同然，則樂者寡而不樂者衆矣。古之人，常以從衆得天下之心，而世之君子，常以從衆失之。不知夫古之人，其所從者，非從其口，而從其所同然也。何以明之？(**鍾惺眉**)極大頭腦以一極微事實之，意在言外，此古文之法之力，讀賈山《至言》知之。世之所謂逆衆斂怨而不可行者，莫若减任子。然不顧而行之者，五六年矣，而天下未嘗有一言。何則？彼其口之所不樂，而心之所同然也。從其所同然而行之，若猶有言者，則可以勿恤矣。(**王湲川眉**)富鄭公所行，長公借此一件，偶挈一事作證，以見爲國者當專一以行政。故爲之説曰："發之以勇，守之以專，達之以强。"苟知此三者，非獨爲吾國而已，雖北取契丹可也。（**茅鹿門眉**）又拿一件極大極難的作結。

【彙評】

錢文登:此文凡三大段,而"規模"二字是一篇主意。第一段言天下之患在於無財、無兵、無吏,惟其始之不立,故有此三患。第二段言欲立者在於先定規模,而嘆當時不能。第三段首言專一,次言能收,三言黜浮議,皆所以定規模。按此篇作於嘉祐,故所言皆變法事。

鄭之惠:浩瀚汹涌,與策同體。

鍾惺:雷何思先生云:不言如何豐財、强兵、擇吏,而直窮所以成不成之原,其文體大而識精,誼、贄以後所未有也。

正統論三首（至和二年作）

（**高啓眉**）至和二年作補,大意在不以正統之名爲重。（**茅鹿門旁**）正統之説,予嘗略言之,子瞻所挈名實輕重爲議,亦非是,然而文特辨矣。

總論一

正統者,何耶? 名耶? 實耶? 正統之説曰:"正者,所以正天下之不正也;統者,所以合天下之不一也。"不幸有天子之實,而無其位,有天子之名,而無其德,是二人者立於天下,天下何正何一,而正統之論決矣。正統之爲言,猶曰有天下云爾。（**高啓夾**）如此説正統之名便輕。人之得此名,而又有此實也,夫何議。

天下固有無其實而得其名者,聖人於此不得已焉,而不以實傷名。而名卒不能傷實,故名輕而實重。不以實傷名,故天下不争。名輕而實重,故天下趨於實。天下有不肖而曰吾賢者矣,未有賤而曰吾貴者也。(**鍾惺眉**)極快極確,反帶游戲,子瞻文往往如此。(**高啓夾**)深透。天下之争,自賢不肖始,聖人憂焉,不敢以亂貴賤,故天下知賢之不能奪貴。天下之貴者,聖人莫不貴之,恃有賢不肖存焉。輕以與人貴,而重以與人賢,天下然後知貴之不如賢,知賢之不能奪貴,故不争。知貴之不如賢,故趨於實,使天下不争而趨於實,是亦足矣。(**高啓眉**)玄論。正統者,名之所在焉而已。名之所在,而不能有益乎其人,而後名輕。名輕而後實重。吾欲重天下之實,於是乎始輕。(**鄭之惠眉**)翻覆發出"名輕"二字。

正統聽其自得者十,曰:堯、舜、夏、商、周、秦、漢、晉、隋、唐。予其可得者六以存教,曰:魏、梁、後唐、晉、漢、周。使夫堯舜三代之所以爲賢於後世之君者,皆不在乎正統。故後世之君不以其道而得之者,亦無以爲堯舜三代之比。於是乎實重。(**李卓吾眉**)此固然矣,何似並正統之名而不立乎?

【彙評】

鍾惺:一總論,正統之説,幾無餘矣。要知何以復有《辯論》二篇,瞭此可以論文。

王芑孫:正統之論本是後儒無謂之品題,三代未有此事,聖人並無此議,去之大快。

辯論二

正統之論,起於歐陽子,而霸統之説,起于章子。二子之論,吾與歐陽子,故不得不與章子辨,以全歐陽子之説。歐陽子之説全,而吾之説又因以明。

章子之説曰:"進秦梁,得而未善也。進魏,非也。"是章子未知夫名實之所在也。夫所謂正統者,猶曰有天下云爾,名耳。正統者,果名也,又焉實之知!視天下之所同君而加之,又焉知其他!(高啓眉)"視天下之所同君而加之"即有"天下云爾"意。章子以爲,魏不能一天下,不當與之統。夫魏雖不能一天下,而天下亦無有如魏之强者,吴雖存,非兩立之勢,奈何不與之統。章子之不絶五代也,亦徒以爲天下無有與之敵者而已。今也絶魏,魏安得無辭哉!(高啓眉)即章子不絶五代,駁難一番。正統者,惡夫天下之無君而作也。故天下雖不合於一,而未至乎兩立者,則君子不忍絶之於無君。(鍾惺夾)透。且夫德同而力均,不臣焉可也。今以天下不幸而不合於一,德既無以相過,而弱者又不肯臣乎强,於是焉而不與之統,亦見其重天下之不幸,而助夫不臣者也。(儲欣眉)各揭其説而條辨之。

章子曰:"鄉人且耻與盗者偶,聖人豈得與篡君同名哉?"吾將曰:是鄉人與是爲盗者,民則皆民也,士則皆士也,大夫則皆大夫也,則亦與之皆坐乎?苟其勢不得不與之皆坐,則鄉人何耻耶?(儲欣夾)然且有移吾床遠客者。聖人得天下,篡君亦得天下,顧其勢不得不與之同名,聖人何耻耶?吾將以聖人耻夫篡君,而篡君又焉能耻聖人哉!章子曰:"君子大居正,而以不正人居之,是正不正之相去未能相遠也。"且章子之所謂正者,何也?以一身之正爲正耶?以天下有君爲正耶?(鍾惺夾)透。一身之正,是天下之私正也。天下有君,是天下之公正也。吾無取乎私正也。天下無君,篡君出而制天下,湯武既没,吾安所取正哉。故篡君者,亦當時之正而已。章子曰:"祖與孫雖百歲,而子五十,則子不得爲壽。漢與晉雖得天下,而魏不能一,則魏不得爲有統。"吾將曰:其兄四十而死,則其弟五十爲壽。弟爲壽乎其兄,魏爲有統乎當時而已。章子比之婦謂舅嬖妾爲姑。

吾將曰舅則以爲妻，而婦獨奈何不以爲姑乎？以妾爲妻者，舅之過也。婦謂之姑，蓋非婦罪也。舉天下而授之魏、晉，是亦漢、魏之過而已矣。與之統者，獨何罪乎。

雖然，歐陽子之論，猶有異乎吾説者。歐陽子之所與者，吾之所與也。歐陽子之所以與之者非吾之所以與之也。歐陽子重與之，而吾輕與之。(**鍾惺夾**)善留地步。(**高啓夾**)即歐陽子亦有未與處。(**高啓眉**)至此纔説出"輕與"本意。(**儲欣眉**)"輕與"妙。且其言曰："秦、漢而下，正統屢絶，而得之者少。以其得之者少，故其爲名甚尊而重也。"嗚呼，吾不善夫少也。幸而得之者少，故有以尊重其名。不幸而皆得，歐陽子其敢有所不與耶？且其重之，則其施於簒君也，誠若過然，故章子有以啓其説。夫以文王而終身不得，以魏、晉、梁而得之，果其爲重也，則文王將有愧于魏、晉、梁焉。必也使夫正統者，不得爲聖人之盛節，則得之爲無益。得之爲無益，故雖舉而加之簒君，而不爲過。(**儲欣眉**)侃侃而言，辭足以達，至文至文。使夫文王之所不得，而魏、晉、梁之所得者，皆吾之所輕者也，然後魏、晉、梁無以愧文王，而文王亦無所愧於魏、晉、梁焉。

【彙評】

鍾惺：凡文勢曲折處，腕力須先極健極重。故曰："百折不回。"百折者，勢也；不回者，力也。重而後貴能折；輕則馳矣，何折之有？讀《正統》三論知之。

鄭之惠：正統與霸統並舉不得。《孟子》曰：以力假仁者霸。三代而後，正統已絶，漢祖唐宗，誰非以力假仁者？章子之論非是。長公之論亦尚折他不倒，不如"有天下云爾"五字絶妙。○東坡凡事務實，不急無謂之虚尊，省却多少葛藤。正統者猶曰現任某官而已，雖其輿臺皂圉、胥靡優笑之流，不得爲官者，而苟已過而授之，則一日在其位，不得曰一日無官也。

辯論三

始終得其正，天下合於一，是二者，必以其道得之耶？亦或不以其道得之耶？病乎或者之不以其道得之也，於是乎舉而歸之名。（**高啓眉**）正統以名論便輕，便可加於不以道得之者矣。歐陽子曰皆正統，是以名言者也。章子曰正統，又曰霸統，是以實言者也。歐陽子以名言而純乎名，章子以實言而不盡乎實。（**高啓眉**）"不盡乎實"是發辯論骨子。

章子之意，以霸統重其實，而不知實之輕自霸統始。（**高啓夾**）轉得醒。使天下之名皆不得過乎實者，固章子意也。天下之名果不過乎實也，則吾以章子爲過乎聖人。聖人不得已則不能以實傷名，而章子則能之。且吾豈不知居得其正之爲正，（**如魏受之於漢，晉受之於魏。**）不如至公大義之爲正也哉？蓋亦有不得已焉耳。（**李卓吾眉**）居得其正者，不如至公之正，指"魏受之於漢，晉受之於魏"言。如章子之説，吾將求其備。堯、舜以德，三代以德與功，漢、唐以功，秦、隋、後唐、晉、漢、周以力，晉、梁以弑。（**不言魏者，因章子之説而與之辨。**）以實言之，則德與功不如德，功不如德與功，力不如功，弑不如力，是堯、舜而下得統者，凡更四不如，而後至於晉、梁焉。（**茅鹿門夾**）辨。而章子以爲天下之實，盡於其正統霸統之間矣。（**錢文登眉**）是爲以實言而不盡乎實。

歐陽子純乎名，故不知實之所止。（**茅鹿門眉**）一步緊一步。章子雜乎實，故雖晉、梁弑君之罪，天下所不容之惡，而其實反不過乎霸。（**唐荊川眉**）然則論實者反不若論名。彼其初得正統之虛名，而不測其實罪之所至也。章子則告之曰："爾，霸者也。"

夫以弑君得天下而不失爲霸,則章子之説,固便乎簒者也。(**茅鹿門夾**)辨。夫章子豈曰弑君者其實止乎霸也哉? 蓋已舉其實而著之名,雖欲復加之罪,而不可得也。(**高啓眉**)爲章子回護,實加攻擊一番。

夫王者没而霸者有功於天下,吾以爲在漢、唐爲宜。必不得已而秦、隋、後唐、晉、漢、周得之,吾猶有憾焉,奈何其舉而加之弑君之人乎!(**高啓夾**)誠然。(**高啓眉**)此言論實即霸統不得輕與見得,只須論名。嗚呼! 吾不惜乎名而惜乎實也。(**高啓夾**)承上接下,復點"名、實"二字唤醒。霸之於王也,猶兄之於父也。(**李卓吾眉**)論王霸處極是。聞天下之父嘗有曰堯者,而曰必堯而後父,少不若堯而降爲兄,則瞽、鯀懼至僕妾焉。天下將有降父而至於僕妾者,無怪也。(**鍾惺眉**)以滑稽合其正論。(**高啓眉**)極論章子之雜乎實者爲非。(**儲欣夾**)詼嘲。從章子之説者,其弊固至乎此也。

故曰:莫若純乎名。純乎名,故晉、梁之得天下,其名曰正統,而其弑君之實,惟天下後世之所加,而吾不爲之齊量焉,於是乎晉、梁之惡不勝誅於天下,實於此反不重乎。(**高啓眉**)仍是不與晉、梁。

章子曰:"堯、舜曰帝,三代曰王,夏曰氏,商、周曰人,古之人輕重其君有是也。"以爲其霸統之説。(**高啓眉**)章子霸統之説所由起。夫執聖人之一端以藉其口,夫何説而不可? 吾亦將曰:孔子删書,而虞、夏、商、周皆曰書,湯武王、伯禽、秦穆公皆曰誓,以爲吾皆曰正統之説,其誰曰不可?(**高啓眉**)長公正統之名所由輕。聖人之於實也,不傷其名而後從之,帝亦天子也,王亦天子也,氏亦人也,人亦氏也,夫何名之傷? 若章子之所謂霸統者,傷乎名而喪乎實者也。(**高啓眉**)復繳出"名、實"二字纔住。

【彙評】

鍾惺:深而明,曲而透,故能實□。

儲欣:理之直者,其辭壯,尤妙在輕與。按正統之説,六經、孔孟之書無之,太史公、班氏、陳氏未嘗言,歐陽子徒據王猛、苻融之單詞以標其名也。重與不若輕與,輕與莫若並其所標之名而去之。此公之微意,所以曲全歐陽子者實多,然而知此者少矣。

王芑孫:即前義引而伸之,獨行文益加恣肆耳。

大臣論上

(**李九我眉**)勝不勝之説,此是名言確論。然人臣處此亦難,惟在格君心之非。(**茅鹿門旁**)當與歐陽公《朋黨論》參看。

以義正君而無害於國,可謂大臣矣。(**吕留良夾**)懸空立一句作標的,以下皆反説。(**王翰夾**)二句冒。(**高啓夾**)開口把一"義"字立論。

天下不幸而無明君,使小人執其權,當此之時,天下之忠臣義士莫不欲奮臂而擊之。夫小人者,必先得於其君而自固於天下,是故法不可擊。擊之而不勝身死,其禍止於一身。擊之而勝,君臣不相安,天下必亡。(**吕留良夾**)警策。(**高啓眉**)言小人不可輕擊。(**茅鹿門夾**)起案是漢唐影子。(**唐荆川夾**)此名言也,然人臣處此亦難矣。是以《春秋》之法,不待君命而誅其側之惡人,謂之叛。晉趙鞅入於晉陽以叛是也。

世之君子,將有志於天下,欲扶其衰而救其危者,必先計其後而爲可居之功,其濟不濟則命也,是故功成而天下安之。(**王翰夾**)單申明"君臣不相安"句,以其爲禍尤烈也。(**陳眉公眉**)"計其"後句正是"以義正君而無害於國"。(**吕留良夾**)洗發"君臣不相安"句,專言擊勝之禍。今夫小人，君不誅而吾誅之，則是侵君之權，而不可居之功也。夫既已侵君之權，而能北面就人臣之位，使君不吾疑者，天下未嘗有也。國之有小人，猶人之有癭。人之癭，必生於頸而附於咽，是以不可去。（**李九我眉**）割癭喻甚痛切。（**吕留良夾**）此篇妙在設喻巧切。有賤丈夫者，不勝其忿而決去之，夫是以去疾而得死。漢之亡，唐之滅，由此之故也。（**吕留良夾**）引證。自桓、靈之後，至於獻帝，天下之權，歸於内豎，賢人君子，進不容於朝，退不容於野，天下之怒，可謂極矣。當此之時，議者以爲天下之患獨在宦官，宦官去則天下無事，然竇武、何進之徒擊之不勝，止於身死，袁紹擊之而勝，漢遂以亡。（**茅鹿門夾**）應。唐之衰也，其迹亦大類此。自輔國、元振之後，天子之廢立，聽于宦官。當此之時，士大夫之論，亦惟宦官之爲去也。然而李訓、鄭注、元載之徒，擊之不勝，止於身死，至於崔昌遐擊之而勝，唐亦以亡。（**錢文登眉**）漢唐諸人擊小人者，是不能"計其後而爲可居之功"，非"以義正君而無害於國"，應前"法不可擊"一段。（**李卓吾眉**）漢唐之亡雖不由此，然亦有所本。

方其未去也，是累然者癭而已矣。（**吕留良夾**）忽接喻。（**茅鹿門夾**）忽接前喻無痕。及其既去，則潰裂四出，而繼之以死。何者？此侵君之權，而不可居之功也。（**吕留良夾**）忽接正。（**錢文登眉**）收得無一些滲漏。○只據前意喻嘆作結。（**李九我眉**）證前治癭却有回顧法。且爲人臣而不顧其君，捐其身於一決，以快天下之望，亦已危矣。（**吕留良夾**）前言害於國，以下言不合於義。（**王翰夾**）急脈緩受。（**茅鹿門夾**）總前。故其成則爲袁、爲崔，敗則爲何、竇，爲訓、注。（**王翰夾**）收拾漢唐事。（**高啓眉**）武進猶賢於訓、注，故只以武進言而訓、注可知。然則忠臣義士，亦奚取於此哉？夫竇武、何進之亡，天下悲之，以爲不幸。（**茅鹿門夾**）又一翻作餘波。然亦幸而不成,使其成也,二子者將何以居之?(**王翰夾**)收全篇。故曰:以義正君,而無害於國,可謂大臣矣。(**茅鹿門眉**)却不見正君之術。

【彙評】

吕留良:作文之要,曰引喻,曰證事。是篇於斯二者極盡其勝,但通體都是反説,如覆敗棋,未講下子處,宜必有下篇也。

王翰:論上言小人不可擊,援漢唐爲據,雖不勝與勝平列,而大指尤重"君臣不相安"一邊。

錢文登:"計其後而爲可居之功",是"以義正君而無害於國"大臣之所爲也。反是而逞於一擊之間,成則爲袁、爲崔,敗則爲何、竇,爲訓、注而已。大臣處小人擋路之際,可不戒哉?

大臣論下

(**茅鹿門旁**)與前是一篇。(**錢文登眉**)前論言小人不可輕擊,此論言擊之之術。○前一段言急之以合其交,後一段言寬之以待其變,末引平、勃事作結最當。

天下之權,在於小人,君子之欲擊之也,不亡其身,則亡其君。(**高啓夾**)總撮前篇大旨。然則是小人者,終不可去乎?(**高啓夾**)一轉甚有光焰。聞之曰:迫人者,其智淺;迫於人者,其智深。非才有不同,所居之勢然也。古之爲兵者,圍師勿遏,窮寇勿迫,誠恐其知死而致力,則雖有衆無所用之。故曰:"同舟而遇風,則吴越可使相救如左右手。"小人之心,自知其負天下之怨,(**吕留良夾**)未迫之前已如是。而君子之莫吾赦也,則將日夜爲計,以備一旦卒然不可測之患;(**呂留良夾**)迫人者其智淺。今君子又從而疾惡之,是以其謀不得不深,其交不得不合。(**高啓夾**)急之以合其交。(**呂留良夾**)迫於人者其智深。交合而謀深,則其致毒也忿戾而不可解。

故凡天下之患,起於小人,而成於君子之速之也。(**陳眉公眉**)"天下之患,起於小人,而成於君子",大是,根本之論。小人在内,君子在外。君子爲客,小人爲主。(**王翰夾**)指漢唐時官。主未發而客先焉,則小人之詞直,而君子之勢近於不順。(**高啓夾**)好議論。直則可以欺衆,而不順則難以令其下。(**呂留良夾**)知甘露之變反使宦官詞直。故昔之舉事者,常以中道而衆散,以至於敗,則其理豈不甚明哉?

若夫智者則不然。内以自固其君子之交,而厚集其勢;外以陽浮而不逆於小人之意,以待其間。(**高啓夾**)寬之以待其變。寬之使不吾疾,狃之使不吾慮。(**呂留良夾**)詳言待小人之法。(**高啓夾**)字字可令飛舞。啖之以利,以昏其智,順適其意,以殺其怒。然後待其發而乘其隙,推其墜而挽其絶。(**茅鹿門眉**)此一段千古經綸手,王、曾之計除丁謂,似得此意。故其用力也約,而無後患。莫爲之先,故君不怒而勢不逼。如此者,功成而天下安之。(**錢文登眉**)關鎖上兩段。

今夫小人急之則合,寬之則散,是從古以然也。(**呂留良夾**)此段外。見利不能不争,見患不能不避,無信不能不相詐,無禮不能不相瀆,是故其交易間,其黨易破也。(**王翰夾**)申言破小人之交。(**李卓吾眉**)只此"見利"四句,説盡小人情狀。(**茅鹿門夾**)切中情事。而君子不務寬之以待其變,而急之以合其交,亦已過矣。(**高啓夾**)鎖。君子小人,雜居而未決,爲君子之計者,莫若深交而無爲。(**呂留良夾**)此段内。(**王翰夾**)申言固君子之交。苟不能深交而無爲,則小人倒持其柄而乘吾隙。(**高啓夾**)先説此數句,引起平、勃事爲證。昔漢高之亡,以天下屬平、勃。及高后臨朝,擅王諸吕,廢黜劉氏。平日縱酒無一言,及用陸賈計,以千金交歡絳侯,卒以此誅諸吕,定劉氏。(**吕留良夾**)此亦君子之迫於小人而智深者。使此二人者而不相能,則是將相相攻之不暇,而何暇及於劉、吕之存亡哉!(**茅鹿門夾**)引證明切。(**錢文登眉**)平、勃是能深交而無爲,不急之以合其交,而惟寬之以待其改,論極確。故其説曰:將相和調,則士豫附。士豫附,則天下雖有變而權不分。(**唐荆川眉**)引此幾句,正合此篇血脈,就事用事,結得簡捷。嗚呼,知此,其足以爲大臣矣夫!(**吕留良夾**)蘇氏之所謂大臣者止乎此。

【彙評】

李九我:此論大臣之體,從容以俟其成,不在急遽以速其禍。末引平、勃相和事,尤奇特峻偉,意思高出一層,便有過人議論。

陳眉公:前篇文字得此篇方有歸著,中間"寬之使不吾疾"等語,真是卓見名言。

儲欣:此亦見其一耳,熙寧時政,恐陸生之計,亦窮於無所用。

王芑孫:今之君子慣用此法,但見其容身持禄,以成小人之歸而已矣。

吕留良:内以固君子之交,外以散小人之黨,二意相需,然使小人猜懼,則固交適足以速變。坡公説二者,於詳略先後之間甚有次第。

王翰:論下言去小人之法,内自固其交,而陽寬小人以破其交,扶危定傾無以曷此。此亦見其一耳,熙寧時政,恐陸生之計,亦窮於無所用。

續歐陽子朋黨論

(**錢文登眉**)前言朋黨之禍,後言散朋黨之術。此是東坡整齊莊重文字,其意與《大臣》上下二篇同,當參看。(**茅鹿門旁**)長公此論真可補歐陽子之不足。元祐、紹聖之間,豈其説不用耶? ○通篇轉折處皆如游龍。

歐陽子曰:"小人欲空人之國,必進朋黨之説。"嗚呼,國之將亡,此其徵歟? 禍莫大於權之移人,而君莫危於國之有黨。有黨則必争,争則小人者必勝,而權之所歸也,君子安得不危哉! 何以言之? 君子以道事君,人主必敬之而疏。小人唯予言而莫予違,人主必狎之而親。疏者易間,而親者難睽也。而君子者,不得志則奉身而退,樂道不仕。小人者,不得志則徼幸復用,唯怨之報。(**高啓夾**)分明元祐紹聖影子。此其所以必勝也。

蓋嘗論之。君子如嘉禾也,封殖之甚難,而去之甚易。小人如惡草也,不種而生,去之復蕃。世未有小人不除而治者也,然去之爲最難。斥其一則援之者衆,盡其類則衆之致怨也深。小者復用而肆威,大者得志而竊國。善人爲之掃地,世主爲之屏息。譬斷蛇不死,刺虎不斃,其傷人則愈多矣。齊田氏、魯季孫是已。(**高啓夾**)使事好。(**茅鹿門眉**)引證切。(**李卓吾眉**)田、季,權臣也,似非其比。齊、魯之執事,莫非田、季之黨也,歷數君不忘其誅,而卒之簡公弑,昭、哀失國。小人之黨,其不可除也如此。而漢黨錮之獄,唐白馬之禍,忠義之士,斥死無餘。君子之黨,其易盡也如此。使世主知易盡者之可戒,而不可除者之可懼,則有瘳矣。(**茅鹿門眉**)上言小人之難去。以下是去小人之術。

且夫君子者,世無若是之多也。小人者,亦無若是之衆也。凡才智之士,鋭於功名而嗜於進取者,隨所用耳。(**錢文登眉**)此是散朋黨之術。○小人未必不可化者，顧其用之何如耳。惜乎元祐、紹聖之間，此説不行而君子受禍。悲夫！（**李卓吾眉**）此又非其比矣。孔子曰："仁者安仁，智者利仁。"未必皆君子也。冉有從夫子則爲門人之選，從季氏則爲聚斂之臣。唐柳宗元、劉禹錫使不陷叔文之党，其高才絶學，亦足以爲唐名臣矣。昔欒懷子得罪於晉，其黨皆出奔，樂王鮒謂范宣子曰："盍反州綽、邢蒯？勇士也。"宣子曰："彼欒氏之勇也。余何獲焉！"王鮒曰："子爲彼欒氏，乃亦子之勇也。"嗚呼，宣子蚤從王鮒之言，豈獨獲二子之勇，且安有曲沃之變哉！（**高啓夾**）使事好。

愚以謂治道去泰甚耳。苟黜其首惡而貸其餘，使才者不失富貴，不才者無所致憾，將爲吾用之不暇，又何怨之報乎！人之所以爲盜者，衣食不足耳。（**茅鹿門夾**）驀然一譬接上。農夫市人，焉保其不爲盜？而衣食既足，盜豈有不能返農夫市人也哉！故善除盜者，開其衣食之門，使復其業。善除小人者，誘以富貴之道，使隳其黨。以力取威勝者，蓋未嘗不反爲所噬也。（**茅鹿門眉**）曲盡情事。

曹參之治齊曰："慎無擾獄市。"（**高啓夾**）復使事作結。獄市，奸人之所容也。知此，亦庶幾於善治矣。奸固不可長，而亦不可不容也。若奸無所容，君子豈久安之道哉！（**高啓夾**）名言。牛、李之黨遍天下，而李德裕以一夫之力，欲窮其類而致之必死，此其所以不旋踵而罹仇人之禍也。奸臣復熾，忠義益衰。以力取威勝者，果不可耶！愚是以續歐陽子之説，而爲君子小人之戒。

【彙評】

李九我：歐公在《諫院進朋黨論》則啓其君以退小人之僞朋、用君子之真朋，其言美矣。坡公續之，則教君子引進小人中之才勇而用之，此正夫子不爲已。甚之，疾以“杞包瓜”而可以回天命者也，于世道最有補矣。

鄭之惠：當同《大臣論》合看，彼是去小人法，此是用小人法。

儲欣：前半寫照君子小人情狀，乃化工，非畫工也。後即《大臣論下》意，而申言之，然佳處固在前半。

王芑孫：容奸即所以長奸，自古君子、小人無兩立之道。

屈到嗜芰論

（**茅鹿門旁**）辨而正。（**唐荊川眉**）此文逐段關鎖，似諱辨體。（**鄒東郭眉**）此篇字句全用左家文法，而意思層疊，不惟説出子木心事，而人子追思其親之意，庶幾足矣。（**錢文登眉**）略説綱領，而後解之。

屈到嗜芰，有疾，召其宗老而屬之，曰：“祭我必以芰。”及祥，宗老將薦芰，屈建命去之。君子曰：“違而道。”唐柳宗元非之曰：“屈子以禮之末，忍絶其父將死之言。且《禮》有‘齋之日，思其所樂，思其所嗜’，子木去芰，安得爲道？”

甚矣，柳子之陋也！（**高啓夾**）先點破。子木，楚卿之賢者也。夫豈不知爲人子之道，事死如事生，況於將死丁寧之言，棄而不用，人情之所忍乎！是必有大不忍於此者而奪其情也。（**陳眉公眉**）以“大不忍”三字勘破子木千古知心。夫死生之際，聖人嚴之。薨于路寢，不死於婦人之手，至於結冠纓、啓手足之末，不敢不勉。其於死生之變亦重矣。（**茅鹿門眉**）經術三引證重自處死。痛切。父子平日之言，可以恩掩義。至於死生至嚴之際，豈容以私害公乎？（**高啓夾**）四句斷破，妙手！妙手！

曾子有疾，稱君子之所貴乎道者三。孟僖子卒，使其子學禮于仲尼。管仲病，勸桓公去三豎。夫數君子之言，或主社稷，或勤于道德，或訓其子孫，雖所趣不同，然皆篤於大義，不私其躬也如是。（**高啓夾**）此段總斷。（**吕雅山眉**）玄思粹語，勘破子木心事，即子木亦當斂袵。今赫赫楚國，若敖氏之賢，聞於諸侯，身爲正卿，死不在民，而口腹是憂，其爲陋亦甚矣。使子木行之，國人誦之，太史書之，天下後世不知夫子之賢，而唯陋是聞，子木其忍爲此乎？（**高啓夾**）句語頓挫。（**高啓眉**）正是大不忍處。故曰：是必有大不忍者而奪其情也。（**高啓夾**）應前。

然《禮》之所謂"思其所樂，思其所嗜"，此言人子追思之道也。（**茅鹿門眉**）又是一種奇思。曾晳嗜羊棗，而曾子不忍食。（**茅鹿門眉**）三段辯難精切。父没而不能讀父之書，母没而不能執母之器，皆人子之情自然也，豈待父母之命耶？（**陳眉公眉**）闡發前面不違，而道意亦徹。今薦芰之事，若出於子則可，自其父命，則爲陋耳。豈可以飲食之故而成父莫大之陋乎！曾子寢疾，曾元難於易簀。曾子曰："君子之愛人也以德，細人之愛人也以姑息。"若以柳子之言爲然，是曾元爲孝子，而曾子顧禮之末易簀於病革之中，爲不仁之甚也。（**唐荆川眉**）破子厚之説如兩造相質。中行偃死，視不可含，范宣子盥而撫之曰："事吴敢不如事主！"猶視。欒懷子曰："主苟終，所不嗣事於齊者，有如河。"乃瞑。嗚呼，范宣子知事吴爲忠於主，而不知報齊以成夫子憂國之美，其爲忠則大矣。（**李九我眉**）引此曾元宣子二事，以美子木。破前段"思其所樂"二句意。（**高啓眉**）兩引事重處君父之死。（**高啓眉**）詳盡。

古人以愛惡比之美疢藥石，曰："石猶生我。疢之美者，其毒滋多。"由是觀之，柳子之愛屈到，是疢之美。子木之違父命，藥石也哉。(**茅鹿門夾**)結。(**鄒東郭眉**)只斷得一段意,自覺完足,且有筆力,有關鍵。(**王芑孫旁**)東坡之論,畢竟勝柳。

【彙評】

姜鳳阿:屈建去芰,柳子非之,見《非國語書》六十二條。柳子自言此書以明大中之道,而後世有詬予者無憾焉。是故不恤坡公之議也,而坡公論之極精當。如是觀《送文暢序》,則韓極詆柳;觀《論史書》,則柳極詆韓;今觀《續楚語》,則蘇又極詆柳:此正文人詞鋒克長之際,學者宜潛心焉。

胡思泉:屈建亦忍人哉!到嗜芰無害於義,祭而薦之,不忘親也,曷爲去之哉?況屈到不以芰而遂廢其羊,屈建當以禮而兼致其情,何忍心若是耶?柳子非之宜矣。蘇子謂有大不忍者,果信然耶?

錢文登:闡左氏之説,破子厚之論,道理最是,且筆勢變化,意見反復,作辯難攻擊之文,此其正印。

鄭之惠:生發宛轉,聞之吴中先輩有唯讀此一論終身用不盡者。

儲欣:即去芰一事,足見前後文人機鋒相長,而《國語》之旨尤待此論而暢。

王芑孫:無理之至,大抵東坡早年之文好翻案,而一無理實。

龍虎鉛汞論

(**高啓眉**)性命一貫之論,何止言養生已也。

人之所以生死,未有不自坎、離者。坎、離交則生,分則死,必然之首也。離爲心,坎爲腎。(**高啓夾**)分説。心之所然,未有不正,雖桀、跖亦然。其所以爲桀、跖者,以内輕而外重。故常行其所不然者爾。腎强而溢,則有欲念,雖堯、顔亦然。其所以爲堯、顔者，以内重而外輕。故常行其所然者耳。由此觀之，心之性法而正，腎之性淫而邪，水火之德，固如是也。(**高啓夾**)合。子産曰：“火烈，人望而畏之。水弱，人狎而玩之。”(**高啓夾**)借喻。達者未有不知此者也。(**高啓夾**)又分説。龍水，汞也，精也，血也。出於腎，而肝藏之，坎之物也。虎火，鉛也，氣也，力也。出於心，而肺主之，離之物也。心動，則氣力隨之而作。腎溢，則精血隨之而流。如火之有煙，未有復反於薪者也。(**高啓夾**)譬切。世之不學道。其龍常出於水，故龍飛而汞輕。其虎常出於火，故虎走而鉛枯。此生人之常理也。順此者死，逆此者仙。故真人之言曰：“順行則爲人，逆行則爲道。”又曰：“五行顛倒術，龍從火裏出。五行不順行，虎向水中生。”(**高啓眉**)“龍從火裏出”“虎向水中生”，是發論骨子。

有隱者教余曰：(**高啓夾**)突然拈出。“人能正坐，瞑目調息，握固心定，息微則徐閉之。(**達磨胎息法，亦須閉。若如佛經，待其自止，恐卒不能到也。**)雖無所念，而卓然精明，毅然剛烈，如火之不可犯，息極則小通之，微則復閉之。(**方其通時，亦限一息，一息歸之，已下丹田中也。**)爲之。推數以多爲賢，以久爲功，不過十日，則丹田濕而水上行，愈久愈温，幾至如烹，上行如水，蓊然如雲，烝於泥丸。蓋離者，麗也，著物而見火之性也。(**高啓夾**)轉前龍虎鉛汞無痕。吾目引於色，耳引於聲，口引於味，鼻引於香，火輒隨而麗之。今吾寂然無所引於外，火無所麗，則將焉往？水其所妃也，勢必從之。坎者，陷也，物至則受水之性也，而況其妃乎？水火合，則火不炎而水自上，則所謂‘龍從火裏出’也。龍出於火，則龍不飛，而汞不乾。旬日之外，腦滿而腰足輕，方閉息時，常卷舌而上，以舐懸癰，雖不能到，而意到焉，久則能到也。如是不已，則汞下入口。方調息時，則漱而烹之，須滿口而後咽。(**若未滿,且留口中,俟後次也**。)仍以空氣送至下丹田,常以意養之,久則化而爲鉛。此所謂'虎向水中生'也。"(**高啓眉**)透骨之論。○將龍虎逆行之意重發,此二段文才闊衍。

此論奇而通,妙而簡,決爲可信者。(**高啓眉**)此下只述自己發願,更不粘帶龍虎來講。然吾有大患,平生發此志願百十回矣,皆謬悠無成,意此道非捐軀以赴之,刳心以受之,盡命以守之,不能成也。吾今年已六十,名位破敗,兄弟隔絶,父子離散,身居蠻夷,北歸無日,區區世味,亦可知矣。若復謬悠於此,真不如人矣。(**高啓夾**)達論。故數日來,别發誓願。譬如古人避難窮山,或使絶域,齧草啖雪,彼何人哉!已令告一禪榻、兩大案,明窗之下,專欲治此。並已作乾蒸餅百枚。自二月一日爲首,盡絶人事。飢則食此餅,不飲湯水,不啖食物,細嚼以致津液,或飲少酒而已。午後,略睡。一更便卧,三更乃起,坐以待旦。有日采日,有月采月,餘時非數息煉陰,則行今所謂龍虎訣爾。如此百日,或有所成。不讀書著文,且一時閣起,以待異日。不游山水,除見道人外,不接客,不會飲,皆無益也。(**高啓眉**)數語清閑之樂極矣。深恐易流之性,不能終踐此言,故先書以報,庶幾他日有慚于弟而不敢變也。此事大難,不知其果能不慚否?此書既以自堅,又欲以及弟也。

卷舌以舐懸癰,近得此法,初甚秘惜之。此禪家所謂"向上一路子,千金不傳人",所見如此,雖可笑,然極有驗也。但行之數日間,舌下筋微急痛,當以漸馴致。若舌尖果能及懸癰,則致華池之水,莫捷於此也。(**高啓夾**)微繳前。又言:"此法名'江爐上一點雪'。"宜且秘之。(**高啓眉**)曰"舌下筋微急痛",正"恐不能終踐言"意;曰"致華池之水,莫捷於此也",正"發願力行"意。

上張安道養生訣論

近年頗留意養生。讀書，延納方士多矣，其法數百，擇其簡而易行者，間或爲之，輒驗。今此法特奇妙，乃知神仙長生不死，非虛語爾。其效初不甚覺，但積累百餘日，功用不可量。比之服藥，其力百倍。久欲獻之左右，其妙處非言語文字所能形容。然可道其大略。若信而行之，必有大益，其狀如左。

每夜以子後（**三更三四點至五更以來。**）披衣起，（**只床上擁被坐亦可。**）面東若南，盤足，叩齒三十六通，握固，（**以兩拇指握第三指，或第四指握拇指，兩手拄腰腹間也。**）閉息，（**閉息，最是道家要妙處。先須閉息却慮，掃滅座相，使心澄湛，諸念不起，自覺出入息調勻，即閉定口鼻也。**）内觀五臟，肺白、肝青、脾黄、心赤、腎黑。（**常求五臟圖挂壁上，使心中熟識五臟六腑之形狀。**）次想心爲炎火，光明洞徹，下入丹田中。待腹滿氣極，即徐出氣。（**不得令耳聞。**）候出入息均調，即以舌接脣齒，内外漱煉津液，（**若有鼻液，亦須漱使，不嫌其鹹，煉久自然甘美，此是真氣，不可棄之也。**）未得咽。復前法。閉息内觀，納心丹田，調息漱津，皆依前法。如此者三，津液滿口即低頭咽下，以氣送入丹田。須用意精猛，令津與氣谷谷然有聲，徑入丹田。又依前法爲之。凡九閉息，三咽津而止。然後以左右手熱摩兩脚心，（**此涌泉穴上徹頂門，氣訣之妙。**）及臍下腰脊間，皆令熱徹，（**徐徐摩之，使微汗出，不妨，不可喘足爾。**）次以兩手摩熨眼、面、耳、項，皆令極熱。仍案捏鼻梁左右五七下，梳頭百餘梳而卧，熟寢至明。

右其法至簡易，在常久不廢而有深功。且試行一二十日，精神自已不同，覺臍下實熱，腰脚輕快，久之不已，去仙不遠。但當習閉息，使漸能持久。以脈候之，五至爲一息。近來閉得漸久,每一閉百二十至而開,蓋已閉得二十餘息也。又不可强閉多時,使氣錯亂,或奔突而出,反爲之害。慎之！慎之！又須常節晚食,令腹中寬虚,氣得回轉。晝日無事,亦時時閉目内觀,漱煉津液咽之,摩熨耳目,以助真氣。但清净專一,即易見功矣。

神仙至術,有不可學者。一忿躁,二陰險,三貪欲。公雅量清德,無此三疾,竊謂可學。(**陳仁錫眉**)數語真下手。故獻其區區,篤信力行,他日相見,復陳其妙者焉。文書口訣,多枝詞隱語,卒不見下手徑路。今且直指精要,可謂至言不煩,長生之根本也。幸深加寶秘,勿使庸妄窺之,以泄至道也。

續養生論

鄭子産曰:"火烈,人望而畏之;水弱,人狎而玩之。"翼奉論六情十二律,其論水火也,曰:"北方之情好也,好行貪狠。南方之情惡也,惡行廉貞。廉貞故爲君子,貪狠故爲小人。"予参二人之學,而爲之説曰:火烈而水弱,烈生正,弱生邪,火爲心,水爲腎。故五臟之性,心正而腎邪,火爲心,水爲腎。故五臟之性,心正而腎邪。腎無不邪者,雖上智之腎亦邪。然上智常不淫者,心之官正而腎聽命也。心無不正者,雖下愚之心亦正。然下愚常淫者,心不官而腎爲政也。知此,則知鉛汞龍虎之説矣。

何謂鉛?凡氣之謂鉛,或趨或蹶,或呼或吸,或執或擊。凡動者皆鉛也。肺實出納之。肺爲金,爲白虎,故曰鉛,又曰虎。何謂汞?凡水之謂汞,唾涕、膿血、精汗、便利,凡濕者皆汞也。肝實宿藏之。肝爲木,爲青龍,故曰汞,汞也。肝實宿藏之。肝爲木,爲青龍,故曰汞,又曰龍。古之真人論内丹者曰:“五行顛倒術,龍從火裏出。五行不順行,虎向水中生。”世未有知其説者也。方五行之順行也,則龍出於水,虎出於火,皆死之道也。心不官而腎爲政,聲色外誘,邪淫内發,壬癸之英,下流爲人,或爲腐壞。是汞龍之出於水者也。喜怒哀樂皆出於心者也。喜則攫拿隨之,怒則毆擊隨之,哀則擗踊隨之,樂則抃舞隨之。心動於内,而氣應於外,是鉛虎之出於火者也。汞龍之出於水,鉛虎之出於火,有能出而復返者乎?故曰皆死之道也。

真人教之以逆行,曰:“龍當使從火出,虎當使從水生也。”其説若何?孔子曰:“思無邪。”凡有思皆邪也,而無思則土木也。孰能使有思而非邪也,而無思則土木也。孰能使有思而非邪,無思而非土木乎?蓋必有無思之思焉。夫無思之思,端正莊栗,如臨君師,未嘗一念放逸。然卒無所思。如龜毛兔角,非作故無本性,無故是之謂戒。戒生定,定則出入息自住,出入息住則心火不復炎上。火在易爲自住,出入息住則心火不復炎上。火在易爲離。離,麗也。必有所麗,未嘗獨立,而水其妃也,既不炎上,則從其妃矣。水火合則壬癸之英,上流於腦,而益于玄膺,若鼻液而不鹹,非腎出故也,此汞龍之自火出者也。長生之藥,内丹之萌,無過此者矣。陰陽之始交,天一爲水,凡人之始造形,皆水也,故五行一曰水。得暖氣而後生,故二曰火。生而後有骨,故三曰木。骨生而日堅,凡物之堅壯者,皆金氣也,故四曰金。骨堅而後肉生焉,土爲肉,故五曰土。人之在母也,母呼亦呼,母吸亦吸口鼻皆閉,而以臍達。故臍者,生之根也。汞龍之出於火,流於腦,溢於玄膺,必歸於根心,火不炎上,必從其妃,是火常在根也。故壬癸之英,得火而日堅,達于四支,浹於肌膚而日壯,究其極,則金剛之體也。此鉛虎之自水生者也。龍虎生而内丹成矣。故曰順行則爲人,逆行則爲道,道則未也,亦可謂長生不死之術矣。

【彙評】

鄭之惠:讀書人修養法無如此,便“心性”“腎性”二語,萬卷丹經未曾道破。

卷四十五
制策二首

御試制科策(並問)

(李卓吾旁)痛快。

皇帝若曰:朕承祖宗之大統,先帝之休烈,深惟寡昧,未燭於理,志勤道遠,治不加進。夙興夜寐,於兹三紀。朕德有所未至,教有所未孚,闕政尚多,和氣或盭。田野雖辟,民多無聊。邊境雖安,兵不得撤。利入已浚,浮費彌廣。軍冗而未練,官冗而未澄。庠序比興,禮樂未具。户罕可封之俗,士忽胥讓之節。此所以訟未息於虞、芮,刑未措於成、康。意在位者不以教化爲心,治民者多以文法爲拘。禁防繁多,民不知避。叙法寬濫,吏不知懼。累繫者衆,愁嘆者多。仍歲以來,災異數見。六月壬子,日食於朔。淫雨過節,暖氣不效。江河潰决,百川騰溢。永思厥咎,深切在予。變不虚生,緣政而起。五事之失,六沴之作,劉向所傳,吕氏所紀,五行何修而得其性?四時何行而順其令?非正陽之月,伐鼓救變,其合於經乎?方盛夏之時,論囚報重,其考於古乎?京師諸夏之表則,王教之淵源。百工淫巧無禁,豪右僭差不度。治當先内,或曰,何以爲京師?政在摘奸,或曰,不可撓獄市。推尋前世,探觀治迹。孝文尚老子而天下富殖。孝武用儒術而海内虚耗。道非有弊,治奚不同? 王政所由,形於詩道。周公《豳》詩,王業也,而繫之《國風》。宣王北伐,大事也,而載之《小雅》。周以冢宰制國用,唐以宰相兼度支。錢穀,大計也。兵師,大衆也。何陳平之對,謂當責之内史? 韋洪質之言,不宜兼于宰相? 錢貨之制,輕重之相權;命秩之差,虚實之相養;水旱蓄積之備,邊陲守禦之方;圜法有九府之名,樂語有五均之義。富人强國,尊君重朝。弭災致祥,改薄從厚。此皆前世之急政,而當今之要務。子大夫其悉意以陳,毋悼後害。

臣謹對曰:臣聞天下無事,則公卿之言輕於鴻毛;天下有事,則匹夫之言重於泰山。非智有所不能,而明有所不察,緩急之勢異也。方其無事也,雖齊桓之深信其臣,管仲之深得其君,以握手丁寧之間,將死深悲之言,而不能去其區區之三豎。及其有事且急也,雖唐代宗之庸,程元振之用事,柳伉之賤且疏,而一言以入之,不終朝而去其腹心之疾。夫言之於無事之世者,足以有所改爲,而常患於不信。言之於有事之世者,易以見信,而常患於不及改爲。此忠臣志士之所以深悲,天下之所以亂亡相尋,而世主之所以不悟也。今陛下處積安之時,乘不拔之勢,拱手垂裳,而天下嚮風;動容變色,而海内震恐。(**儲欣夾**)造句。雖有一事之失常,一物之不獲,固未足以憂陛下也。所謂親策賢良之士者,以應故事而已。(**李卓吾夾**)可傷。豈以臣言爲真足以有感於陛下耶? 雖然,君以中求之,臣以實應之。陛下爲是名也,臣敢不爲是實也。(**李卓吾夾**)妙甚。(**鍾惺眉**)冷語説得可傷,聳動人主,全在此一段。

伏惟制策有念祖宗先帝大業之重,(**鍾惺眉**)每段引"制策"冠之分貼條封,若爲之注釋者無意作章法,即借策問爲章法,局架截然而變化流走之妙在其中。其法從晁錯《賢良策對》中來,若使後人爲之,不知何如癡且散矣。而自處於寡昧,以爲"志勤道遠,治不加進",臣竊以爲陛下即位以來,歲歷三紀,更於事變,審於情僞,不爲不熟矣。而"治不加進",雖臣亦疑之。然以爲"志勤道遠",則雖臣至愚,亦未敢以明詔爲然也。夫志有不勤而道無遠。陛下苟知勤矣,則天下之事,粲然無不畢舉,又安以訪臣爲哉? 今也猶以道遠爲嘆,則是陛下未知勤也。(**儲欣眉**)排問語,是駁題法,隨粘"勤"字作大領頭。臣請言勤之説。

夫天以日運,故健;日月以日行,故明;水以日流,故不竭;人之四肢以日動,故無疾;器以日用,故不蠹。天下者,大器也。久置而不用,則委靡廢放,日趨於弊而已矣。陛下深居法宫之中,其憂勤而不息耶? 臣不得而知也。其宴安而無爲耶? 臣不得而知也。然所以知道遠之嘆由陛下之不勤者,誠見陛下以天下之大,欲輕賦税則財不足,欲威四夷則兵不强,欲興利除害則無其人,欲敦世厲俗則無其具,大臣不過遵用故事,小臣不過謹守簿書,上下相安,以苟歲月。此臣所以妄論陛下之不勤也。(**儲欣夾**)切中。臣又竊聞之。自頃歲以來,大臣奏事,陛下無所詰問,直可之而已。臣始聞而大懼,以爲不信,及退而觀其效見,則臣亦不敢謂不信也。何則? 人君之言,與士庶不同。言脱於口,而四方傳之,捷於風雨。故太祖、太宗之世,天下皆諷誦其言語,以爲聳動之具。今陛下之所震怒而賜譴者,何人也? 合於聖意誘而進之者,何人也? 所與朝夕論議深言者,何人也? 越次躐等召而問訊之者,何人也? 四者,臣皆未之聞焉。此臣所以妄論陛下之不勤也。(**鍾惺眉**)冷冷問來□人。(**茅鹿門眉**)仁廟多仁厚而柔緩,故子瞻振厲在此。

臣願陛下條天下之事,其大者有幾,可用之人有幾。某事未治,某人未用,雞鳴而起,曰:吾今日爲某事,用某人。他日又曰:吾所爲某事,其事果濟矣乎?所用某人,其人果才矣乎?如是孜孜焉不違於心,屏去聲色,放遠善柔,親近賢達,遠覽古今,凡此者勤之實也,而道何遠乎!

伏惟制策有“夙興夜寐,於今三紀。德有所未至,教有所未孚,闕政尚多,和氣或盭。田野雖辟,民多無聊。邊境雖安,兵不得撤。利入已浚,浮費彌廣。軍冗而未練,官冗而未澄。庠序比興,禮樂未具。户罕可封之俗,士忽胥讓之節。此所以訟未息於虞、芮,刑未措於成、康。意在位者不以教化爲心,治民者多以文法爲拘。禁防繁多,民不知避。叙法寬濫,吏不知懼。累繫者衆,愁嘆者多”。凡此陛下之所憂數十條者,臣皆能爲陛下歷數而備言之。然而未敢爲陛下道也。(**鍾惺夾**)對君之法自宜如此。何者?

陛下誠得御臣之術而固執之,則向之所憂數十條者,皆可以捐之大臣,而己不與。今陛下區區以嚮之數十條爲己憂者,則是陛下未得御臣之術也。(**儲欣眉**)御臣之術,策問外别出己意,是大籠罩。天下所謂賢者,陛下既得而用之矣。方其未用也,常若有餘;而其既用也,則常若不足。是豈其才之有變乎!古之用人者,日夜深提策之。武王用太公,其相與問答百餘萬言,今之《六韜》是也。桓公用管仲,其相與問答亦百餘萬言,今之《管子》是也。古之人君,其所以反復窮究其臣者若此。今陛下默默而聽其所爲,則夫嚮之所憂數十條者無時而舉矣。(**儲欣夾**)切中。(**茅鹿門眉**)鑱心剔骨之言。古之忠臣其受任也,必先自度曰:吾能辦是矣乎?(**李卓吾夾**)要緊,要緊。度能辦是也,則又曰:吾君能忘己而任我乎?能無以小人間我乎?度其能忘己而任我也,能無以小人間我也,然後受之。既已受之矣,則以身任天下之責而不辭，享天下之利而不愧。(**李卓吾夾**)妙，妙。今也內不度己，外不度君，而輕受之。(**李卓吾夾**)至切。受之，而衆不與也，則引身而求去。陛下又爲美辭而遣之，加之重禄而慰之。(**茅鹿門眉**)宋仁廟時有此風。夫引身而求退者，非果廉節而有讓也。是邀君以自固也，是自明其非我之欲留以逃謗也，是不能辦其事而以其患遺後人也。(**鍾惺眉**)從來險猾之臣即頑鈍之臣也，和盤托出，千古老奸何處生活？陛下奈何聽之？臣故曰：陛下未得御臣之術也。

若夫"德有所未至，教有所未孚"者，此實不至也。(**儲欣夾**)歷數而備言之。德之，必有以著其德之之形；教之，必有以顯其教之之狀。德之之形，莫著於輕賦。教之之狀，莫顯於去殺。此二者，今皆未能焉。故曰：實不至也。夫以選舉之重，而不取才行；官吏之衆，而不行考課；農末之相傾，而平糴之法不立；貧富之相役，而占田之數無限。天下之闕政，則莫大乎此。而和氣安得不螯乎？

"田野闢"者，民之所以富足之道也。其所以無聊，則吏政之過也。然臣聞天下之民，常偏聚而不均。吴、蜀有可耕之人而無其地。荆、襄有可耕之地而無其人。由此觀之，則田野亦未可謂盡闢也。夫以吴、蜀、荆、襄之相形，而飢寒之民，終不能去狹而就寬者，世以爲懷土而重遷，非也。行者無以相群，則不能行；居者無以相友，則不能居。若輩徙飢寒之民，則無不聽矣。

"邊境已安，而兵不得撤"者，有安之名，而無安之實也。臣欲小言之，則自以爲愧；大言之，則世俗以爲笑。臣請略言之。古之制北狄者，未始不通西域。今之所以不能通者，是夏人爲人障也。朝廷置靈武於度外，幾百年矣。議者以爲絶域異方，曾不敢近，而況於取之乎！然臣以爲事勢有不可不取者。不取靈武,則無以通西域。西域不通,則契丹之强,未有艾也。然靈武之所以不可取者,非以數郡之能抗吾中國,吾中國自困而不能舉也。其所以自困而不能舉者,以不生不息之財,養不耕不戰之兵,塊然如巨人之病腿,非不梠然大矣,而手足不能以自舉。欲去是疾也,則莫若捐秦以委之,使秦人斷然如戰國之世,不待中國之援,而中國亦若未始有秦者。(**茅鹿門眉**)"捐秦以委之"之説未妥,"大略條邊事"一著猶疏闊。有戰國之全利,而無戰國之患,則夏人舉矣。其便莫如稍徙緣邊之民不能戰守者於空閑之地,而以其地益募民爲屯田。屯田之兵稍益,則向之戍卒可以稍減,使數歲之後,緣邊之民,盡爲耕戰之夫,然後數出兵以苦之,要以使之厭戰而不能支,則折而歸吾矣。如此,而北狄始有可制之漸,中國始有息肩之所。不然,將濟師之不暇,而又何撤乎?

所謂"利入已浚而浮費彌廣"者。臣竊以爲外有不得已之二虜,内有得已而不已之後宫。(**茅鹿門眉**)切近今日之弊。後宫之費不下一敵國,金玉錦繡之工,日作而不息,朝成夕毁,務以相新。主帑之吏,日夜儲其精金良帛而别異之,以待倉卒之命,其爲費豈可勝計哉!(**鍾惺夾**)怕人。今不務去此等,而欲廣求利之門,臣知所得之不如所喪也。

"軍冗而未練"者。臣嘗論之,曰:此將不足恃之過也。然以其不足恃之故,而擁之以多兵,不搜去其無用,則多兵適所以爲敗也。

"官冗而未澄"者。臣嘗論之,曰:此審官吏部與職司無法之過也。夫審官吏部,是古者考績黜陟之所也。而特以日月爲斷。今縱未能復古,可略分其郡縣,不以遠近爲差,而以難易爲等,第其人之所堪,而别異之。才者常爲其難,而不才者常爲其易。及其當遷也,難者常速,而易者常久。然而爲此者固有待也。使審官吏部與外之職司常相關通,而爲職司者,不惟舉有罪,察有功而已。必使盡第其屬吏之所堪,以詔審官吏部。審官吏部常從内等其任使之難易。職司常從外第其人之優劣。才者常用,不才者常閑。則冗官可澄矣。

“庠序興而禮樂未具”者。臣蓋以爲庠序者,禮樂既興之所用,非所以興禮樂也。(鍾惺夾)透。今禮樂鄙野而未完,則庠序不知所以爲教,又何以興禮樂乎?(鍾惺夾)透。如此而求其可封,責其胥讓,將以息訟而措刑者,是却行而求前也。夫上之所向者,下之所趨也,而況從而賞之乎?上之所背者,下之所去也,而況從而罰之乎?陛下責在位者不務教化,而治民者多拘文法,臣不知朝廷所以爲賞罰者,何也?無乃或以教化得罪而多以文法受賞歟?(茅鹿門夾)名言。夫禁防未至於繁多,而民不知避者,吏以爲市也。叙法不爲寬濫,而吏不知懼者,不論其能否,而論其久近也。累繫者衆,愁嘆者多,凡以此也。

伏惟制策有“仍歲以來,災異數見,乃六月壬子,日食於朔。淫雨過節,暖氣不效。江河潰决,百川騰溢。永思厥咎,深切在予。變不虚生,緣政而起”。此豈非陛下厭聞諸儒牽合之論,而欲聞其自然之説乎?臣不敢復取《洪範傳》《五行志》以爲對,直以意推之。

夫日食者,是陽氣不能履險也。何謂陽氣不能履險?臣聞五月二十三分月之二十,是爲一交,交當朔則食。交者,是行道之險者也。然而或食或不食,則陽氣之有强弱也。今有二人並行而犯霧露,其疾者,必其弱者也。其不疾者,必其强者也。道之險一也,而陽氣之强弱異。故夫日之食,非食之日而後爲食,其虧也久矣,特遇險而見焉。陛下勿以其未食也爲無災,而其既食而復也爲免咎。臣以爲未也,特出於險耳。(**茅鹿門夾**)悉切時弊。夫淫雨大水者,是陽氣融液汗漫而不能收也。諸儒或以爲陰盛。臣請得以理折之。夫陽動而外,其於人也爲嘘,嘘之氣温然而爲濕;陰動而内,其於人也爲噏,噏之氣冷然而爲燥。以一人推天地,天地可見也。故春夏者,其一嘘也。秋冬者,其一噏也。夏則川澤洋溢,冬則水泉收縮,此燥濕之效也。是故陽氣汗漫融液而不能收,則常爲淫雨大水,猶人之嘘而不能噏也。今陛下以至仁柔天下,兵驕而益厚其賜,戎狄桀傲而益加其禮,蕩然與天下爲咻呴温暖之政,萬事惰壞而終無威刑以堅凝之,亦如人之嘘而不能噏,此淫雨大水之所由作也。(**鍾惺夾**)至理。(**儲欣眉**)出漢人言災異書之上。(**茅鹿門眉**)有見且與仁廟最爲中病藥石。天地告戒之意,陰陽消復之理,殆無以易此矣!

而制策又有"五事之失,六沴之作,劉向所傳,吕氏所紀,五行何修而得其性?四時何行而順其令?非正陽之月,伐鼓救變,其合於經乎?方盛夏之時,論囚報重,其考於古乎?"(**鍾惺夾**)又變文法。此陛下畏天恐懼求端之過,而流入於迂儒之説,此皆愚臣之所學於師而不取者也。

夫五行之相沴,本不至於六。(**鍾惺夾**)妙。六沴者,起於諸儒欲以六極分配五行,於是始以皇極附益而爲六。夫皇極者,五事皆得。不極者,五事皆失。非所以與五事並列而别爲一者也。是故有眊而又有蒙,有極而無福,曰五福皆應,此亦自知其疏也。吕氏之時令,則柳宗元之論備矣,以爲有可行者,有不可行者。其可行者,皆天事也。其不可行者,皆人事也。若夫禜社伐鼓,本非有益於救災,特致其尊陽之意而已。《書》曰:"乃季秋月朔,辰弗集于房,瞽奏鼓,嗇夫馳,庶人走。"由此言之,則亦何必正陽之月而後伐鼓救變如《左氏》之説乎?盛夏報囚,先儒固已論之，以爲仲尼誅齊優之月，固君子之所無疑也。

伏惟制策有“京師諸夏之表則，王教之淵源，百工淫巧無禁，豪右僭差不度”，比在陛下身率之耳。(**鍾惺夾**)又仍前文，益以成變。後宫有大練之飾，則天下以羅紈爲羞。大臣有脱粟之節，則四方以膏粱爲污。雖無禁令，又何憂乎。

伏惟制策有“治當先内，或曰，何以爲京師？政在擿奸，或曰，不可撓獄市”。此皆一偏之説，不可以不察也。夫見其一偏而輒舉以爲説，則天下之説不可以勝舉矣。(**鍾惺夾**)從來俗儒如此。自通人而言之，則曰“治内所以爲京師也，不撓獄市，所以爲擿奸也”。如使不撓獄市而害其爲擿奸，則夫曹參者，是爲逋逃主也。

伏惟制策有“推尋前世，探觀治迹，孝文尚老子而天下富殖，孝武用儒術而海内虚耗。道非有弊，治奚不同”。臣竊以爲不然。孝文之所以爲得者，是儒術略用也。其所以得而未盡者，是儒術略用而未純也。而其所以爲失者，則是用老也。(**茅鹿門夾**)分别得好。何以言之？孝文得賈誼之説，然後待大臣有禮，御諸侯有術，而至於興禮樂，繫單于，則曰未暇。故曰“儒術略用而未純”也。若夫用老之失，則有之矣。(**鍾惺夾**)似懈而不懈，似累而不累，古文轉落之妙，往往如此。始以區區之仁，壞三代之内刑，而易之以髡笞，髡笞不足以懲中罪，則又從而殺之。用老之失，豈不過甚矣哉！且夫孝武亦不可謂用儒之主也。(**鍾惺夾**)掉得妙，是漢人文法。博延方士，而多興妖祠，大興宫室，而甘心遠略。此豈儒者教之？今夫有國者徒知徇其名而不考其實，見孝文之富殖，而以爲老子之功；見孝武之虚耗，而以爲儒者之罪，則過矣。此唐明皇之所以溺於宴安，徹去禁防，而爲天寶之亂也。

伏惟制策有"王政所由,形於詩道,周公《豳》詩,王業也,而係之《國風》,宣王北伐,大事也,而載之《小雅》"。臣竊聞《豳》詩言后稷、公劉,所以致王業之艱難者也。其後累世而至文王。文王之時,則王業既已大成矣,而其詩爲《二南》。《二南》之詩猶列於《國風》,而至於《豳》,獨何怪乎!昔季札觀周樂,以爲《大雅》曲而有直體,《小雅》思而不貳,怨而不言。夫曲而有直體者,寬而不流也。思而不貳、怨而不言者,狹而不迫也。由此觀之,則《大雅》《小雅》之所以異者,取其辭之廣狹,非取其事之大小也。

伏惟制策有"周以冢宰制國用,唐以宰相兼度支。錢穀,大計也。兵師,大衆也。何陳平之對,謂當責之内史,韋洪質之言,不宜兼于宰相"。臣以爲宰相雖不親細務,至於錢穀兵師,固當制其嬴虚利害。(**茅鹿門眉**)此等處却類今策矣。陳平所謂責之内史者,特以宰相不當治其簿書多少之數耳。昔唐之初,以郎官領度支而職事以治。及兵興之後,始立使額,参佐既衆,簿書益繁,百弊之源,自此而始。其後裴延齡、皇甫鎛,皆以剥下媚上,至於希世用事。以宰相兼之,誠得防奸之要。而韋洪質之議,特以其權過重歟?故李德裕以爲賤臣不當議令,臣常以爲有宰相之風矣。

伏惟制策有"錢貨之制,輕重之相權;命秩之差,虚實之相養;水旱蓄積之備,邊陲守禦之方;圜法有九府之名,樂語有五均之義"。此六者,亦方今之所當論也。昔召穆公曰:"民患輕,則多作重以行之。若不堪重,則多作輕以行之。亦不廢重。"輕可改而重不可廢。不幸而過,寧失於重。此製錢貨之本意。命者,人君之所擅,出於口而無窮。秩者,民力之所供,取於府而有限。以無窮養有限,此虚實之相養也。水旱蓄積之備,則莫若復隋、唐之義倉。邊陲守禦之方,則莫若依秦、漢之更卒。周官有太府、天府、泉府、玉府、内府、外府、職内、職金、職幣,是謂九府,太公之所行以致富。古者天子取諸侯之士,以爲國均,則市不二價,四民常均,是謂五均,獻王之所致以爲法,皆所以均民而富國也。凡陛下之所以策臣者,大略如此。

而於其末復策之曰“富人强國,尊君重朝。弭災致祥,改薄從厚。此皆前世之急政,而當今之要務”。(**鍾惺眉**)此策但作冒,不復作結,仍借策問結之,小作一收一起,筆端變化。此臣有以知陛下之聖意,以爲向之所以策臣者,各指其事,恐臣不得盡其辭,是以復舉其大體而概問焉。又恐其不能切至也,故又詔之曰“悉意以陳而無悼後害”。臣是以敢復進其狷狂之説。夫天下者,非君有也,天下使君主之耳。陛下念祖宗之重,思百姓之可畏,欲進一人,當同天下之所欲進;欲退一人,當同天下之所欲退。今者每進一人,則人相與誹曰:是出於某也,是某之所欲也。每退一人,則又相與誹曰:是出於某也,是某之所惡也。臣非敢以此爲舉信也。然而致此言者,則必有由矣。今無知之人,相與謗於道曰:聖人在上,而天下之所以不盡被其澤者,便嬖小人附於左右,而女謁盛於内也。爲此言者固妄矣。(**鍾惺夾**)妙。然而天下或以爲信者,何也?徒見諫官御史之言,矻矻乎難以入,以爲必有間之者也。徒見蜀之美錦,越之奇器,不由方貢而入於官也。如此而嚮之所謂急政要務者,陛下何暇行之?臣不勝憤懣,謹復列之於末。惟陛下寬其萬死,幸甚幸甚!謹對。

【彙評】

祁班孫:名言老筆,已是概見其生平。

茅鹿門:《制科策》亦隨問條答,在長公亦未盡所欲言,而中間持議,大較多通達國體,非經生所及。

儲欣:此所謂無不問之策也。才大於山,學富於海,其占久虛之等也固宜。

沈欽韓:條對策問而言皆□然,不異夙構,是作者資材傑特處。後半散漫少精采,以所問本膚且雜也。

鍾惺:語激而氣平,意廣而事確,告君之體,自宜如此。○長篇若不可了,使人讀之,惟恐其了,又未嘗不了,篇法湊泊,化工之妙,不可思議。

擬進士對御試策(並引狀問)

(**李卓吾旁**)懇切迫切,最可誦可喜。(**茅鹿門眉**)東坡病當時狃於青苗條例諸法及橫山用兵等事,故特擬策,以發其直言敢諫之氣,不知當時曾聞神廟否?然據愚見,此作亦不過條其事而言之耳,未有一段精光意見開悟人主,令其實落下手處,其不逮賈誼《治安策》多矣。

右臣准宣命差赴集英殿編排舉人試卷。竊見陛下始革舊制,以策試多士,厭聞詩賦無益之語,將求山林樸直之論,聖聽廣大,中外歡喜。而所試舉人不能推原上意,皆以得失爲慮,不敢指陳闕政,而阿諛順旨者又卒據上第。陛下之所以求於人至深切矣,而下之報上者如此,臣竊深悲之。夫科場之文,風俗所係,所收者天下莫不以爲法,所棄者天下莫不以爲戒。昔祖宗之朝,崇尚辭律,則詩賦之士,曲盡其巧。自嘉祐以來,以古文爲貴,則策論盛行於世,而詩賦幾至於熄。何者?利之所在,人無不化。(**鍾惺夾**)説得盡情,亦復敗興。今始以策取士,而士之在甲科者,多以諂諛得之。天下觀望,誰敢不然?臣恐自今以往,相師成風,雖直言之科,亦無敢以直言進者。風俗一變,不可復返,正人衰微,則國隨之,非復詩賦策論迭興迭廢之比也。是以不勝憤懣,退而擬進士對御試策一道。學術淺陋,不能盡知當世之切務,直載所聞,上將以推廣聖言,庶有補於萬一,下將以開示四方,使知陛下本不諱惡切直之言,風俗雖壞,猶可以少救。其所撰策,謹繕寫投進,干冒天威,臣無任戰恐待罪之至。

【彙評】

李卓吾:義正而不眇,辭强而不痿。

鍾惺:當看其《擬進士對策》是何等念頭。

問:朕德不類,托於士民之上,所與待天下之治者,惟萬方黎獻之求,詳延於廷,諏以世務,豈特考子大夫之所學,且以博朕之所聞。蓋聖王之御天下也,百官得其職,萬事得其序。有所不爲,爲之而無不成。有所不革,革之而無不服。田疇闢,溝洫治,草木暢茂,鳥獸魚鱉無不得其性。其富足以備禮,其和足以廣樂,其治足以致刑。子大夫以謂何施而可以臻此?方今之弊,可謂衆矣。救之之術,必有本末,施之之宜,必有先後。子大夫之所宜知也。生民以來,所謂至治,必曰唐虞成周之時,詩書所稱,其迹可見。以至後世賢明之君,忠智之臣,相與憂勤以營一代之業,雖未盡善,要其所以成就,亦必有可言者。其詳著之,朕將親覽焉。(**高啓眉**)雖無奇議,却亦瀟灑自得。

對:臣伏見陛下發德音,下明詔,以天下安危之至計,謀及於布衣之士,其求之不可謂不切,其好之不可謂不篤矣。然臣私有所憂者,不知陛下有以受之歟?《禮》曰:“甘受和,白受采。"故臣願陛下先治其心,使虛一而静,然後忠言至計可得而入也。(**鍾惺眉**)苦心無可奈何之言,却是至理。今臣竊恐陛下先入之言已實其中,邪正之黨已貳其聽,功利之説已動其欲,(**鍾惺夾**)暗指荆公。則雖有皋陶、益稷爲之謀,亦無自入矣,而况於疏遠愚陋者乎!此臣之所以大懼也。若乃盡言以招禍,觸諱以忘軀,則非臣之所恤也。(**李卓吾旁**)至妙,至妙。

聖策曰:"聖王之御天下也,百官得其職,萬事得其序。"臣以爲陛下未知此也,是以所爲顛倒失序如此。苟誠知之,曷不尊其所聞而行其所知歟?百官之所以得其職者,豈聖王人人而督責之?萬事之所以得其序者,豈聖王事事而整齊之哉?亦因能以任職,因職以任事而已。官有常守謂之職,施有先後謂之序。(**高啓夾**)二語包綱太亟切。今陛下使兩府大臣侵三司財利之權,常平使者亂職司守令之治。刑獄舊法,不以付有司,而取決於執政之意;邊鄙大慮,不以責帥臣,而聽計於小吏之口。百官可謂失其職矣。王者之所宜先者德也,所宜後者刑也;所宜先者義也,所宜後者利也。而陛下易之,萬事可謂失其序矣。然此猶其小者。其大者,則中書失其政也。宰相之職,古者所以論道經邦,今陛下但使奉行條例司文書而已。昔邴吉爲丞相,蕭望之爲御史大夫,望之言陰陽不和,咎在臣等,而宣帝以爲意輕丞相,終身薄之。今政事堂忿争相詬,流傳都邑,以爲口實,使天下何觀焉。(**茅鹿門夾**)切中當時情事。故臣願陛下首還中書之政,則百官之職,萬事之序,以次而得矣。

聖策曰:"有所不爲,爲之而無不成。有所不革,革之而無不服。"陛下之及此言,是天下之福也。今日之患,正在于未成而爲之,未服而革之耳。(**高啓夾**)妙甚。夫成事在理不在勢,服人以誠不以言。理之所在,以爲則成,以禁則止,以賞則勸,以言則信。古之人所以鼓舞天下，綏之斯來，動之斯和者，蓋循理而已。今爲政不務循理，而欲以人主之勢，賞罰之威，脅而成之！（**錢文登眉**）敢言之氣。夫以斧析薪，可謂必克矣，然不循其理，則斧可缺，薪不可破。是以不論尊卑，不計强弱，理之所在則成，理所不在則不成可必也。今陛下使農民舉息，與商賈争利，豈理也哉？而何怪其不成乎！《禮》曰："微之顯，誠之不可掩也如此夫。"陛下苟誠心乎爲民，則雖或謗之而人不信。苟誠心乎爲利，則雖自解釋而人不服。且事有决不可欺者，吏受賄枉法，人必謂之贜；非其有而取之，人必謂之盗。苟有其實，不敢辭其名。今青苗有二分之息，而不謂之放債取利，可乎？（**高啓夾**）快論。（**茅鹿門眉**）直言青苗之非。凡人爲善，不自譽而人譽之；爲惡，不自毁而人毁之。如使爲善者必須自言而後信，則堯、舜、周、孔亦勞矣。（**鍾惺眉**）冷語正可折荆公拗氣。今天下以爲利，陛下以爲義；天下以爲害，陛下以爲仁；天下以爲貪，陛下以爲廉。不勝其紛紜也，則使二三臣者極其巧辯，以解答千萬人之口。附會經典，造爲文書，以曉告四方之人。四方之人，豈如嬰兒鳥獸，而可以美言小數眩惑之哉！（**李卓吾眉**）辭氣峻烈。

且夫未成而爲之，則其弊必至於不敢爲。未服而革之，則其弊必至於不敢革。蓋世有好走馬者，一爲墜傷，則終身徒行。何者？慎重則必成，輕發則多敗，此理之必然也。（**茅鹿門夾**）名言。陛下若出於慎重，則屢作屢成，不惟人信之，陛下亦自信而日以勇矣。若出於輕發，則每舉每敗，不惟人不信，陛下亦自不信而日以怯矣。（**鍾惺眉**）勇怯生於信不信，至理，至論。文宗始用訓、注，其志豈淺也哉？而一經大變，則憂沮喪氣，不能復振。文宗亦非有失德，徒以好作而寡謀也。慎重者始若怯，終必勇。輕發者始若勇，終必怯。乃者横山之人，未嘗一日而忘漢，雖五尺之童子知其可取，然自慶曆以來，莫之敢發者，誠未有以善其後也。(**茅鹿門眉**)直言横山之兵。近者邊臣不計其後，而遽發之，一發不中，則内帑之費以數百萬計，而關輔之民困於飛挽者，三年而未已。雖天下之勇者，敢復爲之歟？爲之固不可，敢復言之歟？由此觀之，則横山之功，是邊臣欲速而壞之也。近者青苗之政，助役之法，均輸之策，並軍搜卒之令，卒然輕發，又甚於前日矣。(**李卓吾眉**)語言切至。雖陛下不恤人言，持之益堅，而勢窮事礙，終亦必變。他日雖有良法美政，陛下能復自信乎？(**鍾惺夾**)緊甚。人君之患，在於樂因循而憚改作。今陛下春秋鼎盛，天錫勇智，此萬世一時也。而群臣不能濟之以慎重，養之以敦樸，譬如乘輕車，馭駿馬，冒險夜行，而僕夫又從後鞭之，豈不殆哉！(**李卓吾眉**)忠愛之心，惻然動人。臣願陛下解轡秣馬，以須東方之明，而徐行於九軌之道，甚未晚也。(**李卓吾夾**)妙。

聖策曰"田疇闢，溝洫治，草木暢茂，鳥獸魚鱉莫不各得其性"者，此百工有司之事也，曾何足以累陛下！陛下操其要，治其本，恭己無爲，而物莫不盡其天理，以生以死。若夫百工有司之事，自宰相不屑爲之，而況於陛下乎！

聖策曰："其富足以備禮，其和足以廣樂，其治足以致刑，何施而可以臻此。"孔子曰："百姓足，君孰與不足。"兔首瓠葉，可以行禮。掃地而祭，可以事天。禮之不備，非貧之罪也。管子曰："倉廪實而知禮節。"臣不知陛下所謂富者，富民歟？抑富國歟？陸賈曰："將相和調則士豫附。"劉向曰："衆賢和於朝，則萬物和於野。"今朝廷可謂不和矣。其咎安在？陛下不返求其本，而欲以力勝之。力之不能勝衆也久矣。(**高啓夾**)句道逸。(**茅鹿門眉**)當時諸臣爭言條例青苗，以此上下不和，故制策及此。古者刀鋸在前，鼎鑊在後，而士猶犯之，今陛下躬蹈堯舜，未嘗誅一無罪。欲弭衆言,不過斥逐異議之臣而更用人。必不忍行亡秦偶語之禁,起東漢黨錮之獄,多士何畏而不言哉?臣恐逐者不已,而争者益多,煩言交攻,愈甚於今日矣。欲望致和而廣樂,豈不疏哉?古之求治者,將以措刑也。今陛下求治則欲致刑,此又群臣誤陛下也。臣知其説矣,是出於荀卿。荀卿喜爲異論,至以人性爲惡,則其言治世刑重亦宜矣。而説者又以爲《書》稱唐虞之隆,刑故無小,而周之盛時,群飲者殺。(**儲欣夾**)安石平時之言,拉入並辦。臣請有以詰之。夏禹之時,大辟二百,周公之時,大辟五百,豈可謂周治而禹亂耶?秦爲法及三族,漢除肉刑,豈可謂秦治而漢亂耶?致之言極也。天下幸而未治,使一日治安,陛下將變今之刑而用其極歟?天下幾何其不叛也?徒聞其語而懼者已衆矣。臣不意異端邪説惑誤陛下,至於如此。且夫宥過無大,刑故無小,此用刑之常理也。至於今守之。豈獨唐虞之隆而周之盛時哉!所以誅群飲者,意其非獨群飲而已。如今之法所謂夜聚曉散者,使後世不知其詳,而徒聞其語,則凡夜相過者,皆執而殺之,可乎?(**李卓吾夾**)妙。夫人相與飲酒而輒殺之,雖桀紂之暴,不至於此。而謂周公行之歟?

聖策曰:"方今之弊,可謂衆矣。救之之術,必有本末。施之之宜,必有先後。"臣請論其本與其所宜先者,而陛下擇焉。方今救弊之道,必先立事。立事之本,在於知人。則所施之宜,當先觀大臣之知人與否耳。古之欲立非常之功者,必有知人之明。苟無知人之明,則循規矩,蹈繩墨,以求寡過。(**李卓吾夾**)至言,至言。二者皆審於自知,而安於才分者也。道可以講習而知,德可以勉强而能,惟知人之明不可學,必出於天資。(**儲欣眉**)直搜其伏於膏肓上下者而攻伐之,良醫也。如蕭何之識韓信,此豈有法而可傳者哉!以諸葛孔明之賢,而知人之明,則其所短,是以失之於馬謖。而孔明亦審於自知，是以終身不敢用魏延。我仁祖之在位也，事無大小，一付之於法，人無賢不肖，一付之於公議。事已效而後行，人已試而後用，終不求非常之功者，誠以當時大臣不足以與於知人之明也。（李卓吾夾）妙。（鍾惺夾）透。古之爲醫者，聆音察色，洞視五臟，則其治疾也，有剖胸决脾，洗濯胃腎之變。苟無其術，不敢行其事。（儲欣夾）妙喻。今無知人之明，而欲立非常之功，解縱繩墨以慕古人，則是未能察脈而欲試華佗之方，其異於操刀而殺人者幾希矣。（李卓吾夾）妙，妙。房琯之稱劉秩，關播之用李元平是也。至今以爲笑矣。陛下觀今之大臣，爲知人歟？爲不知人歟？乃者擢用衆才，皆其造室握手之人，要結審固而後敢用，蓋以爲其人可與戮力同心，共致太平。（茅鹿門夾）指荆公之于惠卿。曾未安席，而交口攻之者，如蝟毛而起。陛下以此驗之，其不知人也亦審矣。幸今天下無事，異同之論，不過瀆亂聖聽而已。若邊隅有警，盜賊竊發，俯仰成敗，呼吸變動，而所用之人，皆如今日，乍合乍散，臨事解體，不可復知，則無乃誤社稷歟？（李卓吾眉）深識遠見，此自然實理。華佗不世出，天下未嘗廢醫。蕭何不世出，天下未嘗廢治。（李卓吾夾）妙甚，妙甚。陛下必欲立非常之功，請待知人之佐。若猶未也，則亦詔左右之臣安分守法而已。（儲欣夾）何等收束。

聖策曰："生民以來，稱至治者必曰唐虞成周之世，詩書所稱，其迹可見。以至後世賢明之君，忠智之臣，相與憂勤，以營一代之業，雖未盡善，然要其所成就，亦必有可言者。其詳著之。"臣以爲此不可勝言也。其施設之方，各隨其時而不可知。其所可知者，必畏天，必從衆，必法祖宗。（茅鹿門眉）切中當時荆公之論。故其言曰："戒之戒之。天惟顯思。命不易哉。"又曰：

“稽於衆,捨己從人。”又曰:“丕顯哉,文王謨。丕承哉,武王烈。”詩書所稱,大略如此。(**儲欣眉**)不知人是本病,三言其表病也。未嘗言天命不足畏,衆言不足從,祖宗之法不足用也。(**儲欣夾**)又摭其平日之言。苻堅用王猛,而樊世、仇騰、席寶不悦。魏鄭公勸太宗以仁義,而封倫不信。凡今之人,欲陛下違衆而自用者,必以此藉口。而陛下所謂賢明忠智者,豈非意在於此等歟?臣願考二人之所行,而求之於今,王猛豈嘗設官而牟利,魏鄭公豈嘗貸錢而取息歟?且其不悦者,不過數人,固不害天下之信且服也。(**李卓吾眉**)此段言推廣理財不善之故,若如此取之,則神宗爲非,安能使人信且服?今天下有心者怨,有口者謗,古之君臣相與憂勤以營一代之業者,似不如此。古語曰:“百人之聚,未有不公。”而況天下乎!今天下非之,而陛下不回,臣不知所税駕矣。《詩》曰:“譬彼舟流,不知所届。心之憂矣,不遑假寐。”區區之忠,惟陛下察之。臣謹昧死上對。(**李卓吾旁**)末段尚當推廣理財未善之故,若如此所云,則神宗不服,安石亦不服。但懇切迫直,最可誦可喜也。

【彙評】

茅鹿門:借《擬士對》以諷諫當時之政,而擘畫處更勝前首。

鄭之惠:蘇公經濟及熙豐弊政,大略具此。此對制策定體,近世陸蘭陵頗臻其妙。

祁班孫:文固勝前,議論亦更切。

儲欣:一疏不入至再,再疏不入至借答策爲諫書。有臣如此,忍負之耶?而不一省者,何耶?可嘆。

鍾惺:此篇多爲荆公而發。

卷四十六
策略五首

策略一

(**茅鹿門旁**)此則先以人主自斷爲策略之始,下四篇指其事而條之。

臣聞有意而言,意盡而言止者,天下之至言也。蓋有以一言而興邦者,有三日言而不輟者。一言而興邦,不以爲少,而加之毫毛;三日言而不輟,不以爲多,而損之一辭。古之言者,盡意而不求於言,信己而不役於人。三代之衰,學校廢缺,聖人之道不明,而其所以猶賢於後世者,士未知有科舉之利。故戰國之際,其言語文章,雖不能盡通於聖人,而皆卓然近於可用,出於其意之所謂誠然者。(**鍾惺眉**)至公、至確、至透之言。自漢以來,世之儒者,忘己以徇人,務射策決科之學,其言雖不叛於聖人,而皆泛濫於辭章,不適於用。臣嘗以爲晁、董、公孫之流,皆有科舉之累。(**鍾惺夾**)説得有膽。故言有浮於其意,而意有不盡於其言。今陛下承百王之弊,立于極文之世,而以空言取天下之士,繩之以法度,考之於有司。臣愚不肖,誠恐天下之士,不獲自盡。故嘗深思極慮,率其意之所欲言者,爲二十五篇,曰略,曰別,曰斷。雖無足取者,而臣之區區以爲自始而行之,以次至於終篇。既明其略而治其別，然後斷之於終，庶幾有益於當世。（**鍾惺眉**）如此立言，方是不欺。

臣聞天下治亂，皆有常勢。是以天下雖亂，而聖人以爲無難者，其應之有術也。水旱盜賊，人民流離，是安之而已也。亂臣割據，四分五裂，是伐之而已也。權臣專制，擅作威福，是誅之而已也。四夷交侵，邊鄙不寧，是攘之而已也。凡此數者，其於害民蠹國，爲不淺矣。然其所以爲害者有狀，是故其所以救之者有方也。天下之患，莫大於不知其然而然，不知其然而然者，是拱手而待亂也。國家無大兵革，幾百年矣。天下有治平之名，而無治平之實，有可憂之勢，而無可憂之形，此其有未測者也。

方今天下，非有水旱盜賊人民流離之禍，而諮嗟怨憤，常若不安其生。非有亂臣割據四分五裂之憂，而休養生息，常若不足於用。非有權臣專制擅作威福之弊，而上下不交，君臣不親。非有四夷交侵邊鄙不寧之災，而中國皇皇，常有外憂。此臣所以大惑也。（**唐荊川眉**）就前提一翻案而出，妙。（**茅鹿門眉**）重發前語，正所謂“不知其然而然”者。

今夫醫之治病，切脈觀色，聽其聲音，而知病之所由起，曰“此寒也，此熱也”，或曰“此寒熱之相搏也”，及其它，無不可爲者。（**茅鹿門夾**）入此譬喻，頓覺豁然。（**高啓眉**）豪大。今且有人悦然而不樂，問其所苦，且不能自言，則其受病有深而不可測者矣。其言語飲食，起居動作，固無以異于常人，此庸醫之所以爲無足憂，而扁鵲、倉公之所以望而驚也。其病之所由起者深，則其所以治之者，固非鹵莽因循苟且之所能去也。（**茅鹿門眉**）說倒。而天下之士，方且掇拾三代之遺文，補葺漢、唐之故事，以爲區區之論，可以濟世，不已疏乎！（**王浚川眉**）此處略說正意。

方今之勢,苟不能滌蕩振刷,而卓然有所立,未見其可也。臣嘗觀西漢之衰,其君皆非有暴鷙淫虐之行,特以怠惰弛廢,溺于宴安,畏期月之勞,而忘千載之患,是以日趨於亡而不自知也。(**高啓夾**)不能自斷。夫君者,天也。仲尼贊《易》,稱天之德曰"天行健,君子以自强不息"。(**高啓眉**)引《易》理論喻明切。由此觀之,天之所以剛健而不屈者,以其動而不息也。惟其動而不息,是以萬物雜然各得其職而不亂,其光爲日月,其文爲星辰,其威爲雷霆,其澤爲雨露,皆生於動者也。(**茅鹿門夾**)議論游衍。使天而不知動,則其塊然者將腐壞而不能自持,况能以御萬物哉!(**王淩川眉**)此處明説正意。苟天子一日赫然奮其剛明之威,使天下明知人主欲有所立,則智者願效其謀,勇者樂致其死,縱横顛倒無所施而不可。苟人主不先自斷於中,群臣雖有伊吕稷契,無如之何。(**茅鹿門夾**)才露本旨。故臣特以人主自斷而欲有所立爲先,而後論所以爲立之要云。

【彙評】

錢文登:末一段是主意,前面文勢暢達,"借客形主"處及"以疾喻治"處俱好。

鄭之惠:宋室陵夷,只"不自立"三字説盡,至於"不知其然"一語,則千古通弊也。此老胸中具有千古之的,而下語又足破的,所以爲妙。

祁班孫:立策之始,便得根本。

王芑孫:以人主自斷,爲先識治本矣。

凌啓康:《文章精義》曰:《孟子·公孫丑下》篇首章起句"天時、地利、人和",下分三段,一節高似一節,皆自是作文中大法度。余按《東坡應詔集》中所載論策體段各變,而間架結構多原於此,特其行文飛揚,出没不可蹤迹耳。

策略二

（**茅鹿門旁**）設行人屬國之官。〇專按越之范蠡、吴之伍員上立見。（**黄貞父眉**）當宋之急，大計在二虜，長公策略欲清中書之務，在專建行人屬國之官，良是。（**錢文登眉**）信筆寫來，浩大疏越，千載以來，當爲國手。

天下無事久矣，以天子之仁聖，其欲有所立以爲子孫萬世之計至切也。特以爲發而不中節，則天下或受其病，當寧而太息者，幾年於此矣。蓋自近歲，始柄用二三大臣，而天下皆洗心滌慮，以聽朝廷之所爲，然而數年之間，卒未有以大慰天下之望，此其故何也？二虜之大憂未去，而天下之治，終不可爲也。聞之師曰："應敵不暇，不可以自完。自完不暇，不可以有所立。"自古創業之君，皆有敵國相持之憂。（**茅鹿門夾**）虚。（**高啓夾**）伏越勾踐案。應。命將出師，兵交於外，而中不失其所以爲國。故其兵可敗，而其國不可動，其力可屈，而其氣不可奪。今天下一家，二虜且未動也，而吾君吾相終日皇皇焉應接之不暇，亦竊爲執事者不取也。昔者大臣之議，不爲長久之計，而用最下之策，是以歲出金繒數十百萬，以啖二虜，此其既往之咎，不可追之悔也。而議者方將深課當時之失，而不求後日之計，亦無益矣。臣雖不肖，竊論當今之弊。蓋古之爲國者，不患有所費，而患費之無名。不患費之無名，而患事之不立。（**高啓夾**）李云二語便有力量。（**茅鹿門夾**）因敗爲功。今一歲而費千萬，是千萬而已。事之不立，四海且不可保，而奚千萬之足云哉！（**錢文登眉**）歲帑空費而事不立，故所以待二虜者，不可不早爲之計。今者二虜不折一矢，不遺一鏃，走一介之使，馳數乘之傳，所過騷然，居人爲之不寧。大抵皆有非常之辭,無厭之求,難塞之請,以觀吾之所答。於是朝廷汹然,大臣會議,既而去未數月,邊遽且復告至矣。由此觀之,二虜之使未絶,則中國未知息肩之所,而況能有所立哉!臣故曰:"二虜之大憂未去,則天下之治終不可爲也。"(**高啓夾**)收。

中書者,王政之所由出,天子之所與宰相論道經邦而不知其他者也。(**高啓夾**)接。非至逸無以待天下之勞,非至静無以制天下之動。(**茅鹿門夾**)名言。是故古之聖人,雖有大兵役、大興作,百官奔走,各執其職,而中書之務,不至於紛紜。今者曾不得歲月之暇,則夫禮樂刑政教化之源,所以使天下回心而向道者,何時而議也?(**唐荆川眉**)不用"雖然"二字就轉折。千金之家,久而不治,使販夫豎子,皆得執券以誅其所負。(**儲欣夾**)設喻引起吴越事。(**李卓吾夾**)大是。苟一朝發憤,傾囷倒廩以償之,然後更爲之計,則一簪之資,亦足以富,何遽至於皇皇哉!臣嘗讀《吴越世家》,觀勾踐困於會稽之上,而行成於吴,凡金玉女子所以爲賂者,不可勝計。(**茅鹿門夾**)實。(**李卓吾眉**)賂吴全是謀吴,故雖費不爲無名。既反國,而吴之百役無不從者,使大夫女女於大夫,士女女於士,春秋貢獻,不絶於吴府。嘗竊怪其以蠻夷之國,承敗亡之後,救死扶傷之餘,而賂遺費耗又不可勝計如此,然卒以滅吴,則爲國之患,果不在費也。(**李卓吾夾**)至言。(**錢文登眉**)應前"爲國者不患有所費"句。彼其内外不相憂,是以能有所立。(**高啓夾**)應前"創業之君"段句。(**茅鹿門夾**)應。(**李卓吾眉**)"内外"二字是知微之論,非胸中有千古人物,誰能道破?使范蠡、大夫種二人分國而制之。范蠡曰:"四封之外,種不如蠡,使蠡主之。凡四封之外所以待吴者,種不知也。四封之内,蠡不如種,使種主之。凡四封之内所以强國富民者,蠡不知也。"(**高啓夾**)

數語有識有法。二人者,各專其能,各致其力,是以不勞而滅吴。其所以賂遺於吴者,甚厚而有節也,是以財不匱。其所以聽役於吴者,甚勞而有時也,是以本不摇。然後勾踐得以安意肆志焉,而吴國固在其指掌中矣。今以天下之大,而中書常有蠻夷之憂,宜其内治有不辦者,故臣以爲治天下不若清中書之務。(**李卓吾夾**)切要。中書之務清,則天下之事不足辦也。

今夫天下之財,舉歸之司農,天下之獄,舉歸之廷尉,天下之兵,舉歸之樞密,而宰相特持其大綱,聽其治要而責成焉耳。(**儲欣夾**)攝起行人。(**茅鹿門夾**)又一層波瀾。夫此三者,豈少於蠻夷哉?誠以爲不足以累中書也。今之所以待二虜者,失在於過重。

古者有行人之官,掌四方賓客之政。(**茅鹿門眉**)爲建官引故事,不嫌與范蠡事混。當周之盛時,諸侯四朝,蠻夷戎狄莫不來享,故行人之官,治其登降揖讓之節,牲芻委積之數而已。至於周衰,諸侯争强,而行人之職爲難且重。(**茅鹿門夾**)頓挫。春秋時,秦聘於晉,叔向命召行人子員。子朱曰:"朱也當御。"叔向曰:"秦、晉不和久矣,今日之事,幸而集,秦、晉賴之,不集,三軍暴骨。"其後楚伍員奔吴,爲吴行人以謀楚,而卒以入郢。西劉之興,有典屬國。故賈誼曰:"陛下試以臣爲屬國,請必繫單于之頸而制其命,伏中行説而笞其背,舉匈奴之衆,惟上所令。"(**錢文登眉**)歷叙古人待虜,俱有專識。(**高啓夾**)錢云捷得徑截。今若依仿行人、屬國特建一官,重任而厚責之,使宰相於兩制之中,舉其可用者,而勿奪其權;使大司農以每歲所以餽於二虜者,限其常數,而豫爲之備;其餘者,朝廷不與知也。(**錢文登眉**)專設一官以制虜,則中書之務可清,而二虜可治。凡吾所以遣使於虜,與吾所以館其使者,皆得以自擇。而其非常之辭,無厭之求,難塞之請,亦得以自答。使其議不及於朝廷,而其閑暇,則收羅天下之俊才,治其戰攻守禦之策,兼聽博采,以周知敵國之虛實,凡事之關於境外者,皆以付之。如此,則天子與宰相特因其能否,而定其黜陟,其實不亦甚簡歟!今自宰相以下,百官泛泛焉莫任其職,(**茅鹿門夾**)進步。今舉一人而授之,使日夜思所以待二虜,宜無不濟者。然後得以安居静慮,求天下之大計,唯所欲爲,將無不可者。

【彙評】

鄭之惠:自立在於能暇,此論却奇。

祁班孫:大臣經國之意如此。

儲欣:此策實可施行,特難其人耳,然仁宗朝如劉原父即堪任是選,而況優於原父者乎?

王芑孫:此今日所不能耳,不可行者在東坡對此策亦自不可用也。

茅鹿門:設行人屬國之官,專按越之范蠡、吴之伍員上立見。爲今日之計,只消於兵部中,另立一協部尚書或侍郎專掌北虜之事:用邊將、理兵餉、繕虜墻,並探牒虜情、儲養邊材,皆其所掌;歲一春則巡邊,夏四五月間則歸復於朝,與兵、户二部相爲管榷,計之善者也。

策略三

(**高啓旁**)只因當時韓、范、富、杜諸公紛紛外逐而久任,故有此議。(**錢文登眉**)此策欲人君任人以立法,把"任人""立法"二意説得交錯盤繞,如奇花吐重萼,惟見其妍麗,不見其繁雜。(**茅鹿門評**)任法不如任人,而篇終專取諸葛之治蜀、王猛之治秦,蓋爲英廟之初,當熙寧時,似以水濟火矣。覽東坡所自爲辨策問劄子得之。只因當時韓魏、富鄭、杜祁諸公紛紛外逐,而不能久於其朝,故有此議。

臣聞聖王之治天下,使天下之事,各當其處而不相亂,天下之人,各安其分而不相躐,然後天子得優游無爲而制其上。今也不然。夷狄抗衡,本非中國之大患,而每以累朝廷,是以徘徊擾攘,卒不能有所立。今委任而責成,使西北不過爲未誅之寇,則中國固吾之中國,而安有不可爲哉?於此之時,臣知天下之不足治也。請言當今之勢。(**高啓夾**)正意此處起。

夫天下有二患,有立法之弊,有任人之失。二者疑似而難明,此天下之所以亂也。(**茅鹿門夾**)以此二句作柱,後分解。(**唐荆川眉**)"立法""任人",此處立柱,後分解。然雖並提,而實重"任人"一邊。當立法之弊也,其君必曰:"吾用某也而天下不治,是某不可用也。"又從而易之。不知法之弊,而移咎於其人。及其用人之失也,又從而尤其法。法之變未有已也,如此,則雖至於覆敗、死亡相繼而不悟,豈足怪哉?昔者漢興,因秦以爲治,刑法峻急,禮義消亡,天下蕩然,恐後世無所執守,故賈誼、董仲舒諮嗟嘆息,以立法更制爲事。(**茅鹿門眉**)有斟酌。後世見二子之論,以爲聖人治天下,凡皆如此,是以腐儒小生,皆欲妄有所變改,以惑亂世主。(**李卓吾夾**)大是。(**茅鹿門夾**)專刺新法。臣竊以爲當今之患,雖法令有所未安,而天下之所以不大治者,失在於任人,而非法制之罪也。(**儲欣夾**)一拳搥破。(**茅鹿門夾**)一句緊破。國家法令凡幾變矣,天下之不大治,其咎果安在哉?曩者大臣之議,患天下之士,其進不以道,而取之不精也。(**茅鹿門夾**)變法之弊。故爲之法,曰中年而舉,取舊數之半,而復明經之科。(**茅鹿門夾**)暗議熙寧之政。患天下之吏,無功而遷,取高位而不讓也。故爲之法,曰當遷者有司以聞,而自陳者爲有罪。此二者,其名甚美,而其實非大有益也。而議者欲以此等致天下之大治,臣竊以爲過矣。夫法之於人,猶五聲六律之於樂也。法之不能無奸,猶五聲六律之不能無淫樂也。先王知其然,故存其大略,而付之于人,苟不至於害人,而不可强去者,皆不變也。

故曰:失在任人而已。(**茅鹿門夾**)承上接下無痕。夫有人而不用,與用而不行其言,行其言而不盡其心,其失一也。(**儲欣夾**)已下發明任人之道。(**錢文登眉**)即是去不測、示可信意,但不説破。古之興王,二人而已。湯以伊尹,武王以太公,皆捐天下以與之,而後伊、吕得捐其一身以經營天下。(**李卓吾夾**)如此説正中神宗用安石之心矣。君不疑其臣,功成而無後患,是以知無不言,言無不行。其所欲用,雖其親愛可也;其所欲誅,雖其仇隙可也。使其心無所顧忌,故能盡其才而責其成功。及至後世之君,始用區區之小數,以繩天下之豪俊,故雖有國士,而莫爲之用。(**茅鹿門夾**)用人之弊。虚。夫賢人君子之欲有所樹立,以昭著不朽於後世者,甚於人君,顧恐功未及成而有所奪,只以速天下之亂耳。(**茅鹿門眉**)轉入深處。鼂錯之事,斷可見矣。夫奮不顧一時之禍,决然徒欲以身試人主之威者,亦以其所挾者不甚大也,斯固未足與有爲。(**茅鹿門夾**)頓挫。而沉毅果敢之士,又必有待而後發,苟人主不先自去其不可測,而示其可信,則彼孰從而發哉! 慶曆中,天子急於求治,擢用元老,天下日夜望其成功。(**茅鹿門夾**)實。方其深思遠慮而未有所發也,雖天子亦遲之。至其一旦發憤,條天下之利害,百未及一二,而舉朝喧嘩,以至於逐去,曾不旋踵。(**高啓夾**)爲此而言。此天下之士,所以相戒而不敢深言也。(**錢文登眉**)推原所以不敢輕發。

居今之勢,而欲納天下於至治,非大有所矯拂於世俗,不可以有成也。(**李卓吾夾**)安石正如此。何者? 天下獨患柔弱而不振,怠惰而不肅,苟且偷安而不知長久之計。(**李卓吾夾**)甚切宋事。(**茅鹿門眉**)"苟且"句暫看似冷,"不知"乃是一篇骨髓。臣以爲宜如諸葛亮之治蜀，王猛之治秦，使天下悚然，人人不敢飾非，務盡其心。凡此者，皆庸人之所大惡，而讒人之所由興也。（**茅鹿門夾**）難在此矣。是故先主拒關、張之間，而後孔明得以盡其才；苻堅斬樊世，逐仇騰，黜席寶，而後王猛得以畢其功。（**李卓吾夾**）好話，只不切裕陵。（**茅鹿門眉**）與前伊、吕引用重疊。夫天下未嘗無二子之才也，而人主思治又如此勤，相須甚急，而相合甚難者，獨患君不信其臣，而臣不測其君而已矣。（**茅鹿門夾**）任人之道在信人。惟天子一日鏗然明告執政之臣所以欲爲者，使知人主之深知之也而内爲之信，然後敢有所發於外而不顧。不然，雖得賢人千萬，一日百變法，天下益不可治。（**儲欣夾**）繳。歲復一歲，而終無以大慰天下之望，豈不亦甚可惜哉！（**唐荆川眉**）一掉便應其首。

【**彙評**】

唐荆川：《無沮善》篇嚴密，此篇疏暢，各自爲體。

茅鹿門：只因當時韓魏、富鄭、杜祁諸公紛紛外逐而不能久於其朝，故有此議。

鄭之惠：以伊、吕任其臣而“大有所矯拂於世”，與荆公持論何異。

儲欣：漢唐諸臣，務守法而已。蕭規曹隨，載其清净，民以寧一，不聞輕議變也。唐初府兵、租庸調之制，雖武曌不敢更。至張説、楊炎，妄有所易，而不勝其弊，流毒至今，道古者恨之。法可輕言變哉？此策前半可謂至言當路，諸公知此庶宋治可復于漢唐，而熙寧之禍不作，而惜乎其莫之省也。

策略四

（**茅鹿門旁**）破庸人之論，有奇氣。

天子與執政之大臣，既已相得而無疑，可以盡其所懷，直己而行道，則夫當今之所宜先者，莫如破庸人之論，以開功名之門，而後天下可爲也。(**高啓夾**)主意。夫治天下譬如治水。方其奔衝潰决，騰涌漂蕩而不可禁止也，雖欲盡人力之所至，以求殺其尺寸之勢而不可得，及其既衰且退也，駸駸乎若不足以終日。(**茅鹿門眉**)與潁濱《君術五》同。故夫善治水者，不惟有難殺之憂，而又有易衰之患。導之有方，决之有漸，疏其故而納其新，使不至於壅閼腐敗而無用。嗟夫！人知江河之有水患也，而以爲沼沚之可以無憂，是烏知舟楫灌溉之利哉？(**茅鹿門夾**)逸調。(**李卓吾夾**)機神流轉，妙甚妙甚。(**儲欣眉**)就喻跌宕正意，更不煩言。

夫天下之未平，英雄豪傑之士，務以其所長，角奔而争利，惟恐天下一日無事也，是以人人各盡其材。雖不肖者，亦自淬勵而不至於怠廢。故其勇者相吞，智者相賊，使天下不安其生。爲天下者，知夫大亂之本，起于智勇之士争利而無厭，是故天下既平，則削去其具，(**鍾惺夾**)根脚從此句。抑遠天下剛健好名之士，而獎用柔懦謹畏之人，不過數十年，天下靡然無復往時之喜事也。於是能者不自憤發，而無以見其能，不能者益以弛廢而無用。(**李卓吾夾**)二者説得盡。當是之時，人君欲有所爲，而左右前後皆無足使者，是以綱紀日壞而不自知，此其爲患，豈特英雄豪傑之士趑趄而已哉！

聖人則不然。當其久安於逸樂也，則以術起之，使天下之心翹翹然常喜於爲善，是故能安而不衰。(**茅鹿門夾**)本旨。且夫人君之所恃以爲天下者，天下皆爲，而己不爲。(**錢文登眉**)看他轉語，每用一句提起。夫使天下皆爲而己不爲者，開其利害之端，而辨其榮辱之等，使之踊躍奔走，比爲我役而不辭，夫是以坐而收其功也。(**茅鹿門夾**)是術處。如使天下皆欲不爲而得，則天子誰與共天下哉？今者治平之日久矣，天下之患，正在此也。（**茅鹿門夾**）曰上牽下搭。臣故曰：破庸人之論，開功名之門，而後天下可爲也。（**鍾惺夾**）見庸人之論，都是治平中來，故通篇反復"天下未平"語，猶見的力。

今夫庸人之論有二，其上之人務爲寬深不測之量，而下之士好言中庸之道。（**鍾惺眉**）以寬深不測之量與中庸之道兩等人爲庸人，而又兩發透之，千古誤國老奸，無處生活。（**茅鹿門夾**）弊根。（**李卓吾夾**）今日亦然。此二者，皆庸人相與議論，舉先賢之言，而獵取其近似者，以自解説其無能而已矣。（**鍾惺夾**）從斷它。夫寬深不測之量，古人所以臨大事而不亂，有以鎮世俗之躁，蓋非以隔絶上下之情，養尊而自安也。（**鍾惺夾**）古之寬深不測如此。（**李卓吾夾**）挺挺落落。（**茅鹿門夾**）有識之言。譽之則勸，非之則沮，聞善則喜，見惡則怒，此三代聖人之所共也。而後之君子，必曰譽之不勸，非之不沮，聞善不喜，見惡不怒，斯以爲不測之量，不已過乎！（**鍾惺夾**）今之寬深不測如此。（**唐荊川眉**）此蓋作於嘉祐之前，與荆公變風俗之意同。夫有勸有沮，有喜有怒，然後有間而可入；有間而可入，然後智者得爲之謀，才者得爲之用。後之君子，務爲無間，夫天下誰能入之？（**錢文登眉**）覺太迂徐無緊要。（**儲欣眉**）子瞻所勝前輩一籌處正在此，而以論精闢。（**鍾惺眉**）寫出千古頑鈍。

古之所謂中庸者，盡萬物之理而不過，故亦曰皇極。夫極，盡也。（**鍾惺夾**）古之中庸。後之所謂中庸者，循循焉爲衆人之所能爲，斯以爲中庸矣，此孔子、孟子之所謂鄉原也。（**鍾惺夾**）今之中庸。（**李卓吾眉**）此蓋矯俗語，不妨淩厲，最直捷，最痛快。妙絶，妙絶。一鄉皆稱原人焉，無所往而不爲原人。同乎流俗，合乎污世，曰：古之人何爲踽踽涼涼，生斯世也，爲斯世也，善斯可矣。

謂其近於中庸而非,故曰"德之賊也"。孔子、孟子惡鄉原之賊夫德也,欲得狂者而見之。狂者又不可得見,欲得狷者而見之,曰:"狂者進取,狷者有所不爲也。"今日之患,惟不取於狂者、狷者,皆取於鄉原,是以若此靡靡不立也。(**李卓吾夾**)豈惟今日,古今天下知用狂狷,安得不治。孔子,子思之所從受中庸者也;孟子,子思之所授以中庸者也。然皆欲得狂者、狷者而與之,然則淬勵天下而作其怠惰,莫如狂者、狷者之賢也。(**唐荆川眉**)只收下之人一邊,而上之人在其中矣。(**李卓吾夾**)妙絶。臣故曰:破庸人之論,開功名之門,而後天下可爲也。

【彙評】

祁班孫:大妙,大妙! 破盡腐儒臭爛胸襟,足爲陳湯、傅介子輩吐氣,大妙!

唐荆川:此篇前後各自爲段落起伏,與《决壅蔽》篇同。

錢文登:音調清亮,筆勢雄傑,有穿雲裂石之聲,有衝霄貫日之氣。

鄭之惠:功名兩字,馳逐千古,然只馳逐得庸衆人。若真是狂狷,亦馳逐他不動。公所謂狂狷,亦鄉原中之狂狷也。

茅鹿門:有奇氣。

儲欣:寬深不測之量,當日文、富諸公俱在呰議中。

王芑孫:取中庸而不取於狂狷,實是切中之言,人才隳而任人之路絶矣。任人之路既絶,則立法愈密,而任法之患成矣。

策略五

(**茅鹿門旁**)行文如行雲,如江流,曲盡文家游衍之妙。(**錢文登眉**)此篇三大段,文法甚巧,後五事亦叙得好。○通篇嫖姚跌宕,極文字之恣態。其次莫若深結天下之心。(**高啓夾**)開口道破。

臣聞天子者,以其一身寄之乎巍巍之上,以其一心運之乎茫茫之中,安而爲太山,危而爲累卵,其間不容毫釐。是故古之聖人,不恃其有可畏之資,而恃其有可愛之實;不恃其有不可拔之勢,而恃其有不忍叛之心。(**儲欣眉**)調熟濫不可用。坡公諸策如此類者多,指之不勝指也,當由此□之。(**茅鹿門夾**)虚。何則?其所居者,天下之至危也。天子恃公卿以有其天下。公卿大夫士以至於民,轉相屬也,以有其富貴。(**儲欣夾**)簡句。苟不得其心,而欲羈之以區區之名,控之以不足恃之勢者,其平居無事,猶有以相制。一旦有急,是皆行道之人,掉臂而去,尚安得而用之?(**陳眉公眉**)一正一反,説天子當深結天下之心,詞旨剴切。(**茅鹿門眉**)以上是一頭。

古之失天下者,皆非一日之故,其君臣之歡,去已久矣,適會其變,是以一散而不可復收。(**李卓吾夾**)刺骨。方其未也,天子甚尊,大夫士甚賤,奔走萬里,無敢後先,儼然南面以臨其臣,曰:天何言哉!百官俯首就位,斂足而退,兢兢惟恐有罪,群臣相率爲苟安之計,賢者既無所施其才,而愚者亦有所容其不肖,舉天下之事,聽其自爲而已。及乎事出於非常,變起於不測,視天下莫與同其患,雖欲分國以與人,而且不及矣。秦二世、唐德宗,蓋用此術以至於顛沛而不悟,豈不悲哉!(**茅鹿門眉**)極言天子不親其下之病。

天下者,器也。天子者,有此器者也。器久不用,而置諸篋笥,則器與人不相習,是以扞格而難操。良工者,使手習知其器,而器亦習知其手,(**儲欣夾**)微乎,微乎。手與器相信而不相疑,夫是故所爲而成也。(**錢文登眉**)激發慷慨之詞,使聽者自能竦心。(**茅鹿門眉**)却借"器"來游衍議論,是無中生有。(**李九我眉**)"習"字即是深結天下之心之喻。(**儲欣眉**)取譬参孟、韓,洗盡七國縱横詭怪之氣。天下之患,非經營禍亂之足憂,而養安無事之可畏。何者?懼其一旦至於扞格而難操也。昔之有天下者,日夜淬勵其百官,撫摩其人民,爲之朝聘會同燕享,以交諸侯之歡。歲時月朔,致民讀法,飲酒蜡臘,以遂萬民之情。有大事,自庶人以上,皆得至於外朝以盡其詞。猶以爲未也,而五載一巡守,朝諸侯于方岳之下,親見其耆老賢士大夫,以周知天下之風俗。(**茅鹿門眉**)就"器"上又將古人得處一翻,摹寫有生色。(**茅鹿門夾**)實。凡此者,非以爲苟勞而已,將以馴致服習天下之心,使不至於扞格而難操也。(**茅鹿門夾**)暗影"器"。(**茅鹿門眉**)以上一句伏後五事案。

及至後世,壞先王之法,安於逸樂,而惡聞其過。是以養尊而自高,務爲深嚴,使天下拱手以貌相承,而心不服。(**茅鹿門夾**)應。其腐儒老生,又出而爲之説曰:天子不可以妄有言也,史且書之,後世且以爲譏。使其君臣相視而不相知,如此,則偶人而已矣。天下之心既已去,而倀倀焉抱其空器,不知英雄豪傑已議其後。(**茅鹿門夾**)暗影"器"。(**錢文登眉**)所謂將兒入市,十步九回。(**李九我眉**)應前"器"字,見得閑字亦不放過。(**儲欣夾**)收應妙。

臣嘗觀西漢之初,高祖創業之際,事變之興,亦已繁矣,而高祖以項氏創殘之餘,與信、布之徒争馳于中原。此六七公者,皆以絶人之姿,據有土地甲兵之衆,其勢足以爲亂,然天下終以不摇,卒定於漢。傳十數世矣,而至於元、成、哀、平,四夷向風,兵革不試,而王莽一豎子乃舉而移之,不用寸兵尺鐵,而天下屏息,莫敢或争,此其故何也?創業之君,出於布衣,其大臣將相,皆有握手之歡。(**李九我眉**)此用倒提文法。凡在朝廷者,皆嘗試擠掇,以知其才之短長,彼其視天下如一身,苟有疾痛,其手足不期而自救。(**陳眉公眉**)指陳利弊,歷歷如指其掌。當此之時,雖有近憂,而無遠患。及其子孫,生於深宫之中,而狃於富貴之勢,尊卑闊絶,而上下之情疏;禮節繁多,而君臣之義薄。(**錢文登眉**)筆勢來得閎衍。(**李卓吾夾**)收拾大主意完足。是故不爲近憂,而常爲遠患。及其一旦,固已不可救矣。(**高啓夾**)以下李[卓吾]俱删去。聖人知其然,是以去苛禮而務至誠,黜虚名而求實效,不愛高位重禄以致山林之士,而欲聞切直不隱之言者,凡皆以通上下之情也。昔我太祖、太宗既有天下,法令簡約,不爲崖岸。當時大臣將相,皆得從容終日,歡如平生,下至士庶人,亦得以自效。故天下稱其言至今,非有文采緣飾,而開心見誠,有以入人之深者,此英主之奇術,御天下之大權也。

方今治平之日久矣,臣愚以爲宜日新盛德,以鼓動天下久安怠惰之氣,故陳其五事以備采擇。(**茅鹿門眉**)以下五條,件件可以經世務。(**錢文登眉**)本是一事而隨所接以結其心,看他變置五樣文法。(**李九我眉**)有五事在胸中,方有此議論。其一曰:將相之臣,天子所恃以爲治者,宜日夜召論天下之大計,且以熟觀其爲人。其二曰:太守刺史,天子所寄以遠方之民者,其罷歸,皆當問其所以爲政,民情風俗之所安,亦以揣知其才之所堪。其三曰:左右扈從侍讀侍講之人,本以論説古今興衰之大要,非以應故事備數而已。經籍之外,苟有以訪之,無傷也。其四曰:吏民上書,苟小有可觀者,宜皆召問優慰,以養其敢言之氣。其五曰:天下之吏,自一命以上,雖其至賤,無以自通於朝廷,然人主之爲,豈有所不可哉?察其善者,卒然召見之,使不知其所從來。(**陳眉公眉**)卒然召問,使不知其所從來,此英主馭臣之術,大都如此。

（李九我眉）此五事中，凡曰召論，曰召問，曰召見，曰訪問，皆所謂習也。如此，則遠方之賤吏，亦務自激發爲善，不以位卑禄薄無由自通於上而不修飾。使天下習知天子樂善親賢恤民之心孜孜不倦如此，翕然皆有所感發，知愛於君而不可與爲不善。亦將賢人衆多，而奸吏衰少，刑法之外，有以大慰天下之心焉耳。**（茅鹿門夾）**結。**（李九我眉）**刑法之外，有以慰天下之心，見得不專尚刑法外，字有斟酌，有思量，結束不見有滲漏，所以爲高。

【彙評】

祁班孫：策論首推三蘇，而長公諸策尤見一斑。（季夏廿一日剩國主人閱）

樓迂齋：此篇主意，通上下之情，間架整，波瀾闊，議論佳，可爲策格。作散文生疏，苦於斷續不連者，或語句費力者，熟讀不患不進。

鄭之惠：宋事大略與今日同，此篇尤透切。

儲欣：創業守成之説，千古不刊。

唐荆川：此文論時弊處，皆借古爲論，亦一體也。

卷四十七

策别十七首

策别一

(李卓吾旁)痛切不可當。

臣聞爲治有先後,有本末,向之所論者,當今之所宜先,而爲治之大凡也。若夫事之利害,計之得失,臣請得列而言之。蓋其總四,其別十七。一曰課百官,二曰安萬民,三曰厚貨財,四曰訓兵旅。

課百官者,其別有六。一曰厲法禁。(茅鹿門旁)議論近申、韓而文自中律。

昔者聖人制爲刑賞,知天下之樂乎賞而畏乎刑也,是故施其所樂者,自下而上。(吕留良夾)刑賞並提。(李卓吾夾)好。(茅鹿門夾)客。民有一介之善,不終朝而賞隨之,是以下之爲善者,足以知其無有不賞也。(李卓吾夾)至言。(李九我眉)以賞善意引起懲惡,文有源頭。施其所畏者,自上而下。(李卓吾夾)好。(茅鹿門夾)主。公卿大臣有毫髮之罪,不終朝而罰隨之,是以上之爲不善者,亦足以知其無有不罰也。(王翰眉)奮霸氣以談王道。《詩》曰:"剛亦不吐,柔亦不茹。"(吕留良夾)側落分賓主。夫天下之所謂權豪貴顯而難令者,此乃聖人之所藉以徇天下也。(王翰

夾)領起舜事,狠意辣手,小儒翹舌。舜誅四凶而天下服,何也?此四族者,天下之大族也。(**王翰夾**)本誅四凶爲案是大靠謗。夫惟聖人爲能擊天下之大族,以服小民之心,故其刑罰至於措而不用。(**李卓吾眉**)借權貴以服民心,深得立法本旨。(**茅鹿門夾**)唤醒。周之衰也,商鞅、韓非峻刑酷法,以督責天下。然其所以爲得者,用法始於貴戚大臣,而後及於疏賤,故能以其國霸。(**錢文登眉**)把商、韓對舜説,好大膽氣。由此觀之,商鞅、韓非之刑法,非舜之刑,而所以用刑者,舜之術也。(**吕留良夾**)二段正見得弊法之非舜,而己術之非商、韓。(**茅鹿門夾**)收得好。(**李卓吾眉**)"由此觀之",一轉甚妙。(**祁班孫眉**)奇論,確論,小儒見之,未免吐舌。後之庸人,不深原其本末,而猥以舜之用刑之術,與商鞅、韓非同類而棄之。法禁之不行,奸宄之不止,由此其故也。(**陳眉公眉**)此段起論援引總言,聖人罰罪必加於貴顯意。

今州縣之吏,受賕而鬻獄,其罪至於除名,而其官不足以贖,則至於嬰木索,受笞棰,此亦天下之至辱也。(**錢文登眉**)將小形大。而士大夫或冒行之。何者?其心有所不服也。(**王翰夾**)欲言寬縱大臣,却從小吏不服説入而暢言之,故能深透事情。(**祁班孫眉**)嚴於小吏。今夫大吏之爲不善,非特簿書米鹽出入之間也,其位愈尊,則其所害愈大;其權愈重,則其下愈不敢言。(**李卓吾眉**)大吏數語確當。(**陳眉公眉**)提出時事,由小吏不服處以發明刑不及大臣意。幸而有不畏强禦之士,出力而排之。(**高啓夾**)委曲。又幸而不爲上下之所抑,以遂成其罪,則其官之所减者,至於罰金,蓋無幾矣。(**祁班孫眉**)寬於大吏。(**高啓眉**)持論甚平。夫過惡暴著於天下,而罰不傷其毫毛;鹵莽於公卿之間,而纖悉於州縣之小吏。(**李卓吾夾**)絶妙,絶妙。(**茅鹿門夾**)切中今日情弊。用法如此,宜其天下之不心服也。用法而不服其心,雖刀鋸斧鉞,猶將有所不避,而况于木索、笞棰哉!(**高啓夾**)反顧。(**錢文登眉**)法禁不刑於大吏,皆以刑不上大夫藉口,故此段特解之。(**王翰夾**)照服小民心。

方今法令至繁,觀其所以堤防之具,一舉足且入其中,而大吏犯之,不至於可畏,其故何也?(**吕留良夾**)若移此段在前,移前段在後,則四件排比而整矣,整而能亂神明於法者也。天下之議者曰:古者之制,"刑不上大夫",大臣不可以法加也。(**吕留良夾**)説破。(**茅鹿門夾**)復説破。嗟夫!"刑不上大夫"者,豈曰大夫以上有罪而不刑歟?古之人君,責其公卿大臣至重,而待其士庶人至輕也。(**吕留良夾**)從賈誼《治安策》中來。(**王翰夾**)此段發掘寬縱大臣根本,辯論精明,是一篇最得力處。(**茅鹿門夾**)接得緩。責之至重,故其所以約束之者愈寬;待之至輕,故其所堤防之者甚密。夫所貴乎大臣者,惟不待約束,而後免於罪戾也。是故約束愈寬,而大臣益以畏法。(**李卓吾眉**)有神才,有英氣,有過人力量。何者?其心以爲人君之不我疑而不忍欺也。苟幸其不疑而輕犯法,則固已不容於誅矣。(**吕留良夾**)反撲更醒。故夫大夫以上有罪,不從於訊鞫論報,如士庶人之法。斯以爲"刑不上大夫"而已矣。(**李卓吾夾**)此公自己心事,安可與俗人言哉!(**茅鹿門眉**)洗發得好。(**儲欣夾**)大臣有不可赦之罪,退而自裁,宜也但曰有罪,何至於此?

天下之吏,自一命以上,其莅官臨民苟有罪,皆書於其所謂歷者,而至於館閣之臣出爲郡縣者,則遂罷去。此真聖人之意,欲有以重責之也。奈何其與士庶人較罪之輕重,而又以其爵減耶?

夫律,有罪而得以首免者,所以開盗賊小人自新之途。而今之卿大夫有罪亦得以首免,是以盗賊小人待之歟?天下惟其無罪也，是以罰不可得而加。（**陳眉公眉**）措語婉轉，機到意到。如知其有罪而特免其罰，則何以令天下？今夫大臣有不法，或者既已舉之，而詔曰勿推，此何爲者也？（**高啓夾**）今之宰相及中官往往有此。（**唐荆川眉**）爵減、首免、勿推、罰金，分明四件事，說得如此變化。聖人爲天下，豈容有此曖昧而不决？故曰：厲法禁自大臣始，則小臣不犯矣。（**李九我眉**）歸束在大臣身上，有關鈕。（**王翰夾**）結句方點明本意，斬然而止，束盡通篇。

【彙評】

祁班孫：讀之便心舒氣壯，固是妙論，腐儒見之，即刻嚇倒。

錢文登：奇構妙句，超脱不群，是蘇家得意文字。

陳眉公：宋家三百年誅戮不及大臣，所以遠過漢唐。坡公創出此策，亦是一時挽弊之論。

鄭之惠：《書》曰“刑期于無刑”，非廢刑也，其心期如此而已。引舜誅四凶一段，大暢。

儲欣：盡取賈長沙之説而反之，畢竟未是。

吕留良：厲法禁意正從“刑不上大夫”一句洗發出來，方見忠厚之至。若云“待之太過須裁制之則非矣”，通篇處處帶定重待之意，纔不失本旨。

王翰：透説當時用法之非，正意一筆結出，與首相應，是一作法。與賈生所陳絶相反，漢承秦弊，宋尚姑息彼此一時，亦以云救也，而其文則悉敵。

唐荆川：爵減、首免，勿推、罰金，分明四件事，叙得甚變化。

策別二

（**錢文登眉**）此策深切時弊，後一段區畫處，更覺婉曲華潤。

其二曰抑僥倖。(茅鹿門旁)此議與潁濱《臣事策八》同,而文亦酷似。

夫所貴乎人君者,予奪自我,而不牽於衆人之論也。天下之學者莫不欲仕,仕者莫不欲貴。如從其欲,則舉天下皆貴而後可。惟其不可從也,是故仕不可以輕得,而貴不可以易致。此非有所吝也。爵禄,出乎我者也,我以爲可予而予之,我以爲可奪而奪之,彼雖有言者,不足畏也。天下有可畏者,賦斂不可以不均,刑罰不可以不平,守令不可以不擇,此誠足以致天下之安危而可畏者也。(茅鹿門夾)以客形主。我欲慎爵賞,愛名器,而囂囂者以爲不可,是烏足恤哉?(王浚川眉)此段意氣覺板,非蘇文本色。(茅鹿門夾)僥倖可抑。

國家自近歲以來,吏多而闕少,率一官而三人共之,居者一人,去者一人,而伺之者又一人,是一官而有二人者無事而食也。(高啓眉)切中。(茅鹿門夾)多僥倖。且其莅官之日淺,而閑居之日長,以其莅官之所得,而爲閑居仰給之資,是以貪吏常多而不可禁,此用人之大弊也。(高啓眉)透切人情。

古之用人者,取之至寬,(茅鹿門夾)客。而用之至狹。(茅鹿門夾)主。取之至寬,故賢者不隔;用之至狹,故不肖者無所容。《記》曰:"司馬辨論官材,論進士之賢者,以告於王,而定其論。論定然後官之,任官然後爵之,位定然後禄之。"然則是取之者未必用也。今之進士,自二人以下者皆試官。夫試之者,豈一定之謂哉?固將有所廢置焉耳。國家取人,有制策,有進士,有明經,有詞科,有任子,有府史雜流,凡此者,雖衆無害也。其終身進退之决,在乎召見改官之日,此尤不可以不愛惜慎重者也。(祁班孫眉)按此宋制,除狀元外,自第二以下,皆先試官,所云"召見改官之日",則實授也。(茅鹿門眉)宋制與今日不同。今之議者,不過曰多其資考，而責之以舉官之數。且彼有勉强而已，資考既足，而舉官之數亦以及格，則將執文墨以取必於我，雖千百爲輩，莫敢不盡與。

臣竊以爲今之患，正在於任法太過。是以爲一定之制，使天下可以歲月必得，甚可惜也。

方今之便，莫若使吏六考以上，皆得以名聞於吏部，吏部以其資考之遠近，舉官之衆寡，而次第其名，然後使一二大臣雜治之，參之以其才器之優劣而定其等，歲終而奏之，以詔天子廢置。度天下之吏，每歲以物故罪免者幾人，而增損其數，以所奏之等補之，及數而止，使其予奪亦雜出於賢不肖之間，而無有一定之制。(**茅鹿門眉**)"及數而止"句應前"三人共之"。則天下之吏，不敢有必得之心，將自奮厲磨淬，以求聞於時。而嚮之所謂用人之大弊者，將不勞而自去。(**唐荆川眉**)今若仿此意，雖不能無弊，亦似可得一二實才。

然而議者必曰：法不一定，而以才之優劣爲差，則是好惡之私有以啓之也。臣以爲不然。夫法者，本以存其大綱，而其出入變化，固將付之於人。(**茅鹿門眉**)應前"任法不如任人"。昔者唐有天下，舉進士者，群至於有司之門。唐之制，惟有司之信也。是故有司得以搜羅天下之賢俊，而習知其爲人。至於一日之試，則固已不取也。唐之得人，于斯爲盛。今以名聞於吏部者，每歲不過數十百人，使二三大臣得以訪問參考其才，雖有失者，蓋已寡矣。(**茅鹿門眉**)唐制與今日及宋時進士之制不同。如必曰任法而不任人，天下之人，必不可信。則夫一定之制，臣亦未知其果不可以爲奸也。(**茅鹿門眉**)一轉作掉尾，妙。

【彙評】

鄭之惠：《厲法禁策》説用刑不寬於大吏，此説任人不寬於小吏，皆救時針砭。

策别三

(**錢文登眉**)第一段言治世無壅蔽之害,第二段正言壅蔽之害,第三段言去壅蔽之害。〇此文圓活不羈,真如走盤之珠。

其三曰决壅蔽。(**高啓旁**)治府史之蜀。(**茅鹿門旁**)省事勵精,亦切中今日之情。

所貴乎朝廷清明而天下治平者,何也?天下不訴而無冤,不謁而得其所欲,此堯舜之盛也。其次不能無訴,訴而必見察;不能無謁,謁而必見省。使遠方之賤吏,不知朝廷之高;而一介之小民,不識官府之難。而後天下治。(**茅鹿門夾**)虚。

今夫一人之身,有一心兩手而已。疾痛苛癢,動於百體之中,雖其甚微不足以爲患,而手隨至。夫手之至,豈其一一而聽之心哉!(**鍾惺夾**)此句人説不出。心之所以素愛其身者深,而手之所以素聽於心者熟,是故不待使令而卒然以自至。(**茅鹿門夾**)行文高妙,一至於此。(**陳眉公眉**)以人身兩手聽命於心來喻治道,詞意迫切。(**儲欣夾**)微妙。聖人之治天下,亦如此而已。(**錢文登眉**)"亦如此而已"句,剪住上意,提起下意,絶高。(**高啓夾**)妙。(**鍾惺眉**)言人所已言,若言人所未言,别有心手。百官之衆,四海之廣,使其關節脈理,相通爲一。叩之而必聞,觸之而必應。夫是以天下可使爲一身。天子之貴,士民之賤,可使相愛。憂患可使同,緩急可使救。

今也不然。天下有不幸而訴其冤,如訴之於天。有不得已而謁其所欲,如謁之於鬼神。(**李卓吾眉**)落想甚異。公卿大臣不能究其詳悉，而付之於胥吏，故凡賄賂先至者，朝請而夕得，徒手而來者，終年而不獲。（**茅鹿門眉**）今自兩京府部以達之於諸藩臬郡縣，並坐此弊。至於故常之事，人之所當得而無疑者，莫不務爲留滯，以待請屬。舉天下一毫之事，非金錢無以行之。（**鍾惺夾**）可哭。（**錢文登眉**）此以上文辭杰然。

昔者漢唐之弊，患法不明，而用之不密，使吏得以空虚無據之法而繩天下，故小人以無法爲奸。（**李卓吾眉**）奇警不凡。今也法令明具，而用之至密，舉天下惟法之知。所欲排者，有小不如法，而可指以爲瑕。所欲與者，雖有所乖戾，而可借法以爲解。故小人以法爲奸。（**祁班孫眉**）清朝之定例亦復如是。（**錢文登眉**）以無法爲奸，以法爲奸，何等痛快。（**儲欣夾**）透，透。今天下所爲多事者，豈事之誠多耶？吏欲有所鬻而未得，則新故相仍，紛然而不决，此王化之所以壅遏而不行也。（**茅鹿門眉**）搜出病根。昔桓文之霸，百官承職，不待教令而辦，四方之賓至，不求有司。王猛之治秦，事至纖悉，莫不盡舉，而人不以爲煩。蓋史之所記，麻思還冀州，請於猛。猛曰："速裝，行矣。"（**茅鹿門夾**）勵精。至暮而符下。及出關，郡縣皆已被符。其令行禁止而無留事者，至於纖悉，莫不皆然。苻堅以戎狄之種，至爲霸王，兵强國富，垂及升平者，猛之所爲，固宜其然也。

今天下治安，大吏奉法，不敢顧私，而府史之屬招權鬻法，長吏心知而不問，以爲當然。（**茅鹿門夾**）應前。（**錢文登眉**）"今天下"一小段略談時弊，爲承上引下過路處。此其弊有二而已。事繁而官不勤，故權在胥吏。欲去其弊也，莫如省事而厲精。省事莫如任人，厲精莫如自上率之。（**李九我眉**）省事二句是一篇要領。今之所謂至繁，天下之事，關於其中，訴者之多，而謁者之衆，莫如中書與三司。天下之事，分於百官，而中書聽其治要。郡縣之錢幣制於轉運使,而三司受其會計。此宜若不至於繁多。然中書不待奏課以定其黜陟而關預其事,則是不任有司也。三司之吏,推析贏虛至於毫毛以繩郡縣,則是不任轉運使也。故曰:省事莫如任人。(**李九我眉**)此應轉省事一段,詞法俊偉可人。

古之聖王,愛日以求治,辨色而視朝,苟少安焉而至於日出,則終日爲之不給。以少而言之,一日而廢一事,一月則可知也。一歲,則事之積者不可勝數矣。欲事之無繁,則必勞於始而逸於終。晨興而晏罷,天子未退,則宰相不敢歸安於私第。宰相日昃而不退,則百官莫不震悚盡力於王事,而不敢宴游。如此,則纖悉隱微莫不舉矣。天子求治之勤過於先王,而議者不稱王季之晏朝而稱舜之無爲,不論文王之日昃而論始皇之量書。(**錢文登眉**)引王季舜文來證勵精句更醒。此何以率天下之怠耶?臣故曰:厲精莫如自上率之。則壅蔽决矣。(**陳眉公眉**)歸重在天子之勵精,包括一篇大旨。

【**彙評**】

唐荆川:前半言壅蔽之當决,後言所以决之之道。

黄貞父:勵精任人而决壅蔽,所以振頽扶弱也,行文亦精矯。

鄭之惠:壅蔽景象,宛然如昔。

儲欣:是亦非托之空言者。

策别四

其四曰專任使。(**茅鹿門旁**)論省府久任,不獨文暢,切中經濟。

夫吏之與民,猶工人之操器。(**茅鹿門夾**)劈頭引喻起。原。易器而操之,其始莫不齟齬而不相得。是故雖有長材異能之士，朝夕而去，則不如庸人之久且便也。（**茅鹿門夾**）切中事情。

自漢至今，言吏治者，皆推孝文之時，以爲任人不可以倉卒而責其成效。又其三歲一遷，吏不可爲長遠之計，則其所施設一切出於苟簡。此天下之士，争以爲言，而臣知其未可以卒行也。夫天下之吏，惟其病多而未有以處也，是以擾擾在此。（**錢文登眉**）要説省府久任，先説天下之吏不可久任，以爲開端。如使五六年或七八年而後遷，則將有十年不得調者矣。朝廷方將減任子，清冗官，則其行之當有所待。而臣以爲當今之弊，有甚不可者。

夫京兆府，天下之所觀望而化，王政之所由始也。（**茅鹿門夾**）今之隸省之郡亦如此。四方之衝，兩河之交，舟車商賈之所聚，金玉錦繡之所積，故其民不知有耕稼織紝之勞。富貴之所移，貨利之所眩，故其不知有恭儉廉退之風。以書數爲終身之能，以府史賤吏爲鄉黨之榮，故其民不知有儒學講習之賢。（**錢文登眉**）激發淬利經生，欲爲策論須知此。夫是以獄訟繁滋而奸不可止，爲治者益以苟且，而不暇及于教化，四方觀之，使風俗日以薄惡，未始不由此也。今夫爲京兆者，戴星而出，見燭而入，案牘笞箠，交乎其前。（**茅鹿門夾**）敝。拱手而待命者，足相躡乎其庭。持詞而求訴者，肩相摩乎其門。憧憧焉不知其爲誰，一訊而去，得罪者不知其得罪之由，而無罪者亦不知其無罪之實。如此則刑之不服，赦之不悛，獄訟之繁，未有已也。（**錢文登眉**）好筆。

夫大司農者，天下之所以贏虚，外計之所從受命也。（**茅鹿門夾**）今之户部及工部亦如此。其財賦之出入，簿書之交錯，縱橫變化，足以爲奸，而不可推究。（**錢文登眉**）轉常爲奇，回俗入雅。上之人不能盡知而付之吏。（**茅鹿門夾**）伏一"吏"字於此。吏分職乎其中者,以數十百人,其耳目足以及吾之所不及,是以能者不過粗知其大綱,而不能惟吏之聽。賄賂交乎其門,四方之有求者,聚乎其家。天下之大弊,無過此二者。

臣竊以爲今省府之重,其擇人宜精,(**茅鹿門夾**)客。其任人宜久。(**茅鹿門夾**)主。凡今之弊,皆不精不久之故。何則?天下之賢者不可以多得。而賢者之中,求其治繁者,又不可以人人而能也。幸而有一人焉,又不久而去。(**茅鹿門眉**)致弊之由。夫世之君子,苟有志於天下,而欲爲長遠之計者,則其效不可以朝夕見,其始若迂闊,而其終必將有所可觀。(**錢文登眉**)此騎龍手也,何人能到。今期月不報政,則朝廷以爲是無能爲者,不待其成而去之。而其翕然見稱於人者,又以爲有功而擢爲兩府。(**茅鹿門夾**)轉得緊切。(**高啓夾**)中書樞密。然則是爲省府者,能與不能,皆不得久也。(**儲欣夾**)確絶,透絶。

夫以省府之繁,終歲不得休息,朝廷既以汲汲而去之,而其人亦莫不汲汲而求去。夫吏胥者,皆老於其局,長子孫於其中。以汲汲求去之人,而御長子孫之吏,此其相視,如客主之勢,宜其奸弊不可得而去也。(**茅鹿門夾**)切中情弊。(**高啓眉**)妙。省府之位,不爲卑矣。(**茅鹿門夾**)洗發。苟有能者而老於此,不爲不用矣。(**茅鹿門夾**)又好。古之用人者,知其久勞於位,則時有以賜予勸奬之,以厲其心,不聞其驟遷以奪其成效。今天下之吏,縱未能一概久而不遷,至於省府,亦不可以倉卒而去。吏知其久居而不去也,則其欺詐固已少衰矣。而其人亦得深思熟慮周旋於其間,不過十年,將必有卓然可觀者也。(**茅鹿門眉**)覽至終篇,不獨文暢,而切中經濟。

【彙評】

錢文登:余深喜此筆氣絶好,當置之座隅。

鄭之惠:神爵五鳳間作用。

祁班孫:三代以後之通弊。

策別五

其五曰無責難。(**茅鹿門旁**)輕舉主連坐之法,而重監司郡縣之長,以督察所屬之吏。

無責難者,將有所深責也。(**鍾惺眉**)發端奇甚。昔者聖人之立法,使人可以過,而不可以不及。何則?其所求於人者,衆人之所能也。天下有能爲衆人之所不能者,固無以加矣,而不能者不至於犯法。(**鍾惺夾**)吾深愛此等人。夫如此而猶有犯者,然後可以深懲而決去之。由此而言,則聖人之所以不責人之所不能者,將以深責乎人之所能也。後之立法者異於是。責人以其所不能,而其所能者,不深責也。(**吕留良夾**)一篇關鍵。是以其法不可行,而其事不立。夫事不可以兩立也,(**茅鹿門夾**)申。聖人知其然,是故有所取,必有所捨;有所禁,必有所寬。寬之則其禁必止,捨之則其取必得。(**鍾惺眉**)余論穰苴用兵亦有此言,蓋用法嚴明者,立法必簡易易從,而後可責以不從也。

今夫天下之吏不可以人人而知也,故使長吏舉之。(**茅鹿門夾**)主。又恐其舉之以私而不得其人也,故使長吏任之。他日有敗事,則以連坐。其過重者其罰均。(**吕留良夾**)責人以其所不能。(**茅鹿門眉**)今之舉者,亦當仿宋連坐之法。且夫人之難知,自堯舜病之矣。(**茅鹿門夾**)轉。今日爲善,而明日爲惡,猶不可保,況於十數年之後,其幼者已壯,其壯者已老,而猶執其一時之言,使同被其罪,不已過乎!(**茅鹿門夾**)兩段。天下之人,仕而未得志也,莫不勉强爲善以求舉。(**吕留良夾**)又推進一層見其難。(**茅鹿門夾）後應。惟其既已改官而無憂，是故蕩然無所不至。方其在州縣之中，長吏親見其廉謹勤幹之節，則其勢不可以不舉，彼又安知其終身之所爲哉？故曰今之法責人以其所不能者，謂此也。

一縣之長，察一縣之屬。一郡之長，察一郡之屬。職司者，察其屬郡者也。（茅鹿門夾）客。此三者，其屬無幾耳。其貪其廉，其寬猛，其能與不能，不可謂不知也。今且有人牧牛羊者，而不知其肥瘠，是可復以爲牧人歟？夫爲長而屬之不知，則此固可以罷免而無足惜者。今其屬官有罪，而其長不即以聞，他日有以告者，則其長不過爲失察。而去官者，又以不坐。夫失察，天下之微罪也。職司察其屬郡，郡縣各察其屬，此非人之所不能，而罰之甚輕，亦可怪也。（茅鹿門夾）其所能者不深責。

今之世所以重發贓吏者，何也？（吕留良夾）所謂過惡重者其罰均。（茅鹿門夾）错落。責不能之弊。夫吏之貪者，其始必詐廉以求舉，舉者皆王公貴人，其下者亦卿大夫之列，以身任之。（吕留良夾）前兩段分説，此段合説，言唯其責人以所不能，因之所能者不能深責。（茅鹿門夾）應。居官者莫不愛其同類等夷之人，故其樹根牢固而不可動。連坐者常六七人，甚者至十餘人，（鍾惺夾）它安能連坐？至於連坐者，危之也，知其故否？此如盜賊質劫良民以求苟免耳。（鍾惺夾）可醜。爲法之弊，至於如此，亦可變矣。

如臣之策，以職司守令之罪罪舉官，以舉官之罪罪職司守令。今使舉官與所舉之罪均，縱又加之，舉官亦無如之何，終不能逆知終身之廉者而後舉，特推之於幸不幸而已。苟以其罪罪職司守令，彼其勢誠有以督察之。（茅鹿門夾）客。臣知貪吏小人無容足之地，又何必於舉官焉難之。（鍾惺夾）坡公亦深痛恨之。

【彙評】

祁班孫:大得經濟處。

茅鹿門:宋之舉主之法,五品以上皆得推天下文章治行之士,而今則特屬撫按以舉劾所屬,而京朝官不與也,而撫按之舉,即子瞻職司之説矣。愚見今之撫按,其有所舉屬吏,而以贓污敗者,決當並坐。其或於舉辭之中略露其才識可取。而其中之所守,猶當俟其久而後定,則差可以薄其罰。而藩、臬、守、巡之長與郡太守,雖不得如撫按詳行舉劾,亦當各書其所甚賢、甚不肖者,以歲上其計於吏部、都察院,朝覲之年,則按其所舉刺之中否,以定黜陟。

吕留良:近情之論,於縈紆處更見緊峭。

策别六

其六曰無沮善。(**茅鹿門旁**)專爲吏胥以下之才,其情弊與今亦相參,而文甚錯綜。(**高啓旁**)不絶譎官吏胥入貲者。

昔者先王之爲天下,必使天下欣欣然常有無窮之心,力行不倦,而無自棄之意。夫惟自棄之人,則其爲惡也,甚毒而不可解。(**鍾惺夾**)此雖似接下,而實是轉轉來,便有滔滔講。(**茅鹿門夾**)伏後面三項人。是以聖人畏之,設爲高位重禄以待能者。(**鍾惺夾**)文之曲有如是,故寫來仍見其直也。(**錢文登眉**)説破主意,不似它篇立冒頭。使天下皆得踊躍自奮,扳援而來。惟其才之不逮,力之不足,是以終不能至於其間,而非聖人塞其門、絶其途也。夫然,故一介之賤吏,閭閻之匹夫,莫不奔走於善,至於老死而不知休息,此聖人以術驅之也。

天下苟有甚惡而不可忍也,聖人既已絶之,則屏之遠方,終身不齒。(**吕留良夾**)未講用,先講絶,如治田之必先耘草。此非獨不仁也。(**王翰夾**)上大概説,此又剖分出絶之,一條冒後三項,然所重自在不絶邊。以爲既已絶之,彼將一旦肆其憤毒,以殘害吾民。(**茅鹿門夾**)含絶胥。是故絶之則不用,(**儲欣夾**)輕。用之則不絶。(**儲欣夾**)重。(**茅鹿門夾**)含謫官吏胥。(**錢文登眉**)添絶之則不用一節來説,便見用之不可絶,此文字錯綜處。既已絶之,又復用之,則是驅之於不善,而又假之以其具也。(**夾批錢文登**)文氣厚。無所望而爲善,無所愛惜而不爲惡者,天下一人而已矣。以無所望之人,而責其爲善,以無所愛惜之人,而求其不爲惡,又付之以人民,則天下知其不可也。(**祁班孫眉**)宋元祐間,熙豐小人既黜,吕大防、范純仁稍議停調,於是惇卞復用,大肆毒惡。此正絶之而又用之之禍也。

世之賢者,何常之有?(**吕留良夾**)以下皆言用之□□。(**茅鹿門夾**)接得無痕。主。或出於賈竪賤人,甚者至於盗賊,往往而是。而儒生貴族,世之所望爲君子者,(**鍾惺夾**)"望爲君子"四字妙甚。或至於放肆不軌,小民之不若。(**鍾惺眉**)一起可恨。(**茅鹿門夾**)客。(**錢文登眉**)如此之人且不可棄,况謫官三者乎?(**茅鹿門眉**)又忽然增出一層,爲必可得者張本,以與必不可得者相形。聖人知其然,(**茅鹿門夾**)進步。是故不逆定於其始進之時,而徐觀其所試之效,使天下無必得之由,(**儲欣夾**)客。亦無必不可得之道。(**儲欣夾**)主。(**茅鹿門夾**)含制策進士。天下知其不可以必得也,然後勉强於功名而不敢僥倖。知其不至於必不可得而可勉也,然後有以自慰其心,久而不懈。(**錢文登眉**)看他主客互發,筆機圓轉,真是蘇文。(**王翰夾**)以術驅之之實。嗟夫!聖人之所以鼓舞天下,天下之人日化而不自知者,此其爲術歟?(**鍾惺眉**)淡宕。

後之爲政者則不然。與人以必得,而絶人以必不可得。(**茅鹿門夾**)客。此其意以爲進賢而退不肖。然天下之弊,莫甚於此。(**茅鹿門眉**)先提起客案一段,正是與人以必得。今夫制策之及等,進士之高第,皆以一日之間,而决取終身之富貴。(**吕留良夾**)此一項與人以必得是客意。(**茅鹿門夾**)客。此雖一時之文辭,而未知其臨事之否,則其用之不已太遽乎!(**錢文登眉**)將客形主。

天下有用人而絶之者三。(**吕留良夾**)下三項絶之以必不可得,而前兩項照用之則不絶,入貲一項照絶之則不用。州縣之吏,苟非有大過而不可復用,則其他犯法,皆可使竭力爲善以自贖。(**茅鹿門眉**)三段是絶之以必不可得。而今世之法,一陷於罪戾,則終身不遷,使之不自聊賴而疾視其民,肆意妄行而無所顧惜。此其初未必小人也,不幸而陷於其中,途窮而無所入,則遂以自棄。(**唐荆川眉**)與老泉《養才論》同。府史賤吏,爲國者知其不可闕也,是故歲久則補以外官。以其所從來之卑也,而限其所至,則其中雖有出群之才,終亦不得齒於士大夫之列。夫人出身而仕者,將以求貴也,貴不可得而至矣,則將惟富之求,此其勢然也。如是,則雖至於鞭笞戮辱,而不足以禁其貪。(**李卓吾眉**)胸中如鏡,筆下如刀。故夫此二者,苟不可以遂棄,則宜有以少假之也。入貲而仕者,皆得補郡縣之吏,彼知其終不得遷,亦將逞其一時之欲,無所不至。夫此,誠不可以遷也,則是用之之過而已。(**鍾惺眉**)曲致其詞。(**吕留良夾**)獨以此項"則絶之不用"句,豈在管庫盜賊之後耶?臣故曰:絶之則不用,用之則不絶。此三者之謂也。(**錢文登眉**)掉尾甚活。

【彙評】

錢文登:妙處在主客交互、相形錯雜中有條理,轉換處有節制,大蘇之文,此其極佳者也。

鍾惺:説得盡情又近情,子瞻論事往往如此。〇今人學古皆學其法,既得其法,而無詞以付之,則未免有枯窘之病,而孰知其暢有如是者,學者自不知也。

鄭之惠:以一日之間決取終身之富貴,真古今不可解之事。

儲欣:逆定於其始進之時,至有明而極,自宰相以至九品與未入流之吏,莫不於其始進。而限制之資格一定用人之弊,漢唐宋元未有也。

吕留良:以“無必得之由,亦無必不可得之道”二句爲大綱目,乃正途與雜流之分,而雜流之中,又須分别,則以“絶之則不用,用之則不絶”二句爲寫小綱目,兩者相乘,最是錯綜之妙。

王翰:議論層出,一一使人首肯。資格之弊,至明而極,自宣德以來,至於崇禎,雖士大夫亦於始進之日而逆定其所至。由科貢而仕者,與吏胥相去無幾。雖有奇材異能,而尊官貴仕不可得。而至仕途偏重,日甚一日,以趨於亡,蓋千古之殷鑒也。

唐荆川:又忽然出一層,爲必可得者張本,以與必不可得者相形。

策别七

(**錢文登眉**)敦教化在於務實而不務名,務實而不務名在於實其言而去其貪。〇直叙文字。(**李卓吾旁**)“敦教化”三字是俗儒口語,可厭。而發出切實之論,反令人抵掌。乃知真道學雖説假道學話,亦自不假也。

安萬民者,其别有六。一曰敦教化。(**高啓旁**)先實後名。(**茅鹿門旁**)看他行文紆徐婉轉、將言不言處。

夫聖人之於天下,所恃以爲牢固不拔者,在乎天下之民可與爲善,而不可與爲惡也。

昔者三代之民,見危而授命,見利而不忘義。(**茅鹿門夾**)淺。

此非必有爵賞勸乎其前,而刑罰驅乎其後也。其心安於爲善,而忸怩於不義,是故有所不爲。夫民知有所不爲,則天下不可以敵,甲兵不可以威,利禄不可以誘,可殺可辱、可饑可寒而不可與叛,此三代之所以享國長久而不拔也。及至秦、漢之世,其民見利而忘義,見危而不能授命。法禁之所不及,則巧僞變詐,無所不爲,疾視其長上而幸其災。因之以水旱,加之以盗賊,則天下枵然無復天子之民矣。(**茅鹿門夾**)將言不言。

世之儒者常有言曰:"三代之時,其所以教民之具,甚詳且密也。學校之制,射饗之節,冠婚喪祭之禮,粲然莫不有法。及至後世,教化之道衰,而盡廢其具,是以若此無耻也。"(**茅鹿門眉**)切中迂儒之病。然世之儒者,蓋亦嘗試以此等教天下之民矣,而卒以無效,使民好文而益偷,飾詐而相高,則有之矣,此亦儒者之過也。(**茅鹿門夾**)就客論上,翻身最便。臣愚以爲若此者,皆好古而無術,知有教化而不知名實之所存者也。實者所以信其名,而名者所以求其實也。有名而無實,則其名不行。(**茅鹿門夾**)主。有實而無名,則其實不長。(**茅鹿門夾**)客。凡今儒者之所論,皆其名也。(**茅鹿門夾**)有根本之言。深。(**錢文登眉**)"名、實"二字是一篇議論根子,後面節節照此。

昔武王既克商,散財發粟,使天下知其不貪;(**高啓夾**)先實。禮下賢俊,使天下知其不驕;封先聖之後,使天下知其仁;誅飛廉、惡來,使天下知其義,如此,則其教化天下之實,固已立矣。(**茅鹿門夾**)深中。天下聳然皆有忠信廉耻之心,然後文之以禮樂,教之以學校,觀之以射饗,而謹之以冠婚喪祭,民是以目擊而心諭,安行而自得也。(**高啓夾**)後名。及至秦、漢之世,專用法吏以督責其民,至於今千有餘年,而民日以貪冒嗜利而無耻。儒者乃始以三代之禮所謂名者而繩之。彼見其登降揖讓盤辟俯僂之容，則掩口而竊笑；聞鐘鼓管磬希夷嘽緩之音，則驚顧而不樂。如此，而欲望其遷善遠罪，不已難乎？（**陳眉公眉**）引"武王先實後名，其化民也易；秦、漢惡實徒名，其化民也難"，見風勵天下者，實爲重而名爲輕。（**李卓吾眉**）古雅。（**凌啓康考釋**）此一段與上三代之民一段意相次，特有淺深之分。蘇家直叙文字每用此法。

臣愚以爲宜先其實而後其名，擇其近於人情者而先之。（**茅鹿門眉**）辨了纔説正意。今夫民不知信，則不可與久居於安。民不知義，則不要與同處於危。（**唐荆川眉**）"信義"二字總括後面許多病痛。平居則欺其吏，而有急則叛其君。此教化之實不至，天下之所以無變者，幸也。欲民之知信，則莫若務實其言。欲民之知義，則莫若務去其貪。（**茅鹿門夾**）提當時二弊。（**李九我眉**）將前信義又生出"實其言、去其貪"六字起論，非大識力者不能有此轉折。（**李卓吾眉**）讀此要語，令人勃然。往者河西用兵，而家人子弟皆籍以爲軍。其始也，官告以權時之宜，非久役者，事已當復爾業。少焉皆刺其額，無一人得免。自寶元以來，諸道以兵興爲辭而增賦者，至今皆不爲除去。夫如是，將何以禁小民之詐欺哉！（**茅鹿門夾**）不信之過。（**李卓吾眉**）宕而緊。

夫所貴乎縣官之尊者，爲其恃於四海之富，而不争於錐刀之末也。（**茅鹿門夾**）朝廷。其與民也優，其取利也緩。古之聖人，不得已而取，則時有所置，以明其不貪。何者？小民不知其説，而惟貪之知。今雞鳴而起，百工雜作，匹夫入市，操挾尺寸，吏且隨而税之，扼吭拊背，以收絲毫之利。（**茅鹿門夾**）末世之政可羞。古之設官者，求以裕民，今之設官者，求以勝民。賦斂有常限，而以先期爲賢。（**茅鹿門夾**）即今有司監榷之官。出納有常數，而以羨息爲能。（**李卓吾眉**）此今日深弊，最痛醒。（**李九我眉**）四語委婉多致，文法何等玲瓏。天地之間，苟可以取者，莫不有禁。

(茅鹿門夾)不義之實。求利太廣,而用法太密,故民日趨於貪。臣愚以爲難行之言,當有所必行。而可取之利,當有所不取。以教民信,而示之義。**(茅鹿門夾)**總結。若曰"國用不足而未可以行",則臣恐其失之多於得也。**(茅鹿門夾)**冷。

【彙評】

祁班孫:名言名筆,便是千古名文。

陳眉公:極力揮霍,井井有條,味其大旨,酷肖魏徵諫太宗奏議。

儲欣:諸策中最醇正之篇。

茅鹿門:東坡勸敦教化,而以罷河西之兵與寶元以來增賦爲案,其言雖近長老,而其實則疏略矣。

策别八

其二曰勸親睦。**(茅鹿門旁)**三代之遺言深見,而文亦爽。

夫民相與親睦者,王道之始也。昔三代之制,畫爲井田,使其比閭族黨,各相親愛,有急相周,有喜相慶,死喪相恤,疾病相養。是故其民安居無事,則往來歡欣,而獄訟不生;有寇而戰,則同心並力,而緩急不離。自秦、漢以來,法令峻急,使民乖其親愛歡欣之心,而爲鄰里告訐之俗。富人子壯則出居,貧人子壯則出贅。一國之俗,而家各有法。一家之法,而人各有心。紛紛乎散亂而不相屬,是以禮讓之風息,而爭鬥之獄繁。天下無事,則務爲欺詐相傾以自成。天下有變,則流徙渙散相棄以自存。**(唐荆川眉)**與潁濱《民政一》同。嗟夫!秦、漢以下,天下何其多故而難治也!**(茅鹿門夾)**骨子。此無他,民不愛其身,則輕犯法。輕犯法,則王政不行。欲民之愛其身,則莫若使其父子親、兄弟和、妻子相好。夫民仰以事父母，旁以睦兄弟，而俯以恤妻子。則其所賴於生者重，而不忍以其身輕犯法。三代之政，莫尚於此矣。

今欲教民和親，則其道必始於宗族。臣欲復古之小宗，以收天下不相親屬之心。古者有大宗、有小宗。故《禮》曰："别子爲祖，繼别爲宗。繼禰者爲小宗。"（**茅鹿門夾**）全録《禮》文。有百世不遷之宗，有五世則遷之宗。百世不遷者，别子之後也。宗其繼别子之所自出者，百世不遷者也。宗其繼高祖者，五世則遷者也。古者諸侯之子弟，異姓之卿大夫，始有家者，不敢禰其父，而自使其嫡子後之，則爲大宗。族人宗之，雖百世而宗子死，則爲之服齊衰九月。故曰："宗其繼别子之所自出者，百世不遷者也。"别子之庶子，又不得禰别子，而自使其嫡子爲後，則爲小宗。小宗五世之外則無服。其繼禰者，親兄弟爲之服。其繼祖者，從兄弟爲之服。其繼曾祖者，再從兄弟爲之服。其繼高祖者，三從兄弟爲之服。其服大功九月。而高祖以外親盡則易宗。故曰："宗其繼高祖者，五世則遷者也。"小宗四，有繼高祖者，有繼曾祖者，有繼祖者，有繼禰者，與大宗爲五，此所謂五宗也。古者立宗之道，嫡子既爲宗，則其庶子之嫡子又各爲其庶子之宗。其法止於四，而其實無窮。自秦、漢以來，天下無世卿。大宗之法，不可以復立。而其可以收合天下之親者，有小宗之法存，而莫之行，此甚可惜也。

今夫天下所以不重族者，有族而無宗也。有族而無宗，則族不可合。族不可合，則雖欲親之而無由也。族人而不相親，則忘其祖矣。今世之公卿大臣賢人君子之後，所以不能世其家如古之久遠者，其族散而忘其祖也。故莫若復小宗，使族人相率而尊其宗子。宗子死，則爲之加服，犯之則以其服坐。貧賤不敢輕，而富貴不敢以加之。冠婚必告，喪葬必赴。此非有所難行也。今夫良民之家，士大夫之族，亦未必無孝弟相親之心，而族無宗子，莫爲之糾率，其勢不得相親。是以世之人，有親未盡而不相往來，冠婚不相告，死不相赴，而無知之民，遂至於父子異居，而兄弟相訟，然則王道何從而興乎！

嗚呼！世人之患，在於不務遠見。（**茅鹿門夾**）進步。古之聖人合族之法，近於迂闊，而行之期月，則望其有益。故夫小宗之法，非行之難，而在乎久而不怠也。天下之民，欲其忠厚和柔而易治，其必曰自小宗始矣。（**茅鹿門夾**）結。

【彙評】

祁班孫：經術之文，讀之沉厚深實。

策别九

其三曰均户口。（**茅鹿門旁**）文甚疏鬯，其欲使天下之宦游者，徙之荆、襄、唐、鄧、許、洛、陳、蔡之間，其説難行。

夫中國之地，足以食中國之民有餘也，而民常病於不足，何哉？地無變遷，而民有聚散。聚則争於不足之中，而散則棄於有餘之外。是故天下常有遺利，而民用不足。

昔者三代之制，度地以居民，民各以其夫家之衆寡而受田於官，一夫而百畝，民不可以多得尺寸之地，而地亦不可以多得一介之民，故其民均而地有餘。（**茅鹿門眉**）叙俗事極疏爽。當周之時，四海之内，地方千里者九，而京師居其一，有田百同，而爲九百萬夫之地，山陵林麓，川澤溝瀆，城郭宫室塗巷，三分去一，爲六百萬夫之地。又以上中下田三等而通之，以再易爲率，則王畿之内，足以食三百萬之衆。以九州言之，則是二千七百萬夫之地也，而計之以下農夫一夫之地而食五人，則是萬有三千五百萬人可以仰給於其中。當成、康刑措之後，其民極盛之時，九州之籍，不過千三萬四千有餘夫。地以十倍，而民居其一，故穀常有餘，而地力不耗。何者？均之有術也。

自井田廢，而天下之民轉徙無常，惟其所樂，則聚以成市，側肩躡踵，以争尋常，挈妻負子，以分升合。（**茅鹿門夾**）不均。雖有豐年，而民無餘蓄，一遇水旱，則弱者轉於溝壑，而强者聚爲盗賊。地非不足，而民非加多也，蓋亦不得均民之術而已。夫民之不均，其弊有二。（**茅鹿門夾**）不均之由。上之人賤農而貴末，忽故而重新，則民不均。夫民之爲農者，莫不重遷，其墳墓廬舍，桑麻果蔬，牛羊耒耜，皆爲子孫百年之計。惟其百工技藝，無事種藝，游手浮食之民，然後可以懷輕資而極其所往。是故上之人賤農而貴末，則農人釋其耒耜而游于四方，擇其所樂而居之，其弊一也。（**茅鹿門眉**）宋時舊有此撫恤流亡之政，而今則無矣。凡人之情，怠于久安，而謹於新集。水旱之後，盗賊之餘，則莫不輕刑罰，薄税斂，省力役，以懷逋逃之民。而其久安而無變者，則不肯無故而加恤。是故上之人忽故而重新，則其民稍稍引去，聚於其所重之地，以至於衆多而不能容，其弊二也。

臣欲去其二弊，而開其二利，以均斯民。昔者聖人之興作也，必因人之情，故易爲功。必因時之勢，故易爲力。（**茅鹿門夾**）立柱。今欲無故而遷徙安居之民，分多而益寡，則怨謗之門，盗賊之端，必起於此，未享其利，而先被其害。臣愚以爲民之情，莫不懷土而重去。惟士大夫出身而仕者，狃於遷徙之樂，而忘其鄉。昔漢之制，吏二千石皆徙諸陵。爲今之計，可使天下之吏仕至某者，皆徙荆、襄、唐、鄧、許、汝、陳、蔡之間，(**茅鹿門夾**)今亦宜徙民至山東、河南之間。今士大夫無不樂居於此者，顧恐獨往而不能濟，彼見其儕類等夷之人莫不在焉，則其去惟恐後耳。此所謂因人之情。夫天下不能歲歲而豐也，則必有饑饉流亡之所，民方其困急時，父子且不能相顧，又安知去鄉之爲戚哉？當此之時，募其樂徙者，而使所過廩之，費不甚厚，而民樂行。此所謂因時之勢。然此二者，皆授其田，貸其耕耘之具，而緩其租，然後可以固其意。夫如是，天下之民，其庶乎有息肩之漸也。

【彙評】

祁班孫：磊磊落落，有不自知其來者。

策别十

其四曰較賦役。(**茅鹿門旁**)與今江南賦役之患不同，今江以北户止開石數，而不及田之畝數，正如此。

自兩税之興，因地之廣狹瘠腴而制賦，因賦之多少而制役，其初蓋甚均也。責之厚賦，則其財足以供。署之重役，則其力足以堪。何者？其輕重厚薄，一出於地，而不可易也。(**茅鹿門夾**)此與馬端臨之説合。户無常賦，視地以爲賦。人無常役，視賦以爲役。是故貧者鬻田則賦輕，而富者加地則役重。(**茅鹿門夾**)造語互見。此所以度民力之所勝，亦所以破兼併之門，而塞僥倖之源也。

及其後世，歲月既久，則小民稍稍爲奸，度官吏耳目之所不及，則雖有法禁，公行而不忌。今夫一户之賦，官知其爲賦之多少,而不知其爲地之幾何也。(祁班孫眉)此正今日江北人户止開石數,而不開田之畝數也。(茅鹿門夾)病根。如此,則增損出入,惟其意之所爲。官吏雖明,法禁雖嚴,而其勢無由以止絶。且其爲奸,常起於貿易之際。夫鬻田者,(茅鹿門夾)一項。必窮迫之人,而所從鬻者,必富厚有餘之家。富者恃其有餘而邀之,貧者迫於饑寒,而欲其速售。是故多取其地,而少入其賦。(茅鹿門夾)即今産去糧存之患。有田者,方其貧困之中,苟可以緩一時之急,則不暇計其他日之利害。故富者地日以益,而賦不加多,貧者地日以削,而賦不加少。(茅鹿門夾)税法之弊。又其奸民欲以計免於賦役者,(茅鹿門夾)又一項。割數畝之地,加之以數倍之賦,而收其少半之直,或者亦貪其直之微而取焉。是以數十年來,天下之賦,大抵淆亂。有兼併之族而賦甚輕,有貧弱之家而不免於重役,以至於破敗流移而不知其所往,其賦存而其人亡者,天下皆是也。(茅鹿門夾)造語互見。

夫天下不可以有僥倖也。天下有一人焉僥倖而免,則亦必有一人焉不幸而受其弊。今天下僥倖者如此之衆,則其不幸而受其弊者從亦可知矣。三代之賦,以什一爲輕。今之法,本不至於什一而取,然天下嗷嗷然以賦斂爲病者,豈其歲久而奸生,偏重而不均,以至於此歟?雖然,天下皆知其爲患而不能去。何者?勢不可也。今欲按行其地之廣狹瘠腴,而更制其賦之多寡,則奸吏因緣爲賄賂之門,其廣狹瘠腴,亦將一切出於其意之喜怒,則患益深,是故士大夫畏之而不敢議,而臣以爲此最易見者,顧弗之察耳。(李卓吾夾)吁,此丈量之所以爲惡政也!(茅鹿門眉)此丈量之所以難行。

夫易田者必有契,契必有所直之數。(茅鹿門眉)按契考賦之説,迂疏未明。具所直之數,必得其廣狹瘠腴之實,而官必據其所直之數，而取其易田之税，(**茅鹿門夾**)税者，税契也。是故欲知其地之廣狹瘠腴，可以其税推也。(**茅鹿門夾**)蓋宋時税契法甚嚴。久遠者不可復知矣，其數十年之間，皆足以推較，求之故府，猶可得而見。苟其税多者則知其直多，其直多者則知其田多且美也。如此，而其賦少，其役輕，則夫人亡而賦存者可以有均矣。鬻田者皆以其直之多少而給其賦，重爲之禁，而使不敢以不實之直而書之契，則夫自今以往者，貿易之際，爲奸者其少息矣。要以知凡地之所直，與凡賦之所宜多少，而以税參之，(**茅鹿門夾**)此法今不可行。如此，則一持籌之吏坐於帳中，足以周知四境之虚實，不過數月，而民得以少蘇。不然，十數年之後，將不勝其弊，重者日以輕，而輕者日以重，而未知其所終也。

【彙評】

祁班孫：切得時弊之源。

策别十一

(**王槐野眉**)通篇是大文字，一筆寫成，不加點竄。(**吕雅山眉**)此篇文字絶高，辭意之玲瓏，神髓之融液，勢態之蹁躚，各臻其妙。(**李卓吾旁**)北狩之事，公已看見，時不用公，可奈之何！

其五曰教戰守。(**茅鹿門旁**)宋之嘉祐間，海内狃於晏安而耻言兵，故子瞻特發此論。

夫當今生民之患，果安在哉？(**高啓夾**)直起。在於知安而不知危，能逸而不能勞，此其患不見於今，將見於他日。今不爲之計，其後將有所不可救者。

昔者先王知兵之不可去也,是故天下雖平,不敢忘戰。秋冬之隙,致民田獵以講武,教之以進退坐作之方,使其耳目習於鐘鼓旌旗之間而不亂,使其心志安於斬刈殺伐之際而不懾。是以雖有盜賊之變,而民不至於驚潰。

及至後世,用迂儒之議,以去兵爲王者之盛節,天下既定,則卷甲而藏之。數十年之後,甲兵頓弊,而人民日以安於太平之佚樂。卒有盜賊之警,則相與恐懼訛言,不戰而走。開元、天寶之際,天下豈不大治?(**茅鹿門夾**)借事實爲議論。惟其民安於太平之樂,酣豢於游戲酒食之間,其剛心勇氣,消耗鈍眊,痿蹶而不復振,是以區區之禄山一出而乘之,四方之民,獸奔鳥竄,乞爲囚虜之不暇,天下分裂,而唐室因以微矣。

蓋嘗試論之。天下之勢,譬如一身。(**錢文登眉**)以譬喻爲正論。(**李九我眉**)此段以養身喻治國,明悉婉至,神流詞王,如疊嶂層巒,種種争麗。王公貴人所以養其身者,豈不至哉?而其平居常苦於多疾。至於農夫小民,終歲勞苦,而未嘗告疾,此其故何也?夫風雨霜露寒暑之變,以疾之所由生也。農夫小民,盛夏力作,而窮冬暴露,其筋骸之所衝犯,肌膚之所浸漬,輕霜露而狎風雨,是故寒暑不能爲之毒。今王公貴人處於重屋之下,(**茅鹿門夾**)婦人孺子。出則乘輿,風則襲裘,雨則御蓋,凡所以慮患之具,莫不備至。畏之太甚,而養之太過,小不如意,則寒暑入之矣。(**茅鹿門眉**)無善養身,此數語收起不得。是故善養身者,使之能逸而能勞,步趨動作,使其四體狃於寒暑之變,然後可以剛健强力,涉險而不傷。夫民亦然。(**茅鹿門眉**)收住纔入。今時之弊。(**儲欣眉**)小之可以悟養生,大之可以治天下,妙,妙。

今者治平之日久,天下之人,驕惰脆弱,如婦人孺子不出於閨門,(**茅鹿門夾**)王公貴人。論戰鬥之事,則縮頸而股栗;聞盜賊之名,則掩耳而不願聽。而士大夫亦未嘗言兵,以爲生事擾民,漸不可長。此不亦畏之太甚而養之太過歟?且夫天下固有意外之患也。(**吕雅山眉**)"且夫天下"句,如龍之活。愚者見四方之無事,則以爲變故無自而有,此亦不然矣。今國家所以奉西北之虜者,歲以百萬計。奉之者有限,而求之者無厭,此其勢必至於戰。戰者,必然之勢也。(**李卓吾夾**)説著了。不先於我,則先於彼,不出於西,則出於北。所不可知者,有遲速遠近,而要以不能免也。天下苟不免於用兵,而用之不以漸,使民於安樂無事之中,一旦出身而蹈死地,則其爲患必有所不測。(**錢文登眉**)千古名言。(**李九我眉**)應轉首段,一字一珠,照顧有情。故曰:天下之民知安而不知危,能逸而不能勞。此臣所謂大患也。

臣欲使士大夫尊尚武勇,講習兵法。(**茅鹿門夾**)本題處置。庶人之在官者,教以行陣之節。役民之司盜者,授以擊刺之術。每歲終則聚之郡府,如古都試之法,有勝負,有賞罰,而行之既久,則又以軍法從事。(**沈晴峰眉**)子瞻於蓄財用則爲治兵之說,於戰守則爲都試之法。二者參而行之,方得其用。然議者必以爲無故而動民,又悚以軍法,則民將不安,而臣以爲此所以安民也。(**儲欣夾**)點睛。(**高啓夾**)妙。天下果未能去兵,則其一旦將以不教之民而驅之戰。夫無故而動民,雖有小恐,然孰與夫一旦之危哉?(**高啓夾**)進步。

今天下屯聚之兵,驕豪而多怨,陵壓百姓而邀其上者何故?此其心以爲天下之知戰者,惟我而已。(**茅鹿門夾**)又推一意作結。如使平民皆習於兵,彼知有所敵,則固已破其奸謀,而折其驕氣。利害之際,豈不亦甚明歟?(**錢文登眉**)反復詳論,真可令人感悟,而宋竟以兵弱,悲夫!

【彙評】

祁班孫:治平以後之人主,當日置此文於座右。

錢文登:坡翁此策,說破宋室膏肓之病,其後靖康之禍如逆睹其事者。信乎,有用之言也!至其文,閎衍浩大,尤不可及。

陳眉公:見析懸鏡,機沛涌泉。至於兵弱必亡,暗指宋家時事而語語警策,可垂不朽之文。

策别十二

其六曰去奸民。(**鍾惺夾**)要緊。(**茅鹿門旁**)論利害處刺骨。

自昔天下之亂,必生於治平之日,休養生息,而奸民得容於其間,蓄而不發,以待天下之釁。(**茅鹿門夾**)原。至於時有所激,勢有所乘,則潰裂四出,不終朝而毒流於天下。聖人知其然,是故嚴法禁,督官吏,以司察天下之奸民而去之。(**茅鹿門夾**)虚。

夫大亂之本,必起於小奸。惟其小而不足畏,是故其發也常至於亂天下。(**茅鹿門夾**)已了又起。今夫世人之所憂以爲可畏者,必曰豪俠大盗。此不知變者之説也。天下無小奸,則豪俠大盗無以爲資。且以治平無事之時,雖欲爲大盗,將安所容其身?而其殘忍貪暴之心無所發泄,則亦時出爲盗賊,聚爲博弈,群飲於市肆,而叫號於郊野。小者呼雞逐狗,大者椎牛發冢,無所不至,捐父母,棄妻孥,而相與嬉游。凡此者,舉非小盗也。天下有釁,鋤耰棘矜相率而剽奪者,皆嚮之小盗也。(**茅鹿門夾**)奸民之患若此。

昔三代之聖王,果斷而不疑,誅除擊去,無有遺類,所以擁護良民而使安其居。(**茅鹿門夾**)證。及至後世,刑法日以深嚴,而去奸之法,乃不及於三代。何者?待其敗露,自入於刑而後去也。夫爲惡而不入於刑者，固已衆矣。有終身爲不義，而其罪不可指名以附於法者。有巧爲規避，持吏短長而不可詰者。又有因緣幸會而免者。如必待其自入於刑，則其所去者蓋無幾耳。昔周之制，民有罪惡未麗於法而害於州里者，（茅鹿門夾）兩層。桎梏而坐諸嘉石，重罪役之期，以次輕之。其下罪三月役，使州里任之，然後宥而捨之。其化之不從，威之不格，患苦其鄉之民，而未入於五刑者，謂之罷民。凡罷民，不使冠帶而加明刑，任之以事，而不齒於鄉黨。由是觀之，則周之盛時，日夜整齊其人民，而鋤去其不善。（茅鹿門眉）周盛時德實寬而法實嚴。譬如獵人，終日馳驅踐蹂於草茅之中，搜求伏兔而搏之，不待其自投於網羅而後取也。（鍾惺夾）用法猶是。夫然後小惡不容於鄉，大惡不容於國，禮樂之所以易化，而法禁之所以易行者，由此之故也。

今天下久安，天子以仁恕爲心，而士大夫一切以寬厚爲稱上意，而懦夫庸人，又有所僥倖，務出罪人，外以邀雪冤之賞，而内以待陰德之報。（鍾惺夾）説破庸人心事。臣是以知天下頗有不誅之奸，將爲子孫憂。宜明敕天下之吏，使以歲時糾察凶民，而徙其尤無良者，不必待其自入於刑，而間則命使出按郡縣，有子不孝、有弟不悌、好訟而數犯法者，皆誅無赦。（茅鹿門眉）即今訪察夙聞以搜豪右黠猾作奸犯法之人。誅一鄉之奸，則一鄉之人悦。誅一國之奸，則一國之人悦。要以誅寡而悦衆，則雖堯舜亦如此而已矣。

天下有三患，而蠻夷之憂不與焉。（茅鹿門夾）再原。（茅鹿門眉）結歸天下大利害處，便聳動人。有内大臣之變，有外諸侯之叛，有匹夫群起之禍，此三者其勢常相持。内大臣有權，則外諸侯不叛。外諸侯强，則匹夫群起之禍不作。今者内無權臣，外無强諸侯，而萬世之後，其尤可憂者，奸民也。（茅鹿門眉）漢之陳勝吴廣、唐之龐勛黄巢之類。臣故曰去奸民。以爲安民之終云。

【彙評】

儲欣：一縣令賢且才，則一縣之奸去矣；一郡守賢且才，則一郡之奸去矣。去奸尤在擇吏哉！

鍾惺：子瞻論養士“可以後亡”，此言去奸民“可以止亂”，意似相反，不知養士則奸民欲爲亂而無主，去奸民則豪傑欲倡亂而無資，其義一也。

策别十三

（**錢文登眉**）盡説得敷暢明白。（**唐荊川眉**）此篇逐段説去，造語頗平。（**茅鹿門旁**）子瞻論節財處甚工，而所舉郊之賞，與夫宫觀使及都水監二者，蓋又特冗官之一耳，子瞻必有忌諱而未盡之説。

厚貨財者，其别有二。一曰省費用。（**高啓旁**）財之盈縮在省不省。

夫天下未嘗無財也。（**茅鹿門夾**）原。昔周之興，文王、武王之國，不過百里。（**茅鹿門夾**）逐段説去。當其受命，四方之君長，交至於其廷，軍旅四出，以征伐不義之諸侯，而未嘗患無財。方此之時，關市無征，山澤不禁，取於民者不過什一，而財有餘。（**高啓夾**）伏後案。及其衰也，内食千里之租，外取千八百國之貢，而不足於用。由此觀之，夫財豈有多少哉！

人君之於天下，俯己以就人，則易爲功；仰人以援己，則難爲力。（**茅鹿門夾**）此篇造語頗平。是故廣取以給用，不如節用以廉取人之爲易也。(**茅鹿門夾**)骨子。(**高啓眉**)切中。臣請得以小民之家而推之。夫民方其窮困時,所望不過十金之資,計其衣食之費,妻子之奉,出入於十金之中,寬然而有餘。(**茅鹿門眉**)此等設喻極有生色。及其一旦稍稍蓄聚,衣食既足,則心意之欲,日以漸廣,所入益衆,而所欲益以不給。不知罪其用之不節,而以爲求之未至也。是以富而愈貪,求愈多而財愈不供,此其爲惑,未可以知其所終也。盍亦反其始而思之?夫嚮者豈能寒而不衣、飢而不食乎?今天下汲汲乎以財之不足爲病,何以異此。(**吕留良夾**)點醒。(**茅鹿門夾**)一跌纔精神。(**李卓吾眉**)唤醒處令人灑然。

國家創業之初,四方割據,中國之地至狹也。然歲歲出師以誅討僭亂之國,南取荆楚,西平巴蜀,而東下并潞,其費用之多,又百倍於今可知也。然天下之士未嘗思其始,而惴惴焉患今世之不足,則亦甚惑矣。(**茅鹿門眉**)用本朝配入,前既詳,此處只宜略略點過。

夫爲國有三計:(**茅鹿門夾**)推。有萬世之計,(**茅鹿門夾**)客。有一時之計,(**茅鹿門夾**)客。有不終月之計。(**茅鹿門夾**)主。古者三年耕必有一年之蓄,以三十年之通計,則可以九年無饑也。歲之所入,足用而有餘。是以九年之蓄,常閑而無用。卒有水旱之變,盗賊之憂,則官可以自辦而民不知。若此者,天不能使之災,地不能使之貧,四夷盗賊不能使之困,此萬世之計也。而其不能者,一歲之入,纔足以爲一歲之出,天下之産,僅足以供天下之用,其平居雖不至於虐取其民,而有急則不免於厚賦。故其國可静而不可動,可逸而不可勞,此亦一時之計也。至於最下而無謀者,量出以爲入,用之不給,則取之益多。天下晏然無大患難,而盡用衰世苟且之法,不知有急則將何以加之,此所謂不終月之計也。(**錢文登眉**)如此三段,氣大才豪。

今天下之利,莫不盡取。山陵林麓,莫不有禁。(**茅鹿門夾**)廣取。關有征,市有租,鹽鐵有榷,酒有課,茶有算,則凡衰世苟且之法,莫不盡用矣。(**茅鹿門眉**)就譬喻上收極好。譬之於人,其少壯之時,豐健勇武,然後可以望其無疾,以至於壽考。今未五六十,而衰老之候,具見而無遺,若八九十者,將何以待其後耶?然天下之人,方且窮思竭慮,以廣求利之門。且人而不思,則以爲費用不可復省,使天下而無鹽鐵酒茗之税,將不爲國乎?(**茅鹿門眉**)何等頓挫。臣有以知其不然也。(**吕留良夾**)點醒,與前遥應。(**茅鹿門夾**)轉。天下之費,固有去之甚易而無損,存之甚難而無益者矣。(**茅鹿門夾**)節用。臣不能盡知,請舉其所聞,而其餘可以類求焉。

夫無益之費,名重而實輕,以不急之實,而被之以莫大之名,是以疑而不敢去。三歲而郊,郊而赦,赦而賞,此縣官有不得已者。(**錢文登夾**)碎叙。天下吏士,數日而待賜,此誠不可以卒去。(**茅鹿門夾**)郊賞祠廟吏禄。至於大吏,所謂股肱耳目,與縣官同其憂樂者,此豈亦不得已而有所畏耶?天子有七廟,今又飾老佛之宫,而爲之祠,固已過矣,又使大臣以使領之,歲給以巨萬計,此何爲者也!(**茅鹿門眉**)宫觀之使相。天下之吏,爲不少矣,將患未得其人。苟得其人,則凡民之利,莫不備舉,而其患莫不盡去。今河水爲患,不使濱河州郡之吏親視其災,而責之以救災之術,徒爲都水監。夫四方之水患,豈其一人坐籌於京師而盡其利害!(**茅鹿門夾**)治河使。天下有轉運使足矣,今江淮之間,又有發運,禄賜之厚,徒兵之衆,其爲費豈可勝計哉!蓋嘗聞之,里有蓄馬者,患牧人欺之而盗其芻菽也,又使一人焉爲之厩長,厩長立而馬益癯。(**吕留良夾**)前兩件浮費易知,後兩件設官似不可省,故喻以明之。今爲政不求其本,而治其末,自是而推之,天下無益之費,不爲不多矣。(**茅鹿門夾**)未盡之言。臣以爲凡若此者,日求而去之,自毫釐以往,莫不有益。惟無輕其毫釐而積之,則天下庶乎少息也。

【彙評】

鄭之惠:以量出爲入爲最下策,此千古暢談。蓋經國之業,與販夫販婦原自不同。

祁班孫:翻騰跌蕩,語之精神。

王翰:篇分三截,前截先破患貧之惑,中截論制國用之法,末乃指其事言之,局勢甚平正。

儲欣:三計之説不朽。

王芑孫:今日正當用此法。

策别十四

其二曰定軍制。(**茅鹿門旁**)經國之言。

自三代之衰,井田廢,兵農異處,兵不得休而爲民,民不得息肩而無事於兵者,千有餘年,而未有如今日之極者也。三代之制,不可復追矣。至於漢、唐,猶有可得而言者。

夫兵無事而食,則不可使聚,聚則不可使無事而食。(**茅鹿門夾**)一口説破主意。此二者相勝而不可並行,其勢然也。今夫有百頃之閑田,則足以牧馬千駟,而不知其費。聚千駟之馬,而輸百頃之芻,則其費百倍,此易曉也。(**鍾惺眉**)今日馬政如此。(**李卓吾夾**)好。(**儲欣夾**)明切。(**茅鹿門夾**)譬切。昔漢之制,有踐更之卒,而無營田之兵,雖皆出於農夫,而方其爲兵也,(**呂留良夾)論事如指掌。不知農夫之事,是故郡縣無常屯之兵,而京師亦不過有南北軍、期門、羽林而已。邊境有事,諸侯有變,皆以虎符調發郡國之兵,至於事已而兵休,則渙然各復其故。是以其兵雖不知農,而天下不至於弊者,未嘗聚也。唐有天下,置十六衛府兵,天下之府八百餘所,而屯於關中者,至有五百,然皆無事則力耕而積穀,不惟以自贍養,而又有以廣縣官之儲。是以兵雖聚於京師,而天下亦不至於弊者,未嘗無事而食也。(**鍾惺眉**)"未嘗聚""未嘗無事而食"二語,分貼漢、唐,看得明透,而章法甚妙。

今天下之兵,不耕而聚於京畿三輔者,以數十萬計,皆仰給於縣官。有漢、唐之患,而無漢、唐之利,擇其偏而兼用之,是以兼受其弊而莫之分也。天下之財,近自淮甸,而遠至於吴、蜀,凡舟車所至,人力所及,莫不盡取以歸於京師。(**吕留良夾**)應前輸百頃之芻。晏然無事,而賦斂之厚,至於不可復加,而三司之用,猶苦其不給。其弊皆起於不耕之兵聚於内,而食四方之貢賦。(**茅鹿門夾**)與潁濱《民政四》同。

非特如此而已,又有循環往來屯戍於郡縣者。(**吕留良夾**)只安排此一項,禁兵便可少。(**夾批儲欣**)莫大之弊甚無謂也,故綜其源流本末而極言之。昔建國之初,所在分裂,擁兵而不服,太祖、太宗躬擐甲胄,力戰而取之。既降其君,而籍其疆土矣,然其故基餘孽猶有存者。上之人見天下之難合而恐其復發也,於是出禁兵以戍之,大自藩府,而小至於縣鎮,往往皆有京師之兵。(**吕留良夾**)原禁兵出戍之始。由此觀之,則是天下之地,一尺一寸,皆天子自爲守也。而可以長久而不變乎?(**茅鹿門夾**)好。

費莫大於養兵,養兵之費,莫大於征行。今出禁兵而戍郡縣,遠者或數千里,其月廩歲給之外,又日供其芻糧。(**茅鹿門

夾)禁兵出戍之敝。第一節。三歲而一遷,往者紛紛,來者纍纍,雖不過數百爲輩,而要其歸,無以異於數十萬之兵三歲而一出征也。(**鍾惺夾**)透極生奇。農夫之力,安得不竭?饋運之卒,安得不疲?且今天下未嘗有戰鬥之事,(**吕留良夾**)又轉入一層。(**茅鹿門夾**)第二節。武夫悍卒,非有勞伐可以邀其上之人,然皆不得爲休息閑居無用之兵者,其意以爲爲天子出戍也。(**茅鹿門眉**)宋兵聚而食,故弱而又驕。是故美衣豐食,開府庫,輦金帛,若有所負,一逆其意,則欲群起而噪呼,此何爲者也?天下一家,且數十百年矣。(**茅鹿門夾**)第三節。民之戴君,至於海隅,無以異於畿甸,亦不必舉疑四方之兵而專信禁兵也。曩者蜀之有均賊,與近歲貝州之亂,未必非禁兵致之。(**茅鹿門夾**)痛切。

臣愚以爲郡縣之土兵,可以漸訓而陰奪其權,則禁兵可以漸省而無用。天下武健,豈有常所哉?山川之所習,風氣之所咻,四方之民一也。昔者戰國嘗用之矣。蜀人之怯懦,吴人之短小,皆嘗以抗衡於上國,夫安得禁兵而用之!今之土兵,所以鈍弊劣弱而不振者,彼見郡縣皆有禁兵,而待之異等,是以自棄於賤隸役夫之間,而將吏亦莫之訓也。苟禁兵可以漸省,而以其資糧益優郡縣之土兵,則彼固已歡欣踊躍出於意外,戴上之恩而願效其力,又何遽不如禁兵耶?

夫土兵日以多,禁兵日以少,天子扈從捍城之外,無所復用。(**吕留良夾**)一勒便住。(**茅鹿門夾**)收煞。如此,則内無屯聚仰給之費,而外無遷徙供億之勞,費之省者,又已過半矣。(**儲欣夾**)點睛。(**茅鹿門眉**)只不用州縣屯戍之兵,則禁兵之在内者自省矣。

【彙評】

茅鹿門:戍禁兵不如募土兵,今歲戍延綏之兵以衛薊遼,無策之甚者。

祁班孫:井田之法廢而兵制亡,庶幾府兵差得其半。

吕留良:此篇從上一滚説下,不搭架子,行乎其行,止乎其止,乃文之至者。

儲欣:安民則有《教戰守》之策,省費則有《定軍制》之策,深識遠慮,信王佐才。

策别十五

(**丘瓊山眉**)宋於西北二虜,歲帑太重而民力不支,威權太輕而兵旅不振。此策條陳剴切,意欲蓄養人才,罷歲帑而專事兵耳。(**唐荆川眉**)此篇大意,欲强兵在於蓄人才,蓄人才在於武舉招之於先,治兵觀之於後。

訓兵旅者,其别有三。一曰蓄材用。(**茅鹿門旁**)欲募天下之將材,而歸之於治兵,治兵固是一説,然其原本尤在君相之一心與一氣。

夫今之所患兵弱而不振者,(**鍾惺夾**)根脚。(**茅鹿門夾**)推原説起。豈士卒寡少而不足使歟?器械鈍弊而不足用歟?抑爲城郭不足守歟?廪食不足給歟?此數者,皆非也。然所以弱而不振,則是無材用也。(**高啓夾**)先説時弊。(**鍾惺眉**)"無材用"一事作如此深厚議論,□事之文□説理,惟子瞻能之。

夫國之有材,譬如山澤之有猛獸,江河之有蛟龍,伏乎其中而威見乎其外,悚然有所不可狎者。至於鰍蚖之所蟠,咩豚之所牧,雖千仞之山,百尋之溪,而人易之。何則?其見於外者不可欺也。天下之大,不可謂無人。朝廷之尊,百官之富,不可謂無才。然以區區之二虜,(**茅鹿門夾**)今之世何功異此。舉數州之衆,以臨中國,抗天子之威,犯天下之怒,而其氣未嘗少衰,其詞未嘗少挫,則是其心無所畏也。(**錢文登眉**)與下段相叫應,言有才人必畏之,人不畏者,以其無才也。〇此下三段文法妙,可衍之時論。主憂則臣辱,主辱則臣死。今朝廷之上,不能無憂,而大臣恬然未嘗有拒絶之議,非不欲絶也,而未有以待之。則是朝廷無所恃也。緣邊之民,西顧而戰慄。牧馬之士,不敢彎弓而北向。吏士未戰而先期於敗,則是民輕其上也。(**鍾惺夾**)透。(**茅鹿門夾**)聯上一總收更妙。外之蠻夷無所畏,内之朝廷無所恃,而民之自輕其上,此猶足以爲有人乎!(**王浚川眉**)一氣寫成,煙雲萬里,渺茫無際。(**鍾惺夾**)深達體勢。

天下未嘗無才,患所以求才之道不至。(**茅鹿門眉**)以上論無才,以下論求才。古之聖人,以無益之名,而致天下之實,以可見之實,而較天下之虚名。(**鍾惺夾**)出名實。(**茅鹿門夾**)提。二者相爲用而不可廢。是故其始也,天下莫不紛然奔走從事於其間,而要之以其終,不肖者無以欺其上。(**高啓夾**)影語。此無他,先名而後實也。不先其名,而唯實之求,則來者寡。(**茅鹿門夾**)影。來者寡,則不可以有所擇。(**鍾惺眉**)人寡則材少。以一旦之急,而用不擇之人,則是不先名之過也。

天子之所向,天下之所奔也。今夫孫、吴之書,其讀之者,未必能戰也。多言之士,喜論兵者,未必能用也。進之以武舉,而試之以騎射,天下之奇才,未必至也。然將以求天下之實,則非此三者不可以致。(**高啓夾**)李云誠是。以爲未必然而棄之,則是其必然者,終不可得而見也。

往者西師之興,其先也,惟不以虚名多致天下之才而擇之,以待一旦之用。(**高啓夾**)不知蓄。故其兵興之際,四顧惶惑而不知所措。於是設武舉,購方略,收勇悍之士,而開猖狂之言,不愛高爵重賞,以求强兵之術。(**茅鹿門眉**)行文如決黄河之水而注之海。當此之時,天下囂然,莫不自以爲知兵也。(**茅鹿門夾**)名。來者日多,而其言益以無據,至於臨事,終不可用。(**茅鹿門夾**)無實。執事之臣,亦遂厭之,而知其無益,故兵休之日,舉從而廢之。(**茅鹿門夾**)透。今之論者,以爲武舉、方略之類,適足以開僥倖之門,而天下之實才,終不可以求得。此二者,皆過也。夫既已用天下之虛名,而不較之以實,至其弊也,又舉而廢其名,使天下之士不復以兵術進,亦已過矣。(**高啓夾**)總結上意。(**錢文登眉**)此一段牽搭上下文。(**茅鹿門眉**)又從前一翻。

天下之實才,不可以求之於言語,又不可以較之於武力,獨見之於戰耳。(**茅鹿門夾**)婉透。(**李卓吾眉**)文有變换,却饒名理。戰不可得而試也,是故見之於治兵。(**茅鹿門夾**)可見之實。子玉治兵於蔿,終日而畢,鞭七人,貫三人耳。蔿賈觀之,以爲剛而無禮,知其必敗。孫武始見,試以婦人,而猶足以取信於闔閭,使知其可用。故凡欲觀將帥之才否,莫如治兵之不可欺也。(**茅鹿門眉**)蕭何之拔韓信,宗澤之拔岳飛,何假於治兵。今夫新募之兵,驕豪而難令,勇悍而不知戰,此真足以觀天下之才也。乃武舉、方略之類以來之,(**茅鹿門夾**)名。新兵以試之。(**茅鹿門夾**)實。(**姜鳳阿眉**)試以治兵乃一篇主意,至此方露出,如善貨物者,初時不肯輕出。(**姜鳳阿夾**)今無新兵,疑自一隊將始。(**茅鹿門眉**)今無新兵,自一隊將始。觀其顔色和易,則足以見其氣;約束堅明,則足以見其威;坐作進退,各得其所,則足以見其能。凡此者皆不可强也。故曰:先之以無益之虛名,而較之以可見之實。庶乎可得而用也。(**高啓眉**)收妙。

【彙評】

祁班孫:此等議論,非大臣經國者,不能出一語。

李翼軒:主科所取騎射,論策耳,不足得士也。古有不跨馬、不穿扎而名名將者矣;古有手不知書而位太師者矣。劇孟,洛陽俠也;朱克融,河北豪也。皆足爲一時輕重,豈謂當時無若人乎? 且公嘗請推擇河北五路之民沉鷙雄悍者,以試吏而重牙校之選,此其議固可采也。其他投石、拔距、絶逾等倫,擊劍、舞槊、彈丸、連弩、風角、占測之伎,兵家亦何所不用哉? 是固當各爲一科而甄叙之也。

黄貞父:極自得意。以宋室諸儒習成議論者多,藉有武舉、方略如孫武輩,何至南渡哉?

陳眉公:縱横變化局陣,自奇中間擘畫處,坡公真通達國體矣。

鄭之惠:先名後實,亦救時之策。

儲欣:急而求之,稍緩輒廢者,古今通患,趙宋尤甚耳,此策妙於形容,而治兵一議尤善。

策别十六

(**錢文登眉**)變幻错綜,非口舌能言其妙。

其二曰練軍實。(**茅鹿門旁**)欲爲擇兵而募,而又限以年。○精悍之識,博達之才。

三代之兵,不待擇而精,其故何也? 兵出於農,有常數而無常人,國有事,要以一家而備一正卒,如斯而已矣。是故老者得以養,疾病者得以爲閑民,而役於官者,莫不皆其壯子弟。(**高啓眉**)此中暗含殺人、費用語而不特露。故其無事而田獵,則未嘗發老弱之民;師行而饋糧,則未嘗食無用之卒。(**吕留良夾**)費用省。使之足輕險阻,而手易器械。(**茅鹿門夾**)無迹。聰明足以察旗鼓之節,强鋭足以犯死傷之地,千乘之衆,而人人足以自捍。故殺人少而成功多,費用省而兵卒强。(**唐荆川夾**)牽搭。

蓋春秋之時,諸侯相併,天下百戰,其經傳所見謂之敗績者,如城濮、鄢陵之役,皆不過犯其偏師而獵其游卒,斂兵而退,未有僵屍百萬流血於江河如後世之戰者,何也?民各推其家之壯者以爲兵,則其勢不可得而多殺也。(**吕留良夾**)殺人少。(**邵二泉眉**)兵壯者敵不得多殺,亦以兵有節制。(**儲欣眉**)既是壯者,又有蒐苗獮狩以訓練之,人人精兵,固當善敗。

及至後世,兵民既分,兵不得復而爲民,於是始有老弱之卒。(**鍾惺夾**)一篇主意。夫既已募民而爲兵,其妻子屋廬,既已托於營伍之中,其姓名既已書於官府之籍,行不得爲商,居不得爲農,而仰食於官。(**茅鹿門夾**)第一意。至於衰老而無歸,則其道誠不可以棄去,是故無用之卒,雖薄其資糧,而皆廪之終身。(**茅鹿門夾**)第二意。費用。凡民之生,自二十以上至於衰老,不過四十餘年之間。勇鋭强力之氣足以犯堅冒刃者,不過二十餘年。今廪之終身,則是一卒凡二十年無用而食於官也。(**茅鹿門夾**)透切。第三意。自此而推之,養兵十萬,則是五萬人可去也;屯兵十年,則是五年爲無益之費也。(**鍾惺眉**)痛苦之言,往往説得可笑如此。(**儲欣夾**)精確。(**唐荆川眉**)殺人、費用二事,入得錯綜。(**吕留良夾**)棄財。民者,天下之本;而財者,民之所以生也。有兵而不可使戰,是謂棄財。不可使戰而驅之戰,是謂棄民。(**唐荆川眉**)牽上搭下最妙。臣觀秦、漢之後,天下何其殘敗之多耶!(**茅鹿門夾**)殺人。其弊皆起於分民而爲兵。兵不得休,使老弱不堪之卒,拱手而就戮。(**吕留良夾**)棄民。(**茅鹿門夾**)亦以兵無節制。(**茅鹿門夾**)第四意。故有以百萬之衆,而見屠於數千之兵者。其良將善用,不過以爲餌,委之啖賊。嗟夫!三代之衰,民之無罪而死者,其不可勝數矣。(**茅鹿門眉**)子瞻最傷心處。(**王翰夾)是佛地位中人語。

今天下募兵至多,往者陝西之役,舉籍平民以爲兵。繼以明道、寶元之間,天下旱蝗,次及近歲青、齊之饑,與河朔之水災,民急而爲兵者,日以益衆。(**李卓吾眉**)當時富鄭公集青、齊流民五十萬爲兵,故坡公言及之。(**茅鹿門眉**)富鄭公集流民五十一萬而爲兵。舉籍而按之,近世以來,募兵之多,無如今日。然皆老弱不教,不能當古之十五,而衣食之費,百倍于古。此甚非所以長久而不變者也。(**高啓夾**)是上段不了語。凡民之爲兵者,其類多非良民。(**茅鹿門夾**)確論。方其少壯之時,博弈飲酒,不安於家,而後能捐其身。(**鍾惺夾**)透。至其少衰而氣沮,蓋亦有悔而不可復者矣。(**吕留良夾**)此段説老兵情狀,以爲下更張本,《文鈔》乃牽連上段,以爲五節,誤矣。(**鍾惺夾**)又看"悔"字。(**錢文登眉**)全不受羈縛。(**茅鹿門夾**)第五意。臣以謂:五十已上,願復而爲民者,宜聽;自今以往,民之願爲兵者,皆三十以下則收,限以十年而除其籍。(**唐荆川眉**)零碎收拾,打成一片。(**茅鹿門眉**)此法可爲募民揀兵法。民三十而爲兵,十年而復歸,其精力思慮,猶可以養生送死,爲終身之計。(**茅鹿門夾**)一節。使其應募之日,心知其不出十年,而爲十年之計,則除其籍而不怨。(**鍾惺夾**)透。(**茅鹿門夾**)二節。以無用之兵終身坐食之費,而爲重募,則應者必衆。(**茅鹿門夾**)三節。如此,縣官長無老弱之兵,而民之不任戰者,不至於無罪而死。(**茅鹿門夾**)四節。彼皆知其不過十年而復爲平民,則自愛其身而重犯法,不至於叫呼無賴以自棄於凶人。(**茅鹿門夾**)五節。(**錢文登眉**)上下五節相應處極是組織,然不見一綫索。

今夫天下之患,在於民不知兵。(**茅鹿門夾**)六節。(**茅鹿門夾**)又進一步。是進步法。(**唐荆川眉**)上五節是散説,第六節是頓説,信手拈來,頭頭是道。(**儲欣眉**)論較周密。故兵常驕悍而民常怯。

盗賊攻之而不能禦,戎狄掠之而不能抗。今使民得更代而爲兵,兵得復還而爲民,則天下之知兵者衆,而盗賊戎狄將有所忌。然猶有言者,將以爲十年而代,故者已去而新者未教,則緩急有所不濟。(**茅鹿門夾**)駁。(**錢文登眉**)餘音。(**吕留良夾**)一駁掉尾,方見其法盡善。夫所謂十年而代者,豈舉軍而並去之?(**茅鹿門夾**)曲悉。有始至者,有既久者,有將去者,有當代者,新故雜居而教之,則緩急可以無憂矣。(**吕留良夾**)結得灑脱。

【彙評】

唐荆川:極是組織,然不見一綫索。

祁班孫:固是正論,固是名文,然有未盡軍實之變處。

吕留良:前陳二害,後舉六善。二害顯出,六善暗點。荆川所謂組織而不見綫索者也。《文鈔》因後六節,乃於前幅亦分五節以配之,則牽强矣。

茅鹿門:此等文須看承上聯下字眼。

儲欣:去老弱之兵,則敵不得而多殺,而養兵之費亦省,軍之善經也。

策别十七

(**錢文登眉**)諸策中第一篇文字。(**李九我眉**)止兩大段而回旋進退,極有巧思。讀之者自見其筆勢飛舞,不可踪迹。(**樓迂齋眉**)回斡精神,變態百出,首尾相救。

其三曰倡勇敢。(**茅鹿門旁**)通篇行文如虬龍之駕風雲而撼山谷,杳不可測,至於"氣"之一字,尤中兵情。

臣聞戰以勇爲主,以氣爲决。天子無皆勇之將,而將軍無皆勇之士,是故致勇有術。致勇莫先乎倡,倡莫善乎私。(**鍾惺夾**)奇。(**茅鹿門夾**)"倡、私"二字,是一篇骨子。此二者,兵之微權,英雄豪傑之士,所以陰用而不言於人,而人亦莫之識也。

臣請得以備言之。夫倡者,何也?氣之先也。有人人之勇怯,有三軍之勇怯。人人而較之,則勇怯之相去,若莛與楹。至於三軍之勇怯,則一也。出於反復之間,而差於毫釐之際,故其權在將與君。(**茅鹿門夾**)獨見。人固有暴猛獸而不操兵,出入於白刃之中而色不變者。有見虺蜴而却走,聞鐘鼓之聲而戰慄者。是勇怯之不齊,至於如此。(**茅鹿門眉**)人情曲盡,看東坡文字,須學他無中生有。然閭閻之小民,争鬥戲笑,卒然之間,而或至於殺人。(**茅鹿門夾**)曲透人情。當其發也,其心翻然,其色勃然,若不可以已者,雖天下之勇夫,無以過之。(**陳眉公眉**)"翻然""勃然"四字形容氣勇,真能揣摩人情,洞灼底蘊。及其退而思其身,顧其妻子,未始不惻然悔也。(**儲欣眉**)情理之至。此非必勇者也。氣之所乘,則奪其性而忘其故。(**李卓吾眉**)此可爲剛暴者戒。故古之善用兵者,用其翻然勃然於未悔之間。(**鍾惺夾**)"未悔之間"四字透甚。而其不善者,沮其翻然勃然之心,而開其自悔之意。則是不戰而先自敗也。(**儲欣夾**)妙絶。(**樓迂齋眉**)推原及此,亦是從縱横家説出,然曲盡人情之妙。故曰致勇有術。(**茅鹿門夾**)上接下承最妙。

致勇莫先乎倡。均是人也,皆食其食,皆任其事,天下有急,而有一人焉奮而争先而致其死,則翻然者衆矣。弓矢相及,劍楯相搏,勝負之勢,未有所决,而三軍之士,屬目於一夫之先登,則勃然者相繼矣。天下之大,可以名劫也。三軍之衆,可以氣使也。(**陳眉公眉**)應上"翻然""勃然"四句,得把握之勢。諺曰:

“一人善射,百夫決拾。”苟有以發之,及其翻然勃然之間而用其鋒,是之謂倡。(**鍾惺夾**)一轉如善射者,力重而矢速。

倡莫善乎私。天下之人,怯者居其百,勇者居其一,是勇者難得也。捐其妻子,棄其身以蹈白刃,是勇者難能也。以難得之人,行難能之事,此必有難報之恩者矣。(**錢文登眉**)此下意婉切,詞精煉,無一字不妙。天子必有所私之將,將軍必有所私之士,視其勇者而陰厚之。人之有異材者,雖未有功,而其心莫不自異。(**鍾惺眉**)“自異”一路,所指甚廣。自異而上不異之,則緩急不可以望其爲倡。(**茅鹿門夾**)以“異”字代“私”字。故凡緩急而肯爲倡者,必其上之所異也。昔漢武帝欲觀兵於四夷,以逞其無厭之求,不愛通侯之賞,以招勇士,風告天下,以求奮擊之人,然卒無有應者。於是嚴刑峻法,致之死地,而聽其以深入贖罪,使勉强不得已之人,馳驟於萬死之地,是故其將降,其兵破敗,而天下幾至於不測。何者?先無所異之人,而望其爲倡,不已難乎!(**高啓夾**)反收。(**李九我眉**)責武帝御將無所陰厚之人,故難以望其爲倡,正以實己“莫先乎倡,莫善乎私”之言之可行也。(**李東陽眉**)宋祖之馭漢超輩大都此術,東坡蓋亦習聞其説,故津津置喙焉。

私者,天下之所惡也。(**高啓夾**)又生一意,何等周匝。(**儲欣夾**)宋氣。然而爲己而私之,則私不可用。爲其賢於人而私之,則非私無以濟。蓋有無功而可賞,有罪而可赦者,凡所以愧其心而責其爲倡也。(**鍾惺眉**)前一“悔”字,此處一“愧”字得情。(**高啓夾**)説私之意曲悉。天下之禍,莫大於上作而下不應。上作而下不應,則上亦將窮而自止。(**錢文登眉**)“天下之禍”四句,本是承接語,然而空中下手脚,全不見痕迹。作時論者,當於此際參悟。方西戎之叛也,天子非不欲赫然誅之,而將帥之臣,謹守封略,收視内顧,莫有一人先奮而致命,而士卒亦循循焉莫肯盡力,不得已而出，争先而歸，故西戎得以肆其猖狂，而吾無以應，則其勢不得不重賂而求和。其患起於天子無同憂患之臣，而將軍無心腹之士。(**李卓吾夾曰**)低回繚繞，盡文之趣。(**李卓吾夾**)今邊將破虜全賴家兵。(**茅鹿門眉**)説入宋事印證倡與私之意，是此篇頭腦處。(**唐荆川眉**)此與“天子必有所私之將”二句相反，是探本之論。西師之休，十有餘年矣，用法益密，而進人益艱，賢者不見異，勇者不見私，天下務爲奉法循令，要以如式而止，臣不知其緩急將誰爲之倡哉？(**樓迂齋眉**)正意在此，推原出上面許多話成一篇文。

【彙評】

鍾惺：論事之文，極透徹，極委曲，極變化。非求其文之工也，不如此則其言不信，不信不行，而吾之論卒不能見於事，而歸於無用。故有用之文，未有不工者也。〇談兵食之病，苦於不透，透矣反覺使人索然自沮，透而不使人索然自沮者，處之有道，而其言有歸著故也。人臣進言於君，豈可徒務己言之透，而不顧其君之索然自沮哉？

祁班孫：扼兵之要矣。〇行文酷如用兵，是諸策中第一篇。

唐荆川：此篇體方而意圓。

丘瓊山：按蘇氏此言，真得激勸用人之道，但所謂視其勇敢者而陰厚之，陰之爲言，豈王道蕩蕩、光明正大之謂哉？

李本寧：夫利之所在，人忘其害，皆爲孟賁。婦人拾蠶，漁者握鱣，所利在此也。昔越欲伐吴而未知人心，乃自焚宫室，下令曰“救火者比勝敵之賞”，趣而赴火者六千人。因遂伐吴滅之。夫賞可以得志如此，乃知長公陰厚之説，亦是一著。

磻洲：致勇先於倡，蓋朝廷無皆勇之將，將軍無皆勇之士。倡莫善乎私，故天子必有所私之將，將軍必有所私之士。此皆根本之論。

陳眉公：用“氣”之一字談議兵情，中間品質高華，風骨蒼健，學識文章俱稱卓爾。

鄭之惠：飛揚變幻，綽有雲涌川落之勢，有情有文，諸策中當以壓卷。

儲欣：曹劌曰："夫戰，勇氣也。"用其翻然、勃然，真得一鼓作氣之奥。

卷四十八

策斷三首

策斷上

（**茅鹿門旁**）順叙。（**錢文登眉**）宋於西、北二虜，歲幣太重而民力不支，威武太輕而兵旅不振。此策欲其罷歲幣而專事兵。（**王浚川眉**）一氣寫成，煙雲萬里。（**李九我眉**）文氣排山倒海，詞理貫玉編珠，視蔓詞支語者迥别。（**王翰眉**）公論由七之門旨哉！言乎萬世之高抬貴手也，豈獨宋也？言合蓍蔡文章，足以經世者，三代以下，前有洛陽少年，後有眉山而已，天之生才何靳耶？（**李卓吾旁**）古今大道元切宋事。

二虜爲中國患，至深遠也。天下謀臣猛將，豪傑之士，欲有所逞於西北者，久矣。聞之兵法曰："先爲不可勝，以待敵之可勝。"嚮者，臣愚以爲西北難有可勝之形，而中國未有不可勝之備，故嘗竊以爲可特設一官，使獨任其責，而執政之臣，得以專治内事。苟天下之弊，莫不盡去，紀綱修明，食足而兵强，百姓樂業，知愛其君，卓然有不可勝之備。如此，則臣固將備論而極言之。

夫天下將興，其積必有源。天下將亡，其發必有門。聖人者，唯知其門而塞之。（**鍾惺眉**）急則治標之説。古之亡天下者四，而天子無道不與焉。（**鍾惺夾**）驚人。蓋有以諸侯强逼而至於亡者，周、唐是也。（**茅鹿門夾**）客。有以匹夫横行而至於亡者，秦是也。(**茅鹿門夾**)主。有以大臣執權而至於亡者,漢、魏是也。(**茅鹿門夾**)客。有以蠻夷内侵而至於亡者,二晉是也。(**司馬氏、石氏。**)(**茅鹿門夾**)主。使此七代之君,皆能逆知其所由亡之門而塞之,則至於今可以不廢。惟其諱亡而不爲之備,或備之而不得其門,故禍發而不救。(**茅鹿門夾**)一跌纔精神。夫天子之勢,蟠於天下而結於民心者甚厚,故其亡也,必有大隙焉,而日潰之。其窺之甚難,其取之甚密,曠日持久,然後可得而間,蓋非有一日卒然不救之患也。是故聖人必於其全安甚盛之時,而塞其所由亡之門。(**茅鹿門眉**)脱卸得好。

蓋臣以爲當今之患,外之可畏者,西戎、北狄,而内之可畏者,天子之民也。西戎、北狄,不足以爲中國之大憂,而其動也,有以召内之禍。内之民實執其存亡之權,而不能獨起,其發也必將待外之變。先之以戎狄,而繼之以吾民,臣之所謂可畏者,在此而已。(**吕留良夾**)本意重在"戎狄","吾民"是帶説。(**祁班孫眉**)明朝流賊之起,正是如此。(**眉批儲欣**)存亡之變,洞若觀火。嗟乎!廢興相循,非一代之變,則公之書亦非宋一代之書也。直當號以爲經講,而讀之庶有豸乎?昔者敵國之患,起於多求而不供。供者有倦而求者無厭,以有倦待無厭,(**鍾惺夾**)學戰國法。而能久安於無事,天下未嘗有也。故夫二虜之患,特有遠近耳,而要以必至於戰。敢問今之所以戰者何也?其無乃出於倉卒而備於一時乎!且夫兵不素定,而出於一時,當其危疑擾攘之間,而吾不能自必,則權在敵國。(**茅鹿門眉**)古今以來名言,切弊。權在敵國,則吾欲戰不能,欲休不可。進不能戰,而退不能休,則其計將出於求和。(**吕留良夾**)先"戎狄"而繼"吾民",中間有如許層折,皆必然之勢。(**王翰夾**)待外之變,召内之患,層累發明,奇透奇確。求和而自我,則其所以爲媾者必重。軍旅之後,而繼之以重媾,則國用不足。(**茅鹿門夾**)深切。

國用不足,則加賦於民。加賦而不已,則凡暴取豪奪之法,不得不施於今之世矣。天下一動,變生無方,國之大憂,將必在此。(**茅鹿門夾**)了却吾民一節。(**王翰夾**)徹底布算。

蓋嘗聞之,用兵有權,權之所在,其國乃勝。(**唐荆川夾**)上言當今將亡之門,此下言塞亡之門之道。(**錢文登眉**)一"權"字下得妙。是故國無小大,兵無强弱,有小國弱兵而見畏於天下者,權在焉耳。(**李卓吾眉**)權乃兵家扼要,制人而不制於人者。千鈞之牛,制於三尺之童,弭耳而下之,曾不如狙猿之奮擲於山林,此其故何也?權在人也。(**高啓夾**)傷哉。我欲則戰,不欲則守。戰則天下莫能支,守則天下莫能窺。昔者秦嘗用此矣。(**王翰夾**)以秦與六國爲得權不得權之榜樣。(**錢文登眉**)與後唐太宗事重。開關出兵以攻諸侯,則諸侯莫不願割地而求和。諸侯割地而求和於秦,秦人未嘗急於割地之利,若不得已而後應。故諸侯常欲和而秦常欲戰。如此,則權固在秦矣。(**李卓吾眉**)機要跌宕縱横。且秦非能强於天下之諸侯,(**吕留良夾**)跌一句。秦惟能自必,而諸侯不能。(**王翰夾**)能"自必"則得權。是以天下百變,而卒歸於秦。諸侯之利,固在從也。朝聞陳軫之説而合爲從,暮聞張儀之計而散爲横。秦則不然。横人之欲爲横,從人之欲爲從,皆使其自擇而審處之。諸侯相顧,而終莫能自必,則權之在秦,不亦宜乎?(**李卓吾眉**)議論有源。(**吕留良夾**)反覆盡意。

嚮者寶元、慶曆之間,河西之役,可以見矣。(**吕留良夾**)以近事實之。其始也,不得已而後戰。其終也,逆探其意而與之和,又從而厚饋之,惟恐其一日復戰也。如此,則賊常欲戰而我常欲和。(**祁班孫眉**)當日敵情,洞若觀火。(**鍾惺夾**)透。賊非能常戰也,特持其欲戰之形,以乘吾欲和之勢,(**吕留良夾**)兵情。屢用而屢得志,是以中國之大,而權不在焉。欲天下之安,則莫若使權在中國。欲權之在中國,則莫若先發而後罷。示之以不憚,形之以好戰,而後天下之權,有所歸矣。今夫庸人之論,則曰勿爲禍始。(**錢文登眉**)"庸人之論"一句是設難,一句便引事。古之英雄之君,豈其樂禍而好殺。唐太宗既平天下,而又歲歲出師,以從事於夷狄,蓋晚而不倦,暴露於千里之外,親擊高麗者再焉。(**王翰夾**)秦六國是宋事入骨比例,唐太宗只泛引以破庸人之論。(**茅鹿門眉**)與秦事重,却是作文游衍之法。(**李九我眉**)句法工煉。凡此者,皆所以争先而處强也。(**李卓吾夾**)透入。(**吕留良夾**)先發。當時群臣不能深明其意,以爲敵國無釁而我則發之。(**李卓吾夾**)千古之見。夫爲國者,使人備己,則權在我,而使己備人,則權在人。(**茅鹿門眉**)此中須費多少處置,却抽出在後兩篇。當太宗之時,四夷狼顧以備中國,故中國之權重。苟不先之,則彼或以執其權矣,而我又䚡䚡焉惡戰而樂罷,使敵國知吾之所忌,而以是取必於吾。(**吕留良夾**)過接妙。如此,則雖有天下,吾安得而爲之?唐之衰也,惟其厭兵而畏戰,一有敗衄,則兢兢焉縮首而去之,是故奸臣執其權以要天子。及至憲宗,奮而不顧,雖小挫而不爲之沮。(**吕留良夾**)後一能。當此之時,天下之權,在於朝廷。伐之則足以爲威,舍之則足以爲恩。臣故曰:先發而後罷,則權在我矣。

【彙評】

錢文登:篇中雖見安民攘夷平説,然能攘夷,即所以安民,意實相貫,故後段只言攘夷,不復打轉安民處。

鍾惺:戰守之間,使權在我而不在敵,千古情形皆然。然終未易言,故有下二篇以實其説。

鄭之惠:纍纍如貫珠。

呂留良:此篇一順説下,塞亡之門,在得其權,欲權在我,在先發而後罷,前引秦事,證權在我;後以太宗事證先發,憲宗事證後罷,井然不紊。鹿門乃云“與秦事重,爲作文游衍法”,何其貴也。

儲欣:述往事,昭來者,此策與天地相終可也。後半料揣敵情,亦是西漢初年文字。

策斷中

(**李卓吾眉**)戈戟縱横,風雲變合,五花入陣,神於戰矣。(**茅鹿門旁**)此文論大小情事刺骨。

臣聞用兵有可以逆爲數十年之計者,(**茅鹿門夾**)主。有朝不可以謀夕者。(**茅鹿門夾**)客。攻守之方,戰鬥之術,一日百變,猶以爲拙,若此者,朝不可以謀夕者也。古之欲謀人之國者,必有一定之計。勾踐之取吴,秦之取諸侯,高祖之取項籍,皆得其至計而固執之。是故有利有不利,有進有退,百變而不同,而其一定之計未始易也。(**李卓吾夾**)是,是。好,好。勾踐之取吴,是驕之而已。秦之取諸侯,是散其從而已。高祖之取項籍,是間疏其君臣而已。此其至計不可易者,雖百年可知也。(**李卓吾眉**)叙事翻出議論。今天下晏然未有用兵之形,而臣以爲必至於戰,則其攻守之方,戰鬥之術,固未可以豫論而臆斷也。然至於用兵之大計,所以固執而不變者,臣請得以豫言之。

夫西戎、北胡,皆爲中國之患。而西戎之患小,北胡之患大。此天下之所明知也。管仲曰:“攻堅則瑕者堅,攻瑕則堅者瑕。”故二者,皆所以爲憂。而臣以爲兵之所加,宜先於西。故先論所以制禦西戎之大略。今夫鄒與魯戰,則天下莫不以爲魯勝，大小之勢異也。(**吕留良夾**)此段言我之所短是從前失策。然而勢有所激，則大者失其所以爲大，而小者忘其所以爲小，故有以鄒勝魯者矣。(**唐荆川眉**)叙得疏爽而不堆積，可以爲法。夫大有所短，小有所長，(**吕留良夾**)大短小長凡四節。地廣而備多，備多而力分，小國聚而大國分，則强弱之勢，將有所反。(**高啓夾**)分聚異。(**儲欣夾**)一端。(**吕留良夾**)一。大國之人，譬如千金之子，自重而多疑。小國之人，計窮而無所恃，則致死而不顧。是以小國常勇，而大國常怯。(**高啓夾**)勇怯異。(**吕留良夾**)二。恃大而不戒，則輕戰而屢敗。知小而自畏，則深謀而必克。此又其理然也。(**高啓夾**)敬肆異。(**吕留良夾**)三。夫民之所以守戰至死而不去者，以其君臣上下歡欣相得之際也。(**吕留良夾**)此節尤切情形。國大則君尊而上下不交，將軍貴而吏士不親，法令繁而民無所措其手足。若夫小國之民，截然其若一家也，有憂則相恤，有急則相赴。(**吕留良夾**)四。(**高啓夾**)離合異。凡此數者，是小國之所長，而大國之所短也。(**鍾惺夾**)變韓子來。(**茅鹿門眉**)論敵勢甚精。使大國而不用其所長，常出於其所短，雖百戰而百屈，豈足怪哉！(**吕留良夾**)作下。

且夫大國，則固有所長矣，長於戰而不長於守。(**吕留良夾**)此段言我之所長，以開後段制勝之道。(**夾批儲欣**)轉妙。夫守者，出於不足而已。譬之於物，大而不用，則易以腐敗，故凡擊搏進取，所以用大也。(**吕留良夾**)名理。孫武之法，十則圍之，五則攻之，倍則分之，敵則能戰之，少則能逃之，不若則能避之。自敵以上者，未嘗有不戰也。自敵以上而不戰，則是以有餘而用不足之計，固已失其所長矣。凡大國之所恃，吾能分兵，而彼不能分，吾能數出，而彼不能應。譬如千金之家，日出其財，以罔市利，而販夫小民終莫能與之競者，非智不若，其財少也。(**鍾惺

夾)凡是有窾。是故販夫小民,雖有桀黠之才,過人之智,而其勢不得不折而入於千金之家。何則?其所長者不可以與較也。

西戎之於中國,可謂小國矣。嚮者惟不用其所長,是以聚兵連年而終莫能服。今欲用吾之所長,則莫若數出,數出莫若分兵。臣之所謂分兵者,非分屯之謂也,分其居者與行者而已。今河西之戍卒,惟患其多,而莫之適用,故其便莫若分兵。使其十一而行,則一歲可以十出;十二而行,則一歲可以五出。十一而十出,十二而五出,則是一人而歲一出也。吾一歲而一出,彼一歲而十被兵焉,則衆寡之不侔,勞逸之不敵,亦已明矣。(**高啓眉**)所謂分兵數出者,其法如此。(**吕留良夾**)論事如此方有形有勢。夫用兵必出於敵人之所不能。我大而敵小,是故我能分而彼不能。此吴之所以肄楚,而隋之所以狃陳歟?(**吕留良夾**)此本巫臣教吴之術,然吴實未嘗大於楚也。夫禦戎之術,不可以逆知其詳,而其大略,臣未見有過此者也。

【彙評】

錢文登曰:凡四段。第一段是冒頭;第二段言小國之所長;第三段言大國之所長而小國之所短;第四段言以吾所長而乘其所短之術。

吕留良:從前失策,將來制勝處,指畫分明。

儲欣:法本智武子之三駕,而子胥、隋文因之,然非弱宋所能用也。人情五出而一敗則懲,十出而再敗則將士聞戰股慄,繩以軍法,則潰而逃其上矣,此等僅可托之空言。

策斷下

(**茅鹿門旁**)蘇氏父子之論虜情,一一深中。(**吕雅山眉**)東坡策斷學《戰國策》來，故其論利害深切著明，婉轉激發，舉業家不可不讀。（**錢文登眉**）此文脱胎换骨處，極有妙手。

其次請論北狄之勢。古者匈奴之衆，不過漢一大縣，然所以能敵之者，其國無君臣上下朝覲會同之節，其民無穀米絲麻耕作織紝之勞。其法令以言語爲約，故無文書符傳之繁。其居處以逐水草爲常，故無城郭邑居聚落守望之助。其旃裘肉酪，足以爲養生送死之具。故戰則人人自鬥，敗則驅牛羊遠徙，不可得而破。蓋非獨古聖人法度之所不加，亦其天性之所安者，猶狙猿之不可使冠帶，虎豹之不可被以羈紲也。故中行説教單于無愛漢物，所得繒絮，皆以馳草棘中，使衣袴弊裂，以示不如旃裘之堅善也，得漢食物皆去之，以示不如湩酪之便美也。由此觀之，中國以法勝，而匈奴以無法勝。（**鍾惺夾**）此論出由餘，然二語自透。（**茅鹿門夾**）承上啓下。

聖人知其然，是故精修其法而謹守之，築爲城郭，塹爲溝池，大倉廩，實府庫，明烽燧，遠斥堠，使民知金鼓進退坐作之節，勝不相先，敗不相後。此其所以謹守其法而不敢失也。一失其法，則不如無法之爲便也。（**鍾惺夾**）妙。（**吕留良夾**）言中國當以法勝。故夫各輔其性而安其生，則中國與胡，本不能相犯。惟其不然，是故皆有以相制，胡人之不可從中國之法，猶中國之不可從胡人之無法也。（**高啓夾**）過度處令人不覺。（**茅鹿門夾**）要旨。（**錢文登眉**）脱去中國事，盡换北狄事來談。（**吕留良夾**）中紐。

今夫佩玉服韍冕而垂旒者，此宗廟之服，所以登降揖讓折旋俯仰爲容者也，而不可以騎射。今夫蠻夷而用中國之法，豈能盡如中國哉！苟不能盡如中國，而雜用其法，則是佩玉服韍冕垂旒而欲以騎射也。（**茅鹿門夾**）含。（**王淩川眉**）虚虚引入來。

(**呂留良夾**)言匈奴當以無法勝。昔吴之先,斷髮文身,與魚鱉龍蛇居者數十世,而諸侯不敢窺也。其後楚申公巫臣始教以乘車射御,使出兵侵楚,而闔廬、夫差又逞其無厭之求,開溝通水,與齊、晉争强,黄池之會,强自冠帶,(**鍾惺夾**)妙語。吴人不勝其弊,卒入於越。夫吴之所以强者,乃其所以亡也。何者?以蠻夷之資,而貪中國之美,宜其可得而圖之哉!(**茅鹿門夾**)引證。(**呂留良夾**)引證。

西晉之亡也,匈奴、鮮卑、氐、羌之類,紛紜於中國,而其豪傑間起,爲之君長,如劉元海、苻堅、石勒、慕容儁之儔,皆以絶異之姿,驅駕一時之賢俊,其强者至有天下太半,然終於覆亡相繼,遠者不過一傳再傳而滅,何也?其心固安於無法也,而束縛於中國之法。(**呂留良夾**)照後"可乘之勢"三段意。中國之人,固安於法也,而苦其無法。(**唐荆川眉**)"其心固安於無法"四句化兩層,甚變幻波瀾。(**高啓眉**)數語真妙,翱翔飛舞,如神龍然。(**高啓夾**)此意又變出來。君臣相戾,上下相厭。是以雖建都邑,立宗廟,而其心岌岌然常若寄居於其間,而安能久乎?且人而棄其所得於天之分,未有不亡者也。(**呂留良夾**)奇警。(**鍾惺夾**)至理妙言。(**茅鹿門夾**)有味。

契丹自五代南侵,乘石晉之亂,奄至京邑,睹中原之富麗、廟社宫闕之壯而悦之,知不可以留也,故歸而竊習焉。山前諸郡,既爲所併,則中國士大夫有立其朝者矣。(**呂留良夾**)爲後"可乘之勢"案。故其朝廷之儀,百官之號,文武選舉之法,都邑郡縣之制,以至於衣服飲食,皆雜取中國之象。(**鍾惺夾**)"象"此一字妙。然其父子聚居,貴壯而賤老,貪得而忘失,勝不相讓,敗不相救者猶在也。其中未能革其犬羊豺狼之性,而外牽於華人之法,此其所以自投於陷阱網羅之中。(**呂留良夾**)奇警。(**茅鹿門夾）束縛於中國之法。而中國之人，猶曰今之匈奴非古也，其措置規畫，皆不復蠻夷之心，以爲不可得而圖之，亦過計矣。（唐荆川眉）蕩開去。且夫天下固有沉謀陰計之士也。昔先王欲圖大事，立奇功，則非斯人莫之與共。梁之尉繚，漢之陳平，皆以樽俎之間，而制敵國之命。此亦王者之心，期以紓天下之禍而已。（吕留良夾）套語。

彼契丹者，有可乘之勢三，而中國未之思焉，則亦足惜矣。（錢文登眉）可乘之勢是前面事，一是上下相猜，一是君臣相疑。臣觀其朝廷百官之衆，而中國士大夫交錯於其間，固亦有賢俊慷慨不屈之士，而詬辱及於公卿，鞭撲行於殿陛，貴爲將相，而不免囚徒之耻，宜其有惋憤鬱結而思變者，特未有路耳。（高啓夾）上下相猜。凡此皆可以致其心。（茅鹿門夾）苦其無法。（吕留良夾）一。雖不爲吾用，亦以間疏其君臣。（高啓夾）君臣相疑。（吕留良夾）活。此由餘之所以入秦也。幽燕之地，自古號多雄傑，名於圖史者，往往而是。自宋之興，所在賢俊，雲合回應，無有遠邇，皆欲洗濯磨淬以觀上國之光，而此一方，獨陷於非類。昔太宗皇帝親征幽州，未克而班師，聞之諜者曰：幽州士民，謀欲執其帥以城降者，聞乘輿之還，無不泣下。且胡人以爲諸郡之民，非其族類，故厚斂而虐使之，則其思内附之心，豈待深計哉？此又足爲之謀也。（吕留良夾）二。（茅鹿門夾）苦其無法。使其上下相猜，君民相疑，然後可攻也。（吕留良夾）前二節作一總鎖。語有之曰：鼠不容穴，銜窶藪也。彼僭立四都，分置守宰，倉廪府庫，莫不備具。（高啓夾）束縛於中國之法。有一旦之急，適足以自累，守之不能，棄之不忍，華夷雜居，易以生變。（吕留良夾）三。（茅鹿門夾）深中。如此，則中國之長，足以有所施矣。

然非特如此而已也。（吕留良夾）補中國以法勝意，收拾完固。

(茅鹿門夾)此三轉甚妙。中國不能謹守其法，彼慕中國之法，而不能純用，是以勝負相持而未有決也。**(王浚川眉)**總前面許多話頭。夫蠻夷者以力攻，以力守，以力戰，顧力不能則逃。**(祁班孫眉)**蠻夷以力爲進退，其説甚確。中國則不然。其守以形，其攻以勢，其戰以氣，故百戰而力有餘。形者，有所不守，而敵人莫不忌也。勢者，有所不攻，而敵人莫不憊也。氣者，有所不戰，而敵人莫不懾也。**(吕留良夾)**套話。苟去此三者而角之於力，則中國固不敵矣。**(吕留良夾)**仍用反結。尚何云乎！惟國家留意其大者而爲之計，其小者臣未敢言焉。

【彙評】

唐荆川：此文極其變化横發而不可羈制。

鄭之惠：雄古錯綜，大似西漢文。

祁班孫：少陵詩曰："讀書破萬卷，下筆如有神。"此等文近之矣。

吕留良：言契丹有可乘之勢，而中國所以制勝之術，未嘗詳言也。中亦多套頭話，然法勝無法勝之論，獨爲創辟。

雜策五首

禹之所以通水之法

自禹而下至於秦，千有餘年，濱河之民，班白而不識濡足之患。自漢而下，至於今數千年，河之爲患，綿綿而不絶。豈聖人之功烈，至漢而熄哉？方戰國之用兵，國於河之壖者，三晉爲多。而魏文侯時，白圭治水，最爲有功，而孟子譏其以鄰國爲壑。自是之後，或決以攻，或溝以守，新防交興，而故道旋失。然聖人之迹，尚可以訪之於耆老。秦不亟治而遺患於漢，漢之法又不足守。夫禹之時，四瀆唯河最難治，以難治之水，而用不足守之法，故歷數千年而莫能以止也。聖人哀憐生民，謀諸廊廟之上左右輔弼之臣，又訪諸布衣之間，苟有所懷，孰敢不盡？蓋陸人不能舟，而没人未嘗見舟而便操之，親被其患，知之宜詳。當今莫若訪之海濱之老民，而興天下之水學。

古者將有決塞之事，必使通知經術之臣，計其利害，又使水工行視地勢，不得其工，不可以濟也。故夫三十餘年之間，而無一人能興水利者，其學亡也。《禹貢》之説，非其詳矣。然而高下之勢，先後之次，水之大小，與其蓄泄之宜，而致力之多少，亦可以概見。大抵先其高而後低下，始於北之冀州，而東至於青、徐，南至於荆、揚，而西訖于梁、雍之間。江、河、淮、泗既平，而衡、漳、洚水，伊、洛、瀍、澗之屬，亦從而治。浚畎澮，導九川，豬大野，陂九澤，而蓄泄之勢便。兖州作十三載，而嵎夷既略，故其用力，各有多少之宜，此其凡也。孟子曰："禹之治水也，水由地中行。"此禹之所以通其法也。愚竊以爲治河之要，宜推其理，而酌之以人情。河水湍悍，雖亦其性，然非堤防激而作之，其勢不至如此。古者，河之側無居民，棄其地以爲水委。今也，堤之而廬民其上，所謂愛尺寸而忘千里也。故曰堤防省而水患衰，其理然也。

修廢官舉逸民

古者民群而歸君，君擇臣而教其民，其初蓋甚簡也。唐虞以來，頗可見矣。歷夏、商至周，法令日滋，而官亦隨益，故其數三百六十，蓋亦有不得已也。《書》曰："唐虞稽古，建官惟百。"又曰："夏商官倍，亦克用乂。"言其官雖多於古，而天下亦以治也。周之衰也，宣王振之，號爲中興。而重黎之後失其守，而爲司馬氏，陵遲至孔子之時，周公之典蓋壞矣。卿世卿，大夫世大夫，而賢者無以進。孔子慨然而嘆，欲修廢官、舉逸民，以歸天下之心，行四方之政，而《春秋》亦譏世禄之臣，蓋傷時之至也。

自秦更三代之制，官秩一變，漢循其舊，往往增置，歷世沿襲，以至於今，遂爲大備。愚恐冗局之耗民，而未知廢官之可舉也。然古之官，其名存其實亡者多矣。司農卿不責以金穀之虚贏，尚書令不問以百官之殿最，此豈非王體之重歟？國家自天聖中，詔天下以經術古文爲事，自是博學之君子，莫不群進於有司，然所以待之之禮未盡，故潔廉難合之士，尚未盡出，今優其禮，而天下之逸民至矣。且夫山巖林谷之士，雖有豪傑之才，固未知有簿書吏事也，而剛毅訐直，不識諱忌，故先王置之拾遺補闕之間，此其屬任之方也。噫，自孔子没，世之君子安其富貴，而不復思念天下有廢而不修之官，逸而不舉之民，今明策丁寧而求之，以發孔子千載之長憂，此天下之幸也。

天子六軍之制

《周禮》之言田賦夫家車徒之數，聖王之制也。其言五等之君，封國之大小，非聖人之制也，戰國所增之文也。何以言之？按鄭氏説，武王之時，周地狹小，故諸侯之封，及百里而止。周公征伐不服，斥大中國，故大封諸侯，而諸公之地至五百里。不知武王之時，何國不服，而周公之所征伐者誰也？東征之役，見於《詩》《書》，豈其廓地千里，而史不載耶？此甚可疑也。周之初，諸侯八百，春秋之世，存者無數十。鄭子産有言："古者大國百里，今晉、楚千乘，若無侵小，何以至此？"子産之博物，其言宜可信。

先儒或以《周禮》爲戰國陰謀之書，亦有以也。《王制》公侯百里，伯七十里，子男五十里，而孟子之説亦如此。此三代之通法。魯之車千乘，僭也。《春秋》大蒐、大閲，皆以譏書。言其車之多、徒之衆，非魯之所宜有，故曰大也。夫周之制，四丘爲甸，甸出長轂一乘，魯之無千甸之封亦明矣。然公車、千乘之見於《詩》，何也？孟子曰："説詩者不以文害辭，不以辭害意。"天子之馬止於十二閑，而《詩》有"騋牝三千"，美其富不譏其僭，不害其爲詩也。夫千乘之積，雖爲七萬五千人，而有羡卒處其半焉。故三萬者，公徒而已。魯襄公之十一年，初作三軍，僖公之世，未至於三萬。愚又疑夫詩人張而大之也。

休兵久矣而國益困

中國之有夷狄之患，猶人之有手足之疾也。不忍藥石之苦，針砭之傷，一旦流而入於骨髓，則愚恐其苦之不止於藥石，而傷之不止於針砭也。中國以禽獸視二虜，故每歲啖以厚利，使就羈紲。聖人之愛中國，而不欲殘民之心，古未嘗有矣。然夷狄貪婪，漸不可啓，日富日驕，久亦難制。故自寶元以來，賦斂日繁，雖休兵十有餘年，而民適以困者，潛削而不知也。

昔先皇帝震怒，舉大兵問罪匈奴，師不逾時，而醜虜就盟。西夏之役，邊臣治兵振旅，不及數年，旋亦解甲。彼其時之費，與今無已之賂，不可以同日而語矣。天子恭儉，過於文、景，百官奉法，無敢逾僭，而二虜者實殘吾民，此天下雄俊英偉之士，所以扼腕而太息也。且夫舉天下之大而誅數縣之虜,故上下交足,而內外莫不歡欣;棄有限之財,而塞無厭之心,故取於民者愈多,而藏於國者愈急。此天下之所明知而易達之理,惟上之人實圖之。

關隴游民私鑄錢與江淮漕卒爲盜之由

三代之所以養民者備矣。農力耕而食,工作器而用,商賈資焉而通之於天下。其食無不義之食也,其器無不義之器也,商賈通之而不以不義資之也。夫以飲食器用之利,而皆以義得焉,使民之所以要利者,非義無由也。後之世,賦取無度,貨幣無法,義窮而詐勝。夫三代之民,非誠好義也,使天下之利,皆出於義,而民莫不好也。後之所以使民要利者,非詐無由也。是故法令日滋,而弊益煩,刑禁甚嚴,而奸不可止。嗚呼!久矣,其如此也。治其本,朝令而夕從;救其末,百世不改也。私鑄之弊,始於錢輕,使錢之直若金之直,雖賞之不爲也。(**李卓吾夾**)妙。今秦蜀之中,又裂紙以爲幣,符信一加,化土芥以爲金玉,奈何其使民不奔而效之也。

夫樂生而惡死者,天下之至情也。我且以死拘之,然猶相繼而赴於市者,飢寒驅其中,而無以自生也。曰:“等死耳,而或免焉。”漕卒之愆,生於窮乏而無告,家乎舟楫之上,長子孫乎江淮之間,布褐不完,藜藿不給,大冬積雪,水之至涸,而龜手爛足者,累歲不得代,不爲盜賊,無所逞志。若稍優其給而代其勞,宜亦衰息耳。夫見利而不動者,伯夷、叔齊之事也;窮困而不爲不義者,顏淵之事也。以伯夷、叔齊、顏淵之事而求之無知之民,亦已過矣。故夫廷尉、大農之所患者,非民之罪也,非兵之罪也,上之人之過也。

卷四十九

策問二十三首

私試策問八首

（李卓吾旁）好。

漢之變故有六

問：人主莫不欲安存而惡危亡，然而其國常至於不可救者，何也？所憂者，非其所以亂與亡，而其所以亂與亡者，常出於其所不憂也。請借漢以言之。（鄭之惠眉）談漢事如指諸掌。昔者高帝之世，天下既平矣，當時之所憂者，韓、彭、英、盧而已。此四王者，皆不能終高帝之世，相繼仆滅，而不復續。及至吕氏之禍，則猶異姓也。吕氏既已滅矣，而吴、楚之憂，幾至於亡國。方韓、彭、吕氏之禍，惟恐同姓之不蕃熾昌大也。然至其爲變，則又過於異姓遠矣。文、景之世，以爲諸侯分裂破弱，則漢可以百世而無憂。至於武帝，諸侯之難少衰，而匈奴之患方熾。則又以爲天下之憂，止於此矣。及昭、宣、元、成之世，諸侯王既已無足憂者，而匈奴又破滅臣事於漢。然其所以卒至於中絶而不救，則其所不慮之王氏也。世祖既立，上懲韓、彭之難，中鑒七國之變，而下悼王氏之禍。（高啓夾）三句，前事點盡。於是盡侯諸將，而不任以事，裁減同姓之封，而黜三公之權，以爲前世之弊盡去矣。及其衰也，宦官之權盛，而黨錮之難起，士大夫相與扼腕而游談者，以爲天子一日誅宦官而解黨錮，則天下猶可以無事。於是外召諸將，而内脅其君。宦官既誅無遺類，而董卓、曹操之徒，亦因以亡漢。漢之所憂者凡六變，而其亂與亡，輒出於其所不憂，而終不可備。（**李卓吾眉**）此正天將亡人國，其禍敗又出於智之所不及處。（**高啓眉**）叙漢之變，文法錯綜變幻，逐段點綴，逐段叫應，雖班、馬不能高過一乘。

由此觀之，治亂存亡之勢，其皆有以取之歟？抑將不可推，如江河之徙移，其勢自有以相激，而不自知歟？其亦可以理推力救莫之爲也？（**高啓夾**）婉委。今將使事至而應之，患至而爲之謀，則天下之患，不可以勝防，而政化不可以勝變矣。（**高啓夾**）搭上起下，語意融合無痕。則亦將朝文而暮質，忽寬而驟猛歟？意者亦有可以長守而不變，雖有小患而不足恤者歟？願因論漢，而極言其所以然。（**王聖俞眉**）"因"字應"借"字。

【彙評】

王芑孫：韓、歐、蘇集中，策問皆問大義，不屑屑名物度數，以觀其識力及其筆勢，今之策題乃考記性耳。

職官令録郡守而用棄材

問：昔三代之際，公卿有生而爲之者，士有至老而不遷者。官有常人，而人有常心。故爲周之公卿者，非周、召、毛、原，則王之子弟也。發於畎畝，起於匹夫，而至於公相，蓋亦有幾人而已，士之勤苦終身於學，講肄道藝，而修其廉隅，以邀鄉里之名者，不過以望鄉大夫賢能之書。其選舉而上，不過以爲一命之士。其傑異者至於大夫，極矣。夫周之世，諸侯爲政之卿，皆其世臣之子孫,則夫布衣之士,其進蓋亦有所止也。當是之時,士皆安其習而樂其分,不倦於小官,而挈爲之,故其民事修而世務舉。及其後世不然,使天下旅進而更爲之,雖布衣之賢,得以驟進於朝廷,而士始有無厭之心矣。官事之不修,民事之不緝,非其不能,不屑爲之也。(**鍾惺眉**)此段議論,非惟用人者當知,用於人者知此,則居身可免躁進,居官可免曠職矣。

先王之用人,欲其人人自喜,終老而不倦,是以能盡其才。(**鍾惺夾**)入下節縫最妙。今以凡人之才,而又加之以既倦之意,其爲弊可勝言乎! 今夫州縣之吏,有故而不得改官者,盤桓於州縣而不能去,久者不過以爲職官令録。仕而達者,自縣宰爲郡之通守,自郡之通守以至郡守,爲郡守而無他才能,則盤桓於太守,而不得去。由此觀之,是職官令録與郡守四者,爲國家棄材之委,而仕不達者之所盤桓而無聊也。夫以太守之重,職官令録之近於民,而用棄材焉,使不達者盤桓於其職,此豈先王所以使人不倦之意歟? 嗟夫,蓋亦有不得已也。居今之勢,何以使天下之士各安其分,而無輕於小官? 何以使此四者流徙不倦,而無不自聊賴之意? 其悉書於篇。

【彙評】

鍾惺:極透矣,然止可謂之策問,而不可即謂之策。今論利病痛切,而不言其所以處之之道者,是以策問爲策者也。

關中戰守古今不同與夫用民兵儲粟馬之術

問:古者師出受成於學,兵固學者之所宜知也。(**高啓眉**)人謂東坡諸策問不復可以置對,良然。此策所問"自食其地,自用其民,自乘其馬",無論宋室,迄今又已數百年,更無一策了此。今關中之事,又諸君之所親履而目見者。昔者六國之世,秦盡有今關中之地,地不加廣也,而東備齊,南備楚,近則備韓、魏,遠則備燕、趙,有敵國之憂,而無中原之助。然而當是時也,攘却西戎,至千餘里。今也天下爲一,獨以關中之地西備羌戎,三方無敵國之憂,而又内引百郡以爲助,惴惴焉自固之不暇。以百倍之勢,而無昔人分毫之功,此不可不論也。(**李卓吾夾**)可以動心矣。

古之爲兵者,戍其地則用其地之民,戰其野則食其野之粟,守其國則乘其國之馬,以是外被兵而内不知,此所以百戰而不殆也。今則不然,戍邊用東北之人,糴糧用内郡之錢,騎戰用西羌之馬,是以一郡用兵而百郡騷然,此又不可不論也。昔者衛爲狄所滅,齊桓公以車三十乘封文公于楚丘,及其末年,至三百乘。故其詩曰:"匪直也人,秉心塞淵,騋牝三千。"以爲資之四夷,則衛之所近者莫若狄。當是時也,狄與衛爲仇讎,其勢必不以馬與衛,然則衛獨以何術而能致馬如此之多耶?(**王聖俞眉**)勘得好。今欲使被邊之郡自用其民、自食其粟、自乘其馬,而不得其術,故願聞其詳。(**李卓吾旁**)妙,妙。萬古通知。

廟欲主祭欲有尸

問:三代之祭禮,其存者幾希矣,其全固不可以一日而復。然今天下郡縣通祀社稷、孔子、風伯、雨師與凡山川古聖賢之廟,此其禮尤急而不可闕者也。武王伐商,師渡盟津,有宗廟,有將舟。將舟,社主在焉。則是社稷有主也。古者師行載遷廟之主,無遷廟則以幣玉,爲廟不可一日虚主也。一日虚主猶不可,若無主而爲廟,可乎?是凡廟皆當有主也。今郡縣所祭,未嘗有主,而皆有土木之像,夫像安出哉?古者祭莫不有尸,《詩》有靈星之尸,則祭無所不用尸也。祭而不用尸者,是始死之奠也。不然,則是祭殤也。今也舉不用尸,則如勾祭而已矣。儒者治禮,至其變,尤謹嚴而詳。今之變主爲像與祭而無尸者,果誰始也?古者坐於席,故籩豆之長短,簠簋之高下,適與人均。今土木之像,既已巍然於上,而列器皿於地,使鬼神不享,則不可知。若其享之,則是俯伏匍匐而就也。鬼神不能諄諄與人接也,故使尸嘏主人。今也無尸,而受胙於虛位,不亦鄙野可笑矣!夫今欲使廟皆有主,祭皆有尸,不知何道而可?願從諸君講求其遺制,合於古而便於今者。

孔子贊易有申爻辭而無損益者

問:《易》之爲書,要以不可爲必然可指之論也。其始有畫而無文,後世聖人始爲之辭,蓋亦微見其端,而其或爲仁,或爲義,或小或大,則付之後世學者之分。然世益久遠,則學者或入於邪説,故凡孔子之所爲贊《易》者,特以防閑其邪説,使之從横旁午要不失正,而非以爲必然可指之論也。是故其用意廣而其辭約。竊嘗深觀之,孔子蓋有因爻辭而申言之,若無所損益於其辭之義者甚衆。《比》之初六:"有孚比之,無咎。有孚盈缶,終來,有它吉。"《象》曰:"《比》之初六,有它吉也。"《小畜》之初九:"復自道,何其咎,吉。"《象》曰:"復自道,其義吉也。"《損》之六四:"損其疾,使遄有喜。"《象》曰:"損其疾,亦可喜也。"《大有》之上九:"自天祐之,吉,無不利。"《象》曰:"上有大吉,自天祐也。"夫既已言之矣,而孔子又申言之,使無所損益於其辭之義,則孔子固多言也。乃孔子則有不勝言者。故願與諸君論之。

賞功罰罪之疑

問:古之爲爵賞,所以待有功也。以爲有功而後爵,天下必有遺善,是故有無功而爵者,六德六行以興賢能,是也。古之爲刑罰,所以待有罪也。以爲有罪而後罰,則天下必有遺惡,是故有無罪而罰者,行僞而堅,言僞而辯,學非而博,順非而澤,以疑衆殺,是也。夫人之難知,自堯舜病之。惟幸其有功,故有以爲賞之之名。惟因其有罪,故有以爲罰之之狀。而天下不争。今使無功之人,名之以某德而爵之;無罪之人,狀之以某惡而誅之。則天下不知其所從,而上亦將眊亂而喪其所守。然則古之人將何以處此歟?方今法令明具,政若畫一,然猶有冒昧以僥倖,巧詆以出入者,又况無功而賞、無罪而罰歟?古之人將必有以處此也。

王弼引論語以解易其説當否

問:聖人之言,各有方也。苟爲不達,執其一方,而輒以爲常,則天下之惑者,不可以勝原矣。昔者孔子以爲喪欲速貧,死欲速朽,而有子以爲非君子之言,乃孔子則有所由發也。善乎,有子之知孔子也!《語》曰:"禘自既灌而往者,吾不欲觀之。"《易》曰:"觀,盥而不薦。"《語》曰:"吾豈匏瓜也哉!安能繫而不食?"《易》曰:"以杞匏瓜,有隕自天。"是二者其言則同,而其所以言者,可得爲同歟?王弼之于《易》,可以爲深矣,然因其言之適同,遂以爲訓,使學者不得不惑。亦不可不辨。

諸子更相譏議

問:古之作者,苟非聖人,皆有所偏。徇其偏則已流,廢其長則已苛。二者皆非所謂善學也。君子以其身之正,知人之不正,以人之不正,知其身之有所未正也。既以正人,又反以正己。此所以寡過而成名也。昔者韓子論荀、揚之疵,而韓子之疵,有甚於荀、揚。荀卿譏六子之蔽,而荀卿之蔽不下於六子。班固之論子長也,以爲是非謬於聖人,而范曄之論班固也,以爲目見毫毛而不見睫。自今而觀之,不知范氏之書,其果逃於目睫之論也歟?其未也?而莫或正之。故願聞數子之得失。非務以相高而求勝,蓋亦樂夫儒者之以道相正也。

永興軍秋試舉人策問

問:昔漢受天下于秦,因秦之制,而不害爲漢。(李卓吾夾)妙。唐受天下于隋,因隋之制,而不害爲唐。(李卓吾夾)妙。漢之與秦,唐之與隋,其治亂安危至相遠也,然而卒無所改易,又况于積安久治,其道固不事變也。世之君子,以爲善人爲邦百年,可以勝殘去殺。病其説之不效,急於有功,而歸咎於法制。是以頻年遣使冠蓋相望於道,以求民之所患苦。罷去茶禁,歸之於民,不以刑獄委任武吏;至於考功取士,皆有所損益。行之數年,卒未有其成,而紛紜之議,争以爲不便。嗟乎,此特其小者耳!事之可變,將復有大於此者。今欲盡易天下之驕卒,以爲府兵,盡驅天下之異教,以爲齊民,盡核天下之惰吏,以爲考課,盡率天下之游手,以爲農桑,其爲拂世厲俗,非特如今之所行也。行其小者,且不能辦,則其大者又安敢議。然則是終不可變歟?抑將變之不得其術歟?將已得其術,而紛紜之議不足恤歟?無乃其道可變而不在其迹歟?所謂勝殘去殺者,其卒無效歟?願條其説。

國學秋試策問二首

(李卓吾旁)妙,妙。

勤而或治或亂斷而或興或衰信而或安或危

問:所貴乎學士大夫者,以其通古今而考成敗也。昔之人嘗有以是成者,我必襲之;嘗有以是敗者,我必反之。(**鄭之惠眉**)萬古通知。如是其可乎?昔之爲人君者,患不能勤。然而或勤以治,亦或以亂。文王之日昃,漢宣之厲精,始皇之程書,隋文之傳餐,其爲勤一也。昔之爲人君者,患不能斷。然而或斷以興,亦或以衰。晉武之平吴,憲宗之征蔡,苻堅之南伐,宋文之北侵,其爲斷一也。昔之爲人君者,患不能信其臣。然而或信以安,亦或以危。秦穆之於孟明,漢昭之於霍光,燕噲之於子之,德宗之於盧杞,其爲信一也。此三者,皆人君之所難,有志之士所常咨嗟慕望曠世而不獲者也。然考此數君者,治亂、興衰、安危之效,相反如此,豈可不求其故歟?夫貪慕其成功而爲之,與懲其敗而不爲,此二者皆過也。學者將何取焉!按其已然之迹,而詆之也易;推其未然之理,而辨之也難。(**高啓夾**)妙,妙。是以未及見其成功,則文王之勤,無以異於始皇。而方其未敗也,苻堅之斷,與晉武何以辨?(**高啓眉**)千古名言。請舉此數君者得失之源所以相反之故,將詳觀焉。

【彙評】

儲欣:援古諷議,最傷小人之心。

隋文帝户口之蕃食廪府庫之盛

問:古者以民之多寡,爲國之貧富。故管仲以陰謀傾魯梁之民,而商鞅亦招三晉之人以並諸侯。當周之盛時,其民物之數登於王府者,蓋拜而受之。自漢以來,丁口之蕃息,與倉廪府庫之盛,莫如隋。其貢賦輸籍之法,必有可觀者。然學者以其得天下不以道，又不過再世而亡，是以鄙之而無傳焉。孔子曰：“不以人廢言。”而況可以廢一代之良法乎？文帝之初，有户三百六十餘萬，平陳所得又五十萬，至大業之始，不及二十年，而增至八百九十餘萬者，何也？方是時，布帛之積，至於無所容，資儲之在天下者，至不可勝數。及其敗亡塗地，而洛口諸倉，猶足以致百萬之衆。其法豈可少哉！國家承平百年，户口之衆，有過於隋。然以今法觀之，特便於徭役而已，國之貧富何與焉！非徒無益於富，又且以多爲患。生之者寡，食之者衆，是以公私枵然，而百弊並生。夫立法創制，將以遠迹三代，而曾隋氏之不及，此豈不可論其故哉？

試館職策問三首

師仁祖之忠厚法神考之勵精

問：《傳》曰：“秦失之强，周失之弱。”(李卓吾夾)妙，妙。昔周公治魯，親親而尊尊，至其後世，有浸微之憂。太公治齊，舉賢而上功，而其末流，亦有争奪之禍。夫親親而尊尊，舉賢而上功，三代之所共也。而齊魯行之，皆不免於衰亂，其故何哉？國家承平百年，六聖相授，爲治不同，同歸於仁。今朝廷欲師仁祖之忠厚，而患百官有司不舉其職，或至於偷。欲法神考之勵精，而恐監司守令不職其意，流入於刻。夫使忠厚而不偷，勵精而不刻，亦必有道矣。昔漢文寬仁長者，至於朝廷之間，耻言人過，而不聞其有怠廢不舉之病。(李卓吾夾)好。宣帝綜核名實，至於文學理法之士，咸精其能，而不聞其有督責過甚之失。何修何營可以及此？願深明所以然之故，而條具所當行之事，悉著於篇，以備采擇。

兩漢之政治

問：古之君子，見禮而知俗，聞樂而知政。（**李卓吾夾**）好，好。於以論興亡之先後。考古以證今，蓋學士大夫之職，而人主與群臣之所欲聞也。請借漢而論之。西漢十二世，而有道之君六，雖成、哀失德，禍不及民，宜其立國之勢，强固不拔，而王莽以斗筲穿窬之才，談笑而取之。東漢自安、順以降，日趨於衰亂，而桓靈之虐，甚於三季，其勢宜易動，而董、吕、二袁，皆以絶人之姿，欲取而不敢。曹操功蓋天下，其才百倍王莽，盡其智力，終身莫能得。夫治亂相絶，而安危之效，相反如此。（**李卓吾夾**）妙。願考其政，察其俗，悉陳其所以然者。

冗官之弊水旱之灾河决之患

問：國家及閑暇無事時，闢三館以儲士，既命丞弼之臣各舉其所知，又詔有司發策而訪焉，非獨以觀子大夫之能，抑亦欲聞天下之要務，决當今之滯論也。官冗之弊久矣，而近歲尤甚。文武之吏，待次於都下者，幾數千人。坐視而不救歟？則下有食貧失職之嘆。裁損入流，減削任子以救之歟？則上有傷恩失士之憂。河朔之民，不安其居久矣，一遇水旱，則扶老攜幼，轉徙而南。下令而禁之歟？則民違死而趨生，令必不行。聽其南而不禁歟？則河朔漸空。而流民聚於南方，有足憂者。河自近歲屢次而西，聽其西而不塞歟？則氾濫千里，農民失業。塞而歸之故道歟？則水未必聽，或至於齧壞都邑。此三者，皆安危之所繫，利害相持而未决者也。子大夫講之熟矣。願聞其説。

省試策問三首

漢文帝之行事有可疑者三

問:《孟子》曰:“君仁莫不仁,君義莫不義,君正莫不正,一正君而國定。”(李卓吾夾)好。君子之至於斯也,亦可謂用力省而成功博矣。陛下嗣位於今四年,未言而民信之,無爲而天助之,雖群臣有司,不足以識知盛德之所在。然竊意其萬一,殆專以仁孝禮義好生納諫治天下也。子大夫生於此時,而又以德行道藝賓興於廷,將必有意於《孟子》之言正君而國定,願聞所謂一言而興邦、修身而天下服者。

夫堯舜尚矣,學者無所復議。自漢以來,道德純備,未有如文帝者也。今考其行事,而可疑者三。上林令,吏之不才,而虎圈嗇夫,才之過人者也,才者見而不録,不才者置而不問。則事之不廢壞者有幾?然則兵偃刑措,何從而致之?南越不臣,寵以使者,吴王不朝,賜以几杖,此與唐之陵夷,藩鎮自立以邀旄鉞者何異,不幾於姑息苟簡之政歟?《傳》曰:“三王臣主俱賢,五霸不及其臣。”文帝不見賈生,自以爲過之,既見,不如也。文帝豈霸者歟?帝自以爲不如,而魏文帝乃以爲過之,此又何也?抑過之爲賢歟?將自謂不如爲賢歟?漢文之所以爲文,殆以是三者,而可疑如此。故願與子大夫論之,以待上問而發焉。

宰相不當以選舉爲嫌

問:《易》曰:“神而明之,存乎其人。”《詩》曰:“無競惟人,四方其訓之。”文武之功,未有不以得人而成者也。(李卓吾夾)好。仲尼,旅人也,而門人可使南面。重耳,亡公子也,而從者足以相國。漢之得人,盛于武、宣,皆拔之芻牧之中,而表之公卿之上。世主不以爲疑,士大夫不以爲嫌者,風俗厚而論議正也。宋蔡廓爲吏部尚書,黄散以下,皆得自用,而廓以爲薄己。

今自宰相不得專選舉,一命以上,皆付之定法,此何道也?昔常衮當國,雖盡公守法,而賢愚同滯,天下譏之。及崔貽孫相,不及一年,除吏八百,多其親舊,號稱得人。故建中之政,幾同貞觀。夫使宰相守法如常衮,則不免於賢愚同滯之譏,用人如貽孫,則必有威福下移之謗。欲望得人於微陋之中,而成功於繩墨之外,豈不難哉!子大夫學優而求用者也,當何施於今,而免於斯二者?願極言之。

省冗官裁奉給

問:歷觀前世,天下初定,民始休息,下既厭亂而思静,上亦虚心而無作,是以公私富溢,刑罰清省。及其久安無變,則誇者喜名,智者貪功,生事以爲樂,無病而自灸,則天下騷然,財屈力殫,而民始病矣。自漢以來,鮮不由此。漢初,置郡不過六十,而文、景之化,幾致刑措。及唐中葉,列三百州,爲千四百縣,而政益荒。是時宿兵八十餘萬,民去爲商賈,度爲佛老,雜入科役,率常十五。天下常以勞苦之人三,奉坐待衣食之人七。流弊之極。至元和中,乃命段平仲、韋貫之、許孟容、李絳一切蠲減,凡省冗官八百員,吏千四百員。民以少紓,而上下相安,無刻核之怨。

今朝廷無事,百有餘年,雖六聖相授,求治如不及,而吏惰民勞,蓋不勝弊。今者驕兵冗官之費,宗室貴戚之奉,邊鄙將吏之給,蓋十倍於往日矣。安視而不恤歟?則有民窮無告之憂。以義而裁之歟?則有拂逆人情之患。夫元和之世,彼四子者,何獨能之。子大夫雖未仕,其詳有所不知,而救此之道,當講其要，願悉著於篇。

省試宗室策問

問：昔周之盛時，其卿士皆周、召、毛、原，非王之伯叔父，則其子弟也。至兩漢間，平、歆、向，世不乏人。而唐之宗室最近而易考，武略如道宗、孝恭，文章如白與賀者，不可以一二數。而以宰相進者，有九人焉。嗚呼！何其盛也。建隆以來，不以吏事責宗子，雖有文武異才，終身不試。先帝獨見遠覽，恩義並用，增修教養之法，肇開選舉之路，蓋十有餘年矣。罷朝請而走郡縣，釋膏粱而治簿書者，固不爲少。然名字暴著，可以追配古人者，蓋未之見焉。意者謙畏慎默，而不自獻歟？將教養選舉之法，有所缺而未明歟？其悉著於篇，以俟采擇。

策問三首

五路之士

昔人有言，鄒魯守經學，齊楚多辨智，韓魏時有奇節。自漢以來，豪傑之士，多出山東山西。國家承平百年，文武並用，所以輔成人才者，可謂至矣。而五路學者，尚未逮古。豈山川氣俗有今昔之殊？將教養課試之法未得其要？各以所習之經，聞於師者著於篇。

農　政

古者有勸農之官，力田之科，與孝弟同。而自漢以來，率用户口登耗，黜陟守宰。今民去南畝而游市井者，官不禁，載耒耜而適四方者,關不譏也。户口盈縮無復賞罰,此豈治世所當然耶?今欲依古義爲農桑之政,計户口而爲考課之法,而議者或以爲無益有擾,有司惑焉,當何施而可?

禮 刑

古者禮刑相爲表裏,禮之所去,刑之所取。《詩》曰:"淑問如臯陶,在泮獻囚。"而漢之盛時,儒者皆以《春秋》斷獄。今世因人以立事,因事以立法,事無窮而法日新,則唐之律令,有失於本矣。而況《禮》與《春秋》儒者之論乎?夫欲追世俗而忘返,則教化日微;泥經術而爲斷,則人情不安。願聞所以折衷於斯二者。

私試策問

問:任人而不任法,則法簡而人重。任法而不任人,則法繁而人輕。法簡而人重,其弊也,請謁公行而威勢下移。法繁而人輕,其弊也,人得苟免,而賢不肖均。此古今之通患也。夫欲人法並用,輕重相持,當安所折衷?使近古而宜今,有益而無損乎?今舉於禮部者,皆用糊名易書之法,選於吏部者,皆用長守不易之格。六卿之長,不得一用其意,而胥吏奸人,皆出没其間。此豈治世之法哉?如使有司皆若唐以前,得自以其意進退天下士大夫,官吏恣擅,流言紛紜之害,將何以止之?夫古之人,何修而免於此?夫豈無術?不講故也。願聞其詳。

擬殿試策問

皇帝若曰:嗚呼!維天佑民,實相乃后,錫以多士,咸造在廷，顧朕不德，何以致此？永惟子大夫釋畎畝之安、輕千里之遠而從朕游者，夫豈爲利禄哉！聞之於師，而欲獻之於君；修之於家，而欲刑之於國者，子大夫之本意也。朕願聞之。朕即位改元，於今三年，縱未及孔子之有成，猶當庶幾於子路之言有勇且知方者，而風俗未厚，刑政未清，陰陽未和，厥咎安在？朕虚心忘己以來衆言，而朝廷闕失之政，斯民利害之實，有所未聞；含垢藏疾以待四夷，而羌戎未叙，兵不得解；施捨已責，捐利與民，而農民未安，商旅不行。此三者，朕之所疑，日夜以思而未獲者也。其悉言之，無有所隱，朕將親覽焉。

卷五十

南省説書十道

左傳三道

問供養三德爲善

對:《易》者,聖人所以盡人情之變,而非所以求神於卜筮也。自孔子没,學者惑乎異端之説,而左丘明之論尤爲可怪,使夫伏羲、文王、孔子之所盡心焉者,流而入於卜筮之事,甚可憫也。若夫季友、竪牛之事,若親見而指言之,固君子之所不取矣。

雖然,南蒯之説,頗爲近正。其卦遇《坤》之《比》,而其繇曰"黄裳元吉"。"黄者,中之色也;裳者,下之飾也;元者,善之長也。"夫以中庸之道,守之以謙抑之心,而行之以體仁之德,以爲文王之兆,無以過此矣。雖然,君子視其人,觀其德,而吉凶生焉。故南蒯之筮也,遇《坤》之《比》,而不祥莫大焉。且夫負販之夫,朝而作,暮而息,其望不過一金之儲。使之無故而得千金,則狂惑而喪志。夫以南蒯而得文王之兆,安得不狂惑而喪志哉。故曰:"供養三德爲善。"又曰:"參成可筮。"而南蒯無以當之,所以使後世知夫卜筮之不可恃也。穆姜筮於東宫,遇《艮》之《八》。史曰:"是謂《艮》之《隨》。"其繇曰"元亨利貞"。而穆姜亦知其無以當之。故左氏之論《易》,唯南蒯、穆姜之事爲近正。而其餘者,君子之所不取也。杜預之論得之矣,以爲《洪範》稽疑之説,通龜筮以同卿士之數。學者觀夫左氏之書,而正之以杜氏之説,庶乎其可也。謹對。

問小雅周之衰

(**茅鹿門旁**)議論的確,而文亦雅。

對:《詩》之中,唯周最備,而周之興廢,於《詩》爲詳。蓋其道始於閨門父子間,而施及乎君臣之際,以被冒乎天下者,存乎《二南》。后稷、公劉、文、武創業之艱難,而幽、厲失道之漸,存乎《二雅》。成王纂承文、武之烈,而禮樂文章之備,存乎《頌》。其愈衰愈削而至夷於諸侯者,存乎《王·黍離》。蓋周道之盛衰,可以備見於此矣。

《小雅》者,言王政之小,而兼陳乎其盛衰之際者也。夫幽、厲雖失道,文、武之業未墜,而宣王又從而中興之故,雖怨刺並興,而未列於《國風》者,以爲猶有王政存焉。故曰:"《小雅》者,兼乎周之盛衰者也。"昔之言者,皆得其偏,而未備也。季札觀周樂,歌《小雅》,曰:"思而不貳,怨而不言,其周之衰乎?"《文中子》曰:"《小雅》烏乎衰? 其周之盛乎!"札之所謂衰者,蓋其當時親見周道之衰,而不睹乎文、武、成、康之盛也。文中子之所謂盛者,言文、武之餘烈,歷數百年而未忘,雖其子孫之微,而天下猶或宗周也。故曰:二子者,皆得其偏而未備也。太史公曰:"《國風》好色而不淫,《小雅》怨誹而不亂。"當周之衰,雖君子不能無怨,要在不至於亂而已。《文中子》以爲周之全盛,不已過乎。故通乎二子之説,而《小雅》之道備矣。謹對。

問君子能補過

對：甚哉，聖人待天下之通且恕也。朝而爲盗跖，暮而爲伯夷，聖人不棄也。孟僖子之過也，其悔亦晚矣，雖然，聖人不棄也，曰：猶愈乎卒而不知悔者也。孟僖子之過，可悲也已。仲尼之少也賤，天下莫知其爲聖人。魯人曰："此吾東家丘也。"又曰："此鄹人之子也。"楚之子西，齊之晏嬰，皆當時之所謂賢人君子也，其言曰："孔丘之道，迂闊而不可用。"況夫三桓之間，而孰知夫有僖子之賢哉！僖子之病也，告其子曰："孔丘，聖人之後也。其先正考甫三命益恭。而弗父何以有宋而授厲公。華父督之亂無罪而絶於宋。其後必有聖人。今孔丘博學而好禮，殆其是歟？爾必往師之以學禮。"嗚呼！孔子用於魯三月，而齊人畏其霸。以僖子之賢，而知夫子之爲聖人也，使之未亡而授之以政，則魯作東周矣，故曰孟僖子之過，可悲也已。

雖然，夫子之道充乎天下者，自僖子始。敬叔學乎仲尼，請於魯君而與之車，使適周而觀禮焉，而聖人之業，然後大備。僖子之功，雖不能用之於未亡之前，而猶能救之於已没之後。左丘明懼後世不知夫僖子之功也，故丁寧而稱之，以爲補過之君子。昔仲虺言湯之德曰："改過不吝。"夫以聖人而不稱其無過之爲能，而稱其改過之爲善，然則補過者，聖人之徒歟？孟僖子者，聖人之徒也。謹對。

穀梁四道

問侵伐土地分民何以明正

對：《三傳》侵伐之例，非正也。《左氏》："有鐘鼓曰伐，無曰侵。"《公羊》："粗曰侵，精曰伐。"《穀梁》："包人民驅牛馬曰侵，斬樹木壞宫室曰伐。”愚以謂有隙曰侵,有辭曰伐。齊桓公侵蔡,隙也。蔡潰,遂伐楚,辭也。司馬九伐之法,負固不服則侵之,賊賢害民則伐之。然則負固不服者近乎隙,賊賢害民者近乎辭。

周之衰也,諸侯相吞,而先王之疆理城郭蓋壞矣,故侵伐之間,夫子尤謹而書之。蓋古者有分土而無分民,諸侯之侵地者,猶不容於《春秋》,而况包人民驅牛馬哉! 桓公侵蔡,不書所侵之地者,侵之無辭也。楚子入陳,鄉取一人,謂之夏州。《春秋》略而不書,以謂驅民之非正也。嗚呼,春秋之際,非獨諸侯之相侵也,晉侯取天子之田,而陽樊之人不服,愚又知春秋之不忍書乎此也。謹對。

問魯猶三望

(**茅鹿門旁**)文旨疏鬯,而韻度磬折。

對:先儒論書“猶”之義,可以已也。愚以爲不然。《春秋》之所以書“猶”者二。曰如此而猶如此者,甚之之辭也。“公子遂如齊,至黄乃復。辛巳,有事於太廟,仲遂卒於垂。壬午,猶繹。萬入去籥”是也。曰不如此而猶如此者,幸之之辭也。“閏月不告月,猶朝於廟”“不郊,猶三望”是也。夫子傷周道之衰,禮樂文章之壞,而莫或救之也。故區區焉掇拾其遺亡,以爲其全不可得而見矣,得見一二斯可矣,故“閏月不告月猶朝於廟”者,憫其不告月而幸其猶朝於廟也。“不郊猶三望”者,傷其不郊而幸其猶三望也。夫郊祀者,先王之大典,而夫子不得親見之于周也,故因魯之所行郊祀之禮而備言之耳。

《春秋》之書三望者,皆爲不郊而書也。或“卜郊,不從,乃免牲，猶三望”，或“郊牛之口傷，改卜牛，牛死。乃不郊，猶三望”，或“鼷鼠食郊牛角，改卜牛，鼷鼠又食其角，乃免牛。不郊，猶三望”。《穀梁傳》曰：“乃者，亡乎人之辭也。猶者，可以已之辭也。”且夫魯雖不郊而猶有三望者存焉，此夫子之所以存周之遺典也。若曰可以已，則是周之遺典絶矣。或曰：魯郊，僭也。而夫子何存焉！曰：魯郊，僭也。而夫子不譏。夫子之所譏者，當其罪也。賜魯以天子之禮樂者，成王也。受天子之禮樂者，伯禽也。《春秋》而譏魯郊也，上則譏成王，次則譏伯禽。成王、伯禽不見於經，而夫子何譏焉。故曰“猶三望”者，所以存周之遺典也。范寧以三望爲海、岱、淮。《公羊》以爲太山、河、海。而杜預之説最備，曰：分野之星，及國中山川，皆因郊而望祭之。此説宜可用。謹對。

問魯作丘甲

對：先王之爲天下也，不求民以其所不爲，不强民以其所不能，故其民優游而樂易。周之盛時，其所以賦取於民者，莫不有法，故民不告勞，而上不闕用。及其衰也，諸侯恣行，其所以賦取於民者，唯其所欲，而刑罰隨之，故其民至於窮而無告。夫民之爲農，而責之以工也，是猶居山者而責之以舟楫也。

魯成公作丘甲，而《春秋》譏焉。《穀梁傳》曰：“古者農工各有職。甲，非人人之所能爲也。丘作甲，非正也。”而杜預以爲古者四丘爲甸，甸出長轂一乘，戎馬四匹，牛十二頭，甲士三人，步卒七十二人，而魯使丘出之也。夫四丘而後爲甸，魯雖重斂，安至於四倍而取之哉！哀公用田賦，曰二吾猶不足。而夫子譏其殘民之甚，未有四倍而取者也。且夫變古易常者，《春秋》之所譏也。故書作三軍、舍中軍、初税畝、作丘甲、用田賦者，皆所以譏政令之所由變也。而《穀梁》、杜氏之説如此之相戾，安得不辨其失而歸之正哉！故愚曰《穀梁》之説是。謹對。

問雩月何以爲正

對：雩者，先王所以存夫愛民之心而已也。天之應乎人君者，以其德，不以其言也。人君修其德，使之無愧乎其中，而又何禱也。雖然，當歲之旱也，聖王不忍安坐而視民之無告，故爲之雩。雩者，先王之所以存夫愛人之心而已也。爲傳者不達乎此，而爲是非紛紛之論，亦可笑矣。《穀梁傳》曰："月雩，正也。秋大雩，非正也。冬大雩，非正也。月雩之爲正，何也？其時窮，人力盡，是月不雨，則無及矣。雩之必待其時窮，人力盡，何也？雩者，爲旱請也。古人之重請。以爲非讓也。"嗚呼，爲民之父母，安視其急，而曰毛澤未盡，人力未竭，以行其區區之讓哉！愚以爲凡書雩者，記旱也。一月之旱，故雩書月。一時之旱，故雩書時。書雩之例，時、月而不日。唯昭公之末年，七月，上辛，大雩。季辛，又雩。而昭公之雩，非旱雩也。《公羊》以爲又雩者，聚衆以逐季氏。然則旱雩之例，亦可見矣。《傳例》曰："凡災異，歷日者月、歷月者時、歷時者加日。"又："雩，記旱也。旱，記災也。"故愚以此爲例。謹對。

公羊三道

（茅鹿門旁）論甚確。

問大夫無遂事

對：《春秋》之書遂一也，而有善惡存焉，君子觀其當時之實而已矣。利害出於一時，而制之於千里之外，當此之時而不遂，君子以爲固。上之不足以利國，下之不足以利民，可以復命而後請，當此之時而遂，君子以爲專。專者，固所貶也，而固者，亦所譏也。故曰：《春秋》之書遂一也，而有善惡存焉，君子觀其當時之實而已矣。

公子結媵陳人之婦於鄄，遂及齊侯、宋公盟。《公羊傳》曰："媵不書，此何以書？以其有遂事書。大夫無遂事，此其言遂何？大夫出疆，有可以安國家、利社稷，則專之可也。"公子遂如周，遂如晉。《公子》亦曰："大夫無遂事。此其言遂何？公不得爲政也。"其書遂一也，而善惡如此之相遠，豈可以不察其實哉？《春秋》者，後世所以學爲臣之法也。謂遂之不譏，則愚恐後之爲臣者，流而爲專。謂遂之皆譏，則愚恐後之爲臣者，執而爲固。故曰：觀乎當時之實而已矣。西漢之法，有矯詔之罪，而當時之名臣，皆引以爲據。若汲黯開倉以賑飢民，陳湯發兵以誅郅支，若此者，專之可也。不然，獲罪於《春秋》矣。謹對。

問定何以無正月

（**茅鹿門旁**）明辯。

對：始終授受之際，《春秋》之所甚謹也。無事而書首時，事在二月而書王二月，事在三月而書王三月者，例也。至於公之始年，雖有二月、三月之書，而又特書正月。隱元年："春王正月；三月，公及邾儀父盟於蔑。"莊元年："春王正月；二月，夫人孫于齊。"所以揭天子之正朔，而正諸侯之始也。《公羊傳》曰："緣民臣之心，不可一日無君。緣始終之義，一年不二君。不可曠年無君。"故諸侯皆逾年即位而書正月。定公元年書曰："王三月，晉人執宋仲幾於京師。”先儒疑焉，而未得其當也。嘗試論之。

《春秋》十有二公，其得終始之正而備即位之禮者四，文公、成公、襄公、哀公也。攝而立，不得備即位之禮者一，隱公也。先君不以其道終，而己不得備即位之禮者六，桓公、莊公、閔公、僖公、宣公、昭公也。先君不以其道終而又在外者二，莊公、定公也。在外逾年而後至者一，定公也。且夫先君雖在外不以其道終，然未嘗有逾年而後至者，則是二百四十二年未嘗一日無君，而定公之元年魯之統絶者自正月至於六月而後續也。正月者，正其君也。昭公未至，定公未立，季氏當國，而天子之正朔將誰正耶？此定之所以無正月也。《公羊傳》曰：“正月者，正即位也。定無正月者，即位後也。定、哀多微辭。”而何休以爲昭公出奔，國當絶，定公不得繼體奉正，故諱爲微詞。嗚呼！昭公絶而定公又不得立，是魯遂無君矣。《穀梁》以爲昭無正終，故定無正始。觀莊公元年書正，則不言而知其妄矣。謹對。

問初税畝

對：古者公田曰藉，藉，借也，言其借民力以治此也。《詩》曰：“雨我公田，遂及我私。”言民之必先公田也。《傳》曰：“私田稼不善，則非吏；公田稼不善，則非民。”言上之必恤私田也。民先其公，而上恤其私，故民不勞而上足用也。宣公無恩信於民，民不肯盡力於公田，故按行擇其善畝而税之。《公羊傳》曰：“税畝者何？履畝而税也。”夫民不盡力於公田者，上之過也。宣公不責己悔過，而擇其善畝而税之，宜其民之謗讟而災異之作也。税畝之明年冬，蝝生。《公羊傳》曰：“蝝生不書，此何以書？幸之也，猶曰受之云爾。上變古易常，應是而有天災，其諸則宜於此焉變矣。”何休以爲宣公懼災復古，故其後大有年。愚以爲非也。按《春秋》書“作三軍”，後又書“舍中軍”。書“躋僖公”，後又書“從祀先公”。事之復正，未嘗不書。宣公而果復古也，《春秋》當有不税畝之書。故何休之説，愚不信也。謹對。

邇英進讀八首

漢高祖赦季布唐屈突通不降高祖

軾以謂漢高祖、唐高祖皆創業之賢君，季布、屈突通皆一時之烈丈夫。惟烈丈夫，故能以身殉主，有死無二。惟賢君，故能推至公之心不以私怨殺士。此可以爲萬世臣主之法。

漢宣帝詰責杜延年治郡不進

軾以謂古者賢君用人，無内外輕重之異，故雖杜延年名卿，不免出爲邊吏。治效不進，則詰責之，既進，則褒賞之。所以歷試人才、考核事功蓋如此。孝宣之治，優於孝文者以此也。馬周諫唐太宗，亦以爲言。治天下者，不可不知也。

叔孫通不能致二生

軾以謂叔孫通制禮，雖不能如三代，然亦因時施宜，有補於世者。魯二生非之，其言未必皆當，通以謂不知時變，亦宜矣。

然謹按揚子《法言》:昔齊魯有大臣,史失其名,或曰,如何其大也？曰,叔孫通欲制君臣之儀,聘先生於齊魯,所不能致者二人。由此觀之,大臣以道事君,不可則止,然後可以托六尺之孤,可以寄百里之命。若與時上下,隨人俯仰,雖或適用於一時,何足謂之大臣爲社稷之衛哉!

狄山論匈奴和親

軾謹按,漢制,博士秩皆六百石耳。然朝廷有大事,必與丞相御史九卿列侯同議,可否？蓋親儒臣,尊經術,不以小臣而廢其言。故狄山得與張湯争議上前。此人臣之所甚難,而人主之所欲聞也。温顔以來之,虚懷以受之,猶恐不敢言,又况如武帝作色憑怒,致之於死乎？故湯之用事,至使盗賊半天下,而漢室幾亂,蓋起於狄山之不容也。

唐太宗夢虞世南

軾謂古之賢君,知直臣之難得,忠言之難聞,故生則盡其用,殁則思其言,想見其人,形於夢寐,可謂樂賢好德之主矣。漢武帝雄材大略,不减太宗。汲黯之賢,過於世南。世南已死,太宗思之。汲黯尚存,而武帝厭之。故太宗之治,幾至刑措,而武帝之政,盗賊半天下,由此也夫!

文宗訪鄭公後得魏謨

軾觀唐文宗覽貞觀事而思鄭公之後,亦有意於善治矣。雖然，唐室凌遲，未易興起，非高才偉人，無足以圖之。而信訓、注之狂謀，幾隕宗社。良可嘆已。至於獎魏謨之極諫，願處於無過之地，亦賢君之用心也。

張九齡不肯用張守珪牛仙客

軾竊謂士大夫砥礪名節，正色立朝，不務雷同以固禄位，非獨人臣之私義，乃天下國家所恃以安者也。若名節一衰，忠信不聞，亂亡隨之，捷如影響。西漢之末，敢言者惟王章、朱雲二人，章死而雲廢，則公卿持禄保妻子如張禹、孔光之流耳。故王莽以斗筲穿窬之才，恣取神器如反掌。唐開元之末，大臣守正不回，惟張九齡一人。九齡既已忤旨罷相，明皇不復聞其過以致禄山之亂。治亂之機，可不慎哉！

顔真卿守平原以抗安禄山

軾以謂古者任人，無内外輕重之異，故雖漢宣之急賢，蕭望之之得君，猶更出治民，然後大用。非獨以歷試人材，亦所以維持四方，均内外之勢也。唐開元、天寶間，重内輕外，當時公卿名臣，非以罪責不出守郡，雖藩鎮帥守，自以爲不如寺監之僚佐，故郡縣多不得人。禄山之亂，河北二十四郡一朝降賊，獨有一顔真卿，而明皇初不識也。此重内輕外之弊，不可不爲鑒。

国家出版基金项目
NATIONAL PUBLICATION FOUNDATION

教育部人文社會科學重點研究基地
復旦大學中國古代文學研究中心
叢刊

蘇軾詩文彙評

黄霖 陳維昭 周興陸 主編
樊慶彦 輯著

肆

鳳凰出版社

卷五十一

奏議四首

議學校貢舉狀

（茅鹿門旁）長公總只是欲於今所行之法得所行之實，不必别變而論自明確。

熙寧四年正月日，殿中丞直史館判官告院蘇軾狀奏：准敕講求學校貢舉利害，令臣等各具議狀聞奏者。

右臣伏以得人之道，在於知人，知人之法，在於責實。使君相有知人之才，朝廷有責實之政，則胥史皂隸，未嘗無人，而況於學校貢舉乎？雖因今之法，臣以爲有餘。使君相無知人之才，朝廷無責實之政，則公卿侍從，常患無人，況學校貢舉乎？雖復古之制，臣以爲不足矣。（茅鹿門眉）王陽明議事每得此頂門下針法，所以洞中骨理。

夫時有可否，物有廢興。方其所安，雖暴君不能廢。及其既厭，雖聖人不能復。故風俗之變，法制隨之。譬如江河之徙移，順其所欲行而治之，則易爲功；强其所不欲行而復之，則難爲力。使三代聖人復生於今，其選舉養才，亦必有道矣，何必由學？且天下固嘗立學矣。慶曆之間，以爲太平可待，至於今日，惟有空名僅存。（陳仁錫眉）所爭似可已。今陛下必欲求德行道藝之士，責九年大成之業，則將變今之禮，易今之俗，又當發民力以治宫室，斂民財以食游士，百里之内，置官立師，獄訟聽於是，軍旅謀於是，又當以時簡不率教者，屏之遠方，終身不齒，則無乃徒爲紛亂，以患苦天下耶？若乃無大變改，而望有益於時，則與慶曆之際何異？故臣以謂今之學校，特可因循舊制，使先王之舊物不廢於吾世，足矣。

至於貢舉之法，行之百年，治亂盛衰，初不由此。陛下視祖宗之世貢舉之法，與今爲孰精？言語文章，與今爲孰優？所得文武長才，與今爲孰多？天下之事，與今爲孰辦？較此四者，而長短之議决矣。今議者所欲變改，不過數端。或曰鄉舉德行而略文章；或曰專取策論而罷詩賦；或欲舉唐室故事，兼采譽望，而罷封彌；或欲罷經生樸學，不用貼、墨，而考大義。此數者皆知其一，不知其二者也。臣請歷言之。

夫欲興德行，在於君人者修身以格物，審好惡以表俗，（**鍾惺夾**）説到君身，是箴砭語。孟子所謂"君仁莫不仁，君義莫不義"。君之所向，天下趨焉。若欲設科立名以取之，則是教天下相率而爲僞也。上以孝取人，則勇者割服，怯者廬墓。（**鍾惺眉**）"勇""怯"二字刻甚。上以廉取人，則弊車羸馬，惡衣菲食。（**陳仁錫眉**）捨此亦無途。凡可以中上意，無所不至矣。德行之弊，一至於此乎！自文章而言之，則策論爲有用，詩賦爲無益；自政事言之，則詩賦、策論均爲無用矣。雖知其無用，然自祖宗以來莫之廢者，以爲設法取士，不過如此也。（**李卓吾夾**）可痛。豈獨吾祖宗，自古堯舜亦然。《書》曰："敷奏以言，明試以功。"自古堯舜以來，進人何嘗不以言，試人何嘗不以功乎？（**陳仁錫眉**）有德者必有言，不知言無以知人，方是正論。議者必欲以策論定賢愚、决能否，臣請有以質之。近世士大夫文章華靡者，莫如楊億。使楊億尚在，則忠清鯁亮之士也，豈得以華靡少之？通經學古者，莫如孫復、石介，(**儲欣評**)獨見亦確見。使孫復、石介尚在，則迂闊矯誕之士也，又可施之於政事之間乎？(**鍾惺眉**)至平至核之論，不如此何以服人。(**李卓吾夾**)透甚，透甚。(**儲欣夾**)獨見亦確見。自唐至今，以詩賦爲名臣者，不可勝數，何負於天下，而必欲廢之！近世士人纂類經史，綴緝時務，謂之策括。待問條目，搜抉略盡，臨時剽竊，竄易首尾，以眩有司，有司莫能辨也。且其爲文也，無規矩準繩，故學之易成；無聲病對偶，故考之難精。(**陳仁錫眉**)此實可厭。以易學之士，付難考之吏，其弊有甚於詩賦者矣。唐之通榜，故是弊法。雖有以名取人，厭伏衆論之美，亦有賄賂公行，權要請托之害，至使恩去王室，權歸私門，降及中葉，結爲朋黨之論。通榜取人，又豈足尚哉！諸科舉取人，多出三路。能文者既已變而爲進士，曉義者又皆去以爲明經，其餘皆樸魯不化者也。至於人才，則有定分，施之有政，能否自彰。今進士日夜治經傳，附之以子史，貫穿馳騖，可謂博矣。至於臨政，曷嘗用其一二？顧視舊學，已爲虚器，而欲使此等分别注疏，粗識大義，而望其才能增長，亦已疏矣。(**儲欣夾**)然安石一變法，卒使天下有學究而無秀才，至今尚然，可嘆。

臣故曰：此數者皆知其一，而不知其二也。特願陛下留意其遠者大者。必欲登俊良，黜庸回，總覽衆才，經略世務，則在陛下與二三大臣，下至諸路職司與良二千石耳，區區之法何預焉！

然臣竊有私憂過計者，敢不以告。昔王衍好老莊，天下皆師之，風俗凌夷，以至南渡。王縉好佛，捨人事而修異教，大曆之政，至今爲笑。故孔子罕言命，以爲知者少也。子貢曰："夫子之文章，可得而聞也。夫子之言性與天道，不可得而聞也。"

夫性命之説，自子貢不得聞，而今之學者，耻不言性命，此可信也哉！今士大夫至以佛老爲聖人，鬻書於市者，非莊老之書不售也。(**茅鹿門眉**)當時張商英、張無垢輩，並好禪寂，雖蘇氏兄弟，亦于此著脚。讀其文，浩然無當而不可窮；觀其貌，超然無著而不可挹，豈此真能然哉？蓋中人之性，安於放而樂於誕耳。(**儲欣夾**)破的。使天下之士，能如莊周齊死生，一毁譽，輕富貴，安貧賤，則人主之名器爵禄，所以礪世摩鈍者，廢矣。陛下亦安用之？而况其實不能，而竊取其言以欺世者哉！(**鍾惺眉**)說得到骨。臣願陛下明敕有司，試之以法言，取之以實學。博通經術者，雖樸不廢；稍涉浮誕者，雖工必黜。則風俗稍厚，學術近正，庶幾得忠實之士，不至蹈衰季之風，則天下幸甚。謹録奏聞，伏候敕旨。

【彙評】

鍾惺：其心虚，故其識曠。其識曠，故其言確。

儲欣：東坡先生攻擊王氏第一疏也。未顯列其人，已明斥其説。疏入非不以此受裕陵之知，特魑魅中之易惑難曉耳。

沈欽韓：必程朱所議，乃本末兼貫。而子瞻所言，士習偷，苟無法，無法以御處，足使學者愧生而顔赧，亦有補於世教。

王芑孫：有治人，無治法，其人存，則其政舉，設法取士，不過如此，最是篤論。就使以博弈取士三五十年，則其中亦必有名臣焉，有不肖焉。科舉自科舉，人材自人材，不關名目。

茅鹿門：長公總是欲於今所行之法，得所行之實，不必别變，而論自明確。

諫買浙燈狀

（茅鹿門旁）長公當時特借“買燈”一事以探神宗之心，已而亦深相知，特爲荆公所擠耳。

熙寧四年正月日，殿中丞直史館判官告院權開封府推官臣蘇軾狀奏：

右臣向蒙召對便殿，親奉德音，以爲凡在館閣，皆當爲朕深思治亂，指陳得失，無有所隱者。自是以來，臣每見同列，未嘗不爲道陛下此語，非獨以稱頌盛德，亦欲朝廷之間如臣等輩，皆知陛下不以疏賤間廢其言，共獻所聞，以輔成太平之功業。然竊謂空言率人，不如有實而人自勸。欲知陛下能受其言之實，莫如以臣試之。故臣願以身先天下試其小者，上以補助聖明之萬一，下以爲賢者卜其可否，雖以此獲罪，萬死無悔。

臣伏見中使傳宣下府市司買浙燈四千餘盞，有司具實直以聞，陛下又令減價收買，見已盡數拘收，禁止私買，以須上令。臣始聞之，驚愕不信，諮嗟累日。何者？竊爲陛下惜此舉動也。臣雖至愚，亦知陛下游心經術，動法堯舜，窮天下之嗜欲，不足以易其樂，盡天下之玩好，不足以解其憂，而豈以燈爲悦者哉。此不過以奉二宫之歡，而極天下之養耳。然大孝在乎養志，百姓不可户曉，皆謂陛下以耳目不急之玩，而奪其口體必用之資。賣燈之民，例非豪户，舉債出息，畜之彌年。衣食之計，望此旬日。陛下爲民父母，唯可添價貴買，豈可減價賤酬？此事至小，體則甚大。凡陛下所以減價者，非欲以與此小民争此豪末，豈以其無用而厚費也？如知其無用，何必更索？惡其厚費，則如勿買。且内庭故事，每遇放燈，不過令内東門雜物務臨時收買，數目既少，又無拘收督迫之嚴，費用不多，民亦無憾。故臣願追還前命，凡悉如舊。京城百姓，不慣侵擾，恩德已厚，怨讟易生，可不慎歟！可不畏歟！

近日小人妄造非語，士人有展年科場之説，商賈有京城榷酒之議，吏憂減俸，兵憂減廩。雖此數事，朝廷所決無，然致此紛紛，亦有以見陛下勤恤之德，未信於下，而有司聚斂之意，或形於民。方當責己自求，以消讒慝之口。而臺官又勸陛下以嚴刑悍吏捕而戮之，虧損聖德，莫大於此。而又重以買燈之事，使得因緣以爲口實，臣實惜之。

方今百冗未除，物力凋弊，陛下縱出内帑財物，不用大司農錢，而内帑所儲，孰非民力？與其平時耗於不急之用，曷若留貯以待乏絶之供？故臣願陛下將來放燈與凡游觀苑囿宴好賜予之類，皆飭有司，務從儉約。頃者詔旨裁減皇族恩例，此實陛下至明至斷，所以深計遠慮，割愛爲民。然竊揆其間，不能無少望于陛下，惟當痛自刻損，以身先之，使知人主且猶若此，而況於吾徒哉！非惟省費，亦且弭怨。

昔唐太宗遣使往涼州諷李大亮獻其名鷹，大亮不可，太宗深嘉之。詔曰："有臣若此，朕復何憂。"明皇遣使江南采鵁鶄，汴州刺史倪若水論之，爲反其使。又令益州織半臂背子、琵琶捍撥、鏤牙合子等，蘇許公不奉詔。李德裕在浙西，詔造銀盝子妝具二十事，織綾二千匹，德裕上疏極論，亦爲罷之。使陛下内之臺諫有如此數人者，則買燈之事，必須力言。外之有司有如此數人者，則買燈之事，必不奉詔。（**儲欣眉**）收拾愷切。陛下聰明睿聖，追迹堯舜，而群臣不以唐太宗、明皇事陛下，竊嘗深咎之。臣忝備府寮，親見其事，若又不言，臣罪大矣。陛下若赦之不誅，則臣又有非職之言大於此者，（**茅鹿門夾**）已而上萬言書本此。忍不爲陛下盡之。若不赦，亦臣之分也。謹録奏聞，伏候敕下。

上神宗皇帝書

（**錢文登眉**）此書直當與賈太傅、陸宣公相上下，蓋坡公少年喜讀二公之文，故獨得其至者如此。（**茅鹿門旁**）公感神宗之所議貢舉及停止買燈二事，以故敢爲危言，痛陳時政。然所以結知主上者，在此；而所以深執政之嫉怨者，亦在此。大略摹仿陸宣公奏議來。

熙寧四年二月某日，殿中丞直史館判官告院權開封府推官臣蘇軾，謹昧萬死，再拜上書皇帝陛下。

臣近者不度愚賤，輒上封章言買燈事。自知瀆犯天威，罪在不赦，席藁私室，以待斧鉞之誅，而側聽逾旬，威命不至。（**茅鹿門夾**）婉言而入。問之府司，則買燈之事，尋已停罷。（**高啓夾**）先頌後諫。乃知陛下不惟赦之，又能聽之，驚喜過望，以至感泣。何者？改過不吝，從善如流，此堯舜禹湯之所勉强而力行，秦漢以來之所絶無而僅有。顧此買燈毫髮之失，豈能上累日月之明？（**陳仁錫眉**）似非上疏之言。（**樓昉夾**）從小處引入。（**李卓吾眉**）詞不迫切而意獨至。而陛下翻然改命，曾不移刻，則所謂智出天下，而聽於至愚；威加四海，而屈於匹夫。（**高啓眉**）宛曲。臣今知陛下可與爲堯舜，可與爲湯武，可與富民而措刑，可與强兵而伏戎虜矣。（**陳仁錫夾**）談何容易。有君如此，其忍負之！惟當披露腹心，捐棄肝腦，盡力所至，不知其他。乃者，臣亦知天下之事，有大於買燈者矣，而獨區區以此爲先者。（**王翰夾**）曲折而入。蓋未信而諫，聖人不與；交淺言深，君子所戒。（**茅鹿門夾**）婉言而入。是以試論其小者,而其大者固將有待而後言。(**鍾惺眉**)一片苦心,皆從態迂語復處見之。(**吕留良夾**)此猶戰國策士刺探之術。(**李卓吾眉**)看其風神轉折處。今陛下果赦而不誅,則是既已許之矣。許而不言,臣則有罪,是以願終言之。(**茅鹿門眉**)以上數轉,無限凄婉曲折。

臣之所欲言者三,願陛下結人心、厚風俗、存紀綱而已。(**高嵣評**)此爲第一截,乃通篇總冒也。買燈事作引,三大綱作提。而三大綱中,尤以結人心爲主,以安石新法皆拂人心之事也。以下雖三條分應,而於首一條,特條暢言之。文局乃一主兩輔,故後文詳略不同。

人莫不有所恃,人臣恃陛下之命,故能役使小民;恃陛下之法,故能勝服强暴。(**茅鹿門眉**)"結人心"在於無興事。至於人主所恃者誰與?《書》曰:"予臨兆民,凛乎若朽索之馭六馬。"言天下莫危於人主也。聚則爲君民,散則爲仇讎,聚散人間,不容毫釐。故天下歸往謂之王,人各有心謂之獨夫。由此觀之,人主之所恃者,人心而已。(**李卓吾眉**)從來烝庶撫後虐仇,姑固結人心,真人主百萬年金湯之計。(**王翰夾**)極言之。人心之於人主也,如木之有根,如燈之有膏,如魚之有水,如農夫之有田,如商賈之有財。木無根則槁,燈無膏則滅,魚無水則死,農夫無田則飢,商賈無財則貧,人主失人心則亡。(**凌啓康按**)《外紀》曰,韓蘇兩公爲文用譬喻處,重複至有七八轉者,此類是也。此必然之理,不可逭之災也。其爲可畏,從古以然。苟非樂禍好亡,狂易喪志,則孰敢肆其胸臆,輕犯人心?昔子産焚《載書》以弭衆言,(**王翰夾**)證。賂伯石以安巨室,以爲衆怒難犯,專欲難成。而子夏亦曰:"信,而後勞其民;未信,則以爲厲己也。"(**錢文登眉**)文勢滚滚。唯商鞅變法,不顧人言,(**吕留良夾**)引喻切。荆公影身。雖能驟致富强,亦以召怨天下,使其民知利而不知義,見刑而不見德,雖得天下，旋踵而失也。至於其身，亦卒不免，負罪出走，而諸侯不納，車裂以徇，而秦人莫哀。君臣之間，豈願如此？（**王翰夾**）截句。宋襄公雖行仁義，失衆而亡。（**儲欣評**）援引煩冗，文章減價。田常雖不義，得衆而强。（**王翰夾**）又放下。是以君子未論行事之是非，先觀衆心之向背。（**吕留良夾**）二句綰上起下。名言。謝安之用諸桓未必是，而衆之所樂，則國以乂安。庾亮之召蘇峻未必非，而勢有不可，則反爲危辱。自古及今，未有和易同衆而不安，剛果自用而不危者也。（**王翰夾**）總束。（**陳仁錫眉**）議論好，而於上皇帝書則似冗且泛矣。（**王翰夾**）已上言人心之不可失，已下歷指新法之失人心。

今陛下亦知人心之不悦矣。（**吕留良夾**）一句唤起許多事件。中外之人，無賢不肖，皆言祖宗以來，治財用者不過三司使副判官，經今百年，未嘗闕事。今者無故又創一司，號曰制置三司條例。（**王翰夾**）創制置司一綱，遣使、水利、雇役、均輸、青苗，逐條説去凡數目。（**茅鹿門夾**）論條例司。使六七少年日夜講求於内，使者四十余輩，分行營幹於外。（**高啓眉**）直切。造端宏大，民實驚疑，創法新奇，吏皆惶惑。賢者則求其説而不可得，未免於憂；小人則以其意而度朝廷，遂以爲謗。（**王翰夾**）實其謗。（**高啓眉**）輕轉圓緊。謂陛下以萬乘之主而言利，謂執政以天子之宰而治財，商賈不行，物價騰踊。近自淮甸，遠及川蜀，喧傳萬口，論説百端。或言京師正店，議置監官，夔路深山，當行酒禁，拘收僧尼常住，減刻兵吏廩禄，如此等類，不可勝言。而甚者至以爲欲復肉刑。（**吕留良夾**）皆條例内事件。斯言一出，民且狼顧。陛下與二三大臣，亦聞其語矣。（**王翰夾**）轉。（**高啓眉**）宛曲。然而莫之顧者，徒曰我無其事，又無其意，何恤於人言。夫人言雖未必皆然，而疑似則有以致謗。（**王翰夾**）名言。人必貪財也，而後人疑其盜。人必好色也,而後人疑其淫。(**茅鹿門夾**)痛快。何者？未置此司,則無此謗。豈去歲之人皆忠厚,而今歲之士皆虛浮？(**茅鹿門夾**)分明。孔子曰:"工欲善其事,必先利其器。"又曰:"必也正名乎。"今陛下操其器而諱其事,有其名而辭其意,雖家置一喙以自解,市列千金以購人,人必不信,謗亦不止。(**錢文登眉**)明透善破人意。

夫制置三司條例司,求利之名也。(**王翰夾**)實其致謗。六七少年與使者四十餘輩,求利之器也。(**高啓眉**)名理名言。驅鷹犬而赴林藪,語人曰,我非獵也。不如放鷹犬而獸自馴。操網罟而入江湖,語人曰,我非漁也,不如捐網罟而人自信。(**祁班孫眉**)西漢之神。故臣以爲消讒慝以召和氣,復人心而安國本,則莫若罷制置三司條例司。(**王翰夾**)結人心第一義。

夫陛下之所以創此司者,不過以興利除害也。使罷之而利不興,害不除,則勿罷。罷之而天下悦,人心安,興利除害,無所不可,則何苦而不罷？(**高啓眉**)用跌法,文才流動。陛下欲去積弊而立法,必使宰相熟議而後行。事若不由中書,則是亂世之法,聖君賢相,夫豈其然？必若立法不免由中書,熟議不免使宰相,則此司之設,無乃冗長而無名。(**樓昉夾**)明切而婉。智者所圖,貴於無迹。漢之文、景,《紀》無可書之事;唐之房、杜,《傳》無可載之功。(**高啓夾**)錢云真是名言。而天下之言治者與文、景,言賢者與房、杜。蓋事已立而迹不見,功已成而人不知。(**陳仁錫眉**)似不互比對。○渾渾噩噩之言。(**樓昉夾**)此議論好,施之神宗朝尤切。故曰:善用兵者,無赫赫之功。豈惟用兵,事莫不然。(**茅鹿門夾**)接得緊。今所圖者,萬分未獲其一也,而迹之布於天下,已若泥中之鬥獸,亦可謂拙謀矣。(**王翰夾**)"迹"字説當時病痛最切深。陛下誠欲富國,擇三司官屬與漕運使副,而陛下與二三大臣,(吕留良夾)仍與他下手處。自有當講求者。孜孜講求,磨以歲月,則積弊自去而人不知。(王翰夾)應無迹。但恐立志不堅,中道而廢。

孟子有言:"其進鋭者其退速。"若有始有卒,自可徐徐,十年之後,何事不立?孔子曰:"欲速則不達,見小利則大事不成。"使孔子而非聖人,則此言亦不可用。(茅鹿門眉)告君之詞,要提策分明,所以如此説。《書》曰:"謀及卿士,至於庶人。翕然大同,乃底元吉。"(王翰夾)引《書》歸到人心。若違多而從少,則静吉而作凶。今上自宰相大臣,既已辭免不爲,則外之議論,斷亦可知。宰相,人臣也,且不欲以此自污,而陛下獨安受其名而不辭,非臣愚之所識也。(高啓眉)切直。君臣宵旰,幾一年矣,而富國之效,茫如捕風,徒聞内帑出數百萬緡,祠部度五千餘人耳。以此爲術,其誰不能。且遣使縱横,本非令典。漢武遣繡衣直指,桓帝遣八使,皆以守宰狼籍,盗賊公行,出於無術,行此下策。宋文帝元嘉之政,比於文、景,當時責成郡縣,未嘗遣使。及至孝武,以爲郡縣遲緩,始命臺使督之,以至蕭齊,此弊不革。故景陵王子良上疏,極言其事,以爲此等朝辭禁門,情態即異,暮宿村縣,威福便行,驅追郵傳,折辱守宰,公私勞擾,民不聊生。唐開元中,宇文融奏置勸農判官使裴寬等二十九人,並攝御史,分行天下,招攜户口,檢責漏田。(李卓吾眉)具見先哲藻鑒。時張説、楊瑒、皇甫璟、楊相如皆以爲不便,而相繼罷黜。雖得户八十餘萬,皆州縣希旨,以主爲客,以少爲多。及使百官集議都省,而公卿以下,懼融威勢,不敢異辭。陛下試取其《傳》而讀之,觀其所行,爲是爲否?

近者均税寬恤,冠蓋相望,朝廷亦旋覺其非,而天下至今以爲謗。曾未數歲,是非較然。臣恐後之視今,亦猶今之視昔。

且其所遣,尤不適宜。(**高啓眉**)痛醒,説入骨髓處。事少而員多,人輕而權重。夫人輕而權重,則人多不服,或致侮慢以興争。事少而員多,則無以爲功,必須生事以塞責。(**吕留良夾**)切中情弊。陛下雖嚴賜約束,不許邀功,然人臣事君之常情,不從其令而從其意。今朝廷之意,好動而惡静,好同而惡異,指趣所在,誰敢不從?臣恐陛下赤子,自此無寧歲矣。(**祁班孫眉**)古今迎合鄙夫,長公一語道盡。(**高啓眉**)切直。(**王翰夾**)慨切。(**茅鹿門夾**)慨切。至於所行之事,行路皆知其難。(**儲欣夾**)逐節諫。(**吕留良夾**)遣使中所言水利。何者?汴水濁流,自生民以來,不以種稻。(**儲欣眉**)水利是介甫所醉心,故列第一節。(**茅鹿門眉**)論當時遣使中所言水利。秦人之歌曰:"涇水一石,其泥數斗。且溉且糞,長我禾黍。"何嘗言長我粳稻耶?今欲陂而清之,萬頃之稻,必用千頃之陂,一歲一淤,三歲而滿矣。陛下遽信其説,即使相視地形,萬一官吏苟且順從,真謂陛下有意興作,上糜帑廩,下奪農時,堤防一開,水失故道,雖食議者之肉,何補於民!(**茅鹿門夾**)慨切。

天下久平,民物滋息,四方遺利,蓋略盡矣。今欲鑿空訪尋水利,所謂即鹿無虞,豈惟徒勞,必大煩擾。凡有擘畫利害,不問何人,小則隨事酬勞,大則量才録用。若官私格沮,並重行黜降,不以赦原。若材力不辦興修,便許申奏替换,賞可謂重,罰可謂輕。然並終不言諸色人妄有申陳或官私誤興工役,當得何罪。如此,則妄庸輕剽,浮浪奸人,自此争言水利矣。成功則有賞,敗事則無誅。官司雖知其疏,豈可便行抑退?所在追集老少,相視可否,吏卒所過,雞犬一空。若非灼然難行,必須且爲興役。何則?格沮之罪重,而誤興之過輕。人多愛身,勢必如此。且古陂廢堰,多爲側近冒耕,歲月既深,已同永業,苟欲興復,必盡追收,人心或摇,甚非善政。又有好訟之黨,多怨之人,妄言某處可作陂渠,規壞所怨田産,或指人舊業,以爲官陂,冒佃之訟,必倍今日。(**茅鹿門夾**)曲透人情。(**高啓眉**)切直。(**李卓吾夾**)入骨之談。(**王翰夾**)利害縷析。臣不知朝廷本無一事,何苦而行此哉?(**儲欣眉**)真曉事。(**王翰眉**)真曉事。自古役人,必用鄉户,猶食之必用五穀,衣之必用絲麻,濟川之必用舟楫,行地之必用牛馬,雖其間或有以他物充代,然終非天下所可常行。(**茅鹿門夾**)論當時雇役法。今者徒聞江浙之間,數郡雇役,而欲措之天下,是猶見燕晉之棗栗,岷蜀之蹲鴟,而欲以廢五穀,豈不難哉!(**茅鹿門眉**)可見雇役之法宜於江浙,而不宜於他省。

又欲官賣所在坊場,以充衙前雇直,雖有長役,更無酬勞。長役所得既微,自此必漸衰散,則州郡事體,憔悴可知。士大夫捐親戚,棄墳墓,以從宦于四方者,宣力之餘,亦欲取樂,此人之至情也。(**鍾惺眉**)近情之言,固可諒於君父。(**王翰夾**)此以情言。(**李卓吾夾**)此道學所以不知人情也。(**茅鹿門眉**)識事體近年事亦類此,以故縉紳士夫不便馳傳。若凋弊太甚,厨傳蕭然,則似危邦之陋風,恐非太平之盛觀。陛下誠慮及此,必不肯爲。(**王翰夾**)比例。且今法令莫嚴於御軍,軍法莫嚴於逃竄,禁軍三犯,廂軍五犯,大率處死。然逃軍常半天下,不知雇人爲役,與廂軍何異?若有逃者,何以罪之?其勢必輕於逃軍,則其逃必甚於今日,爲其官長,不亦難乎?

近者雖使鄉户頗得雇人,然而所雇逃亡,鄉户猶任其責。(**王翰夾**)此以勢言。(**李卓吾眉**)軍法莫嚴逃竄,而當日病故;或逃之者年年勾解,隨復逃回,空累此里甲造册勞費,甚至因清軍而命斷棰楚,因解軍而産破盤費,民出力以養軍,而又代軍死,甚可痛也。今遂欲於兩税之外,别立一科,謂之庸錢,以備官雇。則雇人之責,官所自任矣。自唐楊炎廢租庸調以爲兩税,取大曆十四年應干賦斂之數,以定兩税之額,則是租調與庸,兩税既兼之矣。(**吕留良夾**)此即兩税之流弊也。今兩税如故,奈何復欲取庸?聖人之立法,必慮後世,豈可於兩税之外,别出科名哉!(**王翰夾**)此以理言。萬一不幸,後世有多欲之君,輔之以聚斂之臣,庸錢不除,差役仍舊,使天下怨讟,推所從來,則必有任其咎者矣。(**吕留良夾**)諷切。又欲使坊郭等第之民,與鄉户均役,品官形勢之家,與齊民並事。(**儲欣夾**)敝中敝。其説曰:"《周禮》田不耕者出屋粟,宅不毛者有里布。而漢世宰相之子,不免戍邊。"此其所以藉口也。

古者官養民,今者民養官。(**李卓吾夾**)一語道破。給之以田而不耕,勸之以農而不力,於是乎有里布屋粟夫家之征。今民無以爲生,去爲商賈,事勢當爾,何名役之?且一歲之戍,不過三日,三日之雇,其直三百。今世三大户之役,自公卿以降,毋得免者,其費豈特三百而已?大抵事若可行,不必皆有故事。(**王翰夾**)真曉事。若民所不悦,俗所不安,縱有經典明文,無補於怨。(**陳仁錫眉**)二語破盡役法之弊。(**陳仁錫夾**)情至便民之言。(**眉批樓昉曰**)説出王介甫之病。(**儲欣夾**)透,透。(**鍾惺眉**)只是胸中特達。若行此二者,必怨無疑。女户單丁,蓋天民之窮者也。古之王者,首務恤此。而今陛下首欲役之,此等苟非户將絶而未亡,則是家有丁而尚幼。若假之數歲,則必成丁而就役,老死而没官。(**高啓眉**)讀之可涕可憐。富有四海,忍不加恤?(**高啓眉**)切直。

孟子曰:"始作俑者,其無後乎?"《春秋》書"作丘甲""用田賦",皆重其始爲民患也。青苗放錢,自昔有禁。(**茅鹿門眉**)論當時青苗抑配法。今陛下始立成法,每歲常行,雖云不許抑配,而數世之後，暴君污吏，陛下能保之歟？異日天下恨之，國史記之曰：青苗錢自陛下始，豈不惜哉！(**高啓眉**)可畏哉。(**茅鹿門夾**)人主讀至此，豈不動心？且東南買絹，本用見錢，陝西糧草，不許折兑。(**吕留良夾**)借事論事。證。朝廷既有著令，職司又每舉行。然而買絹未嘗不折鹽，糧草未嘗不折鈔，乃知青苗不許抑配之説，亦是空文。只如治平之初，揀刺義勇，當時詔旨慰諭，明言永不戍邊，著在簡書，有如盟約。(**王翰夾**)又一證。於今幾日，議論已搖，或以代還東軍，或欲抵换弓手，約束難恃，豈不明哉。(**王翰夾**)上言未必不抑配。縱使此令决行，果不抑配，(**王翰夾**)又一轉。計其間願請之户，必皆孤貧不濟之人。家若自有贏餘，何至與官交易？此等鞭撻已急，則繼之逃亡，逃亡之餘，則均之鄰保。(**王翰夾**)此言即不抑配，而其害已深。勢有必至，理有固然。

且夫常平之爲法也，可謂至矣，所守者約，而所及者廣。(**吕留良夾**)以常平駁青苗。轉到壞常平處，利害分明。借使萬家之邑，止有千斛，而穀貴之際，千斛在市，物價自平。(**李卓吾夾**)此論極當。一市之價既平，一邦之食自足，無操瓢乞丐之弊，無里正催驅之勞。今若變爲青苗，家貸一斛，則千户之外，孰救其饑？且常平官錢，常恐其少，若盡數收糴，則無借貸，若留充借貸，則所糴幾何？(**陳仁錫眉**)此論精確。(**李卓吾夾**)明透。乃知常平青苗，其勢不能兩立，壞彼成此，所喪愈多，虧官害民，雖悔何逮？(**錢文登眉**)此言深究利害。臣竊計陛下欲考其實，則必亦問人，人知陛下方欲力行，必謂此法有利無害。以臣愚見，恐未可憑。(**高啓眉**)宛切。何以明之？臣頃在陝西，見刺義勇，提舉諸縣，臣嘗親行，愁怨之民，哭聲振野。(**吕留良夾**)又以所見爲證。當時奉使還者，皆言民盡樂爲。(**茅鹿門眉**)恐當時執政及所遣使，曲爲回護法之不便處，故於此特爲指畫。希合取容，自古如此。不然，則山東之盗,二世何緣不覺?南詔之敗,明皇何緣不知?(**樓迂齋眉**)兩"何緣"字,尤使人心動。(**茅鹿門夾**)何等慨切。今雖未至於此,亦望陛下審聽而已。

昔漢武之世,財力匱竭,用賈人桑弘羊之説,買賤賣貴,謂之均輸。於時商賈不行,盗賊滋熾,幾至於亂。孝昭既立,學者争排其説,霍光順民所欲,從而予之,天下歸心,遂以無事。不意今者此論復興。立法之初,其説尚淺,徒言徙貴就賤,用近易遠。然而廣置官屬,多出緡錢,豪商大賈,皆疑而不敢動,以爲雖不明言販賣,然既已許之變易,變易既行,而不與商賈争利者,未之聞也。夫商賈之事,曲折難行,其買也先期而與錢,其賣也後期而取直,多方相濟,委曲相通,倍稱之息,由此而得。(**王翰夾**)論事俱曲入情理。(**錢文登眉**)坡翁道人間縷縷細細事,深入曲中,非平日盡心民瘼,説不到此。今官買是物,必先設官置吏,簿書廪禄,爲費已厚。非良不售,非賄不行,是以官買之價,比民必貴。及其賣也,弊復如前,商賈之利,何緣而得?(**李卓吾眉**)官買之弊,洞悉無遺,可謂照妖鏡矣。朝廷不知慮此,乃捐五百萬緡以予之。此錢一出,恐不可復。縱使其間薄有所獲,而征商之額,所損必多。(**王翰夾**)轉。(**儲欣夾**)轉。今有人爲其主牧牛羊,不告其主,而以一牛易五羊。一牛之失,則隱而不言,五羊之獲,則指爲勞績。(**王翰夾**)證征商。(**茅鹿門眉**)曲透。(**高啓眉**)喻最切當。陛下以爲壞常平而言青苗之功,虧商税而取均輸之利,何以異此?(**吕留良夾**)搭入。總束兩段。(**高啓眉**)宛曲。陛下天機洞照,聖略如神,此事至明,豈有不曉?(**王翰夾**)總。(**茅鹿門夾**)如此唤醒。必謂已行之事,不欲中變,恐天下以爲執德不一,用人不終,是以遲留歲月,庶幾萬一,臣竊以爲過矣。(**茅鹿門眉**)却又揣入君心耻過一節。(**吕留良夾**)中神宗之病。

古之英主，無出漢高。酈生謀撓楚權，欲復六國，高祖曰善，趣刻印。及聞留侯之言，吐哺而駡之曰：“趣銷印。”（**李卓吾夾**）高祖可謂能受諫者矣。夫稱善未幾，繼之以駡，刻印、銷印，有同兒戲。何嘗累高祖之知人？適足明聖人之無我。（**茅鹿門眉**）可以破庸人之論。陛下以爲可而行之，知其不可而罷之，至聖至明，無以加此。議者必謂民可與樂成，難與慮始，故勸陛下堅執不顧，期於必行。（**吕留良夾**）介甫執拗，當以此要其主。（**茅鹿門眉**）又揣入執政文過一節。此乃戰國貪功之人，行險僥倖之説。陛下若信而用之，則是徇高論而逆至情，持空名而邀實禍，未及樂成，而怨已起矣。臣之所願結人心者，此之謂也。（**儲欣評**）此爲第二截，申明綱内結人心一條。前有總領，後有總束，中間分款列疏，處處切指新法之害民。故以失人心統括之，乃全書正腹。

士之進言者，爲不少矣，亦嘗有以國家之所以存亡、曆數之所以長短告陛下者乎？（**樓昉夾**）精神全在呼唤助字。夫國家之所以存亡者，在道德之淺深，不在乎强與弱；曆數之所以長短者，在風俗之厚薄，不在乎富與貧。（**茅鹿門眉**）“厚風俗”在無輕用新進喜事之人。（**茅鹿門夾**）名儒有本末之論。（**吕留良夾**）風俗本乎道德。道德誠深，風俗誠厚，雖貧且弱，不害於長而存。道德誠淺，風俗誠薄，雖强且富，不救於短而亡。（**茅鹿門眉**）王荆公所爲神宗力建富强之術，故特拈出反復。人主知此，則知所輕重矣。是以古之賢君，不以弱而忘道德，不以貧而傷風俗，而智者觀人之國，亦以此而察之。（**錢文登眉**）看他引事得法。齊至强也，周公知其後必有篡弑之臣。衛至弱也，季子知其後亡。吴破楚入郢，而陳大夫逢滑知楚之必復。晉武既平吴，何曾知其將亂。隋文既平陳，房喬知其不久。元帝斬郅支，朝呼韓，功多於武、宣矣，偷安而王氏之釁生。宣宗收燕趙，復河湟，力强於憲、武矣，消兵而龐勛之亂起。(**茅鹿門眉**)揚推古來情事,如水之鑒物。(**錢文登眉**)用此剪住上意,而下再拓去得法。故臣願陛下務崇道德而厚風俗,不願陛下急於有功而貪富强。使陛下富如隋,强如秦,西取靈武,北取燕薊,謂之有功可也,而國之長短,則不在此。(**茅鹿門眉**)何等頓挫。

夫國之長短,如人之壽夭,人之壽夭在元氣,國之長短在風俗。(**高啓眉**)名言。(**茅鹿門夾**)善譬。世有尫羸而壽考,亦有盛壯而暴亡。若元氣猶存,則尫羸而無害。及其已耗,則盛壯而愈危。是以善養生者,慎起居,節飲食,導引關節,吐故納新。不得已而用藥,則擇其品之上、性之良,可以久服而無害者,則五臟和平而壽命長。(**吕留良夾**)喻君子。不善養生者,薄節慎之功,遲吐納之效,厭上藥而用下品,伐真氣而助强陽,根本已空,僵仆無日。(**吕留良夾**)喻小人。天下之勢,與此無殊。(**茅鹿門夾**)關鎖。故臣願陛下愛惜風俗,如護元氣。(**陳仁錫眉**)"風俗"二字,尚非探本。(**王翰夾**)結。

古之聖人,非不知深刻之法可以齊衆,勇悍之夫可以集事,忠厚近於迂闊,老成初若遲鈍。然終不肯以彼而易此者,知其所得小而所喪大也。(**茅鹿門眉**)以下錯叙古今,更又明析。(**王翰夾**)人法並列,而此段意自重用人。曹參,賢相也,曰慎無擾獄市。黄霸,循吏也,曰治道去泰甚。(**陳仁錫眉**)極論。或譏謝安以清談廢事,安笑曰:秦用法吏,二世而亡。劉晏爲度支,專用果鋭少年,務在急速集事,好利之黨,相師成風。(**陳仁錫眉**)評劉晏失當。德宗初即位,擢崔佑甫爲相。佑甫以道德寬大,推廣上意,故建中之政,其聲翕然,天下想望,庶幾貞觀。(**陳仁錫夾**)引到生路,是古今作相公第一能事。及盧杞爲相,諷上以刑名整齊天下,馴致澆薄,以及播遷。我仁祖之馭天下也,持法至寬,用人有叙，專務掩覆過失，未嘗輕改舊章。（**王翰夾**）祖法。然考其成功，則曰未至，以言乎用兵，則十出而九敗，以言乎府庫，則僅足而無餘。徒以德澤在人，風俗知義。是以升遐之日，天下如喪考妣，社稷長遠，終必賴之。則仁祖可謂知本矣。（**王翰夾**）應曆數修短。

今議者不察，徒見其末年吏多因循，事不振舉，乃欲矯之以苛察，齊之以智能，招來新進勇鋭之人，以圖一切速成之效，未享其利，澆風已成。且大時不齊，人誰無過？國君含垢，至察無徒。若陛下多方包容，則人材取次可用。必欲廣置耳目，務求瑕疵，則人不自安，各圖苟免，恐非朝廷之福，亦豈陛下所願哉？（**高啓眉**）直切。漢文欲拜虎圈嗇夫，釋之以爲利口傷俗。（**茅鹿門眉**）借張釋之之薄嗇夫，諸葛亮之抑黄忠，漢文之沮賈生，暗折當時用事之臣。今若以口舌捷給而取士，以應對遲鈍而退人，以虚誕無實爲能文，以矯激不仕爲有德，（**茅鹿門夾**）直指介甫。則先王之澤，遂將散微。

自古用人，必須歷試。雖有卓異之器，必有已成之功，一則使其更變而知難，事不輕作，一則待其功高而望重，人自無辭。（**王翰夾**）説入吃緊處。昔先主以黄忠爲後將軍，而諸葛亮憂其不可，以爲忠之名望，素非關、張之倫，若班爵遽同，則必不悦，其後關羽果以爲言。以黄忠豪勇之姿，以先主君臣之契，尚復慮此，況其他乎？（**錢文登眉**）使事妙，若使事無斷制，腐俚可厭矣。世常謂漢文不用賈生，以爲深恨。臣嘗推究其旨，竊謂不然。（**呂留良夾**）東坡論賈生却當。賈生固天下之奇才，所言亦一時之良策。然請爲屬國欲以繫單于，則是處士之大言，少年之鋭氣。昔高祖以三十萬衆困於平城，當時將相群臣，豈無賈生之比？三表五餌，人知其疏，而欲以困中行説，尤不可信矣。（**陳仁錫

眉)賈生原不知兵,無勞過督。兵,凶器也,而易言之,正如趙括之輕秦,李信之易楚。若文帝亟用其説,則天下殆將不安。使賈生嘗歷艱難,亦必自悔其説,施之晚歲,其術必精,不幸喪亡,非意所及。不然,文帝豈棄材之主?絳、灌豈蔽賢之士?至於晁錯,尤號刻薄,文帝之世,止於太子家令,而景帝既立,以爲御史大夫,申屠嘉賢相,發憤而死,紛更政令,天下騷然。及至七國發難,而錯之術亦窮矣。文、景優劣,於斯可見。(**王翰夾**)又以晁錯影荆公。(**李卓吾夾**)文帝心服。

大抵名器爵禄,人所奔趨,必使積勞而後遷,以明持久而難得,則人各安其分,不敢躁求。今若多開驟進之門,使有意外之得,公卿侍從,跬步可圖,其得者既不肯以僥倖自名,則其不得者必皆以沉淪爲恨。(**鍾惺夾**)妙。(**李卓吾夾**)如是如是。使天下常調,舉生妄心,恥不若人,何所不至?欲望風俗之厚,豈可得哉。(**錢文登眉**)當時執政既建富强之説,爲之擇强幹少年,因而不次超擢,以要其爲助,故蘇公爲之痛論。選人之改京官,常須十年以上,薦更險阻,計析毫釐。其間一事聱牙,常至終身淪棄。今乃以一言之薦,舉而與之,猶恐未稱,章服隨至。使積勞久次而得者,何以厭服哉?夫常調之人,非守則令,員多闕少,久已患之,不可復開多門以待巧進。若巧者侵奪已甚,則拙者迫怵無聊,利害相形,不得不察。故近歲樸拙之人愈少,而巧佞之士益多。(**高啓眉**)流滑宛轉。惟陛下重之惜之,哀之救之。(**李卓吾夾**)文氣悠揚。

如近日三司獻言,使天下郡選一人,催驅三司文字,許之先次指射以酬其勞,則數年之後,審官吏部,又有三百餘人得先占闕,常調待次,不其愈難?此外勾當發運均輸,按行農田水利,已振監司之體,各懷進用之心,轉對者望以稱旨而驟遷,奏課者求爲優等而速化，相勝以力，相高以言，而名實亂矣。（儲欣眉）王氏不愛天子之爵禄，以招天下浮薄詐僞之人。欲反其道，必自愛惜爵禄始；欲愛惜爵禄，必自簡易清净始。此探本之論。惟陛下以簡易爲法，以清净爲心，使奸無所緣，而民德歸厚。臣之所願厚風俗者，此之謂也。（儲欣評）此爲第三截，申明綱内厚風俗一條。前一段言風俗如人之元氣，國之存亡所繫，從富强説入，針對新法也。後兩段抽出言之，指阿意行新法之少年新進，喜事近功，希圖驟用，宜有以抑之，杜結黨也。用意仍歸到厚風俗上，爲一頭兩脚之格。

古者建國，使内外相制，輕重相權。（茅鹿門眉）"存紀綱"在"任臺諫"以持公議。如周如唐，則外重而内輕。如秦如魏，則外輕而内重。内重之弊，必有奸臣指鹿之患。外重之弊，必有大國問鼎之憂。（高啓眉）議論甚精確。聖人方盛而慮衰，常先立法以救弊。我國家租賦籍於計省，重兵聚於京師，以古揆今，則似内重。恭惟祖宗所以深計而預慮，固非小臣所能臆度而周知。（高啓眉）宛曲。然觀其委任臺諫之一端，（儲欣評）宋待大臣優厚，其崇重臺諫，亦禮臣之一端，未必作此曲防過計也，然説來聳聽。三段中，此段尤精彩。則是聖人過防之至計。歷觀秦、漢以及五代，諫諍而死，蓋數百人。而自建隆以來，未嘗罪一言者，縱有薄責，旋即超升。許以風聞，而無官長。風采所繫，不問尊卑。言及乘輿，則天子改容；事關廊廟，則宰相待罪。故仁宗之世，議者譏宰相但奉行臺諫風旨而已。聖人深意，流俗豈知？（吕留良夾）頓挫好。臺諫固未必皆賢，所言亦未必皆是，然須養其鋭氣而借之重權者，豈徒然哉？將以折奸臣之萌，而救内重之弊也。（李卓吾眉）臺諫論事，雖許風聞，要須審實務大體，若搜索短長以沽直名，是刻薄之風，非所以防奸而救内重也。此論切中時弊。（王翰夾）束上，放下。夫奸臣之始，以臺諫折之而有餘，及其既成，以干戈取之而不足。今法令嚴密,朝廷清明,所謂奸臣,萬無此理。(**吕留良夾**)頓挫。(**茅鹿門夾**)回護。然而養猫所以去鼠,不可以無鼠而養不捕之猫。畜狗所以防奸,不可以無奸而畜不吠之狗。(**李卓吾夾**)名言。陛下得不上念祖宗設此官之意,下爲子孫立萬一之防,朝廷紀綱,孰大於此?(**高啓眉**)切直。

臣自幼小所記,及聞長老之談,皆謂臺諫所言,常隨天下公議。(**吕留良夾**)虚活。(**儲欣夾**)又入一層。(**茅鹿門眉**)末復以"公議"一節持朝廷紀綱。公議所與,臺諫亦與之;公議所擊,臺諫亦擊之。及至英廟之初,始建稱親之議,本非人主大過,亦無禮典明文,徒以衆心未安,公議不允,當時臺諫,以死争之。今者物論沸騰,怨讟交至,公議所在,亦可知矣,而相顧不發,中外失望。夫彈劾積威之後,雖庸人亦可奮揚;風采消委之餘,雖豪傑有所不能振起。臣恐自兹以往,習慣成風,盡爲執政私人,以致人主孤立。(**高啓眉**)妙絶。紀綱一廢,何事不生?(**王翰夾**)當時荆公必有劫持之術,使臺諫相顧不發,故極論之如此。孔子曰:"鄙夫可與事君也歟?其未得之也,患得之;既得之,患失之。苟患失之,無所不至矣。"臣始讀此書,疑其太過,以爲鄙夫之患失,不過備位而苟容。及觀李斯憂蒙恬之奪其權,則立二世以亡秦;盧杞憂李懷光之數其惡,則誤德宗以再亂。其心本生於患失,而其禍乃至於喪邦。(**茅鹿門夾**)明切。孔子之言,良不爲過。是以知爲國者,平居必常有忘軀犯顔之士,則臨難庶幾有徇義守死之臣。(**茅鹿門夾**)大議論。若平居尚不能一言,則臨難何以責其死節?人臣苟皆如此,天下亦曰殆哉。(**王翰夾**)所以章、蔡當政以後,南朝死節只李侍郎一人。君子和而不同,小人同而不和。和如和羹,同如濟水。孫寶有言:"周公上聖,召公大賢,猶不相悦,著於經典。兩不相損。"晉之王導,可謂元臣,每與客言，舉坐稱善，而王述不悦，以爲人非堯舜，安得每事盡善，導亦斂袵謝之。若使言無不同，意無不合，更唱迭和，何者非賢？萬一有小人居其間，則人主何緣知覺？（**高啓眉**）切直。臣之所願存紀綱者，此之謂也。（**儲欣評**）此爲第四截，申明紀綱一條。特言臺諫者，緣臺諫主持公議，乃紀綱所存。宰執非人，變法厲民，而臺諫皆緘口不言，是臺諫爲執政之私也。語語責諫臣，即語語責相臣。始從内重説來，而以中書令趙高爲此，固已明指安石矣。前段言人主宜崇臺諫，以折奸臣之萌；後段言朝廷若無直言，必受小人之害。不離存紀綱之意，仍是刺宰執之繆。

臣非敢歷詆新政，苟爲異論。如近日裁減皇族恩例、刊定任子條式、修完器械、閲習鼓旗，皆陛下神算之至明，乾剛之必斷，物議既允，臣安敢有詞。（**茅鹿門眉**）又指及新政之可采者聳動一番。至於所獻之三言，則非臣之私見，中外所病，其誰不知？昔禹戒舜曰："無若丹朱傲，惟慢游是好。"舜豈有是哉！周公戒成王曰："毋若商王，受之迷亂，酗於酒德。"成王豈有是哉！（**錢文登眉**）引諷其君者，當如此。周昌以漢高爲桀、紂，劉毅以晉武爲桓、靈，當時人君，曾莫之罪，而書之史册，以爲美談。使臣所獻三言，皆朝廷未嘗有此，則天下之幸，臣與有焉。若有萬一似之，則陛下安可不察？（**高啓眉**）以下三轉處，十分悲惋感惻。然而臣之爲計，可謂愚矣。（**吕留良夾**）一折。深悲。以螻蟻之命，試雷霆之威，積其狂愚，豈可數赦？大則身首異處，破壞家門，小則削籍投荒，流離道路。雖然，陛下必不爲此。（**吕留良夾**）二折。（**茅鹿門夾**）自開後門。何也？臣天賦至愚，篤于自信。向者與議學校貢舉，首違大臣本意，已期竄逐，敢意自全。（**鹿門眉**）又唤醒神宗一番。而陛下獨然其言，曲賜召對，從容久之，至謂臣曰："方今政令得失安在？雖朕過失，指陳可也。"臣即對曰："陛下生知之性,天縱文武,不患不明,不患不勤,不患不斷,但患求治太速,進人太鋭,聽言太廣。”又俾具述所以然之狀。(**高啓眉**)數語恰當。(**茅鹿門眉**)以上三言可謂神宗對病之藥,然即前所指陳“結人心、厚風俗、存綱紀”,相爲互發。(**儲欣眉**)三言尤切秦越人,無以尚之。(**王翰眉**)三言尤切秦越人,無以尚之。陛下頷之曰:“卿所獻三言,朕當熟思之。”臣之狂愚,非獨今日,陛下容之久矣。豈其容之於始而不赦之於終?恃此而言,所以不懼。(**茅鹿門夾**)婉而曲。(**吕留良夾**)三折。

臣之所懼者,譏刺既衆,怨仇實多,必將詆臣以深文,中臣以危法,使陛下雖欲赦臣而不可得,豈不殆哉!(**吕留良夾**)四折。詩案之禍,公自知之。(**茅鹿門眉**)於此暗點執政之銜怨處。死亡不辭,但恐天下以臣爲戒,無復言者,是以思之經月,夜以繼書,表成復毁,至於再三。感陛下聽其一言,懷不能已,卒吐其説。惟陛下憐其愚忠而卒赦之,不勝俯伏待罪憂恐之至。(**樓迂齋眉**)一篇之文,幾萬餘言,精彩都在閑語上,有憂深思遠之意,有柔行巽入之態,當深切著明則深切著明,當委曲含蓄則委曲含蓄,真得告君之體,廷對當仿此。(**儲欣評**)此爲第五截,乃通篇總結也。前段就新法言,極意斡全;後段就自己説,無限曲折。

【彙評】

鍾惺:長篇之文患於散,然必先留餘地,令得寬然放步,而後能不散,愈促則愈散矣。

茅鹿門:按三蘇所上書,惟長公更勝,似覺骨鯁痛切,其直陳利害似賈誼,明切事情似陸贄。

鄭之惠:此是蘇公最經意之文。疏疏可人,散不厭散;綿綿不絶,多不厭多。字字簡練,句句痛快。

祁班孫:慷慨處即剖肝瀝血,盡言無忌,而委宛處又常曲折周旋,使聞者易聽。大約精神模範《治安策》，而入以筆端之條暢，便是今古奇文。

儲欣：王氏得君亦且數年，新法之行日出未艾，舉朝士大夫默默以聽其所爲。而蘇公首擊之，豈不知負隅之虎，莫敢攖哉！念不忘君，忠之至也。思之經月，夜以繼書，表成復毀，至於再三。余每讀至此，未嘗不嗚咽流涕。

吕留良：構大文字，必用間架。是篇以三言分柱是也。但三言仍是一串，爲行新法，失人心，因驟用小人而風俗壞，又畏人言拒臺諫而綱紀隳。故公文以結人心一段爲主，其説最詳，而下二段從之，其説稍略，譬之兵法，雖分營犄角，而其機柄呼吸，仍歸於一，此唯才力氣魄大者，方能統攝得來。否則，但彙作數篇鬥湊，萬言書人人可爲矣。

王翰：通達治體，而忠君愛國之忱，溢於言表，讀之未嘗不流涕。王氏得君亦且數年，新法之行日出未艾，舉朝士大夫默以聽其所爲，而蘇公首擊之，豈不知負隅之虎，莫敢攖哉！念不忘君，忠之至也。思之經月，夜以繼書，表成復毀，至於再三。余每讀至此，未嘗不嗚咽。仁宗爲子孫得兩相，熙寧時不用二蘇用介甫，此北宋治亂存亡之機也，豈非天哉！

李塗：子瞻萬言書，是步驟賈誼《治安策》；然虚文有餘，實事不足，去誼遠矣。

茅鹿門：公感神宗之允所議貢舉及停止買燈二事，以故敢爲危言，痛陳時政。然所以結知主上者在此，而所以深執政之嫉怨者亦在此。大略摹仿陸宣公奏議來。予按蘇氏父子兄弟所上皇帝書不同：老蘇當仁廟時，朝廷方尚安静、暢德澤，故其書大較勸主上勿攬威權、責名實；長公、次公當神廟時，朝廷方變法令、亟富强，故其書大較勸主上務省紛更、持寬大。然而次公之言，猶絳徐巽，而長公之言，似覺骨鯁痛切矣。然三人中長公更勝，其指陳利害似賈誼，明切事情似陸贄。汝輩讀古人文章，須於此細細權衡，方得下手處。

《古文淵鑒》卷四九引王熙評：新法不便於民，當時言者甚衆。其間指陳利害，質真剴切，無踰此書。於三蘇集中，尤爲奇傑之作。〇又引徐乾學評：歷詆時事之失，而括以三言，反覆暢述，拳拳之誠，自托於信而後諫，非徒以危言激論沽真聲也。〇又引陳廷敬評：渾浩流轉，神理俱足。忠愛之思，溢於毫楮，不獨歎其才之該博已也。〇又引高士奇評：結人心，厚風俗，存紀綱，三者實可包舉政體，不獨爲救時之言。〇又引無名氏評：曲折變化之妙，則無復可以名狀，蓋能文之士，莫之能尚也。而尤長於指陳世事，述叙民生疾苦。方其年少氣鋭，尚欲迅掃宿弊，更張百度，有賈太傅流涕漢庭之風。及既徵創王氏，一意忠厚，思興天下休息。其言切中民隱，發越懇到，使岩廊崇高之地，如親見閭閻哀樂之情，有不能不惻然感動者，真可垂訓萬世也。

再上皇帝書

（茅鹿門旁）再上書不出前書所言，特於前書所未及盡者，更爲曲暢之耳。

熙寧四年三月某日，殿中丞直史館判官告院權開封府推官臣蘇軾，謹昧萬死再拜上書皇帝陛下。

臣聞之，益戒于禹曰："任賢勿貳，去邪勿疑。"仲虺言湯之德曰："用人惟己，改過不吝。"秦穆喪師於崤，悔痛自誓，孔子録之。自古聰明豪傑之主，如漢高帝、唐太宗，皆以受諫如流，改過不憚，號爲秦漢以來百王之冠也。孔子曰："君子之過，如日月之食焉。過也，人皆見之；更也，人皆仰之。"聖賢舉動，明白正直，不當如是耶？所用之人，有邪有正。所作之事，有是有非。是非邪正，兩言而足，正則用之，邪則去之，是則行之，非則破之。此理甚明，猶飢之必食，渴之必飲，豈有別生義理，曲加粉飾，而能欺天下哉！《書》曰："與治同道，罔不興；與亂同事，罔不亡。"陛下自去歲以來，所行新政，皆不與治同道。立條例司，遣青苗使，斂助役錢，行均輸法，四海騷動，行路怨咨。自宰相以下，皆知其非而不敢爭。臣愚蠢不識忌諱，乃者上疏論之詳矣，而學術淺陋，不足以感動聖明。近者故相舊臣，藩鎮侍從，（**茅鹿門眉**）指當時韓、歐、文潞、張安道、滕甫諸人。雜然争言不便，以至臺諫二三人者，本其所與締交唱和表裏之人也，然猶不免一言其非者，（**茅鹿門眉**）指當時陰附荆公而陽助公議者。豈非物議沸騰，事勢迫切，而不可止歟？自非見利忘義居之不疑者，孰肯終始膠固，不自湔洗？如吴師孟乞免提舉，胡宗愈不願檢詳，如逃垢穢，惟恐不脱。（**茅鹿門夾**）蘇長公所言太刻畫。人情畏惡，一至於此。

近者中外讙言，陛下已有悔悟意，道路相慶，如蒙大賚，實望陛下於旬日之間，涣發德音，洗蕩乖僻，追還使者，而罷條例司。（**茅鹿門眉**）借神宗一綫之明處直攻之。今者側聽所爲，蓋不過使監司體量抑配而已，比之未悟，所較幾何。此孟子所謂知兄臂之不可紾，而姑勸以徐；知鄰雞之不可攘，而月取其一。帝王改過，豈如是哉？

臣又聞陛下以爲此法且可試之三路。臣以爲此法，譬之醫者之用毒藥，以人之死生，試其未效之方。三路之民，豈非陛下赤子，而可試以毒藥乎！今日之政，小用則小敗，大用則大敗，若力行而不已，則亂亡隨之。臣非敢過爲危論，以聳動陛下也。

自古存亡之所寄者，四人而已：一曰民，二曰軍，三曰吏，四曰士。此四人者一失其心，則足以生變。（**茅鹿門眉**）即前書所指"結人心"一節，於此復相發明。今陛下一舉而兼犯之。青苗、助役之法行,則農不安;均輸之令出,則商賈不行,而民始憂矣。並省諸軍,迫逐老病,至使戍兵之妻,與士卒雜處其間,貶殺軍分,有同降配,遷徙淮甸,僅若流放,年近五十,人人懷憂,而軍始怨矣。内則不取謀於元臣侍從,而專用新進小生,外則不責成於守令監司,而專用青苗使者,多置閑局,以擯老成,而吏始解體矣。陛下臨軒選士,天下謂之龍飛榜,而進士一人首削舊恩,示不復用。所削者一人而已,然士莫不悵恨者,以陛下有厭薄其徒之意也。今用事者,又欲漸消進士,純取明經,(**茅鹿門眉**)當時荆公有罷詩賦進士之議。雖未有成法,而小人招權,自以爲功,更相扇摇,以謂必行,而士始失望矣。(**儲欣夾**)豈非天乎!公縱言之,將何補?今進士半天下,自二十以上,便不能誦記注義爲明經之學,若法令一更,則士各懷廢棄之憂,而人材短長,終不在此。昔秦禁挾書,而諸生皆抱其業以歸勝、廣相與出力而亡秦者,豈有它哉?亦徒以失業而無所歸也。故臣願陛下勿復言此。(**茅鹿門夾**)一鎖。民憂而軍怨,吏解體而士失望,禍亂之源,有大於此者乎?今未見也,一旦有急,則致命之士必寡矣。方是之時,不知希合苟容之徒,能爲陛下收板蕩而止土崩乎?

去歲諸軍之始併也,左右之人,皆以士心樂併告陛下。近者放停軍人李興,告虎翼吏率錢行賂以求不並,則士卒不樂可知矣。夫諂諛之人,苟務合意,不憚欺罔者,類皆如此。故凡言百姓樂請青苗錢,樂出助役錢者,皆不可信。陛下以爲青苗抑配果可禁乎?不惟不可禁,乃不當禁也。(**儲欣夾**)並翻正論,銳不可當。何以言之?若此錢放而不收,則州縣官吏,不免責罰。若此錢果不抑配,則願請之户,後必難收索。前有抑配之禁,後有失陷之罰,爲陛下官吏,不亦難乎!故臣以爲既行青苗錢,則不當禁抑配,其勢然也。人皆謂陛下聖明神武,必能徙義修慝,以致太平,而近日之事,乃有文過遂非之風,此臣所以憤懣太息而不能已也。

昔賈充用事,(**茅鹿門夾**)暗指荆公。天下憂恐,而庾純、任愷,戮力排之。及充出鎮秦凉,忠臣義士,莫不相慶,屈指數日,以望維新之化。而馮紞之徒,(**茅鹿門夾**)暗指吕惠卿輩。更相告語曰:"賈公遠放,吾等失勢矣。"於是相與獻謀而充復留。則晉氏之亂,成於此矣。自古惟小人爲難去。何則?去一人而其黨莫不破壞。是以爲之計謀游説者衆也。今天下賢者,亦將以此觀陛下,爲進退之決。或再失望,則知幾之士,相率而逝矣。豈皆如臣等輩,偷安懷禄而不忍去哉?狷狂不遜,忤陛下多矣,不敢復望寬恩,俯伏引領,以待誅殛。臣軾誠惶誠恐,頓首頓首。謹言。

【彙評】

茅鹿門:再上書不出前書所言,特於前書所未及盡者,更爲曲暢之耳。

儲欣:四人足以盡乎人之類矣。與前書相表裏,而簡切勝前。

卷五十二

奏議六首

論河北京東盜賊狀

（**茅鹿門旁**）關係國家大利害文字。

熙寧七年十一月日，太常博士直史館權知密州軍州事蘇軾狀奏：臣伏見河北、京東比年以來，蝗旱相仍，盜賊漸熾。今又不雨，自秋至冬，方數千里，麥不入土，竊料明年春夏之際，寇攘爲患，甚於今日。是以輒陳狂瞽，庶補萬一。

謹按：山東自上世以來，爲腹心根本之地，其與中原離合，常繫社稷安危。（**陳仁錫眉**）公所言“山東”轄甚廣。（**茅鹿門眉**）以下次古今之勢如掌。昔秦並天下，首取三晉，則其餘强敵，相繼滅亡。漢高祖殺陳餘，走田横，則項氏不支。光武亦自漁陽、上谷發突騎，席卷以並天下。魏武帝破殺袁氏父子，收冀州，然後四方莫敢敵。宋武帝以英偉絶人之資，用武歷年，而不能並中原者，以不得河北也。隋文帝以庸夫穿窬之智，竊位數年而一海内者，以得河北也。故杜牧之論以爲山東之地，王者得之以爲王，霸者得之以爲霸，猾賊得之以亂天下。自唐天寶以後，奸臣僭峙於山東，更十一世，竭天下之力，終不能取，以至於亡。近世賀德倫挈魏博降後唐，而梁亡。周高祖自鄴都入京師，而漢亡。由此觀之,天下存亡之權,在河北無疑也。

陛下即位以來,北方之民,流移相屬,天災譴告,亦甚於四方,五六年間,未有以塞大異者。至於京東,雖號無事,亦當常使其民安逸富强,緩急足以灌輸河北。瓶竭則罍耻,唇亡則齒寒。而近年以來,公私匱乏,民不堪命。今流離饑饉,議者不過欲散賣常平之粟,勸誘蓄積之家。盗賊縱横,議者不過欲增開告賞之門,申嚴緝捕之法。皆未見其益也。(**陳仁錫眉**)當時猶有此二策。常平之粟,累經賑發,所存無幾矣,而饑寒之民,所在皆是。人得升合,官費丘山。蓄積之家,例皆困乏,貧者未蒙其利,富者先被其災。昔季康子患盗,問於孔子。對曰:“苟子之不欲,雖賞之不竊。”乃知上不盡利,則民有以爲生,苟有以爲生,亦何苦而爲盗?(**陳仁錫眉**)流寇自息。其間凶殘之黨,樂禍不悛,則須敕法以峻刑,誅一以警百。今中民以下,舉皆闕食,冒法而爲盗則死,畏法而不盗則饑,饑寒之與棄市,均是死亡,而賒死之與忍饑,禍有遲速。相率爲盗,正理之常。雖日殺百人,勢必不止。(**陳仁錫眉**)精確。苟非陛下至明至聖,至仁至慈,較得喪之孰多,權禍福之孰重,特於財利少有所捐。衣食之門一開,骨髓之恩皆遍,然後信賞必罰,以威克恩,不以僥倖廢刑,不以災傷撓法,如此而人心不革,盗賊不衰者,未之有也。(**儲欣旁**)仁人之言。謹條其事,畫一如左。

一、臣所領密州,自今歲秋旱,種麥不得,直至十月十三日,方得數寸雨雪,而地冷難種,雖種不生,比常年十分中只種得二三。竊聞河北、京東,例皆如此。尋常檢放災傷,依法須是檢行根苗,以定所放分數。今來二麥元不曾種,即無根苗可檢,官吏守法,無緣直放。若夏税一例不放,則人户必至逃移。尋常逃移,猶有逐熟去處,今數千里無麥,去將安往?但恐良民舉爲盗矣。且天上無雨,地下無麥,有眼者共見,有耳者共聞。决非欺罔朝廷,豈可坐觀不放?欲乞河北、京東逐路選差臣僚一員,體量放税,更不檢視。若未欲如此施行,即乞將夏税斛斗,取今日以前五年酌中一年實直,令三等已上人户,取便納見錢或正色,其四等以下,且行倚閣。緣今來麥田空閑,若春雨調匀,却可以廣種秋稼。候至秋熟,並將秋色折納夏税。若是已種苗麥,委有災傷,仍與依條檢放。其闕麥去處,官吏諸軍請受,且支白米或支見錢。所貴小民不致大段失所。

一、河北、京東,自來官不榷鹽,小民仰以爲生。近日臣僚上章,輒欲禁榷,賴朝廷體察,不行其言,兩路官民,無不相慶。(**茅鹿門眉**)長公經濟具見於此。然臣勘會近年鹽課日增,元本兩路祖額三十三萬二千餘貫,至熙寧六年,增至四十九萬九千餘貫,七年亦至四十三萬五千餘貫,顯見刑法日峻,告捕日繁,是致小民愈難興販。朝廷本爲此兩路根本之地,而煮海之利,天以養活小民,是以不忍盡取其利,濟惠鰥寡,陰銷盜賊。舊時孤貧無業,惟務販鹽,所以五六年前,盜賊稀少。是時告捕之賞,未嘗破省錢,惟是犯人催納,役人量出。今鹽課浩大,告訐如麻,貧民販鹽,不過一兩貫錢本,偷税則賞重,納税則利輕。欲爲農夫,又值凶歲。若不爲盜,惟有忍饑。所以五六年來,課利日增,盜賊日衆。臣勘會密州鹽税,去年一年,比祖額增二萬貫,却支捉賊賞錢一萬一千餘貫,其餘未獲賊人尚多,以此較之,利害得失,斷可見矣。欲乞特敕兩路,應販鹽小客,截自三百斤以下,並與權免收税,仍官給印本空頭關子,與竈户及長引大客,令上曆破使逐旋書填月日、姓名、斤兩與小客,限十日内更不行用。如敢借名爲人影帶,分減鹽貨,許諸色人陳告,重立賞罰,候將來秋熟日仍舊,並元降敕榜,明言出自聖意,令所在雕印，散榜鄉村。人非木石，寧不感動，一飲一食，皆誦聖恩，以至舊來貧賤之民，近日饑寒之黨，不待驅率，一歸於鹽，奔走爭先，何暇爲盜？人情不遠，必不肯捨安穩衣食之門，而趨冒法危亡之地也。

議者必謂今用度不足，若行此法，則鹽税大虧，必致闕事。臣以爲不然。凡小客本少力微，不過行得三兩程。若三兩程外，須藉大商興販，决非三百斤以下小客所能行運，無緣大段走失。且平時大商所苦，以鹽遲而無人買。小民之病，以僻遠而難得鹽。(**茅鹿門夾**)又妙。今小商不出税錢，則所在爭來分買。大商既不積滯，則輪流販賣，收税必多。而鄉村僻遠，無不食鹽，所賣亦廣。損益相補，必無大虧之理。縱使虧失，不過却只得祖額元錢，當時官司，有何闕用？苟朝廷捐十萬貫錢，買此兩路之人不爲盜賊，所獲多矣。今使朝廷爲此兩路饑饉，特出一二十萬貫見錢，散與人户，人得一貫，只及二十萬人。而一貫見錢，亦未能濟其性命。若特放三百斤以下鹽税半年，則兩路之民，人人受賜，貧民有衣食之路，富民無盜賊之憂，其利豈可勝言哉！若使小民無以爲生，舉爲盜賊，則朝廷之憂，恐非十萬貫錢所能了辦。又況所支捉賊賞錢，未必少於所失鹽課。臣所謂"較得喪之孰多，權禍福之孰重"者，爲此也。

一、勘會諸處盜賊，大半是按問減等災傷免死之人，走還舊處，挾恨報讎，爲害最甚。盜賊自知不死，既輕犯法，而人户亦憂其復來，不敢告捕。是致盜賊公行。切詳按問自言，皆是詞窮理屈，勢必不免，本無改過自新之意，有何可愍，獨使從輕！同黨之中，獨不免死。其災傷，敕雖不下，與行下同，而盜賊小民，無不知者，但不傷變主，免死無疑。且不傷變主，情理未必輕於偶傷變主之人，或多聚徒衆，或廣置兵仗，或標異服飾，或質劫變主,或驅虜平人,或賂遺貧民,令作耳目,或書寫道店,恐動官私,如此之類,雖偶不傷人,情理至重,非止闕食之人,苟營餱糧而已。欲乞今後盜賊贓證未明,但已經考掠方始承認者,並不爲按問减等。其災傷地分,委自長吏,相度情理輕重。内情理重者,依法施行。所貴凶民稍有畏忌,而良民敢於捕告。臣所謂"衣食之門一開,骨髓之恩皆遍,然後信賞必罰,以威克恩,不以僥倖廢刑,不以災傷撓法"者,爲此也。

右謹具如前。自古立法制刑,皆以盜賊爲急。盜竊不已,必爲强劫。强劫不已,必至戰攻。或爲豪傑之資,而致勝、廣之漸。而况京東之貧富,繫河北之休戚,河北之治亂,繫天下之安危! 識者共知,非臣私説。願陛下深察! 此事至重,所捐小利至輕,斷自聖心,决行此策。臣聞天聖中,蔡齊知密州。是時東方饑饉,齊乞放行鹽禁,先帝從之,一方之人,不覺饑旱。(**茅鹿門眉**)此一援引,更感動君心。臣愚且賤,雖不敢望於蔡齊,而陛下聖明,度越堯禹,豈不能行此小事,有愧先朝? 所以越職獻言,不敢自外,伏望聖慈察其區區之意,赦其狂僭之誅。臣無任悚栗待罪之至。謹録奏聞,伏候敕旨。

【彙評】

茅鹿門:與徐州所上書意同。

儲欣:仁人之言。

上皇帝書

(**茅鹿門旁**)此等文字、識見、筆力,並入西漢。

元豐元年十月□日，尚書祠部員外郎直史館權知徐州軍州事蘇軾，謹昧萬死再拜上書皇帝陛下。

臣以庸材，備員册府，出守兩郡，皆東方要地，私竊以爲守法令，治文書，赴期會，不足以報塞萬一。輒伏思念東方之要務，陛下之所宜知者，得其一二，草具以聞，而陛下擇焉。（**陳仁錫眉**）是政事人語。

臣前任密州，建言自古河北與中原離合，常繫社稷存亡，而京東之地，所以灌輸河北，瓶竭則罍耻，脣亡則齒寒，而其民喜爲盜賊，爲患最甚，因爲陛下畫所以待盜賊之策。及移守徐州，覽觀山川之形勢，察其風俗之所上，而考之於載籍，然後又知徐州爲南北之襟要，而京東諸郡安危所寄也。昔項羽入關，既燒咸陽，而東歸則都彭城。夫以羽之雄略，捨咸陽而取彭城，則彭城之險固形便，足以得志于諸侯者可知矣。（**陳仁錫眉**）非捨咸陽，漢王先入關耳。臣觀其地，三面被山，（**茅鹿門夾**）地形便利。獨其西平川數百里，西走梁、宋，使楚人開關而延敵，材官騶發，突騎雲縱，真若屋上建瓴水也。地宜菽麥，一熟而飽數歲。其城三面阻水，樓堞之下，以汴、泗爲池，獨其南可通車馬，而戲馬臺在焉。其高十仞，廣袤百步，若用武之世，屯千人其上，聚櫑木炮石，凡戰守之具，以與城相表裏，而積三年糧於城中，雖用十萬人，不易取也。（**茅鹿門眉**）擘畫徐州險害處甚明切。其民皆長大，膽力絶人，喜爲剽掠，小不適意，則有飛揚跋扈之心，非止爲盜而已。（**茅鹿門夾**）人卒勇悍。漢高祖，沛人也；項羽，宿遷人也；劉裕，彭城人也；朱全忠，碭山人也：皆在今徐州數百里間耳。（**茅鹿門眉**）並徐州屬邑。其人以此自負，凶桀之氣，積以成俗。魏太武以三十萬人攻彭城，不能下。而王智興以卒伍庸材，恣睢于徐，朝廷亦不能討。豈非以其地形便利，人卒勇悍故耶？(**儲欣夾**)頓。(**陳仁錫眉**)公尚未説道黄河，今徐州所以不治者，趨□不趨黄也。(**茅鹿門眉**)以上並詳徐州形勢足恃，以下始一一爲之區處。

州之東北七十餘里，即利國監，自古爲鐵官，商賈所聚，其民富樂，凡三十六冶，冶户皆大家，藏鏹巨萬，常爲盗賊所窺，而兵衛寡弱，有同兒戲。臣中夜以思，即爲寒心。使劇賊致死者十餘人，白晝入市，則守者皆棄而走耳。地既産精鐵，而民皆善鍛，散冶户之財，以嘯召無賴，則烏合之衆，數千人之仗，可以一夕具也。順流南下，辰發巳至，而徐有不守之憂矣。使不幸而賊有過人之才，如吕布、劉備之徒，得徐而逞其志，則京東之安危，未可知也。(**茅鹿門夾**)深言。近者河北轉運司奏乞禁止利國監鐵不許入河北，朝廷從之。昔楚人亡弓，不能忘楚，孔子猶小之，况天下一家，東北二冶，皆爲國興利，而奪彼與此，不已隘乎？自鐵不北行，冶户皆有失業之憂，詣臣而訴者數矣。臣欲因此以征冶户，爲利國監之捍屏。今三十六冶，冶各百餘人，采礦伐炭，多饑寒亡命强力鷙忍之民也。(**陳仁錫眉**)冶户竈丁皆可用。(**茅鹿門眉**)看他區畫周悉處。臣欲使冶户每冶各擇有材力而忠謹者，保任十人，籍其名於官，授以劫刃刀槊，教之擊刺，每月兩衙，集於知監之庭而閲試之，藏其刃於官，以待大盗，不得役使，犯者以違制論。(**茅鹿門眉**)因形勝，擇勇悍之士，訓之爲兵，暗銷盗賊，誠爲名言。冶户爲盗所睨久矣，民皆知之，使冶出十人以自衛，民所樂也，而官又爲除近日之禁，使鐵得北行，則冶户皆悦而聽命，奸猾破膽而不敢謀矣。

徐城雖險固，而樓櫓敝惡，又城大而兵少，緩急不可守。今戰兵千人耳，臣欲乞移南京新招騎射兩指揮於徐。此故徐人也，嘗屯於徐。營壘材石既具矣，而遷于南京，異時轉運使分東西路，畏饋餉之勞，而移之西耳。今兩路爲一，其去來無所損益，而足以爲徐之重。城下數里，頗産精石無窮，而奉化廂軍見闕數百人，臣願募石工以足之。聽不差出，使此數百人者常采石以甃城。（**陳仁錫眉**）此意可師。數年之後，舉爲金湯之固，要使利國監不可窺，則徐無事，徐無事，則京東無虞矣。沂州山谷重阻，爲逋逃淵藪，盜賊每入徐州界中。陛下若采臣言，不以臣爲不肖，願復三年守徐，且得兼領沂州兵甲巡檢公事，必有以自效。（**陳仁錫眉**）日乞三年守徐，誰肯？

京東惡盜，多出逃軍。逃軍爲盜，民則望風畏之，何也？技精而法重也。技精則難敵，法重則致死，其勢然也。自陛下置將官，修軍政，士皆精鋭而不免於逃者，臣嘗考其所由。蓋自近歲以來，部送罪人配軍者，皆不使役人，而使禁軍。軍士當部送者，受牒即行，往返常不下十日，道路之費，非取息錢不能辦，百姓畏法不敢貸，貸亦不可復得，惟所部將校，乃敢出息錢與之，歸而刻其糧賜，以故上下相持，軍政不修，博弈飲酒，無所不至，窮苦無聊，則逃去爲盜。臣自至徐，即取不係省錢百餘千別儲之。當部送者，量遠近裁取，以三月刻納，不取其息。將吏有敢貸息錢者，痛以法治之。然後嚴軍政，禁酒博，比期年，士皆飽暖，練熟技藝，等第爲諸郡之冠，陛下遣敕使按閱，所具見也。臣願下其法諸郡，推此行之，則軍政修而逃者衰，亦去盜之一端也。

臣聞之漢相王嘉曰："孝文帝時，二千石長吏，安官樂職，上下相望，莫有苟且之意。其後稍稍變易，公卿以下，轉相促急，司隸、部刺史，發揚陰私，吏或居官數月而退。二千石益輕賤，吏民慢易之，知其易危，小失意則有離畔之心。前山陽亡徒蘇令從横，吏士臨難，莫肯伏節死義者，以守相威權素奪故也。國家有急，取辦於二千石，二千石尊重難危，乃能使下。”以王嘉之言而考之於今，郡守之威權，可謂素奪矣。上有監司伺其過失，下有吏民持其長短，未及按問，而差替之命已下矣。欲督捕盗賊，法外求一錢以使人，且不可得。盗賊凶人，情重而法輕者，守臣輒配流之，則使所在法司覆按其狀，劾以失入。惴惴如此，何以得吏士死力，而破奸人之黨乎？由此觀之，盗賊所以滋熾者，以陛下守臣權太輕故也。臣願陛下稍重其權，責以大綱，略其小過，凡京東多盗之郡，自青、鄆以降，如徐、沂、齊、曹之類，皆慎擇守臣，聽法外處置强盗。頗賜緡錢，使得以布設耳目，蓄養爪牙。然緡錢多賜則難常，少又不足於用，臣以爲每郡可歲别給一二百千，使以釀酒，凡使人葺捕盗賊，得以酒予之，敢以爲他用者，坐贓論。賞格之外，歲得酒數百斛，亦足以使人矣。此又治盗之一術也。(**茅鹿門夾**)釀酒之策似疏。

然此皆其小者，其大者非臣之所當言。(**茅鹿門夾**)引入深處。欲默而不發，則又私自念遭值陛下英聖特達如此。若有所不盡，非忠臣之義，故昧死復言之。昔者以詩賦取士，今陛下以經術用人，名雖不同，然皆以文詞進耳。考其所得，多吴、楚、閩、蜀之人。至於京東、西，河北，河東，陝西五路，蓋自古豪傑之場，其人沉鷙勇悍，可任以事，然欲使治聲律，讀經義，以與吴、楚、閩、蜀之士争得失於毫釐之間，則彼有不仕而已，故其得人常少。(**茅鹿門夾**)自古記之矣。夫惟忠孝禮義之士，雖不得志，不失爲君子。若德不足而才有餘者，困於無門，則無所不至矣。故臣願陛下特爲五路之士，别開仕進之門。

漢法：郡縣秀民，推擇爲吏，孝行察廉，以次遷補，或至二千石，入爲公卿。古者不專以文詞取人，故得士爲多。黄霸起於卒史，薛宣奮於書佐，朱邑選於嗇夫，丙吉出於獄吏，其餘名臣循吏，由此而進者，不可勝數。唐自中葉以後，方鎮皆選列校以掌牙兵。嗇是時四方豪傑，不能以科舉自達者，皆争爲之，往往積功以取旄鉞。雖老奸巨盗，或出其中。而名卿賢將如高仙芝、封常清、李光弼、來瑱、李抱玉、段秀實之流，所得亦已多矣。王者之用人如江河，江河所趨，百川赴焉，蛟龍生之，及其去而之他，則魚鱉無所還其體，而鯢鰍爲之制。今世胥史牙校皆奴僕庸人者，無他，以陛下不用也。今欲用胥史牙校，而胥史行文書，治刑獄錢穀，其勢不可廢鞭撻，鞭撻一行，則豪傑不出於其間。故凡士之刑者不可用，而用者不可刑。故臣願陛下采唐之舊，使五路監司郡守，共選士人以補牙職，皆取人材。心力有足過人，而不能從事於科舉者，禄之以今之庸錢，而課之鎮税場務督捕盗賊之類，自公罪杖以下聽贖。（**茅鹿門夾**）細。依將校法，使長吏得薦其才者，第其功閥，書其歲月，使得出仕比任子，而不以流外限其所至。朝廷察其尤異者，擢用數人。則豪傑英偉之士，漸出於此途，而奸猾之黨，可得而籠取也。其條目委曲，臣未敢盡言，惟陛下留神省察。

昔晉武平吴之後，（**茅鹿門夾**）結。詔天下罷軍役，州郡悉去武備，惟山濤論其不可，帝見之，曰："天下名言也。"而不能用。及永寧之後，盗賊蜂起，郡國皆以無備不能制，其言乃驗。今臣於無事之時，屢以盗賊爲言，其私憂過計，亦已甚矣。陛下縱能容之，必爲議者所笑，使天下無事而臣獲笑可也，不然，事至而圖之，則已晚矣。（**李卓吾夾**）孰知不二十年而河北淪没哉！（**茅鹿門夾**）掉尾。干犯天威，罪在不赦。臣軾誠惶誠恐，頓首頓首。謹言。

【彙評】

儲欣：隨患補救，如此太守，亦復幾人！

乞醫療病囚狀

元豐二年正月□日，尚書祠部員外郎直史館權知徐州軍州事蘇軾狀奏。

右臣聞漢宣帝地節四年詔曰："令甲，死者不可生，刑者不可息。此先帝之所重，而吏未稱，今繫者或以掠辜若饑寒瘐死獄中，何用心逆人道也！朕甚痛之。其令郡國歲上繫囚以掠笞若瘐死者所坐名、縣、爵、里，丞相御史課殿最以聞。"此漢之盛時，宣帝之善政也。朝廷重惜人命，哀矜庶獄，可謂至矣。

囚以掠笞死者法甚重，惟病死者無法，官吏上下莫有任其責者。苟以時言上，檢視無他，故雖累百人不坐。其飲食失時，藥不當病而死者，何可勝數？若本罪應死，猶不足深哀，其以輕罪繫而死者，與殺之何異？積其冤痛，足以感傷陰陽之和。是以治平四年十二月二十四日手詔曰："獄者，民命之所繫也。比聞有司歲考天下之奏，而瘐死者甚多。竊懼乎獄吏與犯法者旁緣爲奸，檢視或有不明，使吾元元横罹其害，良可憫焉。《書》不云乎：'與其殺不辜，寧失不經。'其具爲今後諸處軍巡院、州司理院所禁罪人，一歲内在獄病死及兩人者，推司獄子並從杖六十科罪，每增一名，加罪一等，至杖一百止。如繫五縣以上州，每院歲死及三人，開封府府司軍巡院歲死及七人，即依上項死兩人法科罪，加等亦如之。典獄之官推獄經兩犯即坐本官，仍從違制失入，其縣獄亦依上條。若三萬户以上，即依五縣以上州軍條。其有養療不依條貫者，自依本法。仍仰開封府及諸路提點刑獄，每至歲終，會聚死者之數以聞，委中書門下點檢。或死者過多，官吏雖已行罰，當議更加黜責。"

行之未及數年，而中外臣僚争言其不便。至熙寧四年十月二日中書劄子詳定編敕所狀，令衆官參詳，獄囚不因病死，及不給醫藥飲食，以至非理慘虐，或謀害致死，自有逐一條貫。及至捕傷格鬥，實緣病死，則非獄官之罪。況有不幸遭遇瘴疫，死者或衆，而使獄官濫被黜罰，未爲允當。今請只行舊條外，其上件獄囚病死條貫更不行用。奉聖旨，依所申。

臣竊惟治平四年十二月二十四日手詔，乃陛下好生之德，遠同漢宣，方當推之無窮。而郡縣俗吏，不能深曉聖意，因其小不通，輒爲駁議，有司不能修其缺，通其礙，乃舉而廢之，豈不過甚矣哉！

臣愚以謂獄囚病死，使獄官坐之，誠爲未安。何者？獄囚死生，非人所能必，責吏以其所不能必，吏且懼罪，多方以求免。囚小有疾，則責保門留，不復療治，苟無親屬，與雖有而在遠者，其捐瘠致死者，必甚於在獄。

臣謹按：《周禮·醫師》："歲終，則稽其醫事，以制其食。十全爲上，十失一次之，十失二次之，十失三次之，十失四爲下。"臣愚欲乞軍巡院及天下州司理院各選差衙前一名，醫人一名，每縣各選差曹司一名，醫人一名，專掌醫療病囚，不得更充他役，以一周年爲界。量本州縣囚繫多少，立定傭錢，以免役寬剩錢或坊場錢充，仍於三分中先給其一，俟界滿比較，除罪人拒捕及鬥致死者不計數外，每十人失一以上爲上等，失二爲中等，失三爲下等，失四以上爲下下。上等全支，中等支二分，下等不支，下下科罪，自杖六十至杖一百止，仍不分首從。其上中等醫人界滿，願再管勾者聽。人給曆子以書等第。若醫博士助教有闕，則比較累歲等第最優者補充。如此，則人人用心，若療治其家人，緣此得活者必衆。且人命至重，朝廷所甚惜，而寬剩役錢與坊場錢，所在山積，其費甚微，而可以全活無辜之人，至不可勝數，感人心，合天意，無善於此者矣。

獨有一弊，若死者稍衆，則所差衙前曹司醫人，與獄子同情，使囚詐稱疾病，以張人數。臣以謂此法責罰不及獄官、縣令，則獄官、縣令無緣肯與此等同情欺罔。欲乞每有病囚，令獄官、縣令具保，明以申州，委監醫官及本轄干係官吏覺察。如詐稱病，獄官、縣令皆科杖六十，分故失爲公私罪。伏望朝廷詳酌，早賜施行。謹録奏聞，伏候敕旨。

登州召還議水軍狀

元豐八年十二月□日，朝奉郎前知登州軍州事蘇軾狀奏。

右臣竊見登州地近北虜，號爲極邊，虜中山川，隱約可見，便風一帆，奄至城下。自國朝以來，常屯重兵，教習水戰，旦暮傳烽，以通警急。每歲四月，遣兵戍駝基島，至八月方還，以備不虞。（**陳仁錫眉**）備之於陸不逾海。自景德以後，屯兵常不下四五千人。除本州諸軍外，更於京師、南京、濟、鄆、兖、單等州，差撥兵馬屯駐。至慶曆二年，知州郭志高爲諸處差來兵馬頭項不一，軍政不肅，擘畫奏乞創置澄海水軍弩手兩指揮，並舊有平海兩指揮，並用教習水軍，以備北虜，爲京東一路捍屏。虜知有備，故未嘗有警。

議者見其久安，便謂無事。近歲始差平海六十人分屯密州信陽、板橋、濤洛三處，去年本路安撫司又更差澄海二百人往萊州，一百人往密州屯駐。檢會景德三年五月十二日聖旨指揮，今後宣使抽差本城兵士往諸處，只於威邊等指揮内差撥，即不得抽差平海兵士。其澄海兵士，雖無不許差出指揮，蓋緣元初創置，本爲抵替諸州差來兵馬，豈有却許差往諸處之理？顯是不合差撥。不惟兵勢分弱,以啓戎心,而此四指揮更番差出,無處學習水戰,武藝惰廢,有誤緩急。

伏乞朝廷詳酌,明降指揮。今後登州平海、澄海四指揮兵士,並不得差往别州屯駐。謹録奏聞,伏候敕旨。

乞罷登萊榷鹽狀

元豐八年十二月□日,朝奉郎前知登州軍州事蘇軾狀奏。右臣竊聞議者謂近歲京東榷鹽,既獲厚利,而無甚害,以謂可行。以臣觀之,蓋比之河北、淮、浙,用刑稀少,因以爲便,不知舊日京東販鹽小客無以爲生,太半去爲盜賊,然非臣職事所當言者,故不敢以聞。

獨臣所領登州,斗入海中三百里,地瘠民貧,商賈不至,所在鹽貨,只是居民吃用,今來既榷入官,官買價賤,比之竈户賣與百姓,三不及一,竈户失業,漸以逃亡,其害一也。居民咫尺大海,而令頓食貴鹽,深山窮谷,遂至食淡,其害二也。商賈不來,鹽積不散,有入無出,所在官舍皆滿,至於露積,若行配賣,即與福建、江西之患無異,若不配賣,即一二年間,舉爲糞土,坐棄官本,官吏被責,専副破家,其害三也。官無一毫之利,而民受三害,決可廢罷。

竊聞萊州亦是元無客旅興販,事體與此同。欲乞朝廷相度不用,行臣所言,只乞出自聖意,先罷登、萊兩州榷鹽,依舊令竈户賣與百姓,官收鹽税,其餘州軍,更委有司詳講利害施行。謹録奏聞,伏候敕旨。

論給田募役狀

元豐八年十二月□日，朝奉郎禮部郎中蘇軾狀奏。臣竊見先帝初行役法，取寬剩錢不得過二分，以備災傷，而有司奉行過當，通計天下乃及十四五。然行之幾十六七年，常積而不用，至三千餘萬貫石。先帝聖意固自有在，而愚民無知，因謂朝廷以免役爲名，實欲重斂，斯言流聞，不可以示天下後世。臣謂此錢本出民力，理當還爲民用。不幸先帝升遐，聖意所欲行者，民不知也。徒見其積，未見其散。此乃今日太皇太后陛下、皇帝陛下所當追探其意，還於役法中散之，以塞愚民無知之詞，以興長世無窮之利。

臣伏見熙寧中嘗行給田募役法，其法亦係官田，(**如退攤户絶没納之類**。)及用寬剩錢買民田，以募役人，大略如邊郡弓箭手。臣知密州，親行其法，先募弓手，民甚便之。曾未半年，此法復罷。臣聞之道路，本出先帝聖意，而左右大臣意在速成，且利寬剩錢以爲它用，故更相駁難，遂不果行。(**陳仁錫眉**)敗於寒儉之小人。臣謂此法行之，蓋有五利。朝廷若依舊行免役法，則每募一名，省得一名雇錢，因積所省，益買益募，要之數年，雇錢無幾，則役錢可以大減。若行差役法，則每募一名，省得一名色役，色役既減，農民自寬，其利一也。應募之民，正與弓箭手無異，舉家衣食，出於官田，平時重犯法，緩急不逃亡，其利二也。今者穀賤傷農，農民賣田，常苦不售。若官與買，則田穀皆重，農可小紓，其利三也。錢積於官，常苦幣重，若散以買田，則貨幣稍均，其利四也。此法既行，民享其利，追悟先帝所以取寬剩錢者，凡以爲我用耳，疑謗消釋，恩德顯白，其利五也。獨有二弊，貪吏狡胥，與民爲奸，以瘠薄田中官，雇一浮浪人暫出應役，一年半歲，即棄而走，此一弊也。愚民寡慮，見利忘患，聞官中買田募役，即争以田中官，以身充役，業不離主，既初無所失，而驟得官錢，必争爲之，充役之後，永無休歇，患及子孫，此二弊也。但當設法以防二弊，而先帝之法，决不可廢。

今日既欲盡罷寬剩錢，將來無繼，而係官田地，數目不多，見在寬剩錢雖有三千萬貫石，而兵興以來，借支幾半。臣今擘畫，欲於内帑錢帛中，支還兵興以來所借錢斛，復完三千萬貫石，止於河北、河東、陝西被邊三路，行給田募役法，使五七年間役減太半，農民完富，以備緩急，此無窮之利也。今弓箭手有甲馬者，給田二頃半，以軀命償官，且猶可募，則其餘色役，召募不難。臣謂良田二頃，可募一弓手，一頃可募一散從官，則三千萬貫石，可以足用。謹具合行事件，畫一如左。

一、給田募役，更不出租。依舊納兩税，免支移折變。

一、今來雖以一頃二頃爲率，若所在田不甚良，即臨時相度，添展畝數，務令召募得行。但役人所獲稍優，則其法堅久不壞。

一、今若立法，便令三路官吏推行，若無賞罰，則官吏不任其責，繆悠滅裂，有名無實。若有賞罰，則官吏有所趨避，或抑勒買田，或召募浮浪，或多買瘠薄，或取辦一時，不顧後患。臣今擘畫，欲選才幹樸厚知州三人，令自辟屬縣令，每路一州，先次推行，令一年中略成倫理，一州既成倫理，一路便可推行，仍委轉運提刑常切提舉。若不切推行，或推行乖方，朝廷覺察，重賜行遣。

一、應募役人，大抵多是州縣百姓，所買官田去州縣太遠，即久遠難以召募。欲乞所買田，並限去州若干里，去縣若干里。

一、出榜告示百姓。賣田如係所限去州縣里數内，仍及所定頃畝,(**或兩户及三户相近共及所定頃畝數目亦可。**)即須先申官令佐,親自相驗,委是良田,方得收買。如官價低小,即聽賣與其餘人户,不得抑勒。如買瘠薄田,致久遠召募不行,即官吏並科違制分故失定斷,仍不以去官赦降原減。

一、預先具給田頃畝數,出榜召人投名應役。第二等已上人户,許充弓手,仍依舊條揀選人材。第三等以上,許充散從官。以下色役,更不用保。如第等不及,即召第一等一户,或第二等兩户委保。如充役七年内逃亡,即勒元委保人承佃充役。

一、每買到田,未得交錢,先召投名人承佃充役,方得支錢,仍不得抑勒。

一、賣田入官,須得交業與應募人,不許本户内人丁承佃充役。

一、募役人。老病走死或犯徒以上罪,即須先勒本户人丁充役。如無丁,方别召募。

一、應募人交業承佃後,給假半年,令葺理田業。

一、退攤户絶没納等,係官田地,今後不許出賣,更不限去州縣里數,仍以肥瘠高下,品定頃畝,務令召募得行。

一、係官田,若是人户見佃者,先問見佃人。如無丁可以應募,或自不願充役者,方得别行召募。

右所陳五利二弊,及合行事件一十二條,伏乞朝廷詳議施行。然議者必有二説,一謂召募不行,二謂欲留寬剩錢斛以備它用。臣請有以應之。富民之家以三二十畝田中分其利,役屬佃户,有同僕隸。今官以兩頃一頃良田,有税無租,而人不應募,豈有此理?又弓箭手已有成法,無可疑者。寬剩役錢,本非經賦常入,亦非國用所待而後足者。今付有司逐旋支費,終不能卓然立一大事,建無窮之利,如火鑠薪,日減日亡。若用買田募役，譬如私家變金銀爲田産，乃是長久萬全之策。深願朝廷及此錢未散，立此一事，數年之後，錢盡而事不立，深可痛惜。

（**陳仁錫眉**）非治國如家不能。

臣聞孝子者，善繼人之志，善述人之事，武王、周公所以見稱於萬世者，徒以能行文王之志也。昔蘇綽爲魏立征税之法，號爲煩重，已而嘆曰：“此猶張弓也，後之君子，誰能解之？”其子威侍側，聞之，慨然以爲己任。及威事隋文帝，爲民部尚書，奏减賦役，如綽之言，天下便之。威爲人臣，尚能成父之志，今給田募役，真先帝本意，陛下當優爲武王、周公之事，而况蘇威區區人臣之孝，何足道哉！

臣荷先帝之遇，保全之恩，又蒙陛下非次拔擢，思慕感涕，不知所報，冒昧進計。伏惟哀憐裁幸。謹録奏聞，伏候敕旨。

卷五十三

奏議二十七首

繳詞頭奏狀六首

范子淵

元祐元年二月八日，朝奉郎試中書舍人蘇軾狀奏：今月八日，准吏房送到詞頭一道，司農少卿范子淵知兗州者。

右臣謹按：子淵見爲殿中侍御史吕陶彈奏，爲修堤開河，縻費巨萬，及護堤壓埽之人，溺死無數，自元豐六年興役至七年，功用不成，其罪甚於吴居厚、蹇周輔，乞行廢放。今來差知兗州，臣欲作責詞，又緣吕陶奏狀已進呈訖，别無行遣，其兗州又是節鎮，自來係監司以上差遣，即非責降有罪去處。臣欲不爲責詞，又緣子淵無故罷司農少卿，出領外郡，似緣上件彈奏。有此疑惑，乞明降指揮，合與不合作責詞。謹録奏聞，伏候敕旨。

吴　荀

元祐元年三月十六日，朝奉郎試中書舍人蘇軾狀奏：今月十六日，准吏房送到詞頭一道，朝散郎吴荀可廣東運判者。

右臣聞孟子曰："觀遠臣以其所主。"近日朝廷進監司，全用舉主。如吴荀者，名迹無聞，而舉主三人，乃吕惠卿、楊汲、黄履。履之爲人，朝論不以正人待之；如惠卿、汲，窮奸積惡，不待臣言而知。今乃擢其所舉,使臨按一道,臣實未曉其説。所有告詞,臣未敢撰。謹録奏聞,伏候敕旨。

沈起

元祐元年三月二十二日,朝奉郎試中書舍人蘇軾狀奏:今月二十二日,准刑房送到詞頭一道,三省同奉聖旨沈起與敘朝散郎監岳廟者。

右臣伏見熙寧以來,王安石用事,始求邊功,構隙四夷。王韶以熙河進,章惇以五溪用,熊本以瀘夷奮,沈起、劉彝聞而效之,結怨交蠻,兵連禍結,死者數十萬人,蘇緘一家,坐受屠滅。至今二廣創痍未復,先帝始欲戮此二人,以謝天下。而王安石等曲加庇護,得全首領,已爲至幸。元豐六年三月二十六日聖旨,沈起所犯深重,永不敘用,天下傳誦,以爲至當。此乃先帝不刊之語,非今日陛下以即位之恩所得赦也。沈起與彝,各負天下生靈數十萬性命,雖廢錮終身,猶未塞責。近者只因稍用劉彝,起不自量,輒敢披訴,妄以罪釁並歸於彝,攀援把持,期於必得。臣謂安南之役,起實造端,而彝繼之。法有首從。而彝吏幹學術,猶有可取。如起人材猥下,素行憸險。慶州兵叛,起守永興,流言始聞,被甲乘城,驚動三輔,幾致大變。所至治狀,人以爲笑。知杭州日,措置尤爲乖方,致災傷之民,死倍他郡。與張靚等違法燕飲交私,靡所不至。朝廷用彝,既不允公議,而況於起,萬無可赦之理。今以一朝散郎監岳廟,誠不足計較,竊哀先帝至明至當不刊之語,輕就改易,誠不忍下筆草詞,遂使四方群小,陰相慶幸,吕惠卿、沈括之流,亦有可起之漸,爲害不細。伏望聖明深念先帝永不敘用之詔,未可改易,而數十萬人性命之冤,亦未可忽忘。明詔有司,今後有敢爲起等輩乞敘用者,坐之。所有告詞,臣未敢撰。謹録奏聞,伏候敕旨。

陳 繹

元祐元年四月二十三日,朝奉郎試中書舍人蘇軾同朝請大夫試中書舍人范百禄狀奏:今月二十二日,准吏房送到詞頭,内知建昌軍陳繹奉聖旨差知兖州者。

右臣等勘會陳繹知廣州日,私自取索,用市舶庫乳香斤兩至多,本犯極重,以元勘不盡,至薄其罪。外買生羊寄屠行,令供肉,計虧價錢三十七貫有餘。州宅元供養檀木觀音一尊,繹别造杉木胎者,貨易入己,計虧官錢二貫文,係自盜贜一匹二丈,合准例除名。縱男役將下禁軍織造坐褥,不令赴教。縱男與道士何德順游從。繹曲庇何德順弟何迪,偷税金四百兩,事不斷抽,罰不覺察。公使庫破,男並隨行助教供給食錢。以公使穀養白鷴,係竊盜自守不盡贜,罪杖。其餘罪犯,難以悉陳。奉敕,陳繹落職降官知建昌軍,其詞略曰:"蔽罪至於除名,論贜至於自盜。"臣等謹按繹資性傾險,士行鄙惡,當時所犯,自合除名。建昌之命,已犯公議。豈宜收録,復典大邦?非惟必致人言,亦恐奸邪復用,其漸可畏。所有告命,不敢依例撰詞。謹録奏聞,伏候敕旨。

貼黄。再詳陳繹元犯,若依法斷自盜除名,雖後來累該霈恩,登極大赦,其叙法止於散官,即與其他贜犯不同。既以貸其除名,今復與之大郡,將使貪墨無耻,復蠹兖民,非朝廷爲民設官、慎選守長之意。

張誠一

元祐元年五月十八日,朝奉郎試中書舍人蘇軾同范百禄狀奏:今月十八日,准本省刑房送到詞頭一道,奉聖旨,張誠一邪險害政,有虧孝行,追觀察使遥郡防禦團練使刺史,依舊客省使提舉江州太平觀發赴本任者。

右臣等看詳,張誠一無故多年不葬親母,既非身在遠官,又非事力不及,冒寵忘親,清議所棄,猶獲提舉宫觀,已駭物聽。况諫官本言誠一開父棺槨,掠取財物。使誠有之,雖肆諸市朝,猶不爲過;使誠無之,亦當爲誠一辨明。緣事係惡逆不道,非同尋常罪犯,可以不盡根究。今既體量未見歸著,即合置司推鞫,盡理施行。所有告命,臣等未敢撰詞。謹録奏聞,伏候敕旨。

貼黄。據京西提刑司體量文字稱,誠一取父排方犀腰帶,緣葬埋歲久,須令工匠重行裝釘。是時誠一任密院副都承旨,當直人從皆可考驗。及慮棺柩内,更有賊人盗不盡物,爲誠一等私竊收藏,其族人當有知者。臣等欲乞詳酌,依上件事理,根究施行。

李　定

元祐元年五月十八日,朝奉郎試中書舍人蘇軾同范百禄狀奏:

今月十八日,准本省刑房送到詞頭一道,奉聖旨,李定備位侍從,終不言母爲誰氏,强顔匿志,冒榮自欺,落龍圖閣直學士,守本官分司南京,許於揚州居住者。

右臣等看詳,李定所犯,若初無人言,即止是身負大惡。今既言者如此,朝廷勘會得實,而使無母不孝之人,猶得以通議大夫分司南京,即是朝廷亦許如此等類得據高位,傷敗風教,爲害不淺。兼勘會定乞侍養時,父年八十九歲,於禮自不當從。定若不乞,必致人言,獲罪不輕。豈可便將侍養,折當心喪?考之禮法，須合勒令追服。所有告命，臣等未敢撰詞。謹録奏聞，伏候敕旨。

貼黄。准律，諸父母喪，匿不舉哀者，流二千里。今定所犯，非獨匿而不舉，又因人言，遂不認其所生。若舉輕明重，即定所坐，難議於流二千里，已下定斷。

乞罷詳定役法劄子

元祐元年五月二十五日，朝奉郎試中書舍人蘇軾劄子奏：

臣近奏爲論招差衙前利害，所見偏執，乞罷詳定役法，尋奉聖旨依所乞，今來給事中胡宗愈却封還上件聖旨。切緣聖旨，本緣臣自知偏執乞罷，即非朝廷以臣異議罷臣，胡宗愈不知，誤有論奏。重念臣前來議論，委是疏闊。又況衙前招之與差，所繫利害至重，非止是役法中一事。臣既不同，决難隨衆簽書。伏乞依前降指揮，早賜罷免。取進止。

申省乞罷詳定役法狀

元祐元年五月□日，朝奉郎試中書舍人蘇軾狀申：

右軾近奏言招差衙前利害，蓋緣所見偏執，是致所議不同，理當黜責。若朝廷察其愚忠，非是固立異論，即乞早賜罷免詳定役法差遣。所貴議論歸一。謹具申三省，伏候指揮。

薦朱長文劄子

元祐元年六月二十五日，朝奉郎試中書舍人蘇軾，同鄧温伯、胡宗愈、孫覺、范百禄等劄子奏：

臣等伏見前許州司户參軍蘇州居住朱長文，經明行修，嘉祐四年乙科登第，墮馬傷足，隱居不仕，僅三十年。不以勢利動其心，不以窮約易其介，安貧樂道，闔門著書，孝友之誠，風動閭里；廉高之行，著於東南。本路監司本州長吏前後累奏，稱其士行經術，乞朝廷旌擢，差充蘇州州學教授，未蒙施行。近奉詔，中外臣僚自監察御史已上並舉堪充内外學官二人。此實朝廷博求人才、廣育士類之意。如長文者，誠不可多得。其人行年五十餘，昔苦足疾，今亦能履。臣等欲望聖慈褒難進之節，收久廢之材，量能而使之，特賜就差充蘇州州學教授，非惟禄餼周養一鄉之善士，實使道義模範彼州之秀民。取進止。

貼黄。伏乞特賜檢會新除楚州州學教授徐積體例施行。

論桩管坊場役錢劄子

元祐元年六月□日，朝奉郎試中書舍人蘇軾白劄子：

應坊場河渡錢，及坊郭人户鄉村單丁女户官户寺觀所出役錢，及量添酒錢，並作一處桩管，通謂之坊場等錢，並用支酬衙前，召募綱運官吏，接送雇人及應緣衙役人諸般支使。如本州不足，即申本路，於别州移用。如本路不足，即申户部，於别路移用。如府界，即縣申提點司，提點司申户部。其有餘去處，不得爲見有餘分外支破；其不足去處，亦不得爲見不足將合招募人却行差撥。乞詳酌指揮。

論諸處色役輕重不同劄子

元祐元年六月□日，朝奉郎試中書舍人蘇軾白劄子：

勘會逐處色役，各隨本處土俗事宜，輕重不同。借如盜賊多處，以弓手耆長爲重。賦税難催處，以户長爲重。士人不閑書算處，以曹司爲重。難以限定等第，一概立法。今來若是衙前召募得足，即須將以次重役於第一等户内差撥。欲乞立下項條貫，諸處色役，委本路監司與逐處官吏同共相度，立本處色役輕重高下次第，將最重役從上差撥。乞詳酌指揮。

議富弼配享狀

元祐元年六月□日，朝奉郎試中書舍人蘇軾，同孫永、李常、韓忠彦、王存、鄧温伯、劉摯、陸佃、傅堯俞、趙瞻、趙彦若、崔台符、王克臣、謝景温、胡宗愈、孫覺、范百禄、鮮于侁、梁燾、顧臨、何洵直、孔文仲、范祖禹、辛公佑、吕希純、周秩、顔復、江公著狀奏：

近准敕節文，中書省、尚書省送到禮部狀："本部勘會，英宗配享功臣，係神主祔廟，後降敕以韓琦、曾公亮配享。所有神宗皇帝神主祔廟，所議配享功臣，今乞待制以上及秘書省長貳著作與禮部郎官並太常寺博士以上同議。奉聖旨，依。"右臣等謹按：《商書》："兹予大享於先王，爾祖其從與享之。"《周官》："凡有功者，名書于王之太常，祭於大烝，司勛詔之。"國朝祖宗以來，皆以名臣侑食清廟，歷選勛德，實難其人。神宗皇帝以上聖之資，恢累聖之業，尊禮故老，共圖大治。輔相之臣，有若司徒贈太尉謚文忠富弼，秉心直諒，操術閎遠。歷事三世，計安宗社。熙寧訪落，眷遇特隆。匪躬正色，進退以道。愛君之志，雖没不忘。以配享神宗皇帝廟廷，實爲宜稱。謹録奏聞，伏候敕旨。

再乞罷詳定役法狀

元祐元年七月二日,朝奉郎試中書舍人蘇軾狀奏:

右臣先曾奏論衙前一役,只當招募,不當定差,執政不以爲然。臣等奏乞罷免臣詳定役法,奉聖旨不許。經今月餘,前所論奏,並不蒙施行,而臣愚蠢,終執所見。近又竊見吏部尚書孫永奏,駁臣所論。蓋是臣愚暗無狀,上與執政不同,下與本局異議,若不罷免,即執政所欲立法無緣得成。況今來季限已滿,諸路立法文字,節次到局,全藉通曉協同之人共力裁定。如臣乖異,必害成法,乞早賜指揮罷免。所有臣固違聖旨之罪,亦乞施行。謹録奏聞,伏候敕旨。

申省乞不定奪役法議狀

元祐元年七月□日,朝奉郎中書舍人蘇軾狀申:

軾近奏乞罷詳定役法,已奉聖旨依奏。竊見孫給事奏繳前件聖旨,乞取孫尚書及軾所議付臺諫給舍郎官,定其是否,然後罷其不可者,須至申乞指揮。右軾前後所論役法事,軾已自知疏繆,决難施行。所有是否,更無可定奪,只乞依前降指揮行下,軾自今月已後,更不敢赴詳定所簽書公事。伏乞早賜施行。謹具申中書省,伏候指揮。

乞留劉攽狀

元祐元年七月二十三日,朝奉郎試中書舍人蘇軾同胡宗愈、孫覺、范百禄等狀奏:

右臣等伏見朝議大夫直龍圖閣劉攽，近自襄陽召還秘省，旋以病，乞出守蔡州。自受命以來，日就痊損，假以數月，必復康强。謹按攽名聞一時，身兼數器。文章爾雅，博學强記；政事之美，如古循吏；流離困躓，守道不回。此皆朝廷之所知，不待臣等區區誦説。但以人才之難，古今所病，舊臣日已衰老，而新進長育未成，如攽成材，反在外服，此有志之士。所宜爲朝廷惜也。欲望聖慈留攽京師，更賜數月之告，稍加任使，必有過人。臣等備員侍從，懷不能已，冒昧陳論，伏候誅譴。謹録奏聞，伏候敕旨。

繳楚建中户部侍郎詞頭狀

元祐元年七月二十九日，朝奉郎試中書舍人蘇軾狀奏：今月二十八日，准中書吏房送到詞頭一道，正議大夫充天章閣待制致仕楚建中可户部侍郎者。

右臣竊惟七十致政，古今通議。非獨人臣有始終進退之分，亦在朝廷爲禮義廉耻之風。若起之於既謝之年，待之以不次之任，即須國家有非常之政，而其人有絶俗之資，才望既隆，中外自服。近者起文彦博，天下屬目，四夷革心。豈有凡才之流，亦塵盛德之舉？如建中輩，决非其人。竊料除目一傳，必致群言交上，幸其未布，可以追回。所有前件告詞，臣未敢撰。謹録奏聞，伏候敕旨。

乞不給散青苗錢斛狀

元祐元年八月四日，朝奉郎試中書舍人蘇軾狀奏：

准中書録黄，先朝初散青苗，本爲利民，故當時指揮，並取人户情願，不得抑配。自後因提舉官速要見功，務求多散，諷脅州縣，廢格詔書，名爲情願，其實抑配。或舉縣勾集，或排門抄劄；亦有無賴子弟，謾昧尊長，錢不入家；亦有他人冒名詐請，莫知爲誰，及至追催，皆歸本户。朝廷深知其弊，故悉罷提舉官，不復立額，考校訪聞，人情安便。昨於四月二十六日，有敕令給常平錢斛，限二月或正月，只爲人户欲借請者及時得用。又令半留倉庫，半出給者，只爲所給不得輒過此數。至於取人户情願，亦不得抑配，一遵先朝本意。慮恐州縣不曉朝廷本意，將爲朝廷復欲多散青苗錢穀，廣收利息，勾集抑配，督責嚴急，一如曏日置提舉官時。八月二日，三省同奉聖旨，令諸路提點刑獄司告示州縣，並須候人户自執狀結保赴縣乞請常平錢穀之時，方得勘會，依條支給，不得依前勾集抄劄，强行抑配。仍仰提點刑獄常切覺察，如有官吏以此違法騷擾者，即時取勘施行。若提點刑獄不切覺察，委轉運安撫司覺察聞奏，仍先次施行者。

右臣伏見熙寧以來，行青苗、免役二法，至今二十餘年，法日益弊，民日益貧，刑日益煩，盗日益熾，田日益賤，穀帛日益輕，細數其害，有不可勝言者。今廊廟大臣，皆異時痛心疾首，流涕太息，欲已其法而不可得者。况二聖恭己，惟善是從，免役之法，已盡革去，而青苗一事，乃獨因舊稍加損益，欲行紾臂徐徐月攘一雞之道。如人服藥，病日益增，體日益羸，飲食日益減，而終不言此藥不可服，但損其分劑，變其湯，使而服之，可乎？熙寧之法，本不許抑配，而其害至此，今雖復禁其抑配，其害故在也。農民之家，量入爲出，縮衣節口，雖貧亦足。若令分外得錢，則費用自廣，何所不至？况子弟欺謾父兄，人户冒名詐請，如詔書所云，似此之類，本非抑勒所致。昔者州縣並行倉法，而給納之際，十費二三。今既罷倉法，不免乞取，則十費五六，必然之勢也。又官吏無狀，於給散之際，必令酒務設鼓樂倡優，或關撲賣酒牌子，農民至有徒手而歸者。但每散青苗，即酒課暴增，此臣所親見而爲流涕者也。二十年間，因欠青苗至賣田宅雇妻女投水自縊者，不可勝數，朝廷忍復行之歟！

臣謂四月二十六日指揮，以散及一半爲額，與熙寧之法，初無小異。而今月二日指揮，猶許人户情願請領，未免於設法網民，使快一時非理之用，而不慮後日催納之患，二者皆非良法，相去無幾也。今者已行常平糶糴之法，惠民之外，官亦稍利，如此足矣，何用二分之息，以賈無窮之怨？或云：議者以爲帑廪不足，欲假此法以赡邊用。臣不知此言虚實。若果有之，乃是小人之邪説，不可不察。昔漢宣帝世，西羌反，議者欲使民入穀邊郡以免罪。蕭望之以爲古者藏於民，不足則取，有餘則與。西邊之役，雖户賦口斂以赡其乏，古之通議，民不以爲非，豈可遂開利路，以傷既成之化？仁宗之世，西師不解蓋十餘年，不行青苗，有何妨闕？况二聖恭儉，清心省事，不求邊功，數年之後，帑廪自溢，有何危急？而以萬乘君父之尊，負放債取利之謗，錐刀之末，所得幾何？

臣雖至愚，深爲朝廷惜之。欲乞特降指揮，青苗錢斛，今後更不給散，所有已請過錢斛，候豐熟日，分作五年十料隨二税送納。或乞聖慈念其累歲出息已多，自第四等以下人户，並與放免。庶使農民自此息肩，亦免後世有所譏議。兼近日謫降吕惠卿告詞云："首建青苗，力行助役。若不盡去其法，必致奸臣有詞，流傳四方，所損不細。"所有上件録黄，臣未敢書名行下。謹録奏聞，伏候敕旨。

論每事降詔約束狀

元祐元年九月□日，翰林學士朝奉郎知制誥蘇軾狀奏：

右臣聞之孔子曰："天何言哉？四時行焉，百物生焉，天何言哉！"天子法天恭己，正南面，守法度，信賞罰而天下治，三代令王，莫不由此。若天下大事，安危所繫，心之精微，法令有不能盡，則天子乃言，在三代爲訓誥誓命，自漢以下爲制詔，皆所以鼓舞天下，不輕用也。若每行事立法之外，必以王言隨而丁寧之，則是朝廷自輕其法，以爲不丁寧則未必行也。言既屢出，雖復丁寧，人亦不信。今者十科之舉，乃朝廷政令之一耳，況已立法。或不如所舉，舉主從貢舉非其人律，犯正入己贓，舉主減三等坐之。若受賄徇私，罪名重者自從重，雖見爲執政，亦降官示罰。臣謂立法不爲不重，若以爲未足，又從而降詔，則是詔不勝降矣。

臣請略舉今年朝廷所行薦舉之法，凡有七事：舉轉運、提刑，一也；舉館職，二也；舉通判，三也；舉學官，四也；舉重法縣令，五也；舉經明行修，六也；與十科爲七。七事輕重略等。若十科當降詔，則六事不可不降。今後一事一詔，則褻慢王言，莫甚於此。若但取諫官之意，或降或否，則其義安在？臣願戒敕執政，但守法度，信賞罰，重惜王言，以待大事而發，則天下聳然，敢不敬應。所有前件降詔，臣不敢撰。謹録奏聞，伏候敕旨。

乞加張方平恩禮劄子

元祐元年十月□日，翰林學士朝奉郎知制誥蘇軾劄子奏：

臣伏見太子太保致仕張方平，以高才絶識，博學雄文，出入中外四十餘年,號稱名臣。仁宗皇帝眷遇至重,特以受性剛簡,論高寡合,故齟齬於世。然趙元昊反,西方用兵,累歲不解,公私疲極。方平首建和戎之策,仁宗從之,民以息肩,書之國史。又於熙寧之初,首論王安石不可用,及新法之行,方平皆逆陳其害。大節如此。其餘政事文學,有補於世,未易悉數。神宗皇帝知人之明,擢爲執政,會丁憂服除,爲安石等不悦,而方平亦不爲少屈,故不復用。今已退老南都,以患眼不出,灰心槁形,與世相忘。

臣竊以爲國之元老,歷事四朝,耄期稱道,爲天下所服者,獨文彦博與方平、范鎮三人而已。今彦博在廷,鎮亦復用,方平雖老,杜門難以召致,猶當加恩勞問,表異其人,以示二聖貴老尊賢之義。今獨置而不問,有識共疑,以爲闕典。願因大禮之後,以向者召陪祠不至,特出聖意,少加恩禮,或遣使就問國事,觀其所論,必有過人。臣忝備禁近,不敢自外,昧冒陳列,戰越待罪。取進止。

論冗官劄子

元祐元年十月二十三日,翰林學士朝奉郎知制誥蘇軾劄子奏:

臣伏見近日言者,以吏部員多闕少,欲清入仕之源,救官冗之弊,裁減任子及進士累舉之恩,流外入官之數,已有旨下吏部、禮部與給舍詳議。臣竊謂此數者,行之則人情不悦,不行則積弊不去,要當求其分義,務適厥中,使國有去弊之實,人無失職之嘆,然後爲得也。欲乞應任子及進士累舉免解恩例,並一切如舊,只行下項。

一、奏蔭文官人，每遇科場，依進士法試大義策論。如係武官，即試弓馬，或試法。並三人中解一人。仍年及二十五已上，方得出官。內已舉進士得解者免試。如三試不中，年及三十五已上，亦許出官。應試大義策論及試法者，在京隨進士赴國學，在外赴轉運司。試弓馬者，在京隨武舉人赴武學，在外轉運司差官。

一、進士累舉免解，合推恩者，並約嘉祐以前内中數目，立爲定額。如所試優長，係額内人數，即等第推恩，並許出官。如系額外，即並與一不出官名銜。

一、流外入官人，除近已有旨裁減三省恩例外，其餘六曹寺監等處，及州郡監司人吏出職者，並委官取索文字，看詳有無僥倖定奪，酌中恩例。

右若行此數者，則任子雖有三試滯留之艱，而無終身絶望之嘆。亦使人人務學，文臣知經術時務，武臣閑弓馬法律，皆有益於事。而進士累舉，有詞學人自得出官，若無所能，得虛名一官，免爲白丁，亦無所恨。如有可采，乞降下與前文字一處詳議。取進止。

辯試館職策問劄子二首

（茅鹿門旁）以下二札，蘇子瞻忠義明辨，雖九死而不懼，亦子瞻供狀。

其一

元祐元年十二月十八日，翰林學士朝奉郎知制誥蘇軾劄子奏：

臣竊聞諫官言臣近所撰《試館職人策問》有涉諷議先朝之語。臣退伏思念，其略曰："今朝廷欲思仁祖之忠厚，而患百官有司不舉其職，或至於偷。欲法神考之勵精，而恐監司守令不識其意，流入於刻。"臣之所謂"偷"與"刻"者，專指今之百官有司及監司守令不能奉行，恐致此病，於二帝何與焉？至於前論周公、太公，後論文帝、宣帝，皆是爲文引證之常，亦無比擬二帝之意。况此《策問》第一、第二首，鄧温伯之詞，末篇乃臣所撰，三首皆臣親書進入，蒙御筆點用第三首。臣之愚意，豈逃聖鑒？若有毫髮諷議先朝，則臣死有餘罪。伏願少回天日之照，使臣孤忠不爲衆口所鑠。臣無任伏地待罪戰恐之至。取進止。

其　二

元祐二年正月十七日，翰林學士朝奉郎知制誥蘇軾劄子奏：

臣近以《試館職策問》爲臺諫所言，臣初不敢深辯，蓋以自辯而求去，是不欲去也。今者竊聞明詔已察其實，而臣四上章，四不允，臣子之義，身非己有，詞窮理盡，不敢求去，是以區區復一自言。

臣所撰《策問》，首引周公、太公之治齊、魯，後世皆不免衰亂者，以明子孫不能奉行，則雖大聖大賢之法，不免於有弊也。後引文帝、宣帝仁厚而事不廢，核實而政不苛者，以明臣子若奉行得其理，無觀望希合之心，則雖文帝、宣帝足以無弊也。中間又言六聖相受，爲治不同，同歸於仁；其所謂"偷"與"刻"者，專謂今之百官有司及監司守令，不識朝廷所以師法先帝之本意，或至於此也。文理甚明，粲若黑白，何嘗有毫髮疑似，議及先朝？非獨朝廷知臣無罪可放，臣亦自知無罪可謝也。然臣聞之古人曰：人之至信者，心目也。相親者，母子也。不惑者，聖賢也。然至於竊鈇而知心目之可亂，於投杼而知母子之可疑，於拾煤而知聖賢之可惑。今言臣者不止三人，交章累上，不啻數十，而聖斷確然深明其無罪，則是過於心目之相信，母子之相親，聖賢之相知遠矣。德音一出，天下頌之，史册書之，自耳目所聞見，明智特達，洞照情僞，未有如陛下者。非獨微臣區區，欲以一死上報，凡天下之爲臣子者聞之，莫不欲碎首糜軀，效忠義於陛下也。不然者，亦非獨臣受曖昧之謗，凡天下之爲臣子者聞之，莫不以臣爲戒，崇尚忌諱，畏避形迹，觀望雷同以求苟免，豈朝廷之福哉！

臣自聞命以來，一食三嘆，一夕九興，身口相謀，未知死所。然臣所撰《策問》，以實亦有罪，若不盡言，是欺陛下也。臣聞聖人之治天下也，寬猛相資，君臣之間，可否相濟。若上之所可，不問其是非，下亦可之，上之所否，不問其曲直，下亦否之，則是晏子所謂“以水濟水，誰能食之”，孔子所謂“惟予言而莫予違足以喪邦”者也。臣昔於仁宗朝舉制科，所進策論及所答聖問，大抵皆勸仁宗勵精庶政，督察百官，果斷而力行也。及事神宗，蒙召對訪問，退而上書數萬言，大抵皆勸神宗忠恕仁厚，含垢納污，屈己以裕人也。臣之區區，不自量度，常欲希慕古賢，可否相濟，蓋如此也。

伏觀二聖臨御已來，聖政日新，一出忠厚，大率多行仁宗故事，天下翕然，銜戴恩德，固無可議者。然臣私憂過計，常恐百官有司矯枉過直，或至於偷，而神宗勵精核實之政，漸致惰壞，深慮數年之後，馭吏之法漸寬，理財之政漸疏，備邊之計漸弛，則意外之憂，有不可勝言者。雖陛下廣開言路，無所諱忌，而臺諫所擊不過先朝之人，所非不過先朝之法，正是“以水濟水”，臣竊憂之。(**茅鹿門夾**)長公於此已直認發策本來面目。故輒用此意,撰上件《策問》,實以譏諷今之朝廷及宰相臺諫之流,(**陳仁錫眉**)直言無諱。欲陛下覽之,有以感動聖意,庶幾兼行二帝忠厚勵精之政也。臺諫若以此言臣,朝廷若以此罪臣,則斧鉞之誅,其甘如薺。今乃以爲譏諷先朝,則亦疏而不近矣。

且非獨此《策問》而已。今者不避煩瀆,盡陳本末。臣前歲自登州召還,始見故相司馬光,光即與臣論當今要務,條其所欲行者。臣即答言:"公所欲行者諸事,皆上順天心,下合人望,無可疑者。惟役法一事,未可輕議。何則?差役、免役,各有利害。免役之害,掊斂民財,十室九空,錢聚於上,而下有錢荒之患;差役之害,民常在官,不得專力於農,而貪吏猾胥,得緣爲奸。此二害輕重,蓋略相等,今以彼易此,民未必樂。"光聞之愕然,曰:"若如君言,計將安出?"

臣即答言:"法相因則事易成,事有漸則民不驚。昔三代之法,兵農爲一,至秦始分爲二。及唐中葉,盡變府兵爲長征之卒,自爾以來,民不知兵,兵不知農,農出穀帛以養兵,兵出性命以衛農,天下便之,雖聖人復起,不能易也。今免役之法,實大類此。公欲驟罷免役而行差役,正如罷長征而復民兵,蓋未易也。先帝本意,使民户率出錢,專力於農,雖有貪吏猾胥,無所施其虐。坊場河渡,官自出賣,而以其錢雇募衙前,民不知有倉庫綱運破家之禍,此萬世之利也,决不可變。獨有二弊:多取寬剩役錢,以供他用實封;争買坊場河渡,以長不實之價。此乃王安石、吕惠卿之陰謀,非先帝本意也。公若盡去二弊,而不變其法,則民悦而事易成。今寬剩役錢,名爲十分取二,通計天下,乃及十五,而其實一錢無用。公若盡去此五分,又使民得從其便,以布帛穀米折納役錢,而官亦以爲雇直,則錢荒之弊,亦可盡去。如此，而天下便之，則公又何求？若其未也，徐更議之，亦未晚也。”光聞臣言，大以爲不然。

臣又與光言：“熙寧中常行給田募役法，其法以係官田及以寬剩役錢買民田以募役人，大略如邊郡弓箭手。臣時知密州，推行其法，先募弓手，民甚便之。此本先帝聖意所建，推行未幾，爲左右異議而罷。今略計天下寬剩錢斛約三千萬貫石，兵興支用，僅耗其半，此本民力，當復爲民用。今内帑山積，公若力言於上，索還此錢，復完三千萬貫石，而推行先帝買田募役法於河北、河東、陝西三路，數年之後，三路役人，可減大半，優裕民力，以待邊鄙緩急之用，此萬世之利，社稷之福也。”光尤以爲不可。此二事，臣自别有畫一利害文字，甚詳，今此不敢備言。

及去年二月六日敕下，始行光言，復差役法。時臣弟轍爲諫官，上疏具論，乞將見在寬剩役錢雇募役人，以一年爲期，令中外詳議，然後立法。又言衙前一役，可即用舊人，仍一依舊數，支月給重難錢，以坊場河渡錢總計，諸路通融支給。皆不蒙施行。及蒙差臣詳定役法，臣因得伸弟轍前議，先與本局官吏孫永、傅堯俞之流論難反復，次於西府及政事堂中與執政商議，皆不見從，遂上疏極言衙前可雇不可差，先帝此法可守不可變之意，因乞罷詳定役法。當此之時，臺諫相視，皆無一言决其是非。今者差役利害，未易一二遽言，而弓手不許雇人，天下之所同患也，朝廷知之，已變法許雇，天下皆以爲便，而臺諫猶累疏力争。由此觀之，是其意專欲變熙寧之法，不復校量利害，參用所長也。臣爲中書舍人，刑部大理寺列上熙寧已來不該赦降去官法凡數十條，盡欲删去。臣與執政屢争之，以謂先帝於此蓋有深意，不可盡改，因此得存留者甚多。臣每行監司守令告詞，皆以奉守先帝約束毋敢弛廢爲戒，文案具在，皆可復按。由此觀之,臣豈謗議先朝者哉!

所以一一縷陳者,非獨以自明,誠見士大夫好同惡異,泯然成俗,深恐陛下深居法宫之中,不得盡聞天下利害之實也。願因臣此言,警策在位,救其所偏,損所有餘,補所不足,天下幸甚。若以其狂妄不識忌諱,雖賜誅戮,死且不朽。臣無任感恩思報,激切戰恐之至。取進止。

繳進給田募役議劄子(前連元豐八年十二月奏狀)

元祐二年二月一日,翰林學士朝奉郎知制誥蘇軾劄子奏:

臣前年十二月自登州召還,草此奏狀,而未果上。近因論事已具,奏聞其略,切謂今日尚可推行,輒備録前狀,繳連申奏。

臣前年過鄆州,本與京東轉運使范純粹同建此議,純粹令臣發之,已當繼之。已而聞執政議不合,故不復言。然純粹講此事,尤爲精詳,臣所不及。若朝廷看詳此狀,可以施行,即乞更下純粹,令具利害條奏。取進止。

論改定受册手詔乞罷劄子

元祐二年二月七日,翰林學士朝奉郎知制誥蘇軾劄子奏:

臣近被旨,撰太皇太后將來只於崇政殿受册手詔,臣愚亦恐有是今非昔之嫌,故其略云"朝廷損益之文,各從宜稱",所以推廣聖明謙抑退托之意,言此文德受册之禮,於今爲過,於昔爲稱也。不悟文詞鄙淺,未盡聖意,致煩改定。謹按故事,凡詞命有所改易,爲不稱職,皆當罷去。伏望聖慈察其衰病廢學,特賜解職,以安微分。臣無任待罪之至。取進止。

乞録用鄭俠王斿狀

元祐二年三月日，翰林學士朝奉郎知制誥蘇軾狀奏：

右臣聞國之興衰，繫於習俗，若風節不競，則朝廷自卑。故古之賢君，必厲士氣，當務求難合自重之士，以養成禮義廉耻之風。臣等伏見英州别駕鄭俠，向以小官觸犯權要，冒死不顧以獻直言。而秘閣校理王安國，以布衣爲先皇帝所知，擢至館閣，召對便殿，而兄安石爲相，若少加附會，可立至富貴，而安國挺然不屈，不獨納忠於先帝，亦嘗以苦言至計規戒其兄，竟坐與俠游從，同時被罪。吕惠卿首興大獄，鄧綰、舒亶之徒，構成其罪，必欲置此人於死，賴先帝仁聖，止加竄逐，曾未數年，逐惠卿而起安國。今來朝廷赦俠之罪，復其舊官，經今逾年，而俠終不赴吏部參選。考其始終出處之大節，合於古之君子殺身成仁、難進易退之義，朝廷若不少加優異，則臣等恐俠浩然江湖，往而不返。若溘先朝露，則有識必爲朝廷興失士之嘆。至于安國，不幸短命，尤爲忠臣義士之所哀惜。臣等嘗識其少子斿，敏而篤學，直而好義，頗有安國之風，養成其才，必有可用。欲望聖慈召俠赴闕，並考察斿行實，與俠並賜録用，不獨旌直臣於九泉之下，亦所以作士氣於當代也。謹録奏聞，伏候敕旨。

薦布衣陳師道狀

元祐二年四月十九日，翰林學士朝奉郎知制誥蘇軾同傅堯俞、孫覺狀奏：

右臣等伏見徐州布衣陳師道，文詞高古，度越流輩，安貧守道，若將終身，苟非其人，義不往見，過壯未仕，實爲遺才。（**陳仁**

錫眉)師道可謂遺才。欲望聖慈特賜録用,以奬士類。兼臣軾、臣堯俞,皆曾以十科薦師道,伏乞檢會前奏,一處施行。謹録奏聞,伏候敕旨。

乞留顧臨狀

元祐二年四月二十日,翰林學士朝奉郎知制誥蘇軾,同李常、王存、鄧溫伯、孫覺、胡宗愈狀奏:

右臣等竊見給事中顧臨,資性方正,學有根本,慷慨中立,無所阿撓。自供職以來,封駁論議,凜然有古人之風,僥倖之流,側目畏憚。近聞除天章閣待制充河北都轉運使,遠去朝廷,衆所嗟惜。方今二聖臨御,肅正紀綱,如臨等輩,正當置之左右,以輔闕遺。或者謂緣黄河輟臨幹治。臨之所學,實有大於治河,治河之才,固有出臨之上者。欲望朝廷别選深知河事者以使河北,且留臨在朝廷,以盡忠亮補益之節。臣等備位侍從,懷有所見,不敢不盡。謹録奏聞,伏候敕旨。

卷五十四

奏議十八首

論擒獲鬼章稱賀太速劄子

（李卓吾旁）大是。

元祐二年八月二十七日，翰林學士朝奉郎知制誥兼侍讀蘇軾劄子奏：

臣竊聞熙河經略司奏，生擒西蕃首領鬼章，宰相欲以明日稱賀。臣愚以謂偏師獨克，固亦可慶，然行於明日，臣謂太速。如聞本路出兵非一，見有一將方指青塘，此乃阿里骨巢穴，若更待三五日間，必續有奏報，賀亦未晚。今者俘獲醜虜，功誠不細，賞功勸後，固不應輕，然朝廷方欲緝治邊防，整肅驕慢，若捷奏朝至，舉朝夕賀，則邊臣聞之，自謂不世之奇功，或恩禮太過，則將驕卒惰，後無以使。（李卓吾夾）有見，有見。臣願朝廷鎮之以静，示之以不可測。（陳仁錫眉）有備則可静。昔謝安破苻堅書至，安與客圍棋不輟，曰："小兒輩遂已破賊。"安亦非矯情，蓋萬目觀望，事體應爾。（鍾惺夾）安石折屐，只消此數字説明。（李卓吾夾）至言，至言。所有明日稱賀，乞更詳酌指揮。臣受恩至深，不敢不盡，出位妄言，罪當萬死。取進止。

【彙評】

鍾惺:極簡之文,看他叙事處又占其半,此文章安頓之妙。

因擒鬼章論西羌夏人事宜劄子

(**李卓吾旁**)大是。(**茅鹿門旁**)此疏處分,與歐陽公之議西事,並關朝廷之大者,可謂經國手。

元祐二年九月八日,翰林學士朝奉郎知制誥兼侍讀蘇軾劄子奏:

臣竊見近者熙河路奏生擒鬼章,百官稱賀,中外同慶。臣愚無知,竊謂安危之機,正在今日。若應之有道,處之有術,則安邊息民,必自是始。不然,將驕卒惰,以勝爲災,亦不足怪。故臣區區欲先陳前後致寇之由,次論當今待敵之要,雖狂愚無取,亦臣子之常分。

昔先帝用兵累年,雖中國靡弊,然夏人困折,亦幾於亡。横山之地,沿邊七八百里中,不敢耕者至二百餘里。歲賜既罷,和市亦絶,虜中匹帛至五十餘千,其餘老弱轉徙,牛羊墮壞,所失蓋不可勝數。饑羸之餘,乃始款塞。當時執政大臣謀之不深,因中國厭兵,遂納其使。每一使至,賜予、貿易無慮得絹五萬餘匹,歸鬻之,其直匹五六千,民大悦。一使所獲,率不下二十萬緡,使五六至,而累年所罷歲賜,可以坐復。既使虜因吾資以德其民,且飽而思奮,又使其窺我厭兵欲和之意,以爲欲戰欲和,權皆在我,以故輕犯邊陲,利則進,否則復求和,無不可者。若當時大臣因虜之請,受其詞不納其使,且詔邊臣與之往返商議,所獲新疆,取捨在我,俟其詞意屈服,約束堅明,然後納之,則虜雖背恩反復，亦不至如今日之速也。虜雖有易我意，然不得西蕃解仇結好，亦未敢動。夫阿里骨，董氈之賊臣也。挾契丹公主以弑其君之二妻。董氈死，匿喪不發，逾年衆定，乃詐稱嗣子，僞書鬼章温溪心等名以請於朝。當時執政，若且令邊臣審問鬼章等以阿里骨當立不當立，**(茅鹿門夾)**處分西羌要領。若朝廷從汝請，遂授節鉞，阿里骨真汝主矣，汝能臣之如董氈乎？若此等無詞，則是諸羌心服，既立之後，必能統一都部，吾又何求？若其不服，則釁端自彼，爵命未下，曲不在吾。**(茅鹿門夾)**曲盡彼情。彼既一國三公，則吾分其恩禮，各以一近上使額命之，鬼章等各得所欲，宜亦無患。當時執政不深慮此，專以省事爲安，**(陳仁錫眉)**即所謂以畏事爲無事。因其妄請，便授節鉞，阿里骨自知不當立，而憂鬼章之討也，故欲借力於西夏以自重，於是始有解仇結好之謀。而鬼章亦不平朝廷之以賊臣君我也，故怒而盜邊。夏人知諸羌之叛也，故起而和之。此臣所謂前後致寇之由，明主不可以不知者也。雖既往不咎，然可以爲方來之鑒。

元昊本懷大志，長於用兵，亮祚天付凶狂，輕用其衆，故其爲邊患皆歷年而後定。今梁氏專國，素與人多不協，方内自相圖，其能以創殘呻吟之餘，久與中國敵乎？料其奸謀，蓋非元昊、亮祚之比矣。意謂二聖在位，恭默守成，仁恕之心，著於遠邇，必無用武之意，可肆無厭之求。**(茅鹿門夾)**婉入。蘭會諸城，鄜延五寨，好請不獲，勢脅必從。猖狂之後，求無不獲，計不過此耳。今者切聞朝廷降詔諸路，敕勵戰守，深明逆順曲直之理，此固當今之急務，而詔書之中，亦許夏人之自新。臣切以謂開之太易，納之太速，曾未一戰，而厭兵欲和之意已見乎外，此復蹈前日之失矣。臣甚惜之。今既聞鬼章之捷，或漸有款塞之謀，必將爲恭狠相半之詞，而繼之以無厭之請。若朝廷復納其使，則是欲戰欲和，權皆在虜，有求必獲，不獲必叛，雖偷一時之安，必起無窮之釁。故臣願明主斷之於中，深詔大臣，密敕諸將，若夏人款塞，當受其詞而却其使，然後明敕邊臣，以夏人受恩不貲，無故犯順，今雖款塞，反復難保。若實改心向化，當且與邊臣商議，苟詞意未甚屈服，約束未甚堅明，則且却之，以示吾雖不逆其善意，亦不汲汲求和也。（茅鹿門夾）又曲盡吾處分。彼若心服而來，吾雖未納其使，必不於往返商議之間，遽復盜邊。若非心服，則吾雖蕩然開懷，待之如舊，能必其不叛乎？（茅鹿門夾）的確。今歲涇原之人，豈吾待之不至耶？但使吾兵練士飽，斥候精明，虜無大獲，不過數年，必自折困，今雖小勞，後必堅定，此臣所謂當今待敵之要，亦明主不可以不知者也。

今朝廷意在息民，不憚屈己，而臣獻言，乃欲艱難其請，不急於和，似與聖意異者。（陳仁錫眉）息民之意亦不可使敵人窺。然古之聖賢欲行其意，必有以曲成之，未嘗直情而徑行也。將欲翕之，必固張之；將欲取之，必固予之。夫直情而徑行，未有獲其意者也。若權其利害，究其所至，則臣之愚計，于安邊息民，必久而固，與聖意初無小異。然臣竊度朝廷之間，似欲以畏事爲無事者，臣竊以爲過矣。夫爲國不可以生事，亦不可以畏事。（茅鹿門夾）名言。畏事之弊，與生事均。譬如無病而服藥，與有病而不服藥，皆可以殺人。夫生事者，無病而服藥也。畏事者，有病而不服藥也。乃者阿里骨之請，人人知其不當予，而朝廷予之，以求無事，然事之起，乃至於此，不幾於有病而不服藥乎？今又欲遽納夏人之使，則是病未除而藥先止，其與幾何？臣於侍從之中，受恩至深，其於委曲保全與衆獨異，故敢出位先事而言，不勝恐悚待罪之至。取進止。

乞詔邊吏無進取及論鬼章事宜劄子

（李卓吾夾）大是。（茅鹿門旁）此乃文忠公搏虎手處，惜乎世不能用。

元祐二年九月二十七日，翰林學士朝奉郎知制誥兼侍讀蘇軾劄子奏：

臣聞善用兵者，先服其心，次屈其力，則兵易解而功易成。若不服其心，惟力是恃，則戰勝而寇愈深，況不勝乎？功成而兵不解，況不成乎？頃者西方用兵累年，先帝之意，本在吊伐，而貪功生事之臣，惟務殺人争地，得尺寸之土，不問利害，先築城堡，置州縣，使西夷憎畏中國，以謂朝廷專欲得地，非盡滅我族類不止，是以並力致死，莫有服者。今雖朝廷好生惡殺，不務遠略，而此心未信，憎畏未衰，心既不服，惟有鬥力，力屈情見，勝負未可知也。今日新獲鬼章，威震戎狄，邊臣賈勇，争欲立功，以爲河南之地，指顧可得。正使得之，不免築城堡，屯兵置吏，積粟而守之，則中國何時息肩乎？乃者王韶取熙河，全師獨克，使韶有遠慮，誅其叛者，易以忠順，即用其豪酋而已，則今復何事？其所以兵連禍結，罷弊中國者，以郡縣其地故也。（陳仁錫眉）得其地不可郡縣，宋兵之弱，食之匱，於此可見。往者既不可悔，而來者又不以爲戒，今又欲取講主城，曰："此要害地，不可不取。"方唐盛時，安西都護去長安萬里，若論要害，自此以西無不可取者。使諸羌知中國有進取不已之意，則寇愈深而兵不解，其禍豈可量哉！臣願陛下深詔邊吏，叛則討之，服則安之，自今已往，無取尺寸之地，無焚廬舍，無殺老弱，如此期年，諸羌可傳檄而定。然朝廷至意，亦自難喻，將帥未必從也。雖日行文書，終恐無益。宜驛召陝西轉運使一員赴闕,面敕戒之,使歸以喻將帥,而察其不如詔者。

臣又竊聞朝論謂鬼章犯順,罪當誅死。然譬之鳥獸,不足深責,其子孫部族,猶足以陸梁於邊。全其首領,以累其心,以爲重質,庶獲其用,此實當今之良策。然臣竊料鬼章凶豪素貴,老病垂死,必不能甘於困辱,爲久生之計。自知生存終不得歸,徒使其臣子首鼠顧忌,不敢復仇,必將不食求死,以發其衆之怒。就使不然,老病愁憒,自非久生之道。鬼章若死,則其臣子專意復仇,必與阿里骨合,而北交於夏人,此正胡越同舟遇風之勢,其交必堅。而温溪心介於阿里骨、夏人之間,地狹力弱,其勢必危。若見並而吾不能救,使二寇合三面以窺熙河,則其患未可以一二數也。(**陳仁錫眉**)又爲鬼章慮其死亦深矣。如臣愚計,可詔邊臣與鬼章約,若能使其部族討阿里骨而納趙純忠者,當放汝生還,質之天地,示以必信。(**陳仁錫眉**)古今人所見略同。(**茅鹿門夾**)此亦以夷攻夷之術。鬼章若從,則稍富貴之,使招其信臣而喻至意焉。鬼章既有生還之望,不爲求死之計,其衆必從。以鬼章之衆與温溪心合而討阿里骨,其勢必克。既克而納純忠,雖放還鬼章,可以無患,此必然之勢也。(**陳仁錫眉**)趙充國聞之,亦爲解頤。西羌本與夏人世仇,而鬼章本與阿里骨不協。若許以生還,其衆必相攻,縱未能誅阿里骨,亦足以使二盜相疑而不合也。(**陳仁錫眉**)公精於民事,又能苦心籌邊事。(**茅鹿門夾**)此策誠爲執太阿之柄者。昔太史慈與孫策戰,幾殺策,策後得慈,釋不誅,放還豫章,卒立奇功。李愬得吴元濟將李佑,解縛用之,與同卧起,卒擒元濟。非豪傑名將不能行此度外事也。議者或謂鬼章之獲,兼用近界酋豪力戰而得之,仇怨已深,若放生還,此等必無全理。臣以謂不然,若鬼章死於中國,其衆仇此等必深。若其生還，其仇之亦淺。此等依中國爲援，足以自全。(**茅鹿門夾**)此一著亦勢所必至，長公特計利社稷否耳。自古西羌之患，惟恐解仇結盟。若所在爲仇敵，正中國之利，無可疑者。(**茅鹿門夾**)一篇主意，指揮之大在此。臣出位言事，不勝恐悚待罪之至。取進止。

乞約鬼章討阿里骨劄子

(**茅鹿門旁**)與前二劄並看。

元祐二年十月七日，翰林學士朝奉郎知制誥兼侍讀蘇軾劄子奏：

臣近者竊見劉舜卿賀表，具言阿里骨罪狀，又竊聞舜卿乞削阿里骨官爵，續又聞阿里骨上章請命，議者或欲許其自新。以臣愚慮，二者之説，皆未爲得。何者？阿里骨凶狡反復，必無革面洗心之理。今聞其女已嫁梁乞逋之子，度其久遠，必須協力致死，共爲邊患。今來上章請命，蓋是部族新破，衆叛親離，恐吾乘勝致討，力未能支，故匿情忍詬，以就大事。若得休息數年，蓄力養鋭，假吾爵命，以威脅諸羌，誅不附己者。羽翼既成，西北相應，必爲中原之憂，非獨一方之病也。且夏賊逆天犯順，本因輕料朝廷，以爲必不能討己。今若便從阿里骨之請，則其所料，良不爲過。西蕃小醜，朝爲叛逆，暮許通和，則夏國之請，理無不許。二寇滔天自若，欲戰欲和，無不可者，則西方之憂，無時而止矣。然遂欲從舜卿之請，削奪官爵，即須發兵深入致討，彼新喪大首領，舉國戒懼，我師深入，苟無它奇，恐難以得志。

臣愚以謂當使邊將發厚幣，遣辯士，以離其腹心，壞其羽翼。(**茅鹿門眉**)此一策未見百全要領。今聞温溪心等諸族已爲所質,勢未能動,而心佯斂氈在其肘腋,迹同而心異。若用臣前計,使邊臣與鬼章約,若能使其部族與温溪心、斂氈等合而討阿里骨,納趙純忠,即許以生還,此政所謂以夷狄攻夷狄,計無出此者。若朝廷便許阿里骨通和,即須推示赤心,待之如舊,不可復用計謀以圖此賊,數年之後,必自飛揚,此所謂養虎自遺患者也。故臣願朝廷既不納其通和之請,又不削奪其官爵,存而勿論,置之度外,陰使邊臣以計圖之,似爲得策。臣屢瀆天聽,罪當誅死。取進止。

參定葉祖洽廷試策狀二首

其一

元祐二年十月二十一日,翰林學士朝奉郎知制誥兼侍讀蘇軾同蘇轍、劉攽狀奏:准元祐二年十月十一日尚書省劄子節文:"臣寮上言,近聞兵部郎中葉祖洽改禮部郎中,給事中趙君錫封駁以爲不當,兼論祖洽廷試對策,有訕及宗廟之語。臣愚今詳君錫所駁,極未爲允。臣取祖洽印本試策尋究,即無譏訕之言,不知君錫何以見其譏訕也。伏望陛下令君錫條具祖洽譏訕之言,下近臣參定,以明枉直,庶使策試之士,謀議之臣,悉心不回,毋悼後害。三省同奉聖旨,令翰林學士、中書舍人、諫議大夫同共參定聞奏者。"

右臣等竊謂先帝親策貢士,本欲人人盡言,無所回忌。士之論事,必欲究極始末,其語或及祖宗,事有是非,義難隱諱,但當考其所言當否,以爲進退,不可一一指爲謗訕。取到葉祖洽所試策卷子看詳,其略云:"祖宗以來至於今,紀綱法度,苟簡因循而不舉者,誠不爲少。”又云:“與忠智豪傑之臣合謀,而鼎新之。”臣等以謂祖宗撥亂反正,承平百年,紀綱法度,最爲明備,縱使時異事變,理合小有損益,亦不當謂之因循苟簡,便欲朝廷與大臣合謀而鼎新之。詳此,顯是祖洽學術淺暗,議論乖繆,若謂之譏訕宗廟,則亦不可。謹録奏聞,伏候敕旨。

貼黄。臣等准朝旨,與諫議大夫同共參定聞奏,今據左諫議大夫孔文仲牒,已别狀奏陳,更不連書。

又貼黄。葉祖洽及第日,臣軾係編排官。曾奏乞行黜落。今已具事實,别狀奏聞去訖。

其 二

元祐二年十月二十二日,翰林學士朝奉郎知制誥兼侍讀蘇軾狀奏:

右臣近奉聖旨,參定葉祖洽所試策。臣已與劉攽等定奪奏聞去訖。臣今看詳元降臣寮上言有云:“凡在朝廷大臣,率多當時考試之官。信有此語,安敢擢在第一。”臣等今來定奪得葉祖洽顯是學術淺暗,議論乖謬。緣祖洽及第時,臣係編排官,據初考官吕惠卿等定祖洽爲第三等中,合在甲科,覆考官宋敏求等定祖洽爲第五等中,合是黜落。臣曾具事由聞奏,乞行黜落。兼據祖洽元試策卷子云“祖宗以來至於今,紀綱法度因循苟簡而不舉者,誠爲不少”。今來祖洽上章自辯,却減落上件言語,只云“祖宗已來至於今,紀綱制度,比之前古,亦有因循未舉之處”。顯見祖洽心知“苟簡”之語爲不可,故行減落。謹録奏聞,伏候敕旨。

大雪乞省試展限兼乞御試不分初覆考劄子

元祐三年正月□日，翰林學士朝奉郎知制誥兼侍讀蘇軾劄子奏：

臣竊見近者大雪方數千里，道路艱塞，四方舉人赴省試者，三分中未有二分到闕。(**陳仁錫眉**)雪阻會試。朝廷雖議展限，然迫於三月放榜，所展日數不多，至時，若隔下三五百人赴試不及，即恐孤寒舉人，轉見失所，亦非朝廷急才喜士之意。欲乞自今日已往，更展半月，方始差官，仍令禮部疾速雕印，出榜曉示旁近州郡，但未試以前到者，並許投保引試。若慮放榜遲延，恐趁三月内不及，即乞省試添差小試官十人，却促限五七日出榜。

臣又竊見自來御試差官，分爲初考、覆考、編排、詳定四處，日限既迫，考官又少，以此多不暇精詳。又緣初、覆考官，不敢候卷子齊足，方定等第，只是逐旋據謄録所關到卷子三十五十卷，便定等第，以此前後不相照，所定高下，或寄於幸與不幸，深爲不便。不若只依南省條式，聚衆考官爲一處，通用日限，候卷子齊足，衆人共定其等第，不惟精詳寡失，又御試放榜，亦可以速了。臣竊意祖宗之法，所以分考官爲四處者，蓋是當時未有封彌謄録，故須分別以防弊倖。今來既有封彌謄録，縱欲循私，其勢無由。若只依南省條格，委無妨礙，乞賜詳酌指揮。取進止。

大雪論差役不便劄子

元祐三年二月九日，翰林學士朝奉郎知制誥兼侍讀蘇軾劄子奏：

臣伏見陛下發德音，下明詔，以大雪過常，暖氣不敷，農夫失業，商旅不行，引咎在躬。涣汗之澤，覃及方外，而詔下之夕，雪作不已。臣備位近侍，誠竊感憤，廢食而嘆。退伏思念陛下即位以來，發政施仁，無一不合人心順天意者，當獲豐年刑措之報，鳳凰景星之瑞，而水旱作沴，常寒爲罰，殆無虚日，此豈理之當然者哉！臣誠愚蠢，不識忌諱，試論其近似者，而陛下擇焉。

臣聞差役之法，天下以爲未便，獨臺諫官數人者主其議，以爲不可改，磨礪四顧，以待言者，故人畏之而不敢發耳。（**鍾惺夾**）笑得妙。近聞疏遠小臣張行者力言其弊，而諫官韓川深詆之，至欲重行編竄。此等亦無他意。方司馬光在時，則欲希合光意，及其既没，則妄意陛下以爲主光之言。殊不知光至誠盡公，（**鍾惺夾**）透甚，只見小人之淺。本不求人希合，而陛下虚心無我，亦豈有所主哉？使光無恙至今，見其法稍弊，則更之久矣。（**鍾惺眉**）寫得小人敗興。（**陳仁錫眉**）與司馬光争者，公也；知司馬者亦唯公。

臣每見吕公著、安燾、吕大防、范純仁，皆言差役不便，但爲已行之令，不欲輕變，兼恐臺諫紛争，卒難調和。願陛下問公著等，令指陳差雇二法各有若干利害，昔日雇役，中等人户歲出錢幾何，今者差役，歲費錢幾何，及幾年一次差役，皆可以折長補短，約見其數，以此計算，利害灼然。而况農民在官，貪吏狡胥，百端蠶食，比之雇人，苦樂十倍。又五路百姓，例皆樸拙，差充手分須至轉雇慣習人，尤爲患苦，其費不貲，民窮無告，監司守令觀望不言。若非此一事，則何以感傷陰陽之和，至於如此？雖責躬肆眚，徹膳禱祠，而此事不變，終恐無益。今侍從之中，受恩至深，無如小臣，臣而不言，誰當言者？然臣前歲因詳定役法，與臺諫異論，遂爲其徒所疾，屢遭口語。今來所言，若不合聖意,即乞便行責降,以戒妄言。若萬一稍有可采,即乞留中,只作聖意行下。庶幾上答天戒,下全小臣。不勝恐栗待罪之至。取進止。

貢院劄子四首

奏巡鋪鄭永崇舉覺不當乞差曉事使臣交替

元祐三年二月□日,翰林學士朝奉郎知制誥蘇軾同孫覺、孔文仲劄子奏:

貢院今月三日,據巡鋪官鄭永崇領押到進士王太初、王博雅,稱是傳義。問得舉人,各稱被巡鋪官誣執。尋令巡鋪官宣德郎王厚將逐人卷子與衆官點對,得逐人試卷内有一十九字同,即不成片段。本院檢准條貫,惟經學不許傳義,口授者同,至於進士,須是懷挾代筆,方令扶出。今來逐人試卷,點對得只有一十九字偶同,别無違礙,顯是巡鋪官鄭永崇舉覺不當。兼兩日内巡鋪内臣屢將曖昧單詞,令本院扶出舉人,本院未敢施行。

見奏取旨,及有巡鋪所手分楊觀作過,本院依法區分。其巡鋪内臣並來簾前告屬,堅要放免,本院亦不敢依隨,以此挾恨羅織舉人,必欲求勝。今來進士尚有兩甲,諸利尚有一十五場,未曾引試。若信令巡鋪官内臣挾情羅織,即舉人無由存濟。欲望聖慈速賜指揮,或且勾回石君召、鄭永崇兩人,却差曉事使臣交替,所貴不致非理生事。取進止。

奏劾巡鋪内臣陳慥

元祐三年二月□日,翰林學士朝奉郎知制誥蘇軾同孫覺、孔文仲劄子奏。貢院今月三日,據巡鋪官捉到懷挾進士共三人，依條扶出，逐次巡鋪官並令兵士高聲唱叫。至今月十一日扶出進士蔣立時，約有兵士三五十人齊聲大叫。在院官吏公人，無不驚駭，在場舉人，亦皆恐悚不安。尋取到虎翼節級李及等狀，稱是巡鋪内臣陳慥指揮，令衆人唱叫。竊詳朝廷取士之法，動以禮義舉人，懷挾自有條法，而内臣陳慥乃敢號令衆卒，齊聲唱叫，務欲摧辱舉人，以立威勢，傷動士心，損壞國體，本院無由指約。(**陳仁錫眉**)懷挾舉人，内臣亦不可辱。伏望聖慈特賜行遣。取進止。

申明舉人盧君修王燦等

元祐三年二月□日，翰林學士朝奉郎知制誥蘇軾同孫覺、孔文仲劄子奏：

貢院今月三日，據巡鋪官押領到進士盧君修、王燦，稱是傳義。却問得舉人，稱是盧君修來就王燦問道，不知耿鄧之洪烈，爲復是“洪烈”，爲復是“洪勳”？其王燦别無應對。當院看詳，若將問字便作傳義，未爲允當。已一面且令逐人就試，乞早降指揮，合與不合，一例考校。取進止。

論特奏名

元祐三年二月二十九日，翰林學士朝奉郎知制誥蘇軾同孫覺、孔文仲劄子奏：

臣等伏見從來天下之患，無過官冗，人人能言其弊，而不能去其害。惟往年韓琦、富弼等，獨能裁減任子及展年磨勘，發議之初，士大夫相顧，莫敢以身當之者，以爲必致謗議，而琦等不顧，既立成法，天下肅然，無一人非之者。何則？私欲不可以勝公議故也。流弊之極，至於今日，一官之闕，率四五人守之，争奪紛紜,廉耻道盡。中材小官,闕遠食貧,到官之後,求取漁利,靡所不爲,而民病矣。今日之弊,譬如羸病之人,負千鈞之重,縱未能分減,豈忍更添?

臣等自入貢院,四方免解舉人投狀稱,今來是龍飛榜,乞爲敷奏法外推恩者,不可勝數。臣等一切不行,兼不注,有經朝省下狀蒙送下本院,亦只是坐條告示。近准聖旨,依逐舉體例,下第舉人,各以舉數特奏名,已約計四百五十人。今日又准尚書省劄子取前來聖旨,特奏名外各遞減一舉人數,若依此數,則又添數百人。雖未知朝廷作何行遣,不當先事建言,但恐朝命已行,即論奏不及。

臣等伏見恩榜得官之人,布在州縣,例皆垂老,別無進望,惟務黷貨以爲歸計,貪冒不職,十人而九。朝廷所放恩榜幾千人矣,何曾見一人能自奮勵有聞於時?而殘民敗官者不可勝數。以此謂其無益有損,不言可知。今之議者不過謂即位之初,宜廣恩澤。苟以悦此僥倖無厭數百人者,而不知吏部以有限之官,待無窮之吏,户部以有限之財,禄無用之人,而所至州縣,舉罹其害。乃即位之初,有此過舉,謂之恩澤,非臣所識也。伏乞斷自聖意,明敕大臣,特奏名舉人,只依近日聖旨指揮,仍詔殿試考官精加考校,量取一二十人,委有學問,詞理優長者,即許出官,其餘皆補文學、長史之類,不理選限,免使積弊之極,增重不已。臣等非不知言出怨生,既忝近臣,理難緘默。取進止。

貼黄。臣覺見備員吏部,親見其害,闕每一出,争者至一二十人,雖川、廣、福建煙瘴之地,不問日月遠近,惟欲争先注授。臣竊怪之,陰以訪問。以爲授官之後,即請雇錢,多者至五七十千,又既授遠闕,許先借料錢,遠者許借三月,又得四十餘千。

以貪婪無知之人，又以衰老到官之後，望其持廉奉法，盡公治民，不可得也。（**陳仁錫眉**）選人知此，可省一半除日。

省試放榜後劄子三首

乞裁減巡鋪兵士重賞

元祐三年三月□日，翰林學士朝奉郎知制誥蘇軾同孫覺劄子奏：

臣等近奉敕權知貢舉，竊謂朝廷待士之意，本於禮義而輔以文法，雖有懷挾、傳義之禁，然事皆付之主司，終不以此多辱士類，虧損國體。近年緣練亨父爲試官，非理淩忽舉人，遂致喧競，因此多差巡鋪兵士，南省至一百人，訶察嚴細，如防盜賊。而恩賞至重，官員使臣，減年磨勘，指射差遣諸色人，支錢多至六百貫。若非理羅織，却無指定深重刑名。緣此小人貪功希賞，搜探懷袖，衆證以成其罪，其間不免冤濫。近者内臣石君召、鄭永崇、陳慥非理搜捕，臣等已具論奏，尋蒙朝廷取問行遣訖。欲乞下有司立法裁減重賞及減定巡鋪兵士人數，如非理羅織舉人，即重行責罰，以稱朝廷待士之意。取進止。

乞不分經取士

元祐三年三月□日，翰林學士朝奉郎知制誥蘇軾同孫覺劄子奏：

臣等近奉敕權知貢舉，竊見自來條貫分經取士，既於逐經中紐定分數取人，或一經中合格者少，即取詞理淺謬卷子，以足其數。如合格者多，則雖優長亦須落下，顯是弊法。將來兼用詩賦,不專經義。欲乞今後更不分經,專以工拙爲去取。取進止。

乞不分差經義詩賦試官

元祐三年三月□日,翰林學士朝奉郎知制誥蘇軾同孫覺劄子奏:

臣等近奏,爲將來科場既復詩賦,乞更不分經取人,已奉聖旨依奏。今來却見禮部新立條貫,將來科場如差試官三員者,以二員經義,一員詞賦,兩員者各差一員。臣等竊謂,既復詩賦與經義策論通考,舉人尚不分經,而試官乃分而爲二,甚無謂也。凡差試官,務在有詞學者而已。若得其人,則治《易》及第不害其能問《春秋》經義,入官不害其能考詩賦。若不得人,雖用本科,不免乖錯。須自聲律變爲經義,則詩賦之士,便充試官,何曾别求經義及第之人然後取士?若必用本科各考所試,則經義、策論、詩、賦四場,文理不同,亦須各差試官一人而後可。此本議者私憂過計,而有司不察,便爲創立此條,使一試院中有兩頭項試官,自有科場以來,無此故事。自來試官,患在争競不一,又分爲兩黨。試經義者主虚浮之文,考詩賦者主聲病之學。紛紜争競,理在不疑,舉人聞之,必興詞訟,爲害如此,了無所益。今來朝廷既復詩賦,又立此條,深恐天下監司,妄意朝廷必欲用詩賦之人爲試官,不問有無詞學,一例差充。其間久離科場之人,或已廢學,若用虚名差使,顯不如經義及第有文之人。人之有材,何施不可?經義、詩賦等是文詞,而議者便謂治經之人,不可使考詩賦,何其待天下士大夫之薄也?欲乞特賜指揮,今後差試官不拘曾應經義、詩賦舉者,專務選擇有詞學人充,其禮部近日所立條貫,更不施行。取進止。

御試劄子二首

奏乞御試放榜館職皆侍殿上

元祐三年三月□日，翰林學士朝奉郎知制誥蘇軾同孫覺劄子奏：

臣等近奉敕權知貢舉，竊見自來御試放榜日，館職皆在殿上祗候，乃是祖宗舊法，以彰王國多士之美。熙寧中，因閤門偶失檢舉，不令上殿，自此遂爲定制。欲乞檢會治平以前故事施行。取進止。

放榜後論貢舉合行事件

元祐三年三月□日，翰林學士朝奉郎知制誥蘇軾劄子奏：

臣近領貢舉，侍立殿上，祗候放榜，伏見舉人程試，有犯皇帝舊名者。有旨特許依本等賜第。又有犯真宗舊名者，執政亦乞依例收録，而陛下親發德音，以謂此人犯祖宗廟諱，不可不降等。已而又有犯僖宗廟諱者，有旨押出。在廷之人，無不稽首欣服，臣與同列退相告語，非獨以見聖人卑躬尊祖之意，亦足以知陛下嚴於取士之法，不好小惠以求虚名。臣備位禁近，固當推廣聖意，將順其美而補其所未備，謹具貢舉合行事件，畫一如左。

一、伏見祖宗舊制，過省舉人，一經殿試，黜落不少，既以慎重取人，又以見名器威福，專在人主。至嘉祐中，始盡賜出身，然猶不取雜犯。而近歲流弊之極，雜犯亦或收録，遂使過省舉人便同及第，縱使紕繆，亦玷科舉，恩澤既濫，名器自輕，非祖宗本意也。自來過省舉人，限年累舉，積日持久，方該特奏名恩。今來一次過省殿試不合格，當年便得進士出身，此何義也？伏乞下省司立法，將來殿試，除放合格人外，其餘並皆黜落，或乞以分數立額取人，所貴上無姑息之政，下絶僥倖之心。如聞已有去取二分指揮，然有法不行，與無法同。如已有法，即乞申明，仍告喻天下，將來殿試依法去取。

一、自來釋褐舉人，惟南省榜首或本場第一人唱名近下者，或有旨升一甲。然皆出自聖意，初無著令。今者南省十人已上，及別試第一人，國學開封解元，武舉第一人，經明行修舉人，與凡該特奏名人正及第者，皆著令升一甲。紛然並進，士不復以升甲爲榮，而法在有司，恩不歸於人主，甚無謂也。竊謂累奏舉名，已是濫恩，而經明行修，尤是弊法。其間權勢請托，無所不有，侵奪解額，崇奬虚名，有何功能，復令升甲！人主所以礪世磨鈍，正在科舉等級升降榮辱之間，今乃輕以與人，不復愛惜，臣所未喻。伏望聖慈更與大臣詳議前件，著令乞賜刊削，今後殿試唱名，除南省逐場第一人臨時取旨外，其餘更不升甲。所貴進退之權，專在人主。其經明行修一科，亦乞詳議，早行廢罷。

一、臣近在貢院，與孫覺、孔文仲同入劄子，論特奏名人恩澤太濫，未蒙施行。伏乞檢會前奏，降付有司，詳議裁減。仍乞立法應特奏名人授文學、長史之類，今後南郊赦書，更不許召保出官。

一、伏見近日禮部立法，今後科場差試官三人者，一人詩賦，二人經義。差兩人者，詩賦、經義各一人。臣謂此法不可施行。凡差試官，務在選擇能文之士，若得其人，則治《易》及第不害其能問《春秋》經義，入官不害其能考詩賦。若不得人，縱用本科，不免錯繆。須自聲律變爲經義，則詩賦之士便充試官，何曾別求經義及第之人然後取士？若必用本科各考所試，則經義、詩、賦、策論四場,文理不同,亦須各差試官一人而後可。此本言者私憂過計,而有司不察,便爲生出此條。自有科場以來,無此故事。今後每一試院,分兩頭項試官,問經義者則主虛浮之文,考詩賦者則貴聲病之學,紛紜争競,理在不疑。自此科場日有詞訟,爲害不小,了無所益。今來朝廷既復詩賦,又立此條,深恐天下監司,妄意朝廷必欲用作詩賦之人爲試官,不問有無詞學,一例差充。其間久離場屋之人,或已廢學,若用虛名差使,顯不如經義及第有文之人。欲乞特賜指揮,今後差使官,不拘經義、詩賦,專務選擇有才學之人,其禮部近日所立條貫,更不施行。右取進止。

乞罷學士除閑慢差遣劄子

元祐三年三月□日,翰林學士朝奉郎知制誥兼侍讀蘇軾劄子奏:

臣近因宣召,面奉聖旨:"何故屢入文字乞郡?"臣具以疾病之狀對。又蒙宣諭:"豈以臺諫有言故耶?兄弟孤立,自來進用,皆是皇帝與太皇太后主張,不因他人。今來但安心,勿恤人言,不用更入文字求去。"臣退伏思念,頃自登州召還,至備員中書舍人以前,初無人言。只從參議役法,及蒙擢爲學士後,便爲朱光庭、王岩叟、賈易、韓川、趙挺之等攻擊不已,以至羅織語言,巧加醞釀,謂之誹謗。未入試院,先言任意取人,雖蒙聖主知臣無罪,然臣竊自惟,蓋緣臣賦性剛拙,議論不隨,而寵禄過分,地勢侵迫,故致紛紜,亦理之當然也。

臣只欲堅乞一郡,則是孤負聖知,上違恩旨;欲默而不乞,則是與臺諫爲敵,不避其鋒,勢必不安。伏念臣多難早衰,無心進取，得歸丘壑以養餘年，其甘如薺。今既未許請郡，臣亦不敢遠去左右，只乞解罷學士，除臣一京師閑慢差遣，如秘書監、國子祭酒之類，或乞只經筵供職，庶免衆人側目，可以少安。取進止。

卷五十五
奏議十二首

轉對條上三事狀

(茅鹿門旁)並關經國之大者。

元祐三年五月一日,侍讀蘇軾狀奏:准御史臺牒,五月一日文德殿視朝,臣次當轉對,雖愚無知,備位禁林,懷有所見,不敢不盡,謹條上三事如左。

一、謹按唐太宗著《司門令式》云:"其有無門籍人有急奏者,皆令監門司與仗家引奏,不許關礙。"臣以此知明主務廣視聽,深防蔽塞,雖無門籍人,猶得非時引見。祖宗之制,自兩省兩制近臣、六曹寺監長貳,有所欲言,及典大藩鎮,奉使一路,出入辭見,皆得奏事殿上。其餘小臣布衣,亦時特賜召問。非獨以通下情,知外事,亦以考察群臣能否情僞,非苟而已。臣伏見陛下嗣位以來,惟執政日得上殿外,其餘獨許臺諫官及開封知府上殿,不過十餘人,天下之廣,事物之變,决非十餘人者所能盡。(陳仁錫眉)此一事其變至此,祖宗之法如何能守。若此十餘人者,不幸而非其人,民之利病,不以實告,則陛下便謂天下太平,無事可言,豈不殆哉!其餘臣僚,雖許上書言事,而書入禁中,如在天上,不加反復詰問,何以盡利害之實,而况天下事有不可以書載者,心之精微,口不能盡,而况書乎? 恭惟太皇太后以盛德在位,每事抑損,以謙遜不居爲美;雖然,明目達聰,以防壅塞,此乃社稷大計,豈可以謙遜之故,而遂不與群臣接哉! 方今天下多事,饑饉盜賊,四夷之變,民勞官冗,將驕卒惰,

財用匱乏之弊,不可勝數,而政出帷箔,决之廟堂大臣,尤宜開兼聽廣覽之路,而避專斷壅塞之嫌,非細故也。伏望聖慈,更與大臣商議,除臺諫、開封知府已許上殿外,其餘臣僚,舊制許請間奏事,及出入辭見許上殿者,皆復祖宗故事,則天下幸甚。(**茅鹿門眉**)今國家亦當采此言行之。

一、凡爲天下國家,當愛惜名器,慎重刑罰。若愛惜名器,則斗升之禄,足以鼓舞豪傑。慎重刑罰,則笞杖之法,足以震讋頑狡。若不愛惜慎重,則雖日拜卿相,而人不勸,動行誅戮,而人不懼。此安危之機,人主之操術也。自祖宗以來,用刑至慎,習以成風,故雖展年磨勘、差替、冲替之類,皆足以懲警在位,獨於名器爵禄,則出之太易。每一次科場放進士諸科及特奏名約八九百人,一次郊禮,奏補子弟約二三百人,而軍職轉補,雜色入流,皇族外戚之薦不與。自近世以來,取人之多,得官之易,未有如本朝者也。(**陳仁錫眉**)冗滯之極。今吏部一官闕,率常五七人守之,争奪紛紜,廉耻道盡,中材小官,闕遠食貧,到官之後,侵漁求取,靡所不爲,自本朝以來,官冗之弊,未有如今日者也。伏見祖宗舊制,過省舉人,御試黜落不少,既以慎重取人,又以見名器威福專在人主。至嘉祐末年,始盡賜出身,雖文理紕繆,亦玷科舉,而近歲流弊之極,至於雜犯,亦免黜落,皆非祖宗本意。又進士升甲,本爲南省第一人,唱名近下,方有特旨,皆是臨時出於聖斷。今來南省第十人以上,别試第一人,國子開封解元,武舉第一人,經明行修舉人,與凡該特奏名人正及第

者,皆著令升一甲。紛然並進,人不復以升甲爲榮,(**陳仁錫眉**)與監生之升堂無異。而法在有司,恩不歸於人主,甚無謂也。特奏名人,除近上十餘人文詞稍可觀外,其餘皆詞學無取,年迫桑榆,進無所望,退無所歸,使之臨政,其害民必矣。欲望聖慈,特詔大臣詳議,今後進士諸科御試過落之法,特奏名出官格式,務在精核,以藝取人,不行小惠以收虚譽,其著令升甲指揮,乞今後更不施行。昔諸葛亮與法正論治道,其略曰:"刑政不肅,君臣之道,漸以陵替。寵之以位,位極則賤。順之以恩,恩竭則慢。吾今威之以法,法行則知恩。限之以爵,爵加則知榮。恩榮並濟,上下有節,爲治之要也。"(**陳仁錫眉**)漢之恩榮如此。唐德宗蒙塵山南,當時事勢,可謂危急,少行姑息,亦理之常,而沿路進瓜果人,欲與一試官,陸贄力言以爲不可。今天下晏然,朝廷清明,何所畏避,而行姑息之政!故臣願陛下常以諸葛亮、陸贄之言爲法,則天下幸甚。

一、臣於前年十月内曾上言,其略曰:"議者欲減任子以救官冗之弊,此事行之,則人情不悦,不行,則積弊不去。(**茅鹿門眉**)此弊與今時不相及。要當求其分義,務適厥中,使國有去弊之實,人無失職之嘆。欲乞應奏蔭文官人,每遇科場,隨進士考試,武官即隨武舉或試法人考試,並三人中解一人,仍年及二十五以上,方得出官,内已曾舉進士得解者免試,如三試不中,年及三十五以上,亦許出官,雖有三試留滯之艱,而無終身絶望之嘆。亦使人人務學,不墜其家,爲益不小。"後來不蒙降出施行。竊慮當時聖意,必謂改元之初,不欲首行約損之政。今者即位已四年矣,官冗之病,有增而無損,財用之乏,有損而無增,數年之後,當有不勝其弊者。若朝廷恬不爲怪,當使誰任其憂,及今講求,臣恐其已晚矣。伏乞檢會前奏,早賜施行。右謹録奏聞,伏候敕旨。

論魏王在殯乞罷秋宴劄子

(茅鹿門旁)議合經制。

元祐三年八月二十一日,翰林學士朝奉郎知制誥兼侍讀蘇軾劄子奏:

臣近准鈐轄教坊所關到撰《秋燕致語》等文字。臣謹按《春秋左氏傳》,昭公九年,晉荀盈如齊,卒於戲陽,殯於絳,未葬,晉平公飲酒樂,膳宰屠蒯趨人,酌以飲工,曰:"汝爲君耳,將司聰也。辰在子卯,謂之疾日,君徹燕樂,學人舍業,爲疾故也。君之卿佐,是謂股肱,股肱或虧,何痛如之,汝弗聞而樂,是不聰也。"公説,徹樂。又按昭公十五年,晉荀躒如周葬穆後,既葬除喪,周景王以賓燕,叔向譏之,謂之樂憂。夫晉平公之於荀盈,蓋無服也。周景王之於穆後,蓋期喪也。無服者未葬而樂,屠蒯譏之。期喪者已葬而燕,叔向譏之。書之史册,至今以爲非。仁宗皇帝以宰相富弼母在殯,爲罷春燕。傳之天下,至今以爲宜。今魏王之喪,未及卒哭,而禮部太常寺皆以爲天子絶期,不妨燕樂,臣竊非之。若絶期可以燕樂,則《春秋》何爲譏晉平公、周景王乎?魏王之親,孰與卿佐?

遠比荀盈,近比富弼之母,輕重亦有間矣。魏王之葬,既以陰陽拘忌,别擇年月,則當准禮以諸侯五月爲葬期,自今年十一月以前,皆爲未葬之月,不當燕樂,不可以權宜郊殯便同已葬也。臣竊意皇帝陛下篤於仁孝,必罷秋燕,不待臣言。但至今未奉指揮,緣上件教坊致語等文字,准令合於燕前一月進呈,臣既未敢撰,亦不敢稽延,伏乞詳酌。如以爲當罷,只乞自皇帝陛下聖意施行,更不降出臣文字。臣忝備侍從,叨陪講讀,不欲使人以絲毫議及聖明,故不敢不奏。取進止。

述災沴論賞罰及修河事繳進歐陽修議狀劄子

元祐三年九月五日,翰林學士朝奉郎知制誥兼侍讀蘇軾劄子奏:

臣今日邇英進讀《寶訓》,及雍熙、淳化間事。太宗皇帝每見時和歲豐,雨雪應時,喜不自勝,舉酒以屬群臣。又是日熒惑與日同度,太史奏言當旱,既而雨足歲豐。臣讀至此,因進言水旱雖天數,然人君修德,可以轉災爲福。故宋景文公一言,熒惑退三舍。元豐八年,熒惑守心,逆行犯房,又逆而西垂,欲犯氐。氐四星,后妃之象也。方是時,二聖在位,發政施仁,惟恐不及。臣視熒惑退舍甚速,如有所畏,不敢復西。以此知天人之應,捷於影響。太宗皇帝親致太平,而每遇豐年,若獲非常之福,喜樂如此者,豈非水旱不作自是朝廷難得之事乎?《書》曰:"天聰明,自我民聰明。"匹夫匹婦有不獲其所,猶能致水旱,而况政令之失,小及一方,大及四海,其爲災沴,理在不疑。自二聖嗣位,於今四年,恭儉慈孝,至仁至公,可謂盡矣。而四年之中,非水則旱,日月薄蝕,五星相凌,淫雨大雪,常寒久陰之類,殆無虚月,豈盛德之報也哉!臣愚無知,竊謂陛下身修而政未修,故監司守令多不得人。百姓失職,無所告訴,謡怨上達,以傷陽陰之和。所以致此者,蓋由朝廷賞罰不明,舉措不當之咎也。

臣請略而言之。去年熙河諸將,力戰以獲鬼章。此奇功也,故增秩賜金。涇原諸將,閉門自守,使賊大掠而去,若涉無人之境。此罪人也，亦增秩賜金。賞罰如此，何以使人？廣東妖賊岑探反，圍新州，差將官童政救之，政賊殺平民數千，其害甚于岑探。朝廷使江西提刑傅燮體量其事，燮畏避權勢，歸罪於新州官吏，又言新州官吏却有守城之功，乞以功過相除。愚弄上下，有同兒戲，然卒不問。岑探聚衆構謀，經年乃發，而所部官吏，茫不覺知，使一方赤子，肝腦塗地，然亦止于薄罰。童政凶狡貪殘，非一日之積，而監司乃令將兵討賊，以致千人無辜就死，亦止降一差遣。近日温杲誘殺平民十九人，冤酷之狀，所不忍聞，而杲止於降官監當。蔡州捕盜吏卒，亦殺平民一家五六人，皆婦女無辜，屠割形體，以爲丈夫首級，欲以請賞，而守倅不按，監司不問。以至臣僚上言，及行下本路，乃云殺時可與不可辨認。白日殺人，不辨男女，豈有此理？乃是預爲凶人開苟免之路。事如此者非一，臣不敢盡言，特舉其甚者耳。如此，不過恩庇得無狀小人十數人，正使此等歌詠愛戴，不知有何補益。**(陳仁錫眉)**宋朝姑息之政可見一斑。而紀綱頹弛，偷惰成風，則千萬人受其害，此得爲仁乎？大抵爲國，要在分别是非，以行賞罰，然後善人有所恃賴，平人有所告訴，若不窮究曲直，惟務兩平，則君子無告，小人得志，天下之亂，可坐而待，此臣所謂賞罰不明之咎也。

黄河自天禧已來，故道漸以淤塞，每決而西，以就下耳。熙寧中，决于曹村，先帝盡力塞之，不及數年，遂决小吴。先帝聖神，知河之欲西北行也久矣，今强塞之，縱獲目前之安，而旋踵復决，必然之勢也，故不復塞。今都水使者王孝先乃欲于北京南開孫村河，欲奪河身以復故道。此豈獨一方之安危，天下之休戚也！古者舉大事，謀及庶人，上下僉同，然猶有意外之患。今内自工部侍郎、都水屬官，外至安撫轉運使及外監丞，皆以爲故道高仰，勢若登屋，功必無成，而患有不可測者。以至河北吏民，無賢愚貴賤，皆以爲然。獨一孝先以爲可作。臣聞自孫村至海口舊管堤埽四十五所，役兵萬五千人，勾當使臣五十員，歲支物料五百餘萬。自小吴之決，故道諸埽，皆廢不治，堤上榆柳，並根掘取，殘零物料，變賣無餘，官吏役兵，僅有存者。使孫村之役，不能奪過河身，則官私財力，舉爲虚棄。若幸而復行故道，則四十五埽，皆以廢壞，横流之災，必倍於今，孝先建議之初，略不及此，近因人言沸騰，方牒北外監丞司云：四十五埽，並屬北外監丞司地分，令一面相度枝梧。又云：因檢計樁料，便令計置。今來欲興修四十五處已壞堤埽，準備河水復行故道。此莫大之役，不貲之費也。孝先當於建議之初，首論其事，待朝廷上下熟議而行。今孝先便將此役作常程熟事行與北外監丞司，令一面管認。意望敗事之後，歸罪他人。其爲欺罔，實駭群聽。其餘患害，未易悉數。但臣采察衆論，以爲此役不可不罷。若今歲罷役，不過枉費九百萬物料，虚役二萬兵工，若更接續興修，則來歲當役數十萬人，仍費三千餘萬。此外民勞之極，變故横生，嗟怨之聲，足以復致水旱。若將三千萬物料錢作數年，因水所欲行之地，稍立堤防，增卑培薄，數年之後，必漸安流。何苦徇一夫之私計，逆萬人之公論，以興必不可行之役乎！此臣所謂措置不當之咎也。

臣竊見仁宗朝名臣歐陽修爲學士日，有《修河議狀》二篇，雖當時事宜，而其所畫利害，措置方略，頗切今日之事。臣以爲可用，故輒繕寫進呈。自祖宗以來，除委任執政外，仍以侍從近臣爲耳目，請間論事，殆無虚日。今自垂簾以來，除執政、臺諫、開封尹外，更無人得對，惟有邇英講讀，猶獲親近清光。若復暗默不言，則是耳目殆廢。（**陳仁錫眉**）政在帷幄豈可訓。臣受恩深重，不敢觀望上下，苟爲身謀，謹備録今日進讀之言，上陳聖鑒。臣無任恐栗待罪之至。取進止。

貼黄。臣爲衰病眼昏，所言機密，又不敢令别人寫録，書字不謹，伏望聖慈，特賜寬赦。

乞郡劄子

(李卓吾旁)認真之人，大抵多費老婆舌，傷哉！(茅鹿門旁)覽此而不嗚咽流涕者，非人情也。

元祐三年十月十七日，翰林學士朝奉郎知制誥兼侍讀蘇軾劄子奏：

臣近以左臂不仁，兩目昏暗，有失儀曠職之憂，堅乞一郡。伏蒙聖慈降詔不允，遣使存問，賜告養疾。恩禮之重，萬死莫酬。以臣子大義言之，病未及死，皆當勉强，雖有失儀曠職之罰，亦不當辭。然臣終未敢起就職事者，實亦有故。言之則觸忤權要，得罪不輕。不言則欺罔君父，誅罰尤大。故卒言之。

臣聞之《易》曰："君子安其身而後動。"又曰："君不密，則失臣，臣不密，則失身。"以此知事君之義，雖以報國爲先，而報國之道，當以安身爲本。若上下相忌，身自不安，則危亡是憂，國何由報。恭惟陛下踐祚之始，收臣於九死之餘。半年之間，擢臣爲兩制之首。方將致命，豈敢告勞。特以臣拙於謀身，鋭於報國，致使臺諫，例爲怨仇。臣與故相司馬光，雖賢愚不同，而交契最厚。(茅鹿門夾)第一節，遭横口。光既大用，臣亦驟遷，在於人情，豈肯異論。但以光所建差役一事，臣實以爲未便，不免力争。(陳仁錫眉)同而異，君子心腸。而臺諫諸人，皆希合光意，以求進用，及光既殁，則又妄意陛下以爲主光之言，結黨横身，以排異議，有言不便，約共攻之。曾不知光至誠爲民，本不求人希合，而陛下虚心無我，亦豈有所主哉！其後又因刑部侍郎范百禄與門下侍郎韓維争議刑名，（茅鹿門夾）第二節。欲守祖宗故事，不敢以疑法殺人，而諫官吕陶又論維專權用事。臣本蜀人，與此兩人實是知舊。因此，韓氏之黨一例疾臣，指爲川黨。御史趙挺之，在元豐末通判德州，（茅鹿門夾）第三節。而著作黄庭堅方監本州德安鎮，挺之希合提舉官楊景棻，意欲於本鎮行市易法，而庭堅以謂鎮小民貧，不堪誅求，若行市易，必致星散，公文往來，士人傳笑。其後挺之以大臣薦，召試館職，臣實對衆言，挺之聚斂小人，學行無取，豈堪此選。又挺之妻父郭概爲西蜀提刑時，本路提舉官韓玠違法虐民，（茅鹿門夾）第四節。朝旨委概體量，而概附會隱庇，臣弟轍爲諫官，劾奏其事，玠、概並行黜責。以此挺之疾臣，尤出死力。臣二年之中，四遭口語，發策草麻，皆謂之誹謗。未出省榜，先言其失士。以至臣所薦士，例加誣衊，所言利害，不許相見。近日王覿言胡宗愈指臣爲黨，孫覺言丁騭云是臣親家。臣與此兩人有何干涉，而於意外巧構曲成，以積臣罪。欲使臣橈椎於十夫之手，而使陛下投杼於三至之言。中外之人，具曉此意，謂臣若不早去，必致傾危。臣非不知聖主天縱聰明，察臣無罪。但以臺諫氣焰，震動朝廷，上自執政大臣，次及侍從百官，外至監司守令，皆畏避其鋒，奉行其意，意所欲去，勢無復全。天下知之，獨陛下深居法宫之中，無由知耳。（陳仁錫眉）數語似少渾融。

臣竊觀三代以下，號稱明主，莫如漢宣帝、唐太宗。然宣帝殺蓋寬饒，太宗殺劉洎，皆信用讒言，死非其罪，至今哀之。（茅鹿門眉）引蓋寬饒、劉洎證自家却好。宣帝初知蓋寬饒忠直不畏强禦，自候、司馬擢爲太中大夫、司隸校尉，不可謂不知之深矣。而蓋寬饒上書有云：“五帝官天下，三王家天下。”而當時讒人乃謂寬饒欲求禪位。宣帝不察，致使寬饒自剄北闕下。太宗信用劉洎，言無不從，嘗比之魏文貞公，亦不可謂不知之深矣。而太宗征遼患癰，洎泣曰：“聖體不康，甚可憂懼。”而當時讒人，乃謂洎欲行伊、霍之事。太宗不察，賜洎自盡。二主非不明也。二臣之受知，非不深也。恃明主之深知，不避讒人積毁，以至身首異處，爲天下笑。（**陳仁錫眉**）文太摹古而情事凜凜。今臣自度受知于陛下，不過如蓋寬饒之于漢宣帝，劉洎之于唐太宗也。而讒臣者，乃十倍於當時，雖陛下明哲寬仁，度越二主，然臣亦豈敢恃此不去，以卒蹈二臣之覆轍哉！且二臣之死，天下後世，皆言二主信讒邪而害忠良，以爲聖德之累。使此二臣者，識幾畏漸，先事求去，豈不身名俱泰，臣主兩全哉！臣縱不自愛，獨不念一旦得罪之後，使天下後世有以議吾君乎？（**茅鹿門眉**）以下又扯前所遭讒，一翻更痛快悲咽。

昔先帝召臣上殿，訪問古今，敕臣今後遇事即言。其後臣屢論事，未蒙施行，乃復作爲詩文，寓物托諷，庶幾流傳上達，感悟聖意。而李定、舒亶、何正臣三人，因此言臣誹謗，遂得罪。然猶有近似者，以諷諫爲誹謗也。（**陳仁錫眉**）此等語俱不密。今臣草麻詞，有云“民亦勞止”，而趙挺之以爲誹謗先帝，則是以白爲黑，以西爲東，殊無近似者。臣以此知挺之險毒甚于李定、舒亶、何正臣，而臣之被讒甚於蓋寬饒、劉洎也。古人有言曰：“爲君難，爲臣不易。”臣欲依違苟且，雷同衆人，則内愧本心，上負明主。若不改其操，知無不言，則恐怨仇交攻，不死即廢。伏望聖慈念爲臣之不易，哀臣處此之至難，始終保全，措之不争之地，特賜指揮，檢會前奏，早賜施行。臣無任感恩知罪，祈天請命,激切戰恐之至。取進止。(李卓吾旁)可憐。

貼黄。郭槩人材凡猥,衆所共知,既以附會小人得罪,近復擢爲監司者,蓋畏挺之之口,欲以苟悦其意。正如向時王岩叟在言路時,擢用其父荀龍知澶州、妻父梁燾爲諫議,天下知其爲岩叟也。

又貼黄。臣所舉自代人黄庭堅、歐陽棐,十科人王鞏,制科人秦觀,皆誣以過惡,了無事實。臣又曾建言乞行給田募役法,吕大防、范純仁皆深以爲便。方行下相度,而臺諫争言其不可,更不得相度。至今臣每見大防、純仁,皆諮嗟太息,惜此法之不行,但畏臺諫不敢行下耳。

又貼黄。中外臣寮,畏避臺諫,附會其言,以欺朝廷者,皆有實狀。但以事不關臣,故不敢一一奏陳耳。

又貼黄。陛下若謂臣此言狂妄,即乞付外核實其事,顯加黜責。若以爲然,即乞留中省覽,臣當别具劄子乞郡付外施行。

辨舉王鞏劄子

(李卓吾旁)妙。

元祐三年十一月十五日,翰林學士朝奉郎知制誥兼侍讀蘇軾劄子奏:臣近舉宗正寺丞王鞏充節操方正可備獻納科。竊聞臺諫官言鞏奸邪,及離間宗室,因諂事臣,以獲薦舉。奉聖旨,除鞏西京通判。

謹按鞏好學有文,强力敢言,不畏强禦,此其所長也。年壯氣盛,鋭於進取,好論人物,多致怨憎,此其所短也。頃者竄逐萬里,偶獲生還,而容貌如故,志氣逾厲,此亦有過人者。故相司馬光深知之,待以國士,與之往返,論議不一。臣以爲所短不足以廢所長,故爲國收才,以備選用。去歲以來,吏民上書蓋數千人,朝廷委司馬光看詳,擇其可用者得十五人,又于十五人中獨稱獎二人,孔宗翰與鞏是也。(**陳仁錫眉**)得人如此之難耶。鞏緣此得減二年磨勘,仍擢爲宗正寺丞。則臣之稱薦,與光之擢用,其事正同。若果是奸邪,臺諫當此時何不論奏?

鞏上疏論宗室之疏遠者,不當稱皇叔、皇伯,雖未必中理,然不過欲尊君抑臣,務合古禮而已,何名爲離間哉!況鞏此議,執政多以爲非,獨司馬光深然之,故下禮部詳議。又兵部侍郎趙彦若,亦曾建言。若果是離間,光亦離間也,彦若亦離間也。方行下有司時,臺諫初無一言,及光没之後,乃有奸邪離間之説,則是鞏之邪正,係光之存亡,非公論也。(**鍾惺夾**)毒甚。(**陳仁錫眉**)刻而正。鞏與臣世舊,幼小相知,從臣爲學,何名"諂事"?三者之論,了無一實。上賴聖明不以此罪鞏,亦不以此責臣,止除外官,以厭塞言者之意。臣復何所辨論。但痛司馬光死未數月,而所賢之士變爲奸邪,又傷言者本欲中臣而累及鞏,誣罔之漸,懼者甚衆。(**陳仁錫眉**)累舉司馬温公,以悚主所。是以冒昧一言,伏深戰越。取進止。

貼黄。臣曾親聞司馬光稱鞏忠義,及見光親書簡帖與鞏,往復議論政事,及有手簡與李清臣,稱鞏之賢,真迹猶在。

【彙評】

鍾惺:此等筆舌最傷小人之心,然亦不能自止。

論周穜擅議配享自劾劄子二首

(李卓吾旁)自是多了一番。

其 一

元祐三年十二月二十一日,翰林學士朝奉郎知制誥兼侍讀蘇軾劄子奏:

臣先任中書舍人日,敕舉學官,曾舉江寧府右司理参軍周敕,蒙朝廷差充鄆州州學教授。近者竊聞穜上疏,言朝廷當以故相王安石配享神宗皇帝。謹按漢律,擅議宗廟者棄市。自高后至文、景、武、宣,皆行此法,以尊宗廟,重朝廷,防微杜漸,蓋有深意。本朝自祖宗以來,推擇元勳重望始終全德之人,以配食列聖。蓋自天子所不敢專,必命都省集議,其人非天下公議所屬,不在此選,既上,詔云恭依册告宗廟,然後敢行。其嚴如此,豈有既行之後,復請疏遠小臣,各出私意,以議所配? 若置而不問,則宗廟不嚴而朝廷輕矣。

竊以安石平生所爲,是非邪正,中外具知,難逃聖鑒。先帝蓋亦知之,故置之閑散,終不復用。今已改青苗等法,而廢退安石党人吕惠卿、李定之徒,至於學校貢舉,亦已罷斥佛老,禁止字學。大議已定,行之數年,而先帝配享已定用富弼,天下翕然以爲至當。穜復何人,敢建此議! 意欲以此嘗試朝廷,漸進邪説,陰唱群小,此孔子所謂"行險僥倖,居之不疑"者也。而臣忝備侍從,謬於知人,至引此人以污學校,若又隱而不言,則罔上黨奸,其罪愈大。謹自劾以待罪,伏望聖慈特敕有司,議臣妄舉之罪,重賜責降,以儆在位。取進止。

其　二

元祐三年十二月某日，翰林學士朝奉郎知制誥兼侍讀蘇軾劄子奏：

臣近上言，以所舉學官周穜擅議先帝配享，欲以嘗試朝廷，漸進邪説，陰唱群小，乞下有司議臣妄舉之罪，重行責降，以警在位，至今累日，未奉指揮。

竊以爲國之本，在於明賞罰，辨邪正，二者不立，亂亡隨之。《易》曰："大君有命，開國承家，小人勿用。"象曰："大君有命，以正功也。小人勿用，必亂邦也。"昔郭公善善惡惡而不免於亡者，以善善而不能，惡惡而不能去也。臣觀二聖嗣位以來，斥逐小人，如吕惠卿、李定、蔡確、張誠一、吴居厚、崔台符、楊汲、王孝先、何正臣、盧秉、蹇周輔、王子京、陸師閔、趙濟，中官李憲、宋用臣之流，或首開邊隙，使兵連禍結，或漁利榷財，爲國斂怨，或倡起大獄，以傾陷善良，其爲奸惡，未易悉數。而王安石實爲之首。今其人死亡之外，雖已退處閑散，而其腹心羽翼，布在中外，懷其私恩，冀其復用，爲之經營游説者甚衆。皆矯情匿迹，有同鬼蜮，其黨甚堅，其心甚一。而明主不知，臣實憂之。(**陳仁錫眉**)履霜之言，字字可畏。

夫君子之難致如麟鳳，色斯舉矣，翔而後集，况可麾而却之乎？小人之易進如蛆蠅，腥膻所聚，瞬息千萬，况可招而來之乎？朝廷日近稍寬此等，如李憲乞於近地居住，王安禮抗拒恩詔，蔡確乞放還其弟，皆即聽許。崔台符、王孝先之流，不旋踵進用。楊汲亦漸牽復。吕惠卿窺見此意，故敢乞居蘇州。(**陳仁錫眉**)吕惠卿乞具蘇州，則蘇文忠逐之。此等皆民之大賊，國之巨蠹，得全首領，以爲至幸，豈可與尋常一眚之臣，計日累月，洗雪復用哉！(**李卓吾夾**)太甚了。今既稍寬之後，必漸用之。如此不已，則惠卿、蔡確之流，必有時而用，青苗、市易等法，必有時而復。（李卓吾夾）此事之可見者，公豈以爲先知乎？何以言之？將作監丞李士京者，邪佞小人，衆所嗤鄙，而大臣不察，稍稍引用，以污寺監，猶能建開壕之議，爲修城之漸。其策既行，遂唱言於衆，欲次復用臣茶磨之法。由此觀之，惠卿、蔡確之流，何憂不用，青苗、市易等法，何憂不復哉！

昔盧杞責降既久，經涉累赦，德宗欲與一小郡，舉朝憂恐，而宰相李勉、給事中袁高、諫官趙需、裴佶、宇文炫、盧景亮、張薦、常侍李泌等皆以死争之。勉等非惜一郡也，知杞得郡不已，必將復用，一炬有燎原之憂，而濫觴有滔天之禍故也。今周穜草芥之微，而敢建此議，蓋有以啓之矣。昔淮南王謀反，所憚獨汲黯，以謂説公孫丞相，若發蒙耳。今穜蟣蝨小臣，而敢爲大奸，愚弄朝廷，若無人然，不幸而有淮南王，當復誰憚乎？臣不敢遠引古人，但使執政之中，有如富弼、韓琦，臺諫之中，有如包拯、吕誨，或司馬光尚在，此鼠輩敢爾哉！

昔王安石在仁宗、英宗朝，矯詐百端，妄竊大名，或以爲可用，惟韓琦獨識其奸，終不肯進。使琦不去位，安石何由得志？以此知辨人物之邪正，消禍患於未萌，真宰相事也。臣數日以來，竊聞執政之議，多欲薄臣之責而寬穜之罪，若果如此，則是使今後近臣輕引小人，而惠卿之流，有以卜朝廷之輕重。事關消長，憂及治亂。伏望特出宸斷，深詔有司議臣與穜之罪，不可輕恕。縱使朝廷察臣本無邪心，止是暗繆，亦乞借臣以立法，則臣上荷知遇，雖云得罪，實同被賞。若蒙寬貸，則是私臣之身，而廢天下之法。臣之愧耻，若撻於市，不勝憤懣。憂國之心，意切言蠢，伏候誅譴。取進止。

貼黄。周穜州縣小吏，意在寸進而已，今忽倡狂，首建大議，此必有人居中陰主其事。不然者，穜豈敢出位犯分，以摇天聽乎？此臣所以不得不再三論列也。

論邊將隱匿敗亡憲司體量不實劄子

（茅鹿門旁）借進讀《寶訓》，陳西戎失事不以實聞，忠直多矣。

元祐三年閏十二月四日，翰林學士知制誥兼侍讀蘇軾劄子奏：

臣近以目昏臂痛，堅乞一郡，蓋亦自知受性剛褊，黑白太明，難以處衆。伏蒙聖慈，降詔不許，兩遣使者存問慰安。天恩深厚，淪入骨髓。臣謂此恩當以死報，不當更計身之安危，故復起就職，而職事清閑，未知死所，每因進讀之閑，事有切於今日者，輒復盡言，庶補萬一。

昨日所讀《寶訓》，有云："淳化二年，上謂侍臣，諸州牧監馬多瘐死，蓋養飼失時，枉致病斃。近令取十數槽置殿庭下，視其芻秣，教之養療，庶革此弊。"臣因進言馬所以病，蓋將吏不職，致圉人盜減芻粟，且不恤其飢飽勞逸故也。馬不能言，無由申訴，故太宗至仁，深哀憐之，置之殿庭，親加督視。民之於馬，輕重不同，若官吏不得其人，人雖能言，上下隔絶，不能自訴，無異於馬。馬之飢瘦勞苦，則有斃踣奔逸之憂；民之困窮無聊，則有溝壑盜賊之患。然而四海之衆，非如養馬，可以置之殿庭，惟當廣任忠賢，以爲耳目，若忠賢疏遠，諂佞在傍，則民之疾苦，無由上達。

秦二世時，陳勝、吴廣，已屠三川，殺李由，而二世不知。陳後主時，隋兵已渡江，而後主不知。此皆昏主，不足道。如唐明皇親致太平,可謂明主,而張九齡死,李林甫、楊國忠用事,鮮于仲通以二十萬人没于雲南,不奏一人,反更告捷,明皇不問,以至上下相蒙,禄山之亂,兵已過河,而明皇不知也。(**陳仁錫眉**)可懼哉!府不知府,縣不知縣,天下不知天下,所以亡。今朝廷雖無此事,然臣聞去歲夏賊犯鎮戎,所殺掠不可勝數,或云"至萬餘人"。而邊將乃奏云"野無所掠"。其後朝廷訪聞,委提刑司體量,而提刑孫路止奏十餘人,乞朝廷先賜放罪,然後體量實數。至今遷延二年,終未結絶聞奏。凡死事之家,官所當恤,若隱而不奏,則生死銜冤,何以使人?此豈小事,而路爲耳目之司,既不隨事奏聞朝廷,既行蒙蔽,又乞放罪,遷延侮玩,一至於此!臣謂此風漸不可長,馴致其患,何所不有,此臣之所深憂也。臣非不知陛下必已厭臣之多言,左右必已厭臣之多事,然受恩深重,不敢自同衆人,若以此獲罪,亦無所憾。取進止。

薦何宗元十議狀

元祐三年閏十二月十九日,翰林學士朝奉郎知制誥兼侍讀蘇軾狀奏:

右臣伏見朝廷近制,川峽四路員缺,並歸吏部注擬。臣竊原聖意,蓋爲蜀道險遠,人材衆多,若就本路差除,則士皆懷土重遷,老死鄉邑,可用之人,朝廷莫得而器使也。士雖在遠,亦識此意,聞命忻然,皆有不遠千里觀光求用之心。然法行數年,未見朝廷非次擢用一人,此乃如臣等輩不舉所聞之過也。伏見蜀人朝奉郎新差通判延州事何宗元,吏道詳明,士行修飾,學古著文,頗適於用。近以所著《十議》示臣,文詞雅健,議論審當。臣愚不肖,謂可試之以事,觀其所至。謹繕寫《十議》上進。伏望聖慈降付三省詳看，如有可采，乞隨才録用，非獨以廣育材之道，亦以慰答遠方多士求用之意也。謹録奏聞，伏候敕旨。

舉何去非换文資狀

元祐四年正月某日，翰林學士朝奉郎知制誥兼侍讀蘇軾狀奏：

右臣伏見左侍禁何去非，本以進士六舉到省，元豐五年，以特奏名就御庭唱名。先帝見其所對策詞理優贍，長於論兵。因問去非："願與不願武臣官？"去非不敢違聖意。遂除右班殿直，武學教授，後遷博士。今已八年。嘗見其所著述，材力有餘，識度高遠，其論歷代所以廢興成敗，皆出人意表，有補於世。去非雖喜論兵，然本儒者，不樂爲武吏。又其他文章，無施不宜。欲望聖慈特與换一文資，仍令充太學博士，以率勵學者，稍振文律，庶幾近古。若後不如所舉，臣等甘伏朝典，謹録奏聞，伏候敕旨。

論行遣蔡確劄子

元祐四年四月十一日，龍圖閣學士朝奉郎新知杭州蘇軾劄子奏：

臣近蒙聖恩，哀臣疾病，特許補外。臣竊自惟受恩深重，不敢以出入之故，便同衆人，有所聞見而不盡言。竊聞臣寮有繳進蔡確詩言謗讟者。臣與確元非知舊，實自惡其爲人。今來非敢爲確開説，但以所係國體至重，天下觀望二聖所爲，若行遣失當，所損不小。臣爲侍從，合具奏論。若朝廷薄確之罪，則天下必謂皇帝陛下見人譭謗聖母,不加忿疾,其於孝治,所害不淺。若深罪之,則議者亦或以謂太皇太后陛下聖量寬大,與天地等,而不能容受一小人謗怨之言,亦于仁政不爲無累。(**陳仁錫眉**)委曲存體,君子用心。臣欲望皇帝陛下降敕,令有司置獄,追確根勘,然後太皇太后内出手詔云:“吾之不德,常欲聞謗以自儆。今若罪確,何以來天下異同之言。矧確嘗爲輔臣,當知臣子大義,今所繳進,未必真是確詩。其一切勿問。仍榜朝堂。”如此處置,則二聖仁孝之道,實爲兩得。天下有識,自然心服。臣不勝愛君憂國之心,出位僭言,謹伏誅殛。取進止。

乞將臺諫官章疏降付有司根治劄子

元祐四年四月十七日,龍圖閣學士朝奉郎新知杭州蘇軾劄子奏:

臣近以臂疾,堅乞一郡,已蒙聖恩差知杭州。臣初不知其他,但謂朝廷哀憐衰疾,許從私便。及出朝參,乃聞班列中紛然,皆言近日臺官論奏臣罪狀甚多,而陛下曲庇小臣,不肯降出,故許臣外補。臣本畏滿盈,力求閑退,既獲所欲,豈更區區自辨,但竊不平。數年以來,親見陛下以至公無私治天下,今乃以臣之故,使人上議聖明,以謂抑塞臺官,私庇近侍,其于君父,所損不小。此臣之所以不得不辯也。

臣平生愚拙,罪戾固多,至於非義之事,自保必無。只因任中書舍人日,行吕惠卿等告詞,極數其凶慝,而弟轍爲諫官,深論蔡確等奸回。確與惠卿之黨,布列中外,共仇疾臣。近日復因臣言鄆州教授周穜,以小臣而爲大奸,故黨人共出死力,構造言語,無所不至。使臣誠有之,則朝廷何惜竄逐,以示至公。若其無之,臣亦安能以皎然之身,而受此曖昧之謗也? 人主之職,在於察毁譽,辨邪正。夫毁譽既難察,邪正亦不易辨,惟有坦然虚心而聽其言,顯然公行而考其實,則真妄自見,讒構不行。若隱受其言,不考其實,獻言者既不蒙聽用,而被謗者亦不爲辨明,則小人習知其然,利在陰中,浸潤膚受,日進日深,則公卿百官,誰敢自保,懼者甚衆,豈惟小臣? 此又臣非獨爲一身而言也。伏望聖慈,盡將臺諫官章疏降付有司,令盡理根治,依法施行。所貴天下曉然知臣,有罪無罪,自有正法,不是陛下屈法庇臣,則臣雖死無所恨矣。

夫君子之所重者,名節也。故有"捨生取義""殺身成仁""可殺不可辱"之語。而爵位利禄,蓋古者有志之士所謂鴻毛敝屣也。人臣知此,然後可與事君父,言忠孝矣。今陛下不肯降出臺官章疏,不過爲愛惜臣子,恐其萬一實有此事,不免降黜。而不念臣元無一事,空受誣衊,聖明在上,喑嗚無告,重壞臣爵位,而輕壞臣名節,臣竊痛之。意切言盡,伏候誅殛。取進止。

貼黄。臣所聞臺官論臣罪狀,亦未知虚實,但以議及聖明,故不得不辨。若臺官元無此疏,則臣妄言之罪,亦乞施行。

又貼黄。臣今方遠去闕庭,欲望聖慈察臣孤立,今後有言臣罪狀者,必乞付外施行。

卷五十六
奏議十首

乞賜州學書板狀

元祐四年八月某日，龍圖閣學士朝奉郎知杭州蘇軾狀奏：

右臣伏見本州學，見管生員二百餘人，及入學參假之流，日益不已。蓋見朝廷尊用儒術，更定貢舉條法，漸復祖宗之舊，人人慕義，學者日衆。若學糧不繼，使至者無歸，稍稍引去，甚非朝廷樂育之意。前知州熊本，曾奏乞用廢罷市易務書板，賜與州學，印賃收錢，以助學糧；或乞賣與州學，限十年還錢。今蒙都省指揮，只限五年，見今轉運司差官重行估價，約計一千四百六貫九百八十三文。若依限送納，即州學歲納二百八十一貫三百九十七文，五年之間，深爲不易。學者旦夕闕食，而望利於五年之後，何補於事。而朝廷歲得二百八十一貫三百九十七文，如江海之中增損涓滴，了無所覺。徒使一方士民，以謂朝廷既已捐利與民，廢罷市易，所放欠負，動以萬計，農商小民，銜荷聖澤，莫知紀極，而獨於此饑寒儒素之士，惜毫末之費，猶欲於此追收市易之息，流傳四方，爲損不小，此乃有司出納之吝，非朝廷寬大之政也。臣以侍從，備位守臣，懷有所見，不敢不盡。伏望聖慈特出宸斷，盡以市易書板賜與州學，更不估價收錢，所貴稍服士心以全國體。謹錄奏聞，伏候敕旨。

貼黄。臣勘會市易務元造書板用錢一千九百五十一貫四百六十九文,自今日以前所收净利,已計一千八百八十九貫九百五十七文,今若賜與州學,除已收净利外,只是實破官本六十一貫五百一十二文,伏乞詳酌施行。

奏爲法外刺配罪人待罪狀

元祐四年八月某日,龍圖閣學士朝奉郎知杭州蘇軾狀奏:

右臣自入境以來,訪聞兩浙諸郡,近年民間例織輕疏糊藥綢絹以備送納,和買夏税官吏,欲行揀擇,而奸猾人户及攬納人遞相扇和,不納好絹。致使官吏無由揀擇,期限既迫,不免受納。歲歲如此,習以成風。故京師官吏軍人,但請兩浙衣賜,皆不堪好。上京綱運,歲有估剥,日以滋多。去年估剥至九千餘貫,元納專典枷鎖鞭撻,典賣竭産,有不能償。姑息之弊,一至於此。

臣自到郡,欲漸革此弊,即指揮受納官吏,稍行揀擇。至七月二十七日,有百姓二百餘人,於受納場前,大叫數聲,官吏軍民,並皆辟易。遂相率入州衙,詣臣喧訴。臣以理喻遣,方稍引去。臣知此數百人,必非齊同發意,當有凶奸之人,爲首糾率。密行緝探。當日據受納官仁和縣丞陳皓狀申,有人户顔巽男顔章、顔益納和買絹五匹,並是輕疏糊藥,丈尺短少,以此揀退。其逐人却將專典拑撮及與攬納人等數百人,對監官高聲叫噉,奔走前去。臣即時差人捉到顔章、顔益二人,枷送右司理院禁勘。只明日,人户一時送納好絹,更無一人敢行喧鬧。

續據右司理院勘到顔章、顔益,招爲本家有和買綢絹共三十七匹,章等爲見遞年例只是將輕疏糊藥綢絹納官,今年本州爲綱運估剥數多,以此指揮要納好絹。章等既請和買官錢每匹一貫,不合將低價收買昌化縣輕疏糊藥短絹納官,其顔章又不合與兄顔益商量,若或揀退,即須拑撮專揀,扇摇衆户,叫噉投州,嚇脅官吏,令只依遞年受納不堪綢絹,尋將買到輕疏糊藥短絹五匹,付揀子家人翁誠納官。尋被翁誠覆本官揀退。章等既見衆户亦有似此輕疏短絹,多被揀退,尋鉗撮翁誠叫屈。顔益在後用手推翁誠,令顔章拑去投州,即便走出三門前,叫屈二聲,跳出欄幹,將兩手抬起,唤衆户扇摇叫噉,稱一時投州去來。衆户約二百餘人,因此亦一時叫噉相隨,投州衙喧訴。臣尋體訪得顔章、顔益係第一等豪户顔巽之子。巽先充書手,因受贓虚消税賦,刺配本州牢城,尋即用幸計構胥吏、醫人,托患放停,又爲詐將産業重疊當出官鹽,刺配滁州牢城,依前托患放停歸鄉。父子奸凶,衆所畏惡。下獄之日,閭里稱快。

謹按顔益、顔章以匹夫之微,令行於衆,舉手一呼,數百人從之,欲以衆多之勢,脅制官吏,必欲今後常納惡絹,不容臣等大革前弊,情理巨蠹,實難含忍。本州既已依法決訖。臣獨判云:“顔章、顔益家傳凶狡,氣蓋鄉閭。故能奮臂一呼,從者數百。欲以摇動長吏,脅制監官。蠹害之深,難從常法。已刺配本州牢城去訖。”仍以散行曉示鄉村城郭人户,今後更不得織造輕疏糊藥綢絹,以備納官。庶幾明年全革此弊。伏望朝廷詳酌,備録臣此狀,下本路轉運司,遍行約束曉示。所貴今後京師及本路官吏軍人,皆得堪好衣賜,及受納專副,不至破家陪填。所有臣法外刺配顔章、顔益二人,亦乞重行朝典。謹録奏聞,伏候敕旨。

貼黄。勘會本州去年發和買夏税物帛計一十四綱,今來隻估剥到四綱,已及九千餘貫,乞下左藏庫,方見估剥數目浩大。

乞賜度牒修廨宇狀

元祐四年九月某日,龍圖閣學士朝奉郎知杭州蘇軾狀奏:

右臣伏見杭州地氣蒸潤,當錢氏有國日,皆爲連樓複閣,以藏衣甲物帛。及其餘官屋,皆珍材巨木,號稱雄麗。自後百餘年間,官司既無力修换,又不忍拆爲小屋,風雨腐壞,日就頹毁。中間雖有心長吏,果於營造,如孫沔作中和堂,梅摯作有美堂,蔡襄作清暑堂之類,皆務創新,不肯修舊。其餘率皆因循支撑,以苟歲月。而近年監司急于財用,尤諱修造,自十千以上,不許擅支。以故官舍日壞,使前人遺構,鞠爲朽壞,深可嘆惜。

臣自熙寧中通判本州,已見在州屋宇,例皆傾邪,日有覆壓之懼。今又十五六年,其壞可知。到任之日,見使宅樓廡,欹仄罅縫,但用小木横斜撑住,每過其下,栗然寒心,未嘗敢安步徐行。及問得通判職官等,皆云每遇大風雨,不敢安寢正堂之上。至於軍資甲仗庫,尤爲損壞。今年六月内使院屋倒,壓傷手分書手二人;八月内鼓角樓摧,壓死鼓角匠一家四口,内有孕婦一人。因此之後,不惟官吏家屬,日負憂恐,至於吏卒往來,無不狼顧。

臣以此不敢坐觀,尋差官檢計到官舍城門樓櫓倉庫二十七處,皆係大段隳壞,須至修完,共計使錢四萬餘貫,已具狀聞奏,乞支賜度牒二百道,及且權依舊數支公使錢五百貫,以了明年一年監修官吏供給,及下諸州刬刷兵匠應副去訖。臣非不知破用錢數浩大,朝廷未必信從,深欲減節,以就約省。而上件屋宇,皆錢氏所構,規摹高大,無由裁樽,使爲小屋。若頓行毁拆,改造低小,則目前蕭然,便成衰陋,非惟軍民不悦,亦非太平美事。竊謂仁聖在上,憂愛臣子,存恤遠方,必不忍使官吏胥徒,日以軀命,僥倖苟安於腐棟頹墻之下。兼恐弊陋之極,不即修完,三五年間,必遂大壞,至時改作,又非二百道度牒所能辦集。伏望聖慈,特出宸斷,盡賜允從。如蒙朝廷體訪得不合如此修完,臣伏欺罔之罪。謹録奏聞,伏候敕旨。

乞詩賦經義各以分數取人將來只許詩賦兼經狀

元祐四年十月十八日,龍圖閣學士朝奉郎知杭州蘇軾狀奏:

右臣今月五日,據本州進士汪溉等一百四十人詣臣陳狀,稱准元祐四年四月十九日敕,詩賦、經義各五分取人。朝廷以謂學者久傳經義,一旦添改詩賦,習者尚少,遂以五分立法,是欲優待詩賦勉進詞學之人。然天下學者,寅夜競習詩賦,舉業率皆成就,雖降平分取人之法,緣業已習熟,不願再有改更,兼學者亦以朝廷追復祖宗取士故事,以詞學爲優,故士人皆以不能詩賦爲耻。比來專習經義者,十無二三,見今本土及州學生員,多從詩賦,他郡亦然。若平分解名,委是有虧詩賦進士,難使捐已習之詩賦,抑令就經義之科。或習經義多少,各以分數發解,乞據狀敷奏者。

臣曩者備員侍從,實見朝廷更用詩賦本末,蓋謂經義取人以來,學者争尚浮虚文字,止用一律,程試之日,工拙無辨,既去取高下,不厭外論,而已得之後,所學文詞,不施於用,以故更用祖宗故事,兼取詩賦。而横議之人,欲收姑息之譽,争言天下學者不樂詩賦,朝廷重失士心,故爲改法,各取五分。然臣在都下,見太學生習詩賦者十人而七。臣本蜀人,聞蜀中進士習詩賦者,十人而九。及出守東南,親歷十郡,及多見江湖福建士人皆争作詩賦,其間工者已自追繼前人,專習經義,士以爲耻。以此知前言天下學者不樂詩賦,皆妄也。惟河北、河東進士,初改聲律,恐未甚工,然其經義文詞,亦自比他路爲拙,非獨詩賦也。朝廷于五路進士,自許禮部貢院分數取人,必無偏遺一路士人之理。今臣所據前件進士汪溉等狀,不敢不奏,亦料諸處似此申明者非一。

欲乞朝廷參詳衆意,特許將來一舉隨詩賦、經義人數多少,各紐分數發解,如經義零分不及一人,許併入詩賦額中,仍除將來一舉外,今後並只許應詩賦進士舉,所貴學者不至疑惑,專一從學。謹録奏聞,伏候敕旨。

貼黄。詩賦進士,亦自兼經,非廢經義也。

論高麗進奉狀

元祐四年十一月三日,龍圖閣學士朝奉郎知杭州蘇軾狀奏:

臣伏見熙寧以來,高麗人屢入朝貢,至元豐之末,十六七年間,館待賜予之費,不可勝數。兩浙、淮南、京東三路築城造船,建立亭館,調發農工,侵漁商賈,所在騷然,公私告病。朝廷無絲毫之益,而夷虜獲不貲之利。使者所至,圖畫山川,購買書籍。議者以爲所得賜予,大半歸之契丹。雖虚實不可明,而契丹之强,足以禍福高麗;若不陰相計構,則高麗豈敢公然入朝中國?有識之士,以爲深憂。

自二聖嗣位,高麗數年不至,淮、浙、京東吏民有息肩之喜。唯福建一路,多以海商爲業,其間凶險之人,猶敢交通引惹,以希厚利。臣稍聞其事,方欲覺察行遣。今月三日,准秀州差人押到泉州百姓徐戩，擅於海舶内載到高麗僧統義天手下侍者僧壽介、繼常、頴流，院子金保、裴善等五人，及賫到本國禮賓省牒云："奉本國王旨，令壽介等賫義天祭文來祭奠杭州僧源闍黎。"臣已指揮本州送承天寺安下，選差職員二人，兵級十人，常切照管，不許出入接客，及選有行止經論僧伴話，量行供給，不令失所外，已具事由畫一，奏禀朝旨去訖。

又據高麗僧壽介有狀稱："臨發日，奉國母指揮，令賫金塔二所，祝延皇帝、太皇太后聖壽。"臣竊觀其意，蓋爲二聖嗣位數年，不敢輕來入貢，頓失厚利。欲復遣使，又未測聖意。故以祭奠源闍黎爲名，因獻金塔，欲以嘗試朝廷，測知所以待之之意輕重厚薄。不然者，豈有欲獻金塔爲壽，而不遣使奉表，止因祭奠亡僧，遂致國母之意？蓋疑中國不受，故爲此苟簡之禮以卜朝廷。若朝廷待之稍重，則貪心復啓，朝貢紛然，必爲無窮之患。待其已至，然後拒之，則又傷恩。恭惟聖明灼見情狀，廟堂之議，固有以處之。臣忝備侍從，出使一路，懷有所見，不敢不盡，以備采擇。謹具畫一如左。(**陳仁錫眉**)存大體。

一、福建狡商，專擅交通高麗，引惹牟利，如徐戩者甚衆。訪聞徐戩，先受高麗錢物，於杭州雕造夾注《華嚴經》，費用浩汗，印板既成，公然於海舶載去交納，却受本國厚賞，官私無一人知覺者。臣謂此風豈可滋長，若馴致其弊，敵國奸細，何所不至。(**李卓吾夾**)哀哉。兼今來引致高麗僧人，必是徐戩本謀。臣已枷送左司理院根勘，即當具案聞奏，乞法外重行，以戒一路奸民猾商。

一、高麗僧壽介有狀稱："臨發日，國母令賫金塔祝壽。"臣以謂高麗因祭奠亡僧，遂致國母之意，苟簡無禮，莫斯爲甚。若朝廷受而不報，或報之輕，則夷虜得以爲詞。若受而厚報之，則是以重幣答其苟簡無禮之饋也。臣已一面令管勾職員退還其狀,云朝廷清嚴,守臣不敢專擅奏聞。臣料此僧勢不肯已,必云本國遣其來獻壽,今若不奏,歸國得罪不輕。臣欲於此僧狀後判云:"州司不奉朝旨,本國又無來文,難議投進。執狀歸國照會。"(**李卓吾夾**)快哉。如此處置,只是臣一面指揮,非朝廷拒絶其獻,頗似穩便。如以爲可,乞賜指揮施行。(**李卓吾夾**)真忠。(**陳仁錫眉**)處分最妥,凡一切求款紛紜,疆吏悉依此法拒之,國不失體而夷使不再辱國矣。

一、高麗僧壽介賫到本國禮賓省牒云:"祭奠源闍黎,仍諸處尋師學法。"臣謂壽介等只是義天手下侍者,非國王親屬。其來乃致私奠,本非國事。待之輕重,當與義天殊絶。欲乞只許致奠之外,其餘尋師學法出入游覽之類,並不許。仍與限日,却差船送至明州,令搭附因便海舶歸國,更不差人船津送。如有買賣,許量辦歸裝,不得廣作商販。

右謹件如前。若如此處置,使無厚利,以絶其來意,上免朝廷帑廩無益之費,下免淮、浙、京東公私靡弊之患。臣不勝區區。謹録奏聞,伏候敕旨。

乞賑濟浙西七州狀

元祐四年十一月初四日,兩浙西路兵馬鈐轄龍圖閣學士朝奉郎蘇軾狀奏:

勘會浙西七州軍,冬春積水,不種早稻,及五六月水退,方插晚秧,又遭乾旱,早晚俱損,高下並傷,民之艱食,無甚今歲。見今米斗九十足錢,小民方冬已有飢者。兩浙水鄉,種麥絶少,來歲之熟,指秋爲期,而熟不熟又未可知。深恐來年春夏之交,必有饑饉盗賊之憂。本司除已與提、轉商量多方擘畫準備外，有合申奏事件，謹具畫一如左。

一、轉運司來年合發上供額斛及補填舊欠共一百六十餘萬碩，本路錢物，大抵空匱，剗刷變轉不行，官吏急於趁辦，務在免責，催迫賦租，督促欠負鉗束私酒漏税之類，必倍於平日，飢貧之民，無路逃死，必將聚爲盗賊。又緣上供額斛數目至廣，都未有備。見今逐州廣行收糴，指揮嚴緊，官吏不免遮攔，米穀添價貴糴，以此斛斗涌貴，小民乏食。欲望聖慈愍此一方遭罹。熙寧中饑疫，人死大半，至今城市寂寥，少欠官私逋負，十人而九，若不痛加賑恤，則一方餘民，必在溝壑。今來亦不敢望朝廷别賜錢米，但只寬得轉運司上供年額錢斛，則官吏自然不行迫急之政，而民自受賜矣。乞出自宸斷，來年本路上解錢斛，且起一半或三分之二，其餘候豐熟日，分作二年，隨年額上供錢物起發，所貴公私稍獲通濟。又恐官吏爲見明年既得寬減，僥倖替移，更不盡心擘畫收拾，以備補填年額，乞特賜指揮，須管依年分收簇數足，若遇移替，具所簇到數交割與後政承認，不得出違年限。

一、見今逐州和糴常平斛斗及省倉軍糧，又糴封樁錢、上供米，名目不一。官吏各務趁辦，争奪相傾，以此米價益貴。伏望聖慈速賜勘會，如在京諸倉，不待此米支用，即令提、轉疾速契勘逐州，如省倉不闕軍糧，常平糴散有備外，更不得收糴。所貴米價稍平，小民不至失所。浙中自來號稱錢荒，今者尤甚。百姓持銀絹絲綿入市，莫有顧者。質庫人户，往往晝閉，若得官錢三二十萬，散在民間，如水救火。欲乞指揮提、轉令將合發上供錢，散在諸州税户，令買金銀綢絹充年額起發。

一、自來浙中奸民結爲群黨，興販私鹽，急則爲盗。近來朝廷痛減鹽價,最爲仁政。然結集興販,猶未甚衰。深恐饑饉之民,散流江海之上,群黨愈衆,或爲深患。欲乞朝廷指揮,盗賊情理重者,及私鹽結聚群黨,皆許申鈐轄司,權於法外行遣,候豐熟日依舊。所貴彈壓奸愚,有所畏肅。

右謹件如前。勘會熙寧中兩浙饑饉,是時米斗二百,人死大半,父老至今言之流涕。今來米斗已及九十,日長炎炎,其勢未已,深可憂慮。伏望仁聖哀憐,早行賑恤。今來所奏,一一併是詣實。伏乞詳酌,速賜指揮。謹録奏聞,伏候敕旨。

論役法差雇利害起請畫一狀

元祐四年十一月十日,龍圖閣學士朝奉郎知杭州蘇軾狀奏:

臣自熙寧以來,從事郡縣,推行役事,及元祐改法,臣忝詳定,今又出守,躬行其法,考問吏民,備見雇役、差役利害,不敢不言。

雇役之法,自第二等以上人户,歲出役錢至多。行之數年,錢愈重,穀帛愈輕,田宅愈賤,以至破散,化爲下等。請以熙寧以前第一、第二等户逐路逐州都數而較之。元豐之末,則多少相絶,較然可知。此雇役之法,害上户者一也。第四等已下,舊本無役,不過差充壯丁,無所陪備。而雇役法例出役錢,雖所取不多,而貧下之人,無故出三五百錢,未辦之間,吏卒至門,非百錢不能解免,官錢未納,此費已重。故皆化爲游手,聚爲盗賊。當時議者,亦欲蠲免此等,而户數至廣,積少成多,役錢待此而足,若皆蠲免,則所喪大半,雇法無由施行。此雇役之法,害下户者二也。今改行差役,則二害皆去,天下幸甚。獨有第三等人户，方雇役時，每户歲出錢多者不過三四千。而今應一役，爲費少者，日不下百錢，二年一替，當費七十餘千。而休閑遠者，不過六年。則是八年之中，昔者徐出三十餘千，而今者並出七十餘千，苦樂可知也。而况農民在官，貪吏狡胥，恣爲蠶食，其費又不可以一二數。此則差役之法，害於中等户者一也。

今之議者，或欲專行差役，或欲復行雇法，皆偏詞過論也。臣愚以謂朝廷既取六色錢，許用雇役，以代中等人户，頗除一害，以全二利。此最良法，可久行者。但元祐二年十二月二十四日敕，合役空閑人户不及三番處，許以六色錢雇州手，分散從官承符人。此法未爲允當。何者？百姓出錢，本爲免役。今乃限以番次，不許盡用，留錢在官，其名不正。又所雇者少，未足以紓中等人户之勞。法不簡徑，使奸吏小人，得以伸縮。臣到杭州，點檢諸縣雇役，皆不應法。錢唐、仁和，富實縣分，則皆雇人。新城、昌化，最爲貧薄，反不得雇。蓋轉運司特於法外創立式樣，令諸縣不得將逐等人户都數通比，其貧下縣分，第一、第二等人户，例皆稀少，至第三等，則户數猥多，以此漲起，人户皆及三番。然第三等户，豈可承當第一等色役，則知通計三等，乃俗使之巧薄，非朝廷立法之本意也。臣方一面改正施行次，旋准元祐四年八月十八日敕，諸州衙前投名不足處，見役年滿鄉差衙前並行替放，且依舊條，差役更不支錢，又諸州役，除吏人衙前外，依條定差，如空閑未及三年，即以助役錢支募。此法既下，吏民相顧，皆所未曉，比於前來三番之法尤爲不通。《前史》稱蕭何爲法，講若畫一，蓋謂簡徑易曉，雖山邑小吏，窮鄉野人，皆能別白遵守，然後爲不刊之法也。臣身爲侍從，又忝長民，不可不言。謹具前件條貫不便事狀，及臣愚見所欲起請者，畫一如左。

一、前件敕節文云："看詳衙前自降招募指揮，僅及一年，諸州、路、軍，尚有招募投名不足去處。其應役年滿衙前，雖依舊支與支酬，勒令在役，然非鄉户情願充應。若後更無人願募，即鄉户衙前，卒無替期。乃是勒令長名祗應，顯於人情未便。今欲將諸州衙前投名不足去處，見役年滿鄉差衙門，並行替放，且依舊條差役，更不支錢。如願投充長名，及向去招募到人，其雇食支酬錢，即令全行支給，却罷差充，仍除鄉差年限未滿人户，依條理當本户差役外，其投募長名之人，並與免本户役錢二十貫文，如所納數少，不係出納役錢之人，即許計會六色合納役錢之人，依數免放。並仰逐處監司，相度見役衙前，如有虚占窠名，可以省並出處，裁減人額，却將減下錢數。添搭入重難支酬施行。"

臣今看詳前件敕條，深爲未便。凡長名衙前所以招募不足者，特以支錢虧少故也。自元豐前，不聞天下有闕額衙前者，豈常抑勤差充，直以重難月給，可以足用故也。當時奉使之人，如李承之、沈括、吴雍之類，每一使至，輒以減刻爲功。至元豐之末，衙前支酬，可謂僅足而無餘矣。而元祐改法之初，又行減削，多是不支月給，以故招募不行。今不反循其本，乃欲重困鄉差，全不支錢，而應募之人，盡數支給，又放免役錢二十貫，欲以誘脅盡令應募。然而歲免役錢二十千許，計會六色人户放免，則是應募自增六色錢日減也。若天下投名衙前，並免此二十千，即六色錢存者無幾。若只是闕額招募到人，方得免放，則均是投名，厚薄頓殊，其理安在？朝廷既許歲免二十千，則是明知支酬虧少，以此補足，何如直添重難月給，令招募得行。所謂計會六色人户者，蓋令衷私商量取錢，若遇頑猾人户，抵賴不還，或將諸物高價准折，訟之於官，經涉歲月，乃肯備償，則衙前所獲無幾。何如官支二十千，朝請暮獲，豈不簡徑易曉？故臣愚以謂上件敕條，必難久行。議者多謂官若添錢招募，則奸民覬望，未肯投名，以待多添錢數。今來計會六色人户放免役錢，正與添錢無異。雖巧作名目，其實一般。大抵支錢既足，萬無招募不行之理。自熙寧以來，無一人闕額，豈有今日頓不應募？臣今起請，欲乞行下諸路監司守令，應闕額長名衙前，須管限日招募數足，如不足，即具元豐以前因何招募得行，今來因何不足事由申奏。如合添錢雇募，即與本路監司商議，一面施行，訖具委無大破保明聞奏。若限滿無故招募不足，即行勘幹係官吏施行。如此，不過半年，天下必無缺額長名衙前，而所添錢數，未必人人歲添二十千，兼止用坊場河渡錢，非如今法計會放免侵用六色錢也。

一、前件敕節文云："看詳鄉差人户，物力厚薄，等第高下，丁口進減，故不常定，恐難限以番次召募，不若約空閑之年以定差法，立役次輕重，雇募役人，顯見均富，兼可以將寬剩役錢，裁減無丁及女户所出錢數，乞諸州役除吏人衙前外，依條定差，如空閑未及三年，即據未及之户以助役錢支募，候有户罷支。已募之人，各依本役年限候滿日差罷，今後遇有支遣，准此。及以一路助役錢，除依條量留一分準備外，據餘剩錢數，却于無丁及女户所出役錢内量行裁減，具數奏聞。所有先降雇募州役，及分番指揮，更不許。"

臣今看詳諸役，以二年爲一番。向來指揮，如空閑人户不及三番，則令雇募，是聖恩本欲百姓空閑六年也。今來無故忽減作三年，吏民無不愕然。以謂中等人户方苦差役，正望朝廷別加寬恤，而六色錢幸有餘剩，正可加添番數，而乃減作三年！農民皆紛然相告，云："向來差役雖甚勞苦，然朝廷猶許我輩閑了六年，今來只許閑得三年，必是朝廷别要此錢使用。”方二聖躬行仁厚，天下歸心，忽有此言，布聞遠邇，深爲可惜。雖云“量留一分準備外，據餘剩數却于無丁及女户所出役錢内量行裁減”，此乃空言無實，止是建議之人，假爲此名，以濟其説。臣請爲朝廷詰之。人户差役年月，人人不同，本縣有户無户，日日不同，加以税産開收，丁口進退，雖有聖智，莫能前知，當雇當差，臨事乃定，如何於一年前預知來年合用錢數，見得寬剩便行減放？臣知此法，必無由施行，但空言而已。若今來寬剩已行減放，來年不足，又須却增，增減紛然，簿書淆亂，百弊横生，有不可勝言者矣。方今中等人户，正以應役爲苦，而六色人户，猶以出錢爲樂。苦者更減三年，樂者又行減放，其理安在？大抵六色錢本役免役，理當盡用雇人，除量留準備外，一文不合樁留，然後事簡而法意通，名正而人心服。

惟有一事，不得不加周慮。蓋逐州逐縣六色錢，多少不同，若盡用雇人，則苦樂不齊，錢多之處，役户太優，與六色人户相形，反爲不易。臣今起請，欲乞今後六色錢常樁留一年準備。（**如元祐四年，只得用元祐二年錢，其二年錢樁，留準備用**。）及約度諸般合用錢（**謂如官吏請雇人錢之類**。）外，其餘委自提刑、轉運與守令商議，將逐州逐縣人户貧富，色役多少，預行品配，以一路六色錢通融分給，令州縣盡用雇人，以本處色役輕重爲先後，如此則事簡而易行，錢均而無弊，雇人稍廣，中外漸蘇，則差役良法，可以久行而不變矣。

貼黄。若行此法，今後空閑三年人户，官吏隱庇不差，却行雇募，無由點檢。縱許人告，自非多事好訟之人，誰肯告訴。若有本等已上閑及三年未委，專以空閑先後爲斷，爲復參用物力高下定差，既無果決條貫，今後詞訟必多。

右謹件如前。朝廷改法數年,至今民心紛然未定,臣在外服,目所親見,正爲此數事耳。伏望聖慈與執政大臣,早定此法,果斷而行之。若還付有司,則出納之吝,必無成議,日復一日,農民凋弊,所憂不小。臣干犯天威,謹俟斧鉞之誅,謹録奏聞,伏候敕旨。

論高麗進奉第二狀

元祐四年十一月十三日,龍圖閣學士朝奉郎知杭州蘇軾狀奏:

右臣近奏爲高麗僧壽介狀稱:"臨發日,奉國母指揮,將金塔二所附壽介前來祝延皇帝、太皇太后聖壽。"臣已一面退還其狀,仍令本州所差伴話僧思義只作己意體問所獻金塔次第。其高麗僧壽介,知臣不爲聞奏,方始將出僧統義天付身文字,以示思義,乃是欲將金塔二所捨入杭州惠因院等處,祝延聖壽,仍云隨身收管,不可擅動元封,俟續有疏文到日,方可施納。以此顯見高麗人將此金塔嘗探中國意度。臣既退還其狀,將來必是自將此塔捨在惠因等院,既是衷私捨施僧院,即朝廷難爲回賜,若受而不報,夷虜性貪,或生怨望。(**陳仁錫眉**)此事公可將。伏望朝廷撿會臣前奏,早賜指揮,如壽介等將上件金塔捨施,亦乞只作臣意度,一面答不奉朝旨,不敢令僧院收留。所貴稍絶後患。謹録奏聞,伏候敕旨。

貼黄。臣體問得,惠因院亡僧净源,本是庸人,只因多與福建海商往還,致商人等於高麗國中妄有談説,是致義天遠來從學,因此本院厚獲施利,而淮、浙官私遍遭擾亂。今來又訪聞得,還是本院行者姓顔人,賫持净源真影舍利,隨舶船過海,是致義天復差人祭奠。臣見令所司根勘，候見諂實奏聞次，今來若許惠因院收留金塔，乃是庸人奸猾，自圖厚利，爲國生事，深爲不可。

乞令高麗僧從泉州歸國狀

元祐四年十二月三日，龍圖閣學士朝奉郎知杭州蘇軾狀奏：

臣近爲泉州商客徐戩帶領高麗國僧統義天手下侍者僧壽介等到來杭州，致祭亡僧浄源，因便帶到金塔二所，遂具畫一事由聞奏。已准朝旨，許令壽介等致祭亡僧浄源畢，差人船送到明州，附因便海舶歸國，如浄源徒弟願與回贈物色，即量度回贈。本州已依准指揮，許令壽介等致祭浄源了畢，其徒弟量將土儀回贈壽介等收受。所有帶到金塔二所，據壽介等令監伴職員前來告臣云，恐帶回本國，得罪不輕。臣已依元奏詞語判狀，付逐僧執歸本國照會，及本州即時差撥人船乘載壽介等，亦將米麵蠟燭之類隨宜餞送。逐僧於十一月三十日起發前去外，訪聞明州近日，少有因便商客入高麗國，竊恐久滯，逐僧在彼不便，竊聞泉州多有海舶入高麗往來買賣，除已牒明州契勘，如壽介等到來年卒無因便舶船，即一面申奏，乞發往泉州附船歸國外，須至奏聞者。

右伏乞朝廷特降指揮，下明州疾速契勘，依此施行。所貴不至住滯。謹録奏聞，伏候敕旨。

乞降度牒召人入中斛斗出糶濟饑等狀

元祐五年二月十四日，龍圖閣學士朝奉郎知杭州蘇軾

狀奏：

右臣近指揮本州令在州並倚郭兩縣糶常平米一千石，及外七縣大縣日糶百石，小縣五十石，約計日糶五百餘石。自二月至六月終，將見管裏外常平米均勻兑撥。除本州倚郭略已足用外，其餘七縣，見闕三萬餘石，雖蒙朝廷賜上供米一十萬石於本路出糶，已准轉運司牒報，於越、睦州撥三萬石與杭州。然本州年計見闕軍糧六萬餘石，越、睦州米尚不了兑充軍糧，更無緣出賣。以此，外縣出糶，實闕三萬餘石。臣已一面指揮諸縣那移般運，開場出糶，以平米價，庶幾深山窮谷小民，不至大段失所。然約度見管米數，恐只至四五月間，必然糶盡，若秋穀未登，糶場不繼，即民間頓然闕食，深可憂慮。

臣勘會諸州，例皆闕米，縱使督迫轉運、提刑司，必是無處擘畫，那移應副。惟有一策，恐可濟辦。緣臣去歲曾奏乞度牒二百道，修完本州廨宇，未蒙施行。臣于十二月末，曾作書與太師文彦博以下執政八人，乞早奏陳，特許給上件度牒二百道。臣欲權將上件度牒，召募蘇、湖、常、秀人户，令于本州闕米縣分入中。斛斗以優價入中，減價出賣，約可得二萬五千石，糶得一五萬千貫。訪聞蘇、湖、常、秀，雖其災傷，富民却薄有蓄積，若以度牒召募，必肯入中。却以此錢修完廨宇，庶幾先濟饑殍之民，後完久壞屋宇，兩事皆濟，則吏民荷德無窮。

臣發此書已四十餘日，至今無報，不免干冒朝廷，上瀆聖聽。伏乞聖慈深哀本州外邑溪谷之民將墜溝壑，特發宸斷，速賜允從。臣無任惶恐戰栗待罪之至。謹録奏聞，伏候敕旨。

論葉温叟分擘度牒不公狀

元祐五年二月十八日，龍圖閣學士左朝奉郎知杭州蘇軾

狀奏：

今月十七日，准轉運使葉温叟牒杭州，准尚書禮部符，准元祐五年正月二十六日敕，勘會兩浙、淮南路，見係災傷，民間穀價涌貴，雖已降指揮，減撥上供斛斗出糶，及依條賑恤外，竊慮所用斛斗數多，不能周足，牒奉敕各出給空名度牒三百道，付逐路轉運、提刑、鈐轄司，分擘與災傷州、軍，召人入納斛斗或見錢，糴入官司封桩及諸色斛斗，添助賑濟支用者。省部今依准敕命指揮，出給到空名度牒三百道，並封皮，須至符送者。符當司主者候到，一依前項敕命指揮，及照會元祐敕令，疾速施行，仍關提刑、鈐轄司，及合屬去處，不管稍有違誤者。當司契勘，杭、越、蘇、湖、常、秀、潤、衢、婺、台等州，災傷放税，除衢州放税只及二釐不至災傷更不撥外，今將杭、越等九州放税錢數衮紐，每州合得道數，須至行遣數内杭州三十道者。

臣看詳上件敕旨，爲兩浙、淮南路災傷，各出給空名度牒三百道，付逐路轉運、提刑、鈐轄司，分擘與災傷州、軍。轉運司既受上件敕旨，即合與提刑及浙東西兩路鈐轄司商量分擘，仍須參州郡大小，户口衆寡，及災傷分數，品配合得道數，依公分擘。今來轉運使葉温叟，因出巡蘇、秀等州，在路受得上件敕旨，便敢公然違戾，更不計會提刑及兩路鈐轄司，亦不與轉運判官張璹商議，便一面擅行分擘，内杭州只得三十道。竊緣杭州城内，生齒不可勝數，約計四五十萬人。裏外九縣主客户口，共三十餘萬。今來檢放水旱，雖只計一分六釐，又緣杭州自來土産米穀不多，全仰蘇、湖、常、秀等州般運斛斗接濟，若數州不熟，即杭州雖十分豐稔，亦不免爲饑年。自去歲十月以後，米價涌長，至每斗九十足錢。近歲浙中難得見錢，每斗九十，便比熙寧以前百四五十，因糶常平米，每日不下五六萬人争糴，方免餓殍。

今來聖恩優恤，一路委自提、轉及兩路鈐轄司分擘度牒，而温叟獨出私意，只分與杭州三十道。内潤州人户，比杭州十分纔及一二，却分得一百道，其餘多少任情，未易悉數。致杭州百姓，例皆諮怨，將謂聖恩偏厚潤州，不及杭州。不知自是温叟公違敕旨，任情分擘，須至奏陳者。

右臣先於二月四日奏。爲杭州諸縣出糶官米，自二月至六月終，闕三萬餘石，乞特賜度牒二百道召人入中米，外縣吏民，日夜企望朝廷施行，雖大旱望雨，執熱思濯，未喻其急。度奏狀未到間，已蒙朝延施行。乃是聖明洞照數千里外事，有如目睹。今乃爲轉運使葉温叟自出私意，多少任情，以杭州衆大，甲于兩路，只分與三十道，吏民驚駭，莫曉其意。

臣竊原聖意，蓋謂提刑專主賑濟，鈐轄司專管災傷盗賊，故令轉運司與兩司同共相度分擘。今温叟並不計會兩司及轉運判官，直自一面任意分擘，牒送諸州，更不關報鈐轄司。臣忝爲侍從，出使一路，温叟似此凌蔑肆行，臣若不言，必無人更敢論列。况杭州見今裏外一十九處開場糶米，糴者如雲，雖寄居待闕官員，亦行差請。杭人素來驕奢，本以糴官米爲恥，若非飢急，豈肯來糴？此皆温叟與諸監司所共目睹。今來只分三十道，深駭物聽。切緣度牒三百道，約直錢五萬餘貫，所在商賈富民，爲之奔走洶動，而温叟一面任意分擘，更不計會逐司，豈得穩便。兼臣訪聞去歲諸郡檢放税賦，多有不實不盡。只如蘇州積水彌望，衆所共見。今來放歲分數，反不及潤州，蓋是檢放官吏觀望漕司意指，及各隨本州長吏用意厚薄，未必皆是的實。今來温叟專用放税分數爲斷，深爲未允。縱使檢放得實，而州郡大小，户口多寡不同，亦合參酌品配，從逐司公共相度分擘，方得允當。今來但係温叟所定賑濟州郡，即多得度牒，應係别人地分，例皆靳惜不與，顯見全然不公。臣已牒轉運司，請細詳上件朝旨，計會提刑、鈐轄司，依公分擘去訖。深慮温叟未肯聽從，縱肯聽從，不過量添三二十道，亦是支用不足。

伏望聖慈體念杭州元奏闕米三萬石，本乞度牒二百道，方稍足用，今來不敢更望上件數目，只乞特賜指揮於三百道内支一百五十道與杭州。况其餘州、軍，元無奏請闕米去處，將其餘一百五十道分與，亦無闕事。伏乞早賜指揮，所貴災傷之民，均受聖澤，不至以一夫私意，專制多少。謹録奏聞，伏候敕旨。

貼黄。杭州元奏闕米三萬石，乞度牒二百道。今來轉運使只與三十道。潤州元不奏闕米，顯是常平錢米足用，今來却與一百道，深駭物聽。乞朝廷詳酌。諸州元無奏請闕米去處，若依臣所奏，分與一百五十道，已出望外。杭州若得一百五十道，猶未足用，乞自聖旨分擘施行。若只下本路，其轉運使葉温叟，必是遂非，不肯應副。

卷五十七

奏議六首

杭州乞度牒開西湖狀

(李卓吾旁)妙甚,有才有識,真仁真忠。(茅鹿門旁)公之兩守錢塘,其功業於今猶有存者,而其當時所畫一利害,每每指悉如此。

元祐五年四月二十九日,龍圖閣學士左朝奉郎知杭州蘇軾狀奏:

右臣聞天下所在陂湖河渠之利,廢興成毁,皆若有數。惟聖人在上,則興利除害,易成而難廢。昔西漢之末,翟方進爲丞相,始決壞汝南鴻隙陂,父老怨之,歌曰:"壞陂誰?翟子威。飯我豆食羹芋魁。反乎覆,陂當復。誰言者?兩黄鵠。"蓋民心之所欲,而托之天,以爲有神下告我也。孫皓時,吴郡上言,臨平湖自漢末草穢壅塞,今忽開通,長老相傳,此湖開,天下平,皓以爲己瑞,已而晉武帝平吴。由此觀之,陂湖河渠之類,久廢復開,事關興運。雖天道難知,而民心所欲,天必從之。

杭州之有西湖,如人之有眉目,蓋不可廢也。唐長慶中,白居易爲刺史。方是時,湖溉田千餘頃。及錢氏有國,置撩湖兵士千人,日夜開浚。(陳仁錫眉)錢氏每盡力於湖,吴淞江亦然。自國初以來,稍廢不治,水涸草生,漸成葑田。熙寧中,臣通判本州，則湖之葑合，蓋十二三耳。至今纔十六七年之間，遂堙塞其半。父老皆言十年以來，水淺葑合，如雲翳空，倏忽便滿，更二十年，無西湖矣。（**鍾惺**）妙語似記。使杭州而無西湖，如人去其眉目，豈復爲人乎？

臣愚無知，竊謂西湖有不可廢者五。天禧中，故相王欽若始奏以西湖爲放生池，禁捕魚鳥，爲人主祈福。（**鍾惺**）不没王欽若之美，公道服人，可爲論事之法。自是以來，每歲四月八日，郡人數萬會於湖上，所活放羽毛鱗介以百萬數，皆西北向稽首，仰祝千萬歲壽。（**李卓吾**）權妙。若一旦堙塞，使蛟龍魚鱉同爲涸轍之鮒，臣子坐觀，亦何心哉！（**李卓吾**）權巧甚。此西湖之不可廢者，一也。杭之爲州，本江海故地，水泉鹹苦，居民零落，自唐李泌始引湖水作六井，然後民足于水，井邑日富，百萬生聚，待此而後食。今湖狹水淺，六井漸壞，若二十年之後，盡爲葑田，則舉城之人，復飲鹹苦，其勢必自耗散。此西湖之不可廢者，二也。白居易作《西湖石函記》云："放水溉田，每減一寸，可溉十五頃；每一伏時，可溉五十頃。若蓄泄及時，則瀕河千頃，可無凶歲。"今歲不及千頃，而下湖數十里間，茭菱谷米，所獲不貲。此西湖之不可廢者，三也。西湖深闊，則運河可以取足於湖水。若湖水不足，則必取足于江潮。潮之所過，泥沙渾濁，一石五斗。不出三歲，輒調兵夫十餘萬工開浚，而河行市井中蓋十餘里，吏卒搔擾，泥水狼藉，爲居民莫大之患。此西湖之不可廢者，四也。天下酒税之盛，未有如杭者也，歲課二十餘萬緡。而水泉之用，仰給於湖，若湖漸淺狹，水不應溝，則當勞人遠取山泉，歲不下二十萬工。此西湖之不可廢者，五也。

臣以侍從，出膺寵寄，（**陳仁錫**）禁近之人能精吏治，甚可法也。目睹西湖有必廢之漸，有五不可廢之憂，豈得苟安歲月，不任其責？輒已差官打量湖上葑田，計二十五萬餘丈，度用夫二十餘萬工。近者伏蒙皇帝陛下、太皇太后陛下以本路饑饉，特寬轉運司上供額斛五十餘萬石，出糶常平米亦數十萬石，約敕諸路，不取五穀力勝税錢，東南之民，所活不可勝計。今又特賜本路度牒三百，而杭獨得百道。臣謹以聖意增價召入中，米減價出賣以濟饑民，而增減耗折之餘，尚得錢米約共一萬餘貫石。臣輒以此錢米募民開湖，度可得十萬工。自今月二十八日興工，農民父老，縱觀太息，以謂二聖既捐利與民，活此一方，而又以其餘棄，興久廢無窮之利，使數千人得食其力以度此凶歲，蓋有泣下者。臣伏見民情如此，而錢米有限，所募未廣，葑合之地，尚存大半，若來者不嗣，則前功復棄，深可痛惜。若更得度牒百道，則一舉募民除去净盡，不復遺患矣。

伏望皇帝陛下、太皇太后陛下少賜詳覽，察臣所論西湖五不可廢之狀，利害較然，特出聖斷，别賜臣度牒五十道，仍敕轉運、提刑司，於前來所賜諸州度牒二百道内，契勘賑濟支用不盡者，更撥五十道價錢與臣，通成一百道。使臣得盡力畢志，半年之間，目見西湖復唐之舊，環三十里，際山爲岸，則農民父老，與羽毛鱗介，同泳聖澤，無有窮已。（茅鹿門夾）一句結盡。臣不勝大願，謹録奏聞，伏候敕旨。

貼黄。目下浙中梅雨，葑根浮動，易爲除去。及六七月，大雨時行，利以殺草，芟夷蘊崇，使不復滋蔓。又浙中農民皆言八月斷葑根，則死不復生。伏乞聖慈早賜開允，及此良時興工，不勝幸甚。

又貼黄。本州自去年全今開浚運河，引西湖水灌注其中，今來開除葑田逐一利害，臣不敢一一煩瀆天聽，别具狀申三省去訖。

【彙評】

開西湖不可謂非趣事也,然"趣"之一字豈可見于章奏?况廢興之間,利病所關乎要,當觀其事理詳核處。

申三省起請開湖六條狀

元祐五年五月初五日,龍圖閣學士左朝奉郎知杭州蘇軾狀申:

軾於熙寧中通判杭州,訪問民間疾苦。父老皆云:"惟苦運河淤塞。遠則五年,近則三年,率常一開後,不獨勞役兵民,而運河自州前至北郭穿闤闠中,蓋十四五里,每將興工,市肆洶動,公私騷然,自胥吏壕寨兵級等,皆能恐喝人户,或云當於某處置土,某處過泥水,則居者皆有失業之憂,既得重賂,又轉而之他。及工役既畢,則房廊邸店,作踐狼藉,園囿隙地,例成丘阜,積雨蕩濯,復入河中,居民患厭,未易悉數。若三五年失開,則公私壅滯,以尺寸水欲行數百斛舟,人牛力盡,跬步千里,雖監司使命,有數日不能出郭者。其餘艱阻,固不待言。"問其所以頻開屢塞之由。皆云:"龍山、浙江兩閘,日納潮水,泥沙渾濁,一汛一淤,積日稍久,便及四五尺,其勢當然,不足怪也。"軾又問言:"潮水淤塞,非獨近歲,若自唐以來如此,則城中皆爲丘阜,無復平田。今驗所在,堆疊泥沙,不過三五十年所積耳,其故何也?"父老皆言:"錢氏有國時,郡城之東有小堰門,既云小堰,則容有大者。(**陳仁錫眉**)用心。昔人以大小二堰隔截江水,不放入城,則城中諸河,專用西湖水,水既清澈,無由淤塞。而餘杭門外地名半道洪者,亦有堰名爲清河,意似愛惜湖水,不令走下。自天禧中,故相王欽若知杭州,始壞此堰,以快目下舟楫往來,今七十餘年矣,以意度之,必自此後湖水不足於用,而取足於江潮。(陳仁錫眉)斟酌。又況今者西湖日就堙塞,昔之水面,半爲葑田,霖潦之際,無所瀦畜,流溢害田,而乾旱之月,湖自減涸,不能復及運河。”

謹按,唐長慶中刺史白居易浚治西湖,作《石函記》,其略曰:“自錢塘至鹽官界應溉夾河田者,皆放湖入河,自河入田,每減一寸,可溉十五頃,每一伏時,可溉五十頃。若堤防如法,蓄泄及時,則瀕河千頃,無凶年矣。”由此觀之,西湖之水,尚能自運河入田以溉千頃,則運河足用可知也。軾於是時,雖知此利害,而講求其方,未得要便。今者蒙恩出典此州,自去年七月到任,首見運河乾淺,使客出入艱苦萬狀,穀米薪芻,亦緣此暴貴,尋劄刷捍江兵士及諸色厢軍得千餘人,自十月興工,至今年四月終,開浚茅山、鹽橋二河,各十餘里,皆有水八尺以上。見今公私舟船通利。

父老皆言:“自三十年以來,開河未有若此深快者也。”然潮水日至,淤填如舊,則三五年間,前功復棄。軾方講問其策,而臨濮縣主簿監在城商税蘇堅建議曰:“江潮灌注城中諸河,歲月已久,若遽用錢氏故事,以堰閘却之,令自城外轉過,不惟事體稍大,而湖面葑合,積水不多,雖引入城,未可全恃,宜參酌古今,且用中策。今城中運河有二,其一曰茅山河,南抵龍山浙江閘口,而北出天宗門。其一曰鹽橋河,南至州前碧波亭下,東合茅山河,而北出餘杭門。餘杭、天宗二門,東西相望,不及三百步。二河合於門外,以北抵長河堰下。今宜於鈐轄司前創置一閘,每遇潮上,則暫閉此閘,令龍山浙江潮水,徑從茅山河出天宗門,候一兩時辰,潮平水清,然後開閘,則鹽橋一河過闤闠中者,永無潮水淤塞、開淘搔擾之患。而茅山河縱復淤填,乃在人户稀少村落相半之中,雖不免開淘,而泥土有可堆積,不爲人患。潮水自茅山河行十餘里至梅家橋下,始與鹽橋河相通,潮已行遠,泥沙澄墜,雖入鹽橋河,亦不淤填。(**自來潮水入茅山、鹽橋二河,只淤填十里,自十里以外,不曾開淘,此已然之明効也。**)茅山河既日受潮水,無緣涸竭,而鹽橋河底低茅山河底四尺,(**梅家橋下,量得水深四尺,而碧波亭前,水深八尺。**)則鹽橋河亦無涸竭之理。然猶當過慮,以備乏水。今西湖水貫城以入於清湖河者,大小凡五道。(**一,暗門外斗門一所。一,涌金門外水閘一所。一,集賢亭前水筧一所。一,集賢亭後水閘一所。一,菩提寺前斗門一所。**)皆自清湖河而下以北出餘杭門,不復與城中運河相灌輸,此最可惜。宜於涌金門内小河中,置一小堰,使暗門、涌金門二道所引湖水,皆入法慧寺東溝中,南行九十一丈,則鑿爲新溝二十六丈,以東達於承天寺東之溝,又南行九十丈,復鑿爲新溝一百有七丈,以東入於猫兒橋河口,自猫兒橋河口入新水門,以入於鹽橋河,則咫尺之近矣。此河下流,則江潮清水之所入,上流,則西湖活水之所注,永無乏絶之憂矣。而湖水所過,皆闤闠曲折之間,頗作石櫃貯水,使民得汲用浣濯,且以備火災,其利甚博。此所謂參酌古今而用中策也。"

軾尋以堅之言使通直郎知仁和縣事黄僎相度可否,及率僚吏躬親驗視,一一皆如堅言,可成無疑也。(**陳仁錫眉**)此人不失言矣,坡公不失人矣。謹以四月二十日興功開導及作堰閘,且以餘力修完六井,(**杭州城中多鹵地,無甘井。唐刺史李泌始作六井,皆引湖水注其中,歲久不治。熙寧中,知州陳襄與軾同擘畫修完,而功不堅,至今復廢壞。軾今改作瓦筒,又以磚石培甃固護,可以堅久。**)皆不過數月,可以成就。而本州父老農民睹此利便,相率詣軾陳狀,凡一百一十五人,皆言:"西湖之利,上自運河,下及民田,億萬生聚，飲食所資，非止爲游觀之美，而近年以來，堙塞幾半，水面日减，茭葑日滋，更二十年，無西湖矣。”勸軾因此盡力開之。軾既深愧其言，而患兵工寡少，費用之資無所從出。父老皆言：“竊聞朝廷近賜度牒一百道，每道一百七十貫，爲錢一萬七千貫。本州既高估米價，召人入中，减價出糶，以濟饑民，消折之余，尚有米錢約共一萬貫石，若支用此，亦足以集事矣。”

適會錢塘縣尉許敦仁建言西湖可開狀，其略曰：“議者欲開西湖久矣，自太守鄭公戩以來，苟有志於民者，莫不以此爲急，然皆用工滅裂，又無以善其後。蓋西湖水淺，茭葑壯猛，雖盡力開撩，而三二年間，人工不繼，則隨手葑合，與不開同。竊見吴人種菱，每歲之春，芟除澇漉，寸草不遺，然後下種。若將葑田變爲菱蕩，永無茭草堙塞之患。今乞用上件錢米，雇人開湖，候開成湖面，即給與人户，量出課利，作菱蕩租佃，獲利既厚，歲歲加工，若稍不除治，微生茭葑，即許人劃賃，但使人户常憂劃奪，自然盡力，永無後患。今有錢米一萬貫石，度所雇得十萬工，每工約開葑一丈，亦可添得十萬丈水面，不爲小補。”（**若量破錢米召募饑民興役，必不濟事。若每日破米三升錢五十五文足，雇一强壯人夫，然後可使。雖云强壯，然艱食之歲，使數千人得食其力以度凶年，亦歸於賑濟也。**）

軾尋以敦仁之策，參考衆議，皆謂允當。已一面牒本州依敦仁擘畫，支上件錢米雇人，仍差捍江船務、樓店務兵士共五百人，般載葑草，於四月二十八日興工去訖。今來有合行起請事件，謹具畫一如左。

一、今來所創置鈴轄司前一閘，雖每遇潮上，閉閘一兩時辰，而公私舟船欲出入閘者，自須先期出入，必不肯端坐以待閉閘，兼更有茅山一河自可通行，以此實無阻滯之患，而能隔截江潮,逕自茅山河出天宗門,至鹽橋一河,永無堙塞開淘搔擾之患,爲利不小。恐來者不知本末,以阻滯爲言,輕有變改,積以歲月,舊患復作,今來起請新置鈐轄司前一閘,遇潮上閉訖,方得開龍山浙江閘,候潮平水清,方得却開鈐轄司前閘。

一、鹽橋運河岸上,有治平四年提刑元積中所立石刻,爲人户屋舍侵占牽路已行除拆外,具載闊狹丈尺。今方二十餘年,而兩岸人户復侵占牽路,蓋屋數千間,却於屋外别作牽路,以致河道日就淺窄。准此,據理併合拆除,本州方行相度,而人户相率經州,乞逐人家後丈尺,各作木岸,以護河堤,仍據所侵占地量出賃錢,官爲桩管準備修補木岸,乞免拆除屋舍。本州已依狀施行去訖。今來起請應占牽路人户所出賃錢,並送通判廳收管,準備修補河岸,不得别將支用,如違,並科違制。

一、自來西湖水面,不許人租佃,惟茭葑之地,方許請賃種植。今來既將葑田開成水面,須至給與人户請佃種菱。深慮歲久人户日漸侵占舊來水面種植,官司無由覺察,已指揮本州候開湖了日,於今來新開界上,立小石塔三五所,相望爲界,亦須至立條約束。今來起請,應石塔以内水面,不得請射及侵占種植,如違,許人告,每丈支賞錢五貫文省,以犯人家財充。

一、湖上種菱人户,自來臠割葑地,如田塍狀,以爲疆界。緣此即漸葑合,不可不禁。今來起請應種菱人户,只得標插竹木爲四至,不得以臠葑爲界,如違,亦許人剗賃。

一、本州公使庫,自來收西湖菱草蕩課利錢四百五十四貫,充公使。今來既開草葑,盡變爲菱蕩,給與人户租佃,即今後課利,亦必稍增。若撥入公使庫,未爲穩便。今來起請欲乞應西湖上新舊菱蕩課利,並委自本州量立課額,今後永不得增添。如人户不切除治,致少有草葑,即許人剗賃,其剗賃人,特與權免三年課利。所有新舊菱蕩課利錢,盡送錢塘縣尉司收管,謂之開湖司公使庫,更不得支用,以備逐年雇人開葑撩淺,如敢别將支用,並科違制。

一、錢塘縣尉廨宇,在西湖上。今來起請今後差錢塘縣尉銜位内帶管勾開湖司公事,常切點檢,纔有茭葑,即依法施行。或支開湖司錢物,雇人開撩替日,委後政點檢交割。如有茭葑不切除治,即申所屬點檢,申吏部理爲違制。

以上六條,並刻石置知州及錢塘縣尉廳上,常切點檢。

右謹件如前。勘會西湖葑田共二十五萬餘丈,合用人夫二十餘萬工。上件錢米,約可雇十萬工,只開得一半。軾已具狀奏聞,乞别賜度牒五十道,通成一百道,充開湖費用外,所有逐一子細利害,不敢一一紊煩天聽。(**陳仁錫眉**)度牒可以開湖,宋猶有政事也。伏乞僕射相公、門下侍郎、中書侍郎、尚書左丞、尚書右丞特賜詳覽前件所陳利害,及起請六事,逐一敷奏,立爲本州條貫,早賜降下,依稟施行。兼畫成地圖一面,隨狀納上,謹具狀申三省,謹狀。

奏户部拘收度牒狀

元祐五年五月二十七日,龍圖閣學士左朝奉郎知杭州蘇軾狀奏:

右臣近者,伏見二聖遇災而懼,憂勞四方,所以拯救饑民者,可謂至矣。兩浙、淮南蒙賜度牒六百道,而杭、揚二州,各得百道。吏民鼓舞,歌詠聖澤。曾未數日,而淮西提刑申户部,本路常平斛斗足用,不須上件度牒;兩浙轉運、提刑亦申,本路今年豐熟,别無流民。是致户部申都省却乞拘收度牒錢斛,以備别時支用,都省更不奏禀聖旨,便行下本路提刑司,依户部所申施行。

臣勘會自來聖恩以災傷特賜錢物賑濟,即無似此中變却自都省行下追收體例,深駭物聽。淮、浙兩路,去歲災傷之甚,行路備知,便使今年秋穀大稔,猶恐未補瘡痍,而況春夏之交,稻秧未了,未委逐路提、轉,如何見得今年秋熟便申豐稔?顯是小臣無意恤民,專務獻諂,而户部、都省樂聞其言,即時施行,追寢二聖已行之澤。百姓聞之,皆謂朝廷不惜饑民,而惜此數百紙度牒,中路翻悔,爲惠不終。

臣忝備禁從,受恩至深,不忍小臣惑誤執政,屯膏反汗,虧污聖德,惜毫毛之費,致丘山之損,是以冒昧獻言。伏望聖慈察臣孤忠,留中省覽,更不降出,只作聖意訪聞,戒飭執政,令速降指揮,更不得拘收,一依前降聖旨,盡用賑濟。所貴艱食之民,始終被惠,亦免二聖以行恩命反復追收,失信天下。臣不勝區區,謹録奏聞,伏候敕旨。

貼黄。臣近有狀奏,乞更賜度牒五十道,用開西湖葑田,仍以一面指揮本州,將前來度牒變轉賑濟外,所餘錢米,召募艱食之民,興工開淘。今來才及一月,漸以見功。吏民踊躍從事,農工父老,無不感悦。忽蒙都省拘收錢米,自指揮到日,更不敢支動。吏民失望,前功並棄,深可痛惜。伏乞出自聖意,指揮三省檢會前奏,早賜施行。臣自以受恩深重,每有所見,不敢不盡。今者上忤執政,下忤户部監司,伏望聖慈愍臣孤忠,不避仇怨,特乞留中不出,以全臣子。

應詔論四事狀

元祐五年六月初九日,龍圖閣學士左朝奉郎知杭州蘇軾

狀奏：

臣近者伏睹邸報，以諸路旱災，内出手詔兩道，其略曰："豈政治失當，事之害物者尚多，上下厄塞，情之不通者非一，刑或不稱其罪，用或不當其人？"又曰："意者政令寬弛，吏或爲害而莫知，賦役失當，民病于事而莫察，忠言有壅而未達，賢材有抑而未用？"臣伏讀至此，感憤涕泣而言曰：嗚呼，陛下即位改元於今五年，三出此言矣，雖禹、湯之聖，不惜罪己，而臣子之心，誠不忍聞。思有以少補聖政，助成應天之實，使堯、舜之仁，名言皆行，心迹相應，庶幾天人感通，災沴不作，免使君父數出此言，不勝拳拳孤忠，而志慮短淺，又以出守外服，不能盡知朝政得失，獨以目所親見民之疾苦，州縣官吏日夜奉行殘傷其肌體，離散其父子，破壞其生業，爲國斂怨，而了無絲毫上助國用者四事，昧死獻言，謹具條件如左。（**陳仁錫眉**）言外已見詔書之實。

一、伏見元祐四年八月十九日敕節文："應見欠市易人户，籍納拘收産業，自來所收課利及估賣到諸般物色錢，已及官本，别無失陷，除已有人承買交業外，並特給還；未足者，許貼納收贖，仍不限年。"四方聞之，莫不鼓舞歌詠，以謂聖恩深厚，燭知民隱，誠三王推本人情之政也。尋契勘杭州共有一百一十二户，合該上項敕條，方且次第施行次，忽准尚書户部符，據蘇州申明，如何謂之折納，如何謂之籍納？本部已依條估覆。供認伏定入官，折還欠錢，謂之折納。已經估覆三估不伏定，即以所估高價籍定者，謂之籍納。惟籍納産業，方許給還。用此契勘，遂無一户可以應得。指揮至有已給再追者。於是百姓喧然出訴於庭。以謂某等自失業以來，父母妻子離散，轉在溝壑，久無所歸，伏幸仁聖在上，昭恤如此，命下之初，如蒙更生，今者有司沿文生意，又復壅隔，雖有惠澤，蓋與無同。

臣即看詳，元初立法，本爲興置，市易已來，凡異時民間生財自養之道，一切收之公上，小民既無他業，不免與官中首尾膠固，以至供通物産，召保立限，增價出息，賒貸轉變，以苟趨目前之急，及至限滿，不能填償，又理一重息罰，歲月益久，逋欠愈多，科决監錮，以逮妻孥。市易官吏，方且計較功賞，巧爲文詞，致許人户願以屋業及田土折納還官，各以差官檢估取伏定文狀了日理作季限，放免息罰，召人添價收買。方人户在係累之時，州縣督責嚴急，如有産業田土，豈復自能爲主，檢估伏認，勢須在官，雖名情願，實只空文。唯是頑狡之人，或能抵拒，以至三估未肯供狀，及其既納，皆是折還欠錢，並籍在官，有何不同。聖恩寬大，特爲立法，以救前日之弊。所稱籍納，只是臨時立文，出於偶爾，而有司執閡，妄意分别。若果如申明，即是善良畏事之人，不蒙優恤，元初恃頑狡獪與官爲競之民，却被惠澤。事理如此，豈不倒置？不惟元條無此明文，實恐非朝廷綏養窮困之意。及檢會元祐四年三月二十六日敕，人户欠市易官錢，將樓店屋産折納在官，並將所收房課充折，别無少欠，亦許給還，亦不曾分别折納、籍納。以此推考顯無可疑。自是蘇州官吏巧薄，以刻爲忠，曲有申明，而户部吝於出納，以害仁政。伏乞特加詳察，不以折納、籍納，並依元條施行，所貴失業之人，均被聖恩。

一、伏見元祐元年九月八日敕："尚書户部狀，據提點兩浙刑獄公事喬執中奏，熙寧四年以後至元豐三年以前新法，積欠鹽錢及有均攤等人陪填，見今貧乏無可送納，已累經赦恩，比類市易等錢，只今送納産鹽場監官本價錢，其餘並乞除放等事。本部勘當，欲並依喬執中所奏前項事理施行，仍連狀奉聖旨依，及准提刑司備坐元奏，積欠鹽錢，前後官司催納，僅及六年，催到貫萬不少,今來所欠,並是下等貧困之人,無可送納,已累經赦恩,及逐節事理,遂具狀申奏。今准省符,前項指揮請詳朝旨施行。”本州契勘上件年分,計有四百四十五户,自承朝旨以來,迨今首尾五年,纔放得二十三户。臣竊怪之,以爲東南鹽法,久爲民患,原其造端,蓋自兩浙流衍散漫,遂及江南、福建,流弊之末,人不堪命,故詔令之下,如救水火。今者五年之久,民之疾苦,依然尚在,朝廷德澤,十不行一,何也?推考其故,蓋提舉鹽事司執文害意,謂非貧乏不在此數。而州縣吏人,因緣爲奸,以市賄賂,故久而不決。竊詳元奏之意,本謂積欠歲久,前後官司催納到貫萬不少,今來所欠,並是貧困之人,既以累經赦恩,比類市易,只乞與納官本價錢。本部勘當,以此並乞依奏仍連狀奉聖旨施行,即是執中所奏欠户,自是貧困之人,皆當釋放矣。省部行下務從文省,止是節略元奏,爲其已涉六年,見今貧乏無可送納,非爲更行勘會,須得委是貧乏,方可施行。

至元祐二年,本州再以元豐四年已後至八年登極大赦以前積欠鹽户,奏乞除放,省部看詳,方始立文,如委是貧乏,即依元祐元年九月十八日已降朝旨施行,以顯執中當時所奏,並謂見今貧乏無可送納,合行一例除放,及節次本州與轉運司各曾申明省符,與元奏詞語不同,省部亦已開析,緣元係連狀,並依前項所奏施行,事理甚明。而主事堅執,至今疑惑,至使州縣吏人,户户行遣,一一較量,計構官司,買囑鄰里,尚復多方指摘,以肆規求,待其充欲,然後保明。遂致其間一百四十九户已放,而復行勘會,一百六十五户申省見勘會而未圓,二十五户已圓而申禀監司,及有一户二户,旋申省部。如此反復,多方留難,即五年之久,未足爲怪也。伏惟仁聖在上,憂民疾苦,寤寐不忘,惠澤之下,宜如置郵傳命,今乃中道廢格,以開奸吏乞取之路，反使朝廷之恩，獨與奪於州縣庸人之手，省部既不鈎察，官吏亦恬不爲慮，甚非所以仰稱仁聖焦勞愛民之意也。伏乞昭示德音，申飭有司，更不勘會是與不是貧乏，無俾奸吏執文害意，以壅隔朝廷大惠。不然，或斷以第三等以下，並依上件朝旨施行。則法令易簡，一言自足矣。蓋等第素定，貧富較然，朝行夕至，奸吏無所措意也。所有元豐四年以後，及至八年大赦以前所欠鹽户，亦乞依此施行。

貼黄。契勘熙寧四年以後止元豐八年登極大赦以前，人户積欠，共計五萬三百餘貫。若謂非貧乏有可送納，即自元祐元年至今並不曾納到分文，顯見有司空留帳籍虚數，以害朝廷實惠。

一、伏見熙寧中，天下以新法從事，凡利源所在，皆歸之常平使者，而轉運司歲入之計，惟田賦與酒税而已。方是時，民財窘亟，酒税例皆減耗，諸路既已經費不足，上下督責益急，故酒務官吏，至有與庸保雜作，州縣受官視事去處，亦或爲小民喧嘩群飲之肆，又不能售，往往苟逃罪戾，巧爲文致，誘導無知之民，以陷欠負破蕩之禍，如許人供通自己或借他人産業當酒是也。臣近契勘，杭州自承上件指揮以來，以産當酒者，計一千四百三十三户，計錢一十四萬二千九百餘貫，前後官司催督監錮，繼以鞭笞拘當在官，使之離業，又自收其租利，中間以至繫累犴獄，公與私皆擾，人與産俱亡。十餘年間，除已催到一十二萬九千四百餘貫，計千二十九户外，尚有餘欠一萬三千四百餘貫，計四百四户，歲月既久，終不能填償，豈非並是困窮無有之人乎？尋檢會元豐四年五月二十一日敕，酒務留當産業，依鹽錢例拘收，以其鹽與酒事同一體故也。今者鹽錢欠户，已准元祐元年九月十六日及二年九月十八日朝旨，許納場監地頭官本價錢，餘並除放，獨酒欠至今，未蒙如此施行。豈容事同一體，拘收則同，而除放則異？此無他，蓋有司不能推廣朝廷德意故也。臣愚欲乞將元豐八年登極大赦以前酒欠人户，並依所欠鹽錢已得朝旨並今來前項申明，更不勘會貧乏，或斷自第三等以下事理施行，不惟海隅細民並蒙休澤，實亦無偏無黨皇極之道也。

一、伏見元豐四年杭州合發和買絹二十三萬一千匹，准朝旨撥轉運司錢，於餘杭等縣，委官置場一十一處收買。尋以數内揀下不堪上供五萬七千八百九十匹，計錢五萬五千餘貫，却勒逐場變轉。是時錢重物輕，一日並出，既聲言行濫不受於官，又須元價以冀償足，捐之市中，莫有顧者。於是官吏惶駭，莫知所爲，不免一切賒貸，及假借官勢，抑配在民，往往其間浮浪小人與無賴子弟，詭冒姓名，朋欺上下，元買官吏苟得虛數還之有司，以緩目前之禍，其後督責嚴急，必於取償奏立近期，專委强吏。十餘年間如捕寇盜，除催到四萬六千餘貫外，餘欠八千二百餘貫，共二百八十二户，並是貧民下户，無所從出，與詭冒逃移不知頭主及干係均納之人，連延至今，終不能足。惟有簿書，以資奸吏追擾，遺害未已。

今者伏准元祐五年四月初九日敕，諸處見欠蠶鹽和預買青苗錢物，元是冒名無可催理，或全家逃移，鄰里抱認，或元無頭主，均及干係人，以此積年未能了絶，雖係元請官本，况内有已該元豐八年登極大赦者，依聖旨並特放，歡聲播傳，和氣充塞。臣於此時仰知聖德廣大，正使堯湯水旱，亦不足慮也。然政有體，事有數，體雖備而數不能悉，言雖不及而意在是者，蓋非俗吏所能知也。臣輒不避僭妄，竊詳和買之法，以錢與民而收絹，是猶補助耕斂之意，公私兩有之利也。元豐官吏以絹與民而收錢，又皆行濫棄捐之餘，取償倍稱不實之直，賒貸抑配，以苟免一時失陷之責，即是利專自爲，害專在民也。事理人情，輕重可見，聖恩矜恤，宜在所先。臣愚以謂元豐四年退賣物帛，既同是和買之名，又有非法病民之實，自合依今年四月九日朝旨施行外，伏望朝廷深念前項弊害，止是出於一時官吏私意，非如蠶鹽和預買青苗天下公共之法，更賜加察，告示矜寬，不以有無頭主是與不是冒名，及鄰里抱認與均及干係人，並特與除放，是亦稱物平施，天之道也。

右所有四事，伏望聖慈特察臣孤忠，志在愛君，別無情弊，更賜清問左右大臣，如無異論，便乞出敕施行。若後稍有一事一件不如所言，臣甘伏罔上誤朝之罪。若復行下有司反復勘會，必是巧爲駁難，無由施行。臣緣此得罪，萬死無悔，但恨仁聖之心，本不如此，天降甘雨，爲物所隔，終不到地，可爲痛惜。而况前件四事，錢物數目雖多，皆是空文，必難催索。徒使胥吏小人，緣而爲奸，威福平民。故臣敢謂放之則損虚名而收實惠，不放則存虚數而受實禍，利害較然。伏望聖明，特出宸斷，天下幸甚。臣愚蠢少慮，言語粗疏，干犯天威，伏俟斧鑕。謹録奏聞，伏候敕旨。

貼黄。臣伏見四方百姓，皆知二聖恤民之心，無異父母。但臣子不能推行，致澤不下流。日近以蘇州官吏妄有申明折納、籍納一事，户部從而立法，致已給還産業，却行追收，人户詣臣哀訴，皆云黄紙放了，白紙却收，有泣下者。臣竊深悲之。自二聖嗣位已來，恩貸指揮，多被有司巧爲艱閡，故四方皆有"黄紙放"而"白紙收"之語，雖民知其實，止怨有司，然陛下亦未嘗峻發德音，戒敕大臣，令盡理推行，則亦非獨有司之過也。况臣所論四事，錢物雖多，皆是虚數，必難催理。除是復用小人如吴居厚、盧秉之類，假以事權，濟其威虐，則五七年間，或能索及三五分。若官吏只循常法,何緣索得。三五年後,人户竭産,伍保散亡,勢窮理盡,不得不放。當此之時,亦不謂之聖恩矣。伏見坤成節在近,天下臣子皆以放生爲忠,度僧爲福,臣愚無知,不識大體,輒敢以此四事爲獻。伏望留神省覽,指揮執政便與施行,導迎天休,以益聖算,其賢於放生度僧亦遠矣。若陛下不少留神,執政只作常程文字行下,一落胥吏庸人之手,則茫然如墮海中,民復何望矣。臣言狂意切,必遭衆怒,伏乞聖慈只行出前件奏狀,留此貼黄一紙,更不降出,以全孤危。庶使愚臣今後每有所聞,得盡論列,以報二聖知遇之恩萬分之一也。臣不勝大願。

奏浙西災傷第一狀

(茅鹿門旁)古之救災須吃緊,先事而慮如此。

元祐五年七月十五日,龍圖閣學士左朝奉郎知杭州蘇軾狀奏:

右臣聞事豫則立,不豫則廢,此古今不刊之語也。至於救災恤患,尤當在早。若災傷之民,救之於未饑,則用物約而所及廣,不過寬減上供,糶賣常平,官無大失,而人人受賜,今歲之事是也。若救之於已饑,則用物博而所及微,至於耗散省倉,虧損課利,官爲一困,而已饑之民,終於死亡,熙寧之事是也。熙寧之災傷,本緣天旱米貴,而沈起、張靚之流,不先事奏聞,但務立賞閉糴,富民皆争藏穀,小民無所得食。流殍既作,然後朝廷知之,始敕運江西及截本路上供米一百二十三萬石濟之。巡門俵米,攔街散粥,終不能救。饑饉既成,繼之以疾疫,本路死者五十餘萬人,城郭蕭條,田野丘墟,兩税課利,皆失其舊。勘會熙寧八年,本路放税米一百三十萬石,酒課虧减六十七萬餘貫,略計所失共計三百二十餘萬貫石。其餘耗散不可悉數。至今轉運司貧乏不能舉手。此無它,不先事處置之過也。

去年浙西數郡,先水後旱,災傷不减熙寧。然二聖仁智聰明,於去年十一月中,首發德音,截撥本路上供斛斗二十萬石賑濟,又於十二月中,寬减轉運司元祐四年上供額斛三分之一,爲米五十餘萬斛,盡用其錢,買銀絹上供,了無一毫虧損縣官。而命下之日,所在歡呼,官既住糴,米價自落。又自正月開倉糶常平米,仍免數路税務所收五穀力勝錢,且賜度牒三百道,以助賑濟。本路帖然,遂無一人餓殍者,此無它,先事處置之力也。由此觀之,事豫則立,不豫則廢,其禍福相絶如此。

恭惟二聖天地父母之心,見民疾苦,匍匐救之,本不計較費用多少,而臣愚魯無識,但知權利害之輕重,計得喪之大小,以謂譬如民庶之家,置莊田,招佃客,本望租課,非行仁義,然猶至水旱之歲,必須放免欠負借貸種糧者,其心誠恐客散而田荒,後日之失,必倍於今故也,而况有天下子萬姓而不計其後乎! 臣自去歲以來,區區獻言,屢瀆天聽者,實恐陛下客散而田荒也。

去歲杭州米價,每斗至八九十,自今歲正月以來,日漸减落。至五六月間,浙西數郡,大雨不止,太湖泛溢,所在害稼,六月初間,米價復長,至七月初,斗及百錢足陌。見今新米已出,而常平官米,不敢住糶,災傷之勢,恐甚於去年。何者? 去年之災,如人初病,今歲之災,如病再發。病狀雖同,氣力衰耗,恐難支持。又緣春夏之交,雨水調匀,浙人喜於豐歲,家家典賣,舉債出息,以事田作,車水築圩,高下殆遍,計本已重,指日待熟。

而淫雨風濤,一舉害之,民之窮苦,實倍去歲。近者,將官劉季孫往蘇州按教,臣密令季孫沿路體訪。季孫還爲臣言:"此數州,不獨淫雨爲害,又多大風駕起潮浪,堤堰圩埠,率皆破損,湖州水入城中,民家皆尺餘,此去歲所無有也。"而轉運判官張璹自常、潤還,所言略同,云:"親見吴江平望八尺,聞有舉家田苗没在深水底,父子聚哭,以船筏撈攎,云,半米猶堪炒吃,青穟且以喂牛。"正使自今雨止,已非豐歲,而况止不止,又未可知。則來歲之憂,非復今年之比矣。何以言之?去年杭州管常平米二十三萬石,今年已糶過十五萬石,雖餘八萬石,而糶賣未已,又緣去年災傷放税,及和糴不行省倉闕數,所有上件常平米八萬石,只了兑撥充軍糧,更無見在。惟有糶常平米錢近八萬貫,而錢非救饑之物。若來年米益貴,錢益輕,雖積錢如山,終無所用。熙寧中,兩浙市易出錢百萬緡,民無貧富,皆得取用,而米不可得,故曳羅紈,帶金玉,横屍道上者,不可勝計。今來浙東西大抵皆糶過常平米,見在絶數少,熙寧之憂,凛凛在人眼中矣。

臣材力短淺,加之衰病,而一路生齒,憂責在臣,受恩既深,不敢别乞閑郡。日夜思慮,求來年救饑之術,别無長策,惟有秋冬之間,不惜高價多糴常平米,以備來年出糶。今來浙西數州米既不熟,而轉運司又管上供年額斛斗一百五十餘萬石,若兩司争糴,米必大貴,饑饉愈迫,和糴不行,來年青黄不交之際,常平有錢無米,官吏拱手坐視人死,而山海之間,接連甌閩,盜賊結集,或生意外之患,則誅殛臣等,何補於敗。以此,須至具實聞奏。

伏望聖慈備録臣奏,行下户部,及本路轉運提刑、兩路鈐轄司,疾早相度來年,合與不合準備常平斛斗出糶救饑。如合準備,即具逐州合用數目。臣已約度杭州合用二十萬石,仍委逐司擘畫,合如何措置,令米價不至大段翔涌,收糴得足。如逐司以謂不須準備出糶救濟,即令各具保明來年委得不至饑殍流亡,結罪聞奏。緣今來已是入秋,去和糴月日無幾,比及相度往復取旨,深慮不及於事。伏乞詳察速賜指揮。臣屢犯天威,無任戰慄待罪之至。謹録奏聞,伏候敕旨。

貼黄。臣聞之道路,閩中災傷尤甚。盗賊頗重。或云邵武軍有强賊,人數不少,恐是廖思餘黨。轉運司見令衢州官吏就近體訪。雖未知虚實,然恐萬一有之,不可不豫慮也。

又貼黄。臣謹按《唐史》,憲宗謂宰臣曰:"卿等累言吴越去年水旱,昨有御史自江、淮按察回,言不至爲災,此事信否?"李絳對曰:"臣見淮南、浙江東西道狀,皆云水旱。且方隅授任,皆朝廷信重之臣,苟非事實,豈敢上陳,此固非虚説也。御史官卑,選擇非其人,奏報之間,或容希媚。况推誠之道,君人大本,苟一方不稔,當即日救濟其饑貧,况可疑之耶?"帝曰:"向者不思而有此問,朕言過矣。"絳等稽首再拜,帝曰:"今後諸道被荒之處,速宜蠲貸之。"又按本朝《會要》,太宗嘗語宰臣曰:"國家儲蓄,最是急務,蓋以備凶年,救人命。昨者江南數州,微有災旱,朕聞之,急遣使往彼,分路賑貸,果聞不至流亡,兼無饑殍,亦無盗賊之患。苟無積粟,何以拯救饑民!"臣近者每觀邸報,諸路監司,多是於三四月間,先奏雨水匀調,苗稼豐茂,及至災傷,須待餓殍流亡,然後奏知。此有司之常態,古今之通患也。豐熟不須先知,人人争奏,災傷正合豫備,相顧不言,若非朝廷廣加采察,則遠方之民,何所告訴?

一、去年災傷,伏蒙寬减轉運司上供額斛三分之一,盡用其錢,收買銀絹。命下之日,米價斗落。今災傷連年,民力重困,又緣春夏之交，雨水調匀，多典賣舉債出息，以事田作，指日待熟。而淫雨風濤，一舉害之，窮苦更倍去歲。伏望憫察，特與寬減轉運司上供一半。所貴米價不至翔涌，和糴得行，且免本路錢荒之弊。

一、杭州所出米穀不多，深慮常平收糴不足，有誤來年支糶。乞許於蘇州、秀州寄糴。

一、檢准《編敕》節文，五穀不得收力勝錢。然元降指揮，止於今年四月終。

伏望愍念兩浙連年災傷且無麥，須至候秋熟六月中爲止。

右件如前。臣亦知京師倉廩之數，不可耗缺，所以連奏乞減額斛者，誠恐來年饑饉已成，二聖不忍坐視流殍，必于他路般運錢米賑濟，爲費且倍，而已飢之民，豈復有錢買米，並須俵散，有出無收，不如及早寬減上供米斛，却收銀絹，實數縱有損折，所較不多。伏惟深念熙寧之災，本緣臣僚不早擘畫奏請，以致餓死五十餘萬人，至今瘡痍未復，呻吟未已，特望宸斷，早賜準備，實一方幸甚。

奏浙西災傷第二狀

元祐五年七月二十五日，龍圖閣學士左朝奉郎知杭州蘇軾狀奏：

右臣近奏，爲浙西數郡淫雨風濤爲害，恐災傷之勢，甚於去年，而常平斛斗，例皆出糶，見在數少，恐來年民間闕食，無可賑濟，乞備録臣奏，下户部及本路提、轉、鈐轄司相度，合如何擘畫收糴，準備出糶。未蒙施行。今月二十一日、二十二日、二十三日，皆連晝夜大風雨，二十四日雨稍止，至夜復大雨。竊料蘇、湖等州風濤所損,必加於前,若不早作擘畫,廣行收糴常平斛斗準備,則來歲必有流殍之憂。伏惟聖慈早賜愍救,檢會前奏,速賜施行。臣别無材術,惟知屢奏,喧瀆聖聽,罪當萬死。謹録奏聞,伏候敕旨。

卷五十八
奏議十二首

乞禁商旅過外國狀

元祐五年八月十五日，龍圖閣學士左朝奉郎知杭州蘇軾狀奏：

檢會杭州去年十一月二十三日奏泉州百姓徐戩公案，爲徐戩不合專擅爲高麗國雕造經板二千九百餘片，公然載往彼國，却受酬答銀三千兩，公私並不知覺，因此構合密熟，遂專擅受載彼國僧壽介前來，以祭奠亡僧浄源爲名，欲獻金塔，及欲住此尋師學法。顯是徐戩不畏公法，冒求厚利，以致招來本僧搔擾州郡。況高麗臣屬契丹，情僞難測，其徐戩公然交通，略無畏忌，乞法外重行，以警閩、浙之民，杜絶奸細。奉聖旨，徐戩特送千里外州、軍編管。

至今年七月十七日，杭州市舶司准密州關報，據臨海軍狀申，准高麗國禮賓院牒，據泉州綱首徐成狀稱，有商客王應昇等，冒請往高麗國公憑，却發船入大遼國買賣，尋捉到王應昇等二十人，及船中行貨，並是大遼國南挺銀絲錢物，並有過海祈平安將入大遼國願子二道。本司看詳，顯見閩、浙商賈因往高麗，遂通契丹，歲久迹熟，必爲莫大之患。方欲具事由聞奏，乞禁止。近又於今月初十日，據轉運司牒，准明州申報，高麗人使李資義等二百六十九人，相次到州，仍是客人李球於去年六月内，請杭州市舶司公憑往高麗國經紀，因此與高麗國先帶到實封文字一角，及寄搭松子四十餘布袋前來。本司看詳，顯是客人李球因往彼國交構密熟，爲之鄉導，以希厚利，正與去年所奏徐戩情理一同。

見今兩浙、淮南，公私騷然，文符交錯，官吏疲于應答，須索假借，行市爲之憂恐。而自明及潤七州，舊例約費二萬四千六百餘貫，未論淮南、京東兩路及京師館待賜予之費，度不下十餘萬貫。若以此錢賑濟浙西饑民，不知全活幾萬人矣。不惟公私勞費，深可痛惜，而交通契丹之患，其漸可憂。皆由閩、浙奸民，因緣商販，爲國生事。除已具處置畫一利害聞奏外，勘會熙寧以前《編敕》，客旅商販，不得往高麗、新羅及登、萊州界，違者，並徒二年，船物皆没入官。竊原祖宗立法之意，正爲深防奸細因緣與契丹交通。自熙寧四年，發運使羅拯始遣人招來高麗，一生厲階，至今爲梗。《熙寧編敕》，稍稍改更慶曆、嘉祐之法。至元豐八年九月十七日敕，惟禁往大遼及登、萊州，其餘皆不禁，又許諸蕃願附船入貢，或商販者聽。《元祐編敕》亦只禁往新羅。所以奸民猾商，争請公憑，往來如織，公然乘載外國人使，附搭入貢，搔擾所在。若不特降指揮，將前後條貫看詳，别加删定，嚴立約束，則奸民猾商，往來無窮，必爲意外之患。謹具前後條貫，畫一如左。

一、《慶曆編敕》："客旅于海路商販者，不得往高麗、新羅及登、萊州界。若往餘州，並須於發地州、軍，先經官司投狀，開坐所載行貨名件，欲往某州、軍出賣。許召本土有物力居民三名，結罪保明，委不夾帶違禁及堪造軍器物色，不至過越所禁地分。官司即爲出給公憑。如有違條約及海船無公憑，許諸色人告捉，船物並没官，仍估物價錢，支一半與告人充賞，犯人科違制之罪。”

一、《嘉祐編敕》：“客旅于海道商販者，不得往高麗、新羅及至登、萊州界。若往餘州，並須於發地州、軍，先經官司投狀，開坐所載行貨名件，欲往某州、軍出賣。許召本土有物力居民三名結罪，保明委不夾帶違禁及堪造軍器物色，不至越過所禁地分。官司即爲出給公憑。如有違條約及海船無公憑，許諸色人告捉，船物並没官，仍估納物價錢，支一半與告人充賞，犯人以違制論。”

一、《熙寧編敕》：“諸客旅于海道商販，於起發州投狀，開坐所載行貨名件，往某處出賣。召本土有物力户三人結罪，保明委不夾帶禁物，亦不過越所禁地分。官司即爲出給公憑。仍備録船貨，先牒所往地頭，候到日點檢批鑿公憑訖，却報元發牒州，即乘船。自海道入界河，及往北界高麗、新羅並登、萊界商販者，各徒二年。”

一、元豐三年八月二十三日中書劄子節文：“諸非廣州市船司，輒發過南蕃綱舶船，非明州市舶司，而發過日本、高麗者，以違制論，不以赦降去官原減。”（**其發高麗船，仍依别條。**）

一、元豐八年九月十七日敕節文：“諸非杭、明、廣州而輒發海商舶船者，以違制論，不以去官赦降原減。諸商賈由海道販諸蕃，惟不得至大遼國及登、萊州。即諸蕃願附船入貢或商販者。聽。”

一、《元祐編敕》：“諸商賈許由海道往外蕃興販，並具人船物貨名數所詣去處，申所在州，仍召本土有物力户三人，委保物貨内不夾帶兵器，若違禁以堪造軍器物，並不越過所禁地分。州爲驗實，牒送願發舶州，置簿抄上，仍給公據。方聽候回日，許於合發舶州住舶，公據納市舶司。即不請公據而擅行，或乘船自海道入界河，及往新羅、登、萊州界者，徒二年，五百里編管。”

右謹件如前。堪會元豐八年九月十七日指揮，最爲害事，將祖宗以來禁人往高麗、新羅條貫，一時削去，又許商賈得擅帶諸蕃附船入貢。因此，致前件商人徐戩、王應昇、李球之流，得行其奸。今來不可不改。乞三省密院相度裁定，一依慶曆、嘉祐《編敕》施行。不惟免使高麗因緣猾商時來朝貢，搔擾中國，實免中國奸細，因往高麗，遂通契丹之患。謹録奏聞，伏候敕旨。

申明户部符節略賑濟狀

元祐五年八月二十五日，龍圖閣學士左朝奉郎知杭州蘇軾狀奏：

臣近以今年浙西數郡，大雨不止，太湖泛溢，所在害稼。尋實七月十五日具狀奏聞，乞下户部及本路轉運提刑、兩路鈐轄司疾早相度，來年合與不合準備常平斛斗，出糶救饑，如合準備，即具諸州合用數目。臣已約度杭州合用二十萬石，仍委逐司擘畫，合如何措置，令米價不至大段翔涌，收糴得足。如逐司以謂不須準備出糶救濟，即令各具保明來年委得不至饑殍流亡，結罪聞奏。

今准尚書户部符，本路轉運、提刑、鈐轄司准都省批送下八月四日敕，中書省知杭州充兩浙西路兵馬鈐轄蘇軾奏，勘會今年五六月間，浙西數郡，大雨不止，太湖氾濫，所在害稼，災傷之勢，恐甚於去年。伏望下户部及本路轉運、提刑及兩路鈐轄司相度，來年合如何準備救濟，候敕旨。八月四日，三省同奉聖旨,依奏。奉敕如右,牒到奉行。都省批,八月五日辰時送户部施行内相度仍限半月者。

右臣竊詳户部符内,止是節略行下,既奉聖旨依奏,即未審元初並依臣所奏,係有司節略,爲復只依今來户部符下一節事理?切縁臣前奏所乞"如逐司以謂不須準備出糶救濟,即令各具保明來年委得不至饑殍流亡,結罪聞奏"之意,蓋欲逐司官吏依實相度,不敢滅裂,須至再具申明。伏乞朝廷檢會臣前奏逐節事理,特賜明降指揮施行。謹録奏聞,伏候敕旨。

相度準備賑濟第一狀

元祐五年九月七日,龍圖閣學士左朝奉郎知杭州蘇軾狀奏:

准尚書户部符,准敕知杭州兩浙西路兵馬鈐轄蘇軾奏,勘會今年五六月,浙西數郡,大雨不止,太湖泛溢,所在害稼,災傷之勢,恐甚於去年,伏望下户部及本路轉運提刑、兩路鈐轄司相度,來年合如何準備救濟。奉聖旨依奏,都省批内相度限半月。本司今相度到準備救濟事件如左。

一、本司勘會去年八九月間,杭州在市米價每斗六十足,至十一月,長至九十五足,其勢方踊貴間,因朝旨寬減轉運司上供額斛三分之一,即時米價減落。及本州正月内,便行出糶常平米,至七月終,共糶一十八萬餘石,以此米價無由增長,人免流殍。今來在市米,見今已是七十五文足,至冬間,轉運司收糴上供額斛,及檢放秋税軍糧,恐有闕少,亦須和糴取足,又本州須糴常平米二十餘萬石,諸州亦各收買,似此争糴,必須踊貴。縱使大破官錢,收糴得足,亦恐來年闕食,小民必不辦高價收買官米。至時若米貴人饑，本司必須奏乞減價出賣。竊料仁聖在上，必不忍坐視人饑，不許減價。約度浙西諸郡，今年必須和糴常平米五十餘萬石，準備來年出糶。若價高本重，至時每斗只減十文，亦須坐失五萬餘貫，而況饑饉已成，流殍不已，則朝廷所以救恤之者，其費豈止五萬貫而已哉？欲乞聖慈特許寬減轉運司今來上供額斛一半，仍依去年例，令折價錢，置場收買金銀綢絹上供，則朝廷無所耗失，而浙中米價稍平，常平收糴得足，來年不至大段減價出賣，耗折常平本錢，一路之人，得免流殍，爲惠不小。勘會去年本司亦乞寬減上供額斛一半，准敕只許寬減三分之一。今來災傷及檢放秋税次第皆甚於去年，又緣連年災傷，民力愈耗，合倍加存恤，所以須奏乞寬減一半。伏望聖慈，憐愍一方，特依所乞，盡數寬減。

一、勘會熙寧八年兩浙饑饉，朝旨截撥江西及本路上供斛斗一百二十五萬石，賜本路賑濟。只緣本路奏乞後時，不及於事，卒死五十萬人。去歲十一月二十九日，聖旨令發運司撥上供斛斗二十萬石，賜本路減價出糶，所費只及熙寧六分之一，然及時濟用，倉廪有備，米不騰踊，人免流殍。本司今來勘會蘇、湖、常、秀等州，頻年災傷，人户披訴，已倍去歲，檢放苗米，亦必加倍，不惟人户闕食，亦恐軍糧不足。欲乞檢會去年體例，更賜加數，特與截撥本路或發運司上供斛斗三十萬石，令本路減價出糶，或用補軍糧之闕。伏望聖慈，愍念一路軍民，特與盡數應副。

右謹件如前。本司已具上項事件，關牒本路轉運、提刑司，照會相度施行去訖。深慮轉運司官吏職在供饋，所有寬減額斛，難於自言，伏望聖明以一方生靈爲心，非爲苟寬官吏之責，特賜過慮，及早施行。又況所乞數目雖廣，如所耗損錢數不多，若待饑饉已成,然後垂救,則所費十倍,無及於事。伏乞决自聖意,指揮三省,更不下有司往復勘當施行。謹録奏聞,伏候敕旨。

相度準備賑濟第二狀

元祐五年九月十七日,龍圖閣學士左朝奉郎知杭州蘇軾狀奏:

近准朝旨,令本司及轉運司、提刑司相度準備來年被災闕食人户。本司已具二事聞奏,乞寬減轉運司上供額斛一半,截撥上供米三十萬石,準備及補軍糧之闕,未蒙回降指揮。本司再相度來年準備大計,全在廣糴常平斛斗,於正月以後,便行出糶,平准在市管價,以免流殍之災。此外更無長策。今來選差官吏,開倉和糴,優估米價,戒約專斗不得乞覓,非不嚴切,然經今一月,並無一人赴倉入中。體問得蓋是蘇、湖、常、秀大段災傷,兼自八月半間至今陰雨不止,災傷之餘,所收無幾,又少遇晴乾,已熟者不得刈,已刈者不得舂,有谷無米,日就腐壞。見今訪聞蘇、秀州在市米價,已是九十五文足,添長之勢,炎炎未已。本司欲便令杭州添價收糴,不惟助長米價,爲小民目下之患,又官本既貴,來年難爲出糶,若不添錢,又恐終是收糴不行,來年春夏間,闕米出糶,必有流殍之憂。竊料至時難以諱言災傷,官吏亦須略具事實聞奏。仁聖在上,理無不救,必須多方于鄰路擘畫斛斗賑濟。若不預爲之防,則恐鄰路無備,臨時擘畫不行,須至先事奏乞者。

右本司勘會,去歲朝旨寬減轉運司上供額斛三分之一,却令將折斛錢買銀絹上供,又今年本司亦奏乞寬減額斛一半,如蒙施行,即轉運司折斛錢萬數不少。又勘會提刑司今年諸州糴常平米至多，所管常平司官錢萬數不少，但有錢無米，坐視饑殍，爲憂不細。欲乞聖慈，過爲防慮，特敕發運司相度擘畫錢本，于江淮近便豐熟州、軍，差官置場，和糴白米五十萬石，嚴賜指揮，須管數足，仍搬運至真、揚州桩管。若令來春本路闕常平米出糶，即令發運司撥發，於逐州下卸，仍以本路常平錢充還。若至時本路常平米有備，不須搬運上件米出糶，即就撥充本路轉運司上供額斛，却以寬減折斛錢充還。如此，即於朝省錢物，無所耗損，而於本路生靈億萬性命，稍免溝壑之憂。謹録奏聞，伏候敕旨。

貼黄。今年災傷，十倍去年。但官吏上下，皆不樂檢放，諱言災傷。只如近日秀州嘉興縣，因不受訴災傷詞狀，致踏死四十餘人。大率所在官吏，皆同此意，但此一處，以踏死人多，獨彰露耳。若朝廷只據逐處申奏，及檢放秋税分數，即無由盡見災傷之實。又，臣軾切見轉運、提刑司所奏災傷，皆無迫切懇至之語，朝論必以臣爲過當。然臣實見連年災傷，父老皆言事勢不減熙寧，民間有錢，尚因無米餓死四十萬人，况今民間絶無見錢，若又無米，則流殍之災，未易度量。伏望聖慈，深爲防慮。若來年人户元不闕食，不須如此擘畫，則臣不合過當張惶之罪，所不敢辭，縱被誅譴，終賢於有災無備，坐視人死而不能救也。

乞檢會應詔所論四事行下狀

元祐五年九月二十七日，龍圖閣學士左朝奉郎知杭州蘇軾狀奏：

右臣今年六月九日，輒具朝廷至仁，寬貸宿逋，已行之命，爲有司所格沮，使王澤不得下流者四事。其一曰：見欠市易籍納産業,聖恩並許給還,或貼納收贖。而有司妄出新意,創爲籍納、折納之法,使十有八九,不該給贖。其二曰:積欠鹽錢,聖恩已許只納産場鹽監官本價錢,其餘並與除放。而提舉鹽事司,執文害意,謂非貧乏不在此數。其三曰:登極大赦以前人户,以産當酒,見欠者亦合依鹽當錢法,只納官本。其四曰:元豐四年,杭州揀下不堪上供和買絹五萬七千八百九十四,並抑勒配賣與民,不住鞭笞催納,至今尚欠八千二百餘貫,並合依今年四月九日聖旨除放。

然臣具此奏論,經今一百八日,不蒙回降指揮,及檢會前奏四事,早賜行下。謹録奏聞,伏候敕旨。

尚書省取會到諸處,稱不曾承受到上件奏狀,仍連元狀,十二月十八日三省同奉聖旨,令蘇軾別具聞奏。仍仰户部指揮根究前奏,申尚書省。

進何去非備論狀

元祐五年十月十八日,龍圖閣學士左朝奉郎知杭州蘇軾狀奏:

右臣自揣虚薄,叨塵侍從,常求勝己,以爲報國。恭惟先皇帝道配周孔,言成典謨,雲漢之章,藻飾萬物,而臣子莫副其意,蓋嘗當食不御,有才難之嘆。伏見承奉郎徐州州學教授何去非,文章議論,實有過人,筆勢雄健,得秦漢間風力。元豐五年,以累舉免解,答策廷中,極論用兵利害,先帝覽而異之,特授右班殿直,使教授武學,不久遂爲博士。臣竊揆聖意,必將長育成就,以待其用,豈特以一博士期去非而已哉?而去非立志强毅,不苟合於當時,公卿故莫爲一言推轂成就之者。臣任翰林學士日，嘗具以此奏聞，乞换文資，置之太學。雖蒙恩换承奉郎，而今者乃出爲徐州教授，比于博士，乃似左遷。非獨臣人微言輕，不足取信，亦恐朝廷不見其文章議論，無以較量其人。謹繕寫去非所著《備論》二十八篇附遞進上，乞降付三省執政考覽。如臣言不謬，乞除一館職。非獨以收羅逸才，風曉士類，亦以彰先帝知人之明，一經題品，决無虚士，書之史册，足爲光華。若不如所舉，甘伏朝典。謹録奏聞，伏候敕旨。

相度準備賑濟第三狀

元祐五年十月二十一日，龍圖閣學士左朝奉郎知杭州蘇軾狀奏：

右臣近奉朝旨，相度準備來年賑濟闕食人户，尋具畫一事件聞奏。内多糴常平以備來年出糶平准市價一事，最爲要切。

見今浙西諸郡，米價雖貴，然亦不過七十足。竊度來年青黄不交之際，米價必無一百以下，至時，若依元價出糶，猶可以平壓翔踊之患，終勝於官無斛斗，坐視流殍。而提刑司專務靳惜兩三錢，遍行文字，減勒官估。臣已指麾杭州不得減價，依舊作七十收糴。見今亦不過糴得三萬餘石，其餘諸郡，不敢有違。訪聞蘇、秀最係出米地分，見今不過糴得二三萬石，而湖州一處，災傷爲甚，提刑司已指麾本州住糴，却令蘇州撥常平米五萬石與湖州，又令秀州撥十萬石與杭州，若湖得五萬石，猶恐未足於用，而蘇、秀撥十五萬石，深慮逐州不免妨闕，若新糴不多，即是兩頭闕事，而般運水脚兵稍有偷盗耗失之費，亦與所減兩三錢不争，若使來年官米數少，不能平壓市價，致有流殍，更煩朝廷截撥斛斗，散與饑民，則爲十倍之費，乃是所減毫毛而所捐丘山,大爲非策。

訪聞諸郡富民,皆知來年必是米貴,各欲廣行收糴,以規厚利。若官估稍優,則農民米貨盡歸於官。此等無由乘時射利,吞併貧弱,故造作言語,以摇官吏,皆言多破官錢,深爲可惜,若便爲減價住糴,正墮其計。况今來已是十月下旬,不過更一二十日,即無收糴,縱却添價,亦不及事,恐有誤來年出糶大事,所以須至別作擘畫,仰訴朝廷。緣臣先於九月十七日,曾奏乞下發運司於豐熟近便州、軍,和糴五十萬石,以備常平米不足般取出糶,却以本路常平錢還發運司,若常平米足用,即充本路轉運司上供米,仍以額斛錢撥還。兼勘會淮南大熟,揚州、高郵軍米價甚平。若行此策,顯無妨害。

伏望聖慈檢會前奏,速賜施行,與此一方連年被災之民,廣作準備。謹録奏聞,伏候敕旨。

相度準備賑濟第四狀

元祐五年十一月二十一日,龍圖閣學士左朝奉郎知杭州蘇軾狀奏:

右臣勘會今年本路風水之災,倍於去年,本司累具合行救濟事件聞奏。伏料仁聖在上,必已矜察。見今蘇、湖、杭、秀等州,米價日長,杭州所糴粗米,以備出糶,每斗不下六十七至七十足錢,猶自收糴不行,恐須至更添錢招買,方稍足用,竊計開春米價,必是翔踊。若依條,不虧元價出糶,則官本已重,小民艱於收糴,無以救濟貧卜,平準市價。若奏乞減價出糶,又恐耗失常平官本,亦非長策。須至奏聞。

又勘會杭州裏外見管義倉米四萬餘石,准條,災傷之年,並許敕散賑濟。本州相度,若待饑饉已成,方將上件義倉盡行俵散,亦未能盡濟饑民。惟是開春已後,才見在市米價增長,即便將義倉常平米賤價出糶,但市價不長,則一郡之民,人人受賜。今來起請,欲乞將常平米除係三年以上依條合減價外,其餘並每斗減五文足,内係今來貴價收糴者,每斗減二十文足出糶,仍將義倉米隨色額估定,賤價一處出糶,所收錢,並用填還常平所虧官本錢,如填還足外,尚有剩數,亦許撥填本路别州常平米所虧官本錢,仍下浙西諸郡,依此體例施行。所貴本路明年饑民普得賤米吃用,全活億萬性命,其利至博,而其實止於耗却義倉,元不破官本米貨十餘萬石。况自有條,災傷之歲,許將義倉米俵散,但俵散之所及者狹,不如出糶之利所及者廣。伏望聖慈,特出宸斷,早賜施行。謹録奏聞,伏候敕旨。

貼黄。常平錢米,豐凶之際,平準物價以救民命,所繫利害至重。本司已累次奏乞指揮諸路專行糴糶,不得别有他用,如召募饑民興土工水利之類,有出無入,即漸耗散。伏乞留意。今來啓請,只是權宜,一時施行,别不衝改前後條貫。

又貼黄。本司相度來年艱食之勢,深可憂畏。若候饑饉已成,疾疫已作,仁聖在上,必須廣作擘畫錢米救濟,其費必相倍蓰。若行本司所奏,開春便行出糶,則米價不長,億萬生聚,自然蒙賜。所費不多,今來已是十一月末,乞速賜施行。所貴正月内,便得開倉出糶。

乞擢用劉季孫狀

(李卓吾旁)誰肯。

元祐五年十一月日，龍圖閣學士左朝奉郎知杭州蘇軾狀奏：

右臣自少聞趙元昊寇，延州危急，環慶將官劉平以孤軍來援，奸臣不救，平遂戰没，竟駡賊不食而死。平有數子，皆才用絶人，不幸早世。今臣所與同僚西京路分都監左藏庫副使劉季孫，則平之少子，篤志力學，博通史傳，工詩能文，輕利重義，雖文臣亦未易得。而其練達武經，講習邊政，乃其家學。至於奮不顧身，臨難守節，以臣度之，必不減平。今平諸子獨有季孫在，而年已五十有八，雖備位將領，未盡其用。伏望朝廷特賜采察，權置邊庭要害之地，觀其設施，别加升進。不獨爲忠義之勸，亦以廣文武之用。如蒙朝廷擢用，後犯入己贓，及不如所舉，臣甘伏朝典。謹録奏聞，伏候敕旨。

乞子珪師號狀

元祐五年十二月日，龍圖閣學士左朝奉郎知杭州蘇軾狀奏：

勘會杭州平陸，本江海故地，惟附山乃有甘泉，其餘井皆鹹苦。唐刺史李泌，始引西湖水作六井。其後白居易，亦治湖浚井，以足民用。嘉祐中，知州沈遘增置一大井，在美俗坊，今謂之沈公井，最得要地。四遠取汲，而創始滅裂，水常不應。至熙寧中，六井與沈公井，例皆廢壞。知州陳襄選差僧仲文、子珪、如正、思坦四人，董治其事。修完既畢，歲適大旱，民足于水，爲利甚博。臣爲通判，親見其事。經今十八年，沈公井復壞，終歲枯涸，居民去水遠者，率以七八錢買水一斛，而軍營尤以爲苦。臣尋訪求，熙寧中修井四僧，而三人已亡，獨子珪在，年已七十，精力不衰。問沈公井復壞之由，子珪云：熙寧中雖已修完，然不免以竹爲管，易致廢壞。遂擘畫用瓦筒盛以石槽，底蓋堅厚，錮捍周密，水既足用，永無壞理。又于六井中控引餘波，至仁和門外，及威果、雄節等指揮五營之間，創爲二井，皆自來去井最遠難得水處。西湖甘水，殆遍一城，軍民相慶，若非子珪心力才幹，無緣成就。緣子珪先已蒙恩賜紫，欲乞特賜一師號，以旌其能者。

右臣體問得靈石多福院僧子珪，委有戒行，自熙寧中及今，兩次選差修井，營幹勞苦，不避風雨，顯有成效。如蒙聖恩賜一師號，即乞以惠遷爲號，取《易》所謂"井居其所而遷"之義。謹録奏聞，伏候敕旨。

繳進應詔所論四事狀（前連元祐五年六月奏狀）

元祐六年正月九日，龍圖閣學士左朝奉郎知杭州蘇軾狀奏：

右臣去年六月具狀奏聞，乞申明給還市易折納産業，及除放積欠鹽錢，並人户欠買退絹錢四事，未蒙回降指揮。今月五日，准元祐五年十二月十九日尚書省劄子會到諸處，稱不曾承受到上件奏狀。十二月十八日，三省同奉聖旨，令臣別具聞奏者。今重具到元奏狀繳連在前。謹録奏聞，伏候敕旨。

貼黄。臣竊見浙中州縣市井人煙，比二十年前，不及四五。所在酒税課利虧欠，只如杭州酒務課利，昔年三十餘萬貫，今來隻及二十餘萬貫。其他大率類此。朝廷力行仁政，不爲不久，而公私凋耗，終不少蘇，蓋是商賈物貨，元未通行故也。自來民間買賣，例少見錢，惟藉所在有富實人户可倚信者賒買而去。

歲歲往來,常買新貨,却索舊錢,以此行商坐賈,兩獲其利。今浙中州縣,所理私債,大半係欠官錢人户。官錢尚不能足,私債更無由催,以此商旅不行,公私受害。若行此四事,則官之所失,止是虛數,而人户一蘇,三二年間,商旅必復通行,酒税課利,漸可復舊,所補不小。

乞桩管錢氏地利房錢修表忠觀及墳廟狀

元祐六年二月二十八日,龍圖閣學士左朝奉郎知杭州蘇軾狀奏:

檢准熙寧十年十月十一日中書劄子節文:"資政殿大學士右諫議大夫知杭州趙抃奏,伏見故吴越國王錢氏,有墳廟在本州界,欲乞兩縣應管錢氏諸墳廟,每縣選委僧道一名,專切主管内錢塘縣界文穆王元瓘等二十六處墳廟。勘會當州天慶觀道正通教大師錢自然,本錢氏直下子孫,欲令錢自然永遠住持。並臨安縣界武肅王鏐等廟墳一十一處,今召到本縣净土寺賜紫僧道微,乞依錢自然例主管。又勘會得文穆王元瓘墳廟並忠獻王仁佐墳,並在龍山界,其側有香火妙因院,本錢氏建造,見是道正錢自然權令徒弟道士在彼看守,欲望改賜觀額,令錢自然已下徒弟,永遠住持,漸次修葺,兼得就便照管墳廟,不致荒廢。奉敕依奏。其錢塘妙因院,特改賜表忠觀爲額。並臨安净土寺,令尚書祠部每遇同天節,各特與披剃童行一名。"

又准元豐五年三月十八日中書劄子節文:"皇城使慶州防禦使錢暄等奏,臣等先臣祠廟,在杭、越二州者五所,墳壟在錢塘、臨安兩縣者六十餘處。獨臨安有田園房廊,歲收一千三百四十貫有奇,太平興國已後,寄納本縣,至大中祥符間,本處申明,蒙朝旨令杭州樓店務於軍資庫作臣家錢寄納,日後不曾請領。近歲先臣祠廟,例皆摧塌,私家無力修葺,前項寄納錢數雖多,切緣年歲深遠,不敢更乞支給,今只乞降指揮下杭州,許將臨安縣舊田園房廊撥還臣家,庶收歲課,漸次完補墳廟。謹録奏聞,伏候敕旨。"

右奉聖旨"宜令杭州每年特支錢五百貫,與表忠觀置簿拘管,只得修葺墳廟,不得别將支用,劄付杭州,准此"者。臣檢會熙寧十年七月二十六日,據管内道正錢自然狀,乞將臨安縣祖先置到産業,每年收掠賃錢一千三百五十四貫,修葺諸處墳廟。此時差官檢計到錢塘、臨安縣所管錢氏墳廟,委是造來年深,木植朽損,共合用工料價錢一萬二千八百九十貫九百九十九文。及臨安縣勘會到管内錢氏歸官房廊田産等賃錢,年納一千三百五十四貫三百四十文省,送納軍資庫,尋係本州申奏。乞將臨安縣管催上件賃錢支撥修葺,約計九年,方得完備。直至元豐五年内,因皇城使錢暉等奏乞方准。當年三月十八日中書劄子,奉聖旨,每年特支錢五百貫,與表忠觀修葺墳廟,不得别將支用。自後至元祐五年,雖支得四千五百貫省,蓋爲廟宇舊屋間架元造廣大,一百餘年不曾修治,例皆損塌,須得一起修葺,稍可完補。若每年只支得五百貫,雖逐旋修得大段倒損去處,又爲連接屋宇數多,隨手損塌。自熙寧十年檢計,止今又及一十四年,尋於去年再差官重行檢計到兩縣墳廟已修再損、未及修屋宇神像等,共合用工料價錢,内臨安縣四千三百五十八貫一百四十四文省,錢塘縣一萬二千五百二十貫五百九十一文省,兩縣共合用工料價錢計一萬六千八百七十八貫七百三十五文省,須至奏陳者。

右臣竊惟錢氏之忠,著於甲令,朝野共知,不待臣言。而墳廟荒毁，行路嗟傷。就使朝廷特賜錢物，爲之修完，猶不爲過，而况本家自有地利房錢，可以支用，豈忍利此毫末，歸之有司！恭惟神宗皇帝，深念錢氏之忠，特改妙因院，賜名表忠觀，仍使其裔孫道士錢自然住持。而有司不能推明聖意，奏乞盡數撥還地利房錢，以助修完，經今十四年，表忠觀既未成就，而諸處墳廟，依前荒毁，使先帝表顯忠臣之意，徒爲空言。臣愚欲望聖慈特許每年臨安縣所收地利房錢一千三百五十四貫三百四十文省，令表忠觀每遇修本觀及杭、越州諸墳廟，即具所修名件及合用錢數，赴州請領，仍候修造了，差官檢計，具委無大破，保明申州。所貴事體稍正，毋使小民竊議。謹録奏聞，伏候敕旨。

貼黄。如蒙朝廷依奏，即乞指揮本州，將逐年所收到上件地利房錢，令須桩管，只得充修造表忠觀及錢氏墳廟使用，官私不得别行支借使用。

卷五十九

奏議六首

乞相度開石門河狀

(**茅鹿門旁**)此一事予未嘗躬爲相度覽睹當時所遺利害,而其言自有次若指掌。

元祐六年三月某日,龍圖閣學士左朝奉郎知杭州蘇軾狀奏:

右臣謹按《史記》秦始皇三十七年,東游至錢塘,臨浙江,水波惡,乃西百二十里從狹中渡。始皇帝以天下之力徇其意,意之所欲出,赭山橋海無難,而獨畏浙江水波惡,不敢徑渡,以此知錢塘江天下之險,無出其右者。

臣昔通守此邦,今又忝郡寄,二十年間,親見覆溺無數。自温、台、明、越往來者,皆由西興徑渡,不涉浮山之險,時有覆舟,然尚希少。自衢、睦、處、婺、宣、歙、饒、信及福建路八州往來者,皆出入龍山,沿溯此江,江水灘淺,必乘潮而行。潮自海門東來,勢若雷霆,而浮山峙于江中,與魚浦諸山相望,犬牙錯入,以亂潮水,洄洑激射,其怒自倍,沙磧轉移,狀如鬼神,往往於淵潭中,涌出陵阜十數里,旦夕之間,又復失去,雖舟師、没人,不能前知其深淺。以故公私坐視覆溺,無如之何,老弱叫號,求救于湍沙之間，聲未及終，已爲潮水卷去，行路爲之流涕而已。縱有勇悍敢往之人，又多是盜賊，利其財物，或因而擠之，能自全者，百無一二，性命之外，公私亡失，不知一歲凡幾千萬。而衢、睦等州，人衆地狹，所産五穀，不足於食，歲常漕蘇、秀米至桐廬，散入諸郡。錢塘億萬生齒，待上江薪炭而活，以浮山之險覆溺留礙之故，此數州薪米常貴。又衢、婺、睦、歙等州及杭之富陽、新城二邑，公私所食鹽，取足于杭、秀諸場，以浮山之險覆溺留礙之故，官給脚錢甚厚，其所亡失，與依托風水以侵盜者不可勝數。此最其大者。其餘公私利害，未可以一二遽數。

臣伏見宣德郎前權知信州軍州事侯臨，因葬所生母于杭州之南蕩，往來江濱，相視地形，訪聞父老，參之舟人，反復講求，具得其實。建議：自浙江上流地名石門，並山而東，或因斥鹵棄地，鑿爲運河。（貼黃。**石門新河，若出定山之南，則地皆斥鹵，不壞民田。又自新河以北，潮水不到，灌以河水，皆可化爲良田。然近江土薄，萬一數十年後，江水轉移，河不堅久。若自石門並山而東，出定山之北，則地堅土厚，久遠無虞。然度壞民田五六千畝，又失所謂良田之利。體問民田之良者，不過畝二千，以錢償之，亦萬餘緡而已。此二者，更乞令監司及所差官詳議其利害。**）引浙江及溪谷諸水，凡二十二里有奇，以達于江。又並江爲岸，度潮水所向則用石，所不向則用竹。大凡八里有奇，以達於龍山之大慈浦。自大慈浦北折，抵小嶺下，鑿嶺六十五丈，以達於嶺東之古河。因古河稍加浚治，東南行四里有奇，以達於今龍山之運河，以避浮山之險。度用錢十五萬貫，用捍江兵及諸郡厢軍三千人，二年而成。臣與前轉運使葉温叟、轉運判官張璹，躬往按視，皆如臨言。凡福建、兩浙士民，聞臣與臨欲奏開此河，萬口同聲，以爲莫大無窮之利。臣縱欲不言，已爲衆論所迫，勢不得默已。

臣聞之父老，章獻皇后臨朝日，以江水有皇天蕩之險，内出錢數十萬貫，築長蘆，起僧舍，以拯溺者。又見先帝以長淮之險，賜錢十萬貫、米十萬石，起夫九萬二千人，以開龜山河。今浮山之險，非特長蘆、龜山之比，而二聖仁慈，視民如傷，必將捐十五萬緡以平此積險也。謹昧死上臨所陳《開石門河利害事狀》一本，及臣所差觀察推官董華用臨之説，約度功料，(**貼黄。董華所料，只是約度大數，若蒙朝廷相度可以施行，更乞别差官入細計料。**)及合用錢物料狀一本，並地圖一面。伏乞降付三省看詳，或召臨赴省面加質問。仍乞下本路監司或更特差官同共相視。若臣與臨言不妄，乞自朝廷擘畫，支賜錢物施行。

臣觀古今之事，非知之難，言之亦易，難在成之而已。臨之才幹，衆所共知。臣謂此河非臨不成。伏望聖慈，特賜訪問左右近臣，必有知臨者。乞專差臨監督此役，不惟救活無窮之性命，完惜不貲之財物，又使數州薪米流通，田野市井，詠歌聖澤，子孫不忘。臣不勝大願，謹録奏聞，伏候敕旨。

貼黄。今建此議，不知者必有二難。其一，不過謂浙江浮山之險，經歷古今賢哲多矣，若可平治，必不至今日。如此乃巷議臆度，不足取信。只如龜山新河，易長淮爲安流，近日吕梁之險，竊聞亦已平治。豈可謂古人偶未經意，便謂今人不可復作?其二，不過謂並江作岸，爲潮水所衝齧，必不能經久。今浙江石岸，亦有成規。自古本用木岸，轉運使張夏始易以石。自龍山以東，江水溢深，石岸立于漲沙之上，又潮頭爲西陵石磯所射，正戰於岸下，而四五十年，隱然不動，雖時有缺壞，隨即修完，人不告勞，官無所費。今自大慈浦以西，江水皆露出石脚，而潮頭自龍山轉向西南，則岸之易成而難壞，非張夏所建東堤之比也。

再乞發運司應副浙西米狀

元祐六年三月二十三日，龍圖閣學士左朝奉郎前知杭州蘇軾狀奏：

右臣近蒙恩詔，召赴闕庭。竊以浙西二年水災，蘇、湖爲甚，雖訪聞已詳，而百聞不如一見。故自下塘路由湖入蘇，目睹積水未退，下田固已没於深水，今歲必恐無望，而中上田亦自渺漫，婦女老弱，日夜車救，而淫雨不止，退寸進尺，見今春晚，並未下種。鄉村闕食者衆，至以糟糠雜芹、蔬食之。又爲積水占壓，薪芻難得，食糟飲冷，多至脹死。並是臣親見，即非傳聞。春夏之間，流殍疾疫必起。逐州去年所糴常平米，雖粗有備，見今州縣出賣，米價不甚翔踊，但鄉村遠處饑羸之民，不能赴城市收糴，官吏欲差船載米下鄉散糶，即所須數目浩瀚，恐不能足用，夏秋之間，必大乏絶。又自今已往，若得淫雨稍止，即農民須趁初夏秧種車水，耕耘之勞，十倍常歲，全藉糧米接濟。見今已自闕食，至時必難施功。縱使天假之年，亦無所望，公私狼狽，理在必然。

臣去歲奏乞下發運司于江東、淮南豐熟近便處糴米五十萬石，準備浙西災傷州、軍般運兑撥，出糶賑濟。尋蒙聖恩行下，云，已降指揮令發運司兑撥，合起上供並封桩等錢一百萬貫，趁時糴買斛斗封桩準備移用。送户部，依已得指揮，餘依浙西鈐轄司所奏施行。聖旨既下，本路具聞，農民欣戴，始有生意。而發運司官吏，全不上體仁聖恤民之意，奏稱淮南、江東米價高貴，不肯收糴。勘會浙西去歲米價，例皆高貴，杭州亦是七十足錢收糴一斗，雖是貴糴，猶勝於無米，坐視民死。今來發運司官吏，親被聖旨，全不依應施行，只以米貴爲詞，更不收糴，使聖主已行之命，頓成空言，饑民待哺之心，中途失望。却使指准前年朝旨所撥上供米二十萬石，與本路内出糶不盡米一十六萬七千石有零，充填今來五十萬石數目外，只乞于上供米内更截撥二十萬石，與本路相兼出糶。切緣上件出糶不盡米一十六萬七千餘石，久已樁在本路。臣元奏乞于發運司糴五十萬石之時，已是指准上件米數支用外，合更要五十萬石。今來運司却將前件聖恩折充今年所賜，吏民聞之，何由心服。臣已累具執奏，未奉朝旨。今來親見數州水災如此，饑殍之勢，極可憂畏。既忝近侍，理合奏聞。豈敢爲已去官，遺患後人，更不任責。

伏望聖慈察臣微誠，垂愍一方，特賜指揮，發運司依元降指揮，除已截撥二十萬石外，更兑撥三十萬石與浙西諸州充出糶借貸。如發運司去年元不收糴，無可兑撥，即乞一面截留上供米充滿五十萬石數目，却令發運司將封樁一百萬貫錢候今年秋熟日收糴填還。若朝廷不以臣言爲然，待饑饉疾疫大作，方行賑濟，即恐須于别路運致錢米，雖累百萬，亦恐不及於事。謹録奏聞，伏候敕旨。

貼黄。發運司奏云："淮南、宿、亳等州災傷，米價高處七十七文，江東米價高處七十文。"切緣臣元奏，乞於豐熟近便處收糴。訪聞揚、楚之間，穀熟米賤，今來發運司却引宿、亳等州米價最高處，以拒塞朝旨，顯非仁聖勤恤及臣元奏乞本意。

又貼黄。若依發運司所奏，將出糶不盡一十六萬七千有餘石充數外，猶合撥三十四萬石，方滿五十萬數。今來隻撥二十萬石，顯虧元降聖旨一十四萬石。而况上件出糶不盡米，已係前年聖恩所賜，發運司不合指准充數，顯虧三十萬石。

又貼黄。如蒙施行，乞下轉運司多撥數目，與蘇、湖州。如合賑濟，更不拘去年放税分數施行。

又貼黄。若行下有司，反復住滯，必不及事。只乞斷自聖心，速降指揮。

杭州召還乞郡伏

（**李卓吾旁**）可憐，可痛。（**茅鹿門旁**）長公一生坎壈，備於此狀，不可不知。

元祐六年五月十九日，龍圖閣學士左朝奉郎前知杭州蘇軾狀奏：

右臣近奉詔書及聖旨劄子，不允臣辭免翰林學士承旨恩命及乞郡事。臣已第三次奏乞除臣揚、越、陳、蔡一郡去訖。竊慮區區之誠，未能遽回天意，須至盡露本心，重干聖聽，惶恐死罪！惶恐死罪！

臣昔于治平中，自鳳翔職官得替入朝，首被英宗皇帝知遇，欲驟用臣。當時宰相韓琦以臣年少資淺，未經試用，故且與館職。亦會臣丁父憂去官。及服闋入覲，便蒙神宗皇帝召對，面賜獎激，許臣職外言事。自惟羈旅之臣，未應得此，豈非以英宗皇帝知臣有素故耶？

是時王安石新得政，變易法度，臣若少加附會，進用可必。（**鍾惺夾**）文人脚根在此。自惟遠人，蒙二帝非常之知，不忍欺天負心，欲具論安石所爲不可施行狀，以裨萬一。然未測聖意待臣深淺，因上元有旨買燈四千碗，有司無狀，虧減市價，臣即上書論奏，先帝大喜，即時施行。臣以此卜知先帝聖明，能受盡言，上疏六千餘言，極論新法不便。後復因考試進士，擬對御試策進士，並言安石不知人，不可大用。先帝雖未聽從，然亦嘉臣愚直,初不譴問。而安石大怒,其黨無不切齒,争欲傾臣。御史知雜謝景温,首出死力,(**鍾惺夾**)罵小人只須四字。彈奏臣丁憂歸鄉日,舟中曾販私鹽。遂下諸路體量追捕當時梢工篙手等,考掠取證,但以實無其事,故鍛煉不成而止。臣緣此懼禍乞出,連三任外補。而先帝眷臣不衰,時因賀謝表章,即對左右稱道。黨人疑臣復用,而李定、何正臣、舒亶三人,構造飛語,醖釀百端,必欲致臣於死。先帝初亦不聽,而此三人執奏不已,故臣得罪下獄。定等選差悍吏皇遵,將帶吏卒,就湖州追攝,如捕寇賊。臣即與妻子訣别,留書與弟轍,處置後事,自期必死。過揚子江,便欲自投江中,而吏卒監守不果。到獄,即欲不食求死。而先帝遣使就獄,有所約敕,故獄吏不敢别加非横。(**鍾惺眉**)聖主千古而下感泣。臣亦覺知先帝無意殺臣,故復留殘喘,得至今日。及竄責黄州,每有表疏,先帝復對左右稱道,哀憐奬激,意欲復用,而左右固争,以爲不可。臣雖在遠,亦具聞之。古人有言,聚蚊成雷,積羽沉舟,言寡不勝衆也。以先帝知臣特達如此,而臣終不免於患難者,以左右疾臣者衆也。

及陛下即位,起臣於貶所,不及一年,備位禁林,遭遇之異,古今無比。臣每自惟昆蟲草木之微,無以仰報天地生成之德,惟有獨立不倚,知無不言,可以少報萬一。(**儲欣夾**)薑桂之性,不可改移。始論衙前差顧利害,與孫永、傅堯俞、韓維争議,因亦與司馬光異論。光初不以此怒臣,而臺諫諸人,逆探光意,遂與臣爲仇。(**鍾惺眉**)千古小人附小人者,不必與論黑白;小人附君子者,不可不説破,故司馬光事屢言之。臣又素疾程頤之奸,未嘗假以色詞,(**儲欣夾**)老學究耳,"奸"字誤下。(**陳仁錫夾**)太誤。故頤之黨人,無不側目。自朝廷廢黜大奸數人,而其餘黨猶在要近,陰爲之地,特未敢發爾。(**陳仁錫眉**)看此一段,公亦宜自悔。小臣周穜，乃敢上疏乞用王安石配享，以嘗試朝廷。臣竊料穜草芥之微，敢建此議，必有陰主其事者。是以上書逆折其奸鋒，乞重賜行遣，以破小人之謀。因此，党人尤加忿疾。其後，又於經筵極論黄河不可回奪利害，且上疏争之，遂大失執政意。積此數事，恐别致禍患。又緣臂痛目昏，所以累章力求補外。

竊伏思念，自忝禁近，三年之間，臺諫言臣者數四，只因發策草麻，羅織語言，以爲謗訕，本無疑似，白加誣執。其間曖昧譖愬，陛下察其無實而不降出者，又不知其幾何矣。若非二聖仁明，洞照肝膈，則臣爲黨人所傾，首領不保，豈敢望如先帝之赦臣乎？自出知杭州二年，粗免人言，中間法外刺配顔章、顔益二人，蓋攻積弊，事不獲已。陛下亦已赦臣，而言者不赦，論奏不已。其意豈爲顔章等哉？以此知黨人之意，未嘗一日不在傾臣，洗垢求瑕，止得此事。今者忽蒙聖恩召還擢用，又除臣弟轍爲執政，此二事，皆非大臣本意。竊計黨人必大猜忌，磨厲以須，勢必如此。聞命悸恐，以福爲災，即日上章，辭免乞郡。行至中路，果聞弟轍爲臺諫所攻，般出廨宇待罪。又蒙陛下委曲，照見情狀，方獲保全。臣之剛褊，衆所共知，黨人嫌忌，甚于弟轍。豈敢以衰病之餘，復犯其鋒，雖自知無罪可言，而今之言者，豈問是非曲直！

竊謂人主之待臣子，不過公道以相知，黨人之報怨嫌，必爲巧發而陰中。臣豈敢恃二聖公道之知，而傲黨人陰中之禍。所以不避煩瀆，自陳入仕以來進退本末，欲陛下知臣危言危行，獨立不回，以犯衆怒者，所從來遠矣。又欲陛下知臣平生冒涉患難危險如此，今餘年無幾，不免有遠禍全身之意，再三辭遜，實非矯飾。（**李卓吾夾**）可憐。柳下惠有言：“直道而事人，焉往而不三黜。”臣若貪得患失，隨世俯仰，改其常度，則陛下亦安所用。

臣若守其初心，始終不變，則群小側目，必無安理。雖蒙二聖深知，亦恐終不勝衆。所以反復計慮，莫若求去。非不懷戀天地父母之恩，而衰老之餘，耻復與群小計較短長曲直，爲世間高人長者所笑。（**儲欣夾**）昂昂若千里之駒。

伏望聖慈，察臣至誠，特賜指揮執政檢會累奏，只作親嫌回避，早除一郡。所有今來奏狀，乞留中不出，以保全臣子，臣不勝大願。若朝廷不以臣不才，猶欲驅使，或除一重難邊郡，臣不敢辭避，報國之心，死而後已。（**陳仁錫眉**）亦做得。惟不願在禁近，使黨人猜疑，别加陰中也。干犯天威，謹俟斧鑕。臣不任祈天請命戰恐殞越之至。謹録奏聞，伏候敕旨。

貼黄。臣受聖知最深，故敢披露肝肺，盡言無隱。必致當途怨怒，愈爲身災。君臣不密，《周易》所戒，故親書奏狀。眼昏字大，又涉不恭，進退惟谷，伏望聖慈寬赦，臣不勝戰恐之至。

【彙評】

儲欣：公入仕本末及其坎壈不平之狀，此疏最詳。但熙寧時，大奸當國，塗炭生民，仁人君子，萬無緘默依違之理。及元祐朝局，廓然清明，然彼此異同，皆不能以無心處之。春秋之義，責備賢者，蜀洛之争，公似不得而辭其咎矣。

鍾惺：胸懷口齒朗朗，然疑謗中對君父尤宜如此。

撰上清儲祥宫碑奏請狀

元祐六年六月二十六日，翰林學士承旨左朝奉郎知制誥兼侍讀蘇軾狀奏：

近准敕修蓋上清儲祥宫，將欲了畢，合用修宫記，差臣撰文並書石，今有下項事，合奏請者。

一、竊見上清宫，元係太宗皇帝創建，於慶曆中遺火焚蕩。今欲見元建及遺火年月，乞下史院檢會降下。

一、今來上清儲祥宫，係神宗皇帝賜名，方議修蓋。至元祐中，蒙内出錢物修蓋成就。今欲見先朝所賜錢物並今來内出錢物數目，及係是何庫錢支撥，或係太皇太后皇帝本殿錢物，並乞檢會降下。

一、今欲見神宗皇帝賜名修宫因依，及二聖賜錢修蓋成就意指，乞賜頒示。

一、臣竊見朝廷自來修建寺觀，多是立碑，仍有銘文，於體爲宜。若只作記，即更無銘，未委今來爲碑爲記，乞降指揮。

一、准敕差臣書石，合書篆額人銜位姓名，乞檢會降下。

右謹録奏聞，伏候敕旨。

進單鍔吴中水利書狀

元祐六年七月二日，翰林學士承旨左朝奉郎知制誥兼侍讀蘇軾狀奏：

右臣竊聞議者多謂吴中本江海大湖故地，魚龍之宅，而居民與水争尺寸，以故常被水患。蓋理之當然，不可復以人力疏治。是殆不然。

臣到吴中二年，雖爲多雨，亦未至過甚，而蘇、湖、常三州，皆大水害稼，至十七八，今年雖爲淫雨過常，三州之水，遂合爲一，太湖、松江，與海渺然無辨者。蓋因二年不退之水，非今年積雨所能獨致也。（**陳仁錫眉**）頻遭水害，以此非得重臣專司水利，未易言也。父老皆言，此患所從來未遠，不過四五十年耳，而近歲特甚。蓋人事不修之積，非特天時之罪也。三吴之水，豬爲太湖，太湖之水，溢爲松江以入海。海水日兩潮，潮濁而江清，潮水常欲淤塞江路，而江水清駛，隨輒滌去，海口常通，故吴中少水患。昔蘇州以東，官私船舫，皆以篙行，無陸挽者。古人非不知爲挽路，以松江入海，太湖之咽喉不敢鯁塞故也。自慶曆以來，松江始大築挽路，建長橋，植千柱水中，宜不甚礙。而夏秋漲水之時，橋上水常高尺餘，况數十里積石壅土築爲挽路乎？自長橋挽路之成，公私漕運便之，日葺不已，而松江始艱噎不快，江水不快，軟緩而無力，則海之泥沙隨潮而上，日積不已，故海口湮滅，而吴中多水患。（**鍾惺眉**）從來大害皆從小小便利生。

近日議者，但欲發民浚治海口，而不知江水艱噎，雖暫通快，不過歲餘，泥沙復積，水患如故。今欲治其本，長橋挽路固不可去，惟有鑿挽路於舊橋外，别爲千橋，橋endregion各二丈，千橋之積，爲二千丈，水道松江，宜加迅駛。然後官私出力以浚海口，海口既浚，而江水有力，則泥沙不復積，水患可以少衰。臣之所聞，大略如此，而未得其詳。

舊聞常州宜興縣進士單鍔，有水學，故召問之，出所著《吴中水利書》一卷，且口陳其曲折，則臣言止得十二三耳。（**鍾惺夾**）虚心。臣與知水者考論其書，疑可施用，謹繕寫一本，繳連進上。伏望聖慈深念兩浙之富，國用所恃，歲漕都下米百五十萬石，其他財賦供饋不可悉數，而十年九澇，公私凋弊，深可愍惜。乞下臣言與鍔書，委本路監司躬親按行，或差强幹知水官吏考實其言，圖上利害。臣不勝區區。謹録奏聞，伏候敕旨。

録單鍔《吴中水利書》

切觀三州之水，爲患滋久，較舊賦之入，十常減其五六。以日月指之，則水爲害於三州，逾五十年矣。所謂三州者，蘇、常、湖也。朝廷屢責監司，監司每督州縣，又間出使者，尋按舊迹，使講明利害之原。然而西州之官求東州之利，目未嘗歷覽地形之高下，耳未嘗講聞湍流之所從來，州縣憚其經營，百姓厭其出力，鈞曰："水之患，天數也。"(**鍾惺眉**)天下何事不如此。按行者駕輕舟于汪洋之陂，視之茫然，猶擿埴索途，以爲不可治也。間有忠於國，志於民，深求而力究之。然有知其一而不知其二，知其末而不知其本，詳於此而略於彼。

故有曰："三州之水，咸注之震澤，震澤之水，東入於松江，由松江以至於海。自慶曆以來，吴江築長堤，橫截江流，由是震澤之水，常溢而不泄，以至壅灌三州之田。"此知其一偏者也。或又曰："由宜興而西，溧陽縣之上有五堰者，古所以節宣、歙、金陵九陽江之衆水，由分水、銀林二堰，直趨太平州蕪湖，後之商人，由宣、歙販賣排木，東入二浙，以五堰爲艱阻，因相爲之謀，罔紿官中，以廢去五堰，五堰既廢，則宣、歙、金陵九陽江之水，或遇五六月山水暴漲，則皆入於宜興之荆溪，由荆溪而入震澤，蓋上三州之水，東灌蘇、常、湖也。"此又知其一偏者耳。或又曰："宜興之有百瀆，古之所以泄荆溪之水，東入二震澤也，今已堙塞，而所存者四十九條，疏此百瀆，則宜興之水自然無患。"此亦知其一偏者也。

三者之論，未嘗參究，得之既不詳，攻之則易破。以鍔視其迹，自西五堰，東至吴江岸，猶之一身也，五堰則首也，荆溪則咽喉也，百瀆則心也，震澤則腹也，傍通太湖衆瀆，則絡脈衆竅也，吴江則足也。今上廢五堰之固，而宣、歙、池九陽江之水不入蕪湖,反東注震澤,下又有吴江岸之阻,(**鍾惺眉**)“吴江岸之阻”五字是一篇主意。而震澤之水,積而不泄,是猶有人焉桎其手,縛其足,塞其衆竅,以水沃其口,沃而不已,腹滿而氣絶,視者恬然,猶不謂之已死。今不治吴江岸,不疏諸瀆,以泄震澤之水,是猶沃水於人,不去其手桎,不解其足縛,不除其竅塞,恬然安視而已,誠何心哉?然而百瀆非不可治,五堰非不可復,吴江岸非不可去,蓋治之有先後。且未築吴江岸已前,五堰其廢已久,然而三州之田,尚十年之間,熟有五六,五堰猶未爲大患。自吴江築岸已後,十年之間,熟無一二。欲具驗之,閱三州歲賦所入之數,則可見矣。且以宜興百瀆言之。

古者所以泄西來衆水,入震澤而終歸於海。蓋震澤吐納衆水,今納而不吐。鍔竊視熙寧八年,時雖大旱,然連百瀆之田,皆魚游鱉處之地,低污之甚也。其田去百瀆無多遠,而田之苗,是時亦皆旱死。何哉?蓋百瀆及傍穿小港瀆,歷年不遇旱,皆爲泥沙堙塞,與平地無異矣。雖去震澤甚邇,民力難以私舉,時官又無留意疏導者,苗卒歸乎槁死。自熙寧八年迄今十四載,其田即未有可耕之日,歲歲訴潦,民益憔悴。昔嘉祐中,邑尉阮洪,深明宜興水利。方是時,吴中水,洪屢上書監司,乞開通百瀆。監司允其請,遂鳩工於食利之民,疏導四十九條,是年大熟。此百瀆之驗,歲水旱皆不可不開也。

宜興所利,非止百瀆而已。東則有蠡河,横亘荆溪,東北透湛瀆,東南接罨畫溪。昔范蠡所鑿,與宜興之西蠡運河,皆以昔賢名呼。其蠡河,遇大旱則淺澱,中旱則通流,又有孟涇泄滆湖之水入震澤,其他溝瀆澱塞,其名不可縷舉。夫吴江岸界於吴松江、震澤之間,岸東則江,岸西則震澤。江之東則大海也,百川莫不趨海。自西五堰之上,衆川由荆溪入震澤,注于江,由江歸於海，地傾東南，其勢然也。自慶曆二年，欲便糧運，遂築北堤，横截江流五六十里。遂致震澤之水，常溢而不泄，浸灌三州之田。每至五六月之間，湍流峻急之時，視之，則吴江岸之東，水常低，岸西之水，不下一二尺，此堤岸阻水之迹，自可覽也。又睹岸東江尾與海相接之處，污澱茭蘆叢生，沙泥漲塞，而又江岸之東自築岸以來，沙漲成一村。昔爲湍流奔涌之地，今爲民居民田，桑棗場圃。吴江縣由是歲增舊賦不少。雖然，增一邑之賦，反損三州之賦，不知幾百倍耶？（鍾惺夾）透。

夫江尾昔無茭蘆壅障流水，今何致此？蓋未築岸之前，源流東下峻急，築岸之後，水勢遲緩，無以滌蕩泥沙，以至增積而茭蘆生，茭蘆生則水道狹，水道狹則流泄不快。雖欲震澤之水不積，其可得耶？（陳仁錫眉）公是時未知壅吴淞之害也。今欲泄震澤之水，莫若先開江尾茭蘆之地，遷沙村之民，運其所漲之泥，然後以吴江岸鑿其土爲木橋千所，以通糧運。每橋用耐水土木棒二條，各長二丈五尺，横梁三條，各長六尺，柱六條，各長二丈，除首尾占閣外，可得二丈餘谼道。每一里，計三百六十步，一里爲橋十所，計除占閣外，可開水面二十三丈，每三十步一橋也。一千條橋，共開水面二千丈，計一十一里四十步也。隨橋谼開茭蘆爲港走水，仍于下流開白蜆、安亭二江，使太湖水由華亭、青龍入海，則三州水患必大衰減。常州運河之北偏，乃江陰縣也。其地勢自河而漸低。上自丹陽，下至無錫運河之北偏，古有泄水入江瀆一十四條。曰孟瀆、曰黄汀堰瀆、曰東函港、曰北戚氏港、曰五卸堰港、曰梨溶港、曰蔣瀆、曰歐瀆、曰魏瀆涇、曰支子港、曰蠡瀆、曰牌（一曰碑）涇。皆以古人名或以姓稱之，昔皆以泄衆水入運河，立斗門，又北泄下江陰之江。今名存而實亡。今存者無幾，二浙之糧船不過五百石，運河止可常存五六尺之水足可以勝五百石之舟。以其一十四處立爲石䃮斗門,每瀆於岸北先築堤岸,則制水入江。若無堤防,則水泛溢而不制,將見灌浸江陰之民田民居矣。

昔熙寧中,有提舉沈披者,輒去五卸堰走運河之水,北下江中,遂害江陰之民田,爲百姓所訟,即罷提舉,亦嘗被罪。始欲以爲利,而適足以害之,此未達古人之智,以至敗事也。切見近日錢塘進士余默,兩進三州水利,徒能備陳功力瑣細之事,殊不知本末。惟有言得常州運河晉陵至無錫一十四處置斗門泄水,北下江陰大江,雖三尺童子,亦知如此可以爲利。然余默雖能言斗門一事,合鍔鄙策,奈何無法度以制入江之水,行之,則又豈止爲一沈披耶?(**鍾惺眉**)細至此,此等不得不細。又睹主簿張寔進狀,言,吴江岸爲阻水之患,浧函不通。其言然則然矣,雖言吴江岸,而不言措置水之術。蓋古之所創,浧函在運河之下,用長梓木爲之,中用銅輪力,水冲之,則草可刈也,置在運河底下,暗走水入江。今常州有東西二函地名者,乃此也。昔治平中,提刑元積中開運河,嘗開見函管,但函管之中皆泥沙,以謂功力甚大,非可易復,遂已。今先開鑿江湖海故道堙塞之處,泄得積水,他日治函管,則可。(**鍾惺眉**)極透,極省。若未能開故道,而先治函管,是知末而不知本也。切見常州運河之北偏,皆江陰低下之田,常患積水,難以耕植。今河上爲斗門,河下築堤防,以管水入江,百姓由是緣此河堤,可以作田圍,此泄水、利田之兩端也。宜興縣西有夾苧干瀆,在金壇、宜興、武進三縣之界,東至滆湖及武進縣界,西南至宜興,北至金壇,通接長塘湖,西接五堰。茅山、薛步山水,直入宜興之荆溪,其夾苧干,蓋古之人亦所以泄長塘湖東入滆湖,泄滆湖之水入大吴瀆、塘口瀆、白魚灣、高梅瀆四瀆及白鶴溪,而北入常州之運河,由運河而入一十四條之港，北入大江。今一十四條之港，皆名存而實亡，累有知利便者獻議朝廷，欲依古開通，北入運河以注大江，自滆湖、長塘湖兩首，各開三分之二，爲彼田户皆豪民，不知利便，惟恐開鑿己田，陰構胥吏，皆泥而不行。(**鍾惺眉**)此等最害，然不可禁，當明指其利害示之。

元豐之間，金壇令曾長官奏請乞開，朝廷又降指揮，委江東及兩浙兩路監司相度，及近縣官員相視，又爲彼豪民計構不行。儻開夾苧干通流，則西來他州入震澤之水，可以殺其勢，深利於三州之田也。鍔熙寧八年，歲遇大旱，切觀震澤水退數里，清泉鄉湖乾數里，而其地皆有昔日丘墓、街井、枯木之根，在數里之間，信知昔爲民田，今爲太湖也。太湖即震澤也。以是推之，太湖寬廣，逾於昔時。昔云有三萬六千頃，自築吴江岸，及諸港瀆堙塞，積水不泄，又不知其愈廣幾多頃也。鍔又嘗見低下之田，昔人争售之，今人争棄之。蓋積年之水，十無一熟，積空頭之税，或遇頻年不收，則饑餓丐殍，鬻妻子以償王租，或置其田舍其廬而逋。至於酒坊，處在水鄉，沽賣不行，以致敗闕者，比年尤甚。皆緣水傷下田不收故也。鍔又嘗游下鄉，切見陂噿之間，亦多丘墓，皆爲魚鱉之宅。且古之葬者，不即高山，則于平原陸野之間，豈即水穴以危亡魂耶？嘗得唐埋銘于水穴之中，今猶存焉。信夫昔爲高原，今爲污澤，今之水不泄如古也。

昨熙寧間，檢正張鍔命屬吏殿丞劉慜相視，蘇、秀二州海口諸浦瀆，爲沙泥壅塞，將欲疏鑿以快流水。慜相視回申，以謂若開海口諸浦，則東風駕海水倒注，反灌民田。鍔謂慜曰："地傾東南，百川歸海，古人開諸海浦，所以通百川也。若反灌民田，古人何爲置諸浦耶？百川東流則有常，西流則有時，因東風雖致西流，風息則其流亦復歸於海，其勢然也。凡江湖諸浦港，勢亦一同。"(**鍾惺夾**)妙論。(**陳仁錫眉**)必胥吏之言。愨雖信其如此,然猶有説。蓋以昔視諸浦無倒注之患,而今乃有之。蓋昔無吴江岸之阻,諸浦雖暫有泥沙之壅,然百川湍流浩急,泥沙自然滌蕩,隨流以下,今吴江岸阻絶,百川湍流緩慢,緩慢,則其勢難以蕩滌沙泥,設使今日開之,明日復合。又聞秀州青龍鎮入海諸浦,古有七十二會。蓋古之人以爲七十二會曲折宛轉者,蓋有深意,以謂水隨地勢東傾入海,雖曲折宛轉,無害東流也,若遇東風駕起,海潮洶涌倒注,則於曲折之間有所回激,而泥沙不深入也。後人不明古人之意,而一皆直之,故或遇東風,海潮倒注,則泥沙隨流直上,不復有阻。凡臨江湖海諸港浦,勢皆如此。所謂今日開之,明日復合者此也。

今海浦昔日曲折宛轉之勢,不可不復也。夫利害挂於眉睫之間,而人有所不知。今欲泄三州之水,先開江尾,去其泥沙茭蘆,遷沙上之民;次疏吴江岸爲千橋;次置常州運河一十四處之斗門石碶堤防,管水入江;次開導臨江湖海諸縣一切港瀆,及開通茜涇。水既泄矣,方誘民以築田圍。昨郟亶嘗欲使民就深水之中,疊成圍岸。夫水行於地中,未能泄積水而先成田圍,以狹水道,當春夏滿流浩急之時,則水當涌行于田圍之上,非止壞田圍,且淹浸廬舍矣,此不智之甚也。欲乞朝廷指揮下兩浙轉運司,擇智力了幹官員,分布諸縣,則不越數月,其工可畢。所有創橋疏通河港置斗門利便制度,不在規規而言也。今所畫《三州江湖溪海圖》一本,但可觀其大略,港瀆之名,亦布其一二耳。欲見其詳,莫若下蘇、常、湖諸縣,各畫溪河溝港圖一本,各言某河某瀆通某縣某處,俟其悉上,合而爲一圖,則纖悉若視於指掌之間也。

鍔又睹秀州青龍鎮有安亭江一條,自吴江東至青龍,由青龍泄水入海。昔因監司相視，恐走透商税，遂塞此一江。其江通華亭及青龍。夫籠截商税利國，能有幾耶？堰塞湍流，其害實大。（**鍾惺眉**）此所謂天下事壞於寒陋之小人也。又況措置商税，不爲難事。竊聞近日華亭、青龍人户，相率陳狀，情願出錢，乞開安亭江。見有狀在，本縣官吏未與施行。近又訪得宜興西滆湖有二瀆，一名白魚灣，一名大吴瀆，泄滆湖之水入運河，由運河入一十四處斗門下江。其二瀆在塘口瀆之南。又有一瀆名高梅瀆，亦泄滆湖之水入運河，由運河入斗門，在吴瀆之南。近聞知蘇州王覿奏請開海口諸浦。鍔切謂海口諸浦不可開，今開之，不逾日，或遇東風，則泥沙又合矣。嘗觀《考工記》曰："善溝者，水齧之；善防者，水淫之。"蓋謂上水湍流峻急，則自然下水泥沙齧去矣。今若俟開江尾及疏吴江岸爲橋，與海口諸浦同時興功，則自然上流東下，齧去諸浦沙泥矣。凡欲疏通，必自下而上。先治下，則上之水無不流，若先治上，則水皆趨下，漫滅下道，而不可施功力。其理勢然也。

故今治三州之水，必先自江尾海口諸浦，疏鑿吴江岸，及置常州一十四處之斗門，築堤制水入江，比與吴江兩處分泄積水，最爲先務也。然鍔觀合開三州諸溝瀆，不必全藉官錢，蓋三州之民，憔悴之久，人人樂開，故半可以資食利户之力也。（**陳仁錫眉**）此語尤吃緊。今略舉其一二。

若開江尾疏吴江岸爲橋，遷吴江岸東一村之民開地，復爲昔日之江，置一十四處之斗門，並築一十四條堤，制水入江。開莢苧干、白鶴溪、白魚灣、大吴瀆、塘口瀆、宜興東蠡河已上，非官錢不可開也。若宜興之横塘、百瀆，蘇州之海口諸浦、安亭江，江陰之季子港、春申港、下港、黄田港、利港，宜興之塘頭瀆，及諸縣凡有自古泄水諸溝港浜瀆，盡可資食利户之力也。莫若先下三州及諸縣,抄録諸道江湖海一切諸港瀆溝浜自古有名者,及供上丈尺料之工力之費,或係官錢,或係食利私力,期之以施工日月,同日開鑿,同日疏放。若或放水有先後,則上水奔涌東下,衝損在下開未畢溝港,以故須同日决放也。

或者有謂:"昔人創望亭、吕城、奔牛三堰,蓋爲丹陽下至無錫、蘇州,地形東傾。古人創三堰,所以慮運河之水東下不制,是以創堰以節之,以通漕運。自熙寧、治平間,廢去望亭、吕城二堰,然亦不放綱運,何耶?"鍔曰:"昔之太湖及西來衆水,無吴江岸之阻,又一切通江湖海故道,未嘗堙塞,故運河之水,嘗慮走泄入於江湖之間,是以置堰以節之。今自慶曆以來,築置吴江岸,及諸港浦一切堙塞,是以三州之水,常溢而不泄,二堰雖廢,水亦常溢,去堰若無害。今若泄江湖之水,則二堰尤宜先復。不復,則運河將見涸而糧運不可行,此灼然之利害也。又若宜興創市橋,去西津堰。蓋嘉祐中邑尉阮洪上言監司,就長橋東市邑中創一橋,使運河南通荆溪。初開鑿市街,乃見昔日橋柱尚存泥中,咸謂古爲橋於此也。

又運河之西口,有古西津堰,今已廢去久矣。且古之廢橋置堰,以防走透運河之水,今也置橋廢堰,以通荆溪,則溪水常倒注入運河之内,今之與古,何利害之相反耶?鍔以謂古無吴江岸,衆水不積,運河高於荆溪,是以創橋置堰,以防泄運河之水也。今因吴江岸之阻,衆水積而常溢,倒注運河之内,見以創橋廢堰,見利而不見害也。今若治吴江岸泄衆水,則運河之水,再防走泄,當於北門之外,創一堰可也。其利害蓋如此也。"(**鍾惺眉**)此一轉透甚。

或又曰:"切觀諸縣高原陸野之鄉,皆有塘圩,或三百畝,或五百畝,爲一圩。蓋古之人停滀水以灌溉民田。以今視之,其塘之外皆水,塘之中未嘗滀水,又未嘗植苗,徒牧養牛羊畜放鳧雁而已。塘之所創,有何益耶?”鍔曰:“塘之爲塘,是猶堰之爲堰也。昔日置塘滀水,以防旱歲,今自三州之水,久溢而不泄,則置而爲無用之地。若決吴江岸泄三州之水,則塘亦不可不開以滀諸水,猶堰之不可不復也。此亦灼然之利害矣。苟堰與塘爲無益,則古人奚爲之耶?蓋古之賢人君子,大智經營,莫不除害興利,出於人之未到。後人之淺謀管見,不達古人之大智,顛倒穿鑿,徒見其害而莫見其利也。若吴江岸止知欲便糧道,而不知遏三州之水,反以爲害。又若廢青龍安亭江,徒知不漏商旅之税,又不知反狹水道以遏百川。今之人所以不如古者,凡如此也。”(**鍾惺眉**)總括簡明之極。

鍔切觀無錫縣城内運河之南偏有小橋,由橋而南下,則有小瀆,瀆南透梁溪瀆有小堰,名曰單將軍堰,自橋至梁溪,其瀆不越百步,堰雖有,亦不渡船筏,梁溪即接太湖。昔所以爲此堰者,恐泄運河之水。昔熙寧八年,是歲大旱,運河皆旱涸,不通舟楫。是時鍔自武林過無錫,固見將軍堰,既不渡船筏,而開是瀆者,古人豈無意乎?因語與邑宰焦千之曰:“今運河不通舟楫,切睹將軍堰接運河,去梁溪無百步之遠,古人置此堰瀆,意欲取梁溪之水以灌運河。”千之始則以鍔言爲狂,終則然之。遂率民車四十二管,車梁溪之水以灌運河,五日河水通流,舟楫往來。信夫古人經營利害,凡一溝瀆,皆有微意,而今人昧之也。嘗見蘇州之茜涇,昔范仲淹命工開導,以泄積水以入於海。當時諫官不知蘇州患在積水不泄,咸上疏言仲淹走泄姑蘇之水。蓋不知其利,而反以爲害。今茜涇自仲淹之後,未復開鑿,亦久堙塞。

鍔存心三州水利,凡三十年矣。每睹一溝一瀆,未嘗不明古人之微意,其間曲折宛轉,皆非徒然也。鍔今日之議,未始增廣一溝一瀆,其言與圖符合。(**陳仁錫眉**)是個中人語,非僅爲紙上言者。若非觀地之勢,明水之性,則無以見古人之意。今並圖以獻,惟執事者上之朝廷,則庶幾三州憔悴之民,有望於今日也。

貼黄。其圖畫得草略,未敢進上。乞下有司計會單鍔别畫。

一、先開吴江縣江尾茭蘆地。

一、先遷吴江沙上居民,及開白蜆江通青龍鎮,又開青龍鎮安亭江通海。

一、先去吴江土爲千橋。

一、先置常州運河斗門二十四所,用石碶並築堤,管水入江。

一、次開夾苧干、白鶴溪、白魚灣、塘口瀆、大吴瀆,令長塘湖、滆湖相連,走泄西水,入運河,下斗門入江。

一、次開宜興百瀆,見今只有四十九條,東入太湖。

一、次開蘇州茜涇、白茅、七鴉、福山、梅里諸浦及茜涇。

一、次開江陰下港、黄田、春申、季子、竈子諸港。

一、次開宜興東西蠡河。

一、次根究諸臨江湖海諸縣,凡泄水諸港瀆,並皆疏鑿。

伍堰水利:昔錢舍人公輔爲守金陵,常究伍堰之利。雖知伍堰之利,而不知伍堰以東三州之利害。鍔知三州之水利,而未究伍堰以西之利害。一日,錢公輔以世之所爲伍堰之利害,與鍔參究,方知始末利害之議完也。公輔以爲伍堰者,自春秋時,吴王闔閭用伍子胥之謀伐楚,始創此河,以爲漕運,春冬載二百石舟而東,則通太湖,西則入長江,自後相傳,未始有廢。至李氏時,亦常通運,而置牛於堰上,挽拽船筏於固城湖之側。又嘗設監官,置廨宇,以收往來之税。自是河道澱塞,堰埭低狹，虚務添置者，十有一堰。往來舟筏，莫能通行，而水勢遂不復西。及遇春夏大水，江湖泛漲，則園頭、王母、龍潭三澗，合爲一道，而奔冲東來，河之不治，愈可見也。今若開深故道，而存留銀林、分水二堰，則諸堰盡可去矣。所欲存二堰者，蓋本處地勢，自銀林堰以西，地形從東迤邐西下，自分水堰以東，地形從西迤邐東下，而其河自西壩至東壩十六里有餘，開淘之際，須隨逐處地形之高下以浚之，然後江東兩浙可以無大水之患。然銀林堰南則通建平、廣德，北則通溧水、江寧，又當增修高廣，以俟商旅舟船往還之多，可以置官收税，如前之利。此伍堰所以不可不復也。今莫若治伍堰。使上之水不入於荆溪，而由分水、銀林二堰，直歸太平之蕪湖，下治吴江之岸爲千橋，使太湖之水東入於海中，治百瀆之故道，與夫蘇、常、湖三州之有故道旁穿於太湖者。雖不可縷舉，而概可以迹究也。難者曰："雖復伍堰，奈何伍堰之側山水東下乎？復堰無益也。"鍔答曰："由伍堰而東注太湖，則有宣、歙、池、廣德、溧水之水，苟復堰，使上之水不入於荆溪，自餘山澗之水，寧有幾耶？比之未復，十須殺其六七耳。"難者乃服。

【彙評】

鍾惺：曲折處極曲折，直捷處極直捷，只是胸中透耳。吴中水利，一方事也，存心三十年，而後有此書，豈偶然耶？〇"吴江岸便漕"一語，遂爲吴中水害始終，天下事事如此。文忠引其端，借單鍔之書竟其説。鍔水學精博如此，不附蘇公集中，苦心妙文不傳於後世矣。苦心妙文不傳者何限！

卷六十

奏議十三首

辭免撰趙瞻神道碑狀

元祐六年七月日，翰林學士承旨左朝奉郎知制誥兼侍讀蘇軾狀奏：

准敕，差撰故中散大夫同知樞密院趙瞻神道碑並書者。右臣平生不爲人撰行狀、埋銘、墓碑，士大夫所共知。（**陳仁錫眉**）莊嚴。近日撰《司馬光行狀》，蓋爲光曾爲亡母程氏撰埋銘。又爲范鎮撰墓誌，蓋爲鎮與先臣洵平生交契至深，不可不撰。及奉詔撰司馬光、富弼等墓碑，不敢固辭，然終非本意。况臣危病廢學，文辭鄙陋，不稱人子所以欲顯揚其親之意。伏望聖慈别擇能者，特許辭免。謹録奏聞，伏候敕旨。

再乞郡劄子

元祐六年七月六日，翰林學士承旨左朝奉郎知制誥兼侍讀蘇軾劄子奏：

臣聞朝廷以安静爲福，人臣以和睦爲忠。若喜怒愛憎，互相攻擊，則其初爲朋黨之患，而其末乃治亂之機，甚可懼也。臣自被命入覲，屢以血懇，頻干一郡，非獨顧衰命爲保全之計，實深爲朝廷求安静之理。而事有難盡言者,臣與賈易本無嫌怨,只因臣素疾程頤之奸,形於言色,此臣剛褊之罪也。而賈易,頤之死黨,專欲與頤報怨。因頤教誘孔文仲,令以其私意論事,爲文仲所奏。頤既得罪,易亦坐去。而易乃於謝表中,誣臣弟轍漏泄密命,緣此再貶知廣德軍,故怨臣兄弟最深。臣多難早衰,無心進取,豈復有意記憶小怨?而易志在必報,未嘗一日忘臣。其後召爲臺官,又論臣不合刺配杭州凶人顔章等。以此,見易於臣不報不已。今既擢貳風憲,付以雄權,升沉進退,在其口吻。臣之綿劣,豈勞排擊?觀其意趣,不久必須言臣,並及弟轍。轍既備位執政,進退之間,事關國體,則易必須扇結黨與,再三論奏。煩瀆聖聽,朝廷無由安静,皆臣愚蠢,不早回避所致。若不早賜施行,使臣終不免被人言而去,則臣雖自顧無罪,中無所愧,而於二聖眷待獎與之意,則似不終。竊惟天地父母之愛,亦必悔之。伏乞檢會前奏,速除一郡,此疏即乞留中,庶以保全臣子。取進止。

貼黄。臣前在南京所奏乞留中一狀,亦乞更賜詳覽施行。

又貼黄。臣從來進用,不緣他人,中外明知。獨受聖眷,乞賜保全,令得以理進退。若不早與一郡,使臣不免被人言而出,天下必謂臣因蒙聖知,故遭破壞,所損不細矣。

又貼黄。臣未請杭州以前,言官數人造作謗議,皆言屢有章疏言臣。二聖曲庇,不肯降出。臣尋有奏狀,乞賜施行,遂蒙付外。考其所言,皆是羅織,以無爲有。只如經筵進朱雲故事,云是離間大臣之類,中外傳笑,以爲聖世乃有此風。今臣若更少留,必須捃拾。似此等事,雖聖明洞照有無,如黨與既衆,執奏不已,則朝廷終亦難違其意,縱未責降,亦須出臣。勢必如此,何如今日因臣親嫌之請,便與一郡,以全二聖始終之恩。若聖慈於臣眷眷不已，不行其言，則必須騰謗，以謂二聖私臣，曲行庇蓋。臣既未能補報萬一，而使浮議上及聖明，死有餘罪矣。伏乞痛賜閔察，早除一郡。

乞將上供封樁斛斗應副浙西諸郡接續糶米劄子

元祐六年七月十二日，翰林學士承旨左朝奉郎知制誥兼侍讀蘇軾劄子奏：

臣伏見浙西諸郡二年災傷，而今歲大水，蘇、湖、常三郡水通爲一，農民棲於丘墓，舟筏行於市井。（**陳仁錫眉**）讀之有餘□。父老皆言，耳目未曾聞見，流殍之勢，甚於熙寧。臣聞熙寧中，杭州死者五十餘萬，蘇州三十餘萬，未數他郡。今既秋田不種，正使來歲豐稔，亦須七月方見新穀。其間饑饉變故，未易度量。吴人雖號柔弱，不爲大盜，而宣、歙之民，勇悍者多，以販鹽爲業，百十爲群，往來浙中，以兵仗護送私鹽。官司以其不爲他盜，故略而不問。今人既無食，不暇販鹽，則此等失業，聚而爲寇，或得豪猾爲之首帥，則非復巡檢縣尉所能辦也。恭惟二聖視民如子，苟有可救，無所吝惜。凡守臣監司所乞，一一應副，可謂仁聖勤恤之至矣。然臣在浙中二年，親行荒政，只用出糶常平米一事，更不施行餘策，而米價不踊，卒免流殍。蓋緣官物有限，饑民無窮，若兼行借貸俵散，則力必不及，中路闕絶，大誤饑民，不免拱手而視億萬之死也。不如並力一意，專務糶米。若糶不絶，則市價平和，人人受賜。縱有貧民無錢可糴，不免流殍，蓋亦有限量矣。

臣昨日得杭州監税蘇堅書報臣云：杭州日糶三千石，過七月，無米可糶，人情洶洶，朝不謀夕，但官場一旦米盡，則市價倍踊，死者不可勝數，變故之生，恐不可復以常理度矣。欲乞聖慈速降指揮，令兩浙運司，限一兩月内，約度浙西諸郡，合糶米斛，酌中數目，直至來年七月終，除見在外，合用若干石，入急遞奏聞。候到，即指揮發運司官吏于轄下諸路封樁，及年計上供錢斛内擘畫應副，須管接續起發赴浙西諸郡糶賣，不管少有闕絶，仍只依地頭元價及量添水脚錢出賣，及賣到米脚錢，並用收買金銀還充上供及封樁錢物。所貴錢貨流通，不至錢荒。所有借貸俵散之類，候出糶有餘，方得施行。似此計置，雖是數目浩瀚，然止於糶賣，不失官本，似易應副。但令浙西官場糶米不絶，直至來年七月終，則雖天災流行，亦不能盡害陛下赤子也。如蒙施行，即乞先降手詔，令監司出榜曉諭軍民，令一路曉然，知朝廷已有指揮，令發運司將上供封樁斛斗，應副浙西諸郡糶米，直至明年七月中。不惟安慰人心，破奸雄之謀，亦使蓄積之家，知不久官米大至，自然趁時出賣，所濟不少。惟望聖明，深愍一方危急，早賜施行。取進止。

貼黄。臣去歲奏乞下發運司，於豐熟近便州、軍糴米五百萬石。蒙聖慈依奏施行，仍賜封樁錢一百萬貫，令糴米。而發運司以本路米貴爲詞，不肯收糴。去年若用貴價收糴，不過每斗七十足錢，盡數收糴，猶可得百餘萬石，則今年出糶，所濟不少。其發運司官吏不切遵稟之罪，朝廷未嘗責問。習玩號令，事無由集。今來若行臣言，即乞嚴切指揮，發運司稍有闕誤，必行重責。所貴一方之民，得被實惠，所下號令，不爲空言。

乞擢用程遵彦狀

元祐六年七月日，翰林學士承旨左朝奉郎知制誥兼侍讀蘇軾狀奏：

右臣竊謂朝廷用人，以行實爲先，以才用爲急。二者難兼，故常不免偏取。而端静之士，雖有過人之行，應務之才，又皆藏器待時，耻於自獻，朝廷莫得而知之。（**陳仁錫眉**）有意里人，自然不求仕。如臣等輩，固當各舉所聞，以助樂育之意。伏見左朝散郎前僉書杭州節度判官廳公事程遵彦，吏事周敏，學問該洽，文詞雅麗，三者皆有可觀。而事母孝謹，有絶人者。母性甚嚴，遵彦甚宜其妻，而母不悦，遵彦出之。妻既被出，孝愛不衰，歲時伏臘所以事姑者如未出。而母卒不悦，遵彦亦不再娶，十五年矣。身爲僕妾之役以事其母，雖前史所傳孝友之士，殆不能過。（**陳仁錫眉**）久後此母必化，不化亦不足爲孝。臣與之同僚二年，備得其實。今替還都下，未有差遣，碌碌衆中，未嘗求人。臣竊惜之。伏望聖慈特賜采察，量材録用，非獨廣搜賢之路，亦以敦厲孝悌，激揚風俗。若後不如所舉，臣甘伏朝典。謹録奏聞，伏候敕旨。

乞外補回避賈易劄子

元祐六年七月二十八日，翰林學士承旨左朝奉郎知制誥兼侍讀蘇軾劄子奏：

臣自杭州召還以來，七上封章，乞除一郡，又曾兩具劄子，乞留中省覽。傾瀝肝膽，不爲不至，而天聽高遠，不蒙回照。退伏思念，不寒而慄。然臣計之已熟，若干忤天威，得罪分明；不避權要，獲譴曖昧。臣今來甘被分明之罪，不願受曖昧之譴。臣聞賈易購求臣罪，未有所獲。只有法外刺配顔章、顔益一事，必欲收拾砌累，以成臣罪。易前者乞放顔益，已蒙施行。今又乞放顏章。以此見易之心,未嘗一日不在傾臣。只如浙西水災,臣在杭州及替還中路並到闕以來,累次奏論,詞意懇切。尋蒙聖慈採納施行。而易扇摇臺官安鼎、楊畏,並入文字,以謂回邪之人眩惑朝廷,乞加考驗,治其尤者。宰相以下,心知其非,然畏易之狠,不敢不行。賴給事中封駁,諫官論奏,方持其議。易等但務快其私忿,苟可以傾臣,即不顧一方生靈墜在溝壑。若非給事中范祖禹,諫官鄭雍、姚勔,偶非其黨,猶肯爲陛下腹心耳目,依公論奏。則行下其言,浙中官吏,承望風旨,更不敢以實奏災傷,則億萬性命,流亡寇賊,意外之患,何所不至。陛下指揮執政擘劃救濟,非不丁寧。而易等方欲行遣官吏言災傷者,與聖意大異。而執政相顧不言,僶俛行下。顯是威勢已成,上下懾服,寧違二聖指揮,莫違賈易意旨。臣是何人,敢不回避。若不早去,不過數日,必爲易等所傾。一身不足顧惜,但恐傾臣之後,朋黨益衆,羽翼成就,非細故也。不如今日令臣以親嫌善去,中外觀望,於朝廷事體,未有所害。

臣之大意,止是乞出,若前來早賜施行,臣本不敢盡言,只爲累章不允,計窮事迫,須至盡述本心,不敢有隱毫末。伏望聖明察其至誠,止是欲得外補,即非無故論説是非,特賜留中省覽,以保全臣子,不勝幸甚。取進止。

辨賈易彈奏待罪劄子

元祐六年八月初四日,翰林學士承旨左朝奉郎知制誥兼侍讀蘇軾劄子奏:

臣今月三日,見弟尚書右丞轍爲臣言,御史中丞趙君錫言,秦觀來見君錫,稱被賈易言觀私事,及臣令親情王適往見君錫,言臺諫等互論兩浙災傷，及賈易言秦觀事。乞賜推究。臣愚蠢無狀，常不自揆，竊懷憂國愛民之意。自爲小官，即好僭議朝政，屢以此獲罪。然受性於天，不能盡改。臣與趙君錫，以道義交游，每相見論天下事，初無疑間。近日臣召赴闕，見君錫崇政殿門，即與臣言老繆非才，當此言責，切望朋友教誨。臣自後兩次見君錫，凡所與言，皆憂國愛民之事。乞問君錫，若有一句及私，臣爲罔上。君錫尋有手簡謝臣，其略云："車騎臨過，獲聞誨益，諄諄開誘，莫非師保之訓。銘鏤肝肺，何日忘之。"臣既見君錫，從來傾心，以忠義相許，故敢以士君子朋友之義，盡言無隱。

又，秦觀自少年從臣學文，詞采絢發，議論鋒起。臣實愛重其人，與之密熟。近於七月末間，因弟轍與臣言賈易等論浙西災傷，乞考驗虛實，行遣其尤甚者，意令本處官吏，觀望風旨，必不敢實奏行下，却爲給事中封駁諫官論奏。臣因問弟轍云："汝既備位執政，因何行此文字？"轍云："此事衆人心知其非。然臺官文字，自來不敢不行。若不行，即須群起力争，喧瀆聖聽。"又弟轍因言秦觀言趙君錫薦舉得正字，今又爲賈易所言。（**陳仁錫眉**）此等語亦不必上問，恐起厭薄□終之漸。臣緣新自兩浙來，親見水災實狀，及到京後，得交代林希、提刑馬瑊及屬吏蘇堅等書，皆極言災傷之狀，甚於臣所自見。臣以此數次奏論，雖蒙聖恩極力拯救，猶恐去熟日遠，物力不足，未免必致流殍。若更行下賈易等所言，則官吏畏懼臺官，更不敢以實言災傷，致朝廷不復盡力救濟，則億萬生齒，便有溝壑之憂。適會秦觀訪臣，遂因議論及之。又實告以賈易所言觀私事，欲其力辭恩命，以全進退。即不知秦觀往見君錫，更言何事。

又，是日，王遹亦來見臣，云："有少事謁中丞。"臣知遹與君錫親，自來密熟，因令傳語君錫，大略云："臺諫、給事中互論災傷,公爲中丞,坐視一方生靈,陷於溝壑,略無一言乎?”臣又語遹説與君錫,公所舉秦觀,已爲賈易言了。此人文學議論過人,宜爲朝廷惜之。臣所令王遹與趙君錫言事,及與秦觀所言,止於此矣。二人具在,可覆按也。臣本爲見上件事,皆非國家機密,不過行出數日,無人不知,故因密熟相知議論及之。又欲以忠告君錫,欲其一言以救兩浙億萬生齒,不爲觸忤。君錫遂至於此,此外别無情理者。

右臣既備位從官,弟轍以臣是親兄,又忝論思之地,不免時時語及國事。臣不合輒與人言,至煩彈奏。見已家居待罪,乞賜重行朝典。取進止。

辨題詩劄子①

元祐六年八月初八日,翰林學士承旨左朝奉郎知制誥兼侍讀蘇軾劄子奏:

臣今月七日,見臣弟轍與臣言,趙君錫、賈易言臣於元豐八年五月一日題詩揚州僧寺,有欣幸先帝上仙之意。臣今省憶此詩,自有因依,合具陳述。臣於是歲三月六日在南京聞先帝遺詔,舉哀掛服了當,迤邐往常州。是時新經大變,臣子之心,孰不憂懼。至五月初間,因往揚州竹西寺,見百姓父老十數人,相與道旁語笑,其間一人以兩手加額,云:“見説好個少年官家!”其言雖鄙俗不典,然臣實喜聞百姓謳歌吾君之子出於至誠。又,是時,臣初得請歸耕常州,蓋將老焉,而淮浙間所在豐熟,因作詩云:“此生已覺都無事,今歲仍逢大有年。山寺歸來聞好

① 編者按:一題作“辨謗劄子”。

語,野花啼鳥亦欣然。”蓋喜聞此語,故竊記之於詩,書之當塗僧舍壁上。臣若稍有不善之意,豈敢復書壁上以示人乎？又其時去先帝上仙已及兩月,決非“山寺歸來”始聞之語,事理明白,無人不知。而君錫等輒敢挾情,公然誣罔。伏乞付外施行,稍正國法。所貴今後臣子,不爲仇人無故加以惡逆之罪。取進止。

(李卓吾旁)大好作詩。

奏狀

元祐六年八月八日,翰林學士承旨左朝奉郎知制誥兼侍讀蘇軾狀奏：

准尚書省劄子,蘇軾元豐八年五月一日於揚州僧寺留題詩一首,八月八日,三省同奉聖旨,令蘇軾具留題因依,實封聞奏。右臣所有前件詩留題因依,臣已於今日早具劄子奏聞訖。乞檢會降付三省施行。謹録奏聞,伏候敕旨。

申省論八丈溝利害二首

其一

元祐六年九月某日,龍圖閣學士左朝奉郎知潁州蘇軾狀申：

右軾今看詳,前件李義修所陳劃一事中,内三件,係欲開太康縣枯河,及開陳州明河,並不涉潁州地分,無由相度可否利害。外有一件:“欲乞自下蔡縣界以東,江陂鎮以西,地頗卑下之處,難爲開淘者,平地築岸如汴河,例不納衆流,免致溝中滿溢横出之患,所是田間横貫溝港,兩下自有歸頭去處,間或於要會處如次河口之類，可置斗門，遇田間有積水，臨時啓閉，甚無妨也。”軾今看詳，八丈溝首尾有横貫大小溝瀆極多，並系自來地勢南傾，流入潁河，别無兩下歸頭去處。遇夏秋漲溢，雖至小者，亦有無窮之水。雖下愚人亦知其不可塞，今義修乃欲築岸如汴河，不納衆流，顯是大段狂妄。

又一件云：“八丈溝首尾三百餘里，當往來道路，豈能盡致橋梁，欲乞於合該縣鎮濟要去處，創立津渡，小立課額，積久，少助堤岸之費。”軾今看詳，議者欲興大役，勞力費國，公私洶洶，未見其可。而義修先欲置津渡，立課額，以網小利，所見猥下，無足觀采。其餘議論雖多，並只是羅提刑、李密學意度，更加枝蔓粉飾，附會其説而已，别無可考論。其八丈溝利害，軾見子細相驗，打量地勢，具的確事件申奏次，謹具申尚書省。謹狀。

其 二

元祐六年九月某日，龍圖閣學士左朝奉郎知潁州蘇軾狀申：

右軾體訪得萬壽、汝陰、潁上三縣，惟有古陂塘，頃畝不少，見今皆爲民田，或已起移爲永業，或租佃耕種，動皆五六十年以上，與産業無異。若一旦收取，盡爲陂塘，則三縣之民，失業者衆，人情騷動，爲害不小。

看詳陳州水患，本緣羅朝散於府界疏道積水所致。今來進士皇維清，既知修復陂塘可以弭横流之患，何不乞於府界元有積水久來不堪耕種之地，多作陂塘。不惟所占田地元係積水占壓之處，人户别無詞説，兼亦陂塘既修之後，陳州水患自然衰減，更不消糜弊公私開三百五十四里溝渠。(**陳仁錫眉**)河南絶不肯開溝壑，吾問諸宦司云。今來維清既欲依羅朝散擘畫，起夫十八萬人，用錢米三十七萬貫石，開溝之後，又别奪萬壽等三縣農民産業，不知凡幾千百頃，又别破人夫錢米以興陂塘，是附會羅朝散議論，有害無利，必難施行。

軾自承領得上件省司文字，訪聞得民間，已稍驚疑，若更行下，逐縣勘會古陂頃畝及起税請佃年月，則三縣農民必大驚擾。其事既决難施行，所以更不敢行下勘會。其李密學、羅朝散等所欲會議利害，軾見行相驗，别具利害申奏次，謹具申尚書省。謹狀。

奏論八丈溝不可開狀

元祐六年十月某日，龍圖閣學士左朝奉郎知潁州蘇軾狀奏：

臣先奉朝旨，令知陳州李承之、府界提刑羅適、都水監所差官及本路提刑、轉運司，至潁州與臣會議開八丈溝利害。臣以到任之初，未知利害之詳，難以會議，尋申尚書省乞指揮逐官未得前來，候到任見得的確利害，别具申省，方可指揮逐官前來會議。進呈，奉聖旨依所乞。

臣今來到任已兩月，體問得潁州境内諸水，但遇淮水漲溢，潁河下口壅遏不得通，則皆横流爲害，下冒田廬，上逼城廓，歷旬彌月，不減尺寸。但淮水朝落，則潁河暮退，數日之間，千溝百港，一時收縮。以此驗之，若淮水不漲，則一潁河泄之足矣。若淮不免漲，則雖復旁開百溝，亦須下入於淮，淮水一漲，百溝皆壅，無益於事，而况一八丈溝乎？（**貼黄。據崔公度狀稱，取到壽州浮橋司狀，照驗得昨來五六月間，陳、潁州大水之時，淮水比常年大小，顯見自是諸河泛漲，並積水爲害，並不干淮水之事。看詳崔公度所**

言，顯是只將是年淮水偶然不大，便定永遠利害，未委崔公度如何保得今後淮水與諸河水永不一時皆漲乎？又，臣問得淮、潁間農民父老，若淮水小，則陳、潁諸河永無漲溢之理。公度所言，必非實事。）且陳之積水，非陳之舊也。乃是羅適創引府界積水以爲陳患。今又欲移之於潁，縱使朝廷恤陳而不恤潁，欲使潁人代陳受患，則彼此均是王民，臣亦不敢深訴。但恐潁州已被淮水逆流之患，而陳州但受州界下流之災，若上下水並在潁州，則潁之受患，必倍于陳，田廬城廓，官私皆被其害，恐非朝廷之本意也。

又況潁州北高南下，今潁河行于南，八丈溝行於北，諸溝水遠者數百里，近者五七十里，皆自北瀉下，貫八丈溝而南，其勢皆可以奪並溝水，入於潁河。其間二水最大，一名次河，一名江陂，水道深闊，勢若建瓴，南傾入潁河。而羅適欲以八丈溝奪併而東，此猶欲用五丈河奪汴河，雖至愚知其不可。而羅適與臣書，乃云："若疑之，只塞次河、江陂，勿令南流可也，何足爲慮。"雖兒童之見，不至於此。縱使臣愚暗，全不曉事，與適相附會以興大役，雖復起夫百萬，糜費錢米至巨萬億，亦無由成，而況十八萬人與三十七萬貫石乎？

臣歷觀數年以來諸人議論，胡宗愈、羅適、崔公度、李承之以爲可開，曾肇、陸佃、朱勃以爲不可開，然皆不曾差壕寨用水準打量，見地形的實高下丈尺，是致臆度利害，口爭勝負，久而不決。臣已選差教練使史昱等，令管押壕寨，自蔡口至淮上，計會本州逐縣官吏，子細打量，每二十五步立一竿，每竿用水準量見高下尺寸，凡五千八百一十一竿，然後地面高下、溝身深淺、淮之漲水高低、溝之下口有無壅遏可得而見也。並取到逐縣官吏，保明文狀訖，所有逐竿細帳，見在本州使案收管，更不敢上瀆聖聽，只具史昱等相驗到逐節事狀，繳連申奏，並略具下項要切利害。

一、臣到任之初,便取問得汝陰、萬壽、潁上三縣官吏文狀稱,羅適、崔公度當初相度八丈溝時,只是經馬行過,不曾差壕寨用水準打量地面高下,是實。切詳適等建議,起夫一十八萬人,用錢米三十七萬貫石,元不知地面高下,未委如何見得利害可否,及如何計料得夫功錢糧數目,顯是全然疏謬。(**貼黄。羅適計料八丈溝要開深一丈,而汝陽縣官吏,只計料八尺。適亦不知,據數申上,其疏謬例皆如此。**)兼看詳羅適所上文字,稱:"八丈溝上口岸至水面,直深二丈五尺,至黄堆口,與淮水面約直深十丈有畸,即是陳州水面下比壽州淮河水面高七丈五尺。"又云:"淮水面約闊二十餘里。"又云:"淮水大漲,不過四丈。"適只以此,便定八丈溝下口必無壅遏。臣竊詳適若曾用水準打量,見的實丈尺,必不謂之約量,顯是臆度高下,難爲憑信。今據史昱等打量,自蔡口至黄堆口至淮上溜分丈尺,及驗得每年淮水漲痕高下,將溜分折除外,尚有漲水八尺五寸,折除不盡,其勢必須從八丈溝内逆流而上,行三百里,與地面平而後止。顯見將來八丈溝遇淮水漲大時,臨到淮三百里内,壅遏不行。二水相值,横流於數百里間,但五七日不退,則潁州苗稼,無遺類矣。羅適云:"淮水面闊二十餘里。"今量闊處,不過三里。適又云:"淮水漲不過四丈。"今驗得漲痕五丈三尺。適又云:"黄堆口至淮面直深十丈有畸。"今量得四丈五尺。三事皆虚,乃是適意欲淮面之闊與溜分之多,則以意增之,欲漲水之小,則以意減之。此皆有實狀,不可移易,適猶以意增損;其他利害不見於目前者,適固不肯以實言也。

一、江陂、次河深闊高下丈尺,其勢必奪八丈溝水南入潁河,及其餘溝水如泥溝、瓦溝之類,皆可以回奪八丈溝,不令東流。實狀已具史昱等狀内。臣體驗得每年潁河漲溢水痕，直至州城門脚下，公私危懼。若八丈溝不能東流，却爲次河、江陂等水所奪，南入潁河，則是潁河于常年分外，更受陳州一帶積水，稍加數尺，必爲州城深患。而羅適、胡宗愈等皆云："自天地有水已來，萬折必東，必無回奪之理。"既云"萬折必東"，則是水有時而行於西南北，但卒歸於東耳，非謂不折而常東也。水之就下，兒童知之，適等不必其就下而必其常東，此豈足信哉！適又云："方水漲時，潁河亦自漲滿，不能受水，則次河、江陂安能奪八丈溝而南？"臣謂八丈溝比潁河大小不相侔，八丈溝必常先潁河而漲，後潁河而落。方潁河之不受水也，則八丈溝已先漲矣，安能奪諸溝而東？及八丈溝稍落而能行水，則潁河已先落矣，安得不奪八丈溝而南？此必然之理也。

一、據史昱等打量到，羅適回易八丈溝，創開六處，計取民田二十七頃八畝，合給還價錢，或係官田地，雖數目不多，而羅適未曾計入錢糧數内。又看驗得地性疏惡，合用梢樁，土薄水淺，地脈沮洳，開未及元料丈尺間，必有水泉，又難爲倒填，車水興功，兼地形高下不等，而溝底須合，取令慢平，溝身既深，溝面隨闊，則適所計料，全未是實數。其一十八萬人夫及三十七萬貫石錢米，必是使用不足。

右八丈溝利害大略，具上件三事，其餘更有不便事節，未易悉數，兼已略見于本路轉運判官朱勃申省狀内。及考之前史，鄧艾本爲陳、潁間田良水少而開八丈溝，正與今日厭水患多之意不同，勃已論之詳矣。伏望聖慈指揮，將朱勃申狀與臣所奏，一處看詳，即見八丈溝不可開事理實狀，了然明白。乞早賜果決不開指揮，以安潁、壽之間百姓驚疑之心，不勝區區。謹録奏聞，伏候敕旨。

貼黄。胡宗愈、羅適等皆言八丈溝成，恐商賈舟船不復過潁州，故州城裹居民豪户，妄生異議。今勘會蔡河水漲，每年中無一兩月，其餘月分，皆系水小。據羅適圖序云：八丈溝上口岸去蔡河水面二丈五尺，而八丈溝止於地面上開深八尺，除大水漲時，溝口方與蔡河相通，至水落時，溝口去蔡河水面，乃高一丈七尺，潁人何緣過憂舟船不入城下？顯是巧説，厚誣潁人，以伸其私意。

奏淮南閉糴狀二首

其一

元祐六年十一月某日，龍圖閣學士左朝奉郎知潁州蘇軾狀奏：

據汝陰縣百姓朱憲狀，伏爲今年旱傷，稻苗全無，往淮南糴得晚稻一十六石，於九月二十八日到固始縣朱皋鎮，有望河欄頭所由等欄住憲稻種，不肯放過河來，當時寄在陳二郎鋪内。當來榜内只説，欄截糴場粳米不得過淮河，並不曾聲説欄截稻種。今來不甘被望河欄頭所由等欄截稻種，有誤向春布種，申乞施行。”

臣尋備録朱憲狀及檢坐敕條，牒淮南路監司及光州固始縣並朱皋鎮等處請依條放行斛斗，不得欄截，至今未有施行回報。兼體問得本州今年，係秋田災傷，檢放税賦，百姓例闕穀種，見今在市絶少斛斗，米價翔貴，本州見闕軍糧，亦是貴價收糴不行。尋勾到斛斗行人楊信等，取問在市少米因依。其楊信等供狀稱，問得船車客旅等，稱説是淮南官場收糴，出立賞錢，不得津般粳米過淮南界，是致在市少米。須至奏乞指揮者。

右檢會《編敕》，諸興販斛斗，雖遇災傷，官司不得禁止。又條，諸興販斛斗及以柴炭草木博糴糧食者，並免納力勝税錢，注云舊收税處依舊，即災傷地分，雖有舊例亦免。臣頃在杭州，親見秀州等處爲官糴上供粳米違條，禁止販賣，及災傷地分，並不依條免納力勝税錢，於官並無所益，依舊收糴不行，徒使百姓驚疑，各務藏蓄斛斗，不肯出糶，致餓損人户，爲害不少。今來淮南官吏，又襲此流弊，違條立賞，行閉糴之政，致本州城市闕米，農民闕種。若非朝廷嚴賜指揮，即人户必致失所。

伏乞備録臣奏及開坐敕條，指揮淮西轉運、提刑司，行下逐州縣，不得更似日前違條，禁止興販斛斗過淮。並勘會轄下，如係災傷地分，不得違條收納米穀力勝税錢。所貴逐路官司，稍獲均濟。仍乞速賜行下，使災傷農民早行耕種。謹録奏聞，伏候敕旨。

其　二

元祐六年十一月某日，龍圖閣學士左朝奉郎知潁州蘇軾狀奏：

臣近爲光州固始縣朱皋鎮官吏違條禁止本州汝陰縣百姓朱憲收糴稻種，不令過淮。及取到行人楊佶等狀稱，是淮南官場糴米，立賞禁止米斛過淮，致本州收糴軍糧不行，及農民闕種，城市闕食。已具事由聞奏，乞嚴賜指揮，淮南監司，不得違條禁止販賣米斛。仍乞勘會，如係災傷地分，不得違條收五穀力勝去訖，仍已令本州一面移牒淮南提轉及光州固始縣朱皋鎮等處，放行斛斗。其提轉州縣，並不回報依應施行，惟朱皋鎮官吏坐到本州縣牒："所准淮南西路提刑司指揮出榜云，如有細民過渡，回軍米斛，不滿一碩，即勒白日任便渡截外，有一碩以上，滿一席者，並仰地分捉拽赴官，依法施行。犯人，備賞錢一貫，每一席，加賞錢一貫。若或夜間過渡，一碩以下，犯人出賞錢一貫，每席，加一貫。其所捉到米數，却勾欄前來，於本縣元糴處出糶。若係他人捉到，其經歷地分勾當人，並勾追勘斷。以此，至本鎮不敢放過米斛。”

又於今月十五日，據汝陰縣百姓楊懷狀：“爲本莊不熟，遂典田土得錢，於淮南收糴到納税及供家吃用米四碩，被朱皋鎮立賞勾欄，不令過淮。”臣又親自體問得本州寄居官户，皆言：“有田在光州界内，今年爲潁州米貴，各令人於本莊取米納税供家，並被本處官司立賞禁止，不放前來。”切詳逐州、縣、鎮，若非監司公然違背朝廷敕條，明出榜示，禁絶鄰路餱糧，即逐處官吏，亦未敢似此肆行乖戾之政。須至再奏，乞賜指揮者。

右臣竊見近年諸路監司，每遇米貴，多是違條立賞閉糴，驚動人户，激成災傷之勢。熙寧中，張能、沈起首行此事，至浙中餓死百餘萬人。臣任杭州日，累乞朝廷指揮，亦蒙施行。今來淮西提刑，既欲收糴官米，自合依市直立定優價，則人户豈有不赴官中賣之理？今乃明出榜示，嚴行重賞，令人捉拽勾欄收糴，顯是强買人物，爲國斂怨，無甚如此。況提刑司明知《編敕》“雖遇災傷，不得禁止販賣斛斗”，乃敢公出榜示，立賞禁絶，淮南、京西均是王民，而獨絶其餱糧，禁其布種，以至官户本家莊課，亦不得般取吃用，違法害物，未之前聞。其逐州、縣、鎮官吏，亦明知有上條及臣已坐條關牒，並不施行，寧違朝廷《編敕》條貫，不敢違監司乖戾指揮。伏望聖慈詳酌，早賜問取施行，少免官吏恣行，農民無告。謹録奏聞，伏候敕旨。

卷六十一

奏議五首

乞賜度牒糴斛斗準備賑濟淮浙流民狀

元祐六年十二月二十五日，龍圖閣學士左朝奉郎知潁州蘇軾狀奏：

臣近因出城市中，時有挾挈襁褓如流民者。問之，皆云自壽州來。尋取問得城門守把者，亦云時有此色人，見淮西提刑司出榜立賞，不許米斛過淮北。因此，體問得士人南來者皆云：今秋廬、濠、壽等州皆饑，見今農民已煎榆皮，及用糠麩雜馬齒莧煮食。兼壽州盜賊，已漸昌熾，安豐縣木場鎮打劫施助教家，霍丘縣善鄉鎮打劫謝解元家，六安縣故鎮打劫魏家，賊徒皆十餘人，或云二三十人，頗有騎馬者，器仗甚備。每處贓皆數千貫，申報官司，多不盡實，亦有不申報者。兼潁州界亦有惡賊尹遇、陳興子、鄭饒、李松等數人，皆老奸逋寇，私立名號，與官吏鬥敵，方欲結集，規相應和。近日雖已敗獲，深恐淮南群盜不止，流入潁河界，縱不能爲大害，但饑民附之，徒黨稍衆，如王冲、管三之流，便不易捕獲。臣又聞淮南自秋至今，雨雪不足，麥熟不熟，蓋未可知，若麥不熟，必大有饑民。浙西、江東既非豐熟地分，勢必流徙北來，則潁州首被其患。若流民至潁，而官無以濟之，則横屍布路，盜賊群起，必然之勢也。所以須至先事奏乞。若至時元無此事,臣不敢避張惶過當之罪,若隱而不言,倉卒無備,别成意外之虞,其罪大矣。臣日夜計慮,勢不可緩。謹具條件如左。

一、勘會本州常平斛斗,見管粳米三萬四千餘石,通紐元糴價每斗計一百一十八文有畸。緑豆一萬三千餘石,通紐元糴價每斗計七十二文有畸。小麥二萬五千餘石,通紐元糴價每斗計五十四文有畸。上件三色,並係元糴高價,縱依條量減出糶,亦未能大段平減市價,兼流民轉徙失所,必無錢收買官米;雖依條許借貸人户,又緣流民既非土著,將來無緣催索;又條許常平斛斗召募饑民工役,及許依乞丐人給米斛,不得過所限之數兩倍。臣今相度,不惟饑民羸弱聚散不常,難爲工役,又緣常平斛斗本法,元只用糶糴以准平市價,若將召募工役及依乞丐人例給與,則是有出無收,今後常平本錢,日耗不已,有時而盡。臣知杭州日,爲見浙西饑饉,全賴常平糶米,所救活不可勝數。以此知常平官本,只可令增,不可令耗。屢曾奏乞立法,常平錢米,只許糶糴外,不得支用。雖蒙施行,所有本州見管常平斛斗,臣終不敢以流民之故,輒乞費用,留以準備來春斛斗翔貴時出糶,以濟本州百姓。

貼黄。若蒙行下户部,不過檢坐常平條貫量減價出糶,及召募饑民工役,並依乞丐人給米之數行下,皆是空文,無益實事。乞自朝廷詳酌,特賜裁處。

又貼黄。元豐以前,常用常平錢米召募饑民工役,雖有減耗,却將官剩息錢補填。今來常平官本,有出無收,若不立法禁止雜支,則數日而盡,深爲可惜。乞檢會臣前奏施行。

一、勘會本州見管封桩陝西軍兵請受及禁軍闕額粳米三千七百餘石,估定每斗八十文,小麥三萬三千餘石,估定每斗六十文，緑豆二千一百餘石，估定每斗五十五文，粟米三百餘石，估定每斗九十文，豌豆五千一百餘石，估定每斗六十文。淮條，許估定價例出糶。除勘會本州軍糧粳米年計不足，今將轉運司錢兑糴上件封桩粳米充軍糧外，其餘小麥、緑豆、粟米、豌豆可以奏請擘畫錢物，盡數兑糴，準備賑濟流民。

貼黄。所有逐色估定價例，並是在市實直，如蒙施行，乞依今來估定價例兑買。

右臣伏望聖慈，愍念淮浙累歲災傷，來年春夏必有流民。而潁州正當南北孔道，萬一扶老攜幼，坌集境内，理難斥遣。若饑羸道路，臭穢薰蒸，民同被災疫之害。弱者既轉溝壑，則强者必聚爲寇盜。欲乞特賜度牒一百道，委臣出賣，將錢兑買前件小麥、粟米、緑豆、豌豆四色，封桩斛斗，候有流民到州，逐放支給賑濟。如至時却無流民，自當封桩，度牒價錢，别聽朝廷指揮。謹録奏聞，伏候敕旨。

貼黄。臣若不預作擘畫陳乞，則倉卒之間，必難應辦。若不密切奏論，至此聲先馳，則恐引惹饑民，並來本州，官物有限，中路闕絶，則死者必衆，反爲深害。所以今來親書奏狀，貴免泄漏。臣以目昏，書寫不謹，伏乞恕罪。如蒙施行，乞作不下司文字，付臣措置。

又貼黄。臣所奏濠、壽等州災傷盜賊次第，問得皆有本末，非是風傳道路之言。深慮本路及逐州各有檢放賦税元未奏陳，致朝廷不信臣言。臣在杭州日，親見監司州縣，例皆諱言災傷。只如今年蘇、湖水災，可爲至甚，而臺官賈易等猶欲根究其事，行遣言者。蘇州積水未退尚土城門，而知州黄履已奏秋種有望。似此蒙蔽，習以成風。伏望聖慈試采臣言，過作準備，則一方幸甚。

乞將合轉一官與李直方酬獎狀

元祐七年正月某日,龍圖閣學士左朝奉郎知潁州蘇軾狀奏:

臣自到任以來,訪聞得本州舊出惡賊,自元祐二三年間,管三等嘯聚爲寇。已而,又有陳欽、鄒立、尹榮、尹遇等,亦是群黨劫殺,累至以捕盜官吏鬥敵。是時,朝廷訪聞以名捕此等數人,尋已捉獲凌遲處斬,惟尹遇一名漏網得脱,不改前非,結集陳欽之弟陳興、鄭饒、李松等數人,不住驚劫人户。尹遇自稱大大王,陳興稱二大王,鄭饒稱僥三,李松稱管四,鄉村畏懾,不敢言及。縱被劫殺,不敢申報,以致被殺之家,父母妻子,不敢聲張舉哀。百姓蔡貴、莫諲、董安三人,只因偶然言及遇等,即時被殺,内董安仍更用尖刀割斷脚筋,其餘割取頭髮,及殺傷者不可勝數。每次打劫,皆用金貼紙甲,其餘兵仗弓弩並全。累次與捕盜官吏鬥敵,内一次射殺弓手。兼近日壽州界内,强賊甚多,打劫魏家、謝解元、施助教等家,皆一二十人,白晝騎馬於鎮市中劫人。其尹遇等聞之,即欲商量應和,居民憂懼。臣度事勢迫切,即差職員監勒捕盜官吏,責限收捕。有汝陰縣尉李直方,素有才幹,自出家財,募人告緝,知得逐賊窟穴去處。内陳興、鄭饒、李公等,見住壽州霍丘縣開順場。尹遇一名,在壽州霍丘縣成家步,比陳興等去處更遠二百里。直方以謂衆賊之中,唯尹遇最爲桀黠難捕,又其窟穴離州界最遠,遂分布弓手,捕捉衆賊。而直方親領弓手五人,徑往成家步捉殺尹遇。直方母年九十六,只有直方一子。臨去之時,母子泣别,往返五百餘里,騎殺一馬。直方步行百餘里,裝作販牛小客,既至地頭,衆皆畏懼不前,獨弓手節級程玉等二人與直方持槍大呼,排户而入。尹遇驚起，彀弓駕箭欲發，直方徑前親手刺倒，衆弓手皆入，方始就擒。直方本與弓手分頭捕捉衆賊，内陳興、鄭饒、李松三人以地近故，先九日獲。獨尹遇一名，以地遠難捕，直方親行，故後九日獲。既獲之後，遠近喜快。有城廓鄉村人户六百一十七人，詣臣陳狀，備説逐賊凶惡，多年爲害，人不敢言，若不盡法根勘，萬一減死刺配，即須走回嘯聚，爲害轉甚。以此知逐賊桀黠之甚，衆所憂畏，若不以時捕獲，因之以饑饉，必爲王冲、管三之流。而直方以進士及第，母子二人相須爲命，而能以忠義奮激，親手擊刺，以除一方之患，比之尋常捕盗官，偶然掩獲十數饑寒之民號爲劫賊者，不可同日而語矣。彼皆坐該賞典，而直方不蒙旌異，則忠義膽决方略之臣，無所勸激矣。須至奏陳者。

右檢準《編敕》節文："諸官員躬親帥衆獲盗一半以上，能分遣人於三十日内獲餘黨者，通計人數，同躬親法。"今來李直方，爲見衆賊之中唯尹遇最爲宿奸老寇，窟穴深遠，衆不敢近，須至躬親出界捕捉，是致後獲。既是尹遇須至躬行，則陳興等三人須至差人，無由躬親。若使直方先爲身謀，即須躬親先往近處，捕陳興等三人，然後多遣弓手，續於三十日内捕尹遇一名，即却應得上條，同躬親法。只緣直方忠義激發，以除惡爲先務，而不暇計較恩賞，故躬親出界，專捕尹遇一名，以致所差弓手，却先獲陳興等三人，遂與上條不應，於賞格有礙。考之法意，顯是該説不盡。伏望朝廷詳酌，只緣直方先公後私，致得先後捕獲之數，不盡應法。欲乞比附上條，通計人數，許同躬親法，爲第三等。若下刑部定奪，則有司須至執文計析毫釐，直方無緣該得第三等恩賞。惟望聖恩體念尹遇等若不以時捕獲，必爲嘯聚群寇，而直方儒者，能捐軀奮命，忠義可嘉，特賜指揮。臣又慮朝廷惜此恩例，恐今後妄有攀援。勘會臣見今如法合轉朝散郎，情願乞不改轉，將此恩例與直方，循資酬獎。緣直方母年九十餘，只有一子，因臣督迫，泣别而行。若萬一爲賊所害，使其老母失所，臣豈不愧見僚吏。以此將臣合轉一官與直方充賞，不惟少酬其勞，亦使臣今後有以使人，不爲空言無實者。於臣亦爲莫大之幸，且免後人援例，庶朝廷易爲施行。臣不勝大願。謹録奏聞，伏候敕旨。

貼黄。臣所論奏，皆有實狀可以覆按。本合候尹遇等結案了奏聞，又恐朝廷未盡以臣言爲信，更當行下監司體問逐賊凶惡之實，與直方捐軀奮激之狀，故及逐賊未死聞奏，庶可以覆按施行。僥三是管三火中有名强賊人，管四是管三弟。此二賊欲得遠近畏服，故詐稱二人姓名。

又貼黄。奏爲汝陰縣尉李直方捕獲强惡賊人，乞依《編敕》第三等酬賞。候敕旨。

乞賜光梵寺額狀

元祐七年二月某日，龍圖閣學士左朝奉郎知潁州蘇軾狀奏：

臣伏見本州潁上縣白馬村，有梵僧佛陀波利真身塔院舍，約四五十間，元無敕額。父老相傳佛陀波利本西域僧，唐儀鳳中游五臺，禮文殊師利，見老人，令復還西域，取佛頂尊勝陀羅尼經。佛陀波利用其言，往返數萬里，以永淳中取經而還，至今流布，而佛陀波利於潁上亡没，里俗相與漆塑其身，造塔供養，時有光景，頗著靈驗，不敢具述。臣于諸處見唐人所立《尊勝石幢刊記》本末，與所聞父老之言頗合。今年正月，大雪過度，農民凍餒無所，祈禱境内諸廟未應。聞父老以佛陀波利爲言，臣即遣人賫香禱請，登時開霽，人情翕然歸向，詣臣陳狀，願乞敷奏，乞一敕額，庶幾永遠不致廢壞。須至奏乞者。

右謹具如前，欲望聖慈曲從民欲，特賜本院一敕額，如蒙開允，以光梵爲額。謹録奏聞，伏候敕旨。

薦宗室令畤狀

（茅鹿門評）今國家待宗室得如子瞻此議，甚善。

元祐七年五月初五日，龍圖閣學士左朝奉郎知潁州蘇軾狀奏：

右臣聞之《詩》曰："懷德爲寧，宗子維城。"宗室之有人，邦家之光，社稷之衛也。周之盛時，其卿士皆周、召、毛、原，非王之伯叔父，則其子弟也。逮至兩漢，河間、東平之德，歆、向之文，天下以爲口實。而唐之宗室，武略如道宗、孝恭，文章如白與賀者，不可以一二數；而以功名至宰相者，有九人焉。自建隆以來，累聖執謙，不私其親，幹國治民，不及宗子，雖有文武異才，終身不試。神宗皇帝實始慨然，欲出其英髦，與天下共之，故增立教養選舉之法。行之二十年，出入中外，漸就器使，而未見有卓然顯聞稱先帝意者。夫豈無人？蓋朝廷未有以大聳勸之耳。臣伏見承議郎僉書潁州節度判官廳公事令畤，事親篤孝，内行純備，（茅鹿門夾）行。博學經史，手不釋卷，（茅鹿門夾）文。吏事通敏，文采俊麗，志節端亮，議論英發，體兼衆器，無適不宜。（茅鹿門夾）才略。臣嘗見其所著述，筆力雅健，博貫子史，蓋清廟之瑚璉，明堂之杞梓也。使其生於幽遠，猶當擢用，而況近托肺腑，已蒙試用者乎？伏望聖慈特賜考察，召致館閣，養其高才,而遂其遠業,以風動宗室,勸示海内,成先帝之意,不以臣人微言輕而廢其請也。若後不如所舉,臣甘伏朝典。謹録奏聞,伏候敕旨。

論積欠六事並乞檢會應詔四事一處行下狀

(**李卓吾旁**)真仁人。(**茅鹿門旁**)民困吏弊,指畫如掌。今之郡縣不可不榜之堂而旦夕誦之。

元祐七年五月十六日,龍圖閣學士左朝奉郎知揚州蘇軾狀奏:

臣聞之孔子曰:"善人教民七年,亦可以即戎矣。"夫民既富而教,然後可以即戎,古之所謂善人者,其不及聖人遠甚。今二聖臨御,八年於慈,仁孝慈儉,可謂至矣。而帑廪日益困,農民日益貧,商賈不行,水旱相繼,以上聖之資,而無善人之效,臣竊痛之。所至訪問耆老有識之士,陰求其所以,皆曰:方今民荷寬政,無它疾苦,但爲積欠所壓,如負千鈞而行,免於僵仆則幸矣,何暇舉首奮臂,以營求於一飽之外哉!今大姓富家,昔日號爲無比户者,皆爲市易所破,十無一二矣。其餘自小民以上,大率皆有積欠。(**儲欣夾**)王安石罪通於天,讀此等自見。監司督守令,守令督吏卒,文符日至其門,鞭箠日加其身,雖有白圭、猗頓,亦化爲簞門圭竇矣。自祖宗已來,每有赦令,必曰:凡欠官物,無侵欺盗用,及雖有侵盗而本家及伍保人無家業者,並與除放。祖宗亦不知官物失陷、奸民倖免之弊,特以民既乏竭,無以爲生,雖加鞭撻,終無所得,緩之則爲奸吏之所蠶食,急之則爲盗賊之所憑藉,故舉而放之,則天下悦服,雖有水旱盗賊,民不思亂,此爲捐虚名而收實利也。

自二聖臨御以來,每以施捨己責爲先務,登極赦令,每次郊赦,或隨事指揮,皆從寬厚。凡今所催欠負,十有六七,皆聖意所貸矣。而官吏刻薄,與聖意異,舞文巧詆,使不該放。監司以催欠爲職業,守令上爲監司之所迫,下爲胥吏之所使,大率縣有監催千百家,則縣中胥徒舉欣欣然,當日有所得,而一旦除放,則此等皆寂寥無獲矣。(**陳仁錫眉**)胥吏不惟舞文,亦能舞官。自非有力之家,納賂請賕,誰肯舉行恩貸。而積欠之人,皆鄰於寒餓,何賂之有。其間貧困掃地,無可鬻食者,則縣胥教令通指平人,或云衷私擅買,抵當物業,或雖非衷私,而云買不當價,似此之類,蔓延追擾,自甲及乙,自乙及丙,無有窮已。每限皆空身到官,或三五限得一二百錢,謂之破限。官之所得至微,而胥徒所取,蓋無虚日,俗謂此等爲縣胥食邑户。嗟乎,聖人在上,使民不得爲陛下赤子,而皆爲奸吏食邑户,此何道也!(**陳仁錫眉**)有司莫以告。○果爾即善人亦不如矣。(**儲欣夾**)已下極言不放之害。商賈販賣,例無現錢,若用現錢,則無利息,須今年索去年所賣,明年索今年所賒,然後計算得行,彼此通濟。今富户先已殘破,中民又有積欠,誰敢賒賣物貨,則商賈自然不行,此酒税課利所以日虧,城市房廊所以日空也。諸路連年水旱,上下共知,而轉運司窘於財用,例不肯放税,縱放亦不盡實。雖無明文指揮,而以喜怒風曉官吏,孰敢違者。所以逐縣例皆拖欠兩税,較其所欠,與依實檢放無異,於官了無所益,而民有追擾鞭撻之苦。近日詔旨,凡積欠皆分爲十料催納,通計五年而足。聖恩隆厚,何以加此!而有司以謂有旨,倚閣者方得依十料指揮,餘皆並催。縱使盡依十料,吏卒乞覓,必不肯分料少取。人户既未納足,則追擾常在,縱分百料,與一料同。(**儲欣夾**)雖分十料,不足以救之。

臣頃知杭州，又知潁州，今知揚州，親見兩浙、京西、淮南三路之民，皆爲積欠所壓，日就窮蹙，死亡過半。而欠籍不除，以至虧欠兩税，走陷課利，農末皆病，公私並困。以此推之，天下大率皆然矣。臣自潁移揚州，過濠、壽、楚、泗等州，所至麻麥如雲。臣每屏去吏卒，親入村落，訪問父老，皆有憂色。云："豐年不如凶年。天災流行，民雖乏食，縮衣節口，猶可以生。若豐年舉催積欠，胥徒在門，枷棒在身，則人户求死不得。"言訖，淚下。臣亦不覺流涕。又所至城邑，多有流民。官吏皆云："以夏麥既熟，舉催積欠，故流民不敢歸鄉。"臣聞之孔子曰："苛政猛於虎。"昔常不信其言，以今觀之，殆有甚者。水旱殺人，百倍於虎，而人畏催欠，乃甚於水旱。臣竊度之，每州催欠吏卒不下五百人，以天下言之，是常有二十餘萬虎狼，散在民間，百姓何由安生，朝廷仁政何由得成乎？（**陳仁錫眉**）果若言，其禍更慘於虎。○恐不啻二百餘萬也。臣自到任以來，日以檢察本州積欠爲事。内已有條貫除放，而官吏不肯舉行者，臣即指揮本州一面除放去訖。其餘理合放而於條未有明文者，即且令本州權住催理，聽候指揮。其於理合放而於條有礙者，臣亦未敢住催。各具利害，奏取聖旨，謹件如左。（**李卓吾旁**）痛切可誦。（**儲欣**）二十萬虎狼，可駭可涕。然則如之何而救之？曰害民者，吏也；制吏者，官也。官得其人，何患焉？否則虎出柙，狼入市矣，誰之過歟？

一、准元祐五年五月十四日敕節文："應實封投狀承買場務第五界已後，見欠未納净利過日錢，亦許比第四界以前三界内一界小數催促。"上件條貫，止爲過界有人承買場務，可以分界，見得最小一界錢數豁除見欠，其間界滿，無人承買場務，只勒見開沽人認納過日錢數者，即無由分界，見得小數，所以不該上條除放。朝廷爲見無人承買場務，比之有人承買者，尤爲敗闕，不易送納,反不該上條除放,於理不均,故於元祐六年春頒條貫内,别立一條:"諸場務界滿未交割者,且令依舊認納課例,及過日錢,若委因事敗闕,或一年無人投狀承買,經縣自陳申州,本州差官,限二十日體量減定净利錢數,令承認送納,仍具減定錢數出榜,限一季召人承買。無人投狀,本州再差官減定出榜。限滿,又無人投狀,依前再減出榜。若減及五分以上,無人投狀,申提刑司差官與本州縣官同共相度,再減節次,依前出榜。如減八分以上,無人投狀承買,委是難以出納净利錢,即所差官與本州縣保明申提刑司審察,保明權倚閣訖奏。自界滿後至倚閣日,見開沽人,只依減定净利錢數送納。"

臣今看詳,朝廷立此兩條,聖恩寬厚,敕語詳備,應有人無人承買場務,皆合依條就小送納,無可疑惑。只緣官吏多以刻薄聚斂爲心,又不細詳條貫,所以諸處元只施行逐界通比就小催納指揮,其界滿無人承買,只依減定净利錢數送納條貫多不施行。臣細詳上條,既云"自界滿至停閉日,見開沽人只依減定净利錢數送納",即是分明指定合依臨停閉日減定最小錢數送納,雖逐次減定錢數不同,緣皆未有人承買,不免更減,終非定數,既已見得臨停閉日所減定數,豈可却更追用逐次虚數爲定!臣已指揮本州行下屬縣,應界滿敗闕無人承買場務,係是開沽人承認送納者,並依上條只將臨停閉日所定最小錢數爲額催納,内未停閉已前,有人承買,即依上條,各以當限所減定錢數爲額催納。以上如有欠負,即將已前剩納過錢數豁除。如已納過無欠負者,即給還所剩,本州已依應施行訖。深慮諸路亦有似此施行未盡處,乞聖旨備録行下。

一、准元祐五年四月九日朝旨:"應大赦以前,見欠蠶鹽和買青苗錢物,元是冒名,無可催理,或全家逃移,鄰里抱認,或元無頭主,均及干繫人者,並特與除放。"今勘會江都縣人户積欠青苗錢斛二萬四千九百二十貫石,内四千九百貫石,係大赦已前欠負逃移,臣已指揮本州,依上件朝旨除放去訖。一千五百二十五貫石,雖係大赦前欠負,却係大赦後逃移,未有明文除放,見今無處催理,不免逐時行下鄉村勘會,虚有搔擾。臣已指揮本州更不行下,欲乞聖旨指揮應大赦前欠負蠶鹽和買青苗錢,但見今逃移無處催理者,本縣官吏保明,並與除放。

貼黄。勘會上件朝旨,經隔二年,不爲除放,臣今來方始施行。深慮諸州、軍亦有似此大赦前欠蠶鹽和買青苗錢逃移人户,合依聖旨除放,而官吏不爲施行者,乞更賜行下免罪改正。

一、檢准《熙寧編敕》:"諸主持倉庫欠折官物買撲場務少欠課利元無欺弊者,其産業雖已估計倍納入官,許以所收子利紐計還元欠官錢,數足,即給還或貼納所欠錢數,相兼收贖,如過十年不贖,依填欠田宅條施行。係十保干繫人産業,雖欠人有欺弊,亦准此。"此乃祖宗令典,雖熙寧新法,亦許准折欠數,數足便還。只因元豐四年十二月内,兩浙轉運司奏,買撲之人,多是作弊,拖欠合納課利,須至官司催逼緊急,却便乞依條將産業在官拘收子利,折還係元抵田産物業。逐年所出花利微細,卒填所欠官錢不足,看詳買撲場務,並係人户情願實封投狀,抱認勾當,其課利依條自合逐月送納,即與公人主持倉庫欠折官物陪填事體不同。今相度欲乞於《編敕》内删去"買撲場務少欠課利"八字,因此立法,諸主持官物欠折無欺弊者,其産業估納入官,以所收子利,准折欠數,候足給還,或貼納錢收贖,如過十年不贖,依填欠田宅法,係十保干繫人産業,雖元欠有欺弊,仍以所估納抵産子利,准折欠數,通計賞足給還抵産,其以前欠負,並准此,内剩納過錢數,仍給還所剩。

一、准元豐三年九月二十八日《明堂赦書》節文:"開封府界及諸路人户,見欠元豐元年以前夏秋租税,並沿納不以分數,及二年以前誤支雇食水利罰夫買撲場務出限罰錢,並免役及常平息錢,並特與除放。"是時轉運司申中書稱,見欠丁口鹽錢,及鹽博絹米及和預買紬絹,並係人户以請官本,不合一例除放。中書批狀云:勘會赦書内,即無見欠丁口鹽錢並鹽博絹米及和預買紬絹已請官本除放之文,因此州縣却行催理。至元豐八年登極赦書,亦是除放兩税,沿納錢物。後來尚書户部仍舉行元豐四年中書批狀指揮,逐年蠶鹽錢絹和預買紬絹等,係已請官本,並不除放。(**陳仁錫眉**)虎狼不獨吏胥也。臣今看詳,内蠶鹽錢絹一事,鹽本至輕,所折錢絹至重。只如江都縣每支鹽六兩,折絹一尺。鹽六兩,元價錢一十文五分足,絹一尺,價錢二十八文一分足。其支鹽納錢者,每鹽五斤五兩,納錢三百三十一文八分足,比元價買鹽每斤二十八文足已多一百八十三文足。又將錢折麥,所估麥價至低。又有倉省加耗及脚乘之類,一文至納四五文。今來既不除放,即須催納絹麥折色,

所以人户愈覺困苦。臣今看詳,丁口鹽錢絹既爲有官本,難議除放,即合據所支鹽斤兩實直價錢催納,豈可將折色絹麥上增起錢數盡作官本,顯是於理合放,於條未有明文。臣已指揮本州,應登極赦前見欠丁口鹽錢及鹽博絹米之類,只據當時所支官物實直爲官本催納,其因折色增起錢數,並權住催理,聽候朝旨。伏望聖慈特賜指揮,依此除放。

一、准元祐元年九月六日《明堂赦書》:"應内外欠市易錢人户,見欠錢二百貫以下,並特與除放。"續准元祐二年二月七日都省批狀:"知鄭州張璪劄子奏,臣伏睹《明堂赦書》節文,諸路人户,見欠市易錢二百貫以下,並特與除放。"臣自到州,契勘得

本州舊係開封府界管城縣日,本縣市易抵當所,於元豐二年五月以後,節次准市易上界牒准太府寺牒支降到匹帛散茶,令搭息出賣,其本州自合依條許人户用物貨等抵請及見錢變易,本州却賒賣與人户,仍不曾結保,致有二百九十八户除納外,共拖欠下官錢計一千九百余貫文。雖契勘得逐户名下見欠各只是二百貫以下,本州爲是元管句官司違法賒散,不依太府寺搭息出賣指揮,致人户亦不曾用物貨抵請,即與市易舊法許人結保賒請金銀物帛見欠官本事體不同,以此未敢引用赦敕除放。係上件人户所欠物帛價錢,本因官吏違法賒過,其人户元不知有此違礙。伏望聖慈矜恤,特許依赦除放,庶使貧民均被聖澤。户部看詳,住罷賒請,後來違法賒散過錢物,並府界縣分人户抵當虧本糯米,各與未罷已前依條賒請事體不同。今勘當難以依赦除放。都省批狀,依户部所申文。續准元祐三年十月二十七日敕,勘會内外見欠市易非違法賒請人户,已降指揮,二百貫文已下除放,其外路係違法者,即不該除放。切緣本因官司違法賒賣,今來人户若不量與蠲放,顯見獨不沾恩,須議指揮。十月二十五日奉聖旨,令户部指揮,諸路契勘,官私違法除放人户,許將息罰充折外,見欠錢二十貫文已下者,並與除放。

又續准元祐四年正月初十日轉運司牒:"准尚書户部符,據淮南轉運司狀,契勘本路市易欠錢,除依條賒借,並元係經官司違法賒欠,已依上項赦敕朝旨施行外,元有未承元豐四年五月十九日朝旨住罷賒藉以前,並以後有人户于市易務差出計置變易句當人等頭下賒借錢物,見欠不及二百貫及二十貫以下,今詳所降元祐元年九月六日《明堂赦敕》,止言市易欠錢人户,見欠二百貫文以下除放,並元祐三年十月二十七日朝旨,亦止言官司違法賒借,見欠二十貫文以下除放,今來前項人户,從初徑于市易差出句當人等頭下賒欠，本司疑慮，未敢一例除放申部者。本部看詳，《明堂赦》云内外欠市易錢人户，見欠二百貫以下除放。及近降朝旨，亦止云官私違法私放人户許將息罰充折外，見欠二百貫以下除放，即無似此窠名明文。今據所申符，本司主者詳此，一依前後所降朝旨施行，無至違誤。”

臣今看詳，元祐元年九月六日《明堂赦書》，止言“應内外欠市易務錢二百貫以下，並與除放。”赦文簡易明白，元不分别人户，於官司請領或徑於勾當人名下分請，亦不拘限。官司依條賒賣，或違法俵散，及有無抵當結保搭息不搭息之類，但係欠市易務錢二百貫以下者，便合依赦除放，更無疑慮。切原聖意，蓋爲市易務錢，本緣奸臣貪功希賞，設法陷民，赤子無知，爲利所罔，故於即位改元躬祀明堂始見上帝之日，親發德音，特與除放。皇天后土，實聞此言。當時有識，已恨所放不寬，既知小民爲官法所陷，何惜不與盡放，更立二百貫之限。然是時欠負窮民，無不鼓舞涕泣，銜荷恩德。曾未半年，已有刻薄臣寮，强生支節，析文破敕，妄作申請，致有上項續降聖旨及都省批狀指揮，應官司違法賒借者，止放二十貫以下，其於差出句當人名下賒請者，並不除放一文，使宗祀赦文，反爲虚語，非獨失信於民，亦爲失信於上帝矣。所繫至大，而俗吏小人曾不爲朝廷惜此，但知計析錐刀之末，實可痛愍。（**陳仁錫眉**）不畏小民，豈畏上帝。臣竊仰料二聖至仁至明，已發德音，除放二百貫以下，豈有却許刻薄臣寮出意阻難追改不行之理？必是當時議者，以爲欠錢之人，詐立私下賒買人姓名，分破錢數，令不滿二百貫，僥倖除放，以此更煩朝省，别立上項條約，以防情弊，一時指揮，不爲無理。今來歲月已久，人户各蒙監催枷錮鞭撻，困苦理極，若非本身實欠，豈肯七年被監，不求訴免？以此觀之，凡今日欠户，並是實欠，必非私相計會爲人分減之人，明矣。伏望聖慈，特與舉行元祐元年九月六日赦書，應内外欠市易錢人户，見欠錢二百貫以下，不以官私違法不違法，及人户於官司請領或徑於勾當人名下分請者，並與除放，所貴復收窮困垂死之民，稍實宗祀赦書之語，以答天人之意。

一、准元祐六年五月二十六日聖旨："將府界諸路人户，應見欠諸般欠負，以十分爲率，每年隨夏秋料各帶納一分，所有前後累降催納欠負分料展閣指揮，更不施行。"臣今看詳上項指揮，明言應見欠諸般欠負並分十料催納，元不曾分别係與不係因災傷分料展閣之數，聖恩寬大，詔語分明，但係欠負，無不該者。只因户部出納之吝，别生支節，謂之申明。其略云："本部看詳，人户見催逐年拖欠下夏秋租税贓賞課利省房没官等錢物，若不係因災傷許分料展閣理納之數，自不該上條。"致尚書省八月三日批狀指揮，依所申施行，即不曾别取聖旨。臣嘗謂二聖即位已來，所行寬大之政，多被有司巧説事理，務爲艱閡，使已出之令，不盡施行，屯膏反汗，皆此類也。兼檢會元祐敕節文："諸災傷倚閣租税，至豐熟日，分作二年四料送納，若納未足而又遇災傷者，權住催理。"今來元祐六年五月二十五日聖旨指揮，雖分爲十料，比舊稍寬，又却（闕）衝改，前後分料展閣指揮，即雖遇災傷，亦須催納。水旱之民，當年租賦尚不能輸，豈能更納舊欠？

顯是緣此指揮，反更不易，欲望特降聖旨，應諸般欠負，並只依元祐五年五月二十六日聖旨指揮，分十料施行。仍每遇災傷，依元祐敕權住催理。内人户拖欠兩税，不係災傷倚閣者，亦分二年作四料送納，未足而遇災傷者，亦許權住催理。所有户部申明都省批狀指揮，乞不施行。

貼黄。議者必謂若如此施行，今後百姓皆不肯依限送納兩稅，僥倖分料。臣以謂不然。《編敕》明有催税末限不足分數官吏等第責罰，令佐至衝替，録事、司户與小處差遣，典押勒停，孔目、管押官降資，條貫至重，誰敢違慢。若非災傷之歲，檢放不盡實者，何緣過有拖欠。若朝廷不恤，須得並催，則人户惟有逃移，必無納足之理。

一、臣先知杭州日，於元祐五年九月奏："臣先曾具奏，朝廷至仁，寬貸宿逋，已行之命，爲有司所格沮，使王澤不得下流者四事。"其一曰："見欠市易籍納産業，聖恩並許給還，或貼納收贖。而有司妄出新意，創爲籍納、折納之法，使十有八九不該給贖。"其二曰："積欠鹽錢，聖旨已許止納産鹽場監官本價錢，其餘並與除放。而提舉鹽事司執文害意，謂非貧乏不在此數。"其三曰："登極大赦以前人户，以産當酒見欠者，亦合依鹽當錢法，只納官本。"其四曰："元豐四年，杭州捒下不堪上供和買絹五萬八千二百九十四，並抑勒配賣與民，不住鞭笞，催納至今，尚欠八千二百餘貫，併合依今年四月九日聖旨除放。"然臣具此論奏，經今一百八日，未蒙回降指揮，乞檢會前奏四事，早賜行下。尚書省取會到諸處，稱不曾承受到上件奏狀。十二月八日，三省同奉聖旨，令蘇軾别具聞奏。臣已於元祐六年正月九日，備録元狀，繳連奏去訖，經今五百餘日，依前未蒙施行。復乞檢會前奏，一處行下。

右謹件如前。今所陳六事及前所陳四事，止是揚州、杭州所見。竊計天下之大，如此六事、四事者多矣。若今日不治，數年之後，百姓愈困愈急，流亡盜賊之患，有不可勝言者。伏望特留聖意，深詔左右大臣，早賜果決行下。臣伏見所在轉運、提刑，皆以催欠爲先務，不復以恤民爲意。蓋函、矢異業，所居使然。臣愚欲乞備録今狀及元祐六年正月九日所奏四事,行下逐路安撫鈐轄司,委自逐司選差轄下官僚一兩人,不妨本職,置司取索逐州見催諸般欠負利名户眼,及元欠因依,限一月内具委無漏落,保明供申,仍備録應係見行欠負敕條,出榜曉示。如州縣不與依條除放,許詣逐司自陳,限逐司於一季内看詳了絶,内依條合放而州縣有失舉行者,與免罪改正訖奏。其於理合放而未有明條或於條有礙者,並權住催理,奏取敕裁,仍乞朝廷差官三五人置局看詳,立限結絶。如此則期年之間,疲民尚有生望,富室完復,商賈漸通,酒税增羡,公私寬泰,必自此始也。臣身遠言深,罪當萬死,感恩徇義,不能默已,謹録奏聞,伏候敕旨。

貼黄。本州近准轉運司牒坐准户部符:"臣寮上言,去歲災傷人户,農事初興,生意稍還,正當惠養,助之蘇息,伏望聖慈許將去年檢放不盡秋税元只收三二分已下者,係本户已是七八分災傷,今來若納錢尚有欠,必是送納不前,乞特與除放。其餘納錢見欠人户,亦乞特與減免三分外,若猶有欠,並上二等户,如不可一例減放,則並乞特與展限,候今年秋熟,隨秋料送納。"其言至切,尋蒙聖恩送下户部。本部却只檢坐元祐三年七月二十四日敕節文災傷帶納欠負條貫應破詔旨,其臣寮所乞放免寬減事件,元不相度可否。顯是聖慈欲行其言,而户部不欲,雖蒙行下,與不行下同。臣今來所論,若非朝廷特賜指揮,即户部必無施行之理。

又貼黄。臣今所言六事及舊所言四事,並係民心邦本,事關安危,兼其間逐節利害甚多,伏望聖慈少輟清閑之頃,特賜詳覽。

又貼黄。准條,檢放災傷税租,只是本州差官計會令佐同檢,即無轉運司更別差官覆按指揮。臣在潁州,見逐州檢放之後，轉運司更隔州差官覆按虚實，顯是於法外施行，使官吏畏憚不敢盡實檢放。近日淮南轉運司爲見所在流民倍多，而所放災傷，多不及五分支破，貧糧有限，恐人情未安，故奏乞法外支給，若使盡實檢放，流民不應如此之多，與其法外拯濟於既流之後，曷若依法檢放於未流之前，此道路共知，事之不可欺者也。臣忝居侍從，不敢不具實聞奏。

又貼黄。京司所置局，因令看詳畿内欠負。

卷六十二

奏議八首

再論積欠六事四事劄子

元祐七年六月十六日,龍圖閣學士左朝奉郎知揚州蘇軾劄子奏:

臣已具積欠六事,及舊所論四事上奏。臣聞之孟子曰:"以不忍人之心,行不忍人之政。"若陛下初無此心,則臣亦不敢必望此政,屢言而屢不聽,亦可以止矣。然臣猶孜孜强聒不已者,蓋由陛下實有此心,而爲臣子所格沮也。

竊觀即位之始,發政施仁,天下聳然,望太平於期月。今者八年,而民益貧,此何道也?願陛下深思其故。若非積欠所壓,自古至今,豈有行仁政八年而民不蘇者哉!臣前所論四事,不爲不切,而經百餘日,略不施行。臣既論奏不已,執政乃始奏云,初不見臣此疏,遂奉聖旨,令臣別録聞奏。意謂此奏朝上而夕行,今又二年於此矣。以此知欠積之事,大臣未欲施行也。若非陛下留意,痛與指揮,只作常程文字降出,仍却作熟事進呈,依例送户部詳看,則萬無施行之理。臣人微言輕,不足計較,所惜陛下赤子,日困日急,無復生理也。臣又竊料大臣必云今日西邊用兵,急於財利,未可行此。臣謂積欠之在户部者,其數不貲,實似可惜。若實計州縣催到數目,經涉歲月，積欠之在户部者累毫，何足以助經費之萬一。臣願聖主特出英斷，早賜施行。

臣訪聞浙西饑疫大作，蘇、湖、秀三州，人死過半，雖積水稍退，露出泥田，然皆無土可作田塍，有田無人，有人無糧，有糧無種，有種無牛，餓死之餘，人如鬼腊。臣竊度此三州之民，朝廷加意惠養，仍須官吏得人，十年之後，庶可完復。《書》曰："制治於未亂，保邦于未危。"浙西災患，若於一二年前，上下疚心，同方拯濟，其勞費殘弊，必不至若今之甚也。

臣知杭州日，預先奏乞下發運司，多糴米斛，以備來年拯濟饑民，聖明垂察，支賜緡錢百萬收糴。而發運使王覿，堅稱米貴不糴。是年米雖稍貴，而比之次年春夏，猶爲甚賤，縱使貴糴，尚勝於無，而覿執所見，終不肯收糴顆粒，是致次年拯濟失備，上下共知而不詰問。小人淺見，只爲朝廷惜錢，不爲君父惜民，類皆如此。淮南東西諸郡，累歲災傷，近者十年，遠者十五六年矣。今來夏田一熟，民於百死之中，微有生意，而監司争言催欠，使民反思凶年。怨嗟之氣，必復致水旱。欲望聖慈救之於可救之前，莫待如浙西救之於不可救之後也。

臣敢昧死請内降手詔云："訪聞淮浙積欠最多，累歲災傷，流殍相屬，今來淮南始獲一麥，浙西未保豐凶，應淮南東西、浙西諸般欠負不問新舊，有無官本，並特與權住催理一年。"使久困之民，稍知一飽之樂。仍更别賜指揮，行下臣所言六事四事，令諸路安撫鈐轄司推類講求，與天下疲民，一洗瘡痏，則猶可望太平於數年之後也。

臣伏睹詔書，以五月十六日册立皇后，本枝百世，天下大慶。《孟子》有言："《詩》曰：'古公亶父，來朝走馬。率西水滸，至於岐下。爰及姜女，聿來胥宇。'當是時也，内無怨女，外無曠夫。”此周之所以王也。今陛下膺此大慶，猶不念積欠之民，流離道路，室家不保，鬻田質子，以輸官者乎？若親發德音，力行此事，所全活者不知幾千萬人。天監不遠，必爲子孫無疆之福。臣不勝拳拳孤忠，昧死一言。取進止。

論倉法劄子

元祐七年七月二十七日，龍圖閣學士左朝奉郎知揚州蘇軾劄子奏：

臣竊謂倉法者，一時權宜指揮，天下之所駭，古今之所無，聖代之猛政也。自陛下即位，首寬此法，但其間有要劇之司，胥吏仰重禄爲生者，朝廷不欲遽奪其請受，故且因循至今。蓋不得已而存留，非謂此猛政可恃以爲治也。自有刑罰以來，皆稱罪立法，譬之權衡，輕重相報，未有百姓造銖兩之罪，而人主報以鈞石之刑也。今倉法不滿百錢入徒，滿十貫刺配沙門島，豈非以鈞石報銖兩乎？天道報應，不可欺罔，當非社稷之利。凡爲臣子，皆當爲陛下重惜此事，豈可以小小利害而輕爲之哉？臣竊見倉法已罷者，如轉運、提刑司人吏之類。近日稍稍復行，若監司得人，胥吏誰敢作過，若不得人，雖行軍令，作過愈甚。今執政不留意於揀擇監司，而獨行倉法，是謂此法可恃以爲治也耶？今者又令真、揚、楚、泗轉般倉斗子行倉法，綱運敗壞，執政終不肯選擇一强明發運使，以辦集其事，但信倉部小吏，妄有陳請，便行倉法，臣所未喻也。

今來所奏，只是申明《元祐編敕》，不過歲捐轉運司違法所收糧綱税錢一萬貫，而能使六百萬石上供斛斗，不大失陷，又能全活六路綱梢數千、牽駕兵士數萬人免陷深刑，而押綱人員使臣數百人保全身計，以至商賈通行，京師富庶，事理明甚，無可疑者。但恐執政不樂臣以疏外輒議已行之政，必須却送户部，或却令本路監司相度，多方沮難，決無行理。

臣材術短淺，老病日侵，常恐大恩不報，銜恨入地，故貪及未死之間，時進瞽言，但可以上益聖德，下濟蒼生者。臣雖以此得罪，萬死無悔。若陛下以臣言爲是，即乞將此劄子留中省覽，特發德音，主張施行。若以臣言爲妄，即乞並此劄子降出，議臣之罪。取進止。

論綱梢欠折利害狀

（**李卓吾旁**）大識見。

元祐七年七月二十七日，龍圖閣學士左朝奉郎知揚州蘇軾狀奏：

臣聞唐代宗時，劉晏爲江淮轉運使，始於揚州造轉運船，每船載一千石，十船爲一綱，揚州差軍將押赴河陰，每造一船，破錢一千貫，而實費不及五百貫。或譏其枉費。晏曰："大國不可以小道理。凡所創置，須謀經久。船場既興，執事者非一，須有餘剩衣食，養活衆人，私用不窘，則官物牢固。"（**陳仁錫眉**）劉晏真大達宏遠之器，不可以理財小之也。乃於揚子縣置十船場，差專知官十人。不數年間，皆致富贍。凡五十餘年，船場既無破敗，餽運亦不闕絶。

至咸通末，有杜侍御者，始以一千石船，分造五百石船二隻，船始敗壞。而吴堯卿者，爲揚子院官，始勘會每船合用物料，實數估給，其錢無復寬剩，專知官十家即時凍餒，而船場遂破,餽運不繼,不久遂有黄巢之亂。劉晏以千貫造船,破五百貫爲干繫人欺隱之資,以今之君子寡見淺聞者論之,可謂疏繆之極矣。然晏運四十萬石,當用船四百隻,五年而一更造,是歲造八十隻也。每隻剩破五百貫,是歲失四萬貫也。而吴堯卿不過爲朝廷歲寬四萬貫耳,得失至微,而餽運不繼,以貽天下之大禍。(**陳仁錫眉**)如此論事、論人,思過半矣。臣以此知天下之大計,未嘗不成於大度之士,而敗於寒陋之小人也。(**陳仁錫眉**)大臣之言。國家財用大事,安危所出,願常不與寒陋小人謀之,則可以經久不敗矣。

臣竊見嘉祐中,張方平爲三司使,上論京師軍儲云:"今之京師,古所謂陳留,四通八達之地,非如雍、洛有山河之險足恃也,特恃重兵以立國耳,兵恃食,食恃漕運,漕運一虧,朝廷無所措手足。"因畫十四策,内一項云:"糧綱到京,每歲少欠不下六七萬石,皆以折會償填,發運司不復抱認,非祖宗之舊也。"臣以此知嘉祐以前,歲運六百萬石,而以欠折六七萬石爲多。訪聞去歲,止運四百五十餘萬石,而欠折之多,約至三十餘萬石。運法之壞,一至於此。

又臣到任未幾,而所斷糧綱欠折干繫人,徒流不可勝數。衣糧罄於折會,船車盡於折賣,質妻鬻子,饑瘦伶俜,聚爲乞丐,散爲盜賊。竊計京師及緣河諸郡,例皆如此。朝廷之大計,生民之大病,如臣等輩,豈可坐觀而不救耶?輒問之於吏。(**下有闕文**。)乃金部便敢私意創立此條,不取聖旨,公然行下,不惟非理刻剥,敗壞祖宗法度,而人臣私意,乃能廢格制敕,監司州郡,靡然奉行,莫敢誰何。此豈小事哉!

謹按,一綱三十隻船,而税務監官不過一員,未委如何隨船點檢得。三十隻船,一時皆遍而不勒留住岸,一船點檢,即二十九隻船皆須住岸伺候，顯是違條舞法，析文破敕。苟以隨船爲名，公然勒留點檢，與兒戲無異。訪聞得諸州多是元祐三年以來始行點檢收税，行之數年，其弊乃出。綱梢既皆赤露，妻子流離，性命不保，雖加刀鋸，亦不能禁其攘竊。此弊不革，臣恐今後欠折不止三十餘萬石，京師軍儲不繼，其患豈可勝言！

揚州税務，自元祐三年十月，如行點檢收税，至六年終，凡三年間共收糧綱税錢四千七百餘貫。折長補短，每歲不過收錢一千六百貫耳。以淮南一路言之，真、揚、高郵、楚、泗、宿六州、軍，所得不過萬緡，而所在税務專攔因金部轉運司許令點檢，緣此爲奸，邀難乞取，十倍於官。遂致綱梢皆窮困骨立，亦無復富商大賈肯以物貨委令搭載，以此專仰攘取官米，無復限量，拆賣船板，動使净盡，事敗入獄，以命償官。顯是金部與轉運司違條刻剥，得糧綱税錢一萬貫，而令朝廷失陷綱運米三十萬餘石，利害皎然。今來倉部並不體訪綱運致欠之因，却言緣倉司斗子乞覽綱梢錢物，以致欠折，遂立法令真、揚、楚、泗轉般倉並行倉法，其逐處斗子，仍只存留一半。命下之日，揚州轉般倉斗子四十人，皆詣臣陳狀，盡乞歸農。臣雖且多方抑按曉喻，退還其狀，然相度得此法必行，則見今斗子必致星散，雖别行召募，未必無人，然皆是浮浪輕生不畏重法之人，所支錢米，决不能贍養其家，不免乞取。既冒深法，必須重賂輕賫，密行交付。其押綱綱梢等，知專斗若不受賂，必無寬剩，斗面决難了納。即須多方密行重賂，不待求乞而後行用，此必然之理也。

臣細觀近日倉部所立條約，皆是枝葉小節，非利害之大本。何者？自熙寧以前，中外並無倉法，亦無今來倉部所立條約，而歲運六百萬石，欠折不過六七萬石。蓋是朝廷捐商税之小利，以養活綱梢，而緣路官司，遵守《編敕》法度，不敢違條點檢收税,以致綱梢飽暖,愛惜身命,保全官物,事理灼然。臣已取責得本州税務狀稱,隨船點檢,不過檢得一船。其餘二十九船,不免住岸伺候,顯有違礙。臣尋已備坐《元祐編敕》,曉示今後更不得以隨船爲名,違條勒令住岸點檢去訖。其税務官吏,爲准本州及倉部、發運、轉運司指揮非是自擅爲條,未敢便行取勘。其諸州、軍税務,非臣所管,無由一例行下。欲乞朝廷申明《元祐編敕》不得勒令住岸條貫,嚴賜約束行下。並乞廢罷近日倉部起請倉法,仍取問金部官吏不取聖旨擅立隨船一法,刻剥兵梢,敗壞綱運,以誤國計,及發運、轉運司官吏,依隨情罪施行。庶使今後刻薄之吏,不敢擅行胸臆,取小而害大,得一而喪百。

臣聞東南饋運,所係國計至大,故祖宗以來,特置發運司,專任其責。選用既重,威令自行。如昔時許元輩,皆能約束諸路,主張綱運。其監司州郡及諸場務,豈敢非理刻剥邀難?但發運使得人,稍假事權,東南大計,自然辦集,豈假朝廷更行倉法?此事最爲簡要,獨在朝廷留意而已。謹具《元祐編敕》及金部擅行隨船點檢指揮如左。

一、准元祐《編敕》:"諸綱運船筏到岸檢納税錢,毋有違限,如限内無故稽留,及非理搜檢,並約喝無名税錢者,各徒二年。諸新錢綱及糧綱,緣路不得勒令住岸點檢,雖有透漏違禁之物,其經歷處,更不問罪,至京下鎖通津門,准此。"

一、准元祐五年十一月十九日尚書金部符:"省部看詳,監糧綱運,雖不得勒留住岸,若是隨船點檢得委有税物名件,自合依例饒潤收納税錢,即無不許納税錢事理。若或别無税物,自不得依例喝免税錢,事理甚明。"

右謹件如前者。若朝廷盡行臣言,必有五利。綱梢飽暖,惜身畏法,運饋不大陷失,一利也。省徒配之刑,消流亡賊盗之患，二利也。梢工衣食既足，人人自重，以船爲家，既免折賣，又常修完，省逐處船場之費，三利也。押綱綱梢，既與客旅附載物貨，官不點檢，專欄無由乞取，然梢工自須赴務量納税錢，以防告訐，積少成多，所獲未必減於今日，四利也。自元豐之末，罷市易務、導洛司、堆垜場，議者以爲商賈必漸通行，而今八年，略無絲毫之效，京師酒税課利皆虧，房廊邸店皆空，何也？蓋祖宗以來，通許綱運攬載物貨，既免征税，而脚錢又輕，故物貨通流，緣路雖失商税，而京師坐獲富庶。自導洛司廢，而淮南轉運司陰收其利，數年以來，官用窘逼，轉運司督迫，諸處税務日急一日，故商賈全然不行，京師坐至枯涸。今若行臣此策，東南商賈，久閉乍通，其來必倍，則京師公私數年之後，必復舊觀。此五利也。臣竊見近日官私例皆輕玩國法，習以成風。若朝廷以臣言爲非，臣不敢避妄言之罪，乞賜重行責罰。若以臣言爲是，即乞盡理施行，少有違戾，必罰無赦，則所陳五利，可以朝行而夕見也。謹録奏聞，伏候敕旨。

貼黄。本州已具轉般倉斗子二十人，不足於用，必致闕誤事理，申乞依舊存留四十人去訖。其斗子所行倉法。臣又體訪得深知綱運次第，人皆云行倉法後，欠折愈多，若斗子果不取錢，則裝發更無斗面，兵梢未免偷盜，則欠折必甚於今。若斗子不免取錢，則舊日行用一貫者須取三兩貫，方肯收受。然不敢當面乞取，勢須宛轉托人，減刻隔落，爲害滋深。伏乞朝廷詳酌，早賜廢罷，且依舊法。

又貼黄。臣今看詳，倉部今來起請條約，所行倉法，支用錢米不少。又添差監門小使臣，支與驛券。又許諸色人告捉構合乞取之人，先支官錢五十貫爲賞。又支係省上供錢二萬貫，召募綱梢。如此之類，費用浩大。然皆不得利害之要。行之數年,必無所補。臣今所乞,不過減却淮南轉運司違條收税一萬貫,使綱梢飽暖,官物自完,其利甚大。

乞罷轉般倉斗子倉法狀

元祐七年八月一日,龍圖閣學士左朝奉郎知揚州蘇軾狀奏:

右臣近於七月二十七日具狀奏論綱梢欠折利害,内一事,乞罷真、揚、楚、泗轉般倉斗子倉法,並乞揚州轉般倉斗子依舊存留四十人。今來揚州轉般倉斗子四十人並曾詣臣投狀,乞一時歸農。臣雖且抑按曉喻,退還其狀,然體訪得衆情未安,惟欲逃竄,兼訪聞泗州轉般倉斗子已竄却一十二人,深慮逐州轉般倉斗子漸次星散,别行召募,必是費力,兼恐多是浮浪輕犯重法之人,愈見敗壞綱運。其逐一利害,已具前狀。只乞朝廷詳酌,先賜施行廢罷轉般倉斗子倉法,及揚州依舊存留轉般倉斗子四十人爲額,仍乞入急遞行下,貴免斗子星散,住滯綱運。謹録奏聞,伏候敕旨。

乞罷税務歲終賞格狀

元祐七年八月初五日,龍圖閣學士左朝奉郎知揚州蘇軾狀奏:

准元祐三年八月二十三日敕:“陜西轉運司奏。准敕節文:‘賣鹽並酒税務增剩監專等賞錢,更不支給。’本司相度,欲且依舊條支給,所貴各肯用心,趁辦課利。户部狀欲依本司所乞,並從元豐賞格,依舊施行。檢會元豐七年六月二十四日敕:‘賣鹽及税務監官年終課利增額,計所增數給一釐;賣鹽務專副秤子税務專欄,年終課利增額,計所增數給半釐。’及檢會元豐賞給‘酒務鹽官年終課利增額,計所增數給二釐;酒務專匠,年終課利增額,計所增數給一釐’者。”

右臣聞之管仲:“禮義廉耻,國之四維,四維不張,國乃滅亡。”今鹽酒税務監官,雖爲卑賤,然縉紳士人公卿胄子,未嘗不由此進。若使此等不顧廉耻,决壞四維,掊斂刻剥,與專欄秤匠一處分錢,民何觀焉。所得毫末之利,而所敗者天下風俗、朝廷綱維,此有識之所共惜。臣至淮南,體訪得諸處税務,自數年來,刻虐日甚,商旅爲之不行,其間課利,雖已不虧,或已有增剩,而官吏刻虐,不爲少衰。詳究厥由,不獨以財用窘急,轉運司督迫所致,蓋緣有上件給錢充賞條貫,故人人務爲刻虐,以希歲終之賞,顯是借關市之法,以蓄聚私家之囊橐。若朝廷憫救風俗,全養士節,即乞盡罷上件歲終支賞條貫。仍乞詳察上件條貫于税務施行,尤爲害物,先賜廢罷。况祖宗以來,元無此格,所立場務增虧賞罰,各已明備,不待此條,方爲勸奬。臣竊見今年四月二十七日敕,廢罷諸路人户買撲土産税場。命下之日,天下歌舞,以致深山窮谷之民,皆免虐害。臣既親被詔旨,輒敢仰緣德音,推廣聖意,具論利害,以候敕裁。謹録奏聞,伏候敕旨。

乞歲運額斛以到京定殿最狀

元祐七年八月五日,龍圖閣學士左朝奉郎知揚州蘇軾狀奏:

右臣近者論奏江淮糧綱運欠折利害。竊謂欠折之本,出於綱梢貧困,貧困之由,起於違法收稅。若痛行此一事,則期年之間,公私所害,十去七八,此利害之根源,而其他皆枝葉小節也。若朝廷每聞一事,輒立一法,法出奸生,有損無益,則倉部前日所立斗子倉法,及其餘條約是矣。臣愚欲乞盡賜寢罷,只乞明詔發運使,責以虧贏,而爲之賞罰,假以事權,而助其耳目,則饋運大計可得而辦也。

何謂責以虧贏而爲之賞罰?蓋發運使歲課,當以到京之數爲額,不當以起發之數爲額也。(**陳仁錫眉**)最□綱領。今者折欠,盡以折會償填,而發運使不復抱認其數,但得起發數足,則在路雖有萬般疏虞,發運使不任其責矣。今諸路轉運司歲運斛斗,皆以到發運司實數爲額,而發運司獨不以到京及府界實數爲額,此何義也?臣欲乞立法,今後發運司歲運額斛,計到京欠折分毫,以定殿罰,則發運使自然竭力點檢矣。凡綱運弊害,其略有五:一曰發運司人吏作弊,取受交裝不公;二曰諸倉專門作弊,出入斗器;三曰諸場務排岸司作弊,點檢附搭住滯;四曰諸押綱使臣人員作弊,減刻雇夫錢米;五曰在京及府界諸倉作弊,多量剩取,非理曝揚。如此之類,皆可得而去也。縱未盡去,亦賢於立空法而人不行者遠矣。

何謂假以事權而助其耳目?蓋運路千餘里,而發運使二人,止在真、泗二州,其間諸色人作弊侵欺綱梢於百里之外,則此等必不能去離綱運而遠赴訴也,况千里乎?臣欲乞朝廷選差或令發運使舉辟京朝官兩員爲勾當,綱運自真州至京,往來點檢,逐州住不得過五日,至京及本司住不得過十日,以船爲廨宇,常在道路,專切點檢諸色人作弊,杖以下罪,許决,徒以上罪,送所屬施行。使綱梢使臣人員等,常有所赴訴,而諸色人常有所畏忌,不敢公然作弊,以歲運到京數足,及欠折分毫爲賞罰。

行此二者,則所謂人存政舉,必大有益。伏望朝廷留念饋運事大,特賜檢會前奏,一處詳酌施行。臣忝備侍從,懷有所見,不敢不盡。屢瀆天威,無任戰恐待罪之至。謹録奏聞,伏候敕旨。

貼黄。臣前奏乞舉行《元祐編敕》錢糧綱不得點檢指揮。竊慮議者必謂錢糧綱既不點檢,今後東南物貨,盡入綱船攬載,則商税所失多矣。臣以謂不然。自祖宗以來《編敕》,皆不許點檢,當時不聞商税有虧。只因導洛司既廢,而轉運司陰收其利,又自元祐三年十月後來,始於法外擅立隨船點檢一條,自此商賈不行,公私爲害。今若依《編敕》放行,不惟綱梢自須投務納税,如前狀所論,而商賈坌集於京師,回路貨物,無由復入,空綱攬載,所獲商税必倍,此必然之理也。

申明揚州公使錢狀

元祐七年八月初六日,龍圖閣學士左朝奉郎知揚州蘇軾狀奏:

右臣勘會本州公使額錢每年五千貫文,除正賜六百貫、諸雜收簇一千九百貫外,二千五百貫並係賣醋錢。檢會當日初定額錢日,本州醋務,係百姓納净利課利錢承買,其錢並歸轉運司。當日以賣醋錢二千五百貫入額錢,即亦是撥係省官錢充數。後來公使庫方始依新條認納百姓净利課利等錢承買,逐年趁辦上項額錢二千五百貫。檢准《編敕》,諸州公使庫,許以本庫酒糟造醋沽賣,即係官監醋務本庫願認納元額諸般課净錢,承買者聽其所收醋息錢,並聽額外收使。今契勘醋庫每年酤賣到錢外，除糟米本分並認納買撲净利課利錢外，實得息錢，每年只收到一千六七百貫至二千貫以來，常不及元立額錢二千五百貫之數，更豈有額外收使之理？如此，即顯是敕條雖許公使庫買撲醋務，而揚州獨無額外得錢之實。

竊以揚於東南，實爲都會，八路舟車，無不由此，使客雜還，餽送相望，三年之間，八易守臣，將迎之費，相繼不絶，方之他州，天下所無。每年公使額錢，只與真、泗等列郡一般，比之楚州少七百貫。况今現行例册，元修定日造酒糯米每斗不過五十文足，自元祐四年後來，每斗不下八九十文足，本州之費，一切用酒准折，又難爲將例册隨米價高下逐年增減，兼復累年接送知州，實爲頻數，用度不貲，是致積年諸般逋欠，約計七八千貫。若不申明，歲月愈深，積數逾多，隱而不言，則州郡負違法之責，創有陳乞，則朝廷有生例之難。雖天下諸郡比之揚州，實難攀援。今來亦不敢輒乞增添額錢，及蠲放欠負，只乞檢會見行條貫，並當日元定額錢因依，既是於係省官醋務錢内撥二千五百貫元額錢，即乞逐年更不送納買撲净利課利錢，及更不用錢收買官糟，庶得賣醋錢相添支用。如此，即積年欠負漸可還償，會藩事體，不致大段衰削。謹録奏聞，伏候敕旨。

貼黄。勘會本州與杭州事體一般，本州當八路口，使客數倍於杭州。杭州公使錢七千貫。而本州止有五千貫，顯是支使不足。

又貼黄。准條，雖許公使庫收遺利。緣本州委無遺利可收，須至奏乞。

乞罷宿州修城狀

元祐七年九月某日，龍圖閣學士左朝奉郎新除兵部尚書蘇軾狀奏：

臣近自淮南東路鈐轄被召，過所部宿州，體訪得本州見將零壁鎮改作零壁縣，及本州見准朝旨展築外城兩事，各有利害，既係臣前任部内公事，而改鎮作縣，又係兵部所管，所以須至奏陳，謹具條件如後。

一、零壁鎮人户靳琮等，先經本路及朝省陳狀，乞改零壁鎮爲縣。却准轉運使趙偁狀稱，看詳得元只是本鎮官勢有力人户，意欲置縣，增添諸般營運，妄有陳狀。尋准敕依奏，依舊爲鎮。後來有轉運使張修等及知州周秩别行奏請，却欲置縣，仍取得本鎮人户狀稱，所有置縣費用，情願自備錢物。致朝廷信憑，許令置縣。臣今體訪得零壁人户出辦上件錢物，深爲不易。元料置縣用錢四千五十餘貫，至今年八月終，已納二千八百五十餘貫，其餘未納錢數，認是催納不行，縱使盡行催納，亦恐使用不足。看詳始議置縣，只爲本鎮居民曾被驚劫，及人户輸納詞訟，去縣稍遠。然未置縣時，本鎮已有守把兵士八十人，及京朝官一員，專領本鎮煙火盜賊，别有監務官一員，又已移虹縣尉一員，弓手六十人，在本鎮足以彈壓盜賊。而本鎮去虹縣六十里，至符離縣一百二十里，至蘄縣一百里，即非地遠，又至符離縣，各係水路，本不須添置一縣。委只是本鎮豪民靳琮等私自爲計，却使近下人户一時出錢，深爲不便。

一、宿州自唐以來，羅城狹小，居民多在城外。本朝承平百餘年，人户安堵，不以城小爲病，兼諸處似此城小人多，散在城外，謂之草市者甚衆，豈可一一展築外城。近年周秩奏論，過爲危語，以動朝廷。意謂恐有盜賊竊據，以斷運路，遂奏乞展築外城一十一里有餘，役兵及雇夫共五十七萬有餘工，每夫用七十省錢，召募雇夫及物料，合用錢一萬九千餘貫，約五年畢工。已蒙朝廷支賜抵當息錢一萬貫,欲取來年春興工。臣體訪得元只是宿州豪民,多有園宅在外,扇摇此説,官吏不察,遂與奏請。况宿州土脈疏惡,若不有磚砌甃,隨即頽毁,若待五年畢工,則東城未了,西城已壞,或更用磚,其費不貲。又七十省錢,亦恐召募不行,官吏避罪,必行差雇,搔擾不細,其間一事,深害仁政。緣今來踏逐外城基地,合起遺人户大墳墓六千九百所,小者猶不在數。不知本州有何急切利害,而使居民六千九百家暴露父祖骸骨,費耗擘畫改葬,若家貧無力,便致棄捐,勞費公私,痛傷存殁,已上並有公案,可以覆驗。

右臣今相度上件改鎮作縣事,係已行之命,兼構築廨宇,略已見功,恐難中輟。而展城一事,有大害而無小利,兼未曾下手,猶可止罷。欲乞速賜指揮,更不展築,却於已支賜一萬貫錢内,量新置縣合用數目,特與支撥修蓋了當。其人户未納到錢數,均乞與放免。謹録奏聞,伏候敕旨。

卷六十三

奏議十三首

乞擢用林豫劄子

元祐七年十月某日，龍圖閣學士左朝奉郎守兵部尚書蘇軾劄子奏：

臣竊謂才難之病，古今所同，朝廷每欲治財賦，除盜賊，幹邊鄙，興利除害，常有臨事乏人之嘆。古人有言：“寬則寵名譽之人，急則用介胄之士。”所用非所養，所養非所用。此古今之通患也。臣伏見承議郎監東排岸司林豫，自爲布衣，已有奇節，及其從事，所至有聲。其在漣水，屏除群盜，尤著方略。其人勇於立事，常有爲國捐軀之意。試之盤錯之地，必顯利器。伏望聖慈特與量材擢用。若後不如所舉，臣等甘伏朝典。取進止。

乞賻贈劉季孫狀

(李卓吾旁)義士。

元祐七午十月某日，龍圖閣學士左朝奉郎守兵部尚書蘇軾狀奏：

臣等竊聞仁宗朝趙元昊寇，延州危急，環慶將官劉平以孤軍來援,衆寡不敵,奸臣不救,平遂戰殁,竟罵賊不食而死。詔贈侍中,賜大第,官其諸子慶孫、貽孫、宜孫、昌孫、孝孫、保孫、季孫等七人。諸子頗有異材,而皆不壽,卒無顯者。家事狼狽,賜第易主。獨季孫仕至文思副使,年至六十,篤志好學,博通史傳,工詩能文,輕利重義,練達軍政,至於忠義勇烈,識者以爲有平之風。性好異書古文石刻,仕宦四十餘年,所得禄賜,盡於藏書之費。近蒙朝廷擢知隰州,今年五月卒於官所。家無甔石,妻子寒餓,行路傷嗟。今者寄食晉州,旅櫬無歸。臣等實與季孫相知,既哀其才氣如此,死未半年,而妻子流落,又哀其父平以忠義死事,聲迹相接,四十年間,而子孫淪替,不蒙收録,豈朝廷之意哉?今執政侍從多知季孫者,如加訪問,必得其實。欲望朝廷特詔有司,優與賻贈,以振其妻子朝夕饑寒之憂,亦使人知忠義死事之子孫,雖跨歷歲月,朝廷猶賜存恤,於奬勸之道,不爲小補。季孫之子三班借職璨,見在京師,乞早賜指揮。謹録奏聞,伏候敕旨。

貼黄。季孫身亡,合得送還人爲般擎。女婿兩房,並已死盡。其喪柩見在晉州,無由般歸京師。欲乞指揮晉州,候本家欲扶護歸葬日,即與差得力厢軍三十人,節級一人,般至京師。

再論李直方捕賊功效乞别與推恩劄子

元祐七年十一月初四日,龍圖閣學士左朝奉郎守兵部尚書蘇軾劄子奏:

臣先知潁州日,爲有劇賊尹遇、陳興、鄭饒、李松等,皆宿奸大惡,爲一方之患。而汝陰縣尉李直方,本以進士及第,母年九十餘,只有直方一子,相須爲命,而能奮不顧身,躬親持刃,刺倒尹遇，又能多出家財，緝知餘黨所在，分遣弓手，前後捕獲，功效顯著。直方先公後私，致所差人先獲陳興等三人，而直方躬親，後獲尹遇一名，與賞格小有不應。臣尋具事由聞奏，乞以臣合轉朝散郎一官特與直方，比附第三等循資酬獎。後來朝旨，只與直方免試。竊緣選人免試，恩例至輕，其間以毫髮微勞得者甚多，恐非所以激勸捐軀除患之士。伏望聖慈，特賜檢會前奏，别與推恩，仍乞許臣更不磨勘轉朝散郎一官。所貴餘人難爲援例。取進止。

乞免五穀力勝税錢劄子

元祐七年十一月初七日，龍圖閣學士左朝奉郎守兵部尚書兼侍讀蘇軾劄子奏：

臣聞穀太賤則傷農，太貴則傷末。是以法不税五穀，使豐熟之鄉，商賈争糴，以起太賤之價；災傷之地，舟車輻輳，以壓太貴之直。自先王以來，未之有改也。而近歲法令，始有五穀力勝税錢，使商賈不行，農末皆病。廢百王不刊之令典，而行自古所無之弊法，使百世之下，書之青史，曰："收五穀力勝税錢，自皇宋某年始也。"臣竊爲聖世病之。臣頃在黄州，親見累歲穀熟，農夫連車載米入市，不了鹽茶之費；而蓄積之家，日夜禱祠，願逢饑荒。又在浙西累歲，親見水災，中民之家有錢無穀，被服珠金，餓死於市。此皆官收五穀力勝税錢，致商賈不行之咎也。臣聞以物與人，物盡而止，以法活人，法行無窮。今陛下每遇災傷，捐金帛，散倉廪，自元祐以來，蓋所費數千萬貫石，而餓殍流亡，不爲少衰。只如去年浙西水災，陛下使江西、湖北雇船運米以救蘇、湖之民，蓋百餘萬石。又計糴本水脚官錢不貲，而客船被差雇者，皆失業破產，無所告訴。與其官司費耗，爲害如此，何似削去近日所立五穀力勝稅錢一條，只行《天聖附令》免稅指揮，則豐凶相濟，農末皆利，縱有水旱，無大饑荒。雖目下稍失課利，而災傷之地，不必盡煩陛下出捐錢穀，如近歲之多也。今《元祐編敕》雖云災傷地分雖有例亦免，而穀所從來，必自豐熟地分，所過不免收稅，則商賈亦自不行。議者或欲立法，如一路災傷，則鄰路免稅，一州災傷，則鄰州亦然。雖比今之法，小爲通疏，而隔一路一州之外，豐凶不能相救，未爲良法。須是盡削近歲弊法，專用《天聖附令》指揮，乃爲通濟。謹具逐條如後。

《天聖附令》：

諸商販斛斗，及柴炭草木博糴糧食者，並免力勝稅錢。

諸賣舊屋材柴草米麵之物及木鐵爲農具者，並免收稅。其賣諸色布帛不及匹而將出城，及陂池取魚而販易者，並准此。

《元豐令》：

諸商販穀及以柴草木博糴糧食者，並免力勝稅錢。（**舊收稅處依舊例**。）

諸賣舊材植或柴草穀面及木鐵爲農具者，並免稅。布帛不及端匹，並捕魚非貨易者，准此。

《元祐敕》：

諸興販斛斗及以柴炭草木博糴糧食者，並免納力勝稅錢。（**舊收稅處依舊例，即災傷地分，雖有舊例，亦免**。）諸賣舊材植或柴草斛斗並面及木鐵爲農具者，並免收稅。布帛不及端匹，並捕魚非貨易者，准此。

右臣竊謂：若行臣言，稅錢亦必不至大段失陷，何也？五穀無稅，商賈必大通流，不載見錢，必有回貨。見錢回貨，自皆有稅，所得未必減於力勝。而災傷之地，有無相通，易爲振救，官司省費，其利不可勝計。今肆赦甚近，若得於赦書帶下，益見聖德，收結民心，實無窮之利，取進止。

奏内中車子争道亂行劄子

(**陳仁錫眉**)端人正士之言，杜漸憂危之志。(**茅鹿門旁**)得肅朝廷之體，與東方朔所劾奏董偃同。

元祐七年南郊，軾爲鹵薄使導駕。内中朱紅車子十餘兩，有張紅蓋者，争道亂行於乾明寺前。軾於車中草此奏。奏入，上在太廟，馳遣人以疏白太皇太后。明日，中使傳命申敕有司，嚴整仗衛，自皇后以下，皆不復迎謁中道。

元祐七年十一月十三日，南效鹵簿使龍圖閣學士左朝奉郎守兵部尚書兼侍讀蘇軾劄子奏：

臣謹按漢成帝郊祠甘泉、泰畤、汾陰、后土，而趙昭儀常從在屬車間。時揚雄待詔承明，奏賦以諷，其略曰："想西王母欣然而上壽兮，屏玉女而却虙妃。"言婦女不當與齋祠之間也。臣今備位夏官，職在鹵簿。准故事，郊祀既成，乘輿還齋宫，改服通天冠，絳紗袍，教坊鈞容，作樂還内，然後後妃之屬，中道迎謁，已非典禮。而況方當祀事未畢，而中宫掖庭得在勾陳、豹尾之間乎？竊見二聖崇奏大祀，嚴恭寅畏，度越古今，四方來觀，莫不悦服。今車駕方宿齋太廟，而内中車子不避仗衛，争道亂行，臣愚竊恐於觀望有損，不敢不奏。乞賜約束，仍乞取問隨行合干勾當人施行。取進止。

再薦宗室令時劄子

元祐七年十二月二十二日,龍圖閣學士左朝奉郎守兵部尚書兼侍讀蘇軾劄子奏:

臣前任潁州日,曾論薦本州僉判承議郎趙令時,儒學吏術,皆有過人,恭儉篤行,若出寒素。意望朝廷特賜進擢,以風曉宗室,成先帝教育之志。至今未蒙施行。令時今已得替在京,若依前與外任差遣,臣竊惜之。欲乞檢會前奏,詳酌施行。取進止。

論高麗買書利害劄子三首

(**茅鹿門旁**)深憂遠識之言。

其 一

元祐八年二月初一日,端明殿學士兼翰林侍讀學士左朝奉郎禮部尚書蘇軾劄子奏:

臣近准都省批送下國子監狀:"准館伴高麗人使所牒稱,人使要買國子監文字書,請詳批印造,供赴當所交割。本監檢准元祐令,諸蕃國進奉人買書具名件申尚書省,今來未敢支賣,蒙都省送禮部看詳。"臣尋指揮本部令申都省;除可令收買名件外,"其《策府元龜》、歷代史、太學敕式,本部未敢便令收買,伏乞朝廷詳酌指揮"。尋准都省批狀云:"勘會前次高麗人使到闕,已曾許買《策府元龜》並《北史》。今來監本部並不檢會體例,所有人使乞買書籍,正月二十七日送禮部指揮,許收買。其當行人吏上簿者。"

臣伏見高麗人使，每一次入貢，朝廷及淮浙兩路賜予饋送燕勞之費，約十餘萬貫，而修飾亭館，騷動行市，調發人船之費不在焉。除官吏得少饋遺外，並無絲毫之利，而有五害，不可不陳也。所得貢獻，皆是玩好無用之物，而所費皆是帑廩之實，民之膏血，此一害也。所至差借人馬什物，攪撓行市，修飾亭館，民力暗有陪填，此二害也。高麗所得賜予，若不分遺契丹，則契丹安肯聽其來貢，顯是借寇兵而資盜糧，此三害也。高麗名爲慕義來朝，其實爲利，度其本心，終必爲契丹用。何也？彼足以制其死命，而我不能故也。（**陳仁錫眉**）此語最透虜情。今使者所至，圖畫山川形勝，窺測虛實，豈復有善意哉？此四害也。慶曆中，契丹欲渝盟，先以增置塘泊爲中國之曲，今乃招來其與國，使頻歲入貢，其曲甚於塘泊。幸今契丹恭順，不敢生事，萬一異日有桀黠之虜，以此藉口，不知朝廷何以答之？此五害也。

臣心知此五害，所以熙寧中通判杭州日，因其饋送書中不稱本朝正朔，却退其物。待其改書稱用年號，然後受之，仍催促進發，不令住滯。（**陳仁錫眉**）何等省事。及近歲出知杭州，却其所進金塔，不爲奏聞。及畫一處置沿途接待事件，不令過當。仍奏乞編配狡商猾僧，並乞依祖宗《編敕》，杭、明州並不許發舶往高麗，違者徒二年，没入財貨充賞。並乞删除元豐八年九月内創立“許舶客專擅附帶外夷入貢及商販”一條。已上事，並蒙朝廷一一施行。皆是臣素意欲稍稍裁節其事，庶幾漸次不來，爲朝廷消久遠之害。

今既備員禮曹，乃是職事。近者因見館伴中書舍人陳軒等申乞盡數差勒相國寺行鋪入館鋪設，以待人使買賣，不惟移市動衆，奉小國之陪臣，有損國體，兼亦抑勒在京行鋪，以資吏人廣行乞取，弊害不小。所以具申都省，乞不施行。其乖（**一作**

多。)方作弊官吏,並不蒙都省略行取問。今來只因陳軒等不待申請,直牒國子監收買諸般文字,内有《策府元龜》歷代史及敕式。國子監知其不便,申稟都省送下禮部看詳。

臣謹按:《漢書》,東平王宇來朝,上疏求諸子及《太史公書》,當時大臣以謂:"諸侯朝聘,考文章,正法度,非理不言。今東平王幸得來朝,不思制節謹度,以防違失,而求諸書,非朝聘之義也。諸子書或反經術,非聖人,或明鬼神,信物怪;《太史公書》有戰國縱横權譎之謀,漢興之初,謀臣奇策,天官災異、地形厄塞,皆不宜在諸侯王家。不可予。"詔從之。臣竊以謂東平王骨肉至親,特以備位藩臣,猶不得賜,而況海外之裔夷,契丹之心腹者乎?

臣聞河北榷場,禁出文書,其法甚嚴,徒以契丹故也。今高麗與契丹何異?若高麗可與,即榷場之法亦可廢。兼竊聞昔年高麗使乞賜《太平御覽》,先帝詔令館伴以東平王故事爲詞,却之。近日復乞,詔又以先帝遺旨不與。今歷代史、《策府元龜》,與《御覽》何異?臣雖知前次曾許買《策府元龜》及《北史》,竊以謂前次本不當與,若便以爲例,即上乖先帝遺旨,下與今來不賜《御覽》聖旨異同,深爲不便,故申都省止是乞賜詳酌指揮,未爲過當,便蒙行遣吏人上簿書罪!臣竊謂無罪可書,雖上簿薄責,至爲末事,於臣雙無絲毫之損。臣非爲此奏論,所惜者,無厭小國,事必曲從,官吏苟循其意,雖動衆害物,不以爲罪;稍有裁節之意,便行詰責,今後無人敢逆其請。使意得志滿,其來愈數,其患愈深。所以須至極論,仍具今來合處置數事如後。

一、臣任杭州日,奏乞明州、杭州今後並不得發舶往高麗,蒙已立條行下。今來高麗使却搭附閩商徐積舶船入貢。及行根究,即稱是條前發舶。臣竊謂立條已經數年,海外無不聞知,而徐積猶執前條公憑，影庇私商，往來海外，雖有條貫，實與無同。欲乞特降指揮，出榜福建、兩浙，緣海州縣，與限半年内令繳納條前所發公憑，如限滿不納，敢有執用，並許人告捕，依法施行。

貼黄。據陳軒所奏語録，即是高麗知此條。今來高麗使所欲買歷代史、《策府元龜》及《敕式》，乞並不許收買。

貼黄。准都省批狀指揮，人使所買書籍，内有《敕式》，若令外夷收買，事體不便，看詳都省本爲《策府元龜》及《北史》，前次已有體例，故以禮部並不檢會爲罪，未委《敕式》有何體例，一概令買？

一、近日館伴所申乞爲高麗使買金薄一百貫，欲於杭州妝佛，臣未敢許，已申禀都省。竊慮都省復以爲罪。竊緣金薄本是禁物，人使欲以妝佛爲名，久住杭州，搔擾公私。竊聞近歲西蕃阿里庫乞買金薄，朝廷重難其事，節次量與應副。今來高麗使朝辭日數已迫，乞指揮館伴，令以打造不出爲詞，更不令收買。

一、近據館伴所申，乞與高麗使抄寫曲譜。臣謂鄭衛之聲，流行海外，非所以觀德。若晝朝旨特爲抄寫，尤爲不便，其狀臣已收住不行。

貼黄。臣前任杭州，不受高麗所進金塔，雖曾密奏聞，元只作臣私意拒絶。兼自來館伴使臣，若有所求請，不可應副，即須一面説諭不行，或其事體大，即候拒訖密奏。今陳軒等事事曲從，便爲申請，若不施行，即顯是朝廷不許，使使臣悦己而怨朝廷，甚非館伴之體。

右所申都省狀，其歷代史、《策府元龜》及《敕式》，乞詳酌指揮事，並出臣意，不干僚屬及吏人之事。若朝廷以爲有罪，則臣乞獨當責罰，所有吏人，乞不上簿。取進止。

貼黄。臣謹按《春秋》：晉盟主也，鄭小國也。而晉之執政韓起欲買玉環於鄭商人，子産終不與，曰："大國之求，若無禮以節之，是鄙我也。"又，晉平公使其臣范昭觀政於齊，昭請齊景公之觴爲壽，晏子不與，又欲奏成周之樂，太師不許。昭歸謂晉侯曰："齊未可伐也。臣欲亂其禮，而晏子知之；欲亂其樂，而太師知之。"今高麗使，契丹之黨，而我之陪臣也。乃敢干朝廷求買違禁物，傳寫鄭衛曲譜，褻慢甚矣。安知非契丹欲設此事以嘗探朝廷深淺難易乎？而陳軒等事事爲請，惟恐失其意，臣竊惑之。又據軒等語録云：高麗使言海商擅往契丹，本國王捉送上國，乞更賜約束，恐不穩便。而軒乃答云："風訊不順飄過。"乃是與閩中狡商巧説詞理，許令過界。竊緣私往北界，條禁至重，海外陪臣，猶知遵稟，而軒乃歸咎於風，以薄其罪，豈不乖戾倒置之甚乎？臣忝備侍從，事關利害，不敢不奏。

其　二

元祐八年二月十五日，端明殿學士兼翰林侍讀學士左朝奉郎守禮部尚書蘇軾劄子奏：

臣近奏論高麗使所買書籍及金薄等事，准尚書省劄子，二月十二日三省樞密院同奉聖旨，所買書籍，曾經收買者許依例收買，金薄特許收買，餘依奏，吏人免上簿者。臣所以區區論奏者，本爲高麗契丹之與國，不可假以書籍，非止爲吏人上簿也。今來吏人獨免上簿，而書籍仍許收買，臣竊惑之。檢會《元祐編敕》，諸以熟鐵及文字禁物與外國使人交易，罪輕者徒二年。看詳此條，但係文字，不問有無妨害，便徒二年，則法意亦可見矣。以謂文字流入諸國，有害無利。故立此重法，以防意外之患。

前來許買《策府元龜》及《北史》，已是失錯。古人有言："一之謂甚，其可再乎？"今乃廢見行《編敕》之法，而用一時失錯之例，後日復來，例愈成熟，雖買千百部，有司不敢復執，則中國書籍山積於高麗，而雲布於契丹矣。臣不知此事於中國得爲穩便乎？昔齊景公田，招虞人以旌，不至。曰："招虞人以皮冠。"孔子韙之，曰："守道不如守官。"夫旌與皮冠，於事未有害也，然且守之。今買書利害如此，《編敕》條貫如彼，比之皮冠與旌，亦有間矣。臣當謹守前議，不避再三論奏。伏望聖慈早賜指揮。取進止。

貼黄。臣點檢得館伴使公案内，有行下承受所收買文字數内有一項，所買《策府元龜》《敕式》，雖不曾賣與，然高麗之意，亦可見矣。

又貼黄。臣已令本部備録《編敕》條貫，符下高麗人使所過州郡，約束施行去訖。亦合奏知。

其　三

元祐八年二月二十六日，端明殿學士兼翰林侍讀學士左朝奉郎守禮部尚書蘇軾劄子奏：

臣近再具劄子，奏論高麗買書事。今准敕節文，檢會《國朝會要》：淳化四年、大中祥符九年、天禧五年曾賜高麗《九經書》、《史記》、《兩漢書》、《三國志》、《晉書》、諸子、曆日，聖惠方、陰陽、地理書等，奉聖旨，依前降指揮。臣前所論奏高麗入貢，爲朝廷五害，事理灼然，非復細故。近又檢坐見行《編敕》，再具論奏，並不蒙朝廷詳酌利害，及《編敕》法意施行，但檢坐《國朝會要》，已曾賜予，便許收買。竊緣臣所論奏，所計利害不輕，本非爲有例無例而發也。事誠無害，雖無例亦可；若其有害，雖百例不可用也。而况《會要》之爲書,朝廷以備檢閲,非如《編敕》一一皆當施行也。臣只乞朝廷,詳論此事,當遵行《編敕》耶?爲當檢行《會要》而已?臣所憂者,文書積於高麗,而流於契丹,使北人周知山川險要邊防利害,爲患至大。雖曾賜予,乃是前日之失,自今止之,猶賢於接續許買,蕩然無禁也。又,高麗人入朝,動獲所欲,頻歲數來,馴致五害。如此之類,皆不蒙朝廷省察,深慮高麗人復來,遂成定例,所以須至再三論奏。兼今來高麗人已發,無可施行。取進止。

貼黄。今來朝旨,止爲高麗已曾賜予此書,復許接續收買。譬《編敕》禁以熟鐵與人使交易,豈是外國都未有熟鐵耶?謂其已有,反不復禁,此大不可也。

繳進免五穀力勝税錢議劄子(前連元祐七年十一月劄)

元祐八年三月十三日,端明殿學士兼翰林學士左朝奉郎守禮部尚書蘇軾劄子奏:

臣聞應天以實不以文,動民以行不以言。去歲扈從南郊,親見百姓父老,瞻望聖顔,歡呼鼓舞,或至感泣,皆云不意今日復見仁宗皇帝。臣尋與范祖禹具奏其狀矣。竊揆聖心,必有下酌民言,上繼祖武之意。兼奉聖旨,催促祖禹所編仁宗故事,尋以上進訖。臣愚竊謂陛下既欲祖述仁廟,即須行其實事,乃可動民。去歲十一月七日,曾奏乞放免五穀力勝税錢,蓋謂此事出於《天聖附令》,乃仁宗一代盛德之事,入人至深,及物至廣,望陛下主張决事。尋蒙降付三省,遂送户部下轉運司相度,必無行理。謹昧萬死,再録前來劄子繳運進呈。伏願聖慈特賜詳覽。若謂所捐者小,所濟者大,可以追復仁宗聖政,慰答民心,即乞只作聖意批出施行。若謂不然，即乞留中，更不降出，免煩勘當。取進止。

貼黄。臣所乞放免五穀力勝税錢，萬一上合聖意，有可施行，欲乞内出指揮，大意若曰祖宗舊法，本不收五穀力勝税錢，近乃著令許依例收税，是致商賈無利，有無不通，豐年則穀賤傷農，凶年則遂成饑饉，宜令今後不問有無舊例，並不得收五穀力勝税錢，仍於課内除豁此一項。臣昧死以聞，無任戰汗待罪之至。

上圓丘合祭六議劄子

（茅鹿門旁）辨晰。

元祐八年三月日，端明殿學士兼翰林侍讀學士左朝奉郎守禮部尚書蘇軾劄子奏：

臣伏見九月二十二日詔書節文，俟郊禮畢，集官詳議祠皇地祇事。及郊祀之歲廟饗典禮聞奏者。臣恭睹陛下近者至日親祀郊廟，神祇饗答，實蒙休應，然則圓丘合祭，允當天地之心，不宜復有改更。

臣竊惟議者欲變祖宗之舊，圓丘祀天而不祀地，不過以謂冬至祀天於南郊，陽時陽位也，夏至祀地於北郊，陰時陰位也，以類求神，則陽時陽位，不可以求陰也。是大不然。冬至南郊，既祀上帝，則天地百神莫不從也。古者秋分祀月於西郊，亦可謂陰位矣，至於從祀上帝，則以冬至而祀月於南郊，議者不以爲疑，今皇地祇亦從上帝而合祭於圓丘，獨以爲不可，則過矣。《書》曰：“肆類於上帝，禋於六宗，望於山川，遍於群神。”（儲欣

夾)引經。舜之受憚也,自上帝六宗山川群神,莫不畢告,而獨不告地祇,豈有此理哉?(**茅鹿門眉**)蘇氏兄弟每每引古證今,用簡如此。武王克商,庚戌,柴望。柴,祭上帝也。望,祭山川也。一日之間,自上帝而及山川,必無南北郊之别也。而獨略地祇,豈有此理哉?臣以知古者祀上帝則並祀地祇矣。

何以明之?《詩》之序曰:"昊天有成命,郊祀天地也。"此乃合祭天地,經之明文,而説者乃以比之豐年秋冬報也,曰:"秋冬各報,而皆歌《豐年》,則天地各祀,而皆歌《昊天有成命》也。"是大不然。《豐年》之詩曰:"豐年多黍多稌,亦有高廩,萬億及秭。爲酒爲醴,烝畀祖妣。以洽百禮,降福孔皆。"歌於秋可也,歌於冬亦可也。《昊天有成命》之詩曰:"昊天有成命,二後受之。成王不敢康,夙夜基命宥密。於緝熙,單厥心,肆其靖之。"終篇言天而不及地。頌,所以告神明也,未有歌其所不祭,祭其所不歌也。今祭地於北郊,歌天而不歌地,豈有此理也?臣以此知周之世,祀上帝則地祇在焉。歌天而不歌地,所以尊上帝。故其序曰:"郊祀天地也。"《春秋》書:"不郊,猶三望。"《左氏傳》曰:"望,郊之細也。"説者曰:"三望,太山、河、海。"或曰:"淮、海也。"又或曰:"分野之星及山川也。魯,諸侯也,故郊之細,及其分野山川而已。"周有天下,則郊之細,獨不及五嶽四瀆乎?嶽、瀆猶得從祀,而地祇獨不得合祭乎?秦燔詩書,經籍散亡,學者各以意推類而已。王、鄭、賈、服之流,未必皆得其真。臣以《詩》《書》《春秋》考之,則天地合祭久矣。(**茅鹿門眉**)圜丘方澤之説,却出於《周禮》,何也?

議者乃謂合祭天地,始於王莽,以爲不足法。臣竊謂禮當論其是非,不當以人廢。光武皇帝,親誅莽者也,尚採用元始合祭故事。(**儲欣夾**)引典。謹按《後漢書·郊祀志》:"建武二年,初制郊兆於洛陽。爲圓壇八陛，中又爲重壇，天地位其上，皆南鄉，西上。”此則漢世合祭天地之明驗也。又按《水經注》：“伊水東北至洛陽縣圓丘東，大魏郊天之所，準漢故事爲圓壇八陛，中又爲重壇，天地位其上。”此則魏世合祭天地之明驗也。唐睿宗將有事於南郊，賈曾議曰：“有虞氏禘黄帝而郊嚳，夏後氏禘黄帝而郊鯀，郊之與廟，皆有禘，禘於廟，則祖宗合食于太祖，于禘郊，則地祇群望皆合祭於圓丘。以始祖配享，蓋有事祭，非常祀也。《三輔故事》：“祭於圓丘，上帝后土位皆南面。”則漢嘗合祭矣。時褚無量、郭山惲等皆以曾言爲然。明皇天寶元年二月敕曰：“凡所祠享，必在躬親，朕不親祭，禮將有闕，其皇地祇宜如南郊合祭。”是月二十日，合祭天地於南郊，自後有事於圓丘，皆合祭。此則唐世合祭天地之明驗也。

今議者欲冬至祀天，夏至祀地，蓋以爲用周禮也。（**儲欣眉**）自此以前皆言其上合典禮，已後乃其下合時宜處也。臣請言周禮與今禮之别。古者一歲祀天者三，明堂饗帝者一，四時迎氣者五，祭地者二，饗宗廟者四，凡此十五者，皆天子親祭也。而又朝日夕月四望山川社稷五祀及群小祀之類，亦皆親祭，此周禮也。太祖皇帝受天眷命，肇造宋室，建隆初郊，先饗宗廟，並祀天地。自真宗以來，三歲一郊，必先有事景靈，遍饗太廟，乃祀天地。此國朝之禮也。夫周之禮。親祭如彼其多，而歲行之不以爲難，今之禮，親祭如此其少，而三歲一行，不以爲易，其故何也？古者天子出入，儀物不繁，兵衛甚簡，用財有節，而宗廟在大門之内，朝諸侯，出爵賞，必於太廟，不止時祭而已，天子所治，不過王畿千里，唯以齊祭禮樂爲政事，能守此，則天下服矣，是故歲歲行之，率以爲常。至於後世，海内爲一，四方萬里，皆聽命於上，幾務之繁，億萬倍於古，日力有不能給。自秦漢以來，天子儀物，日以滋多，有加無損，以至於今，非復如古之簡易也。今所行皆非周禮。三年一郊，非周禮也。先郊二日而告原廟，一日而祭太廟，非周禮也。效而肆赦，非周禮也。優賞諸軍，非周禮也。自后妃以下至文武官，皆得蔭補親屬，非周禮也。自宰相宗室以下至百官，皆有賜賚，非周禮也。此皆不改，而獨於地祇，則曰周禮不當祭於圜丘，此何義也？（**儲欣眉**）至確至快，俗士婆絮，刀截斧劈。（**茅鹿門眉**）以下預發六議，晝一而剖，若吏之窮獄。

議者必曰："今之寒暑，與古無異，而宣王薄伐玁狁，六月出師，則夏至之日，何爲不可祭乎？"臣將應之曰："舜一歲而巡四岳，五月方暑，而南至衡山，十一月方寒，而北至常山，亦今之寒暑也，後世人主能行之乎？"周所以十二歲一巡者，唯不能如舜也。夫周已不能行舜之禮，而謂今可以行周之禮乎？天之寒暑雖同，而禮之繁簡則異。是以有虞氏之禮，夏商有所不能行，夏商之禮，周有所不能用，時不同故也。宣王以六月出師，驅逐玁狁，蓋非得已。且吉父爲將，王不親行也。今欲定一代之禮，爲三歲常行之法，豈可以六月出師爲比乎？"（**儲欣眉**）俗儒是古非今，拘文牽義，總不曾識個"時"字。

議者必又曰："夏至不能行禮，則遣官攝祭祀，亦有故事。"此非臣之所知也。《周禮·大宗伯》："若王不與則攝位。"鄭氏注曰："王有故，則代行其祭事。"賈公彦疏曰："有故，謂王有疾及哀慘皆是也。"然則攝事非安吉之禮也。後世人主，不能歲歲親祭，故命有司行事，其所從來久矣，若親郊之歲，遣官攝事，是無故而用有故之禮也。

議者必又曰："省去繁文末節，則一歲可以再郊。"臣將應之曰："古者以親郊爲常禮，故無繁文。今世以親郊爲大禮，則繁文有不能省也。若帷城幔屋，盛夏則有風雨之虞，陛下自宫入廟出郊，冠通天，乘大輅，日中而舍，百官衛兵，暴露於道，鎧甲具裝，人馬喘汗，皆非夏至所能堪也。王者父事天，母事地，不可偏也。事天則備，事地則簡，是於父母有隆殺也。豈得以爲繁文末節而一切欲省去乎？國家養兵，異於前世，自唐之時，未有軍賞，猶不能歲歲親祠，天子出郊，兵衛不可簡省，大輅一動，必有賞給，今三年一郊，傾竭帑藏，猶恐不足，郊賚之外，豈可復加？若一年再賞，國力將何以給；分而與之，人情豈不失望！"(**儲欣眉**)實患在"賞軍"一節。

議者必又曰："三年一祀天，又三年一祭地。"此又非臣之所知也。三年一郊，已爲疏闊，若獨祭地而不祭天，是因事地而愈疏於事天，自古未有六年一祀天者，如此則典禮愈壞，欲復古而背古益遠，神祇必不顧饗，非所以爲禮也。

議者必又曰："當郊之歲，以十月神州之祭，易夏至方澤之祀，則可以免方暑舉事之患。"此又非臣之所知也。夫所以議此者，爲欲舉從周禮也。今以十月易夏至，以神州代方澤，不知此周禮之經耶，抑變禮之權也？若變禮從權而可，則合祭圜丘，何獨不可。十月親祭地，十一月親祭天，先地後天，古無是禮。而一歲再郊，軍國勞費之患，尚未免也。

議者必又曰："當郊之歲，以夏至祀地祇於方澤，上不親郊而通爟火，天子於禁中望祀。"此又非臣之所知也。《書》之望秩，《周禮》之四望，《春秋》之三望，皆謂山川在境内而不在四郊者，故遠望而祭也。今所在之處，俯則見地，而云望祭，是爲京師不見地乎？

此六議者，合祭可不之決也，夫漢之郊禮，尤與古戾，唐亦不能如古，本朝祖宗欽崇祭祀，儒臣禮官，講求損益，非不知圜丘方澤皆親祭之爲是也,蓋以時不可行,是故參酌古今,上合典禮,下合時宜,較其所得,已多於漢、唐矣。天地宗廟之祭,皆當歲遍,今不能歲遍,是故遍於三年當郊之歲。又不能於一歲之中,再舉大禮,是故遍於三日。此皆因時制宜,雖聖人復起,不能易也。今並祀不失親祭,而北郊則必不能親往,二者孰爲重乎?若一年再郊,而遣官攝事,是長不親事地也。三年間郊,當行郊地之歲,而暑雨不可親行,遣官攝事,則是天地皆不親祭也。夫分祀天地,决非今世之所能行。議者不過欲於當郊之歲,祀天地宗廟,分而爲三耳。分而爲三,有三不可。夏至之日,不可以動大衆、舉大禮,一也。軍賞不可復加,二也。自有國以來,天地宗廟,唯饗此祭,累聖相承,唯用此禮,此乃神祇所歆,祖宗所安,不可輕動,動之則有吉凶禍福,不可不慮,三也。凡此三者,臣熟計之,無一可行之理。伏請從舊爲便。

昔西漢之衰,元帝納貢禹之言,毁宗廟。成帝用丞相衡之議,改郊位。皆有殃咎,著于史策,往鑒甚明,可爲寒心。(**茅鹿門眉**)又借漢事危主上,博物洽問之議。伏望陛下詳覽臣此章,則知合祭天地,乃是古今正禮,本非權宜。不獨初郊之歲,所當施行,實爲無窮不刊之典。願陛下謹守太祖建隆、神宗熙寧之禮,無更改易郊祀廟饗,以敉寧上下神祇,仍乞下臣此章,付有司集議,如有異論,即須畫一,解破臣所陳六議,使皆屈伏,上合周禮,下不爲當今軍國之患。不可固執,更不論當今可與不可施行。所貴嚴祀大典,蚤以時定。取進止。

貼黄。唐制,將有事於南郊,則先朝獻太清宫,朝享太廟,亦如今禮,先二日告原廟,先一日享太廟,然議者或亦以爲非三代之禮。臣謹按:武王克商,丁未,祀周廟,庚戌,柴望,相去三日。則先廟後郊,亦三代之禮也。(**陳仁錫眉**)宋貼黄之體有如此,蓋另以一事結也。

【彙評】

茅鹿門:蘇氏諸劄中,此劄爲最。歷覽宋時廷議,亦無有能及之者。當與西漢韋元成、劉歆等廟議相伯仲。

儲欣:篤論,辨材彼紛,然聚訟者能復出一議否?

請詰難圓丘六議劄子

元祐八年三月二十二日,端明殿學士兼翰林侍讀學士左朝奉郎守禮部尚書蘇軾劄子奏:

臣近奏論圓丘合祭天地,非獨適時之宜,亦自然上合三代六經,爲萬世不刊之典,然臣不敢必以爲是,故發六議以開異同之端。欲望聖旨行下,令議者與臣反復詰難,盡此六議之是非,而取其通者,則其論可得而定也。今奉聖旨,但云令集議官集議聞奏。竊慮議者各伸其意,不相詰難,則是非可否,終莫之决。雖聖明必有所擇,而人各自爲一議,但欲遂其前説,豈聖朝考禮之本意哉?臣今欲乞集議之日,若所見不同,即須畫一難臣六議,明著可否之狀,不得但持一説,不相詰難。臣非敢自是而求勝也,蓋欲從長而取通也。若議不通,敢不廢前説以從衆論。取進止。

乞改居喪婚娶條狀

元祐八年三月某日,端明殿學士兼翰林侍讀學士左朝奉郎守禮部尚書蘇軾狀奏:

臣伏見元祐五年秋頒條貫，諸民庶之家，祖父母、父母老疾，(**謂於法應贖者。**)無人供侍，子孫居喪者，聽尊長自陳，驗實婚娶。右臣伏以人子居父母喪，不得嫁娶，人倫之正，王道之本也。孟子論禮、色之輕重，不以所重徇所輕，喪三年，爲二十五月，使嫁娶有二十五月之遲，此色之輕者也。釋喪而婚會，鄰於禽犢，此禮之重者也。先王之政，亦有適時從宜者矣。然不立居喪嫁娶之法者，所害大也。近世始立女居父母喪及夫喪而貧乏不能自存，並聽百日外嫁娶之法。既已害禮傷教矣，然猶或可以從權而冒行者，以女弱不能自立，恐有流落不虞之患也。今又使男子爲之，此何義也哉！男年至於何娶，雖無兼侍，亦足以養父母矣。今使之釋喪而婚會，是直使民以色廢禮耳，豈不過甚矣哉！《春秋》禮經，記禮之變，必曰自某人始。使秉直筆者書曰，男子居父母喪得娶妻，自元祐始，豈不爲當世之病乎？臣謹按此法，本因邛州官吏，妄有起請，當時法官有失考論，便爲立法。臣備位秩宗，前日又因邇英進讀，論及此事，不敢不奏。伏望聖慈特降指揮，削去上條，稍正禮俗。謹録奏聞，伏候敕旨。

卷六十四

奏議十首

奏馬澈不當屏出學狀

(**茅鹿門旁**)近代往往有國子生及謁選人上書陳言,輒與隔絶,甚且法坐爲民等項區處,殊非古之明目達聰之意。唐宋太學諸生,數得論列朝政得失;本朝正統時,如祭酒李勉逮獄,監生猶得爲論救。

元祐八年四月某日,端明殿學士兼翰林侍讀學士左朝奉郎守禮部尚書蘇軾狀奏:

准太學條,三學生凡有進獻文字及書啓贄有位,並先經長貳看詳可否,違者出學。右本部看詳,諸色人苟有所見公私利害,皆得進狀,許直於所屬官司投下,即無更令官吏看詳可否方得投進之文,所以達聰明、防壅蔽,古今不易之道也。本因國子監生員獨緣本監起請,遂立上條,曲生防禁。至於投獻書啓文字,求知公卿,此正舉人常事。(**陳仁錫眉**)可憐。今乃使本監長貳先行看詳,違者皆屏出學。若論列朝政得失,使其言當理,固人主所欲聞也。若不當理,亦人主所當容也。今乃先令有司看詳去取,甚非子産不毁鄉校、魏相去副封之意也。(**陳仁錫眉**)此舉以勸盡言,非公不能細心至是。

去年九月内,太學内舍生馬澈進狀,論《禮部韻略》有疏略未盡事件,蒙朝廷送下本部。謹按澈所論,文指雅馴,考驗經史,皆有援據。此乃内舍生員之優者,教養之官,所當愛惜,而其所論,亦當下有司詳議增損施行。本部尋下本監勘當,准回申,已於十二月内檢舉上條,其馬澈已屏出學。以此顯見上條無益有害,欲乞朝廷詳酌,特與删除不行,仍乞依舊令馬澈充内舍生。其所進狀,乞行下有司看詳,如有可采,乞賜施行。謹録奏聞,伏候敕旨。

乞校正陸贄奏議上進劄子

(**錢文登眉**)説陸宣公事,便學宣公文章,坡老天分穎異,筆力神巧,誠不可及。(**林次崖眉**)此文雖言陸贄之不遇於德宗,其實言自己事,蓋規諷當時之君也。語意簡切而文又精粹,如精金美玉,愈讀而愈不厭。○借贄之所苦口於德宗者感動主上。(**茅鹿門旁**)長公所最得意識見,亦最得意條奏。(**儲欣評**)所以進書之義,軒豁流露。

元祐八年五月七日,端明殿學士兼翰林侍讀學士左朝奉郎守禮部尚書蘇軾,同吕希哲、吴安詩、豐稷、趙彦若、范祖禹、顧臨劄子奏:

臣等猥以空疏,備員講讀,聖明天縱,學問日新,臣等才有限而道無窮,心欲言而口不逮,以此自愧,莫知所爲。竊謂人臣之納忠,譬如醫者之用藥,藥雖進於醫手,方多傳於古人。若已經效於世間,不必皆從於己出。(**茅鹿門夾**)自□字字入心語。

伏見唐宰相陸贄,才本王佐,學爲帝師。論深切於事情,言不離于道德。智如子房,而文則過,辯如賈誼,而術不疏。上以格君心之非,下以通天下之志。三代已還,一人而已。但其不幸，仕不遇時，(**錢文登眉**)叙宣公十二件事，辭簡意盡。(**茅鹿門眉**)借贄之所苦口於德宗者，感動主上。德宗以苛刻爲能，而贄諫之以忠厚。德宗以猜疑爲術，而贄勸之以推誠。德宗好用兵，而贄以消兵爲先。德宗好聚財，而贄以散財爲急。(**高啓夾**)此數語有隱諷當時之意。至於用人聽言之法，治邊馭將之方，罪己以收人心，改過以應天道，去小人以除民患，惜名器以待有功，如此之流，未易悉數。可謂進苦口之藥石，針害身之膏肓。(**王槐野眉**)應前喻意，議論的確，此等語實規諷當時，不是浮泛。使德宗盡用其言，則貞觀可得而復。(**茅鹿門夾**)慨切。臣等每退自西閣，即私相告言，以陛下聖明，必喜贄議論，但使聖賢之相契，即如臣主之同時。昔馮唐論頗、牧之賢，則漢文爲之太息。(**茅鹿門夾**)本色印證。(**陳眉公眉**)引漢代君臣相得，意自委婉。魏相條晁、董之對，則孝宣以致中興。(**陳仁錫眉**)宣公文字出於悃誠，故不唯讀之，且如見之。若陛下能自得師，莫若近取諸贄。(**林希元眉**)必補出此意方無庇病。○以涉偏隘，故此斡旋。

夫六經三史、諸子百家，非無可觀，皆足爲治。但聖言幽遠，末學支離，譬如山海之崇深，難以一二而推擇。如贄之論，開卷了然。聚古今之精英，實治亂之高抬貴手。臣等欲取其奏議，稍加校正，繕寫進呈。願陛下置之坐隅，如見贄面，反復熟讀，如與贄言。必能發聖性之高明，成治功於歲月。(**錢文登眉**)此等工夫是古人書第一關竅。程明道每教人讀書，須是沉潛領會，如對聖賢，方有長進，即此意也。臣等不勝區區之意。取進止。

【彙評】

蟠洲：陸宣公當時覺知於德宗，庶幾今日受知於陛下，與其經史諸子百家之崇深，不如觀陸宣公奏議之切當，措語有斟酌，議論有開合。

儲欣：所以進書之意，軒豁流露。

辨黄慶基彈劾劄子

元祐八年五月十九日，端明殿學士兼翰林侍讀學士左朝奉郎守禮部尚書蘇軾劄子奏：

臣自少年從仕以來，以剛褊疾惡，盡言孤立，爲累朝人主所知，然亦以此見疾於群小，其來久矣。自熙寧、元豐間，爲李定、舒亶輩所讒，及元祐以來，朱光庭、趙挺之、賈易之流，皆以誹謗之罪誣臣。前後相傳，專用此術，朝廷上下，所共明知。然小人非此無以深入臣罪，故其計須至出此。今者又聞臺官黄慶基復祖述李定、朱光庭、賈易等舊説，亦以此誣臣，並言臣有妄用潁州官錢、失入尹真死罪，及强買姓曹人田等。雖知朝廷已察其奸，罷黜其人矣，然其間有關臣子之大節者，於義不可不辨。謹具畫一如左。

一、臣先任中書舍人日，適值朝廷竄逐大奸數人，所行告詞，皆是元降詞頭，所述罪狀，非臣私意所敢增損。内吕惠卿自前執政責授散官安置，誅罰至重。當時蒙朝旨節録臺諫所言惠卿罪惡降下，既是詞頭所有，則臣安敢減落。然臣子之意，以爲事涉先朝，不無所忌，故特於告詞内分别解説，令天下曉然，知是惠卿之奸，而非先朝盛德之累。至於竄逐之意，則已見於先朝。其略曰："先皇帝求賢若不及，從善如轉圜。始以帝堯之心，姑試伯鯀；終然孔子之聖，不信宰予。發其宿奸，謫之輔郡；尚疑改過，稍畀重權。復陳罔上之言，繼有碭山之貶。反覆教戒，惡心不悛；躁輕矯誣，德音猶在。"臣之愚意，以謂古今如鯀爲堯之大臣，而不害堯之仁，宰予爲孔子高弟，而不害孔子之聖。又况再加貶黜，深惡其人，皆先朝本意，則臣區區之忠，蓋自謂無負矣。今慶基乃反指以爲誹謗指斥，不亦矯誣之甚乎？其餘所言李之純、蘇頌、劉誼、唐義問等告詞，皆是慶基文致附會，以成臣罪。只如其間有“勞來安集”四字，便云是厲王之亂。若一一似此羅織人言，則天下之人，更不敢開口動筆矣。孔子作《孝經》曰：“如臨深淵，如履薄冰。”此幽王之詩也。不知孔子誹謗指斥何人乎？此風萌於朱光庭，盛於趙挺之，而極於賈易。今慶基復宗師之，臣恐陰中之害，漸不可長，非獨爲臣而言也。

一、慶其所言臣行陸師閔告詞云：“侵漁百端，怨讟四作。”亦謂之謗訕指斥。此詞元不是臣行，中書案底，必自有主名，可以覆驗。顯是當時掌誥之臣，凡有竄逐之人，皆似此罪狀，其事非獨臣也。所謂“侵漁”“怨讟”者，意亦指言師閔而已，何名爲謗訕指斥乎？慶基以他人之詞，移爲臣罪，其欺罔類皆如此。

一、慶基所言臣妄用潁州官錢，此事見蒙尚書省勘會次，然所用皆是法外支賞，令人告捕强惡賊人，及逐急將還前知州任内公使庫所少貧下行人錢物，情理如此，皆可覆驗。

一、慶基所言臣强買常州宜興縣姓曹人田地，八年州縣方與斷還。此事元係臣任團練副使日罪廢之中，托親識投狀依條買得曹人一契田地。後來姓曹人却來臣處昏賴争奪。臣即時牒本路轉運司，令依公盡理根勘。仍便具狀申尚書省。後來轉運司差官勘得姓曹人招服非理昏賴，依法决訖，其田依舊合是臣爲主，牒臣照會。臣愍見小民無知，意在得財。臣既備位侍從，不欲與之計較曲直，故於招服斷遣之後，却許姓曹人將元價收贖，仍亦申尚書省及牒本路施行。今慶基乃言是本縣斷還本人，顯是誣罔。今來公案見在户部，可以取索案驗。

一、慶基所言臣在潁州失入尹真死罪，此事已經刑部定奪，不是失入,却是提刑蔣之翰妄有按舉。公案具在刑部,可以覆驗。右臣竊料慶基所以誣臣者非一,臣既不能盡知。又今來朝廷已知其奸妄,而罷黜其人。臣不當一一辯論,但人臣之義,以名節爲重,須至上煩天聽。取進止。

謝宣諭劄子

元祐八年五月二十四日,端明殿學士兼翰林院侍讀學士左朝奉郎守禮部尚書蘇軾劄子奏:

臣伏准今月二十二日弟門下侍郎轍奉宣聖旨,緣近來衆人正相捃拾,令臣且須省事者。天慈深厚,如訓子孫。委曲保全。如愛肢體。感恩之涕,不覺自零。伏念臣才短數奇,性疏少慮,半生犯患,垂老困讒,非二聖之深知,雖百死而何贖。伏見東漢孔融,才疏意廣,負氣不屈,是以遭路粹之冤。西晉嵇康,才多識寡,好善暗人,是以遇鍾會之禍。當時爲之扼腕,千古爲之流涕。臣本無二子之長,而兼有昔人之短。若非陛下至公而行之以恕,至仁而照之以明,察消長之往來,辯利害於疑似,則臣已下從二子游久矣,豈復有今日哉?謹當奉以周旋,不敢失墜,便須刻骨,豈獨書紳。庶全螻蟻之軀,以報丘山之德。臣無任感天荷聖激切屏營之至。謹奏。

奏乞增廣貢舉出題劄子

元祐八年五月二十六日,端明殿學士兼翰林侍讀學士左朝奉郎守禮部尚書蘇軾劄子奏:

臣伏見《元祐貢舉敕》:"諸詩賦論題,於子史書出。(**唯不得**

於《老》《莊子》出。)如於經書出,而不犯見試舉人所治之經者亦聽。(如謂引試治《詩》《書》舉人,即聽於《易》《春秋》經傳出詩賦論題。引試治《易》《春秋》舉人,即聽於《周禮》《禮記》出詩賦論題之類。)”臣竊謂自來詩賦論題雜出於《九經》《孝經》《論語》,注中文字浩博,有可選擇,久而不窮。今詳上條,止得於子史書出,所取者狹,雖聽於經書出,又須不犯見試舉人所治之經。如是在京試院,分經引試,可以就别經出題。至如外州、軍,只作一場引試,即須回避,只如子史中出,恐非經久之法。臣今相度,欲乞詩賦論題,許於《九經》《孝經》《論語》子史並《九經》《論語》注中雜出,更不避見試舉人所治之經,但須于所給印紙題目下備録上下全文,並注疏不得漏落,則本經與非本經舉人所記均一,更無可避,兼足以稱朝廷待士之意,本只以工拙爲去取,不以不全之文掩其所不知以爲進退,于忠厚之風,不爲無補。取進止。

申省議讀漢唐正史狀

元祐八年八月十九日,端明殿學士兼翰林侍讀學士左朝奉郎守禮部尚書蘇軾同顧臨、趙彦若狀申,昨准内降宰臣吕大防劄子奏:“臣每旬獲侍經筵,竊見進讀《五朝寶訓》,將欲了畢,自來多用前代正史進讀,竊謂其間有不足上煩聖覽者。欲乞指揮講讀官同將漢、唐正史内可以進讀事迹鈔節成篇,遇讀日進呈敷演,庶裨聖治。取進止。”奉御寶批依奏。

右軾等今已鈔節繕寫,稍成卷秩於將來開講日進讀,即未審與《五朝寶訓》並進,爲復間日一讀? 謹具申尚書省。伏候指揮。

朝辭赴定州論事狀

(茅鹿門旁)老成典型之言。

元祐八年九月二十六日,端明殿學士兼翰林侍讀學士左朝奉郎新知定州蘇軾狀奏:

右臣聞天下治亂,出於下情之通塞。至治之極,至於小民,皆能自通。大亂之極,至於近臣,不能自達。《易》曰:"天地交,泰。"其詞曰:"上下交而其志同。"又曰:"天地不交,否。"其詞曰:"上下不交,而天下無邦。"夫無邦者,亡國之謂也。上下不交,則雖有朝廷君臣,而亡國之形已具矣,可不畏哉! 臣不敢復引衰世昏主之事,只如唐明皇,中興刑措之君也,而天寶之末,小人在位,下情不通,則鮮于仲通以二十萬人全軍陷没於瀘南,明皇不知,馴致其事,至安禄山反,兵已過河,而明皇猶以爲忠臣。此無他,下情不通,耳目壅蔽,則其漸至於此也。

臣在經筵,數論此事,陛下爲政九年,除執政臺諫外,未嘗與群臣接,然天下不以爲非者,以爲垂簾之際不得不爾也。今者祥除之後,聽政之初,當以通下情、除壅蔽爲急務。臣雖不肖,蒙陛下擢爲河北西路安撫使,沿邊重地,此爲首冠,臣當悉心論奏,陛下亦當垂意聽納。祖宗之法,邊帥當上殿面辭,而陛下獨以本任闕官迎接人衆爲詞,降旨拒絶不令上殿,此何義也? 臣若伺候上殿,不過更留十日,本任闕官,自有轉運使權攝,無所闕事。迎接人衆,不過更支十日糧,有何不可? 而使聽政之初,將帥不得一面天顔而去,有識之士,皆謂陛下厭聞人言,意輕邊事,其兆見於此矣。

臣備位講讀,日侍帷幄,前後五年,可謂親近。方當戍邊,不得一見而行。况疏遠小臣,欲求自通,亦難矣。《易》曰:"天行健,君子以自强不息。"又曰:"帝出乎震,相見乎離。"夫聖人作而萬物睹,今陛下聽政之初,不行乘乾出震見離之道,廢祖宗臨遣將帥故事,而襲行垂簾不得已之政,此朝廷有識所以驚疑而憂慮也。臣不得上殿,於臣之私,别無利害,而於聽政之始,天下屬目之際,所損聖德不小。

臣已於今月二十七日出門,非敢求登對,然臣始者本俟上殿,欲少效愚忠,今來不敢以不得對之故,便廢此言,惟陛下察臣誠心,少加採納,古之聖人,將有爲也,必先處晦而觀光,處静而觀動,則萬物之情,畢陳於前。不過數年,自然知利害之真,識邪正之實,然後應物而作,故作無不成。臣敢以小事譬之。夫操舟者常患不見水道之曲折,而水濱之立觀者常見之。何則?操舟者身寄於動,而立觀者常静故也。弈棋者勝負之形,雖國工有所不盡,而袖手旁觀者常盡之。何則?弈者有意於争,而旁觀者無心故也。若人主常静而無心,天下其孰能欺之?

漢景帝即位之初,首用晁錯,更易法令,黜削諸侯,遂成七國之變。景帝往來兩宫間,寒心者數月,終身不敢復言兵。武帝即位未幾,遂欲用兵鞭撻四夷,兵連禍結,三十餘年,然後下哀痛詔,封宰相爲富民侯。臣以此知古者英睿之君,勇於立事,未有不悔者也。景帝之悔速,故變而復安。武帝之悔遲,故幾至於亂。雖遲速安危小異,然比之常静無心,終始不悔如孝文帝者,不可同年而語矣。

今陛下聖智絶人,春秋鼎盛。臣願虚心循理,一切未有所爲,默觀庶事之利害與群臣之邪正,以三年爲期。俟得利害之真,邪正之實,然後應物而作。使既作之後,天下無恨,陛下亦無悔,上下同享太平之利。則雖盡南山之竹,不足以紀聖功,兼三宗之壽,不足以報聖德。由此觀之,陛下之有爲,惟憂太早,不患稍遲,亦已明矣。

臣又聞爲政如用藥方,今天下雖未大治,實無大病。古人云:"有病不治,常得中醫。"雖未能盡除小疾,然賢於誤服惡藥、覬萬一之利而得不救之禍者遠矣。臣恐急進好利之臣,輒勸陛下輕有改變,故輒進此説,敢望陛下深信古語,且守中醫安穩萬全之策,勿爲惡藥所誤,實社稷宗廟之利,天下幸甚。(**陳仁錫眉**)主意在此,公顧上殿陳奉亦以此。臣不勝忘身憂國之心,冒死進言。謹録奏聞,伏候敕旨。

乞降度牒修定州禁軍營房狀

元祐八年十月某日,端明殿學士兼翰林侍讀學士左朝奉郎知定州蘇軾狀奏:

臣伏見定州近歲軍政不嚴,邊備小弛,事不可悉數,請舉一二。如甲仗庫子軍人張全,一年之間,持仗入庫,前後盜銅鑼十二面,監官明知,並不申舉。又有帳設什物庫子軍人田平等,二年之間,盜帳設什物八百餘件,銀二百五十餘兩,恣意典賣。軍城寨人户采斫禁山,開耕爲田,公然起税,住坐者一百八十餘家。城中有開櫃坊人百餘户,明出牌榜,召軍民賭博。若此之類,未易悉數。是致法令不行,禁軍日有逃亡,聚爲盜賊,民不安居。

臣到任以來,備見其事,然不欲驟行峻治,但因事行法,無所貸舍。其上件張全、田平等,皆以付獄按治。侵斫禁山人逐次舉覺,依法勘斷張德等九人。其多年侵耕已成永業者,别作擘劃處置,申樞密院次,開櫃坊人出榜,召人告捉。有王京等四十家，陳首改業，其餘並走出州界。軍民自此稍知有朝廷法令，逃軍衰少，賊盜亦稀。

臣近令所辟幕官李之儀、孫敏行遍往諸營點檢，據逐官回申，營房大段損壞，不庇風雨，非惟久不修葺，蓋是元初創造，材植怯弱，人工因循，多是兩椽小屋，偷地蓋造，椽柱腐爛，大半無瓦，一床一竈之外，轉動不得。之儀等又點檢得諸營軍號，例皆暗敝，妻子凍餒，十有五六。臣尋體問得，蓋是將校不法，乞取斂掠，坐放債負。身既不正，難以戢下，是致諸軍公然飲博逾濫。三事不禁，雖上禁軍無不貧困，輕生犯法，靡所不至。若不按發其太甚者，無以警衆革弊。已體量得雲翼指揮使孫貴，到營四個月，前後斂掠一十一度，計入己贓九十八貫八百文。已送司理院枷項根勘去訖。

臣既目睹偷弊，理合葺治犯法之人，絲毫無貸。即須恤其有無，同其苦樂。豈可身居大厦，而使士卒終年處於偷地破屋之中，上漏下濕，不安其家？輒已差將官李巽、錢春卿、劉世孫將帶人匠，遍詣諸營，逐一檢計合修去處，具合用材料人工，估見的確錢數。仍差本司準備勾當供奉官石異躬親再行覆檢到，除與逐將所檢合修營房間架材木等並同外，又據本官檢料到，更合修蓋營房一十六間，謹具畫一奏聞如後。

一、河北第一將，檢計到本將下所管定州住營馬步禁軍八指揮，合行修蓋營房共四千一百一十七間，據合用材植物料紐估到，計使價錢一萬七千六百九貫六百八十文省。

一、河北第二將，檢計到本將下所管定州住營房馬步禁軍八指揮，合行修蓋營房共三千七百二十間，據合用材植物料紐估到，計使價錢一萬五千五貫二百八十一文省。

一、檢計到不隸將下所管定州營步軍振武第四十五指揮，合行修蓋營房一百一十八間,並合添井眼,據合用材植物料紐估到,計使價錢五百五十八貫一百六十七文省。

一、本司準備勾當供奉官石異檢料,更合修蓋第一、第二將下諸軍營房共一十六間,據合用材植物料紐估到,計使價錢七十四貫六百一十二文省。

右謹件如前。臣竊謂上件合用錢數,雖當破係省錢,又緣河北轉運司,近年財賦窘迫,必難支破。伏望聖慈深念河朔爲諸路要重,而定武控扼强鄰,又爲河北屏捍,所屯兵馬,理當加意葺治。其上件營房,不可不於今年秋冬便行修蓋。欲乞特出聖斷,支賜空名度牒一百七十一道,委本司召人出賣,一面置場和買材料,燒造磚瓦,和雇人匠,節次不住修蓋施行。所有逐將及本司準備勾當官石異檢計至諸軍合蓋營房間架材植物料等細數文狀四本,繳進在前。謹録奏聞,伏候敕旨。

貼黄。勘會度牒每道見賣錢二百貫文,今來所乞上件度牒一百七十一道,係將前項檢計到的確物料錢數,契勘合用道數外,計剩錢五十二貫二百五十八文,欲乞就整支降。

乞增修弓箭社條約狀二首

其一

元祐八年十一月十一日,端明殿學士兼翰林院侍讀學士左朝奉郎知定州蘇軾狀奏:

臣切見契丹久和,河朔無事,沿邊諸郡,軍政少弛,將驕卒惰,緩急恐不可用,武藝軍裝,皆不逮陝西、河東遠甚。雖據即目邊防事勢,三五年間必無警急,然居安慮危,有國之常備,事不素講,難以應猝。今者河朔沿邊諸軍,未嘗出征,終年坐食,理合富强。臣近遣所辟幕官李之儀、孫敏行親入諸營,按視曲折,審知禁軍大率貧窘,妻子赤露飢寒,十有六七,屋舍大壞,不庇風雨。體問其故,蓋是將校不肅,斂掠乞取,坐放債負,習以成風。將校既先違法不公,則軍政無緣修舉,所以軍人例皆飲博逾濫。三事不止,雖是禁軍不免寒餓,既輕犯法,動輒逃亡,此豈久安之道?

貼黄。所謂軍政不修,皆有實狀,不敢一一奏聞。臣自到任,漸次申嚴軍法,逃軍盜賊已覺衰少,年歲之間,庶革此風。

然臣竊謂沿邊禁軍緩急終不可用,何也?驕惰既久,膽力耗憊,雖近戍短使,輒與妻孥泣别,被甲持兵,行數十里,即便喘汗。臣若嚴加訓練,晝夜勤習,馳驟坐作,使耐辛苦,則此聲先馳,契丹疑畏,或致生事。臣觀祖宗以來沿邊要害,屯聚重兵,止以壯國威而消敵謀,蓋所謂先聲後實、形格勢禁之道耳。若進取深入,交鋒兩陣,猶當雜用禁旅,至於平日保境備禦小事,即須專用極邊土人,此古今不易之論也。

晁錯與漢文帝畫備邊策,不過二事。其一曰徙遠方以實廣虚。其二曰制邊縣以備敵。寶元、慶曆中,趙元昊反。屯兵四十餘萬,招刺宣毅、保捷二十五萬人,皆不得其用,卒無成功。(**陳仁錫眉**)正以多,故不得力。范仲淹、劉滬、种世衡等,專務整緝蕃漢熟户弓箭手,所以封殖其家、砥厲其人者非一道。藩籬即成,賊來無所得,故元昊復臣。今河朔西路被邊州、軍,自澶淵講和以來,百姓自相團結爲弓箭社,不論家業高下,户出一人,又自相推擇家資武藝衆所服爲社頭、社副録事,謂之頭目。帶弓而鋤,佩劍而樵,出入山阪,飲食長技與契丹同。私立賞罰,嚴於官府。分番巡邏,鋪屋相望,若透漏北人及本土强盗不獲,其當番人皆有重罰,遇有緊急,擊鼓集衆,頃刻可致千人。器甲鞍馬,常若有警,蓋親戚墳墓所在,人自爲戰,敵甚畏之。

體問得元豐二年,北界群賊一火,約二十餘人,在兩界首不住打劫爲患,久不敗獲。有北平軍大悲村本社頭目冉萬、冉升、長行冉捷等,部領社人,與北賊鬥敵,趕趁捉殺,直至北界地名北當山峪内,被冉萬射中賊頭徐德,冉捷趕上,斫獲首級,並冉升亦斫到第二賊頭賈貴。本路保明申奏朝廷,並已于班行内安排。以此知弓箭社人户驍勇敢戰,緩急可用。先朝名臣帥定州者,如韓琦、龐籍皆加意拊循其人,以爲爪牙耳目之用。而籍又增損其約束賞罰,奏得仁宗皇帝聖旨,見今具存。

貼黄。所有龐籍奏得聖旨,已具録繳連在前。

昨於熙寧六年行保甲法,准當年十二月四日聖旨,强壯弓箭社並行廢罷。(**陳仁錫夾**)可惜。又至熙寧七年,再准正月十九日中書劄子聖旨,應兩地供輸人户,除元有弓箭社强壯義勇之類,並依舊存留外,更不編排保甲。看詳上件兩次聖旨,除兩地供輸村分方許依舊置弓箭社,其餘併合廢罷。(**陳仁錫眉**)因保甲廢弓箭社不可,言令弓箭則兼充保甲,尤不可,此法之所以難變也。雖有上件指揮,公私相承,元不廢罷。只是令弓箭社兩丁以上人户兼充保甲,以致逐捕本界及化外盜賊,並皆驅使弓箭社人户,向前用命捉殺。(**貼黄。前項所奏元豐二年冉萬等捉殺北賊,係熙寧六年朝旨廢罷後,兼冉萬等不係兩地供輸,是合行廢罷地分人户。**)見今州縣委實全藉此等寅夜防把,顯見弓箭社實爲邊防要用,其勢決不可廢。但以兼充保甲之故,召集追呼,勞費失業。今雖名目具存,責其實用,不逮往日。

臣竊謂陝西、河東弓箭手,官給良田以備甲馬,今河朔沿邊弓箭社,皆是人户祖業田産,官無絲毫之給,而捐軀捍邊,器甲鞍馬,與陝西、河東無異,苦樂相遼,未盡其用。近日霸州文安縣及真定府北寨，皆有北人驚劫人户，捕盜官吏，拱手相視，無如之何，以驗禁軍弓手皆不得力。嚮使州縣逐處皆有弓箭社人户致命盡力，則北人豈敢輕犯邊寨如入無人之境？臣已戒飭本路將吏，申嚴賞罰，加意拊循其人去訖，輒復拾用龎籍舊奏約束，稍加增損，别立條目。欲乞朝廷立法，少賜優異，明設賞罰，以示懲勸。今已密切取會到本路極邊定、保兩州，安肅、廣信、順安三軍，邊面七縣一寨，内管自來團結弓箭社五百八十八村六百五十一火，共計三萬一千四百一十一人。若朝廷以爲可行，立法之後，更敕將吏常加拊循，使三萬餘人分番晝夜巡邏，盜邊小寇，來即擒獲，不至忸怵以生戎心，而事皆循舊，無所改作，敵不疑畏，無由生事。有利無害，較然可見。謹具所乞立法事件，畫一如左。

一、看詳嘉祐四年龎籍起請已獲朝旨事件除見可施行外，有當時事體與今來稍有不同，須至少有增損。今參詳至下項弓箭社人户，但係久來團結地分，並依見今已行體例，不拘物産高下，丁口衆寡，並每户選强壯一丁，充弓箭手。（**陳仁錫眉**）社之妙在不經官府，恐反多一番條約也，但與免役可耳。

貼黄。高强人户，與下等各出一丁，雖似不均，緣行之已久，下等人户無詞。乞具一切仍舊，若上户添差人數，即恐行法之初，人心不安。又緣保甲法，雖上户亦止一丁，所以今來不敢增損。

每社置社長、社副、録事各一名爲頭目，並選有物力或好人材事藝衆所推服者，方得差補。農事餘暇，委頭目常切提舉閲習武藝，務令精熟齊整，如無盜賊，非時不得勾集。

每社及百人以上，選少壯者三人，不滿百人者選二人，不滿五十人者選一人，充急脚子，並輪番一月一替。專令探報盜賊。

如探報不實，及稽留後時有誤捕捉者，並申官乞行嚴斷。

逐社各置鼓一面，如有事故及盜賊，並須聲鼓勾集。若尋常社内聲鼓不到者，每次罰錢一百。如社内一兩村共爲一火，地理稍遠，不聞鼓聲去處，即火急差急脚子勾唤。若强盜入村，聲鼓勾唤不到，及到而不入賊者，並罰錢三貫。如三經罰錢一百，一經罰錢三貫，而各再犯者，鼓送所屬嚴斷。

如能捉獲强盜一名，除依條支賞外，更支錢二十貫。如兩次捉獲依前支賞外，仍與免户下一年差徭。如三次以上，更免一年。無差徭可免者，各更支錢十貫折充。如獲竊盜一名，除依條支賞外，更支錢二貫。以上錢，用社内罰錢充，如不足，並社衆均備。

逐社各人，置弓一張、箭三十隻、刀一口。内單丁及貧不及辦者，許置槍及桿棒一條。内一件不足者，罰錢五百。弓箭不堪施放，器械雖有而不精，並罰錢二百。若全然不置者，即申送所屬，乞行勘斷。

逐社每夜輪差一十人，於地分内往來巡覷，仍本縣每季給曆一道，委本社頭目抄上當巡人姓名。有不到者，罰錢二百。如本地分失賊，其當巡人委本社監勒依條限捕捉。限滿不獲，送官量事行遣。其所給歷，除每季納换及知佐下鄉因便點檢外，不得非時取索。

弓箭社人户，遇出入經宿以上，須告報本社頭目及鄰近同保之人，違者罰錢三百文。

社内遇捉殺賊盜，因鬥致死，除依條官給絹外，更給錢一十貫付其家，被傷重者减半，並以係省錢充。

社内所納罰錢，令社長等同共封記主管，須遇社會合行酬賞者，方得對衆支給破使，即不得衷私别作支用。

社内遇豐熟年，只得春秋二社聚會，因便點集器械，非時不得亂有糾集搔擾。

已上並是臕籍起請已獲朝旨事件。自熙寧六年聖旨廢罷，後來民間依舊衷私施行，今參詳增損修定。

一、弓箭社人户，爲與契丹爲鄰，各自守護骨肉墳墓，曉夜不住巡邏探伺。以此巡檢縣尉，全藉此人爲耳目肘臂之用。每遇冬教，内有本社弓箭人户見係保甲人數者，即須勾上一月教閱。其稱捕盜，官司不敢放心，以致化外賊盜，既知逐社人户勾上，村堡空虚，即皆生心窺伺，公私憂恐。又人户勾集彌月，諸般費用不少，深爲患苦。臣竊謂保甲人户，每年冬教，本爲恐其因循，武藝生疏，緩急難用。今來弓箭社人户既處邊塞，與北人氣俗相似，以戰鬥爲生，寢食起居，不釋弓馬，出入守望，常帶器械，其勢無由生疏。欲乞應弓箭人户，今後更不充保甲，仍免冬教，（**貼黄。保甲法：須是主户兩丁以上方始差充，其弓箭社一丁以上並差即無。已充保甲而不充弓箭社人户者，今來所乞本社内人户，更不充保甲，只是減罷重疊虚名，即非幸免。**）顯無妨礙。而使人户稍免無益之費，專心守禦，又免教集之月，村堡空虚以生戎心，公私安枕，爲利不淺。其減罷保正長，並却令充本社守闕頭目。

一、弓箭社人户，既任透漏失賊之責，動輒罰錢科罪及均出賞錢，顯見與其餘人户苦樂不同，理合稍加優異。欲乞應弓箭社人户，並免兩税折變科配。今已取會到本路州、軍所免折科錢物數目，比之和買價例，每歲剩費錢七千九百九十八貫五十六文，所獲精鋭可用民兵三萬餘人，費小利大，可行無疑。

一、弓箭社頭目，並是鄉村有物力心膽之人，責以齊衆保境，亦須别加旌勸。欲乞立定年限，每勾當及三年，如無透漏及私罪情重者，委本縣令佐及捕盜官保明申安撫司給與公據，公罪杖以下聽贖。又及三年無上件過犯,仍與保明給公據,與免本户差徭。内别有功勞者,委自安撫司相度。如委是卓然顯效,雖未及上件年限,亦與比類施行。若更有大段勞績,難以常格論賞者,即委自本司奏乞録用。

一、弓箭社地分,本係人户私下情願,自相團結。皆是緣邊之人衆共相約要害防把之處,行之已久,契丹不疑。所以龐籍奏請,並是因舊略加約束。今來不可更有移易地分及增添團結去處,永遠只以今來所管五百八十八村爲定。所貴事事循舊,不至張惶生事。如本地分内人户分煙析生,即各據户眼定差,或外來人户典買到本社田地,亦許收入差充弓箭社户。若兩處有田産者,不得緣此帶免别處折變,委所屬官司常切覺察。

貼黄。弓箭社五百八十八村,内有八十九村係兩地供輸人户。勘會上件人户,元是有些小虚名税賦,自來北界差人過來計會本縣收衆户抱脚供輸,其人户並是一心捍邊可信之人。切慮朝廷欲知其實。

一、今來既立法整齊弓箭社人户及免冬教,即須委自安撫司逐時差官按視,内有武藝膽力出衆之人,即須與例物激賞,不惟使人户競勸,亦所以致朝廷及將帥恩意,緩急易爲驅使。今取會到轄下兩州三軍弓箭社人户兼充保甲者,每年冬教按賞,合用錢一千五百八十二貫七百八十八文。今來既免冬教,即保甲司却合出備上件錢數與安撫司,爲上件激賞之用。但人數既多,上件錢數微少,支用不足,欲乞每年破五千貫。除上件錢數外,其餘並以本路回易庫見在錢帖支。

右謹件如前。臣竊見西山之下,定、保之間,山開川平,無陂塘之險,澶淵之役,敵自是深入。見今本路只有戰兵二萬五千九百餘人,分屯八州、軍,若有警急,尚不足於守,而况戰乎?

論者或以保甲之衆緩急可恃。臣竊謂保甲皆齊民也,集教止是一月,武藝無緣精熟,又平時無絲毫之利有得於官,每歲所獲,按賞例物,不償集教一月之費,一旦驅之於戰守死地,恐未可保。惟弓箭社人户所處皆必争之地,世世相傳,結髪與敵戰。若朝廷許依臣所乞,少有以優異其人,既免折科,間復贖罪免役,歲以五十緡賞其尤異者,深致朝廷將帥恩意。則此三萬餘人,真久遠可恃者也。(**陳仁錫眉**)各州縣可仿此意簡練鄉兵。今録白到嘉祐四年龐籍奏獲聖旨事件,兼取會到本路兩州三軍弓箭社火人數,及免折科每年和買費用錢數,並免冬教所省按賞例物數目,繳連在前,仍畫到地圖一面,帖出接連邊面及逐社住坐去處隨狀進呈。伏望聖慈詳酌施行。謹録奏聞,伏候敕旨。

貼黄。所乞免折科却行和買剩費錢七千九百九十八貫五十六文,所乞以回易庫錢帖支保甲,按賞錢爲五千貫,令安撫司支用計費錢三千四百一十七貫二百一十二文,共計錢一萬一千四百一十五貫二百六十八文。所乞至微,恐不贍於用,未足以起士氣,但臣不敢多乞耳。若朝廷深念北邊事大,此三萬餘人,久遠必大段得力,更賜擘畫錢物應副成就,或於近裏州、軍趲那寬剩免役六色錢,與本路被邊州、軍添雇諸色役人。其弓箭社人户,並與免役。則人情翕然歸戴,願效死而不可得矣。更乞朝廷詳酌。又今來所乞事件,先已密切下本路近地州、軍官吏,相度利害,尋皆供到有利無害,經久可行,保明文狀在本司訖。

其　二

元祐八年十一月某日,端明殿學士兼翰林侍讀學士左朝奉郎知定州蘇軾狀奏:

右臣近奏乞修完極邊弓箭社條約,已詳具利害,於今月十一日入遞去訖。

臣自到任以來,不住令主管衙前引到北人訪問事宜,雖虚實難明,然前後參驗,亦可見其略。大抵契丹近歲多爲小國塔坦、珠保之類所叛,破軍殺將非一。近據北人契丹四格探報,北界爲差發兵馬及人户家丁往招州以來,收殺珠保等國,及爲近年不熟,是致朔、易、武州皆有强賊。兼燕京東北白浮圖碇東惡山内有强賊一火,約百五十人,不住打劫。及又據北平軍申據勾當事人李堅等體探得,北界昨差往西北路去者兵士並百姓等,近有逃背落草四十餘人,馬二十匹,見在狼山西頭君市等村乞食,竊慮來南界别作過犯。雖未見的實,然去歲之冬霸州文安縣被北賊殺人劫物,朝廷已知其詳,及真定府北寨於去年八月、今年二月兩次被北賊群衆打劫。近又訪聞代州胡穀寨莎泉堡有北賊六七十人,劫掠本堡居人財物,殺傷弓箭手及婦女七八人,及捕盗官會,賊已去矣,臨去説與鋪兵:“我只在你地分裏,待更來打赤岸村。”

貼黄。本路副總管王光祖,有男,見任胡谷寨主。家書報光祖,臣所以備知其詳。

以此數事參驗,顯見契丹見今兵困於小國,調發頻並,民不堪命,聚爲盗賊。雖鄰境多故,實中國之利,必無渝盟之憂,然盗賊充斥,彼自不能制,其餘波末流,必延及吾境。若邊臣坐觀,不先事設備,則邊民無由安居,亦恐更生意外之患。若督迫捕盗賊官吏帶領兵甲,曉夜出入巡邏,則賊未必獲,而居民先受其擾,又或緣此引惹生事。臣再三思慮,惟有整葺弓箭社一事,名不張惶,其實可用。若早獲朝旨施行,令臣更加意拊循激勵,其人决可使,外賊望風知畏,不敢於地分内作過。伏乞聖明特賜詳酌,檢會前奏,早降指揮。謹録奏聞,伏候敕旨。

卷六十五

奏議十七首

乞減價糶常平米賑濟狀

紹聖元年正月某日，端明殿學士兼翰林侍讀學士左朝奉郎知定州蘇軾狀奏：

勘會元祐八年，河北諸路並係災傷，内定州一路，雖只是雨水爲害，然其實亦及五分以上。只緣有司出納之吝，不與盡實檢放，秋税内定州只放二分。自臣到任後，累有人户披訴乞倚閣，又緣已過條限，致難施行。今體問得春夏之交，人户委是闕食，既非河水災傷，即每事只依《編敕》指揮，欲坐觀不救，恐非朝廷仁聖本意。

臣欲便將常平斛斗借貸，雖已有成法，不煩奏請。又體問得河北沿邊人户，爲見朝廷昔年遣使賑濟，不問人户高下，願與不願借請，一例散貸，後來節次倚閣放免。以此愚民生心僥倖，每有借貸，例不肯及時還納，多是拖欠，指望倚閣放免。既煩鞭撻追呼，使吏卒因緣爲奸，畢竟不免失陷官物。兼約度得本州自第四等以下，每户貸兩石，官破十萬石，不過濟得五萬户。人户請納，耗費房店宿食，不過得一石五斗，入口，未必能濟活一家，而五萬户之外，人户更不沾惠，鞭撻驅催，若得健吏，亦不過收得十七，其失陷三萬石可必也。又欲抄劄饑貧，奏乞法外賑濟,不惟所費浩大,有出無收,而此聲一布,饑貧云集,盗賊疾疫,客主俱斃。又况准條,邊郡不得聚集饑民。以上二事,既皆不便,只有依條將常平斛斗依價出糶,即官司簡便,不勞抄劄勘會給納煩費,但得數萬石斛斗在市,自然厭下物價,境内百姓,人人受賜,古今之法,莫良於此。但以本州見管常平米二十七萬餘石,每斗衮紐到元本一百四文,比在市實直尚多二十二文,以此無人收糴。若不别作奏請,專守本條,不與減價出糶,深恐今年春夏新陳不接之際,必致大段流殍。

伏望聖慈愍念,比之本州,將十萬石常平米依條借貸,必須陷失三萬餘石,非惟所給不廣,而給納驅催之弊亦多,特許將本路諸州、軍見管常平米,契勘在市實直,知委是價高,出糶不行,即許每斗於衮紐價錢上減錢出糶,不得減過十分之二,仍給與貧民曆頭,令每日零買,不得令近上人户頓買興販,仍限不得糴過本州縣見管常平數目三分之一。約度定州合糶得九萬石,若每斗各減錢十分之二,即本州紐計虧元本官錢一萬八千七十二貫文。比之借貸失陷,猶爲省費,而本州裏外出九萬石米在市,則一境生靈,皆荷聖恩全活。又却得錢準備將來豐熟物賤,却行收糴,兼利農末,爲惠不小者。右伏乞朝廷詳酌,早賜施行。如以爲便,即乞行下本司約束,覺察轄下官吏,所貴人沾實惠。謹録奏聞,伏候敕旨。貼黄。契勘在市米價日長,正是二月間,合行出糶。伏乞速賜指揮,入急遞行下。

乞將損弱米貸與上户令賑濟佃客狀

紹聖元年二月日,端明殿學士兼翰林侍讀學士左朝奉郎知定州蘇軾狀奏:

右臣契勘本路州軍災傷闕食人户，雖已奏准朝旨，於法外減價出糶常平白米賑濟。訪聞民間闕乏，少得見錢糴買，尚有饑困之人。今點檢得定州省倉，有專副杲榮、趙升界熙寧八年糴到軍糧白米，及專副梁儉、劉受界元豐三年米，皆爲年深夾雜損弱，不堪就整充廂軍人糧支遣，每月只充廂軍次米帶支。今契勘得逐次止帶支五百石，比至支絶，更須三五年間，顯轉至陳惡。兼聞本州管下村坊客户，見今實闕餱糧，其上等人户，雖各有田業，緣值災傷，亦甚闕食，難以賑濟。况客户乃主户之本，若客户闕食流散，主户亦須荒廢田土矣。今相度，欲望朝廷詳酌，特降指揮下定州，將兩界見在陳損白米二萬餘石，分給借貸與鄉村第一等第二等主户吃用。令上件兩等人户，據客户人數，不限石斗，依此保借。候向去豐熟日，依元糴例並令送納十分好白米入官。不惟乘此饑年，人户闕食，優加賑濟，又使官中却得新好白米充軍糧支遣，及免年深轉至損壞，盡爲土壤。如以爲便，即乞速賜指揮行下。謹録奏聞，伏候敕旨。

貼黄。今來已是春深，正當春夏青黄不交之際。可以發脱上件陳米斛斗，公私俱便。若失此時，則人户必不願請，不免守支積年化爲糞壤。乞斷自朝廷，早賜指揮，入急遞行下。更不下有司往復勘會。今來所乞借貸，皆是臣與官吏體問上户，願得此米以濟佃户，將來必無失陷，與尋常賑貸一例支與貧下户人催納費力事體不同。乞早賜行下。

乞降度牒修北嶽廟狀

紹聖元年三月日，端明殿學士兼翰林侍讀學士左朝奉郎知定州蘇軾狀奏：

右臣伏見定州曲陽縣北嶽安天元聖帝廟,建造年深,屋宇頽弊。自熙寧間,因守臣薛向奏請,止曾完葺正殿,自餘諸殿及廊廡門宇墻垣,久已疏漏破損。前後累有守臣監司奏陳乞給賜錢或降度牒修完。皆准省符,止令依條以施利錢物充用。緣近歲民間屢值災歉,施利微薄,只了得遞年逐旋些小修補。後來劉奉世又乞依薛向例,於安撫司回易息錢内支錢三千貫,助修嶽廟,亦不蒙朝廷允許。深慮摧壞日多,爲費滋大。今據定州申檢計到合用工料價錢三千三百餘貫,乞降空名度牒一十五道,賣錢支用。如朝廷不許降度牒,即本廟有銀器一千三百餘兩,别無使用,欲乞依令出賣,收買材植。臣契勘上件銀器,元係朝廷給賜以備供神之物,若行出賣,恐於事體有損,况所費錢數不多,欲望聖慈特依定州所乞數目,給降度牒,付本州出賣,應副修造。庶得廟宇稍完,不致破壞。仍令本州通判兩員更互到彼提舉催促,務要早令了畢,上副朝廷崇奉之意。謹録奏聞,伏候敕旨。

貼黄。臣伏以朝廷崇奉五嶽,禮極嚴備,凡有祈禱,多獲感應。今北嶽廟見弊陋,理當完葺,蓋所用度牒道數至少。伏望特賜指揮施行,庶稱朝廷尊事嶽廟之意。

上皇帝書

(**茅鹿門旁**)學本經術而養生之訣無出此矣。

臣軾謹昧死再拜皇帝陛下:

臣伏以今月初五日南至,文武百僚入賀,所以賀一陽來復也。謹按《易·復卦》:"雷在地中復,先王以至日閉關,商旅不行，後不省方。"説《易》者曰：乾，六陽之氣也。爲十一月、爲十二月、爲正月、爲二月、爲三月、爲四月。而乾之陽復矣。陽極則陰生，陰生則夏至矣。坤，六陰之氣也。爲五月、爲六月、爲七月、爲八月、爲九月、爲十月。而坤之陰極矣。陰極則陽生，陽生則冬至矣。自太極分爲二儀，二儀分爲四象，四象分爲十二月，十二月分爲三百六十五日。五日爲一候，分爲七十二候，三候爲一氣，分爲二十四氣。上爲日月星辰，下爲山川草木鳥獸蟲魚，不出此陰陽之氣升降而已。惟人也，全天地十干之氣，十月而成形，故能天能地能人，一消一息，一呼一吸，晝夜與天地相通，差舛毫忽，則邪沴之氣干之矣。故於冬至一陽之生也，五陰在上，五陽在伏，而一陽初生於伏之下，其氣至微，其兆絪縕，可以静而不動，可以畜養而不可以發宣。故《乾》之初九爻曰："潛龍勿用。"孔子曰："陽在下也。"言陽氣方潛於下，未可以用也。先王於是日閉關，商旅不行，後不省方。關者，門户所由以闔辟也。商旅者，動以利心也，後者，凡居人上者謂之群後，所以治事者也。方者，事也。門户不開，則微陽閉而不出也。利心不動，則外物感而不應也。方事不省，則視聽收而不發也。先王奉若天道，如此之密，用之於國，則安静而不勞，用之於身，則冲和而不竭。昔者伏羲、神農、黄帝、堯、舜皆得此道。臣敢因至日以獻。伏乞聖慈留神省覽，實社稷無疆之福。

任兵部尚書乞外郡劄子

臣向在揚州，蒙恩除臣今任。臣於本州及沿路附遞入文字辭免，准聖旨劄子指揮，爲已差充鹵簿使，大禮日迫，不許遷延。臣以此不敢堅辭，尋於南京附遞奏，乞候過南郊，依前除臣一郡。今來已過郊禮。伏乞檢會累次奏狀,除臣知越州一次。取進止。

辭兩職並乞郡劄子

臣近奏乞越州。伏蒙聖恩,降詔不允。續准閤門告報,已除臣端明殿學士兼翰林侍讀學士守禮部尚書。聞命悸恐,不知所措。臣本以寵禄過分,衰病有加,故求外補,實欲自便,而榮名驟進,兩職薦加,不獨於臣有非據之羞,亦恐朝廷無以待有勞之士,豈徒内愧,必致人言。伏望聖慈特賜追寢,仍乞檢會前奏,除臣一郡。若越州無闕,乞自朝廷除授。取進止。

第二劄子

臣近奏乞辭免端明殿學士兼翰林侍讀學士守禮部尚書恩命,仍乞檢會前奏,除臣一郡。蒙降詔不允。聖恩隆厚,天旨丁寧,顧臣何人,敢守微意。但本緣請外,更蒙升擢,兼帶兩職,近歲所無,有何勞能,被此光寵。欲乞追寢新命,令臣且依舊供職,則臣更不敢請郡。若朝廷必欲臣受此職名,即乞除臣一重難邊郡,令臣盡力報稱,猶可少安。臣非敢自謂知兵,若朝廷有開邊伐國之謀,求深入敢戰之帥,則非臣所能辦。若欲保境安民,宣布威信,使吏士用命,無所失亡,則承乏之際,猶可備數。伏望朝廷於此二者擇一以處臣。非獨在臣分義當然,亦朝廷名器不爲虚授。取進止。(**李卓吾旁**)可憐。

辭免兼侍讀劄子

臣近准閤門告報，已降告命，除臣兼侍讀者。臣以迂愚，本無學術，出從吏役，益復空疏。竊位禁林，已難久處，而況天縱之學，已集大成，非臣孱微所可仰望。伏望聖慈追寢成命以授能者。所有告命，未敢祇受。取進止。

赴英州乞舟行狀

臣軾言。所准誥命，落兩職，追一官，謫守嶺南小郡。臣尋火急治裝，星夜上道，今已行次濠州。而自聞命已來，憂悸成疾，兩目昏障，僅分道路。左手不仁，右臂緩弱，六十之年，頭童齒豁，疾病如此，理不久長。而所負罪名至重，上孤恩義，下愧平生，悸傷血氣，憂隔飲食，所以疾病有加無瘳。加以素來不善治生，禄賜所得，隨手耗盡，道路之費，囊橐已空。臣本作陸行，日夜奔馳，速於赴任，而疾病若此，資用不繼，英州接人，卒未能至，定州送人，不肯前去，雇人買馬之資，無所從出。道盡途窮，譬如中流失舟，抱一浮木，恃此爲命，而木將沉，臣之衰危亦云極矣。竊伏思念得罪以來，三改謫命，聖恩保全，終付一郡。豈期聖主至仁至明，尚念八年經筵之舊臣，意欲全其性命乎？臣若强衰病之餘生，犯三伏之毒暑，陸走炎荒四千餘里，則僵仆中途，死於逆旅之下，理在不疑。雖罪累之重，不足多惜，而死非其道，則非仁聖不殺全育之意也。輒已分散骨肉，令長子帶往近地，躬耕就食，臣只帶家屬數人，前去汴泗之間，乘舟泛江，倍道而行，至南康軍出陸赴任。所貴醫藥粥食，不至大段失所。臣竊揣自身，多病早衰，氣息僅屬，必無生還之道。然尚延晷刻於舟中,畢餘生於治所,雖以瘴癘死於嶺表,亦所甘心,比之陸行斃於中道,藁葬路隅,常爲羈鬼,則猶有間矣。恭惟聖主之德,下及昆蟲,以臣曾經親近任使,必不欲置之死地,所以輒爲舟行之計。敢望天慈,少加憫惻。臣無任。

乞越州劄子

臣自去歲蒙恩召還,即時奏乞越州。蓋爲臣從仕以來,三任浙中,粗知土俗所宜,易於爲政。又以老病日加,切於歸休,舊有薄田在常州宜興縣,久荒不治,欲因赴任,到彼少加完葺,以爲歸計。越雖僻陋,在臣安便。及近者蒙恩知定州,雖寵眷隆異,而自早衰多難,心力疲耗,實非所堪。但以求州得州,若便辭免,是有揀擇,所以勉强拜命。今復念,定雖重鎮,了無邊警,事權雄重,禄賜優厚。若辭定乞越,於義無嫌。伏望聖慈察臣至情,特賜改差臣越州一次。則公私皆便,臣不勝幸甚。取進止。

再薦趙德麟狀(任兵部尚書日)

右臣昨知潁州,曾薦僉書本州節度判官廳公事趙令畤,乞置之館閣,至今未蒙施行。其人近已替罷,旦夕赴闕朝見。計其所養,必不肯同衆人奔走干謁。恐政府大臣無緣得知其所學,今繕寫趙某平日與臣詩文三軸進呈。伏望聖慈清宴之暇,一賜觀覽,必有可取,然後付之三省近臣,考其人才,亦足以副神考教養宗子之意。謹具聞奏。

論浙西閉糴狀

本路今歲不熟，初水後旱，早晚俱傷，高下並損，已具事由聞奏去訖。勘會本路，唯蘇、湖、常、秀等州出米浩瀚，常飽數路，漕輸京師。自杭、睦以東衢、婺等州，謂之上鄉，所產微薄，不了本土所食。里諺云："上鄉熟，不抵下鄉一鍋粥。"蓋全仰蘇、秀等州商旅販運以足官私之用。今來雖一例災傷，而蘇、秀等州所產，終是滂沛。訪聞逐州例皆閉糴，嚴立賞罰，不許米斛出境，是致杭州常平省倉糴買不行，民亦闕食，見今粳米已至八九十足錢。尋具牒蘇、秀等州，不得閉糴。訪問逐州雖承受本司指揮，依舊閉糴。尋差識字公人陳宥往秀州抄録到所出榜示二本，其大略云：如有諸色人抬價買米販往别州，許人告捉，立定賞，多者至五十貫。兼取問得杭州米行人狀稱，因逐州見今立賞告捉私販，全無米船到州。認是逐州官吏堅意閉糴，本司無緣止絶。若商旅不行，米貴不已，公私窘乏，盜賊之類，何所不有。以此合係本司知管，除已牒轉運、提刑司外，須至奏聞者。

右本司訪聞得浙中父老皆言，熙寧七、八年，兩浙災傷，人死大半。當時雖係天時不熟，亦是本路監司郡守如張靚、沈起之流處置乖方，助成災變，既無方略賑濟，惟務所在閉糴。蘇、秀等州米斛既不到杭，杭州又禁米不得過浙東，是致人心驚危，有停塌之家，亦皆深藏固惜，不肯出糶，民有衣被羅紈。戴佩珠金，而米不可得，斃於道路，不可勝數。流殍之變，古今罕聞。伏望仁聖痛加哀憐，曲賜過慮，體念今來浙中雖未是大段凶年，只恐官吏有失措置，漸所災患，所憂不小。若商旅不行，米貴不已，農夫闕食，春夏之交無力種，則明年災傷，公私並竭，不知何以待之？伏望聖慈深以熙寧之事爲鑒，嚴賜指揮本路監司，多方擘畫,安之於未動,救之于未危,仍乞指揮速行止絶逐州閉糴。所貴杭、睦、衢、婺等州,不至全然乏食。謹録奏聞,伏候敕旨。

再論閉糴狀

本路災傷,本司已兩次奏聞。竊見比年以來,京東、河北、淮南等處災傷,並蒙朝廷支賜錢米,或于他路截撥斛斗賑救,數目至廣。今來本路災傷,不敢便望支賜截撥,只乞稍寬轉運司年額上供,使得轉换擘畫,多方救恤。已於十一月十日奏乞,至今未奉指揮。數内一事,蘇、湖、常、秀等州,見今米商全不通行,不唯逐州立賞閉糴,亦爲逐處税務承例違條收米斛力勝税錢,是致商旅算計脚錢本重,無由興販。檢會《元祐編敕》:"諸興販斛斗及以柴炭草木博糧食者,並免納力勝税錢。"注云:"舊收税處依舊例。即災傷地分,雖有舊例,亦免。"本司看詳,本路見今災傷,正合施行上條,已牒諸州施行,仍散榜轄下城郭、鄉村外,深慮逐處税務自來收米斛力勝處,指爲課額。今來雖係災傷,合依上條放免,至年終比較日,轉運司不容如此分説,有虧欠例遭責罰,須至奏請者。

右伏望聖慈愍念本路災傷及前件放免力勝條貫,係今來合行事件,特賜指揮:轉運司將來年終比較日,除米斛力勝一項税額權免,比較科罰候將來豐熟日依舊。所貴商旅通行,場務亦免罪責。謹録奏聞,伏候敕旨。

乞允文彦博等辭避免拜劄子

臣近奉聖旨,撰賜文彦博、吕公著今後入朝免拜詔書,今又准内降准指揮，撰不允彦博辭避免拜批答。臣謹按《禮經》：“八十拜君命，一坐再至。”所謂“拜君命”者，傳命而拜，非朝見也，然且不免。周天子賜齊桓公胙曰：“伯父耋老，無下拜。”公曰：“天威不違顔咫尺。”下拜登受。所謂“無下拜”者，拜於堂上，非不拜也，然且不敢。鍾繇以足疾乘車就坐，疑若不拜，然亦無明文。君前乘車，豈足爲法？而馬燧延英不拜，蓋是臨時優禮，無今後遂不復拜之文。祖宗舊例，如吕端之流，以老病進對，亦止於臨時傳宣不拜。今來彦博、公著今後免拜指揮，自是朝廷優賢貴老，度越古今，無可議者。但臣是有司，合守典禮，兼恐彦博、公著終不敢當。以臣愚見，不若允其所請。若聖恩優閔老臣，眷眷不已，遇其朝見，間或傳宣不拜，足以爲非常之恩。臣忝備侍從，懷有所見，不敢不盡。所有不允批答，臣未敢撰。取進止。（**御寶批：依奏，修撰允所請批答進入。**）

乞允安燾辭免轉官劄子

臣今月八日，准内批安燾辭免轉右光禄大夫劄子，降詔不許。臣竊謂人主之馭群臣，專以禮義廉耻。若使受無名之寵，則爲待臣子之輕。今朝廷豈以執政六人，五人進用，故加遷秩，以慰其心。燾位冠西樞，委寄至重。豈肯見人擢用，即以介懷。既無授受之名，僅以姑息之政，縱有先朝故事，亦是一時誤恩。今燾力辭，正爲知義。臣欲奉命草詔，不知所以爲詞。伏望聖慈，從其所請。若除受别有緣故，即乞明降指揮，苟於義稍安，敢不撰進。取進止。（**御寶批：可。且用一意度作，不許辭免詔書進入。**）

乞允宗晟辭免起復恩命劄子

臣今日准中書省批送到宗晟辭免起復恩命劄子。奉聖旨學士院,降詔不允。謹按宗晟飭行有素,持喪中禮,所辭恩命,已四不允。而宗晟確然固守,其辭愈哀。且曰:"念臣執喪報親之日短,致命殉國之日長。"出於至誠,可謂純孝。臣謂宗晟未經祥練之變,且無金革之虞,孝治之朝,宜聽所守。因以風厲宗室,庶皆守禮篤親,顧不美哉。若以宗正之任,恐難其人,亦當差官權攝,須其從吉,復以命之。臣忝備禁從,不敢不言。所有不允詔書,臣未敢撰。取進止。

乞致仕表

臣軾先自端明殿學士兼翰林侍讀學士、朝奉郎、定州路安撫使,蒙恩落職,降授承議郎、知英州,遂貶寧遠軍節度副使、惠州安置。經涉四年,蒙恩責授瓊州別駕、昌化軍安置。又三年半,該陛下登極大赦,量移廉州安置。又經皇子赦恩,移舒州團練使,永州居住。臣以老病,久伏瘴毒,頓赴道途。未至永州,特蒙聖恩,復授臣朝奉郎、提舉成都府玉局觀,外州、軍任便居住。臣素有薄田,在常州宜興縣,粗了饘粥,所以崎嶇萬里,奔歸常州,以盡餘年。而臣人微罪重,骨寒命薄,難以授陛下再生之賜,於五月間行至真州,瘴毒大作,乘船至潤州,昏不知人者累日。今已至常州,百病横生,四肢腫滿,渴消唾血,全不能食者,二十餘日矣。自料必死。臣今行年六十有六,死亦何恨,但草木昆蟲貪生之意,尚復留戀聖世,以辭此寵禄,或可苟延歲月,欲望朝廷哀憐,特許臣守本官致仕臣無任。

卷六十六
奏議九首

代張方平諫用兵書(熙寧十年)

(**李九我旁**)有關係宋室之文章。(**黄貞父眉**)《代張方平諫用兵書》論好兵之禍俱名言。“戰勝之後”一段情更至。(**錢文登眉**)古之諫用兵者,只説不勝之害,務以避害而趨利。此書説雖勝,其害猶不可言,況以當今時事天時觀之,動心不勝,如此立意便高人一著。(**林次崖曰**)説出用兵利害,曲折詳盡,痛切處令人心腸俱軟,人主見之,得無動念?可謂忠告善道者矣。(**陳眉公眉**)議論警策,君人熟此篇者,如食哀家梨,可療沉痾。(**茅鹿門旁**)予嘗謂自古論用兵,惟漢淮南王安《諫伐閩越書》爲最,而此書法度似又勝之。此等文章,與天地並傳者。

臣聞好兵猶好色也。(**儲欣眉**)著眼“好”字,天生五材,民並用之,廢一不可。誰能去兵,所患獨在好耳。《左傳》州吁好兵,卒有不戢自焚之禍。公書本此。傷生之事非一,而好色者必死。賊民之事非一,而好兵者必亡。此理之必然者也。(**陳仁錫眉**)此語與宋家時務不同。(**高啓夾**)林[次崖]云:首數句如論冒。〇李[卓吾]云:快論。(**茅鹿門夾**)百世格言。夫惟聖人之兵,皆出於不得已,故其勝也,享安全之福。其不勝也,必無意外之患。後世用兵,皆得已而不已,故其勝也,則變遲而禍大,其不勝也,則變速而禍小。(**儲欣夾**)冒。是以聖人不計勝負之功,而深戒用兵之禍。何者?

興師十萬，日費千金，内外騷動，殆于道路者七十萬家。内則府庫空虚，外則百姓窮匱。飢寒逼迫，其後必有盗賊之憂，死傷愁怨，其終必致水旱之報。上則將帥擁衆，有跋扈之心，下則士衆久役，有潰叛之志。變故百出，皆由用兵。(**儲欣夾**)伏。(**茅鹿門夾**)熟練世故之言。至於興事首議之人，冥謫尤重。蓋以平民無故緣兵而死，怨氣充積，必有任其咎者。是以聖人畏之重之，非不得已，不敢用也。

自古人主好動干戈，由敗而亡者，不可勝數，臣今不敢復言。(**高啓夾**)把一句提出。請爲陛下言其勝者。(**錢文登眉**)言勝者，則敗者可知。此意最妙。秦始皇既平六國，復事吴越，戍役之患，被于四海。雖拓地千里，遠過三代，而墳土未乾，(**茅鹿門夾**)冥謫。天下怨叛，二世被害，子嬰就擒，滅亡之酷，自古所未嘗有也。漢武帝承文、景富溢之餘，首挑匈奴，兵連不解，遂使侵尋及於諸國，歲歲調發，所向成功。(**高啓眉**)名言。建元之間，兵禍始作，是時蚩尤旗出，(**茅鹿門夾**)冥謫。長與天等，其春戾太子生。自是師行三十餘年，死者無數。及巫蠱事起，京師流血，僵屍數萬，太子父子皆敗。班固以爲太子生長于兵，與之終始。帝雖悔悟自克，而歿身之恨，已無及矣。隋文帝既下江南，繼事夷狄，煬帝嗣位，此志不衰。皆能誅滅强國，威震萬里。然而民怨盗起，亡不旋踵。(**茅鹿門夾**)冥謫。唐太宗神武無敵，尤喜用兵，既已破滅突厥、高昌、吐谷渾等，猶且未厭，親駕遼東。皆志在立功，非不得已而用。其後武氏之難，(**茅鹿門夾**)冥謫。唐室凌遲，不絶如綫。蓋用兵之禍，物理難逃。不然，太宗仁聖寬厚，克己裕人，幾至刑措，而一傳之後，子孫塗炭，此豈爲善之報也哉！(**陳仁錫眉**)太宗用兵何嘗不是。由此觀之，漢、唐用兵於寬仁之後，故其勝而僅存。秦、隋用兵於殘暴之餘，故其勝而遂滅。(**儲欣夾**)平列中又剖分。(**錢文登眉**)叙秦隋事短,漢唐事長,文法縱横處。(**茅鹿門眉**)何等斷案。(**李九我批**)總結數語,精神百倍。臣每讀書至此,未嘗不掩卷流涕,傷其計之過也。若使此四君者,方其用兵之初,隨即敗衄,惕然戒懼,知用兵之難,則禍敗之興,當不至此。(**李卓吾眉**)如此論世,猶是成敗之見。但識遠語激,殊足動人。不幸每舉輒勝,故使狃于功利,慮患不深。(**茅鹿門眉**)引入當時用兵勝而開釁處,先爲伏案。臣故曰:勝則變遲而禍大,不勝則變速而禍小。(**高啓夾**)收。不可不察也。

昔仁宗皇帝覆育天下,無意於兵。將士惰偷,兵革朽鈍,元昊乘間竊發,西鄙延安、涇、原、麟、府之間,敗者三四,所喪動以萬計,而海内晏然。兵休事已,而民無怨言,國無遺患。何者?天下臣庶知其無好兵之心,天地鬼神諒其有不得已之實故也。(**茅鹿門夾**)故無冥謫。(**陳眉公眉**)點不得已,照上有神。

今陛下天錫勇智,意在富强。即位以來,繕甲治兵,伺候鄰國。群臣百寮,窺見此指,多言用兵。(**錢文登眉**)此處方入事。其始也,弼臣執國命者,無憂深思遠之心。樞臣當國論者,無慮害持難之識。在臺諫之職者,無獻替納忠之議。從微至著,遂成厲階。(**李九我眉**)自薛向一段以下凡四節,首尾呼應,無斷續痕迹。既而薛向爲横山之謀,(**高啓夾**)第一節。韓絳效深入之計,陳升之、吕公弼等,陰與之協力,師徒喪敗,財用耗屈。較之寶元、慶曆之敗,不及十一,然而天怒人怨,邊兵背叛,京師騷然,陛下爲之旰食者累月。何者?用兵之端,陛下作之。(**茅鹿門眉**)當時以兵敗爲耻,故回護而後沮之。是以吏士無怨敵之意而不直陛下也。尚賴祖宗積累之厚,皇天保佑之深,故使兵出無功,感悟聖意。(**茅鹿門眉**)以冥謫爲鑒,以冥佑爲勸。然淺見之士,方且以敗爲耻,力欲求勝,以稱上心。於是王韶構禍於熙河,(**高啓夾)第二節。章惇造釁於橫山,熊本發難於渝瀘。然此等皆戕賊已降,俘累老弱,困弊腹心,而取空虛無用之地,以爲武功。使陛下受此虛名而忽於實禍,勉强砥礪,奮於功名。故沈起、劉彝復發于安南,(高啓夾)第三節。(茅鹿門眉)三層用兵,次第何等節奏。使十餘萬人暴露瘴毒,死者十而五六,道路之人,斃於輸送,貲糧器械,不見敵而盡。以爲用兵之意,必且少衰。(儲欣評)序兵事凡四折,處處勒出"好"字。而李憲之師,復出於洮州矣。(高啓夾)第四節。今師徒克捷,鋭氣方盛,陛下喜于一勝,必有輕視四夷凌侮敵國之意。天意難測,臣實畏之。(茅鹿門夾)冥謫必重。(李卓吾眉)老成長慮之言。

且夫戰勝之後,陛下可得而知者,凱旋捷奏,拜表稱賀,赫然耳目之觀耳。至於遠方之民,肝腦屠于白刃,筋骨絶於饋餉,流離破産,鬻賣男女,熏眼折臂,自經之狀,陛下必不得而見也。慈父孝子,孤臣寡婦之哭聲,陛下必不得而聞也。(錢文登眉)甚痛切,一讀十涕。譬猶屠殺牛羊、刳臠魚鱉以爲饍饈,食者甚美,見食者甚苦。(李卓吾眉)譬喻痛切。(茅鹿門眉)文忠公晚年齋食以此。使陛下見其號呼於挺刃之下,宛轉於刀几之間,雖八珍之美,必將投箸而不忍食,而况用人之命,以爲耳目之觀乎?(儲欣眉)頑石點頭。且使陛下將卒精强,府庫充實,如秦、漢、隋、唐之君,既勝之後,禍亂方興,尚不可救,而况所在將吏罷軟凡庸,較之古人,萬萬不逮。而數年以來,公私窘乏,内府累世之積,掃地無餘,州郡徵税之儲,上供殆盡,百官廩俸,僅而能繼,南郊賞給,久而未辦,以此舉動,雖有智者,無以善其後矣。(錢文登眉)當時兵弱財匱如此,安可用兵?且饑役之後,所在盗賊蜂起,京東、河北,尤不可言。若軍事一興,横斂隨作,民窮而無告,其勢不爲大盗,無以自全。邊事方深,内患復起,則勝、廣之形,將在於此。(**陳仁錫眉**)既云"邊事方身",則兵事宜講矣。此老臣所以終夜不寐,臨食而嘆,至於慟哭而不能自止也。

且臣聞之:凡舉大事,必順天心。(**茅鹿門眉**)"天心"一段,尤有折辨。天之所向,以之舉事必成;天之所背,以之舉事必敗。蓋天心向背之迹,見於災祥豐歉之間。今自近歲日蝕星變,地震山崩,水旱癘疫,連年不解,民死將半。天心之向背,可以見矣。(**錢文登眉**)當時天變如此,安可用兵?而陛下方且斷然不顧,興事不已,譬如人子得過於父母,惟有恭順静思引咎自責,庶幾可解。今乃紛然詰責奴婢,恣行棰楚,以此事親,未有見赦于父母者。(**李九我眉**)人子過喻,摹情委婉,令人神悚。故臣願陛下遠覽前世興亡之迹,深察天心向背之理,絶意兵革之事,保疆睦鄰,安静無爲,固社稷長久之計。(**高啓夾**)總前。(**錢文登眉**)如此方有收拾、有結束。上以安二宫朝夕之養,下以濟四方億兆之命。則臣雖老死溝壑,瞑目於地下矣。昔漢祖破滅群雄,遂有天下,光武百戰百勝,祀漢配天。然至白登被圍,則講和親之議;西域請吏,則出謝絶之言。此二帝者,非不知兵也。蓋經變既多,則慮患深遠。(**陳眉公眉**)上意既盡,此復稱説漢高祖不輕用兵,以致叮嚀之意。今陛下深居九重,而輕議討伐,老臣庸懦,私竊以爲過矣。

然人臣納説於君,因其既厭而止之,則易爲力,迎其方鋭而折之,則難爲功。(**李九我眉**)人臣諫君難易無出"既厭"、"方鋭"二語。凡有血氣之倫,皆有好勝之意。方其氣之盛也,雖布衣賤士,有不可奪,自非智識特達,度量過人,未有能於勇鋭奮發之中,舍己從人,惟義是聽者也。(**錢文登眉**)委典詳盡,人主少不若桀紂者,能不欣然從之耶?今陛下盛氣於用武,勢不可回,臣非不知。而獻言不已者,誠見陛下聖德寬大,聽納不疑。故不敢以衆人好勝之常心望於陛下，且意陛下他日親見用兵之害，必將哀痛悔恨，而追咎左右大臣未嘗一言，臣亦將老且死見先帝於地下，亦有以藉口矣。惟陛下哀而察之。（**陳眉公眉**）企望之情，殷殷不置。（**李卓吾眉**）後來神宗晏駕，果以感憤永洛之敗所致，此言亦有中矣。

【彙評】

錢文登：按蘇文多圓，惟此篇及《上神宗皇帝萬言書》間用方體，蓋對君之言須端重莊嚴故也。

鄭之惠：痛切，亦效陸宣公奏議體。

儲欣：兵猶火也，古來諫用兵書，推漢淮南王安爲第一，而此書嗚咽悲凉，憂深慮遠，足繼其後。

茅鹿門：予嘗謂自古論用兵，惟漢淮南王安《諫伐閩越書》爲最，而此書法度似又勝之。此等文章，與天地並傳者。

《**古文淵鑒**》**卷四九引方岳貢**：張公先朝舊臣，故公爲草疏，其惻怛懇至，又不若公平日所爲文，以雄快自喜也。

高嵣：古來諫用兵者，只説不勝之害，此偏力陳戰勝之禍，非徒諫用兵，乃諫好兵也。緣李憲斬破冷雞朴，出兵有功，恐從此啓侈大之心，連兵不解，故上此疏。薛向、韓絳等，首起兵端，王韶、章惇等，先爲發難，乃追原其始也。以得已不已立論，歸重在變遲禍大上。危言篤論，真老成憂國之心。而行文紀律亦極精嚴有法。

代滕甫論西夏書

臣素無學術，老不讀書。每欲披竭愚忠，上補聖明萬一，而肝肺枯涸，卒無可言。近者因病求醫，偶悟一事，推之有政，似可施行，惟陛下財幸。臣近患積聚，醫云：據病，當下，一月而愈。若不下，半年而愈。然中年以後，一下一衰，積衰之患，終身之憂也。（**茅鹿門夾**）蘇家最善設喻。臣私計之，終不以一月之快，而易終身之憂。遂用其言，以善藥磨治半年而愈。初不傷氣，體力益完。因悟近日臣僚獻言欲用兵西方，皆是醫人欲下一月而愈者也。其勢亦未必不成。然終非臣子深愛君父欲出萬全之道也。（**茅鹿門眉**）安頓好，如此説纔解其自得决勝之心。以陛下聖明，將賢士勇，何往不克，而臣尚以爲非萬全者。俗言彭祖觀井，自係大木之上，以車輪覆井，而後敢觀。此言雖鄙而切於事。陛下愛民憂國，非特如彭祖之愛身。而兵者凶器，動有存亡，其陷人可畏，有甚於井。故臣願陛下之用兵，如彭祖之觀井，然後爲得也。

臣竊觀自古用兵者，莫如曹操。其破滅袁氏，最有巧思。請試爲陛下論之。袁紹以十倍之衆，大敗於官渡，僅以身免。而操斂兵不追者，何也？所以緩紹而亂其國也。紹歸國益驕，忠賢就戮，嫡庶並争，不及八年，而袁氏無遺種矣。嚮使操急之，紹既未可以一舉蕩滅，若懼而修政，用田豐而立袁譚，則成敗未可知也。其後北征烏丸，討袁尚、袁熙，尚、熙走遼東，或勸操遂平之。操曰：“彼素畏尚等。吾今急之則合，緩之則自相圖。其勢然也。”遂引兵還。曰：“吾方使公孫康斬送其首。”已而果然。若操者，可謂巧於滅國矣。滅國，大事也。（**茅鹿門夾**）洗發。不可以速。譬如小兒之毁齒，以漸摇撼之，則齒脱而小兒不知。若不以漸，一拔而得齒，則毁齒可以殺兒。故臣願陛下之取西夏，如曹操之取袁氏也。

方元昊强時，謀臣猛將，盡其智力，十年而不敢近。（**茅鹿門夾**）入時事。今者主弱臣强，其國内亂。陛下使偏師一出，斬名王，虜僞公主，築蘭、會等州，此真千載一時，天以此賊授陛下之秋也。兵法有之:同舟而遇風,則胡越相救,如左右手。今秉常雖爲母族所篡,以意度之,其世家大族,亦未肯俯道首連臂爲此族用也。(**茅鹿門夾**)引公孫康情事甚切。今乃合而爲一,堅壁清野以抗王師,如左右手。此正同舟遇風之勢也,法當緩之。今天威已震,臣願陛下選用大臣宿將素爲賊所畏服者,使兼帥五路。聚重兵境上,號稱百萬,萶乘補卒,牛酒日至。金鼓之聲,聞於數百里間。(**茅鹿門夾**)行文却好。外爲必討之勢,而實不出境。多出金帛,遣間使辯士離壞其黨與。(**陳仁錫眉**)"多出金帛"此四字在宋家痼疾。且下令曰:"尺土吾不愛,一民吾不有也。其有能以地與衆降者,即以封之。有敢攘其地、掠其人者,皆斬。"不出一年,必有權均力敵内自相疑者。人情不遠,各欲求全,及王師之未出,争爲先降,以邀重賞。陛下因而分裂之,即用其酋豪,命以爵秩,棋布錯峙,務使相仇,如漢封呼韓邪通西域故事。不過於要害處築一城,屯數千人,置一將以護諸部,可使數百年面内保境,不煩城守饋運,豈非萬全之至計哉?臣願陛下斷之于中,深慮而遠計之。

夫爲人臣計與爲人主計不同。人臣非攘地效首擄,無以爲功,爲陛下計,惟天下安、社稷固否耳。(**茅鹿門夾**)極聳動人主。陛下神聖冠古,動容舉意,皆是功德。但能措泰山之安,與天地等壽,則竹帛不可勝紀,而堯、舜、禹、湯不足過也。議者不知出此,争欲急於功名,履危犯難,以勞聖慮,臣竊不取。古人有言:"省功不如省事,省事不如清心。"(**茅鹿門夾**)老成名言。劉洎諫唐太宗曰:"皇天以不言爲貴,聖人以不言爲德。老子稱大辯若訥,莊子言至道無文。且多記則損心,多言則耗氣,心氣内損,形神外勞,初雖不覺,後必爲累。須爲社稷自愛。"人臣愛君,未有如洎之深至者也。臣竊慕之。雖謫守在外,不當妄言,然自念舊臣，譬之老馬，(**茅鹿門夾**)又一喻收。雖筋力已衰，不堪致遠，而經涉險阻，粗識道路，惟陛下哀愍其愚而憐其意。不勝幸甚。

【彙評】

儲欣：緩急機宜，老於兵事之説。

茅鹿門：老成典刑之言，與《代張方平諫用兵書》同，而此篇行文處不如張方平書。然引曹操之不追袁紹，而遺公孫康斬尚一節，却切秉常情事，兵略甚奇。

代滕甫辨謗乞郡狀

(**茅鹿門旁**)悲切。

臣聞人情不問賢愚，莫不畏天而嚴父。然而疾痛則呼父，窮窘則號天，蓋情發於中，言無所擇。豈以號呼之故，謂無嚴畏之心。今臣之所患，不止於疾痛，而所憂有甚於窮窘，若不號呼於君父，更將趨赴於何人。伏望聖慈，少加憐察。(**中謝**。)

臣本無學術，亦無材能，惟有忠義之心，生而自許。昔季孫有言："見有禮於其君者，事之，如孝子之養父母也。見無禮於其君者，誅之，如鷹鸇之逐鳥雀也。"臣雖不肖，允蹈斯言。但信道直前，謂人如己。既蒙深知於聖主，肯復借交於衆人！任其蠢愚，積成仇怨。一自離去左右，十有二年，浸潤之言，何所不有。至謂臣陰黨反者，故縱罪人，若怏斯言，死未塞責。

竊伏思宣帝，漢之英主也。以片言而誅楊惲。太宗，唐之興王也。以單詞而殺劉洎。自古忠臣烈士，遭時得君而不免於禍者,何可勝數。而臣獨蒙皇帝陛下始終照察,愛惜保全,則陛下聖度已過於宣帝、太宗,而臣之遭逢,亦古人所未有。日月在上,更何憂虞。但念世之憎臣者多,而臣之賦命至薄,積毁消骨,巧言鑠金,市虎成於三人,投杼起於屢至,儻因疑似,復至人言,至時雖欲自明,陛下亦難屢赦。是以及今無事之日,少陳危苦之詞。

晉王導,乃王敦之弟也,而不害其爲元臣。崔造,源休之甥也,而不廢其爲宰相。臣與反者,義同路人。獨於寬大之朝,爲臣終身之累,亦同悲矣。凡今游宦之士,稍與貴近之人有葭莩之親,半面之舊,則所至便蒙異待,人亦不敢交攻。况臣受知於陛下中興之初,效力於衆人未遇之日,而乃毁訾不忌,踐踏無嚴,臣何足言,有辱天眷。此臣所以涕泣而自傷者也。(**儲欣眉**)激昂。(**陳仁錫眉**)非臣子所宜言。

今臣既安善地,又忝清班,非敢别有僥求,更思録用。但患難之後,積憂傷心,風波之間,怖畏成疾。敢望陛下憫餘生之無幾,究前日之異恩。或乞移臣淮浙間一小郡,稍近墳墓,漸謀歸休。異日復得以枯朽之餘,仰瞻天日之表,然後退伏田野,自稱老臣,追叙始終之遭逢,以詫鄉鄰之父老,區區志願,永畢於斯。伏願陛下憐其志、察其愚而赦其罪,臣無任感恩知罪激切屏營之至。

【彙評】

茅鹿門:予觀子瞻一生所横被讒構處,往往痛心矣。故所代滕甫辯謗處,亦種種刺骨,嗚咽涕洟。

儲欣:五更鼓角聲悲壯。

代李琮論京東盜賊狀（元豐）

（**茅鹿門旁**）與徐州所上書意同。

右臣伏見自來河北、京東，常苦盜賊，而京東尤甚。不獨穿窬祛篋、椎埋發冢之奸，至有飛揚跋扈、割據僭擬之志。近者李逢徒黨，青、徐妖賊，皆在京東。凶愚之民，殆已成俗。自昔大盜之發，必有釁端。今朝廷清明，四方無虞，而此等常有不軌之意者，殆土地風氣習俗使然。不可不察也。漢高帝，沛人；項羽，宿遷人；劉裕，彭城人；黄巢，宛朐人；朱全忠，碭山人。其餘歷代豪傑出於京東者，不可勝數。故凶愚之人，常以此藉口，而其材力心膽，實亦過人。加以近年改更貢舉條制，掃除腐爛。專取學術，其秀民善士，既以改業，而其樸魯强悍難化之流，抱其無用之書，各懷不逞之意。朝廷雖敕有司别立字號，以收三路舉人，而此等自以世傳樸學，無由復踐場屋，老死田裏，不入彀中，私出怨言，幸災伺隙。臣每慮及此，即爲寒心。

揚雄有言："御得其道，則天下狙詐咸作使，御失其道，則天下狙詐咸作敵。"而班固亦論劇孟、郭解之流，皆有絶異之姿，而惜其"不入於道德，苟放縱於末流"。是知人之善惡，本無常性。若御得其道，則向之奸猾，盡是忠良。故許子將謂曹操曰："子，治朝之能臣，亂世之奸雄。"使韓、彭不遇漢高，亦與盜賊何異。臣竊嘗爲朝廷計，以爲窮其黨而去之，不如因其材而用之。何者？其黨不可勝去，而其材自有可用。（**陳仁錫眉**）處置流賊，此亦一法。若其未深，則有解散之而已。昔漢武嘗遣繡衣直指督捕盜賊，所至以軍興從事，斬二千石以下，可謂急矣。而盜賊不爲少衰者，其黨固不可盡也。若朝廷因其材而用之，則盜賊自消，而豪傑之士可得而使。請以唐事明之。自天寶以後,河北諸鎮相繼僭亂,雖憲宗英武,亦不能平。觀其主帥,皆卒伍庸材,而能於六七十年間與朝廷相抗者,徒以好亂樂禍之人,背公死黨之士,相與出力而輔之也。至穆宗之初,劉總入朝,而河北始平,總知河北之亂,權在此輩,於是盡籍軍中宿將名豪如朱克融之流。薦于朝,冀厚與爵位,使北方之人,羡慕向進,革其亂心。而宰相崔植、杜元穎,皆庸人,無遠慮,以爲河北既平,天下無事。克融輩久留京師,終不録用,饑寒無告,怨忿思亂。會張洪靖赴鎮,遂遣還幽州,而克融等作亂,復失河朔。

今陛下鑒唐室既往之咎,當收京東、河北豪傑之心。臣伏見近日沂州百姓程棐,告獲妖賊郭進等。竊聞棐之弟岳,乃是李逢之黨,配在桂州,豪俠武健,又過於棐。京東州郡如棐、岳者,不可勝數。此等棄而不用,即作賊。收而用之,即捉賊。其理甚明。臣願陛下精選青、鄆兩師,京東東西職司,及徐、沂、兖、單、濰、密、淄、齊、曹、濮知州,諭以此意。(**陳仁錫眉**)與其論將,不如論吏,蓋一州縣之力,自足□□備一州縣也。使陰求部内豪猾之士,或有武力,或多權謀,或通知術,數而曉兵,或家富於財而好施,如此之類,皆召而勸獎,使以告捕自效。籍其姓名以聞於朝,所獲盗賊,量輕重酬賞。若獲真盗大奸,隨即録用。若只是尋常劫賊,即累其人數,酬以一官。使此輩歆豔其利,以爲進身之資。但能拔擢數人,則一路自然競勸。貢舉之外,别設此科。則向之遺材,皆爲我用。縱有奸雄嘯聚,亦自無徒。但每州搜羅得一二十人,即耳目遍地,盗賊無容足之處矣。歷觀自古奇偉之士,如周處、戴淵之流,皆出於群盗,改惡修善,不害爲賢。而况以捉賊出身,有何不可。若朝廷隨材試用。異日攘戎狄,立功名,未必不由此途出也。非陛下神聖英武,不能決行此策。臣雖非職事,而受恩至深,有所見聞,不敢瘖默。謹録奏聞,伏望敕旨。

代吕大防乞録用吕誨子孫劄子(元祐元年)

臣竊見故御史中丞吕誨,忠於先朝,極陳讜論,至忤時宰,繼死外藩。臣等皆嘗與之同官,備聞論議,一切出於至誠,而有不撓不回之節。雖處散地,未嘗一日有忘朝廷之意。憂傷憤疾,以致殞没。臨終之日,召司馬光面托後事,無一言及其家私,惟云朝廷事猶可救,願公更且竭力。歷觀前後議臣,忠勤忘身,少見其比。今其家甚貧,諸子仕於常調。欲望聖慈特賜矜憫,優加贈典,録用諸子之才者,以旌名臣之後,取進止。(**奉聖旨,吕由庚除太常寺太祝。**)

代吕申公上初即位論治道二首

(**李卓吾旁**)當時有感之論。

道 德

人君以至誠爲道,以至仁爲德。守此二言,終身不易,堯舜之主也。至誠之外,更行他道,皆爲非道。至仁之外,更作他德,皆爲非德。

何謂至誠?上自大臣,下至小民,内自親戚,外至四夷,皆推赤心以待之,不可以絲毫僞也。如此,則四海之内,親之如父子,信之如心眼。未有父子相圖、心眼相欺者,如此而天下之不治,未之有也。絲毫之僞,一萌於心,如人有病,先見於脈,如人飲酒，先見於色。聲色動於幾微之間，而猜阻行於千里之外，强者爲敵，弱者爲怨。四海之内，如盗賊之憎主人，鳥獸之畏弋獵，則人主孤立而危亡至矣。何謂至仁？視臣如手足，視民如赤子，戢兵，省刑，時使，薄斂，行此六事而已矣。禍莫逆於好用兵，怨莫大於好起獄，災莫深於興土功，毒莫深於奪民利。此四者，陷民之坑阱，而伐國之斧鉞也。去此四者，行彼六者，而仁不可勝用矣。《傳》曰："至誠如神。"又曰："至仁無敵。"審能行之，當獲四種福。以人事言之，則主逸而國安；以天道言之，則享年永而卜世長。此必然之理，古今已試之效也。

去聖益遠，邪説滋熾，厭常道而求異術，文奸言以濟暴行。爲申、商之學者，則曰："人主不可以不學術數。"人主，天下之父也，爲人父而用術於其子，可乎？爲莊、老之學者，則曰："聖人不仁，以百姓爲芻狗。"欲窮兵黷武，則曰："吾以威四夷而安中國。"欲煩刑多殺，則曰："吾以禁奸慝而全善人。"欲虐使厚斂，則曰："吾以强兵革而誅暴亂，雖若不仁而卒歸於仁。"此皆亡國之言也，秦二世、王莽嘗用之矣，皆以經術附會其説。

《書》曰："惟辟作福，惟辟作威。"此言威福不可移於臣下也。欲威福不移於臣下，則莫若捨己而從衆，衆之所是，我則與之，衆之所非，我則去之。夫衆未有不公，而人君者，天下公議之主也，如此，則威福將安歸乎？今之説者則不然，曰，人主不可以不作威福，於是違衆而用己。己之耳目，終不能遍天下，要必資之於人，愛憎喜怒，各行其私，而浸潤膚受之説行矣。然後從而賞罰之，雖名爲人主之威福，而其實左右之私意也。奸人竊吾威福，而賣之於外，則權與人主侔矣。

《書》曰："威克厥愛允濟，愛克厥威允罔功。"威者，畏威之謂也。愛者，懷私之謂也。管仲曰："畏威如疾，民之上也。從懷如流，民之下也。畏威之心，勝於懷私，則事無不成。”今之説者則不然，曰：“人君當使威刑勝於惠愛。”如是則予不如奪，生不如殺，堯不如桀，而幽、厲、桓、靈之君長有天下。此不可不辨也。

刑 政

《書》曰：“臨下以簡，御衆以寬。”此百世不易之道也。昔漢高帝約法三章，蕭何定律九篇而已。至於文、景，刑措不用。歷魏至晉，條目滋章，斷罪所用，至二萬六千二百七十二條，而奸益不勝，民無所措手足。唐及五代止用律令，國初加以注疏，情文備矣。今《編敕》續降，動若牛毛，人之耳目所不能周，思慮所不能照，而法病矣。

臣愚謂當熟議而少寬之。人主前旒蔽明，黈纊塞耳，耳目所及，尚不敢盡，而况察人於耳目之外乎？今御史六察，專務鈎考簿書，責發細微，自三公九卿，救過不暇。夫詳於小，必略於大，其文密者，其實必疏。故近歲以來，水旱盜賊，四民流亡，邊鄙不寧，皆不以責宰相，而尚書諸曹，文牘繁重，窮日之力，書紙尾不暇，此皆苛察之過也。不可以不變。

《易》曰：“理財正辭，禁民爲非曰義。”先王之理財也，必繼之以正辭，其辭正則其取之也義。三代之君食租衣税而已，是以辭正而民服。自漢以來，鹽鐵酒茗之禁，貸榷易之利，皆心知其非而冒行之，故辭曲而民爲盜。今欲嚴刑妄賞以去盜，不若捐利以予民，衣食足而盜賊自止。

夫興利以聚財者，人臣之利也，非社稷之福。省費以養財者，社稷之福也，非人臣之利。何以言之？民者國之本，而刑者民之賊。興利以聚財，必先煩刑以賊民，國本摇矣，而言利之臣,先受其賞,近歲宫室城池之役,南蠻、西夏之師,車服器械之資,略計其費,不下五千萬緡,求其所補,卒亦安在?若以此積糧,則沿邊皆有九年之蓄,西夷北邊,望而不敢近矣。趙充國有言:“湟中穀斛八錢。吾謂糴三百萬斛,羌人不敢動矣。”不待煩刑賊民,而邊鄙以安。然爲人臣之計,則無功可賞。故凡人臣欲興利而不欲省費者,皆爲身謀,非爲社稷計也。人主不察,乃以社稷之深憂,而徇人臣之私計,豈不過甚矣哉!

代宋選奏乞封太白山神狀

伏見當府郿縣太白山,雄鎮一方,載在祀典。案,唐天寶八年,詔封山神爲神應公。迨至皇朝,始改封侯,而加以濟民之號。自去歲九月不雨,徂冬及春,農民拱手,以待饑饉,粒食將絶,盜賊且興。臣采之道途,得於父老,咸謂此山舊有湫水,試加禱請,必獲響應。尋令擇日齋戒,差官莅取。臣與百姓數千人,待於郊外,風色慘變,從東南來,隆隆獵獵,若有驅導。既至之日,陰威凜然,油雲蔚興,始如車蓋,既日不散,遂彌四方,化爲大雨。罔不周飫。破驕陽於鼎盛,起二麥於垂枯。鬼神雖幽,報答甚著。臣竊以爲功效至大,封爵未充,使其昔公而今侯,是爲自我而左降,揆以人意,殊爲不安。且此山崇高,足亞五嶽,若賜公爵,尚虚王稱,校其有功,實未爲過。伏乞朝廷更下所司,詳酌可否,特賜指揮。

卷六十七

表狀三十三首

（茅鹿門旁）啓表之類，惟歐陽公情多婉曲，王荆公思多巉刻，故工者爲多。而蘇氏父子兄弟則往往禁思者少，故予僅録數首，以見其概云。

密州謝上表

臣軾言。昨奉敕差知密州軍州事，已於今月三日到任上訖。草芥賤微，敢干洪造；乾坤廣大，曲遂私誠。受命撫躬，已自知於不稱；入境問俗，又復過於所期。臣軾（中謝。）伏念臣家世至寒，性資甚下。學雖篤志，本先朝進士篆刻之文；論不適時，皆老生常談陳腐之説。分於聖世，處以散材。一自離去闕庭，屢更歲龠。塵埃筆硯，漸忘舊學之淵源；奔走簿書，粗識小人之情僞。欲自試於民社，庶有助於涓埃。以爲公朝，不廢私願。攜孥上國，預憂桂玉之不充；請郡東方，實欲弟昆之相近。自惟何幸，動獲所求。雖父兄所以處臣，其僥倖不過如此。（儲欣夾）走馬對，感恩至到。雖云疏外，有此遭逢。此蓋伏遇皇帝陛下躬上聖之資，建太平之業，以爲人無賢愚，皆有可用。故雖如臣等輩，猶未盡捐。臣敢不仰仞至恩，益堅素守。推廣中和之政，撫綏疲瘵之民。要使民之安臣，則爲臣之報國。臣無任瞻天荷聖激切屏營之至。

徐州謝上表

（**高啓眉**）宋人表啓，以楊大年、劉子儀爲體，必謹四字、六字律令。歐陽公深嫉之，少脱俳套，猶未豁然。獨坡老走筆爲對，變幻無端，允稱上乘。

臣軾言。分符高密，已竊名邦；改命東徐，復塵督府。荷恩深厚，撫己兢慚。臣軾（**中謝**。）伏念臣奮身農畝，托迹書林。信道直前，曾無坎井之避；立朝寡助，誰爲先後之容。向者屢獻瞽言，仰塵聖鑒。豈有意於爲異，蓋篤信其所聞。顧慚迂闊之言，雖多而無益；惟有樸忠之素，既久而猶堅。遠不忘君，未忍改其常度；言之無罪，實深恃於至仁。知臣者謂臣愛君，不知臣者謂臣多事。空懷此意，誰復見明。伏惟皇帝陛下，日月照臨，乾坤覆幬。察孤危之易毁，諒拙直之無他。安全陋軀，畀付善地。民淳訟簡，殊無施設之方；食足身閑，仰愧生成之賜。顧力報之無所，懷孤忠而自憐。

【彙評】

鄭之惠：質實。

王芑孫：有騷人之清深。

徐州謝奬諭表

（**高啓眉**）淡宕。

臣軾言。伏奉今月四日敕，以臣去歲修城捍水，粗免疏虞，特賜奬諭者。奔走服勤,人臣之常事;褒稱勞勉,學者之至榮。自惟何人,乃辱斯語。臣軾誠惶誠恐稽首頓首。伏念臣學無師法,才與世疏。經術既已不深,吏事又其所短。累忝優寄,卒無異稱。寬如定遠之言,平平無取;拙比道州之政,下下宜然。(**高啓夾**)的對。乃者河決澶淵,毒流淮泗。百堵皆作,蓋僚吏之劬勞;三板不沉,本朝廷之威德。而臣下掠衆美,上貪天功。(**儲欣夾**)推讓得體,一氣如話。獨竊璽書之榮,以爲私室之寶。此蓋伏遇皇帝陛下,天覆四海,子養萬民。哀無辜之遭罹,特遣使以存問。既蠲免其賦調,又飲食其饑寒。所以録臣之微勞,蓋將責臣之來效。臣敢不躬親畚築,益修今歲之防;安集流亡,盡復平時之業。(**高啓眉**)坡老表章慣用兩臣字對説,局勢何等緊嚴,語亦切實不浮。庶殫朽鈍,少補絲毫。臣無任。

徐州賀河平表

(**茅鹿門眉**)表啓類,在歐陽公情多婉至,王荆公思多巉刻,固工者爲多,然惟坡公著意精核,摛詞鏗鏘。

臣軾言。竊聞黄河決口已遂閉塞者。聖謨獨運,天眷莫違。庶邦子來,民罔告病。萬杵雷動,役不逾時。遂消東北莫大之憂,然後麥禾可得而食。人無後患,喜若再生。臣軾(**中謝**。)伏以大河爲災,歷世所病。禹治兖州之野,十有三載乃同;漢築宣房之宫,二十餘年而定。未有收狂瀾於既潰,復故道於將堙。俯仰而成,神速若此。恭惟皇帝陛下,至仁博施,神智無方。達四聰以來衆言,廣大孝以安宗廟。水當潤下,河不溢流。屬歲久之無虞,故患生於所忽。方其決也,本吏失其防,而非天意;及其復也,蓋天助有德,而非人功。振古所無,溥天同慶。維豐、沛之大澤,實汴、泗之所鍾。伊昔橫流,凛孤城之若塊;迨茲平定,蔚秋稼以如雲。害既廣則利多,憂獨深而喜倍。雖官守有限,不獲趨外庭以稱觴;而民意所同,亦能抒下情而作頌。臣無任。

【彙評】

王芑孫:滔滔清辨,仍不破體爲嘉。

湖州謝上表

臣軾言。蒙恩就移前件差遣,已於今月二十日到任上訖者。風俗阜安,在東南號爲無事;山水清遠,本朝廷所以優賢。顧惟何人,亦與茲選。臣軾(**中謝**。)伏念臣性資頑鄙,名迹堙微。議論闊疏,文學淺陋。凡人必有一得,而臣獨無寸長。荷先帝之誤恩,擢置三館;蒙陛下之過聽,付以兩州。非不欲痛自激昂,少酬恩造。而才分所局,有過無功;法令具存,雖勤何補。罪固多矣,臣猶知之。夫何越次之名邦,更許借資而顯受。顧惟無狀,豈不知恩。此蓋伏遇皇帝陛下,天覆群生,海涵萬族。用人不求其備,嘉善而矜不能。知其愚不適時,難以追陪新進;察其老不生事,或能牧養小民。(**陳仁錫眉**)内自訟語。而臣頃在錢塘,樂其風土。魚鳥之性,既能自得於江湖;(**陳仁錫夾**)語小狎侮。吴越之人,亦安臣之教令。敢不奉法勤職,息訟平刑。上以廣朝廷之仁,下以慰父老之望。臣無任。

【彙評】

王芑孫:一種平懷,泯然自盡,真摯之極。

到黄州謝表

(**李卓吾眉**)引咎之詞,哀而不傷,遜而不絀,善哉爲言。

臣軾言。去歲十二月二十九日,准敕,責授臣檢校尚書水部員外郎充黄州團練副使,本州安置,不得僉書公事,臣已於今月一日到本所訖者。狂愚冒犯,固有常刑。仁聖矜憐,特從輕典。赦其必死,許以自新。祗服訓辭,惟知感涕。(**中謝。**)伏念臣早緣科第,誤忝縉紳。親逢睿哲之興,遂有功名之意。亦嘗召對便殿,考其所學之言;試守三州,觀其所行之實。而臣用意過當,日趨於迷。(**鍾惺夾**)語有斟酌。賦命衰窮,天奪其魄;叛違義理,辜負恩私。茫如醉夢之中,不知言語之出。(**儲欣夾**)引咎工妙。雖至仁屢赦,而衆議不容。(**儲欣夾**)不放過此輩。案罪責情,固宜伏斧鑕於兩觀;推恩屈法,猶當禦魑魅於三危。豈謂尚玷散員,更叨善地。投畀麋鼯之野,保全樗櫟之生。臣雖至愚,豈不知幸。此蓋伏遇皇帝陛下,德刑並用,善惡相容。欲使法行而知恩,是用小懲而大戒。天地能覆載之,而不能容之於度外;父母能生育之,而不能出之於死中。伏惟此恩,何以爲報。惟當蔬食没齒,杜門思愆。深悟積年之非,永爲多士之戒。貪戀聖世,不敢殺身;庶幾餘生,未爲棄物。若獲盡力鞭棰之下,必將捐軀矢石之間。指天誓心,有死無易。臣無任。(**錢東湖眉**)婉至委貼而駢麗自饒,閲之氣平心和,神宗特赦徙汝,此表與有力焉。

【彙評】

凌啓康:按黄岡道士李思立重建雪堂,何斯舉作上梁文,其略云:

“歲在辛酉,蔚爲鸞鳳之棲;堂毁崇寧,奄作鼪鼯之野。”而此表坡老亦云:“投畀麋鼯之野。”想黄地鼯多此種,故以屢見之文中也。

儲欣:此表是公著意之作,字筋句骨,語語圓成,學者所當潛心玩味也。

鍾惺:温恭不必言,隱隱氣骨在筆舌内外。

謝失覺察妖賊放罪表

臣軾言。去年十二月十五日,准淮南轉運司牒,奉聖旨,差官取勘臣前任知徐州日,不覺察百姓李鐸、郭進等謀反事。臣尋具析在任日,曾選差沂州百姓程棐令緝捕凶逆賊人,致棐告獲前件妖賊因依,乞勘會施行,至今年七月二日,復准轉運司牒,坐准尚書刑部牒,奉聖旨,蘇軾送尚書刑部更不取勘。盗發所臨,守臣固當重責;罪疑則赦,聖主所以廣恩。自驚廢逐之餘,猶在愍憐之數。臣軾誠惶誠恐,頓首頓首。伏念臣早蒙殊遇,擢領大邦。上不能以道化民,達忠孝於所部;下不能以刑齊物,消奸宄於未萌。致使妄庸,敢圖僭逆。原其不職,夫豈勝誅。況兹溝瀆之中,重遇雷霆之譴。無官可削,撫已知危。至於捕斬群盗之功,乃是鄰近一夫之力。靖言其始,偶出於臣。雖爲國督奸,常懷此志;而因人成事,豈足言勞。勉自列於涓埃,庶少寬於斧鉞。豈謂蕩然之澤,許以勿推。收驚魄於散亡,假餘生之晷刻。退思所自,爲幸何多。此蓋伏遇皇帝陛下,舞虞舜之干,示人不殺;祝成湯之網,與物求生。其間用刑,本不得已;稍有可赦,無不從寬。務在考實而原情,何嘗記過而忘善。益悟向時之所坐,皆是微臣之自貽。(**陳仁錫眉**)是對君真實語。(**儲欣夾**)妙。感愧終身,論報無地。布衣蔬食,或未死於飢寒;石心木腸,誓不忘於忠義。臣無任。

謝量移汝州表

(**茅鹿門眉**)量移汝州表並徐州表,凄慘憤惋,令人嘘唏欲絶。(**凌啓康考釋**)按此表既上,裕陵覽之,欣謂侍臣曰:"蘇軾真奇才。"時有憾公者,復前奏曰:"觀軾表中猶有怨望語。"裕陵徐謂之曰:"朕已知蘇軾衷心,實無他腸。"於是語塞。

臣軾言。伏奉正月二十五日誥命,特授臣汝州團練副使,本州安置,不得僉書公事者。稍從内遷,示不終棄。罪已甘於萬死,恩實出於再生。祗服訓詞,惟知感涕。臣軾誠惶誠恐,頓首頓首。伏念臣向者名過其實,食浮於人。兄弟並竊於賢科,衣冠或以爲盛事。旋從册府,出領郡符。既無片善,可紀於絲毫;而以重罪,當膏於斧鉞。雖蒙恩貸,有愧平生。隻影自憐,命寄江湖之上;驚魂未定,夢游縲絏之中。(**鍾惺夾**)可憐。(**李卓吾夾**)長歌之哀。(**儲欣眉**)真景真情,最能感動。憔悴非人,章狂失志。妻孥之所竊笑,親友至於絶交。(**鍾惺夾**)罵人。疾病連年,人皆相傳爲已死;(**凌啓康考釋**)《外紀》曰,子瞻在黄,病赤眼,逾月不出,過客遂傳以爲死矣。有以語范景仁,景仁舉袂大慟,欲具金帛遣人賙其家,後恐傳聞未審,乃致書走僕問之。子瞻發書大笑,故後量移汝州表有云:"疾病連年,人皆相傳爲已死。"飢寒並日,臣亦自厭其餘生。豈謂草芥之賤微,尚煩朝廷之紀録。開其恫悔,許以甄收。此蓋伏遇皇帝陛下,湯德日新,堯仁天覆。建原廟以安祖考,正六宫而修典型。百廢具興,多士爰集。彈冠結綬,共欣千載之逢;掩面向隅,不忍一夫之泣。故推涓滴,以及焦枯。顧惟效死之無門，殺身何益，更欲呼天而自列，尚口乃窮。徒有此心，期於異日。臣無任。

【彙評】

陳天定：歸誠君父，如對家人，如語素交，墾惻乃爾。

乞常州居住表

（**高啓眉**）意多凄惻，語無徑遂，不減李密《陳情》。

臣軾言。臣聞聖人之行法也，如雷霆之震草木，威怒雖甚，而歸於欲其生；人主之罪人也，如父母之譴子孫，鞭撻甚嚴，而不忍致之死。（**高啓夾**）起語何等冠冕。臣漂流棄物，枯槁餘生。泣血書詞，呼天請命。願回日月之照，一明葵藿之心。此言朝聞，夕死無憾。臣軾誠惶誠恐，頓首頓首。臣昔者嘗對便殿，親聞德音。似蒙聖知，不在人後。而狂狷妄發，上負恩私。既有司皆以爲可誅，雖明主不得而獨赦。（**鍾惺夾**）字字不肯饒人。（**高啓眉**）善於回護，不暴君過。一從吏議，坐廢五年。積憂薰心，驚齒髮之先變；抱恨刻骨，傷皮肉之僅存。近者蒙恩量移汝州，伏讀訓詞。有"人材實難，弗忍終棄"之語。豈獨知免於縲絏，亦將有望於桑榆。但未死亡，終見天日。豈敢復以遲暮爲嘆，更生僥覬之心。（**高啓夾**）委婉，臣子乞恩君父，體宜如是。但以禄廩久空，衣食不繼。累重道遠，不免舟行。自離黄州，風濤驚恐，舉家重病，一子喪亡。今雖已至泗州，而貲用罄竭，去汝尚遠，難於陸行。無屋可居，無田可食，二十餘口，不知所歸，飢寒之憂，近在朝夕。與其强顔忍耻，干求於衆人；不若歸命投誠，控告於君父。(**陳仁錫眉**)乃心王室之言。(**高啓眉**)"與其强顏"四語,神情懇至,選入《偶儁集》允宜。臣有薄田在常州宜興縣,粗給饘粥,欲望聖慈,許於常州居住。又恐罪戾至重,未可聽從便安,輒叙微勞,庶蒙恩貸。(**儲欣眉**)纍匕如貫。臣先任徐州日,以河水浸城,幾至淪陷。臣日夜守捍,偶獲安全,曾蒙朝廷降敕獎諭。又嘗選用沂州百姓程棐,令構捕凶黨,致獲謀反妖賊李鐸、郭進等一十七人,亦蒙聖恩保明放罪。皆臣子之常分,無涓埃之可言。冒昧自陳,出於窮迫。庶幾因緣僥倖,功過相除。(**高啓眉**)欲論功必先言臣子常分云云,纔有步驟頓挫。稍出羈囚,得從所便。重念臣受性剛褊,賦命奇窮。既獲罪於天,又無助於下。怨仇交集,罪惡横生。群言或起於愛憎,孤忠遂陷於疑似。中雖無愧,不敢自明。向非人主獨賜保全,則臣之微生豈有今日。(**高啓眉**)感荷君恩極矣。然坡老遭讒得赦,出自神宗獨裁,固自實語。伏惟皇帝陛下,聖神天縱,文武生知。得天下之英才,已全三樂;躋斯民於仁壽,不棄一夫。勃然中興,可謂盡善。而臣抱百年之永嘆,悼一飽之無時,貧病交攻,死生莫保。雖鳧雁飛集,何足於江湖,而犬馬蓋帷,猶有求於君父。(**高啓夾**)嫋娜可愛。敢祈仁聖,少賜矜憐。臣見一面前去,至南京以來,聽候朝旨。干冒天威,臣無任。

【彙評】

蔣仲舒:東坡雅意,卜居吴會。其《湖州謝表》有曰:"魚鳧之性,既自得於江湖;吴越之人,亦安臣之教令。"《登州謝表》有曰:"買田陽羨,自畢此生。"《杭州到任表》則曰:"江山故國,所至如歸,父老遺民,與臣相問。"而《乞常州居住表》意更拳拳。後自嶺外歸,僑寓常州,卒焉。

儲欣:大著作,非復四六常規。

王芑孫:淚痕血點,融然而成。

鍾惺:觀子瞻乞恩君父處,不以一字低眉權貴,可知今人媚權貴而抗君父以爲名,真罪人也。

到常州謝表二首

其一

臣軾言。先蒙恩授汝州團練副使,本州安置,尋上表乞於常州居住。奉聖旨,依所乞,臣已於今月二十二日到常州訖者。積釁難磨,未經洗滌;至仁易感,許即便安。祇荷寵靈,惟知感涕。(**中謝**。)伏念臣所犯罪戾,本合誅夷。向非先帝之至明,豈有餘生於今日。銜恩未報,有志不從。已分没身,寄殘骸於魑魅;敢期擇地,收暮景於桑榆。此蓋伏遇皇帝陛下,仁孝生知,聰明天縱。寅奉上帝之眷命,述修累聖之成謀。念此菅蒯之微,庶幾簪履之舊。俾安田畝,稍出縲囚。飽食無思,但日陶於新化;杜門自省,當益念於往愆。臣無任。

其二

臣軾言。先蒙恩授汝州團練副使本州安置,尋上表乞於常州居住,奉聖旨,依所乞,臣已於今月二十二日到常州訖者。罪大人微,自甘永棄;食貧口衆,未免求安。忽奉俞音,出於獨斷;仰銜恩施,不覺涕零。(**中謝**。)伏念臣猥以凡材,早塵仕籍。生逢有作之聖,獨抱不移之愚。廢棄六年,已忘形於田野;泝沿萬里,偶脱命於江潭。豈謂此生,得從所便。此蓋伏遇太皇太后陛下,厚德載物,至仁代天。春生秋成,本無心於草木;風行雷動,自有信於蟲魚。致此幽頑,亦叨恩宥。耕田鑿井,得漸齒于平民；碎首刳肝，尚未知其死所。臣無任。

登州謝上表二首

（**高啓眉**）感謝之表，驚喜交集，真足垂世。至“先帝全臣於衆怒必死之中”一語，尤見忠愛之心，不以君父加罪，既崩而少生怨懟。

其　一

臣軾言。伏奉告命，授臣朝奉郎、知登州軍州事，臣已於今月十五日到任上訖者。登雖小郡，地號極邊。自驚縲絏之餘，忽有民社之寄。拜恩不次，隕涕何言。（**中謝**。）臣聞臣不密則失身，而臣無周身之智；人不可以無學，而臣有不學之愚。（**鍾惺眉**）引咎語有身分有地位。積此兩愆，本當萬死。坐受六年之謫，甘如五鼎之珍。擊鼓登聞，止求自便；買田陽羨，誓畢此生。豈期枯朽之中，有此遭逢之異。收召魂魄，復爲平人；洗濯瑕疵，盡還舊物。此蓋伏遇皇帝陛下，内行曾、閔之孝，外發禹、湯之仁。日將旦而四海明，天方春而萬物作。於其黨而觀過，謂臣或出於愛君，就所短而求長，知臣稍習於治郡。致兹異寵，驟及非才。恭惟先帝全臣於衆怒必死之中，陛下起臣於散官永棄之地。（**高啓眉**）連用兩臣字對説，不覺重複。没身難報，碎首爲期。（**儲欣夾**）真摯。臣無任。

其　二

臣軾言。伏奉告命，授臣朝奉郎、知登州軍州事，臣已於今月十五日到任上訖者。寵命過優，訓詞尤厚。非臣愚蠢，所克承當。臣軾誠惶誠恐，頓首頓首。臣所領州，下臨漲海。人淳事簡,地瘠民貧。入境問農,首見父老。戴白扶杖,争來馬前。皆云:“枯朽之餘,死亡無日,雖在田野,亦有識知。恭聞聖母至明而慈,嗣皇至仁而孝。每下號令,人皆涕流。願忍垂死之年,以待維新之政。”言雖甚拙,意則可知。見朝廷擢臣於久廢之中,謂臣愚必有以少塞其責。或能推廣上意,惠康小民。而臣天資鈍頑,學問寡淺。心已耗於多難,才不周其一身。將何以上答聖知,下尉民願。伏惟太皇太后陛下,以任姒之位,行堯舜之仁。勤邦儉家,永爲百王之令典;時使薄斂,故得萬國之歡心。豈煩爝火之微,更助日月之照。但知奉法,不敢求名。臣無任。

辭免起居舍人第一狀

右軾准閣門告報,已降告命,除臣依前官守起居舍人者。臣受材淺薄,臨事迂疏。起於罪廢之中,未有絲毫之效。驟升清職,必致煩言。願回虚授之恩,庶免素餐之愧。所有告身,不敢祇受。

辭免起居舍人第二狀

右臣近奏乞辭免起居舍人恩命,准尚書省劄子奉聖旨不許辭免者。天威在顔,不違咫尺。父命於子,惟所東西。况兹久廢之餘,敢有不回之意。伏念臣受性褊狷,賦命奇窮。既早竊於賢科,復濫登於册府。多取天下之公器,又處衆人之所争。若此而全,從來未有。今者出於九死之地,始有再生之心。危迹粗安,驚魂未返。若驟膺非分之寵,恐别生意外之憂。縱無人災,必有鬼責。伏望聖慈,廓天地包函之量,推父母愛憐之心。知其實出於至誠,止欲自處於無過。(**陳仁錫眉**)更真。追還新命,更選異材。使之識分以安身,孰與包羞而冒寵。再伸微懇,伏俟重誅。所有告身,臣不敢祗受。

辭免中書舍人狀

右臣准閣門告報,已降告命,除臣試中書舍人者。伏念臣頃自貶所,起知登州,到州五日,而召以省郎,到省半月,而擢爲右史。欲自勉强,少酬恩私。而才無他長,職有常守。出入禁闥,三月有餘;考論事功,一毫無取。今又冒榮直授,躐衆驟遷。非次之升,既難以處,不試而用,尤非所安。願回異恩,免速官謗。所有告身,臣不敢祗受。

謝中書舍人表二首

其　一

臣軾言。伏奉制命,授臣試中書舍人,仍改賜章服者。右史記言,已塵高選;西垣視草,復玷近班。皆儒者之至榮,豈平生之所望。臣軾誠感誠懼,頓首頓首。竊以詞命之職,古今所難。非獨取之於文,蓋將試之以事。至於機務,亦或與聞。雖四户擅權,非當時之公議;而五花判事,亦前代之美談。及夫三字之除,乃是一切之政。但謂内朝之法從,安知宰相之屬官。既任止於訓詞,故權移於胥史。恬不知怪,習爲故常。先皇帝道冠百王,法垂萬世。建六官而修故事,闢三省以待異人。典章一新,名實皆正。遂申明於四禁,俾分領於六曹。遠則追直閣之司，近則通檢正之任。雖未聞政而聞事，蓋須有德而有言。如臣之愚，無一而可。草創潤色，既非鄭國之材；除書德音，又乏唐人之譽。忽當此選，莫測其由。此蓋伏遇皇帝陛下，將聖與仁，能哲而惠。雖在三年不言之際，已有十日並照之光。而臣日侍邇英，親聞訪道。仰天威之甚近，知聖鑒之難逃。謂臣嘗受先朝之知，實無左右之助。棄瑕往昔，責效將來。臣敢不益勵素心，無忘舊學。上體周公煩悉之誥，助成漢家深厚之文。(**陳仁錫眉**)難事。苟無曠官，其敢言報。臣無任。

其　二

臣軾言。伏奉制命，授臣試中書舍人，仍改賜章服者。聖神獨斷，出成命於省中；衰病增光，溢虚名於朝右。訓詞之重，士論所榮。臣軾誠感誠懼，頓首頓首。臣聞有言逆心，此古人所以顛沛；積毁消骨，非聖主莫能保全。臣本受知於裕陵，亦嘗見待以國士。嘉其好直，許以能文。雖竄謫流離之餘，决無可用；而哀憐收拾之意，終不少衰。抱弓劍以長號，分簪履之永棄。豈期晚遇，又過初心。矧外制之深嚴，極西垣之清要。在唐之盛，以馬周、岑文本爲得人；近世所傳，有楊億、歐陽修之故事。不試而用，於今幾人。遂超同列之先，遠繼前修之末。夫何頑鈍，有此遭逢。此蓋伏遇太皇太后陛下，憂國忘家，愛民如子。憂深故任其事者重，愛極故爲之慮也長。敷求哲人，以遺嗣聖。所以兼收而並用，庶幾有得於其間。臣敢不盡其所能，期於無愧。始終自誓，故常以道而事君；夷險不同，則必見危而授命。臣無任。

辭免翰林學士第一狀

右臣准閤門告報，已降告命，除臣翰林學士知制誥者。臣竊謂自從西掖，直還内制，雖祖宗故事，而近歲以來，少有此比，非高材重德雅望，不在此選。臣自量三者皆不迨人，驟當殊擢，實不自安。伏望聖慈察臣至誠，非苟辭避，追還異恩，以厭公論。謹録奏聞。

辭免翰林學士第二狀

右臣近者奏乞辭免翰林學士知制誥恩命，伏蒙降詔不允者。天地之恩，義無所謝；父母之訓，理不可違。而臣至愚，尚守所見。再傾微懇，不避重誅。非獨以學問荒唐，文詞鄙淺，已試無效，如前所陳。實以勞舊尚多，必有積薪之誚；兄弟並進，豈無連茹之嫌。誠不自安，非敢矯飾。(**陳仁錫眉**)蒙寵榮者，宜作是念。伏望聖慈亮其悃愊，特許追還。庶免人言，俾得自效。所有告命，臣不敢祗受。謹録奏聞。

謝宣召入院狀二首

(**茅鹿門旁**)不如歐陽文忠公。

其　一

右臣今月日西頭供奉官充待詔董士隆至臣所居，奉宣聖旨，召臣入院充學士者。詔語春温，再命而僂；使華天降，一節以趨。在故事以嘗聞，豈平生之敢望。省循非稱，愧汗交深。

竊以視草之官，自唐爲盛。雖職親事秘，號爲北門學士之榮；而禄薄地寒，至有京兆掾曹之請。（**陳仁錫夾**）似不必言。豈如聖代，一振儒風。非徒好爵之縻，兼享大烹之養。玉堂賜篆，仰淳化之彌文；寶帶重金，佩元豐之新渥。既厚其禮，愈難其人。而臣以空疏冗散之材，衰病流離之後。生還萬里，坐閱三遷。不緣左右之容，躐處賢豪之上。此蓋伏遇皇帝陛下，生資文武，天胙聖神。雖亮陰不言，尚隱高宗之德；而訪落求助，已啓成王之心。首擇輔臣，次求法從。知人材之難得，采虚名而用臣。敢不益勵初心，力圖後效。才不逮古，雖慚内相之名；志常在民，庶免私人之誚。臣無任。

其　二

右臣今月日西頭供奉官充待詔董士隆至臣所居，奉宣聖旨，召臣入院充學士者。里巷傳呼，親臨詔使；私庭望拜，恭被德音。人言稽古之榮，臣有素餐之愧。懇詞雖至，成命莫回。伏以朝論所高，禁林爲重。非徒翰墨之選，乃是將相之儲。禮絶同僚，嘆裴、李於座上；功成異域，得頗、牧於禁中。宜有異人，來膺此選。而臣顓愚自信，狂直不回。先帝憐其孤忠，欲召而未果；陛下出於獨斷，决用而無疑。曾未周歲，而閲三官；試以百爲，而無一可。保全已幸，擢用何名。此蓋伏遇太皇太后陛下，德協天人，心存社稷。受聖子之托天下，抱神孫而朝諸侯。巍巍其有成功，不見治迹；斷斷而無他技，專用老成。推其類以及臣，顧何能而在此。忠義之報，死生不移。臣無任。

謝翰林學士表二首

其 一

臣軾言。蒙恩除臣翰林學士知制誥者。名微不稱，寵至若驚。伏念臣經術空疏，吏能短淺。少年自守，無用於作新；去國生還，適逢於求舊。初何云補，遽辱甄收。此蓋伏遇皇帝陛下，文武生知，聰明天縱。法乾坤之廣運，體日月之照微。過采虛名，使陳薄技。敢不激昂晚節，砥礪初心。雖洪造之難酬，盡微生而後已。臣無任。

其 二

臣軾言。蒙恩除臣翰林學士知制誥者。寵光逾分，榮愧交中。伏念臣本以疏愚，起於遐陋。學雖篤志，皆場屋之空文；言不適時，豈朝廷之通論。老於憂患，望絶縉紳。此蓋伏遇太皇太后陛下，總覽政綱，灼知治體。恢復祖宗之舊，兼收文武之資。過録愚忠，以敦薄俗。也不臨寵而懼，職思其憂。非敢有意於功名，庶幾少逃於罪悔。臣無任。

謝賜對衣金帶馬表二首

其 一

臣軾言。伏蒙聖慈，以臣入院，特賜衣一對，金腰帶一條，金鍍銀鞍轡馬一匹。被三品之服章，君子所以昭令德。分六閑之駔駿，朝廷所以旌有功。顧惟何人，亦與兹寵。拜恩俯僂，流汗交並。臣軾（**中謝。**）伏念臣人微地寒，性迂才短。襲布韋而自薦，偶忝縉紳；駕款段以言歸，終安畎畝。豈謂便蕃之錫，萃於衰病之軀。此蓋伏遇皇帝陛下,總覽衆工,財成大化。至誠樂與,有緇衣之好賢;俊民用章,無白駒於空谷。不違寒陋,亦被光華。攬佩以思,遂識斷金之義;舉鞭自誓,敢忘希驥之心。臣無任。

其二

臣軾言。伏蒙聖慈,以臣入院,特賜衣一對,金腰帶一條,金鍍銀鞍轡馬一匹。命服出笥,榮動搢紳。左驂在廷,光生徒馭。德不稱物,愧無所容。臣軾(中謝。)伏念臣衰朽無功,蠢愚不學。已分鵜梁之刺,敢逃負乘之譏。再惟此恩,何自而至。此蓋伏遇太皇太后陛下,至神廣運,盛德兼容。躬周公之勤勞,而逸於委任;寶老氏之慈儉,而侈於禮賢。致此光榮,下及微陋。慨然攬轡,敢有意於澄清;束以立朝,尚可言於賓客。臣無任。

笏記二首

其一

禁林之選,多士所榮。非獨文章之工,俾專翰墨;當屬典刑之老,以重朝廷。如臣空疏,豈宜塵冒。此蓋伏遇皇帝陛下,剛健純粹,緝熙光明。曲搜已棄之材,將建無窮之業。顧慚淺陋,將何補於盛明;惟有樸忠,誓不回於生死。臣無任。

其二

西掖代言,已愧一時之高選;北門視草,又忝諸生之極榮。豈伊衰朽之餘,有此遭逢之異。此蓋伏遇太皇太后陛下,坤元利正,天造無私。靡求備於一人,將曲成於萬物。文章小技,縱有效於涓埃;草木微生,終難酬于雨露。臣無任。

辭免侍讀狀

右臣今月二十六日，准閤門告報，蒙恩除臣兼侍讀者。入侍邇英，其選至重。非獨分摘章句，實以仰備顧問。臣學術淺陋，恐非其人。况臣待罪禁林，初無吏責。又加廩賜之厚，益負尸素之憂。伏望聖慈，察其誠心，追回新命，以授能者。謹録奏聞，伏候敕旨。

謝除侍讀表二首

其　一

臣軾言。今月一日蒙恩除臣兼侍讀者。學術本疏，老復加於謇訥；官聯愈近，職專在於討論。退省其愚，莫知所措。（**中謝。**）伏以天威咫尺，顧末技以何施；聖敬日躋，豈群臣之可望。非張禹、寬中之篤學，寂量、懷素之懿文，則何以奉天子五學之游，求王人多聞之益！如臣愚暗，何與選掄。此蓋伏遇皇帝陛下，卓然生知，附以好學。方高宗恭默之後，正宣帝勵精之初。衆論並陳，悉洞照其情僞；陳編一覽，已周知於廢興。察臣衰病而無求，庶可親近而寡過。故兹拔用，驟及疲駑。臣敢不温故知新，粗辦有司之職；見危致命，更輸異日之忠。臣無任。

其　二

臣軾言。今月一日蒙恩除臣兼侍讀者。北門視草，已叨儒者之極榮；西學上賢，復玷侍臣之高選。省循非稱，愧汗交懷。（**中謝。**）竊惟講讀之臣，止以言語爲職。考功課吏，無殿最之可書；陳善閉邪，有膏澤之潛潤。豈臣愚陋，亦所克堪。此蓋伏遇太皇太后陛下,憂思深長,德業久大。受先帝投艱之托,爲神孫經遠之謀。故選左右前後之人,罔非吉士;使知興亡治亂之效,莫若多聞。謂臣雖無大過人之才,知臣粗有不欺君之實。故使朝夕,與於討論。奉永日之清閑,未知所報;畢微生於盡瘁,終致此心。臣無任。

謝賜御書詩表

臣軾言。今月十五日,賜宴東宫,伏蒙聖恩,差中使就賜臣御書詩一首者。玉斝金尊,霈苦雲天之澤;寶章宸翰,焕乎奎壁之文。喜溢心顔,光生懷袖。臣軾誠感誠懼,頓首頓首。伏念臣猥緣末技,獲玷清流。早歲數奇,已老江湖之上;餘生何幸,得依日月之光。入侍燕間,與聞講學。卒桓榮之業,因人而成;登劉洎之床,則臣豈敢。夫何珍賜,亦及微軀。此蓋伏遇皇帝陛下,道本生知,才惟天縱。文不數於游、夏,書已逼於鍾、王。心慕手追,陋文皇之由學,筆縱字大,笑宋武之未工。知臣遭遇之難,欲以顯榮其老。鏤之金石,庶傳玩於人人;付與子孫,俾輸忠於世世。臣無任。

謝三伏早出院表

臣軾言。君逸臣勞,固上下之分;金伏火見,亦消長之常。乃緣異恩,而許夙退。(**中謝。**)伏念臣等誤緣末技,待罪禁林。戴星而朝,雖粗輸其勤拙;窮日之力,卒無補於絲毫。遽蒙假借之私,得遂委蛇之樂。此蓋伏遇太皇太后陛下,嚴於恭己,恕以馭臣。事既省於清心,日自長於化國。(**儲欣夾**)エ切。朝而不夕,前追静治之風;伏當早歸,下遂疏愚之性。臣無任。

卷六十八

表狀四十二首

謝除龍圖閣學士表二首

其 一

臣軾言。伏蒙聖恩，以臣累章請郡，特除臣龍圖閣學士知杭州者。中禁寶儲，上應奎壁之象；先朝謨訓，遠同河洛之符。隸職其間，省躬非據。臣軾誠惶誠恐，頓首頓首。伏念臣學非有得，愚至不移。雖叨過實之名，卒無適用之器。少時妄意，蓋嘗有志於事功；晚歲積憂，但欲歸安於田畝。屬聖神之履運，荷識拔之非常。猶冀桑榆之收，遽迫犬馬之疾。力求閑散，庶免顛擠。豈謂皇帝陛下，聖度包荒，天慈委照。察其才有所短，不欲强置之禁嚴；知其進不由人，故特保全其終始。（陳仁錫眉）出處不苟。遂加此職，以賁其行。臣敢不仰緣末光，益勵素守。往何之而不可，中無愧之爲安。但未死亡，必期報塞。臣無任感天荷聖激切屏營之至。

其 二

臣軾言。伏蒙聖恩，以臣累章請郡，特除臣龍圖閣學士知杭州者。北扉清密，久愧素餐；内閣深嚴，復膺殊寵。以榮爲懼，有靦在顔。臣軾誠惶誠恐，頓首頓首。伏念臣賦命數奇，與人多忤。遭遇仁祖,忝竊賢科。繼蒙英廟之深知,尤荷裕陵之見器。而流離若此,窮薄可知。晚親日月之光,常恐瓶罍之溢。故求閑散,以避災迍。豈謂太皇太后陛下,天高聽卑,坤厚載物。愛惜臣下,固無異於子孫;委任官師,本不分於中外。致兹衰病,不失清華。然臣辭寵而益榮,求閑而得劇。雖云稍遠於争地,尚恐終非其久安。敢不磨鈍自修,履冰知戒。庶全孤節,少答殊私。臣無任。

謝賜對衣金帶馬表二首

其　一

臣軾言。伏蒙聖慈,特賜衣一對,金腰帶一條,金鍍銀鞍轡一副,馬一匹者。出笥之珍,已華朽質;解驂之賜,益耀衆觀。顧惟何人,亦被兹寵。臣軾誠惶誠恐,頓首頓首。伏念臣少而拙訥,老益疏愚。山野之姿,非文繡之所及;疲駑之質,雖鞭策以何加。方祈冗散之安,更忝便蕃之錫。此蓋伏遇皇帝陛下,緝熙儒術,網羅人材。不愛車服寵數之章,使爲吏民瞻望之美。據鞍有愧,束衽知榮。敢不奉以牧民,永思去害之指;施之大邑,庶無學制之傷。臣無任。

其　二

臣軾言。伏蒙聖恩,特賜衣一對,金腰帶一條,金鍍銀鞍轡一副,馬一匹者。命服斯皇,《詩》詠周宣之德;康侯用錫,《易》稱王母之仁。惠澤所加,臣工知勸。臣軾誠惶誠恐,頓首頓首。伏念臣資材朽鈍,學術空疏。矧兹衰病之餘,豈復光華之羨。荷寵章之蕃庶,人以爲榮;顧形影之支離,臣惟自愧。此蓋伏遇太皇太后陛下，知人堯哲，遍物舜仁。時遣拾遺補過之臣，出爲承流宣化之任。子衣安吉，不待請而得之；我馬虺隤，蓋知勞而賜者。（儲欣夾）工秀。敢不勉思忠藎，務報恩勤。永惟廄庫之珍，莫非民力；無忘獄市之寄，以副上心。臣無任。

【彙評】

陳天定：公幼時代老泉作《帶馬謝表》，則云："匪伊垂之帶有餘，非敢後也馬不進。"老泉喜曰："留之以待汝自用。"與此篇"安吉"四語，皆化工之筆。

笏記二首

其　一

臣軾言。隸職宸居，承流閫寄。自知衰朽，有玷寵光。此蓋伏遇皇帝陛下，總攬群材，靡遺片善；曲收頑鈍，迭處清華。徒傾草木之心，莫報乾坤之施。臣無任。

其　二

既塵美職，復玷名藩。榮寵過情，省循知愧。此蓋伏遇太皇太后陛下，仁均動植，明燭幽微。特示寵章，以旌眷遇。恩勤莫報，生死難忘。臣無任。

杭州謝上表二首

其　一

臣軾言。伏奉制書，除臣龍圖閣學士知杭州，臣已於今月三日到任上訖者。始衰而病，豈非滿溢之災；乞越得杭，又過平生之望。臣軾誠惶誠恐，頓首頓首。伏念臣起自廢黜，驟登禁嚴。畢命驅馳，未償萬一。懷安退縮，豈所當然。蓋散材不任於斧斤，而病馬空糜於芻粟。故求外補，以盡餘年。豈期避寵而益榮，求閑而得劇。此蓋伏遇皇帝陛下，剛健中正，緝熙光明。無爲蓋虞舜之仁，篤學有仲尼之智。而臣猥以末技，日奉講帷。凛然威光，近在咫尺。惟古人責難之意，每不自量；方陛下好問之初，遽以疾去。推之理數，可謂奇窮。荷眷遇之不移，竊恩榮而愈重。雖雨露之施，初不擇物，而犬馬之報，期於殺身。臣無任。

其　二

臣軾言。伏奉制書，除臣龍圖閣學士知杭州，臣已於今月三日到任上訖者。入奉榮嚴，出膺方面。皆人臣之殊選，在儒者以尤榮。臣軾誠惶誠恐，頓首頓首。伏念臣受寵逾涯，積憂成疾。既思退就於安養，又欲少逃於滿盈。仰荷至仁，曲從微願。江山故國，所至如歸；父老遺民，與臣相問。知朝廷輟近侍爲太守，蓋聖主視天下如一家。（**儲欣夾**）□變。鞭撲未施，争訟幾絶。（**陳仁錫眉**）一幅西湖到任圖。臣之厚幸，豈易名言。此蓋伏遇太皇太后陛下，天地之仁，賢愚兼取；日月之照，邪正自分。每包函其蠢迂，欲保全其終始。兄弟孤立，嘗親奉於德音；死生不移，更誓堅於晚節。臣無任。

杭州謝放罪表二首

（**茅鹿門旁**）長公往往以疏直得罪，故其言多危多懼。

其　一

臣軾言。臣近以法外刺配本州百姓顏章、顏益二人，上章待罪，奉聖旨特放罪者。職在承宣，當遵三尺之約束；事關利害，輒從一切之便宜。曲荷天慈，不從吏議。臣軾誠惶誠恐，頓首頓首。伏念臣早緣剛拙，屢致憂虞。用之朝廷，則逆耳之奏形於言；施之郡縣，則疾惡之心見於政。雖知難每以爲戒，而臨事不能自回。苟非日月之明，肝膽必照，則臣豈惟獲罪於今日，久已見傾於衆言。恭惟皇帝陛下，睿哲生知，清明旁達。委任群下，退托於不能；愛養成材，惟恐其有過。知臣欲去一方之積弊，須除二猾以示民。特屈憲章，以全器使。臣敢不省循過咎，只服簡書。眷此善良，自不犯於漢法；時有貸舍，用益廣於堯仁。臣無任。

其　二

亂群之誅，不請而決。蓋恩威之無素，致奸猾之敢行。方俟譴訶，豈期寬宥。臣軾誠惶誠恐，頓首頓首。伏以法吏網密，蓋出於近年；守臣權輕，無甚於今日。（**陳仁錫眉**）好議論。觀祖宗信任之意，以州郡責成於人。豈有不擇師帥之良，但知繩墨之馭。若平居僅能守法，則緩急何以使民。顧臣不才，難以議此。恭惟太皇太后陛下，寬仁從衆，信順得天。推一身之至公，納萬方於無罪。而臣始終被遇，中外蒙恩。謂事有專而合宜，情無他而可恕。故加貸捨，以示寵綏。朝廷之明，粗以臣爲可信；吏民自服，當不令而率從。臣無任。

賀明堂赦書表二首

其一

臣軾言。宗祀告成,修累朝之盛典;端門肆眚,答萬宇之歡心。凡有識知,舉增抃躍。臣軾誠歡誠喜,頓首頓首。竊謂祖宗恩信之所被,譬如天地寒暑之不差。將推作解之仁,必在當郊之歲。恭惟皇帝陛下,憲章六聖,左右三靈。上帝眷而風雨時,壬人去而蠻夷服。講明大禮,對越昊天。懷柔百神,嚮用五福。大河修復,奏軌道於東流;藩邸顧懷,錫鴻名於西府。臣備員法從,待罪守臣。想聞路寢之鼓鐘,曾叨奉引;嘉與海隅之草木,同被恩私。臣無任。

其二

臣軾言。嚴配禮成,民心知孝;好生德洽,天下歸仁。凡蒙一洗之恩,舉有惟新之喜。臣軾誠歡誠忭,頓首頓首。伏以功存廟社而辭其禮,德及草木而諱其名。此聖人之所難,幸微生之親見。恭惟太皇太后陛下,勳高任姒,道配唐虞。顧惟致治于和平,孰不歸心於保佑。合宫均福,畢修累聖之文;會慶告成,不居先后之位。臣職叨禁從,身遠闕庭。既欣涣汗之私,溥霑動植;更喜謙光之美,獨冠古今。臣無任。

謝賜曆日詔書表二首

其一

臣軾言。伏蒙聖恩,特賜臣詔書並元祐五年曆日一卷者。論道調元,雖大臣之職;授時賦政,亦郡守之常。而臣供奉内朝，使指一道。居則代言而頒令，出則勸民以務農。蒙此恩榮，敢忘奉順。臣軾（**中謝**。）恭惟皇帝陛下，文明憲古，睿哲先天。曆象教民，本堯舜之智；水旱罪己，蓋禹湯之仁。固將推廣其誠心，豈特奉行於故事。爰因歲首，已宣布於王言；孰謂民愚，咸識知於帝利。臣無任。

其　二

臣軾言。伏蒙聖恩，特賜臣詔書並元祐五年曆日一卷者。竊惟稽古之君，必以授時爲急。底日不失日，官既有常；先時不及時，罰在無赦。申以丁寧之詔，致其惻怛之誠。習見頒行，止謂有司之故事；考其情實，則本聖人之用心。臣軾（**中謝**。）恭惟太皇太后陛下，元功在天，盛德冠古。順帝之則，雖並用於恩威；與物爲春，蓋同歸於仁厚。而臣入奉講學，出牧農民。恭布詔書，悉傳閭里。庶德音之昭格，致嗣歲之豐穰。臣無任。

賀興龍節表

臣軾言。天佑民而作君，惟德是輔；帝生商而立子，有開必先。納富壽於方來，實兆基於兹日。臣軾（**中賀**。）恭惟皇帝陛下，文思天縱，聖敬日躋。以若稽古之心，上遵王路；行不忍人之政，下酌民言。神聽靖共，天壽平格。臣久塵法從，出領郡符。奉萬年之觴，雖阻陪於下列；接千歲之統，猶及見於升平。草木之情，日月所照。臣無任。

賀坤成節表

臣軾言。仁惟天助，壽不假於禱祈；澤在民心，言自成於雅頌。恭臨誕月，仰祝聖期。雖凡庶之何知，亦臣子之常分。（**中謝**。）恭惟太皇太后陛下，儲神天地，托國祖宗。元勳本自於無心，神智實生於至静。同守大器，於兹六年。放億萬之羽毛，未若消兵以全赤子；飯無數之緇褐，豈如散廩以活饑民。臣躬領郡符，目睹兹事。載瞻象闕，阻奉瑶觴。嘉與海隅之人，同慶華封之祝。臣無任。

辭免翰林學士承旨第一狀

右臣今月二十八日奉敕，已除臣翰林學士承旨左朝奉郎知制誥，詔書到日，可依條交割公事訖，乘遞馬疾速發來赴闕。臣已於當日依條交割公事訖。伏念臣頃以兩目昏暗，左臂不仁。堅辭禁林，得請便郡；庶緣静退，少養衰殘。二年於兹，一事無補。才有限而難强，病不減而益增。但以東南連被災傷，不敢陳乞，别求安便；敢謂仁聖尚賜恩憐，召還故官，復加新寵。不惟朝廷公議未允，實亦衰病勉强不前。兼竊睹邸報，臣弟轍已除尚書右丞。兄居禁林，弟爲執政。在公朝既合回避，於私門實懼滿盈。計此誤恩，必難安處。伏望聖慈除臣一郡，以息多言。臣見起發前去，至宿、泗間聽候指揮。謹録奏聞，伏候敕旨。

辭免翰林學士承旨第二狀

右臣近蒙恩除翰林學士承旨。臣以衰病不才，難居禁近，兼以弟轍忝與執政，理合回避，奏乞除臣一郡。今奉詔書，未賜開允。恩威之重，霈若雷雨，豈臣孱陋所敢固違。伏念臣自去闕庭，日加衰白。故疾不愈，舊學已荒。更冒寵榮，必速顛躓。

而况清要之地，衆所奔趨；兄弟遞居，勢難安處。正使緣力辭而獲譴，猶賢於忝冒而致災。伏望聖慈察臣誠懇，特賜除臣知揚、越、陳、蔡一郡。臣今已到揚州，迤邐前去南京以來，聽候指揮。干冒天威，臣無任戰恐待罪之至。謹録奏聞，伏候敕旨。

辭免翰林學士承旨第三狀

右臣近蒙恩除翰林學士承旨。臣以衰病不才，難居禁近。兼以弟轍備位執政，理合回避。尋兩次奏乞除臣一郡，准尚書省劄子，三省同奉聖旨，依前降詔書不允者。臣之愚慮，終以弟轍親嫌，于義未安。竊見仁宗朝王洙爲學士，以其從子堯臣參知政事，故罷。臣今來欲乞依王洙故事回避，仍乞檢會前奏，除臣揚、越、陳、蔡一郡。屢犯天威，臣無任戰恐待罪之至。謹録奏聞，伏候敕旨。

乞候坤成節上壽訖復遂前請狀

右臣近奏，乞依王洙故事罷翰林學士承旨，仍乞一郡。奉聖旨依累降指揮不允者。銜戴恩慈，怵迫威命，已經三却，其敢固違。已於今月二十九日赴閤門祇受告命訖。然臣衰病日加，心力難强，親嫌之避，愚守不移。伏見坤成節在近，欲候上壽訖，復遂前請。勉强供職，庶表見臣子恭順之心，逡巡力辭，蓋終存典刑分義之守。謹録奏聞。謹奏。

謝宣召再入學士院狀二首

（高啓眉）其氣冲，其辭藹，其局寬，善於處樂者也。

其一

右臣今月十一日翰林待詔梁迪至臣所居,奉宣聖旨,召臣入院充學士承旨。使星下燭,生蓬蓽之光華;天澤旁流,失桑榆之枯槁。國有用儒之盛,士知稽古之榮。伏以翰墨之林,號稱内相;文章之外,不取他才。至於用人,可以觀政。文武並用,或成頗牧之功;邪正雜居,至有伾文之患。惟貴且近,故難其人。而况金鑾玉堂,親被絲綸之密;北廳東閣,獨稱年德之高。必有異人,以齊衆口。(**高啓眉**)前説學士用人宜重,凡三轉,至此纔歸到自謙上去,步驟閑雅。叙次政績不露些子誇美,更高。而臣本緣衰病,出守江湖。以一方凋弊之餘,當二年水潦之厄。戴星而治,僅免流離;及瓜而還,恍如夢寐。交親迎勞,都邑聚觀。驚華髪之半空,笑丹心之未折。宜投閑散,以養衰殘。豈期過采於虚名,復使榮加於舊物。此蓋伏遇皇帝陛下,德如乾健,明配日中。既祖述於堯仁,復躬行於舜孝。才難之嘆,人誦斯言。緣先帝之德音,收孤臣於散地。言雖直而無罪,身愈遠而益親。委曲保全,始終録用。臣敢不更磨朽鈍,少補涓埃。難得者時,未有捐軀之會;勿欺而犯,誓無患失之心。臣無任。

【彙評】

高啓:此表驟視之,只似口頭語;細玩之,若規矩型範,不可增減。所謂風行水上,不求文而自文者。

其二

右臣今月十一日翰林待詔梁迪至臣所居,奉宣聖旨,召臣入院充學士承旨者。衰遲無用,寵既溢於當年;眷待有加,恩復隆於晚節。使華臨賁,天語丁寧。聳里巷之驚觀,嘆朝廷之用舊。伏以禁林分直,法本六人。帝語親承,舊惟一老。不緣名次之先後,斷自上心之簡求。冠内朝供奉之班,極儒者遭逢之盛。凡膺此選,宜得異材。而臣本以愚忠,累塵器使。初無已試之效,但有過實之名。千里闕庭,二年江海。憂深投杼,豈無三至之言;詔復賜環,不待一人之譽。此蓋伏遇太皇太后陛下,道無私載,公生至明。以七年之照臨,觀群臣之邪正。知臣剛褊自用,雖有寬饒之狂。察臣招麾不移,庶幾長孺之守。故還舊物,益茂新恩。臣敢不早夜以思,死生不易。雖桑榆之景,已迫殘年;而犬馬之心,猶思後效。

謝賜對衣金帶馬狀二首

其一

右臣伏蒙聖慈以臣入院,特賜衣一對,金腰帶一條並魚袋,鍍金銀鞍轡馬一匹者。漢官三服,已分密麗之珍;唐監八坊,復下權奇之駿。拜嘉甚寵,省己何功。伏念臣受材迂疏,賦命寒蹇。幼師季路,止服緼袍;長慕少游,欲乘下澤。目眩重金之耀,神驚四牡之良。俯仰自惟,周章失次。此蓋伏遇皇帝陛下,憂勤黎庶,寤寐俊賢。故損廄庫之儲,以廣英雄之彀。致兹孱陋,亦被寵光。臣敢不求稱於衷,益鞭其後。薄德盛服,當戒"維鵜"之篇;强力安邦,庶幾《有駜》之頌。臣無任。感天荷聖,激切屏營之至。謹録奏謝以聞。謹奏。

其二

右臣伏蒙聖慈以臣入院,特賜衣一對,金腰帶一條並魚袋、金鍍銀鞍轡馬一匹者。鏤錫金軛,示有馳驅之勞;寶帶襲衣,豈無約束之義。上既循名而責實,下當因物以貢誠。伏念臣少則賤貧,長而困阨。仲卿龍具,追晏子之一裘;伯厚雞棲,陋景公之千駟。無功拜賜,服寵汗顏。顧惟何人,膺此異數。此蓋伏遇太皇太后陛下,躬行慈儉,德貫天人。約於奉己,而侈於養賢;嚴於私親,而寬於馭衆。憐其朽鈍,藉以光華。臣敢不衣被訓詞,服勤鞭棰。惟德其物,永觀不易之言;思馬斯徂,更厲無邪之志。

笏記二首

其　一

臣蒙恩授翰林學士承旨知制誥兼侍讀者。出膺閫寄,入長禁林。皆儒者之極榮,豈駑材之所稱。此蓋伏遇皇帝陛下法天凝命,稽古象賢。總攬群英,兼收小器。欲效涓塵之報,未知糜隕之期。臣無任。感天荷聖,激切屏營之至。

其　二

臣蒙恩授翰林學士承旨知制誥兼侍讀者。出守無功,方期竄逐;召還何幸,復玷清華。此蓋伏遇太皇太后坤載沉潛,母慈均一。既陶甄於頑鑛,復封植於散材。誓卒餘生,少圖來效。臣無任。感天荷聖,激切屏營之至。

謝兼侍讀表二首

其　一

臣軾言。今月四日,伏奉告命除臣兼侍讀者。用非其分,寵至若驚。滿溢之憂，逡巡莫避。臣軾誠惶誠恐，頓首頓首。伏念臣與弟轍同登進士，並擢賢科。内外分掌於制書，先後迭居於翰苑。今臣以經史入侍，司言行於中。轍以丞轄立朝，督綱條於外。恭承明詔，不許固辭。以爲兄弟之同升，自是朝廷之盛事。承明三入，僅比古人；大雅一門，無慚舊史。人非木石，恩重丘山。恭惟太皇太后陛下，明極照臨，憂深付托。欲爲社稷之衛，莫如臣僕之賢。以帝堯之哲，而甚畏於壬人；以孔子之聖，而思見於狷者。致兹選擢，驟及迂愚。臣敢不淬勵初心，激昂晚歲。誓堅必死之節，少報不貲之恩。臣無任。感天荷聖，激切屏營之至，謹奉表稱謝以聞。臣某誠惶誠恐，頓首頓首，謹言。

其　二

臣軾言。今月四日伏奉告命除臣兼侍讀者。叨承新命，祗服訓詞。薄技已窮，舊恩未替。臣軾誠惶誠恐，頓首頓首。伏念臣志大而才短，論迂而性剛。以自用不回之心，處衆人必争之地。不早退縮，安能保全。是以三年翰墨之林，屢遭飛語；再歲江湖之上，粗免煩言。豈此身愚智之殊，蓋所居閑劇之致。臣之自處，何者爲宜。而況講讀之司，帷幄最近。分章摘句，則何以報非常之知；因事獻言，又必貽前日之患。雖仰恃天日之照，實常負冰淵之虞。（**鍾惺眉**）不負心之言。恭惟皇帝陛下，大德庇民，小心順帝。雖天覆地載，以聖不可知爲神；而日就月將，以學而不厭爲智。曲收舊物，以廣多聞。（**鍾惺眉**）頌聖語字字不凡。臣敢不職思其憂，本無分於中外；欲報之德，誓不易於死生。臣無任。感天荷聖，激切屏營之至。謹奉表稱謝以聞。臣某誠惶誠恐，頓首頓首，謹言。

謝三伏早休表二首

其 一

大火既中，三庚云伏。炎熏之病，貴賤所同。忽蒙退食之恩，遂失流金之酷。恭惟皇帝陛下，仁均動植，明燭幽微。上有無逸之勤，下無獨賢之嘆。臣等逢時多暇，竊禄安居。共揚扇暍之風，以安黎庶；更勵飲冰之節，少答生成。臣等無任。仰天荷聖，激切屏營之至。

其 二

星火見而金微，日方可畏；朝氣鋭而晝惰，恩獲少休。上既知勞，下皆忘暑。恭惟太皇太后陛下，勞謙恭己，内恕及人。雖天地無一物之私，而父母有至誠之愛。臣等仰蒙寬假，動獲便安。未明無顛倒之衣，省循何幸；夙退有委蛇之食，歌詠而歸。臣等無任。仰天荷聖，激切屏營之至。

謝除龍圖閣學士知潁州表二首

其 一

臣軾言。伏蒙聖恩，以臣累章乞郡，除臣龍圖閣學士知潁州者。引嫌求避，顧舊典之甚明；易職寵行，荷新恩之至厚。疏愚自省，漸悚交並。（**中謝。**）伏念臣學陋無聞，性迂難合。受四朝之知遇，竊五郡之蕃宣。吴會二年，但坐糜於廩禄；禁林數月，曾未補於絲毫。敢冀殊私，復還舊物。恭惟太皇太后陛下，仁涵動植，明燭幽微。知臣獨受於聖知，欲使曲全於晚節。憐其無用，許以少安。凡力請八章而後從，使不爲一乞而遽去。

在臣進退,可謂光榮。雖老病懷歸,已功名之無望;而衷誠思報,尚生死之不移。臣無任。仰天荷聖,激切屏營之至。謹奉表稱謝以聞。

其　二

臣軾言。伏蒙聖恩,以臣累章乞郡,除臣龍圖閣學士知潁州者。備員經席,幸依日月之光;引避親嫌,實有簡書之畏。恩還舊職,寵寄近藩。衰朽增華,省循知愧。(**中謝**。)伏念臣生無他技,天與愚忠。雖所向之奇窮,獨受知於仁聖。力求便郡,蓋常懷老退之心;伏讀訓詞,有不爲朕留之語。殊私難報,危涕自零。恭惟皇帝陛下,緝熙光明,剛健篤實。方收文王之四友,以集孔子之大成。而臣苟念餘生之安,莫伸一割之用。桑榆暮齒,恐遂賫志而莫償;犬馬微心,猶懼蓋棺而後定。臣無任。

謝賜對衣金帶馬狀二首

其　一

右臣伏蒙聖慈特賜臣對衣一襲,金腰帶一條,銀鞍轡馬一匹者。錫之上駟,敢忘致遠之勞;佩以良金,無復忘腰之適。執鞭請事,顧影知慚。恭惟皇帝陛下,禹儉中修,堯文外焕。長轡以御,率皆四牡之良;所寶惟賢,豈徒三品之貴。出捐車服,收輯事功。而臣衰不待年,寵常過分。枯羸之質,匪伊垂之,而帶有餘;斂退之心,非敢後也,而馬不進。徒堅晚節,難報深恩。臣無任。

其二

右臣伏蒙聖慈特賜臣對衣一襲,金腰帶一條,銀鞍轡馬一匹者。出笥之珍,以旌有德;在坰之駟,豈及無功。而臣首尾四年,叨塵三錫。省躬内灼,服寵汗流。恭惟太皇太后陛下,慈儉自居,龍光四達。德被海宇,豈惟一襲之衣;恩結華夷,何止十圍之帶。群賢在馭,六轡自調。而臣頃以衰羸,止求安便。奉宣德意,庶幾五袴之謡;收斂壯心,無復千里之志。更期力報,有愧空言。臣無任。

潁州謝到任表二首

其一

臣軾言。伏蒙聖恩,除臣龍圖閣學士知潁州,臣已於今月二十二日到任訖者。避嫌引疾,慚無國士之風;揣分知難,粗守人臣之節。曲蒙温詔,遂假名邦;已見吏民,惟知感怍。臣某(**中謝**。)伏念臣早緣多難,無意軒裳;晚以虚名,偶塵侍從。雖云時可,每與願違。既未决於歸田,故力求於治郡。慈母愛子,但憐其無能;明君知臣,終護其所短。自欣投老,漸獲安身。此蓋伏遇太皇太后陛下,慈儉臨民,剛柔布政。參天地而有信,喜怒不陳;體水鏡之無心,忠邪自辨。致兹愚直,亦克保全。雖任職居官,無過人者,而見危授命,蓋有志焉。臣無任。

其二

臣軾言。伏蒙聖恩,除臣龍圖閣學士知潁州,臣已於今月二十二日到任訖者。支郡責輕,未即滿盈於小器;豐年事簡,非徒飽暖於一家。覽几席之溪湖,雜簿書於魚鳥。平生所樂,臨老獲從。臣某誠惶誠恐，頓首頓首。伏以汝、潁爲州，邦畿稱首。土風備於南北，人物推於古今。賓主俱賢，蓋宗資、范孟博之舊治；文獻相續，有晏殊、歐陽修之遺風。顧臣何人，亦與兹選。此蓋伏遇皇帝陛下，丕承六聖，總攬群英。生知仁孝之全，學識文武之大。謂臣簪履之舊物，嘗忝帷幄之近臣。奉事七年，崎嶇一節。意其忠義許國，故暫召還；察其老病畏人，復許補外。置之安地，養此散材。更少勉於桑榆，誓不忘於畎畝。臣無任。（**鍾惺夾**）自作行狀。

【彙評】

鍾惺：亦嫵媚，亦倔强。

上清儲祥宫成賀德音表二首

其一

臣軾言。伏睹九月二十七日德音，以上清儲祥宫成，減决四京及諸道見禁罪人者。靈光下燭，慶新宫之落成；霈澤旁流，洗庶獄之多罪。散爲和氣，坐致豐年。臣某誠歡誠忭，頓首頓首。臣聞舜禹之心，以奉先爲孝本；釋老之道，以損己爲福田。永惟坤作之成，每辭天下之養。卑宫何陋，大練爲安。故能捐萬金之資，以成二聖之意。爲國迎祥，而國無所費；與民祈福，而民不知勞。鑾輅親臨，神靈昭格。睹士女之和會，既同其休；念囹圄之幽囚，或非其罪。用孚大號，以達惠心。恭惟太皇太后陛下，恭儉以仁，明哲作則。愛惜帑廩，不供浮費之私；重慎典刑，每存數赦之戒。一寬湯網，衆識堯心。臣以從官，出臨近甸。率吏民而拜慶，助父老之歡謡。永望闕庭，實同咫尺。臣無任。

其二

臣軾言。伏睹九月二十七日德音,以上清儲祥宫成,減决四京及諸道見禁罪人者。琳館告成,神人交慶;綸音下霈,過故盡除。臣某誠歡誠忭,頓首頓首。臣聞漢武築通天之臺,魏明作凌雲之觀。皆厲民而私己,或秘祝以蘄年。然猶形于詠歌,被之金石。而况文孫繼志,神母考祥。追六聖之心,本枝百世。均萬方之慶,囹圄一空。豈惟洗濯於丹書,固已光華於青史。恭惟皇帝陛下,知人堯哲,克己禹勤。積德之宫,以文章爲藻飾;庇民之厦,以仁義爲基扃。眷樸斫之成能,亦聖神之餘事。臣久參法從,夙侍經幃。樂石銘詩,雖幸執太史之筆;大圭薦祼,不獲踐屬車之塵。徒與吏民,共兹慶澤。臣無任。

賀興龍節表

臣軾言。天佑我邦,祥開是日。山川貢瑞,日月增華。臣某誠歡誠忭,頓首頓首。伏以上聖所儲,有慈儉不争之寶;輿情共獻,蓋憂勤無逸之龜。不待禱祠而求,自然天人之應。恭惟皇帝陛下,堯仁舜孝,禹勤湯寬。德莫大於好生,故以不殺爲神武;道莫尊於問學,故以所聞爲高明。錫厥庶民,嚮用五福。臣備員内閣,出守近畿。雖違咫尺天威,乃身在外;而上千萬歲壽,此意則同。臣無任。

賀駕幸太學表二首

其一

臣軾言。恭聞十月十五日駕幸太學者。輦回原廟,既崇廣孝之風；幄次儒宫，復示右文之化。禮行一日，風動四方。臣某誠歡誠忭，頓首頓首。臣聞五學之臨，三代所共。蓋天子不敢自聖，而盛德必有達尊。在漢永平，始舉是禮。雖臨雍拜老，有先王之規；而正坐自講，非人主之事。豈如允哲，退托不能。奠爵伏興，意默通於先聖；横經問難，言各盡於諸儒。恭惟皇帝陛下，文武憲邦，聰明齊聖。大度同符於藝祖，至仁追配於昭陵。故舉舊章，以興盛節。臣早塵法從，久侍經幃。永矣馳誠，想聞合語於東序。斐然作頌，行觀獻馘於西戎。臣無任。

其　二

臣軾言。恭聞十月十五日皇帝駕幸太學者。濟濟多士，靈承上帝之休；雍雍在宫，服膺文母之教。風傳海宇，慶溢臣工。臣某誠歡誠忭，頓首頓首。臣聞學校太平之文，而以得士爲實；經術致治之具，而以愛民爲心。心既立而具乃行，實先充而文斯應。永惟坤載之厚，輔成天縱之能。惟使文子文孫莫不仁，故於先聖先師無所愧。恭惟太皇太后陛下，憂深祖構，德燕孫謀。黄裳之文，斧藻萬物；青衿之政，長育群材。豈惟鼓舞於士夫，實亦光華於史册。臣冒榮滋久，被遇最深。外告成功，行喜鴞音之革；中修潛德，孰知麟趾之風。臣無任。

謝賜曆日表二首

其　一

迎日推策，雖曰百王之常；后天奉時，惟我二后之德。伏讀詔旨，灼知聖心。（**中謝**。）伏以嗣歲將興，舊章畢舉。三朝受海内之圖籍，《七月》陳王業之艱難。冬有祁寒，知民言之可畏；陽居大夏，識天道之至仁。故于頒朔之初，更下布新之詔。恭惟太皇太后陛下，視民如子，以國爲家。振廩勸分，人自忘於艱歲；消兵去殺，天必報之豐年。臣敢不省事清心，貴農時之不奪；思患預備，期歲計之有餘。庶竭微誠，少裨洪造。臣無任。

其 二

歲頒正朔，蓋春秋統始之經；郡賜璽書，亦漢家寬大之詔。實爲令典，豈是空文。臣某誠惶誠恐，頓首頓首。伏以望歲者生民之至情，畏天者人君之大戒。所以常言報應而不言時數，每奏水旱而不奏嘉祥。上有消復之心，下有燮調之道。固資共理，同底純熙。（**鍾惺眉**）恒而奇言之，小而大言之，亦復無借題發論之迹。恭惟皇帝陛下，祗敬三靈，憂勤萬宇。爲仁一日，自然天下之歸；教民七年，豈無善人之效。臣敢不仰遵堯典，寅奉夏時。謹堤防溝洫之修，行勞來安定之政。庶殫綿力，少助至仁。臣無任。

卷六十九

表狀四十二首

揚州謝到任表二首

其　一

臣軾言。伏蒙聖恩,除臣知揚州,臣已於今月二十六日到任訖者。支郡養疴,裁能免咎;通都移牧,自愧何功。屢玷恩榮,實深慚汗。臣某(中謝。)伏念臣早緣竊禄,稍習治民。在先帝日,已歷三朝;近八年間,復忝四郡。平生所願,滿足無餘。志大才疏,信天命而自遂;人微地重,恃聖眷以少安。恭惟太皇太后陛下,子惠萬民,器使多士。以謂朝廷之德澤,付於郡縣與監司。乃眷江淮之間,久罹水旱之苦。鄰封二浙,饑疫相熏;積欠十年,豐凶皆病。臣敢不上推仁聖之意,下盡疲駑之心。庶復流亡,少寬憂軫。臣無任。

其　二

一麾出守,方愧偷安;十國爲連,復膺寵寄。恩榮既溢,慚汗靡寧。臣某(中謝。)伏念臣本以鯫生,冒居禁從。頃緣多病,力求潁尾之行;曾未半年,復有廣陵之請。蓋以魚鳥之質,老於江湖之間。習與性成,樂居其舊。天從民欲,許擇所安。恭惟皇帝陛下,欽明文思,剛健純粹。天功默運,灼知萬化之情;人材並收,各取一長之用。如臣衰朽,尚未遐遺。命至蹇而禄已盈,每懷憂懼;志雖大而才不副,莫報恩私。臣無任。

謝賜恤刑詔書表二首

其　一

臣軾言。伏蒙聖恩,賜臣欽恤刑獄詔書一道者。時令舉行,雖云故事;天心惻怛,本出至誠。德既洽於好生,民雖死而無憾。臣某誠惶誠懼,頓首頓首。伏以刻木畫地,志士不居;鑠石流金,平人猶病。宜軫聖神之念,實爲哀敬之先。訓誥丁寧,吏民感動。恭惟皇帝陛下,禹湯罪己,堯舜性仁。以不忍人之心,行若稽古之政。豈止緩獄,實期無刑。臣敢不推廣上恩,厚風俗於無犯;申嚴法意,消盜賊於未萌。少假歲時,庶空囹圄。臣無任。

其　二

暑雨其咨,既軫小民之病;麥秋已至,復虞輕繫之淹。祇服訓詞,灼知天意。臣某(**中謝**。)伏以仁聖之德,哀矜爲先。常内恕以及人,故深居而念遠。齋戒處掩,則知暴露之勤;袗絺袢延,不忘縲紲之苦。吏既罔懈,民知無冤。恭惟太皇太后陛下,事法祖宗,德參天地。凱風養物,散爲扇暍之凉;靈雨應時,同沾執熱之濯。臣敢不盡其哀敬,濟以寬明。奉漢律之嚴,毋令瘐死;推慈母之意,務在平反。庶竭愚忠,少行德意。臣無任。

賀立皇后表二首

其　一

臣軾言。伏睹制書,今月十六日皇后受册禮成者。纘女維莘,俔天之妹。事關廟社,喜溢人神。(**中賀**。)臣聞三代之興,皆有内助。二南之化,實本人倫。維《關雎》正始之風,具《既醉》太平之福。民有所恃,邦其永昌。恭惟皇帝陛下自誠而明,惟睿作聖。輯寧夷夏,德既茂於治朝;輔順陰陽,政兼修於内職。既膺大慶,益廣至仁。下逮海隅,夫婦無有愁嘆;上符天造,日月爲之光明。受禄無疆,與民同樂。臣無任。

其　二

吉日既涓,柔儀允正;穀珪往聘,象服來朝。(**中賀**。)臣聞周姜、任、姒之賢,位非皆極;漢陰、馬、鄧之貴,德或有慚。盛哉六禮之陳,襲此三宫之慶。恭惟太皇太后陛下,任付托之重,躬保佑之勞。公天下不私其親,配宸極必先以德。徽音不墜,嗣成慈孝之風;仁壽無疆,坐享雲來之養。臣限以官守,不獲躬詣闕庭。臣無任。

賀坤成節表

臣軾言。歲復六壬,襲嘉祥於太史;火流七月,紀令節於詩人。盡海宇之含生,舉欣榮於兹日。臣某(**中賀**。)臣聞君以民爲心體,天用民爲聰明。未有心胖而體不紓,民悦而天不應。故好生惡殺,是爲仁壽之基;捐利與民,斯獲豐年之慶。恭惟太皇太后陛下,恭儉一德,勤勞百爲。推天覆地載之心,阜成民物;

盡父教母憐之道，誨養臣鄰。共知難報之恩，必享無疆之福。臣以出守淮海，無由躬詣闕庭。臣無任。

謝除兵部尚書賜對衣金帶馬狀二首

其　一

蒙恩賜臣衣一對，金帶一條，並魚袋金鍍銀鞍轡馬一匹者。盛服在躬，無復曳婁之嘆；名駒出廄，遂忘奔走之勞。施重丘山，身輕毫末。伏念臣少賤而鄙，性椎少文。衣敝緼袍，未嘗有恥；乘款段馬，自以爲安。豈意晚年，屢膺此寵。此蓋伏遇皇帝陛下，紹隆景命，總攬群英。無競維人，勢已加於九鼎；惟德其物，恩有重於千金。臣敢不上體眷懷，勉思報稱。贈繞朝之策，愧不能謀；振屈原之衣，期於自潔。（**陳仁錫眉**）以屈大夫爲自比，恐非入告之體。臣無任。

其　二

伏以在笥之珍，本出於民力；脱驂之賜，以結於士心。顧臣何人，屢膺此寵。伏念臣學本爲己，材不適時。乘伯厚之車，雖云疾惡；束公西之帶，愧不能言。而二年之間，三拜是賜。此蓋伏遇太皇太后陛下，心存社稷，德協天人。以長策駕馭四方，以盛德藩飾多士。故令衰朽，猶玷光華。豈曰無衣，蓋獨求於安吉；慨然攬轡，敢有志於澄清。臣無任。

謝兼侍讀表二首

其一

伏奉制書,除臣守兵部尚書兼侍讀者。重地隆名,不擇所付;清資厚禄,以養不才。(**中謝**。)伏念臣以草木之微,當天地之澤。七典名郡,再入翰林;兩除尚書,三忝侍讀。雖當世之豪傑,猶未易居;矧如臣之孤危,其何能副。恭惟皇帝陛下,聖神格物,文武憲邦。重離繼明,何煩爝火之助;大厦既構,尚求一木之支。而臣白首復來,丹心已折。望西清之帷幄,久立彷徨;聞長樂之鼓鐘,恍如夢寐。莫報丘山之施,猶貪頃刻之榮。臣無任。

其二

流汗恩榮,再辭莫獲;强顔衰朽,一節以趨。臣軾(**中謝**。)恭惟先帝復六卿之名,本欲後人識三代之舊。古今殊制,閑劇異宜。武選隸於天官,兵政總於樞輔。故司馬之職,獨省文書;而師氏之官,職在論説。命臣兼領,聖意可知。恭惟太皇太后陛下,約己裕民,忘家憂國。知先王之兵,必本於道德,故以儒臣爲七兵;知人主之學,必通於民情,故自郡守爲五學。而臣迂疏,不可强合。早緣衰病,難以久居。終當自效於所長之間,或可報恩於未死之日。臣無任。

進郊祀慶成詩表

伏睹今月十四日郊祀禮成者。親奠璧琮,始見天地。兼陳祖宗六廟之典,參用漢唐三代之文。夷夏來同,人神允答。臣某(**中賀**。)恭惟皇帝陛下,聿追來孝,對越在天。外修神考之文章,内服文母之慈儉。四方觀禮,百辟宅心。雪止風恬,驗神祇之來饗;雲黄歲美,知豐凶之在天。臣以藝文,入侍帷幄。考事而知天意,陳詩以達民言。雖無足觀,亦各其志。臣無任瞻天望聖慚懼屏營之至。所撰《郊祀慶成詩》一首,謹繕寫陳表,上進以聞。

謝除兩職守禮部尚書表

其　一

伏蒙聖恩,除臣端明殿學士兼翰林侍讀學士守禮部尚書者。衰年自引,久抱此心。異數並加,實爲非意。辭不獲命,愧何以堪。臣軾(**中謝**。)竊惟以殿命官,本緣麟趾之舊;因時修廢,近正金華之名。歷代所榮,於今爲甚。自元豐之末,官制以來,若非身兼數器之人,未有名冠兩職之重。而況秩宗之任,邦禮是司。豈臣迂愚,所當兼領。此蓋伏遇太皇太后陛下,憂深社稷,慮極安危。求忠臣於愚直之中,論治道於文字之外。知臣難進而易退,或非患失之鄙夫。故授以禮樂清閑之司,使專於論説琢磨之事。此恩難報,願輸歲月之勤;度已所宜,終遂江湖之請。臣無任。

其　二

備員西學,已愧空疏;易職東班,尤驚忝冒。遂領宗卿之事,並爲儒者之榮。臣軾(**中謝**。)始臣之學也,以適用爲本,而耻空言;故其仕也,以及民爲心,而慚尸禄。(**高啓眉**)先伏"學期適用、仕慚尸禄",以爲下文"獻言期於信用"張本。乃者屢請治郡,兼乞守邊。欲及殘年，少施實效。而有志莫遂，負愧何言。今乃以文字爲官常，語言爲職業。下無所見其能否，上無所考其幽明。循省初心，有靦面目。故於拜恩之日，少陳有益之言。孔子曰："一言可以興邦。"而孟子亦曰："一正君而天下定。"昔漢文帝悦張釋之長者之言，則以德化民，輔成刑措之功；而孝景帝入晁錯數術之語，則以智馭物，馴致七國之禍。乃知爲國安危之本，只在聽言得失之間。（**高啓眉**）引證人主聽言之益，然後敷陳，是奏對法。恭惟皇帝陛下，即位以來，學如不及。問道八年，寒暑不廢。講讀之官，談王而不談霸，言義而不言利。（**陳仁錫夾**）病亦在此，究不能霸而反没於利。八年之間，指陳文理，何啻千萬，雖所論不同，然其要不出六事。一曰慈，二曰儉，三曰勤，四曰慎，五曰誠，六曰明。慈者，謂好生惡殺，不喜兵刑。儉者，謂約己省費，不傷民財。勤者，謂躬親庶政，不邇聲色。慎者，謂畏天法祖，不輕人言。誠者，謂推心待下，不用智數。明者，謂專信君子，不雜小人。（**陳仁錫夾**）宋之所難正在此。此六者，皆先王之陳迹，老生之常談。言無新奇，人所忽易。譬之飲膳，則爲穀米羊豕，雖非異味，而有益於人；譬之藥石，則爲耆术參苓，雖無近效，而有益於命。（**高啓眉**）引喻酣暢。若陛下信受此言，如御飲膳，如服藥石，則天人自應，福禄難量，而臣等所學先王之道，亦不爲無補於世。（**高啓夾**）應前"學期適用"。若陛下聽而不受，受而不信，信而不行，如聞春禽之聲，秋蟲之鳴，過耳而已。（**陳仁錫夾**）語近褻。則臣等雖三尺之喙，日誦五車之書，反不如醫卜執技之流，簿書奔走之吏，其爲尸素，死有餘誅。（**高啓夾**）應前"仕慚尸禄"。（**高啓眉**）一正一反，言之剴切聳聽。伏望陛下一覽臣言，少留聖意，天下幸甚。（**李卓吾旁**）可憐。

【彙評】

鄭之惠:似一諫疏。

鍾惺:此便是一篇奏疏。

謝賜對衣金帶馬狀二首

其一

蒙恩賜衣一對,金帶一條,並魚袋金鍍銀鞍轡馬一匹。服官奠篚,響動佩章;圉士效牽,光生韉策。伏以三賜之重,莫隆於車馬;五采之貴,兼施於衣裳。汝必有功,服之無斁。而臣衰年弱幹,固難强於馳驅;枯木朽株,本不願於文繡。寵加意外,愧溢顔間。此蓋伏遇皇帝陛下,因能任官,稱物平施。操名器以勵士,上有誠心;正銜勒以馭人,下無遺力。臣敢不思稱其服,益勵厥躬。雖愧立朝,乏能言之近用;猶希辨道,輸老智於暮年。臣無任。

其二

蒙恩賜衣一對,金帶一條,並魚袋金鍍銀鞍轡馬一匹。服章在笥,賁及衰殘;銜勒過庭,喜先徒御。伏以物生有待,天施無窮。草木何知,冒慶雲之渥采;魚蝦至陋,借滄海之榮光。雖若可觀,終非其有。妻孥相顧,驚屢致於匪頒;道路竊窺,或反增於指目。此蓋伏遇太皇太后陛下,聰明齊聖,陳錫載周。含垢匿瑕,而察於求賢;卑宫菲食,而侈於養士。士豈輕於千里,念非其人;言有重於兼金,當思所報。臣無任。

笏記二首

其　一

榮兼兩職，寵與六卿。豈伊衰朽之餘，有此遭逢之異。此蓋伏遇太皇太后陛下，坤元利正，天造無私。靡求備於一人，將曲成於萬物。文章小技，縱有效於涓埃；草木微生，終難酬於雨露。

其　二

升榮秘殿，列職西清。並此光華，付之衰朽。此蓋伏遇皇帝陛下，剛健純粹，緝熙光明。曲搜已棄之材，將建無窮之業。顧慚淺陋，將何補於聖明；惟有樸忠，誓不回於生死。臣無任。

定州謝到任表

兵民重寄，本禦侮以折衝；疆埸久安，但坐嘯而畫諾。才微祿厚，恩重命輕。臣軾（**中謝。**）伏念臣一去闕庭，三換符竹。坐席未暖，召節已行。筋力疲於往來，日月逝於道路。未經周歲，復典兩曹。朝廷非不用臣，愚蠢自不安位。所宜竄逐，更冒寵榮。此蓋伏遇皇帝陛下，離明正中，幹健獨運。追述東朝之遺意，收此散材；眷言西學之舊臣，付之善地。致此衰朽，尚未棄捐。臣敢不勤恤民勞，密修邊備。苟無大過，以及期年。漸還魚鳥之鄉，以畢桑榆之景。臣無任。

慰正旦表

嗣歲將興，雖有作新之慶；舊穀既没，共深追遠之思。凡在照臨,舉增懷慕。臣軾(**中謝**。)恭惟皇帝陛下,道躋堯、禹,行比騫、參。方受圖於二朝,明發不寐;念御簾於雙日,孝思奈何。幸寬罔極之哀,少副有生之望。臣限以官守,不獲躬詣闕庭。臣無任。

謝賜曆日表

夙頒温詔,寵拜新書。吏得承宣,民知早晚。臣軾(**中謝**。)臣聞言天道者有數,故閏以正時;訓農事者在人,則王無罪歲。豈獨典常之舊,必存忠利之心。恭惟皇帝陛下,輔相財成,聰明時憲。居德刑于冬夏,意與天同;暨聲教于朔南,責在臣等。敢不時使薄斂,思患預防。勤恤鰥孤,幸流亡之盡復;兼明威惠,庶戎夏以皆安。臣無任。

慰宣仁聖烈皇后山陵禮畢表

恭聞今月七日,大行宣仁聖烈太皇太后山陵禮畢者。日月有時,義當即遠;雨露既降,思則無窮。遥知穆穆之光,尚起皇皇之望。臣軾(**中謝**。)恭惟皇帝陛下,道循祖德,德契天心。大哉孔子之仁,泫然流涕;至矣顯宗之孝,夢若平生。願寬舜慕之心,少副堯封之祝。臣限以官守,不獲躬詣闕庭。無任瞻天望聖激切屏營之至。

慰宣仁聖烈皇后祔廟禮畢表

恭聞今月十七日,宣仁聖烈皇后升祔禮畢者。反寢而虞,既盡飾終之典；宅神於廟，益隆追遠之思。凡在照臨，舉增悲慕。臣軾（**中謝**。）竊以六朝繼聖，並傳家法之餘；三后御簾，高出古人之右。逮此登配，廓然永懷。恭惟皇帝陛下，奉順母慈，表章坤德。四謚哀榮之詔，簡策有光；數詩挽餞之音，道塗垂涕。日月云遠，典禮告成。願寬無益之悲，少副有生之望。臣限以官守，不獲躬詣闕庭。無任瞻天望聖激切屏營之至。

謝賜衣襖表

十一月九日，翰林醫官王宗古至，伏蒙聖慈傳宣存問，賜臣等敕及初冬衣襖者。齊官三服，已寬卒歲之憂；漢劄十行，更佩先春之暖。（**儲欣夾**）典秀。恩均吏士，聲動華夷。臣軾（**中謝**。）伏以《禮》著始裘，《詩》歌無褐。邊陲更戍，本爲臣子之常；朔易早寒，特軫聖神之念。惟德其物，豈曰無衣。恭惟皇帝陛下，廣運聰明，力行恭儉。威風旁振，方戰栗於天驕；温詔下融，遂流澌於河凍。既無功而坐食，實有愧於解衣。敢不推廣朝廷之仁，益收凍餒；申嚴祖宗之法，少肅惰偷。庶收汗馬之勞，以解濡鵜之誚。臣無任。

到惠州謝表

先奉告命，落兩職，追一官，以承義郎知英州軍州事，續奉告命，責授臣寧遠軍節度副使惠州安置，已於今月二日到惠州公參訖者。仁聖曲全，本欲畀之民社；群言交擊，必將致之死亡。（**高啓夾**）歸罪群言，才無觸忤。尚荷寬恩，止投荒服。（**高啓眉**）“尚荷”、“止投”四字，下得有斟酌。臣軾（**中謝**。）伏念臣性資褊淺，學術荒唐。但信不移之愚，遂成難赦之咎。迹其狂妄，久合誅夷。方尚口乃窮之時，蓋擢髮莫數其罪。豈謂天幸，得存此生。此蓋伏遇皇帝陛下，以大有爲之資，行不忍人之政。湯網開其三面，舜干舞於兩階。念臣奉事有年，少加憐愍。知臣老死無日，不足誅鋤。明降德音，許全餘息。故使偃櫝之馬，猶獲蓋帷；觳觫之牛，得違刀几。（**高啓眉**）讀至此，一字一淚。臣敢不服膺嚴訓，托命至仁；洗心自新，没齒無怨。但以瘴癘之地，魑魅爲鄰；衰疾交攻，無復首丘之望。精誠未泯，空餘結草之忠。（**李卓吾旁**）可憐。臣無任。

【彙評】

蔣仲舒：表章自叙，以兩"臣"字對説，必須審度君臣之間情義厚薄及姓名眷顧於君前如何，乃爲合宜。東坡湖州表、登州表皆用之，而此惠州表亦有"念臣"、"知臣"二偶聯，凡以所言可自表於君前耳。後人不諳事宜，至有碌碌常流，乍得一官，亦輒云察臣、知臣，甚非體也。

到昌化軍謝表

今年四月十七日，奉被告命，責授臣瓊州别駕昌化軍安置，臣尋於當月十九日起離惠州，至七月二日已至昌化軍訖者。並鬼門而東騖，浮瘴海以南遷。生無還期，死有餘責。臣軾（**中謝**。）伏念臣頃緣際會，偶竊寵榮。曾無毫髮之能，而有丘山之罪。宜三黜而未已，跨萬里以獨來。恩重命輕，咎深責淺。此蓋伏遇皇帝陛下，堯文炳焕，湯德寬仁。赫日月之照臨，廓天地之覆育。譬之蠕動，稍賜矜憐；俾就窮途，以安餘命。而臣孤老無托，瘴癘交攻。子孫慟哭於江邊，已爲死别；魑魅逢迎於海上，寧許生還。念報德之何時，悼此心之永已。（**陳仁錫眉**）公渡海浩然，而啓君之言凄切，乃爾豈托諷耶？不然子孫何慟，鬼魅何迎，得無怯乎俗乎？俯伏流涕，不知所云。（**李卓吾旁**）可憐，可憐。臣無任。

【彙評】

陳天定：讀此而不酸心者非人也。彼贈人者亦已太甚。

儲欣：人非木石，讀此誰不廢書而泣？

高嵣：公於紹聖時，因御史言，謫知英州，未至，貶寧遠軍節度副使，惠州安置。又貶儋州别駕，居昌化。此到軍後表。地故在儋耳，非人所居，故篇中寫得氣象愁慘，不堪卒讀。

提舉玉局觀謝表

（**茅鹿門旁**）一驚一喜。

臣先自昌化軍貶所奉敕移廉州安置，又自廉州奉敕授臣舒州團練副使永州居住，今行至英州，又奉敕授臣朝奉郎提舉成都府玉局觀在外州軍任便居住者。七年遠謫，不自意全，萬里生還，適有天幸。驟從縲紲，復齒縉紳。臣軾（**中謝**。）伏念臣才不逮人，性多忤物。剛褊自用，可謂小忠；倡狂妄行，乃蹈大難。皆臣自取，不敢怨尤。會真人之勃興，與萬物而更始。而臣獨在幽遠，最爲冥頑。迨兹起廢之初，倍費生成之力。終蒙記録，不遂棄捐。此蓋伏遇皇帝陛下，正位龍飛，對時虎變。神武不殺，豈非受命之符；清净無爲，坐獲消兵之福。聰明不作，邪正自分。使臣得同草木之微，共沾雷雨之解。臣敢不益堅素守，深念往愆。没齒何求，不厭飯蔬之陋；往棺未已，猶懷結草之忠。臣無任。

慰皇太后上仙表

伏睹正月十四日，大行皇太后遺誥者。慟發六宫，悲纏九土。奉諱哀殞，不知所云。臣軾（**中謝**。）大行皇太后，德冠三朝，化行四海。獨決大策，措天下於泰山之安；退避東朝，復明辟爲萬世之法。奄終壽禄，莫曉天心。恭惟皇帝陛下，仁孝自天，哀傷過禮。惟聖達節，豈復行曾、閔之難；以民爲心，則當法舜、禹之大。願少寬於追慕，庶下答於臣民。臣以外郡居住，不獲奔赴闕庭，無任哀痛隕越之至。

代普寧王賀冬表

七日來復，陽既進而歲功成；八風不奸，樂已調而君道得。惟聖在御，與天同符。恭惟皇帝陛下，嗣守洪基，丕承先志。法《小毖》以求助，期《既醉》之太平。淵默臨朝，順陽道之消長；清净爲治，俾物類以昭蘇。受福無疆，成功不宰。臣猥以暗弱，仰荷誨憐。敢先百辟之朝，以祝萬年之壽。

謝御膳表

臣伏蒙聖恩，特賜寬假將理。今月七日，又再蒙中使臨賜御膳，問其治療之增損，督以朝參之日辰。臣下履淵冰，上負芒刺。蹄涔雖小，能延兩耀之光；寸草何知，莫報三春之澤。正使豚魚幽陋，木石堅頑。亦將激勵忘軀，奔走赴職。而臣尚有無厭之請，敢守不移之愚。在法當誅，原情可憫。實以負薪之疾，積有歲時；勿藥之祥，恐非旦夕。終願江淮之一郡，以安犬馬之餘生。尚冀此身，未填溝壑。期於異日，别效涓埃。

代滕達道景靈宫奉安表

衣冠出游，巍乎宫闕之盛；祖考來格，燦然日月之明。新禮光前，彌文範後。繼以作解之雷雨，仍收繪像之子孫。聳觀華夷，淪浹枯朽。竊以祀無豐疏，祭不欲昵。自仁率親，故同宫而合享；惟聖作則，實考古而便今。庶民子來，五福交應。蔚山河之增氣，紛嶽瀆以來朝。仙木蟠根，五聖既聯於龍衮；靈芝擢秀，九莖復出於齋房。皇帝陛下舜孝格天，堯文冠古。損益漢唐之典故，潤色祖宗之規摹。壽考萬年，永作人神之主；本支百世，共承宗廟之休。臣出守遠方，阻觀盛禮。會祠壇下，莫睹燁然之光；留滯周南，竊興命也之嘆。

代滕達道湖州謝上表

郡壓五湖，城交二水。既先世舊居之地，亦年少初仕之邦。父老縱觀，不謂微臣之尚在；吏民感涕，共知洪造之難酬。（**中謝。**）臣聞忠臣可使死封疆，而不能受無根之謗議。志士本不求富貴，而不能安有道之賤貧。況臣早蒙希世之恩，常有捐軀之意。豈容曖昧，略不辨明。然疑似之難知，實古今之通患。漢文帝，賢君也，而不能信賈生之屈；尹吉甫，慈父也，而不能雪伯奇之冤。（**鍾惺夾**）看他摇擺。此小人譖夫所以得志而欺天，忠臣孝子所以抱恨而入地。況臣結累朝之深怨,無半面之先容。而訴章朝聞,恩詔夕下。歷數千載,唯臣一人。此蓋伏遇皇帝陛下,妙物言神,思睿作聖。謂天蓋遠,以窮呼而必聞;如日之明,雖浸潤而不受。念兹七年之厄,收之九死之餘。臣敢不更勵初心,馴據後效。老當益壯,未甘結草之幽途;死且不辭,尚欲據鞍於前殿。

同天節功德疏表

伏以累聖儲休,上天垂佑。乃逢純乾之月,肇興出震之祥。恭惟皇帝陛下,以堯舜生知之資,承祖宗積治之慶。《大有》上吉,天人之助已明;《既醉》太平,聖賢之福誠備。至於臣子之私願,是爲草木之微情。幸同海表之民,共罄封人之祝。

上皇帝賀正表

東方發律,氣迎萬物之新。南面受圖,禮勤三朝之始。惟聖時憲,自天降康。恭惟皇帝陛下,文武生知,聖神天縱。舊邦新命,既光啓於前人;大德小心,以昭事於上帝。臣久塵從橐,外領藩符。敢傾葵藿之心,仰獻松椿之壽。

杭州賀冬表二首

其　一

月臨天統,首冠於三正;氣應黄鐘,復來於七日。君道浸長,陽德光亨。恭惟皇帝陛下,清明在躬,仁孝遍物。垂衣南面,天何言而四時成;問孝西清,日將旦而群陰伏。蠻夷奔走,年穀順成。豈惟四海之歡心,自識三靈之陰贊。臣祇膺詔命,恪守郡符。身雖在於江湖,顏不忘於咫尺。敢同率土,惟祝後天。

其 二

消長有時,候微陽之來復;賢愚同慶,知君子之彙征。德化所加,神人並應。恭惟太皇太后陛下,睿明天縱,慈儉身先。振海嶽以不傾,地無私載;順陰陽之自化,天且不違。成功已陋於漢、唐,論德蓋高於任、姒。黄雲可望,共沾至治之祥;彤史何知,莫贊無爲之德。臣備員法從,祇役海隅。東閣拜章,阻陪於百辟;南山獻壽,徒頌於萬年。

上皇帝賀冬表

《易》稱來復,蓋知天地之心;《禮》戒無爲,以待陰陽之定。恭惟皇帝陛下,堯仁冠古,舜孝通神。種德兆民,躬行文景之儉;游心六藝,灼知周孔之情。人既和而歲自豐,天不違而壽無極。臣久緣衰病,待罪江湖。莫瞻北極之光,但罄南山之祝。

上太皇太后賀正表

堯曆授時,夏正建統。氣迎交泰之會,祥應重明之朝。恭惟太皇太后陛下,道無能名,德博而化。天人所助,本羲《易》之《益》《謙》;慈儉不居,得老氏之三寶。時逢吉旦,福集清宫。臣職守江湖,心馳象魏。天威咫尺,想聞清蹕之音;眉壽萬年,遠奉稱觴之慶。

舉黄庭堅自代狀

蒙恩除臣翰林學士。伏見某官黄某,孝友之行,追配古人;瑰瑋之文,妙絶當世。舉以自代,實允公議。

英州謝上表

罪盈義絶,誅九族以猶輕;威震怒行,置一州而大幸。驚魂方散,感涕徒零。伏念臣草芥賤儒,岷峨冷族。襲先人之素業,借一第以竊名。雖幼歲勤勞,實學聖人之大道;而終身窮薄,常爲天下之罪人。先帝念臣於衆怒必死之中,陛下起臣於散官永棄之地。恩深報蔑,每憂天地之難欺;福眇禍多,是亦古今之罕有。自悲棄物,猶欲籲天。惟上聖纂宗廟之圖,方太母聽簾帷之政。招延俊乂,登進老成。何期章句之謏才,使掌絲綸之要職。凡一時黜陟進退之衆,皆兩宫威禍賞福之公。既在代言,敢思逃責。苟不能敷揚上意,尊朝廷於日月之明,則何以聳動四方,鼓號令於雷霆之震。固當昭陳功罰,直喻正邪。豈臣愚敢有於私心,蓋王言不可以匿旨。當時之天奪其魄,但謂守官;今日之臣肆其言,期於必戮。賴父母之深憫,免子弟之偕誅。罪雖駭於聽聞,怒終歸於寛宥。不獨再生於東市,猶令尸禄於南州。累歲寵榮,固已太過。此時竄責,誠所宜然。瘴癘炎陬,去若清凉之地;蒼顔素髮,誰憐衰暮之年。恩重丘山,感藏骨髓。此蓋伏遇皇帝陛下,知惟天錫,行自生知。巍巍繼六聖之神休,孜孜盡二宫之孝養。深原心迹,曲示哀矜。臣實何人,恩常異衆。在先朝偶脱其誅戮,故此日復煩於典刑。頑戾如斯,生存何面。臣敢不噬臍悔過,吞舌知非。革再三不改之愆,庶萬一善終之望。殺身莫喻,敢懷窮困之憂;守土非輕,尚畀遐荒之俗。儻沐先朝之化,永惟結草之忠。臣無任。

移廉州謝上表

使命遠臨,初聞喪膽。詔詞溫厚,亟返驚魂。拜望闕庭,喜溢顔面。否極泰遇,雖物理之常然;昔棄今收,豈罪餘之敢望。伏膺知幸,揮涕無從。(**中謝**。)伏念臣頃以狂愚,遽遭譴責。荷先帝之厚德,寬蕭律之重誅。投彼遐荒,幸逃鼎鑊。風波萬里,嘆衰病以何堪;煙瘴五年,賴喘息之猶在。憐之者謂之已甚,嫉之者恨其太輕。考圖經止曰海隅,其風土疑非人世。食有並日,衣無禦冬。凄凉百端,顛躓萬狀。恍若醉夢,已無意於生還;豈謂優容,許承恩而近徙。雖云僥倖,實有夤緣。此蓋伏遇皇帝陛下,道本生知,性由天縱。舊勞於外,爰及小人之依;堪家多艱,鑒於先帝之德。奉聖母之慈訓,擇正人而與居。凡有嘉謀,出於睿斷。憫臣以孤忠援寡,察臣以衆忌獲愆。許以更新,庶使改過。天地有造化之大,不能使人之再生,父母有鞠育之恩,不能全身於必死。報期碎首,言豈渝心。濯於淤泥,已有遭逢之便;擴開雲日,復覩於變之時。此生敢更求榮,處世但知緘默。臣無任。

【彙評】

樊潛庵:二疏歸老,當時賢之,後世善之。史載廣謂兄子受曰:"仕宦至二千石,名立如此,不去,懼有後悔。"真"知足不辱,知止不殆"者矣。然以宣帝之明,漢公卿徒充位禄,無所建白,故廣見及此耳。二蘇公德位才名不減二疏,方宋室多故,小人擅恣,仁宗得公兄弟,謂"爲子孫得兩賢相"。使契丹、寄顧命及諸廷議,莫不賴以持籌。忠君之謂,何可半途去乎?然公辭尚書,辭史館,章至三四上。且乞休不可,轉而乞郡,又未嘗一日不有此舉也。迨晚年竄逐,章惇輩實媒孽之,不足爲功果。觀其《量移謝表》云:"奉聖母之慈訓,擇正人而與居。""報期碎首,言豈渝心。"可以查公之志矣。謂公處憂患中悔不竭身早退,而有是作可也,謂公平日景行二疏,惟孜孜求去以鳴高,則不可也,識者辨之。

謝復賜看墳寺表

名書罪籍,慚負明時;思念私塋,特還舊刹。九泉受賜,荒隴生光。伏念臣早以空疏,叨居近密。始終無補,愚不自量。恩禮誤加,驟及既往。一被黨人之目,上遺先臣之憂。舊恩已移,没齒何覬。豈謂詔書一出,舊物復還。山隴絶芻牧之虞,松櫝變焦枯之色。骨肉感涕,里巷咨嗟。伏遇皇帝陛下,性仁無私,聖孝不匱。覽二帝初潛之地,動一夫失所之懷。號令所加,存殁咸賴。臣衰病已久,報國之日不長;子孫在前,教忠之心未替。

卷七十

啓四十三首

謝館職啓

試言無取,錫命過優。進貽朋友之譏,退有簡書之畏。靦顔就列,撫己若驚。國家取士之門至多,而制舉號爲首冠;育才之地非一,而册府處其最高。觀其所以待之,蓋亦可謂至矣。知寶玉、璠璵難得而易毁,故篋櫝以養其全;知梗楠、豫章積歲而後成,故封殖以待其長。施等天地,恩均父師。

恭惟先帝臨御以來四十二載,所擢賢良方正之士十有五人。其志莫不欲舉明主於三代之隆,其言莫不欲措天下於泰山之固。大則欲興禮樂以範來世,小則欲操數術以馭四夷。然而進有後先,名有隱顯;命有窮達,時有重輕。或已踐廟堂之崇,或已登侍從之列。或反流落於遠郡,或尚滯留於小官。或死生之乖睽,已爲陳迹;或擯斥於罪戾,僅夷平民。(**儲欣眉**)升沉大抵如此,悲夫!(**茅鹿門眉**)錯舉十五人所遭,以致感慨。雖曰功名富貴所由之途,亦爲毁譽得喪必争之地。名重則於實難副,論高則與世常疏。故雖絶異之資,猶有不任之懼。軾之内顧,豈不自知。性任己以直前,學師心而無法。自始操筆,知不適時。會宗伯之選掄,疾時文之靡弊。擢居異等,以風四方。不知滿溢之憂,復玷良能之舉。負賢者所難之任,争四海欲得之求。

其爲蠢愚,可爲危栗。是以一參賓幕,輒蹈危機。已嘗名挂於深文,不自意全於今日。而況大明繼照,百度惟新。理財訓兵,有鞭笞戎狄之志;信賞必罰,有追述祖宗之風。凡用人歷試其能,苟敗事必誅無赦。

此太平可待之日,豈不肖相容之時。而乃度越賢豪,曲收微賤。縱不能力辭而就下,亦當知非分以自慚。此蓋伏遇某官,志在斯民,仁爲己任。欲辦大事,務兼尺寸之長;將求多聞,故引涓埃之助。致此忝冒,有逾等倫。欲報無緣,將何望於頑鄙;遇寵知懼,庶不至於惰媮。(**高啓眉**)自取士制舉爲首,至此凡六疊,叙論纔入薦擢致謝。

【彙評】

鄭之惠:四六中叙事疏暢,渾然天成,惟宣公、文忠公爾。

賀韓丞相啓

右軾啓。伏審誕膺策命,首冠輔臣。四方聳觀,萬口同慶。天下幸甚,天下幸甚。自古在昔,治少亂多。夫天將欲措世於大安,必有異人之間出;使民莫不回心而向道,類非俗吏之所能。方陋漢唐,將追堯舜。洪惟上聖之後,眷求一德之臣。謂莫如公,遂授以政。付八音於師曠,孰敢争能;捐六轡於王良,坐將致遠。引領以望,惟日爲年。恭以昭文相公,全德難名,巨才不器。亹亹申伯之望,堂堂漢相之風。出入三朝,險夷一節。蕞爾種羌之叛命,慨然當寧以請行。威聲所加,膻穢自屏。淮蔡既定而裴度相,徐方不回而召虎歸。(**儲欣夾**)工妙而切。縱復遺種龍荒,游魂沙海,譬之癬疥,豈足爬搔。必將訓兵擇帥,而授之規摹，積穀堅城，而磨以歲月。破斧之惡四國，實願周公之亟還；折棰以鞭赤眉，無煩鄧禹之久外。天下是望，豈惟一人。即日邊徼苦寒，台候何似。伏冀爲國，善調寢興。謹奉啓起居。

答曾學士啓

伏審祗奉詔恩，榮升册府；允厭朝論，增輝士林。伏惟慶慰。恭以聖神在御，政化惟新。顧籲俊之無方，豈拔賢而待次。賤如莘野，猶爲席上之珍；遠若傅岩，盡入彀中之選。而況圭璋之質，近生閥閲之家。固宜首膺寤寐之求，于以助成肅雍之化。府判學士，天資粹美，儒術講明。向屈處於下僚，蓋避嫌而自晦。屬文子之請老，察少翁之最賢。撫念老成，聿求義訓。豈獨褒崇之盛典，固將樂育於英材。自顧庸虚，獲聯齋舍。忽捧書詞之辱，益知謙德之光。喜愧於心，踧踖無措。

賀歐陽少師致仕啓

（**茅鹿門旁**）内多名言。（**高啓眉**）駢偶中插入議論，鋪張格自蘇長公始，即歐公嘆以爲不及。

伏審抗章得謝，釋位言還。天眷雖隆，莫奪已行之志；士流太息，共高難繼之風。凡在庇庥，共增慶慰。伏以懷安天下之公患，去就君子之所難。世靡不知，人更相笑。而道不勝欲，私於爲身。君臣之恩，繫縻之於前；妻子之計，推荷之於後。至於山林之士，猶有降志於垂老；（**王聖俞夾**）誠然。而況廟堂之舊，欲使辭福於當年。有其言而無其心,有其心而無其決。(**儲欣夾**)流利頓挫。(**陳仁錫眉**)去不難□有用身而去,去而仍□□國□足肯也?(**高啓夾**)説盡人情。愚智共蔽,古今一塗。是以用捨行藏,仲尼獨許於顔子;存亡進退,《周易》不及於賢人。自非智足以周知,仁足以自愛,道足以忘物之得喪,志足以一氣之盛衰。則孰能見幾禍福之先,脱屣塵垢之外。常恐兹世,不見其人。(**高啓眉**)極言見機之難,正以叫起歐公致仕之見機。伏惟致政觀文少師,全德難名,巨材不器。事業三朝之望,文章百世之師。(**高啓眉**)"事業"二語工麗。功存社稷,而人不知。躬履艱難,而節乃見。縱使耄期篤老,猶當就見質疑。(**高啓夾**)轉得好。而乃力辭於未及之年,退托以不能而止。大勇若怯,大智如愚。至貴無軒冕而榮,至仁不導引而壽。較其所得,孰與昔多。軾受知最深,聞道有自。雖外爲天下惜老成之去,而私喜明哲得保身之全。(**高啓夾**)轉得好。(**儲欣夾**)妙。伏暑向闌,台候何似。伏冀爲時自重,少慰輿情。

【彙評】

王聖俞:走筆成對,語必洞心,作啓家上乘。

儲欣:一氣渾脱。

凌啓康:按歐公《乞休致仕表》曰:"俾其解組宫廷,還車故里。披裘散髮,逍遥垂盡之年;鑿井耕田,歌詠太平之樂。"客有嘆其雅致平淡者,公曰:"尚不如老蘇秀才'有田一廛,足以爲樂;行年五十,將復何求'。"蓋老泉箋中語,公甚愛之。

賀韓丞相再入啓

伏睹詔書,登庸舊德。傳聞四海,歡喜一辭。竊以君臣之間,古今異道。任法而不任人,則責輕而憂淺,庸人之所安;任人而不任法,則責重而憂深,賢者之所樂。(**茅鹿門眉**)此數言長公平生所獨見處,故及之。凡吾君所以推心忘己,一切不問,而聽其所爲;蓋其後必將責報收功,三年有成,而底於至治。自非量足以容物,智足以知人,强足以濟艱難,勇足以斷取捨,則何以首膺民望,力報主知。恭惟史館相公,忠誠在天,德望冠世。如《乾》之中正,挺然而純粹精;如《坤》之六二,隤然而直方大。更練三朝之用捨,出入四方之險夷。疲民繫心,有識引領。必將發其藴蓄,以次施行。始緩獄以裕民,終措刑而隆禮。軾登門最舊,荷顧亦深。喜忭之懷,實倍倫等。

密州到任謝執政啓

蒙恩授前件差遣,已於今月三日赴任訖。帶山負海,號爲持節之邦;多病無功,久在散材之目。授非所稱,愧靡自任。矧兹願治之辰,方以求賢爲急。宜得敏鋭兼人之器,以副厲精更化之懷。如軾者,天與愚忠,家傳樸學。議論止於污俗,交游謂之陳人。出佐郡條,薦更歲籥。雖僅脱網羅之患,然卒無毫髮之稱。豈伊寵榮,偶及衰鈍。此蓋伏遇某官股肱元聖,師表萬邦。欲隆太平極治之風,故開兼收並采之路。重使一夫之不獲,特捐支郡以見收。荷恩至深,論報何所。謹當鐫磨朽鈍,棰策疲駑。雖無望於功名,庶少逃於罪戾。過此以往,未知所裁。

答楊屯田啓二首

其一

伏承枉顧，寵示長書。禮數過隆，既匪妄庸之稱；文詞深厚，足爲衰拙之光。反復究觀，愧汗交集。伏惟通判屯田，學深經術，名重薦紳。頃者劍外屈臨百里之間，已是部中受賜一人之數。豈伊幸會，復此逢迎。聽其言，信仁人之溥哉；居是邦，蓋大夫之賢者。欲報瓊瑶之貺，適苦簿書之煩。言之不文，永以爲好。

其二

向者不遺，特蒙枉顧。愧無琴瑟旨酒，以樂我嘉賓；但喜直亮多聞，真古之益友。謂將繼此而得見，豈意闃然而有行。伏讀誨音，惟知感嘆。伏惟通判屯田，才猷通敏，學術深純。非獨東州杞梓之珍，將爲清廟璠璵之寶。暫臨邊服，行履要津。而軾早以空疏，加之衰病。不緣曠官而罷去，則當引分以歸耕。自兹恐遂有出處之疏，故臨紙不能無悵惘之意。惟祈自重，少副下情。

謝監司薦舉啓

猥以庸虚，過蒙知遇。既免尤譴，復加薦論。自省孤危，加之衰病。生而賦樸野之性，愚不識禍福之機。但知任己以直前，不復周防而慮後。動觸時忌，言爲身災。擠而去之，則爲有功；引而進之，亦或招悔。自非不以利禄爲意，而以仁厚爲心。顧兹鈍頑，誰肯收録。伏惟某官，時望至重，主知已深。方將長育於群材，專務掩覆於小過。憐其謀身之甚拙，進絶望而退無歸；知其爲政之雖迂，歲有餘而日不足。特矯世俗，借之齒牙。軾敢不祗畏簡書，益自修飭。豈云報德，苟不辱知。過此以還，未知所措。

徐州謝兩府啓

移守河中，已愧超升之異；改臨泗上，仍叨藩鎮之雄。既見吏民，周覽風俗。地形襟要，當東南水陸之衝；民食艱難，正春夏旱蝗之際。宜得一時之循吏，以安千里之疲民。如軾者才不逮人，學非適用。冒塵策府，自知拙直之難安；屢乞守符，意謂苟全之善計。然自往來三郡，首尾七年。足蹈危機，僅脱風波之險；心存吏役，都忘學術之源。既未決於歸耕，敢復求於善地。伏遇某官權衡萬物，高下一心。頑礦悍堅，實費陶鎔之力；散材疏惡，徒施封殖之恩。謹當棰策疲駑，鐫磨朽鈍。上酬天造，次答已知。

賀吕副樞啓

伏審近膺告命，入總樞機。中外聳觀，朝廷增重。伏惟慶慰。竊以古之爲國，權在用人。德厚者，輔其才而名益隆；望重者，無所爲而人自服。是以淮南叛國，先止謀於長孺，汾陽元老，尚改觀於公權。樽俎可以折衝，藜藿爲之不采。哀此風流之莫繼，久矣寂寥而無聞。天亦厭於凡才，上復思於舊德。恭惟樞密侍郎，性資仁義，世濟忠嘉。豈惟清節以鎮浮，固已直言而中病。出領數郡，若將終身。小人謂之失時，君子意其復用。

迨兹顯拜,夫豈偶然。然而荷三朝兩世之恩,當《春秋》賢者之責。推之不去,凛乎其難。進伯玉而退子瑕,人皆望於門下;烹桑羊而斬樊噲,公無愧於古人。莫若盡行疇昔之言,庶幾大慰天下之望。軾登門最舊,稱慶無緣。踊躍之懷,實倍倫等。

賀趙大資致仕啓

伏審抗章得謝,奉册言還。搢紳聳觀,閭里相慶。竊謂富貴不爲至樂,功名非有甚難。樂莫樂於還故鄉,難莫難於全大節。歷數當今之卿相,或寓他邦;究觀自古之忠賢,少有完傳。錦衣而夜行者多矣,狐裘而羔袖者有之。至若百行渾圓,五福純備。當世所羨,非公而誰。恭惟致政大資少保,道心精微,德望宏遠。無施不可,尤高臺諫之風;所臨有聲,最宜吴蜀之政。才不究於大用,命乃繫於生民。與時偕行,不可則止。見故人而一笑,綽有餘歡;念平生之百爲,一無可恨。方將深入不二,獨游無何。默追粲可之風,坐致喬松之壽。軾荷知有素,貪禄忘歸。慕鸞鵠之高翔,眷樊籠而永嘆。傾頌之素,敷寫莫窮。

答陳齋郎啓

伏審祇膺寵命,榮踐亨塗。拜慶庭闈,溢歡聲於觀者;馳書士友,掞華藻之燦然。顧此衰羸,實難當捧。伏惟齋郎,天資深茂,學術淹通。經行兩純,窮達一操。久困有司之尺度,退從老圃於丘園。陋彼素餐,是聞也,非達也;凛然遺直,惟有之,則似之。假道一官,權輿千里。幅巾藜杖,願爲二老之風流;甲第高門,坐看諸郎之富貴。欣頌之至,筆舌難周。

賀文太尉啓

伏審孚號揚庭,臨軒遣使;出節少府,授鉞齋壇。夷夏聳觀,兵民交慶。蓋功業盛大,則極名器而後稱;惟德度宏遠,故舉富貴而若無。蔚爲三世之宗臣,豈獨一時之盛事。恭惟留守文太尉,道本天合,德爲人師。信及三川之豚魚,威加兩河之草木。身任休戚,言爲重輕。始若留侯,弱冠而遇高祖;晚同尚父,黃髮而亮武王。既奉册書,益新民聽。方將威懷北虜,繫頸長纓;約束河公,軌流故道。然後入調伊傅之鼎,歸躡松喬之游。輿論所期,斯言可必。軾謫官有限,趨侍無緣。踊躍之心,宣寫難盡。

登州謝兩府啓

右軾啓。蒙恩授前件官,已於今月十五日到任上訖者。迂愚之守,没齒不移。廢逐之餘,歸田已幸。豈謂承宣之寄,忽爲枯朽之榮。眷此東州,下臨北徼。俗習齊魯之厚,迹皆秦漢之陳。賓出日於麗譙,山川炳焕;傳夕烽於海嶠,鼓角清閑。顧静樂之難名,笑妄庸之竊據。此蓋伏遇某官,股肱元聖,師保萬民。才全而德不形,任重而道愈遠。謂使功不如使過,而觀過足以知仁。特借齒牙,曲成羽翼。軾敢不服勤簿領,祗畏簡書。策蹇磨鉛,少答非常之遇;息黥補劓,漸收無用之身。過此以還,未知所措。

謝中書舍人啓

右軾啓。蒙恩授前件官者。起於貶所,未及期年;擢置周行，遽參法從。省躬無有，被寵若驚。竊惟人材進退之間，實爲風俗隆替之漸。必欲致治，在於積賢。雖一薛居州，齊言不能移楚；而用范武子，晉盜可使奔秦。崔琰進而廉儉成風，楊綰用而淫侈改度。(**高啓眉**)引證精核。誠國是之先定，雖民散而可收。拔茅茹者以彙而征，附馬棧者必先其直。用捨既見，好惡自明。人知所趨，勢有必至。今朝廷方講當世之務，力追前代之隆。雖改定法令，足以便事，而未足以安民；寬弛賦役，足以安民，而未足以成俗。(**高啓夾**)流水對法。是以登進耆老，搜求儁良。將使士知向方，民亦有耻。如軾者山林下士，軒冕棄材。少而學文，本聲律雕蟲之技；出而從仕，有狂狷嬰鱗之愚。溝中不顧於青黄，爨下無心於宮徵。(**高啓夾**)對工。誤蒙收拾，已出優恩。薦履禁嚴，殊非素望。此蓋伏遇某官，德配前哲，望隆本朝。名重圭璋，上助廟堂之用；言爲蓍蔡，下同卿士之謀。餘論所加，虚名增重。知丹心之尚在，憐白首之無歸。特借寵光，以寬衰病。任隆才下，恩重報輕。直道而行，恐非所以安愚不肖之分；充位而已，又不足以解卿大夫之憂。(**儲欣夾**)妙。(**陳仁錫眉**)肝膽。早夜以思，進退惟谷。恐懼戰越，不知所裁。

【彙評】

鄭之惠:叙事議論，近世所罕。

謝翰林學士啓

叨奉寵恩，擢居禁近。任逾器表，憂與愧並。内自顧於衰遲，宜退安於冗散。豈期晚節，復與英游。此蓋伏遇某官，德配先民，望隆多士。至誠樂與，共推人物之評；雅量兼容，曲借齒牙之末。致兹朽鈍，亦踐高華。方修問之未皇，遽移書之見及。其爲感佩，難盡敷陳。

答試館職人啓

伏承射策玉堂，方觀筆陣；校文天禄，遂秀儒林。黨友增華，縉紳共慶。國家求賢之道，必於閑暇無事之時；賢者報國之功，乃在緩急有爲之際。（**陳仁錫眉**）趙宋待士不薄。養之無素，則一旦欲用而何由；待以非常，則臨事欲辭而不可。故納之於英俊相從之地，觀之以世俗不見之書。非獨使之業廣而材成，抑將待其資深而望重。某官學優而仕，行浮於名。詞令從容，議論慷慨。追還正始，文章爲之一新；傳寫都城，紙墨幾於驟貴。得士之喜，非我敢私。軾衰病侵尋，文思荒落。職在翰苑，當發策而莫辭；識非通儒，懼品藻之不稱。過煩臨貺，寵以書詞。永爲巾笥之珍，愧乏瓊瑶之報。

答李寶文啓

伏審祗奉異恩，遠臨全蜀。奎文寶訓，方入直於禁嚴；並絡提封，旋出分於憂顧。風猷所暨，謡頌率同。恭惟知府寶文，望重搢紳，材宜廊廟。譬之金石，蓋暗然而日彰，浩若江河，固窮之而益遠。西南之俗，信服已深。民物子來，氣復岷峨之舊；舟車雲集，惠通秦楚之商。曾未下車，已聞報政。軾倦游滋久，寤寐懷歸。空詠《甘棠》之思，莫展維桑之敬。悵焉永望，言不寫心。

答王欽臣啓

伏審祇奉明綍,特膺異選。以高才望册府,以令德正僕臣。側聞除書,大慰輿論。伏惟太僕學士,文鳴早歲,學配前人。豫章雖老於中林,瑚璉終升於清廟。萬事不理,問伯始而可知;三篋雖亡,得安世而何患。清塗方踐,遠業難量。愧修慶之未皇,辱移書之見及。感佩之至,但切下懷。

答彭舍人啓

伏審顯膺宸命,進直掖垣。除目播騰,輿情欣屬。國家董正百官之治,聿追三代之隆。用事考言,因名責實。然而憲臺省闥,無預於文詞;儒館學宫,不關於政理。惟此六押之任,要須二者之長。非該通經術,則不足以代王言;非曉達吏方,則不足以分省事。是爲文士之極任,豈止時人之美談。果有真才,來膺妙選。伏惟某官,道師古始,識造精微。學窮游、夏之淵源,文列馬、班之伯仲。自期甚厚,所得實多。對策決科,嘗魁天下之士;犯顔逆指,有古名臣之風。粤從言動之司,亟掌絲綸之美。璠璵美質,豈獨一時宗廟之華;杞梓異材,固爲後日棟梁之用。軾備員法從,竊庇餘光。聊陳輿誦之言,少答函封之辱。其爲欣佩,莫究頌言。

謝賈朝奉啓

(茅鹿門旁)此必賈公過臨老蘇墓,而長公陳謝者。

右軾啓。自蜀徂京,幾四千里;攜孥去國,蓋二十年。側聞松楸,已中梁柱。過而下馬,空瞻董相之陵;酬以隻雞,誰副橋公之約。(**高啓眉**)組引故事聯偶,却自便爽脱塵。宦游歲晚,坐念涕流。未報不貲之恩,敢懷盍歸之意。常恐樵牧不禁,行有雍門之悲;雨露既濡,空引太行之望。豈謂通判某官,政先慈孝,義篤友朋。首隆學校之師儒,次訪里閭之耆舊。自嗟來暮,不聞拔薤之規;尚意神交,特致生芻之奠。父老感嘆,桑梓光華。深衣練冠,莫克垂洟於墓道;昔襦今袴,尚能鼓舞於民謡。仰佩之深,力占難盡。

【彙評】

唐荆川:長公啓儷詞婉轉清便,使孝標諸人持筆便組織矣。

儲欣:坡公儷句,風華圓轉,天分獨奇。除李太白詩、顧長康畫,無可擬似者。余於表啓,割愛已多,彙其斷不能割者,録如乾首。

賀范端明啓

右軾啓。恭承明詔,追録舊勳。名升秘殿之嚴,實遂安車之養。仍惟餘澤,以及後昆。聞命以還,有識相慶。竊謂死生之事,聖賢有不能了;父子之際,古今以爲難言。方其犯雷霆於一時,豈意收功名於今日。惟天知我,絶口不言。偉事發之相重,非人謀之所及。恭惟致政端明學士,至誠格物,隱德在人。弼亮四世如畢公,壽考百年如衛武。獨立不懼,捨之則藏。惟有青蒲之言,尚在金縢之匱。白日一照,浮雲自開。坐使遺民,復觀盛事。子孫歸沐,下萬石之里門;君相乞言,授三老之几杖。更延眉壽,永作元龜。軾無任歡喜頌詠激切之至。

答范端明啓

伏審参稽古樂,追述新書。琢石鑄金,成之有數。立鈞出度,施及無窮。搢紳雲集於奉常,端冕天臨於便座。偉兹壯觀,自我元臣。竊以樂之盛衰,寄於人之存否。秦、漢以下,鄭、衛肆行。雖喜三雍之成,旋遘五胡之亂。平陳之後,粗獲雅音;天寶之中,遂雜胡部。道喪久矣,孰能起之。獨求三代之遺聲,允屬四朝之舊德。恭惟致政端明丈人,耄期稱道,直亮多聞。進不謀安,昔既以身而徇義;退猶憂國,今推所學以及人。豈惟盡力於考音,至復傾家而制器。蓋事關於治忽,必幽贊於神明。得《商頌》十二篇於周太師,雖賢者之事也;獲古磬十六枚於犍爲郡,豈偶然而已哉。軾本非知音之人,空荷移書之辱。究觀累日,喜愧兼懷。徒誦詠於再三,豈發明於萬一。

【彙評】

鄭之惠:是一篇樂論。

杭州謝執政啓

右軾啓。小器易盈,宜處不争之地;大恩難報,終爲有愧之人。到郡浹旬,汗顔數四。湖山如舊,魚鳥亦怪其衰殘;争訟稍稀,吏民習知其遲鈍。雖尚嬰於寵劇,庶漸即於安閑。顧此蠢愚,亦蒙徼倖。此蓋伏遇某官,輔世以德,事君以仁。嘉善而矜不能,與人不求其備。故令狂直,得保始終。措步武於夷途,收桑榆之暮景。軾敢不欽承令德,推本上心。政拙催科,自占陽城之考;奸容獄市,敢師齊相之言。庶寡悔尤,少償知遇。

答杭州交代啓

右軾啓。罷直禁中，本緣衰病；分符浙右，更竊寵榮。既尋少壯之舊游，復繼老成之前躅。養痾卧治之所，蒙成坐嘯之餘。顧此鈍頑，實爲忝昧。伏惟知府待制，宏才緯俗，雅望鎮浮。神馳方切於望塵，心照已先於傾蓋。借之餘潤，成此虚名。滕大夫之才，豈堪治劇；楚令尹之政，或許告新。望見有期，瞻依愈切。

答莫提刑啓

右軾啓。得請江湖，雖適平生之願；剸煩獄市，豈堪老病之餘。賴兹德大而有容，愍其心勞而愈拙。故於始至，借以一言。此蓋伏遇提刑某官，威肅列城，德懷雅俗。雖在按臨之屬部，不忘宿昔之交情。豈獨敦忠厚之風，抑以增衰朽之重。其爲感怍，未易名言。

答王明州啓

伏審奉詔牧民，涓辰莅事。教條清簡，曾無頤指之勞；吏下肅承，皆有心服之敬。風聲所暨，鄰境爲先。伏惟知府龍圖，迪哲而文，剛中莫屈。大辯若訥，耻爲利口之言；小智自私，誰識仁人之勇。道不容於群枉，身乃獲於退安。回觀争奪之塗，日有榮枯之變。坐嘯之樂，勿以語人。强食自頤，猶當爲國。

謝生日詩啓一首

蓬矢之祥，雖世俗之所尚；蓼莪之感，迨衰老而不忘。豈謂某官，意重瓊瑶，文成黼黻。推仁心而錫類，出妙語以噓枯。攝提正於孟陬，已光初度；月宿直於南斗，更借虚名。永惟難報之珍，但結無窮之好。

賀林待制啓一首

伏審圖舊聖時，升華法從。僉言諧允，有識嘆咨。萬木歲寒，配喬松於巨柏；衆星夜艾，凛明月與長庚。斧藻昌朝，領袖後進。傳聞四遠，歡喜一詞。恭惟某官，名重弱齡，望高晚節。文章爾雅，蓋西漢之餘風；悃愊無華，亦東京之循吏。凡閲四朝而後用，獨爲三館之老臣。著書已成，特未寫之琬琰；立功何晚，會當收之桑榆。軾交舊最深，慰喜良甚。尺書爲賀，鄙志莫宣。

賀蔣發運啓

伏審上計入覲，拜恩言還。擁節東南，上寄一方之休戚；考圖廣内，示將大用之權輿。凡在庇庥，舉增忭躍。恭惟某官，受材秀傑，秉德純忠。蔚然西漢之文，深厚爾雅；展矣東京之吏，悃愊無華。雖已得正法眼藏於大祖師，猶有一大事因緣於當來世。固將入踐卿相，坐致功名。以斯道而結主知，隨所寓而作佛事。某竄流已久，衰病相仍。方稱慶之未皇，忽移書之見及。欣感之幸，筆舌難宣。

謝制科啓

(**茅鹿門旁**)此論宋時進士科及制科之兼舉,爲得其法。

右軾啓。今月某日,蒙恩授前件官者。臨軒策士,方搜絶異之材;隨問獻言,誤占久虚之等。忽從佐縣,擢與評刑。内自顧於無堪,凛不知其所措。恭惟制治之要,惟有取人之難。用法者畏有司之不公,故捨其平生,而論其一日;通變者恐人才之未盡,故詳於采聽,而略於臨時。(**陳仁錫眉**)宋選士亦嚴。玆二者之相形,顧兩全而未有。一之於考試,而掩之於倉卒,所以爲無私也,然而才行之迹,無由而深知;委之於察舉,而要之於久長,所以爲無失也,然而請屬之風,或因而滋長。此隋、唐進士之所以爲有弊,魏、晉中正之所以爲多奸。惟是賢良茂異之科,兼用考試察舉之法。每中年輒下明詔,使兩制各舉所聞。在家者能孝而恭,在官者能廉而慎。臨之以患難而能不變,邀之以寵利而能不回。既已得其行己之大方,然後責其當世之要用。學博者又須守約而後取,文麗者或以用寡而見尤。特於萬人之中,求其百全之美。凡與中書之召命,已爲天下之選人。而又有不可測知之論,以觀其默識之能;無所不問之策,以效其博通之實。至於此而不去,則其人之可知。然猶使御史得以求其疵,諫官得以考其素。一陷清議,輒爲廢人。是以始由察舉,而無請謁公行之私;終用考試,而無倉卒不審之患。蓋其取人也如此之密,則夫不肖者安得而容。軾才不逮人,少而自信。治經獨傳於家學,爲文不願於世知。特以饑寒之憂,出求斗升之禄。不謂諸公之過聽,使與群豪而並游。始不自量,欲行其志。遂竊俊良之舉,不知氣力之微。論事迂闊,而不能動人;讀書疏略,而無以應敵。取之甚愧,得而益慚。此蓋伏遇某官,德爲世之望人,位爲時之顯處。聲稱所被,四方莫不奔趨;議論一加,多士以爲進退。致兹庸末,亦與甄收。然而志卑處高,德薄寵厚。歷觀前輩,由此爲致君之資;敢以微軀,自今爲許國之始。過此以往,未知所裁。

【彙評】

鍾惺:叙事議論寓於四六之中,不難於圓而難於緊。

賀楊龍圖啓

(**高啓眉**)賀啓却入議論,鋪陳正見,友愛龍圖之意。(**李卓吾旁**)好甚。

右軾啓。伏審新改直職,擢司諫垣。傳聞邇遐,竦動觀聽。咸謂國家之巨福,乃用諫諍之真才。必能深言,以補大化。(**陳仁錫眉**)諫識分明。方今朝廷之上,號爲無諱,而太平之美,終不能全;臺諫之列,歲不乏人,而衆弊之原,猶或未去。豈聽之者徒能容而不能用,言之者但爲名而不爲功。歷觀古人之效忠,皆因當世而用智。不務過直,期於必行。右尹子革因墳典而道《祈招》之詩,左師觸龍語饘粥而及長安之質。徒盡拳拳之意,不求赫赫之名。(**高啓眉**)引二故事正下文所言"辯智得君之術"。此仁人及物之休功,忠臣愛君之至分。伏自頃歲,所更幾人。席未暖而輒遷,踵相躡而繼去。一身之譏,固足以免矣;而積歲之病,當使誰去之。恐習慣以爲常,遂因循而不振。雖在僻陋,願常隱憂。以爲必得樸忠憂國之人,而又加以辯智得君之術。

(高啓夾)致啓根子。言苟獲用,國其庶幾。伏惟諫院龍圖,才雄於世,而常若不勝,節過於人,而未嘗自異。素練邊事,深知兵驕;頃持銓衡,實識官冗。必將舉大體而不論小事,務實效而不爲虛名。軾最蒙深知,愧無少補。方傾耳以聽,願續書《諫苑》之篇;(高啓夾)切。若有待而言,或能著《争臣》之論。(高啓夾)對更工。阻以在外,無由至門。踊躍之懷,實倍倫等。

鳳翔到任謝執政啓

右軾啓。違去軒屏,忽已改歲。向風瞻戀,何翅飢渴。前月十四日到任,翌日尋已交割訖。軾本凡材,繆承選取。忽從州縣,便與賓佐。捫躬自省,豈不愧幸。伏自到任已來,日夜厲精。雖無過人,庶幾寡過。伏惟昭文相公,素所獎庇,曲加搜揚。既蒙最深之知,遂有自重之意。所任僉署一局,兼掌五曹文書。内有衙司,最爲要事。編木筏竹,東下河渭;飛芻挽粟,西赴邊陲。大河有每歲之防,販務有不蠲之課。破蕩民業,忽如春冰。於今雖有優輕酬獎之名,其實不及所費百分之一。救之無術,坐以自慚。惟有署置之必均,姑使服勞而無怨。過此以往,未知所裁。

賀吴副樞啓

頃聞休命,擢領上都。曾安坐之未皇,已歡聲之布出。即欲裁問,少通勤拳。以爲不久當有非常之聞,是以未敢輕爲率爾之賀。逮兹未幾,果已如言。釋府事之喧繁,總兵權於禁密。傳聞四遠,歡喜一詞。伏惟某官,機略足以應無方,而有樸忠沉厚之量；文華足以表當世，而有簡素質直之風。置之於都會，則其爲效也速，而所及者廉；委之於樞機，則其成功也遲，而所被者廣。深惟賢者之處世，皆以得時爲至難。幸而得之，或已老矣。今以明公之至盛，正如大川之方增。天下方將以未獲之事，盡付於明公；明公宜愛此不貲之軀，以畢其能事。區區之意，言不能勝。

答許狀元啓

右軾啓。伏以賢俊之士，固將有以挾持；富貴之來，豈能爲之損益。昔者在貧賤之辱，所有無以異於今；一朝居豪傑之先，而人然後知其貴。伏惟狀元僉判廷評，以粹美之質，負傑異之才。自遠方而游上都，以一日而蓋天下，士既望風而知不敵，人皆斂衽而謂當然，苟非素與交游之流，安敢輕爲賀問之禮。不期謙抑，過録庸虚。忽承箋牘之臨，皆自聽聞之誤。禮非所稱，愧靡自任。先皇帝未明求衣，久已格於至治；洮盥憑几，尚不忘於選賢。庸登哲民，以遺後聖。雖喜車旌之召，旋興弓劍之悲。臣子之心，遠邇若一。即日承已拜命，計將就塗。念展謁之何時，徒向風而永望。謹奉啓陳謝，不宣。

謝秋賦試官啓

伏以聖人設文章之教，本以御民；君子在田野之間，亦學爲政。故知禮樂者可與言化，通《春秋》者長於治人。蓋三代之所常行，於六經可以備見。事爲之制，曲爲之防。使學者皆能明其心，則天下可以運諸掌。降及近世，析爲二塗。凡王政皆出於刑書,故儒術不通於吏事。惟其所以治民者,固不本於學;而其所以爲學者,亦無施於民。游庠校者忘朝廷,讀法律者捐詩賦。場屋後進,挾聲技以相誇;王公大人,顧雕蟲而自笑。舊學無用,古風遂忘。終始之意,曾不相沿;貴賤之間,亦因遂闊。下之士有學古之志,而無學古之功;上之人有用儒之名,而無用儒之實。顧兹媮弊,常竊憫嗟。苟非當世之大賢,孰拯先王之墜典?伏惟某官,才出間世,志存生民。曩在布衣,能通天下之務;旋居要職,又爲儒者之宗。明習政事,而皆有本原;守持經術,而不爲迂闊。世之系望,上所深知。輟自朝聯,付之文柄。命題甚易,而不肖者無所相容;用法至寬,而犯令者未嘗苟免。觀其發問於策,足以盡人之材。講求先聖之心,考其詩義;深悲古學之廢,訊以曆書。條任子之便宜,訪成均之故事。不泥於古,不牽於今。非有苛碎難知之文,將觀磊落不羈之士。使天下知文章誠可以制治,知聲律不足以入官。失之者固因而自新,得之者不至於捐舊。疇昔所欲,於今遂忘。軾才無他長,學以自守。爲文病拙,不能當世俗之心;奏籍有名,大懼辱賢材之舉。翻然如畀之羽翼,追逸翮以並游;沛然如假之舟航,臨長川而獲濟。偶緣大庇,粗遂一名。方將區區於簿書米鹽之間,碌碌於塵埃棰楚之地。雖識恩之所自,顧力報之末由。感懼之懷,不知所措。

謝韓舍人啓

右軾啓。軾聞古者至治之世,天子推恩,以收天下之望;有司執法,以繩天下之媮。蓋不推恩則無所相容,不執法則有所僥倖。有司推恩而求名,則侵君之權;天子執法而責實,則失民之望。爲君者常病於察，爲臣者又失之寬。（**陳仁錫眉**）是章疏。古之明天子，信其臣而不惑於多言，故有司執法而無所忌。古之良有司，憂其君而不恤於私計，故天下歸怨而不敢辭。况欲選材而置官，是將教民而圖任。唯所利國，豈容樹恩。今聖上推不忍之心，使賢愚皆遂其所欲；而大臣用至明之法，使工拙不至於相淆。嚮者哀憐老儒，故爲特奏之令；憫惻連坐，又開别試之塗。此天下所以詠歌至仁，鼓無盛德。君臣之體，夫豈同條。伏惟舍人執事，爲時求材，憂國忘己。所圖甚遠，將深計於安危；自信至明，曾不牵於毁譽。變苟且依違之俗，去浮僞囂嘩之文。罷黜俗儒，動以千計；講通經術，得者九人。顧兹小才，偶在殊選。惟天子推恩如此之厚，惟大臣執法如此之堅。將天下實被其休功，豈一夫獨遂其私願。感荷激切，不能自勝。

謝王内翰啓

右軾啓。竊以取士之道，古難其全。欲求倜儻超拔之才，則懼其放蕩，而或至於無度；欲求規矩尺寸之士，則病其齷齪，而不能有所爲。進士之科，昔稱浮剽。本朝更制，漸復古風。博觀策論，以開天下豪俊之塗；精取詩賦，以折天下英雄之氣。使齷齪者望而不敢進，放蕩者退而有所裁。此聖人所以網羅天下之逸民，追復先王之舊迹。元臣大老，皆出此途。伏惟内翰執事，天材俊麗，神氣横溢。奇文高論，大或出於繩檢；比聲協句，小亦合於方圓。蓋天下望爲權衡，故明主委之黜陟。軾之不肖，與在下風。顧惟山野之見聞，安識朝廷之忌諱。軾亦恃有執事之英鑒，以爲小節之何拘。執事亦將收天下之遺才，觀其大綱之所在。驟置殊等，實聞四方。使知大國之選材，非顧當時之所悦。眇然陋器，雖不能勝多士之喧言；卓爾大賢，自足以破萬人之浮議。方將奔走厥職，厲精乃心。苟庶幾無朝夕之愆，以辱知己；亦萬一有毛髮之效，少答至仁。感懼之懷，不知所措。

潁州到任謝執政啓

入參兩禁，每玷北扉之榮；出典二邦，輒爲西湖之長。皆緣天幸，豈復人謀。惟汝水之名邦，乃裕陵之故國。人醇事簡，地沃泉甘。豈惟暫養於不才，抑亦此生之可老。恭惟某官，嘉猷經世，茂德範時。元老廟堂，自有權衡之信；餘生江海，得同品物之安。感佩之私，筆舌難既。

定州到任謝執政啓

燕南趙北，昔稱謀帥之難；尺短寸長，今以乏人而授。幸此四夷之守，忘其一障之乘。坐食何功，捫心知愧。伏念軾愚忠自信，樸學無華。孔融意廣才疏，訖無成效；嵇康性褊傷物，頻致怨憎。叨逢聖世之休明，未分昔人之憂患。故求散地，以養衰年。終成命之莫回，悼此心之未亮。伏惟某官，躬行周孔，力致唐虞。燮和天人，方遂萬物之性；虚受海宇，固容一介之微。眷此餘生，實無他望。老如安國，既倦北平之遷；蠢比方回，終有會稽之請。歸依之至，筆舌奚周。

上執政謝獎諭啓

事有服勤，此實守臣之職；功無可録，遽膺褒詔之榮。聞命惟驚,反身自愧。伏自河失故道,遺患及於東方;徐居下流,受害甲於他郡。比緣衆力,獲保孤城。灑沉澹災,無補洪源之塞;增卑培薄,僅循下策之施。敢圖天聽之卑,乃辱璽書之賜。兹蓋伏遇某官,左右元聖,師保萬民。方以一夫不獲爲已羞,故衆人皆樂以善告。遂緣過聽,致此曲恩。某敢不祗服訓詞,益修吏職。深自策其駑鈍,庶有補於涓埃。過此以還,罔知所措。

上留守宣徽啓

右某啓。少年游學,方成都樂職之秋;壯歲效官,復淮陽卧理之日。矧留都之清净,眷幕府之優閑。再枉辟書,重收孤迹。哀憐廢棄之久,誰復肯然;綢繆樽俎之歡,亦非偶爾。伏惟留守宣徽太尉,才高一世,望重屢朝。體河嶽之兼容,納涓塵而不間。衣食有奉,已寬盡室之憂;道德照人,况復終身之幸。其爲感激,難盡敷陳。

卷七十一

啓六十四首

謝制科啓

軾以薄材，親承大問。論議群起，予奪相乘。不意聖恩之曲加，猶獲從吏之殊寵。伏讀告命，重積震惶。嘉其愛君之心，期以克終之譽。辭不獲命，愧無以堪。

某生於遠方，性有愚直。幼承父兄之餘訓，教以强己而力行。雖爲朝廷之直臣，常欲挺身而許國。位卑力薄，自許過深；言發讒生，事勢宜爾。追尋策問之微意，實皆安危之大端。自謂不及，則曰志勤道遠；開其不諱，則曰無悼後害。竊以制策之及此，又念科目之謂何。罄其平時之所懷，猶懼不足以仰對。言多迂闊，罪豈容誅。

伏以國家取人之科，惟是剛柔適中之士。太剛則惡其倡狂不審，太柔則畏其選懦不勝。將求二者之中，屬之以事；固非一介之賤，所或能當。某之不才，過乃由此。然而訐切憤悱，爲知士之所不許；因循鹵莽，又有國之所樂聞。使舉世將以從容而自居，則天下誰當以奮發而爲意。（**陳仁錫眉**）任事敢言，是公本色。

此蓋某官羽翼盛時，冠冕多士。思盡芻蕘之議，以明寬厚之風。羈危之所恃，以爲無憂；紛紜之所恃，以爲定論。顧惟無似,尚辱甄收。感恩至深,求報無所。昔者西漢之盛,莫如文、景、孝武之賢;制策所興,世稱晁、董、公孫之對。然而數子者,頌詠德美,而不及其譏刺;故三帝者,好愛文字,而無聞於寬容。豈其時君不可爲之深言,抑其群臣亦將有所不悦。某才雖不逮,時或見容。非懷爵禄之榮,竊喜幸會之至。

答杭州交代林待制啓

伏審知府鈐轄待制。新易節旄,光臨督府。舊政已孚於千里,先聲坐振於七州。軾偶以庸虚,適相前後。愧無毫髮之善,可紀斯民;惟有凋瘵之餘,以遺君子。即諧瞻奉,尤切詠思。

答館職啓

伏審奉詔明廷,升華册府。國有得賢之慶,士知稽古之榮。虎觀石渠,極諸儒之妙選;鰲宫金闕,笑方士之遠求。自喜衰年,獲觀盛事。某官學本自得,道惟造深。温故爲君子之儒,多聞推益者之友。奇字可學,知子雲之苦心;亡書復存,賴安世之默識。不試而用,知賢則深。軾方此賜環,遽承枉駕。沐誨音之已厚,愧馳謁之未遑。

與潁州運使劉昱啓

衰病倦游,久懷歸意。聖神寬假,特乞守符。條教闊疏,溪湖清遠。但坐縻於廪禄,顧難繼於賢豪。所幸仁明,曲垂存撫。特先蒙於顧盼,使增重於吏民。伏惟運使郎中,才簡上心,名高省闥。暫屈外臺之寄，一蘇右輔之民。日望車塵，按臨封部。少奉誨言之末，足爲衰朽之光。感佩之私，筆舌難既。

揚州到任謝執政啓

擇地而來，本非臣子之達節；有求必獲，足見廟堂之兼容。釋汝、潁之清閑，當江、淮之衝要。舊游所樂，習俗相諳。已見吏民，具述朝廷之意；不爲條教，自然獄市之清。(**陳仁錫眉**)如面語。此蓋伏遇某官，師保斯民，蓍龜當代。折衝禦侮，已獲萬人之英；補隙輔疏，更收一木之用。軾敢不益求民瘼，勉盡鄙才。但未歸田之須臾，猶思報國之萬一。

答晁發運及諸郡啓

衰病交攻，已安僻壤；寵光荐及，復付名邦。雖見吏民，敢違條教。尚緣大庇，使獲少安。此蓋伏遇某官，忠厚有容，高明畢照。樂善忘勢，稍霽外臺之威；講舊論心，曲敦同榜之好。(**餘人：某官忠厚有容，通明畢照。朝高雅望，流風采之聳聞；士誦德言，借光華於枯朽。**)致兹疏拙，粗免曠瘝。愧展奉之未皇，但緘藏之無斁。

賀彭發運啓

伏審拜詔十行，觀風六路。允符公論，克振先聲。恭承曩契之隆，得與屬城之末。瞻依有素，感慰居多。伏惟發運吏部年兄，士聳英風，時推舊德。用久淹而未盡。才歷試而愈高。

船滿潭中,行奏韋堅之課;錢流地上,佇觀劉晏之能。喜抃之深,力占難盡。

答杜侍郎啓

伏審荐膺天寵,榮貳卿曹。士友喜於彙征,朝廷爲之增重。伏惟兵部侍郎,温文亮達,宏遠清通。直道不回,貫今昔而無愧;處躬自厚,蹈世俗之所難。事愈練而益明,用雖晚而必濟。自聞休命,實起懦衷。遽承問訊之先,益佩謙光之過。

謝本路監司啓

(茅鹿門旁)情曲可掬。

多病早衰,屢有江湖之請;誤恩過聽,遂分疆埸之憂。才無取於折衝,愧已深於卧鎮。敢緣厚德,尚許兼容。伏惟某官,名重縉紳,望隆中外。承宣帝澤,民忘流殍之災;肅振臺風,吏若親臨之畏。顧惟朽鈍,得奉教條。但交欣悚之懷,莫罄瞻依之頌。

上監司謝禮啓

燕南趙北,昔爲百戰之場;地利人和,今乃四夷之守。觀累朝之命帥,皆一代之名臣。豈謂寵榮,曲加疲陋。顧吏民之易治,幸衰拙之少安。此蓋伏遇某官,碩德庇民,宏才緯世。餘膏所燭,常分無盡之光,蒙霧而行,坐獲不知之潤。眷言朽鈍,未遂顛擠。勉加策勵之勤，少答吹揚之賜。

賀鄰帥及監司冬至啓

月臨天統，首冠於三正；氣兆黄宫，復來於七日。候微陽之協應，知君子之彙征。伏惟某官，碩德庇民，傑才經世。踐揚中外之寄，益推望實之隆。《既醉》太平，實具周詩之福；《大有》上吉，允符羲易之占。軾限以守邊，未遑稱慶。徒云善頌，莫罄鄙懷。

賀鄰帥及監司正旦啓

新曆既頒，蓋履端歸餘之歲；群情交泰，正贊陽出滯之辰。恭惟某官，厚德鎮浮，高名華國。非獨疇咨之用，已簡上心；更膺難老之祥，以符民望。官守所限，展慶無由。欣頌之深，敷陳罔既。

答丁連州朝奉啓

七年遠謫，不知骨肉之存亡；萬里生還，自笑音容之改易。久恬颶霧，稍習蛙蛇。自疑本儋崖之人，難復見魯衛之士。而况清時雅望，令德高標。固以聞名而自慚，蓋欲通書而未敢。豈謂知郡朝奉，仁無擇物，義有逢時。每憐遷客之無歸，獨振孤風而愈厲。固無心於集菀，而有力於嘘枯。遠移一紙之書，何啻百朋之錫。過情之譽，雖知無其實而愧於中；起廢之文，猶欲借此言以華其老。(儲欣夾)妙。窮途易感，永好難忘。

答陳提刑啓

（**茅鹿門旁**）此以下竄南海時所作。

久竄島夷，偶未書於鬼録；逃歸空谷，固喜聞於足音。况清廟瑚璉之姿，爲明堂杞梓之用。欲聞名而未敢，豈流問之或先。恭惟提刑刑部，才高一時，望重多士。魯諸儒之德業，緣飾政刑；漢循吏之風流，本源經術。暫屈雲霄之步，來蘇嶺嶠之民。憐遷客之無歸，墜尺書而起廢。助其羽翼，藉以齒牙。但憂枯朽之餘，難副吹嘘之力。既感且怍，不知所云。

答彭賀州啓

（**茅鹿門旁**）此必新命放歸時所作。

竄流海國，脱身羈鬼之林；灑掃真祠，拜賜散人之號。喜歸田之有漸，悼報國之無期。方自愧於心顔，敢聞名於左右。豈謂某官，曲敦雅好，深軫窮途。賜以尺書，借之餘論。温詞曲盡，賢於十部之見臨；陋質增華，果已五漿之先饋。但慚衰朽，虚辱品題。敬佩至言，永以爲好。

答臨江軍知軍王承議啓

（**茅鹿門旁**）以編管而逢故知，情誼婉然。

泮水受成，繆膺桑梓之敬；海邦晝諾，又覩枳棘之棲。多難百罹，流年半世。恍如昨夢，復見故人。伏惟知郡承議，居以才稱，進由德選。淵源師友，舊仰鄭公之高；歌詠風流，近傳邵父之繼。不忘疇昔，曲賜拊存。豈獨憐衰朽而借餘光，蓋將敦風義以勵流俗。感佩之至，筆舌難周。

答王幼安宣德啓

（李卓吾旁）妙。（茅鹿門旁）亦自澹宕。

俯仰十年，忽焉如昨；間關百罹，何所不有。頃者海外，澹乎蓋將終焉；偶然生還，置之勿復道也。（李卓吾夾）趣。方將求田問舍，爲三百指之養；杜門面壁，觀六十年之非。豈獨江湖之相忘，蓋已寂寥而喪我。不謂某官，講修舊好，收録陳人。粲然雲漢之章，被此枯朽之質。欲其洗濯宿負，激昂晚節。粗行平生之志，少慰朋友之望。此意厚矣，我心悠哉。如焦穀芽，如伏櫪馬。非吹嘘之所及，縱鞭策以何加。（高啓夾）應"穀芽"、"櫪馬"。（高啓眉）下二聯補足上二聯意，此另是四六一法，創之蓋自坡公始。藏之不忘，永以爲好。

求婚啓

結縭早歲，已聯昆弟之姻親；垂白南荒，尚念子孫之嫁娶。敢憑良妁，往款高閎。軾長子某之第二子符，天質下中，牛有蓬麻之陋；祖風綿邈，庶幾弓冶之餘。伏承故令弟子立先輩之愛女第十四小娘子，禀粹德門，教成家廟。中郎墳典之付，豈在他人；太真姑舅之婚，復見今日。仰緣夙契，祗聽俞音。

定州到狀

得請近藩,假塗治境。即諧披奉,預切忻愉。

謝交代趙祠部啓

近審新命,屈領此邦。名實所加,吏民交慶。夫何駑蹇之步,偶玆糠粃之先。雖甚内慚,實爲大幸。恭惟某官,清名肅物,雅望在人。以博學而濟雄文,以高才而行直道。久試蕭生於馮翊,猶煩長孺於淮陽。眷此東原,幾爲大澤。尚呻吟之未復,豈罷陋之所堪。望公之來,以日爲歲。祝頌之素,寫述難周。

賀孫樞密啓

伏審對揚綸綍,進領樞機。道不虛行,必賴股肱之力;人惟求舊,允符夷夏之瞻。恭惟某官,德充山甫之將明,氣備孟軻之剛大。聲華傾於衆望,功業見乎有爲。擁節常山,遠過長城之備;剸繁京兆,遂令鳴鼓之稀。公議益崇,貴名愈白。用致非常之命,以圖保大之勳。惟時運籌,既壯王猷之塞;佇觀秉軸,更增帝載之熙。某限以郡符,阻趣墻仞。欣抃之至,徒切下懷。

回列郡守倅啓

祇奉詔恩,出臨邊寄。愧非才之難强,托餘庇以少安。豈謂仁私,過形存問。感佩之至,宣寫莫周。

賀列郡知通賀冬啓

日旋南極,氣兆黄宫。竊惟視履之祥,宜擁自天之佑。未遑馳問,先辱惠音。感佩之誠,敷述罔既。

回列郡守倅賀年啓

新曆既頒,群情交泰。過蒙流問,祇服寵光。永惟嗣歲之興,必享宜民之禄。徒深頌詠,莫罄敷陳。

謝監司啓二首

其一

近審下車,輒嘗進記。徒欲聞名於將命,未皇盡意以占詞。不圖謙光,遽錫褒寵。感銘既切,愧惕並深。恭惟某官,以舊德之賢,當聖朝之選。恩足以濟法,義足以理財。先聲所臨,公議同慶。凡緊屬部,實有賴於庇庥;惟是孤蹤,更曲蒙於優借。此爲過幸,豈復勝言。

其二

伏念傾蓋若故,雖自慰於宿心;盡言非書,故未紓於誠意。即膺龐復,實佩謙光。退屬紛縈,遂疏上記。遽叨榮問,徒益厚顔。恭惟某官,造道惟深,養氣以直。理財不愆於義,行法不失其恩。竊聆下風,倍仰厚德。不圖幸會,遽隸屬封。吏畏民懷,既仰安於明哲;心勞政拙,庶粗免於譴訶。喜抃至深,敷陳莫罄。煩歒尚熾,參對未期。伏冀精頤,别即迅召。

賀高陽王待制啓

伏審顯奉恩綸,榮更帥閫。鎮武垣之衝要,聯内閣之高華。公議交俞,貴名愈白。恭惟某官,膺天大任,於時有爲。發揮才謀,更歷事任。道能濟而不過,事雖難而不辭。簡在聖心,遂益柄任。峻登秘近之直,重易闢防之雄。有恩有威,方結東人之愛;允文允武,更紓北顧之憂。即觀成功,進陟近輔。

賀青州陳龍圖啓

伏審光奉詔書,往司留憲。漢恩予告,暫優三最之勤;商夢懷人,方徯巨川之濟。於公自計,爲喜可量。伏惟某官,文武憲邦,忠嘉致主。衆謂老成之托,孰逾舊學之賢。而乃力謀退安,示有疾病。揮金故里,雖榮疏傅之歸;雅意本朝,日望蕭公之入。無由追餞,徒切瞻依。

謝惠生日詩啓

伏蒙某官,以某生辰,特貽佳什。允也風人之作,燦然華衮之榮。自省庸虚,惟知愧汗。雖大人占《斯干》之夢,喜獲嘉言;而弟子廢《蓼莪》之篇,難忘永慕。感佩之素,敷染莫周。

謝求婚啓

敢議婚姻,蓋恃鄉閭之末;遂忘門閥,亦緣聲氣之同。龜筮既從,祖考咸喜。伏承令子弟二小娘子,慶闈擢秀,豈獨衛公之五長；而某第二子某駑質少文，庶幾南容之三復。恭馳不腆之幣，永結無窮之歡。悚抃於懷，敷述罔既。

賀正啓

伏以物壯則老，肅役所以成歲功；否終必傾，反復然後知天意。凡在含生之類，休有向榮之心。恭惟某官，履信體仁，秉德直義。才無施而不可，道得時而愈隆。方當彙征元吉之辰，宜享既醉太平之福。某限居官守，阻候門墻。瞻頌之深，敷宣罔既。

賀冬啓

伏以候緹室之清宫，瞽告以日；卜臺觀之黄祲，史書有年。共安消長之來，以待陰陽之定。恭惟某官，才猷傑異，道德深醇。靖共正直之休，順獲天人之助。某恪守官次，阻稱壽觴。坐馳傾向之心，莫罄安榮之遇。

賀正啓

伏以葦桃在户，磔攘以餞餘寒；椒柏稱觴，燔烈以興嗣歲。在時爲泰，與物咸新。恭惟某官，德治斯民，才高當世。迹難淹於外補，望已隆於本朝。慶此朋來之辰，必有彙征之福。某官守所繫，展謁無階。頌詠之深，敷寫難盡。

謝孫舍人啓

拜命中宸,代言西掖;聳聞中外,交慶士夫。竊惟二聖之心,蓋以多士爲急。滅烽仆鼓,而以將帥爲藩垣;抵璧捐金,而以公卿爲帑廪。(**陳仁錫眉**)壯士。蓋樽俎有折衝之恃,則藜藿無見采之憂。某官瑚璉之才,杞梓其用。學不專於爲己,才已效於臨民。穆如清風,草木皆靡。炳然白日,霰雪自消。玆爲收拾之儲,豈特絲綸之任。不遺衰朽,過辱緘封。永敦爲好之懷,深負難酬之怍。

謝吕學士啓

文學之選,人才所難。邇無世禄之嫌,遠絶茅衡之棄。矧此國家養賢之地,豈爲儒者竊禄之私。某官學古入官,修身以道。志本爲己,行浮於名。直諒多聞,固可追於益友;文史足用,曾不愧於古人。果膺選掄,益登清要。未遑馳問,先辱惠音。

答新蘇州黄龍圖啓

伏審光膺詔函,移牧吴會。先聲所被,惠政已孚。自顧妄庸,敢論疇昔。既聯法從之末,又竊鄰光之餘。金華玉堂,帝左右之高選;武林茂苑,江東南之要藩。雖才分闊絶於賢愚,而步武差池於先後。其爲喜幸,宜倍等流。伏惟某官,文秀士林,才任國器。學已試而可用,望久養而益隆。偃息均勞,叔度莫窺於萬頃;治行稱首,次公行踐於三槐。潤澤所加,迂愚有托。辱移書之周厚,實借寵於衰遲。銘感之深,筆舌難喻。

賀提刑馬宣德啓

奉命按刑，捧節入境。吏民相慶，已戴二天之仁；衰病自私，獨先一日之雅。恭承榮問，有激懦衷。伏惟某官，才映士林，望高朝論。治行聳聞於中外，家聲洋溢於縉紳。眷三吴之疲民，困連年之積潦。疇咨明哲，宣布厚恩。匪惟凋瘵之獲蘇，抑亦庸虚之知勉。其爲喜幸，豈易名言。

答曾舍人啓

伏審顯膺制命，榮進掖垣。風聲所加，中外同慶。伏以取才之道，自昔爲難。惟君子之所爲，固衆人之莫識。著儉異俗，不害徐公之有常；用捨皆天，孰知令尹之無喜。某官異材秀出，博學名家。世以文鳴，遠繼父兄之業；早緣德進，簡在裕陵之心。今乃援而進之，論者惜其晚矣。訓詞一出，皆丹青潤色之文；老拙自降，有糠秕在前之嘆。過蒙寵顧，辱示華箋。恨無酬德之言，徒有得賢之慶。感怍之素，寫述難周。

答秀州胡朝奉啓

伏審初見吏民，首行條教。鄰封甚邇，欣謡頌之藹然。緘牘先蒙，愧勞謙之過矣。某官望推朝論，才映士林。用已試於盤根，所居見紀；政方觀於餘地，不令而行。某待罪江湖，苟安衰病。眷言一郡，幸擊柝之相聞；矜式百爲，知伐柯之不遠。其爲欣詠，難盡名言。

上虢州太守啓

伏審光奉宸恩,寵分郡寄。惟此山河之勝,宜膺師帥之權。凡在庇庥,莫不欣抃。切以弘農故地,虢國舊邦。周分同姓之親,唐以本支爲尹。富庶雅高於二陝,鶯花不謝於三川。韓公三十一篇,風光咸在;賈島五十六字,景色如初。有洪淄灌溉之饒,被女郎雲雨之施。四時無旱,百物常豐。寳産金銅,充牣諸邑;良材松柏,贍給中都。至於事簡訟稀,瀟灑有道山之况;魚肥鶴浴,依稀同澤國之風。自匪巨賢,不輕假守。故來者未嘗淹久,而優恩已見遷除。非總一路之轉輸,則入六曹而侍從。前人可考,新命何疑。伏惟御府某官,學造淵源,道升堂奥。精祲盡天人之藴,高明窮性命之微。中外屢更,功名茂著。銅虎暫淹於百里,朱轓聊寄於三堂。仰望旌麾,俯臨民社。共徯星言而夙駕,思承道化乎其民。某仕版寒蹤,賓僚俗吏。久仰圭璋之望,素欽星斗之名。豈謂此時,獲依巨庇。惟良作牧,已興來暮之歌謡;有隕自天,惟恐别膺於綸綍。無任丹懇,倍切馳情。

賀年啓二首

其　一

效五物以觀雲,咸知歲美;備八能而合樂,益驗人和。伏惟某官,進德及時,宜民受禄。肇履三陽之應,永膺百順之歸。未遂披承,徒增欣詠。

其　二

三陽應律,萬寳向榮。永惟視履之祥,宜獲自天之祐。未遑展慶，徒切頌言。

高麗大使遠迎啓

伏審觀光魏闕，自忘浮海之勤；授館吴都，將有披雲之幸。過承謙德，先枉華緘。感荷之深，誦言莫既。

謝副使啓

伏審祇率邦常，來修方貢。適此海隅之守，得瞻使節之華。首辱緘縢，過形謙抑。其爲感怍，難盡名言。

謝大使土物啓

伏審揚舲造朝，弭節就舍。歸時事於宰旅，方勞遠勤；發私幣於公卿，亦蒙見及。莫遑辭避，但切感銘。

謝管設大使啓

鳴鹿食野，方主禮之粗陳；驪駒在門，嘆賓歡之莫盡。遽辱移書之重，益慚爲具之疏。即遂願言，徒增銘佩。

副使啓

伏審舍館初定，徒馭少休。粗接賓歡，方愧饔牽之陋；曲敦私好，特班琛貢之餘。感佩於懷，愧怍無量。

謝副使啓

伏以裴回弭節，必忘靡鹽之勤；笑語飛觴，深懷不腆之愧。過承榮問，益荷謙勤。感服於衷，筆舌難盡。

罷登州謝杜宿州啓

桑榆晚景，忽蒙收録之恩；山海名邦，得竊須臾之樂。自非明哲，少借餘光。内自顧其空疏，必難逃於曠敗。某官高風肅物，雅望應時。既愷悌以宜民，亦儒雅而飾吏。每假齒牙之論，曲成羽翼之私。感佩良深，敷述奚既。

杭州到狀

得請支郡，備員屬城。幸兹衰病之餘，托在庇庥之末。即詣瞻奉，預切欣愉。

賀王發運啓

伏審榮膺制檢，總領漕權。慘舒六路之民，表裏大農之政。風聲所暨，忻悚交並。恭惟某官，學術過人，忠嘉許國。暫屈分符之寄，已膺側席之思。乃眷東南，欲少蘇於疲瘵；無心内外，當益罄於謀維。凡在庇庥，豈勝歡慰。

賀新運使張大夫啓(一本作賀葉運使)

伏承抗旌入境，揆日臨民。方一節之風馳，已列城之雲靡。矧惟雅故，尤激歡悰。伏惟某官，早以異材，著聞美績。議法造令，久裨於廟謀；宣化承流，益試之民事。自聞新命，實慰輿情。再惟衰朽之餘，得荷寬明之庇。其爲厚幸，未易究陳。（“著聞美績”下四句，一本作“望高郎選，粲列星之經躔；華使周爰，凛外臺之風采”。）

答喬舍人啓

某聞人才以智術爲後，而以識度爲先；文章以華采爲末，而以體用爲本。國之將興也，貴其本而賤其末；道之將廢也，取其後而棄其先。用捨之間，安危攸寄。故議論慨慷，則東漢多徇義之夫；學術誇浮，則西晉無可用之士。興言及此，太息隨之。元祐以來，真人在位。並興多士，以出異材。眷惟淮海之英，久屈江湖之上。迨兹顯擢，實慰輿情。伏惟某官，名重儒林，才爲國器。深厚爾雅，非近世之時文；直諒多聞，蓋古人之益友。代言未幾，華國著稱。豈惟臺省之光，抑亦邦家之慶。過蒙疏示，深服撝謙。顧慚衰病之餘，莫究欣承之意。

謝右史啓[①]

比者誤被聖恩，軫及棄物。起於貶所，付以名藩。牧養疲民，曾未施於薄效；躋攀近待，已再被於寵光。禄既多則功不可微，職既崇而責猶當重。顧懇辭之莫獲，念圖報之未能。方以爲憂，敢辱見慶。此蓋某官德惟樂善，志務達人。重緣姻好之

① 編者按：或題作“除起居舍人謝啓”。

私,賁以文詞之美。捧讀數四,退增愧慚。屬春候之向和,宜福禄之益固。未遂披奉,但切傾懷。

賀時宰啓

伏審光膺考慎,峻陟宰司。孚號揚廷,士識上心之所尚;置郵傳命,人知聖澤之將流。靡不欣愉,至於鼓舞。恭以某官,直方以大,廣博而良。進以正而正邦,異乎求以求政。(**高啓夾**)句新,對更工。貫六經百子之學,焕三代兩漢之詞。昴稟自殊,偉蕭侯之八尺;(**高啓夾**)即直方意。斗南莫競,凜梁公之一人。加以絶識見微,曠度舉遠。清心省事,則法可使復結繩之約;强本節用,則貨可使若流泉之長。材無不可范而成也,譬泥之在鈞;俗無不可易而善也,猶風之靡草。是皆還至而有效,安見爲事而無功。蓋神考貽謀,已完具而可按;故成王纘要,宜纖悉以勿加。此大雅兼持而不移,矧清衷圖任之愈篤。豈繄疏逖,所獨詠歌。惟民罔知,合語則聖。凡有詔令,率先惠慈。固已遐邇争傳,室家胥慶。顧此民逢此日之何幸,謂吾相勸吾君以愛人。(**高啓夾**)語流逸。歡聲格於九天,乖氣消於萬彙。(**高啓夾**)搭上起下,無些痕迹。在昔小國,如彼景公。損己一言,退星三舍。又况以禹、湯大信之誥,有夔、契同寅之言。蠢爾憑生,猶知助順;赫然在上,豈不降康。(**高啓眉**)啓雖四六體,其忌澀滯一也。得引景公以下幾轉,一篇氣格俱覺完滿恣暢。

某愚有赤心,老無佞舌。輒忘犯分,願欲輸誠;然有難言,是在精智。蓋無交則莫與,苟好謀則必成。不惡而嚴,匪怒伊教。終成大賴,豈曰自私。伏念某遭時休明,賦命衰薄。蚤粗蒙於遴選,比久幸於退藏。天雨何私,笑流行之木偶;滄溟不改,嘆自蕩之波臣。(**蔣仲舒眉**)"天雨"、"流行",皆有出處。而"滄溟"、"自蕩",《莊子》本文無之。蓋謝朓《辭隋王箋》云:"不悟滄溟未運,波臣自蕩,渤澥方春,旅翮先謝。"重以傾歲周旋,竊嘗撰屨;末塗流落,無復掃門。豈賴補息劓黥,雕圬糞朽;出蔀見日,去盆望天。悵末力之將殫,愧明恩之莫報。乃利用安身之何有,儻奉法循理之可爲。民社非輕,猶承宣而惴惴;天淵靡外,亦戾躍以欣欣。某限以在外,不獲躬詣省庭,預百執事賀鈞。屏下情無任。

【彙評】

鄭之惠:不以賀而以規。

下財啓

夙緣契好,獲講婚姻。顧門閥之雖微,恃臭味之不遠。敬陳納幣之禮,以行奠雁之儀。庶徼福於前人,永交歡於二姓。

答求親啓

藐爾諸孤,雖本軒裳之後;閔然衰緒,莫閑纂組之功。伏承某人,儒術飭修,鄉評茂著。許敦兄弟之好,永結琴瑟之歡。瞻望高門,獲接登龍之峻;恪勤中饋,庶幾數馬之恭。

與邁求親啓

里閈之游,篤於早歲。交朋之分,重以世姻。某長子邁,天資樸魯，近憑游藝之師傳。賢小娘子，姆訓夙成，遠有萬石之家法。聊伸不腆之幣，願結無窮之歡。

徐州謝鄰郡陳彦升啓

受代膠西，甫違仁庇；分符泗上，復托恩私。祇見吏民，布宣條教。郡有溪山之樂，庭無争訟之煩。曾何妄庸，獲此僥倖。此蓋某官紀綱千里，儀表一方。議論信於中朝，予奪公於多士。衰罷無術，既常荷於相容；勉厲自將，或無忝於知遇。感懼之素，敷染難宣。

湖州上監司先狀

弭棹江郊，聳聞風采。馳神德守，若奉誨音。欣抃之深，敷宣莫究。

卷七十二
書十一首

上梅直講書

（茅鹿門旁）文瀟灑，而入思少吃緊。

某官執事。軾每讀《詩》至《鴟鴞》，讀《書》至《君奭》，常竊悲周公之不遇。及觀史，見孔子厄於陳、蔡之間，而弦歌之聲不絶，顔淵、仲由之徒相與問答。夫子曰："匪兕匪虎，率彼曠野。吾道非邪，吾何爲於此？"顔淵曰："夫子之道至大，故天下莫能容。雖然，不容何病，不容然後見君子。"夫子油然而笑曰："回，使爾多財，吾爲爾宰。"夫天下雖不能容，而其徒自足以相樂如此。乃今知周公之富貴，有不如夫子之貧賤。（李卓吾夾）趣。夫以召公之賢，以管、蔡之親而不知其心，則周公誰與樂其富貴。而夫子之所與共貧賤者，皆天下之賢才，則亦足與樂乎此矣。

軾七八歲時，始知讀書，聞今天下有歐陽公者，其爲人如古孟軻、韓愈之徒。（茅鹿門夾）稱頌有尺寸。而又有梅公者從之游，而與之上下其議論。其後益壯，始能讀其文詞，想見其爲人，意其飄然脱去世俗之樂而自樂其樂也。方學爲對偶聲律之文，求斗升之禄，自度無以進見於諸公之間。來京師逾年，未嘗窺其門。

今年春,天下之士群至於禮部,執事與歐陽公實親試之。誠不自意,獲在第二。既而聞之人,執事愛其文,以爲有孟軻之風。而歐陽公亦以其能不爲世俗之文也而取焉。是以在此。非左右爲之先容,非親舊爲之請屬,而嚮之十餘年間,聞其名而不得見者,一朝爲知己。退而思之,人不可以苟富貴,亦不可以徒貧賤。有大賢焉而爲其徒,則亦足恃矣。苟其僥一時之幸,從車騎數十人,使閭巷小民聚觀而贊嘆之,亦何以易此樂也。《傳》曰:"不怨天,不尤人。"蓋優哉游哉,可以卒歲。執事名滿天下,而位不過五品。其容色温然而不怒,其文章寬厚敦樸而無怨言,此必有所樂乎斯道也,軾願與聞焉。

【彙評】

儲欣:見道之言。

上韓太尉書

(**李卓吾旁**)此書不切韓太尉,而論西漢極是。若東漢諸君子,論得未當也。

軾生二十有二年矣。自七八歲知讀書,及壯大,不能曉習時事,獨好觀前世盛衰之迹,與其一時風俗之變。自三代以來,頗能論著。以爲西漢之衰,其大臣守尋常,不務大略。東漢之末,士大夫多奇節,而不循正道。元、成之間,天下無事,公卿將相安其禄位,顧其子孫,各欲樹私恩,買田宅,爲不可動之計,低回畏避,以苟歲月,而皆依仿儒術六經之言,而取其近似者,以爲口實。(**李卓吾夾**)真中膏肓。(**茅鹿門夾**)張禹輩。孔子曰:"惡居下流而訕上，惡訐以爲直。”(李卓吾夾)此二句正他口實。劉歆、谷永之徒，又相與彌縫其闕而緣飾之。故其衰也，靡然如蛟龍釋其風雲之勢而安於豢畜之樂，終以不悟，使其肩披股裂登於匹夫之俎，豈不悲哉！

其後桓、靈之君，懲往昔之弊，而欲樹人主之威權，故頗用嚴刑，以督責臣下。(茅鹿門夾)非桓、靈也，由冲、質時，中官擅權，而毒流海内也。忠臣義士，不容於朝廷，故群起於草野，相與力爲險怪驚世之行，使天下豪俊奔走於其門，得爲之執鞭，而其自喜，不啻若卿相之榮。(李卓吾夾)非有心爲之，氣不能平故也。於是天下之士，囂然皆有無用之虚名，而不適於實效。(李卓吾夾)難説無用，特不用之耳。故其亡也，如人之病狂，不知堂宇宫室之爲安，而號呼奔走，以自顛仆。

昔者太公治齊，舉賢而尚功。周公曰：“後世必有篡弑之臣。”周公治魯，親親而尊尊。太公曰：“後世浸微矣。”漢之事迹，誠大類此。豈其當時公卿士大夫之行，與其風俗之剛柔，各有以致之邪？古之君子，剛毅正直，而守之以寬，忠恕仁厚，而發之以義。故其在朝廷，則士大夫皆自洗濯磨淬，戮力于王事，而不敢爲非常可怪之行，此三代王政之所由興也。曾子曰：“上失其道，民散久矣。”天下之人，幸而有不爲阿附、苟容之事者，則務爲倜儻矯異，求如東漢之君子，惟恐不及，可悲也已。

軾自幼時，聞富公與太尉皆號爲寬厚長者，然終不可犯以非義。及來京師，而二公同時在兩府。愚不能知其心，竊於道塗，望其容貌，寬然如有容，見惡不怒，見善不喜，豈古所爲大臣者歟？夫循循者固不能有所爲，而翹翹者又非聖人之中道，是以願見太尉，得聞一言，足矣。太尉與大人最厚，而又嘗辱問其姓名，此尤不可以不見。今已後矣。不宣。軾再拜。

上富丞相書

(**茅鹿門旁**)頌而不諂,援而不卑。(**李卓吾旁**)起頗散漫。

軾聞之。進説於人者,必其人之有間而可入,則其説易行。(**鍾惺眉**)精於涉世之言。戰國之人貪,天下之士,因其貪而説之。危國之人懼,天下之士,因其懼而説之。是故其説易行。古之人一説而合,至有立談之間而取公相者,未嘗不始於戰國、危國。何則?有間而可入也。

居今之世,而欲進説於明公之前,不得其間而求入焉,則亦可謂天下之至愚無知者矣。(**錢文登眉**)歷誦富公無間,凡三段,變化三樣格局。地方萬里,而制於一姓,極天下之尊,而盡天下之富,不可以有加矣。而明公爲之宰。四夷不作,兵革不試,是明公無貪於得,而無懼於失也。方西戎之熾也,敵人乘間以跨吾北,中國之大不畏,而畏明公之一詞。是明公之勇,冠於天下也。(**陳仁錫眉**)□涉太美,非所以待富公。(**儲欣眉**)狀富公無間可入,縱横蹀躞有奇勢。明公居於山東,而傾河朔之流人,父棄其子,夫棄其妻而自歸於明公者百餘萬。明公人人而食之,旦旦而撫之。此百萬人者,出於溝壑之中,而免於烏鳶豺狼之患。生得以養其父母,而祭其祖考,死得以使其子孫葬埋祭祀,不失其故常。是明公之仁,及於百世也。勇冠於天下,而仁及於百世,士之生於世,如此亦足矣。今也處於至足之勢,則是明公無復有所羨慕於天下之功名也。(**高啓眉**)下文欲進"不自足"之説,此處先伏"至足"二字以爲張本。五帝三代之事,百家之書,莫不盡讀。禮樂刑政之大小,兵農財賦之盛衰,四海之内,地理之遠近,山川之險易,物土之所宜,莫不盡知。當世之賢人君子,與夫奸僞險詐之徒，莫不盡究。至於曲學小數，茫昧儻恍而不可知者，皆獵其華而咀其英，泛其流而涉其源。雖自謂當世之辯，不能傲之以其所不知。則是明公無復有所畏憚於天下之博學也。

名爲天下之賢人，而貴爲天子之宰，無貪於得，而無懼於失，無羡於功名，而無畏於博學，是其果無間而可入也？天下之士，果不可以進説也？（**儲欣夾**）轉。（**唐荆川眉**）總得妙。（**高啓夾**）纔入却又連屬。（**高啓眉**）看他轉意處甚苦心。軾也聞之楚左史倚相曰："昔衛武公年九十有五，猶日箴儆於國曰：'自卿以下，至於官師，苟在朝者，無謂我老耄而舍我，朝夕以交戒我。'猶以爲未也，而作詩以自戒。其詩曰：'抑抑威儀，惟德之隅'。"夫衛武公惟居於至足，而日以爲不足，故其没也，謚之曰睿聖武公。嗟夫明公，豈以其至足而無間以拒天下之士，則士之進説者亦何必其間之入哉？（**鍾惺夾**）好擒手。（**錢文登眉**）大行百折，忽到康衢。不然，軾將誦其所聞，而明公試觀之。（**茅鹿門夾**）接上好。

夫天下之小人，所爲奔走輻輳于大人之門而爲之用者，何也？大人得其全，小人得其偏。（**李卓吾夾**）以下俱佳。大人得其全，故能兼受而獨制。小人得其偏，是以聚而求合于大人之門。古之聖人，（**鍾惺眉**）將"聖人"二字壓倒他。惟其聚天下之偏而各收其用，以爲非偏則莫肯聚也，是故不以其全而責其偏。夫惟全者之不可以多有也，故天下之偏者，惟全之求。今以其全而責其偏，夫彼若能全，將亦爲我而已矣，又何求焉？（**吕雅山眉**）"偏"、"全"二字用得好，得規諷之體。（**鍾惺夾**）妙，古。昔者夫子廉潔而不爲異衆之行，勇敢而不爲過物之操，孝而不徇其親，忠而不犯其君。凡此者，是夫子之全也。原憲廉而至於貧，公良孺勇而至於鬥，曾子孝而徇其親，子路忠而犯其君。凡此者，是數子之偏也。夫子居其全，而收天下之偏，是以若此巍巍也。若夫明公，其亦可謂天下之全矣。（**高啓夾**）由夫子推到富公。廉而天下不以爲介，直而天下不以爲訐，剛健而不爲强，敦厚而不爲弱。此明公之所得之於天，而天下之所不可望於明公者也。明公居其全，天下效其偏，其誰曰不可。

異時士大夫皆喜爲卓越之行，而世亦貴狡悍之才。自明公執政，而朝廷之間，習爲中道，而務循於規矩。士之矯飾力行爲異者，衆必共笑之。（**王淩川眉**）富公執取士，尚中庸，無詭異，故坡公以此諷之。夫卓越之行，非至行也，而有取於世。狡悍之才，非真才也，而有用於天下。此古之全人所以坐而收其功也。今天下卓越之行，狡悍之才，舉不敢至於明公之門，懼以其不純而獲罪於門下。軾之不肖，竊以爲天下之未大治，兵之未振，財之未豐，天下之有望於明公而未獲者，其或由此也歟？昔范公收天下之士，不考其素。苟可用者，莫不咸在。雖其狂狷無行之徒，亦自效於下風，而范公亦躬爲詭特之操以震之。夫范公之取人者，是也，其自爲者，非也。伏惟明公以天下之全而自居，去其短而襲其長，以收功於無窮。（**茅鹿門眉**）至末方露本意。

軾也西南之匹夫，求斗升之禄而至於京師。翰林歐陽公不知其不肖，使與於制舉之末，而發其倡狂之論。是以輒進説於左右，以爲明公必能容之。所進策論五十篇，貧不能盡寫，而致其半。觀其大略，幸甚。

【彙評】

錢文登：前一段誦美富公處極明著；後一段規諷富公處極微婉。

鄭之惠：翻覆爦錯，全學《戰國策》。

儲欣：《詩》曰“采葑采菲”，用人者節取焉可也，奚必全然無弊之道。

吾必歸之富公,何也?循規矩,蹈繩墨,此大中至正之歸,而介甫、章、吕諸人所不能人也,以全致偏,若是則可矣。

鍾惺:收放處賣弄手段。

上曾丞相書

(**茅鹿門旁**)子瞻上執政書,其所自持處蔪然。(**李卓吾旁**)翻案。妙,妙。

軾聞之,將有求於人,而其説不誠,則難以望其有合矣。(**鍾惺眉**)一"誠"字入□問便有身分。

世之奇特之士,其處也,莫不爲異衆之行。而其出也,莫不爲怪詭之詞,比物引類,以摇撼當世。理不可化,則欲以勢劫之,將以術售其身。(**鍾惺夾**)果然。古之君子有韓子者,其爲説曰:"王公大人,不可以無貧賤之士居其下風而推其後,大其聲名而久其傳。雖其貴賤之闊絶,而其相須之急,不啻若左右手。"(**鍾惺夾**)無人不好。嗚呼,果其用是説也,則夫世之君子爲老死而不遇者,無足怪矣。(**儲欣夾**)翻案。今夫扣之者急,則應之者疑。其辭誇,則其實必有所不副。(**高啓夾**)發論根子。今吾以爲王公大人不可以一日而無吾也,彼將退而考其實,則亦無乃未至於此耶?(**鍾惺夾**)冷語極像。昔者漢高未嘗喜儒,而不失爲明君,衛、霍未嘗薦士,而不失爲賢公卿。吾將以吾之説,而彼將以彼之説。彼是相拒,而不得其歡心,故貴賤之間,終不可以合,而道終不可以行。(**鍾惺夾**)添"道"字妙。何者?其扣之急而詞誇也。(**李卓吾眉**)娓娓可聽。(**高啓夾**)好照顧。鬻千金之璧者,不之於肆,而願觀者塞其門。觀者嘆息,而主人無言焉。非不能言，知言之無加也。今也不幸而坐於五達之衢，又呶呶焉自以爲希世之珍，過者不顧，執其裾而强觀之，則其所鬻者可知矣。(**鍾惺眉**)今宿儒不得售即此形。(**鍾惺夾**)寫盡醜態。(**高啓眉**)妙喻。(**儲欣夾**)妙喻。王公大人，其無意於天下後世者，亦安以求爲也。苟其不然，則士之過於其前而有動於其目者，彼將褰裳疾行而摟取之。故凡皇皇汲汲者，舉非吾事也。(**李卓吾眉**)世主恐未必然，姑論其理耳。昔者嘗聞明公之風矣。以大臣之子孫，而取天下之高第。才足以過人，而自視缺然，常若不足。安於小官，而樂於恬淡。方其在太學之中，衣繒飯糗，若將終身，至於德發而不可掩，名高而不可抑。貴爲天子之少宰，而其自視不加於其舊之錙銖。其度量宏達，至於如此。此其尤不可以誇詞而急扣者也。(**鍾惺夾**)應。(**高啓夾**)又照顧。

軾不佞，自爲學至今，十有五年。以爲凡學之難者，難於無私。無私之難者，難於通萬物之理。故不通乎萬物之理，雖欲無私，不可得也。(**茅鹿門夾**)歸根之論。己好則好之，己惡則惡之，以是自信則惑也。是故幽居默處而觀萬物之變，盡其自然之理，而斷之於中。其所不然者，雖古之所謂賢人之説，亦有所不取。(**高啓夾**)應不取韓子説。雖以此自信，而亦以此自知其不悦於世也。故其言語文章，未嘗輒至於公相之門。今也天子舉直諫之士，而兩制過聽，謬以其名聞。竊以爲與於此者，皆有求於吾君吾相者也。故輒有獻。其文凡十篇，而書爲之先。(**高啓夾**)一句煞住。(**高啓眉**)上書本以獻文，却只於篇末一二語，大奇。惟所裁擇，幸甚。

【彙評】

唐荆川：此文與《説富相公文》同意，皆欲以無意中之。

鄭之惠:翻案見奇。

儲欣:昌黎先生案容易駁落耶?前半尤作者着意之筆。

鍾惺:妙於取勢,全在放倒自己。

應制舉上兩制書

(**茅鹿門旁**)論政"用法"、"好名"二項,亦切宋事。

軾聞古者有貴賤之際,有聖賢之分。二者相勝而不可以相參,其勢然也。治其貴賤之際,則不知聖賢之爲高。行其聖賢之分,則不知貴賤之爲差。昔者子思、孟軻之徒,不見諸侯而耕於野,比閭小吏一呼於其門,則攝衣而從之。至於齊、魯千乘之君,操幣執贄,因門人以願交於下風,則閉門而不納。此非苟以爲異而已,將以明乎聖賢之分,而不參於貴賤之際。故其攝衣而從之也,君子不以爲畏。而其閉門而拒之也,君子不以爲傲。何則?其分定也。士之賢不肖,固有之矣。子思、孟軻,不可以人人而求之,然而貴賤之際,聖賢之分,二者要以不可不知也。世衰道喪,不能深明於斯二者而錯行之,施之不得其處,故其道兩亡。

今夫軾,朝生於草茅塵土之中,而夕與於州縣之小吏,其官爵勢力不足較於世,亦明矣。而諸公之貴,至與人主揖讓周旋而無間,大車駟馬至於門者,逡巡而不敢入。軾也,非有公事而輒至於庭,求以賓客之禮見於下執事,固已獲罪於貴賤之際矣。雖然,當世之君子,不以其愚陋,而使與於制舉之末,朝廷之上,不以其疏賤,而使奏其倡狂之論。軾亦自忘其不肖,而以爲是兩漢之主所孜孜而求之,親降色辭而問之政者也。

(**茅鹿門眉**)子瞻昂藏之氣,已具見於此。其才雖不足以庶幾於聖賢之間,而學其道,治其言,則所守者其分也。是故踽踽然而來,仰不知明公之尊,而俯不知其身之賤。不由紹介,不待辭讓,而直言當世之故,無所委曲者,以爲貴賤之際,非所以施於此也。

軾聞治事不若治人,治人不若治法,治法不若治時。時者,國之所以存亡,天下之所最重也。(**茅鹿門眉**)此四句,子瞻便有囊括宇宙、周旋乾坤處。周之衰也,時人莫不苟偷而不立,周雖欲其立,而不可得也,故周亡。秦之衰也,時人莫不貪利而不仁,秦雖欲其仁,而不可得也,故秦亡。西漢之衰也,時人莫不柔懦而謹畏,故君臣相蒙,而至於危。東漢之衰也,時人莫不矯激而奮厲,故賢不肖不相容,以至於亂。夫時者,豈其所自爲邪?王公大人實爲之。軾將論其時之病,而以爲其權在諸公。諸公之所好,天下莫不好。諸公之所惡,天下莫不惡。

故軾敢以今之所患二者,告於下執事。其一曰:用法太密而不求情。其二曰:好名太高而不適實。(**儲欣夾**)尤確。此二者,時之大患也。(**茅鹿門夾**)論治策體。

何謂用法太密而不求情?昔者天下未平而法不立,則人行其私意,仁者遂其仁,勇者致其勇,君子小人莫不以其意從事,而不困於繩墨之間,故易以有功,而亦易以亂。及其治也,天下莫不趨於法,不敢用其私意,而惟法之知。故雖賢者所爲,要以如法而止,不敢於法律之外,有所措意。夫人勝法,則法爲虛器。法勝人,則人爲備位。(**茅鹿門夾**)名言。人與法並行而不相勝,則天下安。今自一命以上至於宰相,皆以奉法循令爲稱其職,拱手而任法,曰:吾豈得自由哉。法既大行,故人爲備位。其成也,其敗也,其治也,其亂也,天下皆曰非我也,法也。法之弊,豈不亦甚矣哉! 昔者漢高之時,留侯爲太子少傅,位於叔孫之後,而周昌亦自御史大夫爲諸侯相,天下有緩急,則功臣左遷而不怨。此亦知其君臣之歡,不以法而相持也。(**陳仁錫眉**)患無人耳,不患徒法。今天下所以任法者,何也? 任法生於自疑。自疑生於多私。惟天下之無私,則能於法律之外,有以效其智。何則? 其自信明也。夫唐永泰之間,奸臣執政,政以賄成,德宗發憤而用常衮,衮一切用法,四方奏請,莫有獲者。然天下否塞,賢愚不分,君子不以爲能也。崔佑甫爲相,不至期年,而除吏八百,多其親舊。或者以爲譏,佑甫曰:"不然。非親與舊,則安得而知之? 顧其所用如何爾。"君子以爲善用法。今天下泛泛焉莫有深思遠慮者,皆任法之過也。

何謂好名太高而不適實? 昔者聖人之爲天下,使人各致其能以相濟也。不一則不專,不專則不能。自堯舜之時,而伯夷、后夔、稷、契之倫,皆不過名一藝辦一職以盡其能,至於子孫世守其業而不遷。夔不敢自與於知禮,而契不敢自任於播種。至於三代之際,亦各輸其才而安其習,以不相犯躐。凡書傳所載者,自非聖人,皆止於名一藝辦一職,故其藝未嘗不精,而其職未嘗不舉,後世之所希望而不可及者,由此故也。(**茅鹿門眉**)古人學問原如此,而上之所以擇而任之亦如此。下而至於漢,其君子各務其所長,以相左右,故史之所記,武、宣之際,自公孫、魏、邴以下,皆不過以一能稱於當世。夫人各有才,才各有小大。大者安其大,而無忽於小。小者樂其小,而無慕於大。是以各適其用,而不喪其所長。及至後世,上失其道,而天下之士,皆有侈心,耻以一藝自名,而欲盡天下之能事。是故喪其所長,而至於無用。今之士大夫,其實病此也。(**儲欣眉**)漢唐所無,弊自宋始。此段字字向癢處搔。仕者莫不談王道,述禮樂,皆欲復三代,追堯舜,終於不可行,而世務因以不舉。學者莫不論天人,推性命,終於不可究,而世教因以不明。自許太高,而措意太廣。太高則無用。太廣則無功。(**儲欣夾**)妙,妙。是故賢人君子布於天下,而事不立。(**鍾惺夾**)痛哭之言。聽其言,則侈大而可樂。責其效,則汗漫而無當。此皆好名之過。(**儲欣眉**)至言極論。(**唐荆川眉**)切中宋時情事。

深惟古之聖賢,建功立業,興利捍患,至於百工小民之事,皆有可觀,不若今世之因循鹵莽。其故出於此二者歟?(**茅鹿門夾**)總。伏惟明公才略之宏偉,度量之寬厚,學術之廣博,聲名之煒燁,冠於一時,而振於百世。百世之所望而正者,意有所向,則天下奔走而趨之。則其愍時憂世之心,或有取於斯言也。軾將有深於此者,而未敢言焉。不宣。軾再拜。

【彙評】

儲欣:"由此二者"下,"以壞天下之人才"上,以壞朝廷之功業有餘矣。危言苦口,應制時風采早已卓爾不群。

上劉侍讀書

(**茅鹿門旁**)"氣"之一字,爲一篇命門。(**唐荆川眉**)人謂一篇氣論,余謂直是蘇公自道其文。此文之氣,如雲涌川驟,不可嚮邇。(**錢文登眉**)氣之雄者,足以辨天下之事,議論甚高,乃從《孟子·養氣》章發出,然用意用句不犯《孟子》一字,真是國手。後一段歷誦劉公功名之盛,而末只以一句打轉"氣"字上。〇古人論文,嘗言一篇不離一字,一字不離一篇,一即含多,多即入一。即如此文,以"氣"字發一篇之意,可見文機矣。(**凌啓康眉**)吕東萊曰,文字轉處不假助語而自連接者爲上。余觀東坡、潁濱二先生,深服東萊之説。

軾聞天下之所少者，非才也。才滿於天下，而事不立。天下之所少者，非才也，氣也。(**鍾惺夾**)重此一句，妙，可悟作文之法。(**高啓夾**)名言。何謂氣？曰：是不可名者也。若有鬼神焉而陰相之。今夫事之利害，計之得失，天下之能者，舉知之而不能辦。能辦其小，而不能辦其大，則氣有所不足也。夫氣之所加，則已大而物小，(**李贄夾**)一篇主意。於是乎受其至大，而不爲之驚，(**高啓夾**)英氣勃勃。納其至繁，而不爲之亂，任其至難，而不爲之憂，享其至樂，而不爲之蕩。是氣也，受之於天，得之于不可知之間，傑然有以蓋天下之人，而出萬物之上，非有君長之位，殺奪施與之權，而天下環向而歸之，此必有所得者矣。多才而敗者，世之所謂不幸者也。(**高啓夾**)别生端緒，令人不覺。若無能焉而每以成者，世之所謂天幸者也。夫幸與不幸，君子之論，不施於成敗之間，而施於窮達之際，故凡所以成者，其氣也，其所以敗者，其才也。氣不能守其才，則焉往而不敗？世之所以多敗者，皆知求其才，而不知論其氣也。若夫明公，其亦有所得矣。軾非敢以虚辭而曲説，誠有所見焉耳。(**錢文登眉**)此下文勢更見跌宕，宜字字玩索。

夫天下有分，得其分則安，非其分，而以一毫取於人，則群起而争之。天下有無窮之利，自一命以上，至於公相，其利可愛，其塗甚夷，設爲科條，而待天下之擇取。然天下之人，翹足企首而群望之，逡巡而不敢進者，何也？其分有所止也。天下有無功而遷一級者，則衆指之矣。遷者不容於下，遷之者不容於上，而况其甚者乎！明公起於徒步之中，執五寸之翰，書方尺之簡，而列於士大夫之上，横翔捷出，冠壓百吏，而爲之表。(**唐荆川眉**)筆興到來，如龍飛鳳舞。猶以爲未也，而加之師友之職，付之全秦之地，地方千里，則古之方伯連帥所不能有也；東障峭澠，北跨河渭，南倚巴蜀。西控戎夏，則古之秦昭王、商君、白起之徒，所以殫身殘民百戰而有之者也。(**李卓吾眉**)數語便見氣概。奮臂而取兩制，不十餘年，而天下不以爲速。非有汗馬之勞，米鹽之能，以擅富貴之美，而天下不以爲無功。抗顏高議，自以無前，而天下不以爲無讓。(**高啓眉**)三"不以"字與兩"不容"字相叫應。此其氣固有以大服於天下矣。(**高啓夾**)妙，妙。天下無大事也，天下而有大事，非其氣之過人者，則誰實辦之？

軾遠方之鄙人，游於京師，聞明公之風，幸其未至於公相，而猶可以誦其才氣之盛美，而庶幾於知言。惜其將遂西去而不得從也，故請間於門下，以願望見其風采。不宣。軾再拜。

【彙評】

吕雅山：余少從吕涇雅先生游，見先生揭東坡《上劉侍讀書》於壁間，其中朱墨批評者滿紙，大都稱其縱騁迴旋，不受羈制。余熟觀焉。先生曰："小子志之。讀此文可融活文機，令筆下别有意味。小子志之。"

鄭之惠：荆川謂是一篇氣論，余謂且是蘇公自道其文。此文之氣，如雲涌川驟，不可響遏。

上韓魏公論場務書

(**茅鹿門旁**)公是時爲鳳翔推官，輒能首陳郡中民瘼若此。

軾再拜獻書昭文相公執事。軾得從宦於西，嘗以爲當今制置西事，其大者未便，非痛整齊之，其勢不足以久安，未可以隨欹而拄、隨壞而補也。然而其事宏闊浩汗，非可以倉卒輕言者。今之所論，特欲救一時之急，解朝夕之患耳。往者寶元以前，秦人之富强可知也。中户不可以畝計，而計以頃。上户不可以頃計，而計以賦。耕於野者，不願爲公侯。藏於民家者，多於府庫也。然而一經元昊之變，冰消火燎，十不存三四。今之所謂富民者，嚮之僕隸也。今之所謂蓄聚者，嚮之殘棄也。然而不知昊賊之遺種，其將永世而臣伏邪？其亦有時而不臣也？以嚮之民力堅完百倍而不能支，以今之傷殘之餘而能辦者，軾所不識也。夫平安無事之時，不務多方優裕其民，使其氣力渾厚，足以勝任縣官權時一切之政，(**鍾惺夾**)至論。而欲一旦納之於患難，軾恐外憂未去而内憂乘之也。鳳翔、京兆，此兩郡者，陝西之囊橐。今使有變，則緣邊被兵之郡，知戰守而已。戰而無食則北，守而無財則散。使戰不北，守不散，其權固在此兩郡也。

軾官於鳳翔，見民之所最畏者，莫若衙前之役。自其家之甕盎釜甑以上計之，長役及十千，鄉户及二十千，皆占役一分。所謂一分者，名爲糜錢，十千可辦，而其實皆十五六千，至二十千，而多者至不可勝計也。科役之法，雖始於上户，然至於不足，則遞取其次，最下至於家貲及二百千者，於法皆可科。自近歲以來，凡所科者，鮮有能大過二百千者也。夫爲王民，自甕盎釜甑以上計之而不能滿二百千，則何以爲民。(**鍾惺眉**)許多曲折。今也，及二百千則不免焉，民之窮困亦可知矣。然而縣官之事，歲以二千四百分爲計，所謂優輕而可以償其勞者，不能六百分，而捕獲强惡者願入焉，擿發贓弊者願入焉，是二千四百分者，衙前之所獨任，而六百分者，未能純被於衙前也。民之窮困，又可知矣。

今之最便，惟重難日損，優輕日增，則民尚可以生，此軾之所爲區區議以官榷與民也。其詳固已具於府之所録以聞者。從軾之説,而盡以予民,失錢之以貫計者,軾嘗粗較之,歲不過二萬。失之於酒課,而償之於税緡,是二萬者,未得爲全失也。就使爲全失二萬,均多補少,要以共足,此一轉運使之所辦也。如使民日益困窮而無告,異日無以待倉卒意外之患,則雖復歲得千萬,無益於敗,此賢將帥之所畏也。

軾以爲陛下新御宇内,方求所以爲千萬年之計者,必不肯以一轉運使之所能辦,而易賢將帥之所畏。況於相公,才略冠世,不牽於俗人之論。乃者變易茶法,至今以爲不便者,十人而九,相公尚不顧,行之益堅。今此事至小,一言可決。去歲赦書使官自買木,關中之民,始知有生意。嚮非相公果斷而力行,必且下三司。三司固不許,幸而許,必且下本路。本路下諸郡,或以爲可,或以爲不可,然後監司類聚其説而參酌之。比復於朝廷,固已期歲矣。其行不行,又未可知也。如此,而民何望乎?(**陳仁錫眉**)下手詔一去甚妙,唐常行之。

方今山陵事起,日費千金,軾乃於此時議以官榷與民,其爲迂闊取笑可知矣。然竊以爲古人之所以大過人者,惟能於擾攘急迫之中,行寬大閑暇久長之政,此天下所以不測而大服也。(**鍾惺眉**)此語惟可□告魏公。朝廷自數十年以來,取之無術,用之無度,是以民日困,官日貧。一旦有大故,則政出一切,不復有所擇。此從來不革之過,今日之所宜深懲而永慮也。山陵之功,不過歲終。一切之政,當訖事而罷。明年之春,則陛下逾年即位改元之歲,必將首行王道以風天下。及今使郡吏議之,減定其數,當復以聞,則言之今其時矣。伏惟相公留意。千萬幸甚。

上蔡省主論放欠書

(李卓吾旁)可觀,可感。(茅鹿門旁)必蔡確爲省主。

軾於門下,蹤迹絶疏。然私自揆度,亦似見知於明公者。尋常無因緣,固不敢造次致書,今既有所欲言,而又默默拘於流俗人之議,以爲迹疏不當干説,則是謂明公亦如凡人拘於疏密之分者,竊以爲不然,故輒有所言不顧,惟少留聽。軾於府中,實掌理欠。(儲欣夾)當是福昌主簿時。自今歲麥熟以來,日與小民結爲嫌恨,鞭笞鎖縶,與縣官日得千百錢,固不敢憚也。彼實侵盗欺官,而不以時償,雖日撻無愧。然其間有甚足悲者。或管押竹木,風水之所漂;或主持糧斛,歲久之所壞;或布帛惡弱,估剥以爲虧官;或糟滓潰爛,紐計以爲實欠;或未輸之贓,責於當時主典之吏;或敗折之課,均於保任干繫之家。官吏上下,舉知其非辜,而哀其不幸,迫於條憲,勢不得釋,朝廷亦深知其無告也,是以每赦必及焉。凡今之所追呼鞭撻日夜不得休息者,皆更數赦,遠者六七赦矣。(陳仁錫眉)千百年無人破此窠臼。問其以不得釋之狀,則皆曰:“吾無錢以與三司之曹吏。”以爲不信,而考諸舊籍,則有事同而先釋者矣。曰:“此有錢者也。”嗟夫,天下之人以爲言出而莫敢逆者,莫若天子之詔書也。今詔書且已許之,而三司之曹吏獨不許,是猶可忍邪?

伏惟明公在上,必不容此輩,故敢以告。凡四十六條,二百二十五人,錢七萬四百五十九千,粟米三千八百三十斛。其餘炭鐵、器用、材木、冗雜之物甚衆。皆經監司選吏詳定灼然可放者,軾已具列聞於本府。府當以奏,奏且下三司,議者皆曰:“必不報,雖報,必無决然了絶之命。”(茅鹿門眉)借議者以唤發省主。

軾以爲不然。往年韓中丞詳定放欠，以爲赦書所放，必待其家業蕩盡，以至於干繫保人亦無孑遺可償者，又當計赦後月日以爲放數。如此則所及甚少，不稱天子一切寬貸之意。（**茅鹿門眉**）援魏公故事以廣省主。自今苟無所隱欺者，一切除免，不問其他。以此知今之所奏者，皆可放無疑也。伏惟明公獨斷而力行之，使此二百二十五家皆得歸安其藜糗，養其老幼，日晏而起，吏不至門，以歌詠明公之德，亦使赦書不爲空言而無信者。干冒威重，退增恐悚。

【彙評】

儲欣：卑官爲民請命，亦人所難。

答安師孟書

辱書，爲貺過厚。吾子自以美才積學，取榮名於當時，所宜德者，平生之師友，朝夕相與講學者也，如軾何與焉。然吾子之於軾，其得失休戚，軾所宜知。何者？其勢足以相及也。嚮也，聞七子者之失，恍然如軾之有失也。既乃聞吾子之得，則亦如軾之有得也。今吾子書來，以爲自爲喜者少，而爲軾喜者多，甚矣吾子之見愛也。然彼七子者，豈以一失爲戚哉。彼將退治其所有，益廣而新之，則吾猶有望焉。若吾子既得不驕，而日知其所不足，則軾之所得，又將有大者也。

與曾子固書

軾叩頭泣血言。軾負罪至大，苟生朝夕，不自屏竄，輒通書問於朋友故舊之門者。伏念軾逮事祖父,祖父之没,軾年十二矣,尚能記憶其爲人。又嘗見先君欲求人爲撰墓碣,雖不指言所屬,然私揣其意,欲得子固之文也。京師人事擾擾,而先君亦不自料止於此。嗚呼,軾尚忍言之! 今年四月,軾既護喪還家,未葬,偶與弟轍閲家中舊書,見先君子自疏録祖父事迹數紙,似欲爲行狀未成者,知其意未嘗不在於此也。因自思念,恐亦一旦卒然,則先君之意,永已不遂。謹即其遺書,粗加整齊爲行狀,以授同年兄鄧君文約,以告於下執事。伏惟哀憐而幸諾之。豈惟罪逆遺孤之幸,抑先君有知,實寵綏之。軾不任哀祈懇切之至。

【彙評】

儲欣:此事不得不讓南豐。

上韓魏公乞葬董傳書

(**李卓吾旁**)可觀,可感。

軾再拜。近得秦中故人書,報進士董傳三月中病死。軾往歲官岐下,始識傳,至今七八年,知之熟矣。其爲人,不通曉世事,然酷嗜讀書。其文字蕭然有出塵之姿,至詩與楚詞,則求之於世可與傳比者,不過數人。此固不待軾言,公自知之。然傳嘗望公不爲力致一官,軾私心以爲公非有所愛也,知傳所稟付至薄,不任官耳。今年正月,軾過岐下,而傳居喪二曲,使人問訊其家,而傳徑至長安,見軾於傳舍,道其飢寒窮苦之狀,以爲幾死者數矣,賴公而存。"又且薦我於朝。吾平生無妻,(**李卓吾夾**)可傷,可痛。近有彭駕部者,聞公薦我,許嫁我其妹。若免喪得一官,又且有妻,不虛作一世人,皆公之賜。"軾既爲傳喜,且私憂之。此二事,生人之常理,而在傳則爲非常之福,恐不能就。今傳果死,悲夫!書生之窮薄,至於如此其極耶!(**鍾惺夾**)那裏人知。(**陳仁錫眉**)存人者亦難。(**鍾惺眉**)看得妙。(**鍾惺眉**)可惜,可憐。

夫傳之才器,固不通於世用,然譬之象犀珠玉,雖無補於飢寒,要不可使在塗泥中,此公所以終薦傳也。今父子暴骨僧寺中,孀母弱弟,自謀口腹不暇,决不能葬。軾與之故舊在京師者數人,相與出錢賻其家,而氣力微薄,不能有所濟,甚可憫矣。公若猶憐之,不敢望其他,度可以葬傳者足矣。(**鍾惺夾**)好處分。(**陳仁錫眉**)恐其消受不起。陳繹學士,當往涇州,而宋迪度支在岐下,公若有以賜之,軾且斂衆人之賻,並以予陳而致之宋,使葬之,有餘,以予其家。(**鍾惺夾**)是作事人處置。傳平生所爲文,當使人就其家取之,若獲,當獻諸公。干冒左右,無任戰越。

【彙評】

儲欣:憐才之誠,董傳死且不朽。

鍾惺:如此,然後謂之憐才。今人皆預料其富貴,而從貧賤時收之,此勢利之尤耳,何憐才之有!

卷七十三

書十首

上韓丞相論災傷手實書

（李卓吾旁）可觀，可感。

史館相公執事。軾到郡二十餘日矣。民物椎魯，過客稀少，真愚拙所宜久處也。然災傷之餘，民既病矣。自入境，見民以蒿蔓裹蝗蟲而瘞之道左，累累相望者，二百餘里，捕殺之數，聞於官者幾三萬斛。然吏皆言蝗不爲災，甚者或言爲民除草。使蝗果爲民除草，民將祝而來之，豈忍殺乎？軾近在錢塘，見飛蝗自西北來，聲亂浙江之濤，上翳日月，下掩草木，遇其所落，彌望蕭然。此京東餘波及淮浙者耳，而京東獨言蝗不爲災，將以誰欺乎？郡已上章詳論之矣。願公少信其言，特與量蠲秋税，或與倚閣青苗錢。疏遠小臣。腰領不足以薦鈇鉞，豈敢以非災之蝗上罔朝廷乎？若必不信，方且重複檢按，則飢羸之民，索之於溝壑間矣。且民非獨病旱蝗也。方田均税之患，行道之人舉知之。税之不均也久矣，然而民安其舊，無所歸怨。今乃用一切之法，成於期月之間，奪甲與乙，其不均又甚於昔者，而民之怨始有所歸矣。（陳仁錫眉）似不必辨。

今又行手實之法，雖其條目委曲不一，然大抵恃告訐耳。昔之爲天下者，惡告訐之亂俗也，故有不干己之法，非盜及强奸不得捕告。其後稍稍失前人之意，漸開告訐之門。而今之法，揭賞以求人過者，十常八九。夫告訐之人，未有非凶奸無良者。異時州縣所共疾惡，多方去之，然後良民乃得而安。今乃以厚賞招而用之，豈吾君敦化、相公行道之本意歟？

凡爲此者，欲以均出役錢耳。免役之法，其經久利病，軾所不敢言也。朝廷必欲推而行之，尚可擇其簡易爲害不深者。軾以爲定簿便當，即用五等古法，惟第四等、五等分上、中、下。昔之定簿者爲役，役未至，雖有不當，民不争也，役至而後訴耳。故簿不可用。今之定簿者爲錢，民知當户出錢也，則不容有大繆矣。其名次細别，或未盡其詳，然至於等第，蓋已略得其實。軾以爲如是足矣。但當先定役錢所須幾何，預爲至少之數，以賦其下五等。（**下五等，謂第四等上、中、下，第五等上、中也。此五等舊役至輕，須令出錢至少乃可，第五等下，更不當出分文。**）其餘委自令佐，度三等以上民力之所任者而分與之。夫三等以上錢物之數，雖其親戚，不能周知。至於物力之厚薄，則令佐之稍有才者，可以意度也。借如某縣第一等凡若干户，度其力共可以出錢若干，則悉召之庭，以其數予之，不户别也。令民自相差擇，以次分占，盡數而已。第二等則逐鄉分之，凡某鄉之第二等若干户，度其力可以共出錢若干，召而分之，如第一等。第三等亦如之。彼其族居相望，貧富相悉，利害相形，不容獨有僥倖者也。相推相詰，不一二日自定矣。若析户則均分役錢，典賣則著所割役錢於契要，使其子孫與買者各以其名附舊户供官，至三年造簿，則不復用，舉從其新，如此，而朝廷又何求乎？所謂浮財者，决不能知其數。凡告者，亦意之而已。意之而中，其賞不貲。不中，杖六十至八十，極矣。小人何畏而不爲乎？近者軍器監須牛皮，亦用告賞。農民喪牛甚於喪子，老弱婦女之家，報官稍緩，則撻而責之錢數十千，以與浮浪之人，其歸爲牛皮而已，何至是乎！

軾在錢塘，每執筆斷犯鹽者，未嘗不流涕也。自到京東，見官不賣鹽，獄中無鹽囚，道上無遷鄉配流之民，私竊喜幸。近者復得漕檄，令相度所謂王伯瑜者欲變京東、河北鹽法置市易鹽務利害，不覺慨然太息也。密州之鹽，歲收税錢二千八百餘萬，爲鹽一百九十餘萬秤，此特一郡之數耳。所謂市易鹽務者，度能盡買此乎？苟不能盡，民肯舍而不煎，煎而不私賣乎？頃者兩浙之民，以鹽得罪者，歲萬七千人，終不能禁。京東之民，悍於兩浙遠甚，恐非獨萬七千人而已。縱使官能盡買，又須盡賣而後可，苟不能盡，其存者與糞土何異，其害又未可以一二言也。願公救之於未行。若已行，其孰能已之？

軾不敢論事久矣，今者守郡，民之利病，其勢有以見及。又聞自京師來者，舉言公深有拯救斯民爲社稷長計遠慮之意。故不自揆，復發其狂言。可則行之，否則置之。願無聞於人，使孤危衰廢之蹤，重得罪於世也。干冒威重，不用戰慄。

上文侍中論强盗賞錢書

（李卓吾旁）可觀。

軾再拜。軾備員偏州，民事甚簡。但風俗武悍，特好强劫，加以比歲荐饑，椎剽之奸，殆無虚日。自軾至此，明立購賞，隨獲隨給，人用競勸，盗亦斂迹。準法，獲强盗一人，至死者給五十千,流以下半之。近有旨,災傷之歲,皆降一等。既降一等,則當復減半,自流以下,得十二千五百而已。凡獲一賊,告與捕者,率常不下四五人,不勝則爲盜所害。幸而勝,則凡爲盜者舉仇之。其難如此,而使四五人者分十二千五百以捐其軀命,可乎?朝廷所以深惡强盜者,爲其志不善,張而不已,可以馴致勝、廣之資也。由此言之,五十千豈足道哉!夫災傷之歲,尤宜急於盜賊。今歲之民,上户皆闕食,冬春之交,恐必有流亡之憂。若又縱盜而不捕,則郡縣之憂,非不肖所能任也。欲具以聞上,而人微言輕,恐不見省。向見報明公所言,無不立從,東武之民,雖非所部,明公以天下爲度,必不間也。故敢以告。比來士大夫好輕議舊法,皆未習事之人,知其一不知其二者也。

常竊怪司農寺所行文書措置郡縣事,多出於本寺官吏一時之意,遂與制敕並行。近者令諸郡守根究衙前重難應緣此毀棄官文書者,皆科違制,且不用赦降原免。考其前後,初不被旨。謹按律文,毀棄官文書重害者,徒一年。今科違制,即是增損舊律令也。不用赦降原免,即是衝改新制書也。豈有增損舊律令,衝改新制書,而天子不知,三公不與,有司得專之者!今監司郡縣,皆恬然受而行之莫敢辨,此軾之所深不識也。

昔袁紹不肯迎天子,以謂若迎天子以自近,則每事表聞,從之則權輕,不從則拒命,非計之善也。夫不請而行,袁紹之所難也。而況守職奉上者乎?今聖人在上,朝廷清明,雖萬無此虞,司農所行,意其出於偶然,或已嘗被旨而失於開坐,皆不可知。但不請而行,其漸不可開耳。軾愚蠢無狀,孤危之迹,自以岌岌。夙蒙明公獎與過分,竊懷憂國之心,聊復一發於左右,猶幸明公密之,無重其罪戾也。

上文侍中論榷鹽書

（**李卓吾旁**）可觀，可感。（**茅鹿門評**）宋朝不榷河北鹽，不可曉，子瞻宦京東，故所云如此。河北、京東，宋不榷鹽者必有説。愚竊意契丹既獲燕雲十六州，而河北之民特相唇齒，一榷鹽，則椎剽之民，恐必無聊而入契丹，故特疏此法網，以爲容奸之地云耳。不知是否？

留守侍中執事。當今天下勳德俱高，爲主上所倚信，華實兼隆，爲士民所責望，受恩三世，宜與社稷同憂，皆無如明公者。今雖在外，事有關於安危，而非職之所憂者，猶當盡力争之，而況其事關本職而憂及生民者乎？竊意明公必已言之而人不知，若猶未也，則願效其愚。（**鍾惺夾**）妙於責人。

頃者三司使章惇建言："乞榷河北、京東鹽。"朝廷遣使案視，召周革入覲，已有成議矣。惇之言曰："河北與陝西皆爲邊防，而河北獨不榷鹽，此祖宗一時之誤恩也。"（**茅鹿門眉**）今國家河北之榷在長蘆，似與宋不同。軾以爲陝西之鹽，與京東、河北不同。解池廣袤不過數十里，既不可捐以予民，而官亦易以籠取。青鹽至自虜中，有可禁止之道，然猶法存而實不行。城門之外，公食青鹽。今東北循海皆鹽也，其欲籠而取之，正與淮南、兩浙無異。軾在餘杭時，見兩浙之民以犯鹽得罪者，一歲至萬七千人而莫能止。奸民以兵仗護送，吏士不敢近者，常以數百人爲輩，特不爲他盜，故上下通知，而不以聞耳。東北之人，悍於淮、浙遠甚，平居椎剽之奸，常甲於他路，一旦榷鹽，則其禍未易以一二數也。（**茅鹿門夾**）宋時亦如此。由此觀之，祖宗以來，獨不榷河北鹽者，正事之適宜耳。何名爲誤哉！且榷鹽雖有故事，然要以爲非王政也。陝西、淮、浙既未能罷，又欲使京東、河北隨之,此猶患風痹人曰,吾左臂既病矣,右臂何爲獨完,則以酒色伐之,可乎?(**茅鹿門夾**)切。

今議者曰:“吾之法與淮、浙不同。淮、浙之民所以不免於私販,而竈户所以不免於私賣者,以官之買價賤而賣價貴耳。今吾賤買而賤賣,借如每斤官三錢得之,則以四錢出之,鹽商私買於竈户,利其賤耳,賤不能減三錢,竈户均爲得三錢也,寧以予官乎?將以予私商而犯法乎?此必不犯之道也。此無異於兒童之見。東海皆鹽也。苟民力之所及,未有捨而不煎,煎而不賣者也。而近歲官錢常若窘迫,遇其急時,百用横生,以有限之錢,買無窮之鹽,竈户有朝夕薪米之憂,而官錢在期月之後,則其利必歸於私販無疑也。(**儲欣眉**)曉事。食之於鹽,非若饑之於五穀也。五穀之乏,至於節口並日,而况鹽乎?故私販法重而官鹽貴,則民之貧而懦者或不食鹽。往在浙中,見山谷之人,有數月食無鹽者,今將榷之,東北之俗,必不如往日之嗜鹹也,而望官課之不虧,疏矣。且淮、浙官鹽,本輕而利重,雖有積滯,官未病也。今以三錢爲本,一錢爲利,自禄吏購賞修築廒庾之外,所獲無幾矣。一有積滯不行,官之所喪,可勝計哉!失民而得財,明者不爲。况民財兩失者乎?

且禍莫大於作始,作俑之漸,至於用人,今兩路未有鹽禁也,故變之難。(**儲欣夾**)又摭後患以爲説。遣使會議,經年而未果。自古作事欲速而不取衆議,未有如今日者也。然猶遲久如此,以明作始之難也。今既已榷之矣,則他日國用不足,添價貴賣,有司以爲熟事,行半紙文書而决矣。且明公能必其不添乎?非獨明公不能也,今之執政能自必乎?苟不可必,則兩路之禍,自今日始。

夫東北之蠶,衣被天下。蠶不可無鹽,而議者輕欲奪之,是病天下也。明公可不深哀而速救之歟？或者以爲朝廷既有成議矣，雖争之必不從。竊以爲不然。乃者手實造簿，方赫然行法之際，軾嘗論其不可，以告今太原韓公。公時在政府，莫之行也，而手實卒罷，民賴以少安。凡今執政所欲必行者，青苗、助役、市易、保甲而已，其他猶可以庶幾萬一。（**陳仁錫眉**）因勢利導。或者又以爲明公將老矣，若猶有所争，則其請老也難。此又軾之所不識也。使明公之言幸而聽，屈己少留，以全兩路之民，何所不可。不幸而不聽，是議不中意，其於退也尤易矣。（**鍾惺眉**）仕路上人不肯開之口。（**李卓吾夾**）説得可憐。願少留意。（**茅鹿門夾**）子瞻無己之情。軾一郡守也，猶以爲職之所當憂，而冒聞於左右，明公其得已乎？干瀆威重，俯伏待罪而已。（**陳仁錫眉**）大難爲上大夫之言。

【彙評】

儲欣：折聚斂之計，而關其口。

鍾惺：胸中眼中少有嫌疑沾帶，不敢下如此筆。

答舒焕書

軾頓首。軾天資懶慢，自少年筋力有餘時，已不喜應接人事。其於酬酢往反，蓋嘗和矣，而未嘗敢倡也。近日加之衰病，向所謂和者，又不能給，雖知其勢必爲人所怪怒，但弛廢之心，不能自克。聞足下之賢久矣，又知守官不甚相遠，加之往來者，具道足下，雖未相識，而相與之意甚厚。亦欲作一書相聞，然操筆復止者數矣。因與賈君飲，出足下送行一絶句，其語有見及者，醉中率爾和答，醒後不復記憶其中道何等語也。忽辱手示，乃知有“公沙”之語，惘然如夢中事，愧赧不已。足下文章之美，固已超軼世俗而追配古人矣。豈僕荒唐無實橫得聲名者所得眩乎？何其稱述之過也。其詞則信美矣，豈效鄒衍、相如高談馳騖，不顧其實，苟欲托僕以發其宏麗新語耶？歐陽公，天人也。恐未易過，非獨不肖所不敢當也。天之生斯人，意其甚難，非且使之休息千百年，恐未能復生斯人也。(**鍾惺夾**)痛癢之言。世人或自以爲似之，或至以爲過之，非狂則愚而已。何緣會面一笑爲樂。朱支使行，匆遽裁謝，草草。

【彙評】

鍾惺：語語深中隱痛，讀之悚息。

答黄魯直書

軾頓首再拜魯直教授長官足下。軾始見足下詩文於孫莘老之坐上，聳然異之，以爲非今世之人也。莘老言：“此人，人知之者尚少，子可爲稱揚其名。”

軾笑曰：“此人如精金美玉，不即人而人即之，將逃名而不可得，何以我稱揚爲？”然觀其文以求其爲人，必輕外物而自重者，今之君子莫能用也。(**陳仁錫眉**)莘老自佳。其後過李公擇於濟南，則見足下之詩文愈多，而得其爲人益詳，意其超逸絶塵，獨立萬物之表，馭風騎氣，以與造物者游，非獨今世之君子所不能用，雖如軾之放浪自棄，與世闊疏者，亦莫得而友也。今者辱書詞累幅，執禮恭甚，如見所畏者，何哉？軾方以此求交於足下，而懼其不可得，豈意得此於足下乎？喜愧之懷，殆不可勝。然自入夏以來，家人輩更卧病，匆匆至今，裁答甚緩，想未深訝也。《古風》二首，托物引類，真得古詩人之風，而軾非其人也。聊復次韻，以爲一笑。秋暑，不審起居何如？未由會見，萬萬以時自重。

【彙評】

儲欣：世有子瞻，而魯直、太虛諸作者，皆宗仰於無窮，太史公所以有附驥之嘆也。

茅鹿門：蘇、黄兩相知處可掬。

答宋寺丞書

軾自假守彭城，即欲爲一書以問左右，久苦多事，竟爲足下所先，慚悚不可言也。來書稱道過當，皆非無狀所能仿佛。自少小爲學，不過以記誦篆刻追世俗之好，真所謂淺見寡聞者也。年大以來，雖所謂寡淺者，亦復廢忘，至於吏道法令民事簿書期會，尤非所長，素又不喜從事於此，以不喜之心，强其所不長，其荒唐繆悠可知也。而彭城自漢以來，號爲重地，朝廷過采其虚名，不知其實無有也，而輕以畀之。自到郡以來，夏旱秋潦，繼之以横流之災，札瘥之餘，百役毛起，公私騷然未已也。計其不治之聲，聞於左右者多矣。仁人君子，不指其過，教其所不逮，而更譽之，何也？孔子曰："居是邦也，事其大夫之賢者，友其士之仁者。"自今與足下往來相聞，知不徒爲好而已，當有以告我者，不勝大願。適會夫役起，無頃刻閑暇，書不能盡意，惟深察之。

黄州上文潞公書

(**李卓吾旁**)可觀,可念。(**茅鹿門旁**)嗚咽,然亦情悃灑然。

軾再拜。孟夏漸熱,恭惟留守太尉執事台候萬福。承以元功,正位兵府,備物典册,首冠三公。雖曾孫之遇,絶口不言;而金滕之書,因事自顯。真古今之異事,聖朝之光華也。

有自京師來轉示所賜書教一通,行草爛然,使破甑敝帚,復增九鼎之重。軾始得罪,倉皇出獄,死生未分,六親不相保。然私心所念,不暇及他。但顧平生所存,名義至重,不知今日所犯,爲已見絶於聖賢,不得復爲君子乎?抑雖有罪不可赦,而猶可改也?(**吕留良夾**)此一段自待、待人俱不薄,自非泛常語。伏念五六日,至於旬時,終莫能決。輒復强顔忍耻,飾鄙陋之詞,道疇昔之眷,以卜於左右。遽辱還答,恩禮有加。(**吕留良夾**)字法。豈非察其無他,而恕其不及,亦如聖天子所以貸而不殺之意乎?伏讀灑然,知其不肖之軀,未死之間,猶可以洗濯磨治,復入於道德之場,追申徒而謝子産也。(**吕留良夾**)申徒嘉刖者喻己,子産執政喻潞公,言"相與形骸之外"見《莊子》。

軾始就逮赴獄,有一子稍長,徒步相隨。其餘守舍,皆婦女幼稚。至宿州,御史符下,就家取文書。州郡望風,遣吏發卒,圍船搜取,老幼幾怖死。既去,婦女恚駡曰:"是好著書,書成何所得,而怖我如此!"悉取燒之。比事定,重復尋理,十亡其七八矣。(**茅鹿門夾**)可憐。到黄州,無所用心,輒復覃思于《易》、《論語》,端居深念,若有所得,遂因先子之學,作《易傳》九卷。又自以意作《論語説》五卷。窮苦多難,壽命不可期。恐此書一旦復淪没不傳,意欲寫數本留人間。念新以文字得罪，人必以爲凶衰不詳之書，莫肯收藏。又自非一代偉人不足托以必傳者，莫若獻之明公。(**吕留良夾**)宛轉凄惻。而《易傳》文多，未有力裝寫，獨致《論語説》五卷。公退閑暇，一爲讀之，就使無取，亦足見其窮不忘道，老而能學也。(**吕留良夾**)轉掉遒勁有氣岸。

軾在徐州時，見諸郡盗賊爲患，而察其人多凶俠不遜，因之以饑饉，恐其憂不止於竊攘剽殺也。輒草具其事上之。會有旨移湖州而止。家所藏書，既多亡軼，(**吕留良夾**)從上帶根。而此書本以爲故紙糊籠篋，獨得不燒，籠破見之，不覺惘然如夢中事，輒録其本以獻。軾廢逐至此，豈敢復言天下事，但惜此事粗有益於世，既不復施行，猶欲公知之，此則宿昔之心掃除未盡者也。(**吕留良夾**)已逐之臣，猶念國家，即《詩》"我躬不閲，遑恤我後"之意。公一讀訖，即燒之而已。

黄州食物賤，風土稍可安，既未得去，去亦無所歸，必老於此。拜見無期，臨紙於邑。惟冀以時爲國自重。

【彙評】

吕留良：只是獻所著書兩種，二文情斐亹，絶無痕迹。

謝張太保撰先人墓碣書

軾頓首再拜。伏蒙再示先人《墓表》特載《辨奸》一篇，恭覽涕泗，不知所云。竊惟先人早歲汩没，晚乃有聞。雖當時學者知師尊之，然於其言語文章，猶不能盡，而况其中之不可形者乎？所謂知之盡而信其然者，舉世惟公一人。雖若不幸，然知我者希，正老氏之所貴。《辨奸》之始作也，自軾與舍弟皆有"嘻其甚矣"之諫,不論他人。獨明公一見,以爲興我意合。公固已論之先朝,載之史册,今雖容有不知,後世决不可没。而先人之言,非公表而出之,則人未必信。信不信何足深計,然使斯人用區區小數以欺天下,天下莫覺莫知,恐後世必有秦無人之嘆。(**鍾惺夾**)有地步。此《墓表》之所以作,而軾之所以流涕再拜而謝也。黄叔度澹然無作,郭林宗一言,至今以爲顔子。林宗於人材小大畢取,所賢非一人,而叔度之賢,無一見於外者,而後世猶信,徒以林宗之重也。今公之重,不减林宗,所賢惟先人,而其心迹,粗若可見,其信於後世必矣。多言何足爲謝,聊發一二。

【彙評】

儲欣:一面表章先論,一面感激張公,情文曲盡。

鍾惺:可見古人爲人作墓文,只説一事,即子孫爲祖父求文亦然,然未可爲世俗道。

與章子厚書

(**李卓吾旁**)可觀,可感。(**茅鹿門旁**)公之捍患解亂之識如此。

子厚參政諫議執事。春初辱書,尋遞中裁謝,不審得達否?比日機務之暇,起居萬福。軾蒙恩如昨,顧以罪廢之餘,人所鄙惡,雖公不見棄,亦不欲頻通姓名。今兹復陳區區,誠義有不可已者。

軾在徐州日,聞沂州承縣界有賊何九郎者,謀欲劫利國監,又有闞温、秦平者,皆猾賊,往來沂、兖間。欲使人緝捕,無可使者。聞沂州葛墟村有程棐者，家富，有心膽。其弟岳，坐與李逢往還，配桂州牢城。棐雖小人，而篤于兄弟，常欲爲岳洗雪而無由。竊意其人可使。因令本州支使孟易呼至郡，喻使自效，以刷門户垢污，苟有成績，當爲奏乞放免其弟。棐願盡力，因出帖付與。不逾月，軾移湖州，棐相送出境，云："公更留兩月，棐必有以自效，今已去，奈何！"軾語棐："但盡力，不可以軾去而廢也。苟有所獲，當速以相報，不以遠近所在，仍爲奏乞如前約也。"

是歲七月二十七日，棐使人至湖州見報，云："已告捕獲妖賊郭先生等。"及得徐州孔目官以下狀申告捕妖賊事，如棐言不謬。軾方欲爲具始末奏陳，棐所以盡力者，爲其弟也，乞勘會其弟岳所犯，如只是與李逢往還，本不與其謀者，乞賜放免，以勸有功。草具未上，而軾就逮赴詔獄。遂不果發。今者，棐又遣人至黄州見報，云：郭先生等皆已鞫治得實，行法久矣，蒙恩授殿直；且録其告捕始末以相示。原棐之意所以孜孜於軾者，凡爲其弟以曩言見望也，軾固不可以復有言矣。然獨念愚夫小人，以一言感發，猶能奮身不顧，以遂其言。（**李卓吾夾**）可哀。而軾乃以罪廢之故，不爲一言以負其初心，獨不愧乎？且其弟岳，亦豪健絶人者也。徐、沂間人，鷙勇如棐、嶽類甚衆。若不收拾驅使令捕賊，即作賊耳。謂宜因事勸獎，使皆歆豔捕告之利，懲創爲盜之禍，庶幾少變其俗。今棐必在京師參班，公可自以意召問其始末，特爲一言放免其弟岳，或與一名目牙校、鎮將之類，付京東監司驅使緝捕，其才用當復過於棐也。此事至微末，公執政大臣，豈復治此。但棐於軾，本非所部吏民，而能自效者，以軾爲不食言也。今既不可言於朝廷，又不一言於公，是終不言矣。以此愧於心不能自已，可否在公，獨願秘其事，毋使軾重得罪也。

徐州南北襟要，自昔用武之地，而利國監去州七十里，土豪百余家，金帛山積，三十六冶器械所産，而兵衛微寡，不幸有猾賊十許人，一呼其間，吏兵皆棄而走耳，散其金帛，以嘯召無賴烏合之衆，可一日得也。軾在郡時，常令三十六冶，每户點集冶夫數十人，持却刃槍，每月兩衙於知監之庭，以示有備而已。此地蓋常爲京東豪猾之所擬，公所宜知。因程棐事，輒復及之。秋冷，伏冀爲國自重。

答李端叔書一首

（**李卓吾旁**）可觀。（**茅鹿門旁**）看此等書，長公據几隨手寫出者，却自疏宕而深眇。

軾頓首再拜。聞足下名久矣，又於相識處，往往見所作詩文，雖不多，亦足以仿佛其爲人矣。尋常不通書問，怠慢之罪，猶可闊略，及足下斬然在疚，亦不能以一字奉慰。舍弟子由至，先蒙惠書，又復懶不即答，頑鈍廢禮，一至於此，而足下終不棄絶，遞中再辱手書，待遇益隆，覽之面熱汗下也。（**王聖俞眉**）寒温語亦自委曲有致。（**吕留良夾**）書意正從此發揮。

足下才高識明，不應輕許與人，得非用黄魯直、秦太虚輩語，真以爲然耶？（**吕雅山眉**）太虚、魯直推重坡公，故自實語。不肖爲人所憎，而二子獨喜見譽，如人嗜昌歜、羊棗，未易詰其所以然者，以二子爲妄則不可，遂欲以移之衆口，又大不可也。（**王聖俞夾**）用意圓活不定如此。（**吕留良夾**）頓挫曲折。

軾少年時，讀書作文，專爲應舉而已。（**王聖俞夾**）自處甚卑，却自不卑。(**呂留良夾**)此段言過重其人。既及進士第,貪得不已,又舉制策,其實何所有。而其科號爲直言極諫,故每紛然誦説古今,考論是非,以應其名耳。人苦不自知,既以此得,因以爲實能之,故譊譊至,坐此得罪幾死,所謂齊虜以口舌得官,真可笑也。然世人遂以軾爲欲立異同,則過矣。(**茅鹿門夾**)却奏治。妄論利害,攙説得失,此正制科人習氣。譬之候蟲時鳥,自鳴自已,何足爲損益。(**李卓吾夾**)可憐。軾每怪時人待軾過重,而足下又復稱説如此,愈非其實。

得罪以來,深自閉塞,扁舟草履,放浪山水間,與樵漁雜處,往往爲醉人所推罵。(**李卓吾眉**)模寫情事,令人墮淚。(**呂留良夾**)此段言過愛其人。輒自喜漸不爲人識,平生親友無一字見及,有書與之亦不答,自幸庶幾免矣。(**高啓夾**)杜德機,妙甚。(**茅鹿門眉**)頽然自放。足下又復創相推與,甚非所望。

木有癭,石有暈,犀有通,以取妍於人,皆物之病也。(**茅鹿門夾**)佳致。(**高啓夾**)奇絶。(**呂留良夾**)總承前二段。謫居無事,默自觀省,回視三十年以來所爲,多其病者。足下所見皆故我,非今我也。(**茅鹿門夾**)本莊子之旨。無乃聞其聲不考其情,取其華而遺其實乎?抑將又有取於此也?(**茅鹿門夾**)却又自留地位。此事非相見不能盡。(**呂留良夾**)竿頭更有步,虚涵不盡。

自得罪後,不敢作文字。此書雖非文,然信筆書意,不覺累幅,亦不須示人。必喻此意。歲行盡,寒苦。惟萬萬節哀强食。不次。

【彙評】

王聖俞:情深筆老,反復有餘味,此坡公之最有詣者矣,以在“得罪後”故耶?

鄭之惠:"少年時"一段,是真實話,人却不肯説。

儲欣:謫黄情狀略見於此。〇公知所過矣,能知其過必有令圖,所以異日卒有元祐之遇。

吕留良:率爾作書,章法如此整齊,然極不易識。

卷七十四

書九首

答秦太虚書

(**李卓吾旁**)可觀,可喜。妙,妙。(**茅鹿門旁**)此等書並長公隨手淋漓者,却自瀟灑脱俗可愛。(**儲欣眉**)尺牘中大文字。

軾啓。五月末,舍弟來,得手書勞問甚厚,日欲裁謝,因循至今,遞中復辱教,感愧益甚。比日履兹初寒,起居何如。

軾寓居粗遣,但舍弟初到筠州,即喪一女子,而軾亦喪一老乳母,悼念未衰,又得鄉信,堂兄中舍九月中逝去。異鄉衰病,觸目凄感,念人命脆弱如此。(**吕留良夾**)欲言安適,先數哀戚。又承見喻,中間得疾不輕,且喜復健。吾儕漸衰,不可復作少年調度,當速用道書方士之言,厚自養煉。(**王聖俞夾**)老人語。謫居無事,頗窺其一二。已借得本州大慶觀道堂三間,冬至後,當入此室,四十九日乃出,自非廢放,安得就此。太虚他日一爲仕宦所縻,欲求四十九日閑,豈可復得耶?當及今爲之。但擇平時所謂簡要易行者,日夜爲之,寢食之外,不治他事,但滿此期,根本立矣。此後縱復出從人事,事已則心返,自不能廢矣。(**王聖俞夾**)名言。(**吕留良夾**)爲學亦復如是。此書到日,恐已不及,然亦不須用冬至也。

寄示詩文，皆超然勝絶，亹亹焉來逼人矣。如我輩，亦不勞逼也。太虛未免求禄仕，方應舉求之，應舉不可必。竊爲君謀，宜多著書，如所示論兵及盜賊等數篇，但似此得數十首，當卓然有可用之實者，不須及時事也。(**吕留良夾**)《太虛集》有《進論》《進策》，蓋奉此教也。但旋作此書，亦不可廢應舉，此書若成，聊復相示，當有知君者，想喻此意也。

公擇近過此，相聚數日，説太虛不離口。莘老未嘗得書，知未暇通問。程公辟須其子履中哀詞，軾本自求作，今豈可食言。但得罪以來，不復作文字，自持頗嚴，若復一作，則決壞藩墻，今後仍復衮衮多言矣。(**茅鹿門夾**)以文爲戒。

初到黄，廩入既絶，人口不少，私甚憂之。(**吕留良夾**)先作一頓。但痛自節儉，日用不得過百五十，每月朔便取四千五百錢，斷爲三十塊，挂屋梁上，平旦用畫叉挑取一塊，即藏去叉，仍以大竹筒别貯用不盡者，以待賓客，此賈耘老法也。度囊中尚可支一歲有餘，至時，别作經畫，水到渠成，不須預慮。以此，胸中都無一事。(**陳仁錫眉**)謫官太受用。所居對岸武昌，山水佳絶，有蜀人王生在邑中，往往爲風濤所隔，不能即歸，則王生能爲殺雞炊黍，至數日不厭。又有潘生者，作酒店樊口，棹小舟徑至店下，村酒亦自醇釅。柑橘椑柿極多，大芋長尺餘，不減蜀中。外縣米斗二十，有水路可致。羊肉如北方，猪、牛、獐、鹿如土，魚、蟹不論錢。岐亭監酒胡定之，載書萬卷隨行，喜借人看。黄州曹官數人，皆家善庖饌，喜作會。太虛視此數事，吾事豈不既濟矣乎！(**吕留良夾**)亦略作一總。欲與太虛言者無窮，但紙盡耳。展讀至此，想見掀髯一笑也。

子駿固吾所畏，其子亦可喜，曾與相見否？此中有黄岡少府張舜臣者，其兄堯臣，皆云與太虛相熟。兒子每蒙批問，適會葬老乳母，今勾當作壙，未暇拜書。歲晚苦寒，惟萬萬自重。李端叔一書，托爲達之。夜中微被酒，書不成字，不罪！不罪！不宣。軾再拜。

【彙評】

錢牧齋：瑣碎而情致藹然。

鄭之惠：目前之趣，意中之事，俗人多不能知，知人多不能言，言人多不能暢，坡翁能知能言能暢，真人精也。

儲欣：公豪于文，又得酒以壯其氣，浩浩落落，盡意竭情，仿佛司馬子長筆。〇尺牘中大文字。

王聖俞：疏率有高韻。

吕留良：無一毫裝點，純是真率，他文如説官話，此等文如打鄉談，官話可學，鄉談不可强也。

陳天定：瑣瑣散散，叙來自成佳致。

答李琮書

軾啓。奉别忽然半年，思仰無窮。近聞公有閨門之戚，即欲作書奉慰，既罕遇的便，又以爲書未必能開釋左右，往往更益凄悵，用是稍緩。（**陳仁錫眉**）士君子無此議論，不可不存此心。今辱手教，慚負不已。竊計高懷遠度，必已超然。此等情累，隨手掃滅，猶恐不脱，若更反復尋繹，便纏繞人矣。（**鍾惺夾**）聞道之言。望深以明識照之。軾凡百如昨，愚暗少慮，輒復隨緣自娱。自夏至後，杜門不出，惡熱不可過，所居又向西，多勸遷居，遷居非月餘不能定，而熱向衰矣。亦復不果。如聞公以職事當須一赴闕，不知果然否？

承問及王天常奉職所言邊事。天常父齊雄,結髮與西南夷戰,夷人信畏之。天常幼隨其父入夷中,近歲王中正入蜀,亦令天常招撫近界諸夷,夷人以其齊雄子,亦信用其言。向嘗與軾言瀘州事,所以致甫望乞弟作過如此者,皆有條理可聽。然皆已往之事,雖知之無補。又似言人長短,故不復録呈。

獨論今日事勢。揣量夷人情僞,似有本末。天常正月中與軾言:"播州首領楊貴遷者,俗謂之楊通判,最近烏蠻,而梟武可用。又有宋大郎者,乞弟之死黨,凶猾有謀略。若官中見委説楊貴遷令殺宋大郎,必可得也。"數日前,有從蜀中來者,言貴遷已殺宋大郎,納其首級,與銀三千兩。以此推之,天常之言,殆不妄也。天常言:晏州六縣水路十二村諸夷,世與乞弟爲仇。向者熊察訪誘殺直二村首領,及近歲韓存寶討殺羅狗姓諸夷,皆有脣齒之憂,貌畏而心貳。去年乞弟領兵至羅介牟屯,殺害兵官王宣等十二人。其地去寧遠安夷寨至近,涉歷諸夷族帳不少,自來自去,殊無留難。若諸夷不心與之,其勢必不能如此也。今欲討乞弟,必先有以懷結近界諸夷,得其心腹而後可。今韓存寶等諸軍,既不敢與乞弟戰,但翺翔於近界百餘里間,多殺不作過熟户老弱,而厚以金帛遺乞弟,且遣四人爲質,然後得乞弟遣人送一封空降書,便與約誓,即日班師,與運司諸君皆上表稱賀。(**鍾惺眉**)千古邊將行徑如出一轍,可嘆,可嘆。上深照其實,已降手詔械存寶獄中,遠人無不歡快。(**陳仁錫眉**)邊情不妄,宋事猶可爲。以謂雖漢光武、唐太宗料敵察情於萬里之外,不能過也。

今雖已械存寶,而後來者亦未見有精巧必勝之術,但言乞弟不過有兵三千,而官軍無慮三萬,何往而不克。此正如千鈞車弩,可以洞犀象,而不可以得鼠耳。今糧運止于江安縣,自江安至乞弟住坐處，猶須十二三程，吏士以糗餌行，其勢不能過一月。乞弟但能深自避匿四五十日，則免矣。而山谷幽險，林木沮洳，賊於溪谷間，依叢木自蔽，以藥箭射人，血濡縷立死。戰士數萬人知深入未爲萬全，而將吏不敢復稽留，此間事不可不深慮。天常言："國之用兵，正如私家之造屋。凡屋若干，材石之費，穀米之用，爲錢若干，布算而定，無所贏縮矣，工徒入門，斧斤之聲鏗然，而百用毛起，不可復計，此慮不素定之過也。既作而復聚糧，既斫而復求材，其費必十倍，其工必不堅。故王者之兵，當如富人之造屋。其慮周，其規摹素定，其取材積糧皆有方，故其經營之常遲，而其作之常速，計日而成，不愆於素，費半他人，而工必倍之。今日之策，可且罷諸將兵，獨精選一轉運使及一瀘州知府，許法外行事，與二年限，令經畫處置，他人更不得與。多出錢物茶彩，於沿邊博買夷人糧米，其費必減倉卒夫運之半。使辯士招説十州五團晏州六縣水路十二村羅氏鬼主播州楊貴遷之類，作五六頭項，更番出兵，以蹂踐乞弟族帳，使春不得耕，秋不得獲。又嘉、戎、瀘、渝四州，皆有土豪爲把截將，自來雇一私兵入界，用銀七百兩，每得一蕃人頭，用銀三十兩買之，把截將自以爲功。今可召募此四州人，每得二十級，即與補一三班差使。如不及二十級，即每級官與絹三十匹。出入山谷，耐辛苦瘴毒，見利則雲合，敗則鳥獸散，此本蠻夷之所長，而中原之所無奈何也。

今若召募諸夷及四州把截將私兵，使更出迭入，則蠻夷之所長，我反用之，但能積日累月，戕殺其丁壯，且使終年釋耒而操兵，不及二年，其族帳必殺乞弟以降。如其未也，則乞朝廷差三五千人將下選兵三路入界。西路自江安縣進兵，先積糧於寧遠寨，以十州五團等諸夷爲先鋒，以施、黔、戎、瀘四州藥箭弩手繼之。中路自納溪寨進兵，先積糧於本寨，亦以諸夷爲先鋒，以將下兵馬繼之。三路中惟此路稍平，可以用官軍。東路自合江縣進兵，先積糧于安溪寨，亦以諸夷爲先鋒，以嘉、戎、瀘、渝四州召募人繼之，可以一舉而蕩滅也。”

天常此策，雖若不快，以蕞爾小醜，二年而後定！然王者之兵，必出於萬全，不可以僥倖。（**鍾惺眉**）觀“天常”此段，識議豈是尋常智勇，真謀國人也。一單□一王天□，不附子□何由表。淮南王安有言：“厮輿之卒，有一不備而歸者，雖得越王之首，臣猶竊爲大漢羞之。”今乞弟譬猶蚤蝨也。克之未足以威四夷，萬一不克，豈不爲卿大夫之辱也哉？

趙充國征先零，鄧訓征羌及月支胡，皆以計磨之，數年乃克。唐明皇欲取石堡城，王忠嗣不奉詔，以謂非殺二萬人不可取。方唐之盛，二萬人豈足道哉？而賢將謀國，終不肯出此者，圖萬全也。又漢永和中，交趾反，議者欲發荆、揚、兖、豫四萬人討之。獨李固以謂：“四州之人，遠赴萬里，無有還期，詔書迫促，必致叛亡；南州瘟瘴，死者必多；士卒疲勞，比至嶺南，不復堪鬥。前中郎將尹就討益州叛羌。益州諺曰：‘虜來尚可，尹來殺我。’後以兵付刺史張喬，因其將吏，旬月之間，破殄寇虜。此發將無益，州郡可任之明效也。今可募蠻夷使自相攻，轉輸金帛，以爲其資。有能反間致頭首者，許以封侯之賞。”因舉祝良爲九真太守，張喬爲交趾刺史，由此嶺外悉平。今觀其説，乃與天常之言，若合符節。但天常不學，言不能起意耳。（**鍾惺眉**）不學人謀略，如此人亦何須學耶？

天常又言：“烏蠻藥箭，中者立死無脱理。然不能及遠，非三十步内不發，發無不中。今與烏蠻戰，當于百步以下、五六十步以上强弓勁弩射之。若稍近，則短兵徑進，于五七步内相格，則其長技皆廢。”今乞弟亦未是正烏蠻也,諸如此巧便非一,不能盡録。略舉一二,以見天常之練習,疑可驅使耳。又有一圖子,雖不甚詳密,然大略具是矣。按圖以考其説,差若易了,故以奉呈,看訖可却付去人見還也。此非公職事,然孜孜尋訪如此,以見忠臣體國知無不爲之義也。軾其可以罪廢不當言而止乎?雖然,亦不可使不知我者見以爲詬病也。

知荆公見稱經藏文,是未離妄語也,便蒙印可,何哉?《圓覺經》紙示及,得暇爲寫下卷,令公擇寫上卷。秦太虚維揚勝士,固知公喜之,無乃亦可令荆公一見之歟?子駿初見報,奪一官耳,不知其罷郡能不鬱鬱否?有一書,不知其今安在,敢煩左右達之。江水比去年甚大,郡中不爲患。見説沙湖鎮頗浸居民,亦江淮間常事耳。臨皋港既開,往來蒙利無窮,而居民貿易之人亦不貲,但不免少有淤填,議者謂歲發少春,夫淘之甚易。承問,輒及之。未緣展奉,惟冀以時自重。謹奉手啓起居。熱甚,幸恕不謹。軾頓首再拜。

【彙評】

鍾惺:此以書牘爲奏疏者,有質直極妙處,有曲折極妙處。

答陳師仲書

(**李卓吾旁**)可觀,可喜。妙,妙。

軾頓首再拜錢塘主簿陳君足下。曩在徐州,得一再見。及見顔長道輩,皆言足下文詞卓瑋,志節高亮,固欲朝夕相從。適會訟訴,偶有相關及者,遂不復往來。此自足下門中不幸,亦豈爲吏者所樂哉！想彼此有以相照。已而，軾又負罪遠竄，流離契闊，益不復相聞。今者蒙書教累幅，相屬之厚，又甚於昔者。知足下釋然，果不以前事介意。幸甚！幸甚！

自得罪後，雖平生厚善，有不敢通問者，足下獨犯衆人之所忌，何哉？及讀所惠詩文，不數篇，輒拊掌太息，此自世間奇男子，豈可以世俗趣捨量其心乎！詩文皆奇麗，所寄不齊，而皆歸合于大道，軾又何言者。其間十常有四五見及，或及舍弟，何相愛之深也。處世齟齬，每深自嫌惡，不論他人。及見足下輩猶如此，輒亦少自赦。

詩能窮人，所從來尚矣，而於軾特甚。今足下獨不信，建言詩不能窮人，爲之益力。其詩日已工，其窮殆未可量，然亦在所用而已。不龜手之藥，或以封，安知足下不以此達乎？人生如朝露，意所樂則爲之，何暇計議窮達。云能窮人者固繆，云不能窮人者，亦未免有意於畏窮也。江淮間人好食河豚，每與人爭河豚本不殺人，嘗戲之，性命自子有，美則食之，何與我事。今復以此戲足下，想復千里爲我一笑也。

先吏部詩，幸得一觀，輒題數字，繼諸公之末。見爲編述《超然》《黄樓》二集，爲賜尤重。從來不曾編次，縱有一二在者，得罪日，皆爲家人婦女輩焚毁盡矣。不知今乃在足下處。當爲删去其不合道理者，乃可存耳。軾于錢塘人有何恩意，而其人至今見念，軾亦一歲率常四五夢至西湖上，此殆世俗所謂前緣者。在杭州嘗游壽星院，入門便悟曾到，能言其院後堂殿山石處，故詩中嘗有"前生已到"之語。足下主簿，於法得出入，當復縱游如軾在彼時也。山水窮絶處，往往有軾題字，想復題其後。足下所至，詩但不擇古律，以日月次之，異日觀之，便是行記。有便以一二見寄，慰此惘惘。其餘慎疾自重。不宣。軾頓首再拜。

答畢仲舉書

（**茅鹿門旁**）放達。

軾啓。奉别忽十餘年，愚瞽頓仆，不復自比于朋友，不謂故人尚爾記録，遠枉手教，存問甚厚，且審比來起居佳勝，感慰不可言。

羅山素號善地，不應有瘴癘，豈歲時適爾。既無所失亡，而有得於齊寵辱、忘得喪者，是天相子也。僕既以任意直前不用長者所教以觸罪罟，然禍福要不可推避，初不論巧拙也。

黄州濱江帶山，既適耳目之好，而生事百須，亦不難致，早寢晚起，又不知所謂禍福果安在哉？偶讀《戰國策》，見處士顔蠋之語"晚食以當肉"，欣然而笑。（**高啓眉**）"晚食"一語，受用不盡。若蠋者，可謂巧于居貧者也。菜羹菽黍，差飢而食，其味與八珍等；而既飽之餘，芻豢滿前，惟恐其不持去也。（**高啓夾**）真。美惡在我，何與於物。

所云讀佛書及合藥救人二事，以爲閑居之賜甚厚。佛書舊亦嘗看，但暗塞不能通其妙，獨時取其粗淺假説以自洗濯，若農夫之去草，旋去旋生，雖若無益，然終愈於不去也。若世之君子，所謂超然玄悟者，僕不識也。往時陳述古好論禪，自以爲至矣，而鄙僕所言爲淺陋。僕嘗語述古，公之所談，譬之飲食龍肉也，而僕之所學，猪肉也，猪之與龍，則有間矣，然公終日説龍肉，不如僕之食猪肉實美而真飽也。（**高啓眉**）食肉喻甚切，亦實事。坡公性嗜燒猪食，佛印《燒猪戲作》詩云："遠公沽酒飲陶潛，佛印燒猪待子瞻。"(**馮夢禎眉**)欲救學佛之範,既以佛語詰之;勸讀佛書之畢,又以浪語答之。蘇公强口自負乃爾。不知君所得於佛書者果何耶?爲出生死、超三乘,遂作佛乎?抑尚與僕輩俯仰也?

學佛老者,本期於静而達,静似懶,達似放,學者或未至其所期,而先得其所似,不爲無害。僕常以此自疑,故亦以爲獻。來書云處世得安穩無病,粗衣飽飯,不造冤業,乃爲至足。三復斯言,感嘆無窮。世人所作,舉足動念,無非是業,不必刑殺無罪,取非其有,然後爲冤業也。無緣面論,以當一笑而已。

【彙評】

鄭之惠:近世士大夫學佛榜樣。

儲欣:先生學二氏,且有懶放之戒,不如不學之爲愈也。

鍾惺:多無可奈何之語,反得真實受用,真所謂善讀書、善涉世也。

與朱鄂州書

(**李卓吾旁**)可觀。

軾啓。近遞中奉書,必達。比日春寒,起居何似。昨日武昌寄居王殿直天麟見過,偶説一事,聞之酸辛,爲食不下。念非吾康叔之賢,莫足告語,故專遣此人。俗人區區,了眼前事,救過不暇,豈有餘力及此度外事乎?

天麟言:岳鄂間田野小人,例只養二男一女,過此輒殺之,尤諱養女,以故民間少女,多鰥夫。初生,輒以冷水浸殺,其父母亦不忍,率常閉目背面,以手按之水盆中,咿嚶良久乃死。有神山鄉百姓石揆者,連殺兩子,去歲夏中,其妻一産四子,楚毒不可堪忍，母子皆斃，報應如此，而愚人不知創艾。天麟每聞其側近有此，輒馳救之，量與衣服飲食，全活者非一。既旬日，有無子息人欲乞其子者，輒亦不肯。以此知其父子之愛，天性故在，特牽於習俗耳。聞鄂人有秦光亨者，今已及第，爲安州司法。方其在母也，其舅陳遵，夢一小兒挽其衣，若有所訴。比兩夕，輒見之，其狀甚急。遵獨念其姊有娠將產，而意不樂多子，豈其應是乎？馳往省之，則兒已在水盆中矣，救之得免。鄂人户知之。

准律，故殺子孫，徒二年。此長吏所得按舉。願公明以告諸邑令佐，使召諸保正，告以法律，諭以禍福，約以必行，使歸轉以相語，仍録條粉壁曉示，且立賞召人告官，賞錢以犯人及鄰保家財充，若客户則及其地主。婦人懷孕，經涉歲月，鄰保地主，無不知者。若後殺之，其勢足相舉覺，容而不告，使出賞固宜。若依律行遣數人，此風便革。公更使令佐各以至意誘諭地主豪户，若實貧甚不能舉子者，薄有以賙之。人非木石，亦必樂從。但得初生數日不殺，後雖勸之使殺，亦不肯矣。自今以往，緣公而得活者，豈可勝計哉！

佛言殺生之罪，以殺胎卵爲最重。六畜猶爾，而况於人。俗謂小兒病爲無辜，此真可謂無辜矣。悼耄殺人猶不死，况無罪而殺之乎？公能生之於萬死中，其陰德十倍於雪活壯夫也。昔王濬爲巴郡太守，巴人生子皆不舉。濬嚴其科條，寬其徭役，所活數千人。及後伐吴，所活者皆堪爲兵。其父母戒之曰："王府君生汝，汝必死之。"古之循吏，如此類者非一。居今之世，而有古循吏之風者，非公而誰。此事特未知耳。

軾向在密州，遇饑年，民多棄子，因盤量勸誘米，得出剩數百石別儲之，專以收養棄兒，月給六斗。比期年，養者與兒，皆有父母之愛,遂不失所,所活亦數十人。此等事,在公如反手耳。恃深契,故不自外。不罪!不罪!此外,惟爲民自重。不宣。軾再頓首。

答李昭玘書

軾啓。向得王子中兄弟書,具道足下,每相見,語輒見及,意相予甚厚,即欲作書以道區區。又念方以罪垢廢放,平生不相識,而相向如此,此人必有以不肖欺左右者。軾所以得罪,正坐名過實耳。年大以來,平日所好惡憂畏皆衰矣,獨畏過實之名,如畏虎也。以此未敢相聞。

今獲來書累幅,首尾句句皆所畏者,謹再拜辭避不敢當。然少年好文字,雖自不能工,喜誦他人之工者。今雖老,餘習尚在。得所示書,反復不知厭,所稱道雖不然,然觀其筆勢俯仰,亦足以粗得足下爲人之一二也。幸甚!幸甚!比日履兹春和,起居何似。軾蒙庇粗遣,每念處世窮困,所向輒值墻穀,無一遂者。獨于文人勝士,多獲所欲,如黄庭堅魯直、晁補之無咎、秦觀太虚、張耒文潛之流,皆世未之知,而軾獨先知之。今足下又不見鄙,欲相從游。豈造物者專欲以此樂見厚也耶?然此數子者,挾其有餘之資,而騖於無涯之知,必極其所如往而後已,則亦將安所歸宿哉?惟明者念有以反之。

魯直既喪妻,絶嗜好,蔬食飲水,此最勇决。舍弟子由亦云:“學道三十餘年,今始粗聞道。”考其言行,則信與昔者有間矣。獨軾倀倀焉未有所得也。徐守莘老每有書來,亦以此見教。想時相從,有以發明。王子中兄弟得相依,甚幸。子敏雖失解,乃得久處左右,想遂磨琢成其妙質也。徐州城外有王陵母、劉子政二墳，向欲爲作祠堂，竟不暇，此爲遺恨。近以告莘老，不知有意作否？若果作，當有記文。莘老若不自作者，足下當爲作也。無由面言，臨書惘惘。惟順時自愛。謹奉手啓爲謝，不宣。

答李廌書

軾頓首先輩李君足下。别後遞中得二書，皆未果答。專人來，又辱長箋，且審比日孝履無恙，感慰深矣。惠示古賦近詩，詞氣卓越，意趣不凡，甚可喜也。但微傷冗，後當稍收斂之，今未可也。（**鍾惺眉**）慈悲念頭。足下之文，正如川之方增，當極其所至，霜降水落，自見涯涘，然不可不知也。録示孫之翰《唐論》。僕不識之翰，今見此書，凜然得其爲人。至論褚遂良不譖劉洎，太子瑛之廢緣張説，張巡之敗緣房琯，李光弼不當圖史思明，宣宗有小善而無人君大略，皆《舊史》所不及。議論英發，暗與人意合者甚多。又讀歐陽文忠公《志》文、司馬君實跋尾，益復慨然。

然足下欲僕别書此文入石，以爲之翰不朽之托，何也？之翰所立於世者，雖無歐陽公之文可也，而況欲托字畫之工以求信於後世，不以陋乎，足下相待甚厚，而見譽過當，非所以爲厚也。（**鍾惺眉**）有志有骨至言，後輩當細玩。近日士大夫皆有僭侈無涯之心，動輒欲人以周、孔譽己，自孟軻以下者，皆憮然不滿也。此風殆不可長。又僕細思所以得患禍者，皆由名過其實，造物者所不能堪，與無功而受千鍾者，其罪均也。深不願人造作言語，務相粉飾，以益其疾。足下所與游者元聿，讀其詩，知其爲超然奇逸人也。緣足下以得元君，爲賜大矣。《唐論》文字不少,過煩諸君寫録,又以見足下所與游者,皆好學喜事,甚善!甚善!獨所謂未得名世之士爲志文則未葬者,恐於禮未安。司徒文子問於子思:"喪服既除然後葬,其服何服?"子思曰:"三年之喪,未葬,服不變,除何有焉。"昔晉温嶠以未葬不得調。古之君子,有故不得已而未葬,則服不變,官不調。今足下未葬,豈有不得已之事乎?他日有名世者,既葬而表其墓,何患焉。辱見厚,不敢不盡。冬寒。惟節哀自重。

【彙評】

鍾惺:與少年才士語,微帶裁抑,又惟恐傷其意,此佛心也,世安得如此前輩?

答張文潛書

(**茅鹿門旁**)予與荆川嘗力稱子由之文,自不易得,而子瞻亦云如此。

軾頓首文潛縣丞張君足下。久别思仰。到京公私紛然,未暇奉書。忽辱手教,且審起居佳勝,至慰!至慰!惠示文編,三復感嘆。甚矣,君之似子由也。子由之文實勝僕,而世俗不知,乃以爲不如。(**儲欣夾**)未必。其爲人深不願人知之,其文如其爲人,故汪洋澹泊,有一唱三嘆之聲,而其秀傑之氣,終不可没。作《黄樓賦》乃稍自振厲,若欲以警發憒憒者。而或者便謂僕代作,此尤可笑。是殆見吾善者機也。文字之衰,未有如今日者也。其源實出於王氏。王氏之文,未必不善也,而患在於好使人同己。(**儲欣夾**)不没其善。自孔子不能使人同,顔淵之仁,子路之勇，不能以相移。而王氏欲以其學同天下！地之美者，同於生物，不同於所生。惟荒瘠斥鹵之地，彌望皆黄茅白葦，此則王氏之同也。近見章子厚言，先帝晚年甚患文字之陋，欲稍變取士法，特未暇耳。議者欲稍復詩賦，立《春秋》學官，甚美。僕老矣，使後生猶得見古人之大全者，正賴黄魯直、秦少游、晁無咎、陳履常與君等數人耳。如聞君作太學博士，願益勉之。"德輶如毛，民鮮克舉之。我儀圖之，愛莫助之。"此外千萬善愛。偶飲卯酒，醉。來人求書，不能覼縷。

【彙評】

鍾惺：子由文自遜子瞻，然此亦非諛弟之言，只是一片虚心伏善心腸。

答毛滂書

軾啓。比日酷暑，不審起居何如？頃承示長箋及詩文一軸，日欲裁謝，因循至今，悚息。今時爲文者至多，可喜者亦衆，然求如足下閑暇自得，清美可口者，實少也。敬佩厚賜，不敢獨饗，當出之知者。世間唯名實不可欺。文章如金玉，各有定價，先後進相汲引，因其言以信於世，則有之矣。至其品目高下，蓋付之衆口，决非一夫所能抑揚。軾於黄魯直、張文潛輩數子，特先識之耳。始誦其文，蓋疑信者相半，久乃自定，翕然稱之，軾豈能爲之輕重哉！非獨軾如此，雖向之前輩，亦不過如此也，而况外物之進退。此在造物者，非軾事。辱見貺之重，不敢不盡。承不久出都，尚得一見否？

卷七十五

書二十首

謝歐陽内翰書

(**茅鹿門旁**)蘇長公中榜後,士論喧嚷一番,故其謝啓如此。

軾竊以天下之事,難於改爲。自昔五代之餘,文教衰落,風俗靡靡,日以塗地。聖上慨然太息,思有以澄其源,疏其流,明詔天下,曉諭厥旨。於是招來雄俊魁偉、敦厚樸直之士,罷去浮巧輕媚叢錯采繡之文,將以追兩漢之餘,而漸復三代之故。士大夫不深明天子之心,用意過當,求深者或至於迂,務奇者怪僻而不可讀,餘風未殄,新弊復作。大者鏤之金石,以傳久遠;小者轉相摹寫,號稱古文。紛紛肆行,莫之或禁。蓋唐之古文,自韓愈始。其後學韓而不至者爲皇甫湜。學皇甫湜而不至者爲孫樵。自樵以降,無足觀矣。伏惟内翰執事,天之所付以收拾先王之遺文,天下之所待以覺悟學者。恭承王命,親執文柄,意其必得天下之奇士以塞明詔。

軾也遠方之鄙人,家居碌碌,無所稱道,及來京師,久不知名,將治行西歸,不意執事擢在第二。惟其素所蓄積,無以慰士大夫之心,是以群嘲而聚罵者,動滿千百。(**儲欣夾**)吠所怪也。亦惟恃有執事之知,與衆君子之議論,故恬然不以動其心。猶幸御試不爲有司之所排，使得搢笏跪起，謝恩於門下。（**儲欣夾**）御試關係不小。聞之古人，士無賢愚，惟其所遇。蓋樂毅去燕，不復一戰，而范蠡去越，亦終不能有所爲。軾願長在下風，與賓客之末，使其區區之心，長有所發。夫豈惟軾之幸，亦執事將有取一二焉。不宣。

【彙評】

儲欣：清古。

王芑孫：以孫樵爲學皇甫湜而不至，東坡論文直是鹵莽。

謝梅龍圖書

軾聞古之君子，欲知是人也，則觀之以言。言之不足以盡也，則使之賦詩以觀其志。春秋之世，士大夫皆用此以卜其人之休咎，死生之間，而其應若影響符節之密。夫以終身之事而決於一詩，豈其誠發於中而不能以自蔽邪？《傳》曰：“登高能賦，可以爲大夫矣。”古之所以取人者，何其簡且約也。後之世風俗薄惡，慚不可信。孔子曰：“今吾於人也，聽其言而觀其行。”知詩賦之不足以決其終身也，故試之論以觀其所以是非於古之人，試之策以觀其所以措置於今之世。而詩賦者，或以窮其所不能，策論者，或以掩其所不知。差之毫毛，輒以擯落，後之所以取人者，何其詳且難也。夫惟簡且約，故天下之士皆敦樸而忠厚；詳且難，故天下之士虛浮而矯激。

伏惟龍圖執事，骨鯁大臣，朝之元老。憂恤天下，慨然有復古之心。親較多士，存其大體。詩賦將以觀其志，而非以窮其所不能；策論將以觀其才，而非以掩其所不知。使士大夫皆得寬然以盡其心,而無有一日之間倉皇擾亂、偶得偶失之嘆。故君子以爲近古。軾長於草野,不學時文,詞語甚樸,無所藻飾。意者執事欲抑浮剽之文,故寧取此以矯其弊。人之幸遇,乃有如此。感荷悚息,不知所裁。

謝范舍人書

軾聞之古人,民無常性。雖土地風氣之所稟,而其好惡則存乎其上之人。文章之風,惟漢爲盛。而貴顯暴著者,蜀人爲多。蓋相如唱其前,而王褒繼其後。峨冠曳佩,大車駟馬,徜徉乎鄉間之中,而蜀人始有好文之意。弦歌之聲,與鄒、魯比。然而二子者,不聞其能有所薦達。豈其身之富貴而遂忘其徒耶?

嘗聞之老人,自孟氏入朝,民始息肩,救死扶傷不暇,故數十年間,學校衰息。天聖中,伯父解褐西歸,鄉人嘆嗟,觀者塞塗。其後執事與諸公相繼登於朝,以文章功業聞於天下。於是釋耒耜而執筆硯者,十室而九。比之西劉,又以遠過。且蜀之郡數十,軾不敢遠引其他,蓋通義蜀之小州,而眉山又其一縣,去歲舉於禮部者,凡四五十人,而執事與梅公親執權衡而較之,得者十有三人焉。則其他可知矣。

夫君子之用心,於天下固無所私愛,而於其父母之邦,苟有得之者,其與之喜樂,豈如行道之人漠然而已哉!執事與梅公之於蜀人,其始風動誘掖,使聞先王之道,其終度量裁置,使觀天子之光,與相如、王褒,又甚遠矣。軾也在十三人之中,謹因閽吏進拜於庭,以謝萬一。又以賀執事之鄉人得者之多也。

上王兵部書

（李卓吾旁）好。（茅鹿門旁）奇氣。

荆州南北之交，而士大夫往來之衝也。執事以高才盛名，作牧如此，蓋亦嘗有以相馬之説告於左右者乎？聞之曰：騏驥之馬，一日行千里而不殆，其脊如不動，其足如無所着，升高而不輊，走下而不軒。其技藝卓絶而效見明著至於如此，而天下莫有識者，何也？不知其相而責其技也。夫馬者，有昂目而豐臆，方蹄而密睫，捷乎若深山之虎，曠乎若秋後之兔，遠望目若視日而志不存乎芻粟，若是者飄忽騰踔，去而不知所止。（鍾惺夾）奇語。是故古之善相者立於五達之衢，一目而眄之，聞其一鳴，顧而循其色，馬之技盡矣。何者？其相溢於外而不可蔽也。士之賢不肖，見於面顔而發泄於辭氣，卓然其有以存乎耳目之間，而必曰久居而後察，則亦名相士者之過矣。

夫軾，西州之鄙人，而荆之過客也。其足迹偶然而至於執事之門，其平生之所治以求聞於後世者，又無所挾持以至於左右，蓋亦易疏而難合也。然自蜀至於楚，舟行六十日，過郡十一，縣三十有六，取所見郡縣之吏數十百人，莫不孜孜論執事之賢，而教之以求通於下吏。且執事何修而得此稱也？軾非敢以求知而望其所以先後於仕進之門者，亦徒以爲執事立於五達之衢，而庶幾乎一目之眄，或有以信其平生爾。（李卓吾眉）好照應。

夫今之世，豈惟王公擇士，士亦有所擇。軾將自楚游魏，自魏無所不游，恐他日以不見執事爲恨也，是以不敢不進。不宣。軾再拜。

【彙評】

茅鹿門:奇氣。

鄭之惠:奔驟不可御。

與劉宜翁書

(**李卓吾旁**)好,好。切,切。

軾頓首宜翁使君先生閣下。秋暑,竊惟尊體起居萬福。軾久别因循,不通問左右,死罪!死罪!愚暗剛褊,仕不知止,白首投荒,深愧朋友。然定命要不可逃,置之勿復道也。惟有一事,欲謁之先生,出於迫切,深可憫笑。

古之學者,不憚斷臂刳眼以求道,今若但畏一笑而止,則過矣。軾齠齔好道,本不欲婚宦,爲父兄所强,一落世網,不能自道。然未嘗一念忘此心也。今遠竄荒服,負罪至重,無復歸望。杜門屏居,寢飯之外,更無一事,胸中廓然,實無荆棘。竊謂可以受先生之道。故托里人任德公親致此懇。古之至人,本不吝惜道術,但以人無受道之質,故不敢輕付之。軾雖不肖,竊自謂有受道之質三,謹令德公口陳其詳。伏料先生知之有素,今尤哀之,想見聞此,欣然拊掌,盡發其秘也。幸不惜辭費,詳作一書付德公,以授程德孺表弟,令專遣人至惠州。路遠,難於往返咨問,幸與軾盡載首尾,勿留後段以俟憤悱也。或有外丹已成,可助成梨棗者,亦望不惜分惠。迫切之誠,真可憫笑矣。夫心之精微,口不能盡,而況書乎?然先生筆端有口,足以形容難言之妙,而軾亦眼中無障,必能洞視不傳之意也。但恨身在謫籍,不能千里踵門,北面摳衣耳。昔葛稚川以丹砂之故求句嶁令,先生儻有意乎？嶠南山水奇絶，多異人神藥，先生不畏嵐瘴，可復談笑一游，則小人當奉杖屨以從矣。

昨夜夢人爲作易卦，得《大有》上九，及覺而占之，乃郭景純爲許邁筮，有"元吉自天祐之"之語，遽作此書，庶幾似之。其餘非書所能盡，惟祝萬萬以時自重。不宣。

上王刑部書

軾今日得於州吏，伏審執事移使湖北。竊以江陵之地，實楚之故國，巴蜀、甌越、三吴之出入者，皆取道於是，爲一都會。其山川之勝，蓋歷代所嘗用武焉。其間吴、蜀、魏氏尤悉力争之。宋有天下，王師平高繼冲，至於降孟昶，下周保權，又皆出此。其人才之秀，風物之美，有屈、宋、伍、禰之賦詠存焉。建節旄而使者，專有是土。其見倚之重，爲吏之樂，豈細也哉！然執事處之，則未足賀。誠以執事之材力地望，宜進任於時，不宜任此。或者以謂蠻反，南方用兵，湖北鄰也，宜擇人撫之，故以屬執事。使誠有是議，當出於廟堂，非愚所得知，所不敢臆定。所敢伏思者，人患材不足施，或不得施，豈以位之彼此大小爲擇哉！於執事之心，當亦若是，肆吾力充吾職而已，豈以位之彼此大小動吾意哉？固執事之所務也。不宣。軾再拜。

與佛印禪老書

軾啓。歸宗化主來，辱書，方欲裁謝，棲賢遷師處又得手教，眷與益勤，感怍無量。數日大熱，緬想山門方適清和，法體安穩。雲居事迹已領，冠世絶境，大士所廬，已難下筆，而龍居筆勢，已自超然，老拙何以加之。幸稍寬假，使得款曲抒思也。昔人一涉世事，便爲山靈勒回俗駕，今僕蒙犯塵埃，垂三十年，困而後知返，豈敢便點涴名山！而山中高人皆未相識，而迎許之，何以得此，豈非宿緣也哉。向熱，順時自愛。不宣。軾再拜。

收得美石數百枚，戲作《怪石供》一篇，以發一笑。開却此例，山中齋粥今後何憂，想復大笑也。更有野人於墓中得銅盆一枚，買得以盛怪石，並送上結緣也。

上荆公書

軾頓首再拜特進大觀文相公執事。近者經由，屢獲請見，存撫教誨，恩意甚厚。别來切計台候萬福。軾始欲買田金陵，庶幾得陪杖履，老於鍾山之下。既已不遂，今來儀真，又已二十餘日，日以求田爲事，然成否未可知也。若幸而成，扁舟往來，見公不難也。向屢言高郵進士秦觀太虚，公亦粗知其人，今得其詩文數十首，拜呈。詞格高下，固已無逃於左右，獨其行義修飭，才敏過人，有志於忠義者，其請以身任之。此外，博綜史傳，通曉佛書，講集醫藥，明練法律，若此類，未易以一一數也。才難之嘆，古今共之，如觀等輩，實不易得。願公少借齒牙，使增重於世，其他無所望也。秋氣日佳，微疾想已失去，伏冀順時候，爲國自重。(**李卓吾旁**)何等心事。

上韓樞密書

軾頓首上樞密侍郎閣下。軾受知門下，似稍異於尋常人。蓋嘗深言不諱矣，明公不以爲過。其在錢塘時，亦蒙以書見及，語意親甚。自爾不復通問者,七年於兹矣。頃聞明公入西府,門前書生爲作賀啓數百言。軾輒裂去,曰:“明公豈少此哉!要當有輔於左右者。”昔侯霸爲司徒,其故人嚴子陵以書遺之曰:“君房足下,位至台鼎,甚善。懷仁輔義天下悦,阿諛順旨要領絶。”世以子陵爲狂,以軾觀之,非狂也。方是時,光武以布衣取天下,功成志滿,有輕人臣之心,躬親吏事,所以待三公者甚薄。霸爲司徒,奉法循職而已,故子陵有以感發之。今陛下之聖,不止光武,而明公之賢,亦遠過侯霸。軾雖不用,然有位於朝,未若子陵之獨善也。其得盡言於左右,良不爲過。

今者,貪功僥倖之臣,勸上用兵於西北。使斯言無有,則天下之幸,孰大於此;不幸有之,大臣所宜必争也。古今兵不可用,明者計之詳矣,明公亦必然之,軾不敢復言。(**李卓吾旁**)何等心神。獨有一事,以爲臣子之忠孝,莫大於愛君。愛君之深者,飲食必祝之,曰:“使吾君子孫多,長有天下。”此豈非臣子之願歟?古之人君,好用兵者多矣。出而無功,與有功而君不賢者,皆不足道也。其賢而有功者,莫若漢武帝、唐太宗。武帝建元元年,蚩尤旗見,其長亘天。後遂命將出師,略取河南地,建置朔方。其春,戾太子生。自是之後,師行蓋十餘年,兵所誅夷屠滅死者不可勝數。巫蠱事起,京師流血,僵屍數萬,太子父子皆敗。故班固以爲太子生長于兵,與之終始。唐太宗既平海内,破滅突厥、高昌、吐谷渾等,且猶未厭,親駕征遼東。當時大臣房、魏輩皆力争,不從,使無辜之民,身膏草野於萬里之外。其後太子承乾、齊王祐、吴王恪,皆相繼誅死。其餘遭武氏之禍,殘殺殆盡。武帝好古崇儒,求賢如不及,號稱世宗。太宗克己求治,幾致刑措,而其子孫遭罹如此。豈爲善之報也哉?由此言之,好兵始禍者,既足以爲後嗣之累,則凡忍耻含垢以全人命，其爲子孫之福，審矣。

軾既無狀，竊謂人主宜聞此言，而明公宜言此。此言一聞，豈惟朝廷無疆之福，將明公子孫，實世享其報。軾懷此欲陳久矣，恐未信而諫，則以爲謗。不勝區區之忠，故移致之明公。雖以此獲罪，不愧不悔。皇天后土，實聞此言。

上吕相公書

軾昨日面論邢夔事。愚意本謂刑鼻是平人，邢夔妄意其爲盗殺之，若用犯時不知勿論法，深恐今後欲殺人者，皆因其疑似而殺，但云“我意汝是盗”即免矣。公言此自是謀殺，若不勘出此情，安用勘司！軾歸而念公言，既心服矣，然念近者西京奏秦課兒於大醉不省記中，打殺南貴，就縛，至醒，取衆證爲定，作可憫奏，已得旨貸命，而門下别取旨斷死。竊聞輿議，亦恐貸之啓奸，若殺人者得以醉免，爲害大矣。軾始者亦以爲然，固已書過録黄，再用公昨日之言思之，若今後實醉不醒而殺，其情可憫，可以原貸，若托醉而殺，自是謀殺，有勘司在。邢夔犯時不知，秦課兒醉不省記，皆在可憫之科，而邢夔臀杖編管，秦課兒决殺，似輕重相遠，情有未安。人命至重，若公以爲然，文字尚在尚書省，可追改也。

與章子厚書

軾頓首再拜子厚參政諫議執事。去歲吴興，謂當再獲接奉，不意倉卒就逮，遂以至今。即日，不審台候何似？

軾自得罪以來，不敢復與人事，雖骨肉至親，未肯有一字往來。忽蒙賜書，存問甚厚，憂愛深切，感嘆不可言也。恭聞拜命與議大政，士無賢不肖，所共慶快。然軾始見公長安，則語相識，云："子厚奇偉絶世，自是一代異人。至於功名將相，乃其餘事。"方是時，應軾者皆憮然。今日不獨爲足下喜朝之得人，亦自喜其言之不妄也。

軾所以得罪，其過惡未易以一二數也。平時惟子厚與子由極口見戒，反復甚苦，而軾强狠自用，不以爲然。（**鍾惺夾**）牽子由在内，妙，妙。及在囹圄中，追悔無路，謂必死矣。不意聖主寬大，復遣視息人間，若不改者，軾真非人也。來書所云："若痛自追悔往咎，清時終不以一眚見廢。"此乃有才之人，朝廷所惜。如軾正復洗濯瑕垢，刻磨朽鈍，亦當安所施用，但深自感悔，一日百省，庶幾天地之仁，不念舊惡，使保首領，以從先大夫于九原足矣。軾昔年粗亦受知於聖主，使少循理安分，豈有今日。追思所犯，真無義理，與病狂之人蹈河入海者無異。方其病作，不自覺知，亦窮命所迫，似有物使。及至狂定之日，但有慚耳。而公乃疑其再犯，豈有此理哉？然異時相識，但過相稱譽，以成吾過，一旦有患難，無復有相哀者。惟子厚平居遺我以藥石，及困急又有以收恤之，真與世俗異矣。（**鍾惺眉**）與惡人語，始終只一"誠"字。

黄州僻陋多雨，氣象昏昏也。魚稻薪炭頗賤，甚與窮者相宜。然軾平生未嘗作活計，子厚所知之。俸入所得，隨手輒盡。而子由有七女，債負山積，賤累皆在渠處，未知何日到此。見寓僧舍，布衣蔬食，隨僧一餐，差爲簡便，以此畏其到也。窮達得喪，粗了其理，但禄廪相絶，恐年載間，遂有飢寒之憂，不能不少念。然俗所謂水到渠成，至時亦必自有處置，安能預爲之愁煎乎？

初到，一見太守，自餘杜門不出。閑居未免看書，惟佛經以遣日，不復近筆硯矣。會見無期，臨紙惘然。冀千萬以時爲國自重。

【彙評】

儲欣：子厚與公趨捨異路，而存問勸諫交游之情，不可以不答也。看他有受有却，有已却而復受之，真乃活潑潑地。

鍾惺：要知子瞻交章惇，爲惇所困，子瞻明知之，與惇書款曲周至，毫無僞飾，交道中自有此一段情理難與今人道。

答劉巨濟書

軾啓。人來辱書累幅，承起居無恙。審比來憂患相仍，情懷牢落，此誠難堪。然君在侍下，加以少年美才，當深計遠慮，不應戚戚徇無已之悲。賢兄文格奇拔，誠如所云，不幸早世，其不朽當以累足下。見其手書舊文，不覺出涕。詩及新文，愛玩不已。都下相知，惟司馬君實、劉貢父，當以示之。恨僕聲勢低弱，不能力爲發揚。然足下豈待人者哉！《與吴秀才書》論佛大善。近時士人多學談理空性，以追世好，然不足深取。時以此取之，不得不爾耳。

僕老拙百無堪，嚮在科場時，不得已作應用文，不幸爲人傳寫，深可羞愧，以此得虚名。天下近世進人以名，平居雖孔孟無異，一經試用，鮮不爲笑。以此益羞爲文。自一二年來，絶不復爲。今足下不察，猶以所羞者譽之，過矣。舍弟差入貢院，更月餘方出。家孟侯雖不得解，却用往年衣服，不赴南省，得免解。其兄安國亦然。勤國亦捷州解，皆在此。因風時惠問，以慰飢渴。何時會合,臨紙悵然。惟强飯自重。

與孫運勾書

軾啓。脾能母養餘臟,故養生家謂之黄婆。司馬子微著《天隱子》,獨教人存黄氣入泥丸,能致長生。太倉公言安穀過期,不安穀不及期。以此知脾胃完固,百疾不生。近見江南老人,年七十二,狀貌氣力如四五十人。問其所得,初無異術,但云平生習不飲湯水耳。常人日飲數升,吾日減一合,今但沾唇而已。脾胃惡濕,飲少,胃强氣盛,液行自然,不濕。雖冒暑遠行,亦不念水,此可謂至言不繁。聞曼叔比得腫疾,皆以利水藥去之。中年以後,一利一衰,豈可數乎? 當及今無病時,力養胃氣。若土能制水,病何由生。陳彦升云,少時得此病,服商陸、防已之類,皆不效,服金液丹,炙臍下,乃愈。此亦固胃助陽之意也。但火力外物,不如江南老人之術耳。薑橘辣藥,例能張肺,多爲腫媒,不可服,有書以告之爲佳也。

與王庠書三首

其一

軾啓。遠蒙差人致書問安否,輔以藥物,眷意甚厚。自二月二十五日,至七月十三日,凡一百三十餘日乃至,水陸蓋萬餘里矣。罪戾遠黜,既爲親友憂,又使此兩人者,跋涉萬里,比其還家,幾盡此歲,此君愛我之過而重其罪也。但喜比來侍奉多暇,起居佳勝。軾罪大責薄,居此固宜,無足言者。瘴癘之邦,僵仆者相屬於前,然亦有以取之。非寒暖失宜,則飢飽過度,苟不犯此者，亦未遽病也。若大期至，固不可逃，又非南北之故矣。以此居之泰然。不煩深念。

前後所示著述文字，皆有古作者風力，大略能道意所欲言者。孔子曰："辭達而已矣。"辭至於達，止矣，不可以有加矣。《經説》一篇，誠哉是言也。西漢以來，以文設科而文始衰，自賈誼、司馬遷，其文已不逮先秦古書，況其下者。文章猶爾，況所謂道德者乎？若所論周勃，則恐不然。平、勃未嘗一日忘漢，陸賈爲之謀至矣。彼視禄、産猶几上肉，但將相和調，則大計自定。若如君言，先事經營，則吕后覺悟，誅兩人，而漢亡矣。軾少時好議論古人，既老，涉世更變，往往悔其言之過，故樂以此告君也。(**儲欣評**)坡公猶悔，是益知立論之難。○下學上達，無以易此。儒者之病，多空文而少實用。賈誼、陸贄之學，殆不傳於世。老病且死，獨欲以此教子弟，豈意姻親中，乃有王郎乎？三復來貺，喜抃不已。應舉者志於得而已。今程試文字，千人一律，考官亦厭之，未必得也。如君自信不回，必不爲時所棄也。又況得失有命，決不可移乎？勉守所學，以卒遠業。相見無期，萬萬自重而已。人還，謹奉手啓，少謝萬一。

其 二

軾啓。二卒遠來，承手書兩幅，問勞教誨，憂愛備盡。仍審侍奉多暇，起居萬福，感愧深矣。軾罪責至重，上不忍誅，止竄嶺海，感恩念咎之外，不知其他。來書開説過當，非親朋相愛保全之道，悚息！悚息！

寄示高文新詩，詞氣比舊益見奇偉，粲然如珠貝溢目。非獨鄉閭世不乏人爲喜，又幸珍材異産，近出姻戚，數日讀不釋手。每執以告人曰："此吾家王郎之文也。"老朽廢學久矣，近日尤不近筆硯,見少時所作文,如隔世事、他人文也。足下猶欲使議論其間,是顧千里於伏櫪也。

軾少時本欲逃竄山林,父兄不許,迫以婚宦,故汨没至今。南遷以來,便自處置生事,蕭然無一物,大略似行脚僧也。近日又苦痔疾,呻吟幾百日,緣此斷葷血鹽酪,日食淡麵一斤而已。非獨以愈,實務自枯槁,以求寂滅之樂耳。初欲獨赴貶所,兒女輩涕泣求行,故與幼子過一人來,餘分寓許下、浙中,散就衣食。既不在目前,便與之相忘,如本無有也。足下過相愛,乃遣萬里相問,無狀自取,既爲親友憂及,又使此兩人者蒙犯瘴霧,崎嶇往來,吾罪大矣。寄遺藥物並方,皆此中無有,芎尤奇味,得日食以禦瘴也。軾爲舊患痔,今頗發作,外無他故,不煩深念。會晤無期,惟萬萬以時保練。

其　三

軾啓。前後所寄高文,無不達者。每見增嘆,但恨老拙無以少答來貺。又流落海隅,不能少助聲名於當時。然格力自天,要自有公論,雖欲不顯揚,不可得也。程夫子尚困場屋,王賢良屈於州縣,皆造物有不可曉者。海隅風土甚惡,亦有佳山水,而無佳寺院,無士人,無醫無藥,杜門食淡,不飲酒,亦粗有味也。目昏,倦作書,又此信發書極多,不能盡。察之!

答陳季常書

軾啓。惠兵還,辱得季常手書累幅,審知近日尊候安勝。擇、括等三鳳毛皆安,爲學日益,喜慰無量。

軾罪大責薄,聖恩不貲,知幸念咎之外,了無絲髮挂心,置之不足復道也。自當塗聞命，便遣骨肉還陽羨，獨與幼子過及老雲並二老婢共吾過嶺。到惠將半年，風土食物不惡，吏民相待甚厚。孔子云："雖蠻貊之邦行矣。"豈欺我哉！自數年來，頗知内外丹要處。冒昧厚禄，負荷重寄，决無成理。自失官後，便覺三山跬步，雲漢咫尺，此未易遽言也。所以云云者，欲季常安心家居，勿輕出入，老劣不煩過慮，决須幅巾草履相從于林下也。亦莫遣人來，彼此鬚髯如戟，莫作兒女態也。（**陳仁錫眉**）相知語自不俗。在定日作《松醪賦》一首，今寫寄擇等，庶以發後生妙思，着鞭一躍，當撞破烟樓也。長子邁作吏，頗有父風。二子作詩騷殊勝，咄咄皆有跨竈之興，想季常讀此，捧腹絶倒也。（**陳仁錫眉**）公嘗譽其子，而二子之文罕著，何也？

今日游白水佛迹山，山上布水三十仞，雷輥電散，未易名狀，大略如項羽破章邯時也。自山中歸來，燈下裁答，信筆而書，紙盡乃已。托郡中作皮筒送去。想黄人見軾書，必不沉墜也。子由在筠，極安。處此者，與軾無異也。書云，老軀極健，度去死遠在。讀之三復，喜可知也。吾儕但斷却少年時無狀一事，誠是。然他未及。子由近見人説，顔狀如四十歲人，信此事不辜負人也。不宣。軾再拜。

與謝民師推官書

（**李卓吾旁**）可觀。（**茅鹿門旁**）此書所論文，然却是蘇長公文章本色。

軾啓。近奉違，亟辱問訊，具審起居佳勝，感慰深矣。軾受性剛簡，學迂材下，坐廢累年，不敢復齒縉紳。自還海北，見平生親舊,惘然如隔世人,况與左右無一日之雅,而敢求交乎?數賜見臨,傾蓋如故,幸甚過望,不可言也。

所示書教及詩賦雜文,觀之熟矣。大略如行雲流水,初無定質,但常行於所當行,常止於不可不止,文理自然,姿態横生。(**茅鹿門夾**)此却是長公本色。(**高啓眉**)文至"姿態横生",可以爲文矣,坡老其庶乎!孔子曰:"言之不文,行之不遠。"又曰:"辭達而已矣。"夫言止於達意,疑若不文,是大不然。(**吕留良夾**)公案。求物之妙,如繫風捕影,能使是物了然於心者,蓋千萬人而不一遇也。而况能使了然於口與手者乎?(**鍾惺夾**)此句不可不細看。(**李卓吾眉**)實際語。是之謂辭達。辭至於能達,則文不可勝用矣。(**茅鹿門眉**)獨見之言。揚雄好爲艱深之詞,以文淺易之説,若正言之,則人人知之矣。(**吕留良夾**)即前段之反面。此正所謂雕蟲篆刻者,其《太玄》《法言》皆是類也。而獨悔于賦,何哉?(**吕留良夾**)此下所謂"因論文偶及"。終身雕蟲,而獨變其音節,便謂之經,可乎?(**王聖俞夾**)攻擊中病。屈原作《離騷經》,蓋風、雅之再變者,雖與日月争光可也。可以其似賦而謂之雕蟲乎?(**李卓吾眉**)議論兩人處,真足不朽千古。使賈誼見孔子,升堂有餘矣,而乃以賦鄙之,至與司馬相如同科!(**王聖俞眉**)賈誼賦實不及相如。雄之陋,如此比者甚衆。(**茅鹿門夾**)獨見之言。可與知者道,難與俗人言也。因論文偶及之耳。(**李卓吾夾**)至言。

歐陽文忠公言文章如精金美玉,市有定價,非人所能以口舌定貴賤也。(**吕留良夾**)數賜見臨,及示詩文,蓋望聲價於坡公,故以此意收結。紛紛多言,豈能有益於左右。愧悚不已。

所須惠力法雨堂字。(**吕留良夾**)以下鹿門《文鈔》删去,然文章貴疏密相間,此篇緊簇處多須此乃佳,要知古人文字,不可要節損也。軾本不善作大字,强作終不佳,又舟中局迫難寫,未能如教。然軾方過臨江,當往游焉。或僧有所欲記録,當作數句留院中,慰左右念親之意。今日已至峽山寺,少留即去。愈遠。惟萬萬以時自愛。不宣。

【彙評】

王聖俞:東坡論文,的的如此。

鄭之惠:坡翁自評其文。

儲欣:東坡論文,所謂見其一耳。此事當以韓、李書爲主,而以坡公説參之,詆揚子雲尤過,不足據依。

吕留良:論文到精處,亦唯東坡能達。○謝舉廉,字民師,臨江人。父懋,叔岐,弟世充,同登進士,時人謂之臨江四謝。公與書凡三,皆北歸時作。

與孫知損運使書

文安北城,如涉無人之境,其漸可虞。廟堂已留意,兵久驕惰,自合警策之。數年乃見效。惟極邊弓箭社射生極得力,虜所畏憚,公必舊知之矣。以數勾集一月,村堡幾虚,公私惴惴。北賊亦多相時生心,社人亦苦勾集勞費。此出入守望,與虜長技同,親戚墳墓所在,人自爲戰,不憂其不閑習也。宜與永免冬教,又當有以優異勸獎之。已條上其事,更月餘可發。此事行之邊臣,無赫赫之功,然經久實事無如此者。覘者多云可汗老疾,欲傳雛,雛爲人猜忌好兵,邊人盡知之。此豈可不留意!願公痛爲一言,心之精,意所不能言,上書豈能盡也!虜涵浸德澤久矣,其勢亦未遽渝盟,但恐雛兒鷙忍,其下必有不忠貪功好利之人謀之,必先使北賊小小盜邊,托爲不知。若不折其萌芽,狃於小利，張而不已，必開邊隙。備禦之策，惟安養弓箭社，及稍加優異，使當淬礪以待小寇，策無良於此者矣。

所條上數事，亦甚穩帖，不至張惶。惟乞免人户折變，所費不多。及立閑名目，獎社人頭首。又乞復回易收息，時遣機宜僚屬，費少錢糧，就地頭賞其高强者耳。

與王定國書

罪大責輕，得此已幸，未嘗戚戚。但知識數人緣我得罪，而定國爲己所累尤深，流落荒服，親愛隔絶。每念至此，覺心肺間便有湯火芒刺。今得來教，既不見棄絶，而能以道自遣，無絲髮芥蒂，然後知公真可人，而不肖他日猶得以衰顔白髪厠賓客之末也。揚州有侍其太保，官於烟瘴地十餘年。比歸，面色紅潤，無一點瘴氣。只是用磨脚心法，此法定國自知之，更請加功不廢。每日飲少酒調食，令胃氣壯健。安道軟硃砂膏，軾在湖親服數兩，甚覺有益利。可久服。子由昨來陳相别，面色殊清潤，目光炯然。夜中行氣臍腹間，隆隆如雷聲。其所行持，亦吾輩所常論者，但此君有志節能力行耳。粉白黛緑者，俱是火宅中狐狸、射干之流，願公以道眼照破。此外又有事，須少儉嗇，勿輕用錢物。一是遠地，恐萬一闕乏不繼。一是災難中用貶惡，消厄致福之一端也。又遞中領手教，知已到官無恙，自處泰然，頓慰懸想。知攝二千石，風聲震於殊俗，一段奇事也。

軾近頗知養生，亦自覺薄有所得，見者皆言道貌與往日殊别，更相闊數年，索我閬風之上矣。兼畫得寒林墨竹，已入神品，行草尤工，只是詩筆殊退也。不知何故？

昨所寄臨江軍書，久已收得。二書反復議論及處憂患者甚詳，既以解憂，又以洗我昏蒙，所得不少也。然所謂“非苟知之亦允蹈之”者，願公常誦此語也。杜子美困厄中，一飲一食，未嘗忘君，詩人以來，一人而已。今見定國，每有書皆有感恩念咎之語，甚得詩人之本意。僕雖不肖，亦當仿佛於庶幾也。

近有人惠大丹砂少許，光彩甚奇，固不敢服，然其人教以養火，觀其變化，聊以悦神度日。賓去桂不甚遠，硃砂差易致，或爲致數兩，因寄及，稍難即罷，非急用也。窮荒之中，恐有一奇事，但以冷眼陰求之。大抵道士非金丹不能羽化，而丹材多在南荒，故葛稚川求勾漏令，竟化于廉州，不可不留意也。陳璨一月前直往筠州看子由，亦粗傳要妙，云非久當此來。此人不唯有道術，其與人有情義，久要不忘如此，亦自可重。道術多方，難得其要，然軾觀之，唯能静心閉目，以漸習之，似覺有功。幸信此語，使氣流行體中，癢痛安能近人也。

邇來江淮間酷暑，殆非人所堪，况於嶺外！唯道德清曠，必有以解煩釋悶者。入秋來翛然清遠，計尊候安勝。

君學術日益，如川之方增，幸更著鞭多讀史書，仍手自抄爲妙。造次！造次！

軾自謫居以來，可了得《易傳》九卷，《論語説》五卷。今又下手作《書傳》。迂拙之學，聊以娱老，且以爲子孫藏耳。子由亦了得《詩傳》，又成《春秋集傳》，閑知之，爲一笑耳。辱惠書並新詩、妙曲，大慰所懷。河涷膠舟，咫尺千里，意思牢落可知。得此佳作，終日喜快，滯悶冰釋，幸甚！幸甚！近在常置得一小莊子，歲可得百石，似可足食。非不知揚州之美，窮猿投林，不暇擇木也。

卷七十六

書十六首

與李方叔書

(**李卓吾旁**)可觀,可嘆。(**茅鹿門旁**)詞旨瀟灑可誦。

軾頓首方叔先輩足下。屢獲來教,因循不一裁答,悚息不已。比日履兹秋暑,起居佳勝。録示《子駿行狀》及數詩,辭意整暇,有加於前,得之極喜慰。累書見責以不相薦引,讀之甚愧。然其説不可不盡。

君子之知人,務相勉於道,不務相引於利也。足下之文,過人處不少,如《李氏墓表》及《子駿行狀》之類,筆勢翩翩,有可以追古作者之道。至若前所示《兵鑒》,則讀之終篇,莫知所謂。意者足下未甚有得於中而張其外者;不然,則老病昏惑,不識其趣也。(**鍾惺夾**)引咎,妙,妙。以此,私意猶冀足下積學不倦,落其華而成其實。深願足下爲禮義君子,不願足下豐于才而廉於德也。若進退之際,不甚慎静,則於定命不能有毫髮增益,而于道德有丘山之損矣。(**鍾惺眉**)深中少年浮病,德業無成,往往坐此。(**儲欣眉**)百朋之錫也,舉萬世欲爲君子者實受其賜。

古之君子,貴賤相因,先後相援,固多矣。軾非敢廢此道,平生相知,心所謂賢者則于稠人中譽之,或因其言以考其實,實至則名隨之，名不可掩，其自爲世用，理勢固然，非力致也。陳履常居都下逾年，未嘗一至貴人之門，章子厚欲一見，終不可得。中丞傅欽之、侍郎孫莘老薦之，軾亦挂名其間。會朝廷多知履常者，故得一官。軾孤立言輕，未嘗獨薦人也。爵禄砥世，人主所專，宰相猶不敢必，而欲責於軾，可乎？

東漢處士私相謚，非古也。殆似丘明爲素臣，當得罪于孔門矣。孟生貞曜，蓋亦蹈襲流弊，不足法，而況近相名字乎？甚不願足下此等也。軾於足下非愛之深期之遠，定不及此，猶能察其意否？近秦少游有書來，亦論足下近文益奇。明主求人如不及，豈有終汩没之理！足下但信道自守，當不求自至。若不深自重，恐喪失所有。言切而盡，臨紙悚息。未即會見，千萬保愛。近夜眼昏，不一！不一！軾頓首。（**李卓吾旁**）此等人如何與説此言。

【彙評】

鍾惺：真有一片誠心厚道，乃可作此語，未可爲蔽賢人藉口。

上知府王龍圖書

執事自軒車之來，曾未期月，蜀之士大夫，舉欣欣然相慶，以爲近之所無有。下至閭巷小民，雖不足以識知君子之用心，亦能歡欣踴躍，轉相告語，喧嘩紛紜，洋溢布出而不可掩，雖户給之粟帛而人賜之爵，其喜樂不如是之甚也。伏惟明公何術以致此哉？軾也安足以議！雖然，請得以僭言之。蓋明公之於蜀人，所以深結其心，而納之安居無事以養生送死者，有所甚易，而亦有所至難。

夫海濱之人,輕游於江河。何則?其所見者大也。昔先魏公宰天下十有八年,聞其言語而被其教誨者,皆足以爲賢人,而况於公乎?度其視區區之一方,不啻户庭之小。且公爲定州,内以養民殖財,而外震威武以待不臣之胡。爲之三年,而四方稱之。况於實非有難辦之事,是以公至之日,不勞而自成也。此其所以爲易者一也。自近歲以來,蜀人不知有勤恤之加,擢筋割骨以奉其上,而不免于刑罰。有田者不敢望以爲飽,有財者不敢望以爲富,惴惴焉恐死之無所。然皆聞見所熟,以爲當然,不知天下復有仁人君子也。(**鍾惺眉**)説至此益□哭,然非子瞻筆舌不能説至此。自公始至,釋其重荷,而出之於陷阱之中。方其困急時,簞瓢之饋,愈于千金,是故莫不歡忻鼓舞之至。此其所以爲易者二也。

雖然,亦有所至難。(**鍾惺夾**)轉處有腕力。何者?國家蓄兵以衛民,而賦民以養兵,此二者不可以有所厚薄也。然而薄於養兵者,其患近而易除。厚於賦民者,其憂遠而難救。故夫庚子之小變,起於兵離。而甲午之大亂,出於民怨。由此觀之,固有本末也。而爲政者,徒知畏其易除之近患,而不知畏其難救之遠憂,而有志於民者,則或因以生事,非當世大賢,孰能使之兩存而皆濟?此其所以爲難者一也。

蜀人之爲怯,自昔而然矣。民有抑鬱,至此而不能以告者。且天下未嘗無貪暴之吏,惟幸其上之明而可以訴,是以猶有所恃。今民怯而不敢訴,其訴者又不見省幸,而獲省者,指目以爲凶民,陰中其禍。嗟夫,明天子在上,方伯連帥之職,執民之權,而不能爲之地哉!夫惟天下之賢者,則民望之深而責之備。若夫庸人,誰復求之。自頃數公,其來也莫不有譽,其去也莫不有毁。夫豈其民望之深責之備,而所以塞之者未至耶?今之飢者待公而食，寒者待公而衣，凡民之失其所者，待公而安，傾耳聳聽，願聞盛德日新而不替。此其所以爲難者二也。

伏惟明公以高世之才，何施而不可，惟無忽其所以爲易，而深思其所難者而稍加意焉，將天下被其澤，而何蜀之足云。軾負罪居喪，不敢輒至貴人之門，妄有所稱述，誠不勝惓惓之心，敢以告諸左右。舊所爲文十五篇，政事之餘，憑几一笑，亦或有可觀耳。

【彙評】

鍾惺：此文當看其抑揚轉折厚重而圓捷處。

與葉進叔書

進叔足下。僕狷介寡合之人也。足下望其貌而壯其氣，聆其語而知其心，握手見情素，交論古今，歡然若將與之忘年焉，僕不自知何爲而得此於足下也。

前日南歸，草草不能道一辭。到家，秋氣已高，窗户蕭然，思與足下談笑之樂，怳乎若相從於夢中，既覺而不知卧於虚榻也。行日，嘗辱贈言，意勤辭直，讀之使人惻惻動心。足下之所以知僕心者至矣，所以責善於朋友者亦至矣。而又凡所以爲至之中有所不至者，僕得以盡之焉。

僕聞有自知之明者，乃所以知人。有自達之聰者，乃所以達物。自知矣可以無疑矣，而徇人則疑於人。自達矣可以無蔽矣，而徇物則蔽於物。今足下自知自達而無可疑可蔽矣，豈僕所以得人與物之説耶？至以謂僕之交，不能把臂服膺以示無間，凡此者，非疑非蔽也，乃僕所以爲狷介寡合者。足下顧不亮乎？夫投規於矩，雖公輸不能使之合。何則？方圓者殊也。雜宮以羽，雖師曠不能使之一。何則？緩急者異也。對辯以訥，遇剛以柔，雖君子不能以無争。何則？所性所操之不同也。足下聰明過人，無世事不通，獨不知物理之有參差者乎？昔張籍遺韓愈之書，責愈以商論文字不能下氣。夫以退之而未免，矧其下者乎？雖然，亦思而改之耳。恐足下未審此，聊復以書。
（李卓吾旁）可憐。

答范景山書

自離東武，不復拜書，疏怠之罪，宜獲譴於左右矣。兩辱手教，存撫愈厚，感愧不可言。即日起居佳勝。知局事勞冗殊甚。景山雖去軒冕，避津要，所欲閑耳，而不可得，乃知吾道艱難之際，仁人君子捨衆人所棄，猶不可得，然憂喜勞逸，無非命者，出辦此身，與之浮沉，則亦安往而不適也。軾始到彭城，幸甚無事，而河水一至，遂有爲魚之憂。近日雖已減耗，而來歲之患，方未可知，法令周密，公私匱乏，舉動尤難，直俟逐去耳。久不聞餘論，頑鄙無所鐫發，恐遂汩没於流俗矣。子由在南都，亦多苦事。近詩一軸拜呈，冗迫無佳意思，但堪供笑耳。近齋居，内觀於養生術，似有所得。子由尤爲造入。景山有異書秘訣，儻可見教乎？餘非面莫盡，惟乞萬萬自重。

答參寥書

去歲倉卒離湖，亦以不一别太虚、參寥爲恨。留語與僧官，不識能道否？到黄已半年，朋游常少，思念公不去心。懶且無便,故不奏書。遠承差人致問,殷勤累幅,所以開諭獎勉者至矣。僕罪大責輕,謫居以來,杜門念舊而已。雖平生親識,亦斷往還,理故宜爾。而釋、老數公,乃復千里致問,情義之厚,有加於平日,以此知道德高風,果在世外也。見寄數詩及近編詩集,詳味,灑然如接清顔聽軟語也。比已焚筆硯,斷作詩,故無緣屬和,然時復一開以慰孤寂,幸甚! 筆力愈老健清熟,過於向之所見,此於至道,殊不相妨,何爲廢之邪? 當更磨揉以追配彭澤。未間,自愛。

答李康年書

向承寵訪,教語甚厚,因循未及裁謝。復枉專使辱書累幅,意愈勤重。且獲所著《通言》三篇,及新詩碑刻,廢學之人,徒知愛其文之工妙,而不能究極其意之所至,欽味反復,不能釋手,幸甚! 幸甚! 比日起居何如? 竊想著書講道,馳騁百氏,而游於藝學,有以自娱,忘其窮約也。

《通言》略獲披味,所發明者多矣。謹且借留,得爲究觀。他書豈敢輒留。他日别爲小字,寫草書見惠,不必《心經》,乃大賜也。要跋尾,謾寫數字,不稱妙筆。

答舒堯文書

(**李卓吾旁**)有趣。

軾啓。午睡昏昏,使者及門,授教及詩,振衣起觀,頓爾醒快,若清風之來得當之也。大抵詞律莊重,叙事精緻,要非嚚浮之作。昔先零侵漢西疆，而趙充國請行，吐谷渾不貢于唐，而文皇臨朝嘆息，思起李靖爲將，乃知老將自不同也。晉師一勝城濮，則屹然而霸，雖齊、陳大國，莫不服焉。今日魯直之於詩是已。（**李卓吾眉**）跌宕奇聳，睥睨一世。公自於彼乞盟可也，奈何欲爲兩屬之國，則犧牲玉帛焉得而給諸？不敢當！即承來命，少資嘔噱。

答陸道士書

軾啓。别來歲月乃爾許也，涉世不已，再罹憂患，但知自哂耳。感君不遺，手書殷勤如此，且審道體安休，喜慰之極。

惠州凡百不惡，杜門養痾，所念君棄家求道二十餘年，不見異人，當得異書。見許今春相訪，果然能踐言，何喜如之。舊過廬山，見蜀道士馬希言，似有所知。今爲何在，曾與之言否？黄君高人，與世相忘者，如軾與舍弟，何足以致。若得他一見子由，礱錯其所未至，則軾可以並受賜矣。願因足下致懇，當可得否？

韓樸主事，多從傅同年游。近傅得廣東漕幕，遂帶得來此否？因見，亦道意。羅浮有一鄧道士名守安，專静有守，皆世外良友。世外之道，金丹爲上，儀鄰次之，服食草木又次之，胎息三住爲本，殆無出此者。嵇中散曰："守之以一，養之以和，和理日濟，同乎大順，然後承以靈芝，潤以醴泉，晞以朝陽，綏以五弦。"僕今除五弦不用外，其他舉以中散爲師矣。適飲桂酒一杯，醺然徑醉，作書奉答，真不勒字數矣。桂酒，乃仙方也。釀桂而成，盎然玉色，非人間物也。足下端爲此酒一來，有何不可，但恐足下拘戒籙不飲。道家少飲和神，非破戒也。餘惟善慶。

答孫志康書

(李卓吾旁)可感。

自春末聞訃,悲愕不已。自惟不肖,得交公父子間有年矣。即欲奉疏,少道哀誠,不獨海上無便,又聞志康從西路迎護,莫知往還的耗,故因循至今。遂辱專使,手書累幅,愧荷深矣。竊承已畢大事,營辦勤若,何以堪任。即日孝履支持,預慰所望。志文實録,讀之感噎。自聞變故,即欲撰哀詞,以表契義之萬一,不知爵里之詳。今復睹此文,旦夕當下筆。然不願傳出,雖志康亦不以相示。藏之家笥,須不肖啓手足日乃出之也。自惟無狀,百無所益於故舊,惟文字庶幾不與草木同腐,故决意爲之,然决不敢相示也。志康必識此意,千萬勿來索看也。師是此文甚奇,斯人亦可人也哉!

軾謫居已逾年,諸況粗遣。禍福苦樂,念念遷逝,無足留胸中者。又自省罪戾久積,理應如此,實甘受之。今者北歸無日,因遂自謂惠人,漸作久居計。正使終焉,亦何所不可。志康聞此言,可以不深念也。玳瑁藥合見遺,乃吾介夫遺意。謹炷香拜受。志康所惠布蜜藥果等,一一捧領,感怍無量。海上窮陋,又謫居貧病,乃無一物報謝,慚負無量。見戒勿輕與人詩文,謹佩至言。如見報出都日所聞,虚實不可不知,勿以告人也。舍弟筠州甚安,時得書。兒侄輩或在陳,或在許下,兩兒子在宜興,軾與幼子過在此。明年長子邁,當挈他一房來此指射差遣,因般過房下來。見愛之深,恐要知其詳。示諭開歲來此相聚,雖爲厚幸,然竄逐中,唯欲親故謝絶爲孤寂可憐者,則孤危猶可以粗安。若志康,人所指目者,而乃不遠千里相求,此重增軾罪戾也，千萬寢之，切告！切告！（**陳仁錫眉**）處困危之道宜如是。

李泰伯雖前輩不相交往，然敬其人，欲作集引，亦終不傳出也。承諭用世舊，可爲聚其前後文集，異日示及，當與志康商議，少加删定，乃傳世也。斯人既無後，吾輩當與留意。李文叔書已領，諸兒子爲學頗長，迨自宜興寄詩文來，甚可觀。此等辱雅游最舊，故輒以奉聞，然不敢令拜狀，無益，徒煩報答也。會見無期，千萬節哀自重。

上執政乞度牒賑濟因修廨宇書

軾頓首上書門下僕射相公閣下。去年浙中，冬雷發洪，太湖水溢，春又積雨，蘇、湖、常、秀皆水，民就高田秧稻，以待水退，及五六月，稍稍分種，十不及四五，而又繼之以旱，以故早晚皆傷，高下並損。自元豐以來，民之艱食，未有如今歲者也。軾已三奏其事，至今未報。蓋人微言輕，理自當爾。然亦恐監司諸郡，不盡以實奏。而廟堂所訪問往來之人，或揣所樂聞，不盡以實告，故朝廷以軾言爲過耳。不然，豈有仁聖在上，群賢並用，而肯恬不爲意乎？

入冬以來，緣諸郡閉糴，而税務用例違條，收五穀力勝錢，故米價斗至八九十，衢、睦等州至百餘錢，皆足錢，炎炎可畏。軾用印板出榜千餘道，止絶此兩事。自半月來，米穀通流，價亦稍平。然浙中無麥，青黄之交，當在來秋，而熟不熟，又未可知。民懲熙寧流殍之禍，上户有米者，皆靳惜不肯出，其勢非大出官米，不能救此患。自正月至七月，本州裏外九縣，日糶官米千五百石，乃可以平價救饑，計當用米三十一萬五千石。今本州常平除兑充軍糧外，止有十七萬石，漕司許於鄰郡致三萬石，尚少十一萬五千石。計窮理迫,須至控告。

軾近以本州廨宇弊壞,奏乞度牒二百道修完,未蒙開允。意欲以此度牒募人于諸縣納米,度可得二萬五千石。然後减價出賣,每斗六十,度可得錢萬五千貫。且以此錢修完廨宇。雖不及元計錢數,且修完緊要處,亦粗可足用。則是此度牒一出而兩利也。伏望相公,深念本州廨宇弊壞已甚,不可不修,及今完葺,所費尚少,後日大壞,其費必倍,又因以募人納米出糶救饑。設使不因修完廨宇,朝廷以饑民之故,特出聖恩,乞與二百道度牒,猶不爲過,而况救饑修屋兩用而並濟乎?

軾愚蠢少慮,仰恃廟堂諸公仁賢恤民,必不忍拒此請。意此度牒可以必得,以此不候回降指揮,輒已一面告喻商旅,令儲峙米斛,具水陸脚乘,以須度牒之至。深望果斷不疑,於一兩日内,降付急遞。日與吏民延頸企踵,雖大旱望雲,執熱思濯,未喻其急也。若不蒙哀察,則是使軾失信商旅,坐視流殍,其爲慚惶狼狽,未易遽言。至時朝廷雖加誅殛,何補於事。

兼軾近者奏爲本路轉運司,今年合起年額米斛百六十萬,乞特許且起一半或三分之二,其餘候豐熟日隨年額起發,未蒙恩許。今年漕司窘迫,實倍常歲。異時預買綢絹錢,常於歲前散絶,今尚闕大半,刻刷之急,蓋不遺餘力矣。若非朝廷少加矜察,則督迫之極,害必及民。近蒙朝廷許輟上供二十萬石出糶,此大惠也。然望更輟留三十萬石。若無米可糶,只乞以此錢收買銀絹上供,雖無補於饑民,而散幣在民,少解錢荒之患,亦良策也。

此外只有勸誘富民出穀助官賑貸,及用常平錢米募民工役二事,然皆難行。勸誘之利,未及貧民,而誅求之禍,先及上户。(**陳仁錫眉**)安富所以恤貧。浙中富民欠官錢者,十人而九,决無可勸誘之理。至於募民工役，亦非實惠。若散募饑貧，不堪工役，鳥獸聚散，得錢便走。熙寧中，嘗行此事，名爲召募，其實不免於等第上差科，官支錢米盡入役夫，而本户又須貼錢雇人，凶年人户，重有此擾，皆虚名無實，利少害多。惟有多糴官米一事，簡而易行。米價既低，民無貧富，均享其利。惟望相公留意，則一路幸甚。

軾拙於言語，不能盡寫憂危之狀，以曉左右。惟有發書之日，西向再拜，扣頭默禱。庶幾區區丹誠，可以感動萬一也。不宣。

上吕僕射論浙西災傷書

軾頓首上書門下僕射相公閣下。軾近上章，論浙西淫雨颶風之災。伏蒙恩旨，使與監司諸人議所以爲來歲之備者。謹已條上二事。軾才術淺短，禦災無策，但知叫號朝廷，乞寬減額米，截賜上供。言狂計拙，死罪！死罪！

然三吴風俗，自古浮薄，而錢塘爲甚。雖室宇華好，被服粲然，而家無宿舂之儲者，蓋十室而九。自經熙寧饑疫之災，與新法聚斂之害，平時富民殘破略盡，家家有市易之欠，人人有鹽酒之債，田宅在官，房廊傾倒，商賈不行，市井蕭然。譬如衰羸久病之人，平時僅自支持，更遭風寒暑濕之變，便自委頓。仁人君子，當意外將護，未可以壯夫常理期也。今年，錢塘賣常平米十八萬石，得米者皆叩頭誦佛云："官家將十八萬石米，於烏鳶狐狸口中，奪出數十萬人，此恩不可忘也。"夫以區區戰國公子，尚知焚券市義，今以十八萬石米易錢九萬九千緡，而能活數十萬人，此豈下策也哉！竊惟仁聖在上，輔以賢哲，一聞此言，理無不可。但恐世俗諂薄成風，揣所樂聞與所忌諱，不以仁人君子期左右，争言無災，或言有災而不甚，積衆口之驗，以惑聰明，此軾之所私憂過慮也。八月之末，秀州數千人訴風災，吏以爲法有訴水旱而無訴風災，拒閉不納。老幼相騰踐死者十一人，方按其事。由此言之，吏不喜言災者，蓋十人而九，不可不察也。

(陳仁錫眉)近來吴越以風災殺人者多矣。

軾既條上二事，且以關白漕、憲兩司，官吏皆來見軾，曰："此固當今之至計也，然恐朝廷疑公爲漕司地，奈何?"軾曰："吾爲數十萬人性命言也，豈恤此小小悔吝哉?"去年秋冬，諸郡閉糴，商賈不行。軾既劾奏通之，又舉行災傷法，約束本路，不得收五穀力勝錢。三郡米大至，施及浙東。而漕司官吏，緣此愠怒，幾不見容。文符往來，僚吏恐悚，以軾之私意，其不爲漕司地也審矣。力勝之免，去歲已有成法，然今歲未敢舉行者，實恐再忤漕司，怨咎愈深。此則軾之疲懦畏人，不免小有回屈之罪也。伏望相公一言，檢舉成法，自朝廷行下，使五穀通流，公私皆濟，上以明君相之恩，下以安孤危之迹，不勝幸甚。去歲朝旨，免力勝錢，止於四月。浙中無麥，須七月初間見新穀，故自五月以來，米價復增。軾亦曾奏乞展限至六月，終不報。今者若蒙施行，則乞以六月爲限。去歲恩旨，寬減上供額米三分之一，而户部必欲得見錢，浙中遂有錢荒之憂。軾奏乞以錢和買銀絹上供，三請而後可。今者若蒙施行，即乞一時行下。

軾竊度事勢，若不且用愚計，來歲恐有流殍盗賊之憂。或以其狂淺過計，事難施用，即乞别除一小郡，仍選才術有餘可以坐消災沴者，使任一路之責。幸甚！幸甚！干冒台重，伏紙栗戰。不宣。

揚州上吕相書①

軾再拜。伏蒙手書,見謂勇於爲義,不當在外。獎飾過分,悚息之至。軾竊謂士在用不用,不在内外也。(**陳仁錫眉**)出翰林爲太守,此法甚妙,其議論近古,而規摹亦宏遠。自揣所宜,在外,不惟身安耳静,至於束吏養民,亦粗似所便。又不自量,每有所建請,蒙相公主張施行,使軾常在外爲朝廷采摭四方利病,而相公擇其可行者行之,豈非學道者平生之至願也哉!

頃者所論積欠,蒙示諭已有定議,此殆一洗天下瘡痏也。近復建言綱運折欠利害,乞申明《編敕》,嚴賜約束行下,而罷真、揚、楚、泗轉般倉斗子倉法,必已關覽。此事若行,不過歲失淮南商税萬緡,而數年之後,所得必却過之。但綱梢飽暖,饋運辦集,必無三十萬石之欠,而能使六路運卒,保完背頰,使臣人員千百人,保完身計,此豈小事乎?其餘綱運弊害,小小枝葉,亦不住講求,續上其事。

又軾自入淮南界,聞二三年來,諸郡税務刻急日甚,行路咨怨,商賈幾於不行。有税物者既無脱遺,其無税物及雖有不多者,皆不與點檢,但多喝税錢,商旅不肯認納,則苛留十日半月。人船既衆,貲用坐竭,則所喝唯命。州郡轉運司皆力主,此輩無所告訴。竊聞東南物貨,全不通行,京師坐致枯涸。若不及相公在位,救解此患,恐遂滋長,至於不可救矣。只如揚州税額,已增不虧,而數小吏爲虐不已。原其情,蓋爲有條許酒税監官分請增剩賞錢。此元豐中一小人建議,羞污士風,莫此爲甚。如酒務行此法,雖士人所耻,猶無大害。若税務行之,則既增之

① 編者按:一本題作"揚州上吕相公論税務書"。

外,刻剥不已,行路被其虐矣。軾旦夕欲上此奏,乞罷之。亦望相公留念。

軾已買田陽羡,歸計已成。紛紛多言,深可憫笑。但貪及相公在位,求治繩墨之外,故時效區區,庶小有益於世耳。不宣。

答虔倅俞括奉議書

軾頓首資深使君閣下。前日辱訪,寵示長箋,及詩文一編,伏讀數日,廢卷拊掌,有起予之嘆。孔子曰:"辭達而已矣。"物固有是理,患不知,知之患不能達之於口與手。所謂文者,能達是而已。文人之盛,莫如近世,然私所敬慕者,獨陸宣公一人。家有公奏議善本,頃侍講讀,嘗繕寫進御,區區之忠,自謂庶幾於孟軻之敬王,且欲推此學於天下,使家藏此方,人挾此藥,以待世之病者,豈非仁人君子之至情也哉!

今觀所示議論,自東漢以下十篇,皆欲酌古以馭今,有意於濟世之用,而不志於耳目之觀美,此正平生所望于朋友與凡學道之君子也。然去歲在都下見一醫工,頗藝而窮,慨然謂僕曰:"人所以服藥,端爲病耳,若欲以適口,則莫如芻豢,何以藥爲?今孫氏、劉氏皆以藥顯,孫氏期於治病,不擇甘苦,而劉氏專務適口,病者宜安所去取,而劉氏富倍孫氏,此何理也?"使君斯文,未必售於世。然售不售,豈吾儕所當挂口哉?聊以發一笑耳。進宣公奏議,有一表,輒録呈,不須示人也。餘俟面謝,不宣。

答吴秀才書

軾啓。遠辱專人惠教,具審比來起居佳勝,感慰之至。與子野先生游,幾二十年矣。始以李六丈待制師中之言,知其爲人。李公人豪也,於世少所屈伏,獨與子野書云:“白雲在天,引領何及。”而子野一見僕,便諭出世間法,以長生不死爲餘事,而以練氣服藥爲土苴也。僕雖未能行,然喜誦其言,嘗作《論養生》一篇,爲子野出也。近者南遷,過真、揚間,見子野無一語及得喪休戚事,獨謂僕曰:“邯鄲之夢,猶足以破妄而歸真,子今目見而身履之,亦可以少悟矣。”夫南方雖號爲瘴癘地,然死生有命,初不由南北也,且許過我而歸。自到此,日夜望之。

忽得來教,乃知子野尚在北,不遠當來赴約也。長書稱道過實,讀之赧然,所論孟、楊、申、韓諸子,皆有理,詞氣翛然,又以喜子野之有佳子弟也。然昆仲以子野之故,雖未識面,懸相喜者,則附遞一書足矣,何至使人蠒足遠來,又致酒、麵、海物、荔子等,僕豈以口腹之故,千里勞人哉!感愧厚意,無以云諭。

過廣州,買得檀香數斤,定居之後,杜門燒香,閉目清坐,深念五十九年之非耳。今分一半,非以爲往復之禮,但欲昆仲知僕汛掃身心,澡瀹神氣,兀然灰槁之大略也。有書與子野,更督其南歸,相過少留,爲僕印可其已得,而訶策其所未至也。此外,萬萬自愛。

答劉沔都曹書

(**茅鹿門旁**)情致脱落蕭颯。

軾頓首都曹劉君足下。蒙示書教,及編録拙詩文二十卷。軾平生以言語文字見知於世,亦以此取疾於人,得失相補,不如不作之安也。(**茅鹿門眉**)昌黎云:“動而得譽,謗亦隨之。”古來文人如此。以此常欲焚棄筆硯,爲喑默人,而習氣宿業,未能盡去,亦謂隨手雲散鳥没矣。不知足下默隨其後,(**鍾惺夾**)"默隨其後"四字說好文人入髓。掇拾編綴,(**吕留良夾**)"綴"、"掇"二字疑互易。略無遺者,覽之慚汗,可爲多言之戒。然世之蓄軾詩文者多矣,率真僞相半,又多爲俗子所改竄,讀之使人不平。(**吕留良夾**)因此生出一篇文,如春山之雲,觸石便起。然亦不足怪。(**吕留良夾**)展筆。識真者少,蓋從古所病。

梁蕭統集《文選》,世以爲工。以軾觀之,拙於文而陋於識者,莫統若也。(**鍾惺夾**)快論。(**李卓吾夾**)是,是。(**儲欣夾**)確,確。宋玉賦《高唐》、《神女》,其初略陳所夢之因,如子虚、亡是公相與問答,皆賦矣。而統謂之叙,此與兒童之見何異。李陵、蘇武贈别長安,而詩有"江漢"之語。及陵與武書,詞句儇淺,正齊梁間小兒所擬作,決非西漢文。(**李卓吾夾**)胡說。而統不悟。劉子玄獨知之。(**茅鹿門夾**)非子瞻不能看破。范曄作《蔡琰傳》,載其二詩,(**李卓吾夾**)妙。亦非是。(**李卓吾夾**)更胡說。董卓已死,琰乃流落,方卓之亂,伯喈尚無恙也,而其詩乃云以卓亂故,流入于胡,此豈真琰語哉!(**李卓吾夾**)因亂故,父亡身竄,何疑乎?(**王聖俞夾**)余讀蔡琰詩,氣骨凌兢,是漢人作,但不爲漢之佳篇耳。其筆勢乃效建安七子者,非東漢詩也。(**茅鹿門夾**)的確之辨。李太白、韓退之、白樂天詩文,皆爲庸俗所亂,可爲太息。今足下所示二十卷,無一篇僞者,又少謬誤。及所示書詞,清婉雅奥,有作者風氣,知足下致力於斯文久矣。(**王聖俞夾**)與上識真者少遥相貫應,知中間引古皆是自寓。(**吕留良夾**)此却輕帶。

軾窮困,本坐文字,蓋願刳形去智而不可得者。然幼子過文益奇,在海外孤寂無聊,過時出一篇見娱,則爲數日喜,寢食有味。以此知文章如金玉珠貝,未易鄙棄也。(**李卓吾夾**)是,是,是。(**吕留良夾**)舉過文之奇,與前習氣宿業未能盡□照應,又誤下龍圖有後,此文家蛛絲馬迹之妙。見足下詞學如此,又喜吾同年兄龍圖公之有後也。故勉作報書,匆匆。不宣。

【彙評】

沈欽韓:用此見古人讀書不索之形骸之外,而必洞見其五臟瘕結。太史云:“好學深思,心知其意。”蓋雖好學而不深思,未由心知其義也。

王聖俞:“刳形去皮”,用《莊子》全句。余見舊本如此,改作“智”字,大減氣骨,東坡所惡於俗子改竄。

吕留良:真僞未識,何論好歹?坡公之笑傲一世者甚矣,末段譽兒亦有跌蕩不羈之意。

答王庠書

別紙累幅,過當。老病廢忘,豈堪英俊如此責望也?少年應科目時,記録名數沿革及題目等,大略與近歲應舉者同爾。亦有節目,文字才塵忝後,便被舉主取去,今日皆無有,然亦無用也,實無捷徑必得之術。(**鍾惺眉**)□應制舉□,予嘗以此語告之。但如君高材强力,積學數年,自有可得之道,而其實皆命。但卑意欲少年爲學者,每讀書,皆作數過盡之。書富如入海,百貨皆有之,人之精力,不能兼收盡取,但得其所欲求者耳。(**鍾惺夾**)此語看古人甚深。

故願學者,每次作一意求之。如欲求古人興亡治亂聖賢作用,但作此意求之,勿生餘念。

又別作一次求事迹故實、典章文物之類,亦如之。他皆仿此。此雖迂鈍,而他日學成,八面受敵,與涉獵者不可同日而語也。甚非速化之術,可笑!可笑!

【彙評】

儲欣:下學上達,無以易此。

答史諷書

(茅鹿門旁)史諷所爲《易説》,必非深於道,故長公拒之如此。

前日蒙訪,及以《易説》一通爲賜,且欲責某之一言以信之天下,大非某智力之所能任也。某於《易》,嘗學之矣,而未之有得。故雖悦足下志意之高,辭説之明,而不敢斷其義之是非,則何能推其義以信之天下?雖然,足下屬我良重,不可以無説。蓋學者,君子之務本,而教者,聖人之餘事。故學則求之,教則應之。有餘則應,不足則求。(茅鹿門眉)以下數轉中,語意曲而盡,而見亦正。蓋有餘而求之者有矣,未有不足而能應者也。蓋見求而不應者矣,未有不求而應之者也。爲足下計,亦志於學而已。學足乎已,則不有知於上,必有知於下;不有傳於今,必有傳於後。不幸而不見知於上下,而不傳於今,又不傳於後,古之人蓋猶不憾也。

知我者其天乎!此乃《易》所謂知命也。命者,非獨貴賤死生爾,萬物之廢興,皆命也。孟子曰:"君子行法以俟命而已矣。"且足下求以誨人者也,道無求而誨之者,求人而誨之則喪道。喪道以求傳道,則孰取以爲道?足下其試思之。

卷七十七

尺牘六十五首

與李方叔四首

其　一

久不奉書問爲愧。遞中辱手書，勞勉益厚。無狀何以致足下拳拳之不忘如此。比日起居何如？今歲暑毒十倍常年。雨晝夜不止者十餘日，門外水天相接，今雖已晴，下潦上烝，病夫氣息而已。想足下閉門著述，自有樂事。間從諸英唱和談論，此可羡也。何時得會合，惟萬萬自重。不宣。

其　二

秋試時，不審從吉未？若可下文字，須望鼎甲之捷也。暑中既不飲酒，無緣作字，時有一二，輒爲人取去，無以塞好事之意，亦不願足下如此癖好也。近獲一銅鏡，如漆色，光明冷徹。背有銘云："漢有善銅出白陽，取爲鏡，清如明，左龍右虎俌之。"字體雜篆隸，真漢時字也。白陽不知所在，豈南陽白水陽乎？"如"字應作"而"字使耳。"左月右日"，皆未甚曉，更閑，爲考之。

其　三

頃年于稠人中，驟得張、秦、黄、晁及方叔、履常輩，意謂天不愛寶,其獲蓋未艾也。比來經涉世故,間關四方,更欲求其似,邈不可得。(**鍾惺眉**)入髓。以此知人决不徒出,不有立於先,必有覺於後也。如方叔飄然一布衣,亦幾不免。純甫、少游,又安所獲罪,遂斷棄其命,言之何益,付之清議而已。(**儲欣眉**)賴有此耳。憂患雖已過,更宜慎口以安晚節。

【彙評】

王承志:李夢陽東友云:"今人不喜人言,見人張拱深揖,口呐呐不吐詞,則自爲老成。又不喜人直,遇事圓巧而委曲,則以爲善處。"蘇黄諸公正犯此忌,那得不事後慎口耶?然坡公有云:"生平如食中有蠅,吐出乃已,恐終不能作大廟金人也。"

其　四

承示諭,長安君偶患臂痛不能舉,某于錢昌武朝議處傳得一方,云其初本施渥寺丞者,因寓居京師甜水巷,見乞兒,兩足拳,捺履行。渥常以錢物飲食遺之,凡期年不衰。尋赴任,數年而還。復就曩居,則乞兒已不見矣。一日見於相國寺前,行走如飛,渥就問之,則曰:"遇人傳兩藥方,服一料已能走耳。"因以其方授渥,以傳昌武。昌武本患兩臂重痛,舉不能過耳。服之立效。其後傳數人,皆神妙。但手足上疾皆可服,不拘男子婦人。秘之,秘之。其方元只是《王氏博濟方》中方,但人不知爾。《博濟方》誤以虎脛爲虎腦。便請長安君合服,必驗。

朝雲者,死于惠久矣。别後學書,頗有楷法。亦學佛法,臨去,誦《六如偈》以絶。葬之惠州棲禪寺,僧作亭覆之,榜曰六如亭。最荷夫人垂顧,故詳及之。

與陳公密三首

其一

途中喜見令子，得聞動止之詳。繼領專使手書，且審即日尊體清勝，感慰無量。差借白直兜乘擔索，一一仰煩神用。孤旅獲濟，荷德之心，未易云喻。來日晚方達蒙裹，即如所教，出陸至南華，南華留半月，即造宇下，一吐區區，預深欣躍。

其二

行役艱羈，托庇以濟。分貺丹劑，拯其衰疾，此意豈可忘哉。其餘言謝莫盡。令子昆仲，比辱書示，未暇修書，悚息！悚息！曹三班廉幹非常，遠送，愧感。二絶句發一笑。

其三

窮途棲屑，獲見君子，開懷抵掌，爲樂未央。公既王事靡寧，某亦歸心所薄，匆遽就列，如何可言。别後亟辱惠書，詞旨增重。且審起居佳勝，感慰深矣。某已度嶺，已脱問鵩之憂，行有見蝎之喜。但遠德誼，惘惘未忘於情。新春保練，以需驛召。

【彙評】

王承志：宗子相寄許性之云："零霜握别，倏已殘春。歲序殷流，離心超忽。憶昨滄洲聚首，風雨停卮。譃語雄談，千古一快。紅塵忽接，青山頓遠。……春波正深，芙蕖漸緑。"夢魂栩栩，仿佛□珠。人生離别□會之感，朋友居多，然從老大而回思少年，益深籲愷。王元美云，人生匆匆，可會且爲此耳。

與徐仲車

昨日既蒙言贈，今日又荷心送，盎然有得，載之而南矣。辱手教，極甚荷厚愛，孔子所謂“忠焉能勿誨乎”？當書諸紳，寢食不忘也。

與吴秀才

某啓。相聞久矣，獨未得披寫相盡，常若有所負。罪廢淪落，屏迹郊野，初不意舟從便道，有失修敬。不謂過予，衝冒大熱，間關榛莽，曲賜臨顧，一見灑然，遂見平生之歡。典刑所鍾，既深嘆仰，而大篇瓌璨，健論抑揚，蓋自去中州，未始得此勝侣也。欽佩不已，俯求衰晚，何以爲對。送别堤下，恍然如夢，覺陳迹具存，豈有所遇而然耶？留示珠玉，正快如九鼎之珍，徒咀嚼一臠，宛轉而不忍下咽也。未知舟從定作幾日計。早晚過金陵，當得款奉。

與彦正判官

（**李卓吾旁**）趣。

古琴當與響泉韻磬，並爲當世之寶，而鏗金瑟瑟，遂蒙輟惠，報賜之間，赧汗不已。又不敢遠逆來意，謹當傳示子孫，永以爲好也。然某素不解彈，適紀老枉道見過，令其侍者快作數曲，拂歷鏗然，正如若人之語也。試以一偈問之：“若言琴上有琴聲，放在匣中何不鳴？若言聲在指頭上，何不於君指上聽？”

録以奉呈,以發千里一笑也。寄惠佳紙、名荈,重煩厚意,一一捧領訖,感怍不已。適有他冗,書不周謹。

【彙評】

王承志:唐李勉性好琴,蓄琴最富。其絶佳者一名響泉,一名韻磬,以供把玩,使爾永日。陶公所言:“但得琴中趣,何勞指上音。”坡公一偈,得無從此脱胎耶?

陳天定:禪理文心,皆在不即不離之間,拈出可會。

與毛澤民推官三首

其一

公素人來,得書累幅。既聞起居之詳,又獲新詩一篇,及公素寄示《雙石堂記》。居夷久矣,不意復聞韶濩之餘音,喜慰之極,無以云喻。久廢筆硯,不敢繼和,必識此意。會合無期,臨書惘惘。秋暑,萬萬以時自厚。

【彙評】

王承志:瓶花序佳甚,發前人所未發。弟嘗謂,少陵曾法魏晉者,坡公真發班馬者。若取其形似,則今之多髯者皆孔子,而面如削瓜者皆皋陶也。不知雙石一記,何得公推許乃爾?

其二

某寓居粗遣,本帶一幼子來。今者長子又授韶州仁化令,冬中當挈家來。至此,某又已買得數畝地,在白鶴峰上,古白鶴觀基也。已令斫木陶瓦,作屋三十許間。今冬成,去七十無幾,矧未能必至耶,更欲何之。以此神氣粗定,他更無足爲故人念者。聖主方設科求宏詞,公儻有意乎?

【彙評】

王承志:達人自具曠識。垂白老翁,早起忙作,求田問舍計者,以不知七十後,尚有幾歲月耳。袁石公有云:世情當出不當入,塵緣當解不當結。人我勝負心,當退不當進。若只同尋常人行徑,便如蜉蝣營營水中,不知日之將暮。□坡公未必能至一語,令人惕然。

其　三

新居在大江上,風雲百變,足娱老人也。(**王承志夾**)自喜語。有一書齋名思無邪,閑知之。寄示奇茗,極精而豐,南來未始得也。亦時復有山僧逸民,可與同賞,此外但緘而藏之耳。佩荷厚德,永以爲好。秋興之作,追配騷人矣,不肖何足以窺其粗。遇不遇自有定數,向非厄窮無聊,何以發此奇思,以自表於世耶?敬佩來貺,傳之知音,感愧之極。數日適苦壅嗽,殆不可堪,强作報,滅裂。死罪!

【彙評】

王承志:"風雲百變,足娱老人",看得世情透徹,方有此怡然自得境界。至奇思發於厄窮,真令千古才人爲之生色。傳至知音,得無令普天下皆捫腹耶?眉公柬馮大參云:"憐才如春風,拂面便肖;忌才如嚴霜,一寒透骨。"如何如何。

與陳輔之

某啓。昨日承訪及,病倦,不及起見,愧仰深矣。熱甚,起居何如？萬里海表不死，歸宿田里，得疾遂有不起之憂，豈非命耶？若得少駐，復與故人一笑，此又望外也。力疾，書此數字。

與司馬温公二首

其一

春末，景仁丈自洛還，伏辱賜教，副以《超然》雄篇，喜忭累日。尋以出京無暇，比到官，隨分紛冗，久稽裁謝，悚怍無已。比日，不審台候何如？某强顔，忝竊中，所愧於左右者多矣。未涯瞻奉，惟冀爲國自重，謹奉啓問。

【彙評】

王承志：《與温公書》簡净莊潔。茅鹿門《呈申相國》云：翁好士之名滿天下，天下士喁喁向風。而思附恐後者，無他。鳳凰振翮於雲霄，則樊籬之斥鷃，羈紲之鵪鶉，亦爲竦翼而張翅焉，情也。《傳》曰：聖人之樂，善也。如貪，其振滯也若轉團。惟相公留意，先輩士民皆公而無私，若今人且大老書，不知如何忸怩矣。

其二

某再啓。《超然》之作，不惟不肖托附以爲寵，遂使東方陋州，爲不朽之盛事，然所以獎與則過矣。久不見公新文，忽領《獨樂園記》，誦味不已，輒不自揆，作一詩，聊發一笑耳。彭城嘉山水，魚蟹侔江湖，争訟寂然，盗賊衰少，聊可藏拙。但朋游闊遠，舍弟非久赴任，益岑寂矣。謫居窮僻，如在井底，杳不知京洛之耗，不審邇日寢食何如？某以愚暗獲罪，咎自己招，無足言者。但波及左右，爲恨殊深，雖高風偉度，非此細故所能塵垢,然某思之,不啻芒背爾。寓居去江無十步,風濤煙雨,曉夕百變,江南諸山在几席,此幸未始有也。雖有窘乏之憂,亦布褐藜藿而已。瞻晤無期,臨書惘然,伏乞以時善加調護。

【彙評】

王承志:仕宦而畏窮耶?不過有時道乏耳。能以布褐黎藿處之,何地不可稅駕?此言是選籍中一脈清凉散也。東坡以吾始至東海,環視水天無際,凄然傷之曰:何時得出此島耶?已而思之,天地臨積水中,九州在瀛海中,中國在少海中。有生孰不在島者?覆盆水於地,芥浮於水,蟻浮於芥,茫然不知所□。少焉,水涸,蟻即竟去,見其□出涕曰:幾不復與子相見。豈知俯仰之間,有方□八達之路乎?具此達觀,則彭城不直井底也。

與魯直二首

其　一

晁君寄騷,細看甚奇,信其家多異材耶?然有少意,欲魯直以己意微箴之。凡人文字,務使平和,至足餘,溢爲怪奇,蓋出於不得已爾。晁文奇怪似差早,然不可直云耳。非謂其諱也,恐傷其邁往之氣,(**王聖俞夾**)用意惘款。當爲朋友講磨之語乃宜。不知公謂然否?

【彙評】

儲欣:成人之才,用意至到。

鍾惺:深厚之言,悲憫之念,一氣流出。

王聖俞:此老乃不喜人妄意作奇。

王承志：陶石簣論文云，文之平淡者，乃奇麗之極。今人千般作怪，非是厭平淡不爲，而是不能爲平淡耳。則知文非奇麗之極，不能爲平淡。坡公所謂平和之餘溢爲奇怪也。今人一有意爲奇怪，便是偏鋒，終非實學。

陳天定：王納諫云："此老乃不喜人妄意作奇。"

其　二

某啓。方惠州遣人致所惠書，承中途相見，尊候甚安。即日想已達黔中，不審起居何似？或云大率似長沙，審爾，亦不甚惡也。惠州久已安之矣。（**王承志眉**）"安"作"如"解。度黔，亦無不可處之道也。（**王承志夾**）隨地可矣。聞行囊中無一錢，途中頗有好事者，能相濟否？某雖未至此，然亦凜凜然。水到渠成，不須預慮。但數日來苦痔病，百藥不瘳，遂斷肉菜五味，日食淡麵兩碗，胡麻、茯苓麨數杯。其戒又嚴於魯直。雖未能作文自誓，且日戒一日，庶幾能終之。（**王承志夾**）見道路。非特愈痔，所得多矣。子由得書，甚能有益於枯槁也。文潛在南極安，少游謫居甚自得，淳甫亦然，皆可喜。獨元老淹忽，爲之流涕。病劇久矣，想非由遠謫也。幽絶，書問難繼，惟倍萬保重。不宣。（**王承志夾**）若勉若慰，序致淋漓，斷杖飄萍，遠者處之，如安居耳。東坡曾云："因病得閑殊不惡，以安是藥更無方。"不特愈痔，所獲實多，得無别有所會耶？

有侄婿王郎，名庠，榮州人。文行皆超然，筆力有餘，出語不凡，可收爲吾黨也。自蜀遣人來惠，云："魯直在黔，決當往見，求書爲先容。"嘉其有奇操，故爲作書。然舊聞其太夫人多病，未易遠去，謾爲一言。眉山有程遵晦者，亦奇士，文益老，王郎蓋師之。此兩人者有致窮之具，而與不肖，又欲往求魯直，其窮殆未易瘳也。（**鍾惺夾**）戲語實歷。（**李卓吾旁**）趣。

【彙評】

王承志:天之生人,每令窮者相聚一處,使貧者皆欣然自樂,使與富者相聚、相形之下,便多幾許跼蹐矣。魯直在黔,坡公在惠,皆窮鄉也。而王郎與程子,尚欲遨游於兩公之間,知其窮□亦復不淺。

與陳傳道五首

其 一

某啓。久不接奉,思仰不可言。辱專人以書爲貺,禮意兼重,捧領惕然。且審比來起居佳勝,某以衰病,難於供職,故堅乞一閑郡,不謂更得繁劇。然已得請,不敢更有所擇,但有廢曠不治之憂耳。而來書乃有遇不遇之説,甚非所以安全不肖也。某凡百無取,入爲侍從,出爲方面,此而不遇,復以何者爲遇乎?來使立告回,區區百不盡一。乍遠,千萬自愛。

【彙評】

王承志:袁中郎嘗與沈博士云:"吳令甚苦,錢穀多如牛毛,人情茫如風影,過客積如蚊蟲,官長尊如閻老。以故七尺之軀,疲於奔命,十圍之腰,綿於弱柳,每照鬚眉,輒爾自嫌。"蘇公欲"乞一閑郡",正是此意。隨意自安,不欲更有紛擾別雜,亦何美耶!

其 二

衰朽何取,而傳道昆弟過聽,相厚如此。數日前,履常謁告,自徐來宋相別。王八子安偕來,方同舟,不信宿而歸。久承傳道亦欲至靈壁,以部役沂上,不果。佩荷此意,何時敢忘。又承以近詩一册爲賜,筆老而思深,蘄配古人,非求合於世俗者也。幸甚！幸甚！錢塘詩皆率然信筆，一一煩收録，只以暴其短耳。

其三

（李卓吾旁）可想。

某方病市人逐利，好刊某拙文，欲毁其板，矧欲更令人刊邪！當俟稍暇，盡取舊詩文，存其不甚惡者，爲一集。以公過取其言，當令人録一本奉寄。今所示者，不唯有脱誤，其間亦有他人文也。（陳仁錫眉）此句公亦深自知也。知日課一詩，甚善。此技雖高才，非甚習不能工也。（王承志夾）先生尚爾。聖俞昔嘗如此。某近絶不作詩，蓋有以，非面莫究。獨神道碑、墓志數篇耳。碑蓋被旨作，而志文以景仁丈世契不得辭。欲寫呈文，多無暇，聞都下已刊板，想即見之也。某頃伴虜使，頗能誦某文，以此知虜中皆有中原文字，故爲此碑，（謂富公碑也。）欲使虜知通好用兵利害之所在也。（李卓吾旁）忠哉。（陳仁錫眉）求人只要近好，而忌用兵亦沿其説。昔年在南京，有問僕此事，故終之。李公文集引，得閑當作。向所示集，古文留子由處，有書令檢送也。

其四

久不上問，愧負深矣。忽枉手訊，勞來甚勤。夙昔之好，不替有加。兼審比來起居佳勝，感慰兼集。新舊諸詩，幸得敬覽，不意餘生復見斯作。古人日遠，俗學衰陋，作者風氣，猶存君家伯仲間。近見報，履常作正字，伯仲介特之操，處窮益勵，時流孰知之者？用是占之，知公議稍伸耶！傳道豈久淹管庫者！未由面談，惟冀厚自愛重而已。

其　五

來詩欲和數首，以速欲發此價，故未暇。閑居亦有少述作，何日見公昆仲當出相示。宫觀之命，已過忝矣。此外只有歸田爲急。承見教，想識此懷。履常未及拜書，因家信道區區。

與龐安常

端居静念，思五臟皆止一，而腎獨有二，蓋萬物之所終始，生之所出，死之所入也。故《太玄》："罔、直、蒙、酋、冥。"罔爲冬，直爲春，蒙爲夏，酋爲秋，冥復爲冬，則此理也。人之四肢九竅，凡兩者，皆水屬也。兩腎、兩足、兩外腎、兩手、兩目、兩鼻，皆水之升降出入也。手、足、外腎，舊説固與腎相表裏，而鼻與目，皆古未之言也，豈亦有之，而僕觀書少不見耶？以理推之，此兩者其液皆鹹，非水而何。（**王聖俞夾**）便爾縱横反覆，所謂文理自然，恣態横生。僕以爲不得此理，則内丹不成，此又未易以筆墨究也。

古人作明目方，皆先養腎水，而以心火暖之，以脾固之。脾氣盛則水不下泄，心氣下則水上行，水不下泄而上行，目安得不明哉！孫思邈用磁石爲主，而以朱砂、神麴佐之，豈此理也夫。安常博極群書，而善窮物理，當爲僕思之。是否？一報。某書。

【彙評】

王聖俞：善求理者，隨處參人。

王承志：腎二而屬水，目二亦水，則屬水；手與足，各二而無水，亦何屬水？鼻一而體二，有水，可屬水；外腎亦一而體二，且無水，可屬水；然則耳亦二而無水，將屬水乎？抑屬火乎？固有不易解者，非盡由讀書少也。然舉筆寫來，自具至理。

與王敏仲八首

（**李卓吾旁**）有趣。

其一

某垂老投荒，無復生還之望，昨與長子邁訣，已處置後事矣。今到海南，首當作棺，次便作墓，乃留手疏與諸子，死則葬於海外，庶幾延陵季子嬴博之義，父既可施之子，子獨不可施之父乎？生不挈棺死不扶柩，此亦東坡之家風也。此外燕坐寂照而已。（**鍾惺夾**）"寂照而已"四字入禪。所云途中邂逅，意謂不如其已，所欲言者，豈有過此者乎？故覼縷此紙，以代面别。（**陳仁錫眉**）公殊不踐其言。（**錢文登眉**）如必踐其言，則當歸不肯歸，而死於貶所耶？

其二

某啓。得郡既謝，即不敢久留，故人事百不周。方欲奉啓告别，遽辱惠問，且審起居佳勝，寵喻過實，深荷奬借。旦夕遂行，益遠，萬萬以時自重。不宣。

其三

羅浮山道士鄧守安，字道立。山野拙訥，然道行過人，廣、惠間敬愛之，好爲勤身濟物之事。嘗與某言，廣州一城人，好飲鹹苦水，春夏疾疫時，所損多矣。惟官員及有力者得飲劉王山井水，貧下何由得。惟蒲澗山有滴水岩，水所從來高，可引入城，蓋二十里以下耳。若于岩下作大石槽，以五管大竹續處，以麻繩，漆塗之，隨地高下，直入城中。又爲一大石槽以受之，又以五管分引，散流城中，爲小石槽以便汲者。不過用大竹萬餘竿，及二十里間，用葵茅苫蓋，大約不過費數百千可成。然須於循州置少良田，令歲可得租課五七千者，令歲買大筋竹萬竿，作筏下廣州，以備不住抽换。又須於廣州城中置少房錢，可以日掠二百，以備抽换之費。專差兵匠數人，巡覷修葺，則一城貧富同飲甘凉，其利便不在言也。自有廣州以來，以此爲患，若人户知有此作，其欣願可知。喜捨之心，料非復塔廟之比矣。然非道士至誠不欺，精力勤幹，不能成也。敏仲見訪及物之事，敢以此獻，兼乞裁度。如可作，告差人持折簡招之，可詳陳也。此人潔廉，修行苦行直望仙爾，世間貪愛無絲毫也，可以無疑。從來帥漕諸公，亦多請與語。某喜公濟物之意，故詳以告，可否更在熟籌，慎勿令人知出於不肖也。

其　四

某再啓。示喻津遣孤孀，救藥病癘，政無急於此者矣。非敏仲莫能行之，幸甚！廣州商旅所聚，疾疫作，客先僵仆，因薰染居者，事與杭相類。莫可擘劃一病院，要須有歲入課利供之，乃長久之利，試留意。來喻以此等，爲仕宦快意目前事，美哉此言，誰肯然者？循州周守，治狀過人，議論可聽，想蒙顧盼也。

其　五

某又有少懇，見人説舍弟赴容州，路自英、韶間，舟行由端、康等州而往，公能與監司諸公言，輟一舟與之否？今有一家書，欲告差人，賫往嶺上與之。罪大罰輕，數年行遣不已，屢當患禍，老矣，何以堪此。恃公舊眷，必能興哀。悚恐！悚恐！

其　六

聞遂作管引蒲澗水甚善。每竿上須鑽一小眼，如緑豆大，以小竹針窒之，以驗通塞。道遠日久，無不塞之理。若無以驗之，則一竿之塞，輒累百竿矣。仍願公擘畫少錢，令歲入五十餘竿竹，不住抽换，永不廢。僭言，必不訝也。（**陳仁錫眉**）殷勤勝於道士。（**鍾惺眉**）取喻似《莊子》。

其　七

富公碑詞，甚愧不工。公更加粉飾，豈至是哉！舟中病暑，疲倦不謹。恕之。

其　八

某再啓。林醫遂蒙補授，於旅泊處衰病，非小補也。又工小兒、産科。幼累將至，且留調理，渠欲往謝，未令去也，乞不罪。治瘴止用薑、葱、豉三物濃煮熱呷，無不效者。而土人不知作豉。入此州無黑豆，聞五羊頗有之，便乞爲致三石，得爲作豉，散飲病者。不罪！不罪！

與鄭靖老二首

其　一

某啓。到雷州見張君俞，首獲公手書累幅，欣慰之極，不可云喻。到廉，廉守乃云公已離邕矣。方悵然，欲求問從者所在，少通區區，忽得來教，釋然，又得新詩，皆秀傑語，幸甚！幸甚！别來百罹，不可勝言，置之不足道也。《志林》竟未成，但草得《書傳》十三卷，甚賴公兩借書籍檢閲也。向不知公所存，又不敢帶，行封作一籠，寄邁處，令訪尋歸納。如未有便，且寄廣州何道士處，已深囑之，必不敢墜。某留此過中秋，或至月末乃行。至北流，作竹筏下水，歷容、藤至梧。與邁約，令般家至梧相會，中子迨，亦至惠矣。却顧舟溯賀江而上，水陸數節，方至永。老業可奈何！奈何！未會間，以時自重。不宣。

其　二

（**李卓吾旁**）趣。

某見張君俞，乃始知公中間亦爲小人所捃摭，令史以下，固不知退之《諱辨》也，而卿貳等亦爾耶！進退有命，豈此輩所能制！知公奇偉，必不經懷也。某鬢髮皆白，然體力原不減舊，或不即死，聖澤汪洋，更一赦，或許歸農，則帶月之鋤，可以對秉也。（**陳仁錫眉**）公擇居無定，不必陽羡也。本意專欲歸蜀，不知能遂此計否？蜀若不歸，即以杭州爲家。

朱邑有言："子孫奉祠我，不如桐鄉之民。"不肖亦云。然外物不可必，當更臨時隨宜，但不即死，歸田可必也。公欲相從於溪山間，想是真誠之願，水到渠成，亦不須預慮也。此生真同露電，豈通把玩耶！某頓首。

上韓昭文

某啓。違遠旌棨，忽已數月。改歲，緬想台候勝常。邊徼往還，從者殊勞，日望馬首。但迂拙動成罪戾，恐不能及見公之還而去耳。餘寒，伏冀爲國自重。因李秘校行，謹奉啓恭候。不宣。

與李廷評

某啓。經由特辱枉訪,適以卧病數日,及連日會集,殊無少暇。治行匆遽,不及一謝,明日解維,遂爾違闊,豈勝愧負。

與黄敷言二首

其一

某啓。疊辱寵訪,感慰兼集。晚來起居佳勝。承來晨啓行,以衰疾畏寒,不果往别,悚怍深矣。衝涉雨霰,萬萬保練。謹令兒子候違。不宣。

其二

少事干煩,一書與惠州李念四秀才,告爲到廣州日專遣人達之,不罪。交代民師,且爲再三致意。某再拜,不宣。

又與陸固朝奉

某啓。久留屬疾,不敢造請,負愧已深。兹者啓行,又不往别,悚怍之至。謹奉手啓代違。

與謝民師推官二首

其一

某啓。衰病枯槁,百念已忘,緇衣之心,尚餘此耳。蒙不鄙棄,贈以瑰瑋,藏之巾笥,永以爲好。今日遂行,不果走别,愧負千萬。謹奉手啓代違。

其二

某啓。蒙録示近報,若果得免湖外之行,衰羸之幸,可勝言哉! 此去,不住許下,則歸陽羡。民師還朝受任,或相近,得再見,幸矣。兒子輩並沐寵問,及覽所賜過詩,何以克當。然句法有以啓發小子矣。感荷! 感荷! 旅次不盡。

與黄洞秀才二首

其一

某啓。經過,幸一再見。人來,辱書,甚荷存記,兼審比來起居佳勝,爲慰。未由款奉,千萬保嗇。

其二

寄示石刻,感愧雅意。求書字固不惜,但尋常因事點筆,隨即爲人取去。今却於此中相識處覓得三紙付去,蓬仙因降,致區區之意。某再啓。

與滕達道二十四首

其一

某到此,時見荆公,甚喜,時誦詩説佛也。公莫略往一見和甫否? 餘非面莫能盡。某近到筠見子由,他亦得旨指射近地差遣,想今已得替矣。吴興風物,足慰雅懷。郡人有賈收耘老者,有行義,極能詩,公擇、子厚皆禮異之,某尤與之熟,願公時顧,慰其牢落也。近過文肅公樓,徘徊懷想風度,不能去。某至楚、泗間,欲入一文字,乞於常州住。若幸得請,則扁舟謁公有期矣。

其　二

某啓。别後,不意遽聞國故,哀號追慕,迨今未已。惟公忠孝體國,受恩尤異,悲苦之懷,必萬常人。比日起居何如?某旦夕過江,徑往毗陵,相去益近,時得上問也。爲時自重。不宣。

其　三

某再啓。承差人送到定國書,所報未必是實也。都下喜妄傳事,而此君又不審。乃四月十七日發來邸報,至今不説,是可疑也。一夫進退何足道,所喜保馬户導洛堆垛皆罷,茶鹽之類,亦有的耗矣。二聖之德日新,可賀!可賀!令子各安勝,未及報狀也。

其　四

某啓。耘老至,又辱手書,及耘老道起居之詳,感慰不可言。某留家儀真,獨來常,以河未通,致公見思之深。又有舊約,便當往見,而家無壯子弟,須却還般挈,定居後,一日可到也。惟深察。近日京口時有差除,或云當時亦未是實計。當先起老鎬,僕或得連茹耶?惠貺三十壺,攜歸餉婦矣。餘耘老能道,不宣。某頓首。

其　五

聞張郎已授得發勾,春中赴上,安道必與之俱來。某若得旨,當與之同舟於南,窮困之中,一段樂事,古今罕有也。不知遂此意否？秦太虚言，公有意拆却逍遥常横廊，切謂宜且留之，想未必爾，聊且言之。明年見公，當館於此。公雅度宏偉，欲其軒豁，卑意又欲其窈窕深密也。如何？不罪。四聲可罷之，萬一浮沉，反爲患也。幸深思之。不罪。

其　六

某再啓。前者惠建茗，甚奇。醉中裁謝不及，愧悚之極。本州見闕，不敢久住，遠接人到，便行。會合邈未有期，不免惆悵。舍弟召命，蓋虚傳耳。君實恩禮既異，責望又重，不易！不易！某舊有《獨樂園》詩云："兒童誦君實，走卒知司馬。持此將安歸，造物不我捨。"今日類詩讖矣。見報，中憲言玉汝右揆，當世見在告，必知之。京東有幹，幸示諭。

其　七

許爲置朱紅累子，不知曾令作否？若得之，攜以北行，幸甚。如不及已，亦非急務。不罪。

其　八

某干求累子，已蒙佳惠，又爲別造朱紅，尤爲奇少。物意兩重，何以克當。捧領訖，感愧無量。舊者昨寄在常州，令子由帶入京。俟到，不日便持上也。

其　九

鰒魚三百枚，黑金棋子一副，天麻煎一部，聊爲土物。不罪浼觸。令子思渴，冗中，不及別啓。

其十

某晚生，蒙公不鄙與名，又令與立字，似涉僭易，願公自命，却示及作《字説》，乃寵幸也。某頓首。

其十一

近得安道公及張郎書，甚安健。子由想已遇矣。青州資深相見，極歡。今日赴其盛會也。閑恐要知，惟不罪。幸幸。

其十二

屢枉專使，感愧無量。兼審比來尊體勝常，以慰下情。某近絶佳健。見教如元素黜罷，薄有所悟，遂絶此事，仍不復念。方知此中有無量樂，回顧未絶，乃無量苦。辱公厚念，故盡以奉聞也。晚景若不打疊此事，則大錯，雖二十四州鐵打不就矣。既欲發一笑，且欲少補左右耳。不罪！不罪！

其十三

公解印入覲，當過岐亭故縣，預以書見約，輕騎走見，極不難。慎勿枉道見過，想深識此意。乍冷，萬乞自重。

其十四

承專人借示李成《十幅圖》，遂得縱觀，幸甚！幸甚！且暫借留，令李明者用公所教法試摹看，只恐多累筆耳。此本真奇絶，月十日後，當于徐守處，借人賫内令專愛護也。

其十五

某閑廢無所用心，專治經書。一二年間，欲了却《論語》

《書》《易》，舍弟亦了却《春秋》《詩》。雖拙學，自謂頗正古今之誤，粗有益於世，瞑目無憾。往往又笑不會取快活，是措大餘業。聞令子手筆甚高，見其寫字，想見其人超然者也。

【彙評】

王聖俞：似是我輩人。

其十六

某啓。知前事尚未已，言既非實，終當別白，但目前紛紛，衆所共悉也。然平生學道，專以待外物之變，非意之來，正須理遣耳。若緣此得暫休逸，乃公之雅意也。黄當江路，過往不絶，語言之間，人情難測，不若稱病不見爲良計。二年不知出此，今始行之耳。西事得其詳乎？雖廢棄，未忘爲國家慮也。此信的可示其略否？書不能盡區區。

其十七

（**王聖俞眉**）東坡意見逸出時，襲奪禪家上乘，但是襲得耳。（**李卓吾旁**）趣。

示諭宜甫夢遇於傳無有，某聞見不廣，何足以質。然冷暖自知，殆未可以前人之有無爲證也。自聞此事，而士大夫多異論，意謂中途必一見，得相參扣，竟不果。此意衆生流浪火宅纏繞愛賊，故爲飢火所燒。然其間自有燒不着處，一念清净，便不服食，亦理之常，無足怪者。（**鄭之惠眉**）"燒不着處"一語可味。（**李卓吾眉**）轉語妙絶。（**王聖俞夾**）至理之言。方其不食，不可强使食，猶其方食，不可强使之不食也。此間何必生異論乎！願公以食不食爲旦暮,以仕不仕爲寒暑,此外默而識之。若以不食爲勝解,則與異論者相去無幾矣。(**陳仁錫眉**)有解即是異論。偶蒙下問,輒此奉廣而已。不罪。

其十八

少瀆干聞,不罪!某好攜具野飲,欲問公求朱紅累子兩卓二十四隔者,極爲左右費,然遂成藉草之樂,爲賜亦不淺也。(**王聖俞眉**)於求中却更得風味。有便望頒示,悚息,悚息!某感時氣,卧疾逾月,今已全安。但幼累更卧,尚紛紛也。楊道人名世昌,綿竹人,多藝。然可閑考驗,亦足以遣滿也。留此幾一年,與之稍熟,恐要知。

其十九

某欲面見一言者,蓋謂吾儕新法之初,輒守偏見,至有異同之論。雖此心耿耿,歸於憂國,而所言差謬,少有中理者。今聖德日新,衆化大成,回視向之所執,益覺疏矣。若變志易守以求進取,固所不敢,若嘵嘵不已,則憂患愈深。公此行尚深示知,非静退意,但以老病衰晚,舊臣之心,欲一望清光而已。如此,恐必獲一對。公之至意,無乃出於此乎?輒恃深眷,信筆直突,千萬恕之。死罪。安道公殆是一代異人。示諭,極慰喜!慰喜!

其二十

某再啓。近在揚州入一文字,乞常州住,如嚮所面議。若未有報,全南都冉當一人也。承郡事頗繁齊整,想亦期月之勞爾。微疾雖無大患,然願公無忽之,常作猛獸毒藥血盆膿囊觀,乃可,勿孤吾黨之望而快群小之志也。情切言盡,恕其拙,幸甚。

所有二賦,稍晴,寫得寄上。次只有近寄潘谷求墨一詩,録呈,可以發笑也。衲衣尋得,不用更尋。累卓感留意,悚怍之甚。甘子已拜賜矣。北方有幹,幸示諭。

其二十一

某屏居如昨,舍弟子由得安問,此外不煩遠念。久不朝覲,緣此得望見清光,想足慰公至意。其他無足云者。貴眷令子,各計安勝。月中前,急足遠寄,必已收得。略示諭。

其二十二

某啓。一别十四年,流離契闊,不謂復得見公。執手恍然,不覺涕下。風俗日惡,忠義寂寥,見公使人差增氣也。别來情懷不佳,忽得來教,甚解鬱鬱。且審起居佳勝爲慰。某以少事,更數日,方北去。宜興田已問去。若得稍佳者,當扁舟徑往視之,遂一至湖。見公固所願,然事有可慮者,恐未能往也。若得請居常,則固當至治下,攪擾公數月也。未間,惟萬萬爲時自重。

其二十三

某再啓。别諭,具感知愛之深,一一佩刻。董田已遣人去問,宜興親情若果爾,當乘舟徑往成之。然公欲某到吴興,則恐難爲,不欲盡談,唯深察之。到南都,欲一狀申禮曹。凡刊行文字,皆先毁板,如所教也。

其二十四

有監酒高侍禁永康者,與之外姻,聞亦甚謹幹,望略照庇,如察其可以剪拂,又幸也。

卷七十八

尺牘一百九首

與朱康叔十七首

其一

某啓。專使至,復領手教,契愛愈深,可量感服。仍審比日起居佳勝,爲慰。舍弟已部賤累到此,平安皆出餘庇,不煩念及。珍惠雙壺,遂與子由累醉,公之德也。隆暑,萬萬以時自重。行膺殊相,人還,上謝。

其二

令子歸侍左右,日有庭闈之樂,恨未際見,不敢輒奉書。近見提舉司薦章,稍慰輿議,可喜!可喜!作墨竹人,近爲少閑暇,俟宛轉求得,當續置之。呵呵。酒極醇美,必是故人特遣下廳也。某再拜。

其三

某再拜。近奉書並舍弟書,想必達。胡掾至,領手教,具審起居佳勝。兼承以舍弟及賤累至,特有厚貺羊麵酒果,一捧領訖,但有慚怍。舍弟離此數日,來教尋附洪州遞與之。已遷居江上臨皋亭,甚清曠。風晨月夕,杖履野步,酌江水飲之,皆公恩庇之餘波,想味風義,以慰孤寂。尋得去年六月所寫詩一軸寄去,以爲一笑。酷暑,萬乞保練。

其　四

某啓。酷暑不可過,百事墮廢,稍疏上問,想不深訝。比日伏想尊履佳勝。别乘過郡,承賜教及惠新酒。到此,如新出甕,極爲奇珍,感愧不可言。因與二三佳士會同飲,盛德也。秋熱,更望保練,行膺峻陟。

其　五

胡掾與語,如公之言,佳士!佳士!渠方寄家齊安,時得與之相見也。令子必且盤桓侍下。中前示諭姻親事,可留示年月日,恐求親者欲知之,造次!造次!

其　六

某啓。因循,稍疏上問,不審近日尊候何如?某蒙庇如昨。秋色益佳,郡事稀少,想有游樂以無緣展奉,但積思念。乍冷,萬冀以時自重。

郭寺丞一書,乞指揮送與。其人甚有文雅,必蒙清顧也。聞其墜馬傷手,不至甚乎?

其　七

某啓。近附黄岡縣遞拜書,必達。專人過此,領手教,具審起居佳勝,淒冷。此歲行盡,會合何時,以增悵然,唯祈善保。

敷文,宅計此月末方離陳。南河淺澀,想五六月間方到此。荷公憂恤之深,其家固貧甚,然鄉中亦有一小莊子,且隨分過也。歸老之説，恐未能如雅志。又修理積弊，已就倫次，監司朝廷，豈有遽令放閑耶？問及物食，天漸熱，難久停，恐空煩費也。海味亦不若食。既忝雅契，自當一一奉白。

其　八

示諭親情事，專在下懷。然此中殊少士族，若有所得，當立上聞也。寫字，俟少閑，續納上。墨竹如可尊意，當取次致左右，畫者在此不遠，必可求也。呵呵。

某啓。近王察推至，辱書，承起居佳勝。方欲裁謝，又枉教敕，益增感愧。

數日來，偶傷風，百事皆廢。今日微減，尚未有力，區區之懷，未能詳盡也。乍暄，惟冀以時珍攝，稍健，當别上問次。

其　九

閣名久思，未獲佳者，更乞詳閣之所向及側近故事故迹，爲幸。董義夫相聚多日，甚歡，未嘗一日不談公美也。舊好誦陶潛《歸去來》，常患其不入音律，近輒微加增損，作《般涉調哨遍》，雖微改其詞，而不改其意，請以《文選》及本傳考之，方知字字皆非創入也。（王聖俞夾）詞字用古，所貴不撰一句，方見本色。謹小楷一本寄上，却求爲書，抛磚之謂也。亦請録一本與元弼，爲病倦，不及别作書也。數日前，飲醉後作頑石亂篠一紙，私甚惜之。念公篤好，故以奉獻，幸檢至。

其　十

令子必在左右。計安勝，不敢奉書。舍弟已到官。傳聞筠州大水，城内丈餘，不知虚的也。屏贊、硯銘，無用之物，公好事之過，不敢不寫，裝成送去，乞一覽。少事不免上干，聞有潘原秀才，以買僕事被禁。某與其兄潘丙解元至熟，最有文行。原自是佳士，有舉業，望賜全庇，暑月得早出。爲此人父母皆篤老，聞之，憂恐萬端。公以仁孝名世。能哀之否？恃舊干瀆，不敢逃罪。

天覺出藍之作，本以爲公家寶，而公乃輕以與人，謹收藏以鎮篋笥。然尋常不揆輒以亂道塵獻，想公亦隨手將與人耳。呵呵。

其十一

某啓。武昌傳到手教，繼辱專使墮簡，感服並深。比日尊體佳勝。節物清和，江山秀美，府事整辦，日有勝游，恨不得陪從耳。雙壺珍貺，一洗旅愁，甚幸！甚幸！佳果收藏有法，可愛！可愛！拙疾，乍到不諳土風所致，今已復常矣。子由尚未到，其寸步千里也。末由展奉，尚冀以時自重。

其十二

與可船旦夕到此，爲之泫然，想公亦爾。子由到此，須留他住五七日，恐知之。前曾録《國史補》一紙，不知到否？因書，略示諭。生細酒四器，正濟所乏，珍感。生酒，暑中不易調停，極清。然閔仲叔不以口腹累人。某每蒙公眷念，遠致珍物，勞人重費，豈不肖所安耶！所問凌翠，至今虚位，云乃權發遣耳，何足挂齒牙！呵呵。馮君方想如所諭，極煩留念。又蒙傳示秘訣，何以當此。寒月得暇，當試之。天覺亦不得書。此君信意簡率，乃其常態，未可以疏數爲厚薄也。酒法，是用緑豆爲麯者耶？亦曾見説來。不曾録得方，如果佳，録示亦幸。

其十三

疊蒙寄惠酒、醋、麪等，一一收檢，愧荷不可言。不得即時裁謝，想仁明必能恕察。老媳婦得疾，初不輕，今已安矣。不煩留念。食隔已納武昌吴尉處矣。適少冗，不敢稽留來使。少間，别奉狀次。

其十四

見天覺書中言，當世云馮君有一學服朱砂法，甚奇。惟康叔可以得之，不知曾得未？若果得，不知能見傳否？想於不肖不惜也。

其十五

今日偶讀國史，見杜羔一事，頗與公相類。嗟嘆不足，故書以奉寄，然幸勿示人，恐有嫌者。江令乃爾，深可罪。然猶望公憐其才短不逮而已。屢有干瀆，蒙不怪，幸甚！幸甚！其令章憲今日恐到此，知之。

杜羔有至性，其父河北一尉而卒。母非嫡，經亂不知所之。會堂兄兼爲澤潞判官，嘗鞫獄於私第。有老婦辯對，見羔出入，竊語人曰："此少年狀類吾夫。"訊之，乃羔母也。自此迎侍而歸。又往訪先人之墓，邑中故老已盡，不知所在。館於佛寺，日夜悲泣。忽視屋柱煤煙之下，見數行書，拂而視之，乃父遺迹云："我子孫若求吾墓，當於某村家問之。"羔哭而往。果有老父年八十餘，指其丘隴，因得歸葬。羔官至工部尚書，致仕。此出唐李肇《國史補》。近偶覿書，嘆其事頗與朱康叔同相似，因書以遺之。元豐三年九月二十五日記。

其十六

近日隨例紛冗,有疏上問,不審起居何如?兩日來武昌,如聞公在告,何也?豈尊候小不佳乎?無由躬問左右,但有馳系。冬深寒澀,尤宜慎護。

其十七

章質夫求琵琶歌詞,不敢不寄呈。安行言,有一既濟鼎樣在公處,若鑄造時,幸亦見,爲作一枚,不用甚大者,不罪!不罪!前日人還,曾附古木叢竹兩紙,必已到。今已寫得經藏碑附上。令子推官侍下計安勝,何時赴任,未敢拜書也。

與胡深夫五首

其　一

某啓。自聞下車,日欲作書,紛冗衰病,因循至今,疊辱書誨,感愧交集。比日起居佳勝。未緣瞻奉,伏望以時保練。

其　二

乍到整葺,想勞神用。浙西數郡,例被淫雨颶風之患,而秀之官吏,獨以爲無災,以故紛紛至此。公下車倍加綏撫,不惜高價廣糴,以爲嗣歲之備。憲司行文,欲收糴米,此最良策,而榷户專斗所不樂,故妄造言語,聰明所照,必不摇也。病中,手字不謹。

其　三

某久與周知録兄弟游,其文行才器,實有過人,不幸遭喪,生計索然,未能東歸九江。托迹治下,竊謂仁明必有以安之,不在多言。今托柳令咨白。冗中,不盡區區。

其　四

彦霖之政,光絶前後,君復爲僚,可喜。船斬新輟借,知之。冗中不一。

其　五

某以衰病紛冗,裁書不謹,惟恕察。王京兆因會,幸致區區。久不發都下朋舊書,必不罪也。

朱行中舍人四首

其　一

某啓。别後兩奉狀,想一一聞達,比日履兹春和,台候勝常。某留滯贛上,以待春水至,此月末乃發。瞻望惋悵。南海雖外,然雅量固有以處之矣。詩酒之樂,恨不日陪接也。更冀若時爲國保練,不宣。某再拜。

其　二

某已得舟,尚在贛石之下,若月末不至,當乘小舟往就之。買公用人以節級持所賫錢竄去,又以疾疫氣多死亡者,以此求還。亦官舟無用多人,故悉遣回。皆以指揮嚴切,甚得力,乞知之。適少冗,馳問不盡區區。某再拜。

其　三

少事不當上煩,東莞資福長老祖堂者,建五百羅漢閣,極宏麗，營之十年，今成矣。某近爲作記，公必見之。途中爲告文安國，篆額，甚妙。今封附去人。公若欲觀，拆開不妨，却乞差一公人賫附祖堂者。不罪！某再拜。

其　四

某啓。蒙眷厚借搬行李人，感愧不在言也。但節級朱立者無狀，侵漁不已，又遂竄去。林聰者，又毆平人幾死。見禁幸所毆者漸安，决不死耳。此中多言於法有礙，不可帶去，故輒牒虔州云。得明公書，令某遣還，多難畏事，想必識此心也。買公用人於法無礙，故仍舊帶去。此二十餘人，皆得力不作過，望不賜罪。窮途作事皆類此，慚悚不可言。已得二座船，不失所矣。幸不貽念。陋句數首，端欲發一笑耳。某再拜。

與李之儀五首

其　一

某年六十五矣，體力毛髮，正與年相稱，或得復與公相見，亦未可知也。前者皆夢，已後者獨非夢乎？置之不足道也。所喜者，在海南了得《易》《書》《論語傳》數十卷，似有益於骨朽後人耳目也。少游遂卒于道路，哀哉！痛哉！世豈復有斯人乎？端叔亦老矣。迨云鬚髮已皓然，然顔極丹且渥，僕亦正如此。各宜閟嗇，庶幾復見也。兒侄輩在治下，頻與教督，一書，幸送與。某大醉中不成字。不罪！不罪！

其　二

某啓。契闊八年，豈謂復有見日！漸近中原，辱書尤數，喜出望外。比日起居佳勝。某已得舟,決歸許,如所教。而長子邁遽捨去,深以爲恨。報除輦運,似亦不惡。近日除目,時有如人所料者。此後端叔必已信安矣。但老境少安,餘皆不足道。乍熱,萬萬以時自愛。某再拜。

其 三

某以囊裝罄盡,而子由亦久困無餘,故欲就食淮浙。已而深念老境,知有幾日,不可復作兩處。又得子由書,及教語,尤切,已決歸許下矣。但須少留儀真,令兒子往宜興,刮制變轉,往還須月餘,約至許下,已七月矣。去歲在廉州,托孫叔静寄書及小詩,達否?叔静云:端叔一生坎軻,晚節益牢落。正賴魚軒賢德,能委曲相順,適以忘百憂。此豈細事,不爾,人生豈復有佳味乎?(**儲欣夾**)最難。叔静相友,想得其詳,故輒以奉慶。忝契,不罪!

其 四

近托孫叔静奉書,遠遞得達否?比來尊體如何?眷聚各安勝。某蒙恩領真祠,世間美任,豈復有過此者乎?伏惟君恩之重,不可量數,遥知朋友爲我喜而不寐也。今已到虔,即往淮浙間居,處多在毗陵也。子由聞已歸許,秉燭相對,非夢而何。一書乞便送與。餘惟萬萬自愛。某再拜。

其 五

某啓。辱書多矣,無不達者。然不一答,非特衰病簡懶之過,實以罪垢深重,不忍更以無益寒温之問,玷累知交。然竟不免累公,慚負不可言。比日承以赴潁昌。伏惟起居佳勝,眷聚各安慶。某移永州。過五羊,渡大庾,至吉出陸,由長沙至永。荷叔静挐舟相送數十里,大浪中作此書,上問無他祝,惟保愛之外,酌酒與婦飲,尚勝俗侶對。梅二丈詩云耳。

與馮祖仁四首

其一

某慰疏言。伏承艱疚,退居久矣,日月逾邁,衰痛理極,未嘗獲陳區區,少解思慕萬一,實以漂寓窮荒,人事斷絶,非敢慢也。比辱手疏,且審孝履支持,廓然逾遠,追痛何及。伏惟俯禮適變,寬中强食。謹奉疏,不次。

其二

蒙示長箋,粲然累幅,光彩下燭,衰朽增華。但以未拜告命,不敢具啓答謝,感怍不可言喻。老瘁不復疇昔,但偶未死耳。水道間關寸進,更二十餘日,方至曲江,首當詣宇下。區區非面不既,乏人寫大狀,不罪。手拙簡略。不次。

其三

昨日辱遠迓,喜慰難名。客散,已夜,不能造門。早來又聞已走松楸,未敢上謁。領手教,愧悚無地。至節,想惟孝思難堪,奈何!來日當往謁慰。節晨蒙惠羊邊、酒壺,仁者之饋,謹以薦先,感佩不可言也。

其四

兩日不果詣見。伏計孝履如宜。欲告借前日盛會包子厨人一日，告白朝散，絶早遣至。不罪！不罪！家人輩欲游南山，祖仁若無事，可能同到彼閑行否？

與黄師是

行計屢改。近者幼累舟中皆伏暑，自愍一年在道路矣，不堪復入汴出陸。又聞子由亦窘用，不忍更以三百指諉之，已決意旦夕渡江過毗陵矣。荷憂愛至深，故及之。子由一書，政爲報此事，乞早與達之。塵埃風葉滿室，隨掃隨有，然不可廢掃，以爲賢於不掃也。若知本無一物，又何加焉。有詩録呈："簾卷窗穿户不扃，隙塵風葉任縱横。幽人睡足誰呼覺，欹枕床前有月明。"一笑！一笑！某再拜。

與廣西憲曹司勳五首①

其　一

某啓。奉别忽二載，奔走南北，不暇附書申問。子由轉附到天門冬煎，故人於我至矣。日夜服食，幾月遂盡之。到惠州，又遞中領手書，懶廢已放，不即裁謝。死罪！死罪！

其　二（一云與林天和）

某啓。專人辱書，仰服眷厚。仍審比來起居清勝，至慰！至慰！長子未得秏，小兒數日前暫往河源，獨幹築室，極爲勞

① 編者按：題目一作"與曹子方五首"。

冗。承惠芽蕉數品,有未嘗識者。幸得遍嘗,感愧不已。匆匆奉謝。

其 三

某啓。數日,稍稍清冷。伏惟起居佳勝。構架之勞,少休暇,思企清論,日積滯念,尚冀保衛。區區之至。因吴子野行,附啓,不宣。

其 四

某啓。專人至,賜教累幅,慰拊周至。且審比來起居佳勝,感慰兼至。某得罪幾二年矣,愚陋貪生,輒緣聖主寬貸之慈,灰心槁形,以盡天年,即目殊健也。公别後,微疾盡去,想今益康佳。養生亦無他術,獨寢無念,神氣自復。知吕公讀《華嚴》有得,固所望於斯人也。

居閑偶念一事,非吾子方莫可告者。故崇儀陳侯,忠勇絶世,死非其罪。廟食西路,威靈肅然,願公與程之邵議之。或同一陳乞載祀典,使此侯英魄,少伸眉於地中。如何!如何!然慎勿令人知不肖有言也。陳侯有一子,在高郵,白首,頗有立,知之。蒙惠奇茗、丹砂、烏藥,敬餌之矣。西路洞丁,足制交人,而近歲綏馭少方,殆不可用,願爲朝廷熟講之。此外,惟萬萬自重。

其 五

公勸僕不作詩,又却索近作。閑中習氣不免有一二,然未嘗傳出也。今録三首奉呈,看畢便毁之,切祝!千萬!惠州風土差厚,山水秀邃,食物粗有,但少藥耳。近報有永不叙復指揮,正坐穩處,亦且任運也。子由頻得書,甚安。某惟少子隨侍,餘皆在宜興。見今全是一行脚僧,但吃些酒肉耳。此書此詩,只可令之邵一閲,餘人勿示也。

與晦夫(一云與趙仲修)

某啓。辱答教,感服。風月之約,敢不敬諾。庚公南樓所謂老子於此興復不淺,便當攜被往也。

與范夢得八首

其 一

某啓,一别俯仰十五年,所喜君子漸用,足爲吾道之慶。比日起居何如? 某旦夕南遷,後會無期,不能無悵惘也。過揚,見東平公極安,行復見之矣。新著必多,無緣借觀,爲耿耿耳。乍暄,惟順候自重。因李豸秀才行,附啓上問。不宣。

其 二

某啓。辱教字,起居佳勝。郊外路遠,不當更煩屈臨,可且寢處耳,有事以書垂喻可也。界紙望示及,來日自不出,只在舟中静坐。惠貺鳳團,感眷意之厚。熱甚,不謹。

其 三

某啓。辱教,承台候康勝,爲惠。得請知幸,以未謝尚稽謁見,悚息! 悚息! 子功復舊物,甚慰衆望。來日方往浴室也。人還,匆卒。不宣。

其　四

某啓。不肖所得寡薄，惟公愛念，以道義相期，眷予無窮。既承，感戀不可言。乍寒，不審起居安否？某已次陳橋，瞻望益遠。惟萬萬以時自重。

其　五

今日謁告，不克往見。辱教，伏承尊體佳勝。楊君舉家人服其藥多效，亦覺其穩審。然近見王定國云，張安道書云，曾下疏藥，數日不能食，又謝之，不滿意，然不知果爾否？有聞，不敢不盡。

其　六

某啓。辱手簡，且審起居佳勝，爲慰。和篇高絶，木與種者皆被光華矣。幸甚！幸甚！舊句奇偉，試當强勉繼作。匆匆，不宣。

其　七

某啓。違遠二年，瞻仰爲勞。辱書，承起居佳勝，慰喜可量。覲罷，當往造門，並道區區。

其　八

某啓。昨日方叔處領手誨，今又辱書，備增感慰。乍冷，台候勝常。未由詣見，但有欽仰。匆匆，上啓。

與李無悔

某啓。久留浙中，過辱存顧，最爲親厚。既去，又承追餞最遠。自惟衰拙，衆所鄙棄，自非風義之篤，何以至此。既别，但有思詠。兩辱書教，具審起居佳勝。今歲科舉，聞且就鄉里。承示喻，進取之意甚倦，盛時美才，何遽如此，且勉之，决取爲望。新文不惜見寄。未緣集會，惟萬萬自重。不宣。

與李公擇

某啓。兩日連見，匆匆竟何言。暄和，起居何如？夷中送王徐州詩，有見及語。方是時，人以相識爲諱，欲一見面道此爲笑，竟不見，可太息也。適所白，是宗人棫，雅州幕。不一一。

與陳懷立①

昨日辱訪，感怍不已。經宿起居佳勝。蒙借示子明傳神，筆勢精妙，仿佛莫辨，恐更有别本，願得一軸，使觀者動心駭目也。嶺海闊絶，不謂生還。復得瞻奉，慰幸之極。比日履此秋凉，起居佳勝。少選到岸，即伏謁，以盡區區。

與孫叔静七首

其一

昨日辱臨顧夙昔之好，不替有加，感嘆深矣。屬飲藥汗後，不可以風，未即詣謝。又枉使旌，重增悚惕。捧手教，且審尊體

① 編者按：題目一作“與程懷立”。

佳勝。旦夕造謁,以究所懷。

其 二

辱手教,伏審晚來起居佳勝。惠示珠攬,項所未見,非獨下視沙塘矣。應當一笑。羊、麵、酒、醋爲惠,禮意兼厚,敬已拜賜,感佩之極。

其 三

前日辱下顧,尚未走謝,悚息不已。捧手教,承起居佳勝。卑體尚未清快,坐阻談論,爲悵惘也。惠示妙濟及方,獲之幸甚,從此衰疾有瘳矣。

其 四

已别,瞻企不去心。辱手教,且審起居佳勝,感慰之極。早來,風起,舟不敢解,故復少留,因來净慧與惠州三道人語耳。無緣重詣,臨紙惋悵。

其 五

令子重承訪及,不暇往别,爲愧深矣。珍惠菜膳,增感怍也。河源藤已領,衰疾有可恃矣。

其 六

眉山人有巢谷者,字元修。曾應進士武舉,皆無成。篤有風義。年七十餘矣,聞某謫海南,徒步萬里來相勞問,至新州病亡。官爲槀葬,録其遺物於官庫。元修有子蒙,在里中,某已使人呼蒙來迎喪,頗助其路費,仍約過永而南,當更資之。但未到間,旅殯無人照管,或毁壞暴露,願公愍其不幸。因巡檢至其所,特爲一言於彼守令,得稍修治其殯,常戒主者保護之,以須其子之至,則恩及存亡耳。死罪! 死罪!

其 七

去德彌月,思仰縈懷。比日履此新陽,起居增勝。行路百阻,至英方再宿矣。少留數日。此去尤艱閡,借舟,未知能達韶否? 流行坎止,輒復任緣,不煩深念也。後會未卜,萬萬爲國自重。

答劉貢父二首

其 一

久闊暫聚,復此違異,悵惘至今。公私紛紛,有失馳問,辱書,感怍無量。字畫妍潔,及問來使,云,尊貌比初下車時皙且澤矣,聞之喜甚。比來起居想益佳。何日歸覲,慰士大夫之望。未間,萬萬爲時自重,不宣。

其 二

某忝冒過甚,出於素獎。然迂拙多忤,而處争地,不敢作久安計,兄當有以教督之。血指汗顔,旁觀之説,奈何! 奈何! 舉官之事,有司逃失行之罪,歸咎于兄。清明在上,豈可容此,小子何與焉。茯苓、松脂雖乏近效,而歲計有餘,未可棄也。默坐反照,瞑目數息,當記别時語耶?

答魯子宣三首

其一

某啓。流落江湖，晚復叨遇，惟公知照，如一日也。孤愚寡與，日親高誼，謂可永久，不謂尚煩藩翰之寄。違闊以來，思仰日深。特辱書教，伏審履兹秋凉，台候萬福，欣慰之極。二聖思治，求人如不及，公豈久外。惟千萬爲國順時自愛。

其二

自公之西，有識日望詔還，豈獨契愛之末。邊落寧肅，公豈久外哉！示諭《塔記》，久不馳納，愧恐之極。乞少寬之，秋凉下筆也。親家柳子良宣德赴潞幕，獲在屬城，知幸！知幸！謹奉手啓，冗迫，不盡區區。

其三

某啓。辱教，伏承台候萬福，爲慰。《塔記》非敢慢，蓋供職數日，職事如麻，歸即爲詞頭所迫，卒以半夜乃息，五更復起，實未有餘暇。乞限一月，所敢食言者有如河，願公一笑而恕之。旦夕當卜一邂逅而别。

與李公擇

秋色佳哉，想有以爲樂。人生唯寒食、重九，慎不可虚擲，四時之變，無如此節者。近有潮州人寄一物，其上云扶劣膏，不言何物。狀如羊脂而堅，盛竹筒中，公識此物否？味其名，必佳物也。若識之，當詳以示，可分去，或問習南海物者。（**王聖俞**

夾)便有無數轉換。子由近爲棲賢僧作《僧堂記》,讀之慘凜,覺崩崖飛瀑,逼人寒栗。(鍾惺夾)游記妙語。

與姜唐佐秀才六首

其 一

某啓。特辱遠訪,意貺甚重。衰朽廢放,何以獲此,悚汗不已。經宿起居佳勝。長箋詞義兼美,窮陋增光。病卧,不能裁答,聊奉手啓。

其 二

某啓。昨日辱夜話,甚慰孤寂。示字,承起居佳勝。奇荈佳惠,感服至意,當同啜也。適睡,不即答,悚息。某頓首。

其 三

今日霽色,尤可喜。食已,當取天慶觀乳泉潑建茶之精者,念非君莫與共之。然早來市無肉,當共啖菜飯耳。不嫌,可只今相過。某啓上。

【彙評】

王聖俞:簡而多風。

其 四

適寫此簡,得來示,知巡檢有會,更不敢邀請。會若散早,可來啜茗否? 酒、麵等承佳惠,感愧! 來旦必如諾。十月十五日白。

其　五

某啓。别來數辱問訊,感怍至意。毒暑,具喜起居佳勝。堂上嘉慶,甚慰所望也。知非久適五羊,益廣學問以卒遠業。區區之禱。此外,萬萬自重。不宣。

其　六

某已得合浦文字,見治裝,不過六月初離此。只從石排或澄邁渡海,無緣更到瓊會見也。此懷甚惘惘。因見二車,略道下懇。有一書至兒子邁處,從者往五羊時,爲帶去,轉托何崇道附達,爲幸。

兒子治裝冗甚,不及奉啓。所借《煙蘿子》兩卷、《吴志》四册、《會要》兩册,並馳納。

與傅維岩秘校四首

其　一

某啓。專人至,承不鄙罪廢,長箋見及,援證古今,陳義甚高,伏讀愧感。仍審比來起居佳勝,至慰！至慰！守局海徼,淹屈才美,然仕無高下,但能隨事及物,中無所愧,即爲達也。伏暑,萬萬自愛。不宣。

其　二

衰病,裁答草草,不訝！知不久美解,即獲會見,至喜！至喜！掩骼之事,知甚留意。旦夕再遣馮、何二士面稟,亦有錢物在二士處。此不覶縷。增城荔子一籃,附去人持上。不罪！不罪！某又上。

其　三

某啓。遠蒙惠書，非眷念之厚，何以及此。仍審比來起居佳勝，感慰兼集。老病之餘，復此窮獨，豈有再見之期，尚冀勉進學問，以究遠業。餘萬萬自愛。不宣。

其　四

官事有暇，得爲學不輟否？有可與往還者乎？此間百事不類海北，但杜門面壁而已。彼中如有粗藥治病者，爲致少許。此間如蒼朮、橘皮之類，皆不可得，但不嫌粗賤，爲相度致數品。不罪！不罪！

與林天和長官二十三首

其　一

某啓。近辱手書，冗中，不果即答，悚息！悚息！春寒，想體中佳勝。火後，凡百勞神用，勤民之意，計不倦也。未由披奉，萬萬自愛。不宣。

其　二

某啓。專人辱書，具審起居佳勝，爲慰。春物益妍，時復尋賞否？想亦以雨軫懷也。未由往見，萬萬若時加攝。不宣。

其　三

兒子往循已數日矣，賤累閏月初可到此。新居旦夕畢工，承問及，感感不已。領書，又惠筍蕨，益用愧刻。聞相度移邑，果爾否？

其　四

某啓。辱手教，伏承起居佳勝，甚慰馳仰。承問賤累，正月末已到贛上矣，閏月上旬必到此也。考室勞費，乃老業也，旦夕遷入。未由會面，萬萬以時自重。不宣。

其　五

花木栽，感留意惠貺。鹿肉尤增慚荷。某又上。

其　六

某啓。近數奉書，想皆達。雨後清和，起居佳勝。花木悉佳品，又根撥不傷，遂成幽居之趣。荷雅意無窮，未即面謝爲愧耳。人還，匆匆。不宣。

其　七

某啓。昨日辱訪別，尤荷厚眷。恨老病龍鍾，不果詣達，愧負多矣。經宿起居何如，果成行未？忘己爲民，誰如君者。願益進此道，譬如農夫不以水旱而廢穮蔉也。此外，萬萬自愛。不宣。

其　八

某啓。比日蒸熱，體中佳否？承惠楊梅，感佩之至。聞山薑花欲出，録夢得詩去，庶致此饋也。呵呵。豐樂橋數木匠請假暫歸，多日不至，敢煩旨麾勾押送來爲幸。（**陳仁錫眉**）木匠給假。草草奉啓。不罪。

其　九

某啓。人來，辱書，具審比日尊體佳勝，甚慰所望。出意加減秧馬，曲盡其用，非撫字究心，何以得此，具白太守矣。乍熱，萬以時加嗇。不宣。

其　十

某啓。人來，辱手教，具審起居佳勝。吏民惠愛，謡頌布聞，甚慰所望。秧馬聊助美政萬一爾，何足云乎？承示喻，愧悚之至。僧磨已成，秋凉當往觀也。毒熱，萬萬爲民自愛。不宣。

其十一

某啓。辱教，承微疾已平，起居清勝，甚慰馳仰。暑雨不常，官事疲勩，攝衛爲難。惟加意節調，以時休息爲佳也。匆匆。不宣。

其十二

某啓。多日不奉書，思仰之至。伏暑，尊體何如？惠貺荔子極佳，郡中絶少得，與數客同食，幸甚！幸甚！未由會合，萬萬以時自愛。某再拜。

其十三

某啓。辱手教，承起居佳勝。久以冗率，有闕馳問，愧企深矣。承惠龍眼、牙蕉，皆郡中所乏，感怍之至。未由瞻奉，萬萬以時自重。不宣。

其十四

高君一卧遂化,深可傷念,其家不失所否?瘴疫横流,僵仆者不可勝計,奈何!奈何!某亦旬日之間,喪兩女使,謫居牢落,又有此狼狽,想聞之亦爲憮然也。某再啓。

其十五

某啓。近日辱書,伏承别後起居佳勝,甚慰馳仰。數夕月色清絶,恨不同賞,想亦對景獨酌而已。未即披奉,萬萬自重。人還,布啓。不宣。

其十六

某啓。近辱過訪,病中恨不款奉。人來,枉手教,具審起居佳勝,至慰!至慰!旦夕中秋,想復佳風月,莫由陪接,但增悵仰也。乍涼,萬萬自重。不宣。

其十七

某啓。人還,奉書必達。即候漸涼,起居佳否?疊煩頤旨,感怍交深,未緣面謝,惟祝若時自重。不宣。

其十八

某啓。秋高氣爽,伏計尊候清勝。公宇已就,想日有佳思。未緣披奉,萬萬以時珍嗇。不宣。

其十九

某啓。前日人回,裁謝必達。比日履兹薄冷,起居佳否?未緣展奉,但有翹想。尚冀保衛。區區之至,不宣。

其二十

某啓。近奉狀,知入山未還。即日想已還治,起居佳否?往來衝冒,然勝游計不爲勞也。未瞻奉間,更乞若時自重。不宣。

其二十一

某啓。辱書,承起居佳勝。示諭幼累已到,誠流寓中一喜事。然老稚紛紛,口衆食貧,向之孤寂,未必不佳也。可以一笑。蒸鬱未解,萬萬自重。以時自重不宣。骨肉遠至,重爲左右。費羊、麵、鱸魚,已拜賜矣。感怍之至。

其二十二

某啓。從者往還見過,皆不款奉,愧仰何勝。辱書,承起居清勝。聞還邑以來,老稚鼓舞,數日調治,想服清暇矣。歲暮,萬萬加愛。不宣。

其二十三

某啓。昨日江干邂逅,未盡所懷。來日欲奉屈早膳,庶少款曲。闕人,不獲躬詣。不罪。

與張朝請五首[①]

其　一

某啓。兄弟流落,同造治下,蒙不鄙遺,眷待有加。感服高

---

① 編者按:題目一作"與張逢"。

義,悚佩不已。别來未幾,思仰日深。比日起居何如?某已到瓊,過海無虞,皆托餘庇。旦夕西去,回望逾遠,後會無期。惟萬萬以時自重,慰此區區。途次裁謝,草草。不宣。

其　二

海南風物,與治下略相似。至餘食物人煙,蕭條之甚,去海康遠矣。到後,杜門默坐,喧寂一致也。蒙差人津送,極得力,感感。舍弟居止處,若得早成,令渠獲一定居。遣物離人,而游於獨,乃公之厚賜也。兒子幹事,未暇上狀。不罪。某上啓。

其　三

某再啓。聞已有詔命,甚慰輿議,想旦夕登途也,當别具賀幅。某闕人寫啓狀,止用手書,乞加恕也。子由荷存庇深矣,不易一一言謝也。新春,海上嘯詠之餘,有足樂者。島中孤寂,春色所不到也。某再拜。

其　四

某啓。久不上狀,想察其衰疾多畏,非簡慢也。新軍使來,捧教字,具審比日起居佳勝,感慰兼集。某到此數卧病,今幸少間。久逃空谷,日就灰槁而已。因書瞻望,又復悵然。尚冀若時自厚,區區之餘意也。不宣。

其　五

新釀四壺,開嘗如宿昔,香味醇冽,有京洛之風,逐客何幸得此,但舉杯屬影而已。海錯亦珍絶。此雖島外,人不收此,得之又一段奇事也。眷意之厚,感怍無已。

答漢卿

某啓。辱教,承起居佳勝爲慰。知不久入城,遂當一見,何幸如之。地黄煎已領,感怍。適自局中還,熱甚,懣塞。奉書。地黄煎蒙寄惠,極佳。薑蜜之劑,甚適宜也。仰煩神用,愧感不可言。

卷七十九

尺牘八十三首

謝呂龍圖三首(京師)

其 一

龍圖閣老執事。某西蜀之鄙人,幼承家訓,長知義方,粗識名教,遂堅晚節。兩登進士舉,一中茂才科,故當世名公巨卿,亦嘗賜其提挈愛憐之意。故歐公引之於其始,韓公薦之於其中,今又閣下舉之於其後。自惟末學,辱大賢者之知,出自天幸。然君子之心,以公而取士,其小人之志,終荷恩以歸心。但空省循,何由論報。比者上以片言隻字謝德於門下,而其誠之所加,意有所不能盡,意之所至,言有所不能宣,故其見於筆舌者,止此而已。惟高明有以容而亮之。

其 二

前以拙訥,上塵聽覽,方懼獲罪於門下,而無以容其誅。又辱答教,言辭款密,禮遇優隆,而褒揚之句,有加於前日,此不肖所以且喜且懼而莫知所措也。(王承志夾)寫出無可奈何之意。珍函已捧受訖,謹藏之於家,以爲子孫之美觀。蔀屋之陋,復生光彩,陳根之朽,再出英華,乃閣下暖然之春,有以嫗育成就之故也。擇日齋沐,再詣閣下。臨紙澀訥,情不能宣,伏惟恕其愚。

【彙評】

王承志:佛印寄東坡云:“子瞻中大科,登金闕,上玉堂,遠放遼寂之邊,權臣忌子瞻爲宰相耳。人生如白駒過隙,二三十年功名富貴,轉瞬成空,何不一筆勾斷?子瞻胸中有萬卷書,筆下無一絲塵。到此地位,不知性命何在,一生聰明要做什麼佛,只是一個真性情男子。子瞻不若一力承當,把功名富貴置之泥土,努力向前,珍重珍重。”○世傳東坡豪邁不羈,往往以口舌賈禍。觀此書,何其卑恭自抑也。杜陵云:“束綺酬知己,蹉跎效小忠。”想豪邁之氣,不得不爲功名富貴□□。誠如佛印言,當省却無數憂愁□□矣。

其　三

某久以局事汩没,殊不獲覿止。竊惟應得疏絶之罪於左右,不意寬仁含垢,察其俗狀之常情,恕其簡略之小過,光降書辭,曲加勞問,拜貺之際,益增厚顔。旦夕詣賓次。盛暑,伏惟爲朝廷自愛,上副注倚之心,下慰輿人之望。

與楊濟甫

爲别忽已半歲,傾想之懷,遠而益甚。即日起居何如,貴眷各安不?自離家至荆南,數次奉書,計並聞達。前月半已至京,一行無恙。得臘月中所惠書,甚慰遠意。見在西崗賃一宅子居住,恐要知悉。春暄,未緣會見,千萬珍重!珍重!

答王龍圖

辱簡,承孝履如宜。新詩寵行,甚幸。但稱道太過,非所以安不肖也。餘所諭,謹在意。

與楊濟甫(鳳翔)

奉别三更歲律,思渴日深。即日履此新春,起居多勝。貴聚各嘉安。某前月十四日到鳳翔,十五日已交割訖。人事紛紛,久稽裁問,想自尊君襄事,後來漸獲閑静,營幹諸事,必且濟辦。某比與賤累如常。今因范元歸,奉書聞露。氣候漸和,更希珍重。

與蒲城之六首

其　一

某啓。聞軒馬已至多時,而性懶作書,不因使賫手教來,雖有傾渴之心,終不能致一字左右也。悚愧!悚愧!盛熱殊不可過,承起居佳裕,甚喜!甚喜!某此並無恙,京師得信亦安。但近得山南書,報伯母于六月十日傾背,伯父之喪未及一年,而災禍仍重如此,何以爲心。家兄惟三哥在左右,大哥、二哥必取次一人歸山南,謀扶柩還鄉也。人生患難,至有如此極者,煩惱!煩惱!知郡事頗簡,足以尋繹舊學也。同僚中有可與相處而樂者否?新牧、倅皆在此,常相見,恐知悉。殘暑,更冀順時珍重。

其　二

近聞員秘丞言,聞於誠之,韓益州欲令誠之替某。若得請,固所喜幸也。然某盡今歲,方及二年,不知朝廷肯令某成資解去否?若必俟三考,則於誠之爲太淹緩,安用也?向經由時,甚恨不款曲，今若因此得從容接奉，何喜如之！陳文日日見，甚安。

其　三

近遞中辱書，方欲附問，人來，又承手教，審聞起居佳勝，差慰瞻望。新命必已下，伏增欣慶。苟相知，豈必爲交代？但奉見稍遠耳。承又須歸覲，奔波良不易也。秋涼，千萬善愛。

其　四

聞車騎已在二曲，即見風采，喜慰可知。冒寒，行李不易，久此僻左，獲奉清游，幸甚也。

其　五

今日比欲更接清話少頃，而人事紛紛，至今不得暫息。欲奉謁次，聞府官盡出，接張省簽，須至旦出城。恐訝不來，走此聞達。

其　六

長安之別，忽然改歲。伏計履兹新春，起居增慶。某明日至府謁見，預增欣忭，然不免有少事干聒。爲本府帶得接新戎兵士數十人，比謂到京，却中途逢本官行李頗闕事，欲告於貴府，添差防護廂軍十餘人。昨本有防護二十人，爲華州減却十人，但只依元數亦差較也，告早爲擘畫。某更不住，後日絶早發去也。恃眷契，喋喋喧瀆，幸爲留念。

與楊濟甫

冬寒，遠想起居佳勝。此去替不兩月，更不能歸鄉，且入京去。逾遠,依黯。近得王道矩書云,朝夕一來此,相看告便。如遞中惠一書,貴知道矩幾日起發,此幹告早及,某只十二月十七八間離岐下也。

答楊濟甫二首(除喪還朝)

其一

某近領臘下教墨,感服眷厚,兼審起居佳勝。某此與賤累如常。舍弟差入貢院,更半月可出。都下春色已盛,但塊然獨處,無與爲樂。所居廳前有小花圃,課童種菜,亦少有佳趣。傍宜秋門,皆高槐古柳,一似山居,頗便野性也。漸暖,惟千萬珍重。

其二

遞中屢得數書,知尊體佳勝,貴眷各安。示及發遞引自,契勘得並到,但鄉親書皆五六十日,不獨濟甫也。府推之命,只是暫權發遣,更月餘正官到,即仍舊管官誥院也。府中冗絆,非拙者所樂,恐知。都下所須,示及。

與楊濟甫

近領來書,喜知眠食佳安。某此與賤累皆安。陳州舍弟並安,不煩念及。久客都下,桂玉所迫,囊裝並竭。今冬積雪四五尺,僦居弊陋,殊無聊,惟日望一差遣出去耳。末由披奉,千萬珍重。

答寶月大師二首

其一

久不奉書，蓋冗惰相因，必未訝也。史厚秀才及蔡子華處領來書，知法體佳勝，此中並安。請補外，蒙恩除杭倅，旦夕出京，且往陳州相聚，至九月初方行。逾遠鄉里，曷勝依黯。累示及瑜、隆紫衣師號，近爲干得王詵駙馬奏瑜爲海慧大師文字，更旬日方出。《圓覺經》云："法界海慧，照了諸相。"文潞公亦許奏隆紫衣，然須俟來年，遇聖節方可奏。已差祠部吏人到王駙馬宅，計會與瑜師文字，纔得便入遞次，莫更一兩月，方得敕出。此事自難得，偶成此二事也。臨行草草，書不盡所懷，惟千萬珍重。

其二

屢蒙寄紙，一一愧荷。駙馬都尉王晉卿畫山水寒林，冠絶一時，非畫工所能仿佛。得一古松帳子奉寄，非吾兄，别識不寄去也。幸秘藏之，亦使蜀中工者見長意思也。他甚珍惜，不妄與人。

與大覺禪師璉公(杭倅)

(**袁宏道眉**)此尚右軍，右丞捨施，並豔千古。

人至，辱書，伏承法候安裕，傾向！傾向！昨奉聞欲捨禪月羅漢，非有他也。先君愛此畫，私心以爲捨施，莫如捨所甚愛；而先君所與厚善者莫如公；又此畫頗似靈異，累有所覺於夢寐，不欲盡談，嫌涉怪爾，以此，益不欲於俗家收藏。意止如此。而來書乃見疑欲换金水羅漢，開書不覺失笑。近世士風薄惡，動有可疑，不謂世外之人猶復爾也。請勿復談此。某比乏人可令賫去，兵卒之類，又不足分付，告吾師差一謹幹小師賫籠仗來迎取，並古佛一軸，亦同捨也。錢塘景物，樂之忘歸。舍弟今自陳州，得替，當授東南幕官，冬初恐到此，亦未甚的。詩筆計益老健，或借得數首一觀，良幸。到此，亦有拙惡百十首，閑暇當録寄也。

答范夢得二首

其　一

久以事牽，不遑奉書，深以爲愧。中間安上處及遞中捧來教，具審起居佳勝。某旅宦粗遣，春夏間殊少事。近日並覺冗坌，盜賊獄訟常滿，蓋新法方行故也。疲苶無狀。館中清佚，至爲福地。然知平日交游皆不在，何以爲樂。某旬日來，被差本州監試，得閑二十餘日。在中和堂、望海樓閑坐，漸覺快適，有詩數首寄去，以發一笑。

其　二

久不奉書，愧負不可言。不審比辰起居佳否？某此粗遣，但親友疏闊，旅懷牢落爾。屢得蜀公書，知佳健。二家兄書云，每去輒留食，食倍於我輩，此大慶也。頻得潞公手筆，皆詳悉精好。富公必時見之，聞其似四十許人，信否？君實固甚清。安得此數公無恙，差慰人意。無緣言面，惟順時自愛。（**陳仁錫眉**）盛世有人。

與郭功父五首

其一

昨日承顧訪，殊慰久闊。經夕起居佳否？某出院本欲往見，以下痢乏力未果，想未訝也。略奉啓，布謝萬一。

其二

久别，忽得瞻奉，喜慰可量。既以不出，又數日卧病，遂阻言笑，愧悚不可言。稍凉起居佳否？某下痢雖止，尚羸茶也。謹奉啓布謝。

其三

兒子歸來，别無可爲土物，御筆一雙，賜墨一圭，新茶兩餅，皆得之大臣家真物也。不罪浼瀆。

其四

辱訪臨，感怍。獨以匆遽爲恨，迫行不往謝，惟寬恕。乍熱，萬萬自重。不宣。

其五

别來瞻仰無窮，風雪凝寒，從者勤矣。辱書，承起居甚佳，爲使者即至，必且暫還，惟萬萬自重。

與康公操都管三首

其　一

某稔聞才業之美，尚淹擢用，向承非罪被移，衆論可怪，賢者處之，想恬適也。希聲久不得書，承示諭，方知得蜀州，應甚慰意。二浙處處佳山水，守官殊可樂，鄉人之至此者絶少。舉目無親故，而杭又多事，時投餘隙，輒出訪覽，亦自可卒歲也。東陽自昔勝處，見劉夢得有“三伏生秋”之句，此境猶在否？未知會晤之日，但有企詠。

其　二

所索詩，非敢以淺陋爲辭，但希世絶境，衆賢所共詠嘆，不敢草草爲寄也。幸恕察。

其　三

向辱教，久欲裁謝，值出入紛紛無定，因循至今。即日履兹春和，起居佳適。向承寄示圖記及詩，實深慰仰。此真得賢者之樂，雖鄙拙，亦欲勉作歌詩，庶幾附托高人絶境，以傳永久。適會紛紛未暇，更旬日當寄上也。

答楊君素

久不奉書，遞中領來教，欣承起居佳勝，眷愛各無恙。奉别忽四年，薄廪維絆，歸計未成，懷想親舊，可勝惋嘆。吾丈優游自得，心恬體舒，必享龜鶴之壽。劣任與時齟齬，終當捨去，相從林下也。

與楊濟甫

久不奉書，亦少領來信，思念不去心。不審即日起居佳勝？眷愛各無恙？某此安健。官滿本欲還鄉，又爲舍弟在京東，不忍連年與之遠别，已乞得密州。風土事體皆佳，又得與齊州相近，可以時得治牒相見，私願任便之。但歸期又須更數年。瞻望墳墓，懷想親舊，不覺潸然。未緣會面，惟冀順時自重。

與周開祖

(李卓吾旁)趣。

某忝命皆出奬借，尋自杭至吴興見公擇，而元素、子野、孝叔、令舉皆在湖，燕集甚盛，深以開祖不在坐爲恨。别後，每到佳山水處，未嘗不懷想談笑。出京北去，風俗既椎魯，而游從詩酒如開祖者，豈可復得？乃知嚮者之樂，不可得而繼也！令舉特來錢塘相别，遂見送至湖，久在吴中，别去，真作數日惡。然詩人不在，大家省得三五十首唱酬，亦非細事。

與何浩然

人還，辱書，且喜起居佳勝。寫真奇妙，見者皆言十分形神，甚奪真也。非故人倍常用意，何以及此。感服之至。所要詩，稍暇作寫去。雙幅已令蜀中織造。至，便寄納。未即會見，千萬珍重。

答水陸通長老五首(密州)

其一

近過蘇臺,不得一見而别,深爲耿耿。專人來,辱書,且喜法履清勝。某到此旬日,郡僻事少,足養衰拙。然城中無山水,寺宇樸陋,僧皆粗野,復求蘇、杭湖山之游,無復仿佛矣。何日會集,慰此牢落。惟萬萬自重。

其二

《三瑞堂詩》已作了,納去。惡詩竟何用,是家求之如此其切,不敢不作也。惠及温柑甚奇,此中所未嘗識也。棗子两篭,不足爲報,但此中所有止此耳。單君貺必常相見,路中屢有書去。久望來書,且請附密州遞寄數字,告爲速達此意。

其三

别後一向冗忙,有疏奉問,疊辱手教,愧悚良深,仍審履兹初凉,法體增勝,爲慰。承開堂未幾,學者日增,吾師久安閑獨,迫於衆意,無乃少勞,然以濟物爲心,應不計勞逸也。未緣會合,千萬珍重。人還,布謝。

其四

姚君篤善好事,其意極可佳,然不須以物見遺也。惠香十八罐,却托還之。已領其厚意,與收留無異,實爲他相識所惠皆不留故也。切爲多致此懇。

其　五

且説與姚君勿疑訝，只爲自來不受非親舊之饋，恐他人却見怪也。元伯昆仲，因見各爲致懇。乍到，未及奉書。

答陳履常二首

其　一

吴中屢得瞻見，時以餘棄，洗濯蒙鄙，别來仰佇日深。遞中首辱教尺，感服良厚，即日履兹酷暑，起居何如？貴眷令子各佳勝，披奉杳然，臨紙悵惘，惟冀爲時調護。

其　二

遠承寄貺詩刻，讀之灑然，如聞玉音，何幸獲此榮觀。不獨以見作者之格，且足以知風政之多暇，而高躅之難繼也。輒和《光禄庵二絶》，聊以寄欽羡之懷，一笑投之可也。所須接骨丹方，謹録呈。高密連年旱蝗，應副朔方百須，紛然疲苶，日俟汰逐。企仰仙館，如在雲漢矣。因風，不吝誨字。

答程彝仲二首

其　一

某啓。奉别積年，因循不修書問，每以爲愧。遞中辱手書，勞問甚厚，感戴不可言也。承以科詔入都，跋履之餘，起居佳否？老兄循道既久，文行愈粹，決無終否不振之理。更少貶以就繩墨，即當俯拾也。未緣披奉，惟冀以時自重。謹因鄉人李君行，奉啓布問。

其　二

得聖此行，得失必且西歸，計無緣過我。而東武任滿，當在來歲冬杪，亦無緣及見於京師矣。此任滿日，舍弟亦解罷，當求鄉里一任，與之西還。近制既得連任蜀中，遂可歸老守死墳墓矣。心貌衰老，不復往日，惟念斗酒隻雞，與親舊相從耳。星橋別業，比來更增葺否？因便，無惜一二字。

與王慶源二首

其　一

陵州遞中辱書及詩，如接風論，忽不知萬里之遠也。即日履茲秋暑，尊候何似。某此粗遣，雖有江山風物之美，而新法嚴密，風波險惡，況味殊不佳。退之所謂"居閑食不足，從官力難任。兩事皆害性，一生常苦心"，正此謂矣。知叔丈年來頗窘，此事有定分。但兄以安健無事多子孫爲樂，亦可自遣。何時歸休，得相從田里？但言此，心已馳於瑞草橋之西南矣。秋暑，更冀以時珍重。

其　二

高密風土食物稍佳，但省租公庫減削，索然貧儉。始至。值歲饑，人豪剽劫無虛日。凡督捕奸凶五七十人，近始肅然，鬥訟頗簡。稍葺治園亭，居之，亦粗可樂。但時登高，西南引領，即悵然終日。近稍能飲酒，終日可飲十五銀盞。他日粗可奉陪於瑞草橋，路上放歌倒載也。

【彙評】

王聖俞：此必蜀人，故與之談鄉思。

答金山寶覺禪師

去歲赴官，迫于程限，不能枉舟。一别中流，縱望雲山，杳然有不可及之嘆。

既渡江，遂蒙輕舟見餞，復得笑語一餉之樂。暫荷之懷，殆不可勝言。别來因循，未及修書。專人至，辱教累幅，慰喻反復，讀之爽然，如對妙論。仍審比來法履佳勝。某此粗遣，但未有會見之期。臨紙惘然，惟萬萬自重。《至游堂記》，即當下筆，遞中寄去。近有《後杞菊賦》一首，寫寄，以當一笑。

答富道人

承録示秘方及寄遺藥，具感厚意。然此事本林下無以遣日，聊用適意可也。

若待以爲生，則爲造物者所惡矣。僕方苟禄出仕，豈暇爲此。謹却馳納，且寄之左右，異日歸田却咨請。感愧之至。

答周開祖

遞中辱書教累幅，如接笑語。即日，遠想起居佳勝。某此無恙，已被旨移河中府，候替人，十二月上旬中行，想去益遠矣。往日相從湖山之景，何緣復有。

别後百事紛紛，皆不足道。惟令舉逝去，令人不復有意於兹世。細思此公所以不壽者而不可得，不免爲之出涕。讀所示記文述略，盡其美，甚善。其家能入石否？亦欲作一首哀詞，未暇也。當作寄去。開祖筆力頗長，魏武所謂“老而能學，惟予與袁伯業”,真難得也。寄示山圖,欲尋善本而不可得者。新詩清絶,輒和兩首取笑。浩然亭欲續和寄去。今日大雪,與客飲於玉山堂,適遣人往舍弟處,遂作此書。手冷,殊不成字,惟冀自重而已。

答蜀僧幾演

幾演大士。蒙惠《蟠龍集》,向也盡讀數册,乃詩乃文,筆力奇健,深增嘆服。僕嘗觀貫休、齊己詩,尤多凡陋,而遇知得名,赫奕如此。蓋時文凋弊,故使此二僧爲雄强。今吾師老於吟詠,精敏豪放,而汩没流俗,豈亦有幸不幸耶?然此道固亦澹泊寂寞,非以蘄人知而鼓譽也,但鳴一代之風雅而已。既承厚貺,聊奉廣耳。

與　人

違去門下已八年,愚魯罷殆,人事廢,書疏缺然。怠慢之罪,宜在譴絶。比承柄用,又不以時隨衆修賀。蓋疏懶愧縮,日復一日,不知復憐恕之否?即日履兹寒凝,台候萬福。某去替止數月,而貧困難以赴闕,相次乞江浙一郡,君幸得之,拜見未可期。惟冀爲國自重。

答張主簿

改歲,無緣展慶。伏惟履兹新春,百福來集。旬日前辱教,感服眷厚,不即馳答,悚怍!悚怍!向日披奉,但有馳仰。餘寒,冀以時自重。

與人二首

其 一

浙右之别,遂不上問至今,想必察其情也。特枉書問,感慰兼集。比日起居何如?涉海恬然,繼以題擢,衆論翕然,知忠信之可恃,名實之相副也。雅故之末,忻慰可量。

其 二

前日使車,道由郡下,雖展接顔表,殊慰瞻傃之懷。惟是禮勞不腆,實深愧悚。逮兹違間,吏役絆攖,未皇奉書,以伸惓惓之情。特蒙高明,遠貺珍牘,披繹數四,感仰交懷。初暑微熱,竊承跋履之餘,動止佳勝。未緣會集,臨紙增慨。

與梅守黎希聲三首(徐州)

其 一

傾向已久,展奉無由。竊計比日履兹酷暑,起居佳勝。某占籍部中,不獲俯伏門下,一修桑梓之儀,瞻望鈐齋,豈勝懷仰。伏順時爲民自愛。

其 二

去歲王秀才西歸,奉狀必達,即日遠想起居佳勝,承朝廷俯徇民欲,有旨借留,雖滯留高步,士論未厭,而鄉閭之慶,特以自私而已。然山水之秀,園亭之勝。士人之衆多,食物之便美，計公亦自樂之忘歸也。某久去墳墓，貪禄忘家，念之輒面熱，但差使南北，不敢自擇爾，何時復得一笑爲樂？尚冀爲時自重。

其　三

向自密將赴河中，至陳橋，受命改差彭城。便欲赴任，以兒子娶婦，暫留城東景仁園中。旦夕自汴東去，逾遠風問，可勝悵然。墳墓每煩戒敕，惟增感噎。

堂兄欲葬祖墳，爲諸房衆多，某既不敢果决，恐衆意難允也，乞知之。

答李秀才元

熱甚。竟不再别，悵仰殊深。辱教，承起居佳勝。寵惠皆奇筆雅制，刻荷無已。仁者之惠，誠足慰彼黎庶。然不知者，以爲見教，以是揺之。呵呵。安道、舍弟，當具道盛意。乍遠，萬乞保重。即復顯用，以慰士望。

答范蜀公

前日辱書，並新詩累幅，詞格清美，欽味不釋手。屬使者交至，紛紛無暇裁答，後時再領手教，愧悚無地。比日起居何如，未由披奉，萬萬以時自重。

答晁叔美[1]二首

其一

自别，兩辱存問，荷眷契之厚，無以爲喻。日欲裁謝，而拙鈍懶放，因循至今。計明哲雅量，不深譴過，而自訟亦久矣。即日，不審尊履何如？某此無恙，但奉行新政，多不如法。劾劾相尋，日俟汰遣耳。若得放歸，過淮，必遂候見。未間，爲國自重。

其二

向承出按淮甸，不即具賀幅者，以吾兄素性亮直，而此職多有可愧者，計非所樂耳。然仁者於此時力行寬大之政，少舒吏民於網羅中，亦所益不少。（**陳仁錫眉**）仁人君子，用心若此。此中常賦之外，徵斂雜出，而鹽禁繁密，急於兵火，民既無告，吏亦僅且免罪，益苟簡矣。向聞吾兄議論，頗與時輩不合，今兹躬履其事，必有可觀者矣。令兄佳士，久淹，諸君亦自知之。

與蒲廷淵

河中永洛出棗，道家所貴，事見《真誥》。唐有道士侯道華，嘗得無核者三，食之後，竟竊鄧太主藥上升。君到彼，試求之，但恐得之不偶然，非力求所能致耳。

與晁君成

苦寒。審尊履佳勝。新文極爲精妙，久不見之，甚慰喜。

---

① 編者按：一作“晁美叔”。

《莊子》"用志不分,乃疑於神",古語以"疑"爲似耳。如《易》"陰疑於陽",世俗不知,乃改作"凝",不敢不告。人還,草草。

與范子豐六首

其　一

伏審子豐南宮殊健,慶抃可量。即日想已唱第,必在高等。期集之暇,起居佳勝。某更五七日溯汴。愈遠左右,臨書悵然。惟祈慎重,别膺亨寵。

其　二

小事拜聞,欲乞東南一郡。聞四明明年四月成資,尚未除人,托爲問看,回書一報。前所托殊不蒙留意,恐非久,東南遂請,逾難望矣。無乃求備之過乎?然亦慎不可泛愛輕取也。人還,且略示諭。

其　三

近專人奉狀,達否?即日起居何如,貴眷各安,局事漸清簡否?某幸無恙。

水旱相繼,流亡盜賊並起,決口未塞,河水日增,勞苦紛紛,何時定乎?近乞四明,不知可得否?不爾,但得江淮間一小郡,皆所樂,更不敢有擇也。子豐能爲一言於諸公間乎?試留意。人還,仍乞一報,幸甚。奉見無期,惟萬萬以時自重。

其　四

稍不通問,伏想起居佳勝。侍郎丈必在郊外過夏,台候必更康安。某此與幼累如常。八月、九月間，秋水既過彭城，城下徹備。高麗使已還。四明可以易守，當更理前請也。會合杳未有涯，萬萬自重。

其 五

南方夏熱，殊非中原之比。入秋，稍得清凉，然夏田旱損七八。鹽法更變，課入不登，雖閑局，不免以此爲累。自餘粗如常也。子中、子老頃在左右，今已赴官未？何時參候，北望，不勝馳情。

其 六

新珠想日長進，愛婿無恙，甚望丈人高等待乞利市也。納銀一笏，托用買圓熟珠子二千枚，少錢，告那出，便納上。婚嫁所須，不可，奈何，甚非情願。幸留意承問。似叔頗長成，每日作詩讀史，但蒙拙少訓督耳。内孫想益聰淑，諸郎娘亦計安也。

答王慶源

久以官冗，不暇奉問。忽辱手訊，喜知車從已達輦下，起居佳勝，即日南宫必榜出矣。淪屈已久，必遂了當，欣荷良深。來書謙抑過當。四方赴者甚衆，豈獨吾叔。元昆勸駕，良合事宜，恨此拘縶，無緣於東華門外奉接。京師一别二十餘年，豈惟吾儕衰老可嘆！至於都城風物事體，索然無復往時矣。東南守官極可樂，而民間蹙迫不聊生，懷抱殊不佳。深願慶源了當後，千萬一來，相從數月，少慰平生，幸勿以他事爲辭，至懇！至懇！

與參寥

別來思企不可言，每至逍遥堂，未嘗不悵然也。爲書勤勤不忘如此。仍審比來法體康佳，感服兼至。三詩皆清妙，讀之不釋手，且和一篇爲答。所要真贊，尚未作，來人又不敢久留，甚愧！知且伴太虚爲湯泉之游，甚善！甚善！某開春乞江浙一郡，候見去處，當以書奉約也。要墨，納兩笏，皆佳品也。餘惟爲法自重。適有數客，遠來相看，陪接少暇，奉啓不盡意。

與文與可三首

其　一

與可抱才不試，遁道彌久，尚未聞大用。公議不厭，計當在即。然廊廟間誰爲恤公議者乎？老兄既不計較，但乍失爲郡之樂，而有桂玉之困，又却不見使者嘴面，得失相乘除，亦略相當也。彭門無事，甚可樂。但未知今夏得免水患否？子由頻得書，甚安。示諭秋冬過親，甚幸！甚幸！令嗣昆仲各計安勝，爲學想皆成就矣。

其　二

離浙中已四年，向亦有少浙物，久已分散零落矣。有藥玉船兩隻，獻上，恰好吻酌，不通客矣。呵呵。杭州故人頗多，致之不難，當續營之。但恐得後不肯將盛作見借也。

其　三

近屢於相識處見與可近作墨竹，惟劣弟只得一竿，未説《字説》潤筆,只到處作記作贊,備員火下,亦合剩得幾紙。專令此人去請,幸毋久秘。不爾,不惟到處亂畫,題云與可筆,亦當執所惠絶句過狀索二百五十匹也。呵呵。

【彙評】

儲欣:絶倒。

與鮮于子駿三首

其　一

久不奉狀,方深愧悚。遞中,伏辱手教,並新文石刻等,疾讀,喜快無量。

即辰起居佳否?公文學德度,宜在朝廷,久此外遠何也?然聞一路蒙被仁政,不爾,吏民皆在倒懸中也。況鄉井墳墓在焉,計居之甚以爲樂。某到郡正一年,諸況粗遣,歲凶民貧,力所無如之何者多矣。然在己者未嘗敢行所愧也,如此而已。

忝厚眷,故及。未緣瞻奉,惟冀以時自重。不宣。

其　二

(**李卓吾旁**)趣。

忝厚眷,不敢用啓狀,必不深訝。所惠詩文,皆蕭然有遠古風味。然此風之亡也久矣。欲以求合世俗之耳目,則疏矣。但時獨於閑處開看,未嘗以示人,蓋知愛者絶少也。(**黄輝眉**)知音正難。所索拙詩,豈敢措手?然不可不作,特未暇耳。近作小詞,雖無柳七郎風味,亦自是一家。呵呵。數日前,獵於郊外,所獲頗多。作得一闋,令東州壯士抵掌頓足而歌之,吹笛擊鼓以爲節,頗壯觀也。寫呈取笑。

其　三

故人劉格,字道純。故友劉恕道原之親弟。讀書强記辨博,文詞粲然可觀,而立節强鯁,吏事亦健,君實頗知之,餘人未識也。(**陳仁錫眉**)足矣。欲告子駿與一差遣,收置門下,公若可以踏逐辟召,幸先之,敢保稱職也。旦夕歸南康軍待闕,公若有以處之,他必願就也。某非私之也,爲時惜才也。

與何正道教授(一作何正通)三首

其　一

忝命假手,出於奬庇,禮當詣謝,以衰疾疲曳,不給於力,愧悚而已。乍熱,起居佳勝,登舟遽迫,不果造别,益增仰戀。

其　二

辱書,承起居佳勝。鄉校淹留,然使徐之士子識文章瑰瑋之氣,非小補也。某又復西上,紛紛無補,甚愧朋友矣。

其　三

張聖途來,稍聞動止爲慰。退之所難乃今見之。大匠旁觀,愧汗深矣。行役匆匆,不盡區區。

與歐陽仲純五首

其一

去歲城東,屢獲陪從,蒙益既多,樂亦無量。既别,日苦賤事,不克馳問,慚負不可言。即日起居何如?見報,除審簿,信否?殊不知即日從者所在,徒有仰詠。某蒙庇粗遣,彭門本無一事,足以藏拙。河水一至,事無不有,中間幾殆者數矣。必亦聞之。今方稍安,而夏秋之患未可量,蓋命竊所至感召,此何時復得一笑之樂也。近詩數首,聊以破顔。餘寒,萬萬以時自重。

其二

伯仲、叔弼昆仲,各計安勝。楊掾行速,未及拜書,乞道下墾。子由在南都,時得書,無恙。彭城最處下流,水患甲於東北。奏乞錢與夫爲夏秋之備,數章皆不報。曹河若可塞,固大善,不爾,倉卒之間,不免調急夫使係省錢,豈暇復稟命乎?所費必多,而爲備不如先事之精也。人微言輕,信命而已。仲純知我之深者,聊復及之。

其三

去春寄舍國門,屢辱臨顧,喜慰無量。别來逾年,奔走俗狀,未嘗通問,瞻企徒深。即日履此煩暑,起居何如,眷愛各安否?傳聞車馬已到宛丘,相去甚近,書問自此時相及矣。千萬順時珍重。

其四

崔度者,頃年在陳,與之甚熟。今作過海之行,妻子仍在陳學,幸略與垂顧。

其　五

伯仲兄聞監西岸,已視事未?叔弼近托孫元忠附書季默,今安在?因風無惜惠問。宛丘誰與往還,有可與語者否?

卷八十

尺牘七十九首

答周開祖二首

其　一

久别思渴,不言可知。一路候問來耗。忽辱教,喜慰良深。乍寒,起居佳勝。承脱湖北之行而得樂清,正如捨魚而取熊掌,甚可賀也。某忝命,甚便其私,即遂面話,此不盡懷。

其　二

長篇奇妙。無狀,每蒙存録如此之厚,但賜多而報寡,故人知其慚拙,必不罪也。今輒和一首,少謝不敏,且資一笑。惠及海味,珍感。來人遽還,未有以報,但愧怍無窮。到郡不見令舉,此恨何極。嘗奠其殯,不覺一慟。有刻石,必見之,更不録呈。有幹,一一示及。李無悔近見訪,留此旬餘,亦許秋凉再過也。

答吕熙道二首

其　一

平時企詠賢者,獨恨隔闊耳。既至治下,謂當朝夕繼見,而病與人事奪之，又迫於行，匆遽捨去，可勝嘆耶！别來方欲上問，先辱手教，益增悚怍。比日起居何如？後會不可期，惟萬萬以時自重。

其　二

南都住半月，恍然如一夢耳。思企德義，每以悵然。舍弟樸訥寡徒，非長者輕勢重道，誰肯相厚者。湖州江山風物，不類人間，加以事少睡足，真拙者之慶。有幹不外。

【彙評】

王聖俞：他語人能道之，加“睡足”二字便不同。

答范純夫

向者深望軒從一來。而還，領手教，知徑赴治，實增悵惘。比日起居佳勝。日對五老，想有佳思。此間湖山信美，而衰病不堪煩，但有歸蜀之興耳。未由會集，千萬以時自愛。

與道甫

昨日特蒙不外鄙拙，袖出盛文相示，辭贍格老，覽之令人亹亹忘倦。非大手筆未及至此，受教良多。不敢擅爲巾笥之藏，謹令人歸納文府。伏乞視至。未審從人何日成行？亦須示諭。

與孫子思七首

其　一

奉别未幾，思企已深，比日起居佳勝。聞軒從及境，即遂披對，豈勝慰喜。

其　二

事冗，有疏上謁，思企之深。不審起居佳否？來日輒邀從者同憲車議少事。本欲躬詣，爲公擇見訪，不果。幸賜臨顧。

其　三

屢辱垂訪，尚稽走謁，經宿起居佳否？借示諸刻，一清心目，又足見雅尚之不凡也。謹却馳納。

其　四

過辱枉顧，知事務冗迫，不敢久留語。紙軸納去，餘空紙兩幅，留與五百年後人跋尾也。呵呵。耘叟詩亦佳。

其　五

疊辱車騎，往謝甚疏，惟故人深照，不以爲譴也。經宿尊候佳勝，書四紙，並藥方馳上，須面授其秘也。並硯，不一一。

其　六

近辱軒從，雖屢接奉，既别，思仰無窮。人事衮衮，未遑上問，先枉寵訊。伏審起居佳勝，感慰兼深。仲通來，知在府中，計與子由輩游從甚樂。未緣再會，惟萬萬以時自重。

其　七

比來新詩必多,無緣借觀,豈勝渴仰。示諭諸公處,敢不出力,但恐言輕不能有益耳。

與程得勝秘校二首

其　一

近省榜到郡,首承高過,歡慰可量。沉困累年,行業充富,鄉曲榮耀,交游喜快,甚休！甚休！春風暄和,奉計即日起居安勝。御試必更在上等。盤桓都下,爲況何如。惟順時珍愛。

其　二

某去秋因鄉人自高密過此,托致手書,不知達否？奉違累歲,無緣一接談笑,傾仰殊甚。榜中鄉人,所識惟吾兄一人,其餘豈盡新俊耶！車馬必稍留都下,因風,無惜惠問。

與　人

托庇鄰封,每荷存記,特辱榮訊,愧汗可量。即日履茲霜候,起居佳勝。未緣參見,惟日瞻企,尚冀以時珍衛,區區。

與樂推官(黄州)

疊辱臨訪,欲少款奉,多事因循,繼以卧病,愧負深矣。數日起居佳否？知明日啓行,無緣面别,尚冀保練,慰此區區。

答李昭玘

無便,久不奉書。王子中來,且出所惠書,益知動止之詳,爲慰無量。比日尊體何如?既拜賜雪堂新詩,又獲觀負日軒諸詩文,耳目眩駭,不能窺其淺深矣。老病廢學已久,而此心猶在,觀足下新制,及魯直、無咎、明略等諸人唱和,於拙者便可格筆,不復措辭。近有李豸者,陽翟人,雖狂氣未除,而筆勢瀾翻,已有漂砂走石之勢,嘗識之否?子中殊少進,皆左右之賜也。何時一笑?未間,惟萬萬自重。

答范蜀公四首

其　一

李成伯長官至,辱書,承起居佳勝,甚慰馳仰。新居已成,池圃勝絶,朋舊子舍皆在,人間之樂,復有過此者乎?某凡百粗遣,春夏間,多瘡患及赤目,杜門謝客,而傳者遂云物故,以爲左右憂。聞李長官説,以爲一笑,平生所得毁譽,殆皆此類也。何時獲奉几杖,臨書惘惘。

其　二

蒙示諭,欲爲卜鄰,此平生之至願也。寄身函丈之側,旦夕聞道,又况忝姻戚之末,而風物之美,足以終老,幸甚!幸甚!但囊中止有數百千,已令兒子持往荆渚,買一小莊子矣。恨聞命之後。然京師尚有少房緡,若果許爲指揮從者幹當,賣此業,可得八百餘千,不識可納左右否?所賜手書,小字如芒,知公目益明,此大慶也。某早衰多病,近日亦能屏去百事,澹泊自持,亦便佳健,異日必能陪從也。

其 三

(**李卓吾眉**)新詞巧意,疊疊疊出。(**李卓吾旁**)有趣。

承别紙示諭:"麯糵有毒,平地生出醉鄉;土偶作祟,眼前妄見佛國。"(**馮夢禎眉**)范公雖方語却有致。公欲哀而救之,問所以救者。小子何人,固不敢不對。公方立仁義以爲城池,操詩書以爲干盾,則舟中之人,盡爲敵國,雖公盛德,小子亦未知勝負所在。(**王聖俞夾**)此朱子所譏"抱薪救火"。願公宴坐静室,常作是念,當觀彼能惑之性,安所從生,又觀公欲救之心,作何形段。(**馮夢禎眉**)范欲辟佛,乃更以禪語詰之。此猶不立,彼復何依,雖黄面瞿曇,亦須斂袵,而况學之者耶!聊復信筆,以發公千里一笑而已。

【彙評】

陳眉公:新詞巧意,疊疊疊出。

陳天定:反推上一層,令他墜在雲霧中。妙!妙!

其 四

顛仆罪戾,世所鄙遠,而丈丈獨收録。欲令撰先府君墓碑,至爲榮幸,復何可否之間;而不肖平生不作墓誌及碑者,非特執守私意,蓋有先戒也。反復計慮,愧汗而已。仁明洞照,必深識其意。所賜五體書,謹爲子孫之藏,幸甚!幸甚!

無緣躬伏門下道所以然者,皇恐之至。

答言上人

(**袁宏道眉**)飛仙天人語,豈下界所易聞!

去歲吴興倉卒爲别,至今耿耿。謫居窮陋,往還斷盡。遠辱不遺,尺書見及,感怍殊深。比日法體佳勝。劄翰愈精健,詩必稱是,不蒙見示,何也?雪齋清境,發於夢想,此間但有荒山大江,修竹古木,每飲村酒,醉後曳杖放脚,不知遠近,亦曠然天真,與武林舊游,未見議優劣也。(**王聖俞眉**)不商優劣更佳。(**李卓吾眉**)風致翩翩。何時會合一笑,惟萬萬自愛。

【彙評】

陳天定:王納諫云:"不商優劣更佳。"

答通禪師①

謫居窮僻,懶且無便,書問曠絶,故人不遺。兩辱手教,具審比來法體甚輕安,感慰深至。僕晚聞道,照物不明,陷於吏議,愧我道友。所幸聖恩寬大,不即誅殛,想亦大善知識法力冥助也。禄廪既絶困,而布衣蔬食,於窮苦寂淡之中,却粗有所得,未必不是晚節微福。兩書開諭周至,常置坐右也。未緣展謁,萬萬以時自重。

① 編者按:一作"與圓通禪師"。

答道源秘校

謫寄窮陋,首見故人,釋然無復有流落之嘆。衰病迂拙,所向累人,自非卓然獨見,不以進退爲意者,誰肯辱與往還。每惟此意,何時可忘。别來又復初夏,思企不可言。遠想,即日尊候佳勝。兩辱手書,懶不即答,計已獲罪左右,然惟故人能知其性氣,蓋懶作書者有素,中實無他也,更望寬之。知到官,又復對换,想高懷處之,無適而不可。江令竟不肯少留,健决非庸人所及也。無由面見,以時自重。

與王慶源

(**李卓吾旁**)趣。

竄逐以來,日欲作書爲問。舊既懶惰,加以閑廢,百事不舉,但慚怍而已。即日體中何如,眷愛各佳。某幼累並安。但初到此,喪一老乳母,七十二矣,悼念久之,近亦不復置懷。寓居官亭,俯迫大江,几席之下,雲濤接天,扁舟草履,放浪山水間。客至,多辭以不在,往來書疏如山,不復答也。此味甚佳,生來未嘗有此適。知之,免憂。近文郎行,寄紙筆與叢郎,到甚遲也。未緣面會,惟萬萬自愛。

答李寺丞二首

其　一

久别渴詠,遞中辱書,且審起居清勝,至慰!至慰!某謫居粗遣，廢棄之人，每自嫌鄙，况於他人。君獨收恤，有加平素，風義之厚，足以愧激頹靡也。未緣會見，萬萬以時自愛。

其　二

遠蒙分輟清俸二千，極愧厚意。然長者清貧，僕所知也。此不敢請，又重違至意，輒請至年終、來春，即納上，感愧不可言也。僕雖遭憂患狼狽，然譬如當初不及第，即諸事易了，荷憂念之深，故以解懸慮。

與陳季常九首

其　一

近因往螺師店看田，既至境上，潘尉與龐醫來相會。因視臂腫，云非風氣，乃藥石毒也。非針去之，恐作瘡乃已。遂相率往麻橋龐家，住數日，針療。尋如其言，得愈矣。歸家，領所惠書及藥，並荷憂愛之深至，仍審比來起居佳安。曾青老翁須《傳燈録》，皆已領，一一感佩。《五代史》亦收得。所看田乃不甚佳，且罷之。蘄水溪山，乃爾秀邃耶？龐醫熟接之，乃奇士。知新屋近撰《本草爾雅》(謂一物而多名也。)，見劉頌具説，深欲走觀。近得公擇書云，四月中乃到此。想季常未遽北行，當與之偕往耳。非久，太守處借人遣賫家傳去，别細奉書。

其　二

柴炭已領，感怍！感怍！東坡昨日立木，殊耽耽也。

其　三

王家人力來，及專人，並獲二緘。及承雄篇贊詠，異夢證成仙果，甚喜幸也。

某雖竊食靈芝，而君爲國鑄造，藥力縱在君前，陰功必在君後也。呵呵。但累書聽流言以誣平人，不得無所損也。懸弧之日，請一書示諭，當作賀詩，切祝！切祝！比日起居佳否？何日決可一游郡城？企望日深矣。臨皋雖有一室，可憩從者，但西日可畏。承天極相近，或閘前一大舸亦可居，到後相度。未間，萬萬以時自重。

其　四

欲借《易》家文字及《史記》索隱、正義。如許，告季常爲帶來。季常未嘗爲王公屈，今乃特欲爲我入州，州中士大夫聞之聳然，使不肖增重矣。不知果能命駕否？春甕但不惜，不須更爲恨也。

其　五

鄭巡檢到，領手教。具審到家尊履康勝，羈孤結戀之懷，至今未平也。數日前，率然與道源過江，游寒溪西山，奇勝殆過於所聞。獨以坐無狂先生，爲深憾耳。呵呵。示諭武昌田，曲盡利害，非老成人，吾豈得聞此。送還人諸物已領。《易》義須更半年功夫練之，乃可出。想秋末相見，必得拜呈也。近得李長吉二詩，録去，幸秘之。目疾必已差，茂木清陰，自可愈此。餘惟萬萬順時自重。

其　六

示諭武昌一策，不勞營爲，坐減半費，此真上策也。然某所慮，又恐好事君子，便加粉飾，云擅去安置所而居於别路，傳聞京師，非細事也。雖復往來無常，然多言者何所不至。若大霈之後，恩旨稍寬，或可圖此，更希爲深慮之，仍且密之爲上。

其　七

稍不奉書，渴仰殊深。辱書，承起居佳勝。新居漸畢工，甚慰想望。數日得君字韻詩。茫然不知醉中拜書道何等語也。老媳婦云“一絶乞秀英君”，大爲愧悚，真所謂醉時是醒時語也。蒙不深罪，甚幸。

雖知來篇非實語，猶且收執，庶幾萬一。莫更要寫脊記否？呵呵。柳簿云某奉訝者，不知得之于誰，安有此理！來書雄冠之語，亦無人見。但有答柳二書云，陳季常要寫脊記，欲與寫云。文武寀寮，常居禄位，亦如與季常書作戲耳，何名爲訝哉！想公必不以介意，不答最妙。日夜望季常入州，但可惜公擇將至，若不争數日，而吾三人者不一相聚劇飲數日，爲可惜耳。有人往舒，五七日必回，可見其的。若不來，續以書布聞。茶臼更留作樣幾日。近者新闋甚多，篇篇皆奇。遲公來此，口以傳授。餘惟萬萬自愛。

其　八

疊辱來貺，且喜尊體已全康復。然不受盡言，遂欲聞公，何也？公養生之效，歲有成績，今又示病彌月，雖使皋陶聽之，未易平反。公之養生，正如小子之圓覺，可謂“害脚法師鸚鵡禪，五通氣球黄門妾”也。（**陳仁錫夾**）未雅訓。注：錢陸燦删去此三字。

(**黄嘉惠眉**)妙絶。至禱。

其　九

孫巨源之侄,甚佳士,兼甚仰盛德,云當去請見。某告以季常不蓄烏巾十餘年矣,又不欲便裹帽奉謁,他必自去見公也。鎮中得一好官人,亦非細事。叔亶書已附去。西方多事,此君却了得,莫遂奮起否？見報,趙二罷相州取勘,他稱病乞不下獄,不知爲何事,私甚憂之,公聞其詳否？又報舒亶乞郡。閑知之。

答吴子野四首

其　一

濟南境上爲别,便至今矣。其間何所不有,置之不足道也。專人來,忽得手書,且喜居鄉安穩,尊體康健。某到黄已一年半,處窮約,故是宿昔所能,比來又加便習。自惟罪大罰輕,餘生所得,君父之賜也。躬耕漁樵,真有餘樂。承故人千里問訊,憂恤之深,故詳言之。何時會合,臨紙惘惘。

其　二

承三年廬墓,葬事誠盡,又以餘力葺治園亭,教養子弟,此皆古人之事,所望於子野也。復覽諸公詩文,益增愧嘆。介夫素不識,其筆力乃爾奇逸耶？僕所恨近日不復作詩文,無緣少述高致,但夢想其處而已。子由不住得書,無恙。寄示墓銘及諸刻,珍感！虞直講一帖,不類近世筆迹,可愛！可愛！近日始解畏口慎事,雖已遲,猶勝不悛也。奉寄書簡,且告勿入石,至懇！至懇！某再拜。

其　三

寄惠建茗數品，皆佳絶。彼土自難得。更蒙輟惠，慚悚！慚悚！沙魚、赤鯉皆珍物，感怍不可言。扶劣膏不識其爲何物，但珍藏之，莫測所用，因書幸詳以示諭也。近有李明者，畫山水，新有名，頗用墨不俗，輒求得一横卷，頗長，可用木床繞屏，附來人納上。江郡乃無一物爲回信，慚悚之至。兒子無恙，承問及。

其　四

每念李六丈之死，使人不復有處世意。復一覽其詩，爲涕下也。黄州風物可樂，供家之物，亦易致。所居江上，俯臨斷岸，几席之下，風濤掀天。對岸即武昌諸山，時時扁舟獨往。若子野北行，能迂路一兩程，即可相見也。

與李公擇二首

其　一

知治行窘用不易。僕行年五十，始知作活。大要是慳爾，而文以美名，謂之儉素。然吾儕爲之，則不類俗人，真可謂淡而有味者。又《詩》云："不戢不難，受福不那。"口體之欲，何窮之有，每加節儉，亦是惜福延壽之道。此似鄙吝，且出於不得已。然自謂長策，不敢獨用，故獻之左右。住京師，尤宜用此策也。一笑！

【彙評】

陳天定：一氣流轉，一轉一韻，如清泉之出峽。

其　二

（**高啓眉**）語語悲壯。（**李卓吾旁**）可觀，可感。

示及新詩，皆有遠別悯然之意，雖兄之愛我厚，然僕本以鐵心石腸待公，何乃爾耶？吾儕雖老且窮，而道理貫心肝，忠義填骨髓，直須談笑於死生之際，若見僕困窮便相憐，則與不學道者大不相遠矣。（**陳仁錫眉**）本色。（**鍾惺眉**）子瞻風流瀟灑，歿謚文忠，正緣胸中有此一本帳耳。

兄造道深，中必不爾，出於相愛好之篤而已。然朋友之義，專務規諫，輒以狂言廣兄之意爾。兄雖懷坎壈於時，遇事有可尊主澤民者，便忘軀爲之，禍福得喪，付與造物。（**李卓吾眉**）何等忠義。非兄，僕豈發此！看訖，便火之，不知者以爲詬病也。

【彙評】

儲欣：真鐵漢。

答湖守刁景純二首

其　一

因循不奉書，不覺歲月乃爾久耶？過辱不遺，遠賜存問，感激不可言也。比日，窮惟鎮撫多暇，起居勝常。吴興風物，夢想見之，嘯詠之樂，恨不得相陪，聞風謠藹然，足慰所望。夏暄，萬萬自重。

其　二

舊詩過煩鐫刻，及墨竹橋字，並蒙寄惠，感愧兼集。吴興自晉以來，賢守風流相望，而不肖獨以罪去，垢累溪山。景純相愛之深，特與洗飾，此意何可忘耶？在郡雖不久，亦作詩數十首，久皆忘之。獨憶四首，録呈，爲一笑。耘老病而貧，必賜清顧，幸甚。

答蘇子平先輩二首

其　一

違别滋久，思詠不忘。中間累辱書教，久不答，知罪。知罪。遠煩專使手書勞問，且審比日起居安佳，感慰殊甚。書詞華潤，字法精美，以見窮居篤學，日有得也。某凡百粗遣，厄困既久，遂能安之。昔時浮念雜好，掃地盡矣。何時會合，慰此。

其　二

遠煩遣僕手書足矣，更蒙厚惠，足下困約中何力致此，愧灼不可言也。一一依數領訖，感怍而已。兒子令往荆南幹少事，未還，還即令答教也。所要先丈哀詞，去歲因夢見，作一篇，無便寄去。今以奉呈，無令不相知者見。若入石，則切不可也。至祝。至祝。

與蔡景繁十四首

其　一

自聞車馬出使，私幸得托迹部中，欲少布區區，又念以重罪廢斥,不敢復自比數于士友間,但愧縮而已。豈意仁人矜憫,尚賜記録,手書存問,不替疇昔,感悚不可言也。比日履兹煩暑,尊體何如?無緣少奉教誨,臨書悵惘,尚冀以時保頤,少慰拳拳。

其　二

近奉書,想必達。比日不審履兹隆暑,尊體何如?某卧病半年,終未清快。近復以風毒攻右目,幾至失明,信是罪重責輕,召災未已。杜門僧齋,百想灰滅,登覽游從之適,一切罷矣。知愛之深,輒以布聞。何日少獲,瞻望前塵,惟萬萬爲時自重。

其　三

某謫居幽陋,每辱存問,漂落之餘,恃以少安。今者又遂一見,慰幸多矣。衝寒,起居何如?區區之素,即獲面既。

其　四

頒示新詞,此古人長短句詩也。得之驚喜,試勉繼之,晚即面呈。

其　五

違闊數日,淒戀不去心。竊惟顧愛之厚,想時亦反顧也。比來跋履之暇,起居何如?某蒙庇如昨,度公能復來,當在明年秋矣。某杜門謝客,以寂默爲樂耳。乍遠,萬乞爲國自重。

其　六

(**劉辰翁眉**)此真坡仙語,他人未易語此。(**李卓吾旁**)妻子無幾見,而雲藍小袖,輒生子。

凡百如常。至後杜門壁觀,雖妻子無幾見,况他人也!然雲藍小袖者,近輒生一子,想聞之,拊掌也。惠及人參,感感。海上奇觀,恨不與公同游。東海縣一帆可到,聞益奇偉,曩恨不一往也。公嘗往否?大篇或可追賦,果寄示,幸甚!幸甚!

其七

前日親見許少張暴卒,數日間,又聞董義夫化去。人命脆促,真在呼吸間耶?益令人厭薄世故也。少張徒步奔喪,死之日,囊橐罄然,殆無以斂。其弟麻城令尤貧,云無寸壟可歸,想公聞之凄惻也。料朝廷亦憐之。如公言重,可爲一言否?輒此僭言,不深譴否?

其八

特承寄惠奇篇,伏讀驚聳。李白自言"名章俊語,絡繹間起",正如此耳。

謹已和一首,並藏笥中,爲不肖光寵,異日當奉呈也。坐廢已來,不惟人嫌,私亦自鄙。不謂公顧待如此,當何以爲報。冬至後,便杜門謝客,齋居小室,氣味深美。坐念公行役之勞,以增永嘆。春間行部若果至此,當有少要事面聞。近見一僧甚異,其所得深遠矣。非書所能一一。

其九

承愛女微疾,今已必全安矣。某病咳逾月不已,雖無可憂之狀,而無憀甚矣。臨皋南畔,竟添却屋三間,極虚敞便夏,蒙賜不淺。朐山臨海石室,信如所諭。前某嘗攜家一游,時家有胡琴婢,就室中作《濩索涼州》,凛然有兵車鐵馬之聲。婢去久矣,因公復起一念,果若游此,當有新篇。果爾者,亦當破戒奉和也。呵呵。(**王聖俞眉**)時戒不作詩文。

其 十

近專人還,奉狀必達。忽復中夏,永日杜門,無如思渴仰何!不審履兹薄熱,起居何似?needs雖畫扇,比已絶筆。昨日忽飲數酌,醉甚,正如公傳舍中見飲時狀也。不覺書畫十扇皆遍,筆迹粗略,大不佳,真壞却也。適會人便寄去,爲一笑耳。

其十一

黄陂新令李籲到未幾,其聲藹然,與之語,格韻殊高。比來所見,小有才,多俗吏。儔輩如此人殆難得。公好人物,故輒不自外耳。近葺小屋,强名南堂,暑月少舒。蒙德殊厚,小詩五絶,乞不示人。

其十二

辱書,伏承尊體佳勝。驚聞愛女遽棄左右,竊惟悲悼之切,痛割難堪,奈何!奈何!情愛著人如黐膠油膩。急手解雪,尚爲沾染,若又反復尋繹,便纏繞人矣。區區,願公深照,一付維摩、莊周令處置爲佳也。(**陳仁錫眉**)有何處置?劣弟久病,終未甚清快。或傳已物故,故人皆有書驚問,真爾猶不恤,况謾傳耶?無由面談,爲耿耿耳。何時當復迎謁?未間,惟萬萬爲國自重。

其十三

近來頗佳健。一病半年,無所不有,今又一時失去,無分毫在者。足明憂喜浮幻,舉非真實,因此頗知衛生之經,平日妄念雜好，掃地盡矣。（**陳仁錫眉**）"妄念雜好"四字，公内自訟。公比來諸況何如？剗刷之來，不少勞乎？思渴之至，非筆墨所能盡也。

其十四

《西閣》詩不敢不作，然未敢便寫板上也。閣名亦思之，未有佳者。蔡謨、蔡廓，名父子也，晉、宋間第一流，輒以仰比公家，不知可否？徐秀才前會面聞，留此書，令請見。此人有心膽，重氣義，試收録之，異日或有用也。公許密石硯，若有餘者可輟，即付徐可也。

與吴子野二首

其　一

少時在册府，嘗及接見先侍講下風，死生契闊，俯仰一世，乃與君相遇江湖，感嘆不已。辱訪山中，殊不盡款意。數日，起居佳否？以拙疾畏風，不果上謁。解去漸遠，萬萬以時自重。

其　二

令子秀才，辱長箋之賜，辭旨清婉，家法凛然，欽味不已。老拙何以爲謝，但有愧負。

與幾道宣義

久放江湖，務自屏遠，書問之廢，無足深訝。比日侍奉之暇，起居何如？某凡百如舊。向者以公擇在舒，時蒙相過，既去，索然無復往還，每思檻泉之游，宛在目前。聞河決陽武，歷下得無有曩日之患乎？得暇，遣數字慰此窮獨。

與江惇禮秀才五首

其一

罪廢屏居，忽辱示問，累幅粲然，覽之茫然自失。比日侍奉外，起居無恙。

僕雖晚生，猶及見君之王父也。追想一時風流賢達，豈可復夢見哉！得所惠書，詞章温雅，指趣近道，庶幾昔人，三復喜甚。獨恨所稱道過當，舉非其實，想由相愛之深，不覺云耳。自是可略之也。久不得貢父翁書，因家信略爲道意。無緣面言，臨紙惘惘。

其二

向示《非國語》之論，鄙意素不然之，但未暇爲書爾。所示甚善。柳子之學，大率以禮樂爲虛器，以天人爲不相知云云。雖多，皆此類耳。此所謂小人無忌憚者，君正之大善。至於《時令》《斷刑》《貞符》《四維》之類皆非是，前書論之稍詳。今冗迫，粗陳其略，須面見乃盡言。然迂學違世，不敢自是，因君意合，偶復云爾。

其三

所示徐君，爲朝中知之者亦衆。不肖固嘗愛仰，然老朽無狀，豈能爲之增重！

向者亦獲從諸公之後，時挂一名，以發揚遺士，而近者不許連名，此事便不繼。然所示亦當在心，有問焉固當以此告也。

其　四

疊辱臨顧，感怍無量。録示神告，得聞前人偉迹，固後生之幸。然事體不小，未敢輒作文字，非面莫究也。

其　五

十論、十二説已一再讀矣，不獨嘆文辭之美，亦以見存誠求道之至也。科舉數不利，想各有時。箕裘不廢，半年可必也。曾過江游寒溪西山否？見邑人王文甫兄弟，爲致意。近有書，必達之矣。

與徐司封

適辱車騎寵存，感怍無窮。晚來尊體佳勝。某與陳君略出至安國，遂覺拙疾稍作。欲告明日少休，後日恭與盛集，可否？無狀慚負多矣。幸甚。

答湖守滕達道

忽復中夏，永日杜門，思仰無窮。比來起居何如？張奉議來，稍獲聞問，甚慰所望。府第已成，雄冠荆楚，足使來者想見公之風度。無緣一寓目，但有企想。

答陳季常三首

其　一

傒馬鋪行，奉書未達。間領來誨，具審起居佳勝，至慰！至慰！答京洛書，過當！過當！此何足稱。先生篤于風義，至自割瘦脛以啖我,可謂至矣。然以化不爲鷺鷥者,則恐未能也。彼不相知者,視僕之飢飽,如觀越人之肥瘠耳,雖象未易化也。鄉諺有云"缺口鑷子"者,公識之乎?想當拊掌絶倒。知過節入州,甚幸。未間,萬萬自重。(**缺口鑷子者,取一毛不拔。恐未常聞,故及。**)

其　二

別後凡四辱書,一一領厚意。具審起居佳勝,爲慰。又惠新詞,句句警拔,詩人之雄,非小詞也。但豪放太過,恐造物者不容人如此快活,一枕無礙睡,輒亦得之耳。公無多奈我何!呵呵。所要謝章寄去。聞車馬早晚北來,恐此書到日,已在道矣。故不覼縷。

其　三

置中疊辱手示,並惠果羞,感愧增極。《酒隱堂詩》,當途中抒思,不敢草草作。公是大檀越,豈復持牌也!一笑。

與錢世雄

久不奉書,蓋無便,亦懶怠之罪,未深訝否?比日起居何如?某與賤累如常,曾托施宣德附書及《遺教經》跋尾,必達也。吴江宦況如何?僚有佳士否?垂虹聞已復舊,信否?旅寓,不覺歲復盡。江上久居益可樂,但終未有少田,生事漂游無根爾。兒子明年二月赴德興,人口漸少,當稍息肩。餘無可慮。會合何時,萬萬自愛。因便往三衢,奉啓。

答任德翁

自蒲老行後,一向冗懶,不作書。子侄來,領手教,感愧無量。仍審尊體佳勝爲慰。昆仲首捷,聞之欣快,起我衰病矣。當遂冠天下士,蔡州未足云也。陳季常歸,又得動止之詳,小四乃能爾,師中不死矣。此間凡事可問小大,更不覼縷。未期會晤,萬萬自愛。

與周主簿

罪廢衰朽,過辱臨顧,增愧汗也。晚來起居佳勝。甚欲詣謝,巾褐草野,不敢造門,幸加矜恕。

與知郡朝散

前日辱降屈,業已不出,無緣造謝。信宿尊體萬福。筠州茶芽少許,謾納上。並利心肺藥方拜呈。范醫昨呼與語,本學之外,又通星曆,甚可嘉也。

與文郎

不審荼毒以來,氣力何似,變故如昨。兩易晦朔,追慕無窮,奈何!奈何!

中前人還,辱書,重增哽咽。吾親孝誠深篤,若不少節哀摧,惟意所及,不以後事爲念,何以仰慰堂上之心。惟萬萬寬中强食。

卷八十一

尺牘八十六首

與楊元素八首(黄州)

其　一

近兩辱手教,以多病不即裁謝,愧悚殊深。比日仰惟履兹溽暑,台候清勝。

某病後百事灰心,無復世樂,然内外廓然,皆獲輕安。何時瞻奉,略道所以然者。未間,伏惟爲時自重。

其　二

涉暑疲倦,書問稍缺,愧仰無量。比日起居勝常,近領手誨,承小疾盡去,體力加健,此大慶也。更望倍加保嗇,側聽嚴召,以慰輿論。

其　三

承令弟見訪,岸下無泊處,又苦風雨,匆匆别去,至今不足。示諭田事,方憂見罪,乃蒙留念如此,感幸不可言。某都不知彼中事,但公意所可,無不便者。軍屯之東三百石者,便爲下狀,甚佳。李教授之兄又云:官務相近有一莊,大佳。此彭寺丞見報。亦閑與問看。今日章質夫之子過此,已托於舟中載二百千省上納。到，乞與留下。果蒙公見念，令有歸老之資，異日公爲蒼生復起，當却爲公葺治田園，以報今日之賜也。適新舊守到、發，冗甚，不一一。

其四

示諭，秀才唐君許爲留念，兼令幹人久遠幹之，幸甚！幸甚！某未能去，此間更無人可以往幹，必須至奉煩唐君也。未嘗相識，便蒙開許，必以元素之故也。深欲作書爲謝，適冗甚，非久，别附問，且乞道區區。天覺、彭寺丞，皆蒙書示，亦未及奉啓，乞致下懇。

其五

遞中領手教，伏審台候勝常，爲慰。某凡百如舊，近又大霈，庶得歸農乎？

公决起典郡，無疑也。近嘉州魏秀才兄弟行，附手問，不審得達否？歲行盡，伏冀順時爲人自重。

其六

筆凍，寫不成字，不罪！不罪！舍弟近得書，無恙，不知相去幾里，但遞中書須半月乃至也。奇方承録示，感戴不可言，固當珍秘也。近一相識，録得公明所編《本事曲子》，足廣奇聞，以爲閑居之鼓吹也。然竊謂宜更廣之，但囑知識間令各記所聞，即所載日益廣矣。輒獻三事，更乞揀擇，傳到百四十許曲，不知傳得足否？（**袁宏道眉**）公之多聞多識，悉如此法。

其　七

近於城中葺一荒園，手種菜果以自娱。陳季常者，近在州界百四十里住，時復來往。伯誠親弟，近問之，云不曾參拜。其人甚奇偉，得其一詞，以助《本事》。

其　八

承示諭，定襄胡家田，公與唐彦議之，必無遺策。小子坐享成熟，知幸！知幸！近答唐君書，並和紅字韻詩，必皆達矣。胡田先佃後買，所謂抱橋澡浴，把攬放船也。呵呵。（**陳仁錫眉**）求田乎？使利田宅自污乎？凡事既不免干瀆左右，乞一面裁之，不須問某也。尚有二百千省，若須使，乞示喻，來便附去。見陳季常慥，云京師見任郎中其孚之子，欲賣荆南頭湖莊子，去五六十里，有田五百來石，厥直六百千，先只要二百來千，餘可迤邐還，不知信否？又見樂宣德，言此田甚好，但税稍重。告爲問看。彭寺丞之流，近日更不敢托他也。浼亂尊聽，負荆不了也。

答上官長官二首

其　一

專人至，辱書及詩文二册。捧領驚喜，莫知所從得。伏觀書辭，博雅純健，有味其言；次觀古律詩，周思深妙，有意于古作者；卒讀《莊子論》，筆勢浩然，所寄深矣，非淺學所能到。自惟無狀，罪戾汩没，不緣半面，獲此三貺，幸甚！幸甚！老謬荒廢，不近筆硯，忽已數年，顧視索然，無以爲報，但藏之巾笥，永以爲好而已。適病中，人還，草率。

其二

詩篇多寫洞庭君山景物，讀之超然神馳於彼矣。見教作詩，既才思拙陋，又多難畏人，不作一字者，已三年矣。所居臨大江，望武昌諸山咫尺，時復葉舟縱游其間，風雨雲月，陰晴早暮，態狀千萬，恨無一語略寫其仿佛耳。會面未由，惟千萬以時珍重。何時得美解，當一過我耶？

與人

示諭《燕子樓記》。某於公契義如此，豈復有所惜。況得托附老兄與此勝境，豈非不肖之幸。但困躓之甚，出口落筆，爲見憎者所箋注。兒子自京師歸，言之詳矣，意謂不如牢閉口，莫把筆，庶幾免矣。雖托云向前所作，好事者豈論前後。即異日稍出災厄，不甚爲人所憎，當爲公作耳。千萬哀察。

與巢元修

日日望歸，今日得文甫書，乃云昨日始與君瑞成行。東坡荒廢，春笋漸老，餅餤已入末限，聞此，當伺駕耶？老兄别後想健。某五七日來，苦壅嗽殊甚，飲食語言殆廢，矧有樂事！今日漸佳。近日牢城失火，燒蕩十九，雪堂亦危，潘家皆奔避，堂中飛焰已燎檐矣。幸而先生兩瓢無恙，四柏亦吐芽矣。

與千乘侄

念二秀才。别來又復春深，相念不去心。邁自北還，得手書,及見數詩,慰喜不可言。日月不居,奄以除服,哀念忽忽,如何可言。久不知鄉書,想諸叔已下各安。子明微累想免矣。因書略報,大舅書中甚相稱,更在勉力副尊長意。家門凋落,逝者不可復,如老叔固已無望,而子明、子由亦已潦倒頭顱,可知正望侄輩振起耳。念此,不可不加意。未由會合,千萬自愛。

與蒲傳正

(**黄輝眉**)出以人情,自能語語感動。

千乘侄屢言大舅全不作活計,多買書畫奇物,常典錢使,欲老弟苦勸公。卑意亦深以爲然。歸老之計,不可不及今辦治。退居之後,决不能食淡衣粗,杜門絶客,貧親知相干,决不能不應副。此數事豈可無備,不可但言我有好兒子,不消與營産業也。書畫奇物,老弟近年視之,不啻如糞土也。縱不以鄙言爲然,且看公亡甥面,少留意也。

【彙評】

儲欣:至言。

鍾惺:只是不作一僞語,世上僞人自然讀不得。

與子明兄

(**劉辰翁眉**)蕭然有道之言。

兄才氣何適不可,而數滯留蜀中。此回必免衝替。何似一入來，寄家荆南，單騎入京，因帶少物來，遂謀江淮一住計，亦是一策。試思之，他日子孫應舉宦游，皆便也。弟亦欲如是，但先人墳墓無人照管，又不忍與子由作兩處。兄自有三哥一房鄉居，莫可作此策否？又只恐亦不忍與三哥作兩處也。吾兄弟俱老矣，當以時自娱。世事萬端，皆不足介意。所謂自娱者，亦非世俗之樂，但胸中廓然無一物，即天壤之内，山川草木蟲魚之類，皆是供吾家樂事也。如何！如何！記得應舉時，見兄能謳歌，甚妙。弟雖不會，然常令人唱，爲作詞。近作得《歸去來引》一首，寄呈，請歌之。送長安君一盞，呵呵。醉中，不罪。

與子安兄

（**袁宏道眉**）此等自是坡翁勝場。

近於城中得荒地十數畝，躬耕其中。作草屋數間，謂之東坡雪堂。種蔬接果，聊以忘老。有一大曲寄呈，爲一笑。爲書角大，遠路，恐被拆，更不作四小哥、二哥及諸親知書，各爲致下懇。巢三見在東坡安下，依舊似虎，風節愈堅。師授某兩小兒極嚴。常親自煮猪頭，灌血精，作薑豉菜羹，宛有太安滋味。此書到日，相次，歲猪鳴矣。老兄嫂團坐火爐頭，環列兒女，墳墓咫尺，親眷滿目，便是人間第一等好事，更何所羡！可轉此紙呈子明也。近購獲先伯父親寫《謝蔣希魯及第啓》一通，躬親褾背題跋，寄與念二，令寄還二哥。因書問取。

與王元直

（**王聖俞眉**）入俚語，有真趣。（**李卓吾旁**）趣。

黄州真在井底。杳不聞鄉國信息,不審比日起居何如,郎娘各安否?此中凡百粗遣,江邊弄水挑菜,便過一日,每見一邸報,須數人下獄得罪。(**王聖俞夾**)怨望。方朝廷綜核名實,雖才者猶不堪其任,况僕頑鈍如此,其廢棄固宜。但猶有少望,或聖恩許歸田裏,得款段一僕,與子衆丈、楊宗文之流,往還瑞草橋,夜還何村,與君對坐莊門吃瓜子、炒豆,不知當復有此日否?(**凌孟昭眉**)丘文莊嘗言:"眼前景致便是詩家絶妙詞。"觀此數語良然。存道奄忽,使我至今酸辛,其家亦安在?人還,詳示數字。餘惟萬萬保愛。(**凌啓康考釋**)黄山谷曰:王元直游東坡,雲霧中風氣殊勝。由此觀之,豈可不擇交游耶?

答圓通秀禪師

某聞名已久,而得公之詳,莫如魯直,亦如所諭也。自惟潦倒遲暮,五十終不聞道,區區持其所有,欲以求合於世,且不可得,而况世外之人,想望而不之見耶?不謂遠枉音問,推譽過當,豈非醫門多病,息黥補劓,恃有良藥乎?未脱罪籍,身非吾有,無緣頂謁山門,異日聖恩許歸田,當畢此意也。

答寶月禪師三首

其 一

近遞中兩奉書,必達。新歲,遠想法體康勝。無緣會集,悵望可量。屢要經藏碑,本以近日斷作文字,不欲作。既遠書丁寧,又悟清日夜煎督,遂與作得寄去。如不嫌罪廢,即請入石。碑額見令悟清持書往安州干滕元發大字,不知得否?其碑不用花草欄界，只鐫書字一味，已有大字額，向下小字，但直寫文詞，更不須寫《大藏經》碑一行及撰人、寫人姓名，即古雅不俗，切祝！切祝！（**鍾惺眉**）古人碑刻，不苟如此。又有小字行書一本，若有工夫，更入一小横石，亦佳。黄州無一物可爲信。建茶一角子，勿訝塵涴。餘惟萬萬保練。適冗中，清師行，奉啓草草。

其　二

此間諸事，但問清師即詳也。清又游禮，練事多能，可喜！可喜！海惠及隆大師，各計安勝。每念鄉舍，神爽飛去，然近來頗常齋居養氣，自覺神凝身輕，他日天恩放停，幅巾杖屨，尚可放浪於岷峨間也。知吾兄亦清健，髮不白，更請自愛，晚歲爲道侶也。餘附清師口陳，此不覼縷。

其　三

有吴道子絹上畫釋迦佛一軸，雖頗損爛，然妙迹如生，意欲送院中供養。如欲得之，請示一書，即爲作記，並求的便附去。可裝在板子上，仍作一龕子。此畫與前來菩薩天王無異，但人物小而多耳。

與趙昶晦之四首

（**李卓吾旁**）趣。

其　一

性喜寫字，而怕作書，親知書問，動盈篋笥，而終歲不答，對之太息而已。（**鍾惺夾**）實境。乃知剖符南徼，賢者處之，固不擇遠近劇易，矧風土舊諳習。而兵興多事，適足以發明利器，但恨愚暗，何時復得攀接耳。

其 二

南事方興，計貴郡亦非静處，長者固自有以處之矣。聞廟略必欲郡縣荒服，就使必克，正是添一熙河，屯守饋餉中原無復寧歲。况其不然，憂患未易言也。履險涉難，可以濟者，其惟邁德寡怨之君子乎？

其 三

示諭，處患難不戚戚，只是愚人無心肝爾，與鹿豕木石何異！所謂道者，何曾夢見。舊收得蜀人蒲永升山水四軸，亦近歲名筆，其人已亡矣，聊致齋閣，不罪涴瀆。藤既美風土，又少訴訟，優游卒歲，又復何求！某亦甚樂此，安土忘懷，一如本是黄州人，元不出仕而已。

其 四

久不奉狀，懶慢之過。遠辱信使，慚愧交懷。承被命再任，遠徼不足久留賢者，然彼人受賜多矣。晦之風績素聞，使者交章，佇聞進擢，以爲交游故人光寵。

與蹇序辰四首

其 一

欲一奉見，豈徒然哉？深有所欲陳者，而竟不遂，可勝嘆耶！子由在部下，甚幸，但去替不遠耳。輒有一書及少信，煩從吏,甚不當爾。恃眷,必不深責。季常可勸之一起,深欲圖其見坐處也。一噱。

其二

前日已奉書。昨日食後,垂欲上馬赴約,忽兒婦眩倒,不知人者久之,救療至今,雖稍愈,尚昏昏也。小兒輩未更事,義難捨之遠去,遂成失信。想仁明必恕其不得已也,然愧負深矣。乍暖,起居何如?閑廢之人,徑往一見,謂必得之,乃爾齟齬,人事真不可必也。後會何可復期,惟萬萬爲國自重。

其三

江上一别,今歲餘矣,不謂尚蒙存記,手書見及,感愧不可言。衝涉薄寒,起居佳安,甚慰所望。承奉使江表,鄉閭之末,亦竊以爲寵,但罪廢之餘,不敢復自比數故舊。書詞過重,只益惶悚。旦夕恐遂一見,惟冀順候自重。

其四

不得一見而别,私情甚不足。人常蔽於安逸,而達於憂患,願深照此理。况美材令聞,豈久棄者耶?

答濠州陳章朝請二首

其一

錢塘一别,如夢中事。爾後契闊,何所不有。置之不足道也。獨中間述古捐館,有識相吊,矧故人僚吏相愛之深者。然終無一字以解左右,蓋罪廢窮奇,動輒累人,故往還杜絶。至今思之,慚負無量。昨遠辱書問,便欲裁謝,而春夏以來,卧病幾百日,今尚苦目病。再枉手教,喜知尊體康勝,貴眷各佳安。罪廢屏居,交游皆斷絶,縱復通問,不過相勞慁而已,孰知如公遠發藥石以振吾過者哉?已往者布出,不可復掩矣,期於不復作而已。無緣一見,臨紙耿耿,萬萬以時自重。

其二

每辱不遺,時枉書問,感怍深矣。比日起居佳勝。某自竄逐以來,不復作詩與文字。所諭四望起廢,固宿志所願,但多難畏人,遂不敢爾。其中雖無所云,而好事者巧以醞釀,便生出無窮事也。切望憐察。示諭學琴,足以自娱,私亦欲耳。但老懶不能復勞心爾。有廬山崔閑者,極能此,遠來見客,且留之,時令作一弄也。江倅遞中辱書,此人回,深欲裁謝。適苦寒嗽,而此人又告去甚急,故未果,且爲道此。其子文格甚高,議論與世俗異矣。可畏。劉宗古近過此,甚安健,絶無遷謫意。江親亦可與言。

與徐得之十首

其一

適辱手簡,且審起居佳勝。知當少留雪堂,所需字詩,款曲爲之。此興國書,可便遣也。

其二

數日相從,遽别,情悰惘然。晚來起居佳勝。後會未可期,惟萬萬以時自重。

其　三

十一郎昆仲不及再别，惟節哀慎重爲禱。葬期不遠，想途中不復滯留。凡事稟議大阮爲佳。仍恕造次。

其　四

昨日已别，情悰惘然。辱教，喜起居佳勝。風雨如此，淮浪如山，舟中摇撼，不可存濟，亦無由上岸，但闔户擁衾耳。想來日未能行，若再訪，幸甚。

其　五

逾年相從，情均骨肉，乍此遠别，悵戀可知。辱書，承起居佳勝，爲慰。來日離此，水甚慳澀，不知趁得十五日上否？得之亦宜早發，勉此歲月間，早遂定居爲佳也。餘萬萬自重。

其　六

小兒蒙下問，未暇上狀，不罪。宗人過望，皆公之賜也。叨恩！叨恩！公不能無愧，更爲多致謝懇也。

其　七

承舟御不遠數百里相從，風義之重，感慰何極。經宿起居何如？郡中雖留數日，竟少暇陪接，又不得一候館舍，遂爾遠别，可量悵惘。

其　八

得之晚得子，聞之，喜慰可知。不敢以俗物爲賀，所用石硯一枚，送上，須是學書時矣。知似太早計，然俯仰間，便自見其成立,但催促吾儕,日益潦倒爾。恐得之惜別,又復前去,家中闕人抱孩兒,深爲不遑。呵呵。

【彙評】

王聖俞:妙處只在尺幅短而轉换多。

其　九

別後所辱手教,一一皆領。罕遇信便,不克裁謝,甚愧負也。再到舊游,不見故人,深爲惘惘。然喜久客牢落,得遂歸計也。比日已還。侍下起居佳勝。會合何時,臨書悵然。

其　十

定省之暇,稍葺閑軒,簞瓢藜黍,有以自娱,想無所慕於外也。閩中多異人,隱屠釣,得之不爲簪組所縻,儻得見斯人乎?僕亦衰老,强顔少留,如傳舍耳。因風,時惠問。

答程彝仲推官二首

其　一

闊別永久,多難流落,百事廢弛,不復通問。獨吾兄不忘疇昔,時枉遠書,感怍不可言。仍審比來起居佳勝。又讀別紙所記寄山水園亭之勝,廢券閉目,如到其間,幸甚!幸甚!吾兄潛德晚遇,當遂光大。惟厚自愛,慰朋友之望。

其　二

某與幼累皆安。子由頻得書無恙。元修去已久矣,今必還家。所要亭記，豈敢於吾兄有所惜，但多難畏人，不復作文字，惟時作僧佛語耳。千萬體察，非推辭也。遠書不欲盡言。所示自是一篇高文，大似把飯叫飢，聊發千里一笑。會合無期，臨書淒然。

答君瑞殿直

春來未嘗一日閑，欲去奉謁，遂成食言，愧愧。辱書，承起居佳勝，爲慰。

君猷知四月末乃行，猶可一見否？乍暄，惟萬萬自重。

與景倩

昨日辱訪，大慰久渴。經宿起居佳勝。食已，本欲奉謁，適陳季常來，故且已。衆客頗懷公高論，可能只今一訪否？禮不當爾，意公期我於度外也。

與趙仲修二首

其　一

瘡病不往見，而仁人敦舊，屢承車馬，感愧不可言。雨涼，竊惟起居佳勝。旦夕當獲面謝。

其　二

公清貧，更煩輟惠羊邊，謹以拜賜，使我有數日之飽，公亦乃無浹旬蔬食耶？一噱。

與人二首

其一

兩日瘡痛殊甚，不果見。辱簡，且喜佳勝。二詩高妙，讀之喜慰，幸甚。病中，裁謝草草。

其二

兩日瘡痛不出，思渴！思渴！今猶楚痛未已。鍾乳丸更求數服，吐血者復作也。不罪！不罪！

與孟亨之

今日齋素，食麥飯筍脯有餘味，意謂不減芻豢。念非吾亨之，莫識此味，故餉一合，並建茗兩片，食已，可與道媪對啜也。

與何聖可

辱示朱先生所著書詩，詞義深矣，淺學曾不足以窺其萬一。結髪求道，篤老不衰，世間有幾人而匏繫於此，不得一望其履幕，慨嘆不已。久廢筆硯，無以報此嘉貺，益增愧赧。

與毛維瞻

歲行盡矣，風雨凄然。紙窗竹屋，燈火青熒。時於此間，得少佳趣。無由持獻，獨享爲愧，想當一笑也。

【彙評】

儲欣:善領略人何地不得佳趣!

王聖俞:猶古詩言“嶺上白雲,不堪持奉”耳。

與劉器之

辱書,極論内外丹事,劣弟初不及此,受賜多矣。輒拜呈《方丈銘》一首,更告與敲琢。看唐彦道處,亦有一贊,並爲看過。因家兄龜年行,奉啓。半醉中,書字不謹。

代夫人與福應真大師

久不聞法音,馳仰殊深,即日遠想起居安穩。兒從夫遠謫,百念灰滅,持誦之餘,幸無恙。何時復見,一洗嶺瘴。春寒,千萬爲法自重。不宣。旌德縣君王氏兒再拜。

答開元明座主二首

其　一

久别,思企不忘。辱書,具審法履安勝,爲慰。賢上人前年來此,尋往金山,多時不得消息,不知今安在也?石橋用工,初不減裂,云何一水,便爾敗壞,無乃亦是不肖窮蹇所累耶?何時復相見,千萬保愛。

其　二

開元大殿,非吾師學行,人神響應,安能便成,可喜!可喜!

此書附聖傳,途中更不封,勿訝! 勿訝!

與無釋老師

吾師要寫大字,特爲飲酒數杯,只用尋常小筆作二額,八字者可入石,六字可上碑,兩旁刻年月日及官位姓名,字小不稱大伽藍。示及大筆,皆市人用者,不可使也。惠及奇菽,感服之至。

與清隱老師二首

其一

黄長生人來,辱書,承起居佳勝爲慰。示及黄君佳篇及山中圖刻,欲令有所記述,結緣净境,此宿所願也。但多病久廢筆硯,里中故人,屢有求詩文者,皆未能副其請也。千萬勿訝。

其二

净因之會,茫然如隔生矣。名言絶境,寤寐不忘。何日得脱纓絆,一聞笑語? 思渴! 思渴!

與人

辱書,承起居佳勝。奇墨吾儕共寶,並蒙輟惠,慚悚之甚,敬佩厚意也。

與金山佛印禪師(離黄州)

辱書,伏承道體安佳,甚慰馳仰。見約游山,固所願也。方迫往筠州,未即走見。還日如約,匆匆布謝。

與王文甫

數日,不審尊候何如?前蒙恩量移汝州,比欲乞依舊黄州住,細思罪大責輕,君恩至厚,不可不奔赴。數日念之,行計决矣。見已射得一舟,不出此月下旬起發,沿流入淮,泝汴至雍丘、陳留間,出陸,至汝。勞費百端,勢不得已。本意終老江湖,與公扁舟往來,而事與心違,何勝慨嘆。計公聞之,亦凄然也。甚有事欲面話,治行殊未集,冗迫之甚,公能兩三日間特一見訪乎?至望!至望!元弼藥並書,乞便與送達。三五日間,買得瓷器,更煩差人得否?

與王慶源

窮僻少便,久不上狀。竊惟退居以來,尊體勝常。黑頭謝事,古今所共賢。

二疏師傅,淵明縣令,均爲高退,昔人初不爲優劣也。謹以此爲賀。二子學術成就,瑞草橋果木成陰,卧想數年出仕,無一可愧者,此又有餘味矣。除却虚名外物,不知文太師何以加此,想當一笑也。某蒙恩量移汝州。回念墳墓,心目斷絶。方作舟行,何時復到汝,到後又須營辦生事。此身漂然,奉羡何及。乍熱,惟萬萬順候自重。

與楊元素二首

其　一

陳主簿人還,領手教。伏承比日台候萬福,深慰馳仰。人物豐盛,池館清麗,足供嘯詠之樂。數日來,人皆云公移徐州,雖未是實,然理當如此,惟汲汲行復遷擢矣。某本欲秋間往見,而汝州之行,度不可免。見治裝舟行,自洛陽出陸百八十里至汝,雖繚繞邅回,然久困,資用殆盡,决不能陸行耳。無緣詣别,惟望順時爲國自重。

其　二

城南有亞父冢,然非也,冢在居巢。城北有劉子政墓,昔欲爲起一祠堂,以水大不果。公若有餘力,爲成之,亦佳。城西有楚元王墓,曾出獵,至其下。石佛山,亦佳觀。

與胡道士

昨日起離,中途逆風吹往北岸,幾葬魚腹,知之。二詩録寄。到後,幸一兩字附遞至池州貴知達。玉芝善守護,無爲有力者所取。餘惟保愛。

與　人

久不奉書,疊承枉教字,慰感良深。比日起居佳勝。汝郡務簡,儒師清閑,於此相從,豈非甚幸。區區,非面莫究。令兄不敢别狀,乞道懇。

與佛印禪師三首

其　一

專人來,辱書累幅,勞問備至,感怍不已。臘雪應時,山中苦寒,法體清康。一水之隔,無緣躬詣道場,少聞謦欬,但深馳仰。

其　二

蘿想高風,忽復披奉,欣慰可知。但累日煩擾爲愧耳。重承人船相送,益用感怍。别來法體何如?後會不遠,萬萬保練。

其　三

專人來,復書教並偈,捧讀慰喜。且審比日法體安穩,幸甚!幸甚!今聞秀老赴召,爲衆望,公來長蘆,如何!如何!某方議買劉氏田,成否未可知。須更留數日,攜家入山,决矣。殤子之戚,亦不復經營,惟感覺老,憂愛之深也。太虚已去,知之。

答賈耘老四首

其　一

久不奉書,尚蒙記録。遠枉手教,且審比日動止佳勝,感慰兼集。寄示石刻,足見故人風義之深,且與世異趣也。新詩不蒙録示數篇,何也?貧固詩人之常,齒落目昏,當是爲雙荷葉所困,未可專咎詩也。某髮少加白耳,餘如故。未緣往見,萬萬自愛。

其　二

僕已買田陽羡，當告聖主哀憐餘生，許於此安置。幸而許者，遂築室於荆溪之上而老矣。僕當閉户不出，公當扁舟過我也。醉甚不成字，不罪。見滕公，且告爲卑末送相子來揚州。

其　三

(李卓吾旁)趣甚。

久放江湖，不見偉人，前在金山，滕元發以扁舟破巨浪來相見。出船，巍然使人神聳。好個没興底張鎬相公！見時，且爲致意。别後酒狂，甚長進也。老杜云："張公一生江海客，身長九尺鬚眉蒼。"謂張鎬也。蕭嵩薦之云："用之則爲帝王師，不用則窮谷一病叟耳。"

【彙評】

鄭之惠：滑稽之雄。

凌啓康：賈耘老，名叔，湖州人。東坡《柬滕元發》有云："郡人有賈叔耘老者，有行義，極能詩，公擇、子厚皆禮異之。軾尤與之熟，願公時顧慰其牢落也。"

其　四

(王聖俞眉)爲畫之妙，不堪自贊，故以調笑語，多方寓意。**(李卓吾旁)**趣甚。

今日舟中無他事，十指如懸槌，適有人致嘉酒，遂獨飲一杯，醺然徑醉。念賈處士貧甚，無以慰其意，乃爲作怪石古木一紙，每遇飢時，輒一開看，還能飽人否？(**鍾惺眉**)子瞻畫生時已自矜慎如此。(**高啓眉**)可以樂飢。若吴興有好事者，能爲君月致米三石、酒二斗終君之世者，便以贈之。不爾者，可令雙荷葉收掌，須添丁長，以付之也。

【彙評】

陳天定：王納諫云："爲畫之妙，不堪自贊，故以調笑語，多方寓意。"

與千之侄

必强侄近在泗州，得書，喜知安樂。房眷子孫各無恙。秋試又不利，老叔甚失望。然慎勿動心，益務積學而已。人苟知道，無適而不可，初不計得失也。聞侄欲暫還鄉，信否？叔舟行幾一年，近於陽羨買得少田，意欲老焉。尋奏乞居常，見邸報，已許。文字必在南都。此行略到彼葬却老奶二姨。(**子由乾奶也**。)住二十來日，却乘舟還陽羨。侄能來南都一相見否？叔甚欲一往見傳正，自惟罪廢之餘，動輒累人，故不果爾。甚有欲與侄言者，非面莫盡，想不憚數舍之遠也。寒暖不定，萬萬自愛。

與潘彦明

别來思念不去心，遠想起居佳安，眷愛各無恙。不見黄榜，未敢馳賀，想必高捷也。某兩曾奉書，達否？屢夢東坡笑語，覺後惘然也。已買得宜興一小莊，且乞居彼，遂爲常人矣。公必已赴省試。謾發此書，不復覼縷。惟千萬保愛。

與開元明師五首

其一

奉别累年，舟過境上，懷想不忘。遣人惠書，知法體安穩，感慰兼集。咫尺無由往見，萬萬自愛。

其二

石橋之壞，每爲悵然。吾師經營，非不堅盡，當由窮蹇之人，所向無成，累此橋耶？（**鍾惺夾**）引咎得無謂，妙。知尚未有涯，但勿廢此志，歲豐人紓，會當成耳。僕已得請居常州，暫至南京，即還南也。知之。

其三

中前經過，幸聞清論，深欲還日再上謁，以數相知約在棲賢，且自德安徑赴之，遂成食言，悚息不已。比日法體何如？拙詩一首，聊以記一時之事耳，不須示人。切祝！切祝！

其四

久復一見，甚以爲慰。泥雨遠煩瓶錫，不克款語，但有感怍。乍遠，千萬保愛。

其五

近過南都，見致政太保張公。公以所藏禪月羅漢十六軸見授，云："衰老無復玩好，而私家畜畫像，乏香燈供養，可擇名藍高僧施之。"今吾師遠來相别，豈此羅漢契緣在彼乎？敬以奉贈，亦太保公之本意也。

答王定國三首

其　一

辱惠書，並新詩妙曲，大慰所懷，河凍膠舟，咫尺千里，意思牢落，可知。得知佳作，終日喜快，滯悶冰釋，幸甚！近在常置一小莊子，歲可得百石，似可足食。非不知揚州之美，窮猿投林，不暇擇木也。承欲一相見，固鄙懷至願，但不如彼此省事之爲愈也。

其　二

（**黄輝眉**）妙語。

禦瘴之術，惟絶欲練氣一事。本自衰晚當然，初不爲瘴而作也。其餘坦然無疑，雞猪魚蒜，遇着便吃，生老病死，符到奉行，此法差似簡徑也。君實嘗云："定國瘴煙窟裏五年，面如紅玉。"不知道，能如此否？老人知道，則不如爾，頑愚即過之。先帝升遐，天下所共哀慕，而不肖與公，蒙恩尤深，固宜作挽詞，少陳萬一。然有所不敢者耳。必深察此意。無狀罪廢，衆欲置之死，而先帝獨哀之，而今而後，誰復出我於溝壑者？歸耕没齒而已矣。

其　三

（**劉辰翁眉**）隨事發論，極精，極確。

近絶少過臨賓客。知其衰懶，不能與人爲輕重。見顧者漸少，殊覺自幸。昨日偶見子華，嗟嘆老弟之遠外，蒙囑，聞過必相告。吾弟大節過人而小事亦不經意，正如作詩，高處可以追配古人，而失處亦受嗤於拙目。薄俗正好點檢人小疵，不可不留意也。

【彙評】

儲欣：《小宛》詩人不過如此。

答靈鷲遵老二首

其　一

前日壁間一見新偈，便向泥土上識君，今日復蒙古藤奇句，益知前言之不妄也。然既傳之諸祖，何不自家留使。既已倒持，輒當逆化，呵呵。

其　二

疊辱手教，具審法體佳勝。扇子妙句，開發良多，本欲攀和，恐久立大衆。呵呵。

卷八十二

尺牘九十八首

答楊元素(赴登州)

專人至,辱長箋爲貺,禮意兩過。契故不淺,乃爾見疏。悚息!悚息!比日起居何如?登州謝章未上,不敢致啓事,近所傳,蓋非實也。未由合并,千萬順時保愛。人還,適在瓜洲道中。裁謝不如禮。

與楊康公

兩日大風,孤舟掀舞雪浪中,但闔户擁衾,瞑目塊坐耳。楊次公惠法醞一器,小酌徑醉。醉中與公作得《醉道士石詩》,托楚守寄去,一笑。某有三兒,其次者十六歲矣,頗知作詩,今日忽吟《淮口遇風》一篇,粗可觀,戲爲和之,並以奉呈。子由過彼,可出示之,令發一笑也。

答姚秀才三首

其一

過蘇,首辱垂訪,到官,又枉教字,皆未克陳謝。又煩專使惠問,勤厚如此,可量感愧。比日起居何如?寄示詩編石刻,良爲珍玩,足見好事之深篤也。溽暑未解,萬萬以時保練。

其　二

近專人還,奉書必達。入秋差凉,體中佳否?咫尺披奉無由,尚冀保練,慰此想念。

其　三

(**袁宏道眉**)此等語,大足。

昨惠及千文,荷雅意之厚,法書固人所共好,而某方欲省緣,除長物舊有者,猶欲去之,又況復收耶!謹却封納,不訝!

答王慶源二首(登州還朝)

其　一

近辱書,並寄新詩,伏讀感慰不已。屬多事,未及繼和。不審比來尊體何如,貴眷各均安?某凡百如昨。夢想歸路,如痿人之不忘起也。溽暑向隆,萬乞以時保重。

其　二

令子兩先輩,必大富學術,非久騰踔矣。五五哥、五七哥及十六郎,臨行冗迫,不果拜書,因見,道意。登州下臨瘴海,枕簟之下,天水相連,蓬萊三山,仿佛可見。春夏間常見海市,狀如煙雲,爲樓觀人物之象。數日前偶見之,有一詩録呈爲笑也。史三儒長老近蒙惠書,冗中未及答,因見,乞道區區。《海市》詩可轉呈也。京師有幹，乞示下。

答潘立彦明二首

其　一

行役無定，久不奉書。至登州，領所惠書。承起居佳勝，甚慰思企。到郡席不暖，復蒙詔追，勉强奔走，愧嘆不已。緬懷舊游，殆不勝情。承太夫人尊候如昨。昌言令兄亦蒙惠書，冗甚，未及答。且申意毅甫、興宗、公頤，各爲致區區。餘萬萬自重。

其　二

少事奉聞，吴待制謫居於彼，想不免牢落，望諸君一往見之，諸事與照管。

某向者流落，非諸君相伴，何以度日。雪堂如要偃息，且與打揲相伴，使忘遷謫之意，亦諸君風義也。不罪！不罪！

與子安兄二首

其　一

拜違十八年，終未有省侍之期。歲行盡，但有懷仰。即日履兹寒凝，尊體康勝。侄男女各長成。東塋每煩照管，感涕不可言。某到不旬日，又有起居舍人之命，方力辭免。年歲間，當請一鄉郡歸去，漸謀退省耳。未即瞻奉，萬乞以時自重。

其　二

子由亦有司諫之命，想不久到京。東塋芟松，甚煩照管。

如更合芟,間告兄與楊五哥略往覷,當分明數點根槎,交付佃户,免致輒便偷斫也。不然,與出榜立賞,召人告偷斫者,亦佳。一切告留意相度。阿膠半斤,真阿井水煎者。青州貢棗五斤,充信而已。京師有幹,乞示及。

與鄉人

某去鄉十八年,老人半去,後生皆不識面,墳墓手種木已徑尺矣,此心豈嘗一日忘歸哉!久放山澤,乍入朝市,張惶失次,觸目非所好也。但久與子由别,乍得一處,不無喜幸。然此郎君乃作諫官,豈敢望久留者。相知之深,故詳及一二。

與楊元素三首

其　一

奉别忽將二載,未嘗定居。到闕以來,人事衮衮,不皇上問,愧仰深矣。比日切想起居佳勝。近聞小人輒黷左右,此何品類也,乃敢如此!信知困中,無種不有。想以道眼觀之,何啻蚊虻!一笑可也。知故舊皆已還朝,坐念老兄獨在江湖,未免慨嘆也。更冀順時爲國自重。冗迫,不及詳。

其　二

忝命過分,皆出素獎,碌碌無補,日憂愧耳。舍弟適患赤目,未能上狀,又適得鄉信,堂兄承議(**名不疑。**)喪亡,悲痛中,不能盡區區,恕之!恕之!都下有幹,示及。

其　三

陳僉主簿，聞公已薦之，感戴之懷，如親受賜也。幸爲始終成之。此人實無他腸，可保信也。不罪。

與陳季常

某局事雖清簡，而京輦之下，豈有閑人，不覺劫劫過日，勞而無補，顔髮蒼然，見必笑也。子由同省，日夕相對，此爲厚幸。公小疾雖平，不可忽。“善言不離口，善藥不離手。”此乃古人之要言，可書之座右也。藥物有彼中難得須此幹置者，千萬不外。如聞公有意入京，不知幾時可來，如得一會，何幸如之。柳一已在此，一訪，值出，未見也。僦居在蒲池寺，去此稍遠。數日頗有新事。左揆已出陳州，君實代之，蹇老知和州，授之盧簽，餘不能盡報去。劉莘老中丞旦夕授也，黄安中龍直知越州。静庵不管閑事，最妙！最妙！

與潘彦明四首

其　一

辱書，喜承起居佳勝，眷聚各佳。某老病還朝，不爲久計，已乞郡矣。何時扁舟還鄉，一過舊棲，溷亂故人，旬日而去，言之悵然。大熱，千萬保愛。

其　二

久不聞問，方增渴仰。忽領手字，方知丈丈傾逝，聞之，悲怛不可言。比日追慕之餘，孝履且支持否？某衰病懷歸，夢想江上,又聞耆舊凋喪,可勝淒惋。未由往慰,惟冀節哀自重,以畢後事。

其 三

東坡甚煩葺治,乳媪墳亦蒙留意,感戴不可言。令子各計安,寶兒想見頎然矣。郭興宗舊疾,必全平愈,酒坊果如意否?韓氏園亭,曾與葺乎?若果有亭榭佳者,可以小圖示及,當爲作名寫牌,然非華事者,則不足名也。張醫博計安勝。一場災患,且喜無事。風顛不少減否?何親必安,竹園復增葺否?以上諸人,各爲再三申意。僕暫出苟禄耳,終不久客塵間,東坡不可令荒茀,終當作主,與諸君游,如昔日也。願遍致此意。

其 四

近附黄兵書必達。比日孝履何如?劉全父來,頗聞動止,殊慰想念。京塵衮衮無佳思,緬懷昔游,悵惘而已。昌言及諸故人皆未及書,必察其少暇,伸意!伸意!乍暄,千萬節哀自重。

與王慶源二首

其 一

久不奉狀,愧仰增積。即日,遠想起居佳勝。叔丈脱屣縉紳,放懷田里,絶人遠矣。某罪廢流落,今復强顔周行,有愧而已。若聖恩憐其老鈍,年歲間,乞與一鄉郡,歸陪杖屨,復講昔日江上攜壺藉草之樂,只是不得拽脚相送,先發遣酒壺歸瑞草橋,於義儉矣。記得否?呵呵。何幸如之。未間,惟望厚自頤養,以享無疆之壽。

其　二

遠沐寄示，老手高風，詠嘆不已。甚欲和謝，公私紛紛，少暇，竟未果，悚悚。七八兩秀才，各計安。爲學想日益，早奮場屋，慰親意也。知宅醖甚奇，日與蔡子華、楊君素聚會，每念此，即致仕之興愈濃也。示諭要畫，酒後信手，豈能復佳。寄一扇一小軸去，作笑耳。

答佛印禪師

經年不聞法音，經術荒澀，無與鋤治。忽致手教累幅，稍覺灑然。仍審比來起居佳勝。行役二年，水陸萬里，近方弛擔，老病不復往日，而都下人事，十倍於外。吁，可畏也。復欲如去年相對溪上，聞八萬四千偈，豈可得哉！南望山門，臨書凄斷。苦寒，爲衆珍重。

與王文甫

多時不奉書，思仰不去心。比日履兹酷暑，體中佳勝。數日，以伏暑下府，初安乏力，而潘二丈速行，略奉此數字，殊不盡意。《西山》詩一册，當今能文之士，多在其間。並拙詩親寫與鄧聖求詩同納上。或能爲入石安溪，亦佳，不然，寫放壁中可也。

與運判應之

多日不接奉，渴仰殊深。大熱，伏想起居佳勝。承旦夕啓行，無緣往別，鄉里何幸，被蒙豈弟之政，但賢者遠去，有識所嘆也。衝犯酷暑,千萬自愛。

與范子功二首

其 一

違闊歲月,書問不繼,自咎之深,殆無所容。伏惟盛德雅度,有以容之。比日竊計鎮撫之暇,台候萬福。某蒙庇粗遣,驟遷過分,備員無補,惟雅眷有以教督之,乃幸。毒熱,伏冀順時爲國自重。

其 二

久疏上問,愧仰增劇。承軒旆將至,起居佳勝,欣慰不已。暫還舊席,即膺柄用,輿議所屬,小子得少托餘庇,尤爲厚幸。區區即遂面究。

與知縣十首

其 一

紛冗,久疏上問,辱書感愧。比日履茲春温,起居何如。未由展奉,徒深渴仰。尚冀保練,以慰區區。

其 二

近屢辱書,數裁謝,但苦冗中不盡意耳。比日起居何如?惠筍已拜賜,新奇之味,遠能分惠,感愧無已。

其　三

頻示誨,感服勤眷。乍暄,伏計尊體佳勝。前去當入府,果爾否?

其　四

近者疊辱臨訪,紛冗中不盡所懷。枉手教,具審起居佳勝,感慰兼集。何日復入城,得少款聚?未間,萬萬自重。

其　五

近辱回教,感慰深矣。比日履茲伏暑,起居清勝。咫尺莫由會遇,引領來塵,庶幾少盡區區。未間,萬萬自重。

其　六

人來,辱手教。承比日起居佳勝。思企高義,未緣歡奉,臨書悵惘。示諭書醉公石固佳,但目昏疲倦,每書過百十字,輒意闌,恐旦夕少暇耳。毒熱,萬萬以時自重。

其　七

近日雖獲一再見,終不盡區區。辱書告別,又不即裁答,可量愧悚。宿昔稍凉,起居勝常。景物漸嘉,邑事多暇,想有以爲樂。此外,萬萬自重。

其　八

疊辱手教,感慰兼集。邑事清簡,起居勝常。小兒蒙不鄙外,荷德殊深矣。未由接奉,千萬以時自重。

其 九

兒子遂獲托庇，知幸。魯鈍多不及事，惟痛與督勵也。切祝！切祝！晉卿相見殿門外，惘然如夢中人也。人世何者非夢耶！亦不足多談，但喜其容貌蔚然如故，非有過人，能如是耶？

其 十

昨日辱示佳篇，詞韻高絶，非此句無以發揚醉公也。雨冷，起居佳否？二碑納上。

與人二首

其 一

辱教，伏承尊體康勝。某以拘文，不克造請，初不知微恙，今聞已安愈，甚慰馳仰。然猶當倍加保愛也。

其 二

違闊，忽復周歲，思仰日深。衝涉薄冷，起居清勝。即獲瞻奉，下情欣躍，區區，並遂面盡。

與張正己

特承訪别，愧企良深。晴寒，起居安勝。寶月書信並念二侄一書，煩從者附行，不訝！不訝！正寒衝冒，千萬加愛。

答李方叔(翰林)

承示新文，如子駿行狀，豐容雋壯，甚可貴也。有文如此，何憂不達，相知之久，當與朋友共之。至於富貴，則有命矣，非綿力所能必致。姑務安貧守道，使志業益充，自當有獲。鄙言拙直，久乃信耳。幸照察。

答毛滂

再辱示手教，伏審酷熱起居清勝。見諭，某何敢當，徐思之，當不爾。非足下相期之遠，某安得聞此言！感愧深矣，體中微不佳，奉答草草。

與王慶源三首

其　一

久不奉狀，愧仰增積。即日退居多暇，尊體勝常。某進職北扉，皆出獎庇。自頃流落江湖，日欲還鄉，追陪杖屨，爲江路藉草之游，夢想見之。今日國恩深重，憂責殊大，報塞愈難，退歸何日，西望惋悵，殆不勝懷。想叔丈與丈人及諸侄，歲時相遇，樂不可名，雖清貧難堪，然熬波之餘，必及鴒原，應不甚寂寞也。歲晚苦寒，伏乞保重。

其　二

近奉慰疏，必達。比日尊體何如？某與幼弱，凡百粗遣。人生悲樂，過眼如夢幻，不足追，惟以時自娱爲上策也。某名位過分，日負憂責，惟得幅巾還鄉，平生之願足矣。幸公千萬保愛，得爲江邊攜壺藉草之游，樂如之何！

其　三

向要紅帶，今寄一條去。却是小兒子輩，聞翁要此，頗盡功勾當釘造，不知稱尊意否？拙詩一首，並黄、秦二君，皆當今以詩文名世者，各賦一首。寫作《黄素經》一卷，並托孫子發宣德寄上。京師有所須，但請示及。

答劉貢父

某江湖之人，久留輦下，如在樊籠，豈復有佳思也？人情責望百端，而衰病不能應副，動是罪戾，故人知我，想復見憐耶？後會未可期，臨書悵惘，禪理氣術，比來加進否？世間關身事，特有此耳，願更着鞭，區區之禱也。

與范蜀公六首

其　一

（**黄輝眉**）可謂善於詞命。

日望旌旆之至，不敢復上問，不謂高懷超然，不屑世故，堅卧莫致，有識悵惘。然孤風凛然，足以下激頹靡，雖非赫赫可指之功，其于二聖忠厚之治，所補多矣。比日履兹寒凝，台候何如，未由瞻奉，伏冀萬萬爲國自重。

其　二

某碌碌無補，久竊非據，又舍弟繼進，皆以疏愚處必争之地。公議未厭，豈可久安。非遠，當乞一郡以自效，或得過謁，少聞誨語，大幸也。始者，竊意丈丈絶意軒冕，然猶當强到闕，一見嗣聖，今乃確然如此，殊乖素望，然士大夫甚高此舉也。冗中，不盡區區。

其　三

伏承歸政得請，恩禮優異，伏惟慶慰。公孤風亮節，久信天下，而有識今日，尤復歸心。勉强暫起，以慰二聖之望，幡然復退，以安無窮之福。出處之間，雍容自得，真可以爲後世法矣。官守所縻，不獲躬詣，謹奉手啓，區區萬一。

其　四

今晚忽得報，承子豐承事遽至大故，聞之悲痛，殆不可言。美才懿行，期之遠到，今乃止此，士友所共痛惜。而况姻戚之厚，悲惋可量！丈丈高年，罹此苦毒，有識憂懸。伏惟高明，痛以理遣，割難忍之愛，上爲朝廷，下爲子孫親友自重。不勝縷縷。

其　五

近者，子豐攜長子承務見過，見其風骨秀整，聞向下二子甚奇。死生壽夭皆常事，惟有後可以少慰。丈丈意幸以此自遣也。

其　六

子功、淳父皆欲謁告省覲，某恨不同往，曉解左右。臨書凄愴。

與楊元素二首

其　一

向馳賀緘，及因李教授行附問，各已達否？比日履茲微凉，台候何似？某蒙庇粗遣，如聞公欲一謁元老，果否？不若遂游廬阜，况職當按行，他日世事，一復奉誘，欲爲此行，豈可得哉？餘惟萬萬爲人自重。

其　二

（**李卓吾旁**）趣。

某近數章請郡，未允。數日來，杜門待命，期於必得耳。公必聞其略，蓋爲臺諫所不容也。昔之君子，惟荆是師。今之君子，惟温是隨。所隨不同，其爲隨一也。（**鍾惺眉**）千古門户議論，此數語道盡。老弟與温相知至深，始終無間，然多不隨耳。致此煩言，蓋始於此。然進退得喪，齊之久矣，皆不足道。老兄相知之深，恐願聞之，不須爲人言也。令子必得信，計安。

【彙評】

儲欣：棘棘不隨，便是大人物。

陳天定：鍾惺云："千古門户議論，數語道盡。"

與張太保安道

某以不善俯仰，屢致紛紛，想已聞其詳。近者凡四請郡，杜門待命，幾二十日。文母英聖，深照情僞，德音琅然，中外聳服,幾至有所行遣,而諸公燮和之。數日有旨,與言者數君皆促供職,明日皆當見。蓋不敢兼卧,嫌若復伸前請爾。蒙知愛之深,不敢不盡,幸爲察之。褊淺多忤,有愧教誨之素,臨書悒悒。

與李端伯寶文三首

其　一

自附啓河朔,爾後紛紛,不獲繼問左右。比日,伏審鎮撫之暇,台候萬福。蜀中本易治,而或者擾之,公既深得民情,而民亦素服公政。切想下車以來,談笑無事,行春之樂,無由托後乘陪賓客之末,但深想望。舍弟鎖宿殿廬,未及奉狀。

其　二

張君房助教,陵井人。本治儒學,已而爲醫,有過人者。識病通變,而性極厚,恐欲知之。某寵禄過分,碌碌無補,久以爲愧。近屢請郡,未獲,若得歸掃墳墓,遂得望見,豈勝厚幸。但恐政成,促召在旦暮爾。冗中,不盡區區。

其　三

邑子每來,稔聞豈弟之政,西南泰然,不肖與受賜多矣。幸甚!幸甚!小侄千之初官,得在麾下,想蒙教誨成就也。曾拜聞眉士程遵誨者,文詞氣節,皆有可取。不知曾請見否?

答吕元鈞三首

其一

適辱教,值局中,不即答,悚息!悚息!熱甚,尊體佳安。隆暑衝冒,何不少待秋凉。必亮此意,非面莫盡。香不欲附去,恐損其人之高節。紛紛之議,未聞其詳。可否示諭,餘俟朝中可既。

其二

中間承進職,雖少慰人望,然公當在廟堂,此豈足賀也?此間語言紛紛,比來尤甚,士大夫相顧避罪而已,何暇及中外利害大計乎?示諭,但閔然而已。非久,季常人行,當盡區區。

其三

屢與令子語,欽愛才美,但尚屈太官,未厭公論耳。季常近得書,亦見黄州人言體氣頗安壯,但口眼微動耳。來求藥物,已寄去。餘具令子口白。

答史彦明主簿二首

其一

别後冗懶相因,不果上問,愧企增劇。遠辱書教,感服深矣。比日起居何如?衰病懷歸,請郡未獲。何時展奉,少道宛結。歲晚厚愛,少慰區區。

其二

新寧想未赴上前所欲發書,至時可示諭也。程懿叔去後,旅思牢落,聞已到郡矣。寄惠秋石,極感留意。新春,龍鶴菜根有味,舉箸想復見憶耶?

與千之侄

獨立不懼者,惟司馬君實與叔兄弟耳。萬事委命,直道而行,縱以此竄逐,所獲多矣。因風寄書。此外勤學自愛。近來史學凋廢,去歲作試官,問史傳中事,無一兩人詳者。可讀史書,爲益不少也。

與楊君素二首

(**劉辰翁眉**)寫得老境風雅。

其一

奉别忽二十年,思仰日深,書問不繼,每以爲愧。比日動止何似?子侄十九兄弟遠來,得聞尊體康健異常,不勝慶慰。知騎驢出入,步履如飛,能登木自采荔枝,此希世奇事也。雖壽考自天,亦是身心空閑,自然得道也。某衰倦早白,日夜懷歸,會見之期,想亦不遠。更望順時自重,少慰區區。因孫宣德歸,附手啓上問。

其二

某去鄉二十一年,里中尊宿,零落殆盡,惟公龜鶴不老,松柏益茂,此大慶也。無以表意,輒送暖脚銅缶一枚。每夜熱湯注滿,密塞其口,仍以布單裹之,可以達旦不冷也。道氣想不假此,聊致區區之意而已。令子三七秀才及外甥十一郎,各計安。

與黄州故人

某寵禄過分,憂責至重,顔衰鬢秃,不復江上形容也。屢乞郡未得,但懷想曩游,發於夢想也。洗眼、揩牙藥,得之甚幸。切望挂意。覆盆子必已采得,望多寄也。都下有幹,示及。十二、十三兩先輩,各致區區。忙甚,未及書。艾清臣亦然。京師冗迫,殊不款曲也。

答龐安常二首

其　一

久不爲問,思企日深。過辱存記,遠枉書教。具聞起居佳勝,感慰兼集。惠示《傷寒論》,真得古聖賢救人之意,豈獨爲傳世不朽之資,蓋已義貫幽明矣。

謹當爲作題首一篇寄去。方苦多事,故未能便付去人,然亦不久作也。老倦甚矣,秋初決當求去,未知何日會見。臨書惘惘,惟萬萬以時自愛。

其　二

人生浮脆,何者爲可恃?如君能著書傳後有幾?念此,便當爲作數百字,仍欲送杭州開板也。知之。

答程懿叔

人來，辱書，喜知起居佳勝，眷愛各萬福。郡政清暇，稍有樂事，處以無心，强梗自服，甚善！甚善！所望于吾弟也。某凡百如昨，但碎累各病，醫人不離門，勞費百端，日有外補之興。行先尚未到，亦不聞遠近之耗。未緣會合，新春保練，别膺殊渥。

答李方叔三首

其一

疊辱手教，愧荷不已。雪寒，起居佳勝。示諭，固識孝心深切。然某從來不獨不書不作銘、誌，但緣子孫欲追述祖考而作者，皆未嘗措手也。近日與温公作行狀書墓誌者，獨以公嘗爲先妣墓銘，不可不報耳。其他决不爲，所辭者多矣，不可獨應命。想必得罪左右，然公度某無他意，意盡於此矣。悚息！悚息！

其二

承遂舉三十喪，哀勞極矣。此古人之事，復見於君，恨不能兼助爾。不易！不易！阡表既與墓誌異名而同實，固難如教，不罪！不罪！某暮歸困甚，來人又立行，不復覼縷。

其三

某以虚名過實，士大夫不察，責望逾涯，朽鈍不能副其求，復致紛紛，欲自致省静寡過之地，以餞餘年，不知果得此願否？故人見愛以德，不應更虚華粉飾以重其不幸。承示諭,但有愧汗耳。

與王定國

(王聖俞眉)以奇破澹。

數日卧病在告。不審起居佳否?知今日會兩婿,清虚陰森,正好劇飲,坐無狂客,冰玉相對,得無少澹否?扶病暫起,見與子由簡大罵,書尺往還,正是擾人可憎之物,公乃以此爲喜怒乎?仙人王遠云,得此書,當復劇口大罵之,固應爾。然而不可以徒罵也。知公澹甚,往發一笑。張十七必在坐,幸伸意。

與李端叔

辱書,並示伯時所畫地藏。某本無此學,安能知其所得于古者爲誰何?但知其爲軼妙而造神,能于道子之外,探顧、陸古意耳。公與伯時想皆期我於度數之表,故特相示耶?有近評吴畫百十字,輒封呈,並畫納上。

與李伯時

辱手示及惠新醖,感愧殊深。即日起居佳勝。《洗玉池銘》,更寫得小字一本,比之大字者稍精。請用陳伯修之説,更刻於石柱上爲佳。人還,奉謝。

與范純父

三辱示諭，鄙意不移。公休之饋，人子之心也。不肖之辭，夙昔之分也。某已領其意而辭其物，物有齊量，意豈有窮哉！昔人已聘還圭璋，庶幾此義。

與辯才禪師三首

其　一

久不奉書，愧仰增深。比日，切惟法履佳休。某忝冒過分，碌碌無補。日望東南一郡，庶幾臨老得聞法音。尚冀以時爲衆自愛。

其　二

某尚與兒子竺僧名迨於觀音前剃落，權寄緇褐，去歲明堂恩，已奏授承務郎，謹與買得度牒一道，以贖此子。今附趙君齋納，取老師意，剃度一人，仍告於觀音前，略祝願過，悚息！悚息！

其　三

某有少微願，須至仰煩，切料慈照必不見罪。某與舍弟某捨絹一百匹，奉爲先君霸州文安縣主簿累贈中大夫、先妣武昌郡太君程氏，造地藏菩薩一尊，並座及侍者二人。菩薩身之大小，如中形人，所費盡以此絹而已。若錢少，即省鏤刻之工可也。乞爲指揮選匠使造，造成示及，專求便船迎取，欲京師寺中供養也。煩勞神用，愧悚不已。

與浴室用公

去鄉久,不復相聞知。得來示及退翁書,乃審公正信法子,而吾先友史彦輔十三丈之甥也。又承寄示正信偈頌塔銘,感嘆不可言。比日法體勝常。知長講《起信》,自講入禪,把纜放船,甚善!甚善!輒題數句塔銘後,以補闕逸。未即相見,千萬爲法自重。大雪後,手凍不復成字。

與張元明二首

其　一

數日,起居佳否?有一詮秘大師者,與之久故。患痢後,腸滑,甚困,欲煩一往視療之,可否?在興國寺戒壇院,此一高行僧也。便同作福田。呵呵。

其　二

數日,起居佳勝。適在院中,得王郎簡帖如此。今封呈,切告輟忙一往,他必不敢苟留。且請周念,副此人友愛急難之心,切望!切望!

與家復禮

前日辱訪别,悵戀不已。陰寒,起居佳否?送行詩别寫得一本,都勝前日書者。復納去。遠道,萬萬自重。

答劉元忠三首(杭州)

其　一

專人辱書,承昆仲遠寄詩文,讀之喜慰,殆不可言,喜諫議公之有子也。比日雪寒,起居佳否?詩文皆大佳,然法曹君所制尤佳也。爲之不已,何所不至,輒出一詩爲謝,取笑!取笑!未由披奉,千萬節哀自重。

其　二

聞愛弟傾逝,手足之痛,如何可言,奈何!奈何!盛德之後,何乃止此,壽夭默定,非追悼所及,千萬寬中自愛而已。無由面慰,臨紙哽塞。

其　三

先公《傳》久欲作,以官事衮衮未暇,成當即寄去也。所要"白雲居士"字,不知足下自謂耶,抑爲他人求也?既不識其人,不欲便寫,若乃是自謂,則未願足下爲此名號也。必亮此言。黄素却寫一絶句納去。不訝。

答王慶源

久不奉書,愧仰兼極。令侄元直遠訪,首出教字,感慰之懷,未易盡陳。比日履兹春和,尊體何如?某爲郡粗遣,衰病懷歸,日欲致仕。既忝侍從,理難驟去,須自藩鎮乞小郡,自小郡乞宫觀,然後可得也。自數年日夜營此,近已乞越,雖未可知,而經營不已,會當得之。致仕有期,則拜見不遠矣。惟望倍加保嗇,庶歸鄉日猶能陪侍杖屨,上下山谷間也。楮冠、玳簪,聊表遠意。玳簪已七八十年物,閲數名公矣,幸服用之。

與引伴高麗練承議三首

其　一

辱回教,感服不已。數日極寒,徒御良苦,切惟起居佳勝。早潮不知應否?想不出今晚必渡,引望飢渴。專遣人候問。

其　二

來日若晚渡,酒五行已夜矣。本州舊例,雖夜已深,人使猶秉燭復謁,當夜下書,請次日大排,不知如何?又二十日正是國忌,若待二十一日大排,又過三日敕限,不知可打散不坐否?乞一一示諭,得以預備也。

其　三

中使已到三十里,若高麗使只今來辭,酒罷却可迎中使。老業未盡,有如此倉忙,望公慈造一言,得只今上馬爲幸。

與潘彦明二首

其　一

久不奉書,切惟起居佳勝。老拙凡百如舊。出守舊治,頗得湖山之樂。但歲災傷,拯救勞弊,無復齊安放懷自得之娱也。彦明與故人諸公頗見念否?何時會合,臨紙惘惘。新春,萬萬自重。

其　二

兩兒子新歸，各爲老乳母任氏作燒化衣服幾件，敢煩長者丁囑一干人，令剩買紙錢數束，仍厚鋪薪芻於墳前，一酹而燒之，勿觸動爲佳。恃眷念之深，必不罪。干浼，悚息！悚息！

與程懿叔二首

其　一

稍不聞問，思企增劇。比日起居何如，貴眷各安勝。廣東近亦得書，甚安。

子由使虜亦還矣。某近忽苦腰痛，在假數日。今雖强出視事，尚未全健，已乞宣城或宫觀去。此雖暫病，亦欲漸爲退休之計耳。吾弟治績遠聞，當即召用，少慰公議。

其　二

承拜命，移漕巴峽，薄慰衆望。方欲奉書，使至，辱教字，且審起居清勝。懿叔才地治狀，當召還清近，此何足道。得一省墳墓，仍見親知，爲可賀耳。衰病疲厭，何時北趨歸路，仰羡而已。知在江上，咫尺莫緣一見，臨紙惘惘。

答聞復上人

辱書並詩，誦味不釋手，感慰之極。比日起居何如？示諭欲以高文發明儒釋，固所望於左右也。某數日病在告，今日頗快，來日欲出視事，然尚少力。粗和得來詩，未能盡意。花瓷不難得，但去人已負重，後信當致也。詩中似欲之，故及。未相見間，萬萬自愛。

與趙德麟二首

其　一

候吏來，特承書教，禮意兼重，感怍不已。比日起居何如？養疴便郡，得親宗彦，幸甚。行役迫遽，裁謝草略，想蒙恕察。

其　二

明守一書，托爲致之。育王大覺禪師，仁廟舊所禮遇。嘗見御筆賜偈頌，其略云“伏睹大覺禪師”，其敬之如此。今聞其困於小人之言，幾不安其居，可嘆！可嘆！太守聰明老成，必能安全之。願公因語款曲一言。正使凡僧，猶當以仁廟之故加禮，而況其人道德文采雅重一時乎？（**鍾惺夾**）非惟厚德之言，亦甚有體。此老今年八十二，若不安全，當使何往，恐朝廷聞之，亦未必喜也。某方與撰《宸奎閣記》，旦夕附去，公若見此老，當爲致意。

卷八十三

尺牘一百十一首

與大覺禪師璉公二首（杭州）

其 一

奉别二十五年，幾一世矣，會見無時，此懷可知。到此日欲奉書，因循至今。辱書，具審起居安隱。南方耆舊雕落，惟明有老師，杭有辯才，道俗所共依仰，蓋一時盛事。比來，時得從辯才游，老病昏塞，頗有所警發，恨不得一見老師，更與鑽磨也。歲暮，山中苦寒，千萬爲衆自重。

其 二

要作《宸奎閣碑》，謹以撰成。衰朽廢學，不知堪上石否？見參寥説，禪師出京日，英廟賜手詔，其略云"任性住持"者，不知果有否？如有，竊請録示全文，欲添入此一節，切望仔細録到，即便添入。仍大字寫一本付侍者賫歸上石也。惟速爲妙。碑上别作一碑首，如唐以前制度。刻字額十五字，仍刻二龍夾之。碑身上更不寫題，自古制如此。最後方寫年月撰人銜位姓名，更不用著立石人及在任人名銜。此乃近世俗氣，極不典也。下爲龜趺承之。請令知事僧依此。

與大别才老三首

其　一

（**劉辰翁眉**）此與《志林》"重門洞開，以受萬物之備"正同。

專人來，辱書，伏承法體清勝，甚慰想望。山門虚寂，長夏安隱，燕坐湛然，得無所得？無緣面話，惟萬萬自重。

其　二

昨日辱訪，冗迫，未遑詣謝。領手教，具審法履勝常，爲慰。語録蒙借，開發蒙鄙，爲惠甚厚。

其　三

衰疾無狀，衆所鄙遠。禪師超然絶俗，乃肯惠顧，此意之厚，如何可忘。還山以來，道體何如，相見杳未有期。日深馳仰，寒凝，爲衆自重。

與承天明老五首

其　一

近辱臨訪，紛冗不遂款接，愧企無量。比日道體何如？法涌赴闕，道俗一意，皆欲公嗣此道場。緣契已定，想便臨屈，副此誠仰。餘非面莫究。

其　二

人還，承書，蒙峻拒，不識道眼有何揀擇，深所未諭也。衆意甚堅,雖百却不已。幸早戒途。比日起居何如?即見,不復覼縷。

其　三

衆詣漕臺敦請,已許爲行下。相次新太守過此,當力求之,想亦必勸行,吾師豈能盡違之耶?至時,不免來此,不如今日赴衰病之請,却非世情也。

其　四

法涌始者甚不欲赴法雲,而張尉之請既堅,遂不能違,亦云緣契在彼,非力辭之可免。法涌既不得免,則吾師今者亦必無緣辭避。幸便副衆心,毋煩再三也。欽企!欽企!

其　五

適辱書,知不違衆,願即當西渡,喜慰之至。比日法履康勝。某雖被旨去郡,猶能少留,及見升堂聞第一義也。

與佛印禪師三首

其　一

治行草草,不復上問,忽奉手筆,曠若發蒙。且審比日戒體輕安,又承退席雲卧,尤仰高風也。未緣展晤,引跂尤劇。

其　二

久不奉書,忽辱惠教,具審徂暑戒體輕安。承有金山之召,應便領徒東來,叢林法席,得公臨之,與長蘆對峙,名壓淮右,豈不盛哉！渴聞至論，當復咨叩。惟早趣裝，途中善愛。

其　三

塵勞衮衮，忽得來書，讀之如蓬蒿藜藋之逕而聞謦欬之音，可勝慰悦。且審即日法履輕安，又重以慰也。某蒙恩擢置詞林，進陪經幄，是爲儒者之極榮，實出禪師之善禱也。餘熱，千萬自重。

與孫正孺二首

其　一

數日前，因來人奉書必達。比日，伏想履兹餘熱，起居佳勝。某已八上章乞郡，旦夕必有指麾，且輟忙。爲公作得送行詩跋尾，以先祖諱故，不欲作冠篇。未由會合，千萬保愛。

其　二

某頑健稍勝昔。老兄眠食不衰否？闊遠無他囑，惟倍萬保嗇而已。勿將作泛泛常語過耳也，千萬！千萬！入石時，莫用邊花欄界之類。古碑惟石上有書字耳，少著花草欄界，便俗狀也。不罪！不罪！偶與子由飲半盞酒，便大醉，不成字。

與王元直

别久思詠，春深，不審起居佳否。眷愛各康勝。某與二十七娘甚安。小添、寄叔並無恙。新珠必甚長成，諸親各安。旅宦寡忭，思歸未由，豈勝悵悵。某爲權倖所疾久矣，然捃摭無獲，徒勞掀攪，取笑四方耳。不煩遠憂，未緣會聚，惟冀以時珍衛。

答王聖美

昨日庭中望見，喜慰久渴。辱教，伏承尊體佳勝。無緣造門，尚冀邂逅，復少須臾。人還，布謝草草。

答青州張秘校

承攜長箋下訪，不克迎奉爲愧，經宿，伏惟尊履佳勝。示諭，乃宰物者之事，非不肖所能致也。幸賜亮。

與王慶源之子

某自去歲聞宣義叔丈傾逝，尋遞中奉慰疏，必已聞達。爾後紛冗少暇，繼以行役不定，久闕書問，愧悚不已。叔丈昔以文行著稱鄉閭，於場屋晚乃少遂，終不振顯。惟望昆仲力學砥礪。以顯揚不墜爲心，乃末戚區區之望也。因信，惠一二字。

與王正夫朝奉三首

其一

遞中辱書，人至，復枉手示，並增感慰。即日起居如宜。襄事薄遽，哀苦至矣。無由助執紼。臨紙惋嘆，尚冀寬中毋毀，以就遠業。

其　二

大年哀詞,恨拙訥不盡盛德,聊塞孝心萬一。何日西行,傾想之極。曹子方因會,致區區。

其　三

惠示志文,伏讀感嘆。拙詞何足刻石,愧愧。子方見過,聞動止爲慰。餘非面莫究。

答楊禮先三首

其　一

新歲,日欲往見,紛紛未由。辱簡,承尊體已安復,感慰兼集。厚貺狨皮、石硯、蠟燭,物意兩重,不敢違命,但有愧灼。

其　二

話別草草,悵然不已。信宿起居佳勝,明日果成行否?拙詩,聊發一笑。

其　三

久闊暫聚,喜慰不可言。但苦都下紛紛,不盡款意。别來思仰增劇。亟辱手教,承已到郡,起居康福,眷愛各無恙。寄示石刻,暴揚鄙拙,極爲悚怍。衰病懷歸,又復歲暮,牢落可知。切想坐潁之餘,日與知舊往還,此樂可羡也。

與潮守王朝請滌二首

其　一

承寄示士民所投牒及韓公廟圖，此古之賢守留意於教化者所爲，非簿書俗吏之所及也。顧不肖何足以記此。公意既爾，衆復過聽，亦不敢固辭。但迫行冗甚，未暇成之，願稍寬假，遞中附往也。子野誠有過人，公能禮之，甚善。向蒙寵惠高文，欽味不已，但老懶廢學，無以塞盛意，悚怍而已。

其　二

承諭欲撰韓公廟碑，萬里遠意，不敢復以淺陋爲詞。謹以撰成，付來價，其一已先遁矣。卷中者，乃某手書碑樣，止令書史録去，請依碑樣，止摹刻手書。碑首既有大書十字，碑中不用再寫題目，及碑中既有太守姓名，碑後更不用寫諸官銜位。此古碑制度，不須徇流俗之意也。但一切依此樣，仍不用周回及碑首花草欄界之類，只于净石上模字，不著一物爲佳也。若公已替，即告封此簡與吴道人勾當也。

與吴子野

《文公廟碑》，近已寄去。潮州自文公未到，則已有文行之士如趙德者，蓋風俗之美，久矣。先伯父與陳文惠公相知，公在政府，未嘗一日忘潮也。云潮人雖小民，亦知禮義，信如子野言也，碑中已具論矣。然謂瓦屋始于文公者，則恐不然。嘗見文惠公與伯父書云：嶺外瓦屋始于宋廣平，自爾延及支郡，而潮尤盛。魚鱗鳥翼，信如張燕公之言也。以文惠書考之，則文公前已有瓦屋矣。傳莫若實,故碑中不欲書此也。察之。

答龜山長老四首

其 一

忽辱書,感慰無量。此日法履佳否?名爲實賓,學者之意,師何用此。重煩示諭,過當。未緣展晤,千萬爲衆自重。

其 二

張君予都尉,聞是舊檀越。爲奏海照之號,今托林承議附納敕牒,請作一書致君子,貴知到也。本欲爲書海照堂大字,作牌納去,屢寫皆不佳,不可用。非久,待告文安國爲作篆字也。

其 三

奉别忽半年,思仰無窮。比日履兹餘寒,法體何如?側聞居山漸久,道俗嚮服。新命即下,想慰衆意。未瞻奉間,千萬以時自重。

其 四

前者過謁,雖不款留,然開慰已多矣。辱書,審聞别後法履清勝。山門久墮,經始爲勞,然龍象所在,淮山已自改觀矣。未期會集,幸爲衆自愛。

與佛印禪師二首

其　一

阻闊,忽復歲暮。忽枉教翰,具審法履佳勝。久不至京,只衰疾倦於游從,無有會晤之日,惟冀良食自愛。煩置白挂,甚愧厚意。賜茶五角,聊以將意。餘冀倍萬保練。

其　二

人至,承誨示,知俶裝取道,會見不遠,豈勝欣慰。向冷,跋涉自愛。

答王定國二首(潁州)

其　一

辱書,感慰。謗焰已熄,端居委命,甚善。然所云百念灰滅,萬事懶作,則亦過矣。丈夫功名在晚節者甚多,定國豈愧古人哉! 某未嘗求事,但事來,即不以大小爲之。在杭所施,亦何足道,但無所愧怍而已。過蒙示諭,慚汗。若使定國居此,所爲當更驚人,亦豈特止此而已。本州職官董華,密人,能具道政事,嘆服不已,但恨公命未通爾。静以待之,勿令中途齟齬,自然獲濟。如國手棋,不煩大段用意,終局便須贏也。

其　二

張公卧病,不勝憂懸。急要文集,不敢不付去。在杭二年,到京數月,無頃刻暇時。公屬我,文集當有所删潤,雖不肖,豈敢如此。然公知我之深,舉世無比,安敢復有形迹,實願傾副公意萬一,故不敢草草編録。到潁,方有少暇,正欲編次,而遽索之,且乞定國一言,檢閲既了,仍以相付,幸也。

與趙德麟二首

其 一

數日不接,思渴之至。衝冒風雪,起居何如,端居者知愧矣。佛陀波利之虐,一至此耶? 乃知退之排斥,不爲無理也。呵呵。酒二壺迎勞,唯加鞭!

其 二

昨日幸接笑語。今日知舉挂,聞之後時,不及往慰,悚息!悚息! 三日臂痛,今日幸減,録舊詩一篇奉呈。聞公亦欲借示詩稿,幸付去人。上清宫成而有德音,意謂守臣當有賀表,如何? 如何? 謀之於公,幸略垂示。

與辯才禪師

別來思仰日深,比來道體何如? 某幸於鬧中抽頭,得此閑郡,雖未能超然遠引,亦退老之漸也。思企吴越諸道友及江山之勝,不去心。或更送老請會稽一次,老師必能爲此一郡道俗少留山中,勿便歸安養,不肖更得少接清游,何幸如之。惟千萬保愛。

答參寥二首

其 一

兩得手書，具審法體佳勝。辯才遂化去，雖來去本無，而情鍾我輩，不免凄愴也。今有奠文一首，並銀二兩，托爲致茶果一奠之。潁師得書，且喜進道。紙尾待得閑寫去。余惟萬萬自重。

其 二

某在潁，一味適其自得也。承惠家園新茗，珍感之至。紫衣脚色已付錢，今冬必得。已托王晉卿取附遞至智果也。四公子亭他輩非吝，但近日人言尤可畏，薄惡之甚，故未可也。必深悉此。潁上人道業必進，托爲傳語。聰公病懶不寫書，不訝！不訝！邁已赴河間，來書續附去次。少游近致一場鬧，皆群小忌其超拔也。今且無事，閑知之。

與汪道濟二首

其 一

專使至，辱書，感服存記。且審比來起居佳勝，甚慰馳仰。未卜會見，惟祈保練。

其 二

某見報移汶上，而敕未下，老病不堪寄任，方欲力辭，未知得免否？令子日夕相見，甚安，知之。

與范純父侍郎二首

其　一

到潁半年，始此上問，懶慢之罪，跼蹐無地。中間辱書及承拜命貳卿，亦深慶慰。然公議望公在禁林，想即有此拜也。春暖，起居何如？某移廣陵，甚幸。舍弟欲某一到都下乞見，而行路既稍迂，而老病務省事，且自潁入淮矣。不克一别，臨書惘惘。

其　二

某衰病日侵，而使客旁午，高麗復至，公私勞弊，殆不能堪。但以連歲災傷，不敢别乞小郡。然來年闕食之憂，未知攸濟，日俟罪譴而已。李唐夫一宅甚安，沉酣江山，旬日忘歸，非久赴任也。

與明父權府提刑

到官半歲，依庇德宇，獲遂解去，感服深矣。臨行寵餞再三，益愧眷厚。别後，切想起居佳勝。某已達泗上，迎送人等謹遣還府。今日留一飯，晚遂發去。逾遠左右，回望悵然。尚冀保練，以須顯拜。

與孔毅父二首

其　一

到揚吏事清暇，而人事十倍于杭，甚非老拙所堪也。熟觀所歷數路，民皆積欠爲大患。仁聖撫養八年，而民未蘇者，正坐此事耳。方欲出力理會，誰肯少助我者乎？此間去公咫尺耳，而過往妄造言語者，或云公欲括田而招兵，近聞得皆虚，想出於欲邀功賞而不顧公來者乎？事之濟否，皆天也，君子盡心而已。無由面見，臨紙惘惘。

其　二

到此得所賜書，即於遞中上謝，豈不達耶？續蒙示諭《王景尋文集》，某猶及從其人游，當依所教。然近日士大夫以某不作銘誌，故變文爲集引耳。已屢辭之，今恐未可遽作也。不罪！不罪！前日得舍弟書報，志公婢偶傷火湯，初甚驚惋，連得書，已全安無痕矣。恐要知。在京數日，見其慧利長進，無病，後母撫之如己出也。除夜紛紛，奉啓不謹。

與范純夫四首

其　一

别後不一奉書，懶慢之罪，未有以解，然别時亦先自陳矣。比日履兹初冬，起居佳勝。切聞屢進拜，喜抃無量。與子功同侍邇英，此最縉紳之所榮慕。又聞有旨許講罷奏事，想日有補正也。未緣會合，千萬自重。

其　二

奉書不數，愧仰可知。辱手數，且審起居佳勝爲慰。某凡百粗遣，聞天官之除，老病有加，那復堪此。即當力辭，乞閑郡爾。側聆大用，以快群望。未間，千萬以時自重。不宣。

其 三

《忠文公碑》,固所願托附,但平生本不爲此,中間數公蓋不得已,不欲卒負初心。自出都後,更不作不寫,已辭數家矣。如大觀其一也。今不可復寫,千萬亮察。魯直日會,且致區區。兩辱書皆未答。直懶爾,别無説。然魯直不容我,誰復能容我者?

其 四

前日見報,知新拜,即欲奉書爲賀。又恐草草,念行役間迫猝,未能便如禮,故不免發數字,想不深訝。不寐之喜,豈獨以樂正好善之故耶?更不必盡談。公議所屬,想公有以處之矣。私意但望公不力辭,若又力辭,乃似辭難矣。餘亦見子由書中。乍熱,起居如何?乍遠,千萬爲道自愛。

答趙德麟二首

其 一

人來,辱書。伏審履兹畏暑,起居佳勝,爲慰。見念之深,正如懷仰之意。不肖獨賴晁無咎在此,方憂其去,若果得德麟爲代,真天假老拙也。既未欲來此寄居,常令爲于高郵尋安下處,續當馳報也。未間,萬萬自重。

其 二

别後思仰不可言。竊計起居佳勝。得舍弟書,奉太夫人久服藥,近已康復,伏惟歡慶。到郡兩月,公私勞冗,有稽上問,想未深責。會合未期,惟冀侍奉外,千萬保重。

與人三首

其　一

欽服下風，爲日久矣，遲暮相從，傾蓋如故。非氣類自然，抑宿昔緣契也。人來，辱手教。得聞起居勝常，堂上康福，感慰深矣。某凡百如故。又得無咎切磨，知幸。

其　二

久別，思詠日深，衰疾多故，人事弛廢。過蒙手書存録，益用愧負。比日起居佳勝。如聞已有召命，想即超用，以慰公論。未間，萬萬爲國自重。

其　三

出守幸獲相聚，每得見，翛然忘懷，爲益多矣。別來起居何如？到揚，人事紛紛，坐想清游，可復得哉！乍熱，千萬保重。

與范子功四首

其　一

見舍弟説，知得雍信，幼孫夭逝，聞之怛然。便欲往見，從者已散去。竊想慈念之深，不能無動，然竟亦何益。惟千萬以理照遣，旦夕面究。

其　二

辱教，承晚來起居佳勝，團茶及匣子香藥夾等已領，珍感！珍感！珍感！栗子之求，不太廉乎？便不得更送一個篋籬耶？呵呵。

其　三

宿來起居佳勝。已馳簡邀伯揚，來日會啓聖，公能枉轡，甚幸。子由明日奠酹後，便往啓聖，公可到彼早食也。某略到押賜處，便往。

其　四

廣嚴之會，謹如教，計必請陳四也。分惠佳茅，感感。獨飲一杯，遂醉，書不成字。

答李方叔六首

其　一

別後，音問缺然。忽承惠教，愧仰何勝。秋暑未過，起居何如？未由會見，萬萬順時珍重。

其　二

專人辱啓事長書，及手簡累幅，意貺甚厚，非所敢當。又蒙教以不逮，非君子直亮，期人之遠，何以及此。然衰病之餘，豈任此責，愧悚之極。比日起居佳勝。惠示狨皮等物，皆所不敢當，禮曹之傳，蓋妄也。信篭元不發，却付來人。蓋近日親知所寄示，一切辭之，非獨於左右也。千萬恕察。知非久入京，見訪，幸甚。未間，千萬珍重。不宣。

其　三

前日所貺高文，極爲奇麗。但過相粉飾，深非所望，殆是益其病耳。無由往謝，悚汗不已。

其　四

近者雖獲屢見,迫於多故,不盡區區。别來辱書,且喜體中佳勝。某方杜門請郡,章四上未允,方更請耳。會見未可期,惟千萬順時自愛。至禱。

其　五

前日辱訪,客衆,不及款話,兩三日又無緣接奉,思念不可言。手教爲貺,慚感無量。苦寒,諸況如何?常日不獨以禁令不得瞻奉,又以差館伴,紛紛殊不暇也。衰病疲曳,欲脱而不可得,可勝嘆耶?人還,不一一。

其　六

連日殿門祗候,不果致問。辱簡,承起居佳勝。來日行香罷,又須一吊康公,晚乃歸。方叔能枉訪夜話爲别,甚幸。餘留面話。

答潘彦明

辱書,感慰無量。比日起居何如?别來不覺九年,衰病有加,歸休何日?往來紛紛,徒有愧嘆。知東坡甚葺治,故人仍復往還其間否?會合無期,臨紙悵惘。

與鞠持正二首

其　一

兩日薄有秋氣,伏想起居佳勝。蜀人蒲永升臨孫知微《水圖》,四面頗爲雄爽。杜子美所謂“白波吹素壁”者,願挂公齋中,真可以一洗殘暑也。近晚,上謁次。

其　二

知腹疾微作,想即平愈。文登雖稍遠,百事可樂。島中出一藥名白石芝者,香味初若嚼茶,久之甚美,聞甚益人,不可不白公知也。白石芝狀如石耳,而有香味,惟此爲辨,秘之!秘之!

答趙德麟三首(還朝)

其　一

累辱手教,感慰無量。比日起居佳勝。大禮日近,隨分冗迫,未得即見賢者,深增悵惘也。乍寒,萬萬以時自重。

其　二

紛紛尚未暇往見,思企之極。陰寒,起居佳勝否?甘釀佳貺,輒踐前言,作賦,可轉呈安定否?無事見臨,幸甚。

其　三

辱教,承台候佳勝。拙疾猶未退,尚潮熱惡寒也。來日必赴盛會,未得,後日猶恐當謁告也。辱意甚寵,適會如此,非所願。幸千萬加恕。子由固當馳赴也。穆公且喜漸安。卧病,書此不謹。

與人三首

其　一

吏役往還，得見風采，爲幸已多。重承存録，延顧極厚，感佩無量。自别來，一向冗迫，不即裁謝，慚負可知。令子齋郎至，領手教，且審起居佳勝。乍此睽隔，翹想日深。尚冀珍調，少慰鄙願。

其　二

辱示長箋，詞旨過重。適少冗迫，來使不敢久稽，未及占詞爲答，想知照未甚訝也。惶恐！惶恐！疊蒙惠長松以扶老病，感佩不可言。天覺臨别時，亦許寄來，因到彼，可爲督之。藥名品，方狀精詳之極，非故人留意之深，何以及此。未有以答厚意，但積悲感。都下委，示及，餘面究。

其　三

疊辱臨訪，欲少款奉。多事因循，繼以卧病，負愧深矣。知明日啓行，無緣面别，尚冀保練。

與王賢良

近辱臨訪，連日紛冗，不及款奉。竊惟起居佳勝。寵示新作，感服至意。

答楊濟甫

久以私撓不作書，累蒙惠問，且審起居佳勝，爲慰。衰年責咎，移殃家室。此月一日以疾不起，痛悼之深，非老人所堪，奈何！奈何！又以受命出帥定武，累辭不獲，須至勉强北行。家事寥落，懷抱可知。因見青神王十六秀才，亦爲道此。會合何時，臨書凄斷。惟千萬順時自愛。

與子安兄四首

其一

十九郎兄弟還至，特蒙手誨，恭審比來尊體佳勝，甚慰繫望。骨肉久别，乍聚，問訊親舊，但有感嘆。知兄杜門守道，爲鄉里推愛。弟久客倦游，情懷常不佳。日望歸掃墳墓，陪侍左右耳。方暑，敢冀以時自重。

其二

往蒙示先伯父事迹，但有感涕，專在卑懷。重承誨諭，惶悚之至。正冗迫中，不敢久留來使。未暇寫諸親知書，乞爲致意，非久遍發也。

其三

墓表又於行狀外尋訪得好事，皆參驗的實。石上除字外，幸不用花草及欄界之類。才著欄界，便不古，花草尤俗狀也。唐以前碑文皆無。告照管模刻仔細爲佳。不罪！不罪！

其四

每聞鄉人言，四九、五九兩侄，爲學勤謹，事舉業尤有功，審如此，吾兄不亡矣。惟深念負荷之重，益自修飭，乃是顔、閔之孝，賢於毁頓遠矣。此間五郎、六郎乍失母，毁痛難堪。亦以此戒之矣。吾兄清貧，遭此，固不易處。某亦爲一年兩喪，困於醫藥殯斂，未有以相助，且只令楊濟甫送二千爲一奠，餘俟少暇也。

與聖用弟三首

其一

聖用小二秀才弟。别後冗迫，不即奉書，想未訝也。比日體中佳安。今日榜出，且喜小十捷解，喜慰之極。此郎君爲學勤至，文詞成就，來春必殊等也。前賀無疑。向聞弟當復入來，想必成行也。小十甚安健，日夕相見，不用憂。未相會間，千萬保愛。子由爲朝陵去，未及奉書。

其二

十郎司理不及别作書。初官，但事事遵禀小二叔教誨。官事勿苟簡，公勤静恕，勿急求舉主，曹事辦集，上官必不汝遺。劉漕行父，叔與之契舊，因見，但道此意，俟到定州款曲作書也。餘惟侍奉外多愛。夜中，目昏不成字，勿訝！勿訝！

其三

方叔兄未及拜書，且爲致意。子安三哥近有書，未及再上狀，因見，亦爲致懇。

與子由(赴定州)

某爲迫行事冗，不及作孫子發書，乞爲致意。近者奏辟，吏部胥子初妄執言,本官係合入遠人,礙辟舉條,及反復詰之,乃始伏云。若今年九月二十七日本官成資後别無遺闕,即不該入遠,可以奏辟。某尋有公文申部,乞會問本州,即見得成資已前有無遺闕。凡争數日,乃肯據狀會問,請與孫子發言,略説與本州官員,言早與果决分明,回一成資無遺闕文字來,免爲猾胥妄生枝節。或更孫宣德與一願就及本州官員及所填替非有服親一狀,尤佳。京師,大抵官不事事而吏横也。

與參寥

吴子野至,出潁沙彌行草書,蕭然有塵外意,决知不日脱穎而出,不可復没矣。可喜!可喜!近遞中附吕丞相所奏妙總師號牒去,必已披受訖。即日起居何如?某來日出城赴定州,南北當又暌隔。然請會稽之意,終未已也。更當俟年歲間耳。未會見間,千萬善愛。

答范純父

所示連日入問聖候,極是!極是!見説執政逐日入問,宗室亦逐日問候也。已將簡報錢尹,令府中差人遍報諸公矣。

與孫子發二首

其　一

專人來辱書,承近日尊體佳勝。蒙許就辟,慰浣深矣。奏檢附呈已發訖。某行期不過九月半間,會見不遠,更祈順時自重。

其　二

貴眷各計安勝，公宇已令粗葺，什物粗陋，然亦粗足。更有幹，示喻。途中幸不滯留，早到慰勤遲，幸也。

與錢濟明二首

其　一

別後至今，遂不上問，想察其家私憂患也。遠辱專使手書，且審侍奉起居康勝，感慰兼集。老妻奄忽，今已半年，衰病豈復以此自纏。但晚景牢落，亦人情之不免。重煩慰諭，銘佩至意。然公亦自有愛女之戚初不知，奉疏後時，慚負不已。出守中山，謂有緩帶之樂，而邊政頹壞，不堪開眼，頗費鋤治。近日逃軍衰止，盜賊皆出疆矣。幕客得李端叔，極有助。聞兩浙連熟，呻吟瘡痍，遂一洗耳。何時會合，臨書惘惘。

其　二

寄惠洞庭珍苞，窮塞所不識，分餉將吏，並戴佳貺也。無以爲報，親書《松醪》一賦爲信，想發一笑也。近得單季隱書云：公有一癇藥方，極神奇。某長孫有此病，多年不痊，可見傳否？如許，幸遞中示及。

與孫子發二首（南遷）

其　一

人還，辱教，具審別後起居佳勝，貴眷各康寧，至慰！至慰！某到邢甚健。忝鄉且親，平時不爲不知公，因此行，觀公舉措，方恨前此知公未盡,勉進此道爲朋友光寵。餘惟萬萬以時自愛。

其　二

子發以古人自期,信道深篤,雖窮達在天,未可前定,然必有聞於時而傳於後也。幸益自愛重,以究遠業。臨行,不盡區區。

與開元明師二首

其　一

辱簡,並惠扇碑,及借示木石等,皆佳妙。但去長物爲陸行計,無所置之,謹留筆一束,以領雅意。餘回納,不訝!不訝!

其　二

辱書,具審法履佳勝。且知從者嘗至符離見待久之,感愧深矣。借示跋尾石刻,足見存誠篤至,却附來人納上元本。未會集間,千萬珍重。

與任德翁

半月不面,思仰深劇。辱書,承孝履如宜。金陵雖久駐,奉伺不至,知亦滯留如此。某在慈湖夾阻風已累日,今日風亦不苦順,且寸進前去,恐亦未能遠也。不知德翁今晚能到此否?傾渴之至。

與張元明二首

其　一

前日承追餞南都，又送子由至筠，風義之厚，益增感慨。比日，具審起居佳勝。萬里之别，後會杳未有期。伏乞善加保練。

其　二

遠辱專人惠書，輔以藥物，極濟所乏，衰疾有賴矣。感刻！感刻！不知何時還蜀中，自此音問遂隔，曷勝惘惘。

與黄元翁

垂老投荒，衆所鄙遠，見孫提點言，獨有存恤孤旅之意，感激不已。到治下當作陸行，必留數日款見也。

答劉無言

此行但有感恩知罪，省分絶欲。守此四言，行之終身，庶保餘年得還田畝，但未知有無後命爾。

與孫子發二首

其　一

别來思企不可言。比日尊體何如？某蒙庇粗遣，旦夕離南都，如聞言者尚紛紛，英州之命，未保無改也？凡百委順而已。幸不深慮。愈遠，萬萬以時自重。

其　二

郡中諸公,未能一一奉狀,因見,各爲致意。過真定,見楊采朝議。此人有實學隱德,河朔似此者,以一二數矣。其子迪簡亦善吏,軾已舉之矣。欲告提刑大夫來年一京削,敢煩子發爲道此懇,或持此簡呈憲使,又幸。一起寫書十六七封,不能復謹,勿罪!勿罪!

與程德孺

在定辱書,未裁答問,倉猝南來,遂以至今。比日竊惟起居佳勝。老兄罪大責薄,未塞公議,再有此命,兄弟俱竄,家屬流離,污辱親舊。然業已如此,但隨緣委命而已。任德翁同行月余,其見老兄處憂患,次第可具問,更不詳書也。懿叔赴闕今何在?因書道區區。後會無期,臨書惘惘。餘熱,萬萬以時珍重。

答錢濟明三首(惠州)

其　一

專人遠辱書,存問加厚,感悚無已。比日,郡事餘暇,起居何如?某到貶所,闔門省愆之外,無一事也。瘴鄉風土,不問可知,少年或可久居,老者殊畏之。惟絶嗜欲、節飲食,可以不死,此言已書之紳矣。餘則信命而已。(**陳仁錫眉**)得體。近來親舊書問已絶,理勢應爾。濟明獨加厚于舊,高義凜然,固出天資。但愧不肖何以得此。會合無期,臨紙愴恨。

其　二

近在吴子野處領來教，尚稽答謝，悚息之至。遠蒙差人，固佩荷契義，而卓契順者，又可奇也。無以答其意，與寫數紙，公可取一閲也。寄惠白术，極所欲得也。箋格甚高，想見風裁，回信惟有紫團參一枝，疑可雙奉親故，不以微鮮爲愧也。兩兒子曾拜見否？凡百想有以訓之。幼子過相隨，甚幹事，且不廢學。蒙令子惠書，回答簡率，一一封納，必不罪也。

其　三

嶺南家家造酒，近得一桂酒法，釀成不減王晉卿家碧香，亦謫居一喜事也。有一頌，親作小字録呈，切勿示人，千萬！千萬！

答張嘉父

（**黄嘉惠眉**）筆下有實學、有真見，一往自足不朽。

久不奉書，過辱不遺，遠枉教尺，且審起居佳勝，感慰交集。著述想日益富。示諭治《春秋》學，此儒者本務，又何疑焉。然此書自有妙用，學者罕能領會，若求之繩約中。乃近法家者流，苛細繳繞，竟益何用。（**儲欣夾**）精確。惟丘明識其妙用，然不肯盡談，微見端兆，欲使學者自見之，故僕以爲難，蓋嘗悔少作矣，未敢輕論也。凡人爲文，至老，多有所悔。（**鍾惺夾**）此語爲明人道也。僕嘗悔其少矣，然著成一家之言，則不容有所悔。當且博觀而約取，如富人之築大第，儲其材用，既足而後成之，然後爲得也。愚意如此，不知是否？夜寒，筆凍眼昏，不罪！不罪！

【彙評】

儲欣:是東坡《春秋》論。

答徐得之二首

其 一

張君來,辱書存問周至,感激不已。即日哀慕之餘,孝履如宜。某到惠已半年,凡百粗遣,既習其水土風氣,絶欲息念之外,浩然無疑,殊覺安健也。兒子過頗了事。寢食之餘,百不知管。亦頗力學長進也。子由頻得書,甚安。一家今作四處,住惠、筠、許、常也,然皆無恙。得之見愛之深,故詳及之,不須語人也。瞻企邈然,臨書惘惘。乍熱,惟萬萬節哀,順變自重。

其 二

詹使君,仁厚君子也,極蒙他照管,仍不輟攜具來相就。極與君猷相善,每言及,相對凄然。君猷諸子得耗否?十四郎後來修學如何?

答吴秀才

人來,領書,且喜尊體佳勝。並示《歸風賦》,興寄遠妙,詞亦清麗,玩味爽然。然僕方杜門念咎,不願相知過有粉飾,以重其罪。此賦自別有所寄,則善,不肖决不敢當,幸察之!察之!

国家出版基金项目
NATIONAL PUBLICATION FOUNDATION

教育部人文社會科學重點研究基地
復旦大學中國古代文學研究中心
叢刊

蘇軾詩文彙評

黄霖　陳維昭　周興陸　主編
樊慶彦　輯著

伍

鳳凰出版社

卷八十四

尺牘八十四首

答参寥三首(惠州)

其　一

專人遠來,辱手書,並示近詩,如獲一笑之樂,數日喜慰忘味也。某到貶所半年,凡百粗遣,更不能細説,大略只似靈隱天竺和尚退院後。却在一個小村院子,折足鐺中,罨糙米飯吃,便過一生也得。(**王聖俞眉**)答僧即以僧譬。其餘,瘴癘病人。北方何嘗不病,是病皆死得人,何必瘴氣。但苦無醫藥。京師國醫手裏死漢尤多。(**凌孟昭眉**)便有無數轉换。(**王聖俞眉**)善乎自寬。参寥聞此一笑,當不復憂我也。故人相知者,即以此語之,餘人不足與道也。未會合間,千萬爲道善愛自重。

【彙評】

鄭之惠:勘得此一段意思破,何處去不得?

陳天定:達甚如此,則生死得喪,皆不足以撓之矣。

其　二

潁沙彌書迹巉聳可畏,他日真妙總門下龍象也,老夫不復止以詩句字畫期之矣。老師年紀不少,尚留情詩句畫間爲兒戲事耶？然此回示詩，超然真游戲三昧也。(**王聖俞夾**)操縱。居閑，不免時時弄筆。見索書字要楷法，輒往數篇，終不甚楷也。只一讀了，付潁師收，勿示餘人也。(**王聖俞夾**)照顧。

雪浪齋詩尤奇偉，感激！感激！轉海相訪，一段奇事。但聞海船遇風，如在高山上墜深谷中。非愚無知與至人，皆不可處。(**王聖俞夾**)兩頭話最奇。胥靡遺生，恐吾輩不可學。若是至人無一事，冒此險做甚麽？(**王聖俞夾**)又一層出脱。千萬勿萌此意。潁師喜於得預乘桴之游耳。所謂無所取裁者，其言不可聽，切切！相知之深，不可不盡道其實爾。自揣餘生，必須相見，公但記此言，非妄語也。(**王聖俞夾**)自信又奇。

【彙評】

王聖俞：多深至之言。

其　三

净慧琳老及諸僧知，因見致懇。知爲默禱於佛，令亟還中州，甚荷至意。自揣省事以來，亦粗爲知道者。但道心屢起，數爲世樂所移奪，恐是諸佛知其難化，故以萬里之行相調伏爾。(**李卓吾眉**)吁！孰知其正難調伏也哉！少游不憂其不了此境，但得他老兒不動懷，其餘不足云也。俞承務知爲少游展力，此人不凡，可喜！可喜！

今有一書與之，告專一人與轉達。仍有書，令兒子輩準備信物，令送去俞處，托求穩當舶主，附與廣州何道士也。見説自有斤重脚錢，數目體例甚熟。

答南華辯師五首

其一

竄逐流離，愧見方外人之舊。達觀一視，延館加厚，洗心歸休，得見祖師，幸甚！幸甚！人來，辱書，具審法體佳勝，感慰兼集。某到惠已二百日，杜門養痾，凡百粗遣，不煩留意念。

其二

專人遠來，獲手教累幅，具審法履佳勝，感慰兼集。又蒙遠致筠州書信，流落羈寓，每煩净衆，愧佩深矣。承惠及罌粟鹽豉等，益荷厚意。泉銘模刻甚精。某此凡百如宜，不煩念及。未由瞻謁，懷想不已。熱甚，惟萬萬爲衆自愛。

其三

所要寫柳碑，大是。山中闕典，不可不立石。已輟忙，揮汗寫出，仍作一小記。成此一事，小生結緣于祖師不淺矣。荒州無一物可寄，只有桄榔杖一枝，木韌而堅，似可采，勿笑！勿笑！舍弟及聰師等書信領足。此自有去人，已發書矣。

張惠蒙去歲爲看船，不得禮拜祖師及衣鉢，甚不足。今因來人，令相照管一往，不訝喧聒。此子多病，來時告令一得力莊客送回也。留住五七日可矣。

其四

净人來，辱書，具審法體勝常，深慰馳仰。至此二年，再涉寒暑，粗免甚病。但行館僧舍，皆非久居之地，已置圃築室，爲苟完之計，方斫木陶瓦，其成當在冬中也。

其 五

近苦痔疾,極無聊,看書筆硯之類,殆皆廢也。所要寫王維、劉禹錫碑,未有意思下筆。又觀此二碑格力淺陋,非子厚之比也。

答王商彦

忝親戚之末,未嘗修問左右,又方得罪屏居,敢望記及之。專人遠來,辱箋教累幅,稱述過重,慰勞加等,幸甚。即日履兹秋暑,尊體何如? 某仕不知止,臨老竄逐,罪垢增積,玷污親友。足下昆仲,曲敦風義,萬里遣人問安否,此意何可忘! 書詞雅健,陳義甚高,但非不肖所稱也。蜀、粤相望天末,何時會合,臨書惘惘,未審受任何地。來歲科詔,佇聞峻擢,以慰願望。未間,更冀若時自重。

與程天侔七首

其 一

去歲過治下,幸獲接奉,别後有闕上問,過沐省記。遠辱手教,且審起居佳安,感慰兼集。長箋見寵,禮意過當,非衰老者所宜承當。伏讀,愧汗而已。未由會見,萬萬以時自重。

其 二

乏人寫公狀,幸恕簡略,示諭固合如命,但罪廢閑冷,衆所鄙遠,决無回應之理。近發書,多不答,未欲頻瀆也。幸矜察。

其　三

至後福履。增勝。辱訪,不果見,悚怍無量。寵惠羊酒、紙、茗,極荷厚意,答謝稽緩。不罪。不罪。

其　四

適辱訪別,豈勝悵仰。晚來起居佳勝。爲餞蔡守,遂不得詣違。尚丐珍練。

其　五

少事干煩,過河源日,告伸意仙尉差一人押木匠作頭王皋暫到郡外,令計料數間屋材,惟速爲妙。爲家私紛冗,不及寫書,千萬勿罪!幸甚!

其　六

江君訪別,本欲作書,醉熟手軟,不能多書,獨遣此紙而已。老拙慕道,空能誦《楞嚴》言語,而實無所得,見賢者得之,便能發明如此。誦語精妙,過辱開示,感怍無已。龍眼晚實愈佳。特蒙分惠,感怍之至。錢數封呈,煩聒,增悚!

其　七

(王聖俞眉)遇事成韻。

白鶴峰新居成,當從天侔求數色果木,太大則難活,太小則老人不能待,當酌中者。又須土碪稍大不傷根者爲佳。不罪!不罪!

【彙評】

陳天定：王納諫云："遇事成韻。"

與程輔提刑二十四首

其　一

近聞使旆少留番禺，方欲上問。侯長官來，伏承傳誨，意旨甚厚，感怍深矣。比日履茲新春，起居佳勝。知車騎不久東按，儻獲一見，慰幸可量。未間，伏冀以時自重。

其　二

竄逐海上，諸況可知。聞老兄來，頗有佳思。昔人以三十年爲一世，今吾老兄弟，不相從四十二年矣，念此，令人淒斷。不知兄果能爲弟一來否？然亦有少拜聞。某獲譴至重，自到此旬日外，便杜門自屏，雖本郡守，亦不往拜其辱，良以近臣得罪，省躬念咎，不得不爾。（**陳仁錫眉**）有體。老兄到此，恐亦不敢出迎。若以骨肉之愛，不責末禮而屈臨之，餘生之幸，非所敢望也。其餘區區，殆非紙墨所能盡。惟千萬照悉而已。德孺、懿叔久不聞耗，想頻得安問。八郎、九郎亦然。令子幾人侍行？若巡按必同行，因得一見，又幸。舍弟近得書云，在湖口，見令子新婦，亦具道尊意，感服不可言。

其　三

專人至，承賜教累幅，感慰兼極。比日履茲春陽，尊體佳勝。知春夏間方按行此邦，豈勝繫望。韶州風物甚美。園亭，德孺所治，殊可喜。但不知有可與爲樂者否？未披奉間，更冀若時保練。

其 四

老兄近日酒量如何？弟終日把盞，積計不過五銀盞爾。然近得一釀法，絶奇，色香味皆疑於官法矣。使旆來此有期，當預醖也。向在中山，創作松醪，有一賦，閑録呈，以發一笑。

其 五

數日聞使旆來此，喜慰不可言。方欲遣人奉狀，遽捧手教，感愧兼集。比日涉履風濤，起居佳勝。旦日瞻奉，並陳區區。

其 六

某深欲出迎郊外，業已杜門，知兄知愛之深，必不責此，然愧悚甚矣。專令小兒走舟次也。知十秀才侍行，喜得會見，不及别奉書。

其 七

昨日辱臨，款語傾盡，感慰深矣。經宿起居佳勝。所貺皆珍奇，物意兩重，敢不拜賜。少頃面謝。

其 八

謫居窮寂，誰復顧者？兄不惜數舍之勞，以成十日之會，惟此恩意，如何可忘。别後不免數日牢落，竊惟尊懷亦悵然也。但凝望沛澤北歸，將復會見爾。到廣少留否？比日起居何如？某到家無恙，不煩念及。未參候間，萬萬若時自重。

其 九

河源事,上下繆悠而已。有一信篋並書,欲附至子由處,輒以上干,然不須專差人,但與尋便附達,可轉托洪、吉間相識達之。其中乃是子由生日香合等。他是二月二十日生,得前此到爲佳也。不罪! 不罪!

其 十

兩甥相聚多日,備見孝義之誠,深慰所望。未暇别書,悉之! 悉之! 兒子適令幹少事,未及拜狀。輒已和得《白水山》詩,録呈爲笑。並亂做得《香積》數句,同附上。前本並納去。"砬"字輒用"椏"字,蓋攀例也。呵呵。

其十一

近檢法行奉書,未達間,伏蒙賜教,並寄惠柑子,此中雖有,然似此佳者,即不識也。但十有一二壞爾。謹如教略嘗,不多啖也。比日還府以來,起居佳勝。某與兒子如昨,不煩念及。大郎、三郎有近耗未? 歲暮無緣會合,惟若時珍練。

其十二

和示《香積》詩,真得淵明體也。某喜用陶韻作詩,前後蓋有四五十首,不知老兄要録何者? 稍間,編成一軸附上也,只告不示人耳。橋錢必不足用,學錢且告老兄留取。切告。切告。前所問者,已得實狀,本州必已申去,蓋亦只止是矣。

其十三

近鄉僧法舟行,奉狀必達。惠州急足還,辱手教,且審起居佳勝,感慰兼集。寵示詩域醉鄉二首,格力益清妙。深欲繼作,不惟高韻難攀,又子由及諸相識皆有書,痛戒作詩,其言切甚,不可不遵用。空被來貺,但慚汗而已。兄欲寫陶體詩,不敢奉違,今寫在揚州日二十首寄上,亦乞不示人也。未由會合,日聽除音而已。餘惟萬萬若時自重。

其十四

承服温胃藥,舊疾失去,伏惟慶慰。反復尋究,此至言也。拙恙亦當服温平行氣藥爾。德孺書信已領,尚未聞所授,豈當到闕乎?兄亦歸覲耳,何用更求外補。惠及佳麵,感怍。適有河源乾菌少許,並香篆一枚,頗大,謾納去,作笑。有肉蓯蓉,因便寄示少許,無即已也。侯晉叔,實佳士,頗有文采氣節。恐兄不久歸闕,此人疑不當遺也,故略爲記之。不罪!

其十五

少懇冒聞。向所見海會長老,甚不易得。院子亦漸興葺。已建法堂甚宏壯,某亦助施三千緡足,令起寢堂,歲終當完備也。院旁有一陂,詰曲群山間,長一里有餘。意欲買此陂,屬百姓見説數十千可得。稍加葺築,作一放生池。囊中已竭,輒欲緣化。老兄及子由各出十五千足,某亦竭力共成此事。所活鱗介,歲有萬數矣。老大没用處,猶欲作少有爲功德,不知兄意如何?如可,便乞附至,不罪!不罪!

其十六

此中魚湖之利,下塘常爲啓閉之所,歲終竭澤而取,略無脱者。今若作放生池,但牢築下塘,永不開江,水漲冒,即聽其自在出入，則所活不貲矣。

其十七

廣州多松脂，閎甫嘗買，用桑皮灰煉得甚精，因話告求數斤。仍告正輔與買生者十斤，因便寄示。舶上硫黄如不難得，亦告爲買通明者數斤，欲以合藥散。鐵爐熬，可作時羅夾子者，亦告爲致一副中樣者。三物，皆此中無有。不罪。

其十八

某前者留博羅一日，再見鄧道士，所聞别無異者，方欲邀來郡中款問也。續寄丹砂已領，感愧之極。某於大丹未明了，直欲以此砂試煮煉，萬一伏火，亦恐成藥爾。成否當續布聞。比日得七哥書，遞中已附謝也。六郎、十郎各計安，未及别書。所要書字墨竹，固不惜，徐寄去也。外曾祖遺事録呈。

其十九

蜜極佳，荔枝蒙頒賜，謹附謝懇。蘇州錢倅，差一般家人，又借惠力院一行者契順，與宜興通問，萬里勞人，甚愧其意。因令附此書，或略賜照管，幸甚。卒子與借請少許，甚幸！甚幸！

其二十

忽復殘臘，會合無緣，不能無天末流離之念也。急足回，辱書，具審尊體康勝。仍示佳句五章，字字新奇，嘆詠不已。老嫂奄隔，更此徂歲，想加凄斷，然終無益，惟日遠日忘，爲得理也。某近苦痔，殊無聊，杜門謝客，兀然坐忘爾。新春，爲國自愛，早膺北歸殊寵。

其二十一

某睹近事,已絶北歸之望。然中心甚安之。未話妙理達觀,但譬如元是惠州秀才,累舉不第,有何不可。(**儲欣夾**)當作如是觀。知之免憂。詩屢欲和,韻嶮又已更老手五賡,殆難措辭也,亦苦痔無情思耳。惠黄雀,感愧!感愧!子由一書,告早入皮筒,幸甚!幸甚!

其二十二

河南兄弟已歸左右,想哀慕之極,切希爲親自寬也。近有慰疏,未暇别紙。

其二十三

殘臘只數日,感念聚散,不能無異鄉之嘆,不審兄諸況如何?子舍已到否?新年不獲奉觴,惟祝早膺召命。未間,更乞爲時自重。

其二十四

人來,辱書。伏承履兹新春,起居佳勝。至孝通直已還左右,感慰良深。且聞有北轅之耗,尤副卑望。詠史等詩高絶,每篇乃是一論,屈滯它作絶句也。前後惠詩皆未和,非敢懶也。蓋子由近有書,深戒作詩,其言切至,云當焚硯棄筆,不但作而不出也。不忍違其憂愛之意,故遂不作一字,惟深察。吾兄近詩益工,孟德有言:“老而能學,惟吾與袁伯業。”此事不獨今人不能,占人亦自少也。未拜命間,頻示數字,慰此牢落。餘惟萬萬爲時自重。

與廣東提舉蕭大夫二首

其一

春和,竊惟起居佳勝。某罪譴,得托迹麾下,幸甚。到惠即欲上問,杜門省咎,人事俱廢,以故後時,想不深訝。未緣瞻奉,伏冀爲時自重。

其二

伏審使旆巡按至惠,得遂際見,何幸如之。某始寓僧舍,凡百不便。近因正輔至郡,許假館行衙,不及面稟,輒已遷入,悚側不已。想仁念顧恤,不深訝也。

答王敏仲四首

其一

再辱手教,感戴深矣。仍審比日台候康勝,至慰!至慰!某凡百如昨。新屋旦夕畢工,即遷入。長子邁自浙中般挈,由循州徑路來,閏月可至此。漸似無事,可以却掃室安居矣。新政愷悌,已穆然嶺海間矣。更蒙下訪,粗識仁人之用心也。欣慰之極,未緣面盡,臨書惋結。

其二

(**黄嘉惠眉**)真有見地語。

浮玉聞遂化去,殊不知異事,可聞其略乎?其母今安在?謗者之言,何足信也。丹元事亦告盡録示,决不示人也。起居之語未曉，亦告指示。近頗覺養生事絶不用求新奇，惟老生常談，便是妙訣，咽津納息，真是丹頭，仍須用尋常所聞般運泝流法，令積久透徹乃效也。孟子曰："事在易而求諸難，道在邇而求諸遠。"董生云："尊其所聞則高明矣，行其所知則光大矣。"

其　三

春候清穆，竊惟按馭多暇，起居百福，甘雨應期，遠邇滋洽，助喜慰也。某凡百粗遣，適遷過新居，已浹旬日，小窗疏籬，頗有幽趣。賤累亦不久到矣。未期瞻奉，萬萬爲國自重。

其　四

兩蒙賜教，慰感深至。曾因周循州行，奉狀，伏想已塵覽。即日台如何似？越人事嬉游，盛於春時，高懷俯就，想復與衆同之，天色澄穆，亦惟此時也。莫緣陪後乘，西望增慨。

與范純夫

某謫居瘴鄉，惟盡絶欲念，爲萬金之良藥。公久已爾，不在多祝也。子由極安常，燕坐胎息而已。有一書，附納。長子邁自宜興挈兩房來，已到循州，一行並安。過近往迎之，得耗，旦夕到此。某見獨守舍耳。次子迨在許下。子由長子名遲者，官滿來筠省覲，亦不久到。恐要知。六婦與二孫並安健。過去日，留一書並數品藥在此，今附何秀才去。如聞公目疾尚未平，幸勿過服凉藥。暗室瞑坐數息，藥功何緣及此。兩承惠錫器，極荷意重。丹霞觀張天師遺迹，儻有良藥異事乎？令子不及别書，侍奉外多慰。子功之喪，忽已除祥，哀哉，奈何！諸子想各已之官,某孫婦甚長成,旦夕到此矣。

與蕭朝奉

近得見令兄提舉,稍聞動止之詳,爲慰。少事輒冒聞,幸恕率易。兒子邁般挈數房賤累,自虔易小舟,由龍南江至方口出陸至循州,下水到惠。賤官重累,敢望矜恤。特爲於郡中諸公,釀借白直數十人送至方口,計未遠出州界,切望垂念。已於循州擘畫得數十人至方口迎之也。流落困苦,想加憫察。

答王莊叔二首

其　一

遠辱教書,具道三十年前都下與先人往還,伏讀感涕。仁人念舊,手簡見及,足矣。書辭累幅,禮意莊重,此何過也。伏審斬焉在疚,哀慕之餘,起居如宜。某罪廢遠屏,有玷知識,重蒙獎飾,衰朽增光,會合未期,尚冀節哀自重。

其　二

某多病杜門,人事都絶,懶習已成,筆硯殆廢。承長箋寵貺,裁謝苟簡,愧負深矣。黄茅海瘴正作於秋。蒸暑麾汗,不能盡意,恕之。

與循守周文之二首

其　一

近日屢獲教，音及林增城。至又得聞動止之詳，並深感慰。桃、荔、米、酒，諸信皆達矣。荷佩厚眷，難以盡喻。今歲荔子不熟。土産早者，既酸且少；而增城晚者，不至，方有空寓嶺表之嘆。忽信使至，坐有五客，人食百枚，飽外又以歸遺，皆云其香如練家紫，但差小耳。二廣未嘗有此異哉。又使人健行，八百枚無一損者，此尤異也。林令奇士幸此少留，公所與者，故自不凡也。蒸暑異常，萬萬以時珍嗇。

其　二

鄭君知其俊敏篤問學，觀所爲詩文，非止科場手段也。人去，忙作書，不及相見，且致此意。李公弼亦再三傳語。承許遠訪，何幸如之。海州窮獨，見人即喜，况君佳士乎？林行婆當健，有香與之，到日告便送去也。八郎房下不幸，傷悼。

與封守朱朝請二首

其　一

前日蒙示所藏諸書，使末學稍窺家傳之秘，幸甚！幸甚！恕先所訓，尤爲近古。某方治此書，得之，頗有所開益。拜賜之重，如獲珠貝，又重煩令子運筆，益深愧感。老拙不揆，輒立訓傳，尚未畢工，異日當以奉呈也。新説方熾，古學崩壞，言之傷心。區區所欲陳，未易究也。臨紙慨然。

其　二

公於《春秋》發明固多矣，舍弟頗治此學，異日相見，當出其書互相考也。然此書近遭廢錮，尚未蒙牽復，公尚敢言及耶？想當一噱。

與李大夫

近奉狀，已達。比日，伏計起居佳勝。旱勢如此，撫字之懷，想極焦勞。舊見《太平廣記》云，以虎頭骨縋之有龍湫潭中，能致雨，仍須以長綆繫之，雨足乃取出，不爾雨不止。在徐與黄試之，皆驗，敢以告。

與周文之二首

其　一

近蒙寄示畫圖及新堂面勢，仍求榜名。嶺南無大寒甚暑，秋冬之交，勾萌盗發，春夏之際，柯葉潛改，四時之運默化，而人不知。(**鍾惺夾**)奇。民居其間，衣食之奉，終歲一律，寡求而易安，有足樂者。若吏治不煩，即其所安而與之俱化，豈非牧養之妙手乎？文之治循，已用此道，故以“默化”名此堂，如何？可用，便請題榜也。(**鍾惺眉**)往往於無心閑談中發出經濟實用。

其　二

聞公服何首烏，是否此藥温厚無毒？李習之傳正爾，噯之無炮製。今人乃用棗或黑豆之類蒸熟，皆損其力。僕亦服此藥，但采得，陰乾，便擣羅爲末，棗肉或煉蜜，和入臼中，萬杵，乃丸服。極有力,無毒。恐未得此法,故以奉白。

與　人

累日欲上謁,竟未暇。辱教,承足疾未平,不勝馳繫。足疾惟葳靈仙、牛膝二味爲末,密丸,空心服,必效之藥也。但葳靈仙難得真者,俗醫所用,多槁本之細者爾。其驗以味極苦,而色紫黑,如胡黄連狀,且脆而不韌,折之,有細塵起,向明示之,斷處有黑白暈,俗謂之有鴝鵒眼。此數者備,然後爲真,服之有奇驗。腫痛拘攣皆可已,久乃有走及奔馬之效。二物當等分,或視臟氣虚實,酌飲牛膝,酒及熟水皆可下,獨忌茶耳。犯之,不復有效。若常服此,即每歲收櫰皂莢芽之極嫩者,如造草茶法,貯之,以代茗飲。此效,屢嘗目擊。知君疾苦,故詳以奉白。元素書已作,稍暇,詣見。

與惠州都監

君南來,清節幹譽,爲有識所稱,皆曰:“此東坡弟子由門下客也。”兩漢之士,多起于游徼卒史。至公卿者多矣。願君益廣問學,以期遠到。

與史氏太君嫂

某謫海南,狼狽廣州,知時侄及第,流落中尤以爲慶。乃知三哥平生孝義廉静自守,嫂賢明教誨有方,天不虚報也。明日當渡大海,聊致此書,嫂知意而已。

與林濟甫二首(儋耳)

(**黄嘉惠眉**)真切語。

其　一

眉兵至,承惠書,具審尊體佳勝,眷愛各安。某與幼子過南來,餘皆留惠州。生事狼狽,勞苦萬狀,然胸中亦自有翛然處也。今日到海岸,地名遞角場,明日順風即過矣。回望鄉國,真在天末,留書爲别。未間,遠惟以時自重。

其　二

某兄弟不善處世,並遭遠竄,墳墓單外,念之感涕。惟濟甫以久要之契,始終留意,死生不忘厚德。

答劉元忠

近别,伏惟起居安勝。短箋不盡意,察之。柳伯通因會,爲致區區。歐陽秀才實談道甚妙,可與閑游。懷思文忠公,愛其屋上烏,況族子弟之佳者乎!余惟萬萬若時自重。

答王敏仲

兒子還,辱手書,具審起居佳勝,感慰兼極。舟行至扶胥,急足示問,乃知有袁州之命,嘆惋不已。行止孰非天者?復何言哉!道眼所照,知已平適,但治行匆遽,亦少勞神矣。

答程全父推官六首

其一

別遽逾年，海外窮獨，人事斷絶，莫由通問。舶到，忽枉教音，喜慰不可言。仍審起居清安，眷愛各佳。某與兒子粗無病，但黎、蜑雜居，無復人理，資養所給，求輒無有。初至，僦官屋數椽，近復遭迫逐，不免買地結茅，僅免露處，而囊爲一空。困厄之中，何所不有，置之不足道也，聊爲一笑而已。平生交舊，豈復夢見，懷想清游，時誦佳句，以解牢落。此外，萬萬以時自重。舶回，匆匆布謝。

其二

（**袁宏道眉**）大似韓、歐之語。

閣下才氣秀發，當爲時用久矣。遐荒安可淹駐，想益輔以學以昌其詩乎？僕焚筆硯已五年，尚寄味此學。隨行有《陶淵明集》。陶寫伊鬱，正賴此爾。有新作，遞中示數首，乃珍惠也。山川風氣能清佳否，孰與惠州比？此間海氣鬱蒸，不可言，引領素秋，以日爲歲也。寄貺佳酒，豈惟海南所無，殆二廣未嘗見也。副以糖冰精麵等物，一一感銘，非眷存至厚，何以得此，悚怍之至。此間紙不堪覆瓿，攜來者已竭。有便，可寄百十枚否？不必甚佳者。

其三

便舟來，辱書問訊既厚矣，又惠近詩一軸，爲賜尤重。流轉海外，如逃深谷，既無與晤語者，又書籍舉無有，惟陶淵明一集，柳子厚詩文數册，常置左右，目爲二友。今又辱來貺，清深温麗，與陶、柳真爲三友矣。此道，比來幾熄，海北亦豈有語此者耶？新春，伏想起居佳勝。某與小兒亦粗遣，窮困日甚，親友皆疏絶矣。公獨收恤加舊，此古人所難也。感怍不可言，惟萬萬以時自愛。

其 四

令子先輩辱書及新詩，感慰彌甚，筆力益進，家有哲匠矣，何復下問乎？老病百事皆廢，尤倦寫書，故止附此紙爾，不別緘也。不罪！不罪！

其 五

兒子比抄得《唐書》一部，又借得《前漢》欲抄。若了此二書，便是窮兒暴富也。呵呵。老拙亦欲爲此，而目昏心疲，不能自苦，故樂以此告壯者爾。紙、茗佳惠，感怍！感怍！丈丈惠藥、米、醬、薑、糖等皆已拜賜矣。江君先輩辱書，深欲裁謝，連寫數書，倦甚，且爲多謝不敏也。

其 六

久不得毗陵信，如聞浙中去歲不甚熟，曾得家信否？彼土出藥否？有易致者，不拘名物，爲寄少許。此間舉無有，得者即爲希奇也。間或有粗藥，以授病者，入口如神，蓋未嘗識耳。

答程天侔三首

（**劉辰翁眉**）嵇叔夜《養生》、仲長統《樂志》，不如此竟簡淡。

其一

去歲僧舍屢會,當時不知爲樂,今者海外無復夢見。聚散憂樂,如反復手,幸而此身尚健。得來訊,喜侍奉清安,知有愛子之戚。襁褓泡幻,不須深留戀也。僕離惠州後,大兒房下亦失一男孫,悲愴久之,今則已矣。此間食無肉,病無藥,居無室,出無友,冬無炭,夏無寒泉,然亦未易悉數,大率皆無耳。惟有一幸,無甚瘴也。近與小兒子結茅數椽居之,僅庇風雨,然勞費已不貲矣。賴十數學生助工作,躬泥水之役,愧之不可言也。尚有此身,付與造物,聽其運轉,流行坎止,無不可者。故人知之,免憂。夏熱,萬萬自愛。

其二

近得吴子野書,甚安。陸道士竟以疾不起,葬於河源矣。前會豈非一夢耶?僕既病倦不出,然亦無與往還者,闔門面壁而已。新居在軍城南,極湫隘,粗有竹樹,烟雨蒙晦,真蜑塢獠洞也。惠酒佳絶。舊在惠州,以梅醖爲冠,此又遠過之。牢落中得一醉之適,非小補也。

其三

新詩過蒙寵示,格律深妙,非淺學所能仿佛,嘆誦不已。老拙無以答厚意,但藏之,永以爲好爾。

與鄭嘉二首

(**黄嘉惠眉**)坡仙一生得力處,亦一生受用處。

其　一

舶人回,奉狀必達。比日起居佳勝,貴眷令子各安。某與過亦幸如昨。初賃官屋數間居之,既不佳,又不欲與官員相交涉。(陳仁錫眉)妙,妙。近買地起屋五間一龜頭,在南污池之側,茂林之下,亦蕭然可以杜門面壁少休也。但勞費貧窘耳。此中枯寂,殆非人世,然居之甚安。况諸史滿前,甚可與語者也。借書,則日與小兒編排整齊之,以須異日歸之左右也。小客王介石者,有士君子之趣。起屋一行,介石躬其勞辱,甚於家隸,然無絲髮之求也。顧某念之,有可照庇之者,幸不惜也。死罪!死罪! 柯仲常舊有契,因見道區區。

其　二

邁後來相見否? 久不得其書,聞過房下卧病,正月尚未得耗,亦憂之。公爲取一書,求瓊州海舶或來人之便,封題與瓊倅黄宣義托轉達,甚幸也。見説瓊州不論時節有人船便也。《衆妙堂記》一本,寄上。本不欲作,適有此夢,夢中語皆有妙理,皆實云爾,僕不更一字也。不欲隱没之,又皆養生事,無可醖釀者,故出之。

與僧隆賢二首

其　一

某慰疏言。不意寶月大師宗古老兄捐衆示化。切惟孝誠深至,攀慕涕泗,久而不忘。仍承已畢大事,忽復更歲,觸物感慟,奈何! 奈何! 某謫居遼敻,無由往奠,追想宗契之深,悲愴不已。惟昆仲節哀自重,以副遠誠。謹奉疏慰。不次,謹疏。

正月日，趙郡蘇某慰疏上。

其　二

舟、榮二大士遠來，極感至意。舟又冒涉嶺海，尤爲愧荷也。寶月塔銘，本以罪廢流落，恐玷高風，不敢輒作，而舟師哀請誠切，故勉爲之也。海隅漂泊，無復歸望，追懷疇昔，永望凄斷。

與楊濟甫二首

其　一

寶月師孫來，得所惠書，喜知尊體佳勝，眷聚各清安。至慰！至慰！某凡百粗遣，北歸未有期，信命且過，不煩念及。惟聞墳墓安靖，非濟甫風義之篤，何以得此，感荷不可言。舟師云當一到眉。此中諸事，可問其詳也。遠祝，惟若時珍重而已。

其　二

遠蒙厚惠蜀紙藥物等，一一如數領訖，感怍之至。人行速，無佳物充信，謾寄腰帶一條。俗物增愧，不罪！不罪！

與元老侄孫四首

其　一

元老侄孫秀才。屢得書，感慰。十九郎墓表，本是老人欲作，今豈推辭！向者猶作寶月誌文，況此文，義當作，但以日近憂畏愈深，飲食語默，百慮而後動，想喻此意也。若不死，終當作耳。近來鬚鬢雪白加瘦,但健及啖啜如故爾。相見無期,惟當勉力進道,起門户爲親榮,老人僵仆海外,亦不恨也。

其 二

侄孫元老秀才。久不聞問,不識即日體中佳否?蜀中骨肉,想不住得安信。老人住海外如昨,但近來多病瘦瘁,不復往日,不知餘年復得相見否?循、惠不得書久矣。旅况牢落,不言可知。又海南連歲不熟,飲食百物艱難,又泉、廣海舶絶不至,藥物、醬酢等皆無,厄窮至此,委命而已。老人與過子相對,如兩苦行僧耳。然胸中亦超然自得,不改其度,知之,免憂。所要志文,但數年不死便作,不食言也。(**陳仁錫眉**)不可寬限。侄孫既是東坡骨肉,人所覷看。往京,凡百加周防,切祝!切祝!今有一書與許下諸子,又恐陳浩秀才不過許,只令送與侄孫,切速爲求便寄達。餘惟千萬自重。

其 三

侄孫近來爲學何如?想不免趨時。然亦須多讀史,務令文字華實相副,期於適用乃佳,勿令得一第後,所學便爲棄物也。海外亦粗有書籍,六郎亦不廢學,雖不解對義,然作文極峻壯,有家法。二郎、五郎見説亦長進,曾見他文字否?侄孫宜熟看前、後《漢史》及韓、柳文。有便,寄近文一兩首來,慰海外老人意也。

其 四

趙先輩儋人,此中凡百可問而知也。鄉里出百藥煎,如收得,可寄一二斤,趙還時可附也,無即已。

卷八十五

尺牘九十五首

與范元長八首(儋耳)

其一

某慰疏言。不意凶變,先公内翰,遽捐館舍,聞訃慟絶。天之喪予,一至於是,生意盡矣。伏惟至孝承務元長昆仲,孝誠深至,追慕罔極。何辜於天,罹此禍酷,荼毒如昨,奄易寒暑,哀毁日深,奈何！奈何！某謫籍所拘,莫由往吊,永望長號,此懷難諭。謹奉手疏上慰。不次,謹疏。

其二

流離僵仆,九死之餘,又聞淳夫先公傾逝,痛毒之深,不可云諭。久欲奉疏,不遇便人,又舉動艱礙,憂畏日深。今兹書問,亦未必達,且略致區區。

其三

先公已矣,惟望昆仲自立,不墜門户,千萬留意其大者遠者。勿徇一至之哀,致無益之毁,與先公相照,誰復如某者。此非苟相勸勉而已,切深體此意。餘不敢盡言。

其　四

先公論往古事著述多矣，想一一寶藏，此豈復待鄙言耶？某當遣人致奠，海外窮苦，不能如意，又不敢作奠文，想蒙哀恕也。歸葬知未得請，苦痛之極，惟千萬寬中順受。此中百事，不及雷、化，百憂所集，亦强自遣也。

其　五

聖善郡君，不及拜慰狀。侍次，乞致區區。沉香少許，望於内翰靈几焚之。表末友一慟之意而已。

其　六

孫行者至，得書，承孝履如宜，闔宅皆安，感慰之極。所諭《傳》，初不待君言，心許吾亡友久矣。平生不作負心事，未死要不食言，然今則不可。九死之餘，憂思百端，想蒙矜察。不即副來意，臨紙哀噎。海外粗聞新政，有識感涕。靈几儻遂北轅乎？未間，千萬節哀自重。

其　七

聖善郡君，承起居佳適，因侍次，致下悃。乞爲骨肉保愛寬懷，以待北歸也。子進諸舅，曾得安信否？

其　八

毒暑，遠惟孝履如宜。海外粗聞近事，南來諸人，恐有北轅之漸，而吾友翰林公，獨隔幽顯，言之痛裂忘生。矧昆仲純篤之性，感慟摧割，如何可言，奈何！奈何！老朽一言，非苟以相寬者。先公清德絶識，高文博學，非獨今世所無，古人亦罕有能兼者，豈世間混混生死流轉之人哉？其超然世表，如千佛之所言者必矣。况其平生自有以表見於無窮者，豈必區區較量頃刻之壽否耶？此理卓然，唯昆仲深自愛。得歸，亦勿亟遽，俟秋稍凉而行爲佳。某深欲一見左右，赴合浦，不惜數舍之迂，但再三思慮，不敢爾，必深察。臨行，預有書相報。熱甚，萬萬節哀自重。

與秦少游

某已封書訖，乃得移廉之命，故復作此紙。治裝十日可辦，但須得泉人許九船，即牢穩可恃。餘蜑船多不堪。而許見在外邑未還，須至少留待之，約此月二十五六間方可登舟。並海岸行一日，至石排，相風色過渡，一日至遞角場。但相風難克日爾。已有書托吴君，雇二十壯夫來遞角場相等，但請雇下，未要發來，至渡海前一兩日，當別遣人去報也。若得及見少游，即大幸也。今有一書與唐君，内有兒子書，托渠轉附去，料舍弟已行矣。餘非面莫究。

與楊子微二首

其　一

(**劉辰翁眉**)即數語摹狀小客，鬚眉肝膽都盡。

某與尊公濟甫，半生闊別，彼此鬚髪雪白，而相見無期，言之凄斷。尊公乃令閣下萬里遠來海外，訪其生死，此乃古人難事，聞之感嘆不已。辱書，具審起居佳安，尊公已下，各得安勝，至慰之極。某七月中必達潁昌矣。回馭少留，一須款見。餘祝若時自重。

其　二

某與舍弟流落天涯，墳墓免於樵牧者，尊公之賜也。承示諭，感愧不可言。聞井水嘗竭而復溢，信否？而今如何，因見，細喻。

與范元長六首（北歸）

其　一

到雷獲所留書，承車從盤桓此邦，以須一見，而某滯留不時至，遂爾遠别，且不獲一慟几筵之前者，非愛數舍之勞也，以厄困爲畏故爾。此老繆之罪，想矜察。比日孝履如宜否？方此炎暑，萬里扶護，哀苦勞艱，如何可言。忝親友之末，不能匍匐赴救，已矣，不復云云也。獨前所見委文字，不敢不留意，今托少游議其詳。惟節哀自重。某不敢拜狀郡君，惟千萬俯爲存没寬心自重。乞呈此紙。

其　二

某如聞有移黄之命，若果爾，當自梧而廣，須惠州骨肉到同往。計公昆仲扶護舟行當過黄，又恐公在湖南路行，不由江西，即不過黄，又不知某能及公之前到黄乎？漂零江海，身非己有，未知歸宿之地，其敢必會見之日耶？惟昆仲金石乃心，困而不折，庶幾先公之風没而不亡也。臨紙哽塞，言不盡意。

其　三

過雷州，奉書必達。到容南，知昆仲皆苦瘴痢，又聞尋已痊損,不知即日何如?扶護哀痛,且須勉强開解,卑心憂懸,書不能盡。奉囑之意,唯深察此心。哀哉少游,痛哉少游,遂喪此傑耶?賴昆仲之力,不甚狼狽。某日夜前去,十六七間可到梧。若少留,一見尤幸。某到梧,當留以待惠州人至,同泝賀江也。速遣此人奉書,不謹,千萬恕察。

其 四

永州人來,辱書,承孝履粗遣,甚慰思望。比謂至梧州追及,又將相從溯賀,已而水乾無舟,遂作番禺之行。與公隔絶,不得一拜先公及少游之靈,爲大恨也。同貶先逝者十人,聖政日新,天下歸仁,惟逝者不可返,如先公及少游,真爲冀北之空也。(**陳仁錫眉**)死者生者皆以貶死爲快,彼小人亦何若苦。徒存僕輩,何用,言之痛隕何及。某即度瘐嶺,欲徑歸許昌與舍弟處。必遂一見昆仲。未間,惟萬萬强食自重。

其 五

某忽有玉局之除,可爲歸田之漸矣。痛哲人之亡,誦殄瘁之章,如何可言。早收拾事迹,編次著撰,相見日以授也。處素因爲,多方勉之,以不墜門户爲急。監司無與相知者,及毛君亦不識,未敢發書。前路問人有可宛轉爲言者,專在意也。漂流江湖,未能赴救,以爲慚負。有銀五兩,爲少游齋僧,乞轉與處素也。

其 六

承中間郡君服藥,疾勢不輕,且喜安復。侍次,致懇,千萬寬中保衛爲請。

與孫叔静三首

其　一

辱手教，具審尊體佳勝，甚慰馳仰。拙疾亦漸平矣，明日當出請見。燒羊蒙珍惠，下逮童孺矣。

其　二

累歲闊別，不意相逢海上，握手一笑，豈偶然哉！亟辱專使教筆，具審起居佳勝，感慰兼集。玉局之除，已有訓詞，似不忘也。得免湖外之行，餘生厚幸。至英，當求人至永請告敕，遂渡嶺過贛，歸陽羡，或歸潁昌，老兄弟相守，過此生矣。乍遠，萬萬爲國自重。

其　三

久留治下，辱眷待之厚，既過重矣。而愛念之意，拳拳不已，更勤從者遠至金剎。自惟衰朽，何以獲此。比來數日，思渴不已。長至俯邇，不克展慶，此心南騖矣。令子煩遠餞，不及別狀，惟侍外珍愛。

與朱行中舍人六首

其　一

違闊滋久，嚮往徒勤。比日履兹寒凝，起居佳勝。承旌馭至已，即欲走謁，謹先奉手啓上問區區。

其　二

（**袁宏道眉**）具見野逸之致。

某謫居歲久，未嘗冠幘，比日又苦小癤，不能巾裹。欲服帽請見，先令諮稟，如許，乃敢前詣。幸不深責。

其　三

真陽一見，大慰夙昔。匆遽就别，悵惘可知。行役紛紛，且未有便，尚稽馳問。特辱專使手書，具審下車以來台候康健，感慰兼集。某蒙被如昨，更五六日離韶。愈遠左右，伏冀爲國自重。

其　四

前蒙借示新詩，久矣不見斯作也。然世俗識真者少，獨唱誰和？帳勾謝民師公若不以位貌爲間，亦庶幾于班斤郢斫也。老拙百念灰寂，獨一觴一詠，亦未能忘。陋句數首，録寄，以爲一笑。手啓上謝，恃知照不深責也。

其　五

某再拜。般家人蒙輟借，行計遂辦，非眷念特達，何以及此。言謝不盡，悚息而已。

其　六

近因還使上問，必已聞達。連雨凝陰，遠想台候康勝。某蒙庇粗遣，已達虔州，少留，須水渡，更半月行也。南海静治，有足樂者。想有妙唱，自南而北也。後會未期，萬萬若時爲國自重。

與歐陽晦夫

愁霖終日,坐企談晤,不審尊候佳否?《地獄變相》已跋其後,可詳味之,似有補於世者。並字數紙,納去。某所苦已平,無憂。聞少游惡耗,兩日爲之食不下,然來卒説得滅裂,未足全信。非久,唐簿必有書來言。旦夕話别次,仁人之饋,固當捧領。但以離海南,儋人争致贍遺,受之則若饕餮然,所以一路俱不受。若至此獨拜寵賜,則見罪者必衆。謹令馳納,千萬恕察,仍寢來耗,幸甚!幸甚!

答陳承務二首

其　一

傾蓋一笑,慰喜殊深。奉違信宿,懷想不已。辱手教,且審起居佳勝。已到蒙里,承丈丈借差人轎,孤旅獲濟,感激不可言。愈遠,萬萬若時自重。

其　二

孤拙困躓,言無足采,足下獨悦之。少年敏鋭,所存如此,實增欽嘆。然此事以臨利害,不變爲難也。

答南華明老三首

其　一

衰病復過南華,深欲一别祖師,因見仁者。遽辱專使惠手書,何慰如之。即日履此薄寒,法體佳勝。旦夕離英,但江路方欲寸進，不即會見，企望之極。惟萬萬爲衆自重。

其 二

流浪臭濁久矣，道眼多可，傾蓋如舊，清游累日，一洗無餘，幸甚！幸甚！專使惠手書，具聞别後法體安穩，爲慰。久留贛上待水，猶更旬日。南望山門，馳神杳靄。更祈若時爲衆保練。

其 三

某以促裝登舟冗甚，作書極草草。寵示四韻，可謂奇特，聊答四句，想大笑也。石刻已領，感感。潘生果作墨否？如成，寄一丸。伯固念親懷歸甚矣，道話解之。

答錢濟明三首

其 一

去歲海南得所寄異士大彤清中丹一丸，即時服之，下丹田休休焉。蓋數日後，又得追所賫來手書。今又領教誨及清詩數篇，高妙絶俗，想見謫居以來，探道著書，雲升川增，可慕可畏，可嘆可賀也！及録示訓詞，誨以所不及，此曾子所謂愛人以德者，敬遵用不敢忘。幸甚！幸甚！

其 二

已到虔州，二月十間方離此。此行决往常州居住，不知郡中有屋可得以典買者否？如無可居，即欲往舒州、真州，皆可。如聞常州東門外，有裴氏宅出賣，虔士霍子侔大夫言。告公令一幹事人與問當，若果可居，爲問其直幾何，度力所及，即徑往議之。俟至金陵，當別遣人咨稟也。若遂此事，與公杖履往來，樂此餘年，踐《哀詞》中始願也。張嘉父今安在？想日益不止。途中聞秦少游奄忽，爲天下惜此人物，哀痛至今。聞魯直、無咎輩皆起，而公獨爲猘子所齧，尚棲遲田間。聖主天縱，幽蔀畢照，公豈久廢者？惟萬萬寬中自厚。

其　三

某忽聞公有閨門之戚，悲惋不已。賢淑令人久同憂患，乍失内助，哀痛何堪！人生此苦，十人而九，結髮偕老，殆無而僅有也。惟深照痛遣，勿留胸次。令子哀疚難堪，惟當勉爲親庭節减摧慕。本欲作慰疏，適旅中有少紛擾，燈下倦怠，不能及也。千萬恕察。某若住常，即自與公相聚；若常不可居，亦須到潤與程德孺相見。公若枉駕一至金山，又幸也。

答蘇伯固三首

其　一

人至，辱書，承別後起居佳勝，感慰深矣。念親懷歸之心，何時可以易此，顧未有以爲計，當且少安之。神明知公心如此，當自有感應，非久，見師是，當謀之。某留虔州已四十日，雖得舟，猶在贛外，更五七日，乃乘小舫往即之。勞費百端，又到此。長少卧病，幸而皆愈，僕卒死者六人，可駭。住處非舒則常，老病唯退爲上策。子由聞已歸至潁昌矣。會合何日，萬萬保嗇。

其　二

某凡百如昨，但撫視《易》《書》《論語》三書，即覺此生不虚過。如來書所諭,其他何足道。三復誨語,欽誦不已。寄惠鍾乳及檀香,大濟要用,乳已足剩,不煩更寄也。感愧之至。江晦叔已到。霍子侔往太和聽命。三兒子皆促裝登舟,未暇上狀。《春暉亭記》,亦以忙未暇作,少間當爲作也。令子疾。知減退,可喜!可喜!

其 三

住計龍舒爲多,大盆如命取去,爲暑中浮瓜沉李之一快也。《論語説》,得暇當録呈。源、修二老行當見之,並道所論也。至虔州日,往諸刹游覽,如見中原氣象,泰然不肉而肥矣。何時得與公久聚,盡發所藴相分付耶!龍舒聞有一官莊可買,已托人問之。若遂,則一生足食杜門矣。燈下倦書,不盡所懷。

與錢志仲三首

其 一

兩日不見,渴仰兼懷。竊惟起居佳勝。昨日水東尋幽訪古,頗有所得,恐欲知之。藥方已領,感感。

其 二

流落晚途,始獲瞻奉,顧遇之重,有過平生。幸甚!幸甚!别來,伏惟起居佳勝。漲水遂失贛險,不覺到吉,皆德庇所及,其餘未易一一道謝也。日遠,後會未期,豈免悵戀。

其 三

某去此,不復滯留。至安居處,當縷細馳問,不敢外,輒用手啓,恃深眷也。烏絲當用寫道書一篇,非久納上。惡詩不足録也。事簡客稀,高堂清風,有足樂者。想時復見念耶? 吉州幕柳致,與之久故,知其吏幹過人,不能和衆,多獲嫌忌,然其實無他也。憔悴將老矣,念非大度盛德,孰能收而用之,試以衆難,必有可觀者。藥有毒,乃能已疾,馬不蹄齧,多拙於行,惟深念才難,勿責全也。若公遂成就之,此子極有可采,必爲門下用。恃明照。僭言,死罪! 死罪!

與劉器之

(**劉辰翁眉**)高韻自不類。

志仲本以烏絲欄求某録雜詩耳,某自出意,欲與寫《廣成子解》篇。舟中熱倦,遂忘之,然此意終在也,今豈可食言哉! 病不能作志仲書,乞封此紙去。

與寇君

經宿雨凉,起居佳勝。昨辱辻顧,稍聞餘論,退想忠愍之英烈,有概乎中。衰病不出,無緣上謁,少選解去。惟萬萬自重。

與人二首

其　一

遠枉書教,存問甚厚,兼審比來起居佳勝,慰感兼集。寄示石刻,仰佩至意。何時會合,少發所懷,臨書但有慨嘆。

其 二

（**黄嘉惠眉**）真閲歷語，挑人隱腸。

某日望歸蜀耳，終當過岐雍間，徜徉少留，以償宿昔之意。君自名“臣子”，才美漸著，豈復久浮沉里中？宜及今爲樂，異時一爲世故所縻，求此閑適，豈可復得耶？偶記舊與彭年一詩，讀之蓋淚下也。斯人有才，而病廢，故常多感慨。可念。可念。聊復録此。奉呈，想亦爲之惘然也。

與宋漢傑二首

其 一

某初仕即佐先公，蒙顧遇之厚，何時可忘。流落闊遠，不聞昆仲息耗，每以惋嘆。辱書累幅，話及疇昔，良復慨然。三十餘年矣，如隔晨耳，而前人凋喪略盡，僕亦僅能生還。人世一大夢，俯仰百變，無足怪者。唐輔令兄今復何在？未及奉書，因信略道區區。某只候水來即行矣。餘留面盡。

其 二

前日裁謝草略，重煩問訊，眷意愈厚，感愧不已。仍審起居佳勝。寵賜新詩，詞格甚美，伏讀慰喜。但恨衰晚，無以當此嘉貺也。

與胡郎仁修三首

其 一

某慰疏言。不意變故，奄罹艱疚。伏惟孝誠深篤，追慕痛裂,荼毒難堪,奈何!奈何!比日攀號愈遠,摧毀何及。伏惟順變從禮,以全純孝。某未獲躬詣靈帷,臨書哽噎,謹奉疏慰。不次。

其　二

某得彭城書,知太夫人捐館,聞問,哀痛不已。行役無便,未果奉疏。人至,忽辱手書。伏審攀慕之餘,孝履粗遣,至慰!至慰!某本欲居常,得舍弟書,促歸許下甚力,今已决計泝汴至陳留,陸行歸許矣。旦夕到儀真,暫留,令邁一到常可以款見矣。

其　三

小二娘知持服不易,且得無恙,伯翁一行甚安健。得翁翁二月書及三月内許州相識書,皆言一宅康安。亦得九郎書,書字極長進。今已到太平州,相次須一到潤州金山寺,但無由至常州看小二娘。有所幹所闕,一一早道來。萬萬自愛。

與外生柳閎

展如外生。人來得書,知奉太夫人康寧,新婦外孫各無恙。北歸萬里,無足言者,獨不見我令妹、賢妹夫,此心如割。介夫何負,亦早世,念之痛不去心。數年豈賢雋厄會耶?相見,當一慟以寫之。兹不一一。

與人二首

其　一

嶺海闊絶,不謂生還。復得瞻奉,慰幸之極。比日履兹秋凉,起居佳福。少選到岸,即遂伏謁。

其　二

某疲病加乏,使令輒用手啓通問。恃公雅度闊略細謹耳,然亦皇恐不可言也。

答虔人王正彦先生

辱教,承起居佳勝。沐饋遺,重增感灼。茗布領抹皆珍物,已捧領訖。今日與家人輩游東禪及景德,如相訪,就彼亦可。

與程德孺運使三首

(**楊慎眉**)往往誦公此等語,使人之意也消。

其　一

近蒙專使至虔,遠致時服寢衣之饋,尋附啓布謝,必達。比日起居佳勝,眷愛各康健。某候水過贛,今方達南康軍,約程,四月末間到真州。當遣兒子邁往宜興取行李,某當泊船瓜洲以待之。不知德孺可因巡按至常、潤,相約同游金山否?患難之餘,老兄弟復一相聚,曠世奇事也。可不略喻及。餘萬萬自重。

其　二

某此行本欲居淮、浙間,近得子由書,苦勸來潁昌相聚,不忍違之,已決從此計,泝汴至陳留出陸也。今有一狀,干漕司一坐船,乞早爲差下,令且在常州岸下,候邁到彼乘來,切望留意早早得之,免滯留爲幸。懿叔必常得信,令子新先輩必已赴任。未及書,因家信道區區。

其 三

告爲買杭州程奕筆百枝及越州紙二千幅,常使及展手者各半,不罪! 不罪! 正輔知已到京,非久上狀次。乞因信致懇。

答清凉長老

昨辱佳頌見貺,足爲衰朽之光,未緣面謝。

答錢濟明三首

其 一

人來,領手教及二詩,乃信北歸災退,並獲此佳寵,幸甚! 幸甚! 又知詩人窮而後工,然詩語朗練,無衰氣,如季札者聽,亦有以知君之晚節也。比日起居佳勝。某此去不住滯,然風水難必期,公閑居難以遠涉,須某到真遣人奉約,與德孺同來金山乃幸也。所懷未易盡言,並俟面陳。惟萬萬自重。

其 二

某得來書,乃知廖明略復官,參寥落發,張嘉父春秋博士,皆一時慶幸,獨吾濟明尚未,何也? 想必在旦夕。因見參寥復,恨定慧欽老早化,然彼視世夢幻,安以復爲。兒子迨道其化於壽州時,甚奇特,想必聞其詳。乃知小人能害其衣服爾。至於其不可壞者,乃當緣厄而愈勝爾。舊有詩八首寄之,已寫付卓契順,臨發,乃取而燔之,蓋亦知其必厄於此等也。今録呈濟明,可爲寫放舊居,挂劍徐君之墓也。欽詩乃極佳,尋本未獲。有法嗣否? 當載之其語録中。契順又不知安在矣,吾濟明刻舟求劍,皆可笑者也。

其 三

居常之計,本已定矣,爲子由書來,苦勸歸許,以此胸中殊未定,待面議决之。所示諭孫君宅子,甚感其厚意,且爲多謝上元令侄,行見之矣。王、范二君處,皆當力言也。劉道人若能同濟明來會,深所望。未敢奉書,且爲致此意。

答廖明略二首

其 一

遠去左右,俯仰十年,相與更此百罹,非復人事,置之,勿污筆墨可也。所幸平安,復見天日。彼數子者,何辜獨先朝露,吾儕皆可慶,寧復戚戚於既往哉! 公議皎然,榮辱竟安在? 其餘夢幻去來,何啻蚊虻之過目前也。矧公才學過人遠甚,雖欲忘世而世不我忘,晚節功名,直恐不免爾。老朽欲屏歸田裏,猶或得見,蜂蟻之微,尋已變滅,終不足道。區區愛仰,念有以廣公之意者,切欲作啓事上答,冗迫不能就,惟深亮之。

其 二

衰陋之甚,惟有歸田杜門面壁,更無餘事。示諭極過當,讀之悚汗。毗陵異政,謡頌藹然,至今不忘。爲民除穢,以至蠆尾,吴越户知之,此非特兒子能言也。聖主明如日月,行遂展慶，衆論如此。目昏不能多書，悚怍不已。

答孔毅夫二首

其　一

久不通問，計識其無他。北歸所過，皆公之舊迹，或見清詩以增感嘆。忽辱手書及子由家訊，窮途一笑，豈易得哉！比日起居佳安，眷聚各康寧。仙舟想非久到闕，某當老江淮間矣。會合未期，萬萬自重。

其　二

中間常父傾逝，不能一奉慰疏，但荒徼一慨而已。慚負至今。承諭，子由不甚覺老，聞公亦蔚然如昔，不肖雖皤然，亦無苦恙。劉器之乃是鐵人。但逝者數子，百身莫贖，奈何！江上微雨，飲酒薄醉，書不能謹。

答蘇伯固

辱書，勞問愈厚，實增感慨。兼審尊體佳勝。今日到金山寺下，雖極艱澀，然尚可寸進，則且乘大舟以便幼累。必不可前，則固不可辭小艇也。餘生未知所歸宿，且一切信任，乘流得坎，行止非我也。離英州日，已得玉局敕，感恩之外，實荷餘庇。

得來示，又知少游乃至如此。某全軀得還，非天幸而何！但益痛少游無窮已也。同貶死去太半，最可惜者，范純父及少游，當爲天下惜之，奈何！奈何！

子由想已在巴陵，得宮觀指揮，計便沿流還潁昌。某行無緣追及。昨在途中,風聞公下痢,想安復矣。

答王幼安三首

其　一

索居八年,未嘗一通問,每以慚負。屢得許下兒侄書云,比來親族或斷往來,唯幼安昆仲待遇加厚。聞之,感激。人來,辱書累幅,陳義慨然,如接古人語,信王謝風氣傳之有自也。老病强答,不復成語。不罪!不罪!

其　二

某初欲就食宜興,今得子由書,苦勸歸潁昌,已决意從之矣。舟已至廬山下,不久當獲造謁。未間,冀若時保嗇。

其　三

蒙示諭過重,雖愛念如此,然憂患之除,未忘憂畏,朋友當思有以保全之者,過實之譽,願爲掩諱之也。許暫假大第,幸甚!幸甚!非所敢望也。得托庇偏廡,謹不敢熏污。稍定居,當求數畝荒隙,結茅而老焉。若未即填溝壑,及見伯仲功成而歸,爲鄉里房舍客,伏臘相勞問,何樂如之!餘非面莫究。

答胡道師

(**劉辰翁眉**)悠然有高韻,正不在多。

再過廬阜,俯仰十九年,陵谷草木,皆失故態,棲賢、開先之勝,殆亡其半。幻景虚妄,理固當爾。獨山中道友契好如昔,道在世外,良非虚語。道師又不遠數百里負笈相從,秉燭相對,恍如夢寐。秋聲宿雲,了然在吾目中。幸甚! 幸甚! 乍别,遠枉專使手書,且審。已還舊隱。起居勝常,明日解舟,愈遠,萬萬以時自重。

與李公擇

逆風數日,爲左右滯留,而孤旅蒙幸多矣。但以久别,得一見風度,亦不復以别去爲戚也。比日,伏惟起居佳勝。小舟泛泛風浪聲中,此懷又費照遣矣。古鐵納上,餘萬萬善愛。

與黄師是三首

其　一

比歸江淮間,蒙四遣人墜教,且致家信,非眷念特深,何以及此。比日履兹畏暑,起居清勝。少御之除,未滿公論,但朝廷正欲君子在内耳。行别展慶,未間,萬萬若時自重。

其　二

子厚得雷,聞之驚嘆彌日。海康地雖遠,無瘴癘,舍弟居之一年,甚安穩。望以此開譬太夫人也。

其　三

人來兩捧教賜,具審起居康勝。仲子之戚,惟當日遠日忘,想痛割腸,何所及。中年以後出涕,能令目暗,此最可惜,用鄙言，慎勿出一滴也。兒子之愛雖深，比之自愛其目，豈不有間，幸深念之。餘惟萬萬爲國自重。

與子由二首

其　一

子由弟：得黄師是遣人賫來四月二十二日書，喜知近日安勝。兄在真州，與一家亦健。行計南北，凡幾變矣。遭值如此，可嘆可笑。兄近已決計從弟之言，同居潁昌，行有日矣。適值程德孺過金山，往會之，並一二親故皆在坐。頗聞北方事，有決不可往潁昌近地居者。事皆可信，人所報，大抵相忌安排攻擊者衆，北行漸近，決不静爾。

今已決計居常州，借得一孫家宅，極佳。浙人相喜，決不失所也。更留真十數日，便渡江往常。逾年行役，且此休息。恨不得老境兄弟相聚，此天也，吾其如天何！然亦不知天果於兄弟終不相聚乎？士君子作事，但只於省力處行，此行不遂相聚，非本意，甚省力避害也。候到定疊一兩月，方遣邁去注官，迨去般家，過則不離左右也。葬地，弟請一面果決。八郎婦可用，吾無不可用也。更破十緡買地，何如？留作葬事，千萬莫徇俗也。

林子中病傷寒十餘日，便卒，所獲幾何，遺恨無窮，哀哉！哀哉！兄萬有一稍起之命，便具所苦疾狀力辭之，與迨、過閉户治田養性而已。千萬勿相念，今托師是致此書。

其　二

程德孺言弟令出銀二百星見借，兄度手下尚未須如此，已辭之矣。德孺兄弟意極佳，感他！感他！數日熱甚，舟中揮汗寫此,不及作諸侄書,且伸意。夫人晚年,且更慎護,勿令小有疾,副子孫意。五郎婦,更與照管慰安之,便令五郎般挈也。八郎續親極好,但吾儕難自言,可托人與説。今師是已除太僕卿,恐遂北行,兄不能見。又恐來省母蘇州,若見,當令探其意也。少留真,欲緝房緡,令整齊也。五娘、七娘近皆得書,與孫皆安。胡郎亦有書來,甚安,行見之矣。

與馮祖仁三首

其 一

昨日奉辭,瞻戀殊甚。旦來孝履佳否?先什輒已題跋。鶴、鹿、馬三軸,迫行不暇題,謹同納上。祖仁方在疚,更不煩遠出,昨所云金山之行,可罷也。乍遠,保重。

其 二

辱回教,及蒙以岩硯、法醑、嘉蔬、珍果等爲餉,已捧領訖,顧無以當之。適苦嗽,昏倦,裁謝草草。

其 三

辱箋教累幅,文義粲然,禮意兼重,非老朽所敢當,藏之巾笥,以爲光寵,幸甚,幸甚。比日孝履何如?到韶累日,疲於人事,又苦河魚之疾,少留調理乃行。益遠,愈增瞻系也。歲暮,惟更節哀自重。

與郭功甫二首

其　一

昨辱寵臨，久不聞語，殊出意表，蓋所謂得未曾有也。經宿起居佳勝。閑居致厚饋，拜賜慚感。只今上謁次，一肉足矣，幸不置酒。

其　二

某今日私忌，未敢上謁。辱詩和呈，爲一笑。青皮一片，不以餉公，則無與嘗者矣。

答孔毅父

日至陽長，仁者履之，百順萃止。病廢掩關，負暄獨坐，醺然自得，恨不同此佳味也。呵呵。誨諭過重，乏人修寫，乃以手簡爲謝。悚息。

答畢先輩

適辱從者臨貺書教，禮意兼重，殆非不肖所堪。書詞高妙，伏讀增嘆，病不能冠帶，遂不果見，愧悚無地。

與米元章九首

其　一

嶺海八年，親友曠絶，亦未嘗關念。獨念吾元章邁往凌雲之氣，清雄絶世之文，超妙入神之字，何時見之，以洗我積歲瘴毒耶！今真見之矣，餘無足言者。

其　二

兩日來，疾有增無減。雖遷閘外，風氣稍清，但虚乏不能食，口殆不能言也。兒子於何處得《寶月觀賦》，琅然誦之，老夫卧聽之未半，躍然而起。恨二十年相從，知元章不盡，若此賦，當過古人，不論今世也。天下豈常如我輩瞶瞶耶！公不久當自有大名，不勞我輩説也。若欲與公談，則實未能，想當更後數日耶？

其　三

某昨日歸卧，遂夜。海外久無此熱，殆不能堪。柳子厚所謂意象非中國人也。宗相遂棄世，當爲天下惜。餘非面莫盡。

其　四

（**黄輝眉**）清心快語。

某兩日病不能動，口亦不欲言，但困卧耳。承示太宗草聖及謝帖，皆不敢於病中草草題跋，謹具馳納，俟小愈也。河水污濁下流，熏蒸益病，今日當遷往通濟停泊。雖不當遠去左右，且就快風活水，一洗病滯，稍健當奉談笑也。

其　五

昨日詩發一笑耳，慎勿刻石。太師雄篇已領，夾軸且留下。

其 六

數日不聞來音,謂不我顧,復渡江矣。辱教,即承起居佳勝,慰感倍常。匆匆布謝。

其 七

(王聖俞眉)蕭然不俗,尺牘擅場。

某昨日啖冷過度,夜暴下,旦復疲甚。食黄薯粥甚美。卧閲四印奇古,失病所在。明日會食,乞且罷。需稍健,或雨過翛然時也。印却納。

其 八

某食則脹,不食則羸甚,昨夜通旦不交睫,端坐飽蚊子耳。不知今夕云何度? 示及古文,幸甚。謝帖既未可輕跋,欲書數句,了無意思,正坐老謬耳。眠食皆未佳。無緣遂東,當續拜簡。

其 九

某一病幾不相見,今日始覺有絲毫之減,然未能作書也。

與錢濟明三首

其 一

一夜發熱不可言,齒間出血如蚯蚓者無數,迨曉乃止,憊甚。細察疾狀,專是熱毒,根源不淺,當專用清凉藥。已令用人參、麥門冬、茯苓三味煮濃汁,渴即少啜之,餘藥皆罷也。莊生聞在宥天下,未聞治天下也,如此而不愈則天也,非吾過矣。楊評事與一來亦佳,到此,諸親知所餉無一留者,獨拜蒸作之餉,切望只此而已。

其　二

家有黄筌畫龍,拔起兩山間,陰威凛然。舊作郡時,以祈雨有應,今夕具香燈試禱之。濟明雖家居,必不廢閔雨意,可來燔一炷香否?

其　三

蒙示諭,昨日所得過矣。思無邪,吾子自有,老拙何爲者。神藥希代之寶,理貫幽明,未敢輕議,少留諦觀,俟從者見臨,乃面論也。妙啜見分,幸甚。所問已得其端,通緩頰否? 不倦,日烈見顧爲望。

與徑山長老惟琳二首

其　一

卧病五十日,日以增劇,已頹然待盡矣。兩日始微有生意,亦未可必也。適睡覺,忽見刺字,驚嘆久之。暑毒如此,豈耆年者出山旅次時耶? 不審比來眠食何如? 某扶行不過數步,亦不能久坐,老師能相對卧談少頃否? 即告晚凉,更一訪。

其 二

(**黄嘉惠眉**)坡公語灑落往往如此。

嶺海萬里不能死,而歸宿田野,遂有不起之憂,豈非命也夫!然生死亦細故耳,無足道者,惟爲佛爲法爲衆生自重。

卷八十六
碑十首

表忠觀碑

(**茅鹿門旁**)通篇以疏爲序事之文,絶是史遷風旨。(**錢鶴灘眉**)古人嘗稱作文叙事難於議論,此叙事得體。(**高啓眉**)《文章精義》云:《史記》文法多有終篇惟作他人説,末後自己只説一句。此碑蓋學此體。(**樓迂齋眉**)發明吴越之功與德,全是以他國形容比並出來,方見朝廷坐收土地,不動兵革,知他是全來多少生靈。

熙寧十年十月戊子,資政殿大學士右諫議大夫知杭州軍州事臣抃言:(**儲欣夾**)直録全疏。"故吴越國王錢氏墳廟及其父祖紀夫人子孫之墳,在錢塘者二十有六,在臨安者十有一,皆蕪廢不治,父老過之,有流涕者。謹按故武肅王鏐,始以鄉兵破走黄巢,名聞江淮。復以八都兵討劉漢宏,並越州,以奉董昌,而自居于杭。及昌以越叛,則誅昌而併越,盡有浙東西之地。傳其子文穆王元瓘。至其孫忠顯王仁佐,遂破李景兵,取福州。而仁佐之弟忠懿王俶,又大出兵攻景,以迎周世宗之師。其後卒以國入覲。三世四王,與五代相終始。天下大亂,豪傑蜂起,方是時,以數州之地盜名字者,不可勝數。既覆其族,延及於無辜之民,罔有孑遺。(**茅鹿門夾**)以他國形容比並出來。(**王湙川眉**)意在言外，文極典雅。而吴越地方千里，帶甲十萬，鑄山煮海，象犀珠玉之富，甲於天下，然終不失臣節，貢獻相望於道。是以其民至於老死不識兵革，四時嬉游歌鼓之聲相聞，至於今不廢，其有德於斯民甚厚。

"皇宋受命，四方僭亂以次削平。而蜀、江南負其嶮遠，兵至城下，力屈勢窮，然後束手。而河東劉氏，百戰守死以抗王師，積骸爲城，釃血爲池，竭天下之力，僅乃克之。(**茅鹿門夾**)又以他國比並形容。(**林希元眉**)鋪叙發揚大類歐公《豐樂亭記》，而雄健光焰又似過之。獨吴越不待告命，封府庫，籍郡縣，請吏於朝。視去其國，如去傳舍，其有功於朝廷甚大。昔竇融以河西歸漢，光武詔右扶風修理其祖父墳塋，祠乙太牢。(**儲欣夾**)引證貼身。(**茅鹿門夾**)本色證。(**陳眉公眉**)引漢故事用事□切。今錢氏功德，殆過於融，而未及百年，墳廟不治，行道傷嗟，甚非所以勸獎忠臣慰答民心之義也。(**王元美眉**)"功德"二字，收上"有德於斯民"、"有功於朝廷"二柱。(**高啓夾**)錢[文登]云待之不厚，只輕説過。臣願以龍山廢佛祠曰妙因院者爲觀，使錢氏之孫爲道士曰自然者居之。凡墳廟之在錢塘者以付自然，其在臨安者以付其縣之净土寺僧曰道微，歲各度其徒一人，使世掌之。(**李九我眉**)代錢氏處置得宜，儻錢塘之魂不滅，皆含笑於九泉矣。籍其地之所入，以時修其祠宇，封殖其草木，有不治者，縣令丞察之，甚者易其人，庶幾永終不墜，以稱朝廷待錢氏之意。(**錢文登眉**)西漢語。臣抃昧死以聞。"制曰："可。其妙因院改賜名曰表忠觀。"(**高啓夾**)收拾在此。(**樓迂齋眉**)不説朝廷如何處置，只收拾在此數字上。銘曰：(**王芑孫旁**)今有一墳，在蘇州之九龍塢，土人皆稱錢王墳，蕪廢，亦無碑誌，不知何王墓也。

天目之山，苕水出焉。龍飛鳳舞，萃於臨安。篤生異人，絶類離群。奮挺大呼,從者如雲。仰天誓江,月星晦蒙。强弩射潮,江海爲東。殺宏誅昌,奄有吴越。金券玉册,虎符龍節。大城其居,包絡山川。左江右湖,控引島巒。歲時歸休,以燕父老。曄如神人,玉帶球馬。四十一年,寅畏小心。厥篚相望,大貝南金。五朝昏亂,罔堪托國。三王相承,以待有德。既護所歸,弗謀弗諮。先王之志,我維行之。天胙忠孝,世有爵邑。允文允武,子孫千億。帝謂守臣,治其祠墳。毋俾樵牧,愧其後昆。龍山之陽,巋焉新宫。匪私於錢,唯以勸忠。(**高啓眉**)歸功於上。非忠無君,非孝無親。凡百有位,視此刻文。(**茅鹿門夾**)文忠他銘不及此篇。

【彙評】

潘去華:東坡作《表忠觀碑》,王荆公置坐隅,謂曰:"斯作絶似西漢。"有擬以王褒頌對者,公曰:"不可草草。"因以司馬相如、揚雄爲擬,公曰:"相如、雄所著,未見其典贍若此也,直須與子長馳騁上下。"坐客悚然,問似子長何語,徐曰:"楚漢以來諸侯年表也。"

李性學:終編述趙清獻公奏,不增損一語,是學《漢書》。介甫以爲諸侯王年表,非也。

王元美:《表忠觀碑》,文忠公撰並書,結法不似臨池老筆,然自婉潤可愛,銘詞是蘇詩之佳者。余嘗怪錢氏起群盗,非有大功德於民,而能制一方,傳數世,而王爵崇奉,造於大明,爝火自若;納叛之後,圭組映帶,又百餘年,久而人思之,何也?武肅初有國將築宫,望氣者言故府大之不過百年,填西湖之半,可得千年。武肅笑曰:"世有千年而中不出真主者乎?奈何困吾民爲?"遂弗改。此其知有足多者,《五代史》故歐陽氏頗筆未盡徵也。

鄭之惠:嘗閲《表忠觀碑》文,載荆公論此文絶類太史公諸侯王表序,是夕夢閲此文,有蘇公自跋云,叙父爲趙清獻敷衍耳,銘詩乃吾自有之。因憶余嘗評古文詞，云表忠銘詩絶類《大雅》。蘇公豈謂余知言耶？雖然置公太史間，尚不釋然，亦遺憾荆公矣。

儲欣：刻畫"表忠"二字用意深者，其詞必高，固當求之扶風以上。

沈欽韓：趙公奏本軒豁老健，故可用《史記·三王世家》體。然趙果能此，則其他文傳世行後者宜多量奏，故子瞻代爲耶？

王芑孫：表忠觀僅一時表請之事，非千古盛典，得子瞻爲文，遂爾鏗鍧炳耀，幾欲與《平淮西》同稱傑構，所謂斯文若元氣者，信有之也！

宸奎閣碑

（**茅鹿門旁**）看議論持大體處。

皇祐中，有詔廬山僧懷璉住京師十方净因禪院，召對化成殿，問佛法大意，奏對稱旨，賜號大覺禪師。是時北方之爲佛者，皆留於名相，囿於因果，以故士之聰明超軼者皆鄙其言，詆爲蠻夷下俚之説。璉獨指其妙與孔、老合者，其言文而真，其行峻而通，固一時士大夫喜從之游，遇休沐日，璉未盥漱，而户外之屨滿矣。仁宗皇帝以天縱之能，不由師傅，自然得道，與璉問答，親書頌詩以賜之，凡十有七篇。

至和中，上書乞歸老山中。上曰："山即如如體也。將安歸乎？"不許。治平中，再乞，堅甚，英宗皇帝留之不可，賜詔許自便。璉既渡江，少留於金山、西湖，遂歸老於四明之阿育王山廣利寺。四明之人，相與出力建大閣，藏所賜頌詩，榜之曰宸奎。時京師始建寶文閣，詔取其副本藏焉。且命歲度僧一人。璉歸山二十有三年，年八十有三。臣出守杭州，其徒使來告曰："宸奎閣未有銘。君逮事昭陵，而與吾師游最舊，其可以辭！"

臣謹按：古之人君號知佛者，必曰漢明、梁武，其徒蓋常以藉口，而繪其像於壁者。漢明以察爲明，而梁武以弱爲仁。皆緣名失實，去佛遠甚。恭惟仁宗皇帝在位四十二年，未嘗廣度僧尼，崇侈寺廟。干戈斧質，未嘗有所私貸。而升遐之日，天下歸仁焉。此所謂得佛心法者，古今一人而已。璉雖以出世法度人，而持律嚴甚。上嘗賜以龍腦鉢盂，璉對使者焚之，曰："吾法以壞色衣，以瓦鐵食，此鉢非法。"使者歸奏，上嘉嘆久之。銘曰：

巍巍仁皇，體合自然。神耀得道，非有師傳。維道人璉，逍遥自在。禪律並行，不相留礙。於穆頌詩，我既其文。惟佛與佛，乃識其真。咨爾東南，山君海王。時節來朝，以謹其藏。

上清儲祥宮碑

（**茅鹿門旁**）應制之文，非公之至者，而其所見與議，亦自有典刑。

元祐六年六月丙午，制詔臣軾，上清儲祥宮成，當書其事於石。臣軾拜手稽首言曰："臣以書命侍罪北門，記事之成，職也。然臣愚不知宮之所以廢興，與凡材用之所從出，敢昧死請。"（**高啓夾**）先篇總撮記事大意。乃命有司具其事以詔臣軾。

始，太宗皇帝以聖文神武，佐太祖定天下。（**高啓夾**）始興。既即位，盡以太祖所賜金帛，作上清宮朝陽門之内。（**高啓夾**）始興材用從出。旌興王之功，且爲五代兵革之餘，遺民赤子，請命上帝，以至道元年正月宮成，民不知勞，天下頌之。至慶曆三年十二月，有司不戒於火，一夕而燼。（**高啓夾**）中廢。自是爲荆棘瓦礫之場，凡三十七年。元豐二年二月，神宗皇帝始命道士王太初居宮之故地，以法籙符水爲民禳禬，民趨歸之，稍以其力修復祠宇。(**高啓夾**)再興。詔用日者言,以宫之所在爲國家子孫地,乃賜名上清儲祥宫。(**高啓夾**)宫名改稱儲祥之由。且賜度牒,與佛廟神祠之遺利。(**高啓夾**)再興材用從出。爲錢一千七百四十七萬,又以官田十四頃給之,刻玉如漢張道陵所用印,及所被冠佩劍履以賜太初,所以寵之者甚備。

宫未成者十八,而太初卒。(**高啓夾**)復而未成。太皇太后聞之,喟然嘆曰:"民不可勞也,兵不可役也,大司徒錢不可發也,而先帝之意不可以不成。"乃敕禁中供奉之物,務從約損,斥賣珠玉以巨萬計,凡所謂以天下養者,悉歸之儲祥,積會所賜,爲錢一萬七千六百二十八萬,而宫乃成。(**高啓夾**)成功時材用從出。内出白金六千三百餘兩,以爲香火瓜華之用。召道士劉應真嗣行太初之法,命入内供奉官陳衍典領其事。起四年之春,訖六年之秋,爲三門兩廡,中大殿三,旁小殿九,鐘、經樓二,石壇一,建齋殿於東,以待臨幸,築道館於西,以居其徒,凡七百餘間。雄麗靖深,爲天下偉觀。(**高啓眉**)叙致詳悉,却自楚楚可觀。而民不知、有司不與焉。嗚呼,其可謂至德也已矣!(**高啓眉**)民不知勞是動大役者最吃緊事,故此記叙太宗始創上清,既以致頌,終成儲祥,復以歸德太后,所謂頌不忘規者也。

臣謹按:道家者流,本出於黄帝、老子。其道以清净無爲爲宗,以虚明應物爲用,以慈儉不争爲行,合於《周易》"何思何慮"、《論語》"仁者静壽"之説,如是而已。自秦、漢以來,始用方士言,乃有飛仙變化之術,《黄庭》《大洞》之法,太上、天真、木公、金母之號,延康、赤明、龍漢、開皇之紀,天皇太一、紫微、北極之祀,下至於丹藥奇技,符籙小數,皆歸於道家,學者不能必其有無。然臣嘗竊論之。黄帝、老子之道,本也。方士之言,末也。修其本而末自應。(**茅鹿門夾**)本色論。(**高啓眉**)上清儲祥宫建以奉黄老，費財動衆，終非治道所尚。坡老引合《周易》《論語》，雖不徑黜其非，然寓規正意甚深，至於詆黜方士之説尤見骨鯁。故仁義不施，則韶濩之樂，不能以降天神。忠信不立，則射鄉之禮，不能以致刑措。漢興，蓋公治黄、老，而曹參師其言，以謂治道貴清静，而民自定。以此爲政，天下歌之曰："蕭何爲法，顜若畫一。曹參代之，守而勿失。載其清静，民以寧壹。"其後文景之治，大率依本黄、老，清心省事，薄斂緩獄，不言兵而天下富。（**高啓眉**）極論黄老得處可以爲治，即《孟子》論貨色而以爲足王意，人臣引君之術莫妙於此。

臣觀上與太皇太后所以治天下者，可謂至矣。檢身以律物，故不怒而威。捐利以予民，故不藏而富。屈己以消兵，故不戰而勝。虚心以觀世，故不察而明。雖黄帝、老子，其何以加此。本既立矣，則又惡衣菲食，卑宫室，陋器用，斥其贏餘，以成此宫，上以終先帝未究之志，下以爲子孫無疆之福。（**高啓眉**）"上以終先帝"句應"神宗興儲祥"段意，"下以爲子孫"句應"朝陽門内爲國家子孫地"段意。宫成之日，民大和會，鼓舞謳歌，聲聞於天，天地喜答，神祇來格，祝史無求，福禄自至，時萬時億，永作神主。故曰"修其本而末自應"，豈不然哉！臣既書其事，皇帝若曰："大哉太祖之功，太宗之德，神宗之志，而聖母成之。汝作銘詩，而朕書其首曰'上清儲祥宫碑'。"（**高啓眉**）此段不作自己言，而言皇帝之意若是，何等委婉，何等莊嚴，極得應制文體。臣軾拜手稽首獻銘曰：

天之蒼蒼，正色非耶？其視下也，亦若斯耶？我作上清，儲祥之宫。無以來之，其肯我從。元祐之政，媚於上下。何修何營，曰是四者。民懷其仁，吏服其廉。鬼畏其正，神予其謙。帝既子民，維子之視。云何事帝，而瘠其子。允哲文母，以公滅私。作宫千柱,人初不知。於皇祖宗,在帝左右。風馬雲車,從帝來狩。閲視新宫,察民之言。佑我文母,及其孝孫。孝孫來饗,左右耆耇。無競惟人,以燕我後。多士爲祥,文母所培。我膺受之,篤其成材。千石之鐘,萬石之虡。相以銘詩,震於四海。

【彙評】

鄭之惠:自古譚黄老,未有如此暢且切者,大有關係之文。竊嘗論三代宗旨,如吾夫子論求仁,孟子論不爲不欲,後儒論致静,故知與釋氏真空妙有之談。老氏清静寧一説,非甚刺繆,乃釋之末流爲果報,老之末流爲長生,而吾儒之末流亦歸於干禄。流派漸歧,有不可言者,固皆祖始所訶,非其本旨也。第吾儒之道不越人倫日用,即不知不得,不得不由。釋子参禪、持偈、净土、止觀諸治心之法,猶有本源遺意。獨長生一家,誑怪百出,秦皇、漢武、唐玄、宋徽,爲方士所欺弄,害不可言,遂使黄老一宗澌滅殆盡。讀蘇公道家本末一段,不覺犂然有當於心。

茅鹿門:通篇以私錢爲案,以爲民祈福爲幟,此等應制文,不得不如此。

昭靈侯廟碑

(李卓吾旁)事奇。

昭靈侯南陽張公諱路斯,隋之初,家於潁上縣仁社村。年十六,中明經第。唐景龍中,爲宣城令,以才能稱。夫人石氏生九子。自宣城罷歸,常釣於焦氏臺之陰。一日,顧見釣處有宫室樓殿,遂入居之。自是夜出旦歸,歸輒體寒而濕。夫人驚問之。公曰:“我,龍也。蓼人鄭祥遠者,亦龍也。與我争此居,明日當戰，使九子助我。領有絳綃者我也，青綃者鄭也。”明日，九子以弓矢射青綃者，中之，怒而去，公亦逐之，所遇爲溪谷，以達於淮。而青綃者，投於合淝之西山以死，爲龍穴山。九子皆化爲龍，而石氏葬關洲。公之兄爲馬步使者，子孫散居潁上，其墓皆存焉。事見於唐布衣趙耕之文，而傳於淮潁間父老之口，載於歐陽文忠公之《集古録》云。

自景龍以來，潁人世祠之於焦氏臺。乾寧中，刺史王敬堯始大其廟。有宋乾德中，蔡州大旱，其刺史司超聞公之靈，築祠於蔡。既雨，翰林學士承旨陶穀爲記其事。蓋自淮南至於蔡、許、陳、汝，皆奔走奉祠。景德中，諫議大夫張秉，奉詔益新潁上祠宇。而熙寧中司封郎中張徽奏乞爵號，詔封公昭靈侯、石氏柔應夫人。廟有穴五，往往見變異，出雲雨，或投器穴中，則見於池，而近歲有得蜕骨於池者，金聲玉質，輕重不常，今藏廟中。

元祐六年秋，旱甚，郡守龍圖閣學士左朝奉郎蘇軾，迎致其骨於西湖之行祠，與吏民禱焉，其應如響。乃益治其廟，作碑而銘之。銘曰：

維古至人，泠然乘風。變化往來，不私其躬。道本於仁，仁故能勇。有殺有生，以仁爲終。相彼幻身，何適不通。地行爲人，天飛爲龍。惠於有生，我則從之。淮潁之間，篤生張公。跨歷隋唐，顯於有宋。上帝寵之，先帝封之。昭於一方，萬靈宗之。哀我潁民，處瘠而窮。地傾東南，潦水所鍾。忽焉歸壑，千里一空。公居其間，拯溺吊凶。救療疾癘，驅攘螟蟲。開闔抑揚，孰知其功。坎坎擊鼓，巫師老農。斗酒隻雞，四簋其饛。度公之居，貝闕珠宫。揆公之食，瓊醴玉饔。何以稱之，我愧於中。公之所饗，惟誠與恭。誠在愛民，無傷農工。恭不在外，洗濯厥胸。以此事神，神聽則聰。敢有不然，上帝之恫。

潮州韓文公廟碑

(**王復之旁**)起語與永叔《晝錦堂記》同。(**茅鹿門旁**)予覽此文,不是昌黎本色,前後議論多漫然。然長公生平氣格獨存,故録之。(**朱晦庵眉**)東坡作韓文廟碑,不能得一起頭,起行百十遭,忽得"匹夫而"句,下面只如此掃去。

匹夫而爲百世師,一言而爲天下法。(**高啓夾**)起句健。是皆有以參天地之化,關盛衰之運。其生也有自來,其逝也有所爲矣。(**高啓夾**)接亦不弱。故申、吕自嶽降,而傅説爲列星,古今所傳,不可誣也。孟子曰:"吾善養吾浩然之氣。"是氣也,寓於尋常之中,而塞乎天地之間。(**鍾惺眉**)子瞻一生持論重一"氣"字。卒然遇之,則王公失其貴,晉、楚失其富,良、平失其智,賁、育失其勇,儀、秦失其辯,是孰使之然哉?(**錢文登眉**)五個"失"字如破竹之勢,只一句鎖住。其必有不依形而立,不恃力而行,不待生而存,不隨死而亡者矣。(**錢文登眉**)復用四個"不"字,筆力過人。故在天爲星辰,在地爲河嶽。幽則爲鬼神,而明則復爲人。此理之常,無足怪者。

自東漢以來,道喪文弊,異端並起,歷唐貞觀、開元之盛,輔以房、杜、姚、宋而不能救。獨韓文公起布衣,談笑而麾之,天下靡然從公,復歸於正,蓋三百年於此矣。文起八代之衰,而道濟天下之溺,忠犯人主之怒,而勇奪三軍之帥。豈非參天地、關盛衰、浩然而獨存者乎!(**高啓眉**)雄傑。(**鍾惺眉**)爲文士張價如此,蓋歐陽文忠之文師昌黎,子瞻爲文忠弟子,此推戴之自也。蓋嘗論天人之辨,以謂人無所不至,惟天不容僞。智可以欺王公,不可以欺豚魚;力可以得天下,不可以得匹夫匹婦之心。(**鍾惺眉**)大有感慨，大有譏笑。故公之精誠，能開衡山之雲，而不能回憲宗之惑；能馴鰐魚之暴，而不能弭皇甫鎛、李逢吉之謗；能信於南海之民，廟食百世，而不能使其身一日安於朝廷之上。(**鍾惺夾**)切題生議。(**儲欣眉**)不能安其身於朝廷之上，公所自道耳。若韓公自知制誥後，功成名立，志得道行，雖以《諫佛骨表》窮，而貴戚大臣維持調護，及謝表朝以入憲宗，夕以悟移袁，而後寵仕滋沃矣。此碑終是借酒杯澆塊磊，未爲確論也。蓋公之所能者，天也。所不能者，人也。(**高啓夾**)收妙。(**李九我眉**)疊用"能""不能"字，須得後面一鎖，如長江大河，萬流歸海。

始，潮人未知學，公命進士趙德爲之師。自是潮之士，皆篤於文行，延及齊民，至於今，號稱易治。信乎孔子之言："君子學道則愛人，小人學道則易使也。"潮人之事公也，飲食必祭，水旱疾疫，凡有求必禱焉。而廟在刺史公堂之後，民以出入爲艱。前守欲請諸朝作新廟，不果。元祐五年，朝散郎王君滌來守是邦，凡所以養士治民者，一以公爲師。民既悦服，則出令曰："願新公廟者聽。"民歡趨之。卜地於州城之南七里，期年而廟成。

或曰："公去國萬里，而謫於潮，不能一歲而歸，没而有知，其不眷戀於潮，審矣。"(**王復之眉**)此一轉，覺神理掀揭，一篇都有景色，與平鋪直叙者不同。軾曰："不然。公之神在天下者，如水之在地中，無所往而不在也。而潮人獨信之深，思之至，焄蒿悽愴，若或見之。譬如鑿井得泉，而曰水專在是，豈理也哉！"(**陳眉公眉**)束。意述公之神無往不在，而不獨爲潮人之思，餘音亹亹。元豐七年，詔封公昌黎伯，故榜曰昌黎伯韓文公之廟。潮人請書其事於石，因作詩以遺之，使歌以祀公。其詞曰：

公昔騎龍白雲鄉，手抉雲漢分天章，天孫爲織雲錦裳。飄然乘風來帝旁，下與濁世掃秕穅，西游咸池略扶桑。草木衣被昭回光，追逐李、杜參翱翔，汗流籍、湜走且僵。滅没倒景不可望，作書詆佛譏君王，要觀南海窺衡湘。歷舜九疑吊英、皇，祝融先驅海若藏，約束蛟鰐如驅羊。鈞天無人帝悲傷，謳吟下招遣巫陽，犪牲雞卜羞我觴。於粲荔丹與蕉黄，公不少留我涕滂，翩然被髮下大荒。（**茅鹿門夾**）歌甚佳。（**錢文登眉**）東坡平生作詩不經意，意淺而味短。獨此詩與《司馬温公神道碑表》《忠觀碑銘》三詩奇絶，皆苦思刻意之文。（**洪容齋眉**）騎龍之詩蹈厲發揚，直到雅頌。○劉夢得、李習之、皇甫湜、李漢皆稱文公之文，各極其至，東坡此碑一出而衆説盡廢。

【彙評】

錢文登：後生熟讀此等文章，下筆便有氣力光彩。

林次崖：此碑自始至末無一句懈怠，佳言格論層見疊出，如太牢之悦口，夜光之奪日。蘇文古今所推此尤其得意者，其關係世道甚大，不當以文論矣。

錢東湖：宋人集中無此文字，直然凌越四百年，追文公而上之。

鄭之惠：蘇公作韓公廟碑及詩，即如韓公作《樊宗師墓誌銘》，不獨文肖其人，抑且人摹其文。

儲欣：歌詞悲壯，兢爽韓詩。

鍾惺：大文字不可以平奇工拙間求之。

峻靈王廟碑

古者王室及大諸侯國皆有寶。周有琬琰大玉，魯有夏后氏之璜，皆所以守其社稷，鎮撫其人民也。唐代宗之世，有比丘尼若夢恍惚見上帝者，得八寶以獻諸朝，且傳帝命曰："中原兵久不解，腥聞於天，故以此寶鎮之。"則改元寶應。以是知天亦分寶以鎮世也。

自徐聞渡海，歷瓊至儋，又西至昌化縣西北二十里，有山秀峙海上，石峰巉然若巨人冠帽西南向而坐者，俚人謂之山胳膊。而僞漢之世，封山神爲鎮海廣德王。五代之末，南夷有知望氣者，曰："是山有寶氣，上達於天。"艤舟其下，斫山發石以求之。夜半，大風，浪駕其舟空中，碎之石峰下，夷皆溺死。儋之父老，猶有及見敗舟山上者，今獨有斫石存焉耳。天地之寶，非人所得睥睨者，晉張華使其客雷焕發酆城獄，取寶劍佩之，華終以忠遇禍，坐此也夫。今此山之上，上帝賜寶以奠南極，而貪冒無知之夷，欲以力取而己有之，其誅死宜哉！

皇宋元豐五年七月，詔封山神爲峻靈王，用部使者承議郎彭次雲之請也。紹聖四年七月，瓊州别駕蘇軾，以罪譴於儋，至元符三年五月，有詔徙廉州。自念謫居海南三歲，飲鹹食腥，陵暴颶霧而得還者，山川之神實相之。再拜稽首，西向而辭焉，且書其事，碑而銘之。山有石池，産紫鱗魚，民莫敢犯，石峰之側多荔支、黄柑，得就食，持去，則有風雹之變。其銘曰：

瓊崖千里塊海中，民夷錯居古相蒙。方壺蓬萊此别宫，峻靈獨立秀且雄。爲帝守寶甚嚴恭，庇蔭嘉穀歲屢豐。小大逍遥遠蝦龍，鵁鶄安棲不避風。我浮而西今復東，銘碑曄然照無窮。

伏波將軍廟碑

漢有兩伏波，皆有功德於嶺南之民。前伏波，邳離路侯也；後伏波，新息馬侯也。南越自三代不能有，秦雖稍通置吏，旋復爲夷。邳離始伐滅其國，開九郡。然至東漢，二女子側、貳反嶺南，震動六十餘城。世祖初平天下，民勞厭兵，方閉玉關，謝西域,况南荒何足以辱王師,非新息苦戰,則九郡左衽至今矣。由此論之,兩伏波廟食於嶺南者,均也。古今所傳,莫能定於一。自徐聞渡海,適朱崖,南望連山,若有若無,杳杳一髮耳。艤舟將濟,眩栗喪魄。海上有伏波祠,元豐中詔封忠顯王,凡濟海者必卜焉。曰:"某日可濟乎?"必吉而後敢濟。使人信之如度量衡石,必不吾欺者。嗚呼,非盛德其孰能然!自漢以來,朱崖、儋耳,或置或否。揚雄有言:"朱崖之棄,捐之之力也,否則介鱗易我衣裳。"此言施於當時可也。自漢末至五代,中原避亂之人,多家於此。今衣冠禮樂,蓋斑斑然矣,其可復言棄乎!四州之人,以徐聞爲咽喉。南北之濟者,以伏波爲指南,事神其敢不恭。軾以罪謫儋耳三年,今乃獲還海北,往返皆順風,念無以答神貺者,乃碑而銘之。銘曰:

至險莫測海與風,至幽不仁此魚龍,至信可恃漢兩公,寄命一葉萬仞中。自此而南洗汝胸,撫循民夷必清通。自此而北端汝躬,屈信窮達常正忠。生爲人英没愈雄,神雖無言意我同。

淮陰侯廟碑

(**李卓吾旁**)好。

應龍之所以爲神者,以其善變化而能屈伸也。夏則天飛,效其靈也;冬則泥蟠,避其害也。當嬴氏刑慘網密,毒流海内,銷鋒鏑,誅豪俊,將軍乃辱身污節,避世用晦。志在鵲起豹變,食全楚之租,故受饋於漂母。抱王霸之略,蓄英雄之壯圖,志輕六合,氣蓋萬夫,故忍耻跨下。(**李卓吾眉**)至今覺生氣勃勃。洎乎山鬼反璧,天亡秦族。遇知己之英主,陳不世之奇策。崛起蜀漢,席卷關輔。戰必勝,攻必克,掃强楚,滅暴秦。平齊七十城,破趙二十萬。乞食受辱,惡足累大丈夫之功名哉!然使水行未殞,火流猶潛。將軍則與草木同朽,麋鹿俱死。安能持太阿之柄,雲飛龍驤,起徒步而取侯王?(**高啓眉**)此段絶似太史公。噫,自古英偉之士,不遇機會,委身草澤,名堙滅而無稱者,可勝道哉!乃碑而銘之。銘曰:

書軌新邦,英雄舊里。海霧朝翻,山煙暮起。宅臨舊楚,廟枕清淮。枯松折柏,廢井荒臺。我停單車,思人望古。淮陰少年,有目無睹。不知將軍,用之如虎。

【彙評】

儲欣:感慨。

王芑孫:此碑文當用唐雜家體,然此一種題目無可著論者,用唐人體亦□得,文無定體,惟其是耳。

鄭之惠:此記絶類初唐人作。

司馬温公神道碑

(**茅鹿門旁**)按蘇氏兄弟議論文章,自西漢以來當爲天仙,獨於叙事處不得太史公法門,余故於兩公所爲諸神道碑、行狀等文不多録。○此碑記乃公應制者,較公所爲《司馬公狀》似不能盡所欲言,然行文特略矣。(**唐荆川眉**)文勢如波涌而川動,誠然萬斛源泉也。

上即位之三年,朝廷清明,百揆時叙,民安其生,風俗一變。異時薄夫鄙人,皆洗心易德,務爲忠厚,人人自重,耻言人過,中國無事,四夷稽首請命。(**茅鹿門眉**)自此至入世系千餘言,皆總議論起，非史漢叙事法。惟西羌夏人，叛服不常，懷毒自疑，數人爲寇。上命諸將按兵不戰，示以形勢，不數月，生致大首領鬼章青宜結闕下。夏人十數萬寇涇原，至鎮戎城下，五日無所得，一夕遁去。而西羌兀征聲延以其族萬人來降。黄河始決曹村，既築靈平，復決小吴，横流五年，朔方騷然，而今歲之秋，積雨彌月，河不大溢，及冬，水入地益深，有北流赴海復禹舊迹之勢。凡上所欲，不求而獲，而其所惡，不麾而去。天下曉然知天意與上合，（**吕留良夾**）逗出天意。庶幾復見至治之成，家給人足，刑措不用，如咸平、景德間也。（**吕留良夾**）自起首直下，至此纔一頓。

或以問臣軾："上與太皇太后安所設而及此？"臣軾對曰："在《易·大有》：'上九，自天佑之，吉無不利。'孔子曰：'天之所助者，順也。人之所助者，信也。履信思乎順，又以尚賢也。是以自天佑之，吉無不利。'今二聖躬信順以先天下，而用司馬公以致天下士，應是三德矣。且以臣觀之，公，仁人也。天相之矣。"（**唐荆川眉**）前段説上信順尚賢，如此却轉到司馬公身上。"何以知其然也？"曰："公以文章名於世，而以忠義自結人主。朝廷知之可也，四方之人何自知之？士大夫知之可也，農商走卒何自知之？中國知之可也，九夷八蠻何自知之？方其退居於洛，眇然如顔子之在陋巷，累然如屈原之在陂澤，其與民相忘也久矣，而名震天下如雷霆，如河漢，如家至而日見之。聞其名者，雖愚無知如婦人孺子，勇悍難化如軍伍夷狄，以至於奸邪小人，雖惡其害己仇而疾之者，莫不斂衽變色，諮嗟太息，或至於流涕也。（**鍾惺眉**）説得動人，不待其詞之畢，尤在此段。（**吕留良夾**）説公天相處，却都是鋪寫人心歸向之意，文勢波動雲涌。

元豐之末，臣自登州入朝，過八州以至京師，民知其與公善也，所在數千人，聚而號呼於馬首曰："寄謝司馬丞相，慎毋去朝廷，厚自愛以活百姓。"（**茅鹿門夾**）婦人孺子在其中。如是者，蓋千餘里不絶。（**唐荆川眉**）叙事錯綜，如龍蛇之不可捕。至京師，聞士大夫言，公初入朝，民擁其馬，至不得行，衛士見公，（**茅鹿門夾**）軍伍。擎跽流涕者，不可勝數，公懼而歸洛。（**高啓夾**）插入入覲、還洛在内。（**鍾惺夾**）得有學問。（**唐荆川夾**）叙事錯綜。遼人、夏人遣使入朝，（**茅鹿門夾**）夷狄。與吾使至虜中者，虜必問公起居，而遼人敕其邊吏曰："中國相司馬矣，慎毋生事開邊隙。"其後公薨，京師之民罷市而往吊，鬻衣以致奠，巷哭以過車者，蓋以千萬數。上命户部侍郎趙瞻、内侍省押班馮宗道，護其喪歸葬。瞻等既還葬，皆言民哭公哀甚，如哭其私親。四方來會葬者，蓋數萬人。而嶺南封州父老相率致祭，且作佛事以薦公者，其詞尤哀。炷薌於手頂以送公葬者，凡百餘人，而畫像以祠公者，天下皆是也。此豈人力也哉？天相之也！（**吕留良夾**）自公以文章名世直下，至此纔一頓。匹夫而能動天，亦必有道矣。非至誠一德，其孰能使之！（**錢文登眉**）引用二段，譬喻二段，不見疊架。（**吕留良夾**）轉出公德之誠。

《記》曰："惟天下之至誠，爲能盡其性。能盡其性，則能盡人之性。能盡人之性，則能盡物之性。能盡物之性，則可以贊天地之化育矣。"《書》曰："惟尹躬暨湯，咸有一德，克享天心。"又曰："德惟一，動罔不凶。"或以千金與人而人不喜，或以一言使人而人死之者，誠與不誠故也。稽天之潦，不能終朝，而一綫之溜，可以達石者，一與不一故也。誠而一，古之聖人不能加毫末於此矣，而况公乎！故臣論公之德，至於感人心，動天地，巍巍如此，而蔽之以二言，曰誠、曰一。（**吕留良夾**）總結。（**唐荆川眉**）以上議論，以下叙事。

公諱光，字君實，其先河内人，晉安平獻王孚之後，王之裔孫征東大將軍陽始葬今陜州夏縣涑水鄉,子孫因家焉。曾祖諱政,以五代衰亂不仕,贈太子太保。祖諱炫,舉進士,試秘書省校書郎,終於耀州富平縣令,贈太子太傅。考諱池,寶元、慶曆間名臣,終於兵部郎中、天章閣待制,贈太師、温國公。曾祖妣薛氏,祖妣皇甫氏,妣聶氏,皆封温國太夫人。

公始進士甲科事仁宗皇帝,至天章閣待制,知諫院。始發大議,乞立宗子爲後,以安宗廟,宰相韓琦等因其言,遂定大計。事英宗皇帝爲諫議大夫,龍圖閣直學士,論陜西刺義勇爲民患;及内侍任守忠奸蠹,乞斬以謝天下,守忠竟以譴死。又論漢安懿王當准先朝封贈期親尊屬故事,天下韙之。事神宗皇帝,爲翰林學士、御史中丞。西戎部將嵬名山欲以横山之衆降,公極論其不可納,後必爲邊患,已而果然。勸帝不受尊號,遂爲萬世法。及王安石爲相,始行青苗、助役、農田水利,謂之新法,公首言其害,以身争之。當時士大夫不附安石,言新法不便者,皆倚公爲重。(**唐荆川眉**)以前以言論叙,以後以行事叙。帝以公爲樞密副使,公以言不行,不受命。乃以爲端明殿學士,出知永興軍,遂以留司御史臺及提舉崇福宫,退居於洛十有五年。及上即位,太皇太后攝政,起公爲門下侍郎,遷正議大夫,遂拜左僕射。公首更詔書以開言路,分别邪正,進退其甚者十餘人。旋罷保甲、保馬、市易及諸道新行鹽鐵茶法,最後遂罷助役、青苗。方議取士擇守令監司以養民,期於富而教之,凛凛乎嚮至治矣。

而公卧病,以元祐元年九月丙辰朔,薨於位,享年六十八。太皇太后聞之慟,上亦感涕不已。時方祀明堂,禮成不賀。二聖皆臨其喪,哭之哀甚,輟視朝。贈太師、温國公,襚以一品禮服,謚曰文正。官其親屬十人。公娶張氏,禮部尚書存之女,封清河郡君,先公卒,追封温國夫人。子三人,童、唐皆早亡,康,今爲秘書省校書郎。孫二人,植、桓皆承奉郎。以元祐三年正月辛酉,葬於陜之夏縣涑水南原之晁村。上以御篆表其墓道,曰忠清粹德之碑,而其文以命臣軾。

臣蓋嘗爲公行狀,而端明殿學士范鎮取以誌其墓矣,故其詳不復再見,而獨論其大概。(**唐荆川眉**)議論奇。議者徒見上與太皇太后進公之速,用公之盡,而不知神宗皇帝知公之深也。(**茅鹿門眉**)又歸到神宗身上,最切。(**吕留良夾**)此段結到神宗,是坡公巨筆,乃一篇精神聚會處。自士庶人至於卿大夫,相與爲賓師朋友,道足以相信,而權不足以相休戚,然猶同己則親之,異己則疏之,未有聞過而喜,受誨而不怒者也,而况於君臣之間乎?(**錢文登眉**)發人所不知,言人所不能言。方熙寧中,朝廷政事與公所言無一不相違者,書數十上,皆盡言不諱,蓋自敵以下所不能堪,而先帝安受之,非特不怒而已,乃欲以爲左右輔弼之臣,至爲叙其所著書,讀之於邇英閣,不深知公,而能如是乎?二聖之知公也,知之於既同。而先帝之知公也,知之於方異。故臣以先帝爲難。(**鍾惺眉**)雖爲君父周旋,然説□一段,至理而無屈筆。(**吕留良夾**)不避魚藻之嫌。

昔齊神武皇帝寢疾,告其子世宗曰:"侯景專制河南十四年矣,諸將皆莫能敵,惟慕容紹宗可以制之。我故不貴,留以遺汝。"而唐太宗亦謂高宗:"汝於李績無恩,我今責出之,汝當授以僕射。"乃出績爲疊州都督。(**茅鹿門眉**)從空中起出絶好樓閣,誰人有此高手?夫齊神武、唐太宗,雖未足以比靈斯先帝,而紹宗與績,亦非公之流,然古之人君所以爲其子孫長計遠慮者,類皆如此。(**儲欣夾**)二事盡可不引。寧其身亡受知人之名,而使其子孫專享得賢之利。先帝知公如此,而卒不盡用,安知其意不出於此乎?(**鍾惺眉**)不讀此等處,不見老蘇文字中厚道深心。臣既書其事，乃拜手稽首而作詩曰：

於皇上帝，子惠我民。孰堪顧天，惟聖與仁。聖子受命，如堯之初。神母詔之，匪亟匪徐。聖神無心，孰左右之。民自擇相，我興授之。其相惟何，太師温公。公來自西，一馬二童。萬人環之，如渴赴泉。孰不見公，莫如我先。二聖忘己，惟公是式。公亦無我，惟民是度。民曰樂哉，既相司馬。爾賈於途，我耕於野。士曰時哉，既用君實。我後子先，時不可失。公如麟凰，不鷙不搏。羽毛畢朝，雄狡率服。爲政一年，疾病半之。功則多矣，百年之思。知公於異，識公於微。匪公之思，神考是懷。天子萬年，四夷來同。薦於清廟，神考之功。

【彙評】

茅鹿門：神宗之知長公亦深，而不及用。觀長公於二聖之撤金蓮燭送歸翰林院時所云，則得之矣。此長公於此獨感慨嗚咽而盡所云也。

錢文登：前一段叙事如九曲水勢，隨地盤旋，有自然形勝。後一段議論如奇雲瑞靄，飛灑空中，瞻顧恍惚。不可名狀哉，斯人之文！

唐荆川：長江一瀉萬里而波瀾曲折，自有妍姿，其文人之豪也。

鄭之惠：此等大文字，非胸中自有一段綫索，如何布掣得動？

儲欣：史筆非公所長，此碑猶覺清省，故於諸碑誌中特録此一首。

鍾惺：讀司馬温公、富鄭公諸碑，知宋世大臣猶自有人，其以弱宋而能抗金元，以此不若後之全盛而受困一隅之虜也。

吕留良：文章無意不能曲，無才氣不能直。此文千里一曲，非坡公不能。〇碑文前段從天下治平而推原到用公，以公之天相歸而推原其德之誠一，皆是逆推法。中段叙公歷事四朝本末，是順叙法。末段乃從中提出二聖之倚眷，而推本於神宗，此方是蘇公巨手特筆驚天動地處，故詩亦專於此處敷揚。

趙清獻公神道碑

故太子少師清獻趙公,既薨之三年,其子屼除喪來告於朝曰:"先臣既葬,而墓隧之碑無名與文,無以詔示來世,敢以請。"天子曰:"嘻,兹予先正,以惠術擾民如鄭子産,以忠言摩上如晉叔向。"乃以愛直名其碑,而又命臣軾爲之文。

臣軾逮事仁宗皇帝。蓋嘗竊觀天地之盛德,而窺日月之末光矣。未嘗行也,而萬事莫不畢舉。未嘗視也,而萬物莫不畢見。非有他術也,善於用人而已。惟清獻公擢自御史。是時將用諫官御史,必取天下第一流,非學術才行備具爲一世所高者不與。用之至重,故言行計從,有不十年而爲近臣者;言不當,有不旋踵而黜者。是非明辨,而賞罰必信,故士居其官者少妄,而天子穆然無爲,坐視其成功,奸宄消亡,而忠良全安。此則清獻公與其僚之功也。

公諱抃,字閲道。其先京兆奉天人。唐德宗世,植爲嶺南節度使。植生隱,爲中書侍郎。隱生光逢、光裔,並掌内外制,皆爲唐聞人。五代之亂,徙家於越。公則植之十世從孫也。曾祖諱曇,深州司户參軍。祖諱湘,廬州廬江尉,始家於衢,遂爲西安人。考諱亞才,廣州南海主簿。公既貴,贈曾祖太子太保,妣陳氏安國太夫人;祖司徒,妣袁氏崇國太夫人,俞氏光國太夫人;考,開府儀同三司,封榮國公,妣徐氏魏國太夫人,徐氏越國太夫人。

公少孤且貧,刻意力學,中景祐元年進士乙科。爲武安軍節度推官。民有僞造印者,吏皆以爲當死。公獨曰:"造在赦前,而用在赦後。赦前不用,赦後不造,法皆不死。"遂以疑讞之,卒免死。一府皆服。閲歲,舉監潭之糧料。歲滿,改著作佐郎，知建州崇安，通判宜州。卒有殺人當死者，方繫獄，病癰，未潰，公使醫療之，得不瘐死。會赦以免。公愛人之周，類如此。

未幾以越國喪，廬於墓三年，不宿於家。縣榜其所居里爲孝弟，處士孫處爲作《孝子傳》。終喪，起知泰州海陵，復知蜀州江原，還，通判泗州。泗守昏不事事，監司欲罷遣之，公獨左右其政，而晦其所以然，使若權不己出者。守得以善去。濠守以廪賜不如法，士卒謀欲爲變，或以告，守恐怖，日未夕，輒閉門不出。轉運使徙公治濠。公至，從容如平日，濠以無事。

曾公亮爲翰林學士，未識公，而以臺官薦，召爲殿中侍御史。彈劾不避權幸，京師號公鐵面御史。其言常欲朝廷别白君子小人。以謂小人雖小過，當力排而絶之，後乃無患，君子不幸而有詿誤，當保持愛惜，以成就其德。故言事雖切，而人不厭。温成皇后方葬，始命參知政事劉沆監護其役，及沆爲相而領事如故。公論其當罷，以全國體。復言宰相陳執中不學無術，且多過失。章十二上，執中卒罷去。王拱辰奉使契丹，還，爲宣徽使。公言拱辰平生所爲及奉使不如法事，命遂寢。復言樞密使王德用、翰林學士李淑不稱職，皆罷去。是時邵必爲開封推官，以前任常州失入徒罪自舉遇赦而猶罷，監邵武酒税。吴充、鞠真卿發禮院吏代書事，吏以贖論，而充、真卿皆出知軍。吕景初、馬遵、吴中復彈奏梁適，適以罷相，而景初等隨亦被逐。馮京言吴充、鞠真卿、刁約不當以無罪黜，而京奪修起居注。公皆力言其非是。必以復認知軍，充、真卿、約、景初、遵皆召還京中，復皆許補故闕。先是吕秦出守徐，蔡襄守泉，吴奎守壽，韓絳守河陽。已而歐陽修乞蔡，賈黯乞荆南。公即上言："近日正人賢士，紛紛引去，憂國之士，爲之寒心，侍從之賢，如修輩無幾。今皆請郡者，以正色立朝，不能諂事權要，傷之者衆耳。"修等由此不去，一時名臣賴之以安。仁宗晚歲不豫，而太子未定，中外恟懼。及上既康復，公請擇宗室賢子弟教育於宫中，封建任使，以示天下大本。

已而求郡，得睦。睦歲爲杭市羊，公爲移文却之。民籍有茶税，而無茶地，公爲奏蠲之，民至今稱焉。移充梓州路轉運使，未幾移益。兩蜀地遠而民弱，吏恣爲不法，州郡以酒食相饋餉，衙前治厨傳，破家相屬也。公身帥以儉，不從者請以違制坐之，蜀風爲之一變。窮城小邑，民或生而不識使者，公行部，無所不至，父老驚喜相慰，奸吏亦竦。

以右司諫召，論事不折如前。入内副都知鄧保信引退兵董吉以燒煉出入禁中，公言："漢文成、五利，唐普思、静能、李訓、鄭注，多依宦官以結主，假藥術以市奸者也，其漸不可啓。"宋庠爲樞密使，選用武臣，多不如舊法，至有訴於上前者。公陳其不可。陳昇之除樞密副使，公與唐介、吕誨、范師道同言昇之交結宦官，進不以道，章二十餘，上不省，即居家待罪。詔强起之，乃乞補外，二人皆相次去位，公與言者亦罷。

公得虔州，地遠而民好訟，人謂公不樂。公欣然過家上冢而去。既至，遇吏民簡易，嚴而不苛，悉召諸縣令告之，爲令當自任事，勿以事諉郡，苟事辦而民悦，吾一無所問。令皆喜，争盡力，虔事爲少，獄以屢空。改修鹽法，疏鑿灨石，民賴其利。虔當二廣之衝，行者常自虔易舟而北。公間取餘材，造舟得百艘，移二廣諸郡，曰："仕宦之家，有父兄没而不能歸者，皆移文以遣，當具舟載之。"至者既悉授以舟，復量給公使物，歸者相繼於道。

朝廷聞公治有餘力，召知御史雜事，不閲月爲度支副使。英宗即位，奉使契丹，還，未至，除天章閣待制、河北都轉運使。

時賈昌朝以使相判大名府。公欲按視府庫，昌朝遣其屬來告，曰："前此，監司未有按視吾事者。公雖欲舉職，恐事有不應法，奈何?"公曰："捨大名，則列郡不服矣。"即往視之，昌朝初不説也。前此有詔，募義勇，過期不足者徒二年，州郡不時辦，官吏當坐者八百餘人。公被旨督其事，奏言："河朔頻歲豐熟，故募不如數，請寬其罪，以俟農隙。"從之。坐者得免，而募亦隨足。昌朝乃愧服曰："名不虛得矣。"

旋除龍圖閣直學士、知成都。公以寬治蜀，蜀人安之。初，公爲轉運使，言蜀人有以妖祀聚衆爲不法者，其首既死，其爲從者宜特黥配。及爲成都，適有此獄，其人皆懼，意公必盡用法。公察其無他，曰："是特坐樽酒至此耳。"刑其爲首者，餘皆釋去。蜀人愈愛之。會榮諲除轉運使，陛辭，上面諭曰："趙某爲成都，中和之政也。"

神宗即位，召知諫院。故事，近臣自成都還，將大用，必更省府，不爲諫官。大臣爲言。上曰："用趙某爲諫官，賴其言耳。苟欲用之，何傷!"及謝，上謂曰："聞卿匹馬入蜀，以一琴一龜自隨，爲政簡易，亦稱是耶?"公知上意將用其言。即上疏論吕誨、傅堯俞、范純仁、吕大防、趙瞻、趙鼎、馬默皆骨鯁敢言，久謫不復，無以慰縉紳之望。上納其説。郭逵附簽書樞密院事，公議不允。公力言之，即罷。

居三月，擢右諫議大夫，參知政事。感激思奮，面議政事，有不盡者，輒密啓聞。上手詔嘉之。公與富弼，曾公亮、唐介同心輔政，率以公議爲主。會王安石用事，議論不協，既而司馬光辭樞密副使，臺諫侍從，多以言事求去。公言："朝廷事有輕有重，體有大小，財利於事爲輕。而民心得失爲重，青苗使者于體爲小，而禁近耳目之臣用捨爲大，今不罷財利而輕失民心，不罷青苗使者而輕棄禁近耳目，去重而取輕，失大而得小，非宗廟社稷之福，臣恐天下自此不安矣。”言入，即求去，四上章，不許。熙寧三年四月，復五上章，除資政殿學士、知杭州。

公素號寬厚，杭之無賴子弟以此逆公，皆駢聚爲惡。公知其意，擇重犯者率黥配他州，惡黨相帥遁去。未幾徙青州。因其俗樸厚，臨以清净。時山東旱蝗，青獨多麥，蝗自淄齊來，及境遇風，退飛墮水而盡。

五年，成都以戍卒爲憂，朝廷擇遣大臣，爲蜀人所愛信者，皆莫如公，遂以大學士知成都。然意公必辭，及見，上曰：“近歲無自政府復往者，卿能爲我行乎？”公曰：“陛下有言即法也，豈顧有例哉！”上大喜。公乞以便宜行事，即日辭去。至蜀，默爲經略，而燕勞閑暇如他日，兵民晏然。一日，坐堂上，有卒長在堂下。公好諭之曰：“吾與汝，年相若也，吾以一身入蜀，爲天子撫一方，汝亦宜清慎畏戢以帥衆，比戍還，得餘貲，持歸爲室家計可也。”人知公有善意，轉相告語，莫敢復爲非者。劍州民李孝忠集衆二百餘人，私造符牒，度人爲僧。或以謀逆告，獄具。公不畀法吏，以意决之，處孝忠以私造度牒，餘皆得不死。喧傳京師，謂公脱逆黨。朝廷取具獄閲之，卒無以易也。茂州蕃部鹿明玉等逢聚境上，肆爲剽掠。公亟遣部將帥兵討之，夷人驚潰乞降，願殺婢以盟。公使喻之曰：“人不可用，三牲可也。”使至，已縶婢引弓，將射心取血。聞公命，歡呼以聽。事訖，不殺一人。

居二歲，乞守東南，爲歸老計，得越州。吴越大饑，民死者過半，公盡所以救荒之術，發廩勸分，而以家貲先之，民樂從焉。生者得食，病者得藥，死者得藏。下令修城，使民食其力。故越人雖饑而不怨。復徙治杭。杭旱與越等，其民尤病。既而朝廷議欲築其城。公曰："民未可勞也。"罷之。錢氏納國，未及百年，而墳廟堙圮，杭人哀之。公奏因其所在，歲度僧、道士各一人，收其田租，爲歲時獻享營繕之費。從之，且改妙因院爲表忠觀。

公年未七十，告老於朝，不許。請之不已，元豐二年二月，加太子少保致仕，時年七十二矣。退居於衢，有溪石松竹之勝，東南高士多從之游。朝廷有事郊廟，再起公侍祠，不至。屼通判温州，從公游天台、雁蕩，吴越間榮之。屼代還，得見。上顧問公，甚厚。以屼提舉浙東西常平，以便其養。屼復侍公游杭。始，公自杭致仕，杭人留公不得行。公曰："六年當復來。"至是適六歲矣。杭人德公，逆者如見父母。以疾還衢，有大星隕焉。二日而公薨，實七年八月癸巳也。

訃聞，天子輟視朝一日，贈太子少師。十二月乙酉，葬於西安蓮華山，謚曰清獻。公娶徐氏，東頭供奉官度之女，封東平郡夫人，先公十年卒。子二人，長曰岏，終杭州於潛縣令；次即屼也，今爲尚書考功員外郎。

公平生不治産業，嫁兄弟之女以十數，皆如己女。在官，爲人嫁孤女二十餘人。居鄉，葬暴骨及貧無以斂且葬者，施棺給薪，不知其數。少育於長兄振，振既没，思報其德。將遷侍御史，乞不遷，以贈振大理評事。公爲人和易温厚，周旋曲密，謹繩墨，蹈規矩，與人言，如恐傷之。平生不畜聲伎，晚歲習爲養氣安心之術，悠然有高舉意。將薨，晨起如平時，屼侍側，公與之訣，詞色不亂，安坐而終。不知者以爲無意於世也。然至論朝廷事，分别邪正，慨然不可奪。宰相韓琦嘗稱趙公真世人標表，蓋以爲不可及也。公爲吏，誠心愛人，所至崇學校，禮師儒，民有可與與之，獄有可出出之。治虔與成都，尤爲世所稱道。

神宗凡擬二郡守，必曰："昔趙某治此，最得其術。"馮京相繼守成都，事循其舊，亦曰："趙公所爲，不可改也。"要之以惠利爲本。然至於治杭，誅鋤强惡，奸民屏迹不敢犯。蓋其學道清心遇物，而應有過人者矣。銘曰：

蕭望之爲太傅，近古社稷臣，其爲馮翊，民未有聞。黄霸爲潁川，治行第一，其爲丞相，名不迨昔。孰如清獻公，無適不宜。邦之司直，民之父師。其在官守，不專於寬，時出猛政，嚴而不殘。其在言責，不專於直，爲國愛人，掩其疵疾。蓋東郭順子之清，孟獻子之賢，鄭子産之政，晉叔向之言，公兼而有之，不幾於全乎！

卷八十七

碑二首

富鄭公神道碑

宋興百三十年，四方無虞，人物歲滋。蓋自秦、漢以來，未有若此之盛者。雖所以致之非一道，而其要在於兵不用，用不久，嘗使智者謀之而仁者守之，雖至於無窮可也。（**鍾惺眉**）"智仁"二字，何等本領。契丹自晉天福以來，踐有幽、薊，北鄙之警，略無寧歲，凡六十有九年。至景德元年，舉國來寇，攻定武，圍高陽，不克，遂陷德清以犯天雄。真宗皇帝用宰相寇準計，決策親征。（**鍾惺夾**）先露出寇準，有眼目。既次澶淵，諸道兵大會行在，虜既震動，兵始接，射殺其驍將順國王撻覽。虜懼，遂請和。時諸將皆請以兵會界河上，邀其歸，徐以精甲躡其後，殲之。虜懼，求哀於上。上曰："契丹、幽、薊，皆吾民也，何多以殺爲！"遂詔諸將按兵勿伐，縱契丹歸國。虜自是通好守約，不復盜邊者三十有九年。

及趙元昊叛，西方轉戰連年，兵久不決。契丹之臣有貪而喜功者，以我爲怯，且厭兵，遂教其主設詞以動我，欲得晉高祖所與關南十縣。（**鍾惺夾**）伏後案，畢竟鄭公使虜，議論不是鑿空，始終不出此意。慶曆二年，聚重兵境上，遣其臣蕭英、劉六符來聘。兵既壓境，而使來非時，中外忿之。仁宗皇帝曰："契丹，吾兄弟之國,未可棄也,其有以大鎮撫之。”命宰相擇報聘者。時虜情不可測,群臣皆莫敢行。(**鍾惺夾**)古今如此。

宰相舉右正言、知制誥富公,公即入對便殿,叩頭,曰:“主憂臣辱,臣不敢愛其死。”上爲動色,乃以公爲接伴。英等入境,上遣中使勞之,英托足疾不拜。公曰:“吾嘗使北,病卧車中,聞命輒起拜。今中使至而公不起,此何禮也?”英矍然起拜。公開懷與語,不以夷狄待之。(**鍾惺夾**)尤妙在此。英等見公傾盡,亦不復隱其情,遂去左右,密以其主所欲得者告公,且曰:“可從,從之;不可從,更以一事塞之。”(**鍾惺夾**)賣國之言。公具以聞。

上命御史中丞賈昌朝館伴,不許割地,而許增歲幣,且命公報聘。既至,六符館之,反往十數,皆論割地必不可狀。及見虜主,問故。虜主曰:“南朝違約,塞雁門,增塘水,治城隍,籍民兵,此何意也?群臣請舉兵而南,寡人以謂不若遣使求地,求而不獲,舉兵未晚也。”公曰:“北朝忘章聖皇帝之大德乎?澶淵之役,若從諸將言,北兵無得脱者。且北朝與中國通好,則人主專其利,而臣下無所獲。若用兵,則利歸臣下,而人主任其禍。故北朝諸臣争勸用兵者,此皆其身謀,非國計也。”虜主驚曰:“何謂也?”(**鍾惺夾**)妙,妙!公曰:“晉高祖欺天叛君,而求助於北,末帝昏亂,神人棄之。是時中國狹小,上下離叛,故契丹全師獨克。雖虜獲金幣,充牣諸臣之家,而壯士健馬,物故太半,此誰任其禍者?今中國提封萬里,所在精兵以百萬計,法令修明,上下一心,北朝欲用兵,能保其必勝乎?”曰:“不能。”公曰:“勝負未可知。就使其勝,所亡士馬,群臣當之歟?抑人主當之歟?(**鍾惺夾**)妙,妙!若通好不絶,歲幣盡歸人主,臣下所得,止奉使者歲一二人耳,群臣何利焉!”虜主大悟,首肯者久之。(**鍾惺夾**)妙,妙!

公又曰:"塞雁門者,以備元昊也。塘水始於何承矩,事在通好前,地卑水聚,勢不得不增。城隍皆修舊,民兵亦舊籍,特補其缺耳,非違約也。(**鍾惺夾**)此數語留在此處分訴,妙有著數。晉高祖以盧龍一道賂契丹,周世宗復伐取關南,皆異代事。宋興已九十年,若各欲求異代故地,豈北朝之利也哉! 本朝皇帝之命使臣,則有詞矣。(**鍾惺夾**)好節奏。曰:'朕爲祖宗守國,必不敢以其地與人。北朝所欲,不過利其租賦耳。朕不欲以地故,多殺兩朝赤子,故屈己增幣以代賦入。若北朝必欲得地,是志在敗盟,假此爲詞耳。朕亦安得獨避用兵乎? 澶淵之盟,天地鬼神實臨之。今北朝首發兵端,過不在朕。天地鬼神,豈可欺也哉!'"虜大感悟,遂欲求婚。公曰:"婚姻易以生隙,人命修短不可知,不若歲幣之堅久也。本朝長公主出降,賫送不過十萬緡,豈若歲幣無窮之獲哉?"虜主曰:"卿且歸矣,再來,當擇一授之,卿其遂以誓書來。"

公歸復命,再聘,受書及口傳之詞於政府。既行次樂壽,謂其副曰:"吾爲使者而不見國書,萬一書詞與口傳者異,則吾事敗矣。"發書視之,果不同。(**鍾惺夾**)大權略從忠義出。乃馳還都,以晡入見,宿學士院一夕,易書而行。既至,虜不復求婚,專欲增幣,曰:"南朝遺我書當曰獻,否則曰納。"公争不可。虜主曰:"南朝既懼我矣,何惜此二字? 若我擁兵而南,得無悔乎?"公曰:"本朝皇帝兼愛南北之民,不忍蹈鋒鏑,故屈己增幣,何名爲懼哉? 若不得已而至於用兵,則南北敵國,當以曲直爲勝負,非使臣之所憂也。"虜主曰:"卿勿固執,自古亦有之。"公曰:"自古惟唐高祖借兵於突厥,故臣事之。當時所遺,或稱獻、納,則不可知。其後頡利爲太宗所擒,豈復有此理哉!"公聲色俱厲,虜知不可奪,曰:"吾當自遣人議之。"

於是留所許增幣誓書，復使耶律仁先及六符以其國誓書來，且求爲獻、納。公奏曰："臣既以死拒之，虜氣折矣，可勿復許，虜無能爲也。"上從之，增幣二十萬，而契丹平。北方無事，蓋又四十八年矣。契丹君臣至今誦其語，守其約不忍敗者，以其心曉然，知通好用兵利害之所在也。(**鍾惺夾**)鬆得妙。故臣嘗竊論之，百餘年間，兵不大用者，真宗、仁宗之德，而寇準與公之功也。(**鍾惺夾**)接得閑甚、冷甚。

公諱弼，字彦國，河南人。曾大父内黄令諱處謙，大父商州馬步使諱令荀，考尚書都官員外郎諱言，皆以公貴，贈太師中書令、尚書令，封鄧、韓、秦三國公。曾祖母劉氏，祖母趙氏，母韓氏，封魯、韓、秦三國太夫人。

公幼篤學，有大度，范仲淹見而識之，曰："此王佐才也。"懷其文以示王曾、晏殊，殊即以女妻之。仁宗復制科，仲淹謂公曰："子當以是進。"天聖八年，公以茂材異等中第，授將作監丞，知河南府長水縣。用李迪辟，簽書河陽節度判官事。

丁秦國公憂，服除。會郭后廢，范仲淹等争之，貶知睦州。公上言："朝廷一舉而獲二過，縱不能復后，宜還仲淹，以來忠言。"通判絳州。景祐四年，召試館職，遷太子中允，直集賢院。從王曾辟，通判鄆州。

寶元初，趙元昊反。公上疏陳八事，且言："元昊遣使求割地邀金帛，使者部從儀物如契丹，而詞甚倨，此必元昊腹心謀臣自請行者。宜出其不意，斬之都市。"又言："夏守贇，庸人也，平時猶不當用，而況艱難之際，可爲樞密乎！"議者以爲有宰相氣。召還，爲開封府推官，擢知諫院。

康定元年，日食正旦。公言請罷燕徹樂，雖虜使在館，亦宜就賜飲食而已。執政以爲不可。公曰："萬一北虜行之，爲朝廷羞。”後使虜，還者云：“虜中罷燕。”如公言。仁宗深悔之。初，宰相惡聞忠言，下令禁越職言事。公因論日食，以謂應天變莫若通下情，遂除其禁。

元昊寇鄜延，殺二萬人，破金明，擒李士斌，延帥范雍、鈐轄盧守勤閉門不救，中貴人黄德和引兵先走，劉平、石元孫戰死，而雍、守勤歸罪於通判計用章、都監李康伯，皆竄嶺南，德和誣奏平降賊，詔以兵圍守其家。公言：“平自環慶引兵來援，以奸臣不救，故敗，竟罵賊不食而死，宜恤其家。守勤、德和皆中官，怙勢誣人，冀以自免，宜竟其獄。”樞密院奏方用兵，獄不可遂。公言：“大臣附下罔上，獄不可不竟。”時守勤男昭序爲御藥，公奏乞罷之，德和竟坐腰斬。（**鍾惺夾**）宋時法必行尤如此。

延州民二十人詣闕告急，上召問，具得諸將敗亡狀。執政惡之，命邊郡禁民擅赴闕者。公言：“此非陛下意，宰相惡上知四方有敗耳。民有急，不得訴之朝，則西走元昊，北走契丹矣。”夏守勤爲陝西都統管，又以入内都知王守忠爲都鈐轄。公言：“用守勤既爲天下笑，而守忠鈐轄乃與唐中官監軍無異，將吏必怨懼，盧守勤、黄德和覆車之轍，可復蹈乎？”詔罷守忠。

時又用觀察使，魏昭昞爲同州，鄭守忠爲殿前都指揮使，高化爲步軍都指揮使。公言：“昭昞乳臭兒，必敗事；守忠與化故親事官，皆奴才小人，不可用。”詔遣侍御史陳洎往陝西督修城，且城潼關。公言：“天子守在四夷，今城潼關，自關以西爲棄之耶？”語皆侵執政。自用兵以來，吏民上書者甚衆，初不省用。公言：“知制誥本中書屬官，可選二人置局，中書考其所言，可用用之。”

宰相以付學士，公言：“此宰相偷安，欲以天下是非盡付他人。”乞與廷辯。（**鍾惺夾**）快論，如此論事纔是言官。又言：“邊事繫國安危,不當專委樞密院。周宰相魏仁浦兼樞密使,國初范質、王溥亦以宰相參知樞密院事。今兵興,宜使宰相以故事兼領。"仁宗曰:"軍國之務,當盡歸中書,樞密非古官。"然未欲遽廢,内降令中書同議樞密院事,且書其檢。宰相以内降納上前,曰:"恐樞密院謂臣奪權。"公曰:"此宰相避事耳,非畏奪權也。"(**鍾惺夾**)妙,妙!

時西夏首領吹同乞砂、吹同乞山各稱僞將相來降,補借奉職,羈置荆湖。公言:"二人之降,其家已族矣,當厚賞以勸來者。"上命以所言送中書。公見宰相,論之,宰相初不知也。公嘆曰:"此豈小事而宰相不知耶?"更極論之,上從公言,以宰相兼樞密使。

除鹽鐵判官,遷太常丞,史館修撰,奉使契丹。二年,改右正言、知制誥,糾察在京刑獄。時有用僞牒爲僧者,事覺,乃堂吏爲之。開封,按餘人而不及吏。公白執政,請以吏付獄。執政指其坐曰:"公即居此,無爲近名。"公正色不受其言,曰:"必得吏乃止。"(**鍾惺夾**)此便是宰相骨力。執政滋不悦,故薦公使契丹,欲因事罪之。歐陽修上書引顔真卿使李希烈事留公,不報。

使還,除吏部郎中、樞密直學士,懇辭不受。始受命,聞一女卒;再受命,聞一男生:皆不顧而行。得家書,不發而焚之,曰:"徒亂人意。"(**鍾惺夾**)大有學問。尋遷翰林學士。公見上力辭,曰:"增歲幣,非臣本志也,特以朝廷方討元昊,未暇與虜角,故不敢以死争,其敢受賞乎!"(**鍾惺眉**)有此一段,方是大臣,不然一説士耳。

慶曆三年三月,遂命公爲樞密副使,辭之愈力。改授資政殿學士兼翰林侍讀學士。七月,復除樞密副使。公言:"虜既通好,議者便謂無事,邊備漸弛,虜萬一敗盟,臣死且有罪。非獨臣不敢受，亦願陛下思夷狄輕侮中原之耻，卧薪嘗膽，不忘修政。"因以告納上前而罷。逾月，復除前命。時元昊使辭，群臣班紫宸殿門，上俟公綴樞密院班，乃坐，且使宰相章德象諭公曰："此朝廷特用，非以使虜故也。"公不得已乃受。

時晏殊爲相，范仲淹爲參知政事，杜衍爲樞密使，韓琦與公副之，歐陽修、余靖、王素、蔡襄爲諫官，皆天下之望。魯人石介作《慶曆聖德詩》，歷頌群臣，皆得其實。曰："維仲淹、弼，一夔一契。"天下不以爲過。公既以社稷自任，而仁宗責成於公與仲淹，望太平於期月之間，數以手詔督公等條具其事。（**鍾惺夾**）聖主。又開天章閣召公等。公等坐，且給筆劄，使書其所欲爲者，遣中使二人更往督之，且命仲淹主西事，公主北事。（**鍾惺夾**）好皇帝。公遂與仲淹各上當世之務十餘條。又自上河北安邊十三策，大略以進賢、退不肖、止僥倖、去宿弊爲本，欲漸易諸路監司之不才者，使澄汰所部吏。於是小人始不悦矣。元昊遣使以書來，稱男而不臣。公言："契丹臣元昊而我不臣，則契丹爲無敵於天下。不可許。"乃却其使，卒臣之。

四年七月，契丹來告，舉兵討元昊。十二月，詔册元昊爲夏國主，使將行而止之，以俟虜使。公曰："若虜使未至而行，則事自我出，既至，則恩歸契丹矣。"從之。是歲契丹受禮雲中，且發兵。會元昊伐呆兒族，於河東爲近。上問公曰："虜得無與元昊襲我乎？"公曰："虜自得幽、薊，不復由河東入寇者，以河北平易富饒，而河東險瘠，且虞我出鎮定，擣燕薊之虚也。今兵出無名，契丹大國，决不爲此。就使妄動，當出我不意，不應先言受禮雲中也。元昊本與契丹約，相左右以困中國，今契丹背約，結好於我，獨獲重幣，元昊有怨言，故虜築威塞州以備之。呆兒屢殺威塞人，虜疑元昊使之，故爲是役，安能合而寇我哉！"或請調發爲備。公曰："虜雖不來，猶欲以虚聲困我。若調發，正墮其計。臣請任之。虜若入寇，臣爲罔上且誤國。"上乃止，虜卒不動。公謂契丹異日作難，必於河朔。

既上十三策，又請守一郡行其事，小人怨公不已，而大臣亦有以飛語譾公者。上雖不信，公懼，因保州賊平，求爲河北宣撫使以避之。使將還，除資政殿學士、知鄆州兼京東西路安撫使，譾者不已，罷安撫使。歲餘，譾不驗。加給事中，移知青州兼京東東路安撫使。

河朔大水，民流京東，公擇所部豐稔者五州，勸民出粟，得十五萬斛，益以官廩，隨所在貯之。得公私廬舍十餘萬區，散處其人，以便薪水。官吏自前資待闕、寄居者，皆給其禄，使即民所聚，選老弱病瘠者廩之。山林河泊之利，有可取以爲生者，聽流民取之，其主不得禁。官吏皆書具勞約爲奏請，使他日得以次受賞於朝。率五日，輒遣人以酒肉糗飯勞之，出於至誠，人人爲盡力。流民死者，爲大冢葬之，謂之叢冢，自爲文祭之。明年麥大熟，流民各以遠近受糧而歸，凡活五十餘萬人。募而爲兵者又萬餘人。上聞之，遣使勞公，即拜禮部侍郎。公曰："救災，守臣職也。"辭不受。前此救災者，皆聚民城郭中，煮粥食之，饑民聚爲疾疫，及相蹈藉死，或待次數日不食，得粥皆僵仆，名爲救之而實殺之。自公立法，簡便周至，天下傳以爲法，至於今，不知所活者幾千萬人矣。

王則據貝州叛，齊州禁兵馬達、張青與奸民張握等得劍印於妖師，欲以其衆叛，將屠城以應則。握之婿楊俊詣公告之，齊非公所部，恐事泄變生。時中貴人張從訓銜命至青，公度從訓可使，即以事付從訓，使馳至郡，發吏卒取之，無得脱者。(**鍾惺夾**)妙。且自劾擅遣中使罪，仁宗嘉之。再除禮部侍郎。公又懇辭不受。遷資政殿大學士，以明堂恩，除禮部侍郎，徙知鄭州。又徙蔡州，加觀文殿學士，知河陽，遷户部侍郎，除宣徽南院使，判并州兼河東經略安撫使。至和二年，召拜同中書門下平章事、集賢殿大學士，與文彦博並命。

宣制之日，士大夫相慶於朝，仁宗密覘知之。歐陽修奏事殿上，上具以語修，且曰："古之求相者，或得於夢卜。今朕用二相，人情如此，豈不賢於夢卜也哉！"修頓首稱賀。仁宗弗豫，大臣不得見，中外憂恐。文彦博與公等直入問疾，内侍止之，不可。因以監視禳禱爲名，乞留宿内殿，事皆關白而後行，禁中肅然。嘉祐三年，加禮部尚書、昭文館大學士，監修國史。

公之爲相，守格法，行故事，而附以公議，無心於其間，故百官任職，天下無事。（**鍾惺眉**）才相如此方妙。以所在民力困弊，賦役不均，遣使分道相視裁減，謂之寬恤民力。又弛茶禁，以通商賈，省刑獄，天下便之。

六年，丁秦國太夫人憂，詔爲罷春燕。故事，執政遇喪皆起復，公以謂金革變禮，不可用於平世。仁宗待公而爲政，五遣使起之，卒不從命，天下稱焉。

英宗即位，拜樞密使、同中書門下平章事，遷户部尚書。逾年，以足疾，求解機務。章二十上，拜鎮海軍節度使、同中書門下平章事，判河陽，封祈國公。公五上章，辭使相，且言："真宗以前不輕以此授人，仁宗即位之初，執政欲自爲地，故開此例。終仁宗之世，宰相樞密使罷者皆除使相，至不稱職，有罪者亦然，天下非之。今陛下初即位，願立法自臣始。"不從。

神宗即位，改鎮武寧軍，進封鄭國公。公又乞罷使相，乃以爲尚書左僕射、觀文殿大學士、集禧觀使，召赴闕。公以足疾，固辭，復判河陽。熙寧元年，移汝州，且詔入覲。以公足疾，許肩輿至殿門，上特爲御内東門小殿見之。令男紹隆入扶，且命無拜。坐語從容，至日昃，賜紹隆五品服。再對，上欲留公爲集禧觀使，力辭赴郡。明年二月，除司空兼侍中昭文館大學士，賜甲第一區，皆辭不受。復拜左僕射、門下侍郎、同中書門下平章事。

公既至，未見。有於上前言災異皆天數非人事得失所致者。公聞之，嘆曰："人君所畏惟天，若不畏天，何事不可爲者？去亂亡無幾矣。此必奸臣欲進邪説，故先導上以無所畏，使輔拂諫諍之臣無所復施其力，此治亂之機也。吾不可以不速救。"即上書數千言，雜引《春秋》《洪範》及古今傳記、人情物理，以明其决不然者。群臣請上尊號及作樂，上以久旱不許。群臣固請作樂，公又言："故事，有災變皆徹樂，恐上以同天節虜使當上壽，故未斷其請。臣以爲此盛德事，正當以示夷狄，乞並罷上壽。"從之。即日而雨。公又上疏，願益畏天戒，遠奸佞，近忠良。上親書答詔曰："義忠言親，理正文直。苟非意在愛君，志存王室，何以臻此？敢不置之枕席，銘諸肺腑，終老是戒。更願公不替今日之志，則天災不難弭，太平可立俟也。"公既上疏謝，復申戒不已，願陛下待群臣不以同異爲喜怒，不以喜怒爲用捨。

公始見上，上問邊事。公曰："陛下即位之始，當布德行惠，願二十年口不言兵。"因以九事爲戒。八月，以疾辭位，拜武寧軍節度使、同中書門下平章事，判河南。復以公請，改亳州。

時方行青苗息錢法。公以謂此法行則財聚於上，人散於下，且富民不願請，願請者皆貧民，後不可復得，故持之不行。而提舉常平倉趙濟劾公以大臣格新法，法行當自貴近者始，若置而不問，無以令天下。乃除左僕射，判汝州。公言："新法臣所不曉，不可以復治郡，願歸洛養疾。"許之。尋請老，拜司空，復武寧節度及平章事，進封韓國公，致仕。

公雖居家，而朝廷有大利害，知無不言。交趾叛，詔郭逵等討之。公言："海嶠險遠，不可以責其必進，願詔逵等擇利進退，以全王師。"契丹來爭河東地界，上手詔問公。公言："熙河諸郡，皆不足守，而河東地界，決不可許。"元豐三年，官制行，改授開府儀同三司。是歲，故參知政事王堯臣之子同老上言："至和三年仁宗弗豫，其父堯臣嘗與文彦博、劉沆及公同決大策，乞立儲嗣，仁宗許之。會翊日有瘳，故緩其事，人無復知者。"以其父堯臣所撰詔草上之。上以問彦博，彦博言與同老合。上嘉公等勳績如此，而終不自言，下詔以公爲司徒，且以其子紹京爲閤門祇候。

六年閏六月丙申，薨於洛陽私第之正寢，享年八十。手封遺表，使其子上之，世莫知其所言者。上聞訃，震悼，爲輟視朝，内出祭文，遣使致奠所，以賻恤其家者甚厚。贈太尉，謚曰文忠。十一月庚申，葬於河南府河南縣金谷鄉南張里。

公之配曰周國夫人晏氏，後公四年卒。子男三人。曰紹庭，朝奉郎。曰紹京，供備庫副使，後公十月卒。曰紹隆，光禄寺丞，早卒。女四人。長適保寧軍節度使北京留守馮京，卒，又以其次繼室，封安化郡夫人。次適承議郎范大琮。次適宣德郎范大珪。孫男三人。定方承事郎，直清承奉郎，直亮假承務郎。

公性至孝，恭儉好禮。與人言，雖幼賤必盡敬，氣色穆然，終身不見喜愠。然以單車入不測之虜廷，詰其君臣，折其口而服其心，無一語少屈，所謂大勇者乎！其好善疾惡，蓋出於天資。常言："君子小人如冰炭，決不可以同器。若兼收並用，則小人必勝，熏蕕雜處，終必爲臭。"其爲宰相及判河陽，最後請老居家，凡三上章，皆言："天子無職事，惟辨君子小人而進退之，此天子之職也。君子與小人並處，其勢必不勝。君子不勝，則奉身而退，樂道無悶。小人不勝，則交結構扇，千歧萬轍，必勝而後已。小人復勝，必遂肆毒於善良，無所不爲，求天下不亂，不可得也。”

其爲文章，辯而不華，質而不俚。有《文集》八十卷，《天聖應詔集》十一卷，《諫垣集》二卷，《制草》五卷，《奏議》十三卷，《表章》三十卷，《河北安邊策》一卷，《奉使録》四卷，《青州振濟策》三卷。平生所薦甚衆，尤知名者十餘人，如王質與其弟素、余靖、張瓌、石介、孫復、吴奎、韓維、陳襄、王鼎、張昷之、杜杞、陳希亮之流，皆有聞於世，世以爲知人。

元祐元年六月，有詔以公配享神宗皇帝廟廷。明年，以明堂恩，加贈太師。紹庭請於朝曰：“先臣墓碑未立，願有以寵綏之。”上爲親篆其首，曰顯忠尚德之碑，且命臣軾撰次其事。謹拜手稽首而獻言曰：

世未嘗無賢也。自堯舜三代以至於今，有是君則有是臣，故仁宗、英宗至於神考，咸有一德，克享天心，則天界以人，光明偉傑有如公者。觀公之行事，而味其平生，則三宗之盛德，可不問而知也。古之人臣，功高則身危，名重則謗生，故命世之士，罕能以功名終始者。臣觀三宗所以待公，全其功名而保其終始，蓋可謂至矣。方契丹求割地，上命宰相，歷問近臣孰能爲朕使虜者，皆以事辭免。公獨慨然請行。使事既畢，上欲用公，公逡巡退避不敢居，而向之辭免者，自耻其不行，則惟公之怨，比而讒公，無所不至。及石介爲《慶曆聖德詩》，天下傳誦，則大臣疾公如仇，構以飛語，必欲致之死地。仁宗徐而察之，盡辨其誣，卒以公爲相。及英宗、神宗之世，公已老矣，勳在史官，德在生民。天子虚己聽公，西戎、北狄視公進退，以爲中國輕重。然一趙濟敢摇之，惟神宗日月之明，知公愈深。公雖請老，有大政事必手詔訪問。又追論定策之勳,以告天下,寵及其子孫,然後小人不敢復議,雍容進退,卒爲宗臣。古人有言曰:"爲君難爲臣不易。"豈不然哉!公既配食清廟,宜有頌詩,以昭示來世。

五代八姓,十有二君。四十四年,如絲之棼。以人爲嬉,以殺爲偎。兵交兩河,腥聞於天。上帝厭之,命我祖宗。畀爾爐錘,往銷其鋒。孰謂民遠?我聞其呻。寧爾小忍,無殘我民。六聖受命,惟一其心。敕其後人,帝命是承。勿劓刵人,矧敢好兵。百三十年,諱兵與刑。惟彼北戎,謂帝我驕。帝聞其言,折其萌芽。篤生萊公,尺棰笞之。既服既馴,則擾綏之。堂堂韓公,與萊相望。再聘於燕,北方以寧。景德元祀,始盟契丹。公生是歲,天命則然。公之在母,秦國寤驚。旌旗鶴雁,降充其庭。云有天赦,已而生公。天欲赦民,公啓其衷。北至燕然,南至於河。億萬維生,公手撫摩。水潦薦饑,散流而東。五十萬人,仰哺於公。公之在内,自泉流瀕。其在四方,自葉流根。百官維人,百度惟正。相我三宗,重華協明。帝謂公來,隕星其堂。有墳其丘,公豈是藏。維嶽降神,今歸不留。臣軾作頌,以配崧高。

【彙評】

鍾惺:以朝廷一大事始末作一人行事始末,非家傳,乃國史也。然史家無此精神血脈。○富公,大臣也。使虜賑饑數大事,何嘗無才,特其識、量、膽俱勝,不可以才言耳。今"斷斷無技"一語,遂爲庸臣護身之符,可嘆,可嘆!

趙康靖公神道碑(代張文定公作)

宋有天下百二十有五年,六聖相師,專用一道曰仁,不雜他術。刑以不殺爲能,兵以不用爲功,財以不聚爲富,人以不作聰明爲賢。雖有絶人之材,而德不至,終不大用。六聖一心,守之不移。故自建隆以來至於今,卿相大臣,號多長者。記人之功,忘人之過,含垢匿瑕,犯而不校,以爲常德。是以四方人安,兵革不試,民之戴宋,有死無二。自漢以來,未有如今日之盛者。此六聖之德,而衆長者之助也。《易》曰:“師貞,丈人吉。”《詩》曰:“雖無老成人,尚有典刑。”《書》曰:“如有一介臣,斷斷猗,無他技,其心休休焉,其如有容。人之有技,若己有之;人之彦聖,其心好之,不啻若自其口出,是能容之,以保我子孫黎民。”故太子少師趙公,服事三朝四十餘年,其德合於《易》之所謂“丈人”、《詩》之所謂“老成”、《書》之所謂“一介臣”者。

公諱槩,字叔平,其先河朔人也,徙於宋之虞城七世矣。曾祖著,後唐國子《毛詩》博士,贈太師中書令。妣劉氏,楚國太夫人。祖惠,宋州楚丘令,贈太師中書令兼尚書令韓國公。妣李氏,燕國太夫人,父幹,尚書駕部員外郎,贈太師中書令,兼尚書令魯國公。妣張氏,魯國太夫人,高氏,唐國太夫人。公七歲而孤,篤學自力。年十七舉進士。當時聞人劉筠、戚綸、黄宗旦皆稱其文詞必顯於時,而其器識宏遠,則皆自以爲不及。當赴禮部試,楚守胡令儀釀黄金以贈之,公不受。天聖五年,擢進士第三人,授將作監丞,通判海州。歸見父老故人,幅巾徒步,人人至其家。召試學士院,除著作郎,集賢校理,出知漣水軍。

公爲進士時,鄧餘慶守漣水,館公於官舍,以教其子。餘慶所爲多不法,公謝去。數月,餘慶以贓敗。及公爲守,將至,或榜其所館曰豹隱堂,賦者三十餘人。歲饑,公勸誘富民,得米萬石,所活不可勝數。漣水有魚池,利入公帑,歲殺魚十餘萬,公始罷之,作《放生碑》池上。

移守通州，入爲開封府推官。奏事殿中，賜五品服，且欲以爲直集賢院。宰相以例不可，出知洪州。屬吏有鄭陶、饒奭者，挾持郡事，肆爲不法，前守莫能制。州有歸化兵，皆故盜賊配流已而選充者。奭與郡人胡順之共造飛語以動公，曰："歸化兵得廩米陳惡，有怨言，不更給善米，且有變。"公笑不答。會歸化卒有自容州戍所逃還犯夜者，公即斬以徇，收陶下獄，得其奸贓，且奏徙奭歙州，一郡股栗。城西南隅當大江之衝，水歲爲民患，公建爲石堤，高丈五尺，長二百丈，用石九千段，取之有方，民不以爲勞。明年夏堤成，而水大至，度與城平，恃堤以全，至於今賴之。

遷刑部員外郎、同知宗正寺，出知青州，改直集賢院。賦税未入中限，敕縣不得輒催科。是歲，夏税先一月辦，坐失舉張誥，奪官罷歸。起監密州酒，徙楚州糧料院，以郊赦還官職，知滁州。山東大賊李小二過境上，告人曰："我東人也。公嘗爲青州，東人愛之如父母，我不忍犯。"遂寇廬、壽，犬牙不入境。召修起居注，朝廷欲用修玉牒。久之，除歐陽修起居注，朝廷欲驟用修而難於躐公。公聞之，乃請郡自便。以爲天章閣待制，賜三品服，糾察在京刑獄，遷兵部員外郎，遂知制誥，勾當三班院。會郊禮當進階封，且任一子京官。乞以母封郡太君。宰相謂公學士擬封不久矣。公曰："母年八十二，朝夕不可期，願及今以爲榮。"許之。後遂以爲例。

改知審官院，判秘閣，與高若訥同判流内銓。若訥言往嘗知貢舉，聞母病不得出，幾不能生。公矍然即請郡以便親。宰相謂公曰："旦夕爲學士，可少待也。"公不聽，遂除蘇州。

明年丁母憂，服除，召入翰林爲學士，知貢舉，館伴契丹泛使，遂報聘焉。會獵於興雲山之西，請公賦詩。詩成，契丹主親酌玉杯以勸公，且以素扇授其近臣劉六符，寫公詩，置之懷袖。

使還，加侍讀學士，歷右司郎中，中書舍人，提舉在京諸司庫務。奸人冷清詐稱皇子，遷之江南。公曰："清言不妄，不可遷。或詐，亦不可不誅。"詔公與包拯雜治之，得其實，乃誅清。李参爲河北轉運使，職事辦治，進秩二等，且官其一子。郭申錫爲諫官，争之曰："参職事所當辦，無功，不可賞。"上怒，欲罪申錫。公言："陛下始面諭申錫，毋面從吾過。今黜之，何以示天下？"乃止。

以龍圖閣學士、禮部侍郎知鄆州，徙南京留守，拜御史中丞。中官鄧保吉引剩員董吉燒銀禁中，公力言其不可，遂出之。又言："張茂實不宜典兵衛。"未行。會公拜樞密副使，復言之。乃出茂實知曹州。

拜参知政事。方是時，皇嗣未立，天下以爲憂。仁宗始命英宗領宗正，公言宗正未足爲重，遂與執政建言，宜立爲皇太子。從之。英宗即位，遷户部侍郎，又遷吏部。熙寧初，遷左丞，公年七十矣，求去位，不許。章數上，乃以爲觀文殿學士、吏部尚書、知徐州，遂請老不已，以太子少師致仕。

居睢陽十五年，猶以讀書著文憂國愛君爲事。集古今諫争爲《諫林》一百二十卷，奏之。上甚喜，賜詔曰："士大夫請老而去者，皆以聲問不至朝廷爲高。得卿所奏書，知有志愛君之士，雖退休山林，未嘗一日忘也。當置坐右，以時省閲。"上祠南郊明堂，率嘗召公陪祀，每辭以老疾，間嘗一至都下，亦以足疾辭不入見。詔中貴人撫問，二府就所館宴勞之。累階至特進，勳上柱國，封天水郡開國公，賜號推忠保德翊戴功臣。元豐初，省功臣號。三年，官制改，解特進。

六年正月十五日，薨於永安坊里第，享年八十八。輟視朝一日，贈太師，謚康靖。前作遺範以戒子孫，纖悉必具，以某年月日，葬於宋城縣天巡鄉，地與日皆公所自卜也。娶李氏，封汝陰郡夫人，先公二十五年卒於鄆州。子榮緒，殿中丞，敦緒，將作監主簿，皆早亡；元緒，宣德郎；公緒，校書郎。女二人，長適光禄寺丞王力臣，幼適朝奉大夫程嗣恭。孫男四人，嗣徽通直郎，嗣真宣德郎，嗣賢試校書郎，嗣光未命。曾孫男六人，韠，太廟齋郎，餘未名。

公爲人樂易深中，恢然偉人也。平生與人，實無所怨怒，非特不形於色而已。專務掩惡揚善，以德報怨，出於至誠，非勉强者。天下稱之，庶幾漢劉寬、唐婁師德之徒云。始，歐陽修躐公爲知制誥，人意公不能平。及修坐累對詔獄，人莫敢爲言，公獨抗章言修無罪，爲仇人所中傷，陛下不可以天下法爲仇人報怨。上感悟，修以故得全。公既老，修亦退居汝南，公自睢陽往從之游，樂飲旬日。蘇舜欽爲進奏院，以群飲得罪。公言與會者，皆一時名人，若舉而棄之，失士大夫望，非朝廷福。張誥以贓敗竄海上，公坐貶累年，而憐誥終不衰，間使人至海上勞問賙給之。代馮浩爲鄆州，吏舉按浩侵用公使錢三十萬，當以浩職田租償官。公曰："浩，吾同年也，且知其貧，不可。"以己俸償之。公所爲大略如此。至於敦尚契舊，葬死養孤，蓋不可勝數。

余於公爲里人，少相善也，退而老於鄉，日從公游，蓋知之詳矣。元緒以墓碑爲請，義不可以辭。銘曰：

維古仁人，仁義是圖。仁近於弱，義近於迂。課其功利，歲計有餘。在漢孝文，發政之初。欲以利口，登進嗇夫。有臣釋之，實矢厥謨。世謂長者，絳侯相如。皆訥於言，有口若無。豈效此子，喋喋巧諛。帝用感悟，老成是親。清净無爲，鑒於暴秦。歷祀四百，世載其仁。赫赫我宋，以聖繼神。於穆仁宗，如歲之春。招延樸忠，屏遠佞人。豈獨左右，刑于庶民。維時趙公,含德不發。如圭如璧,如金如錫。置之不愠,用之不懌。帝嘉其心,長者之傑。遂授以政,歷佐三葉。濟於艱難,不疐不跋。公在朝廷,靖恭寡言。不忮不求,孰知其賢。望其容貌,有恥而悛。薄夫以敦,鄙夫以寬。今其亡矣,吾誰與存。作此銘詩,以詔後昆。

卷八十八

墓誌銘二首

范景仁墓誌銘

熙寧、元豐間，士大夫論天下賢者，必曰君實、景仁。其道德風流，足以師表當世。其議論可否，足以榮辱天下。二公蓋相得歡甚，皆自以爲莫及，曰："吾與子生同志，死當同傳。"而天下之人亦無敢優劣之者。二公既約更相爲傳，而後死者則誌其墓。故君實爲《景仁傳》，(**鍾惺夾**)原委甚妙。其略曰："吕獻可之先見，景仁之勇決，皆予所不及也。"軾幸得游二公間，知其平生爲詳，蓋其用捨大節，皆不謀而同。如仁宗時論立皇嗣，英宗時論濮安懿王稱號，神宗時論新法，其言若出一人，相先後如左右手。故君實常謂人(**鍾惺夾**)又帶得妙。曰："吾與景仁兄弟也，但姓不同耳。"然至於論鐘律，則反復相非，終身不能相一。(**鍾惺夾**)妙在此。君子是以知二公非苟同者。君實之没，軾既狀其行事以授景仁，景仁誌其墓，而軾表其墓道。(**鍾惺夾**)回映在有意無意之間。今景仁之墓，其子孫皆以爲君實既没，非子誰當誌之，且吾先君子之益友也，其可以辭！

公姓范氏，諱鎮，字景仁。其先自長安徙蜀，六世祖隆，始葬成都之華陽。曾祖諱昌祐，妣索氏。祖諱璲，妣張氏。累世皆不仕。考諱度，贈開府儀同三司。妣李氏，贈榮國太夫人；龐氏,贈昌國太夫人。開府以文藝節行,爲蜀守張詠所知。有子三人。長曰鎡,終隴城令。次曰錯,終衛尉寺丞。公其季也。

四歲而孤,從二兄爲學。薛奎守蜀,道遇鎡,求士可客者,鎡以公對。公時年十八,奎與語奇之,曰:"大范恐不壽,其季廊廟人也。"還朝與公俱。或問奎入蜀所得,曰:"得一偉人,當以文學名於世。"時故相宋庠與弟祁名重一時,見公稱之,祁與爲布衣交。(**鍾惺眉**)家時前輩人如此。由是名動場屋,舉進士,爲禮部第一。故事,殿廷唱第過三人,則禮部第一人者必越次抗聲自陳,因擢置上第。公不肯自言,(**鍾惺夾**)原該如此。至第七十九人乃出拜,退就列,無一言。廷中皆異之。(**鍾惺夾**)何足異。釋褐爲新安主簿。宋綬留守西京,召置國子監,使教諸生。秩滿,又薦諸朝,爲東監直講。用參知政事王舉正薦,召試學士院,除館閣校勘,充編修《唐書》官。當遷校理。宰相龐籍言公有異材,恬於進取,特除直秘閣,爲開封府推官,擢起居舍人,知諫院兼管勾國子監。

上疏論民力困弊,請約祖宗以來官吏兵數,酌取其中爲定制,以今賦入之數十七爲經費,而儲其三以備水旱非常。又言:"古者冢宰制國用,唐以宰相兼鹽鐵轉運,或判户部度支。今中書主民,樞密主兵,三司主財,各不相知,故財已匱而樞密益兵無窮,民已困而三司取財不已,請使中書、樞密通知兵民財利大計,與三司同制國用。"(**鍾惺眉**)即富鄭公欲以宰相兼判樞密院意。葬温成皇后。太常議禮,前謂之園,後謂之園陵。宰相劉沆前爲監護使,後爲園陵使。公言:"嘗聞法吏舞法矣,未聞禮官舞禮也。請詰問前後議異同狀。"(**鍾惺夾**)妙論。又請罷焚瘞錦繡珠玉以紓國用,從之。

時有敕,凡内降不如律令者,令中書、樞密院及所屬執奏。

未及一月,而内臣無故改官者,一日至五六人。公乞正大臣被詔故違不執奏之罪。石全斌以護温成葬,除觀察使。凡治葬事者,皆遷兩官。公言章獻、章懿、章惠三太后之葬,推恩皆無此比,乞追還全斌等告敕。文彦博、富弼入相,百官郊迎。時兩制不得詣宰相居第,百官不得間見。公言隆之以虛禮,不若開之以至誠,乞罷郊迎而除謁禁,以通天下之情。(**鍾惺夾**)快甚。議減任子及每歲取士,皆公發之。又乞令宗室屬疏者補外官。仁宗曰:"卿言是也,顧恐天下謂朕不能睦族耳。"公曰:"陛下甄别其賢者顯用之,不没其能,乃所以睦族也。"雖不行,至熙寧初,卒如公言。

仁宗性寬容,言事者務訐以爲名。或誣人陰私。公獨引大體,略細故。時陳執中爲相,公嘗論其無學術,非宰相器。及執中嬖妾笞殺婢,御史劾奏,欲逐去之。公言:"今陰陽不和,財匱民困,盗賊滋熾,獄犴充斥,執中當任其咎。閨門之私,非所以責宰相。"識者韙之。(**鍾惺眉**)今言官以碎事責宰相,適以成其頑鈍難退之念耳。

仁宗即位三十五年,未有繼嗣。嘉祐初得疾,中外危恐,不知所爲。公獨奮曰:"天下事尚有大於此者乎?"即上疏曰:"太祖捨其子而立太宗,此天下之大公也。周王既薨,真宗取宗室子養之宫中,此天下之大慮也。願陛下以太祖之心行真宗故事,擇宗室賢者,異其禮物,而試之政事,以繫天下心。"(**鍾惺夾**)好膽。章累上,不報。因闔門請罪。會有星變,其占爲急兵。公言:"國本未立,若變起倉卒,禍不可以前料,兵孰急於此者乎?今陛下得臣疏,不以留中而付中書,是欲使大臣奉行也。臣兩至中書,大臣皆設辭以拒臣,是陛下欲爲宗廟社稷計,而大臣不欲也。臣竊原其意,特恐行之而陛下中變耳。(**鍾惺夾**)是,是。

中變之禍不過於死，而國本不立，萬一有如天象所告急兵之憂，則其禍豈獨一死而已哉！夫中變之禍，死而無愧，急兵之憂，死且有罪。（鍾惺夾）透。願以此示大臣，使自擇而審處焉。”聞者爲之股栗。

除兼侍御史知雜事。公以言不從，固辭不受。執政謂公，上之不豫，大臣嘗建此策矣，今間言已入，爲之甚難。公復移書執政曰：“事當論其是非，不當問其難易。速則濟，緩則不及，此聖賢所以貴機會也。諸公言今日難於前日，安知他日不難於今日乎？”凡見上，面陳者三。公泣，上亦泣，曰：“朕知卿忠，卿言是也。當更俟三二年。”凡章十九上，待罪百餘日，鬚髮爲白，朝廷不能奪。（鍾惺夾）如此然後謂之誠。乃罷知諫院，改集賢殿修撰，判流内銓，修起居注，除知制誥。公雖罷言職，而無歲不言儲嗣事。以仁宗春秋益高，每因事及之，冀以感動上心。及爲知制誥，正謝上殿，面論之曰：“陛下許臣今復三年矣，願早定大計。”（鍾惺夾）此一語可泣。明年，又因祫享獻賦以諷。其後韓琦卒，定策立英宗。遷翰林學士充史館修撰，改右諫議大夫。

英宗即位，遷給事中，充仁宗山陵禮儀使。坐誤遷宰臣官，改翰林侍讀學士，復爲翰林學士。中書奏請追尊濮安懿王，下兩制議，以爲宜稱皇伯，高官大國，極其尊榮，非執政意，更下尚書省集議。已而臺諫争言其不可，乃下詔罷議，令禮官檢詳典禮以聞。公時判太常寺，率禮官上言：“漢宣帝於昭帝爲孫，光武於平帝爲祖，則其父容可以稱皇考，然議者猶非之，謂其以小宗而合大宗之統也。今陛下既考仁宗，又考濮安懿王，則其失非特漢宣、光武之比矣。凡稱帝若皇若皇考，立寢廟，論昭穆，皆非是。”於是具列儀禮及漢儒論議、魏明帝詔爲五篇奏之。以翰林侍讀學士出知陳州。陳饑，公至三日，發庫廩三萬貫石，以貸不及奏，監司繩之急，公上書自劾，詔原之。是歲大熟，所貸悉還，陳人至今思之。

神宗即位，遷禮部侍郎。召還，復爲翰林學士兼侍讀、群牧使、勾當三班院、知通進銀臺司。公言："故事，門下封駁制敕，省審章奏，糾舉違滯，著於所授敕。其後刊去，故職浸廢，請復之，使知所守。"從之。糾察在京刑獄。

王安石爲政，始變更法令，改常平爲青苗法。公上疏曰："常平之法，始於漢之盛時，視穀貴賤發斂，以便農末，最爲近古，不可改。而青苗行于唐之衰亂，不足法。且陛下疾富民之多取而少取之，此正百步與五十步之間耳。今有二人坐市貿易，一人下其直以相傾奪，則人皆知惡之，其可以朝廷而行市道之所惡乎！"疏三上，不報。邇英閣進讀，與吕惠卿争論上前，因論舊法預買紬絹亦青苗之比。公曰："預買亦敝法也。若陛下躬節儉，府庫有餘，當並預買去之，奈何更以爲比乎？"韓琦上疏，極論新法之害，安石使送條例司疏駁之。諫官李常乞罷青苗錢，安石令常分析，公皆封還其詔。詔五下，公執如初。

司馬光除樞密副使。光以所言不行，不敢就職，詔許辭免，公再封還之。上知公不可奪，以詔直付光，不由門下。公奏："由臣不才，使陛下廢法，有司失職，乞解銀臺司。"許之。

會有詔舉諫官，公以軾應詔，而御史知雜謝景温彈奏軾罪。公又舉孔文仲爲賢良。文仲對策，極論新法之害。安石怒，罷文仲歸故官。公上疏争之，不報。時年六十三。即上言：臣言不行，無顏復立於朝，請致仕。疏五上，最後指言安石以喜怒賞罰事曰："陛下有納諫之資，大臣進拒諫之計；陛下有愛民之性，大臣用殘民之術。"安石大怒，自草制極口詆公，落翰林學士，以本官致仕。聞者皆爲公懼。（**鍾惺眉**）公懼當在請建儲之時矣。公上表謝,其略曰:“雖曰乞身而去,敢忘憂國之心。”又曰:“望陛下集群議爲耳目,以除壅蔽之奸;任老成爲腹心,以養和平之福。”天下聞而壯之。安石雖詆之深,人更以爲榮焉。

公既退居,專以讀書賦詩自娱。客至,輒置酒盡歡。或勸公稱疾杜門。公曰:“死生禍福,天也。吾其如天何!”同天節乞隨班上壽,許之。遂著爲令。久之歸蜀。與親舊樂飲,賑施其貧者,期年而後還。軾得罪,下御史臺獄,索公與軾往來書疏文字甚急。公猶上書救軾不已。朝廷有大事,輒言之。

官制行,改正議大夫。今上即位,遷光禄大夫。初,英宗即位,祔仁宗主而遷僖祖。及神宗即位,復還僖祖而遷順祖。公上言:“太祖起宋州有天下,與漢高祖同,僖祖不當復還。乞下百官議。”不報。及上即位,公又言乞遷僖祖,正太祖東向之位。時年幾八十矣。

韓維上言:“公在仁宗朝,首開建儲之議,其後大臣繼有論奏,先帝追録其言,存没皆推恩,而鎮未嘗以語人,人亦莫爲言者,雖顔子不伐善,介之推不言禄,不能過也。”悉以公十九疏上之。拜端明殿學士。特詔長子清平縣令百揆改宣德郎,且起公兼侍讀提舉中太一宫。詔語有曰:“西伯善養,二老來歸。漢室卑詞,四臣入侍。爲我强起,無或憚勤。”公固辭不起,天下益高之。改提舉嵩山崇福宫。公仲兄之孫祖禹,爲著作郎,謁告省公於許。因復賜詔,及龍茶一合,存問甚厚。數月,復告老,進銀青光禄大夫,再致仕。

初,仁宗命李照改定大樂,下王朴樂三律。皇祐中,又使胡瑗等考正,公與司馬光皆與。公上疏,論律尺之法。又與光往復論難,凡數萬言,自以爲獨得於心。元豐三年,神宗詔公與劉几定樂。公曰:“定樂當先正律。”上曰:“然。雖有師曠之聰,不以六律，不能正五音。”公作律尺、龠、合、升、斗、豆、區、鬴、斛，欲圖上之。又乞訪求真黍以定黄鍾，而劉几即用李照樂，加用四清聲而奏樂成。詔罷局，賜賚有加。公謝曰：“此劉几樂也，臣何與焉。”及提舉崇福宫，欲造樂獻之，自以爲嫌，乃先請致仕。既得謝，請太府銅爲之，逾年乃成。比李照樂下一律有奇。二聖御延和殿，召執政同觀，賜詔嘉獎，以樂下太常，詔三省、侍從、臺閣之臣皆往觀焉。

時公已屬疾，樂奏三日而薨。實元祐三年閏十二月癸卯朔，享年八十一。訃聞，輟視朝一日，贈右金紫光禄大夫，謚曰忠文。公雖以上壽貴顯，考終於家，無所憾者，而士大夫惜其以道德事明主，閲三世，皆以剛方難合，故雖用而不盡。及上即位，求人如不及，厚禮以起公，而公已老，無意於世矣。故聞其喪，哭之皆哀。

公清明坦夷，表裏洞達，遇人以誠，恭儉慎默，口不言人過。及臨大節，决大議，色和而語壯，常欲繼之以死，雖在萬乘前無所屈。（**鍾惺夾**）大本領。篤於行義，奏補先族人而後子孫，鄉人有不克婚葬者，輒爲主之，客其家者常十餘人，雖僦居陋巷，席地而坐，飲食必均。兄鎡卒於隴城，無子，聞其有遺腹子在外，公時未仕，徒步求之兩蜀間，二年乃得之，曰：“吾兄異于人，體有四乳，是兒亦必然。”已而果然。名之曰百常。以公蔭，今爲承議郎。公少受學於鄉先生龐直温。直温之子昉卒於京師，公娶其女爲孫婦，養其妻子終身。

其學本於六經仁義，口不道佛老申韓異端之説。其文清麗簡遠，學者以爲師法。凡三入翰林，知嘉祐二年、六年、八年及治平二年貢舉，門生滿天下，貴顯者不可勝數。詔修《唐書》《仁宗實録》《玉牒日曆類篇》。凡朝廷有大述作、大議論，未嘗不與。契丹、高麗皆知誦公文賦。少時嘗賦"長嘯却胡騎",及奉使契丹,虜相目曰:"此長嘯公也。"其後兄子百禄亦使虜,虜首問公安否。有《文集》一百卷,《諫垣集》十卷,《内制集》三十卷,《外制集》十卷,《正言》三卷,《樂書》三卷,《國朝韻對》三卷,《國朝事始》一卷,《東齋記事》十卷,《刀筆》八卷。

積勳柱國,累封蜀郡開國公,食邑加至二千六百户,實封五百户。娶張氏,追封清河郡君。再娶李氏,封長安郡君。子男五人。長曰燕孫,未名而卒。次百揆,宣德郎監中嶽廟。次百嘉,承務郎,先公一年卒。次百歲,太康主簿,先公六年卒。次百慮,承務郎。女一人,嘗適左司諫吴安詩,復歸以卒。孫男十人。祖直,襄州司户參軍。祖朴,長社主簿。祖野、祖平,假承務郎。祖封,右承奏郎。祖耕,承務郎。祖淳、祖舒、祖京、祖恩。孫女六人,曾孫女三人。

公晚家於許,許人愛而敬之。其薨也,里人皆出涕。以元祐四年八月己未,葬於汝之襄城縣汝安鄉推賢里,夫人李氏祔。

公始以詩賦爲名進士,及爲館閣侍從,以文學稱。雖屢諫争及論儲嗣事,朝廷信其忠,然事頗秘,世亦未盡知也。其後議濮安懿王稱號,守禮不回,而名益重。及論熙寧新法,與王安石、吕惠卿辨論,至廢黜不用,然後天下翕然師尊之。無貴賤賢愚,謂之景仁而不敢名,有爲不義,必畏公知之。公既得謝,軾往賀之曰:"公雖退而名益重矣。"公愀然不樂,曰:"君子言聽計從,消患於未萌,使天下陰受其賜,無智名,無勇功,吾獨不得爲此,命也夫。使天下受其害,而吾享其名,吾何心哉!"(**鍾惺眉**)只是自處甚高。軾以是愧公。銘曰:

凡物之生,莫累於名。人顧趨之,以累爲榮。神人無名,欲知者希。人顧憂之,以希爲悲。熙寧以來,孰擅兹器?嗟嗟先生，名所不置。君實在洛，公在潁昌。皆欲忘民，民不汝忘。君實既來，遁歸於洛。縶而維之，莫之勝脱。爲天相君，爲君牧民。道遠年徂，卒徇以身。公獨堅卧，三詔不起。遂解天刑，竟以樂死。世皆謂公，貴身賤名。孰知其功，聖人之清。貪夫以廉，懦夫以立。不尸其功，無喪無得。君實之用，出而時施。如彼水火，寧除渴饑。公雖不用，亦相其行。如彼山川，出雲相望。公維蜀人，乃葬於汝。子孫不忘，尚告來者。

張文定公墓誌銘

仁宗皇帝在位四十二年，搜攬天下豪傑，不可勝數。既自以爲股肱心膂，敬用其言，以致太平，而其任重道遠者，又留以爲三世子孫百年之用，至於今賴之。孔子曰："惟天爲大，惟堯則之。"天下未嘗一日無士，而仁宗之世，獨爲多士者，以其大也。賈誼嘆細德之險微，知鳳鳥之不下，閔溝瀆之尋常，知吞舟之不容，傷時無是大者以容己也。故嘗竊論之。天下大器也，非力兼萬人，其孰能舉之！非仁宗之大，其孰能容此萬人之英乎！蓋即位八年，而以制策取士，一舉而得富弼，再舉而得公。

公姓張氏，諱方平，字安道。其先宋人也，後徙揚州。高祖克，唐末爲亳州刺史。曾祖文熙，亳州軍事推官，贈太師，娶蘇氏，追封武功郡太夫人。祖嶠，以進士及第，太宗嘗召對，選知鄆州，賜親扎，給全俸，終於尚書都官員外郎。娶劉氏，追封沛國太夫人。考堯卿，生而端默寡言，有出世間意，以父命勉娶，非其意也，父没，遂居一室，家人莫得見其面者十有七年。與祖考皆贈太師、開府儀同三司，皆封魏國公。娶嵇氏，追封譙國太夫人。

公年十三，入應天府學。穎悟絶人。家貧無書，嘗就人借三史，旬日輒歸之，曰："吾已得其詳矣。"凡書皆一閲，終身不再讀。屬文未嘗起草。宋綬、蔡齊見之曰："天下奇材也。"與范諷皆以茂材異等薦之。

以景祐元年中選，授校書郎，知昆山縣。蔣堂爲蘇州，得公所著《芻蕘論》五十篇，上之。以賢良方正能直言極諫薦公，射策優等，遷著作佐郎，通判睦州。

時趙元昊欲叛而未有以發，則爲嫚書求大名以怒朝廷，規得譴絶以激使其衆。公以謂："朝廷自景德以來，既與契丹盟，天下忘備，將不知兵，士不知戰，民不知勞，蓋三十年矣。若驟用之，必有喪師蹶將之憂。兵連民疲，必有盜賊意外之患。當含垢匿瑕，順適其意，使未有以發，得歲月之頃，以其間選將厲士，堅城除器，爲不可勝以待之。雖元昊終於必叛，而兵出無名，吏士不直其上，難以決勝。小國用兵三年，而不見勝負，不折則破，我以全制其後，必勝之道也。"是時士大夫見天下全盛，而元昊小醜，皆欲發兵誅之，惟公與吴育同議。議者不深察，以二人之論爲出於姑息，遂決用兵，天下騷動。

公獻《平戎十策》，大略以邊城千里，我分而賊專，雖屯兵數十萬，然賊至常以一擊十，必敗之道也。既敗而圖之，則老師費財，不可爲已。宜及民力之完，屯重兵河東，示以形勢。賊入寇，必自延、渭而興州，巢穴之守必虚，我師自麟、府渡河，不十日可至。此所謂攻其所必救，形格勢禁之道也。宰相吕夷簡見之，謂宋綬曰："君能爲國得人矣。"然不果用其策。

召對，賜五品服，直集賢院。遷太常丞，知諫院。首論祖宗以來，雖分中書、樞密院，而三聖英武獨運，斷歸於一。今陛下謙德，仰成二府，不可以不合。仁宗嘉之。會富弼亦論此，遂命宰相兼樞密使。

方元昊之叛也，禁兵皆西，而諸路守兵，多揀赴闕，郡縣無備，乃命調額外弓手。公在睦州，條上利害八事。及是，有旨遣使於陝西、河東、京東西路刺弓手爲宣毅、保捷指揮。公連上疏，争之甚力，不從。宣毅十四萬人，保捷九萬人，皆市人不可用，而宣毅驕甚，所在爲寇。自是民力大困，國用一空，識者以不從公言爲恨。

時夏竦並護四路，劉平、石元孫、任福之敗，皆貶主帥，而竦獨不問。賊圍麟、府，詔竦出兵牽制。竦逗留不出，使賊平豐州、夷靈遠而去。公極言之。詔罷竦節制。自是四路各得專達，人人自效，邊備修完，賊至無所得。

及慶曆元年，西方用兵，蓋六年矣。上既厭兵，而賊亦困弊，不得耕牧休息。虜中匹布至十餘千，元昊欲自通，其道無由。公慨然上疏曰："陛下猶天地父母也，豈與此犬豕豺狼較勝負乎？願因今歲郊赦，引咎示信，開其自新之路，申敕邊吏，勿絶其善意。若猶不悛，亦足以怒我而怠彼，雖天地鬼神，必將誅之。"仁宗喜曰："是吾心也。"命公以疏付中書。吕夷簡讀之，拱手曰："公之及此，是社稷之福也。"是歲，赦書開諭如公意。明年，元昊始請降。自元昊叛，公謀無遺策，雖不盡用，然西師解嚴，公有力焉。

修起居注，假起居舍人、知制誥使契丹。戎主雅聞公名，與其母后族人，微行觀公於范陽門外。及燕，親詣前酌玉卮以飲公，顧左右曰："有臣如此，佳哉！"騎而擊毬於公前，以其所乘馬賜公。朝廷知之，自是虜使挾事至者，輒命公館之。

尋召試，知制誥，遷右正言，賜三品服。誥命簡嚴，四方誦之。兼史館修撰。章得象監國史，以日曆自乾興至慶曆廢不修,以屬公。於是粲然復完。權知開封府。府事至繁,爲尹者皆書板以記事,公獨不用,默記數百人,以次决遣,不遺毫釐。吏民大驚以爲神,不敢復欺。

拜翰林學士,領群牧使。牧事久不治,公始整齊之。元昊遣使求通,已在境上,而契丹與元昊構隙,使來約我,請拒絶其使。時議者欲遂納元昊,故爲答書曰:“元昊若盡如約束,則理難拒絶。”仁宗以書示公與宋祁。公上議曰:“書詞如此,是拒契丹而納元昊,得新附之小羌,失久和之强虜也。若已封册元昊,而契丹之使再至,能終不聽乎?若不聽,契丹之怨,必自是始。聽而絶之,則中國無復信義,永斷招懷之理矣。是一舉而失二虜也。宜賜元昊詔曰:‘朝廷納卿誠款,本緣契丹之請。今聞卿招誘契丹邊户,失舅甥之歡,契丹遣使爲言,卿宜審處其事,但嫌隙朝除,則封册暮行矣。’如此於西北爲兩得。”時人伏其精識。拜諫議大夫,爲御史中丞。中外之事,知無不言,至於宫妾宦官,濫恩横賜,皆力争裁抑之。

尋知貢舉。士方以游詞險語爲高。公上疏,以謂文章之變,實關盛衰,不可長也。詔以公言曉諭學者。宰相賈昌朝與參知政事吴育忿争上前。公將對,昌朝使人約公,當以代育。公怒叱遣曰:“此言何爲至於我哉!”既對,極論二人邪正曲直。然育卒罷,高若訥代之。

時當郊而費用未具,中外以爲憂。宰相欲以是危公,復拜翰林學士,爲三司使。公領使未幾,以辦聞,仁宗大喜。至於今,計司先郊告辦,蓋自公始。前三司使王拱辰請榷河北鹽,既立法矣,而未下。公見上問曰:“河北再榷鹽,何也?”仁宗驚曰:“始立法,非再也。”公曰:“周世宗榷河北鹽,犯輒處死。世宗北伐,父老遮道泣訴,願以鹽課均之兩税錢,而弛其禁,世宗許之,今兩稅鹽錢是也，豈非再榷乎？且今未榷也，而契丹常盗販不已。若榷之則鹽貴，虜鹽益售，是爲我斂怨而虜獲利乎？虜鹽滋多，非用兵莫能禁也。邊隙一開，所獲利能補用兵之費乎？”仁宗大悟曰：“卿與宰相立罷之。”公曰：“法雖未下，民已户知之，當直以手詔罷，不可自有司出也。”仁宗大喜，命公密撰手詔下之，河朔父老，相率拜迎於澶州，爲佛老會七日，以報上恩。且刻詔書北京，至今父老過其下，必稽首流涕。

南京鴻慶宫成，奉安三聖像，當遣柄臣，特命公爲禮儀使，鄉黨榮之。仁宗遂欲用公，而公以目疾求去甚力，乃加端明殿學士歸院，判尚書都省，兼領銀臺司審刑院太常寺事。

慶曆中，衛士夜逾宫垣爲變。仁宗旦語二府，以貴妃張氏有扈蹕之功，樞密使夏竦倡言宜講求所以尊異貴妃之禮，宰相陳執中不知所爲。公見執中，言：“漢馮婕妤身當猛獸，不聞有所尊異，且皇后在而尊貴妃，古無是禮。若果行之，天下謗議必大萃於公，終身不可雪也。”執中聳然，敬從公言而罷。修宗正寺玉牒，補綴失亡，爲書數百卷。

自陝右用兵，公私困乏，士大夫争言豐財省費之道，然多不得其要。公自爲諫官、御史中丞、三司使，皆爲上精言之。一日，仁宗御資政殿，召兩府、侍從賜坐，手詔問天下事。公退直禁林，是日有旨鎖院。公既草制書，又條對所問數千言，夜半與制書皆上。仁宗驚異，又手詔獨策公。明日復出數千言，大略以謂：“太祖定天下，用兵不過十五萬，今百餘萬，而更言不足。自祥符以來，萬事墮弛，務爲姑息，漸失祖宗之舊。取士、任子、磨勘、遷補之法既壞，而任將養兵，皆非舊律。國用既窘，則政出一切，大商奸民，乘隙射利，而茶鹽、香礬之法亂矣。此治亂盛衰之本，不可以不急治。”公既明習歷代損益，又周知祖宗法度，悉陳其本末羸虛所以然之狀，及當今所宜救治施行之略。而其末乃論："古今治亂，在上下離合之間。比年已來，朝廷頗引輕險之人，布之言路，違道干譽，利口爲賢。内則臺諫，外則監司，下至胥吏僮奴，皆可以構危其上。自將相公卿宿貴之人，皆争屈體以收禮後輩，有不然者，則謗毁隨之，惴惴焉惟恐不免，何暇展布心體爲國立事哉！此風不革，天下無時而治也。"上益異之，書"文儒"二字以賜。月餘，御迎陽門，召兩制近侍，復賜問目曰："朕之闕失，國之奸蠹，朝之儉諛，皆直言其狀。"獨引公近御榻，密訪之，且有大用語。公嘆曰："暴人之私，迫人於險而攘之，我不爲也。"終無所言。

公既剛簡自信，不恤毁譽，故小人思有以中之。會三司判官楊儀，以請求得罪，公坐與儀厚善，遂罷職，出知滁州。不數月，上悟，還端明殿學士，知江寧府。明年，加龍圖閣學士，遷給事中，知杭州。公平生學道，虚一而静，故所至皆不言而治。既去，人必思之。自杭丁太夫人憂，服除，以舊職還朝。判流内銓。建言畿内税重，非所以示天下。是歲郊赦，減畿内税三分，遂爲定制。

秦州叛羌斷古渭路，帥張昇發兵討賊，而副總管劉涣不受命，皆罷之。拜公侍讀學士、知秦州。公力辭不拜，曰："涣與昇有階級，今互言而兩罷，帥不可爲也。"昇以故得不罷。

以公爲禮部侍郎，知滑州，改户部侍郎，移鎮西蜀。始，李順以甲午歲叛，蜀人記之，至是方以爲憂。而轉運使攝守事，西南夷有邛部川首領者，妄言蠻賊儂智高在南詔，欲來寇蜀。攝守妄人也，聞之大驚，移兵屯邊郡，益調額外弓手，發民築城，日夜不得休息，民大驚擾，争遷居城中。男女昏會，不復以年，賤粥穀帛市金銀，埋之地中。朝廷聞之，發陝西步騎戍蜀，兵仗絡繹相望於道。詔促公行，且許以便宜從事。公言："南詔去蜀二千餘里，道險不通，其間皆雜種，不相役屬，安能舉大兵爲智高寇我哉？此必妄也，臣當以静鎮之。"道遇戍卒兵仗，輒遣還入境。下令邛部川曰："寇來吾自當之，妄言者斬。"悉歸屯邊兵，散遣弓手，罷築城之役。會上元觀燈，城門皆通，夕不閉，蜀遂大安。已而得邛部川之譯人始爲此謀者斬之，梟首境上，而配流其餘黨於湖南，西南夷大震。先是朝廷獲智高母子留不殺，欲以招智高，至是乃伏法。

復以三司使召還。奏罷蜀横賦四十萬，減鑄鐵錢十餘萬，蜀人至今紀之。初主計京師，有三年糧，而馬粟倍之。至是馬粟僅足一歲，而糧亦減半。因建言："今之京師，古所謂陳留，天下四通五達之郊，非如雍、洛有山河形勝足恃也，特依重兵以立國耳。兵恃食，食恃漕運。汴河控引江淮，利盡南海。天聖以前，歲發民浚之，故河行地中。有張君平者，以疏導京東積水，始輟用汴夫。其後淺妄者，争以裁減費役爲功，河日以堙塞。今仰而望河，非祖宗之舊也。"遂畫漕運十四策。宰相富弼讀公奏上前，晝漏盡十刻，侍衛皆跛倚，仁宗太息稱善。弼曰："此國計大本，非常奏也。"悉如所啓施行。退謂公曰："自慶曆以來，公論食貨詳矣，朝廷每有所損益，必以公奏爲議本。凡除主計，未嘗敢先公也。"其後未期年，而京師有五年之蓄。

遷吏部侍郎，復以目疾請郡，遷尚書左丞，知南京。未幾以工部尚書知秦州。時亮祚方驕僭，閲士馬，築堡篳篥城之西，壓秦境上，屬户皆逃匿山林。公即料簡將士，聲言出塞，實按軍不動。賊既不至，言者因論公無賊而輕舉。宰相曾公亮昌言於朝，曰："兵不出塞，何名爲輕舉？張公豈輕者哉！賊所以不至者，以有備故也。有備而賊不至，則以輕舉罪之，邊臣自是不敢爲先事之備也。”議者乃服。

初命公秦州,有旨再任,當除宣徽使。議者欲以是沮撓之,公笑曰:“吾於死生禍福,未嘗擇也,宣徽使于我何有哉!”力請解,復知南京。封清河郡公。

英宗即位,遷禮部尚書,知陳州。過都,留判尚書都省,請知鄆州。陛辭論天下事,英宗嘆曰:“學士其可以去朝廷哉!”公力請行,加侍讀學士,徙定州,乞歸養,改徐州。

英宗屢欲召還,而左右無助公者。一日謂執政曰:“吾在藩邸時,見其《芻蕘論》及所對策,近者代言之臣,未嘗副吾意。若使居典誥之任,亦國華也。”執政乃始奉詔拜翰林學士承旨。問治道體要,公以簡易誠明爲對,言近而指遠,不覺前席曰:“吾昔奉朝請,望侍從大臣,以謂皆天下選人。今乃不然,聞學士之言,始知有人矣。”

胡宿罷樞密副使,上欲以公代之,而執政請用郭逵。英宗以語公。公曰:“自慶曆以後,擢任二府,必參之中書,臣知事君而已。”遷刑部尚書。

英宗不豫,學士王珪當直不召,召公赴福寧殿。上憑几不言,賜公坐。出書一幅,八字,曰“來日降詔,立皇太子”。公抗聲曰:“必潁王也,嫡長而賢,請書其名。”上力疾書以付公。公既草制,尋充册立皇太子禮儀使。

神宗即位,召見側門。公曰:“仁宗崩,厚葬過禮,公私騷然,請損之。”上曰:“奉先可損乎?”公曰:“遺制固云以先志行之,天子之孝也。”上嘆曰:“是吾心也。”公又奏百官遷秩,恩已過厚,若錫賚復用嘉祐近比,恐國力不能支,乞追用乾興例足矣。從之,省費十七八。

遷户部尚書。御史中丞王陶擊宰相,參知政事吴奎與之辨,上欲罷奎。公適對,上曰:"奎罷,當以卿代。"公力辭。上曰:"卿歷三朝,無所阿附,左右莫爲先容,可謂獨立傑出矣。先帝已欲用卿,今復何辭!"公曰:"韓琦久在告,意保全奎,奎免,必不復起。琦勳在王室,願陛下復奎位,手詔諭琦,以全始終之分。"上嗟嘆久之,繼出小紙曰:"奎位執政而擊中司,謂朕手詔爲内批,持之三日不下,不去可乎?"公復論如初。上從之,賜琦詔,如公言。久之,琦求去堅甚,夜召公議。公復申前論。上曰:"琦志不可奪也。"公遂建議宜寵以兩鎮節鉞,且虚府以示復用,從之。

面命公爲參知政事,以親疾辭。上曰:"受命以慰親意,庶有瘳也。"是夕,復詔知制誥鄭獬内東門别殿,諭以用公意,制詞皆出上旨。制出,公以親疾在告,召對,押赴中書。

御史中丞缺,曾公亮欲用王安石,公極論安石不可用。不數日,魏公捐館,上嘆息不已。命近璫及内司賓存問日至,虚位以待公。尋詔起復,四上章乃免。服除,以安石不悦,拜觀文殿學士,留守西京。

入覲,請南京留臺,上欲以爲宣徽使修國史,不可,則欲以爲提舉集禧觀、判都省。所以留公者百方,公皆力辭,遂知陳州。時方置條例司,行新法,大率欲豐財而强兵。公因陛辭,極論其害,皆深言危語。曰:"水所以載舟,亦所以覆舟。兵猶火也,不戢當自焚。若行新法不已,其極必有覆舟、自焚之憂。"上雅敬公,不甚其言,曰:"能復少留乎?"公曰:"退即行矣。"上亦悵然。

至陳。陜西方用兵,卒叛慶州,聲摇關輔。京西漕檄捕盗官以兵會所屬州,白刃横野,民大惶駭。公收其檄不行而奏之。上謂執政曰:"守臣不當爾耶？臨事乃見人。"詔京西兵各歸其舊。吏方以苛察爲能，小不中意，輒置司推治，一州至數獄，追逮數千里，死者甚衆。公以事聞。詔立條約下諸路。時監司皆新進，趨時興利，長吏初不與聞。公曰："吾衰矣，雅不能事人，歸歟以全吾志。"即力請留臺而歸。

未幾，復知陳州。暇日坐西軒，聞外板築喧甚，曰："民築嘉應侯張太尉廟。"公曰："巢賊亂天下，趙犨以孤城力戰保此邦捍大患者也，此而不祀，張侯何爲者哉！"命夷其廟，立趙侯祠佛舍中。未幾改南京，且命入覲。不待次，對前殿。曰："先帝嘗言卿不立交黨，退朝掩關，終日無一客。"命坐賜茶。

尋拜宣徽北院使、檢校太尉，判應天府。公曰："宣徽使非寄任不除，臣求鄉郡自便而得之，恐啓僥倖路。"上曰："朕未之思。"改判青州，告免。

延和殿賜坐，問："祖宗禦戎之策孰長？"公曰："太祖不勤遠略，如夏州李彝興、靈武馮暉、河西折御卿，皆因其酋豪，許以世襲，故邊圉無事。董遵誨捍環州，郭進守西山，李漢超保關南，皆十餘年，優其禄賜，寬其文法，而少遣兵。諸將財力豐而威令行，間諜精審，吏士用命，賊所入輒先知，並兵禦之，戰無不克。故以十五萬人而獲百萬之用。終太祖之世，邊鄙不聳，天下安樂。及太宗平并州，欲遂取燕、薊，自是歲有契丹之虞。曹彬、劉廷謙、傅潛等數十戰，各亡士卒十餘萬。又内徙李彝興、馮暉之族，繼遷之變，三邊皆擾，而朝廷始旰食矣。真宗之禮趙德明納款，及澶淵之克，遂與契丹盟，至今人不識兵革，可謂盛德大業。祖宗之事，大略如此，亦可以鑒矣。近歲邊臣建開拓之議，皆行險僥倖之人，欲以天下安危試之一擲，事成則身蒙其利，不成則陛下任其患，不可聽也。"上曰："慶曆以來，卿知之乎？元昊初臣，何以待之？"公曰："臣時爲學士，誓詔封册，皆臣所草。"

具言本末。上驚曰："爾時已爲學士，可謂舊德矣。"

時契丹遣泛使蕭禧來，上問："虜意安在？"公曰："虜自與中國通好，安於豢養，吏士驕惰，實不欲用兵。昔蕭英、劉六符來，仁宗命二府置酒殿廬，與語，英頗泄其情，六符色目之，英歸，竟以此得罪。今禧黠虜，願如故事，令大臣與議，無屈帝尊與虜交口。"上曰："朕念慶曆再和之後，中國不復爲善後之備，故修戎事爲應兵耳。"公曰："應兵者，兵禍之已成者也。消變于未成，善之善者也。"公每辭去，上輒遷延之，三易其期。遂詔公歸院供職。

蕭禧至，以河東疆事爲辭，上復以問公。公曰："嘉祐二年虜使蕭扈嘗言之，朝廷討論之詳矣。"命館伴王洙詰之，扈不能對。録其條目，付扈以歸。因以洙稿上之。禧當辭，偃蹇卧驛中不起，執政未知爲言。公班次二府，因朝，謂樞密使吴充曰："禧不即行，使主者日致饋而勿問，且使邊吏以其故檄虜中可也。"充啓用其説，禧即日行。

除中太一宫使。進對禮秩，凡皆與執政同。公在朝，雖不任職，然多建明。上數欲廢易汴渠。公曰："此祖宗建國之本，不可輕議。餉道一梗，兵安所仰食？則朝廷無置足之地矣。非老臣，誰敢言此。"

自王安石爲政，始罷銅禁，奸民日銷錢爲器，邊關海舶，不復譏錢之出，故中國錢日耗，而西南北三虜皆山積。公極論其害，請詰問安石，舉累朝之令典，所以保國便民者一旦削而除之，其意安在？

有星孛于軫，詔求直言。公上疏論所以致變之故，人皆爲恐栗。上皆優容之。求去愈力。上曰："卿在朝豈有所好惡者歟？何欲去之速也？"公曰："臣平生未嘗與人交惡，但欲歸老耳。”上知不可留，乃以爲宣徽南院使、檢校太傅、判應天府。上曰：“朕初欲卿與韓絳共事，而卿論政不同。又欲除樞密使，而卿論兵復異。卿受先帝末命，卒無以副朕意乎?”因泫然泣下，賜帶如嘗任宰相者。

高麗使過南京，長吏當送迎。公言臣班視二府，不可爲陪臣屈。詔獨遣少尹，使者見公恐栗，不敢仰視。

師征安南，公以謂舉西北壯士健馬，棄之南方，其患有不可勝言者。若社稷之福，則老師費財，無功而還。因論交趾風俗與諸夷不類，自建隆以來，吴昌文、丁部、黎桓、李公緼，四易姓矣，皆以大校簒立，有唐末五代藩鎮傾奪之風，此可以計破者也。遂條上九事。習知蠻事者，皆服其精煉。師還，如公言。

新法既鬻坊場河渡，司農又並祠廟鬻之，官既得錢，聽民爲賈區。廟中侮慢穢踐，無所不至。公言：“宋，王業所基也，而以火王，閼伯封於商丘，以主大火；微子爲宋始封。此二祠者，獨不可免於鬻乎?”上震怒，批出曰：“慢神辱國，莫甚於斯!”於是天下祠廟皆不得鬻。公自念將老，無以報上，論事益切，至於論兵起獄，尤爲反復深言，曰：“老臣且死，見先帝地下，有以藉口矣。”上爲感動。至永樂之敗，頗思其言。

公請老不已，拜東太一宫使，就第。章數十上，拜太子少師，以宣徽使致仕。官制行，罷宣徽院，獨命公領使如舊。今上即位，執政輒罷公使，以太子太保致仕。元祐六年，詔復置宣徽使，乃命公復南院，章四上，不拜，璽書嘉之。以其年十二月二日薨，享年八十五。

訃聞，輟視朝一日，特贈司空，制服苑中，官其親屬五人。太皇太后對輔臣嗟嘆其忠正，公遺令不請謚，尚書右丞蘇轍爲請，詔有司議謚曰文定。

娶馬氏，太常少卿絳之女，追封永嘉郡夫人。四子：邦彦大理評事，邦直、邦傑太常寺太祝，皆先公卒；恕今爲右朝散郎、通判應天府，信厚敦敏篤學，朝廷數欲用之，以公老不忍去左右，詔聽之。三女：長適殿中丞蔡天申，次適右朝奉郎王鞏，其季已嫁而復歸。孫男四人：欽諮、欽亮、欽弼、欽憲。孫女三人，並幼。

公晚自謂樂全居士，有《樂全集》四十卷，《玉堂集》二十卷，《注仁宗樂書》一卷。神宗嘗賜親札曰："卿文章典雅，焕然有三代之風，書之典誥，無以加焉，西漢所不及也。"所與交者，范仲淹、吴育、宋祁三人，皆敬憚之。曰："不動如山，安道有焉。"

晚與軾先大夫游，論古今治亂，及一時人物，皆不謀而同。軾與弟轍以是皆得出入門下。軾嘗論次其文曰："孔北海志大而論高，功烈不見於世，然英偉豪傑之氣，自爲一時所宗。其論盛孝章、郗鴻豫書，慨然有烈丈夫之風。諸葛孔明不以文章自名，而開物成務之姿，綜練名實之意，自見於言語，至《出師表》簡而盡，直而不肆，大哉言乎！與《伊訓》《説命》相表裏，非秦漢已來以事君爲説者所能至也。常恨二人之文，不見其全，公其庶幾乎？烏乎，士不以天下之重自任久矣！言語非不工也，政事文學非不敏且博也，然至於臨大事，鮮不忘其故、失其守者，其器小也。公爲布衣，則頎然已有公輔之望。自少出仕，至老而歸，未嘗以言徇物，以色假人，雖對人主，必同而後言，毁譽不動，得喪若一，真孔子所謂'大臣以道事君'者。世遠道散，雖志士仁人或少貶以求用，公獨以邁往之氣，行正大之言，曰：'用之則行，捨之則藏。'上不求合於人主，故雖貴而不用，用而不盡；下不求合於士大夫，故悦公者寡，不悦公者衆。然至言天下偉人，則必以公爲首。"世以軾爲知言。

公始爲諫官，薦劉夔、王質自代，即日擢用。及貝州軍叛，上欲遣公出征,舉明鎬自代,即以爲將,而貝州平。熙寧中,軾將往見公於陳。宰相曾公亮謂軾曰:“吾受知張公,所以至此者,公恩也。”軾以問公。公悵然久之,曰:“吾密薦公亮,人無知者,豈仁宗以語之乎?”軾以是知公雖不偶於世,而人主信之,蓋如此。

公性與道合,得佛老之妙。屬纊之日,凛然如平生,有星隕於北牖。及薨,赤氣自寢而升,里人望而驚焉。以七年八月九日庚申,葬於宋城縣永安鄉仁孝里。其子恕,以王鞏之狀來求銘。銘曰:

大道之行,士貴其身。維人求我,匪我求人。秦漢以來,士賤君肆。區區僕臣,以得爲喜。功利之趨,謗毁是逃。我觀其身,夏畦之勞。紛紜叢脞,千載一律。帝閔下俗,異人乃出。是生我公,龍章鳳姿。翔於千仞,世挽留之。浩然直前,有礙則止。放爲江河,匯爲沼沚。穆穆三聖,如天如淵。前席惟誼,見黜必冠。豈不用公?道有不契。出其緒餘,則已驚世。公之所能,我不敢知。乘雲馭風,與汗漫期。噫天何時,復生此傑?我作銘詩,以詔王國。

卷八十九

墓誌銘十二首

故龍圖閣學士滕公墓誌銘(代張文定公作)

神宗英文烈武聖孝皇帝初臨海内,厲精爲治,旁求天下,以出異人,得英偉大度之士。滕公元發始見知於英祖,而未及用,書其姓名藏於禁中,帝以是知之。既見公,姿度雄爽,問天下所以治亂。不思而對曰:"治亂之道,如黑白東西,所以變色易位者,朋黨亂之也。"帝曰:"卿知君子小人之党乎?"公曰:"君子無黨。譬之草木,綢繆相附者必蔓草,非松柏也。朝廷無朋黨,雖中主可以濟,不然,雖上聖不治。"帝太息曰:"天下名言也。"

遂以右正言,知制誥諫院、開封府,拜御史中丞、翰林學士,且大用矣。而公性疏達不疑,在帝前論事,如家人父子,言無文飾,洞見肝鬲。帝知其誠盡,事無鉅細,人無親疏,輒以問公。或中夜降手詔,使者旁午,公隨事解答,不自嫌外。而執政方立新法,天下洶洶,恐公有言而帝信之,故相與造事謗公。帝雖不疑,然亦出公於外。以翰林侍讀學士知鄆州,移定與青,留守南都,徙齊、鄧二州,用公之意蓋未衰也。而公之妻党有犯法至大不道者,小人因是出力擠公,必欲殺之。帝知其無罪,落職,知池州。徙蔡,未行,改安州。既罷,入朝,未對。而左右不悦者,又中以飛語。復貶筠州。士大夫爲公危栗,或以爲且有後命。

公談笑自若，曰："天知吾直，上知吾忠，吾何憂哉！"乃上書自明，帝覽之，釋然，即以爲湖州。方且復用，而帝升遐。公讀遺詔，僵仆頓絶。久之乃蘇，曰："已矣，吾無所自盡矣。"

今上即位，徙公爲蘇、揚二州，除公龍圖閣直學士，復以爲鄆州，徙真定、河東。治邊凜然，威行西北，號稱名將。而宦官爲走馬者，誣公病不任職，詔徙許州。御史論公守邊奇偉之狀，且言其不病，詔復留河東，而公已老，蓋年七十有一矣。即力求淮南，上不得已，乃以龍圖閣學士、知揚州，未至而薨。蓋元祐五年十月二十四日也。

方平歷事三宗，逮與天聖、景祐間賢公卿游。公雖爲晚進，而開濟之資，邁往之氣，蓋有前人風度。以先帝神武英斷，知公如此，而終不大用。每進，小人輒讒之。公嘗上章自訟，有曰："樂羊無功，謗書滿篋。即墨何罪？毁言日聞。"天下聞而悲之。嗚呼，命也夫！

公諱甫，字元發。其後避高魯王諱，以字爲名，而字達道。東陽人也。滕氏出周文公之子錯，封於滕，所謂滕叔繡者。十一代祖令琮爲唐國子司業，令琮生太常博士翼，翼生贈户部侍郎伉，伉生贈禮部侍郎蓋，蓋生户部侍郎贈右僕射�，珣生太中大夫睦州刺史邁，邁生越州觀察推官勑，勑生祠部郎中文規，文規生公之曾祖諱仁俊，爲温州永嘉令。祖諱鑒，不仕。皇考諱高，贈中大夫。曾祖母、祖母皆范氏，繼祖母陳氏。皇妣王氏，追封太原郡君，生公之夕，夢虎行月中而墮其室。

九歲能賦，敏捷過人。范希文，皇考舅也，見公而奇之，教以爲文。希文爲蘇州，而安定胡先生瑗居於蘇，公往從之，門人以千數，第其文，公常爲首。嘗舉進士，試於庭。宋子京奇其文，擢爲第三人，而以聲韻不中法，罷之。其後八年，復中第第三。授大理評事，通判湖州。時孫元規守錢塘，一見公曰："名臣也，後當爲賢將。"授以治劇守邊之要。

召試學士院，充集賢校理，判吏部南曹，除開封府推官，三司鹽鐵户部判官，同修起居注，判户部勾院。公在館閣，未嘗就第見執政，故宰相不悦，不遷者十年。既遇知神宗，爲諫官，知無不言。然御史中丞王陶論宰相不押班爲跋扈，上以問公。公曰："宰相固有罪，然以爲跋扈，則臣爲欺天陷人矣。"

爲開封府。三獄皆滿，公視事之日，理出數百人，决遣殆盡，京師翕然稱之。爲御史中丞。中書、密院議邊事，多不合。趙明與西人戰，中書賞功，而密院降約束；郭逵修堡，樞密院方詰之，而中書已下褒詔矣。公言："戰守大事也，安危所寄。今中書欲戰，密院欲守，何以令天下！願敕大臣，凡戰守除帥，議同而後下。"上善之。諫官楊繪言宰相不當以其子判鼓院。上曰："繪不習朝廷事，鼓院傳達而已，何與於事？"公曰："人有訴宰相者，使其子傳達之，可乎？且天下見宰相子在是，豈敢復訴事？"上悟，爲罷之。

种諤擅築綏州，且與薛向發諸路兵，環、慶、保安皆出剽掠，西人復誘殺將官楊定。公上疏，極言亮祚已納款，不當失信，邊隙一開，兵連民疲，必爲内憂。京師郡國地震。公三上疏指陳致災之由。大臣不悦，出公知秦州。上面謂曰："秦州非朕意也。"留不遣。詔館伴契丹使。前此館伴非其人，使者議神塔子事，往復紛然。

是歲，契丹遣蕭林牙、楊興公來聘，朝廷憂之。公見興公，開懷與語，問其家世父祖事，委曲詳盡。興公驚且喜，不復論去歲事。將去，與公馬上泣别。林牙謂興公曰："君與滕公善，豈將留此乎？"上聞之大喜。因公奏事殿中，嘆曰："朕欲擢卿執政。卿逾月不對，而大臣力薦用唐介矣。”公曰：“臣恨未有死所報陛下知遇，豈愛官職者?”唐淑問、孫覺言公短，上不信，悉以其言示公，所以慰勞公者甚厚。公頓首曰：“陛下無所疑，臣無所愧足矣。”

河朔地大震，涌沙出水，壞城池廬舍，命公爲安撫使。官吏皆幄寢，居民恐懼，棄家而茇舍。公獨卧屋下，曰：“民恃吾以生，屋摧民死，吾當以身同之。”民始歸，安其室。乃命葬死者，食饑者，除田税，察惰吏，修堤防，繕甲兵，督盜賊，河朔遂安。

使還，大臣將除公并州。上復留公開封府。民有王穎者，爲鄰婦隱其金，閲數尹不能辨。穎憤悶至病。傴杖而訴於公。公呼鄰婦，一問得其情，取金還穎。穎奮身仰謝，失傴所在，投杖而出，一府大駭。

除翰林學士。夏國主秉常被篡，公言：“繼遷死時，李氏幾不立矣，當時大臣不能分建諸豪，乃以全地王之，至今爲患。今秉常失位，諸將争權，天以此遺陛下。若再失此時，悔將無及。請擇一賢將，假以重權，使經營分裂之，可不勞而定，百年之計也。”上奇其策，然不果用。欲以公爲三司使。力辭，已而除公瀛州安撫使。公入，頓首曰：“臣知事陛下而已，不能事黨人，願陛下少回昔日之眷，無使臣爲黨人所快，則天下皆知事君爲得，而事黨人爲無益矣。”上爲改容。公以皇考諱，辭高陽關，乃除鄆州。治盜有方，不獨用威猛，時有所縱舍，盜爲屏息。

移定州。許入覲，力言新法之害。曰：“臣始以意度其不可耳。今爲郡守，親見其害民者。”具道所以然之狀。至定州，以上巳宴郊外，有報契丹入寇邊民來逃者，將吏大駭，請起治兵。公笑曰：“非爾所知也。”益置酒作樂。遣人諭逃者曰：“吾在此。虜不敢動。”使各歸業。明日問之，果妄。諸將以是服公。

韓忠彦使契丹，楊興公迎勞，問公所在，且曰："滕公可謂開口見心矣。"忠彦歸奏，上喜，進公禮部侍郎，使再任。詔曰："寬嚴有體，邊人安焉。"公因作堂，以"安邊"名之。公去國既久，而心在王室，著書五篇，一曰尊主勢，二曰本聖心，三曰校人品，四曰破朋黨，五曰贊治道，上之。其略曰："陛下聖神文武，自足以斡運六合，譬之青天白日，不必點綴，自然清明。"識者韙其言。天下大旱，詔求直言。公上疏曰："新法害民者，陛下既知之矣，但下一手詔，應熙寧二年以來所行新法，有不便者悉罷，則民氣和而天意解矣。"

富彦國之守青州也，嘗置教閱馬步軍九指揮。彦國既去，軍稍缺不補。公至青，復完之，至溢額數千。其後朝廷屢發諸路兵，或喪失不還，惟青州兵至今爲盛。

其謫守池、安，皆以静治聞，飲酒賦詩，未嘗有遷謫意。侍郎韓丕，旅殯於安五十年矣；學士鄭獬，安人也，既没十年，貧不克葬。公皆葬之。著作佐郎木炎居喪以毁卒，公既助其葬，又爲買田賙之。敕使謝譚市物于安，因緣爲奸，民被其毒，公密疏奸狀，上爲罷黜譚。自安定先生之亡，公常割俸以賙其子，及爲湖州，祭其墓，哭之慟，東南之士歸心焉。

自揚徙鄆。歲方饑，乞淮南米二十萬石爲備。鄆有劇賊數人，公悉知其所舍，遣吏掩捕，皆獲，吏民不知所出。郡學生食不給，民有争公田二十年不决者，公曰："學無食，而以良田飽頑民乎！"乃請以爲學田，遂絶其訟。學者作《新田詩》以美之。時淮南、京東皆大饑，公獨有所乞米爲備，召城中富民與約曰："流民且至，無以處之，則疾疫起，並及汝矣。吾得城外廢營地，欲爲席屋以待之。"民曰："諾。"爲屋二千五百間，一夕而成。流民至，以次授地，井竈器用皆具。以兵法部勒，少者炊，壯者樵，婦女汲,老者休,民至如歸。上遣工部郎中王古按視之,廬舍道巷,引繩棋布,肅然如營陣。古大驚,圖上其事,有詔褒美。蓋活五萬人云。

徙真定。乞以便宜除盜,許之。然訖公之去,無一人死法外者。秋大熟,積饑之民,方賴以生,而有司爭糴,穀貴,公奏邊廩有餘,請罷糴二年,從之。

徙知太原府。河東兵勞民貧,而土豪將吏皆利於有警,故喜作邊事,民不堪命。公始至,蕃族來賀,令曰:"謹斥候,無開邊隙,有寇而失備,與無寇而生事者,皆斬。"自軍司馬沿邊安撫以下,皆勒以軍法。西人獵境上,河外請益兵。公曰:"寇來則死之,吾不出一兵也。"河東十二將,其四以備北,其八以備西,八將更休,爲上下番。是歲八月,邊郡稱有警,請八將皆上,謂之防秋。公曰:"賊若并兵犯我,雖八將不敵也。若其不來,四將足矣。"卒遣更休。而將吏懼甚,扣閤爭之。公指其頸曰:"吾已捨此矣,頸可斷,兵不可出。"卒無寇,省芻粟十五萬。河東之所患者,鹽與和糴也。公稍更其法,明著税額,而通鹽商配率糧草視物力高下,而不以占田多少爲差,民以爲便。陽曲縣舊治城西,汾決,徙城中,縣廢爲荒田,公奏還之。使縣治堤防如黄河,民復成市。諸將駐列城者,長吏或不欲,捃誣以事,有至死者。公奏立法,將有罪,徙他郡訊驗。諸將聞之,喜曰:"公保吾生,當報以死。"

西夏請復故地,詔賜以四寨,而葭蘆隸河東。公曰:"取城易,棄城難。昔棄羅凡,西人襲我不備,喪金帛不貲,且爲夷狄笑。"乃命部將訾虎、蕭士元以兵護遷,號令嚴整,寇不能近,無一瓦之失。將賜寨,公請先畫界而後棄,不從。西人已得地,則請凡畫界以綏德城爲法,從之。公曰:"若法綏德,以二十里爲界，則吴堡去葭蘆百二十里，爲失百里矣。兵家以進退尺寸爲强弱，今一舉而失百里，不可。”力争之。已而諜者得西人之謀曰：“吾將出勁兵於義、吴二寨之間，劫漢使不得出兵，則二寨亦棄矣。”公遂復前議，章九上，至數萬言。議者謂近世名將無及公者。

公爲文與詩，英發妙麗，每出一篇，學者争誦之。篤于行義，事父母，撫諸弟，以孝友聞。臨大事，决大議，毅然不計死生。至於己私，則小心莊栗，惟恐有過。其事上及與人交，馭將吏，待妻子奴婢，一以至誠。仕自大理評事至右光禄大夫，職至龍圖閣學士，勳至上柱國，爵至南陽郡開國侯，食邑至一千六百户，實封至八百户，贈銀青光禄大夫。有文集二十卷。娶李氏，唐御史大夫棲筠之後，晉卿之女，累封建安郡君。先公卒，贈永寧郡君。子三人，祐、祁皆承奉郎，裕尚幼。女五人，長適朝請郎知楚州何洵直，次適宣德郎秘書省正字王炳，早卒。次適宣德郎太學博士王涣之，次復適王炳，季適方平之子朝散郎南京通判恕。孫男六人。將以元祐七年八月二十二日癸酉，葬於蘇州長洲縣彭華鄉陽山之栗塢。銘曰：

天之降材，千夫一人。人之逢時，千載一君。生之既難，得之豈易。而彼讒人，曾不少置。昔在帝堯，甚畏巧言。讒説震驚，雖堯亦然。偉哉滕公，廊廟之具。帝欲用公，將起輒仆。賴帝之明，雖仆復興。小試於邊，戎狄是膺。日月逝矣，歲不我與。老成云亡，吾誰與處。若古有訓，無競維人。公之治邊，折衝精神。猛虎在山，藜藿茂遂。及其既亡，樵牧所易。公官三品，以壽考終。我銘之悲，夫豈爲公。

王子立墓誌銘

子立諱適，趙郡臨城人也。始予爲徐州，子立爲州學生，知其賢而有文,喜怒不見,得喪若一,曰:"是有類子由者。"故以其子妻之。與其弟適子敏,皆從余於吴興。學道日進,東南之士稱之。余得罪於吴興,親戚故人皆驚散,獨兩王子不去,送余出郊,曰:"死生禍福,天也,公其如天何!"返取余家,致之南都。而子立又從子由謫於高安、績溪,同其有無,賦詩弦歌,講道著書於席門茅屋之下者五年,未嘗有愠色。余與子由有六男子,皆以童子從子立游,學文有師法,人人自重,不敢嬉宕,子立實使然。元祐四年冬,自京師將適濟南,未至,卒於奉高之傳舍,蓋十月二十五日也。享年三十五。

曾祖諱璘,贈中書令。妣田氏,楚國夫人。祖罴,工部侍郎知樞密院,贈太尉,謚忠穆。妣宋氏,仁壽郡夫人。考諱正路,比部郎中,知濮州,贈光禄大夫。妣李氏,壽安縣君。一女初伏,有遺腹子裔。文集十五卷,其學長於禮服,子由謂其文"朱弦疏越,一唱而三嘆"者也。七年十一月五日,其兄蘧子開葬於臨城龍門鄉兩口村先塋之側。銘曰:

知性以爲存,不壽非其怨也。知義以爲榮,不貴非其羡也。而未能忘於文,則猶有意於傳也。嗚呼!百世之後,其姓名與我皆隱顯也。(李卓吾夾)妙。(李卓吾旁)好甚。

寶月大師塔銘

寶月大師惟簡,字宗古,姓蘇氏,眉之眉山人。於余爲無服兄。九歲,事成都中和勝相院慧悟大師。十九得度,二十九賜紫,三十六賜號。其同門友文雅大師惟慶爲成都僧,統所治萬餘人,鞭笞不用,中外肅伏。慶博學通古今,善爲詩,至於持律總衆,酬酢事物,則師密相之也。凡三十餘年,人莫知其出於師者。

師清亮敏達，綜練萬事，端身以律物，勞己以裕人，人皆高其才，服其心。凡所欲爲，趨成之。更新其精舍之在成都與郫者，凡一百七十三間，經藏一，盧舍那阿彌陀彌勒大悲像四，磚橋二十七，皆談笑而成，其堅致可支一世。師於佛事雖若有爲，譬之農夫畦而種之，待其自成，不數數然也。故余嘗以爲修三摩鉢提者。蜀守與使者皆一時名公卿，人人與師善。然師常罕見寡言，務自却遠，蓋不可得而親疏者。喜施藥，所活不可勝數。少時，瘠黑如梵僧，既老而晢，若復少者。或曰："是有陰德發於面，壽未可涯也。"

紹聖二年六月九日，始得微疾，即以書告於往來者，敕其子孫皆佛法大事，無一語私其身。至二十二日，集其徒問日蚤暮。及辰，曰："吾行矣。"遂化，年八十四。是月二十六日，歸骨於城東智福院之壽塔。弟子三人，海慧大師士瑜先亡；次士隆；次紹賢，爲成都副僧統。孫十四人，悟遷、悟清、悟文、悟真、悟緣、悟深、悟微、悟開、悟通、悟誠、悟益、悟權、悟緘。（**馮夢禎眉**）云十四人，名止十三。曾孫三人，法舟、法榮、法原。以家法嚴，故多有聞者。師少與蜀人張隱君少愚善，吾先君宫師亦深知之，曰："此子才用不減澄觀，若事當有立於世，爲僧亦無出其右者。"已而果然。余謫居惠州，舟實來請銘。銘曰：

大師寶月，古字簡名。出趙郡蘇，東坡之兄。自少潔齊，老而彌剛。領袖萬僧，名聞四方。壽八十四，臘六十五。瑩然摩尼，歸真於上。錦城之東，松柏森森。子孫如林，蔽芾其陰。

陸道士墓誌銘

道士陸惟忠，字子厚，眉山人。家世爲黄冠師。子厚獨狷潔精苦，不容於其徒，去之遠游。始見余黄州，出所作詩，論内外丹指略，蓋自以爲决不死者。然余嘗告之曰："子神清而骨寒，其清可以仙，其寒亦足以死。"(**鍾惺夾**)好相法，判斷古今多少人。其後十五年，復來見余惠州，則得瘦疾，骨見衣表，然詩益工，論内外丹益精。曰："吾真坐寒而死矣。每從事於養生，輒有以敗之，類物有害吾生者。"余曰："然。子若死，必復爲道士，以究此志。"余時適得美石如黑玉，曰："當以是誌子墓。"子厚笑曰："幸甚。"(**鍾惺夾**)達甚。久之，子厚去余之河源開元觀，客於縣令馮祖仁，而余亦謫海南。是歲五月十九日，竟以疾卒，年五十。祖仁葬之觀後，蓋紹聖四年也。銘曰：

嗚呼多藝此黄冠，詩棋醫卜内外丹。無求於世宜堅完，龜飢鶴瘦終難安。哀哉六巧坐一寒，祝子復來少宏寬，毋復清詩助痟酸。龍虎尤成無或奸，往駕赤螭驂青鸞。

【彙評】

王聖俞：妙於用虛，試檢通篇，惟丹論及寒瘦差有其實，餘皆假設之言。

惠州官葬暴骨銘

有宋紹聖二年，官葬暴骨於是。是豈無主？仁人君子斯其主矣。(**李卓吾夾**)妙。(**鍾惺夾**)大方便。東坡居士銘其藏歸曰：

人耶天耶？隨念而徂。有未能然，宅此枯顱。後有君子，無廢此心。陵谷變壞，復棺衾之。(**鍾惺夾**)好大願力。(**李卓吾夾**)妙。(**王聖俞夾**)柔淡。

【彙評】

王聖俞:上四語禪玄,下四語惻然,仁人也,語又柔淡可愛。

陳天定:王納諫云:“上四語禪玄,下四語惻然,仁人也,語又柔淡可愛。”

李太師墓誌

李氏之先,世有德人。使皆好學,忠信而文。則其成材,五季得之。崎嶇兵間,亦何所爲。世養于蒙,以待承平。允文太師,發迹於經。人知誦之,公蹈用之。其言皆經,其行中之。仁致麟鳳,自不覆巢。使公逢時,鳳鳴其郊。公爲獄官,遇囚如子。視囚出入,如己生死。以德報怨,世有或然。任其不叛,仁人所難。是心惟微,實聞於帝。無疆之休,以來本世。篤生三子,其幼益隆。如誼、仲舒,烏陽是逢。始葬于魏,物不稱德。河流墓改,襚以冕服。公之令聞,追配太丘。子孫公卿,有進無羞。安安之原,太行之麓。有或兆之,匪筮匪卜。

朱亥墓誌

(**李卓吾旁**)好甚。

崔嵬高丘,其下爲誰?惟魏烈士,朱亥是依。時惟布衣,不震不驚。晉鄙在師,孔嚴不孤。進承其頤,視如豚猳。昔其在屠,誰養其威?鼓刀市人,誰者畏之?世之勇夫,殺人如蒿。及其所難,或失其刀。惟是貧賤,無以自豪。是謂真勇。士之布衣,其亦在養。有或不養,臨事而恐。惟是屠者,其養可取。

【彙評】

凌孟昭:論亥勇,從養來有見。

鄭之惠:文氣雄猛,不減屠兒。

鍾惺:大是禪偈。

陳天定:鍾惺云:"大是禪偈。"

劉夫人墓誌銘(代韓持國作)

夫人姓劉氏,開封人。曾大父處士諱岩,大父大理寺丞諱惟吉,考贈右金吾衛將軍諱達。夫人年十七,歸於武功蘇才翁。翁諱舜元,參知政事諱易簡之孫,贈工部侍郎諱耆之子也。少與弟子美、聖闢皆有盛名。蘇氏既大家,而姑王夫人太尉文正公之息女也,嚴重有識,素賢其子,自爲擇婦,甚難之,久乃得夫人。夫人事其姑,能委曲順其意。嘗侍疾,不解衣累月。凡姑所欲,不求而獲;所不欲,無一至前者。既愈,謂家人曰:"微是婦,吾不起矣。"命諸女拜之而弗答也。子美、聖闢皆早世,夫人待二姒,撫諸孤,恩禮甚厚。子美,正獻杜公婿也。杜公聞而賢之,曰:"可以爲女師。"夫人既老,二子涓、澥更守壽春。已而涓守襄陽,澥復按本道刑獄,夫人皆就養焉。及涓徙平陽,道京師,子注爲尚書郎,拜覲門外,士大夫榮之。涓侍夫人至管城,以疾不起,注逆以歸京師。夫人悼涓不已,後涓四十五日,元豐八年十月五日,以疾卒於私第,享年八十一。

夫人孝友慈儉,薄於奉身,而厚於施人;嚴於教子,而寬於御下。姻族中有悍妒者見之,輒慚而化。性不蓄財,浣衣菲食以終其身。涓自蜀還,以重錦二十兩以獻夫人。夫人喜曰:"可以適吾意之所欲與者。"命刀尺以親疏散之,一日而盡。好誦佛書，受五戒，預爲送終具甚備。至疾革，怡然不亂。

始封隆德縣君，後爲彭城縣太君，改仁壽縣太君。才翁既顯於世矣，而位不充其志，仕至尚書郎，贈光禄大夫。而子男七人，皆以才顯。涓，朝奉大夫知潞州；澥，朝清郎，京西提點刑獄；注，朝散郎，尚書司勳郎中；洞，右贊善大夫，將作監丞。洪、洎、汶，皆舉進士。女二人，長適進士虞大蒙，次適承議郎郭逢原。孫男十三人：之顔，無爲軍判官；之閔，早卒；之冉，汝州梁縣尉；之孟、之偃、之友、之恂、之悌、之邵、之楊、之南、之烈、之點。孫女十三人。曾孫男七人，開、憲、潔、商、若、赤、仕。曾孫女五人。澥將以元豐八年十二月二十四日，葬夫人于潤州丹徒縣五老山下才翁之塋，使求乞銘。才翁於余爲從母子，而余娶於蘇氏，故知夫人爲詳。銘曰：

孝友慈儉，行爲女師。篤於教也，輕財樂施。屬纊不亂，幾於道也。壽考康寧，子孫多賢。不虚報也，我銘孔約。無有愧辭，以信告也。

亡妻王氏墓誌銘

治平二年五月丁亥，趙郡蘇軾之妻王氏，卒於京師。六月甲午，殯於京城之西。其明年六月壬午，葬於眉之東北彭山縣安鎮鄉可龍里先君先夫人墓之西北八步。軾銘其墓曰：

君諱弗，眉之青神人，鄉貢進士方之女。生十有六年，而歸於軾。有子邁。君之未嫁，事父母，既嫁，事吾先君、先夫人，皆以謹肅聞。其始，未嘗自言其知書也。見軾讀書，則終日不去，亦不知其能通也。其後軾有所忘，君輒能記之。問其他書，則皆略知之。由是始知其敏而静也。從軾官於鳳翔，軾有所爲於外,君未嘗不問知其詳。曰:"子去親遠,不可以不慎。"日以先君之所以戒軾者相語也。軾與客言於外,君立屏間聽之,退必反復其言曰:"某人也,言輒持兩端,惟子意之所向,子何用與是人言。"有來求與軾親厚甚者,君曰:"恐不能久。其與人鋭,其去人必速。"已而果然。將死之歲,其言多可聽,類有識者。其死也,蓋年二十有七而已。(**鍾惺夾**)"而已"二字哀甚。始死,先君命軾曰:"婦從汝於艱難,不可忘也。他日汝必葬諸其姑之側。"未期年而先君没,軾謹以遺令葬之。銘曰:

君得從先夫人于九原,余不能。嗚呼哀哉!余永無所依怙。君雖没,其有與爲婦何傷乎!嗚呼哀哉!(**李卓吾旁**)妙。(**鍾惺眉**)哀在音響節奏之間,不在其文也。

【彙評】

大學識借此文發之。○王氏爲妻,朝雲作妾,是何等福德。

乳母任氏墓誌銘

趙郡蘇軾子瞻之乳母任氏,名採蓮,眉之眉山人。父遂,母李氏。事先夫人三十有五年,工巧勤儉,至老不衰。乳亡姊八娘與軾,養視軾之子邁、迨、過,皆有恩勞。從軾官於杭、密、徐、湖,謫於黄。元豐三年八月壬寅,卒於黄之臨皋亭,享年七十有二。十月壬午,葬於黄之東阜黄岡縣之北。銘曰:

生有以養之,不必其子也。死有以葬之,不必其里也。我祭其從與享之,其魂氣無不之也。(**李卓吾旁**)妙。

保母楊氏墓誌銘

先夫人之妾楊氏，名金蟬，眉山人。年三十，始隸蘇氏，頹然順善也。爲弟轍子由保母。年六十八，熙寧十年六月己丑，卒於徐州，屬纊不亂。子由官於宋，載其柩殯於開元寺。後八年，軾自黄遷汝過宋，葬之於宋東南三里廣壽院之西，實元豐八年二月壬午也。銘曰：

百世之後，陵谷易位，知其爲蘇子之保母，尚勿毁也。（**李卓吾夾**）妙。

朝雲墓誌銘

東坡先生侍妾曰朝雲，字子霞，姓王氏，錢塘人。敏而好義，事先生二十有三年，忠敬若一。紹聖三年七月壬辰，卒於惠州，年三十四。八月庚申，葬之豐湖之上棲禪山寺之東南。生子遁，未期而夭。蓋常從比丘尼義冲學佛法，亦粗識大意。且死，誦《金剛經》四句偈以絶。銘曰：

浮屠是瞻，伽藍是依。如汝宿心，惟佛之歸。

卷九十

行狀二首

司馬温公行狀

曾祖政，贈太子太保。曾祖母薛氏，贈温國太夫人。祖炫，試秘書省校書郎，知耀州富平縣事，贈太子太傅。祖母皇甫氏，贈温國太夫人。父池，尚書吏部郎中，充天章閣待制，贈太師，追封温國公。母聶氏，贈温國太夫人。公諱光，字君實，其先河内人，晉安平獻王孚之後。王之裔孫征東大將軍陽，始葬今陝州夏縣涑水鄉，子孫因家焉。自高祖、曾祖皆以五代衰亂不仕。富平府君始舉進士，没於縣令。皆以氣節聞於鄉里。而天章公以文學行義事真宗、仁宗爲轉運使，御史，知雜事，三司副使，歷知鳳翔、河中、同、杭、虢、晉六州，以清直仁厚聞於天下，號稱一時名臣。

公自兒童，凛然如成人。七歲聞講《左氏春秋》，大愛之，退爲家人講，即了其大義。自是手不釋書，至不知飢渴寒暑。年十五，書無所不通。文辭醇深，有西漢風。天章公當任子，次及公，公推與二從兄，然後受補郊社齋郎，再奏，將作監主簿。年二十，舉進士甲科。改奉禮郎。以天章公在杭，辭所遷官，求簽書蘇州判官事以便親，許之。未上，丁太夫人憂。未除，丁天章公憂。執喪累年，毀瘠如禮。服除，簽書武成軍判官事，改大理評事,爲國子直講,遷本寺丞。故相龐籍名知人,始與天章公游,見公而奇之,及是爲樞密副使,薦公召試館閣校勘,同知太常禮院。中官麥允言死,詔以允言有軍功,特給鹵簿。公言:“孔子不以名器假人,繁纓以朝,且猶不可,允言近習之臣,非有元勳大勞,而贈以三公之官,給以一品鹵簿,其爲繁纓,不亦大乎?”故相夏竦卒,詔賜謚文正。公言:“謚之美者,極于文正,竦何人,可以當此!”書再上,改謚文莊。遷殿中丞,除史館檢討,修日曆,改集賢校理。龐籍爲鄆州,徙并州,皆辟公通判州事。公感籍知己,爲盡力。

時趙元昊始臣,河東貧甚,官苦貴糴,而民疲於遠輸。麟州窟野,河西多良田,皆故漢地,公私雜耕。天聖中,始禁田河西者,虜乃得稍蠶食其地,俯窺麟州,爲河東憂。籍請公按視。公爲畫五策:“宜因州中舊兵,益禁兵三千,廂兵五百,築二堡河西,可使堡外三十里虜不敢田,則州西六十里無虜矣。募民有能耕麟州閑田者,復其税役十五年,能耕窟野、河西者,長復之,耕者必衆,官雖無所得,而糴自賤,可以漸紓河東之民。”籍移麟州,如公言。而兵官郭恩勇且狂,夜開城門,引千餘人渡河,載酒食,不爲戰備,遇敵死之。議者歸罪於籍,罷節度使知青州。公守闕,三上書,乞獨坐其事,不報。籍初不以此望公,而公深以自咎。籍既没,升堂拜其妻如母,撫其子如昆弟,時人兩賢之。

改太常博士,祠部員外郎,直秘閣、判吏部南曹,遷開封府推官,賜五品服。交趾貢異獸,謂之麟。公言:“真僞不可知,使其真,非自然而至,不足爲瑞。若僞,爲遠夷笑,願厚賜其使而還其獸。”因奏賦以諷。

遷度支員外郎,判勾院。擢修起居注,五辭而後受。判禮部。有司奏六月朔,日當食。公言:“故事,食不滿分,或京師不見皆賀,臣以爲日食四方見京師不見,天意人君爲陰邪所蔽,天下皆知,而朝廷獨不知,其爲災當益甚,皆不當賀。”詔從之。後遂以爲常。

遷起居舍人,同知諫院。蘇轍舉直言策,入第四等,而考官以爲不當收。公言:“轍于同科四人中,言最切直,有愛君憂國之心,不可不收。”時宰相亦以爲當黜,仁宗不許。曰:“求直言,以直棄之,天下其謂朕何!”公遂與諫官王陶同上疏:“願爲宗廟社稷自重,却罷燕飲,安養神氣,後宫嬪御,進見有度;左右小臣,賜予有節。厚味腊毒,無益奉養者,皆不宜數御。”上嘉納之。

初,至和三年,仁宗始不豫,國嗣未立,天下寒心而不敢言,惟諫官范鎮首發其議,公時爲并州通判,聞而繼之。上疏言:“《禮》:大宗無子,則小宗爲之後。爲之後者,爲之子也。願陛下擇宗室賢者,使攝儲貳,以待皇嗣之生,退居藩服。不然,則典宿衛、尹京邑,亦足以係天下之望。”疏三上,其一留中,其二付中書。公又與鎮書:“此大事不言則已,言一出,豈可復反?願公以死争之。”於是鎮言之益力。及公爲諫官,復上疏,且面言:“臣昔爲并州通判,所上三章,願陛下果斷而力行之。”時仁宗簡默不言,雖執政奏事,首肯而已。聞公言,沉思久之,曰:“得非欲選宗室爲繼嗣者乎?此忠臣之言,但人不敢及耳。”公曰:“臣言此,自謂必死,不意陛下開納。”上曰:“此何害?古今皆有之。”因令公以所言付中書。公曰:“不可,願陛下自以意喻宰相。”

是日,公復言江淮鹽事,詣中書白之。宰相韓琦問公,今日復何所言?公默計此大事,不可不使琦知,思所以廣上意者。即曰:“所言宗廟社稷大計也。”琦喻意,不復言。後十餘日,有旨令公與御史裏行陳洙同詳定行户利害。洙與公屏語曰:“日者大饗明堂，韓公攝太尉，洙爲監祭。公從容謂洙，聞君與司馬君實善，君實近建言立嗣事，恨不以所言送中書，欲發此議，無自發之，行户利害，非所以煩公也，欲洙見公達此意耳。”時嘉祐六年閏八月也。

至九月，公復上疏面言：“臣向者進説，陛下欣然無難，意謂即行矣。今寂無所聞，此必有小人言陛下春秋鼎盛，子孫當千億，何遽爲此不祥之事。小人無遠慮，特欲倉猝之際，援立其所厚善者耳。唐自文宗以後，立嗣皆出於左右之意，至有稱定策國老、門生天子者，此禍豈可勝言哉！”上大感悟，曰：“送中書。”公至中書，見琦等曰：“諸公不及今定議，異日夜半禁中出寸紙以某人爲嗣，則天下莫敢違。”琦等皆唯唯，曰：“敢不盡力。”後月餘，詔英宗判宗正寺，固辭不就職。明年遂立爲皇太子。稱疾不入。公復上疏言：“凡人争絲毫之利，至相争奪。今皇子辭不貲之富，至三百餘日不受命，其賢於人遠矣。有識聞之，足以知陛下之聖，能爲天下得人。然臣聞父召無諾，君命召不俟駕而行，使者受命不受辭，皇子不當辭避，使者不當徒反，凡召皇子，内臣皆乞責降，且以臣子大義責皇子，宜必入。”英宗遂受命。

兖國公主下嫁李瑋，以驕恣聞。公上疏言：“太宗時，姚坦爲兖王翊善，有過必諫，左右教王詐疾。逾月，太宗召王乳母，入問起居狀。母曰：‘王無疾，以姚坦故，鬱鬱成疾耳。’太宗怒曰：‘王年少，不知爲此，汝輩教之。’杖乳母數十，召坦慰勉之。齊國獻穆大長公主，太宗之子，真宗之妹，陛下之姑，而謙恭率禮，天下稱其賢。願陛下教子以太宗爲法，公主事夫以獻穆爲法。”已而公主不安於李氏，詔瑋出知衛州，公主入居禁中，而瑋母楊歸其兄璋，散遣其家人。公言：“陛下追念章懿皇后，故使瑋尚主。今乃母子離析，家事流落，陛下獨無雨露之感，凄惻之心乎？瑋既責降，公主亦不得無罪。”上感悟，詔公主降封沂國，待李氏恩禮不衰。

判檢院，權判國子監，除知制誥。力辭至八九，改授天章閣待制，兼侍講，賜三品服，仍知諫院。上疏言：“經略安撫使以便宜從事，出於兵興權制，非永世法。及將相大臣典州者，多以貴倨自恃，凌忽轉運使，使不得舉職。朝廷務省事，專行姑息之政。至於胥吏喧嘩而逐御史中丞，輦官悖慢而退宰相，衛士凶逆而獄不窮奸澤加於舊，軍人詈三司使而法官以爲非犯階級，於用法有疑。其餘，一夫流言於道路，而爲之變法推恩者多矣，皆陵遲之漸，不可以不正。”

充媛董氏薨，追贈婉儀，又贈淑妃，輟朝成服，百官奉慰定謚行册禮，葬給鹵簿。公言：“董氏秩本微，病革之日，方拜充媛。古者婦人無謚，近制惟皇后有之。鹵簿本以賞軍功，未嘗施於婦人，惟唐平陽公主有舉兵佐高祖定天下之功，乃得給。至韋庶人始令妃主葬日，皆給鼓吹，非令典，不足法。”時有司新定後宫封贈法，皇后與妃皆贈三代。公言：“別嫌明微，妃不當與后同。袁盎引却慎夫人坐，正爲此耳。天聖親郊，太妃止贈二代，而况妃乎！”

知嘉祐八年貢舉。仁宗崩，英宗以哀毁致疾，慈聖光獻太后同聽政。公首上疏言：“章獻明肅太后，保佑先帝進賢退奸，有大功於趙氏，特以親用外戚小人，故負謗天下。今太后初攝大政，大臣忠厚如王曾，清純如張知白，剛正如魯宗道，質直如薛奎者，當信用之。鄙猥如馬季良、讒諂如羅崇勳者，當疏遠之，則天下服。”又上疏英宗，言：“漢宣帝爲昭帝后，終不追尊衛太子、史皇孫，光武起布衣，得天下，自以爲元帝后，亦不追尊鉅鹿都尉、南頓君，惟哀、安、桓、靈，皆自旁親入繼大統，追尊其父祖，天下非之，願以爲戒。”

時公所得仁宗遺賜珠、金，直百餘萬，率同列三上章，言：“國有大憂，中外窘乏，不可專用乾興故事。若遺賜不可辭，則宜許侍從以上進金錢，佐山陵費。”不許。公乃以所得珠爲諫院公使錢，金以遺其舅氏，義不藏於家。

英宗疾既平，皇太后還政。公上疏言：“治身莫先於孝，治國莫先於公。”其言切至，皆母子間人所難言者。時有司立法，皇太后有所取用，有司奏覆，得御寶乃供。公極論以爲不可，當直下合同司移所屬立供，如上所取已，乃具數奏太后，以防矯僞。

曹佾除使相，兩府皆遷。公言：“佾無功而得使相，陛下以慰母心耳。今兩府皆遷，無名。若以還政爲功，則宿衛將帥，内侍小臣，必有覬望。”已而都知任守忠等皆遷。公復争之，因論：“守忠大奸，陛下爲皇子，非守忠意，沮壞大策，離間百端，賴先帝不聽。及陛下嗣位，反復革面，交構兩宫，國之大賊，人之巨蠹，乞斬於都市以謝天下。”詔以守忠爲節度副使，蘄州安置，天下快之。

時有詔陝西刺民兵號義勇，公上疏極論其害，云：“康定、慶曆間籍陝西民爲鄉弓手，已而刺爲保捷指揮，民被其毒，兵終不可用。遇敵先北，正兵隨之，每致崩潰。縣官知其坐食無用，汰遣歸農，而惰游之人，不能復反南畝，强者爲盗，弱者轉死，父老至今流涕也。今義勇何以異此！”章六上，不從。乞罷諫官，不許。

王廣淵除直集賢院。公言：“廣淵奸邪不可近。昔漢景帝爲太子，召上左右飲，衛綰獨稱疾不行。及即位，待綰有加。周世宗鎮澶淵，張美爲三司吏，掌州之錢穀，世宗私有求假，美悉力應之。及即位,薄其爲人,不用。今廣淵當仁宗之世,私自結於陛下,豈忠臣哉！願黜之以厲天下。”

執政建言濮安懿王德盛位隆,宜有尊禮,詔太常禮院與兩制議。翰林學士王圭等相顧不敢先,公獨奮筆立議曰:“爲之後者爲之子,不敢復顧其私親。今日所以崇奉濮安懿王,典禮宜一準先朝封贈期親尊屬故事,高官大爵,極其尊榮。”議成,圭即敕吏,以公手稿爲案,至今存焉。

時中外訩訩,御史吕誨、傅堯俞、范純仁、吕大防、趙鼎、趙瞻等皆争之,相繼降黜。公上疏乞留之,不可。則乞與之皆貶。初,西戎遣使致祭,而延州指使高宜押伴,傲其使者,侮其國主。使者訴於朝,公與吕誨乞加宜罪,不從。明年西戎犯邊,殺略吏士,趙滋爲雄州,專以猛悍治邊,公亦論其不可。至是契丹之民,有捕魚界河、伐柳白溝之南者。朝廷以知雄州李中祐爲不材,選將代之。公言:“國家當戎狄附順時,好與之計較末節。及其桀驁,又從而姑息之。近者西戎之禍,生於高宜,北狄之隙,起於趙滋。朝廷方賢此二人,故邊臣皆以生事爲能。今若選將代中祐,則來者必以滋爲法,而以中佑爲戒,漸不可長。宜敕邊吏,疆埸細故,徐以文檄往反。若輕以矢刃相加者,坐之。”

京師大水,公上疏論三事,皆盡言無所隱諱。除龍圖閣直學士,判流内銓,改右諫議大夫,知治平四年貢舉。

神宗即位,首擢公爲翰林學士,公力辭,不許。上面諭公:“古之君子,或學而不文,或文而不學,惟董仲舒、揚雄兼之,卿有文學,何辭爲?”公曰:“臣不能爲四六。”上曰:“如兩漢制詔可也。”公曰:“本朝故事不可。”上曰:“卿能舉進士,取高等,而云不能四六,何也?”公趨出,上遣内臣至閤門,强公受告,拜而不受。趣公入謝,曰:“上坐以待公。”公入,至廷中。以告置公懷中,不得已乃受。

遂爲御史中丞。初,中丞王陶論宰相不押常朝班爲不臣,宰相不從,陶争之力,遂罷。公既繼之,言:“宰相不押班,細故也,陶言之過。然愛禮存羊,則不可已。自頃宰相權重,今陶復以言,宰相罷,則中丞不可復爲。臣願候宰相押班,然後就職。”上曰:“可。”陶既出知陳州,謝章詆宰相不已。執政議再貶陶,公言:“陶誠可罪,然陛下欲廣言路,屈已受陶,而宰相獨不能容乎?”乃已。

公上疏論修心之要三,曰仁、曰明、曰武。治國之要三,曰官人、曰信賞、曰必罰。其説甚備。且曰:“臣昔爲諫官,即以此六言獻仁宗,其後以獻英宗,今以獻陛下。平生力學所得,盡在是矣。”公在英宗時,與吕誨同論祖宗之制:“句當御藥院常用供奉官以下,至内殿崇班,則出。近歲居此位者,皆暗理官資,食其廩給,非祖宗本意。又故事,年未五十,不得爲内侍省押班,今除張茂則,止四十八,不可。”至是,又言之。因論高居簡奸邪,乞加遠竄。章五上,上爲盡罷寄資内臣,居簡亦補外。

未幾,復留陳承禮、劉有方二人,公復争之。又言:“近者王中正往陝西,知涇州,劉涣等諂事中正,而鄜延鈐轄吴舜臣,違失其意。已而涣等進擢,舜臣降黜,權歸中正,謗歸陛下。是去一居簡得一居簡。”上手詔問公所從知。公曰:“臣得之賓客,非一人言。事之有無,惟陛下知之。若無,臣不敢避妄言之罪。萬一有之,不可不察。”

詔用宫邸直省官郭昭選等四人爲閤門祗候。公言:“國初草創,天步尚艱,故即位之始,必以左右舊人爲腹心耳目,謂之隨龍,非平日法也。閤門祗候在文臣爲館職,豈可使厮役爲之?”

英宗山陵,公爲儀仗使,賜金五十兩,銀合三百兩。三上章辭，從之。

邊吏上言："西戎部將嵬名山，欲以横山之衆，取諒祚以降。"詔邊臣招納其衆。公上疏極論，以爲："名山之衆，未必能制諒祚。幸而勝之，滅一諒祚生一諒祚，何利之有？若其不勝，必引衆歸我，不知何以待之。臣恐朝廷不獨失信於諒祚，又將失信於名山矣。若名山餘衆尚多，還北不可，入南不受，窮無所歸，必將突據邊城以救其命，陛下獨不見侯景之事乎？"上不聽，遣將種諤發兵迎之，取綏州，費六十萬萬。西方用兵，蓋自是始矣。

兼翰林侍讀學士。登州有不成婚婦，謀殺其夫傷而不死者。吏疑問即承，知州事許遵讞之。有司當婦絞而詔貸之。遵上議，準律，因犯殺傷而自首者，得免所因之罪，婦當減三等，不當絞。詔公與王安石議之，安石是遵議。公言："謀殺猶故殺也，皆一事，不可分爲二。若謀爲所因與殺爲二，則故與殺亦可爲二耶？"自宰相文彦博以下，皆附公議。然卒用安石言，至今天下非之。

權知審官院。百官上尊號，公當答詔。上疏言："先帝親郊不受尊號，天下莫不稱頌，末年有建言者，國家與契丹有往來書信，彼有尊號而我獨無，以爲深耻。於是群臣復以非時上尊號。昔漢文帝時，單於自稱'天地所生日月所置匈奴大單于'，不聞文帝復爲大名以加之也。願陛下追用先帝本意，不受此名。"上大悦，手詔答公："非卿，朕不聞此言。善爲答詞，使中外曉然，知朕至誠，非欺衆邀名者。"遂終身不復受尊號。

執政以河朔災傷，國用不足，乞今歲親郊，兩府不賜金帛，送學士院取旨。公言："兩府所賜，以匹兩計止二萬，未足以救災，宜自文臣兩省武臣宗室刺史以上皆減半。"公與學士王珪、王安石同對。公言:“救災節用,宜自貴近始,可聽兩府辭賜。”安石曰:“常衮辭賜饌,時議以爲衮自知不能,當辭位不當辭禄,且國用不足,非當今之急務也。”公曰:“衮辭禄猶賢於持禄固位者,國用不足,真急務。安石言非是。”安石曰:“不足者,以未得善理財者故也。”公曰:“善理財者,不過頭會箕斂以盡民財。民窮爲盗,非國之福。”安石曰:“不然。善理財者,不加賦而上用足。”公曰:“天下安有此理?天地所生財貨百物,止有此數,不在民則在官。譬如雨澤,夏澇則秋旱。不加賦而上用足,不過設法陰奪民利,其害甚於加賦。此乃桑弘羊欺漢武帝之言,太史公書之,以見武帝不明耳。至其末年,盗賊蜂起,幾至於亂。若武帝不悔禍,昭帝不變法,則漢幾亡。”争議不已。王珪進曰:“救災節用,宜自貴近始,司馬光言是也。然所費無幾,恐傷國體,王安石言亦是。惟明主裁擇。”上曰:“朕意與光同。然姑以不允答之。”會安石當制,遂引常衮事責兩府,兩府亦不復辭。

兼史館修撰。上問公可爲諫官者,公薦吕誨,誨以天章閣待制知諫院。詔公與張茂則同相視二股河及土堤利害。公用都水監丞宋昌言策,乞於二股之西置土堤,約水東流。若東流日深,北流自淺,薪芻漸備,乃塞其北,放出御河、胡盧河下流,以紓恩、冀、深、瀛以西之患。時議者多不同,公於上前反復論難,甚苦,卒從之。後皆如公言,賜詔奬諭。

王安石始爲政,創立制置三司條例司,建爲青苗、助役、水利、均輸之政,置提舉官四十餘員,行其法於天下,謂之新法。公上疏,逆陳其利害,曰:“後當如是。”行之十餘年,無一不如公言者。天下傳誦,以公爲真宰相,雖田父野老,皆號公司馬相公,而婦人孺子,知其爲君實也。

邇英進讀,至蕭何、曹參事。公曰:“參不變何法,得守成之道。故孝惠、高後時，天下晏然，衣食滋殖。”上曰：“漢守蕭何之法，不變可乎？”公曰：“何獨漢也？使三代之君，常守禹、湯、文、武之法，雖至今存可也。武王克商，曰：‘乃反商政，政由舊。’然則雖周亦用商政也。《書》曰：‘無作聰明，亂舊章。’漢武帝用張湯言，取高帝法紛更之，盜賊半天下。元帝改宣帝之政，而漢始衰。由此言之，祖宗之法不可變也。”

後數日，吕惠卿進講。因言：“先王之法，有一年而變者，‘正月始和布法象魏’是也。有五年一變者，巡狩考制度是也。有三十年一變者，‘刑法世輕世重’是也。有百年不變者，父慈子孝兄友弟恭是也。前日光言非是，其意以諷朝廷，且譏臣爲條例司官耳。”

上問公：“惠卿言何如？”公曰：“布法象魏。布，舊法也，何名爲變？若四孟月朔屬民讀法，爲時變月變耶？諸侯有變禮易樂者，王巡狩則誅之，王不自變也。刑新國用輕典，亂國用重典，平國用中典，是爲世輕世重，非變也。且治天下，譬如居室，敝則修之，非大壞不更造也。大壞而更造，非得良匠美材不成。今二者皆無有，臣恐風雨之不庇也。公卿侍從皆在此，願陛下問之。三司使掌天下財，不才而黜可也，不可使兩府侵其事。今爲制置三司條例司，何也？宰相以道佐人主，安用例？苟用例而已，則胥吏足矣。今爲看詳中書條例司，何也？”惠卿不能對。則詆公曰：“光爲侍從何不言？言而不從何不去？”公作而答曰：“是臣之罪也。”上曰：“相與論是非耳，何至是！”

講畢，賜坐户外。將出，上命徙坐户内，左右皆避去。上曰：“朝廷每更一事，舉朝訩訩，何也？”王珪曰：“臣疏賤，在闕門之外，朝廷之事不能盡知。借使聞之道路，又不知其虚實也。”上曰：“聞則言之。”公曰：“青苗出息，平民爲之，尚能以蠶食下户，至饑寒流離，况縣官法度之威乎?”惠卿曰:“青苗法，願取則與之，不願不强也。”公曰:“愚民知取債之利，不知還債之害，非獨縣官不强，富民亦不强也。臣聞作法於凉，其弊猶貪。作法於貪，弊將若之何! 昔太宗平河東，立和糴法，時米斗十餘錢，草束八錢，民樂與官爲市。其後物貴而和糴不解，遂爲河東世世患。臣恐異日之青苗，猶河東之和糴也。”上曰:“陝西行之久矣，民不以爲病。”公曰:“臣陝西人也，見其病不見其利，朝廷初不許也。而有司尚能以病民，况立法許之乎?”上曰:“坐倉糴米何如?”坐者皆起曰:“不便。上已罷之，幸甚。”上曰:“未罷也。”公曰:“京師有七年之儲，而錢常乏。若坐倉錢益乏，米益陳，奈何?”惠卿曰:“坐倉得米百萬斛，則省東南百萬之漕，以其錢供京師，何患無錢?”公曰:“東南錢荒而米狼戾，今不糴米而漕錢，棄其有餘，取其所無，農末皆病矣。”侍講吴申起曰:“光言至論也。”公曰:“此皆細事，不足煩人主，但當擇人而任之。有功則賞，有罪則罰，此則陛下職也。”上曰:“然。文王罔攸，兼於庶言，庶獄庶慎，惟有司之牧夫。”公趨出。上曰:“卿得無以惠卿之言不樂乎?”公曰:“不敢。”韓琦上疏論青苗之害，上感悟，欲罷其法。安石稱疾求去。

會拜公樞密副使，公上章力辭，至六七。曰:“上誠能罷制置條例司，追還提舉官，不行青苗、助役等法，雖不用臣，臣受賜多矣。不然，終不敢受命。”上遣人謂公:“樞密，兵事也，官各有職，不當以他事爲詞。”公言:“臣未受命，則猶侍從也，於事無不可言者。”安石起視事，青苗法卒不罷，公亦卒不受命。

則以書喻安石，三往反，開喻苦至，猶幸安石之聽而改也。且曰:“巧言令色鮮矣仁。彼忠信之士，於公當路時，雖齟齬可贈，後必徐得其力。諂諛之人，於今誠有順適之快，一旦失勢，必有賣公以自售者。"意謂吕惠卿。對賓客,輒指言之曰:"覆王氏者,必惠卿也。小人本以利合,勢傾利移,何所不至?"其後六年,而惠卿叛安石,上書告其罪,苟可以覆王氏者,靡不爲也。由是天下服公先知。公求補外,上猶欲用公,公不可。以端明殿學士出知永興軍。朝辭進對,猶乞免本路青苗、助役。

宣撫使下令,分義勇四番,欲以更戍邊。選諸軍驍勇,募閭里惡少爲奇兵,調民爲乾糧炒飯,雖内郡不被邊,皆修城池樓櫓如邊郡;且遣兵就糧長安、河中、邠,三輔騷然。公上疏,極言:"方凶歲,公私困弊,不可舉事。而永興一路城池樓櫓皆不急,乾糧炒飯昔嘗造,後無用腐棄之。宣撫司令,臣皆未敢從。若乏,軍興,臣坐之。"於是一路獨得免。頃之,詔移知許州,不赴,遂乞判西京留司御史臺以歸。自是絶口不論事。以祀明堂恩,加上柱國。

至熙寧七年,上以天下旱、蝗,詔求直言。公讀詔泣下,欲默不忍,乃復陳六事。一青苗,二免役,三市易,四邊事,五保甲,六水利,此尤病民者,宜先罷。又以書責宰相吴充:"天子仁聖如此,而公不言,何也?"元豐五年,公忽得語澀疾,自疑當中風,乃豫作遺表,大略如六事加詳盡,感慨親書,緘封置卧内。且死,當以授所善范純仁、范祖禹使上之。凡居洛十五年,再任留司御史臺,四任提舉崇福宫。官制行,改太中大夫加資政殿學士。

神宗崩,公赴闕臨。衛士見公入,皆以手加額,曰:"此司馬相公也。"民遮道呼曰:"公無歸洛,留相天子,活百姓。"所在數千人聚觀之。公懼,會放辭謝,遂徑歸洛。

太皇太后聞之,詰問主者,遣使勞公,問所當先者。公言:"近歲士大夫以言爲諱,閭閻愁苦於下,而上不知;明主憂勤於上,而下無所訴,此罪在群臣,而愚民無知,歸怨先帝。宜下詔首開言路。”從之。下詔榜朝堂,而當時有不欲者,於詔語中設六事以禁切言者曰:“若陰有所懷,犯非其分,或扇摇機事之重,或迎合已行之令,上以觀望朝廷之意以僥倖希進,下以眩惑流俗之情以干取虚譽,若此者,必罰無赦。”太皇太后封詔草以問公。公曰:“此非求諫,乃拒諫也。人臣惟不言,言則入六事矣。”時太府少卿宋彭年、水部員外郎王諤皆應詔言事,有欲借此二人以懲天下言者皆以非職而言,贖銅三十斤。公具論其情,且請改賜詔書,行之天下。從之。於是四方吏民,言新法不便者數千人。

公方草具所當行者,而太皇太后已有旨,散遣修京城役夫,罷減皇城内覘者,止御前工作,出近侍之無狀者三十餘人,戒敕中外無敢苛刻暴斂,廢導洛司物貨場,及民所養户馬寬保馬限,皆從中出,大臣不與。公上疏謝:“當今急務,陛下略已行之矣。小臣稽慢,罪當萬死。”詔除公知陳州,且過闕入見,使者勞問,相望於道。至則拜門下侍郎。公力辭,不許。數賜手詔:“先帝新棄天下,天子冲幼,此何時,而君辭位耶?”公不敢復辭,以覃恩遷通議大夫。

初,神宗皇帝以英偉絶人之資,勵精求治,凛凛乎漢宣帝、唐太宗之上矣。而宰相王安石用心過當,急於功利,小人得乘間而入,吕惠卿之流以此得志,後者慕之,争先相高,而天下病矣。先帝明聖,獨覺其非,出安石金陵,天下欣然,意法必變,雖安石亦自悔恨。其去而復用也,欲稍自改,而惠卿之流,恐法變身危,持之不肯改。然先帝終疑之,遂退安石,八年不復召,而惠卿亦再逐不用。元豐之末,天下多故。及二聖嗣位,民日夜引領以觀新政,而進説者以爲三年無改於父之道,欲稍損其甚者,毛舉數事以塞人言。公慨然争之曰:“先帝之法,其善者,雖百世不可變也。若安石、惠卿等所建,爲天下害非先帝本意者,改之,當如救焚拯溺,猶恐不及。昔漢文帝除肉刑,斬右趾者棄市,笞五百者多死。景帝元年即改之。武帝作鹽鐵、榷酤、均輸等法。昭帝罷之。唐代宗縱宦官,公求賂遺,置客省拘滯四方之人。德宗立未三月,罷之。德宗晚年爲宫市,五坊小兒暴横,鹽鐵使月進羨餘。順宗即位,罷之。當時悦服,後世稱頌,未有或非之者也,况太皇太后以母改子,非子改父。”衆議乃定。

公以爲:“治亂之機,在於用人。邪正一分,則消長之勢自定。每論事,必以人物爲先。凡所進退,皆天下所謂當然者,然後朝廷清明,人主始得聞天下利害之實。”遂罷保甲團教,依義勇法,歲一閲。保馬不復買,見在者還監牧給諸軍。廢市易法,所儲物皆鬻之,不取息,而民所欠錢皆除其息。京東鑄鐵錢,河北、江西、福建、湖南鹽及福建茶法,皆復其舊。獨川、陝茶,以邊用,未即罷,遣使相視,去其甚者。户部左右曹錢穀,皆領之尚書。凡昔之三司使事,有散隸五曹及寺監者,皆歸户部,使尚書周知其數,量入以爲出。於是天下釋然,曰:“此先帝本意也,非吾君之子,不能行吾君之意。”時獨免役、青苗、將官之法猶在,而西戎之議未決也。

山陵畢,遷公正議大夫。公自以不與顧命,不敢當,詔不許。元祐元年正月,公始得疾。詔公與尚書左丞吕公著朝會,與執政異班再拜而已,免舞蹈。公疾益甚,嘆曰:“四患未除,吾死不瞑目矣。”乃力疾上疏論免役五害,乞直降敕罷之,率用熙寧以前法。有未便,州縣監司節級以聞,爲一路一州一縣法。詔即日行之。又論西戎大略,以和戎爲便,用兵爲非。時異議者甚衆,公持之益堅。其後太師文彦博議與公合,衆不能奪。

又論將官之害，詔諸將兵皆隸州縣，軍政委守令通決之。又乞廢提舉常平司，以其事歸之轉運使及提點刑獄。公謂監司多新進少年，務爲刻急，天下病之，乞自太中大夫待制以上，於郡守中舉轉運使、提點刑獄，於通判中舉轉運判官。又以文學、德行、吏事、武略等爲十科，以求天下遺才，命文臣升朝以上，歲舉經明行修一人，以爲進士高選。皆從之。

拜左僕射。疾稍間，將起視事，詔免朝覲，許以肩輿，三日一入都堂或門下尚書省。公不敢當，曰："不見君，不可以視事。"詔公肩輿至内東門，子康扶入對小殿，且曰毋拜。公惶恐入對延和殿，再拜。遂罷青苗錢，專行常平糴糶法，以歲上中下熟爲三等，穀賤及下等則增價糴，貴及上等則減價糶，惟中等則否，及下等而不糴，及上等而不糶皆坐之。時二聖恭儉慈孝，視民如傷，虚己以聽公。公知無不爲，以身任天下之責。

數月復病，以九月丙辰朔，薨於西府，享年六十八。太皇太后聞之慟，上亦感涕不已。時方躬祀明堂，禮成不賀，二聖皆臨其喪，哭之哀甚，輟視朝三日。贈太師、温國公，襚以一品禮服，賻銀三千兩，絹四千匹，賜龍腦、水銀以斂。命户部侍郎趙瞻入内，内侍省押班馮宗道護其喪，歸葬夏縣，官其親族十人。

公忠信孝友，恭儉正直，出於天性。自少及老，語未嘗妄，其好學如饑渴之嗜飲食，於財利紛華，如惡惡臭，誠心自然，天下信之。退居於洛，往來陝郊，陝洛間皆化其德，師其學，法其儉，有不善，曰："君實得無知之乎！"博學無所不通，音樂、律曆、天文、書數，皆極其妙。晚節尤好禮，爲冠婚喪祭法，適古今之宜。不喜釋、老，曰："其微言不能出吾書，其誕吾不信。"不事生産，買第洛中，僅庇風雨。有田三頃，喪其夫人，質田以葬。惡衣菲食，以終其身。

自以遭遇聖明，言聽計從，欲以身徇天下，躬親庶務，不捨晝夜。賓客見其體羸，曰："諸葛孔明二十罰以上皆親之，以此致疾，公不可以不戒。"公曰："死生命也。"爲之益力。病革，諄諄不復自覺，如夢中語，然皆朝廷天下事也。既没，其家得遺奏八紙，上之，皆手劄論當世要務。京師民畫其像，刻印鬻之，家置一本，飲食必祝焉。四方皆遣人購之京師，時畫工有致富者。

有《文集》八十卷，《資治通鑑》三百二十四卷，《考異》三十卷，《歷年圖》七卷，《通曆》八十卷，《稽古録》二十卷，《本朝百官公卿表》六卷，《翰林詞草》三卷，《注古文孝經》一卷，《易説》三卷，《注繫辭》二卷，《注老子道德論》二卷，《集注太玄經》八卷，《大學中庸義》一卷，《集注揚子》十三卷，《文中子傳》一卷，《河外諮目》三卷，《書儀》八卷，《家範》四卷，《續詩話》一卷，《游山行記》十二卷，《醫問》七篇。

其文如金玉穀帛藥石也，必有適於用。無益之文，未嘗一語及之。初，公患歷代史繁重，學者不能綜，況於人主，遂約戰國至秦二世，如左氏體，爲《通志》八卷以進。英宗悦之，命公續其書，置局秘閣，以其素所賢者劉攽、劉恕、范祖禹爲屬官。凡十九年而成，起周威烈王訖五代，上下一千三百六十二載。其是非疑似之間，皆有辯論。一事而數説者，必考合異同而歸之一，作《考異》以志之。神宗尤重其書，以爲賢於荀悦，親爲制叙，賜名《資治通鑑》，詔邇英讀其書，賜潁邸舊書二千四百二卷。書成，拜資政殿學士，賜金帛甚厚。

娶張氏，禮部尚書存之女，封清河郡君，先公卒，追封温國夫人。子三人，童、唐皆早亡，康今爲秘書省校書郎。孫二人，植、桓，皆承務郎。

公歷事四朝，皆爲人主所敬。然神宗知公最深。公思有以報之，常摘孟子之言曰："責難於君謂之恭，陳善閉邪謂之敬，謂吾君不能謂之賊。"故雖議論違忤，而神宗識其意，待之愈厚。及拜資政殿學士，蓋有意復用公也。夫復用公者，豈徒然哉？將必行其所言。公亦識其意，故爲政之日，自信而不疑。嗚呼！若先帝可謂知人矣，其知之也深。公可謂不負所知矣，其報之也大。

軾從公游二十年，知公平生爲詳，故録其大者爲行狀。其餘，非天下所以治亂安危者，皆不載。謹狀。

蘇廷評行狀

公諱序，字仲先，眉州眉山人，其先蓋趙郡欒城人也。曾祖諱釿，祖諱祐，父諱杲，三世不仕，皆有隱德。自皇考行義好施，始有聞於鄉里，至公而益著，然皆自以爲不及其父祖矣。皇祖生於唐末，而卒於周顯德。是時王氏、孟氏相繼王蜀，皇祖終不肯仕。嘗以事游成都，有道士見之，屏語曰："少年有純德，非我莫知子。我能以藥變化百物。世方亂，可以此自全。"因以麵爲蠟。皇祖笑曰："吾不願學也。"道士曰："吾行天下，未嘗以此語人，自以爲至矣。子又能，不學，其過我遠甚。"遂去，不復見。

公幼疏達不羈。讀書，略知其大義，即棄去。謙而好施，急人患難，甚於爲己。衣食稍有餘，輒費用，或以予人立盡。以此窮困厄於飢寒者數矣，然終不悔。旋復有餘，則曰："吾固知此不能果困人也。"益不復愛惜。凶年鬻其田以濟飢者。既豐，人將償之，公曰："吾固自有以鬻之，非爾故也。"人不問知與不知，徑與歡笑造極，輸發府藏。小人或侮欺之，公卒不懲，人亦莫能測也。李順反，攻圍眉州。公年二十有二，日操兵乘城。會皇考病没，而賊圍愈急，居人相視涕泣，無復生意。而公獨治喪執禮，盡哀如平日。太夫人憂甚，公强施施解之曰："朝廷終不棄，蜀賊行破矣。"

慶曆中，始有詔州郡立學，士歡言朝廷且以此取人，争願效職學中。公笑曰："此好事，卿相以爲美觀耳。"戒子孫，無與人争入學。郡吏素暴苛，緣是大擾，公作詩並譏之。以子涣登朝，授大理評事。

慶曆七年五月十一日終於家，享年七十有五。以八年二月某日葬於眉山縣修文鄉安道里先塋之側。累贈職方員外郎。娶史氏夫人，先公十五年而卒，追封蓬萊縣太君。生三子。長曰淡，不仕，亦先公卒。次曰涣，以進士得官，所至有美稱。及去，人常思之，或以比漢循吏，終於都官郎中利州路提點刑獄。季則軾之先人諱洵，終於霸州文安縣主簿。涣嘗爲閬州，公往視其規畫措置良善，爲留數日。見其父老賢士大夫，閬人亦喜之。晚好爲詩，能自道，敏捷立成，不求甚工。有所欲言，一發於詩。比没，得數千首。女二人。長適杜垂裕，幼適石揚言。孫七人：位、份、不欺、不疑、不危、軾、轍。

聞之，自五代崩亂，蜀之學者衰少，又皆懷慕親戚鄉黨，不肯出仕。公始命其子涣就學，所以勸導成就者，無所不至。及涣以進士得官西歸，父老縱觀以爲榮，教其子孫者皆法蘇氏。自是眉之學者，日益至千餘人。然軾之先人少時獨不學，已壯，猶不知書。公未嘗問。或以爲言，公不答，久之，曰："吾兒當憂其不學耶？"既而，果自憤發力學，卒顯於世。

公之精識遠量，施於家、聞於鄉閭者如此。使少獲從事於世者，其功名豈少哉！不幸汩没，老死無聞於時。然古之賢人君子，亦有無功名而傳者，特以世有知之者耳。公之無傳，非獨其僻遠自放終身，亦其子孫不以告人之過也。故條録其始終行事大略，以告當世之君子。謹狀。

卷九十一
祭文四十一首

祭歐陽文忠公文

（**茅鹿門旁**）歐陽文忠公知子瞻[最深]，而子瞻爲此文以祭之，涕入九原矣。（**陳仁錫眉**）是公得意之人，是公得意之文。

嗚呼哀哉！（**吕留良夾**）爲天下慟。公之生於世，六十有六年。（**高啓眉**）起首句即入實事，見公死爲足悼。民有父母，國有蓍龜，斯文有傳，學者有師，君子有所恃而不恐，小人有所畏而不爲。譬如大川喬嶽，不見其運動，而功利之及於物者，蓋不可以數計而周知。（**吕留良夾**）世有公則如此。

今公之没也，赤子無所仰芘，朝廷無所稽疑，斯文化爲異端，而學者至於用夷。（**樓昉夾**）此説王介甫。君子以爲無爲爲善，而小人沛然自以爲得時。（**樓昉夾**）此説章子厚、吕惠卿輩，下得言語好。譬如深淵大澤，龍亡而虎逝，則變怪雜出，舞鰍鱔而號狐狸。（**高啓眉**）此下凡五轉，波洄曲折，一轉一淚。（**吕留良夾**）世無公則如此。昔其未用也，天下以爲病；（**樓昉夾**）倒説轉。而其既用也，則又以爲遲；及其釋位而去也，莫不冀其復用；至其請老而歸也，莫不惆悵失望；而猶庶幾於萬一者，幸公之未衰。（**樓昉夾**）看此數轉多少委曲而不亂。孰謂公無復有意於斯世也，奄一去而莫予追。豈厭世溷濁，絜身而逝乎？將民之無禄，而天莫之遺？

昔我先君，懷寳遁世，非公則莫能致。而不肖無狀，因緣出入，受教於門下者，十有六年於兹。（**高啓眉**）纔説到自己父子受恩上去。聞公之喪，義當匍匐往救，而懷禄不去，愧古人以忸怩。緘詞千里，以寓一哀而已矣。（**吕留良夾**）哭其私。蓋上以爲天下慟，而下以哭其私。（**高啓眉**）公私二意總收。嗚呼哀哉！

【彙評】

高啓：按歐陽公名重宋世，獨修《五代史》，不滿人口，有劉壯輿指其僞謬以示坡，坡曰："往歐公著此書時，荆公曾以任予，予辭不敢當。夫網羅數百年事以成一書，豈無小得失？予正畏如公者掇拾其後耳。"可見坡公亦未嘗掩其疵也。

鄭之惠：善用長句，是太白歌行體。

祁班孫：知己之感。

樓迂齋：模寫小人情狀，極其底藴，介甫門下觀之，能無怒乎？然歐陽之存亡，其關於否泰消長之運如此，非坡公筆力不能及也。

吕留良：只言世之不可無公，而天不慭遺，以致其哀悼之意，依仿《尼父誄》，其尊歐陽也至矣。今人爲之必將稱述道德功勳，何其佛頭著穢。

祭魏國韓令公文

天生元聖，必作之配。有神司之，不約而會。既生堯舜，禹稷自至。仁宗龍飛，公舉進士。妙齡秀發，秉筆入侍。公於是時，仲舒、賈誼。方將登庸，盜起西夏。四方騷然，帝用不赦。

授公鈇鉞，往督西旅。公於是時，方叔、召虎。入贊兵政，出殿大邦。恩威並行，春雨秋霜。兵練民安，四夷屈降。（**儲欣眉**）援引比方，公不一愧，豈非偉人。公於是時，臨淮、汾陽。帝在明堂，欲行王政。群後奏功，罔底于成。召自北方，付之樞衡。公於是時，蕭、曹、魏、邴。二帝山陵，天下悸惱。呼吸之間，有雷有風。有存有亡，有兵有戎。公於是時，伊尹、周公。功成而退，三鎮偃息。天下嗷然，曷日而復。畢公在外，心在王室。房公且死，征遼是恤。嗚呼哀哉！

六月甲寅。人之無禄，喪我宗臣。我有黎民，誰與教之？我有子孫，誰與保之？巍巍堂堂，寧復有之！公之云亡，我無日矣。慟哭涕流，何嗟及矣。昔我先子，没於東京。公爲二詩，以祖其行。文追典誥，論極皇王。公言一出，孰敢改評。施及不肖，待以國士。非我自知，公實見謂。父子昆弟，並出公門。公不責報，我豈懷恩。惟此涕泣，實哀斯人。有肉在俎，有酒在樽。公歸在天，寧聞我言。嗚呼哀哉！

祭柳子玉文

猗歟子玉，南國之秀。甚敏而文，聲發自幼。從横武庫，炳蔚文囿。獨以詩鳴，天錫雄咮。元輕白俗，郊寒島瘦。嘹然一吟，衆作卑陋。凡今卿相，伊昔朋舊。平視青雲，可到寧驟。孰云坎軻，白髮垂脰。才高絶俗，性疏來詬。謫居窮山，遂侶猩狖。夜衾不絮，朝甑絶餾。慨然懷歸，投棄纓綬。潛山之麓，往事神后。道味自飴，世芬莫嗅。凡世所欲，有避無就。謂當乘除，併畀之壽。云何不淑，命也誰咎？頃在錢塘，惠然我覯。相從半歲，日飲醇酎。朝游南屏，莫宿靈鷲。雪窗飢坐，清闋間奏。沙河夜歸,霜月如晝。綸巾鶴氅,驚笑吴婦。會合之難,如次組繡。翻然失去,覆水何救。維子耆老,名德俱茂。嗟我後來,匪友惟媾。子有令子,將大子後。頎然二孫,則謂我舅。念子永歸,涕如懸溜。歌此奠詩,一樽往侑。

祭單君貺文

嗚呼維君!篤孝自天。展如閔子,人莫間言。内齊於家,外敏於官。民謂父兄,吏莫容奸。信於朋友,人得其歡。博學工詩,數術精研。人涉其一,君有其全。壽考富貴,人誰不然。君獨何辜,所向奇偏。志不一遂,悵莫歸怨。念我孤甥,生逢百艱。既嬪於君,謂永百年。云何不吊,銜痛重泉。何以慰君,千里一樽。人生如夢,何促何延。厄窮何陋,宦達何妍。命也奈何,追配牛顔。嗚呼哀哉!

祭胡執中郎中文

胡君執中之靈。君少在蜀,從先府君。凡蜀之士,事賢友仁。我之知君,固不待見。從事於岐,始識君面。相從之歡,傾蓋百年。見其孺子,駒駿雛鵷。非罪失官,君則先去。我徂華州,見君逆旅。淫雨彌旬,道淖没車。他人爲泣,君樂有餘。其後七年,君掾計省。雖獲一笑,歡不逾頃。又復七年,我守北徐。君從其子,徐獄是書。雛鵷而翔,駒亦千里。惟我與君,宛其老矣。老人無徒,相見益親。凡昔在岐,今存幾人。謂君仁人,雖疾當壽。云何而然,命也難究。

嗚呼執中,人誰不死。如君之賢,不云止此。百煉之剛,日膾千牛。匣而不用,非我之羞。孺子肖君,世有令問。送君一觴,永歸無恨。

祭任鈐轄文

嗟君結髮,從事於兵。四十餘年,公侯干城。更嘗世故,練達物情。佐我治軍,既嚴且平。吏士肅然,時靡有爭。汴泗横流,郛堞圮傾。風埃霧露,奔走經營。輿疾而歸,猶莫敢寧。奄忽不救,聞者嘆驚。子孫如林,布褐藜羹。生知其勤,死知其清。酹觴告訣,與涕俱零。

祭歐陽仲純父文

(**李卓吾旁**)妙。

仲純父之靈,曰:嗚呼哀哉! 文忠公之盛德,子孫千億,與宋無極,人惟曰不足。仲純父之賢,壽考百年,一歲九遷,人惟曰當然。奈何官止於一命,壽不登四十。誰其尸之,百不償一。嗚呼哀哉,此不足云也!

仲純父之生也,不以進退得喪有望於人;豈其死也,乃以死生壽夭有責於神。人徒知其文章之世其家,操行之稱其門。而不知其志氣之豪健,議論之剛果,使之臨大事,立大節,不難於殺身以成仁。則夫造物者之挾其死生之權也,豈能病君也哉! 雖然,往者見君於潁水之上。去歲君來見我於國門之東。攜被夜語,達旦不窮。凡所以謀道憂世而教我以保身遠禍者,凛乎其有似於文忠。今也奄兮忽焉而不復見也,能不長號而屢慟乎？道之難行，蓋難其人。豈無其人，利害易之。(**李卓吾夾**)好，好。如仲純父不畏不慕，獨立不懼，則死及之。嗚呼哀哉！

祭王君錫丈人文

公之皇祖，孝著閭里。迨兹百年，世濟其美。少相弟長，老相慈誨。肅雍無間，施及娣姒。頎然四人，厥德罔二。軾始婚媾，公之猶子。允有令德，夭閼莫遂。惟公幼女，嗣執罍篚。恩厚義重，報宜有以。云何不淑，契闊生死。斂不拊棺，葬不親襚。豈不懷歸，眷此微仕。緘詞望哭，以致奠饋。惟此哀誠，一念千里。

祭文與可文

(**李卓吾眉**)凡祭誄直敘死者功德，便似贊頌了。此以悼念慟哭作起，最爲得法。

維元豐二年，歲次己未，□□□□朔，五日甲辰，從表弟朝奉郎、尚書祠部員外郎、直史館、權知徐州軍州事騎都尉蘇軾，謹以清酌庶羞之奠，致祭於故湖州文府君與可之靈曰：

嗚呼哀哉！與可能復飲此酒也夫？能復賦詩以自樂，鼓琴以自侑也夫？(**高啓夾**)起語凄惋。(**鍾惺夾**)淺語感傷。嗚呼哀哉！余尚忍言之。氣噎悒而填胸，淚疾下而淋衣。忽收淚以自問，非夫人之爲慟而誰爲乎！道之不行，哀我無徒。豈無友朋，逝莫告余。惟余與可，匪亟匪徐。招之不來，麾之不去。不可得而親，其可得而疏之耶？

嗚呼哀哉！孰能惇德秉義如與可之和而正乎？孰能養民厚俗如與可之寬而明乎？孰能爲詩與楚詞如與可之婉而清乎？孰能齊寵辱、忘得喪如與可之安而輕乎？（**李卓吾眉**）語語自肺腑中流出。

嗚呼哀哉！余聞赴之三日，夜不眠而坐喟。夢相從而驚覺，滿茵席之濡淚。念有生之歸盡，雖百年其必至。惟有文爲不朽，與有子爲不死。雖富貴壽考之人，未必皆有此二者也。然余嘗聞與可之言，是身如浮雲，無去無來，無亡無存。則夫所謂不朽與不死者，亦何足云乎？嗚呼哀哉！

【彙評】

鄭之惠：婉孌。

祭刁景純墓文

嗟我少君，四十二歲。君不我少，謂我昆弟。今我已老，鬢鬚蒼然。君之永歸，不爲無年。我獨何憾，過期而哭。人之云亡，哀此風俗。涉江而東，宛其山川。顧瞻萬松，蔚乎蒼芊。尚想松下，幅巾杖屨。迎我於門，抵掌笑語。豈其忽焉，斂兹一墳。俯仰空山，草木再春。平生故人，幾半天下。紛然日中，掉臂莫夜。我非至人，心有往來。斗酒隻雞，聊寫我哀。

祭張子野文

子野郎中張丈之靈，曰：仕而忘歸，人所共蔽。有志不果，日月其逝。惟余子野，歸及强鋭。優游故鄉，若復一世。遇人坦率，真古愷悌。龐然老成，又敏且藝。清詩絶俗，甚典而麗。搜研物情，刮發幽翳。微詞宛轉，蓋詩之裔。坐此而窮，鹽米不繼。嘯歌自得，有酒輒詣。我官于杭，始獲擁彗。歡欣忘年，脱略苛細。送我北歸，屈指默計。死生一訣，流涕挽袂。我來故國，實五周歲。不我少須，一病遽蜕。堂有遺像，室無留襞。人亡琴廢，帳空鶴唳。酹觴再拜，淚溢兩眥。

祭陳令舉文

嗚呼哀哉！天之生令舉，初若有意厚其學術，而多其才能，蓋已兼百人之器。既發之以科舉，又輔之以令名，使取重於天下者，若將畀之以位。而令舉亦能因天之所予而日新之，（**鍾惺夾**）妙。慨然將以身任天下之事。夫豈獨其自任，將世之士大夫，識與不識，莫不望其如是。是何一奮而不顧，以至於斥，一斥而不復，以至於死。

嗚呼哀哉！天之所付，爲偶然而無意耶？將亦有意，而人之所以周旋委曲輔成其天者不至耶？將天既生之以畀斯人，而人不用，故天復奪之而自使耶？不然，令舉之賢，何爲而不立，何立而不遂！使少見其毫末，而出其餘棄，必有驚世而絶類者矣。予與令舉别二年而令舉没，既没三年，而予乃始一哭其殯而吊其子也。嗚呼哀哉！

祭任師中文

年月日，眉陽陳慥、蘇軾，犍爲王齊愈、弟齊萬，黄州進士潘丙、古耕道致祭于故瀘州太守任大夫師中之靈曰：

允義大夫，維蜀之珍。《詩》之老成，《易》之丈人。去我十年，其德日新。庶一見之，遽没元身。惟慥與軾，匪友則親。自丙以降，昔惟州民。旅哭於庭，惻焉酸辛。禍福之來，孰知其因。自壽自夭，自屈自信。天莫爲之，矧凡鬼神。生榮死哀，自昔所難。持此令名，歸於九原。

祭堂兄子正文

弟軾謹以家饌昭告於故子正中舍大兄之靈：

昔我先伯父，内行飭修，閭里之師。不剛不柔，允武且文，喜愠莫窺。歷官十一，民到於今，涕泣懷思。遇其所立，仁仁者之勇，雷霆不移。篤生我兄，和優而毅，甚似不衰。與人之周，肅雍謹絜，喜見於眉。人各有心，酸鹹異嗜，丹素相訾。穆穆我兄，尊賢容衆，無適不宜。天若不僭，寶貴壽考，捨兄畀誰。云何不淑，而止於是，命也可疑。我遷于南，老與病會，歸耕無期。斂不撫棺，葬不執紼，永恨何追。瘖寐東山，兩塋相望，拱木參差。諸父父子，平生之好，相從歲時。兄死而同，我生而異，斯言孔悲千里一樽，兄實臨我，尚醻勿辭。嗚呼哀哉，尚饗！

黄州再祭文與可文

從表弟蘇軾，昭告於亡友湖州府君與可學士文兄之靈：

嗚呼哀哉！我官於岐，實始識君。甚口秀眉，忠信而文。志氣方剛，談詞如雲。一别五年，君譽日聞。道德爲膏，以自濯熏。藝學之多，蔚如秋蕡。脱口成章，粲莫可耘。馳騁百家，錯落紛紜。使我羞嘆，筆硯爲焚。再見京師，默無所云。杳兮清深,落其華芬。昔蓺我黍,今熟其饋。啜漓歌呼,得淳而醺。天力自然,不施膠筋。坐了萬事,氣回三軍。笑我皇皇,獨違垢紛。俯仰三州,眷戀桑枌。仁施草木,信及麏麇。昂然來歸,獨立無群。俯焉復去,初無戚欣。大哉死生,悽愴焄蒿。君没談笑,大鈞徒勤。喪之西歸,我竄江濆。何以薦君,采江之芹。相彼日月,有朝必曛。我在茫茫,凡幾合分。盡此一觴,歸安於墳。嗚呼哀哉!

【彙評】

高啓:前文出於聞訃,其痛深,故慟哭勝;此文發於再祭,其思切,故叙述多。

鄭之惠:峭類韓非,達同莊叟。

祭徐君猷文

故黄州太守朝請徐公君猷之靈:

惟公蚤厭綺紈,富以三冬之學;晚分符竹,藹然兩郡之聲。家世名臣,始終循吏。追繼襄陽之耆舊,綽有建安之風流。無鬼高談,常傾滿坐。有功陰德,何止一人。軾頃以蠢愚,自貽放逐。妻孥之所竊笑,親友幾於絶交。争席滿前,無復十漿而五饋;中流獲濟,實賴一壺之千金。曾報德之未皇,已興哀於永訣。平生仿佛,尚陳中聖之觴;厚夜渺茫,徒挂初心之劍。拊棺一慟,嗚呼哀哉!

【彙評】

鄭之惠:是四六體。

祭陳君式文

故致政大夫君式之靈：

猗歟大夫，匪直也人。矯然不隨，以屈莫信。大夫安之，有命在天。十年躬耕，以娛其親。親亡泣血，幾以喪明。免喪復仕，哀哉爲貧。從政於黄，急吏緩民。食黄之薇，飲其水泉。我以重罪，竄于江濱。親舊擯疏，我亦自憎。君獨顧交，日造我門。我不自愛，恐子垢紛。君笑絶纓，陋哉斯言。憂患之至，期與子均。示我數詩，蕭然絶塵。去黄而歸，即安丘園。澹然無求，抱潔没身。猗歟大夫，有死有生。如影之隨，如環之循。富貴貧賤，忽如浮雲。孰皆有子，如二子賢。千里一觴，侑以斯文。

祭蔡景繁文

嗚呼哀哉！子之爲人，清厲孤峻。經以仁義，緯以忠信。才兼百夫，斂以静順。子之事君，悃款傾盡。挺然不倚，視退如進。持其本心，不負堯舜。子之從政，果藝清慎。緩民急吏，不肅而震。紛紜滿前，理解迎刃。子之爲文，秀整明潤。工於造語，耻就餘餕。詩尤所長，鏘然玉振。壽以配德，天亦何吝。有如子賢，五十而隕。我遷於黄，衆所遠擯。惟子之故，不我籍轔。孰云此來，乃拊其櫬。萬生擾擾，寄此一瞬。富貴無能，俯仰埃燼。子有賢子，汗血之駿。幼亦頎然，穎發齠齔。天哀子窮，以是饋賮。我困于旅，愧莫子賑。歌此奠詩，以和虞殯。嗚呼哀哉！

祭歐陽伯和父文

嗚呼哀哉！文忠之子，譬之孔門，則其高弟。其材不同，而皆有得，公之一體。惟伯和父，得公之學，甚敏且藝。罔羅幽荒，掎摭遺逸，馳騁百世。有求則應，取之左右，不擇巨細。如漢伯喈，如晉茂先，餘子莫繼。公薨一紀，門人凋喪，我老又廢。退而講論，放失舊聞，日月其逝。欲操簡牘，從伯和父，解發疑蔽。今其亡矣，誰助我者，投筆掩袂。斯文日化，躡風系景，安所止戾。子獨確然，求之度數，繼以凡例。抱其孤學，將以安適，鑿不謀枘。歸從文忠，與仲純父，孰曰非計。而我何爲，寓詞千里，繼以泣涕。嗚呼哀哉！

祭石幼安文

嗟我去蜀，十有八年。夢還故鄉，親愛滿前。覺而無有，淚下迸泉。竄流江湖，只影自憐。聞人蜀音，回首粲然。矧如夫子，又戚且賢。憂樂同之，義不我捐。我行過宿，子病已纏。顧我而笑，自云少痊。念子仁人，壽骨隱顴。攜手同歸，相視華顛。孰云此來，拊膺號天。同驅並馳，俯仰而遷。行即此路，皇分後先。哀哉若人，令德世傳。才子文孫，森然比肩。天不吾欺，後將蟬聯。永歸無憾，舉我一簻。嗚呼哀哉！

祭司馬君實文

左僕射贈太師温公之靈：

嗚呼！百世一人，千載一時。惟時與人，鮮偶常奇。公事仁宗,百未一施。獨發大議,惟天我知。厚陵之初,先事而規。帝欲得民,一尊無私。母子之間,莫如孝慈。人所難言,我則易之。神宗知公,敬如蓍龜。專談仁義,輔以書詩。枉尺直尋,願公少卑。公曰天子,舜禹之資。我若言利,非天誰欺。退居於洛,四海是儀。化及豚魚,名聞乳兒。二聖見公,曰予得師。付以衡石,惟公所爲。公亦何爲,視民所宜。有莠則鋤,有疾則醫。問疾所生,師老民疲。和戎上策,决用無疑。此計一定,太平可基。譬如農夫,既辟既菑。投種未粒,矧獲而炊。賓客滿門,公以疾辭。不見十日,入哭其帷。天爲雨泣,路人垂洟。畫像於家,飲食必祠。矧我衆僚,左右疇諮。共載一舟,喪其楫維。終天之訣,寧復來思。歌此奠章,以侑一巵。嗚呼哀哉!

祭王宜甫文

故比部郎中贈光禄大夫王公宜甫親家翁之靈:

嗚呼宜父,篤厚寛中。德世其家,而位莫充。非不能充,知有天命。直己而行,不充何病。三公之子,所乏非財。風雨散之,如振浮埃。百年夢幻,其究何獲。不與皆亡,令名令德。公雖耆舊,我尚同時。不識其人,想見其姿。婚姻之好,義貫黄壤。有愧古人,不祖其往。往謂趙人,子孫其昌。蒔其墓檟,我言不忘。嗚呼哀哉!

祭范蜀公文

嗚呼!仁宗在位,四十二年。畦而種之,有得皆賢。既歷三世,悉爲名臣。今如晨星,存者幾人。孰如我公,碩大光明。

導日而升,燦焉長庚。死生契闊,公獨壽考。天實耆之,以殿諸老。二聖嗣位,仁義是施。公昔所言,略行無遺。維樂未和,公寢不寧。樂成而薨,公往則瞑。凡百君子,願公無極。胡不萬年,以重王國。責難之忠,愛莫助之。嗟我後來,誰復似之。吾先君子,秉德不耀。與公弟兄,一日之少。窮達不齊,歡則無間。豈以閭里,忠義則然。先君之終,公時在陳。宵夢告行,晨起赴聞。先友盡矣,我亦白髮。聞公之喪,方食哽噎。堂堂我公,豈其云亡。望公凜然,猶舉我觴。

祭黄幾道文

幾道大夫年兄之靈:

嗚呼幾道!孝友烝烝。人無間言,如閔與曾。天若成之,付以百能。超然驥德,風騫雲騰。入爲御史,以直自繩。身爲玉雪,不污青蠅。出按百城,不緩不絙。奸民惰吏,實畏靡憎。帝亦知之,因事屢稱。謀之左右,有問莫應。君聞不悛,與道降升。吾豈羽毛,爲人所膺。抱默以老,終然不矜。環堵蕭然,大布疏繒。妻子脱粟,玉食友朋。我還淮南,秋穀五登。坐閲百吏,錐刀相仍。有斐君子,傳車是乘。穆如春風,解此陰凌。尚有典刑,紫髯垂膺。魯無君子,斯人安承。納幣請昏,義均股肱。别我而東,衣袂僅勝。一卧永已,吾將安憑。壽夭在天,雖聖莫增。君趙魏老,老于薛滕。天亦愧之,其世必興。舉我一觴,歸安丘陵。

祭歐陽文忠公夫人文

嗚呼!文忠之薨,十有八年。士無所歸,而自賢。我是用懼,日登師門。既友諸子,入拜夫人。望之愀然,有穆其言。簡肅之肅,文忠之文。雖無老成,典刑則存。何以嗣之,使世不忘。諸子惟迨,好學而剛。夫人實使,兄弟吾孫。徼福文忠,及我先君。出守東南,往違其顔。病不能見,卒以訃聞。自斂及葬,饋奠莫親。匪愧於今,有靦昔人。寓詞千里,侑此一樽。尚饗。

祭大覺禪文

維年月日,具位蘇軾,謹以香茶蔬果,致奠故大覺禪師器之之靈:

於我省仁祖,威神在天。山陵之成,二十九年。當時遺老,存者幾人。矧如禪師,方外之臣。頌詩往來,月璧星珠。昭回之光,下燭海隅。昔本無生,今亦無滅。人懷照陵,涕泗哽噎。我在壯歲,屢親法筵。饋奠示別,豈免凄然。尚饗!

祭歐陽文忠公夫人文(潁州)

維元祐六年,歲次辛未,九月丙戌朔,從表侄具位蘇軾,謹以清酌肴果之奠,昭告於故太師兖國文忠公安康郡夫人之靈:

嗚呼!軾自齠齔,以學爲嬉。童子何知,謂公我師。晝誦其文,夜夢見之。十有五年,乃克見公。公爲拊掌,歡笑改容。此我輩人,餘子莫群。我老將休,付子斯文。再拜稽首,過矣公言。雖知其過,不敢不勉。契闊艱難,見公汝陰。多士方嘩,而我獨南。公曰子來,實獲我心。我所謂文,必與道俱。(**鍾惺夾**)何等地步。早而還,則非我徒。又拜稽首,有死無易。公雖云亡,言如皎日。

元祐之初,起自南遷。叔季在朝,如見公顔。入拜夫人,羅列諸孫。敢以中子,請婚叔氏。夫人曰然,師友之義。凡二十年,再升公堂。深衣廟門,垂涕失聲。白髮蒼顔,復見潁人。潁人思公,曰此門生。雖無以報,不辱其門。清潁洋洋,東注於淮。我懷先生,豈有涯哉!尚饗!

【彙評】

儲欣:真至。

祭張文定公文三首

其一

維元祐六年,歲次辛未,十二月乙卯朔,八日壬戌,門生龍圖閣學士、左朝奉郎、知潁州軍州事兼管内勸農使輕車都尉賜紫金魚袋蘇軾,謹以清酌庶羞之奠,昭告于故太子太保樂全先生張公之靈:

嗚呼!道大如天,見存乎人。小智自私,莫識其真。公生而悟,得其全淳。久乃妙物,凛然疑神。初如龍鳳,不可擾馴。游于帝郊,尚以其仁。可望可見,而不可親。師心而行,自屈自信。八十五年,以没元身。

我先大夫,古之天民。被褐懷寶,陸沉峨岷。公曰惜哉,王國之珍。此太史公,筆回千鈞。獨置一榻,不延餘賓。時我兄弟,尚未冠紳。得交於公,先子是因。我晚聞道,困於垢塵。每從公談,棄故服新。頃獨怪公,倒廪傾囷。盡發其秘,有懷畢陳。曰再見子,恐無復辰。出户遲遲,默焉銜辛。穆穆昭陵,二三元臣。惟公終始，高節邁倫。一慟永已，山摧川堙。公視富貴，如賤與貧。公視生死，如夕與晨。老不惰偷，疾不嚬呻。有化非亡，有隱非淪。我獨何爲，涕流於巾。

其　二

軾於天下，未嘗誌墓。獨銘五人，皆盛德故。偉歟我公，實浮於聲。知公者天，寧俟此銘。今公永歸，我留淮海。寓辭千里，濡袂有漼。

其　三

我游門下，三十八年，如俯仰中。十五年間，六過南都，而五見公。升堂入室，問道學禮，靡求不供。有契于心，如水傾海，如橐鼓風。風水之合，豈特無異，將初無同。孰云此來，慟哭不聞，高堂莫空。斂不拊棺，葬不執紼，我愧於胸。公知我深，我豈不知，公之所從。生不求人，没不求天，自與天通。天不吾欺，壽考之餘，報施亦豐。一子四孫，鸞鵠在庭，以華其終。自我先子，逮今三世，爲好無窮。以我此心，與此一觴，達於幽宫。

祭龍井辯才文

（**高啓眉**）論釋必以儒起，自是子瞻占地步處。○立議起是祭文變格。

嗚呼！孔老異門，儒釋分宫。又於其間，禪律相攻。我見大海，有北南東。江河雖殊，其至則同。（**馮夢禎眉**）好調停法。

雖大法師，自戒定通。律無持破，垢净皆空。講無辯訥，事理皆融。如不動山，如常撞鐘。如一月水，如萬竅風。八十一年，生雖有終。遇物而應，施則無窮。（**高啓眉**）信筆寫來，悽楚欲絶。我初適吳，尚見五公。講有辯、臻，禪有璉、嵩。後二十年，獨餘此翁。今又往矣，後生誰宗？道俗欷歔，山澤改容。誰持一杯，往吊井龍？我去杭時，白叟黄童。要我復來，已許於中。山無此老，去將安從。噫參寥子，往奠必躬。豈無他人，莫寫我胸。（**高啓眉**）收語情真。

【彙評】

李卓吾：釋空之教生非所戀，坡老不説辨才示滅足痛，只説後生靡宗，讀者當識得此意。

鄭之惠：説法。

陳天定：前説理，後説情，筆如雲流。

祭亡妻同安郡君文

維元祐八年，歲次癸酉，八月丙午朔，初二日丁未，具位蘇軾，謹以家饌酒果，致奠于亡妻同安郡君王氏二十七娘之靈：

嗚呼！昔通義君，没不待年。嗣爲兄弟，莫如君賢。婦職既修，母儀甚敦。三子如一，愛出於天。從我南行，菽水欣然。湯沐兩郡，喜不見顔。我曰歸哉，行返丘園。曾不少須，棄我而先。孰迎我門，孰饋我田。已矣奈何，淚盡目乾。旅殯國門，我實少恩。惟有同穴，尚蹈此言。嗚呼哀哉！

祭韓忠獻公文

維元祐八年，歲次癸酉，十一月初一日乙亥，端明殿學士兼翰林侍讀學士、左朝奉郎、定州路安撫使兼馬步軍都總管知定州軍州事、上輕車都尉賜紫金魚袋蘇軾，謹以清酌庶羞之奠，昭告于魏國忠獻公之靈：

嗚呼！我生雖晚，尚及昔人。堂堂魏公，河嶽之神。四十餘年，其德日新。鐘鼎有盡，竹帛莫陳。惟其大節，蔽以一言。忠以事君，允也上臣。我與弟轍，來自峨岷。公網羅之，若獲鳳麟。契闊艱難，手書見存。勿以大匠，笑彼汗顔。援手拯溺，期我於仁。豈知無用，既老益頑。意廣才疏，將歸丘園。上未忍棄，畀之中山。公治此邦，没食其民。我獨何幸，敬踐後塵。公惟人傑，而不自賢。堂名閲古，以古律身。况我小生，罕見寡聞。敢不師公，治民與軍。雖無以報，不辱其門。

大行太皇太后靈駕發引文(定州)

因山告成，同軌畢至。玉衣永閟，風馭莫追。萬國山河，尚憑於坤載；四方老稚，遽失於母慈。欲强名言，難形德化。積此九年之澤，輔成百世之安。乃眷中山，控臨朔野。華戎異服，涕慕同聲。目斷東朝，永絶簾帷之望；神馳西洛，想聞笳鼓之音。臣等各守邊垂，莫親饋奠。徒因僚吏，以致攀號。

祭滕大夫母楊夫人文

維元祐九年，歲次甲戌，三月壬申朔，端明殿學士兼翰林侍讀學士、左朝奉郎、知定州軍州事蘇軾，謹以清酌庶羞之奠，昭告於近故長安縣太君楊氏之靈：

嗚呼！士盛慶曆，如漢武、宣。用兵西方，故西多賢。惟時滕公，實顯於西。文武殿邦，尹、范是齊。功名不終，有命有義。我時童子，知爲公喟。四十餘年，墓木十圍。乃識其子，傾蓋不疑。忠厚且文，前人是似。秉心平反，慈訓則爾。仰止德人，如岡如陵。升堂而拜，我愧未能。豈其微疾，一慟永已。胡不百年，以慰其子。壽禄在天，考終非亡。鵲巢之應，子孫其昌。

惠州祭枯骨文

爾等暴骨于野，莫知何年。非兵則民，皆吾赤子。恭惟朝廷法令，有掩骼之文；監司舉行，無吝財之意。是用一新此宅，永安厥居。所恨犬豕傷殘，螻蟻穿穴。但爲藁家，罕致全軀。幸雜居而靡争，義同兄弟；或解脱而無戀，超生人天。（**鍾惺夾**）忽發妙理。

【彙評】

陳天定：大名理，大體裁。

祭亡妹德化縣君文

嗚呼！宫傅之孫，十有六人。契闊死生，四人僅存。維我令妹，慈孝温文。事姑如母，敬夫如賓。玉立二甥，實華我門。一秀不實，何辜於神。謂當百年，觀此騰振。云何俯仰，一嚬再呻。救藥靡及，奄爲空雲。萬里海涯，百日赴聞。拊棺何在，夢淚濡茵。長號北風,寓此一樽。

祭柳仲遠文二首

其一

嗚呼哀哉!我生多故,愈老愈艱。親朋幾人,日化日遷。逝者如風,訃來逾年。一慟海徼,摧胸破肝。痛我令妹,天獨與賢。德如召南,壽甫見孫。矧我仲遠,孝友恭温。天若成之,從政有聞。富以學術,又昌以言。久而不試,理豈其然。崎嶇有求,凡以爲親。雖不負米,實勞且勤。知止於此,不如歸閑。哀我孤甥,孝如閔、顔。銜痛遠訴,誰撫誰存。逝者已矣,存者何冤。慎勿致毁,以全汝門。以慰我仲遠永歸之魂。嗚呼哀哉!

其二

我厄于南,天降罪疾。方之古人,百死有溢。天不我亡,亡其朋戚。如柳氏妹,夫婦連璧。云何兩逝,不憖遺一。我歸自南,宿草再易。哭墮其目,泉壤咫尺。閎也有立,氣貫金石。我窮且老,似舅何益。易其墓側,可置萬室。天定勝人,此語其必。

祭吴子野文

朝奉郎、提舉成都府玉局觀蘇軾謹以清酌庶羞之奠,告於故吴子野遠游先生之靈:

嗚呼子野!道與世違。寂默自求,闔門垂幃。兀爾坐忘,有似子微。或似壺子,杜氣發機。遍交公卿,靡所求希。急人緩己,忘其渴飢。道路爲家,惟義是歸。卒老於行,終不自非。

送我北還,中道弊衣。有疾不藥,但却甘肥。問以後事,一笑而麾。飄然脱去,雲散露晞。我獨何爲,感嘆歔欷。一酹告訣,逝舟東飛。

徐州祭枯骨文

嗟爾亡者,昔惟何人。兵耶、氓耶?誰其子孫?雖不可知,孰非吾民。暴骨纍纍,見之酸辛。爲卜廣宅,陶穴寬温。相從歸安,各反其真。

哀詞六首

李仲蒙哀詞

河南李君仲蒙,以司封郎直史館爲記室岐王府,熙寧二年七月丙戌,終於京師。家貧,喪不時舉。其僚相與賻之,既斂而歸。十月丙申,葬于緱氏柏崥山西。其孤籲使來告軾。曰:嗚呼!吾先君友人也。哭之其可無詞!昔吾先君始仕于太常,君以博士朝夕往來相好。先君於人少所與,獨稱君爲長者。君爲人敦樸愷悌,學博而通,長於毛氏《詩》、司馬氏《史》。善與人交,雖見犯不報。嘗有與君爲姻者,無故決去,聞者爲之不平,君恬不以爲意。先君以是稱其難。始舉進士甲科,爲亳、潤、邠三郡職官,後爲應天府録曹。勤力趨事,長吏有不喜者,欲以事困之而不能。既爲博士,議禮,據正不屈。晚入岐府,以經術輔導，篤實不阿，其言多驗於後。君諱育，其先河内人。自高祖徙於緱氏。没時年五十。

辭曰：中心樂易，氣淑均兮。内外純一，言可信兮。無怨無惡，善友人兮。學詩達禮，敏而文兮。翱翔王藩，仕弗振兮。宜壽黄耇，隕中身兮。兩不一獲，歸怨神兮。我懷先君，涕酸辛兮。顧嗟衆人，誕失真兮。矯矯犖犖，自貴珍兮。欺世幻俗，内弗安兮。久而不堪，厭則遁兮。惑者不解，明者哂兮。嗟卒不悟，惟彼賢兮。渾樸簡易，棄弗申兮。往者不還，我思君兮。

錢君倚哀詞

大江之南兮，震澤之北。吾行四方而無歸兮，逝將此焉止息。豈其土之不足食兮，將其人之難偶。非有食無人之爲病兮，吾何適而不可。獨裴回而不去兮，眷此邦之多君子。有美一人兮，瞭然而清，頎然而瘦。亮直多聞兮，古之益友。帶規矩而蹈繩墨兮，佩芝蘭而服明月。載而之世之人兮，世捍堅而不答。雖不答其何喪兮，超彷徉而自得。吾將觀子之進退以自卜兮，相行止以效清濁。子奄忽而不返兮，世混混吾焉則？升空堂而挹遺像兮，吊凝塵于几席。苟律我者之信亡兮，吾居此其何益。行彷徨而無徒兮，悼捨此而奚向？豈存者之舉無其人兮，遼遼如晨星之相望。吾比年而三哭兮，堂堂皆國之英。苟處世之恃友兮，幾如是而吾不亡。臨大江而長嘆兮，吾不濟其有命。

傷春詞（並引）

去歲十二月，虞部郎吕君文甫喪其妻安氏，二月以書遺余曰："安氏甚美而有賢行，念之不忘，思有以爲不朽之托者，願求一言以吊之。”余悲其意，乃爲作《傷春詞》云。

佳人與歲皆逝兮，歲既復而不返。付新春于居者兮，獨安適而愈遠。晝昏昏其如醉兮，夜耿耿而不眠。居兀兀不自覺兮，紛過前之物變。雪霜盡而鳥鳴兮，陂塘泫其流暖。步荒園而訪遺迹兮，翳百草之生滿。風泛泛而微度兮，日遲遲而愈妍。眇飛絮之無窮兮，爛夭桃之欲然。燕嘵嘵而稚嬌兮，鳩觳觳其老怨。蝶群飛而相值兮，蜂抱蕊而更歡。善萬物之得時兮，痛伊人之罹此冤。衆族出而侶游兮，獨向壁而永嘆。淚熒熒而棲睫兮，花摇目而增眩。晝出門而不敢歸兮，畏空室之漫漫。忽入門而欲語兮，嗟猶意其今存。役魂魄於宵夢兮，追仿佛而無緣。訪臨邛之道士兮，從稠桑之老人。縱可得而復見兮，恐荒忽而非真。求余文以寫哀兮，余亦愴恨而不能言。夫既其身之不顧兮，尚安用於斯文。

【彙評】

王聖俞：凄其欲絶。

蘇世美哀詞

有美一人，長而髯兮。嶔歆歷落，進趨襜兮。達於從政，敏而廉兮。如求與由，藝果兼兮。魁然丈夫，色悍嚴兮。奮須抵几，走群孅兮。聞名見像，已癘痁兮。敬事友生，小心謙兮。誨養貧弱，語和甜兮。剛柔適中，畏愛僉兮。孤直無依，衆枉嫌兮。何辜於神，壽復殲兮。死無儋石，突不黔兮。孰爲故人，孰視恬兮。我竄於黄，歲將淹兮。於後八年，夢復覘兮。曰吾子鈞，甘齏鹽兮。冬月負薪，衣不縑兮。覺而長吁，涕流沾兮。永言告鈞，守窮潛兮。苦心危腸，自磨磏兮。天不吾欺，有速淹兮。豈若人子，老閶閻兮。生歡死忘，我言砭兮。

王大年哀詞

嘉祐末，予從事岐下。而太原王君諱彭，字大年，監府諸軍。居相鄰，日相從也。時太守陳公弼馭下嚴甚，威震旁郡，僚吏不敢仰視。君獨偘偘自若，未嘗降色詞，公弼亦敬焉。予始異之。問於知君者。皆曰："此故武寧軍節度使諱全斌之曾孫，而武勝軍節度觀察留後諱凱之子也。少時從父討賊甘陵，搏戰城下，所部斬七十餘級，手射殺二人，而奏功不賞。或勸君自言，君笑曰：'吾爲君父戰，豈爲賞哉？'"予聞而賢之，始與論交。君博學精練，書無所不通。尤喜予文，每爲出一篇，輒拊掌歡然終日。予始未知佛法，君爲言大略，皆推見至隱以自證耳，使人不疑。予之喜佛書，蓋自君發之。其後君爲將，日有聞，乞自試於邊，而韓魏公、文潞公皆以爲可用。先帝方欲盡其才，而君以病卒。其子讜，以文學議論有聞於世，亦從予游。予既悲君之不遇，而喜其有子。於其葬也，作相挽之詩以餞之。其詞曰：

君之爲將，允武且仁。甚似其父，而輔以文。君之爲士，涵詠書詩。議論慨然，其子似之。奔走四方，豪傑是友。没而無聞，朋友之咎。驥墮地走，虎生而斑。視其父子，以考我言。

鍾子翼哀詞(並引)

軾年始十二，先君宮師歸自江南，曰："吾南游至虔，有隱君子鍾君，與其弟概從吾游，同登馬祖岩，入天竺寺，觀樂天墨迹。吾不飲酒，君嘗置醴焉。”方是時，先君未爲時所知，旅游萬里，舍者常争席，而君獨知敬異之。其後五十有五年，軾自海南還，過贛上，訪先君遺迹，而故老皆無在者，君之没蓋三十有一年矣。見其子志仁、志行、志遠，相持而泣，念無以致其哀者，乃追作此詞。

君諱棐，字子翼，博學篤行，爲江南之秀。歐陽永叔、尹師魯、余安道、曾子固皆知之，然卒不遇以没。儂智高叛嶺南，聲摇江西。虔守曹觀，欲籍民財爲戰守備，謀之於君。君曰：“智高必不能過嶺。無事而籍民，民懼且走。”觀曰：“如緩急何？”君曰：“同舟遇風，胡越可使爲左右手，况吾民乎？不幸而至於急，則官與民爲一家，夫孰非吾財者，何以籍爲？”觀悟而止，虔人以安。(**陳仁錫眉**)此人可將。其詞曰：

崆峒摩天，章貢激石致兩確。高深相臨，悍堅相排洶嶽嶽。是故其民，勇而尚氣巧礱斫。而其君子，抗志礪節敏於學。矯矯鍾君，泳於德淵自澡濯。貧不怨天，困不求人老愈慤。嘉言一發，排難解紛已殘剥。吾先君子，南游萬里道阻邈。如金未熔，木未繩墨玉未琢。君於衆中，一見定交陳禮樂。曰子不飲，我醪甚甘釃此濁。覽觀江山，扣歷泉石步犖確。先君北歸，君老于虔望南朔。我來易世，池臺既平墓木幄。三子有立，移書問道過我數。我亦白首，感傷熏心隕涕渥。是身虚空，俯仰變滅過電雹。何以寓哀，追頌德人詔後覺。

卷九十二
解一首

易解(十八變而成)

四營爲一變,三變而一爻,六爻爲十八變也。三變之餘四數之,得九爲老陰,得六爲老陰,得七爲少陽,得八爲少陰。故乾之策二百一十有六,坤之策百四十有四,取老而言也。凡九六爲老,七八爲少,其説未之聞也。

或曰:陽極於九,其次則七也。極者爲老,其次爲少,則(陰)當老於十而少於八也。曰:陰不可加於陽,故十不用,十不用,猶當老於八而少於六也。則又曰:陽順而上,其成數極於九,陰逆而下,其成數極於六。自下而上,陰陽均也,稚於子午,而壯於己亥,始於復姤,而終於乾坤者,陰猶陽也,曷嘗有進陽而退陰與逆順之别乎?且夫自然間而制其予奪哉!

惟唐一行之學則不然。以爲《易》固言之矣,十有八變而成卦,八卦而小成,則十(有)八變之間有八卦焉,人莫之思也。變之初,有多少。其一變也,不五則九。其二與三也,不四則八。八與九爲多,五與四爲少。多少者,奇耦之象也。三變皆少,則乾之象也。乾所以爲老陽,而四數其餘得九,故以九名之。三變皆多,則坤之象也,坤所以爲老陰,而四數其餘得六,故以六名之。三變而少者一,則震坎艮之象也,震坎艮所以爲少陽,而四數其餘得七,故以七名之。三變而多者一,則巽離兑之象也,巽離兑所以爲少陰,而四數其餘得八,故以八名之。故七八九六者,因餘數以名陰陽,而陰陽之所以爲老少者,不在是而在乎三變間,八卦之象也。此唐一行之學也。

説七首

仁　説

孟子曰:“仁者如射,發而不中,反求諸身。”吾嘗學射矣,始也心志於中,目存乎鵠,手往從之,十發而九失,其一中者,幸也。有善射者,教吾反求諸身,手持權衡,足蹈規矩,四肢百體,皆有法焉。一法不修,一病隨之。病盡而法完,則心不期中,目不存鵠,十發十中矣。四肢百體,一不如法,差於此者,在毫釐之内,而失於彼者,在尋丈之外矣。故曰:孟子之所謂“仁者如射”,則孔子之所謂“克己復禮”也。君子之志於仁,盡力而求之,有不獲焉,退而求之身,莫若自克。自克而反於禮,一日足矣。何也?凡害於仁者盡也。害於仁者盡,則仁不可勝用矣。故曰:“非禮勿視,非禮勿聽,非禮勿言,非禮勿動。”一不如禮,在我者甚微,而民有不得其死者矣。非禮之害,其於殺不辜,不仁之禍,無大於此者也。

剛　説

（**茅鹿門旁**）公晚年歷世故多，故爲言如此。（**李卓吾旁**）最妙。

孔子曰："剛毅木訥，近仁。"又曰："巧言令色，鮮矣仁。"（**鍾惺眉**）相形處妙有情理。所好夫剛者，非好其剛也，好其仁也。所惡夫佞者，非惡其佞也，惡其不仁也。吾平生多難，常以身試之，（**鍾惺夾**）妙。凡免我於厄者，皆平日可畏人也；擠我於險者，皆異時可喜人也。（**鍾惺夾**）章子厚恐亦在其中。吾是以知剛者之必仁，佞者之必不仁也。

建中靖國之初，吾歸自海南，見故人，問存没，追論平生所見剛者，或不幸死矣。若孫君介夫諱立節者，真可謂剛者也。始吾弟子由爲條例司屬官，以議不合引去。王荆公謂君曰："吾條例司當得開敏如子者。"君笑曰："公言過矣，當求勝我者。若我輩人，則亦不肯爲條例司矣。"（**鍾惺夾**）寫出骨力。公不答，徑起入户，君亦趨出。

君爲鎮江軍書記，吾時通守錢塘，往來常、潤間，見君京口。方新法之初，監司皆新進少年，馭吏如束濕，不復以禮遇士大夫，而獨敬憚君，曰："是抗丞相不肯爲條例司者。"

謝麟經制溪洞事宜，州守王奇與蠻戰死，君爲桂州節度判官，被旨鞫吏士之有罪者。麟因收大小使臣十二人付君并按，且盡斬之。君持不可。麟以語侵君。君曰："獄當論情，吏當守法。（**茅鹿門眉**）名言。逗撓不進，諸將罪也，既伏其辜矣，餘人可盡戮乎！若必欲以非法斬人，則經制司自爲之，我何與焉！"麟奏君抗拒，君亦奏麟侵獄事。刑部定如君言，十二人皆不死，或以遷官。吾以是益知剛者之必仁也。不仁而能以一言活十二人於必死乎！（**鍾惺眉**）□□法吏不强項不能行其平恕即此意。

方孔子時，可謂多君子，而曰“未見剛者”，以明其難得如此。而世乃曰“太剛則折”。士患不剛耳，長養成就，猶恐不足，當憂其太剛而懼之以折耶！折不折，天也，非剛之罪。（**李卓吾夾**）妙，妙。（**鍾惺夾**）妙。爲此論者，鄙夫患失者也。（**鍾惺夾**）痛快。君平生可紀者甚多，獨書此二事遺其子䚮、勴，明剛者之必仁以信孔子之説。

【**彙評**】

鄭之惠：激論，却亦不易之理。

鍾惺：讀書深，涉世久，見事多，入理熟，境到意到，觸手成文。

稼　説（送張琥）

（**高啓眉**）雋利雅逸，讀其文可以想見其人。（**茅鹿門旁**）歸本於學有見。（**樓迂齋眉**）觀坡翁此説，豈以一世之盛名自居者哉？其朋友兄弟之相切磋如此，此所以名益盛而學益進也。

曷嘗觀於富人之稼乎？（**茅鹿門夾**）托物發端。其田美而多，其食足而有餘。（**高啓夾**）暗指有養之士。其田美而多，則可以更休，而地方得完。其食足而有餘，則種之常不後時，而斂之常及其熟。故富人之稼常美，少秕而多實，久藏而不腐。今吾十口之家，而共百畝之田。（**高啓夾**）暗指無養之士。寸寸而取之，日夜以望之，鋤耰銍艾，相尋於其上者如魚鱗，而地力竭矣。種之常不及時，而斂之常不待其熟，此豈能復有美稼哉？

古之人，其才非有以大過今之人也，其平居所以自養而不敢輕用以待其成者,閔閔焉如嬰兒之望長也。弱者養之以至於剛,虛者養之以至於充。(**高啓夾**)應第一段。三十而後仕,五十而後爵,信於久屈之中,而用於至足之後;流於既溢之餘,而發於持滿之末,此古之人所以大過人,而今之君子所以不及也。吾少也有志於學,不幸而早得與吾子同年,吾子之得亦不可謂不早也。吾今雖欲自以爲不足,而衆且妄推之矣。(**鍾惺夾**)真痛癢。(**高啓夾**)應第二段。嗚呼,吾子其去此而務學也哉!博觀而約取,厚積而薄發,吾告子止於此矣。(**高啓眉**)"博取"兩語真名言,且關鍵得密。

子歸過京師而問焉,有曰轍子由者,吾弟也,其亦以是語之。(**鍾惺夾**)澹甚。

【彙評】

宋濂:首截托物發端,看後截議論自見,措語有斟酌。○末段收掉,東坡自表其相愛之情,無異待弟子由,見得告吾子者此言,告吾弟者亦此言也。

鍾惺:厚道之文。

文與可字説

鄉人皆好之,何如?曰:"未可也。""鄉人皆惡之,何如?"曰:"未可也。不如鄉人之善者好之,其不善者惡之。""善者好之,不善者惡之,足以爲君子乎?"(**鍾惺夾**)窮理之言。曰:"未也。孔子爲問者言也,以爲賢於所問者而已。(**鍾惺夾**)妙。君子之居鄉也,善者以勸,不善者以耻,夫何惡之有?君子不惡人,亦不惡於人。子夏之於人也,可者與之,其不可者拒之。子張曰:'君子尊賢而容衆。嘉善而矜不能。'我之大賢歟，于人何所不容？我之不賢歟，人將拒我，如之何其拒人也。子張之意，豈不曰與其可者，而其不可者自遠乎？""使不可者而果遠也，則其爲拒也甚矣，而子張何惡於拒也？"曰："惡其有意於拒也。""夫苟有意於拒，則天下相率而去之，吾誰與居？然則孔子之於孺悲也，非拒歟？"曰："孔子以不屑教誨爲教誨者也，非拒也。夫苟無意於拒，則可者與之，雖孔子、子張皆然。"

吾友文君名同，字與可。或曰："爲子夏者歟？"曰："非也。取其與，不取其拒，爲子張者也。"與可之爲人也，守道而忘勢，行義而忘利，修德而忘名，與爲不義，雖禄之千乘不顧也。雖然，未嘗有惡於人，人亦莫之惡也。故曰：與可爲子張者也。

【彙評】

鍾惺：無此一段，便是鄉愿，此文字有分兩處。

楊薦字説

楊君以其所名薦，請字於余。余字之尊，已而告之曰：

古之君子，佩玉而服韍，戴冕而垂旒，一獻之禮，賓主百拜，俯僂而後食。夫所爲飲食者，爲飽也；所爲衣服者，爲暖也。若直曰飽暖而已，則夫古之君子，其無乃爲紛紛而無益，迂闊而過當耶？蓋君子小人之分，生於足與不足之間。（**鍾惺夾**）深中。若是足以已矣，而必爲之節文。故其所以養其身者甚周，而其所以自居者甚高而可畏，凛乎其若處女之在閨也，兢兢乎其若懷千金之璧而行也。（**鍾惺夾**）深。夫是以不仁者不敢至於其墻，不義者不敢過其門。惟其所爲者，止於足以已矣之間，則人亦狎之而輕，加之以不義。（**鍾惺夾**）身世妙論。由此觀之，凡世之所謂紛紛而無益、迂闊而過當者，皆君子之所以自尊也。《易》曰："藉用白茅，無咎。"孔子曰："苟錯諸地而可矣。"藉之用茅，何咎之有？地非不足錯也，而必茅之爲藉，是君子之過以自尊也。予欲楊君之過以自尊，故因其名薦而取諸《易》以爲之字。

楊君有俊才，聰明果敢有過於人，而余獨憂其所以自愛重者不至而已矣。

【彙評】

鍾惺：不讀此等文，不知古來才人厚處及慎處。

張厚之忠甫字説

張厚之忠甫，樂全先生子也。美才而好學，信道而篤志，先生名之曰恕，而其客蘇軾子瞻和仲推先生之意，字之曰厚之，又曰忠甫。且告之曰：

事有近而用遠，言有約而義博者，渴必飲，飢必食，食必五穀，飲必水。此夫婦之愚所共知，而聖人之智所不能易也。一言而可以終身行之者，恕也。仁者得之而後仁，智者得之而後智。施于君臣父子夫婦朋友之間，無所適而不可，是飢渴飲食之道也。故曾子曰："夫子之道，忠恕而已矣。"而孔子亦曰："如有周公之才之美，使驕且吝，其餘不足觀也已。"夫驕且吝，豈非不恕而已乎？人而能恕也，雖孔子可庶幾；人而不能恕，雖周公不足觀也。先生之所以遺子者至矣，吾不能加豪末於此矣。然而曾子謂之忠恕，詩人謂之忠厚。以吾觀之，忠與恕與厚，是三言者，聖人之所謂一道也。或謂之穀，或謂之米，或謂之飯,此豈二物也哉? 然謂穀米謂米飯則不可。故吾願子貫三言而並佩之。將有爲也,將有言也,必反而求之曰:“吾未恕乎? 未厚乎? 未忠乎?”自反而恕矣,厚矣,忠矣,然後從之。此孔子、曾子、詩人之意也,先生之意也。

趙德麟字説

宋有天下百餘年,所與分天工治民事者,皆取之疏遠側微,而不私其親。故宗室之賢,未有以勳名聞者。神宗皇帝實始慨然,欲出其英才與天下共之,增立教養選舉之法,所以封植而琢磨之者甚備。行之二十年,而文武之器,彬彬稍見焉。

元祐六年,予自禁林出守汝南,始與越王之孫、華原公之子簽書君令畤游。得其爲人,博學而文,篤行而剛,信於爲道,而敏於爲政。予以爲有杞梓之用,瑚璉之貴,將必顯聞於天下,非特佳公子而已。昔漢武帝幸雍祠五畤,獲白麟以薦上帝,作《白麟之歌》,而司馬遷、班固書曰“獲一角獸,蓋麟云”。“蓋”之爲言疑之也。夫獸而一角,固麟矣,二子何疑焉? 豈求之武帝而未見所以致麟者歟? 漢有一汲黯,而武帝不能用,乃以白麟赤雁爲祥,二子非疑之,蓋陋之也。今先帝立法以出宗室之賢,而主上虚己盡下,求人如不及,四方之符瑞皆抑而不聞,此真獲麟者也。麟固不求獲,不幸而有是德與是形,此麟之所病也。今君學道觀妙,澹泊自守,以福貴爲浮雲,而文章議論,載其令名而馳之,既有麟之病矣,又可得逃乎? 敬字君德麟,而爲之説。

評史四十六首

堯不誅四凶

《史記·舜本紀》:"舜歸而言于帝,請流共工于幽陵,以變北狄;放驩兜于崇山,以變南蠻;遷三苗于三危,以變西戎;殛鯀于羽山,以變東夷。"太史公多見先秦古書,故其言時有可考,以正自漢以來儒者之失。四族者,若皆窮奸極惡,則必見誅於堯之世,不待舜而後誅,明矣。屈原有云:"鯀倖直以忘身。"則鯀蓋剛而犯上者耳。若四族者,誠皆小人也,則安能用之以變四夷之俗哉!由此觀之,則四族之誅,皆非誅死,亦不廢棄,但遷之遠方爲要荒之君長耳。如《左氏》之所言,皆後世流傳之過。若堯之世有大奸在朝而不能去,則堯不足爲堯矣。

伊尹五就桀

聖人之所能有絶人者,不可以常情疑其有無。孔子爲魯司寇,墮郈、墮費,三桓不疑其害己。非孔子,能之乎?伊尹去亳適夏,既醜有夏,復歸於亳。伊尹爲政于商,既貳于夏矣,以桀之暴戾,處其執政而不疑,往來兩國之間,而商人父師之。非聖人,能如是乎?是以廢太甲,太甲不怨,復其位,太甲不疑。皆不可以常情斷其有無也。後世惟諸葛亮近之。玄德將死之言,乃真實語也。使孔明據劉禪位,蜀人豈有異詞哉!讀柳宗元

《五就桀贊》,終篇皆言,伊尹往來兩國之間,豈其有意教誨桀而全其國耶? 不然,湯之當王也久矣,伊尹何疑焉! 桀能改過而免於誅,可庶幾也。能用伊尹而得志於天下,雖至愚知其不然矣,宗元意欲以此自解其從王叔文之罪也。

曾參曰唯

孔子曰:"參乎,吾道一以貫之。"曾子曰:"唯。"子出門,人問曰:"何謂也?"曰:"夫子之道,忠恕而已矣。"師弟子答問,未嘗不唯,而曾子之唯,獨記於《論語》。一唯之外,口耳俱喪,而門人方欲問其所謂,此繫風捕影之流,何足實告哉?

宰我不叛

李斯上書諫二世,其略曰:"田常爲簡公臣,布惠施德,下得百姓,上得群臣,陰取齊國,殺宰予於庭。"是宰予不從田常亂而滅其族。太史公載宰我爲臨淄大夫,與田常作亂,以夷其族,孔子耻之。李斯事荀卿,去孔子不遠,宜知其實。蓋傳者妄也。予嘗病太史公言宰我與田常作亂夷其族,使吾先師之門乃有叛臣焉。天下通祀者容叛臣其間,豈非千載不蠲之惑也耶?

近令兒子邁考閲舊書,究其所因,則宰我不叛,其驗甚明。太史公固陋承疑,使宰我負冤千載,而吾師與蒙其詬,自兹一洗,亦古今之大快也。

管仲分君謗

宋君奪民時以爲臺,而民非之,無忠臣以掩其過也。子罕釋相而爲司空,民非子罕而善其君。齊桓公宫中七市,女閭七百,國人非之,管仲故爲三歸之家,以掩桓公。此《戰國策》之言也。蘇子曰:管仲仁人也,《戰國策》之言,庶幾是乎!然世未有以爲然者也。雖然,管仲之愛其君亦陋矣,不諫其過,而務分謗焉。或曰:"管仲不可諫也。"蘇子曰:用之則行,捨之則藏。諫而不聽,不用而已矣。故孔子曰:"管仲之器小哉!"(**陳仁錫眉**)無出處是器小。

管仲無後

《左氏》云:"管仲之世祀也宜哉!"謂其有禮也。而管子之後不復見於齊者。予讀其書,大抵以魚鹽富齊耳。予然後知管子所以無後於齊者。孔子曰:"管仲相桓公,九合諸侯,一匡天下。微管仲,吾其被髮左衽矣。"又曰:"桓公九合諸侯,不以兵車,管仲之力也。如其仁!如其仁!"夫以孔子稱其仁,丘明稱其有禮,然不救其無後,利之不可與民争也如此。桑弘羊滅族,韋堅、王鉷、楊慎矜、王涯之徒,皆不免于禍,孔循誅死,有以也夫!

楚子玉以兵多敗

蔿賈論子玉,過三百乘必敗。而郤克自謂不如先大夫,請八百乘。將以用寡爲勝,抑以將多爲賢也?如淮陰侯言多多益辦,是用衆亦不易。古人以兵多敗者,不可勝數。如王尋、苻堅、哥舒翰者多矣。子玉剛而無禮,少與之兵,或能戒懼而不敗耶?

司馬穰苴

《史記》:"司馬穰苴,齊景公時人也。"其事至偉。而《左氏》不載,予嘗疑之。《戰國策》:"司馬穰苴,爲政者也,閔王殺之,大臣不親。"則其去景公也遠矣。太史公取《戰國策》作《史記》,當以《戰國策》爲信。凡《史記》所書大事,而《左氏》無有者,皆可疑。如程嬰、杵臼之類是也。(**錢夾**)至所謂屠岸賈者,抑子虛、亡是,可笑。穰苴之事不可誣,抑不在春秋之世,當更徐考之。

商君功罪

商君之法,使民務本力農,勇於公戰,怯於私鬥,食足兵强,以成帝業。然其民見刑而不見德,知利而不知義,卒以此亡。故帝秦者商君也,亡秦者亦商君也。其生有南面之福,既足以報其帝秦之功矣;而死有車裂之禍,蓋僅足以償其亡秦之罰。理勢自然,無足怪者。後之君子,有商君之罪,而無商君之功,饗商君之福,而未受其禍者,吾爲之懼矣。元豐三年九月十五日,讀《戰國策》書。

王翦用兵

善用兵者,破敵國,當如小兒毁齒,以漸摇撼,而後取之,雖小痛而能堪也。若不以漸,一拔而得齒,則取齒適足以殺兒。王翦以六十萬人取荆,此一拔取齒之道也。秦亦憊矣,二世而敗,坐此也夫!

孟嘗君賓禮狗盜

孟嘗君所賓禮者至於狗盜,皆以客禮食之,其取士亦陋矣。然微此二人,幾不脱於死。當是時,雖道德禮義之士,無所用之。然道德禮義之士,當救之於未危,亦無用此士也。

田單火牛

田單使人食必祭,以致烏鳶。又設爲神師。皆近兒戲,無益於事。蓋先以疑似置齊人心中,則夜見火牛龍文,足以駭動取一時之勝。此其本意也。

歷代世變

秦以暴虐,焚詩書而亡。漢興鑒其弊,必尚寬德,崇經術之士,故儒者多。雖未知聖人,然學宗經師,有識義理者衆。故王莽之亂,多守節之士。世祖繼起,不得不廢經術,褒尚名節之士。故東漢之士多名節,知名節而不能節之以禮,遂至於苦節。苦節之士,有視死如歸者。苦節既極,故晉、魏之士,變而爲曠蕩,尚浮虚而亡禮法,禮法既亡,與夷狄同。故五胡亂華,夷狄之亂已甚,必有英雄出而平之,故隋、唐混一天下。隋不可謂一天下,第能驅除耳。唐有天下,如貞觀、開元間,雖號治平,然亦有夷狄之風。三綱不正,無父子、君臣、夫婦,其原始于太宗也。故其後世子孫,皆不可使。玄宗纔使肅宗,便叛。肅宗纔使永王璘,便反。君不君,臣不臣,故藩鎮不賓,權臣跋扈,陵夷有五代之亂。漢之治過於唐矣,漢有綱正。

因客有問十世可知，遂推此數論。

秦穆公漢武帝

杞子自鄭使告于秦，曰："鄭人使我掌其北門之管，若潛師以來，國可得也。"穆公訪諸蹇叔。蹇叔曰："勞師以襲遠，非所聞也。師勞力竭，遠主備之，勤而無所，必有悖心，且行千里，其誰不知？"公辭焉。召孟明、西乞、白乙使出師於東門之外。蹇叔哭之，曰："孟子，吾見師之出而不見其入也。"公使謂之，曰："爾何知，中壽，爾墓之木拱矣。"蹇叔之子與師，哭而送之，曰："晉人禦師必於殽，殽有二陵焉，其南陵，夏后皋之墓也，其北陵，文王之所避風雨也。必死是間，吾收爾骨焉。"漢武帝違韓安國而用王恢，然卒殺恢。是有秦穆公違蹇叔之罪，而無用孟明之德也。

漢武帝巫蠱事

漢武帝諱巫蠱之事，疾如仇讎。蓋夫婦、君臣、父子之間，嗷嗷然不聊生矣。然《史記·封禪書》云："丁夫人、雒陽虞初等，以方祠詛匈奴、大宛。"己且爲巫蠱之魁，何以責其下？此最可笑云。

何苓之名説

羅浮道士何宗一以其猶子爲童子，狀貌肥黑矮小，嘗戲之曰：此羅浮茯苓精也。俗諺曰："下有茯苓，上生兔絲。"因名之曰苓之，字表絲。且祝老何善待之，壯長非庸物也。

穆生去楚王戊

楚元王敬禮穆生，每置酒，常爲穆生設醴。及王戊即位，常設，後忘設焉。穆生退，曰："可以逝矣。醴酒不設，王之意怠。楚人將鉗我於市。"稱疾卧。申公與白生强起之，曰："獨不念先王之德歟？今王一旦失小禮，何足至此。"穆生曰："君子見幾而作，不俟終日。先王所以禮吾三人者，爲道之存故也。今而忽之，是忘道也。忘道之人，胡可與久處？豈爲區區之禮哉！"遂謝病去。申公、白生獨留。王戊稍淫暴，與吴通謀，二人諫不聽，衣之赭衣，使杵臼舂於市。申公愧之，歸魯教授，不出門。已而趙綰、王臧言於武帝，復以安車蒲輪召，卒坐臧事，病免。死。穆生遠引於未萌之前，而申公眷戀於既悔之後。謂禍福皆天不可避就者，未必然也。可書之座右，爲士君子終身之戒。

酈寄幸免

班固有言："當孝文時，天下以酈寄爲賣友。夫賣友者，謂見利而忘義也。若寄父爲功臣而又執劫，摧吕禄，以安社稷，誼存君親可也。"予曰：當是時，寄不得不賣友也。罪在於寄以功臣子而與國賊游，且相厚善也。石碏之子厚與州吁游，碏禁之不從，卒殺之。君子無所譏，曰"大義滅親"。酈商之賢不及石碏，故寄得免於死，古之幸人也。而固又爲洗賣友之穢，固之於義陋矣。

司馬相如創開西南夷路

司馬長卿始以污行不齒於蜀人,既而以賦得幸天子,未能有所建明立絲毫之善以自贖也。而創開西南夷逢君之惡,以患苦其父母之邦,乃復矜其車服節旄之美,使邦君負弩先驅,豈得詩人致恭桑梓、萬石君父子下里門之義乎? 卓王孫暴富還虜也,故眩而喜耳。魯多君子,何喜之有!

司馬相如之諂死而不已

司馬相如歸臨邛,令王吉謬爲恭敬,日往朝相如,相如稱病,使從者謝吉。及卓氏爲具,相如又稱病不往。吉自往迎相如。觀吉意,欲與相如爲率錢之會耳。而相如遂竊妻以逃,大可笑。其《諭蜀父老》,云以諷天子。以今觀之,不獨不能諷,殆幾於勸矣。諂諛之意,死而不已,猶作《封禪書》。如相如,真可謂小人也哉!

竇嬰田蚡

竇嬰、田蚡俱好儒雅,推轂趙綰、王臧。迎魯申公,欲設明堂,令列侯就國,除關,以禮爲服制,欲以興太平。會(竇)太后不悦,綰、臧下吏,嬰、蚡皆罷。觀嬰、蚡所爲,其名亦善矣。然嬰既沾沾自喜,蚡又專爲奸利,太平豈可以文致力成哉? 申公始不能用穆生言,爲楚人所辱,亦可以少懲矣。晚乃爲嬰、蚡起,又可以一笑。鳳凰翔於千仞,烏鳶彈射不去,誠非虚語也。

王韓論兵

王恢與韓安國論擊匈奴上前,至三乃復。安國初持不可擊甚堅,後乃云:"意者有他謬巧,可以擒之,則臣不可知也。"(**陳仁錫眉**)持兩端。安國揣知上意所向,故自屈其議以信恢耳。不然,安國所論,殆天下所以存亡者,豈計於"謬巧"哉?安國少貶其論,兵連禍結,至漢幾亡,可以爲後世君子之戒。

霍光疏昌邑王之罪

觀昌邑王與張敞語,真風狂不慧者爾,烏能爲惡?廢則已矣,何至誅其從官二百餘人。以吾觀之,其中從官,必有謀光者,光知之,故立、廢賀,非專以淫亂故也。二百人方誅,號呼於市,曰:"當斷不斷,反受其亂。"此其有謀明矣。特其事秘密,無緣得之。著此者,亦欲後人微見其意也。武王數紂之罪,孔子猶且疑之。光等疏賀之惡,可盡信耶?

趙充國用心可重

始予觀充國策先零、匈奴情僞,曰:"何其明也。"又觀遣雕車行羌中告諭,阻辛武賢先攻罕、開,守便宜不出師。畫屯田十二利,專務以恩信積穀招降,以謂此從容以義用兵,與夫逞詐諼疲人於一戰者絶殊。最末,觀其語將校曰:"諸君皆便文自營爾,非爲公家忠計也。"語郎中曰:"是何言之不忠也?吾固以死守之。"語浩星賜曰:"吾老矣,豈嫌伐一時事以欺明主哉!老臣不以餘命爲陛下言之,卒死,誰當復言之?"卒以其意白上云。

嗚呼！使有位君子皆用其心如充國，則古今天下豈有不治者哉！嘗觀於内，公卿士大夫之議曰："法當然，奈何！"觀於外，將之議曰："詔如是，不當違詔也。"（**王聖俞夾**）宛似世情。凡在我，一入一出，未有止障也。脱有能言一事，其言不用，則矜語於人曰："某事吾嘗言之，上不我用也，我則無負。"終不更犯顔色，往復論也，况於以死守而不欺，豈復有哉！而以餘命受禄位者，併肩立也。豈特才不及充國，忠又不如，可嘆也。夫充國之用心，人臣常道爾。然與充國同時在漢廷人，未聞皆然，而充國獨然，故可重也。

噫！今之人，不及往時遠矣，則充國益可重也。（**王聖俞**）反覆感嘆，有味。予既觀充國而感今之人，又觀宣帝與之上下議論，而格排群疑用之，遂無勞兵下羌寇，不知其能功名，亦遇主然也。噫，宣帝、充國可重也，况三代君臣間哉！（**王聖俞夾**）又一感嘆。下不肯有欺上，上其容有間然乎？而觀揚子雲贊，不及此區區論功爾。功古今豈無大者哉？不若原其心以勵事君也。班固又不出語。山東氣俗，故著云爾。

【彙評】

王聖俞：後世事君者，不復有此一副心腸，誠然可嘆。其文章節奏特纏綿委曲，無限情致。

直不疑買金償亡

樂正子春曰："自吾母而不用吾情，吾安所用其情。"故不情者，君子之所甚惡也。雖若孝弟者，猶所不與。以德報怨，行之美者也。然孔子不取者，以其不情也。直不疑買金償亡，不辨盗嫂，亦士之高行矣。然非人情。其所以蒙垢受誣，非不求名也，求名之至者也。太史公窺見之，故其贊曰："塞侯微巧，周文處諂，君子譏之，爲其近於佞也。"不疑蒙垢以求名，周文穢迹以求利，均以爲佞。佞之爲言智也。太史公之論，後世莫曉者。吾是以疏解之。（**陳仁錫眉**）善讀《史記》。

揚雄言許由

巢、由不受堯禪，堯、舜不害爲至德。夷、齊不食周粟，湯、武不害爲至仁。孔子不廢是説，曰："武盡美矣，未盡善也。"揚雄者獨何人，乃敢廢此，曰："允哲堯禪舜之，重則不輕於由矣。"陋哉斯言！使夷、齊不經孔子，雄亦且廢之矣。世主誠知揖遜之水，尚污牛腹，則干戈之粟，豈能溷夷、齊之口哉？於此知聖人以位爲械，以天下爲牢，庶乎其不驕士矣！

西漢風俗諂媚

西漢風俗諂媚，不爲流俗所移，惟汲長孺耳。司馬遷至伉簡。然作《衛青傳》，不名青，但謂之大將軍；賈誼何等人也，而云愛幸於河南太守吴公。此等語甚可鄙，而遷不知，習俗使然也。本朝太宗時，士大夫亦有此風，至今未衰。吾嘗發策學士院，問兩漢所以亡者，難易相反，意在此也。而答者不能盡，吾亦嘗於上前論之。

邳彤漢之元臣

王郎反河北，獨鉅鹿、信都爲世祖堅守。世祖既得二郡，議者以謂可因二郡兵自送,還長安。惟邳彤不可,以爲,若行此策,“豈徒空失河北,必更驚動三輔。公若無復征戰之意,則雖信都之兵,猶難會也。何者?公既西,則邯鄲之兵,不肯捐父母、背城主而千里送公,其離散逃亡可必也。”世祖感其言而止。

蘇子曰:此東漢興亡之決,邳彤可謂漢之元臣也。景德契丹之役,群臣皆欲避狄江南、西蜀。萊公不可。武臣中獨高瓊與萊公意同耳。公既争之力,上曰:“卿文臣,豈能盡用兵之利?”萊公曰:“請召高瓊。”瓊至,乃言避狄爲便。公大驚,以瓊爲悔也。已而徐言,避狄固爲安全,但恐扈駕之士,中路逃亡,無與俱西南者耳。上乃大驚,始決意北征。瓊之言,大略似邳彤,皆一代之雄傑也。

朱暉非張林均輸

東漢肅宗時,穀貴,經用不足。尚書張林請以布帛爲租,官自煮鹽,且行均輸。獨朱暉文季以爲不可。事既寢,而陳事者復以爲可行,帝頗然之。暉復獨奏曰:“王制,天子不言有無,諸侯不言多寡,食禄之家,不與百姓争利。今均輸之法,與賈販無異。鹽利歸官,則下人窮怨。布帛爲租,則吏多奸盗。皆非明主所當行。”帝方以林言爲然,發怒,切責諸尚書。暉等皆自繫獄。三日,詔出之,曰:“國家樂聞駁議,黄髪無愆,詔書過也,何故自繫?”暉等因稱病篤,尚書令以下惶怖,謂暉曰:“今林得譴,奈何稱病,其禍不細!”暉曰:“行年八十,蒙恩得在機密,當以死報。若心知不可,而順指雷同,負臣子之義。今耳目無所聞見,伏待死命。”遂閉口不復言。諸尚書不知所爲,乃共劾奏暉等。帝意解,寢其事。後數日,詔使直事郎問暉起居狀,太醫視疾,太官賜食，暉乃起。

元祐七年七月二十一日，偶讀《後漢書·朱文季傳》，感嘆不已。肅宗號稱長者，詔書既已引罪而謝文季矣，諸尚書何怖之甚也。文季於此時强立不足多貴，而諸尚書爲可笑也。云"其禍不細"，不知以何等爲禍，蓋以帝不悦後不甚進用爲莫大之禍也。悲夫！（**陳仁錫眉**）笑盡鄙夫。

曹袁興亡

魏武帝既勝烏桓，曰："吾所以勝者，幸也。前諫我者，萬全之計也。"乃賞諫者，曰："後勿難言。"袁紹既敗於官渡，曰："諸人聞吾敗，必相哀，惟田别駕不然，幸其言之中也。"乃殺豐。爲明主謀而不忠，不惟無罪，乃有賞。爲庸主謀而忠，賞固不可得，而禍隨之。今吾知孟德、本初所以興亡者。

周瑜雅量

曹公聞周瑜年少有美才，謂可游説動也。乃密下揚州，遣九江蔣幹往見瑜。幹有儀容，以才辯見稱，獨步江淮之間。乃布衣葛巾，自托私行，詣瑜。瑜出迎之，立謂幹曰："子翼良若，遠涉江湖，曹公作説客耶？"（**陳仁錫眉**）不説破更好。幹曰："吾與足下州里，中間隔别，遥聞芳烈，故來叙闊，並觀雅規，而云'説客'，無乃逆詐矣乎？"瑜曰："吾雖不及夔、曠，聞弦賞音，足知雅曲。"後三日，瑜請幹同觀營中，行視倉庫軍資器仗訖，還，飲燕，示之侍者服飾珍玩之物。因謂幹曰："丈夫處世，遇知己之主，外托君臣之義，内結骨肉之恩，言行計從，禍福共之。假使蘇、張更生，酈、陸復出，猶將撫其背而折其辭，豈足下小生所能移乎？"幹笑而不言，遂稱瑜雅量高致，非言辭所間。中州之士以此多之。

蘇子曰：曹孟德所用，皆爲人役者也。以子房待文若，然終不免殺之，豈能用公瑾之流度外之士哉！

【彙評】

王聖俞：余平生最愛這一段慷慨風流，因欲廣蒐此類，著一書名《英雄覽》，有志未就也。東坡亦同此心，故録之耳，不自立論也。

管幼安賢于荀孔

曹操既得志，士人靡然歸之。自荀文若盛名，猶爲之經營謀慮，一旦小異，便爲謀殺，程昱、郭嘉之流，不足數也。孔文舉奇逸博聞，志大而才疏，每所論建，輒中操意，况肯爲用，然終亦不免。桓温謂孟嘉曰："人不可以無勢，我能駕馭卿。"夫温之才，百倍於嘉，所以云爾者，自知其陰賊險狠，不爲高人勝士所比數爾。管幼安懷寶遁世，就閑海表，其視曹操父子，真穿窬斗筲而已。既不可得而用，其可得而殺乎！予以謂賢于文若、文舉遠矣。

紹聖二年十二月，與客飲，醉甚，歸坐雕堂西閣，面仆案上。睡久驚覺，已三更矣。殘燭耿然，偶取一册，視之，則《管幼安傳》也。會有所感，不覺書此。眼花手軟，不復成字。

唐　彬

唐彬與王濬伐吴，爲先驅，所至皆下，度孫皓必降。未至建鄴二百里許,稱疾不行。已而先到者争財,後到者争功,當時有識者,莫不高彬此舉。予讀《晉書》至此,未嘗不廢卷太息也。然本傳云:武帝欲以彬及楊宗爲監軍,以問文立。立云:"彬多財欲,而宗嗜酒。"帝曰:"財欲可足,酒不可改。"遂用彬。此言進退無據。豈有人如唐彬而貪財者?使誠貪財,乃遠不如嗜酒,何可用也?文立者,獨何人斯,安知非蔽賢者耶?

阮　籍

"世之所謂君子者,惟法是修,惟禮是克。手執圭璧,足履繩墨。行欲爲目前檢,言欲爲無窮則。少稱鄉黨,長聞鄰國。上欲圖三公,下不失九州牧。獨不見夫群蝨之處褌中乎?逃乎深縫,匿乎敗絮,自以爲吉宅也。行不敢離縫際,動不敢出褌襠,自以爲得繩墨也。然炎丘火流,焦邑滅都,群蝨處於褌中不能出也。(**王聖俞夾**)遠寄。君子之處域内,何異夫蝨之處褌中乎?"(**王聖俞夾**)此上俱阮語。此阮籍之胸懷本趣也。籍未嘗臧否人物,口不及世事,然禮法之士,疾之如仇讎,獨賴司馬景王保持之爾,其去死無幾。以此論之,亦蝨之出入往來於衣褌中間者也,安能笑褌中之藏乎?吾故書之,以爲將來君子一笑。戊寅冬至日。

【彙評】

王聖俞:亦是愛而録之,非務勝之。

孟嘉與謝安石相若

晉士浮虚無實用,然其間亦有不然者。如孟嘉平生無一事，然桓温謂嘉曰："人不可以無勢，我乃能駕馭卿。"桓温平生輕殷浩，豈妄許人者耶？乃知孟嘉若遇，當作謝安，謝安不遇，不過如孟嘉也。

【彙評】

陳天定：此非淺人所知，孫伯符見此，石季龍言此。

庾亮不從孔坦陶回言

庾亮召蘇峻。孔坦與陶回共説王導："及峻未至，宜急斷阜陵之界，守江西當利諸口，彼少我衆，一戰決矣。若峻未來，可往逼其城。今不先往，峻必先入，有奪人之心。"導然之。亮以爲峻若徑來，是襲朝廷虚也。不從。及峻將至，回又説亮："峻知石頭有重戍，不敢直下，必向小丹陽南道步來。若以伏兵邀之，可一戰而擒。"亮又不從。事見二人傳。峻果由小丹陽，經秣陵，迷失道。逢郡人，執以爲嚮導，夜行無部分。亮聞之，深悔。吾以謂召峻固失計。然若從二人言，猶不至覆國幾於滅亡也。

晁錯削七國，大類此。亞夫猶能速馳，行入梁楚之郊，故漢不敗。吾嘗謂晁錯能容忍七國，待事發而發，固上策。若不能忍決欲發者，自可召王濞入朝，仍發大兵隨之。吴若不朝，便可進討，則疾雷不及掩耳。吴破，則諸侯服矣，又當獨罪狀吴而不及餘國。如李文饒輔車之詔，或分遣使者發其兵，諸國雖疑，亦不能一旦合從俱反也。錯知吴必反，不先未削爲反備，既反而後調兵食，又一旦而削七國，以合諸侯之交，此妄庸人也。

郗方回郗嘉賓父子事

郗嘉賓既死，留其所與桓温密謀之書一篋，屬其門生曰："若吾家君眠食大减，即出此書。"方回見之，曰："是兒死已晚矣。"乃不復念。

予讀而悲之曰：士之所甚好者，名也。而愛莫加于父子。今嘉賓以父之故，而暴其惡名；方回以君之故，而不念其子。嘉賓可謂孝子，方回可謂忠臣也。悲夫！或曰：嘉賓與桓温謀叛，而子以孝子稱之，可乎？曰："采葑采菲，無以下體。"嘉賓之不忠，不待誅絶而明者。其孝可廢乎？王述之子坦之，欲以女與桓温。述怒排坦之曰："汝真癡耶？乃欲以女與兵。"坦之是以不與桓温之禍。使郗氏父子能如此，吾無間然者矣。

晉宋之君與臣下争善

人君不得與臣下争善。同列争善猶以爲妒，可以君父而妒臣子乎？晉、宋間，人主至與臣下争作詩寫字，故鮑照多累句，王僧虔用拙筆書以避禍。悲夫，一至於此哉！

漢文帝言："久不見賈生，自以爲過之，今乃不及。"非獨無損于文帝，乃所以爲文帝之盛德也。而魏明乃不能堪，遂作漢文勝賈生之論。此非獨求勝其臣，乃與異代之臣争善。豈惟無人君之度，正如妒婦不獨禁忌其夫，乃妒人之妾也。

齊高帝欲等金土之價

齊高帝云："吾當使金土同價。"意則善矣，然物豈有此理者哉！孟子曰："物之不齊，物之情也。巨屨小屨同價，人豈爲之哉！"而孟子亦自忘其言爲菽粟如水火之論，金之不可使賤如土，猶土之不可使貴如金也。堯之民比屋可封，桀之民比屋可誅。信此説，則堯時諸侯滿天下，桀時大辟遍四海也。

王景文

宋明帝詔答王景文，其略曰："有心於避禍，不若無心於任運。千仞之木，既摧於斧斤；一寸之草，亦悴於踐蹋。晉將畢萬，七戰皆獲，死於牖下；蜀將費禕，從容坐談，斃於刺客。故甘心於履危，未必逢禍；從意於處安，未必全福。"此言近於達者。然明帝竟殺景文，哀哉！景文之死也，詔言："朕不謂卿有罪，然吾不能獨死，請子先之。"（**王聖俞夾**）文過語亦韻。詔至，景文正與客棋，竟，斂子納奩中，徐謂客曰："有詔，見賜以死。"酒至，未飲，門生焦度在側，取酒抵地，曰："丈夫安能坐受死，州中文武，可以一奮。"景文曰："知卿至心，若見念者，爲我百口計。"乃謂客曰："此酒不可相勸。"乃仰飲之。

蘇子曰：死生亦大矣，而景文安之，豈貪權竊國者乎？明帝可謂不知人者矣。

【彙評】

王聖俞：明帝，忮主也，而詔語大是造理之言，故東坡録之。

唐太宗借隋吏以殺兄弟

唐高祖起兵汾晉間，時子建成、元吉、楚哀王智雲皆留河東護家。高祖起兵，乃密召之，隋購之急，建成、元吉能間道赴太原，智雲幼，不能逃，爲吏所誅。高祖以父子之故，不能少緩義師數日，以須建成等至乎？以此知爲秦王所逼，高祖逼於裴寂亂宫之事，不暇復爲三子性命計矣。太宗本謀於是時借隋吏以殺兄弟，其意甚明。《新》《舊史》皆曲爲太宗潤飾殺兄弟事，然難以欺後世矣！建成、元吉之惡，亦孔子所謂下愚之歸也歟？

褚遂良以飛雉入宫爲祥

唐太宗時，飛雉數集宫中。上以問褚遂良。良曰："昔秦文公時，童子化爲雉，雌鳴陳倉，雄鳴南陽。童子曰：'得雄者王，得雌者霸。'文公得其雌，遂雄諸侯。光武得其雄，起南陽，有四海。陛下本封秦，故雌雄並見，以告明德。"上悦曰："人不可以無學，遂良所謂多識君子哉！"

予以謂秦雉，陳寶也，豈常雉乎？今見雉，即謂之寶，猶得白魚，便自比武王，此諂佞之甚，愚瞽其君者。而太宗喜之，史不譏焉。野鳥無故數入宫中，此正災異。使魏徵在，必以高宗鼎耳之祥諫也。遂良非不知此，捨鼎耳而取陳寶，非忠臣也。

李靖李勣爲唐腹心之病

昔袁盎論絳侯功臣，非社稷臣。此固有爲而言也。然功臣、社稷之辨，不可不察也。漢之稱社稷臣者，如周勃、汲黯、蕭望之之流。三人者，非有長才也。勃以重厚安劉氏，黯以忠義弭淮南之謀，望之確然不奪於恭、顯，孔子所謂大臣以道事君者耶？

僕嘗謂社稷之臣如腹心，功臣如手足。人有斷一指與一足，未及於死也。腹心之病，則爲膏肓，不可爲也。李靖、李勣可謂功臣，終始爲唐之元勳也。然其所爲，止衛、霍、韓、彭之流爾。疆埸之事，夷狄内侮，能以少擊衆，使敵人望而畏之，此固任之有餘矣。若社稷之寄，存亡之幾，此兩人者，蓋懵不知焉。太宗欲伐高麗，靖已老矣，而自請將兵，以堅太宗黷武之志，幾成不戢自焚之禍。高宗立武后，勣以陛下家事無問外人，武氏之禍，戮及襁褓，唐室不絶如綫。則二人者，爲腹心之病大矣。張釋之戒嗇夫之辨，使文帝終身爲長者。魏元成折封倫之論，使太宗不失行仁義。孔子所謂有“一言而可以興邦，一言而可以喪邦”者，豈其然乎？

白樂天不欲伐淮蔡

吴元濟以蔡叛，犯許、汝以驚東都，此不可不討者也。當時議者欲置之，固爲非策。然不得武、裴二傑士，事亦未易辦也。白樂天豈庸人哉！然其議論，亦似欲置之者。其詩有“海圖屏風”者，可見其意。且注云：“時方討淮、蔡叛。”吾以是知仁人君子之於兵，蓋不忍輕用如此。淮、蔡且欲以德懷，况欲弊所恃以勤無用乎？悲夫，此未易與俗士談也。

韓愈優於揚雄

韓愈亦近世豪傑之士，如《原道》中言語，雖有疵病，然自孟子之後，能將許大見識，尋求古人，自亦難得。觀其斷曰：“孟子醇乎醇；荀、揚擇焉而不精，語焉而不詳。”若不是他有見識，豈千餘年後便斷得如此分明。如揚雄謂老子之言道德,則有取焉爾;至於搥提仁義,絶滅禮樂爲無取。若以老子"剖斗折衡,而民不争,聖人不起,爲救時反本"之言爲無取,尚可恕;如老子言"失道而後德,失德而後仁,失仁而後義,失義而後禮",則不識道已不成言語,却言其言道德則有取。揚子亦自不見此,其與韓愈相去遠矣。

劉禹錫文過不悛

劉禹錫既敗,爲書自解,言:"王叔文實工言治道,能以口辯移人,既得用,所施爲,人不以爲當。太上久疾,宰相及用事者不得對。宫掖事秘,建桓立順,功歸貴臣,由是及貶。"《後漢·宦者傳·論》云:"孫程定立順之功,曹騰参建桓之策。"騰與梁冀比捨清河而立蠡吾,此漢之所以亡也,與廣陵王監國事,豈可同日而語哉!禹錫乃敢以爲比,以此知小人爲奸,雖已敗猶不悛也,其可復置之要地乎?因讀《禹錫傳》,有所感,書此。

評文選四首

文選去取失當

舟中讀《文選》,恨其編次無法,去取失當。齊、梁文章衰陋,而蕭統尤爲卑弱,《文選引》,斯可見矣。如李陵書蘇武五言,皆僞而不能辨。今觀淵明集,可喜者甚多,而獨取數首。以知其餘人忽遺者多矣。淵明作《閑情賦》，所謂《國風》好色而不淫，正使不及《周南》，與屈、宋所陳何異，而統大譏之，此乃小兒强作解事者！

劉子玄辨文選

劉子玄辨《文選》所載李陵與蘇武書，非西漢文，蓋齊、梁間文士擬作者也。吾因悟陵與蘇武贈答五言，亦後人所擬。今日讀《列女傳》蔡琰二詩，其詞明白感慨，頗類世所傳《木蘭花詩》，東京無此格也。建安七子，猶含養圭角，不盡發見，况伯喈女乎？

又：琰之流離，必在父没之後。董卓既誅，伯喈乃遇禍。今此詩乃云爲董卓所驅虜入胡，尤知其非真也。蓋擬作者疏略，而范曄荒淺，遂載之本傳，可以一笑也。

李善注文選

李善注《文選》，本末詳備，極可喜。所謂五臣者，真俚儒之荒陋者也。而世以爲勝善，亦謬矣。謝瞻《張子房》詩云："苛慝暴三殤。"此禮所謂上、中、下殤。言暴秦無道，戮及孥稚也。而乃引"苛政猛於虎，吾父吾子吾夫皆死於是"，謂夫與父爲殤，此豈非俚儒之荒陋者乎？諸如此甚多，不足言，故不言。

五臣注文選

五臣注《文選》，蓋荒陋愚儒也。今日偶讀嵇中散《琴賦》云："間遼故音庳，弦長故徽鳴。"所謂庳者，猶今俗云敚聲也（敚音鮮，出《羯鼓録》。)，兩弦之間，遠則有敓，故曰“間遼(則音庫)”。徽鳴云者，今之所謂泛聲也，弦虚而不接，乃可按，故云“弦長則徽鳴”也。五臣皆不曉，妄注。又云：“《廣陵》《止息》《東武》《太山》《飛龍》《鹿鳴》《鵾雞》《游弦》。”中散作《廣陵散》，一名《止息》，特此一曲爾，而注云“八曲”。其他淺妄可笑者極多，以其不足道，故略之。聊舉此，使後之學者，勿憑此愚儒也。

五臣既陋甚，至於蕭統亦其流爾。宋玉《高唐神女賦》，自“王曰唯唯”以前皆賦也，而統謂之序，大可笑也。相如賦首有子虚、烏有、亡是三人論難，豈亦序耶？其餘謬陋不一，聊舉其一耳。

卷九十三

書後二十八首

書王奧所藏太宗御書後

日行於天，委照萬物之上，光氣所及，或流爲慶雲，結爲丹砂，初豈有意哉！太宗皇帝以武功定禍亂，以文德致太平，天縱之能，溢於筆墨，摛藻尺素之上，弄翰團扇之中，散流人間者幾何矣！而三槐王氏，得之爲多，子孫世守之，遂爲希代之寶。文正之孫、懿敏之子奧，出以示。臣軾敬拜手稽首書其後。

書諸公送周梓州詩後

予自元祐之初，備位從官，日與正孺游。三年，予既有江海之意，而正孺亦慨然有歸歟之嘆，遂請梓州，得之。予時以詩送行，有“掃棠陰”“踵畫像”之語。旋出領杭州二年，還朝，老病日加，方上章請郡，曰：“正孺已及瓜矣，盍往代之，遂歸老眉山乎？”或曰：“不可，梓人之安正孺甚矣，其去正孺，如去父母，子其忍奪之！”乃止，不敢乞。梓人願復借留正孺數年，詔許之。而大丞相吕公典領實録，見熙寧中正孺爲御史時所言事，嘆曰：“君子哉，斯人也！”因言於上，除正孺直秘閣。士大夫以才能論議，取合一時可也，使人於十年之後，徐觀其所爲，心服而無異議，我亦無愧，難矣。

正孺有書來，欲刻諸公送行詩於石，求予爲跋尾，乃記所聞以遺之，且使梓人知予前詩卒章之意，未始一日忘也。

書孟德傳後

子由書孟德事見寄。余既聞而異之，以爲虎畏不懼己者，其理似可信。（**王聖俞夾**）下面實有數事，作□必先云爾，方見步驟。然世未有見虎而不懼者，則斯言之有無，終無所試之。然曩余聞忠、萬、雲安多虎。有婦人晝日置二小兒沙上而浣衣于水者。虎自山上馳來，婦人倉皇沉水避之。二小兒戲沙上自若。虎熟視久之，至以首抵觸，庶幾其一懼，而兒癡，竟不知怪，虎亦卒去。意虎之食人，必先被之以威，而不懼之人，威無所從施歟？有言虎不食醉人，必坐守之，以俟其醒。非俟其醒，俟其懼也。（**鍾惺夾**）妙。有人夜自外歸，見有物蹲其門，以爲猪狗類也。以杖擊之，即逸去。至山下月明處，則虎也。是人非有以勝虎，而氣已蓋之矣。（**鍾惺眉**）此正養氣之説，瞭此天下無難事矣。使人之不懼，皆如嬰兒、醉人與其未及知之時，則虎畏之，無足怪者。（**鍾惺夾**）妙。故書其末，以信子由之説。

【彙評】

鍾惺：妙理妙論，不必真如此，説來自妙。

王聖俞：却有至理。

陳天定：鍾惺云："此正養氣之説，瞭此天下無難事矣。"

書淳于髡傳後

淳於髡言，一斗既醉，一石亦醉。至於州閭之會，男女雜坐，幾於勸矣，何諷之有？以吾觀之，蓋有微意。以多少之無常，知飲酒之非我，觀變識妄，而平生之嗜，亦少衰矣。是以托於放蕩之言，而能已荒主長夜之飲，未有識其趣者。元祐六年六月十三日偶讀《史記》，書此。

【彙評】

陳天定：《内典》云："歸元無二致，方便有多門。"於此可會。

書六一居士傳後

(**茅鹿門旁**)本莊生齊物我見解，而篇末類滑稽可愛。

蘇子曰：居士可謂有道者也。或曰：居士非有道者也。有道者，無所挾而安，居士之于五物，捐世俗之所争，而拾其所棄者也。烏得爲有道乎？

蘇子曰：不然。挾五物而後安者，惑也。釋五物而後安者，又惑也。且物未始能累人也，軒裳圭組，且不能爲累，而况此五物乎？物之所以能累人者，以吾有之也。(**王聖俞夾**)精語。吾與物俱不得已而受形於天地之間，其孰能有之？而或者以爲己有，得之則喜，喪之則悲。今居士自謂六一，是其身均與五物爲一也。不知其有物耶，物有之也？居士與物均爲不能有，其孰能置得喪於其間？故曰：居士可謂有道者也。(**王聖俞夾**)結語冷然。雖然，自一觀五，居士猶可見也。與五爲六，居士不可見也。

居士殆將隱矣。(**李卓吾旁**)善爲居士出脱。

【彙評】

王聖俞:東坡文字妙在鼓舞,得一玄論,必鼓之舞之,以盡變兔起鶻落,自有餘態。

鄭之惠:一句一折,釋老之胸,莊騷之舌。寸山尺沼,居然有五嶽突兀、大海洄激之勢。

祁班孫:長公文有不自知其來者。

鍾惺:説理不腐。

書瑯琊篆後

秦始皇帝二十六年,初併天下。二十八年,親巡東方海上,登瑯琊臺,觀出日,樂之忘歸,徙黔首三萬家臺下,刻石頌秦德焉。二世元年,復刻詔書其旁。今頌詩亡矣,其從臣姓名僅有存者,而二世詔書具在。自始皇帝二十八年,歲在壬午,至今熙寧九年丙辰,凡千二百九十五年。而蜀人蘇軾來守高密,得舊紙本於民間,比今所見,猶爲完好,知其存者,磨滅無日矣。而廬江文勛適以事至密。勛好善篆,得李斯用筆意,乃摹諸石,置之超然臺上。夫秦雖無道,然所立有絶人者。其文字之工,世亦莫及,皆不可廢。後有君子,得以覽觀焉。正月七日甲子記。

書鮮于子駿楚詞後

鮮于子駿作楚詞《九誦》以示軾。軾讀之,茫然而思,喟然而嘆曰:嗟乎!此聲之不作也久矣,雖欲作之,而聽者誰乎?譬之於樂，變亂之極，而至於今，凡世俗之所用，皆夷聲夷器也，求所謂鄭、衛者，且不可得，而況於雅音乎？學者方欲陳六代之物，弦匏三百五篇，犁然如戛釜竈，撞甕盎，未有不坐睡竊笑者也。好之而欲學者無其師，知之而欲傳者無其徒，可不悲哉？今子駿獨行吟坐思，寤寐於千載之上，追古屈原、宋玉，友其人于冥寞，續微學之將墜，可謂至矣。而覽者不知甚貴，蓋亦無足怪者。彼必嘗從事於此，而後知其難且工。其不學者，以爲苟然而已。元豐元年四月九日，趙郡蘇軾書。

書游湯泉詩後

余之所聞湯泉七，其五則今三子之所游，與秦君之賦所謂匡廬、汝水、尉氏、驪山，其二則余之所見鳳翔之駱谷與渝州之陳氏山居也。皆棄於窮山之中，山僧野人之所浴，麋鹿猿猱之所飲。惟驪山當往來之衝，華堂玉甃，獨爲勝絶。然坐明皇之累，爲楊、李、禄山所污，使口舌之士，援筆唾罵，以爲亡國之餘，辱莫大焉。今惠濟之泉，獨爲三子者詠嘆如此，豈非所寄僻遠，不爲當途者所慁，而後得爲高人逸士，與世異趣者之所樂乎？

或曰：明皇之累，楊、李、禄山之污，泉豈知惡之？然則幽遠僻陋之嘆，亦非泉之所病也。泉固無知於榮辱，特以人意推之，可以爲抱器適用而不擇所處者之戒。元豐元年十月五日。

書歐陽公黄牛廟詩後

右歐陽文忠公爲峽州夷陵令日所作《黄牛廟》詩也。軾嘗聞之於公："予昔以西京留守推官，爲館閣較勘，時同年丁寶臣元珍適來京師,夢與予同舟泝江,入一廟中,拜謁堂下。予班元珍下,元珍固辭,予不可。方拜時,神像爲起,鞠躬堂上,且使人邀予上,耳語久之。元珍私念,神亦如世俗待館閣,乃爾異禮耶?既出門,見一馬隻耳,覺而語予,固莫識也。不數日,元珍除峽州判官。已而,余亦貶夷陵令。日與元珍處,不復記前夢云。一日,與元珍泝峽謁黄牛廟,入門惘然,皆夢中所見。予爲縣令,固班元珍下,而門外鐫石爲馬,缺一耳。相視大驚,乃留詩廟中,有'石馬繫祠門'之句,蓋私識其事也。"

元豐五年,軾謫居黄州,宜都令朱君嗣先見過,因語峽中山水,偶及之。朱君請書其事與詩:"當刻石於廟,使人知進退出處,皆非人力。如石馬一耳,何與公事,而亦前定,況其大者。公既爲神所禮,而猶謂之淫祀,以見其直氣不阿如此。"感其言有味,故爲録之。正月二日,眉山蘇軾書。

書蒲永昇畫後

(**李卓吾旁**)可以通於道也。

古今畫水,多作平遠細皺,其善者不過能爲波頭起伏。(**李卓吾夾**)妙。使人至以手捫之,謂有窪隆,以爲至妙矣。然其品格,特與印板水紙爭工拙於毫釐間耳。(**凌啓康考釋**)按畫法云,山水以氣韻爲主,形模寓乎其中,乃爲合作。印板、水紙,正形模類也。唐廣明中,處逸士孫位始出新意,畫奔湍巨浪,與山石曲折,隨物賦形,盡水之變,號稱神逸。其後蜀人黄筌、孫知微,皆得其筆法。(**高啓眉**)宋時黄筌父子畫山水花鳥最工,然在徐熙下。始,知微欲於大慈寺壽寧院壁作湖灘水石四堵,營度經歲,終不肯下筆。一日,倉皇入寺,索筆墨甚急,奮袂如風,須臾而成。作輪瀉跳蹙之勢,洶洶欲崩屋也。知微既死,筆法中絶五十餘年。(**王聖俞夾**)以知微重永昇。

近歲成都人蒲永昇,嗜酒放浪,性與畫會,始作活水,得二孫本意。自黄居寀兄弟、李懷衮之流,皆不及也。王公富人或以勢力使之,永昇輒嘻笑捨去。遇其欲畫,不擇貴賤,頃刻而成。(**王聖俞夾**)往往如此。嘗與余臨壽寧院水,作二十四幅,每夏日挂之高堂素壁,即陰風襲人,毛髮爲立。(**高啓眉**)李思訓畫掩障獻玄宗,夜聞水聲,與此永昇水"陰風襲人"者無異。永昇今老矣,畫益難得,而世之識真者亦少。如往時董羽,近日常州戚氏畫水,世或傳寶之。如董、戚之流,可謂死水,未可與永昇同年而語也。元豐三年十二月十八日夜,黄州臨皋亭西齋戲書。

【彙評】

王聖俞:東坡善畫,故知畫;知畫,故言入底裏。

鄭之惠:可以喻道。

凌啓康:按此評畫水,其劣者曰:印板水,死水;其妙者曰:畫水之變,"洶洶欲崩屋",如"陰風襲人,毛髮爲立"。兩者妍媸相遠,自非長公瞭然心口,未能摹寫及此。

書樂毅論後

《魏氏春秋》云:"夏侯玄著《樂毅》《張良》及《本無肉刑論》,辭旨通元,傳於世。"然以余觀之,燕師之伐齊,猶未及桓文之舉也,而以爲幾湯武,豈不過甚矣乎?初,玄好老、莊道德之言,與何晏等皆有盛名。然卒陷曹爽黨中。玄亦不免李豐之禍。晏目玄以《易》之所謂深者，而玄目晏以神。及其遇禍，深與神皆安在乎？群兒妄作名字，自相刻畫，類皆如此，可以發千載一笑。

書韓魏公黄州詩後

黄州山水清遠，土風厚善，其民寡求而不争，其士静而文，樸而不陋。雖閭巷小民，知尊愛賢者，曰："吾州雖遠小，然王元之、韓魏公，嘗辱居焉。"以誇於四方之人。元之自黄遷蘄州，没於蘄，然世之稱元之者，必曰黄州，而黄人亦曰"吾元之也"。魏公去黄四十餘年，而思之不忘，至以爲詩。夫賢人君子，天下之所以遺斯民，天下之所共有，而黄人獨私以爲寵，豈其尊德樂道，獨異於他邦也歟？抑二公與此州之人，有宿昔之契，不可知也？元之爲郡守，有德於民，民懷之不忘也固宜。魏公以家艱，從其兄居耳，民何自知之？《詩》云："有匪君子，如金如錫，如圭如璧。"金錫圭璧之所在，瓦石草木被其光澤矣，何必施於用？

奉議郎孫賁公素，黄人也，而客於公。公知之深，蓋所謂教授書記者也。而軾亦公之門人，謫居於黄五年，治東坡，築雪堂，蓋將老焉，則亦黄人也。於是相與摹公之詩而刻之石，以爲黄人無窮之思。而吾二人者，亦庶幾托此以不忘乎？元豐七年十月二十六日，汝州團練副使蘇軾記。

書李伯時山莊圖後

（**袁中郎眉**）蘇黄題跋，人並推重。至如煙光花氣，若有若無，山谷遠不逮也。（**王聖俞眉**）"有道而不藝，則物雖形於心，不形於手"。如後世理學名公，未必善作詩文。

或曰："龍眠居士作《山莊圖》，使後來入山者信足而行，自得道路，如見所夢，如悟前世，見山中泉石草木，不問而知其名，遇山中漁樵隱逸，不名而識其人，此豈强記不忘者乎？"曰："非也。畫日者常疑餅，非忘日也。醉中不以鼻飲，夢中不以趾捉，天機之所合，不强而自記也。（**王聖俞夾**）參悟。居士之在山也，不留於一物，故其神與萬物交，其智與百工通。雖然，有道有藝，有道而不藝，則物雖形於心，不形於手。（**王聖俞夾**）此轉更精。吾嘗見居士作華嚴相，皆以意造，而與佛合。佛菩薩言之，居士畫之，若出一人，况自畫其所見者乎？"

【彙評】

王元美：伯時畫出入王、李，觀坡老書後，當勝王、李數倍。

鄭之惠：書畫説法。

書唐氏六家書後

（**李卓吾旁**）好。

永禪師書，骨氣深穩，體兼衆妙，精能之至，反造疏淡。如觀陶彭澤詩，初若散緩不收，反復不已，乃識其奇趣。今法帖中有云"不具釋智永白"者，誤收在逸少部中，然亦非禪師書也。云"謹此代申"，此乃唐末五代流俗之語耳，而書亦不工。歐陽率更書，妍緊拔群，尤工於小楷，高麗遣使購其書，高祖嘆曰："彼觀其書，以爲魁梧奇偉人也。"此非知書者。凡書象其爲人。率更貌寒寢，敏悟絶人，今觀其書，勁險刻厲，正稱其貌耳。（**凌啓康考釋**）按歐陽率更貌若瘦猴，唐有嘲傳，此言貌寒寢者，相合。褚河南書，清遠蕭散，微雜隸體。古之論書者，兼論其平生，苟非其人，雖工不貴也。河南固忠臣，但有譖殺劉洎一事，使人怏怏。然余嘗考其實，恐劉洎末年褊忿，實有伊、霍之語，非譖也。若不然，馬周明其無此語，太宗獨誅洎而不問周，何哉？此殆天后朝許、李所誣，而史官不能辨也。(**李卓吾夾**)甚是。(**高啓眉**)評褚河南書，詳論殺劉洎一事，有見。張長史草書，頹然天放，略有點畫處，而意態自足，號稱神逸。今世稱善草書者或不能真、行，此大妄也。真生行，行生草，真如立，行如行，草如走，未有未能行立而能走者也。(**沈存中眉**)章草，古隸之變也；行草，今隸之變也；芝、旭草，又行草之變也。行書有真帶行者，有正行配者，觀古者所當知。今長安猶有長史真書《郎官石柱記》，作字簡遠，如晉、宋間人。(**凌啓康考釋**)按張長史以草書名最，反取其真書品題，正是微顯闡幽處。顏魯公書雄秀獨出，一變古法，如杜子美詩，格力天縱，奄有漢、魏、晉、宋以來風流，後之作者，殆難復措手。柳少師書，本出於顏，而能自出新意，一字百金，非虚語也。其言心正則筆正者，非獨諷諫，理固然也。(**高啓眉**)《藝苑卮言》曰：子瞻似平原，故極口平原。猶魯直效瘞鶴，則推尊瘞鶴；元章出河南，則左袒河南也。世之小人，書字雖工，而其神情終有睢盱側媚之態，不知人情隨想而見，如韓子所謂竊斧者乎，抑真爾也？然至使人見其書而猶憎之，則其人可知矣。

余謫居黄州，唐林夫自湖口以書遺余，云："吾家有此六人書，子爲我略評之而書其後。"林夫之書過我遠矣，而反求于予，何哉？此又未可曉也。(**高啓眉**)結法趣。元豐四年五月十一日，眉山蘇軾書。

【彙評】

鄭之惠：高論老筆，恍若史傳。

凌啓康:按右軍書法,後世摹仿者惟智永能繩其祖武。歐、顔不得不變其真,旭、素不得不變其草,故唐六家書以永爲第一云。

書篆髓後

滎陽鄭惇方,字希道,作《篆髓》六卷,《字義》一篇。凡古今字説,班、揚、賈、許、二李、二徐之學,其精者皆在。間有未盡,傅以新意,然皆有所考本,不用意斷曲説,其疑者蓋闕焉。凡學術之邪正,視其爲人。鄭君信厚君子也,其言宜可信。

余嘗論學者之有《説文》,如醫之有《本草》,雖草木金石,各有本性,而醫者用之,所配不同,則寒温補瀉之效,隨用各别。而自漢以來,學者多以一字考經,字同義異,皆欲一之,雕刻采繪,必成其説。是以六經不勝異説,而學者疑焉。孔子曰:"夫聞也者,色取仁而行違,居之不疑。"則聞爲小人。而《詩》曰:"允矣君子,展也大成。之子於征,有聞無聲。"則聞爲君子。又曰:"君子周而不比。"則比爲惡。而《易》曰:"地上有水,比以建萬國、親諸侯。"則比爲善。有子曰:"知和而和,不以禮節之,亦不可行也。"則所謂和者,同而已矣。而孔子曰:"君子和而不同。"若此者多矣。喪欲速貧,死欲速朽,此以八字成文,然猶不可一,曰言各有當也,而况欲以一字一之耶?余愛鄭君之學簡而通,故私附其後。

書吴道子畫後

知者創物,能者述焉,非一人而成也。君子之於學,百工之於技,自三代歷漢至唐而備矣。故詩至於杜子美,文至於韓退之，書至於顔魯公，畫至於吴道子，而古今之變，天下之能事畢矣。道子畫人物，如以燈取影，逆來順往，旁見側出，横斜平直，各相乘除，得自然之數，不差毫末，出新意於法度之中，寄妙理於豪放之外，所謂游刃餘地，運斤成風，蓋古今一人而已。余於他畫，或不能必其主名，至於道子，望而知其真僞也。然世罕有真者，如史全叔所藏，平生蓋一二見而已。元豐八年十一月七日書。

書朱象先畫後

（**高啓眉**）引閻、阮發議，只首尾將象先一説，此格大奇。（**李卓吾旁**）好。

松陵人朱君象先，能文而不求舉，善畫而不求售。（**高啓夾**）奇人。曰："文以達吾心，畫以適吾意而已。"（**高啓夾**）論亦奇。昔閻立本始以文學進身，卒蒙畫師之耻。或者以是爲君病，余以謂不然。謝安石欲使王子敬書太極殿榜，以韋仲將事諷之。子敬曰："仲將，魏之大臣，理必不爾。若然者，有以知魏德之不長也。"使立本如子敬之高，其誰敢以畫師使之？（**凌啓康考釋**）張彦遠曰：閻立本畫齋中，古屏風一片價值二萬金。阮千里善彈琴，無貴賤長幼皆爲彈，神氣冲和，不知向人所在。内兄潘岳使彈，終日達夜無忤色，識者知其不可榮辱也。使立本如千里之達，其誰能以畫師辱之？今朱君無求於世，雖王公貴人，其何道使之，遇其解衣盤礴，雖余亦得攫攘其旁也。元祐五年九月十八日，東坡居士書。

【彙評】

王元美：朱象先，字景初，松陵人，馳名紹聖元符間。坡老跋其畫，大都得之自然，世亦罕見，不知其所長也。

書楞伽經後

《楞伽阿跋多羅寶經》，先佛所説，微妙第一，真實了義，故謂之佛語。心品祖師達磨以付二祖曰：吾觀震旦所有經教，惟《楞伽》四卷可以印心，祖祖相受，以爲心法。如醫之有《難經》，句句皆理，字字皆法，後世達者神而明之，如盤走珠，如珠走盤，無不可者。若出新意而棄舊學，以爲無用，非愚無知，則狂而已。近歲學者各宗其師，務從簡便，得一句一偈，自謂了證。（**馮夢禎眉**）今世諸佻達少年，揚眉高談，自謂上乘，正坐此。至使婦人孺子，抵掌嬉笑，争談禪悦，高者爲名，下者爲利，餘波末流，無所不至，而佛法微矣。譬如俚俗醫師，不由經論，直授方藥，以之療病，非不或中，至於遇病輒應，懸斷死生，則與知經學古者不可同日語矣。世人徒見其有一至之功，或捷于古人，因謂《難經》不學而可，豈不誤哉！《楞伽》義趣幽眇，文字簡古，讀者或不能句，而况遺文以得義，忘義以了心者乎？此其所以寂寥於是，幾廢而僅存也。

太子太保樂全先生張公安道，以廣大心，得清净覺。慶曆中嘗爲滁州，至一僧舍，偶見此經，入手恍然，如獲舊物，開卷未終，夙障冰解，細視筆劃，手迹宛然，悲喜太息，從是悟入。常以經首四偈，發明心要。

軾游於公之門三十年矣，今年二月，過南都見公於私第。公時年七十九，幻滅都盡，惠光渾圜；而軾亦老於憂患，百念灰冷。公以爲可教者，乃授此經，且以錢三十萬使印施于江淮間。而金山長老佛印大師了元曰：“印施有盡，若書而刻之則無盡。”

軾乃爲書之，而元使其侍者曉機走錢塘求善工刻之板，遂以爲金山常住。元豐八年九月日，朝奉郎、新差知登州軍州兼管内勸農事騎都尉借緋蘇軾書。

書黄魯直李氏傳後

(王元美眉)簡牘題署，則黄豫章遜儁。

無所厭離，何從出世？無所欣慕，何從入道？欣慕之至，亡子見父。厭離之極，燄雞出湯。**(馮夢禎眉)**警語必極切當明快，是熟讀諸經得來。不極不至，心地不净。如飯中沙，與飯皆熟。**(王聖俞夾)**精語。若不含糊，與飯俱咽。即須吐出，與沙俱棄。**(陶石簣眉)**説法從《蓮華·喻品》來。善哉佛子，作清净飯。淘米去沙，終不能盡。不如即用，本所自種。元無沙米，此米無沙。亦不受沙，非不受也，無受處故。**(王聖俞夾)**更儁。

【彙評】

王聖俞：道中不涉諸趣，由趣乃以入道，此爲中人以下方便説法，在上乘則不須也。

鄭之惠：説法。

陳天定：陶望齡云：説法從《蓮華·喻品》來。

書正信和尚塔銘後

太安楊氏，世出名僧。正信表公兄弟三人，其一曰仁慶，故眉僧正。其一曰元俊，故極樂院主，今太安治平院也。皆有高行。而表公行解超然，晚以静覺。三人皆與吾先大父職方公、吾先君中大夫游，相善也。熙寧初，軾以服除，將入朝，表公適卧病，入室告别。霜髮寸餘，目光瞭然，骨盡出，如畫須菩提像，可畏也。軾盤桓不忍去。表曰："行矣，何處不相見。"（馮夢禎眉）佛乘語。軾曰："公能不遠千里相從乎？"表笑曰："佛言生正信家，千里從公，無不可者，然吾蓋未也。"（馮夢禎眉）瞭知去來若此。已而果無恙，至六年乃寂。是歲，軾在錢塘，夢表若告别者。又十五年，其徒法用以其所作偈、頌及塔記相示，乃書其末。

書晁無咎所作杜輿子師字説後

《易》曰："君子得輿，民所載也。小人剥廬，終不可用也。"夫君子得輿，下完而上未具也。小人剥廬，上壯而下撓也。下完而上未具，吾安寢其中，民將載之。上壯而下撓，疾走不顧，猶懼壓焉。今君學修於身，行修於家，而禄未及，既完其下矣，故予以是名字之，與無咎意初無異者。而其文約，其義近，不足以發夫人之志。若無咎者，可謂富於言而妙於理者也。

書東皋子傳後

（李卓吾旁）妙，妙。（茅鹿門旁）曠達之旨。

予飲酒終日，不過五合，天下之不能飲，無在予下者。然喜人飲酒，見客舉杯徐引，則予胸中爲之浩浩焉，落落焉，酣適之味，乃過於客。（高啓夾）太趣。（王聖俞眉）興酣處在"浩浩、落落"四字。閑居未嘗一日無客，客至，未嘗不置酒。天下之好飲，亦無在予上者。常以謂人之至樂,莫若身無病而心無憂。我則無是二者矣。然人之有是者,接於予前,則予安得全其樂乎?故所至,常蓄善藥,有求者則與之,而尤喜釀酒以飲客。或曰:"子無病而多蓄藥,不飲而多釀酒,勞己以爲人,何也?"予笑曰:"病者得藥,吾爲之體輕,飲者困於酒,吾爲之酣適,蓋專以自爲也。"(**陳仁錫眉**)山谷亦賣藥,宜兩人之相得也。(**高啓夾**)陡接。

東皋子待詔門下省,日給酒三升。其弟静問曰:"待詔樂乎?"曰:"待詔何所樂?但美醞三升,殊可戀耳。"(**高啓夾**)亦自不羈。今嶺南,法不禁酒,予既得自釀,月用米一斛,得酒六斗。而南雄、廣、惠、循、梅五太守,間復以酒遺予。略計其所獲,殆過於東皋子矣。然東皋子自謂五斗先生,則日給三升,救口不暇,安能及客乎?若予者,乃日有二升五合,入野人、道士腹中矣。東皋子與仲長子光游,好養性服食,預刻死日,自爲墓誌。予蓋友其人于千載,或庶幾焉。(**王聖俞眉**)上文抑東皋子太過,得此方澹涵有味。

【彙評】

王元美:長公性好飲,然不能四五合已爛醉,不辭謝而就卧,鼻鼾如雷,少焉醒,落筆如風。而至謫居海外,尤借酒自遣,故《跋東皋子》純道真態,而此文亦淡夷散曠,灑然神雋。○東皋子日釀五斗,刻期知死,却有道氣,子瞻故友之于千載云。

王聖俞:東坡若曰,己不能飲而喜人飲,則與東皋子意趣未睽也,以此寄尚友之意。

鄭之惠:快論。

鍾惺:一段大悲憫意以歡喜心行之,自寫出大菩薩心行。

書黄子思詩集後

（**姜鳳阿眉**）序止五百餘字，立一古今詩案。詩家李、杜爲宗固妙，而漢魏有天成、超然、自得於詩之外者，亦所當知。（**茅鹿門旁**）公之詩不入詩家品題，而其論詩處，興味自遠。

予嘗論書，以謂鍾、王之迹，蕭散簡遠，妙在筆劃之外。至唐顔、柳，始集古今筆法而盡發之，極書之變，天下翕然以爲宗師，而鍾、王之法益微。至於詩亦然。（**王槐野眉**）以書學引起詩學，發論大當。蘇、李之天成，曹、劉之自得，陶、謝之超然，蓋亦至矣。而李太白、杜子美以英瑋絶世之姿，凌跨百代，古今詩人盡廢，然魏、晉以來高風絶塵，亦少衰矣。李、杜之後，詩人繼作，雖間有遠韻，而才不逮意，獨韋應物、柳宗元發纖穠於簡古，寄至味於澹泊，非餘子所及也。唐末司空圖，崎嶇兵亂之間，而詩文高雅，猶有承平之遺風。其論詩曰："梅止於酸，鹽止於鹹。"飲食不可無鹽、梅，而其美常在鹹、酸之外。（**高啓夾**）照上"筆墨"句。蓋自列其詩之有得於文字之表者二十四韻，恨當時不識其妙。予三復其言而悲之。

閩人黄子思，慶曆、皇祐間號能文者。予嘗聞前輩誦其詩，每得佳句妙語，反復數四，乃識其所謂，信乎表聖之言，美在鹹酸之外，可以一唱而三嘆也。（**高啓夾**）主意。（**陸少石眉**）篇首"筆墨外"句，正與"鹹酸外"句相照。看中間曰"天成"，曰"自得"，曰"超然"，曰"發纖穠於簡古，寄至味於澹泊"，文脈自相聯屬。至"信乎表聖之言"句意，見得黄子思詩其妙在文字之外者，亦如此云。予既與其子幾道、其孫師是游，得窺其家集，而子思篤行高志，爲吏有異材，見於墓誌詳矣，予不復論，獨評其詩如此。（**高啓

眉)結法冷雋。

【彙評】

林希元:此題黄子思詩,未見得如何。其評唐人之詩,如良工作畫,極醒人眼。所引司空圖論,尤得詩家意趣。

高啓:按朱晦庵曰:古今詩凡三變。虞夏以來及漢魏爲一等;晉、宋間陶、謝以後及唐初爲一等;自沈、宋定著律詩以後及今日又一等。然李、杜、王、韋輩亦自有蕭散之趣,未至如今日之細碎繁冗無餘味也。當與此題後參看。

陳天定:花看蓓蕾,到爛熳時,便是披離,此意要知。

書柳子厚牛賦後

(**李卓吾旁**)趣。

嶺外俗皆恬殺牛,(**鍾惺夾**)"恬"此一字便妙。(**王聖俞夾**)"恬"字大佳。而海南爲甚。客自高化載牛渡海,百尾一舟,遇風不順,渴飢相倚以死者無數。牛登舟皆哀鳴出涕。既至海南,耕者與屠者常相半。病不飲藥,但殺牛以禱,富者至殺十數牛。死者不復云,幸而不死,即歸德于巫。以巫爲醫,以牛爲藥。間有飲藥者,巫輒云:"神怒,病不可復治。"親戚皆爲却藥,禁醫不得入門,(**王聖俞夾**)愚俗寫曲盡。人、牛皆死而後已。(**王聖俞夾**)雙綰。地産沉水香,香必以牛易之黎。黎人得牛,皆以祭鬼,無脱者。中國人以沉水香供佛,燎帝求福;此皆燒牛肉也,何福之能得?哀哉!予莫能救,故書柳子厚《牛賦》以遺瓊州僧道贇,使以曉喻其鄉人之有知者,庶幾其少衰乎?(**王聖俞夾**)語緩彌迫。庚辰三月十五日記。

【彙評】

鍾惺:癡心結習,惟此諢可以解之,一經正論便失之矣。

王聖俞:慘不忍讀。

書若逵所書經後

(**李卓吾旁**)亦趣。

楚懷比丘,示我若逵所書二經。經爲幾品,品爲幾偈,偈爲幾句,句爲幾字,字爲幾畫,其數無量。(**王聖俞夾**)就字參禪。而此字畫。平等若一,無有高下,輕重大小。云何能一?以忘我故。若不忘我,一畫之中,已現二相,而況多畫。如海上沙,是誰磋磨,自然匀平,無有粗細。如空中雨,是誰揮灑,自然蕭散,無有疏密。(**馮夢禎眉**)就書法即説佛法。(**王聖俞眉**)文章之妙,自然應節,亦復如是。(**陶石簣眉**)海沙空雨,了達之語。咨爾楚、逵,若能一念,了是法門,於刹那頃,轉八十藏,無有忘失,一句一偈。東坡居士,説是法已,復還其經。(**鍾惺夾**)了得妙。

【彙評】

王聖俞:故是慧心人。

陳天定:王納諫云:"就字參禪。"又云:"文章之妙,自然應節,亦復如是。"

書孫元忠所書華嚴經後

（**陳眉公眉**）蘇黄題跋，人並推重。至如煙光花氣，若有若無，山谷遠不逮公。

余聞世間凡富貴人及諸天龍鬼神具大威力者，修無上道難，造種種福業易。所發菩提心，旋發旋忘，如飽滿人，厭棄飲食。所作福業，舉意便成，如一滴水，流入世間，即爲江河。是故佛説此等，真可畏怖，一念差失，萬劫墮壞，一切龍服，地行天飛，佛在依佛，佛成依僧，皆以是故。維鎮陽平山子龍，靈變莫測，常依覺實，二大比丘。（**馮夢禎眉**）亦大奇事。有大檀越，孫温靖公，實能致龍，與相賓友。曰雨曰霽，惟公所欲。公之與此，二大比丘，及此二龍必同事佛，皆受佛記。故能於未來世，各以願力，而作佛事。觀公奏疏，本欲爲龍作廟，又恐血食，與龍增業，故上乞度僧，以奉祠宇。公之愛龍，如愛其身，只令作福，不令造業。（**馮夢禎眉**）此與龍友皆締佛緣，非豢龍氏比也。然亦以佛力能友龍乎？若推此心，以及世間，待物如我，待我如物。

予知此人，與佛無二，覺既圓寂，公亦棄世。其子元忠，爲公親書《華嚴經》八十卷，累萬字，無有一點一畫，見怠惰相。人能攝心，一念專静，便有無量應感。而元忠此心盡八十卷，終始若一。予知諸佛，悉已見聞，若以此經，置此山中，則公與二士若龍，在在處處，皆當相見。共度衆生，無有窮盡，而元忠與予，亦當與焉。

書柳子厚大鑒禪師碑後

釋迦以文教，其譯於中國，必托於儒之能言者，然後傳遠。

故《大乘》諸經至《楞嚴》,則委曲精盡勝妙獨出者,以房融筆授故也。柳子厚南遷,始究佛法,作曹溪、南嶽諸碑,妙絶古今,而南華今無刻石者。長老重辯師,儒釋兼通,道學純備,以謂自唐至今,頌述祖師者多矣,未有通亮簡正如子厚者。蓋推本其言,與孟軻氏合,其可不使學者晝見而夜誦之。故具石請予書其文。《唐史》:元和中,馬總自虔州刺史,遷安南都護,徙桂管經略觀察使,入爲刑部侍郎。今以碑考之,蓋自安南遷南海,非桂管也。韓退之《祭馬公文》亦云:"自交州抗節番禺,曹溪謚號,决非桂帥所當請。"以是知《唐史》之誤,當以碑爲正。紹聖二年六月九日。

書金光明經後

軾之幼子過,其母同安郡君王氏諱閏之,字季章,享年四十有六。以元祐八年八月一日,卒於京師,殯於城西惠濟院。過未免喪,而從軾遷於惠州,日以遠去其母之殯爲恨也。念將祥除,無以申罔極之痛,故親書《金光明經》四卷,手自裝治,送虔州崇慶禪院新經藏中,欲以資其母之往生也。泣而言於軾曰:"書經之勞微矣,不足以望豐報,要當口誦而心通,手書而身履之,乃能感通佛祖,升濟神明,而小子愚冥,不知此經皆真實語耶,抑寓言也? 當云何見云何行?"

軾曰:"善哉問也。吾常聞之張文定公安道曰:佛乘無大小,言亦非虚實,顧我所見如何耳。萬法一致也,我若有見,寓言即是實語;若無所見,實寓皆非。(**馮夢禎眉**)只此數語,可以看盡五千四十八卷。故《楞嚴經》云:若一衆生未成佛,終不於此取涅槃。若諸菩薩急於度人,不急於成佛,盡三界衆生皆成佛已,我乃涅槃。若諸菩薩覺知此身,無始以來,皆衆生相。冤親拒受,内外障護,即卵生相。壞彼成此,損人益己,即胎生相。愛染留連,附記有無,即濕生相。一切勿變,爲己主宰,即化生相。此四衆生相者,與我流轉,不覺不知,勤苦修行,幻力成就。由此四相,伏我諸根,爲涅槃相。以此成佛,無有是處。此二菩薩,皆是正見。乃知佛語,非寓非實。今汝若能爲流水長者,以大願力,象取無礙法水,以救汝流浪渴涸之魚,又能觀諸世間,雖甚可愛,而虚幻無實,終非我有者,汝即捨離。如薩埵王子捨身,雖甚可惡,而業所驅迫,深可憐憫者,汝即布施。如薩埵王子施虎,行此捨施,如飢就食,如渴求飲,則道可得,佛可成,母可拔也。"

過再拜稽首,願書其末。紹聖二年八月一日。

金剛經跋尾

聞昔有人,受持諸經,攝心專妙。常以手指,作捉筆狀。於虚空中,寫諸經法。是人去後,此寫經處,自然嚴浄,雨不能濕。(**王聖俞夾**)奇。凡見聞者,孰不贊嘆,此稀有事。有一比丘,獨拊掌言,惜此藏經,止有半藏。(**馮夢禎夾**)又奇。乃知此法,有一念在,即爲塵勞。而況可以,聲求色見。今此長者,譚君文初,以念親故,示入諸相。取黄金屑,書《金剛經》,以四句偈,悟入本心。灌流諸根,六塵清浄。方此之時,不見有經,而況其字。字不可見,何者爲金。我觀譚君,孝慈忠信,内行純備。以是衆善,莊嚴此經,色相之外,炳然焕發。諸世間眼,不具正見,使此經法,缺陷不全。是故我説,應如是見。東坡居士,説是法已,復還其經。

【彙評】

王聖俞:譚君特富兒佞佛者耳,東坡蓋反詞以藥之,然亦諛直相半。

陳天定:王納諫云:"譚君特富兒佞佛者耳,東坡蓋反詞以藥之,然亦諛直相半。"

書事四首

書劉庭式事

予昔爲密州,殿中丞劉庭式爲通判。庭式,齊人也。而子由爲齊州掌書記,得其鄉閭之言以告予,曰:"庭式通禮學究。未及第時,議娶其鄉人之女,既約而未納幣也。庭式及第,其女以疾,兩目皆盲。女家躬耕,貧甚,不敢復言。或勸納其幼女。庭式笑曰:'吾心已許之矣。雖盲,豈負吾初心哉!'卒娶盲女,與之偕老。"盲女死於密,庭式喪之,逾年而哀不衰,不肯復娶。

予偶問之:"哀生於愛,愛生於色。子娶盲女,與之偕老,義也。愛從何生,哀從何出乎?"庭式曰:"吾知喪吾妻而已,有目亦吾妻也,無目亦吾妻也。吾若緣色而生愛,緣愛而生哀,色衰愛弛,吾哀亦忘。則凡揚袂倚市,目挑而心招者,皆可以爲妻也耶?"予深感其言,曰:"子功名富貴人也。"(**鍾惺夾**)水鐵心眼。(**李卓吾夾**)妙,妙。

或笑予言之過,予曰:"不然,昔羊叔子娶夏侯霸女,霸叛入蜀,親友皆告絶,而叔子獨安其室,恩禮有加焉。君子是以知叔子之貴也,其後卒爲晉元臣。今庭式亦庶幾焉,若不貴,必且得道。”(李卓吾夾)又妙。時坐客皆憮然不信也。

昨日有人自廬山來,云:“庭式今在山中,監太平觀,面目奕奕有紫光,步上下峻坂,往復六十里如飛,絶粒不食,已數年矣。此豈無得而然哉!”聞之喜甚,自以吾言之不妄也,乃書以寄密人趙杲卿。杲卿與庭式善,且皆嘗聞余言者。庭式,字得之,今爲朝請郎。杲卿,字明叔,鄉貢進士,亦有行義。元豐六年七月十五日,東坡居士書。

【彙評】

鍾惺:此等識解解説不出,然妙在實有其理又實有其事。

書狄武襄事

(李卓吾旁)狄公非常人也。

狄武襄公者,本農家子。年十六時,其兄素,與里人失其姓名號鐵羅漢者,鬥于水濱,至溺殺之。保伍方縛素,公適餉田,見之,曰:“殺羅漢者,我也。”人皆釋素而縛公。公曰:“我不逃死。然待我救羅漢,庶幾復活。若決死者,縛我未晚也。”衆從之。公默祝曰:“我若貴,羅漢當蘇。”乃舉其屍,出水數斗而活。其後人無知者。

公薨,其子諮、詠護喪歸葬西河,父老爲言此。元祐元年十二月五日,與詠同館北客,夜話及之。眉山蘇軾記。

外曾祖程公逸事

公諱仁霸,眉山人。以仁厚信於鄉里。蜀平,中朝士大夫憚遠宦，官闕，選士人有行義者攝。公攝録參軍。

眉山尉有得盜蘆菔根者，實竊，而所持刃誤中主人。尉幸賞，以劫聞。獄掾受賕，掠成之。太守將慮囚，囚坐廡下泣涕，衣盡濕。公適過之，知其冤，咋謂盜曰：“汝冤，盍自言，吾爲汝直之。”盜果稱冤，移獄。公既直其事，而尉、掾争不已，復移獄，竟殺盜。公坐逸囚罷歸。不及月，尉、掾皆暴卒。

後三十餘年，公晝日見盜拜庭下，曰：“尉、掾未伏，待公而決。前此地府欲召公暫對，我扣頭争之，曰：‘不可以我故驚公。’是以至今。公壽盡今日，我爲公荷擔而往。暫對，即生人天，子孫壽禄，朱紫滿門矣。”公具以語家人，沐浴衣冠就寢而卒。

軾幼時聞此語。已而外祖父壽九十。舅氏始貴顯，壽八十五。曾孫皆仕有聲，同時爲監司者三人。玄孫宦學益盛。而尉、掾之子孫微矣。或謂盜德公之深，不忍煩公，暫對可也，而獄久不決，豈主者亦因以苦尉、掾也歟？

紹聖二年三月九日，軾在惠州，讀陶潛所作外祖孟嘉傳，云：“凱風寒泉之思，實鍾厥心。”意凄然悲之。乃記公之逸事以遺程氏，庶幾淵明之心也。

卷九十四

贊三十七首

（**茅鹿門評**）坡公諸贊，游神言外，點綴淋漓。（**錢麓屏評**）坡公諸小贊，疏宕清古，寒水孤峰。（**陳眉公評**）坡公諸贊銘，理言玄著，亦復興趣幽微。（**馮夢禎評**）所以老宿云，指天畫地，作獅子吼時，宜一棒子打殺。

延州來季子贊（並引）

（**茅鹿門旁**）子瞻按季子救陳在哀公十年，故以爲其救陳也。去吴之亡僅十三年爾，季子知吴之亡，何以不諫？余獨謂，闔廬既已殺王僚而自立，逃而去，終身焉不入吴之市，蓋季子已絶人世也久矣。《左傳》所稱季子云云，妄也。大較《左傳》多浮誇焉，知其非以訛傳訛也。子瞻求其説而不得，謂季子且不死，則又過矣。

魯襄公十二年，吴子壽夢卒。延州來季子，其少子也，以讓國聞于諸侯，則非童子矣。至哀公十年冬，楚令尹子期伐陳，季子救陳，謂子期曰："二君不務德而力争諸侯，民何罪焉？我請退，以爲子名，務德而安民。"乃還。時去壽夢卒，蓋七十七年矣，而能千里將兵，季子何其壽而康也。然其卒不書於《春秋》。哀公之元年，吴王夫差敗越於夫椒，句踐使大夫種因太宰嚭以行成於吴，吴王許之，子胥諫不聽，則吴之亡形成矣。季子觀樂於魯，知列國之廢興於百年之前。方其救陳也，去吴之亡十三年耳,而謂季子不知,可乎?闔廬之自立也,曰:“季子雖至,不吾廢也。”是季子德信於吴人,而言行於其國也。且帥師救陳,不戰而去之,以爲敵國名,則季子之於吴,蓋亦少專矣。救陳之明年,而子胥死。季子知國之必亡,而終無一言於夫差,知言之無益也。夫子胥以闔廬霸,而夫差殺之如皂隸,豈獨難於季子乎!烏乎悲夫!吾是以知夫差之不道,至於使季子不敢言也。蘇子曰:延州來季子、張子房,皆不死者也。江左諸人好談子房、季札之賢,有以也夫。此可與知者論,難與俗人言也。作《延州來季子贊》曰:

泰伯之德,鍾於先生。棄國如遺,委蜕而行。坐閲春秋,幾五之二。古之真人,有化無死。

【彙評】

祁班孫:此篇覺亂而無緒。

儲欣:似有所諷。

孔北海贊(並叙)

(**李卓吾旁**)可感。(**高啓眉**)按《送秦少章太息篇》已有景行北海意,此贊更極感慨,乃知自古英豪行事相類,每不能忘情云。

文舉以英偉冠世之資,師表海内,意所予奪,天下從之,此人中龍也。而曹操陰賊險狠,特鬼蜮之雄者耳。其勢决不兩立,非公誅操,則操害公,此理之常。而前史乃謂公負其高氣,志在靖難,而才疏意廣,訖無成功,此蓋當時奴婢小人論公之語。公之無成,天也。使天未欲亡漢,公誅操如殺狐兔,何足道哉!(**陳仁錫眉**)如此讀史,纔放光明。(**錢文登眉**)快。世之稱人豪者,才氣各有高庳,然皆以臨難不懼,談笑就死爲雄。操以病亡,子孫滿前而咿嚶涕泣,留連妾婦,分香賣履,區處衣物,平生奸僞,死見真性。世以成敗論人物,故操得在英雄之列。而公見謂才疏意廣,豈不悲哉!操平生畏劉備,而備以公知天下有己爲喜,天若胙漢,公使備,備誅操無難也。(**高啓眉**)引備作證者,意若曰備終不能誅操而人不以意廣才疏相短,則北海之不能誅操,殆天也。(**高啓夾**)突引入,然無迹。予讀公所作《楊四公贊》,嘆曰:方操害公,復有魯國一男子慨然争之,公庶幾不死。(**高啓夾**)曹瞞愧死。乃作《孔北海贊》曰:

晉有羯奴,盜賊之靡。欺孤如操,又羯所耻。我書《春秋》,與齊豹齒。文舉在天,雖亡不死。我宗若人,尚友千祀。視公如龍,視操如鬼。

【彙評】

陳天定:"龍""鬼"二語,森羅殿前之筆。贊有序,論亦偉然。文舉之所以壓操者,只須一段浩氣,不必以勝負争。讀此贊,千載如生。足矣!足矣!

王元之畫像贊(並叙)

(**茅鹿門旁**)感慨激烈過多。(**姜鳳阿眉**)器局大,讀此可以想見公與元之爲人。而東澗亦選此篇入《妙絶古今》,熟讀之方知其佳。

《傳》曰:"不有君子,其能國乎?"余常三復斯言,未嘗不流涕太息也。如漢汲黯、蕭望之、李固,吴張昭,唐魏鄭公、狄仁傑,皆以身徇義,招之不來,麾之不去。(**高啓夾**)六君子。正色而立於朝,則豺狼狐狸,自相吞噬,故能消禍於未形,救危於將亡。使皆如公孫丞相、張禹、胡廣,雖累千百,緩急豈可望哉!(**高啓夾**)此轉佳。(**方三山眉**)汲黯而下五人舉名,而魏徵稱公,以其名與仁祖諱同音。胡廣而上二人舉名,而公孫弘稱官,以其名犯宣祖諱。此作文閃避法也。故翰林王公元之,以雄文直道,獨立當世,足以追配此六君子者。方是時,朝廷清明,無大奸慝。然公猶不容于中,耿然如秋霜夏日,不可狎玩,至於三黜以死。(**高啓夾**)回護。有如不幸而處於衆邪之間,安危之際,則公之所爲,必將驚世絶俗,使斗筲穿窬之流,心破膽裂,豈特如此而已乎?(**高啓夾**)波瀾曲折。始余過蘇州虎丘寺,見公之畫像,想其遺風餘烈,願爲執鞭而不可得。其後爲徐州,而公之曾孫汾爲兗州,以公墓碑示余,乃追爲之贊,以附其家傳云。(**林希元眉**)王元之之節操誠俊偉卓越。東坡之所闡揚尤極剴切,有可以厲風教,非徒以文論也。

維昔聖賢,患莫己知。公遇太宗,允也其時。帝欲用公,公不少貶。三黜窮山,之死靡憾。咸平以來,獨爲名臣。一時之屈,萬世之信。紛紛鄙夫,亦拜公像。何以占之,有泚其顙。公能泚之,不能已之。茫茫九原,愛莫起之。

【彙評】

錢文登:雖若一氣寫成,實多轉折,真大手筆也。〇坡翁雜著最多,單言隻詞皆可人意,不及俱入選,學者須考其全集。

王仲儀真贊(並叙)

(**茅鹿門旁**)先於小序中點次,故贊文特爽。

《孟子》曰:"所謂故國者,非謂有喬木之謂也,有世臣之謂也。"又曰:"爲政不難,不得罪於巨室。巨室之所慕,一國慕之。一國之所慕,天下慕之。"夫所謂世臣者,豈特世禄之人,而巨室者,豈特侈富之家也哉? 蓋功烈已著於時,德望已信於人,譬之喬木之謂也封殖愛養,自拱把以至於合抱者,非一日之故也。平居無事,商功利,課殿最,誠不如新進之士。至於緩急之際，决大策，安大衆，呼這則來，揮之則散者，惟世臣、巨室爲能。余嘉祐中，始識懿敏王公于成都，其後從事於岐，而公自許州移鎮平凉。方是時，虜大舉犯連，轉運使攝帥事，與副總管議不合，軍無紀律，邊人大恐，聲摇三輔。及聞公來，吏士踊躍傳呼，旗旆精明，鼓角歡亮，虜即日解去。公至，燕勞將佐而已。余然後知老臣宿將，其功用蓋如此。（**茅鹿門夾**）世臣、巨室之用。使新進之士當之，雖有韓、白之勇，良、平之奇，豈能坐勝默成如此之捷乎？熙寧四年秋，余將往錢塘，見公於私第佚老堂，飲酒至暮。論及當世事，曰："吾老矣，恐不復見，子厚自愛，無忘吾言。"既去二年而公薨。又六年，乃作公之真贊，以遺其子鞏。詞曰：

堂堂魏公，配命召祖。顯允懿敏，維周之虎。魏公在朝，百度維正。懿敏在外，有聞無聲。高明廣大，宜公宜相。如木百圍，宜宫宜堂。天既厚之，又貴富之。如山如河，維安有之。彼窶人子，既陋且寒。終勞永憂，莫知其賢。曷不觀此，佩玉劍履。晉公之孫，魏公之子。（**茅鹿門夾**）世臣、巨室。

王定國真贊

（**潘去華眉**）筆端造化不測。（**高啓眉**）相於真之中，達於真之外。

温然而澤者，道人之腴也。凛然而清者，詩人之癯也。雍容委蛇者，貴介之公子。而短小精悍者，游俠之徒也。人何足以知之？此皆其膚也。若人者，泰不驕，困不撓，而老不枯也。

秦少游真贊

（**李卓吾旁**）好。

以君爲將仕也,其服野,其行方。以君爲將隱也,其言文,其神昌。置而不求君不即,即而求之君不藏。以爲將仕將隱者,皆不知君者也,蓋將挈所有而乘所遇,以游於世,而卒反於其鄉者乎?

參寥子真贊

(**李卓吾旁**)甚趣。

東坡居士曰:維參寥子,身寒而道富。辯於文而訥於口。外尫柔而中健武。與人無競,而好刺譏朋友之過。枯形灰心,而喜爲感時玩物不能忘情之語。(**鍾惺眉**)"不能忘情"四字,名僧所諱,參寥妙處在此。此余所謂參寥子有不可曉者五也。

【彙評】

陳天定:鍾惺云:"'不能忘情'四字,名僧所諱,參寥妙處在此。"

徐大正真贊

賢哉徐子,温文而毅。儒不亂法,俠不犯忌。求之古人,尚論其世。登唐減漢,三國之士。我非北海,安識子義。願觀伯符,攬戟爲戲。

文與可畫墨竹屏風贊

(**李卓吾旁**)可感。

與可之文,其德之糟粕。與可之詩,其文之毫末。詩不能盡,溢而爲書,變而爲畫,皆詩之餘。(**高啓夾**)妙論。其詩與文,好者益寡。有好其德如好其畫者乎?(**高啓眉**)畫以德益重。悲夫!

【彙評】

高啓:按石室先生以書法畫竹,山谷道人以畫竹法作書,東坡居士則二法兼之,故極其相契云。

戒壇院文與可畫墨竹贊

(**李卓吾旁**)趣。

風梢雨籜,上傲冰雹。霜根雪節,下貫金鐵。誰爲此君?與可姓文。惟其有之,是以好之。(**陳仁錫眉**)是贊與可。

石室先生畫竹贊(並叙)

(**李卓吾旁**)趣甚。(**鍾惺眉**)罵世之言。

與可,文翁之後也。蜀人猶以石室名其家,而與可自謂笑笑先生。(**高啓夾**)此點石室,以後更不帖著。蓋可謂與道皆逝,不留於物者也。顧嘗好畫竹,客有贊之者曰:

先生閑居,獨笑不已。問安所笑,笑我非爾。物之相物,我爾一也。先生又笑,笑所笑者。笑笑之餘,以竹發妙。竹亦得風,天然而笑。(**高啓眉**)"竹亦得風,天然而笑"爲贊畫絶語,然又是笑笑先生畫竹。

【彙評】

潘去華:杜少陵爲詩史,逸少帖爲字史,與可墨竹贊不數語,而與可之竹畢具爲畫史。

陳天定:鍾惺云:"罵世之言。"

文與可飛白贊

(**茅鹿門旁**)文有神解。

嗚呼哀哉!與可豈其多好,好奇也歟!抑其不試,故藝也。始余見其詩與文,又得見其行草篆隸也,以爲止此矣。既没一年,而復見其飛白。美哉多乎,其盡萬物之態也!(**高啓夾**)發贊根子。(**高啓眉**)曲盡飛白之工。霏霏乎其若輕雲之蔽月,翻翻乎其若長風之卷旆也。猗猗乎其若游絲之縈柳絮,裹裹乎其若流水之舞荇帶也。離離乎其遠而相屬,縮縮乎其近而不隘也。其工至於如此,而余乃今知之。(**高啓夾**)總收。則余之知與可者固無幾,而其所不知者蓋不可勝計也。(**陳仁錫眉**)切磋琢磨,惟其工也。即明亦有不知者矣。(**高啓夾**)應前意。嗚呼哀哉!

【彙評】

凌啓康:與可草書名重宋季,常自云:余學草書凡十年,終未得古人用筆之法。後因見道上鬥蛇,遂得其妙。

郭忠恕畫贊(並敘)

(李卓吾旁)趣。

右張夢得所藏郭忠恕畫山水屋木一幅。忠恕字恕先,以字行,洛陽人。少善屬文,及史書小學,通九經。七歲舉童子。漢湘陰公辟從事,與記室董裔争事,謝去。周祖召爲《周易》博士。國初與監察御史符昭文争忿朝堂,貶乾州司户。秩滿,遂不仕。放曠岐、雍、陜、洛間,逢人無貴賤,口稱猫。(陳仁錫眉)恐太謍。遇佳山水,輒留旬日。或絶粒不食,盛夏暴日中,無汗,大寒鑿冰而浴。尤善畫,妙於山水屋木。(高啓夾)應。有求者,必怒而去。意欲畫,即自爲之。郭從義鎮岐下,延止山亭,設絹素粉墨於坐。經數月,忽乘醉就圖之一角,作遠山數峰而已,(鍾惺夾)妙。郭氏亦寶之。岐有富人子,喜畫,日給淳酒,待之甚厚。久乃以情言,且致匹素,恕先爲畫小童持綫車放風鳶,引綫數丈滿之。富家子大怒,遂絶。(鍾惺夾)處俗人有法。(陳仁錫眉)不絶富家子,不成郭恕先。〇以風鳶絶富交,可謂以微罪行。(高啓眉)叙"郭從義"及"富家子"二段,错落可觀,下字俱大斟酌。時與役夫小民入市肆飲食,曰:"吾所與游,皆子類也。"(李卓吾夾)真語。太宗聞其名,召赴闕,館於内侍省押班竇神興舍。恕先長髯而美,忽盡去之。神興驚問其故。曰:"聊以效顰。"神興大怒。(高啓眉)叙"近役夫""狎内侍"二段,更變幻。除國子監主簿,出,館於太學,益縱酒肆言時政,頗有謗讟。語聞,决杖配流登州。至齊州臨清,謂部送吏曰:"我逝矣。"因掊地爲穴,度可容面,俯窺焉而卒,藁葬道左。後數月,故人欲改葬,但衣衾存焉,蓋尸解也。贊曰:

長松攙天,蒼壁插水。憑欄飛觀,縹緲誰子。空蒙寂歷,煙雨滅没。恕先在焉,呼之或出。(李卓吾旁)趣。

【彙評】

王聖俞：叙狂態曲盡。

鄭之惠：奇人奇文，此文如畫。

儲欣：東坡恕先，相視莫逆。

鍾惺：異人奇事，却寫得有本領。

陳天定：寫得活現，其叙中行徑亦大奇，余乃去之，要使人想像於"蒹葭""白露"之間。

黄庭經贊(並叙)

余既書《黄庭内景經》，以贈葆光道師，而龍眠居士復爲作經相其前，而畫余二人像其後。筆勢雋妙，遂爲希世之寶，嗟嘆不足，故復贊之。

太上虚皇出靈篇，黄庭真人舞胎仙。髯耆兩卿相後先，丱妙夾持清且妍。十有二神服鋭堅，巍巍堂堂人中天。問我何修果此緣，是心朝空夕了然，恐非其人世莫傳。殿以二士蒼鵠騫，南隨道師歷山淵。山人迎笑喜我還，問誰遣化老龍眠。

韓幹畫馬贊

(**潘去華眉**)韓幹馬贊真能使人方寸超然，意氣横出。(**弘曉甲眉**)神情宛肖，至今若或見之。(**茅鹿門旁**)游神言外，點綴淋漓。

韓幹之馬四。其一在陸，驤首奮鬛，若有所望，頓足而長鳴。其一欲涉，尻高首下，擇所由濟，局蹐而未成。其二在水，前者反顧，若以鼻語，後者不應，欲飲而留行。以爲廄馬也，則前無羈絡，後無棰策；以爲野馬也，則隅目聳耳，豐臆細尾，皆中度程。(**陳仁錫眉**)奇縱自然。蕭然如賢大夫貴公子，相與解帶脱帽，臨水而濯纓。遂欲高舉遠引，友麋鹿而終天年，則不可得矣。蓋優哉游哉，(**陳仁錫夾**)住得不陽。聊以卒歲而無營。

【彙評】

祁班孫：有不自知之妙。

趙翼：馬十五匹錯落叙來，何等簡净。

凌啓康考釋：按張彦遠曰：古之嬪臂纖而胸束，則自周昉小變矣；古之馬喙尖而腹細，則自韓幹而後小變矣。坡老贊云"豐臆細尾"，不及語腹，亦似此意也。

鍾惺：胸中曠然。

陳天定：鍾惺云："胸中曠然。"

膠西蓋公堂照壁畫贊(並引)

(**李卓吾旁**)趣。

陸探微畫師子在潤州甘露寺，李衛公鎮浙西所留者。筆法奇古，絶不類近世。予爲甘露寺詩有云"破板陸生畫，青猊戲盤跚。上有二天人，揮手如翔鸞。筆墨雖欲盡，典刑垂不刊"者也。熙寧九年十一月十五日，命工摹置膠西蓋公堂中，且贊之云：

高其目，仰其鼻，奮髯吐舌威見齒。舞其足，前其耳，左顧右盼喜見尾。雖猛而和蓋其戲，置之高堂護燕几。啼呼顛沛走百鬼，嗟乎妙哉古陸子！

石菖蒲贊(並叙)

(李卓吾旁)好。

《本草》:菖蒲,味辛温無毒,開心,補五臟,通九竅,明耳目。久服輕身不忘,延年益心智,高志不老。注云:生石磧上九節者,良。生下濕地大根者,乃是昌陽,不可服。韓退之《進學解》云:"訾醫師以昌陽引年,欲進其豨苓。"不知退之即以昌陽爲菖蒲耶?抑謂其似是而非不可以引年也?凡草木之生石上者,必須微土以附其根,如石韋、石斛之類。雖不待土,然去其本處,輒槁死。惟石菖蒲並石取之,濯去泥土,漬以清水,置盆中,可數十年不枯。雖不甚茂,而節葉堅瘦,根鬚連絡,蒼然於几案間,久而益可喜也。其輕身延年之功,既非昌陽之所能及。至於忍寒苦,安淡泊,與清泉白石爲伍,不待泥土而生者,亦豈昌陽之所能彷彿哉?余游慈湖山中,得數本,以石盆養之,置舟中。間以文石,石英璀璨芬鬱,意甚愛焉。顧恐陸行不能致也,乃以遺九江道士胡洞微,使善視之。余復過此,將問其安否。贊曰:

清且泚,惟石與水。托於一器,養非其地。瘠而不死,夫孰知其理。不如此,何以輔五藏而堅髮齒。

九馬圖贊(並引)

長安薛君紹彭,家藏曹將軍《九馬圖》,杜子美所爲作詩者也,拳毛師子二駿在焉。作《九馬圖贊》:

牧者萬歲,繪者惟霸。甫爲作誦,偉哉九馬。姚、宋廟堂,李、郭治兵。帝下毛龍,以馭群英。我思開元,今爲幾日。筋骨應圖,至三萬匹。云何寂寥,跬步山川。負鹽挽磨,淚濕九泉。

牝牡驪黄，自以爲至。駁其一毛，棄我千里。蹄齧是乘，脂轙其鞭。道阻且長，喟其永嘆。

顧愷之畫黄初平牧羊圖贊

先生養生如牧羊，放之無何有之鄉。止者自止行者行，先生超然坐其旁。挾策讀書羊不亡，化而爲石起復僵。流涎磨牙笑虎狼，先生指呼羊服箱。號稱雨工行四方，莫隨上林芒屩郎，嗅門舐地尋鹽湯。

二疏圖贊

（**李卓吾旁**）趣。

惟天爲健，而不干時。沈潛剛克，以變和之。於赫漢高，以智力王。凛然君臣，師友道喪。孝宣中興，以法馭人。殺蓋、韓、楊，蓋三良臣。先生憐之，振袂脱屣。使知區區，不足驕士。此意莫陳，千載於今。我觀畫圖，涕下沾襟。

偃松屏贊（並引）

余爲中山守，始食北嶽松膏，爲天下冠。其木理堅密，瘠而不瘁，信植物之英烈也。謫居羅浮山下，地暖多松，而不識霜雪，如高才勝人生綺紈家，與孤臣孽子有間矣。（**陳仁錫眉**）□之不幸。士踐憂患，安知非福。（**高啓眉**）無限感慨。幼子過從我南來，畫寒松偃蓋爲護首小屏。爲之贊曰：

燕南趙北，大茂之麓。天僵雪峰，地裂冰谷。（**高啓夾**）句法雄偉。凛然孤清，不能無生。生此偉奇，北方之精。蒼皮玉骨，磽磽鬜鬜。方春不知，冱寒秀發。孺子介剛，從我炎荒。霜中之英，以洗我瘴。（**高啓眉**）結語出本意。

三馬圖贊（並引）

（**李卓吾眉**）西域馬、龍眠畫、坡老贊，當爲三絶。（**茅鹿門旁**）贊名馬，而其意全在本朝廷，却名馬上。

元祐初，上方閉玉門關，謝遣諸將。太師文彦博、宰相吕大防、范純仁建遣諸生游師雄行邊，飭武備。師雄至熙河，蕃官包順請以所部熟户除邊患，師雄許之，遂禽猾羌大首領鬼章青宜結以獻。百官皆賀，且遣使告永裕陵。時西域貢馬，首高八尺，龍顱而鳳膺，虎脊而豹章。出東華門，入天駟監，振鬣長鳴，萬馬皆喑，父老縱觀，以爲未始見也。（**高啓眉**）好摹寫。然上方恭默思道，八駿在庭，未嘗一顧。其後圉人起居不以時，馬有斃者，上亦不問。（**高啓眉**）先爲頌述君德，後説判却獻馬，韻致自饒。明年，羌温溪心有良馬，不敢進，請於邊吏，願以饋太師潞國公，詔許之。蔣之奇爲熙河帥，西蕃有貢駿馬汗血者。有司以爲非入貢歲月，留其使與馬於邊。之奇爲請，乞不以時入事下禮部。軾時爲宗伯，判其狀云：朝廷方却走馬以糞，正復汗血，亦何所用？事遂寢。（**陳仁錫眉**）却其馬而畫其骨，賢哉宗伯。於時兵革不用，海内小康，馬則不遇矣，而人少安。（**陳仁錫夾**）仁人之言。（**高啓夾**）轉趣甚。軾嘗私請于承議郎李公麟，畫當時三駿馬之狀，而使鬼章青宜結效之，藏於家。紹聖四年三月十四日，軾在惠州，謫居無事，閲舊書畫，追思一時之事，而嘆三馬之神駿，乃爲之贊曰：

吁鬼章，世悍驕。奔貳師，走嫖姚。今在廷，服虎貂。效天驥,立内朝。八尺龍,神超遥。若將西,燕昆瑶。帝念民,乃下招。籋歸雲,逝房妖。

【彙評】

凌啓康:按元美跋伯時畫云,龍眠畫馬幾落馬趣,畫人物皆儼雅,衣折作蘭葉,吾不能多見吴道子、王瓘,今當亦無忝矣。坡老所得三馬,鬼章青宜結圖作贊,珍惜非妄。

鄭之惠:大經濟手。蒼皮玉骨。

李潭六馬圖贊

六馬異態,以似爲妍。畫師何從,得所以然?相彼癢者,舉唇見咽。方其癢時,槁木萬錢。絡以金玉,非爲所便。烏乎!各適其適,以全吾天乎?

李伯時畫李端叔真贊

龍眠居士畫李端叔,東坡老人贊之曰:鬚髮之拳然,眉宇之淵然,披胸腹之掀然。(**高啓眉**)只起首三語,李伯時畫真恍然見之。以爲可得而見歟?則漠乎其無言。以爲不可得而見歟?則已見畫於龍眠矣。嗚呼,其將爲既琢之玉,以役其天乎?其將爲不雨之雲,以抱其全乎?抑將游戲此世,而時出於兩者之間也?

【彙評】

凌啓康:按宋南渡以前,獨重李公麟伯時。伯時白描,人物遠師顧、吴,牛馬斟酌韓、戴,山水出王、李,似于董、李所未及也。

三笑圖贊

彼三士者,得意忘言。盧胡一笑,其樂也天。嗟此小童,麋鹿狙猿。爾各何知,亦復粲然。萬生紛綸,何鄙何妍。各笑其笑,未知孰賢?

【彙評】

王聖俞:三士之笑,不須更著一語,却推到小童猿鹿輩,皆含笑意,便自解脱。

陳天定:王納諫云:"三士之笑,不須更著一語,却推到小童猿鹿上,便自解脱。"

李西平畫贊

以吾觀,西平王。提孤軍,自北方。赴行在,走懷光。斬朱泚,如反掌。及其後,帥鳳翔。與隴右,瞰河湟。兵益振,謀既臧。終不能,取尋常。墮賊計,困平凉。卒罷兵,仆三將。誰之咎?在廟堂。斬馬劍,誅延賞。爲菹醢,不足償。鑒遺像,涕泗滂。

【彙評】

王聖俞:自然成文。

醉吟先生畫贊

黄金斗,碧玉壺。足踏東流水,目送西飛鳧。擁髻顧影者,真子干之侍妾;奮髯直視者,非列仙之臞儒。

夢作司馬相如求畫贊(並叙)

夜夢嚴君平、司馬相如、揚子雲合席而坐。子雲曰:"長卿久欲求公作畫贊。"余辭以罪戾之餘,久廢筆硯。子雲懇祈,不獲已爲之。(**陳仁錫眉**)多好子贊。既成,子雲戲余曰:"三賦果足以重趙乎?"余曰:"三賦足以重趙,則子之《太玄》果足以重趙乎?"爲之一笑而散。其贊曰:

長卿有意,慕藺之勇。言還故鄉,閭里是聳。景星鳳凰,以見爲寵。煌煌三賦,可使趙重。(**李卓吾旁**)趣。

【彙評】

陳天定:純是靈氣,飄忽而來。

題三國名臣贊

西漢之士多智謀,薄於名義。東京之士尚風節,短於權略。兼之者,三國名臣也。而孔明巍然三代王者之佐,未易以世論也。

忠懿王贊

文武忠懿,堂堂如春。中有㮮里,不以示人。雷行八區,震驚聽聞。提十五州,共爲帝民。送君者自崖而返,以安樂其子孫。九萬里則風斯在下矣,眇大物而成仁。

李伯時所畫沐猴馬贊

吾觀沐猴，以馬爲戲。至使此馬，竊銜詭轡。沐猴宜馬，真虛言爾。

文與可枯木贊

怪木在廷，枯柯北走。窮猿投壁，驚雀入牖。居者蒲氏，畫者文叟。贊者蘇子，觀者如流。

救月圖贊

癡蟆臠肉，睥睨天目。偉哉黑龍，見此蛇服。蟆死月明，龍反其族。乘雲上天，雨我百穀。

東坡過余清虚堂，欲揮翰筆，誤落紙如蜿蜒狀。因點成眼目，畫缺月其上，名救月圖，並題此贊。偶爾游戲，遂成奇筆。王鞏題。

捕魚圖贊

荇秀水暖，鼃魚出戲。怒蛙無朋，寂寬鼓吹。孰謂魚樂？强嬴相屠。去是哆口，以完長鬚。

思無邪丹贊

飲食之精，草木之華。集我丹田，我丹所家。我丹伊何？

鉛汞丹砂。客主相守,如巢養鶵。培以戊己,耕以赤蛇。化以丙丁,滋以河車。乃根乃株,乃實乃華。晝煉於日,赫然丹霞。夜浴於月,皓然素葩。金丹自成,曰思無邪。此贊信筆直書,不加點定,殆是天成,非以意造也。紹聖元年十月二十日。

六觀堂贊

(**馮夢禎眉**)六觀者,《金剛經》偈云:一切有爲法,如夢幻泡影,如露,亦如電。應作如是觀也。(**高啓眉**)慧解自勝。

我觀衆生,念念爲人。晝不見心,夜不見身。佛言如夢,非想非因。夢中常覺,孰爲形神?我觀衆生,終日疑怖。土偶不然,無挂礙故。(**馮夢禎眉**)若只似"土偶不然",又是盲修瞎練。佛言如幻,永離愛惡。飢餐畫餅,無有是處。我觀衆生,起滅不停。以是爲故,乃有死生。佛言如泡,泡本無成。能壞能成,雖佛不能。我觀衆生,顛倒已久。以光爲無,以影爲有。佛言光影,我亦舉手。(**馮夢禎眉**)"光"應是"如"字。從此永斷,日中狂走。我觀衆生,同游露中。對面不見,衣沾眼蒙。佛言如露,一照而通。蒙者既滅,照者亦空。我觀衆生,神通自在。于電光中,建立世界。佛言如電,言發意會。佛與衆生,了無雜壞。垂慈老人,嘗作是觀。(**高啓夾**)總。自一至六,六生千萬。生故無窮,一故不亂。東坡無口,孰爲此贊?

【彙評】

李卓吾:饒舌。

元華子真贊

方口而髯,秀眉覆顴。示我其華,我識其元。我來從之,目擊道存。我有陋室,茅茨采椽。灑掃庭户,窗牖廓然。虚空無人,願受我言。

卷九十五

贊八十首

僧伽贊

盲人有眼不自知,忽然見日喜而舞。非謂日月有在亡,實自慶我眼根在。(**馮夢禎眉**)以一見性,説法到底。泗濱大士誰不見?而有熟視不見者。彼豈無眼業障故,以知見者皆稀有。若能便作稀有見,從此成佛如反掌。傳摹世間千萬億,皆自大士法身出。麻田供養東坡贊,見者無數悉成佛。

阿彌陀佛贊

蘇軾之妻王氏,名閏之,字季章,年四十六,元祐八年八月一日卒於京師。臨終之夕,遺言捨所受用,使其子邁、迨、過爲畫阿彌陀像。紹聖元年六月九日,像成,奉安于金陵清凉寺。贊曰:

佛子在時百憂繞,臨行一念何由了。口誦南無阿彌陀,如日出地萬國曉。何況自捨所受用,畫此圓滿天日表。見聞隨喜悉成佛,不擇人天與蟲鳥。但當常作平等觀,本無憂樂與壽夭。丈六全身不爲大,方寸千佛夫豈小。此心平處是西方,閉眼便到無魔嬈。(**馮夢禎眉**)是生西方訣。

藥師琉璃光佛贊(並引)

佛弟子蘇龠,與其妹德孫,病久不愈。其父過,母范氏,供養祈禱藥師琉璃光佛,遂獲痊損。其大父軾,特爲造畫尊像,敬拜稽首,爲之贊曰:

我佛出現時,衆生無病惱。世界悉琉璃,大地皆藥草。(**馮夢禎眉**)琉璃世界時,藥草亦無有用處。我今衆稚孺,仰佛如翁媪。面頤既圓平,風末亦除掃。弟子龠與德,前世衲衣老。敬造世尊像,壽命仗佛保。

傅大士贊

善慧執板,南泉作舞。借我門槌,爲君打鼓。

應夢觀音贊

稽首觀音,宴坐寶石。忽忽夢中,應我空寂。觀音不來,我亦不往。水在盆中,月在天上。(**鍾惺眉**)不許人索解。(**高啓眉**)"月在天上",然影落萬川,無不見月。以此喻應夢,理極透。(**馮夢禎眉**)義來問道無餘法,雲在青天水在瓶。○水中却有第二月,是一是二?答曰:即心即佛,作麽生下注脚。

【彙評】

陳天定:石萬程云:"非一非二。"○鍾惺云:"不許人索解。"

静安縣君許氏繡觀音贊

太岳之裔,邑于静安。學道求心,妙湛自觀。(**馮夢禎眉**)此觀想法味。觀觀世音,凛不違顔。三年之後,心法自圓。聞思修王,如日現前。心識其容,口莫能言。(**馮夢禎眉**)夫子學琴于師襄,而得文王,境界如此。發於六用,以所能傳。(**鍾惺夾**)妙。自手達針,自針達綫。爲針幾何?巧曆莫算。針若是佛,佛當千萬。若其非佛,此相曷緣?(**馮夢禎眉**)是佛即非是,佛即是佛。孰融此二,爲不二門?拜手敬贊,東坡老人。

繡佛贊

(**李卓吾旁**)趣。

凡作佛事,各以所有。富者以財,壯者以力。巧者以技,辯者以言。(**馮夢禎眉**)繡者以技,坡公以言,等無有二。若無所有,各以其心。見聞隨喜,禮拜贊嘆。曾未及彼,一針之勞。而其獲報,等無有二。若復緣此,得度成佛。則此繡者,乃是導師。

題王靄畫如來出山相贊

頭髗髻,耳卓朔。適從何處來,碧色眼有角。明星未出萬家閑,外道天魔猶奏樂。錯不錯。安得無上菩提,成正等覺?

【彙評】

王聖俞:口角儁異,思路靈通。

東林第一代廣惠禪師真贊

(**高啓眉**)先虚説了死生道理之妙,纔著廣惠作贊往結,此是贊法另一格。

忠臣不畏死,故能立天下之大事。勇士不顧生,故能立天下之大名。(**陳仁錫眉**)亦不必抑忠勇,忠勇亦即出三界了萬法也。(**馮夢禎眉**)却以文字起。是人於道亦未也,特以義重而身輕。然猶所立如此,而况於出三界,了萬法,不生不老,不病不死,應物而無情者乎?(**高啓夾**)形出禪理之勝。

堂堂總公,僧中之龍。呼吸爲雲,噫欠爲風。且置是事,聊觀其一戲。蓋將拊掌談笑不起於坐,而使廬山之下,化爲梵釋龍天之宫。(**高啓眉**)按山谷贊坡老東林偈云:此老於般若横説竪説,了無剩語。予於此贊亦云。

興國寺浴室院六祖畫贊(並叙)

(**李卓吾旁**)趣。

予嘉祐初舉進士,館於興國浴室老僧德香之院。浴室之南有古屋,東西壁畫六祖像。其東刻木爲樓閣堂宇以障之,不見其全,而西壁三師,皆神宇靖深,中空外夷,意非知是道者不能爲此。書其上曰:蜀僧令宗筆。予初不聞宗名,而家有僞蜀待詔丘文播筆,畫相似,殆不可辨。曰:“宗豈師播者耶?”已而問諸蜀父老。曰:“文播,漢州人,弟曰文曉,而令宗其異父弟,或曰其表弟也。”皆善畫山水人物竹石,其品在黄筌、句龍爽之間。而文播之子仁慶,尤長於花實羽毛,蜀人趙昌所師者。予去三十一年,而中書舍人彭君器資,亦館於是。予往見之,則院中人無復識予者。獨主僧惠汶,蓋當時堂上侍者,然亦老矣。導予觀令宗畫,則三祖依然尚在蔭翳間。予與器資相顧太息。汶曰:"嘻,去是也何有。"乃徙置所謂樓閣堂宇者,北向而出之,六師相視,如言如笑,如以法相授。(**馮夢禎眉**)不惟于此有得,且宛然當日,畫工妙手,坡公以筆爲舌,皆此類。都人聞之,觀者日衆,汶乃作欄楯以護之。而器資請余爲贊之,曰:

少林傃壁,不以爲礙。彌天同輦,不以爲泰。稽首六師,昔晦今明。不去不來,何損何增。俯仰屈信,三十一年。我雖日化,其孰能遷之。(**馮夢禎眉**)不化者存,且道不化是何物。

觀音贊

興國浴室院法真大師慧汶,傳寶禪月大師貫休所畫十六大阿羅漢,左朝散郎集賢校理歐陽棐爲其女爲軾子婦者捨所服用裝新之。軾亦家藏慶州小孟畫觀世音,捨爲中尊,各作贊一首,爲亡者追福滅罪。

衆生墮八難,身心俱喪失。惟有一念在,能呼觀世音。火坑與刀山,猛獸諸毒藥。衆苦萃一身,呼者常不痛。呼者若自痛,則必不能呼。若其了不痛,何用呼菩薩。當自救痛者,不煩觀音力。(**馮夢禎眉**)能呼者誰?覺痛者何物?了此一關,便是菩薩不二,不煩觀音力。衆生以二故,一身受衆苦。若能真不二,則是觀世音。八萬四千人,同時俱赴救。

【彙評】

陳天定:"呼者常不痛",正指"一念"而言。玲瓏剔透,妙慧可參。

羅漢贊十六首

(馮夢禎眉)此亦宜似前頌,著其盡相,令觀者便於領會,不然下根人恐模擬錯却。

第一尊者

正坐斂眉,扼腕立拂。問此大士,爲言爲默?默如雷霆,言如墻壁。非言非默,百祖是式。**(馮夢禎眉)**嘿如雷霆,吾無隱乎!爾言如墻壁,夫子之言性與天道,不可得而聞也。

第二尊者

旃檀非煙,火亦無香。是從何生?俯仰在亡。彈指贊嘆,善思念之。是一炷香,是天人師。

第三尊者

(馮夢禎眉)舊本誤重用後禪月所畫第九戒博迦尊者贊,而以此爲第四,今考全集正之。

我觀西方,度無量國。諸佛陀耶,在我掌握。右顧暐然,汝則皆西。隨我所印,識道不迷。

第四尊者

(馮夢禎眉)舊本以此爲第六,今正。

袖手不言,跏趺終日。兩眉雖舉,六用皆寂。寂不爲身,動不爲人。天作時雨,山川出雲。**(馮夢禎眉)**亦已發未發之解。

第五尊者

（**馮夢禎眉**）舊本誤重用後第二迦諾迦代蹉尊者贊，而以此爲第十，今正。

掌中浮圖，舍利所宅。放大光明，照十方刹。櫝而藏之，了無見聞。衆所發心，與佛皆存。

第六尊者

（**馮夢禎眉**）舊本誤以此爲十三，今正。

手中竹根，所指如意。云何不動？無意可指。（**馮夢禎眉**）無意可指，便已如意竟。食已宴坐，便腹果然。是中空洞，以受世間。

第七尊者

（**馮夢禎眉**）舊本誤用後第十二那迦犀那尊者贊，而以此爲第十四，今正。

梵書旁行，俯首注視。不知有經，而况字義。佛子云何？飽食晝眠。（**馮夢禎眉**）不立文字，便在著衣吃飯處。勤苦功用，諸佛亦然。

第八尊者

（**馮夢禎眉**）舊本誤以此爲第十五，今正。

衆生顛倒，爲物所轉。我轉是珠，以一貫萬。過現不住，未則未來。舉珠示人，孰爲輪回？（**馮夢禎眉**）以刀割水，無有斷時。不住則未者，無個未來理。請於此拈出一過現未不接處來，將不出當與一棒。

第九尊者

（**馮夢禎眉**）舊本誤重用後第十五慶友尊者贊，今正。

柏子庭際，正覺妙慧。悟最上乘，了第一義。爲大摩尼，傳雞足衣。示現虛寂，端坐俯眉。

第十尊者

（**馮夢禎眉**）舊本誤用第五，今正。

半肩磨衲，爲誰緩頰？彼以誠叩，此緣問答。佛意玄微，有覺無爲。肉眼執著，捧函捕龜。（**馮夢禎眉**）何其似前第四尊者畫像。

第十一尊者

（**馮夢禎眉**）舊本誤用後羅漢贊爲十一，今正。

幻體有累，法身無著。幻法兩忘，圓明寥廓。以大願力，援諸有情。見聞悉入，真妄一真。

第十二尊者

（**馮夢禎眉**）舊本誤重用後第十一羅怙羅尊者贊，今正。

長江皎潔，可鑒毛髮。師心水心，一般奇絶。目寓波中，意若擾龍。真機掣電，微妙玄通。（**馮夢禎眉**）淺義。

第十三尊者

（**馮夢禎眉**）舊本誤用第六，今正。

默坐無説，是名妙説。月盤芹獻，花開子結。寶錫一枝，中含真機，悟此機者，處處泉飛。

第十四尊者

（**馮夢禎眉**）舊本誤用第七，今正。

攝衣跏趺，觀此煙穗。與我定香，本無内外。貝葉琅函，三乘指南。胡人捧立，云誰啓緘。（**馮夢禎眉**）緘者啓之。

第十五尊者

（**馮夢禎眉**）舊本誤用第八，今正。

何去何從，叩應感通。如響答聲，聲寂還空。訴者誰虋？皆有佛性。去爾嗔恚，隨處清浄。（**馮夢禎眉**）似亦是虬一角仰訴之類。

第十六尊者

（**馮夢禎眉**）舊本誤重用後第十六注半托迦尊者贊，今正。

一般心眼，兩般見解。將人我礦，烹煉沙汰。廓然圓明，超悟上乘。示現慈悲,授諸有情。

自海南歸過清遠峽寶林寺敬贊禪月所畫十八大阿羅漢

(**鄭之惠眉**)恐勝畫人。(**錢龍屏眉**)諸羅漢贊縱有是了悟,不能有是瀟灑。

第一賓度羅跋囉墮尊者

白氎在膝,貝多在巾。目視超然,忘經與人。面顱百皺,不受刀籋。(**馮夢禎夾**)疑作箭。無心掃除,留此殘雪。

第二迦諾迦代蹉尊者

耆年何老,粲然復少。我知其心,佛不妄笑。瞋喜雖幻,笑則非真。施此無憂,與無量人。

第三迦諾迦跋梨隨闍尊者

(**高啓眉**)坡老有贊羅漢第一尊者文與此同,止首二句曰"正坐斂眉,扼腕立拂"爲異云。

揚眉注目,拊膝横拂。問此大士,爲言爲默?默如雷霆,言如墻壁。非言非默,百祖是式。

第四蘇頻陀尊者

聃耳屬肩,綺眉覆顴。佛在世時,見此耆年。開口誦經,四十餘齒。時聞雷雹,出一彈指。

第五諾矩羅尊者

善心爲男，其室法喜。背癢孰爬？（**馮夢禎眉**）自癢自爬。有木童子。高下適當，輕重得宜。使真童子，能如玆乎？（**高啓夾**）跌得趣。

第六跋陀羅尊者

美狠惡婉，自昔所聞。不圓其輔，有圓者存。現六極相，代衆生報。使諸佛子，具佛相好。

第七迦理迦尊者

（**高啓眉**）的是長眉像贊。

佛子三毛，髪眉與鬚。既去其二，一則有餘。因以示衆，物無兩遂。既得無生，則無生死。

第八代闍羅弗多尊者

兩眼方用，兩手自寂。用者注經，寂者寄膝。二法相忘，亦不相捐。（**高啓夾**）即不離意。是四句偈，在我指端。

第九戒博迦尊者

（**高啓眉**）《羅漢頌》中言“爲三”“爲七”，莫有知者。此則言“屈者已往，伸者未然”，參禪入慧，頭頭是解。

一劫七日，刹那三世。何念之勤，屈指默計。屈者已往，伸者未然。孰能住此？屈伸之間。（**馮夢禎眉**）仲尼逝水，莊子藏舟，皆屈伸之間。

第十半托迦尊者

（**馮夢禎眉**）與第七羅漢贊同，但首四字異耳。

垂頭没肩，俯目注視。不知有經，而況字義。佛子云何，飽食晝眠。勤苦功用，諸佛亦然。（**高啓夾**）以常理參佛。

第十一羅怙羅尊者

面門月滿，瞳子電爛。示和猛容，作威喜觀。龍象之姿，魚鳥所驚。以是幻身，爲護法城。

第十二那迦犀那尊者

以惡轆物，如火自焚。以信入佛，如水自濕。垂眉捧手，爲誰虔恭。大師無德，水火無功。

第十三因揭陀尊者

捧經持珠，杖則倚肩。植杖而起，經珠乃閑。不行不立，不坐不卧。問師此時，經杖何在？（**馮夢禎眉**）無時不行住坐卧，行住坐卧離得，經杖無在無不在。

第十四伐那婆斯尊者

六塵既空，出入息滅。松摧石隕，路迷草合。逐獸于原，得箭忘弓。偶然汲水，忽然相逢。

第十五阿氏多尊者

（**高啓眉**）按王聖俞評坡老《羅漢頌》十八尊曰“不援儒更好”，予於此亦云。

勞我者皙,休我者黔。如晏如岳,鮮不僻淫。是哀駘它,澹臺滅明。各妍于心,得法眼正。(**馮夢禎眉**)晏:何晏。岳:潘岳。皆貌美。哀駘它,澹臺,皆貌惡。此設喻頗類《莊子》。意此尊者像貌黑而陋者耶?

第十六注茶半托迦尊者

(**高啓眉**)語從心經中得來。

以口説法,法不可説。以手示人,手去法滅。生滅之中,自然真常。是故我法,不離色聲。

第十七慶友尊者

(**高啓眉**)拓開講。

以口誦經,以手嘆法。是二道場,各自起滅。孰知毛竅?八萬四千。皆作佛事,説法熾然。

第十八賓頭盧尊者

右手持杖,左手拊右。爲手持杖,爲杖持手。宴坐石上,安以杖爲。無用之用,世人莫知。(**高啓眉**)"無用之用",玄家語也。移入禪學中,未當。

羅漢贊

左手持經,右手引帶。爲卷爲開,是義安在?已讀則卷,未讀則開。我無所疑,其音如雷。

水陸法像贊(並引)

蓋聞净名之鉢,屬饜萬口。寶積之蓋,遍覆十方。若知法界,本造於心。則雖凡夫,皆具此理。(**馮夢禎眉**)從《維摩經》來。在昔梁武皇帝,始作水陸道場,以十六名,盡三千界。用狹而施博,事約而理詳。後生莫知,隨世增廣。若使一二而悉數,雖至千萬而靡周。惟我蜀人,頗存古法。觀其像設,猶有典刑。虔召請於三時,分上下者八位。但能起一念於慈悲之上,自然撫四海於俯仰之間。(**馮夢禎眉**)既知一念十六,亦多未必少於十萬。軾敬發願心,具嚴繪事,而大檀越張侯敦禮,樂聞其事。共結勝緣,請法雲寺法涌禪師善本,差擇其徒,修營此會,永爲無礙之施,同守不刊之儀。軾拜手稽首,各爲之贊,凡十六首。

上八位

一切常住佛陀耶衆

謂此爲佛,是事理障。謂此非佛,是斷滅相。事理既融,斷滅亦空。佛自現前,如日之中。(**馮夢禎眉**)大自了了。

一切常住達摩耶衆

以意爲根,是謂法塵。以佛爲體,是謂法身。風止浪静,非有別水。放爲江河,匯爲沼沚。(**馮夢禎眉**)其爲物不二,其生物不測。

一切常住僧伽耶衆

佛既强名,法亦非真。神而明之,存乎其人。惟佛法僧,非三非一。如雲出雨,如水現日。

一切常住大菩薩衆

神智無方,解脱無礙。以何因緣,得大自在。障盡願滿,反于自然。無始以來,亡者復存。

一切常住大辟支迦衆

現無佛處,如第二乘。如日入時,膏火爲燈。(**馮夢禎眉**)又爲辟支説法。我説三乘，如應病藥。敬禮辟支，即大圓覺。

一切常住大阿羅漢衆

大不可知，山隨綫移。小入無間，澡身軍持。我雖不能，能設此供。知一切人，具此妙用。

一切五通神仙衆

孰云飛仙，高舉違世。湛然神凝，物不疵癘。爲同爲異，本自無同。契我無生，長生之宗。（**馮夢禎眉**）又爲道家説法。

一切護法龍神衆

外道壞法，如刀截風。壞者既妄，護者亦空。偉兹龍神，威而不怒。示有四友，佛之禦侮。（**馮夢禎眉**）佛不必禦侮，爲有佛性者禦侮。

下八位

一切官僚吏從衆

至難者君，至憂者臣。以衆生故，現宰官身。以難爲易，以憂爲樂。樂兼萬人，禍倍衆惡。（**馮夢禎眉**）便是儒者恒語。

一切天衆

苦極則修，樂極則流。禍福無窮，糾纏相求。遂超欲色，至非非想。不如一念，真發無上。

一切阿修羅衆

正念淳想，則爲飛行。毫釐之差，遂墮戰争。以此爲道，穴胸隕首。是真作家，當師子吼。（**馮夢禎眉**）差之毫釐，失之千里。放下屠刀，立地成佛。○亦是猛烈復性不難也。

一切人衆

地獄天宫，同一念頃。涅盤生死，同一法性。抱寶號窮，鑽穴索空。（**馮夢禎眉**）貧子衣中珠。今夕何夕，當還大雄。

一切地獄衆

汝一念起，業火熾然，非人燔汝，乃汝自燔。觀法界性，起滅電速。知惟心造，是破地獄。

一切餓鬼衆

説食無味，涎流妄咽。真食無火，中虚妄見。美從妄生，惡亦幻成。如幻即離，既飽且寧。

一切畜生衆

欲人不知，心則有負。此念未成，角尾已具。集我道場，一洗濯之。盡未來劫，愧者勿爲。

一切六道外者衆

陋劣之極，蕩於杳冥。胎卵濕化，莫從而生。聞吾法音，飆起雷動。如夢覺人，不復見夢。(**馮夢禎眉**)以上諸贊，喜其不作僞宗門野狐禪語。

【彙評】

陳天定：長公佛事贊頌甚多，獨此十六贊説真實義，明白剴切，不比影光。

磨衲贊(並叙)

(**茅鹿門旁**)個中人語往往令人解頤。

長老佛印大師了元游京師，天子聞其名，以高麗所貢磨衲賜之。客有見而嘆曰："嗚呼善哉！未曾有也。嘗試與子攝其齋衽，循其鈎絡，舉而振之，則東盡嵎夷，西及昧谷，南放交趾，北屬幽都，紛然在吾箴孔綫蹊之中矣。"佛印听然而笑曰：(**馮夢禎眉**)"听"，魚謹反，今不識字者皆讀爲"聽",可笑。"甚矣,子言之陋也。吾以法眼視之,一一箴孔有無量世界,滿中衆生所有毛竅,所衣之衣箴孔綫蹊,悉爲世界。如是輾轉經八十反,吾佛光明之所照,與吾君聖德之所被,如以大海注一毛竅,如以大地塞一箴孔,曾何嵎夷昧谷交趾幽都之足云乎?當知此衲,非大非小,非短非長,非重非輕,非薄非厚,非色非空。一切世間,折膠墮指,此衲不寒;礫石流金,此衲不熱;五濁流浪,此衲不垢;劫火洞然,此衲不壞。云何以有思惟心,生下劣想?"(**馮夢禎眉**)佛印一段,卓老所删却是轉語掀翻,不可不存公案。於是蜀人蘇軾,聞而贊之曰:

匣而藏之,見衲而不見師。衣而不匣,見師而不見衲。惟師與衲,非一非兩。眇而視之,蟣蝨龍象。(**馮夢禎眉**)無論玄理,文亦有舌。(**王聖俞眉**)自是個中語,令人解頤。

小篆般若心經贊

(**馮夢禎眉**)即以學書法體會禪法,真左右逢源。(**王聖俞眉**)以字證禪,與《若逵篇》同,而理更造微,且於人情痛癢處更真。

草隸用世今千載,少而習之手所安。如舌於言無揀擇,終日應對惟所問。忽然使作大小篆,如正行走值墻壁。縱復學之能粗通,操筆欲下仰尋索。譬如鸚鵡學人語,所習則能否則默。心存形聲與點畫,何暇復求字外意。(**王聖俞夾**)誠然。世人初不離世間,而欲學出世間法。舉足動念皆塵垢,而以俄頃作禪律。禪律若可以作得,所不作處安得禪。善哉李子小篆字,其間無篆亦無隸。心忘其手手亡筆,筆自落紙非我使。正使忽忽不少暇,倏忽千百初無難。稽首《般若多心經》,請觀何處非《般若》。

金山長老寶覺師真贊

望之儼然，即之也温。是惟寶覺，大士之像。因是識師，是則非師。因師識道，道亦如是。（馮夢禎眉）以儒語贊禪，頭頭是道。末四句便是恐人認指爲月，發此老婆心也。

資福白長老真贊

是是是。（馮夢禎夾）奇。是資福，白老子。身如空，我如爾。無一事，長歡喜。東坡有，老居士。見此真，欲擬議。未開口，落第二。有一語，略相似。門如市，心如水。（馮夢禎眉）曾子以忠恕解一貫。

光道人真贊（字晏然）

海口山顴，犀顱鶴肩。定眼水止，秀眉月弦。自一而兩，至百億千。即妄而真，是真晏然。

净因净照臻老真贊

（馮夢禎眉）誠則明，明則誠。

净故能照，爲照故净。亦如是身，孰知其正。四大是假，此反爲真。從古聖賢，所莫能分。視彼如此，凡賊皆子。喜甲怒乙，雖子猶賊。人方自我，物固相物。是故東坡，即此爲實。（馮夢禎眉）大透。一贊直發出許多透宗話來，要是萬物一體之解。

馬祖龐公真贊

（李卓吾旁）妙趣。

南嶽坐下一馬，四蹄踏殺天下。馬後復一老龐，一口吸盡西江。天下是老師脚，西江即渠儂口。不知誰踏誰殺，何緣自吸自受。（曇秀作六偈，述龐公事，東坡讀而首肯之，爲書此贊。）

玉岩隱居陽行先真贊

道不二，德不孤。無人所有，有人所無。世之所争者五，天嗇其三，而畀其二。是以日計之不足，歲計之有餘也。

葆光法師真贊

嗟夫法師。行年四十有四，而不知牝牡之欲。身居京邑，而不營利欲之私。體無威容，口無文詞。頭如蓬葦，性如鹿麋。意之所向，雖金石莫隔，而鬼神莫逆。此所以陟降天門，睥睨帝所，而終莫能疑者耶？

醴泉觀真靖崇教大師真贊

北方有神君，出内罔與冥。被髮拊劍馭兩靈，國之東南福其庭。注然天醪涌其泠，汰選妙士龠扃。翛然真靖有典刑，眉間三出杳而清，何必控鯉浮南溟。

東莞資福堂老柏再生贊

生石首肯,棐松肘回。(馮夢禎眉)生石,生公點頭石也;棐松,三藏西來松也。如此用事,亦隔文字障。是心苟真,金石爲開。堂去柏枯,其留復生。此柏無我,誰爲枯榮?方其枯時,不枯者存。(馮夢禎眉)猶有尊足者存。一枯一榮,皆方便門。人皆不聞,瓦礫説法。今聞此柏,熾然常説。

湜長老真贊

道與之貌,天與之形,雖同乎人,而實無情。彼真清隱,何殊丹青。日照月明,雷動風行。夫孰非幻,忽然而成。此畫清隱,可謁雨晴。

海月辯公真贊(並引)

錢塘佛者之盛,蓋甲天下。道德才智之士,與夫妄庸巧僞之人,雜處其間,號爲難齊。故於僧職正副之外,别補都僧正一員。簿帳案牒奔走將迎之勞,專責正副以下,而都師總領要略,實以行解表衆而已。然亦通號爲僧官,故高舉遠引山棲絶俗之士,不屑爲之。惟清通端雅,外涉世而中遺物者,乃任其事,蓋亦難矣。(馮夢禎夾)卓吾去此四字。余通守錢塘時,海月大師惠辯者,實在此位。神宇澄穆,不見愠喜,而緇素悦服,予固喜從之游。時東南多事,吏治少暇,而余方年壯氣盛,不安厥官。每往見師,清坐相對,時聞一言,則百憂冰解,形神俱泰。因悟莊周所言東郭順子之爲人,人貌而天虚,緣而葆真,清而容物,物無道正,容以悟之,使人之意也消,蓋師之謂也歟?一日,師卧疾,使人請余入山。適有所未暇。旬餘乃往,則師之化四日矣。遺言須余至乃闔棺,趺坐如生,頂尚温也。余在黄州,夢至西湖上,有大殿榜曰彌勒下生,而故人辯才、海月之流,皆行道其間。師没後二十一年,余謫居惠州,天竺净惠師屬參寥子以書遺余曰:"檀越許與海月作真贊,久不償此願,何也?"余矍然而起,爲説贊曰:

人皆趨世,出世者誰?人皆遺世,世誰爲之?(**馮夢禎眉**)總之,在世出世,更難於遺世。夫子所以不可及也。爰有大士,處此兩間。非濁非清,非律非禪。惟是海月,都師之式。庶復見之,衆縛自脱。我夢西湖,天宫化城。見兩天竺,宛如平生。雲披月滿,遺像在此。誰其贊之?惟東坡子。

清都謝道士真贊

謝道士,生丙子。真一存,長不死。欲識清都面目,一江春水東流。滔滔直入滄海,大至蓬萊頂頭。

李伯時作老子新沐圖遺道士蹇拱辰趙郡蘇某見而贊之

老聃新沐,晞髮於庭。其心淡然,若忘其形。夫子與回,見之而驚。入而問之,强使自名。曰:豈有已哉,夫人皆然。惟役於人,而喪其天。其人苟忘,其天則全。四肢百骸,孰爲吾纏?死生終始,孰爲吾遷?彼赫赫者,將爲吾温。彼肅肅者,將爲吾寒。一温一寒交,而萬物生焉,物皆賴之,而况吾身乎?温爲吾和,寒爲吾堅,忽乎不知,而更千萬年。葆光志之,夫非養生之根乎?

辯才大師真贊

余頃年嘗聞妙法於辯才老師，今見其畫像，乃以所聞者贊之：

即之浮雲無窮，去之明月皆同。欲知明月所在，在汝唾霧之中。（**王聖俞眉**）以朔贊贊白，以曹叙叙勝，此不事援引，即以所聞爲贊，坡公義用義法。〇不須去霧，明月自現。（**李卓吾夾**）無趣。

【彙評】

陳天定：王納諫云："不須去霧，明月自現。"

無名和尚傳贊

道無分成，佛無滅生。如影外光，孰在孰亡？如井中空，孰虚孰盈？無名和尚，蓋名無名。

髑髏贊

（**錢文登眉**）不成語。（**馮夢禎眉**）滄海桑田，桑田滄海。

黄沙枯髑髏，本是桃李面。而今不忍看，當時恨不見。業風相鼓轉，巧色美倩盼。無師無眼禪，看便成一片。

卷九十六

銘五十七首

（樓迂齋評）坡公最長於物理上推到義理，精微處妙於形容，讀諸銘可見。

却鼠刀銘

野人有刀，不愛遺余。（王聖俞夾）起語便自楚楚。長不滿尺，劍鋮之餘。文如連環，上下相繆。錯之則見，或漫如無。昔所從得，戒以自隨。畜之無害，暴鼠是除。（鍾惺眉）以下字字痛罵小人，實有所感之言。有穴於垣，侵堂及室。跳床撼幕，終夕窣窣。叱訶不去，啖齧棗栗。掀杯舐缶，去不遺粒。不擇道路，仰行躡壁。家爲兩門，窘則旁出。（王聖俞夾）鼠態曲盡。輕趫捷猾，忽不可執。吾刀入門，是去無迹。又有甚者，聚爲怪妖。晝出群鬥，相視睢盱。舞於端門，與主雜居。猫見不噬，又乳於家。狃於永氏，謂世皆然。亟磨吾刀，盤水致前。（王聖俞夾）調致都佳。炊未及熟，肅然無蹤。物豈有是，以爲不誠。（王聖俞夾）跌法好。試之彌旬，凛然以驚。夫猫鷙禽，晝巡夜伺。拳腰弭耳，目不及顧。鬚摇乎穴，走赴如霧。碎首屠腸，終不能去。是獨何爲？宛然尺刀。匣而不用，無有爪牙。彼孰爲畏，相率以逃。嗚呼嗟夫！吾苟有之。不言而諭，是亦何勞。

【彙評】

王聖俞:故須紀異,却復假姿。

玉堂硯銘(並敘)

文同與可將赴陵州,孫洙巨源以玉堂大硯贈之。與可屬蘇軾子瞻爲之銘,曰:

坡陀彌漫,天闊海淺,巨源之硯。淋漓蕩潏,神没鬼出,與可之筆。燼南山之松,爲煤無餘。涸陵陽之水,維以濡之。(**硯大如四磚許,而陵州在高山上,至難得水,故以戲之。**)

鼎硯銘

鼎無耳,盤有趾。鑒幽無見几不倚。暘蟲隕羿喪闕喙,羽淵之化帝祝尾。(**王聖俞夾**)鳥喪喙,鱉去尾,皆圓形。不周僨裂東南圮,黝然而深維水委。誰乎爲此昔未始,戲名其臀加幻詭。(**王聖俞夾**)句法字法共古。

【彙評】

王聖俞:銘古器做須奇古。

王平甫硯銘

玉德金聲,而寓於斯。中和所熏,不水而滋。正直所冰,不寒而澌。平甫之硯,而軾銘之。

鄧公硯銘(並叙)

王鞏,魏國文正公之孫也。得其外祖張鄧公之硯,求銘於軾。銘曰:

鄧公之硯,魏公之孫。允也其物,展也其人。思我魏公文而厚,思我鄧公德而壽。三復吾銘,以究令名。

端硯銘

千夫挽綆,百夫運斤。篝火下縋,以出斯珍。一噓而泫,歲久愈新。誰其似之,我懷斯人。

孔毅甫龍尾硯銘

澀不留筆,滑不拒墨。爪膚而穀理,金聲而玉德。厚而堅,足以閱人於古今。樸而重,不能隨人以南北。

孔毅甫鳳咮石硯銘

昔余得之鳳凰山下龍焙之間,今君得之劍浦之上黯黮之灘。如樂之和,如金之堅,如玉之有潤,如舌之有泉。此其大凡也,爲然爲不然?然也,雖胡越同名猶可;不然,徒與此石同溪而産,何異於九鵬而一鷃。

鳳咮硯銘(並叙)

北苑龍焙山,如翔鳳下飲之狀。當其咮,有石蒼黑,致如玉。熙

寧中,太原王頤以爲硯,余名之曰鳳咮。然其產不富。或以黯黮灘石爲之,狀酷類而多拒墨。時方爲《易傳》。銘曰:

陶土塗,鑿山石。玄之蠹,穎之賊。涵清泉,閟重谷。聲如銅,色如鐵。性滑堅,善凝墨。棄不取,長太息。招伏羲,揖西伯。發秘藏,與有力。非相待,爲誰出。

鳳咮硯銘

帝規武夷作茶囿,山爲孤鳳翔且嗅。下集芝田啄瓊玖,玉乳金沙發靈竇。殘璋斷璧澤而黝,治爲書硯美無有。至珍驚世初莫售,黑眉黄眼争妍陋。蘇子一見名鳳咮,坐令龍尾羞牛後。

米黻石鐘山硯銘

有盗不禦,探奇發瑰。攘于彭蠡,斫鐘取追。有米楚狂,惟盗之隱。因山作硯,其詞如隕。

黼硯銘(並叙)

龍尾黼硯,章聖皇帝所嘗御也。乾興升遐,以賜外戚劉氏,而永年以遺其舅王齊愈,臣軾得之,以遺臣宗孟。且銘之曰:

黟、歙之珍,匪斯石也。黼形而縠理,金聲而玉色也。雲蒸露湛,祥符之澤也。二臣更寶之,見者必作也。

丹石硯銘(並叙)

唐林父遺予丹石硯,粲然如芙蕖之出水,殺墨而宜筆,盡硯之美。

唐氏譜天下硯，而獨不知兹石之所出，余蓋知之。銘曰：

彤池紫淵，出日所浴。蒸爲赤霓，以貫暘谷。是生斯珍，非石非玉。因材制用，璧水環復。耕予中洲，蓺我玄粟。投種則獲，不炊而熟。

王仲儀硯銘

汲、鄭蚤聞，頗、牧晚用。諫草風生，羽檄雷動。人亡器有，質小任重。施易何常，明哲所共。

端硯石銘(並引)

蘇堅伯固之子庠，字養直，妙齡而有異才。贈以端硯，且銘之曰：

我友三益，取溪之石。寒松爲煤，孤竹爲筆。蓬麻效紙，仰泉致滴。斬幾信鈎，以全吾直。

端硯銘

與墨爲入，玉靈之食。與水爲出，陰鑒之液。懿矣兹石，君子之側。匪以玩物，維以觀德。

黄魯直銅雀硯銘

或謂居士："吾當往端溪，可爲公購硯。"居士曰："吾兩手，其一解寫字，而有三硯，何以多爲？"曰："以備損壞。"居士曰："吾手或先硯壞。"曰："真手不壞。"居士曰："真硯不壞。"紹聖二年十月臘日。(**陳天定評**)亦達亦玄,亦銘之變體。

漳濱之埴,陶氏我厄。受成不化,以與真隔。人亡臺廢,得反天宅。遇發丘隴,復爲麟獲。累然黄子,玄豈尚白。天實命我,使與其迹。

陳公密子石硯銘(並引)

公密躬自採石岩下,獲黄卵,剖之,得紫硯。銘曰:

孰形無情,石亦卵生。黄胞白絡,孕此黝赬。已器不死,可候雨晴。天界夫子,瑞其家庭。

龍尾石月硯銘

萋萋兮霧谷石,宛宛兮黑白月。其受水也哉生明,而運墨也旁死魄。忽玄雲之霮䨴,覿玉兔之沐浴。集幽光於毫端,散妙迹於簡册。照千古其如在,耿此月之不没。

邁硯銘(邁往德興,賸以一硯,以此銘之)

以此進道常若渴,以此求進常若驚,以此治財常思予,以此書獄常思生。

【彙評】

陳天定:以箴爲銘,古銘多如是。

迨硯銘

有盡石，無已求。生陰壑，閟重湫。得之艱，豈輕授。旌苦學，畀長頭。

卵硯銘

東坡硯，龍尾石。開鵠卵，見蒼璧。與居士，同出入。更險夷，無燥濕。今何者，獨先逸。從參寥，老空寂。

唐陸魯望硯銘

噫先生，隱唐餘。甘杞菊，老樵漁。是器寶，實相予。爲散人，出叢書。

周炳文瓢硯銘

以汝爲硯，罌肖而瓢質。以汝爲瓢，硯剖而腹實。飲西江之水，吾以汝礪齒。瀉懸河之辯，吾以汝借面。不即不離，孰曰非道人之應器耶！（謂炳文有入道之意。）（李卓吾旁）好。

王定國硯銘二首

其一

石出西山之西，北山之北。戎以發劍，予以試墨。劍止一夫敵，墨以萬世則。吾以是知天下之才，皆可以納諸聖賢之域。

(鍾惺眉)補正意不腐。

其　二

月之從星,時則風雨,汪洋翰墨,將此是似。黑雲浮空,漫不見天。風起雲移,星月凛然。

魯直所惠洮河石硯銘

洮之礪,發金鐵。琢而泓,堅密澤。郡洮岷,至中國。棄矛劍,參筆墨。歲丙寅,斗南北。歸予者,黄魯直。

【彙評】

王聖俞:咄咄。

故人王頤有自然端硯硯之成于片石上稍稍加磨治而已銘曰

其色馬肝,其聲磬,其文水中月,真寶石也。而其德則正,其形天合。其於人也略是,故可使而不可役也。

天石硯銘(並敘)

軾年十二時,于所居紗縠行宅隙地中,與群兒鑿地爲戲。得異石,如魚,膚温瑩,作淺碧色。表裏皆細銀星,扣之鏗然。試以爲硯,甚發墨,顧無貯水處。先君曰:"是天硯也。有硯之德,而不足於形耳。"因以賜軾,曰:"是文字之祥也。"軾寶而用之,且爲銘曰:

一受其成，而不可更。或主于德，或全於形。均是二者，顧予安取。仰唇俯足，世固多有。

元豐二年秋七月，予得罪下獄，家屬流離，書籍散亂。明年至黄州，求硯不復得，以爲失之矣。七年七月，舟行至當塗，發書笥，忽復見之。甚喜，以付迨、過。其匣雖不工，乃先君手刻其受硯處，而使工人就成之者，不可易也。

【彙評】

王聖俞：拳拳之思。

漢鼎銘（並引）

（**茅鹿門旁**）其憂深，其思遠。

禹鑄九鼎，用器也，初不以爲寶，象物以飾之，亦非所以使民遠不若也。武王遷之洛邑，蓋已見笑于伯夷、叔齊矣。方周之盛也，鼎爲宗廟之觀美而已。及其衰也，爲周之患，有不可勝言者。匹夫無罪，懷璧其罪。周之衰也，與匹夫何異？嗟夫，孰知九鼎之爲周之角齒也哉？（**李卓吾夾**）好。自春秋時，楚莊王已問其輕重大小。而戰國之際，秦與齊、楚皆欲之，周人惴惴焉，視三虎之垂涎而睨己也。絶周之祀不足以致寇，裂周之地不足以肥國，然三國之君，未嘗一日而忘周者，以寶在焉故也。三國争之，周人莫知所適與。得鼎者未必能存周，而不得者必碎之，此九鼎之所以亡也。周顯王之四十二年，宋太丘社亡，而鼎淪没于泗水，此周人毁鼎以緩禍，而假之神妖以爲之説也。（**李卓吾夾**）好。秦始皇、漢武帝乃始萬方以出鼎，此與兒童之見無異。善夫吾丘壽王之説也，曰："汾陰之鼎，漢鼎也，非周鼎。"夫周有鼎，漢亦有鼎，此《易》所謂正位凝命者，豈三趾兩耳之謂哉！恨壽王小子方以諛進，

不能究其義,余故作《漢鼎銘》,以遺後世君子。其銘曰:

惟五帝三代及秦漢以來受命之君,靡不有兹鼎。鼎存而昌,鼎亡而亡。蓋鼎必先壞而國隨之,豈有易姓而鼎猶傳者乎?不寶此器,而拳拳於一物,孺子之智,婦人之仁。烏乎!悲矣。(**高啓眉**)"此器""一物"一本作"此鼎""彼鼎"。

【彙評】

鄭之惠:憑空立論。

石鼎銘(並叙)

張安道以遺子由,子由以爲軾生日之饋。銘曰:

石在洛書,蓋隸從革。矢砮醫砭,皆金之職。有堅而忍,爲釜爲鬲。居焚不炎,允有三德。

大覺鼎銘

樂全先生遺我鼎甗,我復以餉大覺老禪。在昔宋、魯,取之以兵。書曰郜鼎,以器從名。樂全、東坡,予之以義。書曰大覺之鼎,以名從器。挹山之泉,烹以其薪。爲苦爲甘,咨爾學人。(**馮夢禎眉**)甘苦自知。

文與可琴銘

攫之幽然,如水赴谷。醳之蕭然,如葉脱木。按之噫然,應指而長言者似君。置之枵然,遺形而不言者似僕。(**與可好作楚

辭，故有"長言似君"之句。鄒忌論琴云：攫之深，醳之愉。此言爲指法之妙耳。）

十二琴銘

震陵孤桐

震陵孤桐下陽岑，音如澗水響深林。二聖元祐歲丁卯，器巧名之張益老。

香林八節

河渭之水多土，其聲厚以沉。江漢之水多石，其聲激而清。香林八節，是謂天地之中，山水之陰。

號　鐘

薄則播，厚則石，侈則哆，弇則鬱，長甬則震。無此五疾，則鳴而中律，是謂號鐘之實。

玉　磬

其清越以長者，玉也。聽萬物之秋者，磬也。寶如是中，藜藿不再食。以是樂飢，不以告糴。

松　風

忽乎青蘋之末而生有，極於萬竅號怒而實無。失其蕩枝蟠葉，霎而脱其枯。風鳴松耶？松鳴風耶？

古媧黄

煉石補天之年，截匏比竹之音。雖不可得見，吾知古之猶今。木聲犁然,當于人心。非參寥者,孰鈎其深?

南　風

聲歌南風舜作則,欲報父母天罔極。

歸　鶴

琴聲三疊舞胎仙,肉飛不到夢所傳。白鶴歸來見曾玄,隴頭松風入朱弦。

秋　風

秋風度而草木先驚,感秋者弦直而志不平。攬變衰之色,爲可憐之聲。不戰者善將,傷手者代匠。悲莫悲於湘濱,樂莫樂於濠上。

漁　椳

襏襫大須,蕭然於萬物之表。槁項黄馘,闖然於一葦之航。與鷗鷺而物化,發山水之天光。驚潛魚而出聽,是謂魚椳。

九州璜

釣漁得九州之璜,避紂得九州之王。湮沉乎射鮒之谷,委蛇乎鳳凰之堂。其音不爽,惟德之常。

天　球

天球至意,合以人力。作者七人,傳以華國。有蔚者桐,僵於下陽之庭。奏刀而玉質,成器而金聲。山川畀之耶?其天性之耶?

楊次公家浮磬銘

清而直,樸而一。雖有鄭衛,無自而入。以托于君子之室。

法雲寺鐘銘(並敘)

(**高啓眉**)《朱子語録》曰:東坡解經,莫教説著處真是好,蓋是他筆力過人,發明分外精神。

元豐七年十月,有詔大長老圓通禪師法秀住法雲寺。寺成而未有鐘。大檀越駙馬都尉武勝軍節度觀察留後張敦禮,與冀國大長公主唱之,從而和者若干人。元祐元年四月,鐘成,萬斤。東坡居士蘇軾爲之銘曰:

有鐘誰爲撞?有撞誰撞之?三合而後鳴,聞所聞爲五。(**馮夢禎眉**)總自《楞嚴》來。闕一不可得,汝則安能聞?汝聞竟安在?耳視目可聽。當知所聞者,鳴寂寂時鳴。大圜空中師,獨處高廣座。卧士無所著,人引非引人。二俱無所説,而説無説法。法法雖無盡,問則應曰三。汝應如是聞,不應如是聽。

邵伯埭鐘銘(並敘)

邵伯埭之東,寺僧子康募千人爲千斤銅鐘,蜀人蘇軾爲之銘曰:

無量智慧火,燒此無明銅。戒定以爲模,鑄成無漏鐘。以汝平等手,執彼慈悲撞。聲從無有出,遍滿無邊空。(**馮夢禎眉**)萬物自生聽,太空恒寂寥。

徐州蓮華漏銘(並叙)

(樓迂齋眉)坡翁最長於物理上推到義理,精微處妙于形容,而引歸吏身上尤佳。(陳眉公眉)余獨喜《蓮華漏銘》變化縱横,讀之能益文人筆膽。(茅鹿門旁)借漏以發明道術,吾所以謂蘇長公仙于文者也。

故龍圖閣直學士禮部侍郎燕公肅,以創物之智聞於天下,作蓮華漏,世服其精。凡公所臨,必爲之。今州郡往往而在,雖有巧者,莫敢損益。而徐州獨用瞽人衛樸所造,廢法而任意,有壺而無箭。自以無目而廢天下之視,使守者伺其滿,則决之而更注,人莫不笑之。國子博士傅君裼(一作揚),公之外曾孫,得其法爲詳。其通守是邦也,實始改作,而請銘於軾。銘曰:

人之所信者,手足耳目也。目識多寡,手知重輕。然人未有以手量而目計者,必付之於度量與權衡。豈不自信而信物?蓋以爲無意無我,然後得萬物之情。故天地之寒暑,日月之晦明。昆侖旁薄於三十八萬七千里之外,而不能逃於三尺之箭、五斗之瓶。雖疾雷霾風雨雪晝晦而遲速有度,不加虧贏。使凡爲吏者,(鍾惺夾)補正意不落事理劫。如瓶之受水不過其量,如水之浮箭不失其平。如箭之升降也,視時之上下,降不爲辱,升不爲榮,則民將靡然心服,而寄我以死生矣。(李宏甫眉)借蓮華漏以感慨吏業,甚達。

文勳篆銘

世人篆字,隸體不除。如浙人語,終老帶吴。安國用筆,意在隸前。汲冢魯壁,周鼓秦山。

【彙評】

王聖俞:寓以見解。

裙靴銘(並叙)

予在黄州時,夢神考召入小殿賜宴,乃令作《宫人裙銘》,又令作《御靴銘》。

百疊漪漪風皺,六銖縱縱雲輕。獨立含風廣殿,微聞環佩來聲。寒女之絲,銖積寸累。天步所臨,雲蒸霧起。

金星洞銘

寶山南麓鳳左翅,驚雷劃石逋虬起,凝陰噓堅出怪瑋。是生神草肖蒼虺,離離赤志挾脊尾,飛流丹石决癰痏。金星非實特取似,施及山石亦見謂,凡名相因皆此比。

洗玉池銘

世忽不踐,以用爲急。秦漢以還,龜玉道熄。六器僅存,五瑞莫輯。趙璧婦玩,魯璜盗竊。鼠亂鄭璞,鵲抵晉棘。維伯時父,吊古啜泣。道逢玉人,解驂推食。劍璏戚珌,錯落其室。既獲拱寶,遂空四壁。哀此命世,久就淪蟄。時節沐浴,以幸斯石。孰推是心,施及王國。如伯時父,琅然環玦。援手之勞,終睨莫拾。得喪在我,匪玉欣戚。仲和父銘之,維以詠德。

菩薩泉銘（並敘）

（李卓吾旁）事奇。

陶侃爲廣州刺史，有漁人每夕見神光海上，以白侃。侃使迹之，得金像。視其款識，阿育王所鑄，文殊師利像也。初送武昌寒溪寺。及侃遷荆州，欲以像行，人力不能動。益以牛車三十乘，乃能至船。船復没，遂以還寺。其後惠遠法師迎像歸廬山，了無艱礙。山中世以二僧守之。會昌中，詔毁天下寺，二僧藏像錦繡谷。比釋教復興，求像不可得，而谷中至今有光景，往往發見，如峨眉、五臺所見。（馮夢禎眉）佛之復見，大具因緣。蓋遠師文集載處士張文逸之文，及山中父老所傳如此。今寒溪少西數百步，别爲西山寺，有泉出於嵌竇間，色白而甘，號菩薩泉，人莫知其本末。建昌李常謂余，豈昔像之所在乎？且屬余爲銘。銘曰：

像在廬阜，宵光燭天。旦朝視之，寥寥空山。誰謂寒溪，尚有斯泉。盍往鑒之，文殊了然。（馮夢禎眉）此與"恕先在焉呼之"或出同一機括也。

六一泉銘（並敘）

歐陽文忠公將老，自謂六一居士。予昔通守錢塘，見公於汝陰而南。公曰："西湖僧惠勤甚文，而長於詩。吾昔爲《山中樂》三章以贈之。子間於民事，求人於湖山間而不可得，則盍往從勤乎？"予到官三日，訪勤於孤山之下，抵掌而論人物。曰："公，天人也。人見其暫寓人間，而不知其乘雲馭風歷五嶽而跨滄海也。此邦之人，以公不一來爲恨。公麾斥八極，何所不至？雖江山之勝，莫適爲主，而奇麗秀絶之氣，常爲能文者用，故吾以謂西湖蓋公几案間一物耳。"勤語雖幻怪，而理有實然者。明年,公薨,予哭於勤舍。又十八年,予爲錢塘守,則勤亦化去久矣。訪其舊居,則弟子二仲在焉,畫公與勤之像,事之如生。舍下舊無泉,予未至數月,泉出講堂之後,孤山之趾,汪然溢流,甚白而甘。(**李卓吾夾**)事奇。即其地,鑿岩架石爲室。二仲謂余:"師聞公來,出泉以相勞苦,公可無言乎?"乃取勤舊語,推本其意,名之曰六一泉,且銘之曰:

泉之出也,去公數千里。後公之没,十有八年,而名曰六一,不幾於誕乎? 曰:君子之澤,豈獨五世而已? 蓋得其人,則可至於百傳。嘗試與子登孤山而望吴越,歌山中之樂而飲此水,則公之遺風餘烈,亦或見於斯泉也。(**李卓吾旁**)妙。

卓錫泉銘(並叙)

六祖初住曹溪,卓錫泉涌,清凉滑甘,贍足大衆,逮今數百年矣。或時小竭,則衆汲於山下。今長老辯公住山四歲,泉日涌溢,聞之嗟異。爲作銘曰:

祖師無心,心外無學。有來扣者,雲涌泉落。問何從來? 初無所從。若有從處,來則有窮。初住南華,集衆湞水。水性融會,豈有無理。引錫指石,寒泉自冽。衆渴得飲,如我説法。云何至今,有溢有枯。泉無溢枯,溢其人乎。辯來四年,泉水洋洋。烹煮濯溉,飲及牛羊。手不病汲,肩不病負。匏勺瓦盂,莫知其故。我不求水,水則許我。(**馮夢禎眉**)求之與,抑與之與? 夫子之求之也,其諸異乎人之求之與? 訊于祖師,有何不同。

【彙評】

鄭之惠:有從無從,有窮無窮,皆億逆邊事,曹溪不作此解。

參寥泉銘(並叙)

(李卓吾旁)事奇。

余謫居黄,參寥子不遠數千里從余於東城,留期年。嘗與同游武昌之西山,夢相與賦詩,有"寒食清明""石泉槐火"之句,語甚美,而不知其所謂。(馮夢禎眉)本是"寒食清明多過了""石泉槐火一時新"。其後七年,余出守錢塘,參寥子在焉。明年,卜智果精舍居之。又明年,新居成,而余以寒食去郡,實來告行。舍下舊有泉,出石間,是月又鑿石得泉,加冽。參寥子擷新茶,鑽火煮泉而瀹之,笑曰:"是見於夢九年,衛公之爲靈也久矣。"坐人皆悵然太息,有知命無求之意。乃名之參寥泉,爲之銘曰:

在天雨露,在地江湖。皆我四大,滋相所濡。偉哉參寥,彈指八極。退守斯泉,一謙四益。余晚聞道,夢幻是身。真即是夢,夢即是真。石泉槐火,九年而信。夫求何神,實弊汝神。(馮夢禎眉)可以息人躁心妄想。

卷九十七

銘二十五首

何公橋銘(英州)

(**丁菊泉眉**)自用本色,何嘗不佳,然何不曰銘、曰頌,而必曰詩?此用古韻,故無平仄之分,以律韻求之,誤矣。

天壤之間,水居其多。從之往來,如鵜在河。順水而行,雲駛鳥疾。維水之利,千里咫尺。亂流而涉,過膝則止。維水之害,咫尺千里。沔彼濫觴,蛙跳儵游。溢而懷山,神禹所憂。豈無一木,支此大壞。舞於盤渦,冰拆雷解。坐使此邦,畫爲兩州。雞犬相聞,秦越莫救。允毅何公,甚勇於仁。始作石梁,其艱其勤。將作復止,更此百難。公心如石,匪鐵則堅。公以身先,民以悦使。老壯負石,如負其子。疏爲玉虹,隱爲金堤。直欄横檻,百賈所棲。我來與公,同載而出。歡呼闐道,抱其馬足。我嘆而言,視此滔滔。未見剛者,孰爲此橋。願公千歲,與橋壽考。持節復來,以慰父老。如朱仲卿,食於桐鄉。我作銘詩,子孫不忘。

九成臺銘

(**王聖俞眉**)凌駕立意多用此法,然乃所謂翻空而易奇矣。(**茅鹿**

門旁）銘之變體。

韶陽太守狄咸新作九成臺，玉局散吏蘇軾爲之銘。曰：

自秦併天下，滅禮樂，韶之不作，蓋千三百二十有三年。（**王聖俞夾**）他人只云千餘年。其器存，其人亡，則韶既已隱矣，而况於人器兩亡而不傳。雖然，韶則亡矣，而有不亡者存。蓋常與日月寒暑、晦明風雨並行於天地之間。世無南郭子綦，則耳未嘗聞地籟也，而况得聞於天。使耳聞天籟，則凡有形有聲者，皆吾羽旄干戚管磬匏弦。嘗試與子登夫韶石之上，舜峰之下，望蒼梧之渺莽，九疑之聯綿。覽觀江山之吐吞，草木之俯仰，鳥獸之鳴號，衆竅之呼吸，往來唱和，非有度數而均節自成者，非韶之大全乎！上方立極以安天下，人和而氣應，氣應而樂作，則夫所謂簫韶九成，來鳳鳥而舞百獸者，既已粲然畢陳於前矣。建中靖國元年正月一日。

【彙評】

鍾惺：妙理雄文，以韻語出之。

遠游庵銘（並叙）

吴復古子野，吾不知其何人也。徒見其出入人間，若有求者，而不見其所求。不喜不憂，不剛不柔，不惰不修，吾不知其何人也。昔司馬相如有言："列仙之儒，居山澤間，形容甚癯。"意其鄙之。乃取屈原《遠游》作《大人賦》，其言宏妙，不遣而放。今子野行於四方十餘年矣，而歸老於南海之上，必將俯仰百世，奄忽萬里，有得於屈原之《遠游》者，故以名其庵而銘之。曰：

悲哉世俗之迫隘也,願從子而遠游。子歸不來,而吾不往,使罔象乎相求。問道於屈原,借車於相如,忽焉不自知歷九疑而過崇丘。宛兮相逢乎南海之上,踞龜殼而食蛤蜊者必子也。庶幾爲我一笑而少留乎?

蘇程庵銘(並引)

(李卓吾旁)趣甚。

程公庵,南華長老辯公爲吾表弟程德孺作也。吾南遷過之,更其名曰蘇程,且銘之曰:

辯作庵,寶林南。程取之,不爲貪。蘇後到,住者三。蘇既住,程則去。一彈指,三世具。如我説,無是處。百千燈,同一光。一塵中,兩道場。齊説法,不相妨。本無通,安有礙。(馮夢禎眉)道並行而不相悖。程不去,蘇亦在。(鍾惺夾)妙。各遍滿,無雜壞。

谷庵銘

孔公之堂名虚白,蘇子堂後作圓屋。堂雖白矣庵自黑,知白守黑名曰谷。谷庵之中空無物,非獨無應亦無答,洞然神光照毫髮。

夕庵銘

與晝皆作,霧散毛脈。夜氣既歸,肝膽是宅。我銘夕庵,惟以照寂。八萬四千,忽然而一。

【彙評】

鍾惺:讀之寒慄。

王聖俞:内視之學,“夕”字立名,甚奇。

陳天定:王納諫云:“内視之學。”〇鍾惺云:“讀之寒慄。”

桄榔庵銘(並叙)

(**王聖俞眉**)謫官乃至無屋住,尚以文章自娱。覽此可以曠懷。

東坡居士謫于儋耳,無地可居,偃息于桄榔林中,摘葉書銘,以記其處。

九山一區,帝爲方輿。神尻以游,孰非吾居。百柱屭屓,萬瓦披敷。上棟下宇,不煩斤鈇。日月旋繞,風雨掃除。海氛瘴霧,吞吐吸呼。蝮蛇魑魅,出怒入娱。習若堂奥,雜處童奴。東坡居士,强安四隅。以動寓止,以實托虚。放此四大,還于一如。東坡非名,岷峨非廬。鬚髮不改,示現毗盧。無作無止,無欠無餘。生謂之宅,死謂之墟。三十六年,吾其捨此,跨汗漫而游鴻蒙之都乎?

【彙評】

陳天定:王納諫云:“謫官乃至無屋住,尚以文章自娱。覽此可以曠懷。”

三槐堂銘(並叙)

(茅鹿門旁)中多名言。

天可必乎?賢者不必貴,仁者不必壽。天不可必乎?仁者必有後。二者將安取衷哉!吾聞之申包胥曰:“人衆者勝天,天定亦能勝人。”世之論天者,皆不待其定而求之,故以天爲茫茫。善者以怠,惡者以肆,盗跖之壽,孔顔之厄,此皆天之未定者也。松柏生於山林,其始也困於蓬蒿,厄于牛羊,而其終也,貫四時閲千歲而不改者,其天定也。善惡之報,至於子孫,而其定也久矣。吾以所見所聞所傳聞考之,而其可必也審矣。國之將興,必有世德之臣,厚施而不食其報,然後其子孫能與守文太平之主共天下之福。故兵部侍郎晉國王公顯于漢、周之際,歷事太祖、太宗,文武忠孝,天下望以爲相,而公卒以直道不容於時。蓋嘗手植三槐於庭曰:“吾子孫必有爲三公者。”已而其子魏國文正公相真宗皇帝於景德、祥符之間朝廷清明天下無事之時,享其福禄榮名者十有八年。今夫寓物於人,明日而取之,有得有否。而晉公修德於身,責報於天,取必於數十年之後,如持左券,交手相付。吾是以知天之果可必也。吾不及見魏公,而見其子懿敏公,以直諫事仁宗皇帝,出入侍從將帥三十餘年,位不滿其德。天將復興王氏也歟?何其子孫之多賢也。世有以晉公比李棲筠者,其雄才直氣,真不相上下。而棲筠之子吉甫,其孫德裕,功名富貴,略與王氏等,而忠信仁厚,不及魏公父子。由此觀之,王氏之福蓋未艾也。懿敏公之子鞏與吾游,好德而文,以世其家。吾是以録之。銘曰:

嗚呼休哉!魏公之業,與槐俱萌。封植之勤,必世乃成。既相真宗,四方砥平。歸視其家,槐陰滿庭。吾儕小人,朝不及夕。相時射利,皇恤闕德。庶幾僥倖,不種而獲。不有君子,其何能國。王城之東,晉公所廬。鬱鬱三槐,惟德之符。

嗚呼休哉！

【彙評】

儲欣：可以明天人之際。

王苣孫：王鞏娶子由之女，則是坡侄婿也。李翱亦是昌黎侄婿，亦但曰“從吾游”而已。古人重朋友而成私昵如此。

山堂銘（並敘）

熙寧九年夏六月，大雨，野人來告故東武城中溝瀆圮壞，出亂石無數。取而儲之，因守居之北墉爲山五，成列，植松柏桃李其上，且開新堂北向，以游心寓意焉。其銘曰：

誰裒斯堅，土伯所儲。潦流發之，神以畀予。因廡爲堂，踐城爲山。有喬蒼蒼，俯仰百年。

德威堂銘（並敘）

（**茅鹿門旁**）前引皆博大，所謂爲潞公而作者。

元祐之初，詔起太師潞公於洛，命以重事。公惟仁宗、英宗、神考三聖委倚之重，不敢以既老爲辭，杖而造朝。期年，乃求去。詔曰：“昔西伯善養老，而太公自至。魯穆公無人子思之側，則長者去之。公自爲謀則善矣，獨不爲朝廷惜乎？”又曰：“唐太宗以干戈之事，尚能起李靖於既老。而穆宗、文宗以燕安之際，不能用裴度於未病。治亂之效，於斯可見。”公讀詔聳然，不敢言去，蓋復留四年。天下無事，朝廷奠安，乃力請而歸。公之在朝也。契丹使耶律永昌、劉霄來聘，軾奉詔館客，與使者入覲，望見公殿門外，却立改容，曰："此潞公也耶？所謂以德服人者。"問其年。曰："何壯也！"軾曰："使者見其容，未聞其語，其綜理庶務，酬酢事物，雖精練少年有不如。貫穿古今，洽聞强記，雖專門名家有不逮。"使者拱手，曰："天下異人也。"公既歸洛，西羌首領有温溪心者，請於邊吏，願獻良馬於公。邊吏以聞，詔聽之。公心服天下，至於四夷。《書》曰："德威惟畏，德明惟明。"世所以守伯夷之典，用皋陶之法者，以其德也。若夫非德之威，雖猛而人不畏；非德之明，雖察而人不服。公修德于几席之上，而其威折衝於萬里之外。退居於家，而人望之如在廊廟，可不謂德威乎？公之子及爲河陽守，公將往臨之。吏民喜甚，自洛至三城，歡呼之聲相屬。及作堂以待公，而請銘於軾，乃榜之曰德威，而銘之曰：

德威惟畏，德明惟明。惟師潞公，展也大成。公在洛師，嵩洛有光。駕言三城，河流不揚。願公百年，子孫千億。家於兩河，日見顏色。西戎來朝，袛栗公門。豈惟兩河，四方其訓之。

清隱堂銘

已去清隱，而老崇慶。崇慶亦非，何者爲正。清者其行，隱者其言。非彼非此，亦非中間。在清隱時，念念不住。今既情忘，本無住處。八萬四千，劫火洞然。但隨他去，何處不然。（馮夢禎眉）了當。

四達齋銘（並引）

高郵使君趙晦之，作齋東園，户牖四達，因以名之。眉山蘇軾過而爲之銘曰：

有藏於中,必諜於外。惟慢與謹,皆盜之誨。孰如此間,空洞無物。户牖闔開,廓焉四達。擊去盜易,使無盜難。我無可攘,以守則完。趙侯無心,得法赤溪。四出其齋,以達民迷。

雪浪齋銘(並引)

予于中山后圃得黑石,白脈,如蜀孫位、孫知微所畫石間奔流,盡水之變。又得白石曲陽,爲大盆以盛之,激水其上,名其室曰雪浪齋云。

盡水之變蜀兩孫,與不傳者歸九原。異哉駁石雪浪翻,石中乃有此理存。玉井芙蓉丈八盆,伏流飛空漱其根。東坡作銘豈多言,四月辛酉紹聖元。

思無邪齋銘(並叙)

東坡居士問法于子由。子由報以佛語,曰:"本覺必明,無明明覺。"居士欣然有得于孔子之言曰:"詩三百,一言以蔽之,曰思無邪。"夫有思皆邪也,無思則土木也,吾何自得道,其惟有思而無所思乎?(**馮夢禎眉**)應無所住而生其心。於是幅巾危坐,終日不言。明目直視,而無所見。攝心正念,而無所覺。於是得道,乃名其齋曰思無邪,(**馮夢禎眉**)齋名殊自宋氣。而銘之曰:

大患緣有身,無身則無病。廓然自圓明,鏡鏡非我鏡。如以水洗水,二水同一净。浩然天地間,惟我獨也正。

夢齋銘(並叙)

(**茅鹿門旁**)妙詮。

至人無夢。或曰:“高宗、武王、孔子皆夢,佛亦夢。夢不異覺,覺不異夢,夢即是覺,覺即是夢,此其所以爲無夢也歟?”衛玠問夢於樂廣,廣對以想曰:“形神不接而夢,此豈想哉?”對曰:“因也。”或問因之説,東坡居士曰:“世人之心,依塵而有,未嘗獨立也。塵之生滅,無一念住。夢覺之間,塵塵相授。數傳之後,失其本矣。則以爲形神不接,豈非因乎?人有牧羊而寢者,因羊而念馬,因馬而念車,因車而念蓋,遂夢曲蓋鼓吹,身爲王公。(**馮夢禎眉**)故自説夢,筆法遂似漆園。(**李卓吾眉**)譎甚。夫牧羊之與王公,亦遠矣,想之所因,豈足怪乎?居士始與芝相識於夢中,旦以所夢求而得之,今二十四年矣,而五見之。每見輒相視而笑,不知是處之爲何方,今日之爲何日,我爾之爲何人也。”題其所寓室曰夢齋,而子由爲之銘曰:

法身充滿,處處皆一。幻身虛妄,所至非實。我觀世人,生非實中。以寤爲正,以寐爲夢。忽寐所遇,執寤所遭。積執成堅,如丘山高。若見法身,寤寐皆非。知其皆非,寤寐無爲。遨游四方,齋則不遷。南北東西,法身本然。

廣心齋銘

細德險微,憎愛彼我。君子廣心,物無不可。心不運寸,中積瑣瑣。得得戚戚,忿欲生火。然爐傾側,焚我中和。活以還水,井泉無波。天下爲量,萬物一家。前聖後聖,惠我光華。

談妙齋銘

南華老翁,端静簡潔。浮雲掃盡,但挂孤月。吾宗伯固,通亮英發。大圭不琢,天驥超絶。室空無有,獨設一榻。空毗耶城,奔走竭蹶。二士共談,必説妙法。彈指千偈,卒無所説。有言皆幻,無起不滅。問我何爲?鏤冰琢雪。人人造語,一一説法。孰知東坡,非問非答。(**馮夢禎眉**)非問非答,便不饒舌。

【**彙評**】

陳天定:空靈無點塵。

澹軒銘

以船撑船船不行。以鼓打鼓鼓不鳴。(**王聖俞眉**)老子云'正言若反',此足盡禪理。子欲察味而辨色,何不坐於澹軒之上,出澹語以問澹叟,則味自味,而色自形。(**王聖俞眉**)數"澹"字有味。吾然後知澹叟之不澹,蓋將盡口眼之變,而起無窮之争。其自謂叢林之一害,豈虚名也哉?(**王聖俞夾**)奇。

【**彙評**】

陳天定:王納諫云:"老子云'正言若反',此足盡禪理。"

擇勝亭銘

(**茅鹿門旁**)即古之幔亭,而文多曠達矣。

維古潁城,因潁爲隍。倚舟於門,美哉洋洋。如淮之甘,如漢之蒼。如洛之温,如浚之凉。可侑我客,可流我觴。我欲即之,爲館爲堂。近水而構,夏潦所襄。遠水而築,邈焉相望。乃作斯亭,筵楹欒梁。鑿枘交設,合散靡常。赤油仰承,青幄四張。我所欲往,一夫可將。與水升降,除地布床。(**李卓吾眉**)淋漓盡興,不嫌色相。可使杜蕢,洗觶而揚。可使莊周,觀魚而忘。可使逸少,祓禊而祥。可使太白,泳月而狂。既薺我荼,既醪我漿。既濯我纓,亦浣我裳。豈獨臨水?無適不臧。春朝花郊,秋夕月場。無脛而趨,無翼而翔。敝又改爲,其費易償。榜曰擇勝,名實允當。維古至人,不留一方。虛白爲室,無可爲鄉。神馬尻輿,孰爲輪箱。流行坎止,雖獨不傷。居之無盜,中靡所藏。去之無戀,如所宿桑。豈如世人,生短慮長。尺宅不治,寸田是荒。錫瓦銅雀,石門阿房。俯仰變滅,與生俱亡。我銘斯亭,以砭世盲。(**李卓吾眉**)金谷園荒,綠野堂朽,視此堪爲三嘆。

惠州李氏潛珍閣銘

襲九淵之神龍,沕淵潛以自珍。雖無心於求世,亦擇勝而棲神。蔚鵝城之南麓,擢仙李之芳根。因石阜以庭宇,跨飲江之鰲黿。岌飛檐與鐵柱,插清江之瀰淪。眩古潭之百尺,涵萬象於瑶琨。耿月魄以終夜,湛天容之方春。信蒼蒼之非色,極深遠而自然。疑貝闕與珠宫,有玉函之老人。予南征其萬里,友魚蝦與蛭螾。逝將去而反顧,托江流以投文。悼此江之獨西,嘆妙意之不陳。逮公子之東歸,寓此懷於一樽。雖神龍之或殺,終不殺之爲仁。

真相院釋迦舍利塔銘(並叙)

洞庭之南,有阿育王塔,分葬釋迦如來舍利。嘗有作大施會出而浴之者,緇素傳捧,涕泣作禮。有比丘竊取其三,色如含桃,大如薏苡,將寘之他方,爲衆生福田。久而不能,以授白衣方子明。元豐三年,軾之弟轍謫官高安,子明以畀之。七年,軾自齊安蒙恩徙臨汝,過而見之。八年,移守文登,召爲尚書禮部郎。過濟南長清真相院,僧法泰方爲磚塔十有三層,峻峙蟠固,人天鬼神所共瞻仰,而未有以葬。軾默念曰:“予弟所寶釋迦舍利,意將止於此耶?昔予先君文安主簿贈中大夫諱洵,先夫人武昌太君程氏,皆性仁行廉,崇信三寶。捐館之日,追述遺意,舍所愛作佛事,雖力有所止,而志則無盡。自頃憂患,廢而不舉,將二十年矣。復廣前事,庶幾在此。”泰聞踊躍,明年來請於京師。探篋中得金一兩,銀六兩,使歸求之衆人,以具棺槨。銘曰:

如來法身無有邊,化爲舍利示人天。偉哉有形斯有年,紫金光聚飛爲煙。惟有堅固百億千,輪王阿育願力堅。役使空界鬼與仙,分置衆刹奠山川。棺槨十襲閟精圜,神光晝夜發層巔。誰其取此智且權,佛身普現衆目前。昏者坐受遠近遷,冥行黑月墮坎泉。分身來化會有緣,流轉至此誰使然。並包齊魯窮海壖,懭悍柔淑冥愚賢。願持此福達我先,生生世世離垢纏。

大别方丈銘

(李卓吾旁)好。

閉目而視,目之所見,冥冥濛濛。掩耳而聽,耳之所聞,隱隱隆隆。耳目雖廢,見聞不斷,以摇其中。孰能開目,而未嘗視,如鑒寫容?孰能傾耳,而未嘗聽,如穴受風?不視而見,不聽而聞,根在塵空。湛然虛明,遍照十方,地獄天宫。蹈冒水火,出入金石,無往不通。我觀大别,三門之外,大江方東。東西萬里,千溪百谷,爲江所同。我觀大别,方丈之内,一燈常紅。

門閉不開,光出於隙,曄如長虹。問何爲然,笑而不答,寄之盲聾。但見龐然,秀眉月面,純漆點瞳。我作銘詩,相其木魚,與其鼓鐘。(**鍾惺夾**)結得妙。(**馮夢禎眉**)"相其木魚,與其鼓鐘"。開目而未嘗視,傾耳而未嘗聽也。

【彙評】

鄭之惠:似大慧中峰升座語。

石塔戒衣銘

石塔得三昧,初從戒定入。是故常寶護,登壇受戒衣。吾聞得道人,一物不可留。云何此法衣,補緝成百衲。諸法念念逝,此衣非昔衣。此法無生滅,衣亦無壞者。振此無塵衣,洗此無垢人。壞則隨他去,是故終不壞。

南安軍常樂院新作經藏銘

佛以一口,而説千法。千佛千口,則爲幾説。我法不然,非千非一。如百千燈,共照一室。雖各遍滿,不相壞雜。咨爾學者,云何覽閲。自非正眼,表裏洞達。已受將受,則相陵奪。惟回屢空,無所不悦。是名耳順,亦號莫逆。以此轉經,有轉無竭。道人山居,僻介楚越。常樂我静,一食破衲。達磨耶藏,勤苦建設。我無一錢,檀波羅密。施此法水,以灌爾睫。(**馮夢禎眉**)所施已多。

廣州東莞縣資福寺舍利塔銘(並叙)

(李卓吾旁)事奇。

自有生人以來,人之所爲見於世者,何可勝道?其鼓舞天下,經緯萬世,有偉於造物者矣。考其所從生,實出於一念。巍乎大哉,是念也,物復有烈於此者乎?是以古之真人,以心爲法,自一身至一世界,自一世界至百千萬億世界,于屈信臂頃,作百千萬億變化,如佛所言,皆真實語,無可疑者。至於持身厲行,練精養志,或乘風而仙,或解形而去,使枯槁之餘,化爲金玉,時出光景,以作佛事者,則多有矣。其見伏去來,皆有時會,非偶然者。予在惠州,或示予以古舍利,狀若覆盂,圓徑五寸,高二寸,重二斤二兩,外密而中疏,其理如芭蕉,舍利生其中無數,五色具備,意必真人大士之遺體。蓋腦之在顱中,顱亡而腦存者。(馮夢禎眉)坡公若非祖戒後身,何以多緣而見爾許物?予曰:"是當以施僧,與衆共之,藏私家非是。"其人難之。適有東莞資福長老祖堂來惠州,見而請之,曰:"吾方建五百羅漢閣,壯麗甲於南海,舍利當棲我閣上。"則以犀帶易之。有自京師至者,得古玉璧,試取以薦舍利,若合符契。堂喜,遂並璧持去,曰:"吾當以金銀琉璃爲窣堵波,置閣上。"銘曰:

真人大士何所修,心精妙明含九州。此身性海一浮漚,委蜕如遺不自收。戒光定力相烝休,結爲寶珠散若旒。流行四方獨此留,帶犀微矣何足酬。璧來萬里端相投,我非與堂堂非求。共作佛事知誰由,瑞光一起三千秋,永照南海通羅浮。

卷九十八

頌十七首

（**茅鹿門評**）東坡頌，此等文字，韓歐所不欲爲；此等見解，韓歐所不能及。由蘇長公少悟禪宗及過南海後，遍歷凶劫，以此心性超朗，乃至於此，可謂絶世之文矣。（**王聖俞評**）坡公諸頌得意處，冥然忘言。

仁宗皇帝御書頌（並叙）

天禧中，仁宗皇帝在東宫。故太傅鄧國張文懿公諱士遜爲太子諭德，帝親書十二字以賜之，曰“寅亮天地，弼余一人”，又曰“日新其德”。公之曾孫假承務郎臣欽臣，以屬翰林學士臣蘇軾爲之頌二篇。

其一曰：天地不言，付之人君。明其德刑，物自秋春。人君無心，屬之輔弼。信其賞罰，身爲衡石。惟天惟君，與相爲三。孰能俯仰？其德不慚。于皇仁宗，恭己無爲。以天爲心，以民爲師。其相鄧公，履信思順。天下頌之，以退爲進。壽考百年，以没元身，嗚呼休哉！寅亮天地，弼余一人。

其二曰：聖人如天，時殺時生。君子如水，因物賦形。天不違仁，水不失平。惟一故新，惟新故一。一故不流，新故無斁。伊尹暨湯，咸有一德。“周雖舊邦，其命維新”。孰知此言，若出一人。小臣稽首，敬頌遺墨。嗚呼休哉！日新其德。

英宗皇帝御書頌

嘉祐中，太常博士周秉，以文行選爲諸王記室，宗室之賢者多愛敬之。時英宗皇帝龍潛藩邸，嘗賜秉手書，其家寶之。臣過曲江，見其孫袁州司法參軍超，出以示臣。謹稽首再拜，爲之頌曰：

雲漢之章，融爲慶雲，結爲甘露。融而不晞，結而不散，以燾冒其子孫。

東坡羹頌（並引）

東坡羹，蓋東坡居士所煮菜羹也。不用魚肉五味，有自然之甘。其法以菘若蔓菁、若蘆菔、若薺，皆揉洗數過，去辛苦汁。先以生油少許塗釜緣及瓷碗，下菜湯中。入生米爲糝，及少生薑，以油碗覆之，不得觸，觸則生油氣，至熟不除。其上置甑，炊飯如常法，既不可遽覆，須生菜氣出盡乃覆之。羹每沸涌。遇油輒下，又爲碗所壓，故終不得上。不爾，羹上薄飯，則氣不得達而飯不熟矣。飯熟羹亦爛可食。若無菜，用瓜、茄，皆切破，不揉洗，入罨，熟赤豆與粳米半爲糝。餘如煮菜法。應純道人將適廬山，求其法以遺山中好事者。以頌問之：

甘甘嘗從極處回，鹹酸未必是鹽梅。問師此個天真味，根上來麼塵上來？（**馮夢禎眉**）"天真"自在"根上"著了安排也。

桂酒頌

（**陳仁錫眉**）是東坡得意之文。

《禮》曰："喪有疾，飲酒食肉，必有草木之滋焉。薑桂之謂也。"古者非喪食，不徹薑桂。《楚辭》曰："奠桂酒兮椒漿。"是桂可以爲酒也。《本草》：桂有小毒，而菌桂、牡桂皆無毒，大略皆主温中，利肝肺氣，殺三蟲，輕身堅骨，養神發色，使常如童子，療心腹冷疾，爲百藥先，無所畏。陶隱居云：《仙經》，服三桂，以葱涕合雲母，蒸爲水。而孫思邈亦云：久服，可行水。此輕身之效也。吾謫居海上，法當數飲酒以禦瘴，而嶺南無酒禁。有隱者，以桂酒方授吾，釀成而玉色，香味超然，非人間物也。東坡先生曰："酒，天禄也。其成壞美惡，世以兆主人之吉凶，吾得此，豈非天哉？"故爲之頌，以遺後之有道而居夷者。其法蓋刻石置之羅浮鐵橋之下，非忘世求道者莫至焉。其詞曰：

中原百國東南傾，流膏輸液歸南溟。祝融司方發其英，沐日浴月百寶生。水娠黄金山空青，丹砂晝曒（一作晨暾。）珠夜明。百卉甘辛角芳馨，旃檀沈水乃公卿。大夫芝蘭士蕙蘅，桂君獨立冬鮮榮。無所攝畏時靡争，釀爲我醪淳而清。甘終不壞醉不醒，輔安五神伐三彭。肌膚渥丹身毛輕，泠然風飛罔水行。誰其傳者疑方平，教我常作醉中醒（一作教我醒醉醉時醒。）。

油水頌

熙寧元年七月二十八日，元叔設食嘉祐（院，見召，）謁長老，觀佛牙。趙郡蘇軾爲之頌曰：

水在油中，見火則起。油水相搏，水去油往。湛然光明，不知有火。在火能寶，（馮夢禎夾）一作"在穴能寶"。内外净故。若不經火，油水同定。非真定故，見火復起。（馮夢禎眉）如此勘破"定"字，以非指非馬喻也。

猪肉頌

（錢陸燦眉）無謂。

净洗鐺，少著水，柴頭罨煙焰不起。待他自熟莫催他，火候足時他自美。黄州好猪肉，價賤如泥土。貴者不肯吃，貧者不解煮。早辰起來打兩碗，飽得自家君莫管。

食豆粥頌

道人親煮豆粥。大衆齊念《般若》。老夫試挑一口，已覺西家作馬。

答子由頌

子由問黄檗和老疾云：五蘊皆非四大空，身心河嶽盡圓融。病根何處容他住，日夜還將藥石攻。不知黄檗如何答？老僧代云：有病宜須著藥攻，寒時火燭熱時風。病根既是地容處，藥石還同四大空。（馮夢禎眉）藥石仍是投入，無礙羹釜也。六月二十日。

禪戲頌

已熟之肉，無復活埋。投在東坡無礙羹釜中，有何不可。問天下禪和子，且道是肉是素，吃得是吃不得是？大奇大奇，一碗羹，勘破天下禪和子。（馮夢禎眉）不葷不素，吃也得，不吃也得，商量便落思詳。(**王聖俞眉**)雖戲而有玄情。此處畢竟如何作答,胡海陵云:"莫安排。"

【**彙評**】

陳天定:王納諫云:"此處畢竟如何作答,胡海陵云:'莫安排。'"

答孔子君頌

夢中投井,入半而止。出入不能,本非住處。(**王聖俞眉**)立喻奇,他人夢想不到。我今何爲,自此作苦。忽然夢覺,身在床上。不知向來,本元無井。不應復作,出入住想。道無深淺,亦無遠近。見物失空,空未嘗滅。物去空現,亦未嘗生。(**馮夢禎眉**)全是《楞嚴》。應當正遠,作如是觀。(**陳眉公眉**)"正遠"疑作"正念"。

醉僧圖頌

人生得坐且穩坐,劫劫地走覓什麼。今年且屙東禪屎,明年去拽西林磨。(**馮夢禎眉**)今朝有酒今朝醉,明日愁來明日愁也。

石恪畫維摩頌

(**李卓吾旁**)趣甚。

我觀衆工工一師,人持一藥療一病。風勞欲寒氣欲暖,肺肝胃腎更相克。挾方儲藥如丘山,卒無一藥堪施用。有大醫王拊掌笑，謝遣衆工病隨愈。問大醫王以何藥，還是衆工所用者。(**馮夢禎眉**)回藥生病回知解，生魔，孔門賜也，何敢望回。我觀三十二菩薩，各以意談不二門。而維摩詰默無語，三十二義一時墮。我觀此義亦不墮，維摩初不離是説。譬如油蠟作燈燭，不以火點終不明。(**李卓吾夾**)透。忽見默然無語處，三十二説皆光焰。(**鄭之惠夾**)人知毗耶杜口是維摩擅場處，誰知“三十二説皆光焰”耶？此七字足一部維摩。乃知諸衲子注脚，維摩竟成謗佛。佛子若讀維摩經，當作是念爲正念。我觀維摩方丈室，能受九百萬菩薩。三萬三千師子坐，皆悉容受不迫迮。又能分布一鉢飯，饜飽十方無量衆。斷取妙喜佛世界，如持針鋒一棗葉。(**馮夢禎眉**)芥納須彌。云是菩薩不思議，住大解脱神通力。我觀石子一處士，麻鞋破帽露兩肘。能使筆端出維摩，神力又過維摩詰。(**馮夢禎眉**)末却只似題畫耳，然有宗莫草草。若云此畫無實相，毗耶城中亦非實。佛子若作維摩像，應作此觀爲正觀。(**馮夢禎眉**)卓老去此四句，以爲住得趣，然作不了語亦得，作了語亦得。

阿彌陀佛頌(並叙)

錢塘圓照律師，普勸道俗歸命西方極樂世界阿彌陀佛。眉山蘇軾敬捨亡母蜀郡太君程氏遺留簪珥，命工胡錫采畫佛像，以薦父母冥福。謹再拜稽首而獻頌曰：

佛以大圓覺，充滿河沙界。我以顛倒想，出没生死中。云何以一念，得往生净土。我造無始業，本從一念生。既從一念生，還從一念滅。生滅滅盡處，則我與佛同。(**高啓眉**)一念精進，便登聖覺，非直禪理如是。(**馮夢禎眉**)真透佛頂。如投水海中，如風中鼓橐。雖有大聖智，亦不能分别。願我先父母，與一切衆生。在處爲西方，所遇皆極樂。人人無量壽，無往亦無來。（**高啓眉**）亦宗普勸意。（**馮夢禎眉**）卓老删去“則我”以下數句，亦大具眼。正欲透宗，忽墮聲聞，然在處所遇，無往無來，亦自廓然，不作麼粘帶。

魚枕冠頌

（**陳眉公眉**）《魚枕冠頌》全學《楞嚴經》。（**馮夢禎眉**）機鋒從莊周夢蝶來。（**李卓吾旁**）趣甚。

瑩净魚枕冠，細觀初何物。形氣偶相值，忽然而爲魚。不幸遭網罟，剖魚而得枕。方其得枕時，是枕非復魚。湯火就模範，巉然冠五嶽。方其爲冠時，是冠非復枕。成壞無窮已，究竟亦非冠。假使未變壞，送與無髮人。（**鍾惺夾**）妙。簪導無所施，是名爲何物。我觀此幻身，已作露電觀。而况身外物，露電亦無有。佛子慈閔故，願受我此冠。若見冠非冠，即知我非我。五濁煩惱中，清净常歡喜。（**馮夢禎眉**）卓吾删去末二句，卓見。

【彙評】

高啓：頌冠自枕、自魚説來，及説到冠，又歸著非冠上，文才宛轉變幻。若實就魚枕冠作頌，便覺無致，坡老慣用此法。

鄭之惠：冠非冠，巧甚。

釋迦文佛頌（並引）

端明殿學士兼翰林侍讀學士蘇軾，爲亡妻同安郡君王氏閏之，請奉議郎李公麟敬畫釋迦文佛及十大弟子。元祐八年十一月十一日，設水陸道場供養。軾拜手稽首而作頌曰：

我願世尊，足指按地。三千大千，净琉璃色。其中衆生，靡不解脱。如日出時，眠者皆作。如雷震時，蟄者皆動。(**馮夢禎眉**)作如是語，坡公日可中矣。同證無上，永不退轉。

觀世音菩薩頌(並引)

金陵崇因禪院長老宗襲，自以衣鉢造觀世音像，極相好之妙。余南遷，過而禱焉，曰："吾北歸當復過此，而爲之頌。"建中靖國元年五月日，自海南歸至金陵。乃作頌曰：

慈近乎仁，悲近乎義。忍近乎勇，憂近乎智。四者似之，而卒非是。(**馮夢禎眉**)是一是二，道似不似，當下宜一喝一棒。有大圓覺，平等無二。無冤故仁，無親故義。無人故勇，無我故智。彼四雖近，有作有止。此四本無，有取有匱。(**高啓眉**)析理精微。(**馮夢禎眉**)應是無匱。有二長者，皆樂檀施。其一大富，千金日費。其一甚貧，百錢而已。我説二人，等無有二。(**高啓夾**)證得透。(**馮夢禎眉**)纔平等。吁觀世音，净聖大士。遍滿空界，挈攜天地。(**馮夢禎眉**)是一是二，道似不似，當下又宜一喝一棒。大解脱力，非我敢議。若其四無，我亦如此。

十八大阿羅漢頌

(**陳眉公眉**)東坡所作禪家文字多矣，然皆一時率筆成趣。獨《十八羅漢頌》沉思而得之，景既幽淡，句復淵妙，當爲獨步。(**陶石簣旁**)目擊道存，依稀華嚴境界矣。(**茅鹿門旁**)此等文字，韓歐所不欲爲；此等見解，韓歐所不能及。由長公少悟禪宗，及過南海後，遍歷劫幻，以此心性超朗，乃至於此，可謂絶世之文矣。（李卓吾旁）事奇。

蜀金水張氏，畫十八大阿羅漢。軾謫居儋耳，得之民間。海南荒陋，不類人世，此畫何自至哉！久逃空谷，如見師友，乃命過（馮夢禎夾）公第三子。躬易其裝標，設燈塗香果以禮之。張氏以畫羅漢有名，唐末蓋世擅其藝，今成都僧敏行，其玄孫也。梵相奇古，學術淵博，蜀人皆曰："此羅漢化生其家也。"（高啓夾）接上無痕。軾外祖父程公少時游京師，還遇蜀亂，絶糧不能歸，因卧旅舍。有僧十六（馮夢禎夾）李作十八。人往見之，曰："我，公之邑人也。"各以錢二百貸之，公以是得歸，竟不知僧所在。公曰："此阿羅漢也。"歲設大供四。公年九十，凡設二百餘供。（高啓眉）引程公事説，纔見自己頂禮非妄。今軾雖不親睹至人，而困厄九死之餘，鳥言卉服之間，獲此奇勝，豈非希闊之遇也哉？（高啓夾）轉得周匝。乃各即其體像，而窮其思致，以爲之頌。（王聖俞眉）此十八題意外有會，予最愛之。

第一尊者

結跏正坐，蠻奴側立。有鬼使者，稽顙于前，侍者取其書通之。頌曰：

月明星稀，孰在孰亡。煌煌東方，惟有啓明。（馮夢禎眉）是有階級，是無階級。只見波瀾起，不測洞庭深。咨爾上座，及阿闍黎。代佛出世，惟大弟子。（高啓眉）的是第一尊者。（王聖俞眉）悠然有遠思。

第二尊者

合掌趺坐，蠻奴捧牘於前。老人發之，中有琉璃器，貯舍利十數。

頌曰：

佛無滅生，通塞在人。墻壁瓦礫，誰非法身。（**高啓夾**）就瓶中貯舍利洗發。尊者斂手，不起於坐。示有敬耳，起心則那。（**高啓夾**）摹合掌。（**王聖俞眉**）淡絶，雋絶。

第三尊者

抹烏木養和。正坐。下有白沐猴獻果，侍者執盤受之。頌曰：

我非標人，人莫吾識。是雪衣者，豈具眼隻。方食知獻，何愧於猿。爲語柳子，勿憎王孫。（**高啓眉**）發語甚解弱，讀至此令人短氣。（**馮夢禎眉**）稍落文字禪。（**王聖俞眉**）甚懈弱，讀至此令人短氣。

第四尊者

側坐屈三指，答胡人之問。下有蠻奴捧函，童子戲捕龜者。頌曰：

彼問云何，計數以對。爲三爲七，莫有知者。（**王聖俞眉**）屈三指，却云爲三、爲七，大是慧心。雷動風行，屈信指間。（**馮夢禎夾**）"信"音"伸"。汝觀明月，在我指端。（**馮夢禎眉**）無第二月。

第五尊者

臨淵濤，抱膝而坐。神女出水中，蠻奴受其書。頌曰：

形與道一，道無不在。天宫鬼府，奚往而礙。婉彼奇女，躍於濤瀧。神馬居輿，攝衣從之。

第六尊者

右手支頤，左手拊稚師子。顧視侍者，擇瓜而剖之。（**王聖俞眉**）

如止水,魚鱗鬣可數。頌曰:

手拊雛猊,目視瓜獻。甘芳之意,若達於面。(**鍾惺夾**)妙。(**王聖俞夾**)靈妙絶倫。六塵併入,心亦遍知。即此知者,爲大摩尼。

第七尊者

臨水側坐。有龍出焉,吐珠其手中。胡人持短錫杖,蠻奴捧鉢而立。頌曰:

我以道眼,爲傳法宗。爾以願力,爲護法龍。(**高啓夾**)"爾"指龍。道成願滿,見佛不作。(**馮夢禎眉**)道成則满,何眼何龍。盡取玉函,以畀思邈。(**馮夢禎眉**)畀思邈,又多事不道,挾方儲藥如丘山來。

第八尊者

並膝而坐,加肘其上。侍者汲水過前,有神人涌出於地,捧盤獻寶。頌曰:

爾以捨來,我以慈受。(**高啓夾**)揭獻寶説起。各獲其心,寶則誰有。(**高啓夾**)肘雖加寶,在盤故云。視我如爾,取與則同。我爾福德,如四方空。(**馮夢禎眉**)吾有大患,爲吾大身。

第九尊者

食已袱鉢,持數珠,誦咒而坐。下有童子,構火具茶,又有埋筒注水蓮池中者。頌曰:

飯食已異,袱鉢而坐。童子茗供,吹籥發火。我作佛事,淵乎妙哉。空山無人,水流花開。(**馮夢禎眉**)不聞人聲,但聞落子。

(王聖俞眉)得意處冥然忘言。

第十尊者

執經正坐。有仙人侍女焚香于前,頌曰:

飛仙玉潔,侍女雲眇。稽首炷香,敢問至道。我道大同,有覺無修。豈不長生? 非我所求。(高啓夾)黜仙崇禪。

第十一尊者

趺坐焚香。侍者拱手,胡人捧函而立。頌曰:

前聖後聖,相喻以言,口如布穀,而意莫傳。鼻觀寂如,諸根自例。(高啓夾)就趺坐摹想。孰知此香,一炷千偈。(高啓夾)就焚香立論。(馮夢禎眉)火傳也,不知其盡也。

第十二尊者

正坐入定枯木中,其神騰出於上,有大蟒出其下。頌曰:

默坐者形,空飛者神。二俱非是,孰爲此身? 佛子何爲? 懷毒不已。(王聖俞眉)蟒亦具佛性,故呼作佛子,甚奇。願解此相,問誰縛爾。(馮夢禎眉)還令縛者解之。

第十三尊者

倚杖垂足側坐。侍者捧函而立,有虎過前,有童子怖匿而竊窺之。頌曰:

是與我同,不噬其妃。(王聖俞夾)"妃"字奇絶。(王聖俞夾)有至理語復柔淡。一念之差,墮此鬈鬜。導師悲愍,爲爾顰嘆。(馮夢禎眉)便當作獅子吼,見大神力。以爾猛烈,復性不難。(馮夢禎

夾)指示精進法門。

第十四尊者

持鈴杵,正坐誦咒。侍者整衣于右,胡人横短錫跪坐于左。有虬一角,若仰訴者。頌曰:

彼髯而虬,長跪自言。(**王聖俞夾**)此"虬"字指胡人。特角亦來,身移怨存。(**馮夢禎眉**)身移而怨尚存,豈身移而性不存乎,《楞嚴》所以反復開喻也。(**王聖俞眉**)身移怨存,謂此一角虬前身亦胡人也。以無言音,誦無説法。風止火滅,無相仇者。

第十五尊者

鬚眉皆白,袖手趺坐。胡人拜伏於前,蠻奴手持拄杖,侍者合掌而立。頌曰:

聞法最先,事佛亦久。耄然衆中,是大長老。薪水井臼,老矣不能。摧伏魔軍,不戰而勝。(**馮夢禎眉**)騏驥不能捕鼠,一日可以千里。(**王聖俞眉**)楚丘先生意趣。(**高啓眉**)語語的是鬚眉皆白尊者。

第十六尊者

横如意趺坐。下有童子發香篆,侍者注水花盆中。頌曰:

盆花浮紅,篆煙繚青。無問無答,如意自横。點瑟既希,昭琴不鼓。此間有曲,可歌可舞。(**馮夢禎眉**)世尊默然,乃是許可;維摩無語,衆養皆墮。(**高啓眉**)真個如意。

第十七尊者

臨水側坐,仰觀飛鶴。其一既下集矣,侍者以手拊之。有童子提

竹籃,取果實投水中。(王聖俞眉)會景宛然。頌曰:

引之浩茫,與鶴皆翔。藏之幽深,與魚皆沉。(馮夢禎眉)引恁麽?藏恁麽?詩云:鳶飛戾天,魚躍於淵。鶴鳴於九皋,魚潛在淵。大阿羅漢,入佛三昧。俯仰之間,再拊海外。(高啓夾)就"仰觀"想出"俯"來。(高啓眉)鶴下集、果投水,皆"俯"也。

第十八尊者

植拂支頤,瞪目而坐。下有二童子,破石榴以獻。頌曰:

植拂支頤,寂然跏趺。尊者所游,物之初耶。聞之於佛,及吾子思。名不用處,是未發時。(高啓夾)獻石榴尚在破時,亦是未發。(馮夢禎眉)勘儒釋不二處。(王聖俞眉)不援儒更好。

跋 尾

佛滅度後,閻浮提衆生剛狠自用,莫肯信入。(馮夢禎眉)病在自用,若剛狠,是信入種子。所謂以爾猛烈復性不難也。(王聖俞眉)是彼中語。故諸賢聖皆隱不現,獨以像設遺言,提引未悟而峨眉、五臺、廬山、天台猶出光景變異,使人了然見之。軾家藏十六羅漢像,每設茶供,則化爲白乳,或凝爲雪花桃李芍藥,僅可指名。或云:羅漢慈悲深重,急於接物,故多現神變。儻其然乎?今于海南得此十八羅漢像,以授子由弟,使以時修敬,遇夫婦生日,輒設供以祈年集福,並以前所作頌寄之。子由以二月二十日生,其婦德陽郡夫人史氏,以十一月十七日生。是歲中元日題。(陶石簣旁)目擊道存,依稀作《華嚴》境界矣。(高啓眉)前序作頌,則引外祖程公事説起;此跋送弟子由,則援家藏羅漢像每年設供説起。何等證據,何等轉折,最堪嚼玩。

【彙評】

王聖俞:東坡所作禪家文字多矣,然皆一時率筆成趣,獨此十八贊沉思而得之,景既幽淡,句復淵妙,當爲獨步。

陳天定:陶望齡云:"目擊道存,依稀作《華嚴》境界矣。"

箴一首

東交門箴

漢武帝爲竇太主置酒宣室,使謁者引納董偃。東方朔以謂有斬罪三,安得入宣室。上爲更置酒北宫而引偃,從東司馬門而前,更無譏焉。作《東交門箴》:

上所好惡,民實趨之。風俗厚薄,君實驅之。道之以正,民俗罔中。唱之以淫,實煩有從。帝于館陶,在齊文姜。矧董外人,干國亂常。既不能戮,反以爲好。予飲予燕,宣室是傲。偉彼臣朔,辟戟趨陛。謇拳是效,剛而有禮。改館徹饌,北宫東門。雖曰從諫,東交實存。維藩維戚,禮法遂惢。延及齊民,惟上所使。昔在季孫,賞盗以邑。魯遂多盗,而罔敢詰。矧兹王宫,奸人是納。昭示來世,有慚斯闔。蕢也揚觶,杜舉得名。殿檻勿輯,直臣是旌。人孰無過,過而勿貳。宣室東交,實同名異。

疏二首

請净慈法涌禪師入都疏

京師禪學之盛，發於本、秀二公。本既還山，秀復入寂。駙馬都尉張君予來聘法涌，繼揚宗風；東坡居士適在錢塘，實爲敦勸。太丘道廣，廣則難周；仲舉性峻，峻則少通。法涌童子畫沙，已具佛智；維摩無語，猶涉二門。雖吾先師，不異是説；質之孔子，蓋有成言。不爲穿窬，仁義不可勝用；博施濟衆，堯舜其猶病諸。願法涌廣大慈悲，印宗仁得仁之侶；深嚴峻峙，訶未證謂證之人。本自不然，伏惟珍重。（**馮夢禎眉**）世界如此等人多矣，安得人人訶之以爲快。

重請戒長老住石塔疏

大士未曾説法，誰作金毛之聲；衆生各自開堂，何關石塔之事。去無作相，住亦隨緣。長老戒公，開不二門，施無盡藏。念西湖之久别，本是偶然；爲東坡而少留，無不可者。（**陳仁錫眉**）人生得意，不過如此。一時作禮，重聽白椎。渡口船回，依舊雲山之色；秋來雨過，一新鐘鼓之音。（**馮夢禎眉**）佳句。

【彙評】

鄭之惠：在四六是神境。

凌啓康：按：石塔長老遣侍者投牒解院，東坡問長老欲何往，對曰：歸西湖舊廬。東坡即將僚佐同至，石塔擊鼓聚衆，袖中出疏，使晁無咎讀之，云云。蓋以文爲戲，一時咸慕其風。

青詞七首

鳳翔醮土火星青詞

嗚呼！天之保佑下民罔不至，所資以生罔不蕃。育民既不知德，天亦維不倦。乃朝夕戕取，以厚厥躬。天既不我咎，乃不恭畏於神祇，不修敕厥心，驕淫矜誇，以干上帝威命。帝用不赦，丕降罪疾於下，則惟雨暘，常以訖我黍、稷、禾、菽、麻、麥，我民用蕩析隕越。天亦終哀矜，其忍翦棄其命罔孑遺。今秦民既不獲於秋，乃十旬弗雨，曰："其尚克有夏。"走於山川鬼神，亦罔不至。既不獲，乃曰："維熒惑鎮星次於井，秦民其亦應受多罪。"玆用即於齋宮爲壇位，以與百姓請命。嗚呼！其庶幾哀之。（**高啓夾**）應轉。俾克有夏，亦克蓺厥秋。民今其栗栗，朝不謀夕。

【彙評】

鄭之惠：此詞無一字不出訓詁而上之，固知長公無不可爲耳。今人抄得秦漢幾字便笑長公不值一錢，翻令長公笑人矣。

徐州祈雨青詞

河失故道，遺患及於東方；徐居下流，受害甲於他郡。田廬漂蕩，父子流離。饑寒頓仆於溝坑，盜賊充盈於犴獄。人窮計迫，理極詞危。望二麥之一登，救饑民於垂死。而天未悔禍，歲仍大荒。水未落而旱已成，冬無雪而春不雨。煙塵蓬勃，草木焦枯。今者麥已過期，穫不償種。禾未入土，憂及明年。臣等恭循舊章，並走群望。意水旱之有數，非鬼神之得專。是用稽首告哀，籲天請命。若其賦政多辟，以譎見於陰陽；事神不恭，以獲戾於上下。臣實有罪，罰其敢辭。小民無知，大命近止。願下雷霆之詔，分敕山川之神。朝隮寸雲，暮洽千里。使歲得中熟，則民猶小康。

諸宮觀等處祈雨青詞

饑饉之患，民流者期年；吁嗟之求，詞窮於是日。仰惟至道之助，推廣上天之仁。召呼群龍，時賜霈澤。罔以不德，而廢其言。

醮北嶽青詞

少年出仕，本有志於救人；晚節倦游，了無心於交物。蠢冥多罪，憂患再罹。飄然流行，靡所歸宿。仰止高真之馭，降于喬嶽之陽。稽首投誠，齋心悔過。庶一念之清净，洗千劫之塵勞。妙用無方，先解纏身之網；靈光所燭，幸逢出世之師。誓此餘生，永依至道。

醮上帝青詞三首

其　一

臣聞報應如響，天無妄降之災；恐懼自修，人有可延之壽。敢傾微悃，仰瀆大鈞。臣兩遇禍災，皆由滿溢。早竊人間之美仕，多收天下之虚名。(**陳仁錫眉**)凛然可懼。溢取三科，叨臨八郡。少年多欲，沉湎以自殘；褊性不容，剛愎而好勝。積爲咎厲，遘此艱屯。臣今稽首投誠，洗心歸命。誓除驕慢，永斷貪嗔。幸不死於嶺南，得退歸於林下。少駐桑榆之暮景，庶幾松柏之後凋。

其　二(**代子駿**)

切以洪覆至神，固不期於報謝；群生多故，實有賴於祈禳。切輸悃愊之私，仰瀆高明之聽。伏念某遭逢盛際，蒙被餘恩。賦形宇宙之中，殆將四紀；竊禄江淮之上，幾及二年。身雖曲盡於勤勞，事豈舉無於過誤。慮愆尤之浸廣，恐譴責之陰加。粤自先朝，當聿修於醮事；及兹歲暮，輒謹按于科文。祇建壇場，肅陳香火。伏願上真保佑，列聖扶持。宦路亨通，無謗傷之横至；私門安燕，絶災釁之潛生。福逮親闈，慶延子舍。

其　三(**代陸和叔**)

伏聞妙道淵微，非塵凡之可測；圓穹杳邈，有誠信之能通。輒伸悃愊之私，上瀆高明之德。切念臣叨司三局，從事六官。勤勞更歷於歲終，修省每恭於夙夜。昨於正旦，嘗啓願心。許大醮之祈禳，乞靈庇之保護。今逢誕日，恭按科文。集道侶於壇場，頂睟容於香火。仰回聖馭，曲享清羞。伏望上帝垂慈，列聖降佑。延偏親之壽考，茂合族之禧祥。三考書成，祈有更代之慶；百神來相，俾無災滯之虞。

疏文十四首

興龍節功德疏五首

右伏以上帝垂休，真人誕降。乾坤合契，永爲慶喜之辰；草木何知？舉有欣榮之意。矧惟遭遇，獲侍清閑。不緣梵釋之因，曷致涓塵之效？伏願皇帝陛下，受天之禄，如川方增。奄有漢唐之封疆，倍萬唐虞之壽考。永均介福，下及函生。

右伏以三王之樂，固常與天下同；四海之心，莫不欲吾君壽。以兹願力，扣彼佛乘。仰惟無礙之慈，副我必從之欲。伏願皇帝陛下，配天而治，如日之中。安樂延年，錫帝齡之無算；寅畏享福，過周曆以常新。下及海隅，同躋壽域。

右伏以候嘉平之臘，協氣充流；歌《長發》之祥，群心踊躍。華夷交慶，草木增榮。矧惟扈從之私，獲在封疆之守。敢緣願力，祇叩佛乘。仰惟無礙之慈，副我必從之欲。伏願皇帝陛下，配天而治，如日之中。安樂延年，賜帝齡之無算；寅畏享福，過周曆以常新。下及海隅，同躋壽域。

右伏以瑞乙來翔，共紀生商之兆；群龍下集，適同浴佛之辰。爰崇勝因，以薦多祉。伏願皇帝陛下，立民之極，先天不違。福如南山之不騫，壽等西方之無量。集寧海宇，永庇神天。

右伏以上帝立子，將開太平之基；下民歸仁，自享延鴻之壽。不假龍天之會,曷旌臣子之心?伏願皇帝陛下,受禄無疆,如川方至。五兵不用,同萬國之車書;多士克生,達四門之耳目。永均介福,普及函生。

坤成節功德疏文七首

右伏以功存社稷,慶鍾高密之門;澤及本枝,天胙大任之德。候西風之協應,占南極之嘉祥。特啓真壇,仰祈睿算。順帝之則,固不待於禱求;應地無疆,亦難忘於祝頌。臣無任懇禱激切之至。

右伏以慈儉之化,無得而名;保佑之功,云何可報?仰首雲天之望,傾心草木之微。至哉坤元,德既超於載籍;養以天下,福宜冠於古今。敢冀神休,永爲民極。臣無任。

右伏以寳儉以慈,地無私載;履信思順,天且不違。眷惟江海之邦,日蒙雨露之施。民心所祝,神聽必臨。祈萬壽於無疆,庶群生之永賴。臣無任。

右伏以上帝儲休,遺寳龜而降聖;群方仰德,執瑞玉以來賓。恪修臣子之誠,虔奉天人之禱。供精蒲塞,文演貝多。致海衆之莊嚴,廣潮音之清净。勝因所集,睿算日隆。恭惟太皇太后陛下,伏願大安大榮,永對無窮之問;時萬時億,獨觀有道之長。臣無任。

右伏以玉勝發祥,金行正候。合天人之寳運,實華夏之昌辰。已格鴻休,猶資善禱。展祇園之净供,發秘藏之真乘。庶假良因,蓋崇睿算。恭惟太皇太后陛下,伏願威神有截,盡龍象以瞻依;壽考無疆,等乾坤之久大。臣無任。

右伏以神聖在御，天地無可報之恩；臣子何知，佛老有歸誠之法。敢緣净供，仰祝遐齡。恭惟太皇太后陛下，伏願日照月臨，海涵嶽峙。帝簡好生之德，錫壽無疆；民銜既富之仁，保邦何極。臣無任。

右伏以星火西流，方歲功之平秩；夕月既望，昭陰德之致隆。凡我有生，歸誠兹日。佛身充滿，天鑒聰明。恭惟太皇太后陛下，伏願享德三靈，齊光兩曜。坐俟雲來之養，受禄無疆；屢觀甲子之周，與民同樂。臣無任。

太皇太后本命歲功德疏文

右伏以天人合契，輔成繼照之明；歲月襲祥，允協重坤之象。肇臨正旦，寅奉德音。盡海宇之無疆，集緇黄而來會。旁推舜孝，仰叩佛乘。伏願太皇太后陛下，下順民心，仰膺天保。配西方之無量，與南山而不傾。豈獨五音六律之旋，再臨此歲；將推三統九會之復，以卜其年。永與函生，共兹介福。謹疏。

景靈宫祈福道場功德疏文

右伏以仁心浹物，自然憂樂之同；孝治格天，宜爾感通之速。庶殫精懇，仰叩上真。恭惟太皇太后陛下，保佑聖神，勤勞夙夜。偶倦東朝之御，未復太官之常。爰即珠庭，大陳妙供。法音上達，雖有假于雲章；民志下同，自不勞于秘祝。願膺勿藥之喜，永保無疆之休。

卷九十九

祝文六十八首

禱雨蟠溪祝文

歲秋矣，物之幾成者，待雨而已。穟者已秀，待雨而實。三日不雨，則穟者不實矣。莢者已孕，待雨而秀。五日不雨，則莢者不秀矣。野有餘土，室有閑民，待雨而耕且種。七日不雨，則餘土不耕，閑民不種矣。穟者不實，莢者不秀，餘土不耕，而閑民不種，則守土之臣，將有不任職之誅，而山川鬼神，將乏其祀。兹用不敢寧居，齋戒擇日，並走群望，而精誠不歆。神不顧答，吏民無所請命。聞之曰："號有周文、武之師太公，其可以病告。"乃用太祲之禮，禱而不祠。穀梁子曰："古之神人，有應上公者，通乎陰陽。君親帥諸大夫道之而以請焉。"夫生而爲上公，没而爲神人，非公其誰當之。《詩》曰："維師尚父，時維鷹揚，涼彼武王，肆伐大商，會朝清明。"公之仁且勇，計其神靈無所不能爲也。吏民既以雨望公，公亦當任其責。敢布腹心，公實圖之。尚饗。（**陳仁錫眉**）無聊之思。

鳳翔太白山祈雨祝文

維西方挺特英偉之氣，結而爲此山。惟山之陰威潤澤之氣,又聚而爲湫潭。瓶罌罐勺,可以雨天下,而况于一方乎?乃者自冬徂春,雨雪不至,西民之所恃以爲生者,麥禾而已。今旬不雨,即爲凶歲,民食不繼,盗賊且起。豈惟守土之臣所任以爲憂,亦非神之所當安坐而熟視也。聖天子在上,凡所以懷柔之禮,莫不備至。下至於愚夫小民,奔走畏事者,亦豈有他哉!凡皆以爲今日也。神其盍亦鑒之。上以無負聖天子之意,下以無失愚夫小民之望。尚饗。

告封太白山明應公祝文

天作山川,以鎮四方。俾食於民,以雨以暘。惟公聰明,能率其職。民以旱告,應不逾夕。帝謂守臣,予嘉乃功。惟新爵號,往耀其躬。在唐天寶,亦賜今爵。時惟術士,探符訪藥。謂爲公榮,實爲公羞。中原顛覆,神不顧救。今皇神聖,惟民是憂。民既飽溢,皇無禱求。衮衣煌煌,赤舄繡裳。捨舊即新,以佑我民。尚饗。

祈雨龍祠祝文(杭州)

神食於民,吏食於君。各思乃事,食則無愧。吏事農桑,神事雨暘。匪農不力,雨則時嗇。召呼風霆,來會我庭。一勺之水,膚寸千里。尚饗。

祈雨吴山祝文

杭之爲邦,山澤相半。十日之雨則病水,一月不雨則病旱。

故水旱之請,黷神爲甚。今者止雨之禱,未能逾月,又以旱告矣。吏以不得爲愧,神以不倦爲德。(**鍾惺夾**)妙舌。願終其賜,俾克有秋。尚饗。

【彙評】

陳天定:善爲説辭,文亦氣舒力足。

祈晴風伯祝文

維神開闔陰陽,鼓舞萬類。行巽之權,直箕之次。陰淫爲霖,神能散之。下土墊滂,神能暵之。發軫西北,弭節東南。風反雨霽,神亦不憖。尚饗。

祈晴雨師祝文

天以風雨寒暑付於神,亦如人君之設官置吏以治刑政也。人君未嘗不欲民之安,天亦何嘗不欲歲之豐乎?刑政之失中,民惟吏之怨。雨暘之不時,民亦不能無望於神也。今淫雨彌月,農工告窮,歲之豐凶,決於朝夕,而並走群望,莫肯顧答。維天之所以畀於神,神之所以食於民者,庶其在此。尚率厥職,俾克有秋。尚饗。

祈晴吴山祝文

歲既大熟,惟神之賜。害于垂成,匪神之意。築場爲途,卧穟生耳。農泣於野,其忍安視。生爲楚英,没爲吴豪。烈氣不泯,視此海濤。反雨爲暘,何足告勞。有潔斯醴,匪神孰號。尚饗。

奉詔禱雨諸廟祝文

噫嗟艱歲,胡閟斯雨。念我東南,哺饟中土。迎秋餞伏,農不再舉。有事郊廟,萬方畢助。漕溝絶流,庭實未旅。下書哀痛,超軼堯禹。矧兹守臣,廢食悼懼。民之禍福,間不容縷。今不愍救,後訴無所。天高莫謁,神或可籲。尚饗。

禱雨社神祝文

噫我侯社,我民所恃。祭於北墉,荅陰之義。陽亢不反,自春徂秋。迄冬不雨,嗣歲之憂。吏民嗷嗷,謹以病告。錫之雨雪,民敢無報。尚饗。

禱雨后土祝文

神食於社,蓋數千年。更歷聖王,訖莫能遷。源深流遠,愛民宜厚。雨不時應,亦神之疚。社稷惟神,我神惟人。去我不遠,宜軫我民。尚饗。

禱雨稷神祝文

農民所病,春夏之際。舊穀告窮,新穀未穟。其間有麥,如暍得涼。如行千里,弛擔得漿。今神何心,毖此雨雪。敢求其他，尚憫此麥。尚饗。

禱雨后稷祝文

維神之生，稼穡是力。廛身爲民，尚莫顧惜。矧今在天，與天同功。召呼風雲，孰敢不從。豈惟農田，井竭無水。我求於神，亦云亟矣。尚饗。

祭常山祝文五首（密州）

其　一

洪維上帝，以斯民屬於山川群望；亦如天子，以斯民屬於守土之臣。惟吏與神，其職惟通。殄民廢職，其咎惟均。哀我邦人，遭此凶旱。流殍之餘，其命如髮。而飛蝗流毒，遺種布野。使其變躍飛騰，則桑柘麥禾，舉罹其災，民其罔有孑遺。吏將獲罪，神且乏祀。茲用栗栗危懼。謹以四月初吉，齋居蔬食，至於閏月辛丑。若時雨沾洽，蝗不能生，當與吏民躬執牲幣以答神休。嗚呼，我州之望，不在神乎？父老謂神求無不獲，克有常德，以名茲山，其可不答，以愧此名。若曰："歲之豐凶在天，非神之所得專。"吏將亦曰："民之休戚在朝廷，我何知焉。"則誰任其責矣？上帝與吾君愛民之心，一也。凡吏之可以請於朝者，既不敢不盡；則神之可以謁於帝者，宜無所不爲。尚饗。

其　二

峨峨茲山，望我東國。爲帝司雨，涵濡百物。自我再禱，應不旋轂。迨茲有秋，歲得中熟。嗟此薄禮，曷稱其德。陶匠並作，新其楹桷。豈以爲報，民苟不怍。歲云徂矣，辫麥未殖。嗣歲之憂，既謝且謁。惠然雨我，以永休烈。尚饗。

其 三

比年以來，蝗旱相屬。中民以上，舉無歲蓄。量日計口，斂不待熟。秋田未終，引領新穀。如行遠道，百里一宿。苟無舍館，行旅夜哭。自秋不雨，霜露殺菽。黄糜黑黍，不滿囷簏。麥田未耕，狼顧相目。道之云遠，飢腸誰續。五日不雨，民在坑谷。猗嗟我侯，靈應響速。帝用嘉之，惟新命服。祈而不獲，厥愆在僕。洗心祗載，敢辭屢瀆。庶哀斯民，朝夕濡足。尚饗。

其 四

天子有命，閔兹旱暵。俾我守臣，並走群望。惟神聰明慈惠，求無不獲。既再禱矣，雖嘗一雨，不及膚寸。吏實不德，不足以蒙神之休，導迎善氣，以致甘澤。洪惟聖天子之意，其可不答。而飢羸之民，將轉於溝壑，其可不一救之。瀆神之罰，吏其敢辭。尚饗。

其 五

熙寧九年，七月某日，詔封常山神爲潤民侯。十月某日，具位蘇軾，謹以清酌少牢之奠，昭告于侯之廟曰：

嗚呼，旱蝗之爲虐也，三年於兹矣。東南至於江海，西北被於河漢，饑饉疾疫，靡有遺矣。我瞻四方，大川喬嶽，食於斯民者甚衆，而受寵於吾君者，可謂巍巍矣。訴之而必聞，求之而必獲，惠我農夫，而救其災沴。不爲倏雲驟雨，苟以應禱之虚名，而有膏澤積潤，可以及民之實效，卓然如侯者幾希矣。（鍾惺夾）

"名""實"二字,□出警異。凡天子之爵命,有德而致之則爲榮,無功而享之則爲辱。今侯澤此一郡,而施及於四鄰,其受五等之爵,而被七命之服也,可謂無愧而有光輝矣。願侯益修其實,以充其名。上以副天子之意,而下以塞吏民之望。民其奉事,有進而無衰矣。尚饗。

謝雪祝文(徐州)

天不吝澤,神不忘職。胡爲水旱,吏則不德。失政召災,莫知自刻。雨則號晴,旱則謁雪。神既不譴,又滿其欲。四山暮霰,萬瓦晨白。驅攘疫癘,甲拆辨麥。牲酒匪報,維以告潔。神食無愧,吏則慚慄。尚饗。

祭風伯雨師祝文

自秋不雨,以至於今。夏田將空,秋種不入。天子命我,禱於群望。雲物既合,風輒散之。吏民皇皇,不知所獲罪。敢以薄奠,訴於有神。風若不作,雨則隨至。當以牲幣,報神之賜。若格絶天澤,棄民乏嗣。上帝臨視,神其不然。尚饗。

謁文宣王廟祝文(湖州)

至聖文宣王。竊惟吏治以仁義爲本,教化爲急。故以視事之三日,祇見於先聖先師,問所當先於學。其所從來尚矣,敢忘其舊。尚饗。

謁諸廟祝文

軾猥以不肖，來長此邦。實於有神，分職幽明。謹以視事之三日，祇見於廟。惟神保佑斯民，俾風雨時若，疫癘屏息。吏既免罪，神亦不愧。尚饗。

謁廟祝文（杭州）

軾以王命，來守此邦。事神養民，敢不祇飭。莅政之始，見於祠下。安静無事，豐樂有年。惟神相之，使免罪戾。尚饗。

謁文宣王廟祝文

軾以諸生，誤蒙選擢。昔自太史，通守此邦。今由禁林，出使浙右。莅事之始，祇見儒宫。聖神臨之，敢忘夙學。尚饗。

祭英烈王祝文

欽誦舊史，仰瞻高風。報楚爲孝，徇吴爲忠。忠孝之至，實與天通。開塞陰陽，斡旋濤江。保障斯民，以食此邦。嗟我蠢愚，所向奇窮。豈以其誠，有請輒從。庚子之禱，海若伏降。完我岸閘，千夫奏功。牲酒薄陋，報微施豐。敬陳頌詩，侑此一鍾。尚饗。

祈雨祝文

杭州之爲郡，負山帶江，水澤不留。逾旬不雨，農有憂色。

挽舟浚河,公私告病。吏既無術,莫知所救。不敢坐視,惟神之求。庶幾閔民之窮,赦吏之瀆。賜以一雨,敢忘其報。尚饗。

謝雨祝文

舊穀不登,陳廩已發。稍失雨暘之節,則懷溝壑之憂。惟神至明,有禱必應。敢陳薄奠,少答殊私。願推無倦之仁,以畢有年之賜。尚饗。

祈晴祝文

大雪連日,凝陰傷春。閔惟艱食之民,重此常寒之虐。役兵墮指,行旅摧輈。老弱號呼,吏既慚於無術;陰陽舒卷,神何惜而不爲。願掃重雲,以昭靈貺。使民奉事,永歲益虔。尚饗。

謝晴祝文

軾以憂寄,出守此邦。歲之不登,實任其咎。政雖無術,心則在民。惟神聰明,其應如響。雨不暴物,晴不失時。喜愧之心,吏民所共。式陳菲薦,少答神休。尚饗。

祈晴吴山廟祝文

秋穀未登,既食其陳。嗣歲之虞,當斂其新。逮此秋暘,載獲載舂。陰雨害之,穡人罔功。我發庫泉,以實高廩。曷敕雨官,遄止其淫。既暵我場,萬杵皆作。待此坻京,援我溝壑。英文烈武,雨霽在予。稽首告病,其忍弗圖。尚饗。

謝晴祝文

賞罰在朝,吏申明之。及其有愆,吏得正之。雨暘在天,神奉行之。及其不時,神得請之。惟吏與神,各率其職。有求必獲,則無虚食。淫雨既止,惟神之功。肴酒匪報,惟以告衷。尚饗。

開湖祭禱吴山水仙五龍三廟祝文

杭之西湖,如人之有目。湖生茭葑,如目之有翳。翳久不治,目亦將廢。河渠有膠舟之苦,鱗介失解網之惠。六池化爲眢井,而千頃無復豐歲矣。是用因賑恤之餘資,興開鑿之利勢。百日奏功,所患者淫雨;千夫在野,所憂者疾癘。庶神明之陰相,與人謀而協濟。魚龍前導以破堅,菰葦解拆而迎鋭。復有唐之舊觀,盡四山而爲際。澤斯民於無窮,宜事神之益勵。我將大合樂以爲報,豈徒用樽酒之薄祭也。尚饗。

謝吴山水神五龍三廟祝文

西湖堙塞,積歲之患。坐閲百吏,熟視而嘆。惟愚無知,妄謂非難。禱於有神,陰假其便。不愆於素,咸出幽贊。大堤雲横,老葑席卷。歷時未幾,功已過半。嗣事告終,來哲所繕。神卒相之,罔咈民願。肴酒之報,我愧不腆。尚饗。

潁州謁文宣王廟祝文

軾以諸生遭遇，入侍帷幄，出典民社。莅事之始，祇見於學。先聖先師實臨之。敬行所聞，敢忘其舊。尚饗。

謁諸廟祝文

軾以侍臣出守，承宣上意，以民爲本。祇敬事神，所以芘民。莅事之始，祇見祠下。尚饗。

德音到州祭諸廟祝文

維年月日，具位蘇軾，謹以清酌庶羞之奠，敢昭告於某神：

上清儲祥宫成，敷宥四海，均福於下。有詔守臣，凡在秩祀，罔不祇薦。維神導和却沴，保民無疆，以稱朝廷至仁之意。尚饗。

祈雨迎張龍公祝文

維元祐六年，歲次辛未，十月丙辰朔，二十五日庚辰，龍圖閣學士左朝奉郎知潁州軍州事蘇軾，謹請州學教授陳師道，並遣男承務郎迨，以清酌庶羞之奠，敢昭告於昭靈侯張公之神：

稽首龍公，民所祇威。德博而化，能潛能飛。食於潁人，淮潁是依。受命天子，命服有輝。爲國庇民，凡請莫違。歲旱夏秋，秋穀既微。冬又不雨，麥槁而腓。閔閔農夫，望歲畏饑。並走群望，莫哀我欷。於赫遺蜕，靈光照幃。惠肯臨我，言從其妃。翾舞雩詠，薦其潔肥。雨雪在天，公執其機。游戲俯仰，千里一麾。被及淮甸，三輔王畿。積潤滂流，浹日不晞。我率吏民，鼓鐘旐旗。拜送於郊，以華其歸。尚饗。

送張龍公祝文

維元祐六年，歲次辛未，十一月乙酉朔，十日甲午，龍圖閣學士左朝奉郎知潁州軍州事兼管内勸農使輕車都尉賜紫金魚袋蘇軾，謹以清酌庶羞之奠，敢昭告於昭靈侯張公之神：

赫赫龍公，甚武且仁。赴民之急，如謀其身。有不應祈，惟汝不虔。我自洗濯，齋居誠陳。旱我之罪，勿移於民。公顧聽之，如與我言。玉質金相，其重千鈞。惠然肯來，期者四人。眷此行宫，爲留浹辰。再雨一雪，既洽且均。何以報之，榜銘皆新。詔公之德，於億萬年。惟師道、迨，復餞公還。咨爾庶邦，益敬事神。尚饗。

立春祭土牛祝文

三陽既應，庶草將興。爰出土牛，以戒農事。丹青設象，蓋惟風俗之常；耕獲待時，必有陰陽之助。仰惟靈德，佑我穡人。尚饗。

謝晴祝文

吏既不德，致災害民。一雨一霽，輒號於神。風回雪止，農事並作。神則有功，吏亦知怍。凍餒之蘇，其賜不貲。嗟我吏民,爲報之微。尚饗。

祈雨僧伽塔祝文

維元祐七年,歲次壬申,三月甲申朔,十二日乙未,龍圖閣學士、左朝奉郎、新知揚州軍州事充淮南東路兵馬鈐轄蘇軾,謹以香燭茶果之供,敢昭告於大聖普照王之塔:

淮東西連歲不稔,農末皆病,公私並竭。重以浙右大荒,無所仰食。望此夏田,以日爲歲。大麥已秀,小麥已孕。時雨不至,垂將焦枯。凶豐之决,近在旬日。軾移守廣陵,所部十郡。民窮爲盜,職守當憂。才短德薄,救之無由。伏願大聖普照王,以解脱力,行平等慈。噫欠風雷,咳唾雨澤。救焚拯溺,不待崇朝。敬瀝肝膽,尚鑒聽之。尚饗。

定州謁諸廟祝文

惟皇上帝,分命群祀。降釐下土,惟我元后。臨遣近臣,鎮撫一方。幽明雖殊,保民惟均。莅事之始,祗見祠下。若賦政疵纇,敢逃其罰。雨暘以時,疾疫不作,亦竊有望於神。尚饗。

謁文宣王祝文

軾以諸生進位於朝,入參侍從,出典方面。莅事之始,祗見廟下。居敬行簡,以臨其民。軾雖不敏,請事斯語。尚饗。

北嶽祈雨祝文

維元祐九年，歲次甲戌，四月壬寅朔，十六日丁巳，端明殿學士兼翰林侍讀學士、左朝奉郎、定州路安撫使兼馬步軍都總管知定州軍州及管内勸農使輕車都尉賜紫金魚袋蘇軾，敢以制幣茶果清酌之奠，敢昭告於北嶽安天元聖帝：

都城以北，燕薊之南，既徂歲而不登，又歷時而未雨。公私並竭，農末皆傷。麥將槁而禾未生，民既流而盜不止。豐凶之決，近在浹辰；溝壑之憂，上貽當寧。仰止喬嶽，食於朔方。卷舒雲霓，呼吸雨霽。若其安視小民之急，何以仰符上帝之仁。軾以短才，謬膺重寄。儻有罪以致旱，寧降罰於微躬。今者得請於朝，齋居以禱。旦夕是望，吁嗟而求。雨我夏田，兼致西成之富；實兹邊廩，少寬北顧之憂。拜賜以時，敢忘其報。尚饗。

立春祭土牛祝文

敢昭告于勾芒之神。木鐸傳音，官師相儆。土牛示候，稼穡將興。敢徼福於有神，庶保民於卒歲。無作水旱，以登麥禾。尚饗。

春祈北嶽祝文

西起太行，東屬碣石，南至於河，皆神所食。吏謹刑政，農畢其力。風雨時若，則神之職。方此東作，敬薦其潔。賜之豐歲，以昭靈德。尚饗。

春祈諸廟祝文

天既佑民,必期於無害;農惟歲望,敢請於有神。願疾沴之不興,庶風雨之時若。敢忘舊典,以報豐年。尚饗。

祈雨諸廟祝文

某神之靈。去歲之秋,民苦饑饉。望此一麥,以日爲歲。不雨彌月,敢以病告。與其救之於已竭,不若起之於未枯。敢冀有神,時賜甘澤。豐登之報,我其敢忘。尚饗。

定州辭諸廟祝文

軾得罪於朝,將適嶺表。雖以謫去,敢不告行。區區之心,神所鑒聽。尚饗。(李卓吾旁)傷哉。

告文宣王祝文

嗟嗟元王,三代之英。言不鈞用於一君,而爲無窮之遺教;身不寵利於一時,而有不朽之餘榮。嗟嗟元王,以道而鳴。肆筆成書,吐辭爲經。炳然不渝,言若丹青;久而愈盈,聲非雷霆。瞽者可以使剔目以駭視,聵者可以使抉耳以奔驚。奈何轍環天下,卒老於行。載空言於典籍,示後世之儀刑。回狂瀾於既倒,支大厦於將傾。揭日月之昭昭,破陰氛之冥冥。嗟乎!一氣之委和,與萬物之至精。或爲淮夷之玭珠,或爲雲漢之華星。雖光輝之成彩,未離乎散聚以流形。豈若王之道德,愈久而彌明。

曄曄而華，涵涵而停。融而在天者，爲雲漢之文章；結而在地者，爲山嶽之英靈；詭然如龍翔鳳躍，純乎玉振而金聲。嗟嗟元王，德博難名。某奉王命，俯臨邊城。畝有滯穗，境無交兵。鳴玉載道，分袍在庭。有踐籩豆，有豐粢盛。敢用昭薦，饗於克誠。尚饗。

告顔子祝文

志不行於時，而能驅世以歸仁；澤不加於民，而能顯道以終身。德無窮通，古難其人。惟公能之，絶世離倫。富貴不義，視之如雲。飲止一瓢，不憂其貧。受教孔子，門人益親。血食萬世，配享惟神。敢不昭薦，公乎有聞。

告五嶽祝文

相天以育物者，五方之帝也。配地以作鎮者，五嶽之神也。天爲真君，地爲真宰。五嶽者，三公之象也。軾叨受朝寄，出守藩土。神不虐罰，民有豐歲。敢用告誠，以謝靈貺。

秋賽祝文二首

其　一

惟神聰明，爲民依庇。宜秩典祀，欽奉靈祠。况農事之肇興，賴神靈之降宥。一邦蒙惠，已膺風雨之時；百里有嚴，將享秋冬之報。

其二

惟神光昭祀典,幽贊化功。享廟食以惟嚴,垂介福而無爽。屬兹豐歲,爰舉舊規。式陳蠲潔之儀,冀報有年之慶。

杭州禱觀音祈晴祝文

三吴之災,連歲不稔。尚賴朝廷之澤,大分倉廩之陳。乃眷疲羸,僅免流殍。今者淫雨彌月,秋成半空。永惟嗣歲之憂,將有流離之懼。我大菩薩,行平等慈。睹此衆生,皆同赤子。反雨暘於指顧,化豐歉於斯須。雖某等不德而召災,念斯民無辜而可憫。願興慈率,一拯含生。

謝觀音晴祝文

民無常心,固何知於帝利;天作淫雨,當有感於佛慈。慧光照臨,陰沴消復。拯農工於溝壑,寬吏責於簡書。某等共銜不報之恩,願頌難名之德。恭馳梵宇,少薦微誠。

謝晴祝文

天作淫雨,害於粢盛。蒙神之休,猶得中蒸。薄奠匪報,式昭厥誠。

祈雨祝文

六月不雨,乃時之常。或霖或霪,於稼則傷。稼將有秋,民饑所望。某也不德,守此一方。罪在守臣,無俾民殃。人不能神,易雨而暘。神其聽之,庶乎降康。

謝雨祝文

竊以農事告成,旱魃爲沴。浸罹焦爍之害,遂稽收刈之勤。自非降靈,大庇群俗。以下膏澤之賜,庶有豐盈之期。實神助之使然,豈愚誠之能致。是用特臨神宇,再款睟容。輒傾涓潔之誠,仰答靈威之佑。

祈雪霧猪泉祝文

噫嘻我民,何辜於天,不水則旱,於今二年。天未悔禍,百日不雨。雪不斂塵,麥不蓋土。天子命我,禱於山川。側聞此山,神龍之淵。躬拜稽首,敢丐一勺。得雪盈尺,牲酒是酢。

祈雪祝文

水旱輒求,惟吏之羞。有求不倦,惟神之休。乙卯之雪,膚寸而已。如燔輿薪,救以勺水。嘉肴旨酒,既謝且祈。願終其賜,盈尺爲期。

祭勾芒神祝文二首

夫帝出乎震,神實輔之。兹日立春,農事之始。將平秩於東作,先恭授於人時。乃出土牛,以示早晚。惟神其佑之。

春委既應，農事將作。爰出土牛，以爲耕候。維爾有神，實左右之。雨暘以時，螟螣不作。以克有年，敢忘其報。

祭佛陀波利祝文

積雪始消，陰沴再作。小民無辜，弊於饑寒。草木昆蟲，悉罹其虐。並走群望，祈而未報。意雨霽有數，非神得專。惟我大士含法分，無爲不入塵數。願以大解脱力，作不可思議事。愍此無生，豁然開明。盡二月晦，雨雪不作。大拯羸餓，以發信根。此大布施，實無限量。惟大士念之。

祭常山神祝文

吏實不德，無以導迎順氣。消復災沴，惟神之求。神亦閔其不才，而嘉其勤。凡有告請，靡所不答。乃者有謁乎神，即退之三日，時雨周洽，去城百里而近，蝗獨不生。凡我吏民，孰不歸德於神。然而一雨之後，彌月不繼。百里之外，蝝生如初。豈神之能應於前，不能應於後，能恤其近，不能恤其遠？蓋吏不稱職，政刑失中，戾于民心，以不能終神之賜。而我州之民，比歲饑殍凋殘之餘，不復堪命。若又不熟，則流離之禍，其莫知所止矣。神之聰明，其忍以吏不稱職之所致而不卒救之歟？今夏麥垂登，而秋穀將槁，若時賜霈澤，驅攘蟲災，以完我西成之資，歲秋九月，當與吏民復走廟下。

祭泗州塔祝文

淮南東西，連歲不稔。士農皆病，公私並竭。重以浙右大荒,無所仰食。望此夏苗,以日爲歲。大麥已秀,小麥初孕。時雨不至,垂將焦枯。豐凶之決,近在旬日。某移牧廣陵,所部十郡,民窮爲盜,吏職所憂,才短德薄,救之無術。伏願大聖普照王,以解脱力,行平等慈,噫欠風雷,咳唾雨澤,救焚拯溺。不待崇朝,敬瀝肝膽,尚矜聽之。

某上承府檄。旁采民言,供奉安輿,願登法座。伏願江海貢潤,龍天會朝,布爲三日之霖,適副一邦之望。

禱龍水祝文

雲布多峰,日有焚空之勢;雨無破塊,人懷暍虐之憂。雖屢叩於明靈,終未懷於通感。府王舍人存心爲國,俯念輿民。燃香爇以禱祈,對龍湫而懇望。伏願明靈敷感,使雨澤以旁滋;聖化薦臻,致田疇之益濟。

祈晴祝文

均糴之法,著於甲令。視歲豐凶,以馭重輕。歲且中熟,雨則害之。如此失時,公私交病。神食此土,民命繫焉。無俾歉荒,以作神羞。

偈二十首

(**陳眉公眉**)誦坡公諸偈,肺腑清凉。(**余楚客眉**)以才人韻説佛祖禪。

靈感觀音偈(並引)

或問居士:"佛無不在,云何僧榮,所常供養,觀世音像,獨稱靈感?"居士答言:"譬如静夜,天清無雲,我目無病,未有舉頭,而不見月。今此畫像,方其畫時,工適清净。又此僧榮,方供養時,秉心端嚴,不入諸相,無有我人,衆生壽者,則觀世音,廓然自現。"(**高啓眉**)引喻明透。(**馮夢禎眉**)非菩薩靈,仍是自心靈。爾時居士,作此言已,心開形解,隨其所得,而説偈言:

夫物芸芸,各升其英。爲天蒼蒼,爲日月星。無在不在,容光則明。矧我大士,淵兮净神。妙湛生光,即光爲形。亭亭空中,靡所倚憑。眷此幻身,如鬼如氓。生則囿物,軒昂權衡。地所不載,而能空行。滅則蕩空,附離四生。不可控搏,矧此亭亭。涕淚請救,搏頰頓纓。如月下照,著心寒清。不因修爲,得法眼净。碎身微塵,莫報聖靈。(**鍾惺眉**)子瞻此等偈絶似漢人詩,及自作詩反卑卑,何也?

【彙評】

鄭之惠:法隨心生,法隨心滅,此義大暢。

無名和尚頌觀音偈(徐因饒州人)

我觀諸佛及菩薩,皆以六塵作佛事。雖有妙智如觀音,根性亦自聞思復。佛子流蕩無始劫,未空言語文字性。譬如多財石季倫,知財爲害不早散。手揮金寶棄溝壑,不如施與貧病者。

累累三百五十珠，持與觀音作纓絡。

送壽聖聰長老偈（並叙）

（**李卓吾旁**）趣。

佛説作、止、任、滅，是謂四病。如我所説，亦是諸佛四妙法門。我今亦作、亦止，亦任、亦滅。滅則無作，作則無止，止則無任，任則無滅。是四法門，更相掃除，火出木盡，灰飛煙滅。如佛所説，不作不止，不任不滅。是則滅病，否即任病。如我所説，亦作亦止，亦任亦滅。是則作病，否即止病。（**李卓吾眉**）透。我與佛説，既同是法，亦同是病。（**馮夢禎眉**）未是真諦，却是辯才。昔維摩詰，默然無語，以對文殊。而舍利佛，亦復默然，以對天女。此二人者，有何差别。我以是知，苟非其人，道不虚行。時長老聰師，自筠來黄，復歸於筠。東坡居士爲説偈言：

珍重壽聖師，聽我送行偈。願閔諸有情，不斷一切法。人言眼睛上，一物不可住。我謂如虚空，何物住不得。我亦非然我，而不然彼義。然則兩皆然，否則無然者。

【彙評】

鄭之惠：蘇公文字奇絶，全得禪門翻公案力。

陳天定：即藥即病，即病即藥，説得八面玲瓏。

朱壽昌梁武懺贊偈（並叙）

我觀世間，諸得道者，多因苦惱。苦惱之極，無所告訴，則呼父母。父母不聞，仰而呼天。天不能救，則當歸命，於佛世尊。佛以大悲，方便開示。令知諸苦，以愛爲本。得愛則喜，犯愛則怒。失愛則悲，傷愛則懼。而此愛根，何所從生？輾轉觀察，愛盡苦滅，得安樂處。諸佛亦言，愛別離苦。父母離别，其苦無量。於離别中，生離最苦。有大長者，曰朱壽昌。生及七歲，而母捨去。長大懷思，涕泣追求。刺血寫經，禮佛懺悔。四十餘年，乃見其母。念報佛恩，欲度衆苦。觀諸教門，切近周至。莫如梁武，所說懺悔。文既繁重，旨亦淵秘。一切衆生，有不能了。乃以韻語，諧諸音律。使一切人，歌詠贊嘆，獲福無量。時有居士，蜀人蘇軾。見聞隨喜，而說偈曰：

長者失母，常自念言：母本生我，我生母去，有我無母，不如無我。誓以此身，出生入死，母若不見，我亦隨盡。在衆人中，猶如狂人，終日皇皇，四十餘年，乃見其母。我初不記，母之長短，大小肥瘠，云何一見，便知是母。母子天性，自然冥契，如磁石針，不謀而合。我未見母，不求何獲，既見母已，即無所求。（**馮夢禎眉**）正喜其淺淺許，又借此喻道。諸佛子等，歌詠懺文，既懺罪已，當求佛道，如我所説，作求母觀。

玉石偈

嘻嘻呀呀三伏中，草木生煙地生火。遺君玉石百有八，願君置之白石盆。注以碧蘆井中泉，遣君肝肺凉如水。熱惱既除心自定，當觀熱相無去來。寒至折膠熱流金，是我法身一呼吸。寒人者冰熱者火，冰火初不自寒熱。一切世間我四大，畢竟誰受寒熱者。（**馮夢禎眉**）受寒熱者受之耶？知寒熱者受之耶？思之思之。願以法水浸摩尼，當觀此石如瓦礫。

地獄變相偈

我聞吴道子,初作酆都變。都人懼罪業,兩月罷屠宰。此畫無實相,筆墨假合成。譬如説食飽,何從生怖汗。(**馮夢禎眉**)證得切近。乃知法界性,一切惟心造。若人了此言,地獄自破碎。

十二時中偈

十二時中,常切覺察,這個是什麽。十二月二十日,自泗守席上回,忽然夢得個消息。(**王聖俞眉**)此因忽若有得而記之者,故備載月日。乃作偈曰:

百滚油鐺裏,恣把心肝炸。遮個在其中,不寒亦不熱。似則是似,是則未是。(**王聖俞夾**)隨説隨掃。不唯遮個不寒熱,那個也不寒熱。(**馮夢禎眉**)似是有得,若無所得,不惟那個寒熱,遮個也寒熱。咄!甚叫做遮個那個。(**王聖俞夾**)又掃一層。(**馮夢禎眉**)遮個即這個,禪門語然。

【彙評】

陳天定:王納諫云:“隨説隨掃。”○“此因忽若有得而記之者,故備載月日。”

無相庵偈

出庵見庵,入庵見圓。問此圓相,何所因起。非土非木,亦非虚空。求此圓相,了不可得。乃至無有,無有亦無。是中有相，名大圓覺。是佛心也，是諸魔種。（**馮夢禎眉**）一間耳。

送海印禪師偈

海印禪師紀公，將赴峨眉，往別太子少保趙公於三衢。公以三詩贈行，而禪師復枉道過某於齊安，亦求一偈。公以元臣大老功成而歸，某以非才竊禄得罪而去。禪師道眼，了無分別。乃知法界海惠，照了萬殊，大小縱横，不相留礙。

直從巴峽逢僧宴，道到東坡别紀公。當時半破峨眉月，還在平羌江水中。

請以此偈附於三詩之末。

南屏激水偈

水激之高，如所從來。屈伸相報，報盡而止。止不先平，於以觀法。（**馮夢禎眉**）可以觀世態，生平等心。（**王聖俞眉**）居士，蓋有道者也。

觀藏真畫布袋和尚像偈

（**馮夢禎眉**）别本此偈末有"參罷也，洗鉢盂去"七字。（**王聖俞旁**）《莊子》有云：無聽之以耳，而聽之以心；無聽之以心，而聽之以氣。凡禪宗文字，半須氣聽。

柱杖指天，布袋著地。掉却數珠，好一覺睡。（**馮夢禎眉**）爲下轉語，曰睡得安穩，何用數珠指天著地，皆是睡魔。

木峰偈

元豐七年臘月朔日，東坡居士過臨淮，謁普照王塔，過襄師房，觀所藏佛骨舍利，舍山木一峰供養。乃説偈言：

枵然無根，生意永斷。劫火洞然，爲君作炭。

【彙評】

陳天定：出琉璃喉，棹珊瑚舌。

寒熱偈

今歲大熱，八十餘日，物我同病，是熱非虚。方其熱時，謂不復涼。及其既涼，熱復安在。凡此寒熱，更相顯見。熱既無有，涼從何立。令我又復，認此爲涼。後日更涼，此還是熱。畢竟寒熱，爲無爲有。如此分别，皆是衆生。客塵浮想，以此爲達。無有是處，使謂爲迷。則又不可，如火燒木。從木成炭，從炭成灰。爲灰不已，了無一物。當以此偈，更問子由。

僕在黄州戲書，爲江夏李樂道持去。後七年，復相見京師，出此書，茫然如夢中語也。元祐戊辰六年三月三日。

佛心鑒偈

軾第三子過，蓄烏銅鑒，圜徑數寸，光明洞澈。元豐八年十一月二日，游登州延洪禪院，院僧文泰方造釋迦文像，乃捨爲佛心鑒，且説偈云：

鑒中面像熱時炎，無我無造無受者。心花發明照十方，還度如是常沙衆。

戲答佛印偈

(馮夢禎眉)佛印本偈見後紀事中。

百千燈作一燈光,盡是恒沙妙法王。是故東坡不敢惜,借君四大作禪床。

養生偈

閑邪存誠,練氣養精。一存一明,一練一清。清明乃極,丹元乃生。坎離乃交,梨棗乃成。中夜危坐,服此四藥。一藥一至,到極則處。幾費千息,閑之廓然,存之卓然,養之鬱然,練之赫然。守之以一,成之以久。功在一日,何遲之有。

《易》曰:“閑邪存其誠。”詳味此字,知邪中有誠,無非邪者,閑亦邪也。至於無所閑,乃見其誠者,幻滅滅故,非幻不滅。

送僧應托偈

蘇壽明、巢穀、僧應托與東坡居士,皆眉人也。會於黄崗。將之廬山,作偈送之:

一般口眼,兩般腸肚。認取鄉人,聞早歸去。

王晉卿前生圖偈

王晉卿得破墨三昧,又嘗聞祖師第一義,故畫邢和璞、房次律論前生圖，以寄其高趣。東坡居士既作《破琴》詩以記夢異矣，復説偈言：

前夢後夢真是一，此幻彼幻非有二。正好長松水石間，更憶前身後身事。（馮夢禎眉）久此境界，人人憶得。

東坡居士過龍光求大竹作肩輿得兩竿時南華珪首座方受請爲此山長老乃留一偈院中須其至授之以爲他時語録中第一問

斫得龍光竹兩竿，持歸嶺北萬人看。竹中一滴曹溪水，漲起西江十八灘。

南華長老寵示四頌事忙只還一偈

宿業相纏四十年，常行八棒十三禪。今著衲衣歸玉局，可憐化作五通仙。

卷一百

雜文十八首

明正(送于伋失官東歸)

世俗之患,患在悲樂不以其正,非不以其正,其所取以爲正者非也,(王聖俞夾)蕩漾。請借子以明其正。子之失官,有爲子悲如子之自悲者乎?有如子之父兄妻子之爲子悲者乎?子之所以悲者,惑於得也。父兄妻子之所以悲者,惑於愛也。惟不與於己者,則不惑亦不悲。夫惑則悲,不惑則不悲,人宜以惑者爲正歟,抑將以不惑者爲正歟?以不惑者爲正,則不悲者正也。然子亦有所樂者,曰:吾之所以爲吾者,豈以是哉?雖失是,其所以爲吾者猶存,則吾猶可樂焉已。(王聖俞夾)苦填入道德仁義字,便是俗筆。而不樂,又從而悲之,則亦不忍夫天下之凡愛我者之悲而不釋夫天下之凡惡我者之喜也。(王聖俞夾)又握入世情。夫愛我而悲,惡我而喜,是知我之粗也。樂其所以爲吾者存,是自知之深也。人不以自知之深爲正,而以知我之粗者爲正,是得爲正也歟?(王聖俞夾)又一番跌。故吾願爲子言其正。子將終身樂而不悲。《詩》云:"優哉游哉,聊以卒歲。"

【彙評】

王聖俞:達者之見,辯士之口,讀罷可以起舞。

慎改竄

近世人輕以意改書，鄙淺之人好惡多同，故從而和之者衆，遂使古書日就訛舛，深可忿疾。孔子曰："吾猶及史之闕文也。"自予少時，見前輩皆不敢輕改書。（王聖俞夾）上文痛切，此句温厚。故蜀本大字書皆善本。蜀本《莊子》云："用志不分，及疑於神。"此與《易》陰疑於陽、《禮》使人疑汝於夫子同。今四方本皆作"凝"。陶潛詩"采菊東籬下，悠然見南山"，采菊之次偶然見山，初不用意；而境與意會，故可喜也。今皆作"望南山"。杜子美云："白鷗没浩蕩，萬里誰能馴。"蓋滅没於煙波間耳。而宋敏求謂予云："鷗不善没，改作波字。"二詩改兩字，便覺一篇神氣索然也。

【彙評】

王聖俞：余自少服此戒。

陳天定：書不可輕改，小聰明而大愚者爲之，可發一嘆。

捨銅龜子文

（李卓吾旁）趣。

蘇州報恩寺重造古塔，諸公皆捨所藏舍利。予無舍利可捨，獨捨盛舍利者，敬爲四恩三有捨之。故人王頤爲武功宰，長安有修古塔者，發舊葬，得之以遺予，予以藏私印。成壞者有形之所不免，而以藏舍利則可以久存，藏私印或以速壞。貴舍利而賤私印，樂久存而悲速壞，物豈有是哉！予其並捨之。（馮夢禎眉)寸水煙波。

【彙評】

陳天定:並捨之妙瀺,不落揀擇去取。

日喻

(**茅鹿門旁**)公之以文點化人,如佛家參悟妙解。(**錢文登眉**)殊絶,自《莊子》語來。(**王元美眉**)《稼説》與《日喻》二作,皆根極理致,確有識見,非漫然下筆者。宋儒謂子瞻文兼子厚之憤激、永叔之感慨,而發之以諧謔,如此等文,殆不然也。(**李卓吾旁**)通得。

生而眇者不識日,問之有目者。(**茅鹿門夾**)相形。或告之曰:"日之狀如銅盤。"扣盤而得其聲。他日聞鐘,以爲日也。或告之曰:"日之光如燭。"捫燭而得其形。他日揣籥,以爲日也。(**高啓夾**)妙。(**吕留良夾**)設喻之妙從《南華經》來。日之與鐘、籥亦遠矣,而眇者不知其異,以其未嘗見而求之人也。(**王聖俞夾**)涵泳數語。道之難見也甚於日,而人之未達也,無以異於眇。(**高啓夾**)痛快。達者告之,雖有巧譬善導,亦無以過於盤與燭也。自盤而之鐘,自燭而之籥,轉而相之,豈有既乎!故世之言道者,或即其所見而名之,或莫之見而意之,皆求道之過也。

然則道卒不可求歟?(**茅鹿門夾**)過接。蘇子曰:"道可致而不可求。"(**王聖俞夾**)精。何謂致?孫武曰:"善戰者致人,不致於人。"子夏曰:"百工居肆以成其事,君子學以致其道。"莫之求而自至,斯以爲致也歟?(**李卓吾夾**)是。(**王聖俞眉**)妝撰俱活。南方多没人,日與水居也,七歲而能涉,十歲而能浮,十五而能没矣。

(**吕留良夾**)學也。夫没者,豈苟然哉?必將有得於水之道者。日與水居,則十五而得其道。生不識水,則雖壯,見舟而畏之。故北方之勇者,問於没人,而求其所以没,以其言試之河,未有不溺者也。故凡不學而務求道,皆北方之學没者也。

昔者以聲律取士,士雜學而不志於道。今者以經術取士,士求道而不務學。(**吕留良夾**)亦未嘗求道。渤海吴君彦律,有志於學者也,方求舉於禮部,作《日喻》以告之。

【彙評】

王聖俞:妙道不可以告人,而可以告人,以其不可以告人者,告人是真告人。此篇引而不發,可謂方便濟人者矣。

鄭之惠:千古談道者,依附影響之習,被公一口打並盡。

祁班孫:神哉説乎!

吕留良:前段言道之不可求,後段言求之當以學,而皆喻言之。然前段從喻入正,後段從正出喻,便兩喻相承而不排。

儲欣:今之取科第而不識威烈王爲何代人者蓋有之矣,儻亦求道而不務學使然,與道可致,而不可求片言徹劄。

問養生

余問養生於吴子,得二言焉,曰和,曰安。(**茅鹿門眉**)近有道者之言。何謂和?曰:子不見天地之爲寒暑乎?寒暑之極,至於折膠流金,而物不以爲病,其變者微也。寒暑之變,晝與日俱逝,夜與月並馳,俯仰之間,屢變而人不知者,微之至,和之極也。使此二極者,相尋而狎至,則人之死久矣。(**王聖俞夾**)老氣。何謂安?曰:吾嘗自牢山浮海達於淮,遇大風焉,舟中之人,如附於桔槔，而與之上下，如蹈車輪而行，反逆眩亂不可止。（**王聖俞夾**）善譬。而吾飲食起居如他日。吾非有異術也，惟莫與之争，而聽其所爲。

故凡病我者，舉非物也。（**王聖俞夾**）精。食中有蛆，人之見者必嘔也。其不見而食者，未嘗嘔也。（**王聖俞夾**）穢惡之物，却發精理。請察其所從生。論八珍者必咽，言糞穢者必唾。二者未嘗與我接也，唾與咽何從生哉？（**王聖俞夾**）參勘。果生於物乎？果生於我乎？知其生於我也，則雖與之接而不變，安之至也。（**王聖俞夾**）轉意足。安則物之感我者輕，和則我之應物者順。外輕内順，而生理備矣。吴子，古之静者也。其觀於物也，審矣。是以私識其言，而時省觀焉。

【彙評】

王聖俞：使人正襟斂手而讀之者，《左傳》也；使人手舞足蹈而讀之者，《莊子》也。東坡得《莊子》意。

李卓吾：未見透髓，尚在道理之間，非養生之至也。

鄭之惠："安""和"二字從老氏"專氣致柔"來。

儲欣：身世妙理，衝喉而出。

鍾惺：從涉世看出養生，善讀《莊子》。

怪石供

（**馮夢禎眉**）供石既趣，供石而作文復趣，而文更趣。

《禹貢》："青州有鉛松怪石。"解者曰：怪石，石似玉者。今齊安江上往往得美石，與玉無辨，多紅黄白色。其文如人指上螺，清明可愛，雖巧者以意繪畫有不能及。豈古所謂怪石者耶？凡物之醜好，生於相形，吾未知其果安在也。使世間石皆若此，則今之凡石復爲怪矣。（**王聖俞眉**）生議論。海外有形語之國，口不能言，而相喻以形。其以形語也，捷於口，使吾爲之，不已難乎？（**王聖俞夾**）事不同而理同，凡悟後引證者皆如此。故夫天機之動，忽焉而成，而人真以爲巧也。雖然，自禹以來怪之矣。（**王聖俞夾曰**）此句冷雋妙絶。

齊安小兒浴於江，時有得之者。戲以餅餌易之。既久，得二百九十有八枚。大者兼寸，小者如棗、栗、菱、芡，其一如虎豹，首有口、鼻、眼處，以爲群石之長。又得古銅盆一枚，以盛石，挹水注之粲然。（**王聖俞眉**）叙處雖一小事，却自祥悉亹亹。而廬山歸宗佛印禪師適有使至，遂以爲供。（**王聖俞夾**）陡接。禪師嘗以道眼觀一切，世間混淪空洞，了無一物，雖夜光尺璧與瓦礫等，而况此石；雖然，願受此供。灌以墨池水，强爲一笑。（**王浚川眉**）欲説怪石可供，必先言石不足取，此文章跌法，古來文人皆用之，而坡老於此法尤醒。使自今以往，山僧野人，欲供禪師，而力不能辦衣服飲食卧具者，皆得以净水注石爲供，蓋自蘇子瞻始。（**李卓吾夾**）趣。（**高啓夾**）結法幻，此是倒束法。時元豐五年五月，黄州東坡雪堂書。

【彙評】

王聖俞：議論勝，自是宋文，而旨趣則清雅。

陶石簣：戲笑説法，怪石亦應點頭。

陳天定：“形語”一段，不相粘而相關，慧甚。末亦楚楚有致。

後怪石供

(李卓吾旁)好。**(王聖俞眉)**因供參寥,故再作此文,却借佛印刻石起本,又假參寥之言引入,純用虚機,須是覷破。

蘇子既以怪石供佛印,佛印以其言刻諸石。蘇子聞而笑曰:"是安所從來哉?予以餅易諸小兒者也。以可食易無用,予既足笑矣,彼又從而刻之。今以餅供佛印,佛印必不刻也,石與餅何異?"**(高啓眉)**借易石以餅"餅"字發一議論,匪人意想所到。**(馮夢禎眉)**供餅有文,佛印亦刻之矣。參寥子曰:"然。供者,幻也。受者,亦幻也。刻其言者,亦幻也。夫幻何適而不可。"**(袁石公眉)**供幻,受幻,刻幻,文亦幻。舉手而示蘇子曰:"拱此而揖人,人莫不喜。戟此而詈人,人莫不怒。**(王聖俞夾)**妙喻。同是手也,而喜異,世未有非之者也。子誠知拱、戟之皆幻,則喜怒雖存而根亡。刻與不刻,無不可者。"**(王聖俞眉)**前借"餅"字發論,尚有根子,至此劈空以手來説,然自委貼,無突兀痕,文章靈透之妙,一至於此。**(馮夢禎眉)**些些小事,發出許多大議論,增出許多大韻致來。蘇子大笑曰:"子欲之耶?"乃亦以供之。凡二百五十,并二石盤去。**(馮夢禎眉)**記數更趣,亦作文法也。**(王聖俞夾)**結處指實。

【彙評】

王浚川:供佛印者以銅盤,供參寥者以二石盤。所盛石一也,所供一也。既曰刻與不刻無不可者,則銅與不銅亦無不可也。坡老作文字時,曾得此想不?

凌啓康:按坡公雜著大略率筆而成,然變幻不一,如作《怪石供》送佛印者,中叙石大小枚數,盛盤注水,末繳出供石。自蘇子瞻始送參寥者，通篇發議，末只一二句説供説石並盤便住，構局遣意，匪夷所思，真文中仙也。

陳天定：妙在“喜存根亡”一語，與上篇“天機”之説，同一禪理。

太息送秦少章

（**茅鹿門旁**）奇偉之氣不可遏。

孔北海與曹公論盛孝章云：“孝章，實丈夫之雄者也。游談之士，依以成聲。今之少年喜謗前輩，或譏評孝章，孝章要爲有天下重名，九牧之人，所共稱嘆。”吾讀至此，未嘗不廢書太息也。曰：嗟乎！英偉奇逸之士不容於世俗也久矣。雖然，自今觀之，孔北海、盛孝章猶在世，而向之譏評者與草木同腐久矣。

昔吾舉進士，試於禮部，歐陽文忠公見吾文，曰：“此我輩人也，吾當避之。”方是時，士以剽裂爲文，聚而見詘，且詘公者所在成市。曾未數年，忽然若潦水之歸壑，無復見一人者，此豈復待後世哉？今吾衰老廢學，自視缺然，而天下士不吾棄，以爲可以與於斯文者，猶以文忠公之故也。張文潛、秦少游此兩人者，士之超逸絶塵者也，非獨吾云爾。二三子亦自以爲莫及也。士駭於所未聞，不能無異同，故紛紛之言，常及吾與二子，吾策之審矣。士如良金美玉，市有定價，豈可以愛憎口舌貴賤之歟？

少游之弟少章，復從吾游，不及期年，而論議日新，若將施於用者。欲歸省其親，且不忍去。嗚呼，子行矣，歸而求諸兄，吾何加焉！作《太息》一篇，以餞其行，使藏於家，三年然後出之。

【彙評】

《**古文辭類纂選本**》**林紓評**：方歐公未知貢舉之前，太學體正盛，經公斥革，衆乃大嘩，然文體亦自此正矣。而有狃於舊習者，多不滿之詞，侵及張、秦，而並及公。公頗不平，因有此作。文一力抱定歐公，孔北海指歐公，盛孝章則公與張、秦也。所謂“英偉奇逸之士不容於世”者，兼歐公與己、張、秦而言。顧孔盛名在，而謗者名亡。猶之歐公及己並二人名稱不至泯然，而訕者已人人噤口，足見英偉奇逸者之不可漫滅，與詆造訕者之不能持久也。語至此，復將三人劃開。先提出“吾”字，所謂“天下之士不吾弃”，是言有識者知文忠，因而知己。蓋張、秦二人輩行稍後，則公之自況，亦自謂高過二人，所謂“猶以文忠之故”，隱示己之文字，可以繼嗣文忠也。其下言張、秦，則不涉及文忠，但許以超凡絶塵，則爲己賞拔之人矣。然仍不能免於謗，曰“常及吾與二子者，亦由當日謗歐公因而及己”也，此時公已隱隱以歐公自命。若囫圇讀之，似公與二子同等，實則非是。此篇蓋借少章發其牢騷也。

藥　誦

（**李卓吾旁**）有趣。（**茅鹿門旁**）多曠達之旨，徙從南海得之。

嵇中散作《幽憤》詩，知不免矣，而卒章乃曰“采薇山阿，散髮岩岫，永嘯長吟，頤性養壽”者，悼此志之不遂也。司馬景王既殺中散而悔，使悔於未殺之前，中散得免於死者，吾知其掃迹滅景於人世，如脱兔之投林也，采薇散髮，豈其所難哉！孫真人著《大風惡疾論》曰：《神仙傳》有數十人，皆因惡疾而得仙道。何者？割棄塵累，懷潁陽之風，所以因禍而取福也。（**王聖俞夾**）殊有至理。（**鍾惺眉**）佛經“以煩惱得菩提”亦此意。

吾始得罪遷嶺表，不自意全，既逾年無後命，知不死矣。然舊苦痔，至是大作，呻呼幾百日。地無醫藥，有亦不效。道士教吾去滋味，絶熏血，以清净勝之。痔有蟲館於吾後，滋味熏血，既以自養，亦以養蟲。自今日以往，旦夕食淡麵四兩，猶復念食，則以胡麻、茯苓麨足之。飲食之外，不啖一物。主人枯槁，則客自棄去。（**王聖俞夾**）妙。尚恐習性易流，故取中散真人之言，對病爲藥，使人誦之日三，曰："東坡居士，汝忘逾年之憂，百日之苦乎？使汝不幸而有中散之禍，伯牛之疾，雖欲采薇散髮，豈可得哉？今食麻、麥、茯苓多矣。"居士則歌以答之曰："事無事之事，百事治兮。味無味之味，五味備兮。茯苓、麻、麥，有時而匱兮。有則食無則已者，與我無既兮。（**王聖俞夾**）所謂亦復何時得食。嗚呼噫嘻，館客不終，以是爲愧兮。"（**鍾惺夾**）絶倒。

【彙評】

王聖俞：不避粗俗，轉更精研。

補龍山文（並引）

丙子重九，客有言桓温龍山之盛會，風吹孟嘉帽落，温遣孫盛嘲之。嘉作《解嘲》，文辭超卓，四坐嘆伏，恨今世不見此文。予乃戲爲補之曰：

征西天府，重九令節。駕言龍山，燕凱群哲。壺歌雅奏，緩帶輕帢。胡爲中觴，一笑粲發。梗楠競秀，榆柳獨脱。驥騄交騖，駑蹇先蹶。楚狂醉亂，隕帽莫覺。戎服囚首，枯顱茁髮。維明將軍，度量閎達。容此下士，顛倒冠襪。宰夫揚觶，兕觥舉罰。請歌《相鼠》，以侑此爵。（**右嘲。**）

吾聞君子，蹈常履素。晦明風雨，不改其度。平生丘壑，散髮箕踞。墜車天全，顛沛何懼。腰適忘帶，足適忘履。不知有我，帽復奚數。流水莫繫，浮雲暫寓。飄然隨風，非去非取。我冠明月，被服寶璐。不纓而結，不簪而附。歌詩寧擇，請歌《相鼠》。罰此陋人，俾出童羖。（**右解嘲**。）

【彙評】

王聖俞：蕭然有致。

陳天定：王納諫云："蕭然有致。"

東坡酒經

南方之氓，以糯與秔，雜以卉藥而爲餅。嗅之香，嚼之辣，揣之枵然而輕，此餅之良者也。吾始取麵而起肥之，和之以薑液，烝之使十裂，繩穿而風戾之，愈久而益悍，此麴之精者也。米五斗以爲率，而五分之，爲三斗者一，爲五升者四。三斗者以釀，五升者以投，三投而止，尚有五升之贏也。始釀以四兩之餅，而每投以二兩之麴，皆澤以少水，取足以散解而勻停也。釀者必甕按而並泓之，三日而並溢，此吾酒之萌也。酒之始萌也，甚烈而微苦，蓋三投而後平也。凡餅烈而麴和，投者必屢嘗而增損之，以舌爲權衡也。既溢之，三日乃投，九日三投，通十有五日而後定也。既定乃注以斗水，凡水必熟而冷者也。凡釀與投，必寒之而後下，此炎州之令也。既水五日乃篘，得二斗有半，此吾酒之正也。先篘，半日，取所謂贏者爲粥，米一而水三之，揉以餅麴，凡四兩，二物并也。投之糟中，熟撋而再釀之，五日壓得斗有半，此吾酒之少勁者也。勁正合爲四斗，又五日而飲，則和而力嚴而不猛也。篘絶不旋踵而粥投之，少留，則糟枯中風而酒病也。釀久者酒醇而豐，速者反是，故吾酒三十日而成也。

【彙評】

鍾惺:只如今人寫食物,方纔入手,便成妙文,敘法全用《考工記》。

罪 言

吾聞肉食之憂,非藿食者所宜慮也。府居之謀,非巷居者所宜處也。分之所不及,義之所弗出也。義之所弗出,利之所不釋也。犯義者惑,維卒不自克,作《罪言》。(**高啓眉**)以下凡五段,皆坡老身所經歷而言之者,故辭旨剴切。

萬夫之望,萬夫所依,匪才尚之,而量包之。丘山之憾,一笑可散;芥蒂之仇,千河不收。嗚呼! 寧我容汝,豈汝不可,神之聽之,終和而同乎?(**高啓眉**)略仇怨。乘人之氣,決人易耳;解忮觸猜,是惟艱哉。水激則旱,其傷淫夷;矢激則遠,行將安追。嗚呼! 佐涉者湍,佐鬥者呼。柴不立,其愚乃可以須。(**高啓眉**)平忿嫉。愛心之偏,其辭溢妍;惡心之厚,其辭溢醜。惟仁人之言,愛惡兩捐,廣大恬愉,上通於天。嗚呼! 善言未升,貧客瞰門,曷以壽我,公侯承之。(**高啓眉**)捐偏心。天道好還,莫適後先。人事喜復,無常倚伏。前之所是,事定而偷;今之所是,後當焉如。嗚呼! 禍不在先,亦不在人,還隱其心,有萬其全。(**高啓眉**)杜禍源。疾惡過義,美惡易位;矯枉過直,美惡同則。如食宜饇,饜則爲度;如酌孔取,劇則荒舞。嗚呼! 乃陰乃陽,神理所藏;一弛一張,人道之常。(**高啓眉**)恕眚誤。

【彙評】

鄭之惠:學韓非、孫武,當于秦漢間求之。

論　文

吾文如萬斛泉源，不擇地皆可出，在平地滔滔汩汩，雖一日千里無難。及其與山石曲折，隨物賦形，而不可知也。所可知者，常行於所當行，常止於不可不止，如是而已矣。其他雖吾亦不能知也。

【彙評】

王聖俞：知否。

記講筵①

秘書監侍講傅堯俞始召赴資善堂，對邇英閣。堯俞致謝，上遣人宣召答曰："卿以博學參預經筵，宜尊所聞，以輔不逮。"堯俞講畢曲謝，上復遣人宣諭："卿講義淵博，多所發揮，良嘉深嘆。"是日，上讀《三朝寶訓》，至天禧中，有二人犯罪，法當死，真宗皇帝惻然憐之，曰："此等安知法，殺之則不忍，捨之無以勵衆。"乃使人持去，笞而遣之，以斬訖奏。又祀汾陰日，見一羊自擲道左，怪問之，曰："今日尚食殺其羔。"真宗慘然不樂，自是不殺羊羔。資政殿學士韓維讀畢，因奏言："此特真宗皇帝小善耳，然推其心以及天下，則仁不可勝用也。真宗自澶淵之役却敵之後，十九年不言兵而天下富，其源蓋出於此。昔孟子論齊王不忍殺觳觫之牛，以爲是心足以王。今恩足以及禽獸而功不及于百姓，豈不能哉？蓋不爲耳！外人皆云皇帝陛下仁孝發於

---

① 編者按：此文卷一百二重出。

天性，每行見昆蟲螻蟻，違而過之，且敕左右勿踐履，此亦仁術也。臣願陛下推此心以及百姓，則天下幸甚！”軾時爲右史，奏曰：“臣今月十五日侍邇英閣，竊見資政殿學士韓維因讀《三朝寶訓》至真宗皇帝好生惡殺，因論皇帝陛下在宫中不忍踐履蟲蟻，其言深切，可以推明聖德，益增福壽。臣忝備位右史，謹書其事於册，又録一本上進，意望陛下采覽，無忘此心，以廣好生之德，臣不勝大願！”

天華宫

天華宫在羅浮山之西。蘇軾曰：南漢主建有甘露、羽蓋等亭，雲華閣，命中書舍人鍾有章作記。初，南漢主夢神人指羅浮山之西，去延祥寺西北，有兩峰相疊，一洞對流，可以爲宫。訪之，得其地。又夢金龍起於宫所，遂改爲黄龍洞。此地即葛仙西庵。至宋朝革命，四方僭叛以次誅服，劉氏懼焉。將欲潛遁羅浮，爲狡兔之穴，又命於增江水口，鑿濠通山，往來山洞，倉卒爲航舟之計。開寶四年，乃始歸命。則知劉氏爲寶宫於山間，無事則爲臨賞之樂，警急則爲逋逃之所，其計窘矣。

錫杖泉

錫杖泉在羅浮寶積寺，即景泰禪師卓錫之地，亦謂之卓錫泉。蘇軾曰：予昔自汴入淮，泛江泝漢歸蜀，飲江淮水蓋彌年，既至，覺井水腥澀，百餘日然後安之。以此知江水之甘於井也審矣。予來嶺外，自揚子始飲江水，及至南康，江益清駛，水益甘，則又知南江賢於北江也。（錢夾）反以揚子爲北江。近度嶺入清遠峽，水色如碧玉，味亦益勝。今游羅浮，酌景泰禪師錫杖泉，則清遠水又在其下矣。嶺外惟惠人喜鬥茶，此水不虚出也。

白水山

白水山在象頭南。蘇軾曰：羅浮之東麓也，有懸泉百仞，山八九折，折處輒爲潭，深者縋石四五丈不能及。旁有巨人迹數十，謂之佛迹岩。岩西故有院亦曰“佛迹”。

縣　榜

先朝值邊庭懷服，兵革寢息，而又體質恭儉，在位四十有二年，宫室苑囿無所益，故民無暴賦横徭而生齒歲登，墾田日廣。至於法令則去苛慘、尚寬簡，守令則進賢良、退貪殘，牛酒以禮高年，粟帛以旌孝行，廣惠以廩煢獨，寬恤以省力役，除身丁之算，馳鹽榷之利。故能道迎休祥，年穀登衍，其裕民之德，固已浹肌膚而淪骨髓矣。然猶慊然憂下民之疾疹無良劑以全濟，於是詔太醫集名方，曰《簡要濟衆》。凡五卷，三册，鏤板模印，以賜郡縣，俾人得傳録，用廣拯療，意欲錫以康寧之福，躋之仁壽之域。已而縣與律令同藏，殆逾一紀，窮遠之民，或莫聞知。聖澤壅而不宣，吏之罪也，乃書以方板，揭之通會。不獨流傳民間，痊痾愈疾，亦欲人人知上恩也。後之君子儻不以是爲誚，歲一檢案之，使無遺毁焉。嘉祐七年正月日。

擬作二首

代侯公説項羽辭(並敍)

漢與楚戰,敗于彭城。太公間走,見獲于楚。項羽常置軍中以爲質。漢王遣辯士陸賈説項羽請之,不聽。後遣侯公,羽許之,遂歸太公。侯公之辯,過陸生矣。而史闕其所以説羽之辭,遂探其事情以補之,作《代侯公説項羽辭》。

漢王四年,遣辯士陸賈東説項王,請還太公。項羽弗聽,賈還。漢王不懌者累日。左右計無所出。侯公在軍中,而未知名,乃超進而言曰:"秦爲無道,荼毒天下,戮人之父,刑人之子,如刈草菅。大王奮不顧身,建大義,除殘賊,爲萬民請命。今秦氏已誅,天下且定,民之父子室家,皆得保完以相守也,其慶大矣。宜與太公享萬歲無窮之歡。不幸太公拘于强仇,以重大王夙夜之憂。臣聞主憂臣辱,主辱臣死。大王諸臣,未有輸忠出奇,以還太公之屬車,蹈義死節,以折項羽之狼心者,臣恐天下有以議漢爲無人矣,此臣等之罪也。臣願先即辱國之誅。"漢王嘻戲曰:"吾惟不孝不武,而太公暴露拘辱于楚者,三年矣。吾重念天下大計,未獲即死之,此吾所以早夜痛心疾首東向而不忘也。顧爲之奈何?"侯公曰:"臣雖不敏,願大王假臣革車一乘,騎卒十人,臣朝馳至楚壁,而暮與太公驂乘而歸,可乎?"漢王慢駡曰:"腐儒,何言之易也!夫陸賈天下之辯士,吾前日遣之,智窮辭屈,抱頭鼠竄,顛狽而歸,僅以身免。若何言之易也！”侯公曰：“待人以必能者，不能，則喪氣。倚事之必集者，不集，則挫心。大王前日之遣賈也，恃之爲必能之人，望之有必集之事。今賈乃困辱而歸，是大王氣喪而心挫也，宜有以深鄙臣也。且大王一失任於陸賈，乃遂懲艾以爲無足使令者，是大王示太公之無還期，待天下爲無士也。”漢王曰：“吾豈忘親者耶，顧若豈足以辦此？且項王陰忮不仁，徒觸其鋒，與之俱靡耳。”侯公曰：“昔趙平原君苦秦之侵，欲結楚從也，求其可與從適楚者二十人。蓋擇於門下也，食客數千，得十九焉，其一人無得也，最下客毛遂請行。平原君不擇而與之俱，卒至强楚，廷叱其王，而定從於立談之間者，毛遂功也。日者，趙王武臣見獲于燕，以其臣陳餘、張耳之賢，擇人請王，往者十輩，無一返者。終於養卒請行，朝炊未終，乃與趙王同載而歸。此大王之所知者。臣乃今日願爲大王之毛遂、養卒，大王何慊不辱平原、餘、耳之聽哉。”漢王曰：“善。”即飭車十乘，騎卒百人，以遣侯公。

侯公至楚，晨扣軍門，謁項王曰：“臣聞漢王之父太公爲俘囚，臣竊慶大王獲所以勝於漢者。前日漢王遣使請之，而大王不與，至將烹焉，臣竊吊大王似不恤楚矣。”項王嗔目大怒，叱侯公曰：“若自薦死，乃欲爲而主行説以僥倖也。且吾親與人角，而獲其父，固將甘心焉。今乃言無恤者，何也？”侯公曰：“臣以區區之身，備漢之使，而有謁于大王，故大王以臣爲漢游説而忘忠楚也。大王試幸聽之。使其言有可用，則楚漢之大利，兩君之至歡，豈臣之私幸也。使其言無可用，則臣徐蹈鼎鑊，以從太公之烹，蓋未晚也。”

項王曰：“太公之不得歸必矣，若將何言？”侯公曰：“夫漢王失職，怏怏而西，因思歸之士，收豪傑之伍，舉梁漢之師，下巴蜀之粟，併三秦，定齊魏，日引而東，以與大王決一旦之命，大王視其志,固將一天下,朝諸侯,建七廟,定大號,爲萬世基業耶?抑將區區狥匹夫之節,爲曾參之孝而已者耶?(**陳仁錫眉**)真語動人。且連兵帶壘,與楚百戰以决雌雄,乃有天下三分之二,大王軍覆將死,自救不暇,凡所以運奇决勝爲大王之勍敵者,在漢王與諸將了事耶?抑太公實爲之也耶?雖庸人孺子固知之。然則太公,獨一亡似人耳,不足爲楚、漢之輕重。大王幸虜獲之,而禍福實繫焉,視其用之如何耳。得所以用而用之者强,失所以用而用之者亡。苟爲失其所用,未若不獲之爲善也。大王所以久拘而不歸者,固以要之。誠是也。且要而能致之,則權在我。要而不能致,則權在人。權之所在,以戰必克。則要者,名也;歸者,實也。大王苟不得志於名,當速收效於實,無爲兩失而自遺其患。是以臣竊爲大王慎惜此舉也。大王固嘗置之俎上而命之矣,彼報之曰:'必欲烹之,願分羹焉。'且父子相愛之情,豈相遠哉!方漢王窘于彭城,二子同載,推墮捐之,弗顧也,安知其視父不與子同也。太公之囚楚者,三年矣,彼誠篤於愛父,固將捐兵解甲,膝行頓顙楚之轅門,爲之請一旦之命,今勵士方力,督戰方急,無一日而忘與楚從事,此其志在天下,無以親爲也。大王今不歸之,以收其實,將久留之,以執其名,故曰似不恤楚也。"

項王怒氣少息,徐曰:"顧吾所仇者漢王爾,其父何與耶?且漢王親以其身投吾掌握者,數矣,我常易而釋之,今乃曰東向必欲亡楚而後已,故吾深仇之,欲菹醢其父,聊快於一時,况與之歸耶?"侯公曰:"辱大王幸賜聽臣,臣請言其不可者。夫首建大義誅暴秦者,惟楚;世爲賢明顯名於天下者,惟楚;天下豪傑樂從而争赴者,惟楚。被堅執鋭爲士卒先,所向摧靡,莫如大王;兵强將武,百戰百勝,莫如大王;諸侯畏懼,惟所號令,莫如大王;割地據國,連城數十,莫如大王。大王持此數者以令天下,朝諸侯,建大號,何待於今?然而爲之八年,智窮兵敗,土疆日促,反爲漢雌。大王嘗自知其所以失乎?”

項王曰:“吾誠每不自知,如公言焉,公試論吾所以失者。”侯公曰:“大王知夫博者事乎?夫財均則氣均,氣均則敵偶,然後勝負之勢,决於一時。今大王求與漢博,方布席徒手未及投地,而驟以己資推遺之,已而財索氣竭,徒手而校之,則大王之勝勢去矣。夫仁義禮智,所以取天下之資,而制敵之具也。大王乃棄資委具,以爲無所事,以故漢皆獲而收執之,此所以自引而東,視大王如無也。”項王曰:“何謂棄資委具?”侯公曰:“夫秦民之不聊生久矣。漢王之入關也,秋毫無所犯,解秦之罟,約法三章,民大慶悦,惟恐其不王秦也。大王之至,燔燒屠戮,酷甚於秦,秦人失望,何以爲仁?大王始與諸侯受約懷王,先入關者,王之,漢王出萬死不顧一生之計,叩關决戰,降俘其主,以待大王,而大王背約,遷之南鄭,何以爲信?大王以世爲楚將,方舉大義,不立其後,無以令天下,遂共立懷王而稟聽之,及天下且定,乃陽尊爲帝而放殺之,何以爲義?以范增之忠,陳平之智,韓信之勇,皆人傑。争天下者,視此三人爲之存亡。然而增死于疑,平、信去而不用,何以爲智?是以漢王於其入關也,天下歸其仁。其還定三秦也,天下歸其信。爲義帝縞素也,天下歸其義。其用平、信也,天下歸其智。此四者,大王素有之資,可畜之具,惟其委棄而不用,故漢皆得而收執之,是以大王未得所以税駕也。方今之勢,漢王者,高資富室也。大王者,窶人也。天下者,市人也。市人不趨窶人而趨高資富室,明矣。然則大王今日之資,恃有一太公爾。天所以相楚也。今不歸之,以伸區區之信義,紓旦夕之急,臣恐漢人怒氣益奮,戰士倍我,是大王又以其資遺漢，且將索然而爲窮人矣。此臣所以爲大王寒心也。夫制人之與見制於人，克人之與見克於人，豈同日而語哉？願大王熟計之。”

項王曰：“孤所以恩漢者亦至矣。然去輒背我，今其父在此，猶日急鬥，誠一旦歸之，徒益其氣爾。”侯公曰：“不然。臣聞懷敵者强，怒敵者亡。大王于漢，有足懷而制之，乃欲怒而鬥之，臣意天溺大王之衷，將遂孤楚矣。大王誠惠辱一介之使護太公，且致言漢王曰：‘前日太公播越于外，羈旅敝軍，獲侍盥沐者三年於兹，而君王方深督過之，是以下國君臣未敢議太公之歸。今君王敕駕迎之，孤恐久稽君王旦暮問安侍膳之歡，敢不承令，敬遣下臣衛送太公之屬車以還行宫。孤亦願自今之日，與君王捐忿與瑕，繼平昔之歡，君王有以報不穀者，皇天后土，實與聞之。’如此而漢不解甲罷兵以答大義，則曲在彼矣。大王因之號令士卒，以趨漢王，此秦所以獲晉惠公也。今大王不辱聽臣，臣無所受命而歸，漢王固將慟哭於軍曰：‘楚之仇我者深矣，使者再返，而太公不歸矣，且號爲舉大義，除殘賊，拯萬民，終之有不共戴天之仇，何面目以視天下，今日之事，有楚無漢，有漢無楚，吾將前死楚軍，不返顧矣。’漢王持此感怒士心，整甲而趨楚軍，此伍子胥所以鞭平王之屍也。”

項王曰：“善。吾聽公，姑無烹。公第還，語而王令罷兵，吾今歸之矣。”侯公曰：“此又不可。夫智貴乎早决，勇貴乎必爲。早决者無後悔，必爲者無棄功。王陵，楚之驍將也，一旦亡去漢，大王拘執其母，將以還陵也，而其母慷慨對使者爲陵陳去就之義，敕陵無還，遂伏劍而死。故天下皆賢智其母，而莫不哀其死也。今太公幽囚郁抑于大王之軍，久矣。今聞使者再返，而大王無意幸赦還之，臣竊意其變生於無聊，不勝恚辱之積，一旦引决,以蹈陵母之義,則大王悔恐自失,雖欲回漢軍之鋒,不可得矣。臣聞來而不可失者,時也。蹈而不可失者,機也。方今大王糧匱師老,無以支漢,而韓信之軍,乘勝之鋒,亦且至矣,大王雖欲解而東歸,不可得矣。臣願大王因其時而用其機,急歸太公,與漢王約,中分天下,割鴻溝以西爲漢,以東爲楚。大王解甲登壇,建號東帝,以撫東方之諸侯,亦休兵儲粟,以待天下之變。漢王老,且厭兵,尚何求哉?固將世爲西藩,以事楚矣。"

項王大悦。聽其計,引侯生爲上客,召太公,置酒高會三日而歸之。太公、吕后既至,漢王大悦,軍皆稱萬歲。即日封侯公平國君,曰:"此天下辯士,所居傾國者,故號平國君焉。"

擬孫權答曹操書

(**陳仁錫眉**)文情未甚飛舞,似摹擬之過,不及《代侯公詞》。

權白孟德足下。辱書開示禍福,使之内殺子布,外擒劉備以自效。書辭勤款,若出至誠,雖三尺童子,亦曉然知利害所在矣。然僕懷固陋,敢略布。昔田横,齊之遺虜,漢高祖釋酈生之憾,遣使海島,謂横來大者王,小者侯,猶能以力自剄,不肯以身辱於劉氏。韓信以全齊之地,束手於漢,而不能死於牖下。自古同功一體之人,英雄豪傑之士,世亂則藉以剪伐,承平則理必猜疑,與其受韓信之誅,豈若死田横之節也哉?

僕先將軍破虜,遭漢陵夷,董卓僭亂,焚燒宗廟,發掘陵寢,故依袁術以舉義師,所指城邑回應,天下思得董卓而食之不厭。不幸此志未遂,而無禄早世。先兄伯符嗣命,馳驅鋒鏑,周旋江漢,豈有他哉?上以雪天子之耻,下以畢先將軍之志耳。不意袁術亦僭位號，污辱義師，又聞諸君各盗名字，伯符提偏師，進無所歸，退無所守，故資江東爲之業耳，不幸有荆軻、舞陽之變。不以權不肖，使統士卒，以卒先臣之志。僕受遺以來，卧薪嚐膽，悼日月之逾邁，而嘆功名之不立，上負先臣未報之忠，下忝伯符知人之明。且權先世以德顯於吴，權若效諸君有非常之志，縱不蒙顯戮，豈不墜其家聲耶？

漢自桓、靈以來，上失其道，政出多門，宦官之亂纔息，董卓之禍復興，傕、汜未誅，袁、劉割據，天下所恃，惟權與公及劉備三人耳。比聞卓已鯨鯢，天子反正，僕意公當掃除餘孽，同獎王室，上助天子，與宗廟社稷之靈，退守藩國，無失春秋朝覲之節。而足下乃有欺孤之志，威挾天子，以令天下，妄引曆數，陰構符命，昔笑王莽之愚，今竊嘆足下蹈覆車也。僕與公有婚姻之舊，加之同好相求，然自聞求九錫，納椒房，不唯同志失望，天下甚籍籍也。劉備之兵雖少，然僕觀其爲人，雄材大略，寬而有容，拙於攻取，巧於馭人，有漢高祖之餘風，輔以孔明，未可量也，且以忠義不替曩昔，僕以爲今海内所望，惟我二人耳。僕之有張昭，正如備之孔明，左提右挈，以就大事，國中文武之事，盡以委之，而見教殺昭與備，僕豈病狂也哉？古諺有之："輔車相依，唇亡齒寒。"僕與劉備，實有唇齒相須之勢。足下所以不能取武昌，又不能到成都者，吴、蜀皆存也。今使僕取蜀，是吴不得獨存也。蜀亡，吴亦隨之矣。晉以垂棘屈産，假道于虞以伐虢，夫滅虢是所以取虞，虞以不知，故及禍。足下意何以異此！

古人有言曰："白首如新，傾蓋如故。"言以身托人，必擇所安。孟德視僕，豈惜此尺寸之土者哉？特以公非所托故也。荀文若與公共起艱危，一旦勸公讓九錫，意便憾，使卒憂死。矧僕與公有赤壁之隙，雖復盡釋前憾，然豈敢必公不食斯言乎？今日歸朝，一匹夫耳，何能爲哉？縱公不見害，交鋒兩陣之間，所殺過當，今其父兄子弟，實在公側，怨仇多矣，其能安乎？季布數窘漢王，及即位，猶下三族之令，矧足下記人之過，忘人之功，不肯忘文若於九錫，其肯赦僕於赤壁乎？孔文舉與楊德祖，海内奇士，足下殺之如皂隸，豈復有愛於權！天下之才在公右者，即害之矣，一失江東，豈容復悔耶？甘言重幣，幸勿復再。

卷一百一

志林五十五條

記　游

記過合浦

余自海康適合浦，連日大雨，橋梁大壞，水無津涯。自興廉村净行院下乘小舟至官寨，聞自此西皆漲水，無復橋船，或勸乘蜑並海即白石。是日六月晦，無月，碇宿大海中。天水相接，星河滿天，起坐四顧太息："吾何數乘此險也！已濟徐聞，復厄於此乎？"稚子過在旁鼾睡，呼不應。所撰《書》《易》《論語》皆以自隨，而世未有别本。撫之而嘆曰："天未欲使從是也，吾輩必濟！"已而果然。七月四日合浦記，時元符三年也。

書臨皋亭

（王聖俞眉）人人有此，却被坡公拈出。

東坡居士酒醉飯飽，倚於几上，白雲左繞，清江右洄，重門洞開，林巒坌入。當是時，若有思而無所思，以受萬物之備。慚愧！慚愧！

【彙評】

陳天定：王納諫云："人人有此，却被坡公拈出。"

逸人游浙東

到杭州一游龍井，謁辨才遺像，仍持密雲團爲獻龍井。孤山下有石室，室前有六一泉，白而甘，當往一酌。湖上壽院竹極偉，其傍智果院有參寥泉及新泉，皆甘冷異常，當時往一酌，仍尋參寥子妙總師之遺迹，見穎沙彌亦當致意。靈隱寺後高峰塔一上五里，上有僧不下三十餘年矣，不知今在否？亦可一往。

記承天寺夜游

元豐六年十月十二日夜，解衣欲睡，月色入户，欣然起行。念無與樂者，遂至承天寺尋張懷民。懷民亦未寢，相與步於中庭。庭下如積水空明，水中藻荇交横，蓋竹柏影也。何夜無月，何處無竹柏，但少閑人如吾兩人耳。（**錢文登眉**）身到處，不應放過。

【彙評】

儲欣：仙筆也，讀之覺玉宇瓊樓，高寒澄澈。

王聖俞：造化佳勝，往往而是，只爲無閑身，便至當面蹉過，讀此可爲怳然。〇江上風月，本無常主，閑者便是主人。

陳天定：公又有云："江山風月，本無常主，閑者便是主人。"皆静者之言。

游沙湖

黄州東南三十里爲沙湖,亦曰螺師店,予買田其間。因往相田得疾,聞麻橋人龐安常善醫而聾,遂往求療。安常雖聾,而穎悟絶人,以紙畫字,書不數字,輒深了人意。余戲之曰:“余以手爲口,君以眼爲耳,皆一時異人也。”疾愈,與之同游清泉寺。寺在蘄水郭門外二里許,有王逸少洗筆泉,水極甘,下臨蘭溪,溪水西流。余作歌云:“山下蘭芽短浸溪,松間沙路净無泥,蕭蕭暮雨子規啼。誰道人生無再少?君看流水尚能西!休將白髮唱黄雞。”是日劇飲而歸。

記游松江

吾昔自杭移高密,與楊元素同舟,而陳令舉、張子野皆從余過李公擇於湖,遂與劉孝叔俱至松江。夜半月出,置酒垂虹亭上。子野年八十五,以歌詞聞於天下,作定風波令,其略云:“見説賢人聚吴分,試問,也應傍有老人星。”坐客懽甚,有醉倒者,此樂未嘗忘也。今七年耳,子野、孝叔、令舉皆爲異物,而松江橋亭,今歲七月九日海風架潮,平地丈餘,蕩盡無復孑遺矣。追思曩時,真一夢耳。(**錢文登眉**)蹤迹如此,可感者極多。元豐四年十二月十二日,黄州臨皋亭夜坐書。

游白水書付過

紹聖元年十月十二日,與幼子過游白水佛迹院,浴於湯池,熱甚,其源殆可熟物。循山而東,少北,有懸水百仞,山八九折,折處輒爲潭，深者磓石五丈，不得其所止。雪濺雷怒，可喜可畏。水厓有巨人迹數十，所謂佛迹也。(**王聖俞夾**)語活。暮歸倒行，觀山燒火，甚俯仰，度數谷。至江山月出，擊汰中流，掬弄珠璧。到家二鼓，復與過飲酒，食餘甘煮菜，顧影頹然，不復甚寐，書以付過。東坡翁。

【彙評】

王聖俞：不用虛而韻足，不模寫而景足，而畫家蕭蕭數筆，含意無窮。此等在《東坡集》皆上乘也。

陳天定：王納諫云："如畫家蕭蕭數筆，含意無窮。"

記游廬山

僕初入廬山，山谷奇秀，平生所未見，殆應接不暇，遂發意不欲作詩。已而見山中僧俗，皆云："蘇子瞻來矣！"不覺作一絶云："芒鞋青竹杖，自挂百錢游。可怪深山裏，人人識故侯。"既自哂前言之謬，又復作兩絶云："青山若無素，偃蹇不相親。要識廬山面，他年是故人。"又云："自昔憶清賞，初游杳靄間。如今不是夢，真個是廬山"。是日有以陳令舉《廬山記》見寄者，且行且讀，見其中云徐凝、李白之詩，不覺失笑。旋入門先寺，主僧求詩，因作一絶云："帝遣銀河一派垂，古來惟有謫仙辭。飛流濺沫知多少，不與徐凝洗惡詩。"

往來山南地十餘日，以爲勝絶不可勝談，擇其尤者，莫如漱玉亭、三陜橋，故作此二詩。最後與總老同游西林，又作一絶云："横看成嶺側成峰，到處看山了不同。不識廬山真面目，只緣身在此山中。"僕廬山詩盡於此矣。

記游松風亭

余嘗寓居惠州嘉祐寺，縱步松風亭下，足力疲乏，思欲就林止息。望亭宇尚在木末，意謂是如何得到？良久忽曰："此間有甚麽歇不得處！"由是如挂鈎之魚，忽得解脱。若人悟此，雖兵陣相接，鼓聲如雷霆，進則死敵，退則死法，當甚麽時也不妨熟歇。

【彙評】

王聖俞：余深領此趣，難以筆舌贊也。

儋耳夜書

吾始至南海，環視天水無際，淒然傷之曰："何時得出此島耶？"已而思之，天地在積水之中，九州在大瀛海中，中國在四海中，有生孰不在島者？覆盆水於地，芥浮於水，蟻附於芥，茫然不知所濟。少焉，水涸，蟻即徑去，見其類，出涕曰："幾不復與子相見。豈知俯仰之間，有方軌八達之路乎？"念此可以一笑。戊寅九月十二日，與客飲薄酒小醉，信筆書此紙。

【彙評】

陳天定：達甚，是何等眼，何等胸！

書上元夜游

己卯上元，余在儋耳，有老書生數人來過，曰："良月佳夜，先生能一出乎?”予欣然從之。步城西,入僧舍,歷小巷,民夷雜揉,屠酤紛然,歸舍已三鼓矣。舍中掩關熟寢,已再鼾矣。放杖而笑,孰爲得失?問先生何笑?蓋自笑也,然亦笑韓退之釣魚,無得更欲遠去。不知釣者,未必得大魚也。(**陳仁錫眉**)夫我則不暇。

憶王子立

僕在徐州,王子立、子敏皆館於官舍,而蜀人張師厚來過,二王方年少,吹洞簫飲酒杏花下。明年,余謫黄州,對月獨飲,嘗有詩云:“去年花落在徐州,對月酣歌美清夜。今日黄州見花發,小院閉門風露下。”蓋憶與二王飲時也。張師厚久已死,今年子立復爲古人,哀哉!

黎檬子

吾故人黎錞,字希聲,治《春秋》有家法,歐陽文忠公喜之。然爲人質木遲緩,劉貢父戲之爲“黎檬子”,以謂指其德,不知果木中真有是也。一日聯騎出,聞市人有唱是果鬻之者,大笑,幾落馬。今吾謫海南,所居有此,霜實累累,然二君皆入鬼録。坐念故友之風味,豈復可見!劉固不泯於世者,黎亦能文守道不苟隨者也。

記劉原父語

昔爲鳳翔幕,過長安,見劉原父,留吾劇飲數日。酒酣,謂吾曰:“昔陳季弼告陳元龍曰:‘聞遠近之論,謂明府驕而自矜。’元龍曰:‘夫閨門雍穆,有德有行,吾敬陳元方兄弟;淵清玉潔,有禮有法,吾敬華子魚;清修疾惡,有識有義,吾敬趙元達;博聞强記,奇逸卓犖,吾敬孔文舉;雄姿傑出,有王霸之略,吾敬劉玄德。所敬如此,何驕之有? 餘子瑣瑣,亦安足録哉!’”因仰天太息。(**王聖俞夾**)不言之意。此亦原父之雅趣也。

吾後在黄州,作詩云:“平生我亦輕餘子,晚歲誰人念此翁?”蓋記原父語也。原父既没久矣,尚有貢父在,每與語,今復死矣,何時復見此俊傑人乎? 悲夫!

【彙評】

王聖俞:東坡特愛元龍,而托之原父耳。意氣遒上,不顧世有側目人。

懷　古

廣武嘆

昔先友史經臣彦輔謂余:“阮籍登廣武而嘆曰:‘時無英雄,使竪子成其名!’豈謂沛公竪子乎?”余曰:“非也,傷時無劉、項也,竪子指魏、晉間人耳。”其後余游潤州甘露寺有孔明、孫權、梁武、李德裕之遺迹,余感之賦詩,其略曰:“四雄皆龍虎,遺迹儼未刓。方其盛壯時,争奪肯少安! 廢興屬造化,遷逝誰控摶? 况彼妄庸子,而欲事所難。聊興廣武嘆,不得雍門彈。”則猶此意也。

今日讀李太白《登古戰場》詩云:"沉湎呼豎子,狂言非至公。"乃知太白亦誤認嗣宗語,與先友之意無異也。嗣宗雖放蕩,本有意於世,以魏、晉間多故,故一放於酒,何至以沛公爲豎子乎?

塗巷小兒聽説三國語

王彭嘗云:"塗巷中小兒薄劣,其家所厭苦,輒與錢,令聚坐聽説古話。至説三國事,聞劉玄德敗,顰蹙有出涕者;聞曹操敗,即喜唱快。以是知君子小人之澤,百世不斬。"彭,愷之子,辜式吏,頗知文章,余嘗爲作哀辭,字大年。

修　養

養生説

已飢方食,未飽先止。散步逍遥,務令腹空。當腹空時,即便入室,不拘晝夜,坐卧自便,惟在攝身,使如木偶。常自念言:"今我此身,若少動摇,如毛髮許,便墮地獄!(**王聖俞夾**)此法東坡屢言之。如商君法,如孫武令,事在必行,有犯無恕!"又用佛語及老聃語,視鼻端白,數出入息,綿綿若存,用之不勤。數至數百,此心寂然,此身兀然,與虚空等,不煩禁制,自然不動。數至數千,或不能數,則有一法,其名曰"隨":與息俱出,復與俱入,或覺此息,從毛竅中,八萬四千,雲蒸霧散,無始以來,諸病自除,諸障漸滅,自然明悟。譬如盲人,忽然有眼,此時何用求人指路!是故老人言盡於此。

【彙評】

王聖俞:曲折隨勢,如自然曲木,幾不施雕琢。

陳天定:王納諫云:"曲折隨勢,如自然曲木,幾不施雕琢。"

論雨井水

時雨降,多置器廣庭中,所得甘滑不可名,以潑茶煮藥,皆美而有益,正爾食之不輟,可以長生。其次井泉甘冷者,皆良藥也。《乾》以九二化,《坤》之六二爲《坎》,故天一爲水。吾聞之道士,人能服井花水,其熱與石硫黄、鐘乳等,非其人而服之,亦能發背腦爲疽,蓋嘗觀之。又分、至日取井水,儲之有方,後七日輒生物如雲母狀,道士謂"水中金",可養煉爲丹,此固常見之者。此至淺近,世獨不能爲,况所謂玄者乎!

論修養帖寄子由

(**馮夢禎眉**)此中頗多禪解,舊本乃不録,當因"修養帖"三字,而誤以爲道家事耳,亦大憒之。

任性逍遥,隨緣放曠,但盡凡心,别無勝解。以我觀之,凡心盡處,勝解卓然。但此勝解不屬有無,不通言語,故祖師教人到此便住。如眼翳盡,眼自有明,醫師只有除翳藥,何曾有求明藥？明若可求，即還是翳。固不可於翳中求明，即不可言翳外無明。而世之昧者，便將頽然無知認作佛地，若如此是佛，猫兒狗兒得飽熟睡，腹摇鼻息，與土木同，當恁麽時，可謂無一毫思念，豈謂猫狗已入佛地？（**王聖俞眉**）東坡之於禪，襲取耳。觀此篇，執捉尋索伎倆盡露矣，然正可資吾輩商量。故凡學者，觀妄除愛，自粗及細，念念不忘，會作一日，得無所住。弟所教我者，是如此否？因見二偈警策，孔君不覺聳然，更以聞之。

書至此，墻外有悍婦與夫相毆，詈聲飛灰火，如猪嘶狗嘷。因念他一點圓明，正在猪嘶狗嘷裹面，譬如江河鑑物之性，長在飛砂走石之中。尋常静中推求，常患不見，今日鬧裹忽捉得些子。（**王聖俞眉**）婆羅園語云："瓦礫泥沙，盡存佛性。"此語可參。元豐六年三月二十五日。

【彙評】

陳天定：猫狗熟睡不是佛，猪嘶狗嘷却有一點圓明，參之。

導引語

導引家云："心不離田，手不離宅。"此語極有理。又云："真人之心，如珠在淵，衆人之心，如泡在水。"此善譬喻者。

録趙貧子語

趙貧子謂人曰："子神不全。"其人不服，曰："吾僚友萬乘，螻蟻三軍，糠粃富貴而晝夜生死，何謂神不全乎？"貧子笑曰："是血氣所扶，名義所激，非神之功也。"明日問其人曰："子父母在乎?"曰:"亡久矣。""嘗夢見乎?"曰:"多矣。""夢中知其亡乎?抑以爲存也?"曰:"皆有之。"貧子曰:"父母之存亡,不待計議而知者也。晝日問子,則不思而對;夜夢見之,則以亡爲存。死生之於夢覺有間矣,物之眩子而難知者,甚于父母之存亡。子自以神全而不學,可憂也哉!"予嘗與其語,故録之。

【彙評】

王聖俞:大是警醒。

陳天定:極深極細之談,末拈一"學"字,要參,要參。

養生難在去欲

昨日太守楊君采、通判張公規邀余出游安國寺,坐中論調氣養生之事。余云:"皆不足道,難在去欲。"張云:"蘇子卿齧雪啖氈,蹈背出血,無一語少屈,可謂了生死之際矣。然不免爲胡婦生子,窮居海上,而况洞房綺縠之下乎?乃知此事不易消除。"(**鍾惺眉**)語近情而刻。衆客皆大笑。余愛其語有理,故爲記之。

陽丹訣

冬至後齋居,常吸鼻液,漱煉令甘,乃咽下丹田。以三十瓷器,皆有蓋,溺其中,已,隨手蓋之,書識其上,自一至三十。置净室,選謹樸者守之。滿三十日開視,其上當結細砂如浮蟻狀,或黄或赤,密絹帕濾取。新汲水净,淘澄無度,以穢氣盡爲度,净瓷瓶合貯之。夏至後,取細研棗肉,丸如梧桐子大,空心酒吞下，不限丸數，三五日後服盡。夏至後仍依前法採取，却候冬至後服。此名陽丹陰煉，須清净絶欲，若不絶欲，其砂不結。

陰丹訣

取首生男子之乳，父母皆無疾恙者，並養其子，善飲食之，日取其乳一升，只半升已來亦可。以朱砂銀作鼎與匙，如無朱砂銀，山澤銀亦得。慢火熬煉，不住手攪如淡金色，可丸即丸如桐子大，空心酒吞下，亦不限丸數。此名陰丹陽煉。世人亦知服秋石，然皆非清净所結；又此陽物也，須復經火，經火之餘皆其糟粕，與燒鹽無異也。世人亦知服乳，乳，陰物，不經火煉則冷滑而漏精氣也。此陽丹陰煉、陰丹陽煉，蓋道士靈智妙用，沉機捷法，非其人不可輕泄，慎之！慎之！（**陳仁錫眉**）此論有理。

樂天燒丹

樂天作廬山草堂，蓋亦燒丹也，欲成而爐鼎敗。來日，忠州刺史除書到。乃知世間、出世間事，不兩立也。僕有此志久矣，而終無成者，亦以世間事未敗故也，今日真敗矣。《書》曰："民之所欲，天必從也。"信而有徵。

贈張鶚

張君持此紙求僕書，且欲發藥，君當以何品？吾聞戰國中有一方，吾服之有效，故以奉傳。其藥四味而已：一曰無事以當貴，二曰早寢以當富，三曰安步以當車，四曰晚食以當肉。夫已飢而食,蔬食有過於八珍,而既飽之餘,雖芻豢滿前,惟恐其不持去也。若此可謂善處窮者矣,然而於道則未也。安步自佚,晚食爲美,安以當車與肉爲哉?車與肉猶存於胸中,是以有此言也。

記三養

東坡居士自今日以往,不過一爵一肉。有尊客,盛饌則三之,可損不可增。有召我者,預以此先之,主人不從而過是者,乃止。一曰安分以養福,二曰寬胃以養氣,三曰省費以養財。元符三年八月。

謝魯元翰寄暖肚餅

公昔遺余以暖肚餅,其直萬錢。我今報公亦以暖肚餅,其價不可言。中空而無眼,故不漏;上直而無耳,故不懸;以活潑潑爲内,非湯非水;以赤歷歷爲外,非銅非鉛;以念念不忘爲項,不解不縛;以了了常知爲腹,不方不圓。到希領取,如不肯承當,却以見還。(**謝魯元翰。**)

【彙評】

王聖俞:此内養訣,借事作戲。

辟穀説

洛下有洞穴,深不可測。有人墮其中不能出,飢甚,見龜蛇無數,每旦輒引首東望,吸初日光咽之,其人亦隨其所向,效之不已,遂不復飢,身輕力强。後卒還家,不食,不知其所終。此晉武帝時事。辟穀之法以百數,此爲上,妙法止於此。能服玉泉,使鉛汞具體,去仙不遠矣。此法甚易知易行,天下莫能知,知者莫能行,何則?虚一而静者,世無有也。元符二年,儋耳米貴,吾方有絶糧之憂,欲與過子共行此法,故書以授之。四月十九日記。(**陳仁錫眉**)因絶糧而學仙,得無芒芒如宋人父子乎?

記服絹

醫官張君傳服絹方,真神仙上藥也。然絹本以禦寒,今乃以充服食,至寒時當蓋稻草席耳。世言著衣吃飯,今乃吃衣著飯耶?

記養黄中

元符三年,歲次庚辰;正月朔,戊辰;是日辰時,則丙辰也。三辰一戊,四土會焉,而加丙與庚:丙,土母,而庚其子也。土之富,未有過於斯時也。吾當以斯時肇養黄中之氣,過此又欲以時取薤薑蜜作粥以啖。吾終日默坐,以守黄中,非謫居海外,安得此慶耶?東坡居士記。

疾　病

子瞻患赤眼

余患赤目,或言不可食膾。余欲聽之,而口不可,曰:“我與子爲口,彼與子爲眼,彼何厚,我何薄?以彼患而廢我食,不可。”子瞻不能决。口謂眼曰:“他日我痁,汝視物吾不禁也。”管仲有言:“畏威如疾,民之上也;從懷如流,民之下也。”又曰:“燕安鴆毒,不可懷也。”《禮》曰:“君子莊敬日强,安肆日偷。”此語乃當書諸紳,故余以“畏威如疾”爲私記云。

治眼齒

前日,與歐陽叔弼、晁無咎、張文潛同在戒壇。余病目昏,將以熱水洗之。文潛曰:“目忌點洗。目有病,當存之,齒有病,當勞之,不可同也。”又記魯直語云:“眼惡剔决,齒便漱潔。”治目當如治民,治齒當如治軍,治民當如曹參之治齊,治軍當如商鞅之治秦。頗有理,故追録之。

【彙評】

名言。

夢　寐

記夢參寥茶詩

昨夜夢參寥師攜一軸詩見過，覺而記其《飲茶詩》兩句云："寒食清明都過了，石泉槐火一時新。"夢中問："火固新矣，泉何故新？"答曰："俗以清明淘井。"當續成詩，以記其事。

記夢賦詩

軾初自蜀應舉京師，道過華清宫，夢明皇令賦《太真妃裙帶詞》，覺而記之。今書贈何山潘大臨邠老，云："百疊漪漪水皺，六銖縱縱雲輕。植立含風廣殿，微聞環佩搖聲。"元豐五年十月七日。

記子由夢

元豐八年正月旦日，子由夢李士寧，草草爲具，夢中贈一絶句云："先生惠然肯見客，旋買雞豚旋烹炙。人間飲酒未須嫌，歸去蓬萊却無吃。"明年閏二月六日爲予道之，書以遺過子。

記子由夢塔

明日兄之生日，昨夜夢與弟同自眉入京，行利州峽，路見二僧,其一僧鬚髮皆深青,與同行。問其向去災福,答云:“向去甚好,無災。”問其京師所需,“要好朱砂五六錢。”又手擎一小卯塔,云:“中有舍利。”兄接得,卯塔自開,其中舍利燦然如花,兄與弟請吞之。僧遂分爲三分,僧先吞,兄弟繼吞之,各一兩,細大等,皆明瑩而白,亦有飛迸空中者。僧言:“本欲起塔,却吃了!”弟云:“吾三人肩上各置一小塔便了。”兄言:“吾等三人,便是三所無縫塔。”僧笑,遂覺。覺後胸中噎噎然,微似含物。夢中甚明,故閑報爲笑耳。書遺子由。

夢中作祭春牛文

元豐六年十二月二十七日,天欲明,夢數吏人持紙一幅,其上題云:“請《祭春牛文》。”予取筆疾書其上,云:“三陽既至,庶草將興,爰出土牛,以戒農事。衣被丹青之好,本出泥塗;成毀須臾之間,誰爲喜愠?”吏微笑曰:“此兩句復當有怒者。”旁一吏云:“不妨,此是唤醒他。”

【彙評】

王聖俞:子瞻以口語得罪,故托之夢言。

陳天定:王納諫云:“子瞻以口語得罪,故托之夢言。”

夢中論左傳

元祐六年十一月十九日五更,夢數人論《左傳》,云:“《祈招》之詩固善諷,然未見所以感切穆王之心,已其車轍馬迹之意者。”有答者曰:“以民力從王事,當如飲酒,適於飢飽之度而已。

若過於醉飽，則民不堪命，王不獲没矣。”覺而念其言似有理，故録之。

夢中作靴銘

軾倅武林日，夢神宗召入禁中，宫女圍侍，一紅衣女童捧紅靴一隻，命軾銘之。覺而記其一聯云：“寒女之絲，銖積寸累；天步所臨，雲蒸雷起。”既畢進御，上極嘆其敏，使宫女送出。睇視裙帶間有六言詩一首，云：“百疊漪漪風皺，六珠縱縱雲輕。植立含風廣殿，微聞環佩摇聲。”

記　夢

予嘗夢客有攜詩相過者，覺而記其一詩云：“道惡賊其身，忠先愛厥親。誰知畏九折，亦自是忠臣。”文有數句若銘贊者，云：“道之所以成，不害其耕；德之所以修，不賊其牛。”

予在黄州，夢至西湖上，夢中亦知其爲夢也。湖上有大殿三重，其東一殿題其額云“彌勒下生”。夢中云：“是僕昔年所書。”衆僧往來行道，太半相識，辨才、海月皆在，相見驚異。僕散衫策杖，謝諸人曰：“夢中來游，不及冠帶。”既覺，亡之。明日得芝上人信，乃復理前夢，因書以寄之。

宣德郎、廣陵郡王完大小學教授眉山任伯雨德公，喪其母吕夫人，六十四日號踊稍間，欲從事於佛。或勸誦《金光明經》，具言世所傳本多誤，惟咸平六年刊行者最爲善本，又備載張居道再生事。德公欲訪此本而不可得，方苫卧柩前，而外甥進士師續假寐於側，忽驚覺曰：“吾夢至相國寺東門，有鬻薑者云：

'有此經。'夢中問曰:'非咸平六年本乎?'曰:'然。''有《居道傳》乎?'曰:'然。'此大非夢也!"德公大驚,即使續以夢求之,而獲睹鬻薑者之狀,則夢中所見也。德公舟行扶柩歸葬於蜀,余方貶嶺外,遇吊德公楚、泗間,乃爲之記。

昨日夢有人告我云:"如真饗佛壽,識妄吃天厨。"予甚領其意。或曰:"真即饗佛壽,不妄吃天厨?"予曰:"真即是佛,不妄即是天,何但饗而吃之乎?"其人甚可予言。

夢南軒

元祐八年八月十一日將朝尚早,假寐,夢歸縠行宅,遍歷蔬圃中。已而坐於南軒,見莊客數人方運土塞小池,土中得兩蘆菔根,客喜食之。予取筆作一篇文,有數句云:"坐於南軒,對修竹數百,野鳥數千。"既覺,惘然思之。南軒,先君名之曰"來風"者也。

措大吃飯

有二措大相與言志,一云:"我平生不足惟飯與睡耳,他日得志,當飽吃飯了便睡,睡了又吃飯。"一云:"我則異於是,當吃了又吃,何暇復睡耶!"吾來廬山,聞馬道士嗜睡,於睡中得妙。然吾觀之,終不如彼措大得吃飯三昧也。

題李岩老

南嶽李岩老好睡,衆人食飽下棋,岩老輒就枕,閲數局乃一輾轉，云(**一本“云”字下曰“我始一局”**)：“君幾局矣？”東坡曰：“岩老常用四脚棋盤，只着一色黑子。昔與邊韶敵手，今被陳摶饒先。着時自有輸贏，着了並無一物。”歐陽公詩云：“夜凉吹笛千山月，路暗迷人百種花。棋罷不知人换世，酒闌無奈客思家。”殆是類也。

學　問

記六一語

頃歲孫莘老識歐陽文忠公，嘗乘間以文字問之，云：“無它術，惟勤讀書而多爲之，自工。世人患作文字少，又懶讀書，每一篇出，即求過人，如此少有至者。疵病不必待人指摘，多作自能見之。”此公以其嘗試者告人，故尤有味。

命　分

退之平生多得謗譽

退之詩云：“我生之辰，月宿直斗。”乃知退之磨蝎爲身宫，而僕乃以磨蝎爲命，平生多得謗譽，殆是同病也。

馬夢得同歲

馬夢得與僕同歲月生，少僕八日。是歲生者，無富貴人，而僕與夢得爲窮之冠。即吾二人而觀之，當推夢得爲首。

人生有定分

吾無求於世矣，所須二頃田以足饘粥耳，而所至訪問，終不可得。豈吾道方艱難，無適而可耶？抑人生自有定分，雖一飽亦如功名富貴不可輕得也？

送　別

别子開

子開將往河北，相度河寧。以冬至前一日被旨，過節遂行。僕以節日來賀，且别之，留飲數盞，頹然竟醉。案上有此佳紙，故爲作草，露書數紙。遲其北還，則又春矣，當爲我置酒、蟹、山藥、桃、杏，是時當復從公飲也。

曇秀相别

曇秀來惠州見予，將去，予曰："山中見公還，必求一物，何以與之？"秀曰："鵝城清風，鶴嶺明月，人人送與，只恐它無著處。”予曰:“不如將幾紙字去,每人與一紙,但向道:此是言《法華》書裏頭有災福。”

别王子直

紹聖元年十月三日,始至惠州,寓於嘉祐寺松風亭,杖履所及,雞犬相識。明年,遷於合江之行館,得江樓豁徹之觀,忘幽谷窈窕之趣,未見其所休戚,嶠南、江北何以異也！虔州鶴田處士王原子直不遠千里訪予於此,留七十日而去。東坡居士書。

【彙評】

王聖俞:不矜語言,翛然意表。

别石塔

石塔别東坡,予云:“經過草草,恨不一見石塔。”塔起立云:“遮著是磚浮圖耶?”予云:“有縫塔。”塔云:“若無縫,何以容世間螻蟻?”予首肯之。

【彙評】

王聖俞:不惟可作禪師,乃亦可作宰相。

陳天定:王納諫云:“不惟可作禪師,乃亦可作宰相。”

别姜君

元符己卯閏九月,瓊本姜君來儋耳,日與予相從,庚辰三月乃歸。無以贈行，書柳子厚《飲酒》《讀書》二詩，以見别意。子歸，吾無以遣日，獨此二事日相與往還耳。二十一日書。

别文甫子辯

僕以元豐三年二月一日至黄州，時家在南都，獨與兒子邁來，郡中無一人舊識者。時時策杖在江上，望雲濤渺然，亦不知有文甫兄弟在江南也。居十餘日，有長鬚者惠然見過，乃文甫之弟子辯。留語半日，云："迫寒食，且歸東湖。"僕送之江上，微風細雨，葉舟横江而去。僕登夏隩尾高丘以望之，彷彿見舟及武昌，步乃還。爾後遂相往來，及今四周歲，相過殆百數。遂欲買田而老焉，然竟不遂。近忽量移臨汝，念將復去，而後期未可必。感物凄然，有不勝懷。浮屠不三宿桑下者，有以也哉？七年三月九日。

卷一百二

志林五十七條

祭　祀

八蜡三代之戲禮

八蜡,三代之戲禮也。歲終聚戲,此人情之所不免也,因附以禮義。亦曰:"不徒戲而已矣,祭必有尸,無尸曰'奠',始死之奠與釋奠是也。"今蜡謂之"祭",蓋有尸也。猫虎之尸,誰當爲之?置鹿與女,誰當爲之?非倡優而誰!葛帶榛杖,以喪老物,黄冠草笠,以尊野服,皆戲之道也。子貢觀蜡而不悦,孔子譬之曰"一張一弛,文武之道",蓋爲是也。

記朝斗

紹聖二年五月望日,敬造真一法酒成,請羅浮道士鄧守安拜奠北斗真君。將奠,雨作,已而清風肅然,雲氣解駁,月星皆見,魁標皆爽。徹奠,陰雨如初。謹拜手稽首而記其事。

兵　略

匈奴全兵

匈奴圍漢平城，群臣上言："胡者全兵，請令强弩傅兩矢外鄉，徐行出圍。"李奇注"全兵"云："惟弓矛，無雜仗也。"此説非是。使胡有雜仗，則傅矢外鄉之策不得行歟？且奇何以知匈奴無雜仗也？匈奴特無弩耳。全兵者，言匈奴自戰其地，不致死，不得與我行此危事也。

八陣圖

諸葛亮造八陣圖于魚復平沙之上，壘石爲八行，相去二丈。桓温征譙縱，見之，曰："此常山蛇勢也。"文武皆莫識。吾嘗過之，自山上俯視，百餘丈凡八行，爲六十四蕝，蕝正圜，不見凹凸處，如日中蓋影。予就視，皆卵石，漫漫不可辨，甚可怪也。

時　事

唐村老人言

儋耳進士黎子雲言：城北十五里許有唐村，莊民之老曰允從者,年七十餘,問子雲言:"宰相何苦以青苗錢困我?於官有益乎?"(**鍾惺夾**)單問此一邊便妙。子雲言:"官患民貧富不均,富者逐什一益富,貧者取倍稱,至鬻田質口不能償,故爲是法以均之。"(**鍾惺眉**)莊周、由餘治國極頂之言。允從笑曰:"貧富之不齊,自古已然,雖天公不能齊也,子欲齊之乎?民之有貧富,由器用之有厚薄也。子欲磨其厚,等其薄,厚者未動,而薄者先穴矣!"(**鍾惺夾**)妙。元符三年,子雲過予言此。負薪能談王道,正謂允從輩耶?

【彙評】

陳天定:鍾惺云:"單問此一邊便妙。"又云:"此莊周、由餘治國極頂之言。"

記告訐事

元豐初,白馬縣民有被殺者,畏賊,不敢告,投匿名書於縣。弓手甲得之而不識字,以示門子乙。乙爲讀之,甲以其言捕獲賊,而乙争其功。吏以爲法禁匿名書,而賊以此發,不敢處之死,而投匿名者當流,爲情輕法重,皆當奏。蘇子容爲開封尹,方廢滑州,白馬爲畿邑,上殿論奏:"賊可減死,而投匿名者可免罪。"上曰:"此情雖極輕,而告訐之風不可長。"乃杖而撫之。子容以爲賊不干己者告捕,而變主匿名,本不足深過,然先帝猶恐長告訐之風,此所謂忠厚之至。然熙寧、元豐之間每立一法,如手實、禁鹽、牛皮之類,皆立重賞以勸告訐者,皆當時小人所爲,非先帝本意。時范祖禹在坐,曰:"當書之《實録》。"

官　職

記講筵

秘書監侍講傅堯俞始召赴資善堂，對邇英閣。堯俞致謝，上遣人宣召答曰："卿以博學參預經筵，宜尊所聞，以輔不逮。"堯俞講畢曲謝，上復遣人宣諭："卿講義淵博，多所發揮，良嘉深嘆。"

是日，上讀《三朝寶訓》，至天禧中，有二人犯罪，法當死，真宗皇帝惻然憐之，曰："此等安知法，殺之則不忍，捨之無以勵衆。"乃使人持去，笞而遣之，以斬訖奏。又祀汾陰日，見一羊自擲道左，怪問之，曰："今日尚食殺其羔。"真宗慘然不樂，自是不殺羊羔。資政殿學士韓維讀畢，因奏言："此特真宗皇帝小善耳，然推其心以及天下，則仁不可勝用也。真宗自澶淵之役却敵之後，十九年不言兵而天下富，其源蓋出於此。昔孟子論齊王不忍殺觳觫之牛，以爲是心足以王。今恩足以及禽獸而功不及于百姓，豈不能哉？蓋不爲耳！外人皆云皇帝陛下仁孝發於天性，每行見昆蟲螻蟻，違而過之，且敕左右勿踐履，此亦仁術也。臣願陛下推此心以及百姓，則天下幸甚！"

軾時爲右史，奏曰："臣今月十五日侍邇英閣，竊見資政殿學士韓維因讀《三朝寶訓》至真宗皇帝好生惡殺，因論皇帝陛下在宫中不忍踐履蟲蟻，其言深切，可以推明聖德，益增福壽。臣忝備位右史，謹書其事於册，又録一本上進，意望陛下采覽，無忘此心,以廣好生之德,臣不勝大願!”

禁同省往來

元祐元年,余爲中書舍人,時執政患本省事多漏泄,欲於舍人廳後作露籬,禁同省往來。余曰:“諸公應須簡要清通,何必栽籬插棘!”諸公笑而止。明年,竟作之。暇日讀《樂天集》,有云:“西省北院,新構小亭,種竹開窗,東通騎省,與李常侍窗下飲酒作詩。”乃知唐時得西掖作窗以通東省,而今日本省不得往來,可嘆也。

記盛度誥詞

盛度,錢氏婿,而不喜惟演,蓋邪正不相入也。惟演建言二后並配,御史中丞范諷發其奸,落平章事,以節度使知隨州。時度幾七十,爲知制誥,責詞云:“三星之媾,多戚里之家;百兩所迎,皆權要之女。”蓋惟演之姑嫁劉氏,而其子娶于丁謂也。人怪度老而筆力不衰,或曰:“度作此詞久矣。”元祐三年十二月二十一日講筵,上未出,立延和殿中,時軾方論周穜擅議宗廟,蘇子容因道此。

張平叔制詞

樂天行張平叔户部侍郎判度支制誥云:“吾坐而決事,丞相以下不過四五,而主計之臣在焉。”以此知唐制,主計蓋坐而論事也,不知四五者悉何人?平叔議鹽法至爲割剥,事見退之集;今樂天制誥亦云“計能析秋毫,吏畏如夏日”,其人必小人也。

致　仕

請廣陵

今年吾當請廣陵,暫與子由相别。至廣陵逾月,遂往南郡,自南郡詣梓州,泝流歸鄉,盡載家書而行,迤邐致仕,築室種果於眉,以須子由之歸而老焉。不知此願遂否?言之悵然也。

買田求歸

浮玉老師元公欲爲吾買田京口,要與浮玉之田相近者,此意殆不可忘。吾昔有詩云:“江山如此不歸山,山神見怪驚我頑。我謝山神豈得已,有田不歸如江水!”今有田矣,不歸無乃食言於神也耶?

賀下不賀上

賀下不賀上,此天下通語。士人歷官一任,得外無官謗,中無所愧於心,釋肩而去,如大熱遠行,雖未到家,得清凉館舍,一解衣漱濯,已足樂矣。况於致仕而歸,脱冠佩,訪林泉,顧平生一無可恨者,其樂豈可勝言哉!余出入文忠門最久,故見其欲釋位歸田,可謂切矣。他人或苟以藉口,公發於至情,如飢者之念食也,顧勢有未可者耳。觀與仲儀書,論可退之節三,至欲以得罪、病而去。君子之欲退,其難如此,可以爲進者之戒。

隱逸

書楊朴事

昔年過洛,見李公簡言:"真宗既東封,訪天下隱者,得杞人楊朴,能詩。及召對,自言不能。上問:'臨行有人作詩送卿否?'朴曰:'惟臣妾有一首云:更休落魄貪杯酒,且莫倡狂愛詠詩。今日捉將官裏去,這回斷送老頭皮。'上大笑,放還山。"余在湖州,坐作詩追赴詔獄,妻子送余出門,皆哭。無以語之,顧語妻曰:"獨不能如揚子雲處士妻作詩送我乎?"妻子不覺失笑,余乃出。

白雲居士

張愈,西蜀隱君子也,與予先君游,居岷山下白雲溪,自號白雲居士。本有經世志,特以自重難合,故老死草野,非槁項黄馘盜名者也。偶至西湖静軒,見其遺句,懷仰其人,命寺僧刻之石。

釋　道

（**馮夢禎眉**）此數則皆《東坡志林》中者，於禪大有關會，而舊本却不知録，何也？

讀壇經

近讀六祖《壇經》，指説法、報、化三身，使人心開目明。然尚少一喻，試以眼喻：見是法身，能見是報身，所見是化身。何謂見是法身？眼之見性，非有非無，無眼之人，不免見黑，眼枯睛亡，見性不滅，故云見是法身。何謂能見是報身？見性雖存，眼根不具，則不能見，若能安養其根，不爲物障，常使光明洞徹，見性乃全，故云能見是報身。何謂所見是化身？根性既全，一彈指頃，所見千萬，縱横變化，俱是妙用，故云所見是化身。此喻既立，三身愈明。如此是否？（**馮夢禎眉**）説法洞了，非有慧性、有根器，豈遽能爾。

改觀音咒

《觀音經》云："咒咀諸毒藥，所欲害身者，念彼觀音力，還著於本人。"東坡居士曰："觀音，慈悲者也。今人遭咒咀，念觀音之力而使還著於本人，則豈觀音之心哉？"今改之曰："咒咀諸毒藥，所欲害身者，念彼觀音力，兩家總没事。"

誦經帖

東坡食肉誦經,或云:"不誦。"坡取水漱口,或云:"一碗水如何漱得!"坡云:"慚愧,闍黎會得!"(**錢文登眉**)亦不可訓。

【彙評】

王聖俞:無諍三昧。

誦金剛經帖

蔣仲甫聞之孫景修:近歲有人鑿山取銀礦至深處,聞有人誦經聲。發之,得一人,云:"吾亦取礦者,以窟壞不能出,居此不知幾年。平生誦《金剛經》自隨,每有飢渴之念,即若有人自腋下以餅餌遺之。"殆此經變現也。道家言"守一",若飢,一與之糧;若渴,一與之漿。此人於經中,豈所謂得一者乎?

僧伽何國人

泗洲大聖《僧伽傳》云:"和尚何國人也。又世云莫知其所從來,云:'不知何國人也。'"近讀《隋史西域傳》,乃有何國。余在惠州,忽被命責儋耳。太守方子容自攜告身來,且吊余曰:"此固前定,可無恨。吾妻沈素事僧伽謹甚,一夕夢和尚告别,沈問所往,答云:'當與蘇子瞻同行。後七十二日,當有命。'今適七十二日矣,豈非前定乎!"(**馮夢禎眉**)事奇。亦是祖戒後身一證佐。余以謂事之前定者,不待夢而知。然余何人也,而和尚辱與同行,得非夙世有少緣契乎?

袁宏論佛説

（**王聖俞眉**）世之學佛者，皆務深求之，千蹊萬徑，轉益還悶。東坡乃更淺求之，以出其真味，而後精深者有所依而立。

袁宏《漢紀》曰："浮屠，佛也，西域天竺國有佛道焉。佛者，漢言覺也，將以覺悟群生也。其教也，以修善慈心爲主，不殺生，專務清净，其精者爲沙門。沙門，漢言息也，蓋息意去欲，歸於無爲。又以爲人死精神不滅，隨復受形，生時善惡皆有報應，故貴行修善道以煉精神，以至無生，而得爲佛也。"東坡居士曰：此殆中國始知有佛時語也，雖淺近，大略具足矣。野人得鹿，正爾煮食之耳，其後賣與市人，遂入公庖中，饌之百方。然鹿之所以美，未有絲毫加於煮食時也。（**王聖俞眉**）妙喻。

【彙評】

陳天定：王納諫云："世之學佛者，皆務深求之，千蹊百徑，轉益迷悶。東坡乃更淺求之，以出其真味，而後精深者有所依而立。"

贈邵道士

耳如芭蕉，心如蓮花，百節疏通，萬竅玲瓏。來時一，去時八萬四千。此義出《楞嚴》，世未有知之者也。元符三年九月二十一日，書贈都嶠邵道士。

書李若之事

晉《方技傳》有幸靈者，父母使守稻，牛食之，靈見而不驅。

牛去，乃理其殘亂者。父母怒之，靈曰："物各欲食，牛方食，奈何驅之？"父母愈怒，曰："即如此，何用理亂者爲？"靈曰："此稻又欲得生。"此言有理，靈固有道者耶？吕猗母足得痿痹病十餘年，靈療之，去母數步坐，瞑目寂然。有頃，曰："扶起夫人坐。"猗曰："夫人得疾十年，豈可倉卒令起耶？"靈曰："且試扶起。"兩人夾扶而立，少頃，去夾者，遂能行。

學道養氣者，至足之餘，能以氣與人，都下道士李若之能之，謂之"布氣"。吾中子迨少羸多疾，若之相對坐爲布氣，迨聞腹中如初日所照，温温也。蓋若之曾遇得道異人於華嶽下云。

【彙評】

王聖俞：並資玄解，不徒志異。

陳天定：王納諫云："並資玄解，不徒志異。"

記蘇佛兒語

元符三年八月，余在合浦，有老人蘇佛兒來訪，年八十二，不飲酒食肉，兩目爍然，蓋童子也。自言十二歲齋居修行，無妻子。有兄弟三人，皆持戒念道，長者九十二，次者九十。與論生死事，頗有所知。居州城東南六七里。佛兒"嘗賣菜之東城，見老人言：'即心是佛，不在斷肉。'余言：'勿作此念，衆人難感易流。'老人大喜，曰：'如是！如是！'"（**馮夢禎眉**）爲下根人作佛事，不得不如此。

記道人戲語

紹聖二年五月九日，都下有道人坐相國寺賣諸禁方，緘題其一曰:賣“賭錢不輸方”。少年有博者,以千金得之。歸,發視其方,曰:“但止乞頭。”道人亦善鬻術矣,戲語得千金,然亦未嘗欺少年也。

【彙評】

王聖俞:止乞頭則不賭矣,不賭則不輸矣。唐高宗獵,遇雨,問谷那律曰:油衣若何則不漏? 對曰:以瓦爲之則不漏。

陸道士能詩

陸道士惟忠字子厚,眉山人,好丹藥,通術數,能詩,蕭然有出塵之姿,久客江南,無知之者。予昔在齊安,蓋相從游,因是謁子由高安,子由大賞其詩。會吴遠之過彼,遂與俱來惠州,出此詩。

朱氏子出家

朱氏子出家,小名照僧,少喪父,與其母尹皆願出家。照僧師守素,乃參寥子弟子也。照僧九歲,舉止如成人,誦《赤壁賦》,鏗然鸞鶴聲也,不出十年,名聞四方。此參寥子之法孫,東坡之門僧也。

壽禪師放生

錢塘壽禪師,本北郭税務專知官,每見魚蝦,輒買而放,以是破家。後遂盜官錢爲放生之用,事發坐死,領赴市矣。吴越錢王使人視之,若悲懼如常人,即殺之;否,則捨之。禪師淡然無異色,乃捨之。遂出家,得法眼净。禪師應以市曹得度,故菩薩乃現市曹以度之。學出生死法,得向死地走之一遭,抵三十年修行。(**馮夢禎眉**)即道家所謂"忍辱煉魔"也。吾竄逐海上,去死地稍近,當于此證阿羅漢果。

僧正兼州博士

杜牧集有敦煌郡僧正兼州學博士僧慧苑《除臨壇大德制詞》,蓋宣宗復河、湟時事也。蕃僧最貴中國紫衣師號,种世衡知青澗城,無以使此等,輒出牒補授。君子予其權,不責其專也。

卓契順禪話

蘇臺定惠院净人卓契順,不遠數千里,陟嶺渡海,候無恙於東坡。東坡問:"將甚麼土物來?"順展兩手。坡云:"可惜許數千里空手來。"順作荷擔勢,信步而去。

【彙評】

王聖俞:高僧。

僧文葷食名

僧謂酒爲"般若湯",謂魚爲"水梭花",雞爲"鑽籬菜",竟無所益,但自欺而已,世常笑之。人有爲不義而文之以美名者,與此何異哉!

本秀非浮圖之福

稷下之盛，胎驪山之禍；太學三萬人，嘘枯吹生，亦兆黨錮之冤。今吾聞本、秀二僧，皆以口耳區區奔走王公，洶洶都邑，安得而不敗？殆非浮屠氏之福也。

付僧惠誠游吴中代書十二

妙總師參寥子，予友二十餘年矣，世所知其詩文，所不知者，蓋過於詩文也。獨好面折人過失，然人知其無心，如虚舟之觸物，蓋未嘗有怒者。

徑山長老維琳，行峻而通，文麗而清。始，徑山祖師有約，後世止以甲乙住持。予謂以適事之宜而廢祖師之約，當於山門選用有德，乃以琳嗣事。衆初有不悦其人，然終不能勝悦者之多且公也，今則大定矣。

杭州圓照律師，志行苦卓，教法通洽，晝夜行道二十餘年矣，無一念頃有作相。自辨才歸寂，道俗皆宗之。

秀州本覺寺一長老，少蓋有名進士，自文字言語悟入。至今以筆研作佛事，所與游皆一時文人。

净慈楚明長老自越州來。始，有旨召小本禪師住法雲寺。杭人憂之，曰："本去，則净慈衆散矣。"余乃以明嗣事，衆不散，加多，益千餘人。蘇州仲殊師利和尚，能文，善詩及歌詞，皆操筆立成，不點竄一字。予曰："此僧胸中無一毫髮事。"故與之游。

蘇州定慧長老守欽，予初不識。比至惠州，欽使侍者卓契順來問予安否，且寄十詩。予題其後曰："此僧清逸絶俗，語有璨、忍之通，而詩無島、可之寒。"予往來吴中久矣，而不識此僧，何也?

下天竺净慧禪師思義學行甚高,諳練世事。高麗非時遣僧來,予方請其事於朝,使義館之。義日與講佛法,詞辨蜂起,夷僧莫能測。又具得其情以告,蓋其才有過人者。

孤山思聰聞復師作詩清遠如畫,工而雅逸可愛,放而不流,其爲人稱其詩。祥符寺可久、垂雲、清順三闍黎,皆予監郡日所與往還詩友也。清介貧甚,食僅足而衣幾於不足也,然未嘗有憂色。老矣,不知尚健否?

法穎沙彌,參寥子之法孫也,七八歲事師如成人。上元夜予作樂滅慧,穎坐一夫肩上顧之。予謂曰:"出家兒亦看燈耶?"穎愀然變色,若無所容,啼呼求去。自爾不復出嬉游,今六七年矣,後當嗣參寥者。

予在惠州,有永嘉羅漢院僧惠戒來謂曰:"明日當還浙東。"問所欲幹者,予無以答之。獨念吴、越多名僧,與予善者常十九,偶録此數人以授惠戒,使歸見之,致予意,且謂道予居此起居飲食狀,以解其念也。信筆書紙,語無倫次,又當尚有漏落者,方醉不能詳也。紹聖二年東坡居士書。

異　事

王烈石髓

王烈入山得石髓,懷之以餉嵇叔夜。叔夜視之,則堅爲石矣。當時若杵碎或錯落食之,豈不賢於雲母、鐘乳輩哉?然神仙要有定分,不可力求。退之有言:"我能詰曲自世間,安能從汝巢神仙。"如退之性氣,雖出世間人亦不能容,叔夜婞直,又甚於退之也。

記道人問真

道人徐問真,自言濰州人,嗜酒狂肆,能啖生蔥鮮魚,以指爲針,以土爲藥,治病良有驗。歐陽文忠公爲青州,問真來從公游,久之乃求去。聞公致仕,復來汝南,公常館之,使伯和父兄弟爲之主。公常有足疾,狀少異,醫莫能喻。問真教公汲引氣血自踵至頂,公用其言,病輒已。忽一日求去甚力,公留之,不可,曰:"我有罪,我與公卿游,我不復留。"公使人送之,果有冠鐵冠丈夫長八尺許,立道周俟之。問真出城,顧村童使持藥笥。行數里,童告之求去。問真於髻中出小瓢如棗大,再三覆之掌中,得酒滿掬者二,以飲童子,良酒也。自爾不復知其存亡,而童子徑發狂,亦莫知其所終。軾過汝陰,公具言如此。其後貶黄州,而黄岡縣令周孝孫暴得重腿疾,軾試以問真口訣授之,七日而愈。

元祐六年十一月二日,與叔弼父、季默父夜坐話其事,事復有甚異者,不欲盡書,然問真要爲異人也。

記劉夢得有詩記羅浮山

山不甚高,而夜見日,此可異也。山有二樓,今延祥寺在南樓下,朱明洞在冲虛觀後,云是蓬萊第七洞天。唐永樂道士侯道華以食鄧天師棗仙去,永樂有無核棗,人不可得,道華得之。

余在岐下,亦得食一枚云。唐僧契虛遇人導游稚川仙府,真人問曰:"汝絶三彭之仇乎?"虛不能答。冲虛觀後有米真人朝斗壇,近於壇上獲銅龍六,銅魚一。唐有夢銘,云"紫陽真人山玄卿撰"。又有蔡少霞者,夢遣書牌,題云:"五雲閣吏蔡少霞書。"(記羅浮山。)

記羅浮異境

有官吏自羅浮都虛觀游長壽,中路睹見道室數十間,有道士據檻坐,見吏不起。吏大怒,使人詰之,至則人室皆亡矣。乃知羅浮凡聖雜處,似此等異境,平生修行人有不得見者,吏何人,乃獨見之!正使一凡道士見己不起,何足怒?吏無狀如此,得見此者必前緣也。

東坡升仙

吾昔謫黄州,曾子固居憂臨川,死焉。人有妄傳吾與子固同日化去,且云:"如李長吉時事,以上帝召他。"時先帝亦聞其語,以問蜀人蒲宗孟,且有嘆息語。今謫海南,又有傳吾得道,乘小舟入海不復返者,京師皆云,兒子書來言之。今日有從黄州來者,云太守何述言吾在儋耳一日忽失所在,獨道服在耳,蓋上賓也。吾平生遭口語無數,蓋生時與韓退之相似,吾命在斗間而身宫在焉。故其詩曰:"我生之辰,月宿斗直。"且曰:"無善聲以聞,無惡聲以揚。"今謗我者,或云死,或云仙,退之之言良非虛爾。

黄僕射

虔州布衣賴仙芝言：連州有黄損僕射者，五代時人。僕射蓋仕南漢官也，未老退歸，一日忽遁去，莫知其存亡。子孫畫像事之，凡三十二年。復歸，坐阼階上，呼家人。其子適不在，孫出見之。索筆書壁云："一别人間歲月多，歸來人事已消磨。惟有門前鑒池水，春風不改舊時波。"投筆竟去，不可留。子歸，問其狀貌，孫云："甚似影堂老人也。"連人相傳如此。其後頗有禄仕者。

冲退處士

章詧，字隱之，本閩人，遷于成都數世矣。善屬文，不仕，晚用太守王素薦，賜號冲退處士。一日，夢有人寄書召之者，云東嶽道士書也。明日，與李士寧游青城，濯足水中，詧謂士寧曰："脚踏西溪流去水。"士寧答曰："手持東嶽寄來書。"詧大驚，不知其所自來也。未幾，詧果死。其子祀亦以逸民舉，仕一命乃死。士寧，蓬州人也，語默不常，或以爲得道者，百歲乃死。常見余成都，曰："子甚貴，當策舉首。"已而果然。

臞仙帖

司馬相如諂事武帝，開西南夷之隙。及病且死，猶草《封禪書》，此所謂死而不已者耶？列仙之隱居山澤間，形容甚臞，此殆"四果"人也。而相如鄙之，作《大人賦》，不過欲以侈言廣武帝意耳。夫所謂大人者，相如孺子，何足以知之！若賈生《鵩鳥賦》,真大人者也。庚辰八月二十二日,東坡書。

記 鬼

秦太虛言:寶應民有以嫁娶會客者,酒半,客一人竟起出門。主人追之,客若醉甚將赴水者,主人急持之。客曰:"婦人以詩招我,其辭云:'長橋直下有蘭舟,破月衝煙任意游。金玉滿堂何所用,争如年少去來休。'"倉黄就之,不知其爲水也。然客竟亦無他。夜會説鬼,參寥舉此,聊爲之記。

李氏子再生説冥閑事

戊寅十一月,余在儋耳,聞城西民李氏處子病卒兩日復生。余與進士何旻同往見其父,問死生狀。云:初昏,若有人引去,至官府幕下。有言:"此誤追。"庭下一吏云:"可且寄禁。"又一吏云:"此無罪,當放還。"見獄在地窟中,隧而出入。繫者皆儋人,僧居十六七。有一嫗身皆黄毛如驢馬,械而坐,處子識之,蓋儋僧之室也。曰:"吾坐用檀越錢物,已三易毛矣。"又一僧亦處子鄰里,死已二年矣,其家方大祥,有人持盤餐及錢數千,云:"付某僧。"僧得錢,分數百遺門者,乃持飯入門去,繫者皆争取其飯。僧飯,所食無幾。又一僧至,見者擎跪作禮。僧曰:"此女可差人速送還。"送者以手擘墻壁使過,復見一河,有舟,使登之。送者以手推舟,舟躍,處子驚而寤。是僧豈所謂地藏菩薩耶?書此爲世戒。

道士張易簡

吾八歲入小學，以道士張易簡爲師。童子幾百人，師獨稱吾與陳太初者。太初，眉山市井人子也。余稍長，學日益，遂第進士制策，而太初乃爲郡小吏。其後余謫居黄州，有眉山道士陸惟忠自蜀來，云："太初已尸解矣。蜀人吴師道爲漢州太守，太初往客焉。正歲旦，見師道求衣食錢物，且告别。持所得盡與市人貧者，反坐於戟門下，遂卒。師道使卒舁往野外焚之，卒駡曰：'何物道士，使吾正旦舁死人！'太初微笑開目曰：'不復煩汝。'步自戟門至金雁橋下，趺坐而逝。焚之，舉城人見煙焰上眇眇焉有一陳道人也。"

辨附語

世有附語者，多婢妾賤人，否則衰病不久當死者也。其聲音舉止皆類死者，又能知人密事，然皆非也。意有奇鬼能爲是耶？昔人有遠行者，欲觀其妻于己厚薄，取金釵藏之壁中，忘以語之。既行而病且死，以告其僕。既而不死。忽聞空中有聲，真其夫也，曰："吾已死，以爲不信，金釵在某處。"妻取得之，遂發喪。其後夫歸，妻乃反以爲鬼也。

三老語

嘗有三老人相遇，或問之年。一人曰："吾年不可記，但憶少年時與盤古有舊。"一人曰："海水變桑田時，吾輒下一籌，爾來吾籌已滿十間屋。"一人曰："吾所食蟠桃，棄其核於昆侖山下，今已與昆侖齊矣。”以余觀之，三子者與蜉蝣朝菌何以異哉？

桃花悟道

（**馮夢禎眉**）今世學人類此者多。

世人有見古德、見桃花悟道者，争頌桃花，便將桃花作飯，五十年轉没交涉。正如張長史見擔夫與公主争路而得草書之氣，欲學長史書，便日就擔夫求之，豈可得哉？

爾朱道士煉朱砂丹

爾朱道士晚客于眉山，故蜀人多記其事。自言受記於師云：“汝後遇白石浮，當飛仙去。”爾朱雖以此語人，亦莫識所謂。後去眉山，乃客於涪州，愛其所産丹砂，雖瑣細而皆矢鏃狀，瑩徹不雜土石，遂止煉丹數年，竟于涪州白石仙去，乃知師所言不謬者。聞長老道其事甚多，然不記其名字，可恨也。《本草》言：“丹砂出符陵谷。”陶隱居云：“符陵是涪州。”今無復采者。吾聞熟於涪者云：“采藥者時復得之，但時方貴辰錦砂，故此不甚采爾。”讀《本草》偶記之也。

卷一百三

志林四十二條

異　事

朱炎學禪

芝上人言:近有節度判官朱炎學禪,久之,忽於《楞嚴經》若有所得者。問講僧義江曰:"此身死後,此心何住?"江云:"此身未死,此心何住?"炎良久以偈答曰:"四大不須先後覺,六根還向用時空。難將語默呈師也,只在尋常語默中。"師可之。炎後竟坐化,真廟時人也。

故南華長老重辨師逸事

契嵩禪師常瞋,人未嘗見其笑;海月慧辨師常喜,人未嘗見其怒。(**馮夢禎眉**)先引二證佐文亦奇。予在錢塘,親見二人皆趺坐而化。嵩既茶毗,火不能壞,益薪熾火,有終不壞者五。(**王聖俞眉**)不言五者渾雅。海月比葬,面如生,且微笑。乃知二人以瞋喜作佛事也。世人視身如金玉,不旋踵爲糞土,至人反是。(**王聖俞眉**)引事本起下南華改棺事,故須著此數語涵泳。予以是知一切法以愛故壞,以捨故常在,豈不然哉! 予還嶺南,始識南華重辨長老,語終日,知其有道也。

予自嶺南還,則辨已寂久矣。過南華吊其衆,問塔墓所在,曰:"我師昔作壽塔南華之東數里,有不悦師者葬之别墓,既七百餘日矣,今長老朗公獨奮不顧,發而歸之壽塔。改棺易衣,舉體如生,衣皆鮮芳,衆乃大服。"(**王聖俞眉**)"改棺"句是主意。東坡居士曰:辨視身爲何物,棄之尸陀林,以飼烏鳶何有,安以壽塔爲? 朗公知辨者,特欲以化服同異而已。(**馮夢禎眉**)具眼。乃以茗果奠其塔而書其事,以遺其上足南華塔主可興師,時元符三年十一月十九日。

【彙評】

王聖俞:禪家言,體不化面如生者甚多,恐亦有所附會,且至於死則衆流歸盡,是區區者曾何足言,惟得東坡文,差可死耳。

陳天定:愛故壞捨故常在,經世出世法皆然。

冢中棄兒吸蟾氣

富彦國在青社,河北大饑,民争歸之。有夫婦襁負一子,未幾,迫於飢困,不能皆全,棄之道左空冢中而去。歲定歸鄉,過此冢,欲收其骨,則兒尚活,肥健愈於未棄時,見父母,匍匐來就。視冢中空無有,惟有一竅滑易,如蛇鼠出入,有大蟾蜍如車輪,氣咻咻然,出穴中。意兒在冢中常呼吸此氣,故能不食而健。自爾遂不食,年六七歲,肌膚如玉。其父抱兒來京師,以示小兒醫張荆筐。張曰:"物之有氣者能蟄,燕蛇蝦蟆之類是也。能蟄則能不食,不食則壽,此千歲蝦蟆也。决不當與藥,若聽其不食不娶，長必得道。”父喜，攜去，今不知所在。張與余言，蓋嘉祐六年也。

石普見奴爲祟

石普好殺人，以殺爲娱，未嘗知暫悔也。醉中縛一奴，使其指使投之汴河，指使哀而縱之。既醒而悔，指使畏其暴，不敢以實告。居久之，普病，見奴爲祟，自以必死。指使呼奴示之，祟不復出，普亦愈。

【彙評】

王聖俞：可見妖由人興。

陳昱被冥吏誤追

今年三月，有書吏陳昱者暴死三日而蘇，云：初見壁有孔，有人自孔擲一物，至地化爲人，乃其亡姊也。攜其手自孔中出，曰：“冥吏追汝，使我先。”見吏在旁，昏黑如夜，極望有明處，空有橋，榜曰“會明”。人皆用泥錢，橋極高，有行橋上者。姊曰：“此生天也。”昱行橋下，然猶有在下者，或爲烏鵲所啄。姊曰：“此網捕者也。”又見一橋，曰“陽明”，人皆用紙錢。有吏坐曹十餘人，以狀及紙久至者，吏輒刻除之，如抽貫然。已而見冥官，則陳襄述古也。問昱何故殺乳母，昱曰：“無之。”呼乳母至，血被面，抱嬰兒，熟視昱曰：“非此人也，乃門下吏陳周。”官遂放昱還，曰：“路遠，當給竹馬。”又使諸曹檢己籍，曹示之，年六十九，官左班殿直。曰：“以平生不燒香，故不甚壽。”又曰:“吾輩更此一報,即不同矣。”意謂當超也。昱還,道見追陳周往。既蘇,周果死。

記異

有道士講經茅山,聽者數百人。中講,有自外入者,長大肥黑,大罵曰:“道士奴! 天正熱,聚衆造妖何爲?”道士起謝曰:“居山養徒,資用乏,不得不爾。”罵者怒少解,曰:“須錢不難,何至作此!”乃取釜竈杵臼之類,得百餘斤,以少藥鍛之,皆爲銀,乃去。後數年,道士復見此人從一老道士,鬚髮如雪,騎白驢,此人腰插一驢鞭從其後。道士遥望叩頭,欲從之。此人指老道士,且摇手作驚畏狀,去如飛,少頃即不見。

猪母佛

眉州青神縣道側有一小佛屋,俗謂之“猪母佛”,云百年前有牝猪伏於此,化爲泉,有二鯉魚在泉中,云:“蓋猪龍也。”蜀人謂牝猪爲母,而立佛堂其上,故以名之。泉出石上,深不及二尺,大旱不竭,而二鯉莫有見者。余一日偶見之,以告妻兄王愿,愿深疑,意余之誕也。余亦不平其見疑,因與愿禱於泉上曰:“余若不誕者,魚當復見。”已而二鯉復出,愿大驚,再拜謝罪而去。此地應爲靈異。青神文及者,以父病求醫,夜過其側,有髽而負琴者邀至室,及辭以父病,不可留,而其人苦留之,欲曉乃遣去。行未數里,見道傍有劫賊所殺人,赫然未冷也,否則及亦未免耳。泉在石佛鎮南五里許,青神二十五里。

王翊夢鹿剖桃核而得雄黄

黄州岐亭有王翊者，家富而好善。夢于水邊見一人爲人所毆傷，幾死，見翊而號，翊救之得免。明日偶至水邊，見一鹿爲獵人所得，已中幾槍。翊發悟，以數千贖之。鹿隨翊，起居未嘗一步舍翊。又翊所居後有茂林果木，一日，有村婦林中見一桃，過熟而絶大，獨在木杪，乃取而食之。翊適見，大驚。婦人食已棄其核，翊取而剖之，得雄黄一塊如桃仁，及嚼而吞之，甚甘美。自是斷葷肉，齋居一食，不復殺生，亦可謂異事也。（翊，一作詡。）

徐則不傳晉王廣道

東海徐則隱居天台，絶粒養性。太極真人徐君降之曰："汝年出八十，當爲王者師，然後得道。"晉王廣聞其名，往召之。則謂門人曰："吾年八十來召我，徐君之言信矣。"遂詣揚州。王請受道法，辭以時日不利。後數日而死，支體如生，道路皆見其徒步歸，云："得放還山。"至舊居，取經書分遺弟子，乃去。既而喪至。以爲徐生高世之人，義不爲煬帝所污，故辭不肯傳其道而死。徐君之言，蓋聊以避禍，豈所謂危行言遜者耶？不然，煬帝之行，鬼所唾也，而太極真人肯置之齒牙哉！

先夫人不許發藏

昔吾先君夫人不僦宅於眉，爲紗縠行。一日，二婢子懸帛，足陷於地。視之，深數尺，有大甕覆以烏木板，先夫人急命以土塞之。（鍾惺夾）厚福人所爲。甕有物如人咳聲，凡一年乃已，人以爲此有宿藏物欲出也。夫人之侄之問者，聞之欲發焉。會吾遷居，之問遂僦此宅，掘丈餘，不見甕所在。其後某官於岐下，所居大柳下，雪方尺不積；雪晴，地墳起數寸。軾疑是古人藏丹藥處，欲發之。亡妻崇德君曰："使吾先姑在，必不發也。"（**鍾惺**）是子大師。軾愧而止。

太白山舊封公爵

吾昔爲扶風從事，歲大旱，問父老境内可禱者，云："太白山至靈，自昔有禱無不應。近歲向傳師少師爲守，奏封山神爲濟民侯，自此禱不驗，亦莫測其故。"吾方思之，偶取《唐會要》看，云："天寶十四年，方士上言太白山金星洞有寶符靈藥，遣使取之而獲，詔封山神爲靈應公。"吾然後知神之所以不悦者，即告太守遣使禱之，若應，當奏乞復公爵，且以瓶取水歸郡。水未至，風霧相纏，旗幡飛舞，仿佛若有所見。遂大雨三日，歲大熟。吾作奏檢具言其狀，詔封明應公。吾復爲文記之，且修其廟。祀之日，有白鼠長尺餘，歷酒饌上，嗅而不食。父老云："龍也。"是歲嘉祐七年。

記范蜀公遺事

李方叔言：范蜀公將薨數日，鬚髮皆變蒼，鬱然如畫也。公平生虚心養氣，數盡神往而血氣不衰，故發於外耶？然范氏多四乳，固與人異，公又立德如此，其化也必不與萬物同盡，蓋有不可知者也。元符四年四月五日。

記張憨子

黄州故縣張憨子,行止如狂人,見人輒罵云:“放火賊!”稍知書,見紙輒書鄭谷《雪》詩。人使力作,終日不辭。時從人乞,予之錢,不受。冬夏一布褐,三十年不易,然近之不覺有垢穢氣。其實如此,至於土人所言,則甚異者,固不可知也。

記女仙

予頃在都下,有傳太白詩者,其略曰“朝披夢澤雲”,又云:“笠澤清茫茫。”此非世人語也,蓋有見太白在肆中而得此詩者。神仙之道,真不可以意度。紹聖元年九月,過廣州,訪崇道大師何德順。有神仙降于其室,自言女仙也。賦詩立成,有超逸絶塵語。或以其托於箕帚,如世所謂“紫姑神”者疑之。然味其言,非紫姑所能至。人有入獄鬼、群鳥獸者托於箕帚,豈足怪哉?崇道好事喜客,多與賢士大夫爲游,其必有以致之也哉?

池魚踊起

眉州人任達爲余言:少時見人家畜數百魚深池中,沿池磚甃,四周皆屋舍,環繞方丈間凡三十餘年,日加長。一日天晴無雷,池中忽發大聲如風雨,魚皆踊起,羊角而上,不知所往。達云:“舊説不以神守,則爲蛟龍所取,此殆是爾。”余以爲蛟龍必因風雨,疑此魚圈局三十餘年,日有騰拔之念,精神不衰,久而自達,理自然爾。

【彙評】

王聖俞：善格物。

孫抃見異人

眉之彭山進士有宋籌者，與故參知政事孫抃夢得同赴舉，至華陰，大雪，天未明，過華山下。有牌堠云“毛女峰”者，見一老姥坐堠下，鬢如雪而無寒色。時道上未有行者，不知其所從來，雪中亦無足迹。孫與宋相去數百步，宋相過之，亦怪其異，而莫之顧。孫獨留連與語，有數百錢挂鞍，盡與之。既追及宋，道其事。宋悔，復還求之，已無所見。是歲，孫第三人及第，而宋老死無成。此事蜀人多知之者。

修身曆

子由言，有一人死而復生，問冥官如何修身，可以免罪？答曰：“子宜置一卷曆，晝日之所爲，莫夜必記之，但不記者，是不可言不可作也。無事静坐，便覺一日似兩日，若能處置此生常似今日，得至七十，便是百四十歲。人世間何藥可能有此效！既無反惡，又省藥錢。此方人人收得，但苦無好湯水，多咽不下。”晁無咎言，司馬温公有言：“吾無過人者，但平生所爲，未嘗有不可對人言者耳。”予亦記前輩有詩曰：“怕人知事莫萌心。”皆至言，可終身守之。

技術

醫生

近世醫官仇鼎，療癰腫爲當時第一，鼎死，未有繼者。今張君宜所能，殆不減鼎。然鼎性行不甚純淑，世或畏之。今張君用心平和，專以救人爲事，治過於鼎遠矣。元豐七年四月七日。

論醫和語

男子之生也覆，女之生也仰，其死于水也亦然。男子内陽而外陰，女子反是。故《易》曰"《坤》至柔而動也剛"，《書》曰"沉潛剛克"世之達者，蓋如此也。秦醫和曰："天有六氣，淫爲六疾：陽淫熱疾，陰淫寒疾，風淫末疾，雨淫腹疾，晦淫惑疾，明淫心疾。夫女陽物而晦時，故淫則爲内熱蠱惑之疾。"女爲蠱惑，世之知者衆，其爲陽物而内熱，雖良醫未之言也。五勞七傷，皆熱中而蒸，晦淫者不爲蛊則中風，皆熱之所生也。醫和之語，吾當表而出之。讀左氏，書此。

記與歐公語

歐陽文忠公嘗言，有患疾者，醫問其得疾之由，曰："乘船遇風，驚而得之。"醫取多年舵牙爲舵工手汗所漬處，刮末雜丹砂伏神之流，飲之而愈。今《本草注別藥性論》云："止汗，用麻黄根節及故竹扇爲末服之。"文忠因言："醫以意用藥多此比，初以兒戲，然或有驗，殆未易致詰也。"予因謂公："以筆墨燒灰飲學者，當治昏惰耶？推此而廣之，則飲伯夷之盟水，可以療貪食比干之餕餘，可以已佞；舐樊噲之盾，可以治怯；嗅西子之珥，可以療惡疾矣。"(**陳仁錫眉**)附石者率如此。公遂大笑。元祐三年閏八月十七日，舟行入潁州界，坐念二十年前見文忠公於此，偶記一時談笑之語，聊復識之。

【彙評】

王聖俞：荀卿所謂察辯之士。

參寥求醫

龐安常爲醫，不志於利，得善書古畫，喜輒不自勝。九江湖道士頗得其術，與予用藥，無以酬之，爲作行草數紙而已，且告之曰："此安常故事，不可廢也。"參寥子病，求醫于胡，自度無錢，且不善書畫，求予甚急。予戲之曰："子粲、可、皎、徹之徒，何不下轉語作兩首詩乎？"龐、胡二君與吾輩游，不日"索我於枯魚之肆"矣。

王元龍治大風方

王游元龍言："錢子飛有治大風方，極驗，常以施人。一日夢人自云：'天使已以此病人，君違天怒，若施不已，君當得此病，藥不能愈。'子飛懼，遂不施。"僕以爲天之所病，不可療耶，則藥不應服有效;藥有效者,則是天不能病。當是病之祟,畏是藥而假天以禁人耳。晉侯之病,爲二豎子,李子豫赤丸,亦先見於夢,蓋有或使之者。子飛不察,爲鬼所脅。若余則不然,苟病者得愈,願代受其苦。家有一方,能下腹中穢惡,在黄州試之,病良已。今後當常以施人。

延年術

自省事以來,聞世所謂道人有延年之術者,如趙抱一、徐登、張元夢,皆近百歲,然竟死,與常人無異。及來黄州,聞浮光有朱元經尤異,公卿尊師之者甚衆,然卒亦病,死時中風搐搦。但實能黄白,有餘藥、金皆入官。不知世果無異人耶?抑有,而人不見,此等舉非耶?不知古所記異人虚實,無乃與此等不大相遠,而好事者緣飾之耶?

【彙評】

王聖俞:無限波致,亦復當心也。

單驤孫兆

蜀人單驤者,舉進士不第,顧以醫聞。其術雖本於《難經》《素問》,而别出新意,往往巧發奇中,然未能十全也。仁宗皇帝不豫,詔孫兆與驤入侍,有間,賞賚不貲。已而大漸,二子皆坐誅,賴皇太后仁聖,察其非罪,坐廢數年。今驤爲朝官,而兆已死矣。予來黄州,鄰邑人龐安常者,亦以醫聞,其術大類驤,而加之以針術絶妙。然患聾,自不能愈,而愈人之病如神。此古人所以過人也。元豐五年三月,予偶患左手腫,安常一針而愈,聊爲記之。

僧相歐陽公

歐陽文忠公嘗語:“少時有僧相我:‘耳白於面,名滿天下;唇不著齒,無事得謗。’其言頗驗。”耳白於面,則衆所共見,唇不著齒,余亦不敢問公,不知其何如也。

記真君籤

冲妙先生季君思聰所製觀妙法象,居士以憂患之餘,稽首洗心,歸命真寂,自惟塵緣深重,恐此志未遂,敢以籤卜,得吴真君第三籤,云:“平生常無患,見善其何樂。執心既堅固,見善勤修學。”(**錢文登眉**)此籤不傳於世。敬再拜受教,書《莊子養生》一篇,致自厲之意,不敢廢墜,真聖驗之。紹聖元年八月二十一日,東坡居士南遷過虔,與王岩翁同謁祥符宫,拜九天使者堂下,觀之妙象,實同此言。

信道智法説

東坡居士遷于海南,憂患之餘,戊寅九月晦,游天慶觀,謁北極真聖,探靈籤,以决餘生之禍福吉凶。其辭曰:“道以信爲合,法以智爲先。二者不離析,壽命不得延。”覽之竦然,若有所得,書而藏之,以無忘信道法智二者不相離之意。軾恭書:古之真人未有不以信入者,子思則曰“自誠明謂之性”,此之謂也。

孟子曰:"執中無權,由執一也。"法而不智,則天下之死法也。道不患不知,患不凝;法不患不立,患不活。以信合道,則道凝;以智先法,則法活。道凝而法活,雖度世可也,况延壽乎?

記筮卦

戊寅十月五日,以久不得子由書,憂不去心,以《周易》筮之。遇《涣》之三爻,《初六》變《中孚》,其繇曰:"用拯馬壯吉。"《中孚》之《九二》變爲《益》,其繇曰:"鳴鶴在陰,其子和之。我有好爵,吾與爾靡之。"《益》之《初六》變爲《家人》,其繇曰:"益之,用凶事,無咎。有孚中行,告公用圭。"《家人》之繇曰:"《家人》利女貞。"象曰:"風自火出,《家人》。君子以言有物,而行有恒也。"吾考此卦極精詳,口以授過,又書而藏之。

費孝先卦影

至和二年,成都人有費孝先者始來眉山,云:近游青城山,訪老人村,壞其一竹床。孝先謝不敏,且欲償其直。老人笑曰:"子視其下字云:此床以某年月日某造,至某年月日爲費孝先所壞。成壞自有數,子何以償爲!"孝先知其異,乃留師事之,老人受以《易》軌革卦影之術,前此未知有此學者。後五六年,孝先以致富。今死矣,然四方治其學者,所在而有,皆自托於孝先,真僞不可知也。聊復記之,使後人知卦影之所自也。

記天心正法咒

王君善書符,行天心正法,爲里人療疾驅邪。僕嘗傳此咒法,當以傳王君。其辭曰:“汝是已死我,我是未死汝。汝若不吾祟,吾亦不汝苦。”

辨五星聚東井

天上失星,崔浩乃云:“當出東井。”已而果然,所謂“億則屢中”者耶? 漢十月,五星聚東井,金、水嘗附日不遠;而十月,日在箕、尾,此浩所以疑其妄。以余度之,十月爲正,蓋十月乃今之八月爾。八月而得七月節,則日猶在翼、軫間,則金、水聚于井亦不甚遠。方是時,沛公未得天下,甘、石何意諂之? 浩之説,未足信也。

四　民

論貧士

俗傳書生入官庫,見錢不識。或怪而問之,生曰:“固知其爲錢,但怪其不在紙裹中耳。”予偶讀淵明《歸去來詞》云:“幼稚盈室,瓶無儲粟。”乃知俗傳信而有徵。使瓶有儲粟,亦甚微矣,此翁平生只於瓶中見粟也耶?《馬后紀》:夫人見大練以爲異物,晉惠帝問飢民何不食肉糜,細思之皆一理也,聊爲好事者一笑。永叔常言:“孟郊詩‘鬢邊雖有絲,不堪織寒衣’,縱使堪織,能得多少?”

梁賈説

梁民有賈于南者，七年而後返。茹杏實海藻，呼吸山川之秀，飲泉之香，食土之潔，泠泠風氣，如在其左右，朔易强化，磨去風瘤，望之蝤蠐然，蓋項領也。倦游以歸，顧視形影，日有德色，徜徉舊都，躊躇顧乎四鄰，意都之人與鄰之人，十九莫己若也。入其閨，登其堂，視其妻，反驚以走："是何怪耶？"妻勞之，則曰："何關於汝！"饋之漿，則憤不飲；舉案而飼之，則憤不食；與之語，則向墻而欷歔；披巾櫛而視之，則唾而不顧。謂其妻曰："若何足以當我？亟去之！"妻俯而怍，仰而嘆曰："聞之：居富貴者不易糟糠，有姬姜者不棄憔悴。子以無癭歸，我以有癭逐。嗚呼，癭邪！非妾婦之罪也！"妻竟出。於是賈歸家三年，鄉之人憎其行，不與婚。而土地風氣，蒸變其毛脈，啜菽飲水，動摇其肌膚，前之醜稍稍復故。於是還其室，敬相待如初。君子謂是行也，知賈之薄於禮義多矣。

居士曰：貧易主，貴易交，不常其所守，兹名教之罪人，而不知學術者，蹈而不知耻也。交戰乎利害之場，而相勝於是非之境，往往以忠臣爲敵國，孝子爲格虜，前後紛紜，何獨梁賈哉！

梁工説

梁工治丹竈有日矣。或有自三峰來，持淮南王書，欲授枕中奇秘坎離生養之法，陰陽九六之數，子女南北之位，或黄或白，生生而不窮，以是强兵，以是緒余以博施濟衆。而其始也，密室爲場，空地爲爐，外燼山木之上煮天一，壞父鼎母，養以既濟，風火絪緼，而瓦礫化生。方士未畢其説，工悦之，然以爲盡之矣。退試其術,逾月破竈,而黄金已芽矣。於是謝方士,方士曰:"子得予之方,未得究其良,知其一不知其二。余弗邀利於子,後日不成,不以相仇,則子之惠也。"工重謝之曰:"若之術殫於是矣,予固知之矣,豈若愚我者哉!"遂歌《驪駒》以遣送之。束書在於腰,長揖而去。

工日治其訣,更增益劑量,其貪婪無厭。童東山之木,汲西江之水,夜火屬月魄,晝火屬日光,操之彌勤,而其術愈疏,爲之不已。而其費滋甚,牛馬銷於鉛汞,室廬盡於鉗鍾,券土田,質妻子,蕭條襤縷,而其效不進。至老以死,終不悟。君子曰:術之不慎,學之不至者然也,非師之罪也。

居士曰:杇墻畫墁,天下之賤工,而莫不有師。問之不下,思之不熟,與無師同。其師之不至,杇墻畫墁之不若也。不至,則欺其中,亦以欺其外。欺其中者己窮,欺外者人窮。如梁工蓋自窮,亦安能窮人哉!

女　妾

賈氏五不可

晉武帝欲爲太子娶婦,衛瓘曰:"賈氏有五不可:青、黑、短、妒而無子。"竟爲群臣所譽,娶之,竟以亡晉。婦人黑白美惡,人人知之,而愛其子,欲爲娶婦,且使多子者,人人同也。然至其惑於衆口,則顛倒錯繆如此。俚語曰:"證龜成鱉。"此未足怪也。以此觀之,當云"證龜成蛇"。小人之移人也,使龜蛇易位,而况邪正之在其心，利害之在歲月後者耶！

賈婆婆薦昌朝

温成皇后乳母賈氏，宫中謂之賈婆婆。賈昌朝連結之，謂之姑姑。臺諫論其奸，吴春卿欲得其實而不可。近侍有進對者曰："近日臺諫言事，虚實相半，如賈姑姑事，豈有是哉！"上默然久之，曰："賈氏實曾薦昌朝。"（**陳仁錫眉**）誠不可掩。非吾仁宗盛德，豈肯以實語臣下耶！

石崇家婢

王敦至石崇家如厠，脱故著新，意色不怍。厠中婢曰："此客必能作賊也。"此婢能知人，而崇乃令執事厠中，殆是無所知也。（**鍾惺夾**）看得好。

賊　盗

盗不劫幸秀才酒

幸思順，金陵老儒也。皇祐中，沽酒江州，人無賢愚，皆喜之。時劫江賊方熾，有一官人艤舟酒壚下，偶與思順往來相善，思順以酒十壺餉之。已而被劫於蘄、黄間，群盗飲此酒，驚曰："此幸秀才酒邪？"官人識其意，即紿曰："僕與幸秀才親舊。"賊相顧嘆曰:"吾儕何爲劫幸老所親哉!"斂所劫還之,且戒曰:"見幸慎勿言。"思順年七十二,日行二百里,盛夏曝日中不渴,蓋嘗啖物而不飲水云。(幸一作辠。)

梁上君子

近日頗多賊,兩夜皆來入吾室。吾近護魏王葬,得數千緡,略已散去,此梁上君子當是不知耳。

夷　狄

曹瑋語王鬷元昊爲中國患

天聖中,曹瑋以節鎮定州。王鬷爲三司副使,疏决河北囚徒,至定州。瑋謂鬷曰:"君相甚貴,當爲樞密使。然吾昔爲秦州,聞德明歲使人以羊馬貨易於邊,課所獲多少爲賞罰,時將以此殺人。其子元昊年十三,諫曰:'吾本以羊馬爲國,今反以資中原,所得皆茶綵輕浮之物,適足以驕惰吾民,今又欲以此戮人。茶綵日增,羊馬日減,吾國其削乎!'乃止不戮。吾聞而異之,使人圖其形,信奇偉。若德明死,此子必爲中國患,其當君之爲樞密時乎?盍自今學兵講邊事?"(鍾惺眉)只是真心爲國,心眼自然透明。鬷雖受教,蓋亦未必信也。(鍾惺眉)鬷真庸人,古今太平時如此輩甚多。其後鬷與張觀、陳執中在樞府,元昊反,楊義上書論土兵事，上問三人，皆不知，遂皆罷之。黢之孫爲子由婿，故知之。

高　麗

昨日見泗倅陳敦固道言："胡孫作人狀，折旋俯仰中度，細觀之，其相侮慢也甚矣。人言'弄胡孫'，不知爲胡孫所弄！"其言頗有理，故爲記之。又見淮東提舉黄實言："見奉使高麗人言，所致贈作有假金銀錠，夷人皆坼壞，使露胎素，使者甚不樂。夷云：'非敢慢也，恐契丹有覘者以爲真爾。'"由此觀之，高麗所得吾賜物，契丹皆分之矣。而或者不察，謂契丹不知高麗朝我，或以爲異時可使牽制契丹，豈不誤哉！今日又見三佛齊朝貢者過泗州，官吏妓樂，紛然郊外，而椎髻獸面，睢盱船中。遂記胡孫弄人語良有理，故並記之。

高麗公案

元祐五年二月十七日，見王伯虎炳之言："昔爲樞密院禮房檢詳文字，見高麗公案。殆因張誠一使契丹，於虜帳中見高麗人，私語本國主向慕中國之意，歸而奏之，先帝始有招徠之意。樞密使李公弼因而迎合，親書劄子乞招致，遂命發運使崔極遣商人招之。"（**陳仁錫眉**）與其爲唐之伐，不若宋之招。天下知非極，而不知罪公弼。如誠一，蓋不足道也。

卷一百四

志林四十六條

古迹

鐵墓厄臺

余舊過陳州，留七十餘日，近城可游觀者無不至。柳湖旁有丘，俗謂之"鐵墓"，云陳胡公墓也，城濠水往齧其址，見有鐵錮之。又有寺曰"厄臺"，云孔子厄于陳、蔡所居者，其説荒唐，在不可信。或曰東漢陳思王寵"散弩臺"，以控黄巾者，此説爲近之。

黄州隋永安郡

昨日讀《隋書・地理志》，黄州乃永安郡。今黄州東十五里許有永安城，而俗謂之"女王城"，其説甚鄙野。而《圖經》以爲春申君故城，亦非是。春申君所都，乃故吴國，今無錫惠山上有春申廟，庶幾是乎？

漢講堂

漢時講堂今猶在，畫固儼然。丹青之古，無復前比。

記樊山

自余所居臨皋亭下，亂流而西，泊于樊山，爲樊口，或曰“燔山”，歲旱燔之，起龍致雨；或曰樊氏居之，不知孰是。其上爲盧洲，孫仲謀泛江遇大風，舵師請所之，仲謀欲往盧洲，其僕谷利以刀擬舵師，使泊樊口。遂自樊口鑿山通路歸武昌，今猶謂之“吴王峴”。有洞穴，土紫色，可以磨鏡。循山而南至寒溪寺，上有曲山，山頂即位壇、九曲亭，皆孫氏遺迹。西山寺泉水白而甘，名菩薩泉，泉所出石，如人垂手也。山下有陶母廟，陶公治武昌，既病登舟，而死于樊口。尋繹故迹，使人凄然。仲謀獵于樊口，得一豹，見老母曰：“何不逮其尾？”忽然不見。今山中有聖母廟，予十五年前過之，見彼板仿佛有“得一豹”三字，今亡矣。

赤壁洞穴

黄州守居之數百步爲赤壁，或言即周瑜破曹公處，不知果是否？斷崖壁立，江水深碧，二鶻巢其上，有二蛇，或見之。遇風浪静，輒乘小舟至其下，捨舟登岸，入徐公洞。非有洞穴也，但山崦深邃耳。《圖經》云：“是徐邈不知何時人，非魏之徐邈也。”岸多細石，往往有温瑩如玉者，深淺紅黄之色，或細紋如人手指螺紋也。既數游，得二百七十枚，大者如棗栗，小者如芡實，又得一古銅盆盛之，注水粲然。有一枚如虎豹首，在口鼻眼處,以爲群石之長。

玉　石

辨真玉

今世真玉甚少,雖金鐵不可近,須沙碾而後成者,世以爲真玉矣,然猶未也,特瑙之精者。真玉須定州磁芒所不能傷者,乃是云。問後苑老玉工,亦莫知其信否。

紅絲石

唐彦猷以青州紅絲石爲甲。或云:“惟堪作骰盆,蓋亦不見佳者。”今觀雪庵所藏,乃知前人不妄許爾。

井　河

筒井用水韛法

蜀去海遠,取鹽于井。陵州井最古,淯井、富順鹽亦久矣,惟邛州蒲江縣井,乃祥符中民王鸞所開,利入至厚。自慶曆、皇祐以來,蜀始創“筒井”,用圜刃鑿如碗大,深者數十丈,以巨竹去節,牝牡相銜爲井,以隔横入淡水,則鹹泉自上。又以竹之差小者出入井中爲桶,無底而竅其上,懸熟皮數寸,出入水中,氣自呼吸而啓閉之,一筒致水數斗。凡筒井皆用機械,利之所在,人無不知。《後漢書》有"水韛",此法惟蜀中鐵冶用之,大略似鹽井取水筒。太子賢不識,妄以意解,非也。

汴河斗門

數年前朝廷作汴河斗門以淤田,識者皆以爲不可,竟爲之,然卒亦無功。方樊山水盛時放斗門,則河田墳墓廬舍皆被害,及秋深水退而放,則淤不能厚,謂之"蒸餅淤",朝廷亦厭之而罷。偶讀白居易《甲乙判》,有云:"得轉運使以汴河水淺不通運,請築塞兩河斗門,節度使以當管營田悉在河次,在斗門築塞,無以供軍。"乃知唐時汴河兩岸皆有營田斗門,若運水不乏,即可沃灌。古有之而今不能,何也? 當更問知者。

卜　居

太行卜居

柳仲舉自共城來,摶大官米作飯食我,且言百泉之奇勝,勸我卜鄰。此心飄然已在太行之麓矣! 元祐三年九月七日,東坡居士書。

范蜀公呼我卜鄰

范蜀公呼我卜鄰許下，許下多公卿，而我蓑衣箬笠，放蕩於東坡之上，豈復能事公卿哉？若人久放浪，不覺有病，或然持養，百病皆作。如州縣久不治，因循苟簡，亦曰無事，忽遇能吏，百弊紛然，非數月不能清净也。要且堅忍不退，所謂一勞永逸也。

合江樓下戲

合江樓下，秋碧浮空，光摇几席之上，而有茅店廬屋七八間，横斜砌下。今歲大水再至，居人散避不暇。豈無寸土可遷，而乃眷眷不去，常爲人眼中沙乎？

名西閣

元豐七年冬至，過山陽，登西閣，時景繁出巡未歸。軾方乞歸常州，得請，春中方當復過此。故有閣欲名，思之未有佳者。蔡廓，謨之子也，晉、宋間第一流，輒以似公家，不知可否？

亭堂

臨皋閑題

臨皋亭下八十數步，便是大江，其半是峨嵋雪水，吾飲食沐浴皆取焉，何必歸鄉哉！江山風月，本無常主，閑者便是主人。(鍾惺夾)静者之言。聞范子豐新第園池，與此孰勝？所以不如君子，上無兩税及助役錢爾。

名容安亭

陶靖節云："倚南窗以寄傲，審容膝之易安。"故常欲作小軒，以容安名之。

陳氏草堂

慈湖陳氏草堂，瀑流出兩山間，落於堂後，如懸布崩雪，如風中絮，如群鶴舞。參寥子問主人乞此地養老，主人許之。東坡居士投名作供養主，龍丘子欲作庫頭。參寥不納，云："待汝一口吸盡此水，令汝作。"

雪堂問潘邠老

蘇子得廢園於東坡之脅，築而垣之，作堂焉，號其正曰"雪堂”。堂以大雪中爲，因繪雪於四壁之間，無容隙也。起居偃仰，環顧睥睨，無非雪者，蘇子居之，真得其所居者也。蘇子隱几而晝瞑，栩栩然若有所適，而方興也，未覺，爲物觸而寤。其適未厭也，若有失焉，以掌抵目，以足就履，曳於堂下。

客有至而問者，曰：“子世之散人耶？拘人耶？散人也而未能，拘人也而嗜欲深。今似繫馬止也，有得乎？而有失乎？”蘇子心若省而口未嘗言，徐思其應，揖而進之堂上。客曰：“嘻，是矣！子之欲爲散人而未得者也。予今告子以散人之道：夫禹之行水，庖丁之投刀，避衆礙而散其智者也。是故以至柔馳至剛，故石有時以泐；以至剛遇至柔，故未嘗見全牛也。予能散也，物固不能縛；不能散也，物固不能釋。子有惠矣，用之於内可也，今也如蝟之在囊，而時動其脊脅，見於外者不特一毛二毛而已。風不可搏，影不可捕，童子知之。名之於人，猶風之與影也，子獨留之。故愚者視而驚，智者起而軋。吾固怪子爲今日之晚也，子之遇我，幸矣！吾今邀子爲藩外之游，可乎？”蘇子曰：“予之於此，自以爲藩外久矣，子又將安之乎？”

客曰：“甚矣，子之難曉也！夫勢利不足以爲藩也，名譽不足以爲藩也，陰陽不足以爲藩也，人道不足以爲藩也，所以藩子者，特智也爾。智存諸内，發而爲言，則言有謂也，形而爲行，則行有謂也。使子欲嘿不欲嘿，欲息不欲息，如醉者之恚言，如狂者之妄行，雖掩其口，執其臂，猶且喑嗚局蹙之不已。則藩之於人，抑又固矣。人之爲患以有身，身之爲患以有心。是圃之構堂，將以佚子之身也，是堂之繪雪，將以佚子之心也。身待堂而安，則形固不能釋，心以雪而警，則神固不能凝。子之知既焚而燼矣，燼又復然，則是堂之作也，非徒無益，而又重子蔽蒙也。子見雪之白乎？則恍然而目眩。子見雪之寒乎？則竦然而毛起。五官之爲害，惟目爲甚，故聖人不爲。雪乎雪乎，吾見子知爲目也，子其殆矣！"

客又舉杖而指諸壁，曰："此凹也，此凸也。方雪之雜下也，均矣，厲風過焉，則凹者留而凸者散。天豈私於凹凸哉？勢使然也。勢之所在，天且不能違，而況於人乎！子之居此，雖遠人也，而圃有是堂，堂有是名，實礙人耳，不猶雪之在凹者乎？"蘇子曰："予之所爲，適然而已，豈有心哉？殆也，奈何？"客曰："子之適然也？適有雨，則將繪以雨乎？適有風，則將繪以風乎？雨不可繪也，觀雲氣之洶涌，則使子有怒心；風不可繪也，見草木之披靡，則使子有懼意。睹是雪也，子之内亦不能無動矣。苟有動焉，丹青之有靡麗，冰雪之有水石，一也。德有心，心有眼，物之所襲，豈有異哉！"

蘇子曰："子之所言是也，敢不聞命？然未盡也，予不能默，此正如與人訟者，其理雖已屈，猶未能絶辭者也。子以爲登春臺與入雪堂，有以異乎？以雪觀春，則雪爲静，以臺觀堂，則堂爲静。静則得，動則失。黄帝，古之神也，游乎赤水之北，登乎昆侖之丘，南望而還，遺其玄珠焉。游以適意也，望以寓情也，意適於游，情寓於望，則意暢情出而忘其本矣，雖有良貴，豈得而寶哉？是以不免有遺珠之失也。雖然，意不久留，情不再至，必復其初而已矣，是又驚其遺而索之也。余之此堂，追其遠者近之，收其近者内之，求之眉睫之間，是有八荒之趣。人而有知也，升是堂者，將見其不溯而僾，不寒而慄，凄凜其肌膚，洗滌其煩鬱，既無炙手之譏，又免飲冰之疾。彼其趑趄利害之徒，倡狂憂患之域者，何異探湯執熱之俟濯乎？子之所言者，上也；余之所言者，下也。我將能爲子之所爲，而子不能爲我之爲矣。譬之厭膏粱者與之糟糠，則必有忿詞；衣文繡者被之以皮弁，則必有愧色。子之於道，膏粱文繡之謂也，得其上者耳。我以子爲師，子以我爲資，猶人之於衣食，缺一不可。將其與子游，今日之事姑置之以待後論，予且爲子作歌以道之。”歌曰：

雪堂之前後兮春草齊，雪堂之左右兮斜徑微。雪堂之上兮有碩人之頎頎，考盤於此兮芒鞋而葛衣。挹清泉兮，抱甕而忘其機；負頃筐兮，行歌而采薇。吾不知五十九年之非而今日之是，又不知五十九年之是而今日之非，吾不知天地之大也寒暑之變，悟昔日之癯而今日之肥。感子之言兮，始也抑吾之縱而鞭吾之口，終也釋吾之縛而脱吾之羈。是堂之作也，吾非取雪之勢，而取雪之意；吾非逃世之事，而逃世之機。吾不知雪之爲可觀賞，吾不知世之爲可依違。性之便，意之適，不在於他，在於群息已動，大明既升，吾方輾轉一觀曉隙之塵飛。子不棄兮，我其子歸！

客忻然而笑，唯然而出，蘇子隨之。客顧而頷之曰：“有若人哉！”

人　物

堯舜之事

夫學者載籍極博，猶考信於六藝。《詩》《書》雖闕，然虞、夏之文可知也。堯將遜位，讓於虞舜，舜、禹之間，岳牧咸薦，乃試之於位，典職數十年，功用既興，然後授政。示天下重器，王者大統，傳天下若斯之難也。而説者曰堯讓天下於許由，由不受，耻之，逃隱。及夏之時，有卞隨、務光者。此何以稱焉？東坡先生曰：士有以簞食豆羹見於色者。自吾觀之，亦不信也。

論漢高祖羹頡侯事

高祖微時，嘗避事，時時與賓客過其丘嫂食。嫂厭叔與客來，陽爲羹盡轉釜，客以故去。已而視其釜中有羹，由是怨嫂。及立齊、代王，而伯子獨不侯。太上皇以爲言，高祖曰："非敢忘之也，爲其母不長者。"封其子信爲羹頡侯。高祖號爲大度不記人過者，然不置轉釜之怨，獨不畏太上皇緣此記分杯之語乎？（轉釜一作轑。）

武帝踞厠見衛青

漢武帝無道，無足觀者，惟踞厠見衛青，不冠不見汲長孺，爲可佳耳。若青奴才，雅宜舐痔，踞厠見之，正其宜也。

元孝詔與論語孝經小異

楚孝王囂疾，成帝詔云："夫子所痛，'蔑之，命矣夫'！"東平王不得於太后，元帝詔曰："諸侯在位不驕，然後富貴離其身，而社稷可保。"皆與今《論語》《孝經》小異。離，附離也，今作"不離於身"，疑爲俗儒所增也。

跋李主詞

"三十餘年家國，數千里地山河，幾曾慣干戈？一旦歸爲臣虜，沈腰潘鬢消磨。最是倉惶辭廟日，教坊猶奏别離歌，揮淚對宫娥。"後主既爲樊若水所賣，舉國與人，故當慟哭於九廟之外，謝其民而後行，顧乃揮淚宫娥，聽教坊離曲！(**跋陳後主詞**。)

真宗仁宗之信任

真宗時，或薦梅詢可用者，上曰："李沆嘗言其非君子。"時沆之没，蓋二十餘年矣。歐陽文忠公嘗問蘇子容曰："宰相没二十年，能使人主追信其言，以何道?"子容言："獨以無心，故爾。"(**鍾惺眉**)格君心之非，全在此二字。軾因贊其語，且言："陳執中俗吏耳，持至公猶能取信主上，况如李公之才識，而濟之以無心耶!"時元祐三年興龍節，賜宴尚書省，論此。是日，又見王鞏云其父仲儀言："陳執中罷相，仁宗問：'誰可代卿者?'執中舉吴育，上即召赴闕。會乾元節侍宴，偶醉坐睡，忽驚顧拊床呼其從者。上愕然，即除西京留臺。"以此觀之，執中雖俗吏，亦可賢也。育之不相，命矣夫！然晚節有心疾，亦難大用，仁宗非棄材之主也。

孔子誅少正卯

孔子爲魯司寇七日而誅少正卯，或以爲太速。此叟蓋自知其頭方命薄，必不久在相位，故汲汲及其未去發之。使更遲疑兩三日，已爲少正卯所圖矣。

戲書顔回事

顔回簞食瓢飲，其爲造物者費亦省矣，然且不免於夭折。

使回更吃得兩簞食半瓢飲,當更不活得二十九歲?然造物者輒支盜跖兩日禄料,足爲回七十年糧矣,但恐回不要耳。

辨荀卿言青出於藍

荀卿云:“青出於藍而青於藍,冰生於水而寒於水。”世之言弟子勝師者,輒以此爲口實,此無異夢中語!青即藍也,冰即水也。釀米爲酒,殺羊豕以爲膳羞,曰:“酒甘於米,膳羞美於羊。”雖兒童必笑之,而荀卿以是爲辨,信其醉夢顛倒之言!以至論人之性,皆此類也。

顔蠋巧於安貧

顔蠋與齊王游,食必太牢,出必乘車,妻子衣服麗都。蠋辭去,曰:“玉生於山,制則破焉,非不寶貴也,然而太璞不完。士生於鄙野,推選則禄焉,非不尊遂也,然而形神不全。蠋願得歸,晚食以當肉,安步以當車,無罪以當貴,清静貞正以自娱。”嗟乎!戰國之士未有如魯連、顔蠋之賢者也,然而未聞道也。晚食以當肉,安步以當車,是猶有意於肉於車也。晚食自美,安步自適,取其美與適足矣,何以當肉與車爲哉!雖然,蠋可謂巧於居貧者也。未飢而食,雖八珍猶草木也;使草木如八珍,惟晚食爲然。蠋固巧矣,然非我之久於貧,不能知蠋之巧也。

張儀欺楚商於地

張儀欺楚王以商於之地六百里,既而曰:“臣有奉邑六里。”

此與兒戲無異,天下無不疾張子之詐而笑楚王之愚也,夫六百里豈足道哉!而張又非楚之臣,爲秦謀耳,何足深過?若後世之臣欺其君者,曰:“行吾言,天下舉安,四夷畢服,禮樂興而刑罰措。”其君之所欲得者,非特欲六百里也,而卒無絲毫之獲,豈特無所獲,喪已不勝言矣。則其所以事君者,乃不如張儀之事楚。因讀《晁錯論》,書此。

趙堯設計代周昌

方與公謂周昌之吏趙堯年雖少,奇士,“君必異之,且代君”。昌笑曰:“堯,刀筆吏爾,何至是!”居頃之,堯説高祖爲趙王貴强相,獨周昌爲可。高祖用其策,堯竟代昌爲御史大夫。吕后殺趙王,昌亦無能爲,特謝病不朝爾。由此觀之,堯特爲此計代昌爾,安能爲高祖謀哉!吕后怨堯爲此計,亦抵堯罪。堯非特不能爲高祖謀,其自爲謀亦不善矣,昌謂之刀筆吏,豈誣也哉!

黄霸以鶡爲神爵

吾先君友人史經臣彦輔,豪偉人也,嘗言:“黄霸本尚教化,庶幾於富,而教之者乃復用烏攫小數,陋哉!潁川鳳皇,蓋可疑也,霸以鶡爲神爵,不知潁川之鳳以何物爲之?”雖近於戲,亦有理也。

王嘉輕減法律事見梁統傳

漢仍秦法,至重。高、惠固非虐主,然習所見以爲常,不知其重也，至孝文始罷肉刑與參夷之誅。景帝復孥戮晁錯，武帝罪戾有增無損，宣帝治尚嚴，因武之舊。至王嘉爲相，始輕減法律，遂至東京，因而不改。班固不記其事，事見《梁統傳》，固可謂疏略矣。嘉，賢相也，輕刑，又其盛德之事，可不記乎？統乃言高、惠、文、景以重法興，哀、平以輕法衰，因上書乞增重法律，賴當時不從其議。此如人年少時不節酒色而安，老後雖節而病，見此便謂酒可以延年，可乎？（**陳仁錫眉**）如揭白日。統亦東京名臣，一出此言，遂獲罪於天，其子松、竦皆以非命而死，冀卒滅族。嗚呼，悲夫，戒哉！"疏而不漏"，可不懼乎？

李邦直言周瑜

李邦直言：周瑜二十四經略中原，今吾四十，但多睡善飯，賢愚相遠。如叔安上言，吾子似快活，未知孰賢與否？

朱勃遜之

與朱勃遜之會議於潁，或言洛人善接花，歲出新枝，而菊品尤多。遜之曰："菊當以黄爲正，餘可鄙也。"昔叔向聞鬷蔑一言，得其爲人，予於遜之亦云然。

【彙評】

王聖俞：居然端人。

劉聰吴中高士二事

劉聰聞當爲須遮國王，則不復懼死，人之愛富貴，有甚於生者。月犯少微,吴中高士求死不得,人之好名,有甚於生者。

郗超出與桓温密謀書以解父

郗超雖爲桓温腹心,以其父愔忠於王室,不知之。將死,出一箱付門生,曰:"本欲焚之,恐公年尊,必以相傷爲斃。我死後,公若大損眠食,可呈此箱,不爾便燒之。"愔後果哀悼成疾,門生依指呈之,則悉與温往反密計。愔大怒,曰:"小子死晚矣!"更不復哭矣。若方回者,可謂忠臣矣,當與石碏比。然超謂之不孝,可乎? 使超知君子之孝,則不從温矣。東坡先生曰:超,小人之孝也。

論桓範陳宫

司馬懿討曹爽,桓範往奔之。懿謂蔣濟曰:"智囊往矣!"濟曰:"範則智矣,駑馬戀棧豆,必不能用也。"範説爽移車駕幸許昌,招外兵,爽不從。範曰:"所憂在兵食,而大司農印在吾許。"爽不能用。陳宫、吕布既擒,曹操謂宫曰:"公臺平生自謂智有餘,今日何如?"宫曰:"此子不用宫言,不然,未可知也!"僕嘗論此二人:吕布、曹爽,何人也? 而爲之用,尚何言知! 臧武仲曰:"抑君似鼠,此之謂智。"元祐三年九月十八日書。

録温嶠問郭文語

温嶠問郭文曰:"人皆有六親相容,先生棄之,何樂?"文曰:"李行學道,不謂遭世亂,欲歸無路耳。"又曰:"飢思食,壯思室,自然之理,先生獨無情乎?”曰:“情由憶生,不憶故無情。”又問:“先生獨處窮山,死爲烏鳶所食,奈何?”曰:“埋藏者食於螻蟻,復何異?”又問:“猛虎害人,先生獨不畏耶?”曰:“人無害獸心,則獸亦不害人。”又問:“世不寧則身不安,先生不出濟世乎?”曰:“非野人之所知也。”予嘗監錢塘郡,游餘杭九鎮山,訪大滌洞天,即郭生之舊隱。洞大,有巨壑,深不可測,蓋嘗有勑使投龍簡云。戊寅九月七日書。(李行一作季行。)

劉伯倫

劉伯倫常以鍤自隨,曰:“死即埋我。”蘇子曰,伯倫非達者也,棺槨衣衾,不害爲達。苟爲不然,死則已矣,何必更埋!

房琯陳濤斜事

房次律敗於陳濤斜,殺四萬人,悲哉!世之言兵者,或取《通典》,《通典》雖杜佑所集,然其源出於劉秩。陳濤之敗,秩有力焉。次律云:“曳洛河雖多,安能當我劉秩!”(錢夾)番人種類名目也。區區之辨以待曳洛河,疏矣。

張華鷦鷯賦

阮籍見張華《鷦鷯賦》,嘆曰:“此王佐才也!”觀其意,獨欲自全於禍福之間耳,何足爲王佐乎?華不從劉卞言,竟與賈氏之禍,畏八王之難,而不免倫、秀之虐。此正求全之過,失《鷦鷯》之本意。

王濟王愷

王濟以人乳蒸豚，王愷使妓吹笛，小失聲韻便殺之，使美人飲酒，客飲不盡，亦殺之。時武帝在也，而貴戚敢如此，知晉室之亂也久矣。

王夷甫

王夷甫既降石勒，自解無罪，且勸僭號。其女惠風爲愍懷太子妃，劉曜陷洛，以惠風賜其將高鬣。將妻之，惠風杖劍大駡而死。乃知王夷甫之死，非獨慚見晉公卿，乃當羞見其女也。

衛瓘欲廢晉惠帝

晉惠帝爲太子，衛瓘欲陳啓廢立之策而未敢發。會燕淩雲臺，瓘托醉跪帝前，曰："臣欲有所啓。"欲言之而止者三，因拊床曰："此坐可惜！"帝意乃悟，曰："公真大醉。"賈后由是怨之。此何等語，乃於衆中言之，豈所謂"不密失身"者耶？以瓘之智，不宜暗此，殆鄧艾之冤，天奪其魄爾。（魄或作識。）

裴頠對武帝

晉武帝探策，豈亦如籤也耶？惠帝不肖，得一，蓋神以實告。裴頠諂對，士君子耻之，而史以爲美談，鄙哉！惠、懷、愍皆不終，牛繫馬後，豈及亡乎！

劉凝之沈麟士

《南史》:劉凝之爲人認所著履,即與之,此人後得所失履,送還,不肯復取。又沈麟士亦爲鄰人認所著履,麟士笑曰:"是卿履耶?"即與之。鄰人得所失履,送還,麟士曰:"非卿履耶?"笑而受之。此雖小事,然處事當如麟士,不當如凝之也。

柳宗元敢爲誕妄

柳宗元敢爲誕妄,居之不疑。吕温爲道州、衡州,及死,二州之人哭之逾月,客舟之過於此者,必呱呱然。雖子産不至此,温何以得之!其稱温之弟恭亦賢豪絶人者,又云恭之妻裴延齡之女也。孰有士君子肯爲裴延齡婿者乎?柳宗元與伾、叔文交,蓋亦不差於延齡姻也。恭爲延齡婿不見於史,宜表而出之,見宗元文集恭墓誌云。

卷一百五

志林十三條

（**儲欣眉**）公萬里投荒，讀書著文不輟，所著顔曰《志林》，學者所稱海外文字也。公海外文字不知凡幾，而載於全集者十三篇，余録十一篇。

論　古

武王非聖人

（**王浚川旁**）通篇看他無中生有。（**茅鹿門夾**）通篇將無作有，轉輾不窮，大略從戰國辯口中來。○此是東坡議論文中滑稽也。（**李卓吾眉**）按此非坡老創論也，唐牛僧孺曰：不得已而有天下曰仁，得已而有天下曰利。善畏其利，善决其仁，皆聖人也。聖人視斯民，猶襁褓在焚溺，無不挈者。然則挈而授其家乎？將遂挈而有之乎？彼家無人而有之，不得已而仁矣。家有人而有之，則得已而利矣。夏無人也，湯有以决其仁；殷有人也，文王則深畏其利。前賢明湯意，故無伯夷；後聖明文王之意，故曰周可謂至德。坡公敢非武王者，蓋本之此，而牛論更爲妥當。（**錢文登眉**）文有筆力，而前面虚引作證，後面突入武庚，俱係匠心國手。特其深非武王過,予文若義理未當。

武王克殷,以殷遺民封紂子武庚禄父,使其弟管叔鮮、蔡叔度相禄父治殷。武王崩,禄父與管、蔡作亂,成王命周公誅之,而立微子於宋。

蘇子曰:武王非聖人也。(**茅鹿門夾**)一句斷。(**李卓吾夾**)大膽且喝破。(**儲欣夾**)潑膽。昔孔子蓋罪湯、武,(**儲欣夾**)膽恃此而壯。顧自以爲殷之子孫而周人也,(**茅鹿門夾**)將無作有。故不敢,然數致意焉,曰:"大哉,巍巍乎,堯、舜也!禹,吾無間然。"其不足於湯、武也亦明矣,(**茅鹿門夾**)虚證。曰:"武盡美矣,未盡善也。"又曰:"三分天下有其二,以服事殷,周之德,其可謂至德也已矣。"伯夷、叔齊之於武王也,蓋謂之弑君,至耻之不食其粟,而孔子予之,其罪武王也甚矣。(**茅鹿門夾**)虚證。此孔氏之家法也。世之君子苟自孔氏,必守此法。國之存亡,民之死生,將於是乎在,其孰敢不嚴?而孟軻始亂之,曰:"吾聞武王誅獨夫紂,未聞弑君也。"自是學者以湯、武爲聖人之正若當然者,皆孔氏之罪人也。使當時有良史如董狐者,南巢之事必以叛書,牧野之事必以弑書。而湯、武仁人也,必將爲法受惡。周公作《無逸》曰:"殷王中宗,及高宗,及祖甲,及我周文王,兹四人迪哲。"(**茅鹿門夾**)此一轉從《春秋》"趙盾弑君"來,無中生有。(**儲欣夾**)此詞尤奇。上不及湯,下不及武王,亦以是哉?

文王之時,諸侯不求而自至,(**茅鹿門夾**)分。是以受命稱王,行天子之事,周之王不王,不計紂之存亡也。(**茅鹿門眉**)文王之王由武王定天下後追稱之,抑何嘗行天子之事?(**李卓吾眉**)其伐崇勘黎,皆奉商王、西伯之命而專征耳,不然何以爲文王?(**儲欣眉**)歐陽子之辨得矣,何故不取。使文王在,必不伐紂,紂不見伐而以考終,或死於亂,殷人立君以事周,命爲二王後以祀殷,君臣之道,豈不兩全也哉!(**儲欣夾**)大鶻突。(**茅鹿門夾**)此段處分未當。武王觀兵於孟津而歸,紂若改過,否則殷人改立君,武王之待殷亦若是而已矣。天下無王,有聖人者出而天下歸之,聖人所以不得辭也。而以兵取之,而放之,而殺之,可乎?漢末大亂,豪傑並起。(**儲欣夾**)推論漢末支離,牽强。(**茅鹿門夾**)分。荀文若,聖人之徒也,以爲非曹操莫與定海内,故起而佐之。所以與操謀者,皆王者之事也,文若豈教操反者哉?以仁義救天下,天下既平,神器自至,將不得已而受之,不至不取也,此文王之道,文若之心也。(**茅鹿門夾**)合。及操謀九錫,則文若死之,故吾嘗以文若爲聖人之徒者,以其才似張子房而道似伯夷也。(**茅鹿門眉**)截然兩段却接得無痕迹。

殺其父,封其子,其子非人也則可,使其子而果人也,則必死之。(**高啓夾**)陡接。(**儲欣夾**)忽收。楚人將殺令尹子南,子南之子棄疾爲王馭士,王泣而告之。既殺子南,其徒曰:"行乎?"曰:"吾與殺吾父,行將焉入?""然則臣王乎?"曰:"棄父事仇,吾弗忍也!"遂縊而死。武王親以黄鉞誅紂,使武庚受封而不叛,豈復人也哉?故武庚之必叛,不待智者而後知也。武王之封,蓋亦有不得已焉耳。殷有天下六百年,賢聖之君六七作,紂雖無道,其故家遺民未盡滅也。三分天下有其二,殷不伐周,而周伐之。誅其君,夷其社稷,諸侯必有不悦者,(**茅鹿門夾**)又是無中生有。故封武庚以慰之,此豈武之意哉?(**茅鹿門夾**)劊子手。(**李卓吾眉**)此固近之矣,微子之封則又謂何?故曰:武王非聖人也。(**茅鹿門夾**)結起案。(**李卓吾眉**)末只用一句結起案。

【彙評】

茅鹿門:子瞻之論武王,雖非天下萬世之公,而其援孔子之所與以見其所欲罪，援《書》之所及以見其所不及，又以《春秋》所書趙盾者以案武王，亦成一家縱横之言。獨其所稱荀文若一節，似迂且僻矣。文若佐操，只是挾天子而令諸侯，何得稱王者之事？操之篡漢，固其始事本謀，何得直遲之以謀九錫？

鄭之惠：折倒一大聖、一大賢，談何容易，全賴周、孔作證據耳。篇法自黄叔度傳來。

儲欣：湯武革命，順乎天而應乎人，孔子繫《易》，有定論矣，曷嘗幾微不滿於二王哉？特以前段巧於附會，無中生有，以伸其私説而録之。

王芑孫：放論無忌憚一至於此。○奇創處亦如朱子《論元章書》，所謂不妨痛快者也。

周東遷失計

（**高啓旁**）分明是南渡一斷案。（**陸少石眉**）此文類韓《諱辨》，非蘇氏平日筆意。（**茅鹿門旁**）此文類韓《諱辨》，非蘇氏平日筆意。分明是南渡一斷案。

太史公曰："學者皆稱周伐紂，居洛邑。"其實不然。武王營之，成王使召公卜居九鼎焉，而周復都豐、鎬。至犬戎敗幽王，周乃東徙於洛。

蘇子曰：周之失計，未有如東遷之繆者也。（**唐荆川眉**）開口喝破。自平王至於亡，非有大無道者也。頴王（**即靈王**）之神聖，諸侯服享，然終以不振，則東遷之過也。昔武王克商，遷九鼎於洛邑，成王、周公復增營之，周公既没，蓋君陳、畢公更居焉，以重王室而已，非有意於遷也。周公欲葬成周，而成王葬之畢，此豈有意於遷哉？（**唐荆川眉**）中間援古事甚詳，而條次整然。（**茅鹿

門眉)此亦是將無作有處。今夫富民之家,所以遺其子孫者,田宅而已。不幸而有敗,至於乞假以生可也,然終不可議田宅。(**茅鹿門眉**)一譬收上就起下波瀾。今平王舉文、武、成、康之業而大棄之,此一敗而鬻田宅者也。夏、商之王,皆五六百年,其先王之德無以過周,而後王之敗亦不減幽、厲,然至於桀、紂而後亡。其未亡也,天下宗之,不如東周之名存而實亡也。是何也?則不鬻田宅之效也。

盤庚之遷也,復殷之舊也。(**錢文登眉**)以下二千年遷國事,錯落而辨。古公遷于岐,方是時,周人如狄人也,逐水草而居,豈所難哉?(**茅鹿門夾**)曲爲回護支吾。衛文公東徙渡河,恃齊而存耳。齊遷臨菑,晉遷于絳、于新田,皆其盛時,非有所畏也。(**唐荆川夾**)雖遷無害,却是不由避寇。其餘避寇而遷都,未有不亡;雖不即亡,未有能復振者也。

春秋時楚大饑,群蠻叛之,申、息之北門不啓。楚人謀徙于阪高,蔿賈曰:"不可。我能往,寇亦能往。"於是乎以秦人巴人滅庸,而楚始大。(**唐荆川夾**)寇難不肯遷都,是爲得計。蘇峻之亂,晉幾亡矣,宗廟宮室盡爲灰燼。温嶠欲遷都豫章,三吴之豪欲遷會稽,將從之矣,獨王導不可,曰:"金陵,王者之都也。王者不以豐儉移都,若弘衛文大帛之冠,何適而不可?不然,雖樂土爲墟矣。且北寇方强,一旦示弱,竄於蠻越,望實皆喪矣!"乃不果遷,而晉復安。賢哉導也,可謂能定大事矣!(**茅鹿門眉**)子瞻引楚晉之不遷都一著證周之失,却爲確論。而宋之南渡,即弱。本朝土木之變,徐有貞亦蹈温嶠輩故智矣,而於肅愍獨不肯,未幾尋定。嗟夫,平王之初,周雖不如楚强,顧不愈於東晉之微乎?(**茅鹿門夾**)結上兩段。使平王有一王導,定不遷之計,收豐、鎬之遺民,修文、武、成、康之政,以形勢臨東諸侯,齊、晉雖强,未敢貳也,而秦何自霸哉？魏惠王畏秦，遷于大梁；楚昭王畏吴，遷于郢；頃襄王畏秦，遷于陳；考烈王畏秦，遷于壽春：皆不復振，有亡徵焉。東漢之末，董卓劫帝遷于長安，漢遂以亡。近世李景遷于豫章，亦亡。故曰：周之失計，未有如東遷之繆者也。（**唐荆川眉**）畏寇遷都，是爲失計。

【彙評】

茅鹿門：予覽此文，以"遷"之一字爲案。以無畏而遷者五，以有畏而不果遷者二，以畏而遷者六，共十三國。以錯證存亡處，如一綫矣。

鄭之惠：要折倒大聖賢，非得周、孔作證不可，是作論法。

儲欣：並南宋百五十年小朝廷侮辱，公亦若燭照而數計也，異哉！或謂勢可以不遷而遷者，周平也；勢不可不遷而遷者，宋高也。嗟乎！使果不可不遷也，當目京師已破，宗留守何累表而請還；南陽議幸，李相國何慷慨而拜疏。觀留守且死，大呼渡河。而宋非不可不遷，章章明矣。史載高宗置先生文集于左右，披覽循環，而於此論若未嘗寓目者，又何慨也。

王芑孫：公生平讀史，每作一遍求之，故能貫穿若此。

秦拙取楚（茅鹿門旁）議確。

秦始皇帝十八年，取韓；二十二年，取魏；二十五年，取趙、取楚；二十六年，取燕、取齊，初併天下。

蘇子曰：秦併天下，非有道也，特巧耳，非幸也。然吾以爲巧於取齊而拙于取楚，其不敗于楚者，幸也。（**儲欣夾**）一句一轉。嗚乎！秦之巧，亦創智伯而已。（**茅鹿門夾**）奇。魏、韓肘足接而智伯死，秦知創智伯而諸侯終不知師韓、魏，秦併天下，不亦宜乎！(**茅鹿門夾**)引證切。

齊湣王死，法章立，君王后佐之，秦猶伐齊也。法章死，王建立六年而秦攻趙，齊、楚救之，趙乏食，請粟於齊，而齊不予。秦遂圍邯鄲，幾亡趙。趙雖未亡，而齊之亡形成矣。秦人知之，故不加兵於齊者四十餘年。夫以法章之才而秦伐之，建之不才而秦不伐，何也？(**茅鹿門夾**)抽出分别。太史公曰："君王后事秦謹，故不被兵。"

夫秦欲併天下耳，豈以謹故置齊也哉！吾故曰"巧於取齊"者，所以慰齊之心而解三晉之交也。齊、秦不兩立，秦未嘗須臾忘齊也，而四十餘年不加兵者，豈其情乎？(**茅鹿門眉**)秦之不加兵於齊，即范雎遠交近攻之策，宋祖之所以不王太原，與我太祖之所以先取僞漢而緩張士誠，皆所爲識先後着。齊人不悟而與秦合，故秦得以其間取三晉。三晉亡，齊蓋岌岌矣。方是時，猶有楚與燕也，三國合，猶足以拒秦。(**茅鹿門夾**)又進一步。秦大出兵伐楚伐燕而齊不救，故二國亡，而齊亦虜不閲歲：如晉取虞、虢也，可不謂巧乎！二國既滅，齊乃發兵守西界，不通秦使。嗚呼，亦晚矣！(**鍾惺夾**)從古庸人如此。

秦初遣李信以二十萬人取楚，(**鍾惺夾**)接得無迹。不克，乃使王翦以六十萬攻之，蓋空國而戰也。使齊有中主具臣知亡之無日，(**鍾惺夾**)又入齊，妙。而掃境以伐秦，以久安之齊而入厭兵空虚之秦，覆秦如反掌也。吾故曰"拙于取楚"。(**儲欣眉**)取楚之拙，即在不忌齊，環互。妙，妙。然則奈何？(**鍾惺夾**)暇甚。曰："古之取國者必有數，如取齠齒也，必以漸，故齒脱而兒不知。"今秦易楚，以爲齠齒也，可拔，遂抉其口，一拔而取之，兒必傷，吾指必齧。故秦之不亡者，幸也，非數也。吴爲三軍迭出以肄楚，三年而入郢。晉之平吴，隋之平陳，皆以是物也。惟苻堅不然，(**鍾

惺夾)變中又變。使堅知出此,以百倍之衆,爲迭出之計,雖韓、白不能支,而況謝玄、牢之之流乎!(**儲欣夾**)此論最當。吾以是知二秦之一律也:始皇幸,勝;而堅不幸耳。(**鍾惺夾**)結得净。(**茅鹿門眉**)引入苻堅一段作結,極奇。

【彙評】

王芑孫:天將以郡縣易封建,開二三千年一統之局,夫豈復智力之所能,而人事之所可咎哉?

鍾惺:藏露處變變整整,盡文之情。

秦廢封建

秦初并天下,丞相綰等言:"燕、齊、荆地遠,不置王無以鎮之,請立諸子。"始皇下其議,群臣皆以爲便。廷尉斯曰:"周文、武所封子弟同姓甚衆,然後屬疏遠,相攻擊如仇讎,諸侯更相誅伐,天子不能禁止。今海内賴陛下神靈一統,皆爲郡縣,諸子功臣以公賦税重賞賜之,甚足易制。天下無異意,則安寧之術也,置諸侯不便。"始皇曰:"天下共苦戰鬥不休,以有侯王。賴宗廟天下初定,又復立國,是樹兵也,求其寧息,豈不難哉!廷尉議是。"分天下爲三十六郡,郡置守、尉、監。

蘇子曰:聖人不能爲時,亦不失時。時非聖人之所能爲也,能不失時而已。(**茅鹿門眉**)提此二句一篇統紀。三代之興,(**茅鹿門夾**)輕。諸侯無罪不可奪削,(**鍾惺夾**)"無罪"透。因而君之雖欲罷侯置守,(**鍾惺夾**)"因而"又透。可得乎?(**茅鹿門眉**)陰篡柳子厚之論。此所謂不能爲時者也。(**茅鹿門夾**)輕。周衰,(**茅鹿門夾**)重。諸侯相并,齊、晉、秦、楚皆千餘里,其勢足以建侯樹屏。至于七國皆稱王,行天子之事,然終不封諸侯,不立强家世卿者,以魯三桓、晉六卿、齊田氏爲戒也。(**茅鹿門夾**)重。久矣,世之畏諸侯之禍也,非獨李斯、始皇知之。(**茅鹿門夾**)奇。始皇既并天下,分郡邑,置守宰,理固當然,如冬裘夏葛,時之所宜,非人之私智獨見也,所謂不失時者,而學士大夫多非之。漢高帝欲立六國後,張子房以爲不可,世未有非之者,李斯之論與子房何異? 世特以成敗爲是非耳。(**鍾惺夾**)透極。高帝聞子房之言,吐哺駡酈生,知諸侯之不可復,明矣。(**茅鹿門夾**)轉不窮。然卒王韓、彭、英、盧,豈獨高帝,子房亦與焉。(**茅鹿門夾**)有力。故柳宗元曰:“封建非聖人意也,勢也。”

昔之論封建者,曹元首、陸機、劉頌,及唐太宗時魏徵、李百藥、顔師古,其後有劉秩、杜佑、柳宗元。宗元之論出,而諸子之論廢矣,雖聖人復起,不能易也。故吾取其説而附益之,(**茅鹿門眉**)不用子厚舊意,却入骨。曰:凡有血氣必争,争必以利,利莫大於封建。封建者,争之端而亂之始也。自書契以來,臣弑其君,子弑其父,父子兄弟相賊殺,有不出於襲封而争位者乎? 自三代聖人以禮樂教化天下,至刑措不用,然終不能已篡弑之禍。至漢以來,君臣父子相賊虐者,皆諸侯王子孫,其餘卿大夫不世襲者,蓋未嘗有也。(**茅鹿門夾**)難得倒。近世無復封建,則此禍幾絶。仁人君子,忍復開之歟? 故吾以爲李斯、始皇之言,柳宗元之論,當爲萬世法也。

【彙評】

鍾惺:先王立法,未有久而不敝者,不恃其無敝,恃敝而有以救之,“損益”二字正救之之道。所謂“窮則變,變則通”也,其或繼周者,雖百世可知也。如變封建而郡縣,是即其一事矣。

論子胥種蠡

(茅鹿門旁)文如酷吏,雖蠡亦何辭。

越既滅吴,范蠡以爲句踐爲人長頸鳥喙,可與共患難,不可與共逸樂,乃以其私徒屬浮海而行,至於齊。以書遺大夫種曰:"蜚鳥盡,良弓藏,狡兔死,走狗烹。子可以去矣!"

蘇子曰:范蠡獨知相其君而已,以吾相蠡,蠡亦鳥喙也。夫好貨,天下之賤士也,以蠡之賢,豈聚斂積財者?何至耕於海濱,父子力作,以營千金,屢散而復積,此何爲者哉?豈非才有餘而道不足,故功成名遂身退,而心終不能自放者乎?使句踐有大度,能始終用蠡,蠡亦非清净無爲而老於越者也,故曰"蠡亦鳥喙也"。魯仲連既退秦軍,平原君欲封連,以千金爲壽。(茅鹿門夾)引證却好。笑曰:"所貴於天下士者,爲人排難解紛而無所取也。即有取,是商賈之事,連不忍爲也。"遂去,終身不復見,逃隱於海上。曰:"吾與富貴而詘於人,寧貧賤而輕世肆志焉!"使范蠡之去如魯連,則去聖人不遠矣。嗚呼,春秋以來,用捨進退未有如蠡之全者,而不足於此,吾以是累嘆而深悲焉。(茅鹿門夾)此處又放一步。子胥、種、蠡皆人傑,而揚雄,曲士也,(茅鹿門夾)牽連。欲以區區之學疵瑕此三人者:以三諫不去、鞭屍籍館爲子胥之罪,以不强諫句踐而棲之會稽爲種、蠡之過。雄聞古有三諫當去之説,即欲以律天下士,豈不陋哉!三諫而去,爲人臣交淺者言也,如宫之奇、洩冶乃可耳。至如子胥,吴之宗臣,與國存亡者也,去將安往哉?百諫不聽,繼之以死可也。孔子去魯,未嘗一諫,又安用三?父不受誅,子復讎,禮也。生則斬首,死則鞭屍,發其至痛,無所擇也。是以昔之君子皆哀而恕之,雄獨非人子乎?至於籍館,闔閭與群臣之罪,非子胥意也。句踐困於會稽,乃能用二子,若先戰而强諫以死之,則雄又當以子胥之罪罪之矣。此皆兒童之見,無足論者,不忍三子之見誣,故爲之言。

論魯三桓

(**茅鹿門旁**)孔子之所以聖,不盡於用魯。而子瞻於孔子之用魯,已見得分明。

魯定公十三年,孔子言於公曰:"臣無藏甲,大夫無百雉之城。"使仲由爲季氏宰,將墮三都。於是叔孫氏先墮郈。季氏將墮費,公山不狃、叔孫輒率費人襲公。公與三子入于季氏之宫,孔子命申句須、樂頎下伐之,費人北,二子奔齊,遂墮費。將墮成,公斂處父以成叛,公圍成,弗克。或曰:"殆哉,孔子之爲政也,亦危而難成矣!"孔融曰:"古者王畿千里,寰内不封建諸侯。"曹操疑其論建漸廣,遂殺融。融特言之耳,安能爲哉?操以爲天子有千里之畿,將不利己,故殺之不旋踵。季氏親逐昭公,公死於外,從公者皆不敢入,雖子家羈亦亡。季氏之忌刻忮害如此,雖地勢不及曹氏,然君臣相猜,蓋不減操也,孔子安能以是時墮其名都而出其藏甲也哉!(**李卓吾夾**)妙。考於《春秋》,方是時三桓雖若不悦,然莫能違孔子也。(**茅鹿門夾**)發難甚精神。以爲孔子用事於魯,得政與民,三桓畏之歟?則季桓子之受女樂也,孔子能却之矣。(**李卓吾夾**)妙。彼婦之口可以出走,是孔子畏季氏,季氏不畏孔子也。孔子蓋始修其政刑,以俟三桓之隙也哉?

蘇子曰：此孔子之所以聖也。(**茅鹿門夾**)一句起。蓋田氏、六卿不服，則齊、晉無不亡之道；三桓不臣，則魯無可治之理。孔子之用於世，其政無急於此者矣。彼晏嬰者亦知之，曰："田氏之僭，惟禮可以已之。在禮，家施不及國，大夫不收公利。"齊景公曰："善哉，吾今而後知禮之可以爲國也！"嬰能知之而不能爲之，嬰非不賢也，其浩然之氣，以直養而無害，塞乎天地之間者，不及孔、孟也。孔子以羈旅之臣得政期月，而能舉治世之禮，以律亡國之臣，墮名都，出藏甲，而三桓不疑其害己，此必有不言而信，不怒而威者矣。(**茅鹿門夾**)隱。孔子之聖見於行事，至此爲無疑也。嬰之用於齊也，久於孔子，景公之信其臣也，愈於定公，而田氏之禍不少衰，吾是以知孔子之難也。(**茅鹿門夾**)此一較量尤易明。孔子以哀公十六年卒，十四年，陳恒弑其君，孔子沐浴而朝，告於哀公曰："請討之！"吾是以知孔子之欲治列國之君臣，使如《春秋》之法者，至於老且死而不忘也。(**茅鹿門夾**)不知何故轉入别調。或曰："孔子知哀公與三子之必不從，而以禮告也歟？"曰：否，孔子實欲伐齊。孔子既告哀公，公曰："魯爲齊弱久矣，子之伐之，將若之何？"對曰："陳恒弑其君，民之不予者半。以魯之衆，加齊之半，可克也。"此豈禮告而已哉？(**李卓吾夾**)此段甚好。哀公患三桓之逼，嘗欲以越伐魯而去之。夫以蠻夷伐國，民不予也，皋如、出公之事，斷可見矣，豈若從孔子而伐齊乎？若從孔子而伐齊，則凡所以勝齊之道，孔子任之有餘矣。既克田氏，則魯之公室自張，三桓不治而自服也，(**李卓吾夾**)妙，妙。(**茅鹿門夾**)前後皆是田氏，亦偶一奇也。此孔子之志也。(**茅鹿門夾**)一句結語亦不了。(**李卓吾旁**)三桓必不從，哀公必不宜。

司馬遷二大罪

(**茅鹿門旁**)多名言。(**儲欣眉**)排商鞅以擊安石,吾謂鞅與安石微有不同。有功有罪者,鞅也。功在本國,罪在諸侯。蓋秦所以重男女之别,如魯衛之訾者,亦賴之乎商君也。特練習其民,使勇公戰、怯私鬥,以破滅唐虞三代衆建之諸侯。諸侯既滅,而秦亦隨之,推原本始,鞅也無所逃其罪矣。公直以富强之功歸之孝公,而鞅不預,尤塞源之論。

商鞅用於秦,變法定令,行之十年,秦民大悦,道不拾遺,山無盗賊,家給人足,民勇於公戰,怯於私鬥。秦人富强,天子致胙於孝公,諸侯畢賀。

蘇子曰:此皆戰國之游士邪説詭論,而司馬遷闇於大道,取以爲史。吾嘗以爲遷有大罪二,其先黄、老,後《六經》,退處士,進奸雄,蓋其小小者耳。所謂大罪二,則論商鞅、桑弘羊之功也。(**吕留良夾**)連及。自漢以來,學者耻言商鞅、桑弘羊,而世主獨甘心焉,(**吕留良夾**)伏後段。皆陽諱其名而陰用其實,甚者則名實皆宗之,庶幾其成功,此則司馬遷之罪也。(**茅鹿門眉**)罪史遷而商君之罪案不可解。

秦固天下之强國,而孝公亦有志之君也,修其政刑十年,不爲聲色畋游之所敗,雖微商鞅,有不富强乎?秦之所以富强者,孝公務本力穡之效,非鞅流血刻骨之功也。(**吕留良夾**)論正而確。而秦之所以見疾於民,如豺虎毒藥,一夫作難而子孫無遺種,則鞅實使之。(**茅鹿門夾**)痛快直截。至於桑弘羊,(**吕留良夾**)連及。斗筲之才,穿窬之智,無足言者,而遷稱之,曰:"不加賦而上用足。"善乎,司馬光之言也!曰:"天下安有此理?天地所生財貨百物，止有此數，不在民則在官，譬如雨澤，夏澇則秋旱。不加賦而上用足，不過設法侵奪民利，其害甚於加賦也。”二子之名在天下者，(**吕留良夾**)上斥二子，以下責人君用之者。如蛆蠅糞穢也，言之則污口舌，書之則污簡牘。二子之術用於世者，滅國殘民覆族亡軀者相踵也，而世主獨甘心焉，何哉？樂其言之便己也。

夫堯、舜、禹，世主之父師也；諫臣拂士，世主之藥石也；恭敬慈儉、勤勞憂畏，世主之繩約也。今使世主日臨父師而親藥石、履繩約，非其所樂也。故爲商鞅、桑弘羊之術者，必先鄙堯笑舜而陋禹也，曰：“所謂賢主，專以天下適己而已。”此世主之所以人人甘心而不悟也。(**儲欣眉**)入骨。世有食鐘乳烏喙而縱酒色，所以求長年者，蓋始於何晏。(**吕留良夾**)喻二子之術，喻便己，喻富强。(**茅鹿門夾**)譬切。(**唐荆川眉**)化俗爲雅。晏少而富貴，故服寒食散以濟其欲，無足怪者。彼其所爲，足以殺身滅族者日相繼也，得死於寒食散，豈不幸哉！而吾獨何爲效之？世之服寒食散，疽背嘔血者相踵也，用商鞅、桑弘羊之術，破國亡宗者皆是也。然而終不悟者，樂其言之美便，而忘其禍之慘烈也。

【彙評】

儲欣：公叔座之薦鞅也，曰年雖少，有奇才，願君舉國而聽之。介甫治鄞頗可觀，然亦智效一官之長耳，以一官一職斗筲之長，妄欲效奇才之所爲，而神宗亦遂致舉國之聽，天禍人國，吁其奈何？且桑弘羊年十三，以心計得幸於上。若介甫，豈獨商君羞與爲伍，即弘羊亦不屑也。

吕留良：因論商君而並及桑弘羊，並舉到底，不分出賓主，又是一法。蓋此本爲王介甫而發，介甫以申商之學，而講桑孔之術，合兩人成一介甫，故不可分也。

王苣孫:正容莊論,足爲千秋金鑒序言。

論范增

(高啓旁)此與《賈誼論》俱立柱分應。(茅鹿門旁)增之罪案一一刺骨。(樓迂齋眉)項羽殺宋義便是要迫義帝,弑義帝便是要去范增。蓋宋義是義帝所愛,義帝是增所立,三人死生去就最相關涉。推原得出,筆力老健,無一個閑字,此東坡海外文字,故有老氣。(謝疊山眉)此是東坡海外文字,一句一字增減不得,句句有法,字字盡心。後生只熟讀暗記此一篇,義理融明,音律諧和,下筆作文必驚世絶俗。○此論最好處在方羽殺卿子冠軍時,增與羽比肩事義帝一段,當與《鼂錯論》並觀。

漢用陳平計,間疏楚君臣。項羽疑范增與漢有私,稍奪其權。增大怒曰:"天下事大定矣,君王自爲之,願賜骸骨歸卒伍!"歸未至彭城,疽發背死。

蘇子曰:增之去,善矣。(茅鹿門夾)擱頭一刀。不去,羽必殺增,獨恨其不蚤耳。(高啓夾)微露。(吕留良夾)先責他去之不早,定案。

然則當以何事去?增勸羽殺沛公,羽不聽,終以此失天下,當於是去耶?曰:否。(吕留良夾)以下破解,然却先設疑陣,要使文字跌宕。(茅鹿門夾)先嘗。(高啓夾)假説。此一段其實未正説,文字奏節處宜先嘗。增之欲殺沛公,人臣之分也,羽之不殺,猶有君人之度也,增曷爲以此去哉?(吕留良夾)掃過。《易》曰:"知幾其神乎!"《詩》曰:"相彼雨雪,先集維霰。"增之去,當以羽殺卿子冠軍時也。(茅鹿門夾)説破。(高啓夾)至此方露。(樓迂齋眉)文勢甚宛曲,不便説增何去處,且引《詩》《易》之語。文勢不迫,亦爲下面説增不知機張本。(**吕留良夾**)先據要害,實文之第三層意。

陳涉之得民也,以項燕、扶蘇;項氏之興也,以立楚懷王孫心。而諸侯叛之也,以弑義帝也。(**吕留良夾**)第二層,弑義帝。且義帝之立,增爲謀主矣,義帝之存亡,豈獨爲楚之盛衰,亦增之所以同禍福也,未有義帝亡而增獨能久存者也。(**吕留良夾**)第一層,疑增。(**茅鹿門夾**)警策精髓處。議有根。(**吕東萊眉**)若無陳涉六句,便接羽殺卿子冠軍一段,則文字直了無曲折,且義帝之立增一段亦直了,惟有此二段,然後見曲折。羽之殺卿子冠軍也,是弑義帝之兆也。(**吕留良夾**)結合三層意作一串説。(**茅鹿門夾**)一篇提綱。推見至隱,一一透入骨。其弑義帝,則疑增之本心也,豈必待陳平哉! 物必先腐也而後蟲生之,人必先疑也而後讒入之,陳平雖智,安能間無疑之主哉?(**樓昉夾**)又用此兩句,則文勢優游不迫。

吾嘗論:義帝,天下之賢主也。(**吕留良夾**)此段發明既殺卿子冠軍,則必弑義帝之故,乃第三層與第二層交接處。(**茅鹿門夾**)轉處拓開去説。獨遣沛公入關而不遣項羽,識卿子冠軍於稠人之中,而擢以爲上將,不賢而能如是乎?(**茅鹿門夾**)此段應弑義帝之兆。於人所不見處生議論。羽既矯殺卿子冠軍,義帝必不能堪。(**吕留良夾**)以虚爲實。(**高啓夾**)語簡而嚴。非羽弑帝,則帝殺羽,不待智者而後知也。(**儲欣眉**)宋義,庸妄人耳,不知何以奬借於先生。(**茅鹿門夾**)痛快。

增始勸項梁立義帝,諸侯以此服從,中道而弑之,非增之意也。(**吕留良夾**)此段發明既弑義帝,則必疑增之故,乃第二層與第一層交接處。(**茅鹿門夾**)應疑增之本者,又變幻不可蹤迹。夫豈獨非其意,將必力争而不聽也。(**茅鹿門夾**)轉無爲有。(**謝疊山眉**)"將必力争"一段甚高。不用其言,殺其所立,項羽之疑增必自是始矣。

方羽殺卿子冠軍,**(茅鹿門夾)**有處分。增與羽比肩而事義帝,君臣之分未定也。**(吕留良夾)**結束收到處,責其當早去,却又設殺羽一策,皆坡文縱横不可捉摸處。**(茅鹿門夾)**爲增善處。爲增計者,力能誅羽則誅之,不能則去之,豈不毅然大丈夫也哉?增年已七十,合則留,不合則去,不以此時明去就之分,而欲依羽以成功,陋矣。**(謝疊山夾)**此一段最妙,乃無中生有,死中求活。**(茅鹿門夾)**説得倒。雖然,增,高帝之所畏也,增不去,項羽不亡。嗚呼,增亦人傑也哉!**(茅鹿門夾)**結好。**(謝疊山眉)**結句不盡貶范增,又許之爲人傑。正如韓文公《諍臣論》攻擊不遺餘力,結句乃曰"陽子將不得爲善人乎",如此方是公論。若斷人之過、攻人之惡、没人之善,便非老手。**(吕東萊夾)**前説增不足道,後却説他好,乃是放他一綫地。

【彙評】

錢文登曰:楚破秦軍,戰莫急於鉅鹿,宋義頓兵斬之,羽不爲過,特羽非斬義人耳。增爲義帝臣而心爲羽用,江中之弑,增與謀焉,而責以力,能誅羽則誅,不能則去之,未得乎增之心。

鄭之惠:百語百折,論家最勝。

儲欣:論未確而行文跳脱,不肯一字粘著紙上。

吕留良:大旨責增之不早去,而意分三層:第一層疑增,第二層弑義帝,第三層殺卿子冠軍。起手直據第三層,却用逆推倒退之法吐出第二層、第一層來,既將三層作一串説,又於逐層接縫之處細細洗發點實,末仍收應早去作結。此篇文勢極變詭,法度却極整齊,關鍵、文訣、規範皆極嘆賞,然於鈎畫段落處猶欠分明。

王芑孫:當日諸侯之叛羽,非真爲弑義帝,不過漢假此以立名耳。

游士失職之禍

（錢文登眉）議論有次第。（茅鹿門旁）或謂唐宋之龐勛，五代之樊若水，皆客游類。

春秋之末，至於戰國，諸侯卿相皆争養士。自謀夫説客、談天雕龍、堅白同異之流，下至擊劍扛鼎、雞鳴狗盜之徒，莫不賓禮，靡衣玉食以館於上者，何可勝數。越王句踐有君子六千人；魏無忌，齊田文，趙勝，黄歇，吕不韋，皆有客三千人；而田文招致任俠奸人六萬家于薛，齊稷下談者亦千人；魏文侯、燕昭王、太子丹，皆致客無數。下至秦、漢之間，張耳、陳餘號多士，賓客厮養皆天下豪傑，而田横亦有士五百人。其略見於傳記者如此，度其餘，當倍官吏而半農夫也。此皆奸民蠹國者，民何以支而國何以堪乎？（王芑孫眉）今日所謂幕友、官親、長隨三小子者何如耶？

蘇子曰：此先王之所不能免也。（吕留良夾）只此一句，已見立論之意。（鍾惺夾）一篇主意。（高啓眉）直叙。（茅鹿門眉）文氣直是倒黄河之水。國之有奸也，猶鳥獸之有鷙猛，昆蟲之有毒螫也。區處條理，使各安其處，則有之矣；鋤而盡去之，則無是道也。吾考之世變，知六國之所以久存而秦之所以速亡者，蓋出於此，不可以不察也。（高啓夾）提。夫智、勇、辨、力，此四者皆天民之秀傑者也，類不能惡衣食以養人，皆役人以自養者也。（高啓夾）拓。故先王分天下之貴富與此四者共之，此四者不失職，則民靖矣。（吕留良夾）先王之所不能免。四者雖異，先王因俗設法，使出於一：三代以上出於學，戰國至秦出於客，漢以後出於郡縣吏，魏、晉以來出於九品中正，隋、唐至今出於科舉，雖不盡然，取其多者論之。(**鍾惺夾**)二語是論事之法。(**茅鹿門夾**)大段整。六國之君虐用其民,不減始皇、二世,然當是時百姓無一人叛者,以凡民之秀傑者多以客養之,不失職也。(**吕留良夾**)六國之所以久存。(**高啓夾**)應。其力耕以奉上,皆椎魯無能爲者,雖欲怨叛,而莫爲之先,此其所以少安而不即亡也。(**鍾惺夾**)透。(**高啓眉**)六國之所以久存。始皇初欲逐客,因李斯之言而止。(**高啓夾**)應。既并天下,則以客爲無用,於是任法而不任人,謂民可以恃法而治,謂吏不必才取,能守吾法而已。故墮名城,殺豪傑,民之秀異者散而歸田畝。(**高啓眉**)秦之所以速亡。向之食于四公子、吕不韋之徒者,皆安歸哉?不知其能槁項黄馘以老死於布褐乎?抑將輟耕太息以俟時也?(**吕留良夾**)警策。秦之亂雖成於二世,然使始皇知畏此四人者,有以處之,使不失職,秦之亡不至若是速也。(**吕留良夾**)秦之所以速亡。(**茅鹿門眉**)以感慨情事行議論。縱百萬虎狼于山林而飢渴之,不知其將噬人。(**鍾惺夾**)怕人。(**茅鹿門夾**)譬切。世以始皇爲智,吾不信也。(**吕留良夾**)治則爲秀傑,亂則爲猛鷙毒螫,與前自相應。(**錢文登眉**)有此一段,文氣方厚。(**儲欣夾**)危言。楚、漢之禍,生民盡矣,豪傑宜無幾,而代相陳豨從車千乘,蕭、曹爲政,莫之禁也。(**吕留良夾**)人以後事證之。(**茅鹿門夾**)四公子餘風。至文、景、武之世,法令至密,然吴王濞、淮南、梁王、魏其、武安之流,皆争致賓客,世主不問也。豈懲秦之禍,以爲爵禄不能盡縻天下士,故少寬之,使得或出於此也耶?(**茅鹿門夾**)諸君亦以賓客貫禍。若夫先王之政則不然,曰:“君子學道則愛人,小人學道則易使也。”(**吕留良夾**)先王起,先王收,有此一層,方壓得題住。(**茅鹿門夾**)進一步。嗚呼,此豈秦、漢之所及也哉!(**鍾惺夾**)收得澹宕。(**錢文登眉**)結尾歸到正論。

【彙評】

鍾惺:論事之文,將古今全利害前後總算一過。小小拘礙,自不能犯其筆端。〇看得寬寫來切。

錢文登:余謂天下智勇辨力無賴之人,不可使失職,亦不可使得志也。故諸公以賓客得力者,亦往往以賓客賈禍。

儲欣:有識之論。

吕留良:只是言秦時不能安頓此一項人,却説雖先王有所不能免,此是文家争上流法。

王翰:此亦公《志林》文字識見高,而行文亦卓絶,通達治體,然非俗儒所知。曩令張角得推擇爲吏,則漢無末之禍;黄巢一第,唐季之亂亦熄矣。

王芑孫曰:深識,可與立,可與權者也。

趙高李斯

(**茅鹿門眉**)前罪秦始皇誤用趙高,人所共知者;後罪秦始皇積威,故云足以制太子之死而不請,人所不知者。

秦始皇帝時,趙高有罪,蒙毅案之,當死,始皇赦而用之。長子扶蘇好直諫,上怒,使北監蒙恬兵於上郡。始皇東游會稽,並海走瑯琊,少子胡亥、李斯、蒙毅、趙高從。道病,使蒙毅還禱山川,未反而上崩。李斯、趙高矯詔立胡亥,殺扶蘇、蒙恬、蒙毅,卒以亡秦。

蘇子曰:始皇制天下輕重之勢,使内外相形以禁奸備亂者,可謂密矣。(**高啓夾**)反説設難。(**吕雅山眉**)此篇頭"使内外相形"一句,始皇本無此意。是作文字之法,要説他後面不是,故先張大,以虚作實也。蒙恬將三十萬人，威振北方，扶蘇監其軍，而蒙毅侍帷幄爲謀臣，雖有大奸賊，敢睥睨其間哉？不幸道病，禱祠山川尚有人也，而遣蒙毅，故高、斯得成其謀。始皇之遣毅，毅見始皇病，太子未立而去左右，皆不可以言智。（**吕留良夾**）此意已妙，後復掃去，所見益高。（**茅鹿門夾**）有見。然天之亡人國，其禍敗必出於智所不及。（**王翰夾**）由淺入深。聖人爲天下，不恃智以防亂，恃吾無致亂之道耳。（**儲欣夾**）名言。（**茅鹿門夾**）歸本之論。（**錢文登眉**）上既説智，下説不在智，是何等開闔。（**吕留良夾**）數句了上生下，一段之關鍵。始皇致亂之道，在用趙高。（**何洛文眉**）在用趙高句説破病原。夫閹尹之禍，如毒藥猛獸，未有不裂肝碎膽者也。自書契以來，惟東漢吕强、後唐張承業二人號稱善良，豈可望一二於千萬，以致必亡之禍哉？（**吕東萊眉**）既説閹寺都不好，又將二個好的來説，又説“豈可望一二於千萬”，依舊不失上意，最有開闔。（**吕留良夾**）説宦官無好人，偏舉二人以爲波折。然世主皆甘心而不悔，如漢桓、靈，唐肅、代，猶不足深怪，始皇、漢宣皆英主，亦湛于趙高、恭、顯之禍。（**吕留良夾**）用宦官以漢桓作陪。（**儲欣夾**）牽入。（**茅鹿門夾**）客。（**陳眉公眉**）宦官遺害，不勝悲哀萬狀。彼自以爲聰明人傑也，奴僕熏腐之餘何能爲，及其亡國亂朝，乃與庸主不異。（**吕東萊夾**）精神骨髓處。吾故表而出之，以戒後世人主如始皇、漢宣者。

或曰：“李斯佐始皇定天下，不可謂不智。扶蘇親始皇子，秦人戴之久矣，陳勝假其名猶足以亂天下，而蒙恬持重兵在外，使二人不即受誅而復請之，則斯、高無遺類矣。以斯之智而不慮此，何哉？”（**王翰夾**）又翻出一意。（**高啓夾**）再發難起。

蘇子曰：嗚呼，秦之失道，有自來矣，豈獨始皇之罪？（**吕東萊夾**）起得好。（**錢鶴灘眉**）難處解處俱是國手。自商鞅變法，以誅死爲輕典，以參夷爲常法，人臣狼顧脅息，以得死爲幸，何暇復請！（**呂留良夾**）禍根。（**高啓夾**）見得法酷如此。（**洪平齋眉**）秦之亡起於扶蘇之死，此論歸咎秦設法，固是。但以父子之親加以蒙恬擁重兵，至斂手就戮而不一請，豈非天欲亡人國，其禍敗必有出於人智之所不知、人知之所不及與？然其論秦人峻法之禍，可爲永鑒云。方其法之行也，求無不獲，禁無不止，鞅自以爲軼堯、舜而駕湯、武矣。及其出亡而無所舍，然後知爲法之弊。（**呂留良夾**）以鞅事證。（**茅鹿門夾**）貼身引證。夫豈獨鞅悔之，秦亦悔之矣！（**呂留良夾**）轉掉超忽。

荆軻之變，持兵者熟視始皇環柱而走，莫之救者，以秦法重故也。（**呂留良夾**）以秦事證。李斯之立胡亥，不復忌二人者，知威令之素行，而臣子不敢復請也。（**茅鹿門夾**）千古隻眼。二人之不敢請，亦知始皇之鷙悍而不可回也，豈料其僞也哉？（**王翰夾**）束。周公曰："平易近民，民必歸之。"孔子曰："有一言而可以終身行之，其'恕'矣乎？"（**高啓夾**）句盡又生意。（**余同麓眉**）前面說始皇鷙悍已盡，不如此再生議論便死煞了，此篇精采正在此看。（**謝疊山眉**）凡議論好事，須要反說；凡議論不好事，須要一段正說。文勢亦圓活，義理亦精微，意味亦悠長。夫以忠恕爲心而以平易爲政，則上易知而下易達，雖有賣國之奸，無所投其隙，倉卒之變，無自發焉。然其令行禁止，蓋有不及商鞅者矣，而聖人終不以彼易此。（**茅鹿門夾**）急溜中轉。（**高啓夾**）束有力。（**呂留良夾**）干進一句，警豁異常。商鞅立信於徙木，立威於棄灰，刑其親戚師傅，積威信之極。以及始皇，秦人視其君如雷電鬼神，不可測也。（**高啓夾**）見得非平易忠恕。（**呂留良夾**）對平易忠恕。古者公族有罪，三宥然後制刑。今至使人矯殺其太子而不忌，太子亦不敢請，則威信之過也。（**王翰夾**）又一束。（**高啓夾**）足上意。（**茅鹿門眉**）此千古快論。(**吕留良夾**)引經確切。故夫以法毒天下者,未有不反中其身及其子孫者也。(**吕留良夾**)極言用法之有陰禍。(**高啓夾**)根上再生議論。(**邵二泉眉**)"以法毒天下"三句,乃上粘商鞅、始皇嚴暴、扶蘇見殺,下涵漢武果殺戾太子反叛意。氣勢聯屬,血脈渾融,不見突兀處。(**王翰夾**)搭入。漢武與始皇,皆果於殺者也,(**吕留良夾**)殺太子以漢武作陪。故其子如扶蘇之仁,則寧死而不請,如戾太子之悍,則寧反而不訴,知訴之必不察也。(**儲欣眉**)公文如行雲流水,初無定質,讀此益信。(**茅鹿門夾**)又眼前證。戾太子豈欲反者哉?計出於無聊也。(**吕留良夾**)單接戾太子合到扶蘇,無限轉折。故爲二君之子者,有死與反而已。李斯之智,蓋足以知扶蘇之必不反也。(**茅鹿門夾**)應前"或曰"一段設難意。(**吕留良夾**)打轉"智"字,妝勒甚緊。吾又表而出之,以戒後世人主之果於殺者。

【彙評】

謝疊山:此論主意有兩説。斯、高矯詔立胡亥,殺扶蘇、蒙恬、蒙毅,其禍不在於蒙毅之去左右,而在於始皇之用趙高。後世人主用宦官者,當以爲戒。一説李斯、趙高敢於矯詔殺扶蘇、蒙恬,而不憂二人之復請者,其禍不在於斯、高之亂,而在於商鞅之變法、始皇之好殺。後世人主之果於殺者,當以爲戒。前一段説始皇在用趙高,附入漢宣任恭、顯事;後一段説始皇之果於殺,其禍反及於子孫,附入漢武殺太子事。此文法尤妙。

吕東萊:不特文勢雄健,議論亦至當。

吕留良:似乎截然兩篇,以"智"爲關紐,若斷若連,章法奇絶。

王翰:一事申兩戒,深識至論,歸罪商鞅變法,分明譏切荆公。東坡先生少時即以論策傾一世,及涉世既深更變,已熟讀書史,益精明,故《志林》所載,比少作萬萬有加,而此篇尤勝。

茅鹿門:予覽《志林》十三首,按年譜,子瞻由南海後所作。公於時經歷世途已久,故上下古今處所見尤别。而此篇亦古今痛快卓犖之議。

李九我:此論始皇殺扶蘇由用趙高,然扶蘇之不敢請由秦法酷故也。二段意自相生。

鄭之惠:直根究到商鞅立法處,可爲讀史法。

儲欣:東坡先生少時即以論策傾一世,及涉世既深更變,已熟讀書史,益精明,故《志林》所載,比少作萬萬有加,而此篇尤勝。

攝　主

(**茅鹿門旁**)子瞻得經所載"攝主明與季康子"一節,故其論獨刺骨。

魯隱公元年,不書即位,攝也。歐陽子曰:"隱公非攝也。使隱而果攝也,則《春秋》不書爲公,《春秋》書爲公,則隱非攝,無疑也。"

蘇子曰:非也。《春秋》,信史也,隱攝而桓弒,著于史也詳矣。(**茅鹿門夾**)提明。周公攝而克復子者也,以周公薨,故不稱王。隱公攝而不克復子者也,以魯公薨,故稱公。史有謚,國有廟,《春秋》獨得不稱公乎?(**茅鹿門眉**)打發了前疑後自説。

然則隱公之攝也,禮歟?(**茅鹿門夾**)斷。曰:禮也。何自聞之?曰:聞之孔子。(**茅鹿門夾**)引經。曾子問曰:"君薨而世子生,如之何?"孔子曰:"卿大夫士從攝主北面于西階南。"何謂攝主?曰:古者天子諸侯卿大夫之世子未生而死,則其弟若兄弟之子次當立者爲攝主。子生而女也,則攝主立;男也,則攝主退。此之謂攝主,古之人有爲之者,季康子是也。(**茅鹿門夾**)引事。季桓子且死,命其臣正常曰:"南孺子之子男也,則以告而立之;女也,則肥也可。"(茅鹿門夾)賴此一證佐。桓子卒,康子即位。既葬,康子在朝。南氏生男,正常載以如朝,告曰:"夫子有遺言,命其圉臣曰:'南氏生男,則以告于君與大夫而立之。'今生矣,男也,敢告。"康子請退。康子之謂攝主,古之道也,孔子行之。(茅鹿門夾)大議論。

自秦、漢以來不修是禮也,而以母后攝。孔子曰:"惟女子與小人爲難養也。"使與聞外事且不可,(茅鹿門夾)不以母后攝。曰"牝雞之晨,惟家之索",而況可使攝位而臨天下乎?女子爲政而國安,惟齊之君王后、吾宋之曹、高、向也,蓋亦千一矣。(茅鹿門眉)然君王后卒以亡齊。自東漢馬、鄧不能無譏,而漢吕后、魏胡武靈、唐武氏之流,蓋不勝其亂,王莽、楊堅遂因以易姓。由此觀之,豈若攝主之庶幾乎?(茅鹿門夾)收。使母后而可信也,攝主亦可信也,若均之不可信,則攝主取之,猶吾先君之子孫也,不猶愈於異姓之取哉?(茅鹿門夾)透。或曰:"君薨,百官總己以聽於冢宰三年,安用攝主?"曰:非此之謂也。嗣天子長矣,宅憂而未出令,則以禮設冢宰。若太子未生,生而弱,未能君也,則三代之禮,孔子之學,决不以天下付異姓,其付之攝主也。(茅鹿門夾)不以異姓攝。夫豈非禮而周公行之歟?故隱公亦攝主也。(茅鹿門夾)歸根。鄭玄,儒之陋者也,其傳"攝主"也,曰:"上卿代君聽政者也。"(茅鹿門夾)同姓爲攝主,異姓爲上卿。使子生而女,則上卿豈繼世者乎?(茅鹿門夾)辨鄭注亦有理。蘇子曰:攝主,先王之令典,孔子之法言也。而世不知,習見母后之攝也,而以爲當然。故吾不可不論,以待後世之君子。(茅鹿門夾)是作此論原由。

【彙評】

唐荆川:先作定論,後説原由。

儲欣:論攝主而深斥後世母后之攝,是有關世教文字。

隱公不幸

(**王浚川眉**)奇文。

公子翬請殺桓公,以求太宰。隱公曰:"爲其少故也,吾將授之矣。使營菟裘,吾將老焉。"翬懼,反譖公於桓公而弑之。

蘇子曰:盜以兵擬人,人必殺之,夫豈獨其所擬,塗之人皆捕擊之矣。塗之人與盜非仇也,以爲不擊則盜且并殺己也。(**茅鹿門眉**)忽以盜形容起來,甚是奇特。隱公之智,曾不若是塗人也,哀哉!

隱公,惠公繼室之子也,其爲非嫡,與桓均耳,而長於桓。隱公追先君之志而授國焉,可不謂仁人乎?惜乎其不敏於智也。使隱公誅翬而讓桓,雖夷、齊何以尚兹?

驪姬欲殺申生而難里克,則施優來之;二世欲殺扶蘇而難李斯,則趙高來之。(**錢文登眉**)突然入里克、李斯之受禍,以見隱公之不免於翬也。此二人所行相同,而其受禍亦不少異:里克不免於惠公之誅,李斯不免於二世之戮,皆無足哀者。(**茅鹿門夾**)即客論主。吾獨表而出之,爲世戒。(**茅鹿門眉**)此就里克、李斯説來,陡然住,陡然起,皆絶奇筆也。(**王復之眉**)一轉絶處逢生,有波濤瀠洄之勢,且篇中應有此意,不爾以成敗爲是非。君子之爲仁義也,非有計於利害,然君子之所爲,義利常兼,而小人反是。李斯聽趙高之謀,非其本意,獨畏蒙氏之奪其位,故俯而聽高。使斯聞高之言,即召百官、陳六師而斬之,其德於扶蘇,豈有既乎?何蒙氏之足憂!釋此不爲,而具五刑於市,非下愚而何!嗚呼,亂臣賊子猶蝮蛇也,其所螫草木猶足以殺人,況其所噬齧者歟?(**茅鹿

門夾)有數句纔悠揚。鄭小同爲高貴鄉公侍中,嘗詣司馬師,師有密疏未屏也,如厕還,問小同:"見吾疏乎?"曰:"不見。"師曰:"寧我負卿,無卿負我。"遂鴆之。王允之從王敦夜飲,辭醉先寢。敦與錢鳳謀逆,允之已醒,悉聞其言,慮敦疑己,遂大吐,衣面皆污。敦果照視之,見允之卧吐中,乃已。哀哉小同,殆哉岌岌乎,允之也!孔子曰:"危邦不入,亂邦不居。"有由也夫!

吾讀史得隱公、里克、李斯、鄭小同、王允之五人,感其所遇禍福如此,故特書其事,後之君子可以覽觀焉。(**茅鹿門眉**)五人心迹各不同,但取其所遇之相類而已。(**茅鹿門夾**)一句收盡。

【彙評】

儲欣:信手牽連,草蛇灰綫。

沈欽韓:事核而理當,直達所見,不用反覆以爲波瀾,於子瞻諸論中更覺翹然而出其類。

王芑孫:李斯當日欲用此法以誅趙高,勢所不能,即幸而成,亦不能保扶蘇、蒙恬之不以是罪斯而並除斯也。不過如是則於義得矣,於心安矣,成敗利鈍,烏可逆睹哉!

七德八戒

(**茅鹿門旁**)子瞻悲亞夫以下八人不得其死,故痛而發論。

鄭太子華言于齊桓公,請去三族而以鄭爲内臣,公將許之,管仲不可。公曰:"諸侯有討於鄭,未捷,苟有釁,從之不亦可乎?"管仲曰:"君若綏之以德,加之以訓辭,而率諸侯以討鄭,鄭將覆亡之不暇,豈敢不懼?若總其罪人以臨之,鄭有辭矣。"公辭子華，鄭伯乃受盟。（茅鹿門眉）多故實而少議論。

蘇子曰：大哉，管仲之相桓公也！辭子華之請而不違曹沫之盟，皆盛德之事也，齊可以王矣。恨其不學道，不自誠意正身以刑其國，使家有三歸之病而國有六嬖之禍，故桓公不王，而孔子小之。然其予之也亦至矣，曰："桓公九合諸侯不以兵車，管仲之力也。如其仁，如其仁！"曰："仲尼之徒無道桓、文之事者。"孟子蓋過矣。（茅鹿門夾）斷。吾讀《春秋》以下史而得七人焉，皆盛德之事，可以爲萬世法，又得八人焉，皆反是，可以爲萬世戒，故具論之。（茅鹿門夾）提。太公之治齊也，舉賢而上功。周公曰："後世必有篡弒之臣。"天下誦之，齊其知之矣。田敬仲之始生也，周史筮之，其奔齊矣，齊懿氏卜之，皆知其當有齊國也。篡弒之疑，蓋萃于敬仲矣，然桓公、管仲不以是廢之，乃欲以爲卿，非盛德能如此乎？（鍾惺眉）妙。（吕雅山眉）齊于敬仲之奔而給之土田，亦與國者之所常有也。故吾以爲楚成王知晉之必霸而不殺重耳，漢高祖知東南之必亂而不殺吴王濞，（茅鹿門眉）吴王濞，高帝中子也，焉得以不殺擬之。晉武帝聞齊王攸之言而不殺劉元海，苻堅信王猛而不殺慕容垂，唐明皇用張九齡而不殺安禄山，皆盛德之事也。（茅鹿門眉）主詳客略，最得法。

而世之論者，則以爲此七人者皆失於不殺以啓亂，吾以謂不然。七人者皆自有以致敗亡，非不殺之過也。齊景公不繁刑重賦，雖有田氏，齊不可取；楚成王不用子玉，雖有晉文公，兵不敗；漢景帝不害吴太子，不用晁錯，雖有吴王濞，無自發；晉武帝不立孝惠，雖有劉元海，不能亂；苻堅不貪江左，雖有慕容垂，不能叛；明皇不用李林甫、楊國忠，雖有安禄山，亦何能爲？（李卓吾夾）大是。秦之由餘，漢之金日磾，唐之李光弼、渾瑊之流，（鍾惺夾）接得無痕。皆蕃種也，何負於中國哉？而獨殺元海、禄山！

(**茅鹿門眉**)有力。且夫自今而言之,則元海、禄山死有餘罪,自當時而言之,則不免爲殺無罪。豈有天子殺無罪而不得罪於天者?上失其道,塗之人皆敵國也,天下豪傑其可勝既乎?(**儲欣眉**)至言。(**茅鹿門眉**)接無迹。(**鍾惺夾**)又接得妙。

漢景帝以鞅鞅而殺周亞夫,曹操以名重而殺孔融,晉文帝以卧龍而殺嵇康,晉景帝亦以名重而殺夏侯玄,宋明帝以族大而殺王彧,齊後主以謡言而殺斛律光,唐太宗以讖而殺李君羡,武后以謡言而殺裴炎,世皆以爲非也。此八人者,當時之慮豈非憂國備亂,與憂元海、禄山者同乎?久矣,世之以成敗爲是非也!故夫嗜殺人者,必以鄧侯不殺楚子爲口實。以鄧之微,無故殺大國之君,使楚人舉國而仇之,其亡不愈速乎?(**茅鹿門夾**)又多一證佐。○奇。吾以謂爲天下如養生,憂國備亂如服藥:養生者不過慎起居飲食,節聲色而已,節慎在未病之前,而服藥於已病之後。今吾憂寒疾而先服烏喙,憂熱疾而先服甘遂,則病未作而藥殺人矣。彼八人者,皆未病而服藥者也。(**李卓吾旁**)亦是説話。

【彙評】

鍾惺:以八人不殺爲盛德,然盛德自盛德,敗亡自敗亡,事不相蒙而意實相生,判得甚透。

鄭之惠:效《漢書》論斷體,奇甚。

儲欣:分幹連枝,老氣無敵。

王芑孫:七人之中,唯明皇不殺禄山,爲昏德,非盛德。苟非天寶失政,貴妃、國忠内外交亂,則雖有禄山,亦只與番將皆老死耳,安能爲叛?即當時幸聽九齡殺一禄山,而不改天寶之政,則史思明、朱泚之流,何一不可叛者。若不揣其本,以謂九齡在,禄山不敢叛;則林甫在,禄山亦未嘗敢叛。是則林甫與九齡同其可貴也。

卷一百六

外制制敕六十七首

除吕公著特授守司空同平章軍國事加食邑實封餘如故制(元祐三年四月四日)

門下。仁莫大於求舊,智莫良於用衆。既得天下之大老,彼將安歸;以至國人皆曰賢,夫然後用。今朕一舉,仁智在焉。宜告治朝,以孚大號。金紫光禄大夫守尚書右僕射兼中書侍郎上柱國東平郡開國公食邑七千一百户食實封二千三百户吕公著,訏謨經遠,精識造微。非堯、舜不談,昔聞其語;以社稷爲悦,今見其心。三年有成,百揆時叙。維乃烈考,相於昭陵。蓋清浄以寧民,亦勞謙而得士。凡我儀刑之老,多其賓客之餘。在武丁時,雖莫望於前烈;作召公考,固無易於象賢。而乃屢貢封章,力求退避。朕重失此三益之友,而閔勞以萬幾之煩。是用遷平土之司,釋文昌之任。毋廢議論,時游廟堂。於戲!大事雖咨於房喬,非如晦莫能果斷;重德無逾於郭令,而裴度亦寄安危。罔俾斯人,專美唐世。可特授司空同平章軍國事加食邑七百户食實封三百户,餘如故。仍一月三赴經筵,二日一入朝,因至都堂議軍國事。

除吕大防特授太中大夫守尚書左僕射兼門下侍郎加上柱國食邑實封餘如故制(元祐三年四月四日)

門下。朕聞天子有道,其德不可得而名;輔相有德,其才不可得而見。故漢之文景《紀》無可書之事,唐之房杜《傳》無可載之勳。當時安榮,後世稱頌。予欲清心而省事,不求智名與勇功。天維顯思,將啓承平之運;民亦勞止,願聞休息之期。眷予元臣,咸有一德;咨爾百辟,明聽朕言。中大夫守中書侍郎上柱國汲郡開國公食邑二千二百户食實封三百户賜紫金魚袋吕大防,造道純深,受才宏毅。果藝以達,有孔門三子之風;直大而方,得坤爻六二之動。久踐右闥,蔚爲名臣。宜升左輔之崇,兼綜東臺之務。加賦進秩,寵數益隆。得位與時,憂責彌重。於戲!若古有訓,無競維人。崔公建中之風,以除吏八百而致;裴垍元和之政,以薦士三十而能。惟公乃心,何遠之有。可特授太中大夫守尚書左僕射兼門下侍郎加上柱國食邑七百户食實封三百户,餘如故。

除范純仁特授太中大夫守尚書右僕射兼中書侍郎進封高平郡國開侯加食邑實封餘如故制(元祐三年四月四日)

門下。朕惟朝廷之盛衰,常以輔相爲輕重。若根本强固,則精神折衝。故蔿吕臣奉己而不在民,則晉文無復憂色;汲長孺直諫而守死節,則淮南爲之寢謀。朕思得其人,付之以政。

使天下聞風而心服，則人主無爲而日尊。咨爾在廷，咸聽朕命。中大夫同知樞密院事上柱國高平郡開國伯食邑九百户食實封二百户賜紫金魚袋范純仁，器遠任重，才周識明。進如孟子之敬王，退若蕭生之憂國。朕覽觀仁祖之遺迹，永懷慶曆之元臣。强諫不忘，喜臧孫之有後；戎公是似，命召虎以來宣。雖兵政之與聞，疑遠猷之未究。坐論西省，進貳文昌；增秩益封，兼隆異數。於戲！時難得而易失，民難安而易危。予欲守在四夷，以汝爲偃兵之姚、宋；予欲藏於百姓，以汝爲惜民之蕭、曹。勉思古人，以稱朕意。可特授太中大夫守尚書右僕射兼中書侍郎進封高平郡開國公加食邑七百户實封三百户，餘如故。

【彙評】

儲欣：爾爾皇皇，代言極則。

除苗授特授武泰軍節度使殿前副都指揮使勳封食實封如故制（元祐三年七月十二日）

門下。出總元戎，作先聲於士氣；入爲環尹，寓軍政於國容。將伸閫外之威，以迪師中之吉。諮於爾衆，朕得其人。侍衛親軍步軍副都指揮使威武軍節度觀察留後持節福州諸軍事福州刺史上柱國濟南郡開國公食邑二千八百户食實封三百户苗授，早以異材，見稱武略。被服忠義，有烈丈夫之風；砥礪廉隅，得士君子之概。薦揚邊圉，益著勞能。拔自衆人，既蒙先帝之遇；遂拜大將，無復一軍之驚。祗扈殿岩，肅將齋鉞。予欲少長有禮，而兵可用；汝其夙夜在公，而令必行。於戲！爰克厥威罔功，兹爲深戒；師衆以順爲武，古有成言。惟懋乃衷，毋忘朕訓。

除皇伯祖宗晟特起復製(元祐三年十一月一日)

門下。曾、閔之哀,喪不貳事;漢、唐之舊,禮有奪情。矧予藩屏之親,實兼臣子之重。雖閨門以恩掩義,而公侯以國爲家。伯臣司宗,職不可曠;要經服事,古有成言。非予爾私,其聽朕命。皇伯祖彰化軍節度涇州管内觀察處置等使檢校司空開府儀同三司持節涇州諸軍事涇州刺史判大宗正事上柱國高密郡王食邑七千八百户食實封二千四百户宗晟,天資純茂,德履方嚴。襲餘慶於祖宗,蹈格言於師保。典司屬籍,克有令名。郢客卒業於浮丘,辟强受知於先帝。允釐厥位,無愧昔人。屬此閔凶,纍然毀瘠。嗟日月之逾邁,重職業之久虚。宜復寵名,式從權制。於戲!出居官次,非王事不談;退適倚廬,讀喪祭之禮。則忠孝兩得,人無間言;功名益隆,親有顯譽。勉服朕訓,光昭前聞。

給事中兼侍講傅堯俞可吏部侍郎

敕。士以德望進,則風俗厚而朝廷尊;以經術用,則議論正而名器重。此君子所以難合,而朕亦難其人焉。具官傅堯俞,博學篤行,久聞於世。歷事四世,挺然一節;懷道不試,十年於兹。朕欲聞仁人之言,置之講席;非堯舜之道,蓋未嘗言。給事黄門,未究其用;往貳太宰,益修厥官。董正治典,以稱先帝復古之意。可。

太常少卿趙瞻可户部侍郎

敕。理財正辭,禁民爲非曰義。先王之論理財也,必繼之以正辭。名正而言順,則財可得而理,民可得而正。自頃功利之臣，言政而不及化，言利而不及義。中外紛然，朕益厭之。具官趙瞻，明於吏事，輔以儒術。忠義之節，白首不衰。爰自秩宗，擢貳邦計。將使四方之人，知予以耆老舊德居此官者，蓋有盍徹之意焉。可。（**陳仁錫眉**）此制詞之所以難也。

王克臣可工部侍郎依前龍圖閣直學士

敕。朕承先帝之丕業，居其宫室，而服其器用。常懼不稱，而何敢有加焉。惟是軍國之備，凡仰於百工者，乃以諉於冬官。有事於斯，當識朕意。具官王克臣，奮自儒術，蔚爲聞人。歷帥諸藩，嘗佐事典。才有餘裕，所在見稱。比由宛丘，入奉朝謁。而司空長貳，艱於其人。爰命爾以舊官，仍兼内閣之重。勉率厥職，外以成爾繕治之勞，内以全予恭儉之志。可。

祥符知縣李之紀可廣西提刑

具官李之紀。近自畿甸，遠至海隅。朕視其地如户庭，視其民如一家。爾賦政赤縣，而廉平之稱，達於朕聽，是用命爾。按刑嶺表，其一乃心，毋或鄙夷其民，如在朕側。往惟欽哉。

知楚州田待問可淮南轉運判官

敕具官田待問。朝廷取材，必始於治民。異時吏或不更郡縣而任刺舉，剛柔失中，民以告病。以爾端静敏恪，悃愊無華，試於劇郡，吏民宜之。其即本道以究爾才，往悉乃心，毋使厥聲減於治郡。可。

兩浙轉運副使孫昌齡可秘閣校理知福州

敕具官孫昌齡。爾奉使吴越,而廉平之稱,達於朕聽。七閩之會,其民智巧,易以理服,難以力勝。今命爾爲守,惟寬而明,民乃宜之。朕方復文館之職,以廣育才之路。遂以命爾,往惟欽哉。可。

知徐州馬默可司農少卿

敕具官馬默。爾以博學强記,宏毅有守,剛而不犯,明而不苛,歷試中外,藹然有聞。朕方選擇循吏,入爲卿佐。凡爾所能已試於外者,其以告我而力行之,往佐大農,毋忽朕命。

兩浙轉運副使許懋可令再任

敕具官許懋。吴越之人,凋敝久矣。朕方蠲理煩碎,以安養其衆,非得循吏察視郡縣,均通有無,則民何賴焉。以爾儒術精通,吏事詳敏,歷年於兹,民便其政。既信之俗,必易爲功,庶無新故更代之勞,而有上下相安之美。勉修前業,無怠日新。可。

新淮南轉運判官蔡朦可兩浙運判

敕具官蔡朦。吴越之人,凋敝久矣。朕方蠲理煩碎,以安養其衆,非得循吏察視郡縣,均通有無,則民何賴焉。以爾名臣之子,進以儒術,歷佐漕府,治辦有成。東南富庶,比於西蜀,而機巧過之。惟寬且静,則民不媮。可。

司農少卿范子淵可知兗州

敕具官范子淵。朕於士大夫,未嘗求備也,將歷試以事,而收其所長。有司言汝治河無狀,耗國勞民,積歲而功不成。朕惟水土之政,與郡縣異,其觀汝於牧民。尚勉求效,以蓋往愆。可。

故樞密副使包拯男太常寺太祝繶之妻壽安縣君崔氏可特封永嘉郡君仍封表門閭

敕崔氏。汝甲族之遺孤,大臣之冢婦。夫亡子夭,煢然無歸,而能誓死不嫁,撫養孤弱,使我嘉祐名臣之後,有立於世,惟汝之功。昔衛世子早死,共姜自誓,詩人歌之。韓愈幼孤,養於嫂鄭,愈喪之期。若崔氏者,可謂兼之矣。其改賜湯沐,表異其所居,以風曉郡國,使薄於孝悌者有所愧焉。可。

皇叔某贈婺州觀察使追封東陽侯皇兄某贈蔡州觀察使追封汝南侯

敕。生分竹符,所以廣恩於宗室;没享茅社,所以寵綏其子孫。眷予磐石之宗,夙被麟趾之化。國有常典,我其敢忘。某等生於高明,克自抑畏。恭儉寡過,綽有士人之風;忠孝著聞,蓋服祖宗之訓。屬既尊於中外,禮當極於哀榮。命以廉車,即封其地。爰疏五等之貴,以慰九原之思。庶其有知,服我休命。

士㐬可西頭供奉官

敕具官士㐬。汝宗室子，生於安逸，而能誦習文法，以求自試，蓋亦有志於士者。朕何愛一官，不以成其志乎？可。

童湜可特叙内殿崇班

敕具官童湜。汝奉法不謹，坐廢歷年。而能祗畏以蓋前失，既更大眚，稍復汝舊。往服厥官，益敬無怠。可。

謝卿材可直秘閣福建轉運使

敕具官謝卿材。先王設官制禄，非特以勸功興事也。將以觀士之所守而進退之，惟愛身者爲能愛民，惟知義者爲能知利。以爾臨事有守，信道不回，治郡有方，奉使不擾，力行古人之事，庶幾循吏之風。釋此大邦，付之一路。仍進直於書府，俾增重於使權。無輕遠人，謹視貪吏，政成民悦，朕不汝忘。可。

趙偁可淮南轉運副使

敕具官趙偁。汝昔爲文登守，而海隅之民，至今稱之。推文登之政，達之齊魯，刑平賦簡，所部以安。今淮南之人，困於征役，而重以饑饉。汝往按視，如京東之政，以寬吾憂。可。

吕温卿知饒州李元輔知絳州

敕吕温卿等。監司郡縣，其職不同，其爲養民一也。夫安静之吏，悃愊無華，日計不足，歲計有餘。今自部使者，移治一郡，其深念之。服於朕訓，以永終譽。可。

王誨知河中府

敕具官王誨。汝以名臣子，老於治郡，所至安静，吏民宜之。河東吾股肱郡，方唐之盛，世有賢守，風流未遠，圖像具存，勉思古人，以紹前烈。可。

邵剛通判泗州

敕具官邵剛。《詩》云："淑問如皋陶，在泮獻囚。"獄訟之事，固儒者之所學也。汝官於上庠，既習其説矣，其往試之。可。

荆王揚王所乞推恩八人

具官某等。或以方伎世其學，或以歲月積其勞。給事王宫，既勤且久，增秩改授，以旌其能。往服休恩，益敬無怠。可。

西頭供奉官張禧得三級轉三官

敕具官張禧。疆埸之政，以首虜計功，所從來尚矣。爾既應格，則賞隨之。可。

鮮于侁可太常少卿

敕具官鮮于侁。奉常之職，非特以治郊廟之度、服器之數而已,國有大政事、大議論,必稽焉。昔魯秉周禮,齊不敢謀。而晏子太師折衝於樽俎之間。國之典常,君臣之名分,上下守之,有死不易,則國安而民服。朕選建卿士,付之禮樂,意在於此。非我老成之人,學足以通古,才足以御今,智足以應變,强足以守官,深於經術,達於人情,其孰宜之?《詩》不云乎:"彼其之子,邦之司直。"往修厥官,無斁朕命。可。

范祖禹可著作郎

敕具官范祖禹。左右起居,東觀著作,皆史事也。今左右史獨書已行之政,有司之常事。至於廊廟大議,君臣相與之際,所以興壞治忽之由,一歸於東觀。則著作之任,顧不重歟?非得直亮多聞,古之所謂益友者,奮筆於其間,則善惡貿亂,後世無所考信。汝既任其事矣,益進而專之。朕苟有過,猶當直書,而況其餘乎?往祇厥官,無曠乃職。可。(**陳仁錫眉**)以益友爲長史。

孫覺可給事中

敕。朕聞明主在上,凡侍從皆得言。若其不明,雖臺諫亦失職。朕以冲眇,丕承祖宗。未堪多難之憂,常恐不聞其過。下至執藝,猶當盡規。豈必諫臣,而後論事。矧兹封駁之重,任參黄散之間。知無不言,職固當爾。具官孫覺,行不違道,言不違仁;處以孝聞,出以忠顯。先帝所以遺朕,天下謂之正人。屢告嘉猷,固非小補;間自西省,遷之東臺。而覺方進陽城之直詞,固懷蕭生之雅意。重違其請,閲月於兹。卒采群言,以遂前命。以爾抗章伏閤之志，施於還詔批敕之間。其一乃心，以稱朕意。

皇伯祖克愉可贈忠正軍節度使開府儀同三司

敕。國家蒙累聖之餘澤，眷宗室之多賢。雖設官以董其私，置傅以導其學，而重以吏事，責之懿親。青衿而服簪纓，白首以奉朝請。雖有間、平之盛德，歆、向之異材，皆湮没而無傳，故嘆息之何及。尚賴本支之茂，蔚爲邦國之華。不幸云亡，惻然永悼。具官克愉，忠厚以爲質，禮敬以自文。持滿矜高，蓋得諸侯之孝；履信思順，合於大有之賢。小心自將，没齒無過。方朕不言之際，遽兹永逝之悲。日月有時，窀穸告具。賁以旌旄之寵，仍兼將相之榮。豈獨慰九泉之思，亦將勸庶邦之義。可。

蕃官兀埿常等十二人覃恩轉官

敕具官某等。錯居吾圉，世濟其忠。矧兹臨御之初，豈有中外之異。各從遷秩，以廣異恩。祗服寵靈，益堅守禦。可。

高密郡王宗晟建安郡王宗綽所生母孫氏封康國太夫人

敕。母以子貴，《春秋》之義也。朕方因親以教愛，廣愛以及民。封節婦之閭，以勸能賢；賜高年之爵，以助養老。而况屬籍至近，賢王篤生，欲大慰於慈心，宜特推於異數。孫氏四德純備，五福薦臻。豈惟擢秀於閨門，固已流芳於宫闈。舉觴坐上，有伯仁仲智之賢；持節洛濱，皆汝南琅琊之貴。爰改封於樂土，俾正位於小君。服我休恩，介爾眉壽。可。

客省副使劉琯知恩州

敕。軍國異容,兵民異道。治戎振旅,以鷙勇爲上;承流宣化,以忠孝爲先。爾久練武經,本由才選,屢更煩使,克有成勞。試於一州,祗服朕訓。可。

皇叔叔曹贈洺州防禦使封廣平侯

敕。官至持節,爵爲通侯。非我勳勞之臣,則必親賢之屬。豈云虚受,維以飾終。具官叔曹,生於高明,力自修飭,克有常德,以没元身。乃眷衡漳,夙爲重地。爰假一麾之寵,就分五等之封。庶其有知,服我休命。可。

左侍禁李司可供奉官

敕。蠢爾裔夷,憑嶮竊發,不時討擊,何以懲艾。爾能奮命,破走犬羊,何愛一官,以勸吏士。可。

張汝賢可直龍圖閣發運副使

敕具官張汝賢。朝廷於南方復置都漕者,所以均節諸路之有無,使歲課時入而已,非以求贏也。至俗吏爲之,則多收羡財以幸恩寵,而民受其病。以爾昔爲御史,號稱敢言,奉使江表,罪人斯得,庶幾知義利之分者。是以命爾。寵之新職,往惟欽哉。

狄諮劉定各降一官

敕具官某等。奉使一路,以恤民奉法爲先。今乃不然,煩酷之聲,溢於朕聽,公肆其下,曲法受賕,收聚毫末,與農圃争利,使民無所致其忿,至欲賊殺官吏。朕以更赦,置之閑局,而公議未厭。其削一官。往思厥愆,服我寬政。可。

范子淵知峽州

敕具官范子淵。汝以有限之財,興必不可成之役,驅無辜之民,置之必死之地。横費之財,猶可以力補;而既死之民,不可以復生。此議者所以不汝置,而朕亦不得以赦原也。夷陵雖小,尚有民社。朕有愧於民,而於汝則厚矣。可。(鍾惺夾)二語愧死人。

宣德郎劉錫永父元年一百四歲可承事郎

敕劉元年。尚齒教民,三代之義。咨爾百年之故老,乃吾六世之遺民。自非吉人,莫享上壽。張蒼仕秦柱下,而至漢孝景;思邈生隋開皇,而及唐永淳。古有其人,乃今親見。何愛一命,慰其子孫。可。

叔頗男旼之可三班借職

敕旼之。汝父無禄早世,緣母之請,以獲一官。其思所以克家事母者,惟敬毋怠。可。

鮑耆年京東運判張峋京西運判

敕具官某等。朕惟百姓之命，寄於郡縣，而守令之賢，不能人知其實，獨賴部使者爲朕耳目而已。爾長一郡，以才良聞。進之漕屬，以究其用。其使上無惰吏，下無冤民，以稱朕意。可。

李周可太僕少卿

敕具官李周。“僕臣正，厥后克正”，見於《周書》。“思無邪，思馬斯臧”，形於《魯頌》。朕命此職，亦難其人。以爾秉心不回，臨事有守，通練世故，灼知民情，所以望爾者，豈特車工馬政而已哉！可。

范純禮可吏部郎中

敕具官范純禮。嗚呼！維乃顯考，克明德秉哲，以左右我仁宗，俾配德於堯舜，天亦維相之，使世有人以任我樞機將帥之事。今汝獨在外計，朕惟瑚璉不可以褻用，驥騄不可以小試。命以天官之屬。其小進之，益觀其能，往欽哉。可。

余希旦可知濰州

敕具官余希旦。爾本以才選，坐累失職，亦云久矣。肆余大眚，罔不更新。北海名邦，民朴而富，往務忠厚，以安其生。可。

王晢可知衛州

敕具官王晢。凡我四朝之舊，經德秉哲，篤老不衰者，今幾人哉！以爾好學守節，名在循吏，而久不治民，朕甚惜之。太行之麓，民朴訟簡，守以安静，莫如汝宜。可。

郭祥正覃恩轉承議郎

敕具官郭祥正。朕丕承六朝，陳錫四國，覃及方外，浹於有生。矧余通籍之臣，可無增秩之寵。祗服休命，永肩一心。可。

王崇拯可遥郡刺史

敕具官王崇拯。刺史漢官，秩六百石，魏晉以來，皆牧守之任。今雖以爲勇爵，然非親賢勳舊，不在此選。爾入直禁省，出分虎符，兵民所宜，選寄滋重。有司言爾，累勞當遷。益修厥官，以應名實。可。

潮州澄海第六指揮使謝皋可三班借職

敕謝皋。汝自什伍，長積勞累，遷至一旅，極矣。今乃以去惡之功，獲補武吏。惟廉與慎，乃克有終。可。

皇伯仲郃贈使相

敕。親親以藩王室，賢賢以尊朝廷，古之道也。況於死生之際,恩禮之重,國有常典,我其敢忘。皇伯具官仲郃,生於高明,克自祗畏。出就外傅,聞好禮之稱;退省其私,有爲善之樂。云何不淑,罹此閔凶。慰我永懷,豈無異數。衮衣赤舄,寵均三事之臣;玉節牙璋,坐享專征之器。豈云虚授,維以飾終。庶幾有知,服我休命。可。

士暇右班殿直

汝宗室子,始名而禄。得之非艱,守之惟艱。祗服朕訓,乃克終譽。可。

克鞏遥郡防禦使

朕於宗室,無所愛也。然猶不欲虚授,以速人言。得之惟艱,乃罔後悔。凡有進秩,必付有司,考其歲月,察其行義,則朕與汝皆無愧,豈不休哉!

【彙評】

鍾惺:字字有操守。

劉奭閤門祗候

惟我神考,篤於將師,生則厚其寵,死則恤其孤。將使識朝廷之儀,習軍旅之事,無忝厥祖,以世其家,成汝之志,可謂至矣。將何以報之。可。

王安石贈太傅

敕。朕式觀古初,灼見天意。將有非常之大事,必生希世之異人。使其名高一時,學貫千載。智足以達其道,辯足以行其言。瑰瑋之文,足以藻飾萬物;卓絶之行,足以風動四方。用能於期歲之閑,靡然變天下之俗。(**高啓眉**)語語寫出安石剛愎自用,然竟不露意爲妙。具官王安石,少學孔、孟,晚師瞿、聃。罔羅六藝之遺文,斷以己意;糠粃百家之陳迹,作新斯人。屬熙寧之有爲,冠群賢而首用。信任之篤,古今所無。方需功業之成,遽起山林之興。浮雲何有,脱屣如遺。屢争席於漁樵,不亂群於麋鹿。進退之美,雍容可觀。朕方臨御之初,哀疚罔極。乃眷三朝之老,邈在大江之南。究觀規模,想見風采。豈謂告終之問,在予諒闇之中。胡不百年,爲之一涕。於戲!死生用捨之際,孰能違天;贈賻哀榮之文,豈不在我。(**鍾惺眉**)看其於最難下筆處。寵以師臣之位,蔚爲儒者之光。庶幾有知,服我休命。可。(**陳仁錫眉**)此公文字,不做亦佳。

【彙評】

鄭之惠:諷刺體。

儲欣:傳神,傳神!安石、惠卿,一贈一責,俱使有識旁觀代其入地。

鍾惺:公道。

楊繪知徐州

敕楊繪。士有拙於謀身而巧於治民,疏於防患而密於慮國,其自爲計則過矣,而朕何疾焉。先帝龍興,首擢用爾。置之臺諫,以直諒聞。言雖無功,效於今日。簡易輕信,失之匪人。坐廢十年,陶然自得。《詩》人所謂"豈弟君子"者,繪庶幾焉。彭城大邦,吾股肱郡。政成民悦,朕不汝忘。可。

陳薦贈光禄大夫

敕。昔我英祖博求天下之士,以輔翼我神考於東宫。二十餘年之間,山陵既成,人物改謝。顧瞻在廷一二臣外,罔有存者。朕惻然傷之,永懷其人。具官陳薦,剛毅木訥,器遠任重。密勿左右,以責難爲愛君;周旋藩輔,以恤民爲報國。淪喪未幾,風烈如在。雖死者不可復作,而追榮之典,猶足以寵綏其子孫。且使樸忠守道之士,知朕意之所予者。可。

吕穆仲京東提刑唐義問河北西路提刑

敕。先帝立法更制,所以約束監司守令,使不得營私而害民者,可謂至矣。朕始罷賦泉之令,復征徭之法,凡先帝之約束,當益申而嚴之。使出力從政之民,無所復病。以爾穆仲等,或端静有守,敏於爲政,或直亮多聞,志於仕道。而京東、河朔,皆天下重地也。往修厥官,稱朕意焉。可。

沈叔通知海州

敕。朕嗣位以來,通商惠農,施捨已責,有不順成,荒政畢舉。而海濱之民,群聚剽掠,此吏不稱職,備災無素之過也。今選命汝。惟往安之,非勝之也,民苟有以生矣,其肯自棄於惡。可。

孫向保州通判

敕孫向。一郡之寄，在汝守貳。察奸舉能，既復其舊矣，則達政之吏，可以有爲。爾通練民事，既試有勞，其從所請，以觀來效。可。

鄧闢朝散郎(監邕州慎門金坑)

瘴霧之鄉，上幣所出。累年於此，勤亦至矣。法當遷秩，以答久勞。可。

荆王新婦王氏潭國夫人

敕。《易》稱中饋，爲家人之正吉；《詩》美羔羊，蓋鵲巢之功致。婦德有常，含章不曜，能使君子，樂且有儀。則内助之賢，從可知矣。王氏早服師傅，習聞詩禮。富貴而能恭儉，俯仰極於孝慈。令問藹然，刑於宗族。其改封大國，象服是宜。以稱我叔父之德，爲内命婦之法，豈不休哉！可。

劉庠贈大中大夫

敕。國以求賢爲事，士以得時爲急。士既難進而易退，時亦難得而易失。日月逝矣，歲不我與。古人之嘆，復見於今。具官劉庠，才備德博，器遠任重。逮事三朝，出入二紀。英祖神考，實知其人。而剛毅樸忠，學不少貶。肆朕嗣位，疇咨故老。如庠等輩，不過數人。方當召用，命不少假。使九原而可作，雖百身其何贖。式章異數,賁於其柩。雖知無益,以塞余哀。可。

李琮知吉州

敕李琮。汝以久遠無根之賦,使畏威懷賞之吏,均之於無辜之民。民以病告,聞之惕然。使吏覆視,皆如所聞。既正其事矣,而汝猶自言,若無罪然。(陳仁錫夾)弱。朕惟更赦,不汝深咎。遷於一州,往深念之。廬陵之富,甲於江外。使民安汝,朕則汝安。可。

高士良可文思副使

敕高士良。汝閱習民兵,技藝超等,課以歲月,於法當遷。往服寵靈,益思來效。

皇叔叔遂可贈懷州防禦使追封河内侯

敕。生於富貴而無驕逸之患,終於禄位而有歸全之美,始終之義,有足賢者。具官叔遂,性於忠孝,文以禮樂。蓋蒙祖宗之澤,而服師保之訓。克有令聞,以没元身。是用爵之通侯,官以持節。上以惇勸於宗室,下以寵綏其子孫。可。

揚王子孝騫等二人荆王子孝治等七人並遠州團練使

敕某等。先皇帝篤兄弟之好,以恩勝義,不許二叔出居於外,蓋武王待周召之意。太皇太后嚴朝廷之禮,以義制恩,始從其請，出就外宅，得孔子遠其子之意。二聖不同，同歸於道，可以爲萬世法。朕奉侍兩宫，按行新第，顧瞻懷思，潸然出涕。昔漢明帝問東平王：“在家何等爲樂？”王言：“爲善最樂。”帝大其言，因送列侯印十九枚，諸子年五歲以上悉帶之，著之簡策，天下不以爲私。今王諸子，性於忠孝，漸於禮義，自勝衣以上，頎然皆有成人之風，朕甚嘉之。其各進一官，以助其爲善之樂。尚勉之哉，毋忝乃父祖，以爲邦家光。可。

吕公著妻魯氏贈國夫人

敕。婦人之德，如玉在淵，雖不可見，必形諸外。視其夫有羔羊之直，相其子有麟趾之仁，則内德之茂，從可知矣。具官吕公著，故妻魯氏，名臣之子，元老之婦。所資者深，故志存乎仁；所見者大，故動協於禮。環佩穆然，閨門化之。而降年不永，禄不配德。其改封大國，正位小君。庶幾爲女史之光，非獨慰其夫子而已。可。

仲遲可遥郡防禦使

敕仲遲。居貧賤而有聞易，處富貴而無過難。凡我宗室，皆有位著。雖不任以事，無所施其才，而刑於厥家，有以考其行。日月其邁，爵秩當遷。朕不爾私，服之無愧。可。

卷一百七

外制制敕七十三首

司馬光三代

曾祖政太子太保

敕。《書》曰:“皋陶邁種德。”種之遠,故其發也難。發之難,故其報也大。古之君子,有種德於百年之前,而待報於數世之後者。昔聞其語,今見其人。某官某故曾祖某官某,篤行有聞,信於鄉國。懷道不試,遺其子孫。天不吾欺,再世而顯。至於曾孫,其德日躋。衮衣繡裳,進位於朝。退有事於家廟,其致朕命,詔於有神。尚食其報,以康乃後。可。

曾祖母薛氏温國太夫人

敕。朕自通籍之臣,皆有以寵綏其父母,而自祖以上,非予丞弼之家,莫獲褒顯。君子之孝,至於尊祖,以及其妣,用邦君之禮,以隆其家,可謂至矣。某官某故曾祖母某氏,專静有守,柔嘉維則。經之以孝慈,緯之以恭儉。使清白之訓,不墜於子孫;而隱德之報,可質於天地。我有異數,詔於幽穸。翟茀副笄,尚服享之。可。

祖炫太子太傅

敕。朕有元臣，以德媚於上下，民見其羽旄，聞其車馬之音，則稽首而聚觀之。況其父祖墳墓之所在，望其草木，蓋有流涕而拜者。錫命之寵，豈特以慰其家而已哉！某官某故祖父某官某，篤學力行，追配前人。仕道難進，止於一命。無疆之慶，在其子孫。風流未遠，英烈如在。歆予寵章，以慰民望。可。

祖母皇甫氏温國太夫人

敕。夫天人之際，若不可知；而善惡之報，各以其類。凡今富貴壽考，光顯於世，朕察其父母大父母，未有不仁而得之者也。某官某故祖母某氏，令德孝恭，著於閨門。好禮慈儉，刑於姻族。始生賢子，以大其家。而餘澤方茂，福禄未究，再世之後，莫之與京。愍册追榮，國有常典。庶幾幽壤，服我寵靈。可。

父池贈太師追封温國公

敕。朕聞盛德之士，必與天合。考之古人而無疑，質諸鬼神而不慚。雖不當世，必有達者。某官某故父某官某，德爲世範，言爲士則。躬蹈險夷之節，庶幾顔、閔之行。事我仁祖，爲時名臣。而儒術之用，止於侍從，德澤之施，極於方鎮。天厚其世，篤生異人。不求而名自章，不言而人自信。皆曰君子之子，宜爲天下之用。朕既采民言，俾秉國成。而淵源之深，推本所自。命以師臣，祚之大國。使人知有道之士，雖没有無疆之休。可。

母聶氏温國太夫人

敕。古之烈婦，著在史册，非有憂患，不見名節。若夫令德懿行,秀於閨門,而湮滅無傳,何可勝數。獨賴子孫之賢,或以表見於世。君子之欲得位行道,豈非以顯親揚名之故歟?某官某故母聶氏,早以淑女,嬪於德人。恭儉信順,以相其夫;慈和嚴翼,以成其子。使朕得名世之士,以濟於艱難。其遺風餘澤,蓋有存者。改封大國,正位小君。非獨以報其德,庶幾令名與子俱傳於天下。可。

故妻張氏温國夫人

敕。夫婦之好,義同賓友。勤瘁相成於艱難之中,而死生契闊於安樂之後。朕聞其事,惻然傷之。具官某故妻某氏,少以女士,不勤姆師。歸於德門,克有令問。從我元老,辭寵居約。游神清净之庭,守德寂寞之宅。始終之際,無愧古人。我有寵章,慰其永逝。其正名於大國,以從姑於九原。可。

張恕將作監丞

敕具官張恕。朕惟人材之難,長育之無素,事至而求,有不可得。是以訪之元臣大老之家,推擇其子弟,庶幾似之。以爾名臣之子,篤學好禮,敏於從政。試之匠事,以觀其能。爾克遠猷,無忝乃父,以稱朕意。可。

趙濟知解州

敕具官趙濟。古者官有常人,士有定論。雍也可使南面,求也可使爲百乘宰。論定而官不浮,則民服。汝長西師,歷年於此矣。考之清議,不曰汝宜,尚畀一城,以觀來效。敬之戒之,毋失朕命。可。

李承之知青州

敕。朕東望齊魯之國,河岱之間,沃野千里,生齒億萬,商農阜通,儒俠雜居,可以大度長者勝,難以細謹法吏治也。具官李承之,生於甲族,世爲名臣。屢試有勞,所見者大。肆予命汝,尹茲東土。昔曹参爲齊,問治於其師蓋公。公曰:“治道貴清净而民自定。”汝師其言,則予汝嘉。可特授依前官充樞密直學士差知青州充京東東路安撫使,填見闕。

門下侍郎韓維三代

曾祖處均燕國公

敕。漢諸袁之父子,四世繼出五公;唐諸温之兄弟,同時並列三省。著在圖史,古無擬倫;眷予世臣,有若韓氏。億事仁祖,始参大政。篤生三子,咸秉國成。豈惟嗣世之賢,實賴積善之報。具官某曾祖某,潛德不耀,久而自彰。天祚厥家,世濟其美。盛矣曾孫之貴,蔚爲三壽之朋。逮予纘嗣之初,繼受艱難之托。允文則靖,既直且温。旋觀純德之全,尚識遺風之自。是用因上公之舊秩,開北國之新封。仰以增廟室之光華,俯以慰烝嘗之怵惕。可。

曾祖母李氏燕國太夫人

敕。朕惟公卿之家,有能父子躬履一德,弼亮三世,非其淵源深長,外有羔羊諒直之賢,内有鳴鳩均一之助,亦安能奕世秉義久而不忘者乎？具官韓維曾祖母李氏，育德名家，作嬪良士。珩璜之節，動必以禮；蘋藻之薦，敬而有儀。用能使其後昆，丞弼我國家，以無斁於世。今其莅政，責任兹始。余亦何愛大國，不以易湯沐之舊。可。

祖保樞魯國公

敕。朕方圖任股肱之臣，以光大祖宗之業。用廣斯志，以及爾私。人之念祖，誰不如我。是以推沛恩命，褒顯前人。具官某祖某，躬履仁義，著迹鄉黨。積累深厚，見於子孫。或佐我仁祖之盛明，或相我神考之休烈。遺風未遠，故吏尚存。逮兹纘承，繼用耆哲。朕既恭默思道，垂拱責成。與其寵禄厥躬，不若奠大其祖。上以報貽謀之德，下以勵移孝之誠。肇新曲阜之封，增寵師臣之贈。服我休命，益大爾家。可。

祖母郭氏周氏

敕。古者婦人爵因其夫，貴以其子。雖有過人之才，絶俗之行，不得所托，不表於世。今余輔臣父子兄弟，先後相望，以師長我百辟。願推鴻恩，光顯先烈。維考維妣，咸追錫休命，肆予寵嘉之。具官祖母某氏，德稱閨闈，化及宗黨。允蹈家人之正，居有鵲巢之福。翟衣之盛，由子而獲。國封之貴，及孫而大。兹用錫爾周公之履，以熾韓氏之祧。庶其有知，服我新命。

父億冀國公

敕。朕聞仁宗在位之久，有同成、康，得士之盛，不減武、宣。如儲藥石，以待疾疢，如種梓漆，以備器用。凡今中外文武之選，率多慶曆、嘉祐之人。而況一時之老成，與聞當年之大政。德業傳於父老,儀刑見於子孫。名在國史,像在原廟。朕用慨然,想見其人。具官某故父某少禀異材,進由直道。出爲循吏,入爲名卿。福禄終身,而人不疵,富貴奕世,而天不厭。篤生三子,翼輔兩朝。旌旄交馳,棨戟互設。朕欲賁其家廟,而貴已窮於人爵。改封大國,益著隆名。庶使昭陵之老臣,永爲北士之藩輔。可。

母蒲氏王氏秦國太夫人

敕。慎終追遠,仁也。顯親揚名,孝也。得志行道,澤可以及天下,而富貴不能及其親,天也。雖不能及,而追榮之典,可以貫幽明,褒大之訓,可以表後世,禮也。嗚呼！此亦仁之至,義之盡矣。具官某故母某氏,族爲士望,德爲女師。恭儉以相其夫,嚴敏以成其子。使朕獲老成之佐,以濟艱難之功。宜推異恩,以報舊德。可。

故妻蘇氏永嘉郡夫人

敕。婦人有德行才智之能,而不得施於事,有言語文章之美,而不得聞於人,而况仁而不壽,賢而不禄者乎？此詩人所以賦彤管,而史氏所以傳列女也。具官某故妻某氏,少以女士,秀于閨門,來嬪德人,動以禮法。而不得與君子偕老,翟茀以朝,哀哉若人,命之不淑。其改賜湯沐,寵以訓詞,庶幾采蘩之遺芳,不與宿草而共盡。可。

妻張氏同安郡夫人

敕。朕登進元臣,專以德選,退食委蛇,省察其私,有《召南》之風焉。抑抑威儀,惟德之隅,非内有相貳,何以及此。具官韓維妻張氏,生於冠族,作配君子。言有物則,行應圖史。宜疏湯沐之封,以稱山河之象。祇服明命,佑我老臣。俾無内顧之憂,專任仰成之寄。可。

趙濟落直龍圖閣管勾中嶽廟

敕具官趙濟。有司言汝罪惡有狀,小人有不忍爲而汝爲之。朕惟羞污搢紳,重置汝於理。其退處散地,以勵風俗。可。

王彭知婺州孫昌齡知蘇州岑象求知果州

敕具官某。爲吏莫不欲威而明。威不可立也,惟公則威。明不可作也,惟虚則明。郡無大小,民無剛柔,事無繁簡,政無難易,惟公而虚,無適而不治。以爾用法之久,不失仁恕,折獄之多,滋識情僞。(**孫昌齡、岑象求改云:"端静有守,悃愊無華,奉使歷年,吏民宜之。"**)其悉乃心,施於有政。不侮鰥寡,毋擾獄市,稱朕意焉。可。

王子韶主客郎中周尹考功郎中

敕具官某等。事有繁簡,才有所宜,要之郎官,天下之清選也。朕有所擇於其人,而無所輕重於其間。以爾子韶博聞强記,老而能學。以爾尹果藝而達,知無不爲。各率其職,而用其長,朕將觀焉。可。

蔣之奇天章閣待制知潭州

敕。三后在上,遺文在下,炳若雲漢,昭回於天。乃眷藏書之府,因爲育材之地。爰登秀傑,以備顧問。雖持節出使,剖符分憂,一挂名於其間,遂增重於所莅。且使民見侍從之出守,知朝廷之念遠也。具官蔣之奇,少以奇才,輔之博學,藝於從政,敏而有功。使之治劇於一方,固當坐嘯以終日。勿謂湖湘之遠,在余庭户之間。務安斯民,以稱朕意。可。

皇伯祖宗勝贈太尉北海郡王

敕。夫以三公之位,冠諸侯王之爵,元勳盛德,有不能兼。非我父兄親賢之隆,加之死生哀榮之極,則朕豈以此授非其人哉!具官宗勝,生於高明,克自抑畏。忠厚以爲質,禮敬以自文。貴窮人爵,而無驕佚之譏;考終天命,而有歸全之美。始終之際,中外所賢;日月有時,窀穸告具。備物典册,以將余哀。豈獨慰九原之思,蓋將勸庶邦之義。可。

劉有方可昭宣使依舊嘉州刺史内侍省内侍押班

敕。朕爲天下父母,推一心以馭百官,内外雖異,愛無差等。皆欲其處無過之地,受有名之賞。則上下相安,人無間言。具官劉有方,少知忠恪,晚益詳練。砥礪廉隅,有縉紳之風;祗畏簡書,無戲怠之色。歷歲滋久,積勞當遷。考之有司,皆曰應法。往服新寵,朕不汝私。可。

宋滋可右侍禁

敕宋滋。疆埸之臣，所以奮不顧身、義不旋踵者，以朕爲能恤其孤也。何愛一官，不以慰死者之意，且以爲吏士之勸乎？可。

鞠承之可秦州通判

敕具官鞠承之。自恢復西鄙，秦爲内郡。宿兵之衆，有損于前，而遠輸之勞，至相倍蓰。軍政雖簡，民事爲重。監郡之職，專在養民。有司擇材，曰汝可使。往辦乃事，無忝所知。可。

文及可衛尉少卿

敕具官文及。汝三公子以才行聞，擢置要劇，衆以爲宜。而師臣執謙，重違其請。周廬宿衛，職親而務簡。雖未足以究觀汝能，而退食休沐，下車里門，浣衣子舍。豈非縉紳之美談，而當世之榮觀乎？可。

李杲卿可京西轉運副使張公庠可廣東轉運副使楚潛可廣西轉運副使吴革可廣東轉運判官

敕某官某。朕即位以來，發號施令，務求厥中。而寬者喜縱，忘先帝之約束，急者樂刻，襲文吏之故態。（陳仁錫眉）以“文吏”對“先帝”，可乎？汝以才能治狀，達於朕聽，其往視之。夫治民如牧羊然，視其後者而鞭之。可。

童珪父參年一百二歲可承務郎致仕

敕童珪父參。古者天子巡守方岳之下,問百年者就見之,而絳縣役老,趙武謫其輿尉。今汝黄髮鮐背,以上壽聞,其可使與編户齒乎?往以忠孝,教而子孫。可。

單可度可三班借職出職

敕單可度。在官滋久,更事亦多,而無大過,有足嘉者。往祇寵命,益務廉平。可。

智誠知宜州

敕具官智誠。蠢爾裔夷,譬之峰蟻,勝之不武,不勝爲患。惟爾守臣,威信兩立,勝之以不戰,消患於未萌。則民受其賜,予惟汝嘉。可。

張仲可左班殿直

敕張仲。歲之不易,盗賊屢作。爰設勇爵,以勸追胥。爾能奮身,以除民害,必信之賞,其可忘乎?可。

張誠一責受左武衛將軍分司南京

敕具官張誠一。孝治之極,天下順之。不子之罰,民不輕犯。而貴近之間,尚有誠一。朕甚傷之。乃者奸言詖行,蠹國殘民之狀，論者紛然。方議其罪，而悖德隱惡，達於朕聽，考實其狀，至不忍言。《詩》不云乎："行有死人，尚或墐之。"《禮》曰："父没而不能讀父之書，以爲手澤存焉。"今汝之所爲者，何爲至此極也？縱朕不問，汝亦何顔以處縉紳之列乎？可。

陳侗知陝州

敕朝奉大夫衛尉少卿陳侗。士臨利害之際而不失故常者，鮮矣。以爾出入册府幾二十年，安於分義，不妄附麗以干進取。死喪之威，兄弟孔懷，願爲一郡，以恤幼孤。朕甚嘉之。夫入爲九卿貳，出爲二千石，此亦縉紳之高選也。汝益勉之。可。特授依前官知陝州。

傅燮知鄭州

敕具官傅燮。鄭廢爲邑，復爲右輔。經營繕完之勞，民既告病，而吏亦勤矣。以爾樂易之政，屢試有聞。往任其事，寬信以御民，强敏以御吏，稱朕意焉。可。

姚居簡押木栰上京酬奬轉三班借職

敕姚居簡。不煩民力，而辦官事，會其所運，罕所失亡。可。

賈種民吕升卿知軍

敕駕部員外郎賈種民吏部員外郎吕升卿。天下有道，士知分義，流品清濁，各有攸處。如種民、升卿，亦不汝棄。往服寵命，益祗厥官。種民可差知漢陽軍，升卿可差通判海州軍州事。

張世矩再任鎮戎軍

敕具官張世矩。高平故地，夷漢雜處，啓以夏政，疆以戎索。惟威與信並行，德與法相濟。則種落内附，民安其生。以爾習知邊情，克有武略。賦政之美，歷年于兹。夫已信之民易治，已練之兵易使。無改乃舊，益觀厥成。可。

劉誼知韶州

敕奉議郎劉誼。汝昔爲使者，親見民病，盡言而不諱，厄窮而不悔，夫豈知有今日之報乎？孔子曰："巧言令色，鮮矣仁。"夫能爲朕牧養遠民惠鮮鰥寡者，必剛毅不回之士也。往服厥官，益信汝言。可。特授依前官權發遣韶州仍借紫。

吕惠卿責授建寧軍節度副使本州安置不得簽書公事

敕。凶人在位，民不奠居；司寇失刑，士有異論。稍正滔天之罪，永爲垂世之規。（吕東萊眉）惠卿罪狀，即剖南山之竹不得盡書，揚東海之波亦難流絶。千載下人臣當爲永鑒。

具官吕惠卿，以斗筲之才，挾穿窬之智。諂事宰輔，（高啓夾）指安石。同升廟堂。樂禍而貪功，好兵而喜殺。以聚斂爲仁義，以法律爲詩書。首建青苗，次行助役。均輸之政，自同商賈；手實之禍，下及雞豚。（高啓眉）即此數句，可定惠卿罪狀。苟可蠹國以害民，率皆攘臂而稱首。先皇帝求賢若不及，從善如轉圜。始以帝堯之心，姑試伯鯀；終然孔子之聖，不信宰予。（**蔣仲舒眉**）引神堯、孔子二聯，大爲神宗解脱知人之誤。發其宿奸，謫之輔郡；尚疑改過，稍畀重權。復陳罔上之言，繼有碭山之貶。反覆教戒，惡心不悛；躁輕矯誣，德音猶在。始與知己，共爲欺君。（**高啓夾**）惠卿與安石。喜則摩足以相歡，怒則反目以相噬。（**陳仁錫眉**）發揮未暢，可惜此好題目。連起大獄，發其私書。黨與交攻，幾半天下。奸贓狼藉，橫彼江東。至其復用之年，始倡西戎之隙。妄出新意，變亂舊章。力引狂生之謀，馴至永樂之禍。興言及此，流涕何追。迨予踐祚之初，首發安邊之詔。假我號令，成汝詐謀。不圖涣汗之文，止爲款賊之具。迷國不道，從古罕聞。尚寬兩觀之誅，薄示三危之竄。國有常典，朕不敢私。可。

【彙評】

陳眉公：吕惠卿之惡真矣，卒後，爲吕黨黄慶基劾其誹謗，冤哉！

高啓（凌啓康）：按吕惠卿之謫詞頭始下，劉貢父當草制，東坡呼曰："貢父平生作劊子，今日纔殺人也。"貢父引疾謁告，東坡一揮而就，傳寫都下，爲之紙貴。

儲欣：食肉寢皮，未若此制之快。

許懋秘閣校理知福州

敕兩浙轉運副使朝請大夫許懋。七閩之會，其民智巧。吏得其人，則靡然心服，不勞而治；不得其人，則紛然力争，雖勞不服。以爾賦政東南，民用不擾，既久而信，厥聲藹然。肆余命爾,長兹劇郡。夫身在江海之上;而職在魏闕之下。民之瞻望,顧不美歟?可。特授依前官充秘閣校理知福州兼福建路兵馬鈐轄,填在闕。

喬執中兩浙運副張安上提刑

敕具官某等。夫以恤刑之道,達之於主計,則非聚斂之臣;以牧民之意,推之于恤刑,則非文法之吏。以爾執中奉使東南,吏服其明,民懷其惠。以爾安上賦政毗陵,寬而有制,嚴而不殘。是以命爾,各祗厥服。夫民新脱賦泉之弊,以從力役之征,其謹視貪吏,以無害我成法。可。

宇文昌齡吏部郎祝庶刑部郎

敕具官某等。古以人物掌選,而士不濫進,以經術斷獄,而民無怨言。嗚呼,何修何飾而至此!今吾一之以格律,而不免於異議,何哉?昌齡以儒學進,有聞於人。庶以世家用,能宿其業。勉思古人,以稱朕意。可依。(云云。)

江東提刑侯利建可江東轉運副使福建運判孫奕可福建路轉運副使新差權發遣鄭州傅燮可江東提刑知常州張安上可兩浙提刑朝請郎劉士彦可福建轉運判官

敕具官某等。朕姑罷賦泉之令,復徭役之法,使民出力以事其上,不責其所無者,冀以富之,閔閔焉如農夫之望歲也。而差發之際,吏或緣而爲奸,農民在官,貪者動心焉。若郡縣御胥史不嚴,而監司察郡縣不謹,則南畝之民,不困於縣官,而困於吏,其與幾何。爾以治行,達於朕聽。或已試之效,或近臣之薦。必能明識朕意,以保民察吏爲本,謹視其廉貪仁暴,勤惰明暗,以詔賞罰。朕亦將觀汝所爲而進退焉。可依。(云云。)

王續知太康縣

敕具官王續。朕以天下爲一家。然畿甸之民,號爲根本,若近者不悦,四方何觀焉。爾以才選,往服厥事,馭吏以明,保民以寬,無失朕命。可。

新差通判齊州張琬可衛尉寺丞
衛尉丞韓敦立可通判齊州

敕具官某等。朕於士大夫苟便其私而害於公者,蓋未嘗不聽,矧以養親爲詞而求易地,固朕之所樂聞也。往服厥職,各祗乃事。可依。(云云。)

喬執中可吏部郎

敕具官喬執中。士知愛身則知愛君,知馭民則知馭吏。故端静惠和之士,施之内外,無適不宜。朕察汝久矣。今自部使者,入爲天官屬,無易其守,以稱朕命。可。

蘇子元可權知新州

敕具官蘇子元。嗚呼！交趾之變，蘇氏之禍，十年於此矣。朕念之不衰。哀忘而愍存。不忍以常法待汝，畀之一郡，以勸事君。敬之哉！思所以致此者，可不敬歟！可。

楊伋落待制知黄州崔台符王孝先各降一官台符知相州孝先知濮州（制同）

敕。國家臨御百年，哀矜庶獄，好生惡殺，視民如傷，六聖一心，簡在上帝，而市井無賴，譖愬公行。若廷尉治獄不苛，秋官議法有守，則仁聖在上，奸宄自消，豈有數年之間，坐致萬人之禍。死者不復，誰任其辜。具官以患失鄙夫之心，而竊乘君子之器，欲與群小共分告織之功，專務巧詆以成疑似之罪。試加覆視，冤狀了然。公議不容，彈章交上。聊從附下之罰，少謝無辜之民。服我寬恩，益務循省。（**台符改此两句云：往莅安陽，兼修馬政。勉思來效，毋重往愆。**）可。

趙卨摩勘轉朝議大夫

敕。趙充國、馮奉世，名臣也，而老於爲將；婁師德、郭元振，儒者也，而樂於守邊。蓋疆埸未寧，則以外爲重；而忠義所激，不擇地而安。具官趙卨，少以宏材，輔之博學。虚心大對，方觀晁、董之文；推轂西陲，遂膺羊、陸之寄。恩威並著，戎夏乂安。論歲月以稍遷，姑從舊典；收功名於不世，勉及前人。可。

趙思明知永静軍

敕具官趙思明。武吏之進,以守土捍城爲高選;而戎壘之政,以平徭决獄爲餘事。汝以財用,往分使符。知高選之未易得,而餘事之不可忽,則寡過矣。可。

鮮于侁大理卿

敕具官鮮于侁。儒者耻爲文吏,而廷尉不用仁人,久矣。流弊之末,至於誦法而不知義,附勢而不知法。罔羅紛張,延及無辜。朕益厭之。爾德惟一,信道不回,雖古於張,何以遠過。是以命爾。庶幾天下復無冤民。不然者,朕豈以刑獄之事累老成哉? 可。

吴處厚知漢陽軍賈種民知通利軍

敕具官某等。漢口、黎陽,控引江河,久廢爲邑,吏民不悦。此詔有司,修復故壘,因舊而新,務適厥中,平徭均賦,使民宜之,明致朕意,以慰父老。可。

顧臨直龍圖閣河東轉運使唐義問河北轉運副使

敕具官某等。復差役之法,黜聚斂之吏,去薄從忠,務以養民,而寬厚之弊,或至於婾。夫外臺按事,以不失有罪爲稱職。若下有幸免之吏,則必有不幸之民。民困於吏,則歸咎吾法。朕甚憂之。顧臨太原之民,困於邊備,使者之任,不輕付予。以爾儒林之選，號稱秀傑，有能吏之才而不薄，有長者之風而不偷。其服新職，以莅一道。往任其責，以寬吾憂。可。（**唐義問趙魏之地，被邊帶河。使者之任，匪人可乎？以爾直諒之節，世其家聲，豈弟之心，不忽民事。必能深識朕意，以肅吏靖民爲本。**）

張問秘書監

敕具官張問。汝策名三朝，宣力四方，既有聞矣。而篤老之年，克己復禮，稱道不亂。朕聞而嘉之。起之鄉閭，列之朝會，問國故事，與民疾苦，足矣，不必勞以事也。優游吾東觀，以爲士大夫之表。可。

范子奇將作監

敕具官范子奇。夫以百工之事，較之一路之民爲輕，而自部刺史入居九卿爲重。爾久在外，服奔走之勞，按視之勤，亦少休乎。今宫室器用，皆有常法，守之勿失，可以寡過。若予工，毋廢厥職。可。

錢長卿比部郎鄧義叔水部郎

敕具官某等。昔漢郎官出宰百里，今自監郡以上，乃與其選，任益重矣。非獨爲官求人，以濟無窮之務，亦將爲國儲士，以須不次之舉。雖會計溝洫，有司之一事，而馭吏捍災，朕將有取焉。可。

林郘太僕丞何琬鴻臚丞

敕具官某等。爾向以才選，出按常平之政，官省而歸，復使治民，蓋將因能而任焉。九寺之屬，近在輦轂，才之所宜，易以聞達。毋曠厥官，朕不汝遺。可。

文保雍將作監丞

敕具官文保雍。朕仰成元老，如涉得舟，待以求濟。苟有以燕安之，使樂從吾游，而忘其老，朕無愛焉。大匠之屬，未足以盡汝才也，而從政之餘，遂及爾私，並事君親，豈不休哉！可。

李南公知滄州穆珣知廬州王子韶知壽州趙揚知潤州(制同)

敕具官某等。刺史秩六百石，以按列郡而治行卓然，乃以二千石爲郡守，昔以責人者，今以自責，則物被其惠，民無間言。爾等皆嘗奉使，督察官吏，公明之稱，達於朕聽。董制江淮，控臨河海，任亦重矣，其益勉之，無使風采減於平昔。可。

高公繪公紀並防禦使

敕。鄧訓之德，蓋活千人；叔向之功，尚宥十世。矧先王却狄之勳，而聖母負扆之托。子孫賢者，休戚同之。具官某，性于忠孝，文以禮樂。襲故家仁厚之風，蹈布衣恭儉之節。以爾父士林，早緣肺腑，逮事厚陵，没于中年，爵不配德，故推餘澤，以及後昆。抱能未施,當俟可爲之會;臨寵而懼,庶保無疆之休。公繪可特授秀州,公紀可特授永州。

李之純户部侍郎

敕。保國猶保身,藥石不如養氣;御民猶御馬,鞭箠不如輕車。故興利以富民,不如省事而民自富;廣求以豐國,不如節用而國自豐。朕嘉與庶工,共行此志。以爾具官李之純,屢試以事,號稱循良。雖爲有司,不吝出納。宜膺躐等之用,庶無虚授之譏。服我訓詞,以厭公議,可。

穆衍金部員外郎

敕具官穆衍。士能用其長,以自表見者,朕未嘗不試也。要之必觀其始終,然後能决其進退。在此選者,可不勉歟! 貨幣之入,所以權輕重,通有無,而非以求富也。往服朕訓,以永終譽。可。

孫路陝西運判

敕具官孫路。關右之民,困役傷財。譬之七年之病,而求三年之艾。朕日夜以思,庶幾其民勇而知方。以爾出入秦、雍,悉其利病,往行所知,以稱朕意。可。

蘇頌刑部尚書

敕。朕聞帝堯之世,伯夷以三《禮》折民;西漢之隆,仲舒以

《春秋》决獄。是知有道之士,必以無訟爲功。乃者法病於煩,官失其守。盗賊多有,獄市紛然。敷求迪哲之人,以清流弊之末。具官蘇頌,温文而毅,直亮不回。仲由、冉求,果藝有從政之美;子産、叔向,愛直兼古人之遺。遭罹閔凶,亦既祥禫。特詔虚位,以待老成。與其遂曾、閔之私哀,顧懷墳墓;曷若蹈威、綽之前軌,顯揚君親。佇聞嘉猷,以對休命。可。

王公儀夔州路轉運使程高夔州路轉運判官

敕具官某等。役法既復,民知息肩矣。然在官者,皆農末也。三峽之民,刀耕火耘,與鹿豕雜居。正賴良使者,察其侵冤。使政煩而吏貪者,此等豈能遠訴乎? 朕以大臣薦,故擢用汝。若遠民無告,非獨汝咎,薦者可不勉哉! 可。

吕由庚太常寺太祝

敕具官吕由庚。先皇帝有賢執法,朕不及見也。思其人,行其言,用其平生所予者,猶以爲未足也,而録其子。嗚呼,亦可以識朕意也! 夫《詩》云:“惟其有之,是以似之。”汝勉之矣,朕不汝忘。可。

【彙評】

鍾惺:數語回翔。

杜訢衛尉少卿鍾離景伯少府少監

敕具官某等。朕登進耆老,崇德以靖民;敷求雋良,養材以待用。非更練有素,不經用其人。以爾訢久服官箴,善守家法。以爾景伯既敏而藝,有聞於時。皆吾四世之良,往服九卿之貳。益固爾守,將觀厥成。可依。(云云。)

辛押陀羅歸德將軍

敕具官辛押陀羅。天日之光,下被草木。雖在幽遠,靡不照臨。以爾嘗詣闕庭,躬陳珍幣。開導種落,歲致梯航。願自比於内臣,得均被於霈澤。祇服新寵,益思盡忠。可。

高子壽三班借職

敕高子壽。程力較績,國有舊章。命以一官,勉思自效。可。

李肩可殿中省尚藥奉御直翰林醫官

敕具官李肩。醫雖一技,蓋通妙物之神,法有衆科,以助好生之德。故縻好爵,用勸良能。無忘三世之傳,庶保十全之效。可。

耿政可東頭供奉官致仕

敕具官耿政。肇新霈澤,覃及庶工。雖請老以家居,亦先朝之逮事。各從遷秩,以寵歸休。可。

喬執中可朝請郎尚書吏部郎中

敕具官喬執中。漢以郎官,出宰百里;今以群守,選屬列曹。任人之隆,於古爲重。有司言爾資格當遷,其即正員以茂遠業。可。

卷一百八

内制敕文七十五首

李之純可集賢殿修撰河北都轉運使

敕。乃者役錢貸息之弊，民兵馬政之勞，萃於北方。而天不靖民，河溢爲災，老幼奔走，流離道路，十年於此矣。嗚呼，其孰爲朕勞來安集，使復其舊乎？以爾具官李之純，治辦之能，嘗見於用。忠厚之質，不移於勢。是用進登書殿，增重使指。其往撫疲瘵之俗，察貪暴之吏。無縱詭隨，以謹無良。朕將酌民言以觀汝政，可不勉歟！可。

吕大臨太學博士

敕具官吕大臨。太學，禮義之所從出也。不擇人以爲法，而恃法以爲治，可乎？漢之郭太、符融，唐之陽城、韓愈，士皆靡然化之，其賢於法遠矣。朕方詔有司，疏理學政，而近侍之臣，言汝可用。必能於法禁之外，使士有所愧而不爲，(鍾惺夾)深。乃稱朕意。可。

羅適知開封縣程之邵知祥符縣

敕某等。赤縣之衆，甚於劇郡。五方豪傑之林，百賈盜賊之淵。蓋自平時,號爲難治。而況市易始去,逋負尚繁,役法初復,農民未信。以爾適,學行純固,有恤民之心。以爾之邵,才力强敏,無偷安之意。各服乃事,以觀其能。不患不己知,求爲可知者。可。

杜純可刑部員外郎

敕具官杜純。用法如權衡,權可以輕重移,而衡不可以毫髮欺。故司寇之職,必有守道之長貳,而輔之以守官之僚屬。汝昔爲士師,秉節不回。獨持正義,以直群枉。往服厥官,無易汝守。以不忍之心,行無心之法,則予汝嘉。可。

劉霆知陳留縣

敕具官劉霆。縣劇而難治,故有司難於用人。地近而易知,故才者樂於自用。臨政以簡,決獄以明,御吏以嚴,去盗以武。能此四者,孰不汝知。可。

皇伯仲曄可贈保寧軍節度使東陽郡王

敕。祖宗之德,天地並隆。施及子孫,皆享民社。勝衣有朝請之奉,闔棺有茅土之封。始終之間,哀榮斯極。具官仲曄,寬厚寡過,雍容有常。生不勤於父師,没見思於姻族。既得考終之道,可無追遠之恩。豹尾神旗,守臣之威命;金璽盭綬,諸侯之寵章。服我龍光,以賁窀穸。可。

杜紘可右司郎中

敕具官杜紘。士一歷都司，即踐清要。非一時名勝，不在此選。爾以文無害，而宿其業。往服乃事，益茂厥德，以稱朕命。可。

皇城使裴景知慈州莊宅副使郭逢知階州西京左藏庫副使王克詢知順安軍

敕具官某等。朕銓擇將吏，視其才力。强敏可任以事者，必試之治民。苟不知愛民奉法，馭吏而戢士，雖智勇有聞，朕無取焉。爾等皆以考績察廉，號稱明練。薦者交章，故在此選。往服厥官，無失朕命。可依。(云云。)

借職楊晟該差使吴奉雲等各轉一官

敕某等。向敕邊臣，增葺城堡。所以護安民夷，各全其生，爾能相率獻田出力，有足嘉者。服我爵秩，永保忠順。可。

吕大忠可發運副使

敕具官吕大忠。發運使按治六路，所部幾萬里，持節出使，未有若此其重者也。以爾更練世故，果於從政。屢試劇部，厥聲藹然。是以命爾均南北之有無，權貨幣之輕重。使農末俱利，公私宜之，以稱朕意。可。

蔣之奇可集賢殿修撰知廣州

敕具官蔣之奇。按治領海，統制南極。聲教所暨，聳聞風采。自唐以來，不輕付予。朕既擇其人，復寵以秘殿之職。使民夷縱觀，知其輟自禁嚴，以見朝廷重遠之意。其於服從畏信，豈不有助也哉！可。

吴安持知蘇州劉珵知滑州

敕具官某等。兩河之俗樸，其弊也悍，而輕犯法；三吴之俗巧，其弊也流，而不知止。惟君子爲能，去其已甚，濟其所不及，故所居而民安之。朕求二郡守，訪之左右，咸曰汝宜。往服朕訓，因俗而治。可依。（云云。）

謝卿材可陝西轉運使

敕具官謝卿材。治邊者不計財，惟邊之所用。治財者不恤民，惟財之爲富。此古今之通患也。朕知汝才知可倚，忠厚可信。故以西方之政，責成於汝。往與師守者謀之，惟適厥中，以民爲本。可。（**陳仁錫眉**）宋人能識此夢。

李曼知果州

敕具官李曼。蜀之人治蜀，知其好惡，察其情僞，宜若易然。又況於寬而明，和而毅，如汝曼者乎？乃者無實之訴，朕既察之矣。乘傳西歸，平賦役，省條教，以慰父老之望。可。

黎珣知南雄州

敕具官黎珣。嶺海之遠,吏輕爲奸。非良守令,民無所赴告。往祗厥官,如在近甸,則予汝嘉。可。

張赴再任乾寧軍

敕具官張赴。使者言汝爲政有方,民甚宜之。當解而留,以慰民望,可不勉哉!可。

皇伯仲嬰可贈奉國軍節度使追封申國公

敕。祖宗之意,仁孝爲先。孝故專篤於親,仁故閔勞以事。雖豐功盛烈,不見於宗室;而令名美實,克全於始終。死喪之威,哀嘆何及!具官仲嬰,少而簡素,輔以温文。既克己以歸仁,亦樂善而忘勢。信順多助,蓋《大有》上吉之祥;高明令終,真《既醉》太平之福。建元戎之六纛,錫上公之九章。維以勸忠,豈云虚授。庶幾幽壤,服我寵靈。可。

林邵開封推官

敕具官林邵。天府之劇,古稱難治。非兼人之資,有不能濟。今自逋負逃亡,悉歸之四厢,宜若易辦。然夫辦之易,則責之詳。爾材敏素聞,而以舉用,往助乃長,使治衆如治寡,以稱所舉。可。

鄧羲叔可主客郎中王諤可水部郎中

敕具官某等。吏惡數易，而事有不得已者。通商惠農，水政爲急。而招攜柔遠，賓客之事亦重矣。各祇乃事，爲安官樂職之計。可依。(云云。)

王荀龍知棣州

敕具官王荀龍。平原厭次，沃野千里。桑麻之富，衣被天下。宜得老成循吏，以輔安良民，式遏奸慝。訪之左右，咸曰汝宜。往悉乃心，朕將觀焉。可。

黄憲章獲賊可承事郎

敕具官黄憲章。勞能之賞，不計日月。爵禄之報，必視首功。宜從遷秩之勞，以勸追胥之勇。可。

御史中丞劉摯可兼侍讀

敕。孟子有言："君仁莫不仁，君義莫不義，一正君而天下定矣。"朕惟臺諫言責之臣，雖知無不言，常救之於已失；而勸講進讀之士，蓋朝夕納誨，故日化而不知。(**陳仁錫眉**)二者實文相重。合於孟子"正君"之義，非獨有司之事也。具官劉摯，以道事君，非法不言。使朕日聞所不聞，天下稱焉。宜因古今册書之成文，取其興壞治忽之要論。言之於無事，救之於未失。使朕立於無過之地，豈非汝争臣之大願乎？可。

處士王臨可試太學録

敕具官王臨。觀近臣以其所爲主，觀遠臣以其所主。朕初不汝知也，而光論汝可用，其試之太學，汝勉之矣。朕既因光以知汝，亦將考汝所爲而觀光焉。可。

皇叔克眷可贈曹州觀察使追封濟陰侯

敕。先王建邦啓土，必先宗盟。上自魯、衛，下至應、韓。宗室之子，莫不南面。國家自仁率親，專於教愛。故生無吏責，而富以禄没。享隆名而告諸幽，忠恕之道，可謂備矣。具官克眷，以茂美之質，服信厚之化。雖功名才業不見於用，而恭儉孝悌刑於厥官。命以廉車，即侯其地。皆國之舊，非朕敢私。庶幾有知，服我休命。可。

寇彦卿彦明左班殿直（以兄殿直寇彦古永樂成死事）

敕具官寇彦卿。士不惜以身徇國，朕獨何愛一官，不以收恤其家乎？祗服朕命，毋忘死者。可。

駙馬都尉張敦禮可節度觀察留後

敕。軒冕之來，德量爲稱。外無充詘之容，可以觀德；内若固有之安，可以言量。具官張敦禮，少以經術，秀於士林。雖緣姻戚之選，不失儒素之行。日奉朝請，既抱才而未試；坐閲歲月，亦久次而當遷。進居兩使之間，增重諸倩之遇。益礪士節，以爲國華。可。

内人張氏可特封典贊

敕張氏。朕幼學之初，未就外傅。命爾執業，以侍左右。勤勞有年，恭謹寡過。進掌儀範，以旌徽柔。可。

故尚宫趙氏可特贈郡君

敕趙氏。先朝差擇女士，以輔陰教。侍御左右，罔匪淑人。矧兹六尚之選，必備四教之法。奄焉淪喪，宜極哀榮。以爾名族之英，掖廷之舊。行應圖史，言中物則。彤管有煒，既傳好德之芳；象服是宜，無愧飾終之典。庶幾幽壤，服我寵章。可。

馮宗道可右騏驥使内侍省内侍押班
梁惟簡可文思副使内侍省内侍押班

敕具官某等。爵禄，天下之公器也。朕不敢以私昵之愛，而輕用其賞，亦不敢以近習之嫌，而不録其功。以爾等小心忠孝，逮事列聖，出入中外，劬勞百爲。而宗道以藩邸攀附之勤，惟簡以東朝奉事之久，各還所寄，加重其任。益勵素守，以稱異恩。可依。（云云。）

梁從吉可遥郡團練使入内内侍省副都知

敕。祖宗之化，自家刑國。故雖左右近習之臣，莫不好善而知義，彬彬然有士君子之風焉。具官梁從吉，莊重有守，温良寡過。給事宫省，知無不爲。服勤邊徼，克有成績。改錫戎團之命，進助内宰之政。益勵素守，以稱異恩。可。

劉有方可内侍省右班副都知

敕。祖宗之化，自家刑國。故雖左右近習之臣，莫不好善而知義，彬彬然有士君子之風焉。具官劉有方，温恭和毅，勤强練密。進從王事，以法令爲師；退安私室，以圖史爲樂。進領右璫之貳，益親中禁之嚴。惟忠與敬，乃稱朕命。可。

翟思知泉州周之純知秀州沈季長知南康軍

敕具官某等。朕惟四海之廣，一夫不獲，足以害教化之成，傷陰陽之和。故選建守長，必以學士大夫爲先。孔子曰："君子學道則愛人，小人學道則易使也。"爾等皆以儒術進，有聞於時矣。其深識朕意，往行所聞。欽哉。可。

馬傳正大理寺主簿

敕具官馬傳正。哀敬折獄，明啓刑書，理官之任也。主簿雖卑，亦有事於其間矣。爾以選用，其勉服此言。可。

張之諫權知涇州康識權發遣鄜州

敕具官某等。邊郡之政，兵食爲先。郡守之責，文武兼綜。

以爾等才力之選，卓然有聞。治辦之效，見於已試。朕雖招攜來遠，不求邊功；爾當積穀訓兵，常若寇至。祗率厥服，往惟欽哉。可依。（云云。）

梁謂可供備庫副使轉出

敕具官梁諝。奉事之久，累勞當陞。求從外遷，亦各其志。進貳諸使，往齒外朝。益務廉平，以答休寵。可。

燕若古知渝州

敕具官燕若古。汝向以才選，奉使東方，官省而歸，因以得郡。蓋可謂異恩矣。巴峽之嶮，邑居褊陋。負山臨谷，以爭尋常。獨渝爲大州，水土和易，商農會通，賦役爭訟，甲於旁近。毋以僻遠，鄙夷其民。欽哉。可。

删定官孫諤鮑朝賓並宣議郎

敕具官某等。廷見改官，法之所嚴也。歲月之課，保任之數，差若銖黍，輒不得遷。今於汝獨略之者，豈非以制法定令，汝與其議故歟？祗服朕命，以法自律，無徒知之。可。

王振可大理少卿

敕具官王振。任法而不任人，則法有不通，無以盡萬變之情；任人而不任法，則人各有意，無以定一成之論。朕虚心以聽，人法兼用。以爾出入中外，敏於從政，詳平奏讞，審於用律。廷尉之事，爾惟副之。夫法出於禮，本於仁，成於義。勉思古人，以稱朕命。可。

李籲可宣德郎

敕具官李籲。朕有大政令，使近臣總領其議。民之休戚，國之治亂成其手，可謂重矣。爾以儒術，進以邑政，選而爲之官屬，亦豈輕哉！二三臣者，言爾當遷。其服朕命，益祇乃事。可。

趙思明可西上閤門副使

敕具官趙思明。國之宗臣，義同休戚。故文終之後，配漢並隆；而梁公之孫，與唐無極。國家佐命，元老獨高。韓王銘勳太常，侑食清廟。爰自近歲，嘆其中微。乃眷裔孫，尚有遺烈。宜因近侍之請，進陞上閤之貳。勉蹈祖武，副朕懷人追遠之心。可。

李承祐可内殿崇班(内臣轉出)

敕具官李承祐。奉事滋久，累勞當遷。遂齒外朝縉紳之列，益思忠藎，毋忝恩榮。可。

蕭士元知隰州趙永寧知永静軍

敕具官某等。文武異用而其道同，軍國異容而其情一。爾以才選,往莅厥服。惟少私寡欲,則民自靖。惟奉法循理,則吏自畏。祇率朕訓。欽哉。可。

黄光瑞可内殿崇班

敕黄光瑞。朕覆養華夷,義均臣子。愛重爵賞,必加有功。以爾昔助王師,遠獲逋寇。歷年滋久,宜示異恩,服我寵休,永思忠藎。可。

文貽慶可都官員外郎居中可宗正寺主簿

敕具官某等。昔江左二老,王導、謝安;唐之元勳,汾陽、西平。皆以積德流慶,子孫多賢。布列臺省,爲邦之光。今吾太師氏,亦庶幾焉。爾等才行之美,所資者深。聞見之廣,不扶自直。宜近而遠,未稱朕意。其歸服乃事,同寅協恭,以究事君親之義。可。

皇兄令夬可贈博州防禦使博平侯

敕。爵齒之貴,並隆於朝廷;死喪之威,莫先於兄弟。禮有哀恤,義兼哀榮。故具官令夬,端厚有常,靖恭寡過。生不勤於保傅,没見思於族姻。宜分竹符,就賜茅社。服予惇叙之寵,慰爾永歸之魂。可。

高士永知文州

敕具官高士永。自將爲守,非藝而果,不在此選。治兵欲嚴，御吏欲明，撫民欲寬，守邊欲信。汝勉之矣，毋廢朕命。可。

太皇太后再從弟高士纘高士涺可並左班殿直文思副使梁惟簡可皇城副使

敕具官某等。朕惟坤元成物之恩，雖以天下養，無足稱其德者。故推餘澤，以及葭莩之親。左右奉事之臣，雖天地之施，無所報塞。尚勉忠孝，以答萬一。可。

范百禄刑部侍郎

敕。朕哀敬五刑，期協中道。論者志於殺，惟殺之務，則深而失情；讞者志於生，惟生之知，則玩而廢法。朕欲情法兩得，生殺必中。非俗吏之所能，思古人而永嘆。爰試以事，乃得其人。具官范百禄，少以異材，輔之篤學。昔奉大對，有守禮憂國之言；旋爲争臣，有責難愛君之意。必能參用經術，折中人情。民自以爲不冤，汝當務致此者；吾必也使無訟，朕亦將庶幾焉。可。

朱光庭可左司諫王覿右司諫

敕具官某等。惟善人能受盡言。故昔之諫者，常有不容之憂。然有志之士，猶且不顧。忠義所激，憂患可忘。今朕恭己無爲，虚心以聽。汝等所論，蓋無虚日。朕亦有拒而不聽，聽而不用者乎？各服新命，盡所欲言。言而不從，朕則有愧。知而不言，汝亦負朕。可不勉哉！可。

鮮于侁可左諫議大夫梁燾可右諫議大夫

敕。仲虺言湯之德曰:“改過不吝。”孔子論一言而喪邦曰:“惟予言而莫余違。”嗚呼,天下之治亂安危,有不出於此者乎?朕夙興夜寐,思聞其過。厥愆曰朕之愆,不啻不敢含怒,而况於左右輔弼之臣歟?具官鮮于侁,邦之老成,久試於外。金石之節,皓首不衰。具官梁燾,出入館殿,蓋二十年。守道篤志,無所阿附。皆吾争臣之選也。朕之於事,無必無我。可則行之,否則更之。使天下曉然,知朕樂聞其過。書之史册,足爲美談。若乃進則詭詞,退則焚草。衰世之事,朕無取焉。可。

王岩叟可侍御史

敕具官某。爾以御史,論事稱職。擢居諫垣,而能秉心不回,忠言屢聞。考其所争之義,皆有可行之實。予維寵嘉之。兹復命爾往貳執法,樂於從善,朕志亦可見矣。《易》曰:“大君有命,開國承家,小人勿用,必亂邦也。”爾謹視中外,毋縱詭隨,以成我純一之政。可。

錢勰可給事中

敕。朝廷之政,根本於中書,而樞機於門下。出入考慎,然後布之天下,一成而不反,後世有述焉。雖用人惟均,而至於封駮之任,其選尤重。具官錢勰,文學議論,世其先人,典章憲度,博通前世,詞命之富,多而愈工,風力之優,煩而不亂。其服新命,益修厥官。使爲政者難於造令,而承流者無所議法,則惟汝賢。可。

明堂執政加恩門下侍郎韓維

敕。朕于訪落之初，躬緫章之祀。追嚴烈考，以侑上帝。七政軌道，四海來格。禮樂具舉，天人並應。非余一二大臣，同德比義，燮和神民，何以致此哉？具官韓維，令德雅望，外爲師表；忠言嘉謀，入告帷幄。望其容貌，足以知朝廷之尊；聞其風烈，足以立貪懦之志。艱難之際，垂拱仰成。宜修舊典之常，均被慶成之澤。同底於道，朕有賴焉。

中書侍郎張璪

敕。親祠合宫，昭事上帝。明發不寐，惕然有懷。永惟神考之烈，高出百王之表。選建群辟，遺我後人。濟於艱難，克有成績。具官張璪，碩材不器，後德自明。衛上之忠，悃款四世。應務之敏，勤勞百爲。迨兹配饗之成，宜均慈嘏之福。服我明命，永肩一心。

尚書左丞李清臣

敕。衹奉嚴禋，肆行大賚。誠通幽顯，澤被中外。六成之樂，上格於穹壤；四簋之黍，下浹於輝庖。矧余元臣，相成釐事。神人所保，霈澤宜先。具官李清臣，德配先民，才高當世。早以天人之學，發爲經緯之文。左右先朝，克有成績。屬余訪落之始，共濟艱難之中。迨兹慶成，均被慈告。宜疏井邑之賜，以示臣工之榮。永孚於休，以稱朕意。

知樞密院事安燾

敕。於皇烈考，屬余大器。夙夜祗懼，若涉冰淵。乃者饗帝合宫，風雨時若。肆眚象魏，謳歌聿歸。惟天人之應，萃於眇躬；蓋左右之助，實賴將相。具官安燾，奮自儒術，爲時名臣。燮和兵戎，無傷財害民之警；持守法度，有送往事居之忠。迨兹慶成，均被慈告。井邑之賜，國有舊章。與民同休，居寵無愧。

同知樞密院事范純仁

敕。朕出款真室，還祀合宫。祗見昊天，陟配文考。禮樂具舉，華夷駿奔。方恭默無言之中，緊辟公顯相之賴。率禮弗越，肆予汝嘉。具官范純仁，慶曆名臣之家，熙寧正諫之士。著績西鄙，授任中樞。謨猷靖深，兵革消伏。領使奉祠之日，助成大享之勤。降福孔多，推恩宜廣。矧予宥密之地，可無勳邑之加。往服寵章，益敬毋怠。

尚書右丞吕大防

敕。朕有事總章，升侑神考。四輔在位，百工在廷。敿假無言，各率其職。迨此釐事之畢，匪我冲人之能。思與群公，均受帝祉。具官吕大防，擢自英祖，休有直聲。被遇裕陵，愈彰忠力。人總文昌之轄，手疏盤錯之煩。六事所瞻，倚以爲重；三府之議，於焉取平。宜加勳伐之隆，益增井賦之衍。服我休命，思勉厥終。

韓忠彦黄履並特轉朝請郎

敕。考績之法，三代共由。雖余左右之信臣，猶以歲日而叙進。率循其舊，示不爾私。具官韓忠彦，頎然異材，奮以儒術。典朕三禮，識古人之大全；歷事四朝，有宗臣之餘烈。黄履受材宏深，秉德純固。入踐臺省，休有老成之風；出更藩垣，遂無東顧之念。祗服新命，益修厥官。尚勵有爲之心，以需不次之舉。可。

皇叔祖克愛皇叔仲虢並遥郡團練使

敕。朕不以親廢法，亦不以義掩恩。故宗室之英，雖不任事，而歲月之考，必付有司。以爾具官克愛，篤行有常，率履如一。以爾具官仲虢，居寵而戒，好德不回。既累日以當遷，非無名而虚授。益務忠敬，以保厥家。可。

王獻可洛苑使

敕具官王獻。《傳》不云乎："詩書義之府，禮樂德之則。"禦侮扞城，亦儒者之事也。汝以詞學進，而以武幹聞。肆予虎臣，謂汝可用。往服新命，以成汝志。可。

陳次升可淮南提刑

敕具官陳次升。《春秋》書無麥禾，蓋病之也。今吾淮甸之民，夏旱秋水，望熟於來歲。譬如負重涉遠，未知所舍。朕甚憂之。汝自百里長，以才能選爲朕耳目。其往按視。省刑獄，均力役，督盜賊，去奸吏。使民忘其災，以稱朕意。可。

杜純可大理少卿

敕具官杜純。治獄得其道，仁及幽顯，澤流子孫。苟非其人，災及草木，身任其禍。朕敬而畏之，久難其人。以爾用法平直，守道純固，不以進退榮辱抑揚其心，故在此選。靡不有初，終之實難。可不勉哉！可。

郭畯可開封府司録參軍

敕具官郭畯。汝昔爲獄官，不撓於執事，以陷無辜之人，坐失厥職，秉義不回，有足嘉者。往隸天府，總攝群掾。毋易汝守，朕將觀焉。可。

林希可中書舍人

敕。文章之變，與時盛衰。譬如八音，可以觀政。而况誥命之出，學者所師。號令以之重輕，風俗因而厚薄。(**陳仁錫眉**)□□如此。本朝革五代積衰之氣，繼兩漢爾雅之文。而大道中微，異端所汩。欲復祖宗之舊，必以訓詞爲先。故難其人，不以輕授。具官林希，博聞强識，篤學力行。綽有建安之風流，逮聞正始之議論。往踐外制，爲朝廷常潤色其精微；期配昔人，使天下識典刑之仿佛。務究所學，朕將觀焉。可。

司馬光左僕射追封温國公制

敕。執德不回,用安社稷爲悦;以死勤事,坐致股肱或虧。方予訪落之初,遽興殄瘁之感。其於恤典,豈限彝章。具官司馬光,超軼絶塵,應期降命。蹈履九德,湛涵六經。逮事仁宗,以論思獻納任言責;翊我英祖,以安危治亂鑒古今。粤惟先朝,延登近弼。方事獻可而替否,不肯枉尺而直尋。紬繹新書,優游卒歲,乃心無不在王室,不起何以慰蒼生。顧惟眇躬,肇稱毖祀。雖未能求諸野而得傅説,亦庶幾選於衆而舉皋陶。激濁揚清,方甄明於流品;制法成治,永振德於黎元。而憖遺之悲,天不得於一老;惴慄之嘆,人皆輕於百身。兹大享於合寢,仍不預於小斂。師垣一品,降之九原。開國於温,用旌直德;納棺以襚,式勸具僚。念涕泗以無從,想話言之猶在。俯惟英爽,歆此寵靈。可特贈温國公。

張績除宣德郎制

敕太學博士張績。祖宗設賢良文學之科,以網羅天下之豪俊。間得偉人,爾繇是選。而沉默恬淡,安於冗散。學士鄧温伯,與東西省從官列上奏狀。朕嘉乃冲静,特俾遷秩。益務敦毖,將有試焉。可特授宣德郎,依舊太學博士。

孫覺除吏部侍郎制

敕。自國家還政文昌,將以致治。而天官四銓,總覈人物。澄清流品,未見其人。除擬之間,賢愚同滯。以爾朝請郎試給事中孫覺,文學論議,燭知本原。諫省東臺,久從踐歷。選掄之慎,委寄益隆。噫,法之窒閡者更,吏之不虔者逐。賕文弗作,甄序有倫。服我訓詞,尚有大用。可特授依前官試吏部侍郎。

曹旦知南平軍制

敕供備庫副使曹旦。西南瀘夷,諸種部族。散處叢篁溪谷之阻,與魚鳥群。卉服而居,畲田而食。樂生惡死,情無甚異。軍摩邊戍,備預不虞。静而綏之,彼自馴擾。往服吾訓,以稱人知。可特授依前官權知南平軍事。

吕和卿知台州制

敕承議郎尚書金部員外郎吕和卿。臨海雖小邦,而有民社之重,朕豈輕之。爾以仕優而學誠,知戒夫墻面之煩,製錦之未易乎? 往欽用勵,毋忽吾訓。可依前官差權知台州。

陸佃禮部侍郎制

敕。文昌貳卿,位次八座。各有典司,咸用專達。天官之選,目色實繁。以爾朝奉郎試吏部侍郎陸佃,方領以先朝一代大典,纘修筆削,勢難兼綜。春官宗伯,事雖稀簡,目力可周。而典章文物,動關國體,益思明練,以稱恩休。可特授依前官試禮部侍郎依舊充修實録院修撰官。

龍圖閣直學士朝請大夫知定州蔡延慶朝請大夫試户部尚書李常並磨勘轉朝議大夫制

三考而議黜陟，古今所同；積日而叙勤勞，貴賤無間。矧夫内與六官之長，外總連帥之權。均大計之盈虚，司鄰邦之動静。歷年應格，稽法當遷。有司以言。朕何敢後。具官李常，奮由疏遠，深自刻修。財賦所存，綱目具舉。具官蔡延慶，名臣之後，吏治有餘。干城四方，安静不擾。咸以侍從之選，而應股肱之良。雖尺寸以遷，未彰於異數；而命秩之寵，差慰於久勞。

朝奉郎孫覽除右司員外郎制

奉使北方，治河而備邊，任亦重矣。以爲未足以盡其才也，而置之都司。吾之所以責任爾者可見也。夫分治六官，事無巨細。畢陳於前，若網在綱。振之則舉，弛之則盡廢。爾昔既稱治辦矣，勉既厥心，以待來效。

朝奉大夫田待問淮南提刑制

揚、楚春旱秋水，民艱於食，漸起爲盗。遂使州縣犴獄充滿。朕憂之，未始一日忘也。間起爾於山陽守，參領漕事。今又命爾按視刑辟。徒以爾習其風俗，知吏民所疾苦。夫察貪暴，謹追擾，均有無，督盗賊，此荒政之急也。勉勤其職，以稱朕意。

朝散郎殿中侍御史林旦淮南運副使制

淮甸之民，薦罹饑饉。乃者詔發倉廩，發吴楚之漕以拯其急。猶以乏食流徙，達於朕聽。朕惟救荒之政，行之略盡。惟得良使者，因事施宜，爲若可賴。爾由郎官以才任御史，習於揚、楚之俗，其爲朕往視之。均徭薄斂，禁暴戢奸，無使斯人重被其困。

卷一百九

内制赦文三首

明堂赦文(元祐元年九月六日)

門下。聖人之德,無以加孝;帝王之典,莫大承天。朕以眇眇之身,煢煢在疚。永惟置器之重,惕若臨淵之深。承明繼成,思有以迪先王之烈;紹志述事,未足以慰天下之心。仰繫母慈,總攬政體。緝熙百度,和樂四方。賴帝貺臨,海宇寧乂。三垂之兵靡警,萬邦之年屢豐。庶幾大同,光嗣成美。深惟六聖之制,必躬三歲之祠。惟兹肇禋,屬予訪落。喪有以權而從變,祭無以卑而廢尊。顧言總章,古重宗祀。以教諸侯之孝,以得萬國之心。我享維天,下武式文王之典;大孝嚴父,孔子謂周公其人。追惟先猷,嘗講兹禮。包舉儒術,諮諏縉紳。刺六經放逸之文,斥衆言淆亂之蔽。嘉與四海,靈承一天。革顯慶之兼尊,隆永徽之專配。成於獨斷,畀予冲人。遵遺教於前,著成法於後。涓選吉日,裒輯上儀。奉疊琳宫,奠玉路寢。神之弔矣,燕及皇天;誰其配之,既右烈考。於時夙齋輅之駕,被衮冕之章。備庶物之微,追三牲之養。靈游而風馬下,孝奏而日月光。惕然履霜,詎勝悽愴之意;僾然出户,如聞嘆息之聲。秩祐賚我思成,侍臣助予惻楚。既迄成於熙事,敢專饗於閎休。宜布洪恩,以暨諸夏。(云云。)於戲!漢庭祀帝,著於即阼之逾年;唐室施仁,固以御門之吉日。蓋禮盛者文縟,澤大者流長。尚賴文武之英,屏翰之雋。協恭致治,以輔邦家。

西京奉安神宗皇帝御容禮畢西京德音赦文(元祐二年十月十四日)

門下。朕以寡昧,仰繼聖神。顧瞻山陵,未忘弓劍之慕;益廣宗廟,以奉衣冠之游。祇遣輔臣,往嚴像設。敞鳳臺之仙宇,粲龜洛之仁祠。睟表一臨,陪京增重。山川改色,方貢祥而效珍;父老縱觀,或太息而流涕。宜施雷雨之澤,以答神人之心。(云云。)於戲!好生育物,既推文母之慈;崇德措刑,終成神考之志。咨爾有衆,宜體朕懷。

德音赦文(元祐三年六月)

門下。朕以眇躬,獲御大器。仰聖后之慈訓,荷先烈之永圖。四載于兹,涉道尚淺。凛然祇惕,若履淵冰。思所以慰安人心,奉若天道。常慮一夫之失所,以傷萬物之太和。蠲苛去煩,夙夜願治。乃自去冬連月,降雪異常。今春已來,久陰不霽。農夫失職,商旅不通。比屋之間,凍餒彌甚。常寒之罰,咎在朕躬。惟日兢兢,以圖消復。潔精致禱,神眷未孚。克己自持,協氣無應。切慮四言獄犴,冤滯尚多。工役煩興,人咨胥怨。鬱成繆盭之變,以干陰陽之和。宜均涣恩,以召善氣。(云云。)於戲!遇災祇戒,聿修信順之誠;正事布和,庶獲天人之助。咨爾中外,咸體朕懷。

内制詔敕九十七首

集官詳議親祠北郊詔

敕門下。國家郊廟時祀祖宗以來,命官攝事,惟三歲一親郊,則先饗清廟,冬至合祭天地于圜丘,元豐間,有司援周制,以合祭不應古義,先帝乃詔定親祠北郊之禮,未及施行。是歲,郊不設皇地祇位,而宗廟之饗率如舊制。朕以寡昧,嗣承六聖休德鴻緒。今兹禋禮,奠幣上帝,祼鬯廟室,而地祇天神久未親祀,矧朕方修郊見天地之始。其冬至日南郊,宜依熙寧十年故事,設皇地祇位,以答並貺之報,仍令有司擇日遣官奏告施行。厥後躬行方澤之祀,則修元豐六年五月之制。俟郊祀畢,依前降指揮,集官詳議親祠北郊事及郊祀之歲廟饗典禮聞奏。故兹詔示,想宜知悉。

太皇太后賜門下手詔(元祐三年七月八日)

敕門下。皇帝嗣位,于兹四年。華夷來同,天地並應。而皇太妃以恭儉之德,鞠育之恩,雖典册以時奉行,而情文疑有未稱。皇帝以祖考之奉,尊無二上。而吾惟《春秋》之義,母以子貴。其推天下之養,以慰人子之心。宜下禮部太常寺討尋。如於典故有褒崇未盡事件,令子細開具聞奏。

太皇太后賜門下手詔(元祐三年閏十二月十四日)

敕門下。官冗之患,所從來尚矣。流弊之極,實萃於今。以闕計員,至相倍蓰。上有久閑失職之吏,則下有受害無告之民。故命大臣,考求其本。苟非裁損入流之數,無以澄清取士之源。吾今自以眇身,率先天下。永惟臨御之始,嘗敕有司。蔭補私親,舊無定限。自惟薄德,敢配前人。已詔家庭之恩,止從母后之比。今當又損,以示必行。夫以先帝顧托之深,天下責望之重。苟有利於社稷,吾無愛於髮膚。矧此恩私,實同毫末。忠義之士,當識此誠。各忘内顧之心,共成節約之制。今後每遇聖節大禮生辰合得親屬恩澤,並四分減一。皇太后、皇太妃准此。

趙州賜大遼賀興龍節大使茶藥詔(元祐元年十月六日)

敕。卿肅將慶幣,遠涉川途。風埃浩然,徒馭勤止。宜加寵錫,以示眷懷。

趙州賜大遼賀興龍節副使茶藥詔(元祐元年十月六日)

敕。卿將命夙興,犯寒遠涉。駕言未息,軫念殊深。特致恩頒,以嘉勤瘁。

賜皇叔祖建雄軍節度觀察留後同知大宗正事宗景上表辭恩命不允詔(元祐元年十月九日)

敕宗景。省所上表辭免恩命事,具悉。朕初執珪幣,祗見上帝。嘉與百辟,徼福文考。大賚四海,始於親賢。皆神之休,義不當避。國有常典,爾無固辭。

賜皇叔祖宗景上表辭恩命不許詔(元祐元年十月九日)

敕宗景。覽所上表辭免恩命事,具悉。國家有大祭祀,必均慶賞。邦甸侯衛,燀炮翟闍。無有遠邇,畢蒙惠澤。矧我懿親,實維顯相。袛率舊典,毋須固辭。

賜新除檢校太保依前河西軍節度使阿里骨加恩制告詔(元祐元年十月十五日)

敕阿里骨。朕涓選靈辰,奉承宗祀。肆均介福,遍曁多方。卿世撫侯封,夙虔朝命。特加寵渥,用奬忠嘉。

太皇太后賜故夏國主嗣子乾順詔(元祐元年十一月十六日)

惟我列聖,眷爾有邦。非徒極其寵榮,蓋亦同其憂患。念爾哀疚,惻然顧懷。臨遣行人,往喻至意。且致奠賻之禮,以爲存没之光。

趙州賜大遼賀正旦副使茶藥詔(元祐元年十月十九日)

敕。卿抗旌出境,夙駕在途。眷言跋涉之勞,宜適興居之節。式頒良劑,以輔至和。

趙州賜大使茶藥詔(元祐元年十月十九日)

敕。卿遠飭使軺,講修鄰好。蒙犯風霧,跋履山川。宜頒錫於珍芳,庶輔安於寢食。

趙州賜大遼國賀太皇太后正旦大使茶藥詔(元祐元年十月十九日)

敕。卿恭講鄰歡,遠勤軺馭。言念驅馳之久,適丁寒冱之辰。宜錫珍良,式昭眷寵。

趙州賜副使茶藥詔(元祐元年十月十九日)

敕。卿遠持使節,來慶春朝。方此冱寒,良勤啓處。宜示眷懷之異,式頒劑和之良。

賜鎮江軍節度使檢校太傅開府儀同三司上柱國康國公判大名府韓絳上表乞致仕不許詔(元祐元年十月二十日)

敕韓絳。覽所上表陳乞致仕事,具悉。卿四世元老,國之長城。端笏垂紳,不動聲氣。風采所及,自然折衝。軒冕丘園,其實何異。矧今艱難之際,日有冰淵之虞。黄髮在廷,未敢言病。豈宜獨善,遽欲即安。尚分北顧之憂,勿起退歸之念。强食自輔,體我至懷。

賜韓絳上表乞致仕不允詔(元祐元年十月二十日)

敕韓絳。省所上表陳乞致仕事,具悉。功成身退,人臣之常。壽考康强,有不得謝。卿出入將相,垂三十年。豈以小郡,尚勤元老。徒得君重,卧護一方,使吏民瞻師尹之儀刑,蠻夷識漢相之風采。丘園之請,朕未欲聞。其省思慮,時寢食,親近藥餌,以副中外之望。

賜金紫光禄大夫守尚書右僕射兼中書侍郎呂公著生日詔(元祐元年十月二十七日)

敕公著。卿將相三世,輔翼兩朝。方《斯干》獻夢之辰,有《既醉》太平之福。宜膺慶賚,永錫壽康。

賜新除依前中大夫守中書侍郎呂大防辭恩命不允詔(元祐元年十一月四日)

敕大防。卿敦大直方,任重道遠。擢貳西省,蔽自朕心。雖與聞政事,爲日未久,而歷試中外,勤勞百爲,蓋有年矣。德位惟允,人無間言。亟服新命,毋煩朕訓。

賜新除御史中丞傅堯俞辭免恩命不允詔(元祐元年十一月六日)

敕堯俞。《詩》云:"剛亦不吐,柔亦不茹。"朕以卿有樊仲之風,是以擢卿爲中執法。才難之嘆,古今共之。豈以小嫌,而廢大任。與其拘文以自疑,不若直己而行義。亟服乃事,無煩固辭。

賜正議大夫同知樞密院事安燾乞退不允詔
(元祐元年七月十三日)

敕安燾。卿才當其位,義不辭勞,内之樞機之謀,外之疆場之議。既當身任其責,難以家事爲辭。而况並奉君親,兩全忠孝。進無不得,退以何名。卿之所求,固非矯激。朕之不許,亦豈空文。亟還厥官,無煩朕命。

賜韓絳上第二表乞致仕不允詔
(元祐元年十一月十四日)

敕韓絳。朕以眇躬,求助諸老。皆以艱難之際,不辭中外之勞。胡爲累章,確守歸意。豈朕不善西伯之養,而無人子思之側乎?三復喟然,未喻厥指。朕意不易,卿其少安。

賜韓絳上第三表乞致仕不許斷來章詔一
(元祐元年十一月十四日)

敕韓絳。君臣之義,憂樂同之。苟皆懷歸,誰任其事。卿之高識雅度,輕軒冕而樂丘園,天下所共知也,獨不念先帝托付之重乎?勉徇大義,勿復以言。

賜韓絳上第三表乞致仕不許斷來章詔二
（元祐元年十一月十四日）

敕韓絳。功成身退，人臣之常禮。至於非常之遇，則必有無窮之報。朕待卿於形器之表，而卿自處於繩墨之内，未爲得也。朕意不易，卿無復辭。

賜新除依前光禄大夫刑部尚書蘇頌辭恩命不允詔（元祐元年十月十七日）

敕蘇頌。卿篤於仁心，深於經術。用心司寇，期於無刑。朕惟孝處之深，三年不奪其志。又推才難之故，千里以待其來。卿而不能，誰當能者。亟服乃事，毋煩力辭。

賜新除落致仕依前光禄大夫范鎮赴闕詔
（元祐元年十月二十日）

敕范鎮。夫有德君子，以精神折衝。譬之麟鳳，能服猛鷙。朕虚懷前席，以致諸老，非敢必以事諉也。苟得黄髮之叟，皤然在位，則朝廷尊嚴，奸宄消伏。卿雖篤老，乃心王室。毋憚數舍之勞，以副中外之望。

皇帝賜故夏國主嗣子乾順進奉賀正馬駝回詔
（元祐元年十二月二十四日）

詔故夏國主嗣子乾順。遠奉王正，來歸時事。惟此充庭之實,率皆任土之宜。乃眷忠勤,良深嘉嘆。

太皇太后賜故夏國主嗣子乾順進奉賀正馬駝回詔(元祐元年十二月二十四日)

詔故夏國主嗣子乾順。述職春朝,歸誠宰旅。修此效羣之禮,致其乘服之良。再閱來章,式嘉忠節。

賜觀文殿大學士知潁昌府韓縝上表辭免恩命不允詔(元祐元年十二月二十五日)

敕韓縝。朕躬祀總章,始行嚴配。推廣帝親之澤,覃及中外之臣。惟我老成,逮受顧命。均此介福,非朕敢私。國之故常,毋煩謙避。

賜鎮江軍節度使判大名府韓絳上第二表乞致仕不許詔(元祐元年十二月二十九日)

敕韓絳。爲國無强於得人,用人莫先於求舊。雖已挂冠而謝事,尚俾安車而造朝。豈有體力未衰,蕃宣所寄,亟圖自便,遂欲言歸。矧卿德望並隆,神人所相。焉有滿盈之懼,夫何倚伏之虞。尚體至懷,少安厥位。

賜觀文殿學士正議大夫知河南府孫固乞致仕不許詔(元祐元年正月一日)

敕孫固。視國如家,忠臣可以忘老;視民如子,君子可以忘勞。卿被遇三朝，出入二府。德望並隆，中外所服。故起之詞館，付以留鑰。使士有矜式，民有依怙。屬任之意，豈輕也哉！釋位謀安，引年求避，此疏遠小臣之事，非所望於卿也。尚體至意，勿亟懷歸。

賜觀文殿學士正議大夫知河南府孫固乞致仕不許詔(元祐二年正月一日)

敕孫固。卿英祖所擢，以遺神考。乃眷舊學，用之西樞。朕即位二年，未見君子。每惟圖任舊人之意，常有越在外服之嘆。矧欲辭位而去，遂安丘園哉！三川重鎮，務舉大體。簿書期會，則有司存。優游卒歲，可以忘老。

賜觀文殿學士正議大夫知河南府孫固乞致仕不許詔(元祐二年正月二十五日)

敕孫固。廊廟之舊，歷事三朝。名德並隆，如卿者有幾。無故釋位，其謂朝廷何！卿既自爲謀，亦爲乃后謀之。勉遵前詔，以慰中外之望。

賜觀文殿學士正議大夫知河南府孫固乞致仕不許詔(元祐二年正月二十五日)

敕孫固。朕永懷三宗，追用其人。所以尊禮慰藉其意者，自以爲無失矣。而卿浩然懷歸，若不可復留，何哉？勉徇大義，毋違朕志。

賜新除樞密直學士知定州韓忠彦乞改一偏州不允詔(元祐二年二月)

敕忠彦。朕嘗覽閲古之圖,觀宗臣之文。俯仰今昔,有概於心。會中山闕守,差擇循良。卿庶幾焉,勉副朕意,何以辭爲。

賜樞密直學士守兵部尚書王存乞知陳州不允詔

敕王存。卿出入四朝,更涉夷嶮。金石之節,終始惟一。六卿之長,所以倡九牧而厚風俗也,豈以職事煩簡爲輕重哉!君子出處,朝廷之大事,而風雨寒暑,膚理之微疾也。姑安厥位,以稱朕意。

賜尚書左丞李清臣生日詔(元祐二年二月二十四日)

敕清臣。春之方中,月復幾望。篤生王國之彦,蔚爲廊廟之華。神既聽於靖恭,民亦宜於愷悌。膺我慶賜,永綏壽祺。

賜朝散大夫試御史中丞傅堯俞乞外郡不允詔(元祐二年三月十三日)

敕堯俞。負中外之望,居得言之地。朕方虚己,樂聞嘉猷。乃者水旱連歲,民流未止。賊盗將熾,財力靡敝。卿既欲圖實效以酬恩,朕亦將考所言以責實。偃息藩郡,豈所望哉!

賜鎮江軍節度使充集禧觀使韓絳茶藥詔

（元祐二年三月）

敕韓絳。春夏之交，寒燠相沴。起居之節，調適爲難。眷予元臣，久勞於外。宜加存問，且錫珍良。勉蹈至和，以符眷倚。

賜保寧軍節度使馮京告敕茶藥詔

（元祐二年三月二十一日）

敕馮京。卿以篤老，久勤外服。留鑰之重，擁髦而東。蒙犯氛埃，徒御良苦。宜省思慮，近藥物。勉遵時令，以副眷懷。

賜鎮江軍節度使充集禧觀使韓絳赴闕詔

（元祐二年三月二十七日）

敕韓絳。卿擢自祖宗，輔翼先帝。德望之重，天下聳聞。與其置之一方，勞以民事；不若歸安闕下，式瞻儀刑。請老閑居，固非所望。嘉猷入告，夫豈不能。遲卿言還，及此初夏。

賜鎮江軍節度使充集禧觀使韓絳赴闕詔

（元祐二年三月二十七日）

敕韓絳。爲天下計，則賢者常勞。爲人臣謀，則老者當逸。今朝廷待卿之意，酌處其中。奉朝請於琳宫，所以繫民望；釋負荷於留鑰，所以慰雅懷。勉及清和，亟還朝著。

賜尚書刑部侍郎范百禄乞外任不允詔
(元祐二年三月二十九日)

敕百禄。成王命君陳:"商民在辟,予曰辟,爾惟勿辟。予曰宥,爾惟勿宥,惟厥中。"古之有司,與天子相可否蓋如此,而况公卿之間,議有異同,而不盡其説哉!例在中書,與在有司,固宜審處,歸於至當。而卿遽欲以此去位,非古之道也。其益修厥官,以稱朕意。

賜龍圖閣直學士新差知秦州吕公孺乞改授宫觀小郡差遣不允詔(元祐二年四月三日)

敕公孺。朕顧懷西方,思得賢守,使邊有備而民無擾。以卿耆老練達,德宇淵静。秦又舊治,吏士服習。卧護諸將,無以易卿。

賜彰化軍節度使開府儀同三司判大宗正事宗晟上表乞還職事不允詔(元祐二年四月十五日)

敕宗晟。《書》云:"孝乎,惟孝友于兄弟,施于有政,是亦爲政。"卿以膝下之養,爲宗人之法。古之爲政,孰大於此,而欲以親辭職耶?其益修厥官,以稱吾意。

賜彰化軍節度使開府儀同三司判大宗正事宗晟上表乞還職事不允詔(元祐二年四月十五日)

敕宗晟。古者庶子之官設,而邦國有倫。所治雖簡,而所寄甚重。卿爲宗室祭酒,德度之美,刑於中外。朕方慶瓜瓞之茂,而欲觀麟趾之應。益勵厥職,無棄爾成。

賜故夏國主嗣子乾順進奉謝恩馬駝回詔

(元祐二年四月十七日)

詔故夏國主嗣子乾順。臨弔之重,以寵世臣。思報之深,復承來價。載閲充庭之實,備形述職之心。乃眷忠勤,不忘嘉嘆。

賜故夏國主嗣子乾順進奉謝恩馬駝回詔

(元祐二年四月十七日)

詔故夏國主嗣子乾順。向遣行人,往賻襄事。繼陳方物,來奉謝章。惟忠可以附民,惟禮可以定國。勉終誠節,以副眷懷。

賜新除尚書左丞劉摯辭免恩命不允詔

敕劉摯。朕昔聞卿言,今任以政。已試之效,見於事功。廊廟闕人,以次遷用。宜其右不宜其左,能於昔不能於今,豈有是哉!

賜新除中大夫守尚書右丞王存辭免恩命不允詔(元祐二年五月二十六日)

敕王存。朕歷選百辟,試之以事,惇厚而文,剛毅而和,更涉變故,守德不移,無逾卿者。夫享天下之利者,任天下之患。居天下之樂者,同天下之憂。朕非以是富貴卿也,其何以辭。

賜集禧觀使鎮江軍節度使開府儀同三司韓絳乞致仕不允詔(元祐二年六月四日)

敕韓絳。向以宏才,卧護北道。凡斯民之利病,蓋一方之安危。朕方虚懷,以待元老。冀疾病之有間,得雍容而造朝。時聞嘉言,以輔不逮。告老之請,殊非朕心。

賜韓絳乞致仕不允詔(元祐二年六月四日)

敕韓絳。元老在位,邦之榮華。徒以精神折衝,非以筋力爲禮。游神道館,擁節家庭,於卿同告老之安,而國有貪賢之美。勉自輔養,期於少留。

賜新除試吏部侍郎范百禄辭免恩命不允詔(元祐二年六月十二日)

敕百禄。夫以天官之貳,治夏卿之選。簿書繁重,條格紛委。苟非其人,則士之失職而無告者多矣。朕難其材,不以輕授。卿有應務之敏,而行之以勤,有守官之亮,而濟之以通。往行其志,何以辭爲。

賜新除吏部侍郎傅堯俞辭免恩命乞知陳州不允詔（元祐二年六月十三日）

（高啓眉）留賢，詞旨婉切，不下《白駒》之詠。

敕堯俞。連蹇三黜，棲遲十年。士無賢愚，爲國太息。如珠玉之在泥土，麟鳳之在網羅。朕所以拔卿於久廢之中，用卿於期年之内。天下拭目，欲觀所爲。而乃引微疾以自言，指便郡而求去，豈獨於卿有報國未遂之嘆，亦將使朕獲用賢不終之譏。勉復舊曹，以全大節。

【彙評】

王元美：宋臣之於遷也，率數讓而後就，脞冗弗恤也。如其不堪，不就可也。如其就，一讓可也。故夫以勢要君者，卓操也；以名要君者，宋臣也。

高啓：按蔣仲舒曰，諫臣被黜，到任表往往詆訐。《傅堯俞言新法不便謫和州表》云："以臣性本天成，惟樸忠之是，徇官有言責，盍去就之當然。"人以爲得體。坡公此制，以珠玉麟鳳比堯俞，良是。

賜同知樞密院事范純仁生日詔（元祐二年六月十八日）

敕范純仁。卿天資文武，世濟勳勞。載嘉誕日之臨，豈獨私門之喜。宜膺慶賜，以介壽祺。

賜新除知樞密院安燾辭免恩命不允詔（元祐二年六月二十四日）

敕安燾。人才之難，從古所嘆。圖任以舊，爲國之常。卿以環異之資,荷艱難之寄。勤勞靡懈,望實愈隆。雖云超陞,不改疇昔。徒以任之既久,則責之宜專,知無不爲,乃所望於卿者。卑以自牧,亦何補於國哉!

賜朝議大夫試户部尚書李常乞除沿邊一州不允詔(元祐二年八月二十二日)

敕李常。在泮獻馘,亦儒者之常。挺劍疾鬥,蓋孔門之事。雖然,義有輕重,理有後先。與其自請捍邊,已癬疥之疾;曷若盡瘁事國,幹心膂之憂。苟推是心,何往非報。雖願受長纓而往者,卿之本懷;然自以尺棰而鞭之,吾有餘力。(鍾惺夾)寫出雄主。尚體此意,姑安厥官。

賜太師平章軍國重事文彦博宰相吕公著自今後入朝凡有拜禮宜並特與免拜詔(元祐二年八月二十五日)

敕彦博。朕聞几杖以優賢,著之典禮;耋老無下拜,書於《春秋》。魏太傅鍾繇,以足疾乘車就坐,自爾三公有疾,以爲故事。而唐司徒馬燧,亦以老病自力,對於延英,詔使毋拜。今吾耆老大臣,四朝之舊,德隆而望重,任大而憂深者,惟卿與公著而已。(吕公著詔即改云"惟彦博與卿而已"。)方資其蓍龜之告,豈責以筋力之禮。今後入朝,凡有拜禮,宜並特免。卿其專有爲之報,略無益之儀。毋或固辭,以稱朕意。

賜新除兼侍讀依前光禄大夫吏部尚書蘇頌辭免恩命不允詔(元祐二年八月二十七日)

敕蘇頌。朕惟左右正人之求,甚難其選。以爲直亮多聞之益,宜莫如卿。方虚懷於至言,豈曲從於遜避。亟服乃事,毋煩固辭。

賜守司空開府儀同三司致仕韓絳乞受册禮畢隨班稱賀免赴詔(元祐二年八月二十七日)

敕韓絳。卿脱屣軒冕,頤神丘園。不爲絶俗之高,愈篤愛君之意。喜聞册號,請覲内廷。在臣子之誠心,卿爲盡節;顧筋骸之未禮,吾所未安。

賜宰相吕公著乞罷免相位不允詔(元祐二年八月二十八日)

敕公著。宰相之責,綏靖四方。羌人既俘,士氣益振。長轡遠馭,方資老謀。卿不强起,孰卒吾事?近以二老之故,削亟拜之禮。而彦博執謙不回,朕既從其請矣。卿起就位,復何疑哉!

賜前兩府並待制已上知州初冬衣襖詔(元祐二年九月七日)

敕元發。歲將墐户,工告始裘。宜頒在笥之珍,以示維藩之寵。服之安燠,體我眷懷。

賜太師文彦博乞致仕不允詔(元祐二年九月十日)

敕彦博。卿求退之意,著於士民;執謙之心,信於天地。勉當委重之托,初無懷禄之嫌。大義苟安,細故可略。朕命不再,卿其少安。

賜太師文彦博乞致仕不允詔(元祐二年九月十日)

敕彦博。論道則忘年,卿不可以年既高而爲請;稱德則鄙力,卿不可以力不足而爲辭。斷之於中。義有不易。豈以屢請之故,而廢將成之功。體君至懷,以慰公議。

【彙評】

鍾惺:大有駕馭,却字字至誠感人。

賜龍圖閣直學士尚書工部侍郎蔡延慶乞知應天府不允詔(元祐二年九月十六日)

敕延慶。入侍禁近,出殿藩服。已試之效,藹然有聲。今若予工,宜有餘力。夫游刃肯綮,尚不辭難;退食委蛇,豈當告病。膚理微疾,行當自痊。勉安厥官,以稱朕意。

賜尚書左丞劉摯生日詔(元祐二年九月二十二日)

敕劉摯。律協應鐘,辰集析木。實生俊輔,休有令名。膺我寵章,以介眉壽。

趙州賜大遼皇帝賀興龍節大使茶藥詔
（元祐二年九月二十七日）

敕。卿鄰歡載講，使節甚華。永言郵傳之勤，適此風霜之候。宜加寵賚，以示眷存。

趙州賜大遼皇帝賀興龍節副使茶藥詔
（元祐二年九月二十七日）

敕。卿載馳遠道，良苦祈寒。豈無藥物之嘉，以輔寢興之節。宜膺寵錫，尚體至懷。

賜太師文彦博生日詔（元祐二年九月二十九日）

敕彦博。陽月載臨，剛辰協吉。篤生元老，弼亮四朝。允爲廊廟之華，豈獨閨門之慶。往膺寵數，永錫壽祺。

賜資政殿學士太中大夫新知成都府王安禮乞知陳潁等一郡不允詔（元祐二年十月一日）

敕安禮。朕惟西蜀地狹而賦重，人懦而吏肆。徭役新定，農民在官。馭之無方，將不勝弊。惟朕左右信臣，明而不苛，寬而有斷。必能肅遏慢吏，扶養小弱。卿雖微疾，强爲朕行。時近藥石，勉事道路，稱朕意焉。

沿路賜奉安神宗御容禮儀使吕大防銀合茶藥詔（元祐二年十月七日）

敕大防。於赫神考，如日在天。雖光明無所不臨，而躔次必有所舍。肆予命爾，祗奉此行。禮既告成，勤亦良至。感慕之外，嘉嘆不忘。

賜資政殿學士太中大夫新差知成都府王安禮銀合茶藥詔（元祐二年十月八日）

敕安禮。朕求治如不及，用人惟恐失之。矧余良臣，擢自神考。出入中外，厥聲藹然，朕豈欲其遠去哉！特以全蜀之寄，甚難其選。知卿篤於忠義，當不以遠近爲意也。勉事道路，慎疾自愛。往安吾民，以稱朕意。

趙州賜大遼賀太皇太后正旦大使茶藥詔（元祐二年十月十七日）

敕。卿久勤軺傳，遠犯風埃。眷言行邁之勞，良極軫懷之意，往頒珍劑，以輔至和。

趙州賜大遼賀太皇太后正旦副使茶藥詔（元祐二年十月十七日）

敕。卿遠乘使傳，來講鄰歡。屬此冱寒，尚勤行役。往加問勞，式示眷懷。

趙州賜大遼賀皇帝正旦大使茶藥詔

（元祐二年十月十七日）

敕。卿遠慶春期，篤修鄰好。永惟使事之重，遂忘行役之勞。既極嘆嘉，宜申問勞。

趙州賜大遼賀皇帝正旦副使茶藥詔

（元祐二年十月十七日）

敕。徂歲向晚，修途苦寒。方趨造於會朝，未即安於舍館。往加恩錫，增重使華。

賜宰相吕公著生日詔（元祐二年十月十八日）

敕公著。卿三世將相，四朝耆老。賚我良弼，實惟玆辰。茂膺維嶽之靈，永錫如陵之壽。宜頒寵數，以示眷懷。

賜新除龍圖閣直學士李之純辭恩命不允詔

（元祐二年十二月四日）

敕之純。祖宗之文章與典謨訓誥，並寶於世，典領其事，非有德君子，雖積勞久次，不以輕授。蜀遠而人懦，窮困抑塞，至無所訴。朕專欲以德安之，故内閣之命，非獨以寵卿，抑將使蜀人知朕用卿，蓋以德選也。其深識此意，勿復固辭。

賜太師文彦博乞致仕不允詔(元祐二年十二月二十五日)

敕彦博。卿自去歲以來,數苦小疾,尚能勉留,以輔不逮。近者神明所相,體力自康,視聽不衰,步趨加健,乃欲求去耶?今禦戎之策,未有定議,京東西、河朔薦饑,公私枵然。方與二三臣圖之,卿未可以即安也。

賜文彦博乞致仕不允詔(元祐二年十二月二十五日)

敕彦博。卿歷相三宗,名聞四夷。位極一品,書考四十。自載籍以來,未之聞也。固當以國爲家,以天下爲身,以安社稷爲悦,而不當以居丘園爲樂也。朕方待卿而爲政,請老之言,所未欲聞。

賜外任臣寮進賀太皇太后受册馬詔敕(元祐二年十二月二十六日)

敕。禮以正名,國之舊典。載閱充庭之實,式將戴后之心。朕眷忠勤,良深嘉嘆。

賜外任臣寮進奉賀皇太后皇太妃受册馬詔敕(元祐二年十二月二十六日)

敕。典册告成,宫闈之慶。事君盡禮,因物見誠。乃眷忠勤,不忘嘉歎。

賜保寧軍節度使知大名府馮京進奉賀端午節馬詔(元祐二年十二月二十六日)

敕馮京。受鉞將壇,剖符畿甸。效充庭之駿足,慶中火之良辰。乃眷勤誠,不忘嘉嘆。

賜資政殿學士知鄧州韓維進奉謝恩馬詔(元祐二年十二月二十六日)

敕韓維。廟堂均逸,遠不忘君。騆駿在庭,儀多於物。載惟忠藎,良極嘆咨。

賜檢校司空左武衛上將軍郭逵進奉謝恩馬詔(元祐於年十二月二十六日)

敕郭逵。惟卿耆老,漸就退閑。不忘戴主之誠,遠效充庭之駿。載嘉忠藎,良極嘆咨。

賜中大夫守尚書右丞王存生日詔(元祐三年正月四日)

敕王存。卿以宏才,與聞大政。誕日之慶,豈惟閨庭。寵錫之隆,庶延壽嘏。

賜試户部侍郎趙瞻陳乞便郡不允詔
（元祐三年正月十三日）

敕趙瞻。朕褒顯耆舊，取其宿望，養育俊乂，待其成材。庶前後相繼，朝不乏人。則堂陛自隆，國有所恃。方今在廷之士，孰非華髮之良？而卿以康强之年，爲遠引之計，於義未可，蓋難曲從。

賜皇伯祖宗晟辭免起復恩命不許詔
（元祐三年二月十五日）

敕宗晟。卿哀迫之至，言不及文。覽之惻然，欲從所請。而宗子之衆，才性各殊。位不期驕，禄不期侈。非卿允蹈忠信，力行禮義，以身先之，蓋未易齊也。少屈爾私，以成吾志，不亦可乎？

賜皇伯祖宗晟辭免起復恩命不許詔
（元祐三年二月十五日）

敕宗晟。卿以强起就位，爲未便安。而朕以徇私忘公，爲未盡美。《書》云："孝乎，惟孝友于兄弟，施于有政，是亦爲政。"夫聖人以孝弟爲從政，而卿以從政爲非孝，非所聞也。勉從朕命，勿復固辭。

賜皇伯祖宗晟辭免起復恩命不許詔
（元祐三年二月十五日）

敕宗晟。卿致孝罔極，守禮不回。以魯、衛之親，而行曾、閔之事。吾深欲成人之美，遂卿之私。顧以宗臣治親，有國先務。教以道藝，時其冠昏。獎察其賢能，而訓謫其驕惰。非吾宗室之老，孰當父兄之任？其深明吾意，往服厥官。

賜皇伯祖宗晟辭免起復恩命不許詔
（元祐三年二月二十二日）

敕宗晟。君子之于禮，雖先王未之有，可以義起，而況漢、唐之舊，故事具存。如翟方進、房喬之流，皆以儒術致身，不免於釋哀而謀國。近歲夏竦、晁宗慤，亦以近臣奪喪，君子不以爲過。今宗正之事，止於治親。譬猶父兄，訓敕子弟。豈以衰麻之故，而廢閨門之政乎？卿其勿疑，亟服乃事。

賜保寧軍節度使知大名府馮京進奉興龍節並冬至正旦馬詔（元祐三年二月二十五日）

敕馮京。震夙之祥，旅庭稱慶。歲時之會，因物效誠。乃眷元臣，實勤典禮。多儀克舉，屢嘆不忘。

賜外任臣寮進奉謝恩馬詔敕（元祐三年二月二十六日）

敕。銜恩思報，因物致誠。效兹乘服之良，示有驅馳之志。

永言忠藎,良極嘆咨。

賜外任臣寮進奉興龍節功德疏詔敕

(元祐三年二月二十六日)

敕。誕彌之慶,中外所同。畢輸衛上之誠,來獻後天之祝。永言忠藎,良極嘆嘉。

賜新除守司空同平章軍國事呂公著辭免恩命不允詔(元祐三年四月六日)

敕公著。委重元老,朕之本心。歸安丘園,卿之素志。今於二者,酌處其中。使卿獲居勞逸之間,而朕不失仰成之托。於義兩得,夫復何辭。

賜新除太中大夫守尚書左僕射兼門下侍郎呂大防辭免恩命不允詔(元祐三年四月六日)

敕大防。端揆黄門之任,虚之久矣。以卿德望兼重,才術有餘,故授之不疑。涣號已行,僉言惟允。務稱朕命,何以辭爲。

賜新除太中大夫守尚書右僕射兼中書侍郎范純仁辭免恩命不允詔(元祐三年四月六日)

敕純仁。國之安危,寄於宰輔。朕豈苟然而輕授也哉！試之以事而不移,斷之於心而不貳。成命已出,豈容復回？往修厥官,以稱朕意。

賜觀文大學士光禄大夫知永興軍韓縝三上表乞致仕不許斷來章詔(元祐三年四月七日)

敕韓縝。夫任天下之責者,無自營之私。蒙國士之知者,有非常之報。矧卿德望兼重,體力猶强。方資禦侮之壯猷,焉用引年之常禮。宜安厥位。毋復言歸。

卷一百一十

内制詔敕五十二首

賜觀文殿大學士光禄大夫知永興軍韓縝三上表陳乞致仕不允斷來章詔(元祐三年四月七日)

敕韓縝。朕體貌諸老,儀刑四方。假以方面之安,略其筋力之禮。如卿屢請,固無懷禄之嫌;而朕固留,宜有志歸之意。今中外無事,民物小康。顧恐安居之榮,未逾坐嘯之樂。朕命不易,卿其少安。

賜新除太中大夫守尚書右僕射兼中書侍郎范純仁再上劄子辭免恩命不允詔(元祐三年四月七日)

敕純仁。卿奉事先帝,義深愛君。與政西樞,論不阿世。昔聞汲黯之不奪,今見徐公之有常。参以衆言,蔽自朕志。右宰之任,非卿而誰。屢執謙詞,殊非所望。

賜新除依前中大夫守中書侍郎劉摯辭免恩命不允詔(元祐三年四月七日)

敕劉摯。朝廷設三省,建丞弼,雖所治不同,至於因時立政，昭德塞違，其實一也。卿既任其事矣，今以次遷，無足辭者。

賜新除依前中大夫守尚書左丞王存辭免恩命不允詔（元祐三年四月七日）

敕王存。卿學足以經邦，才足以應務。更練愈久，開益居多。以積日而稍遷，顧僉言之咸允。國之常典，何以辭爲。

賜新除中大夫守尚書右丞胡宗愈辭免恩命不允詔（元祐三年四月七日）

敕宗愈。卿昔在諫垣，首開正論。出入滋久，操守不回。雅望在人，既非一日之積。歷試而用，亦自群言之公。往祇厥官，毋替朕命。

賜新除依前中散大夫充樞密直學士簽書樞密院事趙瞻辭免恩命不允詔（元祐三年四月七日）

敕趙瞻。朕惟本兵之地，司命吾民。矧羌戎叛服之無常，實邊鄙安危之未決。豈以此柄，輕授其人。以卿望重縉紳，學兼文武。歷試而用，衆言允諧。往踐厥官，勿違朕命。

賜新除門下侍郎孫固辭恩命不允詔（元祐三年四月八日）

敕孫固。朕惟三朝老臣，義同休戚。先帝舊學，存者幾人。

意其風采之聳聞,可使朝廷之增重。矧卿德望素著,寄任已隆。昔冠西樞,今貳東省。衆以爲允,義無足辭。

賜新除試御史中丞孫覺辭免恩命不允詔(元祐三年四月八日)

敕孫覺。卿三居諫省,皆以直聞。蓋嘗遇事以建言,志在行義以達道。擢爲執法,實允僉言。以卿直諒多聞,而朕開納不諱。固無觀望難言之病,豈有喪失名節之憂哉!載閲來章,甚非所望。

賜新除右光禄大夫依前知樞密院事安燾辭恩命不允詔(元祐三年四月八日)

敕安燾。卿謀國之重,歷年於兹。紀綱修明,中外寧輯。夫圖任共政,所憂者大;則久勞遷秩,亦理之常。雖固執於撝謙,恐難回於成命。往服休寵,以彰眷懷。

賜新除中大夫守尚書右丞胡宗愈辭免恩命不允詔(元祐三年四月十日)

敕宗愈。卿更涉夷險,踐揚中外。出奉使指,而民宜之。入治天官,而吏畏之。非獨能言者也。《書》不云乎:"敷奏以言,明試以功。"朕得之矣,卿其勿辭。

賜新除依前中散大夫充樞密直學士簽書樞密院事趙瞻辭免恩命不允詔(元祐三年四月十日)

敕趙瞻。朕之進人,可謂難矣。自非耆老久次,悃愊無華,則樞機之任,不以輕授。卿之自視,何愧於斯。祇服厥官,思所以稱而已。

賜新除翰林學士朝請大夫知制誥許將赴闕詔(元祐三年四月十二日)

敕許將。卿敏而好學,達於從政。出殿方國,則修儒術以飾史事;入備顧問,則酌民言以廣上聽。待命北門,號稱内相。雖於卿爲舊物,實當今之高選。亟踐厥職,佇聞嘉猷。

賜新除司空同平章軍國事吕公著辭免册禮許詔(元祐三年四月十三日)

敕公著。多儀以隆輔弼,國之彝典;自損以信君父,卿之美志。再閲誠言之請,益彰謙德之光。勉徇所陳,不忘嘉嘆。

賜正議大夫知樞密院事安燾辭免遷官恩命允詔(元祐三年四月十五日)

敕安燾。卿國之雋輔,位冠樞庭。以時褒陞,豈待功閥。而能力辭寵命,欲以身率群臣,使廉耻相先,名器益重。勉從來請,以篤此風。

賜新除中大夫守尚書右丞胡宗愈辭免恩命不允詔(元祐三年四月十五日)

敕宗愈。朕之用卿,蓋聽其言,考其行事,參之公議,而斷自朕心,可謂審矣。而卿固辭不已,朕甚惑之。夫小人以位爲寵,求之而不可得,君子以寵爲憂,推之而莫能去。自古以然,卿何疑哉!

賜新除司空同平章軍國事吕公著辭免册禮允詔(元祐三年四月十五日)

敕公著。册祝于廟,惟周之典。臨朝親拜,亦漢之舊。事大則禮重,禮重則樂備,古之道也。今卿遜避不居,自處以約。勉從所乞,以成其美。

賜許將辭免恩命不允詔(元祐三年四月十八日)

敕許將。進以經術,當告我以安危;來自西南,固知民之利病。渴聞讜論,少副虚懷。而乃退托無能,力辭舊物。既非所望,其可曲從。

賜河西軍節度使西蕃邈川首領阿里骨進奉回詔(元祐三年四月二十二日)

敕阿里骨。惟爾祖先,世篤忠孝。本與夏賊,日尋干戈。亦惟恃我朝廷爵秩之隆,用能保爾子孫黎民之衆。肆朕命爾,嗣長乃師。而承襲以來，强酋外擅，爾弗能禁。恣其所爲，遂據洮城，以犯王略，陰連夏賊，約日盗邊。朕愍屬羌之無辜，出偏師而問罪。元惡俘獲，餘黨散亡。山後底平，河南綏服。朕惟率酋豪而捍疆埸，乃爾世功；叛君父而從仇讎，豈其本意。庶能改過，未忍加兵。果因物以貢誠，願洗心而效順。爾既知悔，朕復何求。已指揮熙河路更不出兵。及除已招納到部族外，住罷招納。依舊許般次往來買賣，及上京進奉。爾宜約束種類，共保邊陲。期寵禄於有終，知大恩之難再。勿使來款，復爲虚言。

賜新除依前朝散大夫守尚書吏部侍郎充龍圖閣待制傅堯俞辭免恩命不允詔(元祐三年五月二十三日)

敕堯俞。夙望所在，舊疾既平。及兹言還，慰我虚佇。徒得君重，雖暫屈於淮陽。雅意本朝，寧久安於馮翊。復求自便，殊戾所期。往修厥官，務稱朕命。

賜守尚書右丞胡宗愈乞除閑慢差遣不允詔(元祐三年五月二十七日)

敕宗愈。朕開奬言路，通來下情。雖許風聞，猶當核實。豈以無根之語，輕摇輔政之臣。朕方馭衆以寬，退人以禮。加之美職，付以大邦。朕既無負於聽言，卿亦何嫌而避位。祗服乃事，毋自爲疑。

賜尚書右僕射兼中書侍郎范純仁生日詔(元祐三年六月九日)

敕純仁。卿河嶽之靈,神明所相。載更誕日,永介壽祺。體我眷懷,受兹寵錫。

賜正議大夫守門下侍郎孫固生日詔(元祐三年六月二十三日)

敕孫固。卿圖任之舊,縉紳所推。難老之祥,神人攸相。載更良日,益永壽祺。申以寵章,式隆眷遇。

賜正議大夫知樞密院事安燾生日詔(元祐三年六月二十三日)

敕安燾。桑弧告慶,降哲輔於兹辰;彩服拜嘉,冠榮名於當代。祇服朕命,益壽乃親。

賜龍圖閣學士河東路經略使兼知太原府曾布乞除一閑慢州郡不允詔(元祐三年七月二十一日)

敕曾布。將不久任,難以責成。謀不素定,難以應猝。卿屢試劇郡,所臨有聲。而况二年於兹,諸將所服。事既即叙,人誰易卿。夫擣虚攻瑕,兵家常勢;知難避整,夷狄亦然。卿若有以待之,彼將望而去矣。勉卒乃事,毋忘朕言。

賜河西軍節度使西蕃邈川首領阿里骨進奉回程詔(元祐三年八月三日)

敕阿里骨。卿屢款塞垣,願終臣節。爰因貢篚,益著誠心。再省忠勤,良深嘉嘆。

賜皇叔改封徐王顥上表辭免册禮允詔(元祐三年八月二十日)

敕顥。卿大雅不群,自得詩書之富;爲善最樂,不知軒冕之榮。既殿大邦,宜膺盛禮。而抑損之志,逡巡不居。雖莫稱朕所以極褒崇之心,而將使卿庶幾獲謙冲之福。勉從其意,嘉嘆不忘。

賜皇叔改封徐王顥上表辭免册禮允詔(元祐三年八月二十日)

敕顥。錫山土田,以昭令德。備物典册,蓋有常儀。而卿深懼滿盈,過形抑畏。一謙四益,當克永年。三命滋恭,固將有後。曲成美志,以勸事君。

賜知渭州劉昌祚進奉興龍節銀詔(元祐三年十一月六日)

敕昌祚。卿禦侮邊庭,馳神魏闕。會嘉辰之獻壽,納貢篚以效珍。載省忠勤,不忘褒嘆。

賜皇伯祖宗晟辭免起復恩命不允詔(元祐三年十二月五日)

敕宗晟。夫要經服事,出於孔門;墨衰從政,見於魯史。永惟徇國忘家之義,非有食稻衣錦之嫌。若非使卿居之而安,則吾豈敢强所不欲。勉從前詔,往服厥官。

賜皇伯祖宗晟辭免起復恩命不允詔(元祐三年十二月五日)

敕宗晟。卿德爵與齒,皆天下達尊。服屬之隆,爲宗室祭酒。任獨高於三世,報宜異於常人。故奪情非以私卿,而服事所以徇國。義無所愧,何以辭爲。

賜正議大夫知鄧州蔡確乞量移弟碩允詔(元祐三年十二月九日)

敕蔡確。以義責備,《春秋》有失教之譏;以情内恕,詩人有將毋之念。碩之得罪,事在有司。難以貴近之親,而廢朝廷之典。及覩來請,有概予心。重違兄弟急難之詞,以傷人子奉養之意。

賜知渭州劉昌祚進奉謝恩並賜月俸公使及賀端午節馬詔(元祐三年十二月二十四日)

敕昌祚。卿執德宏毅,秉心恪恭。拜新渥於公朝,謹舊儀於令節。抗章來上,因物見誠。再省忠勤,良深嘉嘆。

賜端明殿學士銀青光禄大夫致仕范鎮獎諭詔(元祐三年閏十二月一日)

敕范鎮。朕惟春秋之後,禮樂先亡。秦漢以來,《韶》《武》僅在。散樂工於河海之上,往而不還。聘先生於齋魯之間,有莫能致。(陳仁錫眉)高種。魏、晉以下,曹、鄶無譏。豈徒鄭、衛之音,已雜華、夏之器。間有作者,猶有典刑。然銖黍之一差,或宫商之易位。惟我四朝之老,獨知五降之非。審聲如音,以律生尺。覽詩書之來上,閱簨、虡之在廷。君臣同觀,父老太息。方詔學士大夫論其法,工師有司考其聲,上追先帝移風易俗之心,下慰老臣愛君憂國之志。究觀所作,嘉嘆不忘。

賜朝散大夫守尚書吏部侍郎充龍圖閣待制傅堯俞乞外郡不允詔(元祐三年閏十二月十四日)

敕堯俞。卿望重本朝,進由公議。方卿大夫有爲之際,亦士君子難得之時。而卿出領郡章,入佐治典。席未暖而輒去,政何時而報成。小疾行瘳,姑安厥位。

賜保寧軍節度使知大名府馮京進奉賀興龍節馬一十匹並冬節馬二匹詔(元祐三年閏十二月十八日)

敕馮京。卿坐鎮全魏,隱若長城。遠馳頌禱之心,來效騄駬貢。眷言忠藎,良極嘆嘉。

賜泰寧軍節度觀察留後知相州李珣進奉賀冬馬一匹詔(元祐三年閏十二月十八日)

敕李珣。卿宣化近邦,馳神北闕。屬兹陽月之吉,遠效王閑之良。言念忠勤,不忘嘉嘆。

賜中大夫守尚書左丞王存生日詔(元祐四年正月四日)

敕王存。在《易》之《泰》,與物皆春。於時良臣,生我王國。宜膺寵賚,以介壽祺。

賜龍圖閣直學士正議大夫權知開封府吕公著上表陳乞致仕不允詔(元祐四年正月五日)

敕公著。朕雞鳴而起,志於求助。鮐背之老,未敢即安。矧卿體力不衰,髮齒猶壯。遽有引年之請,殊乖圖舊之心。宜安厥官,以稱朕意。

賜吕公著上表陳致仕不允詔

敕吕公著。卿將相三世,凛乎正始之風;出入四朝,蔚然難老之狀。浩穰之治,談笑而成。方觀報政之能,遽有歸休之請。公議未可,卿其少安。

賜濟陽郡王曹佾在朝假將百日特與寬假將理詔(元祐四年正月十二日)

敕曹佾。卿賢戚莫二,德齒並隆。眷言朝請之勤,思見儀刑之老。謝病既久,軫念良深。推予賜告之恩,期於勿藥之喜。

賜光禄大夫守吏部尚書兼侍讀蘇頌上表乞致仕不允詔(元祐四年正月十三日)

敕蘇頌。吾聞有志之士,以身殉道而遺名;有道之君,使人樂用而忘老。今卿不安其位,豈吾有愧于古哉! 夫難進之士,年僅及而輒退;則已試之才,吾莫得而盡用矣。激揚多士,方資崔、毛之德;講誦舊聞,未卒褚、馬之業。事非小補,卿其少安。

賜蘇頌上表陳乞致仕不允詔

敕蘇頌。卿歷事四朝,允有一德。徒論徐公之奢儉,莫見子文之愠喜。朕既寤寐哲士,體貌元臣。方貴德齒之達尊,豈求筋力之常禮。矧卿方膺難老之錫,宜勵益壯之心。惜日有爲,古人所重;引年求去,公議未安。勉爲朕留,以慰人望。

賜光禄大夫守吏部尚書兼侍讀蘇頌上第二表陳乞致仕不允詔(元祐四年二月二日)

敕蘇頌。夫天以多士寧王國,而祖宗以成德遺後人。方使壽考康强,以究其用。而朕乃以引年而聽其去,可乎? 矧卿銓綜之精，談笑而辦。勉思職事，以稱朕心。

賜蘇頌上第二表請乞致仕不許詔

敕蘇頌。天官之任，老成所宜。坐執銓衡，有山公晚年之故事；簿書煩雜，獨蕭俯一時之偏詞。卿其總攬綱條，闊略苛細。委蛇退食，以慰士心。

新除權禮部尚書梁燾辭免恩命不允詔（元祐四年二月三日）

敕梁燾。卿出處以義，進退以禮。昔請補外，朕不得已而聽其去；今茲選用，衆以爲宜而恨其晚。而卿又固辭，豈朕所望。成命不易，其速造朝。

賜宣徽南院使充太一宮使馮京乞依職任官例祇赴六參不允詔（元祐四年六月十四日）

敕馮京。朕以卿耆老厚德，重煩以庶事。而卿篤恭盡禮，自同於有司。既朝朔望，尚復勤請。雖抑抑自警，知卿有衛武之風；而僕僕亟拜，非朕待子思之意。宜遵前命，以副眷懷。

賜右正議大夫守尚書左僕射吕大防生日詔（元祐四年六月十五日）

敕大防。股肱之良，與國爲重；家庭之慶，亦朕所同。適

《斯干》獻夢之辰，均《既醉》太平之福。膺予寵錫，介爾壽祺。

賜翰林學士中大夫兼侍讀趙彦若辭免國史修撰不允詔（元祐四年六月二十三日下院）

敕彦若。卿學世其家，宜居載筆之地；官宿其業，已奏殺青之書。自托不能，殊非所望。祗膺成命，毋復固辭。

賜河東節度使太師開府儀同三司太原尹致仕文彦博温溪心馬詔（元祐四年七月二日）

敕彦博。惟我宗臣，名震夷落，狼心鴂舌，知獻厥誠。朕以張奂拒羌之獻，不如旅獒昭德之致。已敕邊吏答賜所直，其馬今以賜卿，至可領也。

賜夏國主進奉賀坤成節回詔（元祐四年七月二十二日下院）

敕。節紀誕彌，慶均臨照。眷守邦之雖遠，亦執贄以來同。嘉與朝臣，咸稱壽斝。載惟忠恪，宜有寵頒。

賜皇伯祖宗晟辭免恩命起復允終喪制詔

敕宗晟。朕寤寐儁賢，燮和中外。眷言釋位之久，實有乏才之憂。而三年未終，五詔不起。與其貪明哲之美，以緝熙庶工；不若執孝弟之純，以風勵宗子。俯從誠守，良極嘆咨。

賜皇伯祖宗晟辭免恩命起復允終喪制詔

敕宗晟。夫衰麻之哀,達於上下;損益之變,權以重輕。雖事君均於事親,而奪志難於奪帥。俯聽終喪之守,以成致孝之全。言念篤誠,實增屢嘆。

内制敕書三十三首

賜南平王李乾德曆日敕書(元祐元年十月八日)

敕乾德。眷彼海隅,被予聲教。宜有王正之賜,以爲農事之祥。勤恤遠民,以開嗣歲。

賜新除依前交趾郡王李乾德加恩制告敕書(元祐元年十月十五日)

敕乾德。朕躬執珪幣,大饗帝親。頒布湛恩,遍暨諸夏。卿世綏侯服,欽順朝廷。宜錫徽章,以昭異數。

賜外任臣寮曆日詔敕書(元祐元年二十八日)

敕韓絳。朕申命日官,逆推嗣歲。眷予共理,頒此成書。勉劭農功,毋違時令。

賜侍衛親軍馬軍都虞候劉昌祚進奉賀明堂禮畢馬敕書（元祐元年十一月二十日）

敕劉昌祚。大事告成，多方同慶。汝以分符之重，特修效馬之儀。載念勤誠，不忘嘉嘆。

賜外任臣寮進奉興龍節馬詔敕書（元祐二年四月十三日）

敕韓縝。誕彌之慶，遠邇攸同。眷惟外服之良，來效右牽之禮。言念誠恪，不忘嘆嘉。

賜溪洞蠻人彭允宗等進奉端午布敕書（元祐二年五月十日）

敕彭允宗等。汝族居裔壤，心慕華風。來修任土之儀，遠效充庭之實。載惟勤悃，良用嘆嘉。

賜權陜府西路轉運判官孫路銀絹獎諭敕書（元祐二年六月二十八日，爲築蘭州西荆堡，成，下同）

敕孫路。宣力計臺，悉心邊政。相視衿要，繕完保鄣。訖用有成，不愆於素。使虜無可乘之便，民有足恃之安。乃眷忠勤，不忘嘉嘆。

賜知蘭州王文郁銀絹獎諭敕書
（元祐二年六月二十八日）

敕王文郁。汝以禦侮之才，當專城之寄。百堵皆作，三月而成。非威服民夷，身先士卒，則安能以一時之役，成無窮之利。達於朕聽，良用嘆嘉。

賜新除依前静海軍節度使進封南平王李乾德制誥敕書（元祐二年七月八日）

敕。朕子養兆姓，囊括四荒，譬之於天，豈吝膏澤。（**陳仁錫眉**）非孤寡不穀之意，其贋筆無疑。卿守藩滋久，事上益虔，高爵隆名，極其榮顯。庶緣天寵，以服民心。其思盡忠，以稱恩禮。

賜外任臣寮進奉坤成節銀敕書
（元祐二年七月二十八日）

敕劉昌祚。汝承流外服，雅意本朝。爰因載誕之辰，遠致同寅之禮。眷惟忠藎，良極嘆嘉。

賜西南羅藩進奉敕書（元祐二年九月三日）

敕。汝世爲要服，時款塞垣。志慕華風，來修職貢。載惟忠恪，良用嘆咨。

賜諸路知州職司等並總管鈐轄至使臣初冬衣襖敕書

敕馮潔己。王事靡盬，日月其除。屬霜露之戒寒，待衣裘而卒歲。宜加寵錫，以示眷懷。

賜諸路蕃官並溪洞蠻人初冬衣襖敕書

敕瞎氈。職在捍邊，志常面内。屬此嚴凝之候，宜均輕暖之恩。服我寵頒，益思忠報。

賜諸路屯駐駐泊就糧本城諸員寮等初冬衣襖都敕

敕汝等。久勤外服，屬戒祈寒。爰念捍城之勞，普均挾纊之惠。

賜外任臣寮等進奉坤成節功德疏詔敕書（元祐二年九月二十四日）

敕馮京。職雖在外，忠不忘君。集勝妙之良因，致壽康之善禱。眷言誠盡，良極嘆嘉。

賜朝奉郎通判梓州趙君奭進奉坤成節無量壽佛敕書（元祐二年九月二十四日）

敕趙君奭。相好妙嚴，衷誠傾盡。汝期乃後，享無量之年；

吾欲斯民,同極樂之世。永言忠愛,良用嘆咨。

沿路賜奉安神宗御容押班馮宗道並内臣等銀合茶藥敕書(元祐二年十月七日)

敕馮宗道。逮事有年,追遠不懈。屬祠官宫之告具,駿日馭以遄征。往復之間,忠勞亦至。特加存問,尚體至懷。

賜五臺山十寺僧正省奇等進奉興龍節功德疏等獎諭敕書(元祐二年十一月一日)

敕省奇等。清凉之域,仙聖所游。爰因彌月之辰,來獻後天之祝。永言勤至,良極嘆咨。

賜外任臣寮曆日敕書(元祐二年十二月四日)

敕韓縝。朕肇修人紀,祗畏天明。欽若舊章,式頒新曆。凡我承流之寄,共成平秩之功。

賜于闐國黑汗王進奉登位敕書(元祐二年十二月十一日)

敕。卿守藩西極,慕義中華。遠聞踐阼之新,來致梯山之貢。眷言忠恪,良用嘆咨。

賜于闐國黑汗王進奉示諭敕書
（元祐二年十二月十一日）

敕。卿遠馳信使，來效貢琛。載詳重譯之言，深亮勤王之意。益隆褒賜，以答忠誠。

賜外任臣寮進奉興龍節馬敕書
（元祐二年十二月二十四日）

敕劉永年。汝職在蕃宣，義均休戚。旅庭稱慶，因物見誠。乃眷忠勤，不忘嘉嘆。

賜溪洞彭儒武等進奉興龍節溪布敕書
（元祐二年十二月二十八日）

敕彭儒武。汝世能保境，志在觀光。遠修任土之宜，來備充庭之實。載惟忠恪，良極嘆嘉。

賜保州團練使潞州總管王寶進奉戀闕並到任馬敕書（元祐三年正月七日）

敕王寶。汝以選掄，出分憂寄。來效充庭之駿，以將衛上之誠。冉省忠勤，良深嘉嘆。

賜知乾寧軍内殿承制張赴獎諭敕書
（元祐三年四月十八日）

敕張赴。横流之災，所在蒙害。惟吏得其人，則公私賴之。使者列上，有司不以時聞。歲月既遠，予猶汝嘉。故兹獎諭，想宜知悉。

賜于闐國黑汗王進奉示諭敕書（元祐三年五月一日）

敕。卿恪居蕃守，申遣使車。來款塞垣，恭修壤貢。忠誠遠達，褒嘆良深。

賜于闐國黑汗王進奉示諭敕書

敕。卿守土西極，馳誠中華。璧馬充庭，尚識漢儀之舊；織皮在篚，聊觀禹貢之餘。載省忠勤，不忘嘉嘆。

賜于闐國黑汗王男被令帝英進奉敕書

敕。汝世敦忠厚，志慕聲明。遠附奏函，亦馳貢篚。載惟恭順，良極嘆咨。

賜五臺山十寺僧正省奇已下獎諭敕書
（元祐三年六月十八日）

敕。清凉之峰，仙聖所宅。爰修净供，以慶誕辰。再省恭勤，不忘嘉嘆。

示諭武泰軍官吏軍人僧道百姓等敕書
（元祐三年八月十八日）

敕。朕以苗授賦材勇嚴，馭衆整暇。擢爲宿衛之長，寵以節旄之榮。惟爾邦人，當諭朕意。

賜殿前都虞候寧州團練使知熙州劉舜卿進奉賀冬馬敕書（元祐三年閏十二月十八日）

敕劉舜卿。職在分憂，忠存衛上。屬此秦正之旦，遠輸冀産之良。再省忠勤，不忘嘉嘆。

賜外任臣寮進奉興龍節馬詔敕書
（元祐三年閏十二月十八日）

敕劉舜卿。汝忠於衛上，遠不忘君。爰因彌月之晨，來效充庭之禮。眷言勤篤，良極嘆嘉。

賜西南蕃莫世忍等進奉敕書
（元祐四年正月二十一日）

敕莫世忍。汝守土遐陬，歸誠北闕。梯山修貢，款塞觀光。言念忠勤，至於嘉嘆。

賜五臺山十寺僧正省奇等獎諭敕書(六月二十五日下院)

敕。異景靈光,久聞示化。寶祠净供,爰慶誕彌。念此恭勤,至於嘉嘆。

卷一百十一

内制口宣一百四十一首

雄州撫問大遼國賀興龍節使副口宣

（元祐元年十月六日）

有敕。卿等遠犯風埃，久勤軺傳。入疆茲始，授館少安。申命撫存，式昭眷獎。

趙州賜大遼賀興龍節人使茶藥口宣

（元祐元年十月六日）

有敕。卿等遠飭使軺，來陳慶幣。川途甚阻，風霧可虞。特示至恩，往頒名劑。

賜正議大夫同知樞密院事安燾乞退不允批答口宣（元祐元年十月十日）

有敕。卿被遇先帝，勤勞有年。逮於眇躬，倚注彌重。宜安厥位，毋庸力詞。

賜宰臣吕公著生日禮物口宣

（元祐元年十月十六日）

有敕。朕之元老，生以兹辰。實爲邦國之華，豈獨閨門之慶。故命爾息，往宣余懷。仍分廄庫之良，以助子孫之壽。

相州賜大遼國賀興龍節使副御筵口宣

（元祐元年十月十八日）

有敕。卿等遠馳信幣，來慶誕辰。眷言四牡之勞，宜享加籩之禮。式頒寵數，以示至恩。

趙州賜大遼國賀太皇太后正旦使副茶藥口宣

（元祐元年十月二十八日）

有敕。卿等奉將邦幣，馳會歲元。眷言夙駕之勤，方次中途之館。宜頒靈劑，以喻至懷。

趙州賜大遼國賀皇帝正旦使副茶藥口宣

（元祐元年十月二十八日）

有敕。卿等逖修鄰好，方次州封。言念沍寒，想勤跋履。特頒名劑，以示眷懷。

雄州白溝驛賜大遼賀正旦人使御筵口宣
（元祐元年十一月二日）

有敕。卿等遠馳使節，來慶春朝。屬歲律之凝嚴，涉道途之修阻。宜頒宴衎，以勞勤劬。

賜鎮江軍節度使判大名府韓絳詔書湯藥口宣
（元祐元年十一月九日）

有敕。卿德望之隆，中外所屬。誠請雖極，輿論未安。毋復懷歸，以勤北顧。特頒良劑，以輔至和。

賜鎮江軍節度使判大名府韓絳詔書湯藥口宣
（元祐元年十一月十日）

有敕。方面重寄，無逾老成。丘園歸休，難遂雅意。特頒珍劑，以示至懷。方此冱寒，益加調養。

賜新除依前中大夫守中書侍郎吕大防辭免恩命不允斷來章批答口宣（元祐元年十一月十一日）

有敕。大政所關，西臺爲重。朕難其選，無以易卿。宜即欽承，毋煩退避。

賜新除中大夫守尚書右丞劉摯辭恩命不允斷來章批答口宣(元祐元年十一月十五日)

有敕。卿嘉猷屢告,清議所歸。授受之間,臣主無愧。速起視事,副朕所期。

賜正議大夫同知樞密院事安燾乞外郡不允斷來章批答口宣(元祐元年十一月十六日)

有敕。卿職在樞要,表儀百官。進當以禮,退當以義。今兹求退,其義安在? 亟還視事,毋復固辭。

班荆館賜大遼國賀興龍節人使赴闕口宣(元祐元年十一月二十一日)

有敕。卿等抗旌遠道,弭節近郊。乃眷勤勞,良深軫念。特頒燕衎,以示惠慈。

班荆館賜大遼賀興龍節人使到闕酒果口宣(元祐元年十二月初一日)

有敕。卿等肅將信幣,來慶誕辰。眷言行李之勞,宜有燕休之賜,受兹芳旨,體我眷懷。

雄州賜大遼賀正旦人使回程御筵口宣

（元祐元年十二月六日）

有敕。卿等出疆繼好，已事言還。跋履冰霜，憩休館舍。宜有燕私之寵，以旌來往之勤。

賜河東路諸軍來年春季銀鞋兼傳宣撫問臣寮將校口宣（元祐元年十二月七日）

有敕。汝卿等從事邊陲，服勤師律。方踐更於春令，諒率履於天和。特有匪頒，以昭眷遇。

送伴正旦使副沿路與賀北朝生日並正旦使副相見傳宣撫問口宣（元祐元年十二月九日）

有敕。卿等方冬出使，涉春在塗。遠犯風埃，想勤跋履。勉加鞭策，即造會朝。

賜大遼賀正旦人使正月一日入賀畢就驛御筵口宣（元祐元年十二月十一日）

有敕。卿等遠飭使軺，來修舊好。屬此方春之旦，宜均既醉之歡。爰命燕胥，以昭眷寵。

就驛賜大遼賀正旦人使銀鈔鑼唾盂盂子錦被褥等口宣(元祐元年十二月十六日)

有敕。卿等遠馳信幣,來慶春朝。眷言行李之勞,方兹舍館之定。宜加頒賚,用示寵嘉。

班荆館賜大遼賀正旦人使却回御筵口宣(元祐元年十二月十九日)

有敕。卿等遠達使辭,載嚴歸馹。方改轅於北道,暫弭節於都門。益重眷懷,往伸燕餞。

相州賜大遼賀正旦人使却回御筵口宣(元祐元年十二月二十二日)

有敕。卿等歲首奉觴,禮成復命,改轅北道,弭節近藩。宜錫宴私,以彰眷寵。

就驛賜大遼興龍節人使回程酒果口宣(元祐元年十二月二十四日)

有敕。卿等抗旌旋復,弭節少留。風埃浩然,徒馭勤止。宜有珍芳之賜,以昭眷寵之殊。

賜大遼賀正旦人使朝辭訖就驛御筵口宣

（元祐元年十二月二十五日）

有敕,卿等來修舊好,克備多儀。既陛見以告辭,將駕言而反命。載嘉勤勩,宜錫燕私。

班荆館賜大遼賀正旦人使回程酒果口宣

（元祐元年十二月二十八日）

有敕。卿等遠會春朝,恪修鄰好。既卒聘事,豈無燕私。宜就錫於加籩,蓋式昭於異數。

撫問熙河蘭會路臣寮口宣（元祐二年正月二十五日）

有敕。卿等服勤疆場,賦政兵民。言念劬勞,實分憂顧。特加存問,以示眷懷。

撫問資政殿學士知揚州王安禮口宣

（元祐二年正月二十七日）

有敕。卿久去廊廟,出臨江淮。綏懷流亡,肅遏寇盜。遠惟勤瘁,特示撫存。

賜皇叔祖保信軍節度使安康郡王宗隱生日禮物口宣（元祐二年正月四日）

有敕。卿屬尊望重,德厚慶隆。方誕育之令辰,有匪頒之故事。克膺壽祉,永服寵光。

賜皇叔祖昭信軍節度使漢東郡王宗瑗生日禮物口宣(元祐二年二月二日)

有敕。卿爵齒既隆,德望斯稱。載更誕日,胥慶家庭。式侑燕私,以資壽祉。

寒節就驛賜于闐國進奉人御筵口宣(元祐二年二月二日)

有敕。汝等觀光上國,述職遐方。屬兹改火之辰,想有懷歸之念。宜頒燕衎,以示恩私。

賜皇叔祖寧國軍節度使華原郡王宗愈生日禮物口宣(元祐二年二月二十七日)

有敕。卿望重宗盟,德隆藩服,載協誕彌之旦,光膺積慶之餘。特示寵頒,永綏壽祉。

賜新除保寧軍節度使馮京告敕詔書茶藥口宣(元祐二年三月二十八日)

有敕。全魏之寄,舊德爲宜。勉即征途,以答民望。往頒珍劑,昭示眷懷。

賜鎮江軍節度使充集禧觀使韓絳詔書茶藥口宣（元祐三年三月二十八日）

有敕。卿德齒俱高，誠請彌確。重以民事，久勞元臣。既飭還車，宜頒珍劑。尚加調養，以副眷懷。

賜太師文彦博乞致仕不允批答口宣（元祐二年三月二十九日）

有敕。卿德望冠於累世，風采聞於四夷。方茲仰成，倚以爲重。退老之請，所未欲聞。

賜宰相吕公著乞退不允批答口宣（元祐二年三月二十九日）

有敕。卿柱石本朝，蓍龜當代。方茲注意，實所仰成。宜體朕心，姑安其位。

賜交州進奉人朝見訖就驛御筵口宣（元祐二年四月五日）

有敕。汝等恭持方物，來款塞垣。冒涉修途，觀光上國。宜頒燕勞，以示恩私。

白溝驛賜大遼賀坤成節人使御筵兼傳宣撫問口宣(元祐二年四月十七日)

有敕。卿等肅將慶幣,遠涉修途。風埃浩然,徒馭勤止。宜頒燕衎,以示眷懷。

賜尚書左丞李清臣乞退不允批答口宣(元祐二年四月二十七日)

有敕。卿綜轄樞機,雍容廊廟。義當體國,謀豈先身。往喻至懷,少安舊服。

賜集禧觀使鎮江軍節度使開府儀同三司韓絳到闕生餼口宣(元祐二年五月十二日)

有敕。卿力辭繁劇,歸即燕安。想見老成,渴聞嘉話。特頒牢醴,以勞驂騑。

班荆館賜大遼國賀坤成節人使到闕御筵口宣(元祐二年六月二日)

有敕。卿等肅將慶幣,垂及都門。遠涉暑途,想勤行李。式頒燕衎,以示恩私。

賜護國軍節度使檢校太師濟陽郡王曹佾生日禮物口宣(元祐二年六月九日)

有敕。卿世濟勳勞,德隆藩戚。屬此誕彌之日,豈無燕喜之私。膺我寵頒,永增壽祉。

賜皇弟山南東道節度使開府儀同三司佖生日禮物口宣(元祐二年六月十八日)

有敕。卿以棣華之親,襲瓜瓞之慶。載臨誕日,宜厚寵頒。服我異恩,永膺介福。

就驛賜大遼賀坤成節使副銀鈔鑼錦被褥等口宣(元祐二年六月二十八日)

有敕。卿等遠持慶幣,來講鄰歡。徒御少休,舍館既定。首膺寵錫,當體眷懷。

賜皇伯祖彰化軍節度使高密郡王宗晟生日禮物口宣(元祐二年七月一日)

有敕。卿德茂宗枝,望隆公衮。推本流長之慶,有嘉震肅之辰。宜示寵頒,以綏壽止祉。

賜知樞密院事安燾已下罷散坤成節御筵口宣

有敕。卿等忠存體國,義切戴君。結妙果於三乘,祝慈闈之萬壽。宜膺寵錫,以示眷存。

玉津園賜大遼賀坤成節人使射弓例物口宣

(元祐二年七月八日)

有敕。卿等致命寶鄰,出游禁籞。爰敦射事,以佐賓歡。宜旌審固之能,式厚珍良之賜。

賜大遼賀坤成節人使生餼口宣

(元祐二年七月八日)

有敕。卿等遠涉修途,來陳慶幣。舍館初定,徒馭實勞。宜錫餼牽,以昭寵數。

相州賜大遼賀坤成節人使却回御筵口宣

(元祐二年七月八日)

有敕。卿等遠涉歸途,再離秋暑。駕言近郡,少憩旋車。宜示眷懷,往頒燕俎。

瀛州賜大遼賀坤成節人使回程御筵口宣

(元祐二年七月十日)

有敕。卿等抗旌來聘,已事言還。方次邊城,少休候館。宜頒燕俎,以勞歸驂。

賜大遼賀坤成節人使内中酒果口宣
（元祐二年七月十日）

有敕。卿等遠馳使傳，申講鄰歡。既執贄以造廷，亦展幣而成禮。宜加寵錫，以示眷存。

賜太師文彦博已下罷散坤成節道場香酒果口宣（元祐二年七月十一日）

有敕。卿翊贊大猷，倡先多士。方慈闈之獻壽，嚴法會以薦誠。宜有寵頒，以昭殊眷。

賜知樞密院事安燾已下罷散坤成節道場香酒果口宣（元祐二年七月十一日）

有敕。卿等同竭忠嘉，助成孝治。方慈闈之獻壽，嚴法會以薦誠。宜有寵頒，以昭殊眷。

坤成節就驛賜于闐國進奉人御筵口宣
（元祐二年七月十一日）

有敕。汝等款塞觀光，趨庭效貢。屬誕彌之稱慶，均燕衎以示慈。祇服寵嘉，式旌忠恪。

賜殿前都指揮使燕達已下罷散坤成節道場香酒果口宣（元祐二年七月十二日）

有敕。卿等同罄純忠，力修勝果。用祈慈壽，既徹梵筵。宜有寵頒，以昭眷遇。

賜皇伯祖鎮南軍節度使開府儀同三司宗暉已下罷散坤成節道場香酒果口宣（元祐二年七月十二日）

有敕。卿表率宗盟，助成孝治。祝延慈壽，仰扣佛乘。既畢梵筵，宜加寵賚。

賜平海軍節度使駙馬都尉李瑋已下罷散坤成節道場香酒果口宣（元祐二年七月十二日）

有敕。卿等乃心王室，同輸欲報之誠；稽首佛乘，共祝無疆之壽。既成法會，宜示寵頒。

賜皇叔楊王荆王醴泉觀罷散坤成節道場香酒果口宣（元祐二年七月十二日）

有敕。卿等德冠邦家，義兼臣子。修勝緣於西竺，祈壽嘏於南山。宜有寵頒，以成法會。

雄州撫問大遼使副賀坤成節口宣
（元祐二年七月十二日）

有敕。卿等抗旍修好，馳傳及疆。遠涉暑途，實勞参馭。特加存撫，式示眷懷。

班荆館賜大遼賀坤成節人使回程酒果口宣
（元祐二年七月十六日）

有敕。卿等講成聘禮，歸次都門。復此少留，逝將言邁。宜頒餞斝，以寵行驂。

賜皇叔揚王顥生日禮物口宣（元祐二年七月十九日）

有敕。卿屬尊魯、衛，德重間、平。每臨載育之辰，永錫無窮之慶。宜賡寵數，以介壽祺。

賜新除知樞密院安燾辭免恩命不允斷來章批答口宣（元祐二年八月五日）

有敕。卿以舊德，簡在朕心。成命既孚，僉言咸穆。宜即祇受，毋煩固辭。

賜熙河秦鳳路帥臣並沿邊知州軍臣寮茶銀合兼傳宣撫問口宣（元祐二年八月十日）

有敕。卿等夙分邊寄，深識虜情。屬此盛秋，勞於警備。

宜加寵賚,以示眷懷。

賜熙河秦鳳路提刑轉運茶銀合兼傳宣撫問口宣(元祐二年八月十日)

有敕。卿持節宣風,久分憂寄。調兵足食,想極賢勞。宜有寵頒,以彰眷遇。

賜觀文殿大學士光禄大夫知永興軍韓縝茶銀合兼傳宣撫問口宣(元祐二年八月十日)

有敕。卿釋政廟堂,均勞方面。兵民之重,綏御實勞。往諭至懷,仍加寵賚。

賜皇弟武成軍節度使祁國公偲生日禮物口宣(元祐二年八月十六日)

有敕。卿棣華襲慶,桐葉分封。載臨震肅之辰,特致壽康之祝。其膺寵錫,以介神休。

賜皇叔成德荆南等軍節度使守太尉開府儀同三司荆王頵生日禮物口宣(元祐二年八月二十日)

有敕。卿以名世之傑,居叔父之親。乃眷良辰,實鍾餘慶。宜膺異數之禮,永錫無疆之休。

賜宰相吕公著乞罷相位不允批答口宣

（元祐二年八月二十三日）

有敕。全德之老，朕所仰成。大義未安，卿當畏去。純忠所激，微疾自除。

賜宰相吕公著乞罷相位不允斷來章批答口宣

（元祐二年八月二十八日）

有敕。卿之在位，爲德與民。朕意不移，徒煩屢請。速起視事，毋復固辭。

賜皇弟定武軍節度使開府儀同三司咸寧郡王俁生日禮物口宣（元祐二年八月二十八日）

有敕。眷予母弟。誕慶兹辰。載詠《斯干》之詳，宜均《既醉》之福。祗膺寵數，永錫壽祺。

賜太師平章軍國重事文彦博辭免免入朝拜禮允批答口宣（元祐二年八月二十八日）

有敕。卿勳德愈高，謙恭不伐。盡事君之禮，忘屈身之勞。重違嘉言，特寢前命。

熙河蘭會路賜种誼已下銀合茶藥及撫問犒設漢蕃將校以下口宣(元祐二年九月二日)

有敕。汝等受成元帥,問罪種羌。即俘凶渠,備見忠力。各加犒賜,用示眷懷。

賜保静軍節度使檢校司空開府儀同三司建安郡王宗綽生日禮物口宣(元祐二年九月二日)

有敕。位隆將相,德重宗藩,方秋律之既深,紀門弧之多慶。宜膺寵錫,以介壽祺。

撫問劉舜卿兼賜銀合茶藥口宣(元祐二年九月二日)

有敕。卿翰屏西服,威懷種羌。嚴兵盛秋,得雋戎落。往遣勞問,仍示寵頒。

賜陝西路轉運判官孫路銀合茶藥口宣(元祐二年九月五日)

有敕。汝以職事,出按邊防。屬此軍興,想勞心計。宜加寵錫,以示眷懷。

賜陝府西路轉運司勾當公事游師雄銀合茶藥口宣(元祐二年九月五日)

有敕。汝以儒臣,習知疆政。王事靡盬,周爰諮謀。宜有寵頒,以旌勤瘁。

賜涇原路經略使並應守城禦賊漢蕃使臣已下銀合茶藥兼傳宣撫問口宣(元祐二年九月五日)

有敕。强敵窺邊,無故犯順。汝等忠義所激,戰守有方。掎角相望,示以形勢。犬羊自遁,亭候無虞。爰念勤勞,不忘嘉嘆。

賜大遼賀正旦人使白溝驛御筵並撫問口宣(元祐二年九月七日)

有敕。卿等遠馳華節,冒履薄寒。眷言郵傳之勤,少樂燕嘉之賜。往申寵問,式示眷存。

賜太師文彦博乞致仕第一表不允批答口宣(元祐二年九月九日)

有敕。朕上承慈訓,下酌民言。秉國之成,非卿莫可。來請雖切,朕意不移。

賜太師文彦博乞致仕不允斷來章批答口宣(元祐元年九月十一日)

有敕。卿望重百辟,威聞四夷。進退之間,輕重所寄。毋煩屢請,朕命不移。

白溝驛傳宣撫問大遼賀興龍節人使及賜御筵口宣(元祐二年九月十二日)

有敕。卿等遠馳信幣,來慶誕辰。念此修途,喜於入境。宜加燕勞,以示眷存。

沿路撫問奉安神宗御容禮儀使吕大防已下口宣(元祐二年九月十二日)

鄭　州

有敕。卿等恭持使節,祇事祠宫。遠涉郵途,實勞啓處。特加存問,以示眷懷。

鞏　縣

有敕。卿等出使別都,展儀原廟。衝涉微凛,勤勞遠途。體此眷懷,宜加調衛。

西　京

有敕。卿等暫去闕庭,服勤郵傳。奉祠之重,率禮爲勞。已事遄歸,式符眷遇。

賜熙河路副總管姚兕等銀合茶藥口宣(元祐二年九月十四日)

有敕。卿以武略過人,忠義思報。焚蕩虜境,宣明國威。特示寵頒,以觀來效。

撫問秦鳳等路臣寮口宣（元祐二年九月十八日）

有敕。卿等綏馭兵戎，布宣條教。眷惟忠藎，想極劬勞。屬此早寒，各宜厚愛。

西京會聖宫應天禪院奉安神宗御容禮畢押賜禮儀使已下御筵口宣（元祐二年九月二十一日）

有敕。卿等既成原廟，復奠神游，乃眷元臣，往嚴盛禮。宜均燕衎，以示眷存。

賜嗣濮王宗暉生日禮物口宣（元祐二年九月二十二日）

有敕。流澤之深，積慶之厚，嘉此良日，篤生賢王。受兹多儀，永錫難老。

賜皇弟鎮寧軍節度使開府儀同三司遂寧郡王佶生日禮物口宣（元祐二年十月一日）

有敕。乃眷賢王，惟予介弟。篤生兹日，流慶方來。往致予言，以爲爾壽。

趙州賜大遼賀興龍節使副茶藥口宣（元祐二年十月一日）

有敕。卿等久勤軺傳，遠涉風埃。既漸邇於中邦，方少安於候館。往頒珍劑，以示眷懷。

賜太師文彦博生日禮物口宣（元祐二年十月五日）

有敕。卿勳在廟社，名聞華夷。允儲河嶽之靈，宜享喬松之壽。往頒寵數，以慶佳辰。

沿路賜奉安神宗御容禮儀使吕大防押班馮宗道並使臣已下銀合茶藥兼傳宣撫問口宣（元祐二年十月七日）

有敕。卿等祗率官常，往嚴像設。屬此寒凝之候，眷言往返之勞。式示寵綏，特加優錫。

接伴大遼賀興龍節人使送伴回程與大遼賀正旦人使相逢撫問口宣（元祐二年十月十七日）

有敕。卿等並駕使軺，遠敦鄰好。屬風霜之凝冽，歷川陸之阻修。宜示眷懷，特申問勞。

趙州賜大遼賀太皇太后正旦使副茶藥口宣（元祐二年十月十七日）

有敕。卿等遠馳使傳，方次州封。念此寒凝，艱於涉履。特申寵錫，以示眷存。

趙州賜大遼賀皇帝正旦使副茶藥口宣

(元祐二年十月十七日)

有敕。卿等遠修聘事,來會歲元。眷言夙駕之勤,宜有中途之賜。受兹珍品,喻我至懷。

雄州撫問大遼賀興龍節使副口宣(元祐二年十月十七日)

有敕。卿等恭修鄰好,遠慶誕辰。眷惟授館之初,益喜造朝之近。往申問勞,式示眷存。

雄州撫問大遼賀正旦使副口宣(元祐二年十月十八日)

有敕。卿等遠會春朝,篤修鄰好。言念乘軺之久,欣聞入境之初。式示眷存,往申問勞。

賜諸路臣寮中冬衣襖口宣(元祐二年十月十八日)

有敕。霜露薦至,衣褐未周。念我遠臣,何以卒歲。往均安燠之賜,尚體眷懷之深。

賜宰相吕公著生日禮物口宣(元祐二年十月十八日)

有敕。卿仁以庇民,忠以衛上。誕彌之日,慶慰良深。往錫寵章,以介眉壽。

冬季傳宣撫問諸路沿邊臣寮口宣
（元祐二年十月十八日）

有敕。卿等守禦邊疆，憂勞夙夜。屬兹寒沍，想各康强。特示眷存，往申勞問。

撫問知河南府張璪知永興軍韓縝口宣
（元祐二年十月十八日）

有敕。卿輟自廟堂，出爲師帥。勞於綏御，寬我顧憂。屬此寒凝，勉加頤養。

冬季撫問陝西轉運使副口宣（元祐二年十月十八日）

有敕。卿等歲事將畢，農工既休。永言乘傳之勞，未遑退食之佚。勉加輔養，尚副眷懷。

冬季撫問諸路沿邊臣寮口宣（元祐二年十月十八日）

有敕。卿等分憂久外，並塞早寒。眷此勤勞，形於軫念。往加勞問，式示眷存。

賜資政殿學士新差知成都府王安禮詔書銀合茶藥傳宣撫問口宣（元祐二年十月二十七日）

有敕。卿西南之寄，古今所難。蓋自祖宗以來，式輟鈞衡之舊。與衆同樂,非卿孰宜。

賜于闐國進奉人進發前一日御筵口宣
（元祐二年十月二十九日）

有敕。汝等奉琛來觀,已事言歸。式嘉慕義之誠,宜有勞還之澤。往頒燕衎,祇服恩私。

班荆館賜大遼賀正旦人使到闕御筵口宣
（元祐二年十一月四日）

有敕。卿等夙抗使旌,少休郊館。乃眷川途之邈,載惟騑馭之勞。特賜燕私,以旌勤瘁。

班荆館賜大遼賀興龍節人使酒果口宣
（元祐二年十一月九日）

有敕,卿等遠乘使傳,方造都門。屬此寒凝,久於衝涉。宜膺就賜之禮,以示勞來之恩。

班荆館賜大遼賀興龍節人使御筵口宣
（元祐二年十一月十一日）

有敕。卿等遠犯苦寒,來修舊好。載喜使華之近,特申郊勞之儀。服我恩私,少留燕衎。

相州賜大遼賀正旦人使御筵口宣

（元祐二年十一月十六日）

有敕。卿等篤修舊好，少憩近邦。屬冰雪之嚴凝，念車徒之勤勩。往加燕勞，式示眷懷。

賜皇伯祖高密郡王宗晟已下罷散興龍節道場香酒果口宣（元祐二年十二月一日）

有敕。卿等以義重宗藩（駙馬改爲戚藩。），志存忠愛。先期誕月，歸命佛乘。逮兹法會之成，宜有匪頒之寵。（宗暉以下同。）

賜知樞密院事安燾已下罷散興龍節道場酒果口宣（元祐二年十二月一日）

有敕。誕彌之慶，綿宇所同。矧我臣工，方兹燕喜。宜有柔嘉之賜，以成豈弟之歡。

賜濟陽郡王曹佾罷散興龍節道場酒果口宣

（元祐二年十二月一日）

有敕。卿位重戚藩，望隆耆德。歸誠覺苑，增祝壽山。宜有寵頒，以昭厚眷。

賜殿前都指揮使燕達已下罷散興龍節道場香酒果口宣（元祐二年十二月一日）

有敕。卿等志在愛君，忠於衛上。屬誕彌之紀慶，修净供以祈年。宜有頒寵，以旌勤意。（步軍副都指揮使苗授以下同。）

賜知樞密院事安燾已下罷散興龍節道場香酒果口宣（元祐二年十二月一日）

有敕。彌月之祥，敷天同慶。協股肱之畢力，延釋梵以祈年。申以寵頒，助其愷樂。

賜太師文彦博已下罷散興龍節酒果口宣（元祐二年十二月二日）

有敕。卿等以弼亮之重，勤勞王家。因誕慶之辰，修崇法會。宜頒芳旨，以示眷存。

賜大遼賀興龍節前一日内中酒果口宣（元祐二年十二月二日）

有敕。卿等抗旌就館，已觀車騎之華；奉幣造朝，復嘆威儀之美。就加寵錫，以示眷勤。

賜大遼賀興龍節十日内中酒果口宣

（元祐二年十二月二日）

有敕。卿等奉幣講歡，造廷稱壽。嘉禮儀之閑習，宜寵錫之便蕃。受此珍甘，以旌眷遇。

賜大遼賀興龍節朝辭訖歸驛御筵口宣

（元祐二年十二月二日）

有敕。卿等使事既終，陛辭而復。少休賓館，將整歸驂。特示至懷，更頒嘉燕。

賜大遼賀興龍節人使瀛洲回程御筵口宣

（元祐二年十二月二日）

有敕。卿等已修舊好，復改北轅。雖候館之少休，眷歸途之尚邈。往頒燕俎，以示至懷。

相州賜大遼賀興龍節使副御筵口宣

（元祐二年十二月四日）

有敕。卿等犯寒遠道，弭節近邦。少休夙駕之勞，式示加籩之惠。服我寵數，以增使華。

相州賜大遼賀興龍節使副却回御筵口宣

（元祐二年十二月四日）

有敕。卿等聘事告成，還車言邁。改轅北道，弭節近邦。眷言行役之勞，宜有燕私之寵。

賜大遼賀興龍節人使射弓例物口宣

（元祐二年十二月六日）

有敕。卿等懷四方之志，挾五善之能。終日射侯，於是觀禮。宜申寵錫，以佐賓歡。

班荆館賜大遼賀興龍節人使回程御筵口宣

（元祐二年十二月六日）

有敕，卿等已事言旋，改轅茲始。冒寒遠涉，軫念良深。少憩近郊，復陳燕豆。

賜諸路臣寮春季銀鞋兼撫問口宣

（元祐二年十二月八日）

有敕。卿等各竭乃心，久勞於外。屬此寒凝之候，永惟綏馭之勤。式示眷存，往加勞問。

撫問知大名府馮京口宣

有敕。卿以元老，卧護北門。寬我顧憂，想勞綏御。屬茲寒沍,益務保頤。

賜大遼賀興龍節人使朝辭歸驛酒果口宣

(元祐二年十二月八日)

有敕。卿等已事言旋,指期夙駕。歲寒遠道,良用軫懷。宜有寵頒,以旌勤瘁。

賜大遼賀興龍節人使班荆館却回酒果口宣

(元祐二年十二月十日)

有敕。卿等聘事已成,征驂言邁。往餞於館,以華其歸。仍有寵頒,式昭厚眷。

班荆館賜大遼賀正旦人使到闕酒果口宣

(元祐二年十二月十日)

有敕。卿等遠修鄰好,來會歲元。久涉冰途,少休郊館。宜頒芳旨,以勞驂騑。

就驛賜大遼賀興龍節人使宴口宣

(元祐二年十二月十一日)

有敕。佳辰紀慶,聘事告成。申敕臣鄰,往就舍館。同茲衎樂,服我惠慈。

就驛賜大遼賀興龍節人使宴花酒果口宣

（元祐二年十二月十一日）

有敕。卿等遠勤使傳，來慶誕辰。臨遣重臣，往頒燕俎。仍加寵錫，以示至懷。

賜大遼賀正旦使副銀鈔鑼等口宣

（元祐二年十二月十一日）

有敕。卿等通兩國之歡，不遠千里。驅一乘之傳，來慶三朝。宜有寵頒，以昭異眷。

相州賜大遼賀正旦人使却回御筵口宣

（元祐二年十二月十四日）

有敕。卿等復理歸鞍，少休輔郡。念北轅之首路，犯西陸之餘寒。往致恩勤，宜留燕衎。

賜大遼賀正旦人使却回雄州御筵口宣

（元祐二年十二月十四日）

有敕。卿等遠勤郵傳，冒涉冰霜。眷言往復之勞，已次封圻之上。宜頒嘉燕，以示至懷。

賜大遼賀興龍節使副鈔鑼等口宣
（元祐二年十二月十八日）

有敕。卿等解驂授館，方講於鄰歡。遣使勞來，宜敦於主禮。往加優錫，以示眷懷。

賜大遼賀正旦人使生餼口宣
（元祐二年十二月二十四日）

有敕。卿等郵傳遠勤，舍館既定。宜敦主禮，以犒馭徒。往錫餼牽，少紓勞瘁。

送伴正旦使副沿路與賀北朝生辰並正旦使副相逢傳宣撫問口宣（元祐二年十二月二十五日）

有敕。卿等銜命出使，徂冬涉春。適寒苦之倍常，知勤勞之加舊。勉驅郵傳，來造會朝。

賜大遼賀正旦入賀畢使副就驛酒果口宣
（元祐二年十二月二十六日）

有敕。卿等既覲闕庭，少安館舍。宜行慶賜，以樂春朝。往致甘芳，式華觴豆。

賜大遼賀正旦入賀畢使副就驛御筵口宣

（元祐二年十二月二十六日）

有敕。卿等遠抗使旃，來陳慶幣。眷東風之協應，喜上日之同歡。宜就驛亭，往頒燕豆。

賜大遼賀正旦使副前一日内中酒果口宣

（元祐二年十二月二十七日）

有敕。方興嗣歲，既餞餘寒。喜鄰好之篤修，念使華之少駐。式頒珍異，以示眷懷。

賜大遼賀正旦却回班荆館御筵口宣

（元祐二年十二月二十七日）

有敕。卿等聘事既成，歸途方啓。言念改轅之始，少留帳飲之歡。往推恩勤，下及徒馭。

賜大遼賀正旦朝辭訖歸驛御筵口宣

（元祐二年十二月二十七日）

有敕。卿等寓館久勤，趨庭告去。不假壺觴之樂，曷爲徒馭之華。服我恩私，少留宴衎。

賜大遼賀正旦朝辭訖歸驛御筵酒果口宣

（元祐二年十二月二十八日）

有敕。卿等聘事告成，歸車夙駕。屬此寒凝之末，眷言往返之勤。錫此珍芳，以將寵遇。

国家出版基金项目
NATIONAL PUBLICATION FOUNDATION
KEY RESEARCH INSTITUTE IN UNIVERSITY
教育部人文社會科學重點研究基地
復旦大學中國古代文學研究中心
叢刊

蘇軾詩文彙評

黄霖 陳維昭 周興陸 主編
樊慶彦 輯著

陸

鳳凰出版社

卷一百十二

内制口宣一百二十二首

賜大遼賀興龍節人使雄州回程御筵口宣

（元祐二年十二月二十八日）

有敕。卿等聘事既成，歸途尚邈。屬此冰霜之候，眷言來往之勤。宜錫燕私，少紓行役。

賜大遼賀正旦使副春幡勝口宣

（元祐二年十二月二十九日）

有敕。剪刻之工，風俗惟舊。眷皇華之在館，屬春陽之肇新。宜有分頒，以增賁飾。

賜大遼賀正旦使副射弓例物口宣

（元祐二年十二月二十九日）

有敕。卿等出游禁籞，觀藝射侯。弓矢既均，禮義卒度。宜加寵錫，以侑燕歡。

瀛洲賜大遼賀正旦人使回程御筵口宣

（元祐三年正月五日）

有敕。卿等來修舊好，遠冒初寒。涉歷冬春，服勤郵傳。示頒嘉燕，以答久勞。

賜宰相吕公著上第二表乞致仕不允批答口宣

（元祐三年三月二十九日）

有敕。朕以冲眇，垂拱仰成。卿以耇老，圖任共政。無故而去，於義未安。

賜宰相吕公著乞致仕不允斷來章批答口宣

（元祐三年四月一日）

有敕。卿望重縉紳，義均休戚。如左右手，可須臾離。雖屢形於懇詞，必難移於朕意。

閣門賜新除守司空同平章軍國事吕公著誥口宣（元祐三年四月七日）

有敕。卿正位三公，具瞻多士。式資坐論，以副仰成。體朕眷懷，服此明命。

閤門賜新除宰相吕大防范純仁誥口宣（元祐三年四月七日）

有敕。朕稽參衆庶，登用俊良。並建宰司，同升揆路。祗承明命，仰副眷懷。

賜新除尚書左僕射吕大防尚書右僕射范純仁辭免恩命不允批答口宣（元祐三年四月十一日）

有敕。卿望重縉紳，才兼文武。弼亮之選，中外同然。毋或固辭，以稱朕意。

賜吕公著辭恩命上第二表不允斷來章批答口宣（元祐三年四月十三日）

有敕。卿以全德，式符具瞻。宜與師臣，共爲民表。欽承明命，佇聽嘉謨。

賜范純仁吕大防辭恩命上第二表不允斷來章批答口宣（元祐三年四月十三日）

有敕。卿以宏材，久與大政。擢升宰輔，實慰具瞻。宜速拜嘉，毋煩謙避。

賜新除門下侍郎孫固辭免恩命不允斷來章批答口宣(元祐三年四月十四日)

有敕。卿金華雋老,西樞舊臣。與政東臺,實慰輿議。祇膺成命,毋復固辭。

賜劉摯辭免恩命不允斷來章批答口宣(元祐三年四月十四日)

有敕。稽參衆言,蔽自朕志。西臺之貳,無以逾卿。亟踐厥官,毋煩固避。

賜王存辭免恩命不允斷來章批答口宣(元祐三年四月十四日)

有敕。卿純忠許國,雅望在人。官以次升,義無足避。其承休寵,以副眷懷。

賜胡宗愈辭免恩命不允斷來章批答口宣(元祐三年四月十四日)

有敕。卿雅望在人,純忠許國。既以彙進,胡爲力辭。宜體至懷,即膺成命。

賜趙瞻辭免恩命不允斷來章批答口宣（元祐三年四月十四日）

有敕。朝廷用人,議論先定。不次之舉,非卿孰宜。亟服休恩,毋煩固避。

賜河北西路諸軍秋季銀鞋兼傳宣撫問臣寮將校口宣（元祐三年四月十八日）

有敕。卿等憂寄之深,疆事靡盬。眷言勞勩,想各平寧。體我至懷,受兹時賜。

宣詔許内翰入院口宣（元祐三年四月十九日）

有敕。卿拔自循良,老於文學。禁林之命,儒者所榮。往祇厥司,以究所藴。

白溝驛賜大遼賀坤成節人使御筵兼傳宣撫問口宣（元祐三年四月二十二日）

有敕。卿等遠涉暑途,來陳慶幣。眷言徒馭,久犯風埃。往賜燕娱,少休行役。

賜大遼賀坤成節人使生餼口宣（元祐三年五月十日）

有敕。卿等肅將鄰好,來慶誕辰。徒馭久勞,館宇初定。

宜頒委積,以示寵章。

賜安燾乞退不允斷來章批答口宣(元祐三年六月一日)

有敕。卿以舊德,首冠西樞。雅望既隆,仰成彌重。宜安厥位,以卒輔予。

賜北京恩冀等州修河官吏及都轉運使運判監丞等銀合茶藥並兵級等夏藥特支兼傳宣撫問口宣
(元祐三年六月十四日)

有敕。卿等夙夜河壖,暴露野次。屬兹暑雨,深軫予懷。往示寵頒,少慰勞苦。

撫問保寧軍節度使知大名府馮京兼賜銀合茶藥口宣(元祐三年六月十四日)

有敕。河役方興,吏士在野。暑雨之際,綏御爲勞。膺此寵頒,尚加慎護。

賜太中大夫守尚書左僕射兼門下侍郎吕大防生日禮物口宣(元祐三年六月二十二日)

有敕。乃眷良辰,篤生元輔。豈獨縉紳之望,允爲河岳之英。今遣爾甥,往致朕命。受兹休寵,永介壽祺。

賜皇弟山南東道節度使開府儀同三司大寧郡王佖生日禮物口宣(元祐三年六月二十二日)

有敕。乃眷賢王,篤生兹日。本枝之慶,華萼相承。宜分廄庫之良,以致喬松之壽。

賜大遼人使賀坤成節入見訖歸驛御筵口宣(元祐三年七月八日)

有敕。卿等初梠使車,已陳慶幣。退安館舍,往錫燕觴。式示眷懷,且旌勞勩。

賜大遼人使賀坤成節入見訖歸驛酒果口宣(元祐三年七月八日)

有敕。卿等趨庭致命,就館即安。少休行役之勞,宜示眷懷之異。式昭寵數,往錫甘芳。

班荆館賜大遼賀坤成節人使回程御筵口宣(元祐三年七月八日)

有敕。卿等使事畢陳,還車載啓。改轅而北,弭節少留。就錫燕嘉,式昭禮遇。

玉津園賜大遼賀坤成節人使射弓例物口宣
（元祐三年七月九日）

有敕。卿等既陳慶幣，復展射侯。豈獨娱賓，亦將觀德。宜有珍良之錫，以旌審固之能。

賜殿前司罷散坤成節道場香酒果口宣
（元祐三年七月九日）

有敕。卿忠存衛上，義切戴君。爰祝壽山，克成梵供。宜加寵錫，以示眷懷。

賜宗室開府儀同三司以下罷散坤成節道場香酒果口宣（元祐三年七月九日）

有敕。卿以令德懿親，共輸誠悃。名藍法供，虔祝壽祺。既徹净筵，宜加寵錫。

賜馬步軍司罷散坤成節道場香酒果口宣
（元祐三年七月十二日）

有敕。卿等共罄臣衷，力祈慈壽。爰修法會，亦既告成。宜有寵頒，以旌誠慤。

賜知樞密院事安燾已下罷散坤成節道場香酒果口宣(元祐三年七月十二日)

有敕。卿等忠存廟社,義篤君親。嘉法會之有成,祝聖齡於無極。宜加寵賚,以示眷懷。

賜皇伯祖嗣濮王宗暉已下罷散坤成節道場香酒果口宣(元祐三年七月十二日)

有敕。卿等爲國懿親,助我孝治。祝慈闈之永壽,成法會於兹辰。宜有寵頒,以精忠悃。

賜皇叔揚王醴泉觀罷散坤成節道場香酒果口宣(元祐三年三月十二日)

有敕。卿等以周邵之親,躬任姒之眷(一作養。)力祈壽嘏,祇扣佛乘。既徹净筵,宜膺寵眷。

賜太師文彦博已下罷散坤成節道場香酒果口宣(元祐三年七月十二日)

有敕。元老在廷,百官承式。啓法筵於梵宇,祝壽嘏於慈闈。宜有寵頒,以助燕喜。

相州賜大遼賀坤成節人使却回御筵口宣（元祐三年七月十三日）

有敕。卿等遠飭征驂，少休近郡。載惟勤勩，良極軫懷。往錫宴觴，以華歸騎。

瀛洲賜大遼賀坤成節人使回程御筵口宣（元祐三年七月十三日）

有敕。卿等遠聘通歡，言歸復命。改轅北道，弭節邊城。宜錫燕觴，少休行役。

賜護國軍節度使濟陽郡王曹佾罷散坤成節道場香酒果口宣（元祐三年七月十三日）

有敕。卿以耆德，首冠戚藩。虔祝壽祺，告成法會。宜加寵賚，以助燕私。

班荆館賜大遼賀坤成節人使回程酒果口宣（元祐三年七月十三日）

有敕。卿等致命言還，改轅伊始。暑雨方作，徒馭實勞，宜有寵頒，以昭眷遇。

就驛賜大遼國賀坤成節人使宴口宣
（元祐三年七月十六日）

有敕。卿等遠馳使傳，來會誕辰。言念勤勞，宜加旌寵。特頒燕喜，以示眷懷。

就驛賜大遼國賀坤成節人使花酒果口宣
（元祐三年七月十六日）

有敕。卿等肅將慶幣，來舉壽觴。臨遣輔臣，往頒燕豆。仍加寵賚，以示眷懷。

賜新除殿前副都指揮使武泰軍節度使苗授辭免恩命第二表不允批答口宣（元祐三年七月二十日）

有敕。卿早練武經，晚著邊效。進持帥節，實允僉言。矧以次遷，無煩懇避。

撫問秦鳳路臣寮口宣（元祐三年七月二十四日）

有敕。卿等久以選掄，出分憂寄。疆場之重，綏御爲勞。宜示眷懷，往宣指論。

閤門賜新除徐王誥口宣（元祐三年八月十二日）

有敕。卿望隆尊屬，德冠宗藩。改殿大邦，實諧群議。往服朕命，以爲國華。

賜皇叔新封徐王上第二表辭免恩命不允斷來章批答口宣（元祐三年八月十五日）

有敕。朕始升徐方，以胙叔父。庶幾大彭之壽，罔愧元王之賢。毋復屢辭，亟膺成命。

賜太師文彦博乞致仕不允斷來章批答口宣（元祐三年九月五日）

有敕。耆老在位，華夷聳觀。若聽公歸，恐失民望。朕命不再，公其少留。

相州賜大遼賀興龍節使副御筵口宣（元祐三年十一月六日）

有敕，卿等將命鄰邦，服勤郵傳。久薄風霧，少休車徒。宜體眷懷，式同燕衎。

賜皇伯祖宗晟辭免起復恩命不允批答口宣（元祐三年十一月十日）

有敕。官不可曠，禮有從權。苟愛君如愛親，則王事爲家事，勉遵舊服，少屈私誠。

賜皇伯祖宗晟辭免起復恩命不允斷來章批答口宣(元祐三年十一月十八日)

有敕。卿哀慕未衰,懇辭彌切,既寒暑之一變,宜忠孝之兩全。勉從朕言,起服乃事。

賜駙馬都尉李瑋已下罷散興龍節道場香酒果口宣(元祐三年十月三十日)

有敕。震夙紀辰,邇遐同祝。乃眷戚藩之重,預修净供之嚴。亦既告成,宜膺寵錫。

賜殿前副都指揮使苗授已下罷散興龍節道場香酒果口宣(元祐三年十一月三十日)

有敕。卿等以衛上之忠,屬誕彌之慶。預嚴净會,以薦壽祺。及此告成,宜加寵賚。

賜權管勾馬軍司公事姚麟已下罷散興龍節道場酒果口宣(元祐三年十一月三十日)

有敕。卿等率職周廬,歸誠梵宇。共致延鴻之祝,出於忠愛之深。宜錫珍芳,以助燕衎。

興龍節尚書省賜知樞密院事安燾已下酒果口宣(元祐三年十一月三十日)

有敕。卿等任重樞機,忠存廟社。屬誕辰之薦壽,修法會以告成。錫以珍芳,助其燕喜。

賜大遼賀興龍節人使生餼口宣(元祐三年十二月一日)

有敕。卿等遠持慶幣,申講鄰歡。徒馭有華,舍館方定。宜往餼牽之錫,以旌郵傳之勤。

賜濟陽郡王曹佾罷散興龍節道場香酒果口宣(元祐三年十二月一日)

有敕。卿寵冠戚藩,望隆舊德。將祝無疆之壽,故修最上之乘。既徹净筵,宜膺寵錫。

賜皇伯祖嗣濮王宗暉已下罷散興龍節道場香酒果口宣(元祐三年十二月一日)

有敕。眷我宗英,乃心王室。修彼龍天之供,慶兹虹電之祥。宜有頒分,以成燕喜。

賜皇叔祖同知大宗正事宗景罷散興龍節道場香酒果口宣(元祐三年十二月一日)

有敕。乃眷宗英,祗率藩服。慶誕辰而薦壽,修净會以告成。宜有分頒,以助燕喜。

賜皇叔徐王罷散興龍節道場香酒果口宣

（元祐三年十二月二日）

有敕。卿望隆周、召,德邁間、平。屬誕慶之紀辰,仗佛乘而薦祉。助兹宴喜,錫以柔嘉。

賜文太師已下罷散興龍節道場香酒果口宣

（元祐三年十二月二日）

有敕。乃眷師臣,身先百辟。有嚴净供,祇薦萬齡。宜有分頒,以助燕喜。

賜樞密安燾以下罷散興龍節道場香酒果口宣

（元祐三年十二月二日）

有敕。樞機之臣,社稷是衛。夙設人天之供,共祈箕翼之祥。宜膺寵頒,式助燕喜。

班荆館賜大遼賀興龍節人使到闕御筵口宣

（元祐三年十二月五日）

有敕。卿等遠將鄰好,至止都門。屬霜霧之嚴凝,念車徒之勤瘁。宜伸燕衎,以示眷懷。

賜大遼賀興龍節人使朝辭訖就驛酒果口宣

（元祐三年十二月五日）

有敕。卿等畢事告旋，指期言邁。念征途之勞瘁，迫徂歲之沍寒。體我至懷，膺兹寵錫。

賜大遼賀興龍節人使朝辭訖歸驛御筵口宣

（元祐三年十二月五日）

有敕。卿等聘事告成，陛辭言邁，念歸途之云遠，復賓館之少留。體我眷懷，共兹宴喜。

七日賜大遼賀興龍節人使内中酒果口宣

（元祐三年十二月五日）

有敕。卿等梶車就館，布幣造廷。既欣鄰好之修，復嘆使華之美。就加寵賚，式示眷存。

玉津園賜大遼賀興龍節人使射弓御筵口宣

（元祐三年十二月五日）

有敕。卿等使節有華，鄰歡載講。既娱賓於靈囿，將觀德于射侯。宜有寵頒，以旌命中。

相州賜大遼賀正旦人使御筵口宣

(元祐三年十二月六日)

有敕。卿等春朝畢會,鄰聘交馳。屬徂歲之冱寒,念遠勤於行李。往頒燕衎,以重使華。

班荆館賜大遼賀興龍節人使回程御筵口宣

(元祐三年十二月六日)

有敕。卿等告辭中禁,改乘北轅。屬晚歲之嚴凝,念征途之悠緬。往頒嘉燕,可復少留。

十日賜大遼賀興龍節人使内中酒果口宣

(元祐三年十二月七日)

有敕。卿等造廷稱壽,率禮可觀。豈惟鄰好之修,亦見使華之美。且膺寵錫,以示至恩。

班荆館賜大遼賀興龍節人使却回酒果口宣

(元祐三年十二月七日)

有敕。卿等改轅北路,供帳都門。風埃浩然,徒馭勤止。宜膺寵錫,以示恩華。

瀛洲賜大遼賀興龍節人使回程御筵口宣

（元祐三年十二月七日）

有敕。卿等回車北道，弭節邊亭。使事已終，歸驂少憩。往頒燕衎，益厚眷存。

賜皇弟普寧郡王似生日禮物口宣

（元祐三年十二月七日）

有敕。朕之介弟，生以兹辰。眷棣萼之相輝，祝椿齡之難老。宜同慶喜，往致寵頒。

相州賜大遼賀興龍節人使回程御筵口宣

（元祐三年十二月九日）

有敕。卿等夙駕歸軒，少休旁郡。眷言勞勩，良極顧懷。往銀燕嘉，以旌恩眷。

趙州賜大遼賀正旦使副茶藥口宣

（元祐三年十二月十日）

有敕。卿等遠修舊好，屬此沍寒。載歷山川，久蒙霜露。宜有精良之賜，式彰軫念之懷。

趙州賜大遼賀太皇太后正旦使副茶藥口宣
（元祐三年十二月十日）

有敕。卿等遠馳四牡，來慶三朝。屬此歲寒，勞於行役。宜膺寵錫，以示眷存。

興龍節尚書省賜宰相已下酒果口宣
（元祐三年十二月十日）

有敕。誕彌之慶，中外所同。眷我臣鄰，共茲燕喜。宜加寵賚，以示眷懷。

就驛賜大遼賀興龍節使副鈔鑼等口宣
（元祐三年十二月二十二日）

有敕。卿等肅將鄰好，遠涉寒途。眷言授館之初，宜有勞來之禮。往加寵錫，以示眷懷。

玉津園賜大遼賀正旦人使射弓例物口宣
（元祐三年閏十二月三日）

有敕。射以娱賓，抑將觀德。發而命中，曾不出正。宜旌審固之能，膺受珍良之賜。

撫問知大名府馮京口宣（元祐三年閏十二月八日）

有敕。卿等夙分重寄，言念久勞。歲聿云周，王事靡盬。

益加輔養,以副眷懷。

冬季傳宣撫問河北東路沿邊臣寮口宣
（元祐三年閏十二月八日）

有敕。疆埸之守,職思其憂。霜露既凝,歲聿云暮。宜加厚愛,以副眷懷。

賜大遼賀正旦人使銀鈔鑼唾盂子錦被等口宣
（元祐三年閏十二月十八日）

有敕。卿等遠將鄰好,來慶春期。眷言跋履之勤,宜有珍華之賜。受茲異寵,體我至懷。

雄州撫問大遼賀正旦人使口宣
（元祐三年閏十二月二十五日）

有敕。卿等肅將慶幣,來會春朝。遠犯風埃,實勞徒馭。欣聞入境,良慰眷懷。

賜大遼賀正旦人使正月一日就驛御筵口宣
（元祐三年閏十二月二十五日）

有敕。使華遠至,春律肇新。即卿舍館之安,昭我惠慈之眷。往陳燕豆,以樂佳辰。

賜大遼賀正旦人使内中酒果口宣
（元祐三年閏十二月二十五日）

有敕。卿等瑞節華軒，來修舊好。醇醪珍實，以薦新春。膺此寵頒，體予異眷。

班荆館賜大遼賀正旦使回程御筵口宣
（元祐三年閏十二月二十五日）

有敕。卿等使事告成，旋車言邁。方改轅於北道，暫弭節於都門。昭示眷懷，少留宴衎。

賜于闐國進奉人使正旦就驛御筵口宣
（元祐三年閏十二月二十五日）

有敕。重譯遠來，觀光戾止。屬人正之改律，樂天叙之發春。宜示寵休，式同燕喜。

雄州賜大遼國賀正旦人使回程御筵兼傳宣撫問口宣（元祐三年閏十二月二十五日）

有敕。卿等已事告歸，梔車少憩。眷言長道，遠犯餘寒。宜錫燕喜，以旌勞勩。

瀛洲賜大遼賀正旦人使回程御筵口宣
（元祐三年閏十二月二十九日）

有敕。卿等已聘言還，犯寒遠邁。方脂車於北道，復弭節於邊城，宜錫宴嘉，以旌勞勩。

班荆館賜大遼賀正旦人使却回酒果口宣
（元祐四年正月一日）

有敕。卿等還璋言邁，弭節少留。念鞭轡之方勤，涉冰霜之餘凜。宜陳燕俎，以寵歸軒。

正月六日朝辭訖就驛賜大遼賀正旦人使御筵口宣（元祐四年正月一日）

有敕。卿等使事告成，陛辭言邁。命近臣之往勞，庶遠道之少留。體我眷懷，共兹宴衎。

撫問鄜延路臣寮口宣（元祐四年正月八日）

有敕。卿等分寄邊陲，輯寧吏士。眷言勤勩，良極軫懷。往致朕言，各宜尚慎。

撫問鄜延路臣寮口宣（元祐四年六月十一日）

有敕。卿等各膺器使，祗服邊陲。眷兹靖安，時乃忠力。

特加勞問,以示顧懷。

賜右正議大夫守尚書左僕射吕大防生日禮物口宣(元祐四年六月十一日)

有敕。惟兹穀旦,生我元臣。爰分服食之良,往助閨門之喜。式爲爾壽,宜識朕心。

賜皇叔徐王顥生日禮物口宣(元祐四年六月二十一日)

有敕。乃眷賢王,實爲社稷之衛;載臨誕日,永集邦家之休。臨遣使車,往致眉壽。

就驛賜大遼賀坤成節人使銀鈔鑼等口宣(元祐四年六月二十三日)

有敕。卿等遠勤使節,展慶誕辰。畏暑長途,方即安於舍館;精金良幣,宜往致於恩私。

賜皇弟大寧郡王佖生日禮物口宣(元祐四年六月二十五日下院)

有敕。桑蓬示喜,復臨載育之辰;金幣展親,往致友于之愛。膺予寵賚,俾爾壽昌。

班荆館賜大遼賀坤成節國信使副到闕酒果口宣(元祐四年七月四日下院)

有敕。卿等抗旍遠道,解鞅近郊。念館舍之未安,宜驂騑之少憩。式頒芳旨,以示眷懷。

賜馬步軍太尉姚麟已下罷散坤成節道場香酒果口宣(元祐四年七月四日下院)

有敕。卿等誕辰祇慶,法會告成。嘉與函生,同躋壽域。往頒芳旨,以勞忠勤。

賜大遼坤成節使副生餼口宣(元祐四年七月七日下院)

有敕。卿等抗旍暑路,弭節驛亭。眷惟行李之勤,往致珍鮮之饋。膺兹寵數,明我眷懷。

雄州白溝驛賜大遼賀坤成節人使却回御筵兼傳宣撫問口宣(元祐四年七月七日)

有敕。卿等飛蓋西風,改轅北道。喜山川之漸近,忘徒御之久勞。往致眷懷,少留燕衎。

玉津園賜大遼賀坤成節人使射弓例物口宣(元祐四年七月八日下院)

有敕。卿等圭璋致命,既已講歡。弓矢娱賓,亦將觀德。

宜有珍華之賜，以旌審固之能。

賜殿前都指揮使以下罷散坤成節道場香酒果口宣（元祐四年七月九日下院）

有敕。誕彌之慶，海宇攸同。嘉將帥之協恭，設人天之妙果。宜均寵錫，以示褒優。

賜皇伯祖高密郡王宗晟以下罷散坤成節道場香酒果口宣（元祐四年七月九日下院）

有敕。眷我宗英，志存忠報。修等慈之妙供，祝難老之昌期。嘉此精誠，均其慶賜。

賜同知樞密院事韓忠彦已下罷散坤成節道場香酒果口宣（元祐四年七月九日）

有敕。嘉我樞臣，義均一體。修兹净供，慶續千齡。不有寵頒，曷旌忠報。

相州賜大遼賀坤成節人使却回御筵口宣（元祐四年七月九日）

有敕。鄰好既成，使華有耀。眷邦畿之漸遠，念郵傳之方勤。服我恩私，少留燕喜。

賜大遼國賀坤成節使副時花酒果口宣

（元祐四年七月十日）

有敕。鄰歡既展，賓館歸休。宜命盞斝之醇，復致瓜華之侑。少將至意，其服茂恩。

賜平海軍節度使駙馬都尉李瑋已下罷散坤成節道場香酒果口宣（元祐四年七月十日）

有敕。卿等義重戚藩，志同忠報。屬誕辰之均慶，嘉法會之告成。宜示褒優，特加寵賚。

坤成節尚書省賜宰臣已下御筵酒果口宣

（元祐四年七月十一日）

有敕。忠存柱石，誠貫人天。共欣誕日之臨，既畢祇園之會。宜頒芳旨，以助燕私。

坤成節賜同知樞密院事韓忠彦已下尚書省御筵酒果口宣（元祐四年七月十二日）

有敕。修佛勝因，祈天永命。既肅成於梵供，益表見於忠誠。宜有寵頒，以同燕喜。

賜徐王罷散坤成節道場香酒果口宣
（元祐四年七月十二日）

有敕。卿親賢莫二，忠孝實兼。饌蒲塞於祇園，薦椿齡於崇慶。喜成法會，宜有寵頒。

賜大遼賀坤成節人使朝辭訖歸驛御筵口宣
（元祐四年七月十二日）

有敕。卿等已聘告歸，少休就館。即頒燕俎，臨遣輔臣。式示異恩，以榮回馭。

班荆館賜大遼賀坤成節人使回程御筵口宣
（元祐四年七月十二日）

有敕。卿等方事回轅，聊兹弭蓋。念征途之尚永，加秋暑之未衰。往錫燕嘉，少休徒馭。

賜宰相吕大防已下罷散坤成節道場香酒果口宣（元祐四年七月十二日）

有敕。卿等竭誠衛上，體國均休。恪修西竺之儀，仰獻南山之祝。宜膺寵錫，以示褒優。

賜大遼賀坤成節使副内中酒果口宣

（元祐四年七月十二日）

有敕。卿等來陳慶幣，克講鄰歡。載嘉遠聘之勤，宜示寵綏之意。頒兹芳旨，服我恩私。

賜大遼賀坤成節人使朝辭訖歸驛酒果口宣

（元祐四年七月十二日）

有敕。卿等遠敦使事，率禮無違。既上謁辭，言還有日。宜加頒錫，益示寵榮。

坤成節就驛賜阿里骨進奉人使御筵口宣

（元祐四年七月十四日）

有敕。汝等來修貢篚，適遘誕辰。宜均慶賜之恩，共樂亨嘉之會。往頒燕俎，咸極歡心。

瀛洲賜大遼賀坤成節人使回程御筵口宣

（元祐四年七月十四日）

有敕。鞭轡既勞，封疆漸邇。雖勤歸念，少憩暑途。服我恩私，式同燕喜。

坤成節就驛賜于闐國進奉人使御筵口宣
（元祐四年七月十四日）

有敕。汝等奉琛遠至，授館少留。適遘誕辰，宜均慶澤。欽承恩渥，共樂燕私。

班荆館賜大遼賀坤成節人使回程酒果口宣
（元祐四年七月十七日）

有敕。卿等奉璋來聘，弭節言還。眷此暑途，少留歸馭。往頒燕俎，式示恩私。

賜新除守司空同平章軍國事吕公著辭免不允批答口宣

有敕。朕圖任元老，以表四方。以卿望在士民，心存社稷。勉膺異數，式副僉言。

賜皇弟普寧郡王似生日禮物口宣

有敕。歲將更端，月亦既望。實以兹日，篤生賢王。宜厚寵頒，以介多福。

班荆館賜大遼賀坤成節人使回程香酒果口宣

有敕。卿等講成聘禮，歸次都門。復此少留，逝將言邁。宜頒餞斝，以寵行驂。

卷一百十三

内制批答七十六首

賜正議大夫同知樞密院事安燾乞外郡不許批答(元祐元年十月八日)

覽表具之。卿以應務之才,居本兵之地。綏静中外,人無間言。何疑上章,欲求去位。未喻厥意,聞之憮然。夫榮親莫大於功名,養志不專於甘旨。而况魏闕之下,父母之邦。退食問安,孰便於此?勉循其舊,以卒輔予。

賜安燾乞外郡不允批答(元祐元年十月八日)

省表具之。夫事親者,不擇地而安之,孝之至也。而况艱難之際,一日萬幾。冰淵之懼,當務同濟。卿練達兵要,灼知邊情。寄托之深,義難引去。亟求自便,朕何賴焉。

賜新除中大夫守尚書右丞劉摯辭恩命不許斷來章批答(元祐元年十一月)

覽表具之。道有行藏,時有用捨。歲不我與,難以智求。道之將行,豈容力避。大言大利,固當安而受之;小行小廉,非所望於卿者。成命不再,可無復辭。

賜劉摯辭免恩命不允斷來章批答(元祐元年十一月)

省表具之。政如農耕,以既獲爲能事;言如藥石,以愈疾爲成功。若耕不穫,疾不愈,朕何望焉。所以用卿者,非以富貴卿也。勉卒成業,何以辭爲。

【彙評】

鍾惺:語語責成便妙。

賜太師文彦博乞致仕不許批答
(元祐二年三月二十九日)

卿出入四世,師表萬民。無羨於功名,而有厭於富貴。其所以忘身徇國,捨逸就勞者,豈有求而然哉?凡以先帝之恩,生民之故也。卿之在朝,如玉在山,如珠在淵。光景不陳,而草木自遂。去就之際,損益非輕。昔西伯善養老,而太公自至。魯穆公無人子思之側,而長者去之。卿自爲謀則善矣,獨不爲朝廷惜乎?藥餌有間,時游廟堂。家居之樂,何以異此。

賜太師文彦博乞致仕不許批答
(元祐二年三月二十六日)

(**高啓眉**)批答文,蘇子瞻允稱獨步,多訓飭戒厲之言,有訓誥之風。

朕修身以承六聖,虛己以聽四輔。而法度未定,陰陽未和,民未樂生,吏未稱職。中夜以思,方食而嘆。雖不敢以事諉元老,實望其以身率百官。卿猶未即於安,孰敢不盡其力。此聖母冲人之本意,而天下有識之所望也。昔唐太宗以干戈之事,尚能起李靖於既老;而穆宗、文宗以燕安之際,不能用裴度於未病。治亂之效,於斯可見。朕意如此,卿其少安。

賜宰相吕公著乞退不許批答
(元祐二年三月二十九日)

卿才全而德備,積厚而施博。明亮篤誠,坐屈群策。既以天下公議而用於此矣,豈以卿之私意而聽其去哉! 水旱之災,不德所召。卿當助我,求所以消復之道,不當求去我也。《詩》不云乎:"大夫君子,昭假無嬴。大命近止,無棄爾成。"勉思厥職,以答民望。

賜宰相吕公著乞退不允批答
(元祐二年三月二十九日)

用賢之功,必要之久遠。日計不足,歲計有餘。朕之用卿,期於百姓之既富;卿之自信,(**鍾惺夾**)"自信"二字嚴甚。亦豈一日而成功。常暘之災,天以警朕。夙夜祗懼,與卿同之。朕若歸過於股肱,何以答天戒;卿若釋政而安逸,何以塞民言。各思其憂,少安厥位。

賜尚書左丞李清臣乞退不允批答

（元祐二年四月十八日）

卿以方聞之舉，擢自厚陵。禁林之選，用於神考。逮受顧命，弼予冲人。義既同于戚休，身豈輕於出處。遽欲引去，聞之惻然。姑安厥常，以助予治。

賜尚書左丞李清臣乞退不允批答

（元祐二年四月十八日）

祥除之初，念我聖祖。所與共政，不忘舊人。而卿博學多聞，通練古今。小心畏慎，不見過失。力求引去，爲之惘然。勉留輔予，益祇厥服。

賜文武百寮文彦博已下上第一表請皇帝御正殿復常膳不允批答（元祐二年四月二十二日）

朕即位二年，水旱繼作。致災之故，實惟冲人。既延及於無辜，復貽憂於文母。是以坐不安席，食不甘味。實欲深念厥咎，豈徒見之空言。而雨不崇朝，農猶告病。欲徇來請，惕然未寧。其一乃心，勉正厥事。毋重朕之不德，以答天之深戒。

賜文武百寮文彦博已下上第一表請太皇太后復常膳不許批答（元祐二年四月二十二日）

旱暵之罰，自冬及夏。天之降災，如此其久。則夫致災之道,豈一日而然哉! 雖力行罪己之文,尚恐非應天之實。而卿等以膚寸之澤,遽欲即安,覽之惕然,未敢自赦。其交修不逮,務盡厥誠。期茲歲於有秋,雖復常其未晚。

賜文武百寮文彦博已下上第五表請皇帝御正殿復常膳允批答(元祐二年五月二十九日)

朕以寡昧,膺受多福。常欲損上益下,畏天之威。矧茲旱災,咎在不德。而卿等以雨澤既至,封章屢上,勉從其意,甚愧於中。夫天之有風雨雷霆,猶朕之有號令賞罰。朕不修明其事,何以責應於天。永思其終,無忘納誨。

賜文武百寮文彦博已下上第五表請太皇太后復常膳許批答(元祐二年五月二十九日)

德積無素。民罹其災。精誠莫通,禱不時應。雖蒙膏澤之報,僅救焦枯之餘,勉徇來章,猶虞後患。其謹視盗賊,勤恤流亡。益務交修,以裨不逮。

賜文武百寮太師文彦博已下上第一表請舉樂不許批答(元祐二年六月一日)

(茅鹿門眉)應制之文,非公之至者,而其所見與議,亦自典則。
(高啓眉)讀之凄惻。

先王之禮樂,因情而立文。君子之哀樂,自中而形外。夫有莫大之戚,則有無窮之悲。先皇帝天覆四方,子養萬物。至今窮髮之表,尚餘流涕之民。而况宫庭之間,母子之愛,粗畢三年之制,遂講八音之和。所未忍聞,非不欲作。卿等謹於率禮,篤於愛君,徒欲及舉舊章,顧未深明吾意。三復太息,難於黽從。

賜文武百寮太師文彦博已下上第一表請舉樂不許批答(元祐二年六月一日)

(高啓眉)真仁人孝子語。

禮之至者無文,哀之深者無節。故禫而不樂,古人非以求名;琴不成聲,君子以爲知禮。朕以宗廟之重,勉蹈先帝之餘。履其位惕然而自驚,用其物潸焉而出涕。未報昊天罔極之德,常懷終身不忘之憂。欲從衆言,亟舉備樂。而金石絲竹,乃凄耳之聲;干戚羽旄,皆泫目之具。哀既未泯,樂何從生。再閲來章,徒增感慕。

賜文武百寮太師文彦博已下上第二表請舉樂不許批答(元祐二年六月四日)

遏密之制,雖盡於三年;追懷之私,豈論於歲月。金石在御,惻然未寧。吾不以一身之憂,廢天下之樂。今施之郊廟,用之軍旅。州閭之會,弦歌相聞。獨盡餘哀,止於中禁。以爲於義未害,是故行之不疑。

賜文武百寮太師文彦博已下上第二表請舉樂不許批答(元祐二年六月四日)

朕少遭閔凶。僅畢祥禫。雖俯就企及,非以過制爲賢;而創巨痛深,不能以禮自克。觀過其黨,聖人許之。《禮》曰:"喪三年以爲極亡,則弗之忘矣。"誠重違國老之忠告,姑欲盡人子之至情。

賜太師文彦博等請太皇太后受册第二表不許批答(元祐二年六月四日)

吾聞聖人以天下爲憂,未聞以位號爲樂也。損己裕物,畏天檢身。此吾平日之本心,非獨遇災而一發也。孔子曰:"以約失之者,鮮矣。"卿等以是輔我,顧不美哉!

賜文武百寮太師文彦博已下上第四表請舉樂不許批答(元祐二年六月九日)

吾之本性,以清净寂寞爲樂。雖在平日,無游觀聲技之念。矧艱難之後,哀疚之餘。中夜以興,方食而嘆。將不堪其憂者,豈有意於樂哉!雖欲勉從,未能自克。忠告屢却,愧嘆兼深。

賜文武百寮太師文彦博已下上第四表請舉樂不許批答(元祐二年六月九日)

鐘鼓以導和,羽籥以飾喜。譬之飲食之節,適於口體之宜。

今衰麻之除，莫敢逾制；而琴瑟之御，則有未安。卿等忠誠確然，開喻至矣。惟反求諸心而弗得，故欲行其言而未能。推之人情，當識朕意。

賜太師文彦博等上第三表請太皇太后受册許批答(元祐二年六月九日)

吾上順帝則，下酌民言。處以無心，期於寡過。卿等以爲協氣既應，群謀僉同。若固違典禮之常，恐莫慰天人之望。遇災而懼，昔者非以爲謙。聞義則遷，吾亦豈敢自必。勉從故事，以副嘉言。

賜新除中大夫守尚書右丞王存辭免恩命不允斷來章批答(元祐二年六月十二日)

士有品目，定於僉言。置之廟堂，蔽自朕志。豈有僉言既穆，朕志不移。而用過謙之詞，反已成之命。亟服乃事，宜無復云。

賜新除中大夫守尚書右丞王存辭免恩命不允斷來章批答(元祐二年六月十二日)

爲國不患於無人，有人而不用之爲患；事君非難於辭寵，居寵而無愧之爲難。吾之用卿，計已守矣。卿之自信，又何疑哉！

賜新除知樞密院安燾辭免恩命不許斷來章批答(元祐二年六月二十四日)

覽表具之。論材考德,聖人所以公天下;難進易退,君子所以善一身。權之以義,孰爲輕重。訓兵論將,威懷戎狄。卿以是事上,豈不賢於逡巡退避也哉!

賜新除知樞密院安燾辭免恩命不許斷來章批答(元祐二年六月二十四日)

覽表具之。德稱其服,臣主俱榮;食浮於人,上下交病。朕之爲天下慮,甚於卿之自爲謀也。思而後行,有出無反。成命不再,卿毋復辭。

賜新除檢校太尉守司空依前開府儀同三司致仕韓絳辭免恩命不允批答(元祐二年七月七日)

國家尊異耆老,砥礪廉隅。凡致爲臣,必厚其禮。而况卿出入四世,師表萬民。身任安危,位兼將相。永惟三宗眷遇之重,宜極一品褒崇之榮。成命既孚,僉言惟允。宜從中外之望,罔徇謙冲之私。

賜韓絳辭免恩命不允批答(元祐二年七月七日)

朕惟耇老成人,雖或謝事。耄期稱道,終不忘君。其在丘園,豈殊廊廟。嘉猷入告,卿其不易此心。大事就訪,朕亦敢忘斯義。命秩之數,典册之文,不如此無以慰朕心而答民望。國有常典,卿毋復辭。

賜太師文彦博辭免不拜恩命許批答
（元祐二年八月二十七日）

卿義重股肱,望隆堂陛。陛廉遠則堂皇峻,股肱逸而元首安。故出異恩,特鐫苛禮。而卿深執恭巽,力守典刑。確然自陳,義不可奪。勉從其意,愧嘆於中。

賜太師文彦博辭免不拜恩命許批答
（元祐二年八月二十七日）

朕優禮師傅,達德齒之尊,以亟拜爲可略,古之道也。卿謹嚴朝廷,明君臣之分,以不拜爲未安,禮之節也。道並行而不悖,義有重而難移。勉循所陳,不忘嘉嘆。

賜宰相吕公著乞罷相位不許斷來章批答
（元祐二年八月二十七日）

孔子曰:"苟有用我者,期月而已可也,三年有成。"夫以聖人,猶待三年而後成功,况其下者。今卿助我爲治,自以爲既成矣乎,其未也?（鍾惺夾）妙絶。譬如玉人雕琢玉,中道而易之,豈復成器哉!

賜宰相吕公著乞罷相位不許斷來章批答

（元祐二年八月二十七日）

古者君臣之間，率常千載一遇。今聖母在位，正身虚己，仰成輔弼。雖疏遠小臣，猶欲畢命自效，而卿乃以小疾求去，縱無意於功名，獨不惜此時乎？勉卒乃事，使百姓富足，四夷乂安。然後謝事歸老，豈不臣主俱榮哉！

賜宰相吕公著乞罷相位除一外任不許批答

（元祐二年八月二十八日）

夫以才御物，才有盡而物無窮；以道應物，道無窮而物有盡。（**高啓眉**）的是見道之言。凡今之患，所乏非才。以卿篤於愛君，必能建長久之策；澹然無我，可以寄枉直之權。二年於兹，百度惟正。事既就緒，民亦小康。至於微疾之屢攻，此亦高年之常理。卿其良食自輔，爲國少安。譬如止水之在盤，豈復勞心於鑒物。心且不勞，而况於力乎！

賜宰相吕公著乞罷相位除一外任不許批答

（元祐二年八月二十九日）

朕以天下之大，知爲君之難。有朽索馭六馬之憂，有抱火措積薪之懼。正賴多士，協於一心。朝夕以思，彌縫其闕。凡今中外執事膂力之畢陳，視吾一二老臣進退以爲節。卿若無事而引去，人將相顧以自疑。而况邊鄙未寧，兵民多故。而予左右之老，先自求於便安。則夫疏遠之臣，何以責其盡瘁。勉輔不逮，期於有成。

賜宰相吕公著辭免不拜恩命允批答

（元祐二年九月一日）

卿執德惟一，守禮不回。不以坐論爲安，而以拜上爲泰。使朕不盡養老之意，而卿得畏威之道。勉從其志，嘉嘆不忘。

賜宰相吕公著辭免不拜恩命允批答

（元祐二年九月一日）

君之視臣，譬之手足。方責其大，不强所難。而卿深執謙恭，力求避免。深惟孔子事君盡禮之義，曲從其請，以儆惰偷。

賜太師文彦博上第一表乞致仕不允批答

（元祐二年九月八日）

省表具之。卿之求去蓋數矣，言不爲不切，而朕終莫之從；朕之留卿亦至矣，禮不爲不盡，而卿終莫之亮。君臣之際，情不相喻，朕甚疑之。夫樂丘園而厭軒冕，亦古人之一節，而非聖賢之高致；尊耆老以重朝廷，蓋天下之大計，而非冲人之私欲。與其使朕屈公議以從卿，曷若卿少貶其私意以徇天下乎？

賜太師文彦博上第一表乞致仕不允批答

（元祐二年九月八日）

覽表具之。卿之所以欲去者二：疲于朝會，勞於應物，一也；功成身退，欲享其樂，二也。而吾之所以必留者三：卿以英傑之資，開物成務，世不可闕，一也；弼亮四朝，更涉變故，謀無遺策，二也；名冠天下，進退之間，爲國休戚，三也。吾方盡養老之道，隆禮以優賢，廟堂之上，猶有足樂。則夫卿之欲去者可回，而吾之必留者，蓋不可易也。

賜太師文彥博乞致仕不許斷來章批答

（元祐二年九月十一日）

（**陳仁錫眉**）數語端厚。

覽表具之。爲君難，爲臣不易。非吾推誠無疑，不能起卿于安佚；非卿忘身徇國，不能從我於艱難。召用之初，中外相慶。搢紳莫不競勸，父老至於涕流。中道而歸，其義安在？宜思一身之樂，輕於社稷；毋使庶人之議，及於朝廷。

賜太師文彥博乞致仕不許斷來章批答

（元祐二年九月十一日）

省表具之。君子安身崇德，如山嶽之鎮；開物成務，如江河之流。若山嶽之鎮，動摇不安，江河之流，行止自便，則物將交病，人亦何觀。朕之望卿，無以異此。宜守不移之志，以成可大之功。

賜宰相吕公著上第一表乞致仕不允批答

（元祐三年二月二十八日）

省表具之。古者世臣，譬之喬木。粤自拱把，至於棟梁。

傑然群材之中，夫豈一日之力。卿擢自仁祖，迨兹四朝；光輔朕躬，允有一德。不獨卿無心而事自定，抑亦民既信而功易成。方今布在朝廷，豈無豪傑之士。猶當養以歲月，待其德望之隆。（**鍾惺眉**）覺"避賢"二字説不出口。卿雖欲歸，勢未可去。宜安厥位，以副朕心。

賜宰相吕公著上第一表乞致仕不允批答
（元祐三年二月二十八日）

覽表具之。卿三世將相，一時蓍龜。不求備以取人，則房喬之比；其經遠而無競，有謝安之風。用能寧輯我家，靖共爾位。政在元老，人無異詞。胡爲厭事而求歸，不復爲國之長慮。方今官冗財匱，歲艱民貧。天步雖安，國是未定。若方勤於樸斫，而遽易於工師。人其謂何，勢必不可。告老之請，吾未欲聞。

賜宰相吕公著上第二表乞致仕不許斷來章批答（元祐三年三月二十九日）

覽表具之。難進易退，固君子之常節；久勞思逸，亦老者之至情。然心存社稷，則常節爲輕；身繫安危，則至情可奪。惟卿體國，豈待多言。苟大義之未安，雖百請而何益。宜安厥位，勿復此辭。

賜宰相吕公著上第二表乞致仕不許斷來章批答（元祐三年三月二十九日）

覽表具之。宰相不自用，人主不自爲。予欲識人物之忠邪,故以卿爲水鏡;予欲知利害之輕重,故以卿爲權衡。苟明此心,雖老猶壯。(鍾惺夾)□言居要。與其輕去軒冕,獨善其身;孰若優游廟堂,兼享其樂。益敦此義,勿復有云。

賜新除依前中大夫守中書侍郎劉摯辭免恩命不許斷來章批答(元祐三年四月十二日)

省表具之。卿蹈道深遠,守節淳固。雖不留於儻來之物,而有志於行可之仕。樂告以善,勇於取爲。進不求當世之名,退不叛平生之學。未嘗爲枉尺直尋之事,夫豈有見得忘義之嫌哉! 毋復過辭,往踐乃事。

賜新除依前中大夫守中書侍郎劉摯辭免恩命不許斷來章批答(元祐三年四月十二日)

省表具之。朕纘服之初,卿言責是任。歷陳治道之要,以立太平之基。朕欲行其言,遂授以政。歲月未幾,紀綱略陳。欲究觀心術之微,宜擢居政本之地。苟無愧於允蹈,豈不賢於力辭? 往服官箴,勿違朕命。

賜新除依前中大夫守尚書左丞王存辭免恩命不許斷來章批答(元祐三年四月十二日)

省表具之。夫志大有遠略,器博無近用。以卿忠義開濟,何施不宜。今以次遷,何足辭也。益堅無倦之意,以觀可久之業。

賜新除依前中大夫守尚書左丞王存辭免恩命不許斷來章批答(元祐三年四月十二日)

省表具之。夫陛簾之增,所以隆堂奥;位次有叙,所以尊朝廷。朕既樂得於英才,復以時而遷用。庶幾華國,非以寵卿。祗率厥常,毋廢朕命。

賜新除守尚書右僕射兼中書侍郎范純仁上第一表辭免恩命不允批答(元祐三年四月十二日)

覽表具之。夫有烏獲之力,然後可以付千鈞;有和、扁之功,然後可以寄死生。故宰相之任,非所以寵人臣也。無其德而當之爲不智,有其材而辭之爲不仁。若卿之才德,亦可謂稱矣。往思其憂,以稱天下之望。

賜新除守尚書右僕射兼中書侍郎范純仁上第一表辭免恩命不允批答(元祐三年四月十二日)

覽表具之。吾聞之乃烈考曰:(鍾惺夾)開口便妙。"君子先天下之憂而憂,後天下之樂而樂。"雖聖人復起,不易斯言。卿將書之紳,銘之盤盂,以爲一言而可以終身行之者歟?則今兹爰立之命,乃所以委重投艱而已,又何辭乎!

賜新除司空同平章軍國事吕公著上第二表辭免恩命不許斷來章批答(元祐三年四月十二日)

省表具之。夫國以得人爲强,如猛獸之衛藜藿;以積賢爲寶，如珠玉之茂山川。湛然無爲，物自蒙利。故崔公發議，則淄青慚服，知朝廷之有人；蜀使抗詞，則孫權回顧，嘆張昭之不在。得失之效，豈可同日而語哉！朕之用卿，意實在此。國計之重，可無復辭。

賜新除司空同平章軍國事吕公著上第二表辭免恩命不許斷來章批答（元祐三年四月十二日）

省表具之。周之《詩》曰："無曰予小子，召公是似。"唐之《雅》曰："惟西平有子，惟我有臣。"夫父子君臣之間，光明盛大如此。載之簡策，被之金石。豈獨閨門之寵，足爲邦國之華。再省來章，具陳先烈。雖朕寡昧，不敢庶幾於仁祖；而卿忠孝，當念服勤於世官。祇率厥常，毋違朕命。

賜新除守尚書左僕射兼門下侍郎吕大防上第二表辭免恩命不許斷來章批答（元祐三年四月十二日）

省表具之。卿有夷狄盜賊之虞，倉廪禮樂之嘆，陰陽風雨之憂。此三者，誠當今之大計，朕之所以中夜不寐，輟食太息者，正爲此也。孟子曰："責難於君謂之恭。"夫既以責其君，而不以身任之者，非仁人也。願卿慨然當古人之重，略世俗之謙。務踐斯言，憂此三者。

賜新除守尚書左僕射兼門下侍郎吕大防上第二表辭免恩命不許斷來章批答（元祐三年四月十二日）

省表具之。夫任賢使能，天下之公義；而辭大就小，君子之自守也。惟名器爵禄，朕所不敢授以私；則勞謙退避，卿豈得必行其意。所謂唐虞三代信任之至，以致稷契伊吕德業之隆。若卿之言，朕敢不勉。請事斯語，永觀厥成。

賜新除守尚書右僕射兼中書侍郎范純仁上第二表辭免恩命不許斷來章批答（元祐三年四月十二日）

省表具之。卿以明哲，自托不能。非獨以見君子勞謙之光，亦因以知前世用人之弊。功烈無取，誠如卿言。夫次公減於治郡，子元不如爲將。非獨文獻不足，蓋其才德有偏。如卿昔在朝廷，首談孟軻之仁義；旋爲帥守，專行羊祜之威信。慨有大志，似其先人。苟推此心，施於有政。則太平可望，而小節可略矣。

賜范純仁上第二表辭免恩命不允斷來章批答（元祐三年四月十三日）

省表具之。自昔先帝之世，屢嘆才難；及朕嗣位以來，專用德選。雖爵禄名器，出於獨斷；而長育成就，實在群公。長短不遺，輔相之責。苟無爲國養人之意，必有臨事乏使之憂。朕用慨然，當食不御。思得英雋之老，共收文武之朋。惟卿篤於憂國，明於知人。灼見朕心，宜在此位。往任天下之重，毋事匹夫之廉。

賜新除依前正議大夫守門下侍郎孫固辭免恩命不許斷來章批答（元祐三年四月十三日）

省表具之。卿奉事先帝，有勸學之舊；與聞機政，有已試之功。固非躐等之遷,獨恨用卿之晚。勉循大義,毋事小廉。

賜孫固辭免恩命不允斷來章批答
(元祐三年四月十三日)

省表具之。卿向自西樞,出殿蕃屏。頃由近輔,入侍燕閑。昔有未識之思,今乃日聞其語。既見君子,無逾老臣。當益勵于初心,尚何辭於新命。

賜新除中大夫守尚書右丞胡宗愈辭免恩命不許斷來章批答(元祐三年四月十四日)

省表具之。卿自天官,擢領風憲。下有庇民之意,上有愛君之忠。度其不以利回,是故可以大受。丞轄之任,非卿孰宜。毋復固辭,以就遠業。

賜胡宗愈辭免恩命不允斷來章批答
(元祐三年四月十四日)

省表具之。人才之難,古今所病。忠厚者多乏於用,强濟者或凉於德。有德適用,如卿幾人。方觀卿謀國之良,以成朕知人之美。深體此意,往袛厥官。

賜新除依前中散大夫充樞密直學士僉書樞密院事趙瞻辭免恩命不允斷來章批答

（元祐三年四月十四日）

省表具之。君子之仕也,喜於知而樂於用。如卿之言,結髮從仕,而白首遇合。則君子之用捨進退,蓋亦有時矣。勉行其道,無失斯時。苟能遇事而必爲,則亦立功之未晚。古人之事,將見於卿。

賜趙瞻辭免恩命不允斷來章批答

（元祐三年四月十四日）

省表具之。卿挺然孤忠,白首一節。逝將力求於退避,夫豈有意於進取哉！特以雅望既隆,公議所在。方將度才而授任,固難越卿以用人。往踐厥官,毋違朕志。

賜正議大夫知樞密院事安燾乞退不允批答

（元祐三年五月十八日）

省表具之。宥密之司,安危所寄。雖羌酋款塞,少休烽燧之虞;而夏童跳邊,猶煩箠策之馭。翻然求去,義有未安。夫以朕大烹優賢之資,豈不能助卿養志之具！足以毋廢子職,而能兼爲國謀,豈不休哉！

賜正議大夫知樞密院事安燾乞退不允批答
（元祐三年五月二十八日）

省表具之。乃眷西樞，實參大柄。吾欲兵民兼利，戎夏兩安。自非宿業更變之臣，懼有傷財玩寇之患。卿當念先朝委重之久，未可以親庭歸養爲詞。勉安厥官，以副吾意。

賜新除殿前副都指揮使武泰軍節度使苗授上第一表辭免恩命不許斷來章批答（元祐三年七月十九日）

省表具之。試材以舊，謀帥尤艱。故以久次用人，欲其深練於事。而卿辭以錮疾，豈所望哉！速即乃官，毋復退避。

賜新除殿前副都指揮使武泰軍節度使苗授上第一表辭免恩命不許斷來章批答（元祐三年七月十九日）

覽表具之。環衛之嚴，節制之重，誕告多士，以長萬夫。朕豈輕用其人哉！確然固辭，未喻厥指。往祇朕命，毋曠乃官。

賜太師平章軍國重事文彦博上第一表乞致仕不許批答（元祐三年九月二日）

覽表具之。昔師尚父九十，秉旄杖鉞，猶未告老。此諸葛元遜所以屈張昭也。而衛武公百年，猶箴儆於國曰：“無以我老耄而捨我。”此左史倚相所以誨申公也。今卿壽考康寧，而退托衰病，自引求去，獨不念天下之士有如彼二子者議其後乎？姑安厥官，以答公論。

賜太師文彦博上第一表乞致仕不允批答

（元祐三年九月二日）

覽表具之。朕聞之，成王之政，周公在前，召公在後，畢公在左，史佚在右。四子挾而維之，目見正色，耳聞正言。一日即位，天下曠然。未聞四子以老而求退，亦未聞成王以老而聽其去也。朕雖不德，猶庶幾成王之治。卿雖老矣，獨不能以四子之心爲心乎？勉卒輔朕，無愧前人。

賜新除守司空同平章事吕公著上第一表辭免恩命不允批答

省表具之。夫司空之官，自唐以來，雖無職事，而孔子所謂天子有争臣七人者，三公首當之。朕欲聞仁人之要言，與天下之大計，非此元老，將安取斯？卿其省思慮，慎寢食，優游廟堂，爲朕謀其大者。

賜新除守尚書左僕射門下侍郎吕大防辭免恩命不允批答

省表具之。夫天以斯民付人主，而人主付之宰相。若不得人，爲慢天之所付，朕敢乎哉！如卿瑰姿偉望，宏毅開濟，朕既用之不疑，而卿自疑何也？往修厥官，毋斁朕命。

賜新除守尚書左僕射門下侍郎吕大防上第一表辭免恩命不許批答

覽表具之。自英廟擢卿於言責,而先帝用卿於西師。則朝廷待卿之重,蓋出於祖宗之意矣。孔子曰:“吾之於人也,誰毁誰譽?如有所譽,其有所試。”若卿者,可謂屢試矣。卿而不宜,其孰宜之。

賜新除守司空同平章事吕公著上表辭免不許批答

覽表具之。天下之事,使壯者治之,老者謀之。自堯舜以來,未有易此者也。今卿議政而不及事,勞心而不及力。吾自以爲得養老之禮,而不失用賢之實,卿何辭之堅也?

生獲鬼章文武百寮稱賀宣答詞

(元祐二年八月二十八日)

太皇太后

種羌叛涣,西鄙繹騷。首出偏師,遂擒元惡。安邊之喜,與卿等同之。

皇　帝

凶狡就俘,羌戎一震。既增吏士之氣,亦寬戍守之勞。靖寇息民,與卿等同喜。

八月二十八日入内高班蔡克明傳宣取批答宰臣以下賀生獲鬼章表

太皇太后

國家偃兵息民,函養中外。鬼章無故犯順,神人棄之。雖廟社無疆之休,亦將相一心之助。封章來上,嘉嘆不忘。

皇　帝

朕上承慈訓,下盡群策。務漸寬於民力,本無意於邊功。既狂狡之就擒,知休息之有日。再閲來奏,嘉嘆於中。

卷一百十四

内制表本十七首

皇帝爲冬節奏告永裕陵神宗皇帝表本

伏以曆紀天正，史書日至。感舒長於測景，增怵惕於履霜。恭惟謚號皇帝，德邁堯仁，功恢禹迹。游衣冠於原廟，徒仰威神；望松柏於橋山，永懷悲慕。

皇太后殿夫人爲冬節往永裕陵酌獻神宗皇帝表本

伏以一陽來復，萬物懷生。空臨觀祲之辰，無復稱觴之慶。恭惟謚號皇帝，道齊覆載，德冒華夷。從南狩於蒼梧，神游已邈；望西陵於銅雀，涕慕空深。

皇帝爲十一月一日奏告永裕陵神宗皇帝旦表本

伏以始餞餘寒，復興嗣歲。望寢園而增慕，悼日月之不留。恭惟謚號皇帝，道貫百王，澤涵萬宇。永瞻帝所之樂，坐起堯墻之悲。饋奠莫由，馳誠罔極。

皇太后殿夫人爲年節往永裕陵酌獻神宗皇帝表本

伏以葦桃在户，徒講三朝之儀；椒柏稱觴，無復萬年之壽。恭惟謚號皇帝，功施無外，德洽有生。隨鼓漏於寢園，莫親饋奠；望衣冠於原廟，空極涕流。

皇帝爲三月一日奏告神宗皇帝旦表本

伏以既成春服，時方禊洛之初；祗謁寢園，古有薦鮪之禮。恭惟謚號皇帝，配天立極，如日載陽。仰餘（一作陰）澤之旁流，致群生之遂茂。光靈愈遠，涕慕空深。

皇帝爲神宗皇帝大祥往永裕陵奏告表本

伏以寢廟告成，永動廓然之感；柏城森列，遽興拱矣之悲。恭惟謚號皇帝，澤浸函生，慶垂後裔。配天無極，奉謨訓以長存；示民有終，悵神游之安在。恭修祥奠，莫訴哀誠。

皇帝爲神宗皇帝大祥内中奏告表本

伏以追號罔極，實抱終身之憂；祥禫有期，蓋迫先王之禮。恭惟謚號皇帝，睿明照世，神智自天。雖清廟肅雍，瞻之莫見；而威顔咫尺，凜然常存。悲慕之深，華夷所共。

皇太后殿夫人爲神宗皇帝大祥往永裕陵酌獻表本

伏以飆馭上賓，日以遠矣。隙駒遄邁，祥而廓然。恭惟謚號皇帝，道始家邦，化刑夷夏。天地之運，固代謝於陰陽；草木何知，徒興悲於霜露。莫親饋奠，惟極哀誠。

十月朔本殿夫人往永裕陵酌獻神宗皇帝表本

雨霜隕籜，感閉塞於天時；收潦滌場，思艱難於王業。恭惟尊謚皇帝，禹功紀地，堯則惟天。威加四夷，尚餘肅物之凜；仁及萬匯，永同挾纊之温。省奉無期，瞻懷靡極。

永安永昌永熙永裕陵忌辰奏告宣祖太祖太宗神宗皇帝表本

伏以卜年之永，恩浹於華夷；諱日之臨，感深於臣子。恭惟謚號皇帝，文武經世，威靈在天。每更不樂之辰，尚有遺弓之慕。山陵永望，雨露增懷。

永安永昌永熙陵忌辰奏告昭憲孝惠孝明孝章淑德懿德明德元德章懷章穆章懿章惠章獻明肅皇后表本(元祐二年十二月二十七日)

伏以周南之化，刑恭儉於多方；渭北之游，極望思於原廟。恭惟謚號皇后，道應圖史，德參聖神。顧明發之永懷，仰徽音之如在。載瞻園寢，想見衣冠。

皇太后殿内人爲神宗皇帝忌辰朝永裕陵表本

伏以百年之思,化被於無疆。終身之憂,感深於不樂。恭惟謚號皇帝,德齊堯禹,功陋漢唐。道蓋始於正家,謀方貽於燕翼。追攀罔極,慨慕徒深。

永裕陵正月旦表本

伏以賓出日於陽谷,堯曆方頒;朝計吏於原陵,漢儀具舉。恭惟謚號皇帝,功恢禹迹,德邁湯仁。雖歲月之屢遷,想威神而如在。載瞻園寢,空極望思。

永裕陵二月旦表本

伏以時方啓蟄,禮及獻羔。感清衎之協風,怵懷思於濡露。恭惟謚號皇帝,文武緯世,聖靈在天。岱嶽泥金,永講知中之禮;荆山鑄鼎,遽成脱屣之游。永望寢園,徒增感慕。

永裕陵四月旦表本

伏以日躔昴、畢,卦直乾、離。物蒙長養之仁,世載文明之化。恭惟謚號皇帝,功成不宰,德範無窮。執炎帝之衡,莫追往躅;秩南郊之政,空守成規。祇望寢園,惟增感慕。

永裕陵十月旦表本

伏以戒寒墐户,倏及於秦正。前晦行陵,祇循於漢禮。恭惟謚號皇帝，懿文緯世，厚德載時。休老勞農，追述養民之政；厲兵講武，敢忘經國之謀。永望寢園，益增感慕。

永裕陵十二月旦表本

伏以商正紀曆，大吕旋宫。論時令以待來歲之宜，獻民力以共宗廟之祀。恭惟謚號皇帝，至仁無外，全德難名。文物聲明，但睹乘時之迹；昆蟲草木，孰知成歲之功。急景易遷，永懷何極。

内制國書十八首

皇帝達太皇太后賀大遼正旦書(元祐元年十月)

肇易歲元，發新榮於萬物；仰遵慈誨，修舊好於兩朝。遠飭使軺，肅將禮幣。庶迎壽祉，式副願言。

皇帝賀大遼皇帝正旦書(元祐元年十月)

獻歲發春，共講三朝之慶。寶鄰繼好，茂膺五福之祥。申飭使車，往陳信幣。永言欣頌，曷罄諭陳。

皇帝達太皇太后回大遼皇帝賀正旦書(元祐二年正月五日)

百年之好，既講於春朝；萬壽之儀，兼陳於幄殿。恭因省侍,具述來音。感懌之懷,言宣莫罄。

皇帝回大遼皇帝賀正旦書(元祐二年正月五日)

東風協應,感徂歲之更新。遠使交馳,導歡言而如舊。粲然禮幣,申以書詞。欣懌之深,敷陳罔究。

皇帝達太皇太后回大遼皇帝賀坤成節書(元祐二年七月)

嘉月令辰,篤生壽母;珍函重幣,交慶寶鄰。已恭致於德音,復欽傳於慈旨。其爲感懌,未易名言。

皇帝回大遼皇帝問候書(元祐二年七月)

四牡載馳,遠勤於使介。尺書爲問,申講於鄰歡。方履素秋,克膺純福。益祈保護,式副願言。

皇帝達太皇太后賀大遼皇帝生辰書(元祐二年)

寒律既周,誕辰載紀。恭被慈闈之誨,俾修慶幣之儀。永介壽康,式符頌禱。更祈調衛,以副願言。

皇帝賀大遼皇帝生辰書(元祐二年)

大吕還宫,攝提正丑。載協誕彌之慶,永膺壽考之祥。臨遣使軺,往陳信幣。其爲欣禱,莫盡名言。

皇帝達太皇太后賀大遼皇帝正旦書(元祐二年)

歲律肇新,鄰歡載講。恭被慈闈之誨,遠通慶幣之誠。益冀保頤,永綏壽暇。

皇帝賀大遼皇帝正旦書

三陽朋來,慶二儀之交泰;兩朝繼好,納萬民於阜昌。申敕使車,肅將禮幣。願符善禱,永介純釐。

皇帝回大遼皇帝賀興龍節書(元祐二年十月)

誕日載臨,鄰歡歲講。封疆雖遠,晷刻不逾。惟信睦之交修,識情文之兩至。益深雅好,良極欣悰。

皇帝達太皇太后回大遼皇帝問候書(元祐二年十月)

嘉平紀月,震夙惟時。屢兹慶使之來,重以慈闈之問。尋因省侍,悉致誠言。欣感之深,敷陳罔究。

皇帝回大遼皇帝賀正旦書(元祐三年)

獻歲發春,方祝永年之慶;睦鄰敦好,益修奕世之歡。信幣精華,書詞温縟。再維雅契,良極欣悰。

皇帝達太皇太后回大遼皇帝賀正旦書(元祐三年)

正歲履端,遠勤於華使;慈闈申慶,重領於珍函。省侍之餘,誠言已達。永惟欣感,莫究言宣。

皇帝回大遼皇帝賀興龍節書

世睦竇鄰,申以無窮之好;歲馳華使,及玆載夙之辰。閲詞幣之兼隆,識情文之備至。顧言欣感,難悉究陳。

皇帝達太皇太后回大遼皇帝問候書

遣使爲壽,既欣鄰好之修;因書見誠,兼致慈闈之問。侍言有次,來意畢陳。感懌之深,敷陳罔既。

皇帝達太皇太后回大遼皇帝賀坤成節書(元祐四年七月)

星火西流,慶慈闈之誕日;皇華北至,講鄰國之誠言。既達來音,俾修報禮。感銘之素,敷述難周。

皇帝回大遼皇帝問候書(元祐四年七月)

軺車重幣,已修交慶之儀;尺素好音,復講久要之信。屬臨素節,允迪純禧。益冀保頤,式符企詠。

内制青詞十首

集禧觀開啓祈雪道場青詞(元祐元年二月六日)

伏以麥將覆塊,雪未掩塵。嗣歲之憂,下民安訴。具嚴法會,祗款閟宫。仰冀同雲,溥滋新臘。

景靈宫宣光殿奉安神宗皇帝御容日開啓道場青詞(元祐二年三月十四日)

伏以天鑒不遠,誠感則通。方寳構之肇新,宜神游之降格。具嚴法席,高詠靈篇。内安清净之居,外錫烝黎之福。

集禧觀開啓祈雨道場青詞(元祐二年三月二十五日)

洞淵龍王,水府聖衆。饑饉之患,民流者期年;吁嗟之求,詞窮於是日。乃眷陰靈之宅,實爲雲雨之司。涵濡之功,俄頃而辦。罔吝天澤,以答民瞻。

集禧觀洪福殿等處罷散謝雨道場青詞

德有愧於動天,敢辭屢請;道無私而應物,豈間微誠。霈一雨以咸周,起三農於既病。仰承靈貺,莫報深仁。

太皇太后皇太后皇太妃受册奏告景靈宫等處青詞(元祐二年七月十九日)

伏以祇是親闈,庶幾孝治。配德祖考,既務極於推崇;篤生眇冲,亦敢忘於褒顯。將奉寶册,率循舊章。徼福於神,先期以告。

神宗皇帝御容進發前一日奏告諸宫觀等處青詞(元祐二年九月二十五日)

嵩洛之間,山陵所在。嚴道釋之净宇,奉衣冠之别祠。恭擇良辰,啓行仙馭。敢徼福於群聖,庶流祉於含生。仰叩真靈,冀垂昭鑒。

隆祐宫設慶宫醮青詞(元祐二年)

伏以長樂告成,光動紫宫之像;清都下照,誠通降闕之仙。祇率多儀,肅陳菲薦。永惟慈孝之本,克享天人之心。介萬壽之無疆,錫五福之純備。

西嶽廟開啓祈雨道場青詞(元祐三年七月十三日)

伏以二華之尊,作鎮於西極;兆人所急,望歲於秋成。穀既日滋,雨不時霈。敢以病告,於我有神。閔兹將槁之苗,賜以崇朝之澤。惟神之德,非我敢忘。

中太一宫真室殿開啓天皇九曜消災集福道場青詞

臣以冲眇，嗣承列聖之休；濟於艱難，實賴文母之德。臨莅四載，勤勞百爲。畏天之威，未嘗終日而豫怠；視民如子，惟恐一夫之困窮。伏願上帝降祥，衆真垂佑。消禳災沴，永底壽康。恭陳寶籙之科，仰扣神游之館。敢祈昭鑒，下察孝心。

皇太妃宫閣慶落成開啓道場青詞

伏以良辰襲吉，華構一新。仰荷褒崇之私，得伸鞠育之報。落成告備，法會有嚴。請命上穹，馳神真聖。庶精誠之必達，錫壽祉於無窮。

内制朱表三首

景靈宫宣光殿奉安神宗皇帝御容罷散朱表
（元祐二年二月十四日）

伏以馭風雲闕，既參日月之光；弭節琳宫，尚答臣民之望。爰開法會，庶款真庭。願推往聖之心，永錫函生之福。

集禧觀洪福殿罷散謝雨道場朱表

伏以旱暵爲災，禱求屢瀆。賴神之賜，霈澤以時。蓋至道之無私，豈不德之能致。載陳謝懇，少答靈休。

中太一宫真室殿爲太皇太后消災集福罷散天皇九曜道場朱表（元祐三年）

伏以仁者必壽，信惟天地之心；孝無不通，宜從臣子之欲。虔遵道範，仰叩真庭。庶同海宇之誠，上集慈闈之福。天威咫尺，求聰明於我民；聖壽萬年，定子孫於下地。更推博施，普及函生。

内制疏文一首

景靈宫罷散奉安神宗皇帝御容道場功德疏文（元祐二年四月七日）

伏以肇新寶構，祗奉睟容。修妙供於珠庭，結勝緣於净衆。真游永奠，法會告成。普冀含生，悉蒙餘祉。謹疏。

内制齋文十七首

冬至福寧殿作水陸道場資薦神宗皇帝齋文

伏以聖神陟降，釋梵後先。適更來復之辰，茂薦往生之福。

虔修净供,仰導真游。

正旦於福寧殿作水陸道場資薦神宗皇帝齋文

伏以棄黄屋以上賓,莫追風馭;抱烏號而永慕,再歷春朝。敢仗勝緣,式開净供。仰頌義堯之德,永追梵釋之游。

在京諸宫觀開啓神宗皇帝大祥道場齋文

伏以密音如昨,新穀再升。望仙馭於帝鄉,陳法筵於净宇。人天來會,共修最勝之緣;梵釋同游,永錫無疆之慶。

垂拱殿開啓神宗皇帝大祥道場齋文

伏以喪期有數,方嘆於壑舟;法海無邊,聊資於岸筏。有嚴秘殿,恭啓净筵。時御六龍,徘徊宫闕。永同千佛,陟降人天。

内中福寧殿下寒節爲神宗皇帝作水陸道場齋文

伏以甚雨疾風,感春律之將變;鑽燧改火,悼喪期之不留。爰啓净筵,以資冥福。願登大覺,永濟函生。

景靈宫宣光殿奉安神宗皇帝御容日開啓道場齋文

伏以祠宫夙啓,真室告成。仗勝會於佛僧,導靈游於梵釋。更推餘祉,旁及含生。

大相國寺開啓祈雨道場齋文

伏以旱暵既久，麥禾將空。仰惟天人之師，宜專雲雨之施。庶幾慈愍，寬我憂危。

鄭州超化寺祈雨齋文

伏以常暘爲災，歷時愈熾。秋穀未蓺，夏苗將空。天意未回，佛慈所愍。願以不思議智力，大解脱神通。時興法雲，普賜甘澤。

鄭州超化寺謝雨齋文

等慈應物，不倦於禱求；神智無方，何難於膏澤。旱沴既弭，農民其康。仰惟不宰之功，豈待有爲之報。爰修净供，少達純誠。

十月一日永裕陵下宫開啓資薦神宗皇帝道場齋文

橋山永望，莫瞻弓劍之餘；陽月載臨，徒增霜露之感。招延净衆，崇建梵筵；庶集勝因，仰資真馭。

西京會聖宫應天禪院奉安神宗皇帝御容禮畢開啓道場齋文

原廟告成，神游既奠。雖聖靈之無礙，對越在天；從世法之有爲，歸依於佛。普願幽明之域，悉登净妙之庭。集此勝因，以資仙馭。

後苑瑶津亭開啓祈雨道場齋文

六月徂夏，方金火之争；三農望秋，乏雷雨之施。嗟人何罪，逢歲之艱。自非妙覺之等慈，孰拯疲民於重困。有嚴禁苑，祗建净筵。念我憂勞，錫之膏澤。非獨起焦枯於田野，抑將掃疾疫於里閭。嘉與含生，永均介福。

後苑瑶津亭開啓祈雨道場齋文

伏以常暘之沴，歷月於兹。近自都畿，遠及關輔。豈獨西成之害，將爲宿麥之憂。仰止覺慈，必垂善救。普集山川之守，來登梵釋之筵。罔吝膏濡，以興焦槁。

後苑瑶津亭開啓謝雨道場齋文

伏以祗畏之心，格人天於影響；覺慈之力，反水旱於屈伸。周澤載濡，農田告足。既解藴隆之患，庶無流潦之虞。仰冀能仁，曲垂昭鑒。

顯聖寺壽聖禪院開啓太皇太后消災集福粉壇道場齋文

伏以躬儉節用，本嚴房闥之風；遺大投艱，猥當廟社之寄。

常恐德之弗類,以召災於厥身。敢即仁祠,肆陳净供。恭延梵釋,普施人天。俾壽而康,非獨輔安於寡昧;與民同利,固將燕及於華夷。仰冀能仁,曲垂昭鑒。

景靈宫宣光殿開啓神宗皇帝忌辰道場齋文

伏以至德難名,已立配天之極。孝思永慕,蓋有終身之憂。惟是佛乘,庶資冥福。屬弓劍上賓之日,就衣冠出游之庭。虔設净筵,俾嚴勝果;庶超真覺,永庇含生。

奉宸庫翻修聖字等庫了畢安慰土地道場齋文

伏以貨幣所藏,有壞必葺。聰直之鑒,既成乃安。爰仗佛慈,以綏神守。庶期昭格,永底純熙。

内制祝文三十三首

奏告天地社稷宗廟宫觀寺院等處祈雨雪青詞齋祝文

伏以期年以來,水旱作沴。迨兹徂歲,復苦常暘。疾疫將興,農末俱病。方齋居而默禱,庶精意之登聞。敢祈春臘之交,沛然雨雪之賜。願均介福,敷錫群生。

五獄四瀆等處祈雪祝文

伏以歷冬不雪,兩歲之憂。疾癘將興,麥辨就槁。分命守土,告於有神。下民其咨,天聽不遠。毋愛同雲之澤,以成盈尺之祥。苟利於民,敢忘其報。

内中添蓋諸帝后神御殿告遷御容權奉安於慈氏殿祝文

於皇帝考,肇啓閟祠。方增築之未寧,懼格思之有瀆。別嚴浄宇,祇奉睟容。式燕聖靈,永綏慈嘏。

内中慈氏殿告遷神御於新添修殿奉安祝文

伏以增築告成,閟嚴有奐。儼衣冠之來復,愾嘆息之疑聞。昭格穆清,永綏燕翼。

景靈宫奉安神宗皇帝御容祝文

伏以恭承仙馭,奄宅殊庭。罄海宇以駿奔,儼人天之景從。願回日月之照,少答神民之心。乃眷新宫,永垂餘慶。

天章閣權奉安神宗皇帝御容祝文

伏以唐虞稽古,雖絶名言。文武重光,已新崇構。下慰華夷之望,仰摹天日之容。將往宅於靈宫,永懷攀慕;願少安於秘殿,無盡瞻依。

内中神御殿張挂奉安神宗皇帝御容祝文

伏以祥祭告終,聖靈改御。僾如在位,威不違顔。雖天日之光,固難形似;而神人之奉,永有瞻依。悲慕愈深,照臨無極。

神宗皇帝大祥祭訖徹饌除靈座時皇帝躬親扶神御别設一祭祝文

伏以俯就終喪,禮當即遠。永瞻陵廟,將徹几筵。攀慕若疑,追懷罔極。

景靈宫宣光殿奉安神宗皇帝御容畢皇太后親詣行禮祝文

伏以奕奕祠宫,巍巍天像。聖靈雖遠,哲命惟新。仰瞻如在之威,永錫無疆之慶。敢祈昭鑒,下燭微誠。

天地社稷宗廟神廟等處祈雨祝文

惟德弗類,致常暘之災;斯民何辜,有薦饑之懼。浹旬不雨,麥禾皆空。循省再三,夙夜祗栗。引領雲霓之望,援手溝壑之餘。既窮之詞,其忍弗聽。

五獄四瀆等處祈雨祝文

期年以來,水旱作沴。振廩同食,冠蓋相望。已責勸分,公私並竭。惟待一熟之麥,以蘇垂死之民。而冬不雨以徂春,苗將秀而不實。顧惟沖昧,有失政刑。感傷陰陽,延及鰥寡。既非下民之罪,亦豈上帝之心。惟神聰明,毋愛膏澤。則民有息肩之漸,神無乏祀之憂。

五嶽四瀆等處祈雨祝文

天人之交,應若影響。雨暘不順,咎在貌言。失之户庭,害及寰宇。求治雖切,不當天意之中;聽言雖多,未聞民病之實。刑罰有過,賦役未平。一人之愆,百姓何罪。避坐徹膳,猶當許其自修;悔禍轉災,庶或救之將墜。於神蓋反掌之易,而民免擠壑之憂。仰瞻雲霓,待命旦夕。

五嶽四瀆等處謝雨祝文

乃者常暘爲災,歷時愈熾。念咎責己,寧丁我躬。求哀籲天,並走群望。果蒙膏澤之賜,一拯流亡之餘。我愧於民,敢廢無災之懼;神終其賜,願必有年之祥。

神宗皇帝禫祭太皇太后親行祝文

寒暑之變,忽焉再期;練祥之餘,復將三月。勉從即吉之典,莫遂無窮之哀。

神宗皇帝禫祭皇帝親行祝文

既祥之餘，徙月而吉。迫於先王之禮，徒有終身之憂。瞻仰聖靈，伏深感慕。

神宗皇帝禫祭皇太后親行祝文

喪期有數，禫月告終。哀雖未忘，禮弗敢過。追慕之至，中外所同。

永裕陵修移角堠門户柏窠奏告神宗皇帝祝文

園寢之奉，巡行以時。增植所宜，卜云其吉。先事而告，亦禮之常。

永裕陵修移角堠門户柏窠祭告土地祝文

園寢之奉，栽植以時。惟爾有神，實嚴所守。敢祈昭鑒，永底平寧。

景靈宫天興殿開淘井眼祭告里域真官祝文

神游之庭，井泥不食。日辰之吉，浚治以時。諗爾明靈，庶無悔吝。

太皇太后皇太后皇太妃受册奏告太廟並諸陵祝文

伏以祇事親闈,庶幾孝治。配德祖考,既務極於推崇;篤生眇沖,亦敢忘於褒顯。將奉寶册,率循舊章。涓日甚良,先期以告。

西京應天禪院會聖宫修神御帳座畢功告遷諸神御祝文

頃詔有司,恭修幄座。暫安别殿,以作庶工。既匠事之告成,宜真游之來復。願垂昭鑒,及此良辰。

西京應天禪院會聖宫修神御帳座畢功奉安諸神御祝文

幄坐告成,允協歲時之吉;靈游永奠,復瞻天日之光。庶俾後人,仰蒙餘慶。

西京會聖宫應天禪院奉安神宗皇帝御容前一日奏告永裕陵祝文

國家推本漢儀,立郡國之廟;參用唐制,就佛老之祠。乃眷洛都,載瞻園寢。並興靈宇,以奉神禧。閔惟沖人,恭蹈成憲;謹擇良日,臨遣近臣。庶回日月之光,少答天人之望。

神宗皇帝御容至會聖宫並應天禪院前一日奏告諸帝祝文

三靈眷命，六聖在天。嵩洛之間，仙釋所館。惟兹吉禘之始，當祔出游之庭。念彼元臣，昔皆侑食。一新惟肖之像，永陪如在之神。敢冀威靈，曲垂昭鑒。

神宗皇帝御容進發前一日奏告天地社稷宗廟等處祝文

祗畏天明，率循祖武。進衣冠之原廟，鎮嵩洛之靈祠。恭擇良辰，啓行仙馭。分遣執事，並告有神。

生擒西蕃鬼章奏告永裕陵祝文

大獮獲禽，必有指蹤之自；豐年高廩，孰知耘耔之勞。憬彼西戎，古稱右臂。自嘉祐末，木征擾邊。至熙寧中，董氈方命。於赫聖考，恭行天誅。非貪尺寸之疆，蓋爲民除蟊賊。遂建長久之策，不以賊遺子孫。而西蕃大首領鬼章，首犯南川，北連拓拔。申命諸將，擇利而行；旋聞偏師，無往不克。吏士用命，争酬未報之恩；聖靈在天，難逃不漏之網。已於八月戊戌，生獲鬼章。頡利成擒，初無渭水之耻；郅支授首，聊報谷吉之冤。謹當推本聖心，益修戎略。務在服近而來遠，期於偃革以息民。仰冀威神，曲垂昭鑒。

西京會聖宫應天禪院奉安神宗皇帝御容奏告諸帝祝文

於穆神考，陟配在天。有嚴祠宫，從祀我祖。時日協吉，聖靈其安。寵綏後人，永錫純嘏。

西京應天禪院會聖宫奉安神宗皇帝神御祝文

於皇在天，丕冒下土。矧此山陵之近，顧瞻兩都；宅於嵩洛之間，上聯五聖。有嚴净宇，(**會聖宫改爲真館。**)祗奉睟顔。願追梵釋之游，(**會聖宫改爲仙聖之游。**)永答人天之望。

太皇太后皇太后皇太妃受册禮畢奏謝天地社稷宗廟諸宫觀並諸陵祝文

至哉坤元，政必先於治内；養以天下，孝莫大於尊親。昔首正於號名，今復嚴於典册。禮樂既具，神人允諧。分命邇臣，恭致成事。仰祇昭鑒，永錫鴻休。(**諸神廟"分命邇臣"句改"分命有司"。**)

東太一宫翻修殿宇奉告十神太一真君祝文

於穆祠宫，有嚴春祀。吏以時而按視，工揆日以修完。庶就潔新，永綏靈御。仰祈昭鑒，大庇含生。

西路闕雨於濟瀆河瀆淮瀆廟祈雨祝文

伏以水旱之事，山川所司。農服穡以有秋，天密雲而不雨。

愧我不德，瀆於有神。願爲三日之霖，大慰一方之望。國有常報，我其敢忘。

永定院修蓋舍屋奏告諸帝后祝文

具嚴浄宇，祗奉寢園。眷惟焚燎之餘，少緩增修之役。仰祈昭鑒，永底燕寧。

永定院修蓋舍屋祭告土地祝文

伏以向因遺燼，延及浄祠。爰擇良辰，以興衆役。宜兹遣使，詔示有神。

内制祭文十四首

太皇太后祭奠故夏國主祭文

乃眷外臣，嗣守西服。襲累世之忠順，荷先朝之寵光。惟天難忱，錫命不永。訃音遽至，閔悼良深。特遣使車，往陳奠幣。庶此恩禮，貫于幽明。

故皇叔祖昭信軍節度使檢校司空開府儀同三司漢東郡王宗瑗堂祭文

惟王之生，令德孝恭。云何不淑，罹此閔凶。無復會朝，載惻予哀。往奠其寢,維以飾終。

故皇叔祖昭信軍節度使檢校司空開府儀同三司漢東郡王宗瑗下事祭文

嗚呼！死生之變,賢愚莫逃。日月有時,義當即遠。哀榮之極,禮以告終。來舉奠觴,往安窀穸。

皇叔故魏王啓殯祭文

惟靈襲累朝之餘慶,兼天下之達尊。祖送之儀,哀榮斯極。永惟宅兆之卜,未逢歲月之良。參酌時宜,遷神郊館。啓殯之始,寓哀斯文。

皇叔故魏王外殯前一夕夜祭文

惟王之生,孝友仁慈。既没元身,舉國懷思。矧予冲眇,義兼父師。天不我遺,日月如馳。出次近郊,寓此仁祠。親奠莫及,寧知我悲！

皇叔故魏王下事祭文

惟靈出就外邸,二年於兹。一日不見,企予望思。矧此告終,月逝日遠。雖云近郊,寧復旋返。築室祠宫,既固既完。雖非永歸,亦可少安。嗚呼哀哉！

故贈太師追封温國公司馬光安葬祭文

嗚呼！元豐之末，天步惟艱。社稷之衛，中外所屬。惟是一老，屏予一人。名高當世，行滿天下。措國於太山之安，下令於流水之源。歲月未周，紀綱略定。天若相之，又復奪之。殄瘁不哀，古今所共。知之者神考，用之者聖母。馴致其道，太平可期。長爲宗臣，以表後世。往奠其葬，庶知予懷。

故渭州防禦使宗孺出殯一夕祭文

惟靈飭躬寡過，秉德不回。莫克永年，遂即長夜。哀榮之典，國有故常。死喪之戚，予惟惻愴。

故渭州防禦使宗孺下事祭文

嗚呼！宗枝之秀，罹此降災。日月有時，禮當即遠。奄臨窀穸，肆設几筵。往致予哀，來歆此奠。

故聽宣劉氏堂祭文

奉侍有年，肅雍靡懈，今其亡矣，良用惻然。没而有知，來舉此奠。

故聽宣劉氏墳所祭文

盡瘁内職，歸全近郊。既掩諸幽，往致斯奠。賁其窀穸，極爾哀榮。

故尚宮吴氏墳所祭文

惟爾之生,服勤乃事。逢日之吉,歸全於郊。式榮其終,往致斯奠。

故尚服劉氏堂祭文

惟靈選備禁廷,服勤内職。逮兹淪謝,良用愍傷。饋奠之儀,哀榮兼至。

故尚服劉氏墳所祭文

惟靈服勤有年,罹命不淑。窀穸之事,日月有時。念爾永歸,歆予一奠。

内制導引歌辭二首

奉安神宗皇帝御容赴景靈宫導引歌辭

帝城父老,三歲望堯心。天遠玉樓深。龍顔仿佛笙簫遠,腸斷屬車音。離宫春色瑣瑶林,雲闕海沉沉。遺民猶唱當時曲,秋雁起汾陰。

迎奉神宗皇帝御容赴西京會聖宫應天禪院奉安導引歌辭

經文緯武，十有九年中。遺烈震羌戎。渭橋夾道千君長，猶是建元功。西瞻温洛與神崧，蓮宇照瓊宫。人間俯仰成今古，流澤自無窮。

卷一百十五

樂語十六章

春貼子詞(元祐三年)

皇帝閣六首

靄靄龍旗色,琅琅木鐸音。數行寬大詔,四海發生心。

暘谷賓初日,清臺告協風。願如風有信,長與日俱中。

草木漸知春,萌芽處處新。從今八千歲,合抱是靈椿。

聖主憂民未解顔,天教瑞雪報豐年。蒼龍挂闕農祥正,老稚相呼看藉田。

昨夜東風入律新,玉關知有受降人。聖恩與解河湟凍,共得中原草木春。

翰林職在明光裏,行樂詩成拜舞中。不待鶯開小桃杏,始知天子是天公。

太皇太后閣六首

雕刻春何力,欣榮物自知。發生雖有象,覆載本無私。

小殿黄金牓,珠簾白玉鈎。一聲雙日蹕,春色滿皇州。

仗下春朝散,宫中晝漏稀。兩廂休侍御,應下讀書幃。

五日占雲十日風，憂勤終歲爲三農。春來有喜何人見，好學神孫類祖宗。

共道十年無臘雪，且欣三白壓春田。盡驅南畝扶犁手，稍發中都朽貫錢。

不獨清心能省事，應緣克己自銷兵。傳聞塞外千君長，欲趁新年賀太平。

皇太后閤六首

寶册瓊瑶重，新庭松桂香。雪消春未動，碧瓦麗朝陽。

瑞日明天仗，仙雲擁壽山。倚欄春晝永，金母在人間。

朝罷金鋪掩，人閑寶瑟塵。欲知慈儉德，書史樂青春。

仙家日月本長閑，送臘迎春豈亦然（一作亦偶）。翠管銀罌傳故事，金花彩勝作新年。

彤史年來不絶書，三朝德化婦承姑。宫中侍女減珠翠，雪裏貧民得袴襦。

邊庭無事羽書稀，閑遣詞臣進小詩。共助至尊歌喜事，今年春日得春衣。

皇太妃閤五首

葦桃猶在户，椒柏已稱觴。歲美風先應，朝回日漸長。

甲觀開千柱，飛樓擢九層。雪殘烏鵲喜，翔舞下觚稜。

孝心日奉東朝養，儉德應師大練（一作太姒）風。太史新年瞻瑞氣，四星明潤紫宫中。

九門挂月未催班，清禁風和玉漏閑。崇慶早朝銀燭下，佩環聲在五雲間。

東風弱柳萬絲垂，的皪殘梅尚一枝。繭館乍欣蠶浴後，禖壇猶記燕來時。

夫人閣四首

彩勝鏤新語，酥盤滴小詩。升平多樂事，應許外庭知。

細雨曉風柔，春聲入御溝。已漂新荇没，猶帶斷冰流。

扶桑初日映簾升，已覺銅瓶暖不冰。七種共挑人日菜，千枝先剪上元燈。

雪消鴛瓦已流澌，風暖犀盤尚鎮帷。縹緲紫簫明月下，璧門桂影夜參差。

端午貼子詞（元祐三年）

皇帝閣六首

盛德初融後，潛陰未姤時。侍臣占易象，明兩作重離。

采秀擷群芳，争儲百藥良。太醫初薦艾，庶草驗蕃昌。

微凉生殿閣，習習滿皇都。試問吾民愠，南風爲解無。

西檻新來玉宇風，侍臣茗碗得雍容。庭槐似識天顔喜，舞破清陰作兩龍。（**陳仁錫眉**）著相。

講餘交翟轉回廊，始覺深宫夏日長。揚子江心空百煉，只將《無逸》鑒興亡。

一扇清風灑面寒，應緣飛白在冰紈。坐知四海蒙膏澤，沐浴君王德似蘭。

太皇太后閣六首

漸臺通翠浪，暑殿轉清風。簾卷東朝散，金烏未遽中。

日永蠶收簇，風高麥上場。朝來藉田令，菰黍獻時芳。

舞羽諸羌伏，銷兵萬彙蘇。只應黄紙誥，便是赤靈符。

令節陳詩歲歲新，從官何以壽吾君。願儲醫國三年艾，不作沉湘《九辯》文。

忠臣諒節今千歲，孝女孤風滿四方。不復巫陽占郢夢，空餘仲御扣《河章》。

長養恩深動植均，只憂貪吏尚殘民。外廷已拜梟羹賜，應助吾君去不仁。（**陳仁錫眉**）宋朝□□過嚴爲□。

皇太后閣六首

露簟琴書冷，琱盤餚餌新。深宫猶畏日，應念暑耘人。

萬壽菖蒲酒，千金琥珀杯。年年行樂處，新月挂池臺。

翠筒初窒楝，薌黍復纏菰。水殿開冰鑒，瓊漿凍玉壺。

秘殿扶疏夏木深，雨餘初有一蟬吟。應將嬴女乘鸞扇，更助南風長棘心。

上林珍木暗池臺，蜀産吴包萬里來。不獨盤中見盧橘，時於粽裹得楊梅。

閔楚遺風萬古情，湘沅舊俗到金明。翠輿黄傘何時幸，晝鵲飛霓盡日横。

皇太妃閣五首

午景簾櫳静,熏風草木酣。誰知恭儉德,彩縷出親蠶。

雨細方梅夏,風高已麥秋。應憐百花盡,緑葉暗紅榴。

辟兵已佩靈符小,續命仍縈彩縷長。不爲祈禳得天助,要令風俗樂時康。

玉盆沉李灩清泉,金鴨噓空嫋細煙。自有梧楸障畏日,仍欣麥黍報豐年。

良辰樂事古難同,繡藺朱絲奉兩宫。仁孝自應禳百沴,艾人桃印本無功。

夫人閣四首

肅肅槐庭午,沉沉玉漏稀。皇恩樂佳節,鬥草得珠璣。

節物荆吴舊,嬉游禁掖閑。仙風隨畫箑,拜賜落人間。

五彩縈筒秫稻香,千門結艾鬢髯張。旋開寶典尋風物,要及靈辰共祓禳。

欲曉銅瓶下井欄,鏗鍠金殿發清寒。似聞人世南風熱,日上墻東問幾竿。

内中御侍以下賀冬至詞語(元祐二年十月二十日)

皇　帝

伏以月臨天統,首冠於三正;氣應黄宫,復來於七日。君道浸長，陽德光亨。恭惟皇帝陛下，清明在躬，仁孝遍物。垂衣南面，天何言而四時成；問學西清，日將旦而群陰伏。裔夷奔走，年穀順成。豈惟四海之歡心，自識三靈之陰贊。如川方至，受命無疆。妾等待罪掖庭，備員婦職。共慶一陽之節，敢陳萬歲之觴。

太皇太后

伏以消長有時，候微陽之來復；賢愚同慶，知君子之彙征。德化所加，神人並應。恭惟太皇太后陛下，睿明天縱，慈儉身先。振河嶽以不傾，地無私載；順陰陽而自化，天且不違。成功已陋於漢唐，論德蓋高於任姒。《大有》上吉，方獲助於三靈；《既醉》太平，當純備於五福。妾等職參長御，心奉慈闈。慶陽德之方來，願天壽之平格。

皇太后

伏以蒙瞍奏功，驗人和於緹室；日官占物，效歲美於黃雲。慶自宮庭，澤均海宇。恭惟皇太后殿下，輔佐内治，儀刑王家。推美國風，夙茂周南之化；考祥羲易，共成坤厚之功。方迎日於三微，敢稱觴於萬壽。豈獨宮闈之願，實同中外之歡。妾等猥以微軀，被蒙慈渥。仰獻岡陵之祝，庶殫草木之誠。

内中御侍以下賀年節詞語（元祐二年十二月一日）

皇　帝

伏以齊七政於璣衡，天人並應；受三朝之圖籍，海宇來同。恭惟皇帝陛下，至仁無私，神武不殺。祖述堯帝，曆象以授民時;儀刑文王,正家而齊天下。方肇新於歲律,宜向用於神休。妾等幸侍禁嚴,仰陶化育。願上萬年之壽,永膺百順之祥。(**陳仁錫眉**)慣用《四書》句,亦是有宋習氣。

太皇太后

伏乙太簇旋宫,既贊揚而出滯;勾芒司曆,方布德以緩刑。恭惟太皇太后陛下,化始六宫,風行九有。捐財振廩,救民溝壑之中;求賢審官,拔士茅茨之下。方履端之資始,膺景福於無疆。妾等幸侍禁嚴,粗供婦職。願獻岡陵之壽,少輸草木之誠。

皇太后

伏以三元資始,磔禳以餞餘寒;萬寶更新,燔烈以興嗣歲。恭惟皇太后殿下,道光潙汭,德配周南。輔導兩朝,孝慈格於上下;儀形九御,恭儉聞於邇遐。順履三陽,誕膺百禄。妾等幸班禁掖,久被餘光。莫報生成之恩,但祝靈長之算。

内中御侍已下賀冬至詞語(元祐三年十月三十日)

皇　帝

伏以日合天統,時推建子之正;律中黄鍾,氣驗微陽之應。德施自上,惠均於民。伏惟皇帝陛下,道配皇王,化行夷夏。觀其來復,見乎天地之心;静以無爲,待此陰陽之定。雲物告瑞,宫聲協和。豈惟至治之祥,自得上天之佑。一人有慶,萬壽無疆。妾等蒙被天光,叨塵婦職。敢獻如山之祝,庶同率土之歡。

太皇太后

伏以書奏清臺，驗歷家之邃密；日移黄道，迎化國之舒長。寰宇和平，宫闈歡豫。恭惟太皇太后陛下，教隆陰禮，位正坤儀。嗣太任之徽音，道光千古；衣明德之大練，儉化六宫。體柔静以臨朝，配清明而燭物。慶雲可望，共占至治之祥；彤史何知，莫贊無爲之德。妾等猥參女職，仰奉慈顔。因來復之一陽，祝無疆之萬壽。

皇太后

伏以候氣葭灰，喜律筩之已應；課功彩綫，知宫日之初長。品物同榮，掖廷胥悦。恭惟皇太后殿下，母臨四海，婦應東朝。求賢審官，但有憂勤之志；躬儉節用，豈忘浣濯之衣。宜福禄之日康，樂宫闈之無事。妾等濫塵女職，獲奉慈顔。願先柏酒以稱觴，更指椿年而獻壽。

坤成節集英殿教坊詞(元祐二年七月十五日)

教坊致語

臣聞視履考祥，既占衷月之夢；對時育物，必有繼天之功。方大火之西流，屬陰靈之既望。帝於是日，誕降仁人。意使斯民，咸歸壽域。共慶千年之遇，得生二聖之朝。式燕示慈，與民同樂。恭惟皇帝陛下，文思天縱，睿哲生知。力行禹、湯之仁，常恐一夫之不獲；躬蹈曾、閔之孝，故得萬國之歡心。恭惟太皇太后陛下，道契天人，德超載籍。知人則哲，蓋帝堯之所難；修己安民，雖虞舜其猶病。風雲從而萬物睹，日月照而四時行。自然動植之咸安，莫知天地之何力。三宫交慶，群後駿奔。寶鄰通四牡之歡，航海致重譯之贐。洞庭九奏，始識咸池之音；靈岳三呼，共獻後天之祝。臣等叨居法部，輒采民言。上瀆宸聰，敢陳口號。

口　號

三朝遺老九門前，又見承平大有年。文母憂勤初化俗，曾孫仁孝已通天。史書元祐三千牘，樂奏坤成第一篇。欲采蟠桃歸獻壽，蓬萊清淺半桑田。

勾合曲

秋風協應，生殿閣之微涼；廣樂具陳，韻金絲而間作。欲觀鳥獸之率舞，願聞笙磬之同音。上奉宸顔，教坊合曲。

勾小兒隊

朱干玉戚，本以象功；白叟黄童，皆知頌聖。盍命髫髦之侶，來陳舞勺之儀。上侑皇歡，教坊小兒入隊。

隊　名

願同千歲樂，長奏太平謡。

問小兒隊

鎬京廣燕，方雲集於縉紳；沂水游童，忽鳧趨於庭廡。雖云小技，必有可觀。咫尺天顔，悉言汝志。

小兒致語

臣聞功存社稷，慶鍾高密之門；澤及本枝，天祚太任之德。

候西風之入律，藹瑞氣之盈庭。嘉與四方，同稱萬壽。恭惟皇帝陛下，文思稽古，濬哲在躬。日奉東朝之歡，率用家人之禮。以謂慈儉之化，無德而能名；保佑之功，如天之難報。惟流傳於歌舞，庶仿佛其儀刑。臣等雖在弱齡，久陶孝治。敢率垂髫之侣，共陳振萬之儀。未敢自專，伏取進止。

勾雜劇

鸞旗日轉，雉扇雲開。暫回綴兆之文，少進俳諧之技。來陳善戲，以佐歡聲。（**陳仁錫眉**）宋朝多游觀，至此尚念邊疆分裂之苦否？即制詞或可封還不作。上樂天顔，雜劇來歟？

放小兒隊

青衿旅進，雖末技而畢陳；黄屋天臨，知下情之無壅。既成文於綴兆，爰整袂以徘徊。再拜天階，相將好去。

勾女童隊

彤壺漏箭，隨雞唱以漸移；絳節彩旄，聞鳳簫而自舉。宜召散花之侣，來陳回雪之姿。上奉宸歡，兩軍女童入隊。

隊　名

金風回翠袖，玉珰倚清歌。

問女童隊

鳳歌諧律，方資燕俎之歡；鷺羽分庭，忽集壽山之下。低鬟有待，振袂欲前。密邇天階，悉陳來意。

女童致語

妾聞塗山啓夏，來玉帛於萬邦；摯仲興周，胙本枝於百世。嘉辰共樂，壯觀一新。恭惟皇帝陛下，舜孝自天，堯仁浹物。膺昊穹之成命，席累聖之詒謀。惟地勢坤，永載無疆之德；以天下養，躬持胥樂之觴。六樂在庭，百工奏技。妾等親逢盛旦，獲望嚴宸。藝雖愧於驚鴻，心已先於儀鳳。願陳舞綴，上奉天顏。未敢自專，伏取進止。

勾雜劇

風清羽蓋，日轉槐庭。欲資載笑之歡，必有應諧之妙。暫回舞綴，少進詼辭。上悦天顏，雜劇來歟？

放女童隊

八音間作，既成皦繹之文；萬舞畢陳，曲盡回翔之態。望彤闈而却立，斂翠袂以言歸。再拜天墀，相將好去。

集英殿春宴教坊詞

教坊詞語　中和化育萬壽排場

臣聞人和則氣和，故王道得而四時正；今樂猶古樂，故民心悦而八音平。幸此聖朝，陶然化國。飭三農於保介，維莫之春；興五福於太平，既醉以酒。恭惟皇帝陛下，乘乾有作，出震無私。憲章六聖之典謨，斟酌百王之禮樂。天方祚於舜孝，人已誦於堯言。故得彝倫叙而水土平，北流軌道；壬人退而蠻夷服，西旅在庭。稍寬中昃之憂，一均湛露之澤。方將麴蘖群賢而惡旨酒，鼓吹六藝而放鄭聲。雖《白雪》《陽春》，莫致天顏之一笑；

而獻芹負日，各盡野人之寸心。臣猥以賤工，叨塵法部。幸獲望雲之喜，敢陳《擊壤》之音。不揆蕪才，上進口號。

口　號

萬人歌舞樂芳辰，長養恩深第四春。令下風雷常有信，時來草木豈知仁。璿璣已正三階泰，玉管初知九奏純。更欲年年同此樂，故應相繼得元臣。

勾合曲

太平無象，善萬物之得時；和氣致祥，喜八風之從律。大合鈞天之奏，克諧治世之音。上奉嚴宸，教坊合曲。

勾小兒隊

斑白之老，既無負戴之憂；髫齔之童，亦遂嬉游之樂。行歌道路，連袂闕庭。仰奉宸慈，教坊小兒入隊。

隊　名

初成暮春服，來獻太平謡。

問小兒隊

聚戲里閭，豈識九重之奥；成文綴兆，忽隨六樂之和。宜近彤墀，悉陳來意。

小兒致語

臣聞春爲陽中，生物各遂其性；樂以天下，聖人豈私其身。故飲食盡忠臣心，而游豫爲諸侯度。方遲日之無事，矧嗣歲之有年。大啓璧門,肅陳燕豆。恭惟皇帝陛下,道隆而德備,質文而性仁。總攬群才,蓋天授之神策;澄清庶政,故民獻以寶符。顧良辰樂事之難並,宜群臣嘉賓之並集。廣場千步,方山立於衆工;大樂九成,固海函於雜技。臣等沐浴膏澤,詠歌升平。幸以髧髦之微,得參舞羽之末。敢干宸聽,伏俟俞音。

勾雜劇

臚傳已久,陛楯將更。宜資載笑之歡,少進群優之技。緩調絲竹,雜劇來歟?

放小兒隊

清歌屢奏,蓋曲盡於下情;妙舞載陳,示不遺於小物。既畢沛風之和,稍同沂水之歸。再拜天階,相將好去。

勾女童隊

燕私之樂,下侍於臣工;靡曼之觀,聊同於俚俗。審音而作,振袂稍前。上奉宸歡,兩軍女童入隊。

隊　名

瑞日明歌扇,仙飆動舞衣。

問女童隊

工師奏技,侍衛聳觀。顧游女之何施,集彤庭而有待。欲知來意,宜悉敷陳。

女童致語

妾聞聖人授民以時，王者與衆同樂。故倉庚鳴而蠶女出，游魚躍而靈沼春。蓋良辰豈易得哉，亦賢者而後樂此。伏惟皇帝陛下，温恭允塞，緝熙光明。學無常師，文武識其大者；仁能濟衆，堯舜其猶病諸。齊泰階之六符，走重譯之萬里。天人並應，禮樂將興。豈惟塵土之賤微，敢度乾坤之廣大。萬舞九奏，雖未象於成功；間歌三終，亦庶幾於頌德。欲殫末技，少效寸誠。

勾雜劇

風斜御柳，既窮綺麗之觀；日轉庭槐，少進詼優之戲。再調絲竹，雜劇來歟？

放女童隊

翠袖風回，已盡折旋之妙；文茵霞卷，尚觀顧步之餘。再拜天墀，相將好去。

集英殿秋宴教坊詞

教坊致語

臣聞天無言而四時成，聖有作而萬物睹。清浄自化，雖仰則於帝心；豈弟不回，亦俯同於衆樂。屬此九秋之候，粲然萬寶之成。吾王不游，何以勞農而休老；君子如喜，則必大亨以養賢。恭惟皇帝陛下，孝通神明，仁及草木。行堯、禹之大道，守成、康之小心。華夷來同，天地並應。以謂福莫大於無事，瑞曷加於有年。南極呈祥，候秋分而老人見；西夷慕義，涉流沙而天馬來。嘉與臣工，肅陳燕俎。禮元侯於三夏，諧庶尹於九成。

宣示御觴,聳近臣之榮觀;臚傳天語,溢兩廡之歡聲。臣等幸覯昌辰,叨塵法部。采謡言於《擊壤》,助蒙瞍之陳詩。仰奉威顔,敢進口號。

口　號

霜霏碧瓦尚生煙,日泛彤庭已集仙。藹藹四門多起士,熙熙萬國屢豐年。高秋爽氣明宫殿,元祐和聲入管弦。菊有芳兮蘭有秀,從臣誰和《白雲篇》。

勾合曲

西風入律,間歌秋報之詩;南龠在廷,備舉德音之器。弦匏一倡,鐘鼓畢陳。上奉宸嚴,教坊合曲。

勾小兒隊

皇慈下逮,罄百執以均歡;衆技畢陳,示四方之同樂。宜進垂髫之侣,來修秉翟之儀。上奉威顔,教坊小兒入隊。

隊　名

登歌依頌磬,下管舞成童。

問小兒隊

大君有命,肆陳管磬之音;童子何知,入簉工師之末。欲祥來意,宜悉奏陳。

小兒致語

臣聞天行有信,正得秋而萬寶成;君德無私,日將旦而群陰伏。清風應律,廣樂在庭。占歲事於金穰,望天顔之玉粹。沐浴膏澤,詠歌升平。恭惟皇帝陛下,天縱聰明,日躋聖知。無一物之失所,得萬國之歡心。雖擊壤之民,固何知於帝力;而後天之祝,亦各抒於下情。臣等幸以齠齔之年,得居仁壽之域。詠舞雩於沂水,久樂聖時;唱《銅鞮》於漢濱,空慚郢(一作俚。)曲。願陳舞綴,少奉宸歡。未敢自專,伏候進止。

勾雜劇

朱弦玉管,屢進清音;華翟文竿,少停逸綴。宜進詼諧之技,少資色笑之歡。上悦天顔,雜劇來歟?

放小兒隊

回翔丹陛,已陳就日之誠;合散廣庭,曲盡流風之妙。歌鐘告闋,羽籥言旋。再拜天階,相將好去。

勾女童隊

錦薦雲舒,來九成之丹鳳;霞衣鱗集,隱三疊之靈鼉。上奉宸嚴,教坊女童入隊。

隊　名

香雲浮繡扆,花浪舞彤庭。

問女童隊

清禁深嚴,方縉紳之雲集;仙音嘽緩,忽簪珥之星陳。徐步香茵,悉陳來意。

女童致語

妾聞鈞天廣樂，空傳帝所之游；閶闔清風，理絶庶人之共。夫何仙聖，靡隔塵凡。仰瞻八采之威，自慶千齡之運。恭惟皇帝陛下，乾健而粹，離明而文。規摹六聖之心，人將自化；儀刑文母之德，天且不違。樂兹大有之年，申以宗慈之會。虞韶既畢，夏籥將興。妾等分綴以須，審音而作；願俟工歌之闋，少同率舞之歡。未敢自專，伏取進止。

勾雜劇

弦匏迭奏，干羽畢陳。洽聞舜樂之和，稍進齊諧之技。金絲徐韻，雜劇來歟？

放女童隊

羽觴湛湛，方陳《既醉》之詩；鼉鼓淵淵，復奏《言歸》之曲。峨鬟佇立，斂袂却行。再拜天階，相將好去。

興龍節集英殿宴教坊詞（元祐二年）

教坊致語

臣聞帝武造周，已兆興王之迹；日符祚漢，實開受命之祥。非天私我有邦，惟聖乃作神主。仰止誕彌之慶，集於建丑之正。瑞玉旅庭，爰講比鄰之好；虎臣在泮，復通西域之琛。式燕示慈，與人均福。恭惟皇帝陛下，睿思冠古，濬哲自天。焕乎有文，日講六經之訓；述而不作，思齊累聖之仁。夷夏宅心，神人協德。卜年七百，方過歷以承天；有臣三千，咸一心而戴后。彤庭振萬，玉座傳觴。誦干戈載戢之詩，作君臣相悦之樂。斯民何幸,白首太平。臣猥以微生,親逢盛旦。始慶猗蘭之會,願賡《擊壤》之音。下采民言,上陳口號。

口　號

凜凜重瞳日月新,四方驚喜識天人。共知苦木初升旦,且種蟠桃莫計春。請吏黑山歸屬國,給扶黄髪拜嚴宸。紫皇應在紅雲裹,試問清都侍從臣。

勾合曲

祝堯之壽,既罄於歡謡;象舜之功,願觀於備樂。羽旄在列,管磬同音。上奉宸嚴,教坊合曲。

勾小兒隊

魚龍奏技,畢陳詭異之觀;髫齔成童,各效迴旋之妙。嘉其尚幼,有此良心。仰奉宸慈,教坊小兒入隊。

隊　名

兩階陳羽籥,萬國走梯航。

問小兒隊

工師在列,各懷自獻之能;侲子盈庭,必有可觀之技。未知來意,宜悉奏陳。

小兒致語

臣聞生民以來,未有祖宗之仁厚;上帝所眷,錫以聖神之子孫。孚佑下民,篤生我後。瞻舜瞳之日月,望堯顙之山河。若帝之初,達四聰於無外;如川方至,傾萬宇以來同。恭惟皇帝陛下,齊聖廣淵,剛健篤實。識文武之大者,體仁孝於自然。歌《詩·思齊》,見文王之所以聖;誦《書·無逸》,法中宗之不敢康。誕日載臨,輿情共祝。神策授萬年之算,洛書開五福之祥。臣等嬉游天街,沐浴皇化。欲陳舞蹈之意,不知手足之隨。未敢自專。伏取進止。

勾雜劇

金奏鏗純,既度九韶之曲;霓衣合散,又陳八佾之儀。舞綴暫停,伶優間作。再調絲竹,雜劇來歟?

放小兒隊

游童率舞,逐物性之熙怡;小技畢陳,識天慈之廣大。清歌既闋,疊鼓屢催。再拜天階,相將好去。

勾女童隊

垂鬟在列,斂袂稍前。豈知北里之微,敢獻南川之壽。霓旌坌集,金奏方諧。上奉威顔,兩軍女童入隊。

隊　名

君臣千載遇,歌舞八方同。

問女童隊

摻撾屢作,旌旆前臨。顧游女之何能,造彤庭而獻技。欲知來意,宜悉奏陳。

女童致語

妾聞瑞鳦來翔，共紀生商之兆；群龍下集，適同浴佛之辰。佳氣充庭，和聲載路。輦出房而雷動，扇交翟以雲開。喜動人天，春還草木。恭惟皇帝陛下，凝神昭曠，受命穆清。三后在天，宜興王之世有；四人迪哲，知享國之無窮。乃眷良辰，欲均景福。庭設九賓之禮，樂歌《四牡》之章。妾等幸覩昌期，獲瞻文陛。雖乏流風之妙，願輸率舞之誠。未敢自專，伏候進止。

勾雜劇

清净自化，雖莫測於宸心；詼笑雜陳，示俯同於衆樂。金絲再舉，雜劇來歟？

放女童隊

分庭久立，漸移愛日之陰；振袂再成，曲盡回風之態。龍樓却望，鼉鼓屢催。再拜天階，相將好去。

紫宸殿正旦教坊詞（元祐四年）

教坊致語

臣聞行夏之時，正莫加於人統；采周之舊，王方在於鎬京。惟吉月之布和，休庶工而未作。使華遠集，鄰好交修。萃簪笏於九門，來車書於萬里。將興嗣歲，以樂太平。恭惟皇帝陛下，躬履至仁，誕膺眷命。法天地四時之運，民日用而不知；傳祖宗六聖之心，我無爲而自化。九德咸事，三年有成。始御八音之和，以臨元日之會。人神相慶，夷夏來同。臣等忝與賤工，得親壯觀。知輿情之願頌，顧盛德之難形。不度荒蕪，敢進口號。

口　號

九霄清蹕一聲雷，萬物欣榮意已開。曉日自隨天仗出，春風不待斗杓回。行看莒葉催耕籍，共喜椒花映壽杯。欲識太平全盛事，振振鵷鷺滿雲臺。

勾合曲

東風應律，南侖在庭。餞臘迎春，方慶三朝之會；登歌下管，願聞九奏之和。上悦天顔，教坊合曲。

勾小兒隊

工師奏技，咸踴躍以在庭；稚孺聞音，亦回翔而赴節。方資共樂，豈間微情。上奉宸歡，教坊小兒入隊。

隊　名

仙山來絳節，雲海戲群鴻。

問小兒隊

六樂充庭，九賓在列。何彼垂髫之侣，欲陳振袂之能。必有來誠，少前敷奏。

小兒致語

臣聞正月上日，萬彙所以更新；群臣嘉賓，四方於是觀禮。雪方占於上瑞，風已告於先春。及此良辰，設爲高會。恭惟皇帝陛下，子來九有，天覆兆民。焕乎其有文章，昭然若揭日月。安西都護，來輸八國之琛。南極老人，出效萬年之壽。還圭璋於鄰使，受圖籍於春朝。擊石摐金，奏鈞天之廣樂；跳球舞索，戲平樂之都場。臣等沐浴太平，詠歌新歲。鼓舞《咸》《韶》之韻，蹌揚鳥獸之間。未敢自專，伏候進止。

勾雜劇

以雅以南，既畢陳於衆技；載色載笑，期有悦於威顔。舞綴暫停，優詞間作。金絲徐韻，雜劇來歟？

放小兒隊

酒闌金殿，既均湛露之恩；漏减銅壺，曲盡風流之妙。望彤墀而申祝，整翠袖以言歸。再拜天階，相將好去。

興龍節集英殿宴教坊詞

教坊致語

臣聞天所眷命，生而神靈。惟三代受命之符，萃於兹日；實萬世無疆之福，延及我民。候南極之祥輝，交北鄰之瑞節。同趨鎬燕，争頌堯封。恭惟皇帝陛下，稽古温文，乘乾剛粹。體生知而猶學，藏妙用於何言。故得六聖承休，三靈眷佑。德隆星晷，齊六符而泰階平；河行地中，錫九疇而彝倫正。屬誕彌之令旦，履長發之嘉祥。夙設九賓於庭，遍舞六代之樂。日無私於臨照，葵藿自傾；天有信於發生，勾萌必達。臣等歷塵法部，獲造彤墀。下采民言，得三萬里之謡頌；登歌壽斝，以八千歲爲春秋。不度蕪音，敢進口號。

口　號

風卷雲舒合兩班，曈曈瑞日映天顔。觀書已獲千秋鏡，積德長爲萬歲山。臘雪未消三務起,壬人不用五兵閑。相逢父老争相賀,却笑華胥是夢間。

勾合曲

笙磬同音,考中聲於神鼓;鳥獸率舞,浹和氣於敷天。上奉宸歡,教坊合曲。

勾小兒隊

衆技旅庭,振歡聲於無外;游童頌聖,陶至化於自然。上奉皇威,教坊小兒入隊。

隊　名

壤歌皆白髪,象舞及青衿。

問小兒隊

跳踉廣陌,初疑竹馬之游;合散彤墀,忽變驚鴻之狀。欲知來意,宜悉敷陳。

小兒致語

臣聞流虹啓聖,非人力所致之符;湛露均恩,與天下共用其樂。旁行海宇,外薄戎夷。咸欣載夙之辰,共獻無疆之祝。恭惟皇帝陛下,神武不殺,將聖多能。天生德於予,既禀徇齊之質;人樂告以善,輔成經緯之文。法慈儉於東朝,紬詩書於西學。載臨誕日,俯答輿情。非爲靡曼之觀,庶備太平之福。臣等微生齠齔,學樂父師。就列紛紜,雖無殊於鳥獸;赴音俯仰,亦少效於涓塵。未敢自專,伏候進止。

勾雜劇

樂且有儀，方君臣之相悦；張而不弛，豈文武之常行。欲佐歡聲，宜陳善謔。金絲徐韻，雜劇來歟？

放小兒隊

末技畢陳，下情無壅。既成文於綴兆，猶斂袂以回翔。再拜天階，相將好去。

勾女童隊

飛步壽山，起香塵於羅襪；散花御路，泛回雪於錦茵。上奉宸顔，兩軍女童入隊。

隊　名

生商來瑞鳦，浴佛降群龍。

問女童隊

玉座天臨，雖仙凡之有隔；翠鬟雲合，豈草木之無知。密邇天階，悉陳來意。

女童致語

妾聞千里一曲，變澄瀾於濁河；萬歲三稱，隱歡聲於靈嶽。天人並應，夷夏來同。雖云北里之微，敢獻華封之祝。恭惟皇帝陛下，睿文冠古，神智無方。同堯、舜之性仁，而能濟衆；陋成、康之刑措，猶待積年。共欣建丑之正，再睹興龍之會。桑田東海，傾壽斝而未乾；汗竹南山，書頌聲而無極。妾等幸緣賤藝，獲望威顔。振萬於庭，欲赴干旄之節；間歌以雅，庶諧笙磬之音。未敢自專，伏候進止。

勾雜劇

舞綴暫停，歌鐘少闋。必有應諧之妙，以資載笑之歡。上悦天顔，雜劇來歟？

放女童隊

振袂再成，曲盡回風之妙；分庭久立，漸移愛日之陰。再拜天階，相將好去。

齋日致語口號

旋復陰陽，配五支於六干；誕彌歲月，與元日爲三申。神后降慶於當年，曾孫效誠於兹旦。不煩巧歷，自契真符。道俗讙謡，天人協應。太皇太后陛下，功高任姒，德配唐虞。上推顧托之心，下布仰成之政。寶慈與儉，蹈光憲之成規；却狄安邦，襲烈武之餘慶。三朝順履，萬壽維新。雖絳縣之老人，難窮甲子；如楚南之靈木，莫計春秋。臣賤等草茅，心傾葵藿。采民謳於《擊壤》，效樂語之陳詩。

媧皇得道自神仙，金母長生不記年。甲子會逢三朔旦，歲星行看百周天。消兵漸覺腰無犢，種德方知福有田。彤管何人書後會，椒花椿頌一時編。(**陳仁錫眉**)是代筆。

黄樓致語口號

百川反壑，五稼登場。初成百尺之樓，適及重陽之會。高高下下，既休畚鍤之勞；歲歲年年，共睹茱萸之美。恭惟知府學士，民人所恃，憂樂以時。度餘力而取羡材，因備災而成勝事。起東郊之壯觀，破西楚之淫名。賓客如雲，來四方之豪傑；鼓鐘隱地，竦萬目之觀瞻。實與徐民，長爲佳話。

一新柱石壯嚴闉，更值西風落帽辰。不用游從誇燕子，直將氣焰壓波神。山川尚繞當時國，城郭猶飄廣陌塵。誰憑闌干賞風月，使君留意在斯民。

趙倅成伯母生日致語口號

昔年占夢，適當重九之佳辰；今日獻香，願祝大千之遐算。慶婦姑之同日，雜茱萸以稱觴。殺雞已效於龐公，剪髮敢資於陶母。但某叨居樂部，忝預年家。不度蕪材，上塵口號。

今朝壽酒泛黄花，鬱鬱葱葱氣滿家。願得唐兒舞一曲，莫嫌國小向長沙。

王氏生日致語口號

人中五日，知織女之暫來；海上三年，喜花枝之未老。事協紫銜之夢，歡傾白髮之兒。好人相逢，一杯徑醉。伏以某人女郎，蒼梧仙裔，南海貢餘。憐謝瑞之早孤，潛炊相助；嘆張鎬之没興，遇酒輒歡。采楊梅而朝飛，擘青蓮而暮返。長新玉女之年貌，未厭金膏之掃除。萬里乘桴，已慕仲尼而航海；五絲繡鳳，將從老子以俱仙。東坡居士，樽俎千峰，笙簧萬籟。聊設三山之湯餅，共傾九醖之仙醪。尋香而來，苒天風之引步；此興不淺，炯江月之升樓。

羅浮山下已三春，松筍穿階晝掩門。太白猶逃水仙洞，紫簫來問玉華君。天容水色聊同夜，發澤膚光自鑒人。萬户春風爲子壽，坐看滄海起揚塵。

寒食宴提刑致語口號

良辰易失，四者難並。故人相逢，五斗徑醉。況中年離合之感，正寒食清明之間。時乎不可再來，賢者而後樂此。恭惟提刑學士，才本天授，學爲人師。事業存乎斯民，文章蓋其餘事。望之已試於馮翊，翁子暫還於會稽。知府學士，接好鄰邦，締交册府。莫逆之契，義等於天倫；不腆之辭，意勤於地主。力講兩君之好，可無七子之詩。欲使異時，争傳盛事。

雲間畫鼓疊春雷，千騎尋芳戲馬臺。半道已逢山簡醉，萬人争看謫仙來。淮西按部威尤凛，歷下懷仁首重回。還把去年留客意，折花臨水更徘徊。

補　遺

詩一百七十九首

游三游洞

凍雨霏霏半成雪，游人屨凍蒼苔滑。不辭攜被岩底眠，洞口雲深夜無月。

新葺小園二首

（**紀昀眉**）二首却甚似。

短竹蕭蕭倚北墻，斬茅披棘見幽芳。使君尚許分池緑，鄰舍何妨借樹凉。亦有杏花充窈窕，更煩鶯舌奏鏗鏘。身閑酒美誰來勸，坐看花光照水光。

三年輒去豈無鄉，種樹穿池亦漫忙。暫賞不須心汲汲，再來惟恐鬢蒼蒼。應成庾信吟枯柳，誰記山公醉夕陽。去後莫憂人剪伐，西鄰幸許庇甘棠。

北　亭

誰人築短墻，横絶擁吾堂。不作新亭檻，幽花爲誰香。（**舊**

堂北有墻,予始去之爲亭。)

横　池

明月入我池,皎皎鋪紵縞。何日變成緇,太玄吾懶草。

與李彭年同送崔岐歸二曲馬上口占

霜幹木落愛秦川,興發身輕逐鳥翾。(“翾”一本作“翻”。)(紀昀眉)“翻”字懸脚。貪看暮山忘遠近,强陪歸客更流連。貂裘犯雪觀形勝,駿馬隨鷹搏野鮮。爲問南溪李夫子,壯心應未逐流年。

溪堂留題

三徑縈回草樹蒙,忽驚初日上千峰。平湖種稻如西蜀,高閣連雲似渚宫。殘雪照山光耿耿,輕冰籠水暗溶溶。溪邊野鶴衝人起,飛入南山第幾重。

次韻子由種菜久旱不生

新春階下筍芽生,厨裏霜虀倒舊罌。(蕭奇中夾)只此多風。時繞麥田求野薺,强爲僧舍煮山羹。園無雨潤何須嘆,身與時違合退耕。欲看年華自有處,鬢間秋色兩三莖。

二月十六日與張李二君游南溪醉後相與解衣濯足因詠韓公山石之篇慨然知其所以樂而忘其在數百年之外也次其韻

（**紀昀眉**）老健，非東坡不辦。

終南太白横翠微，自我不見心南飛。行穿古縣並山麓，野水清滑溪魚肥。須臾渡溪踏亂石，山光漸近行人稀。窮探愈好去愈鋭，意未滿足枵如飢。忽聞奔泉響巨碓，隱隱百步摇窗扉。跳波濺沫不可向，散爲白霧紛霏霏。醉中相與棄拘束，顧勸二子解帶圍。褰裳試入插兩足，飛浪激起衝人衣。君看麋鹿隱豐草，豈羨玉勒黄金鞿。人生何以易此樂，天下誰肯從我歸。

次韻和子由聞予善射

中朝鵷鷺自振振，豈信邊隅事執蕤。共怪書生能破的，也如驍將解論文。（**蕭奇中夾**）答得妙。穿楊自笑非猿臂，射隼良思逐馬軍。觀汝長身最堪學，定如髯羽便超君。

亡伯提刑郎中挽詩二首甲辰十二月八日鳳翔官舍書

才賢世有幾，廊廟忍輕遺。公在不早用，人今方見思。故山松鬱鬱，舊史印纍纍。惟有同鄉老，聞名尚涕洟。

揮手東門别，朱顔鬢未霜。至今如夢寐，未信有存亡。後事書千紙，新墳天一方。誰能悲楚相，抵掌悟君王。

入　館

黄省文書分道山，静傳鐘鼓建章閑。天邊玉樹西風起，知有新秋到世間。

贈蔡茂先

（**紀昀眉**）此似東坡不經意作。

京城三日雨留人，吴市門前訪子真。赤脚長鬚俱好事，新詩軟語坐生春。鄴侯久有牙籤富，太史猶探禹穴新。不惜爲君揮尺素，却憂善守備三鄰。

安平泉

策杖徐徐步此山，撥雲尋徑興飄然。鑿開海眼知何代，種出菱花不計年。烹茗僧誇甌泛雪，煉丹人化骨成仙。當年陸羽空收拾，遺却安平一片泉。

十月二十日恭聞太皇太后升遐以軾罪人不許成服欲哭則不敢欲泣則不可故作挽詞二章

巍然開濟兩朝勳，信矣才難十亂臣。原廟固應祠百世，先王何止活千人。和熹未聖猶貪位，明德雖賢不及民。月落風悲天雨泣，誰將椽筆寫光塵。

未報山陵國士知，繞林松柏已猗猗。一聲慟哭猶無所，萬死酬恩更有時。(**杭世駿眉**)立言分寸。(**何紹基乙眉**)壯。夢裏天衢隘雲仗,人間雨淚變彤帷。《關雎》《卷耳》平生事,白首累臣正坐詩。(**紀昀眉**)三、四沉痛,後半首措語頗滯。

雲師無著自金陵來見余廣陵且遺余支遁鷹馬圖將歸以詩送之且還其畫

道人自嫌三世將,棄家十年今始壯。玉骨猶含富貴餘,漆瞳已照人天上。去年相見古長干,衆中矯矯如翔鸞。今年過我竹西寺,病瘦已作霜松寒。朱顔不辦供歲月,(**蕭奇中夾**)"供"字可憐。風中蒿火湯中雪。好問君家黄面翁,乞得摩尼照生滅。莫學王郎與支遁,臂鷹走馬憐神駿。還君畫圖君自收,不如木人騎土牛。

次韻穆父舍人再贈之什

詔詔春温昨夜班,屋頭鳴鳩便關關。游仙夢覺月臨幌,賀雨詩成雲滿山。憐我白頭來仗下,看君黄氣發眉間。鳳池故事同機務,火急開樽及尚閑。

正月八日招王子高飲

屋雪號風苦戰貧,紙窗迎日稍知春。正如薝蔔林中坐,更對芙蓉城裏人。昨想玉堂空冷徹,誰分銀榼送清醇。海山知有東南角,正看歸鴻作小翚。

縱　筆

（**丁菊泉眉**）此詩無所譏諷，竟以賈禍，蓋失意之人作曠達語，正是極牢騷耳。

白頭蕭散滿霜風，小閣藤床寄病容。報道先生春睡美，道人輕打五更鐘。（**錢廷錦甲旁**）宜其見惡也。

【彙評】

汪師韓：自寫酣適，本無怨刺，乃遭執政之怒，豈以其安於所遇，反不足以愜忌者之心耶？

凌啓康考釋：王十朋曰：按此詩執政聞而怒之，再貶儋耳。

司命宫楊道士息軒

（**紀昀眉**）詩雖不佳，然非僞托。

無事此静坐，一日似兩日。若活七十年，便是百四十。黄金幾時成，白髮日夜出。開眼三千秋，速如駒過隙。是故東坡老，貴汝一念息。時來登此軒，目送過海席。家山歸未能，題詩寄屋壁。

葛延之贈龜冠

南海神龜三千歲，兆協朋從生慶喜。智能周物不周身，未免人鑽七十二。誰能用爾作小冠，岣嶁耳孫創其制。君今此去寧復來，欲慰相思時整視。

別海南黎民表

（**張元濟眉**）此兩話絶妙。附見查注《詩話總龜》引《冷齋夜話》云："……新釀甚佳，求一具，漫寫此詩，以折菜錢。"（**紀昀眉**）雖淺率，而確是東坡語。

我本海南民，寄生西蜀州。忽然跨海去，譬如事遠游。平生生死夢，三者無劣優。知君不再見，欲去且少留。

和錢四寄其弟和

老來日月似車輪，此去知逢幾個春。昨夜冰花猶作柱，曉來梅子已生人。（**錢陸燦眉**）"人"字疑作"仁"。

南華長老寵示四韻事忙只還一偈①

宿業相纏四十年，常行八棒十三禪。今著衲衣歸玉局，可憐化作五通仙。

村醪二尊獻張平陽

（**紀昀眉**）真迹未必不偶存，而僞亦正復不少。賈人射利，百巧竟

① 編者按：詩題一作"投南華長老一偈"。

出,未可遽信爲逸作。況集中既已不載,又安知其芟棄之餘乎?一概收之以炫博,未可謂之真識也。

萬户春濃酒似油,想須百甕到床頭。主人日飲三千客,應笑窮官送督郵。

詩裏將軍已築壇,後來裨將欲登難。已驚老健蘇梅在,更作風流王謝看。(**紀昀眉**)俚甚。□出定知書滿腹,瘦生應爲語雕肝。□□灑落江山外,留與人間激懦官。

張公高躅不可到,我欲挽肩纔覺難。(**紀昀眉**)淺拙乃爾,何以嫁名於東坡?事業已歸前輩録,典刑留與後人看。詩如琢雪清牙頰,身覲飛龍吐膽肝。少負清名晚方用,白頭翁竟作何官。

失　題

(**紀昀眉**)依托之作。

獨鶴南飛送好音,山中橋梓共成陰。深衣傴僂如初命,卮酒從容向晚斟。城裏誰家開壽域,堂東多士作儒林。清霜未落黄花在,笑折高枝繞鬢簪。

題王維畫

(**紀昀眉**)此亦依托,乍看似是,再玩則非也。

摩詰本詞客,亦自名畫師。平生出入輞川上,鳥飛魚泳嫌人知。山光盎盎著眉睫,水聲活活流肝脾。行吟坐詠皆自見,飄然不作世俗辭。高情不盡落縑素,連山絶澗開重帷。百年流落存一二,錦囊玉軸酬不貲。誰令食肉貴公子,不覺祖父驅熊羆。細氈净几讀文史,落筆璀璨傳新詩。青山長江豈君事,一揮水墨光淋漓。手中五尺小横卷,天末萬里分毫釐。謫官南出止均潁,此心通達無不之。歸來纏裹任紈綺,天馬性在終難羈。人言摩詰是初世,欲從顧老癡不癡。桓公崔公不可與,但可與我寬衰遲。(**桓玄嘗竊長康畫,崔圓嘗使摩詰畫壁。**)

和張均題峽山

孤舟轉岩曲,古寺出雲坳。岸迫鳥聲合,水準山影交。堂虚泉漱玉,砌静筍遺苞。我爲圖名利,無因此結茅。

送虢令趙薦

嗟我去國久,得君如得歸。今君捨我去,從此故人稀。不惜故人稀,但恐晤語非。佳人西方子,佩服貝與璣。宛兮若處女,未始識户扉。何必識户扉,潛玉有光輝。

謝張太原送蒲桃

冷官門户日蕭條,親舊音書半寂寥。惟有太原張縣令,年年專遣送蒲桃。

讀晉史

(**紀昀眉**)此真傳奇中語,何以入之詩集?

滄海横流血作津,犬羊角出競稱真。中原豈是無豪傑,天遣群雄殺晉人。

讀王衍傳

文非經國武非英,終日虚談取盛名。至竟開門延羯寇,始知清論誤蒼生。

讀後魏賀狄干傳

外敵争雄宇内殘,文風猶自到長安。當時枉被詩書誤,惟有鮮卑賀狄干。

送司勳子才丈赴梓州

(**紀昀眉**)純入香山門徑,然細看却是東坡應酬詩。

别日已苦迫,見日未可期。曷不惜此日,相從把酒巵。人生初甚樂,譬若枰上棋。縱横聽汝手,聚散豈吾知。胡爲復嗟嘆,實恨相識遲。念昔非親舊,聞名自童兒。不見常隱憂,見之百憂披。相從未云幾,别淚遽已垂。有如雲間鶴,影過落寒池。舉頭已千里,可見不可追。我本蜀諸生,能言公少時。初爲成都掾,治獄官苦卑。高才絶倫輩,邦伯忘等夷。是時最少年,白晳未有髭。風流能痛飲,敏捷好論詩。勇於鞲上鷹,不啻囊中錐。去蜀曾未久,得縣復來眉。薄書紛滿前,指畫涣無疑。一年吏已服,漸能省鞭笞。二年民盡信,不復煩文移。三年厭閑寂，終日事桐絲。客來投其轄，醉倒不容辭。至今三十年，父老猶嗟咨。東川晚乃至，觀者塞路岐。但見東人喜，不知西人悲。如今又繼往，人事亦可奇。嗟此信偶然，或云數使之。王城多高爵，要路人争馳。公來席未暖，去不淅晨炊。屢爲蜀人得，毋乃天見私。吾徒本學道，窮達理素推。况爲二千石，所至可樂嬉。細思爲縣日，賓友存者誰。或終卧茅屋，或去懸金龜。或已登鬼籍，墓木如門楣。感時何倏忽，撫舊應涕洟。紫綬著更好，紅顔蔚不衰。權奇玉勒馬，阿那胡琴姬。逢人可與樂，慎勿苦相思。

送宋君用游輦下

（**紀昀眉**）東坡詩如此汗漫者有之，然無如此細碎作法。

暴雨漲荒溪，尺水生洪流。中有潑潑鯉，泛然方快游。安知赤日爍，沸浪生浮漚。石密岸狹束，鱗鬣窘若囚。一失在藻樂，遂有轍鮒憂。誓將泛江湖，雪此煦沫羞。江湖與荒溪，巨細雖不侔。此流彼之派，聯接詎阻修。超然奮躍去，勢若鷹離鞲。浮沉謝群蛙，窟穴依長洲。洗刷沮洳泥，被服白紋裘。誰知歲月久，涌浪生咽喉。賴爾溪中物，雖困有遠謀。不似沼沚間，四合獄萬鯫。縱知有江湖，綿綿隔山丘。人生豈異此，窮達皆有由。吾鄉廣平君，少與輕薄游。堆金等屋梁，穲稏百頃秋。朝廷羆紅顔，夜庖炙肥牛。落魄窮書生，多以金帛收。高貲一朝盡，里巷誰青眸。兒女號飢寒，親友寡饋賙。中夜起長嘆，慷慨商聲謳。我非田農家，安能事耝耰。又非將帥種，不慣揮戈矛。平生負壯氣，豈可遂爾休。今我中丞公，位隆職兼優。官爵連九族，一門千驊騮。雖云富貴殊，敢以貧賤投。姻戚苦未遠，我困豈我醜。八月秋風高，駕言動輕輈。將行來告别，求贈安敢廋。嗟子窮已甚，倚伏理亦周。溪魚解如此，况子知公侯。馬壯僕正健，去去其無留。

詠怪石

（**紀昀眉**）此真惡劄。

家有粗險石，植之疏竹軒。人皆喜尋玩，吾獨思棄捐。以其無所用，曉夕空嶄然。礁礎則甲斮，砥硯乃枯頑。於繳不可碆，以碑不可鐫。凡此六用無一取，令人争免長物觀。誰知兹石本靈怪，忽從夢中至吾前。初來若奇鬼，肩股何孱顔。漸聞碚礨聲，久乃辨其言。云我石之精，憤子辱我欲一宣。天地之生我，族類廣且蕃。子向所稱用者六，星羅雹布盈溪山。傷殘破碎爲世役，雖有小用烏足賢。如我之徒亦甚寡，往往挂名經史間。居海岱者充禹貢，雅與鉛松相差肩。處魏榆者白晝語，意欲警懼驕君悛。或在驪山拒强秦，萬牛喘汗力莫牽。或從揚州感廬老，代我問答多雄篇。子今我得豈無益，震霆凛霜我不遷。雕不加文磨不瑩，子盍節概如我堅。以是贈子豈不偉，何必責我區區焉。吾聞石言愧且謝，醜狀歘去不可攀。駭然覺坐想其語，勉書此詩席之端。（**紀昀眉**）此樣湊泊，豈東坡所肯爲？

題西湖樓

少年過了未衰顔，正在悲歡季孟間。細雨溟蒙湖上寺，東風摇蕩酒中山。(**紀昀眉**)第四句好。千金用盡終須老,百計尋思不似閑。醉裏下樓知早晚,喧喧扶路笑歌還。

題雙竹堂壁

江上檣竿一百尺,山中樓臺十二重。山僧樓上望江上,遥指檣竿笑殺儂。

風水洞聞二禽

林外一聲青竹筍,坐間半醉白頭翁。春山最好不歸去,慚愧春禽解勸儂。

法惠小飲以詩索周開祖所作

立著巫娥多少時,安排雲雨待清詞。酒酣魯叟頻相憶,曲罷周郎尚不知。海鷗無蹤飛過速,雲龍有報發來遲。從今莫入尋春會,爲欠梅花一首詩。

次韻陳時發太博雙竹

千年誰復繼夷齊,凛凛霜筠此門奇。要識蒼龍聯蜺意,擬容丹鳳宿凰枝。扶持有伴雪應怕,裁剪無人風自吹。莫遣騷人説連理,君看高節孰如雌。

周夫人挽詞

教子通經古所賢，安貧守道節尤堅。當熊遺烈傳家世，投燭諸郎慰眼前。不待金花書誥命，忽驚玉樹掩新阡。凱風吹棘君休詠，我亦孤懷一泫然。

天聖二僧皆蜀人不見留二絶

家山忘了脚騰騰，試作巴談却解譍。不爲游人問鄉里，豈知身是錦城僧。

方丈門開怪不迎，給孤邀供未還城。興來且作尋安道，醉後何須覓老兵。

會飲有美堂答周

杜牧端來覓紫雲，狂言驚倒石榴裙。豈知野客青筇杖，獨卧山僧白簟紋。且向東皋伴王績，未遑南越吊終軍。新詩過與佳人唱，從此應難減一分。

和吴少卿絶句

欲伴騷人賦百篇，歸心要及菊花前。明朝知覆誰家瓿，猶有桓譚道必傳。

題沈氏天隱樓

樓上新詩二百篇，三吴處士最應賢。非夷非惠真天隱，忘世忘身恐地仙。散盡黄金猶好客，歸來碧瓦自生煙。靈犀美璞無人識，蔚蔚空驚草木妍。

和人登海表亭

譙門對聳壓危坡，覽勝無如此得多。盡見西山遮岱嶺，迴分東野隔新羅。花時千圃堆紅錦，雪晝雙城疊白波。回首毬場尤醒眼，一番風送鑒重磨。

會雙竹席上奉答開祖長官

松柏蕭蕭滿故丘，知君懷抱尚悲秋。算來九九無多日，唱著三三憶舊游。皓月徘徊應許共，清詩妙絶不容酬。梅花社燕難相並，莫爲吴娘暗淚流。

次韻答開祖

淚滴秋風不爲麟，虚名何用實之賓。烝豚未害爲純孝，貍首何妨助故人。好喚游湖緣路便，難邀入社爲詩頻。知君頗有東山興，喝石岩前自過春。

北山廣智大師回自都下過期而歸時率開祖無悔同訪之因留渌净堂竹鶴二絶

渌净堂前竹，秋期赴白雲。不知緣底事，一日可無君。

渌净堂前鶴，孤棲守竹軒。胸中無限事，恨汝不能言。

欲往湖州見孫莘老别公輔希元彦遠醇之穆仲

秋來欲見紫髯翁，待得梅花細萼紅。記取上元燈火夜，道人猶在水晶宫。

富陽道中

清晨振衣起，起步方池側。徘徊俯丹楹，倒影見欹仄。不識陶靖節，定非風塵格。遥懷謝靈運，本自林泉客。予生忽世事，不以形爲役。顧彼冕弁人，冕弁非予適。

贈青濰將謝承制

吾皇有意縛單于，椎破銅山鑄虎符。驍將新除三十六，精兵共領五千都。周王常德須攘狄，漢帝雄才亦尚儒。君學本兼文武術，功名不必讀孫吴。

過濰州驛見蔡君謨題詩壁上云綽約新嬌生眼底逡巡舊事上眉尖春來試問愁多少得似春潮夜夜添不知爲誰而作也和一首

長垂玉筯殘妝臉，肯爲金釵露指尖。萬斛閑愁何日盡，一分真態更難添。

黄州春日雜書四絶

楚鄉春冷早梅天，柳色波光已鬥妍。淮上雁行皆北向，（**紀昀眉**）在黄州則淮上不應云“北向”。可無消息到儂邊。

中州臘盡春猶淺，（**紀昀眉**）此似東坡口吻，但“中州”二字何著？只有梅花最可憐。坐遣牡丹成俗物，豐肌弱骨不成妍。

清曉披衣尋杖藜，隔墻已見最繁枝。老人無計酬清麗，夜就寒光讀楚辭。（**紀昀眉**）亦似。

病腹難堪七碗茶，曉窗睡起日西斜。貧無隙地栽桃李，日日門前看賣花。（**紀昀眉**）此不甚似，然自好。

晚游城西開善院泛舟暮歸二首

晚照餘喬木，前村起夕煙。棋聲虚閣上，酒味早霜前。遠謫何須恨，來游不偶然。風光類吾土，乃是蜀江邊。

放船江瀨淺，城郭近連村。水檻松筠静，市橋燈火繁。誰家挂魚網，小舫繫柴門。卜築計未定，何妨試買園。

和人雪晴書事

消盡瓊瑶雲馭歸，餘寒猶復助風威。垂簾漸學秋霖滴，滿地猶疑夜月輝。凍壞相和開葦户，流澌半釋擁苔磯。可憐烏鵲飢無食，日暮空林何所依。

奉酬仲閔食新麵湯餅仍聞糴麥甚盛因以戲之

初見煌煌秀兩岐，俄驚落磑雪霏霏。可煩都尉熱承汗，絶勝臨淄貧易衣。尚有清才對風月，未妨便腹貯書詩。知君貨殖誇長袖，滿糴千箱待一飢。

讀仲閔詩卷因成長句

喜見西風吹麥秋，年年爲道老農憂。沾塗手足經年種，薦載珠璣一倍收。壯齒君能親稼穡，異時我亦困粗糲。猶憐紫竹堂前月，清夜娟娟照客愁。

送酒與崔誠老

雪堂居士醉方熟，玉澗山人冷不眠。送與安州潑醅酒，從今三日是三年。

與郭生游寒溪主簿吴亮置酒郭生喜作挽歌酒酣發聲坐爲凄然郭生言吾恨無佳詞因爲略改樂天寒食詩歌之坐客有泣者其詞曰

烏啼鵲噪昏喬木，清明寒食誰家哭。風吹曠野紙錢飛，古墓纍纍春草緑。棠梨花映白楊路，盡是死生離别處。冥漠重泉哭不聞，蕭蕭暮雨人歸去。

戲作切語竹詩

隱約安幽奥，蕭騷雪藪西。交加工結構，茂密渺冥迷。引葉油雲遠，攢叢聚族齊。奔鞭迸壁背，脱籜吐天梯。煙筱散孫息，高竿拱桷枅。漏闌零露落，庭度獨蜩啼。掃洗修纖筍，窺看詰曲溪。玲瓏緑醽醴，邂逅盍閑攜。

山行見月四言

吟哦傲兀，仰晤岩月。過巘迎崖，銀刓玉齧。源魚噞喁，岸雁鵝鴄。卧玩我語，聱牙岌嶪。

憶黄州梅花五絶

�城山下梅花樹，臘月江風好在無。争似姑山尋綽約，四時常見雪肌膚。

一枝價重萬瓊琚，直恐姑山雪不如。（**紀昀眉**）二句自佳。盡愛丹鉛競時好，不如風雪養天姝。

雖老于梅心未衰，今朝誰贈楚江枝。旋傾尊酒臨清影，正是吴姬一笑時。

不用相催已白頭，一生判却見花羞。揚州何遜吟情苦，不杜清香與破愁。

玉琢青枝蕊綴金，仙肌不怕苦寒侵。淮陽城裏娟娟月，樊口江邊耿耿參。

訪散老不遇

君來不遇我，我到不逢君。古殿依修柏，寒花對暮雲。

和王定國

（**紀昀眉**）不失古格，亦無新趣。

離歌添唧唧，古曲擬行行。不作相隨燕，空吟久住鶯。瞢騰君上馬，寂寞我回城。明日東門外，空舟獨自横。

出局偶書

急景歸來早，窮陰晚不開。傾杯不能飲，留待卯君來。

覓俞俊筆

筆工近歲説吴俞，李葛虚名總不如。雖是玉堂揮翰手，自憐白首尚抄書。

鼠鬚筆

（**紀昀眉**）有東坡規格，而篇幅稍狹。

太倉失陳紅，狡穴得餘腐。既興丞相嘆，又發廷尉怒。磔肉飼飢猫，分髯雜霜兔。插架刀槊健，落紙龍蛇騖。物理未易詰,時來即所遇。穿墉何卑微,托此得佳譽。

琴　枕

高情閑處任君彈,幽夢來時與子眠。彭澤漫知琴上趣,邯鄲深得枕中仙。試尋玉軫抛何處,閑喚香雲在那邊。平素不須煩按抑,秦娥自解語如弦。

書李宗晟水簾圖

(**紀昀眉**)拙甚。

宗晟一軸水簾圖,寄與南舒李大夫。未向林泉歸得去,炎天酷日且令無。

書龍馬圖

先皇御馬三千匹,伏下曾騎玉騄驄。金鼎丹成龍亦化,圉人空棧泣西風。

皎然禪師贈吴憑處士詩云世人不知心是道只言道在西方妙還如瞽者望長安長安在東向西笑東坡居士代答云

寒時便具熱時風,飢漢那知食藥功。莫怪禪師向西笑,緣師身在長安東。

燈花一首贈王十六

金粟釵頭次第多，起看缺月帶斜河。懸知瑞草橋邊夜，笑指燈花説老坡。

王晉卿得破墨三昧又嘗聞祖師第一義故畫邢和璞房次律論前生圖以寄其高趣東坡居士既作破琴詩以記異夢矣復説偈云

（**紀昀眉**）明説是偈，乃收於集中。

前夢後夢真是一，彼幻此幻非有二。正好長松水石間，更憶前身後身事。

戲贈秀老

（**紀昀眉**）是何言語。

拆却相公庵，泥却駙馬竹。天下人總知，流入傳燈録。

暮　歸

牛羊久已下，寂寞掩柴扉。水鵲鳴城堞，飛螢上戟衣。夜凉江海近，天闊斗牛微。何日招舟子，寒江北渡歸。

待　旦

（**紀昀眉**）題有脱字。

夢破山骨冷，扶桑未放曉。披衣坐虚堂，缺月猶皎皎。揚泉漱寒洌，激齒冰雪繞。百體喜堅壯，萬象覺清悄。簪履事朝謁，神魂飛窅渺。龕燈蚌珠剖，爐穗玉繩裊。浮念恍已消，真庭諒非杳。須臾霽霞起，赫奕射林表。高樹引凉蟬，深枝啅棲鳥。二蟲彼何爲，逐動自紛擾。悠悠天宇内，豈復論大小。覆盎舞醯雞，濃昏恣飛繞。定知達觀士，方寸常了了。世無陶靖節，此樂知者少。（**紀昀眉**）此非東坡不能作。

約吴遠游與姜君弼吃蕈饅頭

天下風流筍餅餤，人間濟楚蕈饅頭。事須莫與謬漢吃，送與麻田吴遠游。

除夕訪子野食燒芋戲作

松風溜溜作春寒，伴我飢腸響夜闌。牛糞火中燒芋子，山人更吃懶殘殘。

北歸度嶺寄子由

青松盈尺間香梅，盡是先生去後栽。應笑來時無一物，手攜拄杖却空回。

豐年有高廩詩

頌聲歌盛旦，多黍樂豐年。近見藏高廩，遥知熟大田。在疇紛已獲，如阜隱相連。魯史詳而記，神倉賦且全。(**紀昀眉**)凡近語。舂人洪蓄積，祖廟享恭虔。聖後憂農切，宜哉報自天。

萬菊軒

一軒高爲黄花設，富擬人間萬石君。佳本盡從方外得，異香多在月中聞。引泉北澗分清露，開逕南山破白雲。此意欲爲知者道，陶翁猶自未離群。

韓幹馬

(**紀昀眉**)此却是東坡筆墨。

少陵翰墨無形畫，韓幹丹青不語詩。此畫此詩真已矣，人間駑驥漫争馳。

夢中賦裙帶

百疊漪漪風皺，六銖縱縱雲輕。獨立含風廣殿，微聞環佩摇聲。

王定國自彭城往南都時子由在宋幕求家書僕醉不能作獨以一絶句與之

王郎西去路漫漫，野店無人霜月寒。淚盡粉箋書不得，憑君送與卯君看。

贈黄州官妓

東坡五載黄州住，何事無言及李宜。却似西川杜工部，海棠雖好不吟詩。

六言樂語

桃園未必無杏，銀礦終須有鉛。荇帶豈能攔浪，藕花却解留蓮。

題領巾絶句

（**紀昀眉**）乃試文姬，非試中郎。

臨池妙墨出元常，弄玉嬌姿笑柳娘。吟雪屢曾驚太傅，斷弦何必試中郎。

書裙帶絶句

任從酒滿翻香縷，不顧書來繫彩箋。半接西湖横緑草，雙垂南浦拂紅蓮。

虎跑泉

金沙泉涌雪濤香，灑作醍醐大地凉。倒浸九天河影白，遥通百谷海聲長。僧來汲月歸靈石，人到尋源宿上方。更續《茶經》校奇品，山瓢留待羽仙嘗。

端硯詩

（**紀昀眉**）酷摹昌黎，别無佳處，而正得其不佳者，所謂形骸之外，去之愈遠。

披雲離北岩，度嶺入中夏。重藉剪楚茅，方函斫英檟。騷壇意莫逆，匠石語□奓。匪堊勞運斤，如帶防毁銙。礦□□□□，觀隅整同厦。津津剖馬肝，索索模羊鮭。氣逼松滋豪，煙聯雪濤姹。登堂却蹣跚，飲水何甜閜。守墨面宜黔，含貞口終啞。静惟有壽焉，玷尚可磨也。魯史記獲麟，晉帖題裹鮓。供給到唐文，護持等商斝。眉形空愛纖，風字仍嫌哆。載觀七八評，咸本六一寫。退然敢摩肩，信矣俱出跨。始知尹公他，不媚王孫賈。銘詩與器傳，篆刻當碑打。嚴韻拾孑遺，微才任聊且。（**《端硯聯句》既成，暮歸，復拾餘韻别賦一首，附録卷後。**）

張無盡過黄州徐君猷爲守有四侍人姓爲孫姜閻齊適張夫人攜其一往婿家既暮復還乃閻姬也最爲徐所寵因書絶句云

（**紀昀眉**）此真張打油矣。

玉筍纖纖揭繡簾，一心偷看綠蘿尖。使君三尺毬頭帽，須信從來只有檐。

題銅陵陳公園雙池詩

南北山光照綠蘿，濯纓洗耳不須多。天空月滿宜登眺，看取青銅兩處磨。

落帆重到古銅官，長是江風阻往還。要以謫仙回舞袖，千年醉拂五松山。

詠檳榔

異味誰栽向海濱，亭亭直幹亂枝分。開花樹杪翻青籜，結子苞中皺錦紋。可療飢懷香自吐，能消瘴癘暖如薰。堆盤何物堪爲偶，蔞葉清新卷翠雲。

醉中題鮫綃詩

天地雖虚廓，惟海爲最大。聖王皆祀事，位尊河伯拜。祝融爲異號，恍惚聚百怪。二氣變流光，萬里風雲快。靈旗摇紅纛，赤虬噴滂湃。家近玉皇樓，彤光照世界。若得明月珠，可償逐客債。

無　題

簾卷窗穿户不扃，隙塵風葉任縱横。幽人睡足誰呼覺，欹枕床前有月明。

雅安人日次舊韻二首

人日滯留江上村，定知芳草怨王孫。題詩寄遠方揮翰，扶杖登高獨出門。柳色忍看成感嘆，花前歸思自飛翻。浮陽披凍雖才弄，已覺春工漏一元。

似聞高隱在前村，坐膝扶床戲子孫。自賞春光擕桂酒，喜逢晴色款柴門。屏間帶日金人活，頭上迎風彩勝翻。蓬鬢扶疏吾老矣，豈能舊貌改新元。

和代器之

雨過郊原一番新，尋芳車馬踏無塵。普天冷食聞前古，蕭寺清游屬兩人。不作佺期問新曆，頗同之問感餘春。明年歸藉梨花上，應會群賢及四鄰。

自題金山畫像

(**紀昀眉**)此是像贊，不宜入之詩集。

心似已灰之木，身如不繫之舟。問汝平生功業，黃州惠州儋州。

次韻借觀睢陽五老圖

(**紀昀眉**)此僞托之最可笑者。

國老安榮心自閑，紫袍金帶舊簪冠。星騎箕簸揚糠秕，斗掌權衡表漢桓。冬有愆陽嫌薄熱，夏多沴氣畏輕寒。賴得五賢清雅出，俾人敬慕肅容看。

題金山寺回文體

潮隨暗浪雪山傾，遠浦漁舟釣月明。橋對寺門松徑小，檻當泉眼石波清。迢迢綠樹江天曉，靄靄紅霞晚日晴。遥望四邊雲接水，碧峰千點數鷗輕。

水月寺

千尺長松挂薜蘿，梯雲嶺上一聲歌。湖山深秀有何處，水月池中桂影多。

半月泉（附題名：蘇軾、曹輔、劉季孫、鮑朝懋、鄭嘉會、蘇堅同游，元祐六年三月十一日）

請得一日假，來游半月泉。何人施大手，擘破水中天。

游何山

（紀昀眉）亦全不似。

今日何山是勝游，亂峰縈轉繞滄洲。雲含老樹明還滅，石礙飛泉咽復流。遍嶺煙霞迷俗客，一溪風雨送歸舟。自嗟塵土先衰老,底事孤僧亦白頭。

自題臨文與可畫竹

石室先生清興動,落筆縱横飛小鳳。借君妙意寫篔簹,留與詩人發吟諷。

雙井白龍

(**紀昀眉**)鄙野之調。

岩泉未入井,蒙然冒沙石。泉嫩石爲厭,石老生罅隙。異哉寸波中,露此横海脊。先生酌泉笑,泉秀神龍蟄。舉手玉箸插,忽去銀釘擲。大身何時布,大翩翔霹靂。誰言鵬背大,更覺宇宙窄。

瑞金東明觀

(**紀昀眉**)亦是僞托。

浮金最好溪南景,古木樓臺畫不成。天籟遠兼流水韻,雲璈常聽步虛聲。青鸞白鶴蟠空下,翠草玄芝匝地生。咫尺仙都隔塵世,門前車馬任縱横。

題清淮樓

觀魚惠子臺蕪没,夢蝶莊生冢木秋。惟有清淮供四望,年年依舊背城流。

戲答佛印

遠公沽酒飲陶潛，佛印燒猪待子瞻。采得百花成蜜後，不知辛苦爲誰甜。

失題三首

（紀昀眉）三首真僞不可知，然詩自佳。

木落沙明秋浦，雲卧煙淡瀟湘。曾學扁舟范蠡，五湖深處鳴榔。

望斷水雲千里，横空一抹晴嵐。不見邯鄲歸路，夢中略到江南。

公子只應見畫，此中我獨知津。寫到水窮天杪，定非塵土間人。

來鶴亭

鴻漸偏宜丹鳳南，冠霞帔月影毵毵。酒酣亭上來看舞，有客新名唤作耽。

龍山補亡（並引）

丙子九日，客有言龍山會風吹孟嘉帽落，桓温使孫盛爲文嘲之，嘉作解嘲，辭致超逸，四座驚嘆，恨今世不見其文。因戲爲補之。

征西大府，重九令節。駕言龍山，宴凱群哲。壺歌雅奏，緩帶輕帢。胡爲中觴，一笑粲發。楩楠競秀，榆柳獨脱。驥騄交騖，駑蹇先蹶。楚狂醉亂，隕帽莫覺。戎服囚首，枯顱茁發。惟明將軍，度量豁達。容此下士，顛倒冠襪。宰夫揚觶，兕觥舉罰。請歌相鼠，以侑此爵。（右嘲。）

吾聞君子，蹈常履素。晦明風雨，不改其度。平生丘壑，散髮箕踞。墜車天全，顛沛何懼。腰適忘帶，足適忘屨。不知有我，帽復奚數。流水莫繫，浮雲暫寓。飄然隨風，非去非取。我冠明月，被服寶璐。不纓而結，不簪而附。歌詩寧擇，請飲相鼠。罰此陋人，俾出童羖。（右解嘲。）

牡　丹

小檻徘徊日自斜，只愁春盡委泥沙。丹青欲寫傾城色，世上今無楊子華。

西湖壽星院明遠堂

十年不向此憑欄，景象依然一望間。龍蜃吐雲天入水，樓臺倒影日銜山。僧於僻寺難爲隱，人在扁舟未是閑。孤鶴似尋和靖宅，盤空飛去復飛還。

牡丹和韻

光風爲花好，奕奕弄清温。撩理鶯情趣，留連蝶夢魂。飲酣浮倒暈,舞倦怯新翻。水竹傍邊意,明紅似故園。

慈雲四景

甘露泉

階下有龍潭,一泓寒且碧。不須撫兩掌,流出仙人液。

白雲居

禪居何所有,户牖白雲分。直待譚玄後,相隨花雨紛。

娑羅樹

誰從五竺國,分得一枝來。秀出重樓外,專除世上埃。

鸚䳇院

古院楓篁裏,寥寥隔市喧。仙禽發異響,驚起老僧禪。

過金山寺一首

明月妙高臺,盤渦月照開。琳宫龍久住,珠樹鶴能來。雲霧空中繞,帆檣外回。無言卷石小,江左擬蓬萊。

過都昌

翻陽湖上都昌縣,燈火樓臺一萬家。水隔南山人不渡,東風吹老碧桃花。

登廬山

讀書廬山中,作郡廬山下。平湖浸山脚,雲峰對虛榭。紅葉紛欲落,白鳥時來下。猶思隱居勝,亂石驚湍瀉。

無題七絶一首

春風寂寂夜寥寥,一望蒼苔雪影遥。何處幽香飛幾片,只宜月色帶花飄。

秋日寄友人

柳條風暖會吟詩,林下池邊屐齒移。别後過從更疏懶,暮蟬嘹亂不勝悲。

雷　岩

空岩發靈籟,仿佛如風雷。只疑函寶劍,天遣六丁開。

治易洞

自昔遥聞太守高,明爻象彖日忘勞。洞中陳迹今如掃,斯道何曾損一毛。

次韻錢穆父還張天覺行縣詩卷

君如天馬玉花驄,萬里須臾不計功。投刃皆虚有餘地,運斤不輟自成風。如何十日敲榜外,已復千篇笑語中。只恐學禪餘此在,卓錐猶是去年窮。

扇

團扇經秋似敗荷,丹青仿佛舊松蘿。一時用捨非吾事,舉世炎時奈爾何。

甘　蔗

老境於吾漸不佳,一生拗性舊秋崖。笑人煮簀何時熟,生啖青青竹一排。

謝人送墨

墨月鱉雲脱太清,海風吹上筆頭輕。瑣窗冷透芙蓉碧,定有新明到九成。

送竹香爐

枯槁形骸惟見耳,凋殘鬢髪只留鬚。平生大節堪爲底,今日灰心始見渠。

江村二首

野水開冰出,山雲帶雨行。白鷗乘曉泛,黄犢試春耕。地僻民風古,年豐米價平。村居自瀟灑,况有讀書聲。

野老幽居處,成吾一首詩。桑枝礙行路,瓜蔓網疏籬。牧去牛將犢,人來犬護兒。生涯雖樸略,氣象自熙熙。

送玉面狸

北距飛狐信未通,夜來縛到藁街東。千年妖幻誰家婦,一國蒙茸亡是公。丘首可憐迷故土,帝羓空用起腥風。長纓俘獻埋輪使,未問豺狼問此翁。

潮中觀月

璃玻千頃照神州,此夕人間别是秋。地與樓臺相上下,天隨星斗共沉浮。一塵不向山中住,萬象都從物外求。醉吸清華游碧落,更於何處覓瀛洲。

獻壽戲作

終須跨個玉麒麟,方丈蓬萊走一巡。敢獻些兒長壽物,蟠桃核裏有雙仁。

舒嘯亭

攬勝雷山舒嘯亭,諸峰秀拱透雲程。嘯傲池邊紅日伴,舒懷岩壑白雲迎。滿目縱觀天際迥,一腔收拾歲寒清。松花香遍銀陽地,剩把新詩壯此行。

宿資福院

月明寫照寺林幽，最是江湖入念頭。衣染爐煙金漏迥，茶烹石鼎玉蟾留。山星幾點曬官舍，僧院百年過客舟。封事未投聖主意，長安此夕亦多愁。

金沙臺

雨後東風漸轉和，扣門遷客一經過。王孫采地空珪璧，長者芳聲動薜蘿。正爾謫居懷北闕，聊同笑語説東坡。山林臺閣原無異，促席論心酌叵羅。

題陳公園二首(内有二池)

春池水暖魚自樂，翠嶺竹静鳥知還。莫言疊石小風景，卷簾看盡銅官山。

岡陵來勢遠，幽處更依山。一片湖景内，千家市井間。

雨中邀李范庵過天竺寺作二首

步來禪榻畔，凉氣逼團蒲。花雨檐前亂，茶煙竹下孤。乘閑攜畫卷，習静對香壚。到此忽終日，浮生一事無。

老禪趺坐處，疏竹翠泠泠。秀色分鄰舍，清陰覆佛經。蕭蕭日暮雨，曳履繞方庭。

安老亭

橋下幽亭近水寒,倩誰題字在楣端。市廛得此尤堪隱,老者於今只自安。飯後徐行扶竹杖,倦來穩坐倚蒲團。眼明能展鍾王帖,絶勝前人映雪看。

大雨聯句

庭松偃蓋如醉,(程)夏雨新凉似秋。(楊)有客高吟擁鼻,(軾)無人共吃饅頭。(轍)

風折松聯句

龍枝已逐風雷變,减却虚窗半日凉。(辨才)天愛禪心圓且潔,故添明月伴清光。(東坡)

戲詠饊子贈鄰嫗

纖手搓來玉色匀,碧油煎出嫩黄深。夜來春睡知輕重,壓匾佳人纏臂金。

寄崔閑

道合何妨過虎溪,高山流水是相知。與君一别無多日,夢到琅然夜榻時。

贈李邦直探梅(元祐二年人日書)

尋花不惜命,愛雪常忍凍。三爲郡太守,清似于陵仲。

次韻答邦直、子由一首

(**查慎行甲眉**)次邦直韻尚有一首見《烏臺詩案》,諸刻本俱失載,今應補編於後。

五斗塵勞尚足留,閉關却欲治幽憂。羞爲毛遂囊中穎,未許朱雲地下游。(**紀昀眉**)二句有體。無事會須成好飲,思歸時欲賦登樓。羡君幕府如僧舍,日向城南看浴鷗。(**紀昀評**)語雖稍露,而未致激訐。

失題二首

足躡平都古洞天,此身不覺到雲間。抬眸四顧乾坤闊,日月星辰任我攀。

平都天下古名山,自信山中歲月閑。午夢任隨鳩喚覺,早朝又聽鹿催班。

戲答佛印偈

百千燈作一燈光,盡是恒沙妙法王。是故東坡不敢惜,借君四大作禪床。

失題二首

山行似覺鳥聲殊，漸近神仙簡寂居。門外長溪容净足，山腰苦筍耿盤蔬。喬松定有藏丹處，大石仍存拜斗餘。弟子蒼髯年八十，養生世世授遺書。

浮雲有意藏山頂，流水無聲入稻田。古木微風時起籟，諸峰落日盡藏煙。

賦四首

酒隱賦（並叙）

鳳山之陽，有逸人焉，以酒自晦。久之，士大夫知其名，謂之酒隱君，目其居曰酒隱堂，從而歌詠者不可勝紀。隱者患其名之著也，於是投迹仕途，即以混世，官於合肥郡之舒城。嘗與游，因與作賦，歸書其堂云。

世事悠悠，浮雲聚漚。昔日浚壑，今爲崇丘。眇萬事於一瞬，孰能兼忘而獨游？爰有達人，泛觀天地。不擇山林，而能避世。引壺觴以自娱，期隱身於一醉。且曰封侯萬里，賜璧一雙。從使秦帝，横令楚王。飛鳥已盡，彎弓不藏。至於血刃膏鼎，家夷族亡。與夫洗耳潁尾，食薇首陽。抱信秋溺，徇名立僵。臧穀之異，尚同歸於亡羊。於是笑躡糟丘，揖精立粕。酣羲皇之真味，反太初之至樂。烹混沌以調羹，竭滄溟而反爵。邀同歸而無徒，每躊躇而自酌。若乃池邊倒載，甕下高眠。背後持鍤，杖頭挂錢。遇故人而腐脅，逢麯車而流涎。暫托物以排意，豈胸中而洞然！使其推虚破夢，則擾擾萬緒起矣，烏足以名世而稱賢者耶？

通其變使民不倦賦(通物之變民用無倦)

物不可久，勢將自窮。欲民生而無倦，在世變以能通。器當極弊之時，因而改作；衆得日新之用，樂以移風。昔者世樸未分，民愚多屈，有大人卓爾以運智，使天下群然而勝物。凡可養生之具，莫不便安；然亦有時而窮，使之弗鬱。下迄堯舜，上從軒羲。作綱罟以絶禽獸之害，服牛馬以紓手足之疲。田焉而盡百穀之利，市焉而交四方之宜。神農既没，而舟楫以濟也；後聖有作，而弧矢以威之。至貴也，而衣裳之有法；至賤也，而臼杵之不遺。居穴告勞，易以屋廬之美；結繩既厭，改從書契之爲。如地也，草木之有盛衰；如天也，日星之有晦見。皆利也，孰識其所以爲利；皆變也，孰詰其所以制變？五材天生而並用，或革或因；百姓日用而不知，以歌以抃。豈不以俗狃其事，化難以神。疾從古之多弊，俾由吾而一新。觀《易》之卦，則聖人之時可以見；觀卦之象，則君子之動可以循。備物致功，蓋適推移之用；樂生興事，故無怠惰之民。及夫古帝既遥，後王繼踵。雖或不由於聖作，而皆有適於民用。以瓦屋則無茅茨之敝漏，以騎戰則無軍徒之錯綜。更皮弁以圜法，周世所宜；易古篆以隸書，秦民咸共。乃知製器者皆出於先聖，泥古者蓋生於俗儒。昔之然今或以否，昔之有今或以無。將何以鼓舞民志，周流化區？王莽之復井田，世滋以惑；房琯之用車戰，衆病其拘。是知作法何常，視民所便。苟新令之可復，雖舊章而必擅。神而化之，使民宜之,夫何懈倦?

三法求民情賦(王用三法斷民得中)

民之枉直難其辯,王有刑罰從其公。用三法而下究,求輿情而上通。司刺所專,精測淺深之量;人心易曉,斷依獄訟之中。民也性失而習奸邪,訟興而干獄犴。殘而肌膚,不足使之畏;酷而憲令,不足制其亂。故先王致忠義以核其實,悉聰明以神其斷。蓋一成不可變,所以盡心于刑;此三法以求民情,孰有不平之嘆?若夫老幼之類,蠢愚之人。或過失而冒罪,或遺忘而無倫。或頑而不識,或冤而未伸。一蹈禁網,利口不能肆其辯;一定刑辟,士師不得私其仁。孰究枉弊,孰明僞真?刑宥舍以盡公,與原其實;輕重中而制法,何濫於民。雖入鈞金,未可謂之堅;雖入束矢,孰可然其直?召伯之明,猶恐不能以意察;皋陶之賢,猶恐不能以情得。必也有秋官之聯,贊司寇之職。臣民以訊,讞國憲以何疑;寬恕其愆,斷人中而無惑。然則圜土之内,聽有獄正之良。棘木之下,議有九卿之詳。五辭以原其誠僞,五聲以觀其否臧。尚由哀矜而不喜,悼痛以如傷。三寬然後制邦辟,三舍然後施刑章。蓋念罰一非辜,則民情鬱而多怨;法一濫舉,則治道汩而不綱。故折獄致刑,本豐亨而御世;赦過宥罪,取解象以爲王。得非君示天下公,法與天下共?當赦則赦,奸不吾惠;可殺則殺,惡非汝縱。議獄緩死,以《中孚》之意;明罰敕法,以《噬嗑》之用。彼吕侯作訓,赦者止五刑之疑;而《王制》有言,本此聽庶人之訟。噫,刑德濟而陰陽合,生殺當而天地參。後世不此務,百姓無以堪。有苗之暴,以虐民者五;叔世之亂,以酷民者三。因嗟秦氏之峻刑,喪邦甚速;儻踵周家之故事，永世何慚。大哉！唐之興三覆其刑，漢之起三章而法。皆除三代之酷暴，率定一時之檢押。然其猶夷族之令而斷趾之刑，故不及前王之浹洽。

六事廉爲本賦（先聖之貴廉也如此）

事有六者，本歸一焉。各以廉而爲首，蓋尚德以求全。官繼條分，雖等差而立制；吏功旌别，皆清慎以居先。器爾衆才，由吾先聖。人各有能，我官其任。人各有德，我目其行。是故分爲六事，悉本廉而作程；用啓庶官，俾厲節而爲政。善者善立事，能者能制宜。或靖恭而不懈，或正直而不隨。法則不失，辨别不疑。第其課兮，事區别矣；舉其要兮，廉一貫之。蔽吏治之否臧，必旌美效；爲民極之介潔，斯作丕基。所謂事者，各一人之攸能；所謂賢者，通衆賢之咸暨。擬之網罟，先綱而後目；况之布帛，先經而後緯。於冢宰處八法之末，厥執既分；在西京同大孝之科，於斯爲貴。乃知功廢於貪，行成于廉。苟務瀆貨，都忘屬厭。若是則善與能者爲污而爲濫，恭且正者爲詖而爲憸。法焉不能守節，辨焉不能明賢。故聖人惡彼敗官，雖百能而莫贖；上兹潔行，在六計以相兼。此蓋周公差次之，小宰分掌者。考課則以是黜陟，大比則以爲用捨。彼六條四曰潔，晉法有所虧焉；四善二爲清，唐制未之得也。曷曰獨摽兹道，分貫其餘？始於善而迄辨，皆以廉而爲初。念厥德之至貴，故他功之莫如。譬夫五事冠于周家，聞之詩雅；九疇統之皇極，載自箕書。噫，績效皆煩，清名至美。故先責其立操，然後褒其善理。是以古者之治，必簡而明，其術由此。

記二首

訥齋記

錢塘有大法師曰辯才,初住上天竺,以天台法化吴越,吴越人歸之如佛出世,事之如養父母,金帛之施,不求而至。居天竺十四年。有利其富者,迫而逐之,師欣然捨去,不以爲恨。吴越之人,從之者如歸市,天竺之衆,分散四去。事聞于朝,明年俾復其舊。師黽俛而還,如不得已。吴越之人,争出其力以成就廢闕,衆復大集。無幾何,師告其衆曰:"吾雖未嘗争也,不幸而立於争地,久居而不使去,人以已是非彼,非沙門也。天竺之南山,山深而木茂,泉甘而石峻,汝捨我,我將老於是。"言已,策杖以往,以茅竹自覆,聲動吴越。人復致其所有,巉嶺堙圮,築室而奉之。不期年,而荒榛岩石之間,臺觀飛涌,丹堊炳焕,如天帝釋宫。師自是謝事,不復出入。

高郵秦觀少游,名其所居曰訥齋,道潛師參寥屬予爲記。余聞之,師始以法教人,叩之必鳴,如千石鍾,來不失時,如滄海潮。故人以辯名之。及其居此山,閉門燕坐,寂默終日,果落根榮,如冬枯木,風止波定,如古澗水,故人以訥名之。雖然,此非師之大全也。彼其全者,不大不小,不長不短,不垢不净,不辯不訥,而又何以名之。雖然,樂其出而高其退,喜其辨而貴其訥,此衆人意也,則其以名齋也亦宜。乃作頌曰:

以辯見我,既非見我。以訥見我,亦幾於妄。有叩而應,時止而止。非辯非訥,如如不動。諸佛既然,我亦如是。

黄州雪堂記

蘇子得廢圃於東坡之脅,築而垣之,作堂焉,號其正曰雪堂。堂以大雪中爲之,因繪雪於四壁之間,無容隙也。起居偃仰,環顧睥睨,無非雪者。蘇子居之,真得其所居者也。蘇子隱几而晝瞑,栩栩然若有所適而方興也。未覺,爲物觸而寤,其適未厭也,若有失焉。以掌抵目,以足就履,曳於堂下。

客有至而問者曰:“子世之散人耶,拘人耶? 散人也而天機淺,拘人也而嗜欲深。今似繫馬而止也,有得乎而有失乎?”蘇子心若省而口未嘗言,徐思其應,揖而進之堂上。客曰:“嘻,是矣,子之欲爲散人而未得者也。予今告子以散人之道。夫禹之行水,庖丁之投刀,避衆礙而散其智者也。是故以至柔馳至剛,故石有時以泐。以至剛遇至柔,故未嘗見全牛也。予能散也,物固不能縛,不能散也,物固不能釋。子有惠矣,用之於内可也。今也如蝟之在囊,而時動其脊脅,見於外者,不特一毛二毛而已。風不可摶,影不可捕,童子知之。名之於人,猶風之與影也,子獨留之。故愚者視而驚,智者起而軋,吾固怪子爲今日之晚也。子之遇我,幸矣,吾今邀子爲藩外之游,可乎?”

蘇子曰:“予之於此,自以爲藩外久矣,子又將安之乎?”客曰:“甚矣,子之難曉也。夫勢利不足以爲藩也,名譽不足以爲藩也,陰陽不足以爲藩也,人道不足以爲藩也。所以藩予者,特智也爾。智存諸内,發而爲言,而言有謂也,形而爲行,則行有謂也。使子欲嘿不欲嘿,欲息不欲息,如醉者之恚言,如狂者之妄行,雖掩其口執其臂,猶且喑嗚踞蹙之不已,則藩之於人,抑又固矣。人之爲患以有身,身之爲患以有心。是圃之構堂,將以佚子之身也?是堂之繪雪,將以佚子之心也?身待堂而安,則形固不能釋。心以雪而警,則神固不能凝。子之知既焚而燼矣,燼又復然,則是堂之作也,非徒無益,而又重子蔽蒙也。子見雪之白乎?則恍然而目眩,子見雪之寒乎,則竦然而毛起。五官之爲害,惟目爲甚。故聖人不爲。雪乎,雪乎,吾見子知爲目也。子其殆矣!"

客又舉杖而指諸壁,曰:"此凹也,此凸也。方雪之雜下也,均矣。厲風過焉,則凹者留而凸者散,天豈私於凹而厭於凸哉?勢使然也。勢之所在,天且不能違,而况於人乎?子之居此,雖遠人也,而圃有是堂,堂有是名,實礙人耳,不猶雪之在凹者乎?"

蘇子曰:"予之所爲,適然而已,豈有心哉!殆也,奈何!"

客曰:"子之適然也,適有雨,則將繪以雨乎?適有風,則將繪以風乎?雨不可繪也,觀雲氣之洶涌,則使子有怒心。風不可繪也,見草木之披靡,則使子有懼意。睹是雪也,子之内亦不能無動矣。苟有動焉,丹青之有靡麗,水雪之有水石,一也。德有心,心有眼,物之所襲,豈有異哉?"

蘇子曰:"子之所言是也,敢不聞命。然未盡也,予不能默。此正如與人訟者,其理雖已屈,猶未能絶辭者也。子以爲登春臺與入雪堂,有以異乎?以雪觀春,則雪爲静。以臺觀堂,則堂爲静。静則得,動則失。黄帝,古之神人也。游乎赤水之北,登乎昆侖之丘,南望而還,遺其玄珠焉。游以適意也,望以寓情也。意適於游,情寓於望,則意暢情出,而忘其本矣。雖有良貴,豈得而寶哉?是以不免有遺珠之失也。雖然,意不久留,情不再至,必復其初而已矣,是又驚其遺而索之也。余之此堂，追其遠者近之，收其近者内之，求之眉睫之間，是有八荒之趣。人而有知也，升是堂者，將見其不溯而僾，不寒而慄，凄凜其肌膚，洗滌其煩鬱，既無炙手之譏，又免飲冰之疾。彼其趑趄利害之途、倡狂憂患之域者，何異探湯執熱之俟濯乎？子之所言者，上也。余之所言者，下也。我將能爲子之所爲，而子不能爲我之爲矣。譬之厭膏粱者，與之糟糠，則必有忿詞。衣文繡者，被之皮弁，則必有愧色。子之於道，膏粱文繡之謂也，得其上者耳。我以子爲師，子以我爲資，猶人之於衣食，缺一不可。將其與子游，今日之事，姑置之以待後論。予且爲子作歌以道之。"歌曰：

雪堂之前後兮，春草齊。雪堂之左右兮，斜徑微。雪堂之上兮，有碩人之頎頎。考盤於此兮，芒鞋而葛衣。挹清泉兮，抱甕而忘其機。負頃筐兮，行歌而采薇。吾不知五十九年之非而今日之是，又不知五十九年之是而今日之非。吾不知天地之大也，寒暑之變，悟昔日之臒，而今日之肥。感子之言兮，始也抑吾之縱而鞭吾之口，終也釋吾之縛而脱吾之羈。是堂之作也，吾非取雪之勢，而取雪之意。吾非逃世之事，而逃世之機。吾不知雪之爲可觀賞，吾不知世之爲可依違。性之便，意之適，不在於他，在於群息已動，大明既升，吾方輾轉，一觀曉隙之塵飛。子不棄兮，我其子歸。

客忻然而笑，唯然而出，蘇子隨之。客顧而頷之曰："有若人哉！"

傳一首

蔡使君傳

使君諱道恭,字懷儉,南陽冠軍人也。父諱那,宋益州刺史。使君少寬厚,有大量,仕齊爲西中郎中兵參軍,加輔國將軍。梁武帝起兵,蕭穎胄以使君素著威略,專任以事。齊和帝即位,爲右衛將軍,出爲司州刺史。

梁天監初,論功封漢壽縣伯,進號平北將軍。三年,魏圍司州,時城中衆不滿五千,食裁半歲。魏人攻之晝夜不息,作大車載土,四面俱前,欲以填塹。使君於塹内作艨艟鬥艦以待之,魏人不得進,潛作伏道以决塹水,使君以土豘塞之。相持百餘日,前後斬獲不可勝計。魏人大造梯衝,攻圍日急。使君用四石烏漆大弓射之,所中皆洞甲,飲羽一發,或貫兩人,魏人望弓皆靡。又於城内起土山,多作大槊,長二丈五尺,施長刃,使壯士執以刺魏人。

魏人將退。會使君病篤,乃呼兄子僧勰、從弟靈恩及將帥謂曰:"吾所苦勢不能久,汝等當以死固節,無令吾没有遺恨。"又令取所持節授僧勰曰:"稟命出疆,既不得奉以還朝,意欲與之俱逝,可以是殉我。"衆皆流涕。其年五月卒。

魏人知使君没,攻之愈急。初,朝廷遣郢州刺史曹景宗援之,景宗不前。八月糧盡,城陷。贈鎮西將軍,且購其喪。八年,魏人歸其喪,葬襄陽。傳國至孫固,固早卒,國除。

策問三首

古樂制度

問:聖人之治天下,使風淳俗美者,莫善於樂也。去聖既遠,咸莖韶濩,間無遺聲。所可見者周之制。而《周官》苦戰國附益,傳籍出暴秦之煨燼,其記載亡幾,又復駁異難較,雖傳稱神瞽考中聲以立鈞出度,則律先於度,《周官》由嘉量然後見聲,則量先於律。傳載先王作七聲,而《周官》之法,則曰"黄鐘爲宫,大吕爲角,大簇爲徵,應鐘爲羽"。則聲止於四而闕其三,律同其三而異其二。至於其間雖有制度,反復可見,而先儒説釋,又加謬妄。歌奏二事而曰相通,其音果和耶?圜極兩統皆有所避,其法果當耶?法之二三,樂不可正,後世雖欲淳天下風,美天下俗,將何以哉?

漢封功臣

問:漢皇嘗言:吾運籌得子房,給饋餉得蕭相國,而攻取以韓信。此其所以取天下,則諸臣就功,宜無與三傑比矣。及平定次功,何以守關爲第一,是亦宜矣。於功次宜在子房、韓信,而良位乃居六十四,信復不爲位次,乃用曹參次何。功出信下,則高祖當言戰必勝攻必取在參矣。且十八侯功次,以周勃、樊噲、酈商、灌嬰非次參爲諸公上,宜若未安也。如張敖、奚涓、靳歙、王吸、薛歐、蟲達輩非無顯功於世，而先諸公，何謂也？且書丹血盟山河並久，宜其次功無輕重差繆，乃可以安天下雄傑而無怨謀，豈張、奚輩大功在世而難於料耶？不然，何甚也？又高祖始封大侯不過萬家，小者五六百户。及文、景世，諸侯號爲强盛，乃大者至三四萬户，小國者自倍耳。及功臣不能自終，七國謀釁，議者常咎高皇封國過制使然耳。《周禮》"公五百里"，蓋不啻三四萬户矣，奚至卒長久安寧而漢易爲閑隙耶？

復　古

問：《春秋》之法，變古則譏之，復古則大之。明乎古之不可易，易則亂矣。觀秦、漢之治，率然以其制易古之制，故卒以是至於敗亂者，有由然矣。雖然，由秦、漢而下距至今，去古愈遠，幸一旦思復，則又懼牽制泥古之失，否則《春秋》之所譏，然而果復之爲可耶，抑亦從時之變爲可也？幸究微以要聖人之中。

表狀十四首

同天節進絹表

伏以大人之德，莫得而名；萬壽之觴，無物可稱。前件絹，土地所出，賦租之餘。敢輸向日之誠，少備充庭之末。

代普寧王賀冬表三首

太皇太后

效五物以觀雲，咸知歲美；備八能而合樂，益驗人和。顧兹百樂之生，實助兩宫之慶。（**中賀。**）伏惟太皇太后陛下，至誠待物，博愛臨民。保佑神孫，已致無爲之治；守持大業，匪居不世之功。宜福禄之日來，與天地而同久。臣早被恩勤之賜，莫知補報之方。跪奉玉觴，仰祈眉壽。

皇太后

陽氣應時，驗灰輕而權擁；日表如度，知歲美而人和。慶自宫闈，澤流寰宇。（**中賀。**）伏惟皇太后陛下，性服慈儉，體安禮儀。同太姒之母周，慕塗山之興夏。仰推聖子，坐底於成功；抑損外家，共陶於至化。得天人之共助，享福禄之無疆。臣猥以孱虚，夙承教育。敢效岡陵之祝，永同葵藿之傾。

皇太妃

玉律灰除，驗陽微之協應；土圭景至，迎初日之舒長。福禄所鍾，宫闈同慶。（**中賀。**）伏惟皇太妃殿下，夙彰懿德，早事先朝。仁孝外全，曲盡兩宫之養；温文内備，下刑九御之風。茂對休辰，允綏眉壽。凡托庇庥之賜，不勝頌詠之情。

徐州賀改元表

祇勤國本，已獲順成之年；奉若天休，更新統始之序。慶均夷夏，歡洽神人。（**中謝。**）切以爲政急於愛民，改元所以表信。

非有年無以致家給人足,非盛德無以貽時和歲豐。鴻惟徽稱,獨冠前代。恭惟皇帝陛下,和布治法,底修事功。闢土而任三農,順時而佐五穀。天用眷佑,秋常大登。蜡通八方之神,民足四釜之養。乃順休命,著爲始年。臣等均被至恩,共膺優禄。祗奉詔誥,更形頌言。非特降康,已類商王之福;行觀嗣歲,復興周室之隆。

登州謝宣召赴闕表

仕路崎嶇,群言摧沮。雖死生不變乎己,況用捨豈累其懷。(**中謝**。)臣草野微生,雕蟲末學。昔從仁廟,誤蒙拔擢之恩;旋至神宗,亦荷優嘉之禮。祗合俯身從衆,卑論趨時。奈何明不自知,諫於未信。屢遭尤譴,實自己爲。力常勉於苟安,悔欲追而何及。以此遷延歲月,荏苒塵埃。望已絶於朝端,志必期於老死。此蓋皇帝陛下,躬成王之幼,賴文母之賢。輔成天縱之才,訓導日躋之聖。斯民多幸,神斷至公。凡所有爲,稍復用舊。況秉節推忠之士,將欲甄收;而作新立法之人,旋行降黜。如臣者擢從遠郡,俯屆大邦。豈意寒灰之復燃,試其駑馬之再駕。每思至此,其念尤深。敢不云云。

杭州賀興龍節表

帝武造周,已肇興王之迹;日符胙漢,實開受命之祥。彌月載臨,普天同慶。(**中賀**。)恭惟皇帝陛下,體乾剛粹,稽古温文。信順尚賢,已獲三靈之助;神武不殺,益修六聖之仁。願承天休,永作神主。臣叨塵法從,出守郡章。身在江湖,夢想鈞天之奏；心同葵藿，遠傾向日之誠。

賀正表二首

其　一

獻歲發春，天有信於生物；盛德在木，君無爲而法天。嘉與含生，日陶至化。（**中賀**。）恭惟皇帝陛下，肇修人紀，祗畏天明。日月運行，物被無私之照；雷風鼓舞，民知不殺之威。有萬斯年，惟一厥德。臣久塵從橐，出領藩符。身寄江湖之間，神馳衛仗之下。

其　二

若考箕疇，正月爲王極之象；玩占羲易，三陽爲交泰之期。順履春朝，誕膺天禄。（**中賀**。）恭惟太皇太后陛下，道高載籍，恩浹含生。進賢退愚，蠻夷率服。下賤以貴，施捨自平。臣出領郡符，承宣天澤。吏民鼓舞，共瞻崇慶之光；海宇駿奔，永托坤元之載。

賀冬表

消長有時，德刑並用。慶一陽之來復，知萬物之向榮。（**中賀**。）恭惟太皇太后陛下，道配皇王，化行夷夏。以用人而考治忽，自正身而刑家邦。何勞五物之占，坐知歲美；不待八音之奏，始驗人和。臣率職海壖，馳誠天闕。默誦萬年之慶，遠同百辟之歡。

乞常州居住表

汝州團練副使、本州安置不得簽書公事、騎都尉臣蘇軾。右臣向以狂妄得罪，伏蒙聖恩，賜以餘生，處之善地。歲月未幾，又蒙收録，量移近都。再生之賜，萬死難酬。臣以家貧累重，須至乘船赴安置所。自離黄州，風濤驚恐，舉家重病，幼子喪亡。今雖已至揚州，而費用竭罄，無以出陸。又汝州别無田業，可以爲生，犬馬之憂，飢寒爲急。竊謂朝廷至仁，既已全其性命，必亦憐其失所。臣先有薄田，在常州宜興縣，粗給饘粥，欲望聖慈特許於常州居住。若罪戾之餘，稍獲全濟，則捐軀論報，有死不回。臣今來不敢住滯，一面前去至南京以來聽候指揮。干犯天威，臣無任俯伏待罪戰恐之至。謹録奏聞，伏候敕旨。元豐七年十月十九日，汝州團練副使、本州安置不得簽書公事、騎都尉臣蘇軾狀奏。

論高强户應色役疏

諸路多稱高强户同是第一等，而家業錢數與本等人户大段相遠。若止應第一等色役，顯屬僥倖，有虧其餘人户，乞下詳定役法所相度申尚書省，應高强户隨逐處第一等家業錢數如及一倍外，即計其家業，每及一倍，即展所應役一年，除元役年限外，展及五年爲止。投募衙前，即依展年法，將展年應本等合入諸般色役。假如本處以家業及二千貫爲第一等，其高强户及四千貫以上計其家業，又及四千貫，即展役一年。通計家業及二萬四千貫，即展五年以上，更不展。如投募衙前，亦自四千貫以上計其家業，不及四千貫，方應諸般色役一年，仍以五年爲止。其休役年限，依本等體例。

薦毛滂狀

翰林學士朝奉郎知制誥兼侍讀臣蘇軾。右臣伏睹新授饒州司法參軍毛滂，文詞雅健，有超世之韻，氣節端麗，無徇人之意。及臣嘗見其所作文論騷詞，與聞其議論，皆於時可用。今保舉堪充文章典麗可備著述科。如蒙朝廷擢用後，不如所舉，甘伏朝典，不辭。謹録奏。

聽政劄子(與范祖禹同上)

臣等伏以天下不幸，大行太皇太后登遐，陛下號慕哀毁，孝性天至，在廷聞者，無不摧隕。今將總攬庶政，延見群臣，四方之民，傾耳而聽，拭目而視。此乃宋室隆替之本，社稷安危之基，天下治亂之端，生民休戚之始，君子小人消長進退之際，天命人心去就離合之時也。嗚呼，可不慎哉！可不慎哉！

臣等久備講讀，職在論思，首當獻言以助萬一。陛下宜先誠意正心，推廣聖孝，發爲德音，行爲仁政，以尉答天下生民之望。此在陛下加意而已，非有所難也。願陛下循其本而行之，則其末可以無難。昔周公以成王幼弱，故位冢宰，治天下七年，制禮作樂，以致太平，其功德至隆。周公既没，成王追念周公之勳勞，賜魯以天子禮樂，使世世祀周公，以爲非此不足以稱周公之德也。成王所以報周公如此，故天下莫不歸心。漢大將軍霍光尊立宣帝，霍光既没，宣帝亦葬以天子之禮。帝始親政事，又思報大將軍功德。夫周公、霍光，皆人臣也，有非常之功。故成王、宣帝皆報以非常之禮，而況太皇太后，英宗之配，神宗之母，陛下之祖母，有大功於宗廟社稷，有大德於億兆人民，於陛下之恩，與天地無極，豈人臣之比哉！然則今陛下所宜先者，莫如報太皇太后之德也。

自仁宗以來，三後臨朝，皆有大功。章獻明肅之於仁宗，慈聖光獻之於英宗，鞠育扶持，勤勞艱難，亦未得如太皇太后之於陛下也。元豐之末，神宗寢疾，已不能出號令。陛下年始十歲，太皇太后内定大策，擁立陛下，儲位遂定。陛下之有天下，乃得之於太皇太后也。聽政之初，詔令所下，百姓無不歡呼鼓舞。自古母后，多私外家，惟太皇太后未嘗有毫髮假借族人。不唯族人而已，徐王、魏王，皆親子也，以朝廷之故，疏遠隔絶。魏王病既殁，然後一往。太皇太后疾已革，然後徐王得入。進退群臣，必從天下人望，不以己意爲喜怒賞罰。故至公無私之德，雖匹夫匹婦之口，亦能道之。臨朝九年，未嘗少自娱樂，焦勞刻苦，以念生民，所以如此，豈有他求哉！凡皆爲趙氏社稷宗室宗廟，專心一意以保佑陛下也。故身當其勞苦而使陛下享其安逸。昔章獻明肅時，親黨多僥倖濫恩，仁宗既親萬幾，不免釐革，故小人不能無怨。今太皇太后自臨朝以來，左右請求，一切拒絶，内外肅然。蓋以朝廷不可無紀綱，故身當其怨而使陛下坐收肅清之功。陛下如欲報太皇太后之德，莫若循其法度而謹守之。祖宗以來，惟以德澤結百姓之心，欲四海安静無事。仁宗行之四十二年，天下至今思之。恭惟太皇太后之政事，乃仁宗之政事也。然而仁宗聖性寬裕，不忍拒人，内降濫恩，其後亦比比而有。惟太皇太后嚴正至静，不可干犯，故能外斥逐奸邪，以清朝廷，内裁抑僥倖，以肅宫禁，九年之間，終始如一。故雖德澤深厚結於百姓，而小人怨者亦不爲少矣。

今必有小人進言曰:“太皇太后不當改先帝之政,逐先帝之臣。”此乃離間之言,陛下不可不察也。當陛下嗣位之初,太皇太后同聽政,中外臣民,上書者以萬數。皆言政令有不便者。太皇太后因天下人心欲改,故與陛下同改之,非以己之私意而改也。既改其法,則作法之人及主其法者有罪當逐,陛下與太皇太后亦以衆言而逐之。其所逐者,皆上負先帝,下負萬民,天下之所仇疾,衆庶所欲同去者也,太皇太后豈有憎愛於其間哉!顧不如此,則天下不安耳。惟陛下清心照理,辨察是非,斥遠佞人,深拒邪説,有敢以奸言惑聖聽者,宜明正其罪,付之典刑,痛懲一人,以儆群慝,則帖然無事矣。陛下若稍入其語,不正其罪,則恐奸言邪説,繼進不已,萬一追報之禮,小有不至,此於太皇太后聖德無損,而于陛下孝道有虧,必大失天下人心。陛下豈不見司馬光以公忠正直爲天下所信服。陛下與太皇太后用以爲相,海内之人無不欣悦,光没之日,無不悲哀,乃至茶坊酒肆之中,亦事其畫像。光所以得人心如此者,爲其能輔佐陛下與太皇太后,功及天下也。以光之功,比之太皇太后,止是萬分之一,而百姓思之如此,而況太皇太后有天地之恩于陛下,有父母之德于生民,四海愛戴,思慕無窮,陛下若聽小人讒説,或追報有所不至,或輕改其政事,豈不大失天下人心乎!人心離於下,則天變見於上,陛下雖欲爲善以救之,改過以補之,亦無及矣。孝者萬行之本,本既不立,則其餘何足觀焉。

夫小人之情,非爲朝廷之計,亦非爲先帝之事,皆爲其身之利也。日夜伺候,欲逞其憾者久矣。今太皇太后新棄天下,陛下初攬政事,乃小人乘間伺隙之時也,故不可不預防之。此等即上誤先帝,今又欲復誤陛下,天下之事,豈堪小人再破壞耶!

臣等恭聞陛下自太皇太后寢疾,朝夕不離左右,躬親藥膳,衣不解帶,憂瘁泣涕,形於顔色。自遭變故以來,哀慕毁瘠,中外具聞,喪服之禮,務從至隆。又下詔發揚太皇太后盛德,推恩高氏,此大孝之極也。至親之際,無所間然,然而臣等猶言及此者,竊以小人衆多,恐置陛下於有過之地也。如臣等所言,雖萬萬無之,然不敢不慮於未然,或有纖芥流聞於外,則臣等上負陛下不先言之罪大矣。不勝憂國愛君之至,唯陛下深留聖恩。取進止。

貼黄。臣等伏見英宗即位之初,小臣中有張唐英者,上《慎始書》,預言不宜追尊濮王。近臣中唯司馬光先言之。其後建議者上誤英宗。追尊濮廟,舉朝皆以爲不可。朝廷雖盡逐臺諫,而言者不息,英宗終不能奪衆論,聖意但悒怏而已。及神宗即位,深悔英宗不從衆言,遂擢張唐英爲御史,而司馬光大被信任。今小人進言,臣等固未知其有無,然不敢不預言者,亦慮朝廷既有其端,則忠正之士必争論不已。不唯上撓聖懷,亦使天下聞而不平,人心一離,不可復收,陛下他日追悔無及。臣等憂懼危栗,實在於此,唯陛下深察。

啓八首

謝諸秀才啓

鹿鳴食野,方主禮之粗陳;驪駒在門,嘆賓歡之莫盡。遽辱移書之重,益慚爲具之疏。即遂遠言,徒增銘佩。

賀歐陽樞密啓（代大中公作）

伏審拜恩王庭，署事兵府。非徒儒者之盛節，實爲天下之殊休。苟居下風，孰不欣抃。切以國家分設二府，紀綱百官。凡奉法循令，所以撫民於内者，皆效節於中書；秉義蹈忠，所以捍城於外者，皆受制於樞密。未有不能文而能干兵事，未有不知兵而能爲宰臣。（陳仁錫眉）確語。職雖或偏，道未始異。蓋近古之制，兵農混於一民；自漢以還，文武分爲二職。所上者繫乎其世，所長者存乎其人。求其兼通，豈復容易。恭以樞密侍郎，名冠當代，才雄萬夫。通習世務，而皆有本源；講明經術，而不爲迂闊。擢居大位，實快群心。武夫悍卒，自以爲能盡其才；賢士大夫，皆以爲得行其道。某分守遠郡，寓居近畿。仰大賢之登庸，助率士之歡詠。

杭州與莫提刑啓

罷直禁中，本緣衰病；分符浙右，更竊寵榮。顧惟頑鈍之資，豈任繁劇之寄。仰憑多可，或賜曲全。恭惟某官，德望在人，才猷簡上。肅高風於列郡，浹厚德於齊民。千佛題名，昔忝游從之末；三吴按郡，想蒙潤澤之餘。會見有期，瞻依愈切。

回蘇州黄龍圖啓

伏審政成京口，詔徙吴都。眷惟疆境之鄰，首被風聲之美。亟蒙音誨，良慰望思。伏惟某官，賦才敏明，秉德仁厚。踐揚臺省，既久簡於上心；偃息江湖，尚歷試以民事。仰膺殊用，以協群言。欣頌之誠，口占難盡。

黄州還回大守畢仲遠啓

五年嚴譴，已甘魚鳥之鄉；一舸生還，復與縉紳之末。屢將通問，輒復自疑。方兹入境之初，遽已誨音之辱。披緘驚眩，撫己汗惶。恭惟某官，師帥斯民，表儀多士。道德龔、黄之右，牢圄坐空；風流王、謝之間，嘯歌自得。豈特居人之安堵，固將遷客之忘歸。路轉湖陰，益聽風謡之美；神馳鈴下，如聞謦欬之音。瞻詠實勞，敷宣罔既。

回同官先狀

幸因聯事，得遂依仁。瞻奉匪遥，欣愉良極。

回葉運使啓

近審下車，輒嘗進記。徒欲聞名於將命，未皇盡意以占詞。不圖謙光，遽錫褒寵。感銘既切，愧惕並深。恭惟某官以舊德之賢，當聖朝之選。恩足以濟衆，法足以理財。先聲所臨，公議同慶。凡繫屬部，實有賴於庇庥；惟是孤蹤，更曲蒙於優借。此爲過幸，豈復勝言。

洛尹到任謝宰相啓

濫司留鑰，茂著事功，易處藩方，敢論治效。省循甚懼，跼踖無容。伏念某起自孤生，期於平進。猥奉前席之對，遂膺聖上之知。首置郎曹，旋升内史。綴七臣之近列，亞八座之崇資。曁出綰於郡章，亦參榮於法從。載惟僥冒，一出奬成。恭惟某官光輔熙朝，寵膺睿眷。金聲擲地，共推華國之文；玉德照人，自是禮神之器。尚憐衰陋，特爲保全。某敢不祗奉彝章，恪循分守。誓仰酬於天造，庶旁答於已知。

尺牘四百九十三首

與司馬温公二首

其　一

某頓首。孟冬，薄寒。伏惟門下侍郎台候萬福。某即日蒙恩，罪戾之餘，寵命逾分，區區尺書，豈足上謝。又不敢廢此小禮，進退恐栗。未緣趨侍，伏冀上爲宗社精調寢興，下情祝頌之至。謹奉啓，不宣。

其　二

某啓。去歲臨去黄州，嘗奉短啓，爾後行役無定，因循至今，聞公登庸，特與小民同增鼓舞而已。亦不敢上問，想識此意。

與王荆公

某啓。某游門下久矣，然未嘗得如此行，朝夕聞所未聞，慰幸之極。已别經宿,悵仰不可言。伏惟台候康勝,不敢重上謁。伏冀順時爲國自重。不宣。

與范子豐二首

其　一

黄州少西山麓,斗入江中,石室如丹。《傳》云"曹公敗所",所謂赤壁者。或曰非也。時曹公敗歸華容路,路多泥濘,使老弱先行,踐之而過,曰:"劉備智過人而見事遲,華容夾道皆葭葦,使縱火,則吾無遺類矣。"今赤壁少西對岸,即華容鎮,庶幾是也。然岳州復有華容縣,竟不知孰是? 今日李委秀才來相别,因以小舟載酒飲赤壁下。李善吹笛,酒酣作數弄,風起水涌,大魚皆出。山上有棲鶻,亦驚起。坐念孟德、公瑾,如昨日耳。適會范子豐兄弟來求書字,遂書以與之。李字公達云。元豐六年八月五日。

其　二

軾啓。人還辱書,承起居佳勝爲慰。承鹽局乃爾繁重,君何故去逸而就勞,有可以脱去之道乎? 外郡雖粗俗,然每日惟早衙一時辰許紛紛,餘蕭然皆我有也。四明既不得,欲且徐乞淮浙一郡,不能,勝暑中登舟耳。其餘,書不能盡萬一,惟保愛! 不一! 不一! 軾再拜子豐正字親家翁足下。

録詩寄范純父

丁丑二月十四日,白鶴峰新居成,自嘉祐寺遷入。詠淵明

《時運》詩曰："斯晨斯夕，言息其廬。"似爲予發也。長子邁與予別三年，攜諸孫萬里遠至，老朽憂患之餘，不能無欣然，乃次其韻："我卜我居，居匪一朝。龜不吾欺，食此江郊。廢井已塞，喬木干霄。昔我伊何，誰其裔苗。下有澄潭，可漱可濯。江山千里，供我遐矚。木固無脛，瓦豈有足。陶匠自至，笑歌相樂。我視此邦，如洙如沂。邦人勸我，老我安歸。自我幽獨，倚門或麾。豈無親友，雲散莫追。旦朝丁丁，誰款我廬。子孫遠至，笑語紛如。剪鬃垂結，覆此瓠壺。三年一夢，乃復見予。"

予在都下，每謁范純夫，子孫環繞，投紙筆求作字。每調之曰："訴旱乎？訴澇乎？"今皆在萬里，欲復見此，豈可得乎？有來請純夫書，因録此數紙寄之。丁丑閏三月五日。多難畏人，此詩慎勿示人也。

與蘇子容六首

其　一

久不奉狀，疏慢之罪，尚蒙寬恕否？即日起居佳勝。承已新拜命，雖未即大用，輿議尚洋然，沮勸有法，足以頽汗奸諛，鼓勇忠義，非小補也。某蒙芘如昨，但久不聞談誨，僻郡，親友莫至，日以頑鄙矣。漸冷，惟冀爲國自重，不宣。

其　二

某頓首。違去左右，已逾周歲矣，懷仰之心，惟日深劇。比來伏計機務多暇，台候勝常。向聞登擢，常附啓事，少致區區，想獲聞徹。未由趨侍，伏望爲國保重。不宣。

其三

某頓首。廣陵令侄出所賜教，勞問備至，感戴無量。兼聞比來台候康勝，以慰下情。某欲徑往毗陵，而河水未通，留家儀真，輕舟獨行耳。未即伏謁門下，豈勝馳仰。乍熱，伏冀爲道自重。謹奉手啓。不宣。

其四

適見人言，宗叔墜馬，尋遣人候問門下，又知有少損，不勝憂懸，又不敢便上謁。家傳接骨丹，極有神驗，若未欲飲食，且用外帖，立能止痛、生肌、正骨也。匆匆奉啓，不宣。

其五

向來罪譴皆自取，今此量移之命，已出望外。重承示諭，感愧增劇。以久困累重，無由陸去，見作舟行，沂洛夏末可到也。公所苦，想亦不深，但庸醫不識，故用藥不應耳。蘄水人龐安時者，脈藥皆精，博學多識，已試之驗，不減古人。度其藝，未可邀致，然詳録得疾之因，進退之候，見今形狀，使之評論處方，亦十得五六。可遣人與書，庶幾有益。此人操行高雅，不志於利，某頗與之熟，已與書令候公書至，即爲詳處也。更乞裁之，仍恕造次。

其六

穎師書數紙，得之驚喜，雛猊奮鬣，已降老彪矣。冗中未及作書，勿訝！勿訝！

與劉貢父四首

其　一

某啓。久不奉書，直是懶墮耳，更無可藉口。蒙問所以然，但有愧悚。厚薄之説既無有，公榮之比亦不然，老兄吾所畏者，公榮何足道哉！人心真不可放縱，閑散既久，毛髮許事，便自不堪，欲寫此書久矣，可笑！可笑！兄被命還史局，甚慰物論，然此事當專以相付，乃爲當耳。示諭，三宿戀戀，人情之常，誰能免者。然吏民之去公尤難耳。何日遂行，惟萬萬以時自重。謹奉啓。

其　二

某啓。向聞貢父離曹州，遞中附問，必已轉達。即日，不審起居何如？聞罷史局，佐天府，衆人爲公不平。某以爲文字議論，是非予奪，難與人合，甚於世事。（**儲欣夾**）昌黎先生所見略同。南司廨舍甚佳，浮沉簿書間，未必不佳也。至於進退毁譽，固無足言者。貢父聰明洞達，況更練世故，豈待言者耶！但區區之心，不能不云爾。某蒙庇無恙，但秋來水患，僅免爲魚，而明年之憂，方未可測。或教別乞郡脱去，又恐遺患後人，爲識者所譏。已附詔使奏牘，乞以石甃城脚，周回一丈，其役甚大且艱，但成則百餘年利也。此去又須晝夜勞苦，半年乃成。成後丐一宫觀，漸謀歸田耳。窮蹇迂拙，所值如此，奈何！奈何！何時面言，以散藴結。乍寒，惟萬萬自重。不宣。

其　三

某啓。示及回文小闋，律度精緻，不失雍容，欲和殆不可及,已授歌者矣。王寺丞信有所得,亦頗傳下至術,有詩贈之,寫呈,爲一笑。老弟亦稍知此,而子由尤爲留意。淡於嗜好,行之有常,此其所得也。吾儕於此事,不患不得其訣及得而不曉,但患守之不堅,而賊之者未浄盡耳。如何?子由已赴南都,十六日行矣。

其　四

某啓。近辱教,並和王仲素詩,讀之欣然有得也。久不裁謝,爲愧多矣。向時令押綱人候信者附書信,不審達否?即日起居佳勝。詩格愈奇古,可令令子録示數十首否?僕蒙恩粗遣,水退城全,暫獲息肩。然來歲之憂,方未可量。雖知議閉曹村口,然不敢便恃其不來。

有一事,須至干清聽:去歲,曾擘畫作石岸,用錢二萬九千五百餘貫,夫一萬五百餘人,糧七千八百餘碩,於十月内申詔使,仍乞於十二月已前畫旨,乃可幹辦。雇募人匠,計置物料,正月初下手,四五月間可了。雖費用稍廣,然可保萬全,百年之利也。今已涉春,杳未聞耗,計日月已迫,必難辦集。又聞有旨下淮南、京東,起夫往澶州,其勢必無鄰郡人夫可以見及。(**前來本州,下南京沂、宿等州差夫八千人,並本州差夫三千五百人,共役一月可畢**。)以此知前來石岸文字必不遂矣。

今别相度,裁減作木岸,工費僅減一半,用夫六千七百餘人,(**仍差三千五百餘人,以常平錢召募**。)糧四千三百餘碩,錢一萬四千餘貫,雖非經久必安之策,然亦足以支持歲月,待河流之復道也。若此策又不行,則吾州之憂,亦未可量矣。(**陳仁錫眉**)任事之難如此。

今寄奏檢一本奉呈,告貢父與令侄仲馮力言之。此事必在户房,可以出力。萬一不當手,亦告仲馮力借一言,此事决不可緩。若更下所屬相度,往反取旨,則無及矣。况所乞止百餘紙祠部,其餘本州皆已有備。若作而不當,徐行遣官吏,亦未晚。惟便得指揮,閏月初便可下手爲佳。

某豈曉土功水利者乎?職事所迫,不得不爾,每自笑也。若朝廷選得一健吏善興利除害者見代,一郡之幸也。然不敢自乞,嫌於避事爾。言輕不足以取信,惟念此一城生聚,必不忍棄爲魚鱉也。僕於朝中,誰爲可訴者,惟貢父相愛,必能爲致力。仍乞爲調其可否,詳録,付去。人回,不勝日夜之望。未緣會面,萬萬以時自重。人行,奉啓。不宣。

與曾子宣十首

其　一

某啓。日欲作《塔記》,未嘗忘也。而别後紛紛,實無少暇。既請寬限而自違之,慚悚無地。數日來,方免得詳定役法,自此庶有少閑,得應命也。屢煩誨諭,知罪深矣。

其　二

某啓。上黨、雁門出一草藥,名長松,治大風,氣味芳烈,亦可作湯常服。近歲河東人多以爲餉,若不甚難致,乞爲求一斤許。仍恕造次。

其　三

某再拜啓。張倅損其父應之名谷者,歐陽文忠公之友也。文行清修,有古人風,而仕不遂。損亦守家法,令子弟也。與之久故,幸得在左右,想蒙顧眄。適有少冗,而張倅行速,不盡區區。非久,别奉狀。不宣。

其　四

某啓。涉暑疲病,久闕上問,曲蒙存録。遠賜手教,感怍深至。比日鎮撫多暇,起居清勝。某托庇粗如,直舍塊處,游從稀少,西望旌棨,臨書惘惘。伏暑尚熾,伏惟順序保練,少慰下情。不宣。

其　五

某蒙庇如昨,幸與子開同省,孤拙當有依賴,幸甚!幸甚!衮衮過日,無毫髮之補,甚不自安。又未敢乞郡。何時款奉,少盡所懷,臨書惘惘。寄惠長松、榛實、天花菜,皆珍異之品,捧當感怍。

其　六

某啓。昨日又辱寵顧,感幸殊深。仍審台候康勝,爲慰。《塔記》重承來諭,敢不稟命。承借發願文,幸得敬閲。人還,迫夜奉謝。

其　七

某啓。昨日辱台旆臨顧,不及拜迎,方欲裁謝不敏,遽枉手教,感悚無地。且審比日起居佳勝。啓行有日,終當卜一邂逅,續馳問次。人還,草草,不宣。

其　八

某再啓。退辱示諭，讀之汗流洽背，非所以全芘不肖也。《塔記》如河之誓，豈敢復渝，惟深察之。

其　九

某深欲往會，屬以約數相知在净因矣，不罪！不罪！後旬更不敢有所如，謹俟命耳。來日必獲望見，並留面謝，悚息！悚息！

其　十

某本不敢通問，特承不鄙廢放，手書存問，乃敢裁謝萬一。《塔記》久草下，因循未曾附上。今不敢復寄，異時萬一北歸，或可録呈，爲一笑也。旦夕離南郡，西望悵然，言不能盡意。

與劉仲馮六首

其　一

某啓。早秋，微凉。伏惟機務多暇，台候萬福。高才盛德，進貳西府，有識共慶，豈惟區區契舊之末。未緣伏謁門下，但有馳仰。伏冀順時爲國保練。不宣。

其　二

某拜違期歲，衰病疲曳，書問不繼，愧負深矣。到揚數病在告，出輒困於迎送，猶幸歲得半熟，公私省力，可以少安，皆德庇所逮也。

其　三

某啓。近奉賜教,獎予過重,感怍不已。比日機務多暇,台候勝常。某蒙庇如昨,未緣接侍,但有馳仰。乍暄,伏冀爲國自重。謹奉手啓。不宣。

其　四

某再啓。將官杜宗輔,訥於言詞,而治軍嚴整,有足觀者。趨闕參見,幸略賜問,當備驅使也。

其　五

某啓。近將官赴闕,附狀,不審已開覽否?比日履茲薄暑,台候何似。某蒙庇粗遣,民雖饑乏,盗竊衰止。若旦夕得一麥熟,遂大稔矣。未緣瞻望,伏冀爲國自重,不宣。

其　六

某近奏弓箭社事,必已降下。旦夕又當奏乞修軍營。頻瀆朝聽,悚息待罪。利害具狀中,此不縷陳。鄰近諸路,皆時有北賊,小小不申報者尤多,民甚患之。惟武定一路絶無者,以有弓箭社人故也。近承指揮開禁山事,此正事,本司舉察,方欲從長酌中處置奏聞次,走馬者聞之,遂以爲己見耳。此弊所從來遠矣。起税爲永業者,已數百家,若驟以法繩治,起遣其人,搔擾失業,有足慮者。自某到任後,斫伐開耕者四五火,無不依法編管。前此皆置而不問,縱有本縣寨解到,亦平治小了耳。其人開耕已成業者,見别作擘畫,旦夕回申次。

與滕達道四十五首

其　一

某啓。近因使還，奉狀必達。比日想惟軒旆已達太原，鎮撫之餘，起居佳勝。某此月出都，今已達泗上，淮山照眼，漸聞吴歌楚語，(儲欣夾)化工。此樂公當見羡也。吴中有幹，幸不外。方暑，千萬爲時自重。

其　二

某再啓。東武今歲蝗災尤甚，而官吏多方繩以微文，蠲放絶少。自到任，不住有人户告訴，既非檢覆之時，已奏乞體量減放，仍已申聞去訖，或更得明公一言，尤幸也。新法，隊伍已團結次，然有州縣不得干預之説，自古豈有郡守而不得管兵者？其他不便，未可以一二數也。咫尺無緣一見，以盡所懷。昨日得舍弟書，王殿丞又恐却赴任，果爾，則辟命又未可知也。窮蹇圖事，無適而不齟齬，好笑！好笑！

其　三

某啓。新法，將官所管兵，更不差出，而本州武衛差在巡檢者千餘人，若抽還，則威勇、忠果之類，必填不足。已申安撫司去訖，爲論列也。

其　四

某啓。違遠已久，瞻仰日深。即辰履兹凝沍，台候何如。某孤拙無狀，得在麾下，蓋天幸也。但門庭咫尺，無緣馳候，豈勝悵然。唯冀上爲廟社，益加自重。謹奉啓上謝。不宣。

其　五

某再拜。舍弟仰玷辟書,荷恩至深。不唯得所托附以爲光寵,又兄弟久别,得少相近,私喜殊深,但未知可决得否? 渠朝中更無人,可與問逐,明公憐之,少爲留意,當不難得也。久違左右,所懷千萬,非書所能盡也。

其　六

某啓。輒有少事奉白。向在密州,有都巡檢王述崇班者,以逾濫體量致仕,不得蔭子。述乃慶曆名將王仲寶之孫,咸之子。咸爲鹽賊李小三所殺,述不肯發喪,手擒此賊,刳心祭其父,乃肯成服。僕具以此奏,其略云:"忠孝,臣子之大節;逾濫,武夫之小過。捨小録大,先王之政也。"先帝爲特官其子璋。璋有武幹,慷慨有父風,而頗畏法。今聞其在公部内巡鹽,料未有人知之。願公呼來與語,若果可采,望特與提拔剪拂,異日必亦一快辣將官也。想知我之深,不罪造次。

其　七

某啓。冗迫,不時上狀。伏想台候勝常。某蒙庇如昨,未還老哲,輿論缺然。更冀爲國順時自重。區區,不宣。

其　八

某啓。乍冷,共惟台候萬福。近因還使,拜狀必達。某蒙庇如昨,廢放雖久,憂畏不衰,見且杜門以全衰拙,諸不煩垂念。何時展奉,臨紙菀結,尚冀以時自重,少慰區區。奉啓上問。不宣。

其　九

某啓。孟震亨之朝散，與之黄州故人，相得極歡。今致仕在部下，且乞照管，其人真君子也。

其　十

某啓。專使，辱示手書。且審比日台候康勝，甚慰下情。某蒙庇如昨，但旬日來親客數人相過，又李公擇在此，不免往還紛紛，裁謝少稽，諒未深訝。未緣展奉，惟冀順時爲國自重。謹奉手啓上問，不宣。

其十一

某再啓。蜀僧遂獲大字以歸，不肖增重矣。感怍之至。蕭相樓詩固見之，子由又説樓之雄傑，稱公之風烈。記文固願挂名，豈復以鄙拙爲解。但得罪以來，未嘗敢作文字。《經藏記》皆迦語，想醖釀無由，故敢出之。若此文，當更俟年載間爲之，如何？仲殊氣訣，必得其詳，許傳授，莫大之賜也。此道人久欲游廬山，不知有行期未？若蒙他一見過，又望外之喜也。數年來，覺衰，不免回向此道矣。不一一。

其十二

某恃舊眷，輒復少愬。本州倅孟承議震，老成佳士。有一子應武舉，未有舉主，欲出門下，輒納其家狀，幸許其進，特爲收録。孟倅以未嘗拜見，不敢便上狀。其子頗有學行，更乞詳酌。累有干瀆，悚息不可言，不一一。

其十三

某啓。孟生還,領書教,並賜大字二墨,喜出望外。從游不厭,而不得公大字,以爲闕典,故輒見意始望數字耳,豈敢覬許大卷乎?張君又有假虎之説,每不敢當。公若不嫌,有何不可。比日台候何如?李嬰長官乞告改葬,過府欲求防護數人,乞不阻。乍暄,萬乞爲國自重。冗中,不宣。

其十四

某啓。專人復來,承已過信陽,跋涉風雨,從者勞矣。比日起居何如?某比謂公有境上之約,必由黄陂遂徑來此,拙於籌量,遂失一見,愧恨可知。然所言者,豈有他哉!徒欲望見顔色,以慰區區,且欲勸公屏黜浮幻,厚自輔養而已。想必深照此誠。人還,忽忽,不宣。

其十五

某啓。近專人還,奉狀必達。比日台候何如?連月陰雨,旅懷索寞,望德馳情,如何可言。尚冀保練,以慰微願。因孟生行,少奉區區。不宣。

其十六

某啓。專使至,遠辱手誨累幅,伏讀感慰。所喜比來起居康勝,不足云也。某凡百如常,杜門謝客已旬日矣。承見教,益務閉藏而已。近得筠州舍弟書,教以省事,若能省之又省,使終日無一語一事,則其中自有至樂,殆不可名。此法奇秘,惟不肖與公共之,不可廣也。畫本亦可摹,爲省事故,亦納去耳。今却付來使,不罪。吴畫謾附去。冬至後,齋居四十九日,亦無所行運，聊自反照而已。願公深自愛養。區區難盡言，想識此意也。

其十七

某近張寔處，蒙寄貺四壺，今又拜賜，雖知不違條，然屢爲煩費，已不惶矣。酒味極佳，此間不可仿佛也。

其十八

某啓。所示文字，輒以意裁減其冗，别録一本，因公之成，又稍加節略爾。不知如何？漕司根鞫捃摭微瑣，於公尤爲便也。緣此聖主皎然，知公無過矣。非特不足恤，乃可喜也。但静以待命，如乞養疾之類，亦恐不宜。荷異眷，不敢不盡。璋師《羅漢堂記》，俟試思量仍作伽語，莫不妨否？然廢人之文章，未必喜之。如何？

其十九

某啓。公忠義皎然，天日共照，又舊德重望，舉動當爲世法，不宜以小事紛然自辨。若如來喻，引罪而乞寬司僚，於義甚善，卑意如此。

其二十

罪廢之餘，杜門省愆，人事殆廢。久不修問，亦非怠慢。舍弟來，具道動止甚詳，如獲一見。移守安陸，日問首耗，忽蒙惠書，承已到郡，且審起居康勝。初不知軒旆過黄陂，既是州界一走，見亦不難，此事甚可惋嘆也。某旅寓凡百粗遣，不煩憂念。咫尺時得别書，亦可喜也。苦寒，萬乞爲時自重。謹奉手啓上謝，不宣。

其二十一

輒有少懇,甚屬率易,惟寬恕。自得罪以來,不敢作詩文字。近有成都僧惟簡者,本一族兄,甚有道行,堅來要作《經藏碑》,却之不可。遂與變格都作迦語,貴無可箋注。今録本拜呈,欲求公真迹作十大字,以耀碑首。况蜀中未有公筆迹,亦是一缺。若幸賜許,真是一段奇事。可否,俟命。見有一蜀僧在此,旦夕歸去,若獲,便可付也。

其二十二

缺人寫公狀,乞矜恕。示諭邸報下京東保明,此初不見,乞録示,可否? 所問未狎字,亦不得其詳。但云爲吴興典田千餘緡,田主欲賣,不許爲人所言耳,亦不知的否? 契璋亦自與之熟,羅漢堂壯麗之極,或與旁作四字記之,亦無害,但副團銜位,不稱其意,如何? 如何? 此書到後,乞遞中略示數字,貴知達耳。

其二十三

杜甫詩云:"張公一生江海客,身長九尺鬚眉蒼。"謂張鎬也。蕭嵩薦之云:"用之則爲帝王師,不用則窮谷一叟耳。"

其二十四

某到黄陂,聞公初五日便發,由信陽路赴闕,然數日如有所失也。欲便歸黄州,又雨雪間作。向僧房中明窗下,擁數塊熟炭,讀《前漢書·戾太子傳贊》,深愛之。反復數過,知班孟堅非庸人也。方感嘆中,而公書適至,意思豁然。稍晴暖,當陽羅江上放舟還黄也。

其二十五

某啓。近日人還，奉狀必達。雪後寒苦，伏想起居佳勝。歲復行盡，展奉何時，旅懷索然，但有傾繫。尚冀爲時自重，别膺新祉。

其二十六

某再拜。見戒不爲外境所奪，佩此至言，何時忘乎？王經臣者，觀其語論微似颯颯，然其言未足全信也。所傳小詞，爲僞托者，察之。然自此亦不可不密也。回文比來甚奇，嘗恨其主不稱。若歸吾人，真可喜，可謂得其所哉，亦須出也。元素若果來，一段奇事，當預以一書約之。今攜俊生來，一夔足矣。冗迫，久不上狀。伏想台候勝常。某蒙庇如昨，未還老哲，輿望缺然。更冀順時爲國自重。

其二十七

某啓。示喻夏中微恙，即日想全清快。近聞元素開合放出四人，此最衛生之妙策。其一姓郭者，見在野夫處。元素欲醒，而野夫方醉爾。頒示二小團皆新奇。蘇合酒亦佳絶。每蒙輟惠，慚感可量。今日見報蒲傳正般出天壽院，何耶？張夢得嘗見之，佳士！佳士！

其二十八

某啓。僕買田陽羨，當告聖主哀憐餘生，許於此安置。幸而許者，遂築室荆溪之上而老矣。僕當閉户不出，君當扁舟過我。醉甚，書不成字。

【彙評】

儲欣:買田陽羨,有志未酬,溪山不幸,莫大於此。而子由誌公墓,會不一及,適足見其疏漏矣。

其二十九

某再拜。承示喻盛字,見耘老,云改作達道,不知尚未定耶?欲令重議。此朋友之事,某於公爲晚輩,豈敢當此!然公有命不敢違,當徐思之。先以書布聞左右,然後敢作説也。惶恐!惶恐!

其三十

某啓。久不奉狀,愧仰日深。辱專人手書,具審比來台候勝常,感慰兼集。自聞公得吴興,日望一見於中途。而所至以賤累不安,遲留就醫,竟失一嬰兒。又老境所迫,歸計茫然,故所至求田問舍,然卒無成。十四日決當離此,真州更不敢住。恐真守堅留,當住一日。不知公猶能少留,以須一見否?死罪!死罪!若到揚,聞公猶在,亦須當輕舟往見也。若又失此期,則遂遠别矣。漸凉,惟順時爲國自重。人還,謹奉狀布謝。不宣。

其三十一

某去歲所買田,已旱損一半,更十日不雨,則已矣。奇窮所向如此,可笑!可笑!耘老遠去,此意豈可忘?老病憔悴,得公厚顧,翹然增氣也。

其三十二

某啓。疊蒙遣人賜書,憂愛厚甚,感怍不已。比日履兹新涼,台候勝常,深慰下情。喪子之戚,尋已忘之矣。此身如電泡,况其餘乎?聞今日渡江,恨不飛去。風逆不敢渡,又與一人期於真州,有少急切之幹,度非十九日不可離真。早發暮可見,公以二十日行,猶可趁上官日也。不知能少留否?若得略見,喜幸不可言也。餘冀爲時自重。

其三十三

某啓。專使至,辱手誨,伏承起居佳勝,大慰馳仰。某受命已一月,甚欲速去,而遠接人未至,船亦未足,督之矣。向雖有十日之約,勢不可住,愧負無限。區區之學,頃亦試之矣。竟無絲毫之補,復此强顔,歸於無成,徒爲紛紛,益可愧也。心之伊鬱,非面莫能道,想識此意。唯萬萬爲人自重。人還,奉啓上謝。不宣。

其三十四

某啓。前者使還,醉中裁謝,極於散慢,至今恐愧。不審比日台候何似?某已被命,實獎借之素。已奏候遠接人,計不過七月中下旬行。伏恐知之。士論望公入覲,久未聞,何也?想亦不遠。無由面别,瞻望惋悵,溽暑方熾,萬冀順時爲國自重。不宣。

其三十五

某啓。入春來,連日雨,今日忽晴快。所居江山爽秀,悵然懷公,不知頗作樂否?近得安道公及張郎書,甚安健。子由想已過矣。青州資深,相見極歡。今日赴其盛會也。閑恐要知。

其三十六

某再拜。自承哀疚,日欲拜疏,以不審知從者所至,以故至今。日月如昨,忽復徂暑。伏惟追慕摧切,觸物增慟,奈何!奈何!即日伏料孝履支福。明公聲望隱然,雖未柄用,坐鎮一方,猶足以攜持人心。今茲退歸,有識所共嘆,而孤拙無狀,尤爲失巨庇也。唯冀節哀自重,少慰區區。謹奉手啓上問。不次。

其三十七

某本作此書,托一同人帶去,既而其人却留滯淮南,近復帶還,豈勝慚悚。今復附上前疏,貴察其非懈怠也。忽然秋盡,起居何似?向承示諭斤斧鄙詞,非見愛之深,豈能爾耶?向示自有一本,云"且鬥尊前見在身",恐閑知之。東方有幹,乞示下。

其三十八

某啓。此去見有方藥可以起公之微疾者,專爲訪之,如所諭也。四月中所報及却罷之由,未聞其實,到都下當馳白也。

其三十九

某慰言。不意禍故,奄及閨閤,聞問怛然,悲惋不已。竊惟恩義之重,哀痛難堪。日月如昨,屢易弦望。追慟無及,觸物增感。奈何!奈何!未由躬詣吊問,臨紙哽塞。謹奉疏陳慰。謹疏。

其四十

某啓。驚聞郡封傾逝,悲愴無量,恨不躬往慰問,但以至理寬譬左右也。平日學道,熟觀真妄,正爲今日。但當審察本心,無爲客塵幻垢所污,況公望重中外,今者人物凋喪,耆老殆盡,切須自愛。若使纏綿留戀,不即一刀兩段,乃是世俗常態,非所望於傑人也。顧三復此語而已。餘非面能盡。

其四十一

某以館伴北使半月,比出,方聞公有閨中之戚,慰問後時,本欲别作令子昆仲慰疏,秦君行速,作書未及,惟千萬節哀以慰親意也。相次别奉狀。

其四十二

某啓。迫冗,稍疏上問,愧仰增極。切想下車以來,静治多暇,有以自適。即日履兹酷暑,台候何似。某忝冒過分,非提獎有素,何以及此。明公舊德偉望,尚在外服,輿論未允。伏冀以時倍加保嗇,以慰區區。不宣。

其四十三

某啓。近數奉狀,一一聞達。比日切惟鎮莅多暇,台候萬福。某蒙庇粗遣,但躐次驟進,處必争之地,非久安計,但脱去無由,公必念之。蒙惠地黄煎,扶衰之要藥。若續寄,尤幸。

其四十四

某再啓。瀛州之命,既以先諱爲辭,想當易地耶?所云杭,已除元素,計必聞之矣。佳夢,豈特公愛我之深,發於想念爾。批示黨人,甚堪一笑而已。子由除户侍,方欲辭免也。閑恐知之。孔經甫外制,顧將軍夕拜,張仲舉待制,皆恐要知。廣大格豈敢望李憨子耶?然亦有一長從來,不敢使幸及賴耳,想當一笑。寄惠地黄煎,感服厚念。

其四十五

某啓。部民董遷,篤學能文,下筆不凡,非復世俗氣韻。如請見,願加獎勵,遂成就之。其兄復溱,學道屏居,不與俗交,其文亦秀邁可觀。皆公所欲知者,故敢以聞。近因親情王承議行,托附書信,必達。某衰病短才,任用過量,論議疏闊,所向難合,日俟汰遣而已。辱知之厚,故粗及之。

與李公擇十一首

其　一

某已過滿。蘇明之來。近聞明之已除臺直;果爾,替期未可決也。霅上主人如不厭客,當去叨聒。聞已舉姚掾,非老兄風義,誰肯舉此孤寒木訥之士也哉?聞往來者奉談不容口,足爲交游之慶。《墨妙堂記》並詩,各告求數本。向時莘老屢寄,然皆墨淡不光,告令指揮如法打。道場何山,時復一游否?某雖未得即替,然更得於西湖過一秋,亦自是好事。景色如此,去將安往,但有著衣吃飯處,得住且住也。但恨舍弟相遠,然亦頻得信,亦甚好,恐要知。

其　二

某頓首。某忝命皆出推借,知幸!知幸!始者深欲一到吴興,緣舍弟在濟南,須一往見之,然後赴任。濟南路由清河,而冬深即當凍合,須急去乃可行,遂不得一去别。所懷千萬,非書所能盡也。

其　三

某再拜。孝叔丈向有徑山之約,今已不遂。無緣一别,且乞致意。陳令舉有書來云,相次去奉謁相聚,必款。東萊所乏茶與柑橙,而君地生焉,可各致少許爲贐。若要瓜虀,到任後當寄獻。呵呵。李君行時,不及奉書,兼醉後揮抹,殊鮮禮。悚!悚!

其　四

某已到揚州,此行天幸,既得李端叔與老兄,又途中與完夫、正仲、巨源相會,所至輒作數劇飲笑樂。人生如此有幾,未知他日能復繼此否?乍爾暌違,臨紙於邑。

其　五

某頓首。久不得來誨,亦稍憂懸,料公必不暇爾。近領手教,果爾劫劫,殊不及爲郡之樂。比日起居佳勝否?貴眷各無恙,且喜九郎壯健勝往日,深可慶。某輒有一孫,體甚碩重,決可以扶犁荷鋤,想公亦爲我喜也。八月十二日生,名楚老。六郎不見,應舉得失如何?邁往南京,爲舍弟此月十一日嫁一女與文與可子,呼去幹事。憲局尋常少事,何爲乃爾紛紛,想不常如此也。

其　六

某再拜。舍弟得信,無恙。但因議公事,爲一倅所怒,日夜欲傾之,念脱去未能爾。子由拙直之性,想深知之,非公孰能見容者,然實無他爾。而人或不亮。牢落如此,爲一農夫而不可得,豈復有意與人争乎?亦不足言,聊可一笑而已。

其 七

某啓。春夏多苦瘡癤、赤目，因此杜門省事。而傳者遂云病甚者，至云已死，實無甚恙。今已頗健，然猶欲謝客，恐傳者復云云以爲公憂，故詳之。鄭公雖已逾八旬，然耆舊凋喪，想當爲國悽愴。公擇、莘老進用，皆可喜，然亦彙征之漸，殆恐未爾知首，料臺閣殊不聞，果爾，甚可喜。元素若能力止其行，極佳，亦當走書道此也。所要新詩，實無一字，小詞、墨竹之類，皆不復措思，惟於飽食甘寢中得少三昧，一笑！一笑！文編一閲，灑然自失，濯喧埃而起衰思也。

其 八

某再拜。諭養生之法，雖壯年好訪問此術，更何所得。然比年流落瘴地，苦無他疾，似亦得其力爾。大約安心調氣，節食少欲，思過半矣，餘不足言。某見在東坡，作陂種稻，勞苦之，亦自有樂事。有屋五間，果菜十數畦，桑百餘本，身耕妻蠶，聊以卒歲也。

其 九

某啓。杜門謝客，甚安適。氣術又近得其簡妙者，早來此面傳，不可獨不死也。子由無恙，十月喪其小女，三歲矣。屢有此戚，固難爲情，須能自解爾。所諭曹光州親情，與卑意會，已作書問子由，次第必成也。梟脺納少許去，然終未知其實，不知所諭果然否，猶賴不曾經服食也。效劉十五體，作回文《菩薩蠻》四首寄去，爲一笑。不知公曾見劉十五詞否？劉造此樣見寄，今失之矣。得渠消息否？莘老必時得書，在徐樂乎？

其　十

某啓。累獲來教,佩戴至意。比日起居佳勝。雪屢作,足慰勸耕之懷。昨日船到,送惠木奴人甕,算已作三百匹絹看矣。新歲不及奉觴,唯祝晚途遇合,使退耕窮士與民物並受其賜也。寒苦,萬萬自重。

其十一

與可之亡,不惟痛其令德不壽,又哀其極貧,後事索然。而子由婿其少子,頗有及我之累。所幸其子賢而文,久遠却不復憂,唯目下不可不助他爾。(**陳仁錫眉**)此人難得。

與錢穆父五十七首

其　一

某啓。久以使客紛紛,不奉書,愧仰不可言。辱手教,且審台候勝常。愛子襁負夭喪,想深痛割,惟深照浮幻,一洗無益之悲,至望! 至望!

其　二

某啓。前日辱書及次公到,頗聞動止之詳,慰浣無量。微疾想由不忌口所致,果爾,幸深戒之。某亦病寒嗽,逾月不除,衰老有疾難愈,豈復如昔時耶? 承和揉菊詞,次公處幸見之。未由會合,千萬順候自重。匆匆,奉啓。

其　三

某啓。辱書,伏承比來尊體安佳,甚慰所望。毒暑不可過,使客紛紛然,殆不能堪。數日以熱毒發瘡數處,且告謁休養,以備坤成終日之勞也。奉羨清閑,獨無此福。惠茶既豐且精,除寄與子由外,不敢妄以飲客,如來教也。然細思之,子由既作臺官,亦不合與吃。薛能所謂"賴有詩情"爾。呵呵。公久外,召還當在旦夕,掃榻奉候矣。不宣。

其 四

某啓。長至祝頌之意則深矣,不敢上狀,懼煩回答。辱手簡,甚荷知照。比日起居佳勝。河間之命,料必難辭,日企來音,少慰久闊。未問,萬乞爲國自重。不宣。

其 五

某近得家報,王郎子立暴卒於奉符,爲之數日悲慟,在告亦緣此也。此君受知於公,想亦爲之凄惋。子由遠使歸來,聞之,煩惱可知。子立只一女子,竟無兒,可傷！可傷！冗中,來使告回。不一一。

其 六

某啓。兩日台候何如？知藥力已行,必遂輕安。飲食不減否？何日可出,告令郎寫一二字示下。不宣。

其 七

某啓。辱示雄篇,古人所謂味無窮而炙逾出者,不肖何敢庶幾乎？然三五日間,當試和謝也。入夜布啓,草略,不宣。

其 八

兩日不奉接，思仰不可言。既無緣往見，空致手啓，以爲無益而煩還答，故不復講。日聞府中僚佐，知小疾漸復常，又得手教，有作詩興，甚慰喜也。詩納去，如蒙和，何幸如之！諸公詩無他本，却乞封示。旦夕朝會，必遂款話。不一。

其 九

朝會疏闊，遂不獲際見，企渴可量。歲律既盡，殊無以爲樂，甚惘惘也。比日起居何如？中前云今日當見過。若果耳，人回略諭，當不出也。或未暇，亦不敢固屈。匆匆，不宣。

其 十

兩日不果詣見，傾仰不可言。乍涼，台候勝常。承已拜命，正得所欲，想愜雅懷。但朋友懷公之去，不能無惘惘然。似聞明主知照極深，其他想不復計較也。明日、後日皆休務，可以往謁。而魏邸將出，不可遠去，過此，雖非假日，亦可以因訪僧郊外，得邂逅也。想公行李亦不即辦，當少留耶？冗中奉啓，不宣。

其十一

會稽平日欲乞，豈易得哉！小生奉羡之意，殆不可言，然亦行當繼公也。舍弟差闕下試官，不及奉啓，計其出，公未行也。餘非面莫悉。倩仲、蒙仲昆仲，不克一别，意甚不足。侍奉外，千萬珍愛。蒙仲更礪賦筆，遂取魁甲，至望。旦夕入文字乞郡。江湖之東，行亦得之，但恨會稽爲君家所奪耳。呵呵！

其十二

令子至，出答教，感慰良極。乍冷，且喜台候康勝。此行知適所願，但有一事，當在意者。梅月宜頗居高燥，郡中常所偃息處，皆宜易新甃也。餘具令子口白。某意在沿流揚、楚，不可得，潭、洪亦所樂也。

其十三

川公服一段，茶兩團，酒二壺，蜀紙三百幅，聊相區區，恕其浼瀆。

其十四

子由試院來日出，或能一見子容諸公，欲二十日出餞，公已出城，莫須少留否？

其十五

別後書問簡廢，到官百冗，未皇上狀，先枉教墨，得聞比日起居佳勝，感慰兼集。聞坐嘯竟日，孟公綽豈可屈在滕、薛，而衰病坐苦煩劇？當易地而後安。又天官司徒皆闕人，當令公厭事矣。大熱不可出，初到略須鋤治紛紛，湖山咫尺，尚未見也。思企談笑，起望西興藹藹，若聞謦欬。尚冀珍衛，少慰區區。不宣。

其十六

路中見三郎，甚安。渠道過瓜洲復來相見。江口恨不款曲，然亦被捉住寫數紙。東來絶不作詩，公必富作，何不寄示。聞公今年造茶，奇甚，願分絶品少許。子由遂作北扉，甚不皇，方辭免也。兩小兒迨、過在此，邁此月當替，非久亦來此。承問及，感！感！四郎及諸季各安，未及書也。

其十七

久不奉書，忽辱教字並次公具道盛意，並增感怍。比日起居佳勝，兩邦相望，衰拙自知，常有絶塵之嘆。惟腰脚蹒跚，略不相讓，可以一笑也。近亦漸平復，惟用温補藥，頗覺宜人。聞公每用朴消、大黄，晝夜洞下乃愈，此豈衛生之計哉！願於不發時，常進一温平藥，令不發爲佳。然已發，想亦非下不愈也。無由面盡，臨紙惘惘。

其十八

專人來，辱書，且審比日起居清勝。知暫在告，想無苦恙，聊欲閉閤宴坐耳。求紫雪，納五兩去。尚有數兩，不欲多馳去。中年豈宜數進此藥乎？相望雖咫尺，所欲言者，非筆舌可究。時登中和東廡望西興，屋瓦可數，相思何窮。子由本欲請外覬得公處，今又北扉，此殆謬悠矣。公簡上心，豈能久外耶？餘熱，千萬爲國自重，不宣。

其十九

某啓。多日不上問，辱書，感慰之至。比日起居益佳，微疾已痊復。新詩妙曲，得於敲榜間，欣承加惠也。輒復一篇，惟不示人爲望。雅奏已行遣，因毁所集也。知之。冬來，全少事，時復開樽湖上，但少佳客爾。未由會集，千萬以時保衛。不宣。

其二十

承録示元之詩，舊雖曾見之，今得公親書，甚喜。令跋尾。詩詞如此，豈敢挂名其間？呵呵。惠示江瑶，極鮮，庶得大嚼，甚快。北方書問幾絶，况有苞苴見及乎？昨日忽得兩壺，謹分其一，不罪微浼。某再拜。（**陳仁錫眉**）予在奉化時，訪江瑶柱者，則非其時也。有贈以乾者，其味亦奇。

其二十一

令子不及奉書，昨日與楊次公書，有少事托面白，必達。春夏之交，米價必大長，可畏。公必有以待之，幸預以教我。數郡閉糴，大爲杭病，江東尤爲害也。屢移不報，録得其榜，已削去。依條，災傷免力勝。民甚悦，恐知。杭酥不佳，已督之矣。

其二十二

今日得憲檄，亦以閩盗恐軼至衢、睦爲戒，度亦未遽爾也。惟浙西數郡，水潦既甚，而七月二十一、二、三三日大雨暴風，幾至掃盡，災傷既不減去歲，而常平之備已空。此憂在僕與中玉。事有當面議不可以尺書盡者，屢以此意招之，絶不蒙留意云。冬初方過，浙西雖子功旦夕到，然此大事，得聚議乃濟。數舍之勞，譬如來一看潮，亦自佳事，試告公以此意勸之，勿云僕言也。如何？如何？吾儕作事，十分周備，僅可免過，小有不至，議者應不見置也。米方稍平，更一月必貴。日夜望中玉來。放脚手糴得十餘萬石，相次漕司争糴軍糧及上供，必大翔涌。其他合行遣事，未易一一遽言。願公因會，度可言即言之。幸甚！幸甚！此事，某已兩削矣。諸公雖未必喜，然度無不行下之理。

其二十三

某蒙令子寄示五賦，幸甚，且爲矩範也。後舉又預高等矣。近本州舉子數百人來陳狀，以習賦者多，乞發解各立分數，已爲削去矣。閑知之。小兒差遣，蒙留意，以遞中問之矣。非久得報，即馳白也。悚息！悚息！

其二十四

邁拙而愿，既備門下人，又日夕左右，想蒙提誨如子侄，不在區區干禱也。乍到潁，不能無少冗。速遣此人，未能盡意。令子相見都下，不款曲，計今已赴任矣。

其二十五

新刻特蒙頒惠，不勝珍感。竹萌亦佳貺，取筍簟菘心與鱖相對，清水煮熟，用薑蘆服自然汁及酒三物等，入少鹽，漸漸點灑之，過熟可食。不敢獨味此，請依法作，與老嫂共之。呵呵。

其二十六

蒙仲過此，以急欲省覲，不敢攀留，甚愧。聞試得甚佳，旦夕馳賀也。兩小兒本令閑看場屋，今日榜出皆捷，新學妨占解名，可愧也。

其二十七

日望來音，此懷可知。歲暮寒栗，起居何似？遞筒既失，必降劄子，歲前可得迎見否？未間，伏惟爲國自重，冗中，不一。

其二十八

某在杭，雖少勞而意思自得。此來極安逸，然多憂愧，想識此心也。只在興國浴室獨居，大暑中殊清也。蒙仲在公翊所見之。公翊今得符離，不知當同往否？承辟召，小兒感戴不可言，得否猶未可知也？浙西水災殊甚，已差岑、楊二君，朝論甚留意救恤也。知之。邊上秋熟，可慶！可慶！

其二十九

某啓。示諭麗使裁減事，既不出船，何用借買許多什物。已令本州一一依仿裁定矣，幸甚！幸甚！條式指定事，既未敢擅減，知之。稍暇，别奉狀。不罪。

其三十

某啓。"匿犀""伏蜃"之句，所不到也。欽羡！欽羡！

其三十一

某啓。多日不接奉，思企之深。伏計台候日就康復。欲往見，恐倦接客。乞此示數字。炷艾，必得力也。新詩想多有。不一一。

其三十二

子功數日不相見，省中殊岑寂也。公何日可出乎？

其三十三

某近蒙回教，令記新齋，恐必不堪用，然亦當試抒思也。曾干告豐令郭綖、支使孟易一京削。恐新年求者必多，略乞記録。

令子必已到,温秀老成,真遠器也。冗迫,不盡區區。

其三十四

某啓。多日不接奉,思企不可言。辱教字,承起居佳勝。浴會不得暇赴,蓋除夜有婚會,兩日紛紛也。嘉篇幸蒙録示,"愁人淚眼"之句,讀之惘然。公達者,何用久爾戚戚? 嘉節,且一笑爲樂,區區之祝也。

其三十五

某啓。前日辱簡,以妻孥皆病不即答,悚息! 悚息! 陰雨,起居何似? 寄穎叔詩,和得,納去。與公咫尺胡越,何論穎叔也。可嘆! 可嘆! 某一章未允,方再上也。不一一。

其三十六

某啓。伏承莅事之初,雖稍勞神,而吏民欣悚,實爲盛事。無由詣賀,但有企渴。辱簡,且審起居佳勝。餘俟八日廷中可談。

其三十七

某啓。辱示,承起居佳勝。熙帥,鄙意亦欲餞之。公用二日即當趨赴,元日殿門外更議之也。惠貺山芋、柑梨,感刻之至。匆匆布謝,不謹。

其三十八

某啓。伏暑,伏想起居康勝。老婦病稍加,某亦自傷暑,殊無聊,遂且謁告免詞事也。一詩謾呈。電掃庭訟,響答詩筒,亦數年來故事也。呵呵。草,不謹。

其三十九

某啓。知盛會早散,能過家庖煮菜夜話否? 匆匆,不罪。

其四十

某啓。辱簡,承起居佳勝。所約,敢不如教。絶早,到門惟少設食了兩碑也。醵錢用二十四。謹諾。

其四十一

數日不接奉,渴仰之至。苦寒,起居佳勝。欲見近歲天下户口數,告爲録示,早得爲佳。不知幾日與穎叔、仲至見臨? 匆匆,不宣。

其四十二

久别傾企。辱書,乃知舟御在此,起居佳勝。甚欲少留以須一見,而舟人以潮平風正,當速過,遂且渡。承諭,當復來會,豈當重煩從者。匆匆,不宣。

其四十三

尊丈台候計安。聞甚樂會稽,不知有書見賜否? 某又上。

其四十四

輕大江,重相别,誰如君者。此意豈可忘耶? 然迫夜涉險,悔不堅留君一宿也。二軸謾寫數字,付來人。乍遠,千萬保愛。不一。

其四十五

前日作米元章《山硯銘》。此硯甚奇,得之於湖口石鐘山之側:"有盜不禦,探奇發瑰。攘於彭蠡,斫鐘取追。有米楚狂,即盜之隱。因山作硯,其理如雲。"過揚且伸意元章,求此硯一觀也。

其四十六

遠接人未到,闕書吏,止用手狀,達誠而已,亦幸仁明不深責也。久留吴越,謡頌藹然,想不日召還密近,幸益爲民自愛。迫行,冗甚,不盡區區。到官别上問也。

其四十七

親情柳子立秀才,寓居屬部,或去相見,略望與進,幸甚。

其四十八

辱簡,承起居佳勝。示諭容面白,正苦暑不能坐。近夜稍涼,訪及爲幸,不一。

其四十九

奉書不數,然日聞動止,以慰飢渴。比來台候勝常,秋高諸况必佳。太閑逸否?某五鼓輒起,平明亦無事,粗得永日嘯詠之樂。今日重九,一尊遠相屬而已。新詩必多,幸寄示。乍冷,千萬爲國自重,不宣。

其五十

兩日不接奉,思仰不可言。雨冷,起居佳安。昨日小詩與通叔爲戲,重煩屬和,感服可量。來日無會,可於何處相聚,退之所謂“此日足可惜”,願未遽相别也。不一。

其五十一

漕任雖非衆望,然有一事有望於公。浙江流殍之憂,來年秋熟乃免。日月尚遠,恐來年春夏間可憂,賑之則無還,貸之則難索,皆官力所不逮,惟多擘畫,使數郡糴場不絶,則公私皆蒙利,事甚易知,但才不迨,且無是心,敢以累公,况枌榆所在,當留念也。

其五十二

今日早不免謁告,今已頗安,來晨幸同穎、至二公臨訪,早屈爲佳,不能遍致簡,恐煩回答,只告穆父轉呈也。

其五十三

經宿台候萬福,十日之約,却爲昨晚奉敕旬休致齋,翌日,定光行事,須至退日。慚悚不已。一會何微末,而艱故如此。乃知永叔“鼎彝”之句,真非虚語。公轉呈穎、至二公,此簡芭蕉之誚,不能逃也。呵呵!

其五十四

此中近忽有一人,能畫山水,極可愛。本無人知,僕始擢之。居人過客,争求其筆,遂漸艱難,異時必爲奇物也。今將一軸奉獻,如要六幅圖,但與一匹細畫絹,錢兩千,省便可也,於軾猶未敢劣也。軾又上穆父内翰兄執事。

其五十五

軾啓。久不聞問,奉懷悵然。忽人來,辱手書,承比日起居佳勝,感慰無量。示諭欲令紀述新廟記,不敢以淺陋固違,但迫行,冗甚,不暇。俟到揚州,得少静息,當下筆,成,即遞中寄去也。會合未緣,千萬自重,不宣,軾啓上穆父内翰執事。

其五十六

適承見訪,偶出,豈勝悵然。新茶少許納上,幸俟至事空,當往同啜也。軾啓上穆父内翰兄執。

其五十七

某啓。昨日遠勤從者,草草就别,慨悵不已。使至,又辱手誨,仍以高篇寵行,讀之增恨愴也。欲和答,人客如織,當俟前路。惠茶,已戒兒曹别藏之矣,非良辰佳客,不輕啜也。令子昆仲,特煩遠至,感怍不已。所欲言,非可以筆墨既,想已目擊,自餘惟若時自愛而已。不宣。

與王定國三十五首

其　一

領書,所以教諭之者備矣。感佩之意,非書可盡,謹當遵用。然所云"領發謝章,不待到任",私意不欲爾也。謝章有過無功,而禮不可缺,到任一章足矣。空言不足上報,萬一徒爲紛紛耳。諸公啓事,自到後一發,亦備數而已。謫居六年,無一日不樂,今復促令作郡,坐生百憂。正如農夫小人,日耕百畝,負擔百斤,初無難色,一日坐之堂上,與相賓饗,便是一厄。

公之意可復勸令周旋委曲以求售乎？子由赴闕之命，亦是虚傳耳。

其　二

辱書，驚聞樂全先生薨背，悲慟不已。元老凋喪，舉世所痛，豈獨門下義舊！雖壽禄如此，而吾儕不復見此師範，奈何！奈何！方欲乞移南都，往見之，今復何及！尚賴定國在彼，差慰其臨没之意。聞屬纊之際，猶及某與舍弟，痛哉！仰惟寬懷，且助厚之、迷中幹後事也。執筆，愴塞不次。

其　三

專人來，辱書，且審起居佳勝。張公《行狀》，讀之感慨，内有數處，須至商量簽帖，持去，乞細予批鑒。附來高文，固佳妙，無可指摘，但其間不免有愚意未安者，必是老謬不足曉，煩公開諭，仍不深訝。蓋張公文，《誌》又不可不盡心同慮也。惶悚！惶悚！仍須索便下筆也。未由瞻晤，千萬加愛，不一。

其　四

不見定國一年，不與定國書半年，每得來書，輒愧滿面，取紙欲答，又懶而止。每想君熟知我此態，不復以爲怪也。即日，起居何如？知受任安肅，廟堂既未能置君於所宜，獨無一稍佳處乎？料亦都不計較。許時見過之語，似稍的，今歲必不失望矣。河水既不至，此間諸事稍可樂，幸早臨。僕秋中當再乞南中一郡耳！屢蒙寄詩，老筆日可畏，殆難陪奉。字法亦然，異日當配古人矣。酷熱，萬萬自重。

其　五

有一事拜托。杭人欲開葑田，蓋五六十年矣。但有志於民者，無不經營，亦有數公下手開鑿，終於不成。惟不肖偶得其要。開之月餘，有必成之勢，吏民歡快，如目去翳。近奏乞度牒五十道，終成之，一奏狀，一申三省，皆詳盡利害。告公爲一見莘老，痛致此意。仍求此二狀一觀之。近奏事多蒙開允，想必莘老之力。更乞應副此一事，便西湖一旦盡復有唐之舊，際山爲界，公他日出守此邦，亦享其樂，切望痛與留意。近説與子由，令爲老兄力言，而此人懶慢謬悠，恐不盡力，故以托定國，彼此非爲身事，力言何嫌也。

其　六

某啓。自到黄州，即屬岸人日伺舟馭消耗，忽領手教，頓解憂懸。仍審比來體氣清强，且能自適，至慰。知未決東西，計其迂直嶮易，相去必不懸絶，而得一見，乃是不肖大幸，不識果安從。某寓一僧舍，隨僧蔬食，甚自幸也。感恩念咎之外，灰心杜口，不曾看謁人。所云出入，蓋往村寺沐浴，及尋溪傍谷釣魚采藥，聊以自娱耳。

其　七

某啓。賓州必薄有瘴氣，非有道者處之，安能心體泰健以俟否亨耶？定國必不以流落爲戚戚，僕不復憂此。但恐風情不節，或能使腠理虚怯以感外邪。此語甚蠢而情到，願君深思先構付屬之重，痛自愛身嗇氣。舊既勤於道引服食，今宜倍加功，不知有的便可留桂府否？

其　八

某啓。君本無罪，爲僕所累爾。想非久，必漸移善地也。僕甚頑健，居處食物皆不惡。但平生不營生計，賤累即至，何所仰給。須至遠迹顏淵、原憲，以度餘生。命分如此，亦何復憂慮。在彭城作黄樓，今得黄州；欲换武，遂作團練。皆先識。因來書及之，又得一笑也。子由不住得書，必已出大江，食口如林，五女未嫁，比僕又是不易人也。奈何！奈何！惠京法二壺，感愧之至。欲求土物爲信，僕既索然，而黄又陋甚，竟無可持去，好笑！好笑！兒子邁亦在此，不敢令拜狀，恐煩瀆也。承新詩甚多，無緣得見，耿耿。僕不復作，此時復看詩而已。

其　九

某作書了，欲遣人至江州。李奉職言，定國必已從江西行，必不及矣。故復寫此紙，遞中發去。聞得此中次第，人皆言西江漸近上水，石湍激，嶮惡不可名，大不如衡、潭之善安。然業已至彼，不可復回也。若於臨江軍出陸，乃長策也。貴眷不多，不可謂山溪之嶮而避陸行之勞也。衆議如此，切請子細問人，毋以不貲之軀，輕犯憂患也。前書所憂，惟恐定國不能愛身嗇色，願常置此書於座右。如君美材多文，忠孝天禀，但不至死，必有用於時。雖賢者明瞭，不待鄙言。但目前日見可欲而不動心，大是難事。又尋常人失意無聊中，多以聲色自遣。定國奇特之人，勿襲此態。相知之深，不覺言語直突，恐欲知。他日不訝也。

其　十

某受張公知遇至深。罪廢，累辱其門下，獨不復擯絶否？

如何！如何！想時得安問，貴眷在彼必安。

其十一

桂砂如不難得，致十餘兩尤佳。如費力，一兩不須致也。

其十二

某遞中領書及新詩，感慰無窮。得知君無恙，久居蠻夷中，不鬱鬱足矣。其他不足云也。馬處厚行，曾奉書，必便達。不知今者爲在何許，且盤桓桂州耶？爲遂還任耶？重九登棲霞樓，望君凄然，歌《千秋歲》，滿坐識與不識，皆懷君。遂作一詞云："霜降水痕收。淺碧鱗鱗欲見洲。酒力漸消風力軟，颼颼。破帽多情却戀頭。　佳節若爲酬。但把清樽斷送秋。萬事回頭都是夢，休休。明日黄花蝶也愁。"其卒章，則徐州逍遥堂中夜與君和詩也。來詩要我畫竹，此竟安用，勉爲君作一紙奉寄。子由甚安。吾儕何嘗不禪，而今乃始疑子由之禪爲鬼爲佛，何耶？丹砂若果可致，爲便寄示。吾藥奇甚，聊以爲閑中詭異之觀，决不敢服也。張公久不得書，彼必得安問。乍冷，萬萬以時自重。夜坐，醉中作此書，仍以君遺我墨書也。不宣。

其十三

某啓。如聞晉卿已召還都，月給百千，其女泣訴，聖主爲惻然也。恐要知。來詩愈奇，欲和，又不欲頻頻破戒。自到此，惟以書史爲樂，比從仕廢學，少免荒唐也。近於側左得荒地數十畝，買牛一具，躬耕其中。今歲旱，米貴甚。近日方得雨，日夜墾闢，欲種麥，雖勞苦却亦有味。鄰曲相逢欣欣，欲自號"鏖糟陂裹陶靖節"，如何？君數書，筆法漸逼晉人，吾筆法亦少進耶？

畫不能皆好,醉後畫得一二十紙中,時有一紙可觀,然多爲人持去,於君豈復有愛,但卒急畫不成也。今後當有醉筆,嘉者聚之,以須的信寄去也。

其十四

《耕荒田》詩有云:“家童燒枯草,走報暗井出。一飽未敢期,瓢飲已可必。”又有云:“刮毛龜背上,何日得成氈。”此句可以發萬里一笑也。故以填此空紙。

其十五

某啓。昨日遞中得子由書,封示定國手簡,承已到江西,尊體佳健。忠信之心,天日所照,既遂生還,晚途際遇,未可量也。容采老少比舊不帶黄茅氣色否?呵呵。前此發書,並令子由轉去,必達。來教云,此月五、六可到九江,而子由書十一月方達。今且謾遣人,不知猶及見否?無緣一的爲賀。引領神馳,惟萬萬自愛。速遣此人,書不能盡言,遞中續上問也。不宣。

其十六

某啓。張公瘇嗽,經月未已,雖飲食不退,然亦微瘦。數日來亦漸損,想必無慮。然有書宜令勸固胃氣,勿服疏利藥,僕屢以勸之。仍勸夏秋間,先多作善事齋僧、施貧之類,然後開眼。公後日相見時,亦可以此勸之。旦夕遂與之别,情味極不佳。公得暇早來,與之相聚,若得此間一差遣,亦非小補也。留意!留意!

其十七

某啓。數日聞舟馭入城，適患瘡，未潰，坐起無聊，不克修問，不審起居何如？既無由往見，而公又未朝覲，企渴不可言。當以酒洗泥，而久在告，酒盡，只有大小團密雲五餅，雙井一餅，亦爲高人無泥可洗爾。呵呵。病中，不盡區區。

其十八

某啓。前日欲附南京書，來人不告而去，因循至今。比日起居何如？張丈且喜少安。且令安樂幾年，慰四方士大夫心，豈非好事！近日都下，又一場紛紛，何時定乎？潁雖閑僻，去都下近，親知多特來相看者，殊倦於應接，更思遠去而未能也。未緣言面，千萬保嗇。不一一。

其十九

某啓。近遣人奉書，未達間，領來誨，伏承起居佳勝。旋得厚之書，知從者入都，想已還宋矣。某見報移鄆，老病豈堪此劇郡。方欲力辭而請越，不惟適江湖之思，又免過都紛紛，未知允否？老境欲少安，何時定乎？未由言面，菀結可知。乍暖，千萬保練。不一。

其二十

某啓。别來紛紛，未即奉狀。兩辱手教，感愧深矣。且審比來起居佳勝，爲慰！爲慰！公失郡去國，士友所嘆。然自是計少安，其他無足言者。某已得潁州，極慰所欲，但不副張公之意。蓋旬日前得子開書，極來相禱，方安於彼，不欲移也。故不敢乞。聞張公已安，慶慰無量。會合未可期，惟千萬保嗇。不宣。

其二十一

某啓。自公去後,事尤可駭。平生親友,言語往還之間,動成坑阱,極紛紛也。不敢復形於紙筆,不過旬日,自聞之矣。得潁藏拙,餘年之幸也。自是刳心鉗口矣。此身於我稍切,須是安處,千萬相信。日與樂全翁游,當熟講此理也。某甚欲得南都,(**陳仁錫眉**)宋時諸公亦願圖南。而侄女子在子開家,亦有書來,云子開欲之,故不請。想識此意。

其二十二

某啓。數辱書,一一收領。亦一上狀,知已達。風俗惡甚,朋舊反眼,不可復測,故不欲奉書,畏浮沉爾。不罪!不罪!比日起居佳勝。公敝屣浮名,一寄之天,不過淮上上回文,以無爲有爾。然亦未必如此,但恐流俗觀望,復作兩楹之説,皆不足道也。某所被謗,仁聖在上,不明而明,殊無分毫之損。但憐彼二子者,遂與舒亶、李定同傳爾,亦不足云,可默勿語也。餘惟千萬保愛。不宣。

其二十三

某啓。平生欲著一書,少自表見於來世,因循未成。兩兒子粗有文章材性,未暇督教之。從來頗識長年養生妙理,亦未下手。三者皆大事,今得汝陰,無事,或可成,定國必賀我也。言此者,亦欲公從事於此爾。書至此,中心欣躍,如有所得。平生相知,不敢獨饗,當領此意,不復念餘事也。

其二十四

公自此無憂患矣,不須復過慮。《硯銘》,到潁當寄上也。

其二十五

某啓。辱書，具審起居佳勝。誣罔已辯，有識稍慰。寵示二詩，讀之聳然。醉翁有言，窮者後工，今公自將達而詩益工，何也？莫是作詩數篇以餉窮鬼耶？喜不寐。詩甚欲和，又礙親嫌，皆可一笑也。張公今雖微瘦，然論古今益明，不惟識慮過人，定國亦可見矣。人事紛紛，書不盡言，非面莫究。

其二十六

某甚欲赴樂全之約，請南都，而子開有書切戒不可。又侄女亦有書云，舅姑方安於彼，不可奪也，故不欲請。承樂全乃爾見望，讀之極不皇，且爲致此懇，餘具公書矣。定國云有二詩，元不封示，何也？公平生不慎口，好面折人，别後深覺斯人極力奉擠。公臨行時，亦自覺僕始信之可駭也。

其二十七

某啓。别來三辱書，勞問之厚，復過疇昔矣。衰繆日退，而公相好日加，所未諭也。又中間一書，引物連類，如見當世大賢。意謂是封題之誤，必非見與者，而其後姓字則我也，尤所不諭。然三復其文，詞韻甚美，正似蘇州何充畫真，雖不全似，而筆墨之精，已可奇也。謹當收藏，以俟講此者而與之。如何？如何？公行復舊官矣，差遣亦必自如意。可喜！可喜！但此去不知會合何日，不能無耿耿也。真贊輒作得數句，如何？可用，即令一善寫小字人代書絹上可也。張公《集引》、厚之《字説》皆未作。别後日紛紛，可厭！可厭！神膏方納上，餘勤勤自愛。

其二十八

張公所戒,深中吾病,雖甚頑狠,豈忍不聽,願爲致此意也。公向令作《滕達道埋銘》,已諾之,其家作行狀送至此矣。又欲作《孫公神道碑》,皆不敢違。只告密之,勿令人知是某作,仍勿令以潤筆見遺,乃敢聞命。來詩甚奇,真得衝替氣力也。呵呵。故後詩未及和。朝夕别遣人,並致糟淮,白所欲宜興田。某豈敢有愛於此等,然此田見元主昏賴。某見有公文在浙漕處理會,未見了絶,當亦申都省也。田在深山中,去市七十里,但便於親情蔣君勾當爾。不知在公時,蔣能如此幹否?更籌之。

其二十九

某啓。示教,承起居佳勝。子由疾少間,惠藥,感刻。二方謹秘之。五方續寫得,納上。祝鮀、衛子魚,賢者也?佞才也?以爲佞人,蓋流俗之誤。山梁雌雉,子路以饋孔子。孔子知子路將不得其死,雉亦好鬥,鬥喪其生。故曰"色斯舉矣,翔而後集"。若此雉,豈時之罪哉!其餘義盡於文,初無注解焉,或留意少試。僕子不肯,已遣回,一面商量,可公意即可也。李希元已付一簡與子中矣。某適與安國説,欲來早略到净因,今又頭昏,去否未可知。旱癘將作,人多不安。將愛!將愛!

其三十

某啓。近者崇慶大故,中外哀慕,想同此悲痛。某蒙被知遇,尤增殞滅。人來,領書,承起居無恙。某本自月初赴任,今須俟殿殯畢,乃敢朝辭。後會何時,臨書愴恨。惟萬萬自重。

其三十一

某啓。疲曳之餘,即困睡爾。尋酒對菊,豈復夢見。君真世外人也。詩亦奇,欲和而未暇。使事始欲辭免,又若無説,然衰病極畏此。後日未可預刻,至時馳問也。

其三十二

某啓。甘草,已如所諭削去矣。參四板,聊致遠誠,並一詩爲笑。雪浪齋亦求一篇,爲塞上華寵。厚之本欲作書,適有少冗,又筆涷甚,俟稍和暇也。幸致意。

其三十三

某啓。辱教,承起居佳勝。昨夕黄昏徑睡,五更馬上賞嘉月爾。事已,一笑。出疆已有旨,完夫同行也。别紙已領。

其三十四

某啓。遞中,忽領三月五日手教,喜知尊候佳勝,貴眷各康健,並解懸情,幸甚。一官爲貧,更無可擇。知生計漸有涯,可喜！可喜！某到此八月,獨與幼子一人、三庖者來。凡百不失所。風土不甚惡。某既緣此絶棄世故,身心俱安,而小兒亦遂超然物外,非此父不生此子也。呵呵。書中所諭,甚感至意,不替疇昔而加厚也。幸甚！幸甚！子由不住得書,極自適,道氣有成矣。餘無足道者。南北去住定有命,此心亦不念歸,明年買田築室,作惠州人矣。伏暑中,萬萬加愛。不宣。

【彙評】

儲欣:人之言曰此東坡得力於禪,余曰否否,此政公道理爛熟之效,義精仁至,何止於禪。

其三十五

某一味絶學無憂,歸根守一,乃無一可守,此外皆是幻。此道勿謂渺漫,信能如此,日有所得,更做没用處,亦須作地行仙,但屈滯從狗竇中過爾。勿説與人,但欲老弟知其略爾。問所欲幹,實無可上煩者。必欲寄信,只多寄好乾棗、人參爲望。如無的便,亦不須差人,豈可以口腹萬里勞人哉! 所云作書自辯者,亦未敢便爾。"不怨天,不尤人,下學而上達,知我者,其天乎?"張十七絶不聞消耗,懷仰樂全之舊德,故欲其一箴之否?

答黄魯直

(茅鹿門旁)蘇黄兩相知處可掬。

某啓。前日文潛、無咎見臨,卧病久之,聞欲牽公見過,所深願也。便欲作書奉屈,而兩日坐處苦一瘡極痛,至今未穴,殊無聊賴。得教並詩,慰喜不已。瘡兩日當穴,又數日可無苦。諸公自可準法來問疾,然欲來,當先見語。公擇舅作憲,甚可喜,因見,爲道區區。君實嘗言,破題當似"日五色",莫作"運啓元聖天臨兆民"也。餘非面不盡。

答秦太虚五首

其 一

某啓。别後數辱書,既冗懶且無便,不一裁答,愧悚之至。

參寥至，頗聞動止，爲慰。然見解榜，不見太虚名字，甚惋嘆也。此不足爲太虚損益，但吊有司之不幸爾。即日起居何如？參寥真可人，太虚所與之，不妄矣。何時復見，臨紙惘惘，惟萬萬自愛而已。謹奉手啓上問。諸事可問參寥而知，入夜，困倦，書不詳悉。程文甚美，信非當世君子之所取也。僕去替不遠，尚未知後任所在，意欲東南一郡爾。得之，當遂相見。

其　二

某昨夜偶與客飲酒數杯，燈下作李端叔書，又作太虚書，便睡。今日取二書覆視，端叔書猶粗整齊，而太虚書乃爾雜亂，信昨夜之醉甚也。本欲别寫，又念欲使太虚於千里之外，一見我醉態而笑也。無事時寄一字，甚慰寂寥。不宣。

其　三

某啓。昨晚知從者當往何山。辱示，方悟以雨輟行，悔今日不相從也。聞只今遂行，故不敢奉謁。分韻詩語，益妙，得之殊喜。拙詩令兒子録呈。暑濕，惟萬萬慎護，早還爲佳。不一一。

其　四

某啓。别後欲奉書，紛紛無暇，且謂即見，無所事書，而日復一日，遂以至今。疊辱手教，具聞動止甚慰。某宜興已得少田，至揚附遞，乞居常，仍遣一侄孫子賫錢往宜興納官，（**蓋官田也**。）須其還，乃行。而至今未來，計亦無他，特其子母難别爾。見艤舟竹西待之，不過更三兩日必至，必能於冬至前及見公也。小兒子不歷事，亦微憂，故不欲捨之前去。遲見之意，殆以日爲歲也。傳神奇妙之極。贊若思得之，當奉呈也。餘非面不盡。不一一。

其 五

某啓。近累得書教，海外孤老，志節朽敗，何意復接平生欽友。伏閱妙迹，凜凜有生意，幸甚！幸甚！比日毒暑，尊候佳否？前所聞果的否？若信然，得文字後，亦須得半月乃行。自此徑乘蜑船至徐聞出路，不知猶及一見否？示諭二范之賢，不惟喜公得婿小范，且以慶吾友夢得之有子爲不死也。言之淚落不已。過蒙許與，恐不副所期，實能躬勞辱以佚厥考爾。令子想大成，曾寄所作來否？借一二亦佳。文潛、無咎得消耗否？魯直云，宣義監鄂酒。吴子野自五羊來，云温公贈太尉，曾子宣右揆。的否？未可知也。廉州若得安居，取小子一房來，終焉可也。生如暫寓，亦何所擇。果行，衝冒慎重。

答張文潛四首

其 一

某啓。久不奉書，忽辱專人手教，伏讀感嘆。且審爲郡多暇，起居佳勝，至慰！至慰！疾久已掃除，但凡害生者無復有，則真氣日滋骨髓，餘益形神，卓然復壯，無三年之功也。某清净獨居，一年有半爾。已有所覺，此理易曉無疑也。然絶欲，天下之難事也，殆似斷肉。今使人一生食菜，必不肯。且斷肉百日，似易聽也，百日之後，復展百日，以及期年，幾忘肉矣。但且立期展限，决有成也。(**陳仁錫眉**)此事豈可立限。

已驗之方思以奉傳，想識此意也。蒙遠致兒子書信，感激不可言。子由在筠，甚自適，養氣存神，幾於有成，吾儕殆不如也。聞淳父、魯直遠貶，爲之凄然。此等必皆有以處之也。某見寓監司行館，下臨二江，有樓，劉夢得《楚望賦》句句是也。瘴癘雖薄有，然不惡，與小兒不曾病也。過甚有幹蠱之才，舉業亦少進。侍其父亦然。恐欲知之，解憂爾。會合未期，臨書悵惘。惟萬爲道自重。不宣。

其　二

某啓。屏居荒服，真無一物爲信。有桄榔方杖一枚，前此土人不知以爲杖也。勿誚微陋，收其遠意爾。荔枝正出林下，恣食亦一快也。羅浮曾一游，每出勞人，不如閉户之有味也。術不輟服。無咎竟坐修造，不肖累之也，愧怍。家有婢，能造酒，極佳，全似王晉卿家碧香，但乏可與飲者爾。羅浮有道士鄧守安，雖樸野，養練有功，至行清苦，常欲濟人，深可欽愛。見邀之在此，又頗集醫藥，極有益也。曾子開、陸農師俱不免，以知默定非智力所能避就也。小兒承問，不欲令拜狀煩覽也。

其　三

少游得信否？奉親必不失所。

其　四

來兵王告者，極忠厚。方某流離道路時，告奉事無少懈，又不憚萬里再來，非獨走卒中無有也。願公以某之故，少優假之，置一好科坐處。當時與同來者顧成，亦極小心。今來江海者，亦謹恪。遠來極不易，可念，愧，愧。

答李端叔二首

其　一

某啓。辱簡，承起居佳勝。近讀近稿，諷味達晨，輒附小詩。更蒙酬和，益深感嘆，朝夕就局中會話也。

其　二

子由近得書，度已至嶽矣。養煉極有功，可喜！可喜！三兒子在此，甚安健，不敢令拜狀。黄魯直、張文潛、晁無咎各得信否？文潛舊疾，必已全愈乎？

與趙德麟八首

其　一

《字説》改多，寫了納去。背時兩葉，實糊合之，仍用皂綾夾褾紀之。（**一片皂綾夾之褾兩面也**。）仍請前後各著一空葉。

其　二

某啓。欽服下風，爲日久矣。遲暮相從，傾蓋如故。非獨氣類自然，抑亦夙昔緣契。人來，辱手教，得聞起居佳勝，堂上康福，感慰深矣。某凡百如昨。又得無咎相切磨之，幸德麟替後，想必有殊命。萬一尚未，一來爲無咎交承亦佳，又聞欲寄居此間，可先示諭也。萬萬自重。不宣。

其　三

惠示二詩，伏讀慰抃不可言。某途中及到此，絶少暇，止有數首,不佳。又未有工夫録去,容稍積多,並奉呈也。今且次韻二首,爲一笑。

其　四

某啓。宦游無定,得友君子,又復别去,悵惘可量。數日,竊想起居佳勝。到壽淮山,漸有佳思。懶不作詩,亦無人唱和也。乍遠,萬萬自重。不宣。

其　五

淮南夏頗熟,然積欠爲害,疾瘵殆未有安理。浙西疲甚,歲事亦未可知。餘非書所能盡。德麟孤風超然,願少貶以忍濟爲念。必亮此意。此中有幹,幸示及。杭州買物人已回,内中所欠俞君錢,此有便,當先爲寄還之。如遣還之,可速示,免重寄也。滑盞,得錢都正書,已琢磨,兼與錢訖。非久必寄來。即附上。

其　六

文廣獄斷敕下,可略示也。李尉推恩有耗否?尹遇案必已上。古人云:雷霆之下,恐難獨當。願挂一名。以今觀之,此人真難得也。亦勿深怪之。知潁尾夏田損半,秋有望否?淮南東西秋夏皆大熟,亦一樂土也。獄官不惟庇爲前勘,乃是深爲不待結案而移司者周慮也。若勘作故出,則指揮移司官不得不問。上下欺罔,不得不令人憤憤,某亦無由入文字。亦有以論之,恐不濟事,太息而已。

其　七

某啓。魯直寄書來,甚安,並得少雙井,今附納上。蒙惠奇茗,絶妙。因見太守,爲致意。爲適病在告,數日未果。奉書,要《臨淄堂記》,秋凉稍暇,可作也。月老亦致意。熱甚,又多病,未暇作《法施堂銘》。不一一。

其　八

某啓。近承專使手書,爲使者云,往西洛還,當取書,故未答。辱教字,具審起居佳勝,感慰兼集。公未即解去,與俗子久處,良不易。然有忍乃濟,願以不見不同無盡待之。某到此半月,無可樂者。過大禮,即重乞會稽爾。無緣面謝,幸恕草草。

與陳伯修五首

其　一

辱書,承孝履如宜。日月如昨,奄换新歲,追慕摧怛,愈遠無及,奈何。未緣面慰,伏冀簡哀自重。不宣。

其　二

鹽官尉以阻節訴災,致邑民紛然喧訟,不得不問。然已州罰訖,奏知而已。承諭及,幸悉！幸悉！

其　三

某啓。久不通問,愧仰深矣。遠辱專使手書,眷念之重,不減疇昔,幸甚！幸甚！比日履兹暑溽,起居佳勝。始聞出使畿甸,旋又移守解梁。伯修平生厄滯,得喪毫末,本不足云,但恨材用不展,有孤天授。今兹小試,已恨遲暮,惟勉之一日千里,副士友之望也,秋熱,萬萬以時保重。不宣。

其　四

某謫居粗遣。筠州時得書甚安。長子已授仁化令，今挈家來矣。某以買地結茅，爲終焉之計，獨未甃墓爾。行亦當作。杜門絶念，猶治少飲食，欲於適口。近又喪一庖婢，乃悟此事亦有分定，遂不復擇。脱粟連毛，遇輒盡之爾。惠示佳茗，極感厚意，然亦安所施之。扇子極妙，奉養村陋，凡百不能稱也。佩公高義，不忘於心。千里勞人，以致口腹之養，甚非所安也。

其　五

某近日甚能刳心省事，不獨省外事也，幾於寂然無念矣。所謂詩文之類，皆不復經心，亦自不能措辭矣。辱示清風堂石刻，幸得榮觀，仍傳之好事以爲美談。然竟無一字少答來貺，公見知之深，必識鄙意也。新居在一峰上，父老云，古白鶴觀基也。下臨大江，見數百里間。柳子厚云："孰使予樂居夷而忘故土者，非兹丘也歟？"只此便是東坡新文也。譚文之，南方之瑚璉杞梓也，恨老爾，頗相歡否？毛澤民高文，恨知之者少，公能援達之乎？徐得之書信已領，當遞中答謝也。

與張嘉父六首

其　一

某啓。都下紛紛，不遂款奉，别來思渴深矣。比日起居何如？某凡百粗遣，汝陰僻陋，但一味閑，真衰病所樂也。合會未期，千萬保重。不宣。

其　二

某啓。今日與嘉父道别，浩然笑僕醉後草書，雖不通他心，信手亂書，亦有禍福也。公少年高才，不患不達，但志於存養，孟子所謂"心勿忘勿助長"者，此當銘之坐右。世人學道，非助長也，則忘而已矣。僕少時曾作《雜説》一首送叔毅，其首云"曷嘗觀於富人之稼者"是也，願一閲之。承過聽，見語甚重，不敢不盡。

其　三

某啓。君爲獄吏，人命至重，願深加意。大寒大暑，囚人求死不獲；及病者多，爲吏卒所不視，有非病而致死者。僕爲郡守，未嘗不躬親按視。若能留意於此，遠到之福也。

其　四

某啓。君年少氣盛，但願積學，不憂無人知。譬如農夫，是穮是蔉，雖有饑饉，必有豐年。敢以爲贈。

其　五

某啓。公文章自已得之於心，應之於手矣。譬之百貨，自有定價，豈小子區區所能貴賤哉！"潛雖伏矣，亦孔之章。"足下雖欲不聞於人，不可得。願自信不疑而已。

其　六

某啓。借示賦論諸文，遂得厭觀，殊發老思。西漢一首尤精確。文帝不誅七國，世未有知其説者，獨張安道嘗言之於神考，其疏，人亦莫之見也。今公所論，若合符節，非學識至到，不能及此。仰欽！仰欽！

與陳季常二首

其　一

某啓。昨日人還，拜書，想已達。今日見馬鋪報，公擇二十一日入光州界，計今已在光。輒於太守處借人持書約會於岐亭。某決用初一日早離州，初二日晚必造門，此會殆爲稀有。然第一請公勿殺物命，更與公擇一簡邀之，尤妙。人速，不盡所懷。恕之。不宣。

其　二

早來宿酒殊昏倦，得佳篇一洗，幸甚。昨日醉中口占，忘之矣。寫一首爲笑。

答毛澤民

再辱示手教，伏審酷熱起居清勝。見諭，某何敢當，徐思之，當不爾。非足下相期之遠，某安得聞此言，感愧深矣。體中微不佳，奉答草草。

答李方叔三首

其　一

侄婿王適子立，近過此，往彭城取解，或場屋相見。其人可與講論，詞學德性，皆過人也。其弟名遹，字子敏，亦不甚相遠。承問及兒子，屬令幹事，未及奉書，王文甫已與簡，令持前所留奉納矣。

其二

某啓。辱書累數百言，反復尋味，詞氣甚偉，雖不肖，亦已粗識。君子志義所在，然僕以愚不聞過，故至黜辱如此。若猶哀憐之，當痛加責讓，以感厲其意，庶幾改往修來，以盡餘年。今乃粉飾刻畫，是益其疾也，愧悚！愧悚！承持制甚苦，哀慕良深。便欲走詣，而自謫官以來，不復與往還慶吊，杜門省愆而已。謹遣小兒問左右，當以亮察。不宣。

其三

某啓。昨日辱書，不即答爲愧。乍晴，孝履安穩。所示，反復思之，亦欲有以少慰孝子之心，而某所不敢作者，非獨銘誌而已。至於詩賦贊詠之類，但涉文字者，舉不敢下筆也。憂患之餘，畏怯彌甚，必望有以亮之。少選，更令兒子去面述。不一一。

與劉壯輿六首

其一

某啓。久闊，但有懷企，竊惟起居佳勝。便欲造門，以器之率入山，還當奉謁。謹奉啓候問，匆匆，不宣。

其二

某昨夜苦熱減衣，晨起得頭痛病，故不出見客，然疾亦不甚也。方令小兒研墨爲君寫數大字。旋得來教及紙，因盡付去。恐墓表小字中亦有題目，則額上恐不當復云墓表，故別寫四大字，以備或用也。舍弟所作詞，當續寫去。人還，匆匆。

其　三

旦來枕上，讀所借文篇，釋然遂不知頭痛所在。曹公所云，信非虚語。然陳琳豈能及君耶？

其　四

某啓。辱手教，仍以茶簟爲貺，契義之重，理無可辭。但北歸以來，故人所餉皆辭之。敬受茶一袋以拜意。此陸宣公故事，想不訝也。仍寢來命，幸甚。

其　五

詩文二卷並納上，後詩已別寫在卷。後檢得舊本，改定數字。

其　六

某疾雖輕，然頭痛畏風也。承與李君同見過，不果見，不深訝否？悚息！悚息！來日若無風，當侵夜發去，更不及走別。一詩，取笑。

與程正輔四十七首

其　一

某近以痔疾發歇不定，亦頗無聊，故未和近詩也。郡中急足，有書並顧掾寄碑文，達否？成都寶月大師孫法舟者，遠來相看，過筠，帶子由一書來。他由循州行，故不得面達。今附上。

其 二

寄貺酥梨、猫筍、五味煎、榴棗等北方珍奇，物意兩重，感佩無窮。軾近來眠食頗佳，痔疾亦漸去矣。兄去此後，恐寓行衙，亦非久安之計，意欲結茅水東山上，但未有佳處，當徐擇爾。侄孫既喪母，當令長子邁來此指射差遣，因挈小兒子房下來。次子迨，且令試法赴舉也，恐欲知之。今有一書與邁，輒已作兄封題，乞令本司邸吏分明付之，邁必已到都下也。不罪！不罪！

其 三

某啓。本州黄燾推官，實甚廉幹，郡中殊賴之。不知今歲舉削能及之否？孤進無緣自達，不免僭言，不罪！不罪！博羅正月一日夜，忽失火，一邑皆爲灰燼，公私蕩然。林令在式假，高簿權縣。颶風猛烈，人力不加，衆所知也。百姓千人，皆露宿沙灘，可知！可知！蓋屋固未能，茅竹皆不可得，一壺千金之時，黄燾擘劃得竹三萬竿往濟之，極可佳。火後事極多，林令有心力，可委。他在式假，自不當坐此。願兄專牒此子，令修復公宇、倉庫之類，及存撫被災之民，彈壓寇賊，則小民受賜矣。

又，起造物料，若不依實價和買而行科配，則害民又甚於火矣。願兄嚴切約束本州，或更關牒漕司，依實支破，或專委黄推官提舉點檢催促及覺察科配。幸恕僭易。黄燾有一申狀，爲催促廣州檢曇潁公案，附來人去此文字。蓋廣州不應副，非本官拖延也。至孝通直蒙惠書，極於感慰，深欲裁答，爲連寫數書，燈下目昏，容後信也。不罪！不罪！六郎亦蒙問及，不殊此意。惟千萬節哀自重。幸恕簡略。

其　四

正輔要墨竹，固不惜，爲近年不畫，筆生，往往畫不成。候有佳者，當寄上也。

其　五

某啓。近因人來，附狀，必達。比日伏惟尊體佳勝，眷聚各康寧。某凡百如昨，北徙已絶望，作久計矣。寶月師孫法舟來，子由有書並劉朝奉書，今附舟去。寶月已化矣。舟甚佳士，語論通貫，可喜！可喜！開歲忽將一月，瞻奉無時，臨書惘惘。兄北歸，别得近耗否？惟萬萬自重。冗中奉啓，不宣。

其　六

某啓。往還接奉，其樂無量。既别，甚凄斷，亦不可言也。旦夕到廣，想不留兩日。尊候必佳健。十郎侍行不易，六郎甚渴一見也。某到家無恙。乞不賜念，惟萬萬爲時自重。不宣。

其　七

某别時飲過，數日病酒，昏昏如夢中也。且速發此書，不周謹，恕恕。家釀，嘗之微酸，不敢寄去。二詩，以發一笑。幸讀訖，便毁之也。

其　八

某啓。老兄留意浮橋事，公私蒙利，未易遽數。本州申漕司，乞支阜民監買糞土錢，若蒙支與，則鄧道士者可以力募緣成之矣。告與一言，某不當僭管。但目見冬有覆溺之憂，太守見禱，故不忍默也。但鄧君肯管，其工必堅久也。不罪！不罪！

仍乞密之,勿云出於老弟也。

其　九

某近因宜興回人卓契順者奉狀,想達視覽。即日起居佳勝,老嫂諸侄各計康靖。某與幼子亦如昨。遷居已八日,坐享安便,知愧!知愧!非兄巨庇,何以得此。未由面謝,臨紙悵仰。乍暄,萬萬爲國自重。不宣。

其　十

某啓。本州近申乞支阜民監糞土錢用修橋,未蒙指揮。告與漕使一言,此橋不成,公私皆病,敢望留意。近又體問得一事,本州諸軍,多闕管房,多二人共一間,極不聊生。其餘即散居市井間,賃屋而已。不惟費耗,軍人因此窘急作過。又本都無緣部轄,靡所不爲,公私之害,可勝言哉!某得罪居此,豈敢僭管官事,但此事俗吏所忽,莫教生出一事,即悔無及也。兄弟之情不可隱,故具别紙冒聞,千萬亮其本心恕罪,幸甚。此數十年積弊,難以責俗吏,非老兄才氣,常欲追配古人,即劣弟亦不輕發也。(**陳仁錫眉**)更加一鞭。然千萬密之。若少漏泄,即劣弟居此不安矣。告老兄作一手書,説與二漕,但只云指使藍生經過廉得,或更以一書與詹守,稍假借之,令盡力爲妙。自兄過此,詹亦知懼厲精也。

本州管六頭項兵,却一半無營房。其間有營房者,皆兩人住一間,頗不聊生。其餘只在民間賃屋散住,每月出賃房錢百五十至三百。其間賃官屋者,即於月糧錢内刻。(**非官中指揮,蓋掠房錢者,自擅如此。**)不惟軍人緣此貧乏,又都將上下,無由部轄,飲博逾違,急即逃走作賊,民不安居。又軍妻緣此犯奸者衆,遠方吏不得人,從來如此,非今官吏之過也。問得,數十年來如此矣。約度大略,少三百來間好屋。若與擘劃磚瓦,官自燒,林木亦可下縣采斫。(**只恐難爲足用。**)又阜民廢監,亦有木植,此外官買足之。度三百間瓦屋,每間可用三貫省錢,不過千緡,此事可了。願兄與漕司商量,先行文字下本州作訪。聞惠州自來軍人闕少營房,多在民間賃居。

又廣州、泉州、信州三處,差來客軍,各無營房。本州清化一指揮,雖有營房一二十間,又每年遭水,軍人家累,難爲存活,深爲不便。令本州知州職官都監子細勘會,逐一指揮去處及少營房數目,子細畫一開具。若干指揮全無營房,見今若干兵士賃屋,各具見今賃屋人數供申及相度。未有營房指揮,合於何處起造營房。及清化指揮,年年遭水,合與不合遷移,如合遷移,即今來已廢阜民監地位可與不可遷就。仍約度合用磚瓦材料人工錢數,先將本州見有磚瓦材料豁除外,仍更具管下縣分,有無可以采斫材木去處,兼見差是何人,如何采斫,及相度添置瓦窑,差兵匠燒變。本州皆荒茅地,雖有主,百姓自來不采茅,官若日差兵士數十人,專留充燒瓦之用,於公私並無妨害。

此外只具合支官中見錢的確數目供申,仍於本州應係諸般錢物内劃支撥,係提轉提舉司錢物具若干數目供申。若似此行遣,料得不過支轉運司錢四五百貫,思量此事,若不稍處置,致稍有意外之患,則于監司諸公,豈得爲穩便。然此事積弊久矣,非今官吏之過。切告吾兄,勿怪責此中官吏,萬告!萬告!如以卑言爲然,及漕司商量得行,即須專差一精幹官吏來此,與權都監王約者(**此子甚勤幹。**)同幹之。今且體問得逐營事件如後。

一、本州管澄海兩指揮,禁軍皆有營房,不外住。然皆是廢茅屋,常憂火燭,亦當爲瓦屋。又本營逐年多有水患,亦當相度,合如何疏理溝瀆或築防,令軍人安居。

一、清化指揮見管二百三十人,只有官屋二十間。見有五十五人兵級,在外賃屋住。及年年遭水,及地僻遠,並無籬墻,不可不遷,若遷於廢阜監,極爲穩便。

一、牢城指揮見管二百六十人,只有官屋四十間,二人共一間。外有三十六人兵級,見賃屋住。

一、泉州客軍一百五人,並無營房,只有官屋三間,餘並賃屋住。

一、信州客軍九十六人,見管營房七間。

一、廣州客軍九十人,元因岑探反後添差,不曾與置營房。此等客軍,多在知州都監及場務地分窠坐,故只於窠坐處宿食,以此不肯賃屋居住。然體訪得客軍既無營房,纔有病患,易得失所,是致死損人衆,不可不爲動心。

江海之間,寇攘淵藪。近日鹽賊,幸而皆已獲,不爾豈細故哉! 謫居之人,只願安帖。如惠州兵衛單寡,了無城郭,奸盗所窺,又若營房不立,軍政墮壞,安知無大奸生心乎? 此孤旅之人,所以輒貢縷言也。與指使藍生語,覺似了了,可令來此與王約者同幹否? 不揆僭言,非兄莫能容之。然此本乞一詳覽,便付火,雖二外甥,亦勿令見。若人知其自劣弟出,大不可不可。

其十一

某啓。近指使還左右,奉書必已聞達。比日履兹炎燠,尊體佳勝。某蒙庇如昨。筠州時得信,甚安。暑雨不常,蒸燒可厭,曲江想少清爽否? 何時會合,少解馳結,尚冀保練,姑慰願言。因何推官行,奉啓上問。不宣。再啓。橋錢必不足用,學錢且告老兄留取。切告! 切告! 前所問者,已得實狀,本州必已申去，蓋亦只止是矣。

其十二

某啓。近苦痔疾逾旬，牢落可知，今漸安矣，不煩深念。荔枝正熟，就林恣食，亦一快也，恨不同嘗。六郎、十郎昆仲各安。知六郎已拜恩命，深增慶忭。病倦，未及別啓。兼十郎要字，尚未暇寫，不訝！不訝！岐下、湖北，想頻得信。

其十三

某啓。柯推良吏，冠一郡也。兄許一紙乞濟其垂成，他雖細滿内太守一削，恐以他年及不使，若非兄特達，誰復成之。某不合僭言，實見其有風力廉幹，可惜其去，故爲一言也。切望！切望！切望！若非公論以柯爲可舉，某亦不敢頻煩，乞恕察。

其十四

近釀酒，甚醲白而醇美。或教入大麥蘖，而此中絶無大麥。如韶州有此物，因便人爲置數斗。不罪！不罪！

其十五

某啓。違别忽復數月，思仰日積。遞中辱書，伏審尊體佳勝，甚慰馳想。示諭《碧落洞》詩，却未寄貺，必封書時忘之也。竊望寄示。老弟却曾有一詩，今録呈，乞勿示人也。惠貺新茶，極爲佳品，感佩之至。未由會見，萬萬爲國自重。

其十六

某啓。近因柯推行，奉狀必達。示諭修橋事，問得才元，行牒已到本州,差官估所費,蓋八九百千。除有不係省諸般錢外,猶少四五百千。除有不係省諸般外,於法當提、轉分認。見説估得却是的確合用之數,若減省,即做不成,縱成,不堅久矣,體問是實。然老弟以卑見度之,恐不能成。何者?吏暗而孱,胥狡而横,若上司應副,破許多錢,必四六分入公私下頭,做成一坐河樓橋也,必矣!必矣!才元必欲成之,選一健幹吏令來權簽判,專了此事。不宜,且勿應副此錢,但令只嚴切指揮,且令牢系添修竹浮橋也。(**竹賤易成,創新,不過二十千,一兩月修一次,每次不過費三千,惟頻修爲要。**)前日指揮使去時,曾拜聞營房事,後來思之,亦與此同,度官吏必了不得也。深不欲言,恐誤老兄事。故冒言,千萬密之。與才元言,但只作兄意也。至懇!至懇!

其十七

某啓。伏暑,切惟起居清勝。某凡百如昨,近指使柯推及郡中買藥兵士三次奉狀,一一達否?十郎遞中書未到。新什此篇尤有功,咄咄逼鮑、謝矣。不覺起予,故和一詩,以致欽嘆之意,幸勿廣示人也。未由瞻奉,萬萬以時保練,麾汗不謹。

其十八

德孺、懿叔近得耗否?子由頻得安問,云亦有書至兄處,達否?鄧道士州中住兩月,已歸山。究其所得,亦無他奇,但歸根寧極,造次顛倒,心未嘗離爾。此士信能力行,又篤信不欺,常欲損己濟物,發於至誠也。知之!知之!

其十九

某啓。專人辱書,感慰無量。比日履兹新凉,尊體何如?

某一向苦痔疾,發歇未定,殊無聊也。所論退閑之樂,固終身無厭,但道氣未勝,宿疾尚纏,想亦災數。或言冬深當出厄,儻爾時勿藥乎?何時一迓來旆,少解羈困。萬萬以時自重。不宣。

其二十

某啓。近因蜀使奉狀,必達。惠新茶絶品,石耳異味,感荷之極也。扇二十柄,書畫殆遍,然終不佳,病倦少思也。《遺事》更少凉寫納。懿叔近得書,甚安。德孺久不聞耗也,令子各計安,未及别書。小兒荷問及,宜興兩兒服闋後欲南來。又赦後癡望量移稍北,不知可望否?兄聞衆議如何,有所聞批示也?報言者論壽州配買茶一事,已施行仁聖之意,亦可仰測萬一也。

其二十一

廣倅書報,近日颶風異常,公私屋倒二千餘間,大木盡拔。乾明訶子樹已倒,此四百年物也。父老云:“生平未見此異。”老兄莫緣此一到南海,拊視爲佳,惠人亦望使車一到。若早來,民受賜多矣。必察此意。獄事辱老兄按正,遠近心服,暗繆之人,亦緣兄免此冤債,當没齒荷戴,乃更恨耶?好笑!好笑!

其二十二

某啓。昨日附來使,上狀,必達。稍凉,起居佳勝。見嚴推言,邑君嘗服藥,尋已平愈,今想益康健。秋色漸佳,惟冀倍加寢膳。不宣。

其二十三

某啓。嚴令清約,恤民之心,必蒙顧慮也。有兩事托面聞,幸恕草次。

其二十四

某啓。近奉慰必已達。比日悼念之餘,起居如宜。吾兄學道久矣,必不使無益之悲,久留懷抱。但劣弟未克面論,不免懸情,惟深察此理。寬中强飯,不勝區區。再奉手啓布聞。不宣。

其二十五

某啓。知已登舟歲巡連州,切望不惜數日之勞,一游羅浮。家居悒悒,觸物增懷,不如且徜徉山水間散此伊鬱也。仍望先令人來約,徑去山下伺候也。少事干告,此中太守已借數人白直,僅足使令,欲更告兄,輒借兩人,如許,即乞彼中先减兩白直,却牒州差兩厢軍借使也。不罪！不罪！

其二十六

某啓。近兩奉狀,必相斷塵聞。比來切惟尊候康安。閨門之戚,想已平遣。前云過重九啓行,計已在途,羅浮之游,果如約否？不勝顒望。餘暑跋涉,惟冀若時自重。不宣。

其二十七

某目見之事,恐可以助仁政之萬一,故敢僭言。不罪！不罪！今來秋大熟,米賤已傷農矣。所納秋米六萬三千餘石,而漕府乃令五萬以上折納見錢,餘納正色,雖許下户取便納錢,然納米不得過五千碩元科之數,則取便之説,乃空言爾。嶺南錢荒久矣,今年又起納役錢,見今質庫皆閉,連車整船,載米入城,掉臂不顧,不知如何了得賦税役錢去。朝廷新行役法,監司宜共將傍人户令易爲徵催，准條支移折變，委轉運司相視收成豐歉，務從民便。據此敕意，即是豐則約米，歉則約錢。今乃反之，豈爲穩便？（陳仁錫眉）是通達之言。大都朝廷一嚴切，則郡邑奉行必有不可言者，總坐不肯商量耳。

聞范君指揮，非傅同年意也。本州詹守，極有恤民之意，聞説申乞第二等以下人户納錢與米，並從其便，不知元科米數。此實一州人户衆願，非詹守私意，及非專斗要計會多納米也。望兄力賜一言，特從其請及乞提、轉共行一條，戒約州縣大估米價，以致百姓重困，須得依在市見賣實直。如牒到日，已估價太高者，許依實改正，庶幾疲民盡沾實惠。切望兄留意，仍密之，勿令人知自弟出也，千萬！千萬！問得本州支米，每年不過九千，若五萬全納正色，則有積弊之憂，若以積滯之故，年年多納錢，少納米，則農民益困，嶺南之大患也。（見説廣東諸郡，皆患米多支少。）請兄與諸公商量，具此利害，共入一奏，乞今後應役人、公人庸錢及重法錢並一半折米，却以見錢還運司，則公私皆便，免得税米積滯，年年抑勒，人户多納見錢，此大利也。但當立條，常令提舉、提刑司常切覺察轉運司及州縣大估米價及支惡弱米，免虧損役人、公人，則盡善矣。

本州申乞桩定第一等丁米，二萬九千餘碩，並須得納見錢。其餘第一等税米，及第二等以下丁税米，共約計三萬四千餘碩，任從民便，納錢納米。近下零碎者，多願納錢，且以少計之，三萬四千碩中，必有一萬以上碩納見錢矣，與漕司元科數目不大相懸，而第二等以下户，皆得任便，不拘元科數目，人情必大悦。奈何！一年役錢及重法等錢，共計支一萬三千四百餘貫，若一半折支米，即是每年有六千七百貫錢折米，米每斗極貴時，不過折五十，約計折支，得一萬三千餘碩也。大郎兄弟有來耗未？

六郎、十郎侍下孝履如何?不及作書,且乞寬節哀思,强食自愛。宜興一書,煩爲入一皮角遞。兒子輩開歲前皆入京授差遣,此書告爲便發,庶速得達也。不罪!不罪!

其二十八

某啓。自聞尊嫂傾背,三發慰書矣。比日起居何如,懷抱漸開否?傾仰之至。輒有少意,不勝私憂過計之心,故復發此書,必加恕亮,餘無異前懇也。不宣。

其二十九

某今日伏讀赦書,有責降官量移指揮,自惟無狀,恐可該此恩命,庶幾復得生見嶺北江山矣。幸甚。

又見赦文云:"訪聞諸路轉運司,有折科二税過重,致民間輸納倍費涉於掊尅者,令提舉司舉察關提、轉先次改正,依條折科訖奏。"此一節非常赦語,必是聖主新意。主上自躬聽斷以來,事從仁恕。如孫載不奏災傷衝替,廬、壽等州罷配買茶之類,皆非有司所及。乃天衷英發,恤民之深意,恨遠不盡聞。(**陳仁錫眉**)爲人。然亦得北方故人書,皆云仁聖日躋,兼有昭、裕二陵德美。某雖廢棄,曾忝侍從,大恩未報,死不敢忘,聞此美政,不勝踊躍。正輔忠愛之深,想同此意。

然惠州近日科折秫米一事,正違著此赦文,甚可懼也。(**陳仁錫眉**)朝廷赦之,而吏胥不赦。赦文云:"訪聞折科二税過重,致民間倍費,涉於掊尅者,令覺察改正。"今惠州秋田大熟,米賤傷農,而秋米六萬餘碩,九分二釐以下納人户賣米,(**衆人皆云今年米實無價,若官中價錢緊急,人户更不敢惜米,得錢便賣,下稍不過三十文足。**)二斗已上,方納得一斗。豈非赦文所謂折科過重,使民倍費者乎？謂之掊尅，顯見聖意疾之甚矣。赦文榜在衢路，讀者已有此謗，可不懼乎？謹按《編敕》，支移折變，令轉運司相視豐歉，務從民便。詳此敕意，專務便民，豐則納米，歉則納錢。今乃返之，違條甚矣。某切謂提刑、提舉司當依赦文檢坐此條，改正施行。

昨日惠守詹君，申轉運司乞指定第一等丁米二萬九千餘碩納錢，其餘第一等以下税米及第二等以下米三萬餘碩，並從民便，任納米錢。（**詹欲某與兄一言，時已致書具論矣。**）此雖少蘇疲民，然亦未依得今來赦敕也。如赦敕意，第一等人户，豈可令倍費乎？某恃兄洞照，不避僭易，請兄與傅、蕭二公面議共行下一文字云："所有今年折科秋米，並只依見在市賣實直估定。其第五等人户，並聽情願，任納錢米，更不拘前來元科數目。"如此，方依得今來赦文外編赦指揮，而一路之民遂少紓也。

但聞得東路州郡，大率米多支少，故運司常有積滯腐敗之憂，不可不爲之深慮。若能權利害之輕重，取捨從宜，則拘多補少，固自有術，何至作此違條害民之事乎？（**昨日書中所陳役人見錢，奏乞一半折米，此公私兩利之策也。**）大凡人户，去州縣遠者，及下户税米零碎者，皆願納錢。只爲州郡估得價高，（**大抵官吏皆畏懼上司，但加三以上估價。滑胥俗吏，結爲一片，靡不如此。須是上司痛加約束，則此風庶幾或可革也。**）致人户只願納米。今運司既患米多支少，歸於腐敗，所損不小，即須權此利害。不知估價稍低，而常得見錢，以救運司闕乏，與空估高價，而令人户只願納米，積滯腐敗，終爲糞土者，得失孰多？若能痛加打罵郡中俗吏，令中平估價，則人户必有大半願納錢者。豈非運司大利乎？今惠州每年支米，不過九千，九千之外，累百巨萬，雖未腐敗，而無可支遣，與糞土何異。若上等人户，必欲納又不失高價，則須是州縣盲枷瞎棒，以膏血償填，縱忍爲之，奈赦文何！

某不避僭易，欲兄專爲此，一到廣州，與傅、蕭面議，反復究竟，權利害。二公皆仁人君子也，必商量得成。即願三司連銜入一文字，專牒逐州知通，大略云：今年秋熟，恐米賤傷農，所以聽從民便，任納錢米。又緣逐州米多支少，恐有腐敗積滯之憂，深慮倉專斗級等，意欲多納正色，用幸計會司屬及行人等高估米價，令人户納錢倍費，只願納米，致將來納多支少，積滯腐敗，不委逐官專切覺察須管。一依見在市賣中價，不得輒有絲毫加抬，仍具結罪保明申上。如牒來到日，已曾高估者，許改正裁減，務令便民訖，申其高估干繫人，並與免罪。如經逐官保明後，却察探得知依舊高抬大估，比見賣直價有加分文，致人户不願納錢，將來積滯官米，即官吏並須勘奏，乞行朝典。若蒙採用芻蕘，一路生靈受賜也。

恃眷知，如此率易，死罪！死罪！此事切勿令人知出不肖之言也。切告！切告！

其三十

某啓。近四奉狀，必一一達。比日起居何似？聞東行已決，但未聞離五羊的日，故未敢往迎。旦夕聞的耗，即輕舟徑前也。區區，並俟面道。不宣。

其三十一

某啓。羅浮之游，不知先往而後入州耶？抑俟回日也？弟惟兄馬首之視，無不可者。旦日乘舫，徑至泊頭以來也。匆匆，未能盡意。

其三十二

某啓。多日不上問,但積馳仰。不審比來尊候何似,眷聚各佳否？德孺、懿叔想時有安問。某蒙庇粗遣,子由亦安,秋凉使旆出按否？儻又一見,何幸如之。未間,萬冀自重。不宣。

其三十三

某舊苦痔疾,蓋二十一年矣。近日忽大作,百藥不效,雖知不能爲甚害,然痛楚無聊兩月餘,頗亦難當。出於無計,遂欲休糧以清净勝之,則又未能遽爾。但擇其近似者,斷酒斷肉,斷鹽酢醬菜,凡有味物,皆斷,又斷粳米飯,惟食淡麵一味。其間更食胡麻、伏苓麨少許取飽。胡麻,黑脂麻是也。去皮,九蒸曝白。伏苓去皮,擣羅入少白蜜,爲麨,雜胡麻食之,甚美。如此服食已多日,氣力不衰,而痔漸退。久不退轉,輔以少氣術,其效殆未易量也。此事極難忍,方勉力必行之。惟患無好白伏苓,不用赤者,告兄爲于韶、英、南雄尋買得十來斤,乃足用,不足且旋致之,亦可。已一面於廣州買去。此藥時有僞者。柳子云盡老芋是也。若有松根貫之,却是伏神,亦與伏苓同,可用,惟乞辨其僞者。頻有干煩,實爲老病切要用者,敢望留念。幸甚！幸甚！

蜜,此中無有,亦多僞。如有真者,更求少許。既絶肉五味,只啖此麨及淡麵,更不消别藥,百病自去。此長年之真訣,但易知而難行爾。弟發得志願甚堅,恐是因災致福也。

其三十四

某再啓。承諭,感念至泣下,老弟亦免如此藴結之懷,非一見,終不能解也。見勸作詩,本亦無固必,自懶作爾。如此候蟲時鳴，自鳴而已，何所損益，不必作，不必不作也。吾兄作一兩篇見寄，當次韻爾。兼寄佳釀川芎，大濟所用，物意兩重，增感激也。問所幹，亦别無事，恐三、四月間，告求一兩般家人至筠及常州。至時，當拜書干扣也。

其三十五

某近頗好丹藥，不惟有意於却老，亦欲玩物之變，以自娱也。聞曲江諸場，亦有老翁鬚生銀是也。甚貴，難得，兄試爲體問，如可求，買得五六兩爲佳。若費力難求即已，非急用也。不罪！不罪！

其三十六

某慰疏言。不意變故，表嫂壽安縣君遽捐館舍，聞訃悲怛，感涕並懷。切惟恩義深篤，追悼割裂，哀痛難堪，日月流速，奄畢七供，感動逾遠，奈何！某限以謫居，莫緣奔詣吊問，愧恨千萬。幸冀省節悲悼，强食自重，不勝區區。謹奉疏慰。不次，謹疏。

其三十七

某啓。不謂尊嫂忽罹此禍。惟兄四十年恩好，所謂老身長子者，此情豈易割捨。然萬般追悼，於亡者了無絲毫之益，而於身有不貲之憂，不即拂除，譬之露電，殆非所望於明哲也。謫地不敢輒捨去，無緣面析此理，願兄深照痛遣，勿留絲毫胸中也。惟有速作佛事，升濟幽明，此不可不信也，惟速爲妙。老弟前年悼亡，亦只汲汲於此事，亦不必盡之。佛僧拯貧苦尤佳，但發爲亡者意，則俯仰之間，便貫幽顯也。忝至眷，必不訝。草次。

其三十八

某輒附上綾、刻絲各一匹，用與表嫂齋僧，表區區微意。不罪！不罪！淡麵經月，疾不減，却稍肉食，近却頗安。天凉災退，自然安適，茯苓亦不服食也。承寄遺並蜜已領，極佳。近嚴推官者，托口陳二事，曾道便人寄書畫扇子去，必達。八十哥化去，感念疇昔，爲之出涕。史嗣立宅表娣一十一縣君亦有事。羈寓嶺海，那堪時時聞此。知兄已出巡，千萬勿憚遠，一來游羅浮。弟候聞來耗，便去山下奉候。表侄必未到，且請决意一來。恐明年兄必北歸，無由來也。

其三十九

《遺事》已用澄心紙、廷珪墨寫成，納去。尉掾子孫一句，不須出，彼自不知也。必欲去者，摹刻時落之。並有《江月》五首，録呈爲一笑。吾儕老矣，不宜久鬱，時以詩酒自娱爲佳。亡者俯仰之間，知在何方世界，而吾方悲戀不已，豈非繫風捕影之流哉！

其四十

某啓。别後，因本州便人一次上狀，並《香積》詩，必已達尊覽。兩辱賜教，具審起居佳勝，甚慰馳仰。軾入冬，眠食甚佳，几席之下，澄江碧色，鷗鷺翔集，魚蝦出没，有足樂者。又時走湖上，觀作新橋。掩骼之事，亦有條理，皆粗慰人意。蓋優哉游哉，聊以卒歲，知之，免憂。藥錢亦已如請。比來數事，皆蒙賜左右，此邦老稚，共荷戴也。乍寒，萬萬自重，不宣。

其四十一

某啓。長至伊邇，不獲稱觴，祝頌之懷，難以言諭。比日起居增勝。憲掾顧君至，辱手書，感慰倍常。顧君信佳士，伯樂之廄，固無凡足也。老弟凡百如昨，但痔疾不免時作。自至日便杜門不見客，不看書，凡事皆廢。但曉夕默坐作少乘定，雖非至道，亦且休息。平生勞弊，且作少期百日。兄憂愛之深，故白其詳，不須語人也。所謂以得爲失者，夢幻顛倒，類皆如此爾。未由瞻奉，萬萬若時自重。不宣。

其四十二

某啓。蒙惠冠簪甚奇，即日服之，但衰朽不稱爾。全面極佳，感怍之至。岑茶已領。杭人送到《表忠觀碑》，裝背作五大軸，輒送上。老兄請挂之高堂素壁，時一睨之，如與老弟相見也。附顧君的信，封角草草。不訝！不訝！升卿之問，已答之矣。已白顧君其詳。

其四十三

某啓。别來三得書教，眷撫愈重，感慰深矣。想已達韶，起居佳勝。《桃花詩》，再蒙頒示，誦詠不能釋手。"菅"字韻拙句，特蒙垂和，句句奇警，謹用降服，幸甚！幸甚！《一字》雖戲劇，亦人所不逮也。軾凡百如昨，十九日遷入行衙。再會未期，惟望順時爲國自重。因蘇州卓行者奉問。不宣。

其四十四

三詩因感微物，以寄妙理，讀之翛然自失。以病未和得，愧怍。執政小簡，中近人之病，聽不聽在他，兄不可不言也。如聞前削監事，亦頗行，是否？寄惠大黄丸等、糟薑法、魚麥蘖，並已捧領，感荷！感荷！

其四十五

近得柳仲遠書，報妹子小二娘四月十九日有事於定州，柳見作定簽也。遠地聞此，情懷割裂，閑報之爾。

其四十六

某啓。聞歸艎到岸，喜不自勝。辱手教，承起居佳適。值夜乏人，未可前詣。新詩輒次韻，取笑！取笑！前本附納，匆匆。

其四十七

某啓。漂泊海上，一笑之樂固不易得，况義兼親友如公之重者乎？但治具過厚，慚悚不已。經宿，尊體佳勝。承即解舟，恨不克追餞。涉履慎重，早還爲望。不宣。

與馮祖仁三首

其　一

某啓。辱手教，承晚來起居佳勝。惠示珠欖，頃所未見，非獨下視沙糖矣。想當一笑，匆匆，不宣。

其　二

某啓。前日辱下顧，尚未果走謝，悚息不已。捧手教，承起居佳勝。卑體尚未甚清快，坐阻談對，爲悵惘也。惠示妙劑，獲之，喜甚。從此衰疾有瘳矣。人還，不宣。

其　三

某啓。辱手教，具審尊體佳勝，甚慰馳仰。拙疾亦漸平矣。

來日當出詣。番燒羊蒙珍惠，下逮童稚矣。謹奉啓謝，不宣。

與章質夫三首

其一

某啓。承喻慎静以處憂患。非心愛我之深，何以及此，謹置之座右也。《柳花》詞妙絶，使來者何以措詞。本不敢繼作，又思公正柳花飛時出巡按，坐想四子，閉門愁斷，故寫其意，次韻一首寄去，亦告不以示人也。《七夕》詞亦録呈。藥方付徐令去，惟細辨。覆盆子若不真，即無效。前者路傍摘者，此土人謂之插秧莓，三、四月花，五、六月熟，其子酸甜可食，當陰乾其子用之。今市人賣者，乃是花鴉莓，九月熟，與《本草》所説不同，不可妄用。想篭子已寄君猷矣。

其二

某啓。伏承被召，移漕六路，輿論所期，雖未厭滿，而脱屣炎州，歸覲闕庭，兹可慶也。比日啓途之暇，起居佳勝。某謫籍所拘，未由攀餞，北望旌馭，此懷可知。伏冀若時爲國保重而已。謹奉手啓代違，不宣。

其三

某啓。近承手書，以侍者化去，曲垂開喻，感佩深矣。比來皆已忘去。凡百粗遣。但方營新居，費用百端，獨力幹辦，尤爲疲勩，冬末乃畢工。爾時遂杜門默坐，雖鄰不覿。荷公憂愛之深，恐欲知其略也。萬一有南來便人，爲致人參、乾棗數斤，朝夕所須也。不罪！不罪！

與章子厚二首

其　一

某啓。僕居東坡，作陂種稻，有田五十畝，身耕妻蠶，聊以卒歲。昨日一牛病幾死，牛醫不識其狀，而老妻識之，曰：“此牛發豆斑瘡也，法當以青蒿粥啖之。”用其言而效。勿謂僕謫居之後，一向便作村舍翁。老妻猶解接黑牡丹也。（**陳仁錫眉**）□□敲□□□畫□□，彼妻孥當退避三舍。言此，發公千里一笑。

其　二

某啓。閑居無人寫得公狀及圓封，又且不便於郵筒，不以爲簡慢也。丈丈尊候，聞愈康健，不敢拜書。江淮間歲豐物賤，百須易致，但貧窶所迫，營幹自費力耳。舍弟自南都來，挈賤累繚繞江淮，百日至此，相聚旬日，即赴任到筠。不數日，喪一女，情懷可知。碎累滿眼，比某尤爲貧困也。荷公憂念，聊復及之耳。其餘，非尺書所能盡也。

與章子平十五首

其　一

某啓。咫尺不時上問，特枉手書，愧汗不已。比日起居何如？某老病日增，殊厭繁劇，方艱食中，未敢乞閑郡，日俟譴逐爾。未由面言，臨紙惘惘。千萬爲國自愛。不宣。

其　二

某啓。久闊，幸經過一見，殊慰瞻仰。違去未幾，復深馳繫。

比日,伏惟起居佳勝。到官數月,公私衮衮,殆非衰病所堪。然湖山風物依然,足慰遲暮也。未由接奉,千萬爲國自重。不宣。

其　三

某啓。稍疏上問,伏惟台候萬福。積雨不少,害稼否?想極憂勞。杭雖多高原,已厭水矣。未緣瞻奉,惟劇思仰。毒暑,萬萬自重。揮汗,恕不謹。

其　四

某啓。楊同年至,出所教賜,且審比日起居佳勝,感慰兼極。某百凡如昨。秋暑向衰,官事亦漸簡,差有可樂。湖山之勝,恨不與老兄共之也。金魚池上,數寺亦潔雅,未宜嫌棄,餘非書所能究。

其　五

某再啓。前日曲蒙厚待,感怍兼至,輒有小懇拜聞。本州於潛縣柳豫,極有文行,近丁憂貧甚,食口至衆,無所歸,可代曾君管秀學否?聞曾君不久服闋入京,如未有人,幸留此闕也。此人詞學甚富,而内行過人,誠可以表帥學者。率易干聞,必不深訝。可否略示諭。

其　六

某少事試干聞。京口有陳輔之秀才,學行甚高,詩文皆過人,與王荆公最雅素。荆公用事,他絶不自通。及公退居金陵,日與之唱和,孤介寡合,不娶不仕,近古獨行。然貧甚,薪水不給。竊恐貴郡未有學官,可請此人否?如何,乞示及。月給幾何,度其可足,即當發書邀之。如已有人,或別有所礙,即已。哀其孤高窮苦,故謾爲之一言。不罪!不罪!(**陳仁錫眉**)公不棄荆公,何必與王公作對?

其　七

某再啓。疊蒙示諭,但得吾兄不見罪,幸矣,豈復有他哉!某自是平生坎坷動致煩言者,吾兄不復云爾,讀之不覺絶倒也。舍弟孤拙,豈堪居此官,但力辭不得免爾。承諭及,感怍!感怍!船子甚荷留念,已差人咨請。知之。

其　八

葑𦺇初無用,近以湖心疊出一路,長八百八十丈,闊五丈,頗消散此物,相次開。路西葑田,想有餘可爲田者,當如教揭榜示之。

其　九

某疏拙多忤,吾兄知之舊矣。然中實無他,久亦自信。示諭别紙,讀之甚惶恐。某接契末非一日,豈復以人上浮言爲事,而况無有耶?此必告者過也。當路紛紛,易得瞋喜,願彼此一切勿聽而已。餘非面不究。令子辱訪,不盡款曲。悚息!悚息!

其　十

某啓。公見勸開西湖,今已下手成倫理矣,想不惜見助。贓罰船子,告爲盡數刻刷,多多益佳,約用四百隻也。仍告差人駕來,本州諸般,全然闕兵也。至懇!至懇!

其十一

某啓。昨日遠煩從者,感愧之極。辱書,承起居佳勝。渡江非今晚即來晨,豈可再煩枉顧。貺鵝肉,極濟所乏,遂與安國、幾先同饗。乍遠,千萬保愛不宣。

其十二

某啓。久别,復此邂逅爲喜。病瘡,不果往見,只今解去,豈勝悵惘。子由寄今年賜茗,輒分一團,愧微少也。二陳恨不一見之,且爲致區區。乍遠,千萬自愛。

其十三

某頓首致平學士。某自儀真得暑毒,困卧如昏醉中。到京口,自太守以下,皆不能見,茫然不知致平在此。得書,乃漸醒悟。伏讀來教,感嘆不已。某與丞相定交四十餘年,雖中間出處稍異,交情固無所增損也。聞其高年,寄迹海隅,此懷可知。但以往者,更説何益,惟論其未然者而已。主上至仁至信,草木豚魚所知也。建中靖國之意,可恃以安。又海康風土不甚惡,寒熱皆適中。舶到時,四方物多有,若昆仲先於閩客、廣舟準備,備家常要用藥百千去,自治之餘,亦可以及鄰里鄉黨。又丞相知養内外丹久矣,所以未成者,正坐大用故也。今兹閑放,正宜成此。然只可自内養丹。切不可服外物也。(**舒州李惟熙丹,化鐵成金,可謂至矣,服之皆生胎髮。然卒爲癰疽大患,皆耳目所接,戒之!戒之!**)

某在海外,曾作《續養生論》一首,甚欲寫寄,病困未能。到毗陵,定疊檢獲,當録呈也。所云穆卜,反復究繹,必是誤聽。紛紛見及已多矣,得安此行,爲幸!爲幸!更徐聽其審。又見今病狀，死生未可必。自半月來，日食米不半合，見食却飽，今且速歸毗陵，聊自憩。此我里，庶幾且少休，不即死。書至此，困憊放筆，太息而已。

其十四

《續養生論》乃有遇而作，論即是方，非如中散泛論也。白术一味，（**舒州買者，每兩二百足，細碎而有兩絲。舒人亦珍之。然其膏潤肥厚，遠不及宣、湖所出。每里二斤，五六百足，極肥美，當用此耳。若世所謂茅术，不可用。**）細擣爲末，餘筋滓難擣者棄之。或留作香，其細末曝日中，時以井花水灑潤之，則膏液自上，謹視其和合，即入木臼杵數千下，便丸，如梧桐子大。（**不入一物。**）此必是仙方。日以井花水咽百丸，漸加至三百丸，益多尤佳。此非有仙骨者不傳。《續養生論》尤爲異書，然要以口授其詳也。

其十五

某再啓。比來道氣如何？用新術有驗否？何生寫真，逮十分矣，非公與子中指擿，亦不至是也。感服！感服！所云觀音驗已久，公何知之晚，丘誦之久矣。一笑！一笑！令侄節推甚安，幕中極煩他也。

與蹇授之二首

其　一

某慰疏言。不意變故，令閤盛年遽至傾殞，聞問悲愕，如何可言。竊惟感悼之深，觸物增慟。日月逝矣，追想無及，奈何！

奈何！未緣詣慰，但增哽塞。謹奉啓少布區區。不宣。

其　二

某啓。得季常書，知公有閨門之戚，内外積慶，淑德著聞，乃遽爾耶？公去親遠，動以貽憂爲念，千萬麾遣，無令生疾。此區區至意，惟聰明察之。季常悲恨甚矣，亦常以書痛解之。適苦目疾，上問極草草，不罪！不罪！舍弟每有書來，甚荷德庇。尊丈待制，必頻得信，因家書爲道區區。

與張君子五首

其　一

某啓。别後公私紛冗，有闕上問，敢謂存記，遠枉書教，奬與隆重，足爲衰朽之光。比日履兹寒凝，起居佳勝。某凡百粗遣。但杭之煩劇，非抱病守拙者所堪。行丐閑散，以避紛紛耳。湖山雖勝游，而浙民饑歉，公帑窘迫，到郡但閉閤清坐而已，甚不爲過往所悦。然老倦謀退，豈復以毁譽爲懷。公知照之深，聊復及此。未由展會，尚冀爲國自愛。不宣。

其　二

某春來多病，時復謁告，乞宣城，或一宫觀差遣。蓋拙者雖在遠外，尚忝劇郡，故不爲用事者所容。近者言陳師道，因復見及。又去年黥二凶人，一路爲之肅然。今乃爲其所訟，蓋必有使之者。不然，頑民不知爲此也。以此，不得不爲求閑散以避其鋒。素荷知照，聊復及之。亦恐都下相識，不知其由，以爲無故復求退，欲公粗知其心耳。

其　三

某承欲令寫先塋神道碑，如公家世，不肖以得附托爲寵，更復何辭。但從來不寫，除詔旨外，只寫景仁一《誌》，以盡先人研席之舊，義均兄弟，故不得免，其餘皆辭之矣。今若爲公家寫，則見罪者必衆，唯深察悚息。不肖爲俗所憎，獨公相視親厚，豈復惜一運筆？但業已辭他人，嫌若有所擇耳。千萬見恕！惠貺小團佳醖，物意兩重。捧領慚荷。

其　四

某守郡粗遣，去國稍久，矧懷家弟，老病豈不念歸。但聞以眷知之深，頗爲當路所忌，縱復歸覲，不免側目，憂患愈深，不若在外之安也。蒙念最深，故及此，幸密之。

其　五

某啓。别紙示喻，愛念之深，欲其歸闕。某之思念家弟，懷仰親友，豈無歸意。但在内實無絲毫補報，而爲郡粗可及民。（**陳仁錫眉**）真。又自顧衰老，豈能復與人計較長短是非，招怒取謗耶？（**陳仁錫夾**）□此空之何如？若緘口隨衆，又非平生本意。計之熟矣，以此不如且在外也。子由想亦不久須出，則歸亦誰從。浙西災傷殊甚，不減熙寧。然備禦之方，亦粗設矣。俟到夏，流殍不大作，則别乞一小僻郡，少安衰拙也。蒙知照之深，故覼縷。因見晉卿道此，亦佳。冗懶殊甚，不别拜書，想不罪也。惠貺團茗御香，皆所難得，感佩之至。

與楊元素

某啓。忽聞舟馭至鄂，喜不自勝。想見笑語，發於寤寐。

尋遣人馳書,未達間,令弟慶基來,聞已往安州,悵然失望,至今情況不佳。想公愛我之深,亦自悔之也。比日起居佳勝。與元法相聚之樂,獨不得與樽俎之間,想孜孜見説而已。然領手教累幅,及見和新詞,差以喜慰。乍寒衝涉,保練爲禱。不宣。

【彙評】

陳天定:鍾惺云:千古門户議論,數語道盡。

與林子中五首

其　一

某啓。近遣人奉書,必達。乍暖,台候佳勝。某被命維揚,差復相近,頗以爲喜。召命過我,當爲十日留也。未間,萬萬自重。不宣。

其　二

某啓。以病在告,不與朝會,莫克望見,瞻企之極。前日辱手教,不即答,悚息!悚息!比來起居何如?二圖奇妙絶世,輒作二絶句其後,答去。幸批一二字,要知達也。匆匆,不宣。

其　三

某啓。惠貺二團,領意至厚,感怍無已。所要雞腸草,未有生者。此有一惑爐火。人收得少許,納去。老兄亦有此惑故耶?邦直耽此極深。僕有一方,遂爲取去,可就問傳取也。奇絶!奇絶!(**消碙,雌相伏者。**)寫書至此,忽見報,當使高麗。方喜得人,又見辭免,何也?不知得請否?此本劣弟差遣,遂爲老兄所挽，然比公之還，僕亦不患貧矣。呵呵。且寄數字，貴知此行果决如何？若不能免，遂浮滄海、觀日出，使絶域知有林夫子，亦人生一段美事也。

其 四

某啓。承别紙示喻，知大事雖已畢，而聚族至衆，費用不貲。吾兄平時僅足衣食，況經此變故，窘迫可知，聞之但辦得空憂，可量愧嘆。昆仲才行，豈久困者！天下何嘗有飢寒官人耶？惟寬懷順變而已。(陳仁錫眉)平心。故人勉强一慰，此乃世俗之常悲，何知之晚耶！所要元素方，本非親授於元素。蓋往歲得之於一道人，後以與單驤，驤以傳與可。與可云試之有驗，仍云元素，即此方也。某即不曾驗，今納元初傳本去，恐未能有益，而先奉糜垂竭之囊也。又初傳者，若非絶世隱淪之人爲之，恐有災患，不敢不納去，又不敢不奉聞，慎之！慎之！某在京師，已斷作詩，近日又却時復爲之，蓋無以遣懷耳。固未嘗留本，今蒙見索，容少暇也。

其 五

某啓。子中既憂居，情味可知。又加以貧乏。而值此時，百事難礙，奈何。近得正仲書，亦如此。此乃吾曹分限，殆不可逃也。某始到此，俸亦粗給，爲欲聘一外生，亦忙窘。此事亦不足言，要亦不至飢寒。近日逐出數講僧，别請長老，此亦小事，繫何休戚。而文移問難如織。今差人請瑞光本師，見説，已有人向道此僧不赴，是何閑事，但欲沮此公耳。請子中緩頰，力爲致之，有一别紙，或可示本也。其餘，非面不悉。

與楊康功二首

其　一

某啓。浙右之别,遂失上問,至今想必察其情也。特枉書問,感愧兼集。比日起居何如?衆論翕然,知忠信之可恃,名實之相副也。雅故之末,欣慰可量。未緣趨奉,惟冀順時爲國自重。不宣。

其　二

某啓。自聞國恤,哀慕摧殞,不知所措。惟公忠孝體國,想同此情。某無狀,自取大戾,非先帝哀矜,豈有今日矣?誰復知我者,公知之深,故及此耳。嗣皇繼聖,聖化日新,勉就功業,遂康斯民,知識之望也。

與杜子師四首

其　一

某啓。辱書,承晚來起居佳勝。示及畫圖,覽之愧汗,不惟犯孟子、柳宗元之禁,又使多言者得造風波,甚非相愛之道也。謹却封納。從者已多日離親側,唯以早還爲宜。進道外,千萬倍加愛養。入夜,草草。不宣。

其　二

某啓。辱書,因循不即裁謝。專人惠簡,只增愧悚。比日起居佳勝。某今晚到泗州,來日隨早晚行,不出十六七日到揚。如欲相見,可少留相待,或附客舟沿路邂逅也。若已由天長路奔還，即不及矣。惟千萬保愛，更進學術以就遠業。不宣。

其 三

某啓。貶竄皆愚暗自取，罪大罰輕，感恩念咎之外，略不置胸中也。得喪常理，正如子師及第落解爾。如别紙所諭，甚非見愛之道。此等語切冀默之。餘非面莫悉。

其 四

某啓。泗上爲别，忽已八年，思企深矣。專人辱手書，承起居佳福，至慰。某已到儀真少幹，當留旬日。舍弟欲同居潁昌，月末遂北上矣。非久會面，欣惬之極。人還，謹奉啓。不宣。

與孫志同三首

其 一

某啓。衰朽困窮，故人不遺，遠辱臨訪，旅泊兩月，勤厚至矣。明旦決行，料公必欲追餞。古語云："千里遠送，歸於一别。"而吾輩學道人，不欲有所留戀，況公去家往返已千里矣，慎勿更至前路舟次執手足矣。惟萬萬自重。不宣。

其 二

僧監大師行解高明，得數月相從，殊慰所懷。已曾告别，更不再詣，與志舉爲舟次執别，慎勿前去。浮屠不三宿桑下，尤忌牽聯也。

其　三

煮菜羹已熟，奉待同啜了，往道場燒香，供小團，可速來。詩改一聯補兩字，重寫納去，却示舊本。

與孫志康

某慰言。不意變故，尊丈節推遽捐館舍，士友悲慟，有識嘆惋，奈何！奈何！伏惟至孝志康節推，純誠篤至，罹此凶酷，哀慕摧裂，何以堪處。日月有時，已訖襄事，攀號逾遠，觸物增愴，孝思罔極，奈何！奈何！某以竄逐海上，莫由赴吊，臨紙哽噎，言莫能諭。尚冀寬中以繼志爲大，以時節哀强食，庶全生理。謹奉疏，不次。

與王敏仲五首

其　一

某啓。久以病倦，闕於上問。竊惟鎮撫多暇，起居萬福。春來雨暘調適，必善歲也。想慰勤恤之懷。莫由瞻奉，惟冀若時爲國保練。不宣。

其　二

某啓。自幼累到後，諸孫病患，紛紛少暇，不若向時之闃然也。小兒授仁化，又礙新制不得赴，蓋惠、韶亦鄰州也。食口猥多，不知所爲計。數日，又見自五羊來者，録得近報，舍弟復貶西容州，諸公皆有命，本州亦報近貶黜者，料皆是實也。聞之，憂恐不已，必得其詳，敢乞盡以示下，不知某猶得久安此乎否？

若知之,可密録示,得作打疊擘劃也。憂患之來,想皆前定,猶欲早知,少免狼狽。非公風義,豈敢控告? 不罪! 不罪! 人回,乞數字。

其　三

某啓。比聞政譽甚美,仁明之外,濟之以勤,想日有及物之益。許録示丹元近事,幸早寄貺。此月十四日遷入新居。江山之觀,杭、越勝處,但莫作萬里外意,則真是,非獨似也。又長子邁將家來,已到虔,近遣幼子過往循迎之,閏月初可到此。老幼復得相見,又一幸事也。邁到後,當遣入府參候。餘非書所能究。不宣。

其　四

某慮患不周,向者竭囊起一小宅子。今者起揭,並無一物,狼狽前去,惟待折支變賣得二百餘千,不知已請得未? 告公一言,傅同年必蒙相哀也。如已請得,即告令許節推或監倉鄭殿直,皆可爲幹賣。緣某過治下,亦不敢久留也。猥末干冒,恃仁者恕其途窮爾。死罪! 死罪!

其　五

某啓。有二事,殊冗,未嘗以干告,恃厚眷也。某爲起宅子,用六七百千,囊爲一空,旦夕之憂也。有一折支券,在市舶許節推處,托勘請。自前年五月請,不得,至今云未有折支物。此在漕司一指揮爾。告爲一言於志康也。又有醫人林忠彦者,技頗精,一郡賴之,欲得一博士助教名目,而本州無闕,不知經略司有闕可補否? 如得之,皆謫居幸事也。不罪! 不罪!

與陳大夫八首

其一

某啓。秋暑尚爾,不敢造門。伏想起居清勝。借示丞相手簡,又承彌勒偈,筆勢峻秀,實爲奇觀。手簡謹却馳納,偈必有别本,輒留箱篋之珍,且欲誦味以洗從來罪垢業障,幸甚!幸甚!旦夕當得造謝。人還,不一一。

其二

某啓。辱簡,伏承起居清勝。召往山間陪清游,夙昔所願也。但晚來兒婦病頗加,須且留家中與斟酌藥餌。小兒輩不歷事,未可委付。不免有違尊命,當蒙仁者情恕也。匆匆布謝。不一一。

其三

某啓。遞中奉狀,不審已達否?比日起居何如?奉違如宿昔爾,遂兩改歲。浮幻變化,念念異觀,閑居静照,想已超然。某蒙庇粗遣,遂爲黄人矣。何時握手一笑,臨書悵然,惟萬萬珍重。因周宣德行,奉狀上問。周令行速,殊草略,乞恕之。比雖不作詩,小詞不礙,輒作一首,今録呈,爲一笑。九郎不及奉啓。

其四

某啓。閑居闕人修寫,每用手簡通問,甚爲率易,想不深責。見報,公遂乞還事,不知信否?然不待引手,脱屣世路,此固烈丈夫之事,回視鄙懦,增愧嘆也。園宅日益葺,子孫滿前,此樂豈易得哉！唐守常相見否？九郎淹滯，蓋其舉術之未精富爾。

其　五

某啓。近人從南豐來，獲手教累幅。存念之厚，不替夙昔，感服深矣。比日伏惟履兹隆暑，起居勝常。某凡百如昨，賤累俱無恙。子由亦時得安訊，皆托餘庇也。公微疚，聞已除，且當指射湖外一郡，胡爲遂入宫觀也？未緣瞻奉，萬萬以時自重。謹奉啓上問。不宣。

其　六

某啓。閑居闕人寫啓，必以情恕。公去愈久矣，貧羸之民，思公益深，真古人在官無赫赫之譽者也。九郎别來計安。今歲科詔，當就何處下文字？明偉已被恩命，欣賀殊深。日望渠過此，不聞來耗，何也？兒子蒙問及，無事，不敢令拜狀，恐煩清覽。知生事漸緝，仍用畫叉藏瓶之法否？此法至要妙。非其人，不可妄傳，非復戲言，乃真實語也。

其　七

某啓。蒙惠竹簟、剪刀等，仰服眷厚。歐陽文忠公云"凉竹簟之暑風"，遂得此味。近日尤復省事少出。去歲冬至，齋居四十九日，息命歸根，似有所得。旦夕復夏至，當復閉關却掃。古人云："化國之日舒以長。"妄想既絶，頹然如葛天氏之民，道家所謂延年却老者，殆謂此乎？若終日汲汲隨物上下者，雖享耄期之壽，忽然如白駒之過隙爾。不敢獨享此福，輒用分獻，想當領納也。呵呵。

其　八

某啓。多日不獲請見。伏惟尊候康勝。借示繡佛,奇妙之極,當由天工神俊,非特尋常女工之精麗者也。凡目瞻禮,一洗塵障,幸矣。謹却馳納,少暇詣謝次。謹奉啓,不宣。

與魯元翰二首

其　一

某啓。元翰少卿,寵惠穀簾一器、龍團二枚,仍以新詩爲貺,嘆詠不已,次韻奉謝:"岩垂匹練千絲落,雷起雙龍萬物春。此水此茶俱第一,共成三絶鑒中人。"通前共三篇矣。可與一碗豉湯吃。呵呵。

其　二

公昔遺予以暖肚餅,其直萬錢,我今報公,亦以暖肚餅,其價不可言。中空而無眼,故不漏;上直而無耳,故不懸。以活潑潑爲内,非湯非水;以赤歷歷爲外,非銅非鉛;以念念不忘爲項,非解非縛;以了了常知爲腹,不方不圓。到希領取,如不肯承當,却以見還。

與監丞事

示諭,趙宗有化去久矣,爲一悵然。終南昔嘗久居,往來郿、虢,二曲三邑,山川草木,可以坐而默數也。當時李庠彭年監官,與之往還甚熟,斯人今亦不可得也。關中後來豪俊爲誰乎? 某日夜念歸蜀爾,終當一過岐、雍間,徜徉少留,以償宿昔之意也。君自名臣子，才美漸著，豈復久浮沉里中，宜及今爲樂。異時一爲世故所縻，求此閑適，豈可復得耶？偶記舊與彭年一詩，彭年讀之，蓋淚下也。斯人有才而病廢，故多感慨，可念！可念！聊復録此奉呈，想亦爲之惘然也。

與石幼安

某啓。近日連得書札，具審起居佳勝。春夏服藥，且喜平復。某近緣多病，遂獲警戒持養之方，今極精健。而剛强無病者，或有不測之患。乃知羸疾，未必非長生之本也，惟在多方調適。病後鬚不少白乎？形體外物，何足計較，但勿令打壞《畫苑記》爾。呵呵。因王承制行，奉啓，不宣。

與袁真州四首

其　一

某罪廢流落，不復自比數縉紳間。公盛德雅望，乃肯屈賜書問，愧感不可言也。比日履兹新凉，尊體佳勝。某更三五日離此，瞻望不遠，踊躍於懷。更乞以時保練，區區之禱。人還，布謝。不宣。

其　二

某到金陵一月矣，以賤累更卧病，竟卒一乳母。勞苦悲惱，殆不堪懷。渴見風采，恨不飛去。公仁厚慜惻，勞問加等，無狀，何以獲此，悚息！悚息！無人寫謝書裁謝，多不如禮。惟加察。

其　三

某啓。疊辱手教，具審比來起居佳勝，感慰兼懷。某雖已達長蘆，然江流湍駛，猶當相風而行。瞻奉不遠，欣抃可量。人還，復謝。不宣。

其　四

某再啓。承示諭，勝之少駐，恨不飛馳，然須風熟乃敢行爾。太虛書已領，却有一書，乞送與太虛，不在金山，即在潤州也。不罪。頻煩不一。

與上官彝

某再啓。聞名久矣，謫居幸獲相近，而不相通問。先辱教誨，感愧不可言。比來起居佳否？足下雄文妙論，當與作者並驅。過求不肖，莫曉所謂，凡所稱道，舉不敢當，悚息不已。閑居，闕人修寫，又病中，親書不周謹，望一一恕之。

與王子高三首

其　一

某啓。多懶少便，久不奉狀。兒子自北還，辱手書，且審起居佳安，爲慰。游刃一邑，風謡之美，即自聞上，翹俟殊擢，以塞衆望。會合未涯，伏冀倍萬自愛。區區之禱。不宣。

其　二

某驚聞大郎監簿，遽棄左右，伏惟悲悼痛裂，酸苦難堪，奈何！奈何！逝者已矣，空復追念，痛苦何益，但有損爾。竊望以明識照之，縱不能無念，隨念隨拂，勿使久留胸中。子高高才雅度，此去當一日千里，以發久滯。願深自愛，以慰親友之望。無由面慰，臨書哽塞。不一一。

其　三

率爾亂道，何足上石，有書可勸令罷也。若更刻却二紅飯一帖，遂傳作一世界笑矣。

與段約之

某啓。辱書累幅，教以所不及，爲賜大矣。某平生與公不相識，一見便能數責其過，此人與此語，豈可多得也！蜀江湍悍，卒夫牽挽，最爲勞苦。若一一以錢與之，則力不能給，故不免少爲此爾。事有疑似，人言良可畏，得公一言則已。無緣親拜厚意，謹奉手啓上謝。不宣。

與王佐才二首

其　一

某啓。前日蒙惠雄文，伏讀欽聳，且使爲詩，固願托附。近來絶不作文，如懺贊引、藏經碑，皆專爲佛教，以爲無嫌，故偶作之，其他無一字也。君辭力益老，字畫益精，老拙亦自不敢出手也。今復枉專人辱書，並新詩小篆石畫，覽味欣然，忘疾之在體。示諭《維摩題跋》，無害。偶患一瘡，腿上甚痛，行坐皆廢，强起寫贊，已拓然疲薾，以是未果。奉書亦不復覼縷。嚴寒，萬萬自重。不宣。

其　二

某啓。自歲初附書及《維摩贊》,爾後不領音耗,不知達否?今蒙遣人惠書,並不言及,料必中間曾賜教,不達也。

與蔡朝奉二首

其　一

某啓。寄示士民所投牒,與韓公廟圖,此古人賢守,留意於教化,非簿書俗吏所及也。顧不肖何以托此!公意既爾,衆復過聽,亦不敢固辭。但迫冗未暇成之,幸稍寬假,途中寄上也。子野誠有過人,公能禮之,甚善。自蒙寄惠高文,欽味不已,但老懶廢學,無以塞盛意,愧怍不已。

其　二

某啓。示諭《韓公廟記》。輟忙爲了之,已付來人。來人日飯之,以需此文。其一乃遁去。足下書中云,王守六月替,此二人乃云二月替,不知果如何?若萬一已得替,即請足下與勾當摹刻,已于太守書中細言矣。初到揚州,冗迫,書不盡所懷。

與知監宣義

某啓。流落生還,得見君子,喜老成典刑,凜然不墜,幸甚。既不往謝,又枉手教,契好益厚。且審起居佳勝,感慰兼集。風便解去,瞻戀莫及。惟萬萬以時自重。匆匆,不宣。

與毅父宣德二首

其　一

某啓。遞中復辱手教，感悚。比日起居佳安。明日便重九，每緣相對，耿耿也。來書推予過重，公欲避文人相輕之病，而不度不肖所不能任，甚無謂也。以曒日之誓，故復不自隱，想當一笑也。近侄婿曹君行，曾奉狀，必達。乍冷，惟萬萬自重。不一一。

其　二

子由信籠敢煩求便附與。内有繫婿一帶，乞指揮去人，勿令置潤濕處也。煩瀆，至悚！至悚！祖守便行否？因書，示諭。中前曾托購一碑石，不知得否？因見，乞試問看。

與程懿叔三首

其　一

某啓。長至，不獲展慶。伏惟順履初陽。百福來集。知浙中人事簡静，頗得溪山之樂，但有仰羡。全翁已得文字，吏民甚惜其去，江潮未應，速去無益，不如少留也。問及兒子，感怍，不敢令拜狀。不宣。

其　二

某啓。疊辱車騎，皇悚不可言。晚來起居佳勝。公詩清拔，范老奇雅，真一段佳事也。盛制必自有本，輒留范詩納上。風色未穩，來日必未成行。不一一。

其　三

發勾承議，數日欲往謁，泥凍方甚，寸步艱阻，思企無量。辱教，且喜起居佳勝。子由省中試人鎖宿，初一日方出，户侍之命，必辭免也。

與徐得之三首

其　一

某啓。始謫黄州，舉目無親。君猷一見，相待如骨肉，此意豈可忘哉！恨謫籍所縻，不克千里會葬。諸令侄皆少年，未甚更事。得之既手足之愛，事事處置令合宜，若有分毫不如法者，人不責之諸子，而責得之也。幸深留意，切不可惜人情，顧形迹，而有所不盡也。十三、十四皆可，俊性，不宜令失學。聞其舅仲謨户部君之雅望久矣，但未相見，不敢致書。欲望得之致懇。若候葬畢，迎君猷閣中，與其三子置之左右，而教以學，則君猷爲不死矣。士契之深，不避僭易，悚息之至。

其　二

某啓。不意君猷文止於此，傷痛不可言。喪過此，行路揮涕，况於親知如僕與君者。見其諸子，益復傷心。然其弟六秀才，雖驟面，頗似佳士。郡人賻之百餘千，已附秀才收掌，專用辦葬事也。誌文已是楊元素許作，專爲幹致次，公儀必來會葬，幸與六秀才者商議，令如法也。既葬之後，邑君與十三、十四等，可暫歸張家，爲長策，幸更與詳議。閑人不當僭管，但平昔蒙君猷相待如骨肉，不可不盡所懷。書不可盡談，想深照此意也。不一一。

其　三

作此書訖,得二月二十八日所惠書,知仙舟靠閣滯留,不易!不易!即日想已離岸。天色稍旱,江水殊未甚長,奈何!更冀勉力。李樂道篆字等不來,恐妨使,且納誌文去,可就近别求也。

與李通叔二首

其　一

某啓。疊辱從者推與甚厚,患難多畏,又廢筆硯,無以少答來貺,愧恨深矣。頒示篆字,筆勢茂美,深得二李本意。雖已捧領,當爲篋笥之華。無緣詣謝,惟萬萬慎夏自愛。匆匆,不宣。

其　二

某啓。久不奉書,爲愧。春物妍麗,奉思無窮。比日起居佳否?中間蒙寄示雪堂篆字,筆勢茂美,足爲郊藪之光。不即裁射,未見罪否?會合未由,萬萬以時自重。不宣。

與徐仲車

某啓。伏辱奇篇,伏讀驚嘆,愧何以當之,以太守會上,不即裁謝。繼枉手教,益深感怍。晚來起居佳勝。公窮約至老,居甚卑,節獨高。某忝冒過分,實内自愧,相見不免踧踖,來示何謙損之過也。廹行不再詣,惟厚自愛。入夜,不宣。

與吴將秀才

某啓。某少時在册府,尚及接奉先侍講下風,死生契闊,俯仰一世。與君相遇江湖,感嘆不已。辱訪山中,愧不能款。數日,起居佳否?以拙疾畏風,不果上謁。解去漸遠,萬萬自重。

與楊耆秀才醵錢帖

楊耆秀才,謀學未成,行橐已竭,欲率昌宗、興宗、公頤及何、韓二君,各贈五百,如何?

與文叔先輩二首

其　一

某啓。疊辱顧訪,皆未及款語。辱教,且審尊候佳勝。新詩絶佳,足認標裁,但恐竹不如肉,如何?所示前議更不移,十五日當與得之同往也。

其　二

某啓。聞公數日不安,既爲憂懸,又恐甲嫂見罵,牽率衝冒之過,聞已漸安,不勝喜慰。得之亦安矣。大黄丸方録去,可常服也。惠示子鵝,感服厚意,慚悚不已。入夜,草草,不宣。

與李先輩

某啓。辱示,感怍。此石一經題目,遂恐爲世用,便有戕山竭澤之憂,爲石謀之,殆非所樂也。願密勿語。世所少者,豈此石哉?臨行匆匆,不果奉别。幸自愛。

與徐十二

今日食薺極美。念君卧病，麵、酒、醋皆不可近，唯有天然之珍，雖不甘於五味，而有味外之美。《本草》：薺和肝氣、明目。凡人，夜則血歸於肝，肝爲宿血之臟，過三更不睡，則朝旦面色黄燥，意思荒浪，以血不得歸故也。若肝氣和，則血脈通流，津液暢潤，瘡疥於何有！君今患瘡，故宜食薺。其法，取薺一二升許，净擇，入淘了米三合，冷水三升，生薑不去皮，捶兩指大，同入釜中，澆生油一蜆殼多於羹面上，不得觸，觸則生油氣，不可食，不得入鹽、醋。君若知此味，則陸海八珍，皆可鄙厭也。天生此物，以爲幽人山居之禄，輒以奉傳，不可忽也。朝奉公昨奉狀，且爲致意。區區遣此，不一一。羹以物覆則易熟，而羹極爛乃佳也。

與黄師是

某已决意北行，從子由居。但須令兒子往宜興幹事，艤舟東海亭下，以待其歸，乃行矣。行期約在六月上旬，不知其時，使舟已到真否？或猶得一見於揚、楚間爾。窮途百事坎坷，望公一救之，亦參差如此，信有命也。猶欲仰干一事，爲絶少挽舟人。四舟行淮汴間，每舟須添五人，乃濟。公能爲致此二十人否？乞裁之。可否，幸早示諭。此間亦可求五七人，公若致得十五人，亦足用。恃眷干撓，死罪！死罪！子由一書，乞便送與舟中。熱甚，修問草略。不謹。

與沈睿達二首

其　一

某啓。近辱書,伏承退居安隱,尊候康健,甚慰所望。某去歲不記日月,遞中奉書,並封公擇小簡去,謂必達。今承示諭,豈浮沉耶? 某今年一春卧病,近又得時疾,逾月方安。浮念灰滅無餘,頹然閉户,又非復相見時意思矣。臨紙惘惘,乍熱,惟萬萬自重不宣。

其　二

某啓。公所須拙文記雲巢,向書中具道矣,恐不達,故再云云。某自得罪,不復作詩文,公所知也。不惟筆硯荒廢,實以多難畏人,雖知無所寄意,然好事者不肯見置,開口得罪,不如且已,不惟自守如此,亦願公已之。百種巧辨,均是綺語,如去塵垢,勿復措意爲佳也。令子今在何許? 漸就遷擢,足慰遲暮。小兒亦授德興慰,且令分房減口而已。孫運判行,病起乏力,未能詳盡。

與翟東玉

馬,火也,故將火而夢馬。火就燥,燥而不已則窮,故膏油所以爲無窮也。藥之膏油者,莫如地黄,以啖老馬,皆復爲駒。樂天《贈采地黄者》詩云:"與君啖老馬,可使照地光。"今人不復知此法。吾晚覺血氣衰耗如老馬矣,欲多食生地黄而不可常致。近見人言,循州興寧令歐陽叔向於縣圃中,多種此藥。意欲作書干求而未敢,君與叔向故人,可爲致此意否? 此藥以二八月采者良。如許以此時寄惠，爲幸，欲烹以爲煎也。不罪！不罪！

與杭守

某啓。近有自浙中來者，頗能道杭人之語。數年饑饉，若非公，盡爲魚鱉螻蟻矣。比公之去，涕慕殆不可勝，公何施而及此，欽仰！欽仰！聞俞主簿者，附少信物，如果爲帶得來，乞盡底送與范子禮正字。偶索得此冷債，信天養窮人也。呵呵。

不知信物果帶得來？此中已打破甕也。一噱！一噱！

與傅質

某啓。再辱示手教，伏審酷熱，起居清勝。見諭，某何敢當，徐思之，當不爾。然非足下相期之達，某安得聞此言，感愧深矣。體中微不佳，奉答草草。

與吴君采二首

其　一

惠花已領，影燈未嘗見，與其見此，何如一閱《三國志》耶？

其　二

近日黄州捕私酒甚急，犯者門户，立木以表之。臨皋之東有犯者，獨不立木，怪之，以問酒友，曰："爲賢者諱。"吾何嘗爲此，但作蜜酒爾。

與高夢得

某啓。人來，領教，開諭累幅，足見相屬之厚。然稱述過當，皆非敢當。僕舉動疏謬，齟齬於世，既忝相知，惟當教語其所不逮，反更稱譽如此，是重不肖之罪也，悚息！悚息！新闋尤增詠嘆，然《柏舟》之諷，何敢當此諸事，幸且慎默於事，既無補，益增嫉爾。

與歐陽知晦四首

其　一

某啓。近日屢獲教音。及林增城至，又得聞動止之詳，並深感慰。桃、荔、米、醋諸信皆達矣，荷佩厚眷，難以言喻。今歲荔子不熟，土產早者，既酸且少，而增城晚者絶不至，方有空寓嶺海之嘆。忽信使至，坐有五客，人食百枚，飽外又以歸遺。皆云，其香如陳家紫，但差小爾。二廣未有此，異哉！異哉！又使人健行，八百枚無一損者，此尤異也。林令奇士，幸此少留，公所與者，故自不凡也。蒸暑異常，萬萬以時珍嗇。不宣。

其　二

合藥須鵝梨，嶺外固無有，但得凡梨梢佳者，亦可用，此亦絶無。治下或有，爲致數枚，無即已。栗子或蒙惠少許，亦幸。

其　三

聞公服何首烏，是否？此藥温厚無毒，李習之傳正爾，啖之。無炮製，今人用棗或黑豆之類蒸熟，皆損其力。僕亦服此，但采得陰乾，便杵羅爲末，棗肉或煉蜜和入木臼中，萬杵乃丸，服，極有力，無毒。恐未得此法，故以奉白。

其　四

某乏人寫先狀，不罪！不罪！去思之聲，喧於兩郡，古人之事，復見於今矣。貴眷各惟安勝。

與歐陽元老

秋暑，不審起居佳否？某與兒子八月二十九日離廉，九月六日到鬱林，七日遂行。初約留書歐陽晦夫處，忽聞秦少游凶問，留書不可不言，欲言又恐不的，故不忍下筆。今行至白州，見容守之猶子陸齋郎云，少游過容留多日，飲酒賦詩如平常，容守遣般家二卒送歸衡州，至藤，傷暑困卧，至八月十二日，啓手足於江亭上。徐守甚照管其喪，仍遣人報范承務。（**范先去，已至梧州。**）范自梧州赴其喪。此二卒申知陸守者，止於如此，其他莫知其詳也。然其死則的矣，哀哉痛哉，何復可言！當今文人第一流，豈可復得！此人在，必大用於世；不用，必有所論著以曉後人。前此所著，已足不朽，然未盡也，哀哉！哀哉！其子甚奇俊，有父風，惟此一事，差慰吾輩意。

某不過旬日到藤，可以知其詳，續奉報次。尚熱，惟萬萬自重。無聊中奉啓，不謹。某再拜元老長官足下。九月六日。

與杜道源

某無人寫得啓狀，即用手簡，甚屬簡慢，想恕其不逮也。令子孟堅,必已得縣。向者小累,固知無事,然非君相之明,不照其情也。可賀!可賀!九郎兄弟爲學益精,猶復記老朽否?愛孫想亦長進,每想三人旅進折旋俯仰之狀,未嘗不悵然獨笑也。此中凡事如昨,其詳,托江令口陳。必須作數日聚會於京口,奉羨!奉羨!兒子蒙批問,感感。

江令處甚有竹石可取,看比舊何如。

與俞奉議

某啓。回教,拜示先志,得見前人遺烈,幸甚!幸甚!又蒙分遺珍食,以薦冥福。在家出家,古有成言,有髮無髮,俱是佛子。公能均施凡陋,如齋佛僧,只此功德,已無邊際。但恨檀越未送襯錢,是故老僧只轉半藏。人還,聊此一噱。

與杜孟堅三首

其　一

某啓。前日方欲飲茶道話,少頃,忽然疾作,殊不可堪忍。欲勉强出見,竟不能而止,慚悚不可言。辱手教,重增反側。稍凉,起居何如?承明日解舟,病軀尚未能走别,非久當渡江奉見也。不一一。

其　二

某乏人寫大狀,必不深罪。郡中凡百如舊,每見同僚及游從題壁處,未嘗不悵然懷想也。侍下無事,必多著述,無緣請觀,爲恨爾。今歲親知相過,人事紛紛,殊不如去年塊處閑寂也。

其　三

朱守餉筍，云潭州來，豈所謂猫頭之稚者乎？留之，必爲庖僧所壞，盡致之左右，饌成，分一盤足矣。（**陳仁錫眉**）以捨故常在。

與岩老

船中彎卧一日，便言悶殺，不知如何净瓶裏澡洗去。某在東坡，深欲一往。示疾未瘳，聊致一問而已。法魚一瓶，恐欲下飯。

與陸秘校

某再啓。潁州人回，曲蒙書示，感怍不已。竊惟才美過人，晚乃少達，勿致毁滅，以就顯揚之報，區區之禱也。

與杜幾先

某啓。奉别逾年，思企不忘。不審比日起居佳否？去歲八月初，就逮過揚，路由天長，過平山堂下，隔墻見君家紙窗竹屋依然，想見君黄冠草屨，在藥墟棋局間，而鄙夫方在縲紲，未知死生，慨然羡慕，何止霄漢。既蒙聖恩寬貸，處之善地，杜門省愆之外，蕭然無一事，恍然酒醒夢覺也。子由特蒙手書累幅，勞問至厚，即欲裁謝，爲一老乳母病亡，而舍弟亦喪一女子，悼念未衰，復聞堂兄之喪，憂哀相仍，致此稽緩，想未訝也。承六月中官滿赴闕，不知今安在？托子駿求便達此書爾。未由會面，萬萬以時自重。不宣。

與周文之二首

其　一

某啓。昨暮已别，回策凄斷，謹令小兒候違。來年春末，求般家二卒，送少信至子由，乞爲選有家而願者，至時當别奉書也。喧聒爲愧，不罪。

其　二

惠栗極佳，梨，無則已，不煩遠致也。惠米五碩，可得醇酒三十斗，日飲一勝，並舊有者，已足年計。既免東籬之嘆，又無北海之憂，感怍可知也。食米已領足，今附納二十千省還宅庫足外，餘緡盡用致此物，幸甚。來年食口稍衆，又免在陳，不惟軟飽，遂可硬飽矣。（**浙中謂飲酒爲軟飽。僕有詩云：三杯軟飽後，一枕黑甜餘。**）以代相對一笑。

與李亮工六首

其　一

某啓。特沐專使手書，具審起居佳勝，甚慰馳仰。江路灘澀，寸進而已，更半月乃可造謁。未間，乞保衛。人還，布謝草草。不宣。

其　二

某乏人修狀，手啓爲答，幸望寬恕。見孫叔静言，伯時頃者微嗽,不知得近信否? 已全安未? 餘非面莫究。

其　三

某啓。近别,起居佳勝。向者匆匆,不一詣違,至今爲恨。旌旆之還,想已新歲,伏冀尊重以迎多福。臨行,冗迫,不宣。

其　四

某啓。近辱書,承比日起居佳勝。仍示和詩,詞指高妙,有起衰疲,幸甚! 幸甚! 某更旬日乃行,逾遠,悵望。意决往龍舒,遂見伯時爲善也。餘惟萬萬以時自重。不宣。

其　五

伯固必頻見,告致懇南華師,亦略道意。行役未休,疲厭甚矣,何時復見一洗濯耶? 或轉示此紙,幸甚! 幸甚!

其　六

曾見伯固言,欲煉鍾乳,果然否? 告求少許,或只寄生者亦可。爲兩兒婦病,皆餌此得效也。陳公密來時,可附致否?

與游嗣立二首

其　一

某啓。謫居瞻望不遠,屢欲上問,不敢。忽辱手教,勞慰周厚,感仰深矣。比日履兹初凉,起居佳勝。某蒙庇粗遣,未緣披奉,惟冀若時自重。謹奉手啓布謝。不宣。

其　二

某啓。使人久留海豐,裁謝稽緩,想不深責。舍弟謫居部中,尤荷存庇。家書已領,並增感怍。餘非筆墨可究。

與張景温二首

其　一

某啓。久不上問,傾仰增劇。比日竊惟按撫多暇,起居佳勝。某罪大責薄,復竄海南,知舟御在此。以病不果上謁,愧負深矣。謹奉手啓,布謝萬一。不宣。

其　二

某垂老投荒,豈有復見之期,深欲一拜左右。自以罪廢之餘,當自屏遠,故不敢扶病造前,伏冀垂察。

與馮大鈞二首

其　一

某啓。經由煩溷,鈴下佩荷深矣。比惟起居佳勝。某來早發去,自是嶺海闊絶,悵然。所冀以時自重。謹奉手啓布謝。不宣。

其　二

某有廣州市舶李殿直書一封,煩附遞前去,復不沉没,爲荷。勿訝浼瀆。

與莊希仲四首

其　一

某啓。山陽恨不得再見,留書告别。重煩遣人答教,具審弭節已還,起居佳勝。某少留儀真,旦夕出江,瞻企逾邈,悵焉永慨。尚冀順時爲國自重。不宣。

其　二

某輒有少煩,方深愧悚,遽承差借三卒,大濟旅途風水之虞,感戴高誼,無以云諭。書信已領,人回日,别上狀。適暑毒,不佳,布謝不詳謹,悚息! 悚息! 仲光承非遠赴闕,是否? 因會,乞致區區。

其　三

某啓。甬上奉違,忽已累月,思詠可量。比日竊惟履兹秋暑,起居佳勝。罪廢之迹,曲荷存眷。差人津送,感愧無已。未期瞻奉,伏冀以時爲國自重。不宣。

其　四

某啓。罪大責薄,重罹竄逐,遷去海上,益遠左右,但深依戀。途次,裁謝草草,恕悉,幸甚。

與米元章十九首

其　一

某啓。人至,辱書累幅,承孝履無恙,甚慰想念。某自登赴都,已達青社,衰病之餘,乃始入閪,憂畏而已。復思東坡相從之適,何可復得? 適人事百冗,裁謝極草草。惟千萬節哀自重。

其 二

某啓。示及數詩,皆超然奇逸,筆迹稱是,置之懷袖,不能釋手。異日爲寶,今未爾者,特以公在爾。呵呵。臨古帖尤奇,獲之甚幸,燈下昏花不復成字,謹已降矣,餘未能盡,俟少暇也。

其 三

書牌額用公名,豈不足耶? 而必欲得僕名,此老闕敗不小,可以此答之也。

其 四

自承至京,欲一見,每遇休沐,人客沓至,輒不敢出,公又不肯見過,思仰不可言。二小詩甚奇妙,稍閑,當和謝。三本皆妙迹,且暫留一兩日,題跋了奉還。偶與客飲數杯,薄醉,書不成字。悚息! 悚息!

其 五

元章想旦夕還縣,竟不得一款話。某累請終不允,信湖山非有分者不能得也。

其 六

某恐不久出都,馬夢得亦然。旦夕間一來相見否? 乞爲道區區。惠示殿堂二銘,詞翰皆妙,嘆玩不已。新著不惜頻借示。

其　七

馬髯且爲道意,未及答書,十千修屋緡,更旬日寄去也。非久得郡,或當走寓邑中待水也。

其　八

某以疾請郡,遂得餘杭,榮寵過分,方深愧恐,重辱新詩爲送,詞韻高雅,行色增光,感服不可言也。無緣面謝,益用悚息。

其　九

某啓。示法書一軸,已作兩詩跋尾封納,請批一二字,貴知達也。詩皆戲語,不訝。

其　十

某啓。昨日遠煩追餞,此意之厚,如何可忘。冒熱還城,且喜尊體佳勝。玳簪甚奇,豈公子賓客之遺物耶?佳篇辱貺,以不作詩故,無由攀和。山研奇甚,便當割新得之好爲潤筆也。呵呵。今晚不渡江,即來辰當濟。益遠,惟萬萬保愛。

其十一

某啓。前在揚州領所惠書,當路日不暇給,不即裁答。人至,復枉手教,荷存記之厚,且審起居佳勝,感慰交集。夢得來談新政不容口,甚慰所望。萬萬自重。

其十二

箋啓過禮,深愧相疏。外人回速,未暇占詞奉賀。不罪!不罪!

其十三

某啓。辱書,承佳勝,甚慰想望。衰倦本欲遠引,因得會見,竟未遂此心。何時到府,因復少款。未間,萬萬保重。不宣。

其十四

某啓。過治下得款奉,辱主禮之厚,愧幸兼極。出都紛冗,不即裁謝。辱書感怍,仍審起居佳勝,爲慰。邑政日清簡,想有以爲適。新詩文寄示,幸甚。惟萬萬保練。不宣。

其十五

某啓。辱臨訪,欲往謝,又蒙惠詩,欲和答,竟無頃刻暇,愧負可量。雨冷,起居佳勝。只今出城。無緣走謝,想公難得人僕,亦不煩出。千萬保重,非遠,北行矣。匆匆,不宣。

其十六

某啓。辱簡,承存慰至厚,哀感不已。平生不知家事,老境乃有此苦。蒙仁者矜愍垂誨,奈何!奈何!入夜目昏,不謹。

其十七

出城固不煩到,復得一見,幸矣。微疾想不爲患,餘非面莫究。

其十八

某啓。辱教,且審起居佳勝,並惠新詩,足爲衰朽光榮,感慰之極。途中賓客紛然,裁答未能詳謹,千萬恕察。

其十九

傳守會已罷而歸矣,風止江平,可來夜話。德孺同此懇。

與王庠二首

其　一

承欲往黔南見黄魯直。此古人所難,若果爾,真一段奇事也。然足下久違親庭遠適,更請熟慮。今謾寫一書,若果行,即攜去也。

其　二

念七娘遠書,且喜侍奉外無恙。自十九郎遷逝,家門無空歲。三叔翁、大嫂繼往,近日又聞柳家小姑凶訃,流落海隅,日有哀慟,此懷可知。兄與六郎却且安健,幸勿憂也。因侍立阿家,略與道懇,不敢拜狀也。

與子由弟四首

其　一

或爲予言,草木之長,常在昧明間。早起伺之,乃見其拔起數寸,竹筍尤甚。夏秋之交,稻方含秀,黄昏月出,露珠起於其根,纍纍然忽自騰上,若推之者,或綴於莖心,或綴於葉端。稻乃秀實,驗之信然。此二事,與子由養生之説契,故以此爲寄。

其　二

子由爲人,心不異口,口不異心,心即是口,口即是心。近日忽作禪語,豈世之自欺者耶?欲移之於老兄而不可得。如人飲水,冷暖自知,死生可以相代,禍福可以相共,惟此一事,對面相分付不得。珍重!珍重!

其 三

某近絶少過從,賓客知其衰懶,不能與人爲輕重,見顧者漸少,殊可自幸。昨旦偶見子華,嘆老弟之遠外久之。蒙見囑,聞過必相告。近者舉劉太守一事,體面極生,不免有議論。吾弟大節過人,而小事或不經意,正如作詩高處可以追配古人,而失處或受嗤於拙目。薄俗正好點檢人,小疵不可不留意也。

其 四

惠州市井寥落,然猶日殺一羊,不敢與仕者争買,時囑屠者買其脊骨耳。骨間亦有微肉,熟煮熱漉出,(**不乘熱出,則抱水不乾。**)漬酒中,點薄鹽炙微燋食之。終日抉剔,得銖兩於肯綮之間,意甚喜之。如食蟹螯,率數日輒一食,甚覺有補。子由三年食堂庖,所食芻豢,没齒而不得骨,豈復知此味乎?戲書此紙遺之,雖戲語,實可施用也。然此説行,則衆狗不悦矣。

徐州與人

州人張天驥,隱居求志,上不違親,下不絶俗,有足嘉者。近卜居雲龍山下,憑高遠覽,想盡一州之勝。當與君一醉,他日慎勿匆匆去也。

與富道人

某白道人富君。辱書，且喜體中安適。比謂再相見，今既被命，遂當北行。乍遠，諸事寬中保重。

與鄧安道四首

其　一

某啓。郡中久留鶴馭，時蒙道話，多所開益，幸甚！幸甚！到山，竊想尊體佳勝。未即款會，但深渴仰。伏暑，萬萬自重。不宣。

其　二

有人托尋一劉根道人者，本撫州秀才，今復安在？如知得去處，且速一報，切切。山中芥藍種子，寄少許種之也。

其　三

某啓。近奉言笑，甚慰懷企。别來道體何如？橋想益督工，何日訖事？船橋尤不可緩，不知已呼得斫船人與商量未？惟早定却爲妙。此事不當上煩物外高人，但君以濟物爲心，必不罪煎迫也。太守再三托致意，不敢不達也。未相會間，萬萬若時自重。不宣。

其　四

某啓。一别便數月，思渴不可言。邇來道體何如？痔疾至今未除，亦且放任，不復服藥，但却葷血、薄滋味而已。實積行，無以爲寄,潮州酒一瓶,建茶少許,不罪浼瀆。乍凉,萬萬保練。不知鶴馭何時可以復來郡城,慰此士民渴仰之意? 達觀久,一喧静,何必拳拳山中也! 八月内,且記爲多采何首烏,雌雄相等爲妙。

與何德順二首

其　一

某白道師何君足下。辱書,並《抱朴子》小神丹方,極感真意。此不難修製,當即服餌,然此終是外物,惟更加功静觀也。何苓之更長進。後會無期,惟萬萬自重。不宣。

其　二

鄧先生聞入山后回,如見,爲致意。獨往真長策也。惟早决計。

與辯才禪師二首

其　一

某啓。法孫至,領手教累幅。伏承道體安康,以慰下情。前此所惠書信皆領。無狀每荷存記,感怍亡已。真贊更煩刻石,甚愧不稱。維摩贊近杜介刻,脱却數字,好笑! 好笑! 唯金山石本乃是也。信口妄語,便蒙印可,罪過! 罪過! 聞老師益健,更乞倍加愛重,且爲東南道俗歸依也。某衰病,不復有功名意,此去且勉歲月,纔得個退縮方便,即歸常州住也。更告法師,爲禱諸聖,令早得歸爲幸。此是真切之意,勿令人知將爲虚僞。迫行,冗中不宣。

其二

近日百事懶廢，寢食之外，頽然而已。寫此數紙書，一似小兒逃學。來人催迫，日推一日，相知惠書，皆不能答，如相怪，且爲道此意，老病不足責也。

與參寥子十一首

其一

知非久往四明，璉老且爲致區區。欲寫一書，爲來人告還，寫書多，故懶倦，容後便也。僕有捨羅漢一堂在育王山，禪月筆也，可一觀。

其二

聰師相別五六年，不謂便爾長進。詩語筆蹤皆可畏，遂爲名僧法足，非特巧慧而已。又聞今年剃度，可喜。太虚只在高郵，近舍弟過彼相見，亦有書來。題名絶奇，辯才要書其後，復寄一紙去，然不須入石也。黄州絶無所産，又窘乏殊甚，好便不能寄信物去，只有布一匹作卧單。懷悚！懷悚！

其三

又啓。吴子野至，辱書，今又遣人示問，並增感佩。畏暑，伏惟法履清勝。驚聞上足素座主奄化，爲之出涕。竊惟教育成就，義均天屬，割慈忍愛，如何可言，奈何！奈何！追念此道人茹含辛，崎嶇奉事，豈有他哉？求道故也。雖寡文，而守節疾邪，得師之一二，欲更求此，豈易得耶？又幹蠱乏人，目前紛紛，便及老師，兩日念此，爲廢飲食，奈何！奈何！達觀之人，固有以處此，更望爲道寬中自愛。不宣。

其　四

某啓。紛紛，久不奉書。竊惟起居佳勝。吕丞相爲公奏得妙總師號，見托，寄上。此公著意人物，至於山水世外之士，亦欲成就，使之顯聞。近奏王子直處士之類。公雖無用，不可不領其意。初不相識而能相薦，此又古人之事也。秦少游作史官，亦稍見公議，亦吕公薦也。未由會合，千萬自重。

其　五

彌陀像甚圓滿，非妙總留意，安能及此？存没感荷也。公欲留施，如何不便留下！今既賫至此，長大，難得人肯附去。輒已帶行，欲作一贊題記，捨廬山一大刹爾。

其　六

穎上人知學道長進，甚善！甚善！鍾和尚奄忽，哀苦不易，不别書奉慰，惟節哀勉力，寬老和尚心。宜興兒子處支米十石，請用鍾和尚念佛追福也。

其　七

某垂老再被嚴譴，皆愚自取，無足言者。事皆已往，譬之墜甑，無可追。計從來奉養陋薄，廪入雖微，亦可供粗糲。及子由分俸七千，邁將家大半就食宜興，既不失所外，何復挂心，實翛然此行也。已達江上，耳目清快，幸不深念。知識中有憂我者，以是語之，紗裹肚鞋，各一致區區而已。英州南北物皆有，某一飽之外，亦無所須。承問所幹，感懼而已。

其　八

某啓。辱書,感慰之極。目病之平復。某雖衰老遠徙,亦且凡百如昨,不煩深念。但借譽過當,非所安全不肖者,勿遺異人聞此語也。呵呵。

其　九

參寥失鍾師,如失左右手,不至大段煩惱否?且多方解之,仍衆與善處院門事也。後會何日,千萬自愛。寫書多不謹。

其　十

海月真贊,許他二十餘年矣,困循不作。因來諭,輒爲之。不及作慧净書,幸付與此本也。《表忠觀記》及《辯才塔銘》,後來不見入石,必是僕與舍弟得罪,人未敢便刻也。此真贊更請參寥相度,如未可,且與藏公處也。

其十一

某病甚,幾不相見,兩日乃微有生意。書中旨意一一領,但不能多書歷答也。見知識中病甚垂死因致仕而得活者,俗情不免效之,果若有應,其他不恤也。遺表千萬勿刻,無補有害也。

與南華辯老九首

其　一

筠州書信已領足,兼蒙惠麵粉、瓜薑、湯茶等,物意兼重,感怍不已。柳碑、庵銘,並佳貺也,《卓錫泉銘》已寫得,並碑樣並附去。鐘銘,子由莫終當作,待更以書問之。紫菜、石髮少許,聊爲芹獻。陋邦乃無一物,愧怍。却有書一角,信篭三枚,竹筒一枚,封全,並寄子由。不免再煩差人送達,慚悚之至。

其　二

某啓。正月人還,曾上問,必達。比日法履何如?某到貶所已半年,凡百隨緣,不失所也,毋慮!毋慮!何時會合,悵仰不已。乍暄,萬萬爲衆自重。不宣。

其　三

程憲近過此,往來皆款見。程六、程七皆得書,甚安。子由亦時得書,無恙。又遷居行衙,極安穩。有樓臨大江,極軒豁也。知之。

其　四

遠承差人寄示諸物等,一一荷厚意也。兒子被仁化,今想與南華相近也。謫居窮陋,無可爲報,益不遑矣。

其　五

某啓。人至,辱書,具審法履清勝,至慰!至慰!忽復歲盡,會合無期,自非道力深重,不能無異鄉之感也。新春,惟冀若時自重。

其　六

張惠蒙到惠,幾不救,近却又安矣。不煩留念。寄拄杖,甚荷雅意。此木體用本自足,何用更點綴也?呵呵。適會人客,書不盡所懷,續奉狀也。正輔提刑書,告便差人達之,内有子由書也。

其　七

某啓。久不聞問,忽辱專使手書,具審比來法體佳勝。生日之餉,禮意兼重。庶緣道力,少安晚境乎? 銘佩之意,非筆舌可究。披晤未期,惟萬萬爲法自愛。不宣。

其　八

學佛者張惠蒙,從予南遷。予游南華,使惠蒙守船。明年六月,南華禪師使人於惠。惠蒙曰:"去歲不得一禮祖師,參辯公,乃可恨。"欲與是人俱往,請留十日而還。予嘉其意,許之,且令持此請教誨於辯公,可痛與提耳也。紹聖二年六月十一日。

其　九

近日營一居止,苟完而已,蓋不欲久留,占行衙,法不得久居,民間又無可僦賃,故須至作此。久忝侍從,囊中薄有餘貲,深恐書生薄福,難蓄此物。到此已來,收葬暴骨,助修兩橋,施藥造屋,務散此物,以消塵障。(**陳仁錫眉**)有此物者,宜下猛省。今則索然,僅存朝暮,漸覺此身輕安矣。示諭,恐傳者之過,材料工錢,皆分外供給,無毫髮干撓官私者。知之,免憂。此言非道友相愛,誰肯出此,感服之至。歲盡,會合何日,臨紙悵惘。

與水陸通長老四首

其　一

人至,辱手書,感佩至意。且審比來法候佳勝。衰病,歸興日深。昨日忽召還禁林,殊異所懷,已辭免乞郡,然須至起發前路聽命也。勞生紛紛,未知所歸宿。臨書慨嘆,會合無時,千萬爲衆自愛。迫行紛然,幸恕不謹。

其　二

示諭,石刻,浙中好事者多爲之,老人亦爾耶?呵呵。惠茶,感刻,倉卒中未有以報。此方有所須,可示及也。大覺正月一日遷化,必已聞之,同增悵悼。某却與作得《宸奎閣記》,此老亦及見之。事忙,未及録本寄去,想非久必自傳到也。

其　三

某啓。此來浙中逾年,不一展奉,豈勝悵惘。辱書,具審法履佳勝,感慰兼集。衰病日侵,百念灰冷,勉强歲月間,歸安林下矣。聞老師住持安穩,遂可送老,甚喜!甚喜!會合無時,臨書慨然,惟千萬爲衆自愛。不宣。

其　四

惠茶極爲精品,感抃之至。長松近出五臺,治風甚效。俗云文殊指示一僧,乃始識之。今納少許,並人參四兩,可以此二物相對入少甘草,(不可多。)並腦子作湯點,佳。送去御香五兩,不訝浼瀆。

與寶覺禪老二首

其　一

圓通不及別書,無異此意。告轉求此紙,東州僧無可與言者,況欲聞二大士之謦欬,何可復得耶?此語合吃幾拄杖?刁丈計自太平歸安勝,屢有書去,不知達否?因見,道下懇。焦山綸老,亦爲呼名。

其　二

明守一書,托爲致之。育王大覺禪師,仁廟舊所禮遇。嘗見御筆賜偈頌,其略云"伏睹大覺禪師",其敬之如此。今聞其困於小人之言,幾不安其居,可嘆！可嘆！太守聰明老成,必能安全之。願因與款曲一言。正使凡僧,猶當以仁廟之故加禮,而況其人道德文采雅重一時乎？此老今年八十三,若不安全,當使何往,恐朝廷聞之,亦未必喜也。某方與撰《宸奎閣記》,旦夕附去,公若見此老,且與致意。

與遵老

某啓。前日辱臨屈,既已不出,無緣造謝。信宿,想惟法體佳勝。筠州茶少許,謾納上,並利心肺藥方呈。范醫昨呼與語,本學之外,又通曆算,甚可佳也。謹具手啓。不宣。

與圓通禪師二首

其　一

屏居亦久,親識斷絶,故人不棄,眷予加厚。每辱書問,感愧不可勝言。僕凡百如舊,學道無所得,但覺從前却是錯爾。如何！如何！

其　二

某啓。别後蒙五惠書,三遣化人,不肖何以當此！熱毒殊甚,且喜素履清勝。某尚以少事留城中數日,然度不能往見矣。瞻望山門,臨紙惋悵,惟千萬爲道自重而已。揮汗走謝,幸恕不謹。

與祖印禪師

某啓。昨夜清風明月,過蒙法施,今又惠及幽泉,珍感!珍感!木湯法豉,恐濁却妙供,謹以回納,不一一。

與東林廣惠禪師二首

其一

示諭,臂痛,示與衆生同病爾。然俗眼未免懸情,更望倍加保練。《王氏博濟方》中有一虎骨散及威靈仙丸,此仙方也。僕屢用治臂病,其效如神,切望合吃。元用虎脛骨,誤寫作腦骨。千萬相信,便合服必效。自餘都下有幹,望示及。惠及名茗,已捧領,感刻!感刻!東林寺碑,既獲結緣三寶,業障稍除,可得托名大士,皆所深願。但自别後,公私百冗,又無頃刻閑,不敢草草下筆。專在下懷,惟少寬限也。

其二

古人字體,殘缺處多,美惡真僞,全在模刻之妙,根尋氣脈之通,形勢之所宜,然後運筆,虧者補之,餘者削之,隱者明之,斷者引之。秋毫之地,失其所體,遂無可觀者。昔王朗文采、梁鵠書、鍾繇鐫,謂之三絶。要必能書然後刻,况復摹哉!三者常相爲利害,則吾文猶有望焉爾。

與靈隱知和尚

某啓。久留錢塘，寢食湖山間，時陪道論，多所開發。至於靈山道人，似有前緣。既别經歲，寤寐見之，蓋心境已熟，不能遽忘也。及余簿來，並天竺處，得道俗手書近百餘通，皆有勤勤相念之意。又皆云杭民亦未見忘。無狀何以致此，蓋緣業未斷故耶？（**陳仁錫眉**）去思亦是緣業。會當求湖、明一郡，留連數月，以盡平生之懷。即日法履何似，尚縻僧職，雖不愜素尚，然勉爲法衆，何處不可作佛事。某到此粗遣，已百餘日，吏民漸相信，盗賊獄訟頗衰，且不煩念及。未間，慎愛爲禱。不宣。

與泉老

某啓。今日忽有老人來訪，姓徐名中，鬚髮如雪，云七十六歲矣。示兩頌，雖非奇特，亦有可觀。孑然一身，寄食江湖間，自傷身世，潸然出涕，不知當死誰手。老夫自是白首流落之人，何暇哀生，然亦爲之出涕也。和尚慈悲普救，何妨輟叢林一席之地，日與破一分粥飯，養此天窮之士，盡其天年，使不僵仆道路，豈非教法之本意乎？請相度一報如何？即令人製衣物去。此人雖不審其性行，然決是讀書應舉之人。垂死窮途之士，百念灰冷，必無爲惡之理。幸望慈憫攝受，不罪！不罪！

捨幡帖

祖母蓬萊縣太君史氏繡幡二，其文曰“長壽王菩薩”“消災障菩薩”。祖母没三十餘年，而先君中大夫孝友之慕，至老不衰,每至忌日,必捧而泣。今先君之没,復二十四年矣。某以謂寶藏於家,雖先君之遺意;而歸誠於佛,蓋祖母之本願。乃捨之金山以資冥福。

付龔行信

辯禪師與余善,常欲通書,而南華净人,皆争請行。或問其故。曰:"欲一見東坡翁,求數字,終身藏之。"余聞而笑曰:"此子輕千里求數字,其賢於蕺山姥遠矣。固知辯公强將下無復老婆態也。乾明法煮訶梨勒,聞之舊矣,今乃始得嘗,精妙之極,豈非中有曹溪一滴水故耶?"偶病不得出,見書此爲謝。

與文玉十二帖

其 一

榜下一别,遂至今矣。辱書,感嘆。且喜尊體佳勝。到岸,即上謁。可假數卒否? 餘當面既,不宣。

其 二

昨辱教,不即答,悚息! 悚息! 經宿尊體佳勝,見召,敢不如命。然瘡癤大作,殆難久坐,告作一肉飯,竟日移舟池口矣。山婦更煩致名劑,某感戴不可言。謹奉啓布謝,不宣。

其 三

久留治下,以道舊爲樂,而煩亂爲愧。數日,尊體如何? 漕車即至,不少勞乎! 永日如年,念公盛德不去心。所要作字,爲瘡腫大作,坐卧楚痛,容前路續寄也。不罪! 不罪! 鄭令清苦無援,非公誰復成就之。某造次! 造次! 瘡病無聊,不盡意,惟萬萬以時自重。

其 四

昨辱惠書,伏承别後起居佳勝。某到金陵,瘡毒不解,今日服下痢藥,羸乏殊甚,又不敢久留來人,極愧草略。餘熱,萬萬爲時自重。

其 五

書已領,跋尾剪去,極不妨,然何足取也。愧! 愧! 通判大夫甚欲寫一書,乏力不果,乞道區區。

其 六

去歲人還,奉狀必達。爾後行役無定,遂缺馳問。比日,不審起處何如? 某忝命過優,非許予之素,何以及此。無緣面謝,重增反側。酷暑,更祈順時爲國自重。謹奉手啓,不宣。

其 七

寓白沙,須接人而行,會合未可期。臨書惘惘。見張公翊,出《清溪圖》甚佳。謝生殊可賞,想亦由公指示也。曾與公翊作《清溪詞》,熱甚,文多,未暇録去,後信寄呈也。睿達化去,極可哀,雖末路蹭蹬,使人耿耿,然求此才韻,豈易得哉! 雲巢遂成茂草,言之辛酸。後事想公必一一照管也。匆匆,揮汗,不復盡意耳。

其 八

冗迫，久不上問。辱教，承起居佳勝，感慰兼集。違去忽兩歲，思仰不忘。每惟高才令望，尚滯江湖，豈勝悵惘。不肖忝冒過分，重承箋教，禮當占詞布謝。數日，以病在告，使者告回甚速，故未暇也。不罪！不罪！酷暑方熾，千萬爲時自重。

其 九

伏蒙賜教，恩勤曲折，有骨肉之愛，蒙世不比數，何以奉承此歡，懷藏愧感，大不可言。累日聒聒溷煩，仰荷眷與，不見瑕疵，又飲食之，及其行，餉酒分醯，蒙被無已之惠，益多愧耳。謹奉狀稱謝。春寒，伏冀調護眠食，以須寵光。

其 十

道出貴郡，乃獲淹觀風度，實慰從來。伏蒙大雅開接甚厚，小人何以得此！薄晚奉被賜教承問，幸甚。拙於謀生，至煩地主餉米，感愧。匆匆稱謝，不宣。

其十一

經宿，伏惟尊候萬福。比欲奉承，勤款教諭，屬以風静江平，伯氏堅約來日解舟，不審能曲聽否？得指揮，今日得券給米，來旦得護兵聽行，以慰伯氏之意，何幸如之。謹諮稟左右，惶恐！惶恐！

其十二

昨夜風静，遂解舟泊清溪口，道遠不能入城，觀隨車歌舞之盛，徒對月舉酒，想見風度耳。經宿，不審尊候何如？伏惟萬福。未申間泊銅官，古縣蕭索，尤思仰緒論。謹奉狀承動静，率易，惶恐！

與滕興公三首

其　一

向者假守，得依仁賢分光借潤，爲幸多矣。不謂純孝罹此哀疚，匆遽别去，爲恨可量。某罪大責輕，憂愧交集，狼狽南遷，豈敢復自比縉紳，尚蒙記録委曲存撫，感激深矣。旦夕出江，愈遠詹奉，惟萬萬順理自將，無致毁也。

其　二

某久當廢逐，今荷寬恩，尚有民社，又聞風土不甚惡，遠近南北亦無所較，幸不深念。示喻《壇記》，新以文字獲罪，未敢秉筆也。匆遽，不盡區區。

其　三

近晚訪聞一事，請貸糧者幾滿城郭，多請不得，致有住數日所費反多於所請者。吾儕首慮此事，非不約束，而官吏惰忽如此，蓋有司按劾之過也。切請興公速爲根究。爲邑官告諭期會不明耶？爲倉官不早入晚出、支遣乖方所致耶？切與根究取問施行。病中聞之，甚愧！甚愧！某手啓。

與徐安中

寵禄過分，煩致人言，求去甚力，而聖主特發玉音，以信孤忠,故未敢遽去,然亦豈敢復作久計也。老兄淹留如此,終不能少爲發明,愧負何已。宛丘春物頗盛,牡丹不減洛陽,時復一醉否?辱書,伏承起居佳勝,知辭還,少緩思仰,日勞賢者,當進而久留,不肖當去而不可得,兩失其安,可勝嘆耶?人還,匆冗不宣。

與曾子開

經宿起居佳勝。來日欲同錢穆父略到池上扈駕,還便往,公能來否?别無同行。穆父甚喜公來,可攜帽子、凉傘行也。可否,示諭。不宣。

謝唐林夫

數日不接,思仰可量。陰寒,伏惟起居佳勝。生日之禮,豈左右所當屈致。又辱高篇借寵,衰病,感悚並集。日夕走謝,奉啓,不宣。

祭文七首

祭劉原父文

嗚呼!古稱益友,多聞諒直。有一而已,罔全其德。惟公兼之,霈然有餘。惟其至明,以有衆無。譬如監然,物至而受。

罔有不照,斯以爲富。先民之言,久遠絶微。繼以百家,其多如茨。衆人劬勞,有不能獲。公徐收之,其贏則百。瀦之爲淵,放之爲川。抽之無窮,循之無端。有聽其言,茫然自失。如江河注,漂蕩汩潏。有讀其書,釋然解頤。紛紜雜亂,咸得其歸。其博無際,其辯無偶。既博既辯,又以約守。昔公在朝,議論絶倫。挺然不回,其氣以振。談笑所排,諷諭所及。大夫庶士,斂衽以服。自公之亡,未幾於兹。學失本原,邪説並馳。大言滔天,詭論蔑世。不謂自便,曰固其理。豈不自有,人或嘆嘻。孰能誦言,以告其非。公自平昔,灼見隱伏。指擿譏誚,俾不克立。公歸於原,誰與正之。酌以告哀,莫知我悲。

祭韓獻肅公文

在昔仁祖,清净養民。維時忠獻,秉國之鈞。盛大蕃衍,啓其後人。公曁叔季,文武彬彬。公相神宗,重厚有體。心存社稷,輔以《詩》《禮》。博陸堂堂,扶陽濟濟。公將於外,戚鉞雕戈。虔共匪懈,柔惠不苛。韓侯奕奕,申伯番番。大明既升,克紹聖考。介圭來朝,黄髮元老。帝曰汝留,王躬是保。公勇於退,連章告歸。三公就第,大政是咨。五福具有,謂當期頤。天弗憖遺,哲人其萎。哀動兩宫,士夫涕洟。維此僚寀,拜公京師。從容暇日,引陪燕私。詔言在耳,已哭於帷。在公已矣,邦國之悲。靈輴啓行,宅兆有期。寓焉塗車,立列參差。舉觴一慟,與公長辭。

祭范夫人文

惟夫人婦德茂於閨門,母儀形於里閈。篤生賢子,綽有令名。將期百年，兼享五福。而天不亮孝子之志，神不佑善人之門。變故之來，旬日相繼。尚有餘慶，鍾於後昆。某忝與外姻，局於官守。聊馳薄奠，遠致哀誠。

祭老泉焚黄文（元豐元年）

乃者熙寧七年、十年，上再有事於南郊，告成之慶，覃及幽顯，我先君中允贈太常博士累贈都官員外郎。軾、轍當奔走兆域，以致天子之命。王事有程，不敢言私。謹遣人賫告黄二軸，集中外親，擇日焚納，西望隕涕之至。

祭伯父提刑文（治平元年）

嗚呼！昔我先祖之後，諸父、諸姑，森如雁行。三十年間，死生契闊，惟編禮與伯父，千里相望。宦游東西，奔走四海，去家如忘。至有生子成童而不識者，兹言可傷。方約退居卜築，相與終老，逍遥翱翔。嗚呼伯父，一旦捨去，有志弗償。辛丑之秋，送伯西郊。淫雨蕭蕭，河水滔滔。言别於槁，屢顧以招。孰知此行，乃隔幽明。嗚呼伯父，先竟何爲。勤苦食辛，以律厥身。知以爲民，不知子孫。今其云亡，室如懸筐。布衣練裙，冬月負薪。誰爲優孟，悲歌叔孫。惟有斯文，以告不泯。

祭迨婦歐陽氏文

昔先君與太師文忠公恩義之重，宜結婚姻，以永世好。故予以中子追求婚於汝。自汝之歸，夫婦如賓，娣姒諧睦，事上接下，動有家法。謂當百年，治我後事。云何奄忽，一旦至此，使我白首，乃反哭汝，命也奈何！嗚呼哀哉！以吉月良日殯汝於京城之西惠濟之僧舍。汝之魂識，復反於家，尚克朝夕受於奠饋。凡汝服用，皆施佛僧。

祭古冢文

（**陳仁錫眉**）終是木同而言，賴有土木偶一結。

閏十二月三日，予之田客，築室於所居之東南，發一大冢，適及其頂，遽命掩之，而祭之以文，曰：

茫乎忽乎，寂乎寥乎，子大夫之靈也。子豈位冠一時，功逮宇内，福慶被於子孫，膏澤流於萬世，春秋逝盡而托物於斯乎？意者潛光隱耀，却千駟而不顧，禄萬鍾而不受，岩居而水隱，雲卧而風乘，忘身徇義而遺骨於斯乎？豈吾固嘗誦子之詩書，慕子之風烈，而不知其謂誰歟？子之英靈精爽，與周公、吕望游於豐、鎬之間乎？仰其與巢由、伯夷相從於首陽、箕潁之上乎？磚何爲而華乎？壙何爲而大乎？地何爲而勝乎？子非隱者也，子之富貴，不獨美其生，而又有以榮其死也。子之功烈，必有石以誌其下，而余莫之敢取也。昔子之姻親族黨，節春秋，悼霜露，雲動影從，享祀乎其下。今也，僕夫樵人，誅茅鑿土，結廬乎其上。昔何盛而今何衰乎？吾將徙吾之宫，避子之舍，豈惟力之不能，獨將何以勝夫必然之理乎？安知百歲之後，吾之宫不復爲他人之墓乎？今夫一歲之運，陰陽之變，天地盈虚，日星殞食，山川崩竭，萬物生死，欻及飄忽，若雷奔電掣，不須臾留也，而子大夫,獨能遺骨於其間,而又惡夫人之居者乎?嗟彼此之一時,邈相望於山河。子爲土偶,固已歸於土矣。余爲木偶漂漂者,未知其如何。魂而有知,爲余嫡阿。

尚書解十首

乃言底可績

巧言令色,帝之所畏也。故以言取人,自孔子不能無失。然聖賢之在下也,其道不效於民,其才不見於行事,非言無自出之。故以言取人者,聖人之所不能免也。納之以言,試之以功,自堯舜以來,未之有改也。堯將禪舜也,曰:"詢事考言,乃言底可績。"底之爲言極也。《易》曰:"窮理盡性,以至於命。"可謂極矣。君子之於事物也,原其始不要其終,知其一不知其二,見其偏不見其全,則利害相奪,華實相亂,烏能得事之真、見物之情也哉!故言可聽而不可行,事可行而功不可成,功可成而民不可安,是功未始成也。舜、禹、皋陶之言,皆功成而民安之者也。嗚呼!極之爲至德也久矣。箕子謂之皇極,子思謂之中庸。極則非中也,中則非極也,此昧者之論也。故世俗之學,以中庸爲處可否之間,無過與不及之病而已,是近於鄉原也。若夫達者之論則不然。曰:"喜怒哀樂未發謂之中,發而皆中節謂之和,致中和,天地位焉,萬物育焉。"非舜、禹、皋陶之成功,其孰能與於此哉!故愚以謂窮理盡性,然後得事之真,見物之情。以之事天則天成,以之事地則地平,以之治人則人安。此舜、禹、皋陶之言,可以底績者也。

堲讒説殄行

《書》云:“朕堲讒説殄行。”傳曰:君子之所爲,爲可傳、爲可繼也。凡行之不可傳、繼者,皆殄行也。堯舜之所堲也。世衰道喪,士貴苟難而賤中庸,故邪慝者進焉。齊桓公欲用豎刁、易牙、開方三子。管仲曰:“三子者自刑以近君,去親殺子以求合,皆非人情,難近。”桓公不聽,卒以亂齊。齊桓,賢主也。管仲,信臣也。夫以賢主而不用信臣之言,豈非三子者似忠而難知也歟?甚矣,似之亂真也。故曰“惡紫”:謂其奪朱也;“惡莠”:謂其亂苗也;“惡鄉原”:謂其亂德也。孟子憂之,故曰:“君子反經而已矣。”君子之所貴,必其可傳、可繼者也。是以謂之經。經者,常也。君子苟常之爲貴,則彼苟難殄行,無爲爲之矣。苟難者無所獲,殄行者無所利,則庶民並興,巧者不能獨進,拙者可以自效。吾虚心而察之,賢者可事,能者可使,而天下治矣。

視遠惟明聽德惟聰

甚矣,耳目之爲天下禍福也!《洪範》五事,爲皇極之用,治亂之所由出,狂聖之所由分,風雨之所由作,五福六極之所由致。故顔淵問仁,孔子曰:“非禮勿視,非禮勿聽,非禮勿言,非禮勿動。”夫視聽期於聰明而已,何與於禮?非禮勿視,非禮勿聽,是禮也,何與於仁?曰:視聽不以禮,則聰明之害物也其於聾瞽。何以言之?明之過也,則無所不視,掩人之私,求人之所不及;聰之過也,則無所不聽,浸潤之譖,膚受之愬或行焉。此其害，豈特聾瞽而已哉！故聖人一之於禮，君臣上下，各視其所當視，各聽其所當聽，而仁不可勝用也。太甲之復辟也，伊尹戒之曰："視遠惟明，聽德惟聰。"何謂遠？何謂德？孔子曰："文武之道，未墜於地。在人賢者識其大者，不賢者識其小者。"夫惟小之爲知，又烏能及遠哉！探夜光於東海者，不爲鯢桓而回網羅；求合抱於鄧林者，不以徑寸而枉斧斤。苟志於遠，必略近矣。故子張問明，孔子既告之以明，又告之以遠。由此觀之，視不及遠者，不足爲明也。梁惠王問利於孟子，孟子告以仁義。曰："王何必曰'利'。"夫言利者，其言未必不中也，然君子不聽，曰："言利者，必小人也。"聽其言必行其事，行其事必近其人，小人日近，君子日疏，求國無危，不可得也。凡言苟出於利，雖中，小人也，况不中乎？苟出於德，雖失，猶君子也，况不失乎？由此觀之，聽不主於德者，非聰也。

終始惟一時乃日新

《易》曰："天下之動，正夫一者也。"夫動者，不安者也。夫惟不安，故求安者而托焉。惟一者爲能安。天地惟能一，故萬物資生焉。日月惟能一，故天下資明焉。天一於覆，地一於載，日月一於照，聖人一於仁，非有二事也。晝夜之代謝，寒暑之往來，風雨之作止，未嘗一日不變也。變而不失其常，晦而不失其明，殺而不害其生，豈非所謂一者常存而不變故耶！聖人亦然。以一爲内，以變爲外。或曰：聖人固多變也歟？不知其一也，惟能一故能變。伊尹戒太甲曰："今嗣王新服厥命，惟新厥德，終始惟一，時乃日新。"新與一，二者疑若相反然。請言其辨。物之無心者必一，水與鑒是也。水、鑒惟無心，故應萬物之變。物之有心者必二，目與手是也。目、手惟有心，故不自信而托於度量權衡。己且不自信，又安能應物無方日新其德也哉！齊人爲夾谷之會，曰：孔丘儒者也，可劫以兵。不知其戮齊優如殺犬豕。此豈有二道哉？一於仁而已矣。孟子曰："天下定於一，孰能一之？曰：不嗜殺人者。"愚故曰聖人一於仁。

王省惟歲

論堯、舜之德者，必曰無爲。考之於經，質之於史，堯、舜之所爲，卓然有見於世者，蓋不可勝計也，其曰無爲，何哉？古人有言曰："除日無歲。"又曰："日一日勞考載曰功。"若堯、舜者，可謂功矣。歲者，月之積也。月者，日之積也。舉歲則兼月，舉月則兼日矣。日别而數之，則月不見，月别而數之，則歲不見。此豈日月之外，復有歲哉！日月之各一，人臣之勞也。歲之並考，人君之功也。故《書》曰："王省惟歲，卿士惟月，師尹惟日。"此上下之分，煩簡之宜也。禹之平水土，稷爲之殖百穀，契爲之敷五教，伯夷爲之典三禮，皋陶爲之平五刑，羲和爲之曆日月。堯舜果何爲哉！今夫三百有六旬，分之以四時，配以之以六甲，位之以十二子，散之以二十四氣，裂之以七十二候，晝不可以並夜，寒不可以兼暑，則氣果安在哉！惟其無在而不可名，寄之於人而已，不有此，所以爲王省之功也。日不立則月不建，月不建則歲不成，師尹不官，則卿士不治，卿士不治，則王功廢矣。故曰："庶民惟星。"星者，日月之所舍，所因以爲寒暑風雨者也。民者，上之所托，所因以爲號令賞罰者也。日月不自爲風雨寒暑，因星而爲節；君不自爲號令賞罰，因民而爲節。上執其要，下治其詳，所謂歲月日時無易也。文王不兼庶獄，陳平不治錢穀，邴吉不問鬥傷，此所爲不易者也。秦皇衡石程書，光武以吏事責三公，此易歲月而亂日時者也。治亂之效，亦可以概見矣。

作周恭先作周孚先

周之將興，必有斷天之王，建都邑，立藩輔，以定天命而宅民心，爲子孫之師。亦必有命世之臣，考禮樂，修法令，以定國是而正風俗，爲卿大夫之宗。然後可以世世垂拱仰成，雖有中主弱輔，而不至於亂。故曰："孺子來相宅，其大惇典商獻民，亂爲四方新辟，作周恭先。""予旦以多才，越御事，篤前人成烈，答其師，作周孚先。"國之所恃者，法與人也。《詩》曰："雖無老成人，尚有典刑。"故周公以謂惇典而用賢，可以定國，後之言恭者必稽焉。傅説有言："事不師古，以克永世，匪説攸聞。"今不師古，後不師今。故周公以謂我當與卿大夫士篤前人成烈，以答衆心，則後之言信者必師焉。夫以成王之賢，周公之聖，其所以爲後世先者，不過於恭與信而已。《詩》曰："自古在昔，先民有作。温恭朝夕，執事有恪。"閔馬父曰："古之稱恭者，曰自古，曰在昔，曰先民，其嚴如是。"愚以是知恭之大者，蓋堯之允恭，孔子之温恭，非獨恭世子之恭、楚共王之恭也。成王以是爲後世先也，不亦宜乎！"大有上吉。履信思乎順。又以尚賢也，是以自天佑之，吉無不利。"又曰："自古皆有死，民無信不立。"信之爲德也，重於兵而急於食，周公以是爲後世先也，不亦宜乎！

惟聖罔念作狂惟狂克念作聖

毫末之木，有合抱之資，濫觴之水，有稽天之勢，不可謂無是理也。理固有是，而物未必然。此衆人之所以不信也。子思有言："君子之道，始於夫婦之所能，其至也，雖聖人有不能。"故孟子曰："人皆可以爲堯舜。"人之能爲堯舜，歷千載而無有，故孟子之言，世未必信也。衆人以迹求之，故未必信，君子以理推之，故知其有必然者矣。孔子曰："惟上智與下愚不移。"而《書》曰："惟聖罔念作狂，惟狂克念作聖。"此二言者，古今所不能一，而學者之所深疑也。請試論之。濫觴可以稽天，東海可以桑田，理有或然者。此狂聖念否之説也。江湖不可以徒涉，尺水不可以舟行，事有必然者。此愚智必然之辨也。夫言各有當也，達者不以失一害一，此之謂也。太甲既立，不明，伊尹放之。使太甲粗可以不亂者，伊尹不廢也。至於廢，則其狂也審矣。然卒于爲商宗。周公曰："兹四人迪哲。"蓋太甲與文王均焉。明皇開元之治，至於刑措，與夫三代何遠。林甫之專，禄山之亂，民在塗炭，豈特狂者而已哉！由此觀之，聖狂之相去，殆不容髮矣。

庶言同則繹

《書》曰："出入自爾師虞，庶言同則繹。"虞之爲言度也，出納之際，庶言之所在也，必得我師焉。夫言有同異，則聽者有所考：言其利也，必有爲利之道；言其害也，必有致害之理。反復論辯廷議，而衆决之：長者必伸，短者必屈焉；真者必遂，僞者必窒焉。故邪正之相攻，是非之相稽，非君子之所患。君子之所患者，庶言同而已。考同者莫若繹，古者謂紬繹，紬絲者必求其端，究其所終。《太甲》曰："有言逆於汝心，必求諸道。有言遜於汝志，必求諸非道。"《君陳》之所謂繹者，《太甲》之所謂求也。

孫寶有言:"周公大聖,召公大賢,猶不相説,著於經典,兩不相損。"晉王導輔政,每與客言,舉坐稱善。而王述責之曰:"人非堯舜,安得每事盡善?"導亦斂衽謝之。古之君子,其畏同也如此。同而不繹,其患有不可勝言者矣。

唐虞稽古建官惟百夏商官倍亦克用乂

天下之事,古略而今詳,天下之官,古寡而今衆。聖人非有意於其間,勢則然也。火化之始,燔黍捭豚,以爲靡矣。至周而醯醢之屬至百二十甕。棟宇之始,茅茨采椽,以爲泰矣。至周九尺之室,山節藻梲。聖人隨世而爲之節文,豈得已哉!《周書》曰:"唐虞稽古,建官惟百,夏、商官倍,亦克用乂。"聖人不以官之衆寡論治亂者,以爲治亂在德,而不在官之衆寡也。《禮》曰:"夏后氏官五十,商二百,周三百。"與周官異,學者蓋不取焉。夫唐虞建官百,簡之至也。夏后氏安能減半而辦,此理之必不然也。孔安國曰:"禹、湯建官二百,不及唐虞之清要。"榮古而陋今,學者之病也。自夏、商觀之,則以官百爲清要。自唐虞而上雲鳥紀官之世而觀之,則官百爲陋矣。未豈然哉?愚聞之叔向曰:"昔先王議事以制,不爲刑辟。"故子産鑄《刑書》,而叔向非之。夫子産之《刑書》,末世之先務也。然且得罪於叔向。是以知先王之法亦簡矣。先王任人而不任法,勞於擇人而佚於任使,故法可以簡。法可以簡,故官可以省,古人有言,省官不如省事,省事不如清心,至矣。

道有升降政由俗革

武王克商,武庚禄父不誅矣,而列爲諸侯。周公相成王,武庚祿父叛，殷之頑民，相率爲亂，不誅也，而遷之洛邑。武王、周公，其可謂至德也已矣。曰："群飲，汝勿佚，盡執拘以歸於周，予其殺。商之工臣，乃湎於酒，勿庸殺之，姑惟教之。"非至德能如是乎？是以商之臣子心服而日化，至康王之世三十餘年矣。世變風移，士君子出焉。故命畢公曰："道有升降，政由俗革，不臧厥臧，民罔攸勸。"始則遷其頑者而教之，終則擇其善者而用之。周之於商人也，可謂無負矣。夫道何常之有，應物而已矣。物隆則與之偕升，物污則與之偕降。夫政何常之有，因俗而已矣。俗善則養之以寬，俗頑則齊之以猛。自堯、舜以來，未之有改也。故齊太公因俗設教，則三月而治。魯伯禽易俗變禮，則五月而定。三月之與五月，未足爲遲速也，而後世之盛衰出焉。以伯禽之賢，用周公之訓，而猶若是，苟不逮伯禽者，其變易之患可勝言哉！

論語解二首

觀過斯知仁矣

（**鄒東郭眉**）此篇明學《莊子》，全不蹈襲一字。（**茅鹿門旁**）論亦是終不出蘇氏法門。

孔子曰："人之過也，各於其黨，觀過斯知仁矣。"自孔安國以下，解者未有得其本指者也。《禮》曰："與仁同功，其仁未可知也。與仁同過，然後其仁可知也。"（**高啓夾**）引來最得大旨。

即是個冒意。(**高啓眉**)以功形過妙。聞之於師曰:此《論語》之義疏也。請得以論其詳。人之難知也,江海不足以喻其深,山谷不足以配其險,浮雲不足以比其變。(**茅鹿門眉**)把"難知"立論,自是觀過知仁正印。揚雄有言:"有人則作之,無人則輟之。"夫苟見其作,而不見其輟,雖盜蹠爲伯夷可也。然古有名知從者,其效如影響,其信如蓍龜,此何道也。故彼其觀人也,亦多術矣。委之以利,以觀其節,乘之以猝,以觀其量,伺之以獨,以觀其守,懼之以敵,以觀其氣。(**高啓眉**)此段全學《莊子·九徵》句法。故晉文公以壺飧得趙衰,郭林宗以破甑得孟敏,是豈一道也哉! 夫與仁同功而謂之仁,則公孫之布被與子路之緼袍何異,陳仲子之螬李與顔淵之簞瓢何辨。(**高啓夾**)申上"與仁同功"。何則? 功者人所趨也,過者人所避也。審其趨避而真僞見矣。(**高啓眉**)"趨避"二意是一篇本旨。(**茅鹿門夾**)本旨。古人有言曰:"鉏麑違命也,推其仁可以托國。"(**高啓夾**)申上"與仁同過",作個收掉法。斯其爲觀過知仁也歟! (**高啓眉**)末一段勁拔簡切,有萬鈞之力。

【彙評】

鄭之惠:宋人經義。

君使臣以禮

(**茅鹿門旁**)論亦正大。

君以利使臣,則其臣皆小人也。幸而得其人,亦不過健於才而薄於德者也。君以禮使臣,則其臣皆君子也。不幸而非其人,猶不失廉恥之士也。其臣皆君子,則事治而民安。士有廉恥,則臨難不失其守。小人反是。故先王謹於禮。禮以欽爲主,宜若近於弱,然而服暴者,莫若禮也。禮以文爲飾,宜若近於僞;然而得情者,莫若禮也。哀公問君使臣臣事君如之何?孔子曰:“君使臣以禮,臣事君以忠。”不有爵禄刑罰也乎,何爲其專以禮使臣也!以爵禄而至者,貪利之人也,利盡則逝矣。以刑罰而用者,畏威之人也,威之所不及,則解矣。故莫若以禮。禮者,君臣之大義也,無時而已也。漢高祖以神武取天下,其得人可謂至矣。然恣慢而侮人,洗足箕踞,溺冠跨項,可謂無禮矣。故陳平論其臣,皆嗜利無恥者,以是進取可也,至於守成,則殆矣。高帝晚節不用叔孫通、陸賈,其禍豈可勝言哉!吕后之世,平、勃背約,而王諸吕幾危劉氏,以廉恥不足故也。武帝踞厠而見衛青,不冠不見汲黯。青雖富貴,不改奴僕之姿,而黯社稷臣也,武帝能禮之而不能用,可以太息矣。

孟子解一首

以佚道使民以生道殺民

使民爲農,民曰:“是食我之道也。”使民爲兵。民曰:“是衛我之道也。”使民爲城郭溝池。民曰:“是域我之道也。”雖勞而不怨也。曰:“盤庚之民,何以怨?”“民可與樂成而不可與慮始,蓋終於不怨也。”《詩》曰:“晝爾于茅,宵爾索綯,亟其乘屋,其始播百穀。”可謂勞矣。然民豈不思之,曰:“上之人果誰爲也哉!”

若夫田獵之娱，宴好之奉，上之人所自爲爲之者，君子蓋不以勞民也。古者水衡少府，天子之私藏。大司農錢，不以給共養勞費，共養勞費一出少府，爲是也。孟子曰："以佚道使民，勞而不怨，以生道殺民，雖死不怨殺者。"以佚道使民，可也，以生道殺民，君子蓋難言之。《易》曰："古之聰明睿智神武而不殺。"季康子曰："如殺無道，以就有道，何如？"孔子曰："子爲政，焉用殺？"夫殺無道就有道，先王之所不免也，孔子諱之。然則殺者，君子之所難言也。

莊子解一首

廣成子解

黄帝立爲天子，十九年，令行天下，聞廣成子在於崆峒之山，故往見之。曰："我聞吾子達於至道，敢問至道之精。吾欲取天地之精，以佐五穀，以養民人。吾又欲官陰陽，以遂群生，爲之奈何？"

道固有是也。然自是爲之，則道不成。

廣成子曰："而所欲問者，物之質也，而所欲官者，物之殘也。"

得道者不問，問道者未得也。得道者無物無我，未得者固將先我而後物。夫苟得道，則我有餘而物自足，豈固先之耶？令乃捨己而問物，惡其不情也。故曰"而所欲問者，物之質也，而所欲官者，物之殘也"。言其情在於欲己長生，而外托於養民人、遂群生也。夫長生不死，豈非物之實？而所謂養民人、遂群生，豈非道之餘乎？

“自而治天下也，雲氣不待族而雨，草木不待黄而落，日月之光，益以荒矣。”

天作時雨，山川出雲。雲行雨施，而山川不以爲勞者，以其不得已而後雨，非雨之也。春夏發生，秋冬黄落，而草木不以爲病者，以其不得已而後落，非落之也。今雲不待族而雨，草木不待黄而落，雖天地之精，不能供此有心之耗，故荒亡之符，先見於日月，以一身占之，則耳目先病矣。

“而佞人之心，翦翦者，又奚足以語至道？”

真人之與佞人，猶穀之與稗也。所種者穀，雖瘠土墮農，不生稗也。所種者稗，雖美田疾耕，不生穀也。今始學道，而問已不情。佞僞之種，道何從生！

黄帝退，捐天下，築特室，席白茅，閒居三月，復往邀之。廣成子南首而卧，黄帝順下風，膝行而進，再拜稽首而問曰：“聞吾子達於至道，敢問治身奈何而可以長久？”

棄世獨居，則先物後己之心，無所復施，故其問也情。

廣成子蹶然而起曰：“善哉問乎！來，吾語汝至道。”

廣成子至此，始以道語黄帝乎？曰：否。人如黄帝而不足以語道，則天下無足語者矣。吾觀廣成子之拒黄帝也，其語至道已悉矣。是以閒居三月而復往見，蹶然爲之變，其受道豈始於此乎？

“至道之精，窈窈冥冥，至道之極，昏昏默默。”

窈窈冥冥者，其狀如登高望遠，察千里之毫末，如臨深俯幽，玩萬仞之藏寶也。昏昏默默者，其狀如枯木死灰，無可生可然之道也。曰：道止於此乎？曰：此窈冥昏默之狀，乃致道之方也。如指以爲道，則窈冥昏默者，可得謂之道乎？人能棄世獨居，體窈冥昏默之狀，以入於精極之淵，本有不得於道者也。學道者患其散且僞也，故窈窈冥冥者，所以致一也，昏昏默默者，所以全真也。

"無視無聽，抱神以静，形將自正。必静必清，無勞汝形，無摇汝精，乃可以長生。目無所見，耳無所聞，心無所知，汝神將守形，形乃長生。慎汝内，閉汝外，多知爲敗。"

自此以上，皆真實語，廣成子提耳畫一以教人者。無視無聽，抱神以静，則無爲也。心無所知，則無思也。必静必清，無勞汝形，無摇汝精，則無欲也。三者具而形神一，形神一而長生矣。内不慎，外不閉，二者不去，而形神離矣。或曰：廣成子之於道，若是數數歟？曰：穀之不爲稗，在種者一粒耳，何數不數之有。然力耕疾耘，不可廢也。

"我爲汝遂於大明之上矣，至彼至陽之原也，爲汝入於窈冥之門矣，至彼至陰之原也。"

窈冥昏默，長生之本。長生之本既立，亦必有堅凝之者。二者如日月水火之用。所以修煉變化，堅氣而凝物者也，蓋必有方矣。然皆必至其極，不極不化也。

"天地有官，陰陽有藏。"

廣成子以窈冥昏默立長生之本，以無思無爲無欲去長生之害，又以至陰至陽堅凝之，吾事足於此矣。天地有官，自爲我治之，陰陽有藏，自爲我蓄之。爲之者在我，成之者在彼。

"慎守汝身，物將自壯。"

言長生可必也，物豈有稚而不壯者哉！

"我守其一，以處其和。故我修身千二百歲矣，吾形未嘗衰。"黄帝再拜稽首曰："廣成子之謂天矣。"廣成子曰："來，余語汝。彼其物無窮,而人皆以爲終,彼其物無測,而人皆以爲極。”

物本無終極,其分也成也,其成也毁也。物未嘗有死,故長生者物之固然,非我獨能。我能守一而處和,故不見其分成與毁爾。

“得吾道者,上爲皇而下爲王。失吾道者,上見光而下見土。”

皇者其精也,王者其粗也,生者明,死者幽,幽者不知明,明者不知幽。

“今夫百昌皆生於土,而反於土。故余將去汝,入無窮之門,以游無極之野。”

蓋將有以示化去世形解入土之意也歟?

“吾與日月參光,吾與天地爲常,當我緡乎,遠我昏乎,人其盡死而我獨存乎!”

南榮趎挾三人以見老子,老子訶之,則矍然自失,人我皆喪。夫挾人以往固非也,人我皆喪亦非也。故學道能盡死其人獨存其我者寡矣。可見、可言、可取、可去者,皆人也,非我也。不可見、不可言、不可取、不可去者,真我也。近是則智,遠是則愚,得是則得道矣。故人其盡死而我獨存者,此之謂也。古今雖異,吾不知緡之所謂也。以文意求之,其猶曰明也歟?

書後五百六首

書鮑静傳

鮑静字太玄,東海人。五歲語父母,云:“本曲陽李氏子,九歲墮井死。”父母以其言訪之,皆驗。静學兼内外,明天文、河洛書。爲南海太守行部入海，遇風，飢甚，煮白石食之。静嘗見仙人陰君受道訣，百餘歲卒。陰真君名長生。予嘗游忠州酆都觀，則陰君與王方平上升處也。古松柏數千株，皆百圍，松脂如酥乳，不煩煮煉，正爾食之，滑甘不可言。二真君皆畫像觀中，極古雅，有西晉時殿宇，尚存也。戊寅九月十一日夜坐書。

書單道開傳後

葛稚川與單道開皆西晉人，而没於東晉，又皆隱於羅浮。使稚川見道開，必有述焉。而《抱朴·内篇》皆不及道開，豈稚川化時，道開尚未至羅浮也？稚川乞岣嶁令游南海，遂入羅浮，按本傳在升平三年以後，相去蓋三十餘年，必稚川先化也。紹聖元年九月，始予至羅浮，問山中人，則道開無復遺迹矣，亦不知石室所在。獨書此《傳》遺冲虚觀道士鄧守安，以備山中逸事。

書陶淡傳

《晉史·隱逸傳》：陶淡字處静，太尉侃之孫也。父夏，以無行被廢。淡幼孤，好導養之術，謂仙道可祈。年十五六，便服食絶穀。不娶。家累千金，僮客百數，淡了不營問。好讀《易》，善卜筮。於長沙臨湘山中，結廬居之。養一白鹿以自隨。人有候之者，輒移渡澗水，莫得近。州舉秀才，淡遂逃羅縣埤山中，不知所終。

陶士行諸子皆凶暴，不獨夏也，而諸孫中乃有淡，曾孫中乃有潛。潛集中乃有仲德、敬通之流，皆隱約有行義，又皆貧困，何也？淡高逸如此，近類得道，與潛近親，而潛無一言及之，此又未喻也。戊寅九月七日,閲《晉史》,偶録之以俟知者。儋州城南記。

書淵明孟府君傳後

陶淵明,孟嘉外孫,作《喜傳》云:“或問聽絲不如竹,竹不如肉,何也?”曰:“漸近自然。”而今《晉書》乃云“漸近使之然”,則是閭里少年鄙語。雖至細事,然足以見許敬宗等爲人。

書南史盧度傳

余少不喜殺生,然未能斷也。近來始能不殺猪羊,然性嗜蟹蛤,故不免殺。自去年得罪下獄,始意不免,既而得脱,遂自此不復殺一物。有見餉蟹蛤者,皆放之江中。雖知蛤在江水無活理,然猶庶幾萬一,便使不活,亦愈於煎烹也。非有所求覬,但以親經患難,不異雞鴨之在庖厨,不忍復以口腹之故,使有生之類,受無量怖苦爾,猶恨未能忘味食自死物也。《南史·隱逸傳》:“始興人盧度,字彦章。有道術。少隨張永北侵魏,永敗,魏人追急,淮水不得過。自誓若得免死,從今不復殺生。須臾見兩楯,流來接之,得過。後隱居廬陵西昌三顧山,鳥獸隨之,夜有鹿觸其壁。度曰:‘汝勿壞我壁。’鹿應聲去。屋前有池,養魚,皆名呼之,次第取食。逆知死年月,竟以壽終。”偶讀此書,與餘事粗相類,故並録之。

書劉昌事(昌事見杜牧宋州寧陵縣記)

今日過寧陵,聞縣令言,前令晏曇立劉昌廟。昌事蹟見杜牧集，甚壯偉。宋子京獨不信，以爲無有。子亦信李蘩記其父泌、崔胤記其父慎由事，皆以僞爲真，獨不信杜牧記昌事，可笑也。李蘩作《家傳》，記其父居鬼谷，並與仙接。子京亦曰："蘩所記浮侈不可信，姑摭其實者如上。"崔胤記其父晚無子，遇浮屠生胤，乃名繼。

記孫卿韻語

孫卿子有韻語者，其言鄙近，多云"成相"，莫曉其義。《前漢·藝文志·詩賦類》中有《成相雜詞》十一篇，則"成相"者，蓋古謳謡之名乎？疑所謂"鄰有喪，舂不相"者。又《樂記》云："治亂以相。"亦恐由此得名，當更細考之。

記徐陵語

徐陵多忘，每不識人，人以此咎之。陵曰："公自難記，若曹、劉、沈、謝輩，暗中摸索，亦合認得。"誠哉是言！

記歐陽論退之文

韓退之喜大顛，如喜澄觀、文暢之意，了非信佛法也。世乃妄撰退之與大顛書，其詞凡陋，退之家奴僕亦無此語。有一士人於其末妄題云："歐陽永叔謂此文非退之莫能。"此又誣永叔也。永叔作《醉翁亭記》，其辭玩易，蓋戲云耳，又不以爲奇特也，而妄庸者亦作永叔語，云："平生爲此最得意。"又云："吾不能爲退之《畫記》，退之又不能爲《醉翁記》。"此又大妄也。僕嘗謂退之《畫記》近似甲名帳耳，了無可觀，世人識真者少，可嘆亦可愍也。

跋嵇叔夜養生論後

東坡居士以桑榆之末景，憂患之餘生，而後學道，雖爲達者所笑，然猶賢乎已也。以嵇叔夜《養生論》頗中余病，故手寫數本，其一贈羅浮鄧道師。

書淵明述史章後

淵明作《述史九章》，《夷齊》《箕子》蓋有感而云。去之五百餘載，吾猶知其意也。

跋退之送李愿序

歐陽文忠公嘗謂晉無文章，惟陶淵明《歸去來》一篇而已。余亦以謂唐無文章，惟韓退之《送李愿歸盤谷》一篇而已。平生願效此作一篇，每執筆輒罷，因自笑曰："不若且放教退之獨步。"

書子由君子泉銘後（孟君名震，鄆人，及進士第，爲承議郎）

子由既爲此文，余欲刻之泉上。孟君不可，曰："名者，物之累也。"乃書以遺之。元豐六年十一月九日題。

跋赤溪山主頌

達與不達者語,譬如與無舌人説味。問蜜何如,可云蜜甜。問甜何如,甜不可説。我説蜜甜,而無舌人終身不曉。爲其不可曉,以爲達者語應皆如是,問東説西,指空畫地,如心疾,如睡語,聽者恥不知,從而和之,更相欺謾。昔張魯以五斗米治病,戒病者相語不得云"未差也",若云爾者,終身不差也。故當時以張魯爲神。其事類此。然亦不得以此等故疑其真。余得赤溪山主頌十一篇於其子䄂,問其事於樂全先生張安道,知其爲達者無疑,爲書其末。熙寧九年正月望日。

【彙評】

陳天定:大家欺謾,今之爲聖賢者皆然,何獨五斗米?

書子由超然臺賦後

子由之文,詞理精確,有不及吾,而體氣高妙,吾所不及。雖各欲以此自勉,而天資所短,終莫能脱。至於此文,則精確、高妙,殆兩得之,尤爲可貴也。

書李邦直超然臺賦後

世之所樂,吾亦樂之,子由其獨能免乎?以爲徹弦而聽鳴琴,却酒而御芳茶,猶未離乎聲、味也。是故即世之所樂,而得超然,此古之達者所難,吾與子由其敢謂能爾矣乎?邦直之言,可謂善自持者矣,故刻於石以自儆云。

書文與可超然臺賦後

余友文與可，非今世之人也，古之人也。其文非今之文也，古之文也。其爲《超然》辭，意思蕭散，不復與外物相關，其《遠游》《大人》之流乎？熙寧九年四月六日。

跋王氏華嚴經解

予過濟南龍山鎮，監税宋寶國出其所集王荆公《華嚴經解》相示，曰："公之於道，可謂至矣。"予問寶國："《華嚴》有八十卷，今獨解其一，何也？"寶國曰："公謂我此佛語深妙，其餘皆菩薩語爾。"（**王聖俞眉**）人情蔽惑，每每如此。予曰："予於藏經取佛語數句置菩薩語中，復取菩薩語置佛語中，子能識其是非乎？"曰："不能也。""非獨子不能，荆公亦不能。予昔在岐下，聞汧陽猪肉至美，遣人置之。使者醉，猪夜逸，置他猪以償，吾不知也。而與客皆大詫，以爲非他産所及。已而事敗，客皆大慚。今荆公之猪未敗爾。屠者買肉，娼者唱歌，或因以悟。若一念清净，墻壁瓦礫皆説無上法，而云佛語深妙，菩薩不及，豈非夢中語乎？"寶國曰："唯唯。"（**王聖俞眉**）昔李贊皇使人置金山泉，其人舉棹忘之，至石頭城方憶，汲以獻。李飲之曰："此頗似石頭城下水。"世固知有辨之者，恐佛語、菩薩語亦然。

跋荆溪外集

玄學、義學，一也。世有達者，義學皆玄，如其不達，玄學皆義。近世學者以玄相高，習其徑庭，了其度數，問答紛然，應諾無窮。至於死生之際一大事因緣,鮮有不敗績者。孔子曰:“有鄙夫問於我,空空如也,我叩其兩端而竭焉。”世無孔子,莫或叩之,故使鄙夫得挾其空空以欺世取名,此可笑也。荆溪居士作《傳燈傳》若干篇,扶獎義學,以救玄之弊。譬如牧羊然,視其後者而鞭之,無常羊也。

書子由黄樓賦後

子城之東門,當水之衝,府庫在焉。而地狹不可以爲甕城,乃大築其門,護以磚石。府有廢廳事,俗傳項籍所作,而非也。惡其淫名無實,毁之,取其材爲黄樓東門之上。元豐元年八月癸丑,樓成。九月庚辰,大合樂以落之。始余欲爲之記,而子由之賦已盡其略矣,乃刻諸石。

書珠子法後

李公擇見傳如此,云得之於一武官,緣感恩而傳,必不妄。公擇與軾,亦嘗試之。

書拉雜變

司馬長卿作《大人賦》,武帝覽之,飄飄然有凌雲之氣。近時學者作拉雜變,便自謂長卿,長卿固不汝嗔,但恐覽者渴睡落床,難以凌雲耳。

書温公志文異壙之語

《詩》云:"穀則異室,死則同穴。"古今之葬皆爲一室。獨蜀人爲一墳而異藏,其間爲通道,高不及肩,廣不容人。生者之室,謂之壽堂,以偶人被甲執戈,謂之壽神以守之,而以石甕塞其通道。既死而葬則去之。軾先夫人之葬也,先君爲壽室。其後先君之葬,歐陽公誌其墓,而司馬君實追爲先夫人墓誌,故其文曰:"蜀人之祔也,同壟而異壙。"君實性謙,以爲己之文不敢與歐陽公之文同藏也。東漢壽張侯樊宏,遺令棺柩一藏,不宜復見,如有腐敗,傷子孫之心,使與夫人同墳異藏。光武善之,以書示百官。蓋古亦有是也。然不爲通道,又非詩人同穴之義,故蜀人之葬最爲得禮也。

跋張希甫墓誌後

余爲徐州,始識張希甫父子。元年之冬,李夫人病没,徐人多言其賢,至於死生之際無所留難。而天驥出其手書數十紙,記浮屠、道家語,筆迹雅健,不類婦人,而所書皆有條理。是時希甫年七十,辟穀道引,飲水百餘日,甚瘠而不衰,目瞳子炯然。余知其無苦,而不忍天驥之憂懼,乃守而告之,人生如寄,何至自苦如是,願以時飲酒食粱、肉,慰子孫之意。希甫强爲予食,然無復在世意。後二年,余謫居黄州,聞希甫没,既葬,天驥以其墓銘示余,余知其夫婦皆超然世外矣。

書四戒

出輿入輦,命曰"蹶痿之機";洞房清宫,命曰"寒熱之媒";

皓齒蛾眉，命曰“伐性之斧”；甘脆肥濃，命曰“腐腸之藥”。此三十二字，吾當書之門窗、几席、縉紳、盤盂，使坐起見之，寢食念之。元豐六年十一月，雪堂書。

書所獲鏡銘

元豐四年正月，余自齊安往岐亭，泛舟而還。過古黄州。獲一鏡，周尺有二寸，其背銘云：“漢有善銅出白陽，取爲鏡，清而明，左龍右虎俌之。”其字如菽大，雜篆隸，甚精妙。白陽，疑南陽白水之陽也。其銅黑色，如漆。其背如刻玉。其明照人微小。舊聞古鏡皆然，此道家聚形之法也。

跋司馬温公布衾銘後

士之得道者，視死生禍福，如寒暑晝夜，不知所擇，而況膏粱脱粟、文繡布褐之間哉！如是者，天地不能使之壽夭，人主不能使之貴賤，不得道而能若是乎，吾其敢以恭儉名之。仲尼以簞瓢得之顔子，余於温公亦云。

跋子由棲賢堂記後

子由作《棲賢堂記》，讀之便如在堂中，見水石陰森，草木膠葛。僕當爲書之，刻石堂上，且欲與廬山結緣，他日入山，不爲生客也。

題伯父謝啓後

天聖中,伯父中都公始舉進士於眉,年二十有三。時進士法寬,未有糊名也。試日,通判殿中丞蔣希魯下堂,觀進士程文,見公所賦,嘆其精妙絶倫。曰:“第一人無以易子。”公力自言年少學淺,有父兄在,决不敢當此選。希魯大賢之,曰:“君子成人之美。”乃以爲第三。明年登乙科。此則其親書啓事謝希魯者也。公殁後十三年,得之宜興人單君錫家,蓋希魯宜與人也。又八年,乃躬自裝縹,而歸公之第二子子明兄,使寶之以無忘公之盛德云。元豐五年七月十三日,第六侄責授黄州團練副使軾謹志。

跋柳閎楞嚴經後

衆生當以是時度,佛菩薩則現是身,身無實相,然必現是,意其所入者易也。《楞嚴》者,房融筆受,其文雅麗,於書生學佛者爲宜。吾甥柳辟,孝弟夙成,自童子能爲文,不幸短命。其兄閎爲手寫此經。閎既已識佛意,則辟亦當冥受其賜矣。

跋張益孺清净經後

佛言作、止、任、滅,是謂四病。我言作、止、任、滅,是謂四法門。無盡居士若見法門,應無是語。

題僧語録後

佛法浸遠,真僞相半。寓言指物,大率相似。考其行事,觀其臨禍福死生之際,不容僞矣。而或者得戒神通,非我肉眼所能勘驗,然真僞之候,見於言語。吾雖非夔、曠,聞弦賞音,粗知雅曲。子由欲吾書其文,爲題其末。

書黄道輔品茶要録後

物有畛而理無方,窮天下之辯,不足以盡一物之理。達者寓物以發其辯,則一物之變,可以盡南山之竹。學者觀物之極,而游於物之表,則何求而不得。故輪扁行年七十而老於斫輪,庖丁自技而進乎道,由此其選也。黄君道輔諱儒,建安人。博學能文,淡然精深,有道之士也。作《品茶要録》十篇,委曲微妙,皆陸鴻漸以來論茶者所未及。非至静無求,虚中不留,烏能察物之情如此其詳哉?昔張機有精理而韻不能高,故卒爲名醫,今道輔無所發其辯,而寓之於茶,爲世外淡泊之好,此以高韻輔精理者。予悲其不幸早亡,獨此書傳於世,故發其篇末云。

書咒語贈王君

王君善書符,行天心正一法,爲里人療疾驅邪。僕嘗傳咒法,當以傳王君。其辭曰:"汝是已死我,我是未死汝,汝若不吾祟,吾亦不汝苦。"

書李志中文後

元豐七年,軾舟行赴汝海,自富川陸走高安,别家弟子由。吾月九日,過新吴,見縣令李君志中,同謁劉真君祠,酌丹井飲之。明日夏至,游寶雲寺此君亭,觀李君之文,求其本而去。眉陽蘇軾書。

跋鄧慎思石刻

軾在黄州,見鄧慎思學士扶護先太夫人喪,歸葬長沙。飲食起居哀慕之節,皆應古禮,凡可以顯揚前人者,君必盡力求之,期得而後已。嗚呼,可謂孝矣!今復觀此石刻,益嗟嘆之不足。元祐元年十二月日,眉山蘇軾書。

跋送石昌言引

右嘉祐元年九月十九日先君《送石昌言北使》文一首。其字則軾年二十一時所書與昌言本也。今蓄於陳履常氏。昌言名揚休,善爲詩,有名當時,終於知制誥。彭任字有道,亦蜀人,從富彦國使虜還,得靈河縣主簿以死。石守道嘗稱之,曰:"有道長七尺,而膽過其身。一日坐酒肆,與其徒飲且酣,聞彦國當使不測之虜,憤憤推酒床,拳皮裂,遂自請行,蓋欲以死捍彦國者也。"其爲人大略如此,然亦任俠好殺云。元祐三年九月初一日題。

跋魯直李氏傳

李如塤之妹,既笄發病,見前世冤對,日夜笞之,遂歸誠佛法。夢中見佛與受戒,平遣冤者。李因蔬食不嫁,黄魯直爲記,僕題其後云。

跋進士題目後

元祐三年十二月二十八日，上御延和殿，奏端明殿學士范鎮所進新樂，自太中大夫待制以上皆侍。時西夏方遣使款延州塞，而邊臣方持其議，相與往返未決也。故進士作《延和殿奏新樂賦》《款塞來享詩》云。翰林學士蘇軾記。

跋邢敦夫南征賦

邢敦夫自爲童子，所與游皆諸公長者。其志豈獨蘄以文稱而已哉！一日不見，遂與草木俱盡，故魯直、無咎諸人哭人，皆過時而哀。今觀此文，亦足少慰。舊嘗見江南李泰伯自述其文曰："天將壽我歟？所爲固未足也；不然，斯亦足以藉手見古人矣。"吾於敦夫亦云。元祐四年四月十六日。

書破地獄偈

"若人欲了知，三世一切佛。應觀法界性，一切惟心造。"近有人喪妻者，夢其妻求《破地獄偈》，覺而求之，無有也。問薦福古老，云："此偈是也。"遂舉家持誦。後見亡者寶衣天冠，縹緲空中，稱謝而去。軾聞之佛印禪師，佛印聞之范堯夫。

記佛語

佛告阿難，使汝流轉心目之罪人，能降伏此兩物，即去道不遠矣。心既降伏，目亦自定，不須雙言，但此兩物常相表裏。故佛云爾也。佛云:三千大千世界,猶如空華亂起亂滅。而況我在此空華起滅之中,寄此須臾貴賤、壽夭、賢愚、得喪,所計幾何,惟有勲修善果以升輔神明,照遣虚妄,以識知本性,差爲著身要事也。

跋劉咸臨墓誌

魯直事佛謹甚,作《劉咸臨墓誌》。咸臨不喜佛,而其父道原尤甚。道原之真茹荼、嚙雪竹、折玉裂也,終身守之而不易,可不謂戒且定乎!予觀范景仁、歐陽永叔、司馬君實皆不喜佛,然其聰明之所照了,德力之所成就,皆佛法也。梁武帝築浮山堰灌壽春以取中原,一夕殺數萬人,乃以麵牲供宗廟,得爲知佛乎!以是知世之喜佛者未必多,而所不喜者未易少也。

書松醪賦後

予在資善堂,與吴傳正爲世外之游。及將赴中山,傳正贈予張遇易水供堂墨一丸而别。紹聖元年閏四月十五日,予赴英州,過韋城,而傳正之甥歐陽思仲在焉,相與談傳正高風,嘆息久之。始予嘗作《洞庭春色賦》,傳正獨愛重之,求予親書其本。近又作《中山松醪賦》,不減前作,獨恨傳正未見。乃取李氏澄心堂紙,杭州程奕鼠鬚筆,傳正所贈易水供堂墨,録本以授思促,使面授傳正,且祝深藏之。傳正平生學道既有得矣,予亦竊聞其一二。今將適嶺表,恨不及一别,故以此賦爲贈,而致思於卒章,可以超然想望而常相從也。

書六賦後

予中子迨，本相從英州，舟行已至姑熟，而予道貶建昌軍司馬惠州安置，不可復以家行。獨與少子過往，而使迨以家歸陽羨，從長子邁居。迨好學，知爲楚詞，有世外奇志，故書此六賦以贈其行。紹聖元年六月二十五日，東坡居士書。

跋所書東皋子傳

紹聖二年正月十六日，方讀《東皋子傳》，而梅州送酒者適至，獨嘗一杯，徑醉，遂書此紙以寄譚使君。

跋子由老子解後

昨日子由寄《老子新解》，讀之不盡卷，廢卷而嘆。使戰國時有此書，則無商鞅、韓非；使漢初有此書，則孔、老爲一；晉、宋間有此書，則佛、老不爲二：不意老年見此奇特。

【彙評】

陳天定：其胸甚圓，故如是興嘆。文中子曰：安得圓機之士，與之言九流哉？

跋張廣州書

張廣州與妹仁壽夫人書云："廣州真珠香藥極有，亦有閑錢，但忝市舶使，不欲效前人自污爾。有唐三百年，惟宋璟、盧奐、李朝隱治廣以廉潔稱，吾宋無聞焉。方作欽賢堂，繪古之清刺史，日夕思仰之，吾妹賢而知理，必喜聞也。”潔廉，哲人之細事也，而古今邊患常生於貪。守邊得廉吏，則夷夏人安，豈細事哉！張説作《宋璟遺愛碑》，其文曰：“昆侖寶兮四海財，幾萬里兮歲一來。”《書》曰：“不寶遠物，則遠人格。”蓋致遠莫若廉。使張公久於帥廣，如四海之物，皆可致也。嗚呼！元符三年七月十一日。

題所作書易傳論語説

孔壁、汲冢竹簡科斗，皆漆書也。終於蠹壞。景鐘、石鼓益堅，古人爲不朽之計亦至矣。然其妙意所以不墜者，特以人傳人耳。大哉人乎！《易》曰：“神而明之，存乎其人。”吾作《易》《書傳》《論語説》，亦粗備矣。嗚呼，又何以多爲！

書羅漢頌後

佛弟子蘇軾自海南還，道過清遠峽寶林寺，敬頌禪月所畫十八大阿羅漢。元符三年十一月十四日。

跋石鐘山記後

錢唐、東陽皆有水樂洞，泉流空岩中，自然宫商。又自靈隱下天竺而上至上天竺，溪行兩山間，巨石磊磊如牛羊，其聲空礱然，真若鐘聲，乃知莊生所謂天籟者，蓋無所不在也。建中靖國元年正月五日，自海南還，過南安，司法掾吴君示舊所作《石鐘山記》,復書其末。

題劉壯輿文編後

今日晨起,減衣,得頭風病,然亦不甚也。取劉君壯輿文編讀之,失疾所在。曹公所云,信非虚語。然陳琳豈能及君耶?建中靖國元年四月十二日書。

書四適贈張鶚

張君持此紙,求僕書,且欲發藥。不知藥,君當以何品?吾聞《戰國策》中有一方,吾嘗服之,有效,故以奉傳。其藥四味而已,一曰"無事以當貴",二曰"早寢以當富",三曰"安步以當車",四曰"晚食以當肉"。夫已飢而食,蔬食有過於八珍。而既飽之餘,雖芻豢滿前,惟恐其不持去也。若此可謂善處窮者矣。然而於道則未也。安步自佚,晚食自美,安以當車與肉爲哉?車與肉猶存於胸中,是以有此言也。

跋李氏述先記

東坡居士曰:賊以百倍之衆臨我,我無甲兵城池,雖慈父孝子,有不能相保者。李君獨能鋤耰棘矜,相率而拒之,非其才有所足恃,德有所不忍違,惡能然哉?余恨不得其平生行事本末,當有絶人者,非特此耳。士居平世,徼幸以成功名者,何可勝數?而危亂之世,豪傑之士湮没而無傳者,亦多矣。悲夫!

書蘇李詩後

此李少卿贈蘇子卿之詩也。予本不識陳君式，謫居黄州，傾蓋如故。會君式罷去，而余久廢作詩，念無以道離别之懷，歷觀古人之作辭約而意盡者，莫如李少卿贈蘇子卿之篇，書以贈之。春秋之時，三百六篇皆可以見志，不必己作也。

書雞鳴歌

余來黄州，聞黄人二三月皆群聚謳歌，其詞固不可分，而其音亦不中律吕，但宛轉其聲，往反高下，如雞唱爾。與廟堂中所聞雞人傳漏，微有相似，但極鄙野耳。《漢官儀》："宫中不畜雞，汝南出長鳴雞，衛士候朱雀門外，專傳雞鳴。"又應劭曰："今《雞鳴歌》也。"《晉太康地道記》曰："後漢固始、鮦陽、公安、細陽四縣，衛士習此曲於闕下歌之，今《雞鳴歌》是也。"顏師古不考本末，妄破此説，余今所聞豈亦《雞鳴》之遺聲乎？土人謂之山歌云。

記陽關第四聲

舊傳陽關三疊，然今歌者，每句再疊而已，通一首言之，又是四疊。皆非是。或每句三唱，以應三疊之説，則叢然無復節奏。余在密州，有文勳長官，以事至密，自云得古本《陽關》，其聲宛轉凄斷，不類向之所聞，每句皆再唱，而第一句不疊。乃知唐本三疊蓋如此。及在黄州，偶讀樂天《對酒》詩云："相逢且莫推辭醉，新唱《陽關》第四聲。"注："第四聲：'勸君更盡一杯酒。'"

以此驗之，若第一句疊，則此句爲第五聲矣，今爲第四聲，則第一不疊審矣。

書孟東野詩

元豐四年，與馬夢得飲酒黄州東禪。醉後，誦孟東野詩云："我亦不笑原憲貧。"不覺失笑。東野何緣笑得原憲？遂書此以贈夢得。只夢得亦未必笑得東野也。

題孟郊詩

孟東野作《聞角》詩云："似開孤月口，能説落星心。"今夜聞崔誠老彈《曉角》，始覺此詩之妙。

書淵明飲酒詩後

"顔生稱爲仁，榮公言有道。屢空不獲年，長飢至於老。雖留身後名，一生亦枯槁。死去何所知，稱心固爲好。客養千金軀，臨化消其寶。裸葬何必惡，人當解意表。"此淵明《飲酒》詩也。正飲酒中，不知何緣記得此許多事？元豐五年三月三日，子瞻與客飲酒，客令書此詩，因題其後。

書淵明羲農去我久詩

余聞江州東林寺，有陶淵明詩集，方欲遣人求之，而李江州忽送一部遺予，字大紙厚，甚可喜也。每體中不佳，輒取讀，不過一篇，惟恐讀盡，後無以自遣耳。

題淵明詩二首

其　一

陶靖節云："平疇返遠風，良苗亦懷新。"非古之偶耕植杖者，不能道此語，非余之世農，亦不能識此語之妙也。

其　二

"秋菊有佳色，裛露掇其英。泛此無憂物，遠我遺世情。一觴聊獨進，杯盡壺自傾。日入群動息，飛鳥趨林鳴。嘯傲東窗下，聊復得此生。"靖節以無事自適爲得此生，則凡役於物者，非失此生耶？

題淵明詠二疏詩

此淵明《詠二疏》也。淵明未嘗出，二疏既出而知返，其志一也。或以謂既出返，如從病得愈，其味勝於初不病，此惑者顛倒見耳。

題鮑明遠詩

舟中讀鮑明遠詩，有字謎三首。"飛泉仰流"者，舊說是井字。一云"乾之一九，隻立無耦，坤之六二，宛然雙宿"，是桑字。一云"頭如刀，尾如鈎，中間横廣，四角六抽，右畔負兩刃，左邊屬雙牛"，當是龜字也。

題温庭筠湖陰曲後

元豐五年，軾謫居黄州。蕪湖東承天院僧藴湘，因通直郎劉君誼，以書請於軾，願書此詞而刻諸石，以爲湖陰故事。而鄂州太守陳君瀚爲致其書，且助之請。七年六月二十三日，舟過蕪湖，乃書以遺湘，使刻之。汝州團練副使員外置蘇軾書。

書李白十詠

過姑孰堂下，讀李白《十詠》，疑其語淺陋。見孫邈，云聞之王安國，此乃李赤詩，秘閣下有赤集，此詩在焉，白集中無此。赤見《柳子厚集》，自比李白，故名赤。卒爲厕鬼所惑而死。今觀此詩，止如此，而以比白，則其人心恙已久，非特厕鬼之罪。

書李白集

今太白集中，有《歸來乎》《笑矣乎》及《贈懷素草書》數詩，决非太白作。蓋唐末五代間貫休、齊己輩詩也。余舊在富陽，見國清院太白詩，絶凡。近過彭澤唐興院，又見太白詩，亦非是。良由太白豪俊，語不甚擇，集中往往有臨時率然之句，故使妄庸輩敢爾。若杜子美，世豈復有僞撰者耶？

記太白詩二首

其　一

“湘中老人讀黄老，手援紫藟坐碧草。春至不知湘水深，日暮忘却巴陵道。”唐末有見人作此詩者，詞氣殆是李謫仙。余在都下，見有人攜一紙文書，字則顏魯公也，墨蹟如未乾，紙亦新健。其首兩句云：“朝披夢澤雲，笠釣青茫茫。”此語亦非太白不能道也。

其　二

“人生燭上花，光滅巧妍盡。春風繞樹頭，日與化工進。惟知雨露貪，不念零落近。昔我飛骨時，慘見當塗墳。青松靄明霞，縹緲上下村。既死明月魄，無彼玻璃魂。念此一脱灑，長嘯登昆侖。醉著鸞鳳衣，星斗俯可捫。”“朝披雲夢澤，笠釣青茫茫。尋絲得雙鯉，中有三元章。篆字若丹蛇，逸勢如飛翔。歸來問天姥，妙義不可量。金刀割青素，靈文爛煌煌。燕服十二環，想見仙人房。暮跨紫鱗去，海氣侵肌凉。龍子喜變化，化作梅花妝。遺我累累珠，靡靡明月光。勸我穿絳縷，系作裾間璫。揖余以辭去，談笑聞餘香。”余頃在京師，有道人相訪，風骨甚異，語論不凡。自云：“常與物外諸公往還。”口誦此二篇，云：“東華上清監清逸真人李太白作也。”

書學太白詩

李白詩飄逸絶塵，而傷於易。學之者又不至，玉川子是也，猶有可觀者。有狂人李赤，乃敢自比謫仙，準律，不應從重。又有崔顥者，曾未及豁達李老，作《黄鶴樓詩》，頗類上士游山水，而世俗云李白，蓋當與徐凝一場决殺也。醉中聊爲一笑。

書諸集僞謬

唐末五代,文章衰盡,詩有貫休,書有亞栖,村俗之氣,大率相似。如蘇子美家收張長史書云:"隔簾歌已俊,對坐貌彌精。"語既凡惡,而字無法,真亞栖之流。近見曾子固編《太白集》,自謂頗獲遺亡,而有《贈懷素草書歌》及《笑矣乎》數首,皆貫休以下詞格。二人皆號有識知者,故深可怪。如白樂天贈徐凝、退之贈賈島之類,皆世俗無知者所托,尤不足多怪。(**陳仁錫眉**)無知者之托,公亦不□。

書退之詩

韓退之《游青龍寺》詩,終篇言赤色,莫曉其故。嘗見小説,鄭虔寓青龍寺,貧無紙,取柿葉學書。九月柿葉赤而實紅,退之詩乃寓此也。

記退之抛青春句

韓退之詩曰:"百年未滿不得死,且可勤買抛青春。"《國史補》云:"酒有郢之富春,烏程之若下春,滎陽之土窟春,富平之石凍春,劍南之燒春。"杜子美亦云:"聞道雲安麴米春,才傾一盞便醺人。"近世裴鉶作《傳奇》,記裴航事,亦有酒名松醪春。乃知唐人名酒多以春,則"抛青春"亦必酒名也。

辨杜子美杜鵑詩

(**錢文登眉**)此等□非似東坡文義,後人附會而誤編入之耳。

南都王誼伯《書江濱驛垣》，謂子美詩歷五季兵火，舛缺離異，雖經其祖父公所理，尚有疑闕者。誼伯謂“西川有杜鵑、東川無杜鵑、涪萬無杜鵑、雲安有杜鵑”，蓋是題下注。斷自“我昔游錦城”爲首句。誼伯誤矣。且子美詩，備諸家體，非必牽合程度侃侃然者也。是篇句落處，凡五杜鵑，豈可以文害辭、辭害意耶？原子美之意，類有所感，托物以發者也。亦六義之比興、《離騷》之法歟？

按《博物志》，杜鵑生子，寄之他巢，百鳥爲飼之。今江東所謂“杜宇曾爲蜀帝王，化禽飛去舊城荒”是也。且禽鳥至微，猶知有尊，故子美云：“重是古帝魂。”又云：“禮若奉至尊。”子美蓋譏當時之刺史，有不禽鳥若也。唐自明皇已後，天步多棘，刺史能造次不忘於君者，可一二數也。嚴武在蜀，雖横斂刻薄，而實致職以資中原，是“西川有杜鵑”。其不虔王命負固以自抗，擅軍旅，絶貢賦，如杜克遜在梓州，爲朝廷西顧憂，是“東川無杜鵑”耳。至於涪、萬、雲安刺史，微不可考，凡其尊君者爲有也，懷貳者爲無也，不在夫杜鵑之真有無也。誼伯以爲來東川，聞杜鵑聲繁而急，乃始疑子美詩跋嚏紙上語，又云子美不應疊用韻，何耶？子美自我作古，疊用韻，無害於爲詩，僕所見如此。誼伯博學强辯，殆必有以折衷之。

記子美八陣圖詩

僕嘗夢見一人，云是杜子美，謂僕：“世多誤解予詩。《八陣圖》云：‘江流石不轉，遺恨失吞吴。’世人皆以謂先主、武侯欲與關羽復仇，故恨不能滅吴，非也。我意本謂吴、蜀唇齒之國，不當相圖，晉之所以能取蜀者，以蜀有吞吴之意，此爲恨耳。”此理甚近。然子美死近四百年,猶不忘詩,區區自明其意者,此真書生習氣也。

書子美自平詩

杜子美詩云:"自平宫中吕太一。"世莫曉其義,而妄者至以爲唐時有自平宫。偶讀《玄宗實録》,有中官吕太一叛於廣南。杜詩蓋云自平宫中吕太一,故下有"南海收珠"之句。見書不廣而以意改文字,鮮不爲人所笑也。

書子美雲安詩

"兩邊山木合,終日子規啼。"此老杜雲安縣詩也。非親到其處,不知此詩之工。

書子美驄馬行

余在岐下,見秦州進一馬,鬃如牛,頷下垂胡側立,顛倒毛生肉端。蕃人云:"此肉鬃馬也。"乃知《鄧公驄馬行》云:"肉驄碨礧連錢動。"當作鬃。

書子美黄四娘詩

子美詩云:"黄四娘家花滿蹊,千朵萬朵壓枝低。留連戲蝶時時舞,自在嬌鶯恰恰啼。"東坡云:此詩雖不甚佳,可以見子美清狂野逸之態,故僕喜書之。昔齊魯有大臣,史失其名,黄四娘獨何人哉，而托此詩以不朽？可以使覽者一笑。

書子美屏迹詩

“用拙存吾道，幽居近物情。桑麻深雨露，燕雀半生成。村鼓時時急，漁舟個個輕。杖藜從白首，心迹喜雙清。晚起家何事，無營地轉幽。竹光團野色，山影漾江流。廢學從兒懶，長貧任婦愁。百年渾得醉，一月不梳頭。”子瞻云：“此東坡居士之詩也。”或者曰：“此杜子美《屏迹》詩也，居士安得竊之？”居士曰：“夫禾麻穀麥，起於神農、后稷，今家有倉廩。不予而取輒爲盗，被盗者爲失主。若必從其初，則農、稷之物也。今考其詩，字字皆居士實録，是則居士詩也，子美安得禁吾有哉！”

記子美陋句

“減米散同舟，路難思共濟。向來雲濤盤，衆力亦不細。呀帆忽遇眠，飛櫓本無蒂。得失瞬息間，致遠疑恐泥。百慮視安危，分明曩賢計。兹理庶可廣，拳拳期勿替。”杜甫詩固無敵，然自“致遠”以下句，真村陋也。此取其瑕疵，世人雷同，不復譏評，過矣！然亦不能掩其善也。

記子美逸詩

《聞惠子過東溪》詩云：“惠子白驢瘦，歸溪唯病身。皇天無老眼，空谷滯斯人。岩密松花熟，山杯竹葉春。柴門了無事，黄綺未稱臣。”此一篇，予與劉斯立得之於管城人家葉子册中，題云《杜員外詩集》,名甫字東美。其餘諸篇,語多不同。如"故園楊柳今摇落,安得愁中却盡生"之類也。鳳翔魏起興叔云:"天與人掘得此詩石刻,與此少異:'岩密松花古,村醪竹葉春。柴門了生事,園綺未稱臣。'"

評子美詩

子美自比稷與契,人未必許也。然其詩云:"舜舉十六相,身尊道益高。秦時用商鞅,法令如牛毛。"此自是契、稷輩人口中語也。又云:"知名未足稱,局促商山芝。"又云:"王侯與螻蟻,同盡隨丘墟。願聞第一義,回向心地初。"乃知子美詩外尚有事在也。

書子美憶昔詩

《憶昔》詩云"關中小兒壞紀綱",謂李輔國也。"張后不樂上爲忙",謂肅宗張皇后也。"爲留猛士守未央",謂郭子儀奪兵柄入宿衛也。

雜書子美詩

《悲陳陶》云:"四萬義軍同日死。"此房琯之敗也。《唐書》作"陳濤邪",不知孰是?時管臨敗,猶欲持重有所伺,而中人邢延恩促戰,遂大敗。故次篇《悲青阪》云:"焉得附書與我軍,留待明年莫倉卒。"

《北征》詩云:"桓桓陳將軍,仗鉞奮忠烈。"此謂陳元禮也。

元禮佐玄宗平内難,又從幸蜀,首建誅楊國忠之策。

《洗兵馬行》:"張公一生江海客,身長九尺鬚眉蒼。"此張鎬也。明皇雖誅蕭至忠,然常懷之。侯君集云"蹭蹬至此",至忠亦蹭蹬者耶? 故子美亦哀之云:"赫赫蕭京兆,今爲時所憐。"

《後出塞》云:"我本良家子,出師亦多門。將驅益愁思,身廢不足論。躍馬二十年,恐辜明主恩。坐見幽州騎,長驅河洛昏。中夜間道歸,故里但空村。惡名幸脱免,窮老無兒孫。"詳味此詩,蓋禄山反時,其將校有脱身歸國而禄山殺其妻子者,不知其姓名,可恨也。

書柳公權聯句

貴公子雪中飲,醉餘,倚檻向風,曰:"爽哉,快哉!"左右有泣者。公子驚問之,曰:"吾父昔以爽亡。"楚襄王登臺,有風颯然而至,王曰:"快哉,此風寡人與庶人共之者耶?"宋玉譏之曰:"此獨大王之雄風耳,庶人安得而有之?"不知者以爲諂也,知之者以爲諷也。唐文宗詩曰:"人皆苦炎熱,我愛夏日長。"柳公權續之曰:"熏風自南來,殿閣生微凉。"惜乎,時無宋玉在其傍也!

書韓定辭馬郁詩

韓定辭,不知何許人,爲鎮州王鎔書記,聘燕。帥劉仁恭舍於賓館,命幕客馬郁延接。馬有詩贈韓曰:"燧林芳草綿綿思,盡日相逢陟麗譙。別後巏嵍山上望,羨君時復見王喬。"郁詩雖清秀,然意在試其學問。韓即席酬之:"崇霞臺上神仙客,學辨癡龍藝更多。盛德好將銀管述,麗辭堪與雪兒歌。"坐中賓客靡不欽訝，稱爲妙句，然疑其銀管之僻也。

他日郁從容問韓以雪兒、銀管之事。韓曰："昔梁元帝爲湘東王時，好學著書，常記録忠臣義士及文章之美者。筆有三品，或以金、銀飾，或用斑竹爲管。忠孝全者，用金管書之；德行清粹者，用銀管書之；文章贍麗者，用斑竹管書之。故湘東王之譽振於江表。雪兒，李密之愛姬，能歌舞。每見賓僚文章有奇麗中意者，即付雪兒協音律歌之。"又問癡龍出自何處，曰："洛下有洞穴，曾有人誤墜其中，因行數里，漸見明曠，見有宫殿、人物，凡九處。"又有大羊，羊髯有珠，人取食之。不知何所。後出，以問張華。華曰："此地仙九館也，大羊名癡龍耳。"定辭復問郁矙嵍山今當在何處，郁曰："此隋郡之故事，何謙遜而下問。"由是兩相悦服，結交而去。

書李主詩

"心事數莖白髮，生涯一片青山。空林有雪相待，古路無人自還。"李主好書神仙隱遁之詞，豈非遭離世故，欲脱世網而不得者耶？

書柳子厚詩

僕自東武適文登，並海行數日，道傍諸峰，真若劍鋩。誦柳子厚詩，知海山多爾耶？子柳子云："海上尖峰若劍鋩，秋來處處割人腸。若爲化作身千億，遍上峰頭望故鄉。"

題柳子厚詩二首

其　一

柳子厚詩云:“鶴鳴楚山静。”又云:“隱憂倦永夜。”東坡曰:子厚此詩,遠出靈運上。

其　二

詩須要有爲而作,用事當以故爲新,以俗爲雅。好奇務新,乃詩之病。柳子厚晚年詩,極似陶淵明,知詩病者也。

書子厚夢得造語

子厚《記》云:“每風自四山而下,震動大木,掩冉衆草,紛紅駭緑,蓊葧薌氣。”柳子厚、劉夢得皆善造語,若此句,殆入妙矣。夢得云:“水禽嬉戲,引吭伸翮,紛驚鳴而決起,拾彩翠於沙礫。”亦妙語也。

評韓柳詩

柳子厚詩在陶淵明下,韋蘇州上。退之豪放奇險則過之,而温麗靖深不及也。所貴乎枯澹者,謂其外枯而中膏,似澹而實美,淵明、子厚之流是也。若中邊皆枯澹,亦何足道。佛云:“如人食蜜,中邊皆甜。”人食五味,知其甘苦者皆是,能分别其中邊者,百無一二也。(**陳仁錫眉**)此語進乎道。

書子厚詩

柳子厚詩云:"盛時一失貴反賤,桃笙葵扇安敢當。"不知桃笙爲何物。偶閲《方言》:"簟,宋、魏之間謂之笙。"乃悟桃笙以桃竹爲簟也。梁簡文《答湘南王獻簟書》云:"五離九折,出桃枝之翠筍。"乃謂桃枝竹簟也。桃竹出巴、渝間,杜子美有《桃竹杖歌》。

書樂天香山寺詩

白樂天爲王涯所讒,謫江州司馬。甘露之禍,樂天在洛,適游香山寺,有詩云:"當君白首同歸日,是我青山獨往時。"不知者,以樂天爲幸之,樂天豈幸人之禍者哉?蓋悲之也!

書常建詩

常建詩云:"竹徑通幽處,禪房花木深。"歐陽公最愛賞,以爲不可及。此語誠可人意,然於公何足道,豈非厭飫芻豢反思螺蛤耶?

書韓李詩

元祐六年八月十五日,與柳展如飲酒,一杯便醉,作字數紙。書李太白詩云:"遺我鳥迹書,飄然落岩間。其字乃上古,讀之了不閑。"戲謂柳生,李白尚氣,乃自招不識字,可一大笑。不如韓愈倔强,云"我寧屈曲自世間,安能隨汝巢神仙"也。

録陶淵明詩

“清晨聞扣門，倒裳自往開。問子爲誰與？田父有好懷。壺漿遠見候，疑我與時乖。襤縷茅檐下，未足爲高棲。一世皆尚同，願君汩其泥。深感父老言，禀氣寡所諧。紆轡誠可學，違己詎非迷。且共歡此飲，吾駕不可回。”此詩叔弼愛之，予亦愛之。予嘗有云：“言發於心而衝於口，吐之則逆人，茹之則逆予，以謂寧逆人也，故卒吐之。”與淵明詩意不謀而合，故並録之。

書淵明詩

“種豆南山下，草盛豆苗稀。侵晨理荒穢，帶月荷鋤歸。道狹草木長，夕露沾我衣。衣沾不足惜，但使願無違。”覽淵明此詩，相與太息。噫嘻，以夕露沾衣之故而犯所愧者多矣。元祐九年正月十六日，李端叔、王幾仁、孫子發皆在。東坡記。

書淵明乞食詩後

淵明得一食，至欲以冥謝主人，此大類丐者口頰也。哀哉！哀哉！非獨余哀之，舉世莫不哀之也。飢寒常在身前，聲名常在身後，二者不相待，此士之所以窮也。

書淵明飲酒詩後

《飲酒》詩云：“客養千金軀，臨化消其寶。”寶不過軀，軀化則寶已矣。人言靖節不知道，吾不信也。

書淵明詩二首

其一

孔文舉云:"坐上客常滿,樽中酒不空。吾無事矣。"此語甚得酒中趣。及見淵明云:"偶有佳酒,無夕不傾。顧影獨盡,悠然復醉。"便覺文舉多事矣。

其二

陶詩云:"但恐多謬誤,君當恕醉人。"此未醉時説也,若已醉,何暇憂誤哉!然世人言醉時是醒時語,此最名言。張安道飲酒初不言盞數,少時與劉潛、石曼卿飲,但言當飲幾日而已。歐公盛年時,能飲百盞,然常爲安道所困。聖俞亦能飲百許盞,然醉後高叉手而語彌温謹。此亦知其所不足而勉之,非善飲者。善飲者,澹然與平時無少異也。若僕者,又何其不能飲!飲一盞而醉,醉中味與數君無異,亦所羨爾。

書薛能茶詩

唐人煎茶用薑。故薛能詩云:"鹽損添常戒,薑宜著更誇。"據此,則又有用鹽者矣。近世有用此二物者,輒大笑之。然茶之中等者,用薑煎信佳也,鹽則不可。

書樂天詩

"一山門作兩山門,兩寺元從一寺分。東澗水流西澗水,南山雲起北山雲。前臺花發後臺見,上界鐘清下界聞。遥想高僧行道處，天香桂子落紛紛。"（陳仁錫眉）俚。唐韜光禪師自錢塘天竺來住此山，樂天守蘇日，以此詩寄之。慶曆中，先君游此山，猶見樂天真迹。後四十七年，軾南遷過虔，復經此寺，徒見石刻而已。紹聖元年八月十七日。

論董秦

玉川子《月蝕》詩云："歲星主福德，官爵奉董秦。忍使黔婁生，覆屍無衣巾。"詳味此句，則董秦當是無功而享厚禄者。董秦，本忠臣也。天寶末驍將，屢立戰功，雖粗暴，亦頗知忠義。代宗時，吐蕃犯闕，徵兵。秦即日赴難。或勸擇日，答曰："君父在難，乃擇日耶？"後卒污朱泚僞命，誅。考其終始，非無功而享厚禄者。不知玉川子何以有此句？紹聖元年十一月二十三日。

書日月蝕詩

玉川子作《月蝕》詩，以爲蝕月者，月中之蝦蟆也。梅聖俞作《日蝕》詩云："食日者三足烏。"此固因俚説以寓其意也。《戰國策》曰："日月暉於外，其賊在内。"則俚説亦當矣。

書盧仝詩

盧仝詩云："何時得去禁酒國。"吾今謫嶺南，萬户酒家有一婢，昔嘗爲酒肆，頗能伺候冷暖。自今當不乏酒，可以日飲無何，其去禁酒國矣。

書淵明東方有一士詩後

“東方有一士,被服常不完。三旬九遇食,十年著一冠。辛苦無此比,常有好容顏。我欲觀其人,晨去越河關。青松夾路生,白雲宿檐端。知我故來意,取琴爲我彈。上弦驚别鶴,下弦操孤鸞。願留就君住,從今至歲寒。”此東方一士,正淵明也。不知從之游者誰乎?若了得此一段,我即淵明,淵明即我也。紹聖二年二月十一日,東坡居士飲醉食飽,默坐思無邪齋,兀然如睡,既覺,寫淵明詩一首,示兒子過。

書淵明酬劉柴桑詩

自夏歷秋,毒熱七八十日不解,炮灼理極,意謂不復有清凉時。今日忽凄風微雨,遂御夾衣,顧念兹歲,屈指可盡。陶彭澤云:“今我不爲樂,知有來歲不?”此言真可爲惕然也。

【彙評】

王聖俞:感時撫事。

書柳子厚南澗詩

“秋氣集南澗,獨游亭午時。回風一蕭索,林影久參差。始至若有得,稍深遂忘疲。羈禽響幽谷,寒藻舞淪漪。去國魂已游,懷人淚空垂。孤生易爲惑,末路少所宜。寂寞竟何事,遲回只自知。誰歟後來者,當與此心期。”柳子厚南遷後詩,清勁紆餘,大率類此。紹聖三年三月六日。

對韓柳詩

韓退之詩云:“水作青羅帶,山爲碧玉簪。”柳子厚詩云:“海上群山若劍鋩,秋來處處割愁腸。”陸道士云:“二公當時不相計會,好做成一屬對。”東坡爲之對云:“繫悶豈無羅帶水,割愁還有劍鋩山。”此可編入詩話也。

書李嶠詩

“昔時青樓對歌舞,今日黄埃聚荆棘。山川滿目淚沾衣,富貴榮華能幾時。不見衹今汾水上,惟有年年秋雁飛。”李嶠詩也。蓋當時未有太白、子美,故嶠輩得稱雄耳。其遭離世故,不得不爾。雨中聞鈴且猶涕下,嶠詩可不如撼鈴耶?以此論工拙,殆未可也。

書賀遂亮詩

“意氣百年内,平生一寸心。欲交天下士,未面已虚襟。君子重名義,直道冠衣簪。風雲何可托,懷抱自然深。落霞净霜景,墜葉下楓林。若上南登岸,希訪北山岑。”此賀遂亮《贈韓思彦》詩也。《成都學館記》,遂亮撰,顔有意書。書詞皆奇雅有法。嘗患不見遂亮他文,偶因讀《國史補》,得此詩,乃爲録之。

書董京詩

《晉史》:“董京字威輦,作詩答孫子荆,其略曰:‘玄鳥紆幕,而不被害？嗚隼遠巢，咸以欲死。眄彼梁魚，逡巡倒尾。沉吟不決，忽焉失水。嗟乎，魚鳥相與，萬世而不悟。以我觀之，乃明其故。焉知不有達人，深穆其度，亦將窺我，顰蹙而去。'"京之意蓋曰：以魚鳥自觀，雖萬世而不悟其非也，我所以能知魚鳥之非者，以我不與魚鳥同所惡也。彼達人者不與我同欲惡，則其觀我之所爲，亦欲如我之觀魚鳥矣。京，得道人也，哀世俗不曉其語，故粗爲說之。戊寅九月八日，讀《隱逸傳》。

書杜子美詩

"崔郎憂病士，書信有柴胡。飲子頻通汗，懷君想報珠。親知天畔少，藥味峽中無。歸棹生衣卧，春鷗洗翅呼。酒聞上急水，早作恥平途。萬里皇華使，爲僚記腐儒。"此杜子美詩也。沈佺期《回波》詩云："姓名雖蒙齒録，袍笏未易牙緋。"子美用"飲子"對"懷君"，亦"齒録""牙緋"之比也。廣州舶信到，得柴胡等藥，偶録此詩遣悶。己卯正月十三日，久旱，微雨陰翳，未快。

書唐太宗詩

唐太宗作詩至多，亦有徐、庾風氣，而世不傳，獨於《初學記》時時見之。

書韋蘇州詩

世傳王子敬帖，有"黄柑三百顆"之語。此帖乃在劉景文處。景文死，不知今在家矣。韋蘇州有詩云："書後欲題三百顆，洞庭須待滿林霜。”蓋蘇州亦見此帖也。余亦嘗有詩與景文云：“君家子敬十六字，氣壓鄴侯三萬籤。”

書杜子美詩後

“夔州處女髮半華，四十五十無夫家。更遭喪亂嫁不售，一生抱恨長咨嗟。土風坐男使女立，男當門户女出入。十有八九負薪歸，賣薪得錢當供給。至老雙鬟只垂頸，野花山葉銀釵並。筋力登危集市門，死生射利兼鹽井。面妝手飾雜啼痕，地褊衣寒困石根。若道巫山女粗醜，何得此有昭君村。”海南亦有此風，每誦此詩，以諭父老，然亦未易變其俗也。元符二年閏九月十七日。

書司空圖詩

司空圖表聖自論其詩，以爲得味於味外。“緑樹連村暗，黄花入麥稀。”此句最善。又云：“棋聲花院静，幡影石壇高。”吾嘗游五老峰，入白鶴院，松陰滿庭，不見一人，惟聞棋聲，然後知此句之工也，但恨其寒儉有僧態。若杜子美云：“暗飛螢自照，水宿鳥相呼。四更山吐月，殘夜水明樓。”則才力富健，去表聖之流遠矣。

書鄭谷詩

鄭谷詩云：“江上晚來堪畫處，漁人披得一蓑歸。”此村學中詩也。柳子厚云：“千山鳥飛絶，萬徑人蹤滅。扁舟蓑笠翁，獨釣寒江雪。”人性有隔也哉，殆天所賦，不可及也已。

書王梵志詩

王梵志詩云：“城外土饅頭，餡草在城裹。每人吃一個，莫嫌無滋味。已且爲餡草，當使誰食之。”爲易其後兩句云：“預先著酒澆，圖教有滋味。”

書柳子厚詩

柳柳州《酬婁季才寓居開元寺早秋病中見寄》：“客有故園思，瀟湘生夜愁。病依居士室，夢繞羽人丘。味道憐知止，遺名得自求。壁空殘月曙，門掩候蟲秋。謬季雙金重，難徵雜佩酬。碧霄無枉路，徒此助離憂。”元符己卯十一月十九日，忽得龍川信，寄此紙，試書此篇。

書柳子厚詩後

元符己卯閏九月，瓊士姜君來儋耳，日與予相從。到庚辰三月乃歸，無以贈行，書柳子厚《飲酒》《讀書》二詩以見別意。子歸，吾無以遺，獨此二事，日相與往還耳。二十一日書。

書黄魯直詩後二首

（錢文登眉）重出？

●

其　一

讀魯直詩，如見魯仲連、李太白，不敢復論鄙事，雖若不入用，亦不無補於世也。

其　二

魯直詩文，如蝤蛑、江瑶柱，格韻高絶，盤飧盡廢，然不可多食，多食則發風動氣。

跋文忠公送惠勤詩後

始予未識歐公，則已見其詩矣。其後屢見公，得勤之爲人，然猶未識勤也。熙寧辛亥，余出倅錢塘，過汝陰見公，屢屬余致謝勤。到官不及月，以臘日見勤於孤山下，則余詩所謂"孤山孤絶誰肯廬，道人有道山不孤"者也。其明年閏七月，公薨於汝陰，而勤亦退老於孤山下，不復出游矣。又明年六月六日，偶至勤舍，出此詩，蓋公之真迹，讀之流涕，而勤請余題其後云。

書贈法通師詩

"欲識當年杜伯升，飄然雲水一孤僧。若教俯首隨韁鎖，料得而今似我能。"僕偶云："通師子不脱屣場屋，今何爲乎？"柳子玉云："不過似我能。"因戲作此詩。熙寧七年二月日。

題鮮于子駿八詠後

始予過益昌，子駿始漕利路。其後八年，予守膠西，而子駿始移漕京東。自朝廷更法以來,奉法之吏,尤難其人。刻急則傷民,寬厚則廢法。二者其理難通,而山峽地瘠,民貧役重,其推行爲尤難。子駿世家南隆,親族故人,散處所部,以親則害法,以法則傷恩,二者其勢難全。是三難者萃於子駿,而子駿爲之九年,其聲藹然,聞之四方。上不害法,下不傷民,中不廢親,自講議措置至於立法定制,皆成於其手。吏民舉欣欣然,而子駿亦自治園囿亭榭,賦詩飲酒,雍容有餘,如異時爲監司者。君子以是知其賢。子駿以其所作八詠寄余。余甚愛其詩,欲作而不可及,乃書其末,以遺益昌之人,使刻於石,以無忘子駿之德。

記子由詩

八月四日與子由同來,留小詩三首:"葱茜門前路,行穿翠密中。却來堂上看,岩谷意無窮。""夭矯庭中柏,枯枝鵲踏消。瘦皮纏鶴骨,高頂轉龍腰。""窈窕山頭井,泉通伏澗清。欲知深幾許,聽放轆轤聲。"子由和云:"岧嶢山上寺,近在古城中。苦恨河流遠,長教眼力窮。""盤曲山前路,流年向此消。興亡須一吊,范叟卧山腰。""孤絶山南寺,僧居無限清。不知行道處,空聽暮鐘聲。"子由詩過吾遠甚。熙寧十年八月四日,子瞻。

書諸公送皛繹先生詩後

皛繹先生既殁三十餘年,軾始從其子復游,雖不識其人,而得其爲人。先生爲閬中主簿,以詩餞行者,凡二十餘人,皆一時豪傑名勝之流。自景祐至今,凡四十餘年,而凋喪殆盡,獨張君宗益在耳。懷先生之盛德，想諸賢之遺烈，悼歲月之不居，感人事之屢變。故書其末，使後生想見其風流云耳。

題文潞公詩

《送時郎中》詩云："一從辭畫省，洊歲守坤維。久浹於藩任，常分乃睿思。六條遵漢寄，千里奉堯咨。按部壺漿擁，行春茜旆隨。握蘭班已峻，拔薤化方施。吏服蒲鞭恥，童懷竹馬期。不藏金似粟，傾降雨如絲。每見求民瘼，寧聞拾路遺。責躬還掩閤，察吏更褰帷。好續循良傳，宜刊德政碑。奸邪隨草靡，權黠望風移。渤海繩皆治，葵丘戍及期。佩牛登富庶，負虎變淳熙。雲路徵賢日，星郎拱極時。將升嚴助室，暫輟阮咸麾。挽鄧舟停水，思何詠載岐。魚城初解印，鳳闕郎移墀。曲榭青雲路，離筵白紵詞。玳簪縈別恨，金酒折芳枝。從此三巴俗，多吟蔽芾詩。"軾嘗得聞潞公之語矣，其雄才遠度，固非小子所能窺測，至於學問之富，自漢以來，出入馳騁，略無遺者，下逭曲技小數，靡不究悉，雖篤學專門之師，莫能與之較，然世不以此稱公，豈勳德所掩覆故耶？今觀其幼時詩，精審研密，句句皆有所考，蓋其積之也久矣。元豐二年二月二十九日書。

自記吴興詩

僕游吴興，有《游飛英寺》詩云："微雨止還作，小窗幽更妍。盆山不見日，草木自蒼然。"非至吴越，不見此景也。

記所作詩

吾有詩云:“日日出東門,步尋東城游。城門抱關卒,怪我此何求。吾亦無所求,駕言寫我憂。”章子厚謂參寥曰:“前步而後駕,何其上下紛紛也?”僕聞之曰:“吾以尻爲輪,以神爲馬,何曾上下乎?”參寥曰:“子瞻文過有理似孫子荆。子荆曰:‘所以枕流,欲洗其耳;所以漱石,欲礪其齒。’”

書曹希蘊詩

近世有婦人曹希蘊者,頗能詩,雖格韻不高,然時有巧語。嘗作《墨竹》詩云:“記得小軒岑寂夜,月移疏影上東墻。”此語甚工。

記郭震詩

蜀人任介、郭震、李畋,皆博學能詩,曉音律,相與爲莫逆之交,游蕩不羈,禮法之士鄙之。然皆才識過人。李順之將亂,震游成都東郊,忽賦詩曰:“今日出東郊,東郊好春色。青青原上草,莫教征馬食。”遂走京師上書,言蜀將亂,不報。期年,其言乃效。震竟不仕。介爲陝西一幕官而死。畋稍達,仕至尚書郎。震將死,其友往問之,側卧欹枕而言。其友曰:“子且正身。”震笑曰:“此行豈可復替名哉!”雖平生詼諧之餘習,然亦足以見其臨死而不亂也。

評杜默詩

石介作《三豪》詩，略云："曼卿豪於詩，永叔豪於文，杜默字師雄者豪於歌也。"永叔亦贈默云："贈之三豪篇，而我濫一名。"默之歌，少見於世，初不知之。後聞其篇，云"學海波中老龍，聖人門前大蟲"，皆此等語，甚矣，介之無識也！永叔不欲嘲笑之者，此公惡争名，且爲介諱也。吾觀杜默豪氣，正是京東學究飲私酒食瘴死牛肉飽後所發者也。作詩狂怪，至盧仝、馬異極矣，若更求奇，便作杜默。

書狄遵度詩

"佳城鬱鬱頹寒煙，飢雛乳獸號荒阡。夜卧北斗寒挂枕，霜拱木落雁横天。浮雲西去不復返，落日東逝隨長川。乾坤未死吾尚在，肯與蟪蛄論大年。"狄遵度自兒童，已能屬文，落落有聲。年十六，一夕，夢子美誦平生所爲詩，皆集中所無者，覺而記兩句，後遂續之云耳。

題子明詩後（並魯直跋）

吾兄子明，舊能飲酒，至二十蕉葉，乃稍醉。與之同游者，眉之蟆頤山觀侯老道士，歌謳而飲。方是時，其豪氣逸韻，豈知天地之大秋毫之小耶？不見十五年，乃以刑名政事著聞於蜀，非復昔日之子明也。侄安節自蜀來，云子明飲酒不過三蕉葉。吾少年望見酒盞而醉，今亦能三蕉葉矣。然舊學消亡，夙心掃地，枵然爲世之廢物矣。乃知二者有得必有喪，未有兩獲者也。

老道士,蓋子瞻之從叔蘇慎言也。今年有孫汝楫,登進士第。東坡自云飲三蕉葉,亦是醉中語。余往與東坡飲一人家,不能一大觥,醉眠矣。魯直題。

題和王鞏六詩後

僕文章雖不逮馮衍,而慨慷大節乃不愧此翁。衍逢世祖英睿好士,而獨不遇,流離擯逐,與僕相似。而衍妻悍妒甚,僕少此一事,故有"勝敬通"之句。

題陳吏部詩後

故三司副使吏部陳公,軾不及見其人。然少時所識一時名卿勝士,多推尊之。邇來前輩凋喪略盡,能稱誦公者,漸不復見,得其緒言遺事,皆當記録寶藏,況其文章乎?公之孫師仲,録公之詩二十五篇以示軾。三復太息,以想見公之大略云。

書贈陳季常詩

余謫黄州,與陳慥季常往來,每過之,輒作"汁"字韻詩一篇。季常不禁殺,故以此諷之。季常既不復殺,而里中皆化之,至有不食肉者。皆云"未死神已泣",此語使人凄然也。

書遵師詩

游湯泉,覽留題百餘篇,獨愛遵師一偈云:"禪庭誰作石龍頭,龍口湯泉沸不休。直待衆生塵垢盡,我方清冷混常流。”戲作一絶答云:“石龍有口口無根,自在流泉誰吐吞。若信衆生本無垢,此泉何處覓寒温。”元豐七年五月十三日。

書葛道純詩後

“淙流絶壁散,靈煙翠洞深。岩際松風清,飄飄灑塵襟。觀蘿玩猿鳥,解組傲園林。茶果邀真侶,觴酌洽同心。曠歲懷兹賞,行春始重尋。聊將横吹笛,一寫山水音。”與高安葛格道純同游廬山簡寂觀,道純誦此詩,請書之石。元豐七年五月十九日,汝州團練副使蘇軾和仲。

書子由金陵天慶觀詩

“興廢不可必,冶城今静祠。松聲聞道路,竹色浄軒墀。江近風雲改,庭深草木滋。孤墳吊遺直,銘暗閲元規。”元豐三年四月,家弟子由過此留詩,七年七月十六日,爲書之壁。

書子由絶勝亭詩

“夜郎秋漲水連空,上有虚亭縹緲中。山滿長天宜落日,江吹曠野作驚風。爨煙慘澹浮前浦,漁艇縱横逐釣筒。未省岳陽何似此,應須子細問南公。”蜀州新建絶勝亭,舍弟十九歲作。

跋翰林錢公詩後

軾齠亂入鄉校,即誦公詩,今得觀其遺迹,幸矣!元豐八年正月二十日。

題别子由詩後

"先君昔愛洛城居,我今亦過嵩山麓。水南卜築吾豈敢,試向伊川買修竹。又聞緱山好泉眼,傍市穿林瀉水玉。想見茅檐照水開,兩翁相對清如鵠。"元豐七年,余自黄還汝,往别子由於筠,作數詩留别,此其一也。其後雖不過洛,而此意未忘,因康君郎中歸洛,書以贈之。元祐元年三月十六日,軾書。

跋歐陽寄王太尉詩後

"豐樂坡前一醉翁,餘齡有幾百憂攻。平生自恃心無愧,直道誠知世不容。换骨莫求丹九轉,榮名何待禄千鍾。明年今日如尋我,潁水東西問老農。"此歐陽文忠公寄太尉懿敏王公詩。軾與公子定國、定國侄孫子發、張彦若同游寶梵。定國誦此詩,以遺詩人載仲達。仲達,嘗從文忠公者也。元祐元年四月,門生蘇軾書。

書黄魯直詩後

每見魯直詩文,未嘗不絶倒。然此卷語妙,殆非悠悠者所識能絶倒者也,是可人。元祐元年八月二十二日,與定國、子由同觀。

記董傳論詩

故人董傳善論詩。予嘗云:杜子美不免有凡語,“已知仙客意相親,更覺良工心獨苦”,豈非凡語耶! 傳笑曰:此句殆爲君發。凡人用意深處,人罕能識,此所以爲獨苦,豈獨畫哉!

書參寥論杜詩

參寥子言:“老杜詩云:‘楚江巫峽半雲雨,清簟疏簾看弈棋。’此句可畫,但恐畫不就爾。”僕言:“公禪人,亦復愛此綺語耶?”寥云:“譬如不事口腹人,見江瑶柱,豈免一朵頤哉!”

記少游論詩文

秦少游言:“人才各有分限。杜子美詩冠古今,而無韻者殆不可讀。曾子固以文名天下,而有韻者輒不工。此未易以理推之也。”

題李伯祥詩

眉山矮道士李伯祥好爲詩,詩格亦不甚高,往往有奇語。如“夜過修竹寺,醉打老僧門”之句,皆可愛也。余幼時學于道士張易簡觀中,伯祥與易簡往來,嘗嘆曰:“此郎君貴人也。”不知其何以知之。

書緑筠亭詩

“愛竹能延客,求詩剩挂墻。風梢千纛亂,日影萬夫長。谷鳥驚棋響,山蜂識酒香。只應陶靖節,解聽北窗凉。”清獻先生嘗求東坡居士作緑筠亭詩,曰:“此吾鄉人梁處士之居也。”後二十五年,乃見處士之子琯,請書此本。紹聖二年四月十三日。

題王晉卿詩後

晉卿爲僕所累,僕既謫齊安,晉卿亦貶武當。飢寒窮困,本書生常分,僕處不戚戚固宜,獨怪晉卿以貴公子罹此憂患,而不失其正,詩詞益工,超然有世外之樂,此孔子所謂“可與久處約長處樂”者。元祐元年九月八日。

書黄泥坂詞後

余在黄州,大醉中作此詞,小兒輩藏去稿,醒後不復見也。前夜與黄魯直、張文潛、晁無咎夜坐。三客翻倒几案,搜索篋笥,偶得之,字半不可讀,以意尋究,乃得其全。文潛喜甚,手録一本遺余,持元本去。明日得王晉卿書,云:“吾日夕購子書不厭,近又以三縑博兩紙。子有近書,當稍以遺我,毋多費我絹也。”乃用澄心堂紙、李承晏墨書此遺之。元祐元年十一月二十一日。

題憩寂圖詩(並魯直跋)

元祐元年正月十二日,蘇子瞻、李伯時爲柳仲遠作《松石圖》。仲遠取杜子美詩“松根胡僧憩寂寞,龐眉皓首無住著。偏袒右肩露雙脚,葉裹松子僧前落”之句,復求伯時畫此數句,爲《憩寂圖》。子由題云:“東坡自作蒼蒼石,留取長松待伯時。只有兩人嫌未足,兼收前世杜陵詩。”因次其韻云:“東坡雖是湖州派,竹石風流各一時。前世畫師今姓李,不妨題作輞川詩。”文與可嘗云:“老夫墨竹一派,近在徐州。吾竹雖不及,石似過之。”此一卷公案,不可不令魯直下一句。

或言:子瞻不當目伯時爲前身畫師,流俗人不領,便是詩病。伯時一丘一壑,不減古人,誰當作此癡計。子瞻此語是真相知。魯直書。

題張安道詩後

“因嗟萍梗才名客,自嘆匏瓜老病身。一榻從兹還倚壁,不知重掃待何人。”元豐三年,家弟子由,謫官筠州。張安道口占此詩爲别,已而涕下。安道平生未嘗出涕向人也。元祐六年十二月薨于南都。將屬纊,問後事,但言伸意子瞻兄弟。是月十一日,舉哀薦福禪院,録此詩留院中。

書張芸叟詩

張舜民芸叟,邠人也。通練西事。稍能詩,從高遵裕西征回,途中作詩二絶。一云:“靈州城下千株柳,總被官軍斫作薪。他日玉關歸去路,將何攀折贈行人。”一云:“青銅峽裏韋州路,十去從軍九不回。白骨似沙沙似雪,將軍休上望鄉臺。”爲轉運判官李察所奏,貶郴州監税,舜民言:“官軍圍靈武不下,糧盡而退。西人從城上大呼官軍漢人兀擦否，或仰而答曰：'兀擦。'城上皆大笑。西人謂慚爲兀擦也。"

書試院中詩

元祐三年二月二十一日領貢舉事，辟李伯時爲考校官。三月初，考校既畢，待諸廳參會，故數往詣伯時。伯時苦水悸，愊愊不欲食，作欲驟馬以排悶。黄魯直詩先成，遂得之。魯直詩云："儀鸞供帳饕蝱行，翰林濕薪爆竹聲，風簾官燭淚從横。木穿石盤未渠透，坐窗不遨令人瘦，貧馬百齧逢一豆。眼明見此玉花驄，徑思著鞭隨詩翁，城西野桃尋小紅。"子瞻次韻云："少年鞍馬勤遠行，夜聞齧草風雨聲，見此忽思短策横。千重故紙鑽未透，那更陪君作詩瘦，不如芋魁歸飯豆。門前欲嘶御史驄，詔恩三日休老翁，羨君懷中雙橘紅。"蔡天啓、晁無咎、舒堯文、廖明略皆繼，此不能盡録。予又戲作絶句："竹頭搶地風不舉，文書堆案睡自語。看馬欲驟頓風塵，亦思歸家洗袍袴。"伯時笑曰："有頓塵馬欲入筆。"疾取紙來寫之後。三月六日所作皆是也。眉山蘇軾書。

書鬼仙詩

"忽然湖上片雲飛，不覺中流雨濕衣。折得荷花渾忘却，空將荷葉蓋頭歸。"

"江上檣竿一百尺，山中樓臺十二重。山僧樓上望江上，遥指檣竿笑殺儂。"

"湘中老人讀黄老，手援紫藟坐碧草。春至不知湘水深，日暮忘却巴陵道。”

“爺娘送我青楓根，不記青楓幾回落。當時手刺衣上花，今日爲灰不堪著。”

“浦口潮來初渺漫，蓮舟溶漾採花難。芳心不愜空歸去，會待潮平更折看。”

“酒盡君莫沽，壺傾我當發。城市多囂塵，還山弄明月。”

“卜得上峽日，秋江風浪多。巴陵一夜雨，腸斷木蘭歌。”

“寒草白露裏，亂山明月中。是夕苦吟罷，寒燭與君同。”

元祐三年二月二十一日夜，與魯直、壽朋、天啓會于伯時齋舍。此一卷，皆仙鬼作或夢中所作也。又記《太平廣記》中，有人爲鬼物所引入墟墓，皆華屋洞户，忽爲劫墓者所驚，出，遂失所見。但云“芫花半落，松風晚清”。吾每愛此兩句，故附之書末。

記白鶴觀詩

昔游忠州白鶴觀，壁上高絶處有小詩，不知何人題也。詩云：“仙人未必皆仙去，還在人間人不知。手把白髦從兩鹿，相逢聊問姓名誰。”

記關右壁間詩

“欲挂衣冠神武門，先尋水竹渭南村。却將舊斬樓蘭劍，買得黄牛教子孫。”余舊見此詩於關右壁間，愛之，不知何人詩也。

記西邸詩

余官鳳翔，見村邸壁上，書此數句，愛而誦之。云：“人間有漏仙,兀兀三杯醉。世上無眼禪,昏昏一枕睡。雖然没交涉,其奈略相似。相似尚如此,何況真個是。”

書出局詩

“急景歸來早,濃陰晚不開。傾杯不能飲,待得卯君來。”今日局中早出,陰晦欲雪,而子由在户部晚出,作此數句。忽記十年前在彭城時,王定國來相過,留十餘日,還南都。時子由爲宋幕,定國臨去,求家書,僕醉不能作,獨以一絶與之,云:“王郎西去路漫漫,野店無人霜月寒。淚濕粉箋書不得,憑君送與卯君看。”卯君,子由小名也。今日情味雖差勝彭城,然不若同歸林下,夜雨對床,乃爲樂耳。元祐三年十月二十三日。

評詩人寫物

詩人有寫物之功。“桑之未落,其葉沃若”,他木殆不可以當此。林逋《梅花》詩云:“疏影横斜水清淺,暗香浮動月黄昏。”決非桃、李詩。皮日休《白蓮》詩云:“無情有恨何人見,月曉風清欲墮時。”決非紅蓮詩。此乃寫物之功,若石曼卿《紅梅》詩云:“認桃無緑葉,辨杏有青枝。”此至陋語,蓋村學中體也。元祐三年十二月六日,書付過。

評七言麗句

七言之偉麗者。杜子美云:“旌旗日暖龍蛇動,宫殿風微燕雀高。”“五更曉角聲悲壯,三峽星河影動摇。”爾後寂寞無聞焉。

直至歐陽永叔“滄波萬古流不盡,白鶴雙飛意自閑”“萬馬不嘶聽號令,諸蕃無事樂耕耘”,可以並驅争先矣。軾亦云:“令嚴鐘鼓三更月,野宿貔貅萬竈煙。”又云:“露布朝馳玉關塞,捷書夜至甘泉宫。”亦庶幾焉爾。

讀文宗詩句

“人皆苦炎熱,我愛夏日長。熏風自南來,殿閣生微凉。”世未有續之者。予亦有詩云:“卧聞疏響梧桐雨,獨詠微凉殿閣風。”

書辯才次韻參寥詩

“岩棲木食已皤然,交舊何人慰眼前。素與晝公心印合,每思秦子意珠圓。當年步月來幽谷,柱杖穿雲冒夕煙。臺閣山林本無異,故應文字未離禪。”辯才作此詩時,年八十一矣。平生不學作詩,如風吹水,自成文理。而參寥與吾輩詩,乃如巧人織繡耳。

書參寥詩

僕在黄州,參寥自吴中來訪,館之東坡。一日,夢見參寥所作詩,覺而記其兩句云:“寒食清明都過了,石泉槐火一時新。”後七年,僕出守錢塘,而參寥始卜居西湖智果院。院有泉出石縫間,甘冷宜茶。寒食之明日,僕與客泛湖,自孤山來謁參寥,汲泉鑽火,烹黄蘗茶,忽悟所夢詩,兆於七年之前。衆客皆驚嘆,知傳記所載,非虛語也。元祐五年二月二十七日。

記謝中舍詩

寇元弼言:"去歲徐州倅李陶,有子年十七八,素不甚作詩,忽詠《落花》詩云:'流水難窮目,斜陽易斷腸。誰同研光帽,一曲舞山香。'父驚問之,若有物憑附者。自云是謝中舍。問研光帽事,云:'西王母宴群仙,有舞者戴研光帽,帽上簪花,舞山香一曲,未終,花皆落云。'"

書蘇子美金魚詩

舊讀蘇子美《六和寺》詩云:"松橋待金魚,竟日獨遲留。"初不喻此語。及倅錢塘,乃知寺後池中有此魚如金色也。昨日復游池上,投餅餌,久之,乃略出,不食,復入,不可復見。自子美作詩,至今四十餘年。子美已有"遲留"之語,苟非難進易退而不妄食,安能如此壽耶!

題張子野詩集後

張子野詩筆老妙,歌詞乃其餘技耳。《湖州西溪》云:"浮萍破處見山影,小艇歸時聞草聲。"與余和詩云:"愁似鰥魚知夜永,懶同蝴蝶爲春忙。"若此之類,皆可以追配古人。而世俗但稱其歌詞。昔周昉畫人物,皆入神品,而世俗但知有周昉士女,皆所謂未見好德如好色者歟?元祐五年四月二十一日。

書所和回先生詩

回先生詩云:“西鄰已富憂不足,東老雖貧樂有餘。白酒釀來因好客,黄金散盡爲收書。”東坡居士和云:“世俗何知貧是病,神仙可學道之餘。但知白酒留佳客,不問黄公覓素書。”熙寧元年八月十九日,有道人過沈東老飲酒,用石榴皮寫句壁上,自稱回山人。東老送之出門,至石橋上。先渡橋數十步,不知其所往。或曰:“此吕先生洞賓也。”七年,僕過晉陵,見東老之子偕,道其事。時東老既没三年矣,爲和此詩。其後十六年,復與偕相遇錢塘,更爲書之。偕字君與,有文行,世其家云。元祐五年五月二十五日,東坡先生書。

記里舍聯句

幼時里人程建用、楊堯咨、舍弟子由會學舍中《天雨聯句》六言。程云:“庭松偃仰如醉。”楊即云:“夏雨凄凉似秋。”余云:“有客高吟擁鼻。”子由云:“無人共吃饅頭。”坐皆絶倒,今四十餘年矣。

題鳳山詩後

楊君詩,殊有可觀之言,長韻尤可喜,然求免於寒苦而不可得。悲夫,此道之不售於世也久矣!

題歐陽公送張著作詩後

詩中雖不著歲月,有“厭京已弄春”之語。是則自洛還館中未久，去夷陵之行無幾矣。元祐六年，東坡居士觀於汝南東閣。

書潁州禱雨詩

元祐六年十月，潁州久旱，聞潁上有張龍公神祠，極靈異，乃齋戒遣男迨與州學教授陳履常往禱之。迨亦頗信道教，沐浴齋居而往。明日，當以龍骨至，天色少變。二十六日，會景貺、履常、二歐陽，作詩云："後夜龍作雲，天明雪填渠。夢回聞剥啄，誰呼趙、陳、予？"景貺拊掌曰："句法甚親，前此未有此法。"季默曰："有之。長官請客吏請客，目曰'主簿、少府、我'。即此語也。"相與笑語。至三更歸時，星斗燦然，就枕未幾，而雨已鳴檐矣。

至朔旦日，作五人者復會於郡齋。既感嘆龍公之威德，復喜詩語之不謬。季默欲書之，以爲異日一笑。是日，景貺出迨詩云："吾儕歸卧髀骨裂，會友攜壺勞行役。"僕笑曰："是男也，好勇過我。"

書李簡夫詩集後

孔子不取微生高，孟子不取於陵仲子，惡其不情也。陶淵明欲仕則仕，不以求之爲嫌，欲隱則隱，不以去之爲高；飢則扣門而乞食，飽則雞黍以延客，古今賢之，貴其真也。李公簡夫以文學政事有聞於天聖以來，而謝事退居於嘉祐之末，熙寧之初。平生不眩於聲利，不戚於窮約，安於所遇而樂之終身者，庶幾乎淵明之真也。熙寧三年，軾始過陳，欲求見公，而公病矣。後二十年，得其手録詩七十篇於其孫公輔。讀之，太息曰："君子哉若人，今亡矣夫！”元祐六年十二月初四日。

題梅聖俞詩後

“驛使前時走馬回，北人初識越人梅。清香莫把酴醾比，祇欠溪頭月下杯。”梅二丈長身秀眉，大耳紅頰，飲酒過百盞，輒正坐高拱，此其醉也。吾雖後輩，猶及與之周旋，覽其親書詩，如見其抵掌談笑也。元祐七年七月二十二日。

跋再送蔣穎叔詩後

穎叔未有帥洮之命，作扈駕詩，軾和之，有“游魂”之句，遂成吟讖。正月十六日，偶謁錢穆父，作小詩寫之扇上，穎叔、穆父、仲至皆和，軾亦再賦。請穎叔收此扇與此軸，旋復迎勞，吾詩之必讖也。

記寶山題詩

予昔在錢唐，一日，晝寢於寶山僧舍，起，題其壁云：“七尺頑軀走世塵，十圍便腹貯天真。此中空洞全無物，何止容君數百人。”其後有數小子亦題名壁上，見者乃謂予誚之也。周伯仁所謂君者，乃王茂弘之流，豈此等輩哉！世子多諱，蓋僭者也。吾嘗作《李太白真贊》云：“生平不識高將軍，手污吾足乃敢嗔。”吾今復書此者，欲使後之小人少知自揆也。

書石芝詩後

中山教授馬君,文登人也。蓋嘗得石芝食之,故作此詩,同賦一篇。目昏不能多書,令小兒執筆,獨題此數字。

書蜀僧詩

王中令既平蜀,捕逐餘寇,與部隊相遠。飢甚,入一村寺中。主僧醉甚,箕踞,公怒,欲斬之。僧應對不懼,公奇而赦之。問求蔬食。僧對曰:"有肉無蔬。"公益奇之。饋以蒸猪頭,食之甚美。公喜,問僧:"止能飲酒食肉耶,抑有他技也?"僧自言:"能爲詩。"公命賦蒸豚,操筆立成云:"觜長毛短淺含膘,久向山中食藥苗。蒸處已將蕉葉裹,熟時兼用杏漿澆。紅鮮雅稱金盤飣,軟熟真堪玉箸挑。若把氈根來比並,氈根自合吃藤條。"公大喜,與紫衣師號。元祐九年二月十三日,偶與公子玄孫訥道此,因記之。

書彭城觀月詩

"暮雲收盡溢清寒,銀漢無聲轉玉盤。此生此夜不長好,明月明年何處看。"余十八年前中秋夜,與子由觀月彭城,作此詩,以《陽關》歌之。今復此夜宿於贛上,方遷嶺表,獨歌此曲,聊復書之,以識一時之事,殊未覺有今夕之悲,懸知有他日之喜也。

書潤州道上詩

"行歌野哭兩堪悲,遠火低星漸向微。病眼不眠非守歲,鄉音無伴苦思歸。重衾脚冷知霜重,新沐頭輕感髮稀。只有殘燈不嫌客,孤舟一夜許相依。"僕時三十九歲,潤州道中,值除夜而作。後二十年,在惠州守歲,録付過。

書李主詞

"三十餘年家國,數千里地山河。幾曾慣干戈！一旦歸爲臣虜,沈腰潘鬢消磨。最是蒼皇辭廟日,教坊猶奏别離歌。揮淚對宫娥。"後主既爲樊若水所賣,舉國與人,故當慟哭於九廟之外,謝其民而後行,顧乃揮淚宫娥,聽教坊離曲哉！

題秧馬歌後四首

其　一

惠州博羅縣令林君抃,勤民恤農,僕出此歌以示之。林君喜甚,躬率田者製作閲試,以謂背雖當如覆瓦,然須起首尾如馬鞍狀,使前却有力。今惠州民皆已施用,甚便之。念浙中稻米幾半天下,獨未知爲此,而僕又有薄田在陽羡,意欲以教之。適會衢州進士梁君琯過我而西,乃得指示,口授其詳,歸見張秉道,可備言範式尺寸及乘馭之狀,仍製一枚,傳之吴人,因以教陽羡兒子,尤幸也。本欲作秉道書,又懶,此間諸事,可問梁君具詳也。試更以示西湖智果妙總禪師參寥子,以發萬里一笑,尤佳也。紹聖二年四月二十二日,軾書。

其　二

林博羅又云:"以榆棗爲腹患其重,當以梔木,則滑而輕矣。”又云:“俯傴秧田。非獨腰脊之苦。而農夫例於脛上打洗秧根,積久皆至瘡爛。今得秧馬,則又於兩小頰子上打洗,又完其脛矣。”

其 三

翟東玉將令龍川,從予求秧馬式而去。此老農之事,何足云者,然已知其志之在民也。願君以古人爲師,使民不畏吏,則東作西成,不勸而自力,是家賜之牛,而人予之種,豈特一秧馬之比哉!

其 四

吾嘗在湖北,見農夫用秧馬行泥中,極便。頃來江西作《秧馬歌》以教人,罕有從者。近讀《唐書·回鶻部族黠戛斯傳》,其人以木馬行水上,以板薦之,以曲木支腋下,一蹴輒百餘步,意殆與秧馬類歟? 聊復記之,異日詳問其狀,以告江南人也。

書陸道士詩

江南人好作盤游飯,鮓脯膾炙無不有,然皆埋之飯中。故里諺云:“撅得窖子。”羅浮穎老取凡飲食雜烹之,名谷董羹,坐客皆稱善。詩人陸道士,遂出一聯句云:“投醪谷董羹鍋裹,撅窖盤游飯碗中。”東坡大喜,乃爲録之,以付江秀才收,爲異時一笑。吴子野云:“此羹可以澆佛。”翟夫子無言,但咽唾而已。丙子十二月八日。

記劉景文詩

劉季孫景文，平之子也。慷慨奇士，博學能詩。僕薦之，得隰州以歿，哀哉！嘗有詩寄僕曰："四海共知霜鬢滿，重陽能插菊花無。"死之日，家無一錢，但有書三萬軸，畫數百幅耳。

書劉景文詩後

景文有英偉氣，如三國時士陳元龍之流。讀此詩，可以想見。其人以中壽没於隰州。哀哉！哀哉！曇秀，學道離愛人也，然常出其詩，與余相對泣下。丁丑正月六日。

書曇秀詩

予在廣陵，與晁無咎、曇秀道人同舟送客山光寺。客去，予醉臣舟中。曇秀作詩云："扁舟乘興到山光，古寺臨流勝氣藏。慚愧南風知我意，吹將草木作天香。"予和云："閑裏清游借隙光，醉時真境發天藏。夢回拾得吹來句。十里南風草木香。"予昔對歐陽文忠公誦文與可詩云："美人却扇坐，羞落庭下花。"公云："此非與可詩，世間元有此句，與可拾得耳。"後三年，秀來惠州，見予，偶記此事。

記虜使誦詩

昔余與北使劉霄會食。霄誦僕詩云："痛飲從今有幾日，西軒月色夜來新。公豈不飲者耶?"虜亦喜吾詩，可怪也。

書邁詩

兒子邁，幼時嘗作《林檎》詩云："熟顆無風時自脱，半腮迎日鬥先紅。"於等輩中，亦號有思致者。今已老，無他技，但亦時出新句也。嘗作酸棗尉，有詩云："葉隨流水歸何處，牛載寒鴉過别村。"亦可喜也。

記參寥詩

昨夜夢參寥師手攜一軸詩見過。覺而記其《飲茶》詩兩句云："寒食清明都過了，石泉槐火一時新。"夢中問："火固新矣。泉何故新？"答云："俗以清明淘井。"當續成一詩，以記其事。

書王太尉送行詩後

杜衍　賈黯　宋敏求　司馬光　王安石　蘇涣　王疇　邵亢　元絳　王純臣　吕夏卿　張瑰　何涉　謝仲弓　陳洙　胡恢　王舉正　趙概　張揆　曾公亮　王珪　王洙　曾公定　胡宿　范鎮　李復圭　張芻　吴幾復　范百之　晁仲衍　石揚休　李絢　宋敏脩

右三十三人。

丁度　郭勸　齊廓　馬仲甫　令狐挺　施昌言　吕居簡　孫沔　劉瑾　馮浩　黄灝　韓鐸　李師中　辛若渝　李壽朋　劉參　張師中　李先　楚泰　洪亶　周延雋　錢延年　解賓王　黄從政　孟詢　閻顒　謝徽　張孜　吴可幾　范寬之　張中庸　鮑光　閔從周

右三十三人。

《送行詩》上下二卷，凡六十有六人。慶曆、皇祐間，朝廷號稱多士，故光禄卿贈太尉王公挂冠歸江陵，作詩紀行者，多一時之傑。嗚呼！唐虞之際，於斯爲盛，非獨以見王公取友之端，亦足以知朝廷得士之美也。昔柳宗元記其先友六十七人於墓碑之陰，考之於史，卓然知名者蓋二十人。宗元曰："先君之所友，天下之善士舉集焉。"余於王公亦云。元符元年十月初七日。

跋黔安居士漁父詞

魯直作此詞，清新婉麗。問其得意處。自言以水光山色，替却玉肌花貌。此乃真得漁父家風也。然纔出親婦磯，又入女兒浦，此漁父無乃大瀾浪乎？

記臨江驛詩

"淮西功業冠吾唐，吏部文章日月光。千載斷碑人膾炙，不知世有段文昌。""李白當年流夜郎，中原無復漢文章。納官贖罪人何在？志士臨風淚數行。"紹聖間臨江軍驛壁上得此詩，不知誰氏子作也。

記沿流館詩

"簾卷窗穿户不扃，隙塵風葉亂縱横。幽人睡足誰呼覺，欹枕床前有月明。"紹聖間，人得此詩於沿流館中，不知何人詩也。今録之，以益篋笥之藏。

書羅浮五色雀詩

羅浮有五色雀，以絳羽爲長，餘皆從之東西。俗云："有貴人入山則出。"余安道有詩云："多謝珍禽不隨俗，謫官猶作貴人看。"余過南華亦見之。海南人則謂之鳳皇。云："久旱而見則雨，潦淜反是。"及謫儋耳，亦嘗集於城南所居。余今日游進士黎威家，又集庭下，鏘然和鳴，回翔久之。余舉酒囑之，汝若爲余來者，當再集也。已而果然。

書秦少游挽詞後

庚辰歲六月二十五日，予與少游相别於海康，意色自若，與平日不少異。但自作挽詞一篇，人或怪之。予以謂少游齊死生，了物我，戲出此語，無足怪者。已而北歸，至藤州，以八月十二日，卒於光化亭上。嗚呼，豈亦自知當然者耶？乃録其詩云。

書聖俞贈歐陽閥詩後

"客心如萌芽，忽與春風動。又隨落花飛，去作江南夢。我家無梧桐，安可久留鳳。鳳棲在桂林，烏哺不得共。無忘桂枝榮，舉酒一以送。"右宛陵先生梅聖俞詩。先君與聖俞游時，余與子由年甚少，世未有知者，聖俞極稱之。家有老人泉，聖俞作詩曰："泉上有老人，隱見不可常。蘇子居其間，飲水樂未央。泉中若有魚，與子同徜徉。泉中苟無魚，子特玩滄浪。歲月不知老，家有雛鳳凰。百鳥戢羽翼，不敢呈文章。去爲仲尼嘆，出爲盛時翔。方今天子聖，無滯彼泉傍。"聖俞没，今四十年矣。

南遷過合浦,見其門人歐陽晦夫,出所爲送行詩。晦夫年六十六,予尚少一歲,鬚鬢皆皓然,固窮亦略相似。於是執手大笑,曰:"聖俞之所謂鳳者,例皆如是哉!"天下皆言聖俞以詩窮,吾二人者又窮於聖俞,可不大笑乎! 元符三年月日書。

書王公峽中詩刻後

軾蜀人,往來古信州,山川草木,可以默數,老病流落,無復歸日,冥蒙奄靄,時發於夢想而已。庚辰歲,蒙思移永州,過南海,見部刺史王公進叔,出先太尉峽中石刻諸詩,反復玩味,則赤甲、白鹽、灩澦、黄牛之狀,凜然在人目中矣。十月十六日軾書。

書石曼卿詩筆後

范文正公《祭曼卿文》,其略曰:"曼卿之才,大而無媒。不登公卿,善人是哀。曼卿之詩,氣豪而奇。大愛杜甫,酷能似之。曼卿之筆,顔筋柳骨。散落人間,寶爲神物。曼卿之心,浩然無機。天地一醉,萬物同歸。不見曼卿,憶兮如生。希世之人,死爲神明。"方此時,世未有言曼卿爲神仙事。後十餘年,乃有芙蓉之説,不知文正公偶然之言乎,抑亦有以知之也? 元符三年十月十六日書。

書馮祖仁父詩後

國家承平百餘年,嶺海間學者彬彬出焉。時余襄公既没,未有甚顯者，豈張九齡、姜公輔獨出於唐乎？真陽馮氏，多賢有文者。河源令齊參祖仁出其先君子詩七篇，燦然有唐人風，方知祖仁之賢，蓋有自云。元符三年十二月十九日。

書程全父詩後

讀其詩，知其爲君子，如天倖豈易得哉？予識之於罪謫之中，不獨無以發揚其人，適足以污累之。乃書以屬過子，善藏之，異時必有知此子者。元符三年十二月日。

書蘇養直詩

"屬玉雙飛水滿塘，菰蒲深處浴鴛鴦。白蘋滿棹歸來晚，秋著蘆花一岸霜。""扁舟繫岸依林樾，蕭蕭兩鬢吹華髮。萬事不理醉復醒，長占煙波弄明月。"此篇若在置太白集中，誰復疑其非也？乃吾宗養直所作《清江曲》云。建中靖國元年三月二日。

書秦少游詞後

少游昔在處州，嘗夢中作詞云："山路雨添花，花動一山春色。行到小溪深處，有黄鸝千百。　飛雲當面化龍蛇，夭矯轉空碧。醉卧古藤陰下，了不知南北。"供奉官儂君沔居湖南，喜從遷客游，尤爲吕元鈞所稱。又能誦少游事甚詳，爲余道此詞，至流涕，乃録本使藏之。建中靖國元年三月二十一日。

書過送曇秀詩後

“三年避地少經過，十日論詩喜琢磨。自欲灰心老南嶽，猶能繭足慰東坡。來時野寺無魚鼓，去後閑門有雀羅。從此期師真似月，斷雲時復挂星河。”僕在廣陵作詩《送曇秀》云：“老芝如雲月，炯炯時一出。”今曇秀復來惠州見余，余病，已絶不作詩。兒子過粗能搜句，時有可觀，此篇殆咄咄逼老人矣。特爲書之，以滿行橐。丁丑正月二十一日。

書摹本蘭亭後

“外寄所托”改作“因寄”，“於今所欣”改作“向之”，“豈不哀哉”改作“痛哉”，“良可悲”改作“悲夫”，“有感於斯”改作“斯文”。凡塗兩字，改六字，注四字。“曾不知老之將至”，誤作“僧”，“已爲陳迹”，誤作“以”，“亦猶今之視昔”，誤作“由”。舊説此文字有重者，皆構别體而“之”字最多，今此“之”字頗有同者。

又嘗見一本，比此微加楷，疑此起草也。然放曠自得，不及此本遠矣。子由自河朔持歸，寶月大師惟簡請其本，令左綿僧意祖摹刻於石。治平四年九月十五日。

題蘭亭記

真本已入昭陵，世徒見此而已。然此本最善，日月愈遠，此本當復缺壞，則後生所見，愈微愈疏矣。

題逸少帖

逸少爲王述所困，自誓去官，超然於事物之外。嘗自言："吾當卒以樂死。"然欲一游岷嶺，勤勤如此，而至死不果。乃知山水游放之樂，自是人生難必這事，况於市朝眷戀之徒，而出山林獨往之言，固已疏矣。

【彙評】

陳天定：清福者，上帝所怪。余嘗有云："學道未能知好道，得閑何有耐偷閑。"正爲此也。

題遺教經

僕嘗見歐陽文忠公，云："《遺教經》非逸少筆。"以其言觀之，信若不妄。然自逸少在時，小兒亂真，自不解辨，况數百年後傳刻之餘，而欲必其真僞，難矣！顧筆劃精穩，自可爲師法。

題筆陣圖（王晉卿所藏）

筆墨之迹，托於有形，有形則有弊。苟不至於無，而自樂於一時，聊寓其心，忘憂晚歲，則猶賢於博弈也。雖然，不假外物而有守於内者，聖賢之高致也。惟顔子得之。

題二王書

筆成冢，墨成池，不及羲之即獻之。筆秃千管，墨磨萬鋌，不作張芝作索靖。

題晉人帖

唐太宗購晉人書，自二王以下，僅千軸。《蘭亭》以玉匣葬昭陵，世無復見。其餘皆在秘府。至武后時，爲張易之兄弟所竊，後遂流落人間，多在王涯、張延賞家。涯敗，爲軍人所劫，剥去金玉軸，而棄其書。余嘗於李都尉瑋處，見晉人數帖，皆有小印"涯"字，意其爲王氏物也。有謝尚、謝鯤、王衍等帖，皆奇。而夷甫獨超然如群鶴聳翅，欲飛而未起也。

題蕭子雲帖

蕭子雲嘗答敕云："臣昔不能賞拔，隨時所貴，規模子敬，多歷年所。年二十六，著《晉史》，至《二王列傳》，欲作論學隸法，言不盡意，遂不能成，略指論飛白一事而已。十許年，乃見敕旨《論書》一卷，商略筆法，洞微字體，始變子敬，全範元常。逮邇以來，自覺功進。"文見《梁書》本傳。今閣下法帖十卷中，有衛夫人與一僧書，班班取子雲此文，其僞妄無疑也。

跋褚薛臨帖

王會稽父子書存于世者，蓋一二數。唐人褚、薛之流，硬黄臨放，亦足爲貴。

辨法帖

辨書之難，正如聽響切脈，知其美惡則可，自謂必能正名之者，皆過也。（王聖俞夾）此語最公。今官本十卷法帖中，真僞相雜至多。逸少部中有“出宿餞行”一帖，乃張説文。又有“不具釋智永白”者，亦在逸少部中，此最疏謬。余嘗于秘閣觀墨蹟，皆唐人硬黄上臨本，惟鵝群一帖，似是獻之真筆。後又于李瑋都尉家，見謝尚、王衍等數人書，超然絶俗。考其印記，王涯家本。其他但得唐人臨本，皆可蓄。

辨官本法帖

此卷有云：“伯趙鳴而戒晨，爽鳩習而揚武。”此張説送賈至文也。乃知法帖中真僞相半。

疑二王書

梁武帝使殷鐵石臨右軍書，而此帖有與鐵石共書語，恐非二王書。字亦不甚工，覽者可細辨也。

題逸少書三首

其　一

此卷有永“足下還來”一帖。其後云“不具釋智永白”，而云逸少書。余觀其語云“謹此代申”，唐末以來，乃有此等語，而書至不工，乃流俗僞造永禪師書耳。

其 二

逸少謂此郡難治，云："吾何故舍逸而就勞。"當是爲懷祖所檢察耳。

其 三

蘭亭、樂毅、東方先生三帖，皆妙絶，雖摹寫屢傳，猶有昔人用筆意思，比之《遺教經》，則有間矣。

題子敬書

子敬雖無過人事業，然謝安欲使書宫殿榜，竟不敢發口，其氣節高逸，有足嘉者。此書一卷，尤可愛。

題衛夫人書

衛夫人書既不甚工，語意鄙俗，而云"奉勑"。"勑"字從力，"舘"字從舍，皆流俗所爲耳。

題山公啓事帖

此卷有山公《啓事》，使人愛玩，尤不與他書比。然吾嘗怪山公薦阮咸之清正寡欲，咸之所爲，可謂不然者矣。意以謂心迹不相關，此最晉人之病也。

題衛恒帖

恒，衛瓘子。本傳有《論書勢》四篇，其詞極美，其後與瓘同遇害云。

題唐太宗帖

太宗慷慨如此，至於妻子間，乃有“忌欲均死”之語，固牽於愛者也。

題蕭子雲書

唐太宗評蕭子雲書云：“行行如紆春蚓，字字若綰秋蛇。”今觀其遺迹，信虚得名耳。

跋庾征西帖

吴道子始見張僧繇畫，曰：“浪得名耳。”已而坐卧其下，三日不能去。庾征西初不服逸少，有家雞野鶩之論，後乃嘆其爲伯英再生。今觀其石，乃不逮子敬遠甚，正可比羊欣耳。

題法帖二首

其　一

“宰相安和殷生無恙。”宰相當是簡文帝，殷生即浩也耶？

其　二

杜庭之書，爲世所貴重，乃不編入，何也？

題晉武書

昨日閣下見晉武帝書，甚有英偉氣。乃知唐太宗書，時有似之。魯君之宋，呼於垤澤之門，門者曰："此非吾君也，何其聲之似吾君也！"居移氣，養移體，信非虛語矣。

題羊欣帖

此帖在王文惠公家，軾得其摹本於公子鍇，以遺吴興太守孫莘老，使刻石置墨妙亭中。

書逸少竹葉帖

王逸少《竹葉帖》，長安水丘氏傳寶之，今不知所在，三十年前，見其摹本於雷壽。

【彙評】

王聖俞：逸少書，詎須更贊一辭？只如此便見鄭重之至。

跋衛夫人書

此書近妄庸，人傳作衛夫人書耳。晉人風流，豈爾惡耶？

跋桓元子書

"蜀平，天下大慶，東兵安其理，當早一報此，桓子書。""蜀平”,蓋討譙縱時也。僕喜臨之。人間當有數百本也。

跋葉致遠所藏永禪師千文

永禪師欲存王氏典刑,以爲百家法祖,故舉用舊法,非不能出新意求變態也,然其意已逸於繩墨之外矣。云下歐、虞,殆非至論,若復疑其臨放者,又在此論下矣。

跋王鞏所收藏真書

僧藏真書七紙,開封王君鞏所藏。君侍親平凉,始得其二,而兩紙在張鄧公家,其後馮公當世又獲其三,雖所從分異者不可考,然筆勢奕奕,七紙意相屬也。君,鄧公外孫,而與當世相善,乃得而合之。余嘗愛梁武帝評書,善取物象,而此公尤能自譬,觀者不以爲過,信乎其書之工也!然其爲人儻蕩,本不求工,所以能工此,如没人之操舟,無意於濟否,是以覆却萬變,而舉止自若,其近於有道者耶?

題顔公書畫贊

顔魯公平生寫碑,惟東方朔畫贊爲清雄,字間櫛比,而不失清遠。其後見逸少本,乃知魯公字字臨此書,雖小大相懸,而氣韻良是。非自得於書,未易爲言此也。

題魯公帖

觀其書,有以得其爲人,則君子小人必見於書。是殆不然。

以貌取人,且猶不可,而况書乎？吾觀顔公書,未嘗不想見其風采,非徒得其爲人而已,凛乎若見其誚盧杞而叱希烈,何也？其理與韓非竊斧之説無異。然人之字畫工拙之外,蓋皆有趣,亦有以見其爲人邪正之粗云。

題魯公放生池碑

湖州有《顔魯公放生池碑》,載其所上肅宗表云:"一日三朝,大明天子之孝;問安侍膳,不改家人之禮。"魯公知肅宗有愧於是也,故以此諫。孰謂公區區於放生哉？

題魯公書草

昨日,長安安師文,出所藏顔魯公與定襄郡王書草數紙,比公他書尤爲奇特。信手自然,動有姿態,乃知瓦注賢於黄金,雖公猶未免也。

書張少公判狀

張旭爲常熟尉,有父老訴事,爲判其狀,欣然持去。不數日,復有所訴,亦爲判之。他日復來。張甚怒,以爲好訟。叩頭曰:"非敢訟也,誠見少公筆勢殊妙,欲家藏之爾。"張驚問其詳,則其父蓋天下工書者也。張由此盡得筆法之妙。古人得筆法有所自,張以劍器,容有是理。雷太簡乃云聞江聲而筆法進,文與可亦言見蛇鬥而草書長,此殆謬矣。

書張長史草書

張長史草書,必俟醉,或以爲奇,醒即天真不全。此乃長史未妙,猶有醉醒之辨,若逸少何嘗寄於酒乎?僕亦未免此事。

跋懷素帖

懷素書極不佳,用筆意趣,乃似周越之險劣。此近世小人所作也,而堯夫不能辨,亦可怪矣。

跋王荆公書

荆公書得無法之法,然不可學,學之則無法。故僕書盡意作之似蔡君謨,稍得意似楊風子,更放似言法華。

跋胡霈然書匣後

唐文皇好逸少書,故其子孫及當時士人,争學二王筆法。至開元、天寶間尤盛,而胡霈然最爲工妙,以宗盟覆有家藏也。

跋咸通湖州刺史牒

唐人以身言書判取士,故人人能書。此牒近時待詔所不及,况州鎮書史乎?元符三年十月十六日。

書太宗皇帝急就章

軾近至終南太平宫，得觀三聖遺迹，有太宗書《急就章》一卷，爲妙絶。自古英主少有不工書。魯君之宋，呼於垤澤之門，守者曰："非吾君也，何其聲之似我君也？"軾於書亦云。

書所作字後

獻之少時學書，逸少從後取其筆而不可，知其長大必能名世。僕以爲不然。知書不在於筆牢，浩然聽筆之所之而不失法度，乃爲得之。然逸少所以重其不可取者，獨以其小兒子用意精至，猝然掩之，而意未始不在筆，不然，則是天下有力者莫不能書也。治平甲辰十月二十七日，自岐下罷，過謁石才翁，君强使書此數幅。僕豈曉書，而君最關中之名書者，幸勿出之，令人笑也。軾書。

書王石草書

王正甫、石才翁對韓公草書。公言："二子一似向馬行頭吹笛。"座客皆不曉。公爲解之："若非妙手，不敢向馬行頭吹也。"熙寧元年十二月晦書。

題蔡君謨帖

慈雅游北方十七年而歸，退老於孤山下，蓋十八年矣。平生所與往還，略無在者。偶出蔡公書簡觀之，反復悲嘆。耆老凋喪，舉世所惜，慈雅之嘆，蓋有以也。

跋蔡君謨書海會寺記

君謨寫此時，年二十八。其後三十二年，當熙寧甲寅，軾自杭來臨安借觀，而君謨之没已六年矣。明師之齒七十有四，耳益聰，目益明，寺益完壯。竹林橋上，暮山依然，有足感嘆者。因師之行，又念竹林橋看暮山，乃人間絶勝之處，自馳想耳。

論君謨書

歐陽文忠公論書云："蔡君謨獨步當世。"此爲至論。言君謨行書第一，小楷第二，草書第三。就其所長而求其所短，大字爲小疏也。天資既高，輔以篤學，其獨步當世，宜哉！近歲論君謨書者，頗有異論，故特明之。

跋君謨飛白

物一理也，通其意，則無適而不可。分科而醫，醫之衰也，占色而畫，畫之陋也。和、緩之醫，不别老少，曹、吴之畫，不擇人物。謂彼長於是則可也，曰能是不能是則不可。世之書篆不兼隸，行不及草，殆未能通其意者也。如君謨真、行、草、隸，無不如意，其遺力餘意，變爲飛白，可愛而不可學，非通其意，能如是乎？

跋君謨書賦

余評近歲書，以君謨爲第一，而論者或不然，殆未易與不知者言也。書法當自小楷出，豈有正未能而以行、草稱也？君謨年二十九而楷法如此，知其本末矣。

跋君謨書

僕論書以君謨爲當世第一，多以爲不然，然僕終守此説也。

題李十八净因雜書

劉十五論李十八草書，謂之"鸚哥嬌"。意謂鸚鵡能言，不過數句，大率雜以鳥語。十八其後稍進，以書問僕，近日比舊如何？僕答云："可作秦吉了也。"然僕此書自有"公在乾侯"之態也。子瞻書。

跋董儲書二首

其　一

董儲郎中，密州安丘人，能詩，有名寶元、慶曆間。其書尤工，而人莫知，僕以爲勝西臺也。

其　二

密州董儲亦能書，近歲未見其比。然人猶以爲不然。僕固非善書者，而世稱之。以是知是非之難齊也。

跋文與可草書

李公擇初學草書，所不能者，輒雜以真、行。劉貢謂之"鸚哥嬌”。其後稍進，問僕，吾書比來何如？僕對：“可謂秦吉了矣。”與可聞之大笑。是日，坐人争索，與可草書落筆如風。初不經意。劉意謂鸜鵒之於人言，止能道此數句耳。十月一日。

評草書

書初無意於佳，乃佳爾。草書雖是積學乃成，然要是出於欲速。古人云“匆匆不及，草書”，此語非是。若“匆匆不及”，乃是平時亦有意於學。此弊之極，遂至於周越仲翼，無足怪者。吾書雖不甚佳，然自出新意，不踐古人，是一快也。

論書

書必有神、氣、骨、肉、血，五者闕一，不爲成書也。

題醉草

吾醉後能作大草，醒後自以爲不及。然醉中亦能作小楷，此乃爲奇耳。

題七月二十日帖

江左僧寶索靖七月二十日帖。僕亦以是日醉書五紙。細觀筆迹，與二妙爲三，每紙皆記年月。是歲熙寧十年也。

跋楊文公書後

楊文公相去未久，而筆迹已難得，其爲人貴重如此。豈以斯人之風流不可復見故耶？元豐戊午四月十六日題。

跋杜祁公書

正獻公晚乃學草書，遂爲一代之絶。公書政使不工，猶當傳世寶之，况其清閑妙麗，得昔人風氣如此耶？

跋陳隱居書

陳公密出其祖隱居先生之書相示。軾聞之，蔡君謨先生之書，如三公被衮冕立玉墀之上。軾亦以爲學先生之書，如馬文淵所謂學龍伯高之爲人也。書法備於正書，溢而爲行、草，未能正書而能行、草，猶未嘗莊語而輒放言，無是道也。

跋歐陽文忠公書

歐陽文忠公用尖筆乾墨，作方闊字，神采秀發，膏潤無窮。後人觀之，如見其清眸豐頰，進趨裕如也。

【彙評】

陳天定：此不可與貪名競利者言之。“羌内恕己以量人兮，各興心而嫉妒”，謂之何哉？

跋歐陽家書

自南方多事以來,日夕憂汝,得昨日遞中書,知與新婦諸孫等各安,守官無事,頓解遠想。吾此哀苦如常。歐陽氏自江南歸明累世,蒙朝廷官禄,吾今又被榮顯,致汝等並列官品,當思報效,偶此多事,如有差使,盡心向前,不能避事。致於臨難死節,亦是汝榮事,但存心盡公,神明自佑汝,慎不可思避事也。昨書中言欲買朱砂來,吾不闕此物。汝于官下宜守廉,何得買官下物? 吾在官所除飲食外,不曾買一物,汝可觀此爲戒也。已寒,好將息,不具。吾書送通理十二郎。凡人勉强于外,何所不至,惟考之其私,乃見真僞。

此歐陽文忠公與其弟侄家書也。元豐二年四月十二日,蘇軾題。

跋陳氏歐帖

承示近文,只如此作便得也。但古詩中時復要一聯對屬,尤見工夫,並門當因書言去。昔選人有陳奇者,舉主十六人,仁宗見其未嘗歷選調,特旨不改官,以戒馳鶩者。初官亦少安之。

右陳敏善所藏歐公帖。軾聞公之幼子季默編公之箋牘爲一集。此數帖,尤有益於世者,當録以寄季默也。

跋錢君倚書遺教經

人貌有好醜,而君子小人之態不可掩也。言有辯訥,而君子小人之氣不可欺也。書有工拙，而君子小人之心不可亂也。錢公雖不學書，然觀其書，知其爲挺然忠信禮義人也。軾在杭州，與其子世雄爲僚，因得觀其所書佛《遺教經》刻石，峭峙有不回之勢。孔子曰："仁者其言也訒。"今君倚之書，蓋訒云。

書章郇公寫遺教經

章文簡公楷法尤妙，足以見前人篤實謹厚之餘風也。

跋所書清虚堂記

世多藏予書者，而子由獨無有。以求之者衆，而子由亦以余書爲可以必取，故每以與人不惜。昔人求書法，至拊心嘔血而不獲，求安心法，裸雪没腰，僅乃得之。今子由既輕以余書予人可也，又以其微妙之法言不待憤悱而發，豈不過哉！然王君之爲人，蓋可與言此者。他人當以余言爲戒。

跋所書摩利支經後

侄安節于元豐庚申六月大水中，舟行下峽，常持此經，得脱險難。明年十二月至黄州，見軾，乞寫此本持歸蜀。眉陽蘇軾書。

評楊氏所藏歐蔡書

自顔、柳氏没，筆法衰絶，加以唐末喪亂，人物凋落磨滅，五代文采風流，掃地盡矣。獨楊公凝式筆迹雄傑，有二王、顔柳之餘，此真可謂書之豪傑，不爲時世所汩没者。國初，李建中號爲能書，然格韻卑濁，猶有唐末以來衰陋之氣，其餘未見有卓然追配前人者。獨蔡君謨書，天資既高，積學深至，心手相應，變態無窮，遂爲本朝第一。然行書最勝，小楷次之，草書又次之，大字又次之，分、隸小劣。又嘗出意作飛白，自言有翔龍舞鳳之勢，識者不以爲過。歐陽文忠公書，自是學者所共儀刑，庶幾如見其人者。正使不工，猶當傳寶，况其精勤敏妙，自成一家乎？

楊君畜二公書，過黄州，出以相示，偶爲評之。

雜　評

楊凝式書，頗類顔行。李建中書，雖可愛，終可鄙，雖可鄙，終不可棄。李國士本無所得，捨險瘦，一字不成。宋宣獻書，清而復寒，正類李留臺重而復寒，俱不能濟所不足。蘇子美兄弟，俱太俊，非有餘，乃不足也。蔡君謨爲近世第一，但大字不如小字，草不如真，真不如行也。

王文甫達軒評書

唐末五代文章卑陋，字畫隨之。楊公凝式筆爲雄，往往與顔、柳相上下，甚可怪也。今世多稱李建中、宋宣獻。此二人書，僕所不曉。宋寒而李俗，殆是浪得名。惟近日蔡君謨，天資既高，而學亦至，當爲本朝第一。

書贈王文甫

王文甫好典買古書畫諸物。今日自言典兩端硯及陳歸聖篆字,用錢五千。余請攀歸聖例,每日持一兩紙,只典三百文。文甫言甚善。川僧清悟在旁知狀。

書贈王十六二首

其　一

王十六秀才禹錫,好蓄余書,相從三年,得兩牛腰。既入太學,重不可致,乃留文甫許分遺。然緘鎖牢甚。文甫云:“相與有瓜葛,那得爾耶?”

其　二

十六及第,當以鳳咮風字大硯與之。請文甫收此爲據。十六及第,當以石緑天猊爲僕作利市也。

記潘延之評予書

潘延之謂子由曰:“尋常於石刻見子瞻書,今見真迹,乃知爲顔魯公不二。”嘗評魯公書與杜子美詩相似,一出之後,前人皆廢。若予書者,乃似魯公而不廢前人者也。

書贈徐大正四首

其　一

此蔡公家賜紙也。建安徐大正得之於公子縠。來求東坡居士草書,居士既醉,爲作此數紙。

其　二

得之,天下奇男子也。世未有用之者。然丈夫窮達固自有時耶?

其　三

江湖間,有鳥鳴於四五月,其聲若云"麥熟即快活"。今年二麥如雲,此鳥不妄言也。

其　四

或問東坡草書,坡云:"不會。"進云:"學人不會?"坡云:"則我也不會。"

跋李康年篆心經後

江夏李君康年,好古博學,而小篆尤精。以私忌日篆《般若心經》,爲其親追福,而求余爲跋尾。

余聞此經雖不離言語文字,而欲以文字見、欲以言語求則不可得。篆畫之工,蓋亦無施於此,况所謂跋尾者乎?然人之欲薦其親,必歸於佛,而作佛事,當各以其所能。雖畫地聚沙,莫不具足,而况篆字之工若此者耶?獨恐觀者以字法之工,便作勝解。故書其末，普告觀者，莫作是念。元豐五年十二月十三日。

跋文與可論草書後

余學草書凡十年，終未得古人用筆相傳之法。後因見道上鬥蛇，遂得其妙，乃知顛、素之各有所悟，然後至於如此耳。留意於物，往往成趣。昔人有好草書，夜夢則見蛟蛇糾結。數年，或晝日見之，草書則工矣，而所見亦可患。與可之所見，豈真蛇耶，抑草書之精也？予平生好與與可劇談大噱，此語恨不令與可聞之，令其捧腹絶倒也。

跋草書後

僕醉後，乘興輒作草書十數行，覺酒氣拂拂，從十指間出也。

跋先君與孫叔静帖(並書)

承借示新文及累爲臨訪，甚荷勤眷。文字已細觀，甚善！甚善！必欲求所未至，如中正論引舜爲證，此是時文之病。凡論意立而理明，不必覓事應副。誠未之思，專此，不宣。

嘉祐、治平間，先君編修《太常因革禮》。在京師學者，多從講問。而孫叔静兄弟，皆篤學能文，先君亟稱之。先君既殁十有八年，軾謫居於黄，叔静自京師過蘄枉道過軾，出先君手書以相示。軾請受而藏之，叔静不可，遂歸之。先君平生往還書疏，多口占以授子弟，而此獨其真迹，信於叔静兄弟厚善也耶？元豐六年七月十五日，軾記。

跋先君書送吴職方引

先伯父及第吴公榜中，而軾與其子子上再世爲同年，契故深矣。始先君家居，人罕知之者。公攜其文至京師，歐陽文忠公始見而知之。公與文忠交蓋久，故文忠謫夷陵時，贈公詩有"落筆妙天下"之語。軾自黄遷於汝，舟過慈湖，子上昆仲出此文相示，乃泣而書之。元豐七年四月十四日，軾謹記。

跋蔡君謨書

僕嘗論君謨書爲本朝第一，議者多以爲不然。或謂君謨書爲弱，此殊非知書者。若江南李主，外托勁險而中實無有，此真可謂弱者。世以李主爲勁，則宜以君謨爲弱也。元豐八年七月四日。

記與君謨論書

作字要手熟，則神氣完實而有餘韻，於静中自是一樂事。然常患少暇，豈於其所樂常不足耶？自蘇子美死，遂覺筆法中絶。近年蔡君謨獨步當世，往往謙讓不肯主盟。往年，予嘗戲謂君謨言，學書如溯急流，用盡氣力，船不離舊處。君謨頗諾，以謂能取譬。今思此語已四十餘年，竟如何哉？

跋范文正公帖

軾自省事，便欲一見范文正公，而終不可得。覽其遺迹，至於泫然。人之云亡，邦國殄瘁，可不哀哉！元豐八年九月一日。

題陳履常書

此書既以遺荆州李翹叟，繼而亡其本。後從翹叟借來謄本，輒爲役夫盗去，賣與龍安寺千部院僧。盗事覺，追取得之，後歸翹叟。翹叟屢來索此卷，云："恐爲人盗去。"予謂不然，乃果見盗。夫不疑於物，物亦誠焉。翹叟一動其心，遂果致盗。孔子曰："苟子之不欲，雖賞之不竊。"誠然哉！

題顔長道書

故人楊元素、顔長道、孫莘老，皆工文而拙書，或不可識，而孫莘老尤甚。不論他人，莘老徐觀之，亦自不識也。三人相見，輒以此爲嘆。今皆爲陳迹，使人哽噎。

跋秦少游書

少游近日草書，便有東晉風味，作詩增奇麗。乃知此人不可使閑，遂兼百技矣。技進而道不進，則不可，少游乃技道兩進也。

跋黄魯直草書

草書衹要有筆,霍去病所謂不至學古兵法者爲過之。魯直書。

去病穿城蹋鞠,此正不學古兵法之過也。學即不是,不學亦不可。子瞻書。

跋魯直爲王晉卿小書爾雅

魯直以平等觀作欹側字,以真實相出游戲法,以磊落人書細碎事,可謂三反。

跋王晉卿所藏蓮華經(經七卷如箸粗)

凡世之所貴,必貴其難。真書難於飄揚,草書難於嚴重,大字難於結密而無間,小字難於寬綽而有餘。今君所藏,抑又可珍,卷之盈握,沙界已周,讀未終篇,目力可廢,乃知蝸牛之角可以戰蠻觸,棘刺之端可以刻沐猴。嗟嘆之餘,聊題其末。

書杜介求字

杜幾先以此紙求余書,云:“大小不得過此。”且先於卷首自寫數字。其意不問工拙,但恐字大費紙不能多耳。嚴子陵若見,當復有賣菜之語。無以懲其失言,當乾没此紙也。

書贈宗人鎔

宗人鎔，貧甚，吾無以濟之。昔年嘗見李駙馬瑋以五百千購王夷甫帖，吾書不下夷甫，而其人則吾之所恥也。書此以遺生，不得五百千，勿以予人。然事在五百年外，價直如是，不亦鈍乎？然吾佛一坐六十小劫，五百年何足道哉！東坡居士。

戲書赫蹏紙

此紙可以鑱錢祭鬼。東坡試筆，偶書其上。後五百年，當成百金之直。物固有遇不遇也。

自評字

昨日見歐陽叔弼。云："子書大似李北海。"予亦自覺其如此。世或以謂似徐書者，非也。

跋太宗皇帝御書曆子

京朝官中選三十人充知州，而賜以御書曆子，臣得此可以爲榮矣。而審官任其事，蓋猶有古者選部激濁揚清之風也。非太宗皇帝知錢若水之深，若水亦自信不疑，則三十人者獨獲此賜，其能使人心服而無疑乎？元祐四年四月十九日，龍圖閣直學士臣軾書。

跋焦千之帖後

歐陽文忠公言“焦子皎潔寒泉水”者，吾友伯强也。泰民徐君，濟南之老先生也。錢毘仲蓋嘗師之，以伯强與泰民往還書疏相示。伯强之没，蓋十年矣，覽之悵然。元祐五年二月十五日書。

題劉景文所收歐陽公書

處處見歐陽文忠書，厭軒冕思歸而不可得者，十常八九。乃知士大夫進易而退難，可以爲後生汲汲者之戒。元祐五年三月八日，偶與楊次公同過劉景文。景文出此書，僕與次公，皆文忠客也。次公又効其抵掌談笑，使人感嘆不已。

題歐陽帖

歐陽公書，筆勢險勁，字體新麗，自成一家。然公墨蹟自當爲世所寶，不待筆畫之工也。文忠公得謝，其喜如此。以是知士非進身之難，乞身之難也。

跋劉景文歐公帖

此數十紙，皆文忠公銜口而出，縱手而成，初不加意者也。其文采字畫，皆有自然絕人之姿，信天下之奇迹也。

題蘇才翁草書

才翁草書真迹，當爲歷世之寶。然《李白草書歌》，乃唐末五代效禪月而不及者，云"箋麻絹素排數箱"，村氣可掬也。

題所書東海若後

軾久欲書柳子厚所作《東海若》一篇刻之石，置之净住院無量壽佛堂中。元祐六年二月九日，與海陵曹輔、開封劉季孫、永嘉侯臨會堂下，遂書以遺僧從本，使刻之。

題所書歸去來詞後

毛國鎮從余求書，且曰："當於林下展玩。"故書陶潛《歸去來》以遺之。然國鎮豈林下人也哉？譬如今之紈扇，多畫寒林雪竹，當世所難得者，正使在廟堂之上，尤可觀也矣！

題張乖崖書後

以寬得愛，愛止於一時。以嚴得畏，畏止於力之所及。故寬而見畏，嚴而見愛，皆聖賢之難事而所及者遠矣。張忠定公治蜀，用法之嚴似諸葛孔明。諸葛孔明與公遺愛皆至今，蓋尸而祝之，社而稷之。元祐六年閏八月十三日，過陳，見公之曾孫祖，以軾蜀人，德公宜深，故出公遺墨，求書其後。

跋勾信道郎中集朝賢書夾頌金剛經

乙巳至今二十八年,書經三十二人,逝者幾三之二矣。夢幻之喻,非虛言也。惟一念歸向之善,歷劫不壞,在在處處常爲善友。元祐七年正月二十二日。

跋舊與辯才書

軾平生與辯才道眼相照之外,緣契冥符者多矣。始以五年九月三十日入山,相對終日,留此數紙。明年是日在潁州作書與之,有"少留山中勿便歸安養"之語,而師實以是日化去。又明年,其徒惟楚攜此軸來,爲一太息。五月十一日書。

跋陳瑩中題朱表臣歐公帖

敬其人,愛其字,文忠公之賢,天下皆知。使嘉祐以前見其書者,皆如今日,則朋黨之論何自興! 元祐元年四月,延平陳瓘書。

美哉,瑩中之言也! 仲尼之存,或削其迹,夢奠之後,履藏千載。文忠公讀《石守道文集》,有云:"後世苟不公,至今無聖賢。"公歿之後二十餘年,憎愛一衰,議論乃公,亦何待後世乎? 紹聖元年五月書。

書歸去來詞贈契順

余謫居惠州,子由在高安,各以一子自隨。余分寓許昌、宜興，嶺海隔絶。諸子不聞余耗，憂愁無聊。蘇州定慧院學佛者卓契順謂邁曰："子何憂之甚？惠州不在天上，行即到耳，當爲子將書問之。"

紹聖三年三月二日，契順涉江度嶺，徒行露宿，僵仆瘴霧，黧面繭足以至惠州。得書徑還。余問其所求。答曰："契順惟無所求，而後來惠州。若有所求，當走都下矣。"苦問不已。乃曰："昔蔡明遠鄱陽一校耳，顔魯公絶糧江淮之間，明遠載米以周之。魯公憐其意，遺以尺書，天下至今知有明遠也。今契順雖無米與公，然區區萬里之勤，倘可以援明遠例，得數字乎？"余欣然許之，獨愧名節之重，字畫之好，不逮魯公。故爲書淵明《歸去來詞》以遺之，庶幾契順托此文以不朽也。

題所書寶月塔銘(並魯直跋)

予撰《寶月塔銘》，使澄心堂紙，鼠鬚筆，李庭珪墨，皆一代之選也。舟師不遠萬里，來求予銘，予亦不孤其意。紹聖三年正月十二日，東坡老人書。

塔銘小字，如季海得意時書，書字雖工拙在人，要須年高手硬，心意閑澹，乃入微耳。庭堅書。

書天蓬咒

紹聖三年端午，惠州道士鄒葆光云："今日今月皆甲午，而午時當庚甲合，人之遇此也難。請書《天蓬神咒》。"予嘉其意，乃爲齋戒書之。

跋山谷草書

曇秀來海上，見東坡，出黔安居士草書一軸，問此書如何？坡云："張融有言，不恨臣無二王法，恨二王無臣法。"吾於黔安亦云。他日黔安當捧腹軒渠也。丁丑正月四日。

跋希白書

希白作字，自有江左風味，故長沙法帖，比淳化待詔所摹爲勝，世俗不察，争訪閣本，誤矣。此逸少一卷爲尤妙。庚辰七夕，合浦官舍借觀。

題自作字

東坡平時作字，骨撑肉，肉没骨，未嘗作此瘦妙也。宋景文公自名其書鐵綫。若東坡此帖，信可謂云爾已矣。元符三年九月二十四日，游三州岩回，舟中書。

書舟中作字

將至曲江，船上灘欹側，撑者百指，篙聲石聲犖然，四顧皆濤瀨，士無人色，而吾作字不少衰，何也？吾更變亦多矣，置筆而起，終不能一事，孰與且作字乎？

書沈遼智静大師影堂銘

鄰舍有睿達，寺僧不求其書，而獨求予，非惟不敬東家，亦有不敬西家耶?

論沈遼米芾書

自君謨死後,筆法衰絶。沈遼少時本學其家傳師者,晚乃諱之,自云學子敬。病其似傳師也,故出私意新之,遂不如尋常人。近日米芾行書、王鞏小草,亦頗有高韻,雖不逮古人,然亦必有傳於世也。

跋所書圜通偈

軾遷嶺海七年,每遇私忌,齋僧供佛,多不能如舊。今者北歸,舟行豫章、彭蠡之間,遇先妣成國太夫人程氏忌日,復以阻風滯留,齋薦尤不嚴,且敬寫《楞嚴經》中文殊師利法王所説《圜通偈》一篇,少伸追往之懷,行當過廬山,以施山中有道者。建中靖國元年四月八日書。

題鳳翔東院王畫壁

嘉祐癸卯上元夜,來觀王維摩詰筆。時夜已闌,殘燈耿然,畫僧踽踽欲動,怳然久之。

【彙評】

王聖俞:假語狀真。

書摩詰藍田煙雨圖

味摩詰之詩,詩中有畫。觀摩詰之畫,畫中有詩。詩曰:“藍溪白石出,玉川紅葉稀。山路元無雨,空翠濕人衣。”此摩詰之詩,或曰非也。好事者以補摩詰之遺。

跋文與可墨竹

昔時,與可墨竹,見精縑良紙,輒憤筆揮灑,不能自已,坐客爭奪持去,與可亦不甚惜。後來見人設置筆硯,即逡巡避去。人就求索,至終歲不可得。或問其故,與可曰:“吾乃者學道未至,意有所不適,而無所遣之,故一發於墨竹,是病也。今吾病良已,可若何?”然以余觀之,與可之病,亦未得爲已也,獨不容有不發乎?余將伺其發而掩取之。彼方以爲病,而吾又利其病,是吾亦病也。熙寧庚戌七月二十一日,子瞻。

書通叔篆

李元直,長安人。其先出於唐讓帝。學篆書數十年,覃思甚苦,曉字法,得古意。用銛鋒筆,縱手疾書,初不省度,見余所藏與可墨竹,求題其後。因戲書此數百言。通叔其字云。

書李將軍三鬃馬圖

唐李將軍思訓作《明皇摘瓜圖》。嘉陵山川,帝乘赤驃,起三鬃,與諸王及嬪御十數騎,出飛仙嶺下,初見平陸,馬皆若驚,而帝馬見小橋作徘徊不進狀。不知三鬃謂何。後見岑嘉州詩，有《衛節度赤驃歌》云："赤髯胡雛金剪刀，平明剪出三鬃高。"乃知唐御馬多剪治，而三鬃其飾也。

題趙屼屏風與可竹

與可所至，詩在口，竹在手。來京師不及歲，請郡還鄉，而詩與竹皆西矣。一日不見，使人思之。其面目嚴冷，可使静險躁，厚鄙薄。今相去數千里，其詩可求，其竹可乞，其所以静、厚者不可致。此予所以見竹而嘆也。

跋蒲傳正燕公山水

畫以人物爲神，花、竹、禽、魚爲妙，宫室、器用爲巧，山水爲勝，而山水以清雄奇富、變態無窮爲難。燕公之筆，渾然天成，粲然日新，已離畫工之度數而得詩人之清麗也。

跋文勳扇畫

舊聞吴道子畫《西方變相》，觀者如堵。道子作佛圓光，風落電轉，一揮而成。嘗疑其不然。今觀安國作方界，略不抒思，乃知傳者之不謬。

跋吴道子地獄變相

道子，畫聖也。出新意於法度之内，寄妙理於豪放之外，蓋所謂游刃餘地，運斤成風者耶？觀《地獄變相》，不見其造業之因，而見其受罪之狀，悲哉！能於此間一念清净，豈無脱理，但恐如路傍草，野火燒不盡，春風吹又生耳。元豐六年七月十日，齊安臨臯亭借觀。

跋與可紆竹

紆竹生於陵陽守居之北崖，蓋岐竹也。其一未脱籜，爲蝎所傷，其一困於嵌岩，是以爲此狀也。吾亡友文與可爲陵陽守，見而異之，以墨圖其形。余得其摹本以遺玉册官祁永，使刻之石，以爲好事者動心駭目詭特之觀，且以想見亡友之風節，其屈而不撓者，蓋如此云。

書黄筌畫雀

黄筌畫飛鳥，頸足皆展。或曰："飛鳥縮頸則展足，縮足則展頸，無兩展者。"驗之信然。乃知觀物不審者，雖畫師且不能，况其大者乎？君子是以務學而好問也。

書戴嵩畫牛

蜀中有杜處士，好書畫，所寶以百數。有戴嵩《牛》一軸，尤所愛，錦囊玉軸，常以自隨。一日曝書畫，有一牧童見之，拊掌大笑，曰："此畫鬥牛也。牛鬥，力在角，尾搐入兩股間，今乃掉尾而鬥，謬矣。"處士笑而然之。古語有云："耕當問奴，織當問婢。"不可改也。

【彙評】

王聖俞：所貴當來。

跋趙雲子畫

趙雲子畫筆略到而意已具，工者不能。然托於椎陋以戲侮來者，此柳下惠之不恭，東方朔之玩世，滑稽之雄乎？或曰："雲子蓋度世者。"蜀人謂狂雲猶曰風雲耳。（**王聖俞夾**）即今諺云"風子"。

跋艾宣畫

金陵艾宣畫翎毛花竹，爲近歲之冠。既老，筆迹尤奇，雖不復精勻，而氣格不凡。今尚在，然眼昏不能復運筆矣。嘗見此物，各爲賦一首云。

書畫壁易石

靈壁出石，然多一面。劉氏園中砌臺下，有一株獨巉然，反復可觀，作麋鹿宛頸狀。東坡居士欲得之，乃畫臨華閣壁，作醜石風竹。主人喜，乃以遺予。居士載歸陽羨。元豐八年四月六日。

【彙評】

王聖俞：澹然忘言。

書陳懷立傳神

(**旁批茅鹿門**)得此解,並可入文章矣。

傳神之難在於目。顧虎頭云:“傳神寫照,都在阿堵中,其次在顴頰。”吾嘗於燈下顧見頰影,使人就壁畫之,不作眉目,見者皆失笑,知其爲吾也。目與顴頰似,餘無不似者,眉與鼻口,蓋可增減取似也。(**陳仁錫眉**)作文之法,思過半矣。傳神與相一道,欲得其人之天,法當於衆中陰察其舉止。今乃使具衣冠坐注視一物,彼斂容自持,豈復見其天乎?凡人意思各有所在,或在眉目,或在鼻口。虎頭云:“頰上加三毛,覺精采殊勝。”則此人意思,蓋在鬚頰間也。優孟學孫叔敖,抵掌談笑,至使人謂死者復生。此豈能舉體皆似耶?亦得其意思所在而已。使畫者悟此理,則人人可謂顧、陸。

吾嘗見僧惟真畫曾魯公,初不甚似。一日,往見公,歸而喜甚,曰:“吾得之矣。”乃於眉後加三紋,隱約可見,作仰首上視,眉揚而額蹙者,遂大似。南都人陳懷立傳吾神,衆以爲得其全者。懷立舉止如諸生,蕭然有意於筆墨之外者也。故以所聞者助發之。

跋畫苑

君厚《畫苑》,處不充篋笥,出不汗牛馬,明窗净几,有坐卧之安,高堂素壁,無舒卷之勞,而人物禽魚之變態,山川草木之奇姿,粲然陳前,亦好事者之一適也。元祐二年二月八日,平叔借觀,子瞻書。

跋宋漢傑畫

僕曩與宋復古游，見其畫《瀟湘晚景》，爲作三詩，其略云："徑遥趨後崦，水會赴前溪。"復古云："子亦善畫也耶？"今其猶子漢傑，亦復有此學，假之數年，當不減復古。元祐三年四月五日書。

又跋漢傑畫山二首

其　一

唐人王摩詰、李思訓之流，畫山川峰麓，自成變態，雖蕭然有出塵之姿，然頗以雲物間之。作浮雲杳靄，與孤鴻落照，滅没於江天之外，舉開發宗之，而唐人之典刑盡矣。近歲惟范寬稍存古法，然微有俗氣。（**陳仁錫眉**）畫有典刑，有古法。漢傑此山，不古不今，稍出新意，若爲之爲已，當作著色山也。

其　二

觀士人畫，如閲天下馬，取其意氣所到。乃若畫工，往往只取鞭策、皮毛、槽櫪、芻秣，無一點俊發，看數尺許便卷。漢傑真士人畫也。

跋李伯時卜居圖

定國求余爲寫杜子美《寄贊上人詩》，且令李伯時圖其事，蓋有歸田意也。余本田家，少有志丘壑，雖爲搢紳，奉養猶農夫。然欲歸者蓋十年，勤請不已，僅乃得郡。士大夫逢時遇合，至卿相如反掌，惟歸田古今難事也。定國識之。吾若歸田，不亂鳥獸，當如陶淵明。定國若歸，豪氣不除，當如謝靈運也。

跋李伯時孝經圖

觀此圖者，易直子諒之心，油然生矣。筆迹之妙，不減顧、陸。至第十八章，人子之所不忍者，獨寄其仿佛。非有道君子不能爲，殆非顧、陸之所及。

跋盧鴻學士草堂圖

此唐盧丞相、段文昌本，今在内侍都知劉君元方家。元祐三年七月，予館伴北使於都亭驛，劉以示予，爲賦此篇。迨、過遠來省，書令同作。

跋南唐挑耳圖

王晉卿嘗暴得耳聾，意不能堪，求方於僕。僕答之云："君是將種，斷頭穴胸，當無所惜，兩耳堪作底用，割捨不得？限三日疾去，不去，割取我耳。"晉卿灑然而悟。三日，病良已，以頌示僕云："老坡心急頻相勸，性難只得三日限。我耳已效君不割，且喜兩家都平善。"今見定國所藏《挑耳圖》，云得之晉卿，聊識此事。

【彙評】

王聖俞：有雄入九軍力量，方可參禪。

陳天定：王納諫云："有雄入九軍力量，方可參禪。"

跋摘瓜圖

元稹《望雲騅歌》云："明皇當時無此馬，不免騎驢來幸蜀。"信如稹言，豈有此權奇蹀躞與嬪御摘瓜山谷間如思訓之圖乎？然禄山之亂，崔圖在蜀，儲設甚備，騎驢當時虚語耳。

書唐名臣像

李衛公言唐儉輩不足惜。觀其容貌，殆非所謂名下無虚士。

書許道寧畫

泰人有屈鼎筆者，許道寧之師。善分布澗谷，間見屈曲之狀，然有筆而無思致，林木皆晻靄而已，道寧氣格似過之，學不及也。

書黄魯直畫跋後三首

遠近景圖

此圖燕貴之來昆仍雲也。窮山野水，亦是林下人窠窟，然烈風偃草木，客子當藏舟入浦溆中，强人力牽挽，欲何之耶？雙井永思堂書。

舟未行而風作，固不當行，若中途遇風，不盡力牽挽以投浦岸，當何之耶？魯直怪舟師不善，預相風色可也，非畫師之罪。紹聖二年正月十一日，惠州思無邪齋書。

北齊校書圖

往在都下，駙馬都尉王晉卿時時送書畫來作題品，輒貶剥令一錢不直。晉卿以爲言。庭堅曰："書畫以韻爲主，足下囊中物，非不以千錢購取，所病者韻耳。"收書畫者，觀予此語，三十年後當少識書畫矣。元祐九年四月戊辰，永思堂書。

畫有六法，賦彩拂澹，其一也，工尤難之。此畫本出國手，止用墨筆，蓋唐人所謂粉本。而近歲畫師，乃爲賦彩，使此六君子者，皆涓然作何郎傅粉面，故不爲魯直所取，然其實善本也。紹聖二年正月十二日，思無邪齋書。

右軍斫膾圖

徐彦和送此本來，云是《王右軍斫膾圖》。予觀此榻上偃蹇者，定不解書《蘭亭序》也。右軍在會稽時，桓温求側理紙。庫中有五十萬，盡付之。計此風神，必有岩壑之姿耳。永思堂書。

謝安石人物爲江左第一，然其爲政，殊未可逸少意，作書譏誚，殆欲痛哭。此所謂君子愛人以德者。以紙五十萬與桓温，何足道。此乃史官之陋，而魯直亦云爾，何哉？書生見五十萬紙，足了一世，舉以與人，真異事耳。本傳又云："蘭亭之會，或以比金谷，而以逸少比季倫，逸少聞之甚喜。"金谷之會，皆望塵之友也。季倫之於逸少，如鴟鳶之於鴻鵠，尚不堪作奴，而以自比，決是晉、宋間妄語。史官許敬宗，真人奴也，見季倫金多，以爲賢於逸少。今魯直又怪畫師不能得逸少高韻，豈不難哉！余在惠州,徐彦和寄此畫,求余跋尾,書此以發千里一笑。紹聖二年正月十二日,東坡居士書。

跋醉道士圖(並章子厚跋)

僕素不喜酒,觀正父《醉士圖》,以甚畏執杯持耳翁也。子瞻書。

僕觀《醉道士圖》,展卷末諸君題名,至子瞻所題,發噱絶倒。子厚書。

再 跋

熙寧元年十二月二十九日,再過長安,會正父於母清臣家。再觀《醉士圖》,見子厚所題,知其爲予噱也。持耳翁余固畏之,若子厚乃求其持而不得者。他日再見,當復一噱。時與清臣、堯夫、子由同觀。子瞻書。

酒中固多味,恨知之者寡耳。若持耳翁,已太苛矣。子瞻性好山水,尚不肯渡仙游潭,況於此而知味乎?宜其畏也。正父赴豐國時,子厚令武進,復題此,以繼子瞻之後。己酉端午後一日。

書 墨

余蓄墨數百挺,暇日輒出品試之,終無黑者,其間不過一二可人意。以此知世間佳物,自是難得。茶欲其白,墨欲其黑。

方求黑時嫌漆白，方求白時嫌雪黑，自是人不會事也。

試　墨

世人言竹紙可試墨，誤矣。當於不宜墨紙上。竹紙蓋宜墨，若池、歙精白玉板，乃真可試墨，若於此紙上黑，無所不黑矣。褪墨石硯上研，精白玉板上書，凡墨皆敗矣。

書徂徠煤墨

徂徠珠子煤，自然有龍麝氣，以水調勻，以刀圭服，能已鬲氣，除痰飲。專用此一味，阿膠和之，擣數萬杵，即爲妙墨，不俟餘法也。陳公弼在汶上作此墨，謂之黑龍髓，後人盜用其名，非也。

記李公擇惠墨

李公擇惠此墨半丸。其印文云"張力剛"，豈墨匠姓名耶？云得之高麗使者。其墨鮮光而净，豈減李廷珪父子乎！試復觀之。勸君不好書，而自論墨拳拳如此，乃知此病吾輩同之，可以一笑。

記李方叔惠墨

李方叔遺墨二十八丸，皆麝，香氣襲人，云是元存道曾倅陰平，得麝數十臍，皆盡之於墨。雖近歲貴人造墨，亦未有用爾許麝也。

書清悟墨

川僧清悟,遇異人傳墨法,新有名。江淮間人,未甚貴之。予與王文甫各得十丸,用海東羅文麥光紙,作此大字數紙,堅韌異常,可傳五六百年,意使清悟托此以不朽也。

書張遇潘谷墨(寄王禹錫)

麝香張遇墨兩丸,或自内廷得之以見遺,藏之久矣。今以奉寄。製作精至,非常墨所能仿佛,請珍之!請珍之!又大小八丸,此潘谷與一貴人造者,谷既死,不可復得,宜寶秘也。

書龎安時見遺廷珪墨

吾蓄墨多矣,其間數丸,云是廷珪造。雖形色異衆,然歲久墨之亂真者多,皆疑而未决也。有人蓄此墨再世矣,不幸遇重病,醫者龎安時愈之,不敢取一錢,獨求此墨,已而傳遺余,求書數幅而已。安時,蘄水人,術學造妙而有賢行,大類蜀人單驤。善療奇疾。字安常。知古今,删録張仲景已後《傷寒論》,極精審,其療傷寒,蓋萬全者也。

書吕行甫墨顛

吕希彦行甫,相門子,行義有過人者,不幸短命死矣。平生藏墨,士大夫戲之爲墨顛。功甫亦與之善,出其所遺墨,作此數字。

【彙評】

王聖俞:黯然銷魂,故不待言。

書李公擇墨蔽

李公擇見墨輒奪,相知間抄取殆遍。近有人從梁、許來,云:"懸墨滿室。"此亦通人之一蔽也。余嘗有詩云:"非人磨墨墨磨人。"此語殆可凄然云。

書李憲臣藏墨

余爲梟繹顏先生作集引,其子復長道以李廷珪墨見遺,形制絶類此墨,以金塗龍及銘,云:"李憲臣所蓄賜墨也。"此墨最久而黑如此,殆是真耶?

書石昌言愛墨

石昌言蓄廷珪墨,不許人磨。或戲之云:"子不磨墨,墨當磨子。"今昌言墓木拱矣,而墨故無恙,可以爲好事者之戒。

書沈存中石墨

陸士衡與士龍書云:"登銅雀臺,得曹公所藏石墨數甕,今分寄一螺。"《大業拾遺記》:"宫人以蛾緑畫眉。"亦石黑之類也。近世無復此物。沈存中帥鄜延,以石燭煙,作墨堅重而黑,在松煙之上,曹公所藏,豈此物也耶?

書所造油煙墨

凡煙皆黑,何獨油煙爲墨則白,蓋松煙取遠,油煙取近,故爲焰所灼而白耳。予近取油煙,纔積便掃,以爲墨皆黑,殆過於松煤,但調不得法,不爲佳墨,然則非煙之罪也。

書别造高麗墨

余得高麗墨,碎之,雜以潘谷墨,以清悟和墨法劑之爲握子,殊可用。故知天下無棄物也,在處之如何爾。和墨惟膠當乃佳,膠當而不失清和,乃爲難耳。清悟墨膠水寒之,可切作水精膾也。

書馮當世墨

馮當世在西府,使潘谷作墨,銘云"樞庭東合",此墨是也。阮孚云:"一生當著幾緉屐。"僕云:"不知當用幾丸墨。"人常惜墨不磨,終當爲墨所磨。

書懷民所遺墨

世人論墨,多貴其黑,而不取其光。光而不黑,固爲棄物。若黑而不光,索然無神采,亦復無用。要使其光清而不浮,湛湛如小兒目睛,乃爲佳也。懷民遺僕二枚,其陽云"清煙煤法墨",其陰云"道卿既黑而光",殆如前所云者,書以報之。

書求墨

阮生云:"未知一生當著幾緉屐。"吾有佳墨七十丸,而猶求取不已,不近愚耶?

書雪堂義墨

元祐二年十二月二十一日,駙馬都尉王晉卿致墨二十六丸,凡十餘品。雜研之,作數十字,以觀其色之深淺。若果佳,當擣和爲一品,亦當爲佳墨。(**陳仁錫眉**)恐近俗。予昔在黄州,鄰近四五郡皆送酒,予合置一器中,謂之雪堂義樽。今又當爲雪堂義墨也耶?

書北虜墨

雲庵有墨,銘云"陽岩鎮造",云是北虜墨,陸子履奉使得之者。

書廷珪墨

昨日有人出墨數寸,僕望見,知其爲廷珪也。凡物莫不然,不知者如烏之雌雄,其知之者如烏、鵠也。

【彙評】

王聖俞:誠然!

記奪魯直墨

黄魯直學吾書,輒以書名於時,好事者争以精紙妙墨求之,常攜古錦囊,滿中皆是物也。一日見過,探之,得承晏墨半挺。魯直甚惜之,曰:“群兒賤家雞,嗜野鶩。”遂奪之,此墨是也。元祐四年三月四日。

書茶墨相反

茶欲其白,常患其黑。墨則反是。然墨磨隔宿則色暗,茶碾過日則香減,頗相似也。茶以新爲貴,墨以古爲佳,又相反矣。茶可於口,墨可於目。蔡君謨老病不能飲,則烹而玩之。吕行甫好藏墨而不能書,則時磨而小啜之。此又可以發來者之一笑也。

記温公論茶墨

司馬温公嘗曰:“茶與墨正相反。茶欲白,墨欲黑;茶欲重,墨欲輕;茶欲新,墨欲陳。”予曰:“二物之質誠然,然亦有同者。”公曰:“謂何?”予曰:“奇茶妙墨皆香,是其德同也。皆堅,是其操同也。譬如賢人君子,妍醜黔皙之不同,其德操韞藏,實無以異。”公笑以爲是。

元祐五年十月二十六日,醇老、全翁、元之、敦夫、子瞻,同游南屏寺。寺僧謙出奇茗如玉雪。適會三衢蔡熙之子瑫出所造墨,黑如漆。墨欲其黑,茶欲其白,物轉顛倒,未知孰是。大衆一笑而去。

書柳氏試墨

昨日有人點第一綱龍團,香味十倍常茶。如使諸葛鼠鬚筆,金闌子入手,不似有鋒刃。惟有此物似之。元祐八年三月十八日,過柳仲遠試墨,書此。此墨云"文公檜鼯臈",不知其所謂也。

書李承晏墨

近時士大夫多造墨,墨工亦盡其技,然皆不逮張李古劑,獨二谷亂真,蓋亦竊取其形製而已。吴子野出此墨,云是孫準所遺,李承晏真物也,當以色考之,仍以數品比較,乃定真僞耳。紹聖丙子十二月二十一日書。

書潘谷墨

賣墨者潘谷,余不識其人,然聞其所爲,非市井人也。墨既精妙而價不二。士或不持錢求墨,不計多少與之。此豈徒然者哉!余嘗與詩云:"一朝入海尋李白,空看人間畫墨仙。"一日,忽取欠墨錢券焚之,飲酒三日,發狂浪走,遂赴井死。人下視之,蓋趺坐井中,手尚持數珠也。見張元明,言如此。

試東野暉墨

世言蜀中冷金箋最宜爲墨,非也。惟此紙難爲墨。嘗以此紙試墨,惟李廷珪乃黑。此墨兖人東野暉所製,每枚必十千,信亦非凡墨之比也。

書裴言墨

潘谷、郭玉、裴言皆墨工,其精粗次第如此。此裴言墨也,比常墨差勝,云是與曹王製者,當由物料精好故耶?

書王君佐所蓄墨

君佐所蓄新羅墨,甚黑而不光,當以潘谷墨和之,乃爲佳絶。今時士大夫多貴蘇浩然墨,浩然本用高麗煤雜遠煙作之,高麗墨若獨使,如研土炭耳。

書潘衡墨

金華潘衡初來儋耳,起竈作墨,得煙甚豐,而墨不甚精。予教其作遠突寬竈,得煙幾減半,而墨乃爾。其印文曰“海南松煤東坡法墨”,皆精者也。常當防墨工盗用印,使得墨者疑耳。此墨出灰池中,未五日而色已如此,日久膠定,當不減李廷珪、張遇也。元符二年四月十七日。

書海南墨

此墨吾在海南親作,其墨與廷珪不相下。海南多松,松多故煤富,煤富故有擇也。

記海南作墨

己卯臘月二十三日，墨竈火大發，幾焚屋，救滅，遂罷作墨。得佳墨大小五百丸，入漆者幾百丸，足以了一世著書用，仍以遺人，所不知者何人也。餘松明一車，仍以照夜。（**王聖俞夾**）無要緊，有風味。二十八日二鼓，作此紙。

【彙評】

王聖俞：書墨事凡三十餘題，此最韻也。

陳天定：王納諫云："書墨事凡三十餘題，此最韻也。"

書孫叔静常和墨

孫叔静用劍脊墨，極精妙。其文曰"太室常和"。常和，蓋少室間道人也。賣墨，收其嬴以起三清殿。墨甚堅而黑，近歲善墨，唯朱覲及此耳。覲，九華人。

記王晉卿墨

王晉卿造墨，用黄金、丹砂，墨成，價與金等。三衢蔡瑫自煙煤膠外，一物不用，特以和劑有法，甚黑而光，殆不減晉卿。胡人謂犀黑暗，象白暗，可以名墨，亦可以名茶。

書鄭君乘絹紙

僕謫居黄州，鄭元輿君乘亦官於黄。一日，以此紙一軸，求僕書云:“有故人孟陽,酷好君書,屬予多爲求之。”仍出孟君書數紙。其人亦善用筆,落筆灑然,雖僕何以加之。鄭君言其意勤甚,殆不可不許。後數日,適會中秋,僕與客飲江亭,醉甚,乃作此數紙。時元豐四年也。明日視之,乃絹也。然古者本謂絹紙,近世失之云。

書六合麻紙

成都浣花溪,水清滑勝常,以漚麻楮作箋紙,緊白可愛,數十里外便不堪造,信水之力也。揚州有蜀岡,岡上有大明寺井,知味者以謂與蜀水相似。西至六合,岡盡而水發,合爲大溪,溪左右居人亦造紙,與蜀産不甚相遠。自十年以來,所産益多,工亦益精,更數十年,當與蜀紙相亂也。

書布頭箋

川箋取布機餘經不受緯者治作之,故名布頭箋。此紙冠天下,六合人亦作,終不佳。

書海苔紙

昔人以海苔爲紙,今無復有。今人以竹爲紙,亦古所無有也。付子過。

【彙評】

王聖俞:然則物之貴賤何常。

書石晉筆仙

石晉之末,汝州有一士,不知姓名,每夜作筆十管付其家。至曉,闔户而出,面街鑿壁,貫以竹筒,如引水者。有人置三十錢,則一筆躍出。以勢力取之,莫得也。筆盡,則取錢攜一壺買酒,吟嘯自若,率嘗如此。凡三十載,忽去,不知所在。又數十年,復有見之者,顏貌如故,人謂之筆仙。

書諸葛筆

宣州諸葛氏筆,擅天下久矣。縱其間不甚佳者,終有家法。如北苑茶、内庫酒、教坊樂,雖弊精疲神,欲强學之,而草野氣終不可脱。

【彙評】

王聖俞:類然。

書錢塘程奕筆

近年筆工,不經師匠,妄出新意,擇毫雖精,形製詭異,不與人手相謀。獨錢塘程奕所製,有三十年先輩意味,使人作字,不知有筆,亦是一快。吾不久行當致數百枝而去,北方無此筆也。

記南兔毫

余在北方食獐兔,極美,及來兩浙江淮,此物稀少,宜其益珍。每得食,率少味,及微腥,有魚蝦氣。聚其皮數十,以易筆於都下。皆云此南兔,不經霜雪,毫漫不可用。乃知此物本不産陂澤間也。

記都下熟毫

近日都下筆皆圓熟少鋒,雖軟美易使,然百字外力輒衰,蓋製毫太熟使然也。鬻筆者既利於易敗而多售,買筆者亦利其易使。惟諸葛氏獨守舊法,此又可喜也。(**陳仁錫眉**)不愆不忘。

記古人繫筆

繫筆當用生毫,筆成,飯甑中蒸之,熟一斗飯乃取出,懸水甕上數月乃可用,此古法也。

記歐公論把筆

把筆無定法,要使虚而寬。歐陽文忠公謂余,當使指運而腕不知。(**錢文登眉**)"指運而腕不知",人盡然耳。必臂運而指不知,乃得之矣。此語最妙方其運也,左右前後却不免欹側,及其定也,上下如引繩,此之謂筆正。柳誠懸之語良是。

書諸葛散卓筆

散卓筆,惟諸葛能之。他人學者,皆得其形似而無其法,反不如常筆。如人學杜甫詩,得其粗俗而已。

書杜君懿藏諸葛筆

杜叔元君懿善書,學李建中法。爲宣州通判,善待諸葛氏,如遇士人,以故爲盡力,常得其善筆。余應舉時,君懿以二筆遺余,終試筆不敗。其後二十五年,余來黄州,君懿死久矣,而見其子沂,猶蓄其父在宣州所得筆也,良健可用。君懿膠筆法,每一百枝,用水銀粉一錢,上皆以沸湯調研如稀糊。乃以研墨,膠筆永不蠹,且潤軟不燥也。非君懿善藏,亦不能如此持久也。

書唐林夫惠諸葛筆

唐林夫以諸葛筆兩束寄僕,每束十色,奇妙之極。非林夫善書,莫能得此筆。林夫又求僕行草,故爲作此數紙。元豐六年十月十五日,醉中題。

書黄魯直惠郎奇筆

僕應舉時,常用郎奇筆,近歲不復有,不知奇之存亡。今日忽於魯直處得之。魯直云:"奇中風十許年,近忽無恙。此筆不當供答義人,當與作賦人用也。"

書魯直所藏徐偃筆

魯直出衆工筆,使僕歷試之。筆鋒如著鹽曲蟮,詰曲紙上。魯直云:"此徐偃筆也。有筋無骨,真可謂名不虚得。"

書吴説筆

筆若適士大夫意,則工書人不能用。若便於工書者,則雖士大夫亦罕售矣。屠龍不如履豨,豈獨筆哉!君謨所謂藝益工而人益困,非虚語也。吴政已亡,其子説頗得家法。

試吴説筆

前史謂徐浩書鋒藏畫中,力出字外。杜子美云:"書貴瘦硬方通神。"若用今時筆工虚鋒漲墨,則人人皆作肥皮饅頭矣。用吴説筆,作此數字,頗適人意。(**王聖俞夾**)結得簡雅。

【彙評】

王聖俞:良可嘆息。

書嶺南筆

紹聖三年五月二十七日,過水西,見賣筆者,形製粗似筆,以二十錢易兩枝。墨水相浮,紛然欲散,信嶺南無筆也。

書孫叔静諸葛筆

久在海外,舊所賫筆皆腐敗,至用雞毛筆。拒手獰劣,如魏元忠所謂騎窮相驢脚摇鐙者。今日忽于孫叔静處用諸葛筆,驚嘆此筆乃爾蘊藉耶!

書贈孫叔静

今日于叔静家飲官法酒，烹團茶，燒衙香，用諸葛筆，皆北歸喜事。

【彙評】

王聖俞：得意自别。

書王定國贈吴説帖(定國帖附)

定國吴硯，李文靖奉使江南得之。鞏獲於其孫，蓋作風字樣，收水處微損，以漆固之。子瞻作《清虚居士真贊》，取以爲潤筆。子瞻今去國萬里，然與硯俱乎？紹聖乙亥春，至廣陵，吴説以筆工得子瞻書吴硯銘，覽之悵然。平生交游，十年升沉，惟子瞻爲耐久。何日復相從，以硯墨紙筆爲適也。王鞏定國書。(**此吴汪少微硯也**。)

去國八年，歸見中原士大夫，皆用散毫作無骨字。買筆於市，皆散軟一律。惟廣陵吴説獨守舊法。王定國謂往還中無耐久者，吴説筆工而獨耐久，吾甚嘉之。建中靖國元年五月二十日，東坡居士書。

書鳳咮硯

建州北苑鳳凰山，山如飛鳳下舞之狀。山下有石，聲如銅鐵，作硯至美，如有膚筠然，此殆玉德也。疑其太滑，然至益墨。熙寧五年，國子博士王頤始知以爲硯，而求名於余。余名之曰鳳咮，且又戲銘其底云："坐令龍尾羞牛後。"歙人甚病此言。余嘗使人求硯於歙，歙人云："何不只使鳳咮石？"卒不得善硯。乃知名者物之累，争媢之所從出也。或曰："石不知，惡争媢也？"余曰："既不知惡争媢，則亦不知好美名矣。"

【彙評】

王聖俞：須與拈破。

書　硯

硯之發墨者必費筆，不費筆則退墨。二德難兼，非獨硯也。大字難結密，小字常局促；真書患不放，草書苦無法；茶苦患不美，酒美患不辣。（**錢夾**）知酒味者之言。萬事無不然，可一大笑也。

【彙評】

王聖俞：洋洋來。

書　硯（贈段璵）

硯之美，止於滑而發墨，其他皆餘事也。然此兩者常相害，滑者輒褪墨。余作孔毅夫硯銘云："澀不留筆，滑不拒墨。"毅夫甚以爲名言。

書吕道人硯

澤州吕道人沉泥硯，多作投壺様。其首有吕字，非刻非畫，堅致可以試金。道人已死，硯漸難得。元豐五年三月七日，偶至沙湖黄氏家，見一枚，黄氏初不知貴，乃取而有之。

【彙評】

王聖俞：澹然。

書名僧令休硯

黄岡主簿段君璵，嘗於京師傭書人處，得一風字硯。下有刻云："祥符己酉，得之於信州鉛山觀音院，故名僧令休之手琢也。明年夏於鵝湖山刻記。"錢易希白題其側，又刻"荒靈"二字。硯蓋歙石之美者。己酉至今七十四年，令休不知爲何僧也？禪月、貫休信州人，令休豈其兄弟歟？嘗以問鉛山人。而"荒靈"二字，莫曉其意。段君以硯遺余，故書此數紙以報之。元豐六年冬至日書。富陽令馮君，嘗爲黄岡，故獲此書於段。元祐五年四月十八日復見之，時爲錢塘守。

書許敬宗硯二首

（**錢文登眉**）妙於下本。

其　一

都官郎中杜叔元君懿，有古風字硯，工與石皆出妙美。相傳是許敬宗硯，初不甚信。其後杭人有網得一銅匣於浙江中者，有"鑄成許敬宗"字，與硯適相宜，有容兩足處，無毫髮差，乃知真敬宗物也。君懿嘗語余："吾家無一物，死，當以此硯作潤筆,求君誌吾墓也。”君懿死,其子沂歸硯請誌,而余不作墓誌久矣,辭之。沂乃以硯求之於余友人孫莘老,莘老笑曰:“敬宗在,正堪斫以飼狗耳,何以其硯爲!”余哀此硯之不幸,一爲敬宗所辱,四百餘年矣,而垢穢不磨。方敬宗爲奸時,硯豈知之也哉?以爲非其罪,故乞之於孫莘老,爲一洗之。匣今在唐氏,唐氏甚惜之,求之不可得。硯之美既不在匣,而上有敬宗姓名,蓋不必蓄也。(**錢夾**)妙。

其　二

杜叔元字君懿,爲人文雅,學李建中書,作詩亦有可觀。蓄一硯,云:“家世相傳,是許敬宗硯。”始亦不甚信之。其後官於杭州,漁人於浙江中網得一銅匣,其中有“鑄成許敬宗”字。硯有兩足,正方,而匣亦有容足處,不差毫毛,始知真敬宗物。君懿與吾先君善,先君欲求其硯而不可。君懿既死,其子沂以硯遺余,求作墓銘。余平生不作此文,乃歸其硯,不爲作。沂乃以遺孫覺莘老,而得誌文。余過高郵,莘老出硯示余曰:“敬宗在,正好棒殺,何以其硯爲!”余以謂憎而知其善,雖其人且不可廢,況其硯。乃問莘老求而得。硯,端溪紫石也,而滑潤如玉,殺墨如風,其磨墨處微窪,真四百餘年物也。匣今在唐諲處,終當合之。

書汪少微硯

予家有歙硯,底有款識云:“吴順義元年,處士汪少微銘云:‘松操凝煙,楮英鋪雪。毫穎如飛,人間五絶。’”所頌者三物爾,蓋所謂硯與少微爲五耶?

書唐林夫惠硯

行至泗州，見蔡景繁附唐林夫書信與余端硯一枚，張遇墨半螺。硯極佳，但小而凸，磨墨不甚便。作硯者意待數百年後，硯平乃便墨耳。一硯猶須作數百年計，而作事乃不爲明日計，可不謂大惑耶？

書鳳咮硯

僕好用鳳咮石硯，然論者多異同。蓋自少得真者，爲黯黮灘石所亂耳。

書瓦硯

以瓦爲硯，如以鐵爲鏡而已，必求其用，豈如銅與石哉？而世常貴之，豈所謂苟異者耶？

評淄端硯

淄石號韞玉硯，發墨而損筆。端石非下岩者，宜筆而褪墨。二者當安所去取？用褪墨硯如騎鈍馬，數步一鞭，數字一磨，不如騎騾用瓦硯也。

書青州石末硯

柳公權論硯，甚貴青州石末，云“墨易冷”。世莫曉其語。

此硯青州甚易得，凡物耳，無足珍者。蓋出陶竈中，無澤潤理。唐人以此作羯鼓腔，與定州花瓷作對，豈硯材乎？硯當用石，如鏡用銅，此真材本性也。以瓦爲硯，如以鐵爲鏡。人之待瓦、鐵也微，而責之也輕，粗能磨墨照影，便稱奇物，其實豈可與真材本性者同日而論哉？

書月石硯屏

李獻父遺余天台玉板紙，殆過澄心堂，頃所未見。月石屏捫之，月微凸，乃僞也，真者必平，然多不圓。圓而平，桂滿而不出，此至難得，可寶。

書曇秀龍尾硯

曇秀畜龍尾石硯，僕所謂"澀不留筆、滑不拒墨"者也。製以拱璧，而以鈌月爲池，云是蔣希魯舊物。予頃在廣陵，嘗從曇秀識此硯，今復見之嶺海間，依然如故人也。

書陸道士鏡硯

陸道士蓄一鏡一硯，皆可寶。硯圓首斧形，色正青，背有却月金文，甚能克墨而宜筆，蓋唐以前物也。鏡則古矣，其背文不可識。家有鏡，正類是，其銘曰："漢有善銅出白陽，取爲鏡，清如明，左龍右虎俌之。"以銘文考之，則此鏡乃漢物也耶？吾嘗以示蘇子容。子容以博學名世，曰："此鏡以前皆作此，蓋禹鼎象物之遺法也。白陽，今無此地名。楚有白公，取南陽白水爲邑,白陽豈白水乎? 漢人'而'、'如'通用。"皆子容云。鏡心微凸,鏡面小而直,學道者謂是聚神鏡也。丙子十二月初一日書。

雜書琴事十首(贈陳季常)

家藏雷琴

余家有琴,其面皆作蛇蚹紋,其上池銘云:"開元十年造,雅州靈關村。"其下池銘云:"雷家記八日合。"不曉其"八日合"爲何等語也。其嶽不容指,而弦不敓,此最琴之妙,而雷琴獨然。求其法不可得,乃破其所藏雷琴求之。琴聲出於兩池間,其背微隆,若薤葉然,聲欲出而隘,徘回不去,乃有餘韻,此最不傳之妙。

【彙評】

王聖俞:余雖不解琴,知是解語。

歐陽公論琴詩

"昵昵兒女語,恩怨相爾汝。劃然變軒昂,勇士赴敵場。"此退之《聽穎師琴》詩也。歐陽文忠公嘗問僕:"琴詩何者最佳?"余以此答之。公言此詩固奇麗,然自是聽琵琶詩,非琴詩。余退而作《聽杭僧惟賢琴》詩云:"大弦春温和且平,小弦廉折亮以清。平生未識宫與角,但聞牛鳴盎中雉登木。門前剥啄誰扣門,山僧未閑君勿嗔。歸家且覓千斛水,净洗從前箏笛耳。"詩成欲寄公,而公薨,至今以爲恨。

張子野戲琴妓

尚書郎張先子野,杭州人。善戲謔,有風味。見杭妓有彈琴者,忽撫掌曰:"異哉,此箏不見許時,乃爾黑瘦耶?"(**錢文登眉**)無謂。

琴非雅聲

世以琴爲雅聲,過矣。琴正古之鄭、衛耳。今世所謂鄭、衛者,乃皆胡部,非復中華之聲。自天寶中坐立部與胡部合,自爾莫能辨者。或云,今琵琶中有獨彈,往往有中華鄭、衛之聲,然亦莫能辨也。

琴貴桐孫

凡木,本實而末虚,惟桐反之。試取小枝削,皆堅實如蠟,而其本皆中虚空。故世所以貴孫枝者,貴其實也,實,故絲中有木聲。

【彙評】

王聖俞:習故諳諳,故言而中。

戴安道不及阮千里

阮千里善彈琴,人聞其能,多往求聽。不問貴賤長幼,皆爲彈之,神氣冲和,不知何人所在。内兄潘岳每命鼓琴,終日達夜無忤色,識者嘆其恬澹,不可榮辱。戴安道亦善鼓琴,武陵王晞使人召之。安道對使者破琴曰:"戴安道不爲王門伶人。"余以謂安道之介,不如千里之達。

琴鶴之禍

衛懿公好鶴,以亡其國,房次律好琴,得罪至死。乃知燒煮之士，亦自有理。

天陰弦慢

或對一貴人彈琴者，天陰聲不發。貴人怪之，曰："豈弦慢故？"或對曰："弦也不慢。"

桑葉揩弦

琴弦舊則聲暗，以桑葉揩之，輒復如新，但無如其青何耳。

文與可琴銘

文與可家有古琴，予爲之銘曰："攫之幽然，如水赴谷。醳之蕭然，如葉脱木。按之噫然，應指而長言者似君。置之枵然，遺形而不言者似僕。"(**陳天定評**)意之中外，言之前後，飄渺無際。與可好作楚詞，故有"長言似君"之句。"醳""釋"同。鄒忌論琴云："攫之深，醳之愉。"此言爲指法之妙爾。(**陳天定評**)鄒忌論琴云："攫之深，醳之愉。"皆言指法之妙。

元豐四年六月二十三日，陳季常處士自岐亭來訪予，攜精筆佳紙妙墨求予書。會客有善琴者，求予所蓄寶琴彈之，故所書皆琴事。

雜書琴曲十二首(贈陳季常)

子夜歌

《子夜歌》者，女子名子夜，造此聲。晉孝武帝太元中，琅玡王軻之家有鬼歌子夜，則子夜是此時人也。

鳳將雛

《鳳將雛》者,舊曲也。應璩《百一》詩,云是《鳳將雛》。則其來久矣。

前漢歌

《前漢歌》者,車騎將軍沈充。

阿子歌

阿子及歡聞歌者,穆帝升平初,歌畢,輒呼"阿子汝聞否?"後人衍其聲爲此曲。

團扇歌

《團扇歌》者,中書令王珉,與嫂婢有情愛,棰撻過苦。婢素善歌,而珉好執白團扇,故作此聲。

懊憹歌

《懊憹歌》者,隆安初,俗間訛謡之曲。

長史變

《長史變》者,司徒左長史王廞臨敗所作。凡此諸曲,皆徒歌,既而被之管弦者。有因金石絲竹造歌以被之,如魏世三調歌之類是也。

杯柈舞

《杯柈舞》,手接杯柈反復之。漢世惟有柈舞,而晉加之以"杯"。

公莫舞

《公莫舞》,今之巾舞也。相傳項莊舞劍,項伯以袖隔之,使不及高祖,且語莊云:"公莫舞。"

公莫渡河

琴操有《公莫渡河》,其聲所從來已久。俗云項伯,非也。

白紵歌

白紵本吴地所出,宜是吴舞也。晉《俳歌》云:"皎皎白緒,節節爲叢。"吴音謂緒爲紵,白紵即白緒也。

瑶池燕

琴曲有《瑶池燕》,其詞既不甚佳,而聲亦怨咽。或改其詞作《閨怨》云:"飛花成陣春心困。寸寸别腸,多少愁悶。無人問。偷啼自揾殘妝粉。抱瑶琴、尋出新韻。玉纖趁。南風未解幽愠。低雲鬟。眉峰斂,暈嬌和恨。"此曲奇妙,季常勿妄以與人。

書士琴二首

贈吴主簿

武昌主簿吴亮君采攜其故人士琴之説,與高齋先生之銘、空同子之文、太平之頌以示余。余不識沈君,而讀其書,反復其義趣,如見其人,如聞士琴之聲。余昔從高齋先生游,嘗見其寶一琴,無銘無識,不知其何代物也。請以告二子,使從先生求觀之,此士琴者待其琴而後和。元豐六年閏六月二十四日書。

書醉翁操後

二水同器，有不相入，二琴同手，有不相應。今沈君信手彈琴，而與泉合，居士縱筆作詩，而與琴會。此必有真同者矣。本覺法真禪師，沈君之子也，故書以寄之。願師宴坐静室，自以爲琴，而以學者爲琴工，有能不謀而同三令無際者，願師取之。元祐七年四月二十四日。

【彙評】

王聖俞：此等題，清遠爲上，意解次之，王夷甫猶嫌太解明。

陳天定：王納諫云："此等題，清遠爲上，意解次之，王夷甫猶嫌太解明。"

書文忠贈李師琴詩

與次公聽賢師琴，賢求詩，倉卒無以應之。次公曰："古人賦詩皆歌所學，何必已云。"次公因誦歐陽公贈李師詩，囑余書之以贈焉。元祐四年九月二十一日。

書林道人論琴棋

元祐五年十二月一日，游小靈隱，聽林道人論琴棋，極通妙理。余雖不通此二技，然以理度之，知其言之信也。杜子美論畫云："史覺良工心獨苦。"用意之妙，有舉世莫之知者。此其所以爲獨苦歟？

書仲殊琴夢

元祐六年三月十八日五鼓，船泊吴江，夢長老仲殊彈一琴，十三弦頗壞損而有異聲。余問云："琴何爲十三弦?"殊不答，但誦詩曰："度數形名豈偶然，破琴今有十三弦。此生若遇邢和璞，方信秦筝是響泉。"夢中了然諭其意，覺而識之。今晚到蘇州，殊或見過，即以示之。寫至此，筆未絶，而殊老叩舷來見，驚嘆不已，遂以贈之。時去州五里。

書王進叔所蓄琴

知琴者以謂前一指後一紙爲妙，以蛇蚹紋爲古。進叔所蓄琴，前幾不容指，而後劣容紙，然終無雜聲，可謂妙矣。蛇蚹紋已漸出，後日當益增，但吾輩及見其斑斑焉，則亦可謂難老者也。元符二年十月二十三日，與孫叔静皆云。

書黄州古編鐘

黄州西北百餘里，有歐陽院。院僧畜一古編鐘，云得之耕者。發其地，獲四鐘，劚破其二，一爲鑄銅者取去，獨一在此耳。其聲空籠，然頗有古意，雖不見韶濩之音，猶可想見其仿佛也。

書古銅鼎

舊説明皇羯鼓，卷以油，注中不漏。或疑其誕。吾嘗蓄古銅鼎，蓋之，煮湯而氣不出，乃知舊説不妄。

書金錞形製

《周禮》有金錞，《國語》有錞于丁寧，（**錢文登眉**）丁，《晉語》。蕭齊始興王鑒嘗得之，高三尺六寸六分，圍二尺四寸，圓如筩，銅色墨如漆。上有銅馬，以繩懸馬，令去地尺餘，灌之以水，又以器盛水於下，以芒莖當心跪注錞于，清響如雷，良久乃已。記者既能道其尺寸之詳如此，而拙於遣詞，使古器形製不可復得其仿佛，甚可恨也。

論　漆

漆畏蟹，予嘗使工作漆器，工以蒸餅潔手而食之，宛轉如中毒狀，亟以蟹食之乃蘇。墨入漆最善，然以少蟹黄敗之乃可。不爾，即堅頑不可用也。

題雲安下岩

子瞻、子由與侃師至此，院僧以路惡見止，不知僕之所歷有百倍於此者矣。丁未正月二十日書。

【彙評】

王聖俞：既見好游，且嘆世途。

陳天定：王納諫云："既見好游，且嘆世路。"

書游靈化洞

予始與曾元恕入靈化洞，迫於日暮，而元恕又畏其險，故不果盡而還。及此，與吕穆仲游。穆仲勇發過我，遂相與至昔人之所未至，而驚世詭異之觀，有不可勝談者。余欲疏其一二，以告來者，又恐爲造物者所愠，後有勇往如吾二人至吾之所至，當自知之。

記公擇天柱分桃

李公擇與客游天柱寺還，過司命祠下，道傍見一桃，爛熟可愛，當往來之衝，而不爲人之所得。疑其爲真靈之瑞，分食之則不足，衆以與公擇，公擇不可。時蘇、徐二客皆有老母七十餘，公擇使二客分之，歸遺其母，人人滿意，過於食桃。此事不可不識也。

記與安節飲

元豐辛酉冬至，僕在黄州，侄安節不遠千里來省，飲酒樂甚。使作黄鍾《梁州》，仍令小童快舞一曲，醉後書此，以識一時之事。

【彙評】

王聖俞：只如此自好，知否知否。

記游定惠院

黄州定惠院東小山上，有海棠一株，特繁茂。每歲盛開，必攜客置酒，已五醉其下矣。今年復與參寥師及二三子訪焉，則園已易主，主雖市井人，然以予故，稍加培治。山上多老枳木，性瘦韌，筋脈呈露，如老人項頸。花白而圓，如大珠累累，香色皆不凡。此木不爲人所喜，稍稍伐去，以予故，亦得不伐。既飲，往憩於尚氏之第。尚氏亦市井人也。而居處修潔，如吳越間人，竹林花圃皆可喜。醉卧小板閣上，稍醒，聞坐客崔成老彈雷氏琴，作悲風曉月，錚錚然，意非人間也。

晚乃步出城東，鬻大木盆，意者謂可以注清泉，瀹瓜李，遂夤緣小溝，入何氏、韓氏竹園。時何氏方作堂竹間，既闢地矣，遂置酒竹陰下。有劉唐年主簿者，饋油煎餌，其名爲甚酥，味極美。客尚欲飲，而予忽興盡，乃徑歸。道過何氏小圃，乞其叢橘，移種雪堂之西。坐客徐君得之將適閩中，以後會未可期，請予記之，爲異日拊掌。時參寥獨不飲，以棗湯代之。（**王聖俞夾**）結令。

【彙評】

王聖俞：委蛇寫盡樂趣。

題連公壁

俗語云"强將下無弱兵"，真可信。吾觀安國連公之子孫，無一不好事者，此寺當日盛矣。

書贈何聖可

歲雲暮矣，風雨凄然，紙窗竹室，燈火青熒，輒於此間得少佳趣。今分一半，寄與黄岡何聖可。若欲同享，須擇佳客，若非其人，當立遣人去追索也。

書　雪

黄州今年大雪盈尺，吾方種麥東坡，得此，固我所喜。但舍外無薪米者，亦爲之耿耿不寐，悲夫！（**錢文登夾**）事之難如意，率如此。

再書贈王文甫

昨日大風欲去而不可，今日無風可去而我意欲留。（**錢文登夾**）如此客太難爲主人。文甫欲我去者，當使風水與我意會。如此，便當作留客過歲準備也。

【彙評】

王聖俞：惟意所如。

跋太虚辯才廬山題名

某與大覺禪師别十九年矣，禪師脱屣當世，雲棲海上，謂不復見記，乃爾拳拳耶，撫卷太息。欲一見之，恐不可復得。會與參寥師自廬山之陽並出，而東所至，皆禪師舊迹，山中人多能言之者，乃復書太虚與辯才題名之後，以遺參寥。太虚今年三十六，參寥四十二，某四十九，辯才七十四，禪師七十六矣。此吾五人者，當復相從乎？生者可以一笑，死者可以一嘆也。元豐七年五月十九日慧日院，大雨中書。

泗岸喜題

謫居黄州五年，今日離泗州北行。岸上，聞騾馱鐸聲空籠，意亦欣然，蓋不聞此聲久矣。韓退之詩云："照壁喜見蝎。"此語真不虚也。然吾方上書求居常州，豈魚鳥之性，終安於江湖耶？元豐八年正月四日書。

書遺蔡允元

僕閑居六年，復出從仕。自六月被命，今始至淮上；大風三日不得渡。故人蔡允元來船中相别。允元眷眷不忍歸，而僕遲回不發，意甚願來日復風。坐客皆云東坡赴官之意，殆似小兒遷延避學。愛其語切類，故書之，以遺允元，爲他日歸休一笑。

(錢文登眉)雖然，今之好學者多矣。

蓬萊閣記所見

登州蓬萊閣上，望海如鏡面，與天相際。忽有如黑豆數點者，郡人云："海舶至矣。"不一炊久，已至閣下。

書魯直浴室題名後(並魯直題)

浴室院有蜀僧令宗，畫達磨以來六祖師，人物皆絶妙。其山川花木毛羽衣盂諸物，畫工能知之，至於人有懷道之容，投機接物，目擊而百體從之者，未易爲俗人言也。此壁列於冠蓋之區，而湮伏不聞者數十年。晚得蜀人蘇子瞻，乃發之。物不繫於世道，興衰亦有數如此。此寺井泉甘寒，汶師碾建溪茶，常不落第二。故人陳季常，林下士也，寓棋簞於此。蘇子瞻、范子功數來從，故予過門必稅駕焉。元祐三年，魯直題。

後五百歲浴室丘墟，六祖變滅，蘇、范、黄、陳盡爲鬼録，而此書獨存，當有來者會予此心，拊掌一笑。是月十五日戊子，子瞻書。

杭州題名二首

其一

元祐四年十月十七日，與曹晦之、晁子莊、徐得之、王元直、秦少章同來。時主僧皆出，庭户寂然，徙倚久之。東坡書。

其二

余十五年前，杖藜芒屨，往來南北山，此間魚鳥皆相識，况諸道人乎？再至，惘然皆晚生相對，但有愴恨。子瞻書。

題損之故居

元祐四年十月七日，始來損之故居，周覽遺迹。陶元亮云："嗟歲月之遂往，悼吾年之不留。"若人猶爾，况吾儕乎？軾書。

書贈王元直三首

其一

王箴字元直，小名三老翁，小字惇叔。

元祐四年十月十八日夜，與王元直飲酒，掇薺菜食之，甚美。頗憶蜀中巢菜，悵然久之。

【彙評】

王聖俞：記此何爲耶？不倫不理，偶然有致。○無他，亦自饒。

其　二

王十六見惠拍板兩聯，意謂僕有歌人，不知初無有也。然亦有用，當陪傅大士唱《金剛經頌》耳。元祐四年十一月四日二鼓。

其　三

元祐四年十一月二十八日，既雨，微雪。予以寒疾在告，危坐至夜。與王元直飲薑蜜酒一杯，醺然徑醉。親執槍匕作薺青鰕羹，食之甚美。（**陳仁錫眉**）公不善飲而好言酒，食量甚平平而侈作羹。他日歸鄉，勿忘此味也。

題萬松嶺惠明院壁

予去此十七年，復與彭城張聖途、丹陽陳輔之同來。院僧梵英，葺治堂宇，比舊加嚴絜。茗飲芳烈，問："此新茶耶？"英曰："茶性新舊交，則香味復。"予嘗見知琴者，言琴不百年，則桐之生意不盡，緩急清濁，常與雨暘寒暑相應。此理與茶相近，故並記之。

【彙評】

王聖俞：有玄理。

書贈張臨溪

吾友張希元有異材，使其登時遇合，當以功名聞，不幸早世，其命矣夫！元祐七年九月二日，行臨溪道中，見其子堂來令兹邑，問以民事，家風凛然，希元爲不亡矣。勉之！勉之！豈常棲枳棘間乎？東坡居士書。

書贈楊子微

故人楊濟甫之子明字子微，不遠數千里，來見僕與子由。會子由有汝海之行，僕亦遷嶺表，子微追及僕於陳留，留連不忍去。欲作濟甫書，行役倦甚，不果。可持是示濟甫，此即書也，何必更作。子微篤學有文，自言知數術，云僕必不死嶺表。若斯言有徵，當爲寫《道德經》相償，此紙所以志也。紹聖元年閏四月十八日，新英州守蘇軾書。

題廣州清遠峽山寺

軾與幼子過同游峽山寺，徘徊登覽，想見長老壽公之高致，但恨溪水太峻，當少留之。若於淙碧軒之北，作一小閘，潴爲澄潭，使人過閘上，雷吼雪濺，爲往來之奇觀。若夏秋水暴，自可爲啓閉之節。用陰陽家説，寺當少富云。紹聖元年九月十三日。

題壽聖寺

蜀人蘇軾子瞻，南遷惠州，艤舟岩下。與幼子過同游壽聖寺。遇隱者石君汝礪器之,話羅浮之勝,至暮乃去。紹聖元年九月十二日書。

書天慶觀壁

東坡飲酒此室,進士許毅甫自五羊來,邂逅一杯而别。

題羅浮

紹聖元年九月二十六日,東坡翁遷於惠州,艤舟泊頭鎮。明晨肩輿十五里,至羅浮山,入延祥寶積寺,禮天竺瑞像,飲梁僧景泰禪師卓錫泉,品其味,出江水上遠甚。東三里至長壽觀。又東北三里,至冲虚觀。觀有葛稚川丹竈。次之,諸仙者朝斗壇。觀壇上所獲銅龍六、魚一。壇北有洞,曰朱明,榛莽不可入。水出洞中,鏘鳴如琴筑。水中皆菖蒲,生石上。道士鄧守安字道玄,有道者也。訪之,適出。坐遺屐軒,望麻姑峰。方飲酒,進士許毅來游,呼與飲。既醉,還宿寶積中閣。夜大風,山燒壯甚,有聲。晨粥已,還舟,憩花光寺。從游者,幼子過,巡檢史珏,寶積長老齊德,延祥長老紹冲,冲虚道士陳熙明。山中可游而未暇者,明福宫、石樓、黄龍洞,期以明年三月復來。

記與舟師夜座

紹聖二年正月初五日,與成都舟閣黎夜坐,飢甚。家人煮雞腸菜羹甚美。緣是,與舟談不二法。舟請記之。其語則不可記,非不可記,蓋不暇記也。

【彙評】

王聖俞：有可記便是妄語，有不可記亦是妄語，痛與掃盡。

題白水山

紹聖二年三月四日，詹使君邀予游白水山佛迹寺，浴於湯泉，風於懸瀑之下，登中嶺，望瀑所從出。出山，肩輿節行觀山，且與客語。晚休於荔浦之上，曳杖竹陰之下。時荔子纍纍如芡實矣。父老指以告予曰："是可食，公能攜酒復來?"意欣然許之。同游者柯常、林抃、王原、賴仙芝。詹使君名範，予蓋蘇軾也。

記朝斗

紹聖二年五月望日，敬造真一法酒成，請羅浮道士鄧守安拜奠北斗真君。將奠，雨作。已而清風肅然，雲氣解駁，月星皆現，魁杓明爽。徹奠，陰雨如初。謹拜手稽首而記其事。東坡居士蘇軾書。

題棲禪院

紹聖三年八月六日夜，風雨，旦視院東南，有巨人迹五。是月九日，蘇軾與男過來觀。

題合江樓

青天孤月，故是人間一快。而或者乃云不如微雲點綴。乃是居心不净者常欲滓穢太清。合江樓下,秋碧浮空,光接几席之上,而有葵苫敗屋七八間,横斜砌下。今歲大水再至,居者奔避不暇。豈無寸土可遷,而乃眷眷不去,常爲人眼中沙乎?紹聖二年九月五日。

書海南風土

嶺南天氣卑濕,地氣蒸溽,而海南爲甚。夏秋之交,物無不腐壞者。人非金石,其何能久?然儋耳頗有老人,年百餘歲者,往往而是,八九十者不論也。乃知壽夭無定,習而安之,則冰蠶火鼠,皆可以生。吾嘗湛然無思,寓此覺於物表,使折膠之寒,無所施其冽,流金之暑,無所措其毒,百餘歲豈足道哉!彼愚老人者,初不知此特如蠶鼠生於其中,兀然受之而已。一呼之温,一吸之凉,相續無有間斷,雖長生可也。莊子曰:"天之穿之,日夜無隙,人則固塞其竇。"豈不然哉!

九月二十七日,秋霖雨不止,顧視幃帳,有白蟻升餘,皆已腐爛,感嘆不已。信手書。時戊寅歲也。

【彙評】

陳天定:此有妙理,攝仙佛二門。

書城北放魚

儋耳魚者漁於城南之陂,得鯽二十一尾,求售於東坡居士。坐客皆欣然,欲買放之。乃以木盎養魚,舁至城北淪江之陰,吴氏之居,浣沙石之下放之。時吴氏館客陳宗道,爲舉《金光明經》流水長者因緣説法念佛,以度是魚。曰:“無明緣行,行緣識,識緣名色,名色緣六入,六入緣觸,觸緣受,受緣愛,愛緣取,取緣有,有緣生,生緣老死憂悲苦惱。南無寶勝如來。”爾時宗道説法念佛已,其魚皆隨波赴谷,衆會觀喜,作禮而退。

會者六人,吴氏之老劉某,南海符某,儋耳何旻,潮陽王介石,温陵王懿、許琦;舁者二人,吉童、奴九。元符二年三月丙寅書。

題廉州清樂軒

浮屠不三宿桑下,東坡蓋三宿此矣。去後,仲修使君當復念我耶? 庚辰八月二十四日題。

書贈古氏

古氏南坡修竹數千竿,大者皆七寸圍,盛夏不見日,蟬鳴鳥呼,有山谷氣象。(**陳仁錫眉**)予夜過山陰,螢亂竹下數萬。竹林之西,又有隙地數畝,種桃李雜花。今年秋冬,當作三間一龜頭,取雪堂規模,東蔭修竹,西眺江山。若果成此,遂爲一郡之嘉觀也。

内制批答二首

賜門下侍郎孫固乞致仕不許批答

吾不出帷幄,臨御家邦。實賴股肱之良,以持綱紀之要,於其進退，顧可輕聽之哉！卿頃自近藩，擢貳東省。本以年德之故，非有筋力之求。若夫正顔色，出詞氣，使人望之而忠誠可信，鄙倍自遠，斯可矣。豈以一病未能造朝，遂欲捨而去哉！誠請雖勤，於義未也。

賜劉昌祚免恩不許批答

卿國之虎臣，帥我爪士。總章大祀，宿衛有勞。宜爲六軍之先，以承大賚之慶。辭而不有，殊匪吾心。

内制表本一首

雅飾御容表本

於赫皇祖，敷佑下民。眷真宇之靚深，儼粹容之肅穆。雖道存不變，而體有從新。既祗薦於科儀，斯永安於像設。

内制疏文一首

設供禳災集福疏

躬儉節用，本嚴房闥之風；遺大投艱，猥當廟社之寄。常恐德之弗類,以召災於厥身。敢用仁祠,肆陳净供。恭延梵釋,普施人天。俾壽而康,非獨輔安於寡昧;與民同利,固將燕及於華夷。仰冀能仁,曲垂昭鑒。

附　録

四庫全書總目·東坡全集

（清）紀　昀

《東坡全集》一百十五卷，宋蘇軾撰。軾有《易傳》，已著録。蘇轍作軾《墓誌》，稱軾所著有《東坡集》四十卷、《後集》二十卷、《奏議》十五卷、《内制》十卷、《外制》三卷、《和陶詩》四卷。晁公武《讀書志》、陳振孫《書録解題》所載並同，而别增《應詔集》十卷，合爲一編，即世所稱《東坡七集》者是也。《宋史·藝文志》則載前、後《集》七十卷，卷數與《墓誌》不合，而又别出《奏議補遺》三卷、《南征集》一卷、《詞》一卷、《南省説書》一卷、《别集》四十六卷、《黄州集》二卷、《續集》二卷、《北歸集》六卷、《儋耳手澤》一卷，名目頗爲叢碎。

今考，軾集在宋世原非一本。邵博《聞見後録》稱，京師印本《東坡集》，軾自校，其中"香醪"字誤者不更見於他書，殆毁於靖康之亂。陳振孫所稱，有杭本、蜀本，又有軾曾孫嶠所刊建安本，又有麻沙書坊《大全集》本，又有張某所刊吉州本。蜀本、建安本無《應詔集》，麻沙本、吉州本兼載《志林》、雜説之類，不加考訂。

而陳鵠《耆舊續聞》則稱：姑胥居世英刊《東坡全集》，殊有序，又絶少舛謬，極可賞。是當時以蘇州本爲最善，而今亦無存。葉盛《水東日記》又云，邵復孺家有細字小本《東坡大全文集》，松江東日和尚所藏有大本《東坡集》，又有小字大本《東坡集》。盛所見皆宋代舊刻，而其錯互已如此。

觀《捫蝨新話》稱，"《葉嘉傳》乃其邑人陳元規作，和賀方回《青玉案》詞，乃華亭姚晉作。集中如《睡鄉》《醉鄉記》，鄙俚淺近，决非坡作。今書肆往往增添改换，以求速售，而官不知禁"云云，則軾集風行海内，傳刻日多，而紊亂愈甚，固其所矣。

然傳本雖夥，其體例大要有二。一爲分集編訂者。乃因軾原本原目，而後人稍增益之，即陳振孫所云杭本。當軾無恙之時，已行於世者，至明代江西刊本猶然，而重刻久絶。其一爲分類合編者。疑即始於居世英本，宋時所謂《大全集》者，類用此例。

迄明而傳刻尤多，有七十五卷者，號《東坡先生全集》，載文不載詩，漏略尤甚；有一百十四卷者，號《蘇文忠全集》，板稍工，而編輯無法。

此本乃國朝蔡士英所刊，蓋亦據舊刻重訂，世所通行，今故用著録。集首舊有《年譜》一卷，乃宋南海王宗稷所編。邵長蘅、查慎行補注軾詩，稱其於作詩歲月，編次多誤。以原本所有，今並存焉。

東坡全集序

宋孝宗趙昚

成一代之文章，必能立天下之大節。立天下之大節，非其氣足以高天下者，未之能焉。孔子曰："臨大節而不可奪，君子人與！"孟子曰："我善養吾浩然之氣，以直養而無害，則塞乎天地之間。"蓋存之於身謂之氣，見之於事謂之節。節也，氣也，合而言之，道也。以是成文，剛而無餒，故能參天地之化，開盛衰之運。不然，則雕蟲篆刻，童子之事耳，焉足與論一代之文章哉！故贈太師、謚文忠。蘇軾忠言讜論，立朝大節，一時廷臣，無出其右。負其豪氣，志在行其所學。放浪嶺海，文不少衰。力斡造化，元氣淋漓。窮理盡性，貫通天人。山川風雲，草木華實，千彙萬狀，可喜可愕，有感於中，一寓之於文。雄視百代，自作一家，渾涵光芒，至是而大成矣。朕萬幾餘暇，紬繹詩書，他人之文，或得或失，多所取捨；至於軾所著，讀之終日，亹亹忘倦，常置左右，以爲矜式，信可謂一代文章之宗也歟！乃作贊曰：

維古文章，言必己出。綴詞緝句，文之蟊賊。手抉雲漢，斡造化機。氣高天下，乃克爲之。猗嗟若人，冠冕百代。忠言讜論，不顧身害。凛凛大節，見於立朝。放浪嶺海，侶於漁樵。歲晚歸來，其文益偉。波瀾老成，無所附麗。昭晰無疑，優游有餘。跨唐越漢，自我師模。賈馬豪奇，韓柳雅健。前哲典型，未足多羡。敬想高風，恨不同時。掩卷三嘆，播以聲詩。

乾道九年閏正月望，選德殿書賜蘇嶠。

東坡全集凡例

（清）蔡士英

一、長公全集，舊惟江西、京本二刻行世，其間魯魚亥豕之訛，互有短長。今酌其善者從之，其他意義深遠不可强通者，並存其舊，以示闕疑之意。

一、江西本舊作前、後、續、奏議、應詔、内外制六集，既非編年，殊乖類聚。今並細爲分類，以便覽者云。

一、詩不細類者，以集中有一題而衆體悉具者，析之恐失當日作者之意，故不細類。

一、舊本脱謬，如《十八阿羅漢贊頌》，强半雷同，《子石硯銘》有序，不録其間。數行之誤，句字之訛，不可枚舉。今並多方參訂，以求其當。

一、世本所傳武王、秦始皇帝、伍子胥、范蠡等論，原屬《志林》中《論古》十三條，甚有一條而割作二論者，今皆改正。又有原屬記而强作碑，原屬碑而强作記者，今並細詳其體，以正其謬。

一、今刻較之舊本，所增不啻十之二。第長公生平所作甚富，海外之文，當時已不能盡收，何況今日。耳目之外，所遺應多。博雅君子，幸不吝教，助成續刻，亦千古之快事也。

一、長公家藏未刻者，尚有《易解》《書傳》《論語解》《烏臺詩案》《指掌輿地圖説》，以其自爲種類，故俱俟續刻。

重刊蘇文忠公全集序

(明)李　紹

古今文章，作者非一人，其以之名天下者，惟唐昌黎韓氏、河東柳氏、宋廬陵歐陽氏、眉山二蘇氏及南豐曾氏、臨川王氏七家而已。然韓、柳、曾、王之全集，自李漢、劉禹錫、趙汝礪、危素之所編次，皆已傳刻，至今盛行於世。歐陽文惟歐所自選《居士集》，大蘇文惟吕東萊所編文選，與前數家並行，然僅十中之一二。求其全集，則宋時刻本雖存，而藏於内閣，仁廟亦嘗命工翻刻，而歐集止以賜二三大臣，蘇集以工未畢，而上升遐矣。故二集之傳於世也獨少，學者雖欲求之，蓋已不可易而得者矣。

海虞程侯自刑部郎來守吉，謂歐吉人，吉學古文者，以歐爲之宗師也，嘗求歐公大全集刻之郡黌，以幸教吉之人矣。既以文忠蘇公學於歐者，又其全集世所未有，復遍求之，得宋時曹訓所刻舊本及仁廟所刻未完新本，重加校閲，仍依舊本卷帙，舊本無而新本有者，則爲續集並刻之，以與歐集並傳於世。既成，教授王君克脩請予序。

公爲人英傑奇偉，善議論，有氣節。其爲文章，纔落筆，四海已皆傳誦。下至閭巷田里，外及夷狄，莫不知名。其盛蓋當時所未有。其文名蓋與韓、柳、歐、曾、王齊驅而並稱，信如天之星斗，地之山嶽，人所快睹而欽仰者，奚庸序爲！獨推程侯今日所以傳刻之意，則不可不序以見之也。

蓋公文全集初有杭、蜀、吉本及建安麻沙諸本行於世，以歲既久，木朽紙弊，至於今，已不復全矣。兹幸程侯慕仰昔賢，思其著述，亟爲尋訪，俾散亂亡逸者，悉收拾之，彙爲一集，傳刻於世。使吾郡九邑之士，得而觀之，皆知學古之作，而無浮靡之習。四方郡邑之廣，以至遐裔之地，亦必因以流布，而皆有以沾其剩馥。後之君子，將轉相摹刻以傳，又可及於久遠。則侯之幸教學者之意，非獨止於一郡，而達之天下，垂之後世無窮焉。是其有功於蘇文，豈不亦大矣乎！予故樂而爲之序。

成化四年春二月朔，通議大夫、禮部右侍郎、國史副總裁、前翰林學士兼經筵官、郡人李紹序。

宋蘇文忠公全集敘

（明）茅　維

自古文士之見道者，必推眉山蘇長公其人，讀其文而可概已。

在昔論文者，咸以梁昭明《文選》爲指南，而長公獨非之。蓋其書出而士習益趨於文而文日降，譬之曦薄虞淵，波泄尾閭，質喪旨淆，莫之能挽者。以隋煬之不君，特患文之無節，史氏嘉之，殆駸駸乎啓唐風之一變。五季承唐之靡，而宋復振之，以紹唐之元和。其間廬陵先鳴，而眉山、南豐爲輔。卒之士人所附，萃於長公，而廬陵不自功矣。然文之變也，變則創，創則離，離其章而壹其質，是謂唐、宋之復古。顧徇名之士，求其離而瑕之，嘵嘵然援古以自多，將謂越唐、宋而逼秦、漢，其合者直章焉爾，而質不唐、宋若也，奚其古？

先大夫患之，輯唐、宋八家行於世，而眉山氏居其三。則嘗授諸維曰："吾以長公合八家，姑舉其要，要以長公成一家，必舉其羸。然吾已矣，小子維識之。"昔長公被逮於元豐間，文之秘者，朋游多棄去，家人恐怖而焚之者，殆無算。逮高宗嗜其文，彙集而陳諸左右，逸者不復收矣。迄今遍搜楚、越，並非善本，既嗟所缺，復憾其訛。丐諸秣陵焦太史所藏閣本《外集》。太史公該博而有專嗜，出示手板，甚核。參之《志林》《仇池筆記》等書，增益者十之二三，私加刊次，再歷寒燠而付之梓。即未能復南宋禁中之舊，而今之散見於世者，庶無挂漏。爲集總七十五卷，各以類從，是稱《蘇文忠公全集》云。

蓋長公之文，猶夫雲霞在天，江河在地，日遇之而日新，家取之而家足，若無意而意合，若無法而法隨，其亢不迫，其隱無諱，澹而腴，淺而蓄，奇不詭於正，激不乖於和，虚者有實功，泛者有專詣，殆無位而擄隆中之抱，無史而畢龍門之長，至乃羈愁瀕死之際，而居然樂香山之適，享黔婁之康，偕柴桑之隱也者，豈文士能乎哉！噫，世能窮長公於用，而不能窮長公於文；能不用長公，而不能不爲長公用。當其紛然而友，粲然而布，彌宇宙而亘今古，肖化工而完真氣，無一不從文焉出之，而讀之澹乎若無文也，長公其有道者歟！又嘗語人以文之旨，第舉夫子所謂"辭達而已矣"。蓋文止乎達，而達外無文,原六藝而垂萬代,旨其蔽之哉！彼所指離不離者抑末耳。在昭明固云“老、莊、管、晏之書,以意爲宗,不以文爲本”者,無庸進退之也。若長公者,非其亞耶?藉令起昭明以進退其文,吾知難乎爲政矣。則不佞是役也,蓋不徒以先大夫之成命在。

萬曆丙午元日,吴興茅維撰。

刻蘇長公集序

(明)焦　竑

古之立言者,皆卓然有所自見,不苟同於人,而惟道之合,故能成一家言,而有所托以不朽。夫道莫深於《易》,所謂洗心以退藏於密而吉凶與民同患者也。聖人没,其吉凶同民者故在,而退藏之義隱矣。學者不得其退藏者,而取已陳之芻狗當之,故識鑿之而賊,才蕩之而浮,學封之而塞,名錮之而死,其言語文章,非不工且博也,然械用中存神者不受,以眂夫妙解投械,精潛應感者,當異日談矣。

蘇子瞻氏少而能文,以賈誼、陸贄自命,已從武人王彭游,得竺乾語而好之。久之,心凝神釋,悟無思、無爲之宗,慨然嘆曰:“三藏十二部之文,皆《易》理也。”自是横口所發,皆爲文章,肆筆而書,無非道妙,神奇出之淺易,纖穠寓於澹泊,讀者人人以爲己之所欲言而人人之所不能言也。才美學識,方爲吾用之不暇,微獨不爲病而已。蓋其心游乎六通四闢之塗,標的不立,而物無留鏃焉。迨感有衆至,文動形生,役使萬景而靡所窮盡,非形生有異,使形者異也。譬之嗜音者,必尊信古,始尋聲布爪,唯譜之歸,而又得碩師焉以指授之。乃成連於伯牙,猶必徙之岑寂之濱,及夫山林杳冥,海水洞涌,然後恍有得於絲桐之表，而《水仙》之操爲天下妙。若矇者偶觸於琴而有聲，輒曰"音在是矣"。遂以謂仰不必師於古，俯不必悟於心，而敖然可自信也，豈理也哉！

公著作凡幾所，所謂有所自見而惟道之合者也。而於《易》《論語》二傳，自喜爲甚，此公所以爲文者，而世未盡知也。《經解》余向刻於滄州。茅君孝若復取諸集，合爲此編，而屬余爲序。爲書此簡端，令學者知循其本云。

萬曆丙午正月既望，琅琊焦竑序。

宋贈蘇文忠公太師敕文

宋高宗趙構

朕承絶學於百聖之後，探微言於六籍之中，將興起於斯文，爰緬懷於故老。雖儀刑之莫覿，尚簡策之可求。揭爲儒者之宗，用錫帝師之寵。故禮部尚書、端明殿學士、贈資政殿學士、謚文忠蘇軾，養其氣以剛大，尊所聞而高明。博觀載籍之傳，幾海涵而地負；遠追正始之作，殆玉振而金聲。知言自况於孟軻，論事肯卑於陸贄？方嘉祐全盛，嘗膺特起之招；至熙寧紛更，乃陳長治之策。嘆異人之間出，驚讒口之中傷。放浪嶺海，而如在朝廷；斟酌古今，而若斡造化。不可奪者，嶢然之節；莫之致者，自然之名。經綸不究於生前，議論常公於身後。人傳元祐之學，家有眉山之書。朕三復遺編，久欽高躅。王佐之才可大用，恨不同時；君子之道闇而章，是以論世。倘九原之可作，庶千載以聞風。惟而英爽之靈，服我衮衣之命。可特贈太師，餘如故。

東坡先生本傳

《宋史》

蘇軾,字子瞻,眉州眉山人。生十年,父洵游學四方,母程氏親授以書,聞古今成敗,輒能語其要。程氏讀東漢《范滂傳》,慨然太息,軾請曰:“軾若爲滂,母許之否乎?”程氏曰:“汝能爲滂,吾顧不能爲滂母邪!”比冠,博通經史,屬文日數千言,好賈誼、陸贄書。既而讀《莊子》,嘆曰:“吾昔有見,口未能言,今見是書,得吾心矣。”

嘉祐二年,試禮部,方時文磔裂詭異之弊勝,主司歐陽修思有以救之,得軾《刑賞忠厚論》,驚喜,欲擢冠多士,猶疑其客曾鞏所爲,但置第二。復以《春秋》對義居第一,殿試中乙科。後以書見修,修語梅聖俞曰:“吾當避此人出一頭地。”聞者始嘩不厭,久乃信服。

丁母憂。五年,調福昌主簿。歐陽修以才識兼茂薦之秘閣。試六論,舊不起草,以故文多不工。軾始具草,文義粲然。復對制策,入三等。自宋初以來,制策入三等,惟吴育與軾而已。除大理評事,簽書鳳翔府判官。關中自元昊叛,民貧役重,岐下歲輸南山木栰,自渭入河,經砥柱之險,衙吏踵破家。軾訪其利害,爲修衙規,使自擇水工以時進止,自是害减半。

治平二年,入判登聞鼓院。英宗自藩邸聞其名,欲以唐故事召入翰林,知制誥。宰相韓琦曰:“軾之才,遠大器也,他日自當爲天下用。要在朝廷培養之,使天下之士,莫不畏慕降伏,皆欲朝廷進用,然後取而用之,則人人無復異詞矣。今驟用之,則天下之士未必以爲然,適足以累之也。”英宗曰:“且與修注如何?”琦曰:“記注與制誥爲鄰,未可遽授。不若於館閣中近上帖職與之,且請召試。”英宗曰:“試之未知其能否,如軾有不能邪?”琦猶不可。及試二論,復入三等,得直史館。軾聞琦語,曰:“公可謂愛人以德矣。”

會洵卒,賻以金帛,辭之,求贈一官,於是贈光禄丞。洵將終,以兄太白早亡,子孫未立,妹嫁杜氏,卒未葬,屬軾。軾既除喪,即葬姑。後官可蔭,推與太白曾孫彭。(**凌孟昭眉**)試士在文,東坡極見賞於歐公,而試卷疑門人曾子固所爲,置之第二,是屈賢以避嫌也,私也,任官有體。蘇黄門臨試抱病,韓公爲請寬限,及帝欲大用,坡必請召試,是執法以服衆也,公也。心術微異,人品亦别。

熙寧二年,還朝。王安石執政,素惡其議論異己,以判官告院。四年,安石欲變科舉,興學校,詔兩制、三館議。軾上議曰:

“得人之道,在於知人;知人之法,在於責實。使君相有知人之明,朝廷有責實之政,則胥史皂隸未嘗無人,而况於學校貢舉乎?雖因今之法,臣以爲有餘。使君相不知人,朝廷不責實,則公卿侍從常患無人,而况學校貢舉乎?雖復古之制,臣以爲不足。夫時有可否,物有興廢,方其所安,雖暴君不能廢,及其既厭,雖聖人不能復。故風俗之變,法制隨之,譬如江河之徙移,强而復之,則難爲力。

“慶曆固嘗立學矣,至於今日,惟有空名僅存。今將變今之禮,易今之俗,又當發民力以治宫室,斂民財以食游士。百里之内,置官立師,獄訟聽於是,軍旅謀於是,又簡不率教者屏之遠方,則無乃徒爲紛亂,以患苦天下邪?若乃無大更革,而望有益於時,則與慶曆之際何異?故臣謂今之學校,特可因仍舊制,使先王之舊物,不廢於吾世足矣。至於貢舉之法,行之百年,治亂盛衰,初不由此。陛下視祖宗之世,貢舉之法,與今爲孰精?言語文章,與今爲孰優?所得人才,與今爲孰多?天下之事,與今爲孰辦?較此四者之長短,其議决矣。

“今所欲變改不過數端:或曰鄉舉德行而略文詞,或曰專取策論而罷詩賦,或欲兼采譽望而罷封彌,或欲經生不帖墨而考大義,此皆知其一,不知其二者也。願陛下留意於遠者大者,區區之法何預焉!臣又切有私憂過計者。夫性命之説,自子貢不得聞,而今之學者,恥不言性命,讀其文,浩然無當而不可窮,觀其貌,超然無著而不可挹,此豈真能然哉!蓋中人之性,安於放而樂於誕耳。陛下亦安用之?"

議上,神宗悟曰:"吾固疑此,得軾議,意釋然矣。"即日召見,問:"方今政令得失安在?雖朕過失,指陳可也。"對曰:"陛下生知之性,天縱文武,不患不明,不患不勤,不患不斷,但患求治太急,聽言太廣,進人太鋭。願鎮以安静,待物之來,然後應之。"(**李卓吾眉**)議論嚴飭,無一點遷就。神宗悚然曰:"卿三言,朕當熟思之。凡在館閣,皆當爲朕深思治亂,無有所隱。"軾退,言於同列。安石不悦,命權開封府推官,將困之以事。

軾决斷精敏,聲聞益遠。會上元敕府市浙燈,且令損價。軾疏言:"陛下豈以燈爲悦?此不過以奉二宫之歡耳。然百姓不可户曉,皆謂以耳目不急之玩,奪其口體必用之資。此事至小,體則甚大,願追還前命。"即詔罷之。

時安石創行新法,軾上書論其不便,曰:

"臣之所欲言者,三言而已。願陛下結人心,厚風俗,存紀綱。人主之所恃者,人心而已,如木之有根,燈之有膏,魚之有水,農夫之有田,商賈之有財。失之則亡,此理之必然也。自古及今,未有和易同衆而不安,剛果自用而不危者。陛下亦知人心之不悦矣。

"祖宗以來,治財用者不過三司。今陛下不以財用付三司,無故又創制置三司條例一司,使六七少年,日夜講求于内,使者四十餘輩,分行營幹於外。夫制置三司條例司,求利之名也;六七少年與使者四十餘輩,求利之器也。造端宏大,民實驚疑,創法新奇,吏皆惶惑。以萬乘之主而言利,以天子之宰而治財,論説百端,喧傳萬口,然而莫之顧者,徒曰'我無其事,何恤於人言'。操罔罟而入江湖,語人曰'我非漁也',不如捐罔罟而人自信。驅鷹犬而赴林藪,語人曰'我非獵也',不如放鷹犬而獸自馴。故臣以爲欲消讒慝而召和氣,則莫若罷條例司。

"今君臣宵旰,幾一年矣,而富國之功,茫如捕風,徒聞内帑出數百萬緡,祠部度五千餘人耳。以此爲術,其誰不能?而所行之事,道路皆知其難。汴水濁流,自生民以來,不以種稻。今欲陂而清之,萬頃之稻,必用千頃之陂,一歲一淤,三歲而滿矣。陛下遂信其説,即使相視地形,所在鑿空,訪尋水利,妄庸輕剽,率意争言。官司雖知其疏,不敢便行抑退,追集老少,相視可否。若非灼然難行,必須且爲興役。官吏苟且順從,真謂陛下有意興作,上靡帑廪,下奪農時。堤防一開,水失故道,雖食議者之肉,何補於民!臣不知朝廷何苦而爲此哉?

"自古役人,必用鄉户。今者徒聞江、浙之間,數郡雇役,而欲措之天下。單丁、女户,蓋天民之窮者也,而陛下首欲役之。富有四海,忍不加恤!自楊炎爲兩税,租調與庸既兼之矣,奈何復欲取庸?萬一後世不幸有聚斂之臣,庸錢不除,差役仍舊,推所從來,則必有任其咎者矣。青苗放錢,自昔有禁。今陛下始立成法,每歲常行。雖云不許抑配,而數世之後,暴君污吏,陛下能保之與?計願請之户,必皆孤貧不濟之人,鞭撻已急,則繼之逃亡,不還,則均及鄰保,勢有必至。異日天下恨之,國史記之曰'青苗錢自陛下始',豈不惜哉!且常平之法,可謂至矣。今欲變爲青苗,壞彼成此,所喪逾多,虧官害民,雖悔何及!

"昔漢武帝以財力匱竭,用賈人桑羊之説,買賤賣貴,謂之均輸。于時商賈不行,盜賊滋熾,幾至於亂。孝昭既立,霍光順民所欲而予之,天下歸心,遂以無事。不意今日此論復興。立法之初,其費已厚,縱使薄有所獲,而征商之額,所損必多。譬之有人爲其主畜牧,以一牛易五羊，一牛之失，則隱而不言；五羊之獲，則指爲勞績。今壞常平而言青苗之功，虧商税而取均輸之利，何以異此？臣竊以爲過矣。議者必謂：'民可與樂成，難與慮始。'故陛下堅執不顧，期於必行。此乃戰國貪功之人，行險僥倖之説，未及樂成，而怨已起矣。臣之所願陛下結人心者，此也。

"國家之所以存亡者，在道德之淺深，不在乎强與弱；曆數之所以長短者，在風俗之薄厚，不在乎富與貧。人主知此，則知所輕重矣。故臣願陛下務崇道德而厚風俗，不願陛下急於有功而貪富强。愛惜風俗如護元氣。聖人非不知深刻之法可以齊衆，勇悍之夫可以集事，忠厚近於迂闊，老成初若遲鈍，然終不肯以彼易此者，知其所得小而所喪大也。仁祖持法至寬，用人有敘，專務掩覆過失，未嘗輕改舊章。考其成功，則曰未至。以言乎用兵，則十出而九敗；以言乎府庫，則僅足而無餘。徒以德澤在人，風俗知義，故升遐之日，天下歸仁焉。議者見其末年吏多因循，事不振舉，乃欲矯之以苛察，齊之以智能，招來親進勇鋭之人，以圖一切速成之效。未享其利，澆風已成。多開驟進之門，使有意外之得。公卿侍從跬步可圖，俾常調之人，舉生非望，欲望風俗之厚，豈可得哉？近歲樸拙之人愈少，巧進之士益多。惟陛下哀之救之，以簡易爲法，以清净爲心，而民德歸厚。臣之所願陛下厚風俗者，此也。

"祖宗委任臺諫，未嘗罪一言者。縱有薄責，旋即超升，許以風聞，而無官長。言及乘輿，則天子改容；事關廊廟，則宰相待罪。臺諫固未必皆賢，所言亦未必皆是。然須養其鋭氣，而借之重權者，豈徒然哉！將以折奸臣之萌也。今法令嚴密，朝廷清明，所謂奸臣，萬無此理。然養猫以去鼠，不可以無鼠而養不捕之猫；畜狗以防盗，不可以無盗而畜不吠之狗。陛下得不上念祖宗設此官之意，下爲子孫萬世之防？臣聞長老之談，皆謂臺諫所言，常隨天下公議。公議所與,臺諫亦與之;公議所擊,臺諫亦擊之。今者物論沸騰,怨讟交至,公議所在,亦知之矣。臣恐自兹以往,習慣成風,盡爲執政私人,以致人主孤立,紀綱一廢,何事不生!臣之所願陛下存紀綱者,此也。"

軾見安石贊神宗以獨斷專任,因試進士發策,以"晉武平吴以獨斷而克,苻堅伐晉以獨斷而亡,齊桓專任管仲而霸,燕噲專任子之而敗,事同而功異"爲問。安石滋怒,使御史謝景温論奏其過,窮治無所得,軾遂請外,通判杭州。

高麗入貢,使者發幣於官吏,書稱甲子。軾却之曰:"高麗於本朝稱臣,而不禀正朔,吾安敢受!"使者易書稱熙寧,然後受之。

時新政日下,軾於其間,每因法以便民,民賴以安。徙知密州。司農行手實法,不時施行者以違制論。軾謂提舉官曰:"違制之坐,若自朝廷,誰敢不從?今出於司農,是擅造律也。"提舉官驚曰:"公姑徐之。"未幾,朝廷知法害民,罷之。

有盜竊發,安撫司遣三班使臣領悍卒來捕,卒凶暴恣行,至以禁物誣民,入其家爭鬥殺人,且畏罪驚潰,將爲亂。民奔訴軾,軾投其書不視,曰:"必不至此。"散卒聞之,少安,徐使人招出戮之。

徙知徐州。河决曹村,泛於梁山泊,溢於南清河,匯於城下,漲不時泄,城將敗,富民爭出避水。軾曰:"富民出,民皆動摇,吾誰與守?吾在是,水决不能敗城。"驅使復入。軾詣武衛營,呼卒長,曰:"河將害城,事急矣,雖禁軍且爲我盡力。"卒長曰:"太守猶不避塗潦,吾儕小人,當效命。"率其徒持畚鍤以出,築東南長堤,首起戲馬臺,尾屬於城。雨日夜不止,城不沉者三版。軾廬於其上,過家不入,使官吏分堵以守,卒全其城。復請調來歲夫,增築故城爲木岸,以虞水之再至。朝廷從之。

徙知湖州,上表以謝。又以事不便民者不敢言,以詩托諷,庶有補於國。御史李定、舒亶、何正臣摭其表語,並媒糵所爲詩以爲訕謗，逮赴臺獄，欲置之死。鍛煉久之，不決。神宗獨憐之，以黄州團練副使安置。軾與田父野老，相從溪山間，築室於東坡，自號"東坡居士"。

三年，神宗數有意復用，輒爲當路者沮之。神宗嘗語宰相王珪、蔡確曰："國史至重，可命蘇軾成之。"珪有難色。神宗曰："軾不可，姑用曾鞏。"鞏進《太祖總論》，神宗意不允，遂手劄移軾汝州，有曰："蘇軾黜居思咎，閲歲滋深，人材實難，不忍終棄。"軾未至汝，上書自言饑寒，有田在常，願得居之。朝奏，夕報可。（**高啓眉**）聖主。

道過金陵，見王安石，曰："大兵大獄，漢、唐滅亡之兆。祖宗以仁厚治天下，正欲革此。今西方用兵，連年不解，東南數起大獄，公獨無一言以救之乎?"安石曰："二事皆惠卿啓之，安石在外，安敢言?"軾曰："在朝則言，在外則不言，事君之常禮耳。上所以待公者非常禮，公所以待上者，豈可以常禮乎?"安石厲聲曰："安石須説。"又曰："出在安石口，入在子瞻耳。"又曰："人須是知行一不義，殺一不辜，得天下弗爲，乃可。"軾戲曰："今之君子，争減半年磨勘，雖殺人亦爲之。"安石笑而不言。

至常，神宗崩，哲宗立，復朝奉郎、知登州，召爲禮部郎中。軾舊善司馬光、章惇。時光爲門下侍郎，惇知樞密院，二人不相合，惇每以謔侮困光，光苦之。軾謂惇曰："司馬君實時望甚重。昔許靖以虚名無實，見鄙於蜀先主，法正曰：'靖之浮譽，播流四海，若不加禮，必以賤賢爲累。'先主納之，乃以靖爲司徒。許靖且不可慢，况君實乎?"惇以爲然，光賴以少安。

遷起居舍人。軾起於憂患，不欲驟履要地，辭于宰相蔡確。確曰："公徊翔久矣，朝中無出公右者。"軾曰："昔林希同在館中，年且長。"確曰："希固當先公邪?"卒不許。元祐元年，軾以七品服入侍延和，即賜銀緋，遷中書舍人。

初,祖宗時,差役行久生弊,編户充役者不習其役,又虐使之,多致破産,狹鄉民至有終歲不得息者。王安石相神宗,改爲免役,使户差高下出錢雇役,行法者過取,以爲民病。司馬光爲相,知免役之害,不知其利,欲復差役,差官置局,軾與其選。軾曰:"差役、免役,各有利害。免役之害,掊斂民財,十室九空,斂聚於上,而下有錢荒之患。差役之害,民常在官,不得專力於農,而貪吏猾胥,得緣爲奸。此二害輕重,蓋略等矣。"光曰:"於君何如?"軾曰:"法相因則事易成,事有漸則民不驚。三代之法,兵農爲一,至秦始分爲二,及唐中葉,盡變府兵爲長征之卒。自爾以來,民不知兵,兵不知農,農出穀帛以養兵,兵出性命以衛農,天下便之。雖聖人復起,不能易也。今免役之法,實大類此。公欲驟罷免役而行差役,正如罷長征而復民兵,蓋未易也。"光不以爲然。軾又陳於政事堂,光忿然。軾曰:"昔韓魏公刺陝西義勇,公爲諫官,争之甚力,韓公不樂,公亦不顧。軾昔聞公道其詳。豈今日作相,不許軾盡言耶?"光笑之。尋除翰林學士。

二年,兼侍讀。每進讀至治亂興衰、邪正得失之際,未嘗不反復開導,覬有所啓悟。哲宗雖恭默不言,輒首肯之。嘗讀祖宗《寶訓》,因及時事,軾歷言:"今賞罰不明,善惡無所勸沮;又黄河勢方北流,而强使之東;夏人入鎮戎,殺掠數萬人,帥臣不以聞。每事如此,恐寖成衰亂之漸。"

軾嘗鎖宿禁中,召入對便殿。宣仁后問曰:"卿前年爲何官?"曰:"臣爲常州團練副使。"曰:"今爲何官?"曰:"臣今待罪翰林學士。"曰:"何以遽至此?"曰:"遭遇太皇太后、皇帝陛下。"曰:"非也。"曰:"豈大臣論薦乎?"曰:"亦非也。"軾驚曰:"臣雖無狀,不敢自他途以進。"曰:"此先帝意也。先帝每誦卿文章,必嘆曰'奇才!奇才!'但未及進用卿耳。"軾不覺哭失聲。宣仁后與哲宗亦泣,左右皆感涕。已而命坐賜茶，撤御前金蓮燭送歸院。

三年，權知禮部貢舉。會大雪苦寒，士坐庭中，噤不能言。軾寬其禁約，使得盡技。巡鋪内侍每摧辱舉子，且持曖昧單詞，誣以爲罪，軾盡奏逐之。

四年，積以論事，爲當軸者所恨。軾恐不見容，請外，拜龍圖閣學士、知杭州。未行，諫官言：前相蔡確知安州，作詩借郝處俊事，以譏太皇太后。大臣議遷之嶺南。軾密疏："朝廷若薄確之罪，則於皇帝孝治爲不足；若深罪確，則於太皇太后仁政爲小累。謂宜皇帝敕置獄逮治，太皇太后出手詔赦之，則於仁孝兩得矣。"宣仁后心善軾言，而不能用。軾出郊，用前執政恩例，遣内侍賜龍茶、銀合，慰勞甚厚。

既至杭，大旱，饑疫並作。軾請於朝，免本路上供米三之一，復得賜度僧牒易米以救飢者。明年春，又減價糶常平米，多作饘粥藥劑，遣使挾醫，分坊治病，活者甚衆。軾曰："杭，水陸之會，疫死比他處常多。"乃裒羡緡得二千，復發槖中黄金五十兩，以作病坊，稍畜錢糧待之。

杭本近海，地泉鹹苦，居民稀少。唐刺史李泌，始引西湖水作六井，民足於水。白居易又浚西湖水入漕河，自河入田，所溉至千頃，民以殷富。湖水多葑，自唐及錢氏，歲輒浚治，宋興，廢之，葑積爲田，水無幾矣。漕河失利，取給江潮，舟行市中，潮又多淤，三年一淘，爲民大患，六井亦幾於廢。軾見茅山一河，專受江潮，鹽橋一河，專受湖水，遂浚二河以通漕。復造堰牐，以爲湖水蓄泄之限，江潮不復入市。以餘力復完六井。又取葑田積湖中，南北徑三十里，爲長堤以通行者。吴人種菱，春輒芟除，不遺寸草。且募人種菱湖中，葑不復生。收其利以備修湖，取救荒餘錢萬緡、糧萬石，及請得百僧度牒以募役者。堤成，植芙蓉、楊柳其上，望之如畫圖。杭人名爲蘇公堤。(**李卓吾眉**)爲長堤以去葑田,真有過人識見。

杭僧浄源,舊居海濱,與舶客交通。舶至高麗,交譽之。元豐末,其王子義天來朝,因往拜焉。至是,浄源死,其徒竊持其像,附舶往告。義天亦使其徒來祭,因持其國母二金塔,云祝兩宫壽。軾不納,奏之曰:"高麗久不入貢,失賜予厚利,意欲求朝,未測吾所以待之厚薄,故因祭亡僧而行祝壽之禮。若受而不答,將生怨心;受而厚賜之,正墮其計。今宜勿與知,從州郡自以理却之。彼庸僧猾商,爲國生事,漸不可長,宜痛加懲創。"朝廷皆從之。未幾,貢使果至。舊例,使所至吴越七州,費二萬四千餘緡。軾乃令諸州量事裁損,民獲交易之利,無復侵撓之害矣。

浙江潮自海門東來,勢如雷霆,而浮山峙於江中,與漁浦諸山犬牙相錯,洄洑激射,歲敗公私船不可勝計。軾議自浙江上流地名石門,並山而東,鑿爲漕河,引浙江及溪谷諸水二十餘里以達於江。又並山爲岸,不能十里以達龍山大慈浦,自浦北折抵小嶺,鑿嶺六十五丈以達嶺東古河,浚古河數里,達於龍山漕河,以避浮山之險。人以爲便。奏聞,有惡軾者力沮之,功以故不成。

軾復言:"三吴之水,瀦爲太湖,太湖之水,溢爲松江以入海。海日兩潮,潮濁而江清,潮水常欲淤塞江路,而江水清駛,隨輒滌去,海口常通,則吴中少水患。昔蘇州以東,公私船皆以篙行,無陸挽者。自慶曆以來,松江大築挽路,建長橋以扼塞江路,故今三吴多水,欲鑿挽路爲千橋,以迅江勢。"亦不果用,人皆以爲恨。軾二十年間,再莅杭,有德於民,家有畫像,飲食必祝。又作生祠以報。

六年,召爲吏部尚書。未至,以弟轍除右丞,改翰林承旨。轍辭右丞,欲與兄同備從官,不聽。軾在翰林數月,復以讒請外,乃以龍圖閣學士出知潁州。先是開封諸縣多水患,吏不究本末,决其陂澤,注之惠民河,河不能勝,致陳亦多水。又將鑿鄧艾溝與潁河並,且鑿黄堆欲注之於淮。軾始至潁，遣吏以水平準之，淮之漲水高於新溝幾一丈，若鑿黄堆，淮水顧流潁地爲患。軾言於朝，從之。

郡有宿賊尹遇等，數劫殺人，又殺捕盗吏兵。朝廷以名捕不獲，被殺家復懼其害，匿不敢言。軾召汝陰尉李直方，曰："君能擒此，當力言於朝，乞行優賞；不獲，亦以不職奏免君矣。"直方有母且老，與母訣而後行。乃緝知盗所，分捕其黨與。手戟刺遇，獲之。朝廷以小不應格，推賞不及。軾請以己之年勞當改朝散郎階，爲直方賞，不從。其後吏部爲軾當遷，以符會其考。軾謂已許直方，又不報。

七年，徙揚州。舊發運司主東南漕法，聽操舟者私載物貨，征商不得留難。故操舟者輒富厚，以官舟爲家，補其弊漏，且周船夫之乏，故所載率皆速達無虞。近歲，一切禁而不許，故舟弊人困，多盗所載以濟饑寒，公私皆病。軾請復舊，從之。未閲歲，以兵部尚書召兼侍讀。

是歲，哲宗親祀南郊，軾爲鹵簿使，導駕入太廟。有赭傘犢車並青蓋犢車十餘争道，不避儀仗。軾使御營巡檢使問之，乃皇后及大長公主。時御史中丞李之純爲儀仗使，軾曰："中丞職當肅政，不可不以聞。"之純不敢言，軾於車中奏之。哲宗遣使賫疏馳白太皇太后。明日，詔整肅儀衛，自皇后而下，皆毋得迎謁。

尋遷禮部兼端明殿、翰林侍讀兩學士，爲禮部尚書。高麗遣使請書，朝廷以故事盡許之。軾曰："漢東平王請諸子及《太史公書》，猶不肯予。高麗所請，有甚於此，其可予乎？"不聽。

八年，宣仁后崩，哲宗親政。軾乞補外，以兩學士出知定州。時國是將變，軾不得入辭。既行，上書言："天下治亂，出於下情之通塞。至治之極，小民皆能自通；迨於大亂，雖近臣不能自達。陛下臨御九年，除執政、臺諫外，未嘗與群臣接。今聽政之初，當以通下情、除壅蔽爲急務。臣日侍帷幄，方當戍邊，顧不得一見而行，况疏遠小臣,欲求自通,難矣。然臣不敢以不得對之故,不效愚忠。古之聖人將有爲也,必先處晦而觀明,處静而觀動,則萬物之情,畢陳於前。陛下聖智絶人,春秋鼎盛。臣願虚心循理,一切未有所爲,默觀庶事之利害,與群臣之邪正。以三年爲期,俟得其實,然後應物而作。使既作之後,天下無恨,陛下亦無悔。由此觀之,陛下之有爲,惟憂太早,不患稍遲,亦已明矣。臣恐急進好利之臣,輒勸陛下輕有改變,故進此説,敢望陛下留神,社稷宗廟之福,天下幸甚。”

定州軍政壞弛,諸衛卒驕惰不教,軍校蠶食其廩賜,前守不敢誰何。軾取貪污者配隸遠惡,繕修營房,禁止飲博。軍中衣食稍足,乃部勒戰法,衆皆畏伏。然諸校業業不安,有卒史以贓訴其長,軾曰:“此事吾自治則可,聽汝告,軍中亂矣。”立决配之,衆乃定。

會春大閱,將吏久廢上下之分,軾命舉舊典,帥常服出帳中,將吏戎服執事。副總管王光祖,自謂老將,恥之,稱疾不至。軾召書吏使爲奏,光祖懼而出,訖事,無一慢者。定人言:“自韓琦去後,不見此禮至今矣。”

契丹久和,邊兵不可用,惟沿邊弓箭社與寇爲鄰,以戰射自衛,猶號精鋭。故相龐籍守邊,因俗立法。歲久法弛,又爲保甲所撓。軾奏免保甲及兩税折變科配,不報。

紹聖初,御史論軾掌内外制日所作詞命,以爲譏斥先朝。遂以本官知英州。尋降一官。未至,貶寧遠軍節度副使,惠州安置。居三年,泊然無所蔕芥,人無賢愚,皆得其歡心。又貶瓊州别駕,居昌化。昌化,故儋耳地,非人所居,藥餌皆無有。初僦官屋以居,有司猶謂不可。軾遂買地築室,儋人運甓畚土以助之。獨與幼子過處,著書以爲樂,時時從其父老游,若將終身。

徽宗立,移廉州,改舒州團練副使,徙永州。更三大赦,遂提舉玉局觀,復朝奉郎。軾自元祐以來,未嘗以歲課乞遷,故官止於此。

建中靖國元年，卒於常州，年六十六。（**李卓吾眉**）或謂軾稍自韜戢，雖不獲柄用，亦當免禍。嗟夫，假令軾以是而易其所爲，尚得爲軾哉？

軾與弟轍，師父洵爲文，既而得之於天。嘗自謂："作文如行雲流水，初無定質，但常行於所當行，止於所不可不止。"雖嬉笑怒駡之詞，皆可書而誦之。其體渾涵光芒，雄視百代，有文章以來，蓋亦鮮矣。洵晚讀《易》，作《易傳》，未究，命軾述其志。軾成《易傳》，復作《論語説》。後居海南，作《書傳》。又有《東坡集》四十卷、《後集》二十卷、《奏議》十五卷、《内制》十卷、《外制》三卷、《和陶詩》四卷。

一時文人如黄庭堅、晁補之、秦觀、張耒、陳師道，舉世未之識，軾待之如朋儔，未嘗以師資自予也。

自爲舉子至出入侍從，必以愛君爲本，忠規讜論，挺挺大節，群臣無出其右。但爲小人忌惡擠排，不使安於朝廷之上。

高宗即位，贈資政殿學士，以其孫符爲禮部尚書。孝宗置其文左右，讀之終日忘倦，謂爲文章之宗，親製集贊，賜其曾孫嶠。遂崇贈太師，謚文忠。

軾三子：邁、迨、過，俱善爲文。邁，駕部員外郎。迨，承務郎。

論曰：蘇軾自爲童子時，士有傳石介《慶曆聖德詩》至蜀中者，軾歷舉詩中所言韓、富、杜、范諸賢以問其師。師怪而語之，則曰"正欲識是諸人耳"，蓋已有頡頏當世賢哲之意。弱冠，父子兄弟至京師，一日而聲名赫然，動於四方。既而登上第，擢詞科，入掌書命，出典方州。器識之閎偉，議論之卓犖，文章之雄儁，政事之精明，四者皆能以特立之志爲之主，而以邁往之氣輔之。故意之所向，言足以達其有猷，行足以遂其有爲。至於禍患之來，節義足以固其有守，皆志與氣所爲也。仁宗初讀軾、轍制策，退而喜曰："朕今日爲子孫得兩宰相矣。"神宗尤愛其文，宫中讀之，膳進忘食，稱爲天下奇才。二君皆有以知軾，而軾卒不得大用。一歐陽修先識之，其名遂與之齊，豈非軾之所長不可掩抑者,天下之至公也,相不相有命焉。嗚呼! 軾不得相,又豈非幸歟? 或謂:"軾稍自韜戢,雖不獲柄用,亦當免禍。"雖然,假令軾以是而易其所爲,尚得爲軾哉!

東坡先生墓誌銘

(宋)蘇　轍

予兄子瞻,謫居海南四年。春正月,今天子即位,推恩海内,澤及鳥獸。夏六月,公被命渡海北歸。明年,舟至淮、浙。秋七月,被病,卒於毗陵。吴越之民相與哭於市,其君子相吊於家,訃聞四方,無賢愚皆咨嗟出涕。太學之士數百人,相率飯僧慧林佛舍。嗚呼,斯文墜矣! 後生安所復仰? 公始病,以書屬轍曰:"即死,葬我嵩山下,子爲我銘。"(**陳仁錫眉**)不求它人,而屬其弟,即是真率人。轍執書,哭曰:"小子忍銘吾兄!"

公諱軾,姓蘇氏,字子瞻,一字和仲。世家眉山,曾大父諱杲,贈太子太保。妣宋氏,追封昌國太夫人。大父諱序,贈太子太傅。妣史氏,追封嘉國太夫人。考諱洵,贈太子太師。妣程氏,追封成國太夫人。公生十年,而先君宦學四方,太夫人親授以書。聞古今成敗,輒能語其要。太夫人嘗讀《東漢史》至《范滂傳》,慨然太息。公侍側,曰:"軾若爲滂,夫人亦許之否乎?"太夫人曰:"汝能爲滂,吾顧不能爲滂母耶?"公亦奮厲有當世志。太夫人喜曰:"吾有子矣。"

比冠,學通經史,屬文日數千言。嘉祐二年,歐陽文忠公考試禮部進士,疾時文之詭異,思有以救之。梅聖俞時與其事,得公《論刑賞》以示文忠。文忠驚喜,以爲異人,欲以冠多士,疑曾子固所爲,子固,文忠門下士也,乃置公第二。(**陳仁錫眉**)當時闈中亦能摸索異人。

復以《春秋》對義居第一，殿試中乙科。以書謝諸公，文忠見之，以書語聖俞曰："老夫當避此人，放出一頭地。"士聞者始嘩不厭，久乃信服。

丁太夫人憂，終喪。五年，授河南福昌主簿。文忠以直言薦之秘閣。試六論，舊不起草，以故文多不工，公始具草，文義粲然，時以爲難。(**陳仁錫眉**)以公之文猶不廢也，今日何孟浪！比答制策，復入三等。除大理評事，簽書鳳翔府判官。長吏意公文人，不以吏事責之，公盡心其職，老吏畏服。關中自元昊叛命，人貧役重，岐下歲以南山木栰，自渭入河，經砥柱之險，衙前以破産者相繼也。公遍問老校，曰："木栰之害，本不至此，若河渭未漲，操栰者以時進止，可無重費也，患其乘河渭之暴，多方害之耳。"公即修衙規，使衙前得自擇水工，栰行無虞。乃言於府，使得繫籍，自是衙前之害減半。

治平二年，罷還，判登聞鼓院。英宗在藩聞公名，欲以唐故事召入翰林，宰相限以近例，欲召試秘閣，上曰："未知其能否故試，如蘇軾有不能耶？"宰相猶不可，及試二論，皆入三等，得直史館。

丁先君憂，服除，時熙寧二年也。王介甫用事，多所建立，公與介甫議論素異，既還朝，置之官告院。四年，介甫欲變更科舉，上疑焉，使兩制三館議之。公議上，上悟曰："吾固疑此，得蘇軾議，意釋然矣。"即日召見，問："何以助朕？"公辭避久之，乃曰："臣竊意陛下求治太急，聽言太廣，進人太鋭，願陛下安静以待物之來，然後應之。"上竦然聽受，曰："卿三言，朕當詳思之。"介甫之黨皆不悦，命攝開封推官，意以多事困之。公決斷精敏，聲聞益遠。會上元，有旨市浙燈，公密疏，舊例無有，不宜以玩好示人，即有旨罷。殿前初策進士，舉子希合，争言祖宗法制非是。公爲考官，退擬答以進，深中其病。自是論事愈力，介甫愈恨，御史知雜事者爲誣奏公過失，窮治無所得。公未嘗以一言自辯，乞外任避之，(**陳仁錫眉**)何辯！通判杭州。

是時，四方行青苗、免役、市易，浙西兼行水利、鹽法。公於其間，常因法以便民，民賴以少安。

高麗入貢使者，凌蔑州郡。押伴使臣皆本路管庫，乘勢驕横，至與鈐轄亢禮。公使人謂之曰："遠夷慕化而來，理必恭順，今乃爾暴恣，非汝導之，不至是也，不悛當奏之。"押伴者懼，爲之小戢。使者發幣於官吏，書稱甲子。公却之曰："高麗於本朝稱臣，而不稟正朔，吾安敢受！"使者亟易書稱熙寧，然後受之。時以爲得體。吏民畏愛，及罷去，猶謂之學士，而不言姓。

自杭徙知密州。時方行手實法，使民自疏財産以定户等，又使人得告其不實，司農寺又下諸路，不時施行者以違制論。公謂提舉常平官曰："違制之坐，若自朝廷，誰敢不從？今出於司農，是擅造律也，若何？"使者驚曰："公姑徐之。"未幾，朝廷亦知手實之害，罷之。密人私以爲幸。郡嘗有盗竊發而未獲，安撫轉運司憂之，遣一二班使臣領悍卒數千人，入境捕之。卒凶暴恣行，以禁物誣民，入其家争鬥，至殺人，畏罪驚散，欲爲亂。民訴之，公投其書，不視，曰："必不至此。"潰卒聞之少安。徐使人招出，戮之。

自密徙徐。是歲，河决曹村，泛於梁山泊，溢於南清河。城南兩山環繞，吕梁、百步扼之，匯於城下，漲不時泄。城將敗，富民争出避水。公曰："富民若出，民心動摇，吾誰與守？吾在是，水决不能敗城。"驅使復入。公履屨杖策，親入武衛營，呼其卒長，謂之曰："河將害城，事急矣，雖禁軍，宜爲我盡力。"卒長呼曰："太守猶不避塗潦，吾儕小人效命之秋也。"執梃入火伍中，率其徒短衣徒跣持畚鍤以出。築東南長堤，首起戲馬臺，尾屬於城。堤成，水至堤下，害不及城，民心乃安。然雨日夜不止，河勢益暴，城不沉者三板。公廬於城上，過家不入，使官吏分堵而守，卒完城以聞。復請調來歲夫，增築故城，爲木岸，以虞水之再至，朝廷從之。訖事，詔褒之，徐人至今思焉。

徙知湖州，以表謝上。言事者擿其語以爲謗，遣官逮赴御史獄。初，公既補外，見事有不便於民者，不敢言，亦不敢默視也，緣詩人之義，托事以諷，庶幾有補於國。言者從而媒孽之，上初薄其過，而浸潤不止，至是不得已從其請。既付獄吏，必欲置之死，鍛煉久之，不決。上終憐之，促具獄，以黄州團練副使安置。公幅巾芒屩，與田父野老，相從溪谷之間，築室於東坡，自號東坡居士。

五年，上有意復用，而言者沮之。上手劄徙汝州，略曰："蘇軾黜居思咎，閲歲滋深，人材實難，不忍終棄。"未至，上書自言有饑寒之憂，有田在常，願得居之。書朝入，夕報可，士大夫知上之卒喜公也。會晏駕，不果復用。

至常，以哲宗即位，復朝奉郎、知登州。至登，召爲禮部郎中。公舊善門下侍郎司馬君實及知樞密院章子厚，二人冰炭不相入。子厚每以謔侮困君實，君實苦之，求助於公。公見子厚曰："司馬君實時望甚重。昔許靖以虚名無實見鄙於蜀先主，法正曰：'靖之浮譽，播流四海，若不加禮，必以賤賢爲累。'先主納之，乃以靖爲司徒。許靖且不可慢，况君實乎？"子厚以爲然。君實賴以少安。

既而朝廷緣先帝意，欲用公，除起居舍人。公起於憂患，不欲驟履要地，力辭之，見宰相蔡持正自言，持正曰："公徊翔久矣，朝中無出公右者。"公固辭。持正曰："今日誰當在公前者？"公曰："昔林希同在館中，年且長。"持正曰："希固當先公耶？"卒不許。然希亦由此繼補記注。

元祐元年，公以七品服入侍延和，即改賜銀緋。二月，遷中書舍人。時君實方議改免役爲差役。差役行於祖宗之世，法久多弊，編户充役不習，官府吏虐使之，多以破産，而狹鄉之民，或有不得休息者。先帝知其然，故爲免役，使民以户高下出錢，而無執役之苦。行法者不循上意，於雇役實費之外，取錢過多，民遂以病。若量出爲入，毋多取於民，則足矣。君實爲人，忠信有餘而才智不足，知免役之害而不知其利，欲一切以差役代之。方差官置局，公亦與其選，獨以實告，而君實始不悦矣。嘗見之政事堂，條陳不可。君實忿然，公曰："昔韓魏公刺陝西義勇，公爲諫官，争之甚力，魏公不樂，公亦不顧，軾昔聞公道其詳。豈今日作相，不許軾盡言耶？"君實笑而止。（**陳仁錫眉**）爲君實更難，真君子之可親如此。公知言不用，乞補外，不許。君實始怒，有逐公意矣，會其病卒乃已。（**陳仁錫夾**）未然。時臺諫官多君實之人，皆希合以求進，惡公以直形己，争求公瑕疵。既不可得，則因緣熙寧謗訕之説以病公，公自是不安於朝矣。尋除翰林學士。

二年，復除侍讀。每進讀至治亂盛衰、邪正得失之際，未嘗不反復開導，覬上有所覺悟。上雖恭默不言，聞公所論説，輒首肯喜之。

三年，權知禮部貢舉。會大雪苦寒，士坐庭中，噤不能言，公寬其禁約，使得盡其技。而巡鋪内臣伺其坐起，過爲凌辱，公以其傷動士心，虧損國體，奏之。有旨送内侍省撻而逐之，士皆悦服。嘗侍上讀祖宗《寶訓》，因及時事，公歷言今賞罰不明，善惡無所勸沮；又黄河勢方西流，而强之使東；夏人寇鎮戎，殺掠幾萬人，帥臣掩蔽不以聞，朝廷亦不問。事每如此，恐寖成衰亂之漸。當軸者恨之。公知不見容，乞外任。

四年，以龍圖閣學士知杭州。時諫官言前宰相蔡持正知安州，作詩借郝處俊事以譏刺時事，大臣議逐之嶺南。公密疏言："朝廷若薄確之罪，則於皇帝孝治爲不足，若深罪確，則於太皇太后仁政爲小累。謂宜皇帝降敕置獄逮治，而太皇太后内出手詔赦之，則仁孝兩得矣。"宣仁后心善公言而不能用。公出郊未發，遣内侍賜龍茶、銀合，用前執政恩例，所以慰勞甚厚。

及至杭，吏民習公舊政，不勞而治。歲適大旱，饑疫並作，公請於朝，免本路上供米三之一，故米不翔貴，復得賜度僧牒百易米以救飢者。明年方春，即減價糶常平米，民遂免大旱之苦。公又多作饘粥藥劑，遣吏挾醫，分坊治病，活者甚衆。公曰："杭，水陸之會，因疫病死比他處常多。"乃裒羨緡得二千，復發私橐得黄金五十兩，以作病坊，稍畜錢糧以待之。至於今不廢。是秋，復大雨，太湖泛溢害稼。公度來歲必饑，復請於朝，乞免上供米半，又多乞度牒以糴常平米，並義倉所有，皆以備來歲出糶，朝廷多從之。由是吴越之民，復免流散。（**陳仁錫眉**）預計來歲，何等用心。

杭本江海之地，水泉鹹苦，居民稀少。唐刺史李泌，始引西湖水作六井，民足于水，故井邑日富。及白居易復浚西湖，放水入運河，自河入田，所溉至千頃。然湖水多葑，自唐及錢氏，歲輒開治，故湖水足用。近歲廢而不理，至是，湖中葑田積二十五萬餘丈，而水無幾矣。運河失湖水之利，則取給于江潮，潮渾濁多淤，河行闤闠中，三年一淘，爲市井大患，而六井亦幾廢。公始至，浚茅山、鹽橋二河，以茅山一河專受江潮，以鹽橋一河專受湖水，復造堰閘，以爲湖水畜泄之限，然後潮不入市，且以餘力復完六井，民稍獲其利矣。公間至湖上，周視良久，曰："今欲去葑田，葑田如雲，將安所置之？湖南北三十里，環湖往來，終日不達，若取葑田積之湖中，爲長堤以通南北，則葑田去而行者便矣。吴人種菱，春輒芟除，不遺寸草，葑田若去，募人種菱，收其利以備修湖，則湖當不復堙塞。"乃取救荒之餘，得錢糧以貫石數者萬。復請於朝，得百僧度牒以募役者。堤成，植芙蓉、楊柳其上，望之如圖畫，杭人名之蘇公堤。

杭僧有净源者，舊居海濱，與舶客交通牟利，舶至高麗，交譽之。元豐末，其王子義天來朝，因往拜焉。至是源死，其徒竊持其畫像附舶往告，義天亦使其徒附舶來祭。祭訖，乃言國母使以金塔二祝皇帝、太皇太后壽。公不納，而奏之曰："高麗久不入貢，失賜予厚利，意欲來朝，以未測朝廷所以待之薄厚，故因祭亡僧而行祝壽之禮，禮意鮮薄，蓋可見矣。若受而不答，則遠夷或以怨怒，因而厚賜之，正墮其計。臣謂朝廷宜勿與知，而使州郡以理却之。然庸僧猾商，敢擅招誘外夷，邀求厚利，爲國生事，其漸不可長，宜痛加懲創。"朝廷皆從之。未幾，高麗貢使果至。公按舊例，使之所至吴越七州，費二萬四千餘緡，而民間之費不在，乃令諸郡量事裁損。比至，民獲交易之利，而無侵擾之害。

浙江潮自海門東來，勢如雷霆，而浮山峙於江中，與漁浦諸山犬牙相錯，洄洑激射，歲敗公私船不可勝計。公議自浙江上流地名石門，並山而東，鑿爲運河，引浙江及溪谷諸水二十餘里，以達於江，又並山爲岸，不能十里以達於龍山之大慈浦，自浦北折抵小嶺，鑿嶺六十五丈，以達於嶺東古河，浚古河數里，以達於龍山運河，以避浮山之險，人皆以爲便。奏聞，有惡公成功者，會公罷歸，使代者盡力排之，功以不成。公復言："三吴之水，瀦爲太湖，太湖之水，溢爲松江以入海。海日兩潮，潮濁而江清，潮水嘗欲淤塞江路，而江水清駛，隨輒滌去，海口常通，則吴中少水患。（**陳仁錫眉**）三吴水利要語。昔蘇州以東，公私船皆以篙行，無陸挽者。自慶曆以來，松江大築挽路，建長橋以扼塞江路，故今三吴多水，欲鑿挽路爲千橋以迅江勢。"亦不果用，人皆恨之。公二十年間，再莅此州，有德於其人，家有畫像，飲食必祝，又作生祠以報。（**陳仁錫眉**）昔以不仁浼路爲恨，古今不相及至此。

六年，召入爲翰林承旨，復侍邇英。當軸者不樂，風御史攻公。公之自汝移常也，受命于宋，會神考晏駕，哭于宋，而南至揚州。常人爲公買田書至，公喜，作詩有"聞好語"之句。言者妄謂公聞諱而喜，乞加深譴。然詩刻石有時日，朝廷知言者之妄，皆逐之。公懼，請外補，乃以龍圖閣學士守潁。

先是，開封諸縣多水患，吏不究本末，決其陂澤，注之惠民河，河不能勝，則陳亦多水。至是又將鑿鄧艾溝，與潁河併，且鑿黄堆，注之於淮，議者多欲從之。公適至，遣吏以水平準之，淮之漲水，高於新溝幾一丈，若鑿黄堆，淮水顧流浸州境，決不可爲，朝廷從之。

郡有宿賊尹遇等數人，群黨驚劫，殺變主及捕盗吏兵者非一。朝廷以名捕不獲，被殺者噤不敢言。公召汝陰尉李直方，謂之曰："君能擒此，當力言於朝，乞行優賞；不獲，亦以不職奏免君矣。"直方退，緝知群盗所在，分命弓手往捕其黨，而躬往捕遇。直方有母年九十，母子泣别而行。手戟刺而獲之，然小不應格，推賞不及。公爲言於朝，請以年勞改朝散郎階，爲直方賞。朝廷不從。其後吏部以公當遷，以符會考，公自謂已許直方，卒不報。

七年，徙揚州。發運司舊主東南漕法，聽操舟者私載物貨，征商不得留難。故操舟者富厚，以官舟爲家，補其弊漏，而周船夫之乏困，故其所載，率無虞而速達。近歲不忍征商之小失，一切不許，故舟弊人困，多盗所載以濟饑寒，公私皆病。公奏乞復故，朝廷從之。

未閲歲，以兵部尚書召還，兼侍讀。是歲，親祀南郊，爲鹵簿使，導駕入太廟。有貴戚以其車從争道，不避仗衛，公於車中劾奏之。明日，中使傳命申敕，有司嚴整仗衛。尋遷禮部，復兼端明殿、翰林侍讀二學士。高麗遣使請書於朝，朝廷以故事盡許之。公曰："漢東平王請諸子及《太史公書》，猶不肯予。今高麗所請，有甚於此，其可予之乎？"不聽。公臨事必以正，不能俯仰隨俗，乞守郡自效。

八年，以二學士知定州。定久不治，軍政尤弛，武衛卒驕惰不教，軍校蠶食其廪賜，故不敢何問。公取其貪汚甚者，配隸遠惡，然後繕修營房，禁止飲博。軍中衣食稍足，乃部勒以戰法，衆皆畏服。(**陳仁錫眉**)有次第，故京營之造營房及閘外之止飲博皆急。然諸校多不自安者，有卒史復以贓訴其長，公曰："此事吾自治則可，汝若得告，軍中亂矣。"亦決配之，衆乃定。（**陳仁錫夾**）細。會春大閱，軍禮久廢，將吏不識上下之分，公命舉舊典，元帥常服坐帳中，將吏戎服奔走執事。副總管王光祖自謂老將，恥之，稱疾不出。公召書吏作奏，將上，光祖震恐而出，訖事，無敢慢者。定人言："自韓魏公去，不見此禮至今矣。"

北戎久和，邊兵不試，臨事有不可用之憂，惟沿邊弓箭社兵與寇爲鄰，以戰射自衛，猶號精鋭。故相龐公守邊，因其故俗立隊伍，將校出入，賞罰緩急可使。歲久，法弛，復爲保甲所撓，漸不爲用。公奏爲免保甲及兩税折變科配，長吏以時訓勞，不報。議者惜之。時方例廢舊人，公坐爲中書舍人，日草責降官制，直書其罪，誣以謗訕。

紹聖元年，遂以本官知英州。尋復降一官，未至，復以寧遠軍節度副使安置惠州。公以侍從齒嶺南編户，獨以少子過自隨，瘴癘所侵，蠻蜑所侮，胸中泊然無所蒂芥。人無賢愚，皆得其歡心，疾苦者畀之藥，殞斃者納之竁。又率衆爲二橋以濟病涉者，惠人愛敬之。

居三年，大臣以流竄者爲未足也。（**陳仁錫眉**）入情。四年，復以瓊州别駕安置昌化。昌化非人所居，食飲不具，藥石無有，初僦官屋以庇風雨，有司猶謂不可。則買地築室，昌化士人畚土運甓以助之，爲屋三間。人不堪其憂，公食芋飲水，著書以爲樂，時從其父老游，亦無間也。

元符三年，大赦，北還。初徙廉，再徙永，已乃復朝奉郎，提舉成都玉局觀，居從其便。公自元祐以來，未嘗以歲課乞遷，故官止於此。勳上輕車都尉，封武功縣開國伯，食邑九百户。將居許，病暑，暴下，中止於常。

建中靖國元年六月，請老，以本官致仕，遂以不起。未終旬日，獨以諸子侍側，曰："吾生無惡，死必不墜。慎無哭泣以怛化。"問以後事，不答，湛然而逝，實七月丁亥也。(**陳仁錫眉**)可無問也。

公娶王氏，追封通義郡君。繼室以其女弟，封同安郡君，亦先公而卒。子三人，長曰邁，雄州防禦推官，知河間縣事。次曰迨，次曰過，皆承務郎。孫男六人，簞、符、箕、籥、筌、籌。

明年閏六月癸酉，葬於汝州郟城縣鈞臺鄉上瑞里。

公之於文，得之於天。少與轍皆師先君，初好賈誼、陸贄書，論古今治亂，不爲空言。(**陳仁錫眉**)從經濟入手。既而讀《莊子》，喟然嘆息曰：“吾昔有見於中，口未能言，今見《莊子》，得吾心矣。”乃出《中庸論》，其言微妙，皆古人所未喻。嘗謂轍曰：“吾視今世學者，獨子可與我上下耳。”既而謫居於黄，杜門深居，馳騁翰墨，其文一變，如川之方至，而轍瞠然不能及矣。後讀釋氏書，深悟實相，參之孔、老，博辯無礙，浩然不見其涯也。先君晚歲讀《易》，玩其爻象，得其剛柔、遠近、喜怒、逆順之情，以觀其詞，皆迎刃而解。作《易傳》未完，疾革，命公述其志。公泣受命，卒以成書，然後千載之微言，焕然可知也。復作《論語説》，時發孔氏之秘。最後居海南，作《書傳》，推明上古之絶學，多先儒所未達。既成三書，撫之嘆曰：“今世要未能信，後有君子，當知我矣。”至其遇事所爲詩、騷、銘、記、書、檄、論、譔，率皆過人。

有《東坡集》四十卷、《後集》二十卷、《奏議》十五卷、《内制》十卷、《外制》三卷。公詩本似李、杜，晚喜陶淵明，追和之者幾遍，凡四卷。幼而好書，老而不倦，自言不及晉人，至唐褚、薛、顔、柳，仿佛近之。

平生篤於孝友，輕財好施。伯父太白早亡，子孫未立，杜氏姑卒未葬，先君没，有遺言。公既除喪，即以禮葬姑。及官可蔭補，復以奏伯父之曾孫彭。其於人，見善稱之，如恐不及，見不善斥之，如恐不盡，見義勇於敢爲，而不顧其害。用此數困於世，然終不以爲恨。孔子謂伯夷、叔齊古之賢人，曰：“求仁而得仁，又何怨。”公實有焉。

銘曰：

蘇自欒城，西宅於眉。世有潛德，而人莫知。猗歟先君，名施四方。公幼師焉，其學以光。出而從君，道直言忠。行險如夷，不謀其躬。英祖擢之，神考試之。亦既知矣，而未克施。晚侍哲皇，進以詩書。誰實間之，一斥而疏。公心如玉，焚而不灰。不變生死，孰爲去來。古有微言，衆説所蒙。手發其樞，恃此以終。心之所涵，遇物則見。聲融金石，光溢雲漢。耳目同是，舉世畢知。欲造其淵，或眩以疑。絶學不繼，如已斷弦。百世之後，豈其無賢。我初從公，賴以有知。撫我則兄，誨我則師。皆遷於南，而不同歸。天實爲之，莫知我哀。

蘇軾詩文評本提要

蘇軾詩文題材廣泛，影響深遠。其作品無疑受到廣泛關注，而成爲評點的重點對象。今將所彙輯蘇軾詩文評點本，撰寫提要，並簡述其書名、編選者、評點者、選評目的、選文評語内容、材料來源、版刻時地及特點，兼記館藏所在，偶爾亦涉及各本得失。

一、《宋大家蘇文忠公文抄》二十八卷，（宋）蘇軾撰，（明）茅坤評，明崇禎四年茅著刻本。上海圖書館藏。

茅坤（1512—1601），字順甫，號鹿門，歸安（今浙江吴興）人，明代散文家、藏書家。茅坤文武兼長，熟悉軍事，雅好書法，提倡學習唐宋古文，反對"文必秦漢"的觀點，是唐宋派的代表人物，曾編選《唐宋八大家文鈔》，影響較大，另著有《白華樓藏稿》《玉芝山房稿》《耄年稿》《史記鈔》等。

是書半葉九行，行二十字，白口，四周單邊，眉上鎸評。茅坤多從"文道合一""文以載道"的角度進行評點，堪稱舉子備考的教科書。"評語雖所見未深，而亦足爲初學之門徑"（《四庫全書總目提要・唐宋八大家文鈔》）。

二、《蘇長公策論選》十二卷，（宋）蘇軾撰，（明）文起編選，（明）茅坤、鍾惺評點，明天啓間凌氏三色套印刻本。

文起（1574—1636），即文震孟，字文起，長州（今江蘇蘇州）人，明書畫家文徵明曾孫，生有異相，年少即以文才、品行聞名海内，但科場蹭蹬，曾十赴會試，天啓二年中殿試第一，授修撰，忤魏忠賢，調歸。崇禎初復見召，特擢禮部左侍郎，兼東閣大學士，有書名，著《姑蘇名賢小記》。

是書凡七册。每半葉九行，行十九字，白口，四周單邊。原題"歸安鹿門茅坤、景陵伯敬鍾惺批評"。朱印茅坤評語，黛印鍾惺評語，墨印蘇軾策文。卷前有沈緒蕃序及韓昌箕天啓元年(1621)序各一篇。韓序云："鹿門、伯敬兩公，評騭品題，於先生獨窺其深，雖標指各有微意，總不減林、杜之於《左氏》。吾友文起遴而合梓之，有裨今日學者之實用。"沈序稱："余友文起，精心此道。"

三、《蘇文》六卷，(宋)蘇軾撰，(明)錢豐寰、茅坤批，(明)閔爾容輯評，明閔氏三色套印刻本。中國國家圖書館藏。

又名《蘇文忠公文選》，六卷。明代吴興刻書商閔爾容輯評。有明末烏程閔氏刊朱墨藍三色套印本傳世，據《凡例》云："豐寰錢先生圈點用朱，鹿門茅先生圈點用黛。"原刊本今臺北"國立中央圖書館"存二帙，美國國會圖書館亦存二部(中有一部朱墨兩色套印)，半葉九行，行十九字，白口，四周單邊，版心上題"東坡"，下記卷葉數。卷前有沈闇章序、凡例及總目，卷後有清趙伯蘇跋。

此書取材於茅坤、錢穀二家的蘇文選評本，加以綜合利用。共收蘇文九十一篇，以論居多。沈闇章爲之序云："明興，操觚家遞爲評選，屈指未易更僕數。豐寰錢先生業加品騭。而鹿門先生又有《文抄》行海内，然覽者不無浩夥之嘆。余友閔氏爾容復取而椶(綜)核之，批評以豐寰爲宗，間采鹿門附焉。"

四、《蘇長公表啓》五卷，（宋）蘇軾撰，（明）李卓吾等評，（明）錢櫝輯，明萬曆凌濛初刻朱墨套印本。復旦大學圖書館藏。

編者題名頗不一致。臺北《"國立中央圖書館"善本書目》著録爲"明盛文明選編"，《日本現存宋人文集目録》著録爲"明凌濛初選"，另有著録爲"明錢櫝編"。

此書爲明凌濛初朱墨套印本。半葉八行，行十八字，白口，四周單邊。凡表三卷，六十五篇；啓二卷，八十二篇。卷前有吴郡錢櫝序、凌濛初序。本文墨印，圈點、眉批、文末評語乃朱印，爲松陵盛文明書寫上版，版刻極精。錢櫝《蘇長公表啓序》云："……余故取文忠表啓凡五卷，校其訛舛，付之剞劂，用貽同志者覽焉。"從"余故取文忠表啓凡五卷"來看，此書似爲錢櫝所編。

五、《東坡先生尺牘》二十卷，（宋）蘇軾撰，（明）焦竑批點，明天啓元年(1621)刻本。上海圖書館藏。

《東坡先生尺牘》二十卷。卷首署瑯琊焦竑批點，茂苑許自昌校，錢塘徐象橒梓。取自茅維本《東坡全集》卷五十至六十一，惟將十二卷改編爲二十卷，删去茅維本所收的《上韓魏公》一篇、《上吕相公》一篇、《與曾子固》一篇、《與吴將秀才》二篇、《與運判應之》一篇、《與張正己》一篇、《與外生柳閎》一篇及《徐州與人》一篇，凡九篇。此書共收東坡尺牘一千二百七十七篇。正文有圈點。書眉偶有評語，頗爲淺陋。

焦竑(1540—1620)，江寧(今南京市)人，字弱侯，號漪園，又號澹園。明萬曆十七年以殿試第一授翰林編修。以上疏直言謫福寧州同知，後退居。曾受學耿定向、羅汝芳，而與李贄交篤。博極群書，自經史至稗官、雜説，無不淹貫。試圖引佛入儒，調和二家之説，時人頗以禪學譏之。其文典正訓雅，著述甚豐，有《澹園集》《焦氏筆乘》等。《明史》卷二八八有傳。

焦竑在《東坡二妙題詞》(《東坡二妙集》卷首,明刻本)中說:"余得秘閣藏本,獨綴書、詞二種,揭其妙處,以示同志,見坡公之妙,不盡於論、策、序、記,有能盡衆妙者,即與《外紀》(按:指王世貞《蘇長公外紀》)並絶韋編可也。"因其自序不見於《澹園集》,評語又未見高明之處,且尺牘各卷所署校閲者姓氏也不盡相同,並非一人之功,留下了坊刻之迹,故有人懷疑該書是僞作。

六、《坡仙集》十六卷,(宋)蘇軾撰,(明)李贄評選,明萬曆二十八年庚子(1600)焦竑序刊本。上海圖書館藏。

是書封面題"李卓吾批選坡仙集",卷前有焦竑序,書末有方時化跋。焦竑序云:"嚮余於中秘見蘇集不減十餘種,欲手自排纘爲一編,未成而以罪廢,頃王太史宇泰取見行全集與外集,類次之以傳,而以書屬余曰:'子其以卓翁本先付之梓人。'"卷首《目録》後有"萬曆庚子歲録梓於繼志齋中"牌記,卷内有"不及庵藏"印記。全書凡六册,半葉九行,行二十字,白口,四周單邊。

李贄(1527—1602),號卓吾,晉江(今屬福建)人,著名思想家、文學批評家。他在哲學上反對禮教束縛,抨擊假道學,自標"異端",在文學上反對復古摹擬,主張抒發"童心",曾評點《水滸傳》,頗爲後人看重。著述甚豐,而以《焚書》《續焚書》《藏書》《續藏書》爲有名。事迹附《明史》卷二二一《耿定向傳》。

李贄在《書蘇文忠公外紀後》中說:"蘇長公以文字故獲罪當時,亦以文字故取信於朋友,留聲於後世,若黄、秦、晁、張皆是也。略考仁、英、神、哲之朝,其中心悦而誠服公者,蓋不止此,蓋已盡一世之傑矣。黄、秦、晁、張,特其最著者也。"

李贄評選《坡仙集》,旨在借書知人,"使世人不待讀長公之全集,而能得長公之全人"(見萬曆庚子本《凡例》)。故入選之文,"俱世人所未嘗取者”,“俱係彼(東坡)精神筋骨所在”,以此看出東坡“平生心事”(見《卓吾先生復焦秣陵書》)。《與袁石浦書》亦云:“《坡仙集》,我有批削旁注在内,每開看便自歡喜,是我一件快心却疾之書。大凡我書,皆是求以快樂自己,非爲人也。”此書體現着李贄一貫的反潮流性格。焦竑序云:“古今之文,至東坡先生無餘能矣。引物連類,千轉萬變而不可方物。即不可摹之狀與甚難顯之情,無不隨形立肖,躍然現前者,此千古一快也!獨其簡帙浩繁,部分叢雜,學者未睹其全,而妄以先入之言少之。故先生之文,學者未盡讀,即讀而弗知其味,猶弗讀也。卓吾先生乃詮擇什一,並爲點定,見者忻然傳誦,争先得之爲幸。大若李光弼一入汾陽之軍,而旌旗壁壘無不改色,此又一快也。”

全書凡十六卷。卷一收詩賦八篇,頌九篇,墓誌銘八篇,銘二十七篇,偈三篇,贊二十六篇;卷二收傳四篇,碑五篇,記二十七篇,叙七篇;卷三爲祭文七篇,祝文十四篇,志林四條,雜作三十一篇;卷四爲經説八篇,論七篇,表狀七十篇,樂語四篇;卷五爲啓四十九篇,書柬二十篇;卷六續收書柬六十一篇;卷七爲策問、對策及策略等二十篇,卷八至卷十爲奏議(共四十七篇)及内制三十一篇,外制十五篇。以上爲正集。卷十一至十五爲别集,共録東坡事實四百七十二條,大抵本於王世貞《蘇長公外紀》,卷十六爲年譜、年譜後語、本傳(節録)。

正文有圈點,有旁批,有題下批語、文後評語等,皆畫龍點睛、簡明扼要,發人深省,可見出評點者思想。如《赤壁賦》於“自其變者而觀之”句旁批“正好發揮,可惜説道理了”,於“自其不變者而觀之”句旁批“俗氣甚”。《石恪畫維摩頌》題下批“趣甚”。《十八大阿羅漢頌引》題下評曰“事奇”。《大别方丈銘》題下評曰“好”。《孔北海贊》題下評曰“可感”。又如評《凌虚臺記》云“一篇罵太守文字”,評《乞開杭州西湖狀》云“妙甚,有才有識,真仁真忠”,評《杭州召還乞郡狀》

云“可憐可痛”，稱《策略五》“刺骨”，《策略六》“痛切不可當”。

此書的選材尤其是評語，爲晚出的蘇文選本提供了借鑒。如同李贄其他著述一樣，此書亦屢禁而不絶，傳刻頗多。另陳繼儒（1558—1639）《補訂坡仙集》三十八卷，就李贄所選增補詩詞，萬曆間有刊本。

七、《東坡禪喜集》十四卷，（宋）蘇軾撰，（明）馮夢禎批點，凌濛初增輯，朱墨套印，凌氏明萬曆三十一年（1603）刻本，明天啓元年（1621）。南京圖書館藏。

《四庫全書總目提要》（卷一七四《集部·别集類》存目）云：“《東坡禪喜集》十四卷，明凌濛初編。……先是，徐長孺（益孫）嘗取蘇軾談禪之文，彙集成編（按，原編九卷）。唐文獻（元徵）序而刊之。濛初以其未備，更爲增訂（按，增十七則，更新編次，釐爲十四卷）。萬曆癸卯（1603），濛初與馮夢禎遊吴閶，攜是書舟中，各加評語於上方。至天啓辛酉（1621），與《山谷禪喜集》並付之梓。”

馮夢禎（1548—1595），字開之，號具區、真實居士，秀水（今浙江嘉興）人。明萬曆五年（1577）進士。官編修，與沈懋學、屠隆以氣節相尚。後與紫柏大師交往頗密，執弟子禮，與李贄、茅坤、焦竑等時賢也有交往。張居正喪父爭情，夢禎詣其子嗣修力言不可，忤居正，病免。後復官，累遷南京國子監祭酒。尋中蜚語歸。夢禎家藏《快雪時晴帖》，因名其堂曰快雪。著有《快雪堂集》六十四卷、《快雪堂漫録》一卷及《歷代貢舉志》。

該本卷首有陳繼儒、陸樹聲題序，半葉八行，行十八字；中縫上題“東坡禪喜”，下記卷葉數，文體類目低一格，文題低二格，正文頂格。正文有朱筆圈點及旁批；天頭有眉批，文末時見總評，皆朱文。卷首署“真實居士馮夢禎批點，即空居士凌濛初輯增”。卷末有馮、凌二人萬曆癸卯（1603）的題識，凌氏天啓辛酉（1621）跋及唐文獻跋。

全書十四卷。卷一頌(三十篇),卷二贊(七十六篇),卷三偈(十九篇),卷四銘(十八篇),卷五書後(八篇),卷六記(十五篇),卷七序(一篇),卷八傳(一篇),卷九文(三篇),卷十疏(二篇),卷十一雜文(二篇),卷十二書(三篇),卷十三雜誌(十三則),卷十四禪喜記事(三十二則)。評語主要來自王聖俞、李卓吾、袁石公、陳眉公、茅鹿門、錢鹿屏等人的評選本,而又頗所變更。眉批改總評,總評改眉批,旁批改眉批,以及評語出處的張冠李戴,均屬常見。所收評家雖多,却非集大成者。這與茅維對《分類集注東坡詩》的竄改如出一轍,蓋明末文風所致。故《四庫全書總目提要》謂:"濛初喜取前人小品,以套版刻之,剞劂頗工,而無補藝苑。"

八、《蘇長公合作内外篇》不分卷,(宋)蘇軾撰,(明)鄭之惠評選,明萬曆三十年(1602)書林余憲成印本。上海圖書館藏。

該書爲《蘇長公合作》初刻本,不分卷而分内外篇,據明萬曆三十年壬寅(1602)重九日鄭之惠撰《蘇長公合作内外篇叙》云:"俗儒泥古疑今,拘儒是非古今,謂三代、秦、漢而下,無復有文字,而輒以長公側於唐、宋諸人之例,此宇宙間一大不平事也。……舉子業至今日,無復開元、大曆之詩矣。以無所不啚之論爲工,以無所不啚之才爲奇,則謂長公之文爲今業舉子者《訓》《誥》可矣。因録其尤合作(合於法度)而與舉子業合者若干篇,評騭句讀,授門人,而爲引其意以告之如此。"可見該書編選目的,一是與文必秦漢的復古派對抗,一則以"長公之文爲今業舉子者《訓》《誥》",即爲科舉考試提供教材。

内篇爲制舉經濟文,以《上神宗皇帝書》爲開卷第一篇,共選書劄七篇,策二十三篇,論二十四篇,表十篇,啓八篇,内外制六篇。

外篇爲海外論著禪喜小章,共選詞賦十一篇,記三十三篇,碑五篇,銘九篇,贊十七篇,頌偈七篇,序跋十篇,祭文五篇,雜文十篇,書諫十六篇。

正文無圈點評批,唯文末時有總評,亦寥寥數語而已。評語似鄭之惠一人所加。凌啓康增選的三十多篇文章,題下均標明"增正"字樣,與鄭氏所選者混編。鄭之惠,字孔肩,事迹不詳。《明史·刑法志》載:"莊烈帝即位,忠賢伏誅,而王體乾、王永祚、鄭之惠、李承芳、曹化淳、王德化、王之心、王化民、齊本正等相繼領廠事,告密之風未嘗息也。"《杭州府志》"選舉三·崇禎年"載:"鄭之惠,錢塘人,三中副榜。"《千頃堂書目》載:鄭之惠,錢塘人,撰有《葬書演》一卷、《測莊》一卷。凌啓康,字安國,號茹芝居士、旦庵主人,屬浙江凌濛初家族的刻書商。

初刻本半葉九行,行二十二字,白口,四周單邊,小縫上標書名,中標文體類别,下標葉數。文題低二格,評語低一格,正文頂格。上海圖書館還曾藏有明萬曆壬寅(三十)年刊"虎林鄭之惠評選"手批本。

九、《蘇長公合作》八卷,補二卷,(宋)蘇軾撰,(明)凌啓康考釋,《附録》一卷,三色套印,凌氏明萬曆四十八年(1620)刻本。上海圖書館藏。

該書乃是在明萬曆三十年壬寅(1602)《蘇長公合作内外篇》不分卷刻本的基礎上重刻印版。

凌氏重刻本爲萬曆四十八年庚申(1620)永陵氏歧晟閣朱墨藍三色套印本,無魚尾,四周單邊。半葉八行,行十九字;小字朱、黛色雙行,行十九字。版心題"蘇長公合作""卷×"及葉碼。

該書打亂了鄭孔肩原編内外篇的體例和文章次序,釐爲八卷,以賦爲首。凌啓康增選的各體蘇文五十八篇單編爲補遺二卷,不與鄭選者相混。此外凌氏還增補了本傳、雜説、評論等彙爲附録一卷。在古今六十三家評語中,以明高啓、李贄爲主,鄭之惠的評語反而未占重要地位。

重刻本首列明萬曆庚申四十八年(1620)錢一清《序蘇長公合作》、明萬曆庚申凌啓康《小引》、明鄭之惠《蘇長公合作引》。次歧晟閣《刻蘇長公合作凡例》十則(分:選集、原評、裒評、批點、考釋、附存、序次、卷帙、朱黛、校正等)。王重民《中國善本書提要》云:"啓康字安國,號茹芝居士,歧晟閣則其讀書處也。"知《凡例》爲凌啓康之作。又次《蘇長公合作目録》。各卷首行題"蘇長公合作卷×",書眉朱、黛色小字,半葉十六行,行六字。本文墨色,行間有朱、黛色小字批評與圈點,其中高啓及各家評點用朱印,李贄及諸家考釋用藍印。最後一册爲附録。附有傳:《蘇長公本傳》;贊:《宋孝宗題蘇文忠公文集贊(並序)》;誥:《宋孝宗賜蘇文忠曾孫嶠誥詞一道》;評詞:《古今總評》;姓氏:《批點姓氏、評選姓氏、附評姓氏、考釋姓氏、參訂姓氏、校閲姓氏》。該書印製精良,在各種蘇集選本中是首屈一指者。

十、《陳眉公訂補坡仙集》三十八卷,(宋)蘇軾撰,(明)陳繼儒選評,明萬曆二十八年刻本。上海圖書館藏。

陳繼儒(1558—1639),明代文學家、書畫家。字仲醇,號眉公、麋公。華亭(今上海松江)人。諸生,年二十九,隱居小昆山,後居東佘山,杜門著述,工詩善文,書法蘇、米,兼能繪事,屢奉詔徵用,皆以疾辭。擅墨梅、山水,畫梅多册頁小幅,自然隨意,意態蕭疏。論畫宣導文人畫,持南北宗論,重視畫家的修養,贊同書畫同源。有《梅花册》《雲山卷》等傳世。著有《妮古録》《小窗幽記》《陳眉公全集》。

該書爲明萬曆間刊本，半葉十行，行二十字。係由陳繼儒根據李贄選評的《坡仙集》篇目所訂補，除補選原評本置之甚少的詩詞並新附批點之外，對李氏原書之内容、編次、卷數亦有所調整和增訂。卷首有焦竑序、陳繼儒序。

十一、《東坡文選》二十卷，（宋）蘇軾撰，（明）鍾惺選評，朱墨套印本，閔氏明(1368—1644)。上海圖書館藏。

該書爲明萬曆四十八年(1620)刊朱墨套印本。二十卷，十册。半葉九行，行二十字，白口，四周單邊。卷首鍾惺序，題"鍾惺伯敬評選，徐亮元亮、聞振業士隆、閣振聲襄子參閲"。書眉、行間、篇末有評語。

鍾惺(1574—1620)，字伯敬，一作景伯，號退谷、止公居士，竟陵(今湖北天門)人，明代文學家，萬曆三十八年進士，官至南京禮部郎中，擢福建提學僉事。爲人嚴冷，不喜接俗客，晚逃於禪以卒。與同里譚元春共創竟陵派，名揚一時。

刻書選蘇文二百零一篇。包括賦、序、記、傳、論、策、奏議、表、啓、書、碑、墓誌、條文、説、跋、書事、贊、銘、頌、偈、祝文、雜文、外制、内制等各種文體，面面俱到。此書與袁宏道選、譚元春增删之《東坡詩選》(收蘇詩七百餘首)同享盛名，反映竟陵派的選文標準，是看重所謂"雄博高速之氣，纖回峭拔之情"(見鍾氏自序)，而對抗時人所推崇的蘇軾小品。

十二、《蘇文奇賞》五十卷，（宋）蘇軾撰，（明）陳仁錫選評，明崇禎四年(1631)。上海圖書館藏。

陳仁錫(1581—1636)，字明卿，號芝臺，長洲(今江蘇蘇州)人。天啓二年(1622)進士第三，官至南京國子監祭酒。魏忠賢冒邊功，仁錫不給世券，頗重氣節。講求經濟，有志天下事，性好學，喜著書，一時館閣中博洽者鮮其儔云。《明史》卷二八八有傳。

此書《四庫全書總目提要》卷一七四列爲别集存目，云：

> 《蘇文奇賞》五十卷，明陳仁錫編。……是編取《東坡七集》分體選録，一以時文之法批點之。至於《志林》之屬，亦皆摘録，不知是固不以文章論也。《颶風賦》乃蘇過之作，後人誤題其父，仁錫因而録之，亦漫無考證矣。

是書今有明崇禎四年(1631)刊本。卷首有陳仁錫序，每半葉十行，行二十字，白口，左右雙邊。王重民《中國善本書提要》别集類云：

> 卷内有朱批，書法遒秀，猶是崇禎間人手筆。卷二《策略》二有批云："近世可兵部加戎政尚書，掌北虜之事，亦是此意。"按茅坤批已有此説。明季戎政尚書，時舉時廢，此或指崇禎二年重設事，然則其爲明人審矣。

十三、《蘇長公小品》四卷，(宋)蘇軾撰，(明)王聖俞評選，朱墨套印刻本，四册。上海圖書館藏。

王納諫，字聖俞，江都(今江蘇揚州)人。晚明學者。據乾隆《江南通志》卷一百四十四《人物志》載，其爲萬曆丁未進士，授行人，使榮藩却饋贈，甚見敬禮。疾假家居二載，起爲吏部主事。歷四司，尋復告歸。著有《心言》《初日齋集》。

此書於明萬曆三十九年辛亥(1611)由聖俞之友人章萬椿(古生)作序付梓，是爲心遠軒刻本，凡二卷。後不久吴興凌啓康(安國，又字天放，號旦庵主人)更編此書爲四卷，半葉八行，行十九字，白口，四周單邊，以朱墨二色套印，在天眉或篇末，除聖俞原有評語外，又添補了十餘家評語。此書在清代似未有翻刻，至民國三年

(1914)又有北京正蒙書局鉛印本一册傳世,係據陸大坊家藏凌氏套印本(四卷本)排印,其批語又有增添。王聖俞、凌啓康、章萬椿、施扆賓皆有序(均見該書卷首)。王序云:"人之於物,大者取大,小者取小,詩文亦然。……余讀古文辭,諸舂容大篇者,輒覽弗竟,去之。噫嘻,此小品之所以輯也。始余欲遍閱子史而掇其小言,而力未之逮也。以長公多韻且善謔,時復參微言,故輯先成。友人章古生見之,而爲之梓之,余猶病多帙焉。且夫捨其大而論其細,無乃萬斛泉拾其濺珠者乎? 而古生氏又欲綴吾珠珥之佩之也耶?"小品原指佛經之節本,借爲文體名,則指深入淺出、夾叙夾議之短篇雜著,於明末盛行一時。王聖俞選東坡短文小章,以求"一餉之歡,而非千秋之志也",意在投時所好。故該書所選以題跋居多,次則尺牘、雜記等。

此書四卷本之卷一收賦二篇,序二篇,記七篇,傳一篇,啓二篇,策問五篇;卷二收尺牘廿九篇,頌二篇,偈五篇,贊七篇;卷三收銘十一篇,評史九篇,雜著八篇,題跋七篇;卷四收題跋四十七篇,詞一篇,雜記三十篇。

正文圈點爲王聖俞所加,眉批及文末總評主要有王聖俞(納諫)、唐順之(荆川)、茅坤(鹿門)、姜寶(鳳阿)、錢穀(文登)、樓昉(迂齋)、李贄(卓吾)、陶望齡(石簣)、吕雅山、蔡宷之、袁宏道(石公)、陳繼儒(眉公)、劉士璘(越石)、鄭之惠(孔肩)等十餘家。

評語中雖不乏畫龍點睛的真知灼見,然亦有荒誕錯誤者。如卷三《却鼠刀銘》總評曰:"東坡幼年作此銘,曾祖稱之,命佳楮手寫,裝協訂於所居壁上。"按此條轉抄自《欒城遺言》,"曾祖"云云謂蘇籀之曾祖即蘇軾之祖父蘇序。評者有失於審核,竟誤以爲是東坡之曾祖,今人亦有延襲此誤者。因此,對諸家評語不可輕信,而應詳察細審。

十四、《蘇長公密語》六卷，四册，（明）李一公選。明天啓間朱墨套印本。上海圖書館藏。

十五、《蘇長公密語》十卷，六册。（明）吴京輯評，明天啓間朱墨套印本。臺北“國立中央圖書館”藏。

十六、《蘇長公密語》十六卷，八册。（明）吴京纂輯，明天啓四年朱墨套印本。美國國會圖書館藏。

光緒《重修安徽通志》卷一百九十三載，李一公，字闇生。繁昌人。萬曆庚戌進士，授行人，遷比部，詔獄，多所全活。出知成都府，集流亡，訓士卒，繕城池，收圖籍。晉西川副使，擢山東参政，致仕。天啓六年還曾刻過《華陽國志》。

據李一公所撰序，此書於東坡文“姑略其論、策、奏疏諸文之顯易窺者，而獨取頌、偈、銘、贊、記、傳諸文之最沉密者，時密密佩服不置。既乃遍輯諸名公評選附録參證”。此書初稿作爲評選者“余家密諦”，“從未輕以示人”。及二兒年長，課餘“出是編授之”，其書方得以傳世。原序寫於明天啓元年（1621）定名“密語”，蓋兼“文最沉密”“密密佩服”，與用作家庭教育的教材、長期秘不外傳諸意。

是書卷首有本傳、像贊（黄庭堅作）及東坡自評文一則。後附諸家評語（朱文）。

卷一收詩賦（二詩七賦）九篇，卷二收銘二十八篇，卷三收頌（七）、偈（九）共十六篇，卷四收贊二十七篇，卷五收序七篇，卷六收記二十篇。大抵皆短文小品。

卷首頂格書“蘇長公密語卷×”，次兩行並列署“姑熟古繁李一公闇生甫選，三衢杜承仕邦用甫校”。正文墨印，朱筆圈點，加旁批及眉批（朱文）。篇末有總評（朱文）。中縫上標“東坡密語”，中標卷數、文體類别，下標葉數。半葉八行，行十九字。各篇自爲起訖，不接排。版刻疏朗而精緻。

評語輯自王聖俞、李卓吾、鍾伯敬、茅鹿門、鄭孔肩、陳眉公、錢文登、姜鳳阿等。

臺北“國立中央圖書館”所藏《蘇長公密語》十卷六册，其《善本書目》著録爲“明吴京輯評，明天啓間朱墨套印本”。據悉收頌、贊等一百四十八篇，比六卷本增添傳二篇，評史十一篇，雜著二十四篇，論二篇，説二篇，疑爲李一公評選本之增補本。

另據王重民《中國善本書提要》，美國國會圖書館所藏《蘇長公密語》釐爲十六卷，八册，原題“新安後學吴京省之甫纂輯”。據王氏考訂：“按京寄居白下，其讀書處曰安止堂，然則此本爲刻於南京矣。陶氏《閔板書目》著録本，題‘吕一公選，杜承仕校（國學圖書館書目》作李一公選）’，當另是一本。”姑録以備考。王氏所見者亦爲明天啓四年(1624)吴用先序刻本，《吴用先密語序》云：“蓋論策奏疏諸文，或束於功令，其顯易見，則其神不全；惟是頌、偈、銘、贊、記、傳，直寫其所獨得，其密難證，則神遍到。或著韻而成趣，或致微而近幽，或摹寫而成景，或濃或淡，或近或遠，或玲瓏而小巧，或幹碩而姿偉，隨其神之所至，窮萬道而曜三靈，變化不可名狀，要以不用意得之，即坡仙亦不自知其所以然而然者。雖重岩襲室，光彩激灩，此密諦真種子也。省之之神，其藉坡仙之神而暢乎？宜其秘諸笥中也。”卷内且有“吟紅仙館”“真州吴氏有福讀書堂藏書”等印記，亦朱墨套印，應與臺灣藏本同出一源，而所記卷數各異，疑爲十卷本之翻印改編者。

十七、《蘇長公文集》六卷，(明)張溥編選，吴偉業評點，明末刊本。中國國家圖書館藏。

張溥(1602—1641)，字天如，號西銘，太倉（今屬江蘇）人，幼嗜學,與同里張采共以學齊名,號"婁東二張"。崇禎間創復社,以"吾嗣東林"自矜。詩文敏捷,名高一時。《明史》卷二八八有傳。

吴偉業(1609—1672),字駿公,號梅村,太倉(今屬江蘇)人。明崇禎四年(1631)進士,爲翰林編修,官至左庶子。入清,累官國子祭酒,旋辭職歸隱。長於詩,多悲凉之作,論者方之庾信。著有《梅村家藏稿》。

書前有吴偉業序,贊譽蘇文"如海",其師張溥有感於"大海洋洋,誰涉其涯",遂選定是書。而張溥在《叙蘇長公文集》中云:"坡公歷事三朝,值陽九之厄,媒孽坎壈,諸難備嘗,養其剛大之氣以立朝,批鱗瀝膽,不避權奸,不顧斧鑕。凡策對奏議,皆提綱觴祝之靡文。"稱頌蘇軾爲"宇宙第一人物",蘇文爲"宇宙第一文字"。標明本書選材標準,在於宣揚"忠孝節義"之"正氣"。

據《蘇長公宇宙第一文字總目》,該書卷一收論四十二篇;卷二收策三十四篇;卷三收表二十八篇,奏議五篇,劄子十一篇,狀五篇;卷四收啓十九篇,劄二十六篇;卷五收賦七篇,序十篇,傳三篇,記二十四篇;卷六收雜著十七篇,銘十三篇,祝文四篇,祭文三篇,碑文四篇,跋六篇,贊十六篇,墓誌銘一篇,頌一篇。

卷首頂格題"蘇長公文集",次行署"張溥天如父選定",此下並列署"吴偉業駿公父點次,吕一經子傅父參評"。文題低三格,正文頂格。半葉十行,行二十二字。中縫上署"宇宙第一文字",中標類目(文體),下列卷葉數。正文有圈點及旁批,天欄有眉批,文後有總評。

是書所收諸家評語頗爲龐雜,有採自宋人晁補之、吕東萊及邵博《聞見後録》者,有來自明代著名學者李卓吾、楊升庵、唐順之、茅坤、謝疊山、鍾伯敬、王聖俞者,也有些不很知名的評點者,如耿楚侗、吕子傅、王浚川、雷何思、方三山、姜鳳阿、張聞韶、朱鮮民、黄葵暢、余爾錫、朱俶大等。粗略統計,所收評點涉及三四十人,多爲平庸之見，偶爾亦有發人深省者。

十八、《東坡養生集》十二卷，（清）王如錫編選，邱象升評點並序，明崇禎八年序刊本，北京大學圖書館藏。

王如錫，字武工，江寧（今江蘇南京）人，明末清初學者。他將蘇東坡有關養生的信劄、論著彙集成《東坡養生集》。

此書半葉九行，行十八字，白口，四周單邊。卷首有王思任序、則當成於前明之末，然又有康熙甲辰邱象升序，蓋書成於崇禎中，批點行世則出象升手也。

邱象升（1629—1689），字曙戒，號南齋，江蘇山陽（今屬淮安）人。幼聰警，讀書不輟。亂後，益發憤於學，旁及詩歌。與弟象隨以詩文名，時稱“二邱”。順治十二年（1655）登進士第。改翰林院庶起士。散館，授編修。官至大理寺左寺副。所至皆有政績。象升篤於友誼，病時，尚校刊其亡友張春重、靳應升之遺集。著有《嶺海》《瞉音》《入燕》《白雲草堂》等集。

是書取蘇軾詩文雜著有關於閑適頤養者，分《飲食》《方藥》《居止》《遊覽》《服御》《翰墨》《妙理》《調攝》《利濟》《述古》《志異》十二門，共列一千四十多條。“軾以文章氣節雄視百代，其遊戲諸作，大抵患難中有托而逃。如錫乃惟録其小品，所謂‘飛鴻翔於寥廓，而弋者索之藪澤’也”，然多數不是蘇軾的代表作品。故《四庫提要》譏之曰：“使軾僅以此見長，則軾亦一明季山人而已矣，何足以爲軾乎？”（卷一七四《集部・別集類》存目）。

十九、《蘇文精選》一卷，（宋）蘇軾撰，（清）吕留良選，吕氏家塾清康熙刻本，（清）王翰批校。上海圖書館藏。

吕留良（1629—1683），字莊生、又名光綸，字用晦，號晚村，別號耻翁、南陽布衣、吕醫山人等。明末清初傑出的學者、思想家、詩人和時文評論家、出版家。自幼聰慧過人，8歲就能賦詩作文。暮年削髮爲僧，名耐可，字不昧，號何求老人。浙江崇德縣（今浙江桐鄉）人。吕氏一生一身傲骨，視仕途如糞土，他“散萬金之家以結客，往來湖山之間，跋風涉雨，各嘗艱苦”。視明王朝覆亡爲“天崩地解”，用家産支援義軍，並直接參加抗清戰鬥，具有强烈的愛國主義思想和民族氣節。著有《吕晚村文集》《東莊詩存》等；與吴之振、吴自牧合選《宋詩鈔初集》。

該書雖曰王翰批校，但實乃多爲選録茅坤評點蘇文之語。王翰，生平不詳。

二十、《宋大家蘇文忠公文鈔》二十八卷，（宋）蘇軾撰，（明）茅坤編，（清）祁班孫批。明崇禎四年（1631）茅著刻本。南京圖書館藏。

祁班孫（1632—1673），字奕喜，小字季郎，山陰（今浙江紹興）人。南京巡按、反清名將祁彪佳幼子，母商景蘭，兄祁理孫。班孫行六，人稱六公子，穎悟絶倫，詩文清麗，不假雕飾，取境雖近，托意良遠。撰有《東行風俗記》《自怡堂集》《紫芝軒集》，曾批《唐宋八大家文鈔》。

該批本現存僅八卷：卷二、卷十九至二十三，卷二十七至二十八。班孫以故國喬木自任，豪宕喜結客，因通海案牽連被戍寧古塔，後遁歸，爲逃避清廷追捕，落髮爲僧，住持毗陵馬鞍寺，號咒明林大師，仍“喜議論古今，不談佛法，每語及先朝，則掩面哭”。觀其批語，亦如其人，直抒所感，簡潔明快，時有不平之語，常作黍離之音，一舒鬱勃之氣，足見悼世之情。

二十一、《東坡先生全集録》九卷,(宋)蘇軾撰;(清)儲欣編;(清)王芑孫、沈欽韓評點,王芑孫跋。清康熙刻本。復旦大學圖書館藏。

王芑孫(1755—1817),字念豐(豐一作灃),一字漚波,號愓甫,一號鐵夫、雲房,又號楞伽山人,長洲(今江蘇蘇州)人。清代書法家。乾隆五十三年(1788)召試舉人,官華亭教諭。工書,逼劉墉,不期而合。吴門自明季以來,書家用筆皆以清秀俊逸見長,至芑孫,始以遒厚渾古矯之,遂爲三百年所未有。雖孫退谷、何義門猶當讓出一頭。卒年六十三。著《碑版廣例》《楞伽山房集》《淵雅堂集》等。

沈欽韓(1775—1832),字文起,號小宛,又號柳橋,吴縣(今江蘇蘇州)人。嘉慶舉人,官寧國訓導。淹通經史子集,尤長於訓詁考證,著有《漢書疏證》《左傳補注》《三國志訓詁》《水經注疏證》《韓昌黎集補注》《石湖集注》。詩文華贍,有《幼學堂集》。

儲欣(1631—1706),字同仁,江蘇宜興人。博通經史而試禮部不遇,著書教授以終。其詩五言淡雅,可追唐風,著有《在陸堂集》,編有《唐宋十大家全集録》,其中即有《東坡先生全集録》,又有《唐宋八大家類選》,均有大量評語。《唐宋十大家全集録・凡例》云:"東坡之文極言盡意。……議論縱横無敵,似有天授。"

二十二、《聽嚶堂選蘇長公尺牘》二卷,(清)黄始輯,王承志批校,清課花書屋刻本。山東省圖書館藏。

據《蘇州府志》,黄始,字静御,江南吴縣人。舉鴻博,不遇歸。所輯是書爲《聽嚶堂選蘇黄尺牘》四卷刻本之一種。每半葉九行,行二十四字,白口,左右雙邊。上有清王承志批語,多爲選録他人詩話中語。王承志,四川閬中人,學者,清嘉慶癸酉科拔貢,曾參加編修《保寧府志》和《四川通志》。

二十三、《蘇長公文燧》不分卷，（宋）蘇軾撰，（明）陳紹英輯，明崇禎四年（1631）刻本，（清）弘曉批校，方功惠跋。山東省圖書館藏。

陳紹英，字生甫，號瓠庵，陳禹謨之子，浙江錢塘（今浙江杭州）人，曾任貴州按察使，有《五石居詩草》。此書選東坡文二百三十七篇，據陳紹英自序，爲糾當時文弊而選，“以見子瞻之文，任取無窮，而學人取之，不徒爲宿火困則可耳”，是以取名曰“文燧”。

明崇禎四年辛未（1631）刻本，題“蘇長公文燧”，署“武林陳紹英生甫選定”。半葉九行，行二十字，中縫上署“蘇文燧”，中記文體類别，下記葉數。

怡僖親王弘曉，字秀亭，號冰玉道人，爲清朝著名藏書家、詩人。怡賢親王胤祥第七子。弘曉積學好古，凡經史傳記、諸子百家，靡不畢覽。著有《明善堂詩集》和《明善堂文集》。

方功惠（1829—1899），字慶齡，號柳橋，巴陵（今湖南岳陽）人。清著名藏書家，有《碧琳琅館書目》四卷等傳世。

二十四、《三蘇文範》十八卷（其中卷五至卷十六爲蘇軾文），（明）楊慎編選、（明）袁宏道參閱。

楊慎（1488—1559），字用修，號升庵，四川新都（今成都市新都區）人，祖籍江西廬陵。明代文學家，正德六年（1511），殿試第一，授翰林院修撰。禀性剛直，每事必直書，世宗朝被謫戍雲南永昌衛，居雲南三十餘年，死於戍地。

是書所選多爲科舉之文，不類慎之所爲，亦屬僞托，平步青《霞外攟屑》卷六謂其卷首《三蘇考實》錯誤百出，並云：“嘉樂堂選評注《三蘇文範》十八卷，云‘袁中郎增删、參閲’……蓋明末坊賈不讀書者所爲，决不出中郎手也。”是書始刻於天啓二年（1622）。又有崇禎五年刻本《合注名家評注三蘇文定（選）》18卷，署明李維楨評注。明末刊本《合刻三蘇先生文》60 卷,含東坡文 40 卷,張焕如編,輯有宋以來諸家評語。

二十五、《蘇文忠公膠西集》四卷,(明)閻士選等評釋。北京大學圖書館藏。

閻士選,字立吾,綏德州人,明萬曆八年(1580)進士,官至山東按察使。此書爲士選前此任萊州知府時所彙録東坡在膠西知密州、登州時所寫詩文爲一編,後任山東按察使時又拾遺補缺,得存完帖。是書前兩卷爲文,後兩卷爲詩,其中五言詩 30 首,七言詩 75 首,詞 3 首,計 108 首。卷首摘録王宗稷《東坡先生年譜》中蘇軾熙寧八年(1075)到密州至熙寧十年(1077)離任一段時間的活動。

閻士選兩次在山東爲官,這與蘇軾先後知密州、登州的情况很相似。爲了表彰先賢,勉勵自己,故有是編。他在是書卷首《宋蘇文忠公膠西集序》中對蘇軾的文名才華推崇備至,"以公高曠超逸,比之爲白樂天,擬之爲李太白";對他"請郡之特多而立朝之日少"的生平遭遇非常同情;對他爲官一任,"匡世救民""體國恤民"的品節極爲贊揚。關於是書的編選目的,他在該序中説:

> 余裒公刺密州時所作詩文若干首,凡關民隱,附録於篇之末,即禪那詩話,亦間采入,俾觀者可喜可愕,玩之忘疲,忽而醒曰:"我材識何如公?解悟何如公?而公勤勤懇懇於民務若此也!"則謂是裒集爲近世守令之藥石可矣。

基於以上認識,閻士選對蘇軾那些拯災救民、關心民瘼的詩歌選録較多,評點較詳,對詩題有涉人物、地名作出考釋,交待詩的作年作地,爲讀者提供背景材料,還喜歡引蘇軾本集詩文來證釋所評之詩。

二十六、《王狀元集諸家注分類東坡先生詩》二十五卷,(宋)蘇軾撰,王十朋輯注,劉辰翁批點,元刻本(殘卷),一册。上海圖書館藏。

二十七、《增刊校正王狀元集注分類東坡先生詩》二十五卷,(宋)蘇軾撰,王十朋輯注,劉辰翁批點,元刻本(殘卷),二册。上海圖書館藏。

二十八、《蘇東坡詩集》二十五卷,(宋)蘇軾撰,劉辰翁批點,(明)天啓刻本,八册,上海圖書館藏。

劉辰翁(1232—1297),字會孟,號須溪,又號小耐,門人稱其爲須溪先生,廬陵(今江西吉安)人。南宋末年愛國詩人、文學批評家。宋理宗景定三年(1262)進士。不滿於奸相賈似道專權誤國,辭官隱居不仕,專事著述。其子劉將孫編其詩、文、詞爲《須溪先生文集》一百卷,明代已亡佚,清代四庫館臣從《永樂大典》輯得《須溪集》十卷。

劉辰翁在中國文學評點史上占有重要地位,羅根澤先生認爲:"宋末元初的劉辰翁,以全幅精神,從事評點,則逐漸擺脱科舉,專以文學論工拙。"(羅根澤《中國文學批評史》(三)第十一章"詩文評點"條)其評點物件涉及詩歌、散文、詞、小説,内容包括經、史、子、集各個方面。

對於蘇軾詩歌的評點亦當以劉辰翁爲先導,有元、明多家刻本行世。劉氏評點以夾批和尾批最爲常見,所批内容豐富,範圍廣泛,或多或少,十分自由。但他"論詩評文,往往意取尖新,太傷佻巧",所批蘇詩"大率破碎纖仄"(紀昀等纂《四庫全書總目·須溪集》)。多喜摘句欣賞,三言兩語,點到即止,未成理論系統。且又前詳後略,多平庸之論,偶有發明詩旨可資參考者。却也保存了大量蘇軾自注,爲後人注釋、理解蘇詩提供了非常珍貴的原始材料。

二十九、《瀛奎律髓》四十九卷,(元)方回選評,(清)紀昀刊誤。(清)嘉慶五年李光垣刻本。

方回(1227—1305),字萬里,號虛谷,又號紫陽居士,徽州歙縣(今屬安徽)人。宋末景定三年(1262)進士,提領池陽茶鹽。遷知嚴州,元兵南下,開城迎降,官建德路總管,以此爲清議所譏,不久罷官。工詩善文。著有《桐江集》《桐江續集》,編有《瀛奎律髓》等。

《瀛奎律髓》以類編排,每類各一卷,凡四十九卷,專選唐宋兩代五、七言律詩 385 家,3014 首,其中宋代入選 221 家 1765 首,數量明顯超過唐朝,體現了編者對於宋詩的推崇。又將選詩與評詩相結合,使詩選與詩話融爲一體,對所選詩詳加圈點,標明句眼,指出寫作特點,這一選詩體例對後世極有影響。書中選録蘇軾五律 1 首,七律 40 首。對於爲後人較多詬病的蘇軾七律給予了特有的關注,也顯示出方回詩學見解的獨到之處。方回評點蘇詩最大的特點,即喜歡對詩歌繫年,交待寫作地點,並且經常運用比較的方法,將反映同一事件的有關詩歌放在一起評點,以便於給讀者一個完整的印象。評點蘇詩基本上以"江西詩派"之法爲法,肯定其創新求變與善於用典的特點,詩學觀念較爲融通而開放。

紀昀曾先後多次評閲《瀛奎律髓》,細爲批示,詳加塗抹。所作"刊誤",旨在糾正"方氏(回)之弊,馮氏(舒、班)之激"。反映了他的詩學見解,持論尚平允,且時見精義。①

三十、《蘇詩摘律》六卷,(明)劉弘集注,明天順五年(1461)劉氏刻本。國家圖書館藏。

《蘇詩摘律》凡六卷,二册。共選録蘇軾七言律詩近三百首,有

① 參見王友勝《簡評方回的蘇詩評點》,《雲夢學刊》2001 年第 1 期。

圈點、有評語。選評者舊題劉弘，生卒不詳。據該書卷首作者自序，劉弘，字超遠，號鶴叟，爲前鄉貢進士、直隸大名府開州長垣縣知縣，無錫（今屬江蘇）人。

劉弘的選評工作主要有兩點：一是輯録類注本對某些詩句的注釋，即所謂"類抄諸儒句解於其下"；二是他自己的評語與圈點。全書體例是先注後評，所有評注均置於詩後。劉弘對蘇軾七言律詩的注釋主要節録類注本中趙次公、李厚、程縯、宋援、林敏公、師尹、孫倬、胡仔、傅藻及趙夔等人的注語。

劉弘雖然對其所評所選頗爲自負，以爲由此"口誦而玩味"，則蘇詩之"堂奥當自得之"，然其失眼處、説錯處極多，選評工作做得比較草率。其選評之詩以類注本爲底本，該書前三卷所選之詩的順序與類注本前十六卷相同，後三卷詩排序則比較混亂，無甚規律可循。他節録類注本的注語也比較隨意，有時甚至曲解其意。其評語所涉及的面也比較狹窄，着重於揭示蘇詩的思想内涵，幾乎未對其結構、句法、語言等藝術方面作出闡發。故《四庫全書總目》卷一七四《蘇詩摘律》提要批評該書"不詳時代。惟取蘇軾集七言律詩注之，潦草殊甚"。①

三十一、《東坡詩選》十二卷，（明）袁宏道評，譚元春輯，（明）天啓元年（1621）文盛堂刻本。山東省圖書館藏。

袁宏道（1568—1610），字中郎，又字無學，號石公，又號六休。荆州公安（今屬湖北）人。明代文學家。袁宏道在文學上反對"文必秦漢，詩必盛唐"的風氣，提出"獨抒性靈，不拘格套"的性靈説。與其兄袁宗道、弟袁中道並有才名，合稱"公安三袁"。

譚元春（1586—1637），字友夏，號鵠灣，别號蓑翁。荆州竟陵（今

---

① 參見王友勝《簡論明代的蘇詩選評》，《惠州學院學報》2002 年第 10 期。

湖北天門)人。明代文學家。天啓七年(1627)鄉試第一。與同里鍾惺共創竟陵派,共選《詩歸》,一時名聲甚赫,世稱"鍾譚"。

是書係譚元春據袁宏道評閱本增減而成。卷首譚元春《刊東坡詩選序》云:"斯選也,袁中郎先生有閱本存於家,予得之其子述之。而合諸夙昔之所見,增減焉。"選東坡詩七百餘首。半葉八行,行十七字,白口,四周單邊。書眉上批袁宏道、譚元春評語。其評頗精,歷來享有盛名。

三十二、《東坡先生詩集》三十二卷,(宋)蘇軾撰,王十朋集注,(明)陳仁錫評閱,明末刻本,八册。上海圖書館藏。

陳仁錫,簡介見前《蘇文奇賞》條。

是書今有明崇禎年間陳仁錫刊本。半葉十二行,行二十三字,白口,單魚尾。蘇軾詩集注者極多,後南宋狀元王十朋對其作了彙輯,成爲後世《詩集》最通行的集注本。至明末時又經國子監祭酒陳仁錫整理,補入了紀年和墓誌,並加入評點,較王氏本更爲完善。

三十三、《和陶集》一卷,(宋)蘇軾撰,(明)張岱評。清抄本。上海圖書館藏。

張岱(1597—1689),一名維城,字宗子,又字石公,號陶庵,又號蝶庵等,山陰(今浙江紹興)人。出生於仕宦世家,自幼聰穎好學,頗有文才,却一生未仕,落拓不羈。交遊甚廣,喜遊山水,愛好戲劇、音樂。具有强烈的民族思想,明亡後隱居山林,生活簡樸,潛心著述。工小品散文,題材廣泛,風格清新,筆調活潑,内容多寫山水景物與家國之感。據其自作《墓誌》所載,他七十五歲以前著述已有十五種之多,今僅存《琅嬛文集》《陶庵夢憶》《西湖夢尋》及《石匱書》等。

上海圖書館藏張岱評東坡《和陶集》一卷,清抄本,高二十七釐米，寬十七釐米，棉紙，四周單邊，半葉八行，行十八字。封面爲牛皮紙裝裱，首頁空白，有二枚篆體方印：白文“芬客珍賞”、朱文“情禪”。卷前録蘇轍《和陶集引》全文，題下依次排列六枚篆體印章：白文長方印“耀真雲閣”、朱文長方印“上海圖書館藏”、朱文長方印“蘿軒書畫”、白文方印“白沙山樵”、朱文圓印“詩瘦”、白文方印“劉氏家珍”。正文卷端“和陶集”下注明“晉陶潛著、宋蘇軾和、明張岱評”，右列首行下角自上至下鈐三枚篆體方印：白文“脾晚九秋”、白文“鳴玉私印”、朱文“封山”；正文前半部分是陶淵明原詩及相應蘇軾“和陶詩”；後半部分是陶淵明原詩及張岱相應“和陶詩”。張岱“和陶詩”部分首頁有二枚篆體方印：白文“百岩私印”、朱文“孟度”；末頁有二枚篆體印章：朱文長方印“鳴玉”、白文方印“西河劉氏”。從藏印情況來看，該抄本應抄録於清乾隆以前。

《和陶集》正文爲黑墨行楷精抄，有塗改處和朱筆圈點，天頭紅筆有行楷評語，計一百餘處張岱評陶評蘇的言論。張岱評點《和陶集》爲明亡後息影山林之時，其《和陶集自序》云：“子瞻喜彭澤詩，必欲和盡乃已，不知《榮木》等篇，何以尚遺什分之二。今余山居無事，借題追和，已盡其數。子瞻云：‘古人無追和古人者，追和古人自子瞻始。’乃今五百年後，又有追和古人者，爲之拾遺補缺，子瞻見之得不掀髯一笑乎！”可見張岱不僅評點了陶詩及蘇軾的《和陶集》，而且還將蘇軾未和之陶詩追和一遍。

張氏爲明末清初著名的小品文作家，其文學理論與詩文創作頗受公安派“獨抒性靈，不拘格套，非從自己胸臆中流出，不肯下筆”的啓發，又受過竟陵派的影響，故其多處批評蘇軾性情浮躁，熱衷功名，有時甚至言帶譏諷。評點蘇詩時有微辭，每每措意於其缺乏情味。①

① 參見李劍鋒《張岱和陶詩輯佚與研究》，《文獻》2011 年第 1 期。

三十四、《東坡先生詩集注》三十二卷,(宋)蘇軾撰,王十朋集注,《東坡紀年録》一卷,(宋)傅藻撰,(明)萬曆茅維刊本,(明)蕭奇中評點。上海圖書館藏。

蕭奇中手批《東坡先生詩集注》三十二卷,卷首王十朋序,次趙堯卿序,版式白口,左右雙邊,十行,行二十一字(注文雙行同)。首卷扉頁鈐有"大梁秀生鑒賞,蕭奇中印"。按蕭批蘇詩末卷卷尾所附邑志"文苑傳"載,蕭奇中,字對一,號大梁,弱冠補弟子員。壯而北遊,名噪燕京;多所著述,喜筆墨,尤工於行草。乙酉鼎革以後,憂愁感慨,遂灑然棄青袍,與山僧野老詩酒徜徉,不預户外事。著有《蕭瀟集》《魅喜篇》《北游諸草》,又有《哀徵集》《八葉堂詩餘》《大梁公文集》,他若《文選》及李、杜、白、蘇、鍾、譚諸文集,經其品陟者甚多。其所批蘇詩眉端行間,評語殆遍,想見於此致力頗深。末卷有識語云"癸巳四月初七日,大梁晚學蕭奇中評畢",下鈐"古之傷心人"一印。按此"癸巳"應指清順治十年(1653),距明亡纔十年,以見蕭氏眷懷故國之心。

蕭奇中之所以能够批點蘇詩而致力頗深,與他的性格特徵及蘇軾的魅力影響不無關係。據邑志"文苑傳",蕭奇中"生平豪邁,敦大節,仗大義,不豔富貴,不欺煢獨,老而好學,行善不怠,具見儒者氣象"。而蘇軾才華横溢,灑脱豪放,沉定堅毅,樂觀曠達,能够深入於儒、道、釋三家典籍,並靈活運用於人生,面對種種坎坷而應付裕如,不因迫害而退,不爲功名所累,無論仕宦沉浮,始終未失其本色,他也因此而在某種意義上成爲文人士大夫的行爲典範。可見蕭奇中不僅與蘇軾的性格有些相仿,更深受其影響,故於蘇詩亦是稱賞有加。

綜而觀之,蕭批蘇詩具有以下特點。首先,蕭批蘇詩注重思想性與藝術性的結合,其評語既有觸文興意、一時感應的談吐,也有關於藝術風格，尤其是美學意蘊的文本分析，還有引申出來的關於社會文化層面的批評，論述頗有見地。其次，蕭批蘇詩中多所真情流露，作爲明遺民，其評語中頗多黍離麥秀之音，也有着超然世外的參悟之語；但在晚明主情文藝思潮的影響下，却又能發現蘇詩的"真""趣"之處。再次，蕭奇中能以文學因革正變的學術眼光看待蘇詩，對其承繼前人而又力争創新求變的創作傾向給予客觀公正的評價。最后，蕭氏能够以實事求是的態度高屋建瓴地俯視蘇詩，對其利弊得失有着清醒的認識，故能痛下針砭，直陳優劣，態度公正，褒貶分明。應該説，如果不是蕭奇中出於對蘇軾及其詩歌由衷的喜愛，出於他對蘇詩的細密研究，以及他個人深厚的文學修養，是很難做出如此精深的評點的。①

三十五、《東坡先生詩集》三十二卷，《文集》七十五卷，（宋）蘇軾撰，王十朋集注，《東坡先生紀年録》一卷，（宋）傅藻撰，《東坡墓誌銘》一卷，（宋）蘇轍撰，（明）崇禎六年（1633）陳仁錫刻本，（清）錢陸燦批並跋。十二册。上海圖書館藏。

是書現存八十四卷：詩集卷一至二十六，文集卷二十至七十五，紀年録一卷，墓誌銘一卷。半葉十行，行二十字，注文小字上雙行同，白口，四周單邊，上單魚尾。首陳仁錫序，次趙夔堯卿序，再次王十朋詩集序，尾錢陸燦跋。

錢陸燦（1612—1698），字爾韜，號湘靈、圓沙、鐵牛翁，常熟人。錢謙益族孫。清順治十一年（1654）舉人。後因糧案除名，居金陵、武進三十多年，以授徒爲業，弟子甚衆，且往往服習其教，終生不更名

① 參見樊慶彦《蕭奇中手批"王注蘇詩"簡論》，《文學評論叢刊》第 12 卷第 2 輯，南京大學出版社 2010 年版。

他師。晚年居虞山北麓，鄉里後進從之取科名者頗多，被尊爲圓沙先生。其詩骨力雄厚，别調獨彈。自其繼錢謙益主盟虞山詩派後，虞山詩派得到新的發展。其學説淵博，曾學詩於吴偉業，學古文於顧大韶，學時文於馬世奇，學佛學於熊開元。晚年偕徐乾學、王日藻、秦松齡、尤侗、黄與堅、周金然等人組織耆年會，與會者皆名列高爵，唯其爲布衣，但諸公皆以兄事之，可見其地位。詩歌早年多受馮班影響，婉約可誦。中年之後所作之詩，出入於杜甫、梅堯臣，富於才情，格調蒼老，時人莫能及之。故鄧之誠稱其"以窮老書生"繼"謙益長東南文壇數十年"，"巍然領袖一方"，"可稱大家"。著有《調運齋詩文隨刻》，修纂《常熟縣志》。

三十六、《宋東坡詩選》一卷，（宋）蘇軾撰，（清）陳訏輯，（清）康熙三十二年（1693）刊本，（清）王芑孫批點並跋。上海圖書館藏。

陳訏（1649—1732），字言揚，海寧（今屬浙江）人。曾師黄宗羲，與查慎行同里友善。康熙間，由貢生官淳安教諭。訏工詩文，著有《時用集》正續二編，皆其四十歲以後之作。又有《宋十五家詩選》，内含《宋東坡詩選》一卷，其上有王芑孫批點並跋。

王芑孫，簡介見前《東坡先生全集録》條。

三十七、《初白庵詩評》三卷，附《詞綜偶評》一卷，（清）張載華輯，（清）查慎行批注，上海六藝書局石印本，六册。

三十八、《蘇東坡詩集注》三十二卷（失編一卷），（宋）吕祖謙分編，王十朋纂編，附（宋）王宗稷撰《年譜》一卷。（清）查慎行批注。（清）康熙三十七年（1698）朱從延文蔚堂刻本。十册。上海圖書館藏。

該書首有王十朋序、清康熙三十七年顧嗣立序，末有朱從延序。

有目録一卷。封面刊“新安朱翠庭復位,蘇東坡詩集注,文蔚堂藏板”三行。卷一書名下刊“金華吕祖謙伯恭分編、永嘉王十朋龜齡纂輯、新安朱從延翠庭重校”三行。半葉十一行,行十九字,注小字雙行,行二十七、八字不等,白口,左右雙邊,版心下刊文蔚堂及刻工姓名。

三十九、《施注蘇詩》四十二卷,《總目》二卷,(宋)蘇軾撰,施元之、顧禧注,(清)邵長蘅、顧嗣立、宋犖删補。(清)馮景撰《續補遺補注》二卷,邵長蘅撰《王注正訛》一卷,(宋)王宗稷撰《東坡先生年譜》一卷。(清)查慎行批注。(清)康熙三十八年宋犖宛委堂刻本。十册。上海圖書館藏。

該書首有宋犖序、邵長蘅纂注《蘇詩例言》十二則等。半葉十二行,行二十一字,注小字雙行,行三十一字,黑口,單魚尾,四周單邊。

查慎行(1650—1727),清代詩人。初名嗣璉,字夏重,號查田;後改名慎行,字悔余,號他山,賜號煙波釣徒,晚年居於初白庵,所以又稱查初白。杭州海寧(今屬浙江)人。康熙四十二年(1703)進士;特授翰林院編修,入直内廷。五十二年(1713),乞休歸里,家居十餘年。雍正四年(1726),因弟查嗣庭訕謗案,以家長失教獲罪,被逮入京,次年放歸,不久去世。查慎行詩學東坡、放翁,自朱彝尊去世後,爲東南詩壇領袖。著有《他山詩鈔》。

查慎行既補注蘇詩,又首開清人評點蘇詩之風,其《初白庵詩評》卷中選評蘇詩四百三十餘首,數量爲所評歷代大詩人之冠。查氏選評蘇詩之最可取者當是對蘇詩語言的探討,尤其是論其平淡與凝練兩點極爲精闢。他也特别注重對某些藝術手法與技巧的分析,如對蘇詩章法與句法的剖析就多有令人會心解頤之處。查評蘇軾的詩學淵源亦有不少獨到之處,其最顯著者當是打破詩與文的絶對分界,指出蘇詩與莊子散文、杜甫詩歌的淵源關係。而對蘇詩新變與開拓的一面也有充分的認識。不過查慎行論蘇詩亦有其局限之處,即總喜歡在一字一句中糾纏不清,見到某句有似前作便一口咬定學其人。又沿襲宋明兩代評點習氣,有些詩的評語過於簡略,未能稍作闡發,讀者很難盡知其意。

查評不因襲前人,創見較多,從而對後來的蘇詩評點産生過一定的影響。汪師韓、紀昀評點蘇詩接受過查慎行的一些合理的意見,尤其是汪師韓,甚至將查評説過的一些話用於自己的《蘇詩選評箋釋》中。温汝能的《東坡和陶合箋》、趙克宜的《角山樓蘇詩評注彙鈔》等也都輯録有查氏的評語。①

四十、《東坡先生詩集注》三十二卷,(宋)蘇軾撰,永嘉王十朋龜齡纂集,(明)吴興茅維孝若芟閲。(明)萬曆王永積刻本,(清)錢廷錦評點並跋,(清)翁同龢跋並臨嚴虞惇批點題識,十册。中國國家圖書館藏。

該書半葉十行,行二十一字。白口,單邊。前有王十朋序及西蜀趙夔堯卿序,次百家分注姓氏,次目録,次東坡紀年録。此評本目録後有墨筆曰:"光緒庚子四月朔,邑子翁同龢獲觀。"首葉書眉紫筆題:"紫筆臨嚴思庵先生手批本,同龢記。"翁氏並題識曰:"光緒庚子首夏得此書於邑中書估,有雍正九年錢公簡臣批點,丹黄爛然,頗極矜慎。是年六月汪柳門侍郎由吴門寄示嚴思庵先生手批本,前後數過。最後爲康熙五十年辛卯,則又在此評本之前廿年矣。錢公於嚴先生爲鄉里後進,而手眼各别,因以紫色筆移寫嚴評並圈點於册内,以證吾虞詩派之同異。"書中鈐有"寶婁室"(朱文長印)、"虞山翁同

① 參見王友勝《查慎行的蘇詩選評》,《中國文學研究》2000 年第 2 期。

龢印”(白文方印)及“黄裳藏本”“黄裳珍藏叢本”“黄裳容氏藏圖籍”等書章。由此可知,此本先經虞山錢簡臣評閲,翁同龢於光緒二十六年(1900)獲藏後,又於其上過録了由其“帝黨”好友汪鳴鑾寄贈的嚴思庵的蘇詩批本評語,後該評本曾爲黄裳收藏。

嚴虞惇(1650—1713),字寶成,號思庵,江蘇常熟人。康熙丁丑進士第二,授編修。己卯,以順天科場事牽連鐫級歸,起補國子監丞,改大理寺副,遷寺正,升鴻臚少卿,歷通政司參議、太僕少卿。癸巳,主湖廣試,榜發,以勞致疾卒。其學根柢經史,貫穿《三通》之書,有《讀詩質疑》三十一卷。著述甚富,爲文典實正大(同治《蘇州府志》卷一百)。翁同龢曾在此評本後手跋一葉曰:“思庵先生古之狷者也。其罷官居京師時,至於絶糧,得人饋青錢二千始濟。非其人必不受也。”宦海沉浮,仕途坎坷,使嚴氏對蘇軾的生平遭遇感同身受,對蘇詩中的兄弟深情、朋友真情體會尤深,時常目爲知音。而嚴虞惇對蘇軾的詩才亦是贊賞有加,然對蘇詩直露率易的受病之處,亦直陳利弊,有所針砭。

錢廷錦,生平事略未詳,翁同龢在蘇詩評本題識中僅提到他較嚴虞惇稍晚:“錢公於嚴先生爲鄉里後進。”據此評本錢氏題跋曰:“雍正九年十一月錢廷錦點閲一過。十五日病起,寒窗記。時六十有五歲。”可知錢氏應生於康熙六年(1667),比嚴氏小十七歲。另查《中國古籍善本書目·集部》,明刻本《唐陸宣公集》二十二卷,有清錢廷錦批並跋,現藏於陝西省考古研究院;明萬曆三十四年馬元調刻《白氏長慶集》七十一卷,有清錢廷錦校並跋,現藏於上海圖書館。二者是否爲此虞山錢氏所作,待考。

此評本卷首大題下朱筆一行曰:“丁丑春錢簡臣閲。”卷尾有黄筆題曰:“丁丑初夏後學錢廷錦簡臣閲一過。”墨筆題曰:“雍正九年十一月錢廷錦點閲一過。十五日病起,寒窗記。”據此而言,錢廷錦曾先後兩次評點蘇詩，分别以朱、黄兩色區分之，確如翁同龢所云“丹黄爛然，頗極矜慎”。但“丁丑”應爲康熙三十六年（1697），此際錢廷錦方三十歲，故自稱“後學”。雍正九年則爲1731年，雖然前後相距三十五年之久，但評批風格、觀點基本一致。錢廷錦的蘇詩評點較爲簡潔平淡，側重給讀者提供背景材料。對蘇詩藝術的評點也多是一些簡潔有力的字句，還喜歡就蘇詩材料加以考辨，尤爲關注對於蘇詩的淵源考訂。

翁同龢（1830—1904），字叔平，號松禪，别署均齋、瓶笙、瓶廬居士、并眉居士等，别號天放閑人，晚號瓶庵居士。大學士翁心存之子。咸豐六年（1856）狀元，授修撰。官至協辦大學士，累遷户部、刑部、工部尚書，充軍機大臣兼總理各國事務衙門大臣。先後擔任同治、光緒兩代帝師，堪稱“帝黨”魁首。在光緒時期，翁同龢不僅參與了中俄、中法條約的决策，在中日甲午戰争中也是主戰最力，對抗李鴻章等主和派，被奉爲“清流”宗主。但翁同龢率領的力量看似羽翼衆多，其實十分脆弱鬆散，在與“后黨”的鬥争中一擊即潰。變法失敗後，被“開缺回籍”，“永不叙用”。翁同龢在鄉下讀蘇東坡詩集時，正好是義和團起事的庚子年（1900）。他雖久已退歸林下，可是還念念不忘“神京”，並痛駡“參大計”的“庸流”。但同時也應該看到，翁同龢並非富有遠見卓識的政治家，注重派别利益，維護個人權威，在面對仕途坎坷、宦海沉浮時難以坦然處之。不過即使如此，誠如黄裳先生於蘇詩識語中所言，翁氏“聞京警而思中朝，其意可傷”，他的蘇詩評點題跋，“昌言無忌，不畏抄家致禍，是可異、亦可貴也”，依舊不失爲有意義的文獻。

該評本雖非原批，但其原批今實已難見，且能爲翁、黄兩大收藏家所青睞，其文獻價值不言而喻。仔細研讀嚴、錢二人之批語及翁氏題跋，其中藴含着頗爲豐富的内容，不僅有助於理解和認識蘇詩批評，亦可藉以窺見虞山詩派的發展演變之路徑，對於清代文學批評研究具有重要參考價值。①

四十一、《施注蘇詩》四十二卷，《總目》二卷，《續補遺補注》一卷，《王注正譌》一卷，《東坡先生年譜》一卷。（宋）蘇軾撰，施元之、顧禧注，（清）邵長蘅、顧嗣立等刪補。（清）何焯批點。（清）康熙三十八年宋犖宛委堂刻本。十册。中國國家圖書館藏。

該書半葉十行，行二十一字，黑口，單魚尾，四周單邊。現獨藏於中國國家圖書館古籍館善本室。藏書目録題"□哲臨陳景雲録何焯批點"。内鈐藏書章"馬三捷印""□哲""光緒庚寅中春""孝肅王淺人""鴻寶讀"等。

何焯（1661—1722），字潤千，因早年喪母，改字屺瞻，晚號茶仙；崇明（今屬上海）人，爲官後遷居長洲（已廢入今蘇州）。先世曾以"義門"旌，學者稱義門先生。何焯博覽群籍，長於考訂。校勘古碑版最精。喜臨摹晉、唐法帖，所作真、行書，併入能品。時人以爲可與晉唐書法家媲美，與笪重光、姜宸英、汪士鋐並稱爲康熙間四大家。生平著有《詩古文集》《語古齋識小録》《道古録》《義門讀書記》《義門先生文集》《義門題跋》等。其《義門讀書記》中未載該評本。

該評本卷首有□哲題識云："此集凡題首用朱筆圈出者，俱係何義門太史所選定，其詩圈點評語悉照拜孫樓舊藏陳少章先生臨本過録，其不入選者，猶未及之，他日更當補其全焉。同治丁卯六年中秋。□哲識。時年六十有一。"由於該評本資料闕如，□哲究爲何人

---

① 參見樊慶彦《翁同龢與嚴虞惇、錢廷錦手批蘇詩》，《中國典籍與文化》2016 年第 1 期。

難以確知。陳景雲(1670—1747),字少章,號文道先生,江蘇吴縣(今屬蘇州)人。《清史稿》卷四八四《列傳》二七一“文苑”一云,“少從焯遊”,“博聞强識”,尤“長史學”,爲文“簡嚴有法”。據而可知,該何焯評點本乃是由□哲於同治六年(1867)過録的拜經樓舊藏陳少章臨本。而吴騫撰、吴壽暘輯《拜經樓藏書題跋記》卷五“王梅溪集《百家注東坡先生詩集》”條曰:

> 右《蘇詩王注》三十二卷,末二卷爲和陶詩。何義門先生評本,每卷皆題記歲月,卷末記云:“蘇詩僅三十二卷,閲之匝月始畢,讀書如此作輟,雖慧者難望有成。况愚鈍如子者乎?放筆爲之惘然。癸酉九月,抄摘坡公佳句,五日而畢,漫記書尾。”此本先君子從知不足齋借臨。書後云:“乾隆乙未,以文購得‘王注蘇詩’及《唐音戊籤》並何義門太史評本,凡去價十千。”蘇詩是陳少章先生臨本,因從之,假歸,請朱君允達録於此本,《戊籤》别自臨之。時丙申夏五吴某記。

由於筆者並未見到吴騫所謂陳少章臨何焯“王注蘇詩”評本,無法確定何焯所批“施注蘇詩”和“王注蘇詩”二者評點内容是否一致。但是,何焯對於“王注蘇詩”“閲之匝月始畢”,“放筆爲之惘然”,説明他對批點蘇詩頗爲重視。如果他曾批點過“施注蘇詩”,一般來説會將此事記述下來,但却未見此類資料。即使何焯曾經批點過“施注蘇詩”,陳少章也未必臨過。則最有可能者便是,國圖所藏何焯蘇詩批本,乃是□哲將拜經樓舊藏陳少章臨何焯“王注蘇詩”評點内容過録到“施注蘇詩”本。由此也可以推斷,何焯評點蘇詩時爲康熙三十二年癸丑(1693),是年九月批完。陳少章所臨何氏評語的時間尚不得而知。不過,該評本雖非原批但其原批今實已難見,仍有重要的文獻價值。

何焯批點蘇詩共八百餘條,用力甚劬。對於蘇詩之成就,何焯評價甚高。[1]

四十二、《宋金三家詩選》，（宋）蘇東坡、陸放翁、（金）元遺山撰，（清）沈德潛輯評，（清）趙翼評點，（清）乾隆己丑年（1769）新鐫。復旦大學圖書館藏。

《宋金三家詩選》是清代以選詩而著稱的詩論家沈德潛最後一部詩歌選本，共選録作品五百二十七首，其中蘇軾作品一百八十五首、陸游二百零八首、元好問一百三十四首。内有清代詩人、評論家趙翼評點，陸詩有評點的爲五十三首，元詩三十五首，蘇詩三十九首。在沈德潛諸部選本中，此選規模較小，且趙氏評點大都寥寥數語，多側重詩意的闡發，少體制風格的分析。受《御選宋金元明四朝詩》和《御選唐宋詩醇》影響，此選僅選録蘇軾、陸游和元好問三家之作。在評點蘇詩時，重其題材和内容的開拓作用；評陸游和元好問時，重其社會政治内容的闡發。《宋金三家詩選》的基本詩學立場是以杜甫爲典範，尊唐黜宋，與清代宗宋詩風影響下的宋詩選本有着明顯區别。

沈德潛（1673—1769），字確士，號歸愚，長洲（已廢入今蘇州）人，清代詩人。乾隆元年（1736）薦舉博學鴻詞科，乾隆四年（1739）進士，曾任内閣學士兼禮部侍郎。爲葉燮門人，論詩主格調，提倡温柔敦厚之詩教。其詩多歌功頌德之作，亦對民間疾苦有所反映。所著有《沈歸愚詩文全集》，又選有《古詩源》《唐詩别裁》《明詩别裁》《清詩别裁》等。

趙翼（1727—1814），字雲崧，一字耘崧，號甌北，晚號三半老人，江蘇陽湖（今江蘇常州）人。清初著名文學家、史學家。乾隆二十六

---

① 參見樊慶彦《國圖藏清代蘇詩未刊評點三種述要》，《文獻》2013年第5期。

年(1761)進士。官至貴西兵備道。旋辭官,主講安定書院。長於史學,考據精賅。論詩主“獨創”,反摹擬。其中有些作品,嘲諷理學,隱寓對時政的不滿之情。所著有《廿二史劄記》《陔餘叢考》《甌北詩鈔》《甌北詩話》等。

四十三、《東坡先生詩集注》三十二卷,(宋)蘇軾撰,王十朋纂集;《東坡紀年録》一卷,(宋)傅藻撰。(明)萬曆茅維刻本。(清)杭世駿批,黄燦批注並跋,孫顥元校,丁丙跋。南京圖書館藏。

杭世駿(1696—1773),字大宗,號堇浦,又號秦亭老民,浙江仁和(今杭州)人。乾隆元年,考取博學鴻詞科,授翰林院編修,充武英殿纂修,著作有《道古堂集》《榕城詩話》等。孫顥元,浙江仁和人,清代著名藏書家。黄燦,浙江仁和人,幼隨其母清代才媛顧若璞學習古文詞,與其弟黄煒時稱“二黄”。

是書杭氏評語,論詩細緻,頗有肯綮之論。黄燦批注只有圈點而無批語注釋,却是孫顥元有對王十朋集注的手批校録。

四十四、《蘇詩選評箋釋》六卷,(清)汪師韓撰,清抄本。復旦大學圖書館藏。

汪師韓(1707—1780),字杼懷,號韓門,又號上湖,錢塘(今浙江杭州)人。雍正十一年(1733)進士,改選庶起士,散館授翰林院編修。乾隆六年(1741)翰林院掌院學士奉直起居注。數月後還鄉丁母憂。旋爲武英殿總裁張照所薦,承詔校勘經史。乾隆八年(1743)充湖南學政,後復授編修。未幾因事落職。客游畿輔時爲直隸總督方觀承所薦,任蓮花池書院講席。剛直守節,爲官有思,學問淹博,工詩善文。推崇宋詩,嘗作《蘇詩選評箋釋》六卷。

《蘇詩選評箋釋》凡六卷,選詩五百餘首,是清代繼查慎行《初白庵詩評》後又一部重要的蘇詩評點著作。汪師韓在其敘中，從唐宋詩的演變肯定了蘇軾在詩歌史上的地位，他歷引蘇軾自己及蘇轍、黄庭堅、蔡絛、敖陶孫之語，充分肯定了蘇詩的成就；並反駁了張舜民、楊時、嚴羽對蘇詩的批評，尤對元好問評蘇詩別有新見。

《蘇詩選評箋釋》選詩標準爲“六義之旨”，大體按年代順序編排。五古多於七古，七律多於五律，因爲蘇軾雖“無所不工”，但以五古、七律見長，並非胸有“成見”。每首詩由原文、評點與箋釋三部分組成。箋釋部分大凡從舊注中轉引有關史書、年譜、詩話、筆記、山經、地志、《烏臺詩案》及蘇軾的詩集與文集，作爲選本，對讀者理解詩意自當有用，但作爲學術著作，則絶少個人發明。且亦有不足之處，如分析詩的章法結構，拘泥於起承轉合的模式，稍嫌冗雜瑣屑。有時甚至過分拘泥於章法而削足適履。還喜駁前人舊説，以標新立異，甚至爲蘇詩的某些明顯失誤辯護，不以爲非，在評價公允客觀性上，汪評的確不如紀評。①

四十五、《蘇文忠公詩集》五十卷，（宋）蘇軾撰，（清）紀昀評點，（清）道光十四年（1834）兩廣節署朱墨套印本；（清）同治八年（1869）韞玉山房朱墨套印本；民國八年（1919）上海掃葉山房石印本。上海圖書館藏。

是書首有乾隆辛卯紀昀題記，道光十四年盧坤序，吴蘭修凡例。扉頁刊“道光十四年刊於兩廣節署”雙行木記。韞玉山房本後又有同治八年潘國珍序。半葉十行，行二十一字，白口，左右雙邊。

---

① 參見曾棗莊《汪師韓的〈蘇詩選評箋釋〉》，《文學遺産》2000 年第 3 期；王友勝《論汪師韓的蘇詩選評》，《船山學刊》2002 年第 4 期。

紀昀(1724—1805),字曉嵐,一字春帆,晚號石雲,直隸獻縣(今河北滄縣)人。乾隆十九年(1754)中進士,先由庶起士散館授編修,歷任日講起居注、貴州都匀知府、翰林院侍讀學士等職。乾隆三十三年(1768)因姻親盧見曾貪污案牽連,謫戍烏魯木齊,三年後獲釋返京,復授編修。乾隆三十七年(1772)清廷開四庫全書館,紀昀受大學士劉統勳之薦,擔任總纂官十餘年。乾隆四十七年,《四庫全書》第一份辦成,紀昀因此而升任兵部右侍郎,四年後升都察院最高長官左都御史,旋又理禮部尚書,轉兵部尚書。嘉慶十年(1805)以禮部尚書協辦大學士加太子太保。二月病卒,年八十二歲,謚文達。

紀昀對文史評點致力頗深,嘗自謂"余少時閲書,好評點。每歲恒得數十册,往往爲門人子侄攜去,亦不復檢尋"。紀昀學術眼光非常高,其所評者均爲名著、大家,如曾評點《文心雕龍》《史通》《瀛奎律髓》及李商隱、蘇軾的詩集。因其學識淹博,故對評點對象能站在高遠的角度指其得失,非如村塾奉古人爲典型,其藝術品鑒頗爲精嚴。紀昀的評點有非常强的功利性與針對性,在評點過程中貫穿了自己的政治思想與文學觀念。通過考察其大量評語,我們可以總結他合理的、先進的文學思想,也可以認識到他保守的、落後的藝術偏見。

紀昀的評點本《蘇文忠公詩集》是清代唯一的蘇詩全集評點著作。該書編次、收詩悉依查慎行的《蘇詩補注》,僅個别卷次略有調整,保持了五十卷的龐大規模,紀昀爲此花費了大量時間與心血,他在乾隆三十六年(1771)八月爲該書所寫的序中説:

余點論是集,始於丙戌之五月。初以墨筆,再閲改用朱筆,三閲又改用紫筆。交互縱横,遞相塗乙,殆模糊不可辨識。友朋傳録,各以意去取之。續於門人葛編修正華處,得初白先生手批本,又補寫於罅隙之中,益轇轕難别。今歲六月,至烏魯木齊歸,長晝多暇,因繕此净本,以便省覽。蓋至是凡五閲矣。乾隆辛卯八月,河間紀曉嵐記。

由上可見,紀昀乾隆三十一年(1766)開始評點蘇詩,迄於乾隆三十六年(1771),先用墨筆,次用朱筆,再次用紫筆,後又參照查評再作修改,遞相塗乙,模糊難辨,五年中凡五易其稿而始成,寫作態度極其嚴謹,因而創獲尤多。

紀評蘇詩之最可取者當是以文學因革正變的學術眼光看待蘇詩,對其承繼唐詩而又力争創新求變的創作傾向給予客觀公正的評價。紀昀對蘇軾不同階段的詩風有着清醒的認識,故能對其藝術風格作以精妙分析。

紀評蘇詩力求無所愛憎,打破門户之見,正確對待文壇上唐宋詩優劣之争。他反對寫空調油滑的應酬詩、呈才炫博的和韻詩乃至窄韻詩,以及了無情韻的禪偈詩。尤其是他作爲大清寵臣,提倡"温柔敦厚"的傳統詩教,反對過於激憤,乃至以駡詈爲詩。①

四十六、《唐宋詩本》七編七十六卷,《目録》八卷,(清)戴第元纂輯。(清)乾隆三十八年(1773)戴氏覽珠堂刻本。山東大學圖書館藏。

戴第元(1728—1789),字正宇,號篔圃,又號省翁,大庾(今江西省大餘)人。乾隆二十二年(1757)進士,改庶起士,後授翰林編修。乾隆二十七年任江南行省鄉試副主考官,後又爲江南道、四川道監察御史,並主持山西、湖北等省鄉試,視學安徽。官光禄寺少卿、太常寺少卿、太僕寺少卿等,乾隆五十一年以病致仕。多才博學,名重

① 參見王友勝《論紀昀的蘇詩評點》,《中國韻文學刊》1999 年第 2 期;莫礪鋒《論紀批蘇詩的特點與得失》,《中國韻文學刊》2006 年第 4 期。

海内。

《唐宋詩本》所選蘇詩,既有戴第元本人的評點,亦選録朱彝尊、陸次雲、查慎行等人的批語。條目不多,文字亦是評注結合,言簡意賅。

四十七、《東坡先生編年詩》五十卷,《年表》一卷,(宋)蘇軾撰,(清)查慎行補注,(清)乾隆二十六年(1761)查氏香雨齋刻本,(清)彭元瑞批點,李士棻題記。上海圖書館藏。

《東坡先生編年詩》爲查慎行補注宋犖刊本之遺漏舛誤而作。是書凡正集四十五卷,又補録帖子詞、口號詩一卷,遺詩補編二卷,他集互見詩二卷。半葉十行,行二十一字,注小字雙行,行三十一字,白口,左右雙邊,單魚尾,版心下刊"香雨齋"。扉頁鐫"乾隆辛巳小春鐫""初白庵蘇詩補注""香雨齋藏版"三行。首有宋孝宗《御製蘇文忠公集序》並贊,康熙壬午初白庵主人查慎行所撰《補注東坡先生編年詩例略》《東坡先生年表》等。卷末有乾隆辛巳查氏跋。

彭元瑞(1731—1803),字掌仍,一字輯五,號芸楣(一作雲楣),江西南昌人,清代大臣、學者,楹聯名家。乾隆二十二年(1757)進士,改庶起士,授編修,歷任禮、工、户、兵、吏五部尚書,及《續三通》館、《四庫全書》館、《清會典》館、《高宗實録》館總裁。彭氏在朝有"智囊"之稱,朝廷禮儀、制度等重大著作多由他裁定,乾隆帝手諭嘉獎他爲"異想逸材",時有令譽,與蔣士銓合稱"江右兩名士"。彭元瑞博學多識,精於古代器物、書畫鑒定,先後編成《秘殿珠林》《石渠寶笈》《西清古鑒》《寧壽鑒古》《天禄琳琅書目》等圖籍、目録。其詩文有《恩餘堂輯稿》《經進稿》《宋四六話》《知聖道齋讀書跋》等。

李士棻(1821—1885,一作1883),字芋仙,四川忠州人。道光間拔貢,同治初知彭澤縣,移臨川。去官後,流寓上海二十餘年。善書法,追宗晉、唐。著《天瘦閣詩草》《天補樓行記》《益州書畫録》等。

考是書彭氏評語,實乃過録紀昀評點蘇詩,偶將評語變换位置,且並未整理完成,僅過録至詩集第二十七卷。

四十八、《東坡和陶合箋》四卷,《附録》一卷,(宋)蘇軾撰,(清)温汝能纂輯,清嘉慶十二年(1807)松風閣刻本。

温汝能(1748—1811),字希禹,一字熙堂,晚號謙山。佛山順德龍山人。清乾嘉年間學者。乾隆五十三年(1788)曾應薦入京任内閣中書,未幾告歸,專心治學,著有《謙山詩鈔》《謙山文鈔》。其所纂輯《東坡和陶合箋》,專評蘇軾"和陶詩"。附録自己的評語外,還主要彙輯了樊潛庵、張爾公等人的評語。

四十九、《御選唐宋詩醇》四十七卷,清高宗(愛新覺羅·弘曆)敕編,選(唐)李白、杜甫、白居易、韓愈,(宋)蘇軾、陸游六家詩(其中卷三十二至卷四十一爲蘇詩)。(清)乾隆年間刻本。山東大學圖書館藏。

清乾隆十五年,江蘇巡撫陳弘謀《奏請恭刊〈御選唐宋詩醇〉表》云:"《御選唐宋詩醇》萃兩代之精華,合諸家之美善,雖品格之各異,皆詩學之正宗,一經聖主品題,永爲千秋定論。"乾隆"御筆"序云:"《詩醇》之選,則以二代風華,此六家爲最。時於幾暇,偶一涉獵,而去取品評,皆出於梁詩正等數儒臣之手。"《御選唐宋詩醇》於乾隆十五年編定,所選詩數量與汪師韓《蘇詩選評箋釋》大致相同而略多,選目和編序略有調整。該書於乾隆十六年刻成,先以内府本刊行,後又抽掉了錢謙益等人的評語,而换以他人評語,於乾隆四十六年改定,以四庫本刊行,總纂官爲紀昀、陸錫熊、孫士毅,總校官爲陸費墀。

五十、《施注蘇詩》四十二卷,《總目》二卷,(宋)蘇軾撰,施元之注,(清)邵長蘅等删補,《續補遺》二卷,(宋)蘇軾撰,(清)馮景補注,《王注正訛》一卷,(清)邵長蘅撰,《年譜》一卷,(宋)王宗稷撰,(清)邵長蘅重訂,(清)康熙三十八年(1699)宋犖宛委堂刻本,(清)孫原湘批。上海圖書館藏。

孫原湘(1760—1829),字子瀟,一字長真,晚號心青,自署姑射仙人侍者。昭文(今江蘇常熟)人,清代詩人。青年時代已名噪京都。嘉慶十年(1805)榜眼,爲翰林院庶起士、武英殿協修官。告假歸,得怔忡疾,遂不出。歷主昆山之玉峰書院、旌得之毓文書院、通州之紫琅書院、本邑之游文書院。善書法,精畫梅蘭、水仙。著有《天真閣集》五十四卷、《外集》六卷。其詩受袁枚影響頗深,主性情,所作多清新秀麗,超邁俊逸。與舒位、王曇齊名。

是書共十册,其中第一册爲序傳年譜,有宋犖序、張榕端序、邵長蘅題、注蘇姓氏、《注蘇例言》十二則、《王注正訛》、《東坡先生笠屐圖》(後有宋犖題記)、《宋孝宗贈蘇文忠公太師敕》、《宋孝宗御製文忠蘇軾文集贊並序》(蘇嶠)、《宋史》本傳(元脱脱)、《東坡先生墓誌銘》(蘇轍)、《東坡先生年譜》(王宗稷編、邵長蘅重訂);第二册爲目録,正文失第十一、二十卷。半葉十行,行二十一字,黑口,四周單邊,單魚尾。

考是書評語乃爲孫氏過録紀昀評點蘇詩,偶有個别字句改動及詞語訂正。

五十一、《蘇文忠公詩編注集成》五十卷,《集成總案》四十五卷,《諸家雜綴酌存》一卷,《蘇海識餘》四卷,《箋詩圖》一卷。(宋)蘇軾撰,(清)王文誥輯。(清)嘉慶二十四年王氏韻山堂刻本。(清)張廷濟批校。南京圖書館藏。

王文誥(1764—?),清代學者、畫家、詩人。字純生,號見大,仁和

(今浙江杭州)人。著有《蘇文忠公詩編注集成》《韻山堂集》《二松庵遊草》。

張廷濟(1768—1848),清代金石學家、書法家。原名汝林,字順安,號叔未,一字説舟,又字作田,又號海岳庵門下弟子,晚號眉壽老人,浙江嘉興人。工詩詞,善書畫,精金石考據之學,尤擅長文物鑒賞收藏。

是書半葉十一行,行三十字,注小字雙行同,白口,左右雙邊。其中張廷濟批點較少,多是字音義辨識。而王文誥在注詩的同時,還加上了紀昀的一些評語和他自己的按語,其論詩頗重性靈才情,對前人舊注動輒以釋典附會蘇詩的現象加以批評。他一方面引録紀評,另一方面又對紀評提出不同意見,或竟至批評紀評。對蘇軾某些詩藝術上的分析頗爲精妙,表現出了較高的審美眼光。

五十二、《東坡先生詩集注》三十二卷,(宋)眉山蘇軾子瞻撰,永嘉王十朋龜齡纂,(明)梁溪崇嚴閲。(明)茅維刻本。(清)張問陶批點。王利器先生藏本。

張問陶(1764—1814),清代著名詩人、書畫家。字仲冶,一字柳門,自號船山,四川遂寧人。乾隆五十五年(1790)進士,曾任翰林院檢討、都察院御史、吏部郎中。後出任山東萊州知府,因違背上官意志,辭官居吴縣(今屬蘇州)虎丘。晚年遨遊大江南北,病卒於客舍。

船山先生手批《東坡先生詩集注》三十二卷,每半葉十行,行二十一字。書凡二函六册,其第一册封面題:《東坡先生詩集》,王龜齡纂,嘉慶初元(1796)花朝船山重訂,紀行、遊覽、古迹。第二册題:詠史、述懷、寓興、書事、閑適、貽贈、簡寄。第三册題:酬和、酬答。第四册題:送别、燕集、懷舊、仙釋。第五册題:慶賀、傷悼。(以下殘損,當爲:禪悟、嘲謔、時序、寺觀、居室、花木、泉石七類。)第六册題:書畫、題詠、詠物、和陶詩、樂府。俱船山先生手迹。其重裝書皮,每册鈐有"霎月光風"朱文小篆章。其第五册襯紙有記云:"辛卯二月,夢落一齒,余感而賦一詩。三月初八之夕又夢,恐是骨肉離脱,非佳兆也。五藴本空,四大非有,茫茫身世,何者爲真實相! 誦六如之謁,又當釋然矣。"辛卯爲道光十一年(1831),距重訂此書時已三十五年矣。尋光緒三年(1877)李星根《遂寧縣志》卷三《選舉・舉人》:"張問陶,戊申科北闈。"戊申爲乾隆五十三年(1788),問陶時年二十五歲,則重裝此書時爲三十三歲,其辛卯題記之時,蓋已年近古稀矣。簡端記條文不多,而勝義間出。①

五十三、《施注蘇詩》四十二卷,《總目》二卷,(宋)蘇軾撰,施元之注,(清)邵長蘅等删補,《續補遺》二卷,(宋)蘇軾撰,(清)馮景補注,《王注正訛》一卷,(清)邵長蘅撰,《年譜》一卷,(宋)王宗稷撰,(清)邵長蘅重訂,(清)康熙三十八年(1699)宋犖宛委堂刻本,(清)潘奕雋批點並跋。上海圖書館藏。

是書共十册,其中第一册爲序傳年譜有宋犖序、張榕端序、邵長蘅題、注蘇姓氏、《注蘇例言》十二則、《王注正訛》、《東坡先生笠屐圖》(後有宋犖題記)、《宋孝宗贈蘇文忠公太師敕》、《宋孝宗御製文忠蘇軾文集贊並序》(蘇嶠)、《宋史》本傳(元脱脱)、《東坡先生墓誌銘》(蘇轍)、《東坡先生年譜》(王宗稷編、邵長蘅重訂);第二册爲目録。半葉十行,行二十一字,黑口,四周單邊,單魚尾。半葉十行,行二十一字,黑口,四周單邊,單魚尾。

潘奕雋(1770—1830),字守愚,號榕皋,一號水雲漫士,晚號在松

① 參見王利器《張問陶讀蘇詩簡端記贅言》,《南充師院學報》1988年第1期。

老人，江蘇吴縣（今蘇州）人。乾隆三十四年（1769）進士，官水部主事，典試黔中旋即歸田。道光九年（1829）重與瓊林，年九旬。書宗顔、柳，篆、隸入秦、漢之室。山水師倪、黄，不苟下筆。寫意花卉梅蘭尤得天趣。詩跋俱雋妙。著《三松堂集》。

考是書評語乃爲潘氏多取自紀昀、查慎行評點蘇詩，兼有個人發揮。

五十四、《昭昧詹言》正十卷，續八卷，續録二卷，附考一卷，（清）方東樹撰，（清）吴汝綸評，上海亞東圖書館 1918 年鉛印本。

方東樹（1772—1851），字植之，别署副墨子，晚號儀衛老人。安徽桐城人。乾隆時秀才。治學宗尚朱熹，推崇理學，排擊漢學。學文於桐城派大師姚鼐，爲"姚門四弟子"之一。論文全主桐城派"義法"説。平生著作多種，已刊刻者均見《儀衛軒全集》。

吴汝綸（1840—1903），近代文學家、教育家。字摯甫。安徽桐城人。同治三年（1864）舉人，次年中進士。先後入曾國藩、李鴻章幕府。歷官直隸深州、冀州知州。"曾門四弟子"之一，博學多才，著述頗豐。

《昭昧詹言》正集十卷，寫成於道光十九年（1839），專論五言古詩。其後又撰《昭昧詹言續録》二卷，專論七言古詩。道光二十一年又寫成《續昭昧詹言》八卷，專論七言律詩。方氏融詩評與詩論爲一體，其後吴汝綸亦曾就書中詩論進行評點。其中卷一二、卷二〇評點蘇詩一百餘首。此書重點在於指示"學詩津逮"（《續昭昧詹言》識語），大量篇幅在剖析章法句法等古人作詩之用心，其弊則是"講解太絮"（方宗誠《儀衛軒詩集》目録後識語）。

五十五、《施注蘇詩》四十二卷,《總目》二卷,(宋)蘇軾撰,施元之注,(清)邵長蘅、顧嗣立、宋犖删補,《續補遺》二卷,(清)馮景補注,(清)康熙三十八年(1699)宋犖宛委堂刻本,(清)何紹基批並跋。上海圖書館藏。

五十六、《施注蘇詩》四十二卷,《總目》二卷,《續補遺補注》二卷,(宋)蘇軾撰,施元之、顧禧注,清抄本。(清)何紹基批點,二册。中國國家圖書館藏。

何紹基(1799—1873),字子貞,號東洲,别號東洲居士,晚號蝯叟。湖南道州(今道縣)人。歷嘉慶、道光、咸豐、同治四朝,晚清學者、詩人、書畫家。著有《東洲草堂金石跋》《東洲草堂詩鈔》。

現所目見何紹基批點蘇詩有兩種。一種藏於上海圖書館。是書半葉十行,行二十一字,黑口,單魚尾,四周單邊。何氏評點是書時間倉促,並未評閲完畢,但仍時見精妙之語,誠如評者在是書跋中所説:"雖然草草,然評蘇大意,想在是矣。"

另一種蘇詩何氏評本藏於中國國家圖書館,清抄本。兩册。半頁十二行,行二十六字,白口,左右雙邊。無題跋。批語要遠較上海圖書館藏本繁多精深。

何紹基論詩主張"人與文一""先學爲人"(《使黔草自序》),他注意聯繫蘇軾的身世遭際、生平思想與政治態度,結合當時特定的歷史背景來看待其寫作心態。何紹基由於仕途挫折,性情拘檢,"一切豪誕語、牢騷語、綺豔語、疵貶語,皆所不喜,亦不敢也"(《東洲草堂詩鈔自序》),而强調"温柔敦厚"的詩教,對蘇軾怨刺之言屢加警示。同時,他也比較關注蘇詩的藝術效果,並指出了蘇詩的受病之處。[①]

① 參見樊慶彦《國圖藏清代蘇詩未刊評點三種述要》,《文獻》2013年第5期。

五十七、《施注蘇詩》四十二卷，《總目》二卷。(宋)蘇軾撰，施元之、顧禧注，(清)邵長蘅、顧嗣立、宋犖删補；《續補遺》二卷，(清)馮景補注。(清)康熙三十八年宋犖宛委堂刻本。(清)鄭珍批。四川省圖書館藏。

五十八、《東坡先生編年詩》五十卷，《年表》一卷，(宋)蘇軾撰，(清)查慎行補注，(清)乾隆二十六年(1761)查氏香雨齋刻本，(清)鄭珍批。四川省圖書館藏。

此兩種鄭珍批本在川圖只見到一種《施注蘇詩》批本，且只有圈點，並無評語。另一種《東坡先生編年詩》批本在川圖並没有找到。

鄭珍(1806—1864)，清詩人。字子尹，晚號柴翁，貴州遵義人。道光舉人，曾任荔波縣訓導。治經學、小學。爲晚清宋詩派作家。其詩風格奇崛，時傷艱澀。所著有《儀禮私箋》《説文逸字》《説文新附考》《巢經巢集》等。

鄭珍爲學初致力於許慎、鄭玄，以明訓詁爲讀傳注通經義之階。並群綜諸儒之説，旁參曲證，必求一得當程、朱之義理而後已。而且做爲宋詩派的幹將，曾先後兩次評點蘇詩，雖僅有圈點而無批語，但也能顯示出他對於蘇詩頗爲喜愛。

五十九、《角山樓蘇詩評注彙鈔》二十卷，《附録》三卷，(清)趙克宜輯訂，(清)咸豐二年(1852)丹徒趙氏刻本。山東大學圖書館藏。

趙克宜(1806—1861)，字輔天，一字小樓，號雨農。江蘇丹徒人。官陽湖縣學訓導、江浦縣學教諭。家富藏書，篤志好學，一意著述，校録刊刻達十數種。著有《角山樓詩集》《蘇詩評注彙鈔》等。

《角山樓蘇詩評注彙鈔》凡二十卷，《附録》三卷。是書半葉十行，行二十一字，注小字雙行字數相同，單魚尾。趙克宜自序云："説蘇詩者不一家,唯紀昀爲最備,其去取散見於全集。金在沙中,或未能快學者之心目。不揣謬妄,鱗次其佳篇,而餘從刊落。全載紀評,兼采衆説,而以鄙見參之。苟有發明,不嫌其瑣。又輯諸家之注,删蕪補缺,開卷瞭然,其爲衆口所傳誦,不足云佳者,别爲附録,庶幾相較而觀,妍媸自見,不致駭怪於去取失倫。又有他人之作誤入集中者,亦類聚而别附焉。"批點以紀昀所評蘇詩爲主,兼載查慎行評語及王文誥評注之可取者,並附以趙氏己評,前有沈、張、趙三家序及凡例。

六十、《施注蘇詩》四十二卷,《總目》二卷。(宋)蘇軾撰,施元之、顧禧注,(清)邵長蘅、顧嗣立、宋犖删補;《續補遺》二卷,(清)馮景補注。(清)康熙三十八年宋犖宛委堂刻本。(清)翁同書批注。中國國家圖書館藏。

翁同書(1810—1865),字祖庚,號藥房,江蘇常熟人,大學士翁心存長子,翁同龢兄,清朝官吏。道光二十年進士,選庶起士,授編修。大考屢列二等,擢中允。咸豐元年,應詔陳四事:請撫恤失業良民;察舉潔己愛民守令;興修江、浙、湖廣水利;訓練嶺海水師。三年,命赴江南佐欽差大臣琦善軍事。歷官貴州學政、侍讀學士、安徽巡撫等職。謚文勤。博覽群書,尤長於史學。

該書半葉十行,行二十一字,黑口,單魚尾,四周單邊。無題跋。卷首鈐"寶瓠齋藏書""翁同書字祖庚""均齋秘笈"等藏書章,可知是翁氏藏書。翁心存曾爲同治帝師,喜藏書,購得好友陳揆稽瑞樓所藏有珍稀善本上萬卷。去世後,藏書多傳給了長子翁同書。翁同書長幼弟翁同龢二十歲,兩人關係甚密。翁同書早逝,又將全部藏書傳給了翁同龢,故該書亦鈐有"均齋秘笈"之章。

翁同書早年致力於注疏考證,兼及史學,故所批蘇詩,多爲注解。有些評點則屬於對蘇詩的文字之是正、真僞之考辯。有些批語亦選録紀昀、查慎行、汪師韓評點蘇詩之語,注重對於某些藝術手法與技巧的評點,對蘇詩與前代詩人之間的淵源關係也有全面的論説評析。①

六十一、《讀書録》,(清)曾國藩撰,(清)光緒二年湖南傳忠書局刻本。中國國家圖書館藏。

曾國藩(1811—1872),湖南湘鄉人,初名子城,字伯涵,號滌生,中國近代政治家、軍事家、理學家、文學家,與李鴻章、左宗棠、張之洞並稱"晚清四大名臣"。曾氏宗法桐城,但有所變化、發展,選編《經史百家雜鈔》以作爲文之典範。所爲古文,深宏駿邁,運以漢賦氣象,具雄奇瑰瑋之意境,能一振桐城派枯淡之弊,著作收於《曾文正公全集》中。

原書又名《求闕齋讀書録》,不分卷,以經、史、子、集分類,爲曾國藩讀經史子集的讀書筆記。該書每條先列原文,其下爲劄記,或考證,或感言。其中選評蘇詩二十四首,語意精深,文理清澈。書中對於蘇詩的評論分析與評點較爲接近,故亦附録。

六十二、《蘇詩便讀》二卷,(清)李鴻裔選評,清稿本。上海圖書館藏。

六十三、《李鴻裔手批〈紀評蘇詩〉》,十二册。(清)李鴻裔評。曾棗莊先生藏本,四川大學出版社 2007 年版影印本。

李鴻裔(1831—1885),字眉生,號香岩,又號蘇鄰,四川中江人。

---

① 參見樊慶彦《國圖藏清代蘇詩未刊評點三種述要》,《文獻》2013 年第 5 期。

咸豐元年(1851)舉人,官至江蘇按察使加布政使銜。晚清名士。罷官後,家蘇州。精書法,臨摹魏、晉碑銘,無不神形畢肖。工詩古文,晚年好佛。著《蘇鄰詩集》。又嘗整理評點蘇舜欽、蘇軾詩。

考李鴻裔選評《蘇詩便讀》二卷,乃是他選録紀昀評點蘇詩之語,且只選評《蘇詩便讀》前半部分。

另有《李鴻裔手批〈紀評蘇詩〉》十二册。李氏評語是批在紀昀評《蘇文忠公詩集》的道光本上的,此書爲其參曾國藩兄弟幕府時所批,有圈有點,亦有批語,見解獨到,議論不苟,於紀評之外,尚能别樹新意。更爲難能者,他並不迷信權威,雖於紀昀批語亦時有異議,多所商榷。又曾據他本校正異文,參及王本、施本、馮本、趙氏角山樓本等,對蘇集中誤入他人之作,亦能歷歷指出,因而具有較高的版本價值和文獻價值。此書是鮑正鵠先生送給曾棗莊先生,曾先生又奉獻出來,由四川大學出版社2007年影印出版。①

六十四、《東坡先生編年詩》五十卷,《年表》一卷,(宋)蘇軾撰,(清)查慎行補注,(清)乾隆二十六年(1761)查氏香雨齋刻本,(清)丁菊泉批點。復旦大學圖書館藏。

丁菊泉,即丁壽昌,字頤伯,號菊泉。江蘇山陽(今屬淮安)人。清代文字學家。道光進士,同治中由御史官至嚴州知府。博覽群籍,精通文字音韻之學。對漢許慎的《説文解字》頗有研究。著有《臺垣疏稿》《讀易會通》《説文諧聲略例》《山陽文徵》《睦州存稿》等。

丁氏所批蘇詩,多爲過録紀昀的評點,亦偶有文字考訓。

① 參見曾棗莊《論李鴻裔手批〈紀評蘇詩〉》,《中國典籍與文化》2008年第1期。

六十五、《宋詩精華録》四卷，(清)陳衍選評。商務印書館 1937 年版。

陳衍(1856—1937)，字叔伊，號石遺。福建侯官(今福州)人。清光緒八年(1882)舉人。曾爲京師大學堂教習。陳衍通經史訓詁之學，特長於詩，爲同光體的主要人物。著有《石遺室詩話》三十二卷，又選有《近代詩鈔》二十四册、《宋詩精華録》四卷，皆爲商務印書館排印本。

《宋詩精華録》爲清人所編最後一部宋詩總集。全書將宋詩劃分初宋、盛宋、中宋、晚宋四期，每期各一卷，凡選録一百二十九位詩人，六百八十八首詩作。是編所選蘇詩九十二首，數量爲兩宋詩人之冠，體現了他論詩推崇元祐的特點。從體裁分布上説，所選七言多於五言，律體多於古體。其中七絶三十六首，五律、五絶未選。陳氏所選蘇詩，絶大部分有評語或圈點，其評語有的剖析題意，有的探討作法，有的考索詞語出處，有的褒貶優劣，有的摘賞佳句，有的指陳蘇詩創作失誤，有的反駁前人論蘇，内容極豐富，語言又極簡要，標示宗旨與指導初學都甚有力，頗能貫穿同光體詩人注重氣骨、理趣，强調忌熟避俗的詩學主張。

六十六、《宋元明詩評注讀本》二卷，(清)王文濡選評，中華書局 1937 年版。

王文濡(1867—1935)，原名王承治，字均卿，别號學界閑民、天壤王郎、吴門老均、新舊廢物等，室名辛臼簃，浙江省吴興縣(今浙江湖州)南潯鎮人，祖籍安徽廣德。幼失怙，家貧好學。清光緒九年(1883)癸未科秀才，次年補博士弟子員。曾任商務印書館、中華書局總編輯。近代著名學者、國學家。

《宋元明詩評注讀本》所選詩歌分爲五古十三首，七古四十七首;五絶八十八首,七絶十三首;五律四十五首,七律七十九首。共收二百八十五首。其中所選蘇詩五古三首,七古四首,五絶一首,七絶六首,五律一首,七律九首,共收二十四首。詩中附有選者評注。

六十七、《唐宋詩舉要》,(清)高步瀛編選,1959年中華書局上海編輯所排印本。

高步瀛(1873—1940),字閬仙。河北霸縣人。清光緒二十年(1894)舉人。民國初年供職於教育部。曾任北京師範大學、女子師範大學教授。桐城派後期古文家吴汝綸的弟子。

《唐宋詩舉要》主要依據王士禎《古詩選》、姚鼐《今體詩鈔》、吴闓生《古今體詩約選》編選,而又有所變化、發展。共選録唐詩六百一十九首,計八十四家;宋詩一百九十七首,計十七家(附金元好問)。其中蘇軾入選之詩,五古七首,七古二十首,五律三首,七律十三首,五絶二首,七絶十首,共五十五首。它採用集注方式,注重引用第一手資料,對舊注訛誤時有訂正。書中亦有高步瀛及吴汝綸等人的評點。

六十八、《韓蘇詩鈔》七卷,(日)賴山陽選評,曾棗莊先生藏本。

賴山陽(1780—1832),姓賴諱襄,字子成,通稱久太郎,號山陽外史。原籍義川竹原(今日本應島縣),安永九年(1780)出生於江户港(今東京),以著書、授徒爲業,終生不仕,天保三年(1832)以積勞成疾而卒,享年五十有三。賴氏生活的時代相當於中國乾隆、嘉慶、道光三朝,正是中國乾嘉考據學派盛行的時候,受中國學術思潮的影響,賴山陽精於史學,古今史籍、制度、兵法及家譜、野乘,無不涉獵。其一生著述甚富,於中國古典詩歌編選評注用力頗深。

《韓蘇詩鈔》含《韓昌黎詩鈔》四卷並《東坡詩鈔》三卷,所選蘇詩卷數雖少，但收詩數量還略多一些。共收五古二十三篇，七古四十三篇，其中《歲暮寄子由三首》《東坡八首》《和子由記園中草木十一首》《四時詞》四首，總計六十六篇、八十八首。就賴氏評語來看，《韓昌黎詩鈔》僅卷二所收七古二十首有評，不足所選詩的三分之一。而《東坡詩鈔》却卷卷有評，八十八首中，六十六首有評，占所選詩的四分之三。

賴氏將韓、蘇並列，不僅是仰慕二者爲人，也是爲了"窺伺"詩歌之"變化蹊徑"。他認爲，蘇軾更有意於學韓，有意於超韓，但二者相較，蘇有多處輸韓一籌，當然也有不少是韓集中所無的"妙語"。賴評蘇詩用得最多的詞彙，乃是"東坡本色""自是坡翁語"等字，對於蘇詩風格、結構、用韻等頗多獨到論述。①

六十九、《古今小品》八卷，（明）陳天定輯。清道光九年芸香堂刊本。北京大學圖書館藏。

陳天定（生卒年不詳），字祝皇，又字慧生，號歡喜道人，世稱慧眼先生。福建漳州龍溪縣人。生於明末，天啓四年甲子（1624）中舉，次年會試中進士，歷任吏部主事、侍郎等職。著有《慧山詩文全集》《古今小品》《太極圖説參証》《松石軒讀史》等十七種，多散佚。据史載，陳天定一生歷盡官場險惡，幾度沉浮，前期陷入"東林黨人"案被迫辭官，後期因與反清鬥士黄道周同鄉同僚而受牽連，最終出家，歸隱山林。陳氏是晚明小品文文學運動的積極參與者、鼓吹者和推動者。

《占今小品》是陳天定爲適應明季小品文熱潮而編寫的文選，成書於崇禎十六年（1643），彙集先秦至明末歷代名人 200 餘家小品文

① 參見曾棗莊《評日本賴山陽〈東坡詩鈔〉》，《四川大學學報》1999 年第 1 期。

583篇，是我國最早的小品文選本之一。此書已知的在歷史上僅刻印兩次，初版本爲明崇禎癸未年(1643)萬我堂刻本，翻刻本爲清道光九年(1829)芸香堂刻本。陳天定依據小品文的標準，對歷代小品文分門别類擇優釐選。其中收入蘇軾的小品文達九十篇，約占全書篇幅的六分之一。而且每篇小品文都附有編者自己或摘録他人的點評，皆畫龍點睛，言簡意賅。

七十、《文章精義》一卷，(元)李塗撰。清文淵閣《四庫全書》本。

李塗，字耆卿，宋末元初人，生卒年限及居里皆不詳，曾受業於朱熹之門人。《文章精義》實爲李塗弟子于欽就其學習時的筆記。今傳本一卷，共一百零一條。多數評論古代散文，少數兼及詩歌。此書論文多本於六經，不屑於聲律章句，其分析源流得失、工拙繁簡，則清晰明辨，持論公允，平實穩當。全書雖爲片斷文字，不能免於瑣碎，不够系統，也未必盡當，然而時有警策之語。諸如"蘇氏之文，不離乎縱横，程氏之文，不離乎訓詁"，頗能溯本窮源。又如"韓如海""柳如泉""歐如瀾""蘇如潮"，言簡意賅，頗能道出各家本色。其論文尤爲新穎獨到之處是反對作文先立意："今之作文，動輒先立意……及立意有所不通，則又勉强遷就，以求自伸。若是者，皆時文之陋習也，可不戒哉。"爲此，他强調養氣，認爲作者要涵養胸襟"如太虚"，爲文纔能開闔自如，風格上則以"自然天成"爲上。有元至順三年(1332)于欽刊本、清文淵閣《四庫全書》本。人民文學出版社1960年曾出版校點本。

七十一、《蘇文忠公詩録粹》二卷，(清)毛西原選評，清末抄本。貴州省圖書館藏。

毛西原(1805—1853)，即毛文瀚，湖南巴陵(今岳陽)人。又名慶鴻,後更名貴銘,字彦翔,號西垣,亦號西原。道光二十年(1840)舉人。授官教諭,未赴任。後歷游京師及秦、蜀、黔等地。曾在里中授徒。以詩見稱於時。著有《杜詩心會》四卷。

毛西原對於所選蘇詩,釐爲兩卷,皆有圈點,並在詩後作箋釋,亦間附評論,在天眉有批語,多集中在文章句法語義或藝術風格方面,其中部分爲節録紀昀、查慎行等相關評語,亦對之加以辯證,簡明扼要,較爲客觀公允。今只録批語,而不涉箋釋。

七十二、《施注蘇詩》四十二卷,《總目》二卷。(宋)蘇軾撰,施元之、顧禧注,(清)邵長蘅、顧嗣立、宋至删補;《續補遺》二卷,(清)馮景補注。(清)康熙三十八年宋犖宛委堂刻本。(清)莫友芝批。李連昌先生藏本。

莫友芝(1811—1871),字子偲,號郘亭,晚號眲叟,貴州獨山人。道光十一年(1831)舉人,屢試不第,長期遊歷江淮、吴越。晚入曾國藩幕。博學多才,廣涉群籍,對版本目録之學尤多貢獻。有《郘亭詩鈔》《郘亭知見傳本書目》《遵義府志》等。

這是莫友芝第一本手批治學稿本,他從十二歲至二十三歲,即從"壬午元旦"至"癸巳九月十日",用朱紅、雌黄、墨黑三色筆點斷、評批《施注蘇詩》,"共十册,凡千一百二十頁","共計詩貳千六百貳十五首奇",批語共計一百二十三條。其中,從十二歲"壬午元旦"起批點第一册,至次年"癸未正月初八日"批點到第九册,此後又陸續批點,至二十三歲"癸巳九月十日讀畢"第十册,莫友芝用朱筆逐句點斷、圈贊、批閲《施注蘇詩》全書。從二十一歲中舉之後"辛卯八月一日"復批第二册,至二十二歲"壬辰重陽"復批至第八册,莫友芝用雌黄筆復加批點;第九册仍有少量雌黄筆復批;第一册和第十册未見雌黄筆批點。第一册首頁右下側和第十册末頁左下側,均有墨書

“莫友芝藏”四字；從第三册至第十册，零星見到莫友芝用墨筆的批點；第十册之末墨筆批記曰：“共十册，凡千一百二十頁，紫泉莫友芝珍藏初印本，辛卯五月記。”細讀莫氏批點，可以推知其墨批爲壬午至癸巳十一年間隨時所批之記録。莫友芝入讀蘇詩，吮吸其精華，品鑒其偶疏，融會貫通；然後再跳出蘇詩以自創而成莫氏自我風格之詩，這也是莫氏日後能够成爲清宋詩派著名詩人的一個重要基礎。①

① 參見梁光華《莫友芝治學起點第一本手稿整理點校——康熙宋犖版〈施注蘇詩〉莫氏批點》，《黔南民族師範學院學報》2019 年第 1 期。

篇名索引

説明：1. 本索引按詩文篇名首字音序排列；首字音序相同者，再以第二字排序。依此類推。

2. 篇名後分别注明"册次/頁碼"。

C

E

H

J

K

O

P

Q

R

S

T

X

Y

Z